澳门文学编年史

①

朱寿桐 主编

张建华 编撰

国家出版基金项目
NATIONAL PUBLICATION FOUNDATION

SPM 南方出版传媒 花城出版社 中国·广州

图书在版编目（CIP）数据

澳门文学编年史. 1 / 朱寿桐主编 ; 张建华编撰
. -- 广州 : 花城出版社, 2019.12
ISBN 978-7-5360-9128-3

Ⅰ. ①澳… Ⅱ. ①朱… ②张… Ⅲ. ①地方文学史－编年史－澳门－1920-1949 Ⅳ. ①I209.965.9

中国版本图书馆CIP数据核字(2019)第281201号

出 版 人：肖延兵
责任编辑：黎　萍　蔡　宇
技术编辑：薛伟民　凌春梅
装帧设计：吴冠曼

书　　名	澳门文学编年史. 1 AOMEN WENXUE BIANNIANSHI 1
出版发行	花城出版社 （广州市环市东路水荫路 11 号）
经　　销	全国新华书店
印　　刷	恒美印务（广州）有限公司 （广州南沙经济技术开发区环市大道南路 334 号）
开　　本	787 毫米 × 1092 毫米　16 开
印　　张	132　2 插页
字　　数	1,885,000 字
版　　次	2019 年 12 月第 1 版　2019 年 12 月第 1 次印刷
定　　价	800.00 元（1—5 册）

如发现印装质量问题，请直接与印刷厂联系调换。
购书热线：020－37604658　37602954
花城出版社网站：http://www.fcph.com.cn

编者简介

朱寿桐　文学博士，澳门大学中国文学教授，澳门大学中国历史文化中心代主任，澳门大学南国人文研究中心主任。兼任澳门文艺评论家协会主席、海外暨港澳台中国书法家协会常务副主席。在澳门文学文化研究方面出版过《汉语新文学与澳门文学》《澳门新移民文学与文化散论》等著作。

张建华　文学博士，广州大学原教授、硕士生导师。2013 年从广州大学退休，同年被广东培正学院聘为全职教授至今。出版个人学术著作 4 部，与人合著学术著作 3 部，高校教材 2 部。发表学术论文 80 篇（其中有 30 篇发表于核心期刊）。主持省部级科研项目 3 项。1997 年获教育部曾宪梓奖三等奖。2013 年获广州市人民政府“终身教育奖”。

总　　序

一、澳门文学

澳门文学概念的形成虽然只有30年的历史，但澳门文学却源远流长，甚至可以追溯到明代。在澳门从事文学写作、文学研究或文学批评，自然非常感激“澳门文学”概念被澳门内外所广泛接受这样一个学术事实。“澳门文学”概念，甚至其包含的“形象”得到了世界华文文学研究界的普遍承认，确实扩大了澳门的文学影响，明确了澳门文学作为学术研究的基本对象和基本属性，一定意义上改变了汉语新文学（实际上是包括中国当代文学在内的当代世界华文文学）的既定框架，至少，原已在中国内地约定俗成的“港台文学”或“台港文学”被正式界定并表述为“港澳台文学”或“台港澳文学”。与此同时，提出“澳门文学”概念的那篇发言也就成了澳门文学乃至文化历史发展环节的一个标志。

然而，澳门文学概念既可能意味着澳门文学“独立”乃至崭露头角的强烈信号，也可能意味着澳门文学界自我封闭、自我设限的理论借口：一切以澳门特色为寄托，以澳门接受为满足。如果是这样，澳门文学的被突出未必就是一件好事。要保证澳门文学概念在正常模态中使用，需要我们从更加宏观也更加科学的澳门学的学术框架中审视澳门文学。

历史的勇气在于对有勇气的创见勇于承认。“澳门文学”“澳门文学形象”概念及其所具有的文化史意义应该得到充分的评价。其实，毋庸讳言，在“澳门文学”概念正式提出之前，“澳门文学”作为词语早就得到了甚至较为普遍的运用：既然澳门有文学现象，包括文学家的写作及与此相关的文学运作，在表述这些现象的时候，如果想到地域的框定，“澳门文学”作为词语几乎就会脱口而出。因此，与其说那篇著名发言的贡献是提出了“澳门文学”这一词语，不如说是确立并阐述了“澳门文学”的概念，以及与这个概念联系在一起的“澳门文学形象”这一关键性命题。显然，“澳门文学”作为一般词语和作为学术概念之间有很大的差别：概念的内涵一般重于概念的外延，而一般词语则较多地注重外延的清晰度。“澳门文学”概念的提出者将“澳门文学形象”的考虑引入概念的论证，有效地充实了“澳门文学”概念的内涵。这样的内涵也应该是澳门学的当然内涵。

澳门学一般偏重于澳门历史、经济、社会以及相关典籍的研究，似乎与文学关系不大。其实不然。一种学问必然将其所覆盖的文化寓含于其中，而文学是文化的集中表现。如果澳门学的当然内容必然包含澳门文化，那作为澳门文化的集中体现的澳门文学也应是澳门学的当然内容。

作为“澳门文学”概念内涵之一的“澳门文学形象”，其实暗含着澳门文学的特色，同时也暗含着澳门文化的基本内涵，因而也应成为澳门学的当然内容。作为一种区域文学，澳门文学需要树立自己的形象，凸显自己的特色，以便在汉语新文学世界形成自己的影响。但值得深思的是，如果不立足于在汉语新文学世界中形成自己的影响，发挥自己的作用，而只是强调自身的区域性定位，在特色和形象中自给自足、我行我素地运行，则作为概念的“澳门文学”很可能成为作为实体的澳门文学的一种牵累。

理论的游戏同任何一种人生游戏一样，它之所以成立，在于它拥有一种通常公平的潜在规则。在理论探讨方面，概念的产生及其影响的形成往往是相当成功的操作结果，不过同时会产生各种可能的纷争，甚至直接造成对于主体的牵累。这样的牵累在一定意义上说也是某种声名之累。在文学艺术及其学术领域常言说的“声名之累”，是指具有相当贡献和影响的创造主体，在被冠以一定的名衔和称誉之后，不是为这些声名所鼓舞和激励，反而是为之所束缚，所规约，从而削弱了、钝化了，乃至消颓了创造的热忱甚至才能，终至于回归庸常。“澳门文学”作为惯用词语其实只是框定了文学的地域范围，不妨也凸现出这一区域文学的某种相对稳定的特色，例如地方色彩之类。倘若作为一种凛然、严正的概念加以过于严肃的运用，甚至作为一种文化招摇的标签加以不无炫耀地对待，或者作为一种自甘边缘的借口以做不思进取的固守，最后可能导致严重的自我设限，导致澳门文学总体创作力趋减。

这样的判断在理论层面展开，不免带着某种主观推衍的成分，但并非危言耸听，也不属于杞人忧天。“澳门文学”作为概念、标签，在不当的理解中就有可能成为一种消极观念的借口，从而在上述逻辑关系中对澳门的文学构成理论的牵累和实际的负面影响——必须放在“澳门学”的整体思考和把握中，方能避免种种理论牵累。

在文学传播的传统意义上，澳门以高度自由的发表环境，强有力的政府或社团支持，以及文学写作者在自然人口中所占的比例相对高，营造了一派充满自然意味的文学生态，并造就了一方引人注目的文学热土。除了现代网络媒体构成的传播空间外，没有其他任何一个地方的当代文学生态是这样活跃而自由：手段高超的文学写作者与锋芒初露的文学自习者经常一起出现在各种媒体，堪称优秀的文学作品与相对粗糙的文学习作也有较多机会不期而遇。澳门显然不乏文学才士，但对有志于从事文学写作的人士而言，澳门似乎有多种途径绕过本应具有的文学门槛。没有越过一定高度的门槛，文学的写作常常被理解得相当容易，也相当随便，这对文学的成就不可能不产生负面影响。在缺少或事实上取消了发表门槛的文学环境之中，文学写作者如果能在较高的艺术定位甚至文化定位上采取一定水平的自我期许姿态和艺术自律的措施，文学创作也同样会出现既活跃又保持相对高水平的局面。但“澳门文学”的自我定位，或者“澳门文学”特定概念的心理暗示，非常有可能让许多初涉文学者轻易地放弃了这样的门槛意识：既然他们的文学写作不过是在澳门这个极其有限的文化世界中一次非常率性的漫游，犹如茶余饭后到议事亭前做一次惬意的散步，为什么自我设置那些门槛？再者，在澳门的文学世界里瞻前顾后、出类拔萃者固然不少，各种各样的随意之作也触目皆是，这就是澳门文学的基本生态和总体情状，任何艺术层次的文学作品都能够在这样的一派自然生态中融入进去，任何的精心构思、悉心打磨，以及任何的苦心孤诣不仅得不到喝彩与赞赏，而且还显得那么背时与傻气。关心澳门和澳门文学的人每每为澳门写作中出现的精彩篇章而兴高采烈，但更有机会领略到的则是遥看草色近却无的感受，一些作品都浑然融入非常一般化的描写和议论之中，显不出什么特色与风致：叙事性的作品常常缺少精彩别致的情节，缺少呼之欲出的人物；抒情性的作品常常只是俗之又俗的情愫，加上人人能及的表达功夫；较多的则是议论性的随笔，理趣淡薄，力道钝滞，甚至语言也寡然乏味。我们没有必要也没有充足的理由指责这种非常一般化的文学写作，它们毕竟构成了澳门这片文学热土的基本热温，构成了澳门这片虽然不大但毕竟富有生机的文学沃壤上的基础草色。不过，有一点可以肯定：谁都不愿意以这样的基色和基质代表澳门的文学形象。

这就是说，当提到澳门文学形象的时候，我们的视域很自然地越过了西江水，越过了伶仃洋，越过了南海白云，而摄入了广袤的国土和沸腾的世界。这才是“澳门文学”概念的真谛，是在“澳门学”的意义上阐发“澳门文学”的必由之选。从澳门学的角度来说，澳门文学的形象应该像澳门及其所拥有的世界文化遗产那样，以一种特别的风致、内涵和魅力出现在世人面前，虽然不是卓然傲立，但较理想的状态应是融入汉语新文学之林而并不逊色。这样的诱人情形在澳门文学的历史和现实中都有不俗的体现，不过仍需要澳门文学界付出更大的努力。

这努力的目标之一便是在观念上排除“澳门文学”概念的牵累，让文学写作者勇于走出澳门文学的继承框架，在向世人展示澳门文学形象的意义上营构并展示足以代表澳门的文学成就。在这里，文学写作者的视域及其相应的心态极为关键。如果澳门文学概念仅仅是将人们的视线引进澳门，并局限于澳门，关起门来营造自身的特色，则澳门文学形象的建立就会归于失败，由此造成的牵累可能是这样的尴尬与悖论：如果勉力打造和建构澳门文学形象的“澳门文学”概念，怂恿并鼓励了澳门文学“足不出户”的基色和基质——大部分写作者满足于在澳门写作和为澳门写作，写作心态呈现出的自呈其才、自赏其芳，以及在传统诗文世界中常见的相互酬唱。新文学兴起之初，陈独秀等先驱者竭力否定旧文学传统的便是这小范围相互酬唱的写作习惯和文学交往方式，当时蔑称这样的文学为“酬唱体”。如果强调澳门和“澳门文学”这种小范围、小世界以及小制作的心态，使得我们的当代文学创作重新捡回了“酬唱体”的文学心态——这不仅令人遗憾，而且颇觉悲凉。

“澳门文学”在澳门学总体上的学术定位有着不可否认的积极意义。澳门文学形象的提出更开启了让人们走出澳门，放眼世界的思路与胸襟，但这一切都要在克服狭义的澳门文学视域，进一步开阔我们的汉语新文学乃至世界文学视野的前提下才能得到有效的保障，否则，它可能就会成为澳门文学写作者自我设限的理论依赖、不思进取的理论借口、越来越普遍的“酬唱体”写作心态的逋逃渊薮。澳门文学形象的确立有赖于走出单独概念中的澳门文学，而呼唤着在“澳门学”的整体意义上把握它的文化属性。

二、澳门文学的基本生态

澳门文学在整个汉语新文学界具有特定的文学生态意义。而澳门的移民文学家在这一生态中的意义尤为不能忽略。澳门虽然不是一个大都市，或许因为靠着大海的缘故，能以相当的胸襟接纳来自各方的文化与来自各地的文化人士。这是一个在文化上基本不设防的现代城市，文学方面更是如此，因而任何时段的移民文学都能够借此得到一定的发展，并融进澳门文学的矩阵之中。当然这个矩阵是否真的已经形成，这本身就是个学术问题；这个学术问题的解析也还是涉及澳门的文学生态，以及这一生态中必然包含的移民文化与文学因素。

澳门长期以来就是一个以开放性著称的地方。它的被开发和发展都与各种被动的和主动的开放性密切相关。各种向度、各种动因的开放性使得澳门以一种与这个城市规模并不相称的包容气度迎接、吸纳各路移民以及他们所带来的移民文化。然而这种移民文化并不能真正改变澳门地方文化的基础与习惯，唯其如此，澳门移民文化才得以被迅速接纳并生存、发展。

澳门文化的基础与习惯或许表现在对文学职业化的漠视。这使得澳门文学作为一个话题长期被忽略，甚至作为一个概念也使用得非常谨慎。澳门文学作为一个特殊矩阵，其存在或成形的合法性之所以曾受到一些怀疑，以至于1983年才开始讨论如何建构“澳门文学形象”，是因为人们过于重视文学创作的风格特征和标志性成果。其实，作为一个地域性的文学现象，澳门文学早就形成，并且已经拥有了自身的形象。这个形象可能包含它的“非专业性”（即李观鼎教授为澳门文学批评所概括的“业余性”），一度是没有通常意义上鲜明风格与个性建树的形象。如果人们认为这种没有形象的形象难以被接受，那不妨将之作为澳门文学特有的生态进行考察。

澳门直至今天也没有严格意义上的专业作家，澳门的各路文学家一开始就疏离了文学专家化的路数。汤显祖和贾梅士虽然在不尽相同的传说中住过澳门，相信他们也绝不是以作家的身份在这里“体验生活”或是驻场写作的角色，就像后来郁达夫等现代文学家路过澳门或在此小住，但都不能算是澳门文学场域的专业作家。即便是到了社会分工更加细密的当代，澳门文学家仍然体现着业余性和非专业化的特征。但这并不意味着澳门不重视文学。相反，澳门人对文学的涉足欲可能比其他任何地方都强烈。澳门人的写作活动乃至文化活动主要是通过文学写作展开。据澳门中央图书馆为纪念建馆100周年在1995年举行的《澳门中文作家作品展》统计，由图书馆搜集展览的近十年中文图书共计86种，其中包括针灸类的著作等杂著，并非全是创作性的作品。属于文学性写作的书籍有46种，还不包括类似于写作学的《写作三节棍》（吴国昌、江洵美著，香港青文书屋，1989年）和《论作家的创作体验》（张春昉著，澳门出版社，1993年）在内的语文学习与文学欣赏相结合的作品。由此可见文学性的写作在澳门当时文化运作中的突出地位。

有人说澳门就人口比例以及每平方公里所拥有的诗人量而言，诗人的密度应为全球最高。《澳门现代诗刊》发刊词指出：“据初步统计，澳门面积目前不到十八平方公里，而几乎平均每平方公里就有两位写现代诗或新诗的文学‘好事之徒’了，而且其中有一半干脆可以称为澳门诗人。”现在看来，这样的统计还有些保守。澳门的诗人远远不止30或40人。其实，澳门的散文创作也相当热门，作品之密集并不下于诗歌。据澳门文化司署编辑的《澳门中文作家作品展》统计，在文学创作类的46种图书中：

散文集　11部

散文杂集　3部

传记　2部

新诗集　13部

旧诗集　5部

小说　5部

评论集　5部

儿童文学集　2部

这当然是不完全统计，但这样的统计至少可以反映图书出版、发行面上的一个大致比例。从这个比例上看，散文的出版量与诗歌不相上下，纯粹的散文集与新诗集的比例是11∶13，如果较为宽泛地理解散文文体，将杂文都计算在内，则散文书籍的数量已超过新诗的创作量。这样的比照和统计对于论述散文与诗歌在澳门文学框架中孰重孰轻也许意义并不很大，此前人们就曾展开过这类没有太多必要的论辩。郑炜明写于1993年的一篇文稿说：“最近有一位澳门文学的研究者在报章、刊物上撰文说澳门文学最有成就的是散文；笔者对此论点未敢苟同。笔者认为，无论从质和量（以已经结集成书的来算）方面看，澳门的现代诗，成就都比散文有过之而无不及。”其实，只要认可澳门文学中散文与诗歌或者诗歌与散文诗最重要的两个文类，原无须分出彼此的高低来。

散文和诗歌远离文化市场，同时也就远离了职业性运作；这两种文体都更多地表现个人性情，或者更直接地显现个人才情，它们的相对发达正好说明澳门写作者性情化写作的普遍性。这种性情化的写作排斥了市场运作对文学的可能干预，也拒绝了政治和其他意识形态的硬性铄入，保证了写作者在只忠于自己的性情或只为自己的才情服务的写作热情及其独立性。当然，性情化写作的负面影响相当显著，尤其是澳门，那就是人们普遍不追求文学创作的经典性，放弃了文学的轰动效应和显性社会影响的考虑，作品的总体质量难以提高到相当的水平。这是澳门文学在相当长时间内都难以确立自己形象的一个关键性因素。

但是，文学的原生态本来就不是为文学职业者、经典文学家和文化精英阶层准备的，文学本来应该是广大民众和写作爱好者表达自己性情与才情的文化品类，最远生态的文学往往都是民歌、民谣和民间故事，所有这些原生态作品都不是为进入经典的殿堂而准备的。从这个意义上说，澳门文学的生态事实上更接近于体现文学的原生态意义。在这种原生态意义上发展起来的澳门文学，也许不能为汉语文学提供足以令人满意的个体文本，不能在文学经典化运作的历史进程中留下灿烂的篇章，但它的标本价值也许更大。它消解了，或者说剥离了附加在文学身上的各种缧绁，在并不巨大的社会性运作中成就了一个几乎是纯文学的格局，而在别的地方，这样的格局也许只是在少数作家身上才能得到有限的呈现，并且很可能不成格局，只是某种意念理性的零星展示。这是澳门文学的基本生态，也是澳门文学的基本特色。它蕴藏的文化标本意义也许并不下于大三巴等世界文化遗产，只不过它是精神现象，而且是人们很容易忽略的精神现象。

由于这样的生态，文学创作在澳门从来就不是殿堂之上的宝器，而是流寓于民间的习见之物，文学写作的门槛之低乃体现为一种文化的常态。由于出版的相对自由，稍有文字之功的人皆可以在这片狭窄的土地上做起自己的文学之梦。因而，中小学生的作品也可以编辑成文学专集，《小豆芽》等便是明证；至于澳门科技大学学生自己编著的《镜海诗刊》，尽管由于各种原因未能续办下去，则已经是相当有水平的诗歌出版物了，但仍属于文学习作的常态结集。

澳门文学的特殊生态虽然造成了文学写作的热门化，造成了相对密集的诗人群以及相当普遍的写作者，但基本上没有人以诗歌为业，靠散文吃饭，文学创作完全是性情的表现，之于写作者的人生乃是实实在在的一种副业。与此同时，文学杂志也很少有专门化的定位。1988年韩牧在《澳门新诗的前路》一文中还在谈论："澳门一向缺乏文艺杂志，纯粹登诗作和诗评论的特刊，也好像没有过。"所述正是如此情形。即便是有一些文学杂志，也更多地带有同人刊物或民办刊物的性质，文学在这里从没有被社会特殊"分工"，没有专门化的招牌。这是澳门文学的基本社会生态和文化生态，这样的生态决定了移民文学与文化的进入及其被接纳乃是一种必然。

三、澳门文学文献整理与编年史

文献整理工作，在文学研究的传统的视野和研究者的印象中，属于古典文学的学术范畴，似乎与新文学关系不大。其实，汉语新文学亦已有了近百年的发展历史，其外部固然历经内忧外患，动荡离乱，其内部也屡被革故鼎新，世代更替，当事人在不同的历史条件下对作品的主动修改和增删更大大增强了新文学文献整理的必要性，加之传播手段日益进化，途径不断发展，文献的整理和在新条件下的合理利用，便成了当务之急。新文学的文献整理工作应包括文学史料以及文学作品的文本搜集、版本校勘、经典考订、目录完善等，与古典文学的文献整理颇相仿佛。不过，随着电子传媒的发展以及普及，新文学的文献整理还包括它的开放性扩展与充实，以及利用途径的拓展与更新等。

中国内地的新文学文献整理以及出版工作已经有了相当长时间的工作与成果积累，台湾的文学界和学术界也致力于此项工作多年，取得了不俗的成就。尤其引人注目的是香港。香港文学的历史梳理固然有黄维梁教授等人的研究成果在，便是新文学的文献工作，在卢玮銮教授等人的多年努力下，也已经完成了基本资料的整理以及数字化处理，在香港和香港中文大学的有关电脑平台上做出了全面而富有系统性的展示，大大便利了香港文学研究者，也标志着香港文学建设的一项重大成果。中华文化圈习惯于将澳门与香港联系起来并举并称，似乎香港文学的文献资料已经有了如此平台，下面就轮到澳门了。在人们的习惯性认知中，澳门的文学文献建设以及其他文化建设工程，似应瞠乎其后，在台湾与香港之后，当然更遑论内地。如果说这样的认知已足以令澳门的有识之士难堪，则许多方面的现实则更加令人不堪，即就新文学文献整理与系统化建设方面而言，其实际情形远远达不到这种认知的水平。

从政治地位、经济影响等方面言之，澳门也许应该安心于这样的一种行政序列，但恰恰从文学和文化建设的角度论之，澳门有足够的理由和条件拒绝这样的一种理所当然、瞠乎其后的观念。澳门丰富的文化历史、复杂的文化构成、特殊的文化地位，以及具有鲜明特色和魅力的文化面貌，决定了它即便是在文学文献建设方面，也可能而且应该从既成的社会政治序列中脱颖而出，成为一方翘楚。这一方面需要相当的资金投入；另一方面，也许是很重要的方面，即需要人们观念的调整。遗憾的是，从新文学文献整理和建设工作方面而言，澳门几乎处在失语兼失措的状态，不仅没有奋起直追，哪怕是瞠乎香港其后的势头，甚至也没有类似的迹象。这些问题的解决需要澳门本土文学工作者和学术研究者调整相关观念。

文献整理观念的突破必须仰仗于文学观念的突破。最近有关汉语新文学概念所构成的学术突破有可能帮助人们重新认识澳门新文学的价值以及良好的发展前景，这样亦有助于更新关于建设澳门新文学史料的理念与认知。长期以来，研究界习惯于以国族甚至政治实体为基础，辅之以时代的参数，用来框定一个地域的文学，于是以汉语为载体的新文学便被命名为“中国现代文学”“中国当代文学”，或者为了因应这两种文学在观念和研究体制上趋于一体化的时代要求，合并而称为“中国现当代文学”；又因为习惯认知中的“中国现当代文学”，加之研究者涉猎面的局限，往往很难包括“台港澳文学”，再由于国族和地域的人为限制，更无法包括“海外华文文学”或“世界华文文学”。于是，在汉语新文学这一话语范畴，我们习惯于接受的观念显得是那样内涵龃龉且外延含混，或以临时、零散的样态做纷乱、嘈杂的学术呈现。处在这样的学术呈现中，在我们习惯的“中国现代文学”“中国当代文学”“台港澳暨海外华文文学”等明显缺乏学术整合且相互之间夹缠含混的学科概念中，澳门文学由于澳门的行政地位和地域限制，在这样一种学术秩序的表述和安排中必然处于瞠乎其后的地位。

但是如果确立汉语新文学的概念及相关理念，认定一个民族的文学应该以其基本的外壳——语言形态为主要依据，而不是以国家、地域等空域因素为唯一依据，则澳门文学连同澳门文学文献资料的天然地位就不应理所当然地被限制在必然次于台港的位置，从而心安理得地将所有工作及努力瞠乎别人之后。

这一有利于确立和优化澳门文学和澳门文学文献整理工作的文学观念其实并不难理解。从一个共同的新文学传统，从一种共同的汉语语言的表述系统出发，汉语新文学概念及相应的观念，乃出于对人们面对的所有上述文学现象进行学术审视和整体的概念把握的学术初衷。这一概念表明，无论是中国现代文学、中国当代文学，还是台港澳暨海外华文文学，抑或是所谓世界华文文学，既然都是以汉语写作的，区别于传统文言作品的各体新文学作品为对象，可暂且不论在时代属性上是属于现代文学还是当代文学，也暂且不论在空域属性上是属于中国本土写作还是海外离散写作，都可以而且应该被整合为“汉语新文学”。澳门的新文学是汉语新文学的一个有机组成部分，它的学术定位完全不必依赖于澳门地域的行政地位，而是在汉语新文学传统形成和价值发展中，天然地拥有与各地域新文学同等的机遇——只要有足够的贡献与成就，其价值地位完全不必按照地域序列而沦为末流。

这对于澳门文学的发展，还意味着长远空间的一种期许：按照旧有的中国现当代文学概念，澳门文学只能附属在台港澳文学之末成为附录，而且台港澳文学的说法已经构成约定俗成的次序，澳门文学无论发展到如何辉煌的程度，都只能在内地之外排在末位；汉语新文学观念消除了这种按照政体格局排位的老套做法，只要是汉语新文学范畴的创作，无论产生于何地，都共同拥有汉语这个平台，再也不必按照地域排出先后轻重。如果说现在的澳门文学还不能适用于这样的判断，则从台湾文学的发展中却能很好地说明这个问题。北京大学谢冕教授、孙玉石教授证实，至少在20世纪50年代至70年代，台湾诗歌在其先锋性、开创性方面为汉语新文学起到了顶梁柱的作用，而那时候的大陆诗歌则在较低的艺术层次徘徊。这样的历史情形在旧有的学术格局中表述起来相当困难，似乎“中国当代文学”无论在任何时期都是主导的、核心的，而“台湾文学”无论成就多高都只能瞠乎大陆其后。如果引进新文学概念，不分政治地域，只看汉语新文学建设的成就，则很容易理解谢冕教授、孙玉石教授提出来的这种学术现象：汉语新文学是一个巨大的整体，任何地域的汉语写作都应该在汉语文化的平台上平等、公正地看待；在汉语文学表达的内涵、张力和艺术性面前，任何地域优先的考量都会失去市场。

这样的观念调整能在文学文献的整理和运用方面较为迅速地体现出来。澳门文学的总体水平，相较于台湾、香港，自然处在劣势，但并不意味着它在所有方面、在任何时段都体现这样的劣势；特别是澳门文学资料的整理、文献的开掘以及数字化的开发，未必就应该瞠乎其后。当汉语新文学概念冲淡了“政治格局决定论”的影响之后，澳门的文学建设和文化建设更有理由，至少在文学文献整理这一领域，敢于做率先开拓的垂范。

首先，澳门文学发展有着悠久而独特的历史，历史文献的总量虽然未必浩繁，却经历了几百年的沧桑，其学术价值不言而喻；即使是新文学领域，其发展演进的历史几乎同步于整个新文学的发展过程，这也是非常有特色的历史内涵的呈示。就目前澳门新文学的一般资料而言，学术界所能搜集和运用的只是其冰山一角；新文学之于澳门最显著的印迹常常不过是郁达夫的小说《过去》，以及一些现代文学家的澳门行迹，更多更丰富的资料则很少整理和发掘。其实，至少在抗战时期，澳门充任了许多新文学家流落的“集散地”或“避难所”，这一课题很值得研究，有关这方面的资料的搜集、整理亟须系统化。

其次，也是最重要的，澳门文学在整个汉语新文学界，具有特定的文学生态意义。从一代文化大师梁披云开始，澳门文学家最先疏离了文学专家化的路数。这个地方的文学人士或文学爱好者普遍习惯于将文学当成愉悦性情、展示才情的本色路数。于是，梁披云既写新诗也写旧体诗，同时花更多的精力写作其他杂色文体。澳门后来的文学基本上走的是这种“生态化”的道路，文学写作不再是为了使作者锤炼成一个诗人、一个小说家或散文家、戏剧家，而是为了自己的性情和才情，为了自己抒发、讲述和叙说的需要。他们不必依靠有影响力的杂志、报纸和出版社，不必指望通过文学奖的获得或文学史著作的认定来体现自己的价值，而是利用这一充分自由的空间，自由自在地出版自己的作品，有时候仅仅就是用于馈赠亲友。有人说澳门就人口比例以及每平方公里所拥有的诗人量而言，诗人的密度应为全球最高。与此同时，没有一个诗人以诗歌为业，借诗歌吃饭，文学创作完全是性情的表现，之于人生乃是实实在在的一种副业。甚至于，文学杂志也很少专门化和专家化，更多地带同人刊物或民办刊物的性质，文学在这里从没有被社会特殊“分工”，没有专门化的招牌。虽然这样的文学总体上成就不是很高，但它所体现的文学生态十分真实、生动且充满活力，某种意义上是汉语新文学在原生态意义上体现得最为具足的区域。对于这方面的文献史料的整理，不仅能体现出相当丰富的文化特质，而且能够为世界文学保存并开发出一套真实、生动且富有活力的文学和文化标本。

概念的调整，当然并不是为了对澳门或别的地域文学进行重新定位，但它可以从观念上促进一切有志者不必处于既成的序列之茧中自缚其身。其实，便是从文学发展的现实而言，也并非澳门文学始终就处于别的地域文学之末。从现象而言，澳门文学界能够在传统文学、现代文学与后现代文学之间成功地搭建互不干涉，甚至有时候还互相通连的文化桥梁，也就是说，热衷于传统诗词的文学家与醉心于后现代诗歌的诗人不仅很少相互攻击，甚至有时候还相互切磋，这样的现象是十分引人入胜的文学和文化奇迹，不仅值得汉语新闻学研究者重视，而且也值得世界文学思潮、流派研究者刮目相看。这样的现象可以说为世界文学思潮的演进和文学流派的交流提供了难得的文学史标本，也是在澳门以外的其他汉语文化地域乃至于世界各地都无法再现的文化和文学和谐景象。从成就而言，至少澳门的现代主义风格的诗歌超过了香港的总体水平，其写作水平和影响力，在汉语新文学世界可以直接与台湾现代派诗歌相媲美。这样的文学史实清楚地表明，澳门文学并不是在所有方面都须被视为瞠乎其后。

因此，澳门文学的文献整理应该成为重要的学术课题。澳门文学编年史的编撰则是这种整理工作的重要环节。

四、编年史的编务等

《澳门文学编年史》的编撰是澳门基金会于2010年立项的重要研究项目。基金会邀请朱寿桐编制工作计划和研究流程，邀集著名台港澳暨海外华文文学研究专家古远清教授，著名诗人、长期居住澳门的学者傅天虹教授，以澳门文学研究成果获得第一个博士学位的张建华教授，以及在台港文学研究方面卓有成就，对澳门文学很感兴趣的梁笑梅教授，四位专家每人负责一个时段，将新文学建设以来至20世纪80年代上半期的澳门文学事件逐年、逐月、逐日加以整理，集为四卷，分别是：1920—1949年卷（张建华编撰），1950—1969年卷（古远清编撰），1970—1979年卷（傅天虹编撰），20世纪80年代前卷（梁笑梅编撰）。在资料搜集、整理的基础上，编委会调整三部分工作，将70年代卷分为两卷，由傅天虹、许燕转编撰。80年代前卷在梁笑梅完成部分编撰任务的基础上改由多人多次编撰，朱寿桐总负责。以后的计划是每五年编修一卷，从而建立起较有系统的澳门文学历史资料。

现在，第一期工作告一段落，其中甘苦，修者自知。在澳门做文学研究，可能最艰难的事情就是资料的搜集与整理。诚如上文指出，澳门的文学缺少职业化的历史与行政建制，甚至缺少相应的文化建制，文学创作甚至文学出版都长期处于一种随产随散的状态，越是久远的文学资料，其散佚越是严重。更重要的是，澳门历史上喜爱文学者甚众，但唯其秉持爱好心态，未能以专业或者职业对待，因而文献的保存和开发，在相当长时间内都相当欠缺。例如，在澳门文学历史上应该占有相当地位的《红豆》杂志，当时就以油印的方式行世了事，这些都为后来的搜集和保存工作带来了困难。所幸《红豆》全本已经重印，但为尊重历史和治史习惯计，油印刊物能否直接入史，尚在犹豫中。加之，由于在更多的历史阶段澳门文学形不成气候，其发展处在断断续续之间，给资料的积累和保存带来很大麻烦。

在这样的情形下，我们的研究团队仍然克服重重困难，在浩如烟海的旧报纸和其他文献堆里，披沙拣金般地寻找各个时代的文学资料线索。幸亏中华总商会保存有较为完备的《澳门日报》等报刊资料，多少使得我们的整理工作有了基础性的线索。现在，这五卷编年史从学术而言存在着诸多遗憾，主要是资料来源较为单一，但多少能够起着勾勒澳门文学历史的作用，为以后的澳门文学研究和澳门文学资料的整理奠定了基础。

需要说明的是，由于文献构成甚至文学历史构成的巨大差异，各卷编年史之间出现了体例的参差。第一卷将重要的文化教育活动都包含在内，将旧体诗词的创作等都包含在内，这反映了新文学初创时期澳门的实际情况：文学融入于文化教育等历史环节之中，新文学与旧文学处于相互包容的状态之中。到了20世纪50年代以后，这样的情形有所改变，特别是随着报刊印行的正常化，澳门文学开始步入自己独立发展的轨道，编年史的内容也就趋于单纯。

此外，第一卷编年史所涉及的资料比较稀见，于是我们将一些重要作品抄录其中。

由此可见，我们这套《澳门文学编年史》，主要是澳门汉语新文学编年史。

这套《澳门文学编年史》是集体工作的成果。除了各位主要编撰者的辛勤劳动以外，苏州大学曾一果教授等，或是受澳门基金会之邀坐镇编辑，或是乘来澳门大学访学之机加以修整，对此套书的编撰付出了很多劳动。时为澳门大学中文系博士生的张明明也为本书做出了自己的贡献。第五卷的编撰工作则邀请澳门大学中文系博士、硕士研究生多名参加。

《澳门文学编年史》的编修是一项开拓性的工作，由于澳门文学长期的运作都缺少在传媒平台和传播手段方面真正聚焦，资料搜集难度很大，许多珍贵的文学现象都可能遭遗漏。这套书仅仅是塔构了一个框架，期待着来日的修补和订正。但是此书的出版，是为澳门文学的历史发展立一存照，也是为将来澳门文学文献资料的整理，为澳门文学的研究提供可靠的线索。即使是从澳门文学编年史的角度而言，也是为今后的进一步完善和丰富提供一个基础性的文本。我们盼望多听听文学学术界专家的意见，也盼望澳门文学研究界的同仁多给予建设性的批评意见。

朱寿桐

2019年10月补署于澳门

目录

1920 年 …… 001
1921 年 …… 043
1922 年 …… 052
1923 年 …… 061
1924 年 …… 066
1925 年 …… 073
1926 年 …… 091
1927 年 …… 103
1928 年 …… 110
1929 年 …… 117
1930 年 …… 127
1931 年 …… 131
1932 年 …… 137
1933 年 …… 148
1934 年 …… 154
1935 年 …… 161
1936 年 …… 168
1937 年 …… 173
1938 年 …… 178
1939 年 …… 220

1940 年 *348*

1941 年 *416*

1942 年 *439*

1943 年 *453*

1944 年 *462*

1945 年 *469*

1946 年 *474*

1947 年 *486*

1948 年 *490*

1949 年 *492*

参考文献 *499*

1920年

本年值得纪念的：一是澳门华人文化教育界最早的专业性组织澳门教育会成立，为研究现代教育事业、发展澳门地方教育迈出了最初的步伐；二是培养和孕育出未来澳门地区，以及葡萄牙文学精英的学术性校刊《学苑》创刊，也是澳门现代文学史上不应忽视的事件。

本年逝世的作家有晚清时期诗人易顺鼎（1838—1920）。其吟咏澳门的诗词代表作乃歌行《过路环》。路环：又称路湾、九澳，外十字门四山之一。易顺鼎时在署广肇罗道任上，有感于官府无力攻剿路环岛上的“真贼”，让澳葡政府借“剿匪”之名，攻占属于中国领土的路环岛，并不分良莠，残杀乡民渔户，而将粤西地方因抗捐或仇教之事与官府稍有争执的陈姓村民三百口诬为“盗贼”，动用官兵阖村杀尽，以无辜百姓的鲜血染红自己的顶子，易顺鼎遂作《新乐府二首》，一为《过路环》，一为《崇正团》。《过路环》诗中借客人之口，叙述路环惨案发生的经过，诗末云：“我有儿女我不哺，我有盗贼我不捕。任教异类戕同胞，更使喧宾来夺主。我谓客勿然，彼特助我歼神奸。君不见，粤东今有过路环，粤西又有崇正团。”全诗反映了当时国势积弱，官邪政乱，不恤民艰，反而听任西人草菅民命，滥杀无辜的社会现实，格调颇似白居易的《新乐府》诸诗。

九月

14日 经澳门政府及广东省教育厅批准，由梁彦明、刘雅觉、刘草衣、冯秋雪组织发起的澳门教育会在镜湖医院大堂正式成立。由刘雅觉神父出任第一届会长，曾次崔为副会长。该会领导机构为评议会，由会员大会选出13人组成（包括会长1人、副会长1人）。经第一次评议会选举，刘君卉当选第一任评议长，评议员包括梁彦明、冯秋雪、刘斐烈、周静生、傅子光、赵连城、刘紫垣、容循道、梁爵卿、吴秋荣、陶瑞云等 11 人。澳门教育会由在澳中国教师组成，系澳门华人文化教育界最早的专业性组织，以遵照中华民国教育实施方针及研究教育事业、发展地方教育为宗旨，会务包括：（1）学校教育、社会教育以及家庭教育；（2）科学、文化艺术之研究及推广；（3）与国内及外地教育团体之联系。会址初设在天神巷 37 号，为崇实中学租用的宋氏大屋。1925 年迁至龙嵩街 75 号，直到 1946 年方迁至风顺堂街圣若瑟中学内。1923 年，教育会在澳门政府注册，并易名为“澳门中华教育会”。1933 年，复经国民政府侨务委员会立案。①

26 日　中秋，陈洵作词《夜飞鹊·庚申中秋，和季裴》。

陈洵（1870—1942），字述叔，广东新会潮连乡（今属江门）人。少有才思，性孤峭。早年所作词被朱祖谋许为与况周颐“并世双雄，无与抗手”。时人复有“陈词黄诗”（黄指黄节）之誉。曾客游江西十余年，中年返穗，授徒自给。1911 年在广州加入南国诗社。1929 年任中山大学词学教授，1938 年曾避地澳门。1940 年任广东国民大学词学教授。1942 年端午后一日病逝于广州。有《海绡词》《沧海遗音集》《海绡说词》《词学》等。

秋

⊙　欧阳韶初次至澳，作七律《初抵马交感赋》。

欧阳韶（？—1959），字笑杏，广东顺德人。早岁在穗城西关创办弘毅中学，嗣任广东铁路专门学校、广州法学院、国民大学、华侨大学、

---

① 吴志良，汤开建，金国平主编：《澳门编年史·第五卷·民国时期》，广东人民出版社，2009 年，第 2345 页。

中山大学教授40多年。其中曾一度出任澄迈县县长。1949年后寓居澳门，历任华侨大学及圣若瑟、圣罗撒等校教席。1959年秋赴港，任联合书院教授，是年冬卒。工诗词，尤其擅词，著有《听蝉吟室诗词》。时陈炯明率粤军回粤，驱逐桂系粤督莫荣新，粤桂战争爆发，广州居民多避地港、澳，诗人亦避地澳门，《听蝉吟室诗词》是为诗人初次抵澳所作。

十月

5日　利宵中学学术性校刊《学苑》创刊，1921年6月停刊。该刊物为月刊，创办人为澳督施利华之子佩德罗·施利华，主编为校长卡洛斯·德加杜。该刊培养了包括总督施利华次子、著名作家德尔古斯等不少澳门地区，以及葡萄牙的文学精英。

⊙　陈洵作词《霜叶飞·晦闻（黄节）南归过访，别七年矣。飘摇倦侣，感念近远，聊述此解》。

黄节（1873—1935），字晦闻，号纯熙、蒹葭楼主，广东顺德人。为我国进步报业的开创人之一，也是著名的教育学者。早岁师从同邑名儒简朝亮。愤清廷失政，走上海，与邓实等组织国学保存会，主《国粹学报》笔政。1907年赞助于右任等创办《神州日报》。次年参与组织南社，以诗文宣传革命。1909年入同盟会。辛亥后，任广东省高等师范学堂监督、南京临时政府稽勋局名誉审议。1912年在广州创办《天民日报》，反对袁世凯独裁。1913年春加入南社。1917年受聘任北京大学文学院教授，讲授中国诗学。1928年任广东省教育厅厅长、广东通志馆馆长。1929年春辞职，居澳门。同年秋复任北京大学教授，兼清华大学、北平师范大学教席。1935年1月24日病逝于北京。黄节一生以诗名世，其诗人称“唐面宋骨”。与梁鼎芬、曾习经、罗掞东合称“近代岭南四大家”。黄节的诗以“深婉”为特征，在岭南近代诗歌中独树一帜，自成一家。

黄节生前编订《蒹葭楼诗》两卷，收录诗365题423首，后来不断有人做补遗工作，譬如汪宗衍手抄《蒹葭楼诗续编》、木易编《蒹葭楼诗外诗》、马以君辑《蒹葭楼集外佚诗》。今人马以君从报刊、书籍、手稿及黄节亲友藏品中新搜辑186首，以原《蒹葭楼诗》为底本，编成《黄节诗集》，共收录黄诗609首，乃比较完备的版本。

十一月

23日　冬至，陈洵作词《应天长·庚申冬至》。本年，陈洵还有《莺啼序》，序云："橘公、文叔皆喜听雪娘曲，而余与翰风为最，余《戊午杂诗》所谓'两家同调'者也。今翰风没逾一年，余亦端忧闭门，无复曩时游赏。客有道雪娘事者，感音思归，不觉长言。"[①]

十月至十二月

⊙　何锺瀛作七律《濠镜杂感六首》，从不同侧面反映当时澳门的社会状况。如其中第三首描写澳门赌博行业，从赌商投标纳饷，赌客豪掷喝呼，以至小及鱼虾蟹一类的赌博形式皆有咏及。

何锺瀛，字皞如，广东顺德人。青缃时代，学有本源，经史文词，靡不研求。性恬淡，不慕荣利，持躬刻苦。以五柳先生自况，名所居曰"潜园"。居恒手披一卷，而外间及吟咏。有《勤补拙轩诗钞》。

⊙　吴道镕（1853—1936）作七律《游濠镜访林朴山，归后寄怀并柬其哲嗣柔仲、学文、正焓二首》。柔仲、学文、正焓为诗人的三个儿子，据诗人所撰《清岁贡生林君墓表》载："子三人：正煊、正焓俱高等学堂毕业。正煊县附生，广东省议会议长。正焓奖给举人，台山、香山、东莞等县知事。正炜北京大学毕业，授法学士。"盖正煊字柔仲，正炜字学文。

① 谢永芳：《广东近世词坛研究》，上海古籍出版社，2008年，第364页。

⊙ 林鹤年（1858—1924）作七律《次韵酬吴玉臣太史过访见赠二首》。吴玉臣太史：吴道镕，字玉臣。吴氏乃光绪六年（1880）进士，选庶吉士，故称太史。吴道镕原韵即《游濠镜访林朴山，归后寄怀并柬其哲嗣柔仲、学文、正烇》。

⊙ 陈海瀛作七绝《至澳门观白鸽巢花园》。

陈海瀛（1883—？），字无竞，号希微室主，福州人。光绪二十八年（1902）举人。30岁以后，任职于广州、琼州、桂林等地。民国十年（1921），曾随粤军至梧州，与桂军作战。诗作《梧州军中作》："缚帚书旗呼杀贼，书生志岂在封侯？"意气颇豪。后返福州，游于家林者15年。年五十五，以避兵在外7年。晚年复返居福州，与里中诸子谈艺自适。1962年，年八十，刊其诗集，曰《希微室诗稿》。

⊙ 黄沛功作七律《濠江卜居》。

黄沛功，又名浦功，号奉宣，又号心陶阁主、岐江钓徒，广东香山（今中山）人。清末优增生。中岁以后寓居澳门，雪社社友，任澳门连胜马路翰华学校校长。著有《心陶诗钞》。关于这首诗的写作年代，《中山诗词选》卷一将这首诗列于《辛酉新春抒怀》之前。辛酉，指民国十年（1921），联系《台城路·述怀》中"三年一觉濠江梦"之句，这首诗应当作于民国九年（1920）作者初移居濠江之时。

本年

⊙ 梁彦明撰文《莲峰义学记》。

梁彦明（1885—1942），字哲士，号卧雪，又号天台山人，广东新会人。早岁毕业于南海师范学堂及两广优级师范学堂。宣统元年（1909）

至澳门，创办崇实学校，任校长。旋加入同盟会，为同盟会澳门分会骨干。辛亥后参加过讨袁、抵制日货及五四运动。1920年与刘雅觉神父、冯秋雪、刘君卉等创办澳门教育会，自20世纪20年代中期起为该会主要负责人。后又创办莲峰义学。复与冯秋雪、冯印雪、黄沛功等共组雪社，时相唱酬。并任国民党澳门支部常务委员。抗战期间，致力于抗日救亡运动，拒绝敌伪劝降。参与创办澳门各界救灾会、澳门救济难民会等团体，发动募集献金义卖，节食捐薪，支持抗日救亡运动，并揭露日伪汉奸在澳门破坏抗日活动的阴谋，招致日伪忌恨。1942年12月24日晚9时，在崇实学校附近的龙嵩街遭伏击，重伤入山顶医院，延至下午5时逝世。出殡日，其灵柩从山顶医院到西洋坟，途经日本领事馆，"千人侧目缓步，切齿睨视而行"。其事迹载入1946年国民党总支部编撰的《港澳抗战殉国烈士纪念册》。抗战胜利后，门人郭辉堂等辑刊其诗作及纪念文字，名《梁彦明烈士纪念集》。中山麦孔檀在集中称誉其才学素性："白傅才高，右军墨妙。言诗则遥宗李杜，论道则近伉程朱。倘遇贫寒，乞邻犹与。若谈风月，终夜不倦。斯又为朋俦所同钦，澳侨所共羡也。"门人谢永先述其志节行事："自沈阳事变，公知国难亟，而外患深。迨卢沟烽火，敌焰益张。……乃纠合同志，为积极救国运动。举凡国债之劝募，抗战之宣传，与夫组织慰劳受伤士兵，集款抚恤阵亡将士，违难者与以指导，飘泊者与以维持。呼号奔走，力竭声嘶。更复秘察敌伪行动，密告抗战当局。鞠躬尽瘁，靡计晨昏。而敌寇嫉之矣。其始也，施以利诱。其继也，施以威迫。友辈咸为公危，而公以坚贞凛烈之气，泰然无惧……遂其许国之志。"诚足以彪炳青史，垂法后世。

梁彦明是一位爱国诗人，他的诗作充满着强烈的爱国主义情感。如："……风起水涌浪排山，潮流澎湃似时艰。乾坤整顿待何日？匹夫有责耻投闲。濠江涸迹将廿载，岁月蹉跎鬓渐斑。苍生苦海陷溺深，狂澜力挽仗婆心。……我生不辰拚与战，安忍坐视任侵略。吾怀如此人亦然，相期努力厉仔肩……"（《夏雨暴作偕宇学、秋雪夜游西湾》）澳门西湾面对十字门海面，背枕西望洋山，长堤迤逦，绿荫如盖，风光极为幽静。夏夜，梁彦明偕雪社诗侣同游，骤逢暴雨。一时间，“风起水涌浪排山”，优美的西湾变得狰狞可怖。诗人面对暴风骤雨，联想到纷乱的时局。他表示不能坐视国家受辱，决心与同胞一起力挽狂澜，重整乾坤。又如：“瓯脱山河不忍看，低徊国事尽凄酸。”（《过废城次仲恭韵·之二》）“明朝国运随时转，狂寇无难一鼓膺。”（《丁丑除夕·次王惺岸先生韵》）“翘首西瞻还北顾，寇氛殊恶待惩膺。”

⊙ 本年度还有区维屏撰文《镜湖医院增建留医所小引碑》以及陈洵所作《莺啼序》：“橘公、文叔皆喜听雪娘曲，而余与翰风为最，余《戊午杂诗》所谓‘两家同调’者也。今翰风没逾一年，余亦端忧闭门，无复曩时游赏。客有道雪娘事者，感音思归，不觉长言。”

⊙ 本年逝世作家易顺鼎。易顺鼎（1838—1920），字实甫，又字实父，号眉伽、哭庵、忏悔斋、一厂居士等，湖南龙阳（今汉寿）人。光绪元年（1875）举人。幼有神童之名，稍长负才子之称。曾应张之洞之聘主两湖书院经史讲席。《马关条约》签订后，上书请罢和议，反对割台湾及辽东，又两度赴台，欲助刘永福抗战。庚子之变时，督江楚转运。后官广西右江道、广东钦廉道等。辛亥革命后，遁居上海。旋赴北京，与袁世凯之子克文游。袁世凯称帝，任代理印铸局长。性好声色。帝制失败后，益纵情于歌楼妓馆中，颓唐而卒。易顺鼎平生于学无所不窥，广涉经济、考据、词章之学。尤其长于诗，与樊增祥齐名，并称“易樊”。一生作诗近万首。因平素好游，行役游览之作居其大半，亦多咏物、艳情之作。少数古体，被张之洞视为“雄伟恣肆”，赞为“奇作”。有《丁戊之间行卷》《四魂集》《摩园阁诗》《容园词综》等，凡三四十种，大都收入《琴志楼易氏丛书》。病逝前复排比抄辑，印成《琴志楼编年诗录》及《琴志楼游山诗集》。其中思想性较强而有史诗价值的要数作于宣统二年（1910）六月的《新乐府二首》之《过路环》和《崇正团》了。诗人有感于官府无力攻剿路环岛上的“真贼”，让澳葡政府借“剿匪”之名，攻占本来属于中国领土的路环岛，并不分良莠，残杀乡民渔户，而将粤西岑溪地方因抗捐或仇教之事与官府稍有争执的陈姓村民三百口诬为“盗贼”，动用官兵阖村杀尽，以无辜百姓的鲜血染红自己的顶子，而作《新乐府二首》。

过路环又称过路湾、路环、九澳。王彦威辑、王亮编《清季外交史料》中光绪十三年（1887）《粤抚吴大澂奏查明澳门占界及将占界拟即清厘折》：“澳门之南，十字门以内，东有大拔岛，西有大横琴二岛；大拔岛之北麓有潭仔村，大横琴岛北面山坡有过路湾。皆与澳门不相连属。……臣查阅各岛，见有葡人设立兵房，殊堪托异。询之民户，近年按户勒收地租，竟以该岛为葡人管辖之地，……大抵海外荒岛，多有私枭洋盗，匿迹其间，葡人庇护之，因以为利。”“路环惨案”即发生于宣统二年（1910）六月间。其时广东新宁（今台山）、开平发生教案。17名天主教徒子女被掳至路环岛上藏匿。教民禀告两广总督袁树勋，袁因“澳界尚未勘定，不便派兵往缉”而迟疑。教民复求于澳门主教，澳葡政府即以此为借口，以“剿匪”为名，派军队进攻路环。岛上居民联络海盗对抗葡军，击退葡军三次进攻，击毙葡兵数名，并夺回炮台。澳葡政府以军舰炮轰，一连数日，继而葡兵登陆，纵火焚毁九澳全乡，村民数百家毁亡。这首诗中，“彼特助我歼神奸”之句，语似诙谐，实为沉痛。[①]

① 章文钦笺注：《澳门诗词笺注·晚清卷》，澳门特别行政区政府文化局，2003年，第329页。

初抵马交感赋

欧阳韶

醉倚红楼首独搔，又随梁燕并辞巢。西风樽俎夸鲈脍，南国江山极马交。
劫外有村容赁庑，人间何世感悬匏？惯从月落潮平后，海角遥闻啸夜蛟。

（《澳门诗词笺注·民国卷·上》，第 254 页）

濠镜杂感六首（此处选第一、第二、第三、第六首）

何锺瀛

曾闻嘉靖订邦交，三百余年附近郊。有客自营容足地，是谁思代越樽庖？
人燃犀角观牛渚，孰肯鸠居让鹊巢。有隧大风歌败类，一枰棋看局终敲。

旋惊炮响类雷车，声浪高腾掩日华。凛凛横霜挠岸暖，纷纷细雨挟风斜。
无家蔡琰空挥泪，爱国弦高亦被查。手把报章何处是，卧看檐马送飞花。

分投杂饷各争权，去去来来未改弦。刘毅呼卢轻百万，坦之坐隐已三年。
撂蒱厉禁成虾蟹，得失空劳费转旋。省识虚怀廑接物，大罗天外亦神仙。

压岁盘开食物鲜，不因地远俗情蠲。寄身港澳逾三月，弹指光阴又一年。
世事已从闲里过，乡思时觉梦中牵。劫来欲补《桃源记》，记否桃源肇乱前？

（《澳门诗词笺注·民国卷·上》，第 220—223 页）

次韵酬吴玉臣太史过访见赠二首

林鹤年

澳门潮隔虎门潮，悄听寒灯久寂寥。旅客琴书闲了日，故人风雨可怜宵。
鹤翔天宇闻声下，浪撼山楼带梦摇。我愧剡溪前夜雪，舟来棹返未重招。

失群禽鸟托枝难，异地寻巢那久安？空谷声同求友应，他山石敢等闲观？
高骞鸿鹄忧思远，角触蜗蛮冷眼看。话到归期无限感，连宵独翦雨窗寒。

（《澳门诗词笺注 · 民国卷 · 上》，第 246 页）

游濠镜访林朴山，归后寄怀并柬其哲嗣柔仲、学文、正烇二首

吴道镕

栅关落日马交潮，天末怀人感寂寥。嵇吕相思聊命驾，纪群深语到连宵。
清觞款款檐花落，寒漏迟迟烛影摇。最感临歧珍重意，风波稳处隐频招。

自怜弱羽奋飞难，心怯危枝强自安。得失鸡虫凭聒耳，逍遥鹏鷃付齐观。
拄藜访旧心惊少，束笋丛编眼倦看。欲羡移家陶处士，三层楼拥地高寒。

（《澳门诗词笺注 · 民国卷 · 上》，第 237—239 页）

至澳门观白鸽巢花园

陈海瀛

世外桃源且漫夸，珠崖早已属他家。强收一掬伤心泪，来坐浓阴看物华。

（《澳门诗词笺注 · 民国卷 · 上》，第 253 页）

濠江卜居

黄沛功

屋势依山宛卧龙，主人闲辟地三弓。楼高望见梅岗月，窗阔迎来镜海风。
狂态只应怜杜牧，移文端可恕周颙。濠江他日谈风雅，傥忆当年一寓公。

（《澳门诗词笺注 · 民国卷 · 上》，第 256 页）

过路环

易顺鼎

有客来言过路环，地近澳门属香山。领土半属葡萄牙，龙蛇为邻虎豹家。贼掠学童数十七，似闻官吏持之急。挟童便入过路环，岂意童家向葡泣。葡兵来，贼巢摧。救幼孩，歼渠魁。我兵会剿亦惊叹，彼兵彼将何勇哉！岂无村民及渔户，玉石俱变昆冈灰。我有儿女我不哺，我有盗贼我不捕。任教异类戕同胞，更使喧宾来夺主。我谓客勿然，彼特助我歼神奸。君不见，粤东今有过路环，粤西又有崇正团。

（《澳门诗词笺注·晚清卷》，第 329 页）

新文学运动的边缘回响

——论澳门的早期新诗

邓骏捷

自明代中后期开始，由于历史的原因，澳门文化的发展就走上了一条与中国内地不完全一样的道路，因此使其具有了自身的独特性。然而，同民同种，语言相通，交往密切，互相依赖，又使得澳门时时受到内地不同程度的影响。澳门文学是澳门文化的一个重要组成部分，所以亦应作如是观。而澳门文学的主体——华文文学，明清以来就是中华文学不可或缺的部分，因此其发展过程每每与内地息息相关，如澳门文学的三个繁荣时期，即明末清初、清末民初和抗战时期，皆是受内地政治局势的影响而产生的。另一方面，从文学本体发展而言，澳门文学所受的内地影响，最显著的例子莫过于澳门新文学的出现。过往一般认为“迄今尚未有发现任何资料，可以说明新文学运动在它最初蓬勃的十年对澳门产生任何影响”[①]；也就是说，澳门新文学的出现不仅较内地迟缓，而且也看不到与内地“新文学运动”间的影响关系，不过事实却并非如此。

笔者近年整理研究民国时期的澳门文学史料，发现目前所知的澳门最早一首新诗（1920 年）、最早的新诗集（1928 年），以及第一个新诗作者群。这些发现有助于了解澳门新文学的起源和早期面貌，并可借以探讨新文学运动对澳门文学发展的影响。澳门的早期新诗不仅说明澳门新文学的发轫与新文学运动关系密切，甚至可以说澳门新文学是在新文学运动兴起的短时间内受其直接影响下的产物。不过，澳门新诗的发展过程却是曲折的，它反映出澳门新文学的发展受到一定自身因素的制约，并与外来影响形成了复杂的张力关系。

一、澳门新诗发轫寻踪

澳门虽在葡萄牙的管治之下，但地处岭南一隅，所以华文文学的创

---

① 刘登翰编：《澳门文学概观》，福州：鹭江出版社，1998 年，第 100 页。

作和发展，一直与中国内地大体保持一致。明清时期，基本上是古典诗词的天下；进入民国，随着一批清遗民的拥入（其中汪兆镛是典型的例子[①]），诗词的势力更形重要。而在中国内地，1917 年 1 月，胡适在《新青年》第 2 卷第 5 号上发表《文学改良刍议》，提倡白话文学。1918 年，《新青年》上发表了胡适、沈尹默、刘半农、陈独秀、唐俟（鲁迅）、陈衡哲、李大钊等人的第一批新诗[②]。从此，新文学运动浪涛汹涌，席卷全国，使中国文学从形式至内容发生了一次革命性转变。那么，当时以古典诗词为主要创作手段的澳门文学界对于新文学运动，尤其是具有标志性意义的新诗，反应究竟又是如何的呢？

首先需要界定的是，何为澳门新诗？郑炜明在《澳门中文新诗史略》中，曾经指出“澳门中文新诗作为一个文学研究的概念，应包括两大范围：（1）澳门人创作的中文新诗，（2）以澳门为题材的作品”；并据之认为“最早期的一首作品，也许可以追溯到著名的新月派诗人闻一多先生所创作的《七子之歌之澳门》。这首诗为组诗《七子之歌》的第一首，发表于一九二五年十一月”。“至于三十年代的澳门中文新诗，我们现在能搜集到的资料仍然屈指可数，大抵有德亢、蔚荫、魏奉槃和飘零客等几位在三十年代末的几首作品。”[③] 陈辽亦谓“至少从 30 年代起，澳门即有诗人从事新诗创作，（如）出生于澳门的华铃”[④]。不过，郑炜明所举的例子——闻一多《七子之歌》中的《澳门》，充其量只符合他所指的澳门新诗的第二个范畴，即“以澳门为题材的作品”。因为闻一多先生毕竟不是澳门人，而且从未踏足澳门。故此吕志鹏在遍考众说，却困于没有新史料的情况下，唯有同意郑炜明的结论；但他又据刘登翰的观点，指出《七子

① 李杰：《“谁向虞渊挽夕晖”：汪兆镛的遗民身份及其自我建构》，《华南师范大学学报》2016 年第 2 期。

② 详参刘福春：《新诗纪事》，北京：学苑出版社，2004 年，第 2—3 页。

③ 郑炜明编：《澳门新诗选》，澳门：澳门基金会，1996 年，第 1 页。

④ 陈辽：《新诗 · 现代诗 · 新现代诗——论澳门新诗的发展轨迹》，廖子馨编：《千禧澳门文学研讨集》，澳门：澳门日报出版社，2002 年，第 98 页。

之歌》中的《澳门》"只是'关于'澳门，而非本土创作"的新诗[①]。那么澳门本土诗人创作的第一首新诗，究竟产生在什么时候，又为谁所写，是否早于《七子之歌》中的《澳门》，就成了澳门新文学史上一个有待破解的悬案，并且可能触发对澳门新文学史的重新思考。

（一）《纸鸢》——澳门的第一首新诗

据今所见，澳门最早的白话新诗应是冯秋雪的《纸鸢》（拟题）。它写于 1920 年 1 月，较闻一多《七子之歌》中的《澳门》最少早近五年。冯秋雪是澳门近代商人冯成之孙，冯成长子冯嘉骥之子，长期在澳门生活和居住，是地地道道的澳门人；而且《纸鸢》发表在澳门的文学刊物《诗声》第四卷第八号的《诗声附庸》上，因此它可以当之无愧地称为澳门的第一首新诗。

冯秋雪（1892—1969），名平，又名宗樾，字秋雪，广东南海人。清光绪三十年（1904）前后，冯秋雪与其弟冯印雪（1893—1964，名祖祺，号乙盦）、赵连城（1892—1962，名璧如，别名冰雪，后来成为秋雪之妻）一同就读于澳门培基两等小学堂。1910 年，同盟会在澳门下环四十一号设立秘密支部，又组织"濠镜阅书报社"。冯秋雪等人参加"濠镜阅书报社"，成为同盟会在澳门发展的最早成员，并积极投身辛亥革命的各项活动[②]。民国成立之后，各地同盟会组织日趋解体，"濠镜阅书报社"不久亦告结束。1913 年，冯秋雪与"留澳的当地同盟会几位会员，便在澳门组

---

① 详参吕志鹏：《澳门中文新诗发展史研究（1938~2008）》，北京：社会科学文献出版社、澳门：澳门基金会，2011 年，第 33—40 页。

② 详参冯秋雪：《辛亥前后同盟会在港穗新闻界活动杂忆》，陈夏红编选：《辛亥革命实绩史料汇编 • 舆论卷》，北京：中国大百科全书出版社，2011 年，第 269—278 页；赵连城：《同盟会在港澳的活动和广东妇女界参加革命的回忆》，中国人民政治协商会议全国委员会文史资料研究委员会编：《辛亥革命回忆录》第二集，北京：文史资料出版社，1981 年，第 302—322 页。

织了一个‘雪堂诗社’，寄情吟咏，不谈政治”[①]。雪堂诗社于1915年7月开始编辑出版社刊《诗声——雪堂月刊》，社址设在“澳门深巷十八号”的冯家。

自创刊至“庚申年伍月”（1920年6月）第四卷第十号为止，《诗声》一共出版了四卷四十六期[②]。

雪堂诗社是民国时期澳门第一个以本土居民为主的文学团体，他们结集同道，以“月课”形式进行诗词创作，在澳门文学史上占有重要的地位[③]。由于“雪堂”以提倡风雅，畅论古典诗词为宗旨，所以过往不为治澳门新文学史者所注意，然而澳门最早的一首新诗却出现在《诗声》之上，不禁令人意外。

《诗声》从第四卷第一号（1919年2月）开始，增加了附刊《诗声附庸》，一共10期，分别刊载秋雪、连城合著的《并肩琐忆》、埜云的《云峰仙馆读画记》以及琴樵的《鼎湖游记》。《并肩琐忆》是冯秋雪、赵连城对少年生活的回忆，每每谈及二人相恋、相处等琐事，情意绵绵。《并肩琐忆》共有两章，分别是《画月》（载《诗声附庸》第4至7号）、《呜呼纸鸢》（载《诗声附庸》第8至10号）。《画月》为冯秋雪所撰，前有赵连城的《忆江南》题词。《呜呼纸鸢》为赵连城所撰，前有冯秋雪的新诗一首：

西风起，纸鸢飞满天，放哩！放哩！的声，闹成一片。

---

① 冯秋雪：《中华革命党澳门“讨龙”活动杂忆》，中国人民政治协商会议广州市委员会文史资料研究委员会编：《广州文史资料》第十一辑，广州：广东人民出版社，1964年，第38页。

② 过往学界对于《诗声》杂志的了解不多，不过近年随着《诗声》的重新浮现以及澳门文化局将之全面刊布，其面貌已经清晰地呈现出来了。详参《雪社作品汇编》第1、2册，澳门：澳门特别行政区政府文化局，2016年。

③ 详参邓骏捷：《澳门雪堂诗社考述》，《学术研究》2016年第16期。

斜日照着林梢，好一个天气已凉，时节又暖。
放纸鸢！放纸鸢！冰姊呀！我要她又高又远。
不要和人割，恐怕他折我断。
执定这线儿，注定那眼儿，空中吗！任尔风云万变。
纸鸢！纸鸢！你好得意呀！又高又低，又展又转。
唉！风来了，雨到了，怎样好呀？冰姊呀！
刮喇！刮喇！疏疏！疏疏！——
哎唷！线断了，纸鸢呢？没由寻见。
为什么弄到这样呀？
都是他不知为人玩弄，翱翔天空，意满心足。

九年一月秋雪题[①]

落款中的（民国）“九年一月”，即是1920年1月。《呜呼纸鸢》写少年冯秋雪爬树观看两只纸鸢空中飞翔，继而相缠坠落；他在呼叫赵连城（诗中的“冰姊”）时，不慎失足堕地，触伤头面。此诗内容与之相应，当是《呜呼纸鸢》的题诗。然因没有诗题，暂可拟题为《纸鸢》。此诗结构完整，文字流畅，形象生动，配合《呜呼纸鸢》的内容，更觉主题鲜明，是一篇较为成熟的新诗作品。

附带说明的是，《诗声》第四卷第八号的出版日期标作“夏正已未年八月望日”，即1919年10月8日；然该号附刊《诗声附庸》上的冯秋雪新诗的题写时间为1920年1月，两者相差近三个月。考虑到民国刊物的实际出版时间，有时会较标示者略后，所以冯诗的写作时间仍以定在1920年1月为宜。由此可见，恐怕不宜再认为新文学运动“几乎没有在澳门引起回应”[②]，而是确实有所响应，且速度不慢，至少较香港《小说星月刊》（1924年）上发表的新诗为早[③]。

---

① 《诗声》第四卷第八号《诗声附庸》第8号，1919年10月8日，第23页。

② 刘登翰编：《澳门文学概观》，第99页。

③ 参见叶辉《新诗地图私绘本》，香港：天地图书公司，2005年，第242页。

（二）《绿叶》——澳门的第一部新诗集

如果说只有一首新诗作品，其出现或属偶然，仍不能反映澳门新文学的早期面貌，那么，在 1928 年 3 月出版的冯秋雪、冯印雪、赵连城三人的古典诗词、新诗合集《绿叶》，则大体反映了澳门早期新诗创作的实绩和水平。

雪堂诗社在出版《诗声》第四卷第十号后，因“社友星散，鲜获聚首”[①]，基本停止了文学活动。到 1925 年，冯秋雪重组诗社，并邀梁彦明等人入社，组成“雪社”，社员共冯秋雪、冯印雪、赵连城、黄沛功、梁彦明、刘君卉、周佩贤七人。“雪社”与“雪堂”的活动基本一致，主要包括雅集、畅游、聚饮、诗课等。但不再编辑出版社刊，而是改为出版社集，“雪社”前后出版了诗集五种[②]。

在出版《雪花——雪社第四集》的同一时间，“雪社”还出版了冯秋雪、冯印雪、赵连城的合集《绿叶》，作为“雪社丛书之一”[③]。此书前有古畸、黄沛功的《序》，冯秋雪的《序：我们底“绿叶”》，刘草衣（君卉）的《绿叶集题词》。全书分为上中下三部分，“绿叶上”收冯秋雪诗 10 题 21 首、词 3 题 3 阕、新诗 7 题 9 首，合共 20 题 33 首（阕）；“绿叶中”收冯印雪诗 14 题 22 首、词 2 题 2 阕、新诗 3 题 3 首，合共 19 题 27 首（阕）；“绿叶下”收赵连城诗 13 题 19 首、词 3 题 5 阕、新诗 3 题 3 首，合共 19 题 27 首（阕）。其中部分诗词见于《雪社第二集》《雪社第三集》《雪花——雪社第四集》，当然也有一些新作，相信此书是三人的一部诗词选集。

最值得引起注意的是，《绿叶》收有三人的新诗作品共 13 题 15 首，

---

① 黄沛功：《雪社第一集·叙》，澳门：雪社，1925 年，第 1 页。

② 《雪社第一集》，澳门：雪社 1927 年 7 月版；《雪社第二集》，澳门：雪社，1926 年 2 月版；《雪社第三集》，澳门：雪社，1927 年 2 月版；《雪花——雪社第四集》，澳门：雪社，1928 年 6 月版；《六出集——雪社第五集》，澳门：雪社，1934 年 1 月版。《雪社诗集》五种，现已全部收入《雪社作品汇编》第 3 册，第 8—284 页。

③ 冯秋雪、冯印雪、赵连城：《绿叶》，澳门：雪社，1928 年。《绿叶》收入《雪社作品汇编》第 3 册，第 285—340 页。

即冯秋雪的《心海》《我愿》《笔》《看书》《小花》《北岭村口底新叶》《白莲洞杂诗》(组诗，共3首)[①]，冯印雪的《梧桐》《天籁》《小诗》[②]，赵连城的《良夜》《人们底慈母》《记得甚么？》[③]。它们是澳门新诗史以及新文学史上的重要标志，即是早在20世纪20年代，澳门已经出现了一批新诗作品，以及第一个关系密切的新诗作者群。同时也说明了“雪社”不仅是从事古典诗词创作的文学社团，也是一个新旧文学兼有，尝试创作多种形式诗歌的群体，这使得它在澳门文学史上的地位更显特殊和重要。

二、澳门早期新诗作品析论

《绿叶》中的新诗作品，数量不多，而且明显地带有尝试的性质，冯秋雪曾在《序：我们底“绿叶”》中写道：

绿叶，是我们品格的象征；是我们著作的象征；所以拿它来叫我这本书。

……

我们的诗，仿佛像绿叶。不见得它有甚么别的色采（彩），不见得它有甚么可爱。远看只见一片的蒙蒙地，近才知是一片一片底叶呢！这样的朴素冲淡，或许是它们底本色呢！[④]

由此可见，冯秋雪对于他们的诗词，以至新诗创作，抱着一种尝试和谦虚的态度，完全没有大张旗鼓的意思。至于冯秋雪等人写作新诗的缘起，古畸《绿叶的序》说道：

我的朋友秋雪先生，对于旧文学极有修养，同时对于近世的科学知识

① 冯秋雪、冯印雪、赵连城：《绿叶》，第1—2、9—10、16—17、25—28页。

② 冯秋雪、冯印雪、赵连城：《绿叶》，第38—39、41、49页。

③ 冯秋雪、冯印雪、赵连城：《绿叶》，第53—58、57—65页。

④ 冯秋雪、冯印雪、赵连城：《绿叶》，第7—8页。

也很多通晓。所以他的为人：有和古人一样的真挚的深情和照人的肝胆；他的思想和行动，却又时时站在时代的前面，为一般时代落伍的人物所怀疑——他是一个感情丰富的人，也是一个理智充实的改革者。感情和理智，在他却尽量地得到平行的发展。

“抒情的文字大抵古人较今人好”，这句话秋雪也颇以为然，所以他每好作旧体的诗，但他也很相信社会蜕进的结果，今人也自有其古人所无的特殊情怀，不妨拿新的方法写出来，所以他又作了不少的新体的诗。

……

秋雪深于情，很有诗的情绪修养；就是工具的驱遣，也经过了不少的训练；宜其新体旧体无不工妙了！

绿叶是他和他的夫人连城女士，令弟印雪先生的合并诗集的一种。他们三人的见解和学问都大略相同；我所说的关于秋雪的话，移给连城或印雪，我觉得还都没有不适宜的地方。[①]

冯秋雪等人熟读古典，对诗词时耽苦吟，同时又有写作新诗的情怀，拥有写作新诗的本领。而且，他们勇于接受新思想、新观念，在新文化运动浪潮中做出了尝试，于是澳门诗坛出现了第一批白话新诗，成为澳门新文学的嚆矢，翻开了澳门文学史的新一页。

（一）冯秋雪的新诗

冯秋雪的古典诗词“以淡远胜”[②]，而其新诗的情感却不一样，似乎来得浓烈许多，如《心海》：

我的心海啊！
我深深地拥护着你，
待你也算不薄了！

① 冯秋雪、冯印雪、赵连城：《绿叶》，第2—6页。

② 黄沛功：《绿叶集序》，冯秋雪、冯印雪、赵连城：《绿叶》，第3页。

你为甚的时起潋滟底微波？
为甚的时起澎湃底洪涛？
使我不得一时的宁息呢？
我愿化作太阳，把心海曝干了，涸了！
要它变做犹太底死海；
要它变做蒙古底戈壁。
心海啊！
静默些罢！

今天已不晓得冯秋雪当时受到了什么刺激，但是心绪似乎很不安宁，他急欲让自己平静下来。这首诗的情感表达如此强烈且直接，特别是提到要“它”变作犹太的死海和蒙古的戈壁，形容十分新鲜。

冯秋雪的小诗颇有哲理。如《笔》：

笔对纸说：
“我和你都是给人们役使着呢！
人家对着我们哭和笑，
都不是真的啊！”

此诗借笔对纸的一番话，说明人性的虚伪，同时也点出一切的文字、话语也许都带着欺骗性。如果没有深刻的人生体会，恐怕是写不出这样的作品来的。

此外，《白莲洞杂诗》也值得注意。它由《松》《石》《泉》3首组成，是目前所知的第一首澳门新诗的组诗。全诗如下：

松

古松傲兀地立在路边，
斜睨着过往的行人。

"行人啊！

你们印出底足迹虽是很多，

然而匆匆就模拟了！"

石

两块太古底大石，

在一个小澄谭上来接吻；

我们立在他俩底吻下，

惹起了无限底美感！

泉

滴滴底流泉！

既滴在石上，

又滴到我底心坎里。

经过石上底虽是无限的清，

但不及滴到我心底无限的凉。

流泉啊！

你自择吧！

1927年的冬天，雪社诸人相约同游位于香山吉大乡的白莲洞（今属珠海市）。[①] 此处"芳树阴森，饶泉石之胜"（《白莲洞杂诗》自注），冯秋雪意绪袭来，写下了这首既充满情致，而又饱含哲理的组诗。其中，第一首的《松》，从松树的角度，质问行人——他们匆匆而重叠足迹，究竟有多少的不一样？第二首的《石》写"我们"在小澄谭旁的"太古底大石"下，仿照它们的形态般"接吻"。第三首的《泉》写泉水的"无限的清"，滴到我心底的"无限的凉"。这组新诗不仅采用了拟人化的手法，更写到"我／我们"与"物"的对话，反映出冯秋雪借外物对人事进行思考，颇

① 周佩贤（字雪）有《冬日游吉大乡白莲洞同观如卧雪》（二首），见《雪花——雪社第四集·雪花之外》，第55页。

有一定的思想性。

此外，还有表现冯秋雪和赵连城“闺情”的两首新诗，写得十分生动、形象。如《我愿》：

我愿她做堤边的水，
她愿我做水边的堤；
朝朝暮暮底吻着——
天哪！她怎的不能变做水？
我怎的不能变做堤呢？

又如《看书》：

黄澄澄底灯光，
悄悄地偷进罗帏里。
手执书本的她，
一页一页的展读；
她底媚眼也随着一行一行的下去，
也随着一页一页的翻去。
呵！究竟是她底眼随着一行一页转动呢？
还是一行一页随着它转动呢？

这类新诗通俗浅白，直接表现了秋雪、连城夫妇的鹣鲽情深；而且细味之下，还会感受到句中清晰的节奏感。毕竟冯秋雪深谙词章之学、精于古典诗词，所以在写作白话诗时，仍会自然而然地把握住句子的节奏。这是新旧文学交替时期的新诗特点之一，胡适的新诗如是，陈独秀的新诗亦如是。

（二）赵连城、冯印雪的新诗

秋雪之妻赵连城，虽然是一位革命女性，深受时代新思潮的影响，但从整体风格看，应属闺阁诗人一类。古典诗词如是，新诗亦如是，如《良夜》：

箫声远远地吹着；
月色低低地照着；
树影沉沉地睡着——
呵！难得底良夜！
可使它和梦各做各的吗？！

虽是新诗，不过仍是旧诗的作法：前三句写景铺垫，最后一句曲终奏雅，略具诗意。另一首《记得甚么？》则显然属于“闺情”诗：

黄昏近了！
悄悄地伏在窗阑上。
那年时底游踪——
一桩一桩的回上心来！
使我永久不会忘记。
记得甚么？
西湾么？北郊么？车厢里底笑声么？

此诗平白如话，诗意不浓，却反映了冯秋雪、赵连城夫妇的生活片断，与上引秋雪诗对读，可见两人感情之深。

至于冯印雪，生于澳门，多才多艺，诗书画兼擅。与高剑父交挚。剑父在佛山创立春睡画院时，聘印雪为秘书。冯印雪在澳门、香港地区，以及越南等从事教育工作数十年，晚年参加澳门美术研究会，曾任副理事长。印雪逝世周年时，挚友黎心斋等辑其遗诗，刘草衣撰《冯印雪传》，刊于澳门《华侨报》以为纪念。[①]

冯印雪与兄秋雪一样，性耽吟咏，既嗜古诗，亦尝试新诗的创作。他有一首《小诗》，可以说是作诗的宣言：

沈闷的黑夜过去了，
灿烂的朝阳再来；
我的朋友，准备着你底柔曼的歌声，
歌颂自然。

岭南著名诗人黄节曾评冯印雪的古典诗词“町畦自辟，造境冷峭”（刘草衣《冯印雪传》），新诗则清新可诵，如《梧桐》：

梧桐

撑着伞似的绿叶——
在热烈的太阳底下，
布置清润的绿阴，
表现它的人格。

诗人用拟人手法，将树阴说成是梧桐树主动“布置”的，以此显示其为众生造福的“人格”，诗短意深。又如《天籁》：

人们睡了，
幽悄底雨声依旧点滴着；
你休要嗔恨，
天籁不是给一般人们颂赞的啊！

① 参见《冯印雪先生逝世周年遗诗选辑》，澳门《华侨报》1965年11月29日。

这些新诗已经比较成熟，可见冯印雪的文学修养较深，无论旧诗新诗，同样得心应手。

总之，冯秋雪、赵连城和冯印雪的新诗，数量虽然不多，但已达到了一定的水平，而且各人的作品亦呈现出不同的面貌。这恐怕与他们的旧体诗词修养有一定的关系，可见澳门的早期新诗并不完全是与旧体文学绝缘，甚或可以说，它们与旧体诗词带有一定的内在联系。

三、冯秋雪等人与新文学运动的关系

民国初年的冯秋雪等人创作了澳门历史上的第一批新诗，然而他们的这种尝试属于独立自发的呢，还是受到外来的影响，尤其是与当时中国内地的新文学运动关系究竟又是如何的呢？冯秋雪虽然居住在澳门，但时常往来穗澳两地，与内地关系甚为密切，不仅很容易接触到新文学运动的信息，而且他的确也曾对新文学运动发表过意见。冯秋雪曾借评说胡适《沁园春·誓诗》，对新文学运动表达了一些个人的看法：

挽近文学革新之声浪，愈唱愈高，此世界潮流之趋势，无可抑制也。而提倡者，每矫枉过正，余窃病之。尝于某报，见胡适《沁园春》云："更不伤春，更不悲秋，以此誓诗。任花开也好，花飞也好，月圆固好，月落何悲？我闻之曰，'从天而颂，孰与制天而闭之？'更安用，为苍天歌哭，作彼奴为！文章革命何疑！且准备搴旗作健儿。要前空千古，下开百世，收他臭腐，还我神奇。为大中华，造新文学，此业吾曹欲让谁？诗材料，有簇新世界，供我驱驰。"此词上半阕，余颇不谓然。夫花何其好，月何其明，春何其丽，秋何其清。景物自景物人自人，惟吾人对之起哀伤愉快者，以所处境而定。人负景物，非景物负人，更非景物奴人……夫触物兴感，人之常情，否则，寡情者也。寡情之人，天性必凉薄，天性凉薄得谓之人乎？胡君见之，当韪余言。至换头以下，吾无间然。或曰：是达观语也，子何不察耶？曰：达观者，伤心之极致也。愈作达观语，越是伤心无可奈何时。虽然此语我不许，他人借口代胡君辩护，胡君想亦不

如是。盖胡君张主奋斗进取之人也。主进取者，乐观派也。既乐观，则怀旧、幽忧、哀怨种种无由成立；而达观者，则斯种种之结果也。胡君既无是种种，则达观何由而生；达观之念不生，则斯言又何为而发？质之胡君，应亦哑失笑曰：孺子可教也。[①]

首先，在上文中，冯秋雪表示不同意胡适《沁园春·誓诗》上阕的作意，以为“触物兴感，人之常情”，故此“人负景物，非景物负人，更非景物奴人”，所以反对胡适所谓“更安用，为苍天歌哭，作彼奴为”的“矫枉过正”之病。其实词中的“景物”，是借指束缚中国文学的旧有思想[②]，而非单纯客观世界的“景物”，秋雪颇有郢书燕说之嫌。不过，需要指出的是，胡适的《沁园春·誓诗》写于1916年4月13日，后载于1917年3月《留美学生年报》春季第一号[③]。其时他与友朋讨论改良中国文学的方法，意兴正浓[④]。《尝试集自序》称它“其实是一篇文学革命宣言书”[⑤]，可见其于新文学运动上的地位。而从文中对胡适“乐观”“进取”精神的评说，可以推测冯秋雪所看到的“某报”，应是《新青年》第六卷第五号（1919年5月），上即载有胡适《尝试集自序》。由此足以证明，冯秋雪十分注意新文学运动的情况，并很可能读过胡适《文学改良刍议》、陈独秀《文学革命论》等新文学运动檄文；而在读到《尝试集自序》时，意有所感，遂写下了这篇“笔记”，发表于1919年7月12日出版的《诗声》第四卷第六号。

---

① 秋雪：《水佩风裳室笔记》（卅四），《诗声》第四卷第六号，1919年7月12日，第5—6页。

② 胡适在《尝试集自序》中说：“这首词上半所攻击的是中国文学‘无病呻吟’的恶习惯。我是主张乐观，主张进取的人，故极力攻击这种卑弱的根性。”《胡适文集》第9册《尝试集》，北京：北京大学出版社1998年版，第75页。

③ 胡适：《尝试集》附录《去国集》，《胡适文集》第9册《尝试集》，第223页。

④ 详参胡适《逼上梁山——文学革命的开始》，见《胡适文集》第1册《中国新文学运动小史》，第148—149页。

⑤ 胡适：《尝试集自序》，《胡适文集》第9册《尝试集》，第74页。

其次，冯秋雪肯定文学革新是“世界潮流之趋势”，无可阻挡；且对胡适“为大中华，造新文学，此业吾曹欲让谁”的呼唤表示认同（“吾无间然”）。这不仅与冯秋雪等人积极进步的政治主张和革命活动有着思想上的内在关联，也与他们当时在澳门热切追求各种新的文化思想相一致。如在民国三年（1914），世界语会会员钟宝琦（侠隐）来澳门宣传，发起世界语（Esperanto）夏令讲习所。秋雪即往学习，并称钟宝琦为“传播斯语于澳门之第一人，予亦为澳门世界语学者第一人。以沉沉长夜之镜湖而此一瞥之电光，虽转瞬即渺然亦足自豪矣”[①]。此外，冯秋雪又多次请钟宝琦为宋人姜白石的《齐天乐·蟋蟀》、黄雪舟的《相春夜月》、苏轼的《念奴娇》《水调歌头》、李清照的《声声慢》等词制作西式乐谱[②]，可见他们洋溢着以新的形式来改良中国传统文学的热情。冯秋雪的思想和行动“时时站在时代的前面”，“是一个理智充实的改革者”，“很相信社会蜕进的结果”（古畸《绿叶的序》）；因此他在写下这篇“笔记”后不久，即创作了澳门的第一首新诗《纸鸢》，切实地响应了胡适所倡导的新文学运动。不仅如此，秋雪还邀集弟弟、妻子，不断尝试，创作出澳门最早的一批新诗作品，从而成为澳门新文学的“弄潮儿”。

四、关于澳门早期新诗的思考

冯秋雪等人的新诗创作从1920年至1928年，前后约维持了八年的时间，共得13题16首，成果不算丰厚，而且目前也未有发现他们此后有其他的新诗作品，这就形成了澳门早期新文学史上一个颇值得思考的现象，即：澳门作家受到胡适等人的影响，在新文学运动的最初十年内，开始尝试创作新诗，并取得一定的成果，但却浅尝辄止，而没有坚持下去，更没

---

① 秋雪：《水佩风裳室杂乘》（三），《诗声》第一卷第四号，1915年10月1日，第4—5页。

② 详见《诗声》第一卷第五号，1915年11月1日，第7—8页；《诗声》第一卷第六号，1915年12月1日，第7—8页；《诗声》第二卷第一号，1916年7月1日，第5—6页；《诗声》第二卷第五号，1916年11月1日，第6—7页；《诗声》第四卷第三号，1919年4月15日，第9—10页。

有形成风气。

对于这个现象不妨从澳门当时的文学环境，以及冯秋雪等人的文学观念进行分析。民国初年，澳门文坛主要由汪兆镛、吴道镕、张学华等一批清遗民诗人，以及冯秋雪等本土文人所构成。前者成长于清季，思想上比较守旧，主要以古典诗词为创作手段。而在“雪堂”和“雪社”中，除秋雪三人外，其他各人均没有包括新诗在内的新文学作品；就算稍后的30年代，由高剑父、黎泽闿、张百英、张纯初、周贯明等革命志士组成的“清游会”开始在澳门活动，也同样是以创作古典诗词为主。这就意味着当时澳门无论新旧文人，皆以传统形式从事文学创作。另一方面，当时澳门没有出版稳定的文学刊物（《诗声》是一个异数，故此广受重视），而报纸副刊也只刊登杂文、小说，或者古典诗词之类较受一般读者欢迎的作品。因此说民国初年的澳门文坛基本上还是旧文学的天下，应该是符合事实的。在这样的文学环境下，冯秋雪等人勇于打破局面，追上文学潮流，尝试新的文学形式，无疑更加值得肯定。不过，孤军作战，缺乏同道的支援，互相讨论的促进，使得新诗创作仅是他们家庭成员之间的一种文学实验，因而很大程度上限制了澳门新文学的进一步发展。

更为重要的问题是，冯秋雪等人受到自身的文学观念所制约。他们创立雪堂诗社，主要是针对当时“诗学寖微，风俗人心亦随之而日下，徒欣欧化，敝屣宗邦，而吾四千年之国粹，竟胥沦于冥冥中”，而出版《诗声》亦以“专究诗词，并征佳什以维国粹，庶免诗亡”[①]为宗旨。至于重组“雪社”，仍在于“提倡风雅”（黄沛功《雪社第一集·叙》）。可见冯秋雪等毕竟是旧学出身之人，对于古典诗词有着深刻的缱绻，无法也无力完全割舍；而从事新文学活动，则只是他们追求进步思想的一个方面，而且不是主要方面。与此同时，冯秋雪等人虽然向往新的文学形式，但受新文化思想的熏染不深，徘徊于新旧之际，思想上不免时有矛盾。赵连城的新诗《人们底慈母》颇能反映出这种心理状态：“科学！是自然底仇敌！／自然！是人们底慈母！／慈母啊！我愿永久的躺在你底摇篮里。”崇尚自然

① 《雪堂求助小启》，《诗声》第二卷第二号，1916年8月1日，第11—12页。

与科学精神本无冲突，赵连城却将它们对立起来，歌颂“慈母”以抗“仇敌”，可见在其于新文化的认识还是比较肤浅的。

最后，不能忽略的是，冯秋雪等人基本上没有西方文学的素养，他们所创作的新诗虽然不是胡适的“白话词调诗”[①]，但还是有比较浓烈的古诗气息。困于传统文学的惯用手段和指导思想，缺少西方文学的滋养和冲击，使得冯秋雪等人难以建立起新的文学观，导致新诗创作裹足不前，后继乏力。反观稍后出生于澳门的华铃（原名冯锦钊，1915—1992），1930年在广州知用中学读书时开始创作新诗，1935年入读上海之江大学，同年转至复旦大学外文系，师从李健吾，其后出版《向日葵》《玫瑰》《牵牛花》《满天星》等新诗集[②]，孙玉石将其诗作归为象征派、现代派作品[③]。华铃又写作了不少的抗战诗，被郑振铎誉为上海“孤岛”文学时期中的“时代的号角”[④]。当然，时代造就了华铃，但是西方文学的修养，师友的鼓励，对华铃的新诗创作所起的作用不容忽视，而这一切却正是当时冯秋雪等人所最欠缺的。以上几点，或可解释为什么冯秋雪等人在出版了包括新诗作品在内的《绿叶》之后，就再没有其他的新文学创作了。

澳门的新诗作品，继冯秋雪等人之后，要直到20世纪30年代末才开始再次零星地出现在澳门的一些刊物或文集之中（撇除上述华铃的作品不算）[⑤]，这与冯秋雪他们的创作已经相距十多二十年了。因此，就形成了澳门新诗史上发轫早，起点高，中经停顿，再次起步的曲折过程。然如此，冯秋雪等人在澳门响应新文学运动的潮流，创作了澳门文学史上的第一批新诗作品，开启了澳门新文学的局面。虽然受制于外部的文学环境，以及

① 许霆：《中国新诗发生论稿》，北京：人民出版社，2012年，第287—289页。

② 华铃：《向日葵》，上海：五洲书报社，1938年；华铃：《玫瑰》，上海：五洲书报社，1938年；华铃：《牵牛花》，上海：五洲书报社，1939年；华铃：《满天星》，上海：五洲书报社，1939年。

③ 孙玉石：《中国现代主义诗潮史论》，北京：北京大学出版社，1999年，第304页。

④ 参见傅玉兰：《时代的号角——诗人华铃的生命乐章》，澳门：澳门特别行政区政府文化局，2016年。

⑤ 参见吕志鹏：《澳门中文新诗发展史研究（1938~2008）》，第41—45页。

个人的文学观念，冯秋雪等人的新诗创作未能取得更高的成就，但是他们勇于开拓新的文学世界，故此在澳门文学史上的功绩不应湮没无闻，而是需要充分揭示和高度赞扬。

结语

早在 20 世纪 20 年代，澳门已经出现了第一批水平不俗的新诗作品（包括第一首新诗《纸鸢》、第一首新诗组诗《白莲洞杂诗》、第一部新诗合集《绿叶》），以及第一个关系密切的新诗作者群。这不仅纠正了学术界过往对澳门新诗发轫的认识，使澳门早期新文学的面貌清晰地呈现出来，更加可以反映出在新文学运动的最初十年，澳门文坛对它的接受和响应，加深了解新文学运动在各地扩散和影响的一些具体情况。另一方面，由于澳门新诗的出现和发展，主要是基于外来的文学影响，而缺乏自身的文学土壤和文学环境，所以虽然出现较早，却是电光一闪，随即停顿。因此，从总体发展而言，冯秋雪等人的新诗创作在澳门新文学史上呈现出来的现象，正好说明文学发展上的一个规律，即缺乏充足的内部主客观动因（这里包括诗人的个人素养和具体的文学环境），外来力量的作用往往只能是短暂而不可持久的。

[《中山大学学报（社会科学版）》2019 年第 5 期]

澳门雪堂诗社考述

邓骏捷

诗社组织的先后出现及由此而引发的文学活动，是民国澳门文坛的特色之一。如民国初期汪兆镛等清遗民的“莲峰陶社”，而高剑父等革命志士组成的“清游会”亦于20世纪30年代开始在澳门活动。在这些诗社中，以冯秋雪、冯印雪、赵连城、黄沛功、梁彦明、刘草衣、周佩贤的“雪社”最为引人注目。这是因为雪社是“澳门文学史上第一个以本土居民为骨干的文艺团体的作家群落”。[1] 早在1913年，冯秋雪等人已发起“雪堂”诗社，定期聚会，以月课形式创作诗词，又连续出版46期《诗声——雪堂月刊》，成为当时澳门文坛一道亮丽的风景线。可惜该刊存世甚稀，导致学界对雪堂了解和认识不多。[2] 本文根据《诗声》月刊，结合冯印雪等人的回忆，全面梳理雪堂各方面的活动。

一、雪堂诗社的成立与旨趣

雪堂诗社始创于1913年，《雪堂月刊》第一卷第一号《雪堂诗社广告》云：

> 雪堂发起，于今二周年矣。幸我同志诸君，不我遐弃。为器为型，此古人观摩之道，故仅历年二，已有可观。……兹为策我雪堂计，特倡办《雪堂月刊》。每月刊布一册，凡属社友，皆得享有。[3]

《雪堂月刊》第一卷第一号的出版时间为民国四年七月一日，[4] 上推二周年，则成立在民国二年（1913）。张中鹏“依照《诗声》所登载月课征集通告推算，雪堂当创社于1913年2月。但因月课有时并不按期举行”，故“最迟不过同年四月”。然《诗声》第一卷第三号《雪堂诗社启事》云：“本社二周年增刊汇卷，本于八月内发出，惟以酷暑蒸人，不得不减少工作之时刻，以故延至今日耳。一俟第二十五课汇卷发出后，当即付之剞劂。”[5] 从“二周年增刊汇卷，本于八月内发出”可知，雪堂创于 1913 年 7 月。此外，1915 年 9 月前，“二十五课汇卷”已经齐稿，则第二十五次月课应在 1915 年 7 月。据此，第一次月课当在 1913 年 7 月，亦即雪堂创立之时。

冯秋雪《雪堂唫和望雪元韵》:“坡老有雪堂，我亦援其例。人亦以雪名，策马同搴辔。”[6] 可见雪堂之名，盖取自苏轼的“东坡草堂”。宋元丰三年（1080），苏轼因“乌台诗案”被贬谪为黄州（今湖北黄冈）团练副使，其间“筑室于东坡，自号东坡居士”[7]。东坡草堂又名雪堂，苏轼撰有《雪堂记》(《苏轼文集》，中华书局，1986 年，第 410 页)。雪堂的主要人物冯秋雪、冯印雪（1893—1964，名祖祺，号乙盦，笔名海飞）兄弟、赵连城（名璧如，别名冰雪，秋雪之妻），皆以“雪”为字。至于秋雪等人何以效法坡公，取“雪堂”以名诗社，这可以从他们创社时的处境、心态予以考虑。

雪堂诗社的发起人和召集人是冯秋雪，社员霏雪谓：“诗社号雪堂，秋雪专掌记。(雪堂发刊《诗声》，秋雪任编辑。)”[8] 冯秋雪（1892—1969），名平，又名宗樾，字秋雪，号澹于，笔名紫君，南海人。清光绪三十年（1904）前后，秋雪、印雪与赵连城就读澳门培基两等小学堂。其间，秋雪、印雪、古桂芬、周树勋等人组织了一个“非儒会”，与在澳保皇派展开辩论。1910 年春，开始邀请同盟会会员区大球等到校演讲。香港同盟会主盟人谢英伯也经常参加演说会。后来同盟会在下环四十一号设立秘密支部，建立“濠江阅书报社”。成立大会上，赵连城登台发言，影响甚大，而秋雪、印雪、古桂芬、区韶凤、何国材、周树勋和赵连城亦被接受加入同盟会。

冯秋雪、赵连城等人积极参与各项革命活动。1911 年夏，赵连城奉派到香港实践女校。十月，武昌起义成功。陈炯明、王和顺在东江起事，与清军激战。香港同盟会南方支部各机关奉命组织队伍配合行动，实践女校的队伍分两路向惠州、石龙进发，赵连城参加由谢英伯、高剑父率领的赴石龙一路。光复石龙后，赵随军进入广州。[9] 当时冯秋雪在广东高等师范学校和西村广雅书院读书。1912 年，两人在澳门结婚；1919 年，创办佩文学校，冯任校长，赵任教务主任。

进入民国之后，同盟会组织日趋解体。冯秋雪回忆：“澳门方面也不例外，原日领导人，皆先后离去，‘濠镜阅书报’不久亦结束。留澳的当地同盟会几位会员，便在澳门组织了一个‘雪堂诗社’，寄情吟咏，不谈政治。”[10] 可知雪堂成立时，冯秋雪等人在政治上亦颇感失望无奈，故以苏轼贬居黄州时的雪堂名其社，以承坡公遗意。雪堂成立之旨，如冯秋雪所言，主要是供社员吟咏联谊。《诗声》曾刊登《雪堂求助小启》：

六籍首诗，由来尚矣。至于经夫妇，成孝敬，厚人伦，美教化，移风俗，前人之归功于诗者尤众。后世诗学寝微，风俗人心亦随之而日下，徒欣欧化，敝屣宗邦，而吾四千年之国粹，竟胥沦于冥冥中。吁！国粹既亡，国将不国矣。敝同人有慨乎此，爰集同志，组织诗社于澳门，名曰“雪堂”。其始不过召集同志，以相唱酬，月夕花朝，藉鸣天籁。迄乙卯之夏，遂公诸世，刊月报曰《诗声》。内容专究诗词，并征佳什以维国粹，庶免诗亡。[11]

这不啻是雪堂之宣言。可见雪堂组织显然是希望借诗词吟咏宣传国粹，维持风教。

二、雪堂诗社的社员

雪堂诗社最早由古桂芬、区韶凤、周树勋、冯秋雪、冯印雪、赵连城、何国材七位留澳同盟会会员组成。1915 年，他们在澳门加入中华革命党。[12] 其他社员，据《诗声》第二卷第十号《征求社友广告》，直至 1917 年只有关尚志、李树柟入社。[13] 不过，张中鹏据《雪堂酬唱集》中霏雪《雪堂唫和望雪元韵》、冯秋雪《雪堂唫和望雪元韵》[14] 两诗，考出雪堂参与者共十九人。另，《诗声》第二卷第一号始，设有《雪堂覆瓿集》（前后十一集），作者皆为雪堂社员，故对雪堂社员的考察亦须结合此一角度进行。

（1）冯秋雪 :《雪堂覆瓿集》一、四、五、七、十，载其诗词六首。

（2）冯印雪 :《雪堂覆瓿集》二、五、九、十、十一，载其诗词十二首。

（3）赵连城 :《雪堂覆瓿集》二、五、六、八、九、十一，载其诗词六首。

（4）梁雪君 :《雪堂覆瓿集》未载雪君之作，不知是否另有别名。霏雪诗提到“卓荦两冯生，铧铧亲兄弟”，即秋雪、印雪；而“连城暨雪君，难得贤姒娣”，即赵连城和印雪之妻梁雪君。[15] 从秋雪诗“雪君卸征裘”句推测，雪君可能是赵连城在培基学堂的同学梁雪君。她是同盟会在澳门发展的第二位女同志，曾在香港实践女校读书，参加过光复石龙之役和广东女子北伐队。[16]

（5）鸿雪：《雪堂覆瓿集（七）》载《清明》诗。

（6）苍雪：《雪堂覆瓿集（七）》载《郊行即目》诗。

（7）昭雪：《雪堂覆瓿集》未载昭雪之作，不知是否另有别名。

霏雪诗中“鸿爪印雪泥，雪花昭祥瑞”，秋雪诗中“鸿雪及苍雪，交游有古谊”，即指鸿雪、苍雪、印雪和昭雪。鸿雪是吴松寿。霏雪谓“鸿雪商于港，而其太夫人居澳，鸿雪时时归省”，雪堂通信处有香港“上环东街经营其兰烟店鸿雪”。[17] 吴松寿 1924 年 7 月 7 日殉难，梁彦明《六月六夕为亡友吴松寿捐躯忌辰，约三五故交在校中天台望海追悼，感赋一律》有“鸿雪重寻水一方，今宵忍说故人亡”句。[18] 苍雪是古桂芬（1908—1940），原名金汉，字汉松，出生于秘鲁华侨家庭，幼时随母回国，后迁澳门，入读培基学堂，与冯秋雪、赵连城等加入同盟会。1920 年岭南大学毕业，往美国加利福尼亚大学研究生院进修。1927 年受岭南大学聘，回国从事农科教学工作，1935 年任岭南大学农学院院长。广州沦陷，岭大迁香港，桂芬三次往返香港、韶关之间，1940 年病逝于曲江。昭雪，未详。冰雪《雪堂唫和望雪元韵》有“昭鸿苍雪君，总角存交谊”句，[19] 昭雪应与吴松寿、古桂芬自小相识，或为雪堂结社之初的区韶凤、周树勋、何国材中一人。

（8）霏雪：《雪堂覆瓿集》未载霏雪之作。望雪《雪堂唫廿四韵》："主人霏雪子，晦厂乃其字。门人以雪名，立雪三尺地。 同结雪堂缘，同执霏雪贽。"[20]霏雪是伍晦厂，顺德人，秋雪、印雪之师。①晚年曾居澳门风顺堂侧、三巴仔街、人头井街等处。

（9）梅雪：《雪堂覆瓿集（三）》载有《晓行》诗。

（10）鹤雪：《雪堂覆瓿集（三）》载有《冬夜独坐》诗。

霏雪诗中"寒梅栖野鹤"，是指梅雪和鹤雪。梅雪即遂良，秋雪在广东高等师范学校时同砚。[21]原居广州东门外越秀街敬香园，[22]后赴日本横滨，《诗声》第三卷第十号始，雪堂通信处增加了"日本横滨华侨两等小学校遂良君"。[23]望雪《雪堂唫廿四韵》有"梅雪现客横滨，鹤雪曾游神户"语。鹤雪，秋雪诗谓"鹤雪擅商才"，雪堂广州通信处有"十三行普华药房陈植庭"，疑陈植庭即鹤雪。

（11）梦雪：《雪堂覆瓿集（一）》载《和秋雪秋感元均》诗。秋雪诗有"梦雪自老成，逢人多责备"句。梦雪诗见于最早的《雪堂覆瓿集》，应是雪堂早期社员，或为结社之初的区韶凤、周树勋、何国材中一人。

（12）绍雪：《雪堂覆瓿集》未载绍雪之作，不知是否另有别名。

（13）海雪：《雪堂覆瓿集》未载海雪之作，不知是否另有别名。

秋雪诗中"绍雪绍海雪，是皆为师贽"，是指绍雪和海雪。绍雪，黄沛功有《春晚偕草衣、绍雪、秋雪兄弟郊行》诗，[24]可知应为秋雪、印

---

① 参见秋雪《水佩风裳室杂乘（十）》，《诗声》第一卷第十二号，第6至8页；冯印雪：《乙盦诗缀（十五）》，《诗声》第三卷第四号，第4至5页。

雪之兄弟或从兄弟。海雪，从“师赘”可知应是教师。雪堂通信处有广州“九曜坊廿四国民学校陈哲梅”，陈哲梅曾参与月课活动，疑即海雪。

（14）黄沛功：又名浦功，号奉宣，又号心陶阁主、岐江钓徒，香山（今中山）人，清末优增生。1919年初，黄沛功到访雪堂，与冯秋雪、赵连城相谈甚欢，有《除夕访秋雪》二首、《赠连城女士二十韵》，[25]《诗声》第三卷第五号刊其《澳门竹枝词三十首（录十）》，又续登《心陶阁诗话》《心陶阁词话》。秋雪曾谓“黄沛功先生，余忘年交也。工诗词，掌教香邑。今岁加入诗社，为雪堂光”，[26]可见黄沛功也属雪堂社员。

此外，秋雪诗还提到“望雪与霏雪，文章如姒娣。……鹤雪擅商才，蕉雪诗可记。漱雪与问雪，沆瀣同一气。……涤雪亶聪明，浣雪不适意”。其中望雪、蕉雪、漱雪、问雪、涤雪、浣雪 6 人，今皆未详。

另一方面，《雪堂覆瓿集》共刊有不见于霏雪、冯秋雪两诗的 13 人之作。他们分别是：曳红、会华、华生、鹃声、壁华、蕴素、乙厂、看云、冷枫、顾影、杏香居士、咏台、静生。此 13 人与上述已考出的 14 人，以及秋雪诗中提及的 6 人，他们之间的关系究竟如何，尚待查考。① 不过从雪堂诸人往往有多个别名的情况推测，其中必多重合者。

综上考述，雪堂诗社的社员总人数当在 20 人以上。

通过对雪堂社员的查考，可以发现三点。（1）雪堂诗社以冯秋雪、冯印雪、赵连城为核心，社址设在“澳门深巷十八号”的冯家。（2）社员或为党友、同学，或为兄弟、夫妇，或为师徒、友生。秋雪、印雪、赵连城、古桂芬等七人先是同盟会会员，后为中华革命党党员；秋雪、印雪、赵连城、古桂芬为培基学堂的同学；秋雪、印雪、绍雪为兄弟辈；秋雪、赵连城，印雪、梁雪君为夫妇；霏雪与秋雪、印雪，赵连城与梁雪君皆

① 张中鹏以为梁彦明也是雪堂社员，不确，详参邓骏捷：《梁彦明是“雪堂”社员吗？》，《澳门日报》2016 年 4 月 13 日。

为师徒。他们彼此之间，以亲属、党友、师生三层关系结合在一起，故能“彼此称兄弟，赌酒又论文，相亲如姒娣”，[27]关系特别亲密。（3）借着《诗声》的发行，雪堂诗社影响力渐大，社员日众。最多时不下20人，职业各异，分布各地。但是，雪堂诗社的活动主要还是集中在澳门，分散各处的社员靠月课活动来维系。当然，创办《诗声》，也是维系雪堂社员的一大举措。

三、雪堂诗社的月课

雪堂诗社的活动包括雅集、畅游、聚饮、诗课与编辑社刊等。雅集不定期举行，多见于除夕、清明、中秋、重阳等节日，畅游、聚饮往往在澳门南湾、杏花村酒家等处。诗课初为每月一次，立题限体，相互唱和后汇编付印，其后社员交卷迟缓，不得不改为每季一次，同样因故暂停。雅集、畅游、聚饮等，由于欠缺资料，难以详述。月课则因《诗声》出版后，定期发布课目，故可钩沉。

	时间	题目
第一至二十八课	1913.7至1915.11	（未详）
第二十九课	1915.12（1916.1.1收齐）	梅（诗）古律绝任作多少
第三十课	1916.1（1915.2.15收）	苦寒限填《浣溪沙》
第三十一课	1916.2（1916.3.20收）	春游古今体诗任作
第三十二课	1916.3（1916.4.5收）	春日看花七律一首
第三十三课	1916.9（1916.10.20收）	秋感词一阕
第三十四课	1916.10（1916.11.20收）	送秋古今体诗任作
第三十五课	1916.11（1916.12.20收）	废园诗词任作
第三十六课	1917.1（1917.2.15收）	除夕书感限作七言诗
第三十七课	1917.3（1917.4.20收）	村居限作五言诗
第三十八课	1917.4（1917.5.25收）	晓起限填《清平乐》
第三十九课	1917.5（1917.6.26收）	野泊诗一首，古今体任作
第四十课	1917.9（1917.10.20收）	废寺限作七言诗
第四十一课	1917.11（1917.12.10收）	山居杂咏诗词任作四首完卷
第四十二课	1918.4（1918.4朔日收）	百花生日（诗）不具体韵
第四十三课	1918.5（1918.5朔日收）	夏感限填词

（续表）

	时间	题目
第四十四课	1918.7（1918.7 望日收）	夕阳初下新浴已完着蝉翼薄罗衫挥羽扇小坐葡萄架下看归鸦返树微闻脂粉香与荷花香杂沓而至未几月上抚青琴三迭沉凉瓜于水中雪新藕于冰碗已而花影上栏万籁渐寂遥闻远笛数随凉风断续至柝声橐橐过墙外如聆清霜一笑挽檀奴入室去罗衫解珠履垂流苏帐金钏偶触帐钩锵然一声如碎金戛玉余韵悠然（以此为题，诗词多少任作，总能将题意镕入便合。）
第四十五课	1918.8（1918.9 收）	雁字古今体诗
第四十六课（愁生拟）	1918.10（1918.12 收）	敲诗读画听琴品茗每题一首，不限体韵
第五年春集（秋雪拟）	1919 春（1919.5 收）	落花限填词
第五年夏集（野云拟题）	1919 夏（1919.8 收）	荷花诗词任作

月课活动前后共 48 次，初时月课基本如期举行，在收齐作品后，汇编印行。第一二年月课顺利汇印，很可能是触发冯秋雪等人出版《诗声》的原因之一。

目前月课汇刊已不可见，但《雪堂覆瓿集》却为此提供了线索。如《雪堂覆瓿集（八）》收有第一年月课《新月》的看云《苏幕遮》、冰雪《摊破浣溪沙》、冷枫《踏莎行》、顾影《锦缠道》。[28]《雪堂覆瓿集（七）》收有第二年月课《中秋》的澹于诗，《清明》的鸿雪诗，《郊行即目》的苍雪诗，《冬夜独坐》的乙厂诗；[29]《雪堂覆瓿集（十）》则收有第二年月课《春感》的秋雪《蝶恋花》。[30] 可知《诗声》出版前的月课，至少包括第一年的《新月》，第二年的《中秋》《清明》《郊行即目》《冬夜独坐》《春感》。

其中，第四十四课题目（见上）在《诗声》刊出后，广州梁应涛来信指责雪堂“课题涉于淫荡”。对此晦厂、秋雪、印雪分别撰写了回信。[31] 此事反映出雪堂诗社及《诗声》在当时穗澳文坛已具一定影响力。

四、《诗声》的编辑和出版

雪堂诗社的另一重要活动是编辑出版《诗声》。自 1915 年 7 月创刊，至 1920 年 6 月，《诗声》共出版四卷四十六期，如下表所示。

须先说明几点。（1）第一卷第一、第二号，只有“雪堂月刊”之名，第三号始加上“诗声”，作为正名，并始终保留“雪堂月刊”为副题。（2）第二卷第一号始，增加了葡文名称“LA VOĈO DE LA POEMO”，但第三、第四卷则没有再出现葡文刊名。（3）《诗声》第一、第二卷是先用钢笔抄写在蜡纸上，再行印制，数量可能不多。第三、第四卷，改用铅字印刷，雪堂对此还专门做了预告。[32]铅印不仅使刊物版面更清晰，印刷量也大增，以应付“定阅者日多”。[33]第三卷始，《诗声》通信处增加了“新马路南华印书馆”。南华印书馆是冯秋雪“和古桂芬、周树勋、区韶凤等共同集资经营的，地点位于闹市”的新马路。在“讨龙”时期，成为中华革命党在澳门的“通信和临时碰头联络之所”。[34]（4）《诗声》的通信处，就是雪堂的社址，自始至终在深巷十八号的冯家。第三卷第十一号始，增加了南华印书馆。但到了第四卷第十号（即最后一期），则谓“总编辑部在澳门红窗门街六十一号”。

第一卷			
第一号	四年（1915）七月一日	第二号	四年八月一日
第三号	民国四年九月一日	第四号	民国四年十月一日
第五号	民国四年十一月一日	第六号	民国四年十二月一日
第七号	中华民国五年（1916）一月一日	第八号	中华民国五年二月一日
第九号	中华民国五年三月一日	第十号	中华民国五年四月一日
第十一号	中华民国五年五月一日	第十二号	中华民国五年六月一日
第二卷			
第一号	民国五年七月一日	第二号	民国五年八月一日
第三号	民国五年九月一日	第四号	民国五年十月一日
第五号	民国五年十一月一日	第六号	民国五年十二月一日
第七号	民国六年（1917）一月一日	第八号	民国六年二月一日
第九号	民国六年三月一日	第十号	民国六年四月一日
第十一号	民国六年五月一日	第十二号	民国六年六月一日
第三卷			
第一号	民国六年九月二十日	第二号	民国六年十一月一日
第三号	民国六年十二月一日	第四号	民国七年（1918）四月一日
第五号	民国七年五月一日	第六号	民国七年六月一日
第七号	民国七年七月一日	第八号	民国七年八月一日
第九号	民国七年九月一日	第十号	民国七年十月一日

（续表）

第十一号	民国七年十一月一日	第十二号	民国七年十二月一日
第四卷			
第一号	夏正己未年正月望日（1919.2.15）	第二号	夏正己未年二月望日（3.16）
第三号	夏正己未年三月望日（4.15）	第四号	夏正己未年四月望日（5.14）
第五号	夏正己未年五月望日（6.12）	第六号	夏正己未年六月望日（7.12）
第七号	夏正己未年七月望日（8.10）	第八号	夏正己未年八月望日（10.8）
第九号	夏正己未年九月望日（11.7）	第十号	夏正庚申年伍月望日（1920.6.30）

《诗声》创刊本“为策我雪堂计”，即促进社员间对诗艺的揣摩研习。因此第一卷一半以上篇幅是古代诗论（如王士祯《渔洋诗问节录》）、词论（如张炎《词源》），以及《（步）非烟传》等古代小说。而莽苍室词谱、诗钟、诗屑等介绍诗词常识的内容，则是用来帮助社员学习诗词创作的。属社员的作品有：冯秋雪《水佩风裳室笔记（又称“杂乘”）》、乙盦《一鹗盦乙卯清夏录》（又名《山藏室诗话》）、杏香居士《杏香书屋书画跋》等。可见基本上分为古代诗话、诗词常识与社员之作两类，但是不加区别，故此无论编排还是作品，都显得混乱和单薄。

第二卷开始有了明确体系。《诗声第二卷之大革新》提出：“今第一卷已刊行完毕，续于本年阳历七月一日刊行第二卷第一号，大加改良，将内容分为‘丛录’‘纂著’两门，卷帙增加一页，以副爱阅者之望。”[35]体例上分为纂著门、丛录门，既可区分古今人之作，也便于阅读。纂著门在前，续有冯秋雪《水佩风裳室杂乘》等，冯印雪《乙盦诗缀》等，以及伍晦厂《霏雪楼诗话》，还有莽苍室词谱、古代诗词的现代曲谱等。增设“词苑”刊登诗词作品，其中《雪堂覆瓿集》属社员的诗词园地；又设“投稿”，供社外之人发表作品。丛录门在后，续刊周济《周止庵词选》、钟嵘《诗品》等古代诗话、词话。改版之后，丰富突出了纂著门，其中“词苑”载刊社员及其他粤澳文人的作品，保留了大量的文学史料。从整体来看，属于诗词创作的比例大增。因此《诗声》已由介绍、普及诗词知识，逐步走上刊登当时诗词作品的道路。

第三卷承第二卷体例，而续有新增栏目。如纂著门第一号始增设“诗格”；又增加了檀画《诗之魂》，介绍历代名诗；第五号始，陆续刊登黄沛功《心陶阁诗话》、观空《饮剑楼诗话》。第一至四号，第六、八、九号的《雪堂覆瓿外集》连续刊登《秋心秋零哀辞择尤》。黄扶庸（秋心）、邓慕芬（秋零）是女子北伐队成员，后龙济光捕杀同盟会员，避走港澳。两人灰心丧志，1914 年 12 月同沉于肇庆鼎湖山飞水潭。此事在当时引起不少震动，省港澳各报均有报道，并刊出不少哀挽她们的诗文。她们到鼎湖自杀前，曾住在澳门冯家个把月。[36] 因此对雪堂诸人的震撼很大，曾收集哀挽诗文，汇刊成册。第四号始，丛录门不再出现。这说明创作稿件足以支撑刊物的出版，没有必要再抄录古人之作，显示《诗声》已经蜕变成为一本文学创作刊物。

第四卷只有十期，体例并无多大变化，只是新增远公《远庐诗话》、冯秋雪《冰簃词话》、黄沛功《心陶阁词话》。值得注意的是，增加了附刊《诗声附庸》，每号四页。栏目有：冯秋雪、赵连城合著《并肩琐忆》，这是两人对少年生活的回忆，颇有浪漫笔调；以及琴樵《鼎湖游记》、埜云《云峰仙馆读画记》。特别需要一提的是，《并肩琐忆（八）》之《呜呼纸鸢》载有冯秋雪写于（民国）“九年（1920）一月”的新诗《纸鸢》（拟题），它是目前所知的澳门第一首新诗，表明澳门新诗的发轫期至少早在 20 世纪 20 年代初。[37]

在第四卷第十号后，《诗声》戛然而止，雪堂活动也基本停顿。唯一所知的是，雪社曾于 1921 年校刊出版《曼殊上人燕子龛诗》一书。学者或以为“诗社经费支绌、社友交卷迟缓”。但自第二卷第二号刊出《雪堂求助小启》后，得到一定的捐助，且自第三卷改为铅印，可见经费不是停刊的主要压力。同时，稿件不断增加，篇幅逐渐加大。月课交卷迟缓，也不是理由，因为月课从来都不是《诗声》的主要稿源。

第四卷第十号《雪堂紧要启事》云：“停刊四卷十一、十二两号。本社诗声月刊，原定每卷十二号，一年出齐。溯四卷一号至十号，已过期八阅月，故第四卷出至十号止。作为完全，缺去十一、十二两号。兹为求依时出版起见，特将印刷部改组，故暂行停刊。一俟诸事就绪，当即赓续出五卷一号。”《启事》所谓“已过期八阅月”，是指第十号在第九号刊行后近八个月才出版，这显然是因印刷部（即南华印书馆）出了问题，故需改组。而《启事》谓“一俟诸事就绪，当即赓续出五卷一号”。但事实上，不仅没有出版第五卷第一号，而是从此不再出版。可见《诗声》的停刊，以至雪堂诗社的解散，当另有原因，尚待考察。

雪堂诗社是澳门历史上第一个以本土居民为骨干的文学团体，以强烈的爱国情怀，促进中华文化与文学在澳门的发展，贡献突出、深具影响，故应予充分肯定，并继续深入研究。

［参考文献］

[1] 郑炜明：《澳门文学史》，济南：齐鲁书社，2012 年，第 42 页。
[2] 张中鹏：《诗社雪堂小考——以〈诗声〉月刊为中心》，《澳门研究》第 55 期，2009 年 12 月。
[3][4]《雪堂月刊》第一卷第一号，第 10、1 页。
[5][6][11][13][14][17][19][20][21][22][23][25][26][27][28][29][30][31][32][33][35]《诗声》第一卷第三号、第四卷第八号、第二卷第二号、第二卷第十号、第四卷第八号、第三卷第一号、第四卷第八号、第四卷第八号、第一卷第四号、第三卷第九号、第三卷第十号、第三卷第四号、第三卷第七号、第四卷第八号、第二卷第十二号、第二卷第十一号、第四卷第五号、第三卷第七号、第二卷第十二号、第二卷第十二号、第一卷第十二号。
[7] 苏辙：《亡兄子瞻端明墓志铭》，《苏辙集·栾城后集》，北京：中华书局，1990 年，第 1120 页。
[8] 霏雪：《雪堂唫和望雪元韵》，《诗声》第四卷第八号，第 13 页。
[9][16][36] 冯秋雪：《辛亥前后同盟会在港穗新闻界活动杂忆》，陈夏红编选：《辛亥革命实绩史料汇编·舆论卷》，北京：中国大百科全书出版社，2011 年，第 269—278 页；赵连城：《同盟会在港澳的活动和广东妇女参加革命的回忆》，中国人民政治协商会议全国委员会文史资料研究委员会编：《辛亥革命回忆录》第二集，北京：文史资料出版社，1981 年，第 302-322 页。
[10][12][34] 冯秋雪：《中华革命党澳门“讨龙”活动杂忆》，中国人民政治协商会议广州市委员会文史资料研究委员会编：《广州文史资料》第十一辑，广州：广东人民出版社，1964 年，第 38、39、42 页。
[15] 刘草衣：《冯印雪传》，《冯印雪先生逝世周年遗诗选辑》，《华侨报》1965 年 11 月 29 日。
[18][24]《雪社第三集·雪社集外诗》，澳门雪社，1927 年，第 9、6 页。
[37] 邓骏捷：《澳门的第一首新诗》，《澳门日报》2015 年 12 月 30 日。

（《学术研究》2016 年第 16 期）

1921 年

本年，晚清时期的“实业诗人第一家”——郑观应（1842—1921）逝世。郑氏是中国近代改革思潮的主要代表人物之一，又是一位著名的从事近代企业开拓、经营、管理的实业界前驱。国家的独立和富强，是他一生不懈的探索与追求。他的改革思想，由于有亲身实践的丰富经验做基础，较多地避免了不切实际的空谈和空想；而他的企业实践，由于有追求国家富强的目标指引和开阔的思想视野，坚定地走上了振兴民族经济的道路。思想与实践相结合，构成了郑观应坐言起行的鲜明个性，也造就了他独特的历史地位。他首发商战思想和开议会的民主建言，洞见治乱之源、富强之本，开启了国人的心智。郑氏的重要著作《盛世危言》，是一部具有完整思想体系的中国改革思潮的代表作品，不仅在当时引起强烈反响，更流传于后世，直接启迪了在中国近代历史发展中领导时代潮流的两位伟人：孙中山和毛泽东。《罗浮待鹤山人诗草》和《郑观应诗选》，涵盖了郑观应实业诗的精义。

六月

15 日　清末著名维新派人物郑观应在上海提篮桥招商局公学宿舍病逝，1923 年迁葬香山之前山。郑观应，本名官应，字正翔，号陶斋，晚号罗浮待鹤山人。道光二十二年（1842）六月十七日生于广东香山县雍陌墟。郑观应自幼经常出入澳门，既接触到了现代西方文明，也认识到澳门诸多的社会问题，最终在 19 世纪 60 年代开始撰写、70 年代结集出版的宣传维新思想的名著《救时揭要》中，即有《澳门猪仔论》《澳门窝匪论》《续澳门猪仔论》《求救猪仔论》《论禁止贩人为奴》等揭露澳门积弊的篇章。光绪十一年（1885）因赔保扬桂轩亏欠太古洋行巨款而被拘禁于香港，后回到澳门，直至 1892 年冬赴上海重入招商局，在澳门共度过 8 年的隐居生涯，并于1894年完成了成熟而完整的维新思想体系的皇皇巨著《盛世危言》。其时正值甲午战争爆发、维新变法运动兴起之际，此书甫发行，即反响强烈，并刊印20多种版本，可以说是中国近代出版史上版本最多的一本著作，对后世也具有深远的影响。郑观应由此被誉为“中国近代最早具有完整维新思想体系的资产阶级改良主义者，是揭开民主与科学序幕的启蒙思想家”。[①]

19日　达罗夫及斯特恩轻歌剧及小歌剧团演季开始，开场戏为列哈尔的《风流寡妇》。该团最优秀的艺术家为女高音格罗利亚、查尔斯卡亚、罗特科乌斯卡亚及男中音达罗夫。该团演技精湛，除《风流寡妇》外，还在伯多禄五世戏院演出了下列小歌剧：瓦伦丁诺夫的《闺阁秘密》，列哈尔的《吉普塞女之恋》及《卢森堡的伯爵》，卡尔曼的《提琴王》，德立勃的《西尔维亚》，雷奥·法尔的《美元公主》，西德尼·琼斯的《香花》《国王开心》《灶神的处女》及《哈吉·慕拉特》。[②]

十二月

8日　葡文双月刊《努诺·阿尔瓦雷斯》创刊，该刊具有宗教背景，以发表文学作品为主，由葡萄牙籍神父安东尼奥·沙明度主编，由圣母无原罪孤儿院印刷所印制，至1923年8月15日停刊。同月，域多利戏院迁往新马路中段，该戏院不仅建筑雄伟，还因设立澳门首座电影院而闻名遐迩。影院主要播放欧美默片。银幕旁设讲解员一人，根据片中男女演员的表演及剧情发展进行讲解。[③]

⊙　本年12月底，黄肇沂为黄荣康的《凹园诗钞》作序。黄肇沂，字咏雩，

---

① 吴志良，汤开建，金国平主编：《澳门编年史·第五卷·民国时期》，广东人民出版社，2009年，第2355页。

② 吴志良，汤开建，金国平主编：《澳门编年史·第五卷·民国时期》，广东人民出版社，2009年，第2356页。

③ 吴志良，汤开建，金国平主编：《澳门编年史·第五卷·民国时期》，广东人民出版社，2009年，第2362—2363页。

号芋园，南海人，作有《天响楼词》。黄肇沂于序尾署“岁次重光作噩林钟之月”，即辛酉十二月，该月初四已入阳历1922年。[①] 黄荣康（1877—1945），字祝蕖，号凹园，晚号蕨庵，广东三水人。早年在南海渡头村设塾，为童子师。1920年赴广州创设祝蕖国文专修学校，授徒讲学。1924年与陈树人等结清游会，切磋学艺。1938年避乱归里，仍执教鞭。以著书讲学终其身，复以诗文负时名。有《求慊斋文集》《求慊斋诗文续集》《凹园诗钞》《三水艺文略》《三水诗存》等。

本年

⊙ 陈洵作词《黄鹂绕碧树·自壬寅秋与琢青别，更十九年，中间仅戊午一见。琢青自都门寓书季裴，属寄近稿。余比益萧索，愧报故人，追怀畴日，率拈此调》。

⊙ 林鹤年作七绝《久寓濠海，答玫伯、一山约游》。

林鹤年（1858—1924），字朴山，广东茂名人。贡生。光绪十四年（1888）入广雅书院，师从名儒梁鼎芬、廖廷相等。后任梅坡书院院长及两广优级师范学堂教习。辛亥革命后自粤至浙，与王舟瑶、章梫等相约为壮游。自金陵历胶济，登泰岱，谒孔林，西逾雁门，北出居庸，南下返浙，复游天台、雁荡、西湖诸胜。归粤后以地方不靖，避居澳门，民国十三年（1924）后久住澳门，感湿肿病卒。

林鹤年博通经史，工诗能文。曾任《广东通志》编纂。复倡议搜罗补辑粤中文献，为《广东文征》，自任搜采之责，而以编选属吴道镕。所著有《四库全书表文笺释》《读礼要义》《毛郑异诂》《东北游行日记》《居思课余录》《文钞》《曲江游草》《居思草堂诗钞》等。义宁陈三立《居思草堂诗钞·序》评论：“其诗导源风雅，循入陶谢。平日稽古学道，洞见性源，不骛于夸饰矜奇，亦无与时流角才斗技之心，故酬酢篇什弥见其

---

① 谢永芳：《广东近世词坛研究》，上海古籍出版社，2008年，第365页。

少。晚年目怵国变，益感沧桑，忧时伤事，悲愤伊郁之情，悉发于诗。”是亦为清朝之遗老，而其著述之业则为汪兆镛之流亚。

⊙ 冼玉清作五律《马交石纳凉遇雨》。本年之前，冼玉清吟咏澳门的诗词还有 :《南湾公园负暄作》《西湾早眺》《夜归澳门》《东山姥》等。“桂林家家晓，广东有二樵”。南海的西樵山和博罗的罗浮山（东樵）齐名。西樵山颇出了一些著名人物，冼玉清就是其中之一。我们虽然不必推许冼玉清什么“一代大家”，但说她是近百年岭南杰出的女诗人、国学学者、广东文史专家，却是恰如其分的。岭南没有哪一位妇女在这方面的造诣超过了她。

冼玉清（1895—1965），女，自署碧琅玕馆主、西樵女士、西樵山人。原籍广东南海，寄籍澳门。12 岁入名儒陈子褒创办的灌根学塾。21 岁入香港圣士提反女校习英文。23 岁入岭南大学附中，旋升入文学院，1924 年毕业。1925—1938 年历任岭南大学国文系助教、讲师、副教授、教授，兼博物馆主任，并任广东修志局分纂。抗战时期，随岭南大学迁香港，并任香港广东文物展览会筹备委员。1941 年冬，香港沦陷，随岭南大学迁粤北曲江。抗战胜利后，任岭南大学文科教授，并任广东文献馆委员、广东文献委员会委员。新中国成立后，任岭南大学、中山大学教授，广东文史研究馆副馆长。

冼氏乃当代岭南杰出女学者、诗人，且擅书画，精鉴藏。平生于广东地方文献致力尤勤，有《粤东印谱考》《广东丛帖叙录》《广东艺文志题解》《广东女子艺文考》《广东释道著述考》《岭南掌故录》等。其诗集曰《碧琅玕馆诗钞》。[①]

---

① 章文钦笺注 :《澳门诗词笺注 · 民国卷 · 上》，澳门特别行政区政府文化局，2003 年，第 203 页。

⊙ 冯印雪作七律《晚雨初歇同秋雪大兄步至驷马涌荷塘》。

冯印雪（1893—1964），名祖祺，号乙庵，广东南海人，冯秋雪弟。早年与兄冯秋雪、嫂赵连城在澳门创办佩文学校。并组雪社，以吟咏为乐。黄节居澳时颇赏识之。又能书画，与高剑父交善。高剑父创春睡画院于佛山，其任秘书。喜文学，曾为香港《华星报》撰武侠小说。曾受聘于香港西南中学。中岁往南洋，受聘越南冯园西席，又任河内中华中学校长。后返澳任岭南、培正、粤华各中学教席。著有《印雪诗钞》。

⊙ 民国早期诗人戴鸿惠逝世。

戴鸿惠（约1855—1921），字蔼天，广东南海人。光绪元年（1875）举人。素性豪迈，浩浩落落无不谈，而甚少谈诗。辛亥革命后感怀身世，一发于诗。殁后其子翊峰手稿其诗集，征序于吴道镕，曰《闷勿闷庐诗草》。

戴氏有咏澳门诗《游濠镜马交石，和麦君涧泉原韵三首》（1912）。该诗反映了辛亥之变，广州人士多避地濠镜或香海的情形。其时戴鸿惠正因辛亥之变避地濠镜。这三首诗一咏山形异致，一咏海景海船，一咏裙屐之盛，皆纪游写实之作。戴氏大约作于同时的《腊杪思归》上半："记从珠海穿游身，驿路观梅岁岁亲。黄叶半途千里客，红尘一梦两朝人。"诗人身历易代之际的乱离，一梦醒来，已成前朝遗老，回首前尘，恍如隔世。故诗中"万种愁怀""一步一徘徊"之语，皆非泛泛而言。

⊙ 本年度澳门有三种华文报刊出版，即《澳门日报》《马蛟景源报》和《评花日报》。

久寓濠海，答玫伯、一山约游

林鹤年

十年乡国满沙尘，海上蓬飘寄此身。指顾寰瀛归静谧，不妨长作浪游人。

（《澳门诗词笺注·民国卷·上》，第 248 页）

马交石纳凉遇雨

冼玉清

造化信洪炉，岂使炼骨性。昼长人苦困，未暑意先病。出门写所谐，论园借苍崖。十里绿阴合，云水生澄怀。振衣出木杪，热恼何时排？片云头上飐，坐久凉生磴。渡江看雨来，一气连山暝。惊涛和松风，欲谱乏弦应。情移成连悟，袖薄杜陵咏。倚竹伫清吟，回飙开我襟。清极难久恋，孱躯复不任。不辞冒雨归，喜慰哀鸿音。

（《澳门诗词笺注·民国卷·上》，第 203 页）

晚雨初歇同秋雪大兄步至驷马涌荷塘

冯印雪

雨余芒履横塘去，各有情怀向晚晴。风引鸟声娱寂寞，日斜人影伴伶仃。石渠汩汩成孤响，荷叶田田未了青。满地烽烟生事歇，不堪笳吹上江城。

（《澳门诗词笺注·民国卷·下》，第 281 页）

游濠镜马交石，和麦君涧泉原韵三首

戴鸿惠

陀城别却异乡来，万种愁怀拨不开。底事旋螺山上路，教人一步一徘徊。

山尽南交势截然，沧溟此去阔无边。欧风怪底吹来易，日日江头到海船。

蛮花艳映碧峦间，裙屐遨游态度闲。上女那知谈旧恨，风前笑话好湖山。

（《澳门诗词笺注·民国卷·上》，第1—2页）

贩奴

郑观应

粤东澳门、香港、汕头等处，向有拐贩华人出洋之事。名其馆曰“招工”。称其人为“猪仔”。“猪仔”一名，载至西洋，身价五六十元，税银一元。澳门议事番官收费二元。其党与洋人勾通，散走四方，投人所好，或诱以资财，或诱以游博。一吞其饵，即入牢笼。被拘出洋，不能自主。或于滨海通衢歧路，突出不意，指为负欠，逼迫登舟。官既置若罔闻，民亦何由申诉？初则省城外黄埔等处，皆已蔓延，嗣被大员访惩，甫能封闭。而澳、港外埠之根株独未绝也。

盖美、阿两洲及南洋各岛，日汲汲然开矿垦荒。土著寥寥，不能集事，故不得不招工。但工资过微，人谁乐往？于是招之不来，出之以诱；诱之不能，出之以掠。计每年被掠卖者累万盈千。其中途病亡、自经者不知凡几。幸而抵埠，即充极苦之工。倦即加以鞭棰，病亦不许告假。日出而作，牵以铁链；日入而息，横受拘囚。逃走则有连坐之严法，处死则有水火之毒刑。求死不能，逃生无路。其中不乏右族名门、单丁爱子，误罹陷阱，望断家乡，一线宗祧，于焉中绝。言之酸鼻，闻者伤心。

英人华利言，西历一千八百九十一年，即光绪十七年，华人被拐经新加坡分往各埠者，多至十六万余人。其中有少壮者，有中年者，俱由中国口岸引诱出洋。其至新加坡、庇能等埠者，尚不至过于困苦。若至秘鲁、渣华、般鸟、昆士兰、岑忽他剌、租阿或东海各小埠，则备受酷虐，呼吁无门。谁非人子？能不为之流涕而太息哉！

或谓“猪仔”登舟，皆经番官讯问，不愿者遣回。其飘然长往、绝无顾虑者，皆自愿出洋者耳。不知拐匪奸谋百出，上下交通。当番官审讯时，皆拐匪冒名，自称情愿，并非本人。即一二号呼哀求释遣者，亦系有意装点，欺饰庸愚。鬼蜮心肠，险幻至此，华官番官纵公正明察，亦安能不堕其术中？

夫贩人为奴，本干例禁。今则名为“招工”，实与贩奴无异，西律所不容。昔有贩阿洲黑人为奴者，英国上下议院集商禁止，出资千百万，赎还遣释，严申条约。诸国至今称之。美国南北之战，其始亦以贩奴而起，后乃设法禁绝，一视同仁。今中外辑睦有年，无分畛域，而竟任彼勾串奸商，为此违例害人之举，出入各口，漫不稽查。其玩视中国也甚矣！

美国之旧金山，向属荒野，招中国工人开垦，遂成富庶之邦。徒以华工佣价廉而效职勤，土人以为夺其大利，焚劫驱逐，无毒不施。土人倡之，议院和之。苛待之条，闻者发指，其薄视吾民又如此！

澳门虽有严禁拐贩之议，而积久弊生，奸民诡计多端，有防不胜防之虑。勾通洋舶，诡称某岛某埠，有地待辟，有事可图。及至中途，易船他适。愚氓入其网罗，永堕地狱。西士之明理者，亦闻而嫉之。

今巴西又欲招工，难免不蹈故辙。似宜查照公法，与各国明订章程。如某地需工若干，必先报知中国公使领事，查核所需人数，转报总理衙门，行知地方官，照章招致。中国派员驻香港、澳门及各要口。华工出洋，先由船主开单具报，请华官登舟查验盖印，申报本省大吏，知照出使大臣。俟船到彼国之时，船主呈请华官照单覆验，然后发与工主具领雇用，毋许虐待欺凌。或其地未驻华官，向有中国殷商为甲必丹者，或各会馆董事主之。覆验后报明存案。本省大吏亦给发谕帖，予以经理之权。最要者，宜由政府照会招工之国，事前不许苛虐，事后尤宜善待。华工之久历辛勤者，倘自愿旅于其地，准其入籍，与土著同。不得如美国之无端逐客。庶乎民命可保而国体亦稍尊矣。至华商贸易出洋，与华工稍有区别。亦应先期报明，给凭查验，以免奸民假托，仍成拐贩影射之端。免彼族轻藐华民，有失中朝大体。

唯主其事者，须知此举为保护华民而设，亦非禁阻华人出洋，不得婪索资财、徒贻讪笑。是又在当局之慎选其人耳。泰西事例，领事之权，本属有限，降而至于董事，更无论矣。南洋各岛，栉比星罗，势难处处设官经理，必须知照各国，准由华商董事，综其事权。庶华人所到之区，皆我保护之所及之处矣。

东南数省，生齿日繁。既不能概禁贫民之出洋，又不能坐视华工之受害。如此因势利导，立法维持。救之于已然，不如保之于未然也。争之于事后，不如察之于事先也。斯古帝王民胞物与之本怀，亦今日正本清源之要策也。

（《岭南历代文选》，第 455 页）

澳门感事

郑观应

澳门上古名莲峰，鹊巢鸠占谁折冲。海镜波平函电火，山屏烟起若云龙。
华人神诞喜燃炮，葡人礼拜例敲钟。华葡杂处无贵贱，有财无德亦敬恭。
外埠俱谓逋逃薮，各街频闻卖菜佣。商务鱼栏与鸦片，饷源以赌为大宗。
历查富贵无三代，风俗浇漓官势匈。屋价千金抽八十，公钞不纳被官封。
昔有葡督极暴虐，竟为义士诛其凶。自谓文明实昏瞶，不识公法受愚蠢。
请问深知西律者，试思此事可曲从？

（《澳门诗词笺注·晚清卷》，第 140 页）

题澳门新居二首

郑观应

群山环抱水朝宗，云影波光满目浓。楼阁新营临海镜，记曾梦里一相逢。

三面云山一面楼，帆樯出没绕青洲。侬家正住莲花地，倒泻波光接斗牛。

（《澳门诗词笺注·晚清卷》，第 137—139 页）

1922年

本年，当时最受澳门市民青睐的澳门动画影院开张，是澳门文化艺术界的一大喜事。而意大利卡尔披歌剧团在澳门的演出季也是有声有色，为澳门市民带来了《阿依达》《假面舞会》《塞维利亚的理发师》等歌剧名作。本年逝世的有晚清时期诗人刘珩（1833—1922）和著名平民教育家陈子褒先生（1862—1922）。刘珩吟咏澳门的诗词作品有：《岐海竹枝词》《中秋前一夕，偕阮献南自省回乡，适乡渡未泊，借宿澳门船二首》《自省往游澳门在道阻风》《登澳门妈阁次石壁间韵》《澳门划界》。陈子褒和其弟创办了澳门最早的具有改良性质的子褒学塾和子韶学塾，还创办夜学推动平民教育，在港澳两地培养了不少人才。

二月

⊙ 本月，陈洵作词《霓裳中序第一》，怀念梁鼎芬。

3日 原域多利影院负责人黄·菲利蒲在原国华影院同一大厦内开办澳门动画影院，经常放映世界主营影院的好电影，其质量在澳门名列榜首，成为当时最受澳门市民青睐的影院。[①]

11日 何锺瀛作《澳门竹枝词十首》，其中第一首题咏澳门的水井，有句云：“我来不管银坑艇，暗数街边井字强。”1929年夏，香港曾发生水荒，不得已远自上海载水以济民食，而澳门赖有水井，灾情较香港为轻。《澳门竹枝词十首》第七首描写澳门正月驱傩遣灾之俗。刘志文主编《广东民俗大观·驱傩遣灾》释：“驱傩，渊源于远古之祭鬼跳神。汉以后定为常仪，以驱鬼逐疫。驱傩之时，伥子戴各式狰狞面具，穿着特制服装，手

---

① 吴志良，汤开建，金国平主编：《澳门编年史·第五卷·民国时期》，广东人民出版社，2009年，第2365页。

持纸幡，连跳带喊，群舞而行，遣灾驱害，故称‘遣灾’。雷州城乡，正月十五都沿此俗。”本年正月十五为2月11日，这首诗描写了澳门元宵节的驱傩之俗。又作五律《关闸间眺》《镜湖同人联合诗社月有常课，适是课诗题为踢毽，催诗和作二首》。

⊙ 汪兆镛（1861—1939）作七绝《题崔伯越〈是诗簃图〉三首》。其中第一首道出是诗簃主人的诗学渊源所自。第二首将是主人的身世拟之近三百年前寓居澳门的明朝遗民屈大均、陈恭尹、何绛。第三首复将其与明代寓居澳门的西洋诗人黔枚（贾梅士）称为异代同调。至于是诗簃的所在地，崔斯贯《北郭类稿·砚田集》有《赤柱是诗簃风雨中追怀翙高员外》。而上录汪氏二诗及下录邹浚明《题崔伯越〈是诗簃第二图〉二首》所咏皆与澳门有关。[1]

七月

4日 著名平民教育家陈子褒先生去世。

陈子褒（1862—1922），名荣衮，字子褒，号耐庵，别号妇孺之仆，广东新会人。1862年生，1893年乡试中举，与康有为同科，名列康氏之前，但此后入万木草堂两年，成为康有为的入室弟子，积极参与维新运动。先后参加强学会、保国会，并在梁启超主持的译书局中任事。1898年“百日维新”失败后，东渡日本考察教育，后决心回到澳门改革小学教育以为救国、立国之本，并为保皇党谋取澳门的教育权。同年底回到广东，并在开平县“邓氏家塾”任教席。1899年至澳门，与其弟陈子韶在澳门荷兰园正街83号创办子褒学塾和子韶学塾（子韶学塾后迁往板樟堂街国华戏院现址，并易名为“沃华学校”），设帐招徒授课。这是澳门最早的具有改良性质的学塾，也是其时澳门最有规模的学塾。陈子褒到澳

① 吴志良，汤开建，金国平主编：《澳门诗词笺注·民国卷·上》，广东人民出版社，2009年，第90页。

门后，发起组织“教育学会”，后改为“蒙学会”，主张新教育，废除读经，提出要以注重编辑教科新书及翻译东西方小学读本为要务。于是，乃自编通俗而适合儿童、妇女心理的白话文教材 40 多种。陈先生还热心妇女教育，提倡女学，称“女学者，幼学之母也”，1903 年率先招收女生，并编辑出版《妇孺报》《灌根年报》；同时陈氏亦组织教育会介绍西方先进的教学方法，反对体罚，并组织和带动学生出钱出力创办夜学，推动平民教育、扫盲活动。子褒学塾当时在澳门享有很高的声誉，学生人数最高时达数百人。陈子褒的教育思想在当时亦盛极一时，各地有志兴学之人，纷纷到澳门向子褒先生取经学习。其所编教科书在港澳地区影响很大，特别是他 1908 年完成的《七级字课》，在清末民初数十年间，曾一度盛行于澳门、香港、中山、台山、新会、恩平及开平的小学。1918 年，在澳门教学 20 年后，陈子褒将学塾迁到香港坚道，后又设女校于般含道 25 号。男女学生 200~300 人。子褒学塾前后在港澳两地培养了不少人才，如冼玉清、李应林、容启东、廖奉基等。[①]

十月

5 日　中秋，林鹤年作七绝《避地濠海又逢中秋》、七律《三载旅居三层楼望海》。

⊙　冯秋雪作词《愁倚栏令》、五绝《雨夕出西湾作二首》。

28 日　重阳，陈洵作词《秋霁·与及门诸子载酒北郭作展重阳和梅溪韵》。

⊙　章梫作七律《次韵和朴山明经》，时值作者寓居青岛，以此诗和林鹤年（朴山）在澳中寄赠的《书怀次韵答玟伯并柬一山》诗。

⊙　郑天健作五律《避乱登澳门妈祖阁》《普济禅院》、七绝《南环杂咏四首》，其中七绝第三首描写一个疍家少妇在南环海滨等待出海采捕的丈夫归来的情形。其调类似竹枝。

---

① 吴志良，汤开建，金国平主编：《澳门编年史·第五卷·民国时期》，广东人民出版社，2009 年，第 2376 页。

郑天健（1900—1975），号水心，广东香山（今中山）人。少从同里宿学郑哲园游，后肄业于广东高等师范学校。早岁在香港从事新闻事业，1923年起主香港《大光报》笔政。1938年任湖南省政府主任秘书。旋调任湖南《民国日报》社长。抗战胜利后，任湖南省国民党省党部委员兼宣传处处长、广东地政局局长。1948年任广东中山县县长。1949年赴香港，任香江书院、德明书院、新亚书院、香港中文大学联合书院教授。1959年任《中国人》周刊主编，次年参与创办中国书院。后病逝于香港。郑氏早年参加南社，长于诗词，有《水心楼诗草》《水心楼词》《水心楼诗话》《水心楼词话》等。

29日　意大利卡尔披歌剧团演出季开始。轻女高音为德尔札，戏剧女高音为英帕洛梅尼，男高音为曾在里斯本“圣卡洛斯剧院”中演出的热尔吉，男中音为斯卡慕吉、低音为毛乌塞卢及帕特尔纳。在此期间，由卡斯塔尼诺担任指挥，上演了《拉美莫尔的露契亚》《阿依达》《利哥莱托》《假面舞会》《塞维利亚的理发师》。[①]

本年

⊙　本年逝世的作家还有刘珩。

刘珩（1833—1922），字少荆，一字锡元，广东香山人。贡生。生平以孝友闻于乡。屡踬于乡闱，遂设帐授徒，以栽培后进为乐。好修勖学，笃老不倦。发而为诗，远而读书怀古之所得，进而忧时感事之所至，无不托物寄兴，刻画入微，清奇可喜。黄节评其诗云：“文字真能见性情，风神格调乃唐声。”著有《养余山房诗钞》。

---

① 吴志良，汤开建，金国平主编：《澳门编年史·第五卷·民国时期》，广东人民出版社，2009年，第2383页。

澳门竹枝词十首（第七首）

何锺瀛

新正处处效乡傩，醉向街边唱踏歌。戴上狰狞假面具，吓人全靠纸糊刀。

关闸间眺

何锺瀛

驱车来关闸，步出前山前。长路蜿蜒多，数峰相回旋。夕阳耀林梢，依依何处烟？

镜湖同人联合诗社月有常课，适是课诗题为踢毽，催诗和作二首（第一首）

何锺瀛

具有凌云志，儿童逐队嬉。似雏从上下，与燕共差池。邈矣丰毛翮，皇哉耀羽仪。诸君开胜会，我亦动遐思。

（《澳门诗词笺注·民国卷·上》，第 227—229 页）

题崔伯越《是诗簃图》三首

汪兆镛

河间修学唯求是，君亦论诗宗半山。雅郑萧兰纷泪底，谁从縋击出冲闲？

三百年来濠镜墺，流风犹忆屈陈何。乱离身世诗人泪，今古伤心一浩歌。

小楼窅窱海山隈，画意诗心有别裁。零落天涯同调少，几人呼酒酹黔枚？

（《澳门诗词笺注·民国卷·上》，第 90 页）

避地濠海又逢中秋

林鹤年

浮沉世事等轻沤，寥落朋侪总白头。扰扰尘中无定日，年年天上十分秋。

二载旅居三层楼望海

林鹤年

楼居门设昼常关，与古为徒时往还。客里频添闲岁月，梦中多有好湖山。

寒冲野鹤身逾健，浪逐浮鸥意转闲。海阔天空无限处，人生底事不开颜？

（《澳门诗词笺注·民国卷·上》，第 250 页）

愁倚栏令

冯秋雪

四月二十日，余与连城邀同哲士、佩贤、草衣，小叙佛笑楼。座中有作愁苦语者，倚此慰之。

华灯初照罗裳，正玉蕤平添满觞。尔我心情真似酒，偏入愁肠。　年华忍独思量，漫负却，钗光鬓香。如此清容正好，休说斜阳。

雨夕出西湾作二首

冯秋雪

雨入西湾迥，凭栏世欲忘。人间千万意，谁及雨丝长？

静到无人到，西湾风雨秋。可堪在晴日，俗客满街头？

（《澳门诗词笺注·民国卷·上》，第 269—270 页）

秋霁·与及门诸子载酒北郭作展重阳和梅溪韵

陈洵

官柳疏疏，带戍鼓荒城，梦落秋色。迟节娇花，饱霜腴菜，雀檐劲支风力。暮蝉倦息。雁云缥缈秋天碧。似去国，谁向、酒垆料理醉眠客？无奈驻马，自怯登临，故山衰迟，兰路吟寂。寄相思，东篱古月，艰难双鬓旧时白。心事露蛩浑道得。但近来懒，不似俊侣多才，赋诗蛮府，骋觞宾驿。

（《岭南历代词选》，第 282 页）

次韵和朴山明经

章棂

晚明互市启关门，海色西来落酒尊。避地有人无汉魏，高歌正气满乾坤。独成雅著孤怀远，共踏名山梦影存。泽畔遗悲鱼腹语，同揩老眼望中原。

（《澳门诗词笺注·民国卷·下》，第 313 页）

避乱登澳门妈祖阁

郑天健

壮抱非寥落，濠江自渺茫。还寻小丘壑，惜此好流光。雨意通高树，云阴走上方。亲朋更天末，谁与诵“繁霜”？

普济禅院

郑天健

五月云阴重，禅房不见花。轻风动香篆，细雨杂胡笳。浮海心犹壮，依人计已差。更怜僧太瘦，来试雨前茶。

南环杂咏四首

郑天健

戍楼寂寂角声残，水拍疏榕地特寒。一海黄云沙岛落，更无人倚铁栏杆。

石矶人怯一丝风，唤渡前滩语未通。山外夕阳楼外雨，秋江何处不蒙蒙？

怒潮滚滚月迟迟，潮自癫狂月不知。郎爱怒潮侬爱月，夜深无计立多时。

簇簇楼台散暮烟，花阴淡淡草芊芊。漫言信美非吾土，一璧何能让许田？

（《澳门诗词笺注·民国卷·下》，第315—317页）

岐海竹枝词

刘珩

野芋山薯聚各村，东西小艇似蜂屯。担箩更遣街头唤，鸡卵同收落澳门。

中秋前一夕，偕阮献南自省回乡，适乡渡未泊，借宿澳门船二首

刘珩

装返佗城不歇年，几经江上共鸥眠。今宵月白风清候，又结闲舟一夕缘。

江湖无分寄浮沤，蓬梗何曾逐远流。只有珠江一片月，频年同此话中秋。

自省往游澳门在道阻风

刘珩

县南天开濠镜澳，华夷杂处亘居奇。由明迄今数百载，四方逐利甘肥趋。
迩来风气倍繁盛，银楼粉阁连榱桷。我生疏拙懒出户，胜境咫尺身仍羁。
穗城往返不知数，每从南望神空驰。
昨缘归舟事中阻，迂道倏欲游波斯。江行濡滞历三日，帆回楫息随冯夷。
汪洋远涉迹未惯，舵楼俯瞰殊险巇。目极空江杳无际，青山一发何从窥？
有客假我千里镜，缩地术类长房施。轮船过眼瞥如电，波涛汹涌来无时。
虎门狮洋关天险，巨炮屹立碉楼遗。
烽烟尽扫鼋鼍窟，戍守未敢关防离。自古制敌虽握要，控御犹难免丧师。
只今蕃舶争辐辏，连墙过此琛赆输。和戎岁久际清晏，泛海奚用深忧虞。
蜑帆出没蛟宫静，坐看船尾张风旗。晚凉片月临孤屿，浩浩万顷碧玻璃。

登澳门妈阁次石壁间韵

刘珩

近览风帆胜，凌虚此构亭。湾环潮不隔，高下石俱灵。水涌楼居白，山浮海岸青。天然濠镜秀，烟树动苍冥。

澳门划界

刘珩

强客翻为主，从何地界分？国危因占据，岁久仗传闻。保守严疆土，争论恃约文。汶阳如尽返，口舌策殊勋。

（《澳门诗词笺注·晚清卷》，第 58—62 页）

1923 年

这一年澳门政府在大横琴岛瓦缸寨村设立一所汉语学校。由在澳门的葡萄牙人创办并编辑的两份周刊《祖国》和《战斗报》在本年创刊。陈洵的《海绡词》由朱祖谋出资印行。本年值得注意的作家有黄沛功、邓尔雅、罗濂、冯印雪等。

三月

27 日　澳门政府在大横琴岛瓦缸寨村设立一所汉语学校。

四月

⊙　本月，冯印雪作五律《春莫游万松山同秋雪、沛功、绍雪、草衣》。春莫：春暮。绍雪：据《雪社丙寅集·集外诗》中黄沛功所作《春晚偕草衣、绍雪、秋雪兄弟郊行》诗可知，绍雪为秋雪、印雪之兄弟或从兄弟。又作五律《莲峰寺小亭消夏分韵得莲字》。分韵：数人相约赋诗，约定数字为韵，由各人分拈，并依所拈之韵赋成诗句。

七月

1 日　《祖国》周刊创刊发行，名义主编为沙维尔·李美雕，具体由圣若瑟修院负责行政管理、编辑印刷等业务，由圣母无原罪孤儿院印刷所印制。该刊从 1925 年 12 月 1 日起改为日报，增加一副标题《捍卫葡萄牙利益的日报》，直至 1928 年 4 月 30 日停刊。该报涉及领域较广，撰稿人力量强大，包括澳门主教高若瑟、土生学者白乐嘉、英国史学家博克塞等。[①]

---

① 吴志良，汤开建，金国平主编：《澳门编年史·第五卷·民国时期》，广东人民出版社，2009 年，第 2396 页。

九月

20日　黄沛功作词《台城路·述怀》，乃自述怀抱以赠知友之作，其词意与《大江东去·再赠秋雪》连贯一气，“三年一觉濠江梦，多君昨宵呼醒”可知词中之“君”应指冯秋雪。又作《大江东去·再赠秋雪》——该年中秋为9月25日，此诗当作于9月20日左右。

⊙　邓尔雅作七绝《澳门》。

邓尔雅（1883—1955），又称尔疋，原名溥，字季雨，号万岁，广东东莞人。光绪二十五年（1899）入广雅书院。光绪三十二年（1906）赴日留学，习美术。次年与潘达微等同办《时事画报》《赏奇画报》。1912年与黄节等创办贞社广州分社。1914年加入南社。1918年与易大厂等组建广州濠上印学社。1922年后定居香港新界大埔。1932年任中山大学顾问教授。抗战全面爆发后避居香港，曾任广东文物展览会征集组组长。邓氏生平工篆刻，擅书画，善诗文，精鉴赏。外甥容庚谓其“篆刻学邓石如、黄士龙，正书学邓承修，诗学龚自珍，而均能变化，以自成家，观者罕知其所自出”。著有《邓尔雅书千字文》《邓斋印谱》《绿绮园诗集》。

⊙　罗瀌作七律《迁席澳门南湾》《澳寓感咏》。据作者《勺庵全集·文集·少庵小传》载：“国变后，以舌耕老，今四十七岁，移砚香港已两年。”作者移砚香港凡九年，民国六年（1917）已在其地，则这首《迁席澳门南湾》和《澳寓感咏》应作于民国十二年（1923）前后。[①]

罗瀌（1862—1941），字云翘，号勺庵，又号拜梅，广东顺德人。16岁时，父殁，读书攻苦。26岁时，补诸生。以文救贫，驰京华，走中州，蹭蹬无成。辛亥后授徒讲学，设帐穗城，移砚香港，再迁濠镜。晚年

① 吴志良，汤开建，金国平主编：《澳门诗词笺注·民国卷·下》，广东人民出版社，2009年，第283—284页。

寄居濠镜。能诗文，工书。晚年门人潘家豪等编纂其诗文，曰《勺庵全集》。

十月

⊙ 朱祖谋自出资用仿宋聚珍版为陈洵印行《海绡词》一卷，并请黄节为之作序。黄序作于七月五日（8 月 16 日）（见龙榆生《陈海绡先生之词学》）。10 月 17 日，朱祖谋致函陈洵称：“公学梦窗，可称得髓，胜处在神骨俱静，非躁心人所能窥见万一者，此事固关性分耳。”[①]

十二月

6 日 政治及新闻性周刊《战斗报》问世，其副标题为《为祖国，为共和国》，负责人为多明戈斯·杜格上尉，经理则为卡尔洛斯·阿尔梅达，编辑由曼努埃尔·雷增德、多明戈斯·杜格和卡尔洛斯·阿尔梅达组成。编辑部、经理部及印刷厂位于风顺堂上街 5 号，其间曾多次停刊，至 1927 年 7 月 24 日，改为《求实报》。[②]

---

① 谢永芳：《广东近世词坛研究》，上海古籍出版社，2008 年，第 366 页。

② 吴志良，汤开建，金国平主编：《澳门编年史·第五卷·民国时期》，广东人民出版社，2009 年，第 2400 页。

春莫游万松山同秋雪、沛功、绍雪、草衣

冯印雪

景光非昔日，应觉再来迟。叶叶绿初密，枝枝红已羸。地偏宜着我，春晚可无诗？不尽流连意，岩栖本素期。

莲峰寺小亭消夏分韵得莲字

冯印雪

雨过招提净，重游否解禅？小亭专一角，红日丽中天。潇洒还倚竹，清香却忆莲。年来消妄念，无处不安便。

（《澳门诗词笺注·民国卷·下》，第 283—284 页）

台城路·述怀

黄沛功

三年一觉濠江梦，多君昨宵呼醒。猛忆前身，扬州杜牧，梦里重重花影。青衫一领，有多少泪痕，渍如冰冷？丝竹中年，狂名收拾也应肯。　平时自居何等？料儒林道学，此生无份。献赋三都，封侯万里，又怕白头揽镜。夜阑人静，惹旧恨新愁，五中交横。心事谁知？指窗问短檠。

大江东去·再赠秋雪

黄沛功

中秋将届，喜朝来、雨霁天气清朗。听说诗人，才道我、袖出新词相贶。丝竹情怀，风云材略，认取青衫样。未能免俗，愁心千叠江上。　平生壮志凌霄，思焚笔砚，总作非非想。君亦少年，奇气涌、肯与沙鸥来往。

怎得偷闲，诗声月夜，镜海浮双桨。严陵滩畔，甚时著个周党。

（《澳门诗词笺注·民国卷·上》，第 257—258 页）

澳门

邓尔雅

古刻摩厓不可寻，唯存普济一禅林。当时遗老空奔走，姑道安居便死心。

（《澳门诗词笺注·民国卷·下》，第 320 页）

迁席澳门南湾

罗漮

九洲洋望雪涛堆，入幕依人又一回。晓岸车声疑雨急，夜江灯火识潮来。
残生病骨唯工卧，乱世家书总怯开。挂起南窗天水阔，鬓丝榻畔且徘徊。

澳寓感咏

罗漮

寥落乡心一雁飞，江湖仍恋稻粱肥。书非白首胡知读？座有黄花便欲归。
敢扶经心膺讲席，还偿酒债典寒衣。卷堂欲趁茱萸节，争奈依人此愿违。

江村黄叶好归休，濠镜劬书又滞留。斗室瓜牛终自槁，故乡稻蟹不成秋。
笼中参术供多病，袖里湖山足卧游。人事漫悲沧海幻，元龙到处有高楼。

（《澳门诗词笺注·民国卷·上》，第 234—235 页）

1924年

本年度的澳门文坛，仍然是以古诗词为主，另外值得关注的是中文报纸《平民报》《民生报》创刊，并首次接受澳门政府资助。《平民报》由马普全先生创刊，《民生报》由马宝金先生创办，督印人为文非一。两报社址均在澳门新马路24号。在相当长一段时间内，两报与《澳门时报》同在一处印刷。由于编辑人员少，新闻、电讯大致相同，只是广告及副刊内容各有不同，故销售量持续低迷，至20世纪30年代末停办。本年逝世作者有晚清时期诗人左秉隆（1850—1924）和诗人林鹤年。本年，澳门第一家电影公司“澳门电影公司”由葡萄牙人马利亚·伯尔热斯创立，但因未依时办理各项法定手续，半年多后被取消营业牌照。

春

⊙ 陈洵作词《丹凤吟·春日怀疆村先生沪上》。

二月

8日 葡萄牙人马利亚·伯尔热斯创立的“澳门电影公司”，是澳门第一家电影公司。据档案记载，伯尔热斯向澳门政府申请在本澳开发澳门电影企业的专营权，为期10年。专营权包括：澳门电影公司每半年摄制一部《澳门报告》的纪录片，拍摄有关澳门各项大事。此纪录片在澳门放映和出口到葡国以及欧洲其他国家，同时负责向澳门提供有关葡国波尔图和其他地区的宣传影片，以及为澳门政府摄制各类所需影片。5月7日，澳督罗德礼批准澳门电影公司的10年专营权，并于当年4月1日生效。但因为澳门电影公司成立后，未能向政府交付法定的款项，以及未依时办理各项法定手续，9月16日，澳门政府下令取消其营业牌照，并撤销其10

年电影专营权。[①]

六月

10 日　葡萄牙伟大诗人贾梅士诞生 400 周年纪念，澳门张灯结彩，民众集会纪念。

七月

22 日　著名土生报人达米扬·罗德里格斯逝世于澳门。罗德里格斯 1878 年 3 月 27 日生于澳门，是一位热衷政治的共和派活跃分子，对于创办政治性期刊兴趣尤其浓厚，曾创办《澳门土生周报》。

十一月

15 日　意大利卡尔披歌剧团在伯多禄五世戏院演出《蝴蝶夫人》《乡村骑士》《丑角》及马斯内的《曼侬》，主唱为著名女高音吉雷塔。[②]

本年

⊙　中文报纸《平民报》《民生报》创刊，并首次接受澳门政府资助。《平民报》由马普全先生创刊，《民生报》由马宝金先生创办，督印人为文非一。两报社址均在澳门新马路 24 号。在相当长一段时间内，两报与《澳门时报》同在一处印刷。由于编辑人员少，新闻、电讯大致相同，只是广告及副刊内容各有不同，故销售量持续低迷，至 20 世纪 30 年代末停办。

⊙　岁末，黄沛功作七绝《岁不尽三日，偕君卉、秋雪、韶凤、学愚游陶园，茶话后旋到筑堤工程处，依山绕岸而归二首》。岁不尽三日：此应指民国甲子年十二月二十七日（1925 年 1 月 21 日）。陶园：盖当时一园林式酒

---

① 吴志良，汤开建，金国平主编：《澳门编年史·第五卷·民国时期》，广东人民出版社，2009 年，第 2402 页。

② 吴志良，汤开建，金国平主编：《澳门编年史·第五卷·民国时期》，广东人民出版社，2009 年，第 2409 页。

家。筑堤工程处：汪兆镛《澳门杂诗·杂咏·澳官公廨》："工程司即三兵头，掌管街道建筑事宜……工程处所在白鸽巢。"此盖其属下管理修筑南湾或西湾海堤工程的政府机构，详址待考。又作七绝《同雪社诸子游妈阁书所见二首》。据章文钦考证，以上两首诗约作于民国十三年至十四年（1924—1925）之间。[①]

⊙ 本年度还有冯印雪作七绝《西湾晚步》和《西湾遇雨二首》。

⊙ 本年，晚清时期诗人左秉隆逝世。左秉隆作澳门诗《东望洋》。诗人随镇国公载泽出洋考察归国时，道经香港，曾登太平山，复顺道游澳门，登东望洋山。故这首诗应作于光绪三十二年（1906）上半年。[②]

左秉隆（1850—1924），字子兴，祖籍沈阳，入清隶汉军正黄旗，驻防广州。同治三年（1864），年十五，入广州同文馆。后又入京师同文馆，随总教习丁韪良研习英文。精于文法，为曾纪泽所见重。光绪四年（1878），随曾纪泽出使英国，任翻译官。光绪七年至十七年（1881—1891），因曾纪泽之荐，三度连任清朝驻新加坡正领事。因政绩显著，由驻英使署保奖进道员，加布政使衔。后由黄遵宪继任。光绪二十九年（1903），总办广东满汉八旗学务。光绪三十一年（1905），随镇国公载泽等五大臣出洋考察，任头等参赞，游历日本、英国、法国、比利时等国。光绪三十三年（1907），任新加坡总领事。宣统二年（1910）辞职。居广州、香港，以及新加坡。卒于广州。

左秉隆工诗，常与曾纪泽唱和；且擅音乐，其艺术造诣为当时名流所推重。黄遵宪《人境庐诗草·寄怀左子兴领事》云："古人材艺今俱有，却是今人古不如。十载勋名辅英荡，一家安乐寄华胥。头衔南岛蛮夷长，手笔西方象寄书。闻说狂歌敲铁板，大声往往骇鱼龙。"著有《勤勉堂诗钞》。

---

① 章文钦笺注：《澳门诗词笺注·民国卷·上》，澳门特别行政区政府文化局，2003年，第259—260页。

② 章文钦笺注：《澳门诗词笺注·晚清卷》，澳门特别行政区政府文化局，2003年，第312—313页。

⊙ 本年，民国时期诗人林鹤年逝世。林氏吟咏澳门的诗词作品有《二次避地濠镜·并叙》《庚申除夕旅寓濠镜作》《去秋移家濠镜，今十五夕与诸孙望月有感》《濠海远眺》《玫伯〈岁朝书怀〉见寄次韵奉答》《次韵酬吴玉臣太史过访见赠二首》《久寓濠海，答玫伯、一山约游》《二载旅居三层楼望海》《避地濠海又逢中秋》等。

岁不尽三日，偕君卉、秋雪、韶凤、学愚游陶园，茶话后旋到筑堤工程处，依山绕岸而归二首

黄沛功

半日山边复水边，阴阴不雨欲春天。天闲人到无拘管，饯了残冬又饯年。

水绕峰环幻奇景，巨灵曾此擘云开。沿山沿海偏多树，日日诗翁拄杖来。

同雪社诸子游妈阁书所见二首

黄沛功

何堪俗子竞题诗，有字仍同没字碑。一自山灵腾冷笑，呼兄无复米公痴。

大字峨峨绝顶刊，“昌明孔教”恐难言。无端污到高冈石，当作灾梨祸枣看。

（《澳门诗词笺注·民国卷·上》，第 259—260 页）

西湾晚步

冯印雪

江风猎猎浪沄沄，徙倚愁看落涨痕。堤上行人堤下水，一般无赖怕黄昏。

西湾遇雨二首

冯印雪

落落行吟到海隅，江天风物夕阳红。天公狡狯出人意，坐我南宫泼墨图。

立雪苒苒似飞蓬，山卷洪涛树亚风。河伯袖将沧海去，眼中一白入空蒙。

（《澳门诗词笺注·民国卷·下》，第284—285页）

东望洋

左秉隆

葡人家本住西洋，到此如何不望乡？高筑石台知有意，要看旭日出扶桑。

（《澳门诗词笺注·晚清卷》，第312页）

二次避地濠镜·并叙

林鹤年

前丙辰五月二十六日，粤军与滇军交哄。携炷儿避地濠镜。旅寓四十日返省，时乱事未平也，越四载，复与桂军交哄于东北江，势甚急。又挈眷四十人次第散处濠地。时庚申八月二十六日。仳离之苦，较他人犹幸耳。

波涛翻覆雨蒙蒙，海阔容人作寓公。两粤山河新涕泪，十年兵甲旧沙虫。朋侪有约寻沤鸟，逆旅何心问塞鸿？独立苍茫马蛟石，前来夏暑后秋风。

庚申除夕旅寓濠镜作

林鹤年

去年今日祝平安，客里儿孙菽水欢。夜听狮洋风欲雨，明朝应作暖晴看。

去秋移家濠镜，今十五夕与诸孙望月有感

林鹤年

萍飘无定又秋风，海上浮家作钓翁。少小儿童解谈月，团圆争说故乡同。

濠海远眺

林鹤年

莽莽神州沉大陆，珠还合浦信前因。闲来蓬岛堪投足，何处桃源可避尘？松柏有心留晚节，池塘无梦记吟身。居夷浮海寻常事，漫笑今人学古人。

玫伯《岁朝书怀》见寄次韵奉答

林鹤年

白发黄冠采蕨薇，逸民野性与时违。凤凰有待翩翩下，燕雀无知习习飞。

和靖几曾遗稿在，辋川早作白衣归。故人海外三辞岁，吟约同瞻日月晖。

（《澳门诗词笺注·民国卷·上》，第 244—251 页）

1925年

本年度陈洵等诗人继续创作了大量诗词。另外值得注意的是这一年7月，澳门诗刊《雪社》第一集出版，至1927年共出版6集。雪社是澳门本土较早的文学社团，诗刊《雪社》即该社团的社刊。雪社主要成员有梁彦明、冯秋雪、冯印雪、刘君卉、赵连城、周佩贤、黄沛功等。该社社名取雪花六出之意，社址设在崇实中学内。1934年1月，雪社7位诗人将其诗词联袂出版，定其名为《六出集诗钞》。封面由胡汉民题写，包括冯秋雪的《水佩风裳集钞》、冯印雪的《印雪诗钞》、黄沛功的《心陶诗钞》、刘君卉的《草衣诗钞》、梁彦明的《哲庐吟草》、赵连城的《江村杂咏》、周佩贤的《一叶集诗钞》等7种。9月1日，葡文报纸《澳门日报》问世，副题为《新闻、文学及历史普及期刊》。它是在澳门出版的第一份葡文日报，每星期逢周一和周六不出版，至11月29日停刊，共出版65期。创办人为克莱雅·门德斯、安东尼奥·沙明度神父和史学家白乐嘉，其中沙明度神父担任社长。11月，新月派诗人闻一多（1899—1946）发表诗作《澳门》，是新诗中关于澳门的一首广为传诵的诗作，表达了对澳门回归祖国的期盼。

一月

24日　陈洵作词《宴清都》（旧语“年灯款”）。

⊙　汪兆镛作七律《偕吴澹盦、张闇公过普济禅院》。吴澹盦即吴道镕，字玉臣，晚号澹盦。张闇公即张学华，字汉三，晚号闇斋，故称闇公。

⊙　释迹删作诗《寓普济禅院寄东林诸子》。

春

⊙　梁彦明作五律《西湾闲望悼松寿》。此外，作者复有《六月六夕为亡友吴松寿捐躯忌辰，约三五故交，在校中天台望海追悼，感赋一律》，可知吴松寿是作者的知友。吴松寿殉于民国十三年六月初六日（1924年7月7日），其死事颇为壮烈，惜文献不足，未得其详。又作七绝《西湾夜游偕雪社诸同志》，作七律《关闸》，这两首诗皆见于《雪社第一集》。该集出版于民国十四年（1925）七月，两诗当作于此稍前。作词《忆旧游·南湾步月》。

夏

⊙ 冯秋雪作七绝《西湾遇雨四首》，作七律《连城、印雪同宴佩贤、草衣、哲士于杏花村，席上诸贤均有佳作，余亦草成一首》——该诗颈联“已拚流光随马去，渐多诗思为花开”二句，叹流光之飞逝，寄诗思于花事，写青春不再的苍凉之感，造意巧而对仗工，堪称佳句。又作七绝《夏雨初霁，偕佩贤、连城晚步西湾作》《晚步南湾，见天际朱霞红入水中，水天皆作玫瑰色，艳丽无对，佩贤、连城属余以诗写之》。

⊙ 吴道镕作七律《乙丑夏与莘伯同居澳门，莘伯返羊城，以诗劝归，次韵和之》。乙丑：指民国十四年（1925）。莘伯：汪兆铨，字莘伯。

吴道镕（1853—1936），原名国镇，字玉臣，号用晦，晚号澹盦。原籍浙江会稽（今绍兴），先世商于粤，遂寄籍广东番禺。光绪元年（1875）举人。光绪六年（1880）成进士，选庶吉士，散馆授编修。旋不愿入仕，归粤讲学终其身。历主潮州韩山、金山，惠州丰湖，三水肄江，广州应元诸书院，并于郡学设馆。光绪三十年（1904），广州广雅书院改为广东高等学堂，受聘为监督。更任学部咨议，广东学务公所议长。辛亥革命后曾避地海岛，旋还广州城南故居。杜门不出者二十年，潜心著述，任《番禺县续志》编纂。复继屈大均《广东文选》、温汝能《粤东文海》之后，辑《广东文征》700余家，文3000余篇，凡240卷，并撰《广东文征作者考》以便浏览。其未竟部分，由张学华踵成之。有功于乡邦文献至巨。

吴道镕早岁诗文不多作，辛亥革命后感伤时事，一发于诗。晚辑《广东文征》，勤于纂录，益肆力为古文学。殁后门人陈善伯汇其诗文，纂录成帙，张学华为之编校，汪兆镛为之作序，曰《澹盦文存》《澹盦诗存》，另有《明史乐府》等。

七月

⊙　澳门诗刊《雪社》第一集出版，至 1927 年共出版 6 集。诗刊《雪社》是澳门诗社雪社的社刊。雪社是澳门本土较早的文学社团。雪社主要成员有梁彦明、冯秋雪、冯印雪、刘君卉、赵连城、周佩贤、黄沛功等。该社社名取雪花六出之意，社址设在崇实中学内。1934 年 1 月，雪社 7 位诗人将其诗词联袂出版，定其名为《六出集诗钞》。封面由胡汉民题写，包括冯秋雪的《水佩风裳集钞》、冯印雪的《印雪诗钞》、黄沛功的《心陶诗钞》、刘君卉的《草衣诗钞》、梁彦明的《哲庐吟草》、赵连城的《江村杂咏》、周佩贤的《一叶集诗钞》等 7 种。[①]

⊙　民国大马路西段至妈阁前地的沿海大马路建成。1911 年，澳门政府修筑民国大马路时，修的是“掘头路”，并未通至妈阁前地。至本年才炸掉西环与妈阁之间的一座濒海山崖，修通此路，并命名为西湾街。汪兆镛 1926 年的《咏澳门西湾诗》云：“西湾与妈阁，脊脊隔一山。凿空辟坦途，石气青孱颜。”其注云：“南湾与妈阁，山径阻阂，近年始开凿通行，地名‘西湾街’，山下潮涌，时有高至盈丈者。”[②]

⊙　汪兆镛作七绝《题君子泉·并序》。《微尚老人自订年谱》：“七月，葡人于西湾山麓筑路。有泉穴，味之极甘，汲以烹茶，名之曰‘君子泉’。”作词《水龙吟·澳门送友人返扬州》。

13 日　澳门政府任命著名诗人庇山耶为利宵中学临时校长。

---

① 吴志良，汤开建，金国平主编：《澳门编年史·第五卷·民国时期》，广东人民出版社，2009 年，第 2417 页。

② 吴志良，汤开建，金国平主编：《澳门编年史·第五卷·民国时期》，广东人民出版社，2009 年，第 2418 页。

八月

2 日　中元节，冯印雪作七绝《七月十五夕，同秋雪、连城、君卉、赞如乐园玩月》三首。

同日　冯秋雪亦作七绝《七月十五夕，偕冰雪、印雪、草衣、赞如乐园看月二首》，其中第二首将寒夜冷隽的景物写得空灵活脱，以韵制胜。

⊙　周佩贤作七绝《陶园即事二首》《余宴集秋雪、连城、草衣、哲士于文园酒家，席上赋》《夏雨乍晴，晚步西湾》《微雨游西湾步秋雪韵二首》《过南湾废园有感二首》《重九随同社诸子楼船雅集二首》《南湾步月二首》，作七律《印雪、冰雪宴集哲士、秋雪、草衣及余于杏花村酒家，席上赋此谢之》。

周佩贤，女，号宇雪，广东香山（今中山）人。早岁就读于澳门陈子褒灌根学塾。雪社社友，有《一叶集诗钞》。20 世纪 40 年代移居夏威夷。

⊙　刘君卉作七绝四首，分别为《印雪、冰雪宴集哲士、宇雪及余杏花村酒家，席上醉赋》《中元夜游乐园同秋雪、印雪、赞如、连城》《娱园赏菊和沛功》《春晓登松山听鹃》。

刘君卉（1892—1976），字草衣，号抱雪，又号匽盦，广东番禺人。生于澳门。宣统年间就读于澳门培基学校，与冯秋雪同学。民国初在澳门创设智渡学校。能诗善画，为澳门雪社社友。晚岁移居香港，与傅斅等有唱酬。著有《草衣诗钞》。

7 日　冯印雪作七绝《六月十八日西湾晚眺，即景一首》《陆园消夏绝句二首》《南湾晚眺》，作五律《南湾步月二首》。

⊙　赵连城作七绝《西湾遇雨二首》和《南湾步月二首》。

赵连城（1891—1962），女，又名璧如，号冰雪，广东香山大赤坎乡（今属斗门）人。冯秋雪妻。早岁就读于澳门培基学校。1911年参与创建同盟会澳门分会，开办同盟会外围组织——濠镜阅书报社。曾在香港实践女校工作。曾协助策动香洲香军起义，还策动一艘军舰官兵起义。后返澳门，与冯秋雪创办佩文学校。五四运动后，提倡新文化运动，创办《诗声——雪社月刊》。大革命失败后，协助掩护港澳中共党员转移，印刷《红旗》周刊。曾任广东妇女传艺所教务主任。抗战时期，参加中山大学战地服务团。新中国成立后，定居广州。能诗，为广州绵社、澳门雪社成员。著有《江村杂咏》。

九月

1日　葡文报纸《澳门日报》问世，副题为《新闻、文学及历史普及期刊》。它是澳门出版的第一份葡文日报，每星期逢周一和周六不出版，至11月29日停刊，共出版65期。创办人为克莱雅·门德斯、安东尼奥·沙明度神父和史学家白乐嘉，其中沙明度神父担任社长。该报始终坚持不问政治的原则，然而由于另一位办报人路加士收取政治选举候选人的资助，一定要在报纸中加入政治内容，于是三位创办人随即宣布退出。[①]

秋

⊙　黄沛功作七绝《南湾步月二首》，作词《翠楼吟·南湾步月》。翠楼吟：又名花娇英气、神仙花娇英气，词调名。

⊙　冯秋雪作词两首《高阳台·娱园赏菊用沛功元均》和《汉宫春·南湾步月》。

⊙　冯印雪作词《高阳台·娱园赏菊次沛功元均》，这首词的意境和气韵，颇得力于宋张炎《高阳台·西湖春感》。张词上阕“东风且伴蔷薇住”，下

---

① 吴志良，汤开建，金国平主编：《澳门编年史·第五卷·民国时期》，广东人民出版社，2009年，第2420页。

阕“当年燕子知何处”“无心再续笙歌梦，掩重门、浅醉闲眠”数句，皆可以寻出胎息之迹。然一咏春景春花，一咏秋景秋花，仍有各擅胜场之妙。

十月

26日 吴道镕作七律《重九日梁小山、汪憬吾、金芝轩游马交石归，憬吾约饮市楼赋谢》。汪诗题为《乙丑重九日偕吴澹盦、梁小山、金滋轩马交石登高下至陶园小憩》。这首诗作于1925年重阳节（10月26日），为汪诗的和作。作七绝《觉公在南湾山麓得泉甚清美，号曰君子泉，以诗索和二首》。又作五律《过林朴山故居》，时林鹤年（朴山）已于前一年去世，作者过林朴山故居，借此诗以寄其山阳之感、邻笛之悲。

⊙ 同日，赵连城作七绝《重九随同社诸子雅集楼船作》。

⊙ 邹浚明作七绝《题崔伯越〈是诗簃第二图〉二首》。

邹浚明（1874—？），字静存。先世自赣入粤，寄籍番禺。生于书香之家。中年以后，将所为事业悉付儿辈，结庐于佗城之北，曰听泉山馆，觞咏流连其间。复好游历，海内外踪迹所经，辄形歌咏。后寄居香港。有《听泉山馆诗钞》。

⊙ 郑天健作五律《重登澳门妈阁叠前均》。作者于民国八年（1919）和民国十一年（1922）两度至澳，此为第三度，故尾联下句云“一别总三霜”。

十一月

⊙ 本月，新月派诗人闻一多（1899—1946）先生发表诗作《澳门》，这是组诗《七子之歌》的第一首，充满对祖国统一、澳门回归的真切期待，原载《大江季刊》第一卷第二期，1925年11月。

6日 汪兆铭序、廖仲恺手书《双清词草》。

十二月

1 日　《祖国报》由周报改为日报，副标题改为“捍卫葡人利益的日报”。该报从即日起发行至 1926 年 6 月 30 日，共出版 835 期。

本年

⊙　朱祖谋指导杨铁夫作词。

杨铁夫（1865—1944），名玉衔，字季良，广东香山（今中山）人。光绪二十七年（1901）举人。以办学有功由内阁中书加侍读衔，署广西归顺州知州，补授镇安知府。民国初年（1912），任广东揭阳县县长。1924 年后历任上海广肇中学校长、中山师范校长，并执教于上海梁豀国学院，中间一度执教于香港。抗战全面爆发后，避地香港。杨铁夫中年丧妻亡女，一生蓬梗漂泊，时有买山魈隐、呼猿狎鸥之想。学词于朱祖谋，以词名世。有《抱香室词》《双树居词》《五厄词》《清真词选笺释》《梦窗词全集笺释》等。

附录 •••

《七子之歌》之《澳门》[①]

闻一多

邶有七子之母不安其室，七子自怨自艾，冀以回其母心，诗人作凯风以愍之。吾国自《尼布楚条约》迄旅大之租让，先后丧失之土地，失养于祖国，受虐于异类，臆其悲哀之情，益有甚于凯风之七子。因择其与中华关系最亲切者七地，为作歌各一章，以抒其孤苦亡告眷怀祖国之哀忱，亦以励国人之奋兴云尔。国疆崩丧，积日既久，国人视之漠然。不见夫法兰西之 Alsace—Lorraine[②] 耶？“精诚所至，金石为开”。诚能如斯，中华“七子”之归来，其在旦夕乎？

你可知“妈港”不是我的真名姓？……
我离开你的襁褓太久了，母亲！
但是他们掳去的是我的肉体，
你依然保管着我内心的灵魂。
三百年来梦寐不忘的生母啊！
请叫儿的乳名，叫我一声“澳门”！
母亲，我要回来，母亲！

---

① 原载《大江季刊》第一卷第二期，1925 年 11 月。录自孙敦恒编《闻一多集外集》，教育科学出版社 1989 年 9 月第 1 版第 52 页。见郑炜明编《澳门新诗选》，澳门基金会 1996 年版，第 283 页。

② Alsace—Lorraine，即洛林地区，位于法国东部，1871 年普法战争后割予德国，1919 年《凡尔赛和约》后归还法国。

偕吴澹盦、张闇公过普济禅院

汪兆镛

狼嗥蚁斗此何时？叩寂僧庐向海湄。林壑沉冥生异态，竹房萧瑟动归思。抱残珍秘澹公字，忧乱低回成鹭诗。尚有良俦共游屐，未因飘泊损襟期。

（《澳门诗词笺注·民国卷·上》，第92页）

题君子泉·并序

汪兆镛

南湾与妈阁中隔一山，近年凿而通之。山麓出泉一泓，人罕知之。味清而甘，不溢不涸，虚冲自守，是有君子之德，因名以“君子泉”，赋诗纪之。

瓢饮生平手自煎，居夷难得碧涓涓。典裘苦赁西头屋，一半句留为此泉。

水龙吟·澳门送友人返扬州

汪兆镛

庾郎萧瑟江关。兵戈满地年光驶。浮踪栖泊，团茅掩映，寒涛翻翠。几日闲吟，故人来也，琴丝重理。向芦湾倚月，松巢听雨。谁识我，苍茫意？　　闻道蒲帆归矣，望邗沟，一篙春水。绿杨城郭，红桥箫鼓，旧游应记。如此江山，可堪回首，乱烟无际。待他时，重访竹西佳处，把扁舟舣。

（《澳门诗词笺注·民国卷·上》，第93—96页）

寓普济禅院寄东林诸子

释迹删

但得安居便死心，写将人物报东林。番童久住谙华语，婴母初来学鴃音。两岸山光涵海镜，六时钟韵杂风琴。只愁关禁年年密，未得闲身纵步吟。

（《澳门诗词笺注·明清卷》，第89页）

西湾夜游偕雪社诸同志

梁彦明

一轮明月印江寒，堤畔闲行共引看。今夜胜游宜记取，绿榕阴里话悲欢。

关闸

梁彦明

关外斜阳一角留，累累青冢照人愁。疮痍惨目生何乐？责任如毛死亦休。
墦丐几人骄妾妇？荒伧无个不公侯。百年富贵比优孟，谁是人间第一流？

西湾闲望悼松寿

梁彦明

偶出西湾路，渔歌隔岸闻。江潮晴涌月，山气夜蒸云。死别悲吾友，浮生付水渍。那堪寒食近，凭吊泪纷纷。

忆旧游·南湾步月

梁彦明

记濠江似练，人寂宵深。结侣同游，四境凄清甚。幸是多情月，朗照当头。金波潋滟千顷，倒影印琼楼。看十里长堤，风光如此，远胜扬州。　慨朋欢难再，良会恰逢。且狎鹭盟鸥，河上逍遥好。踏碎榕阴碧，随处勾留。眼前景物指点，万象中收。我更欲乘风，蒲帆遍访洞庭秋。

（《澳门诗词笺注·民国卷·下》，第325—327页）

六月六夕为亡友吴松寿捐躯忌辰，约三五故交，在校中天台望海追悼，感赋一律

梁彦明

鸿雪重寻水一方，今宵忍说故人亡。画情画意嗟云散，旧恨新仇与水长。
挂剑谁如吴季信，碎琴我为伯牙伤。茫茫烟海魂何处？哭望天涯酹一觞。

西湾遇雨四首

冯秋雪

峥嵘目脚水粼粼，瞥眼跳珠遍海溽。一雨便惊寥穴破，似怜人世太尘埃。

白雾乘云势欲驰，分披绿树散风丝。他年宝帐华灯灿，记取堤边冒雨时。

一天愁絮已迷蒙，况值黄梅节又风。如此景光未曾有，镜边人在花雨中。

日月行吟到水隈，空蒙一片浪花开。无情最是西湾雨，偏向风光好处来。

连城、印雪同宴佩贤、草衣、哲士于杏花村，席上诸贤均有佳作，余亦草成一首

冯秋雪

落晚城霞到水隈，风光融泄几人来。兰釭似有缠绵意，眉月低怜潋滟杯。
已拚流光随马去，渐多诗思为花开。青春可耐苍凉感，醉约姮娥月一回。

夏雨初霁，偕佩贤、连城晚步西湾作

冯秋雪

江风澹澹雨疏疏，小立堤阴意若何？照眼湖山新睡意，镜中眉黛似愁多。

晚步南湾，见天际朱霞红入水中，水天皆作玫瑰色，艳丽无对，佩贤、连城属余以诗写之

冯秋雪

晚霞澹澹好于罗，一抹苍山水不波。绝似美人春睡重，枕痕红艳入修蛾。

（《澳门诗词笺注·民国卷·上》，第 272—275 页）

七月十五夕，偕冰雪、印雪、草衣、赞如乐园看月二首

冯秋雪

落落人间向海隅，江天寥廓月圆初。芳园今已无车马，秋入河山景亦殊。

暗树呼云寒渚外，舟人碎月乱流中。天风意欲飘星去，留得银盘映冷枫。

（《澳门诗词笺注·民国卷·上》，第275—276页）

乙丑夏与莘伯同居澳门，莘伯返羊城，以诗劝归，次韵和之

吴道镕

风约萍踪各去留，感君沧海怅横流。扫除文字妨名障，凭仗痴顽敌世忧。作势波涛无实相，忘机身世有虚舟。仲宣岂不怀归计？阅尽斜阳但倚楼。

（《澳门诗词笺注·民国卷·上》，第240页）

重九日梁小山、汪憬吾、金芝轩游马交石归，憬吾约饮市楼赋谢

吴道镕

世难欢踪苦不长，盲风怪雨又重阳。劳身坐听萍蓬转，破帽终羞鬓发苍。远岫归云犹缥缈，故园丛菊久荒凉。殊方犹是承平象，勉为多情尽一觞。

觉公在南湾山麓得泉甚清美，号曰君子泉，以诗索和二首

吴道镕

一勺清凉块垒浇，淡交情味此中饶。怜他自抱涓涓洁，不逐珠江日夜潮。

嘉名肇锡记从今，竟日听时坐涧阴。渔隐他年图可续，不须重忆武溪深。

过林朴山故居

吴道镕

文献商量地，今朝腹痛过。平生余涕泪，之子邈山河。聚苦飘萍少，编看束笋多。衰年逢世难，夙约总蹉跎。

（《澳门诗词笺注·民国卷·上》，第 241—243 页）

陶园即事二首

周佩贤

炎炎夏日草芊芊，一树斜阳一树蝉。愁绝侬来独不见，绿阴阴处接流泉。

放眼中原几劫灰，陶园清夏且徘徊。漫言逸兴无人会，已有诗仙日日来。

印雪、冰雪宴集哲士、秋雪、草衣及余于杏花村酒家，席上赋此谢之

周佩贤

淡宕风光淡宕天，又邀侬醉酒垆边。华灯此夕诗千首，嘉会从今月一圆。似我追陪真有愧，与君酬唱亦随缘。金樽玉盏西楼宴，长揖诗仙谢盛筵。

余宴集秋雪、连城、草衣、哲士于文园酒家，席上赋

周佩贤

无多兼味饷诗仙，野蔌山殽亦自怜。把酒何从邀月姊，万千幽恨到吟笺。

夏雨乍晴，晚步西湾

周佩贤

骤雨狂风又乍晴，长堤车寂冷逾清。南湾何似西湾好，清水粼粼啮石生。

微雨游西湾步秋雪韵二首

周佩贤

纷纷微雨溅青鞋，败叶随风堕碧阶。莺燕声声何处去？满腹诗思又天涯。

平生不惯因人热，到处清游望白雪。听尽哀笳无限思，雨花堤畔两诗人。

过南湾废园有感二首

周佩贤

极目萧条三两树，依稀到眼断人肠。从今堤畔无清趣，愁绝园花依旧香。

繁华一瞥竟如烟，此日荒园变海田。尚想有情应共惜，从今栖隐倍凄然。

重九随同社诸子楼船雅集二首

周佩贤

九日登舟作浪游，黄花不见使人愁。绮年壮志都消尽，唯见寒涛绕岸流。

词人文会爱重九，能赋登高信寡俦。身世剧怜同白雁，一声云外起朱楼。

南湾步月二首

周佩贤

待月南湾月正圆，金波潋滟怅流年。姮娥天上团圆好，知否人间有谪仙？

月华如水步迟迟，堤树婆娑鬓易丝。此夕清辉应共惜，满身风露在江湄。

（《澳门诗词笺注·民国卷·下》，第 346—351 页）

印雪、冰雪宴集哲士、宇雪及余杏花村酒家，席上醉赋

刘君卉

青衫未浣酒香痕，又倒芳樽笑语温。明日高阳人问讯，牧之沉醉杏花村。

中元夜游乐园同秋雪、印雪、赞如、连城

刘君卉

天遣云闲约我来，园林一角绝纤埃。疏疏秋树明明月，半作诗材半画材。

娱园赏菊和沛功

刘君卉

只许孤芳傍酒壶，陶潜眼底百花无。生绡剩欲传高韵，画取娱园赏菊图。

春晓登松山听鹃

刘君卉

薄袖禁寒坐晓烟，万松阴里听啼鹃。飘零有客如张俭，为汝临风一惘然。

（《澳门诗词笺注·民国卷·下》，第 353—355 页）

南湾晚眺

冯印雪

小立江湄日已阑，苍波无语去闲闲。晚云浅绛天然画，绝似矶头子久山。

六月十八日西湾晚眺，即景一首

冯印雪

一发遥山意不堪，漫云风景比江南。分明肠断无人会，水似桃花天蔚蓝。

陆园消夏绝句二首

冯印雪

参差林景日玲珑，双蝶魂摇淡宕风。一个草亭窗四面，高吟人在绿阴中。

绿树鸣啁乞我来，园林一角隔嚣埃。斜阳祝向花梢住，莫遣诗心照碧苔。

南湾步月二首

冯印雪

竟夕生秋思，出门谁与欢？过堤人影大，笼水月光寒。渔火深深见，笳声隐隐干。正伤摇落感，南雁送风翰。

大浸稽天去，苍茫孰写忧？吟边今古恨，眼底旧新愁。海气黏双鬓，蟾辉媚一鸥。遍身绿榕景，扶我过湾头。

（《澳门诗词笺注·民国卷·下》，第 286—290 页）

高阳台·娱园赏菊次沛功元均

冯印雪

几曲红阑，半寻碧沼，秋容靓蘸斜阳。暗数花时，那堪弹指流光。西风且伴繁英住，放吟笺，满压缥囊。悄关情、玉露添姿，皓月吹香。　卷帘人瘦如何处？怪篱边径下，懒斗新妆。倩影亭亭，累侬九转柔肠。怜他不傍陶潜宅，向朱门、寄傲青霜。到黄昏、细酌醇醪，醉倚寒芳。

（《澳门诗词笺注·民国卷·下》，第 289 页）

西湾遇雨二首

赵连城

堤边一霎无情雨，沧海横流卷地来。幸有绿榕张翠幕，不然人作水中鲄。

蜿蜒堤树碧参差，栉雨梳风景亦奇。一片玄云头上过，今番真是雨催诗。

南湾步月二首

赵连城

绿树弯环宛似眉，清宵云净步迟迟。堤前流水天中月，一路随人不肯离。

为爱嫦娥不忍眠，分花扶柳过堤边。乡思今夕应千里，憎煞婵娟作意圆。

（《澳门诗词笺注·民国卷·下》，第343—345页）

重九随同社诸子雅集楼船作

赵连城

舍陆寻舟世罕俦，重阳佳节酬高舟。今朝一事堪惆怅，不带黄花上小楼。

（《澳门诗词笺注·民国卷·下》，第344页）

南湾步月二首

黄沛功

月近湾头一倍清，故人携手看月明。月明满地茫茫白，仿佛银河阔处行。

前身明月证金粟，身绕湖堤第几曲？一颗圆浮水面珠，两行行碎华阴玉。

翠楼吟·南湾步月

黄沛功

远黛涵秋，惊涛拍岸，湾环绿阴疏树。褰衣芳径外，尽消得、满襟凉露。冰蟾如诉，我便欲杯邀，因风传语。闲凝伫。问今何世，玉人何处？　一路，花影相扶，胜旧时携手，俊游吟侣。似曾经照我，荡沧海，一轮今古。疑霜诧絮。傍流水香车，侬来侬去。关山阻。两般清绝，鉴人如许。

（《澳门诗词笺注·民国卷·上》，第264—265页）

高阳台·娱园赏菊用沛功元均

冯秋雪

曲槛疏烟，花还似雾，秋容偏对斜阳。缥缈仙姿，消他如许风光。寒英簇簇如人澹，共秋心，都落吟囊。最愁侬，容易西风，顿老幽香。　年时好到樊川笑，看明眸瞰水，飞燕新妆。旧日萧娘，朱门几度回肠？嫣红姹紫参差过，剩陶篱，独耐清霜。卷帘衣，分付寒蛩，来伴孤芳。

汉宫春·南湾步月

冯秋雪

明镜酣云，乍菱花再洗，一片秋香。风软凤箫声细，漏箭催凉。绿榕湾畔，爱清宵、三五徜徉。冰澌响，蛟龙睡醒，唫喁波底银光。　何用雕龙绣虎？纵云屏梦窄，玩月堤长。人生百年有几？雨骤风狂。素娥憔悴，趁西风、又向人黄。谁惜桂阴满地，不教步屧遑遑？

（《澳门诗词笺注·民国卷·上》，第 276—278 页）

题崔伯越《是诗簃第二图》二首

邹浚明

逍遥濠镜想濠梁，梁庑曾闻第二乡。诗律百筹输与子，愿将旧学待商量。

又见王维写辋川，好从翰墨结因缘。全家管领烟霞趣，画出诗人得意天。

（《澳门诗词笺注·民国卷·下》，第 322 页）

重登澳门妈阁叠前均

郑天健

雨势仍侵海，云山互混茫。危栏嘘蘚气，乱石掩花光。吾意真无际，兹游未有方。山灵应笑我，一别总三霜。

（《澳门诗词笺注·民国卷·下》，第 318 页）

1926年

本年仍然是以古诗词作家为主。2月，澳门发生了一件引人注目的事，前清遗老梁庆桂、陈煜庠、王仁煦、汪兆镛、卢廉若、王宗纬、王诜、崔斯贯等8人在澳门卢园为清废帝溥仪举行“万寿节”庆典。梁庆桂、汪兆镛、崔斯贯各赋诗一首志庆。此次“卢园祝帝寿”活动震惊国民政府，震惊全国，各地报章均有报道同声谴责。国民政府驻港澳特派员还专为此事与澳门政府交涉。澳门卢园一夜全国知名。另外，这年12月31日，荷兰作家雅各布·斯劳乌埃霍夫（1898—1936）乘“瑞安”号轮船抵达澳门。他因结识葡国文学家阿尔比诺·桑帕约（1884—1949）而转入葡国文学史的研究，并约请桑帕约作序。他将葡国王朝的历史（自达·伽马和阿尔布克尔克最初的发现到葡人最早在中国的出现，直至20世纪20年代），作为整个小说故事情节的历史背景线索，其中主要人物便是虚拟的贾梅士形象。

二月

⊙　除夕（12日）前数日，陈洵作词《石州慢》。

25日　前清遗老梁庆桂、陈煜庠、王仁煦、汪兆镛、卢廉若、王宗纬、王诜、崔斯贯等8人在澳门卢园为清废帝溥仪举行“万寿节”庆典。梁庆桂、汪兆镛、崔斯贯各赋诗一首志庆。此次“卢园祝帝寿”活动震惊国民政府，震惊全国，各地报章均有报道同声谴责，国民政府驻港澳特派员还专为此事与澳门政府交涉。澳门卢园一夜全国知名。[1]

同日　梁庆桂作诗《正月十三日万寿节，梁庆桂偕陈煜庠、王仁煦、汪兆镛、

① 吴志良，汤开建，金国平主编：《澳门编年史·第五卷·民国时期》，广东人民出版社，2009年，第2429页。

卢鸿翔、王宗纬、王诜、崔斯贯，同于濠镜墺卢氏园，敬谨行礼恭纪》。

梁庆桂（1856—1931），字伯阳，号小山，又作筱山或筱珊，广东番禺人。广东十三行天宝行创办人梁经国曾孙。光绪二年（1876）举人。历官内阁中书、侍读。光绪十二年（1886），丁忧返里，潜心文史。光绪二十一年（1895），在京参与康有为领导的“公车上书”，入强学会。光绪二十四年（1898）春，入京师保国会。光绪三十一年（1905），参加收回粤汉铁路运动，力主铁路商办，被推为粤汉铁路粤段公司副总办。光绪三十三年（1907），奉派赴美洲，筹办华侨兴学事宜。归国后入学部任参议上行走。旋返粤，组织广东地方自治研究社，任社长，鼓吹宪政，力倡粤民治粤。宣统三年（1911），与梁鼎芬、黄节、汪兆铨、汪兆镛等重开广州南园诗社。辛亥革命后，与吴道镕、张学华、卢乃潼、汪兆铨、汪兆镛等结九老会。曾总办广州自来水公司，总纂《番禺县续志》。其间流寓香港9年，70岁移居澳门。病逝于广州。殁后其孙方仲楫刊残稿，名《式洪室诗文遗稿》。

三月

1日　清晨，葡萄牙象征主义诗人庇山耶在南湾75号寓所内逝世。

庇山耶，1867年9月8日生于科英布拉，1891年毕业于科英布拉大学法律系。1894年4月10日抵达澳门，在利宵中学及其附属商业学校任教，讲授哲学。1899年，获委为澳门法区局长，多次代理法官职务。1900年，出任物业登记局局长。1925年，他与喇拿·尼士还曾被选为利宵中学管理委员会理事。他在澳门生活了22年，直至逝世，其间仅四度返葡萄牙处理个人事务和休假，殁后葬于西洋坟场。庇山耶逝世后一周，澳门政府为纪念他，将炉石塘街之一部分命名为庇山耶街。1982年澳门发行的100元澳门币即以庇山耶肖像为图版。庇山耶曾出版诗集《滴漏》、杂文集《中国》。《中国》记述了孙中山1912年5月在澳门接见中西知名人士的情景。用葡语翻译《中国挽歌》和《粤讴》，对发展葡语现代诗歌、推进中葡文化交流有着极大、极深远的影响。庇山耶逝世前，将其收藏的60件中国古玩赠送给其家乡科英布拉马杳多·德·卡斯特罗博物馆。[①]

春

⊙ 刘君卉作七律《春初过娱园》，作五绝《闻钟》，作词《卖花声·南湾》。

五月

17日 华文报纸《澳门新报》面世。

六月

3日 澳门华人陈峰海特意在清平戏院举行华文报纸《澳门商报》揭幕礼，警察厅厅长阿尔杜·贾巴素为之揭幕。

15日 澳葡政府发布对徐萨斯《历史上的澳门》的禁卖令，并对徐萨斯的住宅和印刷厂进行搜查，没收库存图书，并追回已卖出的图书，将增补的最后三章全部公开烧毁。《历史上的澳门》于1902年首次在香港由别驾洋行公司出版，赢得澳葡政府的高度赞誉，徐萨斯也因出版了这本迄今为止有关葡萄牙在华居留地的最佳作品而获得市政厅的表彰。本年，在白乐嘉的主持下再版，徐萨斯同时为该书增补最后三章，详述了葡萄牙人到澳门以来进行的殖民统治的前因后果，并把它同欧洲人对香港和上海的殖民统治的繁荣情景进行比较，产生一种非常萎靡不振的感觉。究其原因是向来葡国政府对澳门的放任态度及殖民政策的错误，进而对葡国政府的施政进行了毫无忌讳的批评。澳门报纸争先将其梗概予以介绍，

① 吴志良，汤开建，金国平主编：《澳门编年史·第五卷·民国时期》，广东人民出版社，2009年，第2430页。

给当地舆论界带来了强大的冲击波。由此，葡萄牙国上议院议员弗兰西斯科·席瓦尔在澳门《故乡》报上发表文章，予以强烈抨击，认为该书观点对葡国及其国民的威信造成极大的伤害。尔后，《故乡》报发表社论，对徐萨斯的意见提出了批判。不过尽管该书遭遇查禁，但在澳门仍然出售了。[①]

夏

⊙ 崔斯贯作词《望海潮·七夕澳门阻风，寄羊石，为柳溁问》。

崔斯贯（1871—？），字伯越，又作百越，号今婴，又号北郙，广东南海人。诸生。万木草堂弟子。曾偕陈子褒在澳门设塾授徒。复任职省城学务公所。辛亥前后寄居汕头、香港、澳门等地。曾任教于香港大学中文学院。工诗词，与温肃、何翔藻、汪兆镛、张学华、邓尔雅等皆有唱酬。1933年刊其诗词集曰《北郙类稿》。1934年刊其《丹霞游草》。《北郙类稿·白月词》在这首词之后有《大酺》一首，其《序》曰："今年飓风凡五六至，入秋尤剧。……自澳渡港，柳溁适至，因拈此解。"可知诗人在此之前曾与柳溁相约，分头由澳门、羊城赴港相聚。因阻风未能成行，遂有这首词之作。直至秋后始能如愿，与柳溁相聚于港。

七月

22日 朱祖谋致函陈洵称："公词渐趋沉朴，窃以为美成具体。所称八十阕者，亟欲窥全豹为快。"[②]

---

① 吴志良，汤开建，金国平主编：《澳门编年史·第五卷·民国时期》，广东人民出版社，2009年，第2437页。

② 谢永芳：《广东近世词坛研究》，上海古籍出版社，2008年，第367页。

十二月

31 日 荷兰作家雅各布·斯劳乌埃霍夫（1898—1936）乘“瑞安”号轮船抵达澳门。斯劳乌埃霍夫 1932 年出版了小说《禁锢的王国》。他因结识葡国文学家阿尔比诺·桑帕约（1884—1949）而转入葡国文学史的研究，并约请桑帕约作序。其中主要人物便是虚拟的贾梅士形象和 20 世纪爱尔兰无线电技术员。另外还有两条线索：一是将葡国王朝的历史（自达·伽马和阿尔布克尔克最初的发现到葡人最早在中国的出现，直至 20 世纪 20 年代）作为整个小说故事情节的历史背景线索；一是澳门的历史，从它的形成展开到无线电技术员所经历的日子。①

本年

⊙ 汪兆镛作五律《咏澳门西湾诗》。南湾与妈阁，山径阻阂，近年始开凿通行，地名“西湾街”。山下潮涌，时有高至盈丈者。

⊙ 梁彦明作五绝《咏红》，作七绝《纳凉》，以及七律《江楼晚望四首》。

⊙ 黄棣华作七律《游鹁鸽巢·在澳门》《游澳门天后庙》，作七绝《题澳门马蛟石》。

黄棣华（1872—1955），字伟伯，广东顺德人。19 岁读书于佛山。21 岁读书于广府学宫。23 岁受业于同邑硕儒简朝亮，补诸生。28 岁弃儒服贾于香港。36 岁服贾于大连。经商致富后折节读书，师事张学华。60 岁定居香港，筑负暄馆于九龙塘，以诗自娱。有《负暄山馆游诗草》《负暄山馆纪事诗钞》《负暄山馆诗词》《负暄山馆聊话》等。

⊙ 梁庆桂作七绝《留寓濠镜赠张汉三提刑》，作七律《久客澳门寄怀女夫邓叔裕》《旅澳逾年百感交集拉杂赋此四首》《七十旅寓感怀》。

---

① 吴志良，汤开建，金国平主编：《澳门编年史·第五卷·民国时期》，广东人民出版社，2009 年，第 2444 页。

⊙ 本年逝世的作家有民国早期诗人丁仁长。

丁仁长（1861—1926），字伯厚。原籍安徽怀宁，以先世来粤，遂寄籍番禺。光绪八年（1882）举人。光绪九年（1883）成进士，选庶吉士，散馆授编修，充国史馆协修。光绪十七年（1891）充贵州乡试正考官。光绪二十二年（1896）补翰林院侍讲，转侍读，充日讲起居注官。曾上疏请开讲筵，力崇节俭，痛陈内务府积弊。以丁父艰归里。粤督谭钟麟聘主越华书院。各省废书院，改学堂，与吴道镕等就广州府学创办教忠师范学堂，任监督。寻兼存古学堂首任监督。辛亥革命后自号潜客，杜门读书奉母。民国初年（1912），番禺县续修县志，任总纂。1924年冬，清废帝溥仪被国民军冯玉祥部驱逐出故宫，其赴天津“行在”奔问。1926年10月6日殁于津寓。

丁仁长平生为学宗祧宋儒，博涉经史，著有《中兴金鉴》《先正读史法》《毛诗传笺义例考证》等。殁后其门人李麟颐辑其遗诗，属汪兆镛、张学华校订，曰《丁潜客先生遗诗》。门人陈善伯另辑《遗诗续稿》，甥沈光焘辑经史策问数十篇，未见。

附录一 •••

正月十三日万寿节，梁庆桂偕陈煜庠、王仁煦、汪兆镛、卢鸿翔、王宗纬、王诜、崔斯贯，同于濠镜墺卢氏园，敬谨行礼恭纪

梁庆桂

蓟门烟树接长安，华祝遥联海外欢。杜甫诗篇新记载，汉家枌社旧衣冠。地经百劫天犹醉，云拥千门日不寒。珥笔待编行在纪，遗民几辈未雕残。

（《澳门诗词笺注·民国卷·下》，第 395 页）

留寓濠镜赠张汉三提刑

梁庆桂

却愁乡国经年别，且喜羁栖是处同。莫遣穷愁上霜鬓，暮云相望夕阳红。

久客澳门寄怀女夫邓叔裕

梁庆桂

叔度年来分隐沦，多君意气出风尘。酒当醉后宁论量，诗到工时率转真。落落襟怀唯我辈，纷纷酒肉笑时人。能知今事崔琳似，满地江湖老此身。

旅澳逾年百感交集拉杂赋此四首

梁庆桂

衡泌栖迟一散人，啸吟时绕蓟门春。弃官彭泽唯思晋，载酒元亭肯美新？海外文章犹正朔，山中草木有君臣。《春秋》大义分明在，祭统谁能辨十伦？

看到斜阳成碧后，心情都懒愿多违。卷帘山色疑排闼，倚槛花香欲上衣。燃得松根供夜照，采将薇蕨佐朝饥。人民城郭都非昔，华鹤千年莫再归。

出无车也食无鱼，余服差欣早遂初。诗卷药炉供暮景，苍松翠竹傍新居。
江湖满地频年梦，风雨寒灯一卷书。三径过从稀俗客，任他厚禄故人疏。

渐觉年来老可憎，满头霜雪发鬅鬙。余生忧患凭诗笔，逸兴林泉共友朋。
鸡黍欣成前日约，鱼笺欲付素缄縢。向平夙有游山愿，懒散心情病未能。

七十旅寓感怀

梁庆桂

羁旅年年认故吾，头衔合署老潜夫。景元雅会留汾社，务观诗心问镜湖。
花鸟四时开府宅，云林尺幅米家图。万松山上天然画，何日烟波作钓徒？

（《澳门诗词笺注·民国卷·下》，第 396—401 页）

闻钟

刘君卉

家住南湾南，魂绕曲江曲。惆怅一声钟，幽梦凭谁续？

春初过娱园

刘君卉

自疏花竹廿年期，易尽园丁兀未知。春意在新风物态，客心撩旧主人思。
忘行惯处疑生面，追苦无踪复少时。错待皱平池可鉴，风微随念动清漪。

卖花声·南湾

刘君卉

堤外绿漫漫，烟水回环。珠帘十里卷青山。漠漠春痕无觅处，燕子飞还。　花事未阑珊，韵事休删。古榕依旧绕银湾。一舸鸱夷归去也，长伴风鬟。

（《澳门诗词笺注·民国卷·下》，第 355—357 页）

望海潮·七夕澳门阻风，寄羊石，为柳濠问

崔斯贯

冯夷狂舞，焚轮疾转，翻空恶动蛟鼍。天柱易倾，壑舟暗徙，知谁挽倒银河？清浅竟生波，想恼公无渡，泪渍鲛梭。一面缘悭，古今离恨，向秋多。　　枯槎兴倦如何？看靡萍飘路，瘁叶辞柯。吟断漏床，愁依破屋，山中可念牵萝？灵鹊信全讹，有乘时魑魅，偷喜人过。阑夜钟鸣劝君，休惜醉颜酡。

（《澳门诗词笺注·民国卷·下》，第 371 页）

咏澳门西湾诗

汪兆镛

西湾与妈阁，脊耸隔一山。凿空辟坦途，石气青孱颜。驱车得捷径，劳顿忘跻攀。危厓怒潮立，声在杳霭间。抚松时小憩，悠然烦虑删。

（《澳门诗词笺注·民国卷·上》，第 19 页）

咏红

梁彦明

海国朝霞起，渔郎爱晓春。桃花千万树，却迷武陵津。

江楼晚望四首

梁彦明

流霞片片落前川，楼阁临江景最妍。十里渔歌千顷浪，半堤灯火万家烟。树迷彭泽先生柳，门泊浔阳商妇船。闲数暮鸦归点点，酒余晚望意翛然。

仿佛当轩一画悬，湖光妩媚境疑仙。千岩黛色侵帘幕，几阵涛声杂管弦。壮志已同楼蜃幻，劳形翻羡海鸥眠。移家欲向烟波老，未识渔翁可结缘？

海上穷居阅几年，纳凉闲倚曲阑前。登楼漂泊悲王粲，报国勋名愧谢玄。十字门斜潮滚滚，三巴路杳草芊芊。地沦瓯脱添惆怅，凄绝胡笳薄暮天。

中流放眼思绵绵，互市谁先我着鞭。帆楫参差随水活，鱼虾陆续上江鲜。航程漠视开山祖，界务空争领海权。误国几人嗤肉食？六州铸错慨筹边。

纳凉

梁彦明

闲向榕阴纳晚凉，西南湾好任徜徉。风来四面飘衣袂，涤尽烦襟百结肠。

（《澳门诗词笺注·民国卷·下》，第 328—332 页）

游鹁鸽巢·在澳门

黄棣华

鹁鸽名巢不是巢，却无鹁鸽鸟音啁。森林茂密排山麓，铜像庄严嵌石坳。放眼沧溟波浪阔，昂头霄汉斗星文。都将濠镜罗襟袖，最好乘凉听晚潮。

游澳门天后庙

黄棣华

依山高阁隔商廛，门对沧溟白接天。路曲盘旋缭石磴，林深隐约袅香烟。岩镌诗句词华富，石琢船型藻采鲜。俯眡青洲螺样似，中流荡漾水涟涟。

题澳门马蛟石

黄棣华

山形削就作螺旋，石径迂回次第穿。失却本来真面目，人工虽巧岂天然？

（《澳门诗词笺注·民国卷·下》，第 403—405 页）

附录二　丁仁长的澳门诗词选录　…

1926

壬子端午，慵叟自濠镜用忏庵徒字韵见寄，依韵奉答

今日复何日，临渊哀左徒。忠精泣妇孺，千载神交孚。倾覆不忍见，怀沙诚烈图。陈咸岂无腊，罗敷自有夫。坐令陵谷迁，蹙蹙真穷途。皂帽聊似管，青蝇谁慰虞？邻翁兴大发，投诗声不孤。涸鳞一煦沫，浩荡忘江湖。蒲觞罢不斟，曷佐亲色愉？夫君我同砚，道笔扬班如。勖我勤奉养，里言殊附涂。自从闾关来，荏苒曦月徂。板舆滞荒屿，扇枕惭僮奴。再拜良友篇，竦念生我劬。风帆杳潮汐，望望天一隅。

长歌奉题慵叟《澳门行卷》兼简嶰雪、忏庵两词长

望洋雄峙东西屯，厓内为隩呀者门。或云合规肖圆镜，南环北环波吐吞。我尝岁暮一藓苫，海气黯黯浮天昏。寻君已出勘游侣，意行径入荷兰园。归途冻雨压絮帽，空盼吹律回暄温。卜居未果愁怅望，满怀骚思缄兰荪。揭来穷巷兀隐几，君至握手无它言。诧我行窝有佳话，独专一壑回高轩。鸽巢烟深竹木瘦，蛟石春丽珠璎繁。家邻梵王俨象设，时见天女垂花鬘。选奇探秘造幽夐，败苔古壁手自扪。尚恨邦人不好事，寂寥桂海遗骖鸾。新诗数十补方志，披读恍忽前舟痕。竹枝清唱更奇绝，使我悲笑兴无端。区区绣壤吾故土，何年轻畀波斯蕃？初缘互市卒瓯脱，郎机不震天骄魂。雍乾遗烈事犹昨，断碣僵卧枯松根。
高陵大谷又迁贸，天柱摧落羲轮翻。长鼾榻左顾可耐，弃掷乃与珠崖论。乘楚车耳讥失位，胡为赁庑依其藩？佗城一宿起骇浪，仓猝无措无地奔。自从师襄抱琴去，海外自有桃花源。仲连高举何足道，小夷直欲栖龙蹲。此邦虽陋俗则古，礼失求野言非谖。伏生遗经处处有，陈咸旧腊家家敦。就中博场号獯杂，阴求傥有奇士存。得非天空爱真隐，留此正气撑乾坤？

我亦奉亲寄别岛，笙歌蘘里三家村。斗室蜷局白昼暝，日长唯见黄鼃喧。百年逆旅一枝足，怒翼久谢横海鲲。若将港澳较高下，何异燕蝠争朝暾。诗成渴笔那可疗，主人速客行金樽。

慵叟避地濠镜，于海滨山麓访得一泉，味清而甘，夏不溢，冬不涸，有类于君子之德，因名以“君子泉”，赋诗表彰之。澹盦、闇公并有和作，寄示津寓，为赋二绝，时乙丑十一月也

为贪为让水无情，偶遇幽人便作名。绕屋泠泠定何语，丁宁不改在山清。

素狄踪同地不同，间关幸住日华东。何时共醉南湾月，会有愚溪赍此翁。

（《澳门诗词笺注 · 民国卷 · 上》，第 134—138 页）

1927 年 •••

本年度最重要的事件是康有为去世。康有为是中国近代资产阶级维新运动领袖，后为保皇党领袖。1898年9月戊戌变法后期，康有为的活动与澳门关系密切。变法前的1896年10月，康有为与梁启超在澳门筹办《知新报》，由其弟康广仁负责经办。《知新报》于1897年2月创刊，成为维新派的重要宣传阵地。变法失败后，康有为在其万木草堂的弟子陈子褒等人支持下，由广州迁抵澳门，避过了一场被抄家灭族的灾难。随后，康有为利用清朝难以管理澳门以及对外开放的环境，在澳门成立保皇总会，宣传保皇，反对革命。康有为是晚清时期的著名人物，他吟咏澳门的诗词不多，主要有七绝《香港观赛珍会阅欧戏，遂游濠镜观马戏，为见欧俗百戏之始》及《游魏岛归棹，望海思家，时太夫人及眷属住澳门》。此外，本年还有郁达夫发表的短篇小说《过去》，应该是“五四”以后最早涉及澳门的小说了。

二月

1 日　崔斯贯作五律《除日早起山前即事·澳门》。除日：指民国丙寅年十二月二十九日（1927 年 2 月 1 日）。

⊙　本年春，崔斯贯作五律《韵伯族子过访澳门新居濒去求诗》。韵伯：崔韵伯，生平未详。

⊙　本年夏，崔斯贯作七律《濠墺苦热坐月示儿女》。夏秋之间，作歌行《携儿恺女瓦松山踏月放歌》。

三月

31 日　康有为（1858—1927）在青岛暴病身亡。

五月

19 日　著名澳门土生葡人、历史学家徐萨斯在香港逝世。他祖籍巴西，1863 年 3 月 14 日生于香港，一生未婚，经营学问，主治澳门史，重要论著有《历史上的上海》《历史上的澳门》《葡萄牙与澳门：经济和政治问题》《葡萄牙的未来》《挽救葡萄牙》等。其中《历史上的澳门》于 1902 年首次在香港由别驾洋行出版，为治澳门史、中外关系史者广泛参考使用的必备史学资料。①

七月

31 日　独立刊物《求实》创刊，社长为女药剂师索非娅·阿格雷朋，但所有权仍属于原《自由报》与《战斗报》的主编多明戈斯·杜格上尉。该报先是每星期逢周四、周日出版两期，自本年 10 月 4 日后，改为每周二、周四、周六出版三期，直至 1929 年 4 月 23 日停刊，共出版 231 期。施白蒂称："该报是《战斗报》（之前）和《澳门报》（之后）之间承前启后的刊物。"②

十一月

28 日　著名澳门土生葡人贡萨加·佩雷拉在香港逝世。佩雷拉 1851 年生于澳门，曾创办天主教爱国新闻报刊《宗教与祖国》，去世之际仍坚持出版最后一期。为使报纸继续发行，他将其托付于葡萄牙耶稣会士，并将其在香港联合保险公司的 24 个股份留用办报，1931 年以原报名重新出版。

---

① 吴志良，汤开建，金国平主编：《澳门编年史·第五卷·民国时期》，广东人民出版社，2009 年，第 2451 页。

② 吴志良，汤开建，金国平主编：《澳门编年史·第五卷·民国时期》，广东人民出版社，2009 年，第 2456 页。

本年

⊙ 本年还有一重要的作品——郁达夫的短篇小说《过去》。《过去》发表于《创造月刊》第一卷第六期。从现有资料来看，本作品可算作“五四”以后最早涉及澳门的小说了。作品写的是郁达夫于1926年10月下旬曾往澳门小住数天，偶然与他以前在上海认识的一位女友久别重逢，因而引出的一段恋情。小说的结局是男主角在考虑过种种境况后，终于无奈地与女主角分手，要求彼此“把过去的一切忘了”。整篇小说的背景，写的尽是澳门小城的景色。对于这一点，方宽烈先生曾著文推断，可参考。[①]对于郁达夫确曾来过澳门的事实，朱寿桐指导的研究团队做过详细的考察、调查和论证。[②]

⊙ 本年度逝世的重要人物康有为，又名祖诒，字广厦，号长素，广东南海人。光绪二十一年（1895）进士。初年学习传统儒学。1879年，接触西方资本主义思想和当时的改良思潮，开始糅合古今中西之学，改良政治。1888年10月，鉴于中法战争后形势险恶，康有为第一次上书光绪帝，提出变成法、通下情、慎左右三事。1890—1893年，在广州、桂林聚徒讲学，著有《长兴学记》《桂学答问》。他把三世说推演为乱世、升平世（小康）、太平世（大同），认为只有变法，才能使中国富强，最后达到大同的境界。1891年，刊印《新学伪经考》，认为东汉以来经学多出于刘歆伪造，“非孔子之经”，打击封建顽固派的“恪守祖训”，为扫除维新变法的障碍准备理论条件。继又编纂《孔子改制考》，尊孔子为教主，用孔教名义提出变法要求。

1895年，《马关条约》签订后，他于5月2日联合在北京会试的举人1300余人发动公车上书，极陈时局忧危，请求拒和、迁都、练兵、变法，并在

① 吴志良，汤开建，金国平：《澳门史新编：1—4卷》，澳门基金会，2008年，第1174页。

② 杨青泉：《重读〈过去〉：郁达夫澳门行踪考》，《中国现代文学研究丛刊》2013年第10期。

政治、经济、文教等各个方面，提出了具体的改革措施，初步形成了资产阶级改良主义的变法纲领。会试榜发，康得中进士，授工部主事。8月17日，创《万国公报》，宣传“新法之益”。11月中旬（一说为8月），与帝党开明官僚文廷式、陈炽等创立强学会，改《万国公报》为《中外纪闻》。随后赴上海设强学会，创《强学报》，推动各地设立学会、报馆，鼓吹变法维新。戊戌变法前后，康有为的活动与澳门关系密切。变法前的1896年10月，与梁启超来澳门筹办《知新报》，由其弟康广仁负责经办。《知新报》于1897年2月创刊，成为维新派的重要宣传阵地。变法失败后，在其万木草堂的弟子陈子褒等人支持下，由广州迁抵澳门，避过了一场被抄家灭族的灾难。随后，康有为利用清朝难以管理澳门以及对外开放的环境，在澳门成立保皇总会，宣传保皇，反对革命。戊戌变法失败后，康广仁与谭嗣同等六君子在北京菜市口同日遇难。康有为与梁启超仓促逃亡海外，老母、妻、女及梁家眷属避难至澳，据说一度寄居于郑观应在澳门的寓所。[①]

康有为是晚清时期著名人物，他吟咏澳门的诗词不曾多见，主要有七绝《香港观赛珍会阅欧戏，遂游濠镜观马戏，为见欧俗百戏之始》《游魏岛归棹，望海思家，时太夫人及眷属住澳门》。戊戌变法失败后，诗人出亡十年，周游二十一国，诗风为之一变，正如《康南海先生诗集·自序》所谓：“及戊戌遘祸，遁迹海外。五洲万国，靡所不到。风俗名胜，记为咏歌。莫拔抑塞磊落之怀，日行连抃奇伟之境。临睨旧乡，遭回故国。阅劫已夥，世变日非。灵均之行吟泽畔，骚些多哀；子卿之咬雪海上，平生已矣。河梁陇首，游子何之？落月屋梁，水波深阔，嗟我行迈，皆寓于诗。”[②]

---

① 刘羡冰：《双语精英与文化交流·郑观应〈盛世危言〉：郑家大屋》，澳门基金会，1994年。

② 章文钦笺注：《澳门诗词笺注·晚清卷》，澳门特别行政区政府文化局，2003年，第152页。

附录一

除日早起山前即事·澳门

崔斯贯

坐晓待炰粥，行汲闻语喧。开户东风大，鸟声已渐繁。晴云烂横空，晨光清满原。念此届除日，庶慰奔役烦。幸无投刺过，晞发依树根。鸡鸭不恼邻，来往无篱樊。入室具新糍，举箸分僮孙。卯酒薄易醉，回衾就余温。

韵伯族子过访澳门新居濒去求诗

崔斯贯

之子吾宗秀，相违各老苍。娱游非向日，转徙尽他乡。永忆门庭暇，浑忘岁月长。犊裈宁笑阮，马粪共称王。人事垂垂改，家风逐逐荒。

牵车才别擅，投笔愿先偿。利尽梯山国，居连市舶场。游怀凭览寄，行色去来忙。岱畎观松檊，湖堤问柳艎。平泉征草木，天禄识琳琅。重语频烧烛，殊闻辄举觞。计程曾阅历，触思尚飞扬。

多疾思田里，中年少辈行。倍增吾土感，竟作彼郊望。会待修桃李，邻还仰梓桑。他年说流寓，族姓未应忘。

濠墺苦热坐月示儿女

崔斯贯

蝇虫交承坐入暝，行似脊令摇不定。束缚乍离谢巾袜，俯仰不舒同陷阱。树阴不动日光正，鸦鹊无声风力靳。冰纱罨碧郁飞烟，众生蔀屋怜如病。况当苦渴困驱役，盼到日斜休项领。

谁知大月出山头，翻身尽蹈清凉境。伯歌季舞此何时，扶起觞翁顾乐之。负米分归致远味，至日休假无差池。人生骨肉恶远离，百年聚散宓可期?

安得死徙无出井，行畏虏劫居畏饥。故山百里不得归，青松白道了莫迷。却疑夜半失左股，飞来此地开幽栖。眼前惜乏扁舟具，蒲风柳浪无寻处。

携儿恺女瓦松山踏月放歌

崔斯贯

电光不凉水不澈，月朗照人唯内热。尽除烦恼变光明，却恨东西未同接。海山一角天不悭，今夕何夕同此闲。父兮呼应各指似，烟矶风磴穷跻攀。松涛谡谡起天半，声闻四彻波光乱。金支翠蕤纷上下，彩云散绕维摩伴。夜分月华尤奇丽。牙琴湘瑟更迎御，羽衣舞节冯夷鼓。琼栖贝阙通往来，一瞬神游经几度？

月别娑婆亿万年，厌见桑沧应亦怜。月自常新人自旧，人终缺陷月还圆。有山有月未有汝，月见今吾已非故。不知夙世结何缘，一时人月同游住。不婚不嫁庞居士，向平婚嫁期俱已。计早宓能执著求，当前且适江山美。蜕化由来贵报身，已免琴书付别人。即看万事有成坏，好去重修清净因。

（《澳门诗词笺注·民国卷·下》，第 372—380 页）

附录二　康有为澳门诗选录

香港观赛珍会阅欧戏，遂游濠镜观马戏，为见欧俗百戏之始

香江陆海感苍茫，濠镜山川对夕阳。若问先生果何见，诡奇马戏及蛮装。

游魏岛归棹，望海思家，时太夫人及眷属住澳门

璧月亭亭出海边，远山近岛紫凝烟。踊跃金轮海山碧，遥知濠镜影同圆。

（《澳门诗词笺注·晚清卷》，第 151—152 页）

1928年

…

9月6日，半月刊《新思潮》创刊，至1929年3月31日停刊。若奥·费尔南德斯少校担任社长。本年，《新声报》创办，它是澳门唯一有独立印刷工厂的报纸。该报每日出版一张，另出版午报一张。由于该报没有收报机，也没有设立专门的采访部，因此，该报的新闻主要来自香港、广州两地的报纸。一个名叫金来的华籍警探每天下班后到新声报社介绍叙述当日见闻，成为当地新闻消息的来源。新声报社曾组建过一个文学爱好者组织——“文友会”，通过该会征集言情小说和趣闻轶事，并以连载等形式刊出。该报发行量在20世纪20—40年代一直保持在1000份左右，成为当时澳门发行量最大的一份报纸。

一月

22日　汪兆镛作五律《丁卯除日》。丁卯除日：指民国丁卯年除日（1928年1月22日）。除日：农历十二月最后一日。作七律《戊辰二月，莘伯兄归里，赋诗见视，余犹留滞濠镜墺也，次韵却寄》。戊辰：指民国十七年戊辰（1928）。作七律《清明日过卢氏池亭次伯越韵》。

⊙　同日，陈洵作词《水龙吟·丁卯除夕》。

四月

5日　陈洵作词《三姝媚·戊辰闰花朝清明》。

九月

6日　半月刊《新思潮》创刊，至1929年3月31日停刊。若奥·费尔南德斯少校担任社长，编辑为帕谢克·施利华、若阿斯·洛佩斯和贝尔纳多·维迪高。

⊙ 本月，葡文月刊《爆竹》在香港停办，土生葡人伊西多罗·科斯塔担任主编，编辑部设在澳门，并于香港都爹利街3号印刷。该报以抨击澳督巴波沙及其领导的政府为目的，为避免政治上的麻烦，故设在香港印刷出版。但最终还是因该报的“反政府”性质，香港警方于1929年9月对《爆竹》刊物进行调查，后将调查结果通报葡萄牙驻港领事。科斯塔在威胁之下不得不于该月停止出版该报，但继续在香港英文《中国事实报》上抨击巴波沙总督，企图推翻澳门政府，并使葡萄牙在外国人面前威信扫地。12月，香港警员突然搜查科斯塔住所，查封了他与其他人相互联系的一批信件。①

本年

⊙ 《新声报》创办。它是澳门唯一有独立印刷工厂的报纸。该报每日出版一张，另出版午报一张。由于该报没有收报机，也没有设立专门的采访部，因此，该报的新闻主要来自香港、广州两地的报纸。一个名叫金来的华籍警探每天下班后到新声报社介绍叙述当日见闻，成为当地新闻消息的来源。新声报社曾组建过一个文学爱好者组织——“文友会”，通过该会征集言情小说和趣闻轶事，并以连载等形式刊出。该报发行量在20世纪20—40年代一直保持在1000份左右，成为当时澳门发行量最大的一份报纸。抗日战争全面爆发后，《新声报》因创办人陈仲蔼积极参与抗日救亡活动，而受到澳门政府和日本驻澳门特务机关的种种压制。1941年，《新声报》被迫停刊。②

⊙ 崔瓦注作七律《马交石晓行》。

崔瓦注，女，广东南海人，崔斯贯之长女。20世纪30年代初就读于

① 吴志良，汤开建，金国平主编：《澳门编年史·第五卷·民国时期》，广东人民出版社，2009年，第2468页。

② 陈昕，郭志坤主编：《澳门全纪录》，上海人民出版社，1999年，第74页。

广州岭南大学。崔斯贯女弟子冼玉清以碧琅玕馆为其居停之所。能诗，精目录金石学。崔斯贯《北郭类稿》多有示女崔瓦注之作。

⊙ 梁彦明作七律《西堤漫兴》，又作歌行《夏雨暴作偕宇雪、秋雪夜游西湾》。这首诗约作于 1928 年至 1929 年初夏。诗中借雷雨而抒写爱国激情，不类桃花源中人语，而显其爱国者本色。

⊙ 梁披云作七律《西湖秋泛》和七绝《吴门夜饮》。

梁披云（1907—2010），又名梁雪予，福建永春人。1926 年毕业于上海大学，留学日本东京早稻田大学。20 世纪 30 年代初南渡，先后创办印尼棉兰苏东中学及马来西亚吉隆坡中华中学，并任校长，历任印尼雅加达《火炬报》（华文版）主编。第六、七、八届全国政协委员，全国侨联顾问，中国东方文化研究会顾问，国际儒学联合会顾问，澳门基本法推广协会名誉顾问，澳门归侨总会创会会长，澳门福建同乡会会长，澳门福建学校董事会主席，华侨大学副董事长，泉州黎明大学名誉董事长，厦门大学名誉教授，中国书画函授大学名誉教授，澳门大学名誉博士。历任澳门笔会会长、澳门诗词学会会长、澳门文化研究会会长。曾任澳门特别行政区第一届政府推选委员会委员，2001 年被澳门特区政府授予银莲花荣誉勋章。主编《中国书法大辞典》，著有《雪庐诗稿》。

⊙ 本年逝世作家有沈泽棠。

沈泽棠（1846—1928），字芷邻，号忏庵，广东番禺人。诸生。父世良，工诗词，负时名，早卒。与兄石臞守贫读父书。性殊卓荦，骈文甚工，楷法逼欧。交多老宿，论事不随。下笔不俗，诗近梅村。辛亥革命前自刊其诗文曰《小摩园阁诗钞》《忏庵随笔》。殁后汪兆镛校定其辛亥革命后所作诗二卷，连其自定词一卷，统署曰《忏庵遗稿》刊之。汪兆镛跋《忏庵遗稿》："忏庵诗磊落瑰玮，如其为人，诗心而有侠骨者也。夫以忏庵之才，不获躬际承平，发抒怀抱。高年雅尚，假啸歌以攄写骚屑之思，良可慨也。”盖知己之言。

沈泽棠澳门诗有《三迁澳门和憬吾》。这首诗作于民国五年丙辰（1916）夏秋之交，为诗人第三度赴澳后，返穗时与汪兆镛唱和留别之作。与汪兆镛《忏庵至澳匝月复返广州赋简》诗俱属寒韵。揣摩诗意，盖汪氏先有寒韵之作，以赠诗人；诗人离澳时，作此诗和之；诗人返穗后，汪氏复依韵赋简。诗人三度赴澳，汪兆镛《微尚斋诗续稿·辟地集》颇多与诗人唱和之作，而《忏庵遗稿》仅存此诗，弥足珍贵。[①]

1928

① 章文钦笺注：《澳门诗词笺注·民国卷·上》，澳门特别行政区政府文化局，2003年。

附录

丁卯除日

汪兆镛

转蓬何所止，急景逼残年。望海临无地，书空欲问天。秦燔聊复尔，汉腊自依然。却怪看花市，逢人说水仙。

戊辰二月，莘伯兄归里，赋诗见视，余犹留滞濠镜墺也，次韵却寄

汪兆镛

一纸诗来兴趣新，嗟余犹作未归人。亦知风雨飘摇候，谁是江湖解脱身？饮酒读《骚》聊换日，看山策杖可无尘。平生去住随缘了，安识纷纷有屈伸。

清明日过卢氏池亭次伯越韵

汪兆镛

谈禅孤负访招提，池馆经过夕照西。庾信小园都有记，刘伶短锸不忘携。家家插柳添羁思，树树啼雅看乱栖。一茗倚阑憺相对，岂堪怀旧句重题。

（《澳门诗词笺注·民国卷·上》，第 102—103 页）

水龙吟·丁卯除夕

陈洵

春来准拟开怀，是谁不放残年去？寒更灯火，断魂依在，严城戍鼓。天北天南，一声归雁，有人愁苦。算寻常经过，今年事了，都休向，明朝语。

光景花前冉冉，倚东风、从头还数。因循却怕，登临无地，夕阳如故。烂醉生涯，颓然自卧，懒歌慵舞。待鸣鸡唤起，白头簪胜，尽平生度。

（《岭南历代词选》，第 289 页）

马交石晓行

崔瓦注

凝笳吹梦度前营，行处遥闻浪拍声。云外日依渔艇出，林边星避戍灯明。石台路转夸腰脚，海岫岚分卜雨晴。非为摄生常早起，爱乘风露洗余酲。

（《澳门诗词笺注·民国卷·下》，第 406 页）

西堤漫兴

梁彦明

浩荡乾坤雨复晴，东西洋好望分明。如川厚重知谁是？似水公平契我情。向晚帆樯犹络绎，送春风月便凄清。万千气象供凭览，俯仰低徊百感生。

夏雨暴作偕宇雪、秋雪夜游西湾

梁彦明

澳中清士冯、周、梁，联袂遨游意兴狂。时维首夏多梅雨，人间火宅尽生凉。苍茫领略西湾景，听罢涛声看电影。阿香作态示威严，霹雳频频起南岭。漫漫黑夜孰与俱，唯我三人步复趋。鱼龙出没海之角，双目千里穷冥邈。衣襟雨湿何淋漓，手挽银河清斯濯。风起水涌浪排山，潮流澎湃似时艰。

乾坤整顿待何日？匹夫有责耻投闲。濠江溷迹将廿载，岁月蹉跎鬓渐斑。苍生苦海陷溺深，狂澜力挽仗婆心。社会混浊有如风雨恶，浪卷波翻起蛟鳄。弱肉强食说《天演》，螳螂捕蝉饱黄雀。我生不辰拼与战，安忍坐视任侵略。吾怀如此人亦然，相期努力励仔肩。久雨望晴乱望治，默祝天心如人意。噫吁嘻，西湾游遍复南湾，世外桃源属此间。

（《澳门诗词笺注·民国卷·下》，第 332—333 页）

西湖秋泛

梁披云

寻遍旧游长短堤，画船灯火岸东西。楼台帘卷天如水，荻蓼花疏路转迷。箫声月色有无间，烟柳空蒙露渐寒。莫向怒潮翻旧曲，荷花桂子说临安。

吴门夜饮

梁披云

酒残枫冷九秋哀，梦里听歌百感来。月落乌啼天亦醉，寒山钟咽旧苏台。

（《雪庐诗稿》，第11—12页）

三迁澳门和憬吾

沈泽棠

避地复来此，感时泪阑干。南湾纵清旷，罗雀无网罗。同是乱离人，巢卵幸尚完。行縢慰赁庑，秉钺嗟登坛。哀吟青阪诗，炼句如炼丹。回念五羊城，鼙鼓摧心肝。末世民命贱，烽火儿戏看。安得如吾子，皂帽管幼安。闭门课桐孙，茹苦且团圞。而我垂橐归，吾道何艰难。悬壶笑无灵，弹铗歌可叹。伏枥歌老马，栖棘愁孤鸾。酬君珍重意，自苦虫号寒。故乡恋松菊，佳日迟杯盘。相将约同志，料理双鱼竿。团雪复散云，人生多悲欢。但期珠海潮，莫再兴波澜。瞻望越王台，烟雾仍蒙漫。

（《澳门诗词笺注·民国卷·上》，第172页）

1929年

本年度重要的文学事件是5月2日，《事实报》停刊不足10日，再次于本日以《澳门报》的名称继续出版，至1931年8月29日停刊，共出版358期。6月，特罗·戈麦斯主编的《澳门档案》第一系列第一卷第一期于是日正式出版，至1931年7月停刊，共出版3卷15期。12月，著名居港土生葡人、历史学家白乐嘉自创葡英双语刊物《澳门视界报》，至1930年11月停刊，主编为伯多禄局长之子殷理基·施利华。

二月

4日　陈洵作词《喜迁莺·立春日，得杨铁夫书，喜闻疆村先生起居，赋此寄怀》。

9日　杨铁夫作词《双双燕》(诗魂酒债)。

⊙　同日，梁披云作七律《鹭江除夕》等。

三月

⊙　本月，陈洵作词《南乡子·己巳三月，自郡城归乡，过区莑吾西园话归》。

五月

2日　先是《事实报》与《祖国周报》展开激烈论战，澳门政府为此不得不强令两家报纸同时停刊。事实上，《事实报》停刊不足 10 日，再次于本日以《澳门报》的名称继续出版，至 1931 年 8 月 29 日停刊，共出版 358 期。社长为若奥·费尔南德斯，业主兼编辑仍然是多明戈斯·杜格上尉，总监为卡洛斯·阿尔梅达。其中澳门史专家白乐嘉负责主持一英文栏目，以供英文读者阅读。①

六月

1日　朱祖谋致函陈洵称："昨得书及新词六首，极慰饥渴。《风入松》阕淡而弥腴，如渊明诗，殆为前人所未造之境。此事推表海内，定无噱矣。"

24日　在贾梅士人种商业博物院技术负责人特罗·戈麦斯等人的积极努力下，博物院所属的商展和宗教展对外开放，展址分别设在仁慈堂底层、市政厅一楼。直至1931年，博物院、图书馆同时获澳门政府的官方认可，并颁布法令规定：有关公共图书馆和贾梅士人种商业博物院所属的商展和宗教展的工作受政府的公共教育监察官领导。②

⊙　本月，经本年4月27日第268号政府训令批准，在贾梅士人种商业博物院的领导下，《澳门档案》第一系列第一卷第一期于是日正式出版，至1931年7月停刊，共出版3卷15期。主编为利宵中学教师特罗·戈麦斯。该系列档案共刊出300余份文件，时间为1622—1841年，大部分文件出自议事会档案，个别选自财政档案、法院档案和转录自其他档案，由澳门官印局出版。③

夏

⊙　崔斯贯作词《红情·濠镜海岸对晚霞作》，又作词《满庭芳·夏日夕佳楼即事，用清真〈无想山〉韵，和儿女作》。

七月

1日　葡萄牙作家慕拉士在四国德岛逝世。慕拉士，1854年8月30日生于里斯本，修读海事专业，后成为海军军官，足迹遍及非洲、亚洲及美洲海岸。1888年到澳门，曾在港务局任助理，又在澳门利宵中学任教，还曾

①②③　吴志良，汤开建，金国平主编：《澳门编年史·第五卷·民国时期》，广东人民出版社，2009年，第2477页。

出任港务局副局长。1899 年葡萄牙政府任命其为驻日本大阪领事。1913 年辞职，遂从事隐居及写作生活，著有几部关于远东人生活习俗的书，颇受葡萄牙人欢迎。澳门慕拉士大马路即以纪念此人而命名。

九月

⊙ 本月，“澳门人图书馆”正式易名为“澳门公共图书馆”。澳门人图书馆是在 1873 年经澳门暨帝汶省总督欧美德批准设立的。当时该馆的宗旨是：“通过阅读国内外图书，向其股东提供教育和娱乐的服务。”易名后的澳门公共图书馆设于澳门市政厅大厦 2 楼。图书馆共分 4 室，其中 2 室为藏书室，2 室为书报阅览室。馆藏葡、英、法古本图书 9700 册，其他各类图书 14000 册，以及各种报纸杂志。不少书具有较高的史料价值，为葡萄牙人初来远东及居留澳门的最早记载，被视为“澳门古老文献之库”。[①]

秋

⊙ 黄节作七律《南湾观朝雨》。

十月

11 日 杨铁夫作词《霜叶飞》（乱丝情绪）。（《抱香词》）

31 日 朱祖谋致函陈洵称：“承示推演周吴，自为此道独辟奥窔，若云俟人领会，则两公逮今，几及千年，试问领会者几人？屡诵致铁夫书，所论深妙处，均发前人所未发。蒙昧如鄙人，顿开茅塞。其裨益方来，讵有涯涘。倘成一书以惠学者，自以发挥己意为宏大耳。”

十一月

⊙ 本月，陈洵作词《点绛唇》（红烛今宵）。

---

① 陈昕，郭志坤主编：《澳门全纪录》，上海人民出版社，1999 年，第 76 页。

十二月

31 日　朱祖谋又致函陈洵："沪上叶、赵诸公谋纂清词，约弟与其事。铁夫所谓选宋词而欲公为评者，殆误会耶？"[①]

⊙　己巳冬暮（已入庚午），张逸作词《琵琶仙》送高剑父。

张逸（1871—1942），字纯初，号禺山山人，晚号无竞老人，广东番禺人。早岁从居廉游，深研没骨写生法。中岁后精研恽寿平与徐熙画法。曾游大江南北及岭南诸名胜，开拓画境，故擅绘虫鱼花鸟。曾任广州八桂中学教席，在羊城创办《七十二行商报》。参加陈树人、高剑父之清游会。广州沦陷，移居澳门，后在澳门去世。纯初于作画之外，尤好诗词曲艺。曾作百花册，每花自题绝句。自言于词"潜心研炼，寝馈此道有年，久之似有所悟。每于春朝花笑，秋晚蛩吟，时复倚声，不复知人间何世，积久遂多"。李供林谓其词"于苏（轼）、辛（弃疾）、姜（夔）、吴（文英）为近"。年逾六旬，高剑父与陈树人、凌巨川、黎泽闿、李供林等十余人代为付梓，曰《笔花草堂词》。

⊙　本月，著名居港土生葡人、历史学家白乐嘉自创葡英双语刊物《澳门视界报》，至 1830 年 11 月停刊，主编为伯多禄局长之子殷理基·施利华。该刊有英文、葡文两种版本，白乐嘉编撰英文版，葡文版由安东尼奥·沙明度神父负责。白乐嘉并于此发表自己第一批史学研究作品。白乐嘉 1897 年 5 月 22 日生于香港，系澳门土生葡人罗莎家族第九代。他虽生于香港，但在澳门居住多年，担任圣若瑟修院的英语、英国文学课教师和澳门自来水公司、澳门电灯公司的主管，战时还任英军与中国自由抵抗力量之间的联络官，组织了秘密通信站，在香港、澳门与重庆之间传递重要信息，并建立了敌后电台。1949 年，荣膺圣地亚哥宝剑骑士勋章。白乐嘉治史尤重澳门史，治学注重史料搜集，包括 1000 余种图书，200

---

① 谢永芳：《广东近世词坛研究》，上海古籍出版社，2008 年，第 369 页。

箱手稿，100 多卷各种报刊，数百幅有关中国以及葡萄牙的地图，4000 余幅中国、日本的照片，其中涵盖葡萄牙人各个时期在远东活动的历史照片，现大多藏于澳门中央图书馆、澳大利亚国家图书馆。其中《西方开拓者及其发现澳门》为其澳门史研究的代表作，与徐萨斯《历史上的澳门》同样享有盛誉。白乐嘉共有 7 名子女，均生于澳门，第五子安东尼奥·白乐嘉 1931 年 8 月 21 日生于花王堂区，曾任澳门大利亚葡侨组织“澳门之家”主席。[①]

⊙ 岗顶伯多禄五世剧院被租借以放映电影，并改名为“马蛟戏院”。该戏院提供舒适的设施和优质服务，一度易名“澳门戏院”。[②]

本年

⊙ 龙田舞台开张。卢廉若为澳门富商，拥有私人花园“卢园”，为澳门三大名园之首。卢廉若又是粤剧迷，因澳门当时只有一家清平戏院上演粤剧，而且又不能经常上演巨型班，于是斥资在园内兴建戏棚，这样足不出户就可以欣赏粤剧。戏棚与龙田村接壤，因此称之为“龙田舞台”。龙田舞台开业之初，颇收旺台之效，观众纷至沓来。每届散场，戏院门前的公共汽车排成长龙。[③]

⊙ 本年度的文学作品还有骆景明撰写的碑文《重建同善堂劝捐小引碑》、佚名撰写的碑文《建筑青洲北便贫民屋宇碑记》。

⊙ 本年，逝世的作家有民国时期作家汪兆铨。

汪兆铨（1859—1929），字莘伯。原籍浙江山阴（今绍兴），先世游幕于粤，遂寄籍广东番禺。父汪瑔，客粤督幕十余年，以才略著称，尤

① 吴志良，汤开建，金国平主编：《澳门编年史·第五卷·民国时期》，广东人民出版社，2009 年，第 2482 页。

② 吴志良，汤开建，金国平主编：《澳门编年史·第五卷·民国时期》，广东人民出版社，2009 年，第 2483 页。

③ 陈昕，郭志坤主编：《澳门全纪录》，上海人民出版社，1999 年，第 75 页。

工诗词，有《随山馆集》。年二十，与从弟兆镛读书于随山馆。光绪七年（1881），选学海堂专课生。光绪十一年（1885）中举人。历任海阳县（今潮州）教谕、菊坡精舍学长、广雅书院总校、广东高等学堂教务长等。辛亥革命后任教忠师范学堂校长、广东省教育会会长、广东通志局总纂。幼承家学，所作诗词，颇有随山馆家法。著有《苌楚轩诗集》《惺默斋诗集》《惺默斋词》等。

汪兆铨吟咏澳门的诗词有：《寄憬吾弟澳门二首》《澳门白鸽巢和憬吾韵》《满江红·寓澳作》《九月二十五日，携家到澳门，赁居憬弟左邻，憬弟有诗，和之》《八月十六日至澳门》《即目》。

附录一

鹭江除夕

梁披云

瓶梅脉脉散清芬，蜡炬阑珊酒半醺。岁尾年头抛未得，客心春思乱如云。

不是长离便短离，隔江兵阻岁除时。最怜炉畔痴儿女，那解阿娘又敛眉。

（《雪庐诗稿》，第 12 页）

南乡子 · 己巳三月，自郡城归乡，过区莘吾西园话归

陈洵

不用问田园，十载归来故旧欢。一笑从知春有意，篱边，三两余花向我妍。　　哀乐信无端，但觉吾心此处安。谁分去来乡国事，凄然，曾是承平两少年。

（《岭南历代词选》，第 291 页）

红情 · 濠镜海岸对晚霞作

崔斯贯

海云看彻，又碧天合暮。角声吹裂，潋潋鱼鳞，写入遥波锦千叠。明聚前峰尽处，孤标起，赤城疑接。背落日，野鹭飞来，片影堕空阔。　　辽绝梦华歇，记渚边旧游，有沤能说。逸情轩举，吟对当时照娇靥。遮莫余痕散绮，都一例飘零尘袜。但学得，眉样在，半弯瘦月。

满庭芳 · 夏日夕佳楼即事，用清真《无想山》韵，和儿女作

崔斯贯

琴几延薰，枕屏涵翠，客归茶梦初圆。落花前度，犹记换新烟。留得殊乡

胜事，井泉改、寒渌溅溅。全家住萝村错约，漫拟五湖船。　当年豪侣尽，佣书橐笔，谁信如椽？叹藏山空待，华发非前。零落人间顾曲，更何心、误拂筝弦？多应胜，黄尘席帽，长忆看云眠。

（《澳门诗词笺注·民国卷·下》，第 390—391 页）

南湾观朝雨

黄节

暂辍书声对远山，平生好景不多闻。天逢一雨欣欣乐，海纳群峰故故弯。
得水鹈鹕逾斗大，浸田稂莠与人顽。繁忧却在治诗日，又见朝阳转北湾。

（《澳门诗词笺注·民国卷·下》，第 413 页）

寄憬吾弟澳门二首

汪兆铨

咫尺相望各一天，南枝北雁自翩翩。依人旅食同王粲，有梦无诗愧惠连。
异域于今成乐土，好山相对送流年。烟霞变幻星移宿，只有蟾光似旧圆。

累人仲叔知难免，混迹扬雄只自嘲。海近咸潮长浥浥，夜深清籁自萧萧。
都无司隶威仪在，但见平林将帅骄。海上青山可招隐，却愁无处挂长瓢。

澳门白鸽巢和憬吾韵

汪兆铨

近旁山老无深致，舍此故应何所之？海气中人将落日，山灵娱我独来时。
曲蹊散步蝉如语，古木营巢鸟不危。欲采蘋花谁与寄，美人天末思迟迟。

满江红·寓澳作

汪兆铨

萍寄天涯，叹一番、飘泊一番。憔悴空惯见，蛮花犵鸟，殊方风气。阅世但深微，管叹向来，误作依刘计。望故园，咫尺不归欤，烟尘翳。　歌与哭，长无谓；去与住，深无味。看哀鸿旅雁，凄凉满地。栩栩难寻仙客梦，沉沉长恐天公醉。羡马周、犹欲问功名，吾老矣。

九月二十五日，携家到澳门，赁居憬弟左邻，憬弟有诗，和之

汪兆铨

劳生何役役，避地太频频。谤语任多口，忧危非一身。良朋刚对宇，有弟喜相邻。比日无他愿，唯思与物春。

八月十六日至澳门

汪兆铨

三巴门，三度至。形苍黄，絜家累。兵火迫，避避避。酉之月，申之岁。

即目

汪兆铨

不是岩隈即水隈，谁云无地起楼台？鱼舟杂遝腥成市，鴃舌啁啾语费猜。夹道树阴随曲转，入窗山色渡江来。幼安皂帽频年惯，避地于今第五回。

（《澳门诗词笺注·民国卷·上》，第 145—151 页）

附录二

记六榕寺塔

汪兆铨

坤舆流形，磅礴万象。尊琦岽崒，谓山盖高，元气胚结，亿祀不圮。若夫极般巧，役倕智，崇台杰阁，碍云日而撑霄汉者，盖不可一二计也。世不逾百，荡为灰尘。人力诚有所限哉！而释氏之塔独有存者。

壬辰岁，与门人读书六榕寺。寺有千佛塔，建在萧梁间，二千余年矣。历劫三五，代有崇饰，危基矗然，不随寺改。塔门扃钥，常不可登。往年尝一丹雘，有登其巅者，谓布算测视与粤秀山齐。东望虎门，烟岛蚁垤，舟帆隐隐，若杯中浮芥。盖亦高矣。塔凡九层，门户四达。中才通行，不得坐卧。外有回廊，绕以栏楯，然登者必每跻一层，必绕塔外始得上登，级累而上尽如是。偶一俯视，目眩足战，故人亦鲜登者。晓日初上，光彩炫然，火珠荧荧，若木争色。丹霞绚晚，人间暝烟，仰视上方，残阳烛明，光半鸦背。用以妍朝媚夕，幻成奇观。

一宿海风暴来，喑呜震动，木十围以上者拔，屋瓦历历有声，掀动欲飞去。予闭户惴息，卧不成寐。晓色才辨，闻铃语与鸟声相答，甚乐。推户起视，宿溜犹滴，朝阳已生，金碧庄严，辉映如旧。噫！高而不危，翳非佛力？其基实则能固其势，其中空则不激于物，是以万籁回薄，掀播震荡，而嶷然独立不可动也。始其筑者殆有道士哉？吾闻佛氏之说曰："实曰空，至实不毁，大空无碍。"即物验道，信而有征。

寺僧睡足，方理晨炊，微词叩之，瞠目不答。予怃然而退，遂书以示同学。

（《岭南历代文选》，第 516 页）

1930年 •••

本年，葡萄牙著名外交家、作家、诗人安东尼奥·巴特利西奥获任葡萄牙驻华公使。抵达澳门后，与他的妻子及5个孩子住在圣珊泽宫，在赴任前不幸去世，享年52岁。巴特利西奥不仅是一位出色的外交家，还是著名的作家和诗人。

三月

14日　陈洵作词《定风波·庚午花朝》。

六月

4日　葡萄牙著名外交家、作家、诗人安东尼奥·巴特利西奥在圣珊泽宫去世，享年52岁。巴特利西奥1878年3月7日生于波尔图市维多利亚区，中学毕业后进入波尔图学院学习数学，之后进入里斯本海军学校，1901年进入波尔图医学院，1908年毕业。1911年被任命为葡萄牙驻广州领事，后又出任多国领事与公使。1930年获任葡萄牙驻华公使。抵达澳门后，与他的妻子及5个孩子住在圣珊泽宫，在赴任前不幸去世。巴特利西奥不仅是一位出色的外交家，还是著名的作家和诗人。作品有1905年完成的诗集《海洋》，1909年完成的诗歌散文集《终结》，1910年完成的短篇小说集《焦躁》，1918年完成的戏剧《残酷的彼得》，1919年完成的小说《丹尼斯与伊莎贝尔》，1924年完成的悲剧《唐·若奥和他的面具》等。

秋

⊙　陈洵作词《应天长》（王风委草）。

本年

⊙ 朱祖谋两次致函陈洵，切磋词作之外又推荐人才："潮州吴君棣英年嗜学，有志于倚声，敢介一言，俾之终谒。尚祈进而教之。"

⊙ 余活仙撰写碑文《倡建同善堂茶亭记》。

⊙ 梁披云作七绝《秋声》，作七律《东京哭三妹蕙芳》。

⊙ 黄沛功作五绝《西湾二首》。

⊙ 张其照作歌行《万松山踏青歌和诗社诸子》。

张其照，字兰检，晚号暗麓，广东人。光绪二十二年（1896）诸生。光绪、宣统年间任琼州检察厅检察长。民国期间任澳门孔教学校校长。诗人因离家远行，未能赴诗社诸子万松山踏青之会。然因家久住镜湖，万松山的山光海色仍然历历在目；与诗社诸子平日亲密无间，对踏青之会仍如身履其境。从诗中的尘外之想、身世之感可知，诗社诸子盖为陶社遗老。

⊙ 王亦鹤作五律《题〈因树园耆旧集图〉二首》。

王亦鹤，广东番禺人。万木草堂弟子。曾留学日本，归而致力教育。编小学课本多种。享年八十。有兄王鹤年。兄殁后，属崔斯贯编录其遗诗。

⊙ 袁凤文作词《浪淘沙·夜宿澳门洞天酒店感怀》。

袁凤文，广东东莞人。教师，与张启正合著《梅苑吟草》。

秋声

梁披云

蝉声月色了无痕，风雨萧萧独掩门。野哭千家秋似海，孤城鼓角正纷纷。

东京哭三妹蕙芳

梁披云

家山极目黄云里，断雁嘶残彻骨哀。痛煞临终凄咽语，弟兄何事未归来。

余生忍检大雷文，枉说才华比左芬。泪到尽时天惨惨，枫林似血对斜曛。

（《雪庐诗稿》，第 13—14 页）

西湾二首

黄沛功

吐纳鱼龙气，源头东海来。西湾一片月，荡作金银台。

远望疑烟生，陡起如云矗。打上山树顶，随风散珠玉。

（《澳门诗词笺注 · 民国卷 · 上》，第 267 页）

万松山踏青歌和诗社诸子

张其照

我家镜湖三十年，足迹曾履松山巅。松山今距三百里，欲游未得空翘企。故人诏我踏青歌，琴樽互挈相约共攀藤与萝。提笔回顾思和答，眼前仿佛万顷悬沧波。浓阴羃罹郁青苍，鸟声不断野花狂。山瞰九洲洋，天风吹浪浪。松枝拂席处，酒白复鸡黄。桃源已杳此乐土，人间何世浑相忘。介焚山，屈抱石，终身饮恨向谁白？君平卜，申图春，千载得名为人佣。君今自在无羁束，晋之灵运宋玉局。无边春色杖履中，草见诗人分外绿。惜我离家掩柴扉，胸中缥缈一翠微。着不得蜡屐，望不到酒旗。但闻朝朝卖花过深巷，不知松山落日有客咏而归。

（《澳门诗词笺注·民国卷·下》，第 415 页）

题《因树园耆旧集图》二首

王亦鹤

一树龙田老，天公意属先。南园犹十子，洛下仰群贤。剩有岁寒节，同排汉腊年。原生追往事，我佛证前缘。

彼树犹如此，而人岂独堪？万花齐竞发，一叶可同参。不尽沧桑感，且容泉石耽。画图君欲问，孰是耐荼甘？

（《澳门诗词笺注·民国卷·下》，第 418 页）

浪淘沙·夜宿澳门洞天酒店感怀

袁凤文

深院锁凉秋，夜永更筹，蟾华空照旧江楼。一曲琵琶商女恨，故国离愁。莫负少年头，何事淹留？西风罗幕弄轻柔。酒绿灯红原是梦，萤苑山丘。

（《澳门诗词笺注·民国卷·下》，第 420 页）

1931年

本年9月1日，共和派报刊《澳门之声》面世，初为季刊，自本年10月1日第14期始，改为日报。1945年1月因报馆遭日军袭击停刊，于1945年9月10日复刊，至1947年8月16日第4648期时，因主编多明戈斯·杜格上尉去世而被迫停刊。

“九一八”事变爆发。消息传至澳门，反应极为强烈。次日，所有报章头版头条予以报道。澳门粤华、崇实、尚志等中学，汉文、宏汉、镜湖、孔教、蔡高等小学纷纷举行周会、时事会，向学生宣讲事变真相。宏汉校长郑谷诒作《致义勇军书》，义愤填膺，铿锵有力——全体学生背诵，勿忘国难当头。由中华总商会、同善堂、镜湖医院、中华教育会等四大社团发起成立“赈济兵灾委员会”，以多种形式筹款，各界同胞立即响应。镜湖医院医生、护士，岐关车路公司职员纷纷一次性捐出全月工资，有的甚至声言捐输直到抗日胜利为止。但澳门政府为体现中立原则，限制社团以“抗敌”“抗日”为名，且所有筹募活动必须事先申报，获准后方能进行。

此外，域多利影院第一次在澳门放映有声电影。4月，国华影院正式开业，至1934年域多利影院关闭后，成为澳门唯一的一流影院。

本年逝世的作家有民国时期诗人梁庆桂。梁庆桂的澳门诗词有《留寓濠镜赠张汉三提刑》《久客澳门寄怀女夫邓叔裕》《旅澳逾年百感交集拉杂赋此》《七十旅寓感怀》等。

一月

⊙ 10日及年内，朱祖谋两次致函陈洵推敲词句等。

二月

23 日　潘飞声（1858—1934）作词《堳鹤仙》。

三月

28 日　域多利影院正式放映有声电影《1929 年福克斯举步歌舞团》，全场欢声雷动，成为澳门第一家放映有声电影的戏院。域多利影院获得麦德罗–葛德温–梅耶公司影片的专映权，播放了众多澳门市民喜闻乐见的影片。至 1934 年 7 月，因设备太差，卫生条件不佳，影院被迫关闭。

⊙　本月，崔斯贯为黄炳堃《希古堂词存》作序，有云："（吴兰修）后渐有继声，而多属流寓，非粤产也。"

春

⊙　春末，冯秋雪作七绝《别西湾五年矣，春尽重来，缅怀旧侣，不胜依黯二首》。

四月

13 日　下午 2 时 30 分，位于白马行街的国华影院正式开业，主办人为阿尔弗雷多·路斯，是当时澳门唯一可以和香港一流戏院相抗衡的影院。总督柯维喇在其副手阿丰索·马伊上尉和民政司司长佩雷拉·马加良斯的陪同下出席开业仪式。影院共耗资 8 万元，座位共计 837 个，混音设备来自西部电力公司，东主为雷登兄弟合组的"联合兄弟有限公司"，一时成为澳门之盛事。首映片为有声影片《爱的巡礼》。7 月底至 9 月间，因股东间意见不合，曾一度停业，9 月 21 日重新开业。1934 年 7 月 1 日，域多利影院关闭，由此国华影院成为澳门唯一的一流影院，主要播放福克斯公司、R. K.O 广播公司和环球公司的影片，观众主要为非中国籍公民。其他如清平戏院、新填巷的中式影院、下环的海镜、提督马路的娱乐、新马路的圆圆等影院，多为中国人前往观看，虽放映西片，却是无声电影。[①]

五月

⊙ 本月，朱祖谋鉴定门人刘翰棻《花雨楼词草》一书。案：刘翰棻《挽疆村师》首句“刊词未竟师先去”下自注云：“拙作《花雨楼词草》，经师鉴定，五月付还，十月付梓，十一月闻师去矣。”[②]

夏

⊙ 黄荣康为张逸《笔花草堂词》作序。张逸词集自序作于本年仲春。

⊙ 潘飞声作词《汉宫春》。(《说剑堂词集》)

⊙ 陈洵得朱祖谋寄《思悲阁谈词图》，有《应天长·庚午秋，谒疆村翁沪上，日坐思悲阁谈词，吴湖帆为图以张之。赋此报湖帆，并索翁和》纪之。

九月

1日 共和派报刊《澳门之声》面世，初为季刊，自本年10月1日第14期始，改为日报。1945年1月因报馆遭日军袭击停刊，于1945年9月10日复刊，至1947年8月16日第4648期时，因主编多明戈斯·杜格上尉去世而被迫停刊。该报社长为殷理基·施利华，但真正业主兼主编为杜格上尉。杜格上尉为葡萄牙波尔图报人，早年曾主办过军人报纸《葡萄牙陆军》《葡萄牙军曹杂志》等，1916年定居澳门，先后创办过《自由报》《战斗报》《事实报》《澳门之声》《澳门报》等五份报纸，直至1947年8月15日在澳门去世。[③]

---

① 吴志良，汤开建，金国平主编：《澳门编年史·第五卷·民国时期》，广东人民出版社，2009年，第2496页。

② 谢永芳：《广东近世词坛研究》，上海古籍出版社，2008年，第371页。

③ 吴志良，汤开建，金国平主编：《澳门编年史·第五卷·民国时期》，广东人民出版社，2009年，第2499页。

18 日　日军侵占沈阳，震惊中外的“九一八”事变爆发。消息传至澳门，反应极为强烈。次日，所有报章头版头条予以报道。澳门粤华、崇实、尚志等中学，汉文、宏汉、镜湖、孔教、蔡高等小学纷纷举行周会、时事会，向学生宣讲事变真相。宏汉校长郑谷诒作《致义勇军书》，义愤填膺，铿锵有力——全体学生背诵，勿忘国难当头。由中华总商会、同善堂、镜湖医院、中华教育会等四大社团发起成立“赈济兵灾委员会”，以多种形式筹款，各界同胞立即响应。镜湖医院医生、护士，岐关车路公司职员纷纷一次性捐出全月工资，有的甚至声言捐输直到抗日胜利为止。但澳门政府为体现中立原则，限制社团以“抗敌”“抗日”为名，且所有筹募活动必须事先申报，获准后方能进行。1940 年春季之后，澳门政府甚至不允许进行一切户外筹集和宣传活动，只准户内非公开筹集，致使澳门境内除得到政府或经济实力雄厚的上层人士组成的社团支持外，许多救亡赈难团体于 1940 年春之后陆续停止活动。

十月

3 日　周报《澳门土生回声报》创刊，至 1932 年 10 月 24 日停刊。此报以为在澳葡人争取澳门地区独立、反对葡国以中央集权方式管治澳门为创刊宗旨。1932 年 10 月曾经两次被澳门政府控告其诽谤，并勒令停刊，合共出版 54 期。社长为阿道夫·佐治，主编为小哑宋生，由飞南第家族澳门商务印字馆印刷。①

19 日　重阳，陈洵作词《宴山亭·辛未九日，与风余诸子风雨登高》。

十二月

30 日　晚 11 时，澳门大律师、利宵中学教师文第士在澳门松山马路 4 号寓所去世。文第士是著名葡萄牙汉学家，对中国美学和历史均深有研究，且对

① 吴志良，汤开建，金国平主编：《澳门编年史·第五卷·民国时期》，广东人民出版社，2009 年，第 2500—2501 页。

道家文化研究尤深，发表过《老子及其道德经》《道家选录》等论著。他还是著名的中国艺术品收藏家。澳门政府从其后裔手中购得其珍贵艺术收藏逾千件中国名贵文物，收藏入贾梅士博物馆。文第士生前十分喜爱石湾陶塑，曾出钱资助艺人潘玉书、陈渭岩，并向其订购了 8 尊无釉塑像。这 8 尊精雕细琢的雕像惟妙惟肖，艺术价值极高，其中 7 尊现陈列在贾梅士博物馆，成为澳门地区最珍贵的文物之一。澳门著名的土生葡人作家飞历奇称他为“澳门和澳门人民的好朋友，澳门崇高而优雅的灵魂”，并称“他的作品对于希望了解澳门的人乃是必读之书”。文第士的住宅亦是澳门具有欧陆风格的古典大宅。[①]

本年

⊙ 年末，陈洵作词《木兰花慢 · 岁暮闻疆村翁即世，赋此寄哀》。

⊙ 梁披云作七绝《抵广州京沪诸友已北还》《港粤道中》《去粤北行》。

⊙ 马嘉龄撰文《巴波沙坊碑文》。

① 吴志良，汤开建，金国平主编：《澳门编年史 · 第五卷 · 民国时期》，广东人民出版社，2009 年，第 2503 页。

别西湾五年矣，春尽重来，缅怀旧侣，不胜依黯二首

冯秋雪

堤树低枝拂晓芒，日高犹自色苍苍。寻常风物都留眼，为恐重来海有桑。

独寻陈迹荒堤畔，谁识予怀痛逝深。春尽鸟喑寥廓晏，水声长送万波沉。

（《澳门诗词笺注·民国卷·上》，第 278 页）

抵广州京沪诸友已北还

梁披云

零雁南来云黯黯，断鸿北去路漫漫。荻花萧瑟江天阔，枫树心伤万叶丹。

港粤道中

梁披云

不是山程便水程，去来屡与白鸥盟。危樯遥夜烟波里，镇把秋心向月明。

去粤北行

梁披云

又捡寒衣赋北征，长堤烟树碧盈盈。痴心一片珠江月，万水千山送客行。

（《雪庐诗稿》，第 14—15 页）

1932年

本年11月，中文报纸《朝阳日报》创刊。创办人陈少伟兼任社长，编辑为蔡凌霜。该报系爱国进步的民办报纸，观点鲜明，内容充实，副刊与连环漫画颇具特色，成为澳门青年文学和思想交流的重要园地，在澳门地区颇负盛名。该报初以炉石塘街承印商号阁楼为社址，后于1933年迁往营地大街104号，同《大众报》共用社址，1939年停办。

本年逝世的作家有晚清时期诗人梁鸾翔（1848—1932）。梁鸾翔的澳门诗词有《澳门竹枝词四首》《孟冬初三在澳留别方度、靖琴两棣二首》《念九往澳在江通轮渡作二首》《念九申刻到澳，旋入前山，车上作》《十四日，欧阳可经招同赵子唐并直公往澳门洋楼小酌》《在澳门留别及门》等。

春

⊙ 除夕后，梁披云作七绝《春申除夕》《还乡口占》《永春村居》。

⊙ 初春，李履庵作七律《澳门南湾坐月》。

李履庵（1902—1944），名洸，号吹万，广东香山（今中山）人。毕业于中山大学法科。以诗名于时。与余心一、熊润桐、曾希颖、佟少弼称“新南园五子”。平生作诗凡3000余首，经广州、香港沦陷，存者无几，自辑300余首，为《吹万楼诗》。另有关乡邦文献散稿若干篇，刊于《广东文物》和《中山文献》。

四月

7日 澳门著名汉学家宋次生因心脏病逝世于香港九龙寓中。宋次生1862年10

月 2 日出生于澳门风顺堂区，为澳门土生呷宋生家族第四代。1879 年，作为华务厅二等见习翻译开始其翻译生涯，1898 年被提升为一等译员，并被任命为厅长。1887 年 3—6 月，被派往葡萄牙驻广州领事馆处理横琴岛事宜；1893 年 10 月至 1895 年 3 月，又被派往葡萄牙驻上海总领事馆工作；1901 年 12 月至 1902 年 10 月，参加以白朗谷为团长的外交使团驻扎北京。1900 年 10 月 29 日，陪同原华务厅行政检察官赴石岐和斗门解决新教徒冲突问题。在工作之余，他还从事汉语研究，其所编纂的汉语研究著作，至今对该领域的研究仍具有宝贵的指导作用。他还是澳门新闻界的活跃人士，曾主持创办《澳门土生回声报》周刊，该周刊在很多年里都受到澳门读者的热烈欢迎。1896 年 4 月 7 日，荣获圣地亚哥宝剑骑士勋章；1898 年 2 月 24 日，又荣获基督勋章和西班牙天主教女王伊莎贝级骑士勋章以及中国双龙勋章。他的去世，引起澳门社会的极大反应，《澳门土生回声报》头版刊登长篇讣告，表彰其优秀的汉语翻译成绩。[①]

七月

17 日　陈洵致函龙榆生："《说词》写定六十七章，寄上，前稿作废。"

22 日　汪兆铭因朱祖谋的身后事致函龙榆生，自是以后，龙榆生与汪精卫开始有较多联系，间及词学。

八月

5 日　陈洵为廖恩焘《忏庵词续集》作记。

秋

⊙　杨铁夫作《吴梦窗词笺释》第一版自序。仲秋，序《清真词选笺释》。

---

① 吴志良，汤开建，金国平主编：《澳门编年史·第五卷·民国时期》，广东人民出版社，2009 年，第 2507 页。

十一月

⊙ 本月，中文报纸《朝阳日报》创刊。创办人陈少伟兼任社长，编辑为蔡凌霜。该报系爱国进步的民办报纸，观点鲜明，内容充实，副刊与连环漫画颇具特色，成为澳门青年文学和思想交流的重要园地，在澳门地区颇负盛名。该报初以炉石塘街承印商号阁楼为社址，后于1933年迁往营地大街104号，同《大众报》共用社址，1939年停办。20世纪30年代前中期，澳门人口不多，工商业落后，居民生活水平低，该报广告收入少，连续多年入不敷出，经营甚感困难。后获体育界人士麦荆雷及曾枝西女士的大力支持，并采取与《大众报》合作经营的方式才得以继续出版。抗战全面爆发后，该报与《大众报》成为澳门民众办报的两面爱国旗帜，为抗日救亡工作做出了重要贡献。[①]

⊙ 鲍少游作五律《澳门卢氏别墅写生》，为自港赴澳写生时作。作七律《白鸽巢公园远眺》。其中颈联“乱峰黛积群螺翠，远岫青浮一发轻”二句，胎息于前人咏山的佳句，又融合了诗人作为山水画名家的长期艺术体验，浑然天成，堪称佳句。诗中“指点燕云烽火急，搜奇山水画中评”反映了抗日战争的情形，燕云即指“九一八”事变后被侵占的东北三省。又作七律《秋日登松山遥望故里题画册》、五律《马蛟旅宿不寐题〈故乡思归图〉三首》。诗人宿于澳门马蛟石，与故乡白石近在咫尺，故以上三首诗皆抒发思乡之情、身世之悲。然第一首“故园风正急，废战亦何曾”，第二首“凄凉黄帝裔，醉梦可堪惊”之句，皆寓忧国伤时之感。与区区的自伤身世，聊写羁愁之作，自不可同日而语，实为抗战时期澳门诗中抒写爱国情感诗篇之先声。[②]

① 吴志良，汤开建，金国平主编：《澳门编年史·第五卷·民国时期》，广东人民出版社，2009年，第2511页。

② 章文钦笺注：《澳门诗词笺注·民国卷·下》，澳门特别行政区政府文化局，2003年，第426—430页。

鲍少游（1892—1985），又名绍显，字丕文，广东香山白石（今属珠海）人。12岁赴日本，就读于日本神户同文中学。15岁留校当教员。20岁入西京美专。1918年归国，任教北平国立美专。旋又赴日，入西京美大研究院深造。1927年高剑父赴日迎归，任佛山美专及广州美术学校中国画系主任教授。次年到香港，创办丽精美术学院，授徒50余年，在港病逝。鲍氏能书善画，长于山水、花鸟、虫鱼，为岭南画派前辈，名重一时，复工诗文。著有《中国画六法论》《中国画鉴赏法》《三十年艺苑经验谈》《百鸟诗集》《锦绣河山百景诗集》《鲍少游诗词集》等。

本年

⊙ 佚名撰写碑文《筹建澳门商会会所碑记》。[1]

⊙ 卢逊作新诗《澳门吟》。

⊙ 本年逝世的作家是晚清诗人梁鸾翔。

梁鸾翔（1848—1932），字梓猷，广东阳江人。力学能文，院试屡踬于有司。年逾知命，仅补一佾生。而安贫乐道，授徒课子，垂五十年。其授课能循循善诱，有儒者之风，门下有不少知名之士。梁鸾翔赋性恬淡，不喜奔竞。对自己所遭境遇，每成诗以见志。数十年积稿盈尺，晚年自己删订《虫鸣集》。自序云："以虫鸣命集者，何也？虫因时而有鸣，予因时而有诗。予存此诗，非夸予之才，而纪予之遇耳。后之阅此诗者，勿嗤予诗之拙，而悯予遇之穷也。"诚真率之言。

梁鸾翔的澳门诗词有：

《澳门竹枝词四首》，这四首诗作于光绪二十四年（1898）。诗人时为某君西斋，随居停主人至澳。第三、第四首写澳门当年的花街柳巷，非身处其

① 黄汉强，吴志良主编：《澳门总览》，中国友谊出版公司，1994年，第270页。

间者不能道。盖诗人所寓之泰安栈，即在福隆“三街”一带。

《孟冬初三在澳留别方度、靖琴两棣二首》，这两首诗作于光绪二十四年（1898）孟冬（十一月）。从“无青终赢有青闲”“砚席从今分两地”之句看来，盖其时诗人被居停主人解聘，而仍笃于师生之义，向两棣赋诗赠别。诗中对被解聘一事持不卑不亢的态度，对两棣则情深意挚，善诱循循，不失为人师表本色。

《念九往澳在江通轮渡作二首》，此诗作于光绪二十五年（1899），时诗人应聘香山前山欧阳氏讲席，往返皆乘坐航行于羊城与澳门之间的江通轮渡。

还有《念九申刻到澳，旋入前山，车上作》《十四日，欧阳可经招同赵子唐并直公往澳门洋楼小酌》《六月初十日，由澳出羊城，在江通轮渡作二首》。

《在澳门留别及门》，这首诗约作于光绪三十年（1904）。时诗人辞香山前山凤山书院讲席，返回故里，此为在澳赠别送行门人之作。[①]

1932

---

① 章文钦笺注：《澳门诗词笺注·晚清卷》，澳门特别行政区政府文化局，2003 年，第 199—207 页。

附录一

澳门吟

卢逊

我将命运放在签筒里摇，
摇出一长串希冀的纸鹞，
它们在空中竖起，又断了，
我的灵魂跟着醉纸逍遥。
我又被那冚盅骗了眼睛；
冚盅开了，散着满地黄金。
哦，从白昼至黑夜，我的心
尽在方盘上来回地驰骋。

战争忽然把我投入酒杯，
教我浸淫于悔恨和伤悲。
我蓬着首，窜至神祇之前，
细细地咀嚼着我的记忆。

你华堂正中坐着的神祇，
笑謔淹没了你的威仪，
脂粉的气息，终夜供养你，
使你扬着眉，拓致着游子。

芙蓉膏的烟篆弥漫满房，
蝮蛇似的女人盘绕床上。

哦，吮吸！哦，沉酣！哦，乐未央！
在这螺旋菌汹涌的天堂！

本诗作于1932年，发表在林语堂主编的上海《宇宙风》月刊第142期。转录自方宽烈编《澳门当代诗词纪事》（上册）第118—119页。见郑炜明编《澳门新诗选》，澳门基金会1996年版，第287页。

附录二

春申除夕

梁披云

高楼此夜不成眠，敌骑纵横江海边。尚有孤军能死战，万家歌哭入新年。

还乡口占

梁披云

十年浪迹同亡命，塞马居然返故乡。豺虎满村孤剑冷，松楸展墓月如霜。

永春村居

梁披云

村居长觉月来迟，岭上回看影已奇。待得更阑风定后，万山如梦树如痴。

（《雪庐诗稿》，第15—16页）

澳门南湾坐月

李履庵

惊鸟三匝叹无枝，不似当年纵目时。但觉宵深随梦短，只愁春尽厄来迟。江横门外诗难好，月满天涯酒益悲。谁道南湾非故国，悠悠碧海费寻思。

（《澳门诗词笺注·民国卷·下》，第422页）

澳门卢氏别墅写生

鲍少游

久仰林池胜，卅年始一过。板桥杨柳绿，水榭芰菱多。青竹阴红蓼，朱栏映碧荷。名园几兴替，故里近如何？

白鸽巢公园远眺

鲍少游

西风飒飒满江城，落木萧萧秋意生。一带寒流绕阡陌，百年归思念升平。乱峰黛积群螺翠，远岫青浮　发轻。指点燕云烽火急，搜奇山水画中评。

秋日登松山遥望故里题画册

鲍少游

秋爽山河一望收，莽苍相接暗神州。廿年浮海家还在，半世虚名志未酬。睥睨画坛谁甲乙，纵横田陌尽墟丘。独怜故里儿时月，犹照前山白石头。

马蛟旅宿不寐题《故乡思归图》三首

鲍少游

客里逢双十，幽怀似乱藤。廿年思旧事，此夜伴孤灯。弄笔愁难遣，从戎愧未能。故园风正急，废战亦何曾？

入耳虫声静，银灯冷五更。频年沧海事，咫尺故乡情。兄弟悲生死，州闾念治平。凄凉黄帝裔，醉梦可堪惊？

此地曾游钓，丁年负剑书。灯昏虫语响，人静夜窗虚。旅梦惊侵晓，追心逐去车。秋风濠镜路，为忆故园居。

（《澳门诗词笺注·民国卷·下》，第 426—430 页）

澳门竹枝词四首

梁骞翔

地原僻壤属葡牙，谁料人多张丽华。士女冶容难画似，俨然明月照桃花。

钟鸣鼎食遍人家，底是南环斗物华。百尺红楼天半峙，层层栏槛却栽花。

舞馆歌楼数里程，家家灯火彻宵明。佳人竞唱《杨枝曲》，破晓犹闻玉笛声。

熙来攘往却如麻，士女遨游坐小车。终夜如雷声不息，香街人语觉喧哗。

孟冬初三在澳留别方度、靖琴两棣二首

梁鸾翔

萍寄篱边觉五年，几回开卷话灯前。惊看雪浪同浮海，随访桃源似散仙。
此日异邦分手别，向时讲席愧心传。故乡依旧梅花放，记否吟余夜月天?

打叠轻装故里还，敝裘疲马度关山。来时不及归时喜，无青终赢有青闲。
砚席从今分两地，楼台空自忆千间。祖鞭别后须勤著，我愧风尘鬓已斑。

念九往澳在江通轮渡作二首

梁鸾翔

鄂君被拥最堪眠，忘此劳身却在船。恰似雨雷声绕耳，谁知红日满晴天。

回思讲席动吟情，催我鱼笺恐缓行。料得门前人立雪，几番屈指计来程。

念九申刻到澳，旋入前山，车上作

梁鸾翔

匹马曾从异地行，征途万里觉阳生。春风又绿天涯草，忘我头边白发更。

十四日，欧阳可经招同赵子唐并直公往澳门洋楼小酌

梁鸾翔

车走雷声薄暮天，异邦春色倍嫣然。芳园重到花如锦，峻阁登高侣欲仙。
绣幕香中多异服，红灯光里肆华筵。欢场忘却身为客，酒兴浓时月正圆。

六月初十日，由澳出羊城，在江通轮渡作二首

梁鸾翔

来时杨柳绿江湄，归来朱华挂碧池。倏忽光阴百二日，鬓毛曾白几茎丝。

风期此日客同惊，乃竟烟消万顷晴。曾否上天垂眷顾，却教浪静与波平。

在澳门留别及门

梁鸾翔

宵残玉漏沉，归路觉情深。华烛怀同翦，新诗忆共吟。青年漫辜负，白发愧频侵。别后鞭须著，鸡鸣起壮心。

（《澳门诗词笺注·晚清卷》，第 199—206 页）

1933年

本年7月15日，中文报纸《大众报》创刊。由陈天心创办并兼任首任社长。因经费短绌，为节省开支，报社同陈少伟创办的《朝阳日报》共用社址，设于营地大街104号。10月15日，新文学杂志《小齿轮》在澳门创刊。这个刊物由双腿瘫痪的作家鲁衡主编。鲁衡其时属于港澳左翼文艺组织群力学社的主力成员。创刊号上发表的散文《舱中之夜》，是目前可见最早的一篇与澳门有关的散文。

一月

15日 陈洵致函龙榆生，为《疆村丛书》捐款助刻："……洵助刻书费二百元寄上。……拙词卷一除尊校外复校正五字。"

⊙ 本月，张学华作《浪淘沙》（婪尾一尊开）饯春，并和诗汪兆镛。张学华（1863—1951），字汉三，晚号闇斋。原籍江苏丹徒，先世游幕于粤，遂寄籍番禺。1888年举人。1890年成进士，选庶吉士，散馆授检讨。1896年充国史馆协修。1905年补授山西道监察御史，上疏请革除积弊，发展通商。以留心世务，调政务处行走。1906年出任山东登州知府。1907年调济南知府。1910年擢济东泰武临道，兼管济南商埠监督、法政学堂提调。1911年补授江西提法使，因各省独立，长江道梗，未抵任而返粤。辛亥革命后，或寓港澳，或隐故里，杜门著述。为吴道镕校补《广东文征》遗稿。辑明代遗民行谊，系以绝句，曰《采薇百咏》。汇刊其诗词文稿，曰《闇斋集》。

张氏于1921年曾同吴道镕至澳，与汪兆镛同至普济禅院。1925年与吴道镕、金芝轩同在澳门圣味基街各购一屋，为卜居之计，次年仍留寓澳中，故《闇斋集》诗题有"久客澳门""旅澳逾年"云云。1937年冬复至澳，与汪兆镛同游莲峰寺、普济禅院和卢氏园。1938年冬迁居澳门。1941年冬为营救滞港家人辗转返穗。1942 年夏复返澳门。1945 年冬返穗。1949 年居澳数月，旋返穗。生平六度至澳，其中抗战时期两度居澳达七年之久。在前清遗老中，与澳门因缘之深，仅次于汪兆镛。

六月

⊙ 本月，葡国童子军努那·欧维士队第十二旅，中国童子军粤华中学队第二十八、第二十九、第三十、第三十二、第三十三、第三十四旅宣誓效法葡国诗人贾梅士，并立碑纪念。该碑位于白鸽巢花园内贾梅士纪念像前，碑文云："贾梅士先生，葡国大诗家也，于 1556 年间，来澳隐居斯洞，创著志史，辞华丰赡，格调翻新，于改造葡文，厥功独伟，世界学者推为名著，而思想之高尚，爱国之热情，时复流露于字里行间。至其任侠为怀，扶助幼弱，又历可征。诸行事至足钦敬。今者，本澳中葡童子军成立，爰以人类友爱和同情，及尊崇学术之本旨，联诣是间，以表敬礼；并于洞前举行童子军宣誓。窃愿法先生之风雅文采，与夫大无畏之精神，勉我童军，克尽对于国家对人类之天职；因勒石以资景仰，并志不忘。"[①]

夏

⊙ 仲夏，汪兆镛将其师陈澧手谱的《白石道人歌曲》寄示龙榆生。[②]

⊙ 夏，杨铁夫作《吴梦窗词笺释》第二版自序。

⊙ 高达川作七律《由省轮之澳门二首》。

高达川，广东香山（今中山）人。负才傲物，为绳墨者所避。然与同里黄雪叔相交甚笃。胸中郁蕴，一寄于诗，有稿 6 册，遗失过半，终赍

① 吴志良，汤开建，金国平主编：《澳门编年史·第五卷·民国时期》，广东人民出版社，2009 年，第 2518 页。

② 谢永芳：《广东近世词坛研究》，上海古籍出版社，2008 年，第 373 页。

志而殁，以遗稿付雪叔。后由同邑郑道实刊为《黄高诗钞》。

七月

15日　中文报纸《大众报》创刊。由陈天心创办并兼任首任社长。因经费短绌，为节省开支，报社同陈少伟创办的《朝阳日报》共用社址，设于营地大街104号。抗日战争期间，《大众报》与澳门四界救灾会合作，以义卖、劝捐等形式支持中国内地抗战工作。1946年，陈天心举家返回广州，赞助人曾枝西也无暇兼顾，报社遂于1947年春暂时停刊。1948年初，资深报人蔡凌霜由香港到澳门主持《大众报》复刊并兼任第二任社长。[①]

十月

15日　新文学杂志《小齿轮》在澳门创刊。这个刊物由双腿瘫痪的作家鲁衡主编。鲁衡其时属于港澳左翼文艺组织群力学社的主力成员。该学社希望合"群力"从事文化工作，而第一步的工作就是印行《小齿轮》。《小齿轮》深受当时文学中心上海的影响，反映出澳门文坛与20世纪30年代左翼文学思潮是一致的。[②]

同日　该刊创刊号发表冯骚的散文《舱中之夜》，是目前可见最早的一篇与澳门有关的散文。

本年

⊙　本年度还有梁披云作七绝《重游闽江》《月夜自永泰乘舟东下》《秋郊纪游》《山城秋思》《去永泰》，作七律《纪梦》。

⊙　本年逝世作家有简朝亮。

---

①② 吴志良，汤开建，金国平主编：《澳门编年史·第五卷·民国时期》，广东人民出版社，2009年，第2518页。

简朝亮（1851—1933），字季纪，号竹居，广东顺德人。所居简岸乡，学者称简岸先生。附贡生。早岁受业于名儒朱次琦，为入室弟子。以诸生五赴乡试不第，遂绝意仕进，以讲学终其身。简朝亮在阳山辟读书堂，从学者多为才杰人士。梁鼎芬、丁仁长咸推重之。礼学馆聘充顾问官，存古学堂延为教习，皆不就。辛亥革命后闭门著述，足迹罕入城市。袁世凯欲通聘问，不知所在。赵尔巽聘任清史馆纂修，亦不应，曰："此岂万季野时乎？"番禺汪兆镛曾致书云："忆自亡友陈庆笙（树镛）处得侍教言，忽忽四十余年。沧桑万变，不通音讯。闻隐居讲学，不入城市。畴昔师友，能壁立千仞于惊涛骇浪中者，唯君一人而已。"（《微尚斋杂文》卷四）所著有《朱九江先生年谱》《尚书集注述疏》《论语集注补正述疏》《读书堂集》等。

简朝亮关于澳门的诗选录：

《澳门》约作于光绪十年（1884）。诗中"万人争入葡萄国，市利何如卜榜花"二句，言澳中闱姓赌博之盛。

《过汲水门，忆濠镜山庙题石诗有云：万国朝宗日，馨香格杳冥。又一云：马溜洲税两三重。因而有赋》。[1]

① 章文钦笺注：《澳门诗词笺注·晚清卷》，澳门特别行政区政府文化局，2003年，第124—127页。

由省轮之澳门二首

高达川

铁栏杆外吸天风，放浪横眠俗不同。石立平峰何磊落，云横东越是豪雄。
劳劳尘事天频白，浩浩江声日沸红。击楫暗怀同种恨，苍茫心在瘴烟中。

诸山奠海势巉巉，咫尺偏分水澹咸。沙折雄潮骄铁索，天重巨浸压蒲帆。
击舷和雨胸生籁，把酒横江泪湿衫。总有牢骚今日遣，南环一望意生馋。

（《澳门诗词笺注·民国卷·下》，第 431—432 页）

重游闽江

梁披云

又向闽江鼓擢行，数峰摇紫片帆轻。闲云欲践溪山约，去住何心计雨晴。

月夜自永泰乘舟东下

梁披云

乌篷隐约画中行，月色滩声尔许清。坐爱溪山眠未得，漫吹短笛待潮平。

秋郊纪游

梁披云

菊瘦枫丹月更幽，雄心抛却事清游。骄蹄得得霜痕重，踏破溪山一片秋。

山城秋思

梁披云

月满枫江烟满林，山城霜落气萧森。长天漠漠无来雁，一夜西风几处砧。

去永泰

梁披云

肯因卅斗负襟期，种竹栽梅不自持。匹马冲寒今去也，漫天风雪助裁诗。

纪梦

梁披云

湖海栖迟负绮年，剩将孤愤付众弦。华灯暖阁听歌夜，魂断平沙落雁边。

一眉新月写凄清，湖上风来意窈冥。唱破家山谁与语，迢迢银汉隔双星。

（《雪庐诗稿》，第 17—20 页）

澳门

简朝亮

大眼鱼舵泛海家，澳门口岸阻浮沙。万人争入葡萄国，市利何如卜榜花。

过汲水门，忆濠镜山庙题石诗有云: 万国朝宗日，馨香格杳冥。又一云: 马溜洲税两三重。因而有赋

简朝亮

万国朝宗咏远藩，高题“海镜”独推尊。重关不管闲人事，漏得诗材汲水门。

（《澳门诗词笺注·晚清卷》，第 124—126 页）

1934 年

2—4月，澳门政府批准《澳门戏剧和音乐爱好者学会章程》。从此，澳门有了音乐和表演艺术的专业团体。本年逝世的作家有晚清时期的诗人潘飞声。潘飞声的澳门诗词作品有：《濠镜谒天后阁》《澳门》《游澳门天后阁次石上韵》《游白鸽巢》《澳门杂诗十二首》等。

二月

4 日　立春，陈洵作词《汉宫春·甲戌立春》。

三月

⊙　月初，汪兆铭招龙榆生饮，席间出示方君璧补绘《秋庭晨课图》索题。龙榆生倚梦窗作《惜秋华》。

四月

⊙　本月，潘飞声遗稿《粤词雅》第一部分发表于《词学季刊》第一卷第四号。第二部分（续）发表于第二卷第一号。

4 日　寒食，陈洵作词《风入松·人生离合似萍蓬》。本年，陈洵还作词《点绛唇》(画里相逢)。

春

⊙　2—4 月，澳门政府批准《澳门戏剧和音乐爱好者学会章程》。从此，澳门有了音乐和表演艺术的专业团体。

五月

⊙　本月，江西新建夏敬观为潘飞声的《说剑堂集》(诗集三卷、词一卷)作序。

⊙ 本月，以著名粤剧大师马师曾命名的“马师曾粤剧团”抵澳，在清平戏院演出，四场演出，场场爆满，澳门华人居民反应十分热烈，该团亦获巨额收入。

九月

⊙ 本月，叶恭绰为潘飞声的《说剑堂集》作跋。

本年

⊙ 梁彦明作七律《舟行晚望》，其中颈联“连楫空怀祖刺史，楼船谁是晋将军”二句，盖怆怀国事而发。

⊙ 周佩贤作七绝《过澳门故居感赋》。

⊙ 梁披云作七绝《去粤之陕》《久倦行役又当远征》，作五绝《南行过潼关》，作七律《白云山小集》。

⊙ 张祝龄撰文《马礼逊博士去世百年纪念碑志》。

⊙ 朱汝珍撰文《高可宁先生像赞并存》。[1]

⊙ 本年逝世的作家有晚清时期的诗人潘飞声。

潘飞声（1858—1934），字公谦，号兰史，又号剑士、独立山人，广东番禺人。国学生。壮岁曾游海外，掌教德国柏林大学，专讲汉文学。归国后荐举经济特科不赴。曾主香港《华报》《时报》笔政。嗣挟诗名入都门，游沪津。晚岁寄居沪上以终老。

潘飞声为广东十三行同文行创始人潘启重孙。祖潘恕，著有《双桐圃诗钞》，父光瀛，著有《梧桐庭院诗词钞》，皆以倚声名粤东。广州河南龙溪乡为潘氏祖居，夹岸多桃，花时红霞照天，烂漫数里。窑溪杨叟椒坪与潘飞声为忘年交，常招之饮酒赏花为乐。杨叟工韵语，与潘飞声时相唱和；潘飞声诗笔清秀，得力于杨叟之助为多。

---

① 黄汉强，吴志良主编：《澳门总览》，中国友谊出版公司，1994年，第270页。

潘飞声少时入越华书院，受业于同邑叶衍兰门下。复见赏于学海堂学长陈澧、陈璞、李光廷诸名辈，呼为“桐圃凤雏”。成年之后，精神所寄，多在诗词。亦擅书画。与叶恭绰、黄遵宪、唐景崧、邱炜萱为知友。复与陈三立、朱祖谋、易顺鼎、冒鹤亭、丘逢甲、梁鼎芬、汪兆镛等为吟友。入南社后，与傅屯艮（君剑）、高天放（钝剑）及俞锷（剑华）合称“南社四剑”。著有《说剑堂全集》《饮琼浆馆骈文词钞》《罗浮游记》《在山泉诗话》；辑有《粤东词钞》《归省赠言》《今夕盦绝句》《今夕盦题画诗》。

潘飞声的澳门诗词作品有：《濠镜谒天后阁》《澳门》《游澳门天后阁次石上韵》《游白鸽巢》《澳门杂诗十二首》等。

风入松·人生离合似萍蓬

陈洵

人生离合似萍蓬，时节苦匆匆。年年寒食空相忆，今年见、蜡烛光融。往事山河梦里，高谈风雨声中。　承平冉冉逐孤鸿，天阔更无踪。相携便作佳期看，亲知面、也算遭逢。且喜落花门巷，依然故国东风

（《岭南历代词选》，第 296 页）

舟行晚望

梁彦明

海阔天宽岛屿分，松山东望峙江渍。帆樯络绎梭春水，楼阁参差耸暮云。连楫空怀祖刺史，楼船谁是晋将军？一舟洄溯多兴感，容与中流话夕曛。

（《澳门诗词笺注·民国卷·下》，第 335 页）

过澳门故居感赋

周佩贤

濠海飘零二十年，低徊故宅最堪怜。今番小立门前看，忆得先人一惘然。

（《澳门诗词笺注·民国卷·下》，第 351 页）

去粤之陕

梁披云

炎州珍木意多违，故向冰天绝塞飞。九华黄河千万里，好收壮思趁风归。

南行过潼关

梁披云

已是投林鸟，翻如出岫云。悠悠天地里，此意共谁论？

白云山小集

梁披云

迢迢万里寄征鞍，匹马南来共岁寒。渐觉乡音灯火暖，浑忘客路雪霜难。

胆肝相许存天地，忧患讵容惜羽翰。老树严泉携手处，长歌浩浩上云端。

久倦行役又当远征

梁披云

年华似水鬓微霜，检点征衣意若狂。剩有凌霄孤愤在，扬鞭肯说马玄黄。

（《雪庐诗稿》，第 20—22 页）

附录二　潘飞声澳门诗选录 …

濠镜谒天后阁

咫尺飙轮渡我前，翠屏招手振衣翩。乍看怪石临无地，忽睹灵宫讶到天。竟弃珠崖伤竖子，重扶铜柱定何年？手持神珓趋台卜，祝降波臣奠海边。

澳门

一尘胡许借，前代此通商。鹿足嗟谁失，鹊巢今竟忘。逋逃兼博塞，洋海慎关防。立马吴山宫，屯兵计早荒。

游澳门天后阁次石上韵

潮流打危石，树杪出飞亭。此地浮天外，何年擘巨灵。日翻鳌背赤，山削虎头青。已负澄清志，孤舟共渺冥。

游白鸽巢

芳辰兼永日，游客恰闲身。山静唯闻鸟，竹深不见人。台高从石曲，树老看花春。海外桃源好，茫茫一问津。

澳门杂诗十二首

走出中原海外天，大禺浮动九洲烟。石门一角三巴寺，已阅沧桑四百年。

折戟沉枪冷劫灰，石岩碑刻诲莓苔。诗人谁吊金梅士，总统间从墨国来。

叶叶风帆出树蓝，望洋东去鸽归巢。荷兰一带花园路，斜日轻车看马蛟。

白饭晨餐鼓与虾，乌龙犹胜架非茶。发睛黑似吾华种，已改葡萄属汉家。

田横岛上汉家儿，只手挥戈事最悲。片碣谁题沈义士？不闻穿冢傍要离。

楼头十里锦茵铺，彻夜笙歌旧镜湖。修到柔乡莲蒂上，美人端合住莲须。

执仇自出虬髯辈，屠狗宁非义士伦？海外我来寻大侠，深宵物色博中人。

凿石题诗古藓封，水天吟啸欲惊龙。乱山树入秋空碧，斜日来听海阁钟。

往日红楼阿小家，六如谁为榜香斜？东风拟访银娘墓，关闸鸟啼正落花。

楼台树杪碧如烟，帘外波光浪接天。一带长虹吸海水，南环灯火似镫船。

运筹帷幄到红闺，竹缕牙牌夜猎园。收拾英灵屯八阵，满天麻雀掌中飞。

新岁围垆绮席开，春盘入市好衔杯。明虾膏蟹家家有，只爱肥蚝吉大来。

（《澳门诗词笺注·晚清卷》，第177—187页）

1935 年

本年，“联合兄弟有限公司”旗下又一家影院——平安戏院在新马路正式开业，结束了国华影院一统天下的局面，成为澳门第一座“现代电影院”。本年逝世的作家有被称为“岭南诗宗”的黄节。

二月

2 日　“联合兄弟有限公司”旗下又一家影院——平安戏院在新马路正式开业，结束了国华影院一统天下的局面。该戏院初名“卡尔登戏院”，因开张几个月后多次出事，风水先生建议改名，于是改名为“平安戏院”。该戏院楼高 4 层，共有座位 1038 个，为澳门第一座“现代电影院”。首映片为西片《风流寡妇》。由于域多利影院关闭，平安戏院成为米高梅公司、联美公司和派拉蒙公司电影的独家代理商。后因音响设备太差，无法与国华影院相抗衡。①

3 日　马之良（1873—？）作七绝《澳门旅邸度岁》。

三月

2 日　澳门举办庆祝狂欢节。澳门俱乐部举行了本地礼节严谨的舞会，中规中矩而温文尔雅。“六一”娱乐社举办了名为“使团舞会”的活动。第二天，庆典达到高潮，香港派来一个庞大的团体，英国“毛斯”号炮舰和美国“伊萨贝尔”号炮舰的官兵利用访问澳门港的机会也来参加狂欢节。②

① 吴志良，汤开建，金国平主编：《澳门编年史·第五卷·民国时期》，广东人民出版社，2009 年，第 2533 页。

② 吴志良，汤开建，金国平主编：《澳门编年史·第五卷·民国时期》，广东人民出版社，2009 年，第 2534 页。

夏

⊙ 张树棠作七律《松山晚眺二首》。

张树棠，又名澍棠，字荫庭，号白云樵子。张学华侄子。宣统优贡。民国时期首任广东省财政厅厅长。解组后隐居澳岸，1945 年 10 月由澳返穗。工诗词。张学华殁后，张树棠撰有《张提法公（学华）年谱》刊世。

十一月

9 日 汪兆镛作词《减字木兰花》，为龙榆生题《授砚图》。（《龙榆生先生年谱》）

⊙ 本月，钱萼孙（仲联）为杨铁夫的《吴梦窗词笺释》作序。

十二月

⊙ 本月，冒广生应汪憬吾（汪兆镛）、汪宗衍（汪兆镛之子）乔梓之请，制《雁来红图卷》两词。[①]

冬

⊙ 仲冬下旬，杨铁夫为《吴梦窗词笺释》撰写自序。[②]

⊙ 冬，浙江永嘉夏承焘为杨铁夫的《吴梦窗词笺释》作序。[③]

本年

⊙ 本年度还有《朝阳日报》联合《大众报》成立“朝阳大众服务社”，目的是在能力所及范围内协助解决读者和市民的疑难之事。同时，服务社还

---

① 冒怀苏编著 :《冒鹤亭先生年谱》，学林出版社，1998 年，第 392 页。

②③ 谢永芳 :《广东近世词坛研究》，上海古籍出版社，2008 年，第 375 页。

设有图书馆，由曾枝西女士捐助一大批各类图书，供无力升学、失学或有志读书的贫困青年和成年人自修之用。[①]

⊙ 余维垣作七绝《澳门》。

余维垣（1861—？），字介屏，又字介庵，号锡因，又号雪泥庐主，广东台山人。少家贫，兼事耕读。18岁，饥驱出门，一游巴拿马，两游美国。前后侨商香港垂四十年。性耽吟咏，凡所经之地，所历之事，辄以韵语纪之。75岁，刊其诗曰《雪泥庐诗集》和《岭南咏古诗集》。

⊙ 梁披云作七律《游金马仑高原丘腾芳黄光铙同行二首》，又作七律《登麻坡桃源俱乐部》。

⊙ 本年逝世的作家有“近代岭南四大家”之一黄节。黄节诗以“深婉”为特征，在岭南近代诗歌中独树一帜，自成一家。其诗歌的特质有三：

一是注意意象的营造和色彩的敷设，颇有唐人风采。他的诗注重意象营造，意警象丰，感情充沛，词句清丽，色彩繁复而不俗艳——这就是所谓的“唐面”。如“袅袅春幡原曩见，深深红烛又宵来”（《春夜同栽甫过素梅阁听曲》），“花后长莲才寸寸，萍生与柳共漫漫”（《春尽前一日园榭中作》），这些诗句以重笔作丽语。唐朝诗人中，他取法李商隐、杜甫较多。李商隐的凄婉缠绵、杜甫的沉郁顿挫，他都潜心品味、吸收。黄节诗歌有高亢雄浑、激越奔放，也有沉潜顿挫、凝重苍劲，但都情真意切，且立象尽意、情景交融，不平实，少直白。再如《白菊花》的“重语当年事已难，相逢篱落叹无端。欲持旧句题新意，终惜残英减夕餐。霜晚尚容秋后见，岁暄宁抵客中寒。惘然为汝低回久，斜日枝头细细看”，写得凄婉旖旎。“终惜残英减夕餐”用的是屈原《离骚》“夕餐秋菊之落英”句意，其芳洁凄婉倍现。最令人惊喜的，则是末二句“惘然为汝低回久，斜日枝

① 吴志良，汤开建，金国平主编：《澳门编年史·第五卷·民国时期》，广东人民出版社，2009年，第2541页。

头细细看”，对花“忘形到尔汝”的诗人，徘徊吟咏于斜阳花下的风流，境如再现。

二是造意铸语，自然工妙，特别擅长对偶句和虚字运用，深得宋人真传。黄节七律成就最高。七律诗体，贵于声谐语俪中见纵横变化，最见功底。黄节的七律偶句师承宋法，把句子散文化，“寓单行之气于排偶之中”，注重上下句子的变化。单看一句，平淡无奇，但上下联合，则“夺胎换骨，点铁成金”，精警生动，气骨劲健，语意飞升。譬如《生朝》“歌哭且留他日泪，死生齐迸此时情”，《七夕》“不殊儿女灯前语，独有悲欢老去知”。黄节在虚字运用上亦深谙宋诗玄机奥妙，善于寻取恰当虚字做关键语，使诗意振起，通篇生辉。《沪江重晤秋枚》诗中“如斯”“坐致”“不反”“每闻”“莫作”“正为”几个虚词，奇正相生，开阖自如，沉郁中有顿挫之势。《偶成》中用“岂堪”“未遑”“何待”“尚雅”“宁与”“不似”数词，裹挟浓重的感情色彩，钩锁转承，一气直下。可以说，黄节诗作对虚字的运用，已经到了得心应手、转掉自如的境界。

三是善于用典，合学人、诗人之二而一。善于使事用典，是黄节诗歌“宋骨”特色之一。用典可以使诗歌内涵更深刻丰富，表达更凝练有力；而且化用典故，推陈出新，以一胜多，是一种机智和创造。黄节博闻强识，熟谙事典，操觚为诗，用典自如，不故作艰深，显才逞能。《与潘若海步月归作》的首、颔、颈、尾四联俱包含典故“燕雀”“蓬莱异昔时”“朔风”“江边琵琶响”；《偶成》化用“食恒三叹”“梁鸿五噫”“嵇康”“李陵”“刘琨”“卢谌”等诸多典故。巧妙用典，并与情景有机融合，可以拓展诗歌内涵，提升品格。这与“掉书袋”的古奥晦涩是有区别的。

黄节的澳门诗词有：《濠镜寄广州罗原觉》《端阳》《送客东南楼月中》《澳门杂诗五首》。

澳门旅邸度岁

马之良

倜傥平生一马周，镜湖市上且勾留。残年作客无家累，到处题襟上酒楼。

（《澳门诗词笺注·民国卷·下》，第 436 页）

松山晚眺二首

张树棠

午阴消夏到公园，及上松山向日昏。戏罢五禽游客散，喧阗万马怒涛翻。
钟声暝度三巴寺，帆影迟归十字门。漫道骄阳终可畏，海西没落渐无痕。

绝顶天风晚更吹，异香潜发老虬枝。鸦归远认凌峰塔，人影斜过积水池。
几队渔舟收网急，万家楼阁上灯迟。下山回望银蟾吐，清景流连更有谁？

（《澳门诗词笺注·民国卷·下》，第 441 页）

澳门

余维垣

濠镜尘迷感不休，空余林木蘸青洲。割将互市端开祸，蚕食纷来后世忧。

（《澳门诗词笺注·民国卷·下》，第 440 页）

游金马仑高原丘腾芳黄光铙同行二首

梁披云

偶得劳生几日闲，相从炎峤访名山。心驰云海烟霄外，路绕重峦列嶂间。
虎啸龙吟来仿佛，泉飞谷应响潺湲。披襟更上高原顶，待月呼星倚翠鬟。

路转峰回兴未阑，袖将清气落云端。岚浮霞敛千林暝，月吐禽啼万壑寒。羸骨犹禁风瑟瑟，归途何碍露瀼瀼，凌虚不是逃虚客，又逐轻雷出岫峦。

登麻坡桃源俱乐部

梁披云

烟海云山一望收，危阑高处独凝眸。去家何止三千里，许国空余万斛愁。莫问人间成底事，但看春水向东流。庾郎别有伤心在，江浪无情也白头。

（《雪庐诗稿》，第22—24页）

濠镜寄广州罗原觉

黄节

山翠当门且卜居，一年尘事了无余。意多始觉泉明晚，迹近能令务观疏。邻树鸟鸣同止止，海波鸥没不徐徐。眼前物我俱难得，回首乡邦独累欷。

端阳

黄节

群鸟不渡海，况复竞舟人？投粽虚鱼鳖，抽蒲榜里邻。长沙始能吊，异地更无亲。风起江湖远，南湾一望津。

送客东南楼月中

黄节

山月出海白，晚雨收玄冥。登楼望故国，送客扬归舲。中宵发南湾，平旦过新汀。水行不逾宿，心远当逃溟。栖栖云间鹤，苕苕风后萍。浩浩波上鸥，寥寥栏外星。揽裾思故好，携手伤轩軿。为言异方客，来此得安宁。

澳门杂诗五首

黄节

倚栏树不到檐庭，白日初黄月澹青。楼外是山山后海，人生难得此居停。

一湾水弱不流花，寂寂连山长草芽。五月海风多带雨，乱飒随雨过前沙。

湿草低田旱亦枯，海洲谁谓水都无？憬然中谷三章后，不是忧深独老夫。

巢鸟因风落短檐，屡回头处语詹詹。此情只有卿能识，雨后阑干不上帘。

淘河洿泽日啁啁，岂有飞鱼更可求。三十六鳞初上水，却无人钓马留州。

（《澳门诗词笺注·民国卷·下》，第408—412页）

1936年

澳门第一种专为儿童创办的外文期刊《达列古叔叔》半月刊创刊，1938年12月15日停刊。

本年，逝世的作家有民国时期著名诗人吴道镕。吴道镕有关澳门的诗词主要有《游濠镜访林朴山，归后寄怀并柬其哲嗣柔仲、学文、正烇二首》《乙丑夏与莘伯同居澳门，莘伯返羊城，以诗劝归，次韵和之》《过林朴山故居》等。

一月

15日　儿童半月刊《达列古叔叔》创刊，1938年12月15日停刊，由孤儿院印刷所印制。这是澳门第一种专为儿童创办的外文期刊。葡萄牙波尔图人若昂·麦斯基达为该报创办者、社长兼编辑。

二月

17日　汪兆铭有函自沪上寄给在广州的龙榆生："前此曾闻先生慨然有三百年来词选之议，至萦心曲，未知近日皋比之暇，曾否有所区画？倘因风便，稍闻绪论，实用感慰。"①

21日　汪兆铭舟经香港，龙榆生不及与之相见，遂赋《贺新郎》，序云："予转徙岭南，情怀牢落，适得汪精卫先生二月十七日书云将转地疗养，且殷殷以三百年来词选为询。二十一日先生舟经香港，不克趋前握别，赋此寄之。"②

---

① 《同声月刊》第4卷第3号。

② 谢永芳：《广东近世词坛研究》，上海古籍出版社，2008年，第376页。

三月

⊙ 本月，陈洵为黎国廉的《玉蕊楼词》作序。[1]

夏

⊙ 初夏，李履庵作七绝《荆园杂诗》。荆园：与吹万楼同位于诗人祖居小榄镇。其后中山沦陷，诗人居母丧在乡，曾组荆园诗社，俦侣唱和，以抒忧愤。

九月

15 日 汪兆铭自法国致龙榆生长函，论选词事宜，其中颇多胜解。[2]

十月

⊙ 本月，澳门公教进行会学术研究部正式成立，地址设于圣若瑟大修院内，曾刊行《主心月刊》，指导司铎为许兆福，会长为冯嘉禄。

十二月

12 日 贾梅士人种商业博物馆迁入圣珊泽宫。该博物馆建于 1926 年，目的是建立一个商业性的陈列窗，其中有澳门和帝汶的产品。它包括一个博物馆组，并增加了渔业委员会的标本收藏品。两年后，博物馆以月租 1000 澳元租下仁慈堂彩票公司废弃的大厅作为陈列处，直到 1936 年。[3]

15 日 汪兆镛函复龙榆生："……承询今释行实，以徐健庵撰塔志铭为最详，石刻已磨灭，徐集亦罕传，寒斋有之，写上并略加考证及拙诗，统望订正。阅毕并请转致夏剑丞兄，未知可资采择否？"[4]

---

① 谢永芳：《广东近世词坛研究》，上海古籍出版社，2008 年，第 376 页。

② 《同声月刊》第 4 卷第 3 号。

③ 吴志良，汤开建，金国平主编：《澳门编年史·第五卷·民国时期》，广东人民出版社，2009 年，第 2548 页。

④ 谢永芳：《广东近世词坛研究》，上海古籍出版社，2008 年，第 377 页。

本年

⊙ 本年度还有何炳锺作七律《游澳门》。

⊙ 杨铁夫作词《点绛唇·宿竹林寺有怀钱仲联，酬其赠别词也》。时诗人在香港大屿山结双树居，为归隐之所。薄游澳门，作此词以寄吴中故友钱仲联。

⊙ 梁披云作七绝《棉兰寄诸弟》《游马达山》。

⊙ 本年，逝世的作家有民国时期著名诗人吴道镕。吴道镕有关澳门的诗词主要有：《游濠镜访林朴山，归后寄怀并柬其哲嗣柔仲、学文、正烇二首》《乙丑夏与莘伯同居澳门，莘伯返羊城，以诗劝归，次韵和之》《重九日梁小山、汪憬吾、金芝轩游马交石归，憬吾约饮市楼赋谢》《觉公在南湾山麓得泉甚精美，号曰君子泉，以诗索和二首》《过林朴山故居》等。

荆园杂诗

李履庵

绕廊爱听雨潺潺，梅已成阴石更顽。独坐无人共寥寂，愁心一夜寄南湾。

（《澳门诗词笺注·民国卷·下》，第 423 页）

游澳门

何炳锺

两年游约事全非，一旦登临愿不违。白鸽巢空林叶补，旋螺山小野花稀。人随帆影归香岛，路转松阴出翠微。未识前途休再去，断云斜日两依依。

（《澳门诗词笺注·民国卷·下》，第 444 页）

点绛唇·宿竹林寺有怀钱仲联，酬其赠别词也

杨铁夫

虫咽僧窗，前番离绪今宵絮。蠡园鼋渚，都是寻诗处。　梧柳楼头，商略黄昏雨。今何许、嵩云秦树，一例相思句。

（《澳门诗词笺注·民国卷·下》，第 445 页）

棉兰寄诸弟

梁披云

庭院深深点翠台，故园倘有燕归来。定知兄弟相思苦，望断天边与水涯。

游马达山

梁披云

穿云折涧路盘纡，虎啸龙吟乍有无。万壑千岩青不断，泠泠风送入仙都。

（《雪庐诗稿》，第 24—25 页）

1937年

这一年8月12日，经过筹备小组5天的精心准备，“澳门学界音乐界体育界戏剧界救灾会”代表大会在柿山孔教学校召开，共有中小学校、报社、学术研究社、音乐社、戏剧社、体育会等50多个团体的100余名代表参加。9月，为支援抗战，共赴国难，陈少伟、陆翼南、文非一和陈仲霭联合发起组织“澳门新闻记者联合会”。这是澳门报业最早出现的新闻同业组织。联合会成员包括《朝阳日报》《大众报》《澳门时报》《新声》《民生》《平民》等报刊新闻从业员，并推举资深老报人陆翼南为主席。10月，中葡法三语月刊《澳门画报》问世，至1938年4月停刊，共出版3期。这是澳门历史上第一份专业性外文画报。11月20日，香港《华侨日报》社长岑维休委派编辑赵斑斓、雷渭灵两人到澳门创立中文报纸《华侨报》。该报宗旨为“立足澳门，客观报道，服务社会”，以满足抗战时期居民对战事信息需求量的大幅增加。该报是澳门首家采用电讯报机收录中央社电讯、国际及国内新闻的报馆，刊载消息快而准，发行不久，销量便达3000份，成为澳门影响力最大的日报。

七月

17日　澳门政府发布命令，将澳门利宵中学易名为“贾梅士中学”。

八月

12日　经过筹备小组5天的精心准备，“澳门学界音乐界体育界戏剧界救灾会”代表大会在柿山孔教学校召开，共有中小学校、报社、学术研究社、音乐社、戏剧社、体育会等50多个团体的100余名代表参加。大会选派陈少伟、陈大白、曾奇玉、曹西等4名代表《朝阳日报》和《大众报》同人出席四界代表大会，基本上汇集了澳门当时各方面的青年爱国力量，是团结澳门各阶层青年爱国力量的抗日赈难团体。会议推举《朝阳日报》社长陈少伟为临时主席，并通过组织章程，发表成立宣言，以“筹款赈灾，拯救受难同胞”为宗旨，以“只知工作，不求名利；工作至上，民族利益至上”为口号。大会选出理事11人，候补理事2人，监事3人，候补监事2人。理事会下设总务、财务、宣传、游艺、体育五个部，陈少伟出任理事会主席，会址设在澳门营地大街104号。为此，陈少伟着手建立机构，又聘请了28位有社会影响的知名人士为名誉顾问，包括：著名医生、中共地下党员柯麟，澳门政府华务局官员徐佩之、何仲恭，警察厅葡籍华探长施基喇，中山县县长杨子毅，澳门中华教育会会长梁彦明，中华总商会主席徐伟卿，华人代表梁后源，著名殷商崔诺枝、高可宁、范洁朋、黄照、毕侣俭、李际唐，天主教华籍神父严绍渔、颜俨若以及社会知名人士梁鸿勋、黄槐等。该会成立后，立即投入赈济救亡工作，先后动员服务团11个队的爱国青年回内地服务。该会从1937年8月开始，一直到1941年冬停止活动，前后共4年多时间。①

九月

⊙ 为支援抗战，共赴国难，陈少伟、陆翼南、文非一和陈仲霭联合发起组织“澳门新闻记者联合会”。这是澳门报业最早出现的新闻同业组织。联合会成员包括《朝阳日报》《大众报》《澳门时报》《新声》《民生》《平民》等报刊新闻从业员，并推举资深老报人陆翼南为主席，陆翼南、文非一、陈少伟、陈天心、陈仲霭、许国潮、何曼公、黄蕴玉、何霭生等为首届理事。至1940年，随着政治形势日趋恶劣，加之经费短缺，数家报纸先后停刊，联合会也被迫停顿。②

---

① 吴志良，汤开建，金国平主编：《澳门编年史·第五卷·民国时期》，广东人民出版社，2009年，第2560页。

② 吴志良，汤开建，金国平主编：《澳门编年史·第五卷·民国时期》，广东人民出版社，2009年，第2563页。

十月

⊙　中葡法三语月刊《澳门画报》问世，至1938年4月停刊，共出版3期。这是澳门历史上第一份专业性外文画报。创办兼发行人为弗朗西斯科·维特，目的在于满足澳门喜爱欣赏版画等美术作品以及想要学习美术的读者的需要，同时介绍美术的发展历史和作画的基本技法，以及如何用于商业用途等。[①]

上旬　前锋剧社先到中山县的雍陌与旅澳乡村服务团联合演出，其后经岐关西路各乡直到石岐，沿途演出《重逢》《最后一计》《放下你的鞭子》等话剧和活报剧。次年1月10日，前锋剧社第二次下乡，先后到肖家村、下栅、上栅、南萌、张家边等乡村巡回演出，除上演原来的剧目外，又新排练了《血洒卢沟桥》《布袋队》等。第三次是在1938年7月1日出发到古鹤、茅湾、三乡、桂洲等地演出，历时一个半月。他们在各地农村演出，有声有色地宣传抗战必胜、日寇必败的道理，激励农民参加抗战。[②]

十一月

20日　香港《华侨日报》社长岑维休委派编辑赵斑斓、雷渭灵两人到澳门创立中文报纸《华侨报》。该报宗旨为“立足澳门，客观报道，服务社会”，以满足抗战时期居民对战事信息需求量的大幅增加。该报是澳门首家采用电讯报机收录中央社电讯、国际及国内新闻的报馆，刊载消息快而准，发行不久，销量便达3000份，成为澳门影响力最大的日报。[③]

21日　妇女慰劳会邀请粤剧名伶薛觉先在澳门平安戏院上演粤剧《危城弄虎

①② 吴志良，汤开建，金国平主编：《澳门编年史·第五卷·民国时期》，广东人民出版社，2009年，第2565页。

③ 吴志良，汤开建，金国平主编：《澳门编年史·第五卷·民国时期》，广东人民出版社，2009年，第2566页。

威》，以筹款为前方抗战将士购买棉衣。[①]

十二月

18日　被称为“七君子”之一、曾被国民党政府监禁的史良女士应澳门中国妇女慰劳会、中国妇女后援会、妇女互动社三团体联合邀请，抵达澳门。史良参加了澳门各团体在商会举行的欢迎会。先在中华总商会发表演说，借以阐明抗战的意义以及后方民众应有之责任。其后史良又参加了全澳妇女界在平安戏院举行的欢迎大会，发表了题为《抗战与妇女》的专题演讲，说明抗日救亡的责任男、女各半，妇女群众应担负起自己应尽的责任。[②]

本年

⊙　傅穀作五律《登莲峰寺》：“冶游风日高，为访莲峰寺。远郊生白云，悠然得兹地。升堂新兴佳，庭树忽交翠。小童兹为乐，一鸟缘幽意。万物皆有情，念此独无奇。”[③]

傅穀（1914—1997），字子余，号静庵，广东番禺人。曾任南京中央日报《岭雅周刊》主编。后执教于广州大学和香港广侨学院。20世纪80年代主编香港《岭雅周刊》。暮年定居广州，在穗病逝。工诗词，能文章，著有《静庵诗稿》《溪堂诗稿》《桐花馆词》《抱一堂集》等。

⊙　梁披云作七绝《黄大病逝广州葬黄花岗侧》《留别苏东师生》，作七律《胡展堂滞粤中风捐馆时方围棋云》。

---

① 吴志良，汤开建，金国平主编：《澳门编年史·第五卷·民国时期》，广东人民出版社，2009年，第2566页。

② 吴志良，汤开建，金国平主编：《澳门编年史·第五卷·民国时期》，广东人民出版社，2009年，第2568页。

③ 章文钦笺注：《澳门诗词笺注·民国卷·下》，澳门特别行政区政府文化局，2003年，第447页。

黄大病逝广州葬黄花岗侧

梁披云

岭表云飞万里赊，灵旗仿佛过天涯。从今忍说东山路，岁岁黄花向日斜。

胡展堂滞粤中风捐馆时方围棋云

梁披云

鹏赋长沙竟不还，残棋剩垒了东山。孤寒八百应无泪，毁誉千秋亦等闲。

早岁勋名惊将相，莫年歌哭惨江关。阅墙御侮知谁是，潮落秦淮夕照殷。

留别苏东师生

梁披云

曾共艰危路几重，最难排遣是离悰。魂消不老湾头水，望断千滩更万峰。

（《雪庐诗稿》，第 25—26 页）

1938年

这一年最重要的文学活动为20世纪英国著名诗人奥登（1907—1973）来澳门作短暂逗留。他下榻峰景酒店，凭借对澳门人的仔细观察，创作了诗歌《澳门》。著名诗人蔚荫创作的长篇新诗《在街上》，共分5部687行，为澳门中文新诗史上迄今为止最长的一首诗。抗战期间，澳门前锋剧社、晓钟剧社和绿光剧社分别上演反抗强暴者的戏剧。培正中学的暴风剧社所创作的《圣诞节前夜》，则是目前所见唯一的抗战时期在澳门出版的剧本。

二月

10日　陈洵作词《水龙吟·丁丑除夕》。

⊙　20世纪英国著名诗人奥登来到澳门作短暂逗留。

奥登1907年生于约克郡。1922年开始写诗。1925年入牛津大学攻读文学。20世纪30年代，他以第一部《诗集》成为英国新诗的代表，被称为“奥登派”或“奥登一代”的诗人，又是英国左翼青年作家的领袖。1936年出版代表作诗集《看吧，陌生人》。1937年赴马德里支援西班牙人民反法西斯斗争，发表长诗《西班牙》。1938年访问中国。与衣修午合著《战地行》。1946年加入美国国籍。后期作品带有浓厚的宗教色彩，主要诗作有《阿基琉斯的盾牌》《向克莱奥女神致敬》《在屋内》《无墙的城市》。奥登被认为是继叶芝和艾略特之后英国的重要诗人之一。晚年常在纽约和奥地利乡居。1953年获博林根诗歌奖，1967年获全国文学勋章。1973年9月29日病逝于维也纳。

⊙　奥登与其同性恋人、著名游记作家斯杜比·伊士伍德皆因撰写异地游记而成为知名作家。出版商遂与他们签约写一本“游记”，国家和地区任由他们选择。于是两人计划合写一部书，分别负责诗歌与散文部分。伊士伍德散文集为1939年出版的《战地之旅》；奥登诗集名为《在战时》，主要为十四行诗和诗体实况报道。他们两人于2月16日前往香港，6月12日从上海前往美国，之后便回到欧洲。游历中国期间，奥登创作《中国十四行诗》，并于12月在欧洲创作了《中国十四行诗》的附笔，其中一首关于香港，另一首关于澳门。这两首十四行诗同时收进另一本名为《航程》的诗集里。[①]

⊙ 汪兆镛作歌行《永福社行·并序》。这是吟咏澳门最具规模的土地庙沙梨头永福社的长篇歌行。土神信仰起源于先秦。东汉蔡邕的《独断》：“先儒以社祭五土之神。五土者，一曰山林，二曰川泽，三曰丘陵，四曰坟衍，五曰原湿。……方丘之祭，祭大地之神；社之所祭，乃邦国乡原之土地也。”也就是说，社之所祭，乃邦国乡原五土之神，而有别于在统一王朝出现后，由帝王专祀的大地之神地神祇。宋代以来，土地信仰盛行，凡城乡、住宅、园林、寺庙、山岳皆有土地。诗人因沙梨头土神庙名永福社，庙前之海湾名浅湾，联系到宋末陆秀夫、张世杰奉幼帝端宗在香山、东莞、新会活动的史迹，以及香山义民马南宝毁家纾难的遗事，遂谓浅湾即当年帝舟栖泊之浅湾，永福社原为端宗之行宫或疑陵——是为沙梨头土神庙始建于宋末一说的由来。这一问题的提出，对于探讨澳门开埠以前的历史，或能有所启迪。然而，诚如诗人所言，“元明易代，名称不一”“此地宫址或陵址，图经零落都无征”。文贵有征，无征不信。在获得足资凭信的资料加以证实之前，只能作为传说，而难以视为信史。其时诗人已届风烛残年，在身历了辛亥之际、清朝覆灭的变革之后，又感受到日寇侵凌，华夏民族面临亡国灭种命运的威胁。诗人所注重者，在于借古人的酒杯，浇胸中的块垒。从“乡人立社，盖不

① 吴志良，汤开建，金国平主编：《澳门编年史·第五卷·民国时期》，广东人民出版社，2009年，第2573页。

胜故国禾黍之感。余避兵过此，慨然兴怀”“人闲荆驼如梦今古同”数句，可以体味到这种心境。

春

⊙　冯秋雪作五律《初春归澳示印雪》。

秋

⊙　冯秋雪作七律《秋宵濠江友人招饮妓席上作，用印雪〈还剑湖月下〉韵》。

⊙　陈洵作词《清平乐·题〈珠湄尘影图〉》。

⊙　郑哲园（1883—1960）作七律《至澳门作》《澳中度日》《旅澳逢名画家高剑父》等，作歌行《题妈阁》。

⊙　李仙根作五律《澳门杂诗六首》。

李仙根（1893—1943），名蟠，广东香山（今中山）人。李遐龄裔孙。光绪三十四年（1908）入广东陆军小学。参加同盟会。后参与辛亥革命武装起义准备工作。1914年负笈日本，1917年归国，追随孙中山，在香港从事革命活动。1923年后任孙中山侍从秘书、机要秘书，曾任香山县县长、中山县县长及西南政务委员会委员。抗战开始后，任国民参政会参政员。1943年在重庆逝世。著有《岭南书风》《小容安堂诗钞》《秋波琴馆遗诗》等。其时日寇南侵，神州板荡，内地居民纷纷避地澳门，诗人盖亦在其列。诗人本风雅之士而极富才情，以此组诗寄托家国身世之感，其格调与同邑郑哲园为近。唯此为五律，而郑多七律，可谓各擅其胜。

⊙　晚秋，陈洵作词《渔家傲·澳门送秋，偕毂兄登新园》，时值日寇已占据广州，诗人避地澳门。本年，陈洵避兵澳门还作有《瑞鹤仙》。

十月

31日　重阳节，李供林（1878—1979）作七律《展重阳偕刘卓彬、王子正登高妈阁五叠庚韵》，时为诗人避地澳门之初。颔联“仲宣作赋家何在”之句，正是当时心情的写照。

十一月

17 日　著名诗人廖平子偕家人来澳门避难，寄居于筷子基贫民区内，不久又受聘于板樟堂汉文学校教授国文。同时为宣传抗日，创办手抄诗刊《淹留》半月刊，创作、编辑、缮写、装订、发行皆由其一人承担。1942 年，离澳赴广东韶关。

廖平子（1880—1943），字苹盦，一号任肩，广东顺德人。1902 年被聘为香港《中国日报》副刊主笔，宣传革命。1905 年加入同盟会。1907 年冬赴日本留学，曾与卢信等人在东京创办《大江月报》。1909 年回国，常为香港《中国时报》和广州《平民日报》撰文。1911 年武昌起义后，被聘为中华民国临时政府稽勋局审议员。二次革命失败后，弃职回乡，不问政事。曾主持上海精武体育会。1930 年任国民党中央党史史料编纂委员会委员。1938 年曾组织民团抵抗日军攻占广州。失败后避居澳门，创办独特的手抄本抗日救亡爱国文艺杂志——《淹留》半月刊，每期出版数量甚少。居港教育家蔡元培甚为赞赏，每期购几份，以示支持。1941 年底香港沦陷后，1942 年从澳门迁居广东曲江，又曾创刊《予心》。1943 年 4 月在韶关病故。

十二月

17 日　魏奉槃作新诗《覆——随军者》。

⊙　澳门前锋剧社演出描写东北义士为国牺牲的英雄故事《烙痕》。晓钟剧社演出描写封建压迫悲剧的《兰芝与仲卿》，还演出了描写中华民族抗击恶魔侵略的《布袋队》。绿光剧社演出了描写东北沦入日寇之手后人们惨痛故事的《盲哑恨》。

⊙ 著名诗人蔚茵创作长篇新诗《在街上》，共分5部687行，为澳门中文新诗史上迄今为止最长的一首诗。长诗对社会种种丑恶的阴暗面给予了毫不留情的批判，在当时国家民族存亡攸关的危急关头，具有重要意义。

⊙ 德亢作新诗《给你，广州》。

⊙ 圣诞前夕，培正中学暴风剧社创作出《圣诞节前夜》一剧。资料显示，培正中学当时主要的抗日活动是戏剧表演，包括舞台剧和街头剧。曾组成“培正中学暑期流动演剧宣传队”，共20余人，由区永祥任队长。至于暴风剧社，亦曾组织暑假流动宣传团，远赴广西做抗战宣传。《圣诞节前夜》一剧，演员包括郭天祥、王北海、王铸豪、李文亮、李铸晋、蔡景涛、林章、杨怀、吕仕林、罗承权、陈稚棠和关存英。据此剧的“附记”说，此剧为他们的集体创作。剧本写成后，经杨维忠提供修改情节的意见，但未及订正，刊出时仍依初稿。剧情是一位曾经参加黄花岗之役的老牧师参与抗日的地下工作，负责圣诞节前夜突袭日军的重要任务，但行动之前他要与教友们举行圣诞聚会。这时他的儿子从外地回来，他一时自私心起，怕牺牲了儿子，因此不让儿子参加行动，但马上又为自己的错误而后悔。最后，老牧师与教徒聚集，慷慨地讲道，团结了众教友，并带着自己至爱的儿子，勇敢无私地一起投入抗日的战斗中。从这个剧作中，我们可以看到作者将民族的、爱国的心与基督教信仰里的抗暴精神相结合，表现出中国的基督徒，在抗日战争这个民族生死存亡的关头，有着强烈的反抗侵略、打击不义的勇气。这是目前所见唯一的抗战时期在澳门出版的剧本。

冬

⊙ 黄荣康作七律《怀张纯初澳门》，诗中于故友之才情癖好，以至名士狂态，无不摹写入微，可谓“知己之言”。作七绝《兵中怀诸友绝句一百十五首》。[1]

---

① 章文钦笺注：《澳门诗词笺注·民国卷·下》，澳门特别行政区政府文化局，2003年，第552—553页。

本年

⊙ 黎廷棨作五律《避兵澳门，西湾晚坐，次和佟少弼》。

黎廷棨（1901—1988），字心斋，广东顺德人。父泽闿，为名诗人。早岁毕业于广东法政大学，在广州执业律师。抗战时期，避地澳门，1949年再度至澳，任孔教中学教务主任。晚年移居香港。擅诗词，工草书，曾任香港中国书法研究会会长。有《心斋诗词》和《黎心斋草书联摘》等。

⊙ 陈勉云作七绝《南湾踏月二首》。

陈勉云（1899—1967），广东新会人。毕业于唐山工业专门学校，早岁曾任兴中会创立人陈少白的秘书。历任广东国立法科学院讲师、新会县立第二中学校长。抗战时期，移居澳门，任蔡高中学教师。著有《眠云吟草》等。

⊙ 梁披云作七绝《李君禅定画像补题》。

附录一

澳门（十四行诗）

奥登

澳门乃来自信奉天主的欧洲的一茎秀草
生根繁殖于黄山碧海之间
顽石里窝藏的是异域的果子
亦葡亦汉，稀奇古怪

救世主和门徒的洛可之图像
向呼幺喝六的赌徒承诺身后的赌富
教堂与妓院比屋周旋，证实
信仰确能宽恕原欲

既获免罪，沉沦的小城何惧
凡尘种种罪孽——尽管强人因此
车裂于市，政府也因此解体于一旦？

宗教的时钟总会按时敲响，幼稚无知的劣行
总能反证犯者的良知未泯
澳门没有什么大不了的事

（《澳门文学概观》，第 117 页）

永福社行·并序

汪兆镛

澳门西偏土名沙梨头，有永福古社。石栏峻伟如殿陛制。其上古木参天，下为浅水湾。石坊题“水月宫”，大学士何吾驺书，年月漫灭。当在明季永历时，志乘未载。惟浅湾见《宋史·二王纪》，而事迹未尽详。覈道光香山县《祝志·马南宝传》：景炎二年，端宗自潮之浅湾，航海避敌，过邑境，南宝献粟千石饷军，端宗召拜权工部侍郎。帝幸沙涌，暂宫于南宝家。元师陷广州，募潮居里民出师。帝舟复驻浅湾。元兵来袭，张世杰等与战于香山岛，败绩。奉帝舟退保秀山。旋次硇州，帝崩。（原注：据黄佐《通志》、郭棐《粤大事纪》。）自潮之浅湾，或疑浅湾在潮州。按《二王纪》，元将刘深攻浅湾。张世杰败于香山岛，是浅湾在香山境。《祝志》谓秀山即虎头山，硇州即大奚山。皆与澳近，浅湾非在潮州明矣。《广韵》：“之，至也。”谓自潮至澳之浅湾，故云过邑境也。浅湾即今之浅水湾，无可疑。且厓山有宋端宗永福陵，与此社名相同，当寓名从主人之义，或以行宫遗址复为疑陵。《粤大事记》：“祥兴改元，以曾渊子充山陵使，奉端宗梓宫还殡马南宝家。”《大清一统志》：“相传马南宝葬端宗于县南五十里寿星塘，仍称疑陵。疑陵凡五处。自闽入广，行宫凡三十余处。”元明易代，名称不一。乡人立社，盖不胜故国禾黍之感。余避兵过此，慨然兴怀，为诗纪之。

临安城头白雁来，翠华北去余劫灰。平沙古木一湾水，千年谁识冬青哀？二王仓卒走闽粤，波涛险履蛟鼍穴。冯夷肆怒驾鹅飞，真灵上动青天泣。景炎改元嗟沧桑，陆张苏刘情激昂。绍兴置县香山寨，献粟乃有马侍郎。侍郎家在沙涌畔，乌岩金台隔澳岸。澳岸盈盈有浅湾。舟师暂驻辟丛灌。扫除第宅躬迎銮，艰难捍卫臣力殚。园林累累红荔熟，犹记御摘登玉盘。纸鸢信断佗城陷，酾酒誓师犀甲擐。潮居里民应募从，复次湾头作行殿。

一从硇州悲驾崩，义民恋主营疑陵。此地宫址或陵址，图经零落都无征。厓山有陵曰永福，兹社镌题名相复。坠绪茫茫当可寻，遗制巍巍俨在目。吁嗟乎，行宫数十疑陵五，井陕荒霾迷处所。灵风远接宋王台，忠魂长傍铜鼓屿。晚明榜署“水月宫”，象冈寄恨沧溟中。人闲荆驼如梦今古同。宋家忠厚遗泽垂无穷。年年鸡豚报赛来村翁。

（《澳门诗词笺注·民国卷·上》，第 111 页）

给你，广州

德亢

“不忠的卫兵默默地让他们通过，
吊桥也无声地卸落下来。
被金钱收买的叛逆者，
在黑暗中打开城门。”
—A.C.Pushkin—

广州，
我忆你。
我忘不了黄花岗底壮丽，
更忘不了纪念碑底高巍。
层层底白云，
叠叠底清阶。
那十九路军坟场的铜像，
充足代表战士们的英伟。
还有不可记忆的印象。
令人追忆，令人痴迷，
广州，我忆你。

广州，
我别你。
当侵略者的步伐踏上你的身上，

把你革命圣洁弄污时，
守土者的放弃，
把青天白日弄糟时，
我痛恨肉食者无能。
在平时不好好准备，
只有那皮毛功夫的火炬巡行。
到危急的时候只是仓皇逃走。
粮食，枪弹都好好地给人用，
民众唯一交通工具都封给所
谓“军用”了。
广州，我别你。

广州，
快见你。
当侵略者的国运，
从富士山最高峰跌下时，
兽兵已感到精疲力倦，
我们英勇将士倒越强。
那时将重见青天白日，
映着那壮丽海珠桥底倩影。
她的精神已复元了，
虽然形式失去完整。
当我看见盖空的铁鸟成群，
革命策源地的光彩焕发了！
广州，快见你。

1938 年 12 月思华房

（录自澳门培正中学佚名文集；约出版于 1939—1940 年间，第 105—107 页。郑炜明编《澳门新诗选》，澳门基金会 1996 年版，第 6 页）

覆——随军者

魏奉槃

大时代激流着你们，

使向光明的大道，

然而，我们呢？

怯弱者么？

畏惧者么？

是！我们失掉了勇气，

不！我们这条也是正路，

“抗战建国”是共同的目标，

你们走前半路，

我们走后半路。

有羞耻吗？

1938 年 12 月 17 日于宿舍

（录自澳门培正中学佚名文集；约出版于 1939—1940 年间，第 169 页。郑炜明编《澳门新诗选》，澳门基金会 1996 年版，第 36 页）

在街上

蔚荫

（一）昨天

昨天

我在黑暗中迈步

像

一个蹓跶于荒原上的

颓败的
褴褛的青年
景仰着
有如诗人所颂赞的
春的女神……
向着前方
向着昨天的腐败的思想
向着沉在患于伤感的人们……
我摸索着
四面的
黑暗的
斗室墙壁上的记忆……

从远方
我也景仰起
那沉流于海洋上的海帆哟!
那伟大的
在大西洋上搏击着的
汹涌的波滚呦!
那在热带上奔驰着的
像神话上妖魔似的
旋风哟!
与及那
在蒙厚的云雾中
发出光亮的灯塔哟!
照着在迷离中
寻找归路的灯塔哟!
而当日子

骄傲地
谄媚地
向我耻笑的时候
向我打击的时候
向我施放出难以
谛听詈骂的时候
我，
这个滞留于普通生活上的一个
昨天在黑暗中迈步
昨天
我在黑暗中

对于光明
我怀望着
有如原人的
惊愕与欢欣
我怀望着
这些
憧憬给与我的
在岁月的河流上漂泊着的
日子，
而当我以兴奋的口吻
向
黑暗
咆哮着
斥责着的时候
我更
悬念着

爱恋着
在岁月河流上漂泊着的
日子呀
在黑暗的圹原中
寻着生之种子的人们呀
在我思想里未腐败的
思想呀
在我颓唐的生活上
蹲伏着的鬼祟呀
我悬念着
爱恋着
企望着

在黑暗中
像一个患了癫狂病的人
像一个被麻痹于神经的人
我
抓住我的头发
抓住我的衣服
抓住我的心脏
心脏哪……

在斗室之中……
于是
我想着当那
第一次的光线
向我射出的时候
光明将向我

滚来！

（二）太阳出来了

太阳出来了……
向太阳
我伸展着
麻痹的
昨日的身体
嘘出我的
昨日遗留的呼吸
今天
我从病的疗治室中
向太阳的世界
喜悦的世界
健康的世界
呼号着
早安哪！
早安哪！
我希望的一切
我爱恋的一切
我敬祝的一切

今天
我在黑暗中找着光明
在镜子的面前
我现出
年青而有力的身体
我现出

神采的思想的表现
向太阳
我呼号着
光明哟!
光明哟!
我要装饰我的思想了
像得于神异的梦域
我微笑着
欢欣着
我昨日失去的娱乐的心情

我拿起
今日的
报纸,
然而
听哟!
有如拍击于堤岸的
涛声的声浪
人的声浪
市集的声浪
摩托车的声浪
手车的声浪
拖货车的声浪
嘈吵着
响亮着
奔腾着
在太阳的世界里
　喜悦的世界里

健康的世界里
扔去报纸
我感到太阳的
热的力的威胁
在我的思想里
在我的心灵里
在我的意识里
它威胁着我！
不，
我要到
街上去

（三）在街上之一
在街上
像颠仆于山坡的
受伤的
人群
在我的眼前展开
汹涌得
使我
怕！

昨天
我感觉到苏生的日子里
当我以
好奇的眼光在这
人的海上浏览的时候
当我以

革新的意识在这
人的海上观察的时候
我将会怎样地
喜悦呵！
满志呵！

看吧！
那一堆褴褛的
流难于异域的
纷扑着沙尘的
脸相
忧郁地
瑟缩地
呈现出他们的命运
而
你来自祖国的流氓们
怎么你在
外地的东风里穿着夏衣呢？
你的
为了寒冷而伤神的表现
与及
为了流泪而染红的眼睛
那些泪痕
呈现出
你的饮泪的日子呀
你的不幸的
　被拼弃于怜悯的
遭遇呀

你的编织着记忆的
悬念呀
这是我昨天所预料不到的出现呵！
你
带着祖国情调的
人群
人的海
凶恶地
向我扑来了！

但是
在你们的失丧了
欢情的
红眼睛的
脸部里
我是寻出你们的悬念的
你悬念着
家乡呀
家乡的土地呀
房屋呀
房屋的什物呀
与及你们的遗失于不幸的
生命呀！
（为着生命你们流难于外地了）
这些
显示了你
可怜的日子
于是你徘徊于

街上

像徘徊在旷原中的

幽灵

你们

狂笑着

舞蹈着

啼哭着……

你

带有祖国情调的

人群

人的海

你给我带来了

家乡的

祖国的消息

给我带来了

喜悦

忧郁

惘怅……

车辆有如颠簸于山岩上似的

嘈闹而过

走！向前走！

抱着我的复苏的思想

在街上

我探视着他们……

（尘埃

市声

人的繁杂
声浪的回旋
充积着……）

而像失去听觉的
睡在暗角的孤儿呵
开始
对你我感到在不幸中了

在你
残废的
不全的
身体上
我明察出你的
母亲呀
父亲呀
与及你的
亲属呀
远离去了！
向这世界
向这世界的人群
向这乖戾的时代
向你
嘿！你世界上可怜的孩子
告别

但是
你沉淀于悲苦的年岁的

日子里
你感觉到孤独么?
你感觉到悲伤么?
你感觉到无聊么?
你感觉到可怜么?
当那些被
什杂的脚步所引起的尘埃
向着你飞纷的时候
你感觉到有点窒息么?
而你
生活在畸形社会上的孩子哟!
你忍受着人们的蔑视的眼光
你忍受着人们的无耻的詈骂
你忍受着人们的恶意的侮辱
那些
像你所不知道的
你的
父亲呀
母亲呀
一样地在你的幼稚的脑中消去
然而
你却注视于
那些在小手臂上的
红红绿绿的团团哟!
你!
生活于畸形社会上的孩子
我祝福你
　祝福你的日子

祝福你的灵魂！

再会呵！
我们的可怜的孩子
离开你
我向前走
抱着我的复苏的思想
在街上
我探视着他们……

这里的声浪
从人类咽喉中发出的声浪
响亮得使你
怕呢！
在码头里
在大街里
在小巷里
在广场里
在工场里
在我的
新的视域里
我听到
吆喝的
粗暴的
生命的声音
那是从
你们——
呵！

你驮着大时代的
工人们
苦力们
挑夫们

那是从
你们的口中吼出的
对生命的挣扎哟！
对沉闷社会的刺激哟！
当你们工作的时候
掀曳着的时候
拖着货车的时候
搬运着的时候
在你们不辞甘苦的口中
我听到那
前奏的歌曲……

你们的行列
伟大的行列
正向着无定的行旅中
迈进着
朝着社会的心脏
迈进着
你们的强实的躯体
炫耀地
骄傲地
美丽地
接触着太阳

呵！
你们缄默的一群
在太阳下
我崇拜着
你们的
伟大的使命
伟大的力量
我崇拜着你们
我仰慕着你们
在这城市的肠腑之中
你们
慢傲吧
放荡吧
有如你们的歌声荡漾在
空中

而你们却缄默着
缄默着呀！
像患于劳动的病症般
你们在生活的堆中
有如暴风向时代
在光荣的
敲破沉寂的生活腐堆中
前进着
永远的前进着
离去了
你们所轻视的社会
——那加你们于不幸的社会

社会上的人群
——那令你们不满的人群

对你们
我怀着从所未有的
希望
同情
热忱
尊敬
而我幼稚的心情
与及
我来自糜烂的日子的经验
使你们
对我
不满呵!
你们遂唾弃了……

（四）在街上之二
在街上
像颠仆于山坡上的
受伤的
人群
在我眼前展开……

在我的意识里
我记着那些生活上的脸相
那千种千种的不同的
生活于可怜的脸相呀!

而如今
当我散步于
夜的城市的
街上
我涉猎着
而更亲爱着
那像漫游于春野的
人群！

在我的眼前
刻画出一条线
从上午的人群的队伍
我被排挤出来……
在这儿
我却对他们
永远抱着
好感呵！
虔敬呵！
尊崇呵！
与及
我内心的热情呵！
当我在这条分划的界上
向那边望去的时候
一个异彩的领域呈现着在
使我想起
那些色彩上的悬念

向他们

去我走了
像踏进一个尘埃 世界……

嗨!
你倾斜着帽子
而
用你的安闲的眼睛
——这是我以所不曾见过的
向着
这些炫耀的颜色
　　放着虹彩的灯光
　　放在百货商店内的耀眼的什物
　　街上的男女
注视着
像潮流的人群
在娱乐场所的门口
在戏院的门口
在咖啡店的门口
你们
像被大炮
喷发出的子弹般地
零落着……
在街上
徜徉地
走出来
拍拍你们的幸福的钱袋
拍拍你们为时候所淤积的尘埃
微笑地

倨傲地

安逸地

在这些彩色的人群中

在这些没有知觉的人群中

在这些坟园的墓铭中

你们走着

而当我第一次感觉到

你没有兴奋的时候

你像一具骷髓之横陈于

我的面前

使我

惶恐地

惊吓地

奔过那边

你生活于庸懦的子弟

给我唾弃吧!

给我唾弃在

好望角的

波涛里吧!

当那日子截戳着你的身体的时候

我望着你的腐烂的肉块

　　　　恶臭的肉块

　　　　被抛向

那恶狗

那海洋

那暴风

那边
你安逸于娱乐的人们
像枯叶飞奔于狂风之中
你向看那彩色的人群
消去!
而你
更其骄傲地找着你的
患了狂恋底病症的友人了!
在病征的脸上
我感觉到
那些在爱的时日当中
　　　　在美丽的时日当中
　　　　在满足的时日当中
　　　　在奢侈的时日当中
　　　　在淫乐的时日当中
欢愉呵!
无耻呵!
发自痛苦的笑容呵!
这些
　呈现在你们的
红采焕发的脸上
使我想起
那沉寂于尘埃中的
流难的人们
失靠的人们
劳苦的人们……
他们却努力地编织着
人类的悒郁

但是
你们在热病的时日里
你们没有笑容了
你们没有笑容了！
我只见到你们的
血的眼睛
血的口
血的……
而你们却相亲地
拥抱着
爱恋着
喁语着
在你们的喁语中
有如申诉着罪状般地
吐露出你们的
罪恶！

嘿！
你们爬行着的世纪的
虫菌的动物
怎么配在光明的
日子里迈步前进呢？
你会在树下
歌唱流行的
爱情的歌曲
你会到
装饰公司的写字楼去询问

几十种
几十种
香水精的价值
那些
你们认为豪华的日子里
充满着
排挤着
淤积着
陈尸的气味！
（现在从水门汀的胴体里
远露出爵士的乐声）
于是我见到
舞蹈于痛苦之上的妇女的
饮了苦酒的颜容
颓然现出
你在街上昂然地走着的
体态
裹在服装里的罪恶的
胴体，
袅娜么？
娉婷么？

你穿着奇异的引诱的
服装
你装饰得有如一朵花样地
以令人怜爱的眼睛
转动着
转动着

于是整个地球上的生物
都在你之面前而动摇
你微笑！

而那呈现着血的象征呵
唇
在柔媚的
　善于迷惑的
眼睛下也转动着了。
对于你
我感到一种
有如触了电般的震荡
你也许诉出
千万种
千万种无稽的谎言
诉出令人乐于倾家的谎言
在这地球上
你有如恶魔的妖怪纷扑在
每一个角落里
微笑着
冷笑着
苦笑着
当你在人们面前的时候。
但是
你的丧了善良的心窝却
号哭着
羞耻着
打击着

你自己
你自己的灵魂
你自己的痛苦的灵魂

……

那边一个颓败的
青年
他是患有忧郁的病症的
垂着头
踏着老年的步伐
在这彩色的夜中
在这人声噪频中
在这异样的社会中
踯躅着
徘徊着
也许
他集有我昨日思想呵
也许
他陷于迷惘的思想呵
也许
他步辙着那些悲哀的思想呵
我相信
你年青朋友
在昨日的废墟中
你
失掉了第一天的恋情
失掉了第一个的恋人

失掉了一切的
令你欢悦的心情
而你是切恋于
浑河中的爱神的！
你的心
于是像今夜的
频繁
缭乱
像在荒原上……

你年青的朋友呵
我们向前方
在万人的波动的空间
我们向着前方
去！
但是
你令我失望呵！
正如
今天令我失望一样。

（五）再会呵
今天使我失望……
在街上的
像颠仆于山坡上的
人群
波涛汹涌地在我眼前
耻笑着我
说我是流于感情的狂人

因为那是我的
火一般的热情呀!
说我是来自旷原上的野人
因为我穿着褴褛的服装呀!

今天使我失望
在这些人群中
我像遗失了一种感情。

再会呵
你告别了家乡的
流难的人们
再会呵
你在这世界上
永远浸淫在悲苦的
日子里的孩儿们
再会呵
你在时代的历史上
重要的劳苦的人们
再会呵
你安闲的
游荡的人们
再会呵
你们相亲着的
过着玫瑰梦的人们
再会呵
你年轻的
忧郁的青年

再会呵！

你们一切留在我后面的人们

在你们的冷笑声中

我抱着更大的决心

向着光明迈进

再会呵

你们一切留在我后面的人们

在你们的冷笑声中

我向着太阳

再会呵

你们一切留在我后面的人们

在你们的冷笑声中

我向着海洋

再会呵！

如今

我明了在社会上

更清晰的影像

更真实的人群。

在这黑夜中

我毅然前进

A foot and light—hearted l take to the open road，

Healthy，free，the world before me，

WALT WHITMAN

（录自澳门培正中学佚名文集；约出版于1939—1940年间，第39—63页。郑炜明编《澳门新诗选》，澳门基金会1996年版，第8页）

附录二

初春归澳示印雪

冯秋雪

流水无根蒂，飘然又转蓬。两年知劫短，小聚惜尊空。骨肉今能几？韶光昔易穷。且干家国泪，来对浅春红。

秋宵濠江友人招饮妓席上作，用印雪《还剑湖月下》韵

冯秋雪

月驰星张似有声，倭氛蜃吹气何盈？感时未必花能泪，驱闷徒知酒亦兵。散漫云生苍狗态，流离意怆古今情。一身万累嗟何及，家国思量欲忘生。

（《澳门诗词笺注·民国卷·上》，第279—280页）

至澳门作

郑哲园

一夜星霜鬓已斑，不堪摇落出乡关。乘桴岂独存三泽，荷锸宁辞痉百蛮？西望夕阳东望月，南环秋水北环山。昔供凭眺今挥泪，相对龙鸣总汗颜。

澳中度日

郑哲园

久客惊心岁序迁，星移物换欲呼天。三生莫问人间世，九死欲瞻劫后身。铁铸不堪谈楚炬，石言犹解从秦鞭。愿招十万虬龙降，长绕灵根护木棉。

旅澳逢名画家高剑父

郑哲园

一样牢愁劫后踪，箫声剑气两相逢。过江有客成枯鲫，横海何人识卧龙？乱世文章还有价，半生肝胆向谁钟？万千哀乐都无那，醉倒南荒听《懊侬》。

题妈阁

郑哲园

昔日仙人海上游，手扶明月下沧州。袖中偶散灵丹落，一坠人间化石头。仙人既往遗仙壑，千载苔痕卧丛薄。堆云叠翠起灵丘，胜迹至今谈妈阁。试从石径一跻攀，帆影波光日往还。高低台阁树边树，明灭斜阳山外山。我来时运遭奇厄，孤愤填膺居异域。江山虽好不为欢，瞻顾中原伤异色。石兮遭劫谪尘埃，仙人一去不归来。是仙是石徒歌哭，不尽长江万古哀。

马交石题壁

郑哲园

危石屹立诸边高，猎猎灵旗响清激。客向南山寻石虎，我思东海钓金鳌。诛妖痛不飞长剑，礼佛还须借宝刀。万玉哀鸣天地泣，雄心长逐马交涛。

余君平客把晤濠江，匆匆又别，怅然赋此

郑哲园

干戈扰扰欲何之！眼见中原走鹿麋。说剑尚余豪士习，闻笳时起故园思。归遭四海无家日，醉值千山欲雪时。一代霸才犹未老，天涯愁已鬓成丝。

饮马交酒肆

郑哲园

逃劫饮危楼，江山槛外秋。所伤离故土，此责在清流。酒薄难为醉，花多

未解忧。谁哀失路者，杂厕市沽俦？

（《澳门诗词笺注·民国卷·下》，第 470—475 页）

澳门杂诗六首

李仙根

乐土此堂堂，吾来怯近乡。寄离仍故国，触物感殊方。远树疑烽燧，归禽乱夕阳。不胜怀古意，望处是黄粱。

来寻永福社，云是宋疑陵。天地昔曾改，山川今莫凭。空蒙依海市，恍惚见觚棱。无限沧桑感，登临泪易凝。

自昔逋逃薮，依稀三百年。居安悲去国，心死早皈禅。唯识存身妄，宁希举目怜？只今过望厦，犹见寄生莲。

市井不为辱，屠沽解报恩。去怀阿恶地，客记孟尝门。早识侏儒戏，厌闻珠玉尊。年来增太息，海气正昏昏。

一雨新秋至，天风晚泬寥。言寻鸿雁侣，来听海门潮。岸远山如画，帆归影欲招。临流何所慕？鸥鹜迫人娇。

坠简沧桑后，芸香惜相遗。十年勤掇拾，七叶冀昭垂。苏杜间关日，黄王避地时。乞儿矜漆枕，怜我作书痴。

（《澳门诗词笺注·民国卷·下》，第 507—509 页）

渔家傲·澳门送秋，偕縠兄登新园

陈洵

梦里关河凭讯雁，社余日日催归燕。迟节晚花犹喜健，霜客倩、锦屏鸳枕新装遍。　把酒西风谁与劝？登临客恨逢多难。此度送秋情不浅，秋去远、伤心行路休回面。

（《澳门诗词笺注·民国卷·下》，第456页）

展重阳偕刘卓彬、王子正登高妈阁五叠庚韵

李供林

节展重阳结伴行，笑谈旧雨又新盟。仲宣作赋家何在？梦得题糕句不成。此会明年谁健者？同游三友我先生。日斜妈阁钟声急，遥望湖光一镜平。

（《澳门诗词笺注·民国卷·下》，第458页）

怀张纯初澳门

黄荣康

一角蛮山两鬓丝，多因风雨误归期。有钱蟹酒扶头醉，无赖莺花带泪窥。白眼睨人金络索，红毛问俗竹枝词。马交残月清歌夜，典到鹴裘冷自如。

兵中怀诸友绝句一百十五首（选二）

黄荣康

竹林二阮亦豪雄，海上携琴作寓公。不哭穷途哭亡国，哀词一阕《满江红》。

山木悲风倒更吹，海门激浪叫灵蠵。村沽有酒谁能倾？手剔苍苔读旧碑。

（《澳门诗词笺注·民国卷·下》，第551—553页）

避兵澳门，西湾晚坐，次和佟少弼

黎廷棨

既友西湾石，还从潮汐游。晚华盘岸回，人意及天浮。花引随缘目，江涵入定舟。相哀曾未已，敢用叹横流？

（《澳门诗词笺注·民国卷·下》，第537页）

南湾踏月二首

陈勉云

近海无风亦自凉，顽云开处月苍苍。小山对起如牛角，知是东西两望洋。

锋镝余生此寄身，何时归醉海珠滨。南湾踏月人无数，真个心闲有几人？

（《澳门当代诗词纪事·上册》，第 166—167 页）

李君禅定画像补题

梁披云

百丈崖边不了僧，长年面壁更何能。瞿昙本是多情种，底事禅门断爱憎。

（《雪庐诗稿》，第 27 页）

1939 年

本年，民国时期重要诗人汪兆镛逝世。另外，1938年11月，著名诗人廖平子偕家人来澳门避难，寄居于筷子基贫民区内，不久又受聘于板樟堂汉文学校教授国文，同时为宣传抗日，创办手抄诗刊《淹留》半月刊。这个刊物是这一时期最重要的文学刊物之一。此外，另一值得注意的是本年由美、法、葡国的著名电影艺术家和演员拍摄了一部以澳门社会为题材的故事片——《澳门》，展现了澳门作为冒险家乐园与避风港的社会百态和黑暗面。原版直到第二次世界大战结束后才正式公映。

二月

16 日　《淹留》第一期发表了简短的《发起辞》。收录的诗歌作品有：七律《间关》、五古《去国五首》、五古《白鸽巢公园四首》、七律《初得家书》、七律《隆冬一首》、七律《晚望》、歌行《殊死战》、七绝《忆得十首》。

三月

2 日　《淹留》第二期发表的诗歌作品有：五绝《惜别五首》、歌行《哀江头》、五古《大寒节同诸公登万松岭》、七律《立春·戊寅十二月十七日》、五律《岁暮》（二首）、七律《戊寅除夕》、歌行《开岁》。

16 日　《淹留》第三期发表的诗歌作品有：歌行《春水曲》、歌行《举头望明月》、七律《闻雷》、五律《燕子五首》、歌行《普济禅院观澹归和尚手迹》、七律《仲春十日得雨》、七律《客至》、七绝《早春七首》。

春

⊙　旧体诗人汪兆镛作词《三姝媚》。该词上半阕追忆十余年前与崔斯贯、张有贡同在松山发现海棠杜鹃花的往事，下半阕对着张园中盛放的海棠杜鹃花，寄托其愁绪怀抱，堪称咏花佳作。

⊙ 张学华作七绝《题张仲球〈因树园图〉四首》。作歌行《题庐煊仲〈娱园雅集图〉》。又作七绝《题姚粟若画为庐煊仲二首》。诗中所提到的姚礼修（粟若）于这年殁于澳门。据郑春霆《岭南近代画人传略·姚礼修》记载："广州被兵，于民国二十七年（1938）避地澳门，诗酒唱酬，时流连于药山寺及竹林寺中。为生活计，亦稍稍卖画自给，然缅怀家国，异地飘零，益纵酒。酒入愁肠，尘缘影事，有份无端，于民国二十八年（1939）己卯八月，因酒病肠病而卒，时年六十二。"诗中借为庐煊仲题画抒写对姚的哀悼之情。

⊙ 春，李供林作七律《松山晓行》《春晓偕友登西望洋山远眺二首》。

⊙ 钱宝龢作词《西江月》《虞美人·次憬吾丈韵》。

钱宝龢（1869—？），字仲良，号梁溪老渔，又号二南。原籍江苏无锡，落籍广东梁溪，流寓广州，刻章云："家在江南客岭南。"1937年移居澳门，斋名"红叶词馆"。诗词之外，善画梅花。

四月

2日 《淹留》第四期发表的诗歌作品有：七律《落花十二首》、七律《余意未尽，再成十二首》、五律《闻鹤四首》。

16日 《淹留》第五期发表的诗歌作品有：歌行《壕上曲》、五古《哭刘一伟》、五律《寒食四首》、歌行《百粤将军歌》、歌行《催耕词》、五律《夜起四首》。

五月

2日 《淹留》第六期发表的诗歌作品有：歌行《鸟语》、歌行《缝衣歌》、歌行《垂老别》、歌行《伤春》、五律《盼绝》、七律《思归》、七律《野意》。

16日 《淹留》第七期发表的诗歌作品有：歌行《无家别》、歌行《浮家叹》、五古《夜雨由新桥还归筷子矶》、歌行《春虫叹》。《无家别》："无家别，无家别，勿令两眼流红血。乱世无家胜有家"——表达了对日寇的仇恨。

六月

2 日　《淹留》第八期发表的诗歌作品有：五古《前山》、五古《北岭》、五古《高沙》、歌行《送春》、五古《雨中望湾背诸山》、歌行《赤女行》、歌行《月夜漫行筷子矶》、七绝《弈六首》。

16 日　《淹留》第九期发表的诗歌作品有：歌行《偶逢》、五古《青洲》、歌行《婚剧》、歌行《孤军行》、七绝《有感》、七绝《闻故人谢环死，书以志慨三首》。

七月

2 日　《淹留》第十期发表的诗歌作品有：歌行《木脚英雄杀敌歌》、歌行《初夏忆故乡》、七绝《题画二首》、七绝《松阴三首》、七律《端午》、歌行《支解》、五古《菜根》、词《望江南·题画》、词《浣溪沙·晚望》。

16 日　《淹留》第十一期发表的诗歌作品有：俚词《七七词》、歌行《封锁叹》、五古《饮酒五首》、七律《热极》、五古《盆豆》、歌行《理发》、七律《热极得雨》、歌行《和尚军》。

八月

2 日　《淹留》第十二期发表的诗歌作品有：五古《秋意六首》、七律《宵深梦醒，小艇卖物声不辍，为赋一律》、七律《天涯》、五律《旅况四首》。

16 日　《淹留》第十三期发表的诗歌作品有：歌行《中山杀敌纪功歌》、歌行《独子从军歌》、歌行《秋风引》、歌行《秋草》、七律《百劳》。

九月

2 日　《淹留》第十四期发表的诗歌作品有：五古《放鱼词·并序》、七律《窗际莳绿豆，又莳黄豆，日来次第成熟，诗以志喜》、歌行《偶感》、五古

《送友人归广州》、七律《一雨》、七律《早起》、七律《青毡》。

11 日　午时，著名诗人汪兆镛在澳门病逝，灵柩起初暂厝镜湖医院，于 1945 年归葬于广州城东。

汪兆镛，字伯序，一字憬吾，自号慵叟，晚号今吾、清溪渔隐，信奉道教后，号觉悟道士。原籍浙江山阴，后移居番禺，系广东书香世家。汪精卫（原名汪兆铭）即为汪氏同父异母弟。汪兆镛早岁入学海堂，奉陈澧为师，执礼恭谨，学业日精。光绪六年（1880）补县学生，光绪十一年（1885）以优行成贡士，光绪十五年（1889）中举。后屡次会试落第，遂入粤督岑春煊幕府。辛亥革命爆发后，以遗老自居，因反对革命，加之政局动荡，前来香港、澳门避难，前后寓居澳门凡 12 次。1937 年因日军犯粤，不得已再次来澳，先后暂居南湾 7 号、二龙喉张仲球园宅，直至去世。居澳期间，汪兆镛仍潜心著述，先后编纂《元广东遗民录》《岭南画征略》《碑传集三编》等书，为澳门的学术研究奠定了基础。同时，亦留下大量吟咏澳门的诗歌，均编入《澳门杂诗》《微尚斋诗》《微尚斋诗续稿》《棕窗杂记》等诗文集，为澳门诗坛留下丰硕成果。其中 1918 年正式出版的《澳门杂诗》为汪兆镛到澳后主要诗作的结集，共七十四首，包括《杂咏二十六首》《澳门寓公咏八首》《竹枝词四十首》。[①]

16 日　《淹留》第十五期发表的诗歌作品有：五古《十吟秋》、七绝《斋头即事二首》、五古《唧唧》、七律《卧月》、五古《中秋四首》。

秋

⊙　刘君卉作七律《秋夜偕秋雪、卧雪过西湾，用印雪〈中秋还剑湖月下〉元均》。

---

① 吴志良，汤开建，金国平主编：《澳门编年史·第五卷·民国时期》，广东人民出版社，2009 年，第 2592 页。

十月

2 日　《淹留》第十六期发表的诗歌作品有：五古《古意九首》、七律《十秋后吟》。

16 日　《淹留》第十七期发表的诗歌作品有：歌行《结客少年行》、五古《侠客五首》、歌行《送友人赴赤柱受训》、五古《苦忆三首》。

21 日　陈洵在澳门作词《瑞寒窗》。

十一月

2 日　《淹留》第十八期发表的诗歌作品有：歌行《胡无人》、七绝《湘捷四首》、五古《双十日早起，忽闻我军光复中山县，喜极而作》、五古《清秋寂寞，屡思菊花不可得。偶适关闸，见小草开花，略如菊状。细视即吾乡所谓蟛蜞花也，撷一束以归。苟得其似，聊胜于无》、五古《秋容黯淡，携小儿幼弟同赴东海隅，坐沙滩上，看帆影出没，最荡胸怀。既又拾水边贝壳，中有极奇玮者，各选一掬乃返》、七律《新月》、七律《漫行水际得句》。

16 日　《淹留》第十九期发表的诗歌作品有：歌行《将进酒》、歌行《候船叹》、歌行《重九日白鸽巢公园登高》、五律《旅思四首》。

十二月

2 日　《淹留》第二十期发表的诗歌作品有：歌行《秋江无恙图成，即题其上》、五古《十一月二十二日违难马交一周年，诗以当哭五首》、五古《陈寂爰以万字果酒见赠，饮后得句四首》、五古《报章盛称芬兰体育家争赴战场，书此以志向往四首》、五律《闻笛》。

16 日　《淹留》第二十一期发表散文作品《淹留自序》。

30 日　同善堂举行崔诺枝、高可宁两铜像开幕仪式。其中崔公铜像碑由梁彦明撰文，高公铜像碑由朱汝珍撰文。[1]

冬

⊙ 蔡语邨作词《临江仙·访寂爰丈于快渚矶寓楼》，又作七绝《游澳，远山、寂爰、文府诸公各惠书画，赋此作谢》，时诗人自九龙过澳访友。对于诗人的来访，陈寂爰报以七律《喜雨春至》，将其喻为雪夜访戴的王子猷，可谓空谷足音。作词《临江仙·颂培正五十周年》，时培正 50 周年。培正中学创建于清光绪十五年（1889），至民国二十八年（1939）为 50 周年。

蔡语邨，广东人。民国间任教于广州东山培正中学。抗战初期随校迁澳，后移居九龙。20 世纪 50 年代曾任广东省博物馆筹备处副主任。能诗。为陈寂爰所赏。有《劳人草》。复与吴笑生合刻《海角吟》。

⊙ 冬，李供林作五律《澳岸漫兴》，五古《寒雨登东望洋山》。

本年

⊙ 蔡语邨作七律《自松山远眺唐家湾》。

⊙ 蔡铁郎作七绝《访澳门》。

蔡铁郎，广东番禺人。早岁毕业于广州国民大学。能诗。著有《秋月楼诗词》。

⊙ 梁披云作七律《星马道中遇大雷雨》。

⊙ 冯印雪作七绝《西湾即景》。

⊙ 赵连城作七绝《南湾灯影》。

---

① 吴志良，汤开建，金国平主编：《澳门编年史·第五卷·民国时期》，广东人民出版社，2009 年，第 2597 页。

⊙　周佩贤作七绝《游螺丝山》。

⊙　李履庵作七律《濠江酒后，读放翁诗，擢为首句》。

⊙　马复（1864—1964）作七律《西湾海望晚饮庐园呈座中诸公》。该诗极力描写自己穷愁潦倒之状，可作为当时避地澳门的文化人生活的一个写照："始晴俄雨太无端，刺眼淘魂又此澜。绝倒宣明相向面，谁知辛愿缺常餐？咻存泫逝堪为客，得酒闻歌强自宽。莫错稻粱明日计，荒陂寥落野凫寒。"

马复，字武仲，号钜经，广东顺德人。徐绍桢、胡汉民主粤政时曾佐其幕，多所赞襄。晚岁至香港。擅诗、书、画。有《媚秋堂诗》。

⊙　傅戣作七律《出关闸》《仲则自容奇抵澳》《游菩提园》《次韵绍弼白鸽巢登眺》《次韵绍弼春暮访予澳岸寓楼》《澳门怀曹季成》《病起登妈阁庙偕无佚》《南湾即事》《次韵仲则〈濠江逆旅〉见示》《雨中过海岛市，同仲则、季平舟中作》，作七绝《自红毛山移居河边，途中大雨》，作五律《海岛市海堤夜坐偕无佚》，作五绝《送无佚返澳》。

⊙　郑哲园作七律《普济禅院访春睡诸君剧谈》《访罗宝山居士于竹林寺即赠》《飞鹤同志别已多年，迩同作客濠江，获相把晤，作此以赠》《往香江别澳中诸友》《春睡画院诸君在澳开国画展览赋此以赠》《葡国诗人贾梅士诞辰到鸽巢公园作》《游莲花寺》，作七绝《赠慧因上人》《僦居下环，日对故乡山色，漫题于壁》《西环晚步》，作五律《黎君廷棨时相过从，重聚镜湖，书此以赠》，作五律《张园闻歌》。

⊙　黎廷棨作七律《南湾次和少弼》。

⊙　黄荣康作七律《李供林与张纯初、黎泽闿、高剑父、凌巨川、张白英澳门宴集，以诗转港，子祥见寄，赋答一首》《寄黎泽闿澳门，兼柬高剑父、张纯初、凌巨川、李供林、张白英》。

⊙　德亢作新诗《春底风光》。

⊙　魏奉槃作新诗《沉沉的烟幕，弥漫了南国名都》。

⊙ 飘零客作新诗《在病中》。

⊙ 本年，西方电影艺术家以澳门社会为题材，拍摄了一部名为《澳门》的故事片。剧情以第二次世界大战为背景，透过跳舞女郎、年轻的记者、赌场老板和商贾等人物关系的纠葛，展现了澳门作为冒险家乐园与避风港的社会百态和黑暗面。这部影片集中了当时美、法、葡国的著名电影艺术家和演员，如罗拔·米蒂贡。《澳门》1942 年曾在法国试映，原版直到第二次世界大战结束后才正式公映。1947 年 7 月 23 日，该片在葡国首映，但很快被禁映。[①]

① 吴志良，汤开建，金国平主编：《澳门编年史·第五卷·民国时期》，广东人民出版社，2009 年，第 2598 页。

附录一　汪兆镛主要作品选

汪兆镛主要著作目录

《微尚斋诗》（上、下），1911 年 10 月刊

《雨屋深灯词》，1911 年冬印

《澳门杂诗》，1918 年排印本

《元广东遗民录》，1923 年铅印线装本

《广东新出土隋碑三种考》，1923 年刻本线装

《雨屋深灯词续编》，1928 年刻本线装

《己巳纪游草》，1930 年春刊

《老子道德经撮要》，1936 年版

《雨屋深灯词三编》，1940 年刻本线装

《微尚斋诗续稿》，1940 年冬印

《微尚斋杂文》，1942 年印

《棕窗杂记》，1943 年刻本

《山阴汪氏谱》，1947 年版

《微尚老人自订年谱》，1949 年版

汪兆镛澳门诗词目录

《澳门杂诗》

　　《杂咏二十六首》

　　《澳门寓公咏八首》

　　《竹枝词四十首》

《十一月澳门寄沈忏盦三十韵》

《壬子春暮次忏盦韵二首》

《端午寄和丁潜客韵》

《登白鸽巢山亭》

《妈阁山麓禅房观天然老人为解虎监寺书直幅》

《癸丑七月十六夕大风》

《南湾树石多为风摧损赋视忏盦》

《丙辰二月澳门作》

《忏盦至澳匝月复返广州赋简》

《丁巳九月莘伯兄同寓蕉园》

《庚申八月自万松岭循行至海滨》

《题崔伯越〈是诗簃图〉三首》

《除夕二首》

《偕吴澹盦、张闇公过普济禅院》

《题君子泉·并序》

《乙丑重九日，偕吴澹盦、梁小山、金滋轩马交石登高，下至陶园小憩》

《水龙吟·澳门送友人返扬州》

《咏澳门西湾诗》

《丙寅正月十三日娱园祝嘏，同集者八人，敬纪小诗，用甲子韵》

《三姝媚》

《蝶恋花》

《丁卯除日》

《戊辰二月，莘伯兄归里，赋诗见视，余犹留滞濠镜墺也，次韵却寄》

《清明日过卢氏池亭次伯越韵》

《辛未四月七十一初度竹林寺作》

《丁丑七月，避地南湾，有烟水清旷之致，小楼面海，如舣舟湖山间，因榜曰“湖船簃”。姚叔约为作图，自题绝句八首，并寄崔伯越香岛》

《减字木兰花》

《中秋寓楼写望，烽火仓皇，西风衰鬓，不知今夕何夕矣》

《永福社行·并序》

《重过卢氏园二首》

《楼头看月口占二首》

《戊寅腊尾，澳门桃花、桂花皆盛开，杂置瓶水中，以诗纪之》

《题张仲球明经〈因树园图〉》

《岐关车行·有引》

《任子仲新避兵到澳，未获相见。顷闻其转徙殁于顺德支乌洲旅次，不胜惊悼，哭之以诗》

《乙卯正月十三日偕张闇公莲峰庙礼佛作·并序》

杂咏二十六首

关闸

互市濠镜澳，聿自嘉靖始。设关官守之，启闭候符使。如何百年来，彼族顿增垒。旁行斜上书，突兀闸前峙。我来长太息，畴为志疆理。

莲花迳

北自前山来，沙堤平而直。路南一山耸，俨如莲茎植。跗萼连蜷中，秀采森嵂崱。怪石高逾寻，惜乏文字泐。裴裒一瞻眺，天然树封域。

万里长城

澳城固而庳，明代已毁坏。基址犹可寻，纤儿眯边隘。地志亦有言，倚水以为界。长城称万里，自大诚狡狯。安得张许才，威稜慑中外。

妈阁

妈阁多奇石，古木蟠其巅。标题弘仁字，当在朱明前。磐陀广盈亩，雕刻犹帆船。陈迹足俯仰，时会有变迁。小憩赞公房，遗墨怀高禅。

东望洋山、西望洋山

东西两望洋，峭然耸双秀。地势缭而曲，因山启户牖。南北成二湾，波平镜光逗。登高一舒啸，空翠扑襟袖。尤喜照海灯，转射夜如昼。

十字门

濠镜本半岛，迤逦形如弯。海水贯厥中，四山相回环。纵横若十字，俯瞰排雄关。层垒分内外，险要见一斑。筹边孰失计，巢占嗟群蛮。

九洲

九点浮青螺，巉秀不可名。隐见烟水际，晚照摇光晶。海外闻九洲，附会玉溪生。乘风泛一叶，巨浪声铿訇。过此举酒笑，咫尺湖镜平。

白鸽巢

嚣然尘市间，乃得清净境。松篁散凉翠，炎曦澹无景。之径窈以深，品石危而整。怖鸽无自来，幽峭味深领。辟莱思黔枚，造像纪遐永。

马蛟石

欹岸一卷石，巧作螺旋形。坡陀生杂树，接叶参天青。天风卷海涛，万象入窈冥。夕阳半山赭，纷沓来香軿。销夏此胜区，晚凉闻素馨。

西湾

西湾与妈阁，脊耸隔一山。凿空辟坦途，石气青孱颜。驱车得捷径，劳顿忘跻攀。危厓怒潮立，声在杳霭间。抚松时小憩，翛然烦虑删。

青洲

青洲旧隔水，倏忽海岸连。松杉绿如雾，荡漾晴霞妍。蕃寺有兴毁，可考天启前。新制士敏土，机厂崇且坚。只惜佳蟹绝，持螯空流涎。

万松岭，亦名琴山

岧峣灯塔下，亦曰万松岭。危礓咽寒涛，响撼瘦蛟影。蟠曲若无路，深翠辟奇境。幽人泛瑶琴，众籁动凄警。风帆时去来，缥缈荡千顷。

南湾公园

楼台面碧澥，门前树扶疏。薰风习习吹，凉意生罗裾。路尽启园林，奇卉纷芳敷。清樾以荫暍，乃出碧眼胡。刍荛与雉兔，古义我叹吁。

新荷兰园

新辟荷兰园，范铜像嶙峋。其下沙草平，众绿生远春。龙首引灵液，涓涓清以醇。汲饮万松底，燥吻滋芳津。此地即桃源，嗟哉思避秦。

兵头花园

酋长称兵头，游息自有园。离离马樱花，绛花垂篱樊。治圃效华风，小池鹅鸭喧。地狭景弥幽，万绿拥一门。呜呜奏胡曲，同乐古谊存。

议事亭

提调郡县丞，前代有故衙。让畔敦古处，荒圮奔麋麚。尚余议事亭，崇敞飞檐牙。从来乡校法，亦不废边遐。权衡孰持平？愧矣吾中华。

澳官公廨

海隅蕞尔区，巨细职皆备。置员不在多，要贵能治事。出门坦荡荡，尔我无扰累。回首慨宗邦，锋铦各恣肆。中外与古今，岂有殊治理?

大街

通衢左右栅，分标《旅獒》文。约束至坚明，故老犹传闻。遗规今已渺，石路空尘氛。黑奴兮红鬼，花满兮锦裙。谁解歌旧谣，蛮妇蔷薇薰。

学塾

学童禁读经，中土新建议。此邦老塾师，犹不旧学弃。弹丸一海区，黉校已鳞次。雅颂声琅琅，到耳良快意。礼失求诸野，宗风傥未坠。

镜湖医院

三山多灵草，海上传仙方。侨萌重枢素，自爱土物良。广厦延医师，药石嘘羸尪。余力博施济，振恤周遐荒。漫谓他人昆，我独敬梓桑。

抛球场

昔有戏马台，后世乃无闻。此地开广场，草色春氤氲。蹴踘亦古法，体育舒劳筋。树的相督校，汗走犹欣欣。兵固不可逸，习勤岂具文。

普济禅院

望厦访禅林，澳刹斯最古。懿哉迹删师，结夏静挥麈。沿逮嘉道闲，风雅亦萍聚。晚近何凋零，落叶冷秋雨。试绎法身言，皈依思净土。

大庙、风信堂

大庙最始建，岁首迎耶稣。前导十字架，僧徒持咒珠。蕃妇祈风信，亦如祠浮屠。鲸钟响鞺鞳，流声播海隅。神道以设教，华彝宁或殊?

大三巴门

乾隆全盛时，封禁唐人庙。畏怀岂无术，所贵树声教。一废不复兴，绿芜黯斜照。堂陊门犹存，雕石弥晃耀。靴帕迎汉官，故事足凭吊。

龙松庙、板障庙、疯堂庙

迹师惜宗教，翻羡礼拜频。吾乃厌侏儒，异服徒纷纶。龙松与板障，怪诞欺愚民。疯蕃亦修斋，岂足歆神明？吹万自不同，缦缦皆迷津。

小三巴寺

西洋测天象，学徒出三巴。利汤与南罗，厥名震迩遐。文物达上国，此邦为萌芽。今来观外库，斋舍弥足嘉。古画可犹存，俯仰一叹嗟。

（《澳门诗词笺注·民国卷·上》，第5—34页）

澳门寓公咏八首

海堧僻区，市尘坌集。然浏览群籍，不乏寓贤。虽遗迹多湮，而流风可溯。爰考梗概，纪以短章。怀古茫茫，聊志向往。

咸陟遗堂莫可寻，宗风衰歇怅而今。山河悟彻微尘耳，但得安居便死心。

北田高士记陈、何，放废佯狂自啸歌。为访遗臣游海外，漫天风雨泣铜驼。

世乱纷然道释儒，翁山痛哭泪将枯。双湾孤客凄凉甚，未是鸱夷泛五湖。

画苑人推吴墨井，生当明季是遗民。三巴小集分明在，只惜图缣付劫尘。

吾宗白岸本清才，画品诗心有别裁。笺杜成书都散佚，只凭张印获琼瑰。

晚霞万顷水晶宫，诗句奚囊字字工。琴剑南来已增色，况论风节更谁同？

竟向青洲访故碑，斯人怀抱亦嵚奇。画图可得谢公笔，空自低徊耆旧诗。

山堂造砖赵博士，道场拓碣冯龙官。百年寓公足怀想，闲披诗札搜丛残。

（《澳门诗词笺注·民国卷·上》，第35—43页）

竹枝词四十首

余为《澳门杂诗》，于此间风土粗志其略。尚有委巷琐闻，足资谭柄者，复得诗若干首。旅窗无俚，弄笔自遣而已。

笑煞江郎论徙戎，种多白黑与棕红。中华民气休轻视，三百年来守土风。

石色峰头似黑人，画师染墨写清新。闲居一饱盘涡饭，独自看山岸角中。

饮瓢喜有在山泉，傍海人家满载船。更向门前题井字，可应解唱柳屯田？

宛邱自昔咏婆娑，高会时时共蹋歌。百万羊灯千斛酒，红氍毹上美人多。

下九初三旧有期，登台奏乐集华彝。荷兰卜画南湾夜，按谱嘈嘈听鼓师。

胡琴蕃衲已寻常，笑我犹为居士装。却怪画楼帘十二，迎风幅幅绣裙扬。

南湾园里路逶迤，杨柳梢头月影移。几许喁喁儿女语，绿阴深处坐多时。

绿树浓阴绕屋庐，朝朝畚锸疈清渠。挑灯不复闻蚊市，清夜摊书乐有余。

依山高下起楼台，密簇蜂房户牖开。粉垩青红今异昔，几曾纯素绝纤埃。

菜把深情叨地主，寒儒风味几人知？园蔬篱豆加餐好，未要堆盘番荔枝。

海鱼不及江鱼美，虾酱奇腥不可尝。独有蚝油腴且隽，固应传咏到温张。

飙轮电毂走轻车，人面桃花一瞥余。最好松间明月照，乘风飞渡若凌虚。

市楼雅集厌嚣哗，小结园林海一涯。美酒蒲桃豪兴健，登盘催取网鱼虾。

葡妇披缁似翼舒，入堂礼拜挟蕃书。炎凉不改花氇旧，持较时装恐不如。

女郎齐送七香车，新妇裙纱曳地斜。签约讽经盹挚甚，岂容浪说自由花。

威容最是法王尊，衢路人知驾驷辕。一旦迁神歌薤露，黑纱素烛集诸蕃。

红毛、白头、西洋坟，衰杨萧瑟摇斜曛。从来墟墓足凄怆，何事游客常纷纷？

成佛生天事渺茫，可怜迷信自彷徨。但听蕃寺钟声闹，知有豪门上北邙。

弹棋六博剧欢娱，灯火楼台似画图。太息黄金掷虚牝，误人毕竟是摴蒱。

轻车衢陌响邻邻，钏动花飞夜达晨。未必投壶同玉女，却看迎送有香轮。

鱼黄虾白石螺青，缨络华满兰麝馨。如此风光好词句，倩谁低唱倚樽听？

精舍山阿十笏余，壁笺犹记听松庐。打钟扫地平生愿，乞借禅床此读书。

竹石清幽曲径通，名园不数小玲珑。荷花风露梅花雪，浅醉时来一倚筇。

托命嗟余白木镵，犹看汉腊用陈咸。筠筐馈岁沿街偏，蒸饼花饧翦翠嵌。

海澨居然古意多，元正跳舞效乡傩。莫嫌假面狰狞甚，真相从来世所诃。

献岁游人每塞途，烛银草锦拜耶稣。最佳风信堂前过，伏地喃喃有丽姝。

二月二日土神庙，三月廿三娘妈祠。箫鼓鸣春灯照夜，风光浑已忘居夷。

园林绝胜马缨花，赤日烧空翠伞遮。如此清阴宜小憩，匆匆莫过卓金车。

皮金翦纸作龙舟，铙鼓喧阗夜未休。吊屈遗闻谁解得，劳民糜费果何求？

种菊名称三月黄，黄花满插过端阳。无聊对此炎蒸景，何忍犹吟晚节香？

午暑家家每贮冰，日斜扑面海风生。交柯垒叶凉如水，人在绿天深处行。

绝妙天然士女图，纳凉石几杂尊壶。微吟金屐花鬟句，燕子谁家可识无？

榕叶垂门花作灯，绮罗香映月波澄。天孙妒煞鸳鸯侣，巧乞青楼恐未应。

中元节届谒先祠，冥纸家家尚孝思。愧我飘零未观祭，邻翁翻为馈香粢。

蟀盆起自半闲堂，海国争雄举若狂。我爱秋声帘底听，早将促织报村娘。

中秋寒意比残秋，倚竹佳人翠袖愁。一笑岁时本无定，观灯更似上元游。

重阳人上鸽巢亭，古树波罗礌砢青。尚记笛航生句好，拟寻石屋试观星。

潮流淤浅碍行船，新法机轮利浚宣。楚汉鸿沟纷建议，深心谁识《海王》篇？

界分南北混居庐，每阅残碑想古初。异域于今成乐土，诗人《硕鼠》恨何如？

世局沧桑一刹那，当年遗老渺山河。风流文采无人问，搔首斜阳感慨多。

（《澳门诗词笺注·民国卷·上》，第 45—69 页）

十一月澳门寄沈忏盦三十韵

握别晌逾月，论交记卅年。乱离仍道路，魂梦隔山川。酒侣黄垆旧，诗名白社先。将军油幕客，弟子玉堂仙。止水清无垢，拈花早悟禅。君才宁久困，我病竟同怜。绝笑蛩依駏，翻来螳捕蝉。劳生本萍梗，边徼况戈铤。钟虡无消息，衣冠有变迁。汉宫威尽失，孔壁策谁传？

避地俄三徙，行縢只一肩。潮声濠镜阔，月影鲎帆悬。赁庑身如寄，怀人眼欲穿。殊方欣邂逅，小住话缠绵。贳醉葡萄戋，听歌玳瑁筵。岑楼丹粉错，蕃妇锦裲妍。张印稽遗事，陈何溯寓贤。那堪言乐土，从自惜华颠。差得征尘息，何期归梦牵。相思红豆子，频寄碧苔笺。

种柳桓司马，登楼王仲宣。骚怀披薜荔，芳意记兰荃。怊怅黄衫曲，低回白纻篇。伤今情脉脉，追昔感悁悁。怕折红心草，愁凋渌水莲。卑栖甘濩落，元运岂迍邅。满目悲生事，惊心话里廛。可怜争鹬蚌，谁念苦烽烟。孤愤空浮海，离忧欲问天。风波何日定，伫望钓矶边。

（《澳门诗词笺注·民国卷·上》，第 69 页）

壬子春暮次忏盦韵二首

漫说并州是故乡，河山举目意偏长。鸽巢问竹谁为主？蛟石听松自在凉。每到酒阑思旧雨，况当春去惜斜阳。伤时清泪弹都尽，翻笑征尘为底忙？

浊流衮衮孰贤愚，洒祓清愁且公沽。自昔成名多竖子，平生著论号潜夫。何心异域谈芳事，有梦今宵返敝庐。遥指丹厓澹公塔，临风可许一参无？

（《澳门诗词笺注·民国卷·上》，第 75 页）

端午寄和丁潜客韵

怀沙纪节候，欲吊屈左徒。抚松眷乡土，言念汉杨孚。鹏抟六月息，岂复为南图？蘼芜采山上，凄恻感故夫。侨氓沿汉腊，艾蒜纷载途。居夷迹匪陋，求野道未殊。孑然待尽身，俯仰顾景孤。安得续命丝，空怀辟兵符。

荒岛抱一经，自甘山泽癯。角黍不忍餐，风雨愁江湖。炎飙夜未歇，槭槭听菰蒲。

（《澳门诗词笺注·民国卷·上》，第76页）

登白鸽巢山亭

海上波涛望无涘，天涯旅泊竟何之。独寻乱石丛篁处，谁遣寒芜落日时。飞鸟冥冥迷向背，临厓了了有安危。余生判就山中老，欲折蛮花意自迟。

（《澳门诗词笺注·民国卷·上》，第78页）

妈阁山麓禅房观天然老人为解虎监寺书直幅

西风乍吹凉，海滨宿雾净。瘆筇叩禅扃，泬寥惬清听。惊涛撼窗安，乱石支屋整。循廊蹋浅莎，拾叶烹苦茗。空龛忽异采，笔阵露骨鲠。伟绝瞎堂师，余事亦殊迥。风义怀胜朝，嵚崎最服岭。一登孝廉船，先忧景阳井。兴亡固无常，理乱觇有定。弃儒就缁林，名彦争礼敬。遂令沧桑余，大辟清净境。如何三百年，流风乃顿尽。披发无山人，乘桴浮海竞。俯仰人间世，凄凉万泡影。前尘忆风幡，胜迹镇濠镜。题诗一惘然，依恋佛灯冷。

（《澳门诗词笺注·民国卷·上》，第79页）

癸丑七月十六夕大风

万马声何急？惊心夜未休。涛喧疑裂石，风狞欲掀楼。燕雀飞应息，鱼龙梦亦愁。飘摇身世感，天地一虚舟。

（《澳门诗词笺注·民国卷·上》，第82页）

南湾树石多为风摧损赋视忏盦

南湾风景致足嘉，天容海色清无涯。夕阳驰道宝马疾，初月穹阁珠帘斜。昨宵澎湃闻惊讶，土囊乍决吹鹙驾。礌硠炮车翻地轴，势撼峦阜倾崯岈。羲娥蔽景冯夷怒，乾柱欲折霾尘沙。摧拉破碎安足计，夷者殡高高者洼。物象诡变在俄顷，蹙頞坐视难梳爬。百年经营一朝败，何啻急霰欺枯芽。

除旧布新岂云此，治艰乱易谁知耶？茫茫斯世一浩劫，梦梦者天空自嗟。居夷虽陋理则一，莫笑涩句同聱牙。

（《澳门诗词笺注·民国卷·上》，第 82 页）

丙辰二月澳门作

匆匆襆被晓寒凝，三宿浮屠感不胜。沧海横流莽何极，青山依旧好谁登？乱离废学怜童稚，飘泊无家得友朋。绝羡当年吴墨井，清斋有味寺楼灯。

（《澳门诗词笺注·民国卷·上》，第 84 页）

忏盦至澳匝月复返广州赋简

频年苦锋镝，岭海多凋残。苍穹胡弗仁，民命若草菅。既非博浪椎，复异酸枣坛。蛮触恣相争，漂血川成丹。蓬累吾远行，图作流民看。妄谓他人昆，暂谋尺堵安。

沈鬈此卜居，绕门树檀栾。绿阴却炎景，足慰行路难。如何陶泉明，饥驱忽兴叹。不期稻粱谋，乃以困孔鸾。布衣重风谊，素心盟岁寒。时穷守益固，根节在错盘。为问珠江头，秋水清几竿？安得归去来，啸咏敦古欢。高天杳无际，涨海潜生澜。芃芃翳枳棘，嶷嶷杂茝兰。怀哉慎餐卫，凝望烟迷漫。

（《澳门诗词笺注·民国卷·上》，第 85 页）

丁巳九月莘伯兄同寓蕉园

转徙复相值，乱离何太频。对床非昔日，听剑竟何人？兄弟犹余几，诗书自有真。漫为桑下感，且试瓮头春。

（《澳门诗词笺注·民国卷·上》，第 88 页）

庚申八月自万松岭循行至海滨

过雨洗幽厓，讨秋引微步。残蝉响深林，若为导先路。苍官不知年，万碧养风露。寒涛弄夕阴，浅绿沁衫履。意行径盘蛇，态闲岸翘鹭。微波豁如镜，倒影蘸烟树。安得荆关手，写此入缣素。荒翳海一隅，妙得山水趣。故园乔木思，怅然发深悟。苦乏二龙泉，尘烦涤肝腑。

（《澳门诗词笺注·民国卷·上》，第 88—89 页）

除夕二首

雅蒜浇泉具清供，晚菘烹雪劝加餐。一宵儿女团圞话，便作围炉老屋看。

响竹连晨沿汉腊，摴蒱满巷笑居夷。明朝但愿春风到，即是欃枪净扫时。

（《澳门诗词笺注·民国卷·上》，第 91—92 页）

乙丑重九日，偕吴澹盦、梁小山、金滋轩马交石登高，下至陶园小憩

索居容易又重阳，海角登临话故乡。杂树暗疑三里雾，乱流曲写九回肠。烽烟远道无消息，风雨归帆尚渺茫。何似当年陶令宅，荒篱犹有菊花黄。

（《澳门诗词笺注·民国卷·上》，第 94 页）

丙寅正月十三日娱园祝嘏，同集者八人，敬纪小诗，用甲子韵

此日蒙尘万乘身，祖宗厚泽与深仁。自忘天位真尧舜，谁佐中兴是甫申。养晦唯蕲勤典学，宸章早见劲通神。孑黎海澨无疆颂，时雨蓬蓬恋远春。

（《澳门诗词笺注·民国卷·上》，第 96 页）

三姝媚

丙寅，偕今婴登万松山。有紫花数丛，不知其名。询之花佣，言来自海西。以棠梨接之，花色益艳，因名以海紫杜鹃花。今婴绘图，寄词属和。依王碧山韵。

琼蕤笼绣葆。讶东风吹晴，落霞多少。姹影撩人，漫误猜、寒信雁来秋老。西域移根，才做就、盈盈轻小。几度销凝，鹳眼微舒，凤毛低袅。

倦客扁舟归早。忆野色林边，晴余残照。露泣烟唬，便梦飞天末，怎生抛了。一捻鹃痕，还惹起，伤春幽抱。望尽芳菲谁寄，丹青写好。

（《澳门诗词笺注·民国卷·上》，第98—99页）

蝶恋花

丁卯十二月，澳门病中作

蜃雾漫室吹不定。浮海年年，身世同飘梗。有客谈瀛多异境。藜床病眼谁堪省？　　归梦迢迢思越井。满地风烟，漠漠迷三径。经卷药垆销昼永。未妨腰瘦成孤另。

（《澳门诗词笺注·民国卷·上》，第101页）

辛未四月七十一初度竹林寺作

萧寺重来又一时，半天风雨正迷离。劬劳罔极思亲日，歌哭无端去国悲。自分浮生老江海，翻成浪迹混华夷。孱年浊世偏多病，冥想空山觅药师。

（《澳门诗词笺注·民国卷·上》，第104页）

丁丑七月，避地南湾，有烟水清旷之致，小楼面海，如舣舟湖山间，因榜曰“湖船簃”。姚叔约为作图，自题绝句八首，并寄崔伯越香岛

泛宅浮家已白头，避秦那复择林邱。水楼自署湖船字，不问杭州与越州。

雨洗浊尘清到岸，风筛乱叶静窥山。痴顽掣尽忧时泪，新占楼头一味闲。

眼看沧海竟桑田，三见麻姑讵浪传。风导潮声拍檐底，此身真入李膺船。

淳熙旧椠《梅谿集》，嘉靖元刊先德书。并与唐人写经卷，破窗聊以遣三余。

墨井、翁山旧寓公，荆驼抱恨古今同。岂知三百余年后，翻似《桃花源记》中。

短短匡床小小窗，听风听水剔残釭。分明郑侠流民状，却费丹青熊笛江。

崔驷珰札到东风，涨海荒山两病翁。一笑藜床惊断梦，只看雁字写遥空。

萧疏着墨不须多，山意荒寒几翠螺。它日归帆应记取，谱箫唯唱定风波。

（《澳门诗词笺注·民国卷·上》，第105—109页）

减字木兰花

丁丑七月，辟地澳门。偕沧萍过普济禅院，观憨山、天然、澹归、迹删、石濂诸名僧遗墨。藏弆阅三百年矣。

人间何世？为洒前朝遗老泪。冷蕨荒山，残墨凄凉那忍看。 怒潮呜咽，不管行人歌与泣。礼罢空王，闲恋钟声话夕阳。

（《澳门诗词笺注·民国卷·上》，第110页）

中秋寓楼写望，烽火仓皇，西风衰鬓，不知今夕何夕矣

小有圣湖趣，倚楼情邈然。山遥微点墨，水阔暗生烟。揽景非吾土，浮家各一天。悬知今夜月，无赖向人圆。

（《澳门诗词笺注·民国卷·上》，第111页）

重过卢氏园二首

卅载颓澜逝不留，此亭海上自千秋。荷花风露梅花雪，闲立斜阳话旧游。

广场自视等陈人，小有林泉意自亲。成就据梧嗒然坐，晚凉新荐碧螺春。

（《澳门诗词笺注·民国卷·上》，第120页）

楼头看月口占二首

药里绳床梦乍醒，望洋伺忍说零丁。谁教大好清宵月，复照珠江万骨腥。

海角蜗居苦行僧，万方多难况炎蒸。夜来书幌深深下，却怕姮娥照曲肱。

（《澳门诗词笺注·民国卷·上》，第121页）

戊寅腊尾，澳门桃花、桂花皆盛开，杂置瓶水中，以诗纪之

丛桂华于秋，夭桃华于春。况复岁云莫，尤拟于不伦。瞥眼二妙具，赏心骈枝新。冷摊获残瓦，位置手自亲。方今大道丧，神州将陆沉。《尚书》当藏壁，《论语》竟代薪。颇诧造物奇，似惜义熙民。小山赋招隐，寻源欲避秦。真想动冥悟，异趣成胜因。但期柯弗改，无闷生不辰。陶公亦有言，聊复得此身。

（《澳门诗词笺注·民国卷·上》，第122页）

题张仲球明经《因树园图》

因树以为屋，始汉申屠蟠。诡时乐遁迹，栖息取苟完。张侯澹宕人，平生敦古欢。邑里盛豪贵，不以利禄干。卜地二龙泉，结园三亩宽。百年乔木在，昕夕相盘桓。有堂可载酒，有池可垂竿。茂林与修竹，畦菊兼畹兰。蒙蒙罥绿烟，凉碧生昼寒。疏朴此真意，何事七宝栏？况复耽禅悦，佛火飘旃檀。悬想只陀林，亦作如是观。我来赁庑居，愧非梁伯鸾。劫余种树书，深谈吐肺肝。故园不忍忆，珠江流漫漫。大好井华水，披图味龙团。

（《澳门诗词笺注·民国卷·上》，第124页）

岐关车行·有引

戊寅兵灾，远近灾黎纷纷南来。辗转由旧香山县城附汽车至澳门，及赴香港。昼夜奔驰，情势惨迫。香山城土名石岐，南行一百余里，经莲花茎山下有关闸，入关即澳门，往来称岐关云。

西法汽轮通崄岈，濠镜雷转惊飞沙。风声鹤唳尤纷拏，车中黄童白叟兼稚

娃。骈首蠕动如穴蚳，蹲伏更苦若井蛙。近自广南乡邑接小艖。远或鄂渚湘水赣江来荒遐，羸骨垢面发鬖髿。困饿不得食，冲寒莫周遮，儿啼妇哭呼娘爷。问胡扰扰奔麏麚？为言达官拥纛牙。战略焦土摧枯楂，积骸成邱流血成川洼。赖兹轨线达海涯，驱使谓他人昆脱网罝。坚壁清野古所嘉，先自糜烂其民奚为邪？道旁病翁闻之长咨嗟，大地万物皆空何有家？独怜济人区区岐关车。

（《澳门诗词笺注·民国卷·上》，第 126 页）

任子仲新避兵到澳，未获相见。顷闻其转徙殁于顺德之乌洲旅次，不胜惊悼，哭之以诗

萍踪不相遇，之子念如何？岂意荒洲宿，忽闻蒿里歌。凄凉皋羽发，沉寂鲁阳戈。万感一时集，空山老泪多。

（《澳门诗词笺注·民国卷·上》，第 128 页）

乙卯正月十三日偕张闇公莲峰庙礼佛作·并序

庙在澳门莲花茎山麓。明季为栖壑和尚道场。旧名“慈护宫”。碑刻嵌壁。国朝道光十年，香山县知县钱塘许乃来援西岳华山庙例，题门额曰“莲峰庙”，相沿至今。有雍正十三年款识青花瓷炉瓶各一尚存。黄培芳纂邑志，及乾隆间张汝霖撰《澳门记略》均未载也。

草闲愧偷活，悃愊无自申。嘉旦趋琳宫，唯祈万年春。瓷青窑器古，髹丹题榜新。谁谓居夷陋，乃有法物陈。臣甫再拜诗，此中意苦辛。松花想滉漾，莲茎望嶙峋。我佛功德水，当为开迷津。愿燃无尽灯，永销浩劫尘。高僧不可见，梦雨飘芳晨。区区爇心香，敢诩多幸民。

（《澳门诗词笺注·民国卷·上》，第 129 页）

汪兆镛词选录四首

忆旧游·登韶州九成台

隐林梢半角，危榭荒台，踏碎凉烟。无限苍茫意，恰泠泠虚籁，飞到吟边。晚风暗吹双鬓，秋影不堪怜。念津鼓敲寒，邮灯煮梦，锁损华年。留连，感今古，问法曲南薰，遗响谁传？剩平芜残照，添数丝衰柳，摇落山川。怅触天涯情绪，凄咽答幽蝉。休更计明宵，疏篷冻雨人独眠。

柳梢青

雨暗烟昏，故园何处？花落成茵。几日离愁，闲抛笛谱，懒拂筝尘。尽教燕去莺嗔，休忘却、东风旧因。梦里还寻，愁边独写，忍说残春？

一萼红

访槐阴。共江湖老去，华发未胜簪。荒院钟声，疏帘烛影，相对炉篆烟沉。乍回睇、枫林月黑，叹渺渺、天际叫哀禽。楚些繁忧，汉台危涕，愁自登临。　　东海夕烽飙起，又兰枯蕙悴，浩劫惊心。哀赋黄旗，芜吟碧树，尘外幽梦谁寻？忍还念、山川故国，向滦水、遗事话辽金。只剩悲歌酒阑，卧雨灯深。

蝶恋花

霸气销沉山嵽嵲，望极愁春，春酿花如血。照海烧空夸独绝，东风笑客谁堪折？　　一片芜城都饱阅，火树年年，摇落清明节。听取鹧鸪啼木末，画情空忆山樵说。

（《岭南历代词选》，第 263—267 页）

附录二　廖平子澳门手抄抗战诗刊《淹留》作品录

（选自廖平子原著《淹留》，陈业东点校，澳门基金会2006年版）

（1）1939年2月16日发行《淹留》第一期

本期卷首有简短的《发起辞》。诗歌作品有：七律《间关》、五古《去国五首》、五古《白鸽巢公园四首》、七律《初得家书》、七律《隆冬一首》、七律《晚望》、歌行《殊死战》、七绝《忆得十首》。

发起辞

淹留者何？志无成也。读书无成，抗战亦无成也。然则将若之何？吾将以笔墨为原料，以诗歌为工作，身上百千万亿毛孔，一一放出无限光芒，以与敌作殊死战。内则加笔伐于魑魅魍魉，表同情于志士仁人，于是国魂指日以复，国难指日以苏。个人人格亦永永不令损失，以存天地正气。

间关

间关匆遽[①]更何之，采得芙蓉拟赠谁？萍实有情终霸楚，桑田无恙待真姬。苍烟变幻秋千里，故垒萧条月一眉。莫谓有家归未得，三春蜂蝶故园飞。

去国五首

马交衣带水，潸然亦去国。问我几时归，悲来语哽塞。锦绣话山河，弃躅

① “匆遽”，粤藏本作“匆迎”。

孰失德。守此一孤村，本意驱寇贼。屡战皆失利，村民实无力。世岂无贤豪，百虑冀一得。榬榬出门行，相逢皆动色。道有避兵人，呻吟卧荆棘。

我正出门时，东溪雨漠漠。野树正开花，群蜂争活跃。此境洵清娱，具见溪山乐。岂期气韵高，更证心头恶。群蜂乃送行，若与山花约。嗟哉数点雨，何苦今朝落。不愿离家乡，不愿离丘壑[①]。乃不得不行，甚似逃缯雀。寒藤隐高树，使我精神缚。一段辛酸味，从头直到脚。

出门何所事？深冀武力充。何意张巡谋，乃为房琯穷。昂藏七尺躯，肯为泣露虫。晞发弄朝日，一箭射当中。岂特勤加餐，披襟揽烈风。

错错盘陀石，朝昏坐几时。不知我去后，此石谁撑支？渔父惯招呼，扁舟为我移。去去不曾别，毋乃太差池。平日见畸人，畸人语行奇。忽然踪迹绝，鱼鸟亦怀思。帆樯续续行，好讯不嫌迟。勿污我溪水，勿紊我游丝。溪水秋不深，游丝不可麾。独叹篱边风，依然吹更悲。

雅爱采芦花，芦花故萧瑟。昨已采一丛，本以永今日。胡尘忽动荡，疏矣今复密。村境亦腥膻，此理想不出。妖魔互推许[②]，虱蚤区甲乙。哀哉我何辜，纷然入我室。

白鸽巢公园四首

浩浩长风鸣，此境良不陋。江山破碎后，意义谁参透。噍啁小鸟喧，从此增阒闹。苍鹰会高举，一击分昏昼。凉极渐有霜，冉冉盈怀袖。天意有时倦，人事忽奔凑。只恐互矜许，乃不知其疚。寂寂费沉思，陡觉心头绉。

① “不愿离丘壑”，粤藏本先作“不愿弃丘壑”，后改为“不愿背丘壑”。

② “互推许”，粤藏本作“互矜许”。

寻幽上碧丛，中有盘陀石。石畔泥已深，百千万人迹。我来更遨游，地逼天容窄。倘无奇妙景，何以舒魂魄。延颈望故乡，旋旋[1]群山隔。胡尘荡未尽，我实失良策。乡人盼我归，有似寒思帛。哀哉小战场，殷红[2]蔚成碧。

回首复回首，兴来若有思。万绿互蔽亏，此路不曾歧。天若慰畸人，云影光四垂。浩浩凉风合，秋意留一丝。我故[3]爱登山，栖山听更痴。胡尘倘荡尽，去去从此辞。剥复有妙理，时来我自知。笑语偶然息，心头会有诗。

坡陀一阵风，落叶如雨下。有意回枯黄，时机不我假。摧残本天心，此理休奇讶。独惜人事乖，乃不补其罅。行行韵自高，博得萧闲价。归来坐小窗，一卷支长夜。

初得家书

家书接到手频颤[4]，字体生疏孰署笺。蛇鼠纵横逢此日，山河光复更何年。狂风荡尽无余草，短笛吹残有咽泉。欲报一函作何语？孤灯寂寂照无眠。

隆冬一首[5]

隔江笳鼓逼隆冬，知是天心未放松。短被欲箍前夜梦，新愁已减昔年容。分无绝壑回胡马，安得温风慰元龙。莫谓有歌歌不得，愈经沦落见襟胸。

---

① “旋旋”，粤藏本缺一“旋”字。

② “殷红”，粤藏本作“殷血”。

③ “我故”，粤藏本作“我固”。

④ “手频颤”，粤藏本作“手微颤”。

⑤ 粤藏本仅题作《隆冬》。

晚望

胡尘莽莽遍天涯，旅客何年始放怀。涕泪满身衣带缓，江湖一夜信音乖。群山寂寂还相对，旧恨沉沉总未埋。家弟有书犹未复，何堪明月[①]上幽斋[②]。

殊死战

朔风烈烈山河老，胡骑斩人如斩草。就中激起奇男儿，剑气森森万松道。肉搏不藉鼓鼙声，举眼看天夜五更。前方魑魑鬼神叫，敌骑正自临边城。边城之高才十丈，恶木萧森山俯仰。暗中伏地作蛇行，头颅落地心乃痒[③]。试问俘馘孰最多？白面书生刀晃晃。豺狼之肉剧腥膻，割取一脔大如掌。

黑暗之中续续战，隔岸相轰不见面。东南西北血花飞，誓保山河志不变。新鬼潜逃故鬼走，巨憝已歼诛小丑。搀枪影晦[④]日月光，转弱为强此枢纽。有刀不杀自家人，有窍须明果与因。期果杀敌谁传薪，勒石燕然身后身。

忆得十首

忆得家山似画图，胡尘飘荡岂须臾。紫藤老屋书无数，可似从前安好无？

十载勤修种树经，满园芋栗向人青。近来岂止忧饥渴，万众无家忍独宁。

临行犹种几畦蔬，讵料仓皇竟弃诸。未悉畇怡亭畔路，有谁依旧事耕锄？

---

① “明月”，粤藏本作“凉月”。

② “上幽斋”，原作“满幽斋”，后改，粤藏本仍作“满幽斋”。

③ “心乃痒”，粤藏本作“心还痒”。

④ “影晦”，粤藏本作“晦昧”。

墨菊新含第几蕾？尚期[①]东暖可衔杯。主人与汝同零落，莽莽天涯首忍回！

东溪小艇认依稀，记得当年薄醉归。十幅布帆应寂寞，春来辜负锦鳞肥。

半亩榕阴好读书，耰锄有愿竟全虚。东风倘许怜清气，为阻胡尘入我庐。

木樨作蕊近如何？似有山神带女萝。东揭云旗西按剑，留将铁血障岩阿。

凿得圆圆一小汜[②]，寸鳞游荡沫微吹。伤心两月无甘雨，纵得生存境亦危。

海辐禅林是我家，舍为僧寺胜阛阇，他时收拾闲心绪，不许情根再发芽。

午夜遥闻犬吠声，纵非实逼也虚惊。窗前细雨双眶泪，似为离人滴到明。

著作、编辑、缮写、装订、发行人廖苹盦
每本定价国币五角[③]

（2）1939年3月2日发行《淹留》第二期
诗歌作品有：五绝《惜别五首》、歌行《哀江头》、五古《大寒节同诸公登万松岭》、七律《立春·戊寅十二月十七日》、五律《岁暮》（二首）、七律《戊寅除夕》、歌行《开岁》。

---

① “尚期”，粤藏本作“尚云”。
② “一小汜”，粤藏本作“一小池”。
③ 粤藏本无此两行。

惜别五首

别后曾几时，河山静无语。吹满一窗风，钛肾镂心处。

前有夜唬鸟，后有朝飞雁。去住两茫茫，往者不可谏。

清泪滴罗衣，罗衣故不煖。更吹一夜风，遑问愁长短。

秋风愁煞他，秋雨愁煞我。邻女不知愁，尽日拈花朵。

醇酒饮一斗，浊酒饮一杯。明月何时有？春风醉几回。

哀江头

筷子矶边[①]朔风澈，片片吹人肤欲裂。家家岁暮闭门居，将只旧恨微微说[②]。栖檐健羽冻不飞，路旁有妇泪沾衣。初尚盈盈小雨滴，浸假滂沱湿四围。初哭泪痕从眶出，再哭泪痕从肺溢。三哭四哭声渐低，泪痕化血萦双膝。而我宵深亦闭门，路旁怕有别离魂。风送哭声久不寐，黯黯西窗月又昏。开窗欲与斯人语，却恨茫然[③]不知处。为渠一夜不成眠，心头甚似遭霜杵。五更敲尽才辨色，忧虑攒胸足无力。冲前踯躅问行人，昨夜嚎啕谁则忆？中有邻童向我言，此人举动不堪论。言时以手指彼岸[④]，似明天地无余恩。我时目光如电转，直向斯人四边展。徒然黑影成一团，斗败公鸡丧家犬。遥遥窥伺[⑤]几行人，难得天涯有此邻。交头窃窃唯私语，似防灾祸缠其身。一人破格向我笑，言此神魂已出窍。无端[⑥]哭笑剧无常，幻

---

① 粤藏本缺“边”字。

② “将只旧恨微微说”，粤藏本作“心头有恨都难说”。

③ “茫然”，粤藏本作“茫茫”。

④ “指彼岸”，粤藏本作“指波浪”。

⑤ “窥伺”，粤藏本作“窥视”。

⑥ “无端”，粤藏本作“忽然”。

作狐鸣兼犬叫。或言博塞已寻常，千金丧尽佯颠狂。瞒得途人为援手，自有奇策行包荒。我闻此语多揣测，心头务使袪疑惑。正欲趋前问底由，谁知此妇真奇特。本来乱发绕双腮，轻轻一拨[①]黬尘埃。遑言美貌如花样，半是泥污半是煤。两眼愣愣[②]轻一叱：谁言我是罹奇疾？雌黄之口不足凭，世路悠悠恐不一。摴蒱一掷莽男儿，落拓无聊已背时。蛾眉岂可轻污蔑，误被冤诬惹恨丝。侬今且述侬身世，旧居三灶多援系。耕田凿井久安居，碗大葵花插村髻。谁知胡马逼人来，铁鸟轰轰日数回。初毁田园再毁室，灶下崩腾有劫灰。良人努力田间起，誓与倭奴搏一死。战壕几度气纵横，眼中突兀无余子。军容黯黯气腾腾[③]，突破重围第几层。岂知枭鸟啼深夜，剩有招魂一盏灯。大儿卓卓霞轩举，次男诚悫无诳语。三男爱国久忘家，四男终日筹粮糈。谁知一败更无成，兄弟相将地下行。长男一弹穿胸臆，正是宵深[④]夜五更。次男为救阿兄命，几度仓皇举枪柄。天崩地陷炮声摧，轻轻一命遭枭獍。三男至此恨填胸，誓杀倭奴不放松。国仇家难相奔凑，敌忾烈烈山重重。谁知战亦不得利，成仁取义皆完备[⑤]。双拳紧握赴疆场，直是一腔皆血泪。北风凛凛雪铺茵，正是男儿不顾身。四男从此遭星散，伤哉前敌更何人。家室已尽唯逃走，骨肉无存更何有？垂老何难死海隅，只因欲饮黄龙酒。初投亲属后邻家，十五盈盈月印纱。眷属已跻安乐地，谁将旧恨织年华。听侬惨语多不乐，睹此颠连心更恶[⑥]。屏诸门外藉何词，强捏污名易推脱。谓侬有病侬听之，谓侬好博侬不知。有儿殉国且如此[⑦]，无怪英雄只泪垂。微闻妙计安天下，凭河有志驱胡马。密云不雨更何为，岂彼兵多我独寡？家乡沦陷已逾年，入眼风光尽可怜。胡马

---

① “轻轻一拨”，粤藏本作“轻轻一抹”。

② “愣愣”，粤藏本作“棱棱”。

③ “气腾腾”，粤藏本作“更腾腾”。

④ “宵深”，粤藏本作“星沉”。

⑤ “皆完备”，粤藏本作“都完备”。

⑥ “心更恶”，粤藏本作“更心恶”。

⑦ “且如此”，粤藏本作“犹如此”。

奔腾[①]途已熟，胡尘飘荡更无边。倘无壮志驱回纥，何必强词夸战伐[②]。万家延颈盼铙歌，岂独思归有戍卒。暮年得阅旧山河，霜雪森森凛鹳鹅。汉家烟尘在东北，天山以外皆酣歌。初闻妇语心伤悲，再闻妇语乐不支。转眼阴霾渐消失，跼天蹐地将奚为。肃立江湄向妇礼，各有心怀都彻底。柔筋脆骨更何人？华胄不容遭丑诋。吁嗟乎！莫谓匹妇无全能，壮志矜矜迈塔层。纷纷小鸟休啁唧，管领山河有鸷鹰！

大寒节同诸公登万松岭

松岭何高高，十步九颠蹶。驮诗复驮愁，一气非两橛。前头风不动，后头松响勃。引得泉回头，忽然声又歇。嗟哉汝何物，汝乃山之袜。山趺藉汝蔽，不期露踝骨。春来何青青，蔚为鼯鼠窟。群鼠入域行，汝犹[③]恍以惚。我来已严冬，冬尽山花发。有草不知名，其香乃激越。举头望南方，烟云互出没。悠悠故山川，何为只一发。峰回得小径，此境[④]不可阙。独怪石嶙峋，有时如柱笏。岂真趋势利，总不忘勋阀。无怪称大夫，亟欲金门谒。我生甘淡泊，此来亦仓卒。纵使两忘机，未必不咄咄。只因国难深，愈增意突兀。山神若有灵，为我驱胡羯。

立春·戊寅十二月十七日

莽莽江湖又立春，大千忧恨总无垠。天心懒极难回冷，地轴将残悔作尘。四壁虫鸣空有意，一幡风动岂无因。床头旧梦何须忆，只忆江山付与人。

岁暮（二首）

笳鼓喧朝暮，匆匆岁又残。倘非拭涕泪，何故倚栏杆。笔砚还相慰，尊罍且自宽。盆花有幽意，汝亦耐清寒。

---

① “奔腾”，粤藏本作“纵横”。

② “夸战伐”，粤藏本作“夸杀伐”。

③ “汝犹”，粤藏本作“汝乃”。

④ “此境”，粤藏本作“此义”。

蜑雨随时长[1]，蛮风吹又来。腥膻何日尽，怀抱几时开？客梦褫还续，乡心往复回。山河刓渐尽，那得不徘徊。

戊寅除夕

莽莽中原岁又残，几番凄绝怯凭栏。不知故国苍茫色，欲上高层仔细看。乱后佳辰非易得，樽前白眼且相安。明朝采得蓬蓬意，未必雄心便已阑。

开岁[2]

昨岁开岁有佳句，佳处乃在驱胡人，岂知胡人忽然入我室，将我诗稿片片撕烂，有似翩跹蛱蝶嬉青春。今岁开岁又奚若？有句亦是驱胡尘。胡尘一日扫未尽，我志未竟，肩头无日不千钧。抗战空气遍全国，直从海澨凌苍旻。文字收功会有日，全民努力策动真精神。兽掌亦有爪，鱼鳃亦有鳞。我将爪鳞尽削去，会见瀛海生荆榛。彼昔有词还振振（平），彼昔有齿皆龈龈。而今无词复无齿，天南地北皆奔鹑。奔鹑奔何处？惘惘出京津。黄帝子孙不可侮，侮之直以螳臂挡车轮。长枪火剑何云锐，文人之笔直乃羽之凤毛之麟。烂醉高歌惊四邻，四邻起视天无垠。枯木逢春自然茂，孰为霖雨成斯因。吁嗟乎！山河旧，终维新；风雨晦，将逢晨。我家有肉复有酒，兴酣莫叹车辚辚。

著作、编辑、缮写、装订、发行人廖蘋盦[3]

（3）1939 年 3 月 16 日发行《淹留》第三期

诗歌作品有：歌行《春水曲》、歌行《举头望明月》、七律《闻雷》、五绝《燕子五首》、歌行《普济禅院观澹归和尚手迹》、七律《仲春十日得

---

① “随时长”，粤藏本作“何时长”。

② 粤藏本无此诗。

③ 粤藏本无此行。

雨》、七律《客至》、七绝《早春七首》。

春水曲

春风吹绉一江水，春月平均一万里。何期水月两茫茫，忧患攒胸百不似。边城何处有啼鹃？闻道鹃声化作烟。春水薄润非关雨，泪滴衾边如涌泉。年来饱阅溪山味，如此溪山焉可弃！如何一旦弃溪山，风尘澒洞无穷思。心头有愿吾岂奢，烟波深处可为家。酒盏诗篇[①]同一艇，此境何曾让若耶。岂知国运遭零落，胡马奔腾意萧索。几辈男儿仗剑行[②]，肯将顶踵归圈缚。出门一步一踌躇，如此荆榛何日除。紫藤老屋书堪忆，更有家园半亩蔬。村民与我情偏厚，樵父渔翁多好友。曾掉笭箵一小船[③]，馈我鲈鱼试新酒。每当风雨辄相思，尚否东溪理钓丝。菰蒲似可埋踪迹，入市鱼虾为汝危。胡尘有日驱除尽，鹿麋犹可舒情性。一篷榕阴好读书[④]，晚看溪月明如镜。去岁秋风送我行，今年春水却相迎。纵非赏菊陶彭泽，也是持螯阮步兵。旧曾相识蒲帆好，挂席南行却不早[⑤]。愿与蒲帆共岁华，管领春江直到老。

举头望明月

举头望明月，楼边冉冉窥天阙。田舍安全有几家？几度低徊意飘越。忆我昔居[⑥]拙置园，每当月夜激神魂。披衣拔剑婆娑舞，前无祖逖后刘琨。本期振策安天下，一枪一笔驱胡马。谁知胡马反纵横，万屋凋残无一瓦。苍天负我我负人，眼看群生泣路尘。纵非呕尽心头血，已是丝丝泪满巾。忽然又见团圞影，独自彷徨发深省。那知明月照何人，不辞劳瘁悬高岭。无

---

① “诗篇”，粤藏本作“诗编”。

② “几辈男儿仗剑行”，粤藏本作“男儿应当仗剑行”。

③ “曾掉笭箵一小船”，粤藏本作“曾掉烟波一小舲”。

④ “好读书”，粤藏本作“且读书”。

⑤ “却不早”，粤藏本作“恐不早”。

⑥ “昔居”，粤藏本作“深居”。

颜玩月匿东厢，却又难逃一片光。明知毛发都含疚，借问将身何处藏。月光浩荡山河白，尚幸娟娟不我责。趁前照耀故溪山，容余淬砺魂和魄。吁嗟乎！有月不应复有愁，乾坤浩浩山悠悠。抽刀可断东流水，何必关心五大洲！

闻雷

入春[①]七日始闻雷，颓废胸怀跃几回。鹦鹉未回唐社稷，骠骑应恋汉尘埃。飘摇似约三分柳，践踏当怜一片苔。莫听啼鹃归去急，故园依旧暮吟哀。

燕子五首

楼头小立，忽然燕子飞来。春光苒苒，而余去国亦已三阅月矣，不禁悲从中来。

燕子飘然至，知君亦避兵。向余无片语，当是泪纵横。国事同一哭，家书抵百城。春风如有意，犹恋汉旗旌。

最苦翛翛羽，殷勤向早春。剧怜瓯脱地，偏有未归人。擢发仇难数，覆巢恨未伸。昨闻邻右子，慷慨已成仁。

去傍依依柳，归随淡淡风。天心犹酝酿，我意正倥偬。多历头争白，长愁泪变红。春城谁负汝，一夜雨蒙蒙。

酒未因花酌，刀还带笑看。春巢谁稳护，热泪漫轻弹。夜回戏狐鼠，时危泣蕙兰。东风刚解冻，不虑客衣单。

① “入春”，粤藏本作“仲春”。

不尽呢喃语，怜余复慰余[①]。旧交零落尽，犹剩几行书。春老能愁蝶，家贫解捕鱼。闭门看鼠迹，灯火故徐徐。

普济禅院观澹归和尚手迹

吁嗟乎！兴酣余欲仗剑走沧海，寸寸斫断瀛东鲸。岂知时机有未遂，饱看岁序无日不心惊。同人谓我心头不宜再郁结，况值春色透帘旌。文人例爱[②]饱眼福，剧迹正好相骘评。是时轻阴正漠漠，引余直到禅房行。禅房寂寂更何有？几辈遗逸曾支撑[③]。澹归书法石濂画，笔势雄隽兼纵横。想见明祚正颠蹶，骄庸将帅气象徒峥嵘。四镇枉作南天柱，胡马奔腾肯与争？书生平日辄为人轻视，每当危难究竟谁回萦。饷械固无着，谋猷几变更。固知赤手未必可以挽颓局[④]，只此百折不挠之气大可与寇相击砰。堂堂大节直可贯彻千万代，岂等卑枝弱叶徒作一时荣？骤观手迹令我增感慨[⑤]，不知你我志气谁输赢。堂堂民国[⑥]未必等明末，只恨断送山河之辈犹享英雄名。万一神州沦陷尽，天津桥上谁复闻鹃声。大桥枉自明庚庚，小巫俦复惜前程。独漉翁山如可作，天涯预备为诗盟。否则画中二石（石谿、石涛）亦是奇男子，是我昆弟非父兄。倘或诗书之外有禅偈，一幡风动红鱼鸣。已舍园林作古刹[⑦]，何难遍地皆珞璎[⑧]。独惜国难不曾自此合，万方多难更觉心怦怦。嗟哉澹归千秋有令誉，倘经成佛可能微微还一瞪。看罢苍生复看我，落花满地苔痕生。吁嗟乎！四百年来马交久已成瓯脱，却留一淚正气西南擎。应知胡虏惯兴文字狱，缯缴之下[⑨]谁复有新莺。我

---

① “复慰余”，粤藏本作“更慰余”。

② “文人例爱”，粤藏本作“文人雅爱”。

③ “曾支撑”，粤藏本作“同支撑”。

④ “挽颓局”，粤藏本作“回苍海”。

⑤ “令我增感慨”，粤藏本作“令我神出窍”。

⑥ “堂堂民国”，粤藏本作“迄今民国”。

⑦ 粤藏本在“作古刹”之后有“谓拙置园”四字。

⑧ “皆珞璎”，粤藏本作“生珞璎”。

⑨ 粤藏本在“缯缴之下”之前有“倘能避地”四字。

于此时更想蓝田叔侯（朝宗[①]）冒（辟疆）之辈，犹有几分做作徒铮铮。看罢斯迹欲与僧人语，那知几辈皆心盲[②]。直叹精神亘千古[③]，亦同[④]腐草埋金茎。

仲春十日得雨

寻常一雨非容易，大抵天公已作情。二月柳丝徒黯黯，半帘花味尚轻轻。春衫典尽能支冷，旧恨抛残许再萌。垂暮胸怀犹勃郁，杜鹃休作断肠声。

客至

几人趁冷辄相过，争奈微尘[⑤]扑面多。天讨岂曾忘策画，野行焉复计蹉跎。新愁拟海徒增阔，旧恨镂心恐未磨。逸致似非容易得，夕阳先我到岩阿。

早春七首[⑥]

难得天涯有早春，却无佳酒赏芳辰。无端铸就茫茫劫，半是坑人半试人。

小鸟窗前掩卷听，摘余梅子太青青。群山已把家乡隔，越过群山更渺冥。

似喜还愁日欲曛，无边宿霭更难分。明朝缚尽江头草，仰看青天扫乱云。

万松苍霭到门前，似与畸人别有缘。莫遣离愁渡江去，至今紫玉尚成烟。

---

① “朝宗”，粤藏本作“方域”。

② “那知几辈皆心盲”，粤藏本作“庸知此辈多心盲”。

③ “直叹精神亘千古”，粤藏本作“极难精诚亘千古”。

④ “亦同”，粤藏本作“直同”。

⑤ “争奈微尘”，粤藏本作“正值胡尘”。

⑥ 此题共有七首诗，粤藏本缺第四至七首。

野燕低飞解傍人，小鱼出水更精神。如何悟得萧萧趣，画客曾为我写真。

不曾饮酒不听歌，生趣居然我独多。悟到心头无一物，三春热闹又如何。

斋头尽日萧疏雨，催长棠梨一树花。蛱蝶也知人意懒，轻轻振翅上窗纱。

著作、编辑、缮写、装订、发行人廖蘋盦[①]

（4）1939 年 4 月 2 日发行《淹留》第四期
诗歌作品有：七律《落花十二首》、七律《余意未尽，再成十二首》、五律《闻鹤四首》。

落花十二首

畸人偏爱惜芳菲，惜得芳菲事又非。柳絮岂应同荡漾，雨丝先自证霏微。丹枫秋老曾舒锦，粉蝶春残亦上衣。都是一般工点缀，东篱何事说暌违。

宛宛轻阴护绿茵，更添几片色弥新。游丝似可供先遣，弱絮居然作比邻。流水莫嗟三月暮，落红仍是[②]一家春。蝶蜂未许空相忆[③]，收拾芬芳尚有人。

东风几度趁欹斜，隐隐低栏是我家。惨绿不妨名士迹，断红犹认美人纱。更番烂缦铺成锦，千里翩翻变作霞。吩咐园丁莫蠲弃[④]，容当搔首数年华。

寂寂枝头送好春，能来能去更相亲。英雄老去无颜色，蛱蝶归时有主臣。

---

① 粤藏本无此行。

② “仍是”，粤藏本作“犹是”。

③ “空相忆”，粤藏本作“频相忆”。

④ “莫蠲弃”，粤藏本作“莫抛弃”。

燕啄乱红应历练，莺捎余艳亦精神。斋头更洒潇潇雨，送别如斯亦认真。

几番飞上美人头，尚说因风不自由。汉苑当年同灿烂，梁园今日剧温柔。何曾引领伤离别，正好牵裾问去留。三径自然存艳迹[1]，隔篱争奈晚风飕。

锦衣公子绣鞍过，正恨杨花扑面多。送别好凭三月鸟，系情应觉几茎萝。何时返树莺争问，异样成茵蚁或驮。最是赏心挑菜路，乱云低护硕人莪。

不曾飘荡[2]怨东风，尽在乾坤一气中。坠溷若逢铃拯劫，沁芳仍是水邀功。登天或许霞同绮，贴地依然锦作丛。尚有几分惜别意，子规啼彻月朦胧。

也应回首想前尘，漂泊当完未了因。入世早供蜂酿蜜，出尘仍佐草铺茵。文章炫烂酬知己，风雨凄迷忆故人。道是无情偏有意，惜春犹具旧精神。

锦绣丛中藉汝名，去来今日更分明。不烦王母传青鸟，会见《离骚》有落英。枝叶漫添离别恨，蝶蜂应作短长盟。功成一例[3]飘然去，胜似当年走狗烹。

便辞香苑去何之？来岁依然会有期。一任封姨多妒嫉，不随蝶姊懒腰肢。因风或许飐蛛网，有晕还当傍绣旗[4]。化作春泥谁赏识？些须心事自家知。

化萍飞絮本同工，只恨天心未变通。陌上昔曾归缓缓，枝头今竟去匆匆。搓残锦绣抛千里，扫尽胭脂置一丛。都是一般孩子气，枉夸造物意无穷。

---

① “存艳迹”，粤藏本作“留艳迹”。

② “不曾飘荡”，粤藏本作“不曾漂泊”。

③ “功成一例”，粤藏本作“功成一样“。

④ “傍绣旗”，粤藏本作“扑绣旗”。

门前骢马数声嘶，似怪当年夕照低。几片欹斜仍作队，十分哀艳总难题。甘心作茧蚕应老，有意乘风蝶未齐。但愿美人还一盼，香囊先贮锦屏西。

余意未尽，再成十二首

乱烟终日意蒙蒙，更有何人伫碧丛。若说成泥应有待，曾经作实[①]岂无功。娇娆但解怜颜色，台榭真堪[②]避雨风。借问此时零落尽，更谁沽酒慰残红？

似水年华历乱过，三春啼鴂夜偏多。生增弱絮随流水，会挈枯蓬上大罗。轻薄岂同闲粉黛？寂寥犹系故山河。年来空色都参透[③]，一苇何妨拟达摩。

碧桃为姊杏为姨，似此多情更让谁？缄恨岂烦红豆子，因风先上绿杨枝。佳人拈样差能慰，逋客伤春似已迟。独有一番真本领，飞来不亢亦不卑。

不须宋玉守墙东[④]，蝶姊多情梦已通。自有芬芳流祀代，何曾落拓怨苍穹。浮萍枉占三分白，夕照偏分[⑤]一线红。坠地几番疑雨点，栖迟犹具济时衷。

一阵香风扑绣帘，佳人枉顾意何嫌。容颜岂为[⑥]流光损？才调终惭[⑦]采笔添。自有坦途留阮籍，不因遗恨学江淹[⑧]。十分潇脱[⑨]真难得，前路何妨滞酒帘。

---

① “曾经作实”，粤藏本作“曾经作蜜”。

② “真堪”，粤藏本作“差堪”。

③ “都参透”，粤藏本作“都参遍”。

④ “守墙东”，粤藏本作“怨墙东”。

⑤ “偏分”，粤藏本作“偏多”。

⑥ “岂为”，粤藏本作“莫为”。

⑦ “终惭”，粤藏本作“休烦”。

⑧ “学江淹”，粤藏本作“说江淹”。

⑨ “潇脱”，粤藏本作“洒脱”。

荏苒韶光又一春，兰应无果絮无因。娇慵未必能胜酒，车马何妨[1]碾作尘。提挈风流应有日，主持栏槛岂无人？鸣鸠倘嫁东君去，妒妇滩头好问津。

黄鹂飞上绿杨枝[2]，点缀春光正及时。一寸山河一寸锦，十分妩媚十分痴。寻纵倘许凭青燕，结伴真当[3]觅紫芝。柳带自然萦不住，任他飞过水神祠。

宛转随风意未消，临歧空剩几声箫[4]。百双蛱蝶供驱策，廿四鸳鸯慰寂寥。风殢便移红叶渡，日斜犹傍绿杨桥。低枝昨日才分手，已令蜂儿瘦舞腰。

阿娇素性不禁风，欲立回黄转绿中。倘有恩情留舞榭，便将消息托飞鸿。东君拷艳几埋迹，词客腾章或有功。回首可怜杨柳岸，断霞明灭意无穷。

恶离爱合尽天心，曾否长亭玉斝斟。红雨愈增春浩荡，白萍曾慰客沉吟。今朝尽可随新燕，来岁真当返故林。桃叶有情还有意，最难皙置雨丝侵。

三春明媚汝偏舞，谁恼[5]倾城绝世姿？微妙且曾[6]空色相，去留何暇托言

① “何妨”，粤藏本作“何曾”。

② “绿杨枝”，粤藏本作“嫩杨枝”。

③ “真当”，粤藏本作“真应”。

④ “几声箫”，粤藏本作“一枝箫”。

⑤ “谁恼”，粤藏本作“谁负”。

⑥ “且曾”，粤藏本作“早曾”。

词。离魂草蝶[1]留余粉，出浴杨妃有剩脂。片片飞来春尚妒，劝君惜取少年时。

引领斋头日几回，每当热闹更低回。离离枝上皆余子，宛宛风前尽俊才。践踏只堪供骏马，淹留毋复计奇胎。莫言香园无消息，尚有余怀护绿苔。

闻鹤四首

五更梦醒，忽闻鹤声，恍如置身紫藤老屋，不知乃在筷子矶也。时为二月二日。

鹤是东溪物，如何亦访余？得非诸弟妹，托带一封书[2]？国难何曾灭，羁愁或有余。不知零落后，怀抱可曾舒？

昨日曾伤燕，今朝更晤君。自嗟孤僻性，不复怨离群。草木愁同腐，薰莸似未分。风前莫惆怅，送汝入青云。

静极还思动，鹤来且暂悲。春风怜傲骨，旧梦恋征旗。清唳超寰宇，奇愁损鬓髭。与君俱有感，真欲诉临歧。

一语诚难尽，伤时叫几声。知余异乡客，不愿诉离情。地僻忘今古，天寒忆弟兄。前方正激战，得汝慰云程。

著作、编辑、缮写、装订、发行人廖苹盦[3]

（5）1939年4月16日发行《淹留》第五期

---

① “离魂草蝶”，粤藏本作“离魂倩女”。

② “托带一封书”，粤藏本作“托带几行书”。

③ 粤藏本无此行。

诗歌作品有：歌行《壕上曲》、五古《哭刘一伟》、五律《寒食四首》、歌行《百粤将军歌》、歌行《催耕词》、五律《夜起三首》。

壕上曲

美战壕也。战壕愈多，抗战愈烈，胜利愈可期也。

汉家大将东出师，掘破昆仑八千里。山神黯黯魂欲断，眼中突兀奇男子。遥天耿耿长庚明，哑哑乌栖敌夜惊。浊醪落肚苦不寐，腰间轧轧霜锋鸣。壮者一跃如飞鸟，幼者初跃神魂小。老翁兴酣亦上前，铮铮铁骨精神矫。相将争上战壕来，血花历历染苍苔[①]。头颅几番如雨下[②]，青磷荡漾堆尘埃。东邻健男[③]胆不足，仓皇避难[④]来山曲。轰声幻作狂雷鸣，从此逍遥登鬼录。西家小弟号羸夫，地棘天荆泪眼枯。白日弯弓射妖狐，身是廛南[⑤]旧酒徒。自言田舍已荒芜，只有杀敌这一途。国魂借问几时苏，誓如李广平匈奴。壮哉战壕内，光彩昭百代。任是天昏鬼火青，到底山河增气概。有人问我几时归，答道："我固乐此神不疲。除非杀到敌人首低尻向上，千日万日皆戎衣。"壕宽只一丈，视作幽斋同俯仰。歌声直上干云霄，有生不到真虚枉。战壕倘使褒以舒，战罢心闲且读书。掉臂此间良不厌，干戈原是胜耕锄。吁嗟乎！古诗人悲塞下。塞下何曾有可悲？都是当时意识寡。我今壕上且为歌，从古男儿血债多。倘使人人尽低首[⑥]，无怪虏氛飞过河。

---

① "血花历历染苍苔"，粤藏本作"血花滑滑沾青苔"。

② "如雨下"，粤藏本作"疑雨下"。

③ "东邻健男"，粤藏本作"东家健男"。

④ "仓皇避难"，粤藏本作"几番避难"。

⑤ "廛南"，粤藏本作"城南"。

⑥ "尽低首"，粤藏本作"愿低首"。

哭刘一伟[①]

四座且勿喧，四座且勿哗。四座只管喧，四座只管哗。我谈节烈事，已见玉无瑕。昨得舍妹书，不徒闻迩遐。谓有刘氏叟，骂敌最堪夸。敌乃断其腔，掴面面三斜。须臾乃死去，血肉涂泥沙。将死气未绝，犹唤大中华。谓得最后胜，倭奴敢拦遮。原来刘氏叟，革命旧名家。与我同谱谍（同盟会），大陆起龙蛇。何期久伏枥，正乃不胜邪。此奇恶消息，伪耶抑真耶？

忆离广州前，与君还聚首。品茗海边楼，精神加倍有。谓敌不足畏，一例同猪狗。倘揭鲁阳戈，誓不居人后。何期言尚在，性命归乌有。常山云尚存，大节长不朽。

想见蓬勃心，想见攫拿势。有齿咬欲折，两足乱顿地。心中无别物，只有烈与义。任彼武器精，一例同儿戏。若与较精神，彼实居第二。只恨故山川，屡战皆失利。枕畔丝丝滴，原来皆血泪。一死亦已耳，此辱谁所赐。后方有男儿，雄心且勿坠。

有泪岂哭汝，直乃哭一般。百万良家子，杀敌几时还。男忠女节烈，塞满汉关山。似此犹不胜，天地亦惭颜。勿谓子孱弱，志气迈等闲。愧我竟去国，似欲逃时艰。此心汝亦知，何必涕潸潸。

寒食四首

寒食歧关路，匆匆大有人。胡尘飘荡甚，错落几晨昏。柳色吹将断，榆钱认未真。举棋犹不定，何以摈强秦。（英法合力抵御极权国，卒无结果[②]）

---

① 粤藏本无此题。

② 粤藏本作“谓英法合力抵御极权国，卒无结果事”。

家乡沦陷后，庐墓近如何？鼓棹人应少，毋劳春水多。江山由我负，忧患更谁磨。何日东溪去，依然着短蓑。

风雨尚疑秋，伤时已白头。惊魂犹历历，江水更悠悠。战伐浑疑梦，波涛欲洗羞。倘能驱寇贼，俯仰又何求？

断续江头客，知皆省墓回。愧余刚避地，愁绝纸钱灰。客路多明月，羁怀守绿苔。驱胡应有日，蛙鼓莫相催。

百粤将军歌

百粤将军镇南服，一任倭奴占山谷。极峰不责反慰留，引得千家万家哭。将军当日初典兵，博得雄才善战名。几辈同袍被击走，卓卓勋名[1]骄上京。极峰似感无攀附[2]，得君肝胆几全吐。权居高位寄声威，并且权宜通府库。将军对内有奇功，正值倭奴不放松。名都大半[3]皆流血，只有羊城未染红。将军俯仰弥得势，多威多福多援系。只手可热何足论，气焰真能横一世。倭奴诡计未曾忘，暗度陈仓[4]梦已偿。将军睡眼蒙眬起，十万貔貅无主张。不能委说[5]无粮械，不能推托[6]无关隘。按兵不动是何心，大好江山由汝卖！将军虽是疚神明，却未亏他万里程。无端弃甲[7]仍专阃，神鬼夜叫山河惊。吁嗟乎！立足疆场非易事，倘非幸运难得意。韩侯（韩复榘）刚弃鲁阳戈，已正明刑谁敢试。将军今日喜还愁，自我为之[8]不汝

① “卓卓勋名”，粤藏本作“卓卓威名”。

② “极峰似感无攀附”，粤藏本作“极峰此际无攀附”。

③ “大半”，粤藏本作“强半”。

④ “暗渡陈仓”，粤藏本作“暗袭陈仓”。

⑤ “不能委说”，粤藏本作“不能推托”。

⑥ “不能推托”粤藏本作“不能委说”。

⑦ “无端弃甲”，粤藏本作“一朝弃甲”。

⑧ “自我为之”，粤藏本作“我自为之”。

尤。夫人有法司财贿，何必惶惶失广州！

催耕词

当春耕兮！国民汝等当知举国皆胡尘，汝等当知万众皆呻吟。此时犹复不振砺，鬼不成鬼人不人。人人挥戈当然好，后方粮食尤当保。飞刍挽粟富军需，士饱乃能将敌扫。人人皆晓储糇粮，便同舍命赴疆场。锄头亦与枪同利，慎勿仓皇失主张。当春来，春雨足。眼看青葱一片田，种得千厢万厢粟。否则杂粮亦可备饥荒，豆芋瓜薯可并蓄。五谷不废稻粱菰，更有青青麦与菽。前方亟盼岁丰穰，后方有备前方强。一齐着手毋轻忽，神州准备纪功坊。来哉来哉且勿徐，汝喜巾车抑荷锄，家家仓廪须充实，慎勿稍形空与虚。鹁鸪鸪，催耕鸟。好鸟能啼三两声，啼醒人民功不小。一家无余粮，一家胥挨饿；一国无余粮，此国终当破[①]。欲想家强国又兴，农夫有谷须勤播。妇女不识耕，只管埋头织；儿童不识耕，读书先努力。国家会有用汝时，百般巩固增颜色。勿懒勿懈[②]勿颓唐，能勤能苦能储藏。有一于此无不胜。何必万马皆腾骧。

夜起四首

夜起刚闻鹤，余寒尚绕衣。春深常抱病，只有觅当归。世乱人偏老，年荒鼠倍肥[③]。多情唯柳色，黯黯护旌旂。

瓮米愁将尽，偏闻鼠啮声。天当回泪眼，余忍负诗名。春薄能胜酒，愁长已启程。悠悠风更雨，只管扑帘旌。

客路多情绪，如何只恼春。且蠲新感触，一振旧精神。花落蛱仍在，途穷

---

① “终当破”，粤藏本作“终须破”。

② “勿懒勿懈”，粤藏本作“勿懒勿惰”。

③ “鼠倍肥”，粤藏本作“鼠独肥”。

意更兴。倘须闻塞笛，我是过来人。

花落无人惜，偏来踏碎红。只当培短栏，何敢怨罡风。鹏运三千里，兰香一力丛。只今姑寝息，明日计天功。

著作、编辑、缮写、装订、发行人廖蘋盦[1]

（6）1939 年 5 月 2 日发行《淹留》第六期
诗歌作品有：歌行《鸟语》、歌行《缝衣歌》、歌行《垂老别》、歌行《伤春》、五律《盼绝》、七律《思归》、七律《野意》。

鸟语

鹁鸪鸪，鹁鸪鸪，鹁鸪鸪。平时夫唤妇，急时妇唤夫。山河破碎日将晚，一发中原望欲无。骁骑直走南山道，莽莽胡尘今尽扫。枉汝全倾一国兵，休动神州半茎草。鹁鸪鸪，笑绝倒。

不如归去，不如归去，不如归去，他乡虽好难留步[2]。莽莽中原是我家，雨丝风片连朝暮。仗剑挥戈不让人，却令满地皆胡尘。更番避地缘何事，岂无劲节凌松筠，不如归，将敌扫！胡骑真同狗与猪，大好江山能再造。

行不得也哥哥，行不得也哥哥，行不得也哥哥，舍南舍北青山多。倘使人人尽离去，毋怪虏氛飞过河。汝不他行我亦返，客路不妨春畹晚。故园方唱进行歌，踏上征途应不远。哥哥今日不轻行，弟弟挥刀[3]斩巨鲸。相将引满一杯酒，先复新京后旧京。

---

① 粤藏本无此行。

② “难留步”，粤藏本作“难停步”。

③ “挥刀”，粤藏本作“挥戈”。

姑恶，姑恶，姑恶，姑本不恶，妇实孱弱。好将情性互调剂，支持门户勤操作。男儿既肯疆场行，母与妻兮都有荣。何必口角相喧争，误却征人万里程。姑不恶，妇更乐[①]，楼头静听凯歌还，惊起檐前夜栖雀。

婆呵，婆呵，婆呵，汝等儿孙[②]有几多，可曾杀敌赴交河？冲锋自是男儿事，慎勿哆口谈平和。老人能知杀敌好，少年侍敢不倾倒。挥戈逐日日渐低[③]，上国声威真浩浩。婆呵，婆呵，快起来！前方隐隐鸣春雷。明朝痛饮黄龙酒，割取神山作酒杯。

缝衣词

东邻小女学缝衣，宁使窗前罢机织。西家[④]小女学缝衣，有时匆遽忘朝食。缝衣试问赠何人？万众一心抗暴秦！霜威烈烈[⑤]寒侵骨，壮士军前多苦辛。膊肩未曾暖，却感衣裳短。朔气森森杂战声，关山几度神魂断。捱饿汝为谁？得非祖国遭凭陵。挨冷汝为谁？得非危难万千层。舍生取义投民族，民族当然为汝矜。穿一针，牵一线，绵薄何曾抵雪霜，但教意蕊吹还遍。敌骑来，须抵抗，家山[⑥]畀汝一戎衣，便把精神全给汝[⑦]。试问[⑧]四万万众同此一精神，气魄当然慑敌人。哀兵所至目尽瞋，大刀砍落血花匀。寒衣今日去，露布明天归。人人脸上生光彩，前路征夫洵不迷。缝衣复缝衣，征战无了期；缝衣复缝衣，英雄报国时。汉族无英雄，久矣遭陵

---

① “妇更乐”，粤藏本作“妇弥乐”。

② “儿孙”，粤藏本作“孙儿”。

③ “日渐低”，粤藏本作“日渐昏”。

④ “西家”，粤藏本作“西邻”。

⑤ “霜威烈烈”，粤藏本作“霜威冽冽”。

⑥ “家山”，粤藏本作“家家”。

⑦ “全给汝”，粤藏本作“尽给汝”。

⑧ “试问”，粤藏本无此二字。

夷。一朝复振砺，勉力同驱驰。在昔女儿甘罗绮，今日女儿爱弓矢。寄把寒衣且自来，不杀倭奴心不死。欲把神魂寄在针锋上，浩荡胸怀兀相向。铙歌初罢月光低，女儿更觉声悲壮。缝罢刚刚听远笳，一心报国无拦遮。但期匹马横戈出，杀敌归来日未斜！

垂老别

四座且勿喧，听我一歌垂老别。垂老不是服贾牵车牛，临歧特与妻孥诀；垂老不是有意干诸侯，苏秦刺股曾流血[①]。原来此老愤发起，疆场誓把国仇尽昭雪。此等气概此等情，不愧中原大豪杰。老翁亦有妻，老翁亦有儿。老妻闻语笑嘻嘻："汝今一去将安之？虽然匹夫自有责[②]，国仇不报生何为。只因饱阅年华身渐老，星星白发如蓬葆。筋疲无力荷干戈，何能疾走南山道？不如将此责任付长男，长男战术夙曾谙。挥戈大可前方去，杀贼杀到星斗南。否则次男有力亦如虎，冲锋亦可[③]随笳鼓。生男破敌父有荣，何必亲身事行伍？"老翁听罢笑微微："此论真真与我违！孩儿杀敌孩儿事，亦如劳燕不同飞。汝今说我老无用，重围尚可雕鞍控。寻常一饭完豚肩，浊酒千杯真快痛[④]。可惜壮岁不曾赴疆场，斩将搴旗愿未偿。雄心此际犹郁郁，何日得亲刀与枪！任教活到三万六千岁，不经战阵心不遂。多福多寿仍然[⑤]是夭殇，暮年杀敌方许称人瑞。"儿孙闻翁行，安排玉糁羹；亲戚闻翁行，饯别调银筝；闾里闻翁行，妇女皆震惊。还有毫无志气羸男子[⑥]，自翁一去[⑦]雄心萌。老翁此时[⑧]一手携其妇："汝亦应当饮我

---

① "垂老不是服贾牵车牛，临歧特与妻孥诀；垂老不是有意干诸侯，苏秦刺股曾流血"两句，粤藏本之先后顺序颠倒。

② "匹夫自有责"，粤藏本作"匹夫有责任"。

③ "亦可"，粤藏本作"大可"。

④ "浊酒千杯真快痛"，粤藏本作"浊酒一杯诚痛快"。

⑤ "仍然"，粤藏本作"依然"。

⑥ "还有毫无志气羸男子"，粤藏本作"还有几个毫无志气羸男子"。

⑦ "自翁一去"，粤藏本作"自翁去后"。

⑧ "此时"，粤藏本作"斯时"。

一杯酒。少年不别老更离，莫令你我同衰朽。方今祖国正颠连，神州有恨真难填。一人恇怯万人缩，华胄当然杂毳膻。”老妇闻言多感触：“杀敌非君真莫属！”代肩行李出门行，直送良人过山曲。

伤春

湘竹帘内①子规声，湘竹帘外②子规魂。子规啼月月愈冷，十万鬼影吹到门。灯前有客摊书坐，人与影儿成两个。人儿饶恨影饶愁，千推万勘何曾破。时虽三月可曾春，春应旖旎无不新。春光岂独回新绿，春风大可怯胡尘。以此看春春寂寞，阳春有脚何曾脚。徒有莺儿泣落花，花蛱直向窗前落。踏春枉说遍郊坰，只有悲歌③许共听。笳鼓尽堪催岁序，风云④澒洞昼冥冥。落红正拟⑤随飞鸟，却奈鹃声不可晓。莫说啼鹃太薄情，血痕可把山河绕。东风漾漾柳依依，何日征人有梦归？归来纵解怜深意，乱红零落夕阳微。开帘只管⑥微飏人，饱阅山河同一泣。蛱蝶翩跹解傍人⑦，却嫌背后胭脂湿。衣带应怜日渐宽，莫云春事不相干。花前且饮一杯酒，来日应知更大难。隔岸相看唯柳眼，颜色新鲜染图版。啼痕吹上绿杨枝，游丝已断⑧谁人绾。浩荡离愁日未斜，雨丝争护野人家。劝君且勿轻抛弃，廿四番风到楝花。

盼绝

盼绝前方信，将然似又疑⑨。乾坤双眼泪，只有夜灯知。山鬼嬉明月，草

---

① “帘内”，粤藏本作“帘外”。

② “帘外”，粤藏本作“帘内”。

③ “只有悲歌”，粤藏本作“耳畔悲歌”。

④ “风云”，粤藏本作“风尘”。

⑤ “落红正拟”，粤藏本作“落花尽拟”。

⑥ “开帘只管”，粤藏本作“开帘尽有”。

⑦ “解傍人”，粤藏本作“解媚人”。

⑧ “游丝已断”，粤藏本作“游丝历乱”。

⑨ “似又疑”，粤藏本作“却又疑”。

虫忆旧时。相逢未归客，日暮意迟迟。

归思[1]

东溪初泛木兰桡，地有垂杨一万条。春末鱼虾随水上，乱余儿女背人娇。莺啼似感容颜老，酒醒方知意味迢。极笑一般撙阘性，秦人坚拒楚人招。

野意[2]

二月东风扑面生，短桥仄仄乱云平。隔溪小鸟如相识，待我行来叫一声。几番吟过楝花风，燕子西飞倏又东。最忆西溪寒食日，轻烟漠漠雨蒙蒙。

著作、编辑、缮写、装订、发行人廖苹盦[3]

（7）1939 年 5 月 16 日发行《淹留》第七期
诗歌作品有：歌行《无家别》、歌行《浮家叹》、五古《夜雨由新桥还归筷子矶》、歌行《春虫叹》。

无家别

无家别，无家别，勿令两眼流红血。乱世无家胜有家[4]，呆守门庭极迂拙。铁鸟轰轰日数回，几家休炫好楼台。百年建筑须臾毁，避地难携一撮灰。兄弟妻儿同一哭，旧梦[5]黄粱今已熟。筐箱仓库尽沦胥，饿极难圆一碗粥。幺童骑犊返桥西，睹此颠连首亦低。忽然又复呵呵笑：“境自迷人人不迷。人生到此诚悲痛，浑如一榻春婆梦。何不趁此时机复国仇，胜似徒为造化相愚弄。”阿兄闻此言，殷勤觅佩鞬；阿弟闻此言，髀肉手频

① 粤藏本无此题。

② 粤藏本无此题。

③ 粤藏本无此行。

④ “无家胜有家”，粤藏本作“故家胜有家”。

⑤ “旧梦”，粤藏本作“一梦”。

扪；老父闻此言，长髯一笑掀。还有几辈妇人正哭泣，雄心勃发忘啼痕。相将次第抽身起：“我等今朝真别矣！但期别后你我不相忘，精神活跃枪林里。”敌骑来，敌骑来，土贼乘势扬尘埃。天昏地黑无人影，只有鹃声[①]鸣古槐。敌酋下令勤搜索，不管粱菰兼菽麦。不管鸡豚与犬羊，不管衣裳与巾舄。最好十八盈盈好女儿，黄台瓜熟子离离。否则徐娘亦可供一摘[②]，不分美恶与妍媸。纷纷正自相追逐，忽然烈弹来山谷。前驱几个莽男儿，后有婆娘势急速[③]。见敌犹如虎见羊，奋爪一攫勾其肠。又如苍鹰下击[④]九头鸧，羽毛狼藉神魂伤[⑤]。攻其无备出不意，伪倭似与真倭异。伪倭被创双手高拱如双螯，真倭畏死却又频频首顿地。此际何曾阻却英雄杀敌心，引吭一叱声鸣喑。不攻以水攻以火，今日虾夷遭釜鬵。就中几辈还呻吟[⑥]，希图脱网[⑦]归长林。来时声势一何锐，忽然坠地无余音。如此勋劳谁建得，回思当日凄凉极。无家别后事戎行，一心冀壮山河色。无家造成几个奇男子，无家弱女亦可光青史。倘非一弹蠲除劣根性，不是醉生仍梦死。倭兮倭兮，汝之炸弹何苦来，莫诩轰声有似鸣春雷。摧人一屋包管增加敌忾千万丈，死人一命反令父子兄弟杀敌心花开。万众一心齐御侮，不受摧残不鼓舞。最怕纯然恬静无波澜，只合安乐忘辛苦。无家无家大有人，起来毋复再逡巡。越经危难心弥壮[⑧]，愧绝丝丝泪沾巾。

浮家叹

倭奴驾铁鸟，飞来三角洲。三角洲中多富庶，投奔无路凄咙喉。闻道马交

① “鹃声”，粤藏本作“怪鸟”。

② “供一摘”，粤藏本作“供一攫”。

③ “势急速”，粤藏本作“更急速”。

④ “苍鹰下击”，粤藏本作“苍鹰猛击”。

⑤ “神魂伤”，粤藏本作“神沮丧”。

⑥ “就中几辈还呻吟”，粤藏本作“还有几个仍呻吟”。

⑦ “希图脱网”，粤藏本作“希冀脱网”。

⑧ “心弥壮”，粤藏本作“心愈壮”。

石，可以羁尘迹。扶男带女[1]且自来，间关正欲求安宅。老妇不能前，骑上人背如鞍鞯；儿童不能前[2]，强拉其手[3]如羊牵。还有少妇不能走，泪湿毛巾频掩口。丁男气力虽有余，安闲已惯难持久。相将欲上[4]岐关车，岐关之路多泥沙。车辆已经少，行李乱如麻。百千万众如栖鸦，东南西北无枝丫。爬上车沿车已斜[5]，猛然坠地如匏瓜，古今最苦唯亡家。莽莽前山路，颠蹶才十步。忽然铁鸟又飞来，仓皇一跌一回顾。本期走到濠江隈，自有亲朋借酒杯。谁知几处[6]皆星散，鹊巢已谢[7]鸠始来。梁鸿赁庑本闲事，却怜入市无余肆[8]。搔首仓皇只问天，欲求安顿真无地。一家数口托何方？客路西风夜倍凉。幸有扁舟可租贷[9]，娇妻权作疍家娘。从此逍遥水一曲，春江满泛烟波绿。只恨家乡没米柴，寇来寇去争凌辱。午夜风狂水拍天，吹遍南边又北边。船头趺趺同奔马[10]，船尾飘飘如纸鸢[11]。举家慌极急相抱，扶得东来西又倒。叔世居然大被眠，不问哥哥和嫂嫂。入艇初时怕作蹲，谁知日久忘来源。见人只管竖双膀[12]，赤足褰裳礼数尊。问君何苦入幽谷，都为倭奴频杀戮。千辛万苦走江湄，一线希期保家族。虽然有艇可藏身，未审何时靖虏尘。倘使淹留久居此，便已无形作疍民。吁嗟乎！须知浮家泛宅几侪辈，都是前朝俊与乂。宋明当日弃中原，便逃海澨

① “扶男带女”，粤藏本作“扶男携女”。
② “儿童不能前”，粤藏本作“小儿不能前”。
③ “强拉其手”，粤藏本作“猛牵其手”。
④ “欲上”，粤藏本作“争上”。
⑤ “爬上车沿车已斜”后，粤藏本有句作“顾得老来幼又哗”。
⑥ “几处”，粤藏本作“几辈”。
⑦ “已谢”，粤藏本作“已尽”。
⑧ “无余肆”，粤藏本作“无完肆”。
⑨ “可租贷”，粤藏本作“可租赁”。
⑩ “同奔马”，粤藏本作“如奔马”。
⑪ “如纸鸢”，粤藏本作“同纸鸢”。
⑫ “竖双膀”，粤藏本作“翘双膝”。

甘蒙昧。莫言疍户蠢如驴，乃祖身居[1]朝右或且执金吾。一徙忘世系，再徙忘规模。三徙四徙忘知识[2]，任人马唤兼牛呼。吁嗟乎！汝辈当求早恢复，莫惯乘桴不想陆。海国多添鼓枻民，到底终非山泽福。快呵快呵快起来，时危端仗出群才[3]。隐忍一时羞百代，前人纰缪后人哀。

夜雨由新桥还归筷子矶

狂风吼江皋，千万人辟易。雨点大如拳，专打未归客。我今亦未归，当难逃一掴。问我今何为，异地久安宅。倘非甘沦亡，何以无一策？行行且自想，冷汗湿双腋。人与鞞鼓连，我与鞞鼓隔。不特无志气，并不知爱惜。天地不我谅，雨师来指摘。山川不我谅，无端降霹雳；鬼神不我谅，怪枭时一吓。知交二三子，时危且诱掖。谓我能宣传，已尽匹夫责，讵反触我羞，羞极[4]两面赤。他人剧扎挣，我反成舒适。纵有苏张舌，恐难明心迹。我正一路行，雨乃一路沥。昔时路何宽，今夜路何窄。得非心自疚，十步九逼迫。步履正跄踉，忽有物阻隔。谁来恶作剧，又欲将余扼。细视笑不禁，原来乃一石。

春虫叹[5]

廖子挑灯坐，忽闻虫语响。本来天以鸟鸣春，何为汝亦声三两？大抵天公已背时，寒燠失序不相师。人事当然互颠倒，一切动植差毫厘。不观烟际树，何曾有子规，不观池塘里。何曾蛙蛤累？汝意得毋以为彼辈皆梦梦，特为庖代完声施。岂知好逞聪明亦与放弃等，过犹不及同支离。细核汝形容，既非促织亦非蟀；细听汝鸣声，非角非徵不叶律。大抵汝挟一种招摇尝试心，稍窥罅漏便演玄虚术。否则由秋及冬大可鸣到透，何为今日乃始

---

① “乃祖身居”，粤藏本作“乃祖当日”。

② “三徙四徙忘知识”，粤藏本作“三徙四徙并且忘知识”。

③ “时危端仗出群才”，粤藏本作“危难正仗出群才”。

④ “羞极”，粤藏本作“羞时”。

⑤ 粤藏本无此诗。

声萧瑟？应知我书斋，不特诗书笔砚久安排，不特悲欢离合皆包括，不特胸中明净无烟霾。汝施些须手段难使余激刺，除非联合龙吟虎啸来天阶。汝自苦鸣我自睡，物感两字毋复悬胸怀。要之汝自有窟穴，三春何苦仍呜咽。趁此风和抱落花，好把凄凉轻一揿。春虫闻我言，果然沉寂不声喧。其实当时我正忧思切，故作镇静縻心猿。天翻地覆孰有如今日，稍一涉念大可失神魄。鲁连曾蹈海，精卫解衔冤。倘使我更轻轻为物动，悲欢无定尚有余力回昆仑。些须小虫可以验造诣，王猛之虱不妨扪。世间不少奇男子，慎勿容易拭啼痕。

著作、编辑、缮写、装订、发行人廖蘋盦[①]

（8）1939年6月2日发行《淹留》第八期

诗歌作品有：五古《前山》、五古《北岭》、五古《高沙》、歌行《送春》、五古《雨中望湾背诸山》、歌行《赤女行》、歌行《月夜漫行筷子矶》、七绝《弈六首》。

前山

异地久栖迟，忽履中国境。前山山不高，苍翠透衣领。上有群峰蔽，下有群湍骋。虽然非伟大，位置殊井井。十邑九沦亡，刁斗凄以警。只此尚安然，苍生喜有幸。我久居殊方，我久违村景。心无一日乐，闷极肝肠梗。不知何日归，东溪浮舴艋。人得山川助，我被山川屏。自疚还自怜，百虑攒俄顷[②]。归时值微雨，雨后[③]尘埃静。亦如天讨严，虾夷不复逞。

① 粤藏本无此行。

② “攒俄顷”，粤藏本作“煎俄顷”。

③ “雨后”，粤藏本作“雨过”。

北岭

北岭一泓水，涓涓流不已。我正急沦胥，何为复来此。碉楼高十丈，浸在[1]苍烟里。小丑偶跳梁，当然不敢跂。民族互相持，或者终难恃。古胜人以德，今胜人以技。机械倘精良，恣睢亦可喜。否则任推移，丧亡无日矣。我久居村落，朴俗多兰芷。时危有敝庐，庇根思葛藟。何期烟际树，不能拦封豕。仓皇走殊方，凄绝濠江水。江水故深深，不如北岭阴。复我家和族，倦鸟思返林。

高沙

踯躅过高沙，不禁吞声哭。我是无家人，忽然伤草木。草木故森森，葱茏荫茆屋。不知此扰攘，能蒿几回目？我思赁一庑，弹琴奝山谷。春光信冥冥，岁序仍肃肃。东溪有酒饮，东溪有书读。只恨已沦亡，何时恢以复。村愈小愈佳，只求容饘粥。寂寂水云乡，清泉常可掬。

送春

风尘满地春容瘦，来太匆匆去亦骤。忽然又到楝花风，雨丝终日来挑逗。畸人闻说春将行，准备送春不计程。左挈落红千万片，右挹啼鹃三两声。春光原是女儿变，寻常不露娇羞面。不料怜他尚有人，相看喜极还成颤。隔岸莺儿泣落花，鹃儿亦似余无家。早知春去如斯速，悔不关心认物华。开帘尚有微飔入[2]，却怪斯人频啜泣。难道伤心非为春，别有深情尽呜咽。春光无谓更撩他，去去来来汝亦多。虽然感觉关山远，昨日柳花还过河。时危倍觉春光贱，一统山河经百战。愁里看春不见春，纵使看春春不见。春光未必太无情，却奈箍春计不成。最好山河早完整，再迎春色到帘旌。浩荡离愁春畀我，春亦自嗟成坎坷。趁此时机略变更，胜似寥寥守花朵。畸人应亦奋精神，誓将铁血靖边尘。家山若许轻抛弃，纵解怜春亦负春。

---

① “浸在”，粤藏本作“半浸”。

② “微飔入”，粤藏本作“东风入”。

雨中望湾背诸山[1]

青山如佳人，各具好颜色。不因居遐陬，便无吸引力。我尝闭目想，几处遭冤抑。西湖比西子，层层互压逼[2]。小姑嫁彭郎，本来已奇特。却又不到老[3]，遍地皆荆棘。屈指数尤物，大半伪鬼蜮。名士与红颜，居然共通塞。湾背幸有山，山山拱南国。海澨常多雨，雨后山容墨[4]。诸山有奇功，能回铁鸟翼。诸山有奇态，别具笼筵式。只此足自豪，何必加粉饰。我来望诸山，诸山真奇极。有时藉烟雨，精神反自匿。有时趁月光，坦坦明胸臆。大抵能动人，别自富幽默。看谁能领会，便抵清虚域。不惮湿衣裳，踯躅青洲侧。

赤女行

东村有赤女，二十未嫁夫[5]。只因赤女貌赤黑，见者失笑行避途。父母既羞且复愧："门楣得汝添疵累。"只许厨前事爨炊，旦自操劳夕则睡。赤女之姊颜如花，嫁得夫君更足夸。夫君之貌如张绪，夫君之才如李举。夫君之财铜山积，夫君之门多侍役[6]。一呼百诺超前尘，日昨臂粉来番舶。赤女之妹亦绝伦，最能浅笑及轻颦。十三嫁得金龟婿，珠玉盈盈充满身。每返娘家夸富有，赤女当然倍添丑[7]。筵前叫姊姊不应，帘外呼姨更忸怩。岂知胡马漫山来，闾巷[8]惊慌日数回。每见娇娆攫将去，丽质居然是祸胎。富家掳尽又贫家[9]，旗翻旭日谁拦遮。赤女之父早逃去，赤女之母

① 粤藏本题作《雨中望南屏诸山》。

② "层层互压逼"，粤藏本作"层层受压抑"。

③ "不到老"，粤藏本作"不到头"。

④ "雨后山容墨"，粤藏本作"雨后山全墨"。

⑤ "未嫁夫"，粤藏本作"未有夫"。

⑥ "多侍役"，粤藏本作"多仆役"。

⑦ "倍添丑"，粤藏本作"更添丑"。

⑧ "闾巷"，粤藏本作"里巷"。

⑨ "又贫家"，粤藏本作"及贫家"。

遭擒拿。忽然有女出门首，黑布缠头刀在手。胸前烈弹累累悬，大叱一声如虎吼。刀光一闪倭辟易，烈弹狂鸣倭窘迫。杀开一路血痕凝，浑如鸷鸟[①]盘双翼。然后慢把阿娘驮上肩，鸿飞冥冥谁争先。回头一望门前树，血色斑斑如漫泉。奋勇当然乃赤女[②]，伪倭似狗真倭鼠。恨不将身化作好男儿，百千万亿强吾圉。赤女之姊闻已被缚同猪羊，赤女之妹并且[③]媚敌如王嫱。只因花貌未必心冰雪，每到艰危没主张。吁嗟乎！饱经凌辱谁人怜，逡巡畏缩无敢前。安得人人皆赤女，敌人一见颜色沮。

月夜漫行筷子矶

筷子矶边月，畸人徒咄咄。欲把心怀诉与月轮知，只恐月儿走入云泉窟。佯不识月月渐低，隔岸声声闻远鸡。波光几度窥华发，壮志于今费品题。清光一片关山路，想见征人初举步。月光杀敌胜似吟诗桃李园，刀痕闪烁多奇趣。争奈淹留久居此，暮气沉沉几欲死。分明见月在云端，如何却在波涛里[④]。对月吞声尚有人，扁舟小住逃胡尘。何不起来同览山川色[⑤]，俾晓中原逐渐新。缓步行来仍独返，月儿却又诚和悬。送余直到小楼前，照见新诗千百本。明月当然证素心[⑥]，几番淬砺[⑦]到而今。精诚倘许同团结，未必神州竟陆沉！

弈六首[⑧]

十日平分九局棋，输赢毕竟寸心知。昔时失地须恢复，肉搏依然有健儿。

---

① “浑如鸷鸟”，粤藏本作“浑如鸷飞”。

② “奋勇当然乃赤女”，粤藏本作“奋勇无前乃赤女”。

③ “并且”，粤藏本作“更且”。

④ “波涛里”，粤藏本作“波光里”。

⑤ “同览山川色”，粤藏本作“共览山川色”。

⑥ “当然证素心”，粤藏本作“居然证素心”。

⑦ “几番淬砺”，粤藏本作“几经淬砺”。

⑧ 粤藏本无此题。

对方着急我偏闲，地陷天崩只当顽。胜败尽能觇度量，偏师原不负家山。

屡败何曾损壮心，鼓鼙犹复昼愔愔。眼中久矣无司马，故意开城操一琴。

七擒七纵有奇谋，似实仍虚猛似柔。倘许军师操胜算，何妨白骨作山丘。

意愈安闲势愈充，屡经失败不妨攻。异军突起如天降，吴下应毋笑阿蒙。

压城休复畏胡尘，支拄中原尚有人。三通鼓罢元戎出，杀敌归来饯晚春。

著作、编辑、缮写、装订、发行人廖苹盦[1]

（9）1939年6月16日发行《淹留》第九期
诗歌作品有：歌行《偶逢》、五古《青洲》、歌行《婚剧》、歌行《孤军行》、七绝《有感》、七绝《闻故人谢环死，书以志慨四首》。

偶逢

筷子矶边逢蛋妇，旧居花埭相识久。忽然棹艇逃出来，自言寇焰真难受。敌人如何暴虐倘不知，即此蛋妇可见之。蛋妇貌非美，蛋妇更无赀。垢秽衣裳令人触鼻欲作呕，不虞强暴及羁縻。何以多挨几日[2]亦不可，其中如何景象可以闭目思。问妇何行止？妇言："棹艇五日乃能至于此。扁舟一叶泛汪洋，经过九生兼九死。来此无希期，或者仍如昔日[3]卖菜聊支持。拾回一命艰难辛苦何足计，不观孤雏腐鼠仍被[4]作牲牺。花埭今已矣，汝

---

① 粤藏本无此行。

② "多挨几日"，粤藏本作"多延几日"。

③ "仍如昔日"，粤藏本作"仍如花埭"。

④ "仍被"，粤藏本作"仍可"。

之故宅[①]一切皆摧毁。临行尚过汝门前，余徒见一汪水。其余离披书籍历历堆墙隅，何者为经孰为史。汝之狸奴闻说劫后[②]曾归来，主人已去空徘徊。声声苦叫如号哭，子规啼月无其哀。汝之故人[③]阿环已去世，如何死法亦罕知。详细大抵纵非饱受寇摧残，至少亦因饥饿无援系。独余几只春燕尚依依，在汝庭前历乱飞。欲探旧主成何状，雨丝终日意微微。”我闻此语吞声哭，泪滴襟边旋又续。负人负国[④]并且负及一狸奴，今后尚难[⑤]知结束。昨日邻家小女还向[⑥]我辞行，谓归羊石权作小经营。不知肥羔何以冒虎口[⑦]，使我骇极不能声。吁嗟乎！支撑天地[⑧]唯耻耳，耻之不顾倖复成方趾。但愿少女一听莤妇言，莫教沉醉东风里。

青洲

青洲有鬼气，我友曾言之。若以常理测，此语不为奇。大抵江湖阔[⑨]，险境[⑩]故迟迟。对面沙兰涘，曾移宋帝师。随跸有宫娥，扈驾有近支。文臣血泪多，犹执上国旗。武将气黯淡，犀甲仍紧披。一般貔虎士，隐隐拱幄帷[⑪]。波浪大如山，有米不可炊。腥风甚于血，着面成瘢痍。况闻中原境，尺寸资蛮夷。仓皇剩一线，丐命天之涯。天地积艰苦，都来撼弱枝。志气虽犹劲，疾病不能持。或可支辛苦，恨极精神糜。其余众宫女，犹是脆胭脂。风尘久支撑，直同秋草萎。凄风失壮士，苦雨催蛾眉。冤魂常不

---

① “故宅”，粤藏本作“故居”。

② “劫后”，粤藏本作“乱后”。

③ “汝之故人”，粤藏本作“汝之故友”。

④ “负人负国”，粤藏本作“负人负己”。

⑤ “尚难”，粤藏本作“真难”。

⑥ “还向”，粤藏本作“尚向”。

⑦ “冒虎口”，粤藏本作“入虎口”。

⑧ “支撑天地”，粤藏本作“支持天地”。

⑨ “江湖阔”，粤藏本作“天涯阔”。

⑩ “险境”，粤藏本作“险象”。

⑪ “拱幄帷”，粤藏本作“获幄帷”。

散，犹傍龙髯髭。龙驭且移去，羁留何敢辞。海滥旧精魂，凄咽语阿谁？千年血化碧，万古恨成痴。水涨多悲风，风来恨更滋[1]。酝酿为鬼雄，哀厉无已时。忽然如怪鸟，忽然如神狸。秋虫无比惨，塞雁同其悲。盈盈帆橹过，误为流水澌。应知此奇境，最足钵心脾。筷子矶边水，对面青洲湄。我尝风雨夕，迢迢闻子规。亦尝趁月光，盼绝水边篱。江篱何时长？子规何日疵？似此虬结深，摇摇鬼影筛。我来只堕泪，胡马久奔驰。焉知青洲鬼，不诵黍离诗！勾起我心事[2]，不期惹恨丝。何日奠椒浆，为建水神祠。

婚剧

乡村阒闹极，忽然妇女增颜色。少者鬓边插了几朵花，行来婀娜如无力。老者尚有十八世纪旧衣裳，一半深蓝一半黑。还有几个谬称时代好男儿，小褂长衫心翼翼。问他何事尽张皇，道是主席今朝嫁女忙。主席久已变作东洋装，一家大小精神扬。主席原来只一女，平时难觅鸳鸯侣。万里姻缘一线牵，遂教远近争延伫。鼓乐声悠悠，新郎新妇居上头。新娘脸上一层欢喜一层羞[3]，新郎体态半类猴儿半类牛。行礼别出新花样，有时首低尻向上[4]。半习鞠躬半叩头，旁人便把胡歌唱。主席欲博[5]东床欢，昨宵拟就人名单。四亲六戚都请遍，只恨嘉宾会面难。迫于无奈拉拢[6]市廛无赖子，朝还托砵夕来此。衣衫褴褛足趔趄，主席摇头报效新衣履[7]。头戴纸花是何人？原来乃是娼和妓。磋商几度乃成功[8]，盈盈杂在来宾里。鸣锣

---

① “恨更滋”，粤藏本作“恨倍滋”。

② “勾起我心事”，粤藏本作“勾起吾心事”。

③ “一层欢喜一层羞”，粤藏本作“一半欢喜一半羞”。

④ 此句粤藏本作“尻骨有时偏向上”。

⑤ “欲博”，粤藏本作“欲结”。

⑥ “拉拢”，粤藏本作“便请”。

⑦ “报效新衣履”，粤藏本作“报效衣和履”。

⑧ “乃成功”，粤藏本作“始成功”。

响炮行礼连呼三鞠躬，喊到“躬”字忽然几个大汉跃起居当中：“汝辈引狼入室[1]真无耻，难道欺我汉族多愚蒙！”喝声“杀！”忽然四面来罡风；喝声“炸！”忽然烈弹声隆隆。同来几个虾夷思抗拒，枪未拔出已无语，平时气焰依然[2]封豕与长蛇，原来却是几只沟渠鼠。呵呵，主席今日不必再奔波，一弹[3]送汝归大罗。新娘本拟去作东洋婆，却又变作油盐酱醋拌烧鹅。一般堕落男女款式多，焦头烂额相摩挲。新郎新郎汝竟归何所？红光被体只复朱颜酡。谁人来此恶作剧，遂令一片血痕赤。应知此辈之血直乃污我好山河[4]，只堪试作粪秽埋荒碛。大抵我国轰轰烈烈尚有人，不经危难不传神。三秋肃杀将完结[5]，会见中原一段春[6]。

孤军行

庐山有孤军，足使中原增正气；庐山有孤军，黄帝子孙张大义。在山十月曾杀[7]倭奴五千人，大小百战每战皆精神。倭奴豕突与狼奔，有时羞恨声狺狺。孤军自知援已绝，联络愈坚心愈决。数百壮士精诚化作绕指柔，岂仅寻常一根铁[8]。北风烈烈笳声起，知道[9]倭奴今夜合围矣。两师之力排山倒海来，避之者生抗者死。牺牲性命本当然，出于无谓殊堪怜。忽生奇计大杀一顿驱腥膻，然后暗中移去易地图安全。维时倭奴只知断续施炮火，怎料前方寂静无声哆。只有寒光闪闪逼人来，前者无头后者堕。原来孤军早已定奇谋，只许哑战不许张咙喉。摸着倭奴只管一刀戳将去，星沉月落风飕飕。此际倭奴不审东西与南北，不审前锋与两翼。阴风每过疑鬼神，

---

① “引狼入室”，粤藏本作“引蛇入宅”。

② “依然”，粤藏本作“不枉”。

③ “一弹”，粤藏本作“炸弹”。

④ “应知此辈之血直乃污我好山河”，粤藏本作“应知此血实乃污我好山河”。

⑤ “将完结”，粤藏本作“将经过”。

⑥ “一段春”，粤藏本作“四海春”。

⑦ “曾杀”，粤藏本作“能杀”。

⑧ “一根铁”，粤藏本作“一茎铁”。

⑨ “知道”，粤藏本作“知是”。

血光历历山河黑。幸得天容逐渐光，相将举目空彷徨。搜索孤军已移去，鸿飞渺渺天茫茫。孤军自有此番壮烈举，一般民族争延伫。孤军此举更令世界皆推崇，抗日之师气倍雄。蠢尔虾夷何不掉头缩尾去，凛凛神州多烈风。

有感[①]

杀敌归来吃荔枝，如何此愿竟成痴。增城拼使无佳种，断不偏宜木屐儿。

闻故人谢环死，书以志慨三首[②]

龙目当然已作花，信芳园外绿阴遮。阿环已死谁支拄？剩有长蛇恣攫拿。

纵然归去失良朋，记得当年绿未成。为我安排一碗茗，杨桃树下听鹃声。

宝树家风幸保持，略无失节尽闻知。伤心花埭罗家子，迎敌归来作敌儿。

著作、编辑、缮写、装订、发行人廖蘋盦[③]

（10）1939 年 7 月 2 日发行《淹留》第十期

诗歌作品有：歌行《木脚英雄杀敌歌》、歌行《初夏忆故乡》、七绝《题画二首》、七绝《松阴三首》、七律《端午》、歌行《支解》、五古《菜根》、词《望江南 · 题画》、词《浣溪沙 · 晚望》。

木脚英雄杀敌歌

木脚英雄谁家子[④]，每谈倭奴[⑤]恒切齿。肩枪挟弹赴疆场，精神与国同生

---

① 粤藏本无此题。

② 粤藏本无此题。

③ 粤藏本无此行。

④ “谁家子”，粤藏本作“谁氏子”。

⑤ “每谈倭奴”，粤藏本作“每话倭奴”。

死。杀敌不知杀过几多人，不分寒暑与昏晨。大刀舞动如飞雪，倭奴有颈不能伸。岂知偶战不得利，众意英雄[①]已取义。讵料[②]不伤其命伤其肢，一脚已残身已踬。英雄谨慎遵医语，割去残肢忘痛楚。谁知割后心更雄[③]，木脚居然能奋举。虽然走动如平常，只恨搴旗愿未偿。兴酣又向军前去，只知杀敌有辉光。如此者般不知几日月，倭奴被杀亦已声嘶竭。蓦然炮弹又飞来，直扫脚跟身又蹶。谁知此脚乃是木制成[④]，猛遭一弹确难行。只许工人有本领[⑤]，再镶一足能支撑[⑥]。当时笑煞一般救护队，谓"汝身残何尚不知退？故乡归去且优游，从戎可使他人代。"英雄闻说只摇头："汝辈此语实无谋[⑦]。我以假脚支持敌人真炮火，炮火密集何曾忧。我今细细告诉汝行止，我之木脚已经三换矣。每换一脚至少能歼倭奴数十人，此计真真自我始。最奇敌人之弹频频损我足，可笑极意经营徒折一根木[⑧]。假足已断须臾[⑨]又是来一条，他人计疏我计熟[⑩]。"上官听罢笑微微："似此行为功亦巍。只是残躯例不编行伍，汝当归去释戎衣。"英雄听罢[⑪]无言答，心头尽自相兜搭。忽然一夜失其踪，大抵[⑫]又向军前绕三匝。吁嗟乎！木脚一具矫矣乃如龙，木脚价值难以言语相形容。中原有此好身手，会见倭奴望风走。

---

① "众意英雄"，粤藏本作"群意英雄"。

② 粤藏本无"讵料"二字。

③ "心更雄"，粤藏本作"更心雄"。

④ "谁知此脚乃是木制成"，粤藏本作"此脚原来木制成"。

⑤ "只许工人有本领"，粤藏本作"只许良工代修整"。

⑥ "再镶一足能支撑"，粤藏本作"便能奋臂重支持"。

⑦ "汝辈此语实无谋"，粤藏本作"此语当然没计谋"。

⑧ "徒折一根木"，粤藏本作"徒损一根木"。

⑨ "须臾"，粤藏本作"瞬息"。

⑩ "他人计疏我计熟"，粤藏本作"妙策行之今已熟"。

⑪ "英雄听罢"，粤藏本作"英雄此际"。

⑫ 粤藏本无"大抵"二字。

初夏忆故乡

故乡佳境何曾阙，第一清新唯五月。三黎（鱼名）嬉水意悠悠，更有鲂鱼互出没。乡人烹鱼别有方，三黎不必加椒姜。最是苦瓜同气味，略加盐豉足珍尝。汛地当年有甜笋，鲜甘直似离支菌。几度栽培藉老兵，老兵死后竹同陨。其余笋味似微苦，处此江乡已无伍。黑叶麻江有荔枝，天公不负农和圃。我尝小艇泛东溪，小艇直同一叶低。一卷新诗一盏茗，春江无恙使人迷。半亩榕阴临水绿，停棹还敲棋一局。微微看见[1]万安亭（地名），人往人来空接触。甘滩水浊变成黄，绰约青山列两旁。滩水奔腾如男子，青山柔媚似娇娘。如此江山看不厌，终日烟波相潋滟。一生拼意守江湖，旧游不数长辛店。岂知胡马逼人来，里巷惊慌日数回。便须抛却安恬性[2]，一趁江头鼓角哀。鼓角沉沉声不起，蓦地胡尘真至矣。万家零落[3]灶无烟，东岸苍凉[4]余一水。此时谁复恋清闲，只有艰贞御野蛮。岂同春老无颜色，任从啼鴂噪空山[5]。回头怅望烟波远，万叠烟鬟如画本。筷子矶头泪暗挥，家山别却何时返？近水遥山倍有情，胡尘未尽[6]客心惊。兴酣且唱[7]从军曲，不让幽并[8]壮士声。

题画二首

如此江山秀绝伦，直须重振[9]旧精神。莫言莽莽胡尘遍，楚尾吴头认未真。

畸人惯住水云乡，菰叶萧萧夜有香。待把胡尘尽驱去，笭箵江上试新凉。

---

① “微微看见”，粤藏本作“遥遥望见”。

② “安恬性”，粤藏本作“安闲性”。

③ “万家零落”，粤藏本作“万家破碎”。

④ “苍凉”，粤藏本作“苍茫”。

⑤ “任从啼鴂噪空山”，粤藏本作“任教啼鴂满空山”。

⑥ “胡尘未尽”，粤藏本作“胡尘未荡”。

⑦ “兴酣且唱”，粤藏本作“兴酣一唱”。

⑧ “不让幽并”，粤藏本作“化作幽并”。

⑨ “直须重振”，粤藏本作“直须振作”。

松阴三首

松阴小筑阅沧桑，剩有西风一片凉。隔岸悲笳未消散，何堪残月满衣裳。

蛩鸣隐隐客心惊，敛却精神仔细听。闻道中条山大捷，狂歌一夜到天明。

境愈萧条意愈豪，浩歌留与答江涛。心肠筋骨都成铁，何必仓皇觅佩刀。

端午

端午依然筷子矶，春余啼鴂尚依稀。不因北岭鱼虾长，便拾东溪笋蕨肥（北岭，中山县属。东溪则余故乡也）。异地有谁能慰藉，故园无梦更嘘唏。莫言饮恨余经惯，美酒不令醉一匙[①]。

支解

昨闻谭义（乡名）支解十三人，都是汉奸丑男子。如何汉奸亦有支解日？触怒倭酋谓彼乖行止。行止何曾乖？曾随倭将抬尸骸，曾替倭兵掠妇女，曾为倭妇拭皮鞋[②]。倭酋[③]泄一气，十三人中必有几个耸其鼻。倭酋臀上生恶疮[④]，又能吮舐忘惊悸[⑤]。如此勋劳当然博得倭酋欢，何为一命丧江干？十三只鬼[⑥]摸不着头脑，十三只鬼有时[⑦]兄难同弟难。大概是如此有一天，乡民奋臂桑田起，袭击倭奴大战麻江（地名）水。倭奴被杀同猪羊，

---

① “醉一匙”，粤藏本作“酌一匙”。

② “曾为倭妇拭皮鞋”，粤藏本作“曾为倭妇涤腰靫”。

③ “倭酋”，粤藏本作“倭奴”。

④ “倭酋臀上生恶疮”，粤藏本作“有时倭酋臀际生毒疮”。

⑤ “又能吮舐忘惊悸”，粤藏本作“亲为洗涤忘惊悸”。

⑥ “十三只鬼”，粤藏本作“十三个人”。

⑦ “有时”，粤藏本作“居然”。

其余跌在[①]波涛里。明日当然[②]纠率大队排山倒海来欲求一战，怎料游击壮士竟失陪。佞奴有愤不能泄，倭奴有恨积成堆。此十三人当时神推兼鬼拥，排班伺候诚惶恐。几个低头低到脚踭跟，几个却把肥臀[③]争向青天耸。此等情形自可怜，怎料倭奴羞愤之下谁复来周旋[④]。喝声“杀！”便把一个一个牵将去，乱斩一顿不问[⑤]手足与头肩。呜呼！谭义之奸[⑥]事敌逾父母，钻营更不惜尖首。谁知亦有倒霉时，古来媚敌终贻咎。莫谓“我能恭顺必无妨”，虾夷焉有好心肠。早知如此何不[⑦]投向义勇军，前去杀到三神山尽处。

菜根

逃难居遐方，无力致鱼肉。只好咬菜根，猫狗同一哭。初意菜根贱，雅可称脱菽[⑧]。讵知[⑨]菜实贵，陡觉精神蹙。一斤三百钱，此为上等蔌。次者[⑩]色萎黄，价钱[⑪]始略缩。何尝有鲜味，只具菜名目。索性不复购，盐豉佐饘粥。昔人叹久淹，堆盘有苜蓿。今我亦留滞[⑫]，倍觉杯匜秃[⑬]。留种有元修，伴鲑无山谷。饥乃谷不登，馑乃菜不熟。咄咄逼人来，疲绝书生腹。

---

① “其余跌在”，粤藏本作“一半掉在”。

② 粤藏本无“当然”二字。

③ “肥臀”，粤藏本作“臀儿”。

④ “谁复来周旋”，粤藏本作“俦复来周旋”。

⑤ “不问”，粤藏本作“分开”。

⑥ “谭义之奸”，粤藏本作“谭义诸奸”。

⑦ “何不”，粤藏本作“悔不”。

⑧ “雅可称脱菽”，粤藏本作“雅可称麦菽”。

⑨ “讵知”，粤藏本作“谁知”。

⑩ “次者”，粤藏本作“贱者”。

⑪ “价钱”，粤藏本作“厥价”。

⑫ “今我亦留滞”，粤藏本作“今我亦久淹”。

⑬ “倍觉杯匜秃”，粤藏本作“只觉盘匙秃”。

殊方更何有？猿猴始出沐[1]。拭睫[2]看炎凉，趋时恐不速。道有避兵人，仓皇态可掬[3]。我虽艰一饭，幸不依草木[4]。但期早日归，御冬有旨蓄[5]。

望江南·题画[6]

江山好，凄绝倚楼人。寂寂莺花徒有泪，迢迢鼓角不成春。空剩苦吟身。待何日，重振旧精神。莽莽胡尘吹又尽，盈盈山色看还真，重与岁华新。

浣溪沙·晚望[7]

背郭渔家家外山，夕阳人影绕弯弯，征夫重问几时还。　萧散已非今日事，乾坤无处着安闲。碧溪空剩几回环。

著作、编辑、缮写、装订、发行人廖蘋盦[8]

（11）1939年7月16日发行《淹留》第十一期

诗歌作品有：俚词《七七词》、歌行《封锁叹》、五古《饮酒五首》、七律《热极》、五古《盆豆》、歌行《理发》、七律《热极得雨》、歌行《和尚军》。

七七词

七复七，抗战以来无损失，无损失。倘非倭寇来侵凌，中国依然未统一。

---

① “猿猴始出沐”，粤藏本作“猿人始栉沐”。

② “拭睫”，粤藏本作“拭眼”。

③ “道有避兵人，仓皇态可掬”，粤藏本无此二句。

④ “幸不依草木”，粤藏本作“尚不依草木”。

⑤ “御冬有旨蓄”，粤藏本作“依然有旨蓄”。

⑥⑦　粤藏本无此两阕词。

⑧　粤藏本无此行。

七复七，两年以来倭寇有何术，有何术。心在苦处恐难讲得出。

七复七，战事当非容易毕，非易毕。只要大家努力，便会捕捉[①]裈中虱。

七复七，光阴过去如斯疾，如斯疾。我辈挥刀更要一般密。

七复七，莫言举国无宁日，无宁日[②]。胡马奔腾何曾损我上国威，只怕国民一味图安逸。如果愤发兼有为，睡狮猛鸷诚无匹。

封锁叹

近日人人争谈封锁沦陷区，此区[③]如何沦陷究竟得知无？既非倭奴有此扫荡力，亦非民众不肯捐微躯。都是几个谬称[④]长官勤铸错，大错铸就便如洛山东倒[⑤]难重扶。三角洲中好形势，蚕鱼之利冠海隅。可惜尽归枭獍手[⑥]，十人语及九人吁。专员邓胖子，枉他体态何魁梧。其实乏胆乏才兼乏识，又好积聚较锱铢。倭奴断续来，有人问有何良图[⑦]。胖子只管垂其首，表示不肯[⑧]为先驱。既然的确不敢战，然则颁发子弹何如乎？胖子亦不肯，甚至从优备价亦不迁就一须臾。还有游击闯贼裔[⑨]，过去历史[⑩]皆卑污。身膺重任匿赤柱，后方布置皆支吾。委托陆无发[⑪]，此人奸狡卑劣

---

① “便会捕捉”，粤藏本作“便能捉去”。

② 粤藏本无“无宁日”三字。

③ “此区”，粤藏本作“此中”。

④ 粤藏本无“谬称”二字。

⑤ “便如洛山东倒”，粤藏本作“便如蜀山东倒”。

⑥ “尽归枭獍手”，粤藏本作“尽归倭奴手”。

⑦ “有人问有何良图”，粤藏本作“有人问彼作何图”。

⑧ “表示不肯”，粤藏本作“表示不敢”。

⑨ “还有游击闯贼裔”，粤藏本作“游击司令闯贼裔”。

⑩ “过去历史”，粤藏本作“过去品行”。

⑪ “委托陆无发”，粤藏本作“委托无发鬼”。

贪利无耻一齐俱。代庖以来每日只管包烟赌[①]，有云月铲数十万[②]，或者竟不讳。最奇倭奴已经入坝甲，尚云彼之部队叫人不可误会，真乃岂有此理不胜诛。加以几个县长有些极似丧家狗[③]，有些又似冢中狐。“抵抗”二字[④]不知如何写[⑤]，欲求指导不且太模糊。哀哉痛哉小民曷为计，无粮无械，上官雨露不肯稍沾濡。其中不肯屈服尚有几村落[⑥]，空拳搏虎焉能免噬肤？乡村已沦陷，留得一般民众血肉沾泥涂。咄咄长官何处去？远适异地喝雉兼呼卢。金钱厚拥还不算[⑦]，有人还说“汝且休息无所须[⑧]”。呜呼！长官辈，汝智矣，民则愚；汝活跃，民向隅！弄成惨局汝且扬扬若无事，讵知沦陷境域万家替汝作人奴。作人奴隶还未已[⑨]，更且[⑩]有人谓为“自作自受须要绝根株”。根株纵或绝，究竟国内还有几侏儒[⑪]。既封锁，无他途，无异尽驱其民胥向倭奴死心兼塌地，否则视同化外，一任倭奴杀则杀，屠则屠。否则任令辗转呻吟无可告，欲死不死苏不苏。呜呼！沦陷之民大抵不是忘祖国[⑫]，有如花落尚存蚨[⑬]。若教一例遭摈弃，勾践无望能沼吴[⑭]。世间不少智谋辈，甚愿于此分鸡凫。

---

① “包烟赌”，粤藏本作“庇烟赌”。

② “有云月铲数十万”，粤藏本作“有言月铲卅万”。

③ “极似丧家狗”，粤藏本作“极似丧家犬”。

④ 粤藏本无“二字”二字。

⑤ “不知如何写”，粤藏本作“不知何写法”。

⑥ “其中不肯屈服尚有几村落”，粤藏本作“挺然不屈尚有几村落”。

⑦ “金钱厚拥还不算”，粤藏本作“金钱厚拥神舒泰”。

⑧ “有人还说汝且休息无所须”，粤藏本作“自云我且休息无所须”。

⑨ “作人奴隶还未已”，粤藏本作“作人奴隶犹不算”。

⑩ 粤藏本无“更且”二字。

⑪ “几侏儒”，粤藏本作“几寒儒”。

⑫ “沦陷之民大抵不是忘祖国”，粤藏本作“沦陷之民尽多不曾忘祖国”。

⑬ “尚存蚨”，粤藏本作“尚留蚨”。

⑭ “勾践无望能沼吴”，粤藏本作“勾践何能复沼吴”。

饮酒五首

生平不嗜酒，兴来饮一杯。亦如沛甘霖，一岁能几回？性情自嵚奇[①]，悲欢此际来。不酒无别物，新诗待翦裁。此岂是新诗？狂歌以告哀。

寥寥一杯酒[②]，能翻几性情。杜康真怪物，愁来辄一觥。一觥吸入肚，志气弥纵横。倘有虾夷迹，拿来作一羹[③]。始可称丈夫，也不负斯罂。

清酒与浊酒，只管吸一肚[④]。新愁与旧愁，只管来一缕。奇书与腐书，只管读一部。好人与歹人，只管来一股。待我兴酣时，轻轻弄板斧。

清酒有妙理，浊酒味更真。若说宇宙穷，不应有此人。尘世几复杂[⑤]，造就一番春。春花以酿酒，花杂酒更醇[⑥]。只恐此美酒，不入庸夫唇[⑦]。倘欲沾一滴，先为扫胡尘。

倭酋为捧觞，跪我戎幕下[⑧]。不愧称酒人，如斯亦大雅。狂人[⑨]集市肆，见人拉一把[⑩]。不特无威仪，抑亦可羞也。酒以抒壮志，无志不可惹。请看中国内，到处皆胡马。待饮一杯去，杀敌膏原野。

---

① “自嵚奇”，粤藏本作“剧嵚奇”。

② “寥寥一杯酒”，粤藏本作“莫笑村醪浊”。

③ “拿来作一羹”，粤藏本作“拿来且作羹”。

④ “只管吸一肚”，粤藏本作“只管吃一肚”。

⑤ “尘世几复杂”，粤藏本作“天公勤着力”。

⑥ “酒更醇”，粤藏本作“酒弥醇”。

⑦ “不入庸夫唇”，粤藏本作“不入凡夫唇”。

⑧ “跪我戎幕下”，粤藏本作“亲跪戎幕下”。

⑨ “狂人”，粤藏本作“狂夫”。

⑩ “见人拉一把”，粤藏本作“逢人拉一把”。

热极

热浪奔腾待困谁？心肠冰雪几人知！阴阳自昔多颠倒，调摄于今已窘疲[①]。窗际有花皆背日，斋头无梦欲成诗[②]。五更月落鸡争唱，想见凉风入幕时。

盆豆

豆不生畦中，乃在小盆上。可见[③]主人心，可想主人状。主人爱溪山，松下午风扬。主人爱挥戈，铁笛声悲壮。何期各不值，精神日以放。小窗无风雨，滚滚生热浪。热气侵衣裾，血脉条条涨。艰难觅一水，有似桃花酿。点滴不偏尝，与豆兀相向。一杯以灌豆，一杯涤五脏。不期一月余，豆亦精神畅。绿意满窗棂[④]，花亦有奇样。白似鹧鸪斑，略无漂泊相。此豆若成熟，桐实不相让。岂只养凤凰，大可供醯酱[⑤]。豆固有抱负，人亦多度量[⑥]。但期守坚贞，长与艰危抗。

理发[⑦]

发兮真不知应变，何不日长一寸披全面？只因我面实羞惭，轻轻不许人窥见。汝倘不能寸寸长，余亦焉能相豢养。不特种种胥扫除，发源之地亦且遭影响。等到太阳由脚晒到脑，层层刺激谓我救国何不早。尝打此脑蔽塞多，待加爬剔总有一回好。呜呼！余之脑，尽清凉；余之国，怎商量。但愿发工把我头砍去，俾使负国之辈毋复扬容光！

---

① “已窘疲”，粤藏本作“总窘疲”。

② “斋头无梦欲成诗”，粤藏本作“斋头无物不成诗”。

③ “可见”，粤藏本作“想见”。

④ “绿意满窗棂”，粤藏本作“绿意满一窗”。

⑤ “大可供醯酱”，粤藏本作“大可供匕鬯”。

⑥ “人亦多度量”，粤藏本作“人亦觇度量”。

⑦ 粤藏本无此诗。

热极得雨

呜呼天汁榨出了，借问苍生又若何？忧患可曾一世尽[①]，战争不厌百年多。山魈烂醉骑羸马[②]，神女衔愁[③]带女萝。眼底波涛正冲激，一舟余欲再经过[④]。

和尚军[⑤]

时闻五台山和尚，救国新编和尚军。和尚人人尽如此，真乃名高天下闻。须知和尚亦有新旧派，新者只将佛说相贩卖。装模作样侈言四大空，其实寸缕粒粟皆介介。旧者出家是何心？希望寺产多兼金。一入此中成废物，势利之见高出流伙万千寻。核计内地缁流不知几百万，平时饱吃香积饭。民族兴亡何曾略上心，国家存亡更不识分寸。倘使僧人尽如此，僧众愈多国愈死。麻木大与超脱殊，合十当然分尺咫。孰料此中尚有人，骤闻号召令我拭精神。不知此军何编练，不知此意何缩伸。大抵佛说尚平等，万方有难当哀极，救国先于救众生。金刚怒目能横框，会见万众排山倒海来。袈裟脱下休徘徊，戒刀舞动如飞雪，千树万树梨花开。褒然居首老方丈，定教敌忾如潮上。地狱终当现珞璎，不期重现一玄奘。呜呼！佛说当然无色空，其实铲除横逆方是如来衷。神州处处遭屠杀，纵有婆心术亦穷。呜呼！和尚尚有如斯壮烈举，吾人更要勤军旅。请看倭寇愈进愈彷徨，都为随时遭抵抗。

著作、编辑、缮写、装订、发行人廖蘋盦[⑥]

---

① “忧患可曾一世尽”，粤藏本作“忧患可能一世尽”。

② “骑羸马”，粤藏本作“骑狞马”。

③ “神女衔愁”，粤藏本作“神鸟衔愁”。

④ “一舟余欲再经过”，粤藏本作“扁舟宁畏屡经过”。

⑤ 粤藏本无此诗。

⑥ 粤藏本无此行。

（12）1939年8月2日发行《淹留》第十二期

诗歌作品有：五古《秋意六首》、七律《宵深梦醒，小艇卖物声不辍，为赋一律》、七律《天涯》、五律《旅况四首》。

秋意六首

流金铄石中，忽然露秋意。秋意作何状？说来应骇异。未秋而似秋，遇曲神先醉。又似初调情，形神不敢肆[①]。有语皆喁喁，有笑自咥咥。令人看不真，却是一回事。在我遥遥思，在彼甜甜地。大抵此种情，包涵无尽义。

秋意如好女，专爱弄畸人。轻轻只一瞥，却又不逼真。任汝铁心肠，有时化为尘。飘然入帷幕，久久不相亲。待我渐忘怀，忽又来传神。有时星数点[②]，有时月一轮。为汝作蹇修，无因遂有因。

昨夜开窗牖，微飔忽进来。南风无此锐，其故何为哉。汝殆瞻瞩惯，能知忧患媒。先时来告我，叫我且衔杯。否则七月初，芦花开几堆。白雁翔天末，能令客低徊。但只有一语：雄心且勿灰！

于时我神清，于时我意丧。仰视无浮云[③]，天容自莽莽。平生有心事，不作颓唐想。当此气萧森，不无稍惘惘。却又盼他来，清光可共赏。

六月多风雨，秋来与夏争。此中谁胜负，我总难为情。溽暑固苦我，秋风惹恨生。不抵相当地，哀乐亦难名[④]。昨夜东窗下，依然背手行。

---

① “不敢肆”，粤藏本作“不敢恣”。

② “有时星数点”，粤藏本作“有时星几点”。

③ “仰视无浮云”，粤藏本作“仰视无片云”。

④ “哀乐亦难名”，粤藏本作“哀乐总难名”。

最奇动荡中，灯亦有深意。照见壁上书，似有相思字。秋在四时中，自有真地位。不能遏其机，遂使悠悠至。蟋蟀渐扬声，慎莫埋头睡。

宵深梦醒，小艇卖物声不辍，为赋一律

矶头卖物尚余声，灯影摇摇近五更。似有蛟龙随水上，却无星斗向人明。箫声入海波同咽，飘影欹云鸟与争。溽暑欲除[①]秋欲至，寸心赢得几回萦。

天涯[②]

天涯盼绝故人书，短榻无风梦更疏。今世已无安适日，故园空剩雪霜庐。明知万马皆奔放，岂敢微云自卷舒。且向画图寻往迹，天寒留得几畦蔬。

旅况四首

旅况今何若？当今知已知。曾挥一片泪，连写万篇诗（《淹留》生此已六阅月，手写将及万篇）[③]。沦陷应同哭，淹留未足奇。只期长淬砺，国事可支持。

贫是寻常事，况余未断炊。作工怜弟苦，藏币笑儿痴。无暇谈身世，只应问孑遗。秋风易惆怅，吹梦故迟迟。

新秋莱菔菜，客路竟能尝。亦似居花埭，如何却异乡。旧交多视瘠，新恨欲回肠。愧绝檐前燕，营巢尚有方。

种豆复栽花，窗前兴未赊[④]。一杯成薄醉，旧事莫轻爬。鬼气侵胡月，诗

---

① “欲除”，原作“未除”，粤藏本作“未除”。

② 粤藏本无此题。

③ 此自注粤藏本作“《淹留》出世至此已五阅月，为诗将近万篇”。

④ “窗前兴未赊”，粤藏本作“窗前意未赊”。

心起暮笳。且藏千尊剑，留与斩长蛇。

著作、编辑、缮写、装订、发行人廖蘋盦[①]

（13）1939年8月16日发行《淹留》第十三期

诗歌作品有：歌行《中山杀敌纪功歌》、歌行《独子从军歌》、歌行《秋风引》、歌行《秋草》、七律《百劳》。

中山杀敌纪功歌

中山是否有神秘，如何倭奴屡犯皆失利？大抵中山境域亦平常，不过守土之人未肯[②]轻抛弃。轻抛土地是何心？使我回首羊石生黮阴[③]。南番东顺县长皆何往？飘摇风雨无完林。唐家湾，听已惯，七七以前[④]倭寇无日不觊觎，沦亡只许差时间。谁知此地今日[⑤]犹完整，白云尚占[⑥]东西岭。海陆层层起战云，何曾损我中山境。长官能守民气豪，长官能战民心高。民与长官同紧系，冲锋不厌百千遭[⑦]。黄帝子孙皆爱国，未必中山之民始积极。只因官吏多无进展心，遂令民众无颜色。鼓冬冬，气更雄[⑧]，昨日一战克叠石，今日一战复金钟[⑨]。部队如何了？微闻每日几难博一饱。愈经艰苦志弥坚，眼中[⑩]自觉神山小。中山自昔多富民，解囊应不吝丝缗。何

---

① 粤藏本无此行。

② “未肯”，粤藏本作“不肯”。

③ “生黮阴”，粤藏本作“生层阴”。

④ “七七以前”，粤藏本作“七七以来”。

⑤ 粤藏本无“今日”二字。

⑥ “尚占”，粤藏本作“尚据”。

⑦ “冲锋不厌百千遭”，粤藏本作“冲锋何止千百遭”。

⑧ “气更雄”，粤藏本作“心更雄”。

⑨ “复金钟”，粤藏本作“克金钟”。

⑩ “眼中”，粤藏本作“眼前”。

为强半悭锱黍，难道留资敌寇迎江滨？吁嗟乎！中山一县尚可支持[①]千百战，如何敌骑未至已失元戎面？回首当年弃广州，使我临风泪如霰。我向中山谨致辞，南天一柱尽撑持[②]。中原莫叹无颜色，松柏焉同秋草萎。

独子从军歌

自古英雄多独子，不到疆场心不死。谁言独子不从军？国灭种亡胥在此。倭奴无日不逞凶，神州强半长蛇踪。独子焉能免一噬，或较他人苦万重[③]。呜呜呜，笳鼓响。独子责任爷能知，独子功勋[④]娘更想。独子刚从学校回，忽闻入伍更不稍徘徊。左按干莫剑，右举珊瑚杯："双亲且勿意惊隤，我能使我民族登春台。我能一箭射杀妖狐胎[⑤]，我能艰难困苦[⑥]活现出群才。"独子之妹亦独女，闻兄出发喃喃语。忽然一夜失其踪，似较阿兄更先举。战阵岂寻常？枪声短促炮声长。硝烟才过辄见两个少年将军趁势上，有如猛虎腾高岗[⑦]。倭奴虽亦有谋略，却被苦缠缠到精神弱。恰如窗际冻苍蝇[⑧]，埋首未遑还缩脚。一战功成众欢呼，独子独女乃能摧朽更拉枯[⑨]。岂特申胥能复楚？岂特勾践能沼吴？若以常情论，独子精神魄力或较他人健。打破旧日侧重宗祧放弃整个民族心，何等功勋不可建。我固亦有独子趋前庭，只惜[⑩]今年只五龄。否则当令随众挥戈往，莫教[⑪]只管心头痒。

---

① "尚可支持"，粤藏本作"尚能支持"。

② "尽撑持"，粤藏本作"尽撑支"。

③ "苦万重"，粤藏本作"惨万重"。

④ "独子功勋"，粤藏本作"独子功劳"。

⑤ "妖狐胎"，粤藏本作"封狐胎"。

⑥ "艰难困苦"，粤藏本作"艰难辛苦"。

⑦ "腾高岗"，粤藏本作"扬高岗"。

⑧ "恰如窗际冻苍蝇"，粤藏本作"恰如窗际几只冻苍蝇"。

⑨ "摧朽更拉枯"，粤藏本作"摧朽与拉枯"。

⑩ "只惜"，粤藏本作"只恨"。

⑪ "莫教"，粤藏本作"莫令"。

秋风引

秋风吹健客心肠，秋风过后精神强。秋风能巩固边疆，横扫妖氛归大荒。黄帝子孙皆好武[①]，每遇秋风神鼓舞。一逐倭奴出苏杭，再逐倭奴出齐鲁，三逐倭奴出幽并，胡骑荡尽无余声。借问倭奴何处去？长蛇无足不能行。在昔悲秋谁氏子，每到秋来辄萎靡[②]。是否有秋必有愁，抑或先忧然后喜？最是一丘复一壑，凉雨潇潇烟漠漠。神州倘失主人权，秋风入海将谁托？秋入疆场渐有威，中原处处皆戎衣。黄花白酒为谁设[③]？掩映征旗柳十围。悲秋之士神先往，墙东宋玉诗词丧。江湖满地一渔翁，杜陵何必心神快。吁嗟乎！春每伤，秋每悲，精神脆弱几人知。伤则颓，悲则废[④]，誓扫匈奴曾几时。我有新诗千百本，检点忧愁等字无不驱令返。欲知零落视惋伤，欲验式微先偃蹇。颓废已非今日事，中原蓬勃多生意。秋风先正壮夫心[⑤]，此后不容有寇侵。

秋草

人人争言秋草衰，其实世人看错了[⑥]。草绿固增人意味，草黄更令精神矫。试看平原草渐枯，夕阳飞下无穷鸟。众鸟何为断续来？雌者羽黑雄者皎[⑦]。原来草实粒粒圆，望去极似珍珠小。五谷之功能养人，自然俯仰超八表。应知小草亦有意，却养[⑧]飞禽逾亿兆。泽物虽然判短长[⑨]，何曾辜

---

① “皆好武”，粤藏本作“皆神武”。

② “辄萎靡”，粤藏本作“神萎靡”。

③ “黄花白酒为谁设”，粤藏本作“黄花白酒秋消息”。

④ “伤则颓，悲则废”，粤藏本作“悲则颓，伤则退”。

⑤ “秋风先正壮夫心”，粤藏本作“秋风先上壮夫心”。

⑥ “看错了”，粤藏本作“看差了”。

⑦ “雌者羽黑雄者皎”，粤藏本作“雄者羽黑雌者皎”。

⑧ “却养”，粤藏本作“能养”。

⑨ “判短长”，粤藏本作“判浅深”。

负[1]秋风袅。畸人有馆当海隅[2]，生平爱草不曾忘。须臾一灌溉，草亦神酣畅[3]。自言已主草，则奴庭前杂沓无余地，孰为杜若孰蘅芜。每到秋高气萧丧，别绕姿致忘槁枯。漠漠小花开又尽，累累结实如珊瑚。花则白日无气味，每到夜静别与群芳殊[4]。大抵[5]无人能领略，只有二三高士始感兴不孤。畸人有时摊书坐，有时酌酒陈杯壶。邀人赏草人不至，独饮独酌不觉皓月生庭梧。草兮草兮唯我能惜汝，亦唯汝乃始可称吾徒。嗟哉兰芷无人识，哑哑栖鸦终夜呼。畸人正自多伤感，忽然窗际声摇撼。不速之客从天来[6]，须髯如戟围双颔。自言身是[7]屈灵均，生平[8]与草同晨昏。江篱徒见[9]年年长，复我山河未有人。秋来词客不曾悲，便是中原有转机。薰莸此后严分析[10]，何必伤心读《楚辞》。

百劳[11]

晨起声声感百劳，等闲白了鬓边毛。既然与燕分迟疾，何必因人较矮高。壮志不妨微遏抑，羁怀焉许更爬搔。眼前小鸟噍啁甚，都为饥肠系不牢。

著作、编辑、缮写、装订、发行人廖蘋盦[12]

---

① “何曾辜负”，粤藏本作“何曾负却”。

② “当海隅”，粤藏本作“居海隅”。

③ “草亦神酣畅”，粤藏本作“草亦神饱畅”。

④ “别与群芳殊”，粤藏本作“别与群香殊”。

⑤ “大抵”，粤藏本作“独惜”。

⑥ “从天来”，粤藏本作“从空来”。

⑦ “自言身是”，粤藏本作“自言本是”。

⑧ “生平”，粤藏本作“平时”。

⑨ “徒见”，粤藏本作“枉使”。

⑩ “严分析”，粤藏本作“能分析”。

⑪ 粤藏本无此题。

⑫ 粤藏本无此行。

（14）1939年9月2日发行《淹留》第十四期

诗歌作品有：五古《放鱼词·并序》、七律《窗际莳绿豆，又莳黄豆，日来次第成熟，诗以志喜》、歌行《偶感》、五古《送友人归广州》、七律《一雨》、七律《早起》、七律《青毡》。

放鱼词·并序

今年春，孔君宗周赠余热带鱼数十尾。鱼故渺小，大者才半寸，且能孳息。置玻璃缸中固无妨，而鲫鱼一尾亦杂焉。鲫，中国产，长二寸许矣。居缸中，性不习，生机日蹙。余因而不怡者，屡尝对鲫叹曰："汝固饶江湖之思者也。局蹐于此，谁之罪也？且余受造化桎梏亦已大半世，屡思摆脱不可得。自悲不暇，乃欲困鱼乎？"则拟[①]纵诸马交之海。然斯海咸水也，鲫性不习，纵得天，或且死。旋有告余："水故咸，近因雨多而淡，鲫之机会至矣。"急呼工人[②]将鲫去。工人正炊饭，辞待饭熟。余不可，促之曰："急放之！急放之！鲫不余待，余亦不鲫靳。"因忆前年居抽置园，曾解放双银杏。银杏居余家，自曾大父以来凡百有余年，屈处小盆中，从无一刻舒展。撑天之性，使束缚不能自伸。艰难困苦，人之不怜，反以为趣[③]。摧残物性，伤天地之和，孰有过此！前人下此毒手，前人之过也；后人习而不察，或察焉而不为之所，后人之罪也。中夜起移而种诸地。邻人闻锄声格格，疑有穿窬盗穴而视。睹余黑夜种树，窃窃笑谓："留待明日，何尝不可！"然余此时心理，以为留待明日固已迟矣[④]。是亦与放鱼相类。并志于此，以见天地虽待余酷，时时使余不堪，然余断不以天地之待余者，转而待一切之物与人。

送鱼入大海，鱼去主人思。亦如女出嫁，父母心迟疑。恐汝不能耐，恐汝

---

① "则拟"，粤藏本作"久拟"。

② "急呼工人"，粤藏本作"急呼女佣"。

③ "反以为趣"，粤藏本作"反供玩好"。

④ "然余此时心理，以为留待明日固已迟矣"，粤藏本作"然明日固已迟矣"。

不能持。波浪大如山，汝实不曾窥。虽然识水性，亦只涉江湄。何曾经浩瀚，海若鸣声悲。海底多妖魔，别自筑藩篱。上与人争食，下与鬼谋皮。汝且拭精神，勿使有悔时。

密迩蛟龙居，蛟龙当问汝："谁是汝主人，何为独来此[①]？"汝可一一说："主人无建树。空负天地恩，不能驱胡虏。虏氛日以深，寸心郁更苦。我正出门时，主人尚传语。宁可屈个人，断不塞众煦。片鳞失故步，心犷多酸楚。何时酬厥愿，万物不消沮。"

此水直通天，群鳞争活跃。大者翅如山[②]，丑者形如玃。一一辨性情，一一图联络[③]。渔人惯窥伺，恨不将泉涸。何曾使沫枯，亦太忘斟酌。可知稍慎重[④]，便不遭缠缚。海底一条鱼，云间一只鹤。

窗际莳绿豆，又莳黄豆[⑤]，日来次第成熟，诗以志喜

豆已成其绿渐沉，天涯蹴损[⑥]壮夫心。几番酒渴思吞海，一夜风高拟返林。宛宛栖鸦围暮霭，盈盈羌笛慰秋阴。新诗欲写中兴业，墨沈稀微恐未任。

偶感

欧战不能不一记，廿八年秋九月二。畸人正自居海隅，落拓无聊心似醉。举世已无王者师，互相煽惑互牲牺。一波才散[⑦]一波起，纵使形亲心亦

---

① "何为独来此"，粤藏本作"忽然独来此"。

② "翅如山"，粤藏本作"鳍如山"。

③ "图联络"，粤藏本作"相联络"。

④ "稍慎重"，粤藏本作"稍郑重"。

⑤ "又莳黄豆"，粤藏本作"又莳红豆"。

⑥ "蹴损"，粤藏本作"蹴短"。

⑦ "一波才散"，粤藏本作"一波才动"。

离。弹兵甲乙多奇论，其实何曾识分寸。既养东方一巨痈，又留邻国难圆梦。痈穿梦长始张皇[①]，却奈偷儿已上床。明知哭笑[②]都无益，未必撑持便有方。巨熊兀自眠西土，本来能吓狼和貐。激他不动饵不成，从旁枉击催花鼓。北海盈盈一美人，若离若合尽传神。鸣鸠未必能通信，爱洁都缘倩女身。往日只思[③]图利用，谁知反受人愚弄。弩张剑拔西出师，自演玄虚真可痛。神州自昔患凭陵，汝是无情似有情。东方之痈尚不溃，西方之毒或难生。隔河观火徐图利，有时火或烧其发。将因成果果成因，劝君且勿夸得意。独惜中原寇未除，否则执言仗义未许殃池鱼。真爱和平乃能安享和平福，纵横捭阖只好伤前车。

送友人归广州[④]

珠海非不好，其如秋正浓。荆棘群开花，遍布封狐踪。封狐能变幻，狞极为鬼雄。即之辄欲噬，险象千万重。有时作媚语，脸露双芙蓉。纵极腥膻味，化荷花风[⑤]。血气倘未定，强半入牢笼。已入不复出，此生遂告终。寸寸当自思，莫只行色匆。

久有亲夷心，始作归欤计。若言无生活，此语恐堆砌。归去必受辱，归去必受制。小鸟入樊笼，忽然笼口闭。粒粟不汝吝，或伺肥而噬。日久魔正凶，轻轻还一睨。不知想剥肤，抑或行便嬖。总之不堪事，兀自相调递。都缘一念松，遂破千古例。

庸人惜身躯，志士争气节。此中唯自喻，永不为人说。归去自安闲，归去且愉悦。花埭杨桃树，佳果累累撷。独惜杨桃下，不少新坟穴。烈士此成

---

① “始张皇”，粤藏本作“急张皇”。

② “明知哭笑”，粤藏本作“已知哭笑”。

③ “只思”，粤藏本作“只知”。

④ 粤藏本无此题。

⑤ “化荷花风”，疑缺字，粤藏本作“化作荷花风”。

仁，无辜血亦结。不知偶触目，曾否心悲切。若说我冥顽，此后音书绝。

一雨

一雨当然集晚凉[①]，篱边蟋蟀露还藏。几番骇浪能安枕，半榻新书渐有香。拨乱莫惭虫臂小，冲霄犹是鹤心强。孤灯静对[②]诚清绝，争奈宵深鼠更狂。

早起

早起窗前尚有星，家家灯火醉还醒。自怜半世无安榻，悔不新秋筑小亭[③]。旧梦恰同云黯黯，宿霖添得水泠泠。闲鸥野鹤都惊散，耳畔悲笳总未停。

青毡[④]

箱笼寻得旧青毡，已是新秋白露涓。窗际乱翻三伏雨，舍旁只剩百重泉。岂无封豕能争道？都为书生太信天。霜意愈深鸣愈急，塞鸿于我有前缘。

著作、编辑、缮写、装订、发行人廖蘋盦[⑤]

（15）1939 年 9 月 16 日发行《淹留》第十五期

诗歌作品有：五古《十吟秋》、七绝《斋头即事二首》、五古《唧唧》、七律《卧月》、五古《中秋四首》。

---

① “集晚凉”，粤藏本作“晚更凉”。

② “静对”，粤藏本作“坐对”。

③ “筑小亭”，粤藏本作“筑短亭”。

④ 陈藏本无此题。此据粤藏本补出。

⑤ 粤藏本无此行。

十吟秋

秋风

梧桐正摧毁，秋风兀自来。殆惜梧桐死，抑幸梧桐灾。苦极难加餐，树下昔徘徊。偶拾梧桐实，细细嚼一回。家国正多虞，敢说心花开？但解敛精神，敌忾增九垓。于今树已谢，百念登时灰。野老究何心，依然衔酒杯。尚闻彼自慰，斋头有古槐。

秋雨

滴滴复滴滴，天公似有心。不知檐际鸟，曾否思故林。大雨故滂沱，一泻千万寻。小雨沥更苦，居然变徵音。黯黯一青灯，羁怀日以深。有琴不能御，有句不能吟。只有灌园叟，能识此甘霖。园叟复园叟，健羽翔高岑。

秋蓬

故意撩秋风，与风同缠缚。秋蓬亦健者①，谁敢欺其弱。上希云际雁，下慰栖檐雀。君倘惜羽翰，余敢承漂泊。虏氛郁更盛，脚底将谁托。能不随流水，苦与桑弧约。桑弧射虏头，蓬乃绊其脚。

秋花

秋花开朵朵，乃慰畸人耳。畸人倘避地，花亦从此止。白满东篱霜，昨宵曾窃视。小草不能任，绰约多枯死。从知天地艰，不是祥和比。精神偶失坠，沦落不胜纪。与花同性情，卓荦谁家子。

秋砧

游子寒无衣，秋砧夜更急。能识秋砧苦，百虑从兹入。沦亡非小事，勿谓

---

① “秋蓬亦健者”，粤藏本作“秋蓬有健者”。

相沿习[①]。何以慰山河，岂徒作一泣。昨夜不成寐，今日篱前立。蟋蟀振羽鸣，忧患[②]此供给。

秋扇

秋扇不可捐，秋阳今更烈。谁是息肩时？此语真难说。白日照山河，恍惚千堆血[③]。斯扇虽微薄，亦解驱烦热。一扇入清凉，再扇成皎洁。无时不动荡，慎勿嗤其拙。拙是丈夫心，悠悠可屈铁。

秋燕

秋燕自低徊，非为营巢计。草草成忧患，韶华忽复逝。容易盼秋阴，可把山河蔽。秋风不解事，却又吹衣袂。稃草不曾除，何苦伤兰蕙。秋燕怅无言，一直趋云际。

秋灯

秋灯露小光，照见人搔首。金风才入户[④]，已觉难禁受。家家早闭门，门外多狞狗。直以吠为媒[⑤]，无噬不成友。灯昏人入梦，梦亦难分剖。不倒亦不颠，不净亦不垢。天地一敝庐，谁与计枢纽。

秋水

秋水三四尺，依然泛野航。前路郁森森，伤哉橘柚乡。橘柚难成实，都缘虎与狼。无日不窥伺，并摧陌上桑。倘揭鲁阳戈，犹得慰脂肪。

---

① “沿习”，粤藏本作“沿袭”。

② “忧患”，粤藏本作“忧闷”。

③ “千堆血”，粤藏本作“千堆雪”。

④ “才入户”，粤藏本作“才入幕”。

⑤ “直以吠为媒”，粤藏本作“直以吠为戏”。

秋蝉

秋蝉体固微，鸣声却极大。此是艰负士，生平无依赖。振羽踞高梧，似居尘世外。有意慰飘零，天地不曾泰。霜露昔亦重，不似今宵最。一语能惊人，繁声莫余奈。

斋头即事二首[①]

斗室何曾感寂寥，片帆东望晚通潮。刚逢一夜潇潇雨，菰叶如筋蓼似箫。

斋头终日试新凉，豆已成萁半尺长。毕竟畸人甘淡泊，慰情端不藉壶觞。

唧唧

唧唧复唧唧，寒虫依短砌。海隅刚八月，凉风哀以厉。当此时序推，志士多流涕。流涕终何用[②]，岂只[③]伤兰蕙。曷不拭戎衣，支拄存亡际。笳声冲户入[④]，其势一何锐。倘不振精神，天地从兹闭。读书究治乱，冀辨华夷势。华夷倘不辨[⑤]，万卷将何济。我有一青灯，照彻人间世。

卧月[⑥]

一领青衫卧月明，天涯谁识早寒生。已非猿鹤[⑦]徒萧瑟，尚有蛩螿与送迎。未许荃兰当户植，思看魑魅背人行。孤鸿影蘸前溪水，便似畸人百不成。

---

① 粤藏本无此题。

② “终何用”，粤藏本作“将何用”。

③ “岂只”，粤藏本作“岂仅”。

④ “冲户入”，粤藏本作“从户入”。

⑤ “倘不辨”，粤藏本作“倘不别”。

⑥ 粤藏本题作《卧月有怀》。

⑦ “已非猿鹤”，粤藏本作“已嗟猿鹤”。

中秋四首

客里度中秋，试问何滋味。分明一段愁，出语故安慰。袒背卧幽窗，下有山林气。方意敛精神①，江湖忽鼎沸。兴来望沧海，吞舟我亦畏。幸有昆吾刀，屠鲸力不费。从知凄凉境，断不容歔欷。

有山月愈高，有水月愈冷。胡尘忽动荡，百虑煎俄顷。羌笛咽秋阴，乾坤一以静。不静思不沉，不静虑不屏。白云何济事，尚占东西岭。家家醇酒香，混入红绫饼。

胡笳厉以哀，畸人徒踯躅。我有一樽酒②，聊以濯我足。浊酒不入唇，所忧在桎梏。明月证襟怀，夜游休秉烛。

酒人日以远，知是徒侣稀。一樽自斟酌，莫忘忧闷时。倦鸟投北林，双翼故迟迟。秋风魂欲断，更值鸣笳悲。吹笳者谁子，何以能支持？③

著作、编辑、缮写、装订、发行人廖蘋盦④

（16）1939 年 10 月 2 日发行《淹留》第十六期
诗歌作品有：五古《古意九首》、七律《十秋后吟》。

古意九首

寸心久枯寂，忽然如涌泉。露滴凌霄花，花魂化作烟。悬琴久不御，冷落成冰弦。不知心理拙，抑或人事迁。泉水泻墙西，凉极故涓涓。岂只洗我心，分明涤大千。

---

① “方意敛精神”，粤藏本作“正欲息精神”。

② “一樽酒”，粤藏本作“一杯酒”。

③ 陈藏本在《中秋》题下仅有前三首诗，此据粤藏本补出。

④ 粤藏本无此行。

难得秋宵回，难得秋风挺。故意懒衣裳，不饮神先酊。昨宵频作梦，梦入烟波艇。试问东海鱼，何日归沧溟。中原正多事，万家当援极。莫同鸥鹭群[①]，午睡不思醒[②]。

秋风一夜凉，万虫噪如海。各有一段愁，亘古长不改。我自卧幽窗，窗外多兰茝。折以遗所思，天涯将我待。媵以何言辞，却患无精彩。不如且缄默，任测意何在。余意本平常，挥戈切勿喂。

山川不我负，我实负山川。难为月上窗，照见斯人眠。梦不在墙头，梦不在篱前。军中异苦乐，莽莽九秋天。一刀一片血，冉冉化为泉。泉水各涓涓，应不再纠缠。

秋风不可触，一夜鬓丝斑。应识古英雄，出师靖百蛮。娟娟明月上，照见汉关山。山河气象森，昨梦[③]几回环。钢刀故在手，冷月同一般。一死何足道，慎勿甘投闲。风劲扫尘埃，似我初启颜。

胡笳亘不歇，中天悬明月。月来端为我，怜我心郁勃。天地铸忧愁，白尽[④]英雄发。谁无腰际刀？敢探蛟龙窟。蛟龙着意鸣，腥气寒侵骨。浮生任倒颠[⑤]，岁月徒忽忽。

朝饮酒家楼，暮宿邯郸道。落日照大旗，军声何草草。丈夫处艰虞，自有

---

① “莫同鸥鹭群”，粤藏本作“莫学鸥鹭群”。

② “午睡不思醒”，粤藏本作“午睡不曾醒”。

③ “昨梦”，粤藏本作“魂梦”。

④ “白尽”，粤藏本作“白了”。

⑤ “浮生任倒颠”，粤藏本作“浮生自倒颠”。

真怀抱。嗟哉汝何事，一夜容颜槁。曷不振精神，作檄申天讨。

旧时所读书，趁此一结束。五十万万年，无此离奇局。我适逢其会，天地不我辱。何以慰苍穹，只宜自监督。一笔复一刀，非我真莫属。刀刀有血痕，笔笔严记录。倘忧未痛快，更作从军曲。歌声直上天，从此无桎梏。

朝饮一杯酒，暮斩楼兰首。壮士剧多情，苦乐都能受。中原理复乱，尽有人援手。苦不值其机，遂令全含垢。磨须复磨须，何以成不朽。

十秋后吟

秋阴

黯黯秋怀到几时，天涯有恨我犹疑。断霞入海难成锦，遁客伤怀[①]幸有诗。魑魅可曾欣黑暗，鲲鹏何暇证襟期。芦花兀自成萧瑟[②]，绰约新凉鹤背知。

秋思

玉箫声出最高楼，知是何人据上头[③]。山色不曾回绮梦，月痕焉肯背帘钩。一灯焰冷还相对，八月风高似未遒。赖有塞鸿传信息，隔篱休怨晚飕飕[④]。

秋柳

宛宛离亭已十围，三春曾护汉旌旗。不因征鸟衔枚走，便遣哀鸿作态飞。客路音尘犹历落，驿园丰韵尚依稀。秋来愈见真标格，莫说回风力已微。

① “遁客伤怀”，粤藏本作“遁客伤时”。

② “芦花兀自成萧瑟”，粤藏本作“芦花日日徒萧瑟”。

③ “据上头”，粤藏本作“踞上头”。

④ “晚飕飕”，粤藏本作“晚风飕”。

秋叶

千山万壑影殷红，多谢天公着色浓。萧寺昔曾围暮霭，疏林今尚战秋风。无端离合诚难问，有意铺排或已穷。一阵寒蝉鸣更急，岂真常与梦魂通。

秋云

黯黯天空有雁归，秋云薄似五铢衣。一声羌笛埋荒渡，万古愁怀入短旗[①]。渣滓已除方悟道[②]，去来无定亦因时。一般寂静前溪水，脱却羁留意更微。

秋雁

乍睹天空裂一痕，原来雁阵作云屯。金风入海非无迹，黄叶当头尚有村。自与征人通信息，却劳思妇废晨昏。鸦群昨夜啼声急[③]，哑哑终宵满白门。

秋虫

百种秋虫[④]百段愁，亦如羌笛晚悠悠。不甘寂寞随流水，尚解殷勤慰晚秋。短榻欲翻千里梦，夕阳犹系故时楼。新诗未必君能和，只许盈盈据上头。

秋月

寂寂斋头伴读书，最难忘是月明初。砧声且任传千里，树影何妨绕一庐。敛翼有时知鹤冷，撩愁真欲与虫疏。芦花漠漠东溪水，露宿应怜有老渔。

秋山

凭谁妙笔写秋山？着色于今我亦艰。自与清波联气味，敢因涧石斗冥顽。

---

① “入短旗”，粤藏本作“漾短旗”。

② “方悟道”，粤藏本作“应悟道”。

③ “啼声急”，粤藏本作“低飞急”。

④ “百种秋虫”，粤藏本作“百样微虫”。

中原莫谓[1]难完整，万叠依然拥塞关。独惜乡园老居士，只知策杖了安闲。

秋声

不道无声胜有声，孤灯挑尽正三更。任教闭户愁终入，却喜怀人句已成。策策尚余将老叶，悠悠偏耐欲寒筝。群虫紧贴窗前竹，似候蛩蜚作主监。

著作、编辑、缮写、装订、发行人廖蘋盦[2]

（17）1939年10月16日发行《淹留》第十七期

诗歌作品有：歌行《结客少年行》、五古《侠客五首》、歌行《送友人赴赤柱受训》、五古《苦忆三首》。

结客少年行

结客少年场，雄心似未忘。三更酣枕一枝枪，五更满贮弹一囊。四野烟笼月在水，万众沉迷[3]呼不起。倭酋挟妓作狐蜷，几辈汉奸[4]觍颜视。少年专好走狗与斗鸡，摴蒱百万犹嫌低。酗酒引得途人笑，独踽谢绝群提携。或问少年何本领，答言"挥刀能断倭奴颈"。众皆大笑嗤其狂，好为妄语词锋骋。朝不见少年，暮不见少年。少年究竟往哪边？得非烂醉酒家眠。一日两日复三日，少年形影寻不出。群言酒鬼会有倒霉时，返魂一定无奇术。朋辈依然同吃酒读书，诸般怪事无不张其口。忽然有客乱敲门，问彼何人答曰"某！"入门大笑声呵呵，手持人头两袋频摩挲[5]。倭奴汉奸亲

---

① "莫谓"，粤藏本作"莫叹"。

② 粤藏本无此行。

③ "万众沉迷"，粤藏本作"几辈沉迷"。

④ "几辈汉奸"，粤藏本作"灼灼汉奸"。

⑤ "频摩挲"，粤藏本作"细摩挲"。

复密，魂相虬结[①]血相磨。或问少年得诸何处谁张罗，答言“我自有法斩蛟鼋。只要有人饮我几杯酒[②]，不管地寇与天魔。”众人听罢伸其舌：“汝真豪迈能把深仇雪。”各筛一碗端到少年前，醇醪似为英雄设[③]。倭奴每每失其头[④]，汉奸何处张咙喉。低头闭目心自想，不期有此秘密党。

侠客五首

秋深[⑤]木叶下，其声只一槭。谁知叶后头，有人立咫尺。其捷若猿猴，其轻若蜥蜴[⑥]。忽然出屋角，浑如添两翮。忽然落墙头，双手轻一拍。上下与四旁，不知何职责。敌人枪炮利，何曾使辟易。风高天气寒，只有声格格。

西邻有好女，二十未嫁夫。忽愿嫔虾夷，装饰若妖狐。闾里都侧目，叹为千古无。此女常自炫[⑦]，恃有红罗襦。殷勤悬屋角，藉以迷当途。举世不可侮，侮之死海隅。夜与虾夷恋，一瞥亡其躯。更斫虾夷头，投诸八达衢[⑧]。是谁好身手，冥冥如飞凫。

土豪藐乡闾，拥寇为其主。敛财逾巨万，寇舞斯亦舞。朝设玳瑁筵，夕启玻璃户。任寇恣所为，辱尽宗和祖。黑闬不能窥，窥者祸自取。岂知筵未撤，狂风力如虎。灯烛敛其光，群虫相栩栩[⑨]。或则丧其元，或则刳其肚。试问谁所为，有此高曾矩。

---

① “魂相虬结”，粤藏本作“魂相荡漾”。

② “几杯酒”，粤藏本作“一杯酒”。

③ “似为英雄设”，粤藏本作“特为英雄设”。

④ “每每失其头”，粤藏本作“往往失其头”。

⑤ “秋深”，粤藏本作“宵深”。

⑥ “其轻若蜥蜴”，粤藏本作“其轻类蜥蜴”。

⑦ “常自炫”，粤藏本作“犹自炫”。

⑧ “投诸八达衢”，粤藏本作“悬之八达衢”。

⑨ “群虫相栩栩”，粤藏本作“群虫尚栩栩”。

朝为窭人子，暮着珍珠履。间谍似可为，吸尽同胞髓。意气一何盛，惯舐倭奴痔。邻里无一言，只以兽相拟。忽然失其踪，有人窃窃视。首悬溷厕前，市上羊头似。妻孥正呼号，屋内红光起。悠悠成一梦，寸缕皆焚毁。是谁设计谋，壮哉谲以诡。

枉读圣贤书，枉读忠义事。寇至无一言[①]，只有双眶泪。古来称士夫，徒具此风致。不如守椎埋，当有真意义。英雄不爱名[②]，自有[③]杀人器。载藉亦不书，赏识归稗史。

送友人赴赤柱受训

断送羊城有三憨，曾贪余蠢吴轻狂。一朝树倒猢狲散，走投无路归何方。曾媪能持假面目，微闻东食西家宿[④]。腰缠问有多少钱，小民或尚遭鱼肉。余嬷当年称主妇，忽然变妾操箕帚。虽然安分可全身，试问何颜对姑舅。独有吴娘足计谋，故欢重拾了无愁。当筵屡鼓如簧舌，谓可宣传岭外州。宣固荒唐听亦蠢，俨同[⑤]阶下鸣蚯蚓。是否吮痈舐痔心，层层披剥相吸引。抑或细将媚敌之事来商量，自己陈述偏能详。千门万户号声急，汝与谁人共主张。吴娘吴娘汝有真本领，宣传宣到暂人境。倘非粉面有辉光，未必词锋任驰骋。儿辈青年且听之：鲍鱼之味从头吹。妖风动荡浑不觉，陷尽一般热血儿。众意独怜不计此，前途欲博头衔美。平时辄虑米囊空，席位安全差可喜。既然如此余复有何言，四维从此不能存。盲风[⑥]暴雨连朝暮，始有咻咻怪鸟喧。

---

① “无一言”，粤藏本作“默无言”。

② “不爱名”，粤藏本作“不要名”。

③ “自有”，粤藏本作“只有”。

④ “微闻东食西家宿”，粤藏本作“尚闻东食西边宿”。

⑤ “俨同”，粤藏本作“俨如”。

⑥ “盲风”，粤藏本作“昏风”。

苦忆三首

去岁九月杪，曾过野人庐。紫菊正开花，令我几踟蹰。展转乞一丛，野老意有余。谓此君家种，还当伴读书。我妻刚礼佛，得此意蘧蘧。插以古铜瓶，香篆绕徐徐。何期菊未萎，胡马临前除。仓皇走他乡，寂寂子云居。迄今已一载，渺渺总愁余。余妻已物化，不禁为欷歔。何日归东溪，得亲书与蔬。

与菊相掩映，尚有芦花白。采诸百丈村，冷月舒魂魄。孤馆正萧条，得此清秋客。残灯照噩梦，满地血痕赤。已知国难临，张皇实无益。苦干且埋头，或有飞腾策。菊花诚小事，几时安衽席。

旅居苦寂寞，有酒无菊花。何以慰幽怀，哀乐未有涯。丈夫愁去国，乡情日以赊。一樽自斟酌[①]，魂梦倍交加。秋冬虽伏蛰，山泽起龙蛇。慎勿笑畸人，思潮正发芽。

著作、编辑、缮写、装订、发行人廖蘋盦[②]

（18）1939年11月2日发行《淹留》第十八期

诗歌作品有：歌行《胡无人》、七绝《湘捷四首》、五古《双十日早起，忽闻我军光复中山县，喜极而作》、五古《清秋寂寞，屡思菊花不可得。偶适关闸，见小草开花，略如菊状。细视即吾乡所谓蟛蜞花也，撷一束以归。苟得其似，聊胜于无》、五古《秋容黯淡，携小儿幼弟同赴东海隅，坐沙滩上，看帆影出没，最荡胸怀。既又拾水边贝壳，中有极奇玮者，各选一掬乃返》、七律《新月》、七律《漫行水际得句》。

---

① “一樽自斟酌”，粤藏本作“浊酒自斟酌”。

② 粤藏本无此行。

胡无人

妖氛虽播荡，究竟胡无人。有人不必内阁数更新，有人不必将帅变易频。海陆两军不相睦，煎磨遑问刀锋秃。各撩小忿恣声威，弹雨连天恐不速。军国还须藉外交，可怜恩义各相抛[①]。狙公故智终何用[②]，黑白纷纷只自淆。彼邦[③]亦似遭奇疾，良医兀自寻不出。朝野人人解滥竽，肘后何曾有方术。有口难说心中苦，天皇特受人愚侮。久战当然失众心，丧师又是惭千古。万世一系有虚名，民心倘不见承平。揭竿自是寻常事，不管新京与旧京。如此情形我更何瑟缩，八公山下多乔木。万叶萧萧有战声，何难一举歼蛮族。可恨降胡有小汪，岂真傀儡能辉光[④]？含情欲作弹筝妓，劲节终惭郑妥娘。四万万中有此害群马，本来何损风和雅。独惜天南戾气钟，竟许鸱枭栖广厦。吁嗟乎！胡无人兮天地快澄清，天涯何必怯笳声。策勋自是男儿事，射石将军惯夜行。

湘捷四首

三湘毕竟有男儿，汗马功勋更让谁。最是洞庭刚落木，人人争诵小戎诗。

曾闻三户可亡秦，东海屠鲸亦有因。回首羊城谁断送，万家涕泪看斯人。

中原决战谁关键，莫叹连年失地多。一夜楚歌豪放甚[⑤]，尽驱胡马过滹河。

笳声莫叹韵悠悠，一战推翻万古愁。衔石莫名精卫志，忽然思送十三州。

---

① “可怜恩义各相抛”，粤藏本作“可怜恩义久相抛”。

② “狙公故智终何用”，粤藏本作“狙公故智不能用”。

③ “彼邦”，粤藏本作“彼方”。

④ “能辉光”，粤藏本作“有辉光”。

⑤ “豪放甚”，粤藏本作“悲壮甚”。

双十日早起，忽闻我军光复中山县，喜极而作

虽然双十节，旅居苦不适。忽然集喧阗[1]，盈盈窥一隙。是时多雨雾，各自舒魂魄。月儿剩一痕，想见翻金液。老妇聆佳音，鼾睡不思夕。晨起理箱囊，喜极失其屐。少妇不梳头[2]，摸得双绣舄。匆忙着足上，精神都奕奕[3]。邻居问何为，似有深计画。答言"寇已行，归去寻亲戚。亲戚或逃山，或有[4]匿陇陌。不期甫三宵，便可归故宅"。父老蹒跚行，频频手加额。儿童嬉屋畔，还挟书一册。共道长官贤，长官能负责[5]。倭寇倾其力，屠杀不拣择。相持两载余，尚可安磐石。苦战偶失利，夫岂无完策。倭奴立未牢[6]，浑如逢毒螫。仓皇尽数行[7]，脑后遭一掴[8]。狼狈亦已甚，枭鸟垂其翮。啄尽万家粮，一吐亦可惜。殷勤慰长官，长官立咫尺。挥戈非小事，民众实于役。倘非集众长，断无此伟迹。譬如逐一鹿，岂徒亲手格。一人扼其前，众乃来相搤。不特摧其角，肉且为脯腊。中原昔丧乱，负尽轩辕泽。或则守名城，造次轻一掷。或则司要塞，遗弃不终席。议论不足畏，一任人呵斥。好官我自为，不分今与昔。忽闻敌骑来，肉袒区肥瘠。此中怪现状[9]，岂难一一觅。明知集众愤，尚欲将人吓。小人难依畀，血染山河赤。山河何负汝，枨枨今何益[10]。若履中山境，应使凋血脉。

---

① "集喧阗"，粤藏本作"杂喧阗"。

② "不梳头"，粤藏本作"不搔头"。

③ "都奕奕"，粤藏本作"急奕奕"。

④ "或有"，粤藏本作"或且"。

⑤ "能负责"，粤藏本作"能尽责"。

⑥ "立未牢"，粤藏本作"立未稳"。

⑦ "尽数行"，粤藏本作"一夜行"。

⑧ "遭一掴"，粤藏本作"遭掌掴"。

⑨ "怪现状"，粤藏本作"丑现状"。

⑩ "今何益"，粤藏本作"将何益"。

清秋寂寞，屡思菊花不可得。偶适关闸，见小草开花，略如菊状。细视即吾乡所谓蟛蜞花也，撷一束以归。苟得[①]其似，聊胜于无

清秋韵事多，一菊令我醉。旅居虽不久，寸寸伤心地。菊与俗无缘，俗亦不菊器。相看成凿枘，各自相回避。迢迢[②]不见花，似被清秋弃[③]。余独窥其微，为洒同情泪[④]。郊坰信步行，冉冉闻清吹。路旁细小花，竟与菊同类。生平善引伸，物物都能寄。不必馈所思，尽可通寤寐。窗前种红豆，自有小林意。得汝来周旋[⑤]，俯仰弥多致。主人今若何[⑥]？忧国多憔悴。

秋容黯淡，携小儿幼弟同赴东海隅，坐沙滩上，看帆影出没，最荡胸怀。既又拾水边贝壳，中有极奇玮者[⑦]，各选一掬乃返

随处皆可忧，随处皆可乐。倘逢可忧时，花草皆焦灼。否则览物华，兴致殊不弱。迢迢东海隅，感怀在寥廓。遗我至于此，天公[⑧]亦已虐。俯仰成忧患，中原无锁钥。风雨正缠绵，泥淖惩双脚[⑨]。志气弥天地，赏心入丘壑。惯探麋鹿踪，风劲鸣天铎。

新月

纤纤凉月晕初生，估客南来[⑩]亦避兵。已信骨多[⑪]鱼始美，从知[⑫]辞拙事难

---

① 粤藏本在“苟得”前有“所谓”二字。

② “迢迢”，粤藏本作“寂寂”。

③ “似被清秋弃”，粤藏本作“似被秋光弃”。

④ “同情泪”，粤藏本作“伤时泪”。

⑤ “得汝来周旋”，粤藏本作“得汝来回旋”。

⑥ “主人今若何”，粤藏本作“主人又若何”。

⑦ “中有极奇玮者”，粤藏本作“中有极怪奇玮异者”。

⑧ “天公”，粤藏本作“苍天”。

⑨ “惩双脚”，粤藏本作“困双脚”。

⑩ “估客南来”，粤藏本作“估客新来”。

⑪ “已信骨多”，粤藏本作“渐信骨多”。

⑫ “从知”，粤藏本作“更知”。

成。一生总觉求人苦，万死犹嫌报国轻。驻足迢迢望沧海，不知长笛为谁鸣。

漫行水际得句

海底鱼龙且上来，亦知我在此徘徊。壮怀欲搏三千里，美酒须衔一万杯。失路愁城聊短筑[①]，伤心异域忍重回[②]。秋风断续筝琵冷，吹到羊城事事哀。

（19）1939 年 11 月 16 日发行《淹留》第十九期

诗歌作品有：歌行《将进酒》、歌行《候船叹》、歌行《重九日白鸽巢公园登高》、五律《旅思四首》。

将进酒

我有一坛酒，埋在东窗后。此酒百花所酿成，人人皆欲乞一斗。嗟哉人人皆欲尝醇醪，无此程度休叨叨。欲作酒人莫负酒，负酒之罪大似偷蟠桃。读书半世不得意，拔剑看天[③]兼斫地。诗篇百幅写牢愁[④]，五更尚滴双腮泪。欲将美酒浇烦襟，三杯落肚愁更深[⑤]。此人直是狂奴态，我酒不为狂奴斟。软玉温香春梦好，坐有胡姬各颠倒。风吹柳花满店香，何曾有个伤怀抱。及时行乐固足多，只恨忘怀出塞歌。坠鞭掷锦成何事[⑥]，好马不甘[⑦]骇汉驮。春夜曾闻宴桃李，儿辈沉迷呼不起。文人最爱赏时光，裙屐翩翩自可喜[⑧]。承平点缀固无妨，胡尘动荡休佯狂。若教六管志风雅[⑨]，大

---

① “失路愁城聊短筑”，原作“莫谓愁城能久困”，粤藏本作“背后断霞添水色”。

② “伤心异域忍重回”，粤藏本作“山层寒雁慰天灾”。

③ “拔剑看天”，粤藏本作“拔剑向天”。

④ “写牢愁”，粤藏本作“写穷愁”。

⑤ “愁更深”，粤藏本作“愁弥深”。

⑥ “成何事”，粤藏本作“成何用”。

⑦ “好马不甘”，粤藏本作“好马不为”。

⑧ “自可喜”，粤藏本作“真不喜”。

⑨ “若教六管志风雅”，粤藏本作“若教一味谈风雅”。

好山河谁主张。由前种种岂能使我心悦服，纵然嗜饮休来渎。不得其人酒不香，莫谓胥些有此福。我酒第一要饮嵚奇人，荆卿仗剑西入秦。霜锋要洞魔王腹，莫令苍生泪满巾。若遇此人余乃殷勤将酒上，阴霾扫尽天明朗。匹夫能遏万乘威，民族当然多影响[①]。将军三箭定天山，簇簇旌旗拥汉关。元戎下马军威肃，万人争道看刀镮。维时余亦将酒进，贺他能布堂堂阵，贺他能复九世仇，贺他能把天声振。剑客先推聂隐娘，小觑藩阀同蜣螂[②]。庭前一叶萧萧下，便有人头滚壁厢。可惜蛾眉不嗜杯中物，否则余固欣然向剪拂。一杯醽醁双手擎，豪怀应为红颜屈。封狼毒焰随风吹，昌黎曾作平淮碑。书生勿叹无权力，笔锋原可慑妖魑。若遇斯人我亦将酒送，人间有此鸾和凤。盈盈一卷吓蛮书，气概真堪相伯仲。其余和戎魏绛直是孱夫耳，苟安岂识人间耻？更有惭颜学美新[③]，虽尚游行心已死。此等文人乞余酒一卮，真乃大胆鸱枭欲上碧梧枝。一脚踢翻臭墨汁，问彼呫哔将何为。倘使人人无饮酒资格，余将自斟自酌不管晨和夕。待到兴阑酒亦尽[④]，挥戈直向倭奴掷。天下唯有酒人能爱国，酒入愁怀增魄力。食粟何曾有事功，只因惯把肝肠塞。吁嗟乎！百花之酿美绝伦，何堪满地皆胡尘。但愿人人皆能饮此酒，会见中原有好春。

候船叹

海隅山水区，却是伤心地。请看危楼两巨层，令人愁绝如痴醉。蹙眉有妇人，丧面[⑤]多男子。妇言“昨日捱延至到今，不饭不茶两日矣[⑥]。不知船票几时发出来，两眼瞪瞪几欲死[⑦]。”男言“汝曾捱延两日何足奇，我却

---

① “多影响”，粤藏本作“生影响”。

② “小觑藩阀同蜣螂”，粤藏本作“觑他藩阀如蜣螂”。

③ “更有惭颜学美新”，粤藏本作“更有靦颜创美新”。

④ “酒亦尽”，粤藏本作“酒亦干”。

⑤ “丧面”，粤藏本作“垢面”。

⑥ “两日矣”，粤藏本作“数日矣”。

⑦ “几欲死”，粤藏本作“盼欲死”。

刚刚等候一星期。朝携包袱来[①]，暮乃归迟迟。见者疑为洋行有职业，谁悉[②]我却怅怅将何之！映相几毫钱[③]，担保二十块，含羞忍辱几人知。世间若个能宁耐，吆喝何来一壮夫。发蜷面黑[④]虬髯须，问我囊中尚有无，代为设法可欢愉[⑤]。旁人[⑥]果然与招呼，纸币几片[⑦]精神粗。盈盈忍俊不须臾，船票到手能登途[⑧]。就中几个神惘惘，如斯办法心头痒[⑨]。只是财源已窘枯，无故虚糜亦冤枉。眼枯口渴肚饿[⑩]频瑟缩，哭不成声气不续。有言只好细喁喁，否则当头遭一扑。未曾归时既有[⑪]此情形，既归之后更觉心怦怦。夜睡不能闭门户[⑫]，比屋搜查选壮丁。每遇倭奴须见礼，有时鞭扑难禁抵。少妇当然更恐慌，无限娇莺[⑬]鸣客邸。归去来兮归去来，殊方能得几徘徊。米薪难解决，精神化作灰。归却颠连留不可，此中大是伤怀抱。何不趁此时机复国仇，胜似去来自颠倒。微闻游击队，充斥沦陷区，层层控制使彼难转侧，白日弯弓可射狐。又闻正规军，出师亘长云，敌人闻之[⑭]胆已裂，晴天霹雳无妖氛。倘经归去加入先锋队，足使男儿[⑮]增气概。垂头甘作入笠豚，纵非狐群亦鼠辈[⑯]。”吁嗟乎！候船之人且听之，

---

① “朝携包袱来”，粤藏本作“朝携包袱去”。

② “谁悉”，粤藏本作“谁知”。

③ “几毫钱”，粤藏本作“两毫钱”。

④ “发蜷面黑”，粤藏本作“头红脸黑”。

⑤ “可欢愉”，粤藏本作“且欢愉”。

⑥ “旁人”，粤藏本作“有人”。

⑦ “纸币几片”，粤藏本作“纸币一叠”。

⑧ “能登途”，粤藏本作“即登途”。

⑨ “心头痒”，粤藏本作“心神痒”。

⑩ 粤藏本无“肚饿”二字。

⑪ “既有”，粤藏本作“已有”。

⑫ “夜睡不能闭门户”，粤藏本作“夜间不能闭门睡”。

⑬ “娇莺”，粤藏本作“春莺”。

⑭ “闻之”，粤藏本作“当然”。

⑮ “男儿”，粤藏本作“中原”。

⑯ “亦鼠辈”，粤藏本作“亦狗辈”。

是谁使我至于斯？国仇倘许能安忍[1]，周余之民靡孑遗。

重九日白鸽巢公园登高

白鸽巢前作重九，却奈垂杨生左肘。黄埃[2]层叠连碧空，只许冷冷风自吼。班生志气欲撑天，只恨难酬祖逖鞭。黯黯胡尘满川陆，家乡遍布橡皮船。元戎既已抛羊石，偏裨却自[3]矜裙屐。城市喧阗杂鼠狐，仇人变作平原客。脱身为羁旅，咄咄同谁语？燕雀居然睨大鹏，只因攫得[4]沟渠鼠。差幸樽中酒不空[5]，醉后悲歌畣远风。几度登临望沧海，海边直觉[6]云蒙蒙。九秋健翮能归去，胡尘莽莽奔何处？大好山河有主人，精诚团结能相驭[7]。开门揖盗彼何人，万辈嘻嘻作顺民。妖魔倘悉[8]悬秦镜，始叹当年误失身。呜呼！白鸽巢，千万树，萧然叶叶有秋声。珠江尽可投鞭渡，游罢刚刚有笛声，强抛岁序更心惊。归来斜倚[9]幽窗想，何日燕然勒一铭。

旅思四首

客梦三千里，愁心一万年。蒙蒙多细雨，偏又值秋天。摇落谁人惜，淹留且自怜[10]。何当集朋旧，相与话灯前。

自解吟诗后，愁怀逐渐多。不知赓续久，故态复如何[11]。入世资胡语，关

---

① “能安忍”，粤藏本作“能甘忍”。

② “黄埃”，粤藏本作“尘埃”。

③ “却自”，粤藏本作“只管”。

④ “只因攫得”，粤藏本作“只因曾攫”。

⑤ 粤藏本缺“空”字。

⑥ “直觉”，粤藏本作“尚觉”。

⑦ “能相驭”，粤藏本作“差能驭”。

⑧ “倘悉”，粤藏本作“若悉”。

⑨ “斜倚”，粤藏本作“斜傍”。

⑩ “且自怜”，粤藏本作“只自怜”。

⑪ “复如何”，粤藏本作“又如何”。

门拒病魔。秋宵莫贪睡，留待数蹉跎。

灯影摇难定，应知朔气侵。独怜经雪雁，声出最高林。秃艇人争渡，寒虫鬼变音。乱余思养性，不复耐哦吟。

寒雨连朝暮，一樽自酌斟。可怜当乱世，犹自惜瑶琴。明镜羞人具，清泉出世音。区区说穷达，辜负晚钟沉。

著作、编辑、缮写、装订、发行人廖蘋盦[①]

（20）1939年12月2日发行《淹留》第二十期

诗歌作品有：歌行《秋江无恙图成，即题其上》、五古《十一月二十二日违难马交一周年，诗以当哭五首》、五古《陈寂爰以万字果酒见赠，饮后得句四首》、五古《报章盛称芬兰体育家争赴战场，书此以志向往四首》、五律《闻笛》。

秋江无恙图成，即题其上

黯黯胡尘满川陆，秋风却把尘驱逐。逐出中原气象新[②]，来太匆匆去亦速。落拓畸人处海域，何曾有日颜怡愉。马周入市途人缩，却道灵均是酒徒。且自读书宵看剑，歌不成声气不赡。只因苦战不成功，半乏军需半经验。何堪岁月去悠悠[③]，山自凄凉[④]水亦愁。忽然睡眼蒙眬起，闻道官军复蔡州[⑤]。中原自是神明地，蠢尔虾夷休放恣。倒挽银河洗甲兵，维时始信天非醉。秋风江上是吾家，检点归程趁暮鸦。借问伏戎新气象，可曾抛撇

① 粤藏本无此行。

② “气象新”，粤藏本作“气象清”。

③ “去悠悠”，粤藏本作“竟悠悠”。

④ “山自凄凉”，粤藏本作“山自凄迷”。

⑤ “闻道官军复蔡州”，粤藏本作“听说官军入蔡州”。

旧烟霞。先访当年钓鱼侣，一舟尚见闲容与。红蓼花中信手招，年来汝实居何处。何园花草[①]已无存，劫余尚有雪霜痕。老却盈盈几株树，独舒魂魄向黄昏[②]。古屋藏书一万本，𢭏来岂任猫狸损。鬼神呵护几多时，待得归来秋已晚。晚秋最好步江干，杨柳萧条叶亦干。未必关心唯故木，西风应念万家寒。从此江边[③]结茆屋，爱读《离骚》笺草木。但教家国免飘摇，燕雀何心计粮肉。秋江寂寂水弯弯，看罢遥山看近山。应识家山幸完整，征夫几度爱刀镮[④]。时危久不谈风景，人与烟波同不幸。何期绰约蓼花开，竟许江心摇舴艋。秋风江上更谁期，尚有当年白鹭儿。呼来共览山川色，地老天荒汝亦知。

十一月二十二日违难马交一周年[⑤]，诗以当哭五首

迢迢望家乡，悠悠思故里。寒风不满旗，屡月[⑥]吹不起。平生有心事，宇宙亘相峙。何况风雨余，凄厉不胜纪。薄暮伫江湄，余霞尚成绮。只恨东溪东[⑦]，沦亡一岁矣。愧我畸零人，闲闲尚居此。

宵深闻鼓角，壮士凌山岳。磨须复磨须，此语闻数数。书生纵言论，未许人相驳。实则空与疏，丑极浑不觉。椎埋有志愿，相与为犄角。血溅好楼台，对方难捉摸。鹰隼迈风云，何必频商榷。

有酒不能饮，有句不能哦。平添一阵风，落叶今始多。盈盈小艇子，黄昏还渡河。载愁兼载恨，在我楼前过。我有一寸心，留系故岩阿。不知溪水

---

① “何园花草”，粤藏本作“故园花草”。

② “向黄昏”，粤藏本作“对黄昏”。

③ “从此江边”，粤藏本作“从此萧然”。

④ “爱刀镮”，粤藏本作“看刀镮”。

⑤ “一周年”，粤藏本作“周岁”。

⑥ “屡月”，粤藏本作“几日”。

⑦ “东溪东”，粤藏本作“东海东”。

阔，容得[①]几蹉跎。欲趁双鸣鹤，萧萧入女萝。

月儿一寸影[②]，照见东西岭。不敢懒衣裳，恐误中原境。迢迢林里鹤，未冷神先警。只徒具[③]性根，乃不能脱颖。绰约[④]旧山河，何日能完整。

不敢立秋风，秋风易惆怅。砌畔蟋蟀鸣，我适行其上。当忧不解忧，尽有真度量。凡夫偶失意，便作颓唐状[⑤]。常拈一段愁，表面还相向。故习倘能除，撕去糊涂账。

陈寂爰[⑥]以万字果酒见赠，饮后得句四首

我固爱时光，一丝不放过。讵料作闲人，尽日摊书坐。风景日萧森，胡笳声愈大。幸有杯中物，牢愁莫我奈。此酒适何来，竟把愁城破。

万字炎方果，我家曾植之。支撑拙置园，浓阴半亩垂。材大无人用，苍苔慰劲枝。春来细碎花[⑦]，秋后子累累。祖慈勤祀事，芗苾不曾离。得果以酿酒，芳香称黍粢。何期家运衰，莴木日以萎。岂此果而已，盘根实靡遗。一览萧条景，能不伤心悲。

勤修种树经，分明是我志。何期霜雪森，落尽千山翠。小草信卑微，不解朝阳媚。迢迢家国难，耻共枫林醉。人凄树亦凄，当难测所至。寒露滴泠泠，似是伤时泪。

---

① “容得”，粤藏本作“留得”。

② “月儿一寸影”，粤藏本作“月凭一寸影”。

③ “只徒具”，粤藏本作“恐徒具”。

④ “绰约”，粤藏本作“卓卓”。

⑤ “便作颓唐状”，粤藏本作“便作衰颓状”。

⑥ “陈寂爰”，粤藏本作“陈寂园”。

⑦ “细碎花”，粤藏本作“细细花”。

一杯吸入肚，此岂酒而已。直是忧患根，成此几滴水。生平信濡滞，有翼飞不起。不期兰蕙心，浸在凄凉里。摆脱亦何难，似不由书史。倘能集酒徒，人人抽一矢。试问东海夷，俦敢来送死。

报章盛称芬兰体育家争赴战场[①]，书此以志向往四首

芬兰体育家，争向疆场去。中国体育家，专爱家中住。问他何颓唐，怕与虾夷遇。遇恐丧厥躯，怛怛无归路。遇更蹈危机，分明无举措。不如且优游，历练球场步。有时着红衫，有时穿绿裤。既可博虚名[②]，又不蒙雾露[③]。壮哉好男儿，中原任多故[④]。

师兄爱拳术，师弟爱刀枪[⑤]。吓吓人而已，岂真赴战场。战场另有人，不是此强梁。若靠彼支拄，分明绝命汤。养此体育家，不如养红妆。

其力大如虎，其胆小如鼷[⑥]。腿力冠遐陬[⑦]，盈盈东与西。独惜冲锋术，不敢闻鼙鼓。只好供娱乐，桃李自成蹊。

堂堂体育会，分明热闹场。若云须上阵，包管匿无方。武艺冠朋侪，致力健身房。倘搬游艺戏，不藉人帮忙[⑧]。英雄自有真，蔚为国家光。

闻笛

笛是谁家物？因风过短墙。独怜家国难，偏在水云乡。命被君吹短，愁牵

---

① “争赴战场”，粤藏本作“争赴前线”。

② “博虚名”，粤藏本作“弋虚名”。

③ “蒙雾露”，粤藏本作“蒙霜露”。

④ “任多故”，粤藏本作“遂多故”。

⑤ “师弟爱刀枪”，粤藏本作“师弟好刀枪”。

⑥ “其胆小如鼷”，粤藏本作“其胆乃如鼷”。

⑦ “腿力冠遐陬”，粤藏本作“腿力噪遐陬”。

⑧ “不藉人帮忙”，粤藏本作“不必人帮忙”。

我更忙。五更唯鹤唳，可共海涛凉[①]。

春底风光

德亢

仿佛风光在荡漾，
也像是春鸟飞翔；
远远地传来笑声，
似是情丝底快畅。

雨啊，微微的下。
风啊，缓缓地吹。
路上泥滑阻行人，
万光之王你到哪里去？

满布着悲惨风云，
大地给战神并吞；
突来了一片杀斗，
毁灭春神底温柔。

枪啊，密密地响。
血啊，渗渗的流；
宇宙暗悲丧壮士。
自由之神你往哪儿去？

（录自澳门培正中学佚名文集；约出版于1939—1940年间，第108页。郑炜明编《澳门新诗选》，澳门基金会1996年版，第5页。）

---

① “可共海涛凉”，粤藏本作“差可证苍凉”。

沉沉的烟幕，弥漫了南国名都

魏奉槃

沉沉的烟幕，
迷漫了南国名都——
战云隔绝了。
这儿不曾听到：
　隆隆的大炮吼声
　　皇皇的敌机乱鸣。
巍峨的华厦藏着娇美的舞娘，
待着超然人士寻欢畅。
这里充满着销魂的风光：
　音波荡漾，
　　歌声清响；
　　　霞裾轻扬，
　　　　舞袖挥张；
　　　　　心神飘荡，
　　　　　　意志迷茫。
呵！这是避难者的安乐窝呵！
是天堂还是坟场？

（录自澳门培正中学佚名文集；约出版于1939—1940年间，第168页。郑炜明编《澳门新诗选》，澳门基金会1996年版，第35页。）

在病中

飘零客

在病中
我怀念起慈爱的老母

我回忆起亲切的伴侣
　怀念起慈祥的面容恳切的服侍
　回忆起温存的声调深切的慰问
在病中
我怀忆起居留八年的东山
　在那里得着舒适的料理
　在那里得到恳切的服侍
　在那里找到温存的慰问
在病中
我起了仇视倭寇的志气
　他毁坏了我的老家
　他分离了我慈爱的老母
　他分散了我温存的伴侣
在病中
　我意识到人生的空虚
　我联想到杨朱的哲理
　我体会到李白的意旨
　我领略到色迦的真理

在病中
我怀念起慈爱的老母
我回忆起亲爱的伴侣
　怀念起慈祥的面容恳切的服侍
　回忆起温存的声调深切的慰问

（录自澳门培正中学佚名文集；约出版于1939—1940年间，第167页。郑炜明编《澳门新诗选》，澳门基金会1996年版，第37页。）

附录三　散文作品选录

（1）1939年8月2日发行《淹留》第十二期

与冯某某书

某某足下：日昨蒙君自港来道达尊意，谓将代向政府陈请，俾得抚恤金以舒贫窘[①]。甚感！甚感！虽然弟之穷，足下知之；弟之志，足下似未悉也。谨一一以陈。忆二三年前，蒋委员长莅粤，几辈老同志[②]相聚以语[③]，谓吾人谋吃一顿饭当在此时。于是首其事者为邓某，次为[④]苏某、刘某、陈某等等[⑤]，各书履历，各溯事功[⑥]，意气洋洋[⑦]，不可一世[⑧]。次及于弟，弟乃庄重而言曰[⑨]："此固然。然余非诸公比[⑩]，何也？无功抑亦不认老。无功与不认老而乃向政府求抚恤，不乃谬甚！"此语一出，相对默然。有以为是，有以为非；或以为矫，或以为憨。虽然犹未，弟当时实更有几句说话[⑪]，只恐太煞风景，故隐而不发。今并为足下一述。弟之意以为吾辈今日固垂垂老，但回想当年，志气何若？行径何苦？激昂慷慨之未遑，促缩颓废之是耻。财蠲则总之以命，屈己要在于伸人，蓬蓬勃勃，目无今古，

① "以舒贫窘"，粤藏本作"以抒乏窘"。

② "老同志"，粤藏本作"旧同志"。

③ "相聚以语"，粤藏本作"相坐以语"。

④ 粤藏本无"次为"二字。

⑤ "刘某、陈某等等"，粤藏本作"陈某、刘某等等"。

⑥ "各溯事功"，粤藏本作"各陈事功"。

⑦ "意气洋洋"，粤藏本作"志气洋洋"。

⑧ "不可一世"，粤藏本作"得未曾有"。

⑨ "弟乃庄重而言曰"，粤藏本作"弟乃庄重答曰"。

⑩ "然余非诸公比"，粤藏本作"然余甚非诸公比"。

⑪ "几句说话"，粤藏本作"几句重要说话"。

何其壮也[①]！曾几何时，而自放，而自馁，而自弃。昔则气象千万[②]，今则俯仰求人。杜诗所谓“昔何勇锐今何愚”，思之真堪痛哭。窃谓：丈夫不能自食，胥由无志气，而非[③]出于无能。无志气，饿死可也。倘有志，不特身未老，纵老仍有[④]救民族救国家之任务。事之夙败未可必[⑤]，但各有千秋[⑥]，不可磨灭。馨香百世之不暇，岂计温饱于一时。否则年未老而说老，境未衰而说衰，毛举过去一二小节以为莫大功，谓即此已足，不必再干，且谓藉此[⑦]可图毕生安乐。此等坏脑筋、劣心理，简直不能谓为革命党。自暴自弃与市侩无殊[⑧]。抑又思之，国家之资财有限，而立勋之士则无穷。抗日以来，置身前线，或死或残废，一时未必便有相当抚恤。以功而论，孰右于此？仓卒间当无办法。而乃强挖数十年前之旧事，得一钱以冀温饱，是则是矣，其如人笑何？弟之言此，当有发生疑问，谓弟未尝穷，故有此风凉话。实则违难以来，弟之处境非复人所能堪。去冬患咳，缠绵五阅月，朋辈皆代为危，谓不治，肺痨立见[⑨]。然以经济关系，无如何也。幸而不医自愈[⑩]，否则[⑪]纵非因贫饿死，亦必因贫病死。实则饿与病相为表里，无时不向弟侵袭。对付之术，月异而岁不同。即此一端，可觇近况[⑫]。若夫最近工作，他日重晤某君[⑬]，可以向彼一询，藉知梗概[⑭]。总之

① “何其壮也”，粤藏本作“何其威也”。

② “气象千万”，粤藏本作“意气万千”。

③ “而非”，粤藏本作“并非”。

④ “仍有”，粤藏本作“岂无”。

⑤ “事之夙败未可必”，粤藏本作“事之成败不可必”。

⑥ “但各有千秋”，粤藏本作“而各有精神”。

⑦ “且谓藉此”，粤藏本作“且可藉此”。

⑧ “与市侩无殊”，粤藏本作“与驵侩无殊”。

⑨ “谓不治，肺痨立见”，粤藏本作“以为不医，将成肺痨”。

⑩ “不医自愈”，粤藏本作“不医自愈耳”。

⑪ “否则”，粤藏本作“设然”。

⑫ “即此一端，可觇近况”，粤藏本作“即此可以觇弟近况”。

⑬ “他日重晤某君”，粤藏本作“他日重晤黄君”。

⑭ 粤藏本无“藉此梗概”四字。

奋斗一如昔日，抗日救国不敢后人[①]。所以告慰故人者以此[②]，所以自慰者亦如此[③]。敢布区区。

（2）1939 年 12 月 16 日发行《淹留》第二十一期

淹留自序

余以诗歌为工具，曾抵抗[④]三大民族。初排满，继排俄，终抗日，而皆未成功[⑤]。辛亥革命光复旧日山河，排满成功似矣。然二十余年后，溥仪尚能藉倭人[⑥]势力，窃据长春，其余焰且伸张至平津一带，以为[⑦]民国疥癞之疾。而排俄成功曾否如是？民国成立，外蒙首先变叛，暗中牵扯，实为俄国。时余在广州主持《震旦》、《平民》、《民国》等报言论，尝大声疾呼，谓收复外蒙，当与俄罗斯一战。任令煽动边境独立，他日必有从而仿效。论说之外，继以诗歌。尝作《征俄歌》，海内外报章争先转载。英人[⑧]所设之《泰晤士报》亦载焉。所以然者，法国友人叶嘉生博士时适为《泰晤士报》访员，极韪余议，相将及之也。今果然！外蒙开其先，满洲继其后矣。俄罗斯以外蒙为傀儡，日本且视满洲[⑨]为俎醢矣。然则将若之何？文人有诗歌，文人之结晶也。然诗歌云者，岂特吟风弄月、欣奇赏胜、往复酬酢而已。必将察祸福之本源，挺起而为民族国家之保障[⑩]。故夫武人之剑锋不能为国家民族效力，武人之羞也；文人之笔锋不能为国家

---

① “不敢后人”，粤藏本作“未敢后人”。

② “以此”，粤藏本作“在此”。

③ “亦如此”，粤藏本作“亦此”。

④ “抵抗”，粤藏本作“抵御”。

⑤ “皆未成功”，粤藏本作“皆未有成功”。

⑥ “倭人”，粤藏本作“虾夷”。

⑦ “以为”，粤藏本作“遂成”。

⑧ “英人”，粤藏本作“英国人”。

⑨ “且视满洲”，粤藏本作“且以满洲”。

⑩ “挺起而为民族国家之保障”，粤藏本作“挺然而作国家民族之保障”。

民族捍卫，抑亦文人之耻也。然而[1]羞者自羞，耻者自耻。悠悠千百载，于此中致力者曾几何人？欲中国得免为外族蹂躏，其可得哉！其可得哉！排满之诗，散见于总理所办之《中国日报》、郑贯公所办之《广东报》[2]、《有所谓报》、庐信公所办之《大江报》等等。所与唱和[3]，以胡汉民、林广尘、庐信公为最多。而惜乎中道物化，今日《淹留》之作不能使见。排满诗稿，日久散失，不能备录[4]。然略有一二尚可忆及。《燕子》云："昨日街头遇燕子，相逢能不泪沾衣。有人故国沉沦去，似汝当年王谢飞。往事岂堪[5]愁脉脉，芳春争奈柳依依。营巢[6]未是无情物，为扫胡尘待汝归。"《东溪》云："独立苍茫里，萧萧有暮鸦。暮鸦飞点点[7]，都傍汉人家。苦雨侵须鬓，酸风[8]老岁华。可堪秋日至，随处有悲笳。"《酌酒》云："酌酒与君饮，问君何所之。君言不得意[9]，对我相涕洟。隐隐天门昨夜开，无端掉下封狐来。黄帝子孙被噬尽[10]，天昏白骨郁成灰。酌酒以后聊分手，各树一旗斩狐首。天地生人何有哉，岂许[11]冷冷风自吼。问君还有几多愁？黄帝之魂在后头。一朝复我家和族，行看欢声噪五洲。"此诗盖为林广尘而作，广尘未及和，已向黄花岗作烈士去矣。排俄之作，以《征俄歌》最为热烈。歌云："康君好作排俄论，劝我试作《排俄歌》。黄

---

① "然而"，粤藏本作"虽然"。

② "《广东报》"，粤藏本作"《广东日报》"。

③ "所与唱和"，粤藏本作"相与唱和"。

④ "今日《淹留》之作不能使见。排满诗稿，日久散失，不能备录"，粤藏本作"今日《淹留》之作不能使见容若矣。各报日久亦已散失，诗遂不能备录"。

⑤ "岂堪"，粤藏本作"可堪"。

⑥ "营巢"，粤藏本作"乌衣"。

⑦ "飞点点"，粤藏本作"飞几点"。

⑧ "酸风"，粤藏本作"凄风"。

⑨ "不得意"，粤藏本作"不得志"。

⑩ "被噬尽"，粤藏本作"噬欲尽"。

⑪ "岂许"，粤藏本作"岂任"。

埃冲天白日动，鲸吞蚕食将如何。忆昔轩辕奋戈起，百族仓卒[①]随风靡。四千载后悉侵寻，岂特敲肤兼剥髓。吁嗟乎！人生之寿不过仅百年，何堪弱肉强食遭颠连。挥戈自是男儿事，能以人力回苍天。敌不尽兮战不息，冲锋陷阵吾天职。侧身天地何茫茫，匹马短衣驰绝域。嗟叮乎！康君汝试仰看昆仑云。其下蓬蓬[②]有生气，合是吾族策功勋。慎勿嗟伤时势改，犹当郁勃[③]腾光采。兴来灼灼看吴钩，气概此时千百倍。朝来奉别爷和娘，嗟莫[④]门闾多叹伤。有儿出战爷娘幸，有孙杀敌祖宗光。暮来更与娇妻说：'此去休云终决绝。兴酣力斩楼兰头，归来犹带匈奴血！'吁嗟乎！排俄之恃恃血诚，四万万众气纵横。愿作鲲鹏翔大地，不随小鸟鸣嘤嘤。排俄之恃恃粮饷，卜式输财好榜样。马腾士饱[⑤]出郊原，唱筹更觉精神壮。我闻卫霍好戎机，元戎十乘夹双骓。誓当上雪国家耻，莫道终军气力微。更闻仁贵善弓箭，天山一捷惊雷电。铙歌响遏阵云横，偏裨自古[⑥]多奇彦。吁嗟乎！康君汝乃轩辕之血胤[⑦]，我亦黄帝之儿孙。地图变色[⑧]权利尽，有此奇辱夫谁言。东郊一夜[⑨]风如虎，何处健儿扬笳鼓。触发生平尚武心[⑩]，忽然拔剑当风舞。男儿何事爱萧条，冷雨孤窗太寂寥。若得黄龙三日酒，便将块垒一齐消[⑪]。东蒙活佛原刍狗，孤雏腐鼠曾何有。悬军斜睨莫斯科，汉帜一挥类拉朽。吁嗟乎！班生投笔气如虹，西域平定[⑫]多奇功。杜老伤时太呆相，车辚马吼激顽聋。夜深门外悲歌动，豪魂英魄[⑬]相

---

① "仓卒"，粤藏本作"仓皇"。

② "其下蓬蓬"，粤藏本作"其下蓬勃"。

③ "郁勃"，粤藏本作"郁郁"。

④ "嗟莫"，粤藏本作"慎勿"。

⑤ "马腾士饱"，粤藏本作"士饱马腾"。

⑥ "自古"，粤藏本作"自昔"。

⑦ "血胤"，粤藏本作"血胄"。

⑧ "地图变色"，粤藏本作"地图染色"。

⑨ "一夜"，粤藏本作"昨夜"。

⑩ "尚武心"，粤藏本作"战伐心"。

⑪ "一齐消"，粤藏本作"一齐洗"。

⑫ "西域平定"，粤藏本作"平定西域"。

⑬ "豪魂英魄"，粤藏本作"豪魂浩魄"。

追送。道我速当洗国羞，疆场白骨休悲痛。男儿束发岂安家，不事筝琵事笳鼓。夕阳一线[①]蛮山路，杀人休管乱如麻。吁嗟乎！排俄之急如救火，我不灭俄俄灭我。请看波兰古国民，蹴踏鞭笞今已夥。”诗既如此，合之《淹留》诸作，吾之心事遂乃昭然若揭。然则所谓未成功者[②]，卒当不能成功乎？此不可知之者也，然而不得不努力也。外患愈严重，抵抗愈剧烈。吾于是略窥天心，天之意若曰：能如是，将无愧乎生存，亦可见文人之力量者。如是，则吾《淹留》所以作；不如是，虽《淹留》不作可也。言未既，有笑于列者，谓："抗战尚未成功[③]，吾国力量必将垂尽[④]。"余曰："不然！"所贵乎独立云者，在气不在质。气苟充沛，以之敌一国，而可以之敌百十国；而可以之战一年，而足以之战百十年而无不足[⑤]。古有以一成一旅而复国者，亦有拥兵百万而旦夕消亡者。无他，恃气与恃力[⑥]之不同而已也。孟子曰："我善养吾浩然之气。"所谓浩然云者，人既有之，国亦宜然。昔者愚公移山，其言曰："今日力不能继，将待异日。身不能移，尚有子，子尚有孙[⑦]。"山神闻其如此，一夕遂驱山使去。此无他，质虽不能胜，而气实胜之也。余之抗日亦复如是[⑧]。所不可知者，同为中国之民，其认识立国之程度[⑨]不悉若何。使能以至大至刚之义相团结[⑩]，东海虾夷何足畏哉！何足畏哉！

---

① "夕阳一线"，粤藏本作"夕阳一片"。

② "未成功者"，粤藏本作"未曾成功者"。

③ "尚未成功"，粤藏本作"迄未成功"。

④ "必将垂尽"，粤藏本作"必将乏尽"。

⑤ "而可以之敌百十国；而可以之战一年，而足以之战百十年而无不足"，粤藏本作"而可以之敌多国而无不可，以之战一年，而足以之战多年而无不足"。

⑥ "恃气与恃力"，粤藏本作"恃气与恃质"。

⑦ "今日力不能继，将待异日。身不能移，尚有子，子尚有孙"，粤藏本作"吾今日力不能至，将候明日。吾身不能移，尚有子，子尚有孙"。

⑧ "余之抗日亦复如是"，粤藏本作"余之抗日，其志亦复如是"。

⑨ "立国之程度"，粤藏本作"立国之方法"。

⑩ "使能以至大至刚之义相团结"，粤藏本作"使能以至大至刚之理想相联系"。

附录四

三姝媚

汪兆镛

张仲璆翁以海紫杜鹃花移植因树园。顷著花甚艳，适百越与余同寓园中，看花如见故人。翁于花下仿西法摄景，因仍倚三姝媚前调，次碧山韵。世得无笑吾三老人为好事耶？

浮华轻羽葆。爱幽林深深，软尘吹少。指点嫣痕，讶怨脂、犹耐未伤春老。旧雨空山，曾忆否、个侬红小。蓦地相看，零飖斜飘，浅绡低袅。

今段东风来早，正听到啼鹃，凄迷残照。愿挽花魂，漫向花溅泪，洗愁都了。酒伴无多，聊自托、纫兰微抱。算须眉无恙，重圆梦好。

（《澳门诗词笺注·民国卷·上》，第132页）

题张仲球《因树园图》四首

张学华

昌黎庭树渊明柳，手植辛勤爱此庐。难得天然留胜境，百年乔木自成图。

池亭小筑绕红栏，芳草芊芊拓地宽。不种桃花亦真隐，旁人只作武陵看。

绿阴深处护人家，汲得新泉共煮茶。犹有竹篱茅舍意，底须金谷斗豪华。

林泉潇洒画中身，一卷《楞严》悟宿因。花雨香飘清净界，不知桑海几扬尘。

题庐煊仲《娱园雅集图》

张学华

昔闻珠江盛行乐，海山万松尽零落。一时歌舞起楼台，几日归来怨城郭。
何如远避人境喧，世外却有桃花源。此地不受烽烟厄，灵光独岿常能存。
主人冈州旧名阀，筑园奉母陔华洁。机云分住屋西东，春草堂开娱岁月。
拓地十亩劳经营，审曲面势不肯平。回栏几折愈幽邃，奇石万态何峥嵘。
中有一亭翼然出，俯仰足使尘襟豁。树色山光润欲流，绿意红情荒未歇。
每逢胜日宾筵开，置身恍自金谷来。曾记中秋共谈宴，芳池华月光徘徊。
世事十年如转烛，黄垆重过山河邈。局外看棋劫太多，花前联袂欢谁续?
且喜齐名有季方，白头相见谈沧桑。题诗尚忆西池梦，爱客频倾北海觞。
蝎来朋旧纷如雨，永嘉况值流人聚。争传佳话会耆英，更写闲情图客主。
把卷赏会境疑仙，倘容终隐耽林泉。画意诗心托深窈，鸽巢蛟石长流传。

题姚粟若画为庐煊仲二首

张学华

淋漓大幅似荆关，不写江南一片山。悬向高堂风雨起，长留绝笔在人间。

海外飘零老郑虔，《八哀》愁咏杜陵篇。酒酣泼墨成陈迹，为补林峦一惘然。

（《澳门诗词笺注·民国卷·上》，第183—190页）

松山晓行

李供林

雨后山间气倍清，朝曦迎我向东行。丹霞似锦缝难合，碧草如茵翦未平。
十里风飘松子落，一池春涨水痕生。相逢都是流亡客，愁听枝头杜宇声。

春晓偕友登西望洋山远眺二首

李供林

知非吾土认桃源，结伴游春笑拍肩。绿草芊绵凝雾湿，苍松夭矫耐寒妍。未尝普济谈禅味，转羡西湾钓海鲜。来自故乡多感慨，那堪凭吊旧山川。

吾人生长自由天，破晓高瞻大自然。旭日渐从山罅见，疏星倒向水中悬。寻巢紫燕穿林过，出谷黄莺择木迁。咫尺故园如万里，时清偿愿着归鞭。

（《澳门诗词笺注·民国卷·下》，第 459—460 页）

西江月

钱宝龢

入寺寻僧不见，隔溪啼鴂相闻。思量呼酒惜余春，拄杖百钱不吝。　缘合主宾休问，乾坤风絮云萍。晴山花树暖如醺，老子那容独醒。

虞美人·次憬吾丈韵

钱宝龢

镜湖一杖湾南路，疑到西湖处。尽教愁雨复愁风，犹是晚晴无限夕阳红。春风词笔今还在，老去浑难改。花时溅泪意如何，不道四禅犹缚似牵萝。

（《澳门诗词笺注·民国卷·下》，第 569—570 页）

秋夜偕秋雪、卧雪过西湾，用印雪《中秋还剑湖月下》元均

刘君卉

汗漫人间一夜声，稽天还欲决科盈。横流地岂容摩足，肃杀秋如遍被兵。濯浊戒深谁则觉，放闲行僻竟何情？独无明月怜风暗，延伫湾西露白生。

（《澳门诗词笺注·民国卷·下》，第 360 页）

自松山远眺唐家湾

蔡语邨

锦绣山河孰与京？搂衣每作不平鸣。茫茫碧落天无语，渺渺苍波浪有声。尽有湔仇三楚户，得无复国二齐城？儒冠真误平戎志，坐望乡邦敌骑横。

临江仙·访寂爰丈于快渚矶寓楼

蔡语邨

一棹轻舟朝小渚，寒波潋滟长堤。江南词客乐楼栖，琴书陈四壁，儿女笑牵衣。　彩笔纵横传慧业，气吞天外虹霓。金尊蓄恨在平夷，何须怜放酒，只使愿无违。

游澳，远山、寂爰、文府诸公各惠书画，赋此作谢

蔡语邨

萧斋久厌为尘掩，海上遨游眼更明。载得一船书画返，宝山真不负斯行。

临江仙·颂培正五十周年

蔡语邨

道是当年多蒿藾，于今蕙芷丛丛。披荆斩棘有良工。红蓝园内望，极目尽青葱。　五十生朝今纪庆，同歌校运无穷。百年事业日方中。碧天晴万里，和煦荡春风。

（《澳门诗词笺注·民国卷·下》，第 563—565 页）

澳岸漫兴

李供林

小阳春已届，寒未到青毡。岸曲人孤立，天高月半圆。远山浮碧涨，薄霭散余妍。一览饶诗趣，微吟觉浩然。

寒雨登东望洋山

李供林

策杖松山麓，几家深掩扉。北风拂我帽，寒雨沾我衣。树响鸟声寂，浪淘帆影稀。阴霾此境界，顾盼无清晖。别有故国感，眼前风物非。

（《澳门诗词笺注·民国卷·下》，第 461—462 页）

访澳门

蔡铁郎

南天烽火万千家，濠镜繁灯照暮霞。乐土嬉游春正好，隔江谁问故国花？

（《澳门当代诗词纪事·上册》，第 115 页）

星马道中遇大雷雨

梁披云

急箭斜飞叠鼓驰，漫天雷雨欲安之。烟笼林野疑无地，车簸盘陀似一奇。眼底风云复何有，胸中夷险只如斯。前程信有清明在，那计时艰与路歧？

（《雪庐诗稿》，第 28 页）

西湾即景

冯印雪

不曾日日到湾前，谁信风光景万千。最是半珪明月上，晚霞低向水边眠。

（《澳门诗词笺注·民国卷·下》，第 291 页）

南湾灯影

赵连城

一天无月漏沉沉，堤树狰狞万态森。好是华灯怜寂寞，临流摇出万丝金。

（《澳门诗词笺注·民国卷·下》，第 345 页）

游螺丝山

周佩贤

闲来独咏"山之阿"，小立斜阳意若何。如此螺山凭眺好，林梢新水软于罗。

（《澳门诗词笺注·民国卷·下》，第 351 页）

濠江酒后，读放翁诗，擢为首句

李履庵

老觉人间无一欣，客居翻喜客来频。心知垂死形为累，世已多违孰与亲？坐看风飙惊白日，判教酒泪醉红裙。明朝归领沧州趣，惭愧天涯作幸民。

（《澳门诗词笺注·民国卷·下》，第 423 页）

西湾海望晚饮庐园呈座中诸公

马复

始晴俄雨太无端，刺眼淘魂又此澜。绝倒宣明相向面，谁知辛愿缺常餐？咻存泫逝堪为客，得酒闻歌强自宽。莫错稻粱明日计，荒陂寥落野凫寒。

（《澳门诗词笺注·民国卷·下》，第 434 页）

出关闸

傅穀

才出关门意又新，故知蛮卒亦能军。风光便许分邾鲁，肥瘠从来有越秦。扑扑山川劳倦眼，茫茫云物对吟身。留将诗句供余沥，何处清游不及春？

仲则自容奇抵澳

傅穀

今年犹是去年身，异国同为上国人。风雨正多君便到，江山不尽客常新。拼将鬓发分恩怨，自有心情了贱贫。从此泥涂三四复，凭予物外抱沉沦。

游菩提园

傅斅

早凭诗句入元元，身有高怀及此存。偶向水边临倦鸟，更携树色到闲门。
劳身已记三洲近，初地聊从一席尊。寂寞人间多少事，即今相对已忘言。

自红毛山移居河边，途中大雨

傅斅

役役吾生不可回，栖迟此日未须哀。泥涂可耐无车马，疾雨回风更一催。

次韵绍弼白鸽巢登眺

傅斅

此生多念觉情终，一席相看句欲穷。异地有巢容去住，夕阳何处限西中。
生余具眼随人白，劫外繁花着意红。剩有微吟能自遣，孰知声气可成风？

次韵绍弼春暮访予澳岸寓楼

傅斅

往日光阴供屡叹，妙年心力到无初。寓楼有客聊堪辩，湖海逢人始欲愚。
生自有为君莫问，死当不朽我何居？剩教好句微相慰，宿抱何由得羡鱼？

澳门怀曹季成

傅斅

小楼日久缘何事，检点君诗又独吟。不是看花成此泪，而今对酒也无心。
一千里外言犹壮，十五年来意稍深。阿弟有琴勤自抚，顿教沦落作胡音。

病起登妈阁庙偕无佚

傅斅

诗成及此江山趣，病起仍防事物新。不信世间无好手，正缘树下着劳身。

风尘更值繁华地，香火同归寂寞滨。未与夕阳争一醉，孤怀端复不逢人。

南湾即事

傅斅

剩有孤云与暮空，我来此地立匆匆。江声不到沉埋处，人影同看聚散中。生事只余天可问，病怀徒觉月相同。少年奇抱中年恨，此意仍须若辈通。

次韵仲则《濠江逆旅》见示

傅斅

潦倒无为物所辕，更凭足底着乾坤。雌黄我欲随人说，坚白吾能入世论。缩手不应相与笑，刳肝容有未能言。吾侪只欠回天力，化外偷从一席存。

雨中过海岛市，同仲则、季平舟中作

傅斅

两年去住愆怀抱，风物吾能抵此寻。雨后水声喧冷暖，座中山色有浮沉。一区可著形和影，二子能冥口与心。随世讥评真自浅，与人恩怨未须深。

海岛市海堤夜坐偕无佚

傅斅

百念成今夜，江心逐望齐。云危将月隐，地回觉天低。国已余三户，吾何爱一畦？而今披发去，风叶任颠迷。

送无佚返澳

傅斅

落日迟江影，清波展夕痕。送人无一语，舟次及黄昏。

（《澳门诗词笺注·民国卷·下》，第 448—454 页）

普济禅院访春睡诸君剧谈

郑哲园

忧患余生百事慵，侧身人海独支筇。暂抛去国离乡恨，来听深山古寺钟。客傲似松云际语，僧闲如鹤石边逢。倘从选佛寻消息，知入莲花第几峰？

赠慧因上人

郑哲园

僧占名山山占僧，炉香长篆晚烟凝。西来大法凭担荷，心印遥遥此一灯。

访罗宝山居士于竹林寺即赠

郑哲园

筑室萧山迹未遥，菩提双树挹丰标。一峰以后推三绝，五岭而南忆二樵。莲社岂妨开酒瓮，竹林差许挂诗瓢。花僧《鬼趣》多奇气，轮却罗衣笔更超。

飞鹤同志别已多年，迩同作客濠江，获相把晤，作此以赠

郑哲园

谁向天河挽帝弓，书生戎马亦英雄。闭门早著《三都赋》，破浪曾披万里风。车笠岂拘双影隔，圭璋尤幸两心同。关梁鸡发重相见，铜狄摩挲泣故宫。

往香江别澳中诸友

郑哲园

亲故毋劳问死生，山僧此去总无名。人非太上原难别，事到其间不可争。芥挟须弥从孔出，藕牵菩萨入丝行。法华未歇终携手，仙鹤横江玉宇清。

僦居下环，日对故乡山色，漫题于壁

郑哲园

衣带盈盈一苇航，僦居犹喜近吾乡。山川日接愁人眼，空抱乡心对夕阳。

西环晚步

郑哲园

车驰宝凤山风急，鼓奏灵鼍海气吹。徙移西湾思故宇，灯光人影隔天涯。

黎君廷棨时相过从，重聚镜湖，书此以赠

郑哲园

我有龙吟曲，烦君奏凤台。诗寻红叶浦，人号牡丹才。金石得家学，珂乡怅劫灰。二樵携手望，囊剑赋归来。

春睡画院诸君在澳开国画展览赋此以赠

郑哲园

邹鲁余风被海滨，变夷有责在王民。试看山带斜阳色，犹是花开故国春。八大已难分哭笑，一痴谁与辨疑真？书生救世凭心血，聊向荒陬索解人。

葡国诗人贾梅士诞辰到鸽巢公园作

郑哲园

公在盛邦成泰斗，我偏乱世作诗人。千秋俎豆瞻遗像，四海干戈赎藐身。牛渚岂无才共赏，鸽巢应许德为邻。高吟直欲摇星斗，鸿运终期转大钧。

游莲花寺

郑哲园

此身竟到菩提塔，佛刹庄严信有缘。修证纵迟园十地，声闻犹许出诸天。众生尚历修罗劫，顾我难参奋迅禅。一叶一花通妙境，方知道力久磨砖。

张园闻歌

郑哲园

此日伤流落，何心作雅游？暂将弦外意，聊解客中愁。花影扶双袖，茶香进一瓯。闻歌长有泪，愁绝倚朱楼。

（《澳门诗词笺注·民国卷·下》，第 477—488 页）

南湾次和少弼

黎廷棨

落日平湖浩浩心，古流不废共言寻。投闲筋骨终为倦，失意江山属望深。老树当风无脆叶，绛绡如锦付微禽。物情忽悟三春暮，回首芳菲可得禁？

（《澳门诗词笺注·民国卷·下》，第 538 页）

李供林与张纯初、黎泽闿、高剑父、凌巨川、张白英澳门宴集，以诗转港，子祥见寄，赋答一首

黄荣康

洪乔肯作寄书邮，特地平添一段愁。风月凄凉逋客恨，江山摇落故园秋。银灯翠箔留残梦，画艓茶炉拓小游。莫漫悲歌濠镜畔，陆沉不尽古神州。

寄黎泽闿澳门，兼柬高剑父、张纯初、凌巨川、李供林、张白英

黄荣康

乱离消息总难明，隔岁裁书寄未成。几斛鲛珠亡国泪，三年马角异乡情。莲须阁旧残烽坏，木末亭孤落日倾。尚有神州沉不尽，与君磨剑斩长鲸。

（《澳门诗词笺注·民国卷·下》，第 553—554 页）

1940 年

20世纪40年代时值日本全面侵华，因此，作品相对来说比较少或较难流传。这一时期主要的诗歌刊物有《艺峰》，以现实主义和爱国主义为创作主流。而《淹留》仍然是本年富有特色的文学刊物。原在香港出版的佛教刊物《觉音》从第十三期起移至澳门功德林继续出版，由竺摩法师一人承担几乎全部的工作，并逐渐享誉海内外，在抗战时期与内地著名佛教文化杂志《海潮音》《狮子吼》《佛学半月刊》并列为中国佛教文化四大阵地的重要刊物。

一月

⊙ 关山月在澳门濠江中学首次举办个人画展。关山月，原名关泽霈，为高剑父广州春睡画院之学生。1939 年初，亦避难到澳门，并在普济禅院找到了乃师高剑父。关山月当时一贫如洗。高剑父找普济禅院住持济航和尚商量，安排关山月在妙香堂东厢居住。慧因法师因敬佩关山月勤奋学习的精神，私下周济关山月大米与其他食品，以保养身体。关山月在普济禅院济航、慧因师徒的关心和帮助下，以及老师高剑父的悉心指导下，潜心学习绘画艺术。后又在澳门一所中学找到了一份教授美术的工作，还在慧因法师的帮助下，在妙香堂内办了一个绘画学习班。在澳门习画、教画的同时，他十分敏锐地观察社会，特别是抗战时期的社会动荡给广大下层民众带来的痛苦和灾难。他创作了一大批充满时代气息的抗战画作：《从城市撤退》《渔民之劫》《三灶岛外所见》等。因此，他很想举办一次个人的抗战画展，以尽一份拯世救民的责任。此举获普济禅院住持慧因法师的大力支持，并得以在澳门顺利展出。这次画展，很快在港澳地区引起轰动，不仅吸引了广大澳门居民和各界人士前来，也吸引了许多香港人士专程到澳门观赏。当时港澳地区许多媒体如《星岛日报》《今日中国》等纷纷报道了此次画展盛况，并给予了高度评价。从此，关山月由一位不起眼的年轻画家，一跃成为“岭南画界升起的新星”[①]。

⊙ 年初，《艺峰》（文艺刊）第二期发表了之西的《徘徊》、浮云的《给珩》、信光的《我底生命》、移荒的《忆》、慧的《秋》、挺的《职业给国家社会的作用》、埋笑的《给你会心的微笑》等多篇作品，大多为抒情散文。其中信光的《我底生命》和埋笑的《给你会心的微笑》两篇作品的形式较为特殊，表面看是几个段落的拼凑，但其实内有主题。而挺的那篇议论文，也能做到滔滔雄辩，言之有物。总的来说，《艺峰》可以说是20世纪40年代初澳门散文的重要发表园地。第二期上还有赫奕的《吼轮惊魂》、飘遥的《死亡线上挣扎中的一群》、骆安尼斯蒂的《二十八年的漩涡》、索拉的《我们并不永远是》等几篇作品。其中，《吼轮惊魂》乃一篇日记体的极短篇小说，《二十八年的漩涡》是连载小说，在该刊发表时未完待续，另两篇皆属极短篇。内容方面则以写抗战精神和反映贫富悬殊为主，是澳门文学史上珍贵的史料，而《艺峰》也可以说是澳门20世纪40年代初发表极短篇小说的重要刊物。

二月

2日 《淹留》第二十二期发表的诗歌作品有：歌行《搴旗歌》、七律《早起》、七律《市楼》、七律《乙卯腊月廿八日立春得雨》、七律《残腊》、五古《除夕漫游关闸》、五律《入春三日便有轻隆，倚窗如有所得，漫成十首》。

三月

16日 《淹留》第二十三期发表的诗歌作品有：歌行《傻兵行》、五古《送鼎儿入学四首》、五律《哭蔡孑民师七首》。

---

① 吴志良，汤开建，金国平主编：《澳门编年史·第五卷·民国时期》，广东人民出版社，2009年，第2601页。

⊙　原在香港出版的佛教刊物《觉音》从第十三期起移至澳门功德林继续出版。《觉音》杂志原名《华南觉音》，先是创办于广东的佛教刊物，迁港后改名为《觉音》。由于竺摩法师对《觉音》杂志的关心和支持，故杂志社同人一致推举竺摩法师担任杂志主编。1939 年春，竺摩法师到澳门后，该杂志的编辑出版工作亦相继转入澳门。而原杂志负责编务和发行的两位重要人物满慈法师和妙音法师赴重庆汉藏教理院深造，故杂志的全部工作几乎由竺摩法师一人承担。竺摩法师始终重视《觉音》的特色及文稿质量，因此《觉音》在澳门出版后，获得了海内外高僧大德与文化名流的支持和帮助，逐渐享誉海内外。弘一法师为《觉音》题词，叶恭绰、高剑父先后为《觉音》题写刊名。时人推许《觉音》为“华南佛教降魔宝杵”和广大“华南佛革运动干部必读书”，在抗战时期与内地著名佛教文化杂志《海潮音》《狮子吼》《佛学半月刊》并列为中国佛教文化四大阵地的重要刊物。《觉音》杂志从第十三期出至第三十二期，前后共经营一年多时间，最后因竺摩法师积劳成疾、杂志后继无人而不得不停刊。[①]

春

⊙　郭浩如作七绝《舟中望澳门》。

郭浩如（1913—？），号铁城退士，广东香山（今中山）人。抗战时期，避地香港，港陷返里。曾任职于中山县文献会。现为中山诗社社员。有《晚甘堂旧近诗漫钞》。时诗人自石岐赴香港，途经澳门。

⊙　刘君卉作七律《晓望寄曾希颖、佟少弼濠江》，时诗人暂寓香港。另外作七律《早春游白鸽巢同曾希颖》，作七律《渡头晚步同秋雪》——在这首

① 吴志良，汤开建，金国平主编：《澳门编年史·第五卷·民国时期》，广东人民出版社，2009 年，第 2604 页。

诗中，诗人与吟友傍晚漫步于南湾海滨的码头。当时日寇疯狂侵华，内地难民汹涌而至，乘船登岸的难民日夕不断。而澳门居民本身受战祸的影响，亦处于艰难之中。故属于“桃花源中人”的诗人，亦有“未知世外津何问？……烟云烽燧遥难辨，日听途人有述哀”之叹。又作七律《松山九日同伯懃》，作七绝《松山》。

四月

2日　《淹留》第二十四期发表的诗歌作品有：歌行《春寒》、歌行《风雨词》、七绝《野望二首》、七律《新燕》、七律《新晴》、七律《二月》、五古《海气》、五古《闻蛙》。

16日　《淹留》第二十五期发表的诗歌作品有：歌行《龙目为倭奴所伐，书以志慨》、歌行《绝交行》、歌行《轻阴》、五律《上巳日拟往万松山修禊，以寒雨不果。行既又天气复朗，诗以自怼三首》。

五月

2日　《淹留》第二十六期发表的诗歌作品有：歌行《东海》、歌行《雨》、歌行《琵琶行》、七律《小楼》、七律《燕子》、七律《静极得句》、歌行《瞌睡》、七律《寒食》。

16日　《淹留》第二十七期发表的诗歌作品有：歌行《归鸟叹》、歌行《梅雨》、歌行《斋中即事书感》、五绝《漫题二首》、七律《初夏》、七律《冒雨》、七律《夏寒》、七律《入市偶睹新荔，倏然有感》。

六月

2日　《淹留》第二十八期发表的诗歌作品有：歌行《韩庐曲》、歌行《大雨登松山绝顶》、七律《苦李》、七律《入夏无日不雨，无日不寒。回忆乡园鲥鱼当出水，新笋当肥，荔子当熟，人却不能归，辄唤奈何》、七律《跑狗场观球赛，忽遇大雨，衣履尽湿，归途如入水中，弥复有致》、七绝《清和杂咏五首》、五古《晨起乘小艇至沙籣渼登陆》。

16 日 《淹留》第二十九期发表的诗歌作品有：歌行《夜饮蛤蚧酒，忽有所忆，乃得长句》、七律《庚辰端午》、七律《叠前韵》、七律《再叠前韵》、七律《晞发》、七绝《时事杂感八首》、五古《雨后望南屏飞瀑》。

七月

2 日 《淹留》第三十期发表的诗歌作品有：歌行《石栗》、五古《天门冬》、五古《斋头四君咏》、七律《吃荔子而酸，感赋》。

16 日 《淹留》第三十一期发表的诗歌作品有：歌行《弃儿行》、五古《买薪》、七律《楼头》、七古《夜深不寐，乃有隐忧，诗以发泄，诗云乎哉七首》。

本月 在汪兆铭资助下，龙榆生着手创办《同声月刊》，以为《词学季刊》之继。

八月

⊙ 6 日和 23 日，汪兆铭两次致函龙榆生，讨论办刊事宜。[①]

⊙ 9 月前，梁彦明作五律《莲峰寺凉亭消夏》。关于这首诗的写作年代，《觉音》月刊第十七期刊于 1940 年（民国二十九年）9 月，这首诗应作于此之前，具体年代待考。

九月

16 日 《淹留》第三十二期发表的诗歌作品有：歌行《吹角》、歌行《淫雨叹》、歌行《越十二日复雨，其势更烈》、七律《初病》、七律《再病》、七律《病极》、七律《病愈》。

本月 陈卓平作七绝《居澳闲写四首》，作五古《澳门度重阳节·庚申重九》《旅澳》。

陈卓平（1878—1953），又名鹏超，广东新宁（今台山）人。早岁赴新加坡经商。1908 年加入同盟会。1910 年与林君复组织澳门同盟会分

---

① 《同声月刊》第四卷第三号。

会，任副会长兼秘书长，并主办澳门阅报社。1911 年参加广州黄花岗之役筹款工作。武昌起义后，参与策动前山新军起义和香山县政府反正。广东光复后，任省临时参议会议员。1912 年任茂名县知县。后随朱执信从事反袁讨龙（济光）活动。1917 年赴澳办学。1918 年任台山沙捐兼清佃局总办等职。1926 年后创办香港爱群人寿保险公司、太和医院、爱群酒店。抗战时期寓居澳门、香港。1953 年在港病逝。有《爱竹斋诗钞》《爱竹斋全集》。

十月

2 日 《淹留》第三十三期发表的诗歌作品有：五古《老骥》、歌行《解嘲》、七律《一蹶》、七律《病后无聊，友人龙君以饼酒见赠，诗以志感》、七律《灯影》、七律《八月十五夜》、七律《月影》、七律《夜起偶闻虫语》。

15 日 文学刊物《艺峰》由艺峰文艺研究社出版第二期。这是一份澳门本土的纯文学刊物，代表了 20 世纪 30 年代末 40 年代初的澳门新文学创作水平。艺峰文艺研究社基本社员包括梁润生、梁其汉、周日兴、薛英伟等 16 人，作品包括新、旧体诗歌，散文和小说等各种文体，其中更以现实主义和爱国主义为创作主流。

16 日 《淹留》第三十四期发表的诗歌作品有：七律《自题小照》、七律《入市乃得微醉，夜深独归筷子矶》、五古《新寒》、五古《毚居四首》。散文作品有《祭苏焯南文》等。

十一月

2 日 《淹留》第三十五期发表的诗歌作品有：七律《新菊》、七律《题美人按剑图三首》、五古《夜起四首》。

16 日 《淹留》第三十六期发表的诗歌作品有：歌行《妈阁》、歌行《宝剑》、五古《违难两周岁矣。昨年之哭哭以泪，今年之哭哭以血。悠悠苍天，谓之何哉三首》、五古《拟古五首》、七律《夜听邻童读书有感》、七律《赠鼠》。

本年

⊙ 黎畅九作七律《松山步月同心斋、谷雏次谷雏韵》《松山望月当头》，作七绝《海磷二首》。

黎畅九（？—1966），名骚，号蒿庵，室名蟫斋，广东顺德人。早岁在广州从事新闻事业，为著名报人。抗战时期任职于台山县政府，复员后回广州。后移居香港。有《黎二樵年谱》《蒿庵诗稿》等。本年还作有七绝《澳门杂诗九首》:《马交石》《三巴寺》《灯塔》《普济禅院》《妈阁庙》《螺丝山》《白鸽巢花园》《贾梅士岩》《青洲》。

⊙ 陈勉云作七绝《南湾步月四首》《望青洲》。

⊙ 梁披云作七律《北归有日感作》，作五律《点苍山下》，作七律《过怒江》，作七绝《峨眉顶僧装造像》《剑阁夜宿》《渝州同蒋大游中山公园》，作七律《感时步周士观原韵》，作七绝《腰支》。

⊙ 李供林作七绝《夜寒宿听松山馆二首》，作五律《听松山馆夜坐次家沧萍韵》。

⊙ 郑哲园作七律《何君斗灿招宴听松山馆，赋呈同席诸公》《和何君斗灿〈松山小隐〉诗即次原韵》《晓起垂钓马交石》《二龙公园值纯初先生作竟日谈》。

⊙ 陈善伯作七绝《寿李星阶先生八秩开七》，作五律《违难澳门欲归不得，凄然有感》。

陈善伯（1889—？），号龙荔之民，广东番禺人。陈昙族孙。早岁从学于吴道镕、丁仁长之门。曾任番禺师范学校校长。抗战时期避地澳门。著有《抱残守阙斋漫存》。

⊙ 黎廷桀作七绝《暮秋西望洋即目，张谷雏为写长卷，属以诚斋体题记二首》，作七律《冬夜松山步月与张谷雏、黎畅九、次谷雏韵》，作五律《月当头夕，药山禅院酒集，看梁劲予舞剑》，作七律《过南湾旧居》《冬日过陈寂园青洲，同周贯明、张纯初、王惺岸、张谷雏、郑哲园二首》，作五律《西湾晚坐次和酮少弼二首》。

⊙ 李履庵作七律《赴澳舟中》《拂晓登松山》。

附录一　廖平子澳门手抄抗战诗刊《淹留》作品录

（1）1940 年 2 月 2 日发行《淹留》第二十二期

诗歌作品有：歌行《搴旗歌》、七律《早起》、七律《市楼》、七律《乙卯腊月廿八日立春得雨》、七律《残腊》、五古《除夕漫游关闸》、五古《入春三日便有轻隆，倚窗如有所得，漫成十首》。

搴旗歌

去年四月，倭兵入寇鹤山县，我军与战于笔架山，大败之。副旅长邓军凯夺获倭旗甚夥，以一赠孔君宗周。宗周以旗见示，遂作此歌。

宗周倒扯皇军旗[①]，劝我且作搴旗语。呜呼！倭奴汝太不自量，纸鸢乃欲乘风举。一载以前多战功，一载以后皆朦胧。而今两载又三载，尚云有效直乃妄语欺愚蒙。最近有三北，粤北湘北鄂北皆使倭奴全军墨。不知我盛抑或彼太衰，大抵都缘无组织。无组织，更彷徨，厌战自杀司空乃见惯，真乃侏儒无大方。其始区区一旗以为极神圣，偶然失掉俨同失正命。谁知日久任摧残，旭日摇摇无把柄。其余抛弃尸骸亦视此，初则残肢剩体断不抛咫尺，久则每败必弃尸，尸骸满布山谷里。即此可见再衰三竭情，封狐尚诩气纵横。簇新内阁夸米内，才一登场便折兵。宗周先生汝何得此腌臜物，皇字训惶实乃多抑郁。想见狼奔豕突不及顾此劳什儿，轻轻一命还向中原乞。更见吾人[②]敌忾深，笔架山外[③]气千寻。其初几经辛苦然后夺一

① “皇军旗”，粤藏本作“倭奴旗”。

② “更见吾人”，原作“想见”，后改。粤藏本仍作“想见”。

③ “笔架山外”，粤藏本作“笔架山下”。

帜[1]，继乃一扯一幅有如短榻掀颓衾。此旗虽然[2]微微一片耳，其实环球国际安被威胁不胜纪。试问何曾将彼撕下来，中国有此荡寇精神真可喜。此旗略展令我空徘徊，曾挟飞机大炮一齐来。此时扯下令我心花开，倭魂已夺余死灰。千秋万禩谈国宝，此旗大可酬炎皞。绝胜籯金遗子孙，证明当日申天讨。独惜鲰生空有复仇心，拔剑斫地徒呜喑。未曾手断虾夷颈，未曾稍慰终军忱。得观此旗令我眉开锁，成功不必皆由我。蠢尔倭奴何事再招摇，狐鸣枉趁一篝火。

早起

早起栽培冻后花，剧怜新燕未成家[3]。悲欢未必能裨国[4]，动定焉能拟攫拿。酒盏倘能[5]支岁月，笔锋留与斗龙蛇。读书拼任邻人笑，心痒何妨偶一爬。

市楼

几辈相将入市楼，盈盈酒笺任淹留[6]。黑云拟作千峰雨，换岁只添一段忧。乱后酸甜都错杂[7]，劫余粉黛尚温柔[8]。何当醉枕佳人膝，为说官军复蔡州。

乙卯腊月廿八日立春得雨

天公是否矜余冷，故遣封姨快几程。赖有雨丝翻点点，便知春思动轻轻。

---

① “几经辛苦然后夺一帜”，粤藏本作“几许艰难乃能夺一帜”。

② “虽然”，原作“虽乃”。

③ “未成家”，粤藏本作“尚无家”。

④ “能裨国”，粤藏本作“裨家国”。

⑤ “倘能”，粤藏本作“尽能”。

⑥ “任淹留”，粤藏本作“漫淹留”。

⑦ “都错杂”，粤藏本作“应错杂”。

⑧ “尚温柔”，粤藏本作“自温柔”。

一樽悟彻人间世，半榻还搜梦里情。莫说寒檐滴更苦，江湖得汝壮余声。

残腊

天涯尽有闲笳鼓，留与畸零峙岁寒。绝径岂堪回步履，漫游谁复正衣冠[①]。鱼腥微动人归市，兽炭初凉[②]甲满盘。静极不须红紫色，好花留待[③]隔篱看。

除夕漫游关闸

急景催残年，天容净如洗。远树失山川，迢迢亦如荠。朔风不敢动，似候春光递。春光一尺长，埋在盘陀底。四面集蛟龙，尽受皈依礼。待我发其机，不触亦不抵。杖履故优游，淑气从兹启。

入春三日便有轻隆，倚窗如有所得，漫成十首

春是多情物，轻轻入小楼。一般浑不觉，只我意相投。烟雨纷前路，芳菲在后头。畸人刚得句，终日意悠悠。

万籁忽然寂，原来是酿春。入春情愈淡，只有未归人。鬓为伤时短，花休媚世新。盈盈楼外艇，风急似车轮。

若为营巢计，乌衣已早来。只因风雨急，益觉暮吟哀。魑魅高三丈，艰危斗一回。清贫难市酒，只管玩空杯。

野径几人家，篱边略种花。何曾知淑气，有韵竟高华[④]。薪贵频饶湿[⑤]，粮

---

① “正衣冠”，粤藏本作“整衣冠”。

② “初凉”，粤藏本作“初燃”。

③ “留待”，粤藏本作“留与”。

④ “竟高华”，粤藏本作“自高华”。

⑤ “频饶湿”，粤藏本作“时饶湿”。

高不受赊。安排蚕豆子，留客吃香茶。

若在东溪住，朝朝作野行。桑畦饥鸟下，茅屋野烟生。但解山林乐，宁知战伐情，昨宵窗际立，犹听断笳声。

岁暮又翻新，畸人强自珍。且藏清浊酒，聊慰往来人。俯仰知何极，淹留或有因。自嗟愁损性，晞发度佳辰①。

宿茗徐徐啜，应知味更回。如何才一雨，便报百花开。自溺风尘后，都无莺燕来。平生有心事，原不化成灰。

春在池塘里，有时亦上城。何堪千万户，犹作管弦声。世乱诗书丑，家贫骨肉轻。儒冠拙生计，空自意纵横。

倘不尘心短，焉知野兴长。冷风欺秃袂②，拙性恋穷乡。灯晕诗心合，炉歌酒气凉。种花原写意，一任蜜蜂狂③。

风雨思前度，天涯意尚寒。艰危争一蹶，魂梦自多端。赖有乾坤气，休嗟岁月难。杂花千万树，留待醉中看。

（2）1940 年 3 月 16 日发行《淹留》第二十三期

诗歌作品有：歌行《傻兵行》、五古《送鼎儿入学四首》、五律《哭蔡孑民师七首》。

---

① “度佳辰”，粤藏本作“度芳辰”。

② “欺秃袂”，粤藏本作“欺秃袖”。

③ “蜜蜂狂”，粤藏本作“蝶蜂狂”。

傻兵行

自从宾阳大捷后，共诩[①]昆仑有傻兵。傻兵一切工作都不晓，只晓挥刀杀敌心。屏营寝息之时人人解衣袴，彼则戎装披挂时时思对付[②]。有人以水作酒谓为倭血所酿成，仰天狂吸[③]如甘露。夜间如厕必携手榴弹数枚[④]，自云："厕中或有埋伏尽可杀一回。倭奴遇我必成灰，包管大众心花开。"如此情形同袍久已笑绝倒，谁知竟足开怀抱[⑤]。喃喃挟弹自向蚕丛行，似乎欣赏山林好。忽闻苦叫出山坳，分明彼此相包抄。屏息几番还揣度，是谁缚虎声虓虓。蛇行直上羊肠路，倭奴面目都全露。呻吟被缚是何人？原来却是同征戍。傻兵此际气原豪，拟抛一弹却恐伤吾曹。忽然伏地呜呜叫，鬼影森森山月高。倭奴大队来搜索，舍去被缚之人图再觅。成群直到傻兵前，傻兵之弹遂乃乘时轻一掷。此弹威力众应知，一倭一鬼相参差。救出同袍力戒不可说，汝曾被缚名誉须维持。其后宾阳大战傻兵弥奋勇，倭奴之血如泉涌。率众当前[⑥]乃傻兵，傻兵已死丘山重。当日被救之伴亦且当前茅，苦战当然迈等俦。论功几度膺殊赏，忽然涕泪不能收。为说傻兵曾救我，为说傻兵蒙炮火。成仁虽是好男儿，最惜军星云里堕[⑦]。自后人人说傻兵，傻兵为国勤支撑。大抵聪明多误国，不如浑噩疆场行。

送鼎儿入学四首

华灯未消歇，中天尚悬月。携汝出门行，寒气侵肌骨。行行不十步，始听笳声发[⑧]。逻卒频回头，似讶来何猝。却又不敢询，只以意相龁。读书

① "共诩"，粤藏本作"共说"。

② "思对付"，粤藏本作"如对付"。

③ "狂吸"，粤藏本作"狂饮"。

④ "数枚"，粤藏本作"一枚"。

⑤ "谁知竟足开怀抱"，粤藏本作"谁知还有一事更足开怀抱"。

⑥ "率众当前"，粤藏本作"率众当先"。

⑦ "云里堕"，粤藏本作"云际堕"。

⑧ "笳声发"，粤藏本作"晨笳发"。

非细事，良木须刳劂[1]。虽然凿元真，世法不可忽。非无大智慧，与众殊出没。只恐发轫初，亦复同蓊勃。秃树被藤萝，有似人披发。树影示转拗[2]，便听书声淈。

五世守书香，发自我高祖。七十古稀翁，送儿出门户。襆被亲为肩，还挟书一篓。是时境已优，门前多仆竖。犹不惮烦劳，别树良规矩。从此多通儒，家风遂支拄。苟不开先例，有力夫谁努。慎勿矜富贵，富贵如尘土。当时有家范，能武与能文[3]。武以娴技击，文乃通典坟。倘不毕此业，无以见家君。见之无面目，不必再殷勤。可惜此规矩，渐乃徒传闻。已失水平线，良窳何由分。剑可从兹弃，书可从兹焚。若能再淬砺，犹可继清芬。

世事久盱衡，人已成机器。不能一息闲，不能一息墍。最好不诞生，免涵新意义。否则入世初，预备顽把戏。读书才领悟，戏亦须臾至。戏倘不能弄，真无立足地。把戏太离奇，或被同群弃。他时好自为，勿被[4]书卷累。

佛不落言筌，儒乃徒呫哔。此中判利钝，一龙与一虱。倘能读父书，忧患从兹出。最好具智慧，打破玄虚术。另造新境界，与世同安逸。否则动荡频，犹是处黑室。

哭蔡孑民师七首

举国称师范，先生第一人。不辞樗散性，来傍绛帷春。情性欣能悉，艰危勉自珍。而今谁策励，涕泪撼昏晨。（廿九年一月十二日偕黄尊生博士谒

① “须刳劂”，粤藏本作“图刳劂”。

② “示转拗”，粤藏本作“示弯环”。

③ “能武与能文”，粤藏本作“能武更能文”。

④ “勿被”，粤藏本作“勿为”。

师于九龙寓斋，始修弟子礼。师故谦逊，然以性情相投，不以唐突见罪也。师母闻余来，亦出而相见，彼此谈甚畅[①]。临别，师勉以为国自重。孰料甫经一面，即已幽明相隔。此中似无缘又似有缘[②]，还当以禅理解决之。）

款款谈家训，先生屡点头。谓当医国俗，岂只作家修。风雨知相忆，艰危似未休。更伤戎马后，泣血大江流。（进谒时蒙询家世甚详。先是黄尊生曾向师言[③]，谓余家祖训以能读书能技击始备子弟资格[④]，否则且为父兄所弃。师谓我国硕儒多是如此，因举李二曲早晚习劳事相证。并谓[⑤]此等佳训亟当保存，不特治家，且可医国。）

陶潜原隐士，却是卧龙豪。此语蒙移赠，胸怀今始高。道心闻遐迩，世事感波涛。惘惘将何适，宵深虎豹嗥。（《淹留》一集极为师赏识，曾题诗三章，以龚定盦"陶潜原是卧龙豪"一语转赠[⑥]，又以爱迪生火车上办报相拟。中西两贤，何敢望其肩背。然得师如此奖励，此集为不虚矣。）

庐陵勤著述[⑦]，继志有东坡。美学千秋重，黄庭岂换鹅。只因勤道德，始可御风波。一辈肩挑客，休夸上大罗。（师以提倡美学自任，看似平常，实则别具眼光。以道德为主，与一知半解即自弃本来面目者有别。）

自怡虽有室，漂泊对青洲。一副辛酸泪，今朝更倍流。精神如不死，皎洁

---

① "亦出而相见，彼此谈甚畅"，粤藏本作"出而相见"。

② "似无缘又似有缘"，粤藏本作"似有缘又似无缘"。

③ "先是黄尊生曾向师言"，粤藏本作"前此黄尊生曾对师言"。

④ "能读书能技击始备子弟资格"，粤藏本作"能读书通武艺始能备子弟资格"。

⑤ 粤藏本无"因举李二曲早晚习劳事相证。并谓"等字。

⑥ "转赠"，粤藏本作"移赠"。

⑦ "勤著述"，粤藏本作"饶著述"。

更谁俦。倘不辜期望，挥戈复国仇。（余所居自怡室，拟求师书一额，然以师年高体弱，不敢请，仅与黄尊生一言而已。尊生遽以相告。不半月，师遂写成寄来。[①] 字高八寸许，瘦硬可爱[②]。）

毕生唯一面，已绝绛帷缘。似是安排定，人欤抑或天。担当逢乱世，哀乐尚中年。心事师应悉，挥戈许自专。（前月一别，倍切一驰。拟俟天气和暖再行奉谒[③]。意方动，噩耗忽来，遂成永别[④]，伤哉！）

生平多憾事，第一是无师。待我如仇敌，焉能不启疑。文章关国运，风雨证襟期。倘余谈来世，程门我更窥[⑤]。（数十年来师恩特阙。幼时从游各师，不特无所启迪，并且视若仇雠，此理之最不可解者。最近得师，正深欣者，讵程门甫立，心丧遂来。清夜以思，能不感喟！）

（3）1940 年 4 月 2 日发行《淹留》第二十四期
诗歌作品有：歌行《春寒》、歌行《风雨词》、七绝《野望二首》、七律《新燕》、七律《新晴》、七律《二月》、五古《海气》、五古《闻蛙》。

春寒

去岁春寒不入肉，今岁春寒直透心。未必天公故作此权威，万方多难倍觉生层阴。燕子虽然断续来，来时道路不可寻。纵非历尽烽烟罅，亦且半带

① “然以师年高体弱，不敢请，仅与黄尊生一言而已。尊生遽以相告。不半月，师遂写成寄来”，粤藏本作“然以师年高体弱，恐耗精神，不敢请，仅向黄尊生一言而已。讵尊生遽向师言，未半月即写以见寄”。

② “字高八寸许，瘦硬可爱”，粤藏本作“字高六寸许，极瘦硬可爱，至今犹悬室中”。

③ “前月一别，倍切一驰。拟俟天气和暖再行奉谒”，粤藏本作“去春一别，倍切依依。拟俟天气稍暖再行奉谒”。

④ “意方动，噩耗忽来，遂成永别”，粤藏本作“意方动，师遽归道山，遂成永别”。

⑤ 粤藏本无此句。

笳鼙音。最难堪是东溪叟，家山撇下天涯走。鸡肋甘心吻巨鲸，茎心原不同衰柳。步兵之哭[①]令人惊，马周之貌徒峥嵘。鸡群岂可容立鹤，任汝朝朝泽畔行[②]。椎心已觉无冬夏，讵料春寒还一泻。万家零落遍哀鸿[③]，堆上心头哭欲哑。一寸春光一寸哀，打叠春寒更几堆。家家涕泪都看遍，驮上肩头走一回。诗心昨夜徐徐起，欲写春寒不满纸。门外[④]啼鹃一片声，不当灌入幽人耳。畸人无酒[⑤]却春愁，似豆灯光荡小楼。容当整顿回天手，不复春融不许休。

风雨词

天涯一夜风兼雨，落尽荐红[⑥]不胜数。明朝我更出门行，燕子多愁[⑦]莺亦苦。苦苦愁愁岂尽他，昨宵我亦听悲歌。只因国运遭零落，惹得胡尘渡过河。风雨倘能知我意，落红满地还安置。摧残原是寓栽培，簸荡几回胥细事。最怜风雨太无情，历历前途百不成。莺巢燕垒皆萧瑟，恼煞啼鹃三两声。畸人穷极无帘幕，将衣作伞围墙脚。救得芳菲[⑧]返故枝，胜似金铃力微薄。莫将轻薄诉东君，几日何曾曙色分。若果春城有高策，便将彩笔扫浮云。浮云终日随游子，满地泥泞孰耐此。棂疏何敢[⑨]怨轻寒，能寒始觉山河美。雨丝风片酿春愁，雨暴风狂孰效尤。眼底何曾有风雨，莫将威力吓帘钩。风雨迢迢春梦续，莫谓庭花终压服。庭花摧后茁新枝，旧日精神真可掬。维时我在小楼东，一寸心灵一寸通。万株橘柚都成实，绣陌何妨有落红。几家野老酤新酒，各饮一杯方罢手。春光似在蘼芜前，谁知却在

① “步兵之哭”，粤藏本作“阮籍之哭”。
② “泽畔行”，粤藏本作“背受行”。
③ “遍哀鸿”，粤藏本作“作哀鸿”。
④ “门外”，粤藏本作“楼外”。
⑤ “无酒”，粤藏本作“无计”。
⑥ “荐红”，粤藏本作“残红”。
⑦ “多愁”，粤藏本作“多情”。
⑧ “救得芳菲”，粤藏本作“救得群芳”。
⑨ “何敢”，粤藏本作“岂敢”。

蔷薇后。绿杨低护好楼台，磊落襟怀[1]未许回。殷勤守得筝琵暖，万里阴霾为我开。

野望二首[2]

隔江波涨[3]失青洲，卖却鲈鱼网未收。少妇不知明镜好，一泓春水照梳头。

踯躅洲头看捕鱼，网如针孔尚嫌疏。怪他酷吏谈司法，罗织原来学老渔。

新燕

烽烟载道汝安归[4]，却恋斋头老布衣。翦水可曾逢铁鸟？衔泥应勿污征旗。故园历尽无余瓦，旧梦抛残有化机。在此少安良自得，何妨春雪尚霏霏。

新晴

新晴试问缘何事，却为渔翁晒网罾。眼底何人知冷暖，天涯只我叹侵陵。山河有恙神应断[5]，庭院无花我亦憎[6]。昨夜雨多蛙蛤出，乘时争上[7]最高层。

二月

二月东风为酿花，可怜春燕尚无家。蛙声悔作倭夷鼓，雀舌新煎估客茶。

---

① “磊落襟怀”，粤藏本作“磊落诗心”。

② 粤藏本题作《青洲》。

③ “隔江波涨”，粤藏本作“隔江水涨”。

④ “汝安归”，粤藏本作“归不得”。

⑤ “神应断”，粤藏本作“神应短”。

⑥ “我亦憎”，粤藏本作“鸟亦憎”。

⑦ “争上”，粤藏本作“思上”。

风雨只应勤锻炼，波涛原欲慰鱼虾。几回黠鼠翻书案，吩咐狸奴为捉拿。

海气

青洲绕海气，稍纵即复逝。似幸乾坤老，旋感山河敝。驳杂成须臾，似摇还似曳。蚕妇识先机，盈盈几欲涕。渔夫屡摇头，窘极难为计。邻舟[①]向我言，此事诚非细。自从倭寇合，妖气塞天地。海溢多风波，腥膻闻欲嚏。非烟复非雨，辗转多迢递。帆樯偶出行，祀神必以彘。冀邀一日庥，免问百草薙。讵知意方动，天末悬一彗。光线百丈长，首尾相联系。乌风动地起，俯仰无天际。海鸟失自由，草草从兹毙。片帆那有常，万窍一时闭。从此多酝酿，魂魄徒留滞。戚鄘岂无人，何曾一一祭。自经此动荡，前辙俦敢继。避地匿海隅[②]，汪洋徒一睨。午夜啸东风，辄自成阴翳。其容戚而惨[③]，其声哀以厉。动色相耳语，人世此何世。海若失其机，处处闻猿鴂。何当悬白日，俯视[④]山河丽。山河气象森，万古无凌替。

闻蛙

昨岁闻蛙鼓，亟欲作一诗。讵料意仓皇[⑤]，都无成笔时。方意住须臾，便届归返期。东溪多妙物，何处不相滋。何期留滞深，物我皆离披。转眼复一春，春事几推移。伤心天地闭，几辈矜维持。盼绝岐关车，空剩水边篱。来路忽已断，迢迢闻子规。似此春复春，伤心或在斯。蛙声汝何物，本难掣心脾。只因家国难，恨极浑成痴。一岁匆匆过，再岁岂迟迟。违难守天涯，凄凉语阿谁。蛙声谁策动？我亦难断之。彼意或难胜，与世同吁嚱。未必徒感我，彼亦相涟而。然则艰屯会[⑥]，百物皆伤悲。杨柳藉东

① “邻舟”，粤藏本作“邻人”。

② “匿海隅”，粤藏本作“匿浅水”。

③ “戚而惨”，粤藏本作“惨以苦”。

④ “俯视”，粤藏本作“俯仰”。

⑤ “意仓皇”，粤藏本作“意匆匆”。

⑥ “艰屯会”，粤藏本作“艰贞会”。

风，柔丝已满枝。

（4）1940年4月16日发行《淹留》第二十五期

诗歌作品有：歌行《龙目为倭奴所伐，书以志慨》、歌行《绝文行》、歌行《轻阴》、五律《上巳日拟往万松山修禊，以寒雨不果。行既又天气复朗，诗以自怼三首》。

龙目为倭奴所伐，书以志慨

信芳园前龙目树，绿阴半亩荫行人。行人至此恒息足，仰视叶底苔痕皴。小童在此卖蚕豆，少妇在此捞青蘋。隔篱老妪年已迈，饱吃无事如尊神。自挈小凳坐树下[①]，爱谈后果与前因。有时骂其子不肖，有时詈其媳不驯。行人赠以糕一块，却又有礼质彬彬。随手将之置凳底[②]，喃喃只管摇双唇。却被顽童窃糕去，寻之不获訾其邻。邻妇亦非易与辈，报以恶语批鱼鳞。一时口角怒沫溅，恨不将身作斗鹑。维时我在园中坐，谓“汝太过声狺狺。千日万日都是树不好，故撑枝叶累汝词㖞㖞。终当有日被斩伐，看汝尚贪浓绿斗牙龈”。如此迁延又半岁，秋风卷地铁鸟来。逡巡清晨我更园中往，沉闷直欲迷前津。不见顽童发似葆，不见老妇发如银[③]。只有几个避难之人科头坐，墙脚阴森树下还有几辈频呻吟。自云“得遇古柯亦已慰，下窥无地炸弹不复鸣声频”。我时忽又多感触[④]，设无此树人类或更多[⑤]遭迍。希冀苍枝无改变，神话远溯八千椿。呜呼！孰知[⑥]祝树之生有似金铃力微薄，咒树之死却已成坏[⑦]相环循。不见倭奴几片斧柯将树

① “坐树下”，粤藏本作“坐树底”。

② “随手将之置凳底”，粤藏本作“随手裹包置凳底”。

③ “发如银”，粤藏本作“鬓如银”。

④ “多感触”，粤藏本作“生感触”。

⑤ “或更多”，粤藏本作“益觉多”。

⑥ “孰知”，粤藏本作“孰料”。

⑦ “成坏”，粤藏本作“成败”。

倒，此中佳境谁复[1]四时春。倭奴未集时，主人已载驰。主人虽曾挥戈逐落日，虽曾奋剑斫游丝，只恨东风不相属，寒威无力护春旗[2]。莽莽天涯任汝走，回首乡园有子规。子规之声千里万里亦撩我，问我龙目之状究竟知不知。大抵子规得栖此树亦已久，一朝零落极似黍离离。明知我接邻人讯，罡风无日不倒吹。欲将憾事萦余脑，倘非胸怀卓绝包管精神靡。呜呼！龙目树，汝死矣，当怨谁？已取义，何必悲！倘汝生存纵其所至亦只盈盈一乔木，一经被斫便与烈士同须眉。吊古士有新诗，历史家无贬词。汝之主人亦且有令誉，树犹殉难主为气节之士可无疑。只是岁寒正拟相厮守，一旦摧残当然恨倍滋[3]。主人之心正如此，忽然有客趋樊篱。为言绝续之交例如此，世间无物不牲牺。言时示我牺牲账，若人若物千端万绪[4]积累累。金城汤池血所造，英魂浩魄谁敢欺。龙目当然异衰柳，看他平日那有一叶随浇漓。

绝交行

不必触犯人子妇，不必惊扰人鸡狗。自自然然能把往日交情一笔勾，问有是乎答曰有。人最怕猛虎，又最怕长蛇，又最怕鬼魅，又最怕仇家[5]。其实猛虎长蛇鬼魅仇家[6]不是真可怕，所怕乃是多年老友逃出沦陷境域来龇牙。却之无道理，济之无底止。来时只有饷以[7]闭门羹，见时只有板着面孔恰如霜雪层层起。有时自己未必如此无收科，碍着床头黄脸婆。彼言“嗳唷！似此逃难之人救得几多救，不如一任杨花飞过河。有一于此交情早绝矣，车笠之盟徒费一张纸。”讨人厌恶未必果真穷，但教略有落拓嫌

① “谁复”，粤藏本作“毋复”。

② “护春旗”，粤藏本作“庇春旗”。

③ “一旦摧残当然恨倍滋”，粤藏本作“一旦摧残恨倍滋”。

④ “千端万绪”，粤藏本作“千端万缕”。

⑤ “仇家”，粤藏本作“冤家”。

⑥ “仇家”，粤藏本作“冤家”。

⑦ “饷以”，粤藏本作“享以”。

疑便已无知己。呜呼！倭奴扰攘乃是一种试金石，慷慨龌龊皆可窥心迹。区区友道何足论，还有骨肉之情遭阻隔。

轻阴

全家安稳轻阴里，终日烟波一艇子。渔妇艇头砍湿薪，渔夫艇后张魴鲤。魴鲤卖罢还上船，渔妇却又倒头眠。几个孩儿嬉脚底，见人只管缩双肩。卖鱼换得一樽酒，问汝今朝还饮否？渔妇微微略点头，一手伸在蓑衣后。掏出一罂豆豉姜，掏出半橛腊风肠。酒樽还是石岐物，石岐已失[①]空彷徨。我在轻阴立已久，盈盈山色如苍狗[②]。赢得青洲几度春，春光待我来厮守。遥忆家园几树梅，绿阴低护好楼台。野燕飞来避风雨，寻常莫振翛翛羽。

上巳日拟往万松山修禊，以寒雨不果。行既又天气复朗，诗以自怼三首

尘世几扎挣，始能托一迹。添此阘茸人，真乃污山泽。山泽矜持久，轻轻决一策。放下一层幕，尽把凡夫隔。凡夫既畏雨，不畏[③]山容窄。当然不敢前，寸步埋庭隙。山神始放心，四面铺湘碧。

汝勿太铺排，汝是俗人耳。雨点何足畏，乃辜此上巳。人禊不必修，国禊常速褫。腥膻从户入，留滞山河里。阴霾才一丝，胡尘万丈矣[④]。最好资雷电，轰声除大傀。否则发浩歌，亦可惊犀兕[⑤]。相对默无言，现代不需此。

---

① “石岐已失”，粤藏本作“石岐已陷”。

② “如苍狗”，粤藏本作“如刍狗”。

③ “不畏”，粤藏本作“又畏”。

④ “胡尘万丈矣”，粤藏本作“胡尘杂沓矣”。

⑤ “惊犀兕”，粤藏本作“驱犀兕”。

室内有花魂，欲扑窗外去[①]。人反匿墙西，真乃对不住。纵恐湿双肩，蓑笠差能御。良辰偶失坠[②]，再寻亦无处。断续鹧鸪声，低徊不上树。乱红一寸长，已是花无数。

（5）1940年5月2日发行《淹留》第二十六期

诗歌作品有：歌行《东海》、歌行《雨》、歌行《琵琶行》、七律《小楼》、七律《燕子》、七律《静极得句》、七律《寒食》、歌行《瞌睡》。

东海

年来最爱东海隅，鳞鳞万顷波纹舒。帆樯逐队相追逐[③]，时或清晰时模糊。大帆跃跃如狂喜，小帆薄似一张纸。小帆好傍大帆行，婴儿投入娘怀里。忽然狂风天际来，若隐若现闻春雷。中原到处皆锋镝，海角焉能免劫灰。晓来拟看东海水，几个渔翁涕不已。金钟沦陷石岐亡，此水今非吾有矣。我曾盛诩唐家湾，兀立中山御岛蛮[④]。谁知一旦亦零落，子规无力话家山。往日支持谁氏子？睢阳后裔光青史。今朝弃甲更何人？吴起原来喜帝秦。秦人未必能容汝，莽莽天涯剩此身[⑤]。畸人饱阅风尘味，只有烟波能适意。而今莫向东海行，海隅变作伤心地。波涨犹闻呜咽声，可怜房琯谬知兵。寇来战士皆垂手，恨煞濠江掉臂行。若云此地难坚守，并非故意随风走。如何他人血战两载尚无虞，汝却莅任须臾已出丑。呜呼！区区一邑何足论，不见羊城之陷今日尚闻猿。英雄只管传心法，遑计天昏鬼喊冤。

① “欲扑窗外去”，粤藏本作“欲扑窗前去”。

② “偶失坠”，粤藏本作“一失手”。

③ “逐队相追逐”，粤藏本作“结队相追逐”。

④ “御岛蛮”，粤藏本作“御百蛮”。

⑤ “剩此身”，粤藏本作“污此身”。

雨

天上微云初作雨，尚有几分羞涩依规矩。点点滴滴都是雨形容，湿尽娇花点花谱。及至春阑雨却太不拘，又老又劲又心粗。摧尽花魂更花魄[①]，断红岂仅太模糊。故乡我有小茅屋，四面青葱皆古木。雏莺遇雨不能胜，直抵窗前作家畜。春雨一窗人两三，各谈往事都不堪。若问胡尘谁剧烈，岭南当不让江南。庭前燕子湿双脚，都为衔泥护帘幕。眼前零落几人家，窗前犹插吊钟花。

琵琶行

筷子矶边[②]一片月，千门万户人声歇。忽然有韵随风来，半杂凄凉半激越。如在波涛摇撼中，如逢金铁相交攻。千军万马一齐合，烈火夜照山河红。生平音乐我非优，胸怀一泻不能收。轻轻挖出心中事，便觉摇摇失自由。披衣起视街如水，声亦循环鸣不止。盈盈经过小楼前，几回叹息神乎技。非筝非筑复非笳，原来乃是一琵琶。琵琶亦非中土物，东出鄯善西流沙。抱乐昂藏好姿态，一人独自成一队。虬髯绕颊发垂肩，古代武装[③]真可爱。人既不为中国种，乐本难为[④]中国重。独怜一片激烈与悲沉，任是无情辄心悚。日间沉寂夕闻声，乍睹行藏心为惊[⑤]。原来别有伤心处，愧绝江山始夜行。海隅原是文明国，独立何曾遭寇贼。民情安稳尽铺张，何必愔愔诉胸臆。只恨欧风簸荡多，黍离几处尽闻歌。家山已入强邻版，何事柳花不过河。濠江原是同汨水[⑥]，烈士东来亦渡此。愧无心事弄朝曦，尚有[⑦]音尘惜暮齿。宵深踯躅江头路，那有心神计朝暮。燕子多情故垒

① “更花魄”，粤藏本作“又花魄”。

② “筷子矶边”，粤藏本作“筷子矶头”。

③ “古代武装”，粤藏本作“古代戎装”。

④ “乐本难为”，粤藏本作“乐岂能焉”。

⑤ “心为惊”，粤藏本作“心始惊”。

⑥ “濠江原是同汨水”，粤藏本作“濠江漭漭同汨水”。

⑦ “尚有”，粤藏本作“剩有”。

飞，落花始觉春光妒。赖有琵琶可护身，无边哀怨更谁伦。不知泽畔行吟客，曾否伤时各怆神。独行且唱西方曲，岂让《离骚》伤草木。既然击缶有雄心，何不营前事蹴踘。我有中怀①一段情，东将入海屠长鲸。揭车倘许同消息，为拨冰弦到五更。

小楼

春阴堆叠小楼前，落尽瓶花日似年。风静欲回杨柳色，日斜方称鹧鸪天。文章渐信能坑我，耻辱都因爱剩钱②。淡荡胸怀如可说，趁他紫玉未成烟。

燕子

窗前燕子似抛梭，斜逐柳花飞过河。误尽一春都是雨，却怜三月尚闻歌。轻阴便已过寒食③，拙性焉能享太和。独酌莫嫌风味减，故乡景物④已无多。

静极得句

十日都无一日晴，雏莺乳燕欲成盟。窗前正滴丝丝雨，室内还张短短檠。坐久尽能回世味，格高容或背人情。垂眸似睡原非睡，任汝鬑儿作队行。

寒食

筷子矶头海气蒸，老渔欹枕尚懵腾。三春草长蛙求牡，二月天昏鬼恋灯。雨点急如新旧债，蓑衣湿尽两三层。欲寻薄饼都无着，始信家山未可凭。

瞌睡

斗室无聊赖，读书以遣之。书兴会有尽，瞌睡此其时。春来景物无不好，

① “中怀”，粤藏本作“胸怀”。

② “耻辱都因爱剩钱”，粤藏本作“落拓都缘不爱钱”。

③ “过寒食”，粤藏本作“辜寒食”。

④ “故乡景物”，粤藏本作“天涯风物”。

只恨天公今已老。待我教尔学驻颜，第一平生[①]莫忧恼。睡里刚闻屐齿声，雨丝风片次第生。借问今日是何日？昨为寒食今清明。清明恨事说不了，无端感触神魂小。只是余方莫轻忧恼教天公，何为反自寻烦扰。瞌睡之乐乐如何？忽然一霎韶光梭。截断[②]韶光千百概，身似浮云心似月。

（6）1940 年 5 月 16 日发行《淹留》第二十七期

诗歌作品有：歌行《归鸟叹》、歌行《梅雨》、歌行《斋中即事书感》、五绝《漫题二首》、七律《初夏》、七律《冒雨》、七律《夏寒》、七律《入市偶睹新荔，倏然有感》。

归鸟叹

天南天北多飞鸟，飞到海隅更心小。借问何为断续来，各有衷情诉不了。群鸟本有好居栖，只恨罡风逐渐低。大鸟终朝难矫翼，小鸟故垒无完泪。雄鸟向空张其嘴，有时匿在荆棘里。雌鸟冒险窥故巢，巢中久已亡其子。大鸟小鸟同商量，雄鸟雌鸟急张皇[③]。巢已无存卵已毁，宿仇原是九头鸧。微闻海角多林木，鼓鼙尚未惊夷族[④]。趁此时机早寄身，胜似倾危守山谷。老燕毛衰已懒飞，纵能忍辱不堪饥。雏莺昨日才完语[⑤]，振翼还忧气力微。匆忙岂有安全策，劳瘁恰同鱼尾赤。先挈新鹓后老鸟，冲寒那惜翛翛翮。孰料天涯鲜比邻，蛮见鴂舌悍无伦。几度捋毛更撕羽，恨煞苍茫剩此身。朝来拟觅一粒粟，吞声俯伺他家屋。虽然米屑簸出来，质似微尘难果腹。雄鸟雌鸟虽能支，老鸟弱鸟[⑥]徒嘘唏。无聊还啄江头草，忍

① “平生”，粤藏本作“平时”。
② “截断”，粤藏本作“斩断”。
③ “急张皇”，粤藏本作“空彷徨”。
④ “惊夷族”，粤藏本作“惊蛮族”。
⑤ “才完语”，粤藏本作“才成语”。
⑥ “老鸟弱鸟”，粤藏本作“老鸟幼鸟”。

耐[1]不知能几时。昨宵送到乡园信，时危休管黄杨闰。子规频叫不如归，蛮风吹老丝丝鬓。大鸟闻风似慰颜，小鸟匆错还安闲。不记当时巢卵毁，不记当时[2]血泪斑。归途遑敢翅双翼，纵使高飞亦无力。轻轻低傍荻芦行，路旁怕有金沙蜮。走固颠连归更难，每闻风动辄心寒。三春海气连天黑，况值饥余气已殚。故乡风物当然美，客路何曾有一山。却逢[3]故侣掉头回，骇极凝眸各相视。如何亦学我归来，如何尚欲登春台。弋人未撤重重网，昨日犹闻鹤损胎。乍闻此语神魂蹙，遵海不能遑惭陆。不如敛翼问畸人，求决行藏免反复。畸人正在小楼居，檐溜潇潇午梦初。蓦然满座禽声合，方知渺渺总愁予。笑含殷勤为解说[4]:"汝辈精神须卓绝。要知洴澼有奇方，可把深仇尽昭雪。忆昔有鸟栖山樗，营巢育子好安舒。惨遇巨蟒来吞噬，娇雏入肚[5]饴糖如。雌鸟与争气力薄，雄鸟与争无策略。急时树上只哀鸣[6]，一时凄厉盈丘壑。迢迢一去无行踪，巨蟒犹自呈其凶。磨牙吮舌周遭视，孰是香浓孰味浓。诸雏啖尽还张口，有时倦极[7]昂其首。上天下地唯余强，摧残岂止春堤柳。云中鸷鸟从空来[8]，前导两羽鸣徘徊。蓄机疾下啄蟒首，蟒首坠地涓尘埃。从知有志驱仇贼[9]，自有奇谋来顷刻。栖棲迟异域岂云高，忍辱家园曷有极。"众鸟听罢作豪鸣，鸣声高遏阵云行。乘时莫叹春光短，燕雀拼心凤亦惊。

梅雨

乍雨乍晴梅子熟，似热还寒诗兴缩。蚊虫且勿咬畸人，畸人两臂无肥肉。

---

① "忍耐"，粤藏本作"忍饿"。

② "当时"，粤藏本作"当年"。

③ "却逢"，粤藏本作"却违"。

④ "为解说"，粤藏本作"为陈说"。

⑤ "娇雏入肚"，粤藏本作"娇雏入腹"。

⑥ "急时树上只哀鸣"，粤藏本作"仓皇树下且哀鸣"。

⑦ "有时倦极"，粤藏本作"有时身倦"。

⑧ "从空来"，粤藏本作"破空来"。

⑨ "驱仇贼"，粤藏本作"驱寇贼"。

摩挲胁骨渐有棱，五岳鼎峙奇峰矗。只为平时耽画本，折叠肚皮皆尺幅。冒晴冒雨我优为，断不半途依草木。瘦尽樱桃胖尽梅，未必韶华竟碌碌。

斋中即事书感[①]

有人送我一樽酒，有人借我一卷书。醉后忽然悟废兴，书中历历计乘除。丈夫不作疆场行，或者有梦归渔樵。本来此例亦不少，只恨心头愿已虚。浮生无日不倒颠，黄人线索黄人牵。白人忍俊不能耐，相将下马饮狂泉。可惜黑人棕人无气力，红人更怯己颜色。否则春残正好验鸡虫，蠕蠕不须频转侧。书中有例不妨数，书中无例不妨补。笔干要与众人殊，不枉曾餐天姥乳。新李累累我更尝，又苦又涩难适肠[②]。不如且待荔枝熟，闲看倭奴抱头哭。

漫题二首

春风不相属，岂便感湮沉。落红三万丈，犹是思愔愔。

有意怜幽草，东风太好奇。应知小草性，从不叹离披。

初夏

霉气招来几日慵，拨开云雾见山容。檐前瓦雀刚生子，板罅饥蚊未绝踪。牙凸三分知酒燥，缘悭一梦[③]怨茶浓。明朝可有潇潇雨，不验宵灯验晚钟。

冒雨

冒雨还归筷子矶，飘然伞子向天飞。蛟龙出水非无日，笋蕨攒空或更肥。

---

① 粤藏本题作《斋中即事》。

② “难适肠”，粤藏本作“难充肠”。

③ “缘悭一梦”，粤藏本作“宵悭一梦”。

极惦路途同一蹶，况闻闾闬[1]惯稠饥。摇摇忍见春堤柳[2]，未荫栖鸦已十围。

夏寒[3]

从知一粟更艰难，百年几见夏犹寒。青毡入笥还抽出[4]，黄卷欹墙恐未安。蚊语闹翻梅子市，蜗涎斜上药王栏。剧怜雨后鱼儿长[5]，引得邻翁拥絮看。

入市偶睹新荔，倏然有感

几点胡尘污荔枝，便令归思太参差。无聊枉吃三餐饭，有约当完一局棋。历历早晴[6]天亦苦，盈盈羌笛我犹思。乡园旧种炎方果，谁为畸人谨护持。

（7）1940年6月2日发行《淹留》第二十八期

诗歌作品有：歌行《韩庐曲》、歌行《大雨登松山绝顶》、七律《苦李》、七律《入夏无日不雨，无日不寒。回忆乡园鲥鱼当出水，新笋当肥，荔子当熟，人却不能归，辄唤奈何》、七律《跑狗场观球赛，忽遇大雨，衣履尽湿，归途如入水中，弥复有致》、七绝《清和杂咏五首》、五古《辰起乘小艇至沙籣湙登陆》。

韩庐曲

南溪村民好畜犬，犬声与豹不能辨。宵昏能使客心寒，况值愁怀不可卷。

---

① “闾闬”，粤藏本作“闾巷”。

② “春堤柳”，粤藏本作“三春柳”。

③ 粤藏本题作《四月十二日大雨不辍，天气骤寒，为赋一律》。

④ “还抽出”，粤藏本作“今仍出”。

⑤ “鱼儿长”，粤藏本作“鱼儿出”。

⑥ “历历早晴”，粤藏本作“历历早阳”。

自从倭寇陷南溪，溪民无日不悲凄。只此一元斛半米，便令老幼同酸啼。东篱那复鸡豚迹，防吃余粮耗糠核。鸡豚宰罢[①]犬难留，寂寂家园徒咫尺。何翁养犬如养孙，常偎小犬眠朝暾。犬亦悠悠识翁性，旦夕不离白板门。家家粮绝争屠狗，翁自不能加可否："独怜伴我小庐今，夙昔相随如好友。一朝米贵刃相加，情感如斯似太差[②]。虽然只剩一瓯粥，画取半边不汝瑕。"韩庐似识翁心苦，直视何翁泪如雨。何翁有饲不沾唇，独适江头行踽踽。咬尽芦根与蕨根，肚饿那得不酸辛。有时捕得滩边鼠，冲向家中馈主人。维时倭寇心弥恶，拉尽壮丁拉老弱。何翁体魄尚充盈，不期变作罗中雀。麻绳系颈如羊牵，大堤寂寂笼愁烟[③]。猛腾一脚踢倭倒，耸身入海投寒泉。谁知水性翁非识，滚滚洪流[④]曷有极。只晓载沉与载浮，一线波涛危顷刻。匆匆[⑤]一犬破风来，将身入水不徘徊。衔翁衣领翁不坠，输翁性命波为开。背后倭奴怒似雷，枪声密集相萦回。潮头更复急澎湃，几回动荡真难猜。翁气已殚犬力竭，势将下探[⑥]蛟龙窟。岸边小艇摇出来，前头尚有新标碣[⑦]。原来此乃游击区，救国英雄磨砺须。相将入海扶翁起，此犬尚揽翁衣襦。义军内有识翁者，细询因由笑声哑。翁固奇人犬亦奇，陷人岂等失蹄马。翁遂投身义勇军，韩庐侦敌策功勋[⑧]。饥余乃有此成绩，留得佳谈壮社枌。

大雨登松山绝顶

天风吹彻云溶溶，诗魂崛起成苍龙。大龙已入青洲海，小龙飞上松山峰。

---

① "宰罢"，粤藏本作"宰尽"。

② "似太差"，粤藏本作"亦太差"。

③ "笼愁烟"，粤藏本作"含愁烟"。

④ "滚滚洪流"，粤藏本作"滚滚洪涛"。

⑤ "匆匆"，粤藏本作"忽然"。

⑥ "下探"，粤藏本作"下坠"。

⑦ "新表碣"，粤藏本作"新碑碣"。

⑧ "策功勋"，粤藏本作"多奇勋"。

松山不高我不低，小龙招我登天梯。天梯断折封姨死，脂香片片成红泥。凤凰幸展双飞翼，使我摇摇跌不得。醒来仍在松山巅，几回南望山河黑。西出函关[①]讨暴秦，雨师为我洒前尘。我有《淹留》一万本，六韬三略此前身。万松虬结作奇响，涤荡精神发幽想。此松若肯当前驱，胡笳羯鼓不能仰。松山以外天乌乌，每盼家乡泪眼枯。万人械足难奔走，羸尸满地痕模糊。狂霖打膊不知痛，激刺愈深神愈重。巨虬下坠鹤冲霄，塞上英雄还有种。群松偃蹇我昂头，行当斫汝为酒筹。平日读书兼饮酒[②]，可曾眷念山河不[③]？料想山神殊得意，饱看沧桑难为地，朱明失鹿是何年？世事真同一出戏。若以陈言悟兴废，匝地波涛感不胜。应知万马衔枚走，会踏神山最上层。松山风物不胜纪，总之尚带中原美。气吞河岳傲丰隆，丰隆借问谁家子。

苦李

苦李累累我亦餐[④]，隔江消息几时安？频年噩梦惊鼙鼓，一夜荐花满槛栏。比岸有歌搔首听，群山无语对人寒。新樱别有乡园果，说到乡园日大难。

入夏无日不雨，无日不寒。回忆乡园鲥鱼当出水，新笋当肥，荔子当熟，人却不能归，辄唤[⑤]奈何

隔岸山容晚更遒，一奁诗思枉悠悠。百年挣扎成今日，两载苍茫忆去舟。垂暮不期天更苦，故园谁信鸟无愁。开帘不忍看明月，月影偏偏入小楼。

---

① “西出函关”，粤藏本作“西薄函关”。

② “读书兼饮酒”，粤藏本作“读书夸见识”。

③ “可曾眷念山河不”，粤藏本作“可曾怅望川原不”。

④ “我亦餐”，粤藏本作“我更餐”。

⑤ “辄唤”，粤藏本作“辄复”。

跑狗场观球赛，忽遇大雨，衣履尽湿，归途如入水中，弥复有致[①]

天末啼鹃纵懒飞，岂因春老遏生机。每当骤雨神先暝，若慰新莺草特肥。那有蚊龙随浊水，奈无糠核挽稠饥。拖泥已是寻常事，难得拼心采蕨薇。

清和杂咏五首

红棉作絮故迟迟，到底光阴付阿谁？莫谓宵深太岑寂，挑灯低诵自家诗。

红尽樱桃绿尽蕉，清和偏是太魂销。劫余且勿夸芒种[②]，豆角何曾吃一条。

隔岸遥闻卖水声，几枚铜子购一罂。居夷始信家乡好，绰约清泉半日程。

主妇朝来入市忙，却令搜索九回肠。鱼蔬价格高三倍，取舍当然没主张。

岂期糠核当家珍，三块银元一担薪。生计愈高情愈急，博场挤满乱离人。

晨起乘小艇至沙笸涘登陆

微雨湿江皋，扁舟自容与。天末糁浮云，迢迢如败絮。生平畏波浪，船头不敢踞。谁料历艰危，居然行沮洳[③]。南屏山色青，只许回鸾驭。独惜虏气漫，前路无归处。鱼龙且勿窥，愧我[④]无依据。桴鼓不曾亲[⑤]，刬说江山助。一掉将何为，且从去处去。

（8）1940 年 6 月 16 日发行《淹留》第二十九期

诗歌作品有：歌行《夜饮蛤蚧酒，忽有所忆，乃得长句》、七律《庚辰端

---

① “归途如入水中，弥复有致”，粤藏本作“归途如入水中，不禁失笑”。

② “夸芒种”，粤藏本作“谈芒种”。

③ “行沮洳”，粤藏本作“临沮洳”。

④ “愧我”，粤藏本作“恕我”。

⑤ “不曾亲”，粤藏本作“不曾窥”。

午》、七律《叠前韵》、七律《再叠前韵》、七律《晞发》、七绝《时事杂感八首》、五古《雨后望南屏飞瀑》。

夜饮蛤蚧酒，忽有所忆，乃得长句

盈盈一杯蛤蚧酒，使我愁潮万丈高。综括卅年逝水心，不期更有此波涛。先君素称旷达人，虫声禽声爱绝伦。万木绕庐多怪鸟，如咳如笑能使听者亏元神。虫则促织、蟪蛄之类[①]尽搜集，小园有籁皆枯涩。欢者不欢愁更愁，间或因之互啜泣。某岁偶有嘉客来，夜半启阁欲遁神魂陨。自云“鬼声入耳不能寐，愈趋愈近心为摧”。谁知此实[②]鸟作怪，老鹳好弄此狡狯。其余老鹤亦优为，大抵年龄日衰迈。东岸草堂遂有鬼屋称，来者不敢小楼登。先君每谈此事辄大笑，谓此雅称高人之宅能使俗气不敢乘。忽然乃思蛤蚧响，蛤蚧产生乃在西江上。果有何法使之来？寄书老友词三两。老友橐笔游梧州[③]，莲浦梁氏闲沙鸥。谓余别有骚人致，馈以一笼数十头[④]。从此吾家遂有蛤蚧种，檐前树上鸣声综。老翁顾盼以为娱，小子心神弥复重。有时能杂晨鸡声，有时且趁鸺鹠鸣。最喜走到邻家觅虫蚁，邻家捕以佐杯羹。由是此虫渐陵替，如此山河曾几岁。黠者攀登榕树巅，夜深作响弥哀厉。先君久亦随旋风，岳陷山颓[⑤]泪眼中。宿草可怜眠孝犬，荒园谁忍听寒虫。倭奴跳跃关山北，腥气南来凭铁翼。宵深挟锐与周旋，势已崩颓难转侧。狼狈急为海角行，还溯当年一片情。微闻此际梁连浦，别有胸怀莫与京。西风吹到[⑥]一张纸，报道莲翁今死矣。本来死去亦平常，独惜莲翁乃饿死。倘能入俗差能存，倘能柔顺且腾骞。莲浦所长唯倔强，倔强乃是穷之源。其妻难觅锅中粟，亦赴洪流图结局。倔强夫同倔

① “虫则促织、蟪蛄之类”，粤藏本作“虫则促织，蟋蟀之类”。

② “此实”，粤藏本作“此亦”。

③ “游梧州”，粤藏本作“客梧州”。

④ “数十头”，粤藏本作“几十头”。

⑤ “岳陷山颓”，粤藏本作“岳陷山崩”。

⑥ “西风吹到”，粤藏本作“西风送到”。

强妻，艰贞竟作[①]沦胥鹄。他日还归拙置园，劫余草木易销魂。不知蛤蚧垂垂老，曾否山林长子孙？树底虾蟆亦有种，霜雪精神万木拥。贪杯且勿笑畸人，畸人五日不心悚。

庚辰端午

绰约菖蒲绿意齐，雨余偏令片帆迷。粮高渐觉双腮瘦，果熟争看万鸟低。赤手搏穷天亦笑，铁肩担道世何褆。一年一度新蝉响，余韵因风水亦澌。

叠前韵

筷子矶边屐齿齐，酒杯应共众人迷。风前弱柳垂垂长，雨后荒帆片片低。静数花跌知有待，晚耽诗句岂无褆。等闲莫说乾坤老，击楫中流水不澌。

再叠前韵

垂柳依依与膊齐，一江水涨鸭先迷。平添海气衣犹湿，怕碰花枝[②]首偶低。风雨不曾苏短径，闾阎何日托长褆。江干莫恋闲蓑笠，请看横流作态澌。

晞发

晞发朝窗日影黄[③]，一闲偏引百般忙。不期屋角生芳草，便觉斋头有暗香。微雨岂应关户牖[④]，新愁休令钵肝肠。腹枵枉自思粮肉，兼味偏饶[⑤]少妇筐。

时事杂感八首

才经两月几降王，覆雨翻云孰最长。毕竟误人终自误，可曾依旧再装腔？

---

① “艰贞竟作”，粤藏本作“艰贞可作”。

② “怕碰花枝”，粤藏本作“怕碰花跌”。

③ “日影黄”，粤藏本作“日射黄”。

④ “关户牖”，粤藏本作“关牖户”。

⑤ “偏饶”，粤藏本作“偏输”。

跨海焉能事远征，鼓鼙何况隔重溟。劝君且勿图舍倚，风急何人敢系铃。

文明只好谈歌舞，岂肯仓皇着战衣。壮士未离脂粉气，何人重问血花肥。

万古金城马奇诺，千载汤池齐格非。到底于今谁稳固？巴黎充满轴心旗。

合貌何曾更合神，甜言坑尽几多人。牺牲阿比西尼亚，尚有天骄再问津。

几回禁运急张皇，究竟何曾细酌量。一舶东来倭子笑，果然全是好军装。

收回失地真雄武，乘势喧嚷贱丈夫。得间分肥猫犬性，可怜舐地有侏儒。

三年抗战弥英勇，只恨全功尚未成。设使早年师亦帝，倭奴应已快收兵。

雨后望南屏飞瀑

山色隐朝暮，畸人总未归。但闻东海东，依依柳十围。国土不曾摇，何为采蕨薇。不观河朔路，依然四牡骓。偃蹇沧海隅，浮云终日微。辛苦罗糠核，何曾慰远饥。雨后南屏山，山山尽落晖。其下更何有？所忧胡马肥。飞泉悬几丈，太息游人稀。倘非虏气森，岚翠故沾衣。我有小茅屋，蔽以花葳蕤。南望却不见，只有燕飞飞。愁怀日以深，谁解区是非？丈夫思马革，前路遍旌旗。

（9）1940年7月2日发行《淹留》第三十期

诗歌作品有：歌行《石栗》、五古《天门冬》、五古《斋头四君咏》、七律《吃荔子而酸，感赋》。

石栗

拙置园中半亩树，只有石栗精神强。上向天容夺苍霭，下因地势完要荒。村民十室九零星，哆哆不见人输将。石栗或有新认识，虽不完满[①]差能偿。我先述我避难时，群趋树下急彷徨。飞机距树一丈许，上睨屠伯须眉张。机枪射树树叶坠，有时溅入园东塘[②]。我与邻人[③]匿树底，举碗欲食鸣饥肠。忽然报道凶神至，或蹲或伏逾周慞。小儿滚地作哑泣，老妇头晕急思姜。碗盘回顾已无物，饥犬舐尽无余粮。拚命支持数时许，屠伯掉尾窥邻乡。大抵栗树多枝叶，层叠[④]不许来朝阳。下瞰只余一片绿，遂疑此地徒汪汪。敌机已去众亦散，独自扪腹眠石床。忽见栗子累累落，有如石卵投高岗。若中头颅应起角，便须药物来商量。群言石栗不能食，食之大可回脂肪。试看村前新旧妇，那有此物随筐箱。我却偶有新感触，硕果不食指平常。一朝糇粮已坐窘，此物便是疗饥方。伸腰蹑足拨落叶，叶下有物色枯黄。新陈衔接不知数，一掬未尽还一筐。击以小石栗壳破，晶莹肉色殊彰彰。大抵此物富油质，或者其性微寒凉。羸夫孱妇不能耐，煨以文火殊甘香。俯拾一筐置柜顶，一筐以外还一囊。米珠岂任穷檐泣，壮哉此物超秕糠。方期以此支岁月，谁知敌骑来匆忙。噬肤未及预奔走，海隅有路多寒蛰。寒蛰已完闻鹤唳，秋风入肉无衣裳。微闻东溪殊惨怛，苦荼将尽瓜无瓤。抢攘都为一粒米，路遇饥民深目眶。局外何曾有酌斟，局中唯有急郎当。有人问我曷为计，忍见里巷皆羸尫。我居海隅一寸心，片片斫尽还彼苍。只余病骨支宇宙，不期满地皆蜩螗[⑤]。我园依然有石栗，枝叶正覆东西墙。春来已见[⑥]花蒙密，首夏粒粒皆含浆。嫩肉恰同椰子美，余甘岂让蘋婆良。为救稠饥岂敢靳，急难交乘忍独藏。颗粒虽难厌众心，具何

---

① “虽不完满”，粤藏本作“虽未完满”。

② “园东塘”，粤藏本作“园东墙”。

③ “邻人”，粤藏本作“家人”。

④ “层叠”，粤藏本作“丛叠”。

⑤ “不期满地皆蜩螗”，粤藏本作“不期漫地成蜣螂”。

⑥ “春来已见”，粤藏本作“春初已见”。

力量姑自商。莫怪名至实不至，补牢原为多亡羊。东邻采栗一斛去，饿骨差免沦北邙。不知前村缠足妇[①]，可肯低头陌上桑。石栗依稀父母心，无时不欲遮繁霜。平时惯识[②]主人性，伤时有泪皆浪浪。抛掷精神向何许，石破天惊肯自藏。

天门冬

四海敢蜩螗，忧来谁慰我。窗前丽红日，猎猎如堆火。热极闭疏棂，未许摊书坐。仰视天门冬，椰衣互包裹[③]。绢绢弄柔叶，依稀中妇嫷。蒙蒙露小花，有似辛夷朵。辛夷人所知，天门似未帑。别有芬馥味，一动能三弹。独惜褦襶儿，红尘互堆垛。清凉有阿谁，欲语颜先罗。或嫌此花钿，或谓[④]此花琐。只因欠领略，异口归盲哆。既映畸人宅，精神自安妥[⑤]。兰不遇灵均，依然埋道左。秋来更成实，回异闲花蓏。其实更如何？粒粒珊瑚颗。

斋头四君咏

宿墨

天公侦伺勤，知余有墨汁。欲以两相易，庶用通呼吸。我乃莞尔笑，汝何太拘执。然我不爱雨，雨但供霉湿。着纸不成文，何以为篇什。骂贼贼不知，惩奸奸不戢。何如墨沈功，笔笔能锐入。生平无所嗜，与倭不两立。誓以一寸心[⑥]，写尽万方泣。雨岂能办此，而乃徒汲汲。于焉雨快晴，于焉墨愈涩。

---

① “缠足妇”，粤藏本作“赤足妇”。

② “惯识”，粤藏本作“已悉”。

③ “互包裹”，粤藏本作“叠包裹”。

④ “或谓”，粤藏本作“或昧”。

⑤ “自安妥”，粤藏本作“自然妥”。

⑥ “一寸心”，粤藏本作“一寸烟”。

秃笔

笔秃词不秃，人木心不木。文字收功时，倭奴应痛哭。畸人有性情，笔以当饘粥。畸人有抱负[①]，笔以供驰逐。能教意蕊开，肯任眉峰蹙。拍案忽大笑，岛夷今亓服。昨见汝开花，今日且成熟。洛阳纸未贵，一挥十丈幅[②]。上焉写盈虚，下焉书种族[③]。书生得意时[④]，妖魑应猬缩[⑤]。

破砚

惯草吓蛮书，砚敝人不敝。倘许殚元神，人间更何世。精诚金玉凿，驱胡有统系。愔愔玉带生，绿绮台能继。砚破山河完，何须频设计。否则传子孙，只耗[⑥]石田税。昨宵闻砚语，韶华今复逝[⑦]。恐辜天地心，玩愒徒姜桂。顽性不能沦，笔床资妙偈。宇宙多艰虞，石交总不替。

残编

新书读到旧，完书读到残。先生何领略？竟使精神殚。妙绪不必言，所忧日大难。华夷倘不辨，万卷将何安！愚人读腐书，或以慰弹冠。书生日渐多，国步更蹒跚。吾书岂类此，日久更盘桓。虽不求甚解，奥义归眉端。排比与铺张，聊以饰众观。不如任狼藉，或饱蠹鱼餐。

吃荔子而酸，感赋

佳实虽然得入唇，可曾微妙慰沉沦。中原半落妖魑手，缛圃羞为烂熳春。果亦安闲方有味，事须攀附不如贫。嫣红莫诩佳人色，醋海唯君可问津。

---

① “有抱负”，粤藏本作“有肝胆”。

② “十丈幅”，粤藏本作“十万幅”。

③ “书种族”，粤藏本作“写种族”。

④ “得意时”，粤藏本作“兴倍高”。

⑤ “应猬缩”，粤藏本作“头愈缩”。

⑥ “只耗”，粤藏本作“恐耗”。

⑦ “今复逝”，粤藏本作“忽复逝”。

（10）1940年7月16日发行《淹留》第三十一期

诗歌作品有：歌行《弃儿行》、五古《买薪》、七律《楼头》、七古《夜深不寐，乃有隐忧，诗以发泄，诗云乎哉七首》。

弃儿行

鞠育良辛苦，何为辄弃之？寇来饥又来，死别更生离。抱儿出门首，潸然泪暗滋。恐儿不愿去，谓看花蕤葳。小肆杂货多，替汝购糖饴。小儿心理弱，奥妙不曾窥。似此甜蜜语。正合儿心脾。恐娘不即行，以手牵其褵。娘反不欲往，举足徒踟蹰[①]。忆昔汤饼会，群矜跨灶姿。阿娘为开怀[②]，阿爷为扬眉。阿舅赠一裤，阿妗赠一凿。邻人识憨性，赠以纸剪狮。谓可当奔马，何忧世路歧。酒后语铺张，殷殷有阿姨。谓骥有好种，谓花无丑枝。一室有余欢，宾朋杂笑嬉。何期乐未尽，危难相追随[③]。一婴不能保，门户从可知。骨肉弃道路，岂只心为糜？馈儿糕一块，“儿且坐于斯。娘去行当返，携汝归迟迟。”谁知此一别，母子成参差。谁知此一别，相见已无期。十步九回头，依然慈母慈。幸儿不曾哭，恩情似可追[④]。不哭亦何有，拼命天之涯。儿命将何卜，卜以往复飕。未必入富室，富室不希奇。但愿获一饱，得为樵牧儿。樵牧倘慈善，日赐粥一卮。否则并日餐，敢说[⑤]精神萎。阿娘与阿爷，愧极神为疲。有儿不能育，似呆还似痴。其实何曾痴，痛苦难自持。儿今坐歧路，母且归樊篱。儿或有人惜，母去徒离披。离披岂能耐，冉冉随风漓。死期日渐迫，一命九

① “徒踟蹰”，粤藏本作“频踟蹰”。

② “为开怀”，粤藏本作“为启颜”。

③ 粤藏本在“危难相追随”之后，有“一月吃糠核，二月吃山茨，三月吃草头，四月吃树皮。吃至无可吃，一夜死累累。若不所早为，会有同尽时。不如早设计，莫令靡孑遗”等句。

④ “似可追”，粤藏本作“汝可追”。

⑤ “敢说”，粤藏本作“敢怨”。

鬼推。或者别儿返，便已随魔馗。娘倘成厉鬼，犹当伫九逵。看儿可安顿，看儿可神怡。倘能符素心，不枉随游丝。否则仍失所，亘古双泪垂。回首复回首，黯黯天妃祠。炊火微微动，尽是倭奴私。腼颜求一饱，已失上国仪。何况媚异族，耻辱必成碑。树下久颠蹶，有妇行荒茨[①]。亦携袛裯物，宁愿作牲牺。彼此张目视，喉哽[②]不成词。倭狗复倭狗，尽日中原走。当挥鲁阳戈，逐汝归林薮。

买薪

囊钱去买薪，价高不上手。买者固蹙眉，卖者尤疾首。贺彼得高价，可以谋杯酒。何为尚慊然，难道良心负？听妇前致辞，未言先泪垂："此薪有冤魄，此薪有血丝。若以价相干，辄谓好居奇。试谈薪历史，听者应含悲。家乡沦陷余，尽室[③]来江湄。焉能徒坐食，何况频稠饥。同辈三两人，江上久行移。一担湿湿薪，能博昂昂赀。喜极勤加饭，随众北山陲。初去精神好，再去精神萎。三去犹自可，四去真难持。倭奴汽艇来，风急如马驰。近则刀剑斫，远则枪炮施。同行二十人，什九血肉糜。侬夫中弹死，侬子失其肢。回头艇已摧，漂泊苦不支。幸有薪在侧，两手攀其枝。浮沉一日夜，始免随蛟螭。倭奴炮未息，江畔多浮尸。白日摇摇动，魑魅相追随。尚疑已非人，怖极魂已离。与薪同性命，薪去我何之？却又不能休，肚饿不可医。甚愿买薪人，不可令靡遗。持以资警惕，岂等炊扊扅。"凉风七月余[④]，绰约吹门楣。只知炊者苦，焉知采者危。吩咐灶间妇，只管罗瓶甀。慎勿怨薪湿，条条鬼影筛。

① "有妇行荒茨"，粤藏本作"有妇来施施"。

② "喉哽"，粤藏本作"喉咽"。

③ "尽室"，粤藏本作"阖室"。

④ "七月余"，粤藏本作"七月来"。

楼头

二分明月在前楼[①]，愿与畸人订好逑。强作清凉羁旅梦，互争黑白乱离头。高风岂便扶衰世，近郭何曾事壮游。极笑儒冠任零落，无人解雪故园羞。

夜深不寐，乃有隐忧，诗以发泄，诗云乎哉[②]七首

有客有客居海隅，举杯欲饮神模糊。昔日淹留叹女媭，今日湮沉何所须。落日森森闻鬼哭，猛虎窬墙魔媚屋。家山一任倭奴行，人百其身恐不赎。

黑夜恃有良导师，灯影炫炫随风吹。不知零落曾几时，掉头一去无见期。天昏月黑声窸窣，谁人敢探蛟龙窟。呜呼再哀兮声已嘶，中天何苦悬明月。

卅年老友珠海头，仓皇一别山河愁。不期误入秃龙湫，倭奴一棒魂悠悠。一统山河犹未复，浩魄常令抱头哭。呜呼三哀兮哀正深，四面波涛撼岩谷。

饿死事小儒家言，不枉与汝同晨昏。书生性格何轩轩，似是生成倔强根。黑夜沉沉纵有晓，枝头已失冲寒鸟。呜呼四哀兮哀未遑，汝子安知非饿殍。

我乡乃有小英雄，倭奴一炮摧其躬。夜深鬼啸随罡风，雨丝不断吹蒙蒙[③]。忠魂荡漾无南山，混合一团驱寇贼。呜呼五哀兮哀渐阑，似汝始堪绵血含[④]。

艰难辛苦忆山妻，留汝家园闻鼓鼙。谁知天寿总不齐，饥寒历尽身全黧。

---

① “在前楼”，粤藏本作“在危楼”。

② “诗云乎哉”，粤藏本作“诗亦不能了也”。

③ “吹蒙蒙”，粤藏本作“还蒙蒙”。

④ “绵血含”，粤藏本作“长血含”。

时危性命真难保，何曾送汝荒山道。呜呼六哀兮哀正长，浮生不合多颠倒。

我兮我兮更何若，荆棘挂肩藤系脚。本期鹰隼迈风云，何为瑟缩同寒雀。捋毛茹血究几时[1]，太息烟沉不自知。呜呼七哀兮魂欲离，天涯何日始开眉。

（11）1940年9月16日发行《淹留》第三十二期

诗歌作品有：歌行《吹角》、歌行《淫雨叹》、歌行《越十二日复雨，其势更烈》、七律《初病》、七律《再病》、七律《病极》、七律《病愈》。

吹角

长安城南[2]夜吹角，长安城北倭胆落。同行十万八千人，秋风播荡多吟呻。强为挣扎[3]有几辈，辛酸却在脂肪内[4]。相逢是鬼还是人，阴霾凛凛常不退。路旁古树腹洞然，缩身窜入毋迟延[5]。谁知已有人先在，沾濡赤血还新鲜。返身欲逃逃不得，事急焉能插双翼[6]。细聆却是自家人，姓名恍惚还相忆。问汝何为亦在斯，肯将性命逐轻丝？答言“我实未接触，略闻炮响神先麋”。穴内累累还有物，极似寒虫身半屈。回想出师气似虹，何为颠蹶无宁日。壮者掀唇欲有语，却又瑟缩羞其侣。侣言“同病不妨呻，我辈同群都是鼠。嗟余有母尚倚闾，有妇有妇居城隅。不知何以任驱策，涉足万里埋沙淤”。老者自搔斑白首[7]：“本来战役非吾有。半生辛苦托一尘，强令撇下供残蹂。舍下有妻更有儿，急时[8]燕子同差池。闭眶直走荆

① “究几时”，粤藏本作“更几时”。

② “长安城南”，粤藏本作“长安城头”。

③ “强为挣扎”，粤藏本作“极端挣扎”。

④ “脂肪内”，粤藏本作“膏肓内”。

⑤ “毋迟延”，粤藏本作“如虫蜷”。

⑥ “插双翼”，粤藏本作“振双翼”。

⑦ “斑白首”，粤藏本作“垂白首”。

⑧ “急时”，粤藏本作“急来”。

榛路，道逢同伴皆行尸。”少年闻言更窘蹙："似我今年才十六。强抛书卷事戎行，行时尚向爷娘哭。”群言对待[1]支那兵，支那军队如飞虻[2]。谁知直是罴和虎，愈战愈劲轻死生。而今一一遭教训，长矛十决谁能近。角声又逐北风来，任是凄凉都有韵。初吹呜咽不能禁，似能挖出征人心。月影星光两沉没，可怜飞鸟无完林。再吹反觉声悲壮，中原活现森严状。安排罗网捕山枭[3]，山枭会变[4]红螺酱。三吹以后神萧然，似将历历穷根源。嗟哉余实难为语，只有五内急相煎。情愈张皇意愈促，角声又是频赓续。耳根充满别离情，只将涕泪填心曲。原来倭奴最思家，勾起心怀恨更加。角声又是多情物，亦如青冢泣琵琶。愔愔吹角谁家子？却令倭奴心尽死。壮志能将胡虏吞，夜深吹角浑闲耳。倭奴气焰等长蛇，忽然脆弱如寒鸦[5]。轻轻一角难禁受，谁信胡尘未有涯。

淫雨叹

舍南舍北不能休，雷声隐隐风飕飕。雨师直下气如牛，凿破屋瓦来寻仇。畸人正自无聊赖，坐拥残编空自大。雨师狠毒过嬴秦[6]，诗书务使[7]同淘汰。初湿诗与书，再湿衣与裾。箱笼直可蓄游鱼，不忧冷落子云居。仰卧雨丝滴满满，任是如瓶不自守。旁连一鼻及双眶，灌顶醍醐来穴牖。侧身更苦不能支，洗耳原来是此时。却嫌来势奔蹷甚，虱诵阿房听岂知。一身三十六万孔，孔里江湖同澒洞。睡魔似欲占优先，道我绸缪休自懵。有伞有伞居墙隅[8]，张张有似荫高梧。几辈埋头兼敛趺，精神幸获一时苏。千

---

① “对待”，粤藏本作“对付”。

② “如飞虻”，粤藏本作“等飞虻”。

③ “捕山枭”，粤藏本作“捕枭儿”。

④ “山枭会变”，粤藏本作“枭儿今变”。

⑤ “如寒鸦”，粤藏本作“如栖鸦”。

⑥ “过嬴秦”，粤藏本作“胜籯秦”。

⑦ “务使”，粤藏本作“欲使”。

⑧ “居墙隅”，粤藏本作“支墙隅”。

辛万苦捱更鼓[①]，却自有人赏甘雨。是甘是苦究何尝，湿遍衣襦[②]招二竖。岂徒一饭觉艰难，一宿应怜胆更寒[③]。归欤归欤更何日，寂寂东溪看日出。

越十二日复雨，其势更烈

雨师撼屋等摇船，极目波涛舟子喜。投闲窥见无聊赖，劫余赠我一天水。谓将替我逐蚊虫，蚊虫濡翼飞难起。蚤虱自矜铁嘴利，行将瞑目不能视。墙头惊起鼠儿孙，噪道洪涛今至矣。抱头直登屋瓦上，谁知雨却神乎技。一粒岂只[④]如拳粗，先打鼠头后鼠髀。前宵尚诩有双伞，张之暂可安床笫。而今伞子亦无用，巨涛辄令风帆靡[⑤]。木桌斯时俨广厦[⑥]，蛇行鼠入如长跪。眼看闪电作狞笑，何为淹汝犹不死。汝倘生还我亦休，天宫实在无高垒[⑦]。何难调转鲁阳戈，凿穿造化摧其匦。低声便向雨师道："汝勿轻量天下士。终夜何曾有寸功，潇潇只悦凡夫耳。不若回身媚短棂，急时或可相为理。"雨师寻想悄无言，乐煞河边一寸鲤。

初病

极愧身非铁铸成，狂霖草草窘先生。几分恶石贫还裹，一例新愁晚更萌。自诩精神犹未懈，偶因波浪得微惊。群虫唧唧窗前语，悟到浮生意转平。

再病

几经磨折成今日，久病当然不算奇。独惜窗前悬好月[⑧]，自埋头脑不曾

---

① "捱更鼓"，粤藏本作"听更鼓"。

② "湿遍衣襦"，粤藏本作"湿尽衣襦"。

③ "一宿应怜胆更寒"，粤藏本作"一宿焉知胆倍寒"。

④ "岂只"，粤藏本作"真是"。

⑤ "风帆靡"，粤藏本作"布帆靡"。

⑥ "俨广厦"，粤藏本作"俨大厦"。

⑦ "无高垒"，粤藏本作"无深垒"。

⑧ "悬好月"，粤藏本作"余好月"。

知。多翻药裹能伤胃，若谢宾朋合有辞。怕令妻孥悉苦况，呻吟还诵古人诗①。

病极

斗室何曾辨朝暮，垂眸姑听药炉声。雄心且欲屠鲸去，夙践端休驾鹤迎。天或与人争一问，鬼原于我昧平生②。极怜鼠辈分途出，攫去窗前几滴羹。

病愈

不期夜半懵腾里，乍睹窗前月一痕。双膊便如释重负，六时今复证灵根。岂真魑魅能窥我③，或许艰贞别有魂。忧国又须重淬砺，盈盈雨后④见朝暾。

（12）1940年10月2日发行《淹留》第三十三期

诗歌作品有：五古《老骥》、歌行《解嘲》、七律《一蹶》、七律《病后无聊，友人龙君以饼酒见赠，诗以志感》、七律《灯影》、七律《八月十五夜》、七律《月影》、七律《夜起偶闻虫语》。

老骥

老骥处枥中，圉人恒亵视。谓此腌臜物，诚不知所以。门前停粪车，老牛困欲死。谁可代仔肩？四顾商行止。驽骀气力健，况又无余技。负重本平常，却自相推委。谓“挽贵人车，贵人极知己。一刻离权门，健仆来寻矣。况此微贱役⑤，操之实可耻。不如觅相当，自可供指使”。癞驴倚门睡，圉又色然喜。谓恰称身分，正合拖泥囪。癞驴频摇头：“有人需助

---

① “古人诗”，粤藏本作“自家诗”。

② “昧平生”，粤藏本作“昧生平”。

③ “能窥我”，粤藏本作“能平我”。

④ “盈盈雨后”，粤藏本作“亦如雨后”。

⑤ “微贱役”，粤藏本作“蹀躞役”。

理。朝磨一斗粟，可以安草庳。暮辗一斛麦，腹饥不我拟。何必再辛劳，执卑我亦鄙。”圉人无可奈，回首茅檐里。喙息虽尚蕃，一羊与一豕。羊固伤羸弱[①]，豕不能疾驶。眼光及老骥，老骥悲不已。明知此贱役，羞实[②]沦骨髓。争奈此枥中，不是天池比。主人一顿饭，甚似八德水。倘不供驱策，诟詈何时止。谁信嘶长风，谁信称騄駬。若谓奔战场，能令倭魄褫。更不征人信，徒惹凡夫毁。非不争上游，顾盼风云起。时机不相属，枉作河清俟。肘下生垂杨，亦有[③]人相似。鸢肩困泥涂，羞尽天下士。隐隐双眶内，泪出如清泚。低声应圉人：“敢昧居停旨。局促居辕下，遑惜四蹄美。况值颠蹶余，不期成暮齿。凄凉我自甘，不比鳞之趾。低头复低头，粪车常事耳。牵之何足道，艰贞自我始。”自有此粪车，老骥德愈韪。

解嘲

时机已过何由进，五脏六腑空伤悲。家住低坡樵牧儿，尚跻前线供驱驰。遑云卫霍是我师，营前蹴踘何曾知。尽日帐中扪肚皮，肚皮折叠徒惊奇。月光不觉隐隐移，骤闻鼓角空愁眉。何不随逐汉旌旗，却自凄吟杜老诗。吟诗只许钵心脾，愈吟愈瘦伤肤肌。况闻海隅多苦饥，一日两餐[④]几断炊。油盐酱醋徒操持，青蔬直似商山芝。泥鳅一橛如神灶，湿薪又是珊瑚枝。议价只许色怡怡，慎勿结想贪便宜。否则触怒枭与鸱[⑤]，破口[⑥]渴骂声沩沩。愁来尽拟归藩篱，饔飧尚可[⑦]甘园葵。否则垂纶尚有丝，何难一钓得双鲺。争奈回头竟已迟，家山莽莽皆虾夷。既敲骨髓又剥脂，老者死去壮者危。孩童贩卖同猫狸，落日荒荒泣路歧。眼枯不见昔门楣，兰薰萧条

---

① “羊固伤羸弱”，粤藏本作“羊固无气力”。

② “羞实”，粤藏本作“羞辱”。

③ “亦有”，粤藏本作“自有”。

④ “一日两餐”，粤藏本作“十日九餐”。

⑤ “枭与鸱”，粤藏本作“鹗与鸱”。

⑥ “破口”，粤藏本作“哆口”。

⑦ “尚可”，粤藏本作“大可”。

同草萎，秋风移动鬼影筛。偶有野老来委蛇，问君到此将何为？虽然不管人笑嗤，亦当顾念汉威仪。伍恭之鹤形神疲，自甘低首陈降辞。此等怪物逾龙嫠，投畀有北供阏氏。愿君奋力拼牲牺，力避仇首刎仇胔。前者岳鄂与韩蕲，别饶计策穷妖魑。书空咄咄总无裨，脆弱焉能起世衰。镂心钵肾江之湄，周余之民靡孑遗。莫举摇摇不定棋，名姓常求万古垂。短衣匹马彼为谁？剑如闪电光四陲！

一蹶

一蹶何曾便怅惆，万方多难可胜收。不谙咸苦酸甜味，且探悲欢离合阄。自历蹉跎才信命，若非宁耐莫登楼。征鸿一瞥窗前过，客路音书似可求。

病后无聊，友人龙君以饼酒见赠，诗以志感

寻常一物岂曾矜，病后应怜百不惩。我讵困人成冷暖，君容入世叹沉升。人愁怕看天边月①，久客真如碰壁蝇。倘许宵深有佳句，林疏先感发鬅鬙。

灯影

灯影摇摇晚更寒，岂因零落②怨衣单。浮名笑倒调羹妇，薄俸羞为吃饭官。独鹤岂宜③分梦寐，群虫留与守栏杆。江头最感将衰柳，回首三春指一弹。

八月十五夜

月岂与吾别有缘，只因岑寂倍相怜。怪鱼吹浪成天地，逋客殷忧负简编。乱后故人悭一札，天涯多病已三年。愁来反觉醇醪苦，此理真当质大千。

---

① “天边月”，粤藏本作“中天月”。

② “零落”，粤藏本作“摇落”。

③ “岂宜”，粤藏本作“岂应”。

月影

月影欹墙几处多，最怜宵静尚闻歌[①]。浮名岂任空奔走，故国休令再折磨。拟建一龛支地轴，却愁三月舞天魔。酒杯擎下还拈卷[②]，造化真真奈我何。

夜起偶闻虫语

榻边虫语几清凉，灯影依依故在墙。旧梦欲归橘柚社，新愁偏在水云乡。偶闻黠鼠矜身世，谁信栖鸦拙稻粱。我欲低头媚杨柳，转忧流水污容光。

（13）1940年10月16日发行《淹留》第三十四期

诗歌作品有：七律《自题小照》、七律《入市乃得微醉，夜深独归筷子矶》、五古《新寒》、五古《龛居四首》。

自题小照

卓卓诗篇吓鬼神，笔花灿烂未嫌贫[③]。一樽尚有将陈酒，万劫方完未了因。堕甑久存抛撇想，拈花原是过来人。须眉似我原非我，造化何劳辨主臣[④]。

入市乃得微醉，夜深独归筷子矶

问君何以成天地，脚触微尘意自生。莫叹妖魑窥道路，都缘庸妄惯逢迎。好谈因果人将老，肯耐苍凉佛亦惊。黯黯疏星还照我，吟诗妨我句难成。

---

① “尚闻歌”，粤藏本作“更闻歌”。

② “还拈卷”，粤藏本作“拈诗卷”。

③ “未嫌贫”，粤藏本作“未妨贫”。

④ “何劳辨主臣”，粤藏本作“何劳苦问津”。

新寒

无树不知风，但见肤起粟。轻轻一挥洒，使创萧条局。群虫先领会，结响殊急促[①]。海隅波更清，鱼儿自约束。世乱儒冠贱，诗句从何续。所忧日快暝，风高难秉烛。远柝三两声，似感气不足。更夫冷双手，积草胜举褥。将军醉管弦，翩翩舞鸲鹆。

龛居四首

一龛自宁耐，世乱只应贫。独屋无邻舍，层崖气象新。有地瘠逾常，有山荒绝伦。五谷不能植，苴薯日以亲。夜闻虎豹声，居然如主宾。荒鸡才一叫，万籁成微尘。寻常不能居，居者会有真。

种菊三两株，菊与人俱瘦。宵深万虫语，欲与秋风斗。秋风气力竭，躲入人怀袖。谁肯庇秋风？一任天机透[②]。灭烛听归雁，芦花日以茂[③]。曾携一樽酒，坐与渔翁凑。闻道鲈鱼肥，却是此时候。

龛前一片地，森森杂茑萝。龛后几尺山，冉冉皆繁柯。盈盈梵贝声[④]，有时篱外过。谁人为此声？容有几兰伽。乘时览物妙，还念故山河。乾坤日渐枯，落叶一何多[⑤]！

闭门不读书，只管听虚籁[⑥]。不特虫有语，尘埃亦狡狯。风劲扫寒林，引出山花大。山花不媚人，亦不自骄汰[⑦]。

---

① “结响殊急促”，粤藏本作“结响弥急促”。

② “一任天机透”，粤藏本作“惹得天机透”。

③ “芦花日以茂”，粤藏本作“芦花日逾茂”。

④ “盈盈梵贝声”，粤藏本作“轻轻梵贝声”。

⑤ “落叶一何多”，粤藏本作“落叶今更多”。

⑥ “只管听虚籁”，粤藏本作“只管听万籁”。

⑦ “亦不自骄汰”，粤藏本作“亦不自矜汰”。

（14）1940年11月2日发行《淹留》第三十五期

诗歌作品有：七律《新菊》、七律《题美人按剑图三首》、五古《夜起四首》。

新菊

早菊盈盈不满盆，每当月夜更销魂。新愁枉带三分酒，旧梦应回[①]百丈村。渐有离怀通草木，岂徒诗卷课晨昏。悠悠窗际西风急，灿烂文章待汝论。

题美人按剑图三首

肘下干将待斫谁？悠悠心事几人知。急时粉黛皆豪杰，乱世文章满涕洟。辣手与谁谈爱惜，洪流容我独撑持。横行莫问蛇和鼠，兴到轻轻只一麾。

枉汝轻传[②]出塞歌，黄龙酒涸奈渠何。不如影浸寒泉水，尚可亲夷混世魔。庭叶有时还一撼，眉痕便已压三河。闲来结束风前舞，又似梨云澹澹过。

卖国何曾有妇人，须眉始敢背群伦。若非模范余巾帼，便被妖魑葬苦辛。赤血岂曾挠大计，白虹原欲盖前民。残脂剩粉图挣扎，甚愿前来一问津。

夜起四首

夜起听群籁，寒虫渐变声。不知篱外灯，照见几人醒。风劲不胜寒，凄凄野鸟鸣。久拟依帘幕，端忧道路生。何以不归栖？东溪尚寇兵！

---

① “旧梦应回”，粤藏本作“旧梦刚回”。

② “枉汝轻传”，粤藏本作“枉汝频传”。

床头几卷书，可把愁怀释。一灯自温暖，我心真匪石。夜静听群籁，似可一一绎。悠悠万里心，挈来置一隙[①]。乾坤多少事，付与游山屐。明日涉幽丛，又有不速客。

灯花开又开，定有音书至。客行万里余，三年无一字。萧条古战场，或不由人意。捷书报遐陬，开函喜欲泪。况又菊花开，正好谋一醉。

野犬噪船厂，吠声不吠人。胡儿作汉语，詈骂殊申申。不知今日疏，抑或去时亲。两利冲其重[②]，投机妙入神。隔篱谁氏子，一鼾惊四邻。

（15）1940年11月16日发行《淹留》第三十六期

诗歌作品有：歌行《妈阁》、歌行《宝剑》、五古《违难两周岁矣。昨年之哭哭以泪，今年之哭哭以血。悠悠苍天，谓之何哉三首》、五古《拟古五首》、七律《夜听邻童读书有感》、七律《赠鼠》。

妈阁

昨宵雨势不得逞，变作西风风愈劲。凌晨我更陟巉岩[③]，屡寻不见山神影。隔江原是马骝洲，夷艇纵横似未休[④]。蒙蒙尚有微烟起，倭鬼乱舞骷髅头。平心判断此形势，在此屯留岂得计。进不能攻退自难，有如双脚遭枷钛。我来望海非望船，回想从前三百年。几辈畸人亦莅此，眼底苍茫索虏烟。澹归主人辟疆客，痛哭问天天欲白。不期今日我更来，山头新旧椎心迹。树底依依一鸟鸣，咪红羽白神殊狞。或谓山中无此鸟，定有神物来深菁。慎勿作响徒呜呜，我正伤时泪眼枯。何难更作穷途哭，挥戈渡海无飞凫。借问当时旧酒徒，何为急遽无良图。捪胸把袖心虽粗，此等豪杰今则无。

---

① “挈来置一隙”，粤藏本作“挈来归一隙”。

② “两利冲其重”，粤藏本作“两利权其重”。

③ “陟巉岩”，粤藏本作“陟层岩”。

④ “似未休”，粤藏本作“似未伸”。

宝剑

黧头赤足耕田夫[1]，偶从涧底捞青芜。忽然有物触其手，非匕非凿更非铁。锈痕斑驳神黯黑，工倕不顾还揶揄。明知无人为收拾[2]，岂任崭崭伤农趺。携归姑置泥墙隅，物皆有用汝则无。春来锄锸皆得意，寂然不动觚不觚。忽然一夜天容黯，雨片愈凄风愈惨。雷声直欲破山河，世间无物不摇撼。田夫惊极被蒙头[3]，田妇向空张手揽。雄鸡子夜不能啼，大抵仓皇已破胆。小犬哼哼欲寻穴，毳毛湿尽成乌榄。徒然有物冲柴扉，向空直驶如扬威。电光一掣无其锐，风刀四面微乎微。田夫此际欠身起，但见此物随天飞。难道室中有妖怪，直如壮士出重围？是时雨风亦已歇，窗前复见一轮月。检点室中物物存，只欠墙隅[4]铁一橛。此橛废物是什么？不曾细玩真悠忽。何为一跃如龙娇，瞥眼千山万山越。呜呼！田夫汝亦太懵腾，汝称怪物实乃剑气锋棱棱。失时涧底须臾匿，每到相当便奋兴。悔汝当时失交臂，割鸡只晓铅刀利。眼底韬光尚有人，劝君勿昧凌云志！

违难两周岁矣[5]。昨年之哭哭以泪，今年之哭哭以血。悠悠苍天，谓之何哉三首

悠悠万里心，使我伤家国。苍天我问汝，问汝何壅塞。风高天气静，徒见双飞翼。不能守劲枝，怅望烟尘黑。昨梦斫妖魑，醒来犹动色。虽然有是心，却恐无是力。山河常冥冥，我意徒恻恻。

不复倚窗际，不复立篱边。极防道路人，问我胡不前。鬓发伤全白，还浸

---

① “黧头赤足耕田夫”，粤藏本作“科头跣足耕田夫”。

② “明知无人为收拾”，粤藏本作“明知无人肯收拾”。

③ “被蒙头”，粤藏本作“蒙其头”。

④ “只欠墙隅”，粤藏本作“只见墙根”。

⑤ “两周岁矣”，粤藏本作“两周年矣”。

九秋烟。虽然不我悲，我已早自怜①。暮涉东海隅，耻共鸥鹭眠。鸥鹭诚清绝，焉能救我偏。好读少陵诗，伤心胡马篇。

自与菊分手，萧疏同驿柳②。愁多塞满怀，枉有③一樽酒。乡园一尺书，苍茫更何有。非无钵肾词，欲语骨在口。虽然能引申，正奈④身含垢。黠鼠故窥人，昨日来窗牖⑤。

拟古五首

荣荣窗下兰，袅袅门前柳。与君分别时，自谓行不久。何期岁再迁，顿使此言负。秋风频动荡，一夜传刁斗。悔不早绸缪，枉此一樽酒。蟋蟀能动人⑥，昨已塞窗牖。

灯火摇摇动，伤哉一夜情。晨起听鸣雁，犹是别离声。牖下几男儿，都为塞上行。倘作儿女语，亦负子平生。也不寄当归，知君眼界清。

离怀不在多，轻轻只一线。何以愁浅深，有时堆上面。累月不寄书，非不互矜恋。言多心愈重，况值韶光贱。待汝饮黄龙，归队芙蓉院。

闭门只一月，蓬蒿长似人。非不勤尺素，欲寄恐无因。盈盈月满窗，月去意犹亲。持此窥人事，吾生匪不辰。况值梅花发，清香满四邻。

---

① “我已早自怜”，粤藏本作“我却早自怜”。

② “萧疏同驿柳”，粤藏本作“萧疏同独柳”。

③ “枉有”，粤藏本作“枉此”。

④ “正奈”，粤藏本作“总奈”。

⑤ “昨日来窗牖”，原作“枉自塞窗牖”，后改。粤藏本作“枉自塞窗牖”。

⑥ “蟋蟀能动人”，粤藏本作“蟋蟀能撩人”。

客行万余里，遣我尺素书。书中有微腥，想是杀贼余。血光染翰墨[①]，分明十月初。落木洞庭西，商量载鬼车。慎勿伤零落，笳声最起予。

夜听邻童读书有感

黯黯天涯一盏灯，十分着意恐难胜。英雄似可从斯出[②]，埋乱单忧未可凭。胡马尚盈挑菜路，客途真类着魔僧。鸡声与汝分南北，各有天机迈塔层。

赠鼠

灶空群鼠皆去，其一独留，可感也。赠之以诗。

寒灶萧条汝本行，为何今尚未忘情。灯前似叹畸人老，枕时应怜敝橐轻。虫臂未曾忘想象，马肝宁愿慰生平。纵然腹馁无余物，赠汝清清一杯羹。

---

① “血光染翰墨”，粤藏本作“血光染柔翰”。

② “英雄似可从斯出”，原作“英雄未必从斯出”，后改。粤藏本作“英雄似可从兹出”。

附录二　散文作品选录

（1）1940 年 10 月 16 日发行《淹留》第三十四期

祭苏焯南文

庚辰九月某日，余啜茗偶适市楼，与黄顺先生遇。违难以来，余每遇昔时故友，辄询[①]苏焯南近况，顾皆含糊以答："不能悉[②]。"今复问黄顺，黄不假思考，截然曰："焯南死矣！""死何所？"曰："乡。"噫[③]！焯南殆果死矣乎？抑否乎？哀哉乡也！古有以乡为避难之地[④]，谓寇来侧重城镇，未必扰及鸡豚。讵今日之寇[⑤]特与昔反，城则据之，市则守之，乡村则蹂躏而搜剃之，以其易与。易与而遂横加践踏，寇之意可见，力可见，其所以自处亦可见。焯南所最善者为刘一伟。前年一伟由广州逃沙贝，以其乡也。同辈羡之。讵广州沦陷不数日[⑥]，倭寇即羼入沙贝，遇女即淫，遇男即杀[⑦]，一伟遂不能免[⑧]。余于斯时尝替焯南设想，倘知一伟死，其心中惨怛不知奚若[⑨]。顾焯南一方面又与余善，焯南死亦有代余设想否？以为焯南死，余心中惨怛，又何若也！虽然惨怛与不惨怛，感情而已，无关大概[⑩]。所可痛者，焯南死，倭奴之纵横也如故；余虽未死，倭奴之纵横

---

① "辄询"，粤藏本作"必问"。

② "不能悉"，粤藏本作"不可悉"。

③ "噫"，粤藏本作"呜呼"。

④ "避难之地"，粤藏本作"避乱之地"。

⑤ "讵今日之寇"，粤藏本作"而不知今日之寇"。

⑥ "不数日"，粤藏本作"未数日"。

⑦ "遇女即淫，遇男即杀"，粤藏本作"见女即淫，见男即杀"。

⑧ "遂不能免"，粤藏本作"遂乃不能免"。

⑨ "不知奚若"，粤藏本作"不知何若"。

⑩ "无关大概"，粤藏本作"何关大概"。

也亦如故[①]。死非可忧，生且大愧，五中历落如煎汝焚。忧在一时，心乃万世。呜呼痛哉！焯南何为而死？饥耶？寒耶？寇之铄耶[②]？盗之戕耶？不可知也。然而一若确有可知。焯南颠簸于凄风苦雨之中，悲煎于国破家亡之际，侧身天地，极耳之所不愿闻，目之所不愿睹[③]，心之所不愿想，一一化为空气。四面来袭而御之无力，任之不可，避之不能。人非木石，何以能堪[④]！而心酸，而落泪，而胆碎，而神麋，遂以一死为结束。此一死也，谓所以代表沦陷境域[⑤]之椎心泣血之仁人志士，以一身横当其冲可也。寒夜无聊，挑灯太息，为文以祭之曰：

极天下之无知，虽万死而又何裨；极天下之有知，嗟余去此其从谁？昔以精神支危难，后楼房一役（焯南前清时与史坚如起义，炸德寿于后楼房），运炸药如儿嬉。夫何岁月之不居，悭一老而遂无慭遗。伤举世之浑浊[⑥]，唯一洁可以远悲。极攘夺所不能堪，独耿介[⑦]而不可移。在昔告我倭奴入犯何以御之，毋生戎心自绝天陲。何为手足之惯相虐，遂予蚊蚤以可窥。及噬肤而始防备，实举措之已迟。悠悠我里，或寒或饥。睹胡马而伤心，尚有奴性之不可医。非无健者誓扫蛮夷，独惜中原克日可复[⑧]，不能挽汝性命之不萎。幽明不昧，灵丧长垂。今后或知余处所[⑨]，汝之故友犹是踯躅天之涯。亦知违难已三载，三载之内无日不愁眉。他时归去尚有几个故人在？回想当日幽禽憩绿枝。呜呼哀哉！尚饷。

---

① “纵横也亦如故”，粤藏本作“纵横也如故”。

② “寇之铄耶”，粤藏本作“寇之迫耶”。

③ “不愿睹”，粤藏本作“不愿见”。

④ “何以能堪”，粤藏本作“何以堪”。

⑤ “所以代表沦陷境域”，粤藏本作“所以代表一般沦陷境域”。

⑥ “浑浊”，粤藏本作“混混”。

⑦ “独耿介”，粤藏本作“汝独耿介”。

⑧ “克日可复”，粤藏本作“克日以复”。

⑨ “知余处所”，粤藏本作“知吾处所”。

（2）1940 年 11 月 2 日发行《淹留》第三十五期

拙置园记

东溪之东有园，匿于榕树阴翳之中，而伸出于错杂桑畦之外，此余家之拙置园也。先是，园久无名，余始名之也。“拙”之为义甚显。谋生之拙，拙于一时；宅心之拙，拙于奕代。“置”之云者，谓天因我之拙而置我于此，我因自拙而亦愿置于此。不拙则巧，巧则何难为达官显宦，何难为富商巨贾，下焉者且为豪奸大猾。达官显宦不只有此园，富商巨贾不乐有此园，豪奸大猾不获保此园。必也拥残编以自安，守清芬以为园[①]，然后能欣其朴陋[②]，喜其清凉，相守勿替。由我而上，则高曾以来，所历四代。代代皆拙，代代皆置，而园遂依然如故。由我而后，子或孙不知其能继此拙否？能守此拙否？能安此拙否？继之守之安之，则天亦当仍置之于此[③]，自己亦当自置于此。如是，则百千年后[④]，谓此园仍为吾家所有可也。否则不知沦为谁家物[⑤]，或且荒烟蔓草，走磷飞萤也。然则“拙”其可贵耶？其不可贵耶？此“置拙”之说也[⑥]。余之生，不及见[⑦]先祖父，而犹及见庶祖慈。五六岁时，尝随庶祖慈园隙种菜。庶祖慈且锄且叹顾余曰：“汝能耐此否？能耐此，庶可为吾家子[⑧]。子不耐此，并书之不读可也。”余喟喟，终其身不敢忘。园有酸三菱，一百余年物，果实累然，其味逾醋。家故贫，无力市鱼肉。先慈辄用竹竿摘取数颗[⑨]，酱拌之用以佐膳。食时，问余“佳否？”余曰“佳！”乃喜。实则此时桌中略无兼味，

① “守清芬以为园”，粤藏本作“守清芬以为乐”。

② “欣其朴陋”，粤藏本作“宗其朴陋”。

③ “置之于此”，粤藏本作“置我于此”。

④ “则百千年后”，粤藏本作“则千万年后”。

⑤ “谁家物”，粤藏本作“谁氏物”。

⑥ “此‘置拙’之说也”，粤藏本无此句。

⑦ “余之生，不及见”，粤藏本作“余之生虽不及见”。

⑧ “庶可为吾家子”，粤藏本作“庶几可为吾家子弟”。

⑨ “摘取数颗”，粤藏本作“挑选数颗”。

余焉得而不佳哉！园仅半亩许，园以外多巨木。榕峙其北，星檽据其南。星檽结子以春，榕结子以夏。星檽之子青，榕之子红。微风偶动，簇簇如雨下。二三童子，践踏其上，淅淅有声，为状至乐。园以内复有万字果树、酸三敛树、榆树、洋玉兰树、紫薇树，皆合抱之木。树影溶溶，树色葱葱，开合动荡，人在其中。鸟则不论远近，引类来投，有大有小、有生有熟，有知名、有不知名。书声一过，鸟啼转幽。闲侍先祖慈[①]或先慈适园中，先慈语余以先祖以来事，庶祖慈且语余以曾祖以来事，皆有关于此园[②]。其实皆"拙"之类，而又"置"之类。今可复得耶？二三十年来，吾家之衰，不期乃至于此。不特尊辈凋谢殆尽，即园中老树亦零落不堪[③]。计万字果一树、洋玉兰一树死于水；酸三蔹一树死于风；老榆一树死于蚁，所存者紫薇而已。今而后，紫薇之责不綦重耶[④]！园中旧有亭曰"眄怡"，先祖所题，陈兰甫先生所书，历岁久遂塌。余欲再葺之，无赀也[⑤]。以拙于谋生，而遂无计以处此也。噫！

① "先祖慈"，粤藏本作"庶祖慈"。

② "皆有关于此园"，粤藏本作"皆与此园有关"。

③ "亦零落不堪"，粤藏本作"亦皆零落不堪"。

④ "不綦重耶"，粤藏本作"不綦重哉"。

⑤ "无赀也"，粤藏本作"无资也"。

舟中望澳门

郭浩如

望里濠江春可怜，春山春水绿相连。酒帘楼外喧车马，纸醉金迷尽少年。

晓望寄曾希颖、佟少弼濠江

刘君卉

市声惊梦起徘徊，尘望愁予怯眼开。晓色若为天下觉，春容犹费雾中猜。

余生去国谁无恙？一晌凭栏面黯回。同病曾佟或相念，倚松舒啸待吾来。

早春游白鸽巢同曾希颖

刘君卉

幽寻不耐放晴迟，径往身甘雨纠丝。世末所遭何选胜？人间无托只余诗。

遣春未眠句萌候，行淖方愁步履时。反复窥园宁意尽，与花同泪却妨知。

渡头晚步同秋雪

刘君卉

晚信相期与汐来，阑干一拍一兴唉。未知世外津何问？但见流东水不回。

落落放身疑属梗，茫茫凭海待谁材？烟云烽燧遥难辨，日听途人有述哀。

松山九日同伯勲

刘君卉

西风槃散地殊便，高蹈逢幽岂必巅？古意独存松不朽，余秋相对菊为妍。

凄迷四海无全目，傲岸孤山与比肩。一俯已嗟心万里，断云流落世何边？

松山

刘君卉

长松万影一筇支，贴地春光与步移。自有老夫青着眼，媸妍花外任评谁？

莲峰寺凉亭消夏

梁彦明

地腾疑天别，诗人几度来。近僧亭更好，迎客树宜培。檐古风筛竹，阶幽雨长苔。四周堪寄傲，绀宇仰崔巍。

居澳闲写四首

陈卓平

国难依然鼎沸时，澳居何日赋归辞。杜陵留蜀避安史，靖乱岂无郭子仪？

昔年盟友集濠江，逐虏驱龙热满腔。今日重来寻旧雨，晨星几个半眉庞。

买得长竿学钓鱼，南湾海景近家居。何时最合垂纶候？红日西沉月上初。

晚年故旧渐稀疏，况复关门补读书。除却王宏常送酒，陶潜难免怅孤居。

（《澳门当代诗词纪事·上册》，第 107 页）

澳门度重阳节·庚申重九

陈卓平

两载重阳节，濠江淡淡过。秋高人正健，气爽兴尤多。松菊怀三径，年华感一梭。王宏来送酒，元亮快如何？人生行乐耳，佳节莫轻过。清酒一壶醉，嘉肴几味罗？休谈故国事，只唱重阳歌。来岁到今日，帽吹白云阿。

旅澳

陈卓平

旅澳非得已，总因违难来。香海冲烦地，随处皆尘埃。广州兵变后，瓦砾满城堆。荫溪原故土，本可松菊栽。载途多荆棘，水陆梗三台。迫得投濠镜，暂作避风台。虽乏故交到，幸有笔砚陪。教把前贤帖，日临两三回。

（《澳门当代诗词纪事·上册》，第 108 页）

松山步月同心斋、谷雏次谷雏韵

黎畅九

月闭重云海尚明，山分余色夜逾清。破街狂犬惊群影，深木寒蛩咽断情。彼物因时犹作态，于人何事转噤声。心心相印直成鹏，恍忽松涛天际行。

松山望月当头

黎畅九

寻常一样抹天清，未觉当头是独醒。明物高悬宁彻骨，与人正视转忘形。新驱异响调繁木，久假寒芒掠众星。放眼渐迷愁不昼，振衣直欲感伶俜。

（《澳门当代诗词纪事·上册》，第 146 页）

海磷二首

黎畅九

网月寒烟迷一鉴，涵磷碧水炫千奇。枝枝怒发银排箭，正是风扬荇藻时。

轻舟破水出荧光，桨拨双双作有芒。恰似漏云天一片，却从漏处见青苍。

（《澳门当代诗词纪事·上册》，第 182 页）

澳门杂诗九首之马交石

黎畅九

重译闽音辨马交，即论遗石亦纷呶。坐看日暮群儿弄，遥应疏林鸟语啁。

澳门杂诗九首之三巴寺

黎畅九

危门古寺胜三巴，乱石荒芜走鼠蛇。绝忆渔山诗画在，斯文应不觉人遐。

澳门杂诗九首之灯塔

黎畅九

一灯何必定回澜，无限归帆赖汝安。认取循环明灭意，何须料理钓鱼竿。

澳门杂诗九首之普济禅院

黎畅九

国亡换得院崭新，经始伊谁考待真。一读重修碑志语，伤心却署澳门人。

澳门杂诗九首之妈阁庙

黎畅九

渔贾浮槎念德威，醵资临水拜天妃。海丧四百余年事，庙貌增华与昨非。

澳门杂诗九首之螺丝山

黎畅九

侧步萦纡从陟颠，何曾放目莫为前。为山枉作螺丝想，人定终难遽胜天。

澳门杂诗九首之白鸽巢花园

黎畅九

高下因丘得性灵，前山回首尚残城。园游不见营巢鸽，但听鸠声与鹊声。

澳门杂诗九首之贾梅士岩

黎畅九

异国岩栖写国魂，此心宁分作诗人。文章别有难为继，何与金刚不坏身。

澳门杂诗九首之青洲

黎畅九

有人夜半持山去，犹及相从故老谈。万绿映江绕一壁，渔翁休唱望江南。

（《澳门当代诗词纪事·下册》，第 428—429 页）

南湾步月四首

陈勉云

南湾踱尽又西湾，好是榕风水月间。地尽知无雄气象，海云时插几屏山？

濠江两度见秋风，故国烽烟路未通。我亦何心赏明月，任他潜躲乱云中。

海月堤灯金溜波，风帆烟艇晚来多。分明不是西郊畔，却似昌华旧苑过。

寓近南湾得月先，故山如梦隔秋烟。破鞋短褐蒲葵扇，更踏南湾又一年。

（《澳门当代诗词纪事·上册》，第 167 页）

望青洲

陈勉云

九洲洋外是伶仃，如此风波我惯经。黄水黑沙无一是，向人唯有此洲青。

（《澳门当代诗词纪事·下册》，第 331 页）

北归有日感作

梁披云

万险千危总等闲，肯从道路说艰难。怀归鬓纵三分白，许国心犹一寸丹。

蛇豕纵横宁可忍，河山破碎岂能安？征衣检罢浑如醉，何日挥戈富士山？

点苍山下

梁披云

迢递西南路，征车未许闲。才过九折坂，又入万重山。积雪皑皑白，春风翦翦寒。相期长报国，忍说此行难。

过怒江

梁披云

征车尽日傍厓行，度壑穿云又几程？野鸟啼时千涧咽，春烟断处数峰横。碧鸡金马神何幻，蜀栈秦关梦屡惊。且喜今朝过怒水，一鞭直指永昌城。

峨眉顶僧装造像

梁披云

偶向峨眉绝顶行，袈裟披上两肩轻。如来似我原非我，也算人间一野僧。

剑阁夜宿

梁披云

雄峰拔剑倚天外，细雨霖铃惊夜魂。安得远游驴背客，秦关蜀栈与重论。

渝州同蒋大游中山公园

梁披云

闲曹随牒知何补，多难登临百感生。战垒萧条春草长，楼台歌管沸山城。

感时步周士观原韵

梁披云

悲风猎猎送斜曛，逝水滔滔咽雁群。断楫中流谁共济？残棋一角尚三分。狂歌欲呕心头血，强笑翻添额上纹。却喜民魂终不死，江潮澎湃正堪闻。

腰支

梁披云

灯红酒绿夜何其，燕语莺飞又几时？壮士军前酣战死，诸公负重抚腰支。

（《雪庐诗稿》，第 28—33 页）

夜寒宿听松山馆二首

李供林

近与松山若有缘，花晨月夕尽流连。息鞭辄喜临山馆，却为居停甚礼贤。

老天何事放严寒，高卧东山愧谢安。休恋重衾迟不起，街头却有怯衣单。

听松山馆夜坐次家沧萍韵

李供林

香醪才小饮，闲坐听涛声。云净星分耀，林疏月漏明。沧桑人事变，烽火客心惊，借此好环境，抒予抑郁情。

（《澳门诗词笺注·民国卷·下》，第 464—465 页）

何君斗灿招宴听松山馆，赋呈同席诸公

郑哲园

从古高人爱听松，等闲蹑足万千峰。移琴宠召云中鹤，击钵频惊海上龙。尽许汉星仝白战，不教秦月失黄封。笑看带甲横天地，一枕涛声剑未慵。

和何君斗灿《松山小隐》诗即次原韵

郑哲园

故山遥望楚天长，暂醉篱边晚节香。赤凤幸能逃浩劫，苍虬终许战斜阳。孤灯入夜心犹壮，一剑如秋血未凉。欲辟乾坤东望海，置身聊托水云乡。

晓起垂钓马交石

郑哲园

晞发阳阿露未干，天风猎猎袖生寒。人生之厌仝鸡肋，世味深尝到马肝。琴德奏知浮海变，诗魂飞怯隔江残。渔翁岂识余心苦，独倚柔丝向急滩。

二龙公园值纯初先生作竟日谈

郑哲园

野鹤孤云两不羁，偶然相值看花时。横渠以后推谈学，匡鼎当前敢说诗？高节只邀松作友，介心同指石为期。二龙骧首翔天表，翻觉新知胜故知。

（《澳门诗词笺注·民国卷·下》，第488—491页）

寿李星阶先生八秩开七

陈善伯

长言激越短言清，朗玉虬龙见性情。隽语时时倾一座，诗词都自有新声。

违难澳门欲归不得，凄然有感

陈善伯

一月三十日，愁多未展眉。每怀天宝事，常忆汉官仪。裘敝思干谒，身危只孑遗。何时归畎亩，吾欲问蓍龟。

（《澳门诗词笺注·民国卷·下》，第500—501页）

暮秋西望洋即目，张谷雏为写长卷，属以诚斋体题记二首

黎廷桑

秋云郁郁欲成狂，作势秋阴态已苍。忽见远江明漏日，送来一段好风光。

一幅平江坦掌开，一程风驶去帆回。天愁好景难传写，故遣僧繇特地来。

冬夜松山步月与张谷雏、黎畅九、次谷雏韵

黎廷棨

寒接烟霜万瓦明，夜来山气扑眉清。离云一月孤天意，索我三年入海情。竹影渐生敷画壁，松涛空复致秋声。过帆也似寻诗客，两两无言负手行。

月当头夕，药山禅院酒集，看梁劲予舞剑

黎廷棨

宵清物象冷，竹拥屋山青。斗酒浇闲客，幽花许悟经。剑寒矜道力，月色占僧庭。莫泥当头照，吾方赘影形。

过南湾旧居

黎廷棨

视息泥涂苦自知，经秋穷海此淹迟。天抛日月消华志，我屈湖山入小诗。沙鸟嗔人迂计拙，门松招手渐生疑。重楼岂合扬云宅，独有烟波系故思。

冬日过陈寂园青洲，同周贯明、张纯初、王惺岸、张谷雏、郑哲园二首

黎廷棨

路极居然到地边，抚膺忽省赠山年。楼阑日月横今古，鸥鹭风情蘸水天。薄暮痴云犹蹭蹬，泻崖顽石遂颠连。江村隐隐寒潮外，忽起乡愁似篆烟。

拔地孤峰挺不群，青洲寒翠接寒曛。书城客子专丘壑，泽国诗心半水云。深井饮泉探地肺，老榕磐石出山筋。眼前一片渔樵地，海阔榛森许共分。

（《澳门诗词笺注·民国卷·下》，第 539—544 页）

西湾晚坐次和酮少弼二首

黎廷棨

既友西湾石，还从潮汐游。晚华盘岸迴，人意及天浮。花引随缘日，江涵

人定舟。相哀曾未已，敢用叹横流。

少涉波澜事，真成灏洞游。暮山偕客隐，渔火杂星浮。蒿目寒来日，归心折去舟。如何漂泊意，不惬此潮流。

（《澳门当代诗词纪事·上册》，第 194 页）

赴澳舟中

李履庵

如潮万念怅无端，渐老胸怀更郁盘。暮色江山销薄醉，危阑风雨入微寒。寻思得失功名贱，坐觉讥评流俗离。盖海连江泪淘尽，扁舟谁为起波澜？

拂晓登松山

李履庵

曲径盘陀曙欲开，钗裙更为踏歌来。凉飙晓色侵衣袂，残月潮光满露台。近抱渐同春意尽，故乡空有雁声哀。奔车十里松山路，莫挽笤年万马回。

（《澳门诗词笺注·民国卷·下》，第 424—425 页）

1941 年

这一年处于抗战的胶着状态，香港沦陷。竺摩法师应上海的芝峰法师和大醒法师之邀，准备回浙江雁荡山避乱和休养。与竺摩法师有过交往且在澳门关心中华佛教文化的海内外文化名流纷纷赋诗为竺摩饯行，避难来澳门后重新组织的“清游会”及澳门雷社、洁社诸子均参与饯别，为澳门一时的文化盛事。民国时期诗人罗瀍在这一年逝世。罗瀍的澳门诗词有：《濠镜赠潘星椠总戎二首》《迁席澳门南湾》《寓澳感咏二首》。

三月

2 日　《淹留》第三十七、三十八期合册发表。第三十七期发表的诗歌作品有七绝《辛巳元旦二首》、七律《梦里》、七律《春阴》、五古《入春三十日无诗。昨宵几点雨，今日百重阴，而诗兴出矣。奋笔疾书十首，以答春光》、五古《自拟》。第三十八期发表的诗歌作品有：歌行《冲锋歌》、七律《春仲》、七律《一雨半月，偶得新晴，喜作》、七律《雨丝风片中，不期又已春半，感慨系之》、七绝《入春以来杂诗六首》、七绝《寂爱读余入春以来杂诗，谓青洲风物被余占尽。诗以答之五首》、五律《野趣四首》、五律《寄弟四首》。

31 日　教育部驻港专员周尚致函教育部，并草拟《港、九、澳推行国语办法》，主张成立“港九澳国语推行会”，同时筹建国语师资讲习班，分甲、乙两组，甲组负责理论技术并行研究，乙组负责实用技术训练，以便推行注音汉字之教读，达到普及国语教育、彻底扫除文盲、国语统一之目的。此外，还设立以扫除文盲、统一国语为宗旨的民众国语讲习所，亦按照国语基础分甲、乙两组。[①]

① 吴志良，汤开建，金国平主编：《澳门编年史·第五卷·民国时期》，广东人民出版社，2009 年，第 2619 页。

春

⊙ 张逸作七律《题〈青洲图〉》，讲述的是诗人晚年寄居澳门的遭遇。郑春霆《岭南近代画人传略·张纯初》称："广州被兵，避居澳门。家业被毁，几不能自存，卖画所得，仅足升斗，郁郁不遂志，卒于穷愁死客中。……于民国三十二年癸未（1943）卒，年七十五。……纯初襟怀清朗，乐天者也。自言得养生之道，故能反弱为强，寿元可逾九十云。……讵于烽火之余，龚生竟夭。"这首诗所咏之青洲雅集，及郑哲园《二龙公园值纯初先生作竟日谈》所见所知之谊，可算为诗人穷愁暮境中的一段乐趣。

⊙ 陈寂（1910—1975）作七绝《题〈青洲图〉二首》。其时诗人招邀张逸、张谷雏、郑哲园、黎廷桀等至其青洲附近过渚矶山园雅集，作画题诗。上首"梦来还得近中原"和下首"故国东风放眼昏"之句，寄托故国之思，颇有苍凉之感。又作七绝《过望厦》。

⊙ 王树作七律《寄怀张白子澳门》《寄怀廖蘋盦濠镜》。

王树，广东新会人。民国间执教于广东国民大学。抗战初期随校迁往开平。与同人结苍葭社，以作板荡之吟，辑为《苍葭诗刊》。

四月

3日 澳门功德林竺摩法师应上海的芝峰法师和大醒法师之约，准备回浙江雁荡山避乱和休养。临行前，在澳门何斗灿医生的"听松山馆"举行"留别画展"，高剑父为画展撰序，避难来澳门后重新组织的"清游会"及澳门雷社、洁社诸子均参与饯别，叶恭绰居士则致书推雅。曾与竺摩法师有过交往且在澳门关心中华佛教文化的海内外文化名流纷纷赋诗为竺摩饯行，计有：张谷雏、张纯初、张寂园、郑哲园、李供林、梁彦明、王惺岸、梁毅三、周贯明、黎廷桀、何斗灿、赖镇东、关公博、缪君侣、罗晓枫、冯桂秋、郑春霆、张白英、罗季昭、黎兆锡、寒石、曹菊斋、杨慰农、张云雷等。竺摩法师非常感谢澳门清游会、雷社和洁社友人的送行，亦赋诗二首以答谢诸友人的厚意，为澳门一时的文化盛事。[1]

五月

⊙ 黎廷棨作五律《为张太息题〈青洲水居图〉》，作七律《黎兆锡招游海岛市菩提园，张纯初、张谷雏合作〈纪游图〉，系以长句》《抗战违难抵澳南湾夜坐》，作五律《南湾散步与李研山》《五月十六晚，同李研山、冯缃碧南湾玩月，是日适为葡国诗人贾梅士纪念日》《竹湾海浴冯缃碧作画》。

夏

⊙ 澳门部分新闻从业者于本年夏再次重组新闻界组织，易名“记者联会”，但因其时仍出版的报纸只有三家，加之政治形势继续恶劣，响应参加者不多，作用也不大，成立仅半年左右，会务即被迫陷于停顿。

秋

⊙ 秋末，陈洵致函龙榆生并附《玉楼春·酒边偶赋，寄榆生》，词中写其沦陷之恨，乃陈洵绝笔。

本年

⊙ 郑哲园作七绝《题〈青洲图〉》，作七律《和梁卧雪西望洋山步月原韵四首》《游海岛市谢黎君兆锡盛招》《游菩提苑谢罗维宗陈叔平两君》，作七绝《题赠张纯初老画家濠江画展二首》。

⊙ 程孔硕作七绝《寄澳门示昌儿》。

---

① 吴志良，汤开建，金国平主编：《澳门编年史·第五卷·民国时期》，广东人民出版社，2009 年，第 2619 页。

⊙ 王定纬作七绝《竺摩上人南来濠镜说法于功德林，并印行〈觉音〉月刊思有以度世，今忽归雁荡赋此送之二首》。

王定纬，字惺岸，广东番禺人。清末诸生。性耽吟咏。20世纪20年代初自广州避地澳门。其后每逢除夕，必赋诗言志。于国运盛衰、人事兴替、民生疾苦，莫不缩写入诗，历二十年不辍。往往一篇赋就，腾载报端，酬答之作，连篇累牍。唱酬之盛，为濠镜诗坛所未有。读者称之为“王除夕”。新会梁彦明催促其付梓，曰《除夕集》。另有《韵陀山馆诗集》。抗战期间，与寓澳清游会诸子亦有唱酬。20世纪70年代在澳门逝世。本年还作有七律《雅集》。

⊙ 金曾澄作七律《港战有怀时客濠江三首》《遣怀·香江陷敌返澳》。

金曾澄（1879—1947），字湘帆，广东番禺人。早岁肄业于广州广雅书院。1901年前往日本，考入广岛高等师范学校。1910年学成归国，民国元年（1912）两广优级师范学校易名广东高等师范学校，任校长。1927年往北京，任大学院秘书，后回粤任两广政治分会秘书。1930年任粤主席，出任教育厅厅长。又历任广东省教育会会长、广州大学校长、仲恺农工学校校长、中山大学校长等。抗战时期，避地港澳，后内迁至粤北坪石。曾任国民参政会参政员。抗战胜利后，任广州市参议员。晚年杜门家居。有《澄宇斋诗存》。

⊙ 麦君泽作七绝《暮春有濠江之游，步月南环，偶忆彭佩瑶女士并寄》。

麦君泽（1895—1967），原名荫华，广东顺德人，康有为高足麦华甫之从弟。清末毕业于广府中学，从大儒凌孟征习古文。20世纪30年代到香港，于威灵顿英文中学任教。1932年毕业于香港官立师范夜校，曾任汉师同学会学校校长。1966年退休，移居加拿大。著有《知非楼诗》。

⊙　赖镇东作五律《秋日与印雪登万松山》，作七律《四月二十三日兆锡、叔平、维宗招饮菩提园，至者为寂园、谷雏、纯初、廷棨、哲园、竺摩及余凡七人，日暮始归，余与哲园已酩酊矣》。

赖镇东（？—1978），20世纪30年代澳门著名中医医生。能诗，寓居澳门连腾马路。

⊙　梁彦明作七律《八月初八夜与清游会诸子同登西望洋山》，此时日寇疯狂肆虐，企图消灭活跃于广东各地的抗日游击队。颈联“劫余隔岸无灯火，乱吼江乡剩断罾”二句，真实地描写了隔岸湾仔、银坑一带惨遭烧杀抢掠后的残破景象。又作七绝《西湾步月同二南、静斋、浩然、耀墀、惺岸二首》，作五古《听松山馆有桃树重阳着花，客引为瑞，赋贺主人何斗灿医师》，作五绝《与关公博夜步南湾戏咏灯影三首》。

⊙　李供林作七律《中秋夜青洲寓楼作》。

⊙　张白英作五律《八月八夕偕清游诸友登西望洋山和梁子彦明》。

张白英，广东东莞人，工诗画，擅草书。

⊙　薛冈州作七律《寄怀濠江万松山听松山馆》。

⊙　吴遇春作七律《和薛君冈州寄怀濠江万松山听松山馆并步原韵》。

⊙　张谷雏作七绝《青洲雨望二首》。

张谷雏（1890—1964），名虹，号申斋，广东顺德人。著名画家，能诗。早岁居上海，后往日本习美术两年，返国同高剑父同游庐山各地，复在广州参加国画研究会，绘庐山全景数十幅，名重一时。抗战时期回内地，遍游各省。光复后返回广州，到澳门，定居香港。精研古物，著有《古玉石器文字考释》《元画集》《寄傅庵书画汇记》，与李景康合著《阳羡砂壶考》。又有论画诗48首，著有诗集《委怀集》《海隅酬唱集》《旅途汇稿》等。

⊙ 黄豫樵作五律《刘耀墀五秩初度，诗以祝之》。

黄豫樵（1885—？），广东中山人。澳门世家。能诗，擅书法，曾在松山建一六角亭，称之为“焯公亭”，纪念其父。

⊙ 黎泽闿作七律《次韵答王惺岸，中秋夜西湾望月，兼简张纯初、张白英、钱二南》。

黎泽闿（1880—1960），名庆恩，广东顺德人。清末拔贡，第一期留学日本，获日本法政大学法学士学位。回国后历任广东公立法政专门学校校长、广东省立法科大学校长。工事书画，有《拙存堂诗》。

⊙ 钱宝龢作七律《中秋后二日，夜半步月海岸，同彦明、静斋、浩然、耀墀、惺岸》。

⊙ 梁披云作七绝《渝州杂咏八首》。

⊙ 本年逝世的作家有民国时期诗人罗澡。罗澡的澳门诗词有 :《濠镜赠潘星桨总戎二首》《迁席澳门南湾》《寓澳感咏二首》等。

附录一　廖平子澳门手抄抗战诗刊…《淹留》作品录

1941年3月2日发行《淹留》第三十七、三十八期合册。

《淹留》第三十七期诗歌作品有：七绝《辛巳元旦二首》、七律《梦里》、七律《春阴》、五古《入春三十日无诗。昨宵几点雨，今日百重阴，而诗兴出矣。奋笔疾书十首，以答春光》、五古《自拟》。

辛巳元旦二首

万事于今澹欲无，浊醪饮后更模糊。今年拼拟蹉跎甚，一任途人作马呼。

积阴借问几时晴，拟与天公计绌盈。我亦临风作好语，从今不听乱离声。

梦里

梦里还家不算归，可怜雨雪正霏霏。白萍几片驾鹅出，黄叶满山钟声微。
早料坡陀同一蹶，莫惭蛩距两相依。孩提[①]也晓谈家国，极笑邻翁着意肥。

春阴

轻阴历历透窗东，梅子初肥值暖风。荷锸敢嫌三径短，牢愁焉慰万方穷。
无多岁月供离乱，未了因缘守坏空。薄醉始知春酒美，人生难得意朦胧。

① “孩提”，粤藏本作“孩童”。

入春三十日无诗。昨宵几点雨，今日百重阴，而诗兴出矣。奋笔疾书十首，以答春光

窗前几尺山，苍翠连朝暮[①]。下有幽人宅，红尘不敢附。莫叹意寥寥，别具烟霞趣。浊醪才入唇，便有惊人句。商量趁春霭，赏遍云种树。树下几微茫，开落花无数。仄仄认溪桥，泥泞不敢度。倘能遇封姨，含情一一诉。

天机流露中，端藉霏微雨。雨多心愈寂，苍翠归兰杜。一室净无尘，群蜂噪亭午。粉蝶试新妆，却讶不如古。轻阴几度过，一半留窗庑。

历历几人事，春光何处来。吹尽篱边风，桃花总不开。临轩忽大笑，四面盈苍苔。只许寸心会，韶华安在哉。李子故青青，不负去时栽。

鹃声不入户，挂在竹帘前。分明一段忧，冉冉化成烟。生平好读书，几曾农事牵。饥来慕糠核，还忆钓鱼船。水色愈镜明，依稀缩颈鳊。想亦盼春归，春归意自专。

停杯泛薄阴，停琴赏新绿。布谷知春暖，啼声恐不足。昨日桃花开，今日李花续。悠悠万人海，何以供结束。微酣憩绿阴，委怀在幽谷。

春光信冥冥，尽日依窗牖。莺儿汝快来，我有一樽酒。醉后忽大笑，群忧尚存否？英雄倘不遇，只管归田亩。白眼看人事，庶不负苍狗。闲庭扫落花，未许东风蹂。

左携万顷波，右挈千山色。莫笑畸零人，确有此权力。时机渺何许，纰缪频交织。酒为涤春愁，引出神仙域。仙人降罗襦，不饮不相识。落红几尺

---

① “苍翠连朝暮”，粤藏本作“苍翠盈朝暮”。

深，天然去雕饰。

茆檐只一丈，雨风来打门。平添一段阴，静极不闻喧。杜宇初归日，带得千载魂。知余有春酒，似欲乞一樽。纵使不孤负，仍多离别痕。且酌佳茗去，静坐对云根。

夜听潇潇雨，朝来懒起床。生平谁慰藉，只汝有奇方。花落更温柔，依依柳线长。且悭檐溜水，留与慰新秧。独惜燕低飞，营巢不肯忙。

池塘一泓水，蛙声渐盈耳。寂寂窥人事，浸在浓阴里。蝶翅沾风雾，久久飞不起。曷怪懒衣裳，闭门空徙倚。雨后更精神，桃儿与梅子。

自拟

自拟必于伦，嗟余实鹤耳。生平虽恬淡，疏放殊堪鄙。三秋雁布阵，逴逴貔貅似。倘真赴战场，不愧披坚士。苍鹰奋天来，耸身愁万里。凡鸟羽离披，一击令长跪。春来布谷声，呼起农家子。趁早事田畴，莫负桃花水。殷勤鸽寄书，前方已摩垒。探得一段情，胜获千根矢。此岂非羽族，族各有奇技。不负天地恩，不愧流光驶。鹤兮汝何若，山林久迤逦。其高非不高，其态非不美。若夫谈实用，乃不如敝屣。恒言立鸡群，矫矫无其比。脱尽龌龊形，高瞩兼远视。实则鸡群中，汝最不上轨。雄鸡能司晨，喔喔苍烟里。雌鸡能产蛋，匕箸无渣滓。汝虽享高名，彼实多条理。两两较轻轩，在彼不在此。客有輾然笑："鹤有玄虚旨。不与鸡鹜争，只此谁能企。鼠腐鸱鸮攫，乘机来草庳。仰首得意鸣，举目无桑梓。侮鹤鹤不较，戏鹤鹤不痞。鹤饱汝不知，鹤饥汝休俟。只因志趣大，万族都难揣。若较一日长，俯仰无一是。至人无全能，风高知角征。更有惊人处，蚊蝇闹成市。岂故逢人怒，实乃谋一己。所忧在渴饥，遂乃甘鄙俚。食不间蜣螂，行乃同蝼蚁。若以例立鹤，辄令神披靡。只闻鹤苦饥[①]，何曾鹤饿死。凌晨作长唳，不砺亦须砥。悠悠多醉梦[②]，祸岂有涯涘[③]。此时当运甓，此时当拊髀。玩愒虽一时，羞惭终暮齿。”此是鹤心怀，亦叹观止矣[④]。只因不察察，万物歆行止。马不驾泥车，居然称騄駬。只管憩松阴，只管飞濛汜。聊与鹤解嘲，鹤亦应喟喟。

第三十八期诗歌作品有：歌行《冲锋歌》、七律《春仲》、七律《一雨半月，偶得新晴，喜作》、七律《雨丝风片中，不期又已春半，感慨系之》、七绝《入春以来杂诗六首》、七绝《寂爰读余入春以来杂诗，谓青洲风物被余占尽。诗以答之五首》、五律《野趣四首》、五律《寄弟四首》。

冲锋歌

将军跃马如凌空，十荡十决居当中。倭奴噤极不能起，游魂冉冉成沙虫。前有雪花大如掌，后有狂飙四边响。黄昏以后更神寒，莽莽苍苍不可仰。此时悲笳不适用，此时战鼓休声纵。盈盈蓄势待周旋，寸心直与山河重。不杀倭奴不肯休，冲锋直上环山头。几度喊声震川岳，更番敌忾凌山丘。将军之刀已寸断，战士精神不敢涣。血光入水水长流，举眼看天方夜半。初冲但听人号声，再冲鬼影争前程。三冲四冲天亦泣，忽然雨点来轻轻。献俘难以人数计，剩有倭魂随广袂。声声叫道不如归，纵有卑词恐堆砌。一战功成万骨枯，将军已觉[⑤]神模糊。国威已被人争夺，岂有甘心作隶奴。此等强权应认识，中原自有回天力。纷纷鬼蜮何足论，剑光烛照山河黑。

---

① “只闻鹤苦饥”，粤藏本作“只闻鸦苦饥”。

② “悠悠多醉梦”，粤藏本作“冉冉多醉梦”。

③ “祸岂有涯涘”，粤藏本作“灾岂有涯涘”。

④ “亦叹观止矣”，粤藏本作“欲跂谁为跂”。

⑤ “将军已觉”，粤藏本作“将军亦觉”。

春仲

迢迢春色柳丝垂，客里光阴讵可期。天与酒人分冷暖，蝶随花影斗丰姿。群山漾漾愁俱出，世路悠悠道更卑。断续野歌搔首听，淹留从不间言辞。

一雨半月，偶得新晴，喜作

一春魂梦苦支持，湿尽轻衫雨亦知。积重渐嗟难反掉[①]，抉微犹或慰初期。立残枝底莺应老，守尽花魂蝶更痴。盼到短晴当认得[②]，离愁从此可迟迟[③]。

雨丝风片中，不期又已春半，感慨系之

天涯尽拟将春负，却念春光不易来。自与离愁同组织，不应俯仰更疑猜。鹃声饮恨非一日，蝶影窥窗已数回。犹是读书甘懵拙[④]，天心宁不化成灰。

入春以来杂诗六首

迢迢孤负[⑤]赏花期，绿殢红尤待怨谁？莫叹封姨太瑟缩，故园东望有游丝。

蝶闹蜂阗故可怜，浊醪饮后欲成眠。我太闲闲君太苦，是谁孤负有情天？

偶窥栏槛见花开，难得青青子结梅。燕子不来春渐去，独留微雨浣青苔。

春来衣冷尚装棉，近水人家夜泊船。隔岸东风休太急，杜鹃方在绿杨边。

几日轻轻雨打头，畸人刚住绿杨楼。鸣鸠倘许传消息，莫遣新泉出荻洲。

---

① “难反掉”，粤藏本作“难返掉”。

② “当认得”，粤藏本没有“得”字。

③ “离愁从此可迟迟”，粤藏本作“春愁从此可迟迟”。

④ “犹是读书甘懵拙”，粤藏本作“犹是读书甘懵懂”。

⑤ “孤负”，粤藏本作“辜负”。

绰约春光二月余，悠悠心事绿阴初，家家处处罗糠核，可有当年辟谷书？

寂爰读余入春以来杂诗，谓青洲风物被余占尽。诗以答之[①]五首

青洲水木信清华，被汝全搜亦太奢。我欲与君分一半，各将妙笔写烟霞。

枕秋阁外望天涯，难得回肠几句诗。日日雨丝风片里，杜鹃声出绿杨枝。

轻风宛宛蜑人家，却被春融一半遮[②]。知否闲愁已收拾，澹红帘内吃春搽[③]。

春波如镜[④]欲浮天，定有当年缩头鳊。流尽落花都不管，雨余先泛钓鱼船。

盈盈山色望南屏，燕子归来偶一停。莫遣离愁渡江去，老鱼吹浪气还腥[⑤]。

野趣四首

夜半不闻鹤，新愁化作烟[⑥]。偶因春雨后，思泛钓鱼船。草木千般合，乾坤一线悬。悠悠几心事，挂在女萝边。

寂寂成今日，乾坤任去留。一春真气力，半世老风流。花落思前度，灯微忆旧游。何堪风雨急[⑦]，摇动水西楼。

---

① “寂爰读余入春以来杂诗，谓青洲风物被余占尽”，粤藏本作“大有瞠乎其后之意。以彼居青洲，又善写青洲也”。“诗以答之”，粤藏本作“诗以谢之”。

② “一半遮”，粤藏本作“一片遮”。

③ “吃春搽”，疑“搽”乃“茶”之误。粤藏本作“吃春茶”。

④ “春波如镜”，粤藏本作“春江如镜”。

⑤ “气还腥”，粤藏本作“沫微腥”。

⑥ “新愁化作烟”，粤藏本作“新愁欲化烟”。

⑦ “何堪风雨急”，粤藏本作“可堪风雨急”。

篱外多梅子，盈盈绿满枝。东风刚解冻，旧梦欠趋时[①]。闷极瓢儿酒，酸余杜老诗。立残浑不觉，惆怅水神祠。

种豆芽将发，迢迢听杜鹃。不随征马动，应向酒家眠。花落人千里，诗成月半天。何堪檐溜水，冉冉化为泉。

寄弟四首

与汝三冬别，天涯又历春。可堪戎马后，偏有未归人。尘恋青衫色，天怜绿树因。风翻千点雨，一一未停匀。

半亩荒园住，应知逸兴浓。莫愁当世乱，容易见襟胸。花落怜枯蝶，风高舞箨龙[②]。种瓜兼种豆，谁与汝相从？

世乱宾朋少，天寒骨肉亲。饔飧知渐薄，洒扫或应频。不碍苍茫世，当留自立身。春来桑葚熟，犹可慰精神。

渐有鸦争树，应无犬吠门。行将栽万树，留与结孤村。野鹤三年别，湿云几日屯。寄归青豆种，绿定满篱樊。

---

① “旧梦欠趋时”，粤藏本作“旧梦不趋时”。

② “风高舞箨龙”，粤藏本作“风高卧箨龙”。

题《青洲图》

张逸

绿云深护读书堂，堂外澄湖碾鉴光。倦客登临伤世变，闲鸥来去笑人忙。
春风满座新桃李，古木盘根老雪霜。难得山川明秀处，嘤鸣萍合共徜徉。

（《澳门诗词笺注·民国卷·下》，第 577 页）

题《青洲图》二首

陈寂

堂前踮踮白鸽翻，堂后森森古柏存。隔岸数峰清似水，梦来还得近中原。

二月桃花落井根，客愁漠漠满江村。嬉春记得儿时事，故国东风望眼昏。

过望厦

陈寂

碧翳林塘聒午蝉，萍开还见橛头船。澹师去后江山老，行过寺门无杜鹃。

（《澳门诗词笺注·民国卷·下》，第 577—580 页）

寄怀张白子澳门

王树

天涯缱绻几佳辰，剧忆风流贺季真。寓兴丘园非旧土，赋情兰蕙已成尘。
遂闲终古垂竿手，未了余艰垫角巾。莫为清吟伤岁暮，嫩寒梅蕊助精神。

寄怀廖蘋盦濠镜

王树

海角梅花冷更疏，朅来吟望意如何？十年独寐存通识，终古穷荒着隐居。短褐信知能事在，沉忧宁遣浊醪余？盘桓栗里平生话，剩向云天盼雁书。

（《澳门诗词笺注·民国卷·下》，第 581—582 页）

为张太息题《青洲水居图》

黎廷棨

风波胡自苦？日夕兴人前。抚世难为地，披图小有天。云低调水墨，岸损缀春烟。惝恍江湖在，君家泛宅船。

黎兆锡招游海岛市菩提园，张纯初、张谷雏合作《纪游图》，系以长句

黎廷棨

久废风情百不聊，可人是以海山招。菩提无树言终巧，蓬岛非仙世已遥。老木形骸披薜荔，中庭偃蹇共芭蕉。笔端更有陈居士，独据云根向泬寥。

南湾散步与李研山

黎廷棨

事有空前变，人逢不世遭。天亡疑共赦，国论傥相高。坐对风潮软，而忘筋骨劳。飞车掀路叶，起舞曳吾曹。

五月十六晚，同李研山、冯缃碧南湾玩月，是日适为葡国诗人贾梅士纪念日

黎廷棨

大月初擎海，幽人与素期。万灯疑换世，互古费寻思。窜命噫蛮语，飘歌念水湄。湖栏一伸脚，风好欲昌诗。

（《澳门诗词笺注·民国卷·下》，第 545—547 页）

抗战违难抵澳南湾夜坐

黎廷棨

潮泊南湾西复东，依稀人语夜归篷。云裳障海浴羞月，松鼠当门嘶好风。剩欲孤怀向天末，不堪残梦抱春丛。明朝又冒艰虞别，打点生涯道路中。

（《澳门当代诗词纪事·上册》，第 173 页）

竹湾海浴冯缃碧作画

黎廷棨

顿有沧浪兴，不殊鸥鹭闲。洗心犹昨日，回眼属他山。雪浪寒松壑，红妆腻竹湾。分明画图里，曾与濯尘颜。

（《澳门当代诗词纪事·下册》，第 355 页）

玉楼春·酒边偶赋，寄榆生

陈洵

新愁又逐流年转，今岁愁深前岁浅。良辰乐事苦相寻，每到会时肠暗断。

山河雁去空怀远，花树莺飞仍念乱。黄昏晴雨总关人，恼恨东风无计遣。

（《岭南历代词选》，第 297 页）

题《青洲图》

郑哲园

四百八寺有斯境？三十六宫无此春。两君合作殆神笔，我亦青洲画里人。

（《澳门诗词笺注·民国卷·下》，第 493 页）

和梁卧雪西望洋山步月原韵四首

郑哲园

群仙疑借六龙乘，海若毋忧北丧朋。玉宇几人曾记曲，瑶池何梦不飞升。

久怀欲渡愁无楫，差慰临渊赖有罾。此夜踏歌还问影，诵君诗句总填膺。

浪游万里有风乘，明月堪称耐久朋。双屐不辞尘世履，一轮潜向大江升。傥怜冻雀宜开网，漫被长鲸竟脱罾。千载榛莽闻逸响，广寒新诰可曾膺。

欲从博望借槎乘，直诣蟾宫挈酒朋。抆掷拟邀天共语，论攀还挟世同升。讵无海气侵君袖，应有星辰入我罾。试上华峰更翘首，不知戎狄几回膺。

归去无风未可乘，镜湖醉月有诗朋。尘窥绮陌知王导，石诵寒山识子升。爱惜蟾光徒借斧，恐惊鸥梦岂投罾。颇闻履及喧西域，不减清辉照我膺。

（《澳门当代诗词纪事·上册》，第 154 页）

游海岛市谢黎君兆锡盛招

郑哲园

水国风光绿满村，龙头环路拟仙源。潮声入市鱼虾乱，山色横江燕雀喧。中酒颇惭逢北海，题诗重获睹南园。我生醉死犹多幸，息意危滩枕石根。

（《澳门当代诗词纪事·下册》，第 342 页）

游菩提苑谢罗维宗陈叔平两君

郑哲园

此身竟到菩提苑，佛刹庄严信有缘。修证纵迟圆十地，声闻终许出诸天。众生未入如来座，狮子难参奋迅禅。一笑拈花通妙境，方知道力久摩砖。

（《澳门当代诗词纪事·下册》，第 348 页）

题赠张纯初老画家濠江画展二首

郑哲园

三千柳忆珠江月，十万花吹镜海潮。如此山川如此画，教人那得不魂销。

仓攘戎马今何世，收拾风花尚有君。叱起海龙扛画笔，千峰雷雨万峰云。

（《澳门当代诗词纪事·下册》，第 380 页）

寄澳门示昌儿

程孔硕

茶山触目柳青山，花木偏多故国情。只是思归归未得，曲江濠海两浮萍。

竺摩上人南来濠镜说法于功德林，并印行《觉音》月刊思有以度世，今忽归雁荡赋此送之二首

王定纬

茫茫世黩刦难量，归去千山忍遁藏。好为众生还指月，漫教失月指同亡。

雁正南来锡北飞，相逢荡上本同归。莲邦他日虽殊路，重见诗狂一笑微。

（《澳门当代诗词纪事·下册》，第 369 页）

雅集

王定纬

一角湖山劫外天，无多胜处足盘旋。久将笠屐高悬壁，剩把旗枪试品泉。
我辈交游宁厌淡，酒垆侧畔未妨眠。尚余书画同欣赏，寒具休教涴素笺。

（《澳门诗词笺注·民国卷·下》，第 311 页）

港战有怀时客濠江三首

金曾澄

薄寒天气洗银河，孤雁征途辘碌过。人静橹声摇好梦，夜凉秋意托微波。
世情翻覆云和雨，时局沉迷醉欲酡。渺渺香江千尺浪，那堪重听鹡鸰歌。

客途心绪不如归，铁骑纵横事已非。稼穑艰难秋稻少，市廛零落晚灯稀。
且谈国策和还战，尽付民生渴与饥。惆怅海波三百里，暮年儿女总依依。

香港消息假和真，路上相逢问讯频。千里孤帆聊作简，百年古木已为薪。寸心莫慰飘零梦，粒食难疗饥馑民。惘惘伶仃洋外望，倚阑应有断肠人。

遣怀·香江陷敌返澳

金曾澄

老去悲秋强自宽，一年生计一年难。衰颜日暮唯增病，粒米时荒莫劝餐。魑魅噬人天意乱，豺狼当道客心寒。哀哀猿鹤长鸣夜，蜡烛成灰泪欲干。

（《澳门诗词笺注·民国卷·下》，第583—585页）

暮春有濠江之游，步月南环，偶忆彭佩瑶女士并寄

麦君泽

道韫辞锋压老生，温泉坐语到参横。只今烟月南环夜，不尽婵娟万里情。

（《澳门当代诗词纪事·上册》，第165页）

秋日与印雪登万松山

赖镇东

万松蹲路上，绝顶放吟眸。身外乾坤大，帆飞天地流。茫茫山外海，肃肃鬓边秋。蹊径湿新雨，牵衣欲小休。

（《澳门当代诗词纪事·上册》，第138页）

四月二十三日兆锡、叔平、维宗招饮菩提园，至者为寂园、谷雏、纯初、廷楘、哲园、竺摩及余凡七人，日暮始归，余与哲园已酩酊矣

赖镇东

层阴莽莽水涓涓，孕绿筼筜聚数贤。余事欲将诗是业，吾生羞用酒为年。冲风弱羽含晴出，捧日孤云向晚妍。醉枕横流应太息，怕开醒眼看沧田。

（《澳门当代诗词纪事·下册》，第348页）

八月初八夜与清游会诸子同登西望洋山

梁彦明

清游向晚兴当乘，联袂支筇有十朋。盘道谁家龙也吠？幽居端爱月才升。劫余隔岸无灯火，乱后江乡剩断罾。翘首西瞻还北顾，寇氛殊恶待惩膺。

西湾步月同二南、静斋、浩然、耀墀、惺岸二首

梁彦明

遵海而南纵所如，九洲横目睨鲸呿。苍茫云水迷江月，去国秋怀郁不舒。

难得宵深缓步娱，散人端合寄江湖。夷犹要眇随流憩，水佩风裳挟月俱。

听松山馆有桃树重阳着花，客引为瑞，赋贺主人何斗灿医师

梁彦明

馆南有桃树，树旁幽人家。似传春消息，偶然重九花。向阳得暖气，一树如绛霞。颇嫌众芳寂，点缀压檐牙。物态时多变，客言瑞足夸。主人大国手，黍谷回春葩。药栏多采撷，仙灶富丹砂。董杏同妙用，延年事可嘉。

与关公博夜步南湾戏咏灯影三首

梁彦明

疏疏堤上灯，点点树间亮。倒影漾繁星，寒光摇波浪。

露下觉光寒，雾侵怜影暗。弯环隐绿阴，明灭各相瞰。

湜湜工掩映，闪闪生虚白。照见并肩人，喁喁谈永夕。

（《澳门诗词笺注·民国卷·下》，第 338—341 页）

中秋夜青洲寓楼作

李供林

胡尘飞不到青洲，篱下栖迟一角楼。岁入中秋催晚景，人看孤月动乡愁。八旬母在身仍健，三载蛮侵世并仇。默祝上苍扶正气，止戈早日定神州。

（《澳门当代诗词纪事·下册》，第329页）

八月八夕偕清游诸友登西望洋山和梁子彦明

张白英

异域共羁留，望洋西处游。怒潮初撼夜，弦月半延秋。歌爱五噫好，词输三影幽。何当伴游侣，萧散契林丘。

（《澳门当代诗词纪事·上册》，第153页）

寄怀濠江万松山听松山馆

薛冈州

如此名山岂易求，万松环绕景清幽。花香鸟语传朋辈，水色山光羡友俦。诗咏山中皆雅士，车停墅外尽名流。群贤毕至逢春日，贤主嘉宾乐不休。

和薛君冈州寄怀濠江万松山听松山馆并步原韵

吴遇春

听松山下复何求？断续涛声韵更幽。时看白云来作伴，更邀明月与同俦。栽将梅竹成三友，信是濠江第一流。朝听暮吟犹未足，此间骚客乐无休。

（《澳门当代诗词纪事·上册》，第276页）

青洲雨望二首

张谷雏

春雨迷空翠色寒，山园芳讯诧余残。风光流转宁虚负，人事分违意易阑。

蓑笠渔罾烟水隔，鸥凫沙岸柝洄看。玻璃透格窗间湿，帘外重泉映画栏。

（《澳门当代诗词纪事·下册》，第 329 页）

刘耀墀五秩初度，诗以祝之

黄豫樵

筵罢中秋夕，嵩生上寿人。风光觇伟度，明月是前身。骋迹濠江路，知非伯玉辰。佳儿纷舞彩，藜阁庆长春。

次韵答王惺岸，中秋夜西湾望月，兼简张纯初、张白英、钱二南

黎泽闿

三年为客两中秋，故国烽烟迄未休。尚许团圆居隐市，不堪萧瑟赋临流。问天今夕人何世，近水谁家月满楼。诗境只应吾辈占，多时风雨立湾头。

（《澳门当代诗词纪事·上册》，第 191 页）

中秋后二日，夜半步月海岸，同彦明、静斋、浩然、耀墀、惺岸

钱宝龢

萍寄乾坤泛漫踪，主人有酒一欢逢。濠梁能会皆庄惠，风咏同归若冠童。老兴南楼真不浅，月升中夜未嫌慵。支藤古庙寒林下，问似梅花似放翁？

（《澳门当代诗词纪事·上册》，第 180 页）

渝州杂咏八首

梁披云

危楼独倚意何堪？万里关河百战酣。最是嘉陵春色里，依稀烟景认江南。

恻恻轻寒飐晓风，远山如黛雨空蒙。新愁旧梦知多少？草树楼台惨淡中。

废井颓垣血有痕，水流花谢去沄沄。且从绿树鹃啼处，凭吊春闺梦里魂。

树蕙滋兰故放迟，桃花柳絮几多时？独怜造物艰难甚，又遣封姨着意吹。

夕阳如血洒孤坟，千载英风尚薄云。太息七星冈下路，只今谁识故将军？

芳草萋萋望欲迷，海棠溪畔鹧鸪啼。人生只合渝州住，底事车尘逐马蹄。

山衔落日水凝愁，叹乃声声送客舟。极目苍茫何处是，万千灯火点巴州。

浮图关上不胜寒，紫陌瑶台路几盘？星月满天刁斗急，翠眉鹤发话冲冠。

（《雪庐诗稿》，第 33—35 页）

濠镜赠潘星槩总戎二首

罗濂

江湖一去卸戎弢，壁上龙泉夜怒号。十载功名猿臂健，万山风雨马蹄高。
客中闲辑新诗稿，酒后雄看旧战袍。不信信陵成末路，龙骧伫待拥旌旄。

沧桑劫后忽逢君，座有佳人白练裙。卧虎英雄聊顾曲，射雕身手解论文。
玉壶击碎三更月，铁笛吹残两岸云。名重鸡林传海国，天涯人识故将军。

寓澳感咏二首

罗濂

寥落乡心一雁飞，江潮仍恋稻粱肥。书非白首胡知读？座有黄花便欲归。
敢扶经心膺讲席，还偿酒债典寒衣。卷堂欲趁茱萸节，争奈依人此愿违。

江村黄叶好归休，濠镜劬书又滞留。斗室瓜牛终自槁，故乡稻蟹不成秋。
笼中参术供多病，袖里湖山足卧游。人事漫悲沧海幻，元龙到处有高楼。

（《澳门诗词笺注·民国卷·上》，第 231—234 页）

1942 年

这一年，夏衍、司徒惠敏、金山、蔡楚生、王莹、郁风等21位文化名人，在八路军驻香港办事处负责人廖承志、潘汉年等的帮助下乘渔船抵达澳门，成功脱离香港沦陷区，后经镜湖医院柯麟医生接应、掩护，得以成功返回内地。另外，澳门历史上第一个本土职业剧团——艺联成立，由张雪峰组织发起，包括潘皋、陈有后、鲍洛夫、梁寒淡、邓竹�、梁福和、良鸣、张雪光及李亨等居澳的香港、澳门艺人。这一年，几位重要的晚清诗人张逸、陈洵和梁彦明逝世。尤其是崇实中学校长梁彦明，他因坚决领导抗日救亡工作，遭汉奸枪击，伤重不治。数千人前往送葬，途经日本领事馆，“均侧目缓步，切齿睨视而行”。国民政府誉其为“澳门华侨殉难之第一人”。

一月

10 日　夏衍、司徒惠敏、金山、蔡楚生、王莹、郁风、金仲华、张云乔及谢和赓等 21 位文化名人，在八路军驻香港办事处负责人廖承志、潘汉年等的帮助下乘渔船抵达澳门，成功脱离香港沦陷区，后经镜湖医院柯麟医生接应、掩护，得以成功返回内地。早在香港沦陷之初，中共中央南方局周恩来即致电廖承志，要其尽一切努力将困在香港的重要民主人士与文化界人士抢救出来，转移到后方安全地带。为此，廖承志进行了周密部署，首先设法与这些人士取得联系，并将之迅速转移住址，护送到中共抗日游击根据地后再转送后方。秘密大营救自本年元旦起，其中容易暴露身份，或因年老体弱不宜跋山涉水者，主要安排他们由香港偷渡到长洲岛，再过澳门转赴内地，何香凝、柳亚子、梁漱溟、金仲华等都是通过这条路线逃离香港的。澳门地下党组织也在澳门镜湖医院设立接待站。经过半年时间的努力，从香港日军的严密统治下抢救出政界、文化界重要人士及民主人士300余人，包括何香凝、柳亚子、茅盾、邹韬奋、胡绳、范长江、梁漱溟、夏衍、郭沫若、乔冠华、千家驹等，此外还包括国民党官员吴铁城和国民党第七战区司令余汉谋的夫人上官德贤、著名电影明星胡蝶等，及英、美、印、荷、比等国家的人员近百名。[1]

⊙ 本年初，郭浩如作七绝《偶步澳门南环》。

⊙ 本月，黎廷棨作七律《香港陷敌，喜李研山、冯印雪、赵少昂、张韵石、郑春霆脱险至澳》，作五律《澳门晓发》。

二月

14日 除夕，金曾澄作七律《除夕澳门》。

春

⊙ 易麟阁作五律《港变后重登松山四首》。

易麟阁，广东鹤山人。毕业于广东高等师范学校。曾从业于法律界，后以育才为职志。抗战时期避地澳门，仍任教席。工诗，擅音乐。著有《啸濠集》《中国抗战大事记》和《法学通论》等。《啸濠集》卷首有长编序诗，述其避地澳门的际遇。其格调颇类杜少陵同谷哀歌，而其写实之作，亦类杜少陵诗史。

⊙ 李仙根作七律《得大兄从澳来书，言老母经平安抵澳安居，慰甚》。该诗作于本年春，时值诗人孤身寄居重庆，从其兄李供林来书获悉，老母在香港陷敌后间关抵澳安居，甚慰而作。

---

① 吴志良，汤开建，金国平主编：《澳门编年史·第五卷·民国时期》，广东人民出版社，2009年，第2638页。

四月

⊙ 本月，澳门历史上第一个本土职业剧团——艺联成立，由张雪峰组织发起，包括潘皋、陈有后、鲍洛夫、梁寒淡、邓竹筠、梁福和、良鸣、张雪光及李亨等居澳的香港、澳门艺人。艺联在不到半年的时间里，排演了多出大型剧目，如《武则天》《生死恋》《雷雨》《日出》《茶花女》《明末遗恨》《巡阅使》等。同年下半年，艺联往广州及内地大后方巡回演出，宣传抗日救国，至抗战胜利后宣布解散。

⊙ 张学华作七律《重到澳门，陶社诸君以诗见赠，赋答用原韵》《霞公过澳赠诗，依韵奉答》。

六月

18 日 端午节，张学华侄子张树棠作词《祝英台近·澳门重午》，其时距日寇攻占香港不久，国恨羁愁，怅触无端，悲凉沉郁成为词的主调。

十二月

24 日 晚 9 时，崇实中学校长梁彦明因坚决领导抗日救亡工作为汉奸劝降不从，在学校附近的龙嵩街被汉奸枪击，重伤入山顶医院治疗，因脊柱骨碎，枪弹无法取出，于 29 日下午 5 时逝世，享年 56 岁。其灵柩从山顶医院引至西洋坟场，数千人前往送葬，途经日本领事馆，“均侧目缓步，切齿睨视而行”。

梁彦明，字哲士，号卧雪，广东新会人。1885 年生，先后毕业于南海师范学堂、两广优级师范学堂。1909 年，来澳在卖草地街 4 号创办崇实中学，从事教育救国工作，以培国本兼寓革命工作于其中。1910 年 4 月，因结识朱执信、林直勉两人而加入中国同盟会南方支部，成为同盟会澳门中坚分子之一。1911 年黄花岗起义失败后，梁彦明与周岂凡、何进斗等在崇实中学发起剪辫会，校内师生多剪辫与会。1920 年，与刘雅觉神父、冯秋雪等人发起、创立澳门教育会。1921年，孙中山曾在广州水泥厂（大元帅府）亲自会见他，鼓励其“在澳团结澳中革命分子，作非常政府之后盾”。抗战以来，梁彦明在澳门先后组织成立各界救灾会、济难会、公债会、救护团、难童义学等社团，发动募集、献金、义卖等活动以支持抗日运动。历任澳门教育会会长、中国国民党澳门支部常务委员、镜湖医院副主席、镜湖义学校长、同善堂值理、中华教育会常务委员、中山县历次代表大会指导员、广东省历届代表大会出席代表、澳门兵灾会委员、救国会常务委员等职。生平著述颇多，工书法，尤好金石书画，篆隶造诣尤深。又与冯秋雪、冯印雪等人组织雪社，有《六出》及《雪花》等诗集刊行于世。国民政府誉其为“澳门华侨殉难之第一人”；林森称颂其“器望兼资”；蔡廷锴也赞誉其一生“实行党的教育”；黄麟于其像赞称“舍生取义，杀身成仁；党之健者，国之完人；仰瞻遗像，炯炯丰神；浩然之气，万古常新”。培养了诸如霍宝材、王文达、钟子光等人。[1]

本年

⊙ 郑哲园作五律《偕侄松山作》，作七律《鸽巢公园雅集叠韵赋呈同游诸公三首》，其中第二首写葡国诗人贾梅士生平坎坷，穷愁而殁。诗人遭逢不辰，枨触情怀，遂引为异代神交，青眼相待。借助诗的语言，其情感的交流已跨越国界。

⊙ 陈善伯作七律《题坚性老和尚遗像二首》《濠镜观傀儡戏有感》。《濠镜观傀儡戏有感》写在濠镜观傀儡戏，从台上的出头角色，到台下的观众，联系对现实社会的生活感受，抒发情怀。

⊙ 潘小磐作五律《澳门》。

---

① 吴志良，汤开建，金国平主编：《澳门编年史·第五卷·民国时期》，广东人民出版社，2009年，第2648页。

潘小磐（1914—　），号余庵，广东顺德人。幼年到香港从何恭第老师习词章，从罗云翘先生习诗词，才思敏捷，卓然成家。历任香港树仁书院讲师、香港大学和香港中文大学校外部导师、学海楼讲席。著有《余庵诗草》《余庵词》《余庵游草》等。

⊙　周贯明作七律《江楼夜饮先归得王惺岸西湾诗次原韵》。

周贯明，号晚斋，广东顺德人。广州航政局局长周演明之弟。1899年生于广州。1920年往美国留学。1930年在广州行医。抗战时期寓居澳门，设诊所于连胜马路94号。名西医。晚岁移居香港。能诗画，著有《晚斋诗存》。

⊙　陈勉云作七绝《西湾散步》。

⊙　石因作七绝《贾梅士诗人节题诗三首》。

⊙　朱兆洪作词《念奴娇·南华寺高僧观本大师弘法澳门，说坛经后，不避艰险间关返国，赋此送之》。

朱兆洪（1908—　），号宽甫，朱秉筠之子，广东新会人。供职于教育部门。著有《耐冷楼词集》。

⊙　马万祺作七律《濠江立业·港陷留澳，立业安身，关心国事，无时忘怀》。

马万祺（1919—2014），社会活动家、企业家、诗人、商人，广东南海人。早岁从商香港。香港沦陷，至澳经营米业，逐步发展业务。1949年后，以内地工业品及农副产品作为主要经营业务，促进内地与澳门经济共同发展，从而成为澳门工商界最有影响的实业家之一，任澳门中华总商会会长。曾任第六、第七届全国人大常委会委员，第八届全国人大代表，第八、第九届全国政协副主席，澳门特别行政区基本法起草委员会副主任委员，澳门特别行政区筹委会副主任委员，澳门第一至五届立法会议员。1985 年获澳门东亚大学（今澳门大学）颁授工商管理学荣誉博士学位，1995 年获葡萄牙总统颁授商业功绩大十字勋章，1999 年获暨南大学颁授名誉博士学位，2002 年获澳门特别行政区政府颁授大莲花荣誉勋章。马氏自幼喜爱诗词，及壮至艾，好学不倦，曾请益于陈叔通、叶恭绰、冼玉清诸名辈，其学益进。著有《马万祺诗词选》(1—3 辑)。

⊙ 梁披云作七绝《星洲将陷与黄光锐只身北归印度洋舟中除夕口号慰之》《印度农村所见》《庭梅报花》《歌乐山遇一萍夫妇》《结伴山行》《金刚坡访友品茗步月》，作七律《马来黑狱追记》《滇边报警书愤》《即事》《蓬莱》，作五绝《病中偶感》《送叔瑾之乐山》，作五律《渝州除夕小集》，作词《浣溪沙·感旧》(二首)。

⊙ 本年，逝世的作家有晚清时期的诗人张逸。张逸的澳门诗词作品主要有：《菩萨蛮·丁未八月十六夜，与子寿夜渡澳门，舟中赏月》《浣溪沙·马交石感遇》。

⊙ 本年，逝世的作家有著名词人陈洵。陈洵一生以写词名满天下，词作甚丰。澳门方面的词作不多，主要有《渔家傲·澳门送秋，携榖儿登新园》。

⊙ 本年逝世的作家还有著名诗人、澳门雪社重要成员、烈士梁彦明。梁彦明的澳门诗词作品有：《西湾夜游偕雪社诸同志》《关闸》《西湾闲望悼松寿》《忆旧游·南湾步月》《咏红》《江楼晚望四首》《纳凉》《西堤漫兴》《夏雨暴作偕宇雪、秋雪夜游西湾》《舟行晚望》《丁丑除夕·次王悭岸先生韵》《戊寅除夕次韵奉酬》《莲峰寺凉亭消夏》《八月初八夜与清游会诸子同登西望洋山》《西湾步月同二南、静斋、浩然、耀墀、悭岸二首》《听松山馆有桃树重阳着花，客引为瑞，赋贺主人何斗灿医师》《与关公博夜步南湾戏咏灯影三首》。

偶步澳门南环

郭浩如

呜咽洪涛拍岸寒，重来况是岁将阑。云山依旧人憔悴，景物如同隔世看。

（《澳门诗词笺注·民国卷·下》，第574页）

香港陷敌，喜李研山、冯印雪、赵少昂、张韵石、郑春霆脱险至澳

黎廷棨

万吼排天劫火侵，山楼颤动陆垂沉。奈何上国虚神武？终见降幡变古今。出入死生悬一笑，查牙胸腹剩微吟。也将黧面延尘面，海角平添几足音。

澳门晓发

黎廷棨

劳劳破残夜，晓色重吾行。长路开千里，扁舟先一程。归心天地阔，换世死生轻。回首西湾树，离离胸次横。

（《澳门诗词笺注·民国卷·下》，第548—549页）

除夕澳门

金曾澄

濠江度岁却前缘，寒夜恹恹客不眠。米贵尚悭黄曲酒，家贫何用压囊钱？霜添白发真疑老，镜揽衰颜枉自怜。爆竹无声灯映寂，斜风细雨度残年。

（《澳门诗词笺注·民国卷·下》，第586页）

港变后重登松山四首

易麟阁

客舍松山下，开门挹翠阴。登临咫尺废，感系隔年深。煦日生林表，清芬起露岑。独愁胡马度，终负去秦心。

烟火荒年寂，江山不毁容。零霞依岫灭，丰树到根浓。心竞冥鸿志，身闲野鹤踪。昔游归岭尽，落落对葱茏。

一水分夷夏，乡关此望穷。漫天腾海气，拂地蠢松风。砌润春疑在，林幽虑更空。故人经变老，三顾道相逢。

独上无人径，南薰解砑罗。时难沽酒各，岁歉采薇多。旧国山河壮，他乡政俗和。但辞身及溺，载听野禽歌。

（《澳门诗词笺注·民国卷·下》，第 520—522 页）

得大兄从澳来书，言老母经平安抵澳安居，慰甚

李仙根

动魄驰魂数月间，兄书喜报母亲安。国忧敢有流离叹，萱老无如转徙难。一顾不堪随破甑，仅存真惜是丛残。羁孤久使人憔悴，乡梦何时得好还？

（《澳门诗词笺注·民国卷·下》，第 510 页）

重到澳门，陶社诸君以诗见赠，赋答用原韵

张学华

频年倦旅欲归休，又理轻装上客舟。形役劳劳身是累，生涯落落拙于谋。泽中已见悲群雁，劫后谁能挽万牛？待续《九歌》哀故国，苍茫何处望长楸？

霞公过澳赠诗，依韵奉答

张学华

年时烽火断音书，愁向灵均问《卜居》。自笑黄冠原是客，相看白首愧为儒。梦回蕉怪纵迷鹿，呴沫宁堪队逐鱼。已分卑栖妨未稳，枝头容得抱香无？

（《澳门诗词笺注·民国卷·上》，第 191—192 页）

祝英台近·澳门重午

张树棠

酒慵拈，符懒写，随意过重午。寂寂蛮江，帆影聚前浦。闭门日读《离骚》。问天无语，更休问鲛馋龙怒。　黯回溯，珠江当年繁华。龙舟斗旗鼓，风景都非，流光速炊黍。薰风知趁佳辰，天涯来伴。却因甚，不吹愁去？

（《澳门诗词笺注·民国卷·下》，第 442 页）

偕侄松山作

郑哲园

我养浩然气，艰危安所论。虚室犹粉碎，大地有烧痕。空饮新亭泣，何酬故国恩。关山专与汝，握手又黄昏。

鸽巢公园雅集叠韵赋呈同游诸公三首

郑哲园

昔年闻有鸽来巢，佛髻长青峙马交。但使鹯鹰期作凤，肯将荃蕙化为茅？五洲文物开山径，千里高贤会石坳。北望乡关归未得，浮生犹系水中匏。

翠色迷离认鸽巢，文章道义有神交。百年此地谁披棘？五岳何山可结茅？青眼乍逢尘刹里，素心常托水云坳。吾侪未必无铜像，异曲同工叶凤匏。

鸠拙何堪占鹊巢，于今信义识尘交。宁甘采蕨犹辞粟，深叹连茹竟拔茅。
雌雉失时鸣水次，哀鸿罹劫泣山坳。乘桴敢陋居夷志，蜑雨蛮风久佩匏。

（《澳门诗词笺注·民国卷·下》，第494—496页）

题坚性老和尚遗像二首

陈善伯

古榕修竹尽苍妍，瑞显旗扬照满千。共识应身真面目，每逢胜会集人天。
须知寿者元无相，空解拈花早悟禅。惭愧未能忘绮语，更将文字结因缘。

紫竹林中见世尊，迹同杯渡启山门。好从西土延年寿，更喜南宗有子孙。
福海长流金粟地，心花齐发给孤园。儿时摩顶今题记，香火前因仔细论。

濠镜观傀儡戏有感

陈善伯

何限当场作戏人，场边看戏假还真。歌喉宛转参商徵，袍笏依稀杂古新。
未信绕梁忘肉味，只应炫目数眉颦。出头角色休评量，幕里牵丝似犬狺。

（《澳门诗词笺注·民国卷·下》，第503—505页）

澳门

潘小磐

妈阁莲峰胜，重临忽十年。漫从歌吹里，浑忘战尘边。旧塔攒云箭，新堤拓月弦。由来弹丸地，翻讶互能全。

（《澳门当代诗词纪事·上册》，第117页）

江楼夜饮先归得王惺岸西湾诗次原韵

周贯明

胜如秉烛作清游，被酒情怀万虑休。拍岸水声湾路转，袭人花气桂香流。

平生淡薄从经劫，倦客萧条懒倚楼。嘉会不教怜夜短，月明扶梦到床头。

（《澳门当代诗词纪事·上册》，第 185 页）

西湾散步

陈勉云

无多怀抱向春开，偶逐新晴到水隈。堤树迎人张伞待，海鸥期我结盟来。

（《澳门当代诗词纪事·上册》，第 194 页）

贾梅士诗人节题诗三首

石因

天才何价付庸才，潦倒穷愁自可哀。戎马半生勤国是，诗名一世在兰台。

一战功成再战成，艨艟万里赴长征。英雄自古雄心远，赢得诗名附勇名。

荒凉石洞好羁身，千古镜湖愿买邻。野鸟山花知解意，于今葡国有诗魂。

（《澳门当代诗词纪事·上册》，第 249 页）

念奴娇·南华寺高僧观本大师弘法澳门，说坛经后，不避艰险间关返国，赋此送之

朱兆洪

禅宗妙谛，信天人欢喜，天花撩乱。一卷坛经涵万法，说到十方圆满。杯渡当年，赐飞今日，事又尘缘短。绕林出岫，白云随意舒卷。　凝恨孤岛烟横，沧州日落，路阻归帆转。故国河山空怅望，愁把画图重展。古寺难寻，秋江易别，天外钟声远。无来无去，众生咸共斯愿。

（《澳门当代诗词纪事·下册》，第 386 页）

濠江立业·港陷留澳，立业安身，关心国事，无时忘怀

马万祺

故乡陷敌两年长，刻苦筹谋复创伤。炮火无情摧港岛，莲花有意护牌坊。

青山留得仇当记，瀚海飘零恨未忘。虽是安居观静变，深祈国土早重光。

（《澳门诗词笺注·民国卷·下》，第590页）

星洲将陷与黄光锐只身北归印度洋舟中除夕口号慰之

梁披云

万里相从傥夙因，天教离乱见精神。风狂雨骤须臾事，记取明朝又一春。

马来黑狱追记

梁披云

乘桴浮海心难死，桑户绸缪愿竟违。不信三人成市虎，真教累月试囚衣。

锋芒正要洪炉锻，羽翮终随北雁飞。李怨牛恩堪一笑，翛然我又赋来归。

印度农村所见

梁披云

篱落依稀漾晚炊，疏林老圃恋斜晖。萧萧矮屋风沙里，三五羸童叱犊归。

病中偶感

梁披云

生死宁须校，恩仇未易平。吴钩吾负汝，敌骑正纵横。

滇边报警书愤

梁披云

半壁西南谁与持，秋风万里卷旌旗。铭勋铜柱声何壮，埋骨荒江事足悲。

乍暖乍寒纷旦夕，疑云疑雨枉须眉。诸公倘有平夷策，重整乾坤要健儿。

即事

梁披云

即事惊心剩百哀，忍看竖子竞登台。酣嬉笑乐今何世？鸡犬仙凡各有胎。几见小儒传正统，从无宦奇畜真才。中兴大业偏安局，青史是非谁剪裁？

送叔瑾之乐山

梁披云

山色微茫中，鸡声寂寞里。送君上漠嘉，心浙锦江水。

渝州除夕小集

梁披云

霜雪秋冬去，艰难南北来。一年行又尽，杯酒漫相催。四海鱼龙舞，巴山雾瘴开。重逢人未老，天地看春回。

庭梅报花

梁披云

浩荡春风今又来，送将寒去带温回。小园谁报新消息，几点梅花取次开。

浣溪沙·感旧（二首）

梁披云

袅袅东风泛碧沙，曲阑干外绿无涯，当年小阁记煎茶。　七碗温存如中酒，多时笑语与簪花，而今天海渺星槎。

玉笛谁家不忍闻，旧游处处剩啼痕，阑干斜倚近黄昏。　二十四番风更雨，八千里路月河云，秋潮春梦两氤氲。

歌乐山遇一萍夫妇

梁披云

布袜荆钗各晏如，耻从时世竞妆梳。归来携手松林路，山月高高照草庐。

结伴山行

梁披云

杖藜携手看霜枫，十里山程绿间红。踏向林峦清绝处，秋光隐约画屏中。

金刚坡访友品茗步月

梁披云

野店烹茶倍有情，一瓯相对话平生。洞箫引梦三更里，又向松冈踏月明。

蓬莱

梁披云

蓬莱缥缈白云封，欲寄缠绵意更慵。鹍鸠依稀深夜语，杜鹃掩映别时踪。盈盈水隔波千叠，曲曲峰攒恨万重。惆怅芳菲残梦里，高楼月落又闻钟。

（《雪庐诗稿》，第 35—43 页）

菩萨蛮 · 丁未八月十六夜，与子寿夜渡澳门，舟中赏月

张逸

云罗卷净天如水，沧溟灏瀚金波碎。表里尽澄清，姮娥彻夜明。　秋光才过半，兔魄依然满。记得昨宵游，珠江听粤讴。

浣溪沙 · 马交石感遇

张逸

晚步徜徉镜海边，马龙车水斗轻便。好花瞥眼一枝嫣。　时世梳装浓淡改，风鸾飘泊景情迁。那堪回首忆当年。

（《澳门诗词笺注 · 晚清卷》，第 314—315 页）

1943 年

这一年，创刊《淹留》杂志的抗战爱国诗人廖平子逝世。另外有《复兴杂志》问世，至1945年9月停刊，主编为弗朗西斯科·雷戈。该刊编辑阵容强大，许多人都是当时澳门著名人士，包括若瑟·雷戈、白乐嘉等。该刊发表了许多极有价值的杂文和学术论文，至今仍是研究澳门史及西方汉学发展史的珍贵资料。戏剧方面，曹禺原著的话剧《雷雨》由冯志芬、余文洪改编为粤剧，由上海妹、半日安、任剑辉、赵兰芳等主演，在平安戏院一连公演三晚。这年2月21日，《澳门之声报》英文副刊《澳门先驱周报》创刊，至本年6月停刊，发行仅4个月。

一月

9 日　曹禺的话剧《雷雨》由冯志芬、余文洪改编为粤剧，由上海妹、半日安、任剑辉、赵兰芳等主演，在平安戏院一连公演三晚。另外薛觉先、廖侠怀、陈锦棠、谭兰卿等数十名留澳大佬倌曾假座国华戏院举行义演，为镜湖医院筹款。是次善举，一日一夜，共筹得国币 40 万元。[①]

本月　《复兴杂志》月刊问世，至 1945 年 9 月停刊，主编为弗朗西斯科·雷戈。该刊编辑阵容强大，许多人都是当时澳门著名人士，包括若瑟·雷戈、白乐嘉、谢雷多尼奥·戈麦斯等。该刊发表了许多极有价值的杂文和学术论文，充分体现了过去 400 年葡萄牙文化对东方的影响，至今仍是研究澳门史及西方汉学发展史的珍贵资料。1945 年 2 月 19 日，《复兴杂志》附属葡文新闻副刊《复兴日报》创刊，至 1947 年 5 月 28 日停刊，社长兼出版人为科斯塔·马沙度神父，主编由《复兴杂志》主编兼任。该报是二

① 吴志良，汤开建，金国平主编：《澳门编年史·第五卷·民国时期》，广东人民出版社，2009 年，第 2652 页。

战后为庆祝“复兴”而创办的，曾同时出版中、英、葡三种文字的版本，是战后最重要的澳门报章之一。此外，1945 年 7 月 1 日又创办了英文版《复兴报》，初为周报，后逢周三、周日出版。《复兴报》英文版主任及主编为维拉·弗朗加，总监则为谢雷多尼奥·戈麦斯。①

二月

21 日　《澳门之声报》英文副刊《澳门先驱周报》创刊，至本年 6 月停刊，发行仅 4 个月。由于第二次世界大战期间，大量移居香港的澳门土生葡人回澳门避难，这些难民因在香港生活数代，已融入英人社会，精通英语但对葡语生疏，故创立英文副刊以应需求。该报编辑主要是杜阿尔特·巴蒂斯塔和皮亚·李美雕。该报社论多由英国驻澳门领事包纳尔·莱维斯撰写，史学家白乐嘉也偶尔见诸报端。②

春

⊙　麦君泽作七律《暮春游氹仔，止于菩提园》。

六月

20 日　《宗教与祖国》英文副刊《号角》由法蒂玛圣母会创办，至 1945 年 6 月 24 日停办。1948 年 5 月 3 日发行同名周刊报纸，1950 年 7 月改为双周刊。1952 年 3 月 1 日出版周刊《号角》，主编为卢若瑟神父。1955 年 9 月 15 日中文《号角》因财政赤字停刊。③

---

① 吴志良，汤开建，金国平主编：《澳门编年史·第五卷·民国时期》，广东人民出版社，2009 年，第 2653 页。

② 吴志良，汤开建，金国平主编：《澳门编年史·第五卷·民国时期》，广东人民出版社，2009 年，第 2654 页。

③ 吴志良，汤开建，金国平主编：《澳门编年史·第五卷·民国时期》，广东人民出版社，2009 年，第 2657 页。

七月

11 日　《澳门之声报》重新发行英文副刊《澳门论坛》周报，1945 年 1 月 3 日，该副刊由周刊改为日刊，发行两周后停刊。此前 1943 年 2 月至 6 月，《澳门之声晨报》曾出版过英文副刊《澳门先锋》周报。这两个名称不同的英文副刊，是第二次世界大战期间报道地区战况最重要的英文报纸。[①]

秋

⊙　朱兆洪作词《满庭芳 · 癸未巧节后日立秋澳门西湾堤晚步之作》《踏莎行 · 秋夜听歌于澳门金龙茶楼》。

十月

7 日　李供林作五律《九日登松山，偕汪憬吾、钱二南、姚粟若、张纯初、高剑父、傅若禅诸老》。这首诗写于本年重阳节，诗人闻四弟李仙根于本年夏去世消息不久，借重九松山登高，抒写丧弟之痛。

十一月

⊙　汪兆铭跋汪瑔《随山馆词钞》，略云：“朱棣垞先生受诗法于先叔父，而于词则未致力。兄莘伯先生实传之。”

⊙　马万祺作七律《与柯麟为镜湖医院服务》。[②]

本年

⊙　本年逝世的作家有民国时期诗人熊英（1888—1943）。

---

① 吴志良，汤开建，金国平主编：《澳门编年史 · 第五卷 · 民国时期》，广东人民出版社，2009 年，第 2657 页。

② 章文钦笺注：《澳门诗词笺注 · 民国卷 · 下》，澳门特别行政区政府文化局，2003 年，第 591 页。

熊英，字皭然，广东茂名人。早岁就读于日本早稻田大学及广东高等警察学堂，加入同盟会。宣统二年（1910），广州新军起义，奉命回高州与林云陔等谋响应，旋以新军失败而止。次年，参与光复高州。至反袁军兴，协助策动高雷两阳四邑讨伐龙济光。1917 年，任孙中山大元帅府秘书，参加护法斗争。嗣历任国民政府、西南政务委员会及财政部秘书，广东高等审判庭书记官长，国民党广东省党部候补监察委员等。熊英尝受诗于番禺陈融，陈以“水让冰寒”称之。如皋冒广生、侯官陈石遗亦极称许。其《水鉴楼诗稿》手自删定，去取甚严。

熊英的澳门诗词不多，主要有七律《立秋 · 民国三年，时避地澳门》和《四十生朝 · 时病寓澳门二首》。

《四十生朝 · 时病寓澳门二首》反映了护法运动。民国六年丁巳（1917）夏张勋复辟时，孙中山号召护法。北洋军阀段祺瑞重任北京政府国务总理，拒绝恢复《临时约法》和国会。孙中山以维护《临时约法》为号召，率海军自沪赴穗，联合西南滇桂军阀，召开国会非常会议，成立护法军政府，孙中山被推举为大元帅。熊英于这一年任大元帅府秘书，参加护法运动。民国七年戊午（1918）夏，孙中山因受西南军阀排挤，辞大元帅职，由穗赴沪，护法运动失败。熊英再度避地澳门。同年冬，逢四十寿辰，病中作《四十生朝 · 时病寓澳门二首》，第二首“翘首群贤当此日，呕心谋国欲回天。平生出处从同意，师友知深解独怜”抒写对师友的怀念，尤其对忠心谋国的护法群贤深表景仰之情。[①]

⊙ 本年逝世的作家还有民国时期诗人李仙根。李仙根是明清时期著名诗人李遐龄裔孙、民国时期著名诗人李供林的弟弟。李仙根的澳门诗词也不多，主要有《澳门杂诗六首》《得大兄从澳来书，言老母经平安抵澳安居，慰甚》等。

---

① 章文钦笺注：《澳门诗词笺注 · 民国卷 · 上》，澳门特别行政区政府文化局，2003 年，第 165 页。

⊙ 本年逝世的作家还有著名的抗战爱国诗人廖平子。廖平子避居澳门时，创办了独特的手抄本抗战诗刊《淹留》，其意义在于：一、对广东及邻近地区的抗战过程有概括性的叙写；二、塑造了这场侵略与反侵略战争中多种系列的人物形象，既有广大民众坚贞不屈、誓死保卫家园的英雄群像，又描画了失职的文臣武将与汉奸走狗的丑恶嘴脸；三、真实地记录了战争给百姓带来的深重灾难。

⊙ 梁披云作七绝《天气》《轻阴》《阳关》《渝筑道中》《过松坎》《永安初夏》《听瀑图题句》《荔支画帧补白》《燕江端午》《大田早起》《过海澄》《自坑田入闽江》《河田晚望》《长汀晓发》。

暮春游氹仔，止于菩提园

麦君泽

及见繁花惜暮春，胜游蓄意已兼旬。堤连远岸烟初散，山作凹形石半皴。樵径候虫疑梵语，渔舟并鷁是仙邻。独悭一顿胡麻饭，负腹难为学道人。

（《澳门当代诗词纪事·上册》，第 347 页）

满庭芳·癸未巧节后日立秋澳门西湾堤晚步之作

朱兆洪

金井梧飘，银潢星会，轻衣乍怯初凉。西湾向晚，帆影似潇湘。几许旧情未洗，翻染就，愁新霜。闲行处，一堤暮霭，烟树渐微茫。　徜徉，还暗省，佳期此夕，倦客殊乡。笑年年乞巧，灯火华堂。纵有蛛弦万缕，浑懒织，文锦鸳鸯。人间世，痴儿骙女，心事费思量。

（《澳门当代诗词纪事·上册》，第 197 页）

踏莎行·秋夜听歌于澳门金龙茶楼

朱兆洪

金缕清歌，龙团新茗。炉烟袅袅梁尘凝，一瓯春雪碧华香。数声子夜红绡冷。　高阁横秋，遥山收暝。哀弦急管休重听，伊凉换了已凄凉。更堪月澹归途迥。

（《澳门当代诗词纪事·下册》，第 298 页）

九日登松山，偕汪憬吾、钱二南、姚粟若、张纯初、高剑父、傅若禅诸老

李供林

今逢重九日，又向此山来。椿谢遥萦念，萸簪近抱哀。道旁松渐老，篱落菊迟开。岁岁登高处，何曾远辟灾！

（《澳门诗词笺注·民国卷·下》，第 467 页）

与柯麟为镜湖医院服务

马万祺

扁鹊华佗传妙手，中山医国更医民。镜湖主意施慈善，濠海心情共济贫。有悔力微难任重，敢随群策致更新。自当赤胆无私干，定把前贤博爱申。

（《澳门诗词笺注·民国卷·下》，第 591 页）

天气

梁披云

天气还寒背夕曛，万千哀怨缭如云。茶烟轻扬瓶花绽，坐负春光是使君。

轻阴

梁披云

轻阴漠漠雨丝丝，惆怅东阑雪几枝？燕子不来天又莫，小园香径立多时。

阳关

梁披云

唱彻阳关第几声，溪山烟雨酿余醒。江干后夜孤帆远，莫倚高楼怨月明。

渝筑道中

梁披云

萋萋芳草碧连空，回首巴山烟霭中。一路鹧鸪啼不住，梨花淡白杜鹃红。

过松坎

梁披云

缓逸清新屈宋才，长流何事瘴乡来。停车欲问夜郎坝，隔水山花寂寞开。

永安初夏

梁披云

烟锁云封夏亦凉，黄梅时节日初长。山城天气真无赖，才着单衣又夹裳。

听瀑图题句

梁披云

万寻飞瀑泻云端，一派天声出翠峦。鼓瑟湘灵缘底事，瑶台高处不胜寒。

荔支画帧补白

梁披云

冰肌玉骨衬红妆，家在南州山水乡。偶博承恩妃子笑，长教万里马玄黄。

燕江端午

梁披云

菖蒲新绿酒雄黄，且把它乡作故乡。安得澄江净如练，木兰双桨度端阳。

大田早起

梁披云

六月山城尚薄寒，驿楼朝起觉衣单。怪来宵梦清如许，身在千岩万壑间。

过海澄

梁披云

草色波光泥小舠，短篷桑橹过江皋。水村何物堪馋眼，红是荔支绿脆桃。

自坑田入闽江

梁披云

山回水绕绿芊绵，处处柑林间稻田。细草微风斜照里，红霞挂在野航编。

河田晚望

梁披云

野旷天低夕照昏，平沙浅水落溪痕。小桥横跨东西渡，隔岸人归黄叶村。

长汀晓发

梁披云

晓起驱车云雾窟，千山落木寒侵骨。霜枫犹作醉颜红，独向天边呼日出。

（《雪庐诗稿》，第 44—50 页）

立秋 · 民国三年，时避地澳门

熊英

高梧忽复传寒意，揽景苍茫惹客愁。信是人间有摇落，知非吾土强淹留。

饥年随俗聊餐豆，晓日临窗听卖楸。离别早知难复合，当时悔作御风游。

四十生朝 · 时病寓澳门二首

熊英

梦回蓦忆今朝事，为怯新寒起故迟。过雨长榕犹响叶，饱霜残菊不胜枝。

眼前景物凄迷在，客里生涯寂寞宜。坐感妻孥怜惜意，未辞多病一衔卮。

异地音书愁望外，及冬情绪苦吟边。渐知物候更梅讯，尚累交亲赠药钱。

翘首群贤当此日，呕心谋国欲回天。平生出处从同意，师友知深解独怜。

（《澳门诗词笺注 · 民国卷 · 上》，第 164—165 页）

1944 年

本年度最重要的文学事件是8月15日何曼公在澳门创办的中文报纸《市民日报》创刊，何曼公兼任社长。该报创刊宗旨为“服务社会，表达市民心声”，是最能代表澳门中文报刊副刊之消闲功能的报纸。初为周刊，出版一个月后改为日报。

一月

1 日　《团结》周刊由澳门国民联合会创办，至 1945 年 5 月 26 日停刊，共出版 74 期。该刊宣扬民族主义，其编辑全为民族主义者。[①]

二月

5 日　《似水年华》月刊发行，至本年 12 月 2 日停刊。[②]

八月

15 日　何曼公在澳门创办中文报纸《市民日报》并兼任社长，《市民日报》是最能代表澳门中文报刊曾经标榜的副刊之消闲功能的报纸。该报创刊宗旨为“服务社会，表达市民心声”，初为周刊，出版一个月后改为日报。当时正值抗战结束前夕，不少广州报人和作家避难到澳门，《市民日报》便组织不少作家为报纸撰写小说，其中包括陈霞子和余寄萍等著名小说家。该报因而风行一时，并以小说等副刊内容为报纸的主要内容，成为 20 世纪四五十年代澳门的重要消闲报章。

---

① 吴志良，汤开建，金国平主编 :《澳门编年史 · 第五卷 · 民国时期》，广东人民出版社，2009 年，第 2665 页。

② 吴志良，汤开建，金国平主编 :《澳门编年史 · 第五卷 · 民国时期》，广东人民出版社，2009 年，第 2667 页。

十月

16 日　《澳门电台俱乐部》双周刊面世，至 1946 年 4 月 1 日停刊，共出版 34 期。

冬

⊙　马之良作歌行《厓门走运澳货不通慨言》。关于这首诗的写作年代，《广州百年大事记》1944 年："8 月 5 日。广州物价连日不断暴涨，尤以米价上涨最烈，每担竟狂涨六百元。生油每斤上涨六十元，糖、面、豆类亦高涨三分之一以上，甚至一倍。市民生活困苦不堪。""8 月 20 日，'香港、内河运营组合'是日宣布，香港至广州、澳门、江门、市桥等线轮船，一律停航。"时值日军自广州北犯，企图打通粤汉铁路；复向西陷桂林、柳州、南宁。断绝厓门航线应与香港至广州、澳门、江门、市桥轮船同时，目的在于封锁珠江出海口，控制战略物资。故这首诗约作于民国三十三年甲申（1944）冬。[①]

本年

⊙　李供林作七律《月夜西湾独步》，此时诗人胞弟李仙根去世已周年，诗中抒写对亡弟的怀念之情及高蹈尘外的怀抱。

⊙　梁披云作七绝《不寐》《桂林》《衡阳夜警》《病假归里》《山居》《苦忆》《永安梅雨》《武夷天游峰》《桂洋溪行》《蓬壶》，作七律《病起望月》，作五律《柳州遇马来同事王刘诸君》，等等。

⊙　本年逝世的作家有民国时期诗人韩文举。

韩文举（1864—1944），字树园，号孔庵，广东番禺人。监生。光绪十七年（1891）入广州万木草堂，师从康有为，后任学长，嗣任长沙时务学堂教习、澳门《新知报》撰述。戊戌政变后逃往日本，执教横滨大同

① 章文钦笺注：《澳门诗词笺注·民国卷·下》，澳门特别行政区政府文化局，2003 年，第 436—437 页。

学校。民国初年，在广州办南洋公学、觉是学堂。晚年寓居香港。常感慨世变，胸中所蕴，发而为诗。殁后由弟子莫远公、冯秋雪校刊其集，曰《韩树园先生遗诗》。

⊙ 韩文举的澳门诗词有《寄韬庵澳门》。

⊙ 本年逝世的作家还有民国时期诗人杨铁夫。杨铁夫以词名家，澳门诗词作品不多，有词《点绛唇·宿竹林寺有怀钱仲联，酬其赠别词也》。

⊙ 本年逝世的作家还有李履庵。李履庵的澳门诗词作品有《澳门南湾坐月》《荆园杂诗》《濠江酒后，读放翁诗，擢为首句》《赴澳舟中》《拂晓登松山》等。

厓门走运澳货不通慨言

马之良

澳门市舶货山积，斗门水陆生荆棘。厓门航线中断绝，航线断绝运输何可得？生死关头听掌握，燃料、机器、棉纱、药石种种犹次之，鱼盐、油面、菽粟系民食。岂唯新台开鹤四邑日所需，供之韶肇西北两江尤孔亟。自来厓海口岸最险要，元宋兴亡过渡多古迹。讵知古井以东再沦陷。地势函谷丸泥塞。艨艟游弋疾如梭，关隘检查工似织，人即悍鸷胐。如海鹘。偷渡难。安得冲天生羽翼，只隔盈盈衣带水，渺若天涯限咫尺。

曩窥蛟鳄寝息时，十余艭柁无虚夕。衔尾声援犄角雄，往返载货还载客。货值恒逾百万金，客喜骤驶有时刻。航则轮激浪飞花，停则枭卒负担途络绎。铁篷密罩风灯红，煤火潜吹江月黑。远觉逻船夺港奔，近迎巡艇开枪击。声吼长鲸甲水犀，凌厉无前势辟易。今欲厓门转运如畴昔，斗门路必先劈五丁力，澳门百货即我囊中物。此举专赖武人责。武人负责能驱敌。即江门、横门、甲子门，戍卒闻风慑我争遁迹。有货皆通，无门不开，慰我老怀，生机舒适。吾将庆祝而加额兮，一曲小红三大白。

（《澳门诗词笺注 · 民国卷 · 下》，第 436 页）

月夜西湾独步

李供林

闲云野鹤是吾身，雅爱清游问水滨。如此江山谁作主？无边风月我怀人。霜天雁影增哀感，秋夜涛声破劫尘。曼演鱼龙瀛海内，愿浮一叶自垂纶。

（《澳门诗词笺注 · 民国卷 · 下》，第 468 页）

不寐

梁披云

鼓角孤城断复连，危楼耿耿雪霜前。枕戈起舞人谁是，卧听荒鸡彻夜喧。

病起望月

梁披云

明月高楼天一涯，中情如梦复如痴。关河迢递音书断，骨肉流离涕泪滋。寇倡忧深殊未已，陆沉海沸欲何之？如虹剑气将谁语，拍遍阑干有所思。

柳州遇马来同事王刘诸君

梁披云

莫话沧桑事，但看天地宽。相逢堪一笑，万里又生还。不死终非幸，群妖奈我何？雄心应未减，共汝挽天河。

桂林

梁披云

奇峰突兀水菁蓝，入画溪山笔意酣。甲乙若从风骨论，平分塞北与江南。

衡阳夜警

梁披云

征车星夜抵衡阳，忽报倭机又肆狂。慰语争传疏散处，怒潮飞雪接潇湘。

病假归里

梁披云

病里偷闲付此行，依稀燕子认归程。销魂最是春三月，临水桃花照眼明。

山居

梁披云

松冈竹涧碧烟舒，冉冉清晖画不如。看取闲云归远岫，山居我亦爱吾屋。

苦忆

梁披云

眼底烟云百不堪，高楼徙倚又春三。花开陌上燕新乳，苦忆伊人海以南。

永安梅雨

梁披云

宿雨凉于秋去后，重云乱比怨来时。燕江初夏如新妇，待晓堂前怯展眉。

武夷天游峰

梁披云

岩壑幽奇路几重，仙乡云海碧葱茏。东南艳说佳山水，九曲清溪卅六峰。

桂洋溪行

梁披云

午梦醒来雨乍晴，扶筇强自傍溪行。林深处处春光好，岂但滩声与鸟声。

蓬壶

梁披云

镇日清游信马蹄，但凭烟树认东西。何时更借松萝月，瀑布千寻觅旧蹊。

（《雪庐诗稿》，第 50—55 页）

寄韬庵澳门

韩文举

港澳分居病剧增，食贫三载念诸生。韬庵弟子相思后，蜀道艰难阻不行。
入浊自应随念尽，抱惭以外拚身轻。明年倘住如不死，伯乐相逢亦不鸣。

（《澳门诗词笺注·民国卷·下》，第 593 页）

1945 年

本年度值得关注的是《华侨报》，《华侨报》是战时澳门最畅销的报纸，被描述为“中立的、有影响的报纸，且不发表未经证实的消息”。5月1日，葡文日报《每日消息报》创刊，至1945年9月9日停刊，共出版117期。1945年8月9日，澳门有一份名为《迅雷》的文艺周刊面世。从内容看，该刊政治立场亲国民党，但力主国共和谈、合作。刊内许多篇章皆为通俗的甚至带点黄色性质的连载。

一月

5 日　据本日的一份报告称，在澳门，发行量最大的一直是华文报纸。战时澳门最畅销的报纸为《华侨报》，该报被描述为“中立的、有影响的报纸，且不发表未经证实的消息”。另一些中立报纸包括《新声报》《商报》《新声日报》《体育报》《市民时报》。尽管表面上是中立的，但《新声报》《新声日报》《体育报》（全都是《华侨报》的子报）依然被认为实际上是亲同盟国的。发行量居第二位的《大众报》被描述为实际是亲重庆的，而日本人只依靠《西南日报》来发布他们的信息。[①]

五月

1 日　葡文日报《每日消息报》创刊，至 1945 年 9 月 9 日停刊，共出版 117 期。该报是《澳门之声》的转移，是《澳门之声》反对日本人的新旗帜。该报停办的第二天，即 1945 年 9 月 10 日，《澳门之声》复办。[②]

---

① 吴志良，汤开建，金国平主编：《澳门编年史·第五卷·民国时期》，广东人民出版社，2009 年，第 2676 页。

② 吴志良，汤开建，金国平主编：《澳门编年史·第五卷·民国时期》，广东人民出版社，2009 年，第 2681 页。

八月

9 日　澳门有一份名为《迅雷》的文艺周刊面世。从内容看，该刊政治立场亲国民党，但力主国共和谈、合作。刊内许多篇章皆为通俗的甚至带点黄色性质的连载，但亦有较为严肃的作品。以第八期为例，其中就有蔼莉的散文《秋天》、萍踪客的剧评《保家乡》和晶晶的喜剧剧本一幕两场连载的《归来燕》等。可以肯定，这些资料乃“五四”以后澳门的白话散文与话剧最早期、最重要的史料之一。

⊙　本月前后，黄居素作七绝《避地青洲戏赠娶裳长老》。关于这首诗的写作年代，据黄幼微《父亲黄居素和他的〈光网楼诗〉》称：“在我们居住东台山的三十多年中，爸爸只离开过三次，也是他离开香港的三次。……第二次是，第二次世界大战结束前不久，因当时盟军经常空袭在日本人占领下的香港，故一度迁居澳门。《光网楼诗》中的《避地青洲戏赠娶裳长老》等，便是该时该地之作。”东台山位于港岛司徒拔道。可知这首诗约作于民国三十四年（1945）日本投降以前。

黄居素（1897—1986），广东香山（今中山）人。少孤贫，从郑哲园习文史，旁及佛学。后就读于广东高等师范学校。曾任陈炯明书记。1924 年追随孙中山先生，任粤军政治部主任。1925 年任国民党中央农民部长，1927 年任南京国民政府农民部长，并两度出任中山县县长。师从著名画家黄宾虹习山水画，参与创办上海神州国光社。20 世纪 30 年代初息影政坛，定居香港，潜心治学，间及绘事与吟咏。中华人民共和国成立后遥领中央文史馆馆员以终。有《黄居素山水画集》和《光网楼诗》等。

九月

26 日　国民党改组新闻协会，由曾任职国民党中央宣传机关的袁锦涛出任筹委会主席。同时为联络和推动澳门新闻界对三民主义的宣传，由袁锦涛出面，与朱伯英、黄衡仲、陈大白、何曼公等发起筹组中国新闻学会澳门分会。12 月 1 日，澳门记者公会正式成立，取消“新闻协会”原名。澳门记者公会采用常务理事制，选举许国潮、黄浩然、何曼公为常务理事，文非[illegible]、陈仲霭、陈大白、陈少伟、陈天心等六人为理事，以民生报社为会址。12 月 15 日，呈请党部备案。

十月

30 日　音乐巨匠冼星海逝世于莫斯科。冼星海 1905 年 6 月 13 日出生于澳门的一个渔民家庭，7 岁时随母亲移居新加坡，后在广州培正中学读书。1928 年考入上海国立音乐学院。1929 年赴法国巴黎音乐学院学习，师从著名作曲家保罗·杜卡。毕业回国后，先后在上海、武汉等地参加抗日救亡运动。1938 年底离开武汉，投奔延安根据地，担任延安“鲁艺”音乐系教授，并完成《保卫卢沟桥》《救国军歌》《太行山上》《黄河大合唱》《到敌人后方去》等抗日歌曲。1940 年，为大型纪录片《延安与八路军》的后期制作和配乐工作，多次前往苏联。他的一生贡献给了人民和音乐，故有“人民音乐家”的称号。澳门同胞为了纪念这位音乐巨匠，将新口岸的一条新建道路命名为“冼星海大马路”①。

十二月

29 日　为振兴“三民主义”文化，港澳总支部委员兼港澳文化协会主任委员吴公虎在澳门党部主持召开联席会议，正式成立“澳门文化协会”，陈律平、叶剑锋、陈德和等多名党团人士出任常务理事。自 1945 年 10 月起，国民党澳门支部就计划筹组“三民主义文化运动委员会”，举办民众训练班，促进侨胞对三民主义的普遍认识。②

---

① 吴志良，汤开建，金国平主编：《澳门编年史·第五卷·民国时期》，广东人民出版社，2009 年，第 2692 页。

② 吴志良，汤开建，金国平主编：《澳门编年史·第五卷·民国时期》，广东人民出版社，2009 年，第 2698 页。

本年

⊙ 梁披云作七绝《重过鹁鸽岭》《中秋应祖辉约还里夜雨达旦》《九都大风撼楼》。

⊙ 本年逝世的作家有黄荣康，他有关澳门的诗有《寄怀陈寂澳门并题其〈枕秋阁稿〉》。

避地青洲戏赠裟裳长老

黄居素

隔岸火花飞来了，临流江水去如归。同来等是不速客，似羡青洲有蕨薇。

（《澳门诗词笺注·民国卷·下》，第 597 页）

重过鹎鸽岭

梁披云

杂花生树乱莺啼，不待催归客又西。上下云峰千万丈，春来两度渡星溪。

中秋应祖辉约还里夜雨达旦

梁披云

岁岁中秋客里过，故乡今夕意如何？荒村坐听风兼雨，万里山河涕泪多。

九都大风撼楼

梁披云

危楼百尺战西风，四野烟云一啸空。仿佛浮槎三岛日，银涛浩浩大江东。

（《雪庐诗稿》，第 56—57 页）

寄怀陈寂澳门并题其《枕秋阁稿》

黄荣康

寂寂竟何以，吟吟时复鸣。几篇怀古意，半阁枕秋声。往事成歌泣，良朋念死生。青洲风月夜，凄绝若为情。

（《澳门诗词笺注·民国卷·下》，第 555 页）

1946年

4月21日，由吕春山、陈彬、刘志远等人发起的“澳门健中国语研究社”正式成立，社址设在卖草地街21号三楼。该社宗旨为研究国语、学术，并以此联络同学感情。而有国民党背景的《世界日报》也在这年4月创刊。本年逝世的作家有写《七子之歌》的著名诗人闻一多先生。1946年7月15日，闻一多先生在云南大学举行的李公朴追悼大会上讲演，抨击国民党，当晚被国民党特务暗杀。1948年开明书店出版了《闻一多全集》。

春

⊙ 缪揆一（1890—1977）作七律《和平后拟归计，未果感赋》。

四月

21日 由吕春山、陈彬、刘志远等人发起的“澳门健中国语研究社”正式成立，社址设在卖草地街21号三楼。该社宗旨为研究国语、学术，并以此联络同学感情。社内设理事9人，候补理事2人，组成理事会，由各理事推选正、副主席各1人。

27日 中文报纸《世界日报》创刊，督印人为邝树森、戴名扬。《世界日报》的创立，是为了配合中国国民党战后在澳门活动的开展，为了实施党化教育，因此得到国民党澳门支部的大力扶持。[①]

⊙ 澳门新闻界重新酝酿成立“澳门新闻记者公会”，会址设于新马路93号捷声药房二楼。公会采取常务理事制，许国潮、黄浩然、何曼公当选常务理事，陈少伟、陈大白、雷渭灵、郑掌环、卫汉光、雷学钦为理事。

---

① 吴志良，汤开建，金国平主编：《澳门编年史·第五卷·民国时期》，广东人民出版社，2009年，第2708—2709页。

该会成立后，为筹募经费，曾先后两度举办游艺会筹款，会务一直持续到 1947 年秋。①

本年

⊙ 张谷雏作七律《十二月回濠江居旧馆，岁暮遣怀二首》。

⊙ 梁披云作七绝《龙门》《东关》《山乡书事》《时节四首》《霞岭杂咏四首》《旅舍除夕》，作七律《岁暮得南洋家书》《石壕吏》。

⊙ 李沧萍作七律《清明客马角》《马角重晤李朴生》。

李沧萍（？—1949），原名汉声，字菊生，广东顺德人。诗人黄公度之孙婿。早岁就读于潮州金山中学，后到广州，毕业于广东高等师范学校文史部。复到北京，考入北京大学中文系，以诗才为黄晦闻所赏识，蒹葭楼诗集有赠李君古诗一篇。毕业后在北京大学中文系任教，晚年回粤，任中山大学和岭南大学教授。

⊙ 招观海作五古《濠江谒灵》。

招观海，广东南海人。1940 年底在新加坡教育界供职。1945 年在广东曲江岭南大学任教。著有《牧渔庐诗草》。

⊙ 本年逝世的作家有诗人张其淦。

张其淦（1859—1946），字豫荃，号豫宗，晚号永豫，广东东莞人。光绪五年（1879）举人。后入学海堂，游于硕儒陈澧之门。1892 年成进士，选庶吉士。1896 年授山西黎城知县。1901 年，因教案以“保教不力”

---

① 吴志良，汤开建，金国平主编：《澳门编年史·第五卷·民国时期》，广东人民出版社，2009 年，第 2717 页。

去职。归籍后任龙溪书院山长达7年。嗣因涉嫌案大白，迁安徽候补道。1910年授荣禄大夫，改安徽提学使。辛亥革命后，隐居沪上，著述吟咏以终。著有《邵村学易》《老子约》《松柏山房骈体文钞》《东莞诗录》《吟芷居诗话》《五代咏史诗钞》《元八百遗民诗钞》《明代三千遗民诗咏》等，其诗集曰《梦痕仙馆诗钞》。

清苑许涵度跋其诗集曰："豫荃之学根底深矣。而七律风怀，不减竹垞。绝句神韵，不减渔洋。佳篇甚多，不可枚举。古体诗气骨少次，然七古如《梦游西湖》《客邸见桃花》；五古如《龙井》《赁黄君宅侨居平定里》，则通首浑成，颇与坡诗相近。……顾其体制殊不一，如《宋宗姬墓》《题陆剑南集》，音节又似梅村，能者固无所不可乎。然仆深喜豫荃诗不为奇肆之言，而多清新之作。盖奇肆者可以貌袭，而清新者不可以假为。……咸同之交，京师文酒之会犹盛。三十年来音响歇绝，士大夫至仆仆不暇为诗，世变尤有可慨者。豫荃南北往来，风帆万里，独喜为之，不可不谓豪杰之士乎。抑观其《甲午书事》等诗，抱负伟然，盖非徒以诗人见者。"

⊙ **本年逝世的作家，还有写《七子之歌》的著名诗人闻一多先生。**

闻一多（1899—1946），本名家骅，一多为笔名，湖北浠水人。现代诗人、学者、民主战士。幼年即爱好古典诗词和美术，学生时代开始诗歌写作。早年参加"新月社"。1922年赴美留学，专习美术、文学。回国后曾在北京艺术专科学校、南京国立第四中山大学、武汉大学、青岛大学、清华大学任教，并致力于古典文学研究。学识精深，治学严谨，敢于创新，著述丰富。抗日战争期间和胜利后不久，一直在昆明西南联合大学任教授。1944年加入民主同盟，次年任民盟中央执行委员、民盟云南省支部宣传委员兼《民主周刊》社长。此间，民族危难，山河破碎，民不聊生的黑暗现实，使他惊悟起来，毅然走出书斋，投身于反独裁、争民主、反内战的斗争中。1946年7月15日，在参加追悼李公朴大会后的归家途中被杀害。主要作品有诗集《红烛》《死水》等，强烈表达了他对帝国主义的憎恨，对具有悠久历史的中华民族的热爱与眷念，对黑暗现实悲惨景象的忧虑与失望。1948年开明书店出版了《闻一多全集》。其诗句锤字炼，刻画精工，形式工整，韵调铿锵，十分讲究“音乐的美（音节），绘画的美（词藻），建筑的美（节的匀称和句的均齐）”。虽流于雕琢，但对新诗形式与格律的探索，做了有益的贡献。

附录一　张其淦澳门诗选录

望见澳门

濠镜盈盈一水间，白云邀我看青山。苍茫今古无穷恨，身世羁愁是等闲。

初到澳门，用陆放翁《初到荣州》韵

华夷杂处声咿哑，高台戍兵吹胡笳。我来息装日初落，颇似贾谊迁长沙。万言《治安》不敢上，躬耕久已侪农家。无心每与海鸥狎，放浪不愿趋朝衙。焚琴煮鹤我心畏，岂信潘岳能栽花？邵窝安乐行遁迹，僧寮借宿邀评茶。我生忽忽忧患里，寸心一日驰天涯。居夷不陋孔丘语，壮志欲泛张骞槎。盈盈濠镜渡一水，异乡风景洵堪夸。两杯经醉得美睡，起来短发梳鬖髿。

再用前韵

绕树三匝乌呀呀，行人日暮听悲笳。蒲觞醉后曾几夕，已有凉月栖寒沙。人云濠镜似镜中，镜中忽现千万家。丝丝电线结蛛网，重重石室连蜂衙。蜃楼海市皆变幻，一笑我佛初拈花。年来曾醉沪滨酒，几辈共瀹香江茶。东瀛又欲蜡游屐，此身谁使行天涯？故人承明多著作，独我流落成枯槎。萍蓬踪迹逐南北，牢骚诗句未足夸。少陵勋业频看镜，老矣白发晞鬖髿。

移居

蒹葭白露正苍苍，濠镜移居怯晚凉。满目沧桑成一叹，放怀杯酒醉千场。珠江惜别蘼芜怨，水阁初寒杜若香。应与高人期物外，行歌散发赋《沧浪》。

濠镜泛月用王渔洋《秦淮泛月》韵

壮怀犹击楫，安稳溯江流。月向波间出，舟从镜里浮。层云归远岭，残夏似深秋。长笛一声起，欢迎赵倚楼。

五百年前事，谁人号国华？蟾光三五夜，蜃气万千家。忽忆金门柳，曾听《玉树花》。茫茫今古恨，写句寄天涯。

寓客邸九如楼，效放翁《乙丑往来湖中戏成绝句》之作

一樽酩酊不知愁，凉入帘栊枕簟秋。四面夷歌惊梦醒，始知身在九如楼。
江山如锦月如银，解语花环四座春。醉里赋诗难写怨，断肠分付唱歌人。

九如楼醉后放歌用放翁《醉后草书歌》韵

倚天楼阁标炎荒，楼中有客倾壶觞。忽作张旭醉后之狂草，写成杜甫悲愤之文章。震惊雷霆鬼神悚，走驱山海蛟龙僵。燕晋年年饱霜雪，吴越往往驱帆樯。挂冠一旦拂衣去，朱明洞里思潜藏。扶桑不返徐太史，邓尉已葬翁中堂。闻道贵阳李尚书，颇似太白归夜郎。死生契阔数师友，惊呼痛哭真能狂。朝来把镜颜色改，已觉两鬓侵微霜。穷通得丧良细事，知音寥落洵可伤。

游濠镜花园有感，用吴梅村《禊饮社集虎邱即事》韵

碧眼赁居五百年，穹庐毳幕锦山川。沙鸥却话蛮烟好，鹦鹉来经海月圆。花事最惊春梦叟，桃源真有地行仙。市朝家国无穷恨，一度思量一黯然。

遁迹行歌笠屐轻，东风吹送五羊城。畏人客子耽棋癖，似我情怀要酒兵。烟柳满萦金缕恨，霜笳吹起玉关情。少陵诗句刘蕡策，多恐离忧写不成。

澳门深处有花香，角技还开校艺堂。人脱芰荷名士服，妓歌黄竹女儿箱。

不须南亩仍寻壑，认作东篱一举觞。更喜名园依绿水，濯缨吾欲赋沧浪。

慷慨

慷慨悲歌欲问天，眼中人竟老林泉。心如老骥思边塞，身似飞鸿寄海天。赤血千家悲马革，黄图三辅起狼烟。可怜万里中华月，照到辽东月不圆。

旅居寄六、七弟

万人如海一身藏，学作东坡也不妨。归梦亦寻烟雨坞，诗情多在水云乡。隐居兄弟仍难聚，薄宦升沉久已忘。太息仕途多艰阻，买田未许就耕桑。

寓园多蕉，用王渔洋《立斋相公蕉花开索赋六绝句》韵三首

移植何年扶荔宫？甘蕉花似荔枝红。云林一幅天皆绿，始信倪迂是化工。

读画居然胜读书，饱餐甘露似醍醐。红蕉水鹤黄筌笔，好伴东坡笠屐图。

濠镜名园偶举杯，满腔离思逐云开。芭蕉叶上无愁雨，我自多愁听雨来。

题醉月楼

好花如锦影都香，醉月楼中醉欲狂。恍惚陈思艳歌语，枝枝相对叶相当。

古寺访僧

古寺秋色浓，黄叶积阶下。归鸦噪寒林，余亦系征马。藤萝罥行衣，桐梓握盈把。适逢山雨来，石窦急湍泻。竹径声声寂，猛风撼秋槚。老僧欣款门，出语觉温雅。参禅同佛印，小诗效东野。忽惊夷笳声，凄婉听咿哑。饥鼠窜空壁，堕羽翻破瓦。本来清净地，宜结香火社。岂料腥膻场，密迩古兰若。慷慨说沧桑，铜佛泪一洒。雄心我欲灰，幽怀向谁写？漂泊未足论，问我何为者？

率成

且向江湖结胜缘，归耕漫恋水云天。眼前蜃气成奇景，梦里鲸波向九边。卧榻侧傍皆左衽，庙堂从古少长鞭。刍荛拟向脩门达，太息东坡是谪迁。

朱门吟

朱门正在高楼边，胡葩拂柳春风颠。方花丽础九楹开，中有笙歌声沸天。金壶银漏催落日，电光如月满瑶室。用钱卷起黄河来，旁人话有点金术。半生欧美经营多，归来三百列翠娥。却言珠江不可住，只有此间安乐窝。亦可苛政畏猛虎，实恐豪客乘橐驼。寄言卜式良有以，何不来朝汉天子？

濠镜客邸书怀

一帘花竹辋川居，愿泛烟波作老渔。尘世功名羡飞鸟，英雄心事爱骑驴。自怜东野愁多病，悔指南华笑僻书。寄语淄渑君细辨，清沟莫使溷污渠。

明明濠镜照螺鬟，醉月楼头月一湾。幸免儒硎徐孝穆，忽闻女乐白香山。歌残玉树春愁满，集写金荃绮语删。回首中原无限恨，功勋未建鬓毛斑。

夜行

泽畔行吟夜色新，忽惊濠镜涌蟾轮。绮罗丝竹如珠海，灯火楼台似沪滨。蛮女櫂歌醒昨梦，夷童椰酒唤沽春。绮怀近日消除尽，不向桃源再问津。

客思二首

孰是桃源境？都无安乐窝。侧闻辽左战，已见海扬波。闾里空泉布，乾坤有网罗。庙谟多胜算，唯用止干戈。

古寺落黄叶，僧寮月色佳。秋心起蘋末，别恨满天涯。快举云间鹤，雄鸣井底蛙。是非双遣罢，放浪任形骸。

（《澳门诗词笺注·晚清卷》，第 280—310 页）

和平后拟归计，未果感赋

缪揆一

兵尘岁岁黯江城，此日欣闻见汉旌。历尽风波疑隔世，自堪冰檗幸余生。
眼前苍狗应难测，梦里黄河为底清？便拟移家赋归去，奈何愁断杜鹃声！

（《澳门诗词笺注·民国卷·下》，第 596 页）

十二月回濠江居旧馆，岁暮遣怀二首

张谷雏

避地归来百感生，竟因忧患遣无明。难回去日还逢岁，已息飘风恰放晴。
江海有情人意倦，林园何托若为营？心兵不解怜衰世，揖让无间语凿耕。

坐看除岁换新陈，入望江山自怆神。家祭已违伤别日，卜居向往且如人。
寒花作意天心见，劫火难论宿世因。解悟有身同幻住，竟缘哀乐却生嗔。

（《澳门当代诗词纪事·上册》，第 103 页）

龙门

梁披云

仙凡高下此间分，鱼跃鸢飞欲断魂。罨画溪山微月里，轻舟一叶过龙门。

东关

梁披云

乱云低结碧山隈，野水东流去欲回。匹马西风溪畔路，疏林霜染讶花开。

山乡书事

梁披云

云浮山向天边起，雨过风催麦陇晴。地僻丁粮征敛遍，把锄嫠妇尽吞声。

石壕吏

梁披云

少吟杜老诗，三复石壕吏。丧乱返乡闾，见闻增惨悸。邻儿夜半呼，有妇堂前缢。日出丁男归，相看余涕泪。

时节四首

梁披云

时节芳菲景未阑，当垆人又觅新欢。琵琶尽作娇羞语，旧调白发久不弹。

老去风情不自持，远山争学入时眉。丹青赚得名师笔，更向阉儿弄舞姿。

一别真当刮目看，樱桃杨柳影珊珊。春风拂槛承恩日，肖信寒微是玉环。

鸡犬仙家比得无，人间恩爱已全殊。淮王去后凄凉甚，白发尊前泪眼枯。

霞岭杂咏四首

梁披云

细雨霏霏径酿苔，野桃千树一时开。游人如鲫春如海，多事刘郎去复来。

晓雾迷蒙不肖晴，村南村北路难明。闭口只合昏昏睡，何处溪边唤渡声。

春归柳岸绣成堆，一角红楼野水隈。帆影车尘都不似，阑干旦暮望郎回。

珠树雕笼兴正酣，画眉翡翠自喃喃。去来谁解阪鸿意，一击三千大海南。

旅舍除夕

梁披云

草草劳人又一年，去来江海几诗篇。隔邻童稚喧歌夜，猛忆儿时乞岁钱。

岁暮得南洋家书

梁披云

白日堂堂又岁除，喜从域外得音书。四年离乱宁堪说，两字平安百不虚。
茅舍卧薪儿女共，椰林遁迹嫂姑俱。春风携手归来日，定见慈帏笑语初。

（《雪庐诗稿》，第 57—62 页）

清明客马角

李沧萍

不堪为客又清明，况是居夷事可惊。四海交兵殷血泪，一春重雾滞阴晴。
佳辰故国思松柏，故友中年半死生。每读茶山风雨句，心情到此欲无情。

（《澳门当代诗词纪事·上册》，第 92 页）

马角重晤李朴生

李沧萍

十年不见心如水，万里归来鬓欲霜。豪气元龙非久困，霸才同甫讵终藏。
节移宿酒深深冽，冬至寒花淡淡香。国乱相逢更何日，丈夫猛志早飞扬。

（《澳门当代诗词纪事·下册》，第 402 页）

濠江谒灵

招观海

伯氏谒灵日，趑趄脚不前。暌违时七载，魂梦路三千。往日嗟行役，今朝痛弃捐。难忘诗礼训，忍读蓼莪编。犹是高冈陟，谁将恨海填？一鞭濠水畔，三鼎镜湖边。天府迢迢地，心香袅袅烟。身长余白首，泪短隔黄泉。羊牧寻芳草，渔郎感逝川。椿萱如健在，棠棣赖辉联。不续慈人寿，尝疑上帝偏。永生常在望，长乐万禧年。

（《澳门当代诗词纪事·下册》，第 402 页）

1947年

8月25日，葡文日报《澳门消息报》正式发行，为《澳门之声报》的延续，至1960年2月20日暂停。本年逝世作家有民国时期诗人金曾澄。金曾澄的澳门诗词作品有《港战有怀时客濠江三首》《遣怀·香江陷敌返澳》《除夕澳门》等。此外，澳门土生葡人大律师、著名报人及教师康斯坦修·施利华也在本年病逝。施利华在澳门曾主持出版《澳门人之声报》《真理报》《自由报》《未来报》等报刊。他在市政厅小学工作14年，许多澳门著名人物如澳督巴波沙、市政厅主席卢义士·施利华等都是他的学生。

一月

14日　著名土生报人利马·加西亚去世。加西亚为有西班牙血统的澳门土生葡人，1879年8月30日生于澳门，曾任《舆论周刊》主编。其在施之古担任市政厅主席时，被选为市政委员，使得《舆论周刊》带有市政厅的背景，特别是为施之古参加葡萄牙议会选举制造政治舆论。①

春

⊙　怀沙作词《齐天乐·澳门怀旧》。

怀沙，广东香山（今中山）人。抗战时期避地澳门。生平待考。《齐天乐·澳门怀旧》抒写了对昔年避地澳门、流连歌场舞榭的一段风情的眷念之情。前录郭浩如《舟中望澳门》有“酒帘楼外喧车马，纸醉金迷尽少

① 吴志良，汤开建，金国平主编：《澳门编年史·第五卷·民国时期》，广东人民出版社，2009年，第2720页。

年”之句，诗人盖当年作客少年场者。然以羁旅栖泊，去国离愁，借此排遣，又与行尸走肉、醉生梦死者不同耳。

八月

25日　葡文日报《澳门消息报》正式发行，为《澳门之声报》的延续，至1960年2月20日暂停，1960年3月8日复办直至1964年底，发行人为马沙多·蒙特罗。该报在澳门报刊史上第一次以连载或单独形式发表葡文小说、杂文，对于传播葡萄牙文化具有重要价值。[①]

九月

24日　澳门土生葡人大律师、著名报人及教师康斯坦修·施利华在上海病逝。

康斯坦修为澳门土生席尔瓦家族第三代，其父是澳门律师、记者，系《独立报》创始人。康斯坦修1864年生于大堂区，1887年在澳门获律师资格，后在圣若瑟修院商业学校及市政厅小学担任教师，同时接替乃父继续主编《独立报》，并同当时澳门卫生署长高斯华医生一起经营该报两年，还主持出版《澳门人之声报》《真理报》《自由报》《未来报》等报刊。1890年出任代理大法官，1900年出任澳门官印局局长，后又担任澳门大律师一职，先后四次获任澳门市政厅副主席，两次出任秘书长和华政厅理事官。1917年还担任澳门俱乐部主席。1918年，巴波沙总督扶持本地交响乐团，任命他担任澳门交响乐团的负责人，并正式将乐队更名为“澳门市乐团”。在康斯坦修的领导下，澳门市乐团获得长足发展，曾多次在澳督府演出。1910年他还组织了“民主俱乐部”，他的寓所也成为民主派人士饮茶、休闲及进行联谊活动的场所。他任教师时间最长，其中在市政厅

---

① 吴志良，汤开建，金国平主编：《澳门编年史·第五卷·民国时期》，广东人民出版社，2009年，第2725页。

小学工作14年，许多澳门著名人物都是他的学生，诸如澳督巴波沙、市政厅主席卢义士·施利华等。[1]

本年

⊙ 梁披云作七绝《金陵闻歌》。

⊙ 高泽浦作七律《柬云庵澳门悬壶，次古愚寄诗韵》。

高泽浦，广东人，抗战胜利后寓居香港。能诗，与陈菊衣合著《变风集》。

⊙ 本年逝世的作家有民国时期诗人金曾澄。金曾澄的澳门诗词作品有：《港战有怀时客濠江三首》《遣怀·香江陷敌返澳》《除夕澳门》等。

① 吴志良，汤开建，金国平主编：《澳门编年史·第五卷·民国时期》，广东人民出版社，2009年，第2728页。

齐天乐·澳门怀旧

怀沙

当年胡马窥江后，桃源久迷归路。弦管朝喧，笙歌暮列，都是前时游处。碧空凝伫，望故园天涯，黯然无语。万里他乡，叹年华似水虚度。　　回思靓妆妙舞，正笙歌缭绕，魂断花坞。劝酒低鬟，牵衣侍话，别有风情无数。惊鸿杳去，恨沧海巫山，风流未许。往事低徊，奈声正鹃苦！

（《澳门诗词笺注·民国卷·下》，第 599 页）

金陵闻歌

梁披云

燕子矶头浪拍天，雨花台畔草含烟。孤城落日苍茫里，隐隐春风入管弦。

（《雪庐诗稿》，第 63 页）

柬云庵澳门悬壶，次古愚寄诗韵

高泽浦

蒹葭秋水正难量，尚有心炉血未凉。访旧凋零兼小别，抱薪忧戚转成狂。求名不让年更老，医国还应寿且康。从此镜湖闲杖履，桑榆晚景少年场。

（《澳门诗词笺注·民国卷·下》，第 601 页）

1948 年

由于种种原因，记载澳门这一年文学状况的资料并不多。值得注意的是这年12月20日，澳门邮政局发行第一套以本地为题的邮票——“澳门风貌”。这套邮票充分利用不同的刷色，展现出澳门早期具有代表性的景色和建筑物。

十二月

20 日　澳门邮政局发行第一套以本地为题的邮票——“澳门风貌”。这套邮票充分利用不同的刷色，展现出澳门早期具有代表性的景色和建筑物，色调古朴，风格典雅。[①]

冬

⊙　张学华为《秫音集》作序[②]。

本年

⊙　中山文化教育馆于本年迁至澳门，该馆有 3 万余册藏书，当时租赁青洲货仓存放，由程民楷负责整理。后将书移至下环的中山学院，拿出部分供市民阅读。后于 1956 年由孙哲将全部藏书一并转送台湾，其中不少珍贵版本，价值无可估量。澳门也因此失去这一大批宝贵的藏书，实为澳门文化的一大损失[③]。

⊙　梁披云作七绝《有怀二弟灵光·江南》。

---

① 吴志良，汤开建，金国平主编：《澳门编年史·第五卷·民国时期》，广东人民出版社，2009 年，第 2748 页。

② 谢永芳：《广东近世词坛研究》，上海古籍出版社，2008 年，第 381 页。

③ 吴志良，汤开建，金国平主编：《澳门编年史·第五卷·民国时期》，广东人民出版社，2009 年，第 2751 页。

有怀二弟灵光·江南

梁披云

山海云横雨更风，梦中大被喜还同。谈兵我亦惭诸季，百战江南气吐虹。

（《雪庐诗稿》，第 63 页）

1949 年

1949年澳门文学状况比较复杂，本年度比较重要的文学事件是柯麟与何贤、马万祺在澳门筹备创办《澳门商报》，聘请香港新闻学院教授罗若尘任总编辑，柯麟为董事长，马万祺任总经理。另外，9月6日，《葡萄牙东方报》创办人卡洛斯·黎登在澳门逝世。

六月

⊙ 为便于向澳门华人宣传中共政策，柯麟与何贤、马万祺在澳门筹备创办《澳门商报》，聘请香港新闻学院教授罗若尘任总编辑，柯麟为董事长，马万祺任总经理。澳督柯维纳开始同意，可在报纸即将出版之际，突然改变主意，不准该报在澳门登记注册[①]。

九月

6 日 《葡萄牙东方报》创办人卡洛斯·黎登在澳门逝世。黎登 1879 年生于葡萄牙维塞乌省，毕业于科英布拉大学法律系。1906 年入澳，任澳门公证员及律师。其本人极其富有，拥有澳门著名的利为旅酒店、Majestic 酒店和国华电影院等标志性物业。黎登在葡国拥有妻室，在澳门也有三位夫人，共有 24 名子女。其中排行第十四的安杰拉·梅洛·黎登（中文名为黎婉华）为现任澳门旅游娱乐有限公司主席何鸿燊先生的夫人[②]。

---

① 吴志良，汤开建，金国平主编：《澳门编年史·第五卷·民国时期》，广东人民出版社，2009 年，第 2758 页。

② 吴志良，汤开建，金国平主编：《澳门编年史·第五卷·民国时期》，广东人民出版社，2009 年，第 2761 页。

秋

⊙ 蔡铁郎作七绝《重阳澳门松山登高四首》，分别为《松山亭东望》《松山岭南望》《半山亭西望》《松山道北望》。

本年

⊙ 梁鼎铭作七律《飓风后游南环即景二首》。

梁鼎铭（1898—1959），广东顺德人。国画家，善画马、鹰和松，以抗战画闻名一时。曾作巨幅《血刃图》拟往美国展览，因太平洋战争未果。全面抗战时居四川。抗战胜利后到香港，后移居台湾。1959年在台北去世。著有《战画室主诗集》。

⊙ 陈泰来作七绝《过烧灰炉旧居》。

陈泰来（1919— ），原名潞，笔名车公子、东西居士，广东顺德人。报刊专栏作家。20世纪50年代，《良友画报》在香港复版，其任编辑。主编《锦绣中华》画册。著有论《红楼梦》之《醉说风月痕》，另有《岭南新话》等。

⊙ 梁披云作七绝《荷塘》。

⊙ 本年逝世作家有民国时期诗人李沧萍。李沧萍的澳门诗词作品有《清明客马角》《马角重晤李朴山》等。

⊙ 商衍鎏作七绝《澳门杂诗二十首·己丑旅居澳门时作》。

商衍鎏（1874—1963），字藻亭，号又章，晚号康乐老人，广东番禺水口营（今属花都）人。光绪三十年（1904）探花，授编修。毕业于日本东京法政大学堂。1912年受聘为德国汉堡大学汉文教授。1914年归国后，任国民政府财政部秘书、江西财政特派员等。全面抗战时期，寄居四川，1948 年返回广州，次年曾至澳门小住。1950 年后，任中央文史馆副馆长、广东省文史馆副馆长。擅长书法、诗画。有《商衍鎏诗书画集》《清代科举考试述录》《太平天国科举考试纪略》等。

重阳澳门松山登高四首

蔡铁郎

松山亭东望

侧望清波净无尘，海天依旧物华新。登临休说东迁事，误尽苍生自有人。

松山岭南望

沧海南流亿万年，霸图销尽故山川。星辰日月微茫里，魔道升沉总是禅。

半山亭西望

山半西楼历目穷，倚栏谁与羡雄风。不堪摇落亭前树，时亦萧萧泣塞鸿。

松山道北望

长天碧水两悠悠，棋劫山河又几秋？漠北关中方逐鹿，元元太息误沉浮。

（《澳门当代诗词纪事·上册》，第 141 页）

飓风后游南环即景二首

梁鼎铭

风雨初捐波未平，太空不静鸟飞惊。余威满地伤枝折，浩气长天纵岫横。
咏者狂思留皓月，渔人静想钓长鲸。南环不夜今非昨，入耳依然舞蹈声。

飘风过去浪难平，皓月穿云半暗明。万木捏余留目触，重山排后尚心惊。
渔人静坐抛丝重，仕女徘徊舞履轻。天孽可遣非自作，诗怜烽火国中情。

（《澳门当代诗词纪事·上册》，第 180 页）

过烧灰炉旧居

陈泰来

绿窗无恙认前闾，岚气波光景未殊。一岁几番人事改，死生离合五移居。

（《澳门当代诗词纪事 · 下册》，第 315 页）

荷塘

梁披云

依旧荷塘小阁前，湖光山色共婵娟。流萤织梦香风里，还我童心四十年。

（《雪庐诗稿》，第 64 页）

附录二

澳门杂诗二十首·己丑旅居澳门时作

商衍鎏

弃地空山四百年，中原劫火尚依然。我来凭吊濠江水，楼阁参差夕照边。

规圆如镜南湾澳，海水纵横十字门。异代名存城郭渺，空留掌故向谁论？

万里风樯纷海外，通商远溯此权舆。香江辟埠繁荣后，只共中山一轨车。

小岛积沙连陆地，黄油蟹绝酒尊空。麻姑坐叹桑田改，沧海扬尘在眼中。

马交石倚螺丝山，妈阁闽音译市阛。仍是名从主人得，参稽史乘管窥斑。

粤闽唇齿往来通，天后旌旗爱护同。放海神船迎赛鼓，乘潮安稳一帆风。

爱国诗魂白鸽巢，常留遗像重葡胞。神灵惝恍如相语，日夜潮头送马交。

甘清泉水二龙喉，松岭来源活活流。品第当前无陆羽，《茶经》应向此中收。

东风卷海沸斜曛，万树声涛入耳闻。疑是仙山同缥缈，梦魂北道忆松云。

几时一炬等阿房？磁石闳门古教堂。劫火胡僧何处去？路人皆指说牌坊。

1949

古庙莲峰、普济先，黎苏书画绕云烟。镇山若论名人迹，独漉、濂、归反在前。

国耻百年湔不尽，犹留石案任摩挲。侵陵外侮通商始，贫困由来血泪多。

直节深悲天地昏，孤忠耿耿寄空门。丹霞、龙护、匡庐影，日月当年记劫痕。

石濂交际遍名流，工画能诗孰与俦？长寿寺门朝市改，低徊小像几春秋。

书生巨眼识英雄，掷笔龙蛇舞半空。万古禅房伴今释，精光交映墨痕中。

学道三巴吴墨井，楼居望海世同危。遥闻大庙留遗画，鱼作清斋教律奇。

岂真一步限雷池，两界居然判险夷。纵有鸡鸣同狗盗，关门欲度竟叹欺。

两洋咫尺判西东，放眼环球九万通。更招心胸观宇宙，真怜蜗角互相攻。

浓阴映海长堤绕，烟雨清秋水半环。可奈南风今不竞，军声刁斗遍前山。

出海千舠似叶轻，先知晴雨计归程。安身我愧渔人识，饱受风波度一生。

（《澳门诗词笺注·民国卷·下》，第 604—614 页）

参考文献

[1] 章文钦 . 澳门诗词笺注：明清卷［M］. 澳门：澳门特别行政区政府文化局，2003.

[2] 章文钦 . 澳门诗词笺注：晚清卷［M］. 澳门：澳门特别行政区政府文化局，2003.

[3] 章文钦 . 澳门诗词笺注：民国卷　上、下［M］. 澳门：澳门特别行政区政府文化局，2003.

[4] 吴志良，汤开建，金国平 . 澳门史新编：1—4 卷［M］. 澳门：澳门基金会，2008.

[5] 吴志良，汤开建，金国平 . 澳门编年史：1—6 卷［M］. 广州：广东人民出版社，2009.

[6] 吴志良，杨允中 . 澳门百科全书：修订版［M］. 澳门：澳门基金会，2005.

[7] 陈昕，郭志坤 . 澳门全纪录［M］. 上海：上海人民出版社，1999.

[8] 黄汉强，吴志良 . 澳门总览［M］. 澳门：澳门基金会，1994.

[9] 程祥徽 . 澳门人文社会科学：回顾与前瞻　首届澳门人文社会科学大会论文集［M］. 澳门：澳门基金会，2007.

[10] 印光任，张汝霖 . 澳门记略［M］. 赵春晨，校 . 广州：广东高等教育出版社，1988.

[11] 施白蒂 . 澳门编年史［M］. 小雨，译 . 澳门：澳门基金会，1995.

[12] 施白蒂 . 澳门编年史：二十世纪 1900—1949［M］. 金国平，译 . 澳门：澳门基金会，1999.

[13] 施白蒂 . 澳门编年史：二十世纪 1950—1988［M］. 思磊，译 . 澳门：澳门基金会，1999.

[14] 徐萨斯 . 历史上的澳门［M］. 黄鸿钊，李保平，译 . 澳门：澳门基金会，2000.

[15] 黄启臣 . 澳门通史［M］. 广州：广东教育出版社，1999.

[16] 韦庆远 . 澳门史论稿［M］. 广州：广东人民出版社，2005.

[17] 金国平 . 西方澳门史选萃：15—16 世纪［M］. 广州：广东人民出版社，2005.

[18] 邓开颂，等 . 澳门历史新说［M］. 石家庄：花山文艺出版社，2000.

[19] 汤开建，等 . 鸦片战争后澳门社会生活记实［M］. 广州：花城出版社，2001.

[20] 吴志良 . 澳门政治发展史［M］. 上海：上海社会科学院出版社，1999.

[21] 陈大白 . 天明斋文集［M］. 澳门：澳门历史学会，1995.

[22] 李鹏翥 . 澳门古今［M］. 香港：香港三联书店，1986.

[23] 唐思 . 澳门风物志［M］. 澳门：澳门基金会，1994.

[24] 龚刚 . 澳门人文社会科学研究文选：文化艺术卷［M］. 北京：社会科学文献出版社，2009.

[25] 吴志良 . 东西方文化交流：国际学术研讨会论文集［M］. 澳门：澳门基金会，1994.

[26] 司徒尚纪 . 珠江文化与史地研究［M］. 香港：香港中国评论文化有限公司，2003.

[27] 黄启臣 . 澳门是最重要的中西文化交流桥梁［M］. 香港：香港天马出版有限公司，2010.

[28] 章文钦 . 澳门与中华历史文化［M］. 澳门：澳门基金会，1995.

[29] 吴志良 . 东西交汇看澳门［M］. 澳门：澳门基金会，1996.

[30] 张国雄 . 澳门文化源流史［M］. 广州：广东人民出版社，2005.

[31] 王明远 . 百年千年：香山文化溯源与解读［M］. 广州：广东人民出版社，2006.

[32] 许锡挥，李萍 . 粤港澳文化关系［M］. 广州：中山大学出版社，2001.

[33] 彭海铃 . 汪兆镛与近代粤澳文化［M］. 广州：广东人民出版社，2004.

[34] 李观鼎 . 澳门人文社会科学研究文选：文学卷［M］. 北京：社会科学文献出版社，2009.

[35] 廖平子 . 澳门手抄抗战诗刊《淹留》［M］. 陈业东，点校 . 澳门：澳门基金会，2006.

[36] 汪兆镛 . 微尚老人自订年谱［M］. 汪敬德堂印行，1949.

[37] 汪兆镛 . 山阴汪氏谱［M］. 汪敬德堂印行，1947.

[38] 汪兆镛 . 微尚斋诗：上、下［M］. 辛亥（1911）十月刊 .

[39] 汪兆镛 . 微尚斋诗续稿［M］. 庚辰（1940）冬刊 .

[40] 汪兆镛 . 雨屋深灯词［M］. 宣统辛亥（1911）冬印 .

[41] 汪兆镛 . 雨屋深灯词续编［M］. 1928 年刻本线装 .

[42] 汪兆镛 . 雨屋深灯词三编［M］. 1940 年刻本线装 .

[43] 汪兆镛 . 澳门杂诗［M］. 戊午（1918）冬排印本 .

[44] 汪兆铨 . 苌楚轩集［M］. 1923 年广州刻本 .

[45] 汪宗衍 . 艺文丛谈［M］. 香港：中华书局香港分局，1978.

[46] 吴道镕 . 澹盦文存［M］. 1942 年刻本线装 .

[47] 吴道镕 . 澹盦诗存［M］. 1942 年刻本线装 .

[48] 张学华 . 采薇百咏［M］. 1923 年线装石印本 .

[49] 张学华 . 暗斋文稿［M］. 1948 年铅印线装本 .

[50] 崔斯贯 . 北郫类稿［M］. 癸酉（1933）刻本 .

[51] 梁庆桂 . 式洪室诗文［M］. 辛未（1931）铅印线装本 .

[52] 沈泽棠 . 忏盦诗钞［M］. 光绪二十九年（1903）刻本 .

[53] 沈泽棠 . 忏盦词钞［M］. 光绪二十九年（1903）刻本 .

[54] 沈泽棠 . 忏盦随笔［M］. 宣统二年（1910）刻本 .

[55] 张其淦 . 松柏山房骈体文钞 [M] . 1927 年铅印线装本 .

[56] 张其淦 . 明代千遗民诗咏 [M] . 1932 年铅印线装本 .

[57] 张其淦 . 梦痕仙馆诗钞 [M] . 1906 年刻本线装 .

[58] 张其淦 . 元八百遗民诗咏 [M] . 民国年间铅印线装本 .

[59] 丁仁长 . 丁潜客先生遗诗 [M] . 1929 年刻本线装 .

[60] 林鹤年 . 居思草堂诗钞 [M] . 茂名建文书局民国三十三年版 .

[61] 黄荣康 . 求慊斋文集 [M] . 1934 年铅印线装本 .

[62] 黄荣康 . 求慊斋骈文 [M] . 1934 年铅印线装本 .

[63] 冼玉清 . 冼玉清文集 [M] . 广州：中山大学出版社，1996.

[64] 澳门历史学会 . 冼玉清诞生百年纪念集 [M] . 澳门：澳门历史学会，1995.

[65] 汪兆镛 . 澳门杂诗图释 [M] . 叶晋斌，图释 . 澳门：澳门基金会，2004.

[66] 汪宗衍 . 艺文丛谈续编 [M] . 澳门：澳门文会书舍，1993.

[67] 方宽烈 . 澳门当代诗词纪事：上、下册 [M] . 澳门：澳门基金会，1996.

[68] 芦荻，李成俊，云惟利 . 等 . 澳门文学论集 [M] . 澳门：澳门文化学会、澳门日报出版社，1988.

[69] 李成俊 . 待旦集 [M] . 澳门：澳门日报出版社，2004.

[70] 李成俊 . 夜未央楼随笔 [M] . 澳门：澳门日报出版社，2005.

[71] 李鹏翥 . 濠江文谭 [M] . 澳门：澳门日报出版社，1994.

[72] 陶里 . 从作品谈澳门作家 [M] . 澳门：澳门基金会，1995.

[73] 邓骏捷 . 澳门华文文学研究资料目录初编 [M] . 澳门：澳门基金会，1996.

[74] 邓骏捷 . 澳门粤语话剧研究资料目录初编 [M] . 澳门：澳门近代文学学会，2000.

[75] 李观鼎 . 澳门文学评论选：上、下编 [M] . 澳门：澳门基金会，1998.

［76］　凌钝 . 澳门离岸文学拾遗：上、下册［M］. 澳门：澳门基金会，1995.

［77］　郑炜明 . 澳门新诗选［M］. 澳门：澳门基金会，1996.

［78］　林中英 . 澳门散文选［M］. 澳门：澳门基金会，1996.

［79］　陶里 . 澳门短篇小说选［M］. 澳门：澳门基金会，1996.

［80］　郑炜明，穆欣欣 . 澳门当代剧作选［M］. 澳门：澳门基金会，2000.

［81］　穆凡中 . 澳门戏剧过眼录［M］. 澳门：澳门日报出版社，1997.

［82］　穆凡中 . 东柳西梆：上、下［M］. 澳门：澳门日报出版社，2006.

［83］　程祥徽，郑炜明 . 澳门文学研讨集：澳门文学的历史、现状与发展［M］. 澳门：澳门日报出版社，1998.

［84］　廖子馨 . 千禧澳门文学研讨集［M］. 澳门：澳门日报出版社，2002.

［85］　黄文辉，等 . 澳门作家访问录①［M］. 澳门：澳门日报出版社，2006.

［86］　刘登翰 . 澳门文学概观［M］. 厦门：鹭江出版社，1998.

［87］　丘峰，汪义生 . 澳门文学简史［M］. 香港：香港人民出版社，2006.

［88］　谢永芳 . 广东近世词坛研究［M］. 上海：上海古籍出版社，2008.

［89］　钟贤培，汪松涛 . 广东近代文学史［M］. 广州：广东人民出版社，1996.

［90］　陈永正 . 岭南历代诗选［M］. 广州：广东人民出版社，1993.

［91］　陈永正 . 岭南历代诗选［M］. 广州：广东人民出版社，1993.

［92］　仇江 . 岭南历代文选［M］. 广州：广东人民出版社，2009.

［93］　田本相，郑炜明 . 澳门戏剧史稿［M］. 南京：江苏教育出版社，1999.

［94］　饶芃子 . 世界华文文学的新视野［M］. 北京：中国社会科学出版社，2005.

［95］　饶芃子，莫嘉丽，等 . 边缘的解读：澳门文学论稿［M］. 北京：中国社会科学出版社，2008.

［96］　江少川 . 台港澳文学论稿［M］. 北京：北京大学出版社，2005.

［97］　江少川 . 台港澳暨海外华文文学教程［M］. 武汉：华中师范大学出版社，2007.

［98］　王剑丛. 香港澳门文学论集［M］. 北京：中国科学文化出版社，2004.

［99］　谭达先. 论港澳台民间文学［M］. 哈尔滨：黑龙江人民出版社，2003.

［100］　赵小琪，张晶，余坪. 当代中国台港澳小说在内地的传播与接受［M］. 北京：中国社会科学出版社，2010.

澳门文学编年史 ②

朱寿桐 主编
古远清 编撰

国家出版基金项目
NATIONAL PUBLICATION FOUNDATION

SPM 南方出版传媒 花城出版社 中国·广州

图书在版编目（CIP）数据

澳门文学编年史. 2 / 朱寿桐主编 ； 古远清编撰
. -- 广州 : 花城出版社, 2019.12
ISBN 978-7-5360-9128-3

Ⅰ. ①澳… Ⅱ. ①朱… ②古… Ⅲ. ①地方文学史－编年史－澳门－1950-1960 Ⅳ. ①I209.965.9

中国版本图书馆CIP数据核字(2019)第281204号

出 版 人：肖延兵
责任编辑：黎　萍　蔡　宇
技术编辑：薛伟民　凌春梅
装帧设计：吴冠曼

书　　名	澳门文学编年史. 2 AOMEN WENXUE BIANNIANSHI 2
出版发行	花城出版社 （广州市环市东路水荫路 11 号）
经　　销	全国新华书店
印　　刷	恒美印务（广州）有限公司 （广州南沙经济技术开发区环市大道南路 334 号）
开　　本	787 毫米 × 1092 毫米　16 开
印　　张	132　2 插页
字　　数	1,885,000 字
版　　次	2019 年 12 月第 1 版　2019 年 12 月第 1 次印刷
定　　价	800.00 元（1—5 册）

如发现印装质量问题，请直接与印刷厂联系调换。
购书热线：020－37604658　37602954
花城出版社网站：http://www.fcph.com.cn

编者简介

朱寿桐　文学博士，澳门大学中国文学教授，澳门大学中国历史文化中心代主任，澳门大学南国人文研究中心主任。兼任澳门文艺评论家协会主席、海外暨港澳台中国书法家协会常务副主席。在澳门文学文化研究方面出版过《汉语新文学与澳门文学》《澳门新移民文学与文化散论》等著作。

古远清　武汉大学中文系毕业，现为陕西师范大学人文社会科学高等研究院研究员、中国新文学学会名誉副会长。著有《台湾当代文学理论批评史》《香港当代文学批评史》《台湾当代新诗史》《香港当代新诗史》《海峡两岸文学关系史》《台湾新世纪文学史》《中外粤籍文学批评史》《庭外“审判”余秋雨》《华文文学研究的前沿问题》等50多部著作。

目 录

1950 年 *001*

1951 年 *008*

1952 年 *010*

1953 年 *013*

1954 年 *017*

1955 年 *020*

1956 年 *023*

1957 年 *026*

1958 年 *029*

1959 年 *038*

1960 年 *053*

1961 年 *066*

1962 年 *075*

1963 年 *083*

1964 年 *093*

1965 年 *109*

1966 年 *128*

1967 年 *154*

1968 年 *184*

1969 年 *211*

1950年

这一年唱主角的是《华侨报·华座》副刊，其次是《大众报·大众乐园》和《市民日报·宇宙》副刊。这三大报的连载小说以武侠、言情、侦破为主，质量不高，未能流传下来，但像《省港澳老千》这样的小说带有浓厚的本土色彩，市民最喜欢读。除此之外，还有翻译作品，少量的散文以游记为主。这三报副刊几乎不登短篇小说、新诗、戏剧，文学评论更是不成气候，如有，也是《色情文学》这一类的文艺随笔。这年中德学校学生出版的《中德月刊》刊出新诗六首，最值得重视的则是土生葡人飞历奇开始了短篇小说创作。

另有《华侨报·侨声》开始发表新诗，华铃的诗作也值得重视。这年的文坛大事件是《澳门学联报》《新园地》创刊。它们虽然不是纯文学刊物，但刊登了不少文学作品，培养了“三李”等一小批青年作家，如李鹏翥、李艳芳、李丹。

一月

1日　马万祺和澳门工联会会长梁培率领澳门各爱国社团、各界人士400多人，参加中山市人民元旦拥军拥政大会。

马万祺（1919—2014），澳门著名社会活动家、著名古体诗词作家和实业家，广东广州人，大学学历，澳门东亚大学工商管理荣誉博士学位，暨南大学名誉博士。他1941年移居澳门，长期从事社会活动，曾担任澳门镜湖医院董事会主席、澳门东亚大学董事会主席、澳门中华教育会理事长等多项社会职务，还先后担任过澳门特别行政区基本法起草委员会副主任委员、澳门立法会议员、澳门中华总商会会长、全国政协副主席等职务。他在《澳门日报》《华侨报》等报刊发表了大量旧体诗词，这些诗词具有浓烈的爱国主义情调，如《写在国庆节前夕》《苏联东欧游记》《何香凝主任宴请》《题与周总理合照》《全联会议闭幕返穗，叔老等送行》《周总理设宴接待》《陈毅将军欢宴》《瞻仰南京中山陵》《补度蜜月》《江山如此多娇》等表达了对祖国的关心和热情。

4 日　《华侨报·华座》副刊连载长风的长篇小说《宦海浮沉》（至本月 30 日止）、丁当的《西方劫案》（至本月 31 日止），另有下列长篇小说连载：《枭雄别传》（至本年 3 月 22 日止）、《不了情》（至本年 3 月 1 日止）、《十年风雨》（至本年 3 月 7 日止）、《一笑河山新》（至本年 3 月 7 日止）。

26 日　《华侨报·华座》副刊开始连载淋漓的杂谈《色情文学》（至本年 2 月 8 日止）。

28 日　《华侨报·华座》副刊刊登白衣的随笔《胡适之出路怎样？》。

29 日　《大众报·大众乐园》副刊刊登小说《坏女人私记》（至本年 5 月 30 日止），并开始连载《孽债》①。

31 日　《华侨报·华座》副刊开始连载《漫游杂记·关外山河》②。

⊙　本月，澳葡政府为了炫耀殖民统治历史，筹备“澳门开埠400周年纪念活动”，后因中方反对流产。澳门最大的工人团体澳门工会联合总会成立。

二月

1 日　《市民日报·宇宙》副刊连载罗汉的长篇小说《四大金刚》（至本年 3 月 5 日止）及《熟性姑爷》③、《夏莉日记》（至本年 3 月 8 日止）、《马殊探案》（至本年 3 月 5 日止）、《冷燕香巢》（至本年 3 月 8 日止）。

2 日　《大众报·大众乐园》副刊刊登小说《护花记（上）》（至本月 3 日止）并

---

① 至本年 3 月 28—30 日止，具体日期不明。

② 至本年 3 月 28—30 日止，具体日期不明。

③ 未见后续连载信息。

开始连载长篇小说《屈胜探案·玩火妇人》[1]《秋风黄叶自飘零》[2]《情僧》[3]。

3 日　《大众报·大众乐园》副刊刊登《文化战士茅盾》。

8 日　《华侨报·华座》副刊刊登《往事如烟·云外记》（上）（至本月 9 日止）、散文《新浙大校长马寅初》。

24 日　《大众报·大众乐园》副刊开始连载长篇《黄萧拳打广州》[4]，本日刊载第 1 节。

25 日　《大众报·大众乐园》刊登《秘书剪影》和羽公的旧诗。

本月　土生葡人飞历奇，为遥念澳门在科英布拉写作短篇小说《疍家女阿张》，后收进汪春等编、由澳门大学出版中心 2001 年出版的《澳门土生文学作品选》。

三月

⊙　《华侨报·华座》副刊开始连载长篇小说《佛山琼花宫》（至本月11日止）。

3 日　《市民日报·宇宙》副刊开始连载历史小说《刘湛义救白玉堂》[5]。《华侨报·侨声》发表了新诗《羊毛出去》。

6 日　《市民日报·宇宙》开始连载小说《鸩夫疑案》[6]。

8 日　《大众报·大众乐园》副刊继续刊登《金玫瑰》（至本年 5 月 30 日止）、《明月前身》（至本月 11 日止），并开始连载《梦断莱茵河》（至本月 9 日止）。综合刊物《新园地》创刊，由澳门新民主协会主编，半月刊；坚持 8 年多，先后由谭立明、陈满、张阳、李成俊、陈国杰、李鹏翥等人主编。开始在陈国杰家办公，后迁新马路固定社址。该刊由半月刊、旬刊后发

① 至本月 10—15 日止，具体日期不明。

② 未见后续连载信息。

③ 至本年 5 月 21—29 日止，具体日期不明。

④ 至本年 4 月 3—4 日止，具体日期不明。

⑤ 至本年 5 月 5—16 日止，具体日期不明。

⑥ 至本年 4 月 19—29 日止，具体日期不明。

展至周刊。

李鹏翥（1934—2014），原籍广东梅县，曾任《澳门日报》副董事长、总编辑，是澳门资深报人。李鹏翥是澳门著名作家，曾用笔名梅萼华、凌云健、濠上叟和方冰等，在香港、澳门、内地的多家报刊撰写专栏、评论、散文和诗歌。他是澳门笔会、澳门书法篆刻协会、澳门中国文物保护促进基金会发起人，还曾担任澳门大专教育基金会副会长、澳门新闻工作者协会常务理事。1994 年 4 月，他当选澳门特别行政区第一届政府推选委员会委员。他的作品有《澳门古今》《濠江文谭》《濠江文谭新编》和《磨盘拾翠》等，还主编并统筹出版《澳门基本法文献集》及《澳门手册》（七部）、大型图片集《中国澳门》等。

10 日　《市民日报·宇宙》副刊连载长篇小说《狱中玫瑰》（至本年 4 月 5 日止）、《擂上争雄》（至本年 5 月 30 日止）。

12 日　《华侨报·华座》副刊连载长篇小说《八省风云》[①]《青春长驻》（至本年 5 月 30 日止）。

23 日　《华侨报》开始连载《毒血黑天鹅》（至本年 4 月 4 日止）、黄文的长篇小说《火车大劫案》（至本年 5 月 17 日止），另有读书笔记《旧诗新读》和《通俗民间故事》。

24 日　《华侨报》副刊刊登散文《漫游杂记·扬子江往来》。

28—30 日　《大众报·大众乐园》副刊连载《杀夫奇案》（至本年 5 月 30 日止）、《省港澳老千》（至本年 5 月 30 日止）、《梦断云山》（至本年 5 月 30 日止），另有散文《漫游杂记》。

四月

1 日　中德学校学生出版的《中德月刊》，刊出新诗六首，其中有浮冰的《真

① 至本月 20—22 日止，具体日期不明。

理》、锡钧的《歌声》、伯康的《月白风清下的扬子江》、雁影的《闲跳——南湾即景》等。

5日 《华侨报·华座》副刊开始连载长篇小说《鹤拳王隐林》(至本年5月30日止)、《李香君》(至本年5月30日止)。

6—18日 《新园地》发表石干的新诗《中国巨人》。是年，华铃发表新诗《墙，钉，钉疤》和《蛇》。《新园地》开始连载长篇小说《海角胭脂》(至本年5月30日止)。

30日 《市民日报·宇宙》副刊开始连载笔耕斋主的《梁三癫吹涨柳先开》(至本年5月30日止)、《武西施》(至本年5月30日止)。

五月

1日 浮冰在《庆祝“五四”青年节暨学联成立周年纪念特刊》上发表《你们的路——为庆祝“五四”青年节而作》。

4日 澳门中华学生联合总会成立，其主办的《澳门学联报》创刊。

17日 《市民日报·宇宙》副刊开始连载另一长篇《石崇斗裤》(至本月30日止)。

18—19日 《华侨报》副刊开始连载侦破小说《阴阳路》(至本年5月30日止)。

20日 《澳门学联报》刊登晨星的新诗《告诉你，姑娘》。

30日 《大众报·大众乐园》副刊开始连载长篇小说《红船艳》①。

本月 澳门妇女联合会成立。中央人民政府邀请港澳爱国人士赴东北观光，马万祺为副团长。马万祺为此创作了律诗《将赴东北观光，首途广州》，另创作律诗《鞍山钢铁厂》。

夏

⊙ 马万祺创作四言诗《拜会朱德总司令》、律诗《旅顺大连港》。

① 无连载截止时间。

七月

15 日　《澳门学联报》易名为《澳门学联》。《澳门学联》发表恨失的新诗《红花颂》。

八月

5 日　《澳门学联》发表晨星的散文《文章的剪裁与修改》、“新”的小说《老二》。

十月

1 日　《澳门学联》发表浮冰的新诗《过自己欢快的日子》，愚子的故事《善心的老爷》，帆影、海鸥的活报剧《签下你的名字吧！》。

16 日　《澳门学联》发表晨星的短篇方言《五姑》、农子的文艺短论《注重独幕剧》、诸如的新诗《给人民解放军》、慕贤的新诗《歌颂解放》。

十一月

1 日　《澳门学联》发表晨星的短篇方言《五姑》（续完）。

十二月

15 日　《澳门学联》发表“明”的新诗《写给造谣者》、慕贤的新诗《有的人》、奇士的散文《被劫的面包小贩》。

本年

⊙　梁披云创作《四渡七洲洋》《神山》等旧体诗词。

⊙　马万祺创作七律《首都北京》《石岐劳军》。

⊙　20世纪50年代初，澳门人“不二居墨”余君慧在香港自资创办晨窗出版社，继而与友人合资办钻石出版社。他经常用方羊、施君慧、东方明、余行心等笔名在《彩虹》《七彩》和《新报》副刊发表作品，与当时香港的名作家孟君、俊人齐名。他在香港《文坛》第237期发表散文诗《海滩情歌》。

余君慧 (1928—？)，号行心，广东台山人，生于澳门，毕业于广东国民大学文学院。20 世纪 50 年代，他随岭南画派始祖高剑父入室弟子司徒奇习画，是岭南画派画家的第二代传人。他在香港自资创办晨窗出版社，继而与友人合资办钻石出版社，曾担任永富利贸易行总经理、中山冰厂有限公司总经理、毓英（集团）工程公司董事长、澳门政府文化委员会委员、澳门游泳总会副会长、世界美术文化交流协会澳门分会理事长、海帆游泳会会长、澳门笔会秘书长、澳门特别行政区基本法咨询委员会委员，1990 年获澳门政府颁授文化功绩勋章。

余君慧业余从事文艺创作，早年在香港发表作品，经常用方羊、施君慧、东方明、余行心等笔名在《彩虹》《七彩》和《新报》副刊发表作品，作品多以澳门为背景，如《丝士咖啡室》《秘密》《浴室惊魂》《艳遇》《静电》《成年人的童话》和《快活楼》等等，内容基本是反映澳门的社会现实，情节生动，富有抒情性，同时也擅长用幽默的笔法描写市井社会。

1951 年

由于资料奇缺，从澳门中央图书馆到澳门大学图书馆均无《市民日报》《大众报》《华侨报》的资料，《新园地》也遍访不可得。但从下面简略的记载中，可看出《澳门学联》培养了一小批文艺新军，有澳门特色的作品为《阿飞外传》。此外，马万祺在别处发表的旧体诗词受内地政治运动的影响，意识形态色彩太浓。

一月

1 日　《澳门学联》发表“臣”的新诗《元旦颂》、“鸣”的新诗《迎接人民的元旦》、培正中学演出的独幕剧《母亲》。

16 日　《澳门学联》发表“龙”的新诗《波涛汹涌》。

二月

1 日　《澳门学联》发表晨星的《显榻散草——阿飞外传（一）》（至本年 8 月 4 日止）、“佩”的新诗《奔出》。

三月

4 日　《澳门学联》发表“申”的新诗《劳动者》。

20 日　《澳门学联》发表逆水的新诗《人民的怒吼》、帆影的独幕剧《变》（至本年 8 月 4 日止）。

春

⊙　澳门中华总商会换届，马万祺当选为副理事长。

五月

25 日　《澳门学联》发表恨失的小小说《高先生》。

九月

4 日　《澳门学联》发表曙光的小说《未寄的信》（至本月 10 日止），另有故事《学徒》、宛文的新诗。

10 日　《澳门学联》发表熊焰的都市小喜剧《教务会议》（至本月 19 日止）。

24 日　《澳门学联》发表“恒”的评论《战斗的一生——纪念鲁迅先生》。

十二月

4 日　《澳门学联》发表浮冰的新诗《我坚信着》。

22 日　《澳门学联》发表晨星的散文《在飞跃中》。

本年

⊙　梁披云创作《梦中》《调朱杜二君》等旧体诗词。

⊙　海燕剧艺社演出改编剧《夜店》。

⊙　柯麟调广州任中山大学医学院院长，其在澳门的工作由柯正平接任。

1952 年

这一年的创作，由于《新园地》未能查到，仍可看出《澳门学联》已成了澳门文坛的一个重要组成部分，这时期的主要作者有晨星、浮冰。值得注意的是，掌篇小说[1]在这一年崛起，独幕剧比起去年大为减少。

一月

1 日　《澳门学联》继续发表晨星的散文《在飞跃中》（至本月 19 日止）、浮冰的新诗《春天是我们的——迎一九五二年》（至本年 4 月 19 日止）。

三月

5 日　《澳门学联》发表“敏”的《敏的日记》（至本年 4 月 6 日止）。

21 日　《澳门学联》发表“雯”的《我对文艺的初步认识》。

四月

6 日　《澳门学联》发表马万祺创作的七律《清明节》。

五月

1 日　马万祺创作七律《庆祝五一国际劳动节》。

4 日　《澳门学联》发表“雯”的新诗《五四和学联》、浮冰的新诗《永远向太阳》。

17 日　澳葡政府发表《政府公报》第 20 期，规定官立殷皇子中学要开中文课程。

20 日　《澳门学联》发表“雯”的新诗《控诉》。

---

① 掌篇小说：指巴掌大的小小说。掌篇，广东话，指巴掌大小的篇幅。

六月

4 日　《澳门学联》发表“挺”的新诗《海涛》、“敏”的新诗《悼已死的失业火柴工友——林女》。

19 日　《澳门学联》发表晨星的《随笔三则》。

七月

23 日　《澳门学联》发表浮冰的新诗《渔舟唱晚》。

24 日　《号角报》创办，双周刊。1983 年 6 月后改为周刊。

八月

8 日　《澳门学联》发表红虹的短篇小说《悲剧何时了》。

九月

8 日　《澳门学联》发表“菲”的《从〈白毛女〉中看土改》。

十月

1 日　《澳门学联》发表曦昉的掌篇小说《祖国太可爱了》。

23 日　《澳门学联》发表浮冰的《鲁迅永远活在人们心坎里》（至本年 11 月 23 日止）、瞳晖的掌篇小说《难得的盛会》。

十一月

8 日　《澳门学联》发表瞳晖的掌篇小说《在熔炉里》、方冰的《光芒闪耀的节日》。

23 日　《澳门学联》发表瞳晖的掌篇小说《小妞》、“然”的寓言《田和小麦》。

本年

⊙　香港《大公报》主办“谈美国片的毒害”的征文比赛，汉华中学高中生邱子维（鲁茂）夺得冠军。

鲁茂（1932—　），原名邱子维，祖籍江西，1932年出生于广东佛山，澳门濠江中学教师。从1952年起，他用“维之丘”笔名在香港《文汇报》副刊发表小说。1967年之后，他在《澳门日报》《华侨报》等澳门报纸，以万山红、梅若诗、鲁茂、鲁牛、余振中等笔名发表了《辫子姑娘》《百灵鸟又唱了》等作品。如《澳门日报》在20世纪60年代和70年代曾经发表了他的《星之梦》《黑珍珠》《王老五之恋》《天鹅》《彩虹》《仲夏夜之恋》和《白狼》等十几部长篇小说。鲁茂的作品清晰自然、格调高雅，注重艺术性和社会性的结合，许多作品情节生动，具有很强的可读性。除了小说之外，他还擅长戏剧创作，是澳门本土成长起来的一位重要作家。

⊙ 工人剧团前身工人文娱组创立，陆昌、陈振华、李光辉等为创办人。

⊙ 马万祺创作七律《关闸事件》《采桑子·抗美援朝保家卫国》。

1953 年

这一年，《华侨报·华座》副刊连载的小说一天多到8部，创最高纪录。这些作品不是古典文学的改写，就是标榜“奇闻”“奇情”，清一色是通俗文学，以休闲、娱乐为其主要功能。《澳门学联》的掌篇小说虽然稚嫩，但毕竟是纯文学的代表。至于“吴陈比武”成为武侠小说的滥觞，这是值得记载的一笔。

一月

8 日　《澳门学联》继续发表瞳晖的掌篇小说《小妞》。

二月

8 日　《澳门学联》发表曦昉的掌篇小说《张老师》。

23 日　《澳门学联》发表莹社集体创作的掌篇小说《擦鞋仔》。

三月

23 日　《澳门学联》发表曦昉的掌篇小说《艺术家》。

四月

8 日　《澳门学联》发表石子的散文《春郊》、小焰的散文《写得生动活泼些》。

23 日　《澳门学联》发表坚鸣的掌篇小说《小娟的死》、浮冰的新诗《红棉花开的时候》。

五月

2 日　《澳门学联》发表小石的诗《人生》。

六月

8 日　《澳门学联》发表鼎组集体创作的掌篇小说《好学生》、晨星的评论《年轻人的诗》、浮冰的诗《爆竹》。

24 日　《澳门学联》发表紫菱的掌篇小说《一个女孩子的遭遇》。

七月

8 日　《澳门学联》发表雁心的掌篇小说《友情》。

24 日　《澳门学联》发表小水的掌篇小说《现实的故事》。

八月

8 日　《澳门学联》发表晨星等人的掌篇小说《真实的人》。

15 日　《澳门》杂志创办，半月刊，至 1957 年 3 月 15 日停刊，共出版 87 期。

秋

⊙　香港的两个华人武术界高手——吴派太极拳师傅吴公仪与白鹤派掌门人陈克夫，在报章上争议高下时互不相让，结果演变成轰动港澳的一场“吴陈比武”，为武侠小说家梁羽生、金庸提供了灵感和素材。

十月

15 日　殷皇子中学学生在伯多禄五世剧院再次演出罗保博士所作讲述蝴蝶变种的小歌剧《残忍的分离》，为孤儿院筹得 5000 元。马万祺创作律诗《筹建新桥饭店》。

23 日　马万祺以澳门工商界代表身份，在北京参加全国工商联首届代表大会，并创作七律《全国工商联代表会议》。

24—29 日　《华侨报 · 华座》副刊发表谢王成的小说《小流氓》（至本年 11 月 9 日止）、美琪的《人到中年》（至本年 11 月 1 日止）、冰灵的《金瓶梅新传》（至本年 11 月 9 日止）《从暴发到没落》（至本年 11 月 9 日止）、陈一士的《夺婚记》(至本年11月9日止)、萃文楼主的《破碎山河孤忠泪》(至本年11月9日止)、紫藤生的《安魂曲·重利轻离》(至本年11月9日止)、路梁的《裸体之国》(至本年11月1日止)、深寻的奇情中篇《如意珠·一个如意梦》(至本年11月1日止)。

30日 《华侨报·华座》副刊发表佚名的《夜深沉》(至本年11月9日止)、凌宵阁主的“商场奇闻”《插帜周瑜》之一《卖吽水银》(至本年11月9日止)。

十一月

2日 《华侨报·华座》副刊继续连载深寻的奇情中篇《如意珠·准是招来晦》(至本月3日止)。

3日 《华侨报·华座》副刊刊登美枝的散文《南极奇观》。

4日 《华侨报·华座》副刊连载深寻的奇情中篇《如意珠·你以为如意》。

5日 《华侨报·华座》副刊连载深寻的奇情中篇《如意珠·正是老同学汤著》,刊登未望的散文《荷塘芥兰》。

6日 《华侨报·华座》副刊连载深寻的奇情中篇《如意珠·我要参加一个军事秘密会议》(至本月9日止)。

8日 《澳门学联》发表瞳晖的散文《妈妈的故事》。

10日 马万祺创作律诗《何香凝主任宴请》。

14日 马万祺创作律诗《题与周总理合照》。

16日 马万祺创作七律《全联会议闭幕返穗,叔老等送行》。

24日 《澳门学联》发表翱翔的掌篇小说《为什么不敢说》、晨星的散文《浩如的日记》。

十二月

8日 《澳门学联》继续发表晨星的散文《浩如的日记》。

本年

⊙ 鲁茂从香港到澳门濠江中学任语文教师。

⊙ 梁披云创作《浣溪沙·海山凝望》《蒋大五八初度步韵为寿》《万隆杂诗·为黄郎陈女赋》《叶君画梅石属题》等旧体诗词。

1954年

《华侨报》另一副刊叫《消闲》，倒也名副其实。该报另一副刊《华座》，所连载的小说也是以“离奇诡异”为主要特征。在本地创作还未形成气候的时候，也只好靠这类作品还有翻译小说满足市民“消闲”的需要。《澳门学联》创刊负责人之一李鹏翥，以方冰的笔名写评论又写诗，为他后来的全面发展打下基础。

一月

1日　《澳门学联》继续发表晨星的散文《浩如的日记》。

二月

16日　《澳门学联》发表方冰的评论《我们需要的诗——试评露君的〈夜思〉》。

三月

1日　《澳门学联》发表敬芝的速写《陈先生的遭遇》。《华侨报·消闲》副刊刊登谢玉成的小说《紫色的梦》（至本月4日止）、寻沉的离奇诡异的中篇小说《魔林》（至本月4日止）、萃文楼主的《张家大棍》（至本月4日止）、翻译作品《一个好人的故事》（至本月4日止）。

3日　《华侨报·消闲》副刊刊登丁香的长篇小说《亲情恨》。

16日　《澳门学联》发表竹均的散文《萍姑娘》。

四月

1日　《澳门学联》发表怀文的速写《小王的球室》。

16日　《澳门学联》发表方冰的诗《读“战斗”》。

六月

1 日　《澳门学联》更名为《澳门学联半月刊》。《澳门学联半月刊》发表翔舒的小说《水和水族箱的故事》。

16 日　《澳门学联半月刊》发表“芸”的新诗《如果》。

七月

1 日　《澳门学联半月刊》发表君谊的散文《她老了》。

八月

16 日　《澳门学联半月刊》发表“君”的短剧《这便是勇敢》、野草的新诗《夜行》。

九月

16 日　《澳门学联半月刊》发表昉晳的散文《写征文的几种毛病》。

秋

⊙　马万祺创作律诗《有朋自远方来》《应邀参加国庆观礼抵首都有感》《国庆五周年》等旧体诗词。

十月

16 日　《澳门学联半月刊》发表夏娜的散文《姐弟间》。

十一月

1 日　《澳门学联半月刊》发表曦昉的评论《冰心和她的创作》。

16 日　《澳门学联半月刊》发表晶晶的短故事《苓的死》。

十二月

1 日　《澳门学联半月刊》发表“珍”的短故事《单车失事》。

16 日 《澳门学联半月刊》发表君谊的散文《火星》。

本年

⊙ 梁披云创作旧体诗词《经茂物至苏甲巫眉》。

⊙ 海燕剧艺社于清平戏院公演传统剧《梁祝》。

1955 年

由于早期资料难查，这一年的条目很少，但并不意味着文坛的荒芜。从仅有的条目看，《澳门学联半月刊》发表评杜鹏程和介绍苏联诗人马雅可夫斯基的文章，可看出澳门的左翼华文文学，系以内地和苏联的社会主义文学为榜样的。马万祺的旧体诗词创作，同样代表了澳门华文文学的一种方向。

一月

16 日　《澳门学联半月刊》发表舒羽的评论《杜鹏程的生活和写作》。

二月

1 日　《澳门学联半月刊》发表方冰的评论《浅谈马雅可夫斯基》。

本月　寓居美国的龙绳文和美国华人作家梁实甫到澳门拜访马万祺。

三月

1 日　《澳门学联半月刊》发表翱翔的剧本《群》。

16 日　《澳门学联半月刊》发表曦原的散文《小华的“秘密”》（至本年 6 月 1 日止）。

五月

1 日　《澳门学联半月刊》发表曦昉的评论《“五四”时代的作品还值得看吗？》。

19 日　澳门文化协会在市政厅礼堂举办演讲会，由白德雅主讲《迪尼斯作品中的女士》。

六月

16 日　《澳门学联半月刊》发表白云的短篇小说《咖啡室风云》。

七月

1 日　《澳门学联半月刊》发表“汉”的短篇小说《忏悔》。

16 日　《澳门学联半月刊》发表“才”的短篇小说《卖鸡的女人》。

八月

1 日　《澳门学联半月刊》发表曦原的短篇小说《前夜》(至本年 9 月 1 日止)。

16 日　《澳门学联半月刊》发表“惠”的短篇小说《喜事》。

九月

1 日　《澳门学联半月刊》发表“巫”的短篇小说《李炳辉》。

16 日　《澳门学联半月刊》发表“燕”的生活小品《香港客的光临》、小园丁的评论《试谈人物的转变》。

18—20 日　平安剧院连续三天放映第一部有葡文字幕的外国电影。这是一部备受赞赏的法国电影《幽灵的薪金》，由欧亚影片公司发行。

月底　以香港《大公报》费社长和马万祺为正副团长的港澳代表团到北京参加国庆观礼活动。

十月

⊙　本月，马万祺创作七律《周总理设宴接待》《陈毅将军欢宴》。

十一月

1 日　《澳门学联半月刊》发表燕文的散文《表哥来访》、续小园丁的评论《试谈人物的转变》。

23 日　马万祺创作律诗《瞻仰南京中山陵》《补度蜜月》。

本年

⊙ 澳门有剧院2间，其中1间只演戏剧、歌剧和中国地方折子戏，另有电影院11间。

⊙ 梁披云创作《游帛璐谷湖》《峇厘水晶宫》等旧体诗词。

⊙ 余君慧20世纪50年代中期返回澳门。

1956 年 …

澳门的所有图书馆均无这一年的《华侨报》《市民日报》《大众报》。但从第一条大事记可看出，澳门的左派作家“通天”，这就不难理解马万祺的诗词为什么会与内地的主流话语保持高度一致。

《澳门学联半月刊》改名为《澳门学生》后，发表的短篇小说在质量上比过去有所提高，其中“接龙小说”的出现，是值得注意的现象。

非澳门本土作家江达莲的作品，也是澳门文学的一个重要组成部分。可见从20世纪50年代中期起，澳门文学的成分就是多元的。

一月

16 日　《澳门学联半月刊》发表莽青的散文《第一个钟头》。

二月

1 日　《澳门学联半月刊》发表水耳的诗歌《我仿佛看见》。

12 日　《澳门学联半月刊》发表野草的散文《一篇写不完的日记》、严晨的新诗《让我们插上幻想的翅膀》。

春

⊙　毛泽东主席等国家领导人在中南海接见港澳爱国人士，毛主席、周总理和马万祺等人亲切握手。

五月

1 日　《澳门学联半月刊》由半月刊改为旬刊，易名为《澳门学生》。《澳门学生》的“文艺与修养”专栏发表上官瑾的《青春之恋》（至本年 7 月 21 日止）、素凡的《献给〈澳门学生〉》、孟秋的《驳龙小说 · 两条路》（至本年 7 月

21日止）。

11日　《澳门学生》的“文艺与修养”专栏发表甲乙丙的《XYZ的故事》。

21日　《澳门学生》的“文艺与修养”专栏发表江夏的《棋王》。

六月

1日　《澳门学生》的“文艺与修养”专栏发表冰玲的名人传记《叶圣陶及其创作》。

七月

1日　《澳门学生》的“文艺与修养”专栏发表随洁的诗《北京的早晨》。

11日　《澳门学生》的“文艺与修养”专栏发表红虹的《别了，亲爱的小海燕》。

八月

1日　《澳门学生》发表上官瑾的《青春之恋》前文提要与尾声。

11日　《澳门学生》发表鸣心的散文《文老师》。

九月

1日　《澳门学生》发表蓝丁的短篇小说《伟大的爱》（续）。

21日　《澳门学生》发表夏娜的短篇小说《胡琴怨》。

十月

11日　《澳门学生》发表蓝丁的短篇小说《生命之歌》，圣若翰、白白的散文《澳门的景色》，影君的诗《你想起去了北京的父亲》。

21日　《澳门学生》发表“瑾”的短篇小说《君子之心》、冬未的诗《你歌唱吧》。

28日　葡文《澳门消息报》转载里斯本《消息日报》文章，介绍作家及文学评论员施梅士的文学评论文章摘录，其中谈及担任过澳门的香港难民葡文学校校长以及《澳门之声》和《澳门消息报》记者的江达莲的作品《长衫》（即《旗袍》）。后来出版的一册以“中国故事”为副标题，预示他的美好经历，但在第二年，死神夺走了他的生命。《长衫》于1979年由澳门文化及社会事务部再版。1987年为纪念作者逝世30周年，又再版。

本月　马万祺创作律诗《毛主席接见》。

十一月

1日　《澳门学生》发表于梅的读书随笔《假如你想当作家》。

11日　《澳门学生》发表冰玲的短篇小说《寂寞的心》。

21日　《澳门学生》发表冰玲的短篇小说《山城的故事》、江荧的诗《一个平凡的姑娘》。

十二月

1日　《澳门学生》发表冰玲的短篇小说《山城的故事》(续)、蓝丁的诗《你想些什么？——给一个女孩子》。

21日　《澳门学生》发表一伟的短篇小说《扫街的人》、佚名的诗《“雁舞”序诗》。

本年

⊙　韩牧移居香港。

韩牧（1938—　），1938年生于澳门，是土生土长的澳门诗人、小说家和评论家。他是“澳门新诗月会”的创办人，他率先提出了“澳门文学”的概念，在《澳门日报》等报刊发表了大量文学作品，主要作品有《韩牧评论选》《韩牧散文选》《剪虹集：韩牧艺评小品》，诗集《新土与前尘》。1966年，韩牧的中篇小说集《东城的故事》由明明出版社出版。

⊙　梁披云创作《刘君属题晚菘画轴》《紫扉》等旧体诗词。

⊙　海燕剧艺社演出粤剧《搜书院》。

1957年

现在仍活跃在文坛的李艳芳，是从《澳门学生》起步的。当年用金浪、金良做笔名的李丹，也在该刊发表过新诗《巴拿马怒吼吧》，汪浩翰亦在该刊发表过《绿》。这些作品有应景成分，但毕竟是可贵的开端。这一年，短篇小说获得丰收，捷歌、蓝丁是其中的佼佼者。他们的作品，均从内地的《小城春秋》一类革命作品中汲取过营养。

一月

21日　《澳门学生》发表某咪家的短篇小说《咪家日记钞》、蓝丁的诗《心愿》。

二月

1日　《澳门学生》发表甄好湮的短篇小说《恋歌》。

11日　《澳门学生》发表捷歌的短篇小说《秋姑娘》。

21日　《澳门学生》发表捷歌的短篇小说《秋姑娘》（续）。

三月

11日　《澳门学生》发表蓝丁的短篇小说《暗哑了的雕像》。

16日　《新园地》发表德新的散文《在冰室里谈人生》。

21日　《澳门学生》发表蓝丁的短篇小说《暗哑了的雕像》（续）。

四月

1日　《澳门学生》发表海嘉的短篇小说《苡莎的微笑》、蓝丁的诗《这么的一个晚上》。

11日　《澳门学生》发表海嘉的短篇小说《苡莎的微笑》（续完）。

21日　《澳门学生》发表柯岩的诗《眼光》。

五月

1日　《澳门学生》发表英仙的短篇小说《福尔摩斯的逻辑》。

六月

1日　《澳门学生》发表铁牛的短篇小说《波牛日记》。

11日　《澳门学生》发表秉康的《我读“澳门学生”的小说》。

21日　《澳门学生》发表蓝丁的诗《在林茂塘》、子奇的诗《战斗》。

七月

1日　《澳门学生》发表江薇的短篇小说《前路》。

11日　《澳门学生》发表莎菁的短篇小说《买鞋记》。

21日　《澳门学生》发表丁心的短篇小说《卖榄者》。

八月

1日　《澳门学生》发表舒帆的短篇小说《流浪儿》。

11日　《澳门学生》发表捷歌的散文《忘不了的时光》、蓝莎的诗《里程——纪念萧红迁墓》。

21日　《澳门学生》发表蓝莎的短篇创作小说《生死恨》（至本年9月11日止）。

九月

1日　《澳门学生》发表锡英的评论《现代文学作品给我们带来许多好处》、方白的《用生命写出来的书——〈小城春秋〉》。

11日　《澳门学生》发表蓝莎的组诗《给劳动者》。

21日　《澳门学生》发表舒帆的散文《没有被磨灭的青春》。

十月

1日　《澳门学生》发表方冰的评论《浅谈鲁迅与诗歌——学习鲁迅札记》。

21 日 《澳门学生》发表蓝莎的短篇小说《在风暴里》（至本年 11 月 1 日止）。

十一月

11 日 《澳门学生》发表蓝莎的诗《我爱克里姆林宫上的红星》、舒帆的短篇小说《迷途》。

21 日 《澳门学生》发表古士清的短篇小说《朱士陈》。

十二月

1 日 《澳门学生》发表莎菁的短篇小说《一封恐吓信》。

11 日 《澳门学生》发表元丁的短篇小说《微澜》。

21 日 《澳门学生》发表元丁的短篇小说《微澜》（续）。

⊙ 本月，雪山草在香港《文艺世纪》发表新诗《采茶姑娘的歌》。

本年

⊙ 梁披云创作《楚云北归临别赋赠》《新棠拉野郊游》等旧体诗词。

⊙ “商训”学生李颂扬（李艳芳）在《澳门学生》发表散文《祖国，给她带来了春天》《我们战胜了雨声》《木棉树开花了》《人狗之间》《骗鬼又骗人》以及新诗《在出殡的行列中》《拾荒者》《在海滩花园》《西湾夜色》《无题》《海畔人家》等。

⊙ 由梁寒淡等改编的名剧《迷眼的砂子》，在澳门岗顶剧院公演。

⊙ 澳门土生葡人罗保创作了英语歌剧《勿忘我》，在澳门岗顶剧院连演8场。

1958年

这一年的连载小说以陶奔的《关闸》最引人瞩目。陶奔虽然是香港作家，但《关闸》从题目到内容均有澳门特色。此外，他的作品以揭露港澳社会的黑暗面著称，这一方面符合《澳门日报》的“左”倾性质，另一方面也满足了读者的好奇心。《澳门日报》的左翼色彩还可从当地作者写的批判美帝国主义的诗文和转载内地的当红作品，如陈昌奉的革命回忆录《跟随毛主席长征》和巴金的《一场挽救生命的战斗》看出。该报的另一特点是注意评论从内地引进符合主旋律的电影和发现本地文学新苗如刊登中学生的习作。宗教杂志《晨曦月刊》也发表新诗。

受内地“三面红旗”的影响，《澳门日报》新创办的《新园地》副刊除刊载小说等作品外，还发表了不少歌颂人民公社还有刮共产风“吃饭不要钱”的报道和诗文。虽然数量不多，但说明该报的确存在“内地化”的倾向。

一月

1日　《澳门学生》发表饶军的短篇小说《阿飞正传》。

二月

1日　《澳门学生》发表竹青的短篇小说《马锐明的转变》。

11日　《澳门学生》发表江涛的短篇小说《希望在明天》。

15日　宗教杂志《晨曦月刊》发表剑影的新诗《贺年曲》。

三月

1日　《澳门学生》发表艺君的短篇小说《褪了色的梦》。

21日　《澳门学生》发表竹青的短篇小说《遥远的祝福》。

五月

1 日　平安戏院放映内地出品的电影《祖国颂》，并在各大中文报纸头版刊登广告。当天的《市民日报》刊登的广告因技术原因，版面的五星红旗里的五颗星部分变成了空白。

3 日　澳门的左派报纸《大众报》便连续几个星期大肆攻击《市民日报》，认为上述事件是政治事件。这次事件最后由澳门知名左派商人何贤出面调停，由《市民日报》向读者道歉，才告解决。

4 日　《澳门学生》发表江涛的短篇小说《冷暖人情》、宛青的诗《年青人》。

11 日　《澳门学生》发表竹青的短篇小说《家访》。

21 日　《澳门学生》发表江涛的短篇小说《一股无穷的力量》。

六月

1 日　《澳门学生》发表冬洪的短篇小说《壁报的风波》。

11 日　《澳门学生》发表舒帆的短篇小说《悬崖》。

21 日　《澳门学生》发表古利华的短篇小说《制水记》。

28 日　《新园地》出版终刊号，后来该刊主要成员转入新创办的《澳门日报》同名副刊。

七月

21 日　《澳门学生》发表阿鲁的短篇小说《烧溪钱的故事》。

八月

15 日　《澳门日报》创刊。该报副刊《新园地》首期刊登香港作家陶奔（阮朗）的长篇小说《关闸》之一《写在前面》、程小青的长篇小说《她为什么被杀？》之一《一对情侣》（至本月 18 日止），另有彦汪的新诗《香港的法律》、林根的诗《不可救药的病》和“商训”初一学生木口的“生活素描”《我上了一堂大课——参加工人体育场义务劳动速写》、酩酊兵丁庆贺《澳门日报》创刊的“有味斋诗抄”，还有电影故事《芦笙恋歌》、维慎的粤曲《拥护中苏会议公报》、东方强的漫画《我们的队伍更壮大——祝〈澳门日报〉创刊》。

陶奔（1919—1981），原名严庆澍，江苏苏州人。笔名有唐人、阮朗、颜开、江杏雨、洛风、高山客等等，曾入成都燕京大学新闻系半工半读。1946 年在上海加入《大公报》，1947 年调往《大公报》台北分馆（业务机构），业余从事新闻报道工作，1949 年转任香港《大公报》记者。1950 年《大公报》创办《新晚报》，从此就在《新晚报》工作，由副刊编辑、主管直至编辑部领导。1977 年为广东省政协委员和第五届全国政协委员，为中国作家协会会员、作协广州分会理事。1981 年 11 月 26 日在北京病逝。

16 日　《澳门日报·新园地》副刊继续连载香港作家陶奔（阮朗）的长篇小说《关闸》之二《告别澳门》，另有德新的思想漫谈《在冰室里谈人生》、江舍的通讯《汽车工业遍地开花》、白蓓的日记《瑰丽的年华·思想起伏》、彦汪的粤曲《总路线光辉照耀》、酩酊兵丁的“有味斋诗抄”《全球促美停试氢弹》、“顺”的小品《恭喜！恭喜！！》。

17 日　《澳门日报·新园地》副刊继续刊登香港作家陶奔（阮朗）的长篇小说《关闸》之三《奸淫掳掠》，还刊登酩酊兵丁的“有味斋诗抄”《氢弹为害人类》、谦士的“濠江百态”《阿姆“问米”记》、林放的随笔《美国的“割喉队”》、志强的报道《在新会所见到的》、出而作的漫画《同病相怜》、白蓓的日记《瑰丽的年华·夏夜的话》、葛林的《美国少爷兵日记三则》。

18 日　《澳门日报·新园地》副刊继续刊登香港作家陶奔（阮朗）的长篇小说《关闸》之四《是非不明》，还刊登林放的随笔《不准“顾左右而言他”》、白蓓的日记《瑰丽的年华·寂寞的冰块溶解了》、葛林的《美国少爷兵日记三则》（续）。

19 日　《澳门日报·新园地》副刊继续刊登香港作家陶奔（阮朗）的长篇小说《关

闸》之五《白饭黑饭》、程小青的长篇小说《她为什么被杀？》之二《江边女尸（五）》，还刊登草丕的随笔《婪尾——广州方言小考》、白蓓的日记《瑰丽的年华·北秀湖多美啊！》、毛羽的独幕哑剧《艾克的心脏病又发了》、江冷的革命故事《香港海员工会的招牌》、向红的杂文《强盗经》。

20 日　《澳门日报·新园地》副刊继续刊登香港作家陶奔（阮朗）的长篇小说《关闸》之六《这是秘密》、程小青的长篇小说《她为什么被杀？》之二《江边女尸（六）》，还刊登白蓓的日记《瑰丽的年华·大雨天》、晓红的杂文《论流氓之必须打》、严季年的《永恒的悲剧——关于牛郎和织女的“爱情”》、思丝的《牛郎织女过七夕》、林树椿的“锦绣山河”《鼎湖山与七星岩》，同时还刊出“书刊评介”《向徐特立学习——介绍〈我们的导师〉》。

21 日　《澳门日报·新园地》副刊继续刊登香港作家陶奔（阮朗）的长篇小说《关闸》之七《不要乱闯》、程小青的长篇小说《她为什么被杀？》之二《江边女尸（七）》、白蓓的日记《瑰丽的年华·月光下散步》，还刊登杰父的影评《怎么样的“狮子”？——评〈百战雄狮〉》、谢凤迁的《柳上黄鹂羞怯多》。

22 日　《澳门日报·新园地》副刊继续刊登香港作家陶奔（阮朗）的长篇小说《关闸》之八《小心脑袋》、程小青的长篇小说《她为什么被杀？》之二《江边女尸（八）》、白蓓的日记《瑰丽的年华·曼华，亲爱的朋友》，还刊登谦士的“濠江百态”《补习法文记》、田遨的小品《“吗啡先生”贩毒记》和濠江初一学生志豪的习作《多么需要警惕啊！》。

23 日　《澳门日报·新园地》副刊继续刊登香港作家陶奔（阮朗）的长篇小说《关闸·好自为之》、程小青的长篇小说《她为什么被杀？》之二《江边女尸（九）》，还刊登志清的《长空追歼——一篇真实的故事》、萧山的客家山歌《过街老鼠无处逃》、华清的“读好书”《〈青春之歌〉读后》和酩酊兵丁的“有味斋诗抄”《美军登陆星加坡》。

24 日　《澳门日报·新园地》副刊发表慧光的新诗《我的心灵不再感到空虚》。

24—31 日 《澳门日报 · 新园地》副刊继续刊登香港作家陶奔（阮朗）的长篇小说《关闸 · 好自为之》、程小青的长篇小说《她为什么被杀？》。

29 日 《澳门日报 · 新园地》副刊发表颖息的新诗《我们抗议》。

九月

1—4 日 《澳门日报 · 新园地》副刊继续刊登香港作家陶奔（阮朗）的长篇小说《关闸 · 好自为之》、程小青的长篇小说《她为什么被杀？》。

2 日 《澳门日报 · 新园地》发表方冰的新诗《为工人体育场歌唱》。

5 日 《澳门日报 · 新园地》副刊继续刊登香港作家陶奔（阮朗）的长篇小说《关闸 · 好自为之》、程小青的长篇小说《她为什么被杀？》，并开始连载巴金的《一场挽救生命的战斗》，描写钢铁工人邱财康被钢水烫伤，医生迅速救援的动人事迹。

6—8 日 《澳门日报 · 新园地》副刊继续刊登香港作家陶奔（阮朗）的长篇小说《关闸 · 好自为之》、程小青的长篇小说《她为什么被杀？》、巴金的《一场挽救生命的战斗》。

9—20 日 《澳门日报 · 新园地》副刊继续刊登香港作家陶奔（阮朗）的长篇小说《关闸 · 好自为之》、程小青的长篇小说《她为什么被杀？》。

21 日 《澳门学生》发表方欣的评论《我们应该走“厚古薄今”的道路》。《澳门日报 · 新园地》副刊继续刊登香港作家陶奔（阮朗）的长篇小说《关闸 · 好自为之》、程小青的长篇小说《她为什么被杀？》。

22 日到 10 月 10 日 《澳门日报 · 新园地》副刊继续刊登香港作家陶奔（阮朗）的长篇小说《关闸 · 好自为之》、程小青的长篇小说《她为什么被杀？》。

30 日 《澳门日报 · 新园地》发表何华的新诗《迎接国庆》。

十月

6 日 《澳门日报 · 新园地》发表陈铁英的寓言诗《鸡蛋的故事》。

7 日 《澳门日报 · 新园地》发表柯辽沙的新诗《佛山颂》。

11 日 《澳门学生》发表蓝丁的诗《十月的台湾海峡》、江涛的《鲁迅与青年》、夏妮的随笔《如果鲁迅生活到今天》。《澳门日报·新园地》副刊继续刊登香港作家陶奔（阮朗）的长篇小说《关闸·好自为之》、程小青的长篇小说《她为什么被杀？》。

12—20日 《澳门日报·新园地》副刊继续刊登香港作家陶奔（阮朗）的长篇小说《关闸·好自为之》、程小青的长篇小说《她为什么被杀？》。

21日 《澳门学生》发表谷音的随笔《鲁迅憎恶美国电影》。《澳门日报·新园地》副刊继续刊登香港作家陶奔（阮朗）的长篇小说《关闸·好自为之》、程小青的长篇小说《她为什么被杀？》，并开始连载陈昌奉的革命回忆录《跟随毛主席长征》①。

22日到11月2日 《澳门日报·新园地》副刊继续刊登香港作家陶奔（阮朗）的长篇小说《关闸·好自为之》、程小青的长篇小说《她为什么被杀？》。

31日 《澳门日报·新园地》发表“紫”的新诗《欢迎你们——用六亿颗心》。

十一月

1日 《澳门日报·新园地》副刊发表何华的新诗《亿万双眼睛闪着泪光》。

3日 《澳门日报·新园地》副刊继续刊登香港作家陶奔（阮朗）的长篇小说《关闸·踢开老蒋》、程小青的长篇小说《她为什么被杀？》，并发表郑振铎遗作《苏州赞歌》。

4—5日 《澳门日报·新园地》副刊继续刊登香港作家陶奔（阮朗）的长篇小说《关闸》、程小青的长篇小说《她为什么被杀？》。

6日 《澳门日报·新园地》副刊继续刊登香港作家陶奔（阮朗）的长篇小说《关闸》、程小青的长篇小说《她为什么被杀？》，并发表学联夜校苇雯的习作《控诉》，批判生活糜烂的一对香港夫妻给下一代带来苦难，从而控诉资本主义的罪恶。

7—9日 《澳门日报·新园地》副刊继续刊登香港作家陶奔（阮朗）的长篇小说《关闸》、程小青的长篇小说《她为什么被杀？》。

---

① 至本年11月22—24日止，具体日期不明。

10 日　《澳门日报·新园地》副刊继续刊登香港作家陶奔（阮朗）的长篇小说《关闸》、程小青的长篇小说《她为什么被杀？》，并发表有关征集反美帝国主义的戏剧、粤曲、漫画的启事。

11 日　《澳门学生》发表陈佐鼎的剧本《替艾克算命》。《澳门日报·新园地》副刊继续刊登香港作家陶奔（阮朗）的长篇小说《关闸》、程小青的长篇小说《她为什么被杀？》，并发表歌颂人民公社食堂的散文《想起吃饭，就想起毛主席——回乡见闻》、"藩"的诗作《颂食饭不要钱》。

12 日　《澳门日报·新园地》副刊继续刊登香港作家陶奔（阮朗）的长篇小说《关闸》、程小青的长篇小说《她为什么被杀？》，并发表"白"的歌颂人民公社的新诗《赞人民公社化》。

13—14 日　《澳门日报·新园地》副刊继续刊登香港作家陶奔（阮朗）的长篇小说《关闸》、程小青的长篇小说《她为什么被杀？》。

15 日　《澳门日报·新园地》副刊继续刊登香港作家陶奔（阮朗）的长篇小说《关闸》、程小青的长篇小说《她为什么被杀？》，并发表培正中学初三学生陈汇生的打油诗《揭穿美帝假面孔》。星光书店刊登广告：《请订来自祖国的报刊：文艺报、人民文学、文学研究……》。

16—20 日　《澳门日报·新园地》副刊继续刊登香港作家陶奔（阮朗）的长篇小说《关闸》、程小青的长篇小说《她为什么被杀？》。

20 日　《澳门日报·新园地》发表何华的新诗《饯别小诗》。

21 日　《澳门学生》发表梅里美的《我们要热爱民间文艺——从白榄、粤曲、龙舟谈起》。《澳门日报·新园地》副刊继续刊登香港作家陶奔（阮朗）的长篇小说《关闸》、程小青的长篇小说《她为什么被杀？》。

22—24 日　《澳门日报·新园地》副刊继续刊登香港作家陶奔（阮朗）的长篇小说《关闸》、程小青的长篇小说《她为什么被杀？》。

25 日　《澳门日报·新园地》副刊继续刊登香港作家陶奔（阮朗）的长篇小说《关闸》、程小青的长篇小说《她为什么被杀？》，并开始连载徐行者的报告文学《红色女战士》（至本月 26 日止）。

26 日　《澳门日报·新园地》副刊继续刊登香港作家陶奔（阮朗）的长篇小说《关

闸》、程小青的长篇小说《她为什么被杀？》，另有影评《〈十五贯〉好得很》。

27日至12月10日 《澳门日报·新园地》副刊继续刊登香港作家陶奔（阮朗）的长篇小说《关闸》、程小青的长篇小说《她为什么被杀？》。

十二月

7日 《澳门日报·新园地》副刊发表何华的新诗《北京丝绒抵澳时》。

11日 《澳门学生》发表浮翘的新诗《学联的颂歌》。《澳门日报·新园地》副刊继续刊登香港作家陶奔（阮朗）的长篇小说《关闸》、程小青的长篇小说《她为什么被杀？》，另开始连载内地作家李准的小说《马小翠的故事》[①]。

12—15日 《澳门日报·新园地》副刊继续刊登香港作家陶奔（阮朗）的长篇小说《关闸》、程小青的长篇小说《她为什么被杀？》。

16日 《澳门日报·新园地》副刊继续刊登香港作家陶奔（阮朗）的长篇小说《关闸》、程小青的长篇小说《她为什么被杀？》，并刊登“我痛恨美帝”征文比赛。

17日 《澳门日报·新园地》副刊继续刊登香港作家陶奔（阮朗）的长篇小说《关闸》、程小青的长篇小说《她为什么被杀？》。

18日 《澳门日报·新园地》副刊继续刊登香港作家陶奔（阮朗）的长篇小说《关闸》、程小青的长篇小说《她为什么被杀？》，并刊登该报记者黄榘的特写《诗歌的花朵开遍南乡——番禺人民公社村观光记》。

19—22日 《澳门日报·新园地》副刊继续刊登香港作家陶奔（阮朗）的长篇小说《关闸》、程小青的长篇小说《她为什么被杀？》。19日，《新园地》副刊发表蓓尔的新诗《湾仔之行》。

23日 《澳门日报·新园地》副刊继续刊登香港作家陶奔（阮朗）的长篇小说《关闸》、程小青的长篇小说《她为什么被杀？》，并刊登客家仔“怪论”《澳门人应赶香港赌马论》，同时发表小唐的“濠江百态”《大家请原谅》。

---

① 至本月24—30日止，具体日期不明。

24—30 日 《澳门日报 · 新园地》副刊继续刊登香港作家陶奔（阮朗）的长篇小说《关闸》、程小青的长篇小说《她为什么被杀？》。

本年

⊙ 梁披云创作《碧初为写小象赋谢》《病湿感作》《调秉仁》《归梦》《酬李善基》《酬黄肃武》《三门峡治河断流报喜》《施君大秩晋五寿诗》等旧体诗词。

1959年

…

这一年仍是连载小说的天下。陶奔换了一个笔名阮朗写的长篇小说《标参》，比别的连载小说更注重布局的巧妙和细节的真实。至于《复仇遇艳》，还有什么《历劫佳人》，看书名就知道内容离不开男女情事，不同的是一个“遇艳”，另一个是佳人遭劫。对比起来，长风的长篇《君子好逑》，洋溢着青春气息，生活实感强，倒是有一定新意。

比较有新意的还有《澳门日报》主办的栽培文艺幼芽含短篇小说的作文比赛，像《澳门日报 · 新园地》开辟的“濠江百态”专栏里的文章，就很富地方特色，它和以澳门为题材的“生活素描”一样，在建构澳门文学的本土色彩方面先走一步。这一年，短篇小说走出校园，重要作者有楚阳、兰心、朝阳、长风。这些小说的刊登，虽然带有补白性质（通常是某连载稿未到而临时加上去），但它们和《澳门学生》周刊所开设的“小说天地”专栏一样,已开始和《濠江红粉》一类的长篇小说争夺读者。值得重视的还有香港作家黄崖在香港出版的与澳门有关的作品集《秘密》，以及新诗和文学评论。新诗过于短小和直白,方冰的评论文章不具学术性而只带普及性，但毕竟是空谷足音。如果把影评也算上，这时的文评队伍已初露锋芒。

一月

1日 《澳门日报 · 新园地》副刊发表方冰的政论《拥抱1959年》、叶沧侯的七绝十二首《庆祝1959年元旦》、杜近芳的散文《我的一年》、老陈的诗《贺新年》、长青介绍《长空比翼》的影评《看到了人民空军的战斗生活》、君静的散文《给朋友的一封贺年信》，并刊登史果的历史小说《穆桂英》（至本年3月18日止）、傅译的长篇小说《咽喉地带》[①]、陶奔的长篇小说

① 至本年2月24—26日止，具体日期不明。

《关闸》之130。《澳门学生》由旬刊改为周刊。《澳门学生》周刊发表伟文的短篇小说《在生活的激流中》。

3日 《澳门日报·新园地》副刊发表世光在“你读我论”专栏里的文章《请假三天》、红奇的报告文学《时间的主人——毛主席的工作、学习和生活点滴》、刘德铭的影评《看影片〈长空比翼〉》、方冰的影评《难怪美国禁映〈流亡皇帝〉》、梦芸的随笔《谈郭老》、多咀的漫画《新年五愿》。

4日 《澳门日报·新园地》副刊发表培明的散文《象牙上的精微雕刻》、复祥的译作《日本的〈海女〉》、司徒东的掌篇小说《珍妮的“爱情”》，还发表毕明的“读者谈影”《掴得痛快！——〈流亡皇帝〉观后感》。

5—9日 《澳门日报·新园地》副刊继续连载陶奔的长篇小说《关闸》之133、傅译的长篇小说《咽喉地带》之4、东方缚虎手的章回小说《纸老虎现形记》。

10日 《澳门日报·新园地》副刊继续连载史果的历史小说《穆桂英》、陶奔的《关闸》、傅译的长篇小说《咽喉地带》、东方缚虎手的章回小说《纸老虎现形记》（至本年3月5日止），并发表方冰欢呼苏联宇宙火箭上天的新诗《好啊，一千个好啊》。

12日 《澳门学生》发表陆思奔的短篇小说《计划，就是这样》。《澳门日报·新园地》副刊发表蔡耕的文艺评论《鲁迅的第一本小说》。

14日 《澳门日报·新园地》副刊发表飞天的短剧《生财无道》。

16日 《澳门日报·新园地》副刊发表隋洛生评述内地“厚今薄古”现象的随笔《文学上的“薄古”一例》。

17日 《澳门日报·新园地》副刊转刊广东陈玉奇的掌篇小说《缝衣曲》，并附上方冰的评析。另新增《新苗》周刊，作为工人、学生和社会青年的写作园地，逢星期六刊出，文类有散文、日记、生活随笔、读书札记、诗歌、漫画、笑话。创刊号刊出濠江中学浪花的《推车子的悲喜剧》、伟靖的短论《拿出我们的力量来》、毕明的随笔《一个打火机烟盒》、朝阳的散文《尽我们的力量嘛》、“永”的随笔《寒冬的午夜》、许永祺的新诗《报贩》、祝文玉的语文常识《关于人称和人称代词》。

19 日　《澳门学生》发表司徒东的短篇小说《真正的欢乐》、陆思奔的短篇小说《计划，就是这样》(续)。

23 日　《澳门日报 · 新园地》副刊发表振文的掌篇小说《无妄之灾》。

24 日　《澳门日报 · 新园地》副刊发表振文的散文《寒夜曲》。

25 日　《澳门日报》举办作文比赛，分社会组和学生组，入选的第一名作品均为小说。《青年知识》月刊创刊号发表钟洋的文艺评论《谈谈怎样阅读文学作品》。

26 日　《澳门学生》周刊发表江涛的短篇小说《苦学记》。

二月

2 日　《澳门学生》周刊发表陆思奔的短篇小说《咪家的秘密》。

8 日　《澳门学生》周刊发表蓝丁的短篇小说《情长谊深》。《澳门日报 · 新园地》副刊发表伍过年的新诗《起卸工人》。

11 日　《澳门日报 · 新园地》副刊开始连载艾华的《青春恋歌》(至本年 8 月 20 日止)。

13 日　《澳门日报 · 新园地》副刊发表灵子的新诗《阿姆话》。

16 日　《澳门学生》周刊继续发表蓝丁的短篇小说《情长谊深》。

17 日　《澳门日报 · 新园地》副刊发表杨螟的《杂技小史》。

21 日　《澳门日报 · 新园地》副刊发表黄衣青的童话《小姑娘学飞》。

22 日　《澳门日报 · 新园地》副刊发表容光焕的《我对〈送瘟神〉二首的体会》。

23 日　《澳门学生》周刊继续发表朝阳的短篇小说《一幅漫画》。

24—26 日　《澳门学生》周刊继续发表朝阳的短篇小说《一幅漫画》。

27 日　《澳门日报 · 新园地》副刊刊登奕华的新诗《春天里的春天》。

三月

1 日　《澳门日报 · 新园地》副刊刊登紫枫的新诗《再见，祖国的艺术家》、陈维的《梅兰芳与牵牛花》。

2 日　《澳门学生》周刊发表江涛的短篇小说《窃贼不是他》、陆思奔的新诗《好啊，我禁不着热烈鼓掌》。《澳门日报·新园地》副刊开始连载阿尔达马斯基的惊险小说《特派视察员》（至本月30日止）。

3日　《澳门日报·新园地》副刊刊登小唐的“生活素描”《卖艺的人》。

4日　《澳门日报·新园地》副刊刊登甘波的新诗《我爱海洋》。

7日　《澳门日报·新园地》副刊刊登廖塘的诗歌《澳门小唱》、方冰的《锦上添花》、老唐的《“侦探”甩须记》。

8日　《澳门日报·新园地》副刊刊登杜棠的诗歌《澳门小唱》、灵子的《青春女儿》。

9日　《澳门学生》周刊开设“小说天地”专栏，并发表孙百壁的短篇小说《金镖恩仇录》（至本年5月18日止）、陈泉文的《八号情报员》（至本年5月18日止）。

10日　《澳门日报·新园地》副刊刊登谦士的“濠江百态”《在一家下等饭馆里》。

12日　《澳门日报·新园地》副刊刊登刘太白的《南方之舞》、淑静的《雨夜》。

14日　《澳门日报·新园地》副刊刊登甘波的新诗《阿玛利变了》。

17日　《澳门日报·新园地》副刊发表素君的特写《华嫂（上）》。

18日　《澳门日报·新园地》副刊继续连载素君的特写《华嫂（中）》，发表小唐的掌篇小说《戒烟记》。

19日　《澳门日报·新园地》副刊继续连载素君的特写《华嫂（下）》。

20日　《澳门日报·新园地》副刊发表汤菁的“生活素描”《我们夫妻之间》。

21日　《澳门日报·新园地》副刊开始连载佚名的《义和团故事》（至本月31日止），另有华冰的评论《谈〈华嫂〉》、哈哈的“濠江百态”《悔不当初》。

22日　《澳门日报·新园地》副刊发表司徒敏的掌篇小说《富翁梦醒》。

28日　《澳门日报·新园地》副刊发表哈哈的掌篇小说《王太去找舞伴》、杜棠的《澳门小唱》。

30日　《澳门日报·新园地》副刊发表屯生的《西湖春光无限好》。

31日　《澳门日报·新园地》副刊发表杜棠的《澳门小唱》。

⊙　本月，香港作家黄崖由香港国际图书公司出版与澳门有关的作品集《秘密》，收有下列短篇小说：《秘密》《圈套》《牺牲》《醒》《幕前》

《平凡的人》《意外》《委屈》《惊人事件》《羊》。

黄崖（1927—1992），学名黄约翰，原籍福建厦门，20世纪50年代由香港到吉隆坡，接编文艺刊物《蕉风》月刊，并担任《星报》和《学生周报》的编辑，1968年担任南马文艺研究会顾问。长期从事文学创作，著有《紫藤花》《吉隆坡的雨季》等。

四月

1日　《澳门日报·新园地》副刊开始连载史得的《江湖恩仇记》（至本年8月7日止）、易舟的《激流剑影》（至本年12月31日止）、红豆的《打单奇案》[①]、望云的《濠江红粉》（至本年8月24日止）。

5日　《澳门日报·新园地》副刊发表酩酊兵丁的“有味斋诗抄”《阿飞袭澳门》。

10日　《澳门日报·新园地》副刊发表方菲的《曹操不是坏人》。

12日　《澳门日报·新园地》副刊发表施彬的“生活素描”《不幸的家庭》。

13—19日　《澳门日报·新园地》副刊发表冯陈立的《春游兰亭》。

20日　《澳门学生》在“小说天地”专栏发表李颂扬的散文《木棉树开花了》。

23日　《澳门日报·新园地》副刊发表老唐的“生活素描”《教学记》。

30日　《澳门日报·新园地》副刊发表丹青的影评《偷情记》、金戈的“生活素描”《铿伯》。

五月

1日　《澳门日报·新园地》副刊发表杜棠的新诗《迎五一》。

2日　《澳门日报·新园地》副刊发表黄海云的《小谈打油诗》。

9日　《华侨报》创办综合性副刊《新村》。

12日　《澳门日报·新园地》副刊发表文驰的“生活素描”《劝告》。

---

① 至本年5月29—31日止，具体日期不明。

14 日　《澳门日报 · 新园地》副刊发表谦士的“生活素描”《卖菜女贩日记》。

16 日　《澳门日报 · 新园地》副刊发表楚阳的“生活素描”《卖血》。

18 日　《澳门日报 · 新园地》副刊发表司徒东的“生活素描”《一个学徒的日记》。

19 日　《澳门日报 · 新园地》副刊发表金戈的“生活素描”《马骝秋》。

23 日　《澳门日报 · 新园地》副刊发表楚阳的“生活素描”《黄细妹》。

28 日　《澳门日报 · 新园地》副刊发表崔秀玲的“生活素描”《陈太》。

⊙　本月，马万祺创作七律《莫斯科纪游》《莫斯科遇友人》《波兰》《初访朝鲜》。

六月

1 日　《澳门学生》发表胡培周用“三及第”语言反映中学生心态的《阿 T 自传》（至本年 9 月 7 日止）、江涛的短篇小说《出“猫”记》。

7 日　《澳门日报 · 新园地》副刊发表尧若的《为续写〈濠江红粉〉告读者》。

8 日　《澳门学生》发表振华的短篇小说《新生》。《澳门日报 · 新园地》副刊开始连载小桥的《历劫佳人》（至本年 10 月 15 日止）。

15 日　《澳门学生》发表谦士的短篇小说《阿娥的故事》。《澳门日报 · 新园地》副刊发表苇雯的“生活素描”《不幸的遭遇》。

17 日　《澳门日报 · 新园地》副刊发表谦士的“生活素描”《屋漏逢夜雨》。

18 日　《澳门日报 · 新园地》副刊发表文驰的诗《姑娘的心愿》。

19 日　《澳门日报 · 新园地》副刊发表扬眉的“生活素描”《遗孤》。

21 日　《澳门学生》发表锦洪的短篇小说《自行车的风波》。

22 日　《澳门日报 · 新园地》副刊发表清明的“生活素描”《一个小菜贩的日记》。

23 日　《澳门日报 · 新园地》副刊发表司徒敏的“生活素描”《遗孤》。

24 日　《澳门日报 · 新园地》副刊发表金戈的“生活素描”《阿球》。

25 日　《澳门日报 · 新园地》副刊发表鲁子的“生活素描”《倒垃圾的风波》。

26 日　《澳门日报 · 新园地》副刊发表建国的“生活素描”《造船学徒——阿仁》。

27 日　《澳门日报 · 新园地》副刊发表文一川的“生活素描”《昌哥》。

28 日　《澳门日报 · 新园地》副刊发表司徒东的“生活素描”《一个失业者的

日记》。

29 日　《澳门学生》发表阿鲁的短篇小说《出“猫”又记》。《澳门日报·新园地》副刊发表唐仁的“生活素描”《“士多”店员日记》。

七月

1 日　《澳门日报·新园地》副刊发表翼之的“生活素描”《拾遗》。

2 日　《华侨报·侨声》副刊刊登鲁侠《镜海话苍桑》，并开始连载牟小龙的长篇小说《绿野红骑》（至本月 29 日止）。《澳门日报·新园地》副刊发表豁沚的“生活素描”《俩母女》。

3 日　《华侨报·侨声》副刊开始连载史丹翻译的西方侦探中篇小说《影城魔掌》（至本月 19 日止），以及深寻的长篇小说《落花时节》（至本月 29 日止）、渔信的长篇《细数郎轻薄》（至本月 29 日止）。《澳门日报·新园地》副刊发表小唐的“生活素描”《蛇仔成》。

4 日　《澳门日报·新园地》副刊发表“薇”的“生活素描”《神女日记》。

5 日　《澳门日报·新园地》副刊发表江涛的“生活素描”《周明》。

7 日　《华侨报·侨声》副刊开始连载思凤的报告文学《走向毁灭之路的王实味》（至本月 13 日止）。《澳门日报·新园地》副刊发表露丝唐的“濠江百态”《飞女日记》。

9 日　《华侨报·侨声》副刊开始连载“信”翻译的西方侦探中篇小说《焚车奇案》（至本月 19 日止）。《澳门日报·新园地》副刊发表司徒东的“濠江百态”《替病人轮筹的孩子》。

11 日　《澳门日报·新园地》副刊发表梅萼华的散文《海滨春色》。

12 日　《澳门日报·新园地》副刊发表梅萼华的《金屋梦》。

13 日　《澳门学生》发表楚阳的短篇小说《为人师表》。《澳门日报·新园地》副刊发表谦士的“濠江百态”《水灌色狼记》。

14 日　《华侨报·侨声》副刊开始连载武当尊的武侠小说《双剑困痴情》（至本年 7 月 29 日止）。《澳门日报·新园地》副刊发表梅萼华的《豪门巧妇》。

15 日　《澳门日报·新园地》副刊发表翼之的“生活素描”《裁缝学徒的日记》。

16 日　《澳门日报 · 新园地》副刊发表谦士的“生活素描”《马二波》。

17 日　永乐戏院继放映内地影片《白毛女》后，又放映描写红军革命先烈的影片《红霞》。《澳门日报 · 新园地》副刊发表司徒东的“生活素描”《阿姆》。

18 日　《澳门日报 · 新园地》副刊发表阿鲁的“濠江百态”《“睇相”的风波》。

19 日　《澳门日报 · 新园地》副刊发表海涛的“生活素描”《女童工》。

20 日　《澳门学生》发表文一川的短篇小说《计划》。《华侨报 · 侨声》副刊开始连载史丹的西方侦探中篇小说《政海风云》（至本月 27 日止）。《澳门日报 · 新园地》副刊发表楚阳的短篇小说《死神窥伺着的人》。

21 日　《澳门日报 · 新园地》副刊发表清明的“濠江百态”《两毫子》。

22 日　《华侨报 · 侨声》副刊刊登小黑的短篇小说《鬼趣》。《澳门日报 · 新园地》副刊发表佩佩的“濠江百态”《舞女日记》。

23 日　《澳门日报 · 新园地》副刊发表豁芒的短篇小说《梁梅》。

24 日　《澳门日报 · 新园地》副刊发表欧阳世刚的散文《王嫂的转变》。

25 日　《澳门日报 · 新园地》副刊发表楚阳的“生活素描”《休戚相关》。

26 日　《澳门日报 · 新园地》副刊发表兰心的散文《投稿》。

28 日　《澳门学生》发表铁青的短篇小说《阿明姐》、楚阳的新诗《卖雪条的小孩》。《澳门日报 · 新园地》副刊发表司徒敏的“生活素描”《补鞋匠》。

29 日　《华侨报 · 侨声》副刊发表“信”翻译的《绑架奇案》。《澳门日报 · 新园地》副刊发表翼之的散文《同居》。

30 日　《澳门日报 · 新园地》副刊发表鲁之的“濠江百态”《勒索》。

31 日　《澳门日报 · 新园地》副刊发表沛沛的“濠江百态”《难道我们不是人么？》。

八月

1 日　《澳门日报 · 新园地》副刊发表老唐的“生活素描”《水手日记》。

3 日　《澳门学生》发表文一川的短篇小说《未完成的“计划”》。

4 日　《澳门日报 · 新园地》副刊发表江涛的短篇小说《五毛钱》。

6 日　《澳门日报 · 新园地》副刊发表振文的短篇小说《半岛激流》。

7 日　《澳门日报 · 新园地》副刊发表“谦”的“濠江百态”《垃圾箱里的搏斗》。

8 日　《澳门日报·新园地》副刊开始连载阮朗的《标参》（预告时篇名叫《濠江大绑票》，至本年 12 月 6 日止），另发表李颂扬的散文《淑静》。

10 日　《澳门学生》发表楚阳的短篇小说《小昌的遭遇》。《澳门日报·新园地》副刊发表司徒东的"生活素描"《开夜工》。

13 日　《澳门日报·新园地》副刊发表江夏的"濠江百态"《一块钱》。

16 日　《澳门日报·新园地》副刊发表渭强的快板《提防黄色风气》。

17 日　《澳门学生》发表李颂扬的故事《骗鬼又骗人》。《澳门日报·新园地》副刊开始连载章憎命的《澳门掌故》（至本年 12 月 31 日止），还有楚山孤的"生活素描"《王老五的苦衷》。

19 日　《澳门日报·新园地》副刊发表的"生活素描"《在公共汽车上》。

21 日　《澳门日报·新园地》副刊发表文雨的"濠江百态"《烧衣》。

22 日　《澳门日报·新园地》副刊发表扬眉的"生活素描"《售货员日记》。

23 日　《澳门日报·新园地》副刊发表小唐的"濠江百态"《吊丧记》。

24 日　《澳门学生》发表文一川的故事《父子之间》。《澳门日报·新园地》副刊开始连载史得的长篇小说《复仇遇艳》（至 1960 年 7 月 8 日止），另有鸡鸣的掌篇小说《小猫王》。

25 日　《澳门日报·新园地》副刊发表阿鲁的"濠江百态"《未成年女囚》。

26 日　《澳门日报·新园地》副刊发表沛沛的"濠江百态"《色狼现形记》。

27 日　《澳门日报·新园地》副刊发表丽瑜的"濠江百态"《棋摊血泪》。

28 日　《澳门日报·新园地》副刊发表江夏的"濠江百态"《明星迷》。

29 日　《澳门日报·新园地》副刊发表兰心的故事《芸表姐的死》。

30 日　《澳门日报·新园地》副刊发表沛沛的"濠江百态"《我听了一堂课》。

31 日　《澳门学生》发表阿鲁的短篇小说《学府凶影》，还发表李颂扬的新诗《西湾夜色》。《澳门日报·新园地》副刊发表小艾的"濠江百态"《玲姐变了》。

九月

1 日　《澳门日报·新园地》副刊开始连载马万祺的散文《苏联东欧游记》（至本月 13 日止），同时还刊登刘玉鸣的故事《优美的神话"三勇士"》及李颂扬的小小说《赌博之家》，建平在“西洋景”栏目发表译作《不可理解的是什么》。

2 日　《澳门日报·新园地》副刊发表飞泉的“濠江百态”《随机应变》、古柏的影评《禁地春光》，“名人小故事”栏目发表月娥的《他根本并不伟大》。

3 日　《澳门日报·新园地》副刊发表鲁子的短篇小说《癫仔骆》、高来沸的寓言《抹上颜色的花》。

4 日　《澳门日报·新园地》副刊发表楚山孤的“濠江百态”《被骗记》、梅萼华的影评《一命三凶手》。

5 日　《澳门日报·新园地》副刊开始连载长风的长篇小说《君子好逑》[①]，并发表楚阳的短篇小说《渔家的哀怨》。

6 日　《澳门日报·新园地》副刊发表夜游人的“濠江百态”《这是小事？》。

7 日　《澳门日报·新园地》副刊发表阿鲁的“濠江百态”《出粮日》。

8 日　《澳门日报·新园地》副刊发表赤丁的寓言《荆棘和桃树》、梅萼华的影评《春风秋雨》。

9 日　《澳门日报·新园地》副刊发表老唐的“生活素描”《“二叔公”日记》。

10 日　《澳门日报·新园地》副刊发表“其”的小小说《谁是贼？》（后发现这篇作品是抄袭香港作者的）。

11 日　《澳门学生》改革版面，头版刊登夏茵长达 3000 字的短篇小说《失去的爱情》。《澳门日报·新园地》副刊发表沛沛的“濠江百态”《慧梅》、梅萼华的影评《黑市姑爷》。

12 日　《澳门日报·新园地》副刊发表楚山孤的“濠江百态”《搜宫记》和梅萼华的影评《豆蔻年华》。

13 日　《澳门日报·新园地》副刊发表彩虹的故事《丧失自由的人》。

14 日　《澳门日报·新园地》副刊发表司徒东的短篇小说《送礼》，另有《新苗》副刊发表方冰的《文章的标题》、翼之的“濠江百态”《逞强》。

15 日　《澳门日报·新园地》副刊发表“玄”的短篇小说《聪明误》。

① 至 1960 年 7 月 19—20 日止，具体日期不明。

16 日　《澳门日报·新园地》副刊发表野马的“濠江百态”《一张五元纸币的自述》、秀苇的“影话”《一枝红艳露凝香》。

18 日　《澳门日报·新园地》副刊发表小聪的“生活素描”《母亲》。

19 日　《澳门日报·新园地》副刊发表小唐的短篇小说《月下过情关》。

20 日　《澳门日报·新苗》副刊发表飞燕的小小说《噩耗》。

21 日　《澳门日报·新园地》副刊发表欧阳世刚的“濠江百态”《伪装的求乞者》。

22 日　《澳门日报·新园地》副刊发表敖丁的“生活素描”《西湾巧遇》。

23 日　《澳门日报·新园地》副刊发表小聪的故事《稿费》。

24 日　《澳门日报·新园地》副刊发表“谦”的《追租》。

25 日　《澳门日报·新园地》副刊发表小清的“生活素描”《艳遇》。

26 日　《澳门日报·新园地》副刊发表兰心的“生活素描”《奶妈泪》，并发表《濠江秋声社征文揭晓》，曾耀新、李颂铭、纽葛轩主、陈沙园、荧窗主人获前五名，其佳作在澳门各日报发表。

27 日　《澳门日报·新园地》副刊发表阿鲁的“濠江百态”《贵叔》。

28 日　胡培周以毕希为笔名在《澳门学生》发表科幻短篇小说《月宫四日游》。《澳门日报·新园地》副刊发表谦士的“生活素描”《人逢此心》。

29 日　《澳门日报·新园地》副刊发表豁芷的短篇小说《释怨》。

30 日　《澳门日报·新园地》副刊在“祖国颂”专栏发表华罗庚《绛帐春风瞬十年》、梅萼华评电影《老兵新传》的文章《老兵，浑身是劲的革命者》。

⊙　本月，马万祺创作律诗《中苏公开分歧》。

十月

1 日　《澳门日报·新园地》副刊发表广东作家杜埃庆祝建国十周年的散文《光芒万丈颂十年》。同日，马万祺参加港澳国庆观礼团，并创作七律《电祝柏心妹生辰》。

4 日　《澳门日报·新园地》副刊发表沛沛的散文《欢乐的一角》、梅萼华的影评《风流女伯爵》。

5 日　《澳门日报·新园地》副刊发表静芷的影评《女大当嫁》。

6 日　《澳门日报 · 新园地》副刊发表鲁子的“濠江百态”《雄鸡怨》。

7 日　《澳门日报 · 新园地》副刊发表楚阳的短篇小说《马先生的转变》。

8 日　《澳门日报 · 新园地》副刊刊登楚山孤的短篇小说《“高明”的骗术（上）》。

9 日　《澳门日报 · 新园地》副刊刊登楚山孤的短篇小说《“高明”的骗术（下）》。

10 日　《澳门日报 · 新园地》副刊发表司徒东的街头剧《我一定不挂》，《新苗》副刊发表方冰《写作漫谈 · 对比》。

11 日　《澳门日报 · 新园地》副刊发表老唐的“濠江百态”《睇相》。

12 日　《澳门日报 · 新园地》副刊发表叟子的“濠江百态”《诡计多端》。

13 日　《澳门日报 · 新园地》副刊发表楚阳的短篇小说《前嫌的冰释》。

14 日　《澳门日报 · 新园地》副刊发表江清的“濠江百态”《“老鼠”》，同日，马万祺创作七律《杜甫草堂》。

16 日　《澳门日报 · 新园地》副刊发表梅萼华的影评《丈夫的情人》。

17 日　马万祺创作律诗《乘轮游三峡》。

18 日　《澳门日报 · 新园地》副刊发表子明的短篇小说《阿根嫂》，《新苗》副刊发表方冰的“写作漫谈”《叙事抒情的人称》。

19 日　《澳门日报 · 新园地》副刊发表静芷的影评《姐妹花》。

20 日　《澳门日报 · 新园地》副刊发表唐仁的“濠江百态”《拜灵神》。

21 日　《澳门日报 · 新园地》副刊发表红线女的《谈粤剧唱工》。

23 日　《澳门日报 · 新园地》副刊发表兆瑜的“都市场景”《美容记》。

24 日　《澳门日报 · 新园地》副刊发表楚山孤的“濠江百态”《有女同车》。

25 日　《澳门日报 · 新园地》副刊发表梅萼华的影评《午夜琴声》、小聪的“生活素描”《三婶》。欧阳山在内地出版的长篇小说《三家巷》在星光书店发售。

26 日　《澳门日报 · 新园地》副刊发表静芷的影评《金山大少》。

27 日　《澳门日报 · 新园地》副刊发表哈哈的短篇小说《难为了哥哥》。

28 日　《澳门日报 · 新园地》副刊发表沛沛的“濠江百态”《“调情圣手”碰钉记》。

29 日　《澳门日报 · 新园地》副刊发表城嘉的“都市场景”《“狸”宴》。

30 日　《澳门日报 · 新园地》副刊发表秀苇的影评《燕双飞》。

31 日　《澳门日报·新园地》副刊发表楚山孤的“濠江百态”《在电影院里》。

⊙　本月，马万祺创作律诗《西南行》。

十一月

1 日　《澳门日报·新园地》副刊发表楚阳的短篇小说《表的喜剧》。

2 日　《澳门日报·新园地》副刊发表梅萼华的影评《千姬》和谦士的《医生日记》。

3 日　《澳门日报·新园地》副刊发表朝阳的短篇小说《失踪》。

4 日　《澳门日报·新园地》副刊发表旭日的《疑神疑鬼》。

5 日　《澳门日报·新园地》副刊发表章憎命的《澳门掌故》和楚山孤的“生活素描”《霸王》。

7 日　《澳门日报·新园地》副刊刊登秀苇的影评《彩蝶双飞》以及北京大学学者吴小如的《诗词臆话·何不相逢未嫁时》。

8 日　《澳门日报·新苗》副刊发表方冰的“写作漫谈”《正确认识景物描写》。

9 日　《澳门日报·新园地》副刊发表阿鲁的短篇小说《捉贼记》。

10 日　《澳门日报·新园地》副刊发表楚阳的“生活素描”《包炮女工的日记》和梅萼华的“影话”《红伶梦》。

12 日　《澳门日报·新园地》副刊发表梅萼华的“影话”《令人陶醉的“蝶双飞”——再谈〈彩蝶双飞〉》。

14 日　《澳门日报·新园地》副刊发表梅萼华的“影话”《匈京逃命记》。

17 日　《澳门日报·新园地》副刊发表紫江的小小说《三姑》。

18 日　《澳门日报·新园地》副刊发表梅萼华的“影话”《孤“男”寡“女”》。

19 日　《澳门日报·新园地》副刊发表兰心的短篇小说《香闺疑云》。

22 日　《澳门日报·新苗》副刊发表紫虹的“人物速写”《小娟的练习簿》和方冰的“写作漫谈”《景物描写的方法》。

24 日　《澳门日报·新园地》副刊发表豁芷的短篇小说《情敌》。

26 日　《澳门日报·新园地》副刊发表刘太白的“影话”《国际掳劫案》。

27 日　《澳门日报·新园地》副刊发表楚阳的短篇小说《雏妓》。

28 日　《澳门日报 · 新园地》副刊发表梅萼华的“影话”《“王老五添丁”，新鲜好笑》。

29 日　《澳门日报 · 新苗》副刊发表李世光的短篇小说《谁是贼》。

十二月

1 日　《澳门日报 · 新园地》副刊发表梅萼华的《正德皇情醉怡香苑》。

2 日　《澳门日报 · 新园地》副刊发表小唐的“生活素描”《护士日记》。

3 日　《澳门日报 · 新园地》副刊发表朝阳的短篇小说《婚变》。

6 日　《澳门日报 · 新苗》副刊刊登方冰的《运用正确纯洁的语言》、秀苇的“影话”《一日千里》。

8 日　《澳门日报 · 新园地》副刊刊登谦士的“都市场景”《狂士多情》、刘太白的“影话”《静静的顿河》。

9 日　《澳门日报 · 新园地》副刊刊登紫虹的“都市场景”《油粽》。

10 日　《澳门日报 · 新园地》副刊发表老唐的“都市场景”《“福尔摩斯”碰钉记》。

11 日　《澳门日报 · 新园地》副刊发表楚山孤的短篇小说《咎由自取》。

12 日　《澳门日报 · 新园地》副刊刊登张君的短篇小说《棺材本》，并开始连载余福崇的长篇小说《阿福自记》① 和赤士光的侦破小说《“303”密件》（至 1960 年 1 月 31 日止）。

13 日　《澳门日报 · 新苗》副刊发表涛上的“濠江百态”《发婶失踪了》。

16 日　《澳门日报 · 新园地》副刊刊登谦士的“都市场景”《危楼鬼影》。

18 日　《澳门日报 · 新园地》副刊刊登兰心的短篇小说《自作多情》。

20 日　《澳门日报 · 新苗》副刊发表方冰的“写作漫谈”《不要光靠形容词》。

22 日　《澳门日报 · 新园地》副刊刊登楚阳的“濠江百态”《疯妇》。

23 日　《澳门日报 · 新园地》副刊发表秀苇的“影话”《毒丈夫》。

24 日　《澳门日报 · 新园地》副刊发表丹青的“影话”《午夜梦回》。

25 日　《澳门日报 · 新园地》副刊刊登兰心的“生活素描”《女佣日记（上）》。

① 具体载止日期不明。

26 日　《澳门日报 · 新园地》副刊刊登兰心的“生活素描”《女佣日记（下）》。

27 日　《澳门日报 · 新园地》副刊刊登楚阳的短篇小说《弄璋之悲》、梅萼华的“影话”《星期日电影》，《新苗》副刊刊登方冰的“写作漫谈”《比喻的作用和种类》。

28 日　《澳门日报 · 新园地》副刊刊登朝阳的短篇小说《迫婚》和梅萼华的“影话”《粉红色的凶手》。

30 日　《澳门日报 · 新园地》副刊发表古柏的《恶贯满盈》。

⊙　本月，雪山草在香港《文艺世纪》发表新诗《采茶姑娘的歌》。

本年

⊙　梁披云创作旧诗《雅城除夕》《周月芬春节画兰属题》《夜读解嘲》《新棠拉野峰顶晓望》《郭生医德可嘉赋赠》《碧初归国前夕画展》《王昭君画幅题句》《雪如率惠娥幼娥叔蛟归国寄怀》《郑君招饮碧萝春蒋大谱长相思纪之追忆少时五湖之游依稀如梦因次其韵》《酬林少琴》《闽剧碧波仙侣观后口号》《小春雅集拈韵分题》《夏历岁暮怀远》《善基北归赋赠》《送同侨集体归国》《番客谣》。

⊙　马万祺创作旧体诗词《波兰》《初访朝鲜》《莫斯科记游》。

⊙　由亚速尔作曲家卡斯劳神父领导的复音合唱团成立。10年后，该合唱团的女性成员全是土生葡人。13年后，华籍成员取代了女性葡人，合唱团纳入庇护十世音乐院，仍由卡斯劳神父领导。

⊙　鲁茂在20世纪50年代以三丘为笔名，在香港《文汇报》写小说、影评和剧本。

⊙　海燕剧艺社重演《夜店》。

1960年

这一年最重要的文学大事是改版后的《澳门学生》，头版刊登长达3000字的短篇爱情小说，另有科幻小说。此外，《澳门日报》开始重视培养本地作家写长篇小说，不再靠外来尤其是香港作家的稿件做支撑。典型的是由该报《新园地》副刊主编刘炽邀请时任《澳门学生》主编刘青华创作以本地青年生活为题材的爱情小说。这篇署名“艾华”的《青春恋歌》，由刘青华写前半部分，计80篇8万字，从1960年2月15日连载至5月2日。第81—190篇的连载由刘羡冰续写，刊至同年8月20日止。

无论是她们两人合写的作品还是刘羡冰用笔名葆青写的《东望洋之花》和署名长风的《君子好逑》，以及后来连载的《杏林春色》《经纪姻缘》《丈夫的情人》《婚礼进行曲》《十七姑娘》，共超百万字，全都未结集出版。这一方面反映出版的艰难，另一方面也和作者不重视留下文学史料有关。从“艾华”开始，澳门文学便具有自生自灭的特点，如刘青华北上后就退出文坛，她的合作伙伴刘羡冰自1964年4月后很少在文坛露脸，但刘羡冰大半世纪仍写作不辍，积数百万字，已出版专集十本，另有合集，其中文艺类的三本。在各报刊用正名或不同笔名发表，1990年后所有文章均署正名。

这一年短篇小说作者队伍在壮大，在《澳门日报·新园地》副刊发表短篇小说的人数比去年多，先后有谦士、楚阳、朝阳、旭日、楚山孤、小唐、兰心、丹心、欧阳世刚、翎翎、陈子庭、正凡、子维、文仪、漫君、芷云等人。过去的作品每篇1000字，是典型的小小说，现在发展到连载三天的名副其实的短篇小说。《澳门日报·新园地》副刊的“生活素描”专栏发表的作品，介于小说和散文之间，生活气息浓厚，是作家练笔的园地。新诗也开始登场，虽然作品数量不及短篇小说。“离岸文学”亦开始出现，投稿对象多为香港的《文艺世纪》。

一月

1日　《澳门日报·新园地》副刊开始连载唐裴的长篇小说《儿女侠情》(至本年5月14日止)。

3日　《澳门日报·新园地》副刊刊登谦士的短篇小说《表错情》。

4日　《澳门日报·新园地》副刊发表梅萼华的影评《骗婚》。

5日　《澳门日报·新园地》副刊发表老唐的《糊涂的拍友》。

6日　《澳门日报·新园地》副刊刊登张君的“濠江百态”《卖儿》。

8日　《澳门日报·新园地》副刊刊登沛沛的“都市场景”《寂寞的心》。

10日　《澳门日报·新园地》副刊刊登朝阳的“都市场景”《橡皮马骝》、梅萼华的影评《千面女郎》,《新苗》副刊发表方冰的《怎样应用比喻》。

11日　《澳门日报·新园地》副刊发表秋水的散文《寒夜》。

12日　《澳门日报·新园地》副刊刊登石川的新诗《母亲心里一串珠》。

13日　《澳门日报·新园地》副刊刊登鲁子的短篇小说《阿来》。

14日　《澳门日报·新园地》副刊刊登楚阳的短篇小说《舞娘泪(上)》。

15日　《澳门日报·新园地》副刊刊登楚阳的短篇小说《舞娘泪(下)》。

16日　《澳门日报·新园地》副刊刊登沛沛的“生活素描”《陋巷的一角》,《新苗》副刊刊登方冰的评论《谈夸张》。

17日　《澳门日报·新园地》副刊刊登紫虹的“濠江百态”《门高狗恶》。

18日　《澳门日报·新园地》副刊刊登秋水的“濠江百态”《阿飞奇遇记》。

20日　《澳门日报·新园地》副刊刊登楚山孤的“濠江百态”《在旅店门前》。

22日　《澳门日报·新园地》副刊刊登王高的《春联杂谈》。

23日　《澳门日报·新园地》副刊刊登楚阳的短篇小说《经理室里》。

24日　《澳门日报·新园地》副刊刊登朝阳的“生活素描”《年关》。

25日　《澳门学生》发表施远的小说《分数》。《澳门日报·新园地》副刊刊登益仁的散文《迎春花》。

31日　《澳门日报·新园地》副刊刊登老陈的格律诗《竹洞山水库输水》,《新苗》副刊刊登方冰的《人物肖像描写》。

二月

1 日 《澳门日报·新园地》副刊刊登谦士的短篇小说《探病趣闻》。

2 日 《澳门日报·新园地》副刊刊登叟子的短篇小说《有惊无险》。

3 日 《澳门日报·新园地》副刊刊登杜棠的新诗《春日游香洲》。

5 日 《澳门日报·新园地》副刊刊登谦士的短篇小说《王老五度春节》、梅萼华的影评《马戏女郎》。

6 日 《澳门日报·新园地》副刊刊登司徒东的"都市场景"《电影院里的奇遇》。

7 日 《澳门日报·新苗》副刊刊登方冰的文学评论《人物肖像的写法》。

8 日 《澳门日报·新园地》副刊刊登茭菽的《谈〈林冲〉的剧本创作》、学鸣的"濠江百态"《"挡煞"》。

9 日 《澳门日报·新园地》副刊刊登梅萼华的《剧力千钧的〈荆轲〉》。

10 日 《澳门日报·新园地》副刊刊登梅萼华的《〈白水滩〉演得精湛》。

11 日 《澳门日报·新园地》副刊刊登章憎命的《澳门掌故》。

12 日 《澳门日报·新园地》副刊刊登秋明的剧评《白驹荣演得好》。

13 日 《澳门日报·新园地》副刊刊登朝阳的"濠江百态"《无情鸡》和梅萼华的影评《正气磅礴的〈关汉卿〉》。

14 日 《澳门日报·新园地》副刊刊登绚霞的《杂谈粤剧》,《新苗》副刊刊登方冰的《写进人物的心里》。

16 日 《澳门学生》发表楚天的小说《毁灭》。《澳门日报·新园地》副刊刊登梅萼华的剧评《情调迷人的〈柳毅传书〉》。

17 日 《澳门日报·新园地》副刊刊登谦士的短篇小说《马小姐的烦恼》。

19 日 《澳门日报·新园地》副刊刊登梅萼华的影评《待嫁春心》。

20 日 《澳门日报·新园地》副刊刊登楚阳的"都市场景"《春梦初醒(上)》。

21 日 《澳门日报·新园地》副刊刊登香港《文汇报》总编李子诵的律诗《顺德行》、楚阳的"都市场景"《春梦初醒(下)》,《新苗》副刊刊登方冰的评论《概括的人物描写》。

22 日 《澳门日报·新园地》副刊刊登楚山孤的短篇小说《面子》。

23 日　《澳门日报 · 新园地》副刊转载冰心的散文《我的心路向着迎接侨胞的船只》、刊登楚阳的“都市场景”《三不租》。

24 日　《澳门日报 · 新园地》副刊刊登石花的散文《登岳阳楼》。

26 日　《澳门日报 · 新园地》刊登沛沛的“都市场景”《梁小姐染发记》。

27 日　《澳门日报 · 新园地》刊登楚阳的“生活素描”《怨妇记》。

28 日　《澳门日报 · 新苗》刊登方冰的文学评论《人物的侧面描写》。

29 日　《澳门日报 · 新园地》副刊刊登张君的生活故事《老板加薪》、一新的《感人的梅县山歌》。

三月

1 日　《澳门日报 · 新园地》副刊刊登楚山孤的“都市场景”《有女同居》。

2 日　《澳门日报 · 新园地》副刊刊登谦士的短篇小说《真挚的友情》。

3 日　《澳门日报 · 新园地》副刊刊登石川的“生活素描”《在阴暗的教务室里》。

4 日　《澳门日报 · 新园地》副刊刊登江清的小故事《还珠记》。

5 日　《澳门日报 · 新园地》副刊刊登楚阳的“濠江百态”《充阔记》。

6 日　《澳门日报 · 新园地》副刊刊登楚山孤的短篇小说《重逢（上）》。

7 日　《澳门日报 · 新园地》副刊刊登楚山孤的短篇小说《重逢（下）》。

8 日　《澳门消息报》改为日报。《澳门日报 · 新园地》副刊刊登小唐的小故事《飞来“艳福”》。

9 日　《澳门日报 · 新园地》副刊刊登学鸣的“濠江百态”《傻婆》。

10 日　《澳门日报 · 新园地》副刊刊登楚阳的“濠江百态”《小张狼狈》。

12 日　《澳门日报 · 新园地》副刊刊登兰心的短篇小说《鬼屋》。

13 日　《澳门日报 · 新园地》副刊刊登古柏的影评《儿女英雄传》。

14 日　《澳门学生》发表晴清的小说《谁是凶手？》。《澳门日报 · 新园地》副刊刊登沛沛的“濠江百态”《吹牛撞板记》。

15 日　《澳门日报 · 新园地》副刊刊登老唐的短篇小说《初会女友》。

16 日　《澳门日报 · 新园地》副刊刊登楚阳的短篇小说《明星梦（上）》。

17 日　《澳门日报 · 新园地》副刊刊登楚阳的短篇小说《明星梦（下）》。

18 日　《澳门日报 · 新园地》副刊刊登秀苇的“影话”《新闻人物》。

19 日　《澳门日报 · 新园地》副刊刊登朝阳的短篇小说《丈夫的疑心》。

20 日　《澳门日报 · 新园地》副刊刊登楚山孤的“濠江百态”《佳人有约》,《新苗》副刊刊登凌生的短篇小说《蓝小姐的妙计》。

21 日　《澳门日报 · 新园地》副刊刊登耳东的《德国伟大诗人歌德》。

22 日　《澳门日报 · 新园地》副刊刊登学鸣的“濠江百态”《咖啡室里》。

23 日　《澳门日报 · 新园地》副刊刊登旭日的短篇小说《血债》。

25 日　《澳门日报 · 新园地》副刊刊登小唐的“濠江百态”《“红棍”碰钉记》。

26 日　《澳门日报 · 新园地》副刊刊登楚山孤的短篇小说《后母（上）》。

27 日　《澳门日报 · 新园地》副刊刊登楚山孤的短篇小说《后母（下）》,《新苗》副刊刊登渭泉的小说《操场上的风波》。

28 日　《澳门日报 · 新园地》副刊刊登欧阳世刚的短篇小说《储蓄》。

29 日　《澳门日报 · 新园地》副刊刊登石川的“生活素描”《咖啡室小记（上）》。

31 日　《澳门日报 · 新园地》副刊刊登芷云的“濠江百态”《腐蚀》、石川的“生活素描”《咖啡室小记》（下）。

四月

1 日　《澳门日报 · 新园地》副刊刊登朝阳的短篇小说《弃婴（上）》。

2 日　《澳门日报 · 新园地》副刊刊登朝阳的短篇小说《弃婴（下）》。

3 日　《澳门日报 · 新苗》副刊刊登工人作者万青的《卖面包的老人》和店员凌生的《明仔》。

4 日　《澳门日报 · 新园地》副刊刊登毛稽的“濠江百态”《愚人节》。

5 日　《澳门日报 · 新园地》副刊刊登楚山孤的短篇小说《爱的灭亡》。

6 日　《澳门日报 · 新园地》副刊发表秀苇的影评。

7 日　《澳门日报 · 新园地》副刊刊登司徒东的“濠江百态”《“叫我梁主任吧”》。

8 日　《澳门日报 · 新园地》副刊发表秀苇的影评《女吸血鬼》。

10 日　《澳门日报 · 新园地》副刊刊登梅萼华的《仙鹤飞翔，艺术的结晶》、剑峰的“濠江百态”《拜神的风波》,《新苗》副刊发表方冰的“写作漫谈”《从阅读汲取营养》。

11 日 《澳门日报·新园地》副刊刊登文仪的“生活素描”《凤姐（上）》。

12 日 《澳门日报·新园地》副刊刊登文仪的“生活素描”《凤姐（下）》。

13 日 《澳门日报·新园地》副刊刊登楚阳的短篇小说《怒海惊涛（上）》。

14 日 《澳门日报·新园地》副刊发表楚阳的短篇小说《怒海惊涛（中）》。

15 日 《澳门日报·新园地》副刊发表楚阳的短篇小说《怒海惊涛（下）》。

16 日 《澳门日报·新园地》副刊刊登楚山孤的短篇小说《抛弃（上）》。

17 日 《澳门日报·新园地》副刊刊登楚山孤的短篇小说《抛弃（中）》。

18 日 《澳门日报·新园地》副刊刊登楚山孤的短篇小说《抛弃（下）》。

19 日 《澳门日报·新园地》副刊刊登谦士的短篇小说《求婚》。

20 日 《澳门日报·新园地》副刊刊登石川的“生活素描”《林老师夫妇（上）》。

21 日 《澳门日报·新园地》副刊刊登石川的“生活素描”《林老师夫妇（下）》。

22 日 《澳门日报·新园地》副刊刊登横眉的“濠江百态”《小夜枭》。

23 日 《澳门日报·新园地》副刊刊登梅萼华的影评《艳尼传》。

24 日 《澳门日报·新园地》副刊开始连载芷云的短篇小说《失足恨》（至本月27 日止）。

27 日 《澳门日报·新园地》副刊刊载朝阳的短篇小说《疯妇（上）》。

28 日 《澳门日报·新园地》副刊刊登朝阳的短篇小说《疯妇（中）》。

29 日 《澳门日报·新园地》副刊刊登朝阳的短篇小说《疯妇（下）》。

30 日 《澳门日报·新园地》副刊刊登张君的短篇小说《椿白灰老板》。

五月

1 日 《澳门日报·新园地》副刊刊登谦士的“濠江百态”《蚕虫师爷计》。

3 日 《澳门日报·新园地》副刊刊登楚山孤的短篇小说《夜归人》。

4 日 《澳门日报·新园地》副刊刊登横眉的“濠江百态”《刘师奶的疑心》。

5 日 《澳门日报·新园地》副刊刊登朝阳的短篇小说《一百块钱》。

6 日 《澳门日报·新园地》副刊刊登旭日的“濠江百态”《“算死草”受罚记》。

8 日 《澳门日报·新园地》副刊刊登芷云的“濠江百态”《骗局》。

9 日　《澳门日报·新园地》副刊刊登小唐的“濠江百态”《解签先生》。

11 日　《澳门日报·新园地》副刊刊登子规的“濠江百态”《无妄之灾》。

12 日　《澳门日报·新园地》副刊刊登兰心的“生活素描”《风婵》。

13 日　《澳门日报·新园地》副刊刊登谦士的短篇小说《“紧张大师”的秘密》。

14 日　《澳门日报·新园地》副刊刊登朝阳的“濠江百态”《“御天术”的风波》。

15 日　《澳门日报·新园地》副刊开始连载江一明的武侠小说《凌波女侠》①。

江一明（1920—？），原名顾鸿，又用别名贺原、夏侯晚侍等，广东人。20 世纪 40 年代移居香港，早年投身出版事业，后在《华侨日报》担任编辑，在香港和澳门的报纸发表了大量武侠小说，如《白马女侠传》《太湖龙女传》《女侠素心兰》《邪派高手》等作品。20 世纪五六十年代，他在《澳门日报》发表武侠连载小说《凌波女侠》，是新武侠小说的代表性人物。

16 日　《澳门日报·新园地》副刊刊登沛沛的“濠江百态”《“排骨英雄”习泳记》。

17 日　《澳门日报·新园地》副刊刊登丹心的短篇小说《丈夫的烦恼》。

18 日　《澳门日报·新园地》副刊刊登小唐的“濠江百态”《“改造”未婚妻》。

19 日　《澳门日报·新园地》副刊刊登文仪的“濠江百态”《追踪》。

20 日　《澳门日报·新园地》副刊刊登白头翁的“濠江百态”《染发记》。

21 日　《澳门日报·新园地》副刊刊登梅萼华的《女秘书艳史》。

23 日　《澳门日报·新园地》副刊刊登梅萼华的《五朵金花》。

24 日　《澳门日报·新园地》副刊刊登楚山孤的“濠江百态”《房东的烦恼》。

26 日　《澳门日报·新园地》副刊刊登蓝丁的“生活素描”《小安娜》。

28 日　《澳门日报·新园地》副刊刊登潘石的短篇小说《女儿缘》。

29 日　《澳门日报·新园地》副刊刊登楚山孤的散文《雨中的回忆》，《新苗》副刊刊登渭泉的“生活素描”《李少莲》。

---

① 至本年 10 月 2—3 日止，具体日期不明。

30 日　《澳门日报 · 新园地》副刊刊登朝阳的短篇小说《圈套》。

31 日　《澳门日报 · 新园地》副刊刊登翎翎的短篇小说《卖胎记》。

六月

1 日　《澳门日报 · 新园地》副刊刊登梅萼华的"影话"《苦海无滩》。

3 日　《澳门日报 · 新园地》副刊刊登小唐的短篇小说《杯弓蛇影》。

4 日　《澳门日报 · 新园地》副刊刊登福耳摩的"濠江百态"《跟踪》。

5 日　《澳门日报 · 新园地》副刊刊登梅萼华的"影话"。

6 日　《澳门日报 · 新园地》副刊刊登秋明的"影话"《有女初成长》。

9 日　《澳门日报 · 新园地》副刊刊登横眉的"都市百态"《人心叵测》。

13 日　《澳门日报 · 新园地》副刊刊登容光焕的随笔《香港新名词》。

14 日　《澳门日报 · 新园地》副刊刊登楚阳的短篇小说《血海深仇》。

15 日　《澳门日报 · 新园地》副刊刊登谦士的"濠江百态"《在董事长的家里》。

19 日　《澳门日报 · 新苗》副刊发表江海涛的短篇小说《骄傲者碰钉记》。

20 日　《澳门日报 · 新园地》副刊刊登陈子庭的短篇小说《太太的疑心》。

21 日　《澳门日报 · 新园地》副刊刊登楼适夷的新诗《不受欢迎的人》。

26 日　《澳门日报 · 新园地》副刊刊登兰心的短篇小说《孩子的妒忌》。

29 日　《澳门日报 · 新园地》副刊刊登楚山孤的短篇小说《误会？》。

⊙　本月，雪山草在香港《文艺世纪》发表《散文三题》。

七月

2 日　《澳门日报 · 新园地》副刊刊登怀珠的《〈林家铺子〉的时代背景》。

7 日　《澳门日报 · 新园地》副刊开始连载江一明的《日寇罪行录》（至本月 13 日止）和老陈的新诗《"七七"二十三年》。

10 日　《澳门日报 · 新苗》副刊刊登陈子庭的短篇小说《不能替仇人卖命》。

11 日　《澳门日报 · 新园地》副刊开始连载林韵的长篇小说《风尘人语》（至 1966 年 10 月 20 日止）。

15 日　《澳门日报 · 新园地》副刊刊登楚阳的短篇小说《奇遇》。

17 日 《澳门日报·新园地》副刊刊登方冰的《培养修改文章的习惯》。

21 日 《澳门日报·新园地》开始连载阿尔达玛斯基（苏联）的惊险小说《深入虎穴》（至本年 9 月 19 日止）。

22 日 《澳门日报·新园地》副刊刊登石川的短篇小说《陈姑娘的秘密（上）》。

23 日 《澳门日报·新园地》副刊刊登石川的短篇小说《陈姑娘的秘密（下）》。

25 日 《澳门学生》发表佚名的新诗《暴风（另一首）》。

26 日 《澳门日报·新园地》副刊刊登楚山孤的“濠江百态”《有刺的玫瑰》。

30 日 《澳门日报·新园地》副刊刊登楚阳的短篇小说《夜归》。

⊙ 本月，雪山草在香港《文艺世纪》发表新诗《海歌》。

八月

2 日 《澳门日报·新园地》副刊刊登子维的短篇小说《寂寞的心（1）》。

3 日 《澳门日报·新园地》副刊刊登子维的短篇小说《寂寞的心（2）》。

10 日 《澳门日报·新园地》副刊刊登学弹居主的“濠江百态”《巴山搭客群像》。

11 日 《澳门日报·新园地》副刊刊登楚阳的“濠江百态”《“摇摇”的悲喜剧》。

12 日 《澳门日报·新园地》副刊刊登子规的“濠江百态”《懒惰的太太》。

13 日 《澳门日报·新园地》副刊刊登兰心的短篇小说《陷阱边缘（上）》。

14 日 《澳门日报·新园地》副刊刊登兰心的短篇小说《陷阱边缘（下）》。

15 日 《澳门日报·新园地》副刊刊登而毕的“濠江百态”《骗饭骗食的人》。

17 日 《澳门日报·新园地》副刊刊登子维的“濠江百态”《兰闺风云》。

20 日 《澳门日报·新园地》副刊刊登兰心的短篇小说《邻家有女》。

22 日 《澳门日报·新园地》副刊在“濠江百态”刊登楚阳的《小高夫妇》。

23 日 《澳门日报·新园地》副刊刊登而毕的“濠江百态”《新来的住客》。

25 日 《澳门日报·新园地》副刊开始发表葆青的言情小说《东望洋之花》[①]，写一个女生从校花变成交际花的过程，情节错综复杂，富有地方色彩。

29 日 《澳门学生》发表丁世民的新诗《乞丐》。

① 至 1961 年 4 月 5—9 日止，具体日期不明。

31日 《澳门日报·新园地》副刊发表漫君的“濠江百态”《午夜琴挑》。

九月

1日 《华侨报·侨声》副刊开始连载紫燕的长篇小说《上流人物》(至本月12日止)、鲁侠的《镜海苍桑录》(至本月22日止)、魏施的侦探小说《构陷》(至本年11月5日止)、深寻的长篇小说《春情愁怨化鹃啼》(至本年11月5日止),另有精选中篇《拚命一搏　两败俱伤》(至本月8日止)。

2日 《华侨报·侨声》副刊开始连载武当尊的长篇小说《歼仇记》(至本月15日止)。

3日 《澳门日报·新园地》副刊发表石川的短篇小说《刘师奶的遭遇(上)》。

4日 《澳门日报·新园地》副刊发表石川的短篇小说《刘师奶的遭遇(下)》。

8日 《澳门日报·新园地》副刊发表初哥的“濠江百态”《吴老板娶妻记》。

9日 《华侨报·侨声》副刊发表佚名的中篇《夜总会里的好人》①。

10日 《澳门日报·新园地》副刊发表楚山孤的短篇小说《丈夫的疑心》。

12日 《澳门学生》发表佚名的新诗《花翅膀雀鸟(外一首)》。

15日 《华侨报·侨声》副刊开始连载森然的《偷的故事》(至本月22日止)。

16日 《华侨报·侨声》副刊开始连载森然的精选中篇《童养媳沉冤莫白》②。

17日 《澳门日报·新园地》副刊发表文仪的短篇小说《斌伯父子(上)》。

18日 《澳门日报·新园地》副刊发表文仪的短篇小说《斌伯父子(下)》。

20日 《澳门日报·新园地》副刊发表朝阳的“濠江百态”《陷阱(上)》。

21日 《澳门日报·新园地》副刊发表朝阳的“濠江百态”《陷阱(下)》。

23日 《华侨报·侨声》副刊开始连载森然的《陪女友记》③。《澳门日报·新园地》刊登楚山孤的短篇小说《琴声魅影(上)》。

24日 《澳门日报·新园地》副刊刊登楚山孤的短篇小说《琴声魅影(下)》。

---

① 至本年12月11—12日止,具体日期不明。

② 至本年12月11—12日止,具体日期不明。

③ 至1961年2月21—22日止,具体日期不明。

十月

1 日　《澳门日报·新园地》副刊在“文艺之友”专栏发表方冰的《一张令人兴奋的书单》。

5 日　《澳门日报·新园地》副刊发表维真的新诗《国庆赞歌》。

6 日　《澳门日报·新园地》副刊发表楚山孤的短篇小说《雨中人》。

8 日　《澳门日报·新园地》副刊开始连载何耿刚的武侠小说《风雷夺魄剑》（至1961 年 8 月 7 日止），另还发表楚山孤的短篇小说《影坛外的明星》。

13 日　《澳门日报·新园地》副刊发表子维的短篇小说《吉婶（上）》、秀苇的“影话”《晚娘》。

14 日　《澳门日报·新园地》副刊发表子维的短篇小说《吉婶（下）》、梅萼华的“影话”《〈偷情恨〉教人堕落》。

17 日　《澳门学生》发表子廷的新诗《日记》。《澳门日报·新园地》副刊发表横眉的短篇小说《温暖在人间》。

19 日　《澳门日报·新园地》副刊发表许明为纪念鲁迅逝世 24 周年写的评论《鲁迅——中国新文学的奠基者》。

20 日　《澳门日报·新园地》副刊发表方冰为纪念鲁迅逝世 24 周年写的评论《鲁迅是怎样读书的》。

25 日　《澳门日报·新园地》副刊发表楚阳的短篇小说《杯弓蛇影》。

29 日　《澳门日报·新园地》副刊发表漫君的短篇小说《过埠新娘》。

⊙　本月，雪山草在香港《文艺世纪》发表散文《夜雨》。

十一月

1 日　《华侨报·侨声》副刊刊登森然的精选中篇《一个女魔的收场》。

2—4 日　《华侨报·侨声》副刊继续刊登森然的精选中篇《一个女魔的收场》。

5 日　《华侨报·侨声》副刊开始连载百家译的中篇小说《会讲话的猫》（至本月 13 日止）。

6 日　《华侨日报》三个副刊《侨声》、《新村》（综合知识）、《娱乐版》同时出现，其中《侨声》副刊开始连载深寻的小说《做间谍的母亲》（至本月29日止）、恭傅的《夕恩情》（至本月29日止）、莫如的《女人的故事》（至本月29日止），魏施的“侦探小说译丛”《死亡的酒会》（至本月29日止）、武当尊的长篇小说《篷上艳》（至本月29日止）。

9日　《华侨报·侨声》副刊开始连载武当尊的精选中篇《蛇蝎美人心》（至本年11月29日止）。

13日　《澳门日报·新园地》副刊在新增的《学文》学术副刊中，发表区常的《中国文字形态问题》、郑广的《读书随笔》，“词话”专栏发表洪乔的《辛稼轩受尽冤屈》。

18日　《华侨报·侨声》副刊开始连载莫如的《小广告的爱情》（至本月29日止）。

22日　《澳门日报·新园地》副刊发表楚山孤的短篇小说《豪门内外（上）》。

23日　《澳门日报·新园地》副刊发表楚山孤的短篇小说《豪门内外（下）》。

26日　《华侨报·侨声》副刊开始连载莫如的《报复的悲剧》[①]。

27日　《澳门日报·新苗》副刊发表江东去的图案诗《美帝自叹》。

29日　《澳门日报·新园地》副刊发表葆青的短篇小说《打开了生活的窗子》。

11月30日—12月2日　《华侨报·侨声》发表鲁侠的《瀛海谈奇》[②]。

十二月

3日　《澳门日报·新园地》副刊发表楚阳的短篇小说《爱情的风波》。

6日　《华侨报·侨声》副刊开始连载清华的《虎穴双雌》[③]，另《艺术》副刊第4期发表大丰的《素描——是西画必经之路》。

8日　《澳门日报·新园地》副刊发表老陈的格律诗《广东曲艺杂技赞歌》。

10日　《澳门日报·新园地》副刊发表江海涛的格律诗《咏广东曲艺杂技团》。

11—12日　《华侨报·侨声》副刊刊登清华的《奇遇》。

---

① 至本年12月4—5日止，具体日期不明。

② 至1961年2月21—22日止，具体日期不明。

③ 至1961年2月21—22日止，具体日期不明。

13 日　《澳门日报·新园地》副刊发表鲁孚的快板《喜看曲艺杂技表演》。

14 日　《澳门日报·新园地》副刊发表曹聚仁的文艺评论《谈曲艺、杂技——十年来中国戏曲的进境》。

20 日　《澳门日报·新园地》副刊发表楚山孤的短篇小说《招太太》。

21 日　《华侨报·侨声》副刊开始连载发表清华的《夜车误点》[①]。

25 日　《澳门日报·新苗》副刊发表方冰的"文艺之友"《阅读作品的准备》、江虹的"生活素描"《我当起教师来》。

27 日　《澳门日报·新园地》副刊发表牛黄的"濠江百态"《圣诞之夜》。

28 日　《华侨报·侨声》副刊发表清华的《女人祸水》。

29 日　《澳门日报·新园地》副刊发表熹微的短篇小说《圣诞节的风波》。

31 日　《华侨报·侨声》副刊开始连载清华的《挚情苦》[②]。

⊙　是年，维护葡语的措施继续在澳门实施。

① 至 1961 年 2 月 21—22 日止，具体日期不明。

② 至 1961 年 2 月 21—22 日止，具体日期不明。

1961年

《澳门日报》创刊后一直与内地保持热线联系。仅这一年，在《新园地》发表文章的内地作者便有丰子恺、陈赓、许涤新、吴晗、范烟桥、吴组缃、周瘦鹃、陈叔通、臧克家、沈尹默、楼栖、李门、秦牧等。这些文章大都不是作者自己投稿，而是由编辑从内地报刊选载。

这一年，《澳门日报》创办《小说丛》副刊，是文坛一大盛事。长期以来，人们均认为20世纪80年代创办的《镜海》是澳门副刊史上的第一个纯文学副刊，其实《小说丛》比它更早。虽然该刊以通俗文学为主，但也有高雅文学，如“掌篇小说”专栏刊登的文章，便符合今天的纯文学标准。短篇小说作者新面孔有蓝莎、梅芝、董冬、文弱生、鲁四，其中梅芝发表最多。

广义的澳门文学，应包括《澳门掌故》这一类文史小品。章憎命（澳门历史学家王文达）的同题系列文章以及《新苗》副刊所介绍的茅盾、张天翼在澳门的文学活动，尤其是《澳门日报·小说丛》“濠江即景”作品的刊载，在增强澳门文学的“澳味”方面起了不小作用。

这里还不能忽视香港作家的参与，如黄崖以澳门为题材的长篇小说《迷濛的海峡》，计25万言。作者不但写出由港赴澳青年的苦闷，而且还透过黑社会绑架、枪杀情节，表现了港澳作为资本主义社会的诸多黑暗面。作者在书中没有做任何说教，只是通过故事和感人的情节让读者去判断，去批判。

一月

1日　《华侨报·侨声》副刊开始连载清华的《挚情苦》[①]。《澳门日报·新园地》

① 至本年2月21—22日止，具体日期不明。

副刊发表丰子恺的散文《新年随笔》。

3 日　《澳门日报·新园地》副刊发表楚山孤的短篇小说《吕彦明（上）》。

4 日　《澳门日报·新园地》副刊发表楚山孤的短篇小说《吕彦明（下）》。

6 日　《澳门日报·新园地》副刊开始连载陈赓的革命回忆录《挺进豫西》。

7—13 日　《澳门日报·新园地》副刊连载陈赓的革命回忆录《挺进豫西》（完）。

19 日　《澳门日报·新园地》副刊发表梅萼华的影评《〈青春万岁〉健美壮观》。

22 日　《澳门日报·新苗》副刊发表楚阳的短篇小说《愤懑》。

28 日　《澳门日报·新园地》副刊发表兰心的短篇小说《偏爱》。

31 日　《澳门日报·新园地》副刊发表许涤新的散文《纪念杜国庠》。

二月

1 日　《澳门日报·新园地》副刊发表子规的"澳居随笔"《救救孩子》。

4 日　《澳门日报·新园地》副刊发表吴晗的散文《再谈人和鬼》。

5 日　《澳门日报·新苗》副刊发表方冰的评论《怎样分析人物》。

6 日　《澳门日报·新园地》副刊发表横眉的"濠江百态"《冤枉的事》。

11 日　《澳门日报·新园地》副刊发表豁芷的"濠江百态"《餐室里的奇遇》。

20 日　《澳门日报·新园地》副刊发表蓝蓉瑛的影评《〈五朵红云〉扣人心弦》。

23 日　《澳门日报·新园地》发表一丁的"澳门掌故"《记〈澳夷筑城残稿〉》。

25 日　《澳门日报·新园地》副刊发表江东去的书评《一部出色的古典文学普及读物——介绍〈宋诗一百首〉》。

26 日　《澳门日报·新苗》副刊发表方冰的《怎样分析人物》。

28 日　《澳门日报·新园地》开辟"作家介绍"专栏，刊登绚霞《〈关汉卿〉的作者田汉》。

三月

2 日　《澳门日报·新园地》副刊发表楚山孤的短篇小说《相逢未晚》。

10 日　《澳门日报·新园地》副刊发表范烟桥的评论《唐伯虎的绘画》。

12 日　《澳门日报·新苗》副刊发表方冰的评论《文学作品的主题》。

13 日　《澳门日报 · 新园地》副刊发表吴组缃的散文《打虎的故事》。

20 日　《澳门日报 · 新园地》副刊发表蓝莎的短篇小说《在精神病院里》。

26 日　《澳门日报 · 新苗》副刊发表方冰的《抓住主要的环节》。

31 日　《澳门日报 · 新园地》副刊发表梅萼华的影评《〈黄浦江风云〉紧张》。

四月

1 日　《澳门日报 · 新园地》副刊发表汉仪的短篇小说《阿莲》。

12 日　《澳门日报 · 新园地》副刊在“作家介绍”专栏发表绚霞的《清明节里怀萧红》。

13 日　《澳门日报 · 新园地》副刊发表秀苇的影评《汉宫秋月》。

15 日　《澳门日报》开设《小说丛》副刊，版式和《新园地》一样，大小都是六条字[①]，在原有林韵的《风尘人语》、余福崇的《阿福自记》、何耿刚的武侠小说《风雷夺魄剑》基础上新增加两部新作品——张璧的《死亡采访》（至本年 9 月 14 日止）、麦思远的《铁掌情仇》（至本年 6 月 14 日止），并开始连载董湖的长篇小说《人鬼之间》（至本年 12 月 31 日止）。

16 日　《澳门日报 · 小说丛》副刊开始连载陈萃文的长篇小说《武林虎榜》（至 1967 年 2 月 26 日止）。

17 日　《澳门学生》发表小燕的散文《谁的钱》。《澳门日报 · 小说丛》发表菁华的“艺坛话旧”《何香凝丹青驰誉》。

五月

6 日　《澳门日报 · 天南地北》副刊发表楼栖的散文《潮安行》。

8 日　《澳门日报 · 小说丛》副刊发表马南邨的杂文《宇宙航行的古代传说》。

12 日　《澳门日报 · 小说丛》副刊预告武侠中篇《黄林开大战颠杰》于日内刊出，“由小说家王申执笔，笔调生动，拳拳到肉，敬请读者留意”。

14 日　《澳门日报 · 小说丛》副刊开始连载王申的武侠中篇《黄林开大战颠杰》

① 六条字：指澳门排版和字体的习惯用语。

（至本年6月14日止）。

17日　《澳门日报·小说丛》副刊预告丁文的言情中篇《骗情记》日内刊出。

18日　《澳门日报·小说丛》副刊继续连载何耿刚的武侠小说《风雷夺魄剑》。

19日　《澳门日报·小说丛》副刊开始连载丁文的言情中篇《骗情记》①，写美艳女郎追求爱情的曲折遭遇。

21日　《澳门日报·新苗》副刊"作家介绍"专栏中继介绍茅盾到过澳门后，绚霞又写了《曾在澳门留医的作家张天翼》。

六月

14日　《澳门日报·小说丛》副刊发表李门的散文《清幽秀丽话西樵》。

24日　《澳门日报·小说丛》副刊开始连载王介文的言情小说《黑夜追踪》（至本年7月24日止）。

七月

10日　《澳门日报·小说丛》副刊刊登文弱生的《靓仔玉双拳打死下山虎》。

11日　《澳门日报·新园地》副刊继续刊登章憎命的《澳门掌故·澳城扩展经过》。

13日　《澳门日报·新园地》副刊刊登后生的《澳门征诗补谈》。

22日　《澳门日报·小说丛》副刊刊登梅芝的短篇小说《恋爱经验》。

23日　《澳门日报·小说丛》副刊刊登梅芝的短篇小说《跟踪怪客》。

24日　《澳门日报·小说丛》副刊发表任申的"武林逸话"《生死战斗订交情》。

25日　《澳门日报·小说丛》副刊开始连载王介文的小说《剑底鸳盟》（至本年8月7日止）。

30日　《澳门日报·新园地》副刊发表关振东的散文《夜游珠江（上）》。

31日　《澳门日报·新园地》副刊发表关振东的散文《夜游珠江（下）》。

---

① 至本年6月21—23日止，具体日期不明。

八月

3 日　《澳门日报·小说丛》副刊发表梅芝的短篇小说《学有所成》。

7 日　《澳门日报·新园地》副刊发表川岛的散文《鲁迅先生生活琐记》。

8 日　《澳门日报·小说丛》副刊开始连载何耿刚的《五湖侠隐录》[①]、秦华的《杯酒惊魂》(至本年 9 月 13 日止)。

11 日　《澳门日报·小说丛》副刊发表梅芝的短篇小说《太极专家》。

14 日　《澳门日报·小说丛》副刊发表梅芝的短篇小说《邂逅的尴尬》。

15 日　《澳门日报·小说丛》副刊发表梅芝的短篇小说《爱的教育》。

16 日　《澳门日报·小说丛》副刊刊登梅芝的短篇小说《不速之客》。

17 日　《澳门日报·小说丛》副刊发表梅芝的短篇小说《雪条》。

27 日　《澳门日报·小说丛》副刊刊登熹微的短篇小说《色胆包天》。

28 日　《澳门学生》发表“泉”的相声剧《幻想与理想》。《澳门日报·小说丛》副刊发表梅芝的短篇小说《麻雀桌边》。《新园地》副刊刊登秀诗仁的新诗《港澳行路难》。

⊙　本月，楚阳在香港《文艺世纪》发表短篇小说《只怨惊飙荡落花》。

九月

4 日　《澳门日报·小说丛》副刊新开辟“掌篇小说”专栏，发表梅芝的《兰丝寻职记》。

5 日　《澳门日报·小说丛》副刊发表梅芝的“掌篇小说”《外交天才》。

6 日　《澳门日报·小说丛》副刊发表梅芝的“掌篇小说”《错配鸳鸯》。

7 日　《澳门日报·小说丛》副刊开始连载夏耕的《云彩的爱》[②]，还发表梅芝的“掌篇小说”《冤家路窄》。

8 日　《澳门日报·小说丛》副刊发表梅芝的“掌篇小说”《以文会亲》。

9 日　《澳门日报·小说丛》副刊发表文弱生的武侠短篇《连环腿破铁布衫》。

---

① 至 1963 年 7 月—10 月止，具体日期不明。

② 至本月 22—23 日止，具体日期不明。

13 日　《澳门日报·小说丛》副刊新开辟“濠江即景”专栏，发表董东的《飞王张撞板记》。

14 日　《澳门日报·新园地》副刊发表周瘦鹃的散文《欲写龙湫难下笔》。

15 日　《澳门日报·小说丛》副刊开始连载贾真的风趣中篇《杏林春色》（至本年 11 月 28 日止）。

《杏林春色》：写医馆里的趣事逸闻，有大胆的医生和漂亮的太太，以及“十三点”的女护士，英俊潇洒的男职员，各种不同的病人。由于他们都是多情种，因此医院里春意盎然。

20 日　香港作家黄崖由香港高原出版社出版长达 25 万言的小说《迷濛的海峡》。在该书中，著者写出青年的苦闷，还透过许多发生在澳门地区的感人情节，显示出现代世界两大思想主流的冲突。

21 日　《澳门日报·小说丛》副刊发表文弱生的武侠短篇小说《罗浮道士薄惩西山霸王》。

24 日　《澳门日报·小说丛》副刊开始连载徐敏的《彩虹曲》（至本年 10 月 8 日止）。

《彩虹曲》：写少女爱上两兄弟的三角恋爱故事，情节曲折，故事一环扣一环。

25 日　《澳门日报·新园地》副刊发表梅茵的《鲁迅在广州二三事——纪念鲁迅诞生八十周年》。

26 日　《澳门日报》头版头条报道《北京隆重纪念鲁迅诞辰，周总理等千余人出席纪念会》，并在头版下半角发表古凡的《白云山下的思念——访广州鲁迅故居白云楼》。

28 日　《澳门日报·新园地》副刊发表季维之的《鲁迅与〈小约翰〉》。

29 日　《澳门日报·新园地》副刊发表林迹的《鲁迅锲而不舍的工作精神》。

十月

1日　《澳门日报·新园地》副刊发表老陈的散文《国庆节赋——以红旗招展为韵》。

6日　《澳门日报·新园地》副刊开始连载旧侣的《澳门歌坛话旧》。

8日　《澳门日报·小说丛》副刊发表梅芝的“濠江即景”《兰姑租房子》。

9日　《澳门日报·小说丛》副刊开始连载王介文的中篇小说《妻子的秘密》（至本年11月11日止），该作品疑云阵阵，曲折离奇。《澳门日报·新园地》副刊发表梅芝的“濠江即景”《老王老五的对象》。

10日　《澳门日报·新园地》发表陈叔通的律诗《辛亥革命五十周年纪念》。

11日　《澳门日报·小说丛》副刊中林韵的《风尘人语》暂停，另发表梅芝的“濠江即景”《错怪良人》，《澳门日报·新园地》副刊发表方冰的《作家笔下的辛亥革命》。

12日　《澳门日报·小说丛》副刊发表梅芝的《高太太的病（上）》。

13日　《澳门日报·小说丛》副刊发表梅芝的《高太太的病（下）》。

14日　《澳门日报·小说丛》副刊发表梅芝的“濠江即景”《爱情的伤者（上）》。

15日　《澳门日报·小说丛》副刊发表梅芝的“濠江即景”《爱情的伤者（下）》。

16日　《澳门日报·新园地》副刊发表臧克家的《毛主席亲题鲁迅诗》。

19日　《澳门日报·新园地》副刊发表蓓尔《认真，朴素，勤恳——鲁迅先生逝世25周年纪念》。

20日　《澳门日报·小说丛》副刊发表梅芝的“濠江即景”《错做人》。

23日　《澳门学生》发表李生木的新诗《黎明和海》。

30日　《澳门学生》发表李丹的新诗《老相士（外二首）》。

李丹，生平不详，已逝世。澳门著名的左翼诗人，在《澳门日报》发表了大量诗歌，如《缪六姑》《夏斯特里的蛇舞》《啊，北京》《干杯》《光辉的旅程》《中国——阿尔巴尼亚》《吉普车之歌》，这些诗歌表达了对新中国诞生的喜悦，以及对新中国的热爱之情。

十一月

6 日　《澳门日报 · 新苗》副刊发表庄钝的《汉字粤音正读 · 引言》。

8 日　《澳门日报 · 新园地》副刊发表秦牧的《缺陷者的鲜花》。

11 日　《澳门日报 · 新园地》副刊发表沈尹默的《毛主席书鲁迅诗再谈》。

12 日　《澳门日报 · 小说丛》副刊开始连载岫云的长篇小说《秦淮双凤》（至 1962 年 8 月 14 日止），《新园地》副刊发表臧克家的《再谈毛主席亲题鲁迅诗》。

13 日　《澳门日报 · 新园地》副刊发表郭沫若的《翻译鲁迅的诗》，开始连载收山饮客的《濠江花海沧桑》（至本月 15 日止）。

18 日　《澳门日报 · 小说丛》副刊发表董东的短篇小说《新季常》。

19 日　《澳门日报 · 小说丛》副刊发表文弱生的短篇小说《赛元霸拜师学武》，《新园地》副刊发表鲁四的掌篇小说《一封遗书》。

20 日　《澳门日报 · 小说丛》副刊发表鲁四的短篇小说《大意之过》，《澳门日报 · 新苗》副刊发表庄钝的《汉字粤音正读》。

22 日　《澳门日报 · 新园地》副刊发表王曰叟的《汉字趣谈》。

29 日　《澳门日报 · 小说丛》副刊开始连载王介文的长篇小说《花开花落》（至 1962 年 2 月 22 日止）。

⊙　本月，雪山草在香港《文艺世纪》发表新诗《冷暖人间》。

十二月

1—2 日　《澳门学生》发表李丹的新诗《炮竹工人（外一首）》。

3 日　《澳门日报 · 新园地》副刊发表河谷的《巴金的家（上）》。

4 日　《澳门日报 · 新园地》副刊发表河谷的《巴金的家（下）》，《澳门日报 · 新苗》副刊发表庄钝的《汉字粤音正读》。

8 日　《澳门日报 · 新园地》副刊发表梅萼华的《常见的沙漠英雄仙人掌》。

11 日　《澳门日报 · 小说丛》副刊发表鲁四的短篇小说《救命记》。

12 日　《澳门日报 · 小说丛》副刊发表宝雄的武侠短篇小说《阴阳腿巧破童子功》。

18 日　《澳门学生》发表文英的散文《秋之晨》。《澳门日报·新苗》副刊发表庄钝的《汉字粤音正读》。

24 日　《澳门日报·小说丛》副刊发表鲁四的短篇小说《打单》。

26 日　《澳门日报·新园地》副刊发表章憎命的《澳门掌故》。

28 日　《澳门日报·新园地》副刊“文艺铁话”专栏发表风马牛的《田汉与〈白蛇传〉》和章憎命的《澳门掌故》。

29 日　《澳门日报·新园地》副刊“文艺铁话”专栏发表远平的《汉语的奥妙》。

31 日　《澳门日报》发表容光焕的评论《向〈文成公主〉喝彩》。

本年

⊙　南通银行举办学生中文比赛，获奖作品中，初中组第一名为陈贤胜的小说。

⊙　梁披云创作旧体诗词《蔓草》《陈毅副总理报聘印尼纪盛》《印中友协六周年纪念晚会口号》《悼革尘》《敬挽陈嘉庚先生》《武汉长江大桥》《万里长城》《杭州湖游》《闽北顺昌》《永春北硿》《归省》《古田》《三明市》《红莱街》。

⊙　海燕剧艺社在劳工子弟学校演出话剧《屈原》。

1962年

“像珍珠一样皎洁/像玛瑙一样晶莹/一盏连着一盏灯/照得大街小路一片光明/一颗心连着一颗心/从澳门一直通到北京”。这是李鹏翥以笔名方冰发表在《新园地》题为《贺灯》的新诗。“从澳门一直通到北京”，虽然直露，诗意不足，却道出了20世纪60年代澳门群众的心声。这里还要提到港澳两地开始了文学对话，如耿心便和香港《新晚报》作者商榷郁达夫是否颓废的问题。

这一年的长篇连载，武侠小说仍占了极大的比重，如何耿刚的《五湖侠隐录》、陈萃文的《武林虎榜》。值得重视的是冰原揭露社会黑幕的《学府魅影》。比起《剑底情鸳》来，它更有现实气息。这一年的小说在长篇和短篇之间，又增添了中篇这一新品种，典型的是秦华写贩毒集团的《饼干》，他揭露黑社会毒害人们的手段，惊心动魄。

这一年短篇小说的“劳动模范”非何坚莫属。新诗作者则主要有蓝丁、李丹。蓝丁写的爱情短诗，明朗有余，含蓄不足。值得重视的是残疾人独目六叔的新诗，其题材来自生活底层，语言通俗，带有民谣味，比“小资”式的诗人拥有更多的读者。

散文创作除杂文外，这一年的重要收获是马万祺的《粤桂纪行》。里面洋溢着对祖国大好河山的热爱，其爱国之心令人感动，且文笔清丽，写景描写可读性强。庄钝继续连载语文小品《汉字粤音正读》，文章不长，但学术含金量不小。方冰除写文学评论外，还运用自己的现代文学史知识写些《徐志摩与陆小曼的恋情》之类的随笔，供读者在茶余饭后消遣。这一年的文学评论，仍靠内地尤其是北京的名作家如郭沫若、臧克家诠释毛泽东新发表的《词六首》[①]的文章支撑。这些文章也不是作者的投稿，仍

① 具体载止日期不明。

是从内地转刊过来。

一月

11 日　《澳门日报 · 小说丛》副刊发表董东的短篇小说《佳人有约》。

30 日　《澳门日报 · 新园地》副刊发表石川的散文《渔湖的十二月》。

⊙　本月，李丹在香港《文艺世纪》发表新诗《致大海》。

二月

4 日　《澳门日报 · 小说丛》副刊发表方冰的散文《除夕迎春漫笔》，并连载马万祺的游记《粤桂纪行》①。

11 日　《澳门日报 · 新园地》副刊发表秦牧的散文《春天的色彩和声音》。

14 日　《澳门消息报》停刊，共出 577 期。《澳门日报 · 小说丛》副刊发表鲁四的短篇小说《生日礼物》。

15 日　《澳门日报 · 小说丛》副刊发表鲁四的短篇小说《欢喜冤家》。

16 日　《澳门日报 · 小说丛》副刊开始连载紫鹃翻译的《歌舞团情杀案》②。

17 日　《公众日报》中文版出刊，其副标题为“新闻、文化、体育、旅游、商业日报”。为时十年的“编写葡中字典委员会”正式成立。

21 日　莫桑比克总督到任，另罗必信中校为澳门总督。《澳门日报 · 小说丛》副刊开始连载冰原的小说《学府魅影》（至本年 9 月 14 日止），此作品以辛辣的笔调揭露社会黑幕，情节动人。

23 日　《澳门日报 · 小说丛》副刊开始连载秦华的中篇《饼干》③，此作品写一位青年无意中卷入黑社会贩毒集团的旋涡中，深受迫害，情节离奇曲折，引人入胜。

24 日　《澳门日报 · 新园地》副刊发表紫风的散文《葵林短曲》。

---

① 至本月 9—11 日止，具体日期不明。

② 至本月 18—20 日止，具体日期不明。

③ 至本年 4 月 24—27 日止，具体日期不明。

26 日　《澳门日报 · 新园地》副刊发表梅萼华的散文《跑狗史话》。

三月

2 日　《澳门日报 · 新园地》副刊发表刘家风的散文《日本游踪》。

5 日　《澳门日报 · 新园地》副刊发表夏阳的杂文《剥开胡适的皮》。

7 日　《澳门日报 · 新园地》副刊发表葵葳的快板《女人叹命》。

8 日　《澳门日报 · 新园地》副刊发表穆秀的杂文《从胡适怕老婆说起》。

13 日　《澳门日报 · 新园地》副刊发表叶萌的散文《对胡子的感情》。

17 日　《澳门日报 · 新园地》副刊发表巴金的散文《喜悦和感激（上）》。

18 日　《澳门日报 · 新园地》副刊发表巴金的散文《喜悦和感激（下）》。

20 日　《澳门日报 · 新园地》副刊发表冰心的散文《记广州花市》。

四月

13 日　《澳门日报 · 新园地》副刊发表欧外鸥的散文《多种爱好的乐趣》。《年轻人》副刊发表庄钝的语文随笔《汉字粤音正读》。

23 日　《澳门日报 · 新园地》副刊发表奉英的新诗《流星颂》。

28 日　《澳门日报 · 小说丛》副刊发表鲁四的短篇小说《单思病》。

29 日　《澳门日报 · 小说丛》副刊发表鲁四的短篇小说《手足无情》。

30 日　《澳门日报 · 小说丛》副刊发表鲁四的短篇小说《一场风波》。

⊙　本月，雪山草在香港《文艺世纪》发表《诗三首》。

五月

1 日　《澳门日报 · 小说丛》副刊开始连载雷风的奇情武侠小说《洞庭侠侣》（至本年 8 月 14 日止）。

11 日　《澳门日报 · 新园地》副刊发表李门的评论《沸耳珠江听粤讴》。

16 日　《澳门日报 · 新园地》副刊连载郭沫若的《喜读毛主席的〈词六首〉（一）》。

17 日　《澳门日报 · 新园地》副刊连载郭沫若的《喜读毛主席的〈词六首〉（二）》。

18 日　《澳门日报 · 新园地》副刊连载郭沫若的《喜读毛主席的〈词六首〉（三）》。

19 日　《澳门日报·新园地》副刊连载郭沫若的《喜读毛主席的〈词六首〉（四）》。

20 日　《澳门日报·新园地》副刊连载郭沫若的《喜读毛主席的〈词六首〉（五）》。

21 日　《澳门日报·新园地》副刊连载臧克家的《读毛主席的〈词六首〉（上）》。

22 日　《公众日报》从第 67 期起，成为澳门政府新闻旅游中心的机关刊物。《澳门日报·新园地》刊登臧克家的《读毛主席〈词六首〉（下）》。

23 日　《澳门日报·新园地》副刊发表梅萼华的散文《闲话南湾露天茶座》。

29 日　《澳门日报·新园地》副刊发表司马司的散文《鲁迅和绍剧》。

六月

8 日　《澳门日报·新园地》副刊发表徐言的散文《〈刘三姐〉的故乡七星岩探胜》。

16 日　《澳门日报·新园地》副刊发表夏阳的随笔《从刘三姐到客家山歌》。

17 日　《澳门日报·小说丛》副刊发表鲁四的短篇小说《追求术》。

21 日　《澳门日报·新园地》副刊发表蓝丁的爱情诗《心湖》：

> 一块木头掉在大海中 / 沉了又泛起 / 我的爱情掉在你的心湖里 / 却无法与湖底分离 // 我不愿你给我打捞 / 因为我不想你把我逐弃 / 我爱湖底的珍珠 / 我爱湖水清澈的美。

24 日　《澳门日报·新园地》副刊发表易征的散文《花尾渡》。

25 日　《澳门日报·新园地》副刊发表郭沫若原载北京《光明日报》的论文《诗歌史中的双子星座（上）》。

26 日　《澳门日报·新园地》副刊发表郭沫若原载北京《光明日报》的论文《诗歌史中的双子星座（下）》。

七月

8 日　《澳门日报·新园地》副刊发表独目六叔的新诗《捣练子——停电有感》：

机唔转 / 灯不明 / 工厂停工戏也停 / 缴费慢些人割线 / 这般搞法算公平？// 负荷重 / 热力强 / 断电停电当惯常 / 晕在车间人不起 / 唔知是否也应当？

12 日　《澳门日报 · 小说丛》副刊发表何坚的短篇小说《雨夜惊魂》。

15 日　《澳门日报 · 新园地》副刊发表蓝丁的爱情短诗《西环堤畔》。

28 日　《澳门日报 · 新园地》副刊发表蓝丁的爱情短诗《梦》：

第一次你在我的梦里 / 我看见你像荷花开的笑容 / 第二次你在我的梦里 / 我回味着晚会上的意外重逢 // 第三次你在我的梦里 / 我听到你的心语静静在呼唤 / 我听到你的心语静静在呼唤 // 以后我每晚都梦见你 / 你的一切已经完全在我的心中。

29 日　《澳门日报 · 新园地》副刊发表田畴的短评《从香港学生的妙文谈起》，所评介的是富于香港地方特色的由普通话、英语、粤语混合写成的“三及第”文章。

31 日　《澳门日报 · 小说丛》副刊发表何坚的短篇小说《母与子》。

八月

5 日　《澳门日报 · 新园地》副刊发表梅萼华的散文《乞巧 · 爱情 · 情趣》。

6 日　《澳门日报 · 年轻人》副刊发表吴小如的《古诗词读要旨》和庄钝的语文小品《汉字粤音正读》。

7 日　《澳门日报 · 新园地》副刊发表严阵的新诗《中国茶味》。

8 日　《澳门日报 · 小说丛》副刊发表鲁四用方言写成的短篇小说《不期而遇》，讲的是戏院三级片的故事。

9 日　《澳门日报 · 新园地》副刊发表商衍鎏的评论《毛主席书法的精妙》。

13 日　《澳门日报 · 年轻人》副刊发表庄钝的语文小品《汉字粤音正读》。

14 日　《澳门日报 · 新园地》副刊发表吴晗的历史小品《古人的坐跪拜》。

15 日　《澳门日报 · 小说丛》副刊开始连载岫云的《奇姝搜艳录》[①]、贾真的小说《经纪姻缘》（至本年 12 月 10 日止）。

18 日　《澳门日报 · 小说丛》副刊刊登鲁四的短篇小说《赴宴》。

九月

3 日　《澳门日报 · 小说丛》副刊刊登鲁四的短篇小说《口舌招尤》。

9 日　《澳门日报 · 小说丛》副刊发表何坚的短篇小说《打赌》。

10 日　《澳门日报 · 小说丛》副刊发表何坚的短篇小说《死人的故事》。

13 日　《澳门日报 · 小说丛》副刊发表鲁四的短篇小说《勇救佳人》。

14 日　《澳门日报 · 新园地》副刊发表吕骥的《中国音乐界的青年一代》。

15 日　《澳门日报 · 小说丛》副刊开始连载冰原的长篇小说《淑女怨》（至 1963 年 1 月 25 日止），此小说以真挚的感情写少女的恋爱及其不幸遭遇。

19 日　《澳门日报》在头版刊登陈毅的《记秋行》。

21 日　《澳门日报 · 小说丛》副刊发表何坚的短篇小说《钉梢》，《新园地》副刊开始连载夏茅的《草莽枭雄传》[②]。

十月

2 日　《澳门日报 · 小说丛》副刊发表方冰的新诗《节日小曲 · 贺灯 · 烟花》。

4 日　《澳门日报》在别的副刊发表一丁的《容庚教授其人其事》。

10 日　《澳门日报 · 小说丛》副刊发表何坚的短篇小说《快乐的家庭》。

14 日　《澳门日报 · 小说丛》副刊发表鲁四的短篇小说《醉猫华的笑话》。

17 日　《澳门日报 · 小说丛》副刊发表思放的新诗《初升的太阳——献给青年音乐家》。

18 日　《澳门日报 · 小说丛》副刊发表李丹的新诗《飞向更光辉的前程——欢迎中国青年音乐家》。

---

① 至 1965 年 2 月 2—5 日止，具体日期不明。

② 至本年 11 月 19—20 日止，具体日期不明。

24 日　《澳门日报 · 小说丛》副刊发表蓝丁的新诗《歌》。

十一月

1 日　《澳门日报 · 小说丛》副刊发表蓝丁的新诗《爱情》。

2 日　《澳门日报 · 小说丛》副刊发表何坚的短篇小说《倚天屠龙记》。

17 日　葡语教育面向华籍少年和成年人传播。

18 日　《澳门日报 · 小说丛》副刊发表鲁四的短篇小说《爱情的考验》。

21 日　《澳门日报 · 新园地》副刊发表高阳的政治抒情诗《向英雄的古巴敬礼》。

24 日　《澳门日报 · 新园地》副刊发表方晓的游记《北行寄简》。

25 日　《澳门日报 · 新园地》副刊发表吴有恒的历史小品《秦良玉和穆桂英》。

29 日　《澳门日报 · 新园地》副刊发表李丹的新诗《你像一个秀丽的湖》。

十二月

3 日　《澳门日报 · 小说丛》副刊发表何坚写飞仔设圈套记者由此历险的短篇小说《采访惊魂》。

5 日　《澳门日报 · 小说丛》副刊发表鲁四的短篇小说《鬼屋》。

7 日　《澳门日报 · 小说丛》副刊发表何坚的短篇小说《小偷奇遇记》。

9 日　《澳门日报 · 新园地》副刊发表吴有恒的散文《叱石岩太子亭》。

11 日　《澳门日报 · 小说丛》副刊发表鲁四的短篇小说《第一次见面》；还开始连载依沙的长篇小说《莱梦湖之恋》（至 1963 年 6 月 8 日止），此作品以优美的文笔写意大利少女的恋爱故事，及二战期间日内瓦的间谍活动和瑞士风光，内容紧张惊险，又富异国情调。

13 日　《澳门日报 · 新园地》副刊发表李丹的新诗《西湾》。

14 日　《澳门日报 · 新园地》副刊发表李桦的散文《三峡散记》、于今的评论《试谈鲁迅〈自题小像〉的写作年份》。

17 日　《澳门日报 · 小说丛》副刊发表李丹的新诗《榜样》。

19 日　《澳门日报 · 新园地》副刊发表麦耿心和香港《新晚报》作者商榷的评论《郁达夫颓废吗？》。

21 日 《澳门日报 · 新园地》副刊发表臧克家原刊《人民日报》的评论《“无使为积威之所劫”——重读苏洵〈六国〉有感》。

22 日 《澳门日报 · 小说丛》副刊发表鲁四的短篇小说《圣诞礼物》,《新园地》副刊发表方晓的散文《北行零简 · 人民公社迈步前进》。

23 日 《澳门日报 · 小说丛》副刊发表鲁四的短篇小说《圣诞老人》。

本年

⊙ 梁披云创作《京中畅晤楚耘返椰日惊知坠楼而殒》《李二忽自吉隆坡来游印尼迓之以诗》《椰城晤李二有怀郑大星州》《李二伉俪同游万隆遂访黄花草堂》《寄怀连玉雪州》《泗水访林少琴》《游帛璐谷》《今达曼尼火山湖谷眺望》《峇塘郊外》《峇厘庐舍》《峇厘织布舞》《峇厘陵听李老谈永春荔枝移植故事》《沙瑯岸》《农村午作》《西流寄赠劫灰集报之以诗》《重过黄花草堂》《谢之光画菊补题》《与君咸隔绝十又二年得书惊喜》等诗。

⊙ 张错由香港到台湾政治大学深造。

1963年

本年最重要的文学事件是青年文艺月刊《红豆》的创刊。

长篇小说值得重视的是本地作者贾真（刘羡冰）写的《丈夫与情人》《婚礼进行曲》。作者为年轻女性，写爱情题材做到尽量不重复他人，也不重复自己，其作品青春气息扑面而来。鉴于武侠奇情小说拥有大量读者，故这一年“老三篇”《风尘人语》《武林虎榜》《剑底情鸳》仍占《小说丛》副刊的主要版面。短篇小说方面，何坚的《迷情记》《偷情记》，写情时着重在“迷”和“偷”，这与长篇连载的题材有异曲同工之妙。

李丹作为这一年的新诗重要作者，其作品仍像以往一样短小精悍，抒情味浓，在内容和格律方面明显受内地的影响。李丹政治热情高，他写欢呼中共全歼在广东沿海登陆的美蒋特务的诗歌，其政治性远大于艺术性。独目六叔别出心裁的粤讴，除配合政治任务的“除四害”的应景之作外，个别作品通俗而有韵味。老陈讽刺房价上涨的《居不易叹》，活剥杜甫诗，显得幽默风趣，结句“香港澳门共一般”，道出了两地唇齿相依的关系。

斗狗是极富澳门特色的娱乐节目。刚兴起时，李丹等“左”倾诗人一起上阵奋起抨击，极尽嘲笑挖苦之能事，可这种抨击在强大的现实面前显得那样软弱无力。

一月

3日　《澳门日报·新园地》副刊发表李丹的新诗《新年礼物》。

7日　《澳门日报·新园地》副刊发表独目六叔歌颂中共全歼在广东沿海登陆的美蒋特务的诗歌《蚍蜉撼大树》：“‘海威’和‘班超’/美帝撑着腰/匪首又地、富/人妖……”

10 日　《澳门日报 · 新园地》副刊发表李丹的新诗《青春永驻》。

13 日　《澳门日报 · 新园地》副刊发表李丹的新诗《爱情的果实快成熟了》，其结尾云："亲爱的 / 不管孩子将会像谁 / 但愿成长起来 / 像一个英勇的战士。"

19 日　《澳门日报 · 新园地》副刊发表李丹的短诗《美》。

22 日　《澳门日报 · 新园地》副刊发表李丹的短诗《心的王国》。

25 日　《澳门日报 · 小说丛》副刊发表鲁四的短篇小说《寒夜》。

29 日　《澳门日报 · 小说丛》副刊开始连载士佳写西贡现代战争的长篇小说《地下尖兵》(至 1964 年 4 月 3 日止)。

30 日　《澳门日报 · 新园地》副刊发表尉子的短诗《题谭智生画展》。

二月

4 日　《澳门日报 · 小说丛》副刊发表何坚的短篇小说《林子平》。

9 日　《澳门日报 · 新园地》副刊发表李丹的短诗《我曾贬责爱情》，另有《澳门曲艺界春节联欢演唱特刊》，刊登各类唱词。

14 日　《澳门日报 · 新园地》副刊发表闻桐的散文《卷叶吹为玉笛声》。

16 日　《澳门日报 · 新园地》副刊发表李丹的新诗《你不要责备我》。

22 日　《澳门日报 · 新园地》副刊刊登李丹的新诗《惩罚我吧》。

23 日　《澳门日报 · 新园地》副刊发表独目六叔表现民生疾苦的诗歌《粤讴二首》。

24 日　《澳门日报 · 新园地》副刊发表李丹的情诗《青山绿水》。

26 日　《澳门日报 · 新园地》副刊发表李丹四行一段共两段的新诗《维纳斯的带子》。

27 日　《澳门日报 · 新园地》副刊发表老陈的格律诗《蒋特纷纷落网》。

三月

1 日　《澳门日报 · 新园地》副刊发表郑铁桥的政治讽刺诗《由跑狗想起的》。

4 日　《澳门日报 · 新园地》副刊发表李丹的新诗《我爱奏竖琴》。

6 日　《澳门日报 · 新园地》副刊发表李丹的新诗《安全的小舟》。

11 日　《澳门日报·新园地》副刊发表李丹的新诗《倩影》、吴有恒的散文《一举成名满屋油》。

15 日　《澳门日报·新园地》副刊发表李丹的新诗《月亮和海的爱情》。

18 日　《澳门日报·新园地》副刊发表李丹的新诗《现实与幻想》、李育中的评论《梁启超政治小说探源》,《年轻人》副刊发表江天的评论《谈杜诗〈春望〉》、庄钝的语文小品《汉字粤音正读》。

20 日　《澳门日报·新园地》副刊发表李丹的新诗《再看“梁祝”》。

28 日　《澳门日报·新园地》副刊发表李丹的情诗《勇气》。

31 日　《澳门日报·小说丛》副刊发表何坚的短篇小说《等待》,《新园地》副刊发表李丹的情诗《心》。

⊙　本月，楚山孤在香港《文艺世纪》发表短篇小说《一群夜校的学生》。

四月

8 日　《澳门日报·新园地》副刊发表独目六叔配合“除四害”的政治诗《四害临门三月天》。

17 日　《澳门日报·新园地》副刊发表“静”的新诗《捷报》。

19 日　《澳门日报·新园地》开辟专栏“榕阴杂记”，并发表吴有恒的《张煌言的绝命诗》。

23 日　《澳门日报·新园地》发表吴有恒的“榕阴杂记”《不尚虚文的皇帝》。

24 日　《澳门日报·新园地》副刊发表春秋的政治讽刺诗《“匪”吟》。

五月

1 日　青年文艺月刊《红豆》创刊号由红豆出版社油印出版。《澳门日报》为纪念曹雪芹逝世二百周年，转“广州专讯”发表黄波拉《〈红楼梦〉及其作家新发现》，并加编者按。

6 日　《澳门日报·小说丛》副刊发表鲁四的短篇小说《谁的责任》,《新园地》副刊发表陆郎的专栏文章《艺林杂记·推陈出新道路宽广》。

13 日　《澳门日报·年轻人》副刊发表文徒评中国科学院文学所集体编撰的著作

《推荐〈中国文学史〉》、庄钝的语文小品《汉字粤音正读》。

19 日 《澳门日报·新园地》副刊发表楚阳的随笔《我和雨》。

24 日 《澳门日报·小说丛》副刊发表何坚的短篇小说《接到喜柬之后》。

27 日 《澳门日报·新园地》副刊发表大雅的评论《李商隐的咏史诗》。

28 日 《澳门日报·新园地》副刊发表梅萼华的散文《风筝闲话》。

29 日 《澳门日报·新园地》副刊发表思放的新诗《雨啊，你下吧》。

30 日 《澳门日报·小说丛》副刊发表鲁四的短篇小说《塌楼惊魂》。

六月

5 日 《澳门日报·新园地》副刊发表独目六叔的粤讴《水荒严重见恩情》。

9 日 《澳门日报·小说丛》副刊开始连载依沙的长篇小说《香港世家》（至 1964 年 2 月 16 日止），写 20 多年前一个香港世家的演变，及它在日军侵略时的悲惨遭遇。故事虚构，但人物呼之欲出，其中有当时知名的老大爷，有出身塘西的爱妾，有互争家产的不肖子孙，有惨被日军凌辱的老处女。故事曲折动人，有如重翻“皇军”侵港血泪史。

15 日 《澳门日报·新园地》副刊发表王曰叟的顺口溜《激坏肯尼迪》。

16 日 《澳门日报·新园地》副刊发表独目六叔的粤讴《飞哥闹泳场》、天马的时事讽刺诗《砸钢琴比赛》。

19 日 《澳门日报·新园地》副刊发表李丹的新诗《假如》：

> 假如天上的太阳 / 是一个徽章 / 我要把它拿来 / 别在你的胸襟上 // 假如天上的白云 / 都是我的绵羊 / 我要全送给你 / 并为你筑个牧场 // 假如那闪亮的星星 / 都是我的钻石珠宝 / 我要全送给你 / 你将不再为贫穷烦恼。

22 日 《澳门日报·新园地》副刊发表林志浩的评论《鲁迅的新诗》。

24 日 《澳门日报·年轻人》副刊发表庄钝的语文小品《汉字粤音正读》。

25 日 《澳门日报·小说丛》副刊发表何坚的短篇小说《迷情记》。

26 日 《澳门日报·小说丛》副刊发表何坚的短篇小说《偷情记》。

⊙　本月，七名台湾特务潜入大陆水域搜集情报，被解放军发现穷追猛打而躲到澳门，澳葡当局出动水警加以阻挡。

七月

7日　《澳门日报·新园地》副刊发表马万祺的《词三首》。

8日　《澳门日报·新园地》副刊发表马万祺的《七律两首——赠裘盛戎赠赵燕侠》：

> ……燕侠南来澳增光，绕梁一曲露锋芒。回肠百转悲还喜，击掌频繁意若狂。妙态竟疑真仙子，痴情不枉配张郎。会将真艺澳濠海，祖国恩情永莫忘。

15日　《澳门日报·小说丛》副刊开始连载书剑楼主的长篇小说《剑底情鸳》（至1964年4月13日止），写英雄儿女之情，以及武林风云之险，缠绵处回肠荡气，激烈处山河变色，恩仇错综，爱恨交加，情节离奇，引人入胜。《年轻人》副刊发表庄钝的语文小品《汉字粤音正读》。

19日　《澳门日报·小说丛》副刊发表何坚的短篇小说《经理与我》。

22日　《澳门日报·新园地》副刊发表夏承焘的《读辛弃疾的〈水龙吟〉》和尉子的新诗《贝壳》。

29日　《澳门日报·新园地》副刊发表李丹的新诗《在我的心里》。

30日　《澳门日报·新园地》副刊发表林平的散文《荷花辞》。

八月

8日　《澳门日报·新园地》副刊发表林南的散文《鲁迅与博物馆》。

11日　《澳门日报·新园地》副刊发表漫君的新诗《年青的姑娘》。

13日　《澳门日报·小说丛》副刊转载北京马铁丁的杂文《蔷薇》。

14日　《澳门日报·小说丛》副刊发表鲁四的短篇小说《爱与恨》。

16日　《澳门日报·新园地》副刊发表“静”的新诗《祝贺你，〈澳门日报〉》和丰子恺的漫画《种瓜得瓜——〈澳门日报〉创刊五周年纪念》。

18 日　《澳门日报·新园地》副刊发表尉子的新诗《菜农的苦水》和漱流的评论《鲁迅文章中的比喻》。

24 日　《澳门日报·新园地》副刊发表老陈有关房价高涨的讽刺诗《居不易叹》：

文厦已然违万间，缘何寒士不欢颜？只因租植频超额，还有批头恶过关。纵得补偿难顶顺，若无合约更麻烦。猪栏鸡窦成家宅，香港澳门共一般。

26 日　《澳门日报·新园地》副刊发表李丹的新诗《敬礼！美国黑人兄弟》。

28 日　《澳门日报·新园地》副刊发表独目六叔的诗歌《雷声大，雨点小——调寄〈虞美人〉》：

贪赃枉法何时了？雷声大雨点小，小楼昨夜判得松，停职好比半载休假中。是非曲直舆情在，可惜任人改。讲饮讲食讲甜头，或曰外交手段第一流。

九月

2 日　《澳门日报·新园地》副刊刊登陆郎的《艺林杂记·睹残荷而志弥坚》。

11 日　《澳门日报·新园地》副刊刊登石池的历史小品《秦桧“议和”的故事》。

17 日　《澳门日报·新园地》副刊刊登增亚的《黄遵宪的甲午海战诗》。

19 日　《澳门日报·新园地》副刊刊登李丹的新诗《寄给美国黑人孩子》。

21 日　《澳门日报·新园地》副刊刊登“静”的新诗《渔家》。

22 日　《澳门日报·新园地》副刊刊登李丹的情诗《如果……》。

30 日　《澳门人》杂志创刊，逢星期一出版，社长戴名扬，业权人和董事李安奴。创刊号刊登澳门赛狗开幕消息，并透露年底前，第一艘走澳门与香港的水翼船到澳门。该刊从 1963—1966 年为周刊，1966—1971 年为双周刊。1971年起是日报，该年还出英文版。1979—1981年停刊，后又复刊，1995年再次停刊。

十月

1日　《澳门日报·新园地》副刊刊登任杰的旧诗《东风压倒西风——调寄〈阮郎归〉》、石川的散文《祖国万岁》和思放的《祖国啊，我为您而自豪》。

2日　《澳门日报·新园地》副刊刊登“静”的新诗《灯光》、独目六叔的旧诗《人民公社好——水调歌头》。

3日　《星报》创刊，社长李威廉。该报系晚报，早年以报道赛狗消息为主，至今娱乐消遣性报道仍占相当大的比重。

5日　《澳门日报·新园地》副刊刊登李丹的新诗《烟花》。

7日　《澳门日报·新园地》副刊刊登李丹的新诗《十月一日的澳门》：

> 到处飘扬着五星红旗 / 到处沸腾着掌声笑声 / 到处旋转着妙曼的舞影 / 到处是祖国万岁的呼声 // 每一寸土地 / 印上轻快的足迹 / 每一寸流水 / 回荡着欢乐的歌声 / 每一寸空气 / 渗透了人们的激情 // 骄傲吧，狂欢吧 / 在这伟大的节日 / 让我们欢乐自豪的心声 / 和北京遥相呼应。

8日　《澳门日报·新园地》副刊刊登冰心的散文《南行日记摘抄（上）》。

9日　《澳门日报·新园地》副刊刊登冰心的散文《南行日记摘抄（下）》。

11日　《澳门日报·新园地》副刊刊登夏承焘的旧诗《天安门上歌声起——调寄〈鹧鸪天〉》。

16日　《澳门日报·新园地》副刊刊登凌雁的新诗《我是黑人》。

17日　《澳门日报·小说丛》副刊开始连载贾真的小说《丈夫与情人》（至本月31日止），写工厂女工因嫌弃丈夫不够温柔移情别恋，酿成悲剧，情节动人，且富地方色彩。《新园地》副刊刊登“静”的新诗《夜航》。

19日　《澳门日报·新园地》副刊刊登蓓尔分析鲁迅《自嘲》诗的评论《横眉冷对千夫指》。

20 日　《澳门日报 · 小说丛》副刊刊登黄凌的短篇小说《远航的爱》。

21 日　《澳门日报 · 新园地》副刊刊登独目六叔的格律诗《审案奇闻》。

24 日　《澳门日报 · 新园地》副刊刊登臻祥的短评《鲁迅与〈可爱的中国〉》。

25 日　《澳门日报 · 新园地》副刊刊登陆郎的《艺林杂记：鲁迅 · 漫画 · 木刻》。

31 日　《澳门日报 · 新园地》副刊刊登李丹的新诗《秋天》和任杰的评论《用血泪写成的书——谈〈红楼梦〉》。

十一月

1 日　由红豆出版社出版的青年文艺月刊《红豆》第 7 期问世。《澳门日报 · 小说丛》副刊开始连载贾真的小说《婚礼进行曲》(至本月 28 日止)。

2 日　《澳门日报 · 新园地》副刊刊登晓风的新诗《我不是游客》。

4 日　《澳门日报 · 新园地》副刊刊登李丹的讽刺诗《赛狗》。

5 日　《澳门日报 · 新园地》副刊刊登“静”的讽刺诗《狗场巡礼》。

6 日　《澳门日报 · 新园地》副刊刊登臧克家的散文《给 UZ 写讣文》。

9 日　《澳门日报 · 新园地》副刊刊登李丹欢呼美蒋特务被捉的政治诗《天罗地网》、于奋的评论《鲁迅致郁达夫书简一封——〈鲁迅书简〉补遗》。

10 日　《澳门日报 · 新园地》副刊刊登李丹的新诗《欢呼新运会开幕》、梅萼华的《鲁迅 · 插画 · 阿 Q 正传》。

12 日　《澳门日报 · 新园地》副刊刊登凌雁讽刺战争贩子的新诗《狗嘴长不出象牙》。

16 日　《澳门人》再次使用澳门的土生方言报道赛车。

18 日　《澳门日报 · 新园地》副刊刊登“静”的咏物诗《路灯》。

21 日　《澳门日报 · 小说丛》副刊刊登黄凌的短篇小说《花架上的葡萄》,《新园地》副刊刊登晓风的政治诗《新运会万岁》。

22 日　《澳门日报 · 小说丛》副刊刊登黄凌的短篇小说《雾景》。

23 日　《澳门日报 · 小说丛》副刊刊登黄凌的短篇小说《紫黑色的玫瑰》。

24 日　《澳门日报 · 新园地》副刊刊登李丹以俚句写成讽刺赛狗的新诗《无题》。

28 日　《澳门日报 · 小说丛》副刊刊登李丹的新诗《夕阳与晚霞》。

29 日　隐兰在香港《文艺世纪》发表新诗《啊！我找到了失落的童年》，李思狂在香港《文艺世纪》发表短篇小说《出狱后》。

十二月

3 日　《澳门日报 · 新园地》副刊发表海天的散文《雅加达风光》。

4 日　《澳门日报 · 新园地》副刊发表赵昌春的散文《蒲松龄的故乡》。

6 日　《澳门日报 · 新园地》副刊发表陆郎的评论《创作的过程》。

12 日　《澳门日报 · 新园地》副刊发表“静”有关“除四害”的散文《雀战记》。

13 日　《澳门日报 · 小说丛》副刊发表黄凌的短篇小说《小楼之春》，《新园地》副刊发表李丹的新诗《美的描绘》。

14 日　《澳门日报 · 小说丛》副刊发表黄凌的短篇小说《在昏迷的日子里》，《新园地》副刊发表古龙的随笔《生活的漩涡》。

16 日　《澳门日报 · 新园地》副刊发表李丹的新诗《我的诗》。

22 日　《澳门日报 · 新园地》副刊发表凌雁的新诗《矜持》。

23 日　《澳门日报 · 新园地》副刊发表晓风的新诗《西湾之夜》。

24 日　《澳门日报 · 小说丛》副刊发表黄凌的短篇小说《一个可怕的影子》，《新园地》副刊发表李丹的随笔《在工地上》。

25 日　《澳门日报 · 新园地》副刊发表李丹的新诗《缪斯》。

26 日　《澳门日报 · 新园地》副刊发表“静”的随笔《喂狗记》。

27 日　《澳门日报 · 新园地》副刊发表“静”的随笔《送礼》。

28 日　《澳门日报 · 新园地》副刊发表李丹的新诗《感谢》。

29 日　《澳门日报 · 新园地》副刊发表楚阳的随笔《平安夜之歌》。

30 日　《澳门日报 · 小说丛》副刊发表黄凌的短篇小说《旅伴》。

31 日　《澳门日报 · 新园地》副刊发表“静”闻港商在台湾跳舞扭腰毙命的讽刺诗《我要扭》。

本年

⊙ 谢雨凝从澳门移居香港。

⊙ 梁披云创作《小除夕蒋君自东爪寄含笑花》《集美学校五十周年》《闽剧导演逸华索书赋赠》《蒋大山居有诗索和因步原韵》等诗。

1964年

这一年，大量转载郭沫若新发表的解释毛泽东诗词的文章，让这类时文成为澳门文学论坛的中心，同时刊登与国际题材有关的新诗，如李丹的《中国阿尔巴尼亚》和《美国佬滚出去！》。和去年不同的是，本地作者如庄钝、李丹加入了诠释毛诗行列。这类应景文章出现在号称“半个解放区”的澳门，一点也不奇怪。

澳门长期没有纯文学刊物，《澳门学生》改版后头版不再登短篇小说，好在去年新创办的油印刊物《红豆》，不仅填补了空缺，而且培养了一小批文艺新军。当年在该刊负责编辑的李艳芳、尉子、陈渭泉等人，均成了澳门当今文坛的前辈。该刊发表的作品有相当的水准，如李心言的短篇小说《落花时节又逢君》、布衣者的散文《漫谈澳门的粪》，即使在今天看来，仍可打“优”。可惜该刊于当年7月无疾而终。

在长篇创作方面，青春写手刘羡冰今年又为广大读者奉献上以贾真为笔名的长篇小说《十七姑娘》：描述姑侄两代失婚，恩恩怨怨，交织成一篇血泪史，情节动人，且富地方特色。敏感的作者较早涉及下层土生葡人与华人之间的往来，以及澳门大户人家变迁的题材。不过，这类小说还不能与强势的武侠小说分庭抗礼。此年新登场的书剑楼主的《剑气冲斗牛》，且不说篇幅比贾真的长，单说情节的错综复杂就很投合小市民的口味。

散文创作多了新品种“怪论”。这里讲的“怪论”，是指用唱反调来说理的杂文。这些杂文，文字怪（用文言、白话和粤语混杂的“三及第”文体写），方法怪（用指桑骂槐的方式批评指鹿为马的人），但主题不怪，内容不歪，社会效果不坏。澳门的“怪论”，系从香港“高雄”（原名“高德熊”）那里师承而来，但成绩不大，这是因为作者队伍小，另一方面还因为《澳门日报》是左派媒体，不适合这种文体的生长。黄凌的短篇小说一枝独秀，他一口气创作了《情深似海》等众多作品。新诗方面除多产的李丹外，另有“静”的“状元谱”系列：从护士到电影明星，从理发师到印刷工人，从小贩到棋手，从报童到菜农，他都写到了。这是“为工农兵服务”的文艺政策在澳门的具体实践。石川的文学评论，着重探讨了小说、散文、新诗的艺术特点，比往年方冰的文章理论深度有所加强。

在港澳两地文学交流方面，新增加了香港左派诗人何达。他谈闻一多的新诗系列随笔，强调爱国，这正好与《澳门日报》的办报宗旨相吻合。

一月

1 日　《澳门日报·新园地》副刊发表石川的散文《1964 的曙光》。

4 日　《澳门日报·新园地》副刊发表黄凌的短篇小说《夜海里的星星》和石棱的随笔《一九六四年日记开篇》。

6 日　《澳门日报·新苗》副刊发表庄钝的《汉字粤音正读》。

7 日　《澳门日报·新园地》副刊发表李丹的新诗《非洲沸腾起来》、“静”的随笔《喜剧》。

8 日　《澳门日报·新园地》副刊发表李丹的新诗《题日记本》。

9 日　《澳门日报·新园地》副刊发表郭沫若的评论《百万雄狮过大江——读毛主席新发表的诗词之一》、“珍”的评论《不可沽名学霸王》。

10 日　《澳门日报·新园地》副刊发表郭沫若的评论《百万雄狮过大江——读毛主席新发表的诗词之二》。

12 日　《澳门日报·新园地》副刊发表李丹的随笔《喜读毛主席诗词》。

13 日　《澳门日报·新园地》副刊发表杨林的随笔《读〈有的人〉后》。

14 日　《澳门日报·新园地》副刊发表“静”的随笔《歌声》、李丹的新诗《中国——阿尔巴尼亚》。

15 日　《澳门日报·小说丛》副刊刊登黄凌的短篇小说《除夕之夜》，《新园地》副刊发表杨林的随笔《她在丛中笑》、郑铁桥的新诗《寄巴拿马》。

16 日　《澳门日报·新园地》副刊发表郭沫若的新诗《巴拿马的风暴》和在别的副刊发表章憎命的随笔《澳门掌故》。

17 日 《澳门日报 · 新园地》副刊发表天马的政治讽刺诗《好邻居》。

18 日 《澳门日报 · 新园地》副刊发表山子的随笔《茶博士与店小二》、李丹的随笔《英勇行为，崇高品质》。

19 日 《澳门日报 · 新园地》副刊发表袁水拍的政治讽刺诗《约翰逊的杰作》和梅萼华的随笔《天真的孩子与鲁滨孙》。

20 日 《澳门日报 · 新园地》副刊发表“静”的随笔《日记》。

21 日 《澳门日报 · 新园地》副刊发表李丹的随笔《火后谈火》和在别的副刊发表章憎命的随笔《澳门掌故》。

22 日 《澳门日报 · 小说丛》副刊发表黄凌的短篇小说《兄妹俩》，《新园地》副刊开设“三国英雄人物志”专栏，发表冯英子的《割据英雄刘备》，同时刊登艾旗的随笔《小姐和小者》。

23 日 《澳门日报 · 小说丛》副刊发表黄凌的短篇小说《人间》，《新园地》副刊发表向明的顺口溜《坚持支持巴拿马》、独目六叔的《相见欢：快读毛主席诗词》和在别的副刊发表章憎命的随笔《澳门掌故》。

24 日 《澳门日报 · 小说丛》副刊发表黄凌的短篇小说《女佣》，《新园地》副刊发表章憎命的随笔《澳门掌故》。

25 日 《澳门日报 · 小说丛》副刊发表黄凌的短篇小说《刺眼的红字》，《新园地》副刊刊登李丹的新诗《加纳的鼓声》，还在别的副刊发表章憎命的随笔《澳门掌故》。

26 日 《澳门日报 · 小说丛》副刊发表黄凌的短篇小说《心曲》，还在别的副刊发表章憎命的随笔《澳门掌故》。

27 日 《澳门日报 · 新园地》副刊发表李丹的随笔《水》。

28 日 《澳门日报 · 新园地》副刊发表“静”的随笔《灾难》，在别的副刊发表章憎命的随笔《澳门掌故》。

29 日 《澳门日报 · 新园地》副刊发表冯英子的“三国人物论”《智慧的化身——诸葛亮》、独目六叔的诗《远航》。

30 日 《澳门日报》发表章憎命的随笔《澳门掌故》。

31 日 《澳门日报 · 新园地》副刊发表江边的随笔《生活的节奏》。

二月

1日　由红豆出版社出版的青年文艺月刊《红豆》第1期油印版问世。《澳门日报·新园地》副刊发表林林的散文《谒朱舜水墓——访日漫记》、李丹的新诗《美国佬，滚出去!》，在别的副刊发表章憎命的随笔《澳门掌故》。

2日　《澳门日报·新园地》副刊发表冯英子的“三国人物论”《英雄的化身——赵子龙》、纪观的随笔《“此地有银三百两”》。

3日　《澳门日报·新园地》副刊发表“静”的随笔《路》。

4日　《澳门日报·新园地》副刊发表曹集的随笔《羞怯美》。

5日　《澳门日报·小说丛》副刊发表黄凌的短篇小说《生死恋》，《新园地》副刊发表郭沫若的评论《“桃花源里可耕田”——读毛主席新发表的诗词〈七律·登庐山〉（上）》、冯英子的“三国人物论”《敌我不分的关羽》。

6日　《澳门日报·新园地》副刊发表郭沫若的评论《“桃花源里可耕田”——读毛主席新发表的诗词〈七律·登庐山〉（下）》、李丹的新诗《致埃塞俄比亚》、杨林的随笔《祖国的春天》、章憎命的随笔《澳门掌故》。

7日　《澳门日报·新园地》副刊发表陆郎的《艺林杂记·梅花诗画》。

8日　《澳门日报·新园地》副刊发表陆郎的《艺林杂记》、“静”的随笔《信》。

9日　《澳门日报·新园地》副刊发表冯英子的“三国人物论”《粗中有细的张飞》。

10日　《澳门日报·新园地》副刊发表艾旗的随笔《“工人”谈》、李丹写周总理出访的新诗《光辉的旅程》。

11日　《澳门日报·新园地》副刊发表李心言的随笔《春雾》。

12日　《澳门日报·新园地》副刊发表昭栋的随笔《守岁》、章憎命的随笔《澳门掌故》。

13日　《澳门日报·年轻人》副刊发表庄钝的《毛主席诗词十首简注（之一）》。

14日　《澳门日报·年轻人》副刊发表庄钝的《毛主席诗词十首简注（之二）》。

15日　《澳门日报·年轻人》副刊发表庄钝的《毛主席诗词十首简注（之三）》。

16日　《澳门日报·年轻人》副刊发表庄钝的《毛主席诗词十首简注（之四）》。

17日　《澳门日报·小说丛》副刊开始连载依沙的《钨山炼狱》（至本年8月1日

止），故事以香港荃湾为背景，时间为1951年。作者以优美的文笔描述这座荒山如何成了乌烟瘴气的“闹市”，如何变成三山五岳的禁区，特别是“富贵龙”（即矿藏丰富的“龙脉”）争夺战的场面。《年轻人》副刊发表庄钝的《毛主席诗词十首简注（之五）》、李丹的新诗《新春二题》、杨林的随笔《迎春接福》。

18日　《澳门日报·新园地》副刊发表李心言的“新春漫笔”《新衣》。

19日　《澳门日报·新园地》副刊发表冯英子“三国人物论”《一代人杰——曹操》。

20日　《澳门日报·小说丛》在别的副刊发表郭沫若的评论《敢叫日月换新天——读毛主席新发表的诗词〈七律·到韶山〉（上）》。

21日　《澳门日报·小说丛》在别的副刊发表郭沫若的评论《敢叫日月换新天——读毛主席新发表的诗词〈七律·到韶山〉（中）》。

22日　《澳门日报·小说丛》在别的副刊发表郭沫若的评论《敢叫日月换新天——读毛主席新发表的诗词〈七律·到韶山〉（下）》。

23日　《澳门日报·小说丛》在别的副刊发表李丹的“新春漫笔”《我亦谈龙》。

24日　《澳门日报·新园地》副刊发表赵仲邑的《改姓古今谈》、庄钝的《毛主席诗词十首简注（之六）》。

25日　《澳门日报·新园地》副刊发表楚阳随笔的《傲骨赞》。

26日　《澳门日报·新园地》副刊发表邻香惜玉斋主的“怪论”《如要繁荣澳门乃可发展香肉事业论》。

28日　《澳门日报·新园地》副刊发表杨明威的随笔《洋阿Q》。

29日　《澳门日报·新园地》副刊发表学弹居主的随笔《请即邀请狄梦娇与罗璐访澳论》。

三月

1日　由红豆出版社出版的青年文艺月刊《红豆》第2期油印版问世。《澳门日报·新园地》副刊发表何可贺的“怪论”《某电影公司应聘两大肉弹及老色狼为顾问论》。

2日　《澳门日报·新园地》副刊发表任杰的评论《谈〈文心雕龙〉》,《年轻人》副刊刊登庄钝的《汉字粤读》。

3日　《澳门日报·新园地》副刊发表乌龙经纪的“妙语连篇”《澳门应即加税论》。

5日　《澳门日报·新园地》副刊发表“静”的随笔《灯火》。

6日　《澳门日报·新园地》副刊发表李丹的随笔《炊烟》。

8日　《澳门日报·小说丛》副刊发表黄凌的短篇小说《跑狗场外》,《新园地》副刊发表冯英子的“三国人物论”《贵族兼名士的刘表》。

10日　《澳门日报·新园地》副刊发表“静”的随笔《拍拖》、学究的《新屑玉对·阿飞风气》。

12日　《澳门日报·新园地》副刊发表李丹的新诗《春天》。

15日　《澳门日报·新园地》副刊发表冯英子的《藉父兄余荫的孙权》、李丹的新诗《致刚果》。

16日　《澳门日报·新园地》副刊发表凌雁的随笔《赌据》。

17日　《澳门日报》发表百弹斋主的《某签证处应延长调查日期论》、李丹的新诗《大厦，大厦，我爱你》。

18日　《澳门日报·新园地》副刊发表郭沫若的评论《待到山花烂漫时——读毛主席新发表的诗词〈卜算子·咏梅〉(上)》。

19日　《澳门日报·新园地》副刊发表郭沫若的评论《待到山花烂漫时——读新发表的毛主席诗词〈卜算子·咏梅〉(中)》。

20日　《澳门日报·新园地》副刊发表郭沫若的评论《待到山花烂漫时——读新发表的毛主席诗词〈卜算子·咏梅〉(下)》。

24日　《澳门日报·新园地》副刊发表李丹的新诗《精简的报告》。

25—26日　《澳门日报·新园地》发表独目六叔的《澳闻二唱》。

27日　《澳门日报·新园地》副刊发表郭沫若的评论《毛主席诗词集句对联》。

29日　《澳门日报·新园地》副刊发表独目六叔的《夏令钟》。

30日　《澳门日报·新园地》副刊发表寒心的随笔《骄傲的晚餐》。

四月

1 日　由红豆出版社出版的青年文艺月刊《红豆》第 3 期油印版问世。

2 日　《澳门日报 · 新园地》副刊发表“静”的随笔《喜雨》。

3 日　《澳门日报 · 小说丛》副刊发表黄凌的短篇小说《金牌奖》。

4 日　《澳门日报 · 小说丛》副刊开始连载冰原的长篇小说《绿茄红翠》（至本年 12 月 2 日止），此小说富有地方特色，写一位女性的遭遇，哀怨动人，布局新颖。《新园地》副刊发表“静”的随笔《拉纤》。

8 日　《澳门日报 · 新园地》副刊发表李丹的《写给成人的童话——身份证和旅游证的私议》。

10 日　《澳门日报 · 小说丛》副刊发表黄凌的短篇小说《弱女》，《新园地》副刊发表李丹的《何日君再来——代拟欢送某总督的演讲词》。

11 日　《澳门日报 · 新园地》副刊发表独目六叔的《纸虎现形记》。

12 日　《澳门日报 · 新园地》副刊发表冯英子的“三国人物论”《东吴的主和派——张昭》。

13 日　《澳门日报 · 小说丛》副刊发表黄凌的短篇小说《游客》，《新园地》副刊发表“静”的随笔《风筝》。

14 日　《澳门日报 · 小说丛》副刊开始连载贾真的长篇小说《十七姑娘》（至本年 8 月 10 日止）。

15 日　《澳门日报 · 新园地》副刊发表郭沫若的评论《无限风光在险峰——读新发表的毛主席诗词〈七绝 · 为李进同志题所摄庐山仙人洞〉》（上）。

16 日　《澳门日报 · 新园地》副刊发表郭沫若的评论《无限风光在险峰——读新发表的毛主席诗词〈七绝 · 为李进同志题所摄庐山仙人洞〉》（下）。

18 日　《澳门日报 · 新园地》副刊发表“静”的随笔《浓雾》、李丹的新诗《致钞票》。

19 日　《澳门日报 · 新园地》副刊发表冯英子的“三国人物论”《“北伐中原”的姜维》。

23 日　《澳门日报 · 小说丛》副刊刊登黄凌的短篇小说《在黑暗中的蜜语》。

24日 《澳门日报·新园地》副刊发表何达的评论《抒情诗人冯至》。

25日 《澳门日报·新园地》副刊发表李丹的新诗《照相簿》。

26日 《澳门日报·新园地》副刊发表芷君的随笔《书信》。

28日 《澳门日报·新园地》副刊发表张歧的散文诗《海滩拾贝》。《读者之友》发表紫薇批评巴金的评论《巴金的生平及其作品》。

29日 《澳门日报·小说丛》副刊发表黄凌的短篇小说《不速之客》,《新园地》副刊发表"静"的新诗《喜雨》、郭沫若的评论《不爱红装爱武装——读新发表的毛主席诗词〈七绝·为女民兵题照〉(上)》。

30日 《澳门日报·新园地》副刊发表郭沫若的评论《不爱红装爱武装——读新发表的毛主席诗词〈七绝·为女民兵题照〉(中)》。

⊙ 本月,李心言在香港《文艺世纪》发表短篇小说《距离》。

五月

1日 《澳门日报·新园地》副刊发表郭沫若的评论《不爱红装爱武装——读新发表的毛主席诗词〈七绝·为女民兵题照〉(下)》。

3日 《澳门日报·新园地》副刊发表冯英子的《反复无常的吕布》、李丹的新诗《我们工人有力量》。

4日 《澳门日报·新园地》副刊发表李心言的随笔《我爱下雨天》。

6日 《澳门日报·新园地》副刊发表李丹的新诗《愿我是……》。

8日 《澳门日报·新园地》副刊发表李丹的新诗《致李宏工友》。

9日 《澳门日报·新园地》副刊发表何达的评论《闻一多的三首诗》。

10日 《澳门日报·新园地》副刊发表冯英子的《刘备的谋主——法正》。

13日 《澳门日报·新园地》副刊发表冯英子的《曹操的第一谋士——荀彧》。

16日 《澳门日报·新园地》副刊发表李心言的随笔《闲话花》。

17日 《澳门日报·新园地》副刊发表冯英子的《名不虚传的马超》。

18日 《澳门日报·新园地》副刊发表葛坪的《鲁迅和书籍装帧》。

20日 《澳门日报·小说丛》副刊刊登黄凌的短篇小说《爱河的暗流》。

21日 《澳门日报·新园地》副刊发表张曼的寓言《早晨》。

24 日　《澳门日报·新园地》副刊发表“静”的随笔《路灯》。

26 日　《澳门日报·新园地》副刊开始连载江采芹的散文《泰国剪影》。

27 日　《澳门日报·新园地》副刊继续刊登江采芹的散文《泰国剪影》。

29 日　《澳门日报·新园地》副刊发表李心言的随笔《澳门的夏天与火凤凰》。

31 日　《澳门日报·新园地》副刊发表冯英子的《拥曹派的士族首领——董昭》。

六月

1 日　《澳门日报·新园地》副刊发表李丹的新诗《摇篮曲》。

6 日　《澳门日报·新园地》副刊发表“静”的散文《笔》。

8 日　《澳门日报·新园地》副刊发表李心言的散文《歌者生涯》。

10 日　《澳门日报·新园地》副刊发表冯英子的《击鼓骂曹的祢衡》。

12 日　《澳门日报·新园地》副刊发表李丹的政治讽刺诗《狂人之歌》两首。

14 日　《澳门日报·新园地》副刊发表李丹的新诗《忠魂——纪念伟大爱国诗人屈原》。

15 日　《澳门日报·新园地》副刊发表“静”的随笔《泛舟》，在“文学漫笔”专栏发表石川的《关于文学体裁》。

16 日　《澳门日报·新园地》副刊发表李丹的政治讽刺诗《什么最成功？——评“狂人合唱团”》。

18 日　《澳门日报·小说丛》副刊发表黄凌的短篇小说《情深似海》。

19 日　《澳门日报·小说丛》副刊发表黄凌的短篇小说《铜马像下的骑士》，《新园地》副刊发表李丹的新诗《欢迎中国乒乓队莅澳》。

21 日　《澳门日报·小说丛》副刊发表黄凌的短篇小说《疯人》，《新园地》副刊发表冯英子的《梦梅居士娄子伯》。

25 日　《澳门日报·新园地》副刊发表李心言的随笔《箫声》、华青的随笔《湛江记游（之一）》。

26 日　《澳门日报·新园地》副刊发表华青的随笔《湛江记游（之二）》。

27 日　《澳门日报·新园地》副刊发表华青的随笔《湛江记游（之三）》。

28 日　《澳门日报·新园地》副刊发表冯英子的随笔《并未骂死的王朗》。

29 日　《澳门日报 · 新园地》副刊发表王尔龄的随笔《瞿秋白的一首佚诗》。

30 日　《澳门日报 · 新园地》副刊发表蒋星煜的随笔《古人名字五花八门》。

夏

⊙　马万祺创作《感皇恩·谢中国京剧团莅澳演出》。

七月

1 日　由红豆出版社出版的青年文艺月刊《红豆》第 6 期问世。至此停刊，共出 14 期。

4 日　《澳门日报 · 新园地》副刊发表许晨的随笔《莫泊桑不曾想到的》。

5 日　《澳门日报 · 新园地》副刊发表冯英子的随笔《“捉放曹”里的陈宫》。

6 日　《澳门日报 · 新园地》副刊发表石川的评论《诗歌和诗的形象》。

8 日　《澳门日报 · 新园地》副刊发表宗干的评论《鲁迅与人力车夫》。

11 日　《澳门日报 · 新园地》副刊发表李丹的讽刺诗《裸胸装》。

12 日　《澳门日报 · 新园地》副刊发表冯英子的随笔《“苦肉计”里的黄盖》。

13 日　《澳门日报 · 新园地》副刊发表何达的评论《闻一多的爱情诗》。

15 日　《澳门日报 · 新园地》副刊发表林千峰的《“诗人在纽约”——西班牙诗人洛尔伽的诗》。

17 日　《澳门日报 · 新园地》副刊发表李丹的新诗《音乐》。

19 日　《澳门日报 · 新园地》副刊发表冯英子的《“捉放曹”里的吕伯奢》。

20 日　《澳门日报 · 新园地》副刊发表“静”的随笔《舞蹈》。

22 日　《澳门日报 · 新园地》副刊发表冯英子的《出卖袁绍的许攸》。

26 日　《澳门日报 · 新园地》副刊发表江采芹的游记《峇厘岛风情》。

28 日　《澳门日报 · 新园地》副刊发表向阳的新诗《奔腾吧，泊边河海》。

29 日　《澳门日报 · 新园地》副刊发表中枢的新诗《战斗的信息——读〈南方来信〉》。

30 日　《澳门日报 · 新园地》副刊发表周汝昌的读书随笔《钟声客船》。

31 日　《澳门日报 · 新园地》副刊发表阮朗的历史小品《满族增加三十倍》。

⊙　本月，李涤非在香港《文艺世纪》发表短篇小说《拾钱包的车夫》。

八月

2日　《澳门日报·小说丛》副刊开始连载依沙的长篇小说《小巷春秋》（至1965年5月26日止），《新园地》副刊发表冯英子的《空城里的司马懿》。

4日　《澳门日报·小说丛》副刊刊登黄凌的短篇小说《一个被幽禁的人们》，《新园地》副刊发表李丹的新诗《枪》。

5日　《澳门日报·新园地》副刊发表冯英子的《悲剧人物杨修》。

6日　《澳门日报·新园地》副刊发表林千峰的《长寿作家萧伯纳》。

7日　《澳门日报·新园地》副刊发表李丹的新诗《珍妮的喜悦》。

8日　《澳门日报·新园地》副刊“现代诗坛”专栏发表何达的评论《闻一多在清华园》。

10日　《澳门日报·小说丛》副刊开始连载书剑楼主的长篇小说《剑气冲斗牛》（至1965年1月1日止），作者以细腻的文笔描绘江湖的风险，有惊心动魄的打斗，有荡气回肠的情史，尚义抑邪，崇仁警恶，且故事紧张动人。

11日　《澳门日报·新园地》副刊发表沉兴的散文《饮茶》。

12日　《澳门日报·新园地》副刊“文艺随笔”专栏发表何达的评论《朱自清的风貌》。

15日　《澳门日报·新园地》副刊发表马万祺的散文《祝贺〈澳门日报〉创刊六周年》。

16日　《澳门日报·新园地》副刊发表杨群的杂文《狼的哲学的破产》。

17日　《澳门日报·新园地》副刊发表冯英子的《懦弱无能的刘璋》、何达的《闻一多在美国》。

18日　《澳门日报·新园地》副刊发表赵仲邑的语文小品《命名的怪癖》。

21日　《澳门日报·新园地》副刊发表老陈的《小游诗草并序》。

23日　《澳门日报·新园地》副刊发表冯英子的《镇压黄巾起家的公孙瓒》。

24日　《澳门日报·新园地》副刊发表李丹的新诗《样样都要问准你》、何达的《朱自清先生的谦虚》。

26 日　《澳门日报 · 新园地》副刊发表冯英子的《充满戏剧性的张绣》。

29 日　《澳门日报 · 新园地》副刊发表李丹的新诗《吉普车之歌》。

31 日　《澳门日报 · 年轻人》副刊发表石川的评论《漫谈小说》。

九月

6 日　《澳门日报 · 新园地》副刊发表冯英子的《屯田都尉枣祗》。

9 日　《澳门日报 · 新园地》副刊发表邹援的《莎士比亚与戏》。

11 日　《澳门日报 · 新园地》副刊发表晓峰的《漫谈书法学习》。

13 日　《澳门日报 · 新园地》副刊发表李丹的新诗《居住难》。

14 日　《澳门日报 · 新园地》副刊发表杨林的散文《路环之夜》。

15 日　《澳门日报 · 新园地》副刊发表梅萼华的影评《〈甲午风云〉揭示的真理》。

16 日　《澳门日报 · 新园地》副刊发表冯英子的《貂蝉之谜》。

19 日　《澳门日报 · 新园地》副刊发表独目六叔的旧诗《澳闻小唱》。

20 日　《澳门日报 · 新园地》副刊发表李丹的新诗《这是什么声音》。

21 日　《澳门日报 · 新园地》副刊发表冯英子的《老将黄忠》。

22 日　《澳门日报 · 新园地》副刊发表阿梅的评论《鲁迅旧诗中的一个虚词》。

25 日　《澳门日报 · 新园地》副刊发表李丹的诗歌《美帝自叹——方言调寄粤曲〈旱天雷〉》。

26 日　《澳门日报 · 新园地》副刊发表葆青的新诗《心爱的女儿》。

28 日　《澳门日报 · 新园地》副刊发表“静”的新诗《报童》。

30 日　马万祺创作七律《国庆十五周年前夕》。《澳门日报 · 新园地》副刊发表李向荣的快板《三面红旗更辉煌》、冯英子的《孙夫人的悲剧》。

⊙　本月，马万祺创作律诗《赞张晴晖大姐》。

十月

1 日　《澳门日报 · 新园地》副刊发表梅萼华的散文《我们心里有个天安门》、怀嘉的散文《两次会见毛主席》。

2 日　《澳门日报 · 新园地》副刊发表李丹的新诗《祖国颂歌——为祖国成立

十五周年而作》、马万祺的旧诗《欢呼国庆》。

3日　《澳门日报》放假。

4日　《澳门日报·新园地》副刊发表"静"的新诗《珠绣姑娘》、冯英子的《廖化也是大将》。

5日　《澳门日报·新园地》副刊发表吴槐庭的旧诗《欢庆祖国——原韵和马万祺先生》。

9日　《澳门日报·新园地》副刊发表冯英子的《投降主义者谯周》。

10日　《澳门日报·小说丛》副刊发表黄凌的短篇小说《美与丑》。

11日　《澳门日报·新园地》副刊发表季平的随笔《其味无穷》。

12日　《澳门日报·年轻人》副刊发表石川的评论《长篇小说的特点》。

13日　《澳门日报·新园地》副刊发表冯英子的"三国人物论"《容人大臣蒋琬》。

14日　《澳门日报·新园地》副刊发表林诺的随笔《美国作家笔下的美国工人》。

15日　《澳门日报·新园地》副刊发表陆觉鸣的随笔《鲁迅与澳门》。

17日　《澳门日报·新园地》副刊发表李若的随笔《巴金在法国的时候》、"静"的新诗《谈心》。

18日　《澳门日报·新园地》副刊发表李丹的新诗《垃圾之歌》。

19日　《澳门日报·新园地》副刊发表司徒德的散文《怀上海鲁迅故居——纪念鲁迅逝世28周年》、冯英子的《司马昭的子房钟会》。

21日　《澳门日报·新园地》副刊发表庄生的散文《王鲁彦笔下的闽南》。

23日　《澳门日报·新园地》副刊发表李丹的新诗《划时代的信号弹》、冯英子的《偷渡阴平的邓艾》。

24日　《澳门日报·新园地》副刊发表何达的评论《闻一多的爱国诗》。

25日　《澳门日报·新园地》副刊发表冯英子的《九品中正法的创始者——陈群》。

26日　《澳门日报·年轻人》副刊发表石川的评论《短篇小说的特点》。

27日　《澳门日报·新园地》副刊"状元谱"专栏发表"静"的新诗《教师》。

28日　《澳门日报·小说丛》副刊发表黄凌的短篇小说《渡海》,《新园地》副刊"状元谱"专栏发表"静"的新诗《棚工》。

29 日　《澳门日报·小说丛》副刊发表李环玉的短篇小说《考试》,《新园地》副刊"状元谱"专栏发表"静"的新诗《邮递员》。

30 日　《澳门日报·新园地》副刊发表李若的《抗战时期的巴金》。

31 日　《澳门日报·新园地》副刊"状元谱"专栏发表"静"的新诗《电工》。

十一月

1 日　《澳门日报·新园地》副刊"状元谱"专栏发表"静"的新诗《摄影师》。

2 日　《澳门日报·新园地》副刊发表冯英子的《晚节不保的于禁》。

3 日　《澳门日报·新园地》副刊"状元谱"专栏发表"静"的新诗《厨师》。

4 日　《澳门日报·新园地》副刊发表江边的杂文《"博士"与"专家"》。

6 日　《澳门日报·新园地》副刊"状元谱"专栏发表"静"的新诗《电影明星》。

7 日　《澳门日报·新园地》副刊发表李丹批判美帝国主义的新诗《打得好，打得妙》。

8 日　《澳门日报·新园地》副刊发表丁华的《伟大的史诗〈东方红〉》。

9 日　《澳门日报·新园地》副刊发表松心选注的《粤讴选》。

10 日　《澳门日报·新园地》副刊"状元谱"专栏发表"静"的新诗《护士》。

12 日　《澳门日报·新园地》副刊发表吴士的"水浒人物论"《黑旋风李逵》、"静"的新诗《木工》。

13 日　《澳门日报·新园地》副刊发表李丹的新诗《椿板坑赞歌》。

15 日　《澳门日报·新园地》副刊"状元谱"专栏发表"静"的新诗《舞蹈家》、吴士的"水浒人物论"《行者武松》。

17 日　《澳门日报·新园地》副刊"状元谱"专栏发表"静"的新诗《新闻记者》。

19 日　《澳门日报·新园地》副刊发表吴士的"水浒人物论"《花和尚鲁智深》。

21 日　《澳门日报·新园地》副刊发表梅萼华的散文《宜兴紫砂茶壶》。

23 日　《澳门日报·新园地》副刊"状元谱"专栏发表"静"的新诗《渔夫》。

24 日　《澳门日报·新园地》副刊"状元谱"专栏发表"静"的新诗《搬运工人》。

25 日　《澳门日报·小说丛》副刊发表黄凌的短篇小说《彩票的魔影》。

26 日　《澳门日报·新园地》副刊发表吴士的"水浒人物论"《入云龙公孙胜》。

27 日 《澳门日报·小说丛》副刊开始连载黄凌的短篇小说《金银花之恋》(至本月 30 日止),《新园地》副刊发表何达的散文《闻一多在困苦的日子中》。

28 日 《澳门日报·新园地》副刊“状元谱”专栏发表“静”的新诗《印刷工人》、黄蒙田的散文《乌桕赤于枫》。

黄蒙田(1919—?),原名黄草予,又名黄茅,广东台山人。1936 年毕业于广州市立美术专科学校西洋画系,后移居香港。1945 年抗日战争结束后,他放弃了美术创作,集中于美术业务工作。同时进行文学创作,擅长中、短篇小说和散文创作,不过,后来他放弃了小说创作,专心投入散文创作,有散文集《职业与爱情》《落乡班子》等。他在香港的《华侨日报》、澳门的《澳门日报》发表了大量散文作品,例如 20 世纪 60 年代的《澳门日报》就曾发表他的散文作品《火烧山》《送礼》《冬日腊味》《月历上的画》《东坡食经》《围炉夜话》《今日话汤团》《双思子》等,这些作品富有生活趣味,深得市民阶层的喜欢。

30 日 《澳门日报·新园地》副刊“状元谱”专栏发表“静”的新诗《点心女郎》、黄蒙田的散文《正是橙黄桔绿时》,《年轻人》副刊发表石川的评论《散文拉杂谈》。

⊙ 本月,锷未残在香港《文艺世纪》发表短篇小说《离巢凤》。

十二月

2 日 《澳门日报·新园地》副刊发表黄蒙田的散文《三轮车》。

3 日 《澳门日报·小说丛》副刊开始连载冰原的长篇小说《凤烛奴》。

4 日 《澳门日报·新园地》副刊发表黄蒙田的散文《三轮车旧话》、邹忠岱的儿歌《打乒乓》。

5 日 《澳门日报·新园地》副刊“状元谱”专栏发表“静”的新诗《理发师》。

6 日 《澳门日报·新园地》副刊发表吴士的“水浒人物论”《及时雨宋江(上)》。

10 日 《澳门日报》发表吴士的“水浒人物论”《及时雨宋江(中)》、黄蒙田的散文《双思子》。

11 日　《澳门日报·新园地》在别的副刊发表吴士的“水浒人物论”《及时雨宋江（下）》、叶如华的评论《文学作品中的运动员——谈〈人民文学〉11 月号的〈运动员速写〉》。

12 日　《澳门日报·新园地》副刊“状元谱”专栏发表“静”的新诗《炒栗小贩》。

13 日　《澳门日报·新园地》副刊“状元谱”专栏发表“静”的新诗《棋手》、黄蒙田的散文《冬日话腊味》。

14 日　《澳门日报·年轻人》副刊发表石川的评论《文艺的突击队——杂文》。

16 日　《澳门日报·新园地》副刊“状元谱”专栏发表“静”的新诗《菜农》。

17 日　《澳门日报·新园地》副刊发表黄蒙田的散文《火烧山》。

20 日　《澳门日报·新园地》副刊发表黄蒙田的散文《今日话汤团》。

21 日　《澳门日报·新园地》副刊发表黄蒙田的散文《市声》。

22 日　《澳门日报·新园地》副刊发表黄蒙田的散文《送礼》。

23 日　《澳门日报·小说丛》副刊发表黄凌的短篇小说《人海浮尸》,《新园地》副刊发表陆觉鸣的随笔《“红叶题诗记阿谁”》。

25 日　《澳门日报·新园地》副刊发表黄蒙田的散文《日历小谈》。

26 日　《澳门日报·新园地》副刊发表黄蒙田的散文《月历上的画》。

27 日　《澳门日报·新园地》副刊“状元谱”专栏发表“静”的新诗《爆竹工人》。

28 日　《澳门日报·小说丛》副刊刊登黄凌的短篇小说《慈善家》。

29 日下午 2 时 30 分　在澳门举行首次葡式斗牛表演。同日,《澳门日报·新园地》副刊发表黄蒙田的散文《东坡食经》。

31 日　《澳门日报·新园地》副刊发表楚阳的《我看粤语法》。

本年

⊙　《澳门学生》调整版面，头版不再刊登短篇小说，使该刊文学色彩削弱。

⊙　梁披云创作《雨夜闻蛙》《木棉赞》《国庆后一日得林老诗》等。

⊙　马万祺创作律诗《赠中国京剧团赵燕侠同志》。

⊙　张错的散文集《第三季》，由台北太平洋出版社出版。

1965年

这一年的长篇小说，武侠小说仍不可忽视，如从10月份开始连载华丹枫的《滴冰剑》，内容是描写隋朝年间，一批被迫害的英雄好汉起义的故事。其中有紧张激烈的打斗场面，有缠绵悱恻的儿女私情，情节曲折，引人入胜。和往年不同的是，这时的长篇连载多了两大题材，一是描写国内革命斗争的广东作家吴有恒的《北山记》，另有写越南人民英勇抗美的《南方来信》和《越南南方斗争故事》。毕竟是“远来的和尚好念经”，外地作者写的这种题材为读者换了口味，深受欢迎，因而又有《无名屿上的战斗》《夜过封锁线》接着上场。

武侠小说登多了容易使读者产生审美疲劳，因而编者转向对现实题材的开拓。这方面的代表作除了依沙的《三姐妹》外，另有柯茂的长篇小说《双城梦回录》：通过讲述一群青年男女离开学校后各奔前程，刻画出各阶层人物的面貌和内心世界，用笔简朴、风趣、辛辣，意味隽永，发人深思。

在新诗创作方面，《澳门日报·新园地》副刊破例刊登李丹由五部分组成的长诗。散文方面最值得重视的是著名诗人佟绍弼以“腊斋”为笔名开的专栏“腊斋漫谈”：内容广泛，包括文史书画方面的知识、历史人物的轶事和掌故、广东风俗与口语等，深入浅出，生动隽永。松山客也是重要作者，另还有从香港引进来的黄蒙田的系列随笔。短篇小说“三日完”乃至“四日完”的作品比过去增多。今年还出现了“小活报剧”。

评论方面，除介绍“五四”以来的名作家冰心、刘半农、丁西林等人的作品外，还分别发表了评上海工人作家胡万春、费礼文的作品和徐景贤等人的话剧《年青的一代》，另有邱子维的《松柏风格，桃李艳姿——赴穗观革命现代戏后感》系列文章。所有这些，都是为了配合内地开展的“反修防修”运动。至于歌颂“祖国工农齐跃进”的旧诗，已经不起历史的沉淀。《红豆》创办人之一许锡英英年早逝，是澳门文坛的一大损失。

一月

1日 根据台湾、香港和澳门主教的决定，从这天开始做弥撒、洗礼、坚振礼、婚礼和病人涂油体均可使用中文。《澳门日报·小说丛》副刊开始连载袁从龙的长篇小说《马洲风云》（至本年11月26日止）。

2日 《澳门日报·小说丛》副刊开始连载田池的长篇小说《黑弄堂》（至本年3月16日暂停，10月续登）。

7日 《澳门日报·新园地》副刊发表黄蒙田的小品《手信》。

8日 《澳门日报·新园地》副刊发表夏民的评论《关于小说〈二月〉》。

10日 《澳门日报·新园地》副刊发表陆觉鸣的评论《托尔斯泰的〈战争与和平〉》、黄蒙田的小品《茶楼和茶客之间》。

11日 《澳门日报·新园地》副刊发表陈渭泉的漫画《足球场三题》，“状元谱”专栏发表“静”的新诗《花王》。

12日 《澳门日报·新园地》副刊发表方猷的评论《老舍善说故事》、黄蒙田的随笔《由二厘馆到茶楼》。

15日 《澳门日报·新园地》副刊发表一心的新诗《祖国颂》、黄蒙田的散文《围炉夜话》。

16日 《澳门日报·新园地》副刊发表黄蒙田的随笔《尾祃》。

17日 《澳门日报·新园地》副刊发表楚羊的随笔《真理》。

18日 《澳门学生》发表苇雯的新诗《街童》。《澳门日报·新园地》副刊发表黄蒙田的小品《扫屋》。

19日 《澳门日报·新园地》发表黄蒙田的小品《漫谈春联》、黄凌的故事《失童年》。

21日 《澳门日报·新园地》副刊发表何达的随笔《朱佩弦的为人》。

23日 《澳门日报·新园地》副刊发表黄蒙田的小品《岁暮》、湛为的评论《东北籍作家骆宾基》。

24日 《澳门日报·新园地》副刊“状元谱”专栏发表“静”的新诗《会计师》、

吴士的“水浒人物论”《病尉迟孙立》。

26日 《澳门日报·小说丛》在别的副刊发表庄钝的语文小品《问字篇》。

29日 《澳门日报·新园地》副刊发表梅芝的《杜甫敬仰诸葛亮》。

30日 《澳门日报·新园地》副刊发表吴士的“水浒人物论”《石碣村阮氏三雄》。

31日 《澳门日报·新园地》副刊发表李心言的随笔《岁暮》。

二月

1日 《澳门日报·新园地》副刊发表陆觉鸣的随笔《知音》、松山客的“松山亭话”《春花报喜》。

6日 《澳门日报·小说丛》副刊开始连载岫云的长篇小说《西施》(至本年8月29日止)。

7日 《澳门日报·新园地》副刊发表郭沫若的评论《“红旗跃过汀江”》、黄凌的短篇小说《苦恋》。

8日 《澳门日报·小说丛》副刊发表黄凌的短篇小说《银灯下的爱情》。

10日 《澳门日报·新园地》副刊发表史东的评论《邓中夏的诗论和诗》。

11日 《澳门日报·小说丛》副刊发表黄凌的短篇小说《邂逅》,《新园地》副刊发表松山客的散文《新型的教师》。

13日 《澳门日报·新园地》副刊发表张化生的小活报剧《美国没有止痛药》。

14日 《澳门日报·新园地》副刊发表松山客的“松山亭话”《文雀》和吴士的“水浒人物论”《解珍和解宝(上)》。

15日 《澳门日报·新园地》副刊发表吴士的“水浒人物论”《解珍和解宝(下)》。

16日 《澳门日报·新园地》副刊发表松山客的“松山亭话”《在理发店里》。

18日 《澳门日报·新园地》副刊发表李丹的政治讽刺诗《这也税,那也税》、吴士的“水浒人物论”《母大虫顾大嫂》。

19日 《澳门日报·新园地》副刊发表颜开的《〈诗人郁达夫〉后记》。

20日 《澳门日报·小说丛》副刊发表黄凌的短篇小说《曼丽的外衣》,《新园地》副刊发表引铭的评论《风土作家蹇先艾》。

23日 《澳门日报·新园地》副刊发表“静”的四言诗《金鹰》,还开始连载著名诗人佟绍弼以"腊斋"为笔名的"腊斋漫谈"《〈兰亭〉纵横谈(上)》。

24日　《澳门日报·小说丛》副刊发表黄凌的短篇小说《缪六姑》,《新园地》副刊发表腊斋的"腊斋漫谈"《〈兰亭〉纵横谈(中)》。

25日　《澳门日报·新园地》副刊刊登松山客的"松山亭话"《批评》、腊斋的"腊斋漫谈"《〈兰亭〉纵横谈(下)》。

26日　《澳门日报·小说丛》副刊刊登林朗的文章《谈古典文学教学的批判继承问题》。

27日　《澳门日报·新园地》副刊刊登李丹的新诗《题"祖国颂"》。

28日　《澳门日报·新园地》副刊刊登吴士的"水浒人物论"《插翅虎雷横》、松山客的"松山亭话"《〈红岩〉与江姐》。

三月

1日　《澳门日报·新园地》副刊刊登琳子的《惠特曼与〈草叶集〉》。

2日　《澳门日报·新园地》副刊刊登松筠的《古典文学教学应注意的问题》。

3日　《澳门日报·新园地》副刊刊登腊斋的"腊斋漫谈"《老子·老君·太上老君之谜》。

4日　《澳门日报·新园地》副刊刊登吴士的"水浒人物论"《菜园子张青》。

5日　《澳门日报·新园地》副刊刊登文抒的《古诗中的勤劳妇女》。

6日　《澳门日报·新园地》副刊刊登李若的《日本新兴小说家》。

7日　《澳门日报·新园地》副刊刊登陆觉鸣的《梨园世家》、吴士的"水浒人物论"《混江龙李俊》。

8日　《澳门日报·新园地》副刊刊登引铭的《〈山洪〉的作者吴组缃》。

9日　《澳门日报·小说丛》副刊发表黄凌的短篇小说《新欢》,《新园地》副刊刊登琳子的《从卓别琳得奖说起》。

11日　《澳门日报·新园地》副刊刊登松山客的"松山亭话"《燕子·春天·战鼓》。

12日　《澳门日报·新园地》副刊刊登裕园的散文《"湿柴"的故事》。

13日　《澳门日报·新园地》副刊刊登松山客的"松山亭话"《服毒·昏迷·毙命》。

14日　《澳门日报·新园地》副刊刊登吴士的"水浒人物论"《浪子燕青》。

15 日　《澳门学生》发表卓夫的散文《届话春联》、苇雯的新诗《赌徒》。《澳门日报·新园地》副刊刊登华敏的散文《椰林曲》、松山客的“松山亭话”《娱乐——愚乐?》

16 日　《澳门日报·小说丛》副刊开始连载华敏的散文《椰林曲》，同时预告《南方来信》：

《南方来信》是根据同名话剧改编的中篇小说，炳章先生著，张译先生绘画。内容以南越一个“战略村”为背景，揭露了美帝国主义及其走狗迫害南越人民的滔天罪行，歌颂南越人民反美爱国的正义斗争。作者以细腻的笔触，塑造了阿霞等光辉的英雄形象。她们在斗争中，既勇敢又机智，给敌人以沉重的打击。情节紧张惊险，扣人心弦，将于日间在《小说丛》刊出。

17 日　《澳门日报·小说丛》副刊开始连载炳章的《南方来信》(至本年 4 月 13 日止)，《新园地》副刊刊登于涛的杂文《“蜘蛛网上的苍蝇”及其他》。

18 日　《澳门日报·新园地》副刊刊登吴士的“水浒人物论”《神行太保戴宗》、云木的“新书架”《略谈中篇〈激流飞渡〉》。

19 日　《澳门日报·新园地》副刊刊登松山客的“松山亭话”《水的感情》。

20 日　《澳门日报·新园地》副刊刊登梅萼华的评论《亲切·丰富·动人·自豪——快睹〈东江之水越山来〉》。

21 日　《澳门日报·新园地》副刊刊登吴子敏的评论《波澜壮阔的新中国文学》。

22 日　《澳门日报·新园地》副刊刊登谢自楚的散文《西藏冰川奇观》。

23 日　《澳门日报·新园地》副刊刊登松山客的散文《白天的梦》。

24 日　《澳门日报·新园地》副刊刊登松山客的散文《甜蜜的笑甜蜜的回忆——〈东江之水越山来〉观后杂感》。

25 日　《澳门日报·新园地》副刊刊登“静”的四言诗《浩荡亲情》。

26 日　《澳门日报·新园地》副刊刊登李丹的组诗《东江之水越山来》。

28 日　《澳门日报·新园地》副刊刊登灵子的《生动的肖像画——读浩然的短篇

小说〈杏花雨〉》。

29 日　《澳门日报 · 新园地》副刊刊登楚阳的散文《痛悼许锡英兄》。

30 日　《澳门日报 · 新园地》副刊刊登蒲英的《刘半农与他编的新诗集》。

四月

1 日　《澳门日报 · 新园地》副刊刊登林朗的散文诗《海傍散曲》。

3 日　《澳门日报 · 新园地》副刊刊登文抒的评论《辛稼轩的清明词》。

4 日　《澳门日报 · 新园地》副刊刊登吴士的“水浒人物论”《美髯公朱仝》。

5 日　《澳门日报 · 新园地》副刊刊登松山客的随笔《清明杂想》。

6 日　《澳门日报 · 新园地》副刊刊登紫青的散文《春花烂漫白云山》。

8 日　《澳门日报 · 新园地》副刊刊登松山客的随笔《西方 · 女人 · 钞票》。

9 日　《澳门日报 · 新园地》副刊刊登史复的评论《新发现的鲁迅一首诗》。

10 日　《澳门日报 · 新园地》副刊刊登望留的评论《喜剧作家丁西林》。

11 日　《澳门日报 · 新园地》副刊刊登吴士的“水浒人物论”《金枪手徐宁》、李丹的讽刺诗《如此“空中优势”》。

12 日　《澳门日报 · 新园地》副刊刊登松山客的散文《绿叶发华滋》。

14 日　《澳门日报 · 小说丛》副刊开始连载周长光的《无名屿上的战斗》（至本月 20 日止），《新园地》副刊刊登林下风批判南斯拉夫修正主义电影的评论《评〈焦土抗战〉》、腊斋的随笔《丘逢甲和广东文化》。

15 日　《澳门日报 · 新园地》副刊刊登吴士的“水浒人物论”《鼓上蚤时迁》。

16 日　《澳门日报 · 新园地》副刊刊登宛如的散文《山欢水畅柳色新》。

18 日　《澳门日报 · 新园地》副刊刊登春风的乐评《〈洪湖赤卫队〉唱片动人》。

20 日　《澳门日报 · 小说丛》副刊刊登《勇敢的女游击队员》，《新园地》副刊刊登容乐的影评《推荐〈洪湖赤卫队〉》、望留的《李叔同多才多艺》。

21 日　《澳门日报 · 小说丛》副刊发表黄凌的短篇小说《处女的夜航》，还刊登《礼物——越南南方斗争故事》，并开始连载王恺的《夜过封锁线》（至本月 30 日止）。

《夜过封锁线》是描写抗战期间八路军战士为完成一项紧急任务，冒着极大的风险，夜过日军封锁线，经历了一场生死斗争，情节十分动人。

24 日　《澳门日报·新园地》副刊刊登杨石的散文《东湖抒情》。

26 日　《澳门日报·新园地》副刊发表望留的评论《白居易与日本文学》。

27 日　《澳门日报·小说丛》副刊开始连载柯茂的长篇小说《双城梦回录》（至 1967 年 3 月 1 日止），《新园地》副刊发表灵子评上海作家费礼文作品的文章《色彩斑斓的〈早春〉》。

《双城梦回录》通过讲述一群青年男女离开学校后各奔前程，从而刻画各阶层人物的面貌和内心世界，用笔简朴、风趣、辛辣。

29 日　《澳门日报·新园地》副刊发表松山客的散文《一阵春风，一阵阳光》。

⊙　本月，马万祺创作七律《韶山毛主席故居》。锷未残在香港《文艺世纪》发表短篇小说《老顾客》。

五月

1 日　《澳门日报·小说丛》副刊开始连载阮祥等写的《越南南方斗争故事》。

3 日　《澳门日报·新园地》副刊发表李丹的新诗《凯旋之歌》。

4 日　《澳门日报·新园地》副刊发表子微的评论《张天翼与儿童文学》。

5 日　《澳门日报·新园地》副刊发表林夏评上海作家胡万春作品的《光辉的革命工人形象——读小说〈家庭问题〉小札》。

6 日　《澳门日报·新园地》副刊发表李丹的新诗《钢铁战士》。

7 日　《澳门日报·新园地》副刊发表林千峰的文艺随笔《画中人》。

10 日　《澳门日报·新园地》副刊发表颂宁的评论《鲁迅的第一篇小说》。

11 日　《澳门日报·新园地》副刊发表蓉力的散文《绿树成荫春满城》。

12 日　《澳门日报·新园地》副刊发表蓓尔的剧评《好啊，再来一次——话剧〈年青的一代〉观后感》。

13 日 《澳门日报 · 新园地》副刊发表松山客的散文《美丽的诗的晚会》。

15 日 《澳门日报 · 新园地》副刊发表腊斋的评论《谈谈鲁迅先生〈无题〉诗的内容》（上）。

16 日 《澳门日报 · 新园地》副刊发表腊斋的评论《谈谈鲁迅先生〈无题〉诗的内容》（下）。

17 日 《澳门日报 · 新园地》副刊发表裕园的散文《记画家张光宇》。

21 日 《澳门日报 · 小说丛》副刊刊登黄凌的短篇小说《糟糕的香味》。

23 日 《澳门日报 · 新园地》副刊发表吴士的“水浒人物论”《“通臂猿”侯健》。

25 日 《澳门日报 · 新园地》副刊发表腊斋的《石鼓文》。

26 日 《澳门日报 · 小说丛》副刊发表黄凌的短篇小说《唐珍妮的伞子》。

27 日 《澳门日报 · 小说丛》副刊发表越南佚名写的《英雄的姐妹们》，另开始连载依沙的长篇小说《三姐妹》（至 1966 年 1 月 1 日止）。

《三姐妹》以细腻的文笔，写三个不同性格、不同出身的英文书院女学生的三种不同命运和结局。有缠绵的女儿私事，有错综复杂的情场恩怨，有离奇古怪的香港内幕，有助于读者了解香港社会的一个横剖面。

30 日 《澳门日报 · 新园地》副刊发表李丹的新诗《世界革命的战鼓》。

六月

3 日 《澳门日报 · 新园地》副刊发表松山客的散文《五月粽子香更香》。

4 日 《澳门日报 · 新园地》副刊发表梅萼华的散文《行吟阁上望东湖》。

8 日 《澳门日报 · 新园地》副刊发表甘霖的散文《芳邻》。

10 日 《澳门日报 · 小说丛》副刊继续连载田池的长篇小说《黑弄堂》、袁从龙的长篇小说《马洲风云》、岫云的长篇小说《西施》、柯茂的长篇小说《双城梦回录》、依沙的长篇小说《三姐妹》，并刊登黄凌的短篇小说《炖品》；《新园地》副刊发表林下风评中国青年出版社出版的新书《伟大的人民革命战士——〈新人小说选〉读后随感之一》。

11 日　《澳门日报 · 新园地》副刊发表王琼的散文《颂越南的竹》。

12 日　《澳门日报 · 新园地》副刊发表林下风评中国青年出版社出版的新书《伟大的人民革命战士——〈新人小说选〉读后随感之二》。

13 日　《澳门日报 · 新园地》副刊发表林下风评中国青年出版社出版的新书《伟大的人民革命战士——〈新人小说选〉读后随感之三》。

14 日　《澳门日报 · 小说丛》副刊开始连载牧子的长篇小说《绿衣红心》（至本年 7 月 23 日止）。

《绿衣红心》以上海一个邮政支局为背景，描写祖国邮递员一丝不苟的服务精神以及他们的动人事迹。

16 日　《澳门日报 · 新园地》副刊发表梅摘的评论《郭沫若论〈兰亭序〉的真伪（上）》。

17 日　《澳门日报 · 新园地》副刊发表梅摘的评论《郭沫若论〈兰亭序〉的真伪（中）》。

18 日　《澳门日报 · 新园地》副刊发表李丹的新诗《我喜欢这个地方》、梅摘的评论《郭沫若论〈兰亭序〉的真伪（下）》。

19 日　《澳门日报 · 小说丛》副刊刊登佚名的短篇小说《槟榔姑娘朔二姐》。

20 日　《澳门日报 · 新园地》副刊发表赵朴初的旧诗《白宫怨》。

22 日　《澳门日报 · 小说丛》副刊发表黄凌的短篇小说《坟里的爱》。

25 日　《澳门日报 · 小说丛》副刊发表黄凌的短篇小说《麻雀台下的儿女》。

26 日　《澳门日报 · 小说丛》副刊发表黄凌的短篇小说《苦茶》。

27 日　《澳门日报 · 新园地》副刊发表李丹的新诗《新兵种》。

28 日　《澳门日报 · 新园地》副刊发表甘霖的散文《山清水秀话澳门》。

29 日　《澳门日报 · 小说丛》副刊发表孟昌平的短篇小说《海上医生（之一）》（至本月 31 日止）。

七月

1 日　《澳门日报·新园地》副刊刊登松山客的《人字怎样才写得美——〈红灯记〉观后杂谈》。

3 日　《澳门日报·新园地》副刊刊登任逊的散文《云海奇观》。

4 日　《澳门日报·新园地》副刊刊登吴士的《“神机军师”朱武》。

8 日　《澳门日报·新园地》副刊刊登乌龙经纪的《劝阮高其办“狗经报”论》。

9 日　《澳门日报·新园地》副刊刊登玉宇的散文《开封城里种荔枝》。

10 日　《澳门日报·新园地》副刊刊登松山客的散文《雨夜蛙鸣长噪》。

11 日　《澳门日报·新园地》副刊刊登吴士的“水浒人物论”《“金眼彪”施恩》。

12 日　《澳门日报·新园地》副刊刊登一丁的《萧翼撰〈兰亭序〉的故事演变》。

13 日　《澳门日报·新园地》副刊刊登陈洁的《再谈黄省老——兼答几位读者》。

14 日　《澳门日报·新园地》副刊刊登李丹的新诗《致斯天基中尉及其他美兵》。

15 日　《澳门日报·新园地》副刊刊登方原的《中越文化交流史话》。

16 日　《澳门日报·新园地》副刊刊登李丹的《泰勒和洛奇的对话》。

17 日　《澳门日报·新园地》副刊刊登腊斋的《名篇与名句》。

18 日　《澳门日报·新园地》副刊刊登松山客的《马·牛·羊》。

19 日　《澳门日报·小说丛》副刊发表黄凌的短篇小说《落日》,《新园地》副刊刊登钟茵的“文艺轶话”《靳以在南平的时候》。

20 日　《澳门日报·新园地》副刊刊登腊斋的《观音史话(上)》和李丹的新诗《为了你的腰包》。

21 日　《澳门日报·新园地》副刊刊登腊斋的《观音史话(下)》。

24 日　《澳门日报·新园地》副刊刊登腊斋的《所谓词坛佳话——读顾贞观〈金镂曲〉后(上)》。

25 日　《澳门日报·小说丛》副刊开始连载《神秘的游尸》(至本年 8 月 2 日止),《新园地》副刊刊登腊斋的《所谓词坛佳话——读顾贞观〈金镂曲〉后(下)》、林扉的《鲁迅笔名》。

《神秘的游尸》是一篇十日完的侦探小说，芷汀女士译。内容描述一个少妇离奇毙命，尸体失而复现，带有神秘色彩。破案经过，引人入胜。

26日 《澳门日报·新园地》副刊刊登逊公的《画家笔下的万里长城》。

27日 《澳门日报·新园地》副刊刊登梅萼华的《十二个人一台戏——乌兰牧骑赞》。

29日 《澳门日报·新园地》副刊刊登腊斋的《现存的两晋书法真迹（上）》。

30日 《澳门日报·小说丛》副刊开始刊登阮怀江（越南）的《特别的礼物》（至本年8月1日止），《新园地》副刊刊登腊斋的《现存的两晋书法真迹（下）》、晏秋洛的散文《洞庭湖上猎野鸭》。

31日 《澳门日报·新园地》副刊刊登松山客的散文《幸运的人们》。

八月

1日 《澳门日报·小说丛》副刊发表黄凌的短篇小说《酸味的血花》，《新园地》副刊刊登尔龄的文艺随笔《鲁迅写的“补白”》。

2日 《澳门日报·新园地》副刊刊登阿梅的随笔《散曲平话》。

3日 《澳门日报·小说丛》副刊开始连载吴有恒的小说《北山记》（至1966年5月6日止）。

《北山记》是《山乡风云录》的姐妹篇。写的是解放战争初期，一个革命战士装扮成江湖医生，独自深入华南一个山区开辟革命工作的故事。情节紧张曲折，事迹可歌可泣。

吴有恒（1913—1994），广东恩平人。1931年参加抗日救亡运动，曾任小学教师，后从事革命斗争工作，担任过中共广州市委秘书长、广州市委书记，广东省作协专业作家、副主席。在《澳门日报》等处发表了长篇小说《北山记》等作品。

4日　《澳门日报·新园地》副刊刊登郭沫若的《红军不怕远征难（上）》。

5日　《澳门日报·新园地》副刊刊登郭沫若的《红军不怕远征难（中）》。

6日　《澳门日报·新园地》副刊刊登郭沫若的《红军不怕远征难（下）》。

7日　《澳门日报·新园地》副刊刊登谈蕙的《数风流人物，还看今朝——中南区戏剧会演第三、四轮节目观后》。

8日　《澳门日报·新园地》副刊刊登绮莲的《〈东方红〉与中南海戏剧会演》。

9日　《澳门日报·新园地》副刊刊登葵菽的《〈山乡风云〉给我的启发》。

10日　《澳门日报·新园地》副刊刊登邱子维的《松柏风格，桃李艳姿——赴穗观革命现代戏后感（一）》。

11日　《澳门日报·新园地》副刊刊登邱子维的《松柏风格，桃李艳姿——赴穗观革命现代戏后感（二）》。

12日　《澳门日报·小说丛》副刊开始刊登孙耕夫的《海上擒匪——四日完小说（一）》，《新园地》副刊刊登李丹的新诗《闻加薪有感——拟少爷兵自叹》。

13日　《澳门日报·小说丛》副刊继续刊登孙耕夫的《海上擒匪——四日完小说（二）》。

14日　《澳门日报·小说丛》副刊继续刊登孙耕夫的《海上擒匪——四日完小说（三）》，《新园地》副刊刊登李丹的新诗《越南话》。

15日　《澳门日报·小说丛》副刊继续刊登孙耕夫的《海上擒匪》（完），《新园地》副刊刊登刘焕文的《河西散记》。

16日　《澳门日报·新园地》副刊刊登沉兴的《蟠桃祝寿——贺澳门日报创刊七周年》。

17日　《澳门日报·新园地》副刊刊登孙奉的《杂文古今谈》。

18日　《澳门日报·新园地》副刊刊登松山客的《狩猎忆语》。

19日　《澳门日报·小说丛》副刊刊登《勇敢的女游击队员——越南南方斗争故事》，《新园地》副刊刊登绮莲的散文《海珠桥上》。

20日　《澳门日报·新园地》副刊刊登腊斋的《同善堂取名的原因——粤剧史话之一》。

21 日 《澳门日报·新园地》副刊刊登腊斋的《八和是怎样的意思——粤剧史话之二（上）》。

22 日 《澳门日报·新园地》副刊刊登腊斋的《八和是怎样的意思——粤剧史话之二（下）》。

23 日 《澳门日报·新园地》副刊刊登腊斋的《衣箱伯父与红凳——粤剧史话之三》。

24 日 《澳门日报·新园地》副刊刊登腊斋的《宜安公司的小掌故——粤剧史话之四》（完）。

25 日 《澳门日报·新园地》副刊刊登松山客的《打猎在香港（上）》。

26 日 《澳门日报·小说丛》副刊发表黄凌的短篇小说《在鸡场里》，《新园地》副刊刊登陈洁的《兼葭楼甲戌诗稿》、松山客的《打猎在香港（下）》。

29 日 《澳门日报·新园地》副刊刊登大椏的《抓起鱼目当珍珠——李白杜牧诗中的小疵》。

30 日 《澳门日报·小说丛》副刊开始刊登岫云的长篇小说《翠影丹心》（至本年 11 月 23 日止），《新园地》副刊刊登林朗的《谈冰心初期的一些小说（上）》。

《翠影丹心》：写嘉靖年间，南京秦淮河名姑王翠翘抗倭的故事。作品内容变化曲折，有血有泪，既旖旎，亦壮烈。

31 日 《澳门日报·新园地》副刊刊登林朗的《谈冰心初期的一些小说（下）》。

⊙ 本月，马万祺创作七律《庐山》。

九月

1 日 《澳门日报·新园地》副刊开始刊登腊斋的《答“兰亭”问》（至本月 7 日止）。

4 日 《澳门日报·新园地》副刊刊登松山客的《秋色映春光》。

5 日 《澳门日报·新园地》副刊刊登邱子雄的《漫谈〈人间地狱〉的改编与

其他》。

8日 《澳门日报·新园地》副刊刊登松山客的《地狱人间》。

10日 《澳门日报·新园地》副刊刊登文抒的《三国演义与南越》。

11日 《澳门日报·新园地》副刊刊登李浩泉的《印石漫谈》。

12日 《澳门日报·新园地》副刊刊登吴士的《"活闪婆"王定六》。

13日 《澳门日报·小说丛》副刊刊登黄凌的短篇小说《秋雨之夜》。

15日 《澳门日报·新园地》副刊刊登林朗的《略论冰心的"爱的哲学"(上)》。

16日 《澳门日报·新园地》副刊刊登林朗的《略论冰心的"爱的哲学"(下)》。

17日 《澳门日报·新园地》副刊刊登班迈的《胡适怎样考证〈诗经〉》。

18日 《澳门日报·新园地》副刊刊登慕雪改写的《相声——好(上)》。

19日 《澳门日报·新园地》副刊刊登慕雪改写的《相声——好(下)》、陈洁的《试谈鲁迅的译著印证》。

20日 《澳门日报·新园地》副刊刊登屈元术的游记《今日桃花源》。

21日 《澳门日报·新园地》副刊刊登李丹的新诗《夏斯特里的蛇舞》。

22日 《澳门日报·新园地》副刊刊登李丹的新诗《老鼠不喜欢白天》。

23日 《澳门日报·新园地》副刊刊登旧侣的粤曲《歌唱新中国》、吴士的《"毛头星"与"独火星"(上)》、腊斋的《我国伟大的航海家郑和》。

24日 《澳门日报·新园地》副刊刊登吴士的《"毛头星"与"独火星"(下)》。

25日 《澳门日报·新园地》副刊刊登于今的《"文人字、号"及其他——读〈鲁迅日记〉书后(上)》。

26日 《澳门日报·新园地》副刊刊登于今的《"文人字、号"及其他——读〈鲁迅日记〉书后》(下)。

27日 《澳门日报·小说丛》副刊刊登黄凌的短篇小说《小夜曲》;《新园地》副刊刊登谢德铣的《重访绍兴兰亭》,并开始刊登声扬的《石岛·斯德哥尔摩——北欧漫记》(至本月29日止)。

28日 《澳门日报·小说丛》副刊刊登《猛歼三辆装甲车——越南南方战斗故事》。

29日 《澳门日报·新园地》副刊刊登远平的《诗人——曹操》。

30 日 《澳门日报·新园地》副刊刊登方遐的《作家的创作态度》。

十月

1 日 《澳门日报·小说丛》副刊开始连载华丹枫的武侠小说《滴冰剑》(至1966 年 1 月 31 日止),《新园地》副刊发表李丹的新诗《啊,北京》。

2 日 《澳门日报·新园地》副刊发表马万祺的旧诗《写在国庆节前夕》:

> 十六周年大庆隆,同胞各界喜冲冲。张灯结彩牌楼丽,筵席联欢节日丰。祖国工农齐跃进,人民才智尽专红。东风浩荡三洲煖,向日葵花处处同。

4 日 《澳门日报·新园地》副刊发表秦牧的散文《伟大的平凡》、李丹的新诗《干杯》。

5 日 《澳门日报·新园地》副刊发表杜埃等的评论《广东剧坛新貌》。

6 日 《澳门日报·小说丛》副刊发表黄凌的短篇小说《姐妹的秘密》。

7 日 《澳门日报·小说丛》副刊发表黄凌的短篇小说《两代同堂》。

8 日 《澳门日报·新园地》副刊发表松山客的“松山亭话”《风雨送春来》。

9 日 《澳门日报·新园地》副刊发表松山客的散文《火树银花不夜天》。

13 日 《澳门日报·新园地》副刊发表李丹的政治讽刺诗《老虎扮山羊》。

15 日 《澳门日报·新园地》副刊发表逸生的评论《岳飞庙里的一首诗》。

16 日 《澳门日报·新园地》副刊发表松山客的杂文《“牛”的社会学》、杜棠的七律《李宗仁先生招待会》。

18 日 《澳门日报·新园地》副刊发表腊斋的散文《象棋派生下的象棋》。

19 日 《澳门日报·新园地》副刊发表王汉元的评论《“千夫”、“孺子”及其他》。

22 日 《澳门日报·新园地》副刊发表甘霖的杂文《狗之患》。

23 日 《澳门日报·新园地》副刊发表杨泽皇的散文《九嶷山纪游(上)》。

24 日 《澳门日报·新园地》副刊发表杨泽皇的散文《九嶷山纪游(下)》。

25 日 《澳门日报·小说丛》副刊发表魏继长的短篇小说《英雄桥(上)》。

26 日 《澳门日报·小说丛》副刊发表魏继长的短篇小说《英雄桥（下）》。

29 日 《澳门日报·新园地》副刊发表甘霖的散文《帽儿头》。

30 日 《澳门日报·新园地》副刊发表李丹的新诗《某霓红灯素描》、何明之的史料《澳门出生的冼星海》。

31 日 《澳门日报·新园地》副刊发表甘霖的散文《飘零歌女》。

⊙ 本月，游静萍在香港《文艺世纪》发表短篇小说《格力狗》。

十一月

3 日 《澳门日报·新园地》副刊发表方遐的散文《纪念傅抱石先生》。

6 日 《澳门日报·新园地》副刊发表于今的散文《岭南诗史——〈读岭南人诗绝句〉介评（上）》。

7 日 《澳门日报·新园地》副刊发表于今的散文《岭南诗史——〈读岭南人诗绝句〉介评（下）》。

9 日 《澳门日报·新园地》副刊发表李丹的新诗《夏斯特里的布告》。

10 日 《澳门日报·新园地》副刊发表腊斋的《〈水浒传〉中的成语》。

11 日 《澳门日报·新园地》副刊发表李丹由五部分组成的长诗《光辉的榜样——读〈像他那样生活〉后作》。

12 日 《澳门日报·新园地》副刊发表何明之的回忆录《孙中山先生在港澳的革命活动（上）》。

13 日 《澳门日报·新园地》副刊发表何明之的回忆录《孙中山先生在港澳的革命活动（下）》。

14 日 《澳门日报·新园地》副刊发表梅萼华的散文《谒中山陵记》、腊斋的《最近逝世的冼玉清（上）》。

15 日 《澳门日报·新园地》副刊发表腊斋的《最近逝世的冼玉清（下）》。

16 日 《澳门日报·新园地》副刊发表华峰的散文《香山一日游（上）》。

17 日 《澳门日报·新园地》副刊发表华峰的散文《香山一日游（中）》。

18 日 《澳门日报·新园地》副刊发表华峰的散文《香山一日游（下）》。

19 日 《澳门日报·新园地》副刊发表腊斋的《悼张谷雏（上）》。

20 日 《澳门日报·新园地》副刊发表梅萼华的散文《人造天河镇旱龙——雷州青年运河杂忆》、腊斋的《悼张谷雏（下）》。

21 日 《澳门日报·新园地》副刊发表松山客的“松山亭话”《“扮蟹”杂想》。

22 日 《澳门日报·新园地》副刊发表松山客的“松山亭话”《海的摇篮曲》。

23 日 《澳门日报·新园地》副刊发表李丹的新诗《致乌拉圭青年》。

24 日 《澳门日报·小说丛》副刊开始连载岫云的长篇小说《马三娘》（至 1966 年 9 月 17 日止）。

《马三娘》讲述马三娘促使陈开起义参加太平天国革命的故事。

25 日 《澳门日报·新园地》副刊发表李丹的新诗《新闻标题诗》，并开始连载巽翁的《明末爱国文人余怀和〈板桥杂记〉》（至本月 28 日止）。

26 日 《澳门日报·新园地》副刊发表吴士的“水浒人物论”《杜迁和宋万（上）》。

27 日 《澳门日报·新园地》副刊发表吴士的“水浒人物论”《杜迁和宋万（下）》。

29 日 《澳门日报·新园地》副刊发表岫云的散文《悼念冯印雪先生》、李丹的新诗《不要花言巧语》。

30 日 《澳门日报·新园地》副刊发表丁文的文艺随笔《“见”“望”之间的公案》。

十二月

1 日 《澳门日报·新园地》副刊发表腊斋的《余怀的生卒及其他》。

2 日 《澳门日报·新园地》副刊发表丁文的文艺随笔《文章苦于难开头》。

3 日 《澳门日报·小说丛》副刊发表黄凌的短篇小说《彷徨》,《新园地》副刊发表张向天的《鲁迅瞿秋白看吴稚晖》。

4 日 《澳门日报·新园地》副刊发表腊斋的“腊斋漫谈”《红叶诗话（上）》。

5 日 《澳门日报·新园地》副刊发表腊斋的“腊斋漫谈”《红叶诗话（下）》、季扬的散文《岳阳楼纵横谈（上）》。

6 日 《澳门日报·新园地》副刊发表秦怀的散文《富有形象性的名字》、季扬的散文《岳阳楼纵横谈（中）》。

7日　《澳门日报·新园地》副刊发表季扬的散文《岳阳楼纵横谈（下）》。

8日　《澳门日报·新园地》副刊发表腊斋的"腊斋漫谈"《蛇胆与蛇羹》。

9日　《澳门日报·新园地》副刊发表何明之的散文《"一二·九"运动三十周年》。

10日　《澳门日报·小说丛》副刊发表《智擒伪军——越南南方斗争故事》，《新园地》副刊发表张向天的《鲁迅日记的总长们（上）》。

11日　《澳门日报·新园地》副刊发表张向天的《鲁迅日记的总长们（下）》。

12日　《澳门日报·新园地》副刊发表宇刚的散文《郑板桥逝世二百周年》。

13日　《澳门日报·新园地》副刊发表方猷的散文《悼念熊佛西》。

14日　《澳门日报·新园地》副刊发表裕园的散文《石湾散记》。

15日　《澳门日报·新园地》副刊发表李丹的新诗《佐藤卖麦记》。

16日　《澳门日报·新园地》副刊发表阿苏的语文小品《中文和日文的差异》。

17日　《澳门日报·新园地》副刊发表阿苏的《中文和日文的差异续谈》。

18日　《澳门日报·新园地》副刊发表岫云的散文《张谷雏与李健儿》。

19日　《澳门日报·新园地》副刊发表李浩泉的散文《文人与酒》。

20日　《澳门日报·新园地》副刊发表秦凤的散文《从"一二·九"到"七七"——抗战前后澳门青年学生运动什忆》。

21日　《澳门日报·小说丛》副刊开始连载金同的《女游击队员荷仁》（至本月25日止），《新园地》副刊发表巽翁的语文小品《对联丛话》（至本月25日止）。

26日　《澳门日报·小说丛》副刊发表王华兵的短篇小说《重逢（上）》。

27日　《澳门日报·小说丛》副刊发表王华兵的短篇小说《重逢（下）》。

28日　《澳门日报·新园地》副刊发表李丹的新诗《菜之歌》。

29日　《澳门日报·新园地》副刊发表李丹的新诗《报"佳"音》、腊斋的"腊斋漫谈"《一段诗的冤狱故事（上）》。

30日　《澳门日报·小说丛》副刊发表《爆破英雄·阮金——越南南方斗争故事》，《新园地》副刊发表腊斋的"腊斋漫谈"《一段诗的冤狱故事（下）》。

31日　《澳门日报·新园地》副刊发表腊斋的评论《一个青年人的诗》。

本月　谢草园在香港《文艺世纪》发表短篇小说《后门》。

本年

⊙　在澳门圣·罗撒女子中学任外文教师的玛里亚·翁迪娜·布拉加，开始发表作品，其中有澳门故事。

⊙　梁披云创作《春汛》《万隆会议十周年》《酬天马》《邀抱一天马颖南出游夜宿热河墟》《酬颖南》《季娥之法求学占此勉之》等旧诗。

1966年

“山雨欲来风满楼。”内地开展的“文化大革命”，也波及澳门。这时的《澳门日报》除刊登文为战的《“三家村”是个什么东西？》外，还开始连载金敬迈的长篇小说《欧阳海之歌》。这部作品描写欧阳海如何不断追求革命成为优秀战士以至为了保护列车而英勇牺牲的过程。中共高层人物陈毅等先后接见金敬迈，称该小说为“带有划时代意义的作品”。中共中央机关报《人民日报》从1966年初开始连载，《澳门日报》也跟得很紧，在连载的同时发表了松山客五天才登完的评论，此外还有小说家葆青（刘羡冰）写的短评。与此相关的有评大型音乐舞蹈史诗《东方红》的文章，李丹另有连载四天的长诗《写给“收租院泥塑群像”》。为配合澳门左派人士学习毛主席著作，《澳门日报》还从广州引进刘逸生有关《毛选》中成语解释的长文。

在长篇连载方面，本年多了一个新品种“内幕性社会小说”，即古楼的《花花世界》：人物有女名流捞家，有“假洋鬼子”教授，有身世可怜的少女，有跳楼的银行大班，有贫病交加的小姐，表现了光怪陆离的香港社会。散文方面，游记最为发达，题材写的均是内地的风景名胜，如八达岭、武夷山、丹霞山等。评论方面，香港的鲁迅研究专家张向天除继续谈鲁迅外，还介绍郭沫若的作品。本年度最有澳门特色的是文字学家陶俊棠以“庄钝”为笔名写的《汉字粤读》。

然而，《华侨报·华座》不受内地“文革”的影响，仍然大量刊登所谓“封资修”的作品。这是澳门文坛的另一面——虽然不居主流地位，但仍有好作品出现。

一月

1日　《华侨报·华座》副刊继续连载王香琴的《毛女回回剑》（至本年3月16

日止）、思凤的《爱与恨》（连载记录至本年3月31日止）、捉刀新人的《巴士姑爷》（连载记录至本年4月16日止）、柳棉的《红娘子》（连载记录至本年4月16日止）、痴人的《女戒别传》（连载记录至本年3月31日止）、兰因的《西洋文坛小掌故——毛姆与契珂夫》（至本年4月16日止）、高唐的《桑间濮上——关于性的魔法与传说》（连载记录至本年10月31日止）、黄衫客的《豆棚闲话》（连载记录至本年3月31日止）、正心的《诛仙神剑》（连载记录至本年4月1日止）[①] 以及有关山水城市的《威尔斯小品》，并发表"云"的小小说《钻戒的故事》。《澳门日报·新园地》副刊发表松山客的散文《新年絮语》。

王香琴，原名王中岳，广东佛山人，是一位活跃于香港和澳门的著名武侠小说家，曾在香港的《大同报》《中和报》《超然报》《南中晚报》、广州的《民生报》发表武侠小说，其中在《南中晚报》发表的《琼华岛之美人王》，继承了鸳鸯蝴蝶派小说的风味，红极一时，是艳情武侠小说的代表之作。移居香港后，他经常在香港、澳门的报纸发表作品，《澳门日报》曾经连载其武侠小说《毛女回回剑》，20世纪60年代的《华侨报》曾经开始刊登其武侠小说《云海群龙》《昆仑快刀》。

3日　《华侨报·华座》副刊发表深寻的《色网情阱》（至本年2月21日止）。《澳门日报·小说丛》副刊开始连载古楼的内幕性社会小说《花花世界》（至1967年2月26日止）。

4日　《华侨报·华座》副刊发表"乐"的小小说《有喜》。

5日　《华侨报·华座》副刊发表"雨"的小小说《亲情》。《澳门日报·小说丛》副刊发表顾工的短篇小说《女炮手（上）》。

6日　《华侨报·华座》副刊发表"伦"的小小说《巧遇》。《澳门日报·小说丛》

① 《华侨报·华座》在之前的年份中并未出现，1月份所提到的这几部连载小说在之前的年份也并未出现。

副刊发表顾工的短篇小说《女炮手（中）》。

7日　《华侨报·华座》副刊发表“罗”的小小说《玩狗的误会》。《澳门日报·小说丛》副刊继续发表顾工的短篇小说《女炮手（下）》，《新园地》副刊发表李丹的新诗《到哪里去》。

8日　《华侨报·华座》副刊发表及洛明的小小说《在巴士上》。《澳门日报·新园地》发表孟晋的杂文《鲁迅谈“西崽”》。

9日　《华侨报·华座》副刊发表“竹”的小小说《救美》。《澳门日报·小说丛》副刊发表清流（越南）的《英雄的指导员》，《新园地》副刊发表马蓝的散文《“魔鬼城”游记》。

10日　《华侨报·华座》副刊发表芳菲的小小说《卖花女》。

11日　《华侨报·华座》副刊发表竹山的小小说《通天晓》。

12日　《华侨报·华座》副刊发表云梦的小小说《爱的惩罚》。

13日　《华侨报·华座》副刊发表“竹”的小小说《难逃的命运》。《澳门日报·新园地》发表焕之的评论《丘逢甲的诗》。

14日　《华侨报·华座》副刊发表“醒”的小小说《殉情》。

15日　《华侨报·华座》副刊发表楚君的小小说《爱的火焰》。

16日　《澳门日报·新园地》副刊发表马蓝的散文《额尔齐斯河畔》。

17日　《华侨报·华座》副刊刊登紫棠的小小说《神与狗》。《澳门日报·新园地》副刊发表薛绥之的评论《刘和珍与〈莽原〉》。

18日　《华侨报·华座》副刊刊登“芝”的小小说《荣枯》。

19日　《华侨报·华座》副刊刊登佚名的小小说《一位乡下姑娘》。《澳门日报·新园地》副刊发表高歌的影评《电影史诗〈东方红〉》。

20日　《华侨报·华座》副刊刊登“莎”的小小说《探病》。

21日　《华侨报·华座》副刊刊登芝明的小小说《回头是岸》。

24日　《华侨报·华座》副刊刊登“竹”的小小说《失去一条腿》。

25日　《华侨报·华座》副刊刊登可口的小小说《蛇宴》。《澳门日报·小说丛》副刊发表《越南南方斗争故事》。

26日　《华侨报·华座》副刊刊登“行”的小小说《伤风的秘密》。《澳门日报·新园地》副刊发表郭沫若的评论《到中流击水，浪遏飞舟（上）》。

27 日　《华侨报 · 华座》副刊刊登佚名的小小说《山上的顾忌》。

28 日　《华侨报 · 华座》副刊刊登苏泽的小小说《情困》。《澳门日报 · 新园地》副刊发表郭沫若的评论《到中流击水，浪遏飞舟（下）》。

29 日　《华侨报 · 华座》副刊刊登佚名的小小说《和富家女结婚》。《澳门日报 · 新园地》副刊发表姚湘的评论《孙伏园与鲁迅》。

30 日　《华侨报 · 华座》副刊刊登新人的小小说《筹款结婚》。《澳门日报 · 新园地》副刊发表小如的评论《关于词牌〈沁园春〉》。

31 日　《华侨报 · 华座》副刊刊登“洲”的小小说《阿福》。

二月

1 日　《华侨报 · 华座》副刊刊登“菲”的小小说《爱情的博取》。《澳门日报 · 小说丛》副刊开始连载芷汀翻译的《一个美国凶手》（至本月 11 日止），《新园地》副刊发表凌雁的散文《桃李春风酒一杯》。

2 日　《华侨报 · 华座》副刊刊登“仪”的小小说《破甑》。

3 日　《华侨报 · 华座》副刊刊登作人的小小说《雨中奇遇》。《澳门日报 · 新园地》副刊发表吴士的“水浒人物论”《“白衣秀士”王伦》。

4 日　《华侨报 · 华座》副刊刊登“姗”的小小说《戒烟的秘密》。《澳门日报 · 新园地》副刊发表刘逸生的语文小品《〈毛泽东选集〉中的成语 · 满城风雨》。

5 日　《华侨报 · 华座》副刊继续连载黄衫客的《豆棚闲话》，并刊登川洛的小小说《幸运号码》。《澳门日报 · 新园地》副刊发表松山客的散文《元宵杂写》。

6 日　《华侨报 · 华座》副刊刊登“何”的小小说《太太的生日》。《澳门日报 · 新园地》副刊发表刘逸生的语文小品《〈毛泽东选集〉中的成语 · 文质彬彬》。

7 日　《华侨报 · 华座》副刊刊登“山”的小小说《打赌》。《澳门日报 · 新园地》副刊发表凌雁的散文《三月杜鹃红》。

8 日　《华侨报 · 华座》副刊刊登“荷”的小小说《婚约》。

9 日　《华侨报 · 华座》副刊刊登本城的小小说《盲色魔》。

10 日　《华侨报·华座》副刊刊登钟山的小小说《量大福大》。

11 日　《华侨报·华座》副刊刊登“尝”的小小说《魔鬼的诱惑》。《澳门日报·新园地》副刊发表刘逸生的语文小品《〈毛泽东选集〉中的成语·引而不发，跃如也》。

12 日　《华侨报·华座》副刊刊登“竹”的小小说《重圆》、林琅的评论《关于清史稿（上）》。《澳门日报·新园地》副刊发表刘逸生的语文小品《〈毛泽东选集〉中的成语·叶公好龙》，并开始连载吕燕华的短篇小说《母女会》（至本月 16 日止）。

13 日　《华侨报·华座》副刊刊登竹平的小小说《失踪之谜》、林琅的评论《关于清史稿》（下）。

14 日　《澳门学生》发表小苗的散文《松山之晨》、蔓菁的散文《氹仔游记》。《华侨报·华座》副刊刊登“改”的小小说《情人》。《澳门日报·新园地》副刊发表梅萼华的影评《骗不到观众的影片》。

15 日　《华侨报·华座》副刊刊登不倒的小小说《狗与钻戒》。

16 日　《华侨报·华座》副刊刊登“庄”的小小说《买楼》。

17 日　《华侨报·华座》副刊刊登“芳”的小小说《旧侣》。《澳门日报·小说丛》副刊开始连载芷汀译的侦探小说《烈火焚舟》（至本月底止）。

18 日　《华侨报·华座》副刊刊登“方”的小小说《不吼的狮》。《澳门日报·新园地》副刊发表刘逸生的语文小品《〈毛泽东选集〉中的成语·削足适履》。

19 日　《华侨报·华座》副刊刊登“竹”的小小说《阿跛的故事》。《澳门日报·新园地》副刊发表刘逸生的语文小品《〈毛泽东选集〉中的成语·有备无患》。

20 日　《华侨报·华座》副刊刊登“竹”的小小说《吃蟹的故事》。《澳门日报·新园地》副刊发表刘逸生的语文小品《〈毛泽东选集〉中的成语·以逸待劳》。

21 日　《华侨报·华座》副刊刊登“王”的小小说《侦探》，《学文》副刊第 126 期刊登辛辛的《漫谈导游的诗》。《澳门日报·小说丛》副刊发表梁朝秦的短篇小说《白蚬壳夜渡（上）》。

22 日　《华侨报·华座》副刊开始连载深寻的《幕后人》（至本年 10 月 31 日止），还刊登竹山的小小说《人鬼故事》。《澳门日报·小说丛》副刊发表梁朝秦的短篇小说《白蚬壳夜渡（下）》。

23日 《华侨报·华座》副刊刊登佚名的小小说《女泳将的故事》。《澳门日报·小说丛》副刊发表丁继松的短篇小说《江之歌》。

24日 《华侨报·华座》副刊刊登“陈”的小小说《小姐的年龄》。《澳门日报·小说丛》副刊发表许南明的《五指山上（上）》。

25日 《华侨报·华座》副刊刊登云明的小小说《摊牌》。《澳门日报·小说丛》副刊发表许南明的《五指山上（下）》，《新园地》副刊发表任丹的评论《〈毛主席诗词〉新印本的修订》。

26日 《华侨报·华座》副刊刊登贾人的小小说《开元遗事》。《澳门日报·小说丛》副刊发表元源（越南）的《不忘过去的苦日子（上）》。

27日 《华侨报·华座》副刊刊登竹山的小小说《富孀》。《澳门日报·小说丛》副刊发表元源（越南）的《不忘过去的苦日子（下）》。

28日 《华侨报·华座》副刊刊登“竹”的小小说《度假》。《澳门日报·新园地》副刊开始连载金敬迈的长篇小说《欧阳海之歌》（至本年8月19日止）。

⊙ 本月，李心言在香港《文艺世纪》发表散文《寸草春晖——献给亲爱的母亲》。

三月

1日 《华侨报·华座》副刊刊登佚名的小小说《女性心理专家》。《澳门日报》将金敬迈的长篇小说《欧阳海之歌》从《新园地》移入《小说丛》继续连载。

2日 《华侨报·华座》副刊刊登“天”的小小说《芳踪》。

3日 《华侨报·华座》副刊刊登中徒的小小说《代金》。

4日 《华侨报·华座》副刊刊登柯里山的小小说《贼阿爸》。

5日 《华侨报·华座》副刊刊登寒夜的小小说《桃色圈套》。《澳门日报·新园地》副刊发表李丹的新诗《约翰逊逃不了》。

6日 《华侨报·华座》副刊刊登超声的小小说《查里擦鞋》。

7日 《华侨报·华座》副刊刊登佚名的小小说《三条头与战斗格》。《澳门日报·新园地》副刊发表王俊的散文《鲁迅故乡漫记》。

8日　《华侨报·华座》副刊刊登“竹”的小小说《桃色陷阱》。

9日　《华侨报·华座》副刊刊登“涯”的小小说《小张与阿芳》。

10日　《华侨报·华座》副刊刊登南山的小小说《过埠新娘》。

11日　《华侨报·华座》副刊刊登南山的小小说《春情勃发之狗》。

12日　《华侨报·华座》副刊刊登红槐的小小说《天大面子》。

13日　《华侨报·华座》副刊刊登丁芳的小小说《献嫁衣裳》。

14日　《华侨报·华座》副刊刊登敏声的小小说《龙凤配》。《澳门日报·新园地》副刊发表裕园的散文《漓江春雨》。

15日　《华侨报·华座》副刊刊登南山的小小说《诚征伴侣》。

16日　《华侨报·华座》副刊刊登柯泓的小小说《请客》。

17日　《华侨报·华座》副刊开始连载王香琴的《刀魂剑客》（至本月31日止），还刊登竹然的小小说《单刀赴会》。《澳门日报·新园地》副刊发表松山客的散文《我们这里的年轻人》。

18日　《华侨报·华座》副刊刊登竹明的小小说《杯葛》。

19日　《华侨报·华座》副刊刊登“云”的小小说《无竹人格》。

20日　《华侨报·华座》副刊刊登佚名的小小说《蒙老师的哲学》。《澳门日报·新园地》副刊发表钟征祥的散文《赞羊城》。

21日　《华侨报·华座》副刊刊登张家发的小小说《铁狮子》。《澳门日报·新园地》副刊发表张向天的评论《郭沫若谈汪精卫的一首诗（上）》。

22日　《华侨报·华座》副刊刊登权洋的小小说《迁居》。《澳门日报·新园地》副刊发表张向天的评论《郭沫若谈汪精卫的一首诗（下）》。

23日　《华侨报·华座》副刊刊登“岭”的小小说《鳄皮公事包》。《澳门日报·新园地》副刊发表刘逸生的语文小品《〈毛泽东选集〉中的成语·沧海一粟》。

24日　《华侨报·华座》副刊刊登竹城的小小说《精神治疗》。

25日　《华侨报·华座》副刊刊登“莎”的小小说《周日》。《澳门日报·新园地》副刊发表庄钝的语文小品《汉字粤读》。

26日　《华侨报·华座》副刊刊登“寒”的小小说《粉红色的梦》。《澳门日报·新园地》副刊发表冯伊湄的散文《到新会赠画记》。

27日 《华侨报·华座》副刊刊登佚名的小小说《太太也想吃人》。《澳门日报·新园地》副刊发表庄钝的语文小品《汉字粤读》。

28日 《华侨报·华座》副刊刊登凡山的小小说《女佣的故事》。

29日 《华侨报·华座》副刊刊登"念"的小小说《追求的贴士》。《澳门日报·新园地》副刊发表巽翁的随笔《广东文人刘华东》。

30日 《华侨报·华座》副刊刊登青原的小小说《媒人》。

31日 《华侨报·华座》副刊刊登水寒的小小说《霸王现形》。

⊙ 本月，张错的新诗集《过渡》，由台北星座诗社出版。

四月

1日 《华侨报·华座》副刊发表"山"的《聘约》。《澳门日报·新园地》副刊发表李丹讽刺美帝的新诗《今后订单陆续来》。

2日 《华侨报·华座》副刊发表杨正心的《江湖侠》、智深的《佯哑》。《澳门日报·新园地》副刊发表松山客的散文《猫头鹰和夜莺》。

3日 《华侨报·华座》副刊发表"识"的《我犯罪的证据》。《澳门日报·新园地》副刊发表秋谷的随笔《喜雨诗话》。

4日 《澳门日报·新园地》副刊发表钟茵的散文《巴金在泉州的时候》。

5日 《澳门日报·新园地》副刊发表庄钝的语文小品《汉字粤读》。

6日 《华侨报·华座》副刊发表"庄"的《黑寡妇之谜》。《澳门日报·小说丛》副刊发表《越南南方斗争故事》。

7日 《华侨报·华座》副刊发表"李"的《全套》。

8日 《华侨报·华座》副刊发表南城的《钦差大臣》。《澳门日报·新园地》副刊发表刘逸生的语文小品《〈毛泽东选集〉中的成语·嘤其鸣矣，求其友声》。

9日 《华侨报·华座》副刊发表何光的《老同学》。《澳门日报·小说丛》副刊发表《越南南方斗争故事》。

10日 《华侨报·华座》副刊发表"竹"的《神医的秘密》。《澳门日报·小说丛》

副刊发表《越南南方斗争故事》。

11日 《澳门学生》发表沈穗的评论《对〈松山之晨〉一文的刍见》。《华侨报·华座》副刊发表“斌”的《拖鞋的故事》。《澳门日报·小说丛》副刊发表《越南南方斗争故事》,《新园地》副刊发表李丹的新诗《幸好总统有远见》、张向天的语文小品《“七大人”与鼻烟》(上)。

12日 《华侨报·华座》副刊发表竹凡的《脱身》。《澳门日报·新园地》副刊发表张向天的语文小品《“七大人”与鼻烟》(下)。

13日 《华侨报·华座》副刊发表“牛”的《盲》。《澳门日报·新园地》副刊发表刘逸生的语文小品《〈毛泽东选集〉中的成语·莫予毒也》。

14日 《华侨报·华座》副刊发表真山的《最后的信》。

15日 《华侨报·华座》副刊发表帆山的《女人与狗》。

16日 《华侨报·华座》副刊发表梅芳的《渔女情歌》。《澳门日报·新园地》副刊发表松山客的散文《阳光·沙滩·贝壳·礁石》。

17日 《澳门日报·新园地》副刊发表周吾等的散文《黄山春游记》。

19日 《澳门日报·新园地》副刊发表马捷等的散文《春满桂林》。

21日 《澳门日报·新园地》副刊发表庄钝的语文小品《汉字粤读》。

22日 《澳门日报·新园地》副刊发表燕新中的散文《崂山美景不胜收》。

24日 《澳门日报·新园地》副刊发表葆青的书评《我们时代的英雄赞歌——〈欧阳海之歌〉读后》。

刘羡冰(1934—),广东中山人,笔名葆青。1950年移居澳门,华南师范大学教育学硕士。1984年出任澳门中华总商会附设商训夜中学校长至2000年退休,从事教育工作逾48年。还曾担任澳门中华教育会理事长、澳门教育委员会常委、澳门学历认可委员会委员、澳门特别行政区筹备委员会委员、澳门青年联谊会主席、《澳门教育》总编辑等职务。1990年获澳门总督颁授的文化功绩勋章。

26日 《澳门日报》在头版新闻栏里发表《郭沫若赞〈欧阳海之歌〉毛泽东时代

英雄史诗》，《澳门日报·新园地》副刊发表戴礼的随笔《革命诗人柳亚子》。

27 日 《澳门日报·新园地》副刊发表文徒的评论《唐诗中的人物描写》。

29 日 《澳门日报·新园地》副刊发表张向天的评论《鲁迅与酒》（上）。

30 日 《澳门日报·新园地》副刊发表张向天的评论《鲁迅与酒》（下）。

五月

2 日 《澳门日报·新园地》副刊的骨干作者陈作栋去世，《新园地》副刊发表主力作者之一陈作栋的遗作旧诗《告别文友读者》。

3 日 《澳门日报·新园地》副刊发表陈作栋的遗作旧诗《告别文友读者》。

5 日 《澳门日报·新园地》副刊发表松山客的散文《巴黎玫瑰与狗》。

6 日 《澳门日报·新园地》副刊发表刘逸生的语文小品《〈毛泽东选集〉中的成语·中流砥柱》。

7 日 《澳门日报·新园地》副刊发表李丹的新诗《梭罗河之歌》。

8 日 《澳门日报·新园地》副刊发表邱清心的剧评《看话剧〈南方来信〉》。

12 日 《澳门日报·新园地》副刊发表吴士的文史小品《中国名将论》。

13 日 《澳门日报·新园地》副刊发表紫薇的散文《在学会写诗之前必须学会写散文》。

16 日 “文化大革命”开始，波及澳门时“修生”被迫解散。香港的香港仔区修院收容圣若瑟修院的华籍修生，葡籍的学生则返回葡萄牙。

17 日 《澳门日报·新园地》副刊开始发表程思远的散文《两广之行》（至本月20日止）。

22 日 《澳门日报·新园地》副刊发表裕园的散文《绿色的八达岭》。

23 日 《澳门日报·新园地》副刊发表黄华的文艺随笔《红楼梦的插图》。

25 日 《澳门日报·新园地》副刊发表凌雁的随笔《赌》。

27 日 《澳门日报·新园地》副刊发表戴礼的文艺评论《〈水浒〉的本来面目》。

28 日 《澳门日报》转载林杰的《邓拓的〈燕山夜话〉是反党反社会主义的黑话（上）》。

29日 《澳门日报》转载林杰的《邓拓的〈燕山夜话〉是反党反社会主义的黑话（中）》。

30日 《澳门日报》转载林杰的《邓拓的〈燕山夜话〉是反党反社会主义的黑话（下）》。

31日 《澳门日报·新园地》副刊发表戴礼的随笔《关于金圣叹之死》。

六月

1日 《澳门日报·新园地》副刊发表一宁的散文《武夷山之行》。

2日 《澳门日报·新园地》副刊发表子瑛的《血泪激成南海潮》。

3日 《澳门日报·新园地》副刊发表古端民的散文《十里荷花》。

4日 《澳门日报·新园地》副刊发表林琅的评论《李大钊的几首诗》。

5日 《澳门日报·新园地》副刊发表江映澜的评论《越剧〈不准出生的人〉》。

6日 《澳门学生》发表少龙的散文《我对描写文的见解》。《澳门日报·新园地》副刊发表金川的散文《北来雁》。

7日 《澳门日报·新园地》副刊发表梅萼华的散文《病室小记》。

8日 《澳门日报·新园地》副刊发表梅萼华的散文《两位病友的遭遇》。

13日 《澳门日报·新园地》副刊发表受刚的散文《访问张恨水》。

18日 《澳门日报·新园地》副刊发表阿雁的杂文《老鸦窝与欧阳海》。

20日 《澳门学生》发表卓夫的散文《路灯下的老翁》。《澳门日报·新园地》副刊发表孟子微的随笔《胡适与屈原》。

21日 《澳门日报·新园地》副刊发表乐康的随笔《作家的笔名》。

26日 《澳门日报·新园地》副刊发表松山客的评论《风雪中，阳光下——〈欧阳海之歌〉读后记（之一）》。

27日 《澳门日报·新园地》副刊发表松山客的评论《当兵的心思——〈欧阳海之歌〉读后记（之二）》。

28日 《澳门日报·新园地》副刊发表松山客的评论《这是关键的关键——〈欧阳海之歌〉读后记（之三）》。

29日 《澳门日报·新园地》副刊发表松山客的评论《击鼓也用重锤敲——〈欧

阳海之歌〉读后记（之四）》。

30日 《澳门日报·新园地》副刊发表松山客的评论《火车头——〈欧阳海之歌〉读后记（之五）》。

⊙ 本月，雪山草在香港《文艺世纪》发表短篇小说《薪金》。

七月

2日 《华侨报·华座》副刊发表捉刀新人的《九龙风云》（至本月25日止，未见开始连载的信息）、思凤的《失落的爱情》（至本年10月31日止，未见开始连载的信息）、佚名的《机会只有一成》。《澳门日报·新园地》副刊刊登辛冶的《谈革命的谚语（上）》、庄钝的《汉字粤读》。

3日 《华侨报·华座》副刊发表痴人的《夜漫漫》（至本年8月19日止，未见开始连载的信息）、柳棉的《花魁》（至1967年5月28日止）、“竹”的《雏凤》。《澳门日报·新园地》副刊刊登辛冶的《谈革命的谚语（下）》。

4日 《华侨报·华座》副刊发表茅草的《甜与醉》。

5日 《华侨报·华座》副刊发表云凡的《司祝老爷》。《澳门日报·新园地》副刊刊登李丹的新诗《写给“收租院泥塑群像”》（至本月8日止）。

6日 《华侨报·华座》副刊发表星交的《还君明珠》。

7日 《华侨报·华座》副刊发表“灵”的《妙药》。

8日 《华侨报·华座》副刊发表谊文的《三选一》。

9日 《华侨报·华座》副刊发表柯山的《白色小蛇》。《澳门日报·新园地》副刊刊登松山客的《椰林小唱》。

10日 《华侨报·华座》副刊发表青竹的《遇险》。《澳门日报·新园地》副刊刊登小鹿的诗《观黄翔作品展览》。

11日 《华侨报·学之》副刊刊载林语堂的《〈红楼梦〉——俞平伯否认高鹗作伪》。《澳门日报·新园地》副刊刊登卫千里的北京小品《来今雨轩》。

12日 《华侨报·华座》副刊发表“权”的《业余女医师》。《澳门日报·新园地》副刊刊登梅萼华的《诗情画意动人心》。

13日 《华侨报·华座》副刊发表竹河的《往事如烟》。《澳门日报·新园地》副刊刊登忆平的《能武爱动的杜甫（上）》。

14日 《华侨报·华座》副刊发表卜生的《委屈》。《澳门日报·新园地》副刊刊登忆平的《能武爱动的杜甫（下）》。

15日 《华侨报·华座》副刊发表“敏”的《美男的秘密》。《澳门日报·新园地》副刊刊登裕园的《珠江之滨新景》。

16日 《华侨报·华座》副刊发表“柳”的《惩狼》、张竹的《怪病》，并开始连载伴霞楼主的《龙江钓叟》（至本年10月31日止）。《澳门日报·新园地》副刊刊登卫千里的北京小品《人民英雄纪念碑》。

17日 《华侨报·华座》副刊发表“柯”的《黄妈的故事》。《澳门日报·新园地》副刊刊登文札的《鲁迅谈用词》。

18日 《华侨报·华座》副刊发表云星的《神仙难变》。

19日 《华侨报·华座》副刊发表方家的《意中人有未?》。《澳门日报·新园地》副刊刊登松山客的《愚公·活愚公·真愚公》。

20日 《华侨报·华座》副刊发表云凡的《闻鸡起舞》。

21日 《华侨报·华座》副刊发表“萍”的《小关的遭遇》。《澳门日报·新园地》副刊刊登松山客的散文《飓风之夜》。

22日，《华侨报·华座》副刊发表杨城的《新装恨》。《澳门日报·小说丛》副刊刊登慧敏的“采风”《冰岛素描》。

23日 《华侨报·华座》副刊发表“柯”的《闷局的打破》。《澳门日报·新园地》副刊刊登千山的《为美帝侵略打掩护——评〈碧血山河〉（上）》。

24日 《华侨报·华座》副刊发表竹山的《发财手段》。《澳门日报·新园地》副刊刊登千山的《为美帝侵略打掩护——评〈碧血山河〉（下）》。

25日 《华侨报·华座》副刊发表佚名的《一个神秘手语》。

26日 《华侨报·华座》副刊发表太原的《落难》，并开始连载捉刀新人的《脂粉天堂》（至本年10月31日止）。《澳门日报·新园地》副刊刊登黄毅的《充满毒素的坏片——评台湾电影〈意难忘〉》。

27日 《华侨报·华座》副刊发表“余”的《万能洗衣机》。《澳门日报·新园地》副刊刊登凌雁的《窗下惊魂》。

28 日　《华侨报 · 华座》副刊发表如何的《学泳记趣》。《澳门日报 · 新园地》副刊刊登凡子的《夜读随感》。

29 日　《华侨报 · 华座》副刊发表“火”的《战争与和平》。《澳门日报 · 新园地》副刊刊登凡子的《泥土的呐喊——参观泥塑“收租院”有感》、文为战的《“三家村”是个什么东西?》。

30 日　《华侨报 · 华座》副刊发表柳二的《影射》。《澳门日报 · 新园地》副刊刊登任逊的《桃花源里可耕田》。

31 日　《华侨报 · 华座》副刊发表“黄”的《梦中的玫瑰》。《澳门日报 · 新园地》副刊刊登李丹的新诗《自身难保》。

⊙　本月，慧心在香港《文艺世纪》发表短篇小说《同桌》。

八月

1 日　《华侨报 · 华座》副刊发表山青的《圆圆曲》。《澳门日报 · 新园地》副刊刊登方辅起的小说评论《从左琴科到肖洛霍夫》、庄钝的《汉字粤读》、文为战的《三家村黑帮的反调》。

2 日　《华侨报 · 华座》副刊发表“周”的《褪了色的梦》。《澳门日报 · 新园地》副刊刊登庄钝的《汉字粤读 · 谩骂》、万山红的大批判文章《拆穿〈赛金花〉的画皮》。

3 日　《华侨报 · 华座》副刊发表老平的《定婚戒严指》。《澳门日报 · 小说丛》副刊刊登何正（越南）的《勇敢的司机阮文应》,《新园地》副刊刊登庄钝的《汉字粤读 · 烁、铄》、马万祺的词《欢呼毛主席畅游长江》、横眉冷的大批判文章《吴晗的丑恶面目》。

4 日　《华侨报 · 华座》副刊发表“汪”的《美丽的谎言》。《澳门日报 · 小说丛》副刊发表何正（越南）的《勇敢的司机阮文应》。

5 日　《华侨报 · 华座》副刊发表何水的《空中楼阁》。《澳门日报 · 新园地》副刊刊登万山红的《夏衍作品的反动思想》、庄钝的《汉字粤读 · 籍》。

6 日　《华侨报 · 华座》副刊发表竹山的《误用聪明》。《澳门日报 · 新园地》副刊刊登张向天的散文《忆水盏》、庄钝的《汉字粤读 · 圯》。

7 日 《华侨报·华座》副刊发表老何的《知名之士》。《澳门日报》转载内地郑季翘的大批判文章《彻底清自周扬反党反社会主义罪行》，《澳门日报·新园地》副刊刊登凌雁的散文《“澳门街”》、庄钝的《汉字粤读·夯》。

8 日 《华侨报·华座》副刊发表未通的《录音》、云凡的《偷龙转凤》。《澳门日报·新园地》副刊刊登庄钝的《汉字粤读·擘》。

9 日 《华侨报·华座》副刊发表云凡的《收之桑榆》。《澳门日报·新园地》副刊刊登庄钝的《汉字粤读·藉》。

10 日 《华侨报·华座》副刊发表届志的《香巢》。《澳门日报·新园地》副刊刊登庄钝的《汉字粤读·解（一）》。

11 日 《华侨报·华座》副刊发表“书”的《赔钱的支票》。《澳门日报·新园地》副刊刊登庄钝的《汉字粤读·解（二）》、横眉冷的《吴晗和海瑞（上）》。

12 日 《华侨报·华座》副刊发表东城的《初为人妇》。《澳门日报·新园地》副刊刊登庄钝的《汉字粤读·解（三）》、横眉冷的《吴晗和海瑞（中）》。

13 日 《华侨报·华座》副刊发表竹明的《赌败》。《澳门日报·新园地》副刊刊登庄钝的《汉字粤读·解（四）》、横眉冷的《吴晗和海瑞（下）》。

14 日 《华侨报·华座》副刊发表“佚”的《不工作的结果》。《澳门日报·新园地》副刊刊登庄钝的《汉字粤读·食（一）》。

15 日 《华侨报·华座》副刊发表“明”的《黑名单的人物》。《澳门日报·新园地》副刊刊登小露的旧诗《祝〈澳门日报〉报庆》、庄钝的《汉字粤读·食（二）》。

16 日 《华侨报·华座》副刊发表“土”的《拾来的日记》，开始连载青云的《虎啸龙吟传》（至本年 10 月 31 日止）。《澳门日报·新园地》副刊刊登庄钝的《汉字粤读·食（三）》。

17 日 《华侨报·华座》副刊发表青衣的《一醉之缘》、“佚”的《最笨的人》。《澳门日报·新园地》副刊刊登庄钝的《汉字粤读·错（一）》。

18 日 《华侨报·华座》副刊发表林白的《续弦》。《澳门日报·新园地》副刊刊登庄钝的《汉字粤读·错（二）》。

19 日 《华侨报·华座》副刊发表“张”的《老白领阶级》。《澳门日报·新园地》

副刊刊登凌雁的散文《听潮》。

20日 《华侨报·华座》副刊发表“佚”的《丈夫的悔过书》，并开始连载痴人的《妾之累》（至本年10月31日止）。《澳门日报·小说丛》副刊开始连载杨明的《江海奔腾》（至1967年3月1日止），《新园地》副刊刊登庄钝的《汉字粤读·撍》。

《江海奔腾》是写解放战争期间，江苏人民英勇斗争的故事。着重刻画了主人公孙瑞龙的光辉英雄形象，极富传奇性。

21日 《华侨报·华座》副刊发表茅草的《赌局选婿》。《澳门日报·新园地》副刊刊登庄钝的《汉字粤读》、凌雁的散文《游泳》。

22日 《华侨报·华座》副刊发表“黄”的《情信的秘密》，《学之》副刊发表林语堂的《〈红楼梦〉人物年龄与考证》。《澳门日报·新园地》副刊刊登庄钝的《汉字粤读·岔》。

23日 《华侨报·华座》副刊发表“黄”的《鱼翅与青菜》。《澳门日报·新园地》副刊刊登庄钝的《汉字粤读·愎》。

24日 《华侨报·华座》副刊发表云竹的《惊艳》。《澳门日报·新园地》副刊刊登庄钝的《汉字粤读·谒》。

25日 《华侨报·华座》副刊发表柳行的《痛的利用》。《澳门日报·新园地》副刊刊登庄钝的《汉字粤读·搠》。

26日 《华侨报·华座》副刊发表“佚”的《一杯咖啡的故事》。《澳门日报·新园地》副刊刊登庄钝的《汉字粤读·瞠》。

27日 《华侨报·华座》副刊发表思之的《征婚》。《澳门日报·新园地》副刊刊登庄钝的《汉字粤读·掣》。

28日 《华侨报·华座》副刊发表“佚”的《五百阔佬游埠》。《澳门日报·新园地》副刊刊登庄钝的《汉字粤读·迢》。

29日 《华侨报·华座》副刊发表鲍竹的《影子》。《澳门日报·新园地》副刊刊登庄钝的《汉字粤读·缕（一）》。

30 日 《华侨报 · 华座》副刊发表杜元的《编织恨史》。《澳门日报》转载北京黎帆的《评周扬的“全民文艺”》,《澳门日报 · 新园地》副刊刊登庄钝的《汉字粤读 · 缕(二)》。

31 日 《华侨报 · 华座》副刊发表新家的《飞来艳福》。《澳门日报 · 新园地》副刊刊登李丹的新诗《塑造一个新天地》。

九月

1 日 《华侨报 · 华座》副刊发表佩行的《舌战》。《澳门日报 · 新园地》副刊刊登张向天的《鲁迅文中的“宫人斜”》。

2 日 《华侨报 · 华座》副刊发表“竹”的《小姐的电话》。《澳门日报 · 新园地》副刊刊登凌雁的散文《桎梏》、庄钝的《汉字粤读 · 觃》。

3 日 《华侨报 · 华座》副刊发表曼然的《姜酌》。《澳门日报 · 新园地》副刊刊登庄钝的《汉字粤读 · 皤》。

4 日 《华侨报 · 华座》副刊发表“哉”的《钻戒与舞伴》。《澳门日报 · 新园地》副刊刊登庄钝的《汉字粤读 · 蟠》、李丹的新诗《震荡长空的钟声》。

5 日 《华侨报 · 华座》副刊发表费达的《小姐邹游》。《澳门日报 · 新园地》副刊刊登李丹的新诗《把一切牛鬼蛇神砸烂》。

6 日 《华侨报 · 华座》副刊发表“佚”的《最高插花艺术》。《澳门日报 · 新园地》副刊刊登庄钝的《汉字粤读 · 桎梏》。

7 日 《华侨报 · 华座》副刊发表竹山的《交换》。

8 日 《华侨报 · 华座》副刊发表“涯”的《错误的解释》。《澳门日报 · 新园地》副刊刊登庄钝的《汉字粤读 · 噱》。

9 日 《华侨报 · 华座》副刊发表何芝的《爽约》。《澳门日报 · 新园地》副刊刊登庄钝的《汉字粤读》、张向天的评论《鲁迅诗用韵一例》。

10 日 《华侨报 · 华座》副刊发表“荷”的《大使的千金》。《澳门日报 · 新园地》副刊刊登庄钝的《汉字粤读 · 篋》、裕园的评论《钱松喦的诗》。

11 日 《华侨报 · 华座》副刊发表何芝的《灭鼠运动》。《澳门日报 · 新园地》副刊刊登庄钝的《汉字粤读 · 讵》。

12 日 《华侨报 · 华座》副刊发表哈力的《新奇的赌局》。《澳门日报 · 新园地》副刊刊登庄钝的《汉字粤读 · 莒》。

13 日 《华侨报 · 华座》副刊发表竹山的《通过封锁》。《澳门日报 · 新园地》副刊刊登庄钝的《汉字粤读 · 啚》。

14 日 《华侨报 · 华座》副刊发表"苄"的《闺女》。《澳门日报 · 新园地》副刊刊登庄钝的《汉字粤读》。

15 日 《华侨报 · 华座》副刊发表"夕"的《似醉非关酒》。《澳门日报 · 新园地》副刊刊登庄钝的《汉字粤读 · 说服》。

16 日 《华侨报 · 华座》副刊发表"云"的《影迷》。《澳门日报 · 新园地》副刊刊登庄钝的《汉字粤读 · 踣》。

17 日 《华侨报 · 华座》副刊发表河西的《重投怀抱》。《澳门日报 · 新园地》副刊刊登庄钝的《汉字粤读 · 遏》。

18 日 《华侨报 · 华座》副刊发表王星的《扒手大王》。《澳门日报 · 小说丛》副刊开始连载岫云的长篇小说《小女将荀灌》（至 1967 年 2 月 26 日止）。《澳门日报 · 新园地》副刊刊登庄钝的《汉字粤读》。

《小女将荀灌》讲述晋人荀灌，从小练武，勇于和坏人做斗争；在襄城不保的情况下，她连斩十七将，保住全城人民的生命。作者用明快的笔调写出她动人的事迹。

19 日 《华侨报 · 华座》副刊发表竹凡的《金钱以外》、庄老的《读书也有罪》。《澳门日报 · 新园地》副刊刊登庄钝的《汉字粤读 · 落魄》。

20 日 《华侨报 · 华座》副刊发表"佚"的《最难风雨故人来》、龙山的《下午茶》。《澳门日报 · 新园地》副刊刊登庄钝的《汉字粤读 · 馁》。

21 日 《华侨报 · 华座》副刊发表"佚"的《不重生男重生女》。《澳门日报 · 新园地》副刊刊登庄钝的《汉字粤读》。

22 日 《华侨报 · 华座》副刊发表"竹"的《口供》。《澳门日报 · 新园地》副刊刊登庄钝的《汉字粤读 · 霰》。

23 日　《华侨报·华座》副刊发表“佚”的《钞票连环故事》。《澳门日报·新园地》副刊刊登庄钝的《汉字粤读·叨（一）》、张向天的《鲁迅与寓言故事〈百喻经〉（上）》。

24 日　《华侨报·华座》副刊发表“汪”的《女兵团故事》。《澳门日报·新园地》副刊刊登庄钝的《汉字粤读·叨（二）》、张向天的《鲁迅与寓言故事〈百喻经〉（下）》。

25 日　《华侨报·华座》副刊发表“竹”的《今夕何夕》。《澳门日报·新园地》副刊刊登庄钝的《汉字粤读·慰劳》。

26 日　《华侨报·华座》副刊发表尼达的《金铃》。《澳门日报·新园地》副刊刊登庄钝的《汉字粤读·亘》。

27 日　《华侨报·华座》副刊发表“竹”的《替孩子取名》。《澳门日报·新园地》副刊刊登庄钝的《汉字粤读·绽》。

28 日　《华侨报·华座》副刊发表肢灵的《重振夫纲》。《澳门日报·新园地》副刊刊登庄钝的《汉字粤读·可汗》。

29 日　《华侨报·华座》副刊发表“何”的《指甲的故事》，并开始连载柳绵的《绿珠》（至本年 10 月 31 日止）。《澳门日报·新园地》副刊刊登庄钝的《汉字粤读》、谦君的评论《鲁迅最早的诗》。

30 日　《华侨报·华座》副刊发表东方的《行善》（至次日止）。《澳门日报·新园地》副刊刊登庄钝的《汉字粤读·绚》。

十月

1 日　《华侨报·华座》副刊发表柳平的《点缀》。《澳门日报·新园地》副刊刊登庄钝的《汉字粤读》、李丹的新诗《毛主席，我们心中的红太阳》。

2 日　《华侨报·华座》副刊发表吴山的《标准灯光》。《澳门日报·新园地》副刊刊登庄钝的《汉字粤读·殄》。

3 日　《华侨报·华座》副刊发表丁青的《一语之差》。

4 日　《华侨报·华座》副刊发表竹山的《勇气》。《澳门日报·新园地》副刊刊登小鹿的格律诗《观祖国图片展览志喜》。

5 日　《华侨报 · 华座》副刊发表何年的《蛇的故事》。《澳门日报 · 新园地》副刊刊登庄钝的《汉字粤读 · 浜》。

6 日　《华侨报 · 华座》副刊发表花原的《越礼的要求》。《澳门日报 · 新园地》副刊刊登庄钝的《汉字粤读 · 乒乓》。

7 日　《华侨报 · 华座》副刊发表“佚”的《私家舞会奇遇》。《澳门日报 · 新园地》副刊刊登庄钝的《汉字粤读》（190）。

8 日　《华侨报 · 华座》副刊发表竹波的《唐诗》。《澳门日报 · 新园地》副刊刊登庄钝的《汉字粤读》（191）。

9 日　《华侨报 · 华座》副刊发表“佚”的《再来的一次改造》。《澳门日报 · 新园地》副刊刊登庄钝的《汉字粤读》（192）。

10 日　《华侨报 · 华座》副刊发表“柯”的《礼物》。《澳门日报 · 新园地》副刊刊登庄钝的《汉字粤读 · 骁》、凌雁的散文《欢乐的浪花》。

11 日　《华侨报 · 华座》副刊发表花平的《陆上英雄》。《澳门日报 · 小说丛》副刊刊登团壬（越南）的《在军舰上的女民兵》,《新园地》副刊刊登庄钝的《汉字粤读 · 浇》、松山客的“松山亭话”《松山上的恶蜂》。

12 日　《华侨报 · 华座》副刊发表竹波的《冷热调节》。《澳门日报 · 新园地》副刊刊登庄钝的《汉字粤读 · 礁》。

13 日　《华侨报 · 华座》副刊发表“何”的《一元与一千》。《澳门日报 · 新园地》副刊刊登庄钝的《汉字粤读 · 曙》。

14 日　《华侨报 · 华座》副刊发表萍荷的《慰妻》。《澳门日报 · 新园地》副刊刊登庄钝的《汉字粤读 · 枢》。

15 日　《华侨报 · 华座》副刊发表“唐”的《拖债的理由》。《澳门日报 · 新园地》副刊刊登庄钝的《汉字粤读》（199）。

16 日　《华侨报 · 华座》副刊发表“竹”的《奇人的故事》。《澳门日报 · 新园地》副刊刊登庄钝的《汉字粤读》（200）。

17 日　《华侨报 · 华座》副刊发表何山的《原形》。《澳门日报 · 新园地》副刊刊登庄钝的《汉字粤读》（201）。

18 日　《华侨报 · 华座》副刊发表白原的《时价爱情》。《澳门日报 · 新园地》副刊刊登庄钝的《汉字粤读》(202)、凌雁的评论《一篇出色的报告文学》。

19日 《华侨报·华座》副刊发表何老的《酒之累》。《澳门日报·小说丛》副刊刊登陈道华的《靶场飞霞》,《新园地》副刊刊登庄钝的《汉字粤读》(203)、万山红的《谈鲁迅破旧立新的精神》、李丹的新诗《革命的红灯》。

20日 《华侨报·华座》副刊发表云成的《手表传奇》。《澳门日报·新园地》副刊刊登庄钝的《汉字粤读·簟》。

21日 《华侨报·华座》副刊发表海山的《生财之道》、佚名的《人算不如天算》。《澳门日报·小说丛》副刊开始连载林赛的长篇小说《金山》(至1967年2月10日止),《澳门日报·新园地》副刊刊登庄钝的《汉字粤读》、谦君的评论《鲁迅杂文的战斗性》。

《金山》:执迷不悟的歹徒总认为美蒋是一座"金山",可以出卖灵魂用来换钱过着荒淫无耻的生活。小说就是写这样一个所谓高尚人家"淘金"的荒唐经历。

22日 《华侨报·华座》副刊发表"周"的《孩子的月亮》。《澳门日报·新园地》副刊刊登庄钝的《汉字粤读》。

23日 《华侨报·华座》副刊发表"柯"的《说谎的痕迹》。《澳门日报·新园地》副刊刊登庄钝的《汉字粤读·咄》、梅萼华的剧评《把革命的红灯燃亮在我们的心中——看镜湖医院职工演出〈红灯记〉》。

24日 《华侨报·华座》副刊发表"佚"的《第一个搜索者》。《澳门日报·新园地》副刊刊登庄钝的《汉字粤读》、马万祺的七律《颂〈红灯记〉》。

25日 《华侨报·华座》副刊发表剪文的《奇信》。《澳门日报·新园地》副刊刊登庄钝的《汉字粤读·渲》。

26日 《华侨报·华座》副刊发表绿山的《说谎的痕迹》。《澳门日报·小说丛》副刊刊登陈孟(越南)的《倔强的姑娘(上)》,《新园地》副刊刊登庄钝的《汉字粤读·泊》。

27日 《华侨报·华座》副刊发表庄城的《追迁》。《澳门日报·小说丛》副刊刊登陈孟（越南）的《倔强的姑娘（下）》。

28 日 《华侨报·华座》副刊发表丁山的《戒指》。《澳门日报·新园地》副刊刊登庄钝的《汉字粤读》。

29 日 《华侨报·华座》副刊发表陈正的《报酬条件》。《澳门日报·新园地》副刊刊登庄钝的《汉字粤读》。

30 日 《华侨报·华座》副刊发表“行”的《惧内会长》。《澳门日报·新园地》副刊刊登庄钝的《汉字粤读》。

31 日 《华侨报·华座》副刊发表鹿山的《国王》。

十一月

1 日 《澳门日报·新园地》副刊发表庄钝的《汉字粤音正读·敕》、朱丹的影评《〈金指环〉偷天换日》。

2 日 《澳门日报·小说丛》副刊发表《夜袭美军指挥所——越南南方斗争故事》,《新园地》副刊发表庄钝的《汉字粤音正读·喙》、松山客的“松山亭话”《欢呼革命人民的核导弹》、林民的随笔《孩子和流浪汉》。

3 日 《澳门日报·小说丛》副刊发表瑞武（越南）的《惊涛骇浪见丹心（上）》,《新园地》副刊发表庄钝的《汉字粤音正读·斛》。

4 日 《澳门日报·小说丛》副刊发表瑞武（越南）的《惊涛骇浪见丹心（下）》,《新园地》副刊发表庄钝的《汉字粤音正读·忱》。

5 日 《澳门日报·新园地》副刊发表庄钝的《汉字粤音正读·觥》。

6 日 《澳门日报·新园地》副刊发表陈威、曾松龄的新诗《金色太阳嵌心上》,庄钝的《汉字粤音正读·拓》，凌雁的散文《待寄的信》。

7 日 《澳门日报·新园地》副刊发表文抒的《林语堂台湾写文章》、江映澜的《女工尉凤英的故事》、庄钝的《汉字粤音正读·衵》。

8 日 《澳门日报·新园地》副刊发表庄钝的《汉字粤音正读·窟》、李丹的新诗《毛泽东思想的凯歌》。

9 日 《澳门日报·新园地》副刊发表庄钝的《汉字粤音正读·诣》、方猷的《喜说“沧桑”》。

10 日　《澳门日报·小说丛》副刊发表《英雄的少先队员——越南南方斗争故事》,《新园地》副刊发表庄钝的《汉字粤音正读》、孙家云的新诗《世界革命的旗手》。

11 日　《澳门日报·小说丛》副刊发表《英雄的少先队员——越南南方斗争故事》,《新园地》副刊发表庄钝的《汉字粤音正读·揇》。

12 日　《澳门日报·小说丛》副刊发表《英雄的少先队员——越南南方斗争故事》,《新园地》副刊发表庄钝的《汉字粤音正读·肜》、林扉的《孙中山先生的诗》。

14 日　《澳门日报·新园地》副刊发表连广宇的新诗《毛主席在向我们招手》、庄钝的《汉字粤音正读·惴》。

15 日　澳葡当局中的一些顽固分子，趁内地"文革"之际，强行拆除氹仔坊众学校临时建筑校舍，并殴伤多名群众。

16 日　《澳门日报·小说丛》副刊开始连载陈玉（越南）的《少年英雄段文练》(至本月 24 日止),《新园地》副刊发表庄钝的《汉字粤音正读·羆》、连广宇的新诗《肉麻当有趣》。

17 日　《澳门日报·新园地》副刊发表庄钝的《汉字粤音正读·纰缪》、向明的新诗《歌唱〈老三篇〉》。

18 日　《澳门日报·新园地》副刊发表庄钝的《汉字粤音正读·溯》。

19 日　《澳门日报·新园地》副刊发表庄钝的《汉字粤音正读·遄》。

20 日　《澳门日报·新园地》副刊发表庄钝的《汉字粤音正读·阐》、连广宇的新诗《露出狼性》。

21 日　《澳门日报·新园地》副刊发表庄钝的《汉字粤音正读》、李丹的新诗《"逢中国人都打"!?》。

22 日　《澳门日报·新园地》副刊发表庄钝的《汉字粤音正读·赡》。

23 日　《澳门日报·新园地》副刊发表庄钝的《汉字粤音正读·矍铄》、百里的新诗《警棍法律》。

24 日　《澳门日报·新园地》副刊发表庄钝的《汉字粤音正读·浼》、小鹿的新诗《橡皮棍》。

25 日 《澳门日报·新园地》副刊发表庄钝的《汉字粤音正读·隽永》、龚仁的新诗《欲盖弥彰》。

26 日 《澳门日报·小说丛》副刊刊登《足智鑫谋——越南人民斗争故事(上)》,《新园地》副刊发表庄钝的《汉字粤音正读》。

27 日 《澳门日报·小说丛》副刊刊登《足智鑫谋——越南人民斗争故事》(下),《新园地》副刊发表庄钝的《汉字粤音正读》、李丹的新诗《宝书颂》。

28 日 《澳门日报·新园地》副刊发表庄钝的《汉字粤音正读》。

29 日 《澳门日报·新园地》副刊发表庄钝的《汉字粤音正读·蚍蜉》、向明的新诗《〈毛主席语录〉来了》。

30 日 《澳门日报·新园地》副刊发表庄钝的《汉字粤音正读·勖》、向日华的新诗《向你们致敬——致英勇抗暴的氹仔同胞》。

⊙ 本月,至明在香港《文艺世纪》发表短篇小说《师生》。

十二月

1 日 《澳门日报·新园地》副刊发表庄钝的《汉字粤音正读·迤逦》、百里的新诗《他也是主凶》。

2 日 《澳门日报·新园地》副刊发表庄钝的《汉字粤音正读·悛》、葆青的诗《喜获〈毛主席语录〉》、何华的新诗《"我拘留你"?!》。

3 日 "氹仔事件"引发全澳门同胞抗争,当局血腥镇压罢工罢市罢课的群众运动,是为"一二·三"事件。《澳门日报·新园地》副刊发表庄钝的《汉字粤音正读·忾》、李丹的新诗《决不容许狡赖》。

4 日 《澳门日报·新园地》副刊发表庄钝的《汉字粤音正读·殴》。

5 日 《澳门日报·新园地》副刊被《反对迫害澳门同胞》图片取代。

8 日 《澳门日报·新园地》副刊发表庄钝的《汉字粤音正读》。

9 日 澳门政府宣布驱逐亲台人士,包括所有在澳门的台湾特务,彻底肃清蒋帮团体、组织、机构和人员,禁止任何团体、组织、机构和人员悬挂或使用蒋帮旗帜、徽志、称号和招牌,禁止蒋帮特务进入澳门。取缔下列亲台团体:澳门中华自由教师联合会、流亡澳门难胞总会、澳门工团总会、广东流澳难胞同乡联谊会。立即肃清下列蒋帮团体和机构：中国国民党澳门支部、“中央社”驻澳门机构、华侨救国总会澳门办事处等。

⊙ 《澳门日报·新园地》副刊发表庄钝的《汉字粤音正读·篓》、向日华的新诗《更大的仇恨，更大的愤怒》、谈诗哲的新诗《中国人民是好样的——献给爱国师生代表》。

10日 《澳门日报·新园地》副刊发表庄钝的《汉字粤音正读·挠》、连广宇的新诗《化悲愤为力量》。

11日 《人民日报》发表评论员文章《严厉警告澳门葡萄牙当局》。《澳门日报·新园地》副刊发表庄钝的《汉字粤音正读》。

12日 《澳门日报·新园地》副刊发表庄钝的《汉字粤音正读》、李丹的新诗《我们决不放过你这凶手》。

14日 《澳门日报·新园地》副刊发表葆青的《勿忘此日——“一二·三”》。

15日 《澳门日报·新园地》副刊发表庄钝的《汉字粤音正读》、向日华的新诗《严办刽子手施维纳！》。

16日 《澳门日报·小说丛》副刊发表王晨的《红卫兵的故事》，《新园地》副刊发表庄钝的《汉字粤音正读》。

17—19日 《澳门日报·新园地》副刊发表庄钝的《汉字粤音正读》。17日，《澳门日报·新园地》发表永刚的新诗《“一定要为我报仇”——为悼念许文安而作》。

20日 澳葡当局将关押的7名台湾特务移交给广东省公安厅。《澳门日报·新园地》副刊发表庄钝的《汉字粤音正读》、向明的新诗《不获全胜决不罢休》。

21日 《澳门日报·新园地》副刊发表庄钝的《汉字粤音正读》、向日华的新诗《永远记住这血海深仇》。

22日 《澳门日报·新园地》副刊发表庄钝的《汉字粤音正读》。

24日 《澳门日报·新园地》副刊发表庄钝的《汉字粤音正读》、向明华的《正告澳葡当局》。

25日 《澳门日报·新园地》副刊发表庄钝的《汉字粤音正读》、李丹的新诗《收起你们这一套》。

26 日　《澳门日报·新园地》副刊发表葆青的散文《革命的方向，力量的源泉——“一二·三”斗争札记》、李丹的新诗《我们一定胜利》。

27 日　《澳门日报·新园地》副刊发表庄钝的《汉字粤音正读》。

28 日　《澳门日报·新园地》副刊发表庄钝的《汉字粤音正读》、百里的新诗《向红卫兵致敬》。

29 日　《澳门日报·新园地》副刊发表庄钝的《汉字粤音正读·攒》、王心文的新诗《澳葡帝国主义，你们算是什么》。

30 日　《澳门日报·新园地》副刊发表庄钝的《汉字粤音正读》。

31 日　《澳门日报·新园地》副刊发表庄钝的《汉字粤音正读·抖搂》。

⊙　本月，澳门警方曾派出人员和右派团体沟通，要求在明年元旦不要悬挂青天白日旗；陶里在香港《文艺世纪》发表散文《水》、新诗《秋组诗》。

本年

⊙　戏剧家罗灿坤离澳赴港，粤华剧团的活动随之终止。

⊙　韩牧的中篇小说《东城的故事》由明明出版社出版。

⊙　张错写作新诗《我要自湄南河飞向密西西比河》。

⊙　梁披云创作《雾秽》《哭宁娥》《过南昌》《苏州纪游》《雨花台》《龙门石窟》《西安》《黄陵》《延安》《华清休沐谈西安事变》等旧诗。

1967 年

在“文革”冲击下的澳门，发生了华人与澳葡政府对抗的风潮，即1966年爆发的“一二·三”事件，这时的澳门作者为配合形势，大写《誓把葡帝恶狼打垮》《坚决支持香港海员兄弟的正义斗争》一类作品。北京红卫兵发动的“破四旧”运动，使《澳门日报·小说丛》副刊园地从繁盛逐步走向荒芜，以至到后来题目就非常敏感的《花花世界》等四部连载小说与《澳门掌故》等同遭腰斩。香港的金庸连带遭殃，受到激烈抨击。

相对于澳门，香港的文学园地多些，且受“文革”的冲击少些，因而《澳门日报·小说丛》副刊停刊后澳门作家投香港文艺刊物有所增加。旧体诗词创作梁披云不跟风，不追赶内地的极“左”思潮，与另一著名旧体诗人的诗风迥异。

澳门的新诗创作，最有成就的是离澳赴台的张错。他不像李丹大写抨击美帝和“封资修”的作品，意识形态色彩淡薄，有较高的艺术价值。

一月

1 日　《澳门日报·新园地》副刊刊登基绵的散文《访毛主席的故乡——韶山（上）》、松山客的“松山亭话”《迎着风浪前进》、柯辽沙的《漫话元旦》。

2 日　《澳门日报·新园地》副刊刊登李丹的新诗《又一曲毛泽东思想凯歌——为我国去年第三次核爆炸成功而作》、基绵的散文《访毛主席的故乡——韶山（下）》、庄钝的《汉字粤读》。

4 日　《澳门日报》转载姚文元《评反革命两面派周扬》。

5 日　鉴于葡币贬值不稳定，拱北海关宣布停止收兑葡币。

6 日　《澳门日报·新园地》副刊发表“蕙”的新诗《英雄的红卫兵万岁》、庄钝的《汉字粤读》、方猷的随笔《打开创造生命之门》、江映澜的散文《新农民的一家老幼》。

7 日　澳门工会联合总会举行“反迫害斗争报告会”，坚决要求澳葡当局低头认罪，决不许蒋帮特务有任何活动。《澳门日报 · 新园地》发表柏村的新诗《红卫兵，我们光辉的榜样》、思放的三句半《反面教员》、文抒的随笔《纸偶和殉葬》、庄钝的《汉字粤读》。《澳门日报 · 小说丛》副刊刊登野叔（越南）的小说《莫永初老汉的一家》。

8 日　《澳门日报 · 新园地》副刊发表方猷的随笔《冷有什么可怕》、庄钝的《汉字粤读 · 謦欬》,《小说丛》副刊刊登德钦（越南）的小说《出海执勤》。

9 日　濠江中学师生演出活报剧《审判纸老虎》。《澳门日报 · 新园地》副刊发表胡大楚的新诗《英雄速写——赞称印尼英勇斗争的 41 名华侨青少年》。

10 日　《澳门日报》转载北京《解放军报》刘叶的大批判文章《揭开周扬和赵树理之间的黑幕》,《澳门日报 · 新园地》副刊发表萍水的新诗《英雄的解放军，我向你们致敬》、华实的散文《千年古镇换新颜——广东佛山小记》,《小说丛》副刊继续刊登德钦（越南）的小说《出海执勤》。

11 日　《澳门日报 · 新园地》副刊发表庄钝的《汉字粤读》、江映澜的散文《台湾艺人的辛酸生活》。

13 日　《澳门日报 · 新园地》副刊发表庄钝的《汉字粤读》、任逊的随笔《想起下雪》。

14 日　《澳门日报 · 新园地》副刊发表庄钝的《汉字粤读》、凡子的散文《世界上最响亮的颂歌东方红》、林友的莲花板《澳门爱国同胞好榜样》。

15 日　澳门工联举行理事扩大会，警告澳葡当局如继续拖延答复澳门人民反迫害的各种要求，就决定要嘉乐庇滚出澳门，并不售与澳葡粮食，今年全年不交税，切断澳葡机关水电供应。《澳门日报 · 新园地》副刊发表庄钝的《汉字粤读》、佚名的电影评论《〈特别快车〉激动人心》。

16 日　《澳门日报 · 新园地》副刊发表余新的散文《独有英雄驱虎豹——读余亚周日记摘抄》、方猷的随笔《新“座右铭”》。

17 日　《澳门日报 · 新园地》副刊发表向明批美帝的新诗《誓夺最后胜利》、孟晋的随笔《郑板桥的纸》。

18 日　《澳门日报 · 新园地》副刊发表庄钝的《汉字粤读 · 皖》、向日华的新诗《中国人民不是好惹的——看“澳门同胞反迫害斗争图片展览”后作》,《小说丛》副刊发表野叔（越南）的故事《阿泰值班》和另一位越南作者的故事《心灵之歌》。

19日 《澳门日报·新园地》副刊发表庄钝的《汉字粤读·keep》、东风的新诗《誓把葡帝恶狼打垮——反迫害斗争图片展览观后》、田蜜的随笔《孟浩然的三首诗》。

20日 《澳门日报·新园地》副刊发表朱亦斌的新诗《太阳红——排队买毛主席语录、像章》、人之的相声《新发明》。

21日 《澳门日报·新园地》副刊发表濠江中学学生创作的独幕剧《审判纸老虎——学联代表在“澳督府”的斗争》、庄钝的《汉字粤读·霰》。

22日 《澳门日报·新园地》副刊发表李丹的新诗《觉醒——写给蒋帮、教会、学校师生的三首小诗》、庄钝的《汉字粤读》、吴化的格律诗《英雄像赞》。

23日 《澳门日报·新园地》副刊发表张向天的随笔《鲁迅的吟唱》、连广宇的新诗《手捧毛主席的像章》。

24日 《澳门日报·新园地》副刊发表向明的新诗《不准再拖延》、钟集的报告文学《毛主席的文艺战士好》、庄钝的《汉字粤读》。

25日 《澳门日报》转载北京建新的大批判文章《赵沨反毛泽东思想的丑恶嘴脸》,《澳门日报·新园地》副刊发表方辅起的报告文学《骨气牌汽车出厂记》。

26日 《澳门日报·新园地》副刊发表连广宇的新诗《搞臭葡帝，制裁葡帝》。

27日 《澳门日报·新园地》副刊发表向明的新诗《坚决制裁，誓夺胜利》、张向天的随笔《谈沿用前人诗句》、庄钝的《汉字粤读》。

28日 《澳门日报·新园地》副刊发表向日华的新诗《坚决制裁澳葡》、谈蕙的杂文《“三不”制裁好得很》、艾红的散文《红卫兵不欢迎你来》。

29日 澳门新任总督嘉乐庇前往澳门中华总商会与设在前山的中国边防指挥中心签署被澳门同胞称为“投降书”的协议，表示要对“一一·一五”“一二·三”血案承担责任。《澳门日报·新园地》副刊发表齐卫东的新诗《纸老虎百丑歌》、庄钝的《汉字粤读》,《澳门日报·小说丛》副刊刊载越南耳青的小说《申大娘》。

30 日　《澳门日报 · 新园地》副刊发表客永的散文《印度洋上的一串明珠》,《澳门日报 · 小说丛》副刊刊登《我们有了枪啦——越南人民战斗故事》。

31 日　《澳门日报 · 新园地》副刊发表孟晋的散文《北京旧日的“小市”》。

本月　黄洁英在香港《文艺世纪》发表短篇小说《搏斗》。

二月

1 日　《澳门日报 · 新园地》副刊发表香港南华电影工作者联合会青年演出队集体创作的造型朗诵诗《澳门在怒吼》以及三句半《出洋相》。

2 日　《澳门日报》发表该报记者集体采写的《濠江风暴——暨澳门同胞的反帝抗暴斗争(上)》,《新园地》副刊发表庄钝的《汉字粤读》、鲁夫的格律诗《欢呼澳门同胞反迫害斗争胜利》、谈蕙的新诗《千胜利,万胜利,都是毛泽东思想的胜利》。

3 日　《澳门日报》发表该报记者集体采写的《濠江风暴——暨澳门同胞的反帝抗暴斗争》(下),《新园地》副刊发表李丹的长诗《战无不胜的毛泽东思想万岁——澳门同胞反帝斗争胜利之歌》、镜湖一丁的方言对口词《毛主席指挥我们战斗》。

4 日　《澳门日报 · 新园地》副刊刊登齐卫东的新诗《打倒苏修混蛋》,《小说丛》刊登越南作者廖贵仁的《一堵坚固的墙》。

5 日　《澳门日报 · 新园地》副刊刊登人之的反美帝相声《海底行宫》、文抒的《殖民主义急先锋哥伦布》。

6 日　《澳门日报 · 新园地》副刊刊登振羽等的粤曲《澳门同胞不可侮》、向日华的对口词《苏修混蛋寿命不长》、庄钝的《汉字粤读 · 杭》(283)。

7 日　《澳门日报 · 新园地》副刊刊登蓓尔的新诗《歌唱毛主席》、杨骏的影评《毛泽东思想的又一曲凯歌——推荐彩色片〈毛泽东思想的伟大胜利〉》、庄钝的《汉字粤读 · 滓》(284)、于洛的杂文《鲁迅谈“费厄泼赖”》,《小说丛》副刊刊登黄山的短篇小说《修路》。

8 日　《澳门日报 · 新园地》副刊刊登青联集体创作的活报剧《帝国主义的货

色》、庄钝的《汉字粤读》（285）、畅之的龙舟《颂毛泽东思想》。

9日 《澳门日报·新园地》副刊刊登连广宇的顺口溜《澳门同胞赞》、林秀安的散文《毛泽东是当代列宁——苏联见闻》。

10日 《澳门日报·新园地》副刊刊登文集思的朗诵及活报剧《澳门风雷（上）》。

11日 《澳门日报·新园地》副刊刊登文集思的朗诵及活报剧《澳门风雷（下）》、松山客的散文《莲峰之春》，《小说丛》副刊发表越南人民的斗争故事《灵活和果敢的指挥员（上）》。

12日 《澳门日报·新园地》副刊刊登连广宇的新诗《暮色苍茫看劲松》、庄钝的《汉字粤读·磑》，《小说丛》副刊发表越南人民的斗争故事《灵活和果敢的指挥员（下）》。

13日 《澳门日报·新园地》副刊刊登齐卫东的新诗《警告苏修混蛋》、庄钝的《汉字粤读·伛偻》、畅之的白榄《约翰孙过关难》，《小说丛》副刊发表越南作者阿心所写的斗争故事《巧袭直升飞机（上）》。

14日 《澳门日报·新园地》副刊刊登向日华的新诗《观戏三题——看“毛泽东思想的伟大胜利”后》、庄钝的《汉字粤读·佝偻》，《澳门日报·小说丛》副刊发表越南作者阿心所写的斗争故事《巧袭直升飞机（下）》。

15日 《澳门日报·新园地》副刊刊登张敬华的对口词《痛斥苏修混蛋》、庄钝的《汉字粤读·庇》，《小说丛》副刊发表越南人民的斗争故事《空手擒敌》。

16日 《澳门日报·新园地》副刊刊登川牛的新诗《黑手怎能遮住真理的光芒》、庄钝的《汉字粤读·忒》。

17日 《澳门日报·新园地》副刊刊登李卫东的新诗《不许苏修逞疯狂》、庄钝的《汉字粤读·庀》。

18日 《澳门日报·新园地》副刊刊登江思扬的新诗《致反修战士》、庄钝的《汉字粤读·囹圄》。

19日 《澳门日报·新园地》副刊刊登齐卫东的新诗《警告混蛋柯西金》、庄钝的《汉字粤读·皈》。

20日 《澳门日报·新园地》副刊刊登人之的相声《做贼心虚》、庄钝的《汉字粤读》、罗文仪等的快板《砸烂苏修贼狗头》。

21日 《澳门日报·新园地》副刊刊登李丹的新诗《坚决支持香港海员兄弟》、庄钝的《汉字粤读·谧》。

22日 《澳门日报·新园地》副刊刊登向日华的顺口溜《香港海员干得好》、庄钝的《汉字粤读·垠》。

23日 《澳门日报·新园地》副刊刊登众多学毛主席著作的文章。

24日 《澳门日报·新园地》副刊刊登庄钝的《汉字粤读》。

26日 《澳门日报·新园地》副刊刊登庄钝的《汉字粤读·斫》,《小说丛》副刊受“一二·三”政治事件影响，以上小说没有登完，均怕被说成“封资修”，只好打上“完”字，从此停刊。

27日 《澳门日报·新园地》副刊刊登亦斌的朗诵诗《胜利一定属于你们——致在香港英雄斗争的中国海员》。

28日 《澳门日报·新园地》副刊刊登姜仁的“新人新事”《火热丹心却严寒》，其余为“读毛主席书，听毛主席话”专刊。

本月 陶里在香港《文艺世纪》发表新诗《爱情三重奏》。

三月

1日 《澳门日报·新园地》副刊开辟“读毛主席书，听毛主席话”专栏，发表志强的《努力学习毛主席著作》、农民李合顺的《两条语录鼓舞我们战斗》、江映澜的《“号衣”的血泪史》和学习“老三篇”等文章，另发表齐卫东的“对口调”《一定战胜“渣华”》、延陵的漫画《坚决支持香港海员兄弟的正义斗争》。

2日 《澳门日报·新园地》副刊刊登赵桂林的《〈老三篇〉鼓舞我去战斗》、松山客的“松山亭话”《香港海员赞》、庄钝的《汉字粤读·斵》(300)、鲁沫的“新人新事”《找牛》、釜崎次郎（日本）的新诗《你们是毛泽东思想的忠实执行者——致北京红卫兵》。

3日 《澳门日报·新园地》副刊刊登峰九曲的对口词《破私立公》、庄钝的《汉字粤读·戕》(301)。

4 日　《澳门日报·新园地》副刊刊登松山客的“松山亭话”《人间正道是沧桑》、鲁沫的《手的故事》。

5 日　《澳门日报·新园地》副刊刊登松山客的“松山亭话”《歌唱氹仔爱国同胞》、孟晋的“文坛掌故”《杨树达斥胡适崇洋媚外》、张毅（越南）的故事《纸老虎现形记》、邱子的散文《三看〈红灯记〉》。

6 日　《澳门日报·新园地》副刊刊登裕园的散文《北京的街道树》、青联创作的三句半《澳门妇女思想大改变》、向阳的《〈毛主席语录〉光辉普照全世界》、镜工小兵的报道《重排〈红灯记〉》。

7 日　《澳门日报·新园地》副刊刊登阮武的故事《南越巾帼英雄榜》、黄东奔的对口词《少年英雄颂》。

8 日　《澳门日报·新园地》副刊刊登松山客的“松山亭话”《赞澳门爱国妇女》、采风的《美国人盗窃中国文物》、红流的新诗《春雷颂》、向日华的三句半《苏修叛徒的自白》。

9 日　《澳门日报·新园地》副刊刊登连广宇的三句半《歌唱〈老三篇〉》、曾原的报道《中国专家在非洲》。

10 日　《澳门日报·新园地》副刊刊登齐卫东的新诗《赞美澳门爱国妇女》、夏村的散文《当我回到澳门的时候》、梁辉的随笔《新沙皇访伦敦》。

11 日　《澳门日报·新园地》副刊刊登妇联文娱组集体创作的三句半《澳门妇女面貌新》、江映澜的《旧中国的工牌种种》、松山客的“松山亭话”《爵士与爵士音乐》。

12 日　《澳门日报·新园地》副刊刊登庄钝的《汉字粤读·轧》（302）、思放的新诗《打倒日共修正主义者!》

13 日　《澳门日报·新园地》副刊刊登庄钝的《汉字粤读·从》（303）、黎明华的新诗《濠江诗抄》、松山客的“松山亭话”《书院女与酒吧女郎》、鲁沫的“新人新事”《一个聋哑的新同学》、黎星（越南）的《水底寻炸弹》。

14 日　《澳门日报·新园地》副刊刊登庄钝的《汉字粤读·从》（304）、张东的随笔《不打自招》。

15 日　《澳门日报·新园地》副刊刊登李丹的新诗《警告日共修正主义者》和胡

日庆口述、何交笔记的《仇恨之火——越南解放军战斗故事》。

16 日 《澳门日报·新园地》副刊刊登庄钝的《汉字粤读·从容》(305)、振羽的《山的歌颂》、亚里安·卡定(阿尔巴尼亚)的新诗《人民的儿子》、汝潭(越南)的散文《战斗在深山密林》。

17 日 《澳门日报·新园地》副刊刊登佚名的阿尔巴尼亚民歌《颂舵手》、人之的相声《吃生蚝》、陆觉鸣的随笔《美国一妇人》。

18 日 《澳门日报·新园地》副刊刊登鲁沫的“新人新事”《提款》、松山客的“松山亭话”《青春呵,永远是美好的》、连广宇的新诗《印度人民一定胜利》。

19 日 《澳门日报·新园地》副刊刊登纪米的“新人新事”《今日丁大娘》、潘晖(越南)的故事《女民兵擒“蛙人”》、江映澜的散文《旧中国“打盆工”的辛酸》、贡德拉(摩洛哥)的新诗《功劳归于伟大的毛泽东》。

20 日 《澳门日报·新园地》副刊刊登鲁沫的“新人新事”《抢网》、红南(越南)的新诗《伟大的毛泽东》、林汉天的随笔《莫斯科的戈培尔》、赵如海的“古迹漫游”《几十万年前的地下河——桂林芦笛岩》。

21 日 《澳门日报·新园地》副刊刊登梁辉的随笔《死人的妙用》、李丹的新诗《热烈的祝贺》。

22 日 《澳门日报·新园地》副刊发表江映澜的散文《中国英雄世界推崇》、中书的近代史话《“猪仔”与“契约劳工”》、齐卫东的对口词《歌唱澳门同胞新风尚》,还刊登出席亚非作家紧急会议尼日尔代表团的新诗《歌颂毛泽东与中国共产党》。

23 日 《澳门日报·新园地》副刊发表曹长雄的《陶塑“收租院”群像——中国食品玩具展览会速写》、朝晖的随笔《要梅花不要昙花》、庄钝的《汉字粤读·峁》(306),还刊登越春(越南)的散文《阵地上父女俩》。

24 日 《澳门日报·新园地》副刊发表鲁沫的“新人新事”《送水缸上山》、庄钝的《汉字粤读》(307)、木森的散文《中国的最南疆南沙群岛》、张东的随笔《肯尼迪的孝子贤孙》。

25 日 《澳门日报·新园地》副刊发表庄钝的《汉字粤读·蒽》(308)、林琅的随笔《诗词的引用》、向日华的对口词《越南必胜美帝必败》。

26 日　《澳门日报 · 新园地》副刊发表庄钝的《汉字粤读 · 腼腆》(309)。

27 日　《澳门日报 · 新园地》副刊发表松山客的“松山亭话”《做“香港国”美梦的人》、江映澜的《旧中国的“牛租”》、振羽的粤曲《海员兄弟打胜仗》。

28 日　《澳门日报 · 新园地》副刊发表人之的对口词《香港中国海员的胜利》、柯辽沙的散文《春游白莲山》、庄钝的《汉字粤读 · 觑》(310)。

29 日　《澳门日报 · 新园地》副刊发表丁平的散文《乌吊山上的鸟会》、黄苏的故事《珍贵的礼物》, 还刊登东奈佳(缅甸)的新诗《致东方伟大的太阳》。

30 日　《澳门日报 · 新园地》副刊发表庄钝的《汉字粤读 · 峥嵘》(311)、艾尔弗雷德(法国)的诗《毛泽东思想》。

31 日　《澳门日报 · 新园地》副刊发表庄钝的《汉字粤读 · 肖》(312)、邓云乡的文史拾零《清代的高利贷》、畅之的龙舟《广州好》、高元喜的故事《王老栓》。

本月　江思扬在香港《文艺世纪》发表诗二首 :《太阳》《你见过吗? 》。

四月

1 日　《澳门日报 · 新园地》副刊发表时阳的新诗《〈毛主席语录〉在世界飞翔》、鲁沫的“新人新事”《一分钱和一块钱》、文抒的读书随笔《谈背诵》。

2 日　《澳门日报 · 新园地》副刊发表望留的散文《春花处处开》、荣歌的故事《一支女民兵中队的成长》。

3 日　《澳门日报 · 新园地》副刊发表李丹的对口词《坚决支持越南兄弟》、庄钝的《汉字粤读 · 舸》(313)。

4 日　《澳门日报 · 新园地》副刊发表庄钝的《汉字粤读 · 鏖》(314)、红浪的朗诵诗《永生的战士郭嘉宏》。

5 日　《澳门日报 · 新园地》副刊发表庄钝的《汉字粤读 · 瓒》(315)、秀宏的新诗《毛主席著作闪红光》、金峰的故事《永远炸不断的钢铁运输线》、李耐的散文《碧绿的友谊——茶山抒怀》。

6 日　《澳门日报 · 新园地》副刊发表庄钝的《汉字粤读 · 赣》(316)、罗烺的随笔《几首潮州歌谣》。

7 日　《澳门日报 · 新园地》副刊发表庄钝的《汉字粤读 · 酣》（317）、鲁沫的“新人新事”《秦岭上的大红花》、亦斌的新诗《田头语录牌——南国春早速写之一》。

8 日　《澳门日报 · 新园地》副刊发表江映澜的散文《回航的时候》、黎诚勇（越南）的新诗《赞中国文化大革命》。

9 日　《澳门日报 · 新园地》副刊发表孔令洲、赵润志的新诗《不落的太阳照山庄》、陈殿国的短篇小说《心声》、庄钝的《汉字粤读 · 咽》（318）。

10 日　《澳门日报 · 新园地》副刊发表庄钝的《汉字粤读 · 熊》（319）。

11 日　《澳门日报 · 新园地》副刊发表佚名的《新兵炸桥——越南解放战斗故事》、亚瑟（英国）的诗《红太阳颂》。

12 日　《澳门日报 · 新园地》副刊发表庄钝的《汉字粤读 · 镝》（320）、亦斌的新诗《春雨——南国春早速写之二》。

13 日　《澳门日报 · 新园地》副刊发表连广宇的新诗《质问澳葡检察官》。

14 日　《澳门日报 · 新园地》副刊发表庄钝的《汉字粤读 · 阗》（321）、舒颂之的“新人新事”《在金色的草原上》、吴德茂（越南）的诗《赠红卫兵》。

15 日　《澳门日报 · 新园地》副刊发表庄钝的《汉字粤读 · 薜荔》（322）、向日华的新诗《一定要为梁丽彩伸冤报仇！》

16 日　《澳门日报 · 新园地》副刊发表薛锡祥等的诗一组《各族战士歌颂红太阳》。

17 日　《澳门日报 · 新园地》副刊发表鲁力之的短篇小说《婆孙俩》、红心的三句半《一定要严惩活阎王！》。

18 日　《澳门日报 · 新园地》副刊发表李丹的新诗《一定要拘惩文多夫妇》。

19 日　《澳门日报 · 新园地》副刊发表妇联毛泽东思想学习宣传队集体创作的快板《毛主席光辉照四海》。

20 日　《澳门日报 · 新园地》副刊发表颂新的对口词《一支凯歌》。

21 日　《澳门日报 · 新园地》副刊发表庄钝的《汉字粤读 · 飒》（323），余焱明、齐卫红的新诗《毛主席的话我们最爱听》，田蜜的随笔《今之李秀成们》，李丹的新诗《印尼反动派定自食其果》。

22 日　《澳门日报 · 新园地》副刊发表庄钝的《汉字粤读 · 磅礴》（324）、红心的三句半《新填海农民的新风尚》、张军的随笔《见死不救的救生站》。

23 日 《澳门日报·新园地》副刊发表舒颂之的短篇小说《好朋友》、丹枫的新诗《革命路上不停留》。

24 日 《澳门日报·新园地》副刊发表人之的相声《新奇的菜色》、田蜜的读书札记《孟子的自我修养的谬论》、鲁力之的“新人新事”《修炉》。

25 日 《澳门日报·新园地》副刊发表庄钝的《汉字粤读·碣》(325)、夏村的《澳门诗抄》、于洛的《梁实秋的“纯”与“旧”》。

26 日 《澳门日报·新园地》副刊发表庄钝的《汉字粤读·飔》(326)、孟晋的《胡适的“差不多先生传”》。

27 日 《澳门日报·新园地》副刊发表庄钝的《汉字粤读》(327)、向日华的对口词《印尼华侨好榜样》。

28 日 《澳门日报·新园地》副刊发表庄钝的《汉字粤读》(328)、田蜜的《诗词名句处处传》、梁辉的《鲁迅对“尊孔”的讽刺》，还刊登了日本作者山峰一章著、覃其译的《特务落网记》。

29 日 《澳门日报·新园地》副刊发表庄钝的《汉字粤读》(329)、张向天的《桃花杂记》、牧野的散文《一位最年轻的越南女英雄》(摘自《越南邮报》)。

30 日 《澳门日报·新园地》副刊发表望留的《圭峰山新景》以及钟应求、钟应麟(越南)的《风浪大情谊深》。

本月 马万祺到广州参加出口商品交易会，得知柯麟被打成“走资派”而痛苦不已。陶里在香港《文艺世纪》发表《无题》。

夏

⊙ 造反派将柯麟打成叛徒，马万祺写证明时称柯麟在镜湖医院工作时是“红帮”而不是什么黑帮。

五月

1 日 《澳门日报·新园地》副刊发表松山客的散文《歌唱澳门的爱国工人》、人之的相声《显赫，“显”“赫”》。

3 日　《澳门日报·新园地》副刊发表申书的文艺随笔《鲁迅的杂文》、庄钝的《汉字粤读·颁》(330)。

4 日　《澳门日报·新园地》副刊发表何来的影评《馋态毕露，杀人成性——谈〈女煞星〉》、庄钝的《汉字粤读·隘》(331)。

5 日　《澳门日报·新园地》副刊发表连广宇的新诗《祝毛主席万寿无疆》。

6 日　《澳门日报·新园地》副刊发表李丹的新诗《毛主席，我们无限热爱你》、庄钝的《汉字粤读·恙》(332)。

7 日　《澳门日报·新园地》副刊发表庄钝的《汉字粤读·贻》、松筠的影评《美帝的丑恶嘴脸——从〈清宫秘史〉谈起》。

8 日　《澳门日报·新园地》副刊发表人之的相声《克莱打赢吗？》。

9 日　《澳门日报·新园地》副刊发表庄钝的《汉字粤读·拼》、郑羽的粤曲《批臭中国的赫鲁晓夫》。

10 日　《澳门日报·新园地》副刊发表庄钝的《汉字粤读·酷》、蓓尔的评论《革命文艺好得很》。

11 日　《澳门日报·新园地》副刊发表庄钝的《汉字粤读·嘲》、向日华的对口词《坚决支持人造花厂工友》，并转载上海胡万春的《大立毛泽东思想的绝对权威》。

12 日　《澳门日报·新园地》副刊发表庄钝的《汉字粤读·篡》、连广宇的新诗《誓要斗垮（美蒋特务）林世忠》。

14 日　《澳门日报·新园地》副刊发表李丹的对口词《造反有理》、濠江中学毛泽东宣传队集体创作的快板《声讨美蒋分子林世忠》。

15 日　《澳门日报·新园地》副刊发表李丹的对口词《打倒中国的赫鲁晓夫》。

16 日　《澳门日报·新园地》副刊发表青联集体创作的对口词《誓夺反迫害斗争的胜利》。

17 日　《澳门日报·新园地》副刊发表濠江中学毛泽东宣传队集体创作的对口词《声讨圣若瑟学校反动当局》、振羽的粤曲《满腔怒火斥港英》。

18 日　《澳门日报·新园地》副刊发表中华教育会毛泽东宣传队集体创作的对口词《支持香港爱国工人的斗争》、谦君反港英当局的《小令二首》。

19 日　《澳门日报 · 新园地》副刊发表连广宇的新诗《剥掉港英狐狸皮》。

20 日　《澳门日报 · 新园地》副刊发表独目六叔的三句半《英领事失威记》。

21 日　《澳门日报 · 新园地》副刊发表李丹的对口词《坚决把反迫害斗争进行到底》、向日华的《打狗歌——警告凶残的港英警察、特务和“防暴队”》、李涛的粤曲《争取胜利》、杨林的造型朗诵诗《英雄的时代英雄在唱——歌唱港九爱国同胞的反迫害的斗争》。

22 日　《澳门日报 · 新园地》副刊发表李丹的新诗《打歪应声虫的嘴巴！》、独目六叔的广东方言三字对口词《斥港英》、庄钝的《汉字粤读 · 楷》。

23 日　澳门各界支援港九同胞反迫害斗争委员会成立。《澳门日报 · 新园地》副刊发表李丹的新诗《向英勇斗争的香港同胞致敬》、海辛的新诗《抗暴诗记》、庄钝的《汉字粤读 · 一丘之貉》。

24 日　《澳门日报 · 新园地》副刊发表畅之的龙舟《香港工人齐抗暴》。

25 日　《澳门日报 · 新园地》副刊发表红心的顺口溜《声讨港英血腥暴行》、方晓的随笔《读〈阿 Q 正传〉有感》、庄钝的《汉字粤读 · 玷》。

26 日　《澳门日报》头版刊登毛泽东《在延安文艺座谈会上的讲话》，《澳门日报 · 新园地》副刊发表向日华的新诗《任你疯狂挣扎，难逃可耻下场》、庄钝的《汉字粤读 · 贷》。

27 日　《澳门日报 · 新园地》副刊发表杨汇的新诗《北京的强音》、连广宇的对口词《战斗的号召》、庄钝的《汉字粤读 · 翘》。

28 日　《澳门日报 · 新园地》副刊发表谦君的造型朗诵诗《港英必败，我们必胜》。

29 日　《澳门日报 · 新园地》副刊发表杨晓风的新诗《反迫害斗争必胜》、张向天的随笔《抗暴谈往》。

30 日　《澳门日报 · 新园地》副刊发表任奋的散文诗《五月的血不白流》、东方强的对口词《电车工人斗得好》、杨汇的新诗《这是什么法律》。

31 日　《澳门日报 · 新园地》副刊发表夏村的新诗《战场小曲》、鸣鼓的白榄《六骂法西斯》、庄钝的《汉字粤读》。

六月

1 日　《澳门日报·新园地》副刊发表松山客的“松山亭话”《年轻一代啊，我歌唱你们》、庄钝的《汉字粤读·纛》、谢夫的“英帝侵华罪行录”《大鸦片贩子——跷脚沙逊》。

2 日　《澳门日报·新园地》副刊发表爱枫的新诗《我们的队伍出发了》、林汉夫的杂文《横眉冷对木枪催泪弹》。

3 日　《澳门日报·新园地》副刊发表李丹的朗诵诗《香江怒潮》、显光的龙舟说唱《赞英雄，学英雄》。

4 日　《澳门日报·新园地》副刊发表向明的新诗《仇恨的激流》、红雨的散文诗《我以我血荐轩辕》、振羽的龙舟《港英纸老虎张牙舞爪》。

5 日　《澳门日报·新园地》副刊发表向日华的三句半《斗到港英“钉盍”》、梁星的新诗《哪一天》、庄钝的《汉字粤读·文过》。

6 日　《澳门日报·新园地》副刊发表杨林的造型朗诵诗《电车工人多奇志》、黎明华的新诗《黑夜与黎明》。

7 日　《澳门日报·新园地》副刊发表罗隼的新诗《致出版界的朋友们》、雄童的民歌《打虎歌》。

8 日　《澳门日报·新园地》副刊发表连广宇的对口词《向着伟大的胜利奋勇前进》、庄钝的《汉字粤读·枢》。

9 日　《澳门日报·新园地》副刊发表东方强的龙舟《誓送港英入坟墓》。

10 日　《澳门日报·新园地》副刊发表维童的新诗《英雄颂——为港工人兄弟英勇抗暴而歌》、庄钝的《汉字粤读》。

11 日　《澳门日报·新园地》副刊发表松山客的影评《赞平英团的英雄们》、庄钝的《汉字粤读·哇喇》、罗隼的新诗《怒拳》。

12 日　《澳门日报·新园地》副刊发表黎明华的对口词《大字报》、余红的新诗《香江怒吼了》、庄钝的《汉字粤读·隘》。

13 日　《澳门日报·新园地》副刊发表谦君的影评《反英抗暴，豪气干云》、庄钝的《汉字粤读·罊》。

14 日 《澳门日报·新园地》副刊发表李丹的活报剧《戴麟趾的恐惧症》、徐锋的对口词《不要做民族罪人》。

15 日 《澳门日报·新园地》副刊发表向日华的三句半《屠场工友斗得好》、庄钝的《汉字粤读·捍》。

16 日 《澳门日报·新园地》副刊发表东方强的新诗《小贩行动起来了》、向前的《港英的奴化教育》。

17 日 《澳门日报·新园地》副刊发表遐思的新诗《十个小姑娘》、连广宇的诗《踏着他们的血迹奋勇前进——悼徐田波等工友》、庄钝的《汉字粤读》。

18 日 《澳门日报·新园地》副刊发表向日华的《老爷今年兴“度假”》、庄钝的《汉字粤读》。

19 日 《澳门日报·新园地》副刊发表容永的《威力巨大的香港大字报》、谦君的旧诗《丑奴儿·港英》。

20 日 《澳门日报·新园地》副刊发表连广宇的新诗《可耻的陈宝珠》、庄钝的《汉字粤读·骇》。

21 日 《澳门日报·新园地》副刊发表鲁沫的新诗《黑狱红心》、庄钝的《汉字粤读》。

22 日 《澳门日报·新园地》副刊发表李丹的朗诵诗《毛主席的英明意见实现了》、区伟雄的《反英抗暴电影笔谈》。

23 日 《澳门日报·新园地》副刊发表东方强的广州三句半《抗暴主力军》、庄钝的《汉字粤读·朽》。

24 日 《澳门日报·新园地》副刊发表杨林的造型朗诵诗《黑狱红心》、庄钝的《汉字粤读·嚣》、鲁沫的文艺随笔《老秃鹰扮不了和平鸽》。

25 日 《澳门日报·新园地》副刊发表李丹的新诗《别了，戴麟趾》、希士的诗《牛奶工人罢工有感》。

26 日 《澳门日报·新园地》副刊发表周奋的旧诗《斗争吟》。

27 日 《澳门日报·新园地》副刊发表陆天兵的活报剧《清算港英罪行》、骆驼的数白榄《棚尾拉箱》、庄钝的《汉字粤读》、亦影的对口词《学生行动起来了》。

28 日　《澳门日报·新园地》副刊发表金敬迈的长篇小说《欧阳海之歌》修改稿第八章（至本年 7 月 4 日止）、阿元的粤讴《唔好作恶》。

29 日　《澳门日报·新园地》副刊发表东方龙的顺口溜《法庭是讲坛》、向日华的三句半《沙头角乡民痛打纸老虎》。

30 日　《澳门日报·新园地》副刊发表连广宇的活报剧《针锋相对》、人之的相声《苦头吃得“大”的“人物”》。

本月　陶里在香港《文艺世纪》发表《灯下》等新诗二首和《相逢》。

七月

1 日　《澳门日报·新园地》副刊发表李丹的新诗《胶业工人硬骨头》、鸿翔的白榄《斗臭港英》、港客的随笔《一记响亮的耳光》。

2 日　《澳门日报·新园地》副刊发表加火的粤曲《蔑视英帝》、向红的新诗《给狱中战友》。

3 日　《澳门日报·新园地》副刊发表庄钝的《汉字粤读·撮》（352）、畅之的广州话三句半《港英几声凄厉》、云水的随笔《戴麟趾的毒舌头》。

4 日　《澳门日报·新园地》副刊发表李丹的组诗《沙头角抗暴战歌》、庄钝的《汉字粤读·颱》（353）、鲁汪的随笔《欢乐的海洋》。

5 日　《澳门日报·新园地》副刊发表庄钝的《汉字粤读·蜕》（354）、连载上海京剧院集体创作改编的剧本《智取威虎山》（至本月 19 日止）、倪良华的“小演唱”《祝毛主席万寿无疆！》、佚名的粤曲《争取胜利——绿邨电台今日中午播出》。

6 日　《澳门日报·新园地》副刊发表庄钝的《汉字粤读·纠》（355）、东方强的白榄《香港同胞斗志昂》、宋今的“抗暴随笔”《不可阻挡的洪流》、辰星的新诗《猢狲来日无多》。

7 日　《澳门日报·新园地》副刊发表连广宇的《街头诗四首》。

8 日　《澳门日报·新园地》副刊发表向日华的新诗《不许港英造谣》（三首）、东方强的白榄《同心合力来打狗》。

9 日　《澳门日报·新园地》副刊发表庄钝的《汉字粤读·兢兢》（356）、东方强的顺口溜《联合罢工显神通》、亦影的对口词《声势浩大的反击》。

10 日　《澳门日报·新园地》副刊发表庄钝的《汉字粤读·篡》(357)、连广宇的对口词《坚决拥护“七·五”社论》。

11 日　《澳门日报·新园地》副刊发表庄钝的《汉字粤读》(358)、李丹的对口词《反英抗暴作先锋》。

12 日　《澳门日报·新园地》副刊发表庄钝的《汉字粤读·砥》(359)、东方强的白榄《学生队伍声威壮》。

13 日　《澳门日报·新园地》副刊发表李丹的对口词《英雄杀敌好榜样》、东方强的广州话数白榄《小贩站起来了》。

14 日　《澳门日报·新园地》副刊发表余红的新诗《牛鬼蛇神一定被埋葬》、江映澜的短篇小说《“嫂子，你真勇敢”》、鲁沫的散文《花朵的海洋》。

15 日　《澳门日报·新园地》副刊发表李丹的新诗《祁济时写给戴麟趾的信》、庄钝的《汉字粤读·抓》(360)、容永的“抗暴随笔”《唯怯懦者最残暴》。

16 日　《澳门日报·新园地》副刊发表庄钝的《汉字粤读·咄》(361)、鲁沫的“抗暴随笔”《港英方寸大乱》。

17 日　《澳门日报·新园地》副刊发表李涛的“粤曲说唱造型表演”《抗暴英雄赞》、周奋的诗《抗暴吟》、从之的相声《天下奇闻》。

18 日　《澳门日报·新园地》副刊发表庄钝的《汉字粤读·滓》(362)、东方龙的三句半《锄奸队显身手》、遐思的新诗《护士红心》。

19 日　《澳门日报·新园地》副刊发表庄钝的《汉字粤读·奠》(363)、连广宇的集体朗诵诗《拿起武器，坚决反击港英！》、东方强的白榄《文艺轻骑兵上街》。

20 日　《澳门日报·新园地》副刊发表庄钝的《汉字粤读·豢》(364)、向日华的《不许港英造谣、污蔑（之二）》。

21 日　《澳门日报·新园地》副刊发表庄钝的《汉字粤读·罄竹难书》(365)、遐思的新诗《妻子·母亲》、周吴郑的“小组诗朗诵”《踏着烈士的血迹，前进！》、畅之的广州话三句半《苏修的当铺》。

22 日　《澳门日报·新园地》副刊发表庄钝的《汉字粤读·黔》(366)、夏村的新诗《给狱中战友》、耶纽（缅甸）的新诗《伟大的红色宝剑》。

23 日 《澳门日报·新园地》副刊发表向日华的活报剧《风雷激荡》。

24 日 《澳门日报·新园地》副刊发表庄钝的《汉字粤读·魑魅魍魉》(367)、人之的相声《丑闻》、东方龙的三句半《香港海员大罢工》。

25 日 《澳门日报·新园地》副刊发表东方强的白榄《同胞抗暴发虎威》、遐思的新诗《向英雄的战士敬礼》。

26 日 《澳门日报·新园地》副刊发表庄钝的《汉字粤读·敉》(368)、严新的“抗暴文艺”《战斗在“法庭”内外》、东方强的顺口溜《航湾村民的怒吼》。

27 日 《澳门日报·新园地》副刊发表庄钝的《汉字粤读·碾》(369)、连广宇的《海盗食餐记》、史马的新诗《街上就是战场》。

28 日 《澳门日报·新园地》副刊发表庄钝的《汉字粤读·荏》(370)、黎明华的《抗暴诗钞》。

29 日 《澳门日报·新园地》副刊发表庄钝的《汉字粤读·盯梢》(371)、李丹的新诗《纸老虎大出洋相》(三首)、畅英的三句半《凶相大暴露》。

30 日 《澳门日报·新园地》副刊发表庄钝的《汉字粤读》(372)、红心的《狱中纪事》、隼罗的抗暴随笔《不伦不类，荒谬之至》。

31 日 《澳门日报·新园地》副刊发表“吠”的白榄《港英垂死挣扎》、遐思的新诗《致银色战士》。

八月

1 日 《澳门日报·新园地》副刊发表东方龙的三句半《父女兵抗暴》、连广宇的新诗《抗暴怒火越烧越旺》、林飞的《发生在列车上的事》。

2 日 《澳门日报·新园地》副刊发表庄钝的《汉字粤读·埔》(373)、李丹的活报剧《惊弓之鸟》、黎明华的新诗《只是小试锋芒》。

3 日 《澳门日报·新园地》副刊发表庄钝的《汉字粤读·闸》(374)、李丹的新诗《人民战争威力大》。

4 日 《澳门日报·新园地》副刊发表庄钝的《汉字粤读·泊》(375)、向日华的新诗《暴风雨前》。

5 日　《澳门日报·新园地》副刊发表庄钝的《汉字粤读·肮脏》(376)、向日华的新诗《港英风前残烛》、浩然的锣鼓词《海运工人牛刀小试》。

6 日　《澳门日报·新园地》副刊发表庄钝的《汉字粤读·蝙蝠》(377)、李丹的新诗《炸得好》、佚名的小广播剧《"急救法例"》、鲁沫的杂文《可悲·可耻·可笑》。

7 日　《澳门日报·新园地》副刊发表庄钝的《汉字粤读·恫》(378)、杨汇的新诗《爱人受伤了》、周山的散文《黄洋界上》、宋今的抗暴散记《这不是真正的平静》。

8 日　《澳门日报·新园地》副刊发表庄钝的《汉字粤读·怯》(379)、李丹的新诗《我是中国人——献给传奇等抗暴战士》、雪子的新诗《特种狗展览》。

9 日　《澳门日报·新园地》副刊发表庄钝的《汉字粤读·唆》(380)、遐思的新诗《"功勋"演员》、杨汇的散文《英雄的乐章》、苏若望的散文《延安街头》。

10 日　《澳门日报·新园地》副刊发表庄钝的《汉字粤读·赚》(381)、卫东的报告文学《刚强不屈的闯将——记李世流同学的斗争事迹》、杨汇的新诗《一个温暖的家庭》。

11 日　《澳门日报·新园地》副刊发表庄钝的《汉字粤读·措》(382)、李丹的朗诵诗《战斗吧！香港》、鲁沫的散文《稻草人赞》。

12 日　《澳门日报·新园地》副刊发表庄钝的《汉字粤读·垒》(383)、李丹的新诗《港英造谣"示范"》、希士的粤讴《以眼还眼以牙还牙》、松山客的"松山亭话"《在绞刑架上的港英》。

13 日　《澳门日报·新园地》副刊发表庄钝的《汉字粤读·瓴》(384)、李丹的新诗《豺狼的语言》、勇军的散文《雪岭苍松——记抗暴英雄马金龙》、松山客的"松山亭话"《"阖港居民人心大快"》、万山红的抗暴杂文《"你撞埋我枝警棍上！"》、姚湘的新诗《一出街头话剧》、凤凰斗委会供稿的新诗《草木皆兵的港英》。

14 日　《澳门日报·新园地》副刊发表庄钝的《汉字粤读·皖》(385)、连广宇的新诗《我们战斗在一起——写给苏全烈士遗嘱》、东发的粤曲《何枫颂》、松山客的“松山亭话”《在斧头和刀子威胁下》、人之的相声《自由》。

15 日　《澳门日报·新园地》副刊发表松山客的“松山亭话”《“国人皆曰可杀”》、新华的报告文学《红色援外战士——刘逸》、黎明华的新诗《抗暴杂记》、宋今的散文《一个家庭的变迁》。

16 日　《澳门日报·新园地》副刊发表庄钝的《汉字粤读·衷》(386)、连广宇的新诗《太阳依旧东升》、鲁沫的《红旗、红书、红花》、松山客的“松山亭话”《奴才的奴才的奴才》。

17 日　缺这天的报纸。

18 日　《澳门日报·新园地》副刊发表庄钝的《汉字粤读·罉》(388)、松山客的“松山亭话”《“军火专家”与狗》、向日华的新诗《白皮猪跪女手袋》。

19 日　《澳门日报·新园地》副刊发表松山客的“松山亭话”《武器、沮丧、恐惧》、皎英的顺口溜《红色宣传员——赞青年学生在港英警署面前演出》、方猷的“抗暴随笔”《从一出丑剧说起》、陆觉鸣的杂文《白金汉敲响了丧钟》、庄钝的《汉字粤读·懦》(389)。

20 日　《澳门日报·新园地》副刊发表松山客的“松山亭话”《丑角与强盗》、独目六叔的《反英抗暴竹枝词》、佚名的集体朗诵诗《拿起武器坚持打倒港英》。

21 日　《澳门日报·新园地》副刊发表松山客的“松山亭话”《法官、法庭、法律》、玛依沁的“抗暴杂文”《从港英暴行说到鲁迅在香港的遭遇》、鲁沫的散文《光辉的青春》、林汉天的“读报随笔”《海德公园的破产》、百里的《黄皮狗通街走——童谣四首》、连广宇的新诗《土 Q 与洋 Q》、人之的相声《一批蠢人》、“吠”的白榄《追穷寇抗顽敌》。

22 日　《澳门日报·新园地》副刊发表松山客的“松山亭话”《斩断港英万恶的魔爪》、焕发的粤曲表演唱《祁济时自叹——调寄“江边草”》、庄钝的《汉字粤读·嘲》(390)。

23 日　《澳门日报·新园地》副刊发表松山客的“松山亭话”《给予港英当头一棒》、独目六叔的《反英抗暴竹枝词》、庄钝的《汉字粤读·礁》(391)、宋今的杂文《闭着眼睛说谎》。

24 日　《澳门日报·新园地》副刊发表松山客的“松山亭话”《暴风雨·谣言·强音》、向日华的新诗《不许迫害香港爱国报纸！》、庄钝的《汉字粤读·摔》（392）。

25 日　《澳门日报·新园地》副刊发表松山客的“松山亭话”《水！水！水！》、希士的顺口溜《八月文锦渡》、庄钝的《汉字粤读·炫》（393）、于洛的“抗暴杂文”《“天才”泄漏天机》、鲁沫的散文《向海南一三三致敬》。

26 日　《澳门日报·新园地》副刊发表李丹的活报剧《怒审港英》、独目六叔的《反英抗暴竹枝词》、新联斗委会集体创作的众口词《人民战争无敌于天下》。

27 日　《澳门日报·新园地》副刊发表松山客的“松山亭话”《听一个奴才的悲鸣》、向日华的新诗《悼喇叭狗——代港英伤孽电台拟》、宋今的“抗暴随笔”《人间丑态的大展览》、凤凰斗委会供稿的白榄《白猪偷食黄狗受刑》。

28 日　《澳门日报·新园地》副刊发表松山客的“松山亭话”《风格·赏格·贱格》、独目六叔的《反英抗暴竹枝词》、庄钝的《汉字粤读·棒喝》（394）、李丹的新诗《痛打港英落水狗！》。

29 日　《澳门日报·新园地》副刊发表庄钝的《汉字粤读》（395）、方猷的“抗暴随笔”《从一个华警的话说起》、鲁沫的散文《抗暴二题》。

30 日　《澳门日报·新园地》副刊发表松山客的“松山亭话”《笑声·哭声·慨叹声》、红雨的随笔《人口、人手、人心》、浩泉的短篇小说《千里来鸿》、连广宇的新诗《毛泽东时代英雄辈出》。

31 日　《澳门日报·新园地》副刊发表松山客的“松山亭话”《港英应控告史允信造谣惑众》、絮侯的诗《反英抗暴斗争绝句四章》、叶冬青的新诗《小闯将》。

本月　张错的诗集《死亡的触角》，由台北星座诗社出版。

九月

1 日　《澳门日报·新园地》副刊发表陈阵批判武侠小说家金庸的《查良镛是吃

屎的焦大》、方辅起的《给马丁·达林的信》、独目六叔的《反英抗暴竹枝词》、庄钝的《汉字粤读·膀》、鲁莽原的《爸爸归队了》、尤今的《鲁迅论“费厄泼赖”应该缓行》、杨汇的“街头速写”《鲜明的对比》。

2日　《澳门日报·新园地》副刊发表庄钝的《汉字粤读·鞘》(397)、邝英的三句半《港英再一次认输》。

3日　《澳门日报·新园地》副刊发表李丹的诗《汉奸哭泣求庇书》。

4日　《澳门日报·新园地》副刊发表松山客的“松山亭话”《好一个“不偏不依”》、独目六叔的《反英抗暴竹枝词》。

5日　《澳门日报·新园地》副刊发表松山客的“松山亭话”《“根据可靠消息透露”》、向日华的朗诵诗《这个仇一定要报!》、“吠”的白榄《誓要报仇雪恨》、雪子的新诗《声讨港英绑架爱国报人》。

6日　《澳门日报·新园地》副刊发表松山客的“松山亭话”《血的事实和血的道路》、东发的粤曲《向光荣出狱的老师致敬》。

7日　《澳门日报·新园地》副刊发表庄钝的《汉字粤读·吼》(398)、松山客的“松山亭话”《小型报·匕首·炸弹》、独目六叔的《反英抗暴竹枝词》。

8日　《澳门日报·新园地》副刊发表庄钝的《汉字粤读》(399)、李丹的《豺狼与狐狸的活报剧》、抗英的新诗《震怒了的“菠萝”》。

9日　《澳门日报·新园地》副刊发表庄钝的《汉字粤读·铿锵》(400)、松山客的“松山亭话”《好一个“申请赔偿”!》。

10日　《澳门日报·新园地》副刊发表庄钝的《汉字粤读》(401)、松山客的“松山亭话”《菩萨·牛粪·犬吠》、李丹的新诗《祁济时写给戴麟趾的信(第二封)》、燃犀的“抗暴杂文”《从后门悄悄运走的死狗》。

11日　《澳门日报·新园地》副刊发表松山客的“松山亭话”《荒谬绝伦的“法令”》、铁铭的短篇小说《永强的烦恼》、鲁沫的“抗暴杂文”《可笑可悲的大笨蛋》。

12日　《澳门日报·新园地》副刊发表松山客的“松山亭话”《无限风光在险峰》、独目六叔的《反英抗暴竹枝词》、红花的红色香港夜报《抗暴小型报文选》。

13 日 《澳门日报 · 新园地》副刊发表连广宇的新诗《炮仗、烟花礼赞》、抗暴小型报文选《螺丝钉七首》。

14 日 《澳门日报 · 新园地》副刊发表松山客的“松山亭话”《揭“万人剐”的画皮》、李丹的活报剧《绞刑架下的祁济时》、不厌的《对口词和三句半》。

15 日 《澳门日报 · 新园地》副刊发表松山客的“松山亭话”《迷魂帕与隐形术》、孟晋的“人物谈”《“圣诗”和刽子手》。

16 日 《澳门日报 · 新园地》副刊发表松山客的“松山亭话”《孙悟空头上的金箍》、孟晋的“人物谈”《反帝烈士吴承仕》、布铭的“抗暴杂文”《谈报的艺术》。

17 日 《澳门日报 · 新园地》副刊发表松山客的“松山亭话”《屠夫 · 善人 · 癞皮狗》、庄钝的《汉字粤读 · 垃圾》(403)。

18 日 《澳门日报 · 新园地》副刊发表庄钝的《汉字粤读 · 诩》(404)、群言的对口词《爆竹烟花惩腐败》。

19 日 《澳门日报 · 新园地》副刊发表曾庆虎的短篇小说《三姐弟》、群力的粤曲《热火朝天祝国庆》、黎明华的新诗《并不是眼泪》、杨汇的新诗《毛巾》、庄钝的《汉字粤读 · 轧》(405)。

20 日 《澳门日报 · 新园地》副刊发表庄钝的《汉字粤读 · 舳斗》(406)、松山客的“松山亭话”《法西斯与“法官”》、刺鹰侠仿陆游《钗头凤》的《败类出走》。

21 日 《澳门日报 · 新园地》副刊发表松山客的“松山亭话”《短裙下的狗》、李丹的新诗《戴麟趾复祁济时的信》、雪翁的《反英抗暴诗二首》、庄钝的《汉字粤读 · 溅》(407)。

22 日 《澳门日报 · 新园地》副刊发表松山客的“松山亭话”《偷 · 呃 · 拐 · 骗》、庄钝的《汉字粤读 · 戳》(408)、人之的相声《我们的黎明》。

23 日 《澳门日报 · 新园地》副刊发表向日华的新诗《少年英雄李国荣》、抗暴小兵的抗暴小型报文选《在斗争中学，在斗争中用》。

24 日 《澳门日报 · 新园地》副刊发表庄钝的《汉字粤读 · 佣》(409)、急先锋的白榄《先锋颂》、余红的新诗《新一代》。

25 日　《澳门日报·新园地》副刊发表李丹的新诗《欢迎戴麟趾返港——代祁济时拟欢迎词》、荣集的粤曲《英雄赞歌》。

26 日　《澳门日报·新园地》副刊发表庄钝的《汉字粤读·孽》（410）、连广宇的新诗《警告祸首戴麟趾》。

27 日　《澳门日报·新园地》副刊发表庄钝的《汉字粤读·便宜》（411）。

28 日　《澳门日报·新园地》副刊发表李丹的新诗《快快走（仿一慢慢走）——祁济时点给戴麟趾与自己听》、高卫东根据邵氏职工斗争故事改编的粤语话剧《斗影城》。

29 日　《澳门日报·新园地》副刊发表庄钝的《汉字粤读·捏》（412）。

30 日　《澳门日报·新园地》副刊发表杨汇的《狱中的诗》、讨奸的“抗暴杂文”《汉奸好自为之》、风马牛的新诗《国庆十八周年前夕》。

本月　《澳门日报》出版关于 1966 年冬的“一二·三”事件的小册子，认为这是“毛泽东思想的光辉胜利”。

十月

1 日　《澳门日报·新园地》副刊发表李丹的新诗《永远跟着毛主席》。

2 日　《澳门日报·新园地》副刊发表楚天舒的评论《赞话剧〈沙家浜〉》、连广宇的新诗《〈毛主席语录〉天天读》。

4 日　《澳门日报·新园地》副刊发表李丹的新诗《红太阳光辉照全球》、群力的粤曲《国庆欢歌》。

5 日　《澳门日报·新园地》副刊发表戈温的旧诗《满庭芳·国庆之夜》、庄钝的《汉字粤读·市侩》。

6 日　《澳门日报·新园地》副刊发表杨汇的抗暴随笔《小型报的作用》。

7 日　《澳门日报·新园地》副刊发表“抗暴小型报文选”《赶狗记》、庄钝的《汉字粤读·勋》。

8 日　《澳门日报·新园地》副刊发表选自《星火》第一期的“抗暴小型报文选”、庄钝的《汉字粤读·覆》。

9 日　《澳门日报·新园地》副刊发表向日华的新诗《黑狱红心向太阳——给香

港狱中战友》、罗烺的散文《怀念延河》。

10 日 《澳门日报·新园地》副刊发表张向天的读书随笔《观水》。

11 日 《澳门日报·新园地》副刊发表庄钝的《汉字粤读·诽谤》、风马牛的旧诗《炸弹阵》。

12 日 《澳门日报·新园地》副刊发表“抗暴小型报文选”王如杰的小唱《少年行》。

13 日 《澳门日报·新园地》副刊发表李丹的朗诵诗《斗他个天翻地覆慨而慷》。

14 日 《澳门日报·新园地》副刊发表楚天舒的新诗《节日礼花抒怀》。

15 日 《澳门日报·新园地》副刊发表黎明华的新诗《抗暴怒火猛烈燃烧》。

16 日 《澳门日报·新园地》副刊发表夏村的粤语短句《归去来兮》、苗汐的剧评《泰山顶上的青松——话剧〈沙家浜〉观后》。同日，汪浩瀚在香港《伴侣》半月刊发表新诗《愤怒的黑色》。

17 日 《澳门日报·新园地》副刊发表向日华的诗《不许港英乱放狗屁》、松山客的“松山亭话”《一幅色情画的背后》。

18 日 《澳门日报·新园地》副刊发表庄钝的《汉字粤读·眈》、李丹的新诗《向英勇的港九同胞欢呼》。

19 日 《澳门日报·新园地》副刊发表庄钝的《汉字粤读·昙》、余江的新诗《献诗》、钟胜的评论《学习鲁迅反帝斗争精神》。

20 日 《澳门日报·新园地》副刊发表怒汉的抗暴杂文《造反无须“执照”》。

21 日 《澳门日报·新园地》副刊发表连广宇的新诗《斥石宝德》及抗暴小型文选：短剧《敢于斗争，敢于胜利》、凤阳花鼓歌谱《数港英，斗港英》。

22 日 《澳门日报·新园地》副刊发表庄钝的《汉字粤读·藉》及抗暴小型文选：白榄《黑狱红心向太阳》。

23 日 《澳门日报·新园地》副刊发表庄钝的《汉字粤读·弛》、于磷的抗暴随笔《坚持革命气节》。

24 日 《澳门日报·新园地》副刊发表庄钝的《汉字粤读·凌》。

25 日 《澳门日报·新园地》副刊发表庄钝的《汉字粤读·斫》、松山客的“松山亭话”《港英的对台戏与木偶戏》。

26 日　《澳门日报 · 新园地》副刊发表杨汇的新诗《生命》、向日华的新诗《中国人民不可侮》。

27 日　《澳门日报 · 新园地》副刊发表宋今的《革命文艺在港九》。

28 日　《澳门日报 · 新园地》副刊发表李丹的新诗《热烈欢迎你们——为港澳国庆观礼团归来而作》。

29 日　《澳门日报 · 新园地》副刊发表顾光的随笔《旧书摊及其他》、陶珠的随笔《鸦片与劝戒鸦片的文学》。

30 日　《澳门日报 · 新园地》副刊发表抗暴小型文选《以炸弹代替爆竹》。

31 日　受“文革”影响，澳门部分学生“访问”主教府，要求见主教戴维理，同时希望在教会管辖的学校教“毛泽东思想”。主教拒绝接见，后来经商会负责人劝阻学生才撤走。《澳门日报 · 新园地》副刊发表向日华的新诗《戴麟趾，看你横行到几时》、孟晋的读书随笔《从民歌童谣说起》。

本月　陶里在香港《文艺世纪》发表新诗《高原诗抄》。

十一月

1 日　《澳门日报 · 新园地》副刊发表李丹的三句半《坚决支持“一元运动”》。

2 日　《澳门日报 · 新园地》副刊发表协文的旧诗《祖国颂歌》。

3 日　《澳门日报 · 新园地》副刊发表朱狄的《独有英雄驱虎豹——几个抗暴小故事》。

4 日　《澳门日报 · 新园地》副刊发表李丹的朗诵、表演唱《唱得天红地也红》。

5 日　《澳门日报 · 新园地》副刊发表永彤的诗《罪》。

6 日　《澳门日报 · 新园地》副刊发表人之的相声《法西斯的衣钵与命运》。

7 日　《澳门日报 · 新园地》副刊发表庄钝的《汉字粤读 · 徘徊》、谢无敌的诗歌《揭臭“香港周”》。

8 日　《澳门日报 · 新园地》副刊发表庄钝的《汉字粤读 · 诽谤》、官津补习私立学校同学集体创作的众口词《敢》。

9 日　《澳门日报 · 新园地》副刊发表连广宇的三句半《抗暴烈火照天烧》。

10 日　《澳门日报 · 新园地》副刊发表向日华的新诗《香港哭别歌》。

11 日　《澳门日报·新园地》副刊发表吕蓝的新诗《菠萝飘香》、辛午的杂文《跳蚤的哲学》。

12 日　《澳门日报·新园地》副刊发表李丹的三句半《三华警自叹》、惩腐恶的白榄《支持“一元运动”》。

13 日　《澳门日报·新园地》副刊发表于洛的抗暴杂文《拆地狱的人们》、楚天舒的《我从香港归来（上）》。

14 日　《澳门日报·新园地》副刊发表李丹的新诗《临别赠言》。

15 日　《澳门日报·新园地》副刊发表杨汇的文艺随笔《英雄的美》、楚天舒的《我从香港归来（下）》。

16 日　《澳门日报·新园地》副刊发表量山（越南）的短篇小说《赵大娘》。

17 日　《澳门日报·新园地》副刊发表镜湖学宣队集体创作的“综合白榄”《坚决支持“一元运动”》。

18 日　《澳门日报·新园地》副刊发表群力的白榄《反英抗暴怒涛高又高》。

19 日　《澳门日报·新园地》副刊发表李丹的新诗《“苏联生活方式”简介》。

20 日　《澳门日报·新园地》副刊发表李丹的新诗《永远紧跟毛主席》。

21 日　《澳门日报·新园地》副刊发表港叟的白榄《蔑视港英新法令》。

22 日　《澳门日报·新园地》副刊发表松山客的“松山亭话”《仇恨的火花》。

23 日　《澳门日报·新园地》副刊发表向日华的新诗《前进！沿着毛主席的胜利航程》、逐浪高的文艺随笔《学校》。

24 日　《澳门日报·新园地》副刊发表杨汇的杂文《让敌人在歌声中发抖》、张向天的随笔《“为有”诗话》。

25 日　《澳门日报·新园地》副刊发表海辛的诗《我的声音——拟一个美国正义歌唱家的声音》、抗暴文选《跌眼镜》。

26 日　《澳门日报·新园地》副刊发表连广宇的锣鼓诗《毛泽东思想学宣队之歌》。

27 日　《澳门日报·新园地》副刊发表向日华的三句半《罪魁祸首系港英》。

28 日　《澳门日报·新园地》副刊发表李丹的白榄《怒斥港英明火抢劫》。

29 日　《澳门日报·新园地》副刊发表连广宇仿《河边对口》的《路边对口》、张行的《四愁词》。

30 日 《澳门日报·新园地》副刊发表李丹的新诗《“道歉启事”——代一群港英鹰犬拟》。

十二月

1 日 《澳门日报·新园地》副刊发表抗暴文选《打狗棒》。

2 日 《澳门日报·新园地》副刊发表道听的对话《香港即景》。

3 日 《澳门日报·新园地》副刊发表向日华的新诗《向锄奸勇士们致敬》、黎明华的抗暴杂文《“第一次”颂》、小兵的白榄《打倒港英大贼公》。

4 日 《澳门日报·新园地》副刊发表人之的相声《不列颠之大》,《澳门日报·读者之友》发表庄钝的《毛主席诗词中一些字的读音》。

5 日 《澳门日报·新园地》副刊发表李丹的新诗《高举毛泽东思想伟大红旗乘胜前进——纪念“一二·三”爱国反帝斗争一周年》、群力的三句半《黑狱红心斗志高》。

6 日 《澳门日报·新园地》副刊发表梦琼的抗暴杂文《三个年轻女战士》、蓓尔的影评《向港九爱国同胞致敬——喜看〈颗颗红心向北京〉》。

7 日 《澳门日报·新园地》副刊发表李丹的新诗《竭诚向蒋匪帮“取经”——代港英“造谣专家”华德拟讲词》、濠江中学学生会毛泽东思想宣传队创作的对口词《坚决贯彻林副主席的伟大题词》、抗暴文选《实地录音广播》。

8 日 《澳门日报·新园地》副刊发表杨汇的《从语录歌到语录操》、三脚凳的杂文《戴麟趾自叹》、抗暴文选《五岁小孩斗英警》。

9 日 《澳门日报·新园地》副刊发表连广宇的新诗《刘宜红威慑群魔》、胡培周的旧诗《敬和棣周兄狱中诗三首》。

10 日 《澳门日报·新园地》副刊发表李丹的楼梯诗三首《强盗自叹》。

11 日 《澳门日报·新园地》副刊发表向日华的新诗《向田波嫂致敬》、万马战的客家山歌《抗暴小唱》、马万祺的律诗《欢呼林彪副主席题词》、张向天的随笔《“红雨”诗话》。

12 日 《澳门日报·新园地》副刊发表李丹的新诗《干革命靠毛泽东思想》、庄钝的《汉字粤读》。

13 日 《澳门日报·新园地》副刊发表"耀"的反英木鱼《十足一只大蠢猪》、子良的抗暴杂文《自导自演的洋阿 Q》、庄钝的《汉字粤读·焉》。

15 日 《澳门日报·新园地》副刊发表文朱的文艺评论《萧洛霍夫凭什么得奖》、抗暴文选粤曲《港英夜叹》。

16 日 《澳门日报·新园地》副刊发表洪澜的《我以我血荐轩辕——许广平谈鲁迅的战斗生活》、方理的影评《不许放影辱华片〈仙乐美人〉》。

17 日 《澳门日报·新园地》副刊发表楚天舒的散文《风景这边独好——旅穗散记之一》、抗暴文选《螳臂当车者》、漫画《美帝侵华罪行录之一》。

18 日 《澳门日报·新园地》副刊发表楚天舒的散文《脱胎换骨话京剧〈沙家浜〉(上)——旅穗散记之二》、李丹的新诗《致英雄的母亲》。

19 日 《澳门日报·新园地》副刊发表楚天舒的散文《脱胎换骨话京剧〈沙家浜〉(下)——旅穗散记之二》、李丹的新诗《茁壮成长吧，马承志》。

20 日 《澳门日报·新园地》副刊发表卢定华的散文《我的觉醒》、方菲的抗暴杂文《"阿金"·金庸·国际肚腩》，后者内容为抨击崇拜英国的金庸。

21 日 《澳门日报·新园地》副刊发表金尧如的剧评《向粤剧〈红灯记〉大鼓掌》、飞鸣镝的《一部充满毒素的影片——〈神龙勇破黑妖党〉观后》、抗暴文选《反对港英双迫害》。

22 日 《澳门日报·新园地》副刊发表连儒的新诗《热烈欢呼毛主席给阮友寿的贺电》，并开始连载南国粤剧团编导小组改编的革命现代粤剧《红灯记》(至 1968 年 1 月 3 日止)。

23 日 《澳门日报·新园地》副刊发表人之的相声《英国佬发痒》、松山客的"松山亭话"《读〈一把土〉的故事》。

24 日 《澳门日报·新园地》副刊发表松生的剧评《赞粤剧〈红灯记〉》、云峰的七律《从化行》、张向天的《"独有诗话"》。

25 日 《澳门日报·新园地》副刊发表飞鸣镝的《"红灯"高照春常在》、官津补私"莹"的故事《两个书院女》、庄钝的《汉字粤读·堑》。

26 日 《澳门日报·新园地》副刊发表松山客的剧评《革命粤剧〈红灯记〉观后》。

27 日 《澳门日报·新园地》副刊发表海星的短篇小说《卖鸭嘴梨的老头》、松山客的散文《无根的大树》、丘子的剧评《毛泽东思想是革命的宝——喜看革命现代粤剧〈红灯记〉》。

28 日 《澳门日报·新园地》副刊发表阿刘的剧评《革命粤剧〈红灯记〉好》、江思扬的随笔《时间》。

29 日 《澳门日报·新园地》副刊发表海星的诗《她们冲上了舞台》、觉文的剧评《一堂毛泽东思想大课——革命粤剧〈红灯记〉观后》。

30 日 《澳门日报·新园地》副刊发表龙蟠的剧评《向粤剧〈红灯记〉喝采》。

31 日 《澳门日报·新园地》副刊发表楚天舒的《"红灯"高悬照濠江》、严向阳的粤曲造型表演唱《浩歌战熊罴》、李丹的新诗《抗暴先锋颂》。

⊙ 本月，陶里在香港《文艺世纪》发表新诗《赞歌》。

本年

⊙ 受"文革"影响，内地部分居民迁往澳门。

⊙ 梁披云创作《重九寄怀南州诸友》《过前山》《顺德道中》《晚空平眺》《过鸡公山》《韶关晓望》《七星岩》《从化行》等旧体诗词。

⊙ 马万祺创作旧体诗词《和友人》《一二·三事件》。

1968年

这一年的文学创作，或许可用“红”字来形容和概括。这里说的“红”，一是指《澳门日报·新园地》刊登的内容不是《毛泽东思想照濠江》《欢呼广东省革命委员会成立》《公报字字闪金光》，就是批判殖民主义《港英又一次出丑》《华侨女小将斗得好》，外加长篇连载《港英断肠曲》；二是指这些文章的笔名不少是从毛泽东诗词点化过来的，如岳未残、马加鞭、万山红，相关的还有战红兵、红鼓手、金旭升、旭彤、仇英。这些作品的刊出，基本上确立了澳门20世纪60年代后期文学创作的价值取向：作品效法的是内地的革命文艺，创作必须弃洋学中，具有民族形式，革命现实主义和批判现实主义是这类泛左作者的基本创作方法。这不仅是指新诗、散文、剧本，还包括某些以现实或借古喻今为题材的长篇，如写三元里反英抗暴的《木棉红》，以及毛泽东思想如何挽救堕落的打工仔的《恩情》。

这期间，《澳门日报》刊登的某些批判殖民者的作品，有一会把殖民者的“市政局”写作“屎政局”，“新闻处”称为“腥闻处”，还有《港英为什么哀嚎》《唱衰帝、修、反》，以表达对殖民统治的不满。这种表达方式，带有鲜明的澳门色彩，除不少作品用粤语写就外，还动员了港澳流行的一切艺术形式，如白榄、粤曲表演唱、客家山歌、锣鼓表演唱、莲花板、锣鼓调、唱词、锣鼓快板、广播剧、顺口溜、三句半等。

《澳门日报》这时期仍有不是“红旗文学”和“红太阳文学”的短篇小说和生活素描。专栏文学开始出现，也是一种新气象。

一月

1日　《澳门日报·新园地》副刊发表良骥的杂文《高举革命红灯奋勇前进》、杨林的短论《迎接一九六八年》、向江天的散文《我要继承哥哥的遗志》、龙津居士批判“英资大财团”的白榄《血债钱债要追偿》、抗暴小型报文选《可敬的老太婆》（原载《太阳升》第 29 期）、李克敏的漫画《可喜可贺》。

3 日　《澳门日报·新园地》副刊发表海辛的短篇小说《为下一代自豪》、向日华的新诗《狱中战士寄丹心》。

4 日　《澳门日报·新园地》副刊发表邝英的《毛泽东思想照亮粤剧舞台》、寒中翠的《看红灯，学习高举红灯的人》、官津补私同学集体创作的造型朗诵诗《砸碎“神”的枷锁》、庄钝的《汉字粤读·哺》。

5 日　《澳门日报·新园地》副刊发表楚天舒的散文《访问“三零一”公社》、穗芒的《“红灯”颂》、庄钝的《汉字粤读·黔》、高志（越南）的《歼匪记》。

6 日　《澳门日报·新园地》副刊发表宋今的文艺随笔《赞美歌声海洋》、学梅的《上了一堂阶级教育课——革命粤剧〈红灯记〉观后》、谭峙的律诗《赞南国粤剧团》。

7 日　《澳门日报·新园地》副刊发表连行的新诗《向南国粤剧团致敬》、向阳的《赞革命粤剧〈红灯记〉》、抗暴文选《敌我分明》。

8 日　《澳门日报·新园地》副刊发表黄河浪的诗《毛主席，我们心中的红太阳》、新辉的《二看〈红灯记〉》。

9 日　《澳门日报·新园地》副刊发表王佩孚的数来宝《毛泽东思想普天照》、明隼的《生命——一个血癌患者的抗暴斗争》、庄钝的《汉字粤读·峙》、希士的粤讴《学生的觉醒》。

10 日　《澳门日报·新园地》副刊发表活报剧《威震“法庭”》、杨汇的抗暴随笔《光荣出狱》、向日华的《造反闯将李继潘》、庄钝的《汉字粤读·摸》。

11 日　《澳门日报·新园地》副刊发表连广宇的《港英为什么哀嚎》、楚天舒的散文《人民公社好》。

12 日　《澳门日报·新园地》副刊发表楚天舒的散文《水库情深》、海辛的短篇小说《台前幕后一妇女（上）》、庄钝的《汉字粤读·赋予，给予》、陈诗信的新诗《干革命靠毛泽东思想》。

13 日 《澳门日报·新园地》发表野叔（越南）的独幕剧《第一次站岗》、松山客的“松山亭话”《关于狗东西》、海辛的短篇小说《台前幕后一妇女（下）》。

14 日 《澳门日报·新园地》副刊发表随笔《革命者的胸怀》、抗暴文选广播剧《香港一瞥》、庄钝的《汉字粤读》。

15 日 《澳门日报·新园地》副刊发表张向天的随笔《释毛主席诗词中的“漫”字》、向日华的新诗《百炼成钢的抗暴英雄》、松山客的“松山亭话”《淡水之战》、庄钝的《汉字粤读·缔》。

16 日 《澳门日报·新园地》副刊发表独幕剧《毛主席的教导》、向日华的新诗《“东风”轮，向前飞驰吧》。

17 日 《澳门日报·新园地》副刊发表李丹的锣鼓快板《毛泽东思想照天下》、朝阳的三句半《语录曲颂》。

18 日 《澳门日报·新园地》副刊发表松山客的“松山亭话”《披着艺术外衣的坏东西》、抗暴文选《破怕立敢》。

19 日 《澳门日报·新园地》副刊发表海辛的短篇小说《新来的外景队》、李丹的新诗《一位可敬的半盲青年》。

20 日 《澳门日报·新园地》副刊发表李丹的新诗《苏联人民的呐喊》、娥芝的《毛主席诗词制春联》。

21 日 《澳门日报·新园地》副刊发表张向天的文艺随笔《“龟蛇”（上）》、抗暴文选《愿当人民的孺子牛》。

22 日 《澳门日报·新园地》副刊发表杨汇的散文《纪念章》、张向天的文艺随笔《“龟蛇”（下）》、抗暴文选《愿当人民的孺子牛》、东方强的顺口溜《华侨女小将斗得好》。

23 日 《澳门日报·新园地》副刊发表新牛郎的客家山歌《“老三篇”是革命人民的座右铭》。

24 日 《澳门日报·新园地》副刊发表连广宇的新诗《你永远活在我们心中——敬悼抗暴烈士何枫》、抗暴文选《一个飞女的转变》。

25 日 《澳门日报·新园地》副刊发表李丹的新诗《红色幼苗在茁壮成长》、处怀的双人白榄《“微笑攻势”》。

26 日　《澳门日报·新园地》副刊发表海辛的短篇小说《入门关》、张笠的散文《灯》、庄钝的《汉字粤读·骇》。

27 日　《澳门日报·新园地》副刊发表楚天舒的散文《温泉记下陶铸的罪行》、庄钝的《汉字粤读·掮》。

28 日　《澳门日报·新园地》副刊发表沈穗的散文《看抗暴画册有感》、庄钝的《汉字粤读·踩》。

29 日　《澳门日报·新园地》副刊发表李丹的新诗《心潮逐浪高》。

30 日　《澳门日报·新园地》副刊发表松山客的“松山亭话”《只把春来报》、竹矛的散文《红旗颂》、庄钝的《汉字粤读·省》。

二月

3 日　《澳门日报·新园地》副刊发表李丹的新诗《一只不忠实的狗》、庄钝的《汉字粤读·侩》。

4 日　《澳门日报·新园地》副刊发表澳门绿春广播电台供稿的新人新事广播剧《春风吹到了新村排》、庄钝的《汉字粤读·统帅》。

5 日　《澳门日报·新园地》副刊发表金猴的莲花板《喜讯振人心》。

6 日　《澳门日报·新园地》副刊发表向日华的双人白榄《莲茎围火场凯歌》、抗暴文选·诗歌《春节致狱中战友》。

7 日　《澳门日报·新园地》副刊发表澳门绿春广播电台供稿的新人新事广播剧《何仙姑与我（上）》。

8 日　《澳门日报·新园地》副刊发表澳门绿春广播电台供稿的新人新事广播剧《何仙姑与我（下）》、北文的唱词《红太阳照长空》、庄钝的《汉字粤读·呰》、倚群的散文《过海关记》。

9 日　《澳门日报·新园地》副刊发表海辛的短篇小说《清晨的工厂门前》、连广宇的三句半《南越人民打得好》。

10 日　《澳门日报·新园地》副刊发表吕蓝的新诗《颂“东风号”巨轮》、孟晋的《释毛诗中的“飞”字》。

11 日　《澳门日报·新园地》副刊发表李丹的新诗《马田“名”不虚传》、伊人的《平地起的火山》、庄钝的《汉字粤读·窘》。

12 日　《澳门日报·新园地》副刊发表向日华的方言三句半《少爷兵逃亡记》、庄钝的《汉字粤读·眈》、谦君的《欢呼毛泽东思想的新时代——喜看春节革命文艺汇演》。

13 日　《澳门日报·新园地》副刊发表李丹的锣鼓快板《打得好》、庄钝的《汉字粤读·轧》。

14 日　《澳门日报·新园地》副刊发表红澳的白榄剧《毛泽东思想照濠江》。

15 日　《澳门日报·新园地》副刊发表万马战的方言相声《约翰逊一指痛归心》。

16 日　《澳门日报·新园地》副刊发表东方强的短篇小说《寒夜的来客（上）》。

17 日　《澳门日报·新园地》副刊发表东方强的短篇小说《寒夜的来客（下）》、连广宇的新诗《约翰逊自叹》。

19 日　《澳门日报·新园地》副刊发表海辛的短篇小说《红棉花开（上）》、严向阳的锣鼓表演唱《越南人民打得好》、庄钝的《汉字粤读·闯》。

20 日　《澳门日报·新园地》副刊发表海辛的短篇小说《红棉花开（下）》、庄钝的《汉字粤读》。

21 日　《澳门日报·新园地》副刊发表张向天的随笔《“一线”（上）》、庄钝的《汉字粤读·棘》。

22 日　《澳门日报·新园地》副刊发表张向天的随笔《“一线”（下）》、向阳的评论《一个多姿多彩的革命文艺盛会——评澳门各界学宣队春节革命文艺汇演（上）》。

23 日　《澳门日报·新园地》副刊发表庄钝的《汉字粤读》、向阳的评论《一个多姿多彩的革命文艺盛会——评澳门各界学宣队春节革命文艺汇演（下）》。

24 日　《澳门日报·新园地》副刊发表李丹的讽刺诗《约翰逊的“祝福”》。

25 日　《澳门日报·新园地》副刊发表李丹的锣鼓快板《欢呼广东革命委员会成立》、江映澜的抗暴随笔《永远忘不了的召唤》。

26 日　《澳门日报·新园地》副刊发表海辛的短篇小说《路边的会见》、田蜜的新诗《寄南方》、庄钝的《汉字粤读 · 韧》。

27 日　《澳门日报 · 新园地》副刊发表吕蓝的新诗《哀鸣》、庄钝的《汉字粤读 · 蒽》。

28 日　《澳门日报 · 新园地》副刊发表怀烈的随笔《香港的语言》、庄钝的《汉字粤读 · 腌》。

29 日　《澳门日报 · 新园地》副刊发表向日华的新诗《约翰逊的心理》、庄钝的《汉字粤读 · 扗》。

本月　汪浩翰在香港《当代文艺》发表新诗《断肠篇》。

三月

1 日　《澳门日报 · 新园地》副刊发表竞年的杂文《新旧秀才》、连广宇的新诗《哀哉港英》、庄钝的《汉字粤读 · 挚》、"越南英雄谱"《钢筋铁骨的英雄范文海（上）》。

2 日　《澳门日报 · 新园地》副刊发表盛华的影评《污蔑人民解放军的美国特务片》、"越南英雄谱"《钢筋铁骨的英雄范文海（下）》。

3 日　《澳门日报 · 新园地》副刊发表"光"的粤曲表演唱《讲用会》。

4 日　《澳门日报 · 新园地》副刊发表海辛的随笔《演员 · 观众 · 火热的心》、庄钝的《汉字粤读》。

5 日　《澳门日报 · 新园地》副刊发表罗隼的"生活素描"《陌生人》、庄钝的《汉字粤读》。

6 日　《澳门日报 · 新园地》副刊发表岳未残的新诗《叛徒的"呼声"》、庄钝的《汉字粤读 · 掰》。

7 日　《澳门日报 · 新园地》副刊发表李丹的新诗《今年"演词"难写》、小吾的《鱼唇》、庄钝的《汉字粤读 · 毗》。

8 日　《澳门日报 · 新园地》副刊发表向日华的新诗《少爷兵问前途》。

9 日　《澳门日报 · 新园地》副刊发表渭泉的新诗《我的"炊事员"》（上）、庄钝的《汉字粤读》。

10 日　《澳门日报 · 新园地》副刊发表渭泉的新诗《我的"炊事员"》（下）、庄钝的《汉字粤读》、向日华的新诗《港英“紧急行动”剖析》。

11 日 《澳门日报·新园地》副刊发表万山红的《最新编剧术（上）》、广客的《敬悼许广平女士》、东方强的顺口溜《约翰逊水漫眼眉》。

12 日 《澳门日报·新园地》副刊发表万山红的《最新编剧术（下）》、连广宇的白榄《港英又搬石头》、人之的粤语相声《黐线总统》。

13 日 《澳门日报·新园地》副刊发表江横渡的新诗《越南的禽兽》、庄钝的《汉字粤读·戍》。

14 日 《澳门日报·新园地》副刊发表李丹的新诗《安醒吧，我的麦克纳马拉！》、竹矛的《松树的礼赞》、梁珊的《我喜欢不敢当》、庄钝的《汉字粤读·拄》。

15 日 《澳门日报·新园地》副刊发表畅之的对口白榄《人造血迹》、庄钝的《汉字粤读·迢迢》。

16 日 《澳门日报·新园地》副刊发表向日华的新诗《请吸食大麻叶啦》、松山客的“松山亭话”《歌就是力量》、庄钝的《汉字粤读·擛》。

17 日 《澳门日报·新园地》副刊发表吕蓝的影评《大规模的银色抄袭》、庄钝的《汉字粤读·悄悄》。

18 日 《澳门日报·新园地》副刊发表怀烈的杂文《殖民地文学·不中不西·文字陈腐》、吕蓝的新诗《未来炮灰之歌》、罗隼的“生活素描”《压岁钱丢了》。

19 日 《澳门日报·新园地》副刊发表海辛的生活速写《好人，好事，好报》。

20 日 《澳门日报·新园地》副刊发表李丹的新诗《约翰逊午夜惊魂》、庄钝的《汉字粤读·缚》。

21 日 《澳门日报·新园地》副刊发表连广宇的新诗《向傅奇石慧致敬》。

22 日 《澳门日报·新园地》副刊发表了吕蓝的《向新的道路起步》、庄钝的《汉字粤读·怯》。

23 日 《澳门日报·新园地》副刊发表岳未残的新诗《不是童话》、澳门绿村电台供稿的广播剧《小玲转变了（上）》。

24 日 《澳门日报·新园地》副刊发表澳门绿村电台供稿的广播剧《小玲转变了（下）》、朱狄的抗暴随笔《难忘的一餐》。

25 日　《澳门日报·新园地》副刊发表庄钝的《汉字粤读·鸠》、战红兵的新诗《向石慧傅奇致敬》。

26 日　《澳门日报·新园地》副刊发表庄钝的《汉字粤读·盎》、向日华的新诗《偌若有这一天》、万山红的杂文《“蝼蚁尚且偷生”——斥“人性论”之一》。

27 日　《澳门日报·新园地》副刊发表连广宇的新诗《五千吨司慰问大米》。

28 日　《澳门日报·新园地》副刊发表庄钝的《汉字粤读·哺》、影评《铁托叛徒丑恶面目——评〈血染战场红〉》。

30 日　《澳门日报·新园地》副刊发表海辛的短篇小说《红棉皮（上）》。

31 日　《澳门日报·新园地》副刊发表海辛的短篇小说《红棉皮（下）》、向日华的新诗《穿上制服的赌注》。《澳门学生》发表马家蓓的新诗《毛主席，我们无限热爱你》。

本月　汪浩翰在香港《当代文艺》发表新诗《裸像》。

四月

1 日　《澳门日报·新园地》副刊发表罗犀的散文《春游》，刊登小说预告：

> 本版即将推出陆诚先生的新作中篇小说《再婚之喜》(后面是《再婚之妻》)。这篇小说刻画一双贫苦夫妇在旧社会的剥削下，在封建思想侵蚀下，男的嗜赌，迷信，夫权思想特别浓厚，每当生活难熬时，就痛打老婆；而女的也认识不到贫穷是旧社会不合理制度带来的结果，只是埋怨丈夫没本事，没有给她带来幸福生活，因为受不住丈夫无数次的痛打，多次离开丈夫。这双斗气夫妻后来经过“一二·三”爱国反帝斗争的洗礼，特别是经过大学毛泽东思想后，提高了阶级觉悟，认识到以往夫妻间不和，是旧制度和封建思想毒害带来的结果。因而在新的基础上，在毛泽东思想这根红线上，重新结合，破镜重圆。故事简单朴素，富现实意义，通过这个故事，可以使人体会到毛泽东思想的光辉。

2 日　《澳门日报·新园地》副刊发表庄钝的《汉字粤读·唆》(472)、向日华的

《真把我们气死了！——少爷兵诗柬之五》。

3日　《澳门日报·新园地》副刊不再受内地极“左”思潮影响，重新刊登陆诚的小说《再婚之喜》，之后慢慢恢复到两三部同日刊登的盛况，并开始连载陆诚的中篇小说《再婚之妻》（至本月24日止），还发表庄钝的《汉字粤读·哨》（473）。

4日　《澳门日报·新园地》副刊发表庄钝的《汉字粤读·嘱》（474）、杨汇的随笔《今夜月华如练》。

5日　《澳门日报·新园地》副刊发表庄钝的《汉字粤读·诌》（475）、黎明华的新诗《愤怒的黑烟》。

6日　《澳门日报·新园地》副刊发表李心言的随笔《刀剑篇》、向日华的《约翰逊的眼泪——少爷兵诗柬之六》。

7日　《澳门日报·新园地》副刊发表庄钝的《汉字粤读·伺》（476）、岳未残的新诗《我们什么也没有了——代拟英帝唱给美帝听的歌》。

8日　《澳门日报·新园地》副刊发表庄钝的《汉字粤读》（477）、吕蓝的新诗《归来吧！归来吧！——拟美下台国防部长致威斯特摩兰书》。

9日　《澳门日报·新园地》副刊发表黎明华的新诗《越南的少女》、倚群的杂文《约翰逊的“鳄鱼眼泪”》。

10日　《澳门日报·新园地》副刊发表向日华的《战场在哪里——少爷兵诗柬之七》、刘子扬的随笔《翠篇》、万山红的“开颜集”《糊涂戏迷（上）》。

11日　《澳门日报·新园地》副刊发表万山红的“开颜集”《糊涂戏迷（下）》、淬砺的杂文《谁是真正的愚人？》。

12日　《澳门日报·新园地》副刊发表连广宇的新诗《如果你到街上去走走……》。

13日　《澳门日报·新园地》副刊发表吕思兴的“故事会”《岛上青松（上）》、李心言的随笔《春日·春花·澳门》。

14日　《澳门日报·新园地》副刊发表吕思兴的“故事会”《岛上青松（下）》、连广宇的新诗《战斗吧，美国黑人兄弟！》。

15日　《澳门日报·新园地》副刊发表东方强的新诗《鳄鱼的眼泪》、唐巽的“好人好事"《两件小事》。

16 日 《澳门日报·新园地》副刊发表向日华的新诗《黑人狙击手》。

17 日 《澳门日报·新园地》副刊发表庄钝的《汉字粤读·凳凳》(479)、孔持的"文艺随笔"《李后主及其词》。

18 日 《澳门日报·新园地》副刊发表庄钝的《汉字粤读·浇》(480)、万山红的"开颜集"《从"新派残废武侠片"谈起》。

19 日 《澳门日报·新园地》副刊发表庄钝的《汉字粤读·沂》(481)、胡培周的《诗二首》、岳未残的新诗《"新派舞会"顶呱呱——代史允信拟宣传广告》。

20 日 《澳门日报·新园地》副刊发表文为战的粤曲《欢呼毛主席的伟大声明》。

21 日 《澳门日报·新园地》副刊发表黎明华的新诗《仇恨的炸药》。

22 日 《澳门日报·新园地》副刊发表海辛的短篇小说《红色婴儿》(上)、集群的白榄《时代最强音——欢呼毛主席的伟大声明》、万山红的散文《爱兰、爱菊、爱梅!》

23 日 《澳门日报·新园地》副刊发表海辛的短篇小说《红色婴儿》(下)。

24 日 《澳门日报·新园地》副刊发表岳未残的诗《哭哭啼啼》、万山红的散文《有朋往韶山,浮想联翩……》、佚名的《越南南方来信:大闹新山一机场(上)》。

25 日 《澳门日报·新园地》副刊发表唐巽的"生活速写"《高高的山上》、向红的"影剧春秋"《看歌剧〈收租院〉》、佚名的《越南南方来信:大闹新山一机场》(下)。

26 日 《澳门日报·新园地》副刊发表洪明、郭彤的《数风流人物还看今朝——考察珠峰地区的中国科学考察队访问记》(至本年 5 月 6 日止),雪翁的新诗《欢呼美国黑人奋起抗暴》,陈健的快板《两个美国佬》,岳未残的新诗《迷你裙——西方的毒菌》。

27 日 《澳门日报·新园地》副刊发表旭彤的新诗《欢呼毛主席的伟大声明》。

28 日 《澳门日报·新园地》副刊发表马万祺的律诗《敬和雪子谨以共勉》、独目六叔的诗《三唱美帝》。

29 日　《澳门日报 · 新园地》副刊发表尖兵的白榄《约翰逊，天国近矣》、岳未残的新诗《戴麟趾机场自叹》。

30 日　《澳门日报 · 新园地》副刊发表海辛的"生活素描"《绿色的草坪》、浩泉的"文艺随笔"《青春的旋律（上）》。

本月　在香港《文艺世纪》发表的新诗有：陶里的《夜思》、汪浩翰的《港口》。

五月

1 日　《澳门日报 · 新园地》副刊发表浩泉的"文艺随笔"《青春的旋律（中）》、鲁竹的粤曲《"五一"欢歌》，刊登连载小说预告：

> 广东三元里反英国抗暴事迹，是一部壮烈的史诗。这之后中国人民延续了 100 年的反帝斗争，创造了无数惊天动地风雷激荡的篇章。岫云先生新作《木棉红》，是三元里民众反英抗暴前发生的故事，内容描写一对青年男女的爱——由个人的爱发展到对民族的爱。鸦片的流毒，清官场的腐败，豪门的奢侈，以及贫苦大众的苦难，都有深刻的描写。通过这个故事，表达了中国人民不可侮的形象和群众抗暴的心声。这是一部有血有肉的作品。作者以优美的笔触，写出了动人的情节。

3 日　《澳门日报 · 新园地》副刊发表浩泉的"文艺随笔"《青春的旋律（下）》、独目六叔的诗《喝衰帝、修、反》。

4 日　《澳门日报 · 新园地》副刊开始连载岫云的长篇小说《木棉红》（至 1969 年 6 月 25 日止），发表连广宇的新诗《如此"王牌机"》、杨汇的"读报随笔"《从一双草鞋说起》。

5 日　《澳门日报 · 新园地》副刊刊登黎明华的新诗《黑色的巨手》、淬砺的随笔《精神上的鸦片》。

6 日　《澳门日报 · 新园地》副刊刊登金猴的快板《歌唱"红五月"》、秋明的"人物素描"《温暖的泉源》。

7 日　《澳门日报 · 新园地》副刊刊登庄钝的《汉字粤读 · 狙》（482）、岳未残的新诗《“新潮舞会”主题曲——代港英“屎政局”拟》。

8日 《澳门日报·新园地》副刊刊登庄钝的《汉字粤读·啹喀》(483)、杨汇的随笔《黑人的歌声》。

9日 《澳门日报·新园地》副刊刊登夏强的散文《万水千山只等闲——北行漫抒》,开始连载香港华人文员协会编写的五幕粤语歌剧《收租院》(至本月18日止)。

10日 《澳门日报·新园地》副刊刊登庄钝的《汉字粤读·砍》(484)、唐巽的“故事会”《一个女医生的故事》。

11日 《澳门日报·新园地》副刊刊登庄钝的《汉字粤读·蹲》(485)。

12日 《澳门日报·新园地》副刊刊登庄钝的《汉字粤读·捻》(486)。

13日 《澳门日报·新园地》副刊刊登松山客的“松山亭话”《一颗心》。

14日 《澳门日报·新园地》副刊刊登庄钝的《汉字粤读·卸》(487)、向日华的新诗《论命名》、楚山孤的《教师日记》。

15日 《澳门日报·新园地》副刊刊登庄钝的《汉字粤读·猥亵(上)》、海辛的《候车上班的一群——文艺速写(上)》。

16日 《澳门日报·新园地》副刊刊登庄钝的《汉字粤读·猥亵(中)》、海辛的《候车上班的一群——文艺速写(下)》。

17日 《澳门日报·新园地》副刊刊登浩泉的《集章的故事》、岳未残的新诗《请买“政府奖券”——代港英腥闻处拟宣传广告》、罗隼的《回穗散记》。

18日 《澳门日报·新园地》副刊刊登旭日红的散文《南岛正芬芳》、文为战的粤曲《罢工有理,复工有权》。

19日 《澳门日报·新园地》副刊刊登李心言的随笔《从学画想起》,松山客的“松山亭话”《迷幻药说开去》,王展和钟其纬、谭明和的小歌舞剧《访韶山》(至本月23日止)。

20日 《澳门日报·新园地》副刊刊登浩泉的散文《揭历篇》、秋明的短篇小说《新来的同学》、岳未残的新诗《启奏主上——代“港督”戴无耻拟》。

21日 《澳门日报·新园地》副刊刊登吕蓝的三首诗《海边诗草》、鲁竹的粤曲《岂有此理》、亦迅的“新人新风”《舍己为人的小林》。

22 日 《澳门日报·新园地》副刊刊登岳未残的新诗《“只要是有眼睛……”》、海辛的《小品二章》、庄钝的《汉字粤读·猥亵（下）》（489）。

23 日 《澳门日报·新园地》副刊刊登马加鞭的新诗《美机“歼敌”记》、庄钝的《汉字粤读·陡》（490）。

24 日 《澳门日报·新园地》副刊刊登庄钝的《汉字粤读·孽》（491），并刊登李心言的《风雨归途》、文为战的粤曲《彻底消灭害人虫》、万山红的“开颜集”《大家来学普通话》。

25 日 《澳门日报·新园地》副刊刊登连广宇的新诗《向法国工人学生致敬》、东方强的《画中人（上）》。

26 日 《澳门日报·新园地》副刊刊登连天雪的随笔《在毛泽东思想哺育下》、东方强的《画中人（下）》、杨汇的《一面旗倒下，一面旗升起》。

27 日 《澳门日报·新园地》副刊刊登海辛的短篇小说《小芬的世界》。

28 日 《澳门日报·新园地》副刊刊登江映澜的“生活速写”《听“歌”话苦》。

29 日 《澳门日报·新园地》副刊刊登海辛的散文《故乡行》、向日华的新诗《欧美人民斗得好》。

30 日 《澳门日报·新园地》副刊刊登孟晋的诗书画《鲁迅旧诗二题（上）》。

六月

1 日 《澳门日报·新园地》副刊刊登连广宇的新诗《为了孩子们——纪念“六·一”国际儿童节》、鲁竹的白榄《港英必自食其果》、敬东辑写的散文《毛主席的故事》、亚屏的随笔《鲁迅和儿童文学——庆祝六·一儿童节》、庄钝的《汉字粤读·龌龊》和《毛主席语录歌》，还有万山红的“开颜集”《谈“人情味”》。

2 日 《澳门日报·新园地》副刊刊登海辛的文艺散记《大榕树下》、李丹的新诗《生命的第一天——写于“六·一”儿童节》、文为战的莲花板小演唱《澳门同胞干得好》、庄钝的《汉字粤读·癡》（493）。

3 日 《澳门日报·新园地》副刊刊登庄钝的《汉字粤读·恬》（494）、岳未残的新诗《海盗“选美”》。

4日　《澳门日报·新园地》副刊刊登王佩琈的唱词《赤胆忠心向阳红》、庄钝的《汉字粤读·浑》(495)。

5日　《澳门日报·新园地》副刊刊登庄钝的《汉字粤读·夔》(496)、海辛的短篇小说《贴街招的小孩》。

6日　《澳门日报·新园地》副刊刊登佚名的《韶山民歌》(二首)、向东的《门合的故事(上)》。

7日　《澳门日报·新园地》副刊刊登黎明华的外二首《卷土重来》、梁辉的随笔《号手们，吹前进的号音吧！》、武梦的杂文《"人类之爱"还是"飞类之爱"》。

8日　《澳门日报·新园地》副刊刊登喻晓的诗《高唱赞歌颂英雄》、向东的《门合的故事(下)》、庄钝的《汉字粤读·呛》(498)。

9日　《澳门日报·新园地》副刊开始连载仇英的《港英断肠曲》(至本年12月31日止)，还发表罗隼的散文《迎春花》、庄钝的《汉字粤读·擎》(499)、向日华的新诗《金元帝国的崩溃》。

10日　《澳门日报·新园地》副刊刊登庄钝的《汉字粤读》(500)、岳未残的新诗《蛊惑狗》。

11日　《澳门日报·新园地》副刊发表庄钝的《汉字粤读·闆》(501)、东方强的《膳堂的故事》。

12日　《澳门日报·新园地》副刊发表岳未残的新诗《请买"会考贴士"》，另预告一月完小说《小兰的梦》：

于小兰是一个受着港英奴化教育毒害的女学生。她很有才华，但家庭比较清苦。她有一个梦——要努力读书，通过个人奋斗的道路，使自己的才华变成出人头地的美好事实。但是，她的梦到底能够实现吗？在一月完小说《小兰的梦》里，我们可以找到答案了。本篇由梅若诗先生执笔，绿波先生插图，题材新颖，文笔秀丽，加上插画，图文并茂，多彩多姿，将于日内在本刊刊出。

13日 《澳门日报·新园地》副刊刊登庄钝的《汉字粤读·扛》(502)、萧鸣的短篇小说《期望》。

14日 《澳门日报·新园地》副刊开始连载梅若诗的一月完小说《小兰的梦》(至本年7月14日止)，并刊登海辛的“人物素描”《巷口的写信佬》。

15日 《澳门日报·新园地》副刊刊登庄钝的《汉字粤读·捎》(503)、恪文的“读书随笔”《一部反种族歧视的小说》。

16日 《澳门日报·新园地》副刊刊登黎明华的新诗《革命的经验》(外三章)。

17日 《澳门日报·新园地》副刊刊登庄钝的《汉字粤读·刮》(504)、夏强的政论《过去·现在·将来》。

18日 《澳门日报·新园地》副刊刊登庄钝的《汉字粤读·从容》(505)。

19日 《澳门日报·新园地》副刊刊登武梦的杂文《也是联想》、澳门街区学宣队的三句半或锣鼓词《动员起来，做好防风工作》。

20日 《澳门日报·新园地》副刊刊登连雪天的随笔《港澳青年在觉醒》、庄钝的《汉字粤读·挎》(505)。

21日 《澳门日报·新园地》副刊刊登庄钝的《汉字粤读·籽》(506)、吕蓝的诗《思乡诗草》。

22日 《澳门日报·新园地》副刊刊登钟永华的诗《顶天立地一劲松》。

23日 《澳门日报·新园地》副刊刊登连广宇的小诗剧《大海盗与小劫匪》、庄钝的《汉字粤读·酐》(507)。

24日 《澳门日报·新园地》副刊刊登一得的短篇小说《婆媳之间（上）》。

25日 《澳门日报·新园地》副刊刊登一得的短篇小说《婆媳之间（中）》、庄钝的《汉字粤读·傀儡》(508)。

26日 《澳门日报·新园地》副刊刊登一得的短篇小说《婆媳之间（下）》。

28日 《澳门日报·新园地》副刊刊登丹枫的新诗《革命路上不停留》。

29日 《澳门日报·新园地》副刊刊登蓓尔的《祖国恩情比海深——旅穗散记之三》。

七月

1 日 《澳门日报·新园地》副刊刊登清源的对口词《世人高举革命红旗》。

2 日 《澳门日报·新园地》副刊刊登岳未残的讽刺诗《关于“公园游乐场则例”——拟港英“屎政局”发言人的声明》。

3 日 《澳门日报·新园地》副刊刊登白浪天的新诗《一颗计时炸弹》。

4 日 《澳门日报·新园地》副刊刊登海辛的“生活素描”《抹车的少年（上）》。

5 日 《澳门日报·新园地》副刊刊登海辛的“生活素描”《抹车的少年（下）》。

6 日 《澳门日报·新园地》副刊刊登庄钝的《汉字粤读·浜》、李仕的《拿起笔，做刀枪——谈文艺批评》、林彤的新诗《你连眼都唔眨一下——给“港督”戴无耻》。

7 日 《澳门日报·新园地》副刊刊登岳未残的讽刺诗《美帝苏修耍花枪》、庄钝的《汉字粤读·汛》。

8 日 《澳门日报·新园地》副刊刊登黎明华的新诗《倾谈》、海辛的“生活速写”《木栅栏里的孩子》、庄钝的《汉字粤读·进》。

9 日 《澳门日报·新园地》副刊刊登庄钝的《汉字粤读·聆》。

10 日 《澳门日报·新园地》副刊刊登岳未残的讽刺诗《请君“试刀”——代港英“腥闻处”拟》、庄钝的《汉字粤读》。

12 日 《澳门日报·新园地》副刊刊登庄钝的《汉字粤读·调》、武梦的杂文《老鼠·乌龟·无题》。

13 日 《澳门日报·新园地》副刊刊登庄钝的《汉字粤读·咎》、海辛的“生活素描”。

14 日 《澳门日报·新园地》副刊刊登万山红的杂文《热泪》。

16 日 《澳门日报·新园地》副刊刊登庄钝的《汉字粤读·岌》。

17 日 《澳门日报·新园地》副刊刊登马加鞭的新诗《克利福利访南越》。

18 日 《澳门日报·新园地》副刊刊登庄钝的《汉字粤读·皂》。

19 日 《澳门日报·新园地》副刊刊登庄钝的《汉字粤读·砸》。

20 日 《澳门日报·新园地》副刊开始连载梅若诗的长篇小说《恩情》（至本年

11月10日止）。另刊登庄钝的《汉字粤读》、雪子的七律《夏日登松山寄怀》、李心言的短篇小说《母与子》。

《恩情》：写香港一个打工仔，由于罪恶殖民统治使其掉入堕落的深渊之中。正是光辉的毛泽东思想挽救了他，最终浪子回头，变成有益于人民的好人。

21日 《澳门日报·新园地》副刊刊登庄钝的《汉字粤读·亢》。

22日 《澳门日报·新园地》副刊刊登庄钝的《汉字粤读》、吕蓝的新诗二首。

23日 《澳门日报·新园地》副刊刊登庄钝的《汉字粤读·茁》、万山红的三人相声《“痰派名票”与“沙剧演员”》。

24日 《澳门日报·新园地》副刊刊登庄钝的《汉字粤读·罊》。

25日 《澳门日报·新园地》副刊刊登庄钝的《汉字粤读·擻》、黎明华的新诗《在拉丁美洲》、杨汇的散文《鲁秘的歌》。

26日 《澳门日报·新园地》副刊刊登岳未残的新诗《向美帝契哥“抗议”》。

27日 《澳门日报·新园地》副刊刊登海辛的短篇小说《瓜菜园里的风波》。

28日 《澳门日报·新园地》副刊刊登庄钝的《汉字粤读·颗》。

29日 《澳门日报·新园地》副刊刊登庄钝的《汉字粤读》、陆盘山的新诗《革命文艺晚会诗抄》。

30日 《澳门日报·新园地》副刊刊登庄钝的《汉字粤读·拯》、马加鞭的新诗《断肠人对断肠人》。

31日 《澳门日报·新园地》副刊刊登庄钝的《汉字粤读·翘》、海辛的“生活素描”《一堵挡风墙》。

八月

1日 《澳门日报·新园地》副刊刊登庄钝的《汉字粤读》、万山红的《超越“文艺复兴时期”》。

2日 《澳门日报·新园地》副刊刊登郭红兵的新诗《歌唱亲人解放军》、向阳的《一次成功的演出——评澳门各界学宣队文艺汇演》、东方强的“人物素描”《工人兄弟真好》。

3 日 《澳门日报·新园地》副刊刊登庄钝的《汉字粤读·绷》、杨汇的杂文《笔尖如刺》、罗隼的新诗《书画集》。

4 日 《澳门日报·新园地》副刊刊登海辛的“生活素描”《草菇之忆》。

5 日 《澳门日报·新园地》副刊刊登庄钝的《汉字粤读·酗》、林彤的新诗《覆美帝头子书》。

6 日 《澳门日报·新园地》副刊刊登李心言的小说《张小辉的迟到》、杨汇的随笔《春天属于乌拉圭人民》。

7 日 《澳门日报·新园地》副刊刊登庄钝的《汉字粤读·拓》。

8 日 《澳门日报·新园地》副刊刊登庄钝的《汉字粤读·橄》、向日华的新诗《标语，传单》。

9 日 《澳门日报·新园地》副刊刊登庄钝的《汉字粤读》、连广宇的新诗《港英色情三部曲》。

10 日 《澳门日报·新园地》副刊刊登普通一兵的粤曲《坚决回击港英的新挑衅》、海辛的“人物素描”《争地盘的女人》。

11 日 《澳门日报·新园地》副刊刊登庄钝的《汉字粤读·捭》、马加鞭的新诗《枪音》。

12 日 《澳门日报·新园地》副刊刊登庄钝的《汉字粤读·揩》、东方强的新诗《黑人狙击手》。

13 日 《澳门日报·新园地》副刊刊登庄钝的《汉字粤读·绊》、盖彤宇的短篇小说《渴望》、向日华的新诗《轰隆一声，石破天惊》。

14 日 《澳门日报·新园地》副刊刊登庄钝的《汉字粤读·畦》。

15 日 《澳门日报·新园地》副刊刊登庄钝的《汉字粤读》。

16 日 《澳门日报·新园地》副刊刊登向日华的新诗《祝愿》。

17 日 《澳门日报·新园地》副刊刊登庄钝的《汉字粤读·蜿蜒》、岳未残的新诗《尼克逊会约翰逊》。

18 日 《澳门日报·新园地》副刊刊登庄钝的《汉字粤读·箝》、马加鞭的新诗

《窗口》。

20日 《澳门日报·新园地》副刊刊登庄钝的《汉字粤读·聆》、秋明的短篇小说《第三生命》、黎明华的新诗《长夏吟》。

21日 《澳门日报·新园地》副刊刊登庄钝的《汉字粤读·旭》、马加鞭的新诗《一根银针》。

22日 《澳门日报·新园地》副刊刊登庄钝的《汉字粤读·褴褛》、马加鞭的新诗《窗口》、东方强的"生活素描"《路上所遇》。

23日 《澳门日报·新园地》副刊刊登吕蓝的新诗《思乡诗草》、梦韶的《鲁迅笔下的日本朋友》。

24日 《澳门日报·新园地》副刊刊登庄钝的《汉字粤读》、马加鞭的新诗《波兰的火光》。

25日 《澳门日报·新园地》副刊刊登庄钝的《汉字粤读·闪烁》、岳未残的新诗《贺戴无耻二五折留任》。

26日 《澳门日报·新园地》副刊刊登庄钝的《汉字粤读·铄》、江映澜的短篇小说《新来的保育员》、晶晶的散文《在暴风雨中》。

27日 《澳门日报·新园地》副刊刊登庄钝的《汉字粤读·钥匙》。

28日 《澳门日报·新园地》副刊刊登庄钝的《汉字粤读·狺狺》、海辛的短篇小说《两个新房客》。

29日 《澳门日报·新园地》副刊刊登甘普的新诗《游泳去吧》。

30日 《澳门日报·新园地》副刊刊登庄钝的《汉字粤读》。

31日 《澳门日报·新园地》副刊刊登庄钝的《汉字粤读》。

本月 陶里在香港《文艺世纪》发表新诗《我们在风雨中走》，汪浩翰在香港《文艺世纪》发表新诗《绿窗诗草》。

九月

1日 《澳门日报·新园地》副刊刊登吕蓝的《思乡诗草》、浩泉的散文《颂歌》以及《毛泽东选集》成语介绍。

3日 《澳门日报·新园地》副刊刊登庄钝的《汉字粤读·堰》、唐巽的"生活素描”《阳光，照进了陋巷》。

4 日　《澳门日报 · 新园地》副刊刊登庄钝的《汉字粤读》、向日华的新诗《幼小的心灵，人类的心声》。

5 日　《澳门日报 · 新园地》副刊刊登庄钝的《汉字粤读 · 呐》、向日华的新诗《母女对话》。

6 日　《澳门日报 · 新园地》副刊刊登向日华的新诗《父子心声》。

7 日　《澳门日报 · 新园地》副刊刊登浩泉的《随感二则》。

8 日　《澳门日报 · 新园地》副刊刊登庄钝的《汉字粤读 · 瞟》、江映澜的短篇小说《卖青苹果的女人》、连广宇的新诗《钢铁运输线》。

9 日　《澳门日报 · 新园地》副刊刊登庄钝的《汉字粤读 · 簇簇》。

10 日　《澳门日报 · 新园地》副刊刊登庄钝的《汉字粤读 · 陡》、马万祺的七律《欢呼祖国山河一片红》。

11 日　《澳门日报 · 新园地》副刊刊登连广宇的新诗《欢呼祖国山河一片红》。

12 日　《澳门日报 · 新园地》副刊刊登庄钝的《汉字粤读 · 黔》、浩泉的新诗《欢呼祖国山河一片红》。

13 日　《澳门日报 · 新园地》副刊刊登雪莲的新诗《翻身农民心向毛主席》。

14 日　《澳门日报 · 新园地》副刊刊登庄钝的《汉字粤读》。

15 日　《澳门日报 · 新园地》副刊刊登向日华的新诗《缝新衣》。

16 日　《澳门日报 · 新园地》副刊刊登庄钝的《汉字粤读 · 擎》、群青学宣队集体创作的话剧《青年人的道路（上）》。

17 日　《澳门日报 · 新园地》副刊刊登海辛的短篇小说《父女卖蜜瓜》、群青学宣队集体创作的话剧《青年人的道路（中）》。

18 日　《澳门日报 · 新园地》副刊刊登庄钝的《汉字粤读》、群青学宣队集体创作的话剧《青年人的道路（下）》、向日华的新诗《交通警察》。

19 日　《澳门日报 · 新园地》副刊刊登庄钝的《汉字粤读》、向日华的新诗《练舞》。

20 日　澳门同胞庆祝中华人民共和国成立十九周年文艺晚会在永乐戏院举行。

《澳门日报 · 新园地》副刊刊登庄钝的《汉字粤读 · 蜩》、向日华的新诗《珠塑工人的心意》。

21日 《澳门日报·新园地》副刊刊登庄钝的《汉字粤读·镐》。

22日 《澳门日报·新园地》副刊刊登庄钝的《汉字粤读·疸》、红旗学宣队集体创作的小表演《大办毛泽东思想学习班（上）》。

23日 《澳门日报·新园地》副刊刊登庄钝的《汉字粤读·伽》、红旗学宣队集体创作的小表演《大办毛泽东思想学习班（下）》、刘子扬的新诗《致歌手》。

24日 《澳门日报·新园地》副刊刊登向阳的剧评《我看〈奇袭白虎团〉》。

25日 《澳门日报·新园地》副刊刊登庄钝的《汉字粤读·棒》、向日华的新诗《造船工人的红心壮志》。

26日 《澳门日报·新园地》副刊刊登向日华的新诗《我们顶天立地向太阳》。

27日 《澳门日报·新园地》副刊刊登庄钝的《汉字粤读·讦》。

28日 《澳门日报·新园地》副刊刊登庄钝的《汉字粤读·谆》、马加鞭的新诗《革命红花分外香》。

29日 《澳门日报·新园地》副刊刊登庄钝的《汉字粤读》、连广宇的新诗《钢琴伴唱〈红灯记〉就是好》。

30日 《澳门日报·新园地》副刊刊登庄钝的《汉字粤读》、吕蓝的新诗《思乡诗草》、佩苇的文艺随笔《丰富的非洲口头文学》。

本月 黄坤尧离开澳门到台湾师范大学深造。汪浩翰在香港《文艺世纪》发表新诗《遥寄集》，并在香港《当代文艺》发表新诗《酒后》。

十月

1日 《澳门日报·新园地》副刊刊登万山红的评论《红艳艳的革命文艺奇花》。《澳门学生》发表学梅的新诗《万岁！毛主席》。

2日 《澳门日报·新园地》副刊刊登庄钝的《汉字粤读·搪》、楚天舒的评论《走殷承宗的道路》、何钊的诗歌《国庆抒怀》。

4日 《澳门日报·新园地》副刊刊登马宗的评论《为京剧开辟新的道路》。

6日 《澳门日报·新园地》副刊刊登庄钝的《汉字粤读·颤》、浩泉的新诗《国庆感怀》、向阳的《再赞香港文艺战士》。

7 日 《澳门日报·新园地》副刊刊登竹矛的新诗《幸福的歌声》。

8 日 《澳门日报·新园地》副刊刊登向日华的新诗《国庆抒怀之二》。

9 日 《澳门日报·新园地》副刊刊登吕蓝的新诗《看电影钢琴伴唱〈红灯记〉有感》。

10 日 《澳门日报·新园地》副刊刊登向阳的《三赞香港文艺战士》、连广宇的新诗《南京长江大桥颂》。

11 日 《澳门日报·新园地》副刊刊登金旭升的新诗《胸有红日放光辉》。

12 日 《澳门日报·新园地》副刊刊登庄钝的《汉字粤读·嘀咕》、寒中翠的新诗《钢琴和京剧对话》。

13 日 《澳门日报·新园地》副刊刊登陆盘山的新诗《再见吧战友——欢送香港青年毛泽东思想宣传队》、唐巽的“生活素描”《阶级情深》。

14 日 《澳门日报·新园地》副刊刊登庄钝的《汉字粤读·囡》、向日华的新诗《致印刷工友》。

16 日 《澳门日报·新园地》副刊刊登梅俏生的新诗《千万朵葵花向阳开》。

17 日 《澳门日报·新园地》副刊刊登庄钝的《汉字粤读·瘂》、阎军等的新诗《让青春永放光芒》。

18 日 《澳门日报·新园地》副刊刊登连广宇的新诗《向石慧致敬》、张军的杂文《蒋家班的“杰作”——兼看香港反动报的“报格”》。

19 日 《澳门日报·新园地》副刊刊登庄钝的《汉字粤读》、汪浩翰的新诗《十月》。

20 日 《澳门日报·新园地》副刊刊登向日华的新诗《灵巧的手》。

21 日 《澳门日报·新园地》副刊刊登庄钝的《汉字粤读·菅》、东方强的短篇小说《同厂姐妹》。

22 日 《澳门日报·新园地》副刊刊登吕蓝的新诗《思乡诗草》。

23 日 《澳门日报·新园地》副刊刊登汪浩翰的新诗《工人兄弟说红灯》。

24 日 《澳门日报·新园地》副刊刊登裕园的《鲁迅对外国美术作品的介绍（上）》。

25 日 《澳门日报·新园地》副刊刊登裕园的《鲁迅对外国美术作品的介绍

（下）》、庄钝的《汉字粤读·侈》。

26日　《澳门日报·新园地》副刊刊登裕园的《鲁迅与连环图画（上）》、庄钝的《汉字粤读·诌》。

27日　《澳门日报·新园地》副刊刊登罗隼的散文《大桥的联想》、洪流的散文《红灯》、岳未残的新诗《请君入瓮》。

29日　《澳门日报·新园地》副刊刊登裕园的《鲁迅与连环图画（下）》、向日华的新诗《战斗的红旗》。

30日　《澳门日报·新园地》副刊刊登庄钝的《汉字粤读·蓖》、遐思的诗《兰考苹果》。

31日　《澳门日报·新园地》副刊刊登连广宇的新诗《最幸福的人们归来了》。

本月　汪浩翰在香港《文艺世纪》发表新诗《别意》《日记簿》。

十一月

1日　《澳门日报·新园地》副刊开始连载《毛主席在长征的日子里——毛主席当年警卫员忆述》（至本年12月11日止），另刊登寒中翠的诗《小诗一首》。

2日　《澳门日报·新园地》副刊刊登庄钝的《汉字粤读·婺》、浩泉的新诗《春雷》。

3日　《澳门日报·新园地》副刊刊登庄钝的《汉字粤读·迸》、向日华的新诗《文革全面胜利万岁》。

4日　《澳门日报·新园地》副刊刊登庄钝的《汉字粤读·绽》、向日华的新诗《毛主席去安源》。

5日　《澳门日报·新园地》副刊刊登向日华的新诗《毛主席去庐山》、罗隼的散文《在郊游途中》、燕平的《水的故事》。

6日　《澳门日报·新园地》副刊刊登红鼓手的锣鼓调《公报字字闪金光》。

7日　《澳门日报·新园地》副刊刊登向日华的新诗《芙蓉国里尽朝晖》、松涛的散文《漫步珠江畔》。

8日　《澳门日报·新园地》副刊刊登陶嘉善的新诗《毛泽东思想普天照》、庄钝的《汉字粤读·霉》。

9 日　《澳门日报·新园地》副刊刊登庄钝的《汉字粤读·稭》、吕洪生的对口词《全会公报像春雷》。

11 日　《澳门日报·新园地》副刊发表向日华的新诗《毛主席在井冈山》、旭彤的旧诗《江宴欢歌》。

12 日　《澳门日报·新园地》副刊发表庄钝的《汉字粤读·趸》、岳未残的新诗《贺约翰逊即将滚蛋》。

13 日　《澳门日报·新园地》副刊发表庄钝的《汉字粤读·晾》、松涛的游记《水乡景色》。

14 日　《澳门日报·新园地》副刊发表浩泉的新诗《手的赞歌》。

15 日　《澳门日报·新园地》副刊发表庄钝的《汉字粤读·悚》、旭彤的旧诗《延安行》。

16 日　《澳门日报·新园地》副刊发表庄钝的《汉字粤读》、岳未残的新诗《美帝苏修同病相怜》。

17 日　《澳门日报·新园地》副刊发表庄钝的《汉字粤读·蠕》。

18 日　《澳门日报·新园地》副刊发表庄钝的《汉字粤读·峙》、唐巽的短篇小说《访友杂记》。

19 日　《澳门日报·新园地》副刊开始连载李涛的粤剧《战斗在北部湾》（至本月29 日止）和梅若诗的《莫负青春》[①]，另发表东方强的短篇小说《小女儿的老师》。

《莫负青春》：写女学生江小燕中学毕业后经过种种困难，终于战胜了诱惑，在毛泽东思想照耀下，选择了一条正道。全文以澳门为背景，内容既突出了光明与黑暗的人和事，又批判了资产阶级思想腐蚀青年人的罪恶。

23 日　《澳门日报·新园地》副刊刊登舒广就的新诗《红宝书礼赞》。

① 至 1969 年 5 月 24—25 日，具体日期不明。

24日 《澳门日报·新园地》副刊刊登汪浩翰的新诗《剪纸》。

27日 《澳门日报·新园地》副刊刊登岳未残的新诗《关于“防盗之法”》、庄钝的《汉字粤读·衢》。

28日 《澳门日报·新园地》副刊刊登寒中翠的“生活素描”《孩子们，不再去看电视了》、庄钝的《汉字粤读·俺》。

29日 《澳门日报·新园地》副刊刊登庄钝的《汉字粤读》。

30日 《澳门日报·新园地》副刊刊登庄钝的《汉字粤读》、岳未残的新诗《大家水浸眼眉》。

本月 汪浩翰在香港《文艺世纪》发表新诗《月光曲》《情话》，韩牧在香港《文艺世纪》发表新诗《鱼·雁》。

十二月

1日 《澳门日报·新园地》副刊刊登庄钝的《汉字粤读·盎》、吕蓝的新诗《思乡诗草》。

2日 《澳门日报·新园地》副刊刊登李心言的散文《一个教师的喜悦（上）》、庄钝的《汉字粤读》。

3日 《澳门日报·新园地》副刊刊登李心言的散文《一个教师的喜悦（下）》。

4日 《澳门日报·新园地》副刊刊登蓓尔的剧评《千万不要忘记阶级斗争——话剧〈南海长城〉观后》、庄钝的《汉字粤读·讹》。

5日 《澳门日报·新园地》副刊刊登庄钝的《汉字粤读·抨》。

6日 《澳门日报·新园地》副刊刊登汪浩翰的评论《谈工农兵的诗》、庄钝的《汉字粤读·傍晚》。

7日 《澳门日报·新园地》副刊刊登东方强的新诗《贺“高阳号”下水》。

8日 《澳门日报·新园地》副刊刊登东生的散文《看电视》。

9日 《澳门日报·新园地》副刊刊登吕蓝的新诗《思乡诗草》。

10日 《澳门日报·新园地》副刊刊登岳未残的新诗《乌龟骂王八》、庄钝的《汉字粤读·豢》。

11日 《澳门日报·新园地》副刊刊登庄钝的《汉字粤读·艘》。

12 日 《澳门日报·新园地》副刊刊登余也丕的短篇小说《厕所风波》(至本月15日止)。

13 日 《澳门日报·新园地》副刊刊登庄钝的《汉字粤读·踉跄》。

14 日 《澳门日报·新园地》副刊刊登李心言的散文《旅行前夕（上）》、庄钝的《汉字粤读》。

15 日 《澳门日报·新园地》副刊刊登李心言的散文《旅行前夕（下）》、庄钝的《汉字粤读·腌》。

16 日 《澳门日报·新园地》副刊刊登东生的杂文《港英又一次出丑》、吕蓝的新诗《思乡诗草》。

17 日 《澳门日报·新园地》副刊刊登海辛的散文《一个样板戏序幕的重演》、岳未残的新诗《苏修的叫卖》。

18 日 《澳门日报·新园地》副刊刊登引铭的随笔《鲁迅与青年》、庄钝的《汉字粤读·傍友》。

19 日 《澳门日报·新园地》副刊刊登马加鞭的新诗《何谓“社会帝国主义”》、庄钝的《汉字粤读·畏葸》。

20 日 《澳门日报·新园地》副刊刊登岳未残的新诗《港英想扯皮条》、庄钝的《汉字粤读》。

21 日 《澳门日报·新园地》副刊刊登岳未残的新诗《“盗贼世家”》、庄钝的《汉字粤读》。

22 日 《澳门日报·新园地》副刊刊登岳未残的新诗《兔死狐悲》、庄钝的《汉字粤读》。

23 日 《澳门日报·新园地》副刊刊登岳未残的新诗《港英“无饭盐狱”歌——代港英腥闻处拟》、海辛的“生活素描”《乡亲们相见欢》。

24 日 《澳门日报·新园地》副刊刊登汪浩翰的新诗《歌》、东方强的“生活素描”《迷途的学童（上）》。

25 日 《澳门日报·新园地》副刊刊登岳未残的新诗《贼性难改》、李心言的短篇小说《第三次来访的客人》、东方强的“生活素描”《迷途的学童（下）》。

26 日 《澳门日报·新园地》副刊刊登岳未残的新诗《如此苏“援”》、梅若诗的影评《“蚍蜉撼树谈何易”——斥低劣的反华片〈铁金刚勇破火箭岭〉》。

27 日　《澳门日报 · 新园地》副刊刊登颂群的散文《病房里的春天（上）》。

28 日　《澳门日报 · 新园地》副刊刊登颂群的散文《病房里的春天（下）》、浩泉的新诗《长了翅膀的红心》、文戈的评论《为什么这样热心于旧货〈茶花女〉？》。

29 日　《澳门日报 · 新园地》副刊发表马万祺的游记《江山如此多娇——京、沪、宁、杭游记》（至 1969 年 1 月 4 日止），并刊登江横渡的新诗《在斯大林墓前》。

30 日　《澳门日报 · 新园地》副刊刊登岳未残的新诗《如此“良好训练”》、铁铭的小故事两则《阿飞 · 警察，警察 · 阿飞》、庄钝的《汉字粤读 · 兜》

31 日　《澳门日报 · 新园地》副刊刊登岳未残的新诗《“可选之材”》、罗隼的随笔《一唱雄鸡天下白》。

本月　太瘦生在香港《文艺世纪》发表短篇小说《雄爸》。

本年

⊙　受“文革”影响，内地部分居民继续迁往澳门。

⊙　在澳门圣 · 罗撒女子中学任华人女学生外文教师的玛里亚 · 翁迪娜 · 布拉加，出版短篇小说集《神州在望》，共收下列小说：《神州在望》《镜子》《种族的仇恨》《半条命》《风神》《太阳之子》《麻疯患者》《三轮车夫》《算命》《遗体》《华人圣诞节》《疯女》《友谊客栈》《大寒》。

⊙　周桐的处女作在香港《新晚报》发表。

⊙　李成俊等约鲁茂为《澳门日报 · 新园地》写专栏。当初全澳门只有刘羡冰等几个人在写这种专栏。

⊙　梁披云创作《澳门杂诗》《雨中过路环》《美国黑人近事志感》等旧体诗词。

⊙　马万祺创作七律《真理难移》。

1969 年

“红旗文学”在这一年：新增的题材是“警告新沙皇”，歌颂珍宝岛的反修英雄；“满怀激情庆九大”以及“欢呼九大的胜利召开”，肯定“文革”，肯定林彪当选为接班人；锄毒草，批判吹捧日本军国主义的电影，批判“腐蚀”人们心灵的香港电视；上演内地的反修话剧《年青的一代》，用多种宣传方式将革命样板戏普及到澳门。

《澳门日报·新园地》一再出现思文的《向阳小唱》，把“红旗文学”转化为“向阳文学”；诗创作集中在“迎节日，访街区”一类的题材中，再加上反映与港英殖民者的斗争，或跟随内地的文学主旋律起舞。

评论方面，鲁牛论戏剧性的文章，比过去《澳门日报·新园地》发表的同类文章深度有所加强。《澳门日报·小说》副刊的创办，又使长篇小说的连载兴旺起来。值得重视的是新移民作家鲁茂以梅若诗为笔名发表的《星之梦》《莫负青春》。他的作品不写惊天动地的题材和叱咤风云的英雄人物，而专写底层社会小人物的遭遇，写繁荣背后的人生冷暖和社会众生相，时时暴露殖民统治下的黑暗和罪恶。用现代派手法表现港澳社会的作品，通常被认为是文风不正的表现，故《澳门日报》很少让这些作品亮相。

一月

1 日　《澳门日报·新园地》副刊刊登汪浩翰的散文《狼外婆》、冰崖的短篇小说《江月华的烦恼》、向东的《五洲风雷——迎接一九六九年》。

4 日　《澳门日报·新园地》副刊刊登庄钝的《汉字粤读》。

5 日　《澳门日报·新园地》副刊刊登庄钝的《汉字粤读》、颂群的散文《舅父的转变》。

6 日　《澳门日报·新园地》副刊刊登吕蓝的《思乡诗草》。

7 日　《澳门日报 · 新园地》副刊刊登庄钝的《汉字粤读 · 砾》、李心言的短篇小说《分途（上）》。

8 日　《澳门日报 · 新园地》副刊刊登李心言的短篇小说《分途（中）》。

9 日　《澳门日报 · 新园地》副刊刊登李心言的短篇小说《分途（下）》、岳未残的新诗《欢迎回来较量》。

10 日　《澳门日报 · 新园地》副刊刊登庄钝的《汉字粤读 · 嘶》、颜莲香的新诗《童年》。

11 日　《澳门日报 · 新园地》副刊刊登柯辽沙的新诗《特殊的观众》、青洲教师集体创作的活报剧《芝麻湾群丑现行记（上）》，另刊出该报编者征文启事《香港电视的毒害》。

12 日　《澳门日报 · 新园地》副刊刊登寒中翠的散文《温暖在人间（上）》、青洲教师集体创作的活报剧《芝麻湾群丑现行记》（中）。

13 日　《澳门日报 · 新园地》副刊刊登寒中翠的散文《温暖在人间（下）》、青洲教师集体创作的活报剧《芝麻湾群丑现行记（下）》、淬砺的评论《文艺幼苗在成长》。

14 日　《澳门日报 · 新园地》副刊刊登韦逸睡的新诗《温暖》。

15 日　《澳门日报 · 新园地》副刊刊登冬梅的影评《邵氏为黄潮开路》。

16 日　《澳门日报 · 新园地》副刊刊登梅俏生的新诗《舞》。

17 日　《澳门日报 · 新园地》副刊刊登铁铭的《第一次访贫问苦（上）》。

18 日　《澳门日报 · 新园地》副刊刊登铁铭的《第一次访贫问苦（下）》、黎明华的新诗《欢乐颂》。

19 日　《澳门日报 · 新园地》副刊刊登向日华的新诗《暖流》。

21 日　《澳门日报 · 新园地》开始连载江杏雨的《他们小俩口》（至本年 5 月 1 日止），另刊登海辛的散文《流动花挡卖花人》。

《他们小俩口》：描写爱情道路上常见又罕见的一个波折。离澳赴港，如非女主角帮助，男的就会被“毁”了。情节真实，震撼人心。

22 日　《澳门日报·新园地》副刊刊登李心言的短篇小说《归来的儿子（上）》、吕蓝的《思乡诗草》。

23 日　《澳门日报·新园地》副刊刊登李心言的短篇小说《归来的儿子（中）》。

24 日　《澳门日报·新园地》副刊刊登李心言的短篇小说《归来的儿子（下）》。

25 日　《澳门日报·新园地》副刊刊登柯辽沙的新诗《响自泰国的春雷》。

26 日　《澳门日报·新园地》副刊刊登子秋的短篇小说《红小兵（上）》。

27 日　《澳门日报·新园地》副刊刊登子秋的短篇小说《红小兵（下）》、向日华的新诗《捷克的怒火》。

28 日　《澳门日报·新园地》副刊刊登郑章源的新诗《乐器》、恪文的《鲁迅的翻译工作》。

29 日　《澳门日报·新园地》副刊刊登江天的新诗《第二次生命》、颜莲香的征文相声《迷魂锁》。

30 日　《澳门日报·新园地》副刊刊登余晚生的新诗《笑》。

本月　东生在香港《文艺世纪》发表短篇小说《路》，韩牧在香港《文艺世纪》发表新诗《送友》，太瘦生在香港《文艺世纪》发表散文《结婚》《她》。

二月

1 日　《澳门日报·新园地》副刊刊登施剑的新诗《当你坐到电视机前》。

2 日　《澳门日报·新园地》副刊开始连载亦影的两周完小说《泪美人》（至本月 15 日止），另刊登连广宇的新诗《欢迎马老英雄荣归》。

《泪美人》：以香港的一间美资工厂为背景，写一位“泪美人”性格软弱，后来在反对资方无理剥削中终于觉悟过来，和工友一起战斗。

5 日　《澳门日报·新园地》副刊刊登冬梅的影评《一支毒针——评〈青春的旋律〉》。

7 日　《澳门日报·新园地》副刊刊登江峰的《打油诗四首——咏港英电视之流毒》。

9 日　《澳门日报 · 新园地》副刊刊登张鸿的随笔《“送灶”杂谈》。

10 日　《澳门日报 · 新园地》副刊刊登冬梅的影评《存心污辱女性——评〈明日又天涯〉》。

11 日　《澳门日报 · 新园地》副刊刊登江夫的新诗《港大之火》。

14 日　《澳门日报 · 新园地》副刊刊登普通一兵的粤曲表演唱《举红旗，迎新春》。

16 日　《澳门日报 · 新园地》副刊刊登汪浩翰的散文《岁晚杂感》。

17 日　《澳门日报 · 新园地》副刊刊登吕蓝的《思乡诗草》、罗隼的散文《迎春杂缀》、庄钝的《汉字粤读》。

18—20 日　《澳门日报 · 新园地》副刊春节休假未出刊。

21 日　《澳门日报 · 新园地》副刊刊登庄钝的《汉字粤读 · 毬》、铁铭的短篇小说《根叔的一家（上）》。

22 日　《澳门日报 · 新园地》副刊刊登铁铭的短篇小说《根叔的一家（下）》。

23 日　《澳门日报 · 新园地》副刊刊登庄钝的《汉字粤读 · 辗》。

24 日　《澳门日报 · 新园地》副刊刊登庄钝的《汉字粤读 · 幢》。

25 日　《澳门日报 · 新园地》副刊刊登庄钝的《汉字粤读 · 筛》。

26 日　《澳门日报 · 新园地》副刊刊登谦君的七律《读报有感》，《澳门学生》发表红红的新诗《儿童新诗》。

27 日　《澳门日报 · 新园地》副刊刊登庄钝的《汉字粤读 · 攀》、浩泉的散文《路难行（上）》。

28 日　《澳门日报 · 新园地》副刊刊登浩泉的散文《路难行（下）》。

本月　韩牧在香港《文艺世纪》发表新诗《粗糙的手》《日出》《回忆》，刘思扬在香港《文艺世纪》发表新诗《眺望》《浪花》。

三月

1 日　《澳门日报 · 新园地》副刊刊登庄钝的《汉字粤读 · 刮》、钟黄的《亚丹的故事》、芜青的《观影杂谈》、谦君的格律诗《参观澳门工人学习和宣传毛泽东思想展览》。

2 日　《澳门日报 · 新园地》副刊刊登庄钝的《汉字粤读 · 轴》。

3日　《澳门日报·新园地》副刊刊登尚武的散文《红军鞋》。

4日　《澳门日报·新园地》副刊刊登庄钝的《汉字粤读·荼》、向东的剧评《我看话剧〈刚果风雪〉》。

5日　《澳门日报·新园地》副刊刊登吕蓝的新诗《思乡诗草》、李心言的短篇小说《夫妻俩（上）》。

6日　《澳门日报·新园地》副刊刊登庄钝的《汉字粤读·惋》、李心言的短篇小说《夫妻俩（中）》。

7日　《澳门日报·新园地》副刊刊登李心言的短篇小说《夫妻俩（下）》。

8日　《澳门日报·新园地》副刊刊登恪文的《鲁迅笔下的一个农村妇女》。

9日　《澳门日报·新园地》副刊刊登东方强的短篇小说《途中的事故》。

10日　《澳门日报·新园地》副刊刊登庄钝的《汉字粤读·觊觎》。

11日　《澳门日报·新园地》副刊刊登庄钝的《汉字粤读·栓》、汪浩翰的新诗《绿》。

12日　《澳门日报·新园地》副刊刊登庄钝的《汉字粤读·碱》。

13日　《澳门日报·新园地》副刊刊登吕蓝的新诗《写诗》。

14日　《澳门日报·新园地》副刊刊登柯辽沙的新诗《尼克松四围碰壁》。

15日　《澳门日报·新园地》副刊刊登汪浩翰的评论《谈南京长江大桥工地诗选》。

16日　《澳门日报·新园地》副刊刊登海辛的短篇小说《失落的稿子》、黎明华的新诗《礼物》。

17日　《澳门日报·新园地》副刊刊登柯辽沙的新诗《警告新沙皇》。

18日　《澳门日报·新园地》副刊刊登蓓尔的《鲁迅和“三·一八”》。

19日　《澳门日报·新园地》副刊刊登庄钝的《汉字粤读》、顾莲香的相声《“鱼汤”和“鱼干”》、施剑的新诗《英雄的珍宝岛》。

20日　《澳门日报·新园地》副刊刊登谦君的格律诗《校园》。

21日　《澳门日报·新园地》副刊刊登浩泉的散文《英雄的花朵》、弓长的白榄《打倒新沙皇》。

22日　《澳门日报·新园地》副刊刊登郑章源的新诗《手》。

23日　《澳门日报·新园地》副刊开始连载林迪的《牛皮唐自记》（至1970年12

月30日止），同时刊登庄钝的《汉字粤读》。

《牛皮唐自记》：牛皮唐是都市的小人物，曾被损害，也曾害人。后来得到爱国工友的帮助改过自新。通过他的遭遇，暴露殖民社会的黑暗和丑恶。林迪为香港《文汇报》写过多篇抗暴小说及中篇《冤鬼案》，曾在澳门绿村广播电台广播。

24日　《澳门日报·新园地》副刊刊登庄钝的《汉字粤读·撵》、马雅的新诗《致一位苏联老太太》。

25日　《澳门日报·新园地》副刊刊登冬梅的影评《观众不满意——评〈浑身是胆〉》。

27日　《澳门日报·新园地》副刊刊登庄钝的《汉字粤读·豁》。

28日　《澳门日报·新园地》副刊刊登庄钝的《汉字粤读》。

29日　《澳门日报·新园地》副刊刊登庄钝的《汉字粤读·窍》、万木春的新诗《如此"良好"训练》。

30日　《澳门日报·新园地》副刊刊登彦丹的短篇小说《九常伯》、顾莲香的相声《"良好训练"》。

四月

2日　《澳门日报·新园地》副刊刊登庄钝的《汉字粤读·灰溜溜》。

3日　《澳门日报·新园地》副刊刊登方吕的散文《孩子们眼中的坏人》。

4日　《澳门日报·新园地》副刊刊登向日华的新诗《震动全球的大喜讯》。

5日　《澳门日报·新园地》副刊刊登万山红的散文《春雷响了》。

6日　《澳门日报·新园地》副刊刊登庄钝的《汉字粤读》。

7日　《澳门日报·新园地》副刊刊登庄钝的《汉字粤读》、维斌的新诗《万岁，伟大光荣正确的党》。

8日　《澳门日报·新园地》副刊刊登庄钝的《汉字粤读·热烘烘》。

9日　《澳门日报·新园地》副刊刊登雪子的五言诗《欢呼"九大"胜利召开》。

10 日　《澳门日报 · 新园地》副刊刊登庄钝的《汉字粤读 · 瞩》。

11 日　《澳门日报 · 新园地》副刊刊登庄钝的《汉字粤读》。

12 日　《澳门日报 · 新园地》副刊刊登吕蓝的新诗《特大喜讯》。

13 日　《澳门日报 · 新园地》副刊刊登庄钝的《汉字粤读》、卓力的短篇小说《错怪了好人》。

14 日　《澳门日报 · 新园地》副刊刊登庄钝的《汉字粤读 · 锚》。

15 日　《澳门日报 · 新园地》副刊刊登庄钝的《汉字粤读 · 啧有烦言》。

16 日　《澳门日报 · 新园地》副刊刊登弓长的对口白榄《满怀激情庆九大》。

20 日　《澳门日报 · 新园地》副刊刊登江山娇的粤曲《欢庆“九大”颂太阳》。

21 日　《澳门日报 · 新园地》副刊刊登罗漫的新诗《报喜小唱》。

22 日　《澳门日报 · 新园地》副刊刊登卓力的散文《誓愿》。

23 日　《澳门日报 · 新园地》副刊刊登史仁的《鲁迅先生初期的创作》、浩泉的新诗《光辉的灯塔》。

25 日　《澳门日报 · 新园地》副刊刊登黎群的散文《采茶姑娘》。

26 日　《澳门日报 · 新园地》副刊刊登黎明华的新诗《长寿颂》。

27 日　《澳门日报 · 新园地》副刊刊登松筠的格律诗《“九大”颂》。

28 日　《澳门日报 · 新园地》副刊刊登江映澜的新诗《歌“九大”》。

本月　心刚在香港《文艺世纪》发表短篇小说《内疚》。

五月

1 日　《澳门日报 · 新园地》副刊刊登黎明华的新诗《新的起点》。

2 日　《澳门日报》休刊。

4 日　《澳门日报 · 新园地》副刊刊登庄钝的《汉字粤读 · 行（上）》。

5 日　《澳门日报 · 新园地》副刊刊登庄钝的《汉字粤读 · 行（中）》。

6 日　《澳门日报 · 新园地》副刊刊登庄钝的《汉字粤读 · 行（下）》，《澳门学生》发表颁阳的新诗《欢庆“九大”表忠心》。

7 日　《澳门日报 · 新园地》副刊刊登卓力的短篇小说《老海员的心事》。

8 日　《澳门日报 · 新园地》副刊刊登庄钝的《汉字粤读》。

9 日　《澳门日报·新园地》副刊刊登庄钝的《汉字粤读》、汪浩翰的新诗《颂歌》。

10 日　《澳门日报·新园地》副刊刊登庄钝的《汉字粤读·李》、罗隼的新诗《箭和号》。

11 日　《澳门日报·新园地》副刊刊登东晓的《荒原上的故事》。

12 日　《澳门日报·新园地》副刊刊登普通一兵的粤曲《向林副主席学习致敬》。

13 日　《澳门日报·新园地》副刊刊登浩泉的散文《初夏随想》、刘照明的新诗《智慧赞》、庄钝的《汉字粤读·颗》。

14 日　《澳门日报·新园地》副刊刊登庄钝的《汉字粤读》。

15 日　《澳门日报·新园地》副刊刊登顾莲香的相声《杀人不眨眼的家伙》。

16 日　《澳门日报·新园地》副刊刊登庄钝的《汉字粤读·涸》、黎明华的新诗《今晚的月亮》。

17 日　《澳门日报·新园地》副刊刊登庄钝的《汉字粤读》、浩泉的散文《灯光》。

18 日　《澳门日报·新园地》副刊刊登庄钝的《汉字粤读》。

19 日　《澳门日报·新园地》副刊刊登庄钝的《汉字粤读》。

20 日　《澳门日报·新园地》副刊刊登庄钝的《汉字粤读·噬》、江映澜的散文《清晨随笔》。

21 日　《澳门日报·新园地》副刊刊登庄钝的《汉字粤读·窜》。

22 日　《澳门日报·新园地》副刊刊登庄钝的《汉字粤读·烹》、汪浩翰的新诗《绿窗诗草》。

23 日　《澳门日报·新园地》副刊刊登庄钝的《汉字粤读·坎坷》。

26 日　《澳门日报·新园地》副刊刊登陈不讳的散文《小黄过去的照片》。

27 日　《澳门日报·新园地》副刊刊登陈明华的新诗二首。

28 日　《澳门日报·新园地》副刊刊登杨健的散文《一个可爱的壮族少年》。

29 日　《澳门日报·新园地》副刊刊登庄钝的《汉字粤读·厩、牛、木》。

30 日　《澳门日报·新园地》副刊开始连载（至 1970 年 2 月 6 日止），另刊登庄钝《汉字粤读·木、牛》。

《星之梦开》：写林剑明这位年轻的球星，所经历一系列传奇式的遭遇，感受到社会的冷酷。围绕在他身边的，既有老奸巨猾的球坛“大亨”，又有浪漫成性的富家千金，更有危害社会的黑社会人物。主人公走过曲折的历程后，终于在朋友帮助下找到了进步的集体，走上了光明的道路。

31日 《澳门日报·新园地》副刊刊登鲁莎的《推荐〈金色年华〉》。

本月 汪浩翰在香港《文艺世纪》发表新诗《夜猎》。

六月

1日 《澳门日报·新园地》副刊刊登庄钝的《汉字粤读》、汪浩翰的新诗《凤凰花开的季节》。

2日 《澳门日报·新园地》副刊刊登蓓尔的《俯首甘为孺子牛（上）》。

3日 《澳门日报·新园地》副刊刊登蓓尔的《俯首甘为孺子牛（下）》。

4日 《澳门日报·新园地》副刊刊登良侃的《一个小童失踪的故事（上）》。

5日 《澳门日报·新园地》副刊刊登良侃的《一个小童失踪的故事（下）》。

6日 《澳门日报·新园地》副刊刊登庄钝的《汉字粤读·馍》。

7日 《澳门日报·新园地》副刊刊登汪浩翰的新诗《绿窗诗草》。

8日 《澳门日报·新园地》副刊刊登庄钝的《汉字粤读·划》。

9日 《澳门日报·新园地》副刊刊登庄钝的《汉字粤读·簸》。

10日 《澳门日报·新园地》副刊刊登庄钝的《汉字粤读》、汪浩翰的新诗《水银灯下的组曲》。

12日 《澳门日报·新园地》副刊刊登庄钝的《汉字粤读·井陉》、濠镜音乐社创作的粤曲《澳门“劳校”办得好》。

13日 《澳门日报·新园地》副刊刊登庄钝的《汉字粤读》、汪浩翰的新诗《献诗》。

14日 《澳门日报·新园地》副刊刊登庄钝的《汉字粤读·狙击》。

15日 《澳门日报·新园地》副刊刊登风马牛的新诗《题〈濠江三互图〉》。

16日 《澳门日报·新园地》副刊刊登庄钝的《汉字粤读·阕》、郑章源的新诗《声音》。

17日 《澳门日报·新园地》副刊刊登庄钝的《汉字粤读·吮》、雪子的新诗《赞"九大"》。

18—19日 《澳门日报·新园地》刊登双木的新诗《观"九大"闭幕纪录片》。

21日 《澳门日报·新园地》副刊刊登庄钝的《汉字粤读·帧》。

22日 《澳门日报·新园地》副刊刊登风马牛的诗《阿飞吟》。

23日 《澳门日报·新园地》副刊刊登香港真璞的短篇小说《真面目（上）》。

24日 《澳门日报·新园地》副刊刊登香港真璞的短篇小说《真面目（下）》。

25日 《澳门日报·新园地》副刊刊登濠江小学集体创作的话剧《爱国教育就是好（上）》。

26日 《澳门日报·新园地》副刊刊登濠江小学集体创作的话剧《爱国教育就是好（下）》。

27日 《澳门日报·新园地》副刊刊登维丹的散文《我喜欢芦苇》。

28日 《澳门日报·新园地》副刊刊登郑章源的新诗《思想》。

30日 《澳门日报·新园地》副刊刊登浩泉的散文《像片的感情》、黎明华的新诗《"尼克松辞典"》。

本月 东生在香港《文艺世纪》发表短篇小说《捐款》。

七月

1日 《澳门日报·新园地》副刊发表裕园的随笔《鲁迅与漫画》。

3日 《澳门日报·新园地》副刊开始连载江杏雨的长篇小说《双城记》（至1971年6月11日止），还刊登庄钝的《汉字粤读·盍》。

4日 缺《澳门日报》报纸。

5日 《澳门日报·新园地》副刊刊登庄钝的《汉字粤读》。

6日 《澳门日报·新园地》副刊发表庞世忠的诗《我为毛主席站岗》。

7日 《澳门日报·新园地》副刊发表庄钝的《汉字粤读·踝》。

8日 《澳门日报·新园地》副刊发表庄钝的《汉字粤读》。

9日　《澳门日报·新园地》副刊发表庄钝的《汉字粤读·癎》。

10日　《澳门日报·新园地》副刊发表庄钝的《汉字粤读·朴》。

11日　《澳门日报·新园地》副刊发表阿励的随笔《艺苑奇花》。

12日　《澳门日报·新园地》副刊发表庄钝的《汉字粤读·畀》、东方强的随笔《记茶楼一事》。

13日　《澳门日报·新园地》副刊发表佩苇的随笔《鲁迅的读书与图书馆》。

14日　《澳门日报·新园地》副刊发表浩泉的散文《荷花之恋》、朝晖的《"生的伟大，死的光荣"——谈话剧〈刘胡兰〉谈起》。

15日　《澳门日报·新园地》副刊发表李心言的短篇小说《觉醒（上）》。

16日　《澳门日报·新园地》副刊发表李心言的短篇小说《觉醒（下）》。

17日　《澳门日报·新园地》副刊刊登岫云连载小说《怒海平倭》预告：

> 内容是写明代嘉靖年间，日本倭兵侵扰浙江、江苏、福建沿海，明官兵屡战屡败，在寇气氛最猖獗时，卒由一女子叛平倭乱。故事轰轰烈烈，情节曲折真实，有惊心动魄的场面，民间志士、贫苦大众的被压迫情况，亦有深刻暴露。

19日　《澳门日报·新园地》副刊刊登慧敏的散文《峡谷里的苦难人》。

20日　《澳门日报·新园地》副刊刊登淬砺的评论《粤语片的闪景》。

23日　《澳门日报·新园地》副刊刊登李心言的短篇小说《这不是爱情（上）》。

24日　《澳门日报·新园地》副刊刊登李心言的短篇小说《这不是爱情（下）》。

28日　《澳门日报·新园地》副刊刊登思文的《向阳小唱》。

29日　《澳门日报·新园地》副刊刊登庄钝的《汉字粤读·襄瓜》、思文的《向阳小唱》。

30日　《澳门日报·新园地》副刊刊登思文的《向阳小唱·北京西瓜》。

31日　《澳门日报·新园地》副刊刊登庄钝的《汉字粤读》、思文的《向阳小唱》。

本月　江杏雨（香港作家严庆澍）在《澳门日报》发表636回约50万字的小说《双城记》，一直至1971年6月（未完）停刊。陶里在香港《文艺世纪》

发表新诗《异乡人》《声音》。

八月

1日 《澳门日报·新园地》副刊刊登庄钝的《汉字粤读·揩》。

2日 《澳门日报·新园地》副刊刊登庄钝的《汉字粤读》、思文的《向阳小唱·清平乐》。

3日 《澳门日报》的《小说》副刊创刊,《新园地》副刊刊登庄钝的《汉字粤读》。

4日 《澳门日报·新园地》副刊刊登庄钝的《汉字粤读》、思文的《向阳小唱·减字木兰花》。

5日 《澳门日报·新园地》副刊刊登庄钝的《汉字粤读·鄱》、普通一兵的粤曲小演唱《坊众宣传工作做得好》。

6日 《澳门日报·新园地》副刊刊登思文的《向阳小唱·港客吟》。

7日 《澳门日报·新园地》副刊刊登庄钝的《汉字粤读·瘁》、思文的《向阳小唱》。

8日 《澳门日报·新园地》副刊刊登庄钝的《汉字粤读·兢兢业业》、思文的《向阳小唱·苦热》。

9日 《澳门日报·新园地》副刊刊登庄钝的《汉字粤读·檠》、思文的《向阳小唱》、江山娇的粤曲小演唱《工人宣传“九大”热情高》。

10日 《澳门日报·新园地》副刊刊登庄钝的《汉字粤读·芰》、思文的《向阳小唱》。

11日 《澳门日报·新园地》副刊刊登思文的《向阳小唱》。

12日 《澳门日报·新园地》副刊刊登庄钝的《汉字粤读·瀼》、淬砺的随笔《“肮脏不是艺术!”》。

13日 《澳门日报·新园地》副刊刊登庄钝的《汉字粤读·褪》、天雪的随笔《读者的乐会》。

14日 《澳门日报·新园地》副刊刊登庄钝的《汉字粤读·瓣》、思文的《向阳小唱》。

15日 《澳门日报·新园地》副刊刊登庄钝的《汉字粤读·长》、思文的《向阳小唱》、鲁牛的“晨窗小品”《早晨！》、天雪的散文《我们走在大路上》。

16 日　《澳门日报·新园地》副刊刊登思文的《向阳小唱》、鲁牛的“晨窗小品”《狂人》。

17 日　《澳门日报·新园地》副刊刊登庄钝的《汉字粤读·缀》、淬砺的《〈澳门日报〉与我》、水漫的随笔《我们的老师真好》。

18 日　《澳门日报·新园地》副刊刊登庄钝的《汉字粤读·絪缊》、梅萼华的“晨窗小品”《彻头彻尾的强盗哲学——〈越南烽火〉宣扬的是什么？》。

19 日　《澳门日报·新园地》副刊刊登庄钝的《汉字粤读·绾》、思文的《向阳小唱》。

20 日　《澳门日报·新园地》副刊刊登庄钝的《汉字粤读·挈》、思文的《向阳小唱》。

21 日　《澳门日报·新园地》副刊刊登庄钝的《汉字粤读·萡》、思文的《向阳小唱》、天雪的随笔《在风雨中想起》。

22 日　《澳门日报·新园地》副刊刊登庄钝的《汉字粤读·塞》、洪方的“生活素描”《光叔和光婶》、励青的随笔《观影杂拾》。

23 日　《澳门日报·新园地》副刊刊登庄钝的《汉字粤读》、思文的《向阳小唱》。

24 日　《澳门日报·新园地》副刊刊登庄钝的《汉字粤读·怵》、思文的《向阳小唱》。

25 日　《澳门日报·新园地》副刊刊登庄钝的《汉字粤读·伧》、思文的《向阳小唱》、罗隼的随笔《暑夜随谈》。

26 日　《澳门日报·新园地》副刊刊登庄钝的《汉字粤读·惙》、思文的《向阳小唱》、鲁牛的“晨窗小品”《最心爱的一首歌》。

27 日　《澳门日报·新园地》副刊刊登庄钝的《汉字粤读》、陆之的“话旧谈新”《一枝黑水笔》。

28 日　《澳门日报·新园地》副刊刊登庄钝的《汉字粤读·卉》、思文的《向阳小唱》、鲁牛的“晨窗小品”《可怜的小花旦！》。

29 日　《澳门日报·新园地》副刊刊登庄钝的《汉字粤读·怅》、梅萼华的“晨窗小品”《“聊斋”与“人鬼狐”》、展素心的《“深入浅出”一例看——读

〈大众文艺丛书〉的体会》。

30日 《澳门日报·新园地》副刊刊登庄钝的《汉字粤读》、鲁牛的“晨窗小品”《“寂寞的心”？》、谦元的旧体裁诗词《行香子》。

本月 汪浩翰在香港《文艺世纪》副刊发表新诗《秋逝》，刘照明在香港《文艺世纪》发表新诗《山雨》《小溪》《云》《灯塔》。

九月

1日 《澳门日报·新园地》副刊刊登庄钝的《汉字粤读·棹》、罗隼的随笔《丰收之年话蜜梨》、文戈的影评《山本五十六——吹捧日本军国主义的电影》。

2日 《澳门日报·新园地》副刊刊登庄钝的《汉字粤读·畸》、若谦的“读书随笔”《从王孝思跳楼自杀谈起》。

3日 《澳门日报·新园地》副刊刊登庄钝的《汉字粤读》、蓓尔的《恰同学少年，风华正茂——毛主席在湖南第一师范》。

4日 《澳门日报·新园地》副刊刊登淬砺的随笔《从十七岁到二十岁》。

5日 《澳门日报·新园地》副刊刊登庄钝的《汉字粤读·烬》。

6日 《澳门日报·新园地》副刊刊登庄钝的《汉字粤读·荃》、水兰的“生活素描”《劳动的一课》。

7日 《澳门日报·新园地》副刊刊登庄钝的《汉字粤读·缁》、楚天舒的随笔《我曾遇过“江素娴”》、思文的《向阳小唱·飞仔开片》。

8日 《澳门日报·新园地》副刊刊登庄钝的《汉字粤读·榛》、鲁牛的“晨窗小品”《半夜狗吠》、思文的《向阳小唱·美国黑人奋起抗暴》。

9日 《澳门日报·新园地》副刊刊登庄钝的《汉字粤读·竦》、觅小诗的“生活素描”《难忘的探访》。

10日 《澳门日报·新园地》副刊刊登庄钝的《汉字粤读·愔》、赵凡的随笔《我的“雅号”》。

11日 《澳门日报·新园地》副刊刊登庄钝的《汉字粤读·於菟》。

12日 《澳门日报·新园地》副刊刊登庄钝的《汉字粤读》、思文的《向阳小唱·卜算子》、雪天的“生活素描”《妈妈变了》。

13 日　《澳门日报·新园地》副刊刊登庄钝的《汉字粤读·敛》。

14 日　《澳门日报·新园地》副刊刊登庄钝的《汉字粤读》、思文的《向阳小唱》，还刊有《雷峰日记》摘抄。

15 日　《澳门日报·新园地》副刊刊登庄钝的《汉字粤读·黯》、思文的《向阳小唱·欢迎爱国记者荣归》。

16 日　《澳门日报·新园地》副刊刊登庄钝的《汉字粤读·惆怅》、思文的《向阳小唱》、鲁牛的“晨窗小品”《“疯子演戏，傻子看戏”吗？》。

17 日　《澳门日报·新园地》副刊刊登庄钝的《汉字粤读》、高辛的“新事新风”《盘旋在脑海的镜头》，《群众文艺》副刊刊有觅小诗的粤语相声《电视迷》、东生的白榄《爷孙游大桥》。

18 日　《澳门日报·新园地》副刊刊登庄钝的《汉字粤读·涴》、鲁牛的“晨窗小品”《有关群众创作的问题——谈“戏剧性”之一》。

19 日　《澳门日报·新园地》副刊刊登庄钝的《汉字粤读·殚》、鲁牛的“晨窗小品”《什么是“戏剧性”呢——谈“戏剧性”之二》、容泳的随笔《伟大的二十年》。

20 日　《澳门日报·新园地》副刊刊登庄钝的《汉字粤读·岫》、鲁牛的“晨窗小品”《典型环境和典型人物——谈“戏剧性”之三》、思文的《向阳小唱》。

21 日　《澳门日报·新园地》副刊刊登庄钝的《汉字粤读·讵》、思文的《向阳小唱》、鲁牛的“晨窗小品”《“戏剧性”应为政治服务！——谈“戏剧性”之四》。

22 日　《澳门日报·新园地》副刊刊登庄钝的《汉字粤读》、思文的《向阳小唱》、鲁牛的“晨窗小品”《加强“戏剧性”的一些技巧——谈“戏剧性”之五》、黎明华的《诗三首》。

23 日　《澳门日报·新园地》副刊刊登庄钝的《汉字粤读·苑》、思文的《向阳小唱·迎节日访街区》、谦君的散文《欢乐的随想》。

24 日　《澳门日报·新园地》副刊刊登庄钝的《汉字粤读·荷》、汪浩翰的诗《在这些日子里》、励青的“观后随笔”《一对难兄难弟——读美式和意式西部片（上）》。

25日 《澳门日报·新园地》副刊刊登庄钝的《汉字粤读·氹》、思文的《向阳小唱·国庆叙餐》、励青的“观后随笔”《一对难兄难弟——读美式和意式西部片（下）》。

26日 《澳门日报·新园地》副刊刊登思文的《向阳小唱·国庆文艺晚会》、奋驰的随笔《一张西红柿的图片——看“伟大的社会主义祖国图片展览”》。

27日 《澳门日报·新园地》副刊刊登庄钝的《汉字粤读·蜗》、思文的《向阳小唱》、鲁牛的“晨窗小品”《“刘胡兰”演得活泼》。

28日 《澳门日报·新园地》副刊刊登庄钝的《汉字粤读·睁》。

29日 《澳门日报·新园地》副刊刊登庄钝的《汉字粤读·畹》。

30日 《澳门日报·新园地》副刊刊登思文的《向阳小唱》、觅小诗的随笔《心情》。

本月 心刚在香港《文艺世纪》发表短篇小说《悲剧》，汪浩翰在香港《文艺世纪》发表新诗《茶》。

十月

1日 中华教育会剧组在永乐戏院演出九场《南海长城》，其后又在康乐馆演出六场《刘胡兰》。《澳门日报·新园地》副刊刊登浩泉的新诗《祖国啊，我伟大的母亲》、庄钝的《汉字粤读》。

2日 高秉根基金会和博物馆的总办事处在里斯本揭幕。这位亲葡的文学艺术保护人在14年前逝世，其遗嘱有留给葡国人一个基金会的内容。《澳门日报·新园地》刊登许英的新诗《光辉的二十年》、庄钝的《汉字粤读·祚》、楚天舒的《看粤剧〈智取威虎山〉随感记（之一）》。

5日 《澳门日报·新园地》副刊刊登思文的新诗《向阳小唱·国庆球赛》、楚天舒的《看粤剧〈智取威虎山〉随感记之（二）》。

6日 《澳门日报·新园地》副刊刊登许英的新诗《节日的早晨》、庄钝的《汉字粤读·菰》、郑章源的散文《随笔二题》、楚天舒的《看粤剧〈智取威虎山〉随感记（之三）》。

7 日　《澳门日报 · 新园地》副刊刊登庄钝的《汉字粤读》。

8 日　《澳门日报 · 新园地》副刊刊登楚天舒的《看粤剧〈智取威虎山〉随感记（之四）》。

9 日　《澳门日报 · 新园地》副刊刊登谦君的《卜算子二首》。

10 日　《澳门日报 · 新园地》副刊刊登庄钝的《汉字粤读 · 桧》。

11 日　《澳门日报 · 新园地》副刊刊登庄钝的《汉字粤读 · 蒿》。

12 日　《澳门日报 · 新园地》副刊刊登庄钝的《汉字粤读 · 翩》、思文的《向阳小唱 · 乡思吟》。

13 日　《澳门日报 · 新园地》副刊刊登庄钝的《汉字粤读 · 赚》。

14 日　《澳门日报 · 新园地》副刊刊登天雪的散文《战斗的诗篇》。

15 日　《澳门日报 · 新园地》副刊刊登思文的《向阳小唱》。

16 日　《澳门日报 · 新园地》副刊刊登庄钝的《汉字粤读》、江子的诗《贺电》。

17 日　《澳门日报 · 新园地》副刊刊登思文的《向阳小唱》、庄钝的《汉字粤读》。

18 日　《澳门日报 · 新园地》副刊刊登思文的《向阳小唱》、庄钝的《汉字粤读 · 夏楚》。

19 日　《澳门日报 · 新园地》副刊刊登思文的《向阳小唱》、庄钝的《汉字粤读》。

20 日　《澳门日报 · 新园地》副刊刊登思文的《向阳小唱》、庄钝的《汉字粤读 · 诅》。

21 日　《澳门日报 · 新园地》副刊刊登思文的《向阳小唱》、庄钝的《汉字粤读》。

22 日　《澳门日报 · 新园地》副刊刊登思文的《向阳小唱》。

23 日　《澳门日报 · 新园地》副刊刊登思文的《向阳小唱 · 秋凉》、庄钝的《汉字粤读 · 磕》。

24 日　《澳门日报 · 新园地》副刊刊登庄钝的《汉字粤读 · 挟》。

25 日,《澳门日报 · 新园地》副刊刊登庄钝的《汉字粤读 · 酣》。

26 日　《澳门日报 · 新园地》副刊刊登庄钝的《汉字粤读 · 火拼》。

27 日　《澳门日报 · 新园地》副刊刊登庄钝的《汉字粤读 · 倏》、唐巽的"生活素描"《渔家子》。

28 日　《澳门日报 · 新园地》副刊刊登庄钝的《汉字粤读 · 抖搂》。

29 日 《澳门日报 · 新园地》副刊刊登庄钝的《汉字粤读》。

30 日 《澳门日报 · 新园地》副刊刊登何超整理的“读者谈影”《影片〈迷人的漩涡〉的座谈会记要（上）》。

31 日 《澳门日报 · 新园地》副刊刊登何超整理的“读者谈影”《影片〈迷人的漩涡〉的座谈会记要（下）》、庄钝的《汉字粤读》。

十一月

1 日 《澳门日报 · 新园地》副刊刊登思文的《向阳小唱》、庄钝的《汉字粤读 · 憧憬》。

2 日 《澳门日报 · 新园地》副刊刊登庄钝的《汉字粤读 · 呱》。

3 日 《澳门日报 · 新园地》副刊刊登庄钝的《汉字粤读 · 颊》。

4 日 《澳门日报 · 新园地》副刊刊登庄钝的《汉字粤读 · 舵》。

5 日 《澳门日报 · 新园地》副刊刊登楚天舒的散文《夜游广州人民文化宫》。

6 日 《澳门日报 · 新园地》副刊刊登武梦的杂文《释鬼怪伎俩》、上海京剧团的《智取威虎山》之一。

7 日 《澳门日报 · 新园地》副刊刊登庄钝的《汉字粤读 · 轟》、上海京剧团的《智取威虎山》之二。

8 日 《澳门日报 · 新园地》副刊刊登庄钝的《汉字粤读 · 捶》、上海京剧团的《智取威虎山》之三。

9 日 《澳门日报 · 新园地》副刊刊登庄钝的《汉字粤读 · 叱咤》、上海京剧团的《智取威虎山》之四、觉悟评香港双翼的作品《推荐散文集〈一秒、一年、一生〉》。

10 日 《澳门日报 · 新园地》副刊刊登庄钝的《汉字粤读 · 哽咽》。

11 日 《澳门日报 · 新园地》副刊刊登庄钝的《汉字粤读 · 稞》、楚天舒的散文《珠江河上彩虹飞》。

12 日 《澳门日报 · 新园地》副刊刊登庄钝的《汉字粤读 · 翱翔》。

13 日 《澳门日报 · 新园地》副刊刊登庄钝的《汉字粤读 · 雹》、欧阳的“生活素描”《新生》。

14 日　《澳门日报 · 新园地》副刊刊登庄钝的《汉字粤读 · 怦》、思文的《向阳小唱》。

15 日　《澳门日报 · 新园地》副刊刊登鲁牛的剧评《数风流人物还看今朝》。

16 日　《澳门日报 · 新园地》副刊刊登庄钝的《汉字粤读 · 铿锵》、海辛的《路程上》（上），另开始连载梅萼华的散文《在幸福的日子里》之一。

17 日　《澳门日报 · 新园地》副刊刊登海辛的《路程上（下）》，另连载梅萼华的散文《在幸福的日子里》之二。

18 日　《澳门日报 · 新园地》副刊刊登庄钝的《汉字粤读 · 奄奄（上）》、梅萼华的散文《在幸福的日子里》之三。

19 日　《澳门日报 · 新园地》副刊刊登庄钝的《汉字粤读 · 奄奄（下）》、思文的《向阳小唱》。

20 日　《澳门日报 · 新园地》副刊刊登庄钝的《汉字粤读 · 夫（上）》、思文的《向阳小唱》。

21 日　《澳门日报 · 新园地》副刊刊登庄钝的《汉字粤读 · 夫（中）》、思文的《向阳小唱》、蓓尔的剧评《一读〈智取威虎山〉》。

22 日　《澳门日报 · 新园地》副刊刊登庄钝的《汉字粤读 · 夫（下）》、思文的《向阳小唱》、蓓尔的剧评《二读〈智取威虎山〉》。

23 日　《澳门日报 · 新园地》副刊刊登庄钝的《汉字粤读》、思文的《向阳小唱》。

24 日　《澳门日报 · 新园地》副刊刊登庄钝的《汉字粤读 · 霾》。

25 日　《澳门日报 · 新园地》副刊刊登严丁的短篇小说《苏伯与我》、思文的《向阳小唱》，《澳门学生》发表坚于楠的新诗《赞歌——献给英勇救火的人们》。

26 日　《澳门日报 · 新园地》副刊刊登庄钝的《汉字粤读》、思文的《向阳小唱》。

27 日　《澳门日报 · 新园地》副刊刊登庄钝的《汉字粤读 · 讦》、思文的《向阳小唱》。

28 日　《澳门日报 · 新园地》副刊刊登思文的《向阳小唱》。

29 日　《澳门日报 · 新园地》副刊刊登庄钝的《汉字粤读 · 忐忑》。

30 日　《澳门日报 · 新园地》副刊刊登庄钝的《汉字粤读 · 拴》、思文的《向阳小唱》。

本月 张错在西雅图写长篇论文评王润华的诗。在香港《文艺世纪》发表的文章有：江思扬的《你·我》、汪浩翰的新诗《冬夜小集》、郑章源的新诗《意念》。

十二月

1日 《澳门日报·新园地》副刊刊登庄钝的《汉字粤读》、思文的《向阳小唱》。

2日 《澳门日报·新园地》副刊刊登庄钝的《汉字粤读》。

3日 《澳门日报·新园地》副刊刊登子秋的生活素描《他一个孩子》。

4日 《澳门日报·新园地》副刊刊登庄钝的《汉字粤读》。

5日 《澳门日报·新园地》副刊刊登庄钝的《汉字粤读》。

6日 《澳门日报·新园地》副刊刊登庄钝的《汉字粤读·纶巾》。

8日 《澳门日报·新园地》副刊刊登庄钝的《汉字粤读》、香港卓力的小说《我见到了德婶（上）》。

9日 《澳门日报·新园地》副刊刊登庄钝的《汉字粤读·瘪》、香港卓力的小说《我见到了德婶（下）》。

10日 《澳门日报·新园地》副刊刊登庄钝的《汉字粤读》。

11日 《澳门日报·新园地》副刊刊登庄钝的《汉字粤读·锹》、玮君的“生活素描”《太婆与啤女》。

12日 《澳门日报·新园地》副刊刊登庄钝的《汉字粤读》。

13日 《澳门日报·新园地》副刊刊登江映澜的散文《英雄的中国船》。

14日 《澳门日报·新园地》副刊刊登江思扬的新诗《太阳》。

15日 《澳门日报·新园地》副刊刊登庄钝的《汉字粤读·洮》。

16日 《澳门日报·新园地》副刊刊登庄钝的《汉字粤读》。

17日 《澳门日报·新园地》副刊刊登庄钝的《汉字粤读》、子秋的“生活素描”《她第一次哭了》。

18日 《澳门日报·新园地》副刊刊登庄钝的《汉字粤读·卤》。

19日 《澳门日报·新园地》副刊刊登庄钝的《汉字粤读·陡》。

20 日 《澳门日报 · 新园地》副刊刊登庄钝的《汉字粤读》。

21 日 《澳门日报 · 新园地》副刊刊登思文的《向阳小唱》。

22 日 《澳门日报 · 新园地》副刊刊登庄钝的《汉字粤读 · 隰》。

24 日 《澳门日报 · 新园地》副刊刊登庄钝的《汉字粤读 · 瘳》。

25 日 《澳门日报 · 新园地》副刊刊登庄钝的《汉字粤读》、龚晨冰的诗《尼克松口中念“和平经”》。

26 日 《澳门日报 · 新园地》副刊刊登庄钝的《汉字粤读 · 夙》、江映澜的“生活素描”《伍叔的到来（上）》、蓓尔的新诗《红太阳在这里升起》。

27 日 《澳门日报 · 新园地》副刊刊登庄钝的《汉字粤读 · 擢》、江映澜的“生活素描”《伍叔的到来（下）》。

28 日 《澳门日报 · 新园地》副刊刊登庄钝的《汉字粤读 · 殂》。

29 日 《澳门日报 · 新园地》副刊刊登庄钝的《汉字粤读 · 陨》。

30 日 《澳门日报 · 新园地》副刊刊登庄钝的《汉字粤读》。

31 日 《澳门日报 · 新园地》副刊刊登江思扬的新诗《颂》。

本月 凌霄的长篇小说《南明英烈传》在《华侨日报》连载（至 1970 年 7 月 14 日止）。心刚在香港《文艺世纪》发表短篇小说《喜悦》。林逸在香港《文艺世纪》发表短篇小说《凯玲的故事》。

本年

⊙ 青云的长篇小说《箫声剑影》在《华侨日报》连载，至1971年1月11日止。

⊙ 痴人翻译的长篇小说《歧路》在《华侨日报》连载，至1970年3月22日止。萧笙的长篇小说《金玉情鸳》在《华侨日报》连载，至1970年5月10日止。

⊙ 王香琴的长篇小说《云海群龙》在《华侨日报》连载，至1971年4月18日止。茵茵的长篇小说《残梦》在《华侨日报》连载，至1970年5月19日止。

⊙ 高唐的长篇小说《左右为难》在《华侨日报》连载，至1970年1月12日止。

⊙ 韩牧的《铅印的诗稿》出版。

⊙ 周桐在香港的《学生时代》发表短篇小说。

⊙ 澳门圣·罗撒女子中学任华人女学生外文教师的玛里亚·翁迪娜·布拉加，出版长篇自传《盐柱》。

⊙ 梁披云创作《元旦漫吟》《梦与蒋大晤对书斋醒来得句因寄》《得连玉近讯赋此慰之》《松山初夏》《镜湖近事》等旧体诗。

⊙ 马万祺创作七律《为廖公承志全家遭受迫害而和》。

⊙ 20世纪60年代中期以后，中华教育会康乐部剧组和镜湖医院的员工及学护等演剧组织先后上演内地剧目，计有《南海长城》《刘胡兰》《阿翠》《红梅花开》《第三颗手榴弹》《出航之前》《槟榔薯的秘密》《年青的一代》以及改编剧《红灯记》《沙家浜》《智取威虎山》。

国家出版基金项目
NATIONAL PUBLICATION FOUNDATION

澳门文学编年史

③

朱寿桐 主编
傅天虹 许燕转 编撰

SPM 南方出版传媒 花城出版社 中国·广州

图书在版编目（CIP）数据

澳门文学编年史. 3 / 朱寿桐主编 ; 傅天虹, 许燕转编撰. -- 广州 : 花城出版社, 2019.12
ISBN 978-7-5360-9128-3

Ⅰ. ①澳… Ⅱ. ①朱… ②傅… ③许… Ⅲ. ①地方文学史－编年史－澳门－1970-1974 Ⅳ. ①I209.965.9

中国版本图书馆CIP数据核字(2019)第281193号

出 版 人：肖延兵
责任编辑：黎　萍　蔡　宇
技术编辑：薛伟民　凌春梅
装帧设计：吴冠曼

书　　名	澳门文学编年史. 3 AOMEN WENXUE BIANNIANSHI 3
出版发行	花城出版社 （广州市环市东路水荫路 11 号）
经　　销	全国新华书店
印　　刷	恒美印务（广州）有限公司 （广州南沙经济技术开发区环市大道南路 334 号）
开　　本	787 毫米×1092 毫米　16 开
印　　张	132　2 插页
字　　数	1,885,000 字
版　　次	2019 年 12 月第 1 版　2019 年 12 月第 1 次印刷
定　　价	800.00 元（1—5 册）

如发现印装质量问题，请直接与印刷厂联系调换。
购书热线：020－37604658　37602954
花城出版社网站：http://www.fcph.com.cn

编者简介

朱寿桐　文学博士，澳门大学中国文学教授，澳门大学中国历史文化中心代主任，澳门大学南国人文研究中心主任。兼任澳门文艺评论家协会主席、海外暨港澳台中国书法家协会常务副主席。在澳门文学文化研究方面出版过《汉语新文学与澳门文学》《澳门新移民文学与文化散论》等著作。

傅天虹　博士、教授。现任教于北京师范大学珠海分校，兼任东南大学兼职研究员、暨南大学中国文艺评论基地诗歌散文评论委员会副主任。1987 年创办《当代诗坛》；1990 年创建当代诗学会；2007 年，策划并参与创建“当代诗学论坛”机制。发表论文多篇，著有 40 余部作品。作品被选入《中国新诗百年大典》等文本及商务印书馆最新版《大学语文》教材。

许燕转　文学博士，副教授。现任东莞理工学院文学与传媒学院副院长。主要研究华文离散诗学、中国近现代化中的宗教文化，先后在《文艺争鸣》《当代作家评论》等核心刊物上发表十多篇学术论文，共主持国家、省厅、市、校级科研项目 7 项。

目 录

序言 001

1970年 027

1971年 119

1972年 206

1973年 283

1974年 373

序言

无论是在中国当代文学史，还是澳门文学史的研究中，澳门20世纪70年代的文学通常被认为处于从“寄生”到“自觉”的发展进途中的哑音状态，而这种以内地、香港、台湾为强烈的背景而比照进行的论述，在相当程度上忽视了澳门文学自由散发的文学景象和颇为独特的发生发展形式。本编正意欲在方法论上，引入“汉语新文学史”的科学史观和整合辨异的视野，通过对澳门70年代十年间湮没、尘封甚至是细碎原始资料的搜集和整理，通过对这些文学史料的甄别和选择、比照和胪列，构造一个“用事实说话”的文学史的逻辑和秩序。从编年史的梳理中可见，十年间，澳门文学承前启后、温和包容、自洽一方，不仅各种文体自由发展、交相辉映，以最富有代表性，而又各有特色的《澳门日报》和《华侨报》文艺副刊为主要基地，展现澳门文学自身独特的文学景象、发展规模、速率脉跳和文学生产方式。

可以说，澳门新文学是汉语新文学板块中最不被重视的一块，在被推至“对岸文学”——台港澳文学板块的同时，又被搁置在“台港”文学之后，可谓是边缘中的边缘。这样的境况导致有些人对澳门文学的判断常存在明显的歧误，例如对澳门70年代文学的研究就常常存在先验偏见——有一些甚至成为约定俗成或广为认同的定见：断言澳门70年代的文学处于从“寄生”到“自觉”的发展进途中的哑音状态，“孤寂摸索”，“依旧是步履蹒跚地在困顿中挣扎”[1]；认为澳门70年代文学与内地文学具有强烈的随从关系，紧跟内地政治风云而浮沉，是内地文学号角的边缘回响；认

① 刘登翰主编《澳门文学概观》（鹭江出版社，1998年）在第三章中概述澳门“新文学”的发展历程，将其分为艰难起步的三四十年代，孤寂摸索的五十至七十年代，走向自觉、繁荣的八九十年代。持相同观点的还有一大批内地研究者。这里突出的“孤寂摸索”一词值得玩味。

为在80年代之前，澳门没有文学性杂志；甚至认为“八十年代以前，澳门不仅没有什么文学性杂志，也没有文学副刊供文学作品发表，更没有一个出版社能让文学作品付梓问世……1983年6月，澳门有史以来的第一个文学副刊‘镜海’在《澳门日报》问世……”①；而由于严重缺乏发表园地，本土作家即使极少，仍要转战香港文坛，寻求“彼岸”发展，从而形成“离岸文学”，研究者甚至将此种现象视为澳门文学的主体景象……可以看到，这些论断的持有者更多是来自隔海相望的内地学者，由于难以触摸澳门的文学现场而发出这种论断便情有可原。而澳门的一些常年浸润甚至本身便是文学副刊缔造者的学者则发出了有力的呼声，如关于澳门文学副刊的溯源，陶里先生早明确提出“三十年代在澳门十来万人口中，有《朝阳》《大众》《新声》《澳门时报》《民生》《平民》几张报纸，有的设有副刊，比较著名的是陈霞子主持的《大众报》副刊……”②，郑炜明、廖子馨持相近观点。《澳门日报》总编辑李鹏翥也著文称“副刊最早的是从1950年3月8日创刊的《新园地》始，1958年8月15日《澳门日报》创刊，副刊沿用《新园地》刊登文学作品，《澳门学生》从1950年的《学联报》中辟有副刊……”③等。不过，这些叙述通常仍到60年代戛然而止，而后从80年代“澳门文学形象”的建立重新开始谈论澳门文学，70年代仍然是被越过的一段无声岁月。

这些观点都具有一定的历史性，是在澳门70年代文学无法复现的情况下形成的。事实上，从30年代至今，澳门报纸副刊刊登了质数可观的各种文体的作品，显然不能以一般的作品成书出版传播、存留与否为评判的标准，因为后者应该是媒介传播的问题而不是或者不能全是文学创作本身的问题。不过问题更棘手的还在于，这些经年的报纸副刊作品被淹没和未被发掘，直接导致了当前对澳门文学史整体认识、研究的一些问题，因为研

---

① 云惟利：《澳门文学论集》序，卢荻等编，澳门：澳门文化学会出版，1988年。这个观点影响了很多内地学者，如赵朕：《歌迈进新里程——论澳门八十年代的文学创作》，《滨州师专学报》2000年第1期。

② 陶里：《澳门现代文学作品选》，北京：中国友谊出版公司，1998年。

③ 李鹏翥：《濠江文谭》，澳门：澳门日报出版社，1995年。

究者只能就着当前“权威们”约定俗成、广为认同的定见和少之又少的已出版作品进行研究。因此，将70年代文学视为荒芜一片，或者是受内地文艺思潮的严重影响而处于“寄生”状态，也因此，研究者转而寻求澳门离岸文学的“拾遗”，舍本求末认为这一时期澳门文学研究的中心不在澳门而在香港……将这类作品作为分析澳门70年代文学景象的主要依据。

可以看到，正是70年代澳门文学现场的无法复现，导致当前对其论述更多地带着“以论带史”的性质。所谓“以论带史”的做法，因为无法整体地呈现文学面貌，退而以撷取作家作品、某种现象为中心，集中论述，撮要评骘，在阐释和评价作家作品的过程中，表达论者的观点和看法。因此，将注意力集中在对重量级的作家作品或文学现象的抓取上，论者往往疏于去发现澳门文学本身的原发性特质和文学现象，以及澳门文学本身整体的历史联系，因而且不说难以昭示相互关联的文学史实中澳门文学发生和发展的规律性，连文学发展的历史线索也被斩断。鉴于此，本书以编年史的体例重新回到澳门文学70年代现场，以重考据、重实证的“朴学”精神，立意于这种文学基底的搜寻、复原、重建，深入70年代文学现场，通过对文学史的原始资料的发掘、整理、钩沉、辑佚，占有尽可能详尽、完备同时又尽可能准确、翔实的文学史料，在此基础上，通过对这些文学史料的甄别和选择、比照和胪列，构造一个“用事实说话”的文学史的逻辑和秩序。这种文学史的逻辑和秩序，不是靠观点来“黏合”史料，而是靠史实之间的联系建立起来的，史家的观点和评价，就隐含在这些史实及其所建立的关系之中。总之，一旦70年代文学景象去隐蔽化，一旦文本浮出历史地表，将在很大程度上修正、改变当前的种种论断，应有另一番历史性超越论述。

一、各文体的自由发展与文化呈现

当前可查的澳门70年代文学的实存载体主要有以下几种：首先是澳门70年代两大报刊《澳门日报》与《华侨报》的副刊——《新园地》与《华座》；其次是其他小规模、油印的刊物，如《澳门学生》《澳门学生运动大会特刊》《澳门教育》等；再者则是澳门作家发表于香港及海外的作品，主要有发表于香港的《伴侣》《当代文艺》《海洋文艺》等，甚至有一小部分是通过70年代以后作家自行出版结集而呈现的，这往往需要查询者对70年代以后发行出版的相关澳门文学作品进行爬梳，这一部分难度较大，且往往难以详尽。通过目前的梳理，有理由认为，这些作品“集合体”所联合呈现的是另一个别开生面的文学事实。澳门70年代的文学景象基本上呈现出“自由发展、温和包容、自洽一方”的特性，这无论是相对当时狂热政治化的内地文学，或是现代派滥觞的台湾文学，或是武侠言情小说流行的香港文坛而言，都是独特的。

澳门70年代发表了大量的作品，基本统计如下：

单位：篇

年份	发表地	文体								
		小说				散文	诗歌		评价	合计
		长篇	中篇	短篇	合计		现代诗	古体诗词		
1970年	澳门发表	18	4	112	140	241	33	42	2	464
	香港及海外发表	2	—	4		4	2	—	—	
1971年	澳门发表	21	1	146	173	240	20	2	18	469
	香港及海外发表	—	—	5		15	—	—	1	
1972年	澳门发表	18	7	80	114	72	11	34	6	237
	香港及海外发表	1	—	8		—	—	—	—	
1973年	澳门发表	20		22	46	598	25	32	46	748
	香港及海外发表	1	—	3		—	1	—	—	
1974年	澳门发表	18	13	29	61	126	11	35	12	254
	香港及海外发表	1	—	—		—	9	—	—	
1975年	澳门发表	15	7	55	79	371	13	33	132	654
	香港及海外发表	1	—	1		4	22	—	—	
1976年	澳门发表	8	8	37	55	482	13	32	74	684
	香港及海外发表	2	—	—		4	24	—	—	
1977年	澳门发表	13	11	7	33	344	18	55	42	508
	香港及海外发表	2	—	—		—	16	—	—	
1978年	澳门发表	13	3	47	67	259	6	55	62	462
	香港及海外发表	1	—	3		—	11	—	2	
1979年	澳门发表	13	—	117	132	346	33	55	93	669
	香港及海外发表	2	—	—		—	5	—	5	
小计	澳门发表	157	54	652	863（95.8%）	3079（99.1%）	183（67%）	375	487（98.4%）	4987（96.9%）
	香港及海外发表	13	—	24	37（4.1%）	27（0.9%）	90（33%）	—	8（1.6%）	162（3.1%）
总计		170	54	676	900	3106	273	375	495	5149

从统计可见，澳门70年代文学处在自在发展的阶段，以澳门本土文学阵地为主，发表大量长中短篇小说、诗歌、散文（杂文）等，各文体均衡，齐头并进；相对而言，在香港、海外发表的作品篇数占3.1%，反而香港的许多作家，尤其是长篇武侠、言情题材的小说均发表在澳门文学副刊上，这种现象尚未得到确切的研究，需要引起关注。

副刊与小说创作的繁盛

通常对澳门文学有一个定见，即认为：“澳门文学发展的不平衡却自有其独特之处：在文学诸品种中，诗歌、散文一路领先，小说反而滞后，戏剧则相当活跃、成绩不俗。”[①]事实上，澳门70年代小说成果不仅颇为壮观、辉煌，甚至在一定程度上超越其他文体而显示勃勃生机。且以1970年至1979年《澳门日报》发表的小说为例，统计如下表：

单位：篇

年度	长篇小说	中篇小说	短篇小说	合计
1970 年	7	2	50	59
1971 年	4	1	36	41
1972 年	5	7	33	45
1973 年	9	7	18	34
1974 年	9	8	3	20
1975 年	7	6	17	30
1976 年	3	7	17	27
1977 年	4	6	5	15
1978 年	5	1	46	52
1979 年	3	—	52	55
合计	56	45	277	378

从以上统计可以看出，《澳门日报·新园地》副刊，在十年间发表各种形式主题的小说共378部，从数量上，相对通常认为的澳门离岸文学小说34篇[②]（本书经考据，共查出37篇）的比较，明显是压倒性的多数，是

① 王宗法：《澳门文学的独特性》，《江苏社会科学》2000 年第 1 期。

② 参见凌钝选编：《澳门离岸文学拾遗》，澳门：澳门文学基金会，1994 年。

对“澳门七十年代无文学”的“离岸”一说的有力质疑。而如果对这些作品进行整理研究，澳门70年代的文学景象则焕发出独特的光彩。

如果以连载小说而论，为《澳门日报》写连载小说时间最长、作品最多的是鲁茂。澳门著名作家鲁茂，原名邱子维，另有笔名柳惠、万山红、梅若诗、鲁牛、余振中，在10年间共发表长中篇小说如下：

1.《星之梦》，梅若诗，发表时间为1969年5月1日—1970年2月16日，描写一个青年足球队员怎样梦想成为足球明星。

2.《打虎不离亲兄弟》，梅若诗，1971年1月27日—1972年2月15日，描写善良的人们抗暴锄奸的故事。

3.《小城冬暖》，梅若诗，1972年2月21日—1973年1月1日，讲述了发生在小城士多咖啡店老板梁伯和身边的人身上的故事。

4.《黑珍珠》，梅若诗，1973年8月1日—1974年1月22日，描写一个英文书院女学生的少女情怀。

5.《迷离世界》，梅若诗，1973年1月3日—2月18日，讲述两年前26岁的“我”在别墅的一次带点粉红色的奇遇。

6.《谁是凶手》，梅若诗，1973年2月19日—6月14日，讲述发生在百德合德中学一个学生身上的一系列故事。

7.《王老五之恋》，梅若诗，1973年6月15日—7月31日，讲述名叫王鲁伍的看更人的恋爱故事。

8.《假面杀手》，梅若诗，1974年1月23日—6月15日。

9.《彩虹》，鲁牛，1974年6月16日—1975年2月7日。

10.《逆浪》，鲁牛，1975年2月8日—8月15日。

11.《天鹅》，鲁牛，1975年9月11日—1976年4月10日。

12.《危巢》，鲁牛，1976年5月22日—11月9日。

13.《心愿》，鲁牛，1976年11月10日—1977年5月9日。

14.《爱的轨迹》，鲁牛，1977年5月10日—12月31日。

15.《仲夏夜之恋》，柳惠，1978年7月1日—9月10日。

以上共15篇，仅数量已很惊人。鲁牛《天鹅》约16万字，连载时间从

1975年9月11日至1976年4月10日。该中篇小说描写一个好高骛远、爱慕虚荣的少女爱伦整日幻想嫁到国外，过上安逸、奢侈的生活，于是用尽各种手段苦心经营自己这个“美丽”的梦想，在如愿嫁到美国后才发现现实和幻想的差距，可惜后悔已来不及。故事的结局是尝尽生活苦果的爱伦终于学会脚踏实地，珍惜平凡生活中的幸福。小说构思新颖，针对当时崇尚物质、追求奢靡的社会风气而言，具有很强的现实意义。更加值得注意的，还在于小说通过对主人公远离家乡来到异国他乡而遇到的种种磨难和文化冲突的主题，较早地触及了海外离散文学的主题，其中对女性处于文化冲突和欲望世界中的人性挣扎和心灵苦痛的浓墨重彩，更是值得细细探究。

值得一提的还有作家唐堂自1973年至1977年，在《澳门日报·新园地》副刊上连载10部长篇小说，计有《屠虎七少年》《义剑情刀》《虬髯客》《南柯记》《霍小玉》《斩蛟记》《异桃源行》《韦自东奇遇》《秀才除妖记》《人虎幻》等，大多以历史题材作为书写对象，有奇幻、武侠的特点。

另一位高产作家金依有3部长篇连载小说，分别是《同心结》，《小宝姐姐》（1973年，《澳门日报》），《不落的花录》。《不落的花录》主要讲述了一群青年学生的故事，以主人公何桂海为线索，铺开了校园的叙事。何桂海在学校里是一个调皮捣蛋的狠手，小说从送别李木玫的同学聚会说起，在聚会上同学们相亲相爱，极为和谐。但是李木玫走了之后，何桂海就变了，他把从前的所有陋习都找了回来，抽烟喝酒，上课还赌钱。不仅自己深陷其中，还不停地把同学也拉到其中。偶然间，何桂海发现了自己的身世，原来自己并不是现在看起来风光的大少爷，而是一个没有父亲的孤儿。在此打击下，何桂海不得不重新思考自己，在一群同学的帮助下终于走出了困境，又找回了奋斗的勇气。与其他两部小说题材相似，金依主要以校园文学题材为主，对当时香港、澳门校园学生精神面貌有深入的探究。

润园1971年开始在《澳门日报·新园地》上连载小说《小坚》《老大娘》《渔歌》等。《渔歌》连载至1972年2月15日，共141节，约10万余字。小说主要讲述海岛上的一家渔民的遭遇，他们不但与自然做不屈不挠的斗争，在岸上，他们也承受着社会上的惊涛骇浪，但是，他们与天斗与人斗，勇往直前。颇有海明威《老人与海》的影子，然而叙事风格却要轻松一些，这与澳门小岛的文化背景有很大的关系，可作为对澳门渔业生活所滋养的文化传统的细腻解读。湘园另发表有小说《爱的漩涡》（1972年）、《烎公奇遇记》（1973年）、《活面人》（1973年）、《老友早晨》（1974年）、《女儿好苦》（1974年）、《升官发财》（1975年）、《老千点相录》(1975年)、《古灵精怪》（1977年）。方晓则以青春小说为主，发表《青春，你寂寞》（1975年，《澳门日报》）、《无忧梦》（1977年）、《女儿心事》（1977年）。《女儿心事》以青春少男少女为故事蓝本，笔法略显稚嫩，但风格清新，对青春期心理的刻画较为生动。

香港作家海辛也在澳门发表了多部小说，如《紫色的牵牛花》（1971年）、《夫妻之间》（1972年）、《五月的果园》（1972年）、《心事》(1972年)、《岐江浪跃》（1973年）、《银色的漩涡》（1973年）、《对岸》（1973年）、《十字路口》（1975年）、《茶博士说亲》（1975年）。海辛一直抱着实验的心态，尝试以各种各样的手法与形式，去呈现他滚瓜烂熟的诸种新旧人事与生活场景，成绩甚丰。《十字路口》，约12万字，连载时间从1975年1月1日至5月31日。该中篇小说写一个在小餐馆做招待的青年女孩徐薇，家境贫寒却怀揣着成为钢琴演奏家的梦想。她面对富有青年的追求，既被奢侈的生活方式吸引，又希望保持自己独立的人格，以一种骄傲的姿态来实现自己的梦想。站在人生的十字路口不知何去何从的她最终选择了一种平凡但自尊的生活方式，与贫寒却非常善良的餐厅厨师结成佳侣。而最初追求她的富家公子也被证实是诈骗团伙中的成员，专门诈骗年轻、无知却追求享受的女孩儿从事声色交易。这部小说既揭示了社会上腐化堕落、物欲至上的丑陋一面，同时也展现出人性中善良自尊的美好一面。平凡的草根阶层身上那种对梦想的执着求索和对人格独立的不懈追求尤为感动人心。

香港作家浩泉发表了9篇小说：《血仇泪》（1971年）、《羽翼》

（1972年）、《华芭山村》（1972年）、《劫后》（1972年）、《迟到的春天》（1972年）、《染缸》（1973年）、《巢的烦恼》（1973年）、《我们太年轻》（1973年）、《鱼缸过客》（1973年）。王香琴发表了4部长篇连载武侠小说：《云海群龙》（1970年）、《剑神》（1975年，《华侨报》）、《湖海风雷》（1976年）、《神探与飞贼》（1978年）。作家亦舒1974年12月在《华侨报》发表中篇连载小说《猫咪》，1975年发表《外宿记》《换心》等。

《华侨报》长篇连载小说则是另一番景象，70年代早期主要以武侠、传奇小说为主，例如作家青云的《箫声剑影》（1969年至1971年1月11日），作家凌霄的《南明英烈传》（1969年12月—1970年7月14日），作家茵茵的《残梦》（1969年至1970年5月19日），作家痴人翻译的《歧路》（1969年至1970年3月22日），作家萧笙的《金玉情鸳》（1969年至1970年5月10日），作家王香琴的《云海群龙》（1969年至1970年1月26日）、《昆仑快刀》（1970年1月27日—1971年4月18日），作家高唐的《断线的风筝》（1970年1月13日—3月14日）、《左右为难》（1969年至1970年1月12日）。

1970年至1979年《华侨报》小说发表情况统计如下：

单位：篇

年度	长篇小说	中篇小说	短篇小说	合计
1970 年	13	2	51	66
1971 年	12	—	127	139
1972 年	8	—	49	57
1973 年	2	2	4	8
1974 年	5	4	25	34
1975 年	2	—	38	40
1976 年	2	2	17	21
1977 年	3	4	2	9
1978 年	3	1	20	24
1979 年	2	—	64	66
合计	52	15	397	464

《华侨报》上长篇小说的题材除了70年代初的武侠小说，如青云主要以武侠小说为主，发表《箫声剑影》（1971年，《华侨报·华座》副

刊）、《域外风云录》（1971年）、《宝剑情仇》、《蓬莱剑》（1972—1973年）、《青霜玉佩》（1973年）、《火娘子》（1973年）外，大部分属于现代通俗小说。

李心言，原名李艳芳，笔名凌稜、林惠等，广东新会人，生于澳门。《华侨报》副刊《童真》和《校园》主编。60年代起以李心言为笔名在香港文艺杂志发表作品，又与人合办油印文艺杂志《红豆》，写有小说、新诗和大量散文，部分作品反映出不同时代的澳人澳事。70年代主要有小说《魅影幢幢》和《结婚十年》。

作家高唐从1970年起至1973年，在《华侨报》上共发表小说321篇，包括中篇小说《断线的风筝》（1970年，《华侨报·华座》副刊），以中短篇的形式连续发表了多篇小说，如《失手》《美美的故事》《女大当嫁》《恶梦》《往事》等，篇幅短小，经常是几百字、近千字的长度。但是在精简中，写生活中琐碎之事，别有一番体悟，是当时澳门生活中较为无争、惬意、世俗、平静的写照。

夏冰于《华侨报》上连载发表长篇小说《多咀街坊》（1975年）、《多咀街群英会》（1977年）、《多咀探长与街坊》等。这几部系列连载小说得到读者的追捧，如其中章节“亚珍唔舍得多咀街”“红须陆顶住条气”“波士企图大镇压”“揽者吻过侦探”等以多咀街为背景，活现多咀探长为街坊侦查破案，落实民生的生活情景。邻里街坊充满浓厚的生活气息和人情味，三六九等都在这里汇聚。尤其能以粤语进行创作，因此能将民间风俗较充足地展示，这无疑是研究澳门70年代的重要文学资料。

思薇于1977年起发表《爱情列车》等。小说连载到7月4日，共90节，约4万余字。爱情就像一列车，走过了一站，又在下一站停下。这篇小说的大体内容：主人公是一个十几岁的小女孩黄小眉，正处青春期的年龄，自然需要爱情的滋养。但是她一厢情愿地错爱上了自己的亲舅舅，结果成了一个闹剧。失恋的黄小眉，灰心丧气，堕落到了极点，然后她的爱情就像列车一般，一站站走过。另有《潮，来了，又去了》（1977年）、《薄雾》（1977年）、《朝九晚五》（1977年）小说连载至1978年3月30日，共100章，约7万字。这是一篇反映都市生活的社会小说，主要描绘了香港白领阶层的生活境况。主人公叫爱莲，是一家公司的职员，每天都忙碌，工作与情感生活中，或者担心失恋，或者担心工作不顺。但是，生活毕竟不是自我能主宰的，越是担心越是不如意，从热恋到失恋，又从失恋到热恋，忙得不可开交。《情关》（1978年）、《拂槛春风》（1979年）、《梨酌候光》，写年轻的丈夫马长驱耐不住寂寞，每天晚上背着妻子柳婷出去找应召女郎，还在外面有了情人安妮，妻子却对这件事情一无所知。马长驱在道德与欲望的矛盾中挣扎，他总觉得对不起妻子，终于将事情告诉了妻子，二人的关系也越来越冷漠，冷漠得“相敬如宾”。深陷欲望中的马长驱决定与妻子分开，但是在即将分开的时候，他却发现自己深爱的人还是妻子，在经过一系列跌宕的经历后，马长驱又找回了妻子。这篇小说讲的是两对矛盾：其一是欲望与道德的矛盾，其二是爱与欲望的矛盾。通过一个在欲望中迷失自我的人的塑造，阐释了生活的定义，生活不是欲望的漏斗，而是爱与关怀的天堂。小说《龙虾湾情劫》叙述的是在龙虾湾上发现了一个女尸，当时只有一个证人赵宁，警察寻找赵宁，但是被赵宁拒绝了。谭美媚为了追查女伴的死因，找到了赵宁，希望他能够帮忙追查凶手。赵宁和谭美媚在努力下，发现了一个大秘密，原来龙虾湾的凶案都是一个犯罪集团所为。在追查中，也不断暴露了谭美媚背后的故事，原来谭也是犯罪集团中的人，还与犯罪集团的主要负责人有着千丝万缕的关系。法网恢恢，疏而不漏，最后，谭美媚在绑架了雕塑家皇甫嵩而勒索其妻子之后，被抓获，判刑21年。《贼巢女诸葛》讲述了一个女警深入敌后的故事，她伪装成舞小姐与被她拉入伙的小刘发生了一段爱情，虽然他们最后还是破了案，但是贼巢没有彻底清除，又陷入了圈套之中。《流星锤》主要讲玩具厂商陈白尘因为玩具厂的危机一蹶不振，于是开始跑到澳门赌钱，结果输光了所有的家当，还与澳门的黑势力结了怨。在危机重重的情况下，陈白尘开始策划一系列阴谋，还杀了人。在警方的努力下，陈白尘终于落网，受到法律的制裁。《音容宛在》讲述大亨姜国栋从13楼跳了下来，警察马上封锁了现场。经过一番追查，却没有丝毫线索，甚至姜国栋的家里也拒绝追查。警方没有放弃，在姜国栋的尸体上找到了线索，在其他地方也找到了线索。警方终于查明，死者不是姜国栋，而是一个替身。原来姜国栋因为贪污的事情找了一个替身，意欲瞒天过海。姜国栋最终落入法网。

纵观这些小说，大部分都贴近70年代澳门社会生活、文化的现状，触及澳门社会的方方面面，如渔业、商业、赌博业，如校园生活、打工生活、移民生活、市民生活等。这种散漫而无所不包的题材写作，恰恰反映了70年代澳门文学的自洽一方与包容的品质。相对其他体裁而言，小说创作极少触及政治意义上的题材，更极少用政治意识形态的观点和立场来直面社会生活，可以说是70年代澳门文学最显自我品质的一种。

散文的传统情怀与现代情调

据目前统计，70年代十年间共发表散文3000多篇，其中在香港及海外发表近30篇。绝大部分都在《澳门日报》和《华侨报》上刊登。作者也近百人，其中发表篇数在50篇以上的至少有鲁茂、李鹏翥、方菲、梅萼华、柳惠、陶里、洪荒、黄衫客、白思群、秦西行、夏微澜、孟起予（陆觉鸣）等人，另有一大批以笔名为署名，时过境迁难以确认作家的真实姓名、身份，只留下了颗颗温润的珍珠。这也在一定程度上反映了澳门文学不求赫赫成名，重在自我的宣泄与艺术情调的追求的特点。正是在这个意义上，澳门学者李观鼎认为澳门散文的主要特质在于它的倾诉性。70年代中期，澳门报刊上散文专栏品种骤增，除了知识小品、艺术小品等专栏外，生活散文也日益增多。如1976年开设的“望洋小品”专栏，作者包括鲁茂、叔华、杨明、方菲、陶莎、夏耘等；1978年，有丽莎的“八妹手记”，林韬、易枫的“余韵”，航青的“生活素描”，鲁茂的“单刀集”；1979年有徐敏的“闻见录”，鲁茂、陶里等人执笔的“斗室漫笔”等。70年代末澳门的散文比五六十年代的散文水平有明显的提高，内涵较为深刻，同时也为进入80年代中期以后澳门散文创作的飞跃发展奠定了良好的基础。

散文的体裁，“大体则有，定体则无”是一切文学样式中最自由活泼、最没有拘束的。它可以是匕首和投枪，可以是轻妙的世态风俗画，也可以是给人愉快和休憩的小夜曲。它可以欢呼、歌颂、呐喊、抨击，可以漫谈、絮语、浅唱、低吟，也可以嬉笑怒骂、妙语解颐。它可以是激越的风暴，也可以像大江在月光下静穆地流动。澳门70年代散文正体现这种普遍的性质。然而在此之上，澳门的散文还具有另一番独特的色彩，那便是历史传统情怀与个人现代情调的交融。仅以主要散文家为例：

散文家白思群自1970年起在《澳门日报·新园地》副刊上发表81篇散文，如《梅花如知合断魂》《风声，雨声，心声》《银色的人》《红枫时节》《军大衣》《谈鲁迅杂文札记》《荔枝龙眼丛中——广州漫记之一》《插曲》《新时代的新英雄颂——读报告文学〈巍然如山〉》《怎么看〈野草〉》《武侠小说与心理》《也看翡翠兰苕上——浅谈杨万里的诗》，接通古今，杂而不乱，1977年较为成熟，如《昔游诗草》组文就具有一定的艺术价值。

梅萼华1970年在《澳门日报》发表游历随笔，共计80多篇，如《热情的北京人》《名园新姿》《走马游故宫》《看金缕衣》《故宫珍宝》《食在北京》《北京地下铁》《北京公园及其他》。

孟起予（陆觉鸣）共发表86篇，主要代表作有：《博士、博士》《“文字春宫”与“历史小说”》《闻“剃度”有感》《叶醉白的“正辩”》《从“曲”到“直”》《太平天国的“玩家”》《通脱与驴鸣》《鲁迅谈“二陆”》《未上梁上，奴相已露》《是讽刺，不是滑稽》《曹雪芹的“祖德天恩”》《金圣叹这个人》《袁雪芬今日如何》《读鲁迅〈手稿〉——纪念鲁迅先生逝世三十九周年》《谢秋娘与杜秋娘》《回看秦塞低如马》《古道西风瘦马》《中日神话》《“倡优”斗孔丘》《梅郎家世本优伶》《关于〈帝女花〉》。

夏微澜自1973年开始，在《澳门日报》上共发表147篇，大部分是关于日常生活琐事的，如《换台历》《盆与花》《紫荆赞》《理发杂谈》

《牛年谈牛命》《春节和爆竹》《胡乱胡乱的想》《说疯》《有牌与无牌》《“妓女”还是艺术家》《说死》《废话连篇》《罗曼蒂克》《死人财》。

洪荒在1973年前后，于《华侨报·华座》副刊上发表80篇散文，如《“幽默”与“笑话”》《漫谈“应酬”》《闲话面子问题》《庸官厚福》《艺菊与壁菊》《美人局》《讽八股歌》《秘密与谎言》《诗人与水仙花》《岁暮情趣》《芍药艳丽压群芳》《年花》《红茶花和万寿菊》《出息与守岁》《漫谈十二生肖》《春风送暖入屠苏》《美酒喜迎春》《北京无处不飞花》《石湾的陶师庙》《春浓说杜鹃》《漫谈北京填鸭》《竹子颂》《酒意，诗情》《哭的艺术》《白洋淀的野鸭》《明清诗话》《象棋的演变》《闲话“身后名”》《杏花春雨江南》《我国的四大名楼》《从死刑说起》《相思红豆子》《春游蓬莱阁》《中国石兽奇观》。

秦西行于1975—1977年间，在《华侨报》上发表近百篇散文，如《“大哥成”的欺骗》《谈“美”》《这绝不是天真》《有关桂林山水的诗文》《自由是什么》《格林谈“民主”》《从跑楼梯说起》《报摊这个起脚点》《吴敬梓和曹雪芹》《致敬，英勇救人的职工》《拜年拜年》《剪报》。

林逢雨（冼得霖）于1977—1979年，在《澳门日报》上共发表90篇散文，代表作有《黄鹤楼佳话》《洞庭吟眺》《牡丹四首为濠江花展赋盛》《锦篇咏牡丹》《意报黄金台》《暮雨洒江天》《临风怀谢公》《李杜的两首律诗》《锦书难托》《文友招宴南园因叠喜晤原韵即赋》《陶潜〈归去来辞〉分析——答读者TMF君》《重在筹边》《谁识京华倦客》《从〈琵琶行〉谈叙事诗》《南浦一曲感最深》《诗中的李煜和赵佶》。《诗词评赏》自刊登以来，深受读者欢迎，后结集为《诗词评赏》，是香港中华书局出版的“文学与历史丛书”之一。该书刊有《澳门日报》副总编辑李鹏翥的《介绍〈诗词评赏〉（代序）》。

1979年香港作家彦火50篇散文评论，介绍当前内地、港澳台以及海外如美国爱荷华的“中国周末”等作家、作品、文学活动等，如《巴金与诺贝尔文学奖》《艾青的〈诗论〉》《台湾现代派文学》《〈曹雪芹〉二三事》《鲁迅阻郁达夫迁家》《〈林家铺子〉的风波》《关于徐志摩》《“流浪作家”艾芜》《福建文坛新知录》《“沙爹诗人”原甸》《三十年后复出的萧军》《爱荷华的〈中国周末〉》。

这些作品，大多以“漫谈”“闲话”的方式谈古论今、说东唱西，极少有与政治意识形态相关联的话题，即使有，也显得冲淡自然，绝少有四起的硝烟烽火。作者也延续儒家传统人文关怀，关心人民疾苦，但极少有治国平天下的豪言壮志，反而是以一种温柔敦厚的内心情怀，弘扬善良人性的光辉，充分体现了真、善、美的文学特征。作者多来自全国各地，曾走遍千山万水，但留在他们心中的，却大多是山水人文景观，因此此时的大量散文都以游记的形式出现，不谈“流浪漂泊”，不谈舟车劳顿路途坎坷，却只艳羡满足于名胜的引人入胜。另一方面，70年代的澳门，葡萄牙的管治已逐渐宽松，西方的文化艺术也自由地散漫在澳门城市中，但作家对西方文化艺术的追求，大多仅限于一种现代情调的陶冶。因为缺少批判资本主义社会的现代主义思潮基地，因此澳门作家很少涉及现代主义文学。

文学评论的“品评”形式

正是在这种文化语境中，70年代的文学评论并不是以严格的规范或缜密的思维为特征，而以小品评论——“品评”的形式出现。除了散文类的古典诗词鉴赏外，这时期的评论对象主要有以下几种：第一种是评论绕不过的鲁迅。尽管1970年至1979年间，目前可见的评论文章不过493篇，但其中关于鲁迅的评论则占53篇，约为九分之一，不过这些文章大部分停留在怀念鲁迅或叙写鲁迅生活、故事点滴，其本意并非要建构学术研究上的鲁迅，而仅仅是寻求一种精神上的接近。因此离真正意义上的文学批评，还有很大的距离。第二种是中国古典文学经典作家作品，如白居易的诗、四大名著等。第三种是当代文学，包括内地当红小说如《西沙儿女》《杜鹃山》《渡江侦察记》，电影《决裂》等，澳门的有梅萼华的《〈杜鹃山〉武打精神》《袁水拍的讽刺诗》，谦形的《我看〈渡江侦察记〉》，希文的《谈电影〈决裂〉》，秦西行的《何其芳的诗和诗论》《贺敬之的诗》《郭小川的诗》，孟起予的《既剿兵　也剿匪——〈李自成〉第二部随谈之二》，白思群的《冰天斗雪重入梦——重读〈林海雪原〉》《乡土气息及其他——〈虾球传〉特色浅谈》《林道静形象初探——重读〈青春之歌〉之二》，丹枫的《一出精彩话剧——喜看〈枫叶红了的时候〉》，李弋的《血泪诗篇　浩气长存——读〈天安门革命诗抄〉》，汪南川的《读李瑛的〈早春〉》，萧地的《一篇值得重视的好作品——读〈伤痕〉》。其中梅萼华发表了几篇具有一定质量的文学评论，如《〈杜鹃山〉武打精神》《曹禺·〈雷雨〉·红线女》《满怀激情写西沙——读浩然〈西沙儿女·正气篇〉之一》《崇高的贫苦渔民的形象——读浩然〈西沙儿女·正气篇〉之二》《读〈北京送来的礼物〉》《鲁迅论〈水浒〉学习札记——纪念鲁迅逝世三十九周年》《“时代的鼓手”田间》《黄巢的咏菊诗》《袁水拍的讽刺诗》。

1973年，澳门李德超先生（文学博士，任台湾中国文化大学中文系副教授）在香港珠海书院珠海文史研究所中国文学研究所修读硕士学位，在何敬群教授指导下撰写第一篇以澳门文学为题材的硕士学位论文《中国文学在澳门之发展概况》。在论文中，李氏谨慎地使用了“澳门之中国文学”这一提法，而不提“澳门文学”。尽管他没有明确区分这两种提法，但从字里行间可以窥出潜在的区分。按照他的说法，澳门地区的文学现在可查可考者可上溯到晚明，但晚明以后的400年间，澳门地区的文学绝大部分非澳门土居之人所作，而是一些流寓寄居的他乡之士所为，故而很难在严格意义上称为澳门文学。再者，澳门地区的文学在文化渊源上与一般中国文学并无明显差异，是中国文学之一部分。李氏所谓的“澳门之中国文学”，实际上就是以客居文学为原发形态和主干，以本土文学（亦为客居文学影响的产物）为派生形态和附庸的文学样式。按其题材和创作意图，李氏又把“澳门之中国文学”分为两大类：1.“专为澳门而作”，即写澳门题材、表现对澳门的关注之作，如吴历的《三巴集》、陆希言的《澳门纪》、汪兆镛的《澳门杂诗》等；2.“则为全国普遍性之文学，非专以反映澳门地区者也”，即那些虽寓澳时着笔，但题材和用意均与澳门无关者，如屈大均的《广东新语》、汪兆镛的《西窗杂记》等。李氏把这两类都归于“澳门之中国文学”这一范畴之内。这一区分，在客观上启发了其后确立“澳门文学”概念的两大思路：狭义的“澳门文学”和广义的“澳门文学”。狭义的澳门文学论者，以“专为澳门而作”者为“澳门文学”，广义的澳门文学论者，则以“澳门文学”涵容上述两者，虽然这都有异于李氏的看法。李氏不提“澳门文学”，而代之以“澳门之中国文学”，主要强调“澳门之中国文学”乃是“中国文学”的一部分，不能在与“中国文学”并列的关系上谈“澳门文学”。

古典诗词与现代汉诗的并行

70年代，汉语诗歌发表共计634首，其中现代诗约250首，古体诗词约375首；在澳门发表约558首，在香港及海外发表约90首。主要诗人有：梁披云、汪浩瀚、江思扬、韩牧、李毅刚、陈融、金曾澄、月溪、王志澄、陈勉云、郑春霆、马万祺、佟立章、万宽烈等。1990年10月，澳门出版社隆重推出一部《澳门四百年诗选》（李毅刚选编），这部厚重的诗选收录了澳门自开埠以来的诗词佳作，在华文文坛颇有影响。其中便选辑了70年代的重要诗作。

澳门古典诗词方面当推梁披云（雪予），他在70年代共发表46篇散文诗歌。诗人心怀邦国，甘于淡泊，具有豁达的自我意识和心存古贤的闲适优雅。许多诗篇体现了诗人对特定时间里的国事、世局的亲切关怀，既有一书价值，又有社会功能。诗风秉承汉魏悲冯而入唐宋骨骼，直抒胸臆，不假浮躁，返璞归真，浑厚天然。代表作有《喜闻金边捷报》《田家婆媳》《贼鸠山》《叛徒王连举》《庆我国新的卫星上天》《庆下寮之战》《中国共产党诞生五十周年大庆》《喜看〈红色娘子军〉》《联合国我国席位恢复美日蒋惨败喜而赋诗》《首都国庆园游纪盛》《万里长城》《山海关》《周总理十大报告读后》《二十周年国庆秋呼》《国庆喜赋》《毛主席悼诗》《越事抒愤》《周总理忌辰献诗》等。其中，如1970年，当梁老得知我国制造的地球卫星发射成功，他无比兴奋地写了《我国人造地球卫星上天》这首诗：

喜讯频频到海隅，周天匝地起歌呼。
攻坚智慧吾能有，苦斗精神世所殊。
成就应教遐迩服，作讹多见虎伥愚。
云霄奏彻神州乐，鼓舞风雷展壮图！

如1971年，联合国恢复我国席位时，梁老立即作《联合国我席位恢复喜赋》：

长空霹雳扫秋阴，大快环球万众心。
纸虎游魂伤夜短，釜鱼沉魄赦霜深。
廿年王霸随云水，一夕苍黄幻古今。
正义伸张旗鼓整，东风浩浩发雄音。

又如1976年，“四人帮”被粉碎，举国欢腾，梁老作诗《欢呼除四害》，以表达自己的喜悦之情：

千村万户舞还歌，蛇鼠孤狼一网罗。
鬼火阴氛腥秽净，风雷震震壮山河。

概而言之，梁翁诗之内容贯串一条爱国爱乡爱澳爱侨的主线，包容一生沧桑，涵盖海内海外，与时代脉搏一起跳动，与人民呼吸息息相通。因而，既是诗史，又是史诗。而其手法，则继承传统、创造新意，精诚由中，辞达而已。“清水出芙蓉，天然去雕饰。”(李白语)“又如食橄榄，真味久愈在。”(欧阳修语)1991年，梁雪予（梁披云）出版了《雪庐诗稿》，以上大部分诗歌均被收辑其中。

鲁夫于《澳门日报·新园地》副刊发表50多首古体诗词，如《激流四咏》《西欧世界》《欣闻三州乒赛在京揭幕》《寄台湾爱国同胞二韵》《井冈山行》《满庭芳·欢呼四届人大召开》《我国卫星又上天》《参观〈祖国工农工业介绍〉即兴》《纪念长征胜利四十周年》《清平乐·欢呼中共十届三中全会决议》《严冬卢园赏菊二首》《西江月·石油大会战》《“五一”感赋》《悼念朱委员长》《听〈黄河大合唱偶成〉》《沉痛悼念毛主席》《参观祖国新貌图片展览偶成》《鲁迅逝世四十周年纪念》《鹧鸪天·怀念周总理》《东风第一枝·读毛主席光辉文献〈论十大关系〉》《欢呼〈毛泽东选集〉第五卷出版》《满庭芳》。

佟立章1978年开始在《华侨报》上发表诗歌，如《除夕前一日预观牡丹花展览》《牡丹花会港澳画人为花写照》《牡丹花展书怀》《祖国风光书展》《春朝展阅邓子玉洗马图适得乡迅赋此寄意》《题陈永锵鱼跃图》。他擅长创作古典诗词兼写新诗和散文，于《华侨报》撰写的“晚晴楼诗”专栏，是澳门报刊唯一的诗专栏。创作诗词宏富，部分作品结集出版为《晚晴楼诗》。

另外，1992年，澳门中华诗词学会会刊《镜海诗词》隆重推出首卷——《澳门当代诗词选》，集子中辑入马万祺、梁雪予、佟立章、冯刚毅、黄坤尧、谭任杰等当代澳门40多位作家的700多首诗词作品，可谓洋洋大观。1993年以来，又有曾铁明、冯刚毅、陈伯辉等老诗人纷纷推出诗词专集，其中有很多都是70年代的作品。澳门文学在整体上似乎难以与香港文学相比，但澳门的旧体诗词创作却不会输给香港。他们的诗词以直抒胸臆的表达方式为主，兼用比兴手法，有浓烈的生活气息，并不刻意经营意象，于平淡中见精神。这些诗人均有扎实的古典诗文功底，炼字功夫颇深。老一辈诗人骨子里都很传统，但他们对诗坛不同风格流派的态度相当宽容，有些老诗人也热心于新诗的尝试。

在现代诗歌方面，汪浩瀚（汪云峰）60年代于《澳门日报》及香港文艺刊物发表新诗，诗风承自闻一多和香港诗人何达，重视古朴的意境美和语言的节奏美，散文文字生动流畅，充满美感。著有新诗合集《五月诗侣》。1970年开始于《澳门日报》副刊发表诗歌，如《家书》《春天》，同时于香港《海洋文艺》上发表诗歌如《筑路工人》《“艇村”（外二首）：脚；生活并不欺骗你》《黄麻子与我》等。

非非1972—1973年于《华侨报》发表现代抒情小诗，如《喜悦》《回味》《告诉》《自私的人》《享受》《气体》《当你思索的时候》《旅行》《琴谱》《第三者》《星语》《舞》《想做个画家》《星祷》《字》《梦与明天》《情敌》《谢》《你的情诗》《豪情》《风的迷》《海与天》《每个晚上》等。诗风纯净，略显稚嫩。

韩牧1973—1979年间于香港《海洋文艺》发表了60多首诗歌，如《寄自东瀛的明信片》《匆匆的行色》《姊妹篇》《咏物三章：涧的话；树的话；亭的话》《山行者的谢意》《澳门猎古》《为这都市拍照存念》《来自喜马拉雅——一九七四年十月，尼泊尔舞蹈团来港演出》《神鬼兽》《剖心集》《夜寄远方（二首）：旋转餐厅饯别——赠赴美定居的T.L.；给一位孟加拉朋友》《高原秋夜（外一首）：木球场——木球场搬了，原址将改作公园》《工厂区偶拾》《市声》《诗的回答》《居家小唱》等。

江思扬在《澳门日报·新园地》副刊发表了70余篇诗歌，主要紧跟内地时代政治风云，歌颂新中国的新春天，同时也对新中国各行各业的劳动人民怀有崇高的敬意，从老华侨、教师到报童、车夫等都有专诗歌颂。作品有《新的时代，新的春天》《看万众欢腾》《早来的春燕》《〈红灯记〉颂》《巴黎公社颂》《友谊的芬芳》《口号》《听〈国际歌〉联想》《颂——中国共产党诞生五十周年》《珠绣顾念》《报童》《教师》《国庆抒情》《彩照，心曲——喜看毛主席彩色照片》《看“白毛女”》《祖国》《一位老华侨》《中国的船》《歌颂新的春天》。

陶里于1977年10月在香港《当代文艺》发表诗歌，如《迷人的假期》《游广州烈士陵园》《红棉树》等。同时在《澳门日报·新园地》副刊发表多首现代诗。《放下你的枪》是为自卫防御战而写，表达了诗人呼唤珍视中越兄弟情谊，和平共处的感情。《诗》充分表达诗人的诗观，提出诗既是美好的文学语言，在特殊时代又是武器和旗手。《伟大的“五四”——纪念“五四”运动六十周年》以叙述“五四”时期的历史史实为主，到了最后两段则是以一种激扬的呼喊声在呼唤着民主，呼唤着自由解放。《端午——遥念一诗人》是一首端午节纪念屈原的诗，诗以诗人的感情为线索，展开了对屈原的吟咏，表达了诗人对屈原的同情与感慨，正是“可怜他失去了二十年岁月”。《她的姓名》是一首现代派诗歌，诗中的“女人”，不知，诗中的“姓名”，不知，但是整篇阅读下来又让人不懂又忽懂，若是要说出个特定的意思来，又说不出，是早期的象征诗。《铜马像十四行》，辛笛主编《20世纪中国新诗辞典》（第111页）认为这首诗“独辟蹊径，他先用四行诗写铜马本身——一个‘驮’字写活了铜马，一个‘标志’，展现了铜马像所蕴含的意义——又以更多的篇幅描绘了亚马喇铜马像蹄影下的三个阴影，即织女的失足、豪赌的香港婆的廉卖与诗人梦中的赌楼灯火，从一个侧面勾勒了澳门这座东方蒙地卡罗的众生相”。《夜窗——赠一年轻诗人》写的是一种孤独感，与其说是鼓励青年，倒不如说是对诗人本质上的孤独感。自古以来，诗人在本质上就有一种束之高阁的孤独感，所以诗人往往也为这种孤独感所困。即便是以爱情与诗为粮食的雪莱，也为这种诗人的孤独感而付出了生命。

同时，《澳门学生》《澳门教育》也常发表学生写作的现代新诗，从水平上看还很稚嫩。如列眉《展翅翱翔——写于毕业典礼的晚上》（《澳门学生》，1977年7月26日）：“在平凡的工作中，/时忆雷锋的豪言壮语:/‘把有限的生命，/投入到无限的为人民服务之中。’”颂火《深切的怀念　巨大的鼓舞——写在毛主席逝世一周年》（《澳门学生》，1977年9月12日）：“战鼓擂鸣，红旗飘扬，/以华主席为首的党中央，/粉碎了‘四人帮’以后，/祖国一片大好形势，/祖国人民豪情满怀，/决心大干社会主义，/为实现四个现代化而奋斗。”列眉《想念你呵，周总理》

（《澳门学生》，1977年2月3日）："总理呵，总理，/我们在呼唤您！/总理呵，总理，/我们在怀念您！/追忆，/牵断肝肠！/想念，/越想越爱我们的好总理！"《献给白衣战士》（《澳门学生》，1977年7月26日）描写了在沉重辛劳工作中，护士的伟大献身精神 。天骄《渔民新歌》（《澳门学生》，1974年11月26日）描写了渔民的朴实、坚毅和劳苦。辛心《小贩》（《澳门学生》，1974年5月31日）："他没有低头/因为生活告诉他，/生活的担子比它还重/……/迎着那朦胧小雨/向前迈步/嘴里不停地、高声地喊着、喊着……/喊着生活的悲歌" 。天骄《我不愿再睁开我的眼睛》（《澳门学生》，1974年1月10日）："我不愿再睁开我的眼睛，/眼前的罪恶社会——/我不愿再听到你的声音！/少女离家失踪，卖落火炕，/就是这样的——/社会现状。/飞群围殴开片，战至两败俱伤，/也是这样的——社会现状。/我不愿再睁开我的眼睛，/眼前的罪恶社会——/让我永远地把你忘记！"

戏剧团体的文化推动力

相对而言，澳门70年代的戏剧确实比较滞后，不过这并不妨碍它以实体文化活动的形式，推动澳门的教育和文化建设。1975年，利玛窦中学校友会的部分人士组织了晓角话剧研进社。1977年，澳门天主教传播中心成立了教区话剧社，由周树利先生任导师，训练学员，为后来的澳门戏剧界培养了大批人才。1979年3月17日，教区剧社解散，原来的人员重组为澳门戏剧社。海燕剧社1978年恢复活动，1979年正式公演《夜天堂》。1978年中华教育会剧社恢复活动，1979年期间先后上演讽刺苏联的《克宫魔影》和批判江青的《枫叶红了的时候》。至1979年，澳门共有四个剧艺组织，相对于五六十年代是空前的兴盛。而表演的场所大多是学校礼堂。70年代澳门文学与学校的密切关系，使得澳门戏剧团体以文学实体的形式渗透进教育和日常生活中，增加了澳门戏剧文学的普及性。

二、70年代澳门文学与“汉语新文学”

通过对澳门70年代文学的原始资料整理，澳门文学70年代文学“温和包容、自洽一方”的特色得以彰显。由于70年代中期华人与葡人的矛盾已较为缓和，1976年的葡萄牙革命运动取得胜利，新政党提出新政策，兼及内地“文化大革命”的结束，确实使澳门70年代中后期文学走向了更为温和的景象。

《澳门日报》和《华侨报》的文艺副刊则更注重在“自洽一方”艺术特色上的追求。这就使得澳门70年代文学与海峡两岸暨香港的文学思潮和创作情况又出现了极大的不同。台湾、香港已然进入了现代主义创作的时代，而内地则着重于批判“四人帮”和反思历史伤痕，在这个意义上，回过头来，不仅应该对澳门70年代的文学景象加以重视，还应该将澳门文学从属于或次于内地、台港的地位予以摘除。这样的提法涉及一个基本性的问题，就是针对以往“中国现当代文学”研究中，从地域、主体等角度来判定台港澳文学的从属地位的观念解除，澳门70年代的“离岸文学”的提法事实上也是从地域的思维出发来建构的，而仅仅从“地域”的角度去撰写澳门文学史，必定会面临“花果飘零”、支离破碎的尴尬局面。我们提出应以汉语语言作为衡定文学创作最基本的条件的做法，以“汉语新文学”来统摄整合整个华文文学的创作。“澳门几乎处于失语兼失措的状态”，解决这个问题须做观念调整，须引入汉语新文学概念，“澳门文学在整个汉语新文学的总体框架中属于一个与台港平行的区域”，“澳门文学在整个汉语新文学界，具有相当鲜明的文化特色，具有特定的文学生态意义”①。

70年代澳门文学在当时汉语新文学界地位独特而贡献巨大。那是祖国山河一片红的“红太阳文学”时期②，香港的文学界也充满着非红即黑的

① 朱寿桐：《论汉语新文学文献整理的地域性运作》，《徐州师范大学学报》（社科版）2009年第35卷第1期。

② 朱寿桐主编：《汉语新文学通史》，广东人民出版社2010年版。

政治角力，台湾文学也因乡土还是现代，传统还是西洋倾向打得不可开交，文学的自由在汉语文化世界似乎被彻底忘却或者彻底忽略了。很少有人会想到，就在澳门这个不起眼的地方，相当自由的环境给了汉语新文学一方天地，一时的机会，居然就是在这里，汉语文学在新文学传统的意义上按照灰色的社会人生写实的路子发展着，从而弥补了那个时代汉语新文学的巨大空白！两份重要刊物同时发表香港作家的大量作品，如《澳门日报》上的江杏雨、海辛、浩泉、金依、怀宇、金鹿、碧涛；《华侨报》上来自香港作家的稿件更多，如茵茵、青云、王香琴、高唐、柳绵、金刀、高峰、罗天、铁翅、江秀、君默、阿莎、夏云、方巽、葛文、凌芝、史得、江帆、许德等。这些都从另一个角度说明，澳门文学与香港文学的双向互通互补，而非单纯的"离岸"。

在鲁茂近30年的写作生涯中，这十年几乎是创作高峰。这些小说的内容大部分沉潜入日常生活中，采用现实主义的创作手法，描写小人物的工作、爱情、人生的悲欢离合，如有16万字左右的《心愿》，描写一个好高骛远、爱慕虚荣的少女爱伦整日幻想嫁到国外，过上安逸、奢侈的生活。于是用尽各种手段苦心经营自己这个"美丽"的梦想。在如愿嫁到美国后才发现现实和幻想的差距，可惜后悔已来不及。故事的结局是尝尽生活苦果的爱伦终于学会脚踏实地，珍惜平凡生活中的幸福，展示了社会底层的小人物的种种遭遇，并将这种种遭遇揉进挣扎、抗争、欢乐、悲苦的日常生活的图景里。它的目的也许并不在于揭露和鞭挞社会的黑暗与不公，而是展示人生的种种，这就剔除了当时内地文学所宣扬的"高大全"的思维和色彩，也不是台湾或香港小说开始转向的现代主义意味。

在《澳门日报》副刊上发表小说的重要作家还有海辛、林迪、江杏雨、公孙乐、润园、金依、司马壁、浩泉、晓方、陈萃文、唐堂、剑翁、东瑞（黄东涛）等。整体而言，多写澳门、香港当地人的日常生活，也有一定的跨区域经验的书写，比如江杏雨《双城记》（1969—1971年连载，共636回，约509000字），以在澳门某报社工作的年轻记者王大任在五六十年代国际风云涌动的背景下，往返于澳门、香港两地报社进行社会工作，在不同意识形态下抗争，从而展开了广阔的社会历史画面和个人的人生路途。在今天看来，这不管是在澳门文学还是在汉语新文学史中，都体现了较为创新的视野。摆脱内地激进思潮的影响，重视生活中的真实感，注重小人物的悲欢离合，以及对本土性的挖掘，以温情、人情为主要题材，以大众、娱乐、温情为审美旨趣，使《澳门日报》的报刊专栏品种骤增，小说、散文的创作深入各种日常生活领域，作者队伍日益壮大。

上述有些作者是《华侨报》长期连载的主要作家，另有惜芬、夏冰、石中生、思薇、孙璧、幽草等，而这些作者大多使用笔名，由于缺乏整理和保存，现今已难查到真名。就整个70年代《华侨报》的小说创作而言，相对《澳门日报》的本土特色和日常生活现实性的倡导，对古典奇侠文化传统的传承尤为突出，这一点正突出了澳门文学民间性的一面，这对那些针对澳门离岸文学的研究时，所指出的澳门70年代的小说“都是坚持写实路向的，这就直接影响到澳门文学的创作方向，使其在习惯的现实主义的路向上继续运作。基于这两种因由，澳门作家认同现实主义的创作方法，强调诗人的世界观、人生观的主导作用”[①]应该是一种有力的反驳。对于澳门文学的发展，民间文化是一种不能轻视的发展动力。从这个角度而言，澳门文学70年代的民间性、民俗性应该是一个比较有特色的地方。这应为澳门文学80年代、90年代的储备做了一定的贡献。但可惜的是当前澳门此方面的整理有所偏失，再加上澳门80年代以来作家多是新移民，对澳门本土的民俗风情、民间文化了解不多，以至于较难创作出既具有澳门本土特色、民间特色，又具有世界视野的经典作品来。

如果能正视澳门文学丰富的文化构成、包容的文学面貌，就会纠正失之偏颇的研究方式，从“汉语新文学”的概念出发，不再以内地、香港、台湾等地的文学发展模式来硬性衡量澳门文学，尊重澳门文学自身的文学景象、发展规模、速率脉跳和文学生产方式。应该充分注意到澳门文学的

---

① 赵联：《〈澳门离岸文学拾遗〉札记》，《华文文学》2004年第62期。

独特性，本来对于袖珍的澳门而言，澳门文学比之香港文学更是“框框文学”中的小“框框”，澳门以其袖珍的文学生产模式而延续生命，这是独有的文学景象。

1970年

自1970年起，澳门喜爱文艺的青年渐多，弹丸之地处处呈现文艺的情调。《澳门日报》率先于1970年邀请香港小说家阮朗（原名严庆澍，笔名唐人、江杏雨、陶奔、洛风、高山客、颜开等）来澳门主持一连两晚的文学讲座，每晚座无虚席。接着，澳门第一间中文图书馆和最早开放的公共图书馆澳门中华总商会附设的阅书报室（即八角亭图书馆），邀请于1963年创办《伴侣》文学杂志的作家李怡讲演如何阅读文学；归侨总会、中华学生联合会和青年书屋等也分别邀请名家主持文学讲座，反映极好。这些文学活动在很大程度上调动了澳门文坛的激情，将阅读和创作热情首次推向了高峰。

1970年，澳门文学各文体作品发表情况如下：在澳门发表于《澳门日报·新园地》副刊、《华侨报·华座》副刊等的小说共134部，其中长篇连载小说18部，中篇小说4部，短篇小说112部；散文241篇；现代诗33首，古体诗词42首；评论2篇。在香港及海外发表长篇小说2部，短篇小说4篇，散文4篇，现代诗2首。

本年度历史小说、武侠小说与近代战争小说占较大的分量，如凌霄《南明英烈传》《红河怒吼了》《昆仑快刀》等。小说多注重历史中动荡转折之时世，如明末清兵入关、朝鲜战争、帝国列强入侵近代中国，着重对风云四起中英雄侠客的塑造，如《桃花如血入长歌》中抗击荷兰侵略者的郑成功。此外，刻画人生百态的小说悄然登台，如痴人的小说《紫荆花》，讲述一个名为“紫荆”的妓女如何情陷青楼，又如何屡遭男性欺骗的悲剧。而青山的《说谎的丈夫》（《华侨报·华座》副刊，1970年5月21日）关注普通男女生活。高唐本年发表十多部中篇连载小说，如《慈善家》《情仇》《美人关》《疑云记》《无辜的人》《忏悔》等，其中《慈善家》在通俗性之外还具有一定的艺术价值。以所谓的“慈善家”王先生为描写对象，以讽刺的手法揭露人性深处的悲哀，其创作手法与莫里哀的《伪君子》类似，以主要人物的各项行为，反映主人公“慈善”的性格特征。高唐从1970年起至1973年，在《华侨报》上共发表321篇，是70年代中篇小说创作最为丰收的一人。《断线的风筝》《失手》《美美的故事》《女大当嫁》《恶梦》《往事》等，篇幅短小，经常是几百字、近千字的长度，但是在精简中，写生活中琐碎之事，别有一番体悟。小说多取材于人情世故、生活细节，在精短的框架中表现生活的片段。但如此多的片段汇聚起来，却可以形成生活的真实写照，具有较高的文学价值。

柳绵于1970年在《华侨报》上发表68篇作品，其中有长篇小说《桃花如血入长歌》《兄弟奇缘》《迷幻情》等，以及大量散文随笔。笔力所至，皆为普通人的情感纠葛和纷繁人生，不仅不过多涉及历史、政治等重大题材，而且往往深入平常所忽略的情感世界中。如《迷幻情》便是其中较为突出的一部。《迷幻情》（《华侨报·华座》副刊，1970年4月3日）深入另类女性尼姑的内心世界，探索波澜不惊的修炼圣衣下的复杂情感纠葛。

鲁茂（邱子维）是70年代发表小说数量最多的作家，本年以梅若诗、鲁牛等笔名连载《星之梦》《辫子姑娘》。相比而言，这类小说在后来的发展中更加滋漫，成为澳门小说的主流。

李心言，原名李艳芳，笔名凌稜、林惠等。广东新会人，生于澳门。《华侨报》副刊《童真》和《校园》主编。60年代起以李心言为笔名在香港文艺杂志发表作品，又与人合办油印文艺杂志《红豆》，写有小说、新诗和大量散文，部分作品反映出不同时代的澳人澳事。1970年主要连载小说：《魅影幢幢》《结婚十年》。

同时，香港《金陵春梦》的作者阮朗以江杏雨为笔名于《澳门日报·新园地》副刊上发表长篇连载小说《双城记》。香港作家茵茵在《华侨报·华座》副刊上发表近80篇小说、散文。其中部分曾先在香港发表，如小说《残梦》（1970年）、《结过婚的女人》（1970年5月）、《恋》（1970年9月）。香港作家林迪于本年《澳门日报》发表长篇小说

《牛皮唐自记》。

由于本时期文学作品基本都是发表在文学副刊上，从排版而言，由于这种“豆腐块”版块的限制，精短的随笔、散文等文学样式更容易编排，因此，散文类长期在报刊副刊上占重要地位。这些散文内容无所不包，可以是泥瓦匠住草房（《泥瓦匠住草房》，《澳门日报 · 新园地》，1970年3月12日），也可以是听高雅的西方音乐（《听玛丽维德的演唱》），《澳门日报 · 新园地》，1970年3月13日）。柳绵发表的散文则多谈古人，但谈及之处并非英雄气贯山河，却偏偏又是古人之所小乐小忧的小插曲小细节，读来通俗性、趣味性都较浓，如《板桥嫁女》《李后主和周大小后》《苏东坡面面谈》《秦少游的悟道》《彩云曲和赛金花》等。

散文家白思群自1970年起在《澳门日报 · 新园地》副刊上发表多篇散文，如《梅花如知合断魂》《风声，雨声，心声》《银色的人》《红枫时节》《军大衣》《谈鲁迅杂文札记》《荔枝龙眼丛中——广州漫记之一》《插曲》《新时代的新英雄颂——读报告文学〈巍然如山〉》《怎么看〈野草〉》《武侠小说与心理》《也看翡翠兰苕上——浅谈杨万里的诗》，接通古今，杂而不乱，1977年较为成熟，如《昔游诗草》组文就具有一定的艺术价值。

诗歌方面，数量不多。数量最多的是郑章源，他在《澳门日报》上发表《七十年代》《耕耘》《准备》《声明》《海洋》《友谊》《使者》《箭》《干杯》《霜叶》等13首，创作手法上与内地五六十年代的政治抒情诗一脉相承。澳门著名诗人江思扬，于1970年1月1日在《澳门日报》发表诗歌《新的时代，新的春天》，该诗歌具有很大的历史意义。本年度还有诗歌《看万众欢腾》《早来的春燕》《观影诗草》等，主要紧跟内地时代政治风云，歌颂新中国的新春天，这一脉体现了70年代澳门文学与中国内地文学的姻联关系。汪浩瀚则分别在《澳门日报》发表诗歌《家书》，在香港杂志《学生业书》第47期发表《前路》。

一月

1 日　《澳门日报·新园地》副刊发表江思扬的诗歌《新的时代，新的春天》，生活信箱栏目发表江雁的评论《文章的结构》，小说专栏连载江杏雨的《双城记》、林迪的《牛皮唐自记》、岫云的《怒海平倭》、梅若诗的《星之梦》。《华侨报·华座》副刊“艺林逸话”栏目连载柳绵的散文《长歌血海花》，《华侨报·华座》副刊连载青云的小说《箫声剑影》、凌霄的小说《南明英烈传》、茵茵的小说《残梦》、痴人的小说《歧路》、箫笙的小说《金玉情鸳》、王香琴的小说《云海群龙》、高唐的短篇小说《左右为难》。

江思扬（1949—　），澳门诗人。本名李江，广东博罗人。江思扬早年定居澳门。60 年代开始诗歌创作，曾任澳门《迅报》总编辑。为澳门五月诗社创始人之一，曾任该诗社秘书。江思扬著有诗集《向晚的感觉》。

江杏雨 (1919—1981)，原名严庆澍，江苏苏州人。笔名另有唐人、阮朗、颜开、陶奔、洛风、高山客等。香港作家，对澳门文学的影响深远，不仅常年在《澳门日报》上发表连载小说，也到澳门举办讲座，有效地提高了澳门民众的文学阅读兴趣和水平。

梅若诗 (1932—　)，原名邱子维，又笔名鲁茂、鲁牛等。江西临川人，生于广东佛山。澳门濠江中学语文教师、澳门笔会会员。青年时期住在香港，长期从事教育工作。50 年代曾为香港《文汇报》撰写小说、影评、剧本，60 年代后期在《澳门日报》发表连载小说《百灵鸟又唱了》《蒲公英之恋》等，并撰写专栏。著有散文集《望洋小品》及长篇小说《白狼》。

《望洋小品》充分表现了澳门的小城特色，文章深刻、细腻地描绘了澳门的景色，记叙本澳的人和事，抒发了澳门人的情怀，亦表现了作者对生命的热爱。

70年代在《澳门日报》上发表大量连载小说，如：

1.《星之梦》，梅若诗，发表时间为1969年5月1日—1970年2月16日，描写一个青年足球队员怎样梦想成为足球明星。

2.《打虎不离亲兄弟》，梅若诗1971年1月27日—1972年2月18日，描写善良的人们抗暴锄奸的故事。

3.《小城冬暖》，梅若诗，1972年2月21日—1973年1月1日，讲述了发生在小城士多咖啡店老板梁伯和身边的人身上的故事。

4.《黑珍珠》，梅若诗，1973年8月1日—1974年1月22日，描写一个英文书院女学生的少女情怀。

5.《迷离世界》，梅若诗，1973年1月3日—2月18日，讲述两年前26岁的“我”在别墅发生的一次带点粉红色的奇遇。

6.《谁是凶手》，梅若诗，1973年2月19日—6月14日，讲述发生在百德合德中学一个学生身上的一系列故事。

7.《王老五之恋》，梅若诗，1973年6月15日—7月31日，讲述名叫王鲁伍的看更人的恋爱故事。

8.《假面杀手》，梅若诗，1974年1月23日—6月15日。

9.《彩虹》，鲁牛，1974年6月16日—1975年2月7日。

10.《逆浪》，鲁牛，1975年2月8日—8月15日。

11.《天鹅》，鲁牛，1975年9月11日—1976年4月10日。

12.《危巢》，鲁牛，1976年5月22日—11月9日。

13.《心愿》，鲁牛，1976年11月10日—1977年5月9日。

14.《爱的轨迹》，鲁牛，1977年5月10日—12月31日。

15.《仲夏夜之恋》，柳惠，1978年7月1日—9月10日。

茵茵，香港作家，自1970年起，在《澳门日报》上发表大量连载小说，如《残梦》《梦破了》《夕阳红》等，均以都市女性为描写对象，属于都市言情小说，但在澳门反应较好。

痴人，香港作家，自1970年起，在《华侨报·华座》副刊发表连载小说，如《歧路》等多部，主要为都市言情小说。

凌霄，原名刘居上，澳门作家，自1970年起，在《华侨报·华座》副刊发表连载小说多部，如《南明英烈传》《红河怒吼了》《昆仑快刀》等，主要以历史武侠小说为主。

箫笙，香港作家，自1970年起，在《华侨报·华座》副刊发表连载小说多部，如《金玉情鸳》等，以武侠小说为主。

王香琴，香港作家，自1970年起，在《华侨报·华座》副刊发表连载小说多部，如《云海群龙》等，以武侠小说为主。

高唐，又名高堂，自1970年起，在《华侨报·华座》副刊发表多篇短篇小说，如《左右为难》等。

柳绵，于1970年在《华侨报》上发表68篇作品，其中有长篇小说《桃花如血入长歌》《兄弟奇缘》《迷幻情》等，以及大量散文随笔。笔力所至，皆为普通人的情感纠葛和纷繁人生，不仅不过多涉及历史、政治等重大题材，而且往往深入平常所忽略的情感世界中。如《迷幻情》便是其中较为突出的一部。《迷幻情》(《华侨报·华座》副刊，1970 年 4 月 3 日)深入另类女性尼姑的内心世界中，探索波澜不惊的修炼圣衣下的复杂情感纠葛。

3 日　《澳门日报·新园地》副刊发表郑章源的诗歌《七十年代》，小说专栏连载江杏雨的《双城记》、林迪的《牛皮唐自记》、岫云的《怒海平倭》、梅若诗的《星之梦》。《华侨报·华座》副刊“艺林逸话”栏目连载柳绵的散文《长歌血海花》，《华侨报·华座》副刊连载青云的小说《箫声剑影》、凌霄的小说《南明英烈传》、茵茵的小说《残梦》、痴人的小说《歧路》、箫笙的小说《金玉情鸳》、王香琴的小说《云海群龙》、高唐的短篇小说《左右为难》。

青云，香港作家，在《华侨报·华座》副刊上发表大量连载小说，以武侠小说为主，如《箫声剑影》(1971 年)、《域外风云录》、《宝剑情仇》、《蓬莱剑》(1972—1973 年)、《青霜玉佩》(1973 年)、《火娘子》(1973 年)，另有大量现代通俗小说。

4 日　《澳门日报》小说专栏连载江杏雨的《双城记》、林迪的《牛皮唐自记》、岫云的《怒海平倭》、梅若诗的《星之梦》。《华侨报·华座》副刊“艺林逸话”栏目连载柳绵的散文《长歌血海花》，《华侨报·华座》副刊连载青云的小说《箫声剑影》、凌霄的小说《南明英烈传》、茵茵的小说《残梦》、痴人的小说《歧路》、箫笙的小说《金玉情鸳》、王香琴的小说《云海群龙》、高唐的短篇小说《左右为难》。

5 日　《澳门日报》“锦绣河山”栏目发表古源的散文《粤北一山乡》，《澳门日报》小说专栏连载江杏雨的《双城记》、林迪的《牛皮唐自记》、岫云的《怒海平倭》、梅若诗的《星之梦》。《华侨报·华座》副刊“艺林逸话”栏目连载柳绵的散文《长歌血海花》,《华侨报·华座》副刊连载青云的小说《箫声剑影》、凌霄的小说《南明英烈传》、茵茵的小说《残梦》、痴人的小说《歧路》、箫笙的小说《金玉情鸳》、王香琴的小说《云海群龙》、高唐的短篇小说《左右为难》。

6日　《澳门日报》发表江思扬的诗歌《看万众欢腾》,小说专栏连载江杏雨的《双城记》、林迪的《牛皮唐自记》、岫云的《怒海平倭》、梅若诗的《星之梦》。《华侨报·华座》副刊“艺林逸话”栏目连载柳绵的散文《长歌血海花》,《华侨报·华座》副刊连载青云的小说《箫声剑影》、凌霄的小说《南明英烈传》、茵茵的小说《残梦》、痴人的小说《歧路》、箫笙的小说《金玉情鸳》、王香琴的小说《云海群龙》、高唐的短篇小说《左右为难》。

7日　《澳门日报》小说专栏连载江杏雨的《双城记》、林迪的《牛皮唐自记》、岫云的《怒海平倭》、梅若诗的《星之梦》。《华侨报·华座》副刊“艺林逸话”栏目连载柳绵的散文《长歌血海花》,《华侨报·华座》副刊连载青云的小说《箫声剑影》、凌霄的小说《南明英烈传》、茵茵的小说《残梦》、痴人的小说《歧路》、箫笙的小说《金玉情鸳》、王香琴的小说《云海群龙》、高唐的短篇小说《左右为难》。

8日　《澳门日报·新园地》副刊发表陈不讳的散文《意志的锻炼》,小说专栏连载江杏雨的《双城记》、林迪的《牛皮唐自记》、岫云的《怒海平倭》、梅若诗的《星之梦》。《华侨报·华座》副刊“艺林逸话”栏目连载柳绵的散文《长歌血海花》,《华侨报·华座》副刊连载青云的小说《箫声剑影》、凌霄的小说《南明英烈传》、茵茵的小说《残梦》、痴人的小说《歧路》、箫笙的小说《金玉情鸳》、王香琴的小说《云海群龙》、高唐的短篇小说《左右为难》。

9日　《澳门日报·新园地》副刊发表海辛的短篇小说《一场篮球友谊赛》(上),小说专栏连载江杏雨的《双城记》(停刊一期)、林迪的《牛皮唐自记》、岫云的《怒海平倭》、梅若诗的《星之梦》。《华侨报》发表帧子的散文《学画记》,《华侨报·华座》副刊连载青云的小说《箫声剑影》、凌霄的小说

《南明英烈传》、茵茵的小说《残梦》、痴人的小说《歧路》、箫笙的小说《金玉情鸳》、王香琴的小说《云海群龙》、高唐的短篇小说《左右为难》，开始连载柳绵的短篇小说《斗鸡儿郎》。

海辛，香港作家，在澳门发表了多部小说，本年度有《夫妻之间》《五月的果园》《心事》《歧江浪跃》。

浩泉，香港作家，自1971年发表小说《血仇泪》（1971年）、《羽翼》（1972年）、《华芭山村》（1972年）、《劫后》（1972年）、《迟到的春天》（1972年）、《染缸》（1972年）、《巢的烦恼》（1973年）、《我们太年轻》（1973年）、《鱼缸过客》（1973年）。

10日 《澳门日报·新园地》副刊发表郑章源的诗歌《耕耘》、区阳的散文《灰色的人生小路——谈"陌生人"》、海辛的短篇小说《一场篮球友谊赛》（下），小说专栏连载江杏雨的《双城记》、林迪的《牛皮唐自记》、岫云的《怒海平倭》、梅若诗的《星之梦》。《华侨报·华座》副刊连载青云的小说《箫声剑影》、凌霄的小说《南明英烈传》、茵茵的小说《残梦》、痴人的小说《歧路》、箫笙的小说《金玉情鸳》、王香琴的小说《云海群龙》、高唐的短篇小说《左右为难》、柳绵的短篇小说《斗鸡儿郎》。

11日 《澳门日报》小说专栏连载江杏雨的《双城记》、林迪的《牛皮唐自记》、岫云的《怒海平倭》、梅若诗的《星之梦》。《华侨报·华座》副刊连载青云的小说《箫声剑影》、凌霄的小说《南明英烈传》、茵茵的小说《残梦》、痴人的小说《歧路》、箫笙的小说《金玉情鸳》、王香琴的小说《云海群龙》、高唐的短篇小说《左右为难》、柳绵的短篇小说《斗鸡儿郎》。

12日 《澳门日报》小说专栏连载江杏雨的《双城记》、林迪的《牛皮唐自记》、岫云的《怒海平倭》、梅若诗的《星之梦》。《华侨报·华座》副刊连载青云的小说《箫声剑影》、凌霄的小说《南明英烈传》、茵茵的小说《残梦》、痴人的小说《歧路》、箫笙的小说《金玉情鸳》、王香琴的小说《云海群龙》、高唐的短篇小说《左右为难》(完)、柳绵的短篇小说《斗鸡儿郎》。

13日 《澳门日报》小说专栏连载江杏雨的《双城记》、林迪的《牛皮唐自记》、岫云的《怒海平倭》、梅若诗的《星之梦》。《华侨报·华座》副刊发表闻一滴的散文《啊！这年代》，连载青云的小说《箫声剑影》、凌霄的小说《南明英烈传》、茵茵的小说《残梦》、痴人的小说《歧路》、箫笙的小说《金玉情鸳》、王香琴的小说《云海群龙》、柳绵的短篇小说《斗鸡儿郎》，开始连载高唐的中篇小说《断线的风筝》。

14日 《澳门日报》小说专栏连载江杏雨的《双城记》、林迪的《牛皮唐自记》、岫云的《怒海平倭》、梅若诗的《星之梦》。《华侨报·华座》副刊连载青云的小说《箫声剑影》、凌霄的小说《南明英烈传》、茵茵的小说《残梦》、痴人的小说《歧路》、箫笙的小说《金玉情鸳》、王香琴的小说《云海群龙》、柳绵的短篇小说《斗鸡儿郎》、高唐的中篇小说《断线的风筝》。

15日 《澳门日报》"生活素描"栏目发表水兰的散文《赶夜工》，小说专栏连载江杏雨的《双城记》、林迪的《牛皮唐自记》、岫云的《怒海平倭》、梅若诗的《星之梦》。《华侨报·华座》副刊连载青云的小说《箫声剑影》、凌霄的小说《南明英烈传》、茵茵的小说《残梦》、痴人的小说《歧路》、箫笙的小说《金玉情鸳》、王香琴的小说《云海群龙》、柳绵的短篇小说《斗鸡儿郎》、高唐的中篇小说《断线的风筝》。

16日 《澳门日报》小说专栏连载江杏雨的《双城记》、林迪的《牛皮唐自记》、岫云的《怒海平倭》、梅若诗的《星之梦》。《华侨报·华座》副刊开始连载柳绵的散文《画眉深浅入时无》，连载青云的小说《箫声剑影》、凌霄的小说《南明英烈传》、茵茵的小说《残梦》、痴人的小说《歧路》、箫笙的小说《金玉情鸳》、王香琴的小说《云海群龙》、高唐的中篇小说《断线的风筝》。

17日 《澳门日报·新园地》副刊发表郑章源的诗歌《准备》，小说专栏连载江杏雨的《双城记》、林迪的《牛皮唐自记》、岫云的《怒海平倭》、梅若诗的《星之梦》。《华侨报·华座》副刊连载柳绵的散文《画眉深浅入时无》、青云的小说《箫声剑影》、凌霄的小说《南明英烈传》、茵茵的小说《残梦》、痴人的小说《歧路》、箫笙的小说《金玉情鸳》、王香琴的小说《云海群龙》、高唐的中篇小说《断线的风筝》。

18日 《澳门日报》小说专栏连载江杏雨的《双城记》、林迪的《牛皮唐自记》、岫云的《怒海平倭》、梅若诗的《星之梦》。《华侨报·华座》副刊连载柳绵的散文《画眉深浅入时无》、青云的小说《箫声剑影》、凌霄的小说《南明英烈传》、茵茵的小说《残梦》、痴人的小说《歧路》、箫笙的小说《金玉情鸳》、王香琴的小说《云海群龙》、高唐的中篇小说《断线的风筝》。

19日 《澳门日报》"晨窗小品"栏目发表鲁牛的散文《关羽大战关云长》，"生活素描"栏目发表子秋的散文《后巷》，小说专栏连载江杏雨的《双城记》、林迪的《牛皮唐自记》、岫云的《怒海平倭》、梅若诗的《星之梦》。《华侨报·华座》副刊发表凌源的散文《多问、多查、多动脑筋》，连载柳绵的散文《画眉深浅入时无》、青云的小说《箫声剑影》、凌霄的小说《南明英烈传》、茵茵的小说《残梦》、痴人的小说《歧路》、箫笙的小说《金玉情鸳》、王香琴的小说《云海群龙》、高唐的中篇小说《断线的风筝》。

20日 《澳门日报·新园地》副刊发表夏果的散文《竹编开出友谊花》、饶思莽的散文《江南好》，小说专栏连载江杏雨的《双城记》、林迪的《牛皮唐自记》、岫云的《怒海平倭》、梅若诗的《星之梦》。《华侨报·华座》副刊连载柳绵的散文《画眉深浅入时无》、青云的小说《箫声剑影》、凌霄的小说《南明英烈传》、茵茵的小说《残梦》、痴人的小说《歧路》、箫笙的小说《金玉情鸳》、王香琴的小说《云海群龙》、高唐的中篇小说《断线的风筝》。

21日 《澳门日报》小说专栏连载江杏雨的《双城记》、林迪的《牛皮唐自记》、岫云的《怒海平倭》、梅若诗的《星之梦》。《华侨报·繁星》副刊发表过千帆的散文《人民医生就是好》、群学的散文《在鄂尔多斯的草原上》，《华侨报·华座》副刊开始连载柳绵的散文《心有灵犀一点通》，连载青云的小说《箫声剑影》、凌霄的小说《南明英烈传》、茵茵的小说《残梦》、痴人的小说《歧路》、箫笙的小说《金玉情鸳》、王香琴的小说《云海群龙》、高唐的中篇小说《断线的风筝》。

22日 《澳门日报》小说专栏连载江杏雨的《双城记》、林迪的《牛皮唐自记》、岫云的《怒海平倭》、梅若诗的《星之梦》。《华侨报·华座》副刊连载柳绵的散文《心有灵犀一点通》、青云的小说《箫声剑影》、凌霄的小说《南明英烈传》、茵茵的小说《残梦》、痴人的小说《歧路》、箫笙的小说《金玉情鸳》、王香琴的小说《云海群龙》、高唐的中篇小说《断线的风筝》。

23日 《澳门日报》"读报随笔"栏目发表淬砺的散文《偶语"弃市"》，小说专栏连载江杏雨的《双城记》、林迪的《牛皮唐自记》、岫云的《怒海平倭》、梅若诗的《星之梦》。《华侨报·繁星》副刊发表甄万的散文《读新教材有感》，《华侨报·华座》副刊连载柳绵的散文《心有灵犀一点通》、青云的小说《箫声剑影》、凌霄的小说《南明英烈传》、茵茵的小说《残梦》、痴人的小说《歧路》、箫笙的小说《金玉情鸳》、王香琴的小说《云海群龙》、高唐的中篇小说《断线的风筝》。

24日 《澳门日报·新园地》副刊发表黎明华的诗歌《马》、海辛的短篇小说《珍重十五年的来路》（上），"生活素描"栏目发表子秋的散文《喜事》，小说专栏连载江杏雨的《双城记》、林迪的《牛皮唐自记》（停刊一期）、岫云的《怒海平倭》、梅若诗的《星之梦》。《华侨报·华座》副刊连载柳绵的散文《心有灵犀一点通》、青云的小说《箫声剑影》、凌霄的小说《南明英烈传》、茵茵的小说《残梦》、痴人的小说《歧路》、箫笙的小说《金玉情鸳》、王香琴的小说《云海群龙》、高唐的中篇小说《断线的风筝》。

25日 《澳门日报·新园地》副刊发表闻一滴的散文《水的故事》、海辛的短篇小说《珍重十五年的来路》（中），小说专栏连载江杏雨的《双城记》、林迪的《牛皮唐自记》（停刊一期）、岫云的《怒海平倭》、梅若诗的《星之梦》。《华侨报·华座》副刊连载柳绵的散文《心有灵犀一点通》、青云的小说《箫声剑影》、凌霄的小说《南明英烈传》、茵茵的小说《残梦》、痴人的小说《歧路》、箫笙的小说《金玉情鸳》、王香琴的小说《云海群龙》、高唐的中篇小说《断线的风筝》。

26日 《澳门日报·新园地》副刊发表垄农冰的诗歌《阿纽格会尼克松》、田蜜的散文《重读〈正气歌〉谈气节》、海辛的短篇小说《珍重十五年的来路》（下），小说专栏连载江杏雨的《双城记》、林迪的《牛皮唐自记》（停刊一期）、岫云的《怒海平倭》、梅若诗的《星之梦》。《华侨报·繁星》副刊发表梅江凌的散文《慈母佳儿》，《华侨报·华座》副刊连载青云的小说《箫声剑影》、凌霄的小说《南明英烈传》、茵茵的小说《残梦》、痴人的小说《歧路》、箫笙的小说《金玉情鸳》、王香琴的小说《云海群龙》（完）、高唐的中篇小说《断线的风筝》，开始连载柳绵的小说《桃花如血入长歌》。

27日 《澳门日报》随笔栏目发表晨歌的散文《五岁阿敏》，小说专栏连载江杏雨的《双城记》、林迪的《牛皮唐自记》（停刊一期）、岫云的《怒海平倭》、梅若诗的《星之梦》，另刊登了田耕的小说《守卫员奇遇》（上）。《华侨报·华座》副刊连载青云的小说《箫声剑影》、凌霄的小说《南明英烈传》、茵茵的小说《残梦》、痴人的小说《歧路》、箫笙的小说《金玉情鸳》、高唐的中篇小说《断线的风筝》、柳绵的小说《桃花如血入长歌》，开始连载王香琴的小说《昆仑快刀》。

28日 《澳门日报》小说专栏发表田耕的小说《守卫员奇遇》（下），连载江杏雨的《双城记》、林迪的《牛皮唐自记》（停刊一期）、岫云的《怒海平倭》、梅若诗的《星之梦》。《华侨报·华座》副刊连载青云的小说《箫声剑影》、凌霄的小说《南明英烈传》、茵茵的小说《残梦》、痴人的小说《歧路》、箫笙的小说《金玉情鸳》、高唐的中篇小说《断线的风筝》、柳绵的小说《桃花如血入长歌》、王香琴的小说《昆仑快刀》。

29日 《澳门日报》小说专栏连载江杏雨的《双城记》、林迪的《牛皮唐自记》、岫云的《怒海平倭》、梅若诗的《星之梦》。《华侨报·华座》副刊连载青云的小说《箫声剑影》、凌霄的小说《南明英烈传》、茵茵的小说《残梦》、痴人的小说《歧路》、箫笙的小说《金玉情鸳》、高唐的中篇小说《断线的风筝》、柳绵的小说《桃花如血入长歌》、王香琴的小说《昆仑快刀》。

30日 《澳门日报·新园地》副刊发表垄农冰的诗歌《阿纽格会尼克松之二》、子秋的散文《父亲的漂泊》，小说专栏连载江杏雨的《双城记》、林迪的

《牛皮唐自记》、岫云的《怒海平倭》、梅若诗的《星之梦》。《华侨报·华座》副刊连载青云的小说《箫声剑影》、凌霄的小说《南明英烈传》、茵茵的小说《残梦》、痴人的小说《歧路》、箫笙的小说《金玉情鸳》、高唐的中篇小说《断线的风筝》、柳绵的小说《桃花如血入长歌》、王香琴的小说《昆仑快刀》。

31日 《澳门日报·新园地》副刊发表淬砺的散文《喂！买就衬手》，小说专栏连载江杏雨的《双城记》、林迪的《牛皮唐自记》、岫云的《怒海平倭》、梅若诗的《星之梦》。《华侨报·华座》副刊连载青云的小说《箫声剑影》、凌霄的小说《南明英烈传》、茵茵的小说《残梦》、痴人的小说《歧路》、箫笙的小说《金玉情鸳》、高唐的中篇小说《断线的风筝》、柳绵的小说《桃花如血入长歌》、王香琴的小说《昆仑快刀》。

二月

1日 《澳门日报·新园地》副刊发表吴越人的散文《美国妙事》，小说专栏连载江杏雨的《双城记》、林迪的《牛皮唐自记》、岫云的《怒海平倭》、梅若诗的《星之梦》。《华侨报·华座》副刊连载青云的小说《箫声剑影》、凌霄的小说《南明英烈传》、茵茵的小说《残梦》、痴人的小说《歧路》、箫笙的小说《金玉情鸳》、高唐的中篇小说《断线的风筝》、柳绵的小说《桃花如血入长歌》、王香琴的小说《昆仑快刀》。

2日 《澳门日报·新园地》副刊发表向日华的诗歌《炮弹与药丸》，杂感栏目发表天健的散文《从堂吉诃德说起》，小说专栏连载江杏雨的《双城记》、林迪的《牛皮唐自记》、岫云的《怒海平倭》、梅若诗的《星之梦》。《华侨报·华座》副刊连载青云的小说《箫声剑影》、凌霄的小说《南明英烈传》、茵茵的小说《残梦》、痴人的小说《歧路》、箫笙的小说《金玉情鸳》、高唐的中篇小说《断线的风筝》、柳绵的小说《桃花如血入长歌》、王香琴的小说《昆仑快刀》。

3日 《澳门日报》小说专栏连载江杏雨的《双城记》、林迪的《牛皮唐自记》、岫云的《怒海平倭》、梅若诗的《星之梦》。《华侨报·华座》副刊连载青云的小说《箫声剑影》、凌霄的小说《南明英烈传》、茵茵的小说《残梦》、痴人的小说《歧路》、箫笙的小说《金玉情鸳》、高唐的中篇小说《断线的风筝》、柳绵的小说《桃花如血入长歌》、王香琴的小说《昆仑快刀》。

4 日 《澳门日报》小说专栏连载江杏雨的《双城记》、林迪的《牛皮唐自记》、岫云的《怒海平倭》、梅若诗的《星之梦》。《华侨报·华座》副刊连载青云的小说《箫声剑影》、凌霄的小说《南明英烈传》、茵茵的小说《残梦》、痴人的小说《歧路》、箫笙的小说《金玉情鸳》、高唐的中篇小说《断线的风筝》、柳绵的小说《桃花如血入长歌》、王香琴的小说《昆仑快刀》。

5 日 《澳门日报》小说专栏连载江杏雨的《双城记》、林迪的《牛皮唐自记》、岫云的《怒海平倭》、梅若诗的《星之梦》。《华侨报·华座》副刊连载青云的小说《箫声剑影》、凌霄的小说《南明英烈传》、茵茵的小说《残梦》、痴人的小说《歧路》、箫笙的小说《金玉情鸳》、高唐的中篇小说《断线的风筝》、王香琴的小说《昆仑快刀》。

6 日 《澳门日报》小说专栏连载江杏雨的《双城记》、林迪的《牛皮唐自记》、岫云的《怒海平倭》、梅若诗的《星之梦》。《华侨报·繁星》副刊开始连载柳绵的散文《牡丹花好春如海》，《华侨报·华座》副刊连载青云的小说《箫声剑影》、凌霄的小说《南明英烈传》、茵茵的小说《残梦》、痴人的小说《歧路》、箫笙的小说《金玉情鸳》、高唐的中篇小说《断线的风筝》、王香琴的小说《昆仑快刀》。

7 日

8 日

9 日

10 日 《澳门日报·新园地》副刊开始连载梅若诗的小说《辫子姑娘》、梁伯的中篇小说《九个新春》，小说专栏连载江杏雨的《双城记》、林迪的《牛皮唐自记》、岫云的《怒海平倭》。《华侨报·繁星》副刊连载柳绵的散文《牡丹花好春如海》，《华侨报·华座》副刊连载青云的小说《箫声剑影》、凌霄的小说《南明英烈传》、茵茵的小说《残梦》、痴人的小说《歧路》、箫笙的小说《金玉情鸳》、高唐的中篇小说《断线的风筝》、王香琴的小说《昆仑快刀》。

11日　《澳门日报·新园地》副刊连载梅若诗的小说《辫子姑娘》、梁伯的中篇小说《九个新春》，小说专栏连载江杏雨的《双城记》、林迪的《牛皮唐自记》、岫云的《怒海平倭》。《华侨报·繁星》副刊连载柳绵的散文《牡丹花好春如海》，《华侨报·华座》副刊连载青云的小说《箫声剑影》、凌霄的小说《南明英烈传》、茵茵的小说《残梦》、痴人的小说《歧路》、箫笙的小说《金玉情鸳》、高唐的中篇小说《断线的风筝》、王香琴的小说《昆仑快刀》。

12日　《澳门日报·新园地》副刊连载梅若诗的小说《辫子姑娘》、梁伯的中篇小说《九个新春》，小说专栏连载江杏雨的《双城记》、林迪的《牛皮唐自记》、岫云的《怒海平倭》。《华侨报·繁星》副刊连载柳绵的散文《牡丹花好春如海》，《华侨报·华座》副刊连载青云的小说《箫声剑影》、凌霄的小说《南明英烈传》、茵茵的小说《残梦》、痴人的小说《歧路》、箫笙的小说《金玉情鸳》、高唐的中篇小说《断线的风筝》、王香琴的小说《昆仑快刀》。

13日　《澳门日报·新园地》副刊连载梅若诗的小说《辫子姑娘》、梁伯的中篇小说《九个新春》，小说专栏连载江杏雨的《双城记》、林迪的《牛皮唐自记》、岫云的《怒海平倭》。《华侨报·繁星》副刊连载柳绵的散文《牡丹花好春如海》，《华侨报·华座》副刊连载青云的小说《箫声剑影》、凌霄的小说《南明英烈传》、茵茵的小说《残梦》、痴人的小说《歧路》、箫笙的小说《金玉情鸳》、高唐的中篇小说《断线的风筝》、王香琴的小说《昆仑快刀》。

14日　《澳门日报·新园地》副刊连载梅若诗的小说《辫子姑娘》、梁伯的中篇小说《九个新春》，小说专栏连载江杏雨的《双城记》、林迪的《牛皮唐自记》、岫云的《怒海平倭》。《华侨报·繁星》副刊连载柳绵的散文《牡丹花好春如海》，《华侨报·华座》副刊连载青云的小说《箫声剑影》、凌霄的小说《南明英烈传》、茵茵的小说《残梦》、痴人的小说《歧路》、箫笙的小说《金玉情鸳》、高唐的中篇小说《断线的风筝》、王香琴的小说《昆仑快刀》。

15日 《澳门日报·新园地》副刊发表舒日风的散文《春来自人间》，连载梅若诗的小说《辫子姑娘》、梁伯的中篇小说《九个新春》，小说专栏连载江杏雨的《双城记》、林迪的《牛皮唐自记》、岫云的《怒海平倭》。《华侨报·华座》副刊连载青云的小说《箫声剑影》、凌霄的小说《南明英烈传》、茵茵的小说《残梦》、痴人的小说《歧路》、箫笙的小说《金玉情鸳》、高唐的中篇小说《断线的风筝》、王香琴的小说《昆仑快刀》，开始连载柳绵的小说《兄弟奇缘》。

16日 《澳门日报·新园地》副刊发表白思群的散文《海燕两题》，连载梅若诗的小说《辫子姑娘》、梁伯的中篇小说《九个新春》，小说专栏连载江杏雨的《双城记》、林迪的《牛皮唐自记》、岫云的《怒海平倭》。《华侨报·华座》副刊连载青云的小说《箫声剑影》、凌霄的小说《南明英烈传》、茵茵的小说《残梦》、痴人的小说《歧路》、箫笙的小说《金玉情鸳》、高唐的中篇小说《断线的风筝》、王香琴的小说《昆仑快刀》、柳绵的小说《兄弟奇缘》。

17日 《澳门日报·新园地》副刊连载梅若诗的小说《辫子姑娘》、梁伯的中篇小说《九个新春》，小说专栏连载江杏雨的《双城记》、林迪的《牛皮唐自记》、岫云的《怒海平倭》。《华侨报·华座》副刊连载青云的小说《箫声剑影》、凌霄的小说《南明英烈传》、茵茵的小说《残梦》、痴人的小说《歧路》、箫笙的小说《金玉情鸳》、高唐的中篇小说《断线的风筝》、王香琴的小说《昆仑快刀》、柳绵的小说《兄弟奇缘》。

18日 《澳门日报·新园地》副刊发表夏峰的散文《赌徒与小松》，连载梅若诗的小说《辫子姑娘》、梁伯的中篇小说《九个新春》，小说专栏连载江杏雨的《双城记》、林迪的《牛皮唐自记》、岫云的《怒海平倭》。《华侨报·华座》副刊发表李耐的小说《茶山抒怀》，连载青云的小说《箫声剑影》、凌霄的小说《南明英烈传》、茵茵的小说《残梦》、痴人的小说《歧路》、箫笙的小说《金玉情鸳》、高唐的中篇小说《断线的风筝》、王香琴的小说《昆仑快刀》、柳绵的小说《兄弟奇缘》。

19 日 《澳门日报·新园地》副刊连载梅若诗的小说《辫子姑娘》、梁伯的中篇小说《九个新春》，小说专栏连载江杏雨的《双城记》、林迪的《牛皮唐自记》、岫云的《怒海平倭》。《华侨报·华座》副刊连载青云的小说《箫声剑影》、凌霄的小说《南明英烈传》、茵茵的小说《残梦》、痴人的小说《歧路》、箫笙的小说《金玉情鸳》、高唐的中篇小说《断线的风筝》、王香琴的小说《昆仑快刀》、柳绵的小说《兄弟奇缘》。

20 日 《澳门日报·新园地》副刊连载梅若诗的小说《辫子姑娘》、梁伯的中篇小说《九个新春》，小说专栏连载江杏雨的《双城记》、林迪的《牛皮唐自记》、岫云的《怒海平倭》。《华侨报·华座》副刊连载青云的小说《箫声剑影》、凌霄的小说《南明英烈传》、茵茵的小说《残梦》、痴人的小说《歧路》、箫笙的小说《金玉情鸳》、高唐的中篇小说《断线的风筝》、王香琴的小说《昆仑快刀》、柳绵的小说《兄弟奇缘》。

21 日 《澳门日报·新园地》副刊发表裕园的散文《从故乡回来的人》、唐巽的小说《华灯背后》（上），连载梅若诗的小说《辫子姑娘》、梁伯的中篇小说《九个新春》，小说专栏连载江杏雨的《双城记》（停刊一期）、林迪的《牛皮唐自记》、岫云的《怒海平倭》。《华侨报·华座》副刊连载青云的小说《箫声剑影》、凌霄的小说《南明英烈传》、茵茵的小说《残梦》、痴人的小说《歧路》、箫笙的小说《金玉情鸳》、高唐的中篇小说《断线的风筝》、王香琴的小说《昆仑快刀》、柳绵的小说《兄弟奇缘》。

22 日 《澳门日报·新园地》副刊发表唐巽的小说《华灯背后》（下），连载梅若诗的小说《辫子姑娘》、梁伯的中篇小说《九个新春》，小说专栏连载江杏雨的《双城记》（停刊一期）、林迪的《牛皮唐自记》、岫云的《怒海平倭》。《华侨报·华座》副刊连载青云的小说《箫声剑影》、凌霄的小说《南明英烈传》、茵茵的小说《残梦》、痴人的小说《歧路》、箫笙的小说《金玉情鸳》、高唐的中篇小说《断线的风筝》、王香琴的小说《昆仑快刀》、柳绵的小说《兄弟奇缘》。

23 日 《澳门日报·新园地》副刊发表卓力的小说《申伯的徒弟》（上），连载梅若诗的小说《辫子姑娘》、梁伯的中篇小说《九个新春》，小说专栏连载江杏雨的《双城记》(停刊一期)、林迪的《牛皮唐自记》、岫云的《怒海平倭》。《华侨报·繁星》副刊开始连载柳绵的散文《黄天荡与风波亭》,《华侨报·华座》副刊连载青云的小说《箫声剑影》、凌霄的小说《南明英烈传》、茵茵的小说《残梦》、痴人的小说《歧路》、箫笙的小说《金玉情鸳》、高唐的中篇小说《断线的风筝》、王香琴的小说《昆仑快刀》。

卓力(1936—),本名冯凌霄,在澳门出生及接受教育,同时期于《澳门日报》发表大量散文,如《回到小城》《一朵菊》《喜帖》《春茗偶闻随想》《野杜鹃》《半碗饭》《暴雨之后》《偶然的不幸》《一件小事》《钓鱼》《爱夜》《夜声》《星星》《朦胧的世界》《在公园里》《木偶》《似和心境》等近20篇,大都是从日常生活中提炼出的个人情感表达,具有浓郁的抒情味道,略带一定的人生哲理探索,是这一时期普通澳门人的精神写照。

24日 《澳门日报·新园地》副刊发表向日华的诗歌《钢铁长城》、卓力的小说《申伯的徒弟》(下),连载梅若诗的小说《辫子姑娘》、梁伯的中篇小说《九个新春》,小说专栏连载江杏雨的《双城记》(停刊一期)、林迪的《牛皮唐自记》、岫云的《怒海平倭》。《华侨报·繁星》副刊连载柳绵的散文《黄天荡与风波亭》,《华侨报·华座》副刊发表黄大生的散文《温暖在人间》,连载青云的小说《箫声剑影》、凌霄的小说《南明英烈传》、茵茵的小说《残梦》、痴人的小说《歧路》、箫笙的小说《金玉情鸳》、高唐的中篇小说《断线的风筝》、王香琴的小说《昆仑快刀》。

25日 《澳门日报·新园地》副刊连载梅若诗的小说《辫子姑娘》、梁伯的中篇小说《九个新春》,小说专栏连载江杏雨的《双城记》、林迪的《牛皮唐自记》、岫云的《怒海平倭》(完)。《华侨报·繁星》副刊连载柳绵的散文《黄天荡与风波亭》,《华侨报·华座》副刊连载青云的小说《箫声剑影》、凌霄的小说《南明英烈传》、茵茵的小说《残梦》、痴人的小说《歧路》、箫笙的小说《金玉情鸳》、高唐的中篇小说《断线的风筝》、王香琴的小说《昆仑快刀》。

26日　《澳门日报·新园地》副刊发表戈温的诗歌《念奴娇》，连载梅若诗的小说《辫子姑娘》、梁伯的中篇小说《九个新春》，小说专栏连载江杏雨的《双城记》、林迪的《牛皮唐自记》。《华侨报·繁星》副刊连载柳绵的散文《黄天荡与风波亭》，《华侨报·华座》副刊连载青云的小说《箫声剑影》、凌霄的小说《南明英烈传》、茵茵的小说《残梦》、痴人的小说《歧路》、箫笙的小说《金玉情鸳》、高唐的中篇小说《断线的风筝》、王香琴的小说《昆仑快刀》。

27日　《澳门日报·新园地》副刊发表佚名的小说《弟弟的利是》，连载梅若诗的小说《辫子姑娘》、梁伯的中篇小说《九个新春》，小说专栏连载江杏雨的《双城记》（停刊一期）、林迪的《牛皮唐自记》，并开始连载岫云的《湖海英豪》。《华侨报·繁星》副刊发表陈留的散文《春花遍地开》，连载柳绵的散文《黄天荡与风波亭》，《华侨报·华座》副刊连载青云的小说《箫声剑影》、凌霄的小说《南明英烈传》、茵茵的小说《残梦》、痴人的小说《歧路》、箫笙的小说《金玉情鸳》、高唐的中篇小说《断线的风筝》、王香琴的小说《昆仑快刀》。

28日　《澳门日报·新园地》副刊发表朝林的散文《饮茶忆往事》，连载梅若诗的小说《辫子姑娘》、梁伯的中篇小说《九个新春》，小说专栏连载江杏雨的《双城记》、林迪的《牛皮唐自记》、岫云的《湖海英豪》。《华侨报·繁星》副刊发表柳绵的《欧阳修的乐诗》，《华侨报·华座》副刊连载青云的小说《箫声剑影》、凌霄的小说《南明英烈传》、茵茵的小说《残梦》、痴人的小说《歧路》、箫笙的小说《金玉情鸳》、高唐的中篇小说《断线的风筝》、王香琴的小说《昆仑快刀》。

三月

1日　《澳门日报·新园地》副刊发表江向东的散文《飒飒飒！飒飒飒！》，连载梅若诗的小说《辫子姑娘》、梁伯的中篇小说《九个新春》，小说专栏连载江杏雨的《双城记》、林迪的《牛皮唐自记》、岫云的《湖海英豪》。《华侨报·繁星》副刊发表柳绵的《六月火云蒸肉山》，《华侨报·华座》

副刊连载青云的小说《箫声剑影》、凌霄的小说《南明英烈传》、茵茵的小说《残梦》、痴人的小说《歧路》、箫笙的小说《金玉情鸳》、高唐的中篇小说《断线的风筝》、王香琴的小说《昆仑快刀》。

2日 《澳门日报·新园地》副刊发表白思群的散文《梅花如知合断魂》，连载梅若诗的小说《辫子姑娘》、梁伯的中篇小说《九个新春》，小说专栏连载江杏雨的《双城记》、林迪的《牛皮唐自记》、岫云的《湖海英豪》。《华侨报·繁星》副刊发表良茂的散文《游春忆往》,《华侨报·华座》副刊连载青云的小说《箫声剑影》、凌霄的小说《南明英烈传》、茵茵的小说《残梦》、痴人的小说《歧路》、箫笙的小说《金玉情鸳》、高唐的中篇小说《断线的风筝》、王香琴的小说《昆仑快刀》。

白思群，澳门散文家，自1970年起在《澳门日报·新园地》副刊上发表81篇散文，如《梅花如知合断魂》《风声，雨声，心声》《银色的人》《红枫时节》《军大衣》《谈鲁迅杂文札记》《荔枝龙眼丛中——广州漫记之一》《插曲》《新时代的新英雄颂——读报告文学〈巍然如山〉》《怎么看〈野草〉》《武侠小说与心理》《也看翡翠兰苕上——浅谈杨万里的诗》，接通古今，杂而不乱，1977年较为成熟，如《昔游诗草》组文就具有一定的艺术价值。

3日 《澳门日报·新园地》副刊发表高辛的散文《春风吹遍人间》、鲁牛的散文《贤哉！老周的座右铭》，连载梅若诗的小说《辫子姑娘》、梁伯的中篇小说《九个新春》，小说专栏连载江杏雨的《双城记》、林迪的《牛皮唐自记》、岫云的《湖海英豪》。《华侨报·繁星》副刊发表柳绵的散文《锦江双鸳鸯》,《华侨报·华座》副刊连载青云的小说《箫声剑影》、凌霄的小说《南明英烈传》、茵茵的小说《残梦》、痴人的小说《歧路》、箫笙的小说《金玉情鸳》、高唐的中篇小说《断线的风筝》、王香琴的小说《昆仑快刀》。

4日 《澳门日报·新园地》副刊连载梅若诗的小说《辫子姑娘》、梁伯的中篇小说《九个新春》，小说专栏连载江杏雨的《双城记》、林迪的《牛皮唐自记》、岫云的《湖海英豪》。《华侨报·繁星》副刊开始连载柳绵的散文《徐申的二郎神词》，《华侨报·华座》副刊连载青云的小说《箫声剑影》、凌霄的小说《南明英烈传》、茵茵的小说《残梦》、痴人的小说《歧路》、箫笙的小说《金玉情鸳》、高唐的中篇小说《断线的风筝》、王香琴的小说《昆仑快刀》。

5日　《澳门日报·新园地》副刊发表劲知的散文《访问》，连载梅若诗的小说《辫子姑娘》、梁伯的中篇小说《九个新春》，小说专栏连载江杏雨的《双城记》、林迪的《牛皮唐自记》、岫云的《湖海英豪》。《华侨报·繁星》副刊连载柳绵的散文《徐申的二郎神词》，《华侨报·华座》副刊连载青云的小说《箫声剑影》、凌霄的小说《南明英烈传》、茵茵的小说《残梦》、痴人的小说《歧路》、箫笙的小说《金玉情鸳》、高唐的中篇小说《断线的风筝》、王香琴的小说《昆仑快刀》。

6日　《澳门日报·新园地》副刊发表夏峰的散文《新的女性》、浩泉的散文《西安一邮差》，连载梅若诗的小说《辫子姑娘》、梁伯的中篇小说《九个新春》，小说专栏连载江杏雨的《双城记》、林迪的《牛皮唐自记》、岫云的《湖海英豪》。《华侨报·繁星》副刊连载柳绵的散文《徐申的二郎神词》，《华侨报·华座》副刊连载青云的小说《箫声剑影》、凌霄的小说《南明英烈传》、茵茵的小说《残梦》、痴人的小说《歧路》、箫笙的小说《金玉情鸳》、高唐的中篇小说《断线的风筝》、王香琴的小说《昆仑快刀》。

7日　《澳门日报·新园地》副刊发表欣欣的散文《尘世》，连载梅若诗的小说《辫子姑娘》、梁伯的中篇小说《九个新春》，小说专栏连载江杏雨的《双城记》、林迪的《牛皮唐自记》、岫云的《湖海英豪》。《华侨报·繁星》副刊连载柳绵的散文《徐申的二郎神词》，《华侨报·华座》副刊连载青云的小说《箫声剑影》、凌霄的小说《南明英烈传》、茵茵的小说《残梦》、痴人的小说《歧路》、箫笙的小说《金玉情鸳》、高唐的中篇小说《断线的风筝》、王香琴的小说《昆仑快刀》。

8日　《澳门日报·新园地》副刊发表舒日风的散文《两位可爱的大姐》，连载梅若诗的小说《辫子姑娘》、梁伯的中篇小说《九个新春》，小说专栏连载江杏雨的《双城记》、林迪的《牛皮唐自记》、岫云的《湖海英豪》。《华侨报·繁星》副刊连载柳绵的散文《徐申的二郎神词》，《华侨报·华座》副刊连载青云的小说《箫声剑影》、凌霄的小说《南明英烈传》、茵茵的小说《残梦》、痴人的小说《歧路》、箫笙的小说《金玉情鸳》、高唐的中篇小说《断线的风筝》、王香琴的小说《昆仑快刀》。

9 日　《澳门日报·新园地》副刊发表龙公逊的散文《报春图》、白思群的评论《心却比，男儿烈——杂谈秋瑾的诗文》，连载梅若诗的小说《辫子姑娘》、梁伯的中篇小说《九个新春》，小说专栏连载江杏雨的《双城记》、林迪的《牛皮唐自记》、岫云的《湖海英豪》。《华侨报·繁星》副刊发表任逊的散文《天南第一峰》、中书的散文《伞话》，《华侨报·华座》副刊连载青云的小说《箫声剑影》、凌霄的小说《南明英烈传》、茵茵的小说《残梦》、痴人的小说《歧路》、箫笙的小说《金玉情鸳》、高唐的中篇小说《断线的风筝》、王香琴的小说《昆仑快刀》。

10 日　《澳门日报·新园地》副刊发表鲁牛的散文《你热爱你的职业吗》、闻一滴的散文《她，这么一位护士》，连载梅若诗的小说《辫子姑娘》、梁伯的中篇小说《九个新春》，小说专栏连载江杏雨的《双城记》、林迪的《牛皮唐自记》、岫云的《湖海英豪》。《华侨报·繁星》副刊发表裕园的散文《漓江春雨》，《华侨报·华座》副刊连载青云的小说《箫声剑影》、凌霄的小说《南明英烈传》、茵茵的小说《残梦》、痴人的小说《歧路》、箫笙的小说《金玉情鸳》、高唐的中篇小说《断线的风筝》、王香琴的小说《昆仑快刀》。

11 日　《澳门日报·新园地》副刊连载梅若诗的小说《辫子姑娘》、梁伯的中篇小说《九个新春》，小说专栏连载江杏雨的《双城记》、林迪的《牛皮唐自记》、岫云的《湖海英豪》。《华侨报·繁星》副刊开始连载柳绵的散文《石达开的诗》，《华侨报·华座》副刊连载青云的小说《箫声剑影》、凌霄的小说《南明英烈传》、茵茵的小说《残梦》、痴人的小说《歧路》、箫笙的小说《金玉情鸳》、高唐的中篇小说《断线的风筝》、王香琴的小说《昆仑快刀》。

12 日 《澳门日报·新园地》副刊发表尚野的散文《泥瓦匠住草房》，连载梅若诗的小说《辫子姑娘》、梁伯的中篇小说《九个新春》，小说专栏连载江杏雨的《双城记》（停刊一期）、林迪的《牛皮唐自记》、岫云的《湖海英豪》，发表了铿远的短篇小说《绍叔的粥档》。《华侨报·繁星》副刊连载柳绵的散文《石达开的诗》，《华侨报·华座》副刊连载青云的小说《箫声剑影》、凌霄的小说《南明英烈传》、茵茵的小说《残梦》、痴人的小说《歧路》、箫笙的小说《金玉情鸳》、高唐的中篇小说《断线的风筝》、王香琴的小说《昆仑快刀》。

13 日 《澳门日报·新园地》副刊"灯下漫笔"栏目发表鹰杨的散文《听玛丽维德的演唱》。副连载梅若诗的小说《辫子姑娘》、梁伯的中篇小说《九个新春》，小说专栏连载江杏雨的《双城记》、林迪的《牛皮唐自记》、岫云的《湖海英豪》。《华侨报·繁星》副刊连载柳绵的散文《石达开的诗》，《华侨报·华座》副刊连载青云的小说《箫声剑影》、凌霄的小说《南明英烈传》、茵茵的小说《残梦》、痴人的小说《歧路》、箫笙的小说《金玉情鸳》、高唐的中篇小说《断线的风筝》、王香琴的小说《昆仑快刀》。

14 日 《澳门日报·新园地》副刊发表舒日风的散文《浓雾》，连载梅若诗的小说《辫子姑娘》、梁伯的中篇小说《九个新春》，小说专栏连载江杏雨的《双城记》、林迪的《牛皮唐自记》、岫云的《湖海英豪》。《华侨报·繁星》副刊连载柳绵的散文《石达开的诗》，《华侨报·华座》副刊连载青云的小说《箫声剑影》、凌霄的小说《南明英烈传》、茵茵的小说《残梦》、痴人的小说《歧路》、箫笙的小说《金玉情鸳》、高唐的中篇小说《断线的风筝》（完）、王香琴的小说《昆仑快刀》。

15 日 《澳门日报·新园地》副刊连载梅若诗的小说《辫子姑娘》、梁伯的中篇小说《九个新春》，小说专栏连载江杏雨的《双城记》、林迪的《牛皮唐自记》、岫云的《湖海英豪》。《华侨报·繁星》副刊连载柳绵的散文《石达开的诗》，《华侨报·华座》副刊连载青云的小说《箫声剑影》、凌霄的小说《南明英烈传》、茵茵的小说《残梦》、痴人的小说《歧路》、箫笙的小说《金玉情鸳》、王香琴的小说《昆仑快刀》，发表了简右传的短篇小说《聚餐会上》，并开始连载高唐的中篇小说《慈善家》。

16 日 《澳门日报 · 新园地》副刊发表白思群的散文《风声，雨声，心声》，连载梅若诗的小说《辫子姑娘》、梁伯的中篇小说《九个新春》，小说专栏连载江杏雨的《双城记》(停刊一期)、林迪的《牛皮唐自记》、岫云的《湖海英豪》，并发表了阿强的小说《婆婆与童养媳》。《华侨报 · 繁星》副刊连载柳绵的散文《石达开的诗》，《华侨报 · 华座》副刊连载青云的小说《箫声剑影》、凌霄的小说《南明英烈传》、茵茵的小说《残梦》、痴人的小说《歧路》、箫笙的小说《金玉情鸳》、王香琴的小说《昆仑快刀》、高唐的中篇小说《慈善家》。

17 日 《澳门日报 · 新园地》副刊发表鲁牛的散文《呜呼，傻大姐》，连载梅若诗的小说《辫子姑娘》、梁伯的中篇小说《九个新春》，小说专栏连载江杏雨的《双城记》(停刊一期)、林迪的《牛皮唐自记》、岫云的《湖海英豪》，并发表了阿坤的小说《老婆本》。《华侨报 · 繁星》副刊连载柳绵的散文《石达开的诗》，《华侨报 · 华座》副刊连载青云的小说《箫声剑影》、凌霄的小说《南明英烈传》、茵茵的小说《残梦》、痴人的小说《歧路》、箫笙的小说《金玉情鸳》、王香琴的小说《昆仑快刀》、高唐的中篇小说《慈善家》。

18 日 《澳门日报 · 新园地》副刊发表夏峰的散文《笑脸》，连载梅若诗的小说《辫子姑娘》、梁伯的中篇小说《九个新春》，小说专栏连载江杏雨的《双城记》、林迪的《牛皮唐自记》、岫云的《湖海英豪》。《华侨报 · 繁星》副刊连载柳绵的散文《石达开的诗》，《华侨报 · 华座》副刊连载青云的小说《箫声剑影》、凌霄的小说《南明英烈传》、茵茵的小说《残梦》、痴人的小说《歧路》、箫笙的小说《金玉情鸳》、王香琴的小说《昆仑快刀》、高唐的中篇小说《慈善家》。

19 日 《澳门日报 · 新园地》副刊发表鲁牛的散文《从现在起！》，连载梅若诗的小说《辫子姑娘》、梁伯的中篇小说《九个新春》，小说专栏连载江杏雨的《双城记》、林迪的《牛皮唐自记》、岫云的《湖海英豪》。《华侨报·繁星》副刊开始连载柳绵的散文《苏东坡的面面谈》,《华侨报·华座》副刊连载青云的小说《箫声剑影》、凌霄的小说《南明英烈传》、茵茵的小说《残梦》、痴人的小说《歧路》、箫笙的小说《金玉情鸳》、王香琴的小说《昆仑快刀》、高唐的中篇小说《慈善家》。

20日 《澳门日报·新园地》副刊发表江思扬的散文《屋的随想》、鹰杨的散文《音乐之父——巴哈》、万木春的散文《我爱上了她?》,连载梅若诗的小说《辫子姑娘》、梁伯的中篇小说《九个新春》,小说专栏连载江杏雨的《双城记》、林迪的《牛皮唐自记》、岫云的《湖海英豪》。《华侨报·繁星》副刊连载柳绵的散文《苏东坡的面面谈》,《华侨报·华座》副刊连载青云的小说《箫声剑影》、凌霄的小说《南明英烈传》、茵茵的小说《残梦》、痴人的小说《歧路》、箫笙的小说《金玉情鸳》、王香琴的小说《昆仑快刀》、高唐的中篇小说《慈善家》。

21日 《澳门日报·新园地》副刊发表灿林的散文《住在巷口的大婶》,连载梅若诗的小说《辫子姑娘》、梁伯的中篇小说《九个新春》,小说专栏连载江杏雨的《双城记》、林迪的《牛皮唐自记》、岫云的《湖海英豪》。《华侨报·繁星》副刊连载柳绵的散文《苏东坡的面面谈》,《华侨报·华座》副刊连载青云的小说《箫声剑影》、凌霄的小说《南明英烈传》、茵茵的小说《残梦》、痴人的小说《歧路》、箫笙的小说《金玉情鸳》、王香琴的小说《昆仑快刀》、高唐的中篇小说《慈善家》。

22日 《澳门日报·新园地》副刊发表舒日风的散文《龙卷风》,连载梅若诗的小说《辫子姑娘》、梁伯的中篇小说《九个新春》,小说专栏连载江杏雨的《双城记》、林迪的《牛皮唐自记》、岫云的《湖海英豪》。《华侨报·繁星》副刊连载柳绵的散文《苏东坡的面面谈》,并发表格闻一的散文《忆乡情》,《华侨报·华座》副刊连载青云的小说《箫声剑影》、凌霄的小说《南明英烈传》、茵茵的小说《残梦》、痴人的小说《歧路》(完)、箫笙的小说《金玉情鸳》、王香琴的小说《昆仑快刀》、高唐的中篇小说《慈善家》。

23日 《澳门日报·新园地》副刊发表白思杨的散文《喜春二章》、龙公逊的散文《雄鸡一唱》，连载梅若诗的小说《辫子姑娘》、梁伯的中篇小说《九个新春》，小说专栏连载江杏雨的《双城记》、林迪的《牛皮唐自记》、岫云的《湖海英豪》。《华侨报·繁星》副刊连载柳绵的散文《苏东坡的面面谈》，《华侨报·华座》副刊青云的小说《箫声剑影》、凌霄的小说《南明英烈传》、茵茵的小说《残梦》、箫笙的小说《金玉情鸳》、王香琴的小说《昆仑快刀》、高唐的中篇小说《慈善家》，并发表了鲁夏的小说《南郭先生》（上）。

24 日 《澳门日报·新园地》副刊发表何畏之的散文《谈"一龙双凤九豺狼"》，连载梅若诗的小说《辫子姑娘》、梁伯的中篇小说《九个新春》，小说专栏连载江杏雨的《双城记》、林迪的《牛皮唐自记》、岫云的《湖海英豪》。《华侨报·繁星》副刊连载柳绵的散文《苏东坡的面面谈》，《华侨报·华座》副刊连载青云的小说《箫声剑影》、凌霄的小说《南明英烈传》、茵茵的小说《残梦》、箫笙的小说《金玉情鸳》、王香琴的小说《昆仑快刀》、高唐的中篇小说《慈善家》，并发表了鲁夏的小说《南郭先生》（下）。

25 日 《澳门日报·新园地》副刊发表晓东的散文《卿本佳人》，连载梅若诗的小说《辫子姑娘》、梁伯的中篇小说《九个新春》，小说专栏连载江杏雨的《双城记》、林迪的《牛皮唐自记》、岫云的《湖海英豪》。《华侨报·繁星》副刊连载柳绵的散文《苏东坡的面面谈》，《华侨报·华座》副刊连载青云的小说《箫声剑影》、凌霄的小说《南明英烈传》、茵茵的小说《残梦》、箫笙的小说《金玉情鸳》、王香琴的小说《昆仑快刀》、高唐的中篇小说《慈善家》，并发表了鲁夏的小说《香闺疑云》。

26 日 《澳门日报·新园地》副刊发表鲁牛的散文《〈三字经〉考析》，连载梅若诗的小说《辫子姑娘》、梁伯的中篇小说《九个新春》，小说专栏连载江杏雨的《双城记》、林迪的《牛皮唐自记》、岫云的《湖海英豪》。《华侨报·繁星》副刊连载柳绵的散文《苏东坡的面面谈》，《华侨报·华座》副刊连载青云的小说《箫声剑影》、凌霄的小说《南明英烈传》、茵茵的小说《残梦》、箫笙的小说《金玉情鸳》、王香琴的小说《昆仑快刀》、高唐的中篇小说《慈善家》，并开始连载痴人的小说《紫荆花》。

27 日　《澳门日报 · 新园地》副刊发表阿砺的散文《春游珠江桥》，连载梅若诗的小说《辫子姑娘》、梁伯的中篇小说《九个新春》，小说专栏连载江杏雨的《双城记》、林迪的《牛皮唐自记》（停刊一期）、岫云的《湖海英豪》，并发表冬草的小说《张婆嫁孙》。《华侨报 · 繁星》副刊连载柳绵的散文《苏东坡的面面谈》，《华侨报 · 华座》副刊连载青云的小说《箫声剑影》、凌霄的小说《南明英烈传》、茵茵的小说《残梦》、箫笙的小说《金玉情鸳》、王香琴的小说《昆仑快刀》、高唐的中篇小说《慈善家》、痴人的小说《紫荆花》。

28 日　《澳门日报 · 新园地》副刊发表鲁牛的散文《笑中有泪的两篇小说》，连载梅若诗的小说《辫子姑娘》、梁伯的中篇小说《九个新春》，小说专栏连载江杏雨的《双城记》、林迪的《牛皮唐自记》、岫云的《湖海英豪》。《华侨报 · 繁星》副刊连载柳绵的散文《苏东坡的面面谈》，《华侨报 · 华座》副刊连载青云的小说《箫声剑影》、凌霄的小说《南明英烈传》、茵茵的小说《残梦》、箫笙的小说《金玉情鸳》、王香琴的小说《昆仑快刀》、高唐的中篇小说《慈善家》、痴人的小说《紫荆花》。

29 日　《澳门日报 · 新园地》副刊发表舒日风的散文《洁身自爱及其他》，连载梅若诗的小说《辫子姑娘》、梁伯的中篇小说《九个新春》，小说专栏连载江杏雨的《双城记》、林迪的《牛皮唐自记》、岫云的《湖海英豪》。《华侨报 · 繁星》副刊发表凌源的散文《夜景》，《华侨报 · 华座》副刊连载青云的小说《箫声剑影》、凌霄的小说《南明英烈传》、茵茵的小说《残梦》、箫笙的小说《金玉情鸳》、王香琴的小说《昆仑快刀》、高唐的中篇小说《慈善家》、痴人的小说《紫荆花》，并发表简右传的小说《悔之已晚》。

30 日　《澳门日报 · 新园地》副刊连载梅若诗的小说《辫子姑娘》、梁伯的中篇小说《九个新春》，小说专栏连载江杏雨的《双城记》、林迪的《牛皮唐自记》、岫云的《湖海英豪》。《华侨报 · 华座》副刊连载青云的小说《箫声剑影》、凌霄的小说《南明英烈传》、茵茵的小说《残梦》、箫笙的小说《金玉情鸳》、王香琴的小说《昆仑快刀》、高唐的中篇小说《慈善家》、痴人的小说《紫荆花》，并发表简右传的小说《画家和漆匠》。

31 日　《澳门日报 · 新园地》副刊连载梅若诗的小说《辫子姑娘》、梁伯的中篇小说《九个新春》，小说专栏连载江杏雨的《双城记》、林迪的《牛皮唐自记》、岫云的《湖海英豪》。《华侨报 · 华座》副刊连载青云的小说《箫声剑影》、凌霄的小说《南明英烈传》、茵茵的小说《残梦》、箫笙的小说《金玉情鸳》、王香琴的小说《昆仑快刀》、高唐的中篇小说《慈善家》、痴人的小说《紫荆花》，并发表简右传的小说《珠还记》。

四月

1 日　《澳门日报 · 新园地》副刊连载梅若诗的小说《辫子姑娘》、梁伯的中篇小说《九个新春》，小说专栏连载江杏雨的《双城记》、林迪的《牛皮唐自记》、岫云的《湖海英豪》。《华侨报 · 华座》副刊连载青云的小说《箫声剑影》、凌霄的小说《南明英烈传》、茵茵的小说《残梦》、箫笙的小说《金玉情鸳》、王香琴的小说《昆仑快刀》、高唐的中篇小说《慈善家》、痴人的小说《紫荆花》。

2 日　《澳门日报 · 新园地》副刊连载梅若诗的小说《辫子姑娘》、梁伯的中篇小说《九个新春》，小说专栏连载江杏雨的《双城记》、林迪的《牛皮唐自记》、岫云的《湖海英豪》。《华侨报 · 华座》副刊连载青云的小说《箫声剑影》、凌霄的小说《南明英烈传》、茵茵的小说《残梦》、箫笙的小说《金玉情鸳》、王香琴的小说《昆仑快刀》、高唐的中篇小说《慈善家》、痴人的小说《紫荆花》。

3 日　《澳门日报 · 新园地》副刊发表子秋的小说《救命》（上），连载梅若诗的小说《辫子姑娘》、梁伯的中篇小说《九个新春》，小说专栏连载江杏雨的《双城记》、林迪的《牛皮唐自记》（停刊一期）、岫云的《湖海英豪》。《华侨报 · 华座》副刊连载青云的小说《箫声剑影》、凌霄的小说《南明英烈传》、茵茵的小说《残梦》、箫笙的小说《金玉情鸳》、王香琴的小说《昆仑快刀》、高唐的中篇小说《慈善家》、痴人的小说《紫荆花》，并开始连载柳绵的小说《迷幻情》。

4 日　《澳门日报 · 新园地》副刊发表汪浩瀚的诗歌《家书》、鲁牛的散文《别》、子秋的小说《救命》(下),连载梅若诗的小说《辫子姑娘》、梁伯的中篇小说《九个新春》,小说专栏连载江杏雨的《双城记》、林迪的《牛皮唐自记》(停刊一期)、岫云的《湖海英豪》。《华侨报·华座》副刊连载青云的小说《箫声剑影》、凌霄的小说《南明英烈传》、茵茵的小说《残梦》、箫笙的小说《金玉情鸳》、王香琴的小说《昆仑快刀》、高唐的中篇小说《慈善家》、痴人的小说《紫荆花》、柳绵的小说《迷幻情》。

汪浩瀚(1950—),澳门诗人,原名汪云峰,广东中山人。60年代开始在港澳报刊发表新诗,有"金牌侍应"的雅号。汪浩瀚的诗作见于《澳门日报》副刊、《澳门笔汇》、《澳门现代诗刊》等海内外报刊。80年代移居澳门,经营餐馆、地产等业务。澳门五月诗社创社会员、澳门笔会理事、澳门书法篆刻协会理事。擅写新旧诗和散文,新诗承自闻一多和香港诗人何达,重视古朴的意境美和语言的节奏美,散文文字生动流畅,充满美感。著有新诗合集《神往》《五月诗侣》。

5日 《澳门日报·新园地》副刊连载梅若诗的小说《辫子姑娘》、梁伯的中篇小说《九个新春》,小说专栏连载江杏雨的《双城记》、林迪的《牛皮唐自记》、岫云的《湖海英豪》。《华侨报·华座》副刊连载青云的小说《箫声剑影》、凌霄的小说《南明英烈传》、茵茵的小说《残梦》、箫笙的小说《金玉情鸳》、王香琴的小说《昆仑快刀》、高唐的中篇小说《慈善家》、痴人的小说《紫荆花》、柳绵的小说《迷幻情》。

6日 《澳门日报·新园地》副刊发表夏峰的散文《从她想到他》,连载梅若诗的小说《辫子姑娘》、梁伯的中篇小说《九个新春》,小说专栏连载江杏雨的《双城记》、林迪的《牛皮唐自记》、岫云的《湖海英豪》。《华侨报·华座》副刊连载青云的小说《箫声剑影》、凌霄的小说《南明英烈传》、茵茵的小说《残梦》、箫笙的小说《金玉情鸳》、王香琴的小说《昆仑快刀》、高唐的中篇小说《慈善家》、痴人的小说《紫荆花》、柳绵的小说《迷幻情》(完)。

7 日　《澳门日报 · 新园地》副刊连载梅若诗的小说《辫子姑娘》、梁伯的中篇小说《九个新春》，小说专栏连载江杏雨的《双城记》、林迪的《牛皮唐自记》、岫云的《湖海英豪》。《华侨报 · 华座》副刊连载青云的小说《箫声剑影》、凌霄的小说《南明英烈传》、茵茵的小说《残梦》、箫笙的小说《金玉情鸳》、王香琴的小说《昆仑快刀》、高唐的中篇小说《慈善家》、痴人的小说《紫荆花》。

8 日　《澳门日报 · 新园地》副刊发表白思群的散文《银色的人》、何畏之的散文《谈〈非人生活〉三集》，连载梅若诗的小说《辫子姑娘》、梁伯的中篇小说《九个新春》，小说专栏连载江杏雨的《双城记》、林迪的《牛皮唐自记》、岫云的《湖海英豪》。《华侨报 · 华座》副刊连载青云的小说《箫声剑影》、凌霄的小说《南明英烈传》、茵茵的小说《残梦》、箫笙的小说《金玉情鸳》、王香琴的小说《昆仑快刀》、高唐的中篇小说《慈善家》、痴人的小说《紫荆花》。

9 日　《澳门日报 · 新园地》副刊发表江思扬的散文《读〈回声集〉》、鲁牛的散文《“自大”与“自卑”》，连载梅若诗的小说《辫子姑娘》、梁伯的中篇小说《九个新春》，小说专栏连载江杏雨的《双城记》、林迪的《牛皮唐自记》、岫云的《湖海英豪》。《华侨报 · 繁星》副刊开始连载柳绵的散文《云破月来花弄影》，《华侨报 · 华座》副刊连载青云的小说《箫声剑影》、凌霄的小说《南明英烈传》、茵茵的小说《残梦》、箫笙的小说《金玉情鸳》、王香琴的小说《昆仑快刀》、高唐的中篇小说《慈善家》、痴人的小说《紫荆花》。

10 日　《澳门日报 · 新园地》副刊连载梅若诗的小说《辫子姑娘》、梁伯的中篇小说《九个新春》，小说专栏连载江杏雨的《双城记》、林迪的《牛皮唐自记》、岫云的《湖海英豪》。《华侨报 · 繁星》副刊连载柳绵的散文《云破月来花弄影》，《华侨报 · 华座》副刊连载青云的小说《箫声剑影》、凌霄的小说《南明英烈传》、茵茵的小说《残梦》、箫笙的小说《金玉情鸳》、王香琴的小说《昆仑快刀》、高唐的中篇小说《慈善家》、痴人的小说《紫荆花》。

11 日 《澳门日报·新园地》副刊发表劲知的散文《听音乐随想》，连载梅若诗的小说《辫子姑娘》、梁伯的中篇小说《九个新春》，小说专栏连载江杏雨的《双城记》、林迪的《牛皮唐自记》、岫云的《湖海英豪》。《华侨报·繁星》副刊连载柳绵的散文《云破月来花弄影》，《华侨报·华座》副刊连载青云的小说《箫声剑影》、凌霄的小说《南明英烈传》、茵茵的小说《残梦》、箫笙的小说《金玉情鸳》、王香琴的小说《昆仑快刀》、高唐的中篇小说《慈善家》、痴人的小说《紫荆花》。

12 日 《澳门日报·新园地》副刊连载梅若诗的小说《辫子姑娘》、梁伯的中篇小说《九个新春》，小说专栏连载江杏雨的《双城记》、林迪的《牛皮唐自记》、岫云的《湖海英豪》。《华侨报·繁星》副刊开始连载柳绵的散文《一曲心声》，《华侨报·华座》副刊连载青云的小说《箫声剑影》、凌霄的小说《南明英烈传》、茵茵的小说《残梦》、箫笙的小说《金玉情鸳》、王香琴的小说《昆仑快刀》、高唐的中篇小说《慈善家》、痴人的小说《紫荆花》。

13 日 《澳门日报·新园地》副刊连载梅若诗的小说《辫子姑娘》、梁伯的中篇小说《九个新春》，小说专栏连载江杏雨的《双城记》、林迪的《牛皮唐自记》、岫云的《湖海英豪》。《华侨报·繁星》副刊连载柳绵的散文《一曲心声》，《华侨报·华座》副刊连载青云的小说《箫声剑影》、凌霄的小说《南明英烈传》、茵茵的小说《残梦》、箫笙的小说《金玉情鸳》、王香琴的小说《昆仑快刀》、高唐的中篇小说《慈善家》、痴人的小说《紫荆花》。

14 日 《澳门日报·新园地》副刊发表鲁牛的散文《心潮澎湃听〈黄河〉》，连载梅若诗的小说《辫子姑娘》、梁伯的中篇小说《九个新春》，小说专栏连载江杏雨的《双城记》、林迪的《牛皮唐自记》、岫云的《湖海英豪》。《华侨报·繁星》副刊连载柳绵的散文《一曲心声》，《华侨报·华座》副刊连载青云的小说《箫声剑影》、凌霄的小说《南明英烈传》、茵茵的小说《残梦》、箫笙的小说《金玉情鸳》、王香琴的小说《昆仑快刀》、高唐的中篇小说《慈善家》、痴人的小说《紫荆花》。

15 日　《澳门日报 · 新园地》副刊发表夏峰的散文《单车与我》，连载梅若诗的小说《辫子姑娘》、梁伯的中篇小说《九个新春》，小说专栏连载江杏雨的《双城记》、林迪的《牛皮唐自记》、岫云的《湖海英豪》。《华侨报 · 繁星》副刊发表裕园的散文《青山绿水》，《华侨报 · 华座》副刊连载青云的小说《箫声剑影》、凌霄的小说《南明英烈传》、茵茵的小说《残梦》、箫笙的小说《金玉情鸳》、王香琴的小说《昆仑快刀》、高唐的中篇小说《慈善家》、痴人的小说《紫荆花》。

16 日　《澳门日报 · 新园地》副刊连载梅若诗的小说《辫子姑娘》、梁伯的中篇小说《九个新春》，小说专栏连载江杏雨的《双城记》、林迪的《牛皮唐自记》、岫云的《湖海英豪》。《华侨报 · 华座》副刊连载青云的小说《箫声剑影》、凌霄的小说《南明英烈传》、茵茵的小说《残梦》、箫笙的小说《金玉情鸳》、王香琴的小说《昆仑快刀》、高唐的中篇小说《慈善家》、痴人的小说《紫荆花》。

17 日　《澳门日报 · 新园地》副刊连载梅若诗的小说《辫子姑娘》、梁伯的中篇小说《九个新春》，小说专栏连载江杏雨的《双城记》、林迪的《牛皮唐自记》、岫云的《湖海英豪》。《华侨报 · 华座》副刊连载青云的小说《箫声剑影》、凌霄的小说《南明英烈传》、茵茵的小说《残梦》、箫笙的小说《金玉情鸳》、王香琴的小说《昆仑快刀》、高唐的中篇小说《慈善家》（完）、痴人的小说《紫荆花》。

18 日　《澳门日报 · 新园地》副刊连载梅若诗的小说《辫子姑娘》、梁伯的中篇小说《九个新春》，小说专栏连载江杏雨的《双城记》、林迪的《牛皮唐自记》、岫云的《湖海英豪》。《华侨报 · 华座》副刊连载青云的小说《箫声剑影》、凌霄的小说《南明英烈传》、茵茵的小说《残梦》、箫笙的小说《金玉情鸳》、王香琴的小说《昆仑快刀》、痴人的小说《紫荆花》，开始连载高唐的中篇小说《一抹残阳》。

19 日　《澳门日报 · 新园地》副刊发表汪浩瀚的诗歌《春天》，连载梅若诗的小说《辫子姑娘》、梁伯的中篇小说《九个新春》，小说专栏连载江杏雨的《双城记》、林迪的《牛皮唐自记》、岫云的《湖海英豪》。《华侨报 · 华座》

副刊连载青云的小说《箫声剑影》、凌霄的小说《南明英烈传》、茵茵的小说《残梦》、箫笙的小说《金玉情鸳》、王香琴的小说《昆仑快刀》、痴人的小说《紫荆花》、高唐的中篇小说《一抹残阳》。

20日 《澳门日报·新园地》副刊连载梅若诗的小说《辫子姑娘》、梁伯的中篇小说《九个新春》，小说专栏连载江杏雨的《双城记》、林迪的《牛皮唐自记》、岫云的《湖海英豪》。《华侨报·繁星》副刊发表冯千帆的散文《比神仙还神仙》，《华侨报·华座》副刊连载青云的小说《箫声剑影》、凌霄的小说《南明英烈传》、茵茵的小说《残梦》、箫笙的小说《金玉情鸳》、王香琴的小说《昆仑快刀》、痴人的小说《紫荆花》、高唐的中篇小说《一抹残阳》。

21日 《澳门日报·新园地》副刊连载梅若诗的小说《辫子姑娘》、梁伯的中篇小说《九个新春》，小说专栏连载江杏雨的《双城记》、林迪的《牛皮唐自记》、岫云的《湖海英豪》。《华侨报·繁星》副刊发表丰裕的散文《边疆记事》，《华侨报·华座》副刊连载青云的小说《箫声剑影》、凌霄的小说《南明英烈传》、茵茵的小说《残梦》、箫笙的小说《金玉情鸳》、王香琴的小说《昆仑快刀》、痴人的小说《紫荆花》、高唐的中篇小说《一抹残阳》。

22日 《澳门日报·新园地》副刊连载梅若诗的小说《辫子姑娘》、梁伯的中篇小说《九个新春》，小说专栏连载江杏雨的《双城记》、林迪的《牛皮唐自记》、岫云的《湖海英豪》。《华侨报·华座》副刊连载青云的小说《箫声剑影》、凌霄的小说《南明英烈传》、茵茵的小说《残梦》、箫笙的小说《金玉情鸳》、王香琴的小说《昆仑快刀》、痴人的小说《紫荆花》、高唐的中篇小说《一抹残阳》。

23日 《澳门日报·新园地》副刊连载梅若诗的小说《辫子姑娘》、梁伯的中篇小说《九个新春》，小说专栏连载江杏雨的《双城记》、林迪的《牛皮唐自记》、岫云的《湖海英豪》。《华侨报·华座》副刊连载青云的小说《箫声剑影》、凌霄的小说《南明英烈传》、茵茵的小说《残梦》、箫笙的小说《金玉情鸳》、王香琴的小说《昆仑快刀》、痴人的小说《紫荆花》、高唐的中篇小说《一抹残阳》。

24 日 《澳门日报 · 新园地》副刊发表子秋的小说《杨老伯看更》（上），连载梅若诗的小说《辫子姑娘》、梁伯的中篇小说《九个新春》，小说专栏连载江杏雨的《双城记》（停刊一期）、林迪的《牛皮唐自记》、岫云的《湖海英豪》。《华侨报 · 华座》副刊连载青云的小说《箫声剑影》、凌霄的小说《南明英烈传》、茵茵的小说《残梦》、箫笙的小说《金玉情鸳》、王香琴的小说《昆仑快刀》、痴人的小说《紫荆花》、高唐的中篇小说《一抹残阳》。

25 日 《澳门日报 · 新园地》副刊发表子秋的小说《杨老伯看更》（下），连载梅若诗的小说《辫子姑娘》、梁伯的中篇小说《九个新春》，小说专栏连载江杏雨的《双城记》（停刊一期）、林迪的《牛皮唐自记》、岫云的《湖海英豪》。《华侨报 · 华座》副刊连载青云的小说《箫声剑影》、凌霄的小说《南明英烈传》、茵茵的小说《残梦》、箫笙的小说《金玉情鸳》、王香琴的小说《昆仑快刀》、痴人的小说《紫荆花》、高唐的中篇小说《一抹残阳》。

26 日 《澳门日报 · 新园地》副刊连载梅若诗的小说《辫子姑娘》、梁伯的中篇小说《九个新春》，小说专栏连载江杏雨的《双城记》、林迪的《牛皮唐自记》、岫云的《湖海英豪》。《华侨报 · 华座》副刊连载青云的小说《箫声剑影》、凌霄的小说《南明英烈传》、茵茵的小说《残梦》、箫笙的小说《金玉情鸳》、王香琴的小说《昆仑快刀》、痴人的小说《紫荆花》、高唐的中篇小说《一抹残阳》。

27 日 《澳门日报 · 新园地》副刊连载梅若诗的小说《辫子姑娘》、梁伯的中篇小说《九个新春》，小说专栏连载江杏雨的《双城记》、林迪的《牛皮唐自记》、岫云的《湖海英豪》。《华侨报 · 华座》副刊连载青云的小说《箫声剑影》、凌霄的小说《南明英烈传》、茵茵的小说《残梦》、箫笙的小说《金玉情鸳》、王香琴的小说《昆仑快刀》、痴人的小说《紫荆花》、高唐的中篇小说《一抹残阳》。

28 日 《澳门日报 · 新园地》副刊连载梅若诗的小说《辫子姑娘》、梁伯的中篇小说《九个新春》，小说专栏连载江杏雨的《双城记》、林迪的《牛皮唐自记》、岫云的《湖海英豪》。《华侨报·华座》副刊连载青云的小说《箫声剑影》、凌霄的小说《南明英烈传》、茵茵的小说《残梦》、箫笙的小说《金玉情鸳》、王香琴的小说《昆仑快刀》、痴人的小说《紫荆花》、高唐的中篇小说《一抹残阳》。

29日 《澳门日报·新园地》副刊发表思文的诗歌《镜海吟》、夏峰的散文《遥望着夜空》，连载梅若诗的小说《辫子姑娘》、梁伯的中篇小说《九个新春》，小说专栏连载江杏雨的《双城记》、林迪的《牛皮唐自记》、岫云的《湖海英豪》。《华侨报·华座》副刊连载青云的小说《箫声剑影》、凌霄的小说《南明英烈传》、茵茵的小说《残梦》、箫笙的小说《金玉情鸳》、王香琴的小说《昆仑快刀》、痴人的小说《紫荆花》、高唐的中篇小说《一抹残阳》。

30日 《澳门日报·新园地》副刊连载梅若诗的小说《辫子姑娘》、梁伯的中篇小说《九个新春》，小说专栏连载江杏雨的《双城记》、林迪的《牛皮唐自记》、岫云的《湖海英豪》。《华侨报·华座》副刊连载青云的小说《箫声剑影》、凌霄的小说《南明英烈传》、茵茵的小说《残梦》、箫笙的小说《金玉情鸳》、王香琴的小说《昆仑快刀》、痴人的小说《紫荆花》、高唐的中篇小说《一抹残阳》。

⊙ 本月，汪浩瀚发表诗歌《前路》于香港《学生丛书》第47期。

五月

1日 《澳门日报·新园地》副刊发表白思杨的散文《闪光》，连载梅若诗的小说《辫子姑娘》、梁伯的中篇小说《九个新春》，小说专栏连载江杏雨的《双城记》、林迪的《牛皮唐自记》、岫云的《湖海英豪》。《华侨报·华座》副刊连载青云的小说《箫声剑影》、凌霄的小说《南明英烈传》、茵茵的小说《残梦》、箫笙的小说《金玉情鸳》、王香琴的小说《昆仑快刀》、痴人的小说《紫荆花》、高唐的中篇小说《一抹残阳》。

3日 《澳门日报·新园地》副刊发表静涛的小说《穷人家的孩子》，连载梅若诗的小说《辫子姑娘》、梁伯的中篇小说《九个新春》，小说专栏连载江杏雨的《双城记》、林迪的《牛皮唐自记》（停刊一期）、岫云的《湖海英豪》。《华侨报·华座》副刊开始连载柳绵的散文《镜里情人》，连载青云的小说《箫声剑影》、凌霄的小说《南明英烈传》、茵茵的小说《残梦》、箫笙的小说《金玉情鸳》、王香琴的小说《昆仑快刀》、痴人的小说《紫荆花》、高唐的中篇小说《一抹残阳》。

4日　《澳门日报·新园地》副刊连载梅若诗的小说《辫子姑娘》、梁伯的中篇小说《九个新春》，小说专栏连载江杏雨的《双城记》、林迪的《牛皮唐自记》、岫云的《湖海英豪》。《华侨报·华座》副刊连载柳绵的散文《镜里情人》、青云的小说《箫声剑影》、凌霄的小说《南明英烈传》、茵茵的小说《残梦》、箫笙的小说《金玉情鸳》、王香琴的小说《昆仑快刀》、痴人的小说《紫荆花》、高唐的中篇小说《一抹残阳》。

5日　《澳门日报·新园地》副刊连载梅若诗的小说《辫子姑娘》、梁伯的中篇小说《九个新春》，小说专栏连载江杏雨的《双城记》、林迪的《牛皮唐自记》、岫云的《湖海英豪》。《华侨报·华座》副刊连载柳绵的散文《镜里情人》、青云的小说《箫声剑影》、凌霄的小说《南明英烈传》、茵茵的小说《残梦》、箫笙的小说《金玉情鸳》、王香琴的小说《昆仑快刀》、痴人的小说《紫荆花》、高唐的中篇小说《一抹残阳》。

6日　《澳门日报·新园地》副刊发表舒日风的散文《蚊子》，连载梅若诗的小说《辫子姑娘》、梁伯的中篇小说《九个新春》，小说专栏连载江杏雨的《双城记》、林迪的《牛皮唐自记》、岫云的《湖海英豪》。《华侨报·华座》副刊开始连载柳绵的散文《板桥嫁女》、青云的小说《箫声剑影》、凌霄的小说《南明英烈传》、茵茵的小说《残梦》、箫笙的小说《金玉情鸳》、王香琴的小说《昆仑快刀》、痴人的小说《紫荆花》、高唐的中篇小说《一抹残阳》（完）。

7日　《澳门日报·新园地》副刊连载梅若诗的小说《辫子姑娘》、梁伯的中篇小说《九个新春》，小说专栏连载江杏雨的《双城记》、林迪的《牛皮唐自记》、岫云的《湖海英豪》。《华侨报·华座》副刊连载柳绵的散文《板桥嫁女》、青云的小说《箫声剑影》、凌霄的小说《南明英烈传》、茵茵的小说《残梦》、箫笙的小说《金玉情鸳》、王香琴的小说《昆仑快刀》、痴人的小说《紫荆花》，开始连载高唐的短篇小说《戏》。

8 日　《澳门日报·新园地》副刊连载梅若诗的小说《辫子姑娘》、梁伯的中篇小说《九个新春》，小说专栏连载江杏雨的《双城记》、林迪的《牛皮唐自记》、岫云的《湖海英豪》。《华侨报·华座》副刊连载柳绵的散文《板桥嫁女》、青云的小说《箫声剑影》、凌霄的小说《南明英烈传》、茵茵的小说《残梦》、箫笙的小说《金玉情鸳》、王香琴的小说《昆仑快刀》、痴人的小说《紫荆花》、高唐的短篇小说《戏》。

9 日　《澳门日报·新园地》副刊连载梅若诗的小说《辫子姑娘》、梁伯的中篇小说《九个新春》，小说专栏连载江杏雨的《双城记》、林迪的《牛皮唐自记》、岫云的《湖海英豪》。《华侨报·华座》副刊连载柳绵的散文《板桥嫁女》、青云的小说《箫声剑影》、凌霄的小说《南明英烈传》、茵茵的小说《残梦》、箫笙的小说《金玉情鸳》、王香琴的小说《昆仑快刀》、痴人的小说《紫荆花》、高唐的短篇小说《戏》。

10 日　《澳门日报·新园地》副刊开始连载思文的诗歌《镜海吟》，连载梅若诗的小说《辫子姑娘》、梁伯的中篇小说《九个新春》，小说专栏连载江杏雨的《双城记》、林迪的《牛皮唐自记》、岫云的《湖海英豪》。《华侨报·华座》副刊连载柳绵的散文《板桥嫁女》、青云的小说《箫声剑影》、凌霄的小说《南明英烈传》、茵茵的小说《残梦》、箫笙的小说《金玉情鸳》（完）、王香琴的小说《昆仑快刀》、痴人的小说《紫荆花》、高唐的短篇小说《戏》。

11 日　《澳门日报·新园地》副刊连载思文的诗歌《镜海吟》，并发表华萌的散文《天际的佳音》，连载梅若诗的小说《辫子姑娘》、梁伯的中篇小说《九个新春》，小说专栏连载江杏雨的《双城记》、林迪的《牛皮唐自记》、岫云的《湖海英豪》。《华侨报·繁星》副刊发表凌源的散文《夜的联想》，《华侨报·华座》副刊开始连载柳绵的散文《玉山佳处》，连载青云的小说《箫声剑影》、凌霄的小说《南明英烈传》、茵茵的小说《残梦》、王香琴的小说《昆仑快刀》、痴人的小说《紫荆花》、高唐的短篇小说《戏》。

12 日 《澳门日报 · 新园地》副刊连载思文的诗歌《镜海吟》，并发表小英的散文《远方的姐姐》、向忠的小说《新潮儿女》，连载梅若诗的小说《辫子姑娘》、梁伯的中篇小说《九个新春》，小说专栏连载江杏雨的《双城记》、林迪的《牛皮唐自记》、岫云的《湖海英豪》（停刊一期）。《华侨报 · 华座》副刊连载柳绵的散文《玉山佳处》、青云的小说《箫声剑影》、凌霄的小说《南明英烈传》、茵茵的小说《残梦》、王香琴的小说《昆仑快刀》、痴人的小说《紫荆花》、高唐的短篇小说《戏》。

13 日 《澳门日报 · 新园地》副刊连载思文的诗歌《镜海吟》、梅若诗的小说《辫子姑娘》、梁伯的中篇小说《九个新春》，小说专栏连载江杏雨的《双城记》、林迪的《牛皮唐自记》、岫云的《湖海英豪》（停刊一期）。《华侨报 · 华座》副刊连载柳绵的散文《玉山佳处》、青云的小说《箫声剑影》、凌霄的小说《南明英烈传》、茵茵的小说《残梦》、王香琴的小说《昆仑快刀》、痴人的小说《紫荆花》、高唐的短篇小说《戏》。

14 日 《澳门日报 · 新园地》副刊发表舒之扬的诗歌《倾听》、劲知的散文《一位可敬同学》，连载思文的诗歌《镜海吟》、梅若诗的小说《辫子姑娘》、梁伯的中篇小说《九个新春》，小说专栏连载江杏雨的《双城记》、林迪的《牛皮唐自记》、岫云的《湖海英豪》。《华侨报 · 繁星》副刊发表朱狄的散文《演不完的悲剧》，《华侨报 · 华座》副刊连载柳绵的散文《玉山佳处》、青云的小说《箫声剑影》、凌霄的小说《南明英烈传》、茵茵的小说《残梦》、王香琴的小说《昆仑快刀》、痴人的小说《紫荆花》、高唐的短篇小说《戏》。

15 日 《澳门日报 · 新园地》副刊发表夏峰的散文《职业病》，连载思文的诗歌《镜海吟》、梅若诗的小说《辫子姑娘》、梁伯的中篇小说《九个新春》，小说专栏连载江杏雨的《双城记》、林迪的《牛皮唐自记》、岫云的《湖海英豪》。《华侨报 · 华座》副刊连载柳绵的散文《玉山佳处》、青云的小说《箫声剑影》、凌霄的小说《南明英烈传》、茵茵的小说《残梦》、王香琴的小说《昆仑快刀》、痴人的小说《紫荆花》、高唐的短篇小说《戏》。

16日 《澳门日报·新园地》副刊连载思文的诗歌《镜海吟》，并发表田悠的散文《林区女货郎》，连载梅若诗的小说《辫子姑娘》、梁伯的中篇小说《九个新春》，小说专栏连载江杏雨的《双城记》、林迪的《牛皮唐自记》、岫云的《湖海英豪》。《华侨报·繁星》副刊发表子秋的散文《风雨夜》、闻一滴的散文《铿锵的乐章》，《华侨报·华座》副刊开始连载柳绵的散文《彩云曲与赛金花》、青云的小说《箫声剑影》、凌霄的小说《南明英烈传》、茵茵的小说《残梦》、王香琴的小说《昆仑快刀》、痴人的小说《紫荆花》，并开始连载高唐的小说《情仇》。

17日 《澳门日报·新园地》副刊连载思文的诗歌《镜海吟》、梅若诗的小说《辫子姑娘》、梁伯的中篇小说《九个新春》，小说专栏连载江杏雨的《双城记》、林迪的《牛皮唐自记》、岫云的《湖海英豪》。《华侨报·华座》副刊连载柳绵的散文《彩云曲与赛金花》、青云的小说《箫声剑影》、凌霄的小说《南明英烈传》（停刊一期）、茵茵的小说《残梦》、王香琴的小说《昆仑快刀》（停刊一期）、痴人的小说《紫荆花》、高唐的小说《情仇》。

18日 《澳门日报·新园地》副刊连载思文的诗歌《镜海吟》、梅若诗的小说《辫子姑娘》、梁伯的中篇小说《九个新春》，小说专栏连载江杏雨的《双城记》、林迪的《牛皮唐自记》、岫云的《湖海英豪》。《华侨报·华座》副刊连载柳绵的散文《彩云曲与赛金花》、青云的小说《箫声剑影》、凌霄的小说《南明英烈传》、茵茵的小说《残梦》、王香琴的小说《昆仑快刀》、痴人的小说《紫荆花》、高唐的小说《情仇》。

19日 《澳门日报·新园地》副刊连载思文的诗歌《镜海吟》、梅若诗的小说《辫子姑娘》、梁伯的中篇小说《九个新春》，小说专栏连载江杏雨的《双城记》、林迪的《牛皮唐自记》、岫云的《湖海英豪》。《华侨报·华座》副刊连载柳绵的散文《彩云曲与赛金花》、青云的小说《箫声剑影》、凌霄的小说《南明英烈传》、茵茵的小说《残梦》（完）、王香琴的小说《昆仑快刀》、痴人的小说《紫荆花》、高唐的小说《情仇》。

20日 《澳门日报·新园地》副刊连载思文的诗歌《镜海吟》、梅若诗的小说《辫子姑娘》、梁伯的中篇小说《九个新春》，小说专栏连载江杏雨的《双城记》、林迪的《牛皮唐自记》、岫云的《湖海英豪》。《华侨报·华座》副刊发表简右传的短篇小说《坐失良机》，连载柳绵的散文《彩云曲与赛金花》、青云的小说《箫声剑影》、凌霄的小说《南明英烈传》、王香琴的小说《昆仑快刀》、痴人的小说《紫荆花》、高唐的小说《情仇》。

21 日 《澳门日报·新园地》副刊连载思文的诗歌《镜海吟》，发表洪文的散文《迎着暴风雨翱翔吧》，连载梅若诗的小说《辫子姑娘》、梁伯的中篇小说《九个新春》，小说专栏连载江杏雨的《双城记》、林迪的《牛皮唐自记》、岫云的《湖海英豪》。《华侨报·繁星》副刊发表重恩的散文《水乡风光》，《华侨报·华座》副刊连载柳绵的散文《彩云曲与赛金花》、青云的小说《箫声剑影》、凌霄的小说《南明英烈传》、王香琴的小说《昆仑快刀》、痴人的小说《紫荆花》、高唐的小说《情仇》，并发表青山的小说《说谎的丈夫》。

22 日 《澳门日报·新园地》副刊连载思文的诗歌《镜海吟》，发表夏峰的散文《丧礼》，连载梅若诗的小说《辫子姑娘》、梁伯的中篇小说《九个新春》，小说专栏连载江杏雨的《双城记》、林迪的《牛皮唐自记》、岫云的《湖海英豪》。《华侨报·华座》副刊连载柳绵的散文《彩云曲与赛金花》、青云的小说《箫声剑影》、凌霄的小说《南明英烈传》、王香琴的小说《昆仑快刀》、痴人的小说《紫荆花》、高唐的小说《情仇》，并开始连载茵茵的小说《结过婚的女人》。

23 日 《澳门日报·新园地》副刊连载思文的诗歌《镜海吟》，连载梅若诗的小说《辫子姑娘》、梁伯的中篇小说《九个新春》（完），小说专栏连载江杏雨的《双城记》、林迪的《牛皮唐自记》、岫云的《湖海英豪》。《华侨报·华座》副刊连载柳绵的散文《彩云曲与赛金花》、青云的小说《箫声剑影》、凌霄的小说《南明英烈传》（停刊一期）、王香琴的小说《昆仑快刀》（停刊一期）、痴人的小说《紫荆花》、高唐的小说《情仇》、茵茵的小说《结过婚的女人》。

24 日 《澳门日报·新园地》副刊发表江思扬的散文《庄严的声明，战争的号令》，连载梅若诗的小说《辫子姑娘》，并开始连载李心言的小说《魅影幢幢》，小说专栏连载江杏雨的《双城记》、林迪的《牛皮唐自记》、岫云的《湖海英豪》。《华侨报·华座》副刊连载柳绵的散文《彩云曲与赛金花》、青云的小说《箫声剑影》、凌霄的小说《南明英烈传》（停刊一期）、王香琴的小说《昆仑快刀》（停刊一期）、痴人的小说《紫荆花》、高唐的小说《情仇》、茵茵的小说《结过婚的女人》。

李心言（1939— ），原名李艳芳，笔名凌稜、林蕙等。广东新会人，生于澳门。《华侨报》副刊《童真》和《校园》主编。60年代起以李心言为笔名在香港文艺杂志发表作品，又与人合办油印文艺杂志《红豆》，写有小说、新诗和大量散文，部分作品反映出不同时代的澳人澳事。70年代主要有小说《魅影幢幢》和《结婚十年》。著有散文集《有情天地》《北窗内外》和散文合集《七星篇》。

25日 《澳门日报·新园地》副刊发表舒日风的散文《停电有感》，连载梅若诗的小说《辫子姑娘》、李心言的小说《魅影幢幢》，小说专栏连载江杏雨的《双城记》、林迪的《牛皮唐自记》、岫云的《湖海英豪》。《华侨报·华座》副刊连载柳绵的散文《彩云曲与赛金花》、青云的小说《箫声剑影》、凌霄的小说《南明英烈传》、王香琴的小说《昆仑快刀》、痴人的小说《紫荆花》、高唐的小说《情仇》、茵茵的小说《结过婚的女人》。

26日 《澳门日报·新园地》副刊连载梅若诗的小说《辫子姑娘》、李心言的小说《魅影幢幢》，小说专栏连载江杏雨的《双城记》、林迪的《牛皮唐自记》、岫云的《湖海英豪》。《华侨报·华座》副刊连载柳绵的散文《彩云曲与赛金花》、青云的小说《箫声剑影》、凌霄的小说《南明英烈传》、王香琴的小说《昆仑快刀》、痴人的小说《紫荆花》、高唐的小说《情仇》、茵茵的小说《结过婚的女人》。

27日 《澳门日报·新园地》副刊发表郑章源的诗歌《声明》、宋乙的小说《阿贞》，连载梅若诗的小说《辫子姑娘》、李心言的小说《魅影幢幢》，小说专栏连载江杏雨的《双城记》、林迪的《牛皮唐自记》（停刊一期）、岫云的《湖海英豪》。《华侨报·华座》副刊连载柳绵的散文《彩云曲与赛金花》、青云的小说《箫声剑影》、凌霄的小说《南明英烈传》、王香琴的小说《昆仑快刀》、痴人的小说《紫荆花》、高唐的小说《情仇》、茵茵的小说《结过婚的女人》。

28 日 《澳门日报·新园地》副刊发表思文的诗歌《镜海吟》、梅若诗的小说《辫子姑娘》、李心言的小说《魅影幢幢》，小说专栏连载江杏雨的《双城记》、林迪的《牛皮唐自记》、岫云的《湖海英豪》。《华侨报·华座》副刊连载柳绵的散文《花神庙》、青云的小说《箫声剑影》、凌霄的小说《南明英烈传》、王香琴的小说《昆仑快刀》、痴人的小说《紫荆花》、高唐的小说《情仇》、茵茵的小说《结过婚的女人》。

29 日 《澳门日报·新园地》副刊发表鹰杨的散文《天堂？人间？》，连载梅若诗的小说《辫子姑娘》、李心言的小说《魅影幢幢》，小说专栏连载江杏雨的《双城记》、林迪的《牛皮唐自记》、岫云的《湖海英豪》。《华侨报·华座》副刊开始连载柳绵的散文《花神庙》，连载青云的小说《箫声剑影》、凌霄的小说《南明英烈传》、王香琴的小说《昆仑快刀》、痴人的小说《紫荆花》、高唐的小说《情仇》、茵茵的小说《结过婚的女人》。

30 日 《澳门日报·新园地》副刊连载思文的诗歌《镜海吟》、梅若诗的小说《辫子姑娘》、李心言的小说《魅影幢幢》，小说专栏连载江杏雨的《双城记》、林迪的《牛皮唐自记》、岫云的《湖海英豪》。《华侨报·华座》副刊连载柳绵的散文《花神庙》、青云的小说《箫声剑影》、凌霄的小说《南明英烈传》、王香琴的小说《昆仑快刀》、痴人的小说《紫荆花》、高唐的小说《情仇》、茵茵的小说《结过婚的女人》。

31 日 《澳门日报·新园地》副刊连载思文的诗歌《镜海吟》，并发表舒日风的散文《街头所见》，连载梅若诗的小说《辫子姑娘》、李心言的小说《魅影幢幢》，小说专栏连载江杏雨的《双城记》、林迪的《牛皮唐自记》、岫云的《湖海英豪》。《华侨报·华座》副刊连载青云的小说《箫声剑影》、凌霄的小说《南明英烈传》、王香琴的小说《昆仑快刀》、痴人的小说《紫荆花》、高唐的小说《情仇》、茵茵的小说《结过婚的女人》。

六月

1 日　《澳门日报·新园地》副刊连载思文的诗歌《镜海吟》，并发表夏峰的散文《儿童之歌》、高青于的散文《女房东我忧虑》，连载梅若诗的小说《辫子姑娘》、李心言的小说《魅影幢幢》，小说专栏连载江杏雨的《双城记》、林迪的《牛皮唐自记》、岫云的《湖海英豪》。《华侨报·华座》副刊连载青云的小说《箫声剑影》、凌霄的小说《南明英烈传》、王香琴的小说《昆仑快刀》、痴人的小说《紫荆花》、高唐的小说《情仇》、茵茵的小说《结过婚的女人》，并发表了卓力的短篇小说《阿兰的新邻居》。

2 日　《澳门日报·新园地》副刊发表郑章源的诗歌《海洋》，连载思文的诗歌《镜海吟》、梅若诗的小说《辫子姑娘》、李心言的小说《魅影幢幢》，小说专栏连载江杏雨的《双城记》、林迪的《牛皮唐自记》、岫云的《湖海英豪》。《华侨报·繁星》副刊发表凌源的散文《舞》，《华侨报·华座》副刊连载青云的小说《箫声剑影》、凌霄的小说《南明英烈传》、王香琴的小说《昆仑快刀》、痴人的小说《紫荆花》、高唐的小说《情仇》、茵茵的小说《结过婚的女人》。

3 日　《澳门日报·新园地》副刊连载梅若诗的小说《辫子姑娘》、李心言的小说《魅影幢幢》，小说专栏连载江杏雨的《双城记》、林迪的《牛皮唐自记》、岫云的《湖海英豪》。《华侨报·繁星》副刊发表集之的散文《深厚的友情》，《华侨报·华座》副刊开始连载柳绵的散文《闺中疑云》，连载青云的小说《箫声剑影》、凌霄的小说《南明英烈传》、王香琴的小说《昆仑快刀》、痴人的小说《紫荆花》、高唐的小说《情仇》、茵茵的小说《结过婚的女人》。

4 日　《澳门日报·新园地》副刊连载梅若诗的小说《辫子姑娘》、李心言的小说《魅影幢幢》，小说专栏连载江杏雨的《双城记》、林迪的《牛皮唐自记》、岫云的《湖海英豪》。《华侨报·华座》副刊连载柳绵的散文《闺中疑云》、青云的小说《箫声剑影》、凌霄的小说《南明英烈传》、王香琴的小说《昆仑快刀》、痴人的小说《紫荆花》、高唐的小说《情仇》、茵茵的小说《结过婚的女人》。

5日 《澳门日报·新园地》副刊连载梅若诗的小说《辫子姑娘》、李心言的小说《魅影幢幢》，小说专栏连载江杏雨的《双城记》、林迪的《牛皮唐自记》、岫云的《湖海英豪》。《华侨报·华座》副刊连载柳绵的散文《闱中疑云》、青云的小说《箫声剑影》、凌霄的小说《南明英烈传》、王香琴的小说《昆仑快刀》、痴人的小说《紫荆花》、高唐的小说《情仇》、茵茵的小说《结过婚的女人》。

6日 《澳门日报·新园地》副刊发表子秋的散文《下厨小记》，连载梅若诗的小说《辫子姑娘》、李心言的小说《魅影幢幢》，小说专栏连载江杏雨的《双城记》、林迪的《牛皮唐自记》、岫云的《湖海英豪》。《华侨报·华座》副刊发表柳绵的散文《弟温卿》，连载青云的小说《箫声剑影》、凌霄的小说《南明英烈传》、王香琴的小说《昆仑快刀》、痴人的小说《紫荆花》、高唐的小说《情仇》、茵茵的小说《结过婚的女人》。

7日 《澳门日报·新园地》副刊连载梅若诗的小说《辫子姑娘》、李心言的小说《魅影幢幢》，小说专栏连载江杏雨的《双城记》、林迪的《牛皮唐自记》、岫云的《湖海英豪》。《华侨报·华座》副刊连载青云的小说《箫声剑影》、凌霄的小说《南明英烈传》（停刊一期）、王香琴的小说《昆仑快刀》（停刊一期）、痴人的小说《紫荆花》、高唐的小说《情仇》、茵茵的小说《结过婚的女人》。

8日 《澳门日报·新园地》副刊发表良骅的小说《失足》，连载梅若诗的小说《辫子姑娘》、李心言的小说《魅影幢幢》，小说专栏连载江杏雨的《双城记》、林迪的《牛皮唐自记》（停刊一期）、岫云的《湖海英豪》。《华侨报·华座》副刊开始连载柳绵的散文《禁城一啸御风来》，连载青云的小说《箫声剑影》、凌霄的小说《南明英烈传》、王香琴的小说《昆仑快刀》、痴人的小说《紫荆花》、高唐的小说《情仇》、茵茵的小说《结过婚的女人》。

9日 《澳门日报·新园地》副刊发表若夫的散文《他们的童年》、杨远的小说《失踪的少女》，连载梅若诗的小说《辫子姑娘》、李心言的小说《魅影幢幢》，小说专栏连载江杏雨的《双城记》（停刊一期）、林迪的《牛皮唐自记》、岫云的《湖海英豪》。《华侨报 · 繁星》副刊发表闻一滴的散文《真正幸福的童年》，《华侨报 · 华座》副刊连载柳绵的散文《禁城一啸御风来》、青云的小说《箫声剑影》、凌霄的小说《南明英烈传》、王香琴的小说《昆仑快刀》、痴人的小说《紫荆花》、高唐的小说《情仇》、茵茵的小说《结过婚的女人》。

10 日 《澳门日报 · 新园地》副刊发表舒日风的散文《在狂风骤雨中》、阿强的小说《回头是岸》，连载梅若诗的小说《辫子姑娘》、李心言的小说《魅影幢幢》，小说专栏连载江杏雨的《双城记》（停刊一期）、林迪的《牛皮唐自记》、岫云的《湖海英豪》。《华侨报 · 华座》副刊连载柳绵的散文《禁城一啸御风来》、青云的小说《箫声剑影》、凌霄的小说《南明英烈传》、王香琴的小说《昆仑快刀》、痴人的小说《紫荆花》、高唐的小说《情仇》、茵茵的小说《结过婚的女人》。

11 日 《澳门日报 · 新园地》副刊连载梅若诗的小说《辫子姑娘》、李心言的小说《魅影幢幢》，小说专栏连载江杏雨的《双城记》、林迪的《牛皮唐自记》、岫云的《湖海英豪》。《华侨报 · 华座》副刊连载柳绵的散文《禁城一啸御风来》、青云的小说《箫声剑影》、凌霄的小说《南明英烈传》、王香琴的小说《昆仑快刀》、痴人的小说《紫荆花》、高唐的小说《情仇》、茵茵的小说《结过婚的女人》。

12 日 《澳门日报 · 新园地》副刊连载思文的诗歌《镜海吟》，发表夏峰的散文《烛下漫笔》，连载梅若诗的小说《辫子姑娘》、李心言的小说《魅影幢幢》，小说专栏连载江杏雨的《双城记》、林迪的《牛皮唐自记》、岫云的《湖海英豪》。《华侨报 · 华座》副刊连载柳绵的散文《禁城一啸御风来》、青云的小说《箫声剑影》、凌霄的小说《南明英烈传》、王香琴的小说《昆仑快刀》、痴人的小说《紫荆花》、高唐的小说《情仇》、茵茵的小说《结过婚的女人》。

13 日 《澳门日报 · 新园地》副刊发表子秋的小说《小燕》（上），连载梅若诗的小说《辫子姑娘》，小说专栏连载江杏雨的《双城记》、林迪的《牛皮唐自记》、岫云的《湖海英豪》。《华侨报 · 华座》副刊连载柳绵的散文《禁城一啸御风来》、青云的小说《箫声剑影》、凌霄的小说《南明英烈传》、王香琴的小说《昆仑快刀》、痴人的小说《紫荆花》、高唐的小说《情仇》、茵茵的小说《结过婚的女人》。

14 日 《澳门日报 · 新园地》副刊发表子秋的小说《小燕》(下),连载梅若诗的小说《辫子姑娘》,小说专栏连载江杏雨的《双城记》、林迪的《牛皮唐自记》、岫云的《湖海英豪》。《华侨报 · 华座》副刊连载柳绵的散文《禁城一啸御风来》、青云的小说《箫声剑影》、凌霄的小说《南明英烈传》、王香琴的小说《昆仑快刀》、痴人的小说《紫荆花》、高唐的小说《情仇》、茵茵的小说《结过婚的女人》。

15 日 《澳门日报 · 新园地》副刊连载思文的诗歌《镜海吟》,发表舒日风的散文《祝愿他们》、海辛的中篇小说《妻子带回来的礼物》(上),连载梅若诗的小说《辫子姑娘》,小说专栏连载江杏雨的《双城记》、林迪的《牛皮唐自记》、岫云的《湖海英豪》。《华侨报 · 华座》副刊连载柳绵的散文《禁城一啸御风来》、青云的小说《箫声剑影》、凌霄的小说《南明英烈传》、王香琴的小说《昆仑快刀》、痴人的小说《紫荆花》、高唐的小说《情仇》(完)、茵茵的小说《结过婚的女人》。

16 日 《澳门日报 · 新园地》副刊连载思文的诗歌《镜海吟》,发表海辛的中篇小说《妻子带回来的礼物》(中)、康红的小说《蛮炳的转变》,连载梅若诗的小说《辫子姑娘》,小说专栏连载江杏雨的《双城记》(停刊一期)、林迪的《牛皮唐自记》、岫云的《湖海英豪》。《华侨报 · 华座》副刊开始连载柳绵的散文《孽缘》、高唐的短篇小说《美人关》,连载青云的小说《箫声剑影》、凌霄的小说《南明英烈传》、王香琴的小说《昆仑快刀》、痴人的小说《紫荆花》、茵茵的小说《结过婚的女人》。

17 日 《澳门日报 · 新园地》副刊连载思文的诗歌《镜海吟》,发表海辛的中篇小说《妻子带回来的礼物》(下),连载梅若诗的小说《辫子姑娘》,小说专栏连载江杏雨的《双城记》、林迪的《牛皮唐自记》、岫云的《湖海英豪》。《华侨报 · 华座》副刊连载柳绵的散文《孽缘》、高唐的短篇小说

《美人关》、青云的小说《箫声剑影》、凌霄的小说《南明英烈传》、王香琴的小说《昆仑快刀》、痴人的小说《紫荆花》、茵茵的小说《结过婚的女人》。

18日 《澳门日报·新园地》副刊发表唐巽的小说《阿强的秘密》(上)，连载梅若诗的小说《辫子姑娘》，小说专栏连载江杏雨的《双城记》、林迪的《牛皮唐自记》、岫云的《湖海英豪》。《华侨报·华座》副刊连载柳绵的散文《孽缘》、高唐的短篇小说《美人关》、青云的小说《箫声剑影》、凌霄的小说《南明英烈传》、王香琴的小说《昆仑快刀》、痴人的小说《紫荆花》、茵茵的小说《结过婚的女人》。

19日 《澳门日报·新园地》副刊发表唐巽的小说《阿强的秘密》(下)，连载梅若诗的小说《辫子姑娘》，小说专栏连载江杏雨的《双城记》、林迪的《牛皮唐自记》、岫云的《湖海英豪》。《华侨报·华座》副刊连载柳绵的散文《孽缘》、高唐的短篇小说《美人关》、青云的小说《箫声剑影》、凌霄的小说《南明英烈传》、王香琴的小说《昆仑快刀》、痴人的小说《紫荆花》、茵茵的小说《结过婚的女人》。

20日 《澳门日报·新园地》副刊连载梅若诗的小说《辫子姑娘》，并开始连载李心言的小说《结婚十年》，小说专栏连载江杏雨的《双城记》、林迪的《牛皮唐自记》、岫云的《湖海英豪》。《华侨报·华座》副刊连载高唐的短篇小说《美人关》、青云的小说《箫声剑影》、凌霄的小说《南明英烈传》、王香琴的小说《昆仑快刀》、痴人的小说《紫荆花》、茵茵的小说《结过婚的女人》。

21日 《澳门日报·新园地》副刊连载思文的诗歌《镜海吟》，发表夏峰的散文《不管风吹浪打》，连载梅若诗的小说《辫子姑娘》、李心言的小说《结婚十年》，小说专栏连载江杏雨的《双城记》、林迪的《牛皮唐自记》、岫云的《湖海英豪》。《华侨报·华座》副刊开始连载柳绵的散文《不了缘》，连载高唐的短篇小说《美人关》、青云的小说《箫声剑影》、凌霄的小说《南明英烈传》、王香琴的小说《昆仑快刀》、痴人的小说《紫荆花》、茵茵的小说《结过婚的女人》。

22 日　《澳门日报 · 新园地》副刊发表鹰杨的散文《记忆童年》，连载梅若诗的小说《辫子姑娘》、李心言的小说《结婚十年》，小说专栏连载江杏雨的《双城记》、林迪的《牛皮唐自记》、岫云的《湖海英豪》。《华侨报 · 华座》副刊连载柳绵的散文《不了缘》、高唐的短篇小说《美人关》、青云的小说《箫声剑影》、凌霄的小说《南明英烈传》、王香琴的小说《昆仑快刀》、痴人的小说《紫荆花》、茵茵的小说《结过婚的女人》。

23 日　《澳门日报 · 新园地》副刊连载思文的诗歌《镜海吟》，发表良骅的小说《请小偷吃饭》，连载梅若诗的小说《辫子姑娘》、李心言的小说《结婚十年》，小说专栏连载江杏雨的《双城记》（停刊一期）、林迪的《牛皮唐自记》、岫云的《湖海英豪》。《华侨报 · 繁星》副刊发表子秋的散文《旅行归来》，《华侨报 · 华座》副刊连载柳绵的散文《不了缘》、高唐的短篇小说《美人关》、青云的小说《箫声剑影》、凌霄的小说《南明英烈传》、王香琴的小说《昆仑快刀》、痴人的小说《紫荆花》、茵茵的小说《结过婚的女人》。

24 日　《澳门日报 · 新园地》副刊连载思文的诗歌《镜海吟》，发表舒日风的散文《雷》，连载梅若诗的小说《辫子姑娘》、李心言的小说《结婚十年》，小说专栏连载江杏雨的《双城记》、林迪的《牛皮唐自记》、岫云的《湖海英豪》。《华侨报 · 华座》副刊连载柳绵的散文《不了缘》、高唐的短篇小说《美人关》、青云的小说《箫声剑影》、凌霄的小说《南明英烈传》、王香琴的小说《昆仑快刀》、痴人的小说《紫荆花》、茵茵的小说《结过婚的女人》。

25 日　《澳门日报 · 新园地》副刊连载思文的诗歌《镜海吟》、梅若诗的小说《辫子姑娘》、李心言的小说《结婚十年》，小说专栏连载江杏雨的《双城记》、林迪的《牛皮唐自记》、岫云的《湖海英豪》。《华侨报 · 华座》副刊连载柳绵的散文《不了缘》、高唐的短篇小说《美人关》、青云的小说《箫声剑影》、凌霄的小说《南明英烈传》、王香琴的小说《昆仑快刀》、痴人的小说《紫荆花》、茵茵的小说《结过婚的女人》。

26 日　《澳门日报 · 新园地》副刊发表鲁牛的散文《阿妈，快走的呀》，连载梅若诗的小说《辫子姑娘》、李心言的小说《结婚十年》，小说专栏连载江杏雨的《双城记》、林迪的《牛皮唐自记》、岫云的《湖海英豪》。《华侨报·华座》副刊连载柳绵的散文《不了缘》、高唐的短篇小说《美人关》、青云的小说《箫声剑影》、凌霄的小说《南明英烈传》、王香琴的小说《昆仑快刀》、痴人的小说《紫荆花》、茵茵的小说《结过婚的女人》。

27 日　《澳门日报·新园地》副刊连载思文的诗歌《镜海吟》、梅若诗的小说《辫子姑娘》、李心言的小说《结婚十年》，小说专栏连载江杏雨的《双城记》、林迪的《牛皮唐自记》、岫云的《湖海英豪》。《华侨报·华座》副刊开始连载柳绵的散文《情嬉玉女》，连载高唐的短篇小说《美人关》、青云的小说《箫声剑影》、凌霄的小说《南明英烈传》（停刊一期）、王香琴的小说《昆仑快刀》（停刊一期）、痴人的小说《紫荆花》、茵茵的小说《结过婚的女人》。

28 日　《澳门日报·新园地》副刊连载梅若诗的小说《辫子姑娘》、李心言的小说《结婚十年》，小说专栏连载江杏雨的《双城记》、林迪的《牛皮唐自记》、岫云的《湖海英豪》。《华侨报·华座》副刊连载柳绵的散文《情嬉玉女》、高唐的短篇小说《美人关》、青云的小说《箫声剑影》、凌霄的小说《南明英烈传》、王香琴的小说《昆仑快刀》、痴人的小说《紫荆花》、茵茵的小说《结过婚的女人》。

29 日　《澳门日报·新园地》副刊连载梅若诗的小说《辫子姑娘》、李心言的小说《结婚十年》，小说专栏连载江杏雨的《双城记》、林迪的《牛皮唐自记》、岫云的《湖海英豪》。《华侨报·华座》副刊开始连载柳绵的散文《李后主和周大小后》，连载高唐的短篇小说《美人关》、青云的小说《箫声剑影》、凌霄的小说《南明英烈传》、王香琴的小说《昆仑快刀》、痴人的小说《紫荆花》、茵茵的小说《结过婚的女人》。

30 日　《澳门日报·新园地》副刊连载思文的诗歌《镜海吟》，发表鲁牛的散文《独有英雄驱虎豹》、阿坤的小说《婚约》，连载梅若诗的小说《辫子姑娘》、李心言的小说《结婚十年》，小说专栏连载江杏雨的《双城记》（停刊一期）、林迪的《牛皮唐自记》、岫云的《湖海英豪》。《华侨报·华座》

副刊连载柳绵的散文《李后主和周大小后》、高唐的短篇小说《美人关》、青云的小说《箫声剑影》、凌霄的小说《南明英烈传》、王香琴的小说《昆仑快刀》、痴人的小说《紫荆花》、茵茵的小说《结过婚的女人》。

七月

1日　《澳门日报·新园地》副刊发表梅萼华的散文《如果当年》、白思杨的散文《守礼之民》、乔向的散文《闽清山乡漫笔》，连载梅若诗的小说《辫子姑娘》、李心言的小说《结婚十年》，小说专栏连载江杏雨的《双城记》、林迪的《牛皮唐自记》、岫云的《湖海英豪》。《华侨报·华座》副刊连载柳绵的散文《李后主和周大小后》、高唐的短篇小说《美人关》、青云的小说《箫声剑影》、凌霄的小说《南明英烈传》、王香琴的小说《昆仑快刀》、痴人的小说《紫荆花》、茵茵的小说《结过婚的女人》。

2日　《澳门日报·新园地》副刊连载梅若诗的小说《辫子姑娘》、李心言的小说《结婚十年》，小说专栏连载江杏雨的《双城记》、林迪的《牛皮唐自记》、岫云的《湖海英豪》。《华侨报·华座》副刊连载柳绵的散文《李后主和周大小后》、高唐的短篇小说《美人关》、青云的小说《箫声剑影》、凌霄的小说《南明英烈传》、王香琴的小说《昆仑快刀》、痴人的小说《紫荆花》、茵茵的小说《结过婚的女人》。

3日　《澳门日报·新园地》副刊发表郑章源的诗歌《友谊》《使者》，连载梅若诗的小说《辫子姑娘》、李心言的小说《结婚十年》，小说专栏连载江杏雨的《双城记》、林迪的《牛皮唐自记》、岫云的《湖海英豪》。《华侨报·华座》副刊连载柳绵的散文《李后主和周大小后》、高唐的短篇小说《美人关》、青云的小说《箫声剑影》、凌霄的小说《南明英烈传》、王香琴的小说《昆仑快刀》、痴人的小说《紫荆花》、茵茵的小说《结过婚的女人》。

4日　《澳门日报·新园地》副刊连载梅若诗的小说《辫子姑娘》、李心言的小说《结婚十年》，小说专栏连载江杏雨的《双城记》、林迪的《牛皮唐自记》、岫云的《湖海英豪》。《华侨报·华座》副刊连载柳绵的散文《李后主和周大小后》、高唐的短篇小说《美人关》、青云的小说《箫声剑影》、凌霄的小说《南明英烈传》（停刊一期）、工香琴的小说《昆仑快刀》（停刊一期）、痴人的小说《紫荆花》、茵茵的小说《结过婚的女人》。

5 日　《澳门日报 · 新园地》副刊连载梅若诗的小说《辫子姑娘》、李心言的小说《结婚十年》，小说专栏连载江杏雨的《双城记》、林迪的《牛皮唐自记》、岫云的《湖海英豪》。《华侨报 · 华座》副刊连载柳绵的散文《李后主和周大小后》、高唐的短篇小说《美人关》、青云的小说《箫声剑影》、凌霄的小说《南明英烈传》（停刊一期）、王香琴的小说《昆仑快刀》（停刊一期）、痴人的小说《紫荆花》、茵茵的小说《结过婚的女人》。

6 日　《澳门日报 · 新园地》副刊连载思文的诗歌《镜海吟》、梅若诗的小说《辫子姑娘》、李心言的小说《结婚十年》，小说专栏连载江杏雨的《双城记》、林迪的《牛皮唐自记》、岫云的《湖海英豪》。《华侨报 · 华座》副刊连载柳绵的散文《李后主和周大小后》（完）、高唐的短篇小说《美人关》、青云的小说《箫声剑影》、凌霄的小说《南明英烈传》、王香琴的小说《昆仑快刀》、痴人的小说《紫荆花》、茵茵的小说《结过婚的女人》。

7 日　《澳门日报 · 新园地》副刊连载思文的诗歌《镜海吟》，并发表阿强的小说《绑票》，连载梅若诗的小说《辫子姑娘》、李心言的小说《结婚十年》，小说专栏连载江杏雨的《双城记》、林迪的《牛皮唐自记》（停刊一期）、岫云的《湖海英豪》。《华侨报 · 华座》副刊开始连载柳绵的散文《流年暗中换》，连载高唐的短篇小说《美人关》、青云的小说《箫声剑影》、凌霄的小说《南明英烈传》、王香琴的小说《昆仑快刀》、痴人的小说《紫荆花》、茵茵的小说《结过婚的女人》。

8 日　《澳门日报 · 新园地》副刊连载思文的诗歌《镜海吟》、梅若诗的小说《辫子姑娘》、李心言的小说《结婚十年》，小说专栏连载江杏雨的《双城记》、林迪的《牛皮唐自记》、岫云的《湖海英豪》。《华侨报 · 繁星》副刊发表铁铭的散文《公园所遇》，《华侨报 · 华座》副刊连载柳绵的散文《流年暗中换》、高唐的短篇小说《美人关》、青云的小说《箫声剑影》、凌霄的小说《南明英烈传》、王香琴的小说《昆仑快刀》、痴人的小说《紫荆花》、茵茵的小说《结过婚的女人》。

9 日　《澳门日报·新园地》副刊连载思文的诗歌《镜海吟》、梅若诗的小说《辫子姑娘》、李心言的小说《结婚十年》，小说专栏连载江杏雨的《双城记》、林迪的《牛皮唐自记》、岫云的《湖海英豪》。《华侨报·繁星》副刊发表子秋的散文《这就是幸福》，《华侨报·华座》副刊连载柳绵的散文《流年暗中换》、高唐的短篇小说《美人关》、青云的小说《箫声剑影》、凌霄的小说《南明英烈传》、王香琴的小说《昆仑快刀》、痴人的小说《紫荆花》、茵茵的小说《结过婚的女人》。

10 日　《澳门日报·新园地》副刊连载思文的诗歌《镜海吟》、梅若诗的小说《辫子姑娘》、李心言的小说《结婚十年》，小说专栏连载江杏雨的《双城记》、林迪的《牛皮唐自记》、岫云的《湖海英豪》。《华侨报·华座》副刊连载柳绵的散文《流年暗中换》、高唐的短篇小说《美人关》、青云的小说《箫声剑影》、凌霄的小说《南明英烈传》、王香琴的小说《昆仑快刀》、痴人的小说《紫荆花》、茵茵的小说《结过婚的女人》。

11 日　《澳门日报·新园地》副刊连载思文的诗歌《镜海吟》，并发表子秋的小说《血泪仇》（上），连载梅若诗的小说《辫子姑娘》、李心言的小说《结婚十年》，小说专栏连载江杏雨的《双城记》、林迪的《牛皮唐自记》（停刊一期）、岫云的《湖海英豪》。《华侨报·华座》副刊连载柳绵的散文《流年暗中换》、高唐的短篇小说《美人关》、青云的小说《箫声剑影》、凌霄的小说《南明英烈传》、王香琴的小说《昆仑快刀》、痴人的小说《紫荆花》、茵茵的小说《结过婚的女人》。

12 日　《澳门日报·新园地》副刊连载思文的诗歌《镜海吟》，并发表鹰杨的散文《快与慢》、子秋的小说《血泪仇》（中），连载梅若诗的小说《辫子姑娘》、李心言的小说《结婚十年》，小说专栏连载江杏雨的《双城记》、林迪的《牛皮唐自记》（停刊一期）、岫云的《湖海英豪》。《华侨报·华座》副刊连载柳绵的散文《流年暗中换》、高唐的短篇小说《美人关》、青云的小说《箫声剑影》、凌霄的小说《南明英烈传》（停刊一期）、王香琴的小说《昆仑快刀》（停刊一期）、痴人的小说《紫荆花》（完）、茵茵的小说《结过婚的女人》。

13日 《澳门日报·新园地》副刊发表舒日风的散文《只争朝夕》、子秋的小说《血泪仇》（下），连载梅若诗的小说《辫子姑娘》、李心言的小说《结婚十年》，小说专栏连载江杏雨的《双城记》、林迪的《牛皮唐自记》（停刊一期）、岫云的《湖海英豪》。《华侨报·华座》副刊连载柳绵的散文《流年暗中换》、高唐的短篇小说《美人关》、青云的小说《箫声剑影》、凌霄的小说《南明英烈传》、王香琴的小说《昆仑快刀》、茵茵的小说《结过婚的女人》，并开始连载痴人的节译小说《铜钮风云》。

14日 《澳门日报·新园地》副刊发表江映澜的散文《小城的回忆》，连载梅若诗的小说《辫子姑娘》、李心言的小说《结婚十年》，小说专栏连载江杏雨的《双城记》、林迪的《牛皮唐自记》、岫云的《湖海英豪》。《华侨报·华座》副刊连载柳绵的散文《流年暗中换》、高唐的短篇小说《美人关》、青云的小说《箫声剑影》、凌霄的小说《南明英烈传》（完）、王香琴的小说《昆仑快刀》、茵茵的小说《结过婚的女人》、痴人的节译小说《铜钮风云》。

江映澜（1937—　），本名周落霞，另有笔名谢雨凝、唐丽思，原籍广东中山。生于澳门，毕业于师范，在小学任教8年，后赴香港，在电影公司任职。60年代起开始业余写作，在港澳报刊发表散文、小说、评论等。80年代后曾结集出版的著作有：写青年和妇女问题的随笔集《少年手记》《青春与爱情》，散文集《小城的回忆》（与丈夫卓力合作）、《西江月》，长篇小说《雨后落霞》等。70年代，江映澜可谓是澳门散文创作的中坚力量之一，尤其在1972年发表大量散文如《炮竹》《桃花》《忆清明》《木棉花开》《听歌》《说风筝》《舞蹈》《说故事》《荔枝的联想》《泳》《看小说的联想》《颂秋》《菊》《即兴画》等，每每以朴素而略带抒情的笔触，通过生活中的凡人小事，反映社会五彩十色的形态，抒写个人对社会百态的深思和探究。散文又具有独特的意境，娓娓道来，于平淡之中见真情，直抒胸臆又并不浅露，蕴含着哲理与诗情。

15 日　《澳门日报 · 新园地》副刊发表梅萼华的散文《漫谈〈天鹅湖〉》，连载梅若诗的小说《辫子姑娘》、李心言的小说《结婚十年》，小说专栏连载江杏雨的《双城记》、林迪的《牛皮唐自记》、岫云的《湖海英豪》。《华侨报 · 华座》副刊连载柳绵的散文《流年暗中换》、高唐的短篇小说《美人关》、青云的小说《箫声剑影》、王香琴的小说《昆仑快刀》、茵茵的小说《结过婚的女人》、痴人的节译小说《铜钮风云》，开始连载凌霄的小说《红河怒吼了》。

16 日　《澳门日报 · 新园地》副刊发表力青的小说《耍太极》，连载梅若诗的小说《辫子姑娘》，小说专栏连载江杏雨的《双城记》、林迪的《牛皮唐自记》、岫云的《湖海英豪》。《华侨报 · 华座》副刊连载柳绵的散文《流年暗中换》、青云的小说《箫声剑影》、王香琴的小说《昆仑快刀》、茵茵的小说《结过婚的女人》、痴人的节译小说《铜钮风云》、凌霄的小说《红河怒吼了》，开始连载高唐的短篇小说《疑云记》。

17 日　《澳门日报 · 新园地》副刊发表子秋的小说《两姐妹》（上），连载梅若诗的小说《辫子姑娘》，小说专栏连载江杏雨的《双城记》、林迪的《牛皮唐自记》、岫云的《湖海英豪》。《华侨报 · 华座》副刊连载柳绵的散文《流年暗中换》、青云的小说《箫声剑影》、王香琴的小说《昆仑快刀》、茵茵的小说《结过婚的女人》、痴人的节译小说《铜钮风云》、凌霄的小说《红河怒吼了》、高唐的短篇小说《疑云记》。

18 日　《澳门日报 · 新园地》副刊发表子秋的小说《两姐妹》（下），连载梅若诗的小说《辫子姑娘》，小说专栏连载江杏雨的《双城记》、林迪的《牛皮唐自记》、岫云的《湖海英豪》。《华侨报 · 华座》副刊连载柳绵的散文《流年暗中换》、青云的小说《箫声剑影》、王香琴的小说《昆仑快刀》、茵茵的小说《结过婚的女人》、痴人的节译小说《铜钮风云》、凌霄的小说《红河怒吼了》、高唐的短篇小说《疑云记》。

19 日　《澳门日报 · 新园地》副刊发表浪华的小说《两样情》，连载梅若诗的小说《辫子姑娘》，小说专栏连载江杏雨的《双城记》、林迪的《牛皮唐自记》、岫云的《湖海英豪》。《华侨报 · 华座》副刊连载柳绵的散文《流年暗中换》、青云的小说《箫声剑影》、王香琴的小说《昆仑快刀》、茵茵的小说《结过婚的女人》、痴人的节译小说《铜钮风云》、凌霄的小说《红河怒吼了》、高唐的短篇小说《疑云记》。

20日 《澳门日报·新园地》副刊发表丝缘的小说《争执》，连载梅若诗的小说《辫子姑娘》，小说专栏连载江杏雨的《双城记》、林迪的《牛皮唐自记》、岫云的《湖海英豪》。《华侨报·华座》副刊连载柳绵的散文《流年暗中换》、青云的小说《箫声剑影》、王香琴的小说《昆仑快刀》、茵茵的小说《结过婚的女人》、痴人的节译小说《铜钮风云》、凌霄的小说《红河怒吼了》、高唐的短篇小说《疑云记》。

21日 《澳门日报·新园地》副刊发表阿强的小说《婆婆从广州回来》，连载梅若诗的小说《辫子姑娘》，小说专栏连载江杏雨的《双城记》、林迪的《牛皮唐自记》、岫云的《湖海英豪》。《华侨报·华座》副刊连载柳绵的散文《流年暗中换》、青云的小说《箫声剑影》、王香琴的小说《昆仑快刀》、茵茵的小说《结过婚的女人》、痴人的节译小说《铜钮风云》、凌霄的小说《红河怒吼了》、高唐的短篇小说《疑云记》。

22日 《澳门日报·新园地》副刊发表海辛的小说《捡蚝壳的故事》（上），连载梅若诗的小说《辫子姑娘》，小说专栏连载江杏雨的《双城记》、林迪的《牛皮唐自记》、岫云的《湖海英豪》。《华侨报·华座》副刊发表柳绵的散文《红巾长惧》（1）、史仁的散文《北戴河今昔》，连载青云的小说《箫声剑影》、王香琴的小说《昆仑快刀》、茵茵的小说《结过婚的女人》、痴人的节译小说《铜钮风云》、凌霄的小说《红河怒吼了》、高唐的短篇小说《疑云记》。

23日 《澳门日报·新园地》副刊发表海辛的小说《捡蚝壳的故事》（中），连载梅若诗的小说《辫子姑娘》，小说专栏连载江杏雨的《双城记》、林迪的《牛皮唐自记》、岫云的《湖海英豪》。《华侨报·华座》副刊发表柳绵的散文《红巾长惧》（2），连载青云的小说《箫声剑影》、王香琴的小说《昆仑快刀》、茵茵的小说《结过婚的女人》、痴人的节译小说《铜钮风云》、凌霄的小说《红河怒吼了》、高唐的短篇小说《疑云记》。

24日 《澳门日报·新园地》副刊发表海辛的小说《捡蚝壳的故事》（下），连载梅若诗的小说《辫子姑娘》，小说专栏连载江杏雨的《双城记》、林迪的《牛皮唐自记》、岫云的《湖海英豪》。《华侨报·华座》副刊开始连载柳绵的散文《狐词》，连载青云的小说《箫声剑影》、王香琴的小说《昆仑快刀》、茵茵的小说《结过婚的女人》、痴人的节译小说《铜钮风云》、凌霄的小说《红河怒吼了》、高唐的短篇小说《疑云记》。

25日 《澳门日报·新园地》副刊连载梅若诗的小说《辫子姑娘》，小说专栏连载江杏雨的《双城记》、林迪的《牛皮唐自记》、岫云的《湖海英豪》。《华侨报·华座》副刊连载柳绵的散文《狐词》、青云的小说《箫声剑影》、王香琴的小说《昆仑快刀》、茵茵的小说《结过婚的女人》、痴人的节译小说《铜钮风云》、凌霄的小说《红河怒吼了》、高唐的短篇小说《疑云记》。

26日 《澳门日报·新园地》副刊连载梅若诗的小说《辫子姑娘》，并开始连载公孙乐的小说《蓝佳佳》，小说专栏连载江杏雨的《双城记》、林迪的《牛皮唐自记》、岫云的《湖海英豪》。《华侨报·华座》副刊连载柳绵的散文《狐词》、青云的小说《箫声剑影》、王香琴的小说《昆仑快刀》、茵茵的小说《结过婚的女人》、痴人的节译小说《铜钮风云》、凌霄的小说《红河怒吼了》、高唐的短篇小说《疑云记》。

27日 《澳门日报·新园地》副刊连载梅若诗的小说《辫子姑娘》、公孙乐的小说《蓝佳佳》，小说专栏连载江杏雨的《双城记》、林迪的《牛皮唐自记》、岫云的《湖海英豪》。《华侨报·华座》副刊连载柳绵的散文《狐词》、青云的小说《箫声剑影》、王香琴的小说《昆仑快刀》、茵茵的小说《结过婚的女人》、痴人的节译小说《铜钮风云》、凌霄的小说《红河怒吼了》、高唐的短篇小说《疑云记》。

28日 《澳门日报·新园地》副刊连载梅若诗的小说《辫子姑娘》、公孙乐的小说《蓝佳佳》，小说专栏连载江杏雨的《双城记》、林迪的《牛皮唐自记》、岫云的《湖海英豪》。《华侨报·华座》副刊开始连载柳绵的散文《杯明月》，连载青云的小说《箫声剑影》、王香琴的小说《昆仑快刀》、茵茵的小说《结过婚的女人》、痴人的节译小说《铜钮风云》、凌霄的小说《红河怒吼了》、高唐的短篇小说《疑云记》。

29 日 《澳门日报·新园地》副刊连载梅若诗的小说《辫子姑娘》、公孙乐的小说《蓝佳佳》，小说专栏连载江杏雨的《双城记》、林迪的《牛皮唐自记》、岫云的《湖海英豪》。《华侨报·华座》副刊连载柳绵的散文《杯明月》、青云的小说《箫声剑影》、王香琴的小说《昆仑快刀》、茵茵的小说《结过婚的女人》、痴人的节译小说《铜钮风云》、凌霄的小说《红河怒吼了》、高唐的短篇小说《疑云记》。

30 日 《澳门日报·新园地》副刊连载梅若诗的小说《辫子姑娘》、公孙乐的小说《蓝佳佳》，小说专栏连载江杏雨的《双城记》、林迪的《牛皮唐自记》、岫云的《湖海英豪》。《华侨报·华座》副刊连载柳绵的散文《杯明月》、青云的小说《箫声剑影》、王香琴的小说《昆仑快刀》、茵茵的小说《结过婚的女人》、痴人的节译小说《铜钮风云》、凌霄的小说《红河怒吼了》、高唐的短篇小说《疑云记》。

31 日 《澳门日报·新园地》副刊发表夏峰的散文《工读生》，连载梅若诗的小说《辫子姑娘》、公孙乐的小说《蓝佳佳》，小说专栏连载江杏雨的《双城记》、林迪的《牛皮唐自记》、岫云的《湖海英豪》。《华侨报·华座》副刊开始连载柳绵的散文《指腹婚约》，连载青云的小说《箫声剑影》、王香琴的小说《昆仑快刀》、茵茵的小说《结过婚的女人》、痴人的节译小说《铜钮风云》、凌霄的小说《红河怒吼了》、高唐的短篇小说《疑云记》。

八月

1 日 《澳门日报·新园地》副刊发表鲁牛的散文《谈“宠”》，连载梅若诗的小说《辫子姑娘》、公孙乐的小说《蓝佳佳》，小说专栏连载江杏雨的《双城记》、林迪的《牛皮唐自记》、岫云的《湖海英豪》。《华侨报·华座》副刊连载柳绵的散文《指腹婚约》、青云的小说《箫声剑影》、王香琴的小说《昆仑快刀》、茵茵的小说《结过婚的女人》、痴人的节译小说《铜钮风云》、凌霄的小说《红河怒吼了》、高唐的短篇小说《疑云记》。

2日　《澳门日报·新园地》副刊连载梅若诗的小说《辫子姑娘》、公孙乐的小说《蓝佳佳》，小说专栏连载江杏雨的《双城记》、林迪的《牛皮唐自记》、岫云的《湖海英豪》。《华侨报·华座》副刊连载柳绵的散文《指腹婚约》、青云的小说《箫声剑影》、王香琴的小说《昆仑快刀》、茵茵的小说《结过婚的女人》、痴人的节译小说《铜钮风云》、凌霄的小说《红河怒吼了》、高唐的短篇小说《疑云记》。

3日　《澳门日报·新园地》副刊连载梅若诗的小说《辫子姑娘》、公孙乐的小说《蓝佳佳》，小说专栏连载江杏雨的《双城记》、林迪的《牛皮唐自记》、岫云的《湖海英豪》。《华侨报·华座》副刊开始连载柳绵的散文《西河里奔女》，连载青云的小说《箫声剑影》、王香琴的小说《昆仑快刀》、茵茵的小说《结过婚的女人》、痴人的节译小说《铜钮风云》、凌霄的小说《红河怒吼了》、高唐的短篇小说《疑云记》。

4日　《澳门日报·新园地》副刊发表杨远的小说《谢师宴》，连载梅若诗的小说《辫子姑娘》、公孙乐的小说《蓝佳佳》，小说专栏连载江杏雨的《双城记》（停刊一期）、林迪的《牛皮唐自记》、岫云的《湖海英豪》。《华侨报·华座》副刊连载柳绵的散文《西河里奔女》、青云的小说《箫声剑影》、王香琴的小说《昆仑快刀》、茵茵的小说《结过婚的女人》、痴人的节译小说《铜钮风云》、凌霄的小说《红河怒吼了》、高唐的短篇小说《疑云记》。

5日　《澳门日报·新园地》副刊连载梅若诗的小说《辫子姑娘》、公孙乐的小说《蓝佳佳》，小说专栏连载江杏雨的《双城记》、林迪的《牛皮唐自记》、岫云的《湖海英豪》。《华侨报·华座》副刊发表文湘的散文《有关夏天的词话》，连载柳绵的散文《西河里奔女》、青云的小说《箫声剑影》、王香琴的小说《昆仑快刀》、茵茵的小说《结过婚的女人》、痴人的节译小说《铜钮风云》、凌霄的小说《红河怒吼了》、高唐的短篇小说《疑云记》。

6日　《澳门日报·新园地》副刊发表鲁牛的散文《一表人才》，连载梅若诗的小说《辫子姑娘》、公孙乐的小说《蓝佳佳》，小说专栏连载江杏雨的《双城记》、林迪的《牛皮唐自记》、岫云的《湖海英豪》。《华侨报·华座》副刊连载柳绵的散文《西河里奔女》、青云的小说《箫声剑影》、王香琴的小说《昆仑快刀》、茵茵的小说《结过婚的女人》、痴人的节译小说《铜钮风云》、凌霄的小说《红河怒吼了》、高唐的短篇小说《疑云记》。

7日 《澳门日报·新园地》副刊连载梅若诗的小说《辫子姑娘》、公孙乐的小说《蓝佳佳》，小说专栏连载江杏雨的《双城记》、林迪的《牛皮唐自记》、岫云的《湖海英豪》。《华侨报·华座》副刊发表卢远的散文《戒赌记》，连载青云的小说《箫声剑影》、王香琴的小说《昆仑快刀》、茵茵的小说《结过婚的女人》、痴人的节译小说《铜钮风云》、凌霄的小说《红河怒吼了》、高唐的短篇小说《疑云记》（停刊一期）。

8日 《澳门日报·新园地》副刊连载梅若诗的小说《辫子姑娘》、公孙乐的小说《蓝佳佳》，小说专栏连载江杏雨的《双城记》、林迪的《牛皮唐自记》、岫云的《湖海英豪》。《华侨报·华座》副刊连载青云的小说《箫声剑影》、王香琴的小说《昆仑快刀》、茵茵的小说《结过婚的女人》、痴人的节译小说《铜钮风云》、凌霄的小说《红河怒吼了》、高唐的短篇小说《疑云记》。

9日 《澳门日报·新园地》副刊发表鹰杨的散文《干劲》，连载梅若诗的小说《辫子姑娘》、公孙乐的小说《蓝佳佳》，小说专栏连载江杏雨的《双城记》、林迪的《牛皮唐自记》、岫云的《湖海英豪》。《华侨报·繁星》副刊发表子秋的散文《这就是幸福》，《华侨报·华座》副刊开始连载柳绵的散文《断肠离魂》，连载青云的小说《箫声剑影》、王香琴的小说《昆仑快刀》、茵茵的小说《结过婚的女人》、痴人的节译小说《铜钮风云》、凌霄的小说《红河怒吼了》、高唐的短篇小说《疑云记》。

10日 《澳门日报·新园地》副刊连载梅若诗的小说《辫子姑娘》、公孙乐的小说《蓝佳佳》，小说专栏连载江杏雨的《双城记》、林迪的《牛皮唐自记》、岫云的《湖海英豪》。《华侨报·华座》副刊连载柳绵的散文《断肠离魂》、青云的小说《箫声剑影》、王香琴的小说《昆仑快刀》、茵茵的小说《结过婚的女人》、痴人的节译小说《铜钮风云》、凌霄的小说《红河怒吼了》、高唐的短篇小说《疑云记》。

11 日 《澳门日报·新园地》副刊连载梅若诗的小说《辫子姑娘》、公孙乐的小说《蓝佳佳》，小说专栏连载江杏雨的《双城记》、林迪的《牛皮唐自记》、岫云的《湖海英豪》。《华侨报·华座》副刊连载柳绵的散文《断肠离魂》、青云的小说《箫声剑影》、王香琴的小说《昆仑快刀》、茵茵的小说《结过婚的女人》、痴人的节译小说《铜钮风云》、凌霄的小说《红河怒吼了》、高唐的短篇小说《疑云记》。

12 日 《澳门日报·新园地》副刊发表夏峰的散文《烦恼》，连载梅若诗的小说《辫子姑娘》、公孙乐的小说《蓝佳佳》，小说专栏连载江杏雨的《双城记》、林迪的《牛皮唐自记》、岫云的《湖海英豪》。《华侨报·华座》副刊发表徐益寿的散文《饮茶杂化》，连载青云的小说《箫声剑影》、王香琴的小说《昆仑快刀》、茵茵的小说《结过婚的女人》、痴人的节译小说《铜钮风云》、凌霄的小说《红河怒吼了》、高唐的短篇小说《疑云记》。

13 日 《澳门日报·新园地》副刊连载梅若诗的小说《辫子姑娘》、公孙乐的小说《蓝佳佳》，小说专栏连载江杏雨的《双城记》、林迪的《牛皮唐自记》、岫云的《湖海英豪》。《华侨报·华座》副刊开始连载柳绵的散文《刺虎》，连载青云的小说《箫声剑影》、王香琴的小说《昆仑快刀》、茵茵的小说《结过婚的女人》、痴人的节译小说《铜钮风云》、凌霄的小说《红河怒吼了》、高唐的短篇小说《疑云记》。

14 日 《澳门日报·新园地》副刊发表白思杨的散文《风雨纪事》，连载梅若诗的小说《辫子姑娘》、公孙乐的小说《蓝佳佳》，小说专栏连载江杏雨的《双城记》、林迪的《牛皮唐自记》、岫云的《湖海英豪》。《华侨报·华座》副刊连载柳绵的散文《刺虎》、青云的小说《箫声剑影》、王香琴的小说《昆仑快刀》、茵茵的小说《结过婚的女人》、痴人的节译小说《铜钮风云》、凌霄的小说《红河怒吼了》、高唐的短篇小说《疑云记》。

15 日 《澳门日报·新园地》副刊发表思文的诗歌《祝澳门日报十二周年报庆》、鲁牛的散文《报庆二题》，连载梅若诗的小说《辫子姑娘》、公孙乐的小说《蓝佳佳》，小说专栏连载江杏雨的《双城记》、林迪的《牛皮唐自记》、岫云的《湖海英豪》。《华侨报·华座》副刊连载柳绵的散文《刺虎》、青云的小说《箫声剑影》、王香琴的小说《昆仑快刀》、茵茵的小说《结过婚的女人》、痴人的节译小说《铜钮风云》、凌霄的小说《红河怒吼了》、高唐的短篇小说《疑云记》。

16 日 《澳门日报·新园地》副刊发表鹰杨的散文《报庆杂谈》，连载梅若诗的小说《辫子姑娘》、公孙乐的小说《蓝佳佳》，小说专栏连载江杏雨的《双城记》、林迪的《牛皮唐自记》、岫云的《湖海英豪》。《华侨报·华座》副刊连载柳绵的散文《刺虎》、青云的小说《箫声剑影》、王香琴的小说《昆仑快刀》、茵茵的小说《结过婚的女人》、痴人的节译小说《铜钮风云》、凌霄的小说《红河怒吼了》、高唐的短篇小说《疑云记》（完）。

17 日 《澳门日报·新园地》副刊发表舒日风的散文《朋友，你幼稚吗》，连载梅若诗的小说《辫子姑娘》、公孙乐的小说《蓝佳佳》，小说专栏连载江杏雨的《双城记》、林迪的《牛皮唐自记》、岫云的《湖海英豪》。《华侨报·华座》副刊连载柳绵的散文《刺虎》（完）、青云的小说《箫声剑影》、王香琴的小说《昆仑快刀》、茵茵的小说《结过婚的女人》、痴人的节译小说《铜钮风云》、凌霄的小说《红河怒吼了》，并开始连载高唐的小说《无辜的人》。

18 日 《澳门日报·新园地》副刊发表司徒田的小说《风雨之夜》，连载梅若诗的小说《辫子姑娘》、公孙乐的小说《蓝佳佳》，小说专栏连载江杏雨的《双城记》（停刊一期）、林迪的《牛皮唐自记》、岫云的《湖海英豪》。《华侨报·华座》副刊开始连载柳绵的散文《绿波倩影》，连载青云的小说《箫声剑影》、王香琴的小说《昆仑快刀》、茵茵的小说《结过婚的女人》、痴人的节译小说《铜钮风云》、凌霄的小说《红河怒吼了》、高唐的小说《无辜的人》。

19 日 《澳门日报·新园地》副刊发表芷的小说《血泪仇》（上），连载梅若诗的小说《辫子姑娘》、公孙乐的小说《蓝佳佳》，小说专栏连载江杏雨的《双城记》（停刊一期）、林迪的《牛皮唐自记》、岫云的《湖海英豪》。《华侨报·华座》副刊连载柳绵的散文《绿波倩影》、青云的小说《箫声剑影》、王香琴的小说《昆仑快刀》、茵茵的小说《结过婚的女人》、痴人的节译小说《铜钮风云》、凌霄的小说《红河怒吼了》、高唐的小说《无辜的人》。

20 日　《澳门日报·新园地》副刊发表芷的小说《血泪仇》(中)，连载梅若诗的小说《辫子姑娘》、公孙乐的小说《蓝佳佳》，小说专栏连载江杏雨的《双城记》(停刊一期)、林迪的《牛皮唐自记》、岫云的《湖海英豪》。《华侨报·华座》副刊连载柳绵的散文《绿波倩影》、青云的小说《箫声剑影》、王香琴的小说《昆仑快刀》、茵茵的小说《结过婚的女人》、痴人的节译小说《铜钮风云》、凌霄的小说《红河怒吼了》、高唐的小说《无辜的人》。

21 日　《澳门日报·新园地》副刊发表芷的小说《血泪仇》(下)，连载梅若诗的小说《辫子姑娘》、公孙乐的小说《蓝佳佳》，小说专栏连载江杏雨的《双城记》(停刊一期)、林迪的《牛皮唐自记》、岫云的《湖海英豪》。《华侨报·华座》副刊开始连载柳绵的散文《秦少游的悟道》，连载青云的小说《箫声剑影》、王香琴的小说《昆仑快刀》、茵茵的小说《结过婚的女人》、痴人的节译小说《铜钮风云》、凌霄的小说《红河怒吼了》，并开始连载高唐的小说《忏悔》。

22 日　《澳门日报·新园地》副刊发表求进的小说《危险的边缘》，连载梅若诗的小说《辫子姑娘》、公孙乐的小说《蓝佳佳》，小说专栏连载江杏雨的《双城记》(停刊一期)、林迪的《牛皮唐自记》、岫云的《湖海英豪》。《华侨报·华座》副刊连载柳绵的散文《秦少游的悟道》、青云的小说《箫声剑影》、王香琴的小说《昆仑快刀》(停刊一期)、茵茵的小说《结过婚的女人》、痴人的节译小说《铜钮风云》、凌霄的小说《红河怒吼了》(停刊一期)、高唐的小说《忏悔》。

23 日　《澳门日报·新园地》副刊连载梅若诗的小说《辫子姑娘》、公孙乐的小说《蓝佳佳》，小说专栏连载江杏雨的《双城记》、林迪的《牛皮唐自记》、岫云的《湖海英豪》。

⊙ 《华侨报·华座》副刊连载柳绵的散文《秦少游的悟道》、青云的小说《箫声剑影》、王香琴的小说《昆仑快刀》（停刊一期）、茵茵的小说《结过婚的女人》、痴人的节译小说《铜钮风云》、凌霄的小说《红河怒吼了》（停刊一期）、高唐的小说《忏悔》。

24 日 《澳门日报·新园地》副刊发表鲁牛的散文《节俭与孤寒》、宋乙的小说《厂进》，连载梅若诗的小说《辫子姑娘》、公孙乐的小说《蓝佳佳》，小说专栏连载江杏雨的《双城记》、林迪的《牛皮唐自记》、岫云的《湖海英豪》（停刊一期）。《华侨报·华座》副刊发表柳绵的散文《纸上秀色》（1），连载青云的小说《箫声剑影》、王香琴的小说《昆仑快刀》、茵茵的小说《结过婚的女人》、痴人的节译小说《铜钮风云》、凌霄的小说《红河怒吼了》、高唐的小说《忏悔》。

25 日 《澳门日报·新园地》副刊连载梅若诗的小说《辫子姑娘》、公孙乐的小说《蓝佳佳》，小说专栏连载江杏雨的《双城记》、林迪的《牛皮唐自记》、岫云的《湖海英豪》。《华侨报·华座》副刊发表简右传的散文《醉乡恨事》，连载青云的小说《箫声剑影》、王香琴的小说《昆仑快刀》、茵茵的小说《结过婚的女人》、痴人的节译小说《铜钮风云》、凌霄的小说《红河怒吼了》、高唐的小说《忏悔》。

26 日 《澳门日报·新园地》副刊发表高风的散文《神仙车》，连载梅若诗的小说《辫子姑娘》、公孙乐的小说《蓝佳佳》，小说专栏连载江杏雨的《双城记》、林迪的《牛皮唐自记》、岫云的《湖海英豪》。《华侨报·华座》副刊发表柳绵的散文《纸上秀色》（2），连载青云的小说《箫声剑影》、王香琴的小说《昆仑快刀》、茵茵的小说《结过婚的女人》、痴人的节译小说《铜钮风云》、凌霄的小说《红河怒吼了》、高唐的小说《忏悔》。

27 日 《澳门日报·新园地》副刊发表江石的小说《你做得对》，连载梅若诗的小说《辫子姑娘》、公孙乐的小说《蓝佳佳》，小说专栏连载江杏雨的《双城记》、林迪的《牛皮唐自记》（停刊一期）、岫云的《湖海英豪》。《华侨报·华座》副刊发表简右传的散文《一件时装》，连载青云的小说《箫声剑影》、王香琴的小说《昆仑快刀》、茵茵的小说《结过婚的女人》、痴人的节译小说《铜钮风云》、凌霄的小说《红河怒吼了》、高唐的小说《忏悔》。

28日 《澳门日报·新园地》副刊连载梅若诗的小说《辫子姑娘》、公孙乐的小说《蓝佳佳》，小说专栏连载江杏雨的《双城记》、林迪的《牛皮唐自记》、岫云的《湖海英豪》。《华侨报·华座》副刊开始连载柳绵的散文《雨中花》，连载青云的小说《箫声剑影》、王香琴的小说《昆仑快刀》、茵茵的小说《结过婚的女人》、痴人的节译小说《铜钮风云》、凌霄的小说《红河怒吼了》、高唐的小说《忏悔》。

29日 《澳门日报·新园地》副刊连载梅若诗的小说《辫子姑娘》、公孙乐的小说《蓝佳佳》，小说专栏连载江杏雨的《双城记》、林迪的《牛皮唐自记》、岫云的《湖海英豪》。《华侨报·华座》副刊连载柳绵的散文《雨中花》、青云的小说《箫声剑影》、王香琴的小说《昆仑快刀》、茵茵的小说《结过婚的女人》、痴人的节译小说《铜钮风云》、凌霄的小说《红河怒吼了》、高唐的小说《忏悔》。

30日 《澳门日报·新园地》副刊发表白思杨的散文《血与沙》，连载梅若诗的小说《辫子姑娘》、公孙乐的小说《蓝佳佳》，小说专栏连载江杏雨的《双城记》、林迪的《牛皮唐自记》、岫云的《湖海英豪》。《华侨报·华座》副刊连载柳绵的散文《雨中花》、青云的小说《箫声剑影》、王香琴的小说《昆仑快刀》、茵茵的小说《结过婚的女人》、痴人的节译小说《铜钮风云》、凌霄的小说《红河怒吼了》、高唐的小说《忏悔》。

31日 《澳门日报·新园地》副刊连载梅若诗的小说《辫子姑娘》、公孙乐的小说《蓝佳佳》，小说专栏连载江杏雨的《双城记》、林迪的《牛皮唐自记》、岫云的《湖海英豪》。《华侨报·华座》副刊连载青云的小说《箫声剑影》、王香琴的小说《昆仑快刀》、茵茵的小说《结过婚的女人》、痴人的节译小说《铜钮风云》、凌霄的小说《红河怒吼了》、高唐的小说《忏悔》。

九月

1日 《澳门日报·新园地》副刊发表江思扬的诗歌《观影诗草》、舒日风的散文《话说“武松”打虎》，连载梅若诗的小说《辫子姑娘》、公孙乐的小说《蓝佳佳》，小说专栏连载江杏雨的《双城记》、林迪的《牛皮唐自记》、岫云的《湖海英豪》。《华侨报·华座》副刊连载青云的小说《箫声剑影》、王香琴的小说《昆仑快刀》、茵茵的小说《结过婚的女人》、痴人的节译小说《铜钮风云》、凌霄的小说《红河怒吼了》、高唐的小说《忏悔》。

2日 《澳门日报·新园地》副刊连载梅若诗的小说《辫子姑娘》、公孙乐的小说《蓝佳佳》，小说专栏连载江杏雨的《双城记》、林迪的《牛皮唐自记》、岫云的《湖海英豪》。《华侨报·华座》副刊连载青云的小说《箫声剑影》、王香琴的小说《昆仑快刀》、茵茵的小说《结过婚的女人》、痴人的节译小说《铜钮风云》、凌霄的小说《红河怒吼了》、高唐的小说《忏悔》。

3日 《澳门日报·新园地》副刊连载梅若诗的小说《辫子姑娘》、公孙乐的小说《蓝佳佳》，小说专栏连载江杏雨的《双城记》、林迪的《牛皮唐自记》、岫云的《湖海英豪》。《华侨报·华座》副刊发表简右传的散文《最佳表情》，连载青云的小说《箫声剑影》、王香琴的小说《昆仑快刀》、茵茵的小说《结过婚的女人》、痴人的节译小说《铜钮风云》、凌霄的小说《红河怒吼了》、高唐的小说《忏悔》。

4日 《澳门日报·新园地》副刊连载梅若诗的小说《辫子姑娘》、公孙乐的小说《蓝佳佳》，小说专栏连载江杏雨的《双城记》、林迪的《牛皮唐自记》、岫云的《湖海英豪》。《华侨报·华座》副刊连载青云的小说《箫声剑影》、王香琴的小说《昆仑快刀》、茵茵的小说《结过婚的女人》、痴人的节译小说《铜钮风云》、凌霄的小说《红河怒吼了》、高唐的小说《忏悔》。

5日 《澳门日报·新园地》副刊发表小桦的散文《我的心愿》，连载梅若诗的小说《辫子姑娘》、公孙乐的小说《蓝佳佳》，小说专栏连载江杏雨的《双城记》、林迪的《牛皮唐自记》、岫云的《湖海英豪》。《华侨报·华座》副刊连载青云的小说《箫声剑影》、王香琴的小说《昆仑快刀》、茵茵的小说《结过婚的女人》（完）、痴人的节译小说《铜钮风云》、凌霄的小说《红河怒吼了》、高唐的小说《忏悔》。

6日 《澳门日报·新园地》副刊连载梅若诗的小说《辫子姑娘》、公孙乐的小说《蓝佳佳》，小说专栏连载江杏雨的《双城记》、林迪的《牛皮唐自记》、岫云的《湖海英豪》。《华侨报 · 华座》副刊开始连载柳绵的散文《半开堂的春色》、茵茵的小说《恋》，连载青云的小说《箫声剑影》、王香琴的小说《昆仑快刀》、痴人的节译小说《铜钮风云》、凌霄的小说《红河怒吼了》、高唐的小说《忏悔》。

7 日 《澳门日报 · 新园地》副刊发表长缨的散文《玉楼春梦》，连载梅若诗的小说《辫子姑娘》、公孙乐的小说《蓝佳佳》，小说专栏连载江杏雨的《双城记》、林迪的《牛皮唐自记》、岫云的《湖海英豪》。《华侨报 · 华座》副刊连载柳绵的散文《半开堂的春色》、茵茵的小说《恋》、青云的小说《箫声剑影》、王香琴的小说《昆仑快刀》、痴人的节译小说《铜钮风云》、凌霄的小说《红河怒吼了》、高唐的小说《忏悔》。

8 日 《澳门日报 · 新园地》副刊连载梅若诗的小说《辫子姑娘》、公孙乐的小说《蓝佳佳》，小说专栏连载江杏雨的《双城记》、林迪的《牛皮唐自记》、岫云的《湖海英豪》。《华侨报 · 华座》副刊连载柳绵的散文《半开堂的春色》、茵茵的小说《恋》、青云的小说《箫声剑影》、王香琴的小说《昆仑快刀》、痴人的节译小说《铜钮风云》、凌霄的小说《红河怒吼了》、高唐的小说《忏悔》。

9 日 《澳门日报 · 新园地》副刊连载梅若诗的小说《辫子姑娘》、公孙乐的小说《蓝佳佳》，小说专栏连载江杏雨的《双城记》、林迪的《牛皮唐自记》、岫云的《湖海英豪》。《华侨报 · 华座》副刊开始连载柳绵的散文《曹植的洛神赋》，连载茵茵的小说《恋》、青云的小说《箫声剑影》、王香琴的小说《昆仑快刀》、痴人的节译小说《铜钮风云》、凌霄的小说《红河怒吼了》、高唐的小说《忏悔》。

10 日 《澳门日报 · 新园地》副刊发表高青的小说《丁大婶的一家》（上），连载梅若诗的小说《辫子姑娘》、公孙乐的小说《蓝佳佳》（停刊一期），小说专栏连载江杏雨的《双城记》、林迪的《牛皮唐自记》、岫云的《湖海英豪》。《华侨报 · 华座》副刊连载柳绵的散文《曹植的洛神赋》、茵茵的小说《恋》、青云的小说《箫声剑影》、王香琴的小说《昆仑快刀》、痴人的节译小说《铜钮风云》、凌霄的小说《红河怒吼了》、高唐的小说《忏悔》。

11 日　《澳门日报 · 新园地》副刊发表高青的小说《丁大婶的一家》(下)，连载梅若诗的小说《辫子姑娘》、公孙乐的小说《蓝佳佳》(停刊一期)，小说专栏连载江杏雨的《双城记》、林迪的《牛皮唐自记》、岫云的《湖海英豪》。《华侨报 · 华座》副刊连载柳绵的散文《曹植的洛神赋》、茵茵的小说《恋》、青云的小说《箫声剑影》、王香琴的小说《昆仑快刀》、痴人的节译小说《铜钮风云》、凌霄的小说《红河怒吼了》、高唐的小说《忏悔》。

12 日　《澳门日报 · 新园地》副刊连载梅若诗的小说《辫子姑娘》、公孙乐的小说《蓝佳佳》，小说专栏连载江杏雨的《双城记》、林迪的《牛皮唐自记》、岫云的《湖海英豪》。《华侨报 · 华座》副刊连载柳绵的散文《曹植的洛神赋》、茵茵的小说《恋》、青云的小说《箫声剑影》、王香琴的小说《昆仑快刀》、痴人的节译小说《铜钮风云》、凌霄的小说《红河怒吼了》、高唐的小说《忏悔》。

13 日　《澳门日报 · 新园地》副刊连载梅若诗的小说《辫子姑娘》、公孙乐的小说《蓝佳佳》，小说专栏连载江杏雨的《双城记》、林迪的《牛皮唐自记》、岫云的《湖海英豪》。《华侨报 · 华座》副刊连载柳绵的散文《曹植的洛神赋》、茵茵的小说《恋》、青云的小说《箫声剑影》、王香琴的小说《昆仑快刀》、痴人的节译小说《铜钮风云》、凌霄的小说《红河怒吼了》、高唐的小说《忏悔》。

14 日　《澳门日报 · 新园地》副刊连载梅若诗的小说《辫子姑娘》、公孙乐的小说《蓝佳佳》，小说专栏连载江杏雨的《双城记》、林迪的《牛皮唐自记》、岫云的《湖海英豪》。《华侨报 · 华座》副刊连载柳绵的散文《曹植的洛神赋》、茵茵的小说《恋》、青云的小说《箫声剑影》、王香琴的小说《昆仑快刀》、痴人的节译小说《铜钮风云》、凌霄的小说《红河怒吼了》、高唐的小说《忏悔》。

15 日　《澳门日报 · 新园地》副刊连载梅若诗的小说《辫子姑娘》、公孙乐的小说《蓝佳佳》，小说专栏连载江杏雨的《双城记》、林迪的《牛皮唐自记》、岫云的《湖海英豪》。《华侨报 · 华座》副刊连载柳绵的散文《曹植的洛神赋》、茵茵的小说《恋》、青云的小说《箫声剑影》、王香琴的小说《昆仑快刀》、痴人的节译小说《铜钮风云》、凌霄的小说《红河怒吼了》、高唐的小说《忏悔》。

16 日　《澳门日报·新园地》副刊发表冬卓的小说《送姜醋》，连载梅若诗的小说《辫子姑娘》、公孙乐的小说《蓝佳佳》，小说专栏连载江杏雨的《双城记》（停刊一期）、林迪的《牛皮唐自记》、岫云的《湖海英豪》。《华侨报·华座》副刊连载茵茵的小说《恋》、青云的小说《箫声剑影》、王香琴的小说《昆仑快刀》、痴人的节译小说《铜钮风云》、凌霄的小说《红河怒吼了》、高唐的小说《忏悔》。

17 日　《澳门日报·新园地》副刊连载梅若诗的小说《辫子姑娘》、公孙乐的小说《蓝佳佳》，小说专栏连载江杏雨的《双城记》、林迪的《牛皮唐自记》、岫云的《湖海英豪》。《华侨报·华座》副刊发表简右传的散文《法眼无虚》，连载茵茵的小说《恋》、青云的小说《箫声剑影》、王香琴的小说《昆仑快刀》、痴人的节译小说《铜钮风云》、凌霄的小说《红河怒吼了》、高唐的小说《忏悔》。

18 日　《澳门日报·新园地》副刊连载梅若诗的小说《辫子姑娘》、公孙乐的小说《蓝佳佳》，小说专栏连载江杏雨的《双城记》、林迪的《牛皮唐自记》、岫云的《湖海英豪》。《华侨报·华座》副刊开始连载柳绵的散文《孔雀东南飞》，连载茵茵的小说《恋》、青云的小说《箫声剑影》、王香琴的小说《昆仑快刀》、痴人的节译小说《铜钮风云》、凌霄的小说《红河怒吼了》、高唐的小说《忏悔》。

19 日　《澳门日报·新园地》副刊连载梅若诗的小说《辫子姑娘》、公孙乐的小说《蓝佳佳》，小说专栏连载江杏雨的《双城记》、林迪的《牛皮唐自记》、岫云的《湖海英豪》。《华侨报·华座》副刊连载柳绵的散文《孔雀东南飞》、茵茵的小说《恋》、青云的小说《箫声剑影》、王香琴的小说《昆仑快刀》、痴人的节译小说《铜钮风云》、凌霄的小说《红河怒吼了》、高唐的小说《忏悔》。

20 日　《澳门日报·新园地》副刊发表鹰杨的散文《读书二题》，连载梅若诗的小说《辫子姑娘》、公孙乐的小说《蓝佳佳》，小说专栏连载江杏雨的《双城记》、林迪的《牛皮唐自记》、岫云的《湖海英豪》。《华侨报·华座》副刊连载柳绵的散文《孔雀东南飞》、茵茵的小说《恋》、青云的小说《箫声剑影》、王香琴的小说《昆仑快刀》、痴人的节译小说《铜钮风云》、凌霄的小说《红河怒吼了》、高唐的小说《忏悔》。

21日　《澳门日报·新园地》副刊发表江思扬的诗歌《在会场上》，连载梅若诗的小说《辫子姑娘》、公孙乐的小说《蓝佳佳》，小说专栏连载江杏雨的《双城记》、林迪的《牛皮唐自记》、岫云的《湖海英豪》。《华侨报·华座》副刊连载柳绵的散文《孔雀东南飞》、茵茵的小说《恋》、青云的小说《箫声剑影》、王香琴的小说《昆仑快刀》、痴人的节译小说《铜钮风云》、凌霄的小说《红河怒吼了》、高唐的小说《忏悔》。

22日　《澳门日报·新园地》副刊连载梅若诗的小说《辫子姑娘》、公孙乐的小说《蓝佳佳》，小说专栏连载江杏雨的《双城记》、林迪的《牛皮唐自记》、岫云的《湖海英豪》。《华侨报·华座》副刊连载柳绵的散文《孔雀东南飞》、茵茵的小说《恋》、青云的小说《箫声剑影》、王香琴的小说《昆仑快刀》、痴人的节译小说《铜钮风云》、凌霄的小说《红河怒吼了》、高唐的小说《忏悔》。

23日　《澳门日报·新园地》副刊连载梅若诗的小说《辫子姑娘》、公孙乐的小说《蓝佳佳》，小说专栏连载江杏雨的《双城记》、林迪的《牛皮唐自记》、岫云的《湖海英豪》。《华侨报·华座》副刊连载柳绵的散文《孔雀东南飞》、茵茵的小说《恋》、青云的小说《箫声剑影》、王香琴的小说《昆仑快刀》、痴人的节译小说《铜钮风云》、凌霄的小说《红河怒吼了》、高唐的小说《忏悔》。

24日　《澳门日报·新园地》副刊连载梅若诗的小说《辫子姑娘》、公孙乐的小说《蓝佳佳》，小说专栏连载江杏雨的《双城记》、林迪的《牛皮唐自记》、岫云的《湖海英豪》。《华侨报·华座》副刊连载柳绵的散文《孔雀东南飞》、茵茵的小说《恋》、青云的小说《箫声剑影》、王香琴的小说《昆仑快刀》、痴人的节译小说《铜钮风云》、凌霄的小说《红河怒吼了》、高唐的小说《忏悔》。

25 日 《澳门日报·新园地》副刊发表乔海的散文《秋夜里的人群》，连载梅若诗的小说《辫子姑娘》、公孙乐的小说《蓝佳佳》，小说专栏连载江杏雨的《双城记》、林迪的《牛皮唐自记》、岫云的《湖海英豪》。《华侨报 华座》副刊发表袁宗田的散文《坐名贵汽车的人》，连载柳绵的散文《孔雀东南飞》（停刊一期）、茵茵的小说《恋》、青云的小说《箫声剑影》、王香琴的小说《昆仑快刀》、痴人的节译小说《铜钮风云》、凌霄的小说《红河怒吼了》、高唐的小说《忏悔》。

26 日 《澳门日报·新园地》副刊连载梅若诗的小说《辫子姑娘》、公孙乐的小说《蓝佳佳》，小说专栏连载江杏雨的《双城记》、林迪的《牛皮唐自记》、岫云的《湖海英豪》。《华侨报·华座》副刊连载柳绵的散文《孔雀东南飞》、茵茵的小说《恋》、青云的小说《箫声剑影》、王香琴的小说《昆仑快刀》、痴人的节译小说《铜钮风云》、凌霄的小说《红河怒吼了》、高唐的小说《忏悔》。

27 日 《澳门日报·新园地》副刊连载梅若诗的小说《辫子姑娘》、公孙乐的小说《蓝佳佳》，小说专栏连载江杏雨的《双城记》、林迪的《牛皮唐自记》、岫云的《湖海英豪》。《华侨报·华座》副刊开始连载柳绵的散文《王逐客的放诞》，连载茵茵的小说《恋》、青云的小说《箫声剑影》、王香琴的小说《昆仑快刀》、痴人的节译小说《铜钮风云》、凌霄的小说《红河怒吼了》、高唐的小说《忏悔》。

28 日 《澳门日报·新园地》副刊连载梅若诗的小说《辫子姑娘》、公孙乐的小说《蓝佳佳》，小说专栏连载江杏雨的《双城记》、林迪的《牛皮唐自记》、岫云的《湖海英豪》。《华侨报·华座》副刊连载柳绵的散文《王逐客的放诞》、茵茵的小说《恋》、青云的小说《箫声剑影》、王香琴的小说《昆仑快刀》、痴人的节译小说《铜钮风云》、凌霄的小说《红河怒吼了》、高唐的小说《忏悔》。

29 日 《澳门日报·新园地》副刊连载梅若诗的小说《辫子姑娘》、公孙乐的小说《蓝佳佳》，小说专栏连载江杏雨的《双城记》、林迪的《牛皮唐自记》、岫云的《湖海英豪》。《华侨报·华座》副刊连载柳绵的散文《王逐客的放诞》、茵茵的小说《恋》、青云的小说《箫声剑影》、王香琴的小说《昆仑快刀》、痴人的节译小说《铜钮风云》、凌霄的小说《红河怒吼了》、高唐的小说《忏悔》。

30日 《澳门日报·新园地》副刊连载梅若诗的小说《辫子姑娘》、公孙乐的小说《蓝佳佳》，小说专栏连载江杏雨的《双城记》、林迪的《牛皮唐自记》、岫云的《湖海英豪》。《华侨报·华座》副刊开始连载柳绵的散文《荒唐的人琴恋》，连载茵茵的小说《恋》、青云的小说《箫声剑影》、王香琴的小说《昆仑快刀》、痴人的节译小说《铜钮风云》、凌霄的小说《红河怒吼了》、高唐的小说《忏悔》。

十月

1日 《澳门日报·新园地》副刊连载梅若诗的小说《辫子姑娘》、公孙乐的小说《蓝佳佳》，小说专栏连载江杏雨的《双城记》、林迪的《牛皮唐自记》、岫云的《湖海英豪》。《华侨报·华座》副刊连载柳绵的散文《荒唐的人琴恋》、茵茵的小说《恋》、青云的小说《箫声剑影》、王香琴的小说《昆仑快刀》、痴人的节译小说《铜钮风云》、凌霄的小说《红河怒吼了》、高唐的小说《忏悔》。

2日 《澳门日报·新园地》副刊连载梅若诗的小说《辫子姑娘》、公孙乐的小说《蓝佳佳》，小说专栏连载江杏雨的《双城记》、林迪的《牛皮唐自记》、岫云的《湖海英豪》。《华侨报·华座》副刊连载柳绵的散文《荒唐的人琴恋》、茵茵的小说《恋》、青云的小说《箫声剑影》、王香琴的小说《昆仑快刀》、痴人的节译小说《铜钮风云》、凌霄的小说《红河怒吼了》、高唐的小说《忏悔》。

3日 《澳门日报·新园地》副刊发表江思扬的诗歌《翻天覆地的巨变》，连载梅若诗的小说《辫子姑娘》、公孙乐的小说《蓝佳佳》，小说专栏连载江杏雨的《双城记》、林迪的《牛皮唐自记》、岫云的《湖海英豪》。《华侨报·华座》副刊连载柳绵的散文《荒唐的人琴恋》、茵茵的小说《恋》、青云的小说《箫声剑影》、王香琴的小说《昆仑快刀》、痴人的节译小说《铜钮风云》、凌霄的小说《红河怒吼了》、高唐的小说《忏悔》。

4日 《澳门日报·新园地》副刊连载梅若诗的小说《辫子姑娘》、公孙乐的小说《蓝佳佳》，小说专栏连载江杏雨的《双城记》、林迪的《牛皮唐自记》、岫云的《湖海英豪》。《华侨报·华座》副刊连载柳绵的散文《荒唐的人琴恋》（完）、茵茵的小说《恋》、青云的小说《箫声剑影》、王香琴的小说《昆仑快刀》（停刊一期）、痴人的节译小说《铜钮风云》、凌霄的小说《红河怒吼了》（停刊一期）、高唐的小说《忏悔》。

5日 《澳门日报·新园地》副刊发表红红的诗歌《浣溪沙》，连载梅若诗的小说《辫子姑娘》、公孙乐的小说《蓝佳佳》，小说专栏连载江杏雨的《双城记》、林迪的《牛皮唐自记》、岫云的《湖海英豪》。《华侨报·华座》副刊开始连载柳绵的散文《台上风流台下哀》，连载茵茵的小说《恋》、青云的小说《箫声剑影》、王香琴的小说《昆仑快刀》、痴人的节译小说《铜钮风云》、凌霄的小说《红河怒吼了》、高唐的小说《忏悔》。

6日 《澳门日报·新园地》副刊发表郑章源的诗歌《箭》，连载梅若诗的小说《辫子姑娘》、公孙乐的小说《蓝佳佳》，小说专栏连载江杏雨的《双城记》、林迪的《牛皮唐自记》、岫云的《湖海英豪》。《华侨报·华座》副刊连载柳绵的散文《台上风流台下哀》、茵茵的小说《恋》、青云的小说《箫声剑影》、王香琴的小说《昆仑快刀》、痴人的节译小说《铜钮风云》、凌霄的小说《红河怒吼了》、高唐的小说《忏悔》。

7日 《澳门日报·新园地》副刊连载梅若诗的小说《辫子姑娘》、公孙乐的小说《蓝佳佳》，小说专栏连载江杏雨的《双城记》、林迪的《牛皮唐自记》、岫云的《湖海英豪》。《华侨报·华座》副刊连载柳绵的散文《台上风流台下哀》、茵茵的小说《恋》、青云的小说《箫声剑影》、王香琴的小说《昆仑快刀》、痴人的节译小说《铜钮风云》、凌霄的小说《红河怒吼了》、高唐的小说《忏悔》。

8日 《澳门日报·新园地》副刊发表郑章源的诗歌《干杯》，连载梅若诗的小说《辫子姑娘》、公孙乐的小说《蓝佳佳》，小说专栏连载江杏雨的《双城记》、林迪的《牛皮唐自记》、岫云的《湖海英豪》。《华侨报·华座》副刊连载柳绵的散文《台上风流台下哀》、茵茵的小说《恋》、青云的小说《箫声剑影》、王香琴的小说《昆仑快刀》、痴人的节译小说《铜钮风云》、凌霄的小说《红河怒吼了》、高唐的小说《忏悔》。

9 日　《澳门日报·新园地》副刊连载梅若诗的小说《辫子姑娘》、公孙乐的小说《蓝佳佳》，小说专栏连载江杏雨的《双城记》、林迪的《牛皮唐自记》、岫云的《湖海英豪》。《华侨报·华座》副刊连载柳绵的散文《台上风流台下哀》、茵茵的小说《恋》、青云的小说《箫声剑影》、王香琴的小说《昆仑快刀》、痴人的节译小说《铜钮风云》、凌霄的小说《红河怒吼了》、高唐的小说《忏悔》。

10 日　《澳门日报·新园地》副刊连载梅若诗的小说《辫子姑娘》、公孙乐的小说《蓝佳佳》，小说专栏连载江杏雨的《双城记》、林迪的《牛皮唐自记》、岫云的《湖海英豪》。《华侨报·华座》副刊开始连载柳绵的散文《海棠未作雨家春》，连载茵茵的小说《恋》、青云的小说《箫声剑影》、王香琴的小说《昆仑快刀》、痴人的节译小说《铜钮风云》、凌霄的小说《红河怒吼了》、高唐的小说《忏悔》。

11 日　《澳门日报·新园地》副刊连载梅若诗的小说《辫子姑娘》、公孙乐的小说《蓝佳佳》，小说专栏连载江杏雨的《双城记》、林迪的《牛皮唐自记》、岫云的《湖海英豪》。《华侨报·华座》副刊连载柳绵的散文《海棠未作雨家春》、茵茵的小说《恋》、青云的小说《箫声剑影》、王香琴的小说《昆仑快刀》、痴人的节译小说《铜钮风云》、凌霄的小说《红河怒吼了》、高唐的小说《忏悔》。

12 日　《澳门日报·新园地》副刊发表长缨的散文《十三太保》、陈青枫的小说《女推销员》，连载梅若诗的小说《辫子姑娘》、公孙乐的小说《蓝佳佳》，小说专栏连载江杏雨的《双城记》、林迪的《牛皮唐自记》、岫云的《湖海英豪》（停刊一期）。《华侨报·华座》副刊开始连载柳绵的散文《狂士徐文长》，连载茵茵的小说《恋》、青云的小说《箫声剑影》、王香琴的小说《昆仑快刀》、痴人的节译小说《铜钮风云》、凌霄的小说《红河怒吼了》、高唐的小说《忏悔》。

13 日 《澳门日报·新园地》副刊发表李源的小说《为了宣传》，连载梅若诗的小说《辫子姑娘》、公孙乐的小说《蓝佳佳》，小说专栏连载江杏雨的《双城记》、林迪的《牛皮唐自记》、岫云的《湖海英豪》（停刊一期）。《华侨报·华座》副刊连载柳绵的散文《狂士徐文长》（停刊一期）、茵茵的小说《恋》、青云的小说《箫声剑影》、王香琴的小说《昆仑快刀》、痴人的节译小说《铜钮风云》、凌霄的小说《红河怒吼了》、高唐的小说《忏悔》，并发表卢莲的小说《请帖》。

14 日 《澳门日报·新园地》副刊发表楚靖的散文《竹叶镖》，连载梅若诗的小说《辫子姑娘》、公孙乐的小说《蓝佳佳》，小说专栏连载江杏雨的《双城记》、林迪的《牛皮唐自记》、岫云的《湖海英豪》。《华侨报·华座》副刊连载柳绵的散文《狂士徐文长》、茵茵的小说《恋》、青云的小说《箫声剑影》、王香琴的小说《昆仑快刀》、痴人的节译小说《铜钮风云》、凌霄的小说《红河怒吼了》、高唐的小说《忏悔》。

15 日 《澳门日报·新园地》副刊发表一木的散文《谈风》，连载梅若诗的小说《辫子姑娘》、公孙乐的小说《蓝佳佳》，小说专栏连载江杏雨的《双城记》、林迪的《牛皮唐自记》、岫云的《湖海英豪》。《华侨报·华座》副刊连载柳绵的散文《狂士徐文长》、茵茵的小说《恋》、青云的小说《箫声剑影》、王香琴的小说《昆仑快刀》、痴人的节译小说《铜钮风云》、凌霄的小说《红河怒吼了》、高唐的小说《忏悔》。

16 日 《澳门日报·新园地》副刊连载梅若诗的小说《辫子姑娘》、公孙乐的小说《蓝佳佳》，小说专栏连载江杏雨的《双城记》、林迪的《牛皮唐自记》、岫云的《湖海英豪》。《华侨报·华座》副刊连载柳绵的散文《狂士徐文长》、茵茵的小说《恋》、青云的小说《箫声剑影》、王香琴的小说《昆仑快刀》、痴人的节译小说《铜钮风云》、凌霄的小说《红河怒吼了》、高唐的小说《忏悔》。

17 日 《华侨报·华座》副刊连载柳绵的散文《狂士徐文长》、茵茵的小说《恋》、青云的小说《箫声剑影》、王香琴的小说《昆仑快刀》、痴人的节译小说

《铜钮风云》、凌霄的小说《红河怒吼了》、高唐的小说《忏悔》。

18 日 《华侨报 · 华座》副刊连载柳绵的散文《狂士徐文长》、茵茵的小说《恋》、青云的小说《箫声剑影》、王香琴的小说《昆仑快刀》、痴人的节译小说《铜钮风云》、凌霄的小说《红河怒吼了》、高唐的小说《忏悔》。

19 日 《华侨报 · 华座》副刊连载柳绵的散文《狂士徐文长》、茵茵的小说《恋》、青云的小说《箫声剑影》、王香琴的小说《昆仑快刀》、痴人的节译小说《铜钮风云》、凌霄的小说《红河怒吼了》、高唐的小说《忏悔》。

20 日 《澳门日报 · 新园地》副刊发表舒日风的散文《飞机的联想》，连载梅若诗的小说《辫子姑娘》、公孙乐的小说《蓝佳佳》，小说专栏连载江杏雨的《双城记》、林迪的《牛皮唐自记》、岫云的《湖海英豪》。《华侨报 · 华座》副刊开始连载柳绵的散文《秦少游的情话》，连载茵茵的小说《恋》、青云的小说《箫声剑影》、王香琴的小说《昆仑快刀》、痴人的节译小说《铜钮风云》、凌霄的小说《红河怒吼了》、高唐的小说《忏悔》。

21 日 《澳门日报 · 新园地》副刊发表高风的散文《董夫人》、舒日风的散文《学哲学，用哲学》，连载梅若诗的小说《辫子姑娘》、公孙乐的小说《蓝佳佳》，小说专栏连载江杏雨的《双城记》、林迪的《牛皮唐自记》、岫云的《湖海英豪》。《华侨报 · 华座》副刊连载柳绵的散文《秦少游的情话》、茵茵的小说《恋》、青云的小说《箫声剑影》、王香琴的小说《昆仑快刀》、痴人的节译小说《铜钮风云》、凌霄的小说《红河怒吼了》、高唐的小说《忏悔》（完），并发表了黎杰的小说《狼的故事》。

22 日 《澳门日报 · 新园地》副刊连载梅若诗的小说《辫子姑娘》、公孙乐的小说《蓝佳佳》，小说专栏连载江杏雨的《双城记》、林迪的《牛皮唐自记》、岫云的《湖海英豪》。《华侨报 · 华座》副刊连载柳绵的散文《秦少游的情话》、茵茵的小说《恋》、青云的小说《箫声剑影》、王香琴的小说《昆仑快刀》（停刊一期）、痴人的节译小说《铜钮风云》、凌霄的小说《红河怒吼了》，并开始连载高唐的小说《老友》。

23 日 《澳门日报 · 新园地》副刊连载梅若诗的小说《辫子姑娘》、公孙乐的小说《蓝佳佳》，小说专栏连载江杏雨的《双城记》、林迪的《牛皮唐自记》、岫云的《湖海英豪》。《华侨报·华座》副刊连载柳绵的散文《秦少游的情话》、茵茵的小说《恋》、青云的小说《箫声剑影》、王香琴的小说《昆仑快刀》、痴人的节译小说《铜钮风云》、凌霄的小说《红河怒吼了》、高唐的小说《老友》。

24 日 《澳门日报·新园地》副刊连载梅若诗的小说《辫子姑娘》、公孙乐的小说《蓝佳佳》，小说专栏连载江杏雨的《双城记》、林迪的《牛皮唐自记》、岫云的《湖海英豪》。《华侨报·华座》副刊连载柳绵的散文《秦少游的情话》、茵茵的小说《恋》、青云的小说《箫声剑影》、王香琴的小说《昆仑快刀》、痴人的节译小说《铜钮风云》、凌霄的小说《红河怒吼了》、高唐的小说《老友》。

25 日 《澳门日报·新园地》副刊发表白思杨的散文《人间要好诗》，连载梅若诗的小说《辫子姑娘》、公孙乐的小说《蓝佳佳》，小说专栏连载江杏雨的《双城记》、林迪的《牛皮唐自记》、岫云的《湖海英豪》。《华侨报·华座》副刊连载柳绵的散文《秦少游的情话》、茵茵的小说《恋》、青云的小说《箫声剑影》、王香琴的小说《昆仑快刀》、痴人的节译小说《铜钮风云》、凌霄的小说《红河怒吼了》、高唐的小说《老友》。

26 日 《澳门日报·新园地》副刊连载梅若诗的小说《辫子姑娘》、公孙乐的小说《蓝佳佳》，小说专栏连载江杏雨的《双城记》、林迪的《牛皮唐自记》、岫云的《湖海英豪》。《华侨报·华座》副刊开始连载柳绵的散文《定庵的荒诞才华》，连载茵茵的小说《恋》、青云的小说《箫声剑影》、王香琴的小说《昆仑快刀》、痴人的节译小说《铜钮风云》、凌霄的小说《红河怒吼了》、高唐的小说《老友》。

27 日 《澳门日报·新园地》副刊连载梅若诗的小说《辫子姑娘》、公孙乐的小说《蓝佳佳》，小说专栏连载江杏雨的《双城记》、林迪的《牛皮唐自记》、岫云的《湖海英豪》。《华侨报·华座》副刊连载柳绵的散文《定庵的荒诞才华》、茵茵的小说《恋》、青云的小说《箫声剑影》、王香琴的小说《昆仑快刀》、痴人的节译小说《铜钮风云》、凌霄的小说《红河怒吼了》、高唐的小说《老友》。

28 日 《澳门日报 · 新园地》副刊连载梅若诗的小说《辫子姑娘》、公孙乐的小说《蓝佳佳》，小说专栏连载江杏雨的《双城记》、林迪的《牛皮唐自记》、岫云的《湖海英豪》。《华侨报 · 华座》副刊连载柳绵的散文《定庵的荒诞才华》、茵茵的小说《恋》、青云的小说《箫声剑影》、王香琴的小说《昆仑快刀》、痴人的节译小说《铜钮风云》、凌霄的小说《红河怒吼了》、高唐的小说《老友》。

29 日 《澳门日报 · 新园地》副刊发表郑章源的散文《爱秋篇》，连载梅若诗的小说《辫子姑娘》、公孙乐的小说《蓝佳佳》，小说专栏连载江杏雨的《双城记》、林迪的《牛皮唐自记》、岫云的《湖海英豪》。《华侨报 · 华座》副刊连载柳绵的散文《定庵的荒诞才华》、茵茵的小说《恋》、青云的小说《箫声剑影》、王香琴的小说《昆仑快刀》、痴人的节译小说《铜钮风云》、凌霄的小说《红河怒吼了》、高唐的小说《老友》。

30 日 《澳门日报 · 新园地》副刊连载梅若诗的小说《辫子姑娘》、公孙乐的小说《蓝佳佳》，小说专栏连载江杏雨的《双城记》、林迪的《牛皮唐自记》、岫云的《湖海英豪》。《华侨报 · 华座》副刊连载柳绵的散文《定庵的荒诞才华》、茵茵的小说《恋》、青云的小说《箫声剑影》、王香琴的小说《昆仑快刀》、痴人的节译小说《铜钮风云》、凌霄的小说《红河怒吼了》、高唐的小说《老友》。

31 日 《澳门日报 · 新园地》副刊连载梅若诗的小说《辫子姑娘》、公孙乐的小说《蓝佳佳》，小说专栏连载江杏雨的《双城记》、林迪的《牛皮唐自记》、岫云的《湖海英豪》。《华侨报 · 华座》副刊发表散文《白色的泥土》，连载柳绵的散文《定庵的荒诞才华》、茵茵的小说《恋》、青云的小说《箫声剑影》、王香琴的小说《昆仑快刀》、痴人的节译小说《铜钮风云》、凌霄的小说《红河怒吼了》、高唐的小说《老友》(完)。

十一月

1 日 《澳门日报 · 新园地》副刊发表郑章源的诗歌《拥抱》，连载梅若诗的小说《辫子姑娘》、公孙乐的小说《蓝佳佳》，小说专栏连载江杏雨的《双城记》、林迪的《牛皮唐自记》、岫云的《湖海英豪》。《华侨报·华座》副刊连载柳绵的散文《定庵的荒诞才华》、茵茵的小说《恋》、青云的小说《箫声剑影》、王香琴的小说《昆仑快刀》、痴人的节译小说《铜钮风云》、凌霄的小说《红河怒吼了》，并发表高唐的小说《缘》（上）。

2日　《澳门日报·新园地》副刊连载梅若诗的小说《辫子姑娘》、公孙乐的小说《蓝佳佳》，小说专栏连载江杏雨的《双城记》、林迪的《牛皮唐自记》、岫云的《湖海英豪》。《华侨报·华座》副刊连载柳绵的散文《定庵的荒诞才华》、茵茵的小说《恋》、青云的小说《箫声剑影》、王香琴的小说《昆仑快刀》、痴人的节译小说《铜钮风云》、凌霄的小说《红河怒吼了》，并发表高唐的小说《缘》（下）。

3日　《澳门日报·新园地》副刊连载梅若诗的小说《辫子姑娘》、公孙乐的小说《蓝佳佳》，小说专栏连载江杏雨的《双城记》、林迪的《牛皮唐自记》、岫云的《湖海英豪》。《华侨报·华座》副刊连载柳绵的散文《定庵的荒诞才华》、茵茵的小说《恋》、青云的小说《箫声剑影》、王香琴的小说《昆仑快刀》、痴人的节译小说《铜钮风云》、凌霄的小说《红河怒吼了》，并发表高唐的小说《轻生》（上）。

4日　《澳门日报·新园地》副刊连载梅若诗的小说《辫子姑娘》、公孙乐的小说《蓝佳佳》，小说专栏连载江杏雨的《双城记》、林迪的《牛皮唐自记》、岫云的《湖海英豪》。《华侨报·华座》副刊连载柳绵的散文《定庵的荒诞才华》、茵茵的小说《恋》、青云的小说《箫声剑影》、王香琴的小说《昆仑快刀》、痴人的节译小说《铜钮风云》、凌霄的小说《红河怒吼了》，并发表高唐的小说《轻生》（下）。

5日　《澳门日报·新园地》副刊连载梅若诗的小说《辫子姑娘》、公孙乐的小说《蓝佳佳》，小说专栏连载江杏雨的《双城记》、林迪的《牛皮唐自记》、岫云的《湖海英豪》。《华侨报·华座》副刊开始连载柳绵的散文《蝶双飞》，连载茵茵的小说《恋》、青云的小说《箫声剑影》、王香琴的小说《昆仑快刀》、痴人的节译小说《铜钮风云》、凌霄的小说《红河怒吼了》，并发表高唐的小说《阿财》（上）。

6日　《澳门日报·新园地》副刊发表长缨的散文《花心财神》，连载梅若诗的小说《辫子姑娘》、公孙乐的小说《蓝佳佳》，小说专栏连载江杏雨的《双城记》、林迪的《牛皮唐自记》、岫云的《湖海英豪》。《华侨报·华座》副刊连载柳绵的散文《蝶双飞》、茵茵的小说《恋》、青云的小说《箫声剑影》、王香琴的小说《昆仑快刀》、痴人的节译小说《铜钮风云》、凌霄的小说《红河怒吼了》，并发表高唐的小说《阿财》（下）。

7日　《澳门日报·新园地》副刊连载梅若诗的小说《辫子姑娘》、公孙乐的小说《蓝佳佳》，小说专栏连载江杏雨的《双城记》、林迪的《牛皮唐自记》、岫云的《湖海英豪》。《华侨报·华座》副刊开始连载长篇系列散文《集古楼杂谈》，连载茵茵的小说《恋》、青云的小说《箫声剑影》、王香琴的小说《昆仑快刀》、痴人的节译小说《铜钮风云》、凌霄的小说《红河怒吼了》，并发表佚名的小说《聚散》（上）。

8日　《澳门日报·新园地》副刊连载梅若诗的小说《辫子姑娘》、公孙乐的小说《蓝佳佳》，小说专栏连载江杏雨的《双城记》、林迪的《牛皮唐自记》、岫云的《湖海英豪》。《华侨报·华座》副刊开始连载柳绵的散文《词人》，发表白思杨的散文《快一些吧》、佚名的小说《聚散》（下），连载长篇系列散文《集古楼杂谈》、茵茵的小说《恋》、青云的小说《箫声剑影》、王香琴的小说《昆仑快刀》、痴人的节译小说《铜钮风云》、凌霄的小说《红河怒吼了》。

9日　《澳门日报·新园地》副刊连载梅若诗的小说《辫子姑娘》、公孙乐的小说《蓝佳佳》，小说专栏连载江杏雨的《双城记》、林迪的《牛皮唐自记》、岫云的《湖海英豪》。《华侨报·华座》副刊连载柳绵的散文《词人》、长篇系列散文《集古楼杂谈》、茵茵的小说《恋》、青云的小说《箫声剑影》、王香琴的小说《昆仑快刀》、痴人的节译小说《铜钮风云》、凌霄的小说《红河怒吼了》，并发表佚名的小说《回头是岸》（上）。

10日　《澳门日报·新园地》副刊连载梅若诗的小说《辫子姑娘》、公孙乐的小说《蓝佳佳》，小说专栏连载江杏雨的《双城记》、林迪的《牛皮唐自记》、岫云的《湖海英豪》。《华侨报·华座》副刊发表柳绵的散文《红梅开》，连载长篇系列散文《集古楼杂谈》、茵茵的小说《恋》、青云的小说《箫声剑影》、王香琴的小说《昆仑快刀》、痴人的节译小说《铜钮风云》、凌霄的小说《红河怒吼了》，并发表佚名的小说《回头是岸》（下）。

11 日 《澳门日报 · 新园地》副刊发表长缨的散文《泪的小花》，连载梅若诗的小说《辫子姑娘》、公孙乐的小说《蓝佳佳》，小说专栏连载江杏雨的《双城记》、林迪的《牛皮唐自记》、岫云的《湖海英豪》。《华侨报 · 华座》副刊开始连载柳绵的散文《太真妃子》，连载长篇系列散文《集古楼杂谈》、茵茵的小说《恋》、青云的小说《箫声剑影》、王香琴的小说《昆仑快刀》、痴人的节译小说《铜钮风云》、凌霄的小说《红河怒吼了》，并发表佚名的小说《牧场之恋》（上）。

12 日 《澳门日报 · 新园地》副刊发表郑章源的散文《霜叶》、舒日风的散文《随感二题》，连载梅若诗的小说《辫子姑娘》、公孙乐的小说《蓝佳佳》，小说专栏连载江杏雨的《双城记》、林迪的《牛皮唐自记》、岫云的《湖海英豪》。《华侨报 · 华座》副刊连载柳绵的散文《太真妃子》、长篇系列散文《集古楼杂谈》、茵茵的小说《恋》、青云的小说《箫声剑影》、王香琴的小说《昆仑快刀》、痴人的节译小说《铜钮风云》、凌霄的小说《红河怒吼了》，并发表佚名的小说《牧场之恋》（下）。

13 日 《澳门日报 · 新园地》副刊连载梅若诗的小说《辫子姑娘》、公孙乐的小说《蓝佳佳》，小说专栏连载江杏雨的《双城记》、林迪的《牛皮唐自记》、岫云的《湖海英豪》。《华侨报 · 华座》副刊发表良骅的散文《交友不慎添烦恼》，连载柳绵的散文《太真妃子》、长篇系列散文《集古楼杂谈》、茵茵的小说《恋》、青云的小说《箫声剑影》、王香琴的小说《昆仑快刀》（停刊一期）、痴人的节译小说《铜钮风云》、凌霄的小说《红河怒吼了》，并发表卢峰的小说《雨夜的故事》、佚名的小说《试泳记》（上）。

14 日 《澳门日报 · 新园地》副刊连载梅若诗的小说《辫子姑娘》、公孙乐的小说《蓝佳佳》，小说专栏连载江杏雨的《双城记》、林迪的《牛皮唐自记》、岫云的《湖海英豪》。《华侨报 · 华座》副刊连载柳绵的散文《太真妃子》、长篇系列散文《集古楼杂谈》、茵茵的小说《恋》、青云的小说《箫声剑影》、王香琴的小说《昆仑快刀》(停刊一期)、痴人的节译小说《铜钮风云》、凌霄的小说《红河怒吼了》,并发表佚名的小说《试泳记》(下)。

15日 《澳门日报·新园地》副刊连载梅若诗的小说《辫子姑娘》、公孙乐的小说《蓝佳佳》,小说专栏连载江杏雨的《双城记》、林迪的《牛皮唐自记》、岫云的《湖海英豪》。《华侨报·华座》副刊连载柳绵的散文《太真妃子》、长篇系列散文《集古楼杂谈》、茵茵的小说《恋》、青云的小说《箫声剑影》、王香琴的小说《昆仑快刀》、痴人的节译小说《铜钮风云》、凌霄的小说《红河怒吼了》,并发表高唐的小说《失手》(上)。

16日 《澳门日报·新园地》副刊连载梅若诗的小说《辫子姑娘》、公孙乐的小说《蓝佳佳》,小说专栏连载江杏雨的《双城记》、林迪的《牛皮唐自记》、岫云的《湖海英豪》。《华侨报·华座》副刊连载柳绵的散文《太真妃子》、长篇系列散文《集古楼杂谈》、茵茵的小说《恋》、青云的小说《箫声剑影》、王香琴的小说《昆仑快刀》、痴人的节译小说《铜钮风云》、凌霄的小说《红河怒吼了》,并发表高唐的小说《失手》(下)。

17日 《澳门日报·新园地》副刊连载梅若诗的小说《辫子姑娘》、公孙乐的小说《蓝佳佳》,小说专栏连载江杏雨的《双城记》、林迪的《牛皮唐自记》、岫云的《湖海英豪》。《华侨报·华座》副刊开始连载柳绵的散文《彭玉麟画梅》,连载长篇系列散文《集古楼杂谈》、茵茵的小说《恋》、青云的小说《箫声剑影》、王香琴的小说《昆仑快刀》、痴人的节译小说《铜钮风云》、凌霄的小说《红河怒吼了》,并发表高唐的小说《美美的故事》(上)。

18日 《澳门日报·新园地》副刊连载梅若诗的小说《辫子姑娘》、公孙乐的小说《蓝佳佳》,小说专栏连载江杏雨的《双城记》、林迪的《牛皮唐自记》、岫云的《湖海英豪》。《华侨报·华座》副刊连载柳绵的散文《彭玉麟画梅》、长篇系列散文《集古楼杂谈》、茵茵的小说《恋》、青云的小说《箫声剑影》、王香琴的小说《昆仑快刀》、痴人的节译小说《铜钮风云》、凌霄的小说《红河怒吼了》,并发表高唐的小说《美美的故事》(下)。

19日 《澳门日报·新园地》副刊连载梅若诗的小说《辫子姑娘》、公孙乐的小说《蓝佳佳》，小说专栏连载江杏雨的《双城记》、林迪的《牛皮唐自记》、岫云的《湖海英豪》。《华侨报 · 华座》副刊连载柳绵的散文《彭玉麟画梅》、长篇系列散文《集古楼杂谈》、茵茵的小说《恋》、青云的小说《箫声剑影》、王香琴的小说《昆仑快刀》、痴人的节译小说《铜钮风云》、凌霄的小说《红河怒吼了》，并发表高唐的小说《女大当嫁》（上）。

20 日 《澳门日报 · 新园地》副刊发表文芳的小说《讲故事》，连载梅若诗的小说《辫子姑娘》、公孙乐的小说《蓝佳佳》，小说专栏连载江杏雨的《双城记》（停刊一期）、林迪的《牛皮唐自记》、岫云的《湖海英豪》。《华侨报 · 华座》副刊连载柳绵的散文《彭玉麟画梅》、长篇系列散文《集古楼杂谈》、茵茵的小说《恋》、青云的小说《箫声剑影》、王香琴的小说《昆仑快刀》、痴人的节译小说《铜钮风云》、凌霄的小说《红河怒吼了》，并发表高唐的小说《女大当嫁》（下）。

21 日 《澳门日报 · 新园地》副刊连载梅若诗的小说《辫子姑娘》、公孙乐的小说《蓝佳佳》，小说专栏连载江杏雨的《双城记》、林迪的《牛皮唐自记》、岫云的《湖海英豪》。《华侨报 · 华座》副刊连载柳绵的散文《彭玉麟画梅》、长篇系列散文《集古楼杂谈》、茵茵的小说《恋》、青云的小说《箫声剑影》、王香琴的小说《昆仑快刀》、痴人的节译小说《铜钮风云》、凌霄的小说《红河怒吼了》，并发表高唐的小说《爱的陷阱》（上）。

22 日 《澳门日报 · 新园地》副刊连载梅若诗的小说《辫子姑娘》、公孙乐的小说《蓝佳佳》，小说专栏连载江杏雨的《双城记》、林迪的《牛皮唐自记》、岫云的《湖海英豪》。《华侨报 · 华座》副刊连载柳绵的散文《彭玉麟画梅》、长篇系列散文《集古楼杂谈》、茵茵的小说《恋》、青云的小说《箫声剑影》、王香琴的小说《昆仑快刀》、痴人的节译小说《铜钮风云》、凌霄的小说《红河怒吼了》，并发表高唐的小说《爱的陷阱》（下）。

23 日 《澳门日报 · 新园地》副刊连载梅若诗的小说《辫子姑娘》、公孙乐的小说《蓝佳佳》，小说专栏连载江杏雨的《双城记》、林迪的《牛皮唐自记》、岫云的《湖海英豪》。《华侨报 · 华座》副刊连载柳绵的散文《彭玉麟画梅》、长篇系列散文《集古楼杂谈》、茵茵的小说《恋》、青云的小说《箫声剑影》、王香琴的小说《昆仑快刀》、痴人的节译小说《铜钮风云》、凌霄的小说《红河怒吼了》，并发表高唐的小说《纳妾记》（上）。

24日 《澳门日报·新园地》副刊发表鹰杨的散文《礼物》，连载梅若诗的小说《辫子姑娘》、公孙乐的小说《蓝佳佳》，小说专栏连载江杏雨的《双城记》、林迪的《牛皮唐自记》、岫云的《湖海英豪》。《华侨报·华座》副刊连载柳绵的散文《彭玉麟画梅》、长篇系列散文《集古楼杂谈》、茵茵的小说《恋》、青云的小说《箫声剑影》、王香琴的小说《昆仑快刀》、痴人的节译小说《铜钮风云》、凌霄的小说《红河怒吼了》，并发表高唐的小说《纳妾记》（下）。

25日 《澳门日报·新园地》副刊连载梅若诗的小说《辫子姑娘》、公孙乐的小说《蓝佳佳》，小说专栏连载江杏雨的《双城记》、林迪的《牛皮唐自记》、岫云的《湖海英豪》。《华侨报·华座》副刊连载长篇系列散文《集古楼杂谈》、茵茵的小说《恋》、青云的小说《箫声剑影》、王香琴的小说《昆仑快刀》、痴人的节译小说《铜钮风云》、凌霄的小说《红河怒吼了》，并发表高唐的小说《溺》（上），开始连载柳绵的小说《厦门王养娘》。

26日 《澳门日报·新园地》副刊发表舒日风的散文《深秋杂想》，连载梅若诗的小说《辫子姑娘》、公孙乐的小说《蓝佳佳》，小说专栏连载江杏雨的《双城记》、林迪的《牛皮唐自记》、岫云的《湖海英豪》。《华侨报·华座》副刊连载长篇系列散文《集古楼杂谈》、茵茵的小说《恋》、青云的小说《箫声剑影》、王香琴的小说《昆仑快刀》、痴人的节译小说《铜钮风云》、凌霄的小说《红河怒吼了》、柳绵的小说《厦门王养娘》，并发表高唐的小说《溺》（下）。

27日 《澳门日报·新园地》副刊连载梅若诗的小说《辫子姑娘》、公孙乐的小说《蓝佳佳》，小说专栏连载江杏雨的《双城记》、林迪的《牛皮唐自记》、岫云的《湖海英豪》。《华侨报·华座》副刊连载长篇系列散文《集古楼杂谈》、茵茵的小说《恋》、青云的小说《箫声剑影》、王香琴的小说《昆仑快刀》、痴人的节译小说《铜钮风云》、凌霄的小说《红河怒吼了》、柳绵的小说《厦门王养娘》，并发表高唐的小说《亲情曲》（上）。

28 日 《澳门日报 · 新园地》副刊连载梅若诗的小说《辫子姑娘》、公孙乐的小说《蓝佳佳》，小说专栏连载江杏雨的《双城记》、林迪的《牛皮唐自记》、岫云的《湖海英豪》。《华侨报 · 华座》副刊连载长篇系列散文《集古楼杂谈》、茵茵的小说《恋》、青云的小说《箫声剑影》、王香琴的小说《昆仑快刀》、痴人的节译小说《铜钮风云》、凌霄的小说《红河怒吼了》、柳绵的小说《厦门王养娘》，并发表高唐的小说《亲情曲》（下）。

29 日 《澳门日报 · 新园地》副刊发表小冬的散文《闲话“身后事”》、舒日风的散文《那该多好》、丝缘的小说《远归》，连载梅若诗的小说《辫子姑娘》、公孙乐的小说《蓝佳佳》，小说专栏连载江杏雨的《双城记》、林迪的《牛皮唐自记》（停刊一期）、岫云的《湖海英豪》。《华侨报 · 华座》副刊连载长篇系列散文《集古楼杂谈》、茵茵的小说《恋》、青云的小说《箫声剑影》、王香琴的小说《昆仑快刀》、痴人的节译小说《铜钮风云》、凌霄的小说《红河怒吼了》、柳绵的小说《厦门王养娘》，并发表高唐的小说《闺怨》（上）。

30 日 《澳门日报 · 新园地》副刊连载梅若诗的小说《辫子姑娘》、公孙乐的小说《蓝佳佳》，小说专栏连载江杏雨的《双城记》、林迪的《牛皮唐自记》、岫云的《湖海英豪》。《华侨报 · 华座》副刊连载长篇系列散文《集古楼杂谈》、茵茵的小说《恋》、青云的小说《箫声剑影》、王香琴的小说《昆仑快刀》、痴人的节译小说《铜钮风云》、凌霄的小说《红河怒吼了》、柳绵的小说《厦门王养娘》，并发表高唐的小说《闺怨》（下）。

十二月

1 日 《澳门日报 · 新园地》副刊连载梅若诗的小说《辫子姑娘》、公孙乐的小说《蓝佳佳》，小说专栏连载江杏雨的《双城记》、林迪的《牛皮唐自记》、岫云的《湖海英豪》。《华侨报 · 华座》副刊连载长篇系列散文《集古楼杂谈》、茵茵的小说《恋》、青云的小说《箫声剑影》、王香琴的小说《昆仑快刀》、痴人的节译小说《铜钮风云》、凌霄的小说《红河怒吼了》、柳绵的小说《厦门王养娘》，并发表高唐的小说《失踪》（上）。

2 日　《澳门日报 · 新园地》副刊连载梅若诗的小说《辫子姑娘》、公孙乐的小说《蓝佳佳》，小说专栏连载江杏雨的《双城记》、林迪的《牛皮唐自记》、岫云的《湖海英豪》。《华侨报 · 华座》副刊发表柳绵的散文《词艳不怜人》，连载长篇系列散文《集古楼杂谈》、茵茵的小说《恋》、青云的小说《箫声剑影》、王香琴的小说《昆仑快刀》、痴人的节译小说《铜钮风云》、凌霄的小说《红河怒吼了》，并发表高唐的小说《失踪》（下）。

3 日　《澳门日报 · 新园地》副刊连载梅若诗的小说《辫子姑娘》、公孙乐的小说《蓝佳佳》，小说专栏连载江杏雨的《双城记》、林迪的《牛皮唐自记》、岫云的《湖海英豪》。《华侨报 · 华座》副刊发表良茂的散文《中国瓷器在英国》（上），连载长篇系列散文《集古楼杂谈》、茵茵的小说《恋》、青云的小说《箫声剑影》、王香琴的小说《昆仑快刀》（停刊一期）、痴人的节译小说《铜钮风云》、凌霄的小说《红河怒吼了》，并发表高唐的小说《女学士》（上），开始连载柳绵的小说《荒唐春色》。

4 日　《澳门日报 · 新园地》副刊连载梅若诗的小说《辫子姑娘》、公孙乐的小说《蓝佳佳》，小说专栏连载江杏雨的《双城记》、林迪的《牛皮唐自记》、岫云的《湖海英豪》。《华侨报 · 华座》副刊连载长篇系列散文《集古楼杂谈》、茵茵的小说《恋》、青云的小说《箫声剑影》、王香琴的小说《昆仑快刀》、痴人的节译小说《铜钮风云》、凌霄的小说《红河怒吼了》、柳绵的小说《荒唐春色》，并发表高唐的小说《女学士》（下）。

5 日　《澳门日报 · 新园地》副刊连载梅若诗的小说《辫子姑娘》、公孙乐的小说《蓝佳佳》，小说专栏连载江杏雨的《双城记》、林迪的《牛皮唐自记》、岫云的《湖海英豪》。《华侨报 · 华座》副刊连载长篇系列散文《集古楼杂谈》、茵茵的小说《恋》、青云的小说《箫声剑影》、王香琴的小说《昆仑快刀》、痴人的节译小说《铜钮风云》、凌霄的小说《红河怒吼了》、柳绵的小说《荒唐春色》，并发表高唐的小说《人月共圆》（上）。

6 日　《澳门日报 · 新园地》副刊连载梅若诗的小说《辫子姑娘》、公孙乐的小说《蓝佳佳》，小说专栏连载江杏雨的《双城记》、林迪的《牛皮唐自记》、岫云的《湖海英豪》。《华侨报 · 华座》副刊连载长篇系列散文《集古楼杂谈》、茵茵的小说《恋》、青云的小说《箫声剑影》、王香琴的小说《昆仑快刀》、痴人的节译小说《铜钮风云》、凌霄的小说《红河怒吼了》、柳绵的小说《荒唐春色》，并发表高唐的小说《人月共圆》（下）。

7 日　《澳门日报·新园地》副刊连载梅若诗的小说《辫子姑娘》、公孙乐的小说《蓝佳佳》，小说专栏连载江杏雨的《双城记》、林迪的《牛皮唐自记》、岫云的《湖海英豪》。《华侨报·华座》副刊连载长篇系列散文《集古楼杂谈》、茵茵的小说《恋》、青云的小说《箫声剑影》、王香琴的小说《昆仑快刀》、痴人的节译小说《铜钮风云》、凌霄的小说《红河怒吼了》、柳绵的小说《荒唐春色》，并发表高唐的小说《闺房趣》（上）。

8 日　《澳门日报·新园地》副刊连载梅若诗的小说《辫子姑娘》、公孙乐的小说《蓝佳佳》，小说专栏连载江杏雨的《双城记》、林迪的《牛皮唐自记》、岫云的《湖海英豪》。《华侨报·华座》副刊连载长篇系列散文《集古楼杂谈》、茵茵的小说《恋》、青云的小说《箫声剑影》、王香琴的小说《昆仑快刀》、痴人的节译小说《铜钮风云》、凌霄的小说《红河怒吼了》、柳绵的小说《荒唐春色》，并发表高唐的小说《闺房趣》（下）。

9 日　《澳门日报·新园地》副刊连载梅若诗的小说《辫子姑娘》、公孙乐的小说《蓝佳佳》，小说专栏连载江杏雨的《双城记》、林迪的《牛皮唐自记》、岫云的《湖海英豪》。《华侨报·华座》副刊连载长篇系列散文《集古楼杂谈》、茵茵的小说《恋》、青云的小说《箫声剑影》、王香琴的小说《昆仑快刀》、痴人的节译小说《铜钮风云》、凌霄的小说《红河怒吼了》、柳绵的小说《荒唐春色》，并发表高唐的小说《莉莉》（上）。

10 日　《澳门日报·新园地》副刊连载梅若诗的小说《辫子姑娘》、公孙乐的小说《蓝佳佳》，小说专栏连载江杏雨的《双城记》、林迪的《牛皮唐自记》、岫云的《湖海英豪》。《华侨报·华座》副刊连载长篇系列散文《集古楼杂谈》、茵茵的小说《恋》、青云的小说《箫声剑影》、王香琴的小说《昆仑快刀》、痴人的节译小说《铜钮风云》、凌霄的小说《红河怒吼了》、柳绵的小说《荒唐春色》，并发表高唐的小说《莉莉》（下）。

11 日　《澳门日报·新园地》副刊连载梅若诗的小说《辫子姑娘》、公孙乐的小说《蓝佳佳》，小说专栏连载江杏雨的《双城记》、林迪的《牛皮唐自记》、岫云的《湖海英豪》。《华侨报·华座》副刊连载长篇系列散文《集古楼杂谈》、茵茵的小说《恋》、青云的小说《箫声剑影》、王香琴的小说《昆仑快刀》、痴人的节译小说《铜钮风云》、凌霄的小说《红河怒吼了》、柳绵的小说《荒唐春色》，并发表高唐的小说《最后赌注》(上)。

12日 《澳门日报·新园地》副刊连载梅若诗的小说《辫子姑娘》、公孙乐的小说《蓝佳佳》，小说专栏连载江杏雨的《双城记》、林迪的《牛皮唐自记》、岫云的《湖海英豪》。《华侨报·华座》副刊连载长篇系列散文《集古楼杂谈》、茵茵的小说《恋》、青云的小说《箫声剑影》、王香琴的小说《昆仑快刀》、痴人的节译小说《铜钮风云》、凌霄的小说《红河怒吼了》、柳绵的小说《荒唐春色》，并发表高唐的小说《最后赌注》(下)。

13日 《澳门日报·新园地》副刊连载白思群的散文《红枫时节》，连载梅若诗的小说《辫子姑娘》、公孙乐的小说《蓝佳佳》，小说专栏连载江杏雨的《双城记》、林迪的《牛皮唐自记》、岫云的《湖海英豪》。《华侨报·华座》副刊连载长篇系列散文《集古楼杂谈》、茵茵的小说《恋》、青云的小说《箫声剑影》、王香琴的小说《昆仑快刀》、痴人的节译小说《铜钮风云》、凌霄的小说《红河怒吼了》，并发表高唐的小说《因祸得福》(上)。

14日 《澳门日报·新园地》副刊连载白思群的散文《红枫时节》，连载梅若诗的小说《辫子姑娘》、公孙乐的小说《蓝佳佳》，小说专栏连载江杏雨的《双城记》、林迪的《牛皮唐自记》、岫云的《湖海英豪》。《华侨报·华座》副刊开始连载柳绵的散文《风月坊的小郎》，连载长篇系列散文《集古楼杂谈》、茵茵的小说《恋》、青云的小说《箫声剑影》、王香琴的小说《昆仑快刀》、痴人的节译小说《铜钮风云》、凌霄的小说《红河怒吼了》，并发表高唐的小说《因祸得福》(下)。

15日 《澳门日报·新园地》副刊发表鹰杨的散文《再谈〈海港〉》，连载梅若诗的小说《辫子姑娘》、公孙乐的小说《蓝佳佳》，小说专栏连载江杏雨的《双城记》、林迪的《牛皮唐自记》、岫云的《湖海英豪》。《华侨报·华座》副刊连载柳绵的散文《风月坊的小郎》、长篇系列散文《集古楼杂谈》、茵茵的小说《恋》、青云的小说《箫声剑影》、王香琴的小说《昆仑快刀》、痴人的节译小说《铜钮风云》、凌霄的小说《红河怒吼了》，并发表高唐的小说《镜子》（上）。

16 日 《澳门日报 · 新园地》副刊连载梅若诗的小说《辫子姑娘》、公孙乐的小说《蓝佳佳》，小说专栏连载江杏雨的《双城记》、林迪的《牛皮唐自记》、岫云的《湖海英豪》。《华侨报 · 华座》副刊连载柳绵的散文《风月坊的小郎》、长篇系列散文《集古楼杂谈》、茵茵的小说《恋》、青云的小说《箫声剑影》、王香琴的小说《昆仑快刀》、痴人的节译小说《铜钮风云》、凌霄的小说《红河怒吼了》，并发表高唐的小说《镜子》（下）。

17 日 《澳门日报 · 新园地》副刊发表舒日风的散文《白奴》，连载梅若诗的小说《辫子姑娘》、公孙乐的小说《蓝佳佳》，小说专栏连载江杏雨的《双城记》、林迪的《牛皮唐自记》、岫云的《湖海英豪》。《华侨报 · 华座》副刊连载长篇系列散文《集古楼杂谈》、茵茵的小说《恋》、青云的小说《箫声剑影》、王香琴的小说《昆仑快刀》、痴人的节译小说《铜钮风云》、凌霄的小说《红河怒吼了》。

18 日 《澳门日报 · 新园地》副刊连载梅若诗的小说《辫子姑娘》、公孙乐的小说《蓝佳佳》，小说专栏连载江杏雨的《双城记》、林迪的《牛皮唐自记》、岫云的《湖海英豪》。

19 日 《澳门日报 · 新园地》副刊连载梅若诗的小说《辫子姑娘》、公孙乐的小说《蓝佳佳》，小说专栏连载江杏雨的《双城记》、林迪的《牛皮唐自记》、岫云的《湖海英豪》。《华侨报 · 华座》副刊连载柳绵的长篇系列散文《集古楼杂谈》、茵茵的小说《恋》、青云的小说《箫声剑影》、王香琴的小说《昆仑快刀》、痴人的节译小说《铜钮风云》、凌霄的小说《红河怒吼了》，并发表高唐的小说《父亲》（上）。

20 日 《澳门日报 · 新园地》副刊发表白思群的散文《想起了小林多喜二》（1），连载梅若诗的小说《辫子姑娘》、公孙乐的小说《蓝佳佳》，小说专栏连载江杏雨的《双城记》、林迪的《牛皮唐自记》、岫云的《湖海英豪》。《华侨报 · 华座》副刊发表柳绵的散文《关子东的梦》（1），连载长篇系列散文《集古楼杂谈》、茵茵的小说《恋》、青云的小说《箫声剑影》、王香琴的小说《昆仑快刀》、痴人的节译小说《铜钮风云》、凌霄的小说《红河怒吼了》，并发表高唐的小说《父亲》（下）。

21 日 《澳门日报·新园地》副刊发表白思群的散文《想起了小林多喜二》（2），连载梅若诗的小说《辫子姑娘》、公孙乐的小说《蓝佳佳》，小说专栏连载江杏雨的《双城记》、林迪的《牛皮唐自记》、岫云的《湖海英豪》。《华侨报·华座》副刊发表柳绵的散文《关子东的梦》（2），连载长篇系列散文《集古楼杂谈》、茵茵的小说《恋》、青云的小说《箫声剑影》、王香琴的小说《昆仑快刀》、痴人的节译小说《铜钮风云》、凌霄的小说《红河怒吼了》，并发表高唐的小说《憎瘦嫌肥》（上）。

22 日 《澳门日报·新园地》副刊发表鹰杨的散文《一部旧片观后》、枢的散文《闲话冬至》，连载梅若诗的小说《辫子姑娘》、公孙乐的小说《蓝佳佳》，小说专栏连载江杏雨的《双城记》、林迪的《牛皮唐自记》、岫云的《湖海英豪》。《华侨报·华座》副刊开始连载柳绵的散文《司徒奇画展絮语》，连载长篇系列散文《集古楼杂谈》、茵茵的小说《恋》、青云的小说《箫声剑影》、王香琴的小说《昆仑快刀》、痴人的节译小说《铜钮风云》、凌霄的小说《红河怒吼了》，并发表高唐的小说《憎瘦嫌肥》（下）。

23 日 《澳门日报·新园地》副刊连载梅若诗的小说《辫子姑娘》、公孙乐的小说《蓝佳佳》，小说专栏连载江杏雨的《双城记》、林迪的《牛皮唐自记》、岫云的《湖海英豪》。《华侨报·华座》副刊连载柳绵的散文《司徒奇画展絮语》，长篇系列散文《集古楼杂谈》、茵茵的小说《恋》、青云的小说《箫声剑影》、王香琴的小说《昆仑快刀》、痴人的节译小说《铜钮风云》、凌霄的小说《红河怒吼了》，并发表高唐的小说《茶与魔鬼》（上）。

24 日 《澳门日报·新园地》副刊发表祝岸悲的小说《工友之间》，连载梅若诗的小说《辫子姑娘》、公孙乐的小说《蓝佳佳》，小说专栏连载江杏雨的《双城记》、林迪的《牛皮唐自记》（停刊一期）、岫云的《湖海英豪》。《华侨报·华座》副刊连载柳绵的散文《司徒奇画展絮语》、长篇系列散文《集古楼杂谈》、茵茵的小说《恋》、青云的小说《箫声剑影》、王香琴的小说《昆仑快刀》、痴人的节译小说《铜钮风云》、凌霄的小说《红河怒吼了》，并发表高唐的小说《茶与魔鬼》（下）。

25日 《澳门日报·新园地》副刊连载梅若诗的小说《辫子姑娘》、公孙乐的小说《蓝佳佳》，小说专栏连载江杏雨的《双城记》、林迪的《牛皮唐自记》、岫云的《湖海英豪》。《华侨报·华座》副刊连载柳绵的散文《司徒奇画展絮语》、长篇系列散文《集古楼杂谈》、茵茵的小说《恋》、青云的小说《箫声剑影》、王香琴的小说《昆仑快刀》、痴人的节译小说《铜钮风云》、凌霄的小说《红河怒吼了》，并发表高唐的小说《钻戒》（上）。

26日 《澳门日报·新园地》副刊连载梅若诗的小说《辫子姑娘》、公孙乐的小说《蓝佳佳》，小说专栏连载江杏雨的《双城记》、林迪的《牛皮唐自记》、岫云的《湖海英豪》。《华侨报·华座》副刊连载柳绵的散文《司徒奇画展絮语》、长篇系列散文《集古楼杂谈》、茵茵的小说《恋》、青云的小说《箫声剑影》、王香琴的小说《昆仑快刀》、痴人的节译小说《铜钮风云》、凌霄的小说《红河怒吼了》，并发表高唐的小说《钻戒》（下）。

27日 《澳门日报·新园地》副刊发表木佳的散文《回声》，连载梅若诗的小说《辫子姑娘》、公孙乐的小说《蓝佳佳》，小说专栏连载江杏雨的《双城记》、林迪的《牛皮唐自记》、岫云的《湖海英豪》。《华侨报·华座》副刊连载柳绵的散文《司徒奇画展絮语》、长篇系列散文《集古楼杂谈》、茵茵的小说《恋》（停刊一期）、青云的小说《箫声剑影》（停刊一期）、王香琴的小说《昆仑快刀》、痴人的节译小说《铜钮风云》、凌霄的小说《红河怒吼了》，并发表高唐的小说《太太的生日》（上）。

28日 《澳门日报·新园地》副刊发表佚名的小说《他为什么不来》，连载梅若诗的小说《辫子姑娘》、公孙乐的小说《蓝佳佳》，小说专栏连载江杏雨的《双城记》、林迪的《牛皮唐自记》（停刊一期）、岫云的《湖海英豪》。《华侨报·华座》副刊连载柳绵的散文《司徒奇画展絮语》、长篇系列散文《集古楼杂谈》、茵茵的小说《恋》、青云的小说《箫声剑影》、王香琴的小说《昆仑快刀》、痴人的节译小说《铜钮风云》、凌霄的小说《红河怒吼了》，并发表高唐的小说《太太的生日》（下）。

29 日 《澳门日报·新园地》副刊发表良骅的小说《好姐妹》，连载梅若诗的小说《辫子姑娘》、公孙乐的小说《蓝佳佳》，小说专栏连载江杏雨的《双城记》、林迪的《牛皮唐自记》（停刊一期）、岫云的《湖海英豪》。《华侨报·华座》副刊发表光明化日的散文《文史随笔两则》（上）、柳绵的散文《碧天无路信里通》（1），连载长篇系列散文《集古楼杂谈》、茵茵的小说《恋》、青云的小说《箫声剑影》、王香琴的小说《昆仑快刀》、痴人的节译小说《铜钮风云》、凌霄的小说《红河怒吼了》，并发表高唐的小说《借来的情人》（上）。

30 日 《澳门日报·新园地》副刊发表阿静的小说《送礼》，连载梅若诗的小说《辫子姑娘》、公孙乐的小说《蓝佳佳》，小说专栏连载江杏雨的《双城记》（停刊一期）、林迪的《牛皮唐自记》（完）、岫云的《湖海英豪》。《华侨报·华座》副刊发表光明化日的散文《文史随笔两则》（下）、柳绵的散文《碧天无路信里通》（2）、文羽的散文《边地明珠勐朗》，连载长篇系列散文《集古楼杂谈》、茵茵的小说《恋》、青云的小说《箫声剑影》、王香琴的小说《昆仑快刀》、痴人的节译小说《铜钮风云》、凌霄的小说《红河怒吼了》，并发表高唐的小说《借来的情人》（下）。

31 日 《澳门日报·新园地》副刊发表鹰杨的散文《盼到了盼到了》，连载梅若诗的小说《辫子姑娘》、公孙乐的小说《蓝佳佳》，小说专栏连载江杏雨的《双城记》、岫云的《湖海英豪》。《华侨报·华座》副刊发表柳绵的散文《碧天无路信里通》（3）、鸥间的散文《艺坛新事》，连载长篇系列散文《集古楼杂谈》、茵茵的小说《恋》、青云的小说《箫声剑影》、王香琴的小说《昆仑快刀》、痴人的节译小说《铜钮风云》、凌霄的小说《红河怒吼了》。

1971年

1971年澳门文学各文体作品发表情况如下：在澳门发表于《澳门日报·新园地》副刊、《华侨报·华座》副刊等的小说共168部，其中长篇连载小说21部，中篇小说1部，短篇小说146部；散文240篇；现代诗20首，古体诗词2首；评论18篇。在香港及海外发表短篇小说5篇，散文15篇，评价11篇。

本年度发表的长篇小说较成熟的有青云的《箫声剑影》《域外风云录》《宝剑情仇》三部武侠题材小说，凌霄的有《红河怒吼了》和《凶手》两部历史小说，茵茵的有《恋》《夕阳红》《冤情》三部言情小说，王香琴的有《昆仑快刀》《宝马雕弓》《玉弓银箭》三部武侠小说，紫丹的有《情劫》和《珍妃》两部言情小说，痴人的译作有《铜钮风云》《我是一个国际间谍》《爱的火焰》《离恨天》四部。梅若诗于《澳门日报》副刊连载《打虎不离亲兄弟》，约30万字。痴人发表于《华侨报·华座》副刊的中长篇小说有《紫荆花》《铜钮风云》《我是一个国际间谍》《爱的火焰》《离恨天》《西洋绝异录》等。润园1971年开始于《澳门日报·新园地》副刊上连载小说《小坚》《老大娘》《渔歌》。《渔歌》这部小说连载至1972年2月17日，共141节，10万余字。中篇小说方面，高唐的产量较丰，有《铸情》《阿跛》《薄命人》《错事》《情敌》《量大福大》《离鸯恨》《少年老板》《行差踏错》等数十篇。这些中长篇小说除了延续1970年的历史小说、战争小说和武侠小说外，另一种社会言情小说题材也开始崭露头角，并大规模地占领了副刊。其中一方面主要是香港作家如茵茵、紫丹等的加盟，这些女性作家以细腻的笔触深入女性内心世界，构造了在物质浮华中精神世界的困顿和挣扎，初步萌发女性现代意识，在爱恨情仇中逐步自立自强。

散文方面，梅萼华自1970年开始在《澳门日报》发表许多游历随笔，到1971年更以中国人文景观为主，发表如《热情的北京人》《名园新姿》《走马游故宫》《看金缕衣》《故宫珍宝》《食在北京》《北京地下铁》《北京公园及其他》等散文。文章大部分以北京游记为主，在人文景观游玩散步中融入历史掌珍典故，文风典雅大气，是一组文学性较高的散记。

而诗歌方面，本年度发表篇目较少，主要集中在雪予（梁披云）、江思扬、思文等几个诗人笔中。不过诗歌大部分都是紧扣内地社会政治思潮，具有鲜明的政治意识和坚定的立场，基本上与当时内地的政治抒情诗相似。如雪予（梁披云）的《喜闻金边捷报》《庆我国新的卫星上天》《中国共产党诞生五十周年大庆》《喜看〈红色娘子军〉》，江思扬的《〈红灯记〉颂》《咏红旗渠》《听〈国际歌〉联想》《彩照，心曲——喜看毛主席彩色照片》《舞一千遍，歌一万曲》《国庆抒情》《颂——中国共产党诞生五十周年》等，均紧扣国家时事，做爱憎分明的情感宣泄。

一月

1日　《澳门日报·新园地》副刊发表冯存心的诗歌《送解放》、李贞的散文《告别光辉的一九七一年》，连载梅若诗的小说《辫子姑娘》、公孙乐的小说《蓝佳佳》，小说专栏连载江杏雨的《双城记》、岫云的《湖海英豪》。《华侨报·华座》副刊连载长篇系列散文《集古楼杂谈》、茵茵的小说《恋》、青云的小说《箫声剑影》、王香琴的小说《昆仑快刀》、痴人的节译小说《铜钮风云》、凌霄的小说《红河怒吼了》，并发表高唐的小说《铸情》。

2日　《澳门日报·新园地》副刊连载梅若诗的小说《辫子姑娘》、公孙乐的小说《蓝佳佳》，小说专栏连载江杏雨的《双城记》、岫云的《湖海英豪》。《华侨报·华座》副刊连载长篇系列散文《集古楼杂谈》、茵茵的小说《恋》、青云的小说《箫声剑影》、王香琴的小说《昆仑快刀》、痴人的节译小说《铜钮风云》、凌霄的小说《红河怒吼了》，并发表阿良的小说《齐心》。

3日　《澳门日报·新园地》副刊发表力青的小说《一闪念》，连载梅若诗的小说《辫子姑娘》、公孙乐的小说《蓝佳佳》，小说专栏连载江杏雨的《双城记》、岫云的《湖海英豪》。《华侨报·华座》副刊连载长篇系列散文《集古楼杂谈》、茵茵的小说《恋》、青云的小说《箫声剑影》、王香琴的小说《昆仑快刀》、痴人的节译小说《铜钮风云》、凌霄的小说《红河怒吼了》，并开始连载高唐的小说《阿跛》。

4日　《澳门日报·新园地》副刊发表宇宙红的诗歌《赞〈智取威虎山〉》、夏峰的散文《新的日程碑》，连载梅若诗的小说《辫子姑娘》、公孙乐的小说《蓝佳佳》，小说专栏连载江杏雨的《双城记》、岫云的《湖海英豪》。《华侨报·华座》副刊连载长篇系列散文《集古楼杂谈》、茵茵的小说《恋》、青云的小说《箫声剑影》、王香琴的小说《昆仑快刀》、痴人的节译小说《铜钮风云》、凌霄的小说《红河怒吼了》、高唐的小说《阿跛》（完）。

5日　《澳门日报·新园地》副刊发表江思扬的诗歌《早来的春燕》，连载梅若诗的小说《辫子姑娘》、公孙乐的小说《蓝佳佳》，小说专栏连载江杏雨的《双城记》、岫云的《湖海英豪》。《华侨报·华座》副刊连载长篇系列散文《集古楼杂谈》、茵茵的小说《恋》、青云的小说《箫声剑影》、王香琴的小说《昆仑快刀》、痴人的节译小说《铜钮风云》、凌霄的小说《红河怒吼了》，并开始连载高唐的小说《薄命人》。

6日　《澳门日报·新园地》副刊发表力青的小说《一闪念》，连载梅若诗的小说《辫子姑娘》、公孙乐的小说《蓝佳佳》，小说专栏连载江杏雨的《双城记》（停刊一期）、岫云的《湖海英豪》。《华侨报·华座》副刊连载长篇系列散文《集古楼杂谈》、茵茵的小说《恋》、青云的小说《箫声剑影》、王香琴的小说《昆仑快刀》、痴人的节译小说《铜钮风云》、凌霄的小说《红河怒吼了》、高唐的小说《薄命人》（完）。

7日　《澳门日报·新园地》副刊连载梅若诗的小说《辫子姑娘》、公孙乐的小说《蓝佳佳》，小说专栏连载江杏雨的《双城记》、岫云的《湖海英豪》。《华侨报·华座》副刊连载长篇系列散文《集古楼杂谈》、茵茵的小说《恋》、青云的小说《箫声剑影》、王香琴的小说《昆仑快刀》、痴人的节译小说《铜钮风云》、凌霄的小说《红河怒吼了》，并发表袁宗田的小说《舞女》。

8 日　《澳门日报·新园地》副刊发表丁维的散文《一本新年画册》，连载梅若诗的小说《辫子姑娘》、公孙乐的小说《蓝佳佳》，小说专栏连载江杏雨的《双城记》、岫云的《湖海英豪》。《华侨报·华座》副刊连载长篇系列散文《集古楼杂谈》、茵茵的小说《恋》、青云的小说《箫声剑影》、王香琴的小说《昆仑快刀》、痴人的节译小说《铜钮风云》、凌霄的小说《红河怒吼了》，并开始连载袁宗田的小说《生之讴歌》。

9 日　《澳门日报·新园地》副刊发表鹰杨的散文《新年小语》，连载梅若诗的小说《辫子姑娘》、公孙乐的小说《蓝佳佳》，小说专栏连载江杏雨的《双城记》、岫云的《湖海英豪》。《华侨报·华座》副刊连载长篇系列散文《集古楼杂谈》、茵茵的小说《恋》、青云的小说《箫声剑影》、王香琴的小说《昆仑快刀》、痴人的节译小说《铜钮风云》、凌霄的小说《红河怒吼了》、袁宗田的小说《生之讴歌》（完）。

10 日　《澳门日报·新园地》副刊发表老丁的诗歌《赞〈智取威虎山〉》，连载梅若诗的小说《辫子姑娘》、公孙乐的小说《蓝佳佳》，小说专栏连载江杏雨的《双城记》、岫云的《湖海英豪》。《华侨报·华座》副刊连载长篇系列散文《集古楼杂谈》、茵茵的小说《恋》、青云的小说《箫声剑影》、王香琴的小说《昆仑快刀》、痴人的节译小说《铜钮风云》、凌霄的小说《红河怒吼了》，并开始连载袁宗田的小说《幸运号码》。

11 日　《澳门日报·新园地》副刊发表李学鳌的散文《发自心坎的琴声》，连载梅若诗的小说《辫子姑娘》、公孙乐的小说《蓝佳佳》，小说专栏连载江杏雨的《双城记》、岫云的《湖海英豪》。《华侨报·华座》副刊连载长篇系列散文《集古楼杂谈》、茵茵的小说《恋》、青云的小说《箫声剑影》（完）、王香琴的小说《昆仑快刀》、痴人的节译小说《铜钮风云》、凌霄的小说《红河怒吼了》、袁宗田的小说《幸运号码》（完）。

12 日　《澳门日报·新园地》副刊发表白思群的散文《军大衣》，连载梅若诗的小说《辫子姑娘》、公孙乐的小说《蓝佳佳》，小说专栏连载江杏雨的《双城记》、岫云的《湖海英豪》。《华侨报·华座》副刊连载长篇系列散文《集古楼杂谈》、茵茵的小说《恋》、王香琴的小说《昆仑快刀》、痴人的节译小说《铜钮风云》、凌霄的小说《红河怒吼了》，并开始连载袁宗田的小说《悲喜剧》。

13日 《澳门日报·新园地》副刊发表王忠学的诗歌《声声车笛向北京》，连载梅若诗的小说《辫子姑娘》、公孙乐的小说《蓝佳佳》，小说专栏连载江杏雨的《双城记》、岫云的《湖海英豪》。《华侨报·华座》副刊连载长篇系列散文《集古楼杂谈》、茵茵的小说《恋》、王香琴的小说《昆仑快刀》、痴人的节译小说《铜钮风云》、凌霄的小说《红河怒吼了》、袁宗田的小说《悲喜剧》（完），并开始连载青云的小说《域外风云录》。

14日 《澳门日报·新园地》副刊连载梅若诗的小说《辫子姑娘》、公孙乐的小说《蓝佳佳》，小说专栏连载江杏雨的《双城记》、岫云的《湖海英豪》。《华侨报·华座》副刊连载长篇系列散文《集古楼杂谈》、茵茵的小说《恋》、王香琴的小说《昆仑快刀》、痴人的节译小说《铜钮风云》、凌霄的小说《红河怒吼了》、青云的小说《域外风云录》，并开始连载袁宗田的小说《打赌》。

15日 《澳门日报·新园地》副刊连载梅若诗的小说《辫子姑娘》、公孙乐的小说《蓝佳佳》，小说专栏连载江杏雨的《双城记》、岫云的《湖海英豪》。《华侨报·华座》副刊连载长篇系列散文《集古楼杂谈》、茵茵的小说《恋》、王香琴的小说《昆仑快刀》、痴人的节译小说《铜钮风云》、凌霄的小说《红河怒吼了》、青云的小说《域外风云录》、袁宗田的小说《打赌》（完）。

16日 《澳门日报·新园地》副刊发表舒日风的散文《我看了八遍》，连载梅若诗的小说《辫子姑娘》、公孙乐的小说《蓝佳佳》，小说专栏连载江杏雨的《双城记》、岫云的《湖海英豪》。《华侨报·华座》副刊连载长篇系列散文《集古楼杂谈》、茵茵的小说《恋》、王香琴的小说《昆仑快刀》、痴人的节译小说《铜钮风云》、凌霄的小说《红河怒吼了》、青云的小说《域外风云录》，并发表高唐的小说《错事》。

17日 《澳门日报·新园地》副刊发表茶力的散文《一个理货员的日记》、夏峰的散文《友谊的纽带》，连载梅若诗的小说《辫子姑娘》、公孙乐的小说

《蓝佳佳》，小说专栏连载江杏雨的《双城记》、岫云的《湖海英豪》。《华侨报·华座》副刊连载长篇系列散文《集古楼杂谈》、茵茵的小说《恋》、王香琴的小说《昆仑快刀》、痴人的节译小说《铜钮风云》、凌霄的小说《红河怒吼了》、青云的小说《域外风云录》。

18日 《澳门日报·新园地》副刊连载梅若诗的小说《辫子姑娘》、公孙乐的小说《蓝佳佳》，小说专栏连载江杏雨的《双城记》、岫云的《湖海英豪》。《华侨报·华座》副刊连载长篇系列散文《集古楼杂谈》、茵茵的小说《恋》、王香琴的小说《昆仑快刀》、痴人的节译小说《铜钮风云》、凌霄的小说《红河怒吼了》、青云的小说《域外风云录》，并开始连载高唐的小说《情敌》。

19日 《澳门日报·新园地》副刊发表白思群的评论《谈鲁迅杂文札记》，连载梅若诗的小说《辫子姑娘》、公孙乐的小说《蓝佳佳》，小说专栏连载江杏雨的《双城记》、岫云的《湖海英豪》。《华侨报·华座》副刊连载长篇系列散文《集古楼杂谈》、茵茵的小说《恋》、王香琴的小说《昆仑快刀》、痴人的节译小说《铜钮风云》、凌霄的小说《红河怒吼了》、青云的小说《域外风云录》、高唐的小说《情敌》(完)。

20日 《澳门日报·新园地》副刊连载梅若诗的小说《辫子姑娘》、公孙乐的小说《蓝佳佳》，小说专栏连载江杏雨的《双城记》、岫云的《湖海英豪》。《华侨报·华座》副刊连载长篇系列散文《集古楼杂谈》、茵茵的小说《恋》、王香琴的小说《昆仑快刀》、痴人的节译小说《铜钮风云》、凌霄的小说《红河怒吼了》、青云的小说《域外风云录》，并发表高唐的小说《量大福大》。

21日 《澳门日报·新园地》副刊连载梅若诗的小说《辫子姑娘》、公孙乐的小说《蓝佳佳》，小说专栏连载江杏雨的《双城记》、岫云的《湖海英豪》。《华侨报·华座》副刊连载长篇系列散文《集古楼杂谈》、茵茵的小说《恋》、王香琴的小说《昆仑快刀》、痴人的节译小说《铜钮风云》(完)、凌霄的小说《红河怒吼了》、青云的小说《域外风云录》。

22日 《澳门日报·新园地》副刊连载梅若诗的小说《辫子姑娘》、公孙乐的小说《蓝佳佳》，小说专栏连载江杏雨的《双城记》、岫云的《湖海英豪》。《华侨报·华座》副刊连载长篇系列散文《集古楼杂谈》、茵茵的小说《恋》、王香琴的小说《昆仑快刀》、凌霄的小说《红河怒吼了》、青云的小说《域外风云录》，并开始连载痴人的小说《我是一个国际间谍》、高唐的小说《鸳鸯恨》。

23 日　《澳门日报·新园地》副刊连载梅若诗的小说《辫子姑娘》、公孙乐的小说《蓝佳佳》，小说专栏连载江杏雨的《双城记》、岫云的《湖海英豪》。《华侨报·华座》副刊连载长篇系列散文《集古楼杂谈》、茵茵的小说《恋》、王香琴的小说《昆仑快刀》、凌霄的小说《红河怒吼了》、青云的小说《域外风云录》、痴人的小说《我是一个国际间谍》、高唐的小说《鸳鸯恨》（完）。

24 日　《澳门日报·新园地》副刊连载梅若诗的小说《辫子姑娘》、公孙乐的小说《蓝佳佳》，小说专栏连载江杏雨的《双城记》、岫云的《湖海英豪》。《华侨报·华座》副刊连载长篇系列散文《集古楼杂谈》、茵茵的小说《恋》、王香琴的小说《昆仑快刀》、凌霄的小说《红河怒吼了》、青云的小说《域外风云录》、痴人的小说《我是一个国际间谍》，并开始连载高唐的小说《少年老板》。

25 日　《澳门日报·新园地》副刊发表丁兵的散文《写作体会点滴》、敬红的散文《感情·友情·爱情》，连载梅若诗的小说《辫子姑娘》、公孙乐的小说《蓝佳佳》，小说专栏连载江杏雨的《双城记》、岫云的《湖海英豪》。《华侨报·华座》副刊连载长篇系列散文《集古楼杂谈》、茵茵的小说《恋》、王香琴的小说《昆仑快刀》、凌霄的小说《红河怒吼了》、青云的小说《域外风云录》、痴人的小说《我是一个国际间谍》、高唐的小说《少年老板》（完）。

26 日　《澳门日报·新园地》副刊发表白思群的散文《收据杂话》，连载梅若诗的小说《辫子姑娘》（完）、公孙乐的小说《蓝佳佳》，小说专栏连载江杏雨的《双城记》（停刊一期）、岫云的《湖海英豪》。《华侨报·华座》副刊连载长篇系列散文《集古楼杂谈》、茵茵的小说《恋》、王香琴的小说《昆仑快刀》、凌霄的小说《红河怒吼了》、青云的小说《域外风云录》、痴人的小说《我是一个国际间谍》，并开始连载高唐的小说《行差踏错》。

27日 《澳门日报·新园地》副刊发表晓立的散文《猪年谈猪》、阿静的小说《老古叔》，并开始连载省察的评论《书画漫谈·黄山谷〈伏波神祠诗书卷〉》、梅若诗的小说《打虎不离亲兄弟》，连载公孙乐的小说《蓝佳佳》，小说专栏连载江杏雨的《双城记》（停刊一期）、岫云的《湖海英豪》。《华侨报·华座》副刊连载长篇系列散文《集古楼杂谈》、茵茵的小说《恋》、王香琴的小说《昆仑快刀》、凌霄的小说《红河怒吼了》、青云的小说《域外风云录》、痴人的小说《我是一个国际间谍》、高唐的小说《行差踏错》（完）。

31日 《澳门日报·新园地》副刊发表严兵的散文《七星岩之春》、文芳的小说《夫妻俩》，连载省察的评论《书画漫谈·黄山谷〈伏波神祠诗书卷〉》（完）、梅若诗的小说《打虎不离亲兄弟》、公孙乐的小说《蓝佳佳》，小说专栏连载江杏雨的《双城记》（停刊一期）、岫云的《湖海英豪》。《华侨报·华座》副刊连载长篇系列散文《集古楼杂谈》、茵茵的小说《恋》、王香琴的小说《昆仑快刀》、凌霄的小说《红河怒吼了》、青云的小说《域外风云录》、痴人的小说《我是一个国际间谍》，并发表简右传的小说《湿手印》。

二月

1日 《华侨报·华座》副刊连载长篇系列散文《集古楼杂谈》、茵茵的小说《恋》、王香琴的小说《昆仑快刀》、凌霄的小说《红河怒吼了》、青云的小说《域外风云录》、痴人的小说《我是一个国际间谍》，开始连载简右传的小说《虚荣梦》。

2日 《澳门日报·新园地》副刊发表田野的散文《漫谈橘子》、司徒田的小说《阖府统请》，连载梅若诗的小说《打虎不离亲兄弟》、公孙乐的小说《蓝佳佳》，小说专栏连载江杏雨的《双城记》（停刊一期）、岫云的《湖海英豪》。《华侨报·华座》副刊连载长篇系列散文《集古楼杂谈》、茵茵的小说《恋》、王香琴的小说《昆仑快刀》、凌霄的小说《红河怒吼了》、青云的小说《域外风云录》、痴人的小说《我是一个国际间谍》、简右传的小说《虚荣梦》（完）。

3日　《澳门日报·新园地》副刊发表力青的小说《让票》，连载梅若诗的小说《打虎不离亲兄弟》、公孙乐的小说《蓝佳佳》，小说专栏连载江杏雨的《双城记》（停刊一期）、岫云的《湖海英豪》。《华侨报·华座》副刊连载长篇系列散文《集古楼杂谈》、茵茵的小说《恋》、王香琴的小说《昆仑快刀》、凌霄的小说《红河怒吼了》、青云的小说《域外风云录》、痴人的小说《我是一个国际间谍》，并开始连载简右传的小说《河东狮》。

4日　《澳门日报·新园地》副刊发表红生的散文《阿汉和我的遭遇》、高风的散文《铁精钢勇破雪山堡》，连载梅若诗的小说《打虎不离亲兄弟》、公孙乐的小说《蓝佳佳》，小说专栏连载江杏雨的《双城记》、岫云的《湖海英豪》。《华侨报·华座》副刊连载长篇系列散文《集古楼杂谈》、茵茵的小说《恋》、王香琴的小说《昆仑快刀》、凌霄的小说《红河怒吼了》、青云的小说《域外风云录》、痴人的小说《我是一个国际间谍》、简右传的小说《河东狮》（完）。

5日　《澳门日报·新园地》副刊发表雪予的诗歌《喜闻金边捷报》、望留的散文《降雪与农耕》，连载梅若诗的小说《打虎不离亲兄弟》、公孙乐的小说《蓝佳佳》，小说专栏连载江杏雨的《双城记》、岫云的《湖海英豪》。《华侨报·华座》副刊连载长篇系列散文《集古楼杂谈》、茵茵的小说《恋》、王香琴的小说《昆仑快刀》、凌霄的小说《红河怒吼了》、青云的小说《域外风云录》、痴人的小说《我是一个国际间谍》，并开始连载简右传的小说《弦续新声》。

6日　《澳门日报·新园地》副刊连载梅若诗的小说《打虎不离亲兄弟》、公孙乐的小说《蓝佳佳》，小说专栏连载江杏雨的《双城记》、岫云的《湖海英豪》。《华侨报·华座》副刊连载长篇系列散文《集古楼杂谈》、茵茵的小说《恋》、王香琴的小说《昆仑快刀》、凌霄的小说《红河怒吼了》、青云的小说《域外风云录》、痴人的小说《我是一个国际间谍》、简右传的小说《弦续新声》（完）。

7日 《澳门日报·新园地》副刊发表石磊的散文《新春带来新希望》、丁兵的散文《珠海一日游》，连载梅若诗的小说《打虎不离亲兄弟》、公孙乐的小说《蓝佳佳》，小说专栏连载江杏雨的《双城记》、岫云的《湖海英豪》。《华侨报·华座》副刊连载长篇系列散文《集古楼杂谈》、茵茵的小说《恋》（完）、王香琴的小说《昆仑快刀》、凌霄的小说《红河怒吼了》、青云的小说《域外风云录》、痴人的小说《我是一个国际间谍》，并开始连载简右传的小说《这叫爱情》。

8日 《澳门日报·新园地》副刊连载梅若诗的小说《打虎不离亲兄弟》、公孙乐的小说《蓝佳佳》，小说专栏连载江杏雨的《双城记》、岫云的《湖海英豪》。《华侨报·华座》副刊连载长篇系列散文《集古楼杂谈》、王香琴的小说《昆仑快刀》、凌霄的小说《红河怒吼了》、青云的小说《域外风云录》、痴人的小说《我是一个国际间谍》、简右传的小说《这叫爱情》（完）。

9日 《澳门日报·新园地》副刊发表小舒的散文《我在家乡过春节》，连载梅若诗的小说《打虎不离亲兄弟》、公孙乐的小说《蓝佳佳》，小说专栏连载江杏雨的《双城记》、岫云的《湖海英豪》。《华侨报·华座》副刊连载长篇系列散文《集古楼杂谈》、王香琴的小说《昆仑快刀》、凌霄的小说《红河怒吼了》、青云的小说《域外风云录》、痴人的小说《我是一个国际间谍》，并开始连载高唐的小说《甘栽荣枯》、茵茵的小说《夕阳红》。

10日 《澳门日报·新园地》副刊连载梅若诗的小说《打虎不离亲兄弟》、公孙乐的小说《蓝佳佳》，小说专栏连载江杏雨的《双城记》、岫云的《湖海英豪》。《华侨报·华座》副刊连载长篇系列散文《集古楼杂谈》、王香琴的小说《昆仑快刀》、凌霄的小说《红河怒吼了》、青云的小说《域外风云录》、痴人的小说《我是一个国际间谍》、高唐的小说《甘栽荣枯》（完）、茵茵的小说《夕阳红》。

11日 《澳门日报·新园地》副刊连载梅若诗的小说《打虎不离亲兄弟》、公孙乐的小说《蓝佳佳》，小说专栏连载江杏雨的《双城记》、岫云的《湖海英豪》。《华侨报·华座》副刊连载长篇系列散文《集古楼杂谈》、王香琴的小说《昆仑快刀》、凌霄的小说《红河怒吼了》、青云的小说《域外风云录》、痴人的小说《我是一个国际间谍》、茵茵的小说《夕阳红》。

12日 《澳门日报·新园地》副刊连载梅若诗的小说《打虎不离亲兄弟》、公孙乐的小说《蓝佳佳》，小说专栏连载江杏雨的《双城记》、岫云的《湖海英豪》。《华侨报·华座》副刊连载长篇系列散文《集古楼杂谈》、王香琴的小说《昆仑快刀》、凌霄的小说《红河怒吼了》、青云的小说《域外风云录》、痴人的小说《我是一个国际间谍》、茵茵的小说《夕阳红》，并开始连载紫丹的小说《情劫》。

13日 《澳门日报·新园地》副刊发表民戈的散文《聋哑剑》，连载梅若诗的小说《打虎不离亲兄弟》、公孙乐的《蓝佳佳》，小说专栏连载江杏雨的《双城记》、岫云的《湖海英豪》。《华侨报·华座》副刊连载长篇系列散文《集古楼杂谈》、王香琴的小说《昆仑快刀》、凌霄的小说《红河怒吼了》、青云的小说《域外风云录》、痴人的小说《我是一个国际间谍》、茵茵的小说《夕阳红》、紫丹的小说《情劫》，并开始连载高唐的小说《棋高一着》。

14日 《澳门日报·新园地》副刊连载梅若诗的小说《打虎不离亲兄弟》、公孙乐的小说《蓝佳佳》，小说专栏连载江杏雨的《双城记》、岫云的《湖海英豪》。《华侨报·华座》副刊连载长篇系列散文《集古楼杂谈》、王香琴的小说《昆仑快刀》、凌霄的小说《红河怒吼了》、青云的小说《域外风云录》、痴人的小说《我是一个国际间谍》、茵茵的小说《夕阳红》、紫丹的小说《情劫》、高唐的小说《棋高一着》(完)。

15日 《澳门日报·新园地》副刊连载梅若诗的小说《打虎不离亲兄弟》、公孙乐的小说《蓝佳佳》，小说专栏连载江杏雨的《双城记》、岫云的《湖海英豪》。《华侨报·华座》副刊连载长篇系列散文《集古楼杂谈》、王香琴的小说《昆仑快刀》、凌霄的小说《红河怒吼了》、青云的小说《域外风云录》、痴人的小说《我是一个国际间谍》、茵茵的小说《夕阳红》、紫丹的小说《情劫》，并开始连载高唐的小说《姻缘》。

16日 《澳门日报·新园地》副刊发表梅桦的散文《广州春意闹，处处感归人》，连载梅若诗的小说《打虎不离亲兄弟》、公孙乐的小说《蓝佳佳》，小说专栏连载江杏雨的《双城记》、岫云的《湖海英豪》。《华侨报·华座》副刊连载长篇系列散文《集古楼杂谈》、王香琴的小说《昆仑快刀》、凌霄的小说《红河怒吼了》、青云的小说《域外风云录》、痴人的小说《我是一个国际间谍》、茵茵的小说《夕阳红》、紫丹的小说《情劫》、高唐的小说《姻缘》(完)。

17日 《澳门日报·新园地》副刊发表红勤的散文《心红马壮》，连载梅若诗的小说《打虎不离亲兄弟》、公孙乐的小说《蓝佳佳》，小说专栏连载江杏雨的《双城记》、岫云的《湖海英豪》。《华侨报·华座》副刊连载长篇系列散文《集古楼杂谈》、王香琴的小说《昆仑快刀》、凌霄的小说《红河怒吼了》、青云的小说《域外风云录》、痴人的小说《我是一个国际间谍》、茵茵的小说《夕阳红》、紫丹的小说《情劫》，并开始连载高唐的小说《恶梦》。

18日 《澳门日报·新园地》副刊连载梅若诗的小说《打虎不离亲兄弟》、公孙乐的小说《蓝佳佳》，小说专栏连载江杏雨的《双城记》、岫云的《湖海英豪》。《华侨报·华座》副刊连载长篇系列散文《集古楼杂谈》、王香琴的小说《昆仑快刀》、凌霄的小说《红河怒吼了》、青云的小说《域外风云录》、痴人的小说《我是一个国际间谍》、茵茵的小说《夕阳红》、紫丹的小说《情劫》、高唐的小说《恶梦》(完)。

19日 《澳门日报·新园地》副刊发表金曼著、淬砺译的小说《钢铁战士》，连载梅若诗的小说《打虎不离亲兄弟》、公孙乐的小说《蓝佳佳》，小说专栏连载江杏雨的《双城记》、岫云的《湖海英豪》。《华侨报·华座》副刊连载长篇系列散文《集古楼杂谈》、王香琴的小说《昆仑快刀》、凌霄的小说《红河怒吼了》、青云的小说《域外风云录》、痴人的小说《我是一个国际间谍》、茵茵的小说《夕阳红》、紫丹的小说《情劫》，并开始连载高唐的小说《往事》。

20日 《澳门日报·新园地》副刊连载梅若诗的小说《打虎不离亲兄弟》、公孙乐的小说《蓝佳佳》，小说专栏连载江杏雨的《双城记》、岫云的《湖海英豪》。《华侨报·华座》副刊连载长篇系列散文《集古楼杂谈》、王香琴的小说《昆仑快刀》、凌霄的小说《红河怒吼了》、青云的小说《域外风云录》、痴人的小说《我是一个国际间谍》、茵茵的小说《夕阳红》、紫丹的小说《情劫》、高唐的小说《往事》。

21 日 《澳门日报·新园地》副刊发表国瑛的散文《寄南洋朋友的信》，连载梅若诗的小说《打虎不离亲兄弟》、公孙乐的小说《蓝佳佳》，小说专栏连载江杏雨的《双城记》、岫云的《湖海英豪》。《华侨报·华座》副刊连载长篇系列散文《集古楼杂谈》、王香琴的小说《昆仑快刀》、凌霄的小说《红河怒吼了》、青云的小说《域外风云录》、痴人的小说《我是一个国际间谍》、茵茵的小说《夕阳红》、紫丹的小说《情劫》、高唐的小说《往事》。

22 日 《澳门日报·新园地》副刊发表国的散文《好司机》，连载梅若诗的小说《打虎不离亲兄弟》、公孙乐的小说《蓝佳佳》，小说专栏连载江杏雨的《双城记》（停刊一期）、岫云的《湖海英豪》。《华侨报·华座》副刊连载长篇系列散文《集古楼杂谈》、王香琴的小说《昆仑快刀》、凌霄的小说《红河怒吼了》、青云的小说《域外风云录》、痴人的小说《我是一个国际间谍》、茵茵的小说《夕阳红》、紫丹的小说《情劫》、高唐的小说《往事》（完）。

23 日 《澳门日报·新园地》副刊连载梅若诗的小说《打虎不离亲兄弟》、公孙乐的小说《蓝佳佳》，小说专栏连载江杏雨的《双城记》、岫云的《湖海英豪》。《华侨报·华座》副刊连载长篇系列散文《集古楼杂谈》、王香琴的小说《昆仑快刀》、凌霄的小说《红河怒吼了》、青云的小说《域外风云录》、痴人的小说《我是一个国际间谍》、茵茵的小说《夕阳红》、紫丹的小说《情劫》，并开始连载高唐的小说《结婚三部曲》。

24 日 《澳门日报·新园地》副刊发表杨真的散文《老师傅》，连载梅若诗的小说《打虎不离亲兄弟》、公孙乐的小说《蓝佳佳》，小说专栏连载江杏雨的《双城记》（停刊一期）、岫云的《湖海英豪》。《华侨报·华座》副刊连载长篇系列散文《集古楼杂谈》、王香琴的小说《昆仑快刀》、凌霄的小说《红河怒吼了》、青云的小说《域外风云录》、痴人的小说《我是一个国际间谍》、茵茵的小说《夕阳红》、紫丹的小说《情劫》、高唐的小说《结婚三部曲》(完)。

25日 《澳门日报·新园地》副刊连载梅若诗的小说《打虎不离亲兄弟》、公孙乐的小说《蓝佳佳》，小说专栏连载江杏雨的《双城记》、岫云的《湖海英豪》。《华侨报·华座》副刊连载长篇系列散文《集古楼杂谈》、王香琴的小说《昆仑快刀》、凌霄的小说《红河怒吼了》、青云的小说《域外风云录》、痴人的小说《我是一个国际间谍》、茵茵的小说《夕阳红》、紫丹的小说《情劫》，并开始连载高唐的小说《新搬来的住客》。

26日 《澳门日报·新园地》副刊发表乔海的散文《客来兴起故乡情》，连载梅若诗的小说《打虎不离亲兄弟》、公孙乐的小说《蓝佳佳》，小说专栏连载江杏雨的《双城记》、岫云的《湖海英豪》。《华侨报·华座》副刊连载长篇系列散文《集古楼杂谈》、王香琴的小说《昆仑快刀》、凌霄的小说《红河怒吼了》、青云的小说《域外风云录》、痴人的小说《我是一个国际间谍》、茵茵的小说《夕阳红》、紫丹的小说《情劫》、高唐的小说《新搬来的住客》(完)。

27日 《澳门日报·新园地》副刊发表阿景的散文《教唱歌》，连载梅若诗的小说《打虎不离亲兄弟》、公孙乐的小说《蓝佳佳》，小说专栏连载江杏雨的《双城记》(停刊一期)、岫云的《湖海英豪》。《华侨报·华座》副刊连载长篇系列散文《集古楼杂谈》、王香琴的小说《昆仑快刀》、凌霄的小说《红河怒吼了》、青云的小说《域外风云录》、痴人的小说《我是一个国际间谍》、茵茵的小说《夕阳红》、紫丹的小说《情劫》，并开始连载高唐的小说《爱情的梦》。

28日 《澳门日报·新园地》副刊发表韶心的散文《吃鱼的常识》，连载梅若诗的小说《打虎不离亲兄弟》、公孙乐的小说《蓝佳佳》，小说专栏连载江杏雨的《双城记》(重载)、岫云的《湖海英豪》。《华侨报·华座》副刊连载长篇系列散文《集古楼杂谈》、王香琴的小说《昆仑快刀》、凌霄的小说《红河怒吼了》、青云的小说《域外风云录》、痴人的小说《我是一个国际间谍》、茵茵的小说《夕阳红》、紫丹的小说《情劫》、高唐的小说《爱情的梦》(完)。

三月

1 日　《澳门日报·新园地》副刊连载梅若诗的小说《打虎不离亲兄弟》、公孙乐的《蓝佳佳》,小说专栏连载岫云的《湖海英豪》。《华侨报·华座》副刊连载长篇系列散文《集古楼杂谈》、王香琴的小说《昆仑快刀》、凌霄的小说《红河怒吼了》、青云的小说《域外风云录》、痴人的小说《我是一个国际间谍》、茵茵的小说《夕阳红》、紫丹的小说《情劫》,并开始连载高唐的小说《好运当头》。

2 日　《澳门日报·新园地》副刊发表丹辉的诗歌《忆秦娥·喜看〈红灯记〉》、卓美的评论《尼克松的语言艺术》,连载梅若诗的小说《打虎不离亲兄弟》、公孙乐的小说《蓝佳佳》,小说专栏连载岫云的《湖海英豪》。《华侨报·华座》副刊连载长篇系列散文《集古楼杂谈》、王香琴的小说《昆仑快刀》、凌霄的小说《红河怒吼了》、青云的小说《域外风云录》、痴人的小说《我是一个国际间谍》、茵茵的小说《夕阳红》、紫丹的小说《情劫》、高唐的小说《好运当头》(完)。

3 日　《澳门日报·新园地》副刊连载梅若诗的小说《打虎不离亲兄弟》、公孙乐的小说《蓝佳佳》,小说专栏连载岫云的《湖海英豪》。《华侨报·华座》副刊连载长篇系列散文《集古楼杂谈》、王香琴的小说《昆仑快刀》、凌霄的小说《红河怒吼了》、青云的小说《域外风云录》、痴人的小说《我是一个国际间谍》、茵茵的小说《夕阳红》、紫丹的小说《情劫》,并开始连载高唐的小说《戒赌记》。

4 日　《华侨报·华座》副刊连载长篇系列散文《集古楼杂谈》、王香琴的小说《昆仑快刀》、凌霄的小说《红河怒吼了》、青云的小说《域外风云录》、痴人的小说《我是一个国际间谍》、茵茵的小说《夕阳红》、紫丹的小说《情劫》、高唐的小说《戒赌记》(完)。

5日　《澳门日报·新园地》副刊发表雪予的诗歌《田家婆媳》，连载梅若诗的小说《打虎不离亲兄弟》、公孙乐的小说《蓝佳佳》，小说专栏连载岫云的《湖海英豪》。《华侨报·华座》副刊连载长篇系列散文《集古楼杂谈》、王香琴的小说《昆仑快刀》、凌霄的小说《红河怒吼了》、青云的小说《域外风云录》、痴人的小说《我是一个国际间谍》、茵茵的小说《夕阳红》、紫丹的小说《情劫》，并开始连载高唐的小说《生死边缘》。

6日　《澳门日报·新园地》副刊发表雪予的诗歌《贼鸠山》、小慧的散文《与柬埔寨归侨一席谈》，连载梅若诗的小说《打虎不离亲兄弟》、公孙乐的小说《蓝佳佳》，小说专栏连载岫云的《湖海英豪》。《华侨报·华座》副刊连载长篇系列散文《集古楼杂谈》、王香琴的小说《昆仑快刀》、凌霄的小说《红河怒吼了》、青云的小说《域外风云录》、痴人的小说《我是一个国际间谍》、茵茵的小说《夕阳红》、紫丹的小说《情劫》、高唐的小说《生死边缘》（完）。

7日　《澳门日报·新园地》副刊发表思文的诗歌《〈红灯记〉颂》，连载梅若诗的小说《打虎不离亲兄弟》、公孙乐的小说《蓝佳佳》，小说专栏连载岫云的《湖海英豪》。《华侨报·华座》副刊连载长篇系列散文《集古楼杂谈》、王香琴的小说《昆仑快刀》、凌霄的小说《红河怒吼了》、青云的小说《域外风云录》、痴人的小说《我是一个国际间谍》、茵茵的小说《夕阳红》、紫丹的小说《情劫》，并开始连载高唐的小说《爱情》。

8日　《澳门日报·新园地》副刊发表江思扬的诗歌《〈红灯记〉颂》，连载梅若诗的小说《打虎不离亲兄弟》、公孙乐的小说《蓝佳佳》，小说专栏连载岫云的《湖海英豪》。《华侨报·华座》副刊连载长篇系列散文《集古楼杂谈》、王香琴的小说《昆仑快刀》、凌霄的小说《红河怒吼了》、青云的小说《域外风云录》、痴人的小说《我是一个国际间谍》、茵茵的小说《夕阳红》、紫丹的小说《情劫》、高唐的小说《爱情》（完）。

9日　《澳门日报·新园地》副刊连载梅若诗的小说《打虎不离亲兄弟》、公孙乐的小说《蓝佳佳》，小说专栏连载岫云的《湖海英豪》。《华侨报·华座》副刊连载长篇系列散文《集古楼杂谈》、王香琴的小说《昆仑快刀》、凌霄的小说《红河怒吼了》、青云的小说《域外风云录》、痴人的小说《我是一个国际间谍》、茵茵的小说《夕阳红》、紫丹的小说《情劫》，并开始连载高唐的小说《未亡人》。

10 日 《澳门日报·新园地》副刊发表阿庆的诗歌《红灯颂》、雪予的诗歌《叛徒王连举》，连载梅若诗的小说《打虎不离亲兄弟》、公孙乐的小说《蓝佳佳》，小说专栏连载岫云的《湖海英豪》。《华侨报·华座》副刊连载长篇系列散文《集古楼杂谈》、王香琴的小说《昆仑快刀》、凌霄的小说《红河怒吼了》、青云的小说《域外风云录》、痴人的小说《我是一个国际间谍》、茵茵的小说《夕阳红》、紫丹的小说《情劫》、高唐的小说《未亡人》（完）。

11 日 《澳门日报·新园地》副刊连载梅若诗的小说《打虎不离亲兄弟》、公孙乐的小说《蓝佳佳》，小说专栏连载岫云的《湖海英豪》。《华侨报·华座》副刊连载长篇系列散文《集古楼杂谈》、王香琴的小说《昆仑快刀》、凌霄的小说《红河怒吼了》、青云的小说《域外风云录》、痴人的小说《我是一个国际间谍》、茵茵的小说《夕阳红》、紫丹的小说《情劫》，并发表高唐的小说《情敌》（上）。

12 日 《澳门日报·新园地》副刊发表亚伟的散文《华叔的烦恼》、陈建的散文《医院的故事》，连载梅若诗的小说《打虎不离亲兄弟》、公孙乐的小说《蓝佳佳》，小说专栏连载岫云的《湖海英豪》。《华侨报·华座》副刊连载长篇系列散文《集古楼杂谈》、王香琴的小说《昆仑快刀》、凌霄的小说《红河怒吼了》、青云的小说《域外风云录》、痴人的小说《我是一个国际间谍》、茵茵的小说《夕阳红》、紫丹的小说《情劫》，并开始连载高唐的小说《水仙花》。

13 日 《澳门日报·新园地》副刊连载梅若诗的小说《打虎不离亲兄弟》、公孙乐的小说《蓝佳佳》，小说专栏连载岫云的《湖海英豪》。《华侨报·华座》副刊连载长篇系列散文《集古楼杂谈》、王香琴的小说《昆仑快刀》、凌霄的小说《红河怒吼了》、青云的小说《域外风云录》、痴人的小说《我是一个国际间谍》、茵茵的小说《夕阳红》、紫丹的小说《情劫》、高唐的小说《水仙花》（停刊一期），并开始连载作者不详的小说《爱与恨》，发表高唐的小说《情敌》（下）。

14日 《澳门日报·新园地》副刊发表湄子的诗歌《印支战歌》，连载梅若诗的小说《打虎不离亲兄弟》、公孙乐的小说《蓝佳佳》，小说专栏连载岫云的《湖海英豪》。《华侨报·华座》副刊连载长篇系列散文《集古楼杂谈》、王香琴的小说《昆仑快刀》、凌霄的小说《红河怒吼了》、青云的小说《域外风云录》、痴人的小说《我是一个国际间谍》、茵茵的小说《夕阳红》、紫丹的小说《情劫》、高唐的小说《水仙花》、作者不详的小说《爱与恨》。

15日 《澳门日报·新园地》副刊发表知晓的散文《两位教授的话》，连载梅若诗的小说《打虎不离亲兄弟》、公孙乐的小说《蓝佳佳》，小说专栏连载江杏雨的《双城记》（重载）、岫云的《湖海英豪》。《华侨报·华座》副刊连载长篇系列散文《集古楼杂谈》、王香琴的小说《昆仑快刀》、凌霄的小说《红河怒吼了》、青云的小说《域外风云录》、痴人的小说《我是一个国际间谍》、茵茵的小说《夕阳红》、紫丹的小说《情劫》、高唐的小说《水仙花》、作者不详的小说《爱与恨》。

16日 《澳门日报·新园地》副刊连载梅若诗的小说《打虎不离亲兄弟》、公孙乐的小说《蓝佳佳》，小说专栏连载江杏雨的《双城记》、岫云的《湖海英豪》。《华侨报·华座》副刊连载长篇系列散文《集古楼杂谈》、王香琴的小说《昆仑快刀》、凌霄的小说《红河怒吼了》、青云的小说《域外风云录》、痴人的小说《我是一个国际间谍》、茵茵的小说《夕阳红》、紫丹的小说《情劫》、高唐的小说《水仙花》、作者不详的小说《爱与恨》。

17日 《澳门日报·新园地》副刊发表欧仁·鲍狄埃的诗歌《巴黎公社走过这条路》，连载梅若诗的小说《打虎不离亲兄弟》、公孙乐的小说《蓝佳佳》，小说专栏连载江杏雨的《双城记》、岫云的《湖海英豪》。《华侨报·华座》副刊连载长篇系列散文《集古楼杂谈》、王香琴的小说《昆仑快刀》、凌霄的小说《红河怒吼了》、青云的小说《域外风云录》、痴人的小说《我是一个国际间谍》、茵茵的小说《夕阳红》、紫丹的小说《情劫》、高唐的小说《水仙花》、作者不详的小说《爱与恨》。

18 日　《澳门日报·新园地》副刊发表长缨的散文《浪子之歌》，连载梅若诗的小说《打虎不离亲兄弟》、公孙乐的小说《蓝佳佳》，小说专栏连载江杏雨的《双城记》、岫云的《湖海英豪》。《华侨报·华座》副刊连载长篇系列散文《集古楼杂谈》、王香琴的小说《昆仑快刀》、凌霄的小说《红河怒吼了》、青云的小说《域外风云录》、痴人的小说《我是一个国际间谍》、茵茵的小说《夕阳红》、紫丹的小说《情劫》、高唐的小说《水仙花》、作者不详的小说《爱与恨》。

19 日　《澳门日报·新园地》副刊发表梅萼华的诗歌《寄第二颗红卫星》、晓立的散文《太行山上建天河》，连载梅若诗的小说《打虎不离亲兄弟》、公孙乐的小说《蓝佳佳》，小说专栏连载江杏雨的《双城记》、岫云的《湖海英豪》。《华侨报·华座》副刊连载长篇系列散文《集古楼杂谈》、王香琴的小说《昆仑快刀》、凌霄的小说《红河怒吼了》、青云的小说《域外风云录》、痴人的小说《我是一个国际间谍》、茵茵的小说《夕阳红》、紫丹的小说《情劫》、高唐的小说《水仙花》（完）、作者不详的小说《爱与恨》。

20 日　《澳门日报·新园地》副刊发表江思扬的诗歌《巴黎公社颂》，倚群的散文《美阮说谎闹笑话》，连载梅若诗的小说《打虎不离亲兄弟》、公孙乐的小说《蓝佳佳》，小说专栏连载江杏雨的《双城记》、岫云的《湖海英豪》。《华侨报·华座》副刊连载长篇系列散文《集古楼杂谈》、王香琴的小说《昆仑快刀》、凌霄的小说《红河怒吼了》、青云的小说《域外风云录》、痴人的小说《我是一个国际间谍》、茵茵的小说《夕阳红》、紫丹的小说《情劫》、作者不详的小说《爱与恨》，并开始连载高唐的小说《爱情的网》。

21 日　《澳门日报·新园地》副刊连载梅若诗的小说《打虎不离亲兄弟》、公孙乐的小说《蓝佳佳》，小说专栏连载江杏雨的《双城记》、岫云的《湖海英豪》。《华侨报·华座》副刊连载长篇系列散文《集古楼杂谈》、王香琴的小说《昆仑快刀》、凌霄的小说《红河怒吼了》、青云的小说《域外风云录》、痴人的小说《我是一个国际间谍》、茵茵的小说《夕阳红》、紫丹的小说《情劫》、作者不详的小说《爱与恨》、高唐的小说《爱情的网》。

22 日 《澳门日报·新园地》副刊发表周建人的评论《学习鲁迅，深入批修——批周扬一伙歪曲、污蔑鲁迅的反动谬论》，连载梅若诗的小说《打虎不离亲兄弟》、公孙乐的小说《蓝佳佳》，小说专栏连载岫云的《湖海英豪》。《华侨报·华座》副刊连载长篇系列散文《集古楼杂谈》、王香琴的小说《昆仑快刀》、凌霄的小说《红河怒吼了》、青云的小说《域外风云录》、痴人的小说《我是一个国际间谍》、茵茵的小说《夕阳红》、紫丹的小说《情劫》、作者不详的小说《爱与恨》、高唐的小说《爱情的网》(完)。

23 日 《澳门日报·新园地》副刊发表路易斯·米歇尔的诗歌《觉醒的人们》，连载梅若诗的小说《打虎不离亲兄弟》、公孙乐的小说《蓝佳佳》，小说专栏连载岫云的《湖海英豪》。《华侨报·华座》副刊连载长篇系列散文《集古楼杂谈》、王香琴的小说《昆仑快刀》、凌霄的小说《红河怒吼了》、青云的小说《域外风云录》、痴人的小说《我是一个国际间谍》、茵茵的小说《夕阳红》、紫丹的小说《情劫》、作者不详的小说《爱与恨》，并开始连载高唐的小说《迷》。

24 日 《澳门日报·新园地》副刊连载梅若诗的小说《打虎不离亲兄弟》、公孙乐的小说《蓝佳佳》，小说专栏连载岫云的《湖海英豪》。《华侨报·华座》副刊连载长篇系列散文《集古楼杂谈》、王香琴的小说《昆仑快刀》、凌霄的小说《红河怒吼了》、青云的小说《域外风云录》、痴人的小说《我是一个国际间谍》、茵茵的小说《夕阳红》、紫丹的小说《情劫》、作者不详的小说《爱与恨》、高唐的小说《迷》(完)。

25 日 《澳门日报·新园地》副刊发表梅萼华的散文《鲁迅的弟弟》，连载梅若诗的小说《打虎不离亲兄弟》、公孙乐的小说《蓝佳佳》，小说专栏连载岫云的《湖海英豪》。《华侨报·华座》副刊连载长篇系列散文《集古楼杂谈》、王香琴的小说《昆仑快刀》、凌霄的小说《红河怒吼了》、青云的小说《域外风云录》、痴人的小说《我是一个国际间谍》、茵茵的小说《夕阳红》、紫丹的小说《情劫》、作者不详的小说《爱与恨》，并开始连载高唐的小说《失落的别针》。

26 日　《澳门日报 · 新园地》副刊发表思文的诗歌《“欢庆二十一周年国庆节”及“太行山上建天河”观后作》，并开始连载浩泉的小说《血仇泪》，连载梅若诗的小说《打虎不离亲兄弟》、公孙乐的小说《蓝佳佳》，小说专栏连载岫云的《湖海英豪》。《华侨报 · 华座》副刊连载长篇系列散文《集古楼杂谈》、王香琴的小说《昆仑快刀》、凌霄的小说《红河怒吼了》、青云的小说《域外风云录》、痴人的小说《我是一个国际间谍》、茵茵的小说《夕阳红》、紫丹的小说《情劫》、作者不详的小说《爱与恨》、高唐的小说《失落的别针》（完）。

27 日　《澳门日报 · 新园地》副刊发表思文的诗歌《咏红旗渠》、乔海的散文《拾锁匙记》，连载浩泉的小说《血仇泪》、梅若诗的小说《打虎不离亲兄弟》、公孙乐的小说《蓝佳佳》，小说专栏连载江杏雨的《双城记》（重载）、岫云的《湖海英豪》。《华侨报 · 华座》副刊连载长篇系列散文《集古楼杂谈》、王香琴的小说《昆仑快刀》、凌霄的小说《红河怒吼了》、青云的小说《域外风云录》、痴人的小说《我是一个国际间谍》、茵茵的小说《夕阳红》、紫丹的小说《情劫》、作者不详的小说《爱与恨》，并开始连载高唐的小说《平分的秋色》。

28 日　《澳门日报 · 新园地》副刊连载浩泉的小说《血仇泪》、梅若诗的小说《打虎不离亲兄弟》、公孙乐的小说《蓝佳佳》，小说专栏连载江杏雨的《双城记》、岫云的《湖海英豪》。《华侨报 · 华座》副刊连载长篇系列散文《集古楼杂谈》、王香琴的小说《昆仑快刀》、凌霄的小说《红河怒吼了》、青云的小说《域外风云录》、痴人的小说《我是一个国际间谍》、茵茵的小说《夕阳红》、紫丹的小说《情劫》、作者不详的小说《爱与恨》、高唐的小说《平分的秋色》（完）。

29 日　《澳门日报 · 新园地》副刊连载浩泉的小说《血仇泪》、梅若诗的小说《打虎不离亲兄弟》、公孙乐的小说《蓝佳佳》，小说专栏连载江杏雨的《双城记》、岫云的《湖海英豪》。《华侨报 · 华座》副刊连载长篇系列散文《集古楼杂谈》、王香琴的小说《昆仑快刀》、凌霄的小说《红河怒吼了》、青云的小说《域外风云录》、痴人的小说《我是一个国际间谍》、茵茵的小说《夕阳红》、紫丹的小说《情劫》、作者不详的小说《爱与恨》，并开始连载高唐的小说《芳邻》。

30 日 《华侨报 · 华座》副刊连载长篇系列散文《集古楼杂谈》、王香琴的小说《昆仑快刀》、凌霄的小说《红河怒吼了》、青云的小说《域外风云录》、痴人的小说《我是一个国际间谍》、茵茵的小说《夕阳红》、紫丹的小说《情劫》、作者不详的小说《爱与恨》、高唐的小说《芳邻》(完)。

31 日 《澳门日报 · 新园地》副刊连载浩泉的小说《血仇泪》、梅若诗的小说《打虎不离亲兄弟》、公孙乐的小说《蓝佳佳》，小说专栏连载江杏雨的《双城记》、岫云的《湖海英豪》。《华侨报 · 华座》副刊连载长篇系列散文《集古楼杂谈》、王香琴的小说《昆仑快刀》、凌霄的小说《红河怒吼了》、青云的小说《域外风云录》、痴人的小说《我是一个国际间谍》、茵茵的小说《夕阳红》、紫丹的小说《情劫》、作者不详的小说《爱与恨》，并开始连载高唐的小说《度假》。

四月

1 日 《澳门日报 · 新园地》副刊发表雪予的诗歌《庆我国新的卫星上天》、学群的散文《两张扫墓证》，连载浩泉的小说《血仇泪》、梅若诗的小说《打虎不离亲兄弟》、公孙乐的小说《蓝佳佳》，小说专栏连载岫云的《湖海英豪》。《华侨报 · 华座》副刊连载长篇系列散文《集古楼杂谈》、王香琴的小说《昆仑快刀》、凌霄的小说《红河怒吼了》、青云的小说《域外风云录》、痴人的小说《我是一个国际间谍》、茵茵的小说《夕阳红》、紫丹的小说《情劫》、高唐的小说《度假》(完)。

2 日 《澳门日报 · 新园地》副刊发表雪予的诗歌《庆下察之战》、梅萼华的散文《此心飞向名古屋》，连载浩泉的小说《血仇泪》、梅若诗的小说《打虎不离亲兄弟》、公孙乐的小说《蓝佳佳》，小说专栏连载岫云的《湖海英豪》。《华侨报 · 华座》副刊连载长篇系列散文《集古楼杂谈》、王香琴的小说《昆仑快刀》、凌霄的小说《红河怒吼了》、青云的小说《域外风云录》、痴人的小说《我是一个国际间谍》、茵茵的小说《夕阳红》、紫丹的小说《情劫》，并开始连载高唐的小说《钻戒与情书》。

3 日　《澳门日报·新园地》副刊发表散文《尊严》，连载浩泉的小说《血仇泪》、梅若诗的小说《打虎不离亲兄弟》、公孙乐的小说《蓝佳佳》，小说专栏连载江杏雨的《双城记》、岫云的《湖海英豪》（停刊一期）。《华侨报·华座》副刊连载长篇系列散文《集古楼杂谈》、王香琴的小说《昆仑快刀》、凌霄的小说《红河怒吼了》、青云的小说《域外风云录》、痴人的小说《我是一个国际间谍》、茵茵的小说《夕阳红》、紫丹的小说《情劫》、高唐的小说《钻戒与情书》（完）。

4 日　《澳门日报·新园地》副刊连载浩泉的小说《血仇泪》、梅若诗的小说《打虎不离亲兄弟》、公孙乐的小说《蓝佳佳》，小说专栏连载江杏雨的《双城记》（重载）、岫云的《湖海英豪》。《华侨报·华座》副刊连载长篇系列散文《集古楼杂谈》、王香琴的小说《昆仑快刀》、凌霄的小说《红河怒吼了》、青云的小说《域外风云录》、痴人的小说《我是一个国际间谍》、茵茵的小说《夕阳红》、紫丹的小说《情劫》，并开始连载高唐的小说《爱情的花茶》。

5 日　《澳门日报·新园地》副刊发表田心的散文《两种心情，两种胜利》，连载浩泉的小说《血仇泪》、梅若诗的小说《打虎不离亲兄弟》、公孙乐的小说《蓝佳佳》，小说专栏连载江杏雨的《双城记》、岫云的《湖海英豪》。《华侨报·华座》副刊连载长篇系列散文《集古楼杂谈》、王香琴的小说《昆仑快刀》、凌霄的小说《红河怒吼了》、青云的小说《域外风云录》、痴人的小说《我是一个国际间谍》、茵茵的小说《夕阳红》、紫丹的小说《情劫》、高唐的小说《爱情的花茶》（完）。

6 日　《澳门日报·新园地》副刊连载浩泉的小说《血仇泪》、梅若诗的小说《打虎不离亲兄弟》、公孙乐的小说《蓝佳佳》，小说专栏连载江杏雨的《双城记》、岫云的《湖海英豪》。《华侨报·华座》副刊连载长篇系列散文《集古楼杂谈》、王香琴的小说《昆仑快刀》、凌霄的小说《红河怒吼了》、青云的小说《域外风云录》、痴人的小说《我是一个国际间谍》、茵茵的小说《夕阳红》、紫丹的小说《情劫》，并开始连载高唐的小说《施舍》。

7日　《澳门日报·新园地》副刊连载浩泉的小说《血仇泪》、梅若诗的小说《打虎不离亲兄弟》、公孙乐的小说《蓝佳佳》，小说专栏连载江杏雨的《双城记》、岫云的《湖海英豪》。《华侨报·华座》副刊连载长篇系列散文《集古楼杂谈》、王香琴的小说《昆仑快刀》、凌霄的小说《红河怒吼了》、青云的小说《域外风云录》、痴人的小说《我是一个国际间谍》、茵茵的小说《夕阳红》、紫丹的小说《情劫》、高唐的小说《施舍》（完）。

8日　《澳门日报·新园地》副刊发表梅萼华的散文《关于松冈洋子》，连载浩泉的小说《血仇泪》、梅若诗的小说《打虎不离亲兄弟》、公孙乐的小说《蓝佳佳》，小说专栏连载江杏雨的《双城记》、岫云的《湖海英豪》。《华侨报·华座》副刊连载长篇系列散文《集古楼杂谈》、王香琴的小说《昆仑快刀》、凌霄的小说《红河怒吼了》、青云的小说《域外风云录》、痴人的小说《我是一个国际间谍》、茵茵的小说《夕阳红》、紫丹的小说《情劫》，并开始连载高唐的小说《卖花女》。

9日　《澳门日报·新园地》副刊发表爱凄的散文《路环半日游》，连载浩泉的小说《血仇泪》、梅若诗的小说《打虎不离亲兄弟》、公孙乐的小说《蓝佳佳》，小说专栏连载江杏雨的《双城记》、岫云的《湖海英豪》。《华侨报·华座》副刊连载长篇系列散文《集古楼杂谈》、王香琴的小说《昆仑快刀》、凌霄的小说《红河怒吼了》、青云的小说《域外风云录》、痴人的小说《我是一个国际间谍》、茵茵的小说《夕阳红》、紫丹的小说《情劫》、高唐的小说《卖花女》（完）。

10日　《澳门日报·新园地》副刊发表黎平的散文《万顷沙今昔》，连载浩泉的小说《血仇泪》、梅若诗的小说《打虎不离亲兄弟》、公孙乐的小说《蓝佳佳》，小说专栏连载岫云的《湖海英豪》。《华侨报·华座》副刊连载长篇系列散文《集古楼杂谈》、王香琴的小说《昆仑快刀》、凌霄的小说《红河怒吼了》、青云的小说《域外风云录》、痴人的小说《我是一个国际间谍》、茵茵的小说《夕阳红》、紫丹的小说《情劫》，并开始连载高唐的小说《恶梦》。

11日　《澳门日报·新园地》副刊发表任的散文《喀麦隆小记》，连载浩泉的小说《血仇泪》、梅若诗的小说《打虎不离亲兄弟》、公孙乐的小说《蓝佳佳》，小说专栏连载岫云的《湖海英豪》。《华侨报·华座》副刊连载长篇系列散文《集古楼杂谈》、王香琴的小说《昆仑快刀》、凌霄的小说《红河怒吼了》、青云的小说《域外风云录》、痴人的小说《我是一个国际间谍》、茵茵的小说《夕阳红》、紫丹的小说《情劫》、高唐的小说《恶梦》（完）。

12日 《澳门日报·新园地》副刊连载浩泉的小说《血仇泪》、梅若诗的小说《打虎不离亲兄弟》、公孙乐的小说《蓝佳佳》，小说专栏连载岫云的《湖海英豪》。《华侨报·华座》副刊连载长篇系列散文《集古楼杂谈》、王香琴的小说《昆仑快刀》、凌霄的小说《红河怒吼了》、青云的小说《域外风云录》、痴人的小说《我是一个国际间谍》、茵茵的小说《夕阳红》、紫丹的小说《情劫》，并开始连载高唐的小说《相睇》。

13日 《澳门日报·新园地》副刊开始连载路易·艾黎作、新民节译的散文《湖南行》，连载浩泉的小说《血仇泪》、梅若诗的小说《打虎不离亲兄弟》、公孙乐的小说《蓝佳佳》，小说专栏连载岫云的《湖海英豪》。《华侨报·华座》副刊连载长篇系列散文《集古楼杂谈》、王香琴的小说《昆仑快刀》、凌霄的小说《红河怒吼了》、青云的小说《域外风云录》、痴人的小说《我是一个国际间谍》、茵茵的小说《夕阳红》、紫丹的小说《情劫》、高唐的小说《相睇》（完）。

14日 《澳门日报·新园地》副刊连载路易·艾黎作、新民节译的散文《湖南行》，浩泉的小说《血仇泪》，梅若诗的小说《打虎不离亲兄弟》，公孙乐的小说《蓝佳佳》，小说专栏连载岫云的《湖海英豪》。《华侨报·华座》副刊连载长篇系列散文《集古楼杂谈》、王香琴的小说《昆仑快刀》、凌霄的小说《红河怒吼了》、青云的小说《域外风云录》、痴人的小说《我是一个国际间谍》、茵茵的小说《夕阳红》、紫丹的小说《情劫》，并开始连载高唐的小说《爱的悲歌》。

15日 《澳门日报·新园地》副刊连载路易·艾黎作、新民节译的散文《湖南行》，浩泉的小说《血仇泪》，梅若诗的小说《打虎不离亲兄弟》，公孙乐的小说《蓝佳佳》，小说专栏连载岫云的《湖海英豪》，并发表作者不详的小说《寻人启事》。《华侨报·华座》副刊连载长篇系列散文《集古楼杂谈》、王香琴的小说《昆仑快刀》、凌霄的小说《红河怒吼了》、青云的小说《域外风云录》、痴人的小说《我是一个国际间谍》、茵茵的小说《夕阳红》、紫丹的小说《情劫》、高唐的小说《爱的悲歌》(完)。

16 日 《澳门日报·新园地》副刊连载路易·艾黎作、新民节译的散文《湖南行》，浩泉的小说《血仇泪》，梅若诗的小说《打虎不离亲兄弟》，公孙乐的小说《蓝佳佳》，小说专栏连载岫云的《湖海英豪》，并发表伟的小说《父子重逢》。《华侨报·华座》副刊连载长篇系列散文《集古楼杂谈》、王香琴的小说《昆仑快刀》、凌霄的小说《红河怒吼了》、青云的小说《域外风云录》、痴人的小说《我是一个国际间谍》、茵茵的小说《夕阳红》、紫丹的小说《情劫》，并开始连载高唐的小说《真心话》。

17 日 《澳门日报·新园地》副刊发表江思扬的诗歌《友谊的芬芳》，连载路易·艾黎作、新民节译的散文《湖南行》，浩泉的小说《血仇泪》，梅若诗的小说《打虎不离亲兄弟》，公孙乐的小说《蓝佳佳》，小说专栏连载岫云的《湖海英豪》。《华侨报·华座》副刊连载长篇系列散文《集古楼杂谈》、王香琴的小说《昆仑快刀》、凌霄的小说《红河怒吼了》、青云的小说《域外风云录》、痴人的小说《我是一个国际间谍》、茵茵的小说《夕阳红》、紫丹的小说《情劫》、高唐的小说《真心话》(完)。

18 日 《澳门日报·新园地》副刊连载路易·艾黎作、新民节译的散文《湖南行》，浩泉的小说《血仇泪》，梅若诗的小说《打虎不离亲兄弟》，公孙乐的小说《蓝佳佳》，小说专栏连载岫云的《湖海英豪》。《华侨报·华座》副刊连载长篇系列散文《集古楼杂谈》、王香琴的小说《昆仑快刀》(完)、凌霄的小说《红河怒吼了》、青云的小说《域外风云录》、痴人的小说《我是一个国际间谍》、茵茵的小说《夕阳红》、紫丹的小说《情劫》，并开始连载高唐的小说《老张》。

19 日 《澳门日报·新园地》副刊连载路易·艾黎作、新民节译的散文《湖南行》，浩泉的小说《血仇泪》，梅若诗的小说《打虎不离亲兄弟》，公孙乐的小说《蓝佳佳》，小说专栏连载岫云的《湖海英豪》。《华侨报 · 华座》副刊连载长篇系列散文《集古楼杂谈》、凌霄的小说《红河怒吼了》、青云的小说《域外风云录》、痴人的小说《我是一个国际间谍》、茵茵的小说《夕阳红》、紫丹的小说《情劫》、高唐的小说《老张》（完），并开始连载王香琴的小说《宝马雕弓》。

20 日　《澳门日报 · 新园地》副刊发表烨燃的散文《写稿》，连载路易 · 艾黎作、新民节译的散文《湖南行》，浩泉的小说《血仇泪》，梅若诗的小说《打虎不离亲兄弟》，公孙乐的小说《蓝佳佳》，小说专栏连载岫云的《湖海英豪》。《华侨报 · 华座》副刊连载长篇系列散文《集古楼杂谈》、凌霄的小说《红河怒吼了》、青云的小说《域外风云录》、痴人的小说《我是一个国际间谍》、茵茵的小说《夕阳红》、紫丹的小说《情劫》、王香琴的小说《宝马雕弓》，并开始连载高唐的小说《冬泳》。

21 日　《澳门日报 · 新园地》副刊发表晓立的散文《工人上大学》，连载路易 · 艾黎作、新民节译的散文《湖南行》，浩泉的小说《血仇泪》，梅若诗的小说《打虎不离亲兄弟》，公孙乐的小说《蓝佳佳》，小说专栏连载岫云的《湖海英豪》。《华侨报 · 华座》副刊连载长篇系列散文《集古楼杂谈》、凌霄的小说《红河怒吼了》、青云的小说《域外风云录》、痴人的小说《我是一个国际间谍》、茵茵的小说《夕阳红》、紫丹的小说《情劫》、王香琴的小说《宝马雕弓》、高唐的小说《冬泳》（完）。

22 日　《澳门日报 · 新园地》副刊开始连载路易 · 艾黎作、新民节译的散文《江西行》，连载浩泉的小说《血仇泪》、梅若诗的小说《打虎不离亲兄弟》、公孙乐的小说《蓝佳佳》，小说专栏连载岫云的《湖海英豪》。《华侨报 · 华座》副刊连载长篇系列散文《集古楼杂谈》、凌霄的小说《红河怒吼了》、青云的小说《域外风云录》、痴人的小说《我是一个国际间谍》、茵茵的小说《夕阳红》、紫丹的小说《情劫》、王香琴的小说《宝马雕弓》，并开始连载高唐的小说《赌博之家》。

23 日　《澳门日报 · 新园地》副刊连载路易 · 艾黎作、新民节译的散文《江西行》，浩泉的小说《血仇泪》，梅若诗的小说《打虎不离亲兄弟》，公孙乐的小说《蓝佳佳》，小说专栏连载岫云的《湖海英豪》。《华侨报·华座》副刊连载长篇系列散文《集古楼杂谈》、凌霄的小说《红河怒吼了》、青云的小说《域外风云录》、痴人的小说《我是一个国际间谍》、茵茵的小说《夕阳红》、紫丹的小说《情劫》、王香琴的小说《宝马雕弓》、高唐的小说《赌博之家》（完）。

24日 《澳门日报·新园地》副刊发表周庆三的散文《泰山新貌》，连载路易·艾黎作、新民节译的散文《江西行》，浩泉的小说《血仇泪》，梅若诗的小说《打虎不离亲兄弟》，公孙乐的小说《蓝佳佳》，小说专栏连载岫云的《湖海英豪》。《华侨报·华座》副刊连载长篇系列散文《集古楼杂谈》、凌霄的小说《红河怒吼了》、青云的小说《域外风云录》、痴人的小说《我是一个国际间谍》、茵茵的小说《夕阳红》、紫丹的小说《情劫》、王香琴的小说《宝马雕弓》，并开始连载高唐的小说《蜕变》。

25日 《澳门日报·新园地》副刊发表紫苓的散文《妇女的第二个青春》，连载路易·艾黎作、新民节译的散文《江西行》，浩泉的小说《血仇泪》，梅若诗的小说《打虎不离亲兄弟》，公孙乐的小说《蓝佳佳》，小说专栏连载岫云的《湖海英豪》。《华侨报·华座》副刊连载长篇系列散文《集古楼杂谈》、凌霄的小说《红河怒吼了》、青云的小说《域外风云录》、痴人的小说《我是一个国际间谍》、茵茵的小说《夕阳红》、紫丹的小说《情劫》、王香琴的小说《宝马雕弓》、高唐的小说《蜕变》（完）。

26日 《澳门日报·新园地》副刊连载路易·艾黎作、新民节译的散文《江西行》，浩泉的小说《血仇泪》，梅若诗的小说《打虎不离亲兄弟》，公孙乐的小说《蓝佳佳》，小说专栏连载岫云的《湖海英豪》，并发表东红的评论《谈追报纸小说》。《华侨报·华座》副刊连载长篇系列散文《集古楼杂谈》、凌霄的小说《红河怒吼了》、青云的小说《域外风云录》、痴人的小说《我是一个国际间谍》、茵茵的小说《夕阳红》、紫丹的小说《情劫》、王香琴的小说《宝马雕弓》，并开始连载高唐的小说《美丑之间》。

27日 《澳门日报·新园地》副刊连载路易·艾黎作、新民节译的散文《江西行》，浩泉的小说《血仇泪》，梅若诗的小说《打虎不离亲兄弟》，公孙乐的小说《蓝佳佳》，小说专栏连载岫云的《湖海英豪》。《华侨报·华座》副刊连载长篇系列散文《集古楼杂谈》、凌霄的小说《红河怒吼了》、青云的小说《域外风云录》、痴人的小说《我是一个国际间谍》、茵茵的小说《夕阳红》、紫丹的小说《情劫》、王香琴的小说《宝马雕弓》、高唐的小说《美丑之间》（完）。

28日　《澳门日报·新园地》副刊连载路易·艾黎作、新民节译的散文《江西行》，浩泉的小说《血仇泪》，梅若诗的小说《打虎不离亲兄弟》，公孙乐的小说《蓝佳佳》，小说专栏连载岫云的《湖海英豪》。《华侨报·华座》副刊连载长篇系列散文《集古楼杂谈》、凌霄的小说《红河怒吼了》、青云的小说《域外风云录》、痴人的小说《我是一个国际间谍》、茵茵的小说《夕阳红》、紫丹的小说《情劫》、王香琴的小说《宝马雕弓》，并开始连载高唐的小说《女人》。

29日　《澳门日报·新园地》副刊连载路易·艾黎作、新民节译的散文《江西行》，浩泉的小说《血仇泪》，梅若诗的小说《打虎不离亲兄弟》，公孙乐的小说《蓝佳佳》，小说专栏连载岫云的《湖海英豪》。《华侨报·华座》副刊连载长篇系列散文《集古楼杂谈》、凌霄的小说《红河怒吼了》、青云的小说《域外风云录》、痴人的小说《我是一个国际间谍》、茵茵的小说《夕阳红》、紫丹的小说《情劫》、王香琴的小说《宝马雕弓》、高唐的小说《女人》（完）。

30日　《澳门日报·新园地》副刊发表江思扬的诗歌《口号》，连载路易·艾黎作、新民节译的散文《江西行》，浩泉的小说《血仇泪》，梅若诗的小说《打虎不离亲兄弟》，公孙乐的小说《蓝佳佳》，小说专栏连载岫云的《湖海英豪》。《华侨报·华座》副刊连载长篇系列散文《集古楼杂谈》、凌霄的小说《红河怒吼了》、青云的小说《域外风云录》、痴人的小说《我是一个国际间谍》、茵茵的小说《夕阳红》、紫丹的小说《情劫》、王香琴的小说《宝马雕弓》。

五月

1 日　《澳门日报·新园地》副刊发表尚野的散文《要做文化的主人》，连载路易·艾黎作、新民节译的散文《江西行》，浩泉的小说《血仇泪》，梅若诗的小说《打虎不离亲兄弟》，公孙乐的小说《蓝佳佳》，小说专栏连载岫云的《湖海英豪》。《华侨报·华座》副刊连载长篇系列散文《集古楼杂谈》、凌霄的小说《红河怒吼了》、青云的小说《域外风云录》、痴人的小说《我是一个国际间谍》、茵茵的小说《夕阳红》、紫丹的小说《情劫》、王香琴的小说《宝马雕弓》，并开始连载高唐的小说《谣言》。

2 日　《华侨报·华座》副刊连载长篇系列散文《集古楼杂谈》、凌霄的小说《红河怒吼了》、青云的小说《域外风云录》、痴人的小说《我是一个国际间谍》、茵茵的小说《夕阳红》、紫丹的小说《情劫》、王香琴的小说《宝马雕弓》、高唐的小说《谣言》（完）。

3 日　《澳门日报·新园地》副刊发表良骥的散文《运动创伤》，连载路易·艾黎作、新民节译的散文《江西行》，浩泉的小说《血仇泪》，梅若诗的小说《打虎不离亲兄弟》，公孙乐的小说《蓝佳佳》，小说专栏连载江杏雨的《双城记》、岫云的《湖海英豪》。《华侨报·华座》副刊连载长篇系列散文《集古楼杂谈》、凌霄的小说《红河怒吼了》、青云的小说《域外风云录》、痴人的小说《我是一个国际间谍》、茵茵的小说《夕阳红》、紫丹的小说《情劫》、王香琴的小说《宝马雕弓》。

4 日　《澳门日报·新园地》副刊发表散文《转变》，连载路易·艾黎作、新民节译的散文《江西行》，浩泉的小说《血仇泪》，梅若诗的小说《打虎不离亲兄弟》，公孙乐的小说《蓝佳佳》，小说专栏连载江杏雨的《双城记》（停刊一期）、岫云的《湖海英豪》。

5 日　《澳门日报·新园地》副刊发表方明的散文《两个放牧姑娘》、宇立的小说《船上》，连载路易·艾黎作、新民节译的散文《江西行》，浩泉的小说《血仇泪》，梅若诗的小说《打虎不离亲兄弟》，公孙乐的小说《蓝佳佳》，小说专栏连载江杏雨的《双城记》（停刊一期）、岫云的《湖海英豪》。《华侨报·华座》副刊连载长篇系列散文《集古楼杂谈》、凌霄的小说《红河怒吼了》、青云的小说《域外风云录》、痴人的小说《我是一个国际间谍》、茵茵的小说《夕阳红》、紫丹的小说《情劫》、王香琴的小说《宝马雕弓》，并开始连载高唐的小说《闹鬼记》。

6日 《澳门日报·新园地》副刊发表欣欣的散文《滴水穿钢》、杨真的小说《打球》，连载路易·艾黎作、新民节译的散文《江西行》（完），浩泉的小说《血仇泪》，梅若诗的小说《打虎不离亲兄弟》，公孙乐的小说《蓝佳佳》，小说专栏连载江杏雨的《双城记》（停刊一期）、岫云的《湖海英豪》。《华侨报·华座》副刊连载长篇系列散文《集古楼杂谈》、凌霄的小说《红河怒吼了》、青云的小说《域外风云录》、痴人的小说《我是一个国际间谍》、茵茵的小说《夕阳红》、紫丹的小说《情劫》、王香琴的小说《宝马雕弓》、高唐的小说《闹鬼记》（完）。

7日 《澳门日报·新园地》副刊发表江思扬的诗歌《听〈国际歌〉联想》、子秋的散文《教唱歌》，连载浩泉的小说《血仇泪》、梅若诗的小说《打虎不离亲兄弟》、公孙乐的小说《蓝佳佳》，小说专栏连载江杏雨的《双城记》、岫云的《湖海英豪》（完）。《华侨报·华座》副刊连载长篇系列散文《集古楼杂谈》、凌霄的小说《红河怒吼了》、青云的小说《域外风云录》、痴人的小说《我是一个国际间谍》、茵茵的小说《夕阳红》、紫丹的小说《情劫》、王香琴的小说《宝马雕弓》，并开始连载高唐的小说《赝品》。

8日 《澳门日报·新园地》副刊发表天健的诗歌《临江仙·向祖国乒乓球代表团欢呼致敬》、小英的散文《在韶山邮电站》，连载浩泉的小说《血仇泪》、梅若诗的小说《打虎不离亲兄弟》、公孙乐的小说《蓝佳佳》，小说专栏连载江杏雨的《双城记》。《华侨报·华座》副刊连载长篇系列散文《集古楼杂谈》、凌霄的小说《红河怒吼了》、青云的小说《域外风云录》、痴人的小说《我是一个国际间谍》、茵茵的小说《夕阳红》、紫丹的小说《情劫》、王香琴的小说《宝马雕弓》、高唐的小说《赝品》（完）。

9日　《澳门日报·新园地》副刊发表岳南新的散文《五指山下一黎家》，连载浩泉的小说《血仇泪》、梅若诗的小说《打虎不离亲兄弟》、公孙乐的小说《蓝佳佳》，小说专栏连载江杏雨的《双城记》。《华侨报·华座》副刊连载长篇系列散文《集古楼杂谈》、凌霄的小说《红河怒吼了》、青云的小说《域外风云录》、痴人的小说《我是一个国际间谍》、茵茵的小说《夕阳红》、紫丹的小说《情劫》、王香琴的小说《宝马雕弓》，并开始连载高唐的小说《钻戒》。

10日　《澳门日报·新园地》副刊发表颂平的散文《今朝更好看》，连载浩泉的小说《血仇泪》、梅若诗的小说《打虎不离亲兄弟》、公孙乐的小说《蓝佳佳》，小说专栏连载江杏雨的《双城记》。《华侨报·华座》副刊连载长篇系列散文《集古楼杂谈》、凌霄的小说《红河怒吼了》、青云的小说《域外风云录》、痴人的小说《我是一个国际间谍》、茵茵的小说《夕阳红》、紫丹的小说《情劫》、王香琴的小说《宝马雕弓》、高唐的小说《钻戒》（完）。

11日　《澳门日报·新园地》副刊连载浩泉的小说《血仇泪》、梅若诗的小说《打虎不离亲兄弟》、公孙乐的小说《蓝佳佳》，小说专栏连载江杏雨的《双城记》。《华侨报·华座》副刊连载长篇系列散文《集古楼杂谈》、凌霄的小说《红河怒吼了》、青云的小说《域外风云录》、痴人的小说《我是一个国际间谍》、茵茵的小说《夕阳红》、紫丹的小说《情劫》、王香琴的小说《宝马雕弓》，并开始连载高唐的小说《房客》。

12日　《澳门日报·新园地》副刊发表峥嵘的散文《看亲人表演》，连载浩泉的小说《血仇泪》、梅若诗的小说《打虎不离亲兄弟》、公孙乐的小说《蓝佳佳》，小说专栏连载江杏雨的《双城记》。《华侨报·华座》副刊连载长篇系列散文《集古楼杂谈》、凌霄的小说《红河怒吼了》、青云的小说《域外风云录》、痴人的小说《我是一个国际间谍》、茵茵的小说《夕阳红》、紫丹的小说《情劫》、王香琴的小说《宝马雕弓》、高唐的小说《房客》（完）。

13日　《澳门日报·新园地》副刊连载浩泉的小说《血仇泪》、梅若诗的小说《打虎不离亲兄弟》、公孙乐的小说《蓝佳佳》，小说专栏连载江杏雨的《双城记》。《华侨报·华座》副刊连载长篇系列散文《集古楼杂谈》、凌霄的小说《红河怒吼了》、青云的小说《域外风云录》、痴人的小说《我是一个国际间谍》、茵茵的小说《夕阳红》、紫丹的小说《情劫》、王香琴的小说《宝马雕弓》，并开始连载高唐的小说《妻的故事》。

14日 《澳门日报·新园地》副刊连载浩泉的小说《血仇泪》、梅若诗的小说《打虎不离亲兄弟》、公孙乐的小说《蓝佳佳》，小说专栏连载江杏雨的《双城记》。《华侨报·华座》副刊连载长篇系列散文《集古楼杂谈》、凌霄的小说《红河怒吼了》、青云的小说《域外风云录》、痴人的小说《我是一个国际间谍》、茵茵的小说《夕阳红》、紫丹的小说《情劫》、王香琴的小说《宝马雕弓》、高唐的小说《妻的故事》。

15日 《澳门日报·新园地》副刊发表安然的诗歌《赞中国乒乓球代表团》，连载浩泉的小说《血仇泪》、梅若诗的小说《打虎不离亲兄弟》、公孙乐的小说《蓝佳佳》，小说专栏连载江杏雨的《双城记》(停刊一期)。《华侨报·华座》副刊连载长篇系列散文《集古楼杂谈》、凌霄的小说《红河怒吼了》、青云的小说《域外风云录》、痴人的小说《我是一个国际间谍》、茵茵的小说《夕阳红》、紫丹的小说《情劫》、王香琴的小说《宝马雕弓》、高唐的小说《妻的故事》。

16日 《澳门日报·新园地》副刊发表小冰的散文《运动场上树新风》、鲁生的散文《一次难忘的教训》，连载浩泉的小说《血仇泪》、梅若诗的小说《打虎不离亲兄弟》、公孙乐的小说《蓝佳佳》，小说专栏连载江杏雨的《双城记》。《华侨报·华座》副刊连载长篇系列散文《集古楼杂谈》、凌霄的小说《红河怒吼了》、青云的小说《域外风云录》、痴人的小说《我是一个国际间谍》、茵茵的小说《夕阳红》、紫丹的小说《情劫》、王香琴的小说《宝马雕弓》、高唐的小说《妻的故事》(完)。

17日 《澳门日报·新园地》副刊连载浩泉的小说《血仇泪》、梅若诗的小说《打虎不离亲兄弟》、公孙乐的小说《蓝佳佳》，小说专栏连载江杏雨的《双城记》。《华侨报·华座》副刊连载长篇系列散文《集古楼杂谈》、凌霄的小说《红河怒吼了》、青云的小说《域外风云录》、痴人的小说《我是一个国际间谍》、茵茵的小说《夕阳红》、紫丹的小说《情劫》、王香琴的小说《宝马雕弓》，并开始连载高唐的小说《忏悔》。

18 日 《澳门日报 · 新园地》副刊连载浩泉的小说《血仇泪》、梅若诗的小说《打虎不离亲兄弟》、公孙乐的小说《蓝佳佳》，小说专栏连载江杏雨的《双城记》。《华侨报 · 华座》副刊连载长篇系列散文《集古楼杂谈》、凌霄的小说《红河怒吼了》、青云的小说《域外风云录》、痴人的小说《我是一个国际间谍》、茵茵的小说《夕阳红》、紫丹的小说《情劫》、王香琴的小说《宝马雕弓》、高唐的小说《忏悔》。

19 日 《澳门日报 · 新园地》副刊连载浩泉的小说《血仇泪》、梅若诗的小说《打虎不离亲兄弟》、公孙乐的小说《蓝佳佳》，小说专栏连载江杏雨的《双城记》。《华侨报 · 华座》副刊连载长篇系列散文《集古楼杂谈》、凌霄的小说《红河怒吼了》、青云的小说《域外风云录》、痴人的小说《我是一个国际间谍》、茵茵的小说《夕阳红》、紫丹的小说《情劫》、王香琴的小说《宝马雕弓》、高唐的小说《忏悔》。

20 日 《澳门日报 · 新园地》副刊发表碧涛的散文《日记二则》、乔海的散文《中山农情怡人》，连载浩泉的小说《血仇泪》、梅若诗的小说《打虎不离亲兄弟》、公孙乐的小说《蓝佳佳》，小说专栏连载江杏雨的《双城记》。《华侨报 · 华座》副刊连载长篇系列散文《集古楼杂谈》、凌霄的小说《红河怒吼了》、青云的小说《域外风云录》、痴人的小说《我是一个国际间谍》、茵茵的小说《夕阳红》、紫丹的小说《情劫》、王香琴的小说《宝马雕弓》、高唐的小说《忏悔》。

21 日 《澳门日报 · 新园地》副刊连载浩泉的小说《血仇泪》、梅若诗的小说《打虎不离亲兄弟》、公孙乐的小说《蓝佳佳》，小说专栏连载江杏雨的《双城记》。《华侨报 · 华座》副刊连载长篇系列散文《集古楼杂谈》、凌霄的小说《红河怒吼了》、青云的小说《域外风云录》、痴人的小说《我是一个国际间谍》、茵茵的小说《夕阳红》、紫丹的小说《情劫》、王香琴的小说《宝马雕弓》、高唐的小说《忏悔》。

22 日 《澳门日报 · 新园地》副刊连载浩泉的小说《血仇泪》、梅若诗的小说《打虎不离亲兄弟》、公孙乐的小说《蓝佳佳》，小说专栏连载江杏雨的《双城记》。《华侨报 · 华座》副刊连载长篇系列散文《集古楼杂谈》、凌霄的小说《红河怒吼了》、青云的小说《域外风云录》、痴人的小说《我是一个国际间谍》、茵茵的小说《夕阳红》、紫丹的小说《情劫》、王香琴的小说《宝马雕弓》、高唐的小说《忏悔》。

23 日 《澳门日报 · 新园地》副刊发表白思群的散文《荔枝龙眼丛中——广州漫记之一》、作者不详的散文《风雷激荡一年间》，连载浩泉的小说《血仇泪》、梅若诗的小说《打虎不离亲兄弟》、公孙乐的小说《蓝佳佳》，小说专栏连载江杏雨的《双城记》。《华侨报 · 华座》副刊连载长篇系列散文《集古楼杂谈》、凌霄的小说《红河怒吼了》、青云的小说《域外风云录》、痴人的小说《我是一个国际间谍》、茵茵的小说《夕阳红》、紫丹的小说《情劫》、王香琴的小说《宝马雕弓》、高唐的小说《忏悔》。

24 日 《澳门日报 · 新园地》副刊发表白思群的散文《乘务员礼赞——广州漫记之二》，连载浩泉的小说《血仇泪》、梅若诗的小说《打虎不离亲兄弟》、公孙乐的小说《蓝佳佳》，小说专栏连载江杏雨的《双城记》。《华侨报 · 华座》副刊连载长篇系列散文《集古楼杂谈》、凌霄的小说《红河怒吼了》、青云的小说《域外风云录》、痴人的小说《我是一个国际间谍》、茵茵的小说《夕阳红》、紫丹的小说《情劫》、王香琴的小说《宝马雕弓》、高唐的小说《忏悔》。

25 日 《澳门日报 · 新园地》副刊连载浩泉的小说《血仇泪》、梅若诗的小说《打虎不离亲兄弟》、公孙乐的小说《蓝佳佳》，小说专栏连载江杏雨的《双城记》。《华侨报 · 华座》副刊连载长篇系列散文《集古楼杂谈》、凌霄的小说《红河怒吼了》、青云的小说《域外风云录》、痴人的小说《我是一个国际间谍》、茵茵的小说《夕阳红》、紫丹的小说《情劫》、王香琴的小说《宝马雕弓》、高唐的小说《忏悔》（完）。

26 日 《澳门日报 · 新园地》副刊连载浩泉的小说《血仇泪》、梅若诗的小说《打虎不离亲兄弟》、公孙乐的小说《蓝佳佳》，小说专栏连载江杏雨的《双城记》。《华侨报·华座》副刊连载长篇系列散文《集古楼杂谈》、凌霄的小说《红河怒吼了》、青云的小说《域外风云录》、痴人的小说《我是一个国际间谍》、茵茵的小说《夕阳红》、紫丹的小说《情劫》、王香琴的小说《宝马雕弓》，并开始连载高唐的小说《善男信女》。

27 日 《澳门日报·新园地》副刊发表鸿富的散文《一家三英雄》、烨燃的散文《命苦》，连载浩泉的小说《血仇泪》、梅若诗的小说《打虎不离亲兄弟》、公孙乐的小说《蓝佳佳》，小说专栏连载江杏雨的《双城记》。《华侨报·华座》副刊连载长篇系列散文《集古楼杂谈》、凌霄的小说《红河怒吼了》、青云的小说《域外风云录》、痴人的小说《我是一个国际间谍》、茵茵的小说《夕阳红》、紫丹的小说《情劫》、王香琴的小说《宝马雕弓》、高唐的小说《善男信女》（完）。

28 日 《澳门日报·新园地》副刊连载浩泉的小说《血仇泪》、梅若诗的小说《打虎不离亲兄弟》、公孙乐的小说《蓝佳佳》，小说专栏连载江杏雨的《双城记》。《华侨报·华座》副刊连载长篇系列散文《集古楼杂谈》、凌霄的小说《红河怒吼了》、青云的小说《域外风云录》、痴人的小说《我是一个国际间谍》、茵茵的小说《夕阳红》、紫丹的小说《情劫》、王香琴的小说《宝马雕弓》，并开始连载高唐的小说《生死录》。

29 日 《澳门日报·新园地》副刊发表怀宇的小说《阿明的遭遇》，连载浩泉的小说《血仇泪》、梅若诗的小说《打虎不离亲兄弟》、公孙乐的小说《蓝佳佳》，小说专栏连载江杏雨的《双城记》。《华侨报·华座》副刊连载长篇系列散文《集古楼杂谈》、凌霄的小说《红河怒吼了》、青云的小说《域外风云录》、痴人的小说《我是一个国际间谍》、茵茵的小说《夕阳红》、紫丹的小说《情劫》、王香琴的小说《宝马雕弓》、高唐的小说《生死录》（完）。

30 日 《澳门日报·新园地》副刊发表梅青战的散文《成为勇士》，连载浩泉的小说《血仇泪》、梅若诗的小说《打虎不离亲兄弟》、公孙乐的小说《蓝佳佳》，小说专栏连载江杏雨的《双城记》。《华侨报·华座》副刊连载长篇系列散文《集古楼杂谈》、凌霄的小说《红河怒吼了》、青云的小说《域外风云录》、痴人的小说《我是一个国际间谍》、茵茵的小说《夕阳红》、紫丹的小说《情劫》、王香琴的小说《宝马雕弓》，并开始连载高唐的小说《楼上楼下》。

31 日 《澳门日报 · 新园地》副刊连载浩泉的小说《血仇泪》、梅若诗的小说《打虎不离亲兄弟》、公孙乐的小说《蓝佳佳》，小说专栏连载江杏雨的《双城记》。《华侨报 · 华座》副刊连载长篇系列散文《集古楼杂谈》、凌霄的小说《红河怒吼了》、青云的小说《域外风云录》、痴人的小说《我是一个国际间谍》、茵茵的小说《夕阳红》、紫丹的小说《情劫》、王香琴的小说《宝马雕弓》、高唐的小说《楼上楼下》（完）。

⊙ 本月，汪浩瀚发表诗歌《亿万青春高举——读诗随想录》于香港《学生丛书》第75期。

六月

1 日 《澳门日报 · 新园地》副刊发表良骥的小说《一脚踢》，连载浩泉的小说《血仇泪》、梅若诗的小说《打虎不离亲兄弟》、公孙乐的小说《蓝佳佳》。《华侨报 · 华座》副刊连载长篇系列散文《集古楼杂谈》、凌霄的小说《红河怒吼了》、青云的小说《域外风云录》、痴人的小说《我是一个国际间谍》（完）、茵茵的小说《夕阳红》、紫丹的小说《情劫》、王香琴的小说《宝马雕弓》，并开始连载高唐的小说《报复》。

2 日 《澳门日报 · 新园地》副刊发表白思群的评论《人间要好诗——喜读诗集〈颂歌献给毛主席〉之一》，连载浩泉的小说《血仇泪》、梅若诗的小说《打虎不离亲兄弟》、公孙乐的小说《蓝佳佳》。《华侨报 · 华座》副刊连载长篇系列散文《集古楼杂谈》、凌霄的小说《红河怒吼了》、青云的小说《域外风云录》、茵茵的小说《夕阳红》、紫丹的小说《情劫》、王香琴的小说《宝马雕弓》、高唐的小说《报复》（完），并开始连载痴人的小说《爱的火焰》。

3 日 《澳门日报 · 新园地》副刊发表晓立的散文《红日高照牛田洋》、白思群的评论《红霞万朵百重衣——喜读诗集〈颂歌献给毛主席〉之二》，连载浩泉的小说《血仇泪》、梅若诗的小说《打虎不离亲兄弟》、公孙乐的小说《蓝佳佳》。《华侨报·华座》副刊连载长篇系列散文《集古楼杂谈》、凌霄的小说《红河怒吼了》、青云的小说《域外风云录》、茵茵的小说《夕阳红》、紫丹的小说《情劫》、王香琴的小说《宝马雕弓》、痴人的小说《爱的火焰》，并开始连载高唐的小说《陶格先生》。

4日　《澳门日报·新园地》副刊发表鸿清的散文《一位农村姑娘》，连载浩泉的小说《血仇泪》、梅若诗的小说《打虎不离亲兄弟》、公孙乐的小说《蓝佳佳》。《华侨报·华座》副刊连载长篇系列散文《集古楼杂谈》、凌霄的小说《红河怒吼了》、青云的小说《域外风云录》、茵茵的小说《夕阳红》、紫丹的小说《情劫》、王香琴的小说《宝马雕弓》、痴人的小说《爱的火焰》、高唐的小说《陶格先生》（完）。

5日　《澳门日报·新园地》副刊连载浩泉的小说《血仇泪》、梅若诗的小说《打虎不离亲兄弟》、公孙乐的小说《蓝佳佳》。《华侨报·华座》副刊连载长篇系列散文《集古楼杂谈》、凌霄的小说《红河怒吼了》、青云的小说《域外风云录》、茵茵的小说《夕阳红》、紫丹的小说《情劫》、王香琴的小说《宝马雕弓》、痴人的小说《爱的火焰》，并开始连载高唐的小说《床上风波》。

6日　《澳门日报·新园地》副刊发表晓立的散文《北部湾畔一监工》，连载浩泉的小说《血仇泪》、梅若诗的小说《打虎不离亲兄弟》、公孙乐的小说《蓝佳佳》，小说专栏连载江杏雨的《双城记》（重载）。《华侨报·华座》副刊连载长篇系列散文《集古楼杂谈》、凌霄的小说《红河怒吼了》、青云的小说《域外风云录》、茵茵的小说《夕阳红》、紫丹的小说《情劫》、王香琴的小说《宝马雕弓》、痴人的小说《爱的火焰》、高唐的小说《床上风波》（完）。

7日　《澳门日报·新园地》副刊连载浩泉的小说《血仇泪》、梅若诗的小说《打虎不离亲兄弟》、公孙乐的小说《蓝佳佳》，小说专栏连载江杏雨的《双城记》。

8日　《澳门日报·新园地》副刊开始连载门兴彦的散文《草原又出小英雄——

萌根花斗风雪护羊群记》，连载浩泉的小说《血仇泪》、梅若诗的小说《打虎不离亲兄弟》、公孙乐的小说《蓝佳佳》。《华侨报·华座》副刊连载长篇系列散文《集古楼杂谈》、凌霄的小说《红河怒吼了》、青云的小说《域外风云录》、茵茵的小说《夕阳红》、紫丹的小说《情劫》、王香琴的小说《宝马雕弓》、痴人的小说《爱的火焰》。

9 日　《澳门日报·新园地》副刊连载门兴彦的散文《草原又出小英雄——萌根花斗风雪护羊群记》、浩泉的小说《血仇泪》、梅若诗的小说《打虎不离亲兄弟》、公孙乐的小说《蓝佳佳》，小说专栏连载江杏雨的《双城记》。《华侨报·华座》副刊连载长篇系列散文《集古楼杂谈》、凌霄的小说《红河怒吼了》、青云的小说《域外风云录》、茵茵的小说《夕阳红》、紫丹的小说《情劫》、王香琴的小说《宝马雕弓》、痴人的小说《爱的火焰》，并开始连载高唐的小说《贵宾》。

10 日　《澳门日报·新园地》副刊连载门兴彦的散文《草原又出小英雄——萌根花斗风雪护羊群记》（完）、浩泉的小说《血仇泪》、梅若诗的小说《打虎不离亲兄弟》、公孙乐的小说《蓝佳佳》，小说专栏连载江杏雨的《双城记》。《华侨报·华座》副刊连载长篇系列散文《集古楼杂谈》、凌霄的小说《红河怒吼了》、青云的小说《域外风云录》、茵茵的小说《夕阳红》、紫丹的小说《情劫》、王香琴的小说《宝马雕弓》、痴人的小说《爱的火焰》、高唐的小说《贵宾》。

11 日　《澳门日报·新园地》副刊连载浩泉的小说《血仇泪》、梅若诗的小说《打虎不离亲兄弟》、公孙乐的小说《蓝佳佳》，小说专栏连载江杏雨的《双城记》（完）。《华侨报·华座》副刊连载长篇系列散文《集古楼杂谈》、凌霄的小说《红河怒吼了》、青云的小说《域外风云录》、茵茵的小说《夕阳红》、紫丹的小说《情劫》（停刊一期）、王香琴的小说《宝马雕弓》、痴人的小说《爱的火焰》、高唐的小说《贵宾》。

12 日　《澳门日报·新园地》副刊连载浩泉的小说《血仇泪》、梅若诗的小说《打虎不离亲兄弟》、公孙乐的小说《蓝佳佳》。《华侨报·华座》副刊连载长篇系列散文《集古楼杂谈》、凌霄的小说《红河怒吼了》、青云的小说《域外风云录》、茵茵的小说《夕阳红》、紫丹的小说《情劫》、王香琴的小说《宝马雕弓》、痴人的小说《爱的火焰》、高唐的小说《来宾》。

13日 《澳门日报·新园地》副刊连载浩泉的小说《血仇泪》、梅若诗的小说《打虎不离亲兄弟》、公孙乐的小说《蓝佳佳》。《华侨报·华座》副刊连载长篇系列散文《集古楼杂谈》、凌霄的小说《红河怒吼了》、青云的小说《域外风云录》、茵茵的小说《夕阳红》、紫丹的小说《情劫》、王香琴的小说《宝马雕弓》、痴人的小说《爱的火焰》、高唐的小说《来宾》。

14日 《澳门日报·新园地》副刊发表吉林敦化县工业兵写作小组的散文《小鹰展翅》，连载浩泉的小说《血仇泪》、梅若诗的小说《打虎不离亲兄弟》、公孙乐的小说《蓝佳佳》。《华侨报·华座》副刊连载长篇系列散文《集古楼杂谈》、凌霄的小说《红河怒吼了》、青云的小说《域外风云录》、茵茵的小说《夕阳红》、紫丹的小说《情劫》、王香琴的小说《宝马雕弓》、痴人的小说《爱的火焰》、高唐的小说《来宾》(完)。

15日 《澳门日报·新园地》副刊发表田芒的散文《秘鲁点滴》，连载浩泉的小说《血仇泪》、梅若诗的小说《打虎不离亲兄弟》、公孙乐的小说《蓝佳佳》。《华侨报·华座》副刊连载长篇系列散文《集古楼杂谈》、凌霄的小说《红河怒吼了》、青云的小说《域外风云录》、茵茵的小说《夕阳红》、紫丹的小说《情劫》、王香琴的小说《宝马雕弓》、痴人的小说《爱的火焰》。

16日 《澳门日报·新园地》副刊连载浩泉的小说《血仇泪》、梅若诗的小说《打虎不离亲兄弟》、公孙乐的小说《蓝佳佳》。《华侨报·华座》副刊连载长篇系列散文《集古楼杂谈》、凌霄的小说《红河怒吼了》、青云的小说《域外风云录》、茵茵的小说《夕阳红》、紫丹的小说《情劫》、王香琴的小说《宝马雕弓》、痴人的小说《爱的火焰》，并开始连载高唐的小说《女朋友》。

17日 《澳门日报·新园地》副刊发表晓立的散文《红日高照玉凤山》，连载浩泉的小说《血仇泪》、梅若诗的小说《打虎不离亲兄弟》、公孙乐的小说《蓝佳佳》。《华侨报·华座》副刊连载长篇系列散文《集古楼杂谈》、凌霄的小说《红河怒吼了》、青云的小说《域外风云录》、茵茵的小说《夕阳红》、紫丹的小说《情劫》、王香琴的小说《宝马雕弓》、痴人的小说《爱的火焰》、高唐的小说《女朋友》(完)。

18日 《澳门日报·新园地》副刊发表晓立的散文《一胎九个》,连载浩泉的小说《血仇泪》、梅若诗的小说《打虎不离亲兄弟》、公孙乐的小说《蓝佳佳》。《华侨报·华座》副刊连载长篇系列散文《集古楼杂谈》、凌霄的小说《红河怒吼了》、青云的小说《域外风云录》、茵茵的小说《夕阳红》、紫丹的小说《情劫》、王香琴的小说《宝马雕弓》、痴人的小说《爱的火焰》,并开始连载高唐的小说《失恋》。

19日 《澳门日报·新园地》副刊发表路易·艾黎作、新民节译的散文《南京行》,学群的散文《动员》,连载浩泉的小说《血仇泪》、梅若诗的小说《打虎不离亲兄弟》、公孙乐的小说《蓝佳佳》。《华侨报·华座》副刊连载长篇系列散文《集古楼杂谈》、凌霄的小说《红河怒吼了》、青云的小说《域外风云录》、茵茵的小说《夕阳红》、紫丹的小说《情劫》、王香琴的小说《宝马雕弓》、痴人的小说《爱的火焰》、高唐的小说《失恋》。

20日 《澳门日报·新园地》副刊连载浩泉的小说《血仇泪》、梅若诗的小说《打虎不离亲兄弟》、公孙乐的小说《蓝佳佳》。《华侨报·华座》副刊连载长篇系列散文《集古楼杂谈》、凌霄的小说《红河怒吼了》、青云的小说《域外风云录》、茵茵的小说《夕阳红》、紫丹的小说《情劫》、王香琴的小说《宝马雕弓》、痴人的小说《爱的火焰》、高唐的小说《失恋》。

21日 《澳门日报·新园地》副刊连载浩泉的小说《血仇泪》、梅若诗的小说《打虎不离亲兄弟》、公孙乐的小说《蓝佳佳》。《华侨报·华座》副刊连载长篇系列散文《集古楼杂谈》、凌霄的小说《红河怒吼了》、青云的小说《域外风云录》、茵茵的小说《夕阳红》、紫丹的小说《情劫》、王香琴的小说《宝马雕弓》、痴人的小说《爱的火焰》、高唐的小说《失恋》。

22日 《澳门日报·新园地》副刊连载浩泉的小说《血仇泪》、梅若诗的小说《打虎不离亲兄弟》、公孙乐的小说《蓝佳佳》。《华侨报·华座》副刊连载长篇系列散文《集古楼杂谈》、凌霄的小说《红河怒吼了》、青云的小说《域外风云录》、茵茵的小说《夕阳红》、紫丹的小说《情劫》、王香琴的小说《宝马雕弓》、痴人的小说《爱的火焰》、高唐的小说《失恋》。

23 日 《澳门日报·新园地》副刊开始连载越男的散文《碧海丹心》，连载浩泉的小说《血仇泪》、梅若诗的小说《打虎不离亲兄弟》、公孙乐的小说《蓝佳佳》。《华侨报·华座》副刊连载长篇系列散文《集古楼杂谈》、凌霄的小说《红河怒吼了》、青云的小说《域外风云录》、茵茵的小说《夕阳红》（完），紫丹的小说《情劫》、王香琴的小说《宝马雕弓》、痴人的小说《爱的火焰》、高唐的小说《失恋》（完）。

24 日 《澳门日报·新园地》副刊发表波浪的散文《一次报告会》，连载越男的散文《碧海丹心》（完）、浩泉的小说《血仇泪》、梅若诗的小说《打虎不离亲兄弟》、公孙乐的小说《蓝佳佳》。《华侨报·华座》副刊连载长篇系列散文《集古楼杂谈》、凌霄的小说《红河怒吼了》、青云的小说《域外风云录》、紫丹的小说《情劫》、王香琴的小说《宝马雕弓》、痴人的小说《爱的火焰》，并开始连载高唐的小说《借钱记》。

25 日 《澳门日报·新园地》副刊发表尤矗的散文《李丹流的〈东湖小景〉》，连载浩泉的小说《血仇泪》、梅若诗的小说《打虎不离亲兄弟》、公孙乐的小说《蓝佳佳》。《华侨报·华座》副刊连载长篇系列散文《集古楼杂谈》、凌霄的小说《红河怒吼了》、青云的小说《域外风云录》、紫丹的小说《情劫》、王香琴的小说《宝马雕弓》、痴人的小说《爱的火焰》、高唐的小说《借钱记》（完）。

26 日 《澳门日报·新园地》副刊发表江河的散文《校园里的聚会》、红山的散文《永不凋谢的莲花——莲花山渔港访问记》，连载浩泉的小说《血仇泪》、梅若诗的小说《打虎不离亲兄弟》、公孙乐的小说《蓝佳佳》。《华侨报·华座》副刊连载长篇系列散文《集古楼杂谈》、凌霄的小说《红河怒吼了》、青云的小说《域外风云录》、紫丹的小说《情劫》、王香琴的小说《宝马雕弓》、痴人的小说《爱的火焰》，并开始连载茵茵的小说《冤情》、高唐的小说《集邮的故事》。

27 日，《澳门日报·新园地》副刊发表伊人的散文《非洲大沙漠——撒哈拉》，连载浩泉的小说《血仇泪》、梅若诗的小说《打虎不离亲兄弟》、公孙乐的小说《蓝佳佳》。《华侨报·华座》副刊连载长篇系列散文《集古楼杂谈》、凌霄的小说《红河怒吼了》、青云的小说《域外风云录》、紫丹的小说《情劫》、王香琴的小说《宝马雕弓》、痴人的小说《爱的火焰》、茵茵的小说《冤情》、高唐的小说《集邮的故事》(完)。

28 日　《澳门日报·新园地》副刊连载浩泉的小说《血仇泪》、梅若诗的小说《打虎不离亲兄弟》、公孙乐的小说《蓝佳佳》。《华侨报·华座》副刊连载长篇系列散文《集古楼杂谈》、凌霄的小说《红河怒吼了》、青云的小说《域外风云录》、紫丹的小说《情劫》、王香琴的小说《宝马雕弓》、痴人的小说《爱的火焰》、茵茵的小说《冤情》,并开始连载高唐的小说《幸福的人》。

29 日　《澳门日报·新园地》副刊发表乔海的散文《蝉鸣荔熟》、解台的散文《台湾海峡》,连载浩泉的小说《血仇泪》、梅若诗的小说《打虎不离亲兄弟》、公孙乐的小说《蓝佳佳》。《华侨报·华座》副刊连载长篇系列散文《集古楼杂谈》、凌霄的小说《红河怒吼了》、青云的小说《域外风云录》、紫丹的小说《情劫》、王香琴的小说《宝马雕弓》、痴人的小说《爱的火焰》、茵茵的小说《冤情》、高唐的小说《幸福的人》(完)。

30 日　《澳门日报·新园地》副刊发表轻飏的散文《谢老的一篇文章》、赵庆海的散文《时代不同了》,连载浩泉的小说《血仇泪》、梅若诗的小说《打虎不离亲兄弟》、公孙乐的小说《蓝佳佳》。《华侨报·华座》副刊连载长篇系列散文《集古楼杂谈》、凌霄的小说《红河怒吼了》、青云的小说《域外风云录》、紫丹的小说《情劫》、王香琴的小说《宝马雕弓》、痴人的小说《爱的火焰》、茵茵的小说《冤情》,并开始连载高唐的小说《礼物》。

⊙　本月,汪浩瀚发表诗歌《沉思·旗帜·盾与剑》于香港《学生丛书》第77期。

七月

1 日　《澳门日报·新园地》副刊发表雪予的诗歌《中国共产党诞生五十周年大

庆》、夏峰的散文《一枚纪念印章》、江之瑛的小说《害羞的人》，连载浩泉的小说《血仇泪》、梅若诗的小说《打虎不离亲兄弟》、公孙乐的小说《蓝佳佳》。《华侨报·华座》副刊连载长篇系列散文《集古楼杂谈》、凌霄的小说《红河怒吼了》、青云的小说《域外风云录》、紫丹的小说《情劫》、王香琴的小说《宝马雕弓》、痴人的小说《爱的火焰》、茵茵的小说《冤情》、高唐的小说《礼物》(完)。

2日　《澳门日报·新园地》副刊发表江思扬的诗歌《颂——中国共产党诞生五十周年》、丁平的散文《绿色的金子》，连载浩泉的小说《血仇泪》、梅若诗的小说《打虎不离亲兄弟》、公孙乐的小说《蓝佳佳》。《华侨报·华座》副刊连载长篇系列散文《集古楼杂谈》、凌霄的小说《红河怒吼了》、青云的小说《域外风云录》、紫丹的小说《情劫》、王香琴的小说《宝马雕弓》、痴人的小说《爱的火焰》、茵茵的小说《冤情》，并开始连载高唐的小说《美梦》。

3日　《澳门日报·新园地》副刊发表姚明、茅晓、徐长林的诗歌《工人诗三首》，连载浩泉的小说《血仇泪》、梅若诗的小说《打虎不离亲兄弟》、公孙乐的小说《蓝佳佳》。《华侨报·华座》副刊连载长篇系列散文《集古楼杂谈》、凌霄的小说《红河怒吼了》、青云的小说《域外风云录》、紫丹的小说《情劫》、王香琴的小说《宝马雕弓》、痴人的小说《爱的火焰》、茵茵的小说《冤情》、高唐的小说《美梦》(完)。

4日　《澳门日报·新园地》副刊发表洁冰的散文《救火》，连载浩泉的小说《血仇泪》、梅若诗的小说《打虎不离亲兄弟》、公孙乐的小说《蓝佳佳》。《华侨报·华座》副刊连载长篇系列散文《集古楼杂谈》、凌霄的小说《红河怒吼了》、青云的小说《域外风云录》、紫丹的小说《情劫》、王香琴的小说《宝马雕弓》、痴人的小说《爱的火焰》、茵茵的小说《冤情》，并开始连载高唐的小说《有人相似》。

5日　《澳门日报·新园地》副刊发表怀宇的散文《戏迷的转变》，连载浩泉的小说《血仇泪》、梅若诗的小说《打虎不离亲兄弟》、公孙乐的小说《蓝佳佳》。《华侨报·华座》副刊连载长篇系列散文《集古楼杂谈》、凌霄的小说《红河怒吼了》、青云的小说《域外风云录》、紫丹的小说《情劫》、王香琴的小说《宝马雕弓》、痴人的小说《爱的火焰》、茵茵的小说《冤情》、高唐的小说《有人相似》(完)。

6日 《澳门日报·新园地》副刊发表尚野的散文《井冈山的翠竹》、伊人的散文《自然暴力话闪电》，连载浩泉的小说《血仇泪》、梅若诗的小说《打虎不离亲兄弟》、公孙乐的小说《蓝佳佳》。《华侨报·华座》副刊连载长篇系列散文《集古楼杂谈》、凌霄的小说《红河怒吼了》、青云的小说《域外风云录》、紫丹的小说《情劫》、王香琴的小说《宝马雕弓》、痴人的小说《爱的火焰》、茵茵的小说《冤情》，并开始连载高唐的小说《拳师狗谋杀案》。

7日 《澳门日报·新园地》副刊发表白思群的散文《接枪》，连载浩泉的小说《血仇泪》、梅若诗的小说《打虎不离亲兄弟》、公孙乐的小说《蓝佳佳》。《华侨报·华座》副刊连载长篇系列散文《集古楼杂谈》、凌霄的小说《红河怒吼了》、青云的小说《域外风云录》、紫丹的小说《情劫》、王香琴的小说《宝马雕弓》、痴人的小说《爱的火焰》、茵茵的小说《冤情》、高唐的小说《拳师狗谋杀案》。

8日 《澳门日报·新园地》副刊发表王崇理的散文《礼物》、小英的散文《两块银元一碗水》、丁平的散文《风暴到来之前》，连载浩泉的小说《血仇泪》、梅若诗的小说《打虎不离亲兄弟》、公孙乐的小说《蓝佳佳》。《华侨报·华座》副刊连载长篇系列散文《集古楼杂谈》、凌霄的小说《红河怒吼了》、青云的小说《域外风云录》、紫丹的小说《情劫》、王香琴的小说《宝马雕弓》、痴人的小说《爱的火焰》、茵茵的小说《冤情》、高唐的小说《拳师狗谋杀案》。

9日 《澳门日报·新园地》副刊发表雪予的诗歌《喜看〈红色娘子军〉》，连载浩泉的小说《血仇泪》、梅若诗的小说《打虎不离亲兄弟》、公孙乐的小说《蓝佳佳》。《华侨报·华座》副刊连载长篇系列散文《集古楼杂谈》、凌霄的小说《红河怒吼了》、青云的小说《域外风云录》、紫丹的小说《情劫》、王香琴的小说《宝马雕弓》、痴人的小说《爱的火焰》、茵茵的小说《冤情》、高唐的小说《拳师狗谋杀案》。

10 日 《澳门日报 · 新园地》副刊发表李义和的诗歌《工人阶级登讲台》、策力的散文《磅米琐记》、欣欣的散文《翻车鱼》，连载浩泉的小说《血仇泪》、梅若诗的小说《打虎不离亲兄弟》、公孙乐的小说《蓝佳佳》。《华侨报 · 华座》副刊连载长篇系列散文《集古楼杂谈》、凌霄的小说《红河怒吼了》、青云的小说《域外风云录》、紫丹的小说《情劫》、王香琴的小说《宝马雕弓》、痴人的小说《爱的火焰》、茵茵的小说《冤情》、高唐的小说《拳师狗谋杀案》。

11 日 《澳门日报 · 新园地》副刊发表丁集的散文《喀麦隆小记》，并开始连载钱英的散文《一幅画像》，连载浩泉的小说《血仇泪》、梅若诗的小说《打虎不离亲兄弟》、公孙乐的小说《蓝佳佳》。《华侨报 · 华座》副刊连载长篇系列散文《集古楼杂谈》、凌霄的小说《红河怒吼了》、青云的小说《域外风云录》、紫丹的小说《情劫》、王香琴的小说《宝马雕弓》、痴人的小说《爱的火焰》、茵茵的小说《冤情》、高唐的小说《拳师狗谋杀案》。

12 日 《澳门日报 · 新园地》副刊开始连载陈昌奉的散文《跟随毛主席长征》，连载钱英的散文《一幅画像》（完）、浩泉的小说《血仇泪》、梅若诗的小说《打虎不离亲兄弟》、公孙乐的小说《蓝佳佳》。《华侨报 · 华座》副刊连载长篇系列散文《集古楼杂谈》、凌霄的小说《红河怒吼了》、青云的小说《域外风云录》、紫丹的小说《情劫》、王香琴的小说《宝马雕弓》、痴人的小说《爱的火焰》、茵茵的小说《冤情》、高唐的小说《拳师狗谋杀案》（完）。

13 日 《澳门日报 · 新园地》副刊连载陈昌奉的散文《跟随毛主席长征》、浩泉的小说《血仇泪》、梅若诗的小说《打虎不离亲兄弟》、公孙乐的小说《蓝佳佳》。《华侨报 · 华座》副刊连载长篇系列散文《集古楼杂谈》、凌霄的小说《红河怒吼了》、青云的小说《域外风云录》、紫丹的小说《情劫》、王香琴的小说《宝马雕弓》、痴人的小说《爱的火焰》、茵茵的小说《冤情》，并发表高唐的小说《调解》。

14 日 《澳门日报 · 新园地》副刊连载陈昌奉的散文《跟随毛主席长征》、浩泉的小说《血仇泪》、梅若诗的小说《打虎不离亲兄弟》、公孙乐的小说《蓝佳佳》。《华侨报·华座》副刊连载长篇系列散文《集古楼杂谈》、凌霄的小说《红河怒吼了》、青云的小说《域外风云录》、紫丹的小说《情劫》、王香琴的小说《宝马雕弓》、痴人的小说《爱的火焰》、茵茵的小说《冤情》，并发表高唐的小说《礼物》。

15 日　《澳门日报·新园地》副刊发表作者不详的散文《牡丹之乡牡丹红》，连载陈昌奉的散文《跟随毛主席长征》、浩泉的小说《血仇泪》、梅若诗的小说《打虎不离亲兄弟》、公孙乐的小说《蓝佳佳》。《华侨报·华座》副刊连载长篇系列散文《集古楼杂谈》、凌霄的小说《红河怒吼了》、青云的小说《域外风云录》、紫丹的小说《情劫》、王香琴的小说《宝马雕弓》、痴人的小说《爱的火焰》、茵茵的小说《冤情》，并发表高唐的小说《考试趣话》。

16 日　《澳门日报·新园地》副刊连载陈昌奉的散文《跟随毛主席长征》、浩泉的小说《血仇泪》、梅若诗的小说《打虎不离亲兄弟》、公孙乐的小说《蓝佳佳》（完）。《华侨报·华座》副刊连载长篇系列散文《集古楼杂谈》、凌霄的小说《红河怒吼了》、青云的小说《域外风云录》、紫丹的小说《情劫》、王香琴的小说《宝马雕弓》、痴人的小说《爱的火焰》、茵茵的小说《冤情》，并发表高唐的小说《落花》。

17 日　《澳门日报·新园地》副刊发表晓立的散文《绚丽的布依族山寨》，并开始连载润园的小说《老少两战友》，连载陈昌奉的散文《跟随毛主席长征》、浩泉的小说《血仇泪》、梅若诗的小说《打虎不离亲兄弟》。《华侨报·华座》副刊连载长篇系列散文《集古楼杂谈》、凌霄的小说《红河怒吼了》、青云的小说《域外风云录》、紫丹的小说《情劫》、王香琴的小说《宝马雕弓》、痴人的小说《爱的火焰》、茵茵的小说《冤情》，并发表高唐的小说《害人的艺术》。

润园，1971 年开始于《澳门日报·新园地》副刊上连载小说《小坚》《老大娘》《渔歌》等。

18日 《澳门日报·新园地》副刊连载陈昌奉的散文《跟随毛主席长征》、浩泉的小说《血仇泪》、梅若诗的小说《打虎不离亲兄弟》、润园的小说《老少两战友》。《华侨报·华座》副刊连载长篇系列散文《集古楼杂谈》、凌霄的小说《红河怒吼了》、青云的小说《域外风云录》、紫丹的小说《情劫》、王香琴的小说《宝马雕弓》、痴人的小说《爱的火焰》、茵茵的小说《冤情》，并开始连载高唐的小说《旧鞋》。

19日 《澳门日报·新园地》副刊发表老丁的散文《长夜难眠》，连载陈昌奉的散文《跟随毛主席长征》、浩泉的小说《血仇泪》、梅若诗的小说《打虎不离亲兄弟》、润园的小说《老少两战友》。《华侨报·华座》副刊连载长篇系列散文《集古楼杂谈》、凌霄的小说《红河怒吼了》、青云的小说《域外风云录》、紫丹的小说《情劫》、王香琴的小说《宝马雕弓》、痴人的小说《爱的火焰》、茵茵的小说《冤情》、高唐的小说《旧鞋》。

20日 《澳门日报·新园地》副刊开始连载张力全的散文《一个工人的家庭》，连载陈昌奉的散文《跟随毛主席长征》、浩泉的小说《血仇泪》、梅若诗的小说《打虎不离亲兄弟》、润园的小说《老少两战友》。《华侨报·华座》副刊连载长篇系列散文《集古楼杂谈》、凌霄的小说《红河怒吼了》、青云的小说《域外风云录》、紫丹的小说《情劫》、王香琴的小说《宝马雕弓》、痴人的小说《爱的火焰》、茵茵的小说《冤情》、高唐的小说《旧鞋》。

21日 《澳门日报·新园地》副刊连载张力全的散文《一个工人的家庭》、陈昌奉的散文《跟随毛主席长征》、浩泉的小说《血仇泪》、梅若诗的小说《打虎不离亲兄弟》、润园的小说《老少两战友》。《华侨报·华座》副刊连载长篇系列散文《集古楼杂谈》、凌霄的小说《红河怒吼了》、青云的小说《域外风云录》、紫丹的小说《情劫》、王香琴的小说《宝马雕弓》、痴人的小说《爱的火焰》、茵茵的小说《冤情》、高唐的小说《旧鞋》（完）。

22日 《澳门日报·新园地》副刊发表鲁牛的散文《“美”的漫谈》，连载张力全的散文《一个工人的家庭》（完）、陈昌奉的散文《跟随毛主席长征》、浩泉的小说《血仇泪》、梅若诗的小说《打虎不离亲兄弟》、润园的小说《老少两战友》。《华侨报·华座》副刊连载长篇系列散文《集古楼杂谈》、凌霄的小说《红河怒吼了》、青云的小说《域外风云录》、紫丹的小说《情劫》、王香琴的小说《宝马雕弓》、痴人的小说《爱的火焰》、茵茵的小说《冤情》，并开始连载高唐的小说《飞来巨物》。

23日 《澳门日报·新园地》副刊发表晓立的散文《万泉河畔》，连载陈昌奉的散文《跟随毛主席长征》、浩泉的小说《血仇泪》、梅若诗的小说《打虎不离亲兄弟》、润园的小说《老少两战友》。《华侨报·华座》副刊连载长篇系列散文《集古楼杂谈》、凌霄的小说《红河怒吼了》、青云的小说《域外风云录》、紫丹的小说《情劫》、王香琴的小说《宝马雕弓》、痴人的小说《爱的火焰》、茵茵的小说《冤情》、高唐的小说《飞来巨物》。

24日 《澳门日报·新园地》副刊发表慧敏的散文《台风》，连载陈昌奉的散文《跟随毛主席长征》、浩泉的小说《血仇泪》、梅若诗的小说《打虎不离亲兄弟》、润园的小说《老少两战友》。《华侨报·华座》副刊连载长篇系列散文《集古楼杂谈》、凌霄的小说《红河怒吼了》、青云的小说《域外风云录》、紫丹的小说《情劫》、王香琴的小说《宝马雕弓》、痴人的小说《爱的火焰》、茵茵的小说《冤情》、高唐的小说《飞来巨物》。

25日 《澳门日报·新园地》副刊发表晓立的散文《南海港城尽朝晖》，连载陈昌奉的散文《跟随毛主席长征》、浩泉的小说《血仇泪》、梅若诗的小说《打虎不离亲兄弟》、润园的小说《老少两战友》。《华侨报·华座》副刊连载长篇系列散文《集古楼杂谈》、凌霄的小说《红河怒吼了》、青云的小说《域外风云录》、紫丹的小说《情劫》、王香琴的小说《宝马雕弓》、痴人的小说《爱的火焰》、茵茵的小说《冤情》、高唐的小说《飞来巨物》（完）。

26日 《澳门日报·新园地》副刊发表老丁的散文《再谈长夜难眠》、钟新的散文《紫菜》，连载陈昌奉的散文《跟随毛主席长征》、浩泉的小说《血仇泪》、梅若诗的小说《打虎不离亲兄弟》、润园的小说《老少两战友》。《华侨报·华座》副刊连载长篇系列散文《集古楼杂谈》、凌霄的小说《红河怒吼了》、青云的小说《域外风云录》、紫丹的小说《情劫》、王香琴的小说《宝马雕弓》、痴人的小说《爱的火焰》、茵茵的小说《冤情》，并开始连载高唐的小说《鸳鸯扒手》。

27 日 《澳门日报·新园地》副刊发表鲁牛的散文《小孩子，大问题》，连载陈昌奉的散文《跟随毛主席长征》（完）、浩泉的小说《血仇泪》、梅若诗的小说《打虎不离亲兄弟》、润园的小说《老少两战友》。《华侨报·华座》副刊连载长篇系列散文《集古楼杂谈》、凌霄的小说《红河怒吼了》、青云的小说《域外风云录》、紫丹的小说《情劫》、王香琴的小说《宝马雕弓》、痴人的小说《爱的火焰》、茵茵的小说《冤情》、高唐的小说《鸳鸯扒手》。

28 日 《澳门日报·新园地》副刊发表明明的诗歌《九号公路战果辉煌》，连载浩泉的小说《血仇泪》、梅若诗的小说《打虎不离亲兄弟》、润园的小说《老少两战友》。《华侨报·华座》副刊连载长篇系列散文《集古楼杂谈》、凌霄的小说《红河怒吼了》、青云的小说《域外风云录》、紫丹的小说《情劫》、王香琴的小说《宝马雕弓》、痴人的小说《爱的火焰》、茵茵的小说《冤情》、高唐的小说《鸳鸯扒手》。

29 日 《澳门日报·新园地》副刊发表鲁牛的散文《书，读书，读好书》，开始连载越男的散文《三次入学》，连载浩泉的小说《血仇泪》、梅若诗的小说《打虎不离亲兄弟》、润园的小说《老少两战友》。《华侨报·华座》副刊连载长篇系列散文《集古楼杂谈》、凌霄的小说《红河怒吼了》、青云的小说《域外风云录》、紫丹的小说《情劫》、王香琴的小说《宝马雕弓》、痴人的小说《爱的火焰》、茵茵的小说《冤情》、高唐的小说《鸳鸯扒手》（完）。

30 日 《澳门日报·新园地》副刊连载越男的散文《三次入学》（完）、浩泉的小说《血仇泪》、梅若诗的小说《打虎不离亲兄弟》、润园的小说《老少两战友》。《华侨报·华座》副刊连载长篇系列散文《集古楼杂谈》、凌霄的小说《红河怒吼了》、青云的小说《域外风云录》、紫丹的小说《情劫》、王香琴的小说《宝马雕弓》、痴人的小说《爱的火焰》、茵茵的小说《冤情》，并开始连载高唐的小说《缉夫记》。

31 日 《澳门日报·新园地》副刊发表鲁牛的散文《包顶颈》、江峰的散文《一个华侨的奇遇》，连载浩泉的小说《血仇泪》、梅若诗的小说《打虎不离亲兄弟》、润园的小说《老少两战友》。《华侨报·华座》副刊连载长篇系列散文《集古楼杂谈》、凌霄的小说《红河怒吼了》、青云的小说《域外风云录》、紫丹的小说《情劫》、王香琴的小说《宝马雕弓》、痴人的小说《爱的火焰》、茵茵的小说《冤情》、高唐的小说《缉夫记》。

八月

1日　《澳门日报·新园地》副刊发表常露的散文《水的故事》，连载浩泉的小说《血仇泪》、梅若诗的小说《打虎不离亲兄弟》、润园的小说《老少两战友》。《华侨报·华座》副刊连载长篇系列散文《集古楼杂谈》、凌霄的小说《红河怒吼了》、青云的小说《域外风云录》、紫丹的小说《情劫》、王香琴的小说《宝马雕弓》、痴人的小说《爱的火焰》、茵茵的小说《冤情》、高唐的小说《缉夫记》。

2日　《澳门日报·新园地》副刊发表白思群的散文《文物，是谁之物》、颂新的散文《五虎村歼敌记》，连载浩泉的小说《血仇泪》、梅若诗的小说《打虎不离亲兄弟》、润园的小说《老少两战友》。《华侨报·华座》副刊连载长篇系列散文《集古楼杂谈》、凌霄的小说《红河怒吼了》、青云的小说《域外风云录》、紫丹的小说《情劫》、王香琴的小说《宝马雕弓》、痴人的小说《爱的火焰》、茵茵的小说《冤情》、高唐的小说《缉夫记》(完)。

3日　《澳门日报·新园地》副刊发表鲁牛的散文《离婚》，连载浩泉的小说《血仇泪》、梅若诗的小说《打虎不离亲兄弟》、润园的小说《老少两战友》。《华侨报·华座》副刊连载长篇系列散文《集古楼杂谈》、凌霄的小说《红河怒吼了》、青云的小说《域外风云录》、紫丹的小说《情劫》、王香琴的小说《宝马雕弓》、痴人的小说《爱的火焰》、茵茵的小说《冤情》，并开始连载高唐的小说《擒狼记》。

4日　《澳门日报·新园地》副刊发表梅萼华的散文《好戏百看不厌》，连载浩泉的小说《血仇泪》、梅若诗的小说《打虎不离亲兄弟》、润园的小说《老少两战友》。《华侨报·华座》副刊连载长篇系列散文《集古楼杂谈》、凌霄的小说《红河怒吼了》、青云的小说《域外风云录》、紫丹的小说《情劫》、王香琴的小说《宝马雕弓》、痴人的小说《爱的火焰》、茵茵的小说《冤情》、高唐的小说《擒狼记》。

5日 《澳门日报·新园地》副刊连载浩泉的小说《血仇泪》、梅若诗的小说《打虎不离亲兄弟》、润园的小说《老少两战友》。《华侨报·华座》副刊连载长篇系列散文《集古楼杂谈》、凌霄的小说《红河怒吼了》、青云的小说《域外风云录》、紫丹的小说《情劫》、王香琴的小说《宝马雕弓》、痴人的小说《爱的火焰》、茵茵的小说《冤情》、高唐的小说《擒狼记》。

6日 《澳门日报·新园地》副刊发表菜励的散文《货运频繁与我》，连载浩泉的小说《血仇泪》、梅若诗的小说《打虎不离亲兄弟》、润园的小说《老少两战友》。《华侨报·华座》副刊连载长篇系列散文《集古楼杂谈》、凌霄的小说《红河怒吼了》、青云的小说《域外风云录》、紫丹的小说《情劫》、王香琴的小说《宝马雕弓》、痴人的小说《爱的火焰》、茵茵的小说《冤情》、高唐的小说《擒狼记》（完）。

7日 《澳门日报·新园地》副刊连载浩泉的小说《血仇泪》、梅若诗的小说《打虎不离亲兄弟》、润园的小说《老少两战友》。《华侨报·华座》副刊连载长篇系列散文《集古楼杂谈》、凌霄的小说《红河怒吼了》、青云的小说《域外风云录》、紫丹的小说《情劫》、王香琴的小说《宝马雕弓》、痴人的小说《爱的火焰》、茵茵的小说《冤情》，并开始连载高唐的小说《不知名的情敌》。

8日 《澳门日报·新园地》副刊连载浩泉的小说《血仇泪》、梅若诗的小说《打虎不离亲兄弟》、润园的小说《老少两战友》（完）。《华侨报·华座》副刊连载长篇系列散文《集古楼杂谈》、凌霄的小说《红河怒吼了》、青云的小说《域外风云录》、紫丹的小说《情劫》、王香琴的小说《宝马雕弓》、痴人的小说《爱的火焰》、茵茵的小说《冤情》、高唐的小说《不知名的情敌》。

9日 《澳门日报·新园地》副刊发表晓立的散文《条条大道通北京》、心刚的小说《他做对了》，连载浩泉的小说《血仇泪》、梅若诗的小说《打虎不离亲兄弟》。《华侨报·华座》副刊连载长篇系列散文《集古楼杂谈》、凌霄的小说《红河怒吼了》、青云的小说《域外风云录》、紫丹的小说《情劫》、王香琴的小说《宝马雕弓》、痴人的小说《爱的火焰》、茵茵的小说《冤情》、高唐的小说《不知名的情敌》。

10 日 《澳门日报·新园地》副刊发表鲁牛的散文《从捉木虱谈起》，并开始连载润园的小说《小坚》，连载浩泉的小说《血仇泪》、梅若诗的小说《打虎不离亲兄弟》。《华侨报·华座》副刊连载长篇系列散文《集古楼杂谈》、凌霄的小说《红河怒吼了》、青云的小说《域外风云录》、紫丹的小说《情劫》（停刊一期）、王香琴的小说《宝马雕弓》、痴人的小说《爱的火焰》、茵茵的小说《冤情》、高唐的小说《不知名的情敌》（完），并开始连载紫丹的小说《珍妃》。

11 日 《澳门日报·新园地》副刊发表高风的散文《评〈百万雄师满江红〉》，连载润园的小说《小坚》、浩泉的小说《血仇泪》、梅若诗的小说《打虎不离亲兄弟》。《华侨报·华座》副刊连载长篇系列散文《集古楼杂谈》、凌霄的小说《红河怒吼了》、青云的小说《域外风云录》、紫丹的小说《情劫》（完）、王香琴的小说《宝马雕弓》、痴人的小说《爱的火焰》、茵茵的小说《冤情》、紫丹的小说《珍妃》（停刊一期），并开始连载高唐的小说《好彩伯伯》。

12 日 《澳门日报·新园地》副刊发表学咏的散文《一句深情的话语》、展素心的散文《朱自清的路——答友人》、鲁牛的散文《“金山”随风而逝了》，连载润园的小说《小坚》、浩泉的小说《血仇泪》、梅若诗的小说《打虎不离亲兄弟》。《华侨报·华座》副刊连载长篇系列散文《集古楼杂谈》、凌霄的小说《红河怒吼了》、青云的小说《域外风云录》、王香琴的小说《宝马雕弓》、痴人的小说《爱的火焰》、茵茵的小说《冤情》、紫丹的小说《珍妃》、高唐的小说《好彩伯伯》。

13 日 《澳门日报·新园地》副刊发表怀星的散文《森林之国说缅甸》，连载润园的小说《小坚》、浩泉的小说《血仇泪》、梅若诗的小说《打虎不离亲兄弟》。《华侨报·华座》副刊连载长篇系列散文《集古楼杂谈》、凌霄的小说《红河怒吼了》、青云的小说《域外风云录》、王香琴的小说《宝马雕弓》、痴人的小说《爱的火焰》、茵茵的小说《冤情》、紫丹的小说《珍妃》、高唐的小说《好彩伯伯》(完)。

14日 《澳门日报·新园地》副刊发表杏子的散文《美国华侨的心声》，并开始连载关长才的散文《胸中自有雄师百万》，连载润园的小说《小坚》、浩泉的小说《血仇泪》、梅若诗的小说《打虎不离亲兄弟》。《华侨报·华座》副刊连载长篇系列散文《集古楼杂谈》、凌霄的小说《红河怒吼了》、青云的小说《域外风云录》、王香琴的小说《宝马雕弓》、痴人的小说《爱的火焰》、茵茵的小说《冤情》、紫丹的小说《珍妃》，并开始连载高唐的小说《跟错线》。

15日 《澳门日报·新园地》副刊发表夏峰的散文《我们的老朋友》，连载关长才的散文《胸中自有雄师百万》、润园的小说《小坚》、浩泉的小说《血仇泪》、梅若诗的小说《打虎不离亲兄弟》。《华侨报·华座》副刊连载长篇系列散文《集古楼杂谈》、凌霄的小说《红河怒吼了》、青云的小说《域外风云录》、王香琴的小说《宝马雕弓》、痴人的小说《爱的火焰》、茵茵的小说《冤情》、紫丹的小说《珍妃》、高唐的小说《跟错线》。

16日 《澳门日报·新园地》副刊连载关长才的散文《胸中自有雄师百万》、润园的小说《小坚》、浩泉的小说《血仇泪》、梅若诗的小说《打虎不离亲兄弟》。《华侨报·华座》副刊连载长篇系列散文《集古楼杂谈》、凌霄的小说《红河怒吼了》、青云的小说《域外风云录》、王香琴的小说《宝马雕弓》、痴人的小说《爱的火焰》、茵茵的小说《冤情》、紫丹的小说《珍妃》、高唐的小说《跟错线》。

17日 《澳门日报·新园地》副刊连载关长才的散文《胸中自有雄师百万》、润园的小说《小坚》、浩泉的小说《血仇泪》、梅若诗的小说《打虎不离亲兄弟》。《华侨报·华座》副刊连载长篇系列散文《集古楼杂谈》、凌霄的小说《红河怒吼了》、青云的小说《域外风云录》、王香琴的小说《宝马雕弓》、痴人的小说《爱的火焰》、茵茵的小说《冤情》、紫丹的小说《珍妃》、高唐的小说《跟错线》(完)。

18 日 《澳门日报·新园地》副刊连载关长才的散文《胸中自有雄师百万》、润园的小说《小坚》、浩泉的小说《血仇泪》、梅若诗的小说《打虎不离亲兄弟》。《华侨报·华座》副刊连载长篇系列散文《集古楼杂谈》、凌霄的小说《红河怒吼了》、青云的小说《域外风云录》、王香琴的小说《宝马雕弓》、痴人的小说《爱的火焰》、茵茵的小说《冤情》、紫丹的小说《珍妃》，并开始连载高唐的小说《藏金》。

19 日 《澳门日报·新园地》副刊发表杏子的散文《比一比，比什么》，连载关长才的散文《胸中自有雄师百万》、润园的小说《小坚》、浩泉的小说《血仇泪》、梅若诗的小说《打虎不离亲兄弟》。《华侨报·华座》副刊连载长篇系列散文《集古楼杂谈》、凌霄的小说《红河怒吼了》、青云的小说《域外风云录》、王香琴的小说《宝马雕弓》、痴人的小说《爱的火焰》、茵茵的小说《冤情》、紫丹的小说《珍妃》、高唐的小说《藏金》。

20 日 《澳门日报·新园地》副刊发表杏子的散文《火海战歌》，连载关长才的散文《胸中自有雄师百万》、润园的小说《小坚》、浩泉的小说《血仇泪》、梅若诗的小说《打虎不离亲兄弟》。《华侨报·华座》副刊连载长篇系列散文《集古楼杂谈》、凌霄的小说《红河怒吼了》、青云的小说《域外风云录》、王香琴的小说《宝马雕弓》、痴人的小说《爱的火焰》、茵茵的小说《冤情》、紫丹的小说《珍妃》、高唐的小说《藏金》。

21 日 《澳门日报·新园地》副刊连载关长才的散文《胸中自有雄师百万》、润园的小说《小坚》、浩泉的小说《血仇泪》、梅若诗的小说《打虎不离亲兄弟》。《华侨报·华座》副刊连载长篇系列散文《集古楼杂谈》、凌霄的小说《红河怒吼了》、青云的小说《域外风云录》、王香琴的小说《宝马雕弓》、痴人的小说《爱的火焰》、茵茵的小说《冤情》、紫丹的小说《珍妃》、高唐的小说《藏金》（完）。

22 日 《澳门日报·新园地》副刊发表颂庆的散文《肇庆行》，连载关长才的散文《胸中自有雄师百万》、润园的小说《小坚》、浩泉的小说《血仇泪》、梅若诗的小说《打虎不离亲兄弟》。《华侨报·华座》副刊连载长篇系列散文《集古楼杂谈》、凌霄的小说《红河怒吼了》、青云的小说《域外风云录》、王香琴的小说《宝马雕弓》、痴人的小说《爱的火焰》、茵茵的小说《冤情》、紫丹的小说《珍妃》，并开始连载高唐的小说《问路石》。

23日 《澳门日报·新园地》副刊发表平方的散文《拉杂谈“心”》，连载关长才的散文《胸中自有雄师百万》、润园的小说《小坚》、浩泉的小说《血仇泪》、梅若诗的小说《打虎不离亲兄弟》。《华侨报·华座》副刊连载长篇系列散文《集古楼杂谈》、凌霄的小说《红河怒吼了》、青云的小说《域外风云录》、王香琴的小说《宝马雕弓》、痴人的小说《爱的火焰》、茵茵的小说《冤情》、紫丹的小说《珍妃》、高唐的小说《问路石》。

24日 《澳门日报·新园地》副刊发表鲁牛的散文《狂风巨浪的联想》，连载关长才的散文《胸中自有雄师百万》、润园的小说《小坚》、浩泉的小说《血仇泪》、梅若诗的小说《打虎不离亲兄弟》。《华侨报·华座》副刊连载长篇系列散文《集古楼杂谈》、凌霄的小说《红河怒吼了》、青云的小说《域外风云录》、王香琴的小说《宝马雕弓》、痴人的小说《爱的火焰》、茵茵的小说《冤情》、紫丹的小说《珍妃》、高唐的小说《问路石》。

25日 《澳门日报·新园地》副刊发表作者不详的散文《大明湖上》，连载关长才的散文《胸中自有雄师百万》、润园的小说《小坚》、浩泉的小说《血仇泪》、梅若诗的小说《打虎不离亲兄弟》。《华侨报·华座》副刊连载长篇系列散文《集古楼杂谈》、凌霄的小说《红河怒吼了》、青云的小说《域外风云录》、王香琴的小说《宝马雕弓》、痴人的小说《爱的火焰》、茵茵的小说《冤情》、紫丹的小说《珍妃》、高唐的小说《问路石》(完)。

26日 《澳门日报·新园地》副刊发表鲁牛的散文《天才和灵感》，连载关长才的散文《胸中自有雄师百万》、润园的小说《小坚》、浩泉的小说《血仇泪》、梅若诗的小说《打虎不离亲兄弟》。《华侨报·华座》副刊连载长篇系列散文《集古楼杂谈》、凌霄的小说《红河怒吼了》、青云的小说《域外风云录》、王香琴的小说《宝马雕弓》、痴人的小说《爱的火焰》、茵茵的小说《冤情》、紫丹的小说《珍妃》，并开始连载高唐的小说《不打自招》。

27日 《澳门日报·新园地》副刊连载关长才的散文《胸中自有雄师百万》、润园的小说《小坚》、浩泉的小说《血仇泪》、梅若诗的小说《打虎不离亲兄弟》。《华侨报·华座》副刊连载长篇系列散文《集古楼杂谈》、凌霄的小说《红河怒吼了》、青云的小说《域外风云录》、王香琴的小说《宝马雕弓》、痴人的小说《爱的火焰》、茵茵的小说《冤情》、紫丹的小说《珍妃》、高唐的小说《不打自招》。

28 日　《澳门日报·新园地》副刊发表天健的诗歌《长相思》、群星的散文《月的种种》，连载关长才的散文《胸中自有雄师百万》、润园的小说《小坚》、浩泉的小说《血仇泪》、梅若诗的小说《打虎不离亲兄弟》。《华侨报·华座》副刊连载长篇系列散文《集古楼杂谈》、凌霄的小说《红河怒吼了》、青云的小说《域外风云录》、王香琴的小说《宝马雕弓》、痴人的小说《爱的火焰》、茵茵的小说《冤情》、紫丹的小说《珍妃》、高唐的小说《不打自招》。

29 日　《澳门日报·新园地》副刊连载关长才的散文《胸中自有雄师百万》（完）、润园的小说《小坚》、浩泉的小说《血仇泪》、梅若诗的小说《打虎不离亲兄弟》。《华侨报·华座》副刊连载长篇系列散文《集古楼杂谈》、凌霄的小说《红河怒吼了》、青云的小说《域外风云录》、王香琴的小说《宝马雕弓》、痴人的小说《爱的火焰》、茵茵的小说《冤情》、紫丹的小说《珍妃》、高唐的小说《不打自招》（完）。

30 日　《澳门日报·新园地》副刊连载润园的小说《小坚》（完）、浩泉的小说《血仇泪》、梅若诗的小说《打虎不离亲兄弟》。《华侨报·华座》副刊连载长篇系列散文《集古楼杂谈》、凌霄的小说《红河怒吼了》、青云的小说《域外风云录》、王香琴的小说《宝马雕弓》、痴人的小说《爱的火焰》、茵茵的小说《冤情》、紫丹的小说《珍妃》，并开始连载高唐的小说《娶妻不成》。

31 日　《澳门日报·新园地》副刊连载浩泉的小说《血仇泪》、梅若诗的小说《打虎不离亲兄弟》。《华侨报·华座》副刊连载长篇系列散文《集古楼杂谈》、凌霄的小说《红河怒吼了》、青云的小说《域外风云录》、王香琴的小说《宝马雕弓》、痴人的小说《爱的火焰》、茵茵的小说《冤情》、紫丹的小说《珍妃》、高唐的小说《娶妻不成》。

九月

1日　《澳门日报·新园地》副刊发表怀宇的散文《韶山路》、鲁牛的散文《你相信“针麻”吗》、雄鹰的小说《一条围裙》，并开始连载韩丁的散文《中华大地与“铁牛”》，连载浩泉的小说《血仇泪》、梅若诗的小说《打虎不离亲兄弟》。《华侨报·华座》副刊连载长篇系列散文《集古楼杂谈》、凌霄的小说《红河怒吼了》、青云的小说《域外风云录》、王香琴的小说《宝马雕弓》、痴人的小说《爱的火焰》、茵茵的小说《冤情》、紫丹的小说《珍妃》、高唐的小说《娶妻不成》。

2日　《澳门日报·新园地》副刊发表洪滔的散文《洪都瑞金》、鲁牛的散文《狗的故事》、力青的小说《工友之间》，连载韩丁的散文《中华大地与“铁牛”》、浩泉的小说《血仇泪》、梅若诗的小说《打虎不离亲兄弟》。《华侨报·华座》副刊连载长篇系列散文《集古楼杂谈》、凌霄的小说《红河怒吼了》、青云的小说《域外风云录》、王香琴的小说《宝马雕弓》、痴人的小说《爱的火焰》、茵茵的小说《冤情》、紫丹的小说《珍妃》、高唐的小说《娶妻不成》（完）。

3日　《澳门日报·新园地》副刊发表梅萼华的散文《色彩斑斓，主流壮阔——观美术作品展览》、慧慧的小说《舍身救工友》，连载韩丁的散文《中华大地与“铁牛”》、浩泉的小说《血仇泪》、梅若诗的小说《打虎不离亲兄弟》。《华侨报·华座》副刊连载长篇系列散文《集古楼杂谈》、凌霄的小说《红河怒吼了》、青云的小说《域外风云录》、王香琴的小说《宝马雕弓》、痴人的小说《爱的火焰》、茵茵的小说《冤情》、紫丹的小说《珍妃》，并开始连载高唐的小说《没名的情书》。

4日　《澳门日报·新园地》副刊发表永红的散文《乘车见闻》、学庐的散文《豆芽的故事》、晓立的散文《女电犁手丁兰英》、良骥的小说《同居之间》，连载韩丁的散文《中华大地与“铁牛”》、浩泉的小说《血仇泪》、梅若诗的小说《打虎不离亲兄弟》。《华侨报·华座》副刊连载长篇系列散文

《集古楼杂谈》、凌霄的小说《红河怒吼了》、青云的小说《域外风云录》、王香琴的小说《宝马雕弓》、痴人的小说《爱的火焰》、茵茵的小说《冤情》、紫丹的小说《珍妃》、高唐的小说《没名的情书》。

5 日　《澳门日报·新园地》副刊发表庄世忠的散文《两进凉山》、万木春的评论《王世芬与王慧芬——读〈今日医学〉的感想》，并开始连载润园的小说《老大娘》，连载韩丁的散文《中华大地与“铁牛”》、浩泉的小说《血仇泪》、梅若诗的小说《打虎不离亲兄弟》。《华侨报·华座》副刊连载长篇系列散文《集古楼杂谈》、凌霄的小说《红河怒吼了》、青云的小说《域外风云录》、王香琴的小说《宝马雕弓》、痴人的小说《爱的火焰》、茵茵的小说《冤情》、紫丹的小说《珍妃》、高唐的小说《没名的情书》。

6 日　《澳门日报·新园地》副刊发表夏峰的散文《画展的故事》，连载韩丁的散文《中华大地与“铁牛”》、润园的小说《老大娘》、浩泉的小说《血仇泪》、梅若诗的小说《打虎不离亲兄弟》。《华侨报·华座》副刊连载长篇系列散文《集古楼杂谈》、凌霄的小说《红河怒吼了》、青云的小说《域外风云录》、王香琴的小说《宝马雕弓》、痴人的小说《爱的火焰》、茵茵的小说《冤情》、紫丹的小说《珍妃》、高唐的小说《没名的情书》(完)。

7 日　《澳门日报·新园地》副刊发表伊人的散文《狮龙是近亲》、鲁牛的散文《画笔绘出光明和进步》，连载韩丁的散文《中华大地与“铁牛”》、润园的小说《老大娘》、浩泉的小说《血仇泪》、梅若诗的小说《打虎不离亲兄弟》。《华侨报·华座》副刊连载长篇系列散文《集古楼杂谈》、凌霄的小说《红河怒吼了》、青云的小说《域外风云录》、王香琴的小说《宝马雕弓》、痴人的小说《爱的火焰》、茵茵的小说《冤情》、紫丹的小说《珍妃》，并开始连载高唐的小说《阻街记》。

8 日　《澳门日报·新园地》副刊发表思文的诗歌《参观美术作品展览》、老丁的散文《说话疲劳》、晓立的散文《今日黎寨风光好》，连载韩丁的散文《中华大地与“铁牛”》、润园的小说《老大娘》、浩泉的小说《血仇泪》、梅若诗的小说《打虎不离亲兄弟》。《华侨报·华座》副刊连载长篇系列散文《集古楼杂谈》、凌霄的小说《红河怒吼了》、青云的小说《域外风云录》、王香琴的小说《宝马雕弓》、痴人的小说《爱的火焰》、茵茵的小说《冤情》、紫丹的小说《珍妃》、高唐的小说《阻街记》。

9日 《澳门日报·新园地》副刊发表鲁牛的散文《冷面人和独行侠》、丁采的散文《最轻的木材》，连载韩丁的散文《中华大地与“铁牛”》、润园的小说《老大娘》、浩泉的小说《血仇泪》、梅若诗的小说《打虎不离亲兄弟》。《华侨报·华座》副刊连载长篇系列散文《集古楼杂谈》、凌霄的小说《红河怒吼了》、青云的小说《域外风云录》、王香琴的小说《宝马雕弓》、痴人的小说《爱的火焰》、茵茵的小说《冤情》、紫丹的小说《珍妃》、高唐的小说《阻街记》。

10日 《澳门日报·新园地》副刊发表怀宇的散文《韶山人》，连载韩丁的散文《中华大地与“铁牛”》、润园的小说《老大娘》、浩泉的小说《血仇泪》、梅若诗的小说《打虎不离亲兄弟》。《华侨报·华座》副刊连载长篇系列散文《集古楼杂谈》、凌霄的小说《红河怒吼了》、青云的小说《域外风云录》、王香琴的小说《宝马雕弓》、痴人的小说《爱的火焰》、茵茵的小说《冤情》、紫丹的小说《珍妃》、高唐的小说《阻街记》(完)。

11日 《澳门日报·新园地》副刊连载韩丁的散文《中华大地与“铁牛”》、润园的小说《老大娘》、浩泉的小说《血仇泪》、梅若诗的小说《打虎不离亲兄弟》。《华侨报·华座》副刊连载长篇系列散文《集古楼杂谈》、凌霄的小说《红河怒吼了》、青云的小说《域外风云录》、王香琴的小说《宝马雕弓》、痴人的小说《爱的火焰》、茵茵的小说《冤情》、紫丹的小说《珍妃》，并开始连载高唐的小说《雾中人》。

12日 《澳门日报·新园地》副刊发表江思扬的诗歌《珠绣顾念》，连载韩丁的散文《中华大地与“铁牛”》、润园的小说《老大娘》、浩泉的小说《血仇泪》、梅若诗的小说《打虎不离亲兄弟》。《华侨报·华座》副刊连载长篇系列散文《集古楼杂谈》、凌霄的小说《红河怒吼了》、青云的小说《域外风云录》、王香琴的小说《宝马雕弓》、痴人的小说《爱的火焰》、茵茵的小说《冤情》、紫丹的小说《珍妃》、高唐的小说《雾中人》。

13日 《澳门日报·新园地》副刊发表江思扬的诗歌《报童》，连载韩丁的散文

《中华大地与“铁牛”》、润园的小说《老大娘》、浩泉的小说《血仇泪》、梅若诗的小说《打虎不离亲兄弟》。《华侨报·华座》副刊连载长篇系列散文《集古楼杂谈》、凌霄的小说《红河怒吼了》、青云的小说《域外风云录》、王香琴的小说《宝马雕弓》、痴人的小说《爱的火焰》、茵茵的小说《冤情》、紫丹的小说《珍妃》、高唐的小说《雾中人》。

14日　《澳门日报·新园地》副刊发表咏枫的散文《秋日访韶山》、鲁牛的散文《大球场，小人生》，连载韩丁的散文《中华大地与“铁牛”》、润园的小说《老大娘》、浩泉的小说《血仇泪》、梅若诗的小说《打虎不离亲兄弟》。《华侨报·华座》副刊连载长篇系列散文《集古楼杂谈》、凌霄的小说《红河怒吼了》、青云的小说《域外风云录》、王香琴的小说《宝马雕弓》、痴人的小说《爱的火焰》、茵茵的小说《冤情》、紫丹的小说《珍妃》、高唐的小说《雾中人》（完）。

15日　《澳门日报·新园地》副刊发表吕达的散文《“万忠墓”前的怒火》，连载韩丁的散文《中华大地与“铁牛”》、润园的小说《老大娘》、浩泉的小说《血仇泪》、梅若诗的小说《打虎不离亲兄弟》。《华侨报·华座》副刊连载长篇系列散文《集古楼杂谈》、凌霄的小说《红河怒吼了》、青云的小说《域外风云录》、王香琴的小说《宝马雕弓》、痴人的小说《爱的火焰》、茵茵的小说《冤情》、紫丹的小说《珍妃》，并开始连载高唐的小说《舞女芬妮》。

16日　《澳门日报·新园地》副刊发表江思扬的诗歌《教师》，连载韩丁的散文《中华大地与“铁牛”》、润园的小说《老大娘》、浩泉的小说《血仇泪》、梅若诗的小说《打虎不离亲兄弟》。《华侨报·华座》副刊连载长篇系列散文《集古楼杂谈》、凌霄的小说《红河怒吼了》、青云的小说《域外风云录》、王香琴的小说《宝马雕弓》、痴人的小说《爱的火焰》、茵茵的小说《冤情》、紫丹的小说《珍妃》、高唐的小说《舞女芬妮》。

17日　《澳门日报·新园地》副刊连载韩丁的散文《中华大地与“铁牛”》、润园的小说《老大娘》、浩泉的小说《血仇泪》、梅若诗的小说《打虎不离亲兄弟》。《华侨报·华座》副刊连载长篇系列散文《集古楼杂谈》、凌霄的小说《红河怒吼了》、青云的小说《域外风云录》、王香琴的小说《宝马雕弓》、痴人的小说《爱的火焰》、茵茵的小说《冤情》、紫丹的小说《珍妃》、高唐的小说《舞女芬妮》。

18日 《澳门日报·新园地》副刊发表怀丹的散文《从〈松花江上〉说起》，连载韩丁的散文《中华大地与“铁牛”》、润园的小说《老大娘》、浩泉的小说《血仇泪》、梅若诗的小说《打虎不离亲兄弟》。《华侨报·华座》副刊连载长篇系列散文《集古楼杂谈》、凌霄的小说《红河怒吼了》、青云的小说《域外风云录》、王香琴的小说《宝马雕弓》、痴人的小说《爱的火焰》、茵茵的小说《冤情》、紫丹的小说《珍妃》、高唐的小说《舞女芬妮》（完）。

19日 《澳门日报·新园地》副刊连载韩丁的散文《中华大地与“铁牛”》、润园的小说《老大娘》、浩泉的小说《血仇泪》、梅若诗的小说《打虎不离亲兄弟》。《华侨报·华座》副刊连载长篇系列散文《集古楼杂谈》、凌霄的小说《红河怒吼了》、青云的小说《域外风云录》、王香琴的小说《宝马雕弓》、痴人的小说《爱的火焰》、茵茵的小说《冤情》、紫丹的小说《珍妃》，并开始连载高唐的小说《结婚纪念日》。

20日 《澳门日报·新园地》副刊开始连载作者不详的散文《水下尖兵》，连载韩丁的散文《中华大地与“铁牛”》、润园的小说《老大娘》、浩泉的小说《血仇泪》、梅若诗的小说《打虎不离亲兄弟》。《华侨报·华座》副刊连载长篇系列散文《集古楼杂谈》、凌霄的小说《红河怒吼了》、青云的小说《域外风云录》、王香琴的小说《宝马雕弓》、痴人的小说《爱的火焰》、茵茵的小说《冤情》、紫丹的小说《珍妃》、高唐的小说《结婚纪念日》。

21日 《澳门日报·新园地》副刊连载作者不详的散文《水下尖兵》、韩丁的散文《中华大地与“铁牛”》、润园的小说《老大娘》、浩泉的小说《血仇泪》、梅若诗的小说《打虎不离亲兄弟》。《华侨报·华座》副刊连载长篇系列散文《集古楼杂谈》、凌霄的小说《红河怒吼了》、青云的小说《域外风云录》、王香琴的小说《宝马雕弓》、痴人的小说《爱的火焰》、茵茵的小说《冤情》、紫丹的小说《珍妃》、高唐的小说《结婚纪念日》。

22日 《澳门日报·新园地》副刊发表鲁牛的散文《从不相信到相信》，连载作者不详的散文《水下尖兵》、韩丁的散文《中华大地与“铁牛”》、润园的小说《老大娘》、浩泉的小说《血仇泪》、梅若诗的小说《打虎不离亲兄弟》。《华侨报·华座》副刊连载长篇系列散文《集古楼杂谈》、凌霄的小说《红河怒吼了》、青云的小说《域外风云录》、王香琴的小说《宝马雕弓》、痴人的小说《爱的火焰》、茵茵的小说《冤情》、紫丹的小说《珍妃》、高唐的小说《结婚纪念日》(完)。

23日 《澳门日报·新园地》副刊发表学群的散文《支援》，连载作者不详的散文《水下尖兵》、韩丁的散文《中华大地与“铁牛”》、润园的小说《老大娘》、浩泉的小说《血仇泪》、梅若诗的小说《打虎不离亲兄弟》。《华侨报·华座》副刊连载长篇系列散文《集古楼杂谈》、凌霄的小说《红河怒吼了》、青云的小说《域外风云录》、王香琴的小说《宝马雕弓》、痴人的小说《爱的火焰》、茵茵的小说《冤情》、紫丹的小说《珍妃》，并开始连载高唐的小说《贼》。

24日 《澳门日报·新园地》副刊连载作者不详的散文《水下尖兵》、韩丁的散文《中华大地与“铁牛”》、润园的小说《老大娘》、浩泉的小说《血仇泪》、梅若诗的小说《打虎不离亲兄弟》。《华侨报·华座》副刊连载长篇系列散文《集古楼杂谈》、凌霄的小说《红河怒吼了》、青云的小说《域外风云录》(完)、王香琴的小说《宝马雕弓》、痴人的小说《爱的火焰》、茵茵的小说《冤情》、紫丹的小说《珍妃》、高唐的小说《贼》。

25日 《澳门日报·新园地》副刊发表学众的散文《好妈妈》，并开始连载周建人的评论《中国新文化革命的先驱——鲁迅》，连载作者不详的散文《水下尖兵》、韩丁的散文《中华大地与“铁牛”》、润园的小说《老大娘》(完)、浩泉的小说《血仇泪》、梅若诗的小说《打虎不离亲兄弟》。《华侨报·华座》副刊连载长篇系列散文《集古楼杂谈》、凌霄的小说《红河怒吼了》、王香琴的小说《宝马雕弓》、痴人的小说《爱的火焰》、茵茵的小说《冤情》、紫丹的小说《珍妃》、高唐的小说《贼》，并开始连载青云的小说《宝剑情仇》。

26 日 《澳门日报·新园地》副刊开始连载海辛的小说《紫色的牵牛花》、润园的小说《渔歌》，连载作者不详的散文《水下尖兵》、韩丁的散文《中华大地与“铁牛”》、周建人的评论《中国新文化革命的先驱——鲁迅》、浩泉的小说《血仇泪》、梅若诗的小说《打虎不离亲兄弟》。《华侨报·华座》副刊连载长篇系列散文《集古楼杂谈》、凌霄的小说《红河怒吼了》、王香琴的小说《宝马雕弓》、痴人的小说《爱的火焰》、茵茵的小说《冤情》、紫丹的小说《珍妃》、高唐的小说《贼》(完)、青云的小说《宝剑情仇》。

27 日 《澳门日报·新园地》副刊发表怀宇的散文《任务》，连载作者不详的散文《水下尖兵》、韩丁的散文《中华大地与“铁牛”》、周建人的评论《中国新文化革命的先驱——鲁迅》、海辛的小说《紫色的牵牛花》、润园的小说《渔歌》、浩泉的小说《血仇泪》、梅若诗的小说《打虎不离亲兄弟》。《华侨报·华座》副刊连载长篇系列散文《集古楼杂谈》、凌霄的小说《红河怒吼了》、王香琴的小说《宝马雕弓》、痴人的小说《爱的火焰》、茵茵的小说《冤情》、紫丹的小说《珍妃》、青云的小说《宝剑情仇》。

28 日 《澳门日报·新园地》副刊发表白思群的散文《插曲》，连载作者不详的散文《水下尖兵》、韩丁的散文《中华大地与“铁牛”》、周建人的评论《中国新文化革命的先驱——鲁迅》、海辛的小说《紫色的牵牛花》、润园的小说《渔歌》、浩泉的小说《血仇泪》、梅若诗的小说《打虎不离亲兄弟》。《华侨报·华座》副刊连载长篇系列散文《集古楼杂谈》、凌霄的小说《红河怒吼了》、王香琴的小说《宝马雕弓》、痴人的小说《爱的火焰》、茵茵的小说《冤情》、紫丹的小说《珍妃》、青云的小说《宝剑情仇》，并开始连载高唐的小说《复仇得美》。

29 日 《华侨报·华座》副刊连载长篇系列散文《集古楼杂谈》(停刊一期)、凌霄的小说《红河怒吼了》(停刊一期)、王香琴的小说《宝马雕弓》(停刊一期)、痴人的小说《爱的火焰》、茵茵的小说《冤情》、紫丹的小说《珍妃》、青云的小说《宝剑情仇》、高唐的小说《复仇得美》。

30日 《澳门日报·新园地》副刊连载作者不详的散文《水下尖兵》、韩丁的散文《中华大地与“铁牛”》、海辛的小说《紫色的牵牛花》、润园的小说《渔歌》、浩泉的小说《血仇泪》、梅若诗的小说《打虎不离亲兄弟》。《华侨报·华座》副刊连载长篇系列散文《集古楼杂谈》、凌霄的小说《红河怒吼了》、王香琴的小说《宝马雕弓》、痴人的小说《爱的火焰》、茵茵的小说《冤情》、紫丹的小说《珍妃》、青云的小说《宝剑情仇》、高唐的小说《复仇得美》。

十月

1日 《澳门日报·新园地》副刊发表天健的诗歌《临江仙·一九七一年国庆》，连载作者不详的散文《水下尖兵》、韩丁的散文《中华大地与“铁牛”》、海辛的小说《紫色的牵牛花》、润园的小说《渔歌》、浩泉的小说《血仇泪》、梅若诗的小说《打虎不离亲兄弟》。《华侨报·华座》副刊连载长篇系列散文《集古楼杂谈》、凌霄的小说《红河怒吼了》、王香琴的小说《宝马雕弓》、痴人的小说《爱的火焰》、茵茵的小说《冤情》、紫丹的小说《珍妃》、青云的小说《宝剑情仇》、高唐的小说《复仇得美》。

2日 《澳门日报·新园地》副刊连载作者不详的散文《水下尖兵》、韩丁的散文《中华大地与“铁牛”》、海辛的小说《紫色的牵牛花》、润园的小说《渔歌》、浩泉的小说《血仇泪》、梅若诗的小说《打虎不离亲兄弟》。《华侨报·华座》副刊连载长篇系列散文《集古楼杂谈》、凌霄的小说《红河怒吼了》、王香琴的小说《宝马雕弓》、痴人的小说《爱的火焰》、茵茵的小说《冤情》、紫丹的小说《珍妃》、青云的小说《宝剑情仇》、高唐的小说《复仇得美》。

3日 《澳门日报·新园地》副刊发表江思扬的诗歌《舞一千遍，歌一万曲》、鲁牛的散文《今朝更好看》，连载作者不详的散文《水下尖兵》、韩丁的散文《中华大地与“铁牛”》、海辛的小说《紫色的牵牛花》、润园的小说《渔歌》、浩泉的小说《血仇泪》、梅若诗的小说《打虎不离亲兄弟》。《华侨报·华座》副刊连载长篇系列散文《集古楼杂谈》、凌霄的小说《红河怒吼了》、王香琴的小说《宝马雕弓》、痴人的小说《爱的火焰》、茵茵的小说《冤情》、紫丹的小说《珍妃》、青云的小说《宝剑情仇》、高唐的小说《复仇得美》。

4日 《澳门日报·新园地》副刊连载作者不详的散文《水下尖兵》(完)、韩丁的散文《中华大地与"铁牛"》、海辛的小说《紫色的牵牛花》、润园的小说《渔歌》、浩泉的小说《血仇泪》、梅若诗的小说《打虎不离亲兄弟》。《华侨报·华座》副刊连载长篇系列散文《集古楼杂谈》、凌霄的小说《红河怒吼了》、王香琴的小说《宝马雕弓》、痴人的小说《爱的火焰》、茵茵的小说《冤情》、紫丹的小说《珍妃》、青云的小说《宝剑情仇》、高唐的小说《复仇得美》(完)。

5日 《澳门日报·新园地》副刊发表热风的诗歌《踏莎行——为庆祝中华人民共和国成立二十二周年而作》、学众的散文《排练日记》,连载韩丁的散文《中华大地与"铁牛"》、海辛的小说《紫色的牵牛花》、润园的小说《渔歌》、浩泉的小说《血仇泪》、梅若诗的小说《打虎不离亲兄弟》。《华侨报·华座》副刊连载长篇系列散文《集古楼杂谈》、凌霄的小说《红河怒吼了》、王香琴的小说《宝马雕弓》、痴人的小说《爱的火焰》、茵茵的小说《冤情》、紫丹的小说《珍妃》、青云的小说《宝剑情仇》,并开始连载高唐的小说《孤雏恨》。

6日 《澳门日报·新园地》副刊发表庆的散文《鞭炮礼赞》,开始连载金洪的散文《儿童团团长》,连载韩丁的散文《中华大地与"铁牛"》、海辛的小说《紫色的牵牛花》、润园的小说《渔歌》、浩泉的小说《血仇泪》、梅若诗的小说《打虎不离亲兄弟》。《华侨报·华座》副刊连载长篇系列散文《集古楼杂谈》、凌霄的小说《红河怒吼了》、王香琴的小说《宝马雕弓》、痴人的小说《爱的火焰》、茵茵的小说《冤情》、紫丹的小说《珍妃》、青云的小说《宝剑情仇》、高唐的小说《孤雏恨》。

7日 《澳门日报·新园地》副刊发表天健的诗歌《诗词四首》,连载金洪的散文《儿童团团长》、韩丁的散文《中华大地与"铁牛"》、海辛的小说《紫色的牵牛花》、润园的小说《渔歌》、浩泉的小说《血仇泪》、梅若诗的小说《打虎不离亲兄弟》。《华侨报·华座》副刊连载长篇系列散文《集古楼杂谈》、凌霄的小说《红河怒吼了》、王香琴的小说《宝马雕弓》、痴人的小说《爱的火焰》、茵茵的小说《冤情》、紫丹的小说《珍妃》、青云的小说《宝剑情仇》、高唐的小说《孤雏恨》。

8 日　《澳门日报·新园地》副刊连载金洪的散文《儿童团团长》、韩丁的散文《中华大地与“铁牛”》、海辛的小说《紫色的牵牛花》、润园的小说《渔歌》、浩泉的小说《血仇泪》、梅若诗的小说《打虎不离亲兄弟》。《华侨报·华座》副刊连载长篇系列散文《集古楼杂谈》、凌霄的小说《红河怒吼了》、王香琴的小说《宝马雕弓》、痴人的小说《爱的火焰》、茵茵的小说《冤情》、紫丹的小说《珍妃》、青云的小说《宝剑情仇》、高唐的小说《孤雏恨》(完)。

9 日　《澳门日报·新园地》副刊发表江思扬的诗歌《国庆抒情》，连载金洪的散文《儿童团团长》(完)、韩丁的散文《中华大地与“铁牛”》、海辛的小说《紫色的牵牛花》、润园的小说《渔歌》、浩泉的小说《血仇泪》、梅若诗的小说《打虎不离亲兄弟》。《华侨报·华座》副刊连载长篇系列散文《集古楼杂谈》、凌霄的小说《红河怒吼了》、王香琴的小说《宝马雕弓》、痴人的小说《爱的火焰》、茵茵的小说《冤情》、紫丹的小说《珍妃》、青云的小说《宝剑情仇》，并开始连载高唐的小说《赔了夫人又折兵》。

10 日　《澳门日报·新园地》副刊发表老丁的散文《谈包医》、作者不详的散文《夜话》，连载韩丁的散文《中华大地与“铁牛”》、海辛的小说《紫色的牵牛花》、润园的小说《渔歌》、浩泉的小说《血仇泪》、梅若诗的小说《打虎不离亲兄弟》。《华侨报·华座》副刊连载长篇系列散文《集古楼杂谈》、凌霄的小说《红河怒吼了》、王香琴的小说《宝马雕弓》、痴人的小说《爱的火焰》、茵茵的小说《冤情》、紫丹的小说《珍妃》、青云的小说《宝剑情仇》、高唐的小说《赔了夫人又折兵》。

11 日　《澳门日报·新园地》副刊发表翟桦的散文《万里长城记游》、晓立的散文《东兰新姿》，连载韩丁的散文《中华大地与“铁牛”》、海辛的小说

《紫色的牵牛花》、润园的小说《渔歌》、浩泉的小说《血仇泪》、梅若诗的小说《打虎不离亲兄弟》。《华侨报·华座》副刊连载长篇系列散文《集古楼杂谈》、凌霄的小说《红河怒吼了》、王香琴的小说《宝马雕弓》、痴人的小说《爱的火焰》、茵茵的小说《冤情》、紫丹的小说《珍妃》、青云的小说《宝剑情仇》、高唐的小说《赔了夫人又折兵》(完)。

12 日 《澳门日报·新园地》副刊发表励青的散文《并不娱乐的"娱乐"》，开始连载曹洋的散文《三十年后重逢》，连载韩丁的散文《中华大地与"铁牛"》、海辛的小说《紫色的牵牛花》、润园的小说《渔歌》、浩泉的小说《血仇泪》、梅若诗的小说《打虎不离亲兄弟》。《华侨报·华座》副刊连载长篇系列散文《集古楼杂谈》、凌霄的小说《红河怒吼了》、王香琴的小说《宝马雕弓》、痴人的小说《爱的火焰》、茵茵的小说《冤情》、紫丹的小说《珍妃》、青云的小说《宝剑情仇》，并开始连载高唐的小说《钻戒》。

13 日 《澳门日报·新园地》副刊发表碧涛的散文《一封越海而来的信》，连载曹洋的散文《三十年后重逢》(完)、韩丁的散文《中华大地与"铁牛"》、海辛的小说《紫色的牵牛花》、润园的小说《渔歌》、浩泉的小说《血仇泪》、梅若诗的小说《打虎不离亲兄弟》。《华侨报·华座》副刊连载长篇系列散文《集古楼杂谈》、凌霄的小说《红河怒吼了》、王香琴的小说《宝马雕弓》、痴人的小说《爱的火焰》、茵茵的小说《冤情》、紫丹的小说《珍妃》、青云的小说《宝剑情仇》、高唐的小说《钻戒》。

14 日 《澳门日报·新园地》副刊发表作者不详的散文《一个美国人在北京》、怀宇的散文《情谊》、丁君的散文《黎巴嫩的雪松》，连载韩丁的散文《中华大地与"铁牛"》、海辛的小说《紫色的牵牛花》、润园的小说《渔歌》、浩泉的小说《血仇泪》、梅若诗的小说《打虎不离亲兄弟》。《华侨报·华座》副刊连载长篇系列散文《集古楼杂谈》、凌霄的小说《红河怒吼了》、王香琴的小说《宝马雕弓》、痴人的小说《爱的火焰》、茵茵的小说《冤情》、紫丹的小说《珍妃》、青云的小说《宝剑情仇》、高唐的小说《钻戒》(完)。

15 日　《澳门日报·新园地》副刊连载韩丁的散文《中华大地与“铁牛”》、海辛的小说《紫色的牵牛花》、润园的小说《渔歌》、浩泉的小说《血仇泪》、梅若诗的小说《打虎不离亲兄弟》。

16 日　《澳门日报·新园地》副刊发表丁君的散文《漫漫长夜在挪威》，连载韩丁的散文《中华大地与“铁牛”》、海辛的小说《紫色的牵牛花》、润园的小说《渔歌》、浩泉的小说《血仇泪》、梅若诗的小说《打虎不离亲兄弟》。《华侨报·华座》副刊连载长篇系列散文《集古楼杂谈》、凌霄的小说《红河怒吼了》、王香琴的小说《宝马雕弓》、痴人的小说《爱的火焰》、茵茵的小说《冤情》、紫丹的小说《珍妃》、青云的小说《宝剑情仇》，并开始连载高唐的小说《青丝约》。

17 日　《澳门日报·新园地》副刊开始连载陈洪新的散文《三访红崖》，连载韩丁的散文《中华大地与“铁牛”》、海辛的小说《紫色的牵牛花》、润园的小说《渔歌》、浩泉的小说《血仇泪》、梅若诗的小说《打虎不离亲兄弟》。《华侨报·华座》副刊连载长篇系列散文《集古楼杂谈》、凌霄的小说《红河怒吼了》、王香琴的小说《宝马雕弓》、痴人的小说《爱的火焰》、茵茵的小说《冤情》、紫丹的小说《珍妃》、青云的小说《宝剑情仇》、高唐的小说《青丝约》。

18 日　《澳门日报·新园地》副刊连载陈洪新的散文《三访红崖》、韩丁的散文《中华大地与“铁牛”》、海辛的小说《紫色的牵牛花》、润园的小说《渔歌》、浩泉的小说《血仇泪》、梅若诗的小说《打虎不离亲兄弟》。《华侨报·华座》副刊连载长篇系列散文《集古楼杂谈》、凌霄的小说《红河怒吼了》、王香琴的小说《宝马雕弓》、痴人的小说《爱的火焰》、茵茵的小说《冤情》、紫丹的小说《珍妃》、青云的小说《宝剑情仇》、高唐的小说《青丝约》。

19 日　《澳门日报·新园地》副刊发表江思扬的诗歌《彩照，心曲——喜看毛主席彩色照片》、怀文的评论《横眉冷对千夫指——纪念鲁迅先生》，连载陈洪新的散文《三访红崖》、韩丁的散文《中华大地与“铁牛”》、海辛的小说《紫色的牵牛花》、润园的小说《渔歌》、浩泉的小说《血仇泪》、梅若诗的小说《打虎不离亲兄弟》。《华侨报·华座》副刊连载长篇系列散文《集古楼杂谈》、凌霄的小说《红河怒吼了》、王香琴的小说《宝马雕弓》、痴人的小说《爱的火焰》、茵茵的小说《冤情》、紫丹的小说《珍妃》、青云的小说《宝剑情仇》、高唐的小说《青丝约》(完)。

20日 《澳门日报·新园地》副刊发表怀文的评论《俯首甘为孺子牛——纪念鲁迅先生》,连载韩丁的散文《中华大地与"铁牛"》、海辛的小说《紫色的牵牛花》、润园的小说《渔歌》、浩泉的小说《血仇泪》、梅若诗的小说《打虎不离亲兄弟》。《华侨报·华座》副刊连载长篇系列散文《集古楼杂谈》、凌霄的小说《红河怒吼了》、王香琴的小说《宝马雕弓》、痴人的小说《爱的火焰》、茵茵的小说《冤情》、紫丹的小说《珍妃》、青云的小说《宝剑情仇》,并开始连载高唐的小说《黑夜》。

21日 《澳门日报·新园地》副刊发表马万祺的诗歌《参观"纪念中国共产党五十周年"》,连载韩丁的散文《中华大地与"铁牛"》、海辛的小说《紫色的牵牛花》、润园的小说《渔歌》、浩泉的小说《血仇泪》、梅若诗的小说《打虎不离亲兄弟》。《华侨报·华座》副刊连载长篇系列散文《集古楼杂谈》、凌霄的小说《红河怒吼了》、王香琴的小说《宝马雕弓》、痴人的小说《爱的火焰》、茵茵的小说《冤情》、紫丹的小说《珍妃》、青云的小说《宝剑情仇》、高唐的小说《黑夜》。

22日 《澳门日报·新园地》副刊开始连载作者不详的散文《力争上游》,连载韩丁的散文《中华大地与"铁牛"》、海辛的小说《紫色的牵牛花》、润园的小说《渔歌》、浩泉的小说《血仇泪》、梅若诗的小说《打虎不离亲兄弟》。《华侨报·华座》副刊连载长篇系列散文《集古楼杂谈》、凌霄的小说《红河怒吼了》、王香琴的小说《宝马雕弓》、痴人的小说《爱的火焰》、茵茵的小说《冤情》、紫丹的小说《珍妃》、青云的小说《宝剑情仇》、高唐的小说《黑夜》。

23日 《澳门日报·新园地》副刊发表作者不详的散文《故宫一日游》,连载作者不详的散文《力争上游》、韩丁的散文《中华大地与"铁牛"》(完)、海辛的小说《紫色的牵牛花》、润园的小说《渔歌》、浩泉的小说《血仇泪》、梅若诗的小说《打虎不离亲兄弟》。《华侨报·华座》副刊连载长篇系列散文《集古楼杂谈》、凌霄的小说《红河怒吼了》(完)、王香琴的小说《宝马雕弓》、痴人的小说《爱的火焰》、茵茵的小说《冤情》、紫丹的小说《珍妃》、青云的小说《宝剑情仇》、高唐的小说《黑夜》(完)。

24日 《澳门日报·新园地》副刊开始连载小英的散文《天灾？人祸！——记一次沉痛的旅程》，连载作者不详的散文《力争上游》、海辛的小说《紫色的牵牛花》、润园的小说《渔歌》、浩泉的小说《血仇泪》、梅若诗的小说《打虎不离亲兄弟》。《华侨报·华座》副刊连载长篇系列散文《集古楼杂谈》、王香琴的小说《宝马雕弓》、痴人的小说《爱的火焰》、茵茵的小说《冤情》、紫丹的小说《珍妃》、青云的小说《宝剑情仇》，并开始连载高唐的小说《疯人院的笑声》、凌霄的小说《凶手》。

25日 《澳门日报·新园地》副刊连载小英的散文《天灾？人祸！——记一次沉痛的旅程》、作者不详的散文《力争上游》、海辛的小说《紫色的牵牛花》、润园的小说《渔歌》、浩泉的小说《血仇泪》、梅若诗的小说《打虎不离亲兄弟》。《华侨报·华座》副刊连载长篇系列散文《集古楼杂谈》、王香琴的小说《宝马雕弓》、痴人的小说《爱的火焰》、茵茵的小说《冤情》、紫丹的小说《珍妃》、青云的小说《宝剑情仇》、高唐的小说《疯人院的笑声》、凌霄的小说《凶手》。

27日 《澳门日报·新园地》副刊连载小英的散文《天灾？人祸！——记一次沉痛的旅程》(完)、作者不详的散文《力争上游》、海辛的小说《紫色的牵牛花》、润园的小说《渔歌》、浩泉的小说《血仇泪》、梅若诗的小说《打虎不离亲兄弟》。《华侨报·华座》副刊连载长篇系列散文《集古楼杂谈》、王香琴的小说《宝马雕弓》、痴人的小说《爱的火焰》、茵茵的小说《冤情》、紫丹的小说《珍妃》、青云的小说《宝剑情仇》、高唐的小说《疯人院的笑声》(完)、凌霄的小说《凶手》。

28日 《澳门日报·新园地》副刊发表白石凡的散文《实事求是之行——访华感言》、高风的散文《海底一小时》，连载作者不详的散文《力争上游》、海辛的小说《紫色的牵牛花》、润园的小说《渔歌》、浩泉的小说《血仇泪》、梅若诗的小说《打虎不离亲兄弟》。《华侨报·华座》副刊连载长篇系列散文《集古楼杂谈》、王香琴的小说《宝马雕弓》、痴人的小说《爱的火焰》、茵茵的小说《冤情》、紫丹的小说《珍妃》、青云的小说《宝剑情仇》、凌霄的小说《凶手》，并开始连载高唐的小说《对床恋》。

29 日 《澳门日报·新园地》副刊连载作者不详的散文《力争上游》、海辛的小说《紫色的牵牛花》、润园的小说《渔歌》、浩泉的小说《血仇泪》、梅若诗的小说《打虎不离亲兄弟》。《华侨报·华座》副刊连载长篇系列散文《集古楼杂谈》、王香琴的小说《宝马雕弓》、痴人的小说《爱的火焰》、茵茵的小说《冤情》、紫丹的小说《珍妃》、青云的小说《宝剑情仇》、凌霄的小说《凶手》、高唐的小说《对床恋》。

30 日 《澳门日报·新园地》副刊连载作者不详的散文《力争上游》、海辛的小说《紫色的牵牛花》、润园的小说《渔歌》、浩泉的小说《血仇泪》、梅若诗的小说《打虎不离亲兄弟》。《华侨报·华座》副刊连载长篇系列散文《集古楼杂谈》、王香琴的小说《宝马雕弓》、痴人的小说《爱的火焰》、茵茵的小说《冤情》、紫丹的小说《珍妃》、青云的小说《宝剑情仇》、凌霄的小说《凶手》、高唐的小说《对床恋》。

31 日 《澳门日报·新园地》副刊连载作者不详的散文《力争上游》、海辛的小说《紫色的牵牛花》、润园的小说《渔歌》、浩泉的小说《血仇泪》、梅若诗的小说《打虎不离亲兄弟》。《华侨报·华座》副刊连载长篇系列散文《集古楼杂谈》、王香琴的小说《宝马雕弓》、痴人的小说《爱的火焰》、茵茵的小说《冤情》、紫丹的小说《珍妃》、青云的小说《宝剑情仇》、凌霄的小说《凶手》、高唐的小说《对床恋》（完）。

十一月

1 日 《澳门日报·新园地》副刊发表高风的评论《一页民族压迫史——谈“小人物”》，连载作者不详的散文《力争上游》、海辛的小说《紫色的牵牛花》、润园的小说《渔歌》、浩泉的小说《血仇泪》、梅若诗的小说《打虎不离亲兄弟》。《华侨报·华座》副刊连载长篇系列散文《集古楼杂谈》、王香琴的小说《宝马雕弓》、痴人的小说《爱的火焰》、茵茵的小说《冤情》、紫丹的小说《珍妃》、青云的小说《宝剑情仇》、凌霄的小说《凶手》，并开始连载高唐的小说《魅影擒凶》。

2 日　《澳门日报·新园地》副刊发表雪予的诗歌《联合国我国席位恢复美日蒋惨败喜而赋诗》、高风的评论《站在谁的立场上讲话——谈“小人物”》，连载作者不详的散文《力争上游》、海辛的小说《紫色的牵牛花》、润园的小说《渔歌》、浩泉的小说《血仇泪》、梅若诗的小说《打虎不离亲兄弟》。《华侨报·华座》副刊连载长篇系列散文《集古楼杂谈》、王香琴的小说《宝马雕弓》、痴人的小说《爱的火焰》、茵茵的小说《冤情》、紫丹的小说《珍妃》、青云的小说《宝剑情仇》、凌霄的小说《凶手》、高唐的小说《魅影擒凶》。

3 日　《澳门日报·新园地》副刊连载作者不详的散文《力争上游》、海辛的小说《紫色的牵牛花》、润园的小说《渔歌》、浩泉的小说《血仇泪》、梅若诗的小说《打虎不离亲兄弟》，并开始连载群力的小说《小当家》。《华侨报·华座》副刊连载长篇系列散文《集古楼杂谈》、王香琴的小说《宝马雕弓》、痴人的小说《爱的火焰》、茵茵的小说《冤情》、紫丹的小说《珍妃》、青云的小说《宝剑情仇》、凌霄的小说《凶手》、高唐的小说《魅影擒凶》。

4 日　《澳门日报·新园地》副刊发表疾风的散文《偷渡金山的悲剧》，连载作者不详的散文《力争上游》、海辛的小说《紫色的牵牛花》、润园的小说《渔歌》、浩泉的小说《血仇泪》、梅若诗的小说《打虎不离亲兄弟》、群力的小说《小当家》。《华侨报·华座》副刊连载长篇系列散文《集古楼杂谈》、王香琴的小说《宝马雕弓》、痴人的小说《爱的火焰》、茵茵的小说《冤情》、紫丹的小说《珍妃》、青云的小说《宝剑情仇》、凌霄的小说《凶手》、高唐的小说《魅影擒凶》（完）。

5 日　《澳门日报·新园地》副刊连载作者不详的散文《力争上游》、海辛的小说《紫色的牵牛花》、润园的小说《渔歌》、浩泉的小说《血仇泪》、梅若诗的小说《打虎不离亲兄弟》、群力的小说《小当家》。《华侨报·华座》

副刊连载长篇系列散文《集古楼杂谈》、王香琴的小说《宝马雕弓》、痴人的小说《爱的火焰》、茵茵的小说《冤情》、紫丹的小说《珍妃》、青云的小说《宝剑情仇》、凌霄的小说《凶手》，并开始连载高唐的小说《爱畜先生》。

6日 《澳门日报·新园地》副刊发表丁兵的评论《时时胶片注深情》，连载作者不详的散文《力争上游》、海辛的小说《紫色的牵牛花》、润园的小说《渔歌》、浩泉的小说《血仇泪》、梅若诗的小说《打虎不离亲兄弟》、群力的小说《小当家》。《华侨报·华座》副刊连载长篇系列散文《集古楼杂谈》、王香琴的小说《宝马雕弓》、痴人的小说《爱的火焰》、茵茵的小说《冤情》、紫丹的小说《珍妃》、青云的小说《宝剑情仇》、凌霄的小说《凶手》、高唐的小说《爱畜先生》。

7日 《澳门日报·新园地》副刊连载作者不详的散文《力争上游》（完）、海辛的小说《紫色的牵牛花》、润园的小说《渔歌》、浩泉的小说《血仇泪》、梅若诗的小说《打虎不离亲兄弟》、群力的小说《小当家》（停刊一期）。《华侨报·华座》副刊连载长篇系列散文《集古楼杂谈》、王香琴的小说《宝马雕弓》、痴人的小说《爱的火焰》、茵茵的小说《冤情》、紫丹的小说《珍妃》、青云的小说《宝剑情仇》、凌霄的小说《凶手》、高唐的小说《爱畜先生》。

8日 《澳门日报·新园地》副刊开始连载路易·艾黎的散文《三十年前后之巨变》，连载海辛的小说《紫色的牵牛花》、润园的小说《渔歌》、浩泉的小说《血仇泪》、梅若诗的小说《打虎不离亲兄弟》、群力的小说《小当家》。《华侨报·华座》副刊连载长篇系列散文《集古楼杂谈》、王香琴的小说《宝马雕弓》、痴人的小说《爱的火焰》、茵茵的小说《冤情》、紫丹的小说《珍妃》、青云的小说《宝剑情仇》、凌霄的小说《凶手》、高唐的小说《爱畜先生》（完）。

9日 《澳门日报·新园地》副刊发表碧涛的评论《一条有意义的大道——谈〈还我青春〉第二部〈大路上〉》，连载路易·艾黎的散文《三十年前后之巨变》、海辛的小说《紫色的牵牛花》、润园的小说《渔歌》、浩泉的小说《血仇泪》、梅若诗的小说《打虎不离亲兄弟》、群力的小说《小当家》。《华侨报·华座》副刊连载长篇系列散文《集古楼杂谈》、王香琴的小说《宝马雕弓》、痴人的小说《爱的火焰》、茵茵的小说《冤情》、紫丹的小说《珍妃》、青云的小说《宝剑情仇》、凌霄的小说《凶手》，并开始连载高唐的小说《私家侦探》。

10 日 《澳门日报·新园地》副刊发表翟桦的散文《畅游北京动物园》，连载路易·艾黎的散文《三十年前后之巨变》、海辛的小说《紫色的牵牛花》、润园的小说《渔歌》、浩泉的小说《血仇泪》、梅若诗的小说《打虎不离亲兄弟》、群力的小说《小当家》。《华侨报·华座》副刊连载长篇系列散文《集古楼杂谈》、王香琴的小说《宝马雕弓》、痴人的小说《爱的火焰》、茵茵的小说《冤情》、紫丹的小说《珍妃》、青云的小说《宝剑情仇》、凌霄的小说《凶手》、高唐的小说《私家侦探》。

11 日 《澳门日报·新园地》副刊发表翁雨的评论《由〈小当家〉想起的》，连载路易·艾黎的散文《三十年前后之巨变》、海辛的小说《紫色的牵牛花》、润园的小说《渔歌》、浩泉的小说《血仇泪》、梅若诗的小说《打虎不离亲兄弟》、群力的小说《小当家》（完）。《华侨报·华座》副刊连载长篇系列散文《集古楼杂谈》、王香琴的小说《宝马雕弓》、痴人的小说《爱的火焰》、茵茵的小说《冤情》、紫丹的小说《珍妃》、青云的小说《宝剑情仇》、凌霄的小说《凶手》、高唐的小说《私家侦探》。

12 日 《澳门日报·新园地》副刊发表安红的散文《今日黄山》、碧涛的评论《〈小当家〉和我》，连载路易·艾黎的散文《三十年前后之巨变》、海辛的小说《紫色的牵牛花》、润园的小说《渔歌》、浩泉的小说《血仇泪》、梅若诗的小说《打虎不离亲兄弟》。《华侨报·华座》副刊连载长篇系列散文《集古楼杂谈》、王香琴的小说《宝马雕弓》、痴人的小说《爱的火焰》（完）、茵茵的小说《冤情》、紫丹的小说《珍妃》、青云的小说《宝剑情仇》、凌霄的小说《凶手》、高唐的小说《私家侦探》（完）。

13 日 《澳门日报·新园地》副刊连载路易·艾黎的散文《三十年前后之巨变》、海辛的小说《紫色的牵牛花》、润园的小说《渔歌》、浩泉的小说《血仇泪》、梅若诗的小说《打虎不离亲兄弟》。《华侨报·华座》副刊连载长篇系列散文《集古楼杂谈》、王香琴的小说《宝马雕弓》、茵茵的小说《冤情》、紫丹的小说《珍妃》、青云的小说《宝剑情仇》、凌霄的小说《凶手》，并开始连载痴人的小说《离恨天》、高唐的小说《扒手回头记》。

14 日 《澳门日报·新园地》副刊发表晓立的散文《祥周山地变水乡》、谈古的散文《新疆出土的古文字契约》，连载路易·艾黎的散文《三十年前后之巨变》（完）、海辛的小说《紫色的牵牛花》、润园的小说《渔歌》、浩泉的小说《血仇泪》、梅若诗的小说《打虎不离亲兄弟》。《华侨报·华座》副刊连载长篇系列散文《集古楼杂谈》、王香琴的小说《宝马雕弓》、茵茵的小说《冤情》、紫丹的小说《珍妃》、青云的小说《宝剑情仇》、凌霄的小说《凶手》、痴人的小说《离恨天》、高唐的小说《扒手回头记》。

15 日，《澳门日报·新园地》副刊发表雪予的诗歌《首都国庆园游纪盛》、向天明的散文《风光秀丽的黎巴嫩》，并开始连载作者不详的散文《风雪千里战洛阳》，连载海辛的小说《紫色的牵牛花》、润园的小说《渔歌》、浩泉的小说《血仇泪》、梅若诗的小说《打虎不离亲兄弟》。《华侨报·华座》副刊连载长篇系列散文《集古楼杂谈》、王香琴的小说《宝马雕弓》、茵茵的小说《冤情》、紫丹的小说《珍妃》、青云的小说《宝剑情仇》、凌霄的小说《凶手》、痴人的小说《离恨天》、高唐的小说《扒手回头记》。

16 日 《澳门日报·新园地》副刊发表翟桦的散文《颐和园青春焕发》，连载作者不详的散文《风雪千里战洛阳》、海辛的小说《紫色的牵牛花》、润园的小说《渔歌》、浩泉的小说《血仇泪》、梅若诗的小说《打虎不离亲兄弟》。《华侨报·华座》副刊连载长篇系列散文《集古楼杂谈》、王香琴的小说《宝马雕弓》、茵茵的小说《冤情》、紫丹的小说《珍妃》、青云的小说《宝剑情仇》、凌霄的小说《凶手》、痴人的小说《离恨天》、高唐的小说《扒手回头记》（完）。

17 日 《澳门日报·新园地》副刊发表晓立的散文《“红管家”黄明娟》，连载作者不详的散文《风雪千里战洛阳》、海辛的小说《紫色的牵牛花》、润园的小说《渔歌》、浩泉的小说《血仇泪》、梅若诗的小说《打虎不离亲兄弟》。《华侨报·华座》副刊连载长篇系列散文《集古楼杂谈》、王香琴的小说《宝马雕弓》、茵茵的小说《冤情》、紫丹的小说《珍妃》、青云的小说《宝剑情仇》、凌霄的小说《凶手》、痴人的小说《离恨天》，并开始连载高唐的小说《宝马》。

18日 《澳门日报·新园地》副刊连载作者不详的散文《风雪千里战洛阳》、海辛的小说《紫色的牵牛花》、润园的小说《渔歌》、浩泉的小说《血仇泪》、梅若诗的小说《打虎不离亲兄弟》。《华侨报·华座》副刊连载长篇系列散文《集古楼杂谈》、王香琴的小说《宝马雕弓》、茵茵的小说《冤情》、紫丹的小说《珍妃》、青云的小说《宝剑情仇》、凌霄的小说《凶手》、痴人的小说《离恨天》、高唐的小说《宝马》。

19日 《澳门日报·新园地》副刊发表学咏的散文《友谊花开处处》，连载作者不详的散文《风雪千里战洛阳》、海辛的小说《紫色的牵牛花》、润园的小说《渔歌》、浩泉的小说《血仇泪》（完）、梅若诗的小说《打虎不离亲兄弟》。《华侨报·华座》副刊连载长篇系列散文《集古楼杂谈》、王香琴的小说《宝马雕弓》、茵茵的小说《冤情》、紫丹的小说《珍妃》、青云的小说《宝剑情仇》、凌霄的小说《凶手》、痴人的小说《离恨天》、高唐的小说《宝马》。

20日 《澳门日报·新园地》副刊发表郅顺义的散文《忆董存瑞》（1），连载作者不详的散文《风雪千里战洛阳》（完）、海辛的小说《紫色的牵牛花》、润园的小说《渔歌》、梅若诗的小说《打虎不离亲兄弟》，并开始连载浩泉的小说《羽翼》。《华侨报·华座》副刊连载长篇系列散文《集古楼杂谈》、王香琴的小说《宝马雕弓》、茵茵的小说《冤情》、紫丹的小说《珍妃》、青云的小说《宝剑情仇》、凌霄的小说《凶手》、痴人的小说《离恨天》、高唐的小说《宝马》（完）。

21日 《澳门日报·新园地》副刊发表郅顺义的散文《忆董存瑞》（2）、晓立的散文《“小柳州”融安》，连载海辛的小说《紫色的牵牛花》、润园的小说《渔歌》、梅若诗的小说《打虎不离亲兄弟》、浩泉的小说《羽翼》。《华侨报·华座》副刊连载长篇系列散文《集古楼杂谈》、王香琴的小说《宝马雕弓》、茵茵的小说《冤情》、紫丹的小说《珍妃》、青云的小说《宝剑情仇》、凌霄的小说《凶手》、痴人的小说《离恨天》，并开始连载高唐的小说《别墅里的怪声》。

22 日 《澳门日报·新园地》副刊发表翟桦的散文《在首都体育馆》、民戈的评论《一部精彩绝伦的纪录片——谈〈中国乒坛汇报表演第二辑〉》，连载海辛的小说《紫色的牵牛花》、润园的小说《渔歌》、梅若诗的小说《打虎不离亲兄弟》、浩泉的小说《羽翼》。《华侨报·华座》副刊连载长篇系列散文《集古楼杂谈》、王香琴的小说《宝马雕弓》、茵茵的小说《冤情》、紫丹的小说《珍妃》、青云的小说《宝剑情仇》、凌霄的小说《凶手》、痴人的小说《离恨天》、高唐的小说《别墅里的怪声》。

23 日 《澳门日报·新园地》副刊开始连载怀宇的散文《亲情》，连载海辛的小说《紫色的牵牛花》、润园的小说《渔歌》、梅若诗的小说《打虎不离亲兄弟》、浩泉的小说《羽翼》。《华侨报·华座》副刊连载长篇系列散文《集古楼杂谈》、王香琴的小说《宝马雕弓》、茵茵的小说《冤情》、紫丹的小说《珍妃》、青云的小说《宝剑情仇》、凌霄的小说《凶手》、痴人的小说《离恨天》、高唐的小说《别墅里的怪声》。

24 日 《澳门日报·新园地》副刊发表师鲁的评论《遐思·启示·祝福——观〈中国乒坛汇报表演第二辑〉掇拾》，连载怀宇的散文《亲情》、海辛的小说《紫色的牵牛花》、润园的小说《渔歌》、梅若诗的小说《打虎不离亲兄弟》、浩泉的小说《羽翼》。《华侨报·华座》副刊连载长篇系列散文《集古楼杂谈》、王香琴的小说《宝马雕弓》、茵茵的小说《冤情》、紫丹的小说《珍妃》、青云的小说《宝剑情仇》、凌霄的小说《凶手》、痴人的小说《离恨天》、高唐的小说《别墅里的怪声》（完）。

25 日 《澳门日报·新园地》副刊开始连载范滔的散文《夜里的火》，连载怀宇的散文《亲情》（完）、海辛的小说《紫色的牵牛花》、润园的小说《渔歌》、梅若诗的小说《打虎不离亲兄弟》、浩泉的小说《羽翼》。《华侨报·华座》副刊连载长篇系列散文《集古楼杂谈》、王香琴的小说《宝马雕弓》、茵茵的小说《冤情》、紫丹的小说《珍妃》、青云的小说《宝剑情仇》、凌霄的小说《凶手》、痴人的小说《离恨天》，并开始连载高唐的小说《妇人》。

26日 《澳门日报·新园地》副刊连载范滔的散文《夜里的火》、海辛的小说《紫色的牵牛花》、润园的小说《渔歌》、梅若诗的小说《打虎不离亲兄弟》、浩泉的小说《羽翼》。《华侨报·华座》副刊连载长篇系列散文《集古楼杂谈》、王香琴的小说《宝马雕弓》、茵茵的小说《冤情》、紫丹的小说《珍妃》、青云的小说《宝剑情仇》、凌霄的小说《凶手》、痴人的小说《离恨天》、高唐的小说《妇人》。

27日 《澳门日报·新园地》副刊连载范滔的散文《夜里的火》（完）、海辛的小说《紫色的牵牛花》、润园的小说《渔歌》、梅若诗的小说《打虎不离亲兄弟》、浩泉的小说《羽翼》。《华侨报·华座》副刊连载长篇系列散文《集古楼杂谈》、王香琴的小说《宝马雕弓》、茵茵的小说《冤情》、紫丹的小说《珍妃》、青云的小说《宝剑情仇》、凌霄的小说《凶手》、痴人的小说《离恨天》、高唐的小说《妇人》。

28日 《澳门日报·新园地》副刊发表何畏之的评论《西方知识分子的挽歌——谈〈他与她〉》，连载海辛的小说《紫色的牵牛花》、润园的小说《渔歌》、梅若诗的小说《打虎不离亲兄弟》、浩泉的小说《羽翼》。《华侨报·华座》副刊连载长篇系列散文《集古楼杂谈》、王香琴的小说《宝马雕弓》、茵茵的小说《冤情》、紫丹的小说《珍妃》、青云的小说《宝剑情仇》、凌霄的小说《凶手》、痴人的小说《离恨天》、高唐的小说《妇人》。

29日 《澳门日报·新园地》副刊发表作者不详的散文《巍然如山》、白思群的评论《新时代的新英雄颂——读报告文学〈巍然如山〉》，连载海辛的小说《紫色的牵牛花》、润园的小说《渔歌》、梅若诗的小说《打虎不离亲兄弟》、浩泉的小说《羽翼》。《华侨报·华座》副刊连载长篇系列散文《集古楼杂谈》、王香琴的小说《宝马雕弓》、茵茵的小说《冤情》、紫丹的小说《珍妃》、青云的小说《宝剑情仇》、凌霄的小说《凶手》、痴人的小说《离恨天》、高唐的小说《妇人》。

30日 《澳门日报·新园地》副刊连载海辛的小说《紫色的牵牛花》、润园的小说《渔歌》、梅若诗的小说《打虎不离亲兄弟》、浩泉的小说《羽翼》。《华侨报·华座》副刊连载长篇系列散文《集古楼杂谈》、王香琴的小说《宝马雕弓》（完）、茵茵的小说《冤情》、紫丹的小说《珍妃》、青云的小说《宝剑情仇》、凌霄的小说《凶手》、痴人的小说《离恨天》、高唐的小说《妇人》。

十二月

1日 《澳门日报·新园地》副刊发表师鲁的评论《最新最美的画图——看〈人民画报〉第十一期》，连载海辛的小说《紫色的牵牛花》、润园的小说《渔歌》、梅若诗的小说《打虎不离亲兄弟》、浩泉的小说《羽翼》。《华侨报·华座》副刊连载长篇系列散文《集古楼杂谈》、茵茵的小说《冤情》、紫丹的小说《珍妃》、青云的小说《宝剑情仇》、凌霄的小说《凶手》、痴人的小说《离恨天》、高唐的小说《妇人》，并开始连载王香琴的小说《玉弓银箭》。

2日 《澳门日报·新园地》副刊发表严华的散文《长白山访问记》、翟桦的散文《在北京乘地下火车》（1）、犁牛的小说《求职记》，连载海辛的小说《紫色的牵牛花》、润园的小说《渔歌》、梅若诗的小说《打虎不离亲兄弟》、浩泉的小说《羽翼》。《华侨报·华座》副刊连载长篇系列散文《集古楼杂谈》、茵茵的小说《冤情》、紫丹的小说《珍妃》、青云的小说《宝剑情仇》、凌霄的小说《凶手》、痴人的小说《离恨天》、高唐的小说《妇人》（完）、王香琴的小说《玉弓银箭》。

3日 《澳门日报·新园地》副刊发表翟桦的散文《在北京乘地下火车》（2）、《逛北京东风市场》，连载海辛的小说《紫色的牵牛花》、润园的小说《渔歌》、梅若诗的小说《打虎不离亲兄弟》、浩泉的小说《羽翼》。《华侨报·华座》副刊连载长篇系列散文《集古楼杂谈》、茵茵的小说《冤情》、紫丹的小说《珍妃》、青云的小说《宝剑情仇》、凌霄的小说《凶手》、痴人的小说《离恨天》、王香琴的小说《玉弓银箭》，并开始连载高唐的小说《渔家女之恋》。

4日 《澳门日报·新园地》副刊发表洪海生的散文《在浪涛中诞生》、梅萼华的散文《笑声中吃冰糖葫芦》，连载海辛的小说《紫色的牵牛花》、润园的小说《渔歌》、梅若诗的小说《打虎不离亲兄弟》、浩泉的小说《羽翼》。《华侨报·华座》副刊连载长篇系列散文《集古楼杂谈》、茵茵的小说《冤情》、紫丹的小说《珍妃》、青云的小说《宝剑情仇》、凌霄的小说《凶手》、痴人的小说《离恨天》、王香琴的小说《玉弓银箭》、高唐的小说《渔家女之恋》。

5日 《澳门日报·新园地》副刊发表小英的散文《报警记》、梅萼华的散文《北京的市面和人面》、地棉的小说《送别》，连载海辛的小说《紫色的牵牛花》、润园的小说《渔歌》、梅若诗的小说《打虎不离亲兄弟》、浩泉的小说《羽翼》。《华侨报·华座》副刊连载长篇系列散文《集古楼杂谈》、茵茵的小说《冤情》、紫丹的小说《珍妃》、青云的小说《宝剑情仇》、凌霄的小说《凶手》、痴人的小说《离恨天》、王香琴的小说《玉弓银箭》、高唐的小说《渔家女之恋》。

6日 《澳门日报·新园地》副刊发表胡城华的散文《火在燃烧着》，并开始连载梅萼华的散文《热情的北京人》，连载海辛的小说《紫色的牵牛花》、润园的小说《渔歌》、梅若诗的小说《打虎不离亲兄弟》、浩泉的小说《羽翼》。《华侨报·华座》副刊连载长篇系列散文《集古楼杂谈》、茵茵的小说《冤情》、紫丹的小说《珍妃》、青云的小说《宝剑情仇》、凌霄的小说《凶手》、痴人的小说《离恨天》、王香琴的小说《玉弓银箭》、高唐的小说《渔家女之恋》。

7日 《澳门日报·新园地》副刊发表梅萼华的散文《北京观众的掌声》，连载梅萼华的散文《热情的北京人》（完）、海辛的小说《紫色的牵牛花》、润园的小说《渔歌》、梅若诗的小说《打虎不离亲兄弟》、浩泉的小说《羽翼》。《华侨报·华座》副刊连载长篇系列散文《集古楼杂谈》、茵茵的小说《冤情》、紫丹的小说《珍妃》、青云的小说《宝剑情仇》、凌霄的小说《凶手》、痴人的小说《离恨天》、王香琴的小说《玉弓银箭》、高唐的小说《渔家女之恋》。

8日 《澳门日报·新园地》副刊发表越男的散文《格兰巴的礼物》、梅萼华的散文《名园新姿》，连载海辛的小说《紫色的牵牛花》、润园的小说《渔歌》、梅若诗的小说《打虎不离亲兄弟》、浩泉的小说《羽翼》。《华侨报·华座》副刊连载长篇系列散文《集古楼杂谈》、茵茵的小说《冤情》、紫丹的小说《珍妃》、青云的小说《宝剑情仇》、凌霄的小说《凶手》、痴人的小说《离恨天》、王香琴的小说《玉弓银箭》、高唐的小说《渔家女之恋》（完）。

9日 《澳门日报·新园地》副刊发表翟航的散文《杭州三日行》、梅萼华的散文《走马游故宫》，连载海辛的小说《紫色的牵牛花》、润园的小说《渔歌》、梅若诗的小说《打虎不离亲兄弟》、浩泉的小说《羽翼》。《华侨报·华座》副刊连载长篇系列散文《集古楼杂谈》、茵茵的小说《冤情》、紫丹的小说《珍妃》、青云的小说《宝剑情仇》、凌霄的小说《凶手》、痴人的小说《离恨天》、王香琴的小说《玉弓银箭》，并开始连载高唐的小说《明星梦》。

10日 《澳门日报·新园地》副刊发表柳红的散文《护送小旅客》、力青的小说《师父数不清》，连载海辛的小说《紫色的牵牛花》、润园的小说《渔歌》、梅若诗的小说《打虎不离亲兄弟》、浩泉的小说《羽翼》。《华侨报·华座》副刊连载长篇系列散文《集古楼杂谈》、茵茵的小说《冤情》、紫丹的小说《珍妃》、青云的小说《宝剑情仇》、凌霄的小说《凶手》、痴人的小说《离恨天》、王香琴的小说《玉弓银箭》、高唐的小说《明星梦》。

11日 《澳门日报·新园地》副刊发表梅萼华的散文《看金缕衣》、雨丝的小说《不让她受伤害》，连载海辛的小说《紫色的牵牛花》、润园的小说《渔歌》、梅若诗的小说《打虎不离亲兄弟》、浩泉的小说《羽翼》。《华侨报·华座》副刊连载长篇系列散文《集古楼杂谈》、茵茵的小说《冤情》、紫丹的小说《珍妃》、青云的小说《宝剑情仇》、凌霄的小说《凶手》、痴人的小说《离恨天》、王香琴的小说《玉弓银箭》、高唐的小说《明星梦》（完）。

12日 《澳门日报·新园地》副刊发表晋阳的散文《今日杏花村，汾酒分外香》，连载海辛的小说《紫色的牵牛花》、润园的小说《渔歌》、梅若诗的小说《打虎不离亲兄弟》、浩泉的小说《羽翼》。《华侨报·华座》副刊连载长篇系列散文《集古楼杂谈》、茵茵的小说《冤情》、紫丹的小说《珍妃》、青云的小说《宝剑情仇》、凌霄的小说《凶手》、痴人的小说《离恨天》、王香琴的小说《玉弓银箭》，并开始连载高唐的小说《青春的夭折》。

13 日 《澳门日报·新园地》副刊连载海辛的小说《紫色的牵牛花》、润园的小说《渔歌》、梅若诗的小说《打虎不离亲兄弟》、浩泉的小说《羽翼》。《华侨报·华座》副刊连载长篇系列散文《集古楼杂谈》、茵茵的小说《冤情》、紫丹的小说《珍妃》、青云的小说《宝剑情仇》、凌霄的小说《凶手》、痴人的小说《离恨天》、王香琴的小说《玉弓银箭》、高唐的小说《青春的夭折》。

14 日 《澳门日报·新园地》副刊发表怀宇的散文《送面包的孩子》，连载海辛的小说《紫色的牵牛花》、润园的小说《渔歌》、梅若诗的小说《打虎不离亲兄弟》、浩泉的小说《羽翼》。《华侨报·华座》副刊连载长篇系列散文《集古楼杂谈》、茵茵的小说《冤情》、紫丹的小说《珍妃》、青云的小说《宝剑情仇》、凌霄的小说《凶手》、痴人的小说《离恨天》、王香琴的小说《玉弓银箭》、高唐的小说《青春的夭折》。

15 日 《澳门日报·新园地》副刊发表梅萼华的散文《故宫珍宝》，连载海辛的小说《紫色的牵牛花》、润园的小说《渔歌》、梅若诗的小说《打虎不离亲兄弟》、浩泉的小说《羽翼》。《华侨报·华座》副刊连载长篇系列散文《集古楼杂谈》、茵茵的小说《冤情》、紫丹的小说《珍妃》、青云的小说《宝剑情仇》、凌霄的小说《凶手》、痴人的小说《离恨天》、王香琴的小说《玉弓银箭》、高唐的小说《青春的夭折》。

16 日 《澳门日报·新园地》副刊发表梅萼华的散文《食在北京》、江岸的散文《中朝人民友谊歌》，连载海辛的小说《紫色的牵牛花》、润园的小说《渔歌》、梅若诗的小说《打虎不离亲兄弟》、浩泉的小说《羽翼》。《华侨报·华座》副刊连载长篇系列散文《集古楼杂谈》、茵茵的小说《冤情》、紫丹的小说《珍妃》、青云的小说《宝剑情仇》、凌霄的小说《凶手》、痴人的小说《离恨天》、王香琴的小说《玉弓银箭》、高唐的小说《青春的夭折》(完)。

17日 《澳门日报·新园地》副刊发表毅然的散文《购物记》,连载海辛的小说《紫色的牵牛花》、润园的小说《渔歌》、梅若诗的小说《打虎不离亲兄弟》、浩泉的小说《羽翼》。《华侨报·华座》副刊连载长篇系列散文《集古楼杂谈》、茵茵的小说《冤情》、紫丹的小说《珍妃》、青云的小说《宝剑情仇》、凌霄的小说《凶手》、痴人的小说《离恨天》、王香琴的小说《玉弓银箭》,并开始连载高唐的小说《会鬼记》。

18日 《澳门日报·新园地》副刊发表梅萼华的散文《北京地下铁》、小兵的散文《高山上的人》,连载海辛的小说《紫色的牵牛花》、润园的小说《渔歌》、梅若诗的小说《打虎不离亲兄弟》、浩泉的小说《羽翼》。《华侨报·华座》副刊连载长篇系列散文《集古楼杂谈》、茵茵的小说《冤情》、紫丹的小说《珍妃》、青云的小说《宝剑情仇》、凌霄的小说《凶手》、痴人的小说《离恨天》、王香琴的小说《玉弓银箭》、高唐的小说《会鬼记》(完)。

19日 《澳门日报·新园地》副刊发表作者不详的诗歌《长春汽车工人的诗》,并开始连载松建新的散文《富饶美丽的北大荒》,连载海辛的小说《紫色的牵牛花》、润园的小说《渔歌》、梅若诗的小说《打虎不离亲兄弟》、浩泉的小说《羽翼》。《华侨报·华座》副刊连载长篇系列散文《集古楼杂谈》、茵茵的小说《冤情》、紫丹的小说《珍妃》、青云的小说《宝剑情仇》、凌霄的小说《凶手》、痴人的小说《离恨天》、王香琴的小说《玉弓银箭》,并开始连载高唐的小说《金龟婿》(上)。

20日 《澳门日报·新园地》副刊连载松建新的散文《富饶美丽的北大荒》、海辛的小说《紫色的牵牛花》、润园的小说《渔歌》、梅若诗的小说《打虎不离亲兄弟》、浩泉的小说《羽翼》。《华侨报·华座》副刊连载长篇系列散文《集古楼杂谈》、茵茵的小说《冤情》、紫丹的小说《珍妃》、青云的小说《宝剑情仇》、凌霄的小说《凶手》、痴人的小说《离恨天》、王香琴的小说《玉弓银箭》,高唐的小说《金龟婿》(下)。

21 日 《澳门日报·新园地》副刊发表齐道的散文《挨饿的人》，连载松建新的散文《富饶美丽的北大荒》（完）、海辛的小说《紫色的牵牛花》、润园的小说《渔歌》、梅若诗的小说《打虎不离亲兄弟》、浩泉的小说《羽翼》。《华侨报·华座》副刊连载长篇系列散文《集古楼杂谈》、茵茵的小说《冤情》、紫丹的小说《珍妃》、青云的小说《宝剑情仇》、凌霄的小说《凶手》、痴人的小说《离恨天》、王香琴的小说《玉弓银箭》、高唐的小说《金龟婿》。

22 日 《澳门日报·新园地》副刊发表洪大奇的散文《中国书画联展前记》、梅萼华的散文《北京公园及其他》、冈松的小说《邻居》，连载海辛的小说《紫色的牵牛花》、润园的小说《渔歌》、梅若诗的小说《打虎不离亲兄弟》、浩泉的小说《羽翼》。《华侨报·华座》副刊连载长篇系列散文《集古楼杂谈》、茵茵的小说《冤情》、紫丹的小说《珍妃》、青云的小说《宝剑情仇》、凌霄的小说《凶手》、痴人的小说《离恨天》、王香琴的小说《玉弓银箭》、高唐的小说《金龟婿》（完）。

23 日 《澳门日报·新园地》副刊发表田芒的散文《好一个反面教员》、文芳的小说《这不能干》，连载海辛的小说《紫色的牵牛花》、润园的小说《渔歌》、梅若诗的小说《打虎不离亲兄弟》、浩泉的小说《羽翼》。《华侨报·华座》副刊连载长篇系列散文《集古楼杂谈》、茵茵的小说《冤情》、紫丹的小说《珍妃》、青云的小说《宝剑情仇》、凌霄的小说《凶手》、痴人的小说《离恨天》、王香琴的小说《玉弓银箭》、并开始连载高唐的小说《房东的女儿》。

24 日 《澳门日报·新园地》副刊发表晓立的散文《陶都丁蜀》，连载海辛的小说《紫色的牵牛花》、润园的小说《渔歌》、梅若诗的小说《打虎不离亲兄弟》、浩泉的小说《羽翼》。《华侨报·华座》副刊连载长篇系列散文《集古楼杂谈》、茵茵的小说《冤情》、紫丹的小说《珍妃》、青云的小说《宝剑情仇》、凌霄的小说《凶手》、痴人的小说《离恨天》、王香琴的小说《玉弓银箭》、高唐的小说《房东的女儿》。

25 日 《澳门日报·新园地》副刊发表红南文的散文《胡椒之乡——琼海》、怀宇的散文《陷阱》，连载海辛的小说《紫色的牵牛花》、润园的小说《渔歌》、梅若诗的小说《打虎不离亲兄弟》、浩泉的小说《羽翼》。《华侨报·华座》副刊连载长篇系列散文《集古楼杂谈》、茵茵的小说《冤情》、紫丹的小说《珍妃》、青云的小说《宝剑情仇》、凌霄的小说《凶手》、痴人的小说《离恨天》、王香琴的小说《玉弓银箭》、高唐的小说《房东的女儿》。

26日 《澳门日报·新园地》副刊发表王宁宇的诗歌《泰山顶上一青松——赞郭建光》、怀宇的散文《陷阱》、洪大奇的散文《十八人合画八达岭图》、伊人的散文《云露的真相》，连载海辛的小说《紫色的牵牛花》、润园的小说《渔歌》、梅若诗的小说《打虎不离亲兄弟》、浩泉的小说《羽翼》。《华侨报·华座》副刊连载长篇系列散文《集古楼杂谈》、茵茵的小说《冤情》、紫丹的小说《珍妃》、青云的小说《宝剑情仇》、凌霄的小说《凶手》、痴人的小说《离恨天》、王香琴的小说《玉弓银箭》、高唐的小说《房东的女儿》。

27日 《澳门日报·新园地》副刊开始连载李志冠、张丰茹的散文《怀念小英雄》，连载海辛的小说《紫色的牵牛花》、润园的小说《渔歌》、梅若诗的小说《打虎不离亲兄弟》、浩泉的小说《羽翼》。《华侨报·华座》副刊连载长篇系列散文《集古楼杂谈》、茵茵的小说《冤情》、紫丹的小说《珍妃》、青云的小说《宝剑情仇》、凌霄的小说《凶手》、痴人的小说《离恨天》、王香琴的小说《玉弓银箭》、高唐的小说《房东的女儿》。

28日 《澳门日报·新园地》副刊发表田芒的散文《太湖与阳澄湖》，连载李志冠、张丰茹的散文《怀念小英雄》，海辛的小说《紫色的牵牛花》，润园的小说《渔歌》，梅若诗的小说《打虎不离亲兄弟》，浩泉的小说《羽翼》。《华侨报·华座》副刊发表散文《世界猎奇》，连载长篇系列散文《集古楼杂谈》、茵茵的小说《冤情》、紫丹的小说《珍妃》、青云的小说《宝剑情仇》、凌霄的小说《凶手》、痴人的小说《离恨天》、王香琴的小说《玉弓银箭》（停刊一期）、高唐的小说《房东的女儿》。

29日 《澳门日报·新园地》副刊连载李志冠、张丰茹的散文《怀念小英雄》，海辛的小说《紫色的牵牛花》，润园的小说《渔歌》，梅若诗的小说《打虎不离亲兄弟》，浩泉的小说《羽翼》。《华侨报·华座》副刊发表黄远的散文《礼金》，连载长篇系列散文《集古楼杂谈》、茵茵的小说《冤情》、紫丹的小说《珍妃》、青云的小说《宝剑情仇》、凌霄的小说《凶手》、痴人的小说《离恨天》、王香琴的小说《玉弓银箭》（停刊一期）、高唐的小说《房东的女儿》。

30 日 《澳门日报·新园地》副刊发表洪大奇的散文《移得江山入室来——中国书画联展积记》，连载李志冠、张丰茹的散文《怀念小英雄》，海辛的小说《紫色的牵牛花》，润园的小说《渔歌》，梅若诗的小说《打虎不离亲兄弟》，浩泉的小说《羽翼》。《华侨报·华座》副刊发表林泉的散文《应征落选记》，连载长篇系列散文《集古楼杂谈》、茵茵的小说《冤情》、紫丹的小说《珍妃》、青云的小说《宝剑情仇》、凌霄的小说《凶手》、痴人的小说《离恨天》、王香琴的小说《玉弓银箭》（停刊一期）、高唐的小说《房东的女儿》（完）。

31 日 《澳门日报·新园地》副刊发表路平的散文《走路难》，连载李志冠、张丰茹的散文《怀念小英雄》（完），海辛的小说《紫色的牵牛花》，润园的小说《渔歌》，梅若诗的小说《打虎不离亲兄弟》，浩泉的小说《羽翼》。《华侨报·华座》副刊连载长篇系列散文《集古楼杂谈》、茵茵的小说《冤情》、紫丹的小说《珍妃》、青云的小说《宝剑情仇》、凌霄的小说《凶手》、痴人的小说《离恨天》、王香琴的小说《玉弓银箭》。

1972年

1972年，是澳门走向独立自由路途上重要的一年。是年，中国常驻联合国代表黄华致函联合国非殖民化特别委员会主席时指出："香港、澳门是属于历史上遗留下来的帝国主义强加于中国的一系列不平等条约的结果。香港和澳门是被英国和葡萄牙当局占领的中国领土的一部分，解决香港、澳门问题完全是属于中国主权范围内的问题，根本不属于通常的'殖民地'范畴。"这一立场体现了中国政府的一贯态度，得到了国际社会的广泛支持。1972年11月，联合国大会以99票对5票的绝对优势，通过了将香港和澳门从世界殖民地名单上除去的决议。

然而，即使是这样，70年代澳门文学并没有显示出紧跟政治风云变幻，讴歌自由与去殖民的种种题材创作。本年，各文体作品发表情况如下：在澳门发表于《澳门日报·新园地》副刊、《华侨报·华座》副刊等的小说共105部，其中长篇连载小说18部，中篇小说7部，短篇小说80部；散文72篇；现代诗11首，古体诗词34首；评论6篇。在香港及海外发表长篇小说1部，短篇小说8部。基本上延续1971年度的文学创作样式。

值得重视的是，梅若诗于《澳门日报》上连载的长篇小说《辫子姑娘》，以一个17岁的美丽女子丁曼玲为女主角。曼玲曾经上过高级女子中学，后因为母亲病死而辍学进了工厂。她看不起工厂工作，也看不起工厂里的女工。后来遇上了诱拐少女过港集团的左治·曾和碧姬，碧姬邀请曼玲参加舞会，酷似某西方明星的左治·曾借故迷奸了曼玲。曼玲失去了贞操，伤心难过，又不能对外说出真相，于是，在姨丈介绍下，想要离开澳门这个伤心地。曼玲去了香港后，跟随萍表姐一起生活，有知识、有见地的萍表姐帮了曼玲许多忙。曼玲在上夜校进修期间，认识了看上去文质彬彬、很有修养的何子修，并慢慢地喜欢上了这个夜校代课老师。在两人越来越相爱的期间，左治·曾阴魂不散地纠缠上了曼玲，曼玲不想破坏自己在何子修心中的纯洁形象，但又无可奈何，后来何子修还是知道了真相。事实上，曼玲也开始慢慢发现，何子修其实是一个披着和平、民主、平等、博爱外衣的伪君子，后来又发现他实际是一个英籍华人，曼玲从此真正看清了这个人。另一方面，曼玲在萍表姐、表姐男友林建、好友小珠和她父亲等人的帮助下逃脱了左治·曾的迫害，并因此打破了美蒋分子危害同胞、私运美制军火的阴谋。此事引起了人们的关注，大家意识到互相帮助的重要性。在萍表姐等人的指引下，曼玲认识到大家不仅必须团结一致、互相帮助，还要想办法影响那些受殖民社会毒害的落后人们，他们后来将自己的想法付诸实践。小说将本软弱无能的个人放于革命、殖民的背景中，颇有《青春之歌》的叙事模式。另一部小说《小城冬暖》（1972年2月21日—1973年1月1日）也具有较高研究价值，该小说讲述了发生在小城士多咖啡店老板梁伯和身边人身上的故事，充满了浓郁的人情味，在日常生活的细小题材上展现人性的美好与善良。

香港作家海辛也在澳门发表了多部小说，本年度有《夫妻之间》《五月的果园》《心事》《岐江浪跃》。浩泉自1971年发表小说《血仇泪》《羽翼》《华芭山村》《劫后》《迟到的春天》《染缸》。

而剑莹则在香港《当代文艺》发表短篇小说《流星》《乱点》《拮抗》《洪流》等。

江思扬本年度有一首现代诗歌《老盲人》值得注意：“在这个一切容易被抛弃的社会/他们确实是被抛弃的一群/灵魂的窗子已经关闭/强烈的光线亦不会刺眼/只是仍有两只耳朵/时时可以听到劫杀的新闻/满脸皱纹/记载着岁月的风霜/空邃的眼眶/隐藏着苦涩的悲凉/还有太多忧愁与不幸/要透过沙哑的胡琴/撒播在市声汹涌的街上”。颇有现代派象征诗歌的意味。

非非1972年起于《华侨报》上发表现代抒情小诗，如《喜悦》《回味》《告诉》《自私的人》《享受》《气体》《当你思索的时候》《旅行》《琴谱》《第三者》《星语》《舞》《想做个画家》《星祷》《字》《梦与明天》《情敌》《谢》《你的情诗》《豪情》《风的迷》《海与天》《每天晚上》。诗风纯净，略显稚嫩。

江映澜（1937— ），本名周落霞，另有笔名谢雨凝、唐丽思，原籍广东中山。生于澳门，毕业于师范，在小学任教8年，后赴香港，在电影公司任职。60年代起开始业余写作，在港澳报刊发表散文、小说、评论等。80年代后曾结集出版的著作有：写青年和妇女问题的随笔集《少年手记》《青春与爱情》，散文集《小城的回忆》（与丈夫卓力合作）、《西江月》，长篇小说《雨后落霞》等。70年代，江映澜可谓是澳门散文创作的中坚力量之一，尤其在1972年发表大量散文，如《炮竹》《桃花》《忆清明》《木棉花开》《听歌》《说风筝》《舞蹈》《说故事》《荔枝的联想》《泳》《看小说的联想》《颂秋》《菊》《即兴画》等，每每以朴素而略带抒情的笔触，通过生活中的凡人小事，反映社会五光十色的形态，抒写个人对社会百态的深思和探究。散文又具有独特的意境，娓娓道来，于平淡之中见真情，直抒胸臆又并不浅露，蕴含着哲理与诗情。

而江映澜的丈夫卓力（1936— ）本名冯凌霄，在澳门出生及接受教育，同时期也于《澳门日报》发表大量散文，如《回到小城》《一朵菊》《喜帖》《春茗偶闻随想》《野杜鹃》《半碗饭》《暴雨之后》《偶然的不幸》《一件小事》《钓鱼》《爱夜》《夜声》《星星》《朦胧的世界》《在公园里》《木偶》《似和心境》等近20篇，大都是从日常生活中提炼出的个人情感表达，具有浓郁的抒情味道，略带一定的人生哲理探索，是这一时期普通澳门人的精神写照。

文学评论方面，本年度几篇评论如白思群的《怎么看〈野草〉》（《澳门日报》）、梅萼华的《冰心的作品》（《澳门日报》）、江思扬的《任真汉的诗》（《澳门日报》）、陆夏的《人鬼神与文学》（《华侨报》，连载）等，都是围绕内地作家作品、文学现象和思潮展开的论述，然而，评论的立场和观点并不是热辣辣的带有鲜明政治意识形态色彩的宣传，而更多程度上是从作家作品本身出发，去探讨其本真的展现，意欲滤去当时时代加诸其上的喧嚣，尤其体现评论者的审美为主、政治功用为辅的观点。

一月

1日　《澳门日报·新园地》副刊连载海辛的小说《紫色的牵牛花》、润园的小说《渔歌》、梅若诗的小说《打虎不离亲兄弟》、浩泉的小说《羽翼》。《华侨报·华座》副刊连载长篇系列散文《集古楼杂谈》、茵茵的小说《冤情》、紫丹的小说《珍妃》、青云的小说《宝剑情仇》、凌霄的小说《凶手》、痴人的小说《离恨天》、王香琴的小说《玉弓银箭》，并开始连载高唐的小说《媳妇的情人》。

3日　《澳门日报·新园地》副刊发表丁丁的散文《也谈候补》，连载海辛的小说《紫色的牵牛花》、润园的小说《渔歌》、梅若诗的小说《打虎不离亲兄弟》、浩泉的小说《羽翼》。《华侨报·华座》副刊连载长篇系列散文《集古楼杂谈》、茵茵的小说《冤情》、紫丹的小说《珍妃》、青云的小说《宝剑情仇》、凌霄的小说《凶手》、痴人的小说《离恨天》、王香琴的小说《玉弓银箭》、高唐的小说《媳妇的情人》。

4日　《澳门日报·新园地》副刊连载海辛的小说《紫色的牵牛花》、润园的小说《渔歌》、梅若诗的小说《打虎不离亲兄弟》、浩泉的小说《羽翼》。《华侨报·华座》副刊连载长篇系列散文《集古楼杂谈》、茵茵的小说《冤情》、紫丹的小说《珍妃》、青云的小说《宝剑情仇》、凌霄的小说《凶手》、痴人的小说《离恨天》、王香琴的小说《玉弓银箭》、高唐的小说《媳妇的情人》（完）。

5日　《澳门日报·新园地》副刊连载海辛的小说《紫色的牵牛花》、润园的小说《渔歌》、梅若诗的小说《打虎不离亲兄弟》、浩泉的小说《羽翼》。《华侨报·华座》副刊连载长篇系列散文《集古楼杂谈》、茵茵的小说《冤情》、紫丹的小说《珍妃》、青云的小说《宝剑情仇》、凌霄的小说《凶手》、痴人的小说《离恨天》、王香琴的小说《玉弓银箭》，并开始连载高唐的小说《歌女的沧桑》。

6日　《澳门日报·新园地》副刊连载海辛的小说《紫色的牵牛花》、润园的小说《渔歌》、梅若诗的小说《打虎不离亲兄弟》、浩泉的小说《羽翼》。

《华侨报·华座》副刊连载长篇系列散文《集古楼杂谈》、茵茵的小说《冤情》、紫丹的小说《珍妃》、青云的小说《宝剑情仇》、凌霄的小说《凶手》、痴人的小说《离恨天》、王香琴的小说《玉弓银箭》、高唐的小说《歌女的沧桑》。

7日 《澳门日报·新园地》副刊连载海辛的小说《紫色的牵牛花》(完)、润园的小说《渔歌》、梅若诗的小说《打虎不离亲兄弟》、浩泉的小说《羽翼》。《华侨报·华座》副刊连载长篇系列散文《集古楼杂谈》、茵茵的小说《冤情》、紫丹的小说《珍妃》、青云的小说《宝剑情仇》、凌霄的小说《凶手》、痴人的小说《离恨天》、王香琴的小说《玉弓银箭》、高唐的小说《歌女的沧桑》。

8日 《澳门日报·新园地》副刊连载润园的小说《渔歌》、梅若诗的小说《打虎不离亲兄弟》、浩泉的小说《羽翼》，并开始连载海辛的小说《夫妻之间》。《华侨报·华座》副刊连载长篇系列散文《集古楼杂谈》、茵茵的小说《冤情》、紫丹的小说《珍妃》、青云的小说《宝剑情仇》、凌霄的小说《凶手》、痴人的小说《离恨天》、王香琴的小说《玉弓银箭》、高唐的小说《歌女的沧桑》。

9日 《澳门日报·新园地》副刊发表陶莎的散文《杜甫与阿飞》，连载润园的小说《渔歌》、梅若诗的小说《打虎不离亲兄弟》、浩泉的小说《羽翼》、海辛的小说《夫妻之间》。《华侨报·华座》副刊连载长篇系列散文《集古楼杂谈》、茵茵的小说《冤情》、紫丹的小说《珍妃》、青云的小说《宝剑情仇》、凌霄的小说《凶手》、痴人的小说《离恨天》、王香琴的小说《玉弓银箭》、高唐的小说《歌女的沧桑》(完)。

10日 《澳门日报·新园地》副刊连载润园的小说《渔歌》、梅若诗的小说《打虎不离亲兄弟》、浩泉的小说《羽翼》、海辛的小说《夫妻之间》。《华侨报·华座》副刊连载长篇系列散文《集古楼杂谈》、茵茵的小说《冤情》、紫丹的小说《珍妃》、青云的小说《宝剑情仇》、凌霄的小说《凶手》、痴人的小说《离恨天》、王香琴的小说《玉弓银箭》，并开始连载高唐的小说《妻子失踪了》。

11 日 《澳门日报 · 新园地》副刊连载润园的小说《渔歌》、梅若诗的小说《打虎不离亲兄弟》、浩泉的小说《羽翼》、海辛的小说《夫妻之间》。《华侨报 · 华座》副刊连载长篇系列散文《集古楼杂谈》、茵茵的小说《冤情》（完）、紫丹的小说《珍妃》、青云的小说《宝剑情仇》、凌霄的小说《凶手》、痴人的小说《离恨天》、王香琴的小说《玉弓银箭》、高唐的小说《妻子失踪了》。

12 日 《澳门日报 · 新园地》副刊连载润园的小说《渔歌》、梅若诗的小说《打虎不离亲兄弟》、浩泉的小说《羽翼》、海辛的小说《夫妻之间》。《华侨报 · 华座》副刊连载长篇系列散文《集古楼杂谈》、紫丹的小说《珍妃》、青云的小说《宝剑情仇》、凌霄的小说《凶手》、痴人的小说《离恨天》、王香琴的小说《玉弓银箭》、高唐的小说《妻子失踪了》，并开始连载茵茵的小说《梦破了》。

13 日 《澳门日报 · 新园地》副刊连载润园的小说《渔歌》、梅若诗的小说《打虎不离亲兄弟》、浩泉的小说《羽翼》、海辛的小说《夫妻之间》。《华侨报 · 华座》副刊连载长篇系列散文《集古楼杂谈》、紫丹的小说《珍妃》、青云的小说《宝剑情仇》、凌霄的小说《凶手》、痴人的小说《离恨天》、王香琴的小说《玉弓银箭》、高唐的小说《妻子失踪了》、茵茵的小说《梦破了》。

14 日 《澳门日报 · 新园地》副刊发表卓力的散文《回到小城》，连载润园的小说《渔歌》、梅若诗的小说《打虎不离亲兄弟》、浩泉的小说《羽翼》、海辛的小说《夫妻之间》。《华侨报 · 华座》副刊连载长篇系列散文《集古楼杂谈》、紫丹的小说《珍妃》、青云的小说《宝剑情仇》、凌霄的小说《凶手》、痴人的小说《离恨天》、王香琴的小说《玉弓银箭》、高唐的小说《妻子失踪了》、茵茵的小说《梦破了》。

15 日 《澳门日报 · 新园地》副刊发表高晓的散文《因此之故》，连载润园的小说《渔歌》、梅若诗的小说《打虎不离亲兄弟》、浩泉的小说《羽翼》、海辛的小说《夫妻之间》。《华侨报 · 华座》副刊连载长篇系列散文《集古楼杂谈》、紫丹的小说《珍妃》、青云的小说《宝剑情仇》、凌霄的小说《凶手》、痴人的小说《离恨天》、王香琴的小说《玉弓银箭》、高唐的小说《妻子失踪了》（完）、茵茵的小说《梦破了》。

16日 《澳门日报·新园地》副刊连载润园的小说《渔歌》、梅若诗的小说《打虎不离亲兄弟》、浩泉的小说《羽翼》、海辛的小说《夫妻之间》。《华侨报·华座》副刊连载长篇系列散文《集古楼杂谈》、紫丹的小说《珍妃》、青云的小说《宝剑情仇》、凌霄的小说《凶手》、痴人的小说《离恨天》、王香琴的小说《玉弓银箭》、茵茵的小说《梦破了》，并开始连载高唐的小说《弄假成真》。

17日 《澳门日报·新园地》副刊连载润园的小说《渔歌》、梅若诗的小说《打虎不离亲兄弟》、浩泉的小说《羽翼》、海辛的小说《夫妻之间》。《华侨报·华座》副刊连载长篇系列散文《集古楼杂谈》、紫丹的小说《珍妃》、青云的小说《宝剑情仇》、凌霄的小说《凶手》、痴人的小说《离恨天》、王香琴的小说《玉弓银箭》、茵茵的小说《梦破了》、高唐的小说《弄假成真》。

18日 《澳门日报·新园地》副刊连载润园的小说《渔歌》、梅若诗的小说《打虎不离亲兄弟》、浩泉的小说《羽翼》、海辛的小说《夫妻之间》。《华侨报·华座》副刊连载长篇系列散文《集古楼杂谈》、紫丹的小说《珍妃》、青云的小说《宝剑情仇》、凌霄的小说《凶手》、痴人的小说《离恨天》、王香琴的小说《玉弓银箭》、茵茵的小说《梦破了》、高唐的小说《弄假成真》（完）。

19日 《澳门日报·新园地》副刊连载润园的小说《渔歌》、梅若诗的小说《打虎不离亲兄弟》、浩泉的小说《羽翼》、海辛的小说《夫妻之间》。《华侨报·华座》副刊连载长篇系列散文《集古楼杂谈》、紫丹的小说《珍妃》、青云的小说《宝剑情仇》、凌霄的小说《凶手》、痴人的小说《离恨天》、王香琴的小说《玉弓银箭》、茵茵的小说《梦破了》，并开始连载高唐的小说《狂吻记》。

20日 《澳门日报·新园地》副刊连载润园的小说《渔歌》、梅若诗的小说《打虎不离亲兄弟》、浩泉的小说《羽翼》、海辛的小说《夫妻之间》。《华侨报·华座》副刊连载长篇系列散文《集古楼杂谈》、紫丹的小说《珍妃》、青云的小说《宝剑情仇》、凌霄的小说《凶手》、痴人的小说《离恨天》、王香琴的小说《玉弓银箭》、茵茵的小说《梦破了》、高唐的小说《狂吻记》。

21 日 《澳门日报·新园地》副刊连载润园的小说《渔歌》、梅若诗的小说《打虎不离亲兄弟》、浩泉的小说《羽翼》、海辛的小说《夫妻之间》。《华侨报·华座》副刊连载长篇系列散文《集古楼杂谈》、紫丹的小说《珍妃》、青云的小说《宝剑情仇》、凌霄的小说《凶手》、痴人的小说《离恨天》、王香琴的小说《玉弓银箭》、茵茵的小说《梦破了》、高唐的小说《狂吻记》（完）。

22 日 《澳门日报·新园地》副刊连载润园的小说《渔歌》、梅若诗的小说《打虎不离亲兄弟》、浩泉的小说《羽翼》、海辛的小说《夫妻之间》。《华侨报·华座》副刊连载长篇系列散文《集古楼杂谈》、紫丹的小说《珍妃》、青云的小说《宝剑情仇》、凌霄的小说《凶手》、痴人的小说《离恨天》、王香琴的小说《玉弓银箭》、茵茵的小说《梦破了》，并开始连载高唐的小说《海誓》。

23 日 《澳门日报·新园地》副刊发表李学鳌的诗歌《珍贵的纪念》，连载润园的小说《渔歌》、梅若诗的小说《打虎不离亲兄弟》、浩泉的小说《羽翼》、海辛的小说《夫妻之间》。《华侨报·华座》副刊连载长篇系列散文《集古楼杂谈》、紫丹的小说《珍妃》、青云的小说《宝剑情仇》、凌霄的小说《凶手》、痴人的小说《离恨天》、王香琴的小说《玉弓银箭》、茵茵的小说《梦破了》、高唐的小说《海誓》。

24 日 《澳门日报·新园地》副刊连载润园的小说《渔歌》、梅若诗的小说《打虎不离亲兄弟》、浩泉的小说《羽翼》、海辛的小说《夫妻之间》。《华侨报·华座》副刊连载长篇系列散文《集古楼杂谈》、紫丹的小说《珍妃》、青云的小说《宝剑情仇》、凌霄的小说《凶手》、痴人的小说《离恨天》、王香琴的小说《玉弓银箭》、茵茵的小说《梦破了》、高唐的小说《海誓》。

25 日 《澳门日报·新园地》副刊连载润园的小说《渔歌》、梅若诗的小说《打虎不离亲兄弟》、浩泉的小说《羽翼》、海辛的小说《夫妻之间》。《华侨报·华座》副刊连载长篇系列散文《集古楼杂谈》、紫丹的小说《珍妃》、青云的小说《宝剑情仇》、凌霄的小说《凶手》、痴人的小说《离恨天》、王香琴的小说《玉弓银箭》、茵茵的小说《梦破了》、高唐的小说《海誓》。

26日 《澳门日报·新园地》副刊连载润园的小说《渔歌》、梅若诗的小说《打虎不离亲兄弟》、浩泉的小说《羽翼》、海辛的小说《夫妻之间》。《华侨报·华座》副刊连载长篇系列散文《集古楼杂谈》、紫丹的小说《珍妃》、青云的小说《宝剑情仇》、凌霄的小说《凶手》、痴人的小说《离恨天》、王香琴的小说《玉弓银箭》、茵茵的小说《梦破了》、高唐的小说《海誓》。

27日 《澳门日报·新园地》副刊连载润园的小说《渔歌》、梅若诗的小说《打虎不离亲兄弟》、浩泉的小说《羽翼》、海辛的小说《夫妻之间》。《华侨报·华座》副刊连载长篇系列散文《集古楼杂谈》、紫丹的小说《珍妃》、青云的小说《宝剑情仇》、凌霄的小说《凶手》、痴人的小说《离恨天》、王香琴的小说《玉弓银箭》、茵茵的小说《梦破了》、高唐的小说《海誓》。

28日 《澳门日报·新园地》副刊连载润园的小说《渔歌》、梅若诗的小说《打虎不离亲兄弟》、浩泉的小说《羽翼》、海辛的小说《夫妻之间》。《华侨报·华座》副刊连载长篇系列散文《集古楼杂谈》、紫丹的小说《珍妃》、青云的小说《宝剑情仇》、凌霄的小说《凶手》、痴人的小说《离恨天》、王香琴的小说《玉弓银箭》、茵茵的小说《梦破了》、高唐的小说《海誓》。

29日 《澳门日报·新园地》副刊连载润园的小说《渔歌》、梅若诗的小说《打虎不离亲兄弟》、浩泉的小说《羽翼》、海辛的小说《夫妻之间》。《华侨报·华座》副刊连载长篇系列散文《集古楼杂谈》、紫丹的小说《珍妃》、青云的小说《宝剑情仇》、凌霄的小说《凶手》、痴人的小说《离恨天》、王香琴的小说《玉弓银箭》、茵茵的小说《梦破了》、高唐的小说《海誓》（完）。

30日 《澳门日报·新园地》副刊连载润园的小说《渔歌》、梅若诗的小说《打虎不离亲兄弟》、浩泉的小说《羽翼》、海辛的小说《夫妻之间》。《华侨报·华座》副刊连载长篇系列散文《集古楼杂谈》、紫丹的小说《珍妃》、青云的小说《宝剑情仇》、凌霄的小说《凶手》、痴人的小说《离恨天》、王香琴的小说《玉弓银箭》、茵茵的小说《梦破了》，并开始连载高唐的小说《浪子》。

31 日　《澳门日报·新园地》副刊发表子秋的散文《雨中行》（1），连载润园的小说《渔歌》、梅若诗的小说《打虎不离亲兄弟》、浩泉的小说《羽翼》、海辛的小说《夫妻之间》。《华侨报·华座》副刊连载长篇系列散文《集古楼杂谈》、紫丹的小说《珍妃》、青云的小说《宝剑情仇》、凌霄的小说《凶手》、痴人的小说《离恨天》、王香琴的小说《玉弓银箭》、茵茵的小说《梦破了》、高唐的小说《浪子》。

二月

1 日　《澳门日报·新园地》副刊发表子秋的散文《雨中行》（2），连载润园的小说《渔歌》、梅若诗的小说《打虎不离亲兄弟》、浩泉的小说《羽翼》、海辛的小说《夫妻之间》。《华侨报·华座》副刊连载长篇系列散文《集古楼杂谈》、紫丹的小说《珍妃》、青云的小说《宝剑情仇》、凌霄的小说《凶手》、痴人的小说《离恨天》、王香琴的小说《玉弓银箭》、茵茵的小说《梦破了》、高唐的小说《浪子》。

2 日　《澳门日报·新园地》副刊发表子秋的散文《雨中行》（3）、卓力的散文《一朵菊》，连载润园的小说《渔歌》、梅若诗的小说《打虎不离亲兄弟》、浩泉的小说《羽翼》、海辛的小说《夫妻之间》。《华侨报·华座》副刊连载长篇系列散文《集古楼杂谈》、紫丹的小说《珍妃》、青云的小说《宝剑情仇》、凌霄的小说《凶手》、痴人的小说《离恨天》、王香琴的小说《玉弓银箭》、茵茵的小说《梦破了》、高唐的小说《浪子》。

3 日　《澳门日报·新园地》副刊发表林近的诗歌《北行漫草》（1），连载润园的小说《渔歌》、梅若诗的小说《打虎不离亲兄弟》、浩泉的小说《羽翼》、海辛的小说《夫妻之间》。《华侨报·华座》副刊连载长篇系列散文《集古楼杂谈》、紫丹的小说《珍妃》、青云的小说《宝剑情仇》、凌霄的小说《凶手》、痴人的小说《离恨天》、王香琴的小说《玉弓银箭》、茵茵的小说《梦破了》、高唐的小说《浪子》。

4日　《澳门日报·新园地》副刊发表林近的诗歌《北行漫草》(2)，连载润园的小说《渔歌》、梅若诗的小说《打虎不离亲兄弟》、浩泉的小说《羽翼》、海辛的小说《夫妻之间》。《华侨报·华座》副刊连载长篇系列散文《集古楼杂谈》、紫丹的小说《珍妃》、青云的小说《宝剑情仇》、凌霄的小说《凶手》、痴人的小说《离恨天》、王香琴的小说《玉弓银箭》、茵茵的小说《梦破了》、高唐的小说《浪子》。

5日　《澳门日报·新园地》副刊连载润园的小说《渔歌》、梅若诗的小说《打虎不离亲兄弟》、浩泉的小说《羽翼》、海辛的小说《夫妻之间》。《华侨报·华座》副刊连载长篇系列散文《集古楼杂谈》、紫丹的小说《珍妃》、青云的小说《宝剑情仇》、凌霄的小说《凶手》、痴人的小说《离恨天》、王香琴的小说《玉弓银箭》、茵茵的小说《梦破了》、高唐的小说《浪子》。

6日　《澳门日报·新园地》副刊发表卓力的散文《喜帖》(1)，连载润园的小说《渔歌》、梅若诗的小说《打虎不离亲兄弟》、浩泉的小说《羽翼》、海辛的小说《夫妻之间》。《华侨报·华座》副刊连载长篇系列散文《集古楼杂谈》、紫丹的小说《珍妃》、青云的小说《宝剑情仇》、凌霄的小说《凶手》、痴人的小说《离恨天》、王香琴的小说《玉弓银箭》、茵茵的小说《梦破了》、高唐的小说《浪子》(完)。

7日　《澳门日报·新园地》副刊发表卓力的散文《喜帖》(2)，连载润园的小说《渔歌》、梅若诗的小说《打虎不离亲兄弟》、浩泉的小说《羽翼》、海辛的小说《夫妻之间》。《华侨报·华座》副刊连载长篇系列散文《集古楼杂谈》、紫丹的小说《珍妃》、青云的小说《宝剑情仇》、凌霄的小说《凶手》、痴人的小说《离恨天》、王香琴的小说《玉弓银箭》、茵茵的小说《梦破了》，并开始连载高唐的小说《绝阱》。

8日　《澳门日报·新园地》副刊连载润园的小说《渔歌》、梅若诗的小说《打虎不离亲兄弟》、浩泉的小说《羽翼》、海辛的小说《夫妻之间》。《华侨报·华座》副刊连载长篇系列散文《集古楼杂谈》、紫丹的小说《珍妃》、青云的小说《宝剑情仇》、凌霄的小说《凶手》、痴人的小说《离恨天》、王香琴的小说《玉弓银箭》、茵茵的小说《梦破了》、高唐的小说《绝阱》。

9日 《澳门日报·新园地》副刊发表梅萼华的散文《工夫在诗外》，连载润园的小说《渔歌》、梅若诗的小说《打虎不离亲兄弟》、浩泉的小说《羽翼》、海辛的小说《夫妻之间》。《华侨报·华座》副刊连载长篇系列散文《集古楼杂谈》、紫丹的小说《珍妃》、青云的小说《宝剑情仇》、凌霄的小说《凶手》、痴人的小说《离恨天》、王香琴的小说《玉弓银箭》、茵茵的小说《梦破了》、高唐的小说《绝阱》。

10日 《澳门日报·新园地》副刊连载润园的小说《渔歌》、梅若诗的小说《打虎不离亲兄弟》、浩泉的小说《羽翼》、海辛的小说《夫妻之间》。《华侨报·华座》副刊连载长篇系列散文《集古楼杂谈》、紫丹的小说《珍妃》、青云的小说《宝剑情仇》、凌霄的小说《凶手》、痴人的小说《离恨天》、王香琴的小说《玉弓银箭》、茵茵的小说《梦破了》、高唐的小说《绝阱》（完）。

11日 《澳门日报·新园地》副刊连载润园的小说《渔歌》、梅若诗的小说《打虎不离亲兄弟》、浩泉的小说《羽翼》、海辛的小说《夫妻之间》。《华侨报·华座》副刊连载长篇系列散文《集古楼杂谈》、紫丹的小说《珍妃》、青云的小说《宝剑情仇》、凌霄的小说《凶手》、痴人的小说《离恨天》、王香琴的小说《玉弓银箭》、茵茵的小说《梦破了》，并开始连载高唐的小说《奇遇》。

12日 《澳门日报·新园地》副刊发表洪涛的散文《岁晚随想》，连载润园的小说《渔歌》、梅若诗的小说《打虎不离亲兄弟》、浩泉的小说《羽翼》、海辛的小说《夫妻之间》。《华侨报·华座》副刊连载长篇系列散文《集古楼杂谈》、紫丹的小说《珍妃》、青云的小说《宝剑情仇》、凌霄的小说《凶手》、痴人的小说《离恨天》、王香琴的小说《玉弓银箭》、茵茵的小说《梦破了》、高唐的小说《奇遇》。

13日 《澳门日报·新园地》副刊发表江映澜的散文《炮竹》，连载润园的小说《渔歌》、梅若诗的小说《打虎不离亲兄弟》、浩泉的小说《羽翼》、海辛的小说《夫妻之间》。《华侨报·华座》副刊连载长篇系列散文《集古楼杂谈》、紫丹的小说《珍妃》、青云的小说《宝剑情仇》、凌霄的小说《凶手》、痴人的小说《离恨天》、王香琴的小说《玉弓银箭》、茵茵的小说《梦破了》、高唐的小说《奇遇》。

14 日　《澳门日报 · 新园地》副刊连载润园的小说《渔歌》、梅若诗的小说《打虎不离亲兄弟》、浩泉的小说《羽翼》、海辛的小说《夫妻之间》。《华侨报 · 华座》副刊连载长篇系列散文《集古楼杂谈》、紫丹的小说《珍妃》、青云的小说《宝剑情仇》、凌霄的小说《凶手》、痴人的小说《离恨天》、王香琴的小说《玉弓银箭》、茵茵的小说《梦破了》、高唐的小说《奇遇》。

15 日　《澳门日报 · 新园地》副刊发表陶莎的散文《菊颂》，连载润园的小说《渔歌》(完)、梅若诗的小说《打虎不离亲兄弟》(完)、浩泉的小说《羽翼》、海辛的小说《夫妻之间》。《华侨报 · 华座》副刊连载长篇系列散文《集古楼杂谈》、紫丹的小说《珍妃》、青云的小说《宝剑情仇》、凌霄的小说《凶手》、痴人的小说《离恨天》、王香琴的小说《玉弓银箭》、茵茵的小说《梦破了》、高唐的小说《奇遇》。

19 日　《澳门日报 · 新园地》副刊连载浩泉的小说《羽翼》、海辛的小说《夫妻之间》，并开始连载润园的小说《爱的漩涡》。《华侨报 · 华座》副刊连载长篇系列散文《集古楼杂谈》、紫丹的小说《珍妃》、青云的小说《宝剑情仇》、凌霄的小说《凶手》、痴人的小说《离恨天》、王香琴的小说《玉弓银箭》、茵茵的小说《梦破了》、高唐的小说《奇遇》。

20 日　《澳门日报 · 新园地》副刊发表知行的小说《以身作则》，连载浩泉的小说《羽翼》、海辛的小说《夫妻之间》、润园的小说《爱的漩涡》。《华侨报 · 华座》副刊连载长篇系列散文《集古楼杂谈》、紫丹的小说《珍妃》、青云的小说《宝剑情仇》、凌霄的小说《凶手》、痴人的小说《离恨天》、王香琴的小说《玉弓银箭》、茵茵的小说《梦破了》、高唐的小说《奇遇》。

21 日　《澳门日报 · 新园地》副刊连载浩泉的小说《羽翼》、海辛的小说《夫妻之间》、润园的小说《爱的漩涡》、并开始连载梅若诗的小说《小城冬暖》。《华侨报 · 华座》副刊连载长篇系列散文《集古楼杂谈》、紫丹的小说《珍妃》、青云的小说《宝剑情仇》、凌霄的小说《凶手》、痴人的小说《离恨天》、王香琴的小说《玉弓银箭》、茵茵的小说《梦破了》、高唐的小说《奇遇》。

22 日 《澳门日报 · 新园地》副刊连载浩泉的小说《羽翼》、海辛的小说《夫妻之间》、润园的小说《爱的漩涡》、梅若诗的小说《小城冬暖》。《华侨报 · 华座》副刊连载长篇系列散文《集古楼杂谈》、紫丹的小说《珍妃》、青云的小说《宝剑情仇》、凌霄的小说《凶手》、痴人的小说《离恨天》、王香琴的小说《玉弓银箭》、茵茵的小说《梦破了》、高唐的小说《奇遇》（完）。

23 日 《澳门日报 · 新园地》副刊连载浩泉的小说《羽翼》、海辛的小说《夫妻之间》、润园的小说《爱的漩涡》、梅若诗的小说《小城冬暖》。《华侨报 · 华座》副刊连载长篇系列散文《集古楼杂谈》、紫丹的小说《珍妃》、青云的小说《宝剑情仇》、凌霄的小说《凶手》、痴人的小说《离恨天》、王香琴的小说《玉弓银箭》、茵茵的小说《梦破了》，并开始连载高唐的小说《神秘号码》。

24 日 《澳门日报 · 新园地》副刊连载浩泉的小说《羽翼》、海辛的小说《夫妻之间》、润园的小说《爱的漩涡》、梅若诗的小说《小城冬暖》。《华侨报 · 华座》副刊连载长篇系列散文《集古楼杂谈》、紫丹的小说《珍妃》、青云的小说《宝剑情仇》、凌霄的小说《凶手》、痴人的小说《离恨天》、王香琴的小说《玉弓银箭》、茵茵的小说《梦破了》、高唐的小说《神秘号码》。

25 日 《澳门日报 · 新园地》副刊发表江映澜的散文《桃花》，连载浩泉的小说《羽翼》、海辛的小说《夫妻之间》、润园的小说《爱的漩涡》、梅若诗的小说《小城冬暖》。《华侨报 · 华座》副刊连载长篇系列散文《集古楼杂谈》、紫丹的小说《珍妃》、青云的小说《宝剑情仇》、凌霄的小说《凶手》、痴人的小说《离恨天》、王香琴的小说《玉弓银箭》、茵茵的小说《梦破了》、高唐的小说《神秘号码》。

26 日 《澳门日报 · 新园地》副刊连载浩泉的小说《羽翼》、海辛的小说《夫妻之间》、润园的小说《爱的漩涡》、梅若诗的小说《小城冬暖》。《华侨报·华座》副刊连载长篇系列散文《集古楼杂谈》、紫丹的小说《珍妃》、青云的小说《宝剑情仇》、凌霄的小说《凶手》、痴人的小说《离恨天》、王香琴的小说《玉弓银箭》、茵茵的小说《梦破了》、高唐的小说《神秘号码》。

27日　《澳门日报·新园地》副刊连载浩泉的小说《羽翼》、海辛的小说《夫妻之间》、润园的小说《爱的漩涡》、梅若诗的小说《小城冬暖》。《华侨报·华座》副刊连载长篇系列散文《集古楼杂谈》、紫丹的小说《珍妃》、青云的小说《宝剑情仇》(完)、凌霄的小说《凶手》、痴人的小说《离恨天》、王香琴的小说《玉弓银箭》、茵茵的小说《梦破了》、高唐的小说《神秘号码》。

28日　《澳门日报·新园地》副刊连载浩泉的小说《羽翼》、海辛的小说《夫妻之间》、润园的小说《爱的漩涡》、梅若诗的小说《小城冬暖》。《华侨报·华座》副刊连载长篇系列散文《集古楼杂谈》、紫丹的小说《珍妃》、凌霄的小说《凶手》、痴人的小说《离恨天》、王香琴的小说《玉弓银箭》、茵茵的小说《梦破了》、高唐的小说《神秘号码》，并开始连载史信的小说《决斗》。

29日　《澳门日报·新园地》副刊连载浩泉的小说《羽翼》、海辛的小说《夫妻之间》、润园的小说《爱的漩涡》、梅若诗的小说《小城冬暖》。《华侨报·华座》副刊连载长篇系列散文《集古楼杂谈》、紫丹的小说《珍妃》、凌霄的小说《凶手》、痴人的小说《离恨天》、王香琴的小说《玉弓银箭》、茵茵的小说《梦破了》、高唐的小说《神秘号码》(完)、史信的小说《决斗》。

⊙　本月，剑莹的小说《流星》刊载于香港《当代文艺》第75期。

三月

1日　《澳门日报·新园地》副刊连载浩泉的小说《羽翼》、海辛的小说《夫妻之间》、润园的小说《爱的漩涡》、梅若诗的小说《小城冬暖》。《华侨报·华座》副刊连载长篇系列散文《集古楼杂谈》、紫丹的小说《珍妃》、凌霄的小说《凶手》、痴人的小说《离恨天》、王香琴的小说《玉弓银箭》、茵茵的小说《梦破了》、史信的小说《决斗》(完),并开始连载高唐的小说《蜜月风云》。

2日 《澳门日报·新园地》副刊连载浩泉的小说《羽翼》、海辛的小说《夫妻之间》、润园的小说《爱的漩涡》、梅若诗的小说《小城冬暖》。《华侨报·华座》副刊连载长篇系列散文《集古楼杂谈》、紫丹的小说《珍妃》、凌霄的小说《凶手》、痴人的小说《离恨天》、王香琴的小说《玉弓银箭》、茵茵的小说《梦破了》、高唐的小说《蜜月风云》,并开始连载青云的小说《龙凤劫》。

3日 《澳门日报·新园地》副刊连载浩泉的小说《羽翼》、海辛的小说《夫妻之间》、润园的小说《爱的漩涡》、梅若诗的小说《小城冬暖》。《华侨报·华座》副刊连载长篇系列散文《集古楼杂谈》、紫丹的小说《珍妃》、凌霄的小说《凶手》、痴人的小说《离恨天》、王香琴的小说《玉弓银箭》、茵茵的小说《梦破了》、高唐的小说《蜜月风云》、青云的小说《龙凤劫》。

4日 《澳门日报·新园地》副刊发表怀远的散文《夕阳下的谈话》,连载浩泉的小说《羽翼》、海辛的小说《夫妻之间》、润园的小说《爱的漩涡》、梅若诗的小说《小城冬暖》。《华侨报·华座》副刊连载长篇系列散文《集古楼杂谈》、紫丹的小说《珍妃》、凌霄的小说《凶手》、痴人的小说《离恨天》、王香琴的小说《玉弓银箭》、茵茵的小说《梦破了》、高唐的小说《蜜月风云》、青云的小说《龙凤劫》。

5日 《澳门日报·新园地》副刊连载浩泉的小说《羽翼》、海辛的小说《夫妻之间》、润园的小说《爱的漩涡》、梅若诗的小说《小城冬暖》。《华侨报·华座》副刊连载长篇系列散文《集古楼杂谈》、紫丹的小说《珍妃》、凌霄的小说《凶手》、痴人的小说《离恨天》、王香琴的小说《玉弓银箭》、茵茵的小说《梦破了》、高唐的小说《蜜月风云》、青云的小说《龙凤劫》。

6日 《澳门日报·新园地》副刊连载浩泉的小说《羽翼》、海辛的小说《夫妻之间》、润园的小说《爱的漩涡》、梅若诗的小说《小城冬暖》。《华侨报·华座》副刊连载长篇系列散文《集古楼杂谈》、紫丹的小说《珍妃》、凌霄的小说《凶手》、痴人的小说《离恨天》、王香琴的小说《玉弓银箭》、茵茵的小说《梦破了》、高唐的小说《蜜月风云》、青云的小说《龙凤劫》。

7日 《澳门日报·新园地》副刊连载浩泉的小说《羽翼》、海辛的小说《夫妻之间》、润园的小说《爱的漩涡》、梅若诗的小说《小城冬暖》。《华侨报·华座》副刊连载长篇系列散文《集古楼杂谈》、紫丹的小说《珍妃》、凌霄的小说《凶手》、痴人的小说《离恨天》、王香琴的小说《玉弓银箭》、茵茵的小说《梦破了》、高唐的小说《蜜月风云》、青云的小说《龙凤劫》。

8日 《澳门日报·新园地》副刊连载浩泉的小说《羽翼》、海辛的小说《夫妻之间》、润园的小说《爱的漩涡》、梅若诗的小说《小城冬暖》。《华侨报·华座》副刊连载长篇系列散文《集古楼杂谈》、紫丹的小说《珍妃》、凌霄的小说《凶手》、痴人的小说《离恨天》、王香琴的小说《玉弓银箭》、茵茵的小说《梦破了》、高唐的小说《蜜月风云》(完)、青云的小说《龙凤劫》。

9日 《澳门日报·新园地》副刊连载浩泉的小说《羽翼》、海辛的小说《夫妻之间》、润园的小说《爱的漩涡》、梅若诗的小说《小城冬暖》。《华侨报·华座》副刊连载长篇系列散文《集古楼杂谈》、紫丹的小说《珍妃》、凌霄的小说《凶手》、痴人的小说《离恨天》、王香琴的小说《玉弓银箭》、茵茵的小说《梦破了》、青云的小说《龙凤劫》,并开始连载高唐的小说《旧情》。

10日 《澳门日报·新园地》副刊连载浩泉的小说《羽翼》、海辛的小说《夫妻之间》、润园的小说《爱的漩涡》、梅若诗的小说《小城冬暖》。《华侨报·华座》副刊连载长篇系列散文《集古楼杂谈》、紫丹的小说《珍妃》、凌霄的小说《凶手》、痴人的小说《离恨天》、王香琴的小说《玉弓银箭》、茵茵的小说《梦破了》、青云的小说《龙凤劫》、高唐的小说《旧情》。

11日 《澳门日报·新园地》副刊连载浩泉的小说《羽翼》、海辛的小说《夫妻之间》、润园的小说《爱的漩涡》、梅若诗的小说《小城冬暖》。《华侨报·华座》副刊连载长篇系列散文《集古楼杂谈》、紫丹的小说《珍妃》、凌霄的小说《凶手》、痴人的小说《离恨天》、王香琴的小说《玉弓银箭》、茵茵的小说《梦破了》、青云的小说《龙凤劫》、高唐的小说《旧情》。

12 日 《澳门日报·新园地》副刊连载浩泉的小说《羽翼》、海辛的小说《夫妻之间》、润园的小说《爱的漩涡》、梅若诗的小说《小城冬暖》。《华侨报·华座》副刊连载长篇系列散文《集古楼杂谈》、紫丹的小说《珍妃》、凌霄的小说《凶手》、痴人的小说《离恨天》、王香琴的小说《玉弓银箭》、茵茵的小说《梦破了》、青云的小说《龙凤劫》、高唐的小说《旧情》。

13 日 《澳门日报·新园地》副刊发表卓力的散文《春茗偶闻随想》，连载浩泉的小说《羽翼》、海辛的小说《夫妻之间》、润园的小说《爱的漩涡》、梅若诗的小说《小城冬暖》。《华侨报·华座》副刊连载长篇系列散文《集古楼杂谈》、紫丹的小说《珍妃》、凌霄的小说《凶手》、痴人的小说《离恨天》、王香琴的小说《玉弓银箭》、茵茵的小说《梦破了》、青云的小说《龙凤劫》、高唐的小说《旧情》。

14 日 《澳门日报·新园地》副刊连载浩泉的小说《羽翼》、海辛的小说《夫妻之间》、润园的小说《爱的漩涡》、梅若诗的小说《小城冬暖》。《华侨报·华座》副刊连载长篇系列散文《集古楼杂谈》、紫丹的小说《珍妃》、凌霄的小说《凶手》、痴人的小说《离恨天》、王香琴的小说《玉弓银箭》、茵茵的小说《梦破了》、青云的小说《龙凤劫》、高唐的小说《旧情》。

15 日 《澳门日报·新园地》副刊连载浩泉的小说《羽翼》、海辛的小说《夫妻之间》（完）、润园的小说《爱的漩涡》、梅若诗的小说《小城冬暖》。《华侨报·华座》副刊连载长篇系列散文《集古楼杂谈》、紫丹的小说《珍妃》、凌霄的小说《凶手》、痴人的小说《离恨天》、王香琴的小说《玉弓银箭》、茵茵的小说《梦破了》、青云的小说《龙凤劫》、高唐的小说《旧情》（完）。

16 日 《澳门日报·新园地》副刊发表尚宝的小说《从头学起》（上），连载浩泉的小说《羽翼》、润园的小说《爱的漩涡》、梅若诗的小说《小城冬暖》。《华侨报·华座》副刊连载长篇系列散文《集古楼杂谈》、紫丹的小说《珍妃》、凌霄的小说《凶手》、痴人的小说《离恨天》、王香琴的小说《玉弓银箭》、茵茵的小说《梦破了》、青云的小说《龙凤劫》，并开始连载高唐的小说《捉鬼记》。

17 日 《澳门日报·新园地》副刊发表尚宝的小说《从头学起》(下),连载浩泉的小说《羽翼》、润园的小说《爱的漩涡》、梅若诗的小说《小城冬暖》。《华侨报·华座》副刊连载长篇系列散文《集古楼杂谈》、紫丹的小说《珍妃》、凌霄的小说《凶手》、痴人的小说《离恨天》、王香琴的小说《玉弓银箭》、茵茵的小说《梦破了》、青云的小说《龙凤劫》、高唐的小说《捉鬼记》。

18 日 《澳门日报·新园地》副刊连载浩泉的小说《羽翼》、润园的小说《爱的漩涡》、梅若诗的小说《小城冬暖》,并开始连载海辛的小说《五月的果园》。《华侨报·华座》副刊连载长篇系列散文《集古楼杂谈》、紫丹的小说《珍妃》、凌霄的小说《凶手》(停刊一期)、痴人的小说《离恨天》、王香琴的小说《玉弓银箭》、茵茵的小说《梦破了》、青云的小说《龙凤劫》、高唐的小说《捉鬼记》。

19 日 《澳门日报·新园地》副刊连载浩泉的小说《羽翼》、润园的小说《爱的漩涡》、梅若诗的小说《小城冬暖》、海辛的小说《五月的果园》。《华侨报·华座》副刊连载长篇系列散文《集古楼杂谈》、紫丹的小说《珍妃》、凌霄的小说《凶手》(停刊一期)、痴人的小说《离恨天》、王香琴的小说《玉弓银箭》、茵茵的小说《梦破了》、青云的小说《龙凤劫》、高唐的小说《捉鬼记》。

20 日 《澳门日报·新园地》副刊发表卓力的散文《野杜鹃》,连载浩泉的小说《羽翼》、润园的小说《爱的漩涡》、梅若诗的小说《小城冬暖》、海辛的小说《五月的果园》。《华侨报·华座》副刊连载长篇系列散文《集古楼杂谈》、紫丹的小说《珍妃》、凌霄的小说《凶手》、痴人的小说《离恨天》、王香琴的小说《玉弓银箭》、茵茵的小说《梦破了》、青云的小说《龙凤劫》、高唐的小说《捉鬼记》。

21 日 《澳门日报·新园地》副刊连载浩泉的小说《羽翼》、润园的小说《爱的漩涡》、梅若诗的小说《小城冬暖》、海辛的小说《五月的果园》。《华侨报·华座》副刊连载长篇系列散文《集古楼杂谈》、紫丹的小说《珍妃》、凌霄的小说《凶手》、痴人的小说《离恨天》、王香琴的小说《玉弓银箭》、茵茵的小说《梦破了》、青云的小说《龙凤劫》、高唐的小说《捉鬼记》。

22 日 《澳门日报·新园地》副刊连载浩泉的小说《羽翼》、润园的小说《爱的漩涡》、梅若诗的小说《小城冬暖》、海辛的小说《五月的果园》。《华侨报·华座》副刊连载长篇系列散文《集古楼杂谈》、紫丹的小说《珍妃》、凌霄的小说《凶手》、痴人的小说《离恨天》、王香琴的小说《玉弓银箭》、茵茵的小说《梦破了》、青云的小说《龙凤劫》、高唐的小说《捉鬼记》。

23 日 《澳门日报·新园地》副刊连载浩泉的小说《羽翼》、润园的小说《爱的漩涡》、梅若诗的小说《小城冬暖》、海辛的小说《五月的果园》，并开始连载高玉宝的小说《高玉宝》。《华侨报·华座》副刊连载长篇系列散文《集古楼杂谈》、紫丹的小说《珍妃》、凌霄的小说《凶手》、痴人的小说《离恨天》、王香琴的小说《玉弓银箭》、茵茵的小说《梦破了》、青云的小说《龙凤劫》、高唐的小说《捉鬼记》（完）。

24 日 《澳门日报·新园地》副刊连载浩泉的小说《羽翼》、润园的小说《爱的漩涡》、梅若诗的小说《小城冬暖》、海辛的小说《五月的果园》、高玉宝的小说《高玉宝》。《华侨报·华座》副刊连载长篇系列散文《集古楼杂谈》、紫丹的小说《珍妃》、凌霄的小说《凶手》、痴人的小说《离恨天》、王香琴的小说《玉弓银箭》、茵茵的小说《梦破了》、青云的小说《龙凤劫》，并开始连载高唐的小说《小天使》。

25 日 《澳门日报·新园地》副刊连载浩泉的小说《羽翼》（完）、润园的小说《爱的漩涡》、梅若诗的小说《小城冬暖》、海辛的小说《五月的果园》、高玉宝的小说《高玉宝》。《华侨报·华座》副刊连载长篇系列散文《集古楼杂谈》、紫丹的小说《珍妃》、凌霄的小说《凶手》、痴人的小说《离恨天》、王香琴的小说《玉弓银箭》、茵茵的小说《梦破了》、青云的小说《龙凤劫》、高唐的小说《小天使》。

26 日 《澳门日报·新园地》副刊连载润园的小说《爱的漩涡》、梅若诗的小说《小城冬暖》、海辛的小说《五月的果园》、高玉宝的小说《高玉宝》，并开始连载浩泉的小说《华芭山村》。《华侨报·华座》副刊连载长篇系列散文《集古楼杂谈》、紫丹的小说《珍妃》、凌霄的小说《凶手》、痴人的小说《离恨天》、王香琴的小说《玉弓银箭》、茵茵的小说《梦破了》、青云的小说《龙凤劫》、高唐的小说《小天使》。

27日 《澳门日报·新园地》副刊连载润园的小说《爱的漩涡》、梅若诗的小说《小城冬暖》、海辛的小说《五月的果园》、高玉宝的小说《高玉宝》、浩泉的小说《华芭山村》。《华侨报·华座》副刊连载长篇系列散文《集古楼杂谈》、紫丹的小说《珍妃》、凌霄的小说《凶手》、痴人的小说《离恨天》、王香琴的小说《玉弓银箭》、茵茵的小说《梦破了》、青云的小说《龙凤劫》、高唐的小说《小天使》。

28日 《澳门日报·新园地》副刊连载润园的小说《爱的漩涡》、梅若诗的小说《小城冬暖》、海辛的小说《五月的果园》、高玉宝的小说《高玉宝》、浩泉的小说《华芭山村》。《华侨报·华座》副刊连载长篇系列散文《集古楼杂谈》、紫丹的小说《珍妃》、凌霄的小说《凶手》、痴人的小说《离恨天》、王香琴的小说《玉弓银箭》、茵茵的小说《梦破了》、青云的小说《龙凤劫》、高唐的小说《小天使》。

29日 《澳门日报·新园地》副刊发表翟桦的散文《湖光山色说太湖》，连载润园的小说《爱的漩涡》、梅若诗的小说《小城冬暖》、海辛的小说《五月的果园》、高玉宝的小说《高玉宝》、浩泉的小说《华芭山村》。《华侨报·华座》副刊连载长篇系列散文《集古楼杂谈》、紫丹的小说《珍妃》、凌霄的小说《凶手》、痴人的小说《离恨天》、王香琴的小说《玉弓银箭》、茵茵的小说《梦破了》、青云的小说《龙凤劫》、高唐的小说《小天使》。

30日 《澳门日报·新园地》副刊连载润园的小说《爱的漩涡》、梅若诗的小说《小城冬暖》、海辛的小说《五月的果园》、高玉宝的小说《高玉宝》、浩泉的小说《华芭山村》。《华侨报·华座》副刊连载长篇系列散文《集古楼杂谈》、紫丹的小说《珍妃》、凌霄的小说《凶手》、痴人的小说《离恨天》、王香琴的小说《玉弓银箭》、茵茵的小说《梦破了》、青云的小说《龙凤劫》、高唐的小说《小天使》。

31日 《澳门日报·新园地》副刊连载润园的小说《爱的漩涡》、梅若诗的小说

《小城冬暖》、海辛的小说《五月的果园》、高玉宝的小说《高玉宝》、浩泉的小说《华芭山村》。《华侨报·华座》副刊连载长篇系列散文《集古楼杂谈》、紫丹的小说《珍妃》、凌霄的小说《凶手》、痴人的小说《离恨天》、王香琴的小说《玉弓银箭》、茵茵的小说《梦破了》、青云的小说《龙凤劫》、高唐的小说《小天使》(完)。

四月

1 日　《澳门日报·新园地》副刊连载润园的小说《爱的漩涡》、梅若诗的小说《小城冬暖》、海辛的小说《五月的果园》、高玉宝的小说《高玉宝》、浩泉的小说《华芭山村》。《华侨报·华座》副刊连载长篇系列散文《集古楼杂谈》、紫丹的小说《珍妃》、凌霄的小说《凶手》、痴人的小说《离恨天》、王香琴的小说《玉弓银箭》、茵茵的小说《梦破了》、青云的小说《龙凤劫》,并开始连载高唐的小说《地狱之门》。

2 日　《澳门日报·新园地》副刊连载润园的小说《爱的漩涡》、梅若诗的小说《小城冬暖》、海辛的小说《五月的果园》、高玉宝的小说《高玉宝》、浩泉的小说《华芭山村》。《华侨报·华座》副刊连载长篇系列散文《集古楼杂谈》、紫丹的小说《珍妃》、凌霄的小说《凶手》、痴人的小说《离恨天》、王香琴的小说《玉弓银箭》、茵茵的小说《梦破了》、青云的小说《龙凤劫》、高唐的小说《地狱之门》。

3 日　《澳门日报·新园地》副刊发表江映澜的散文《忆清明》,连载润园的小说《爱的漩涡》、梅若诗的小说《小城冬暖》、海辛的小说《五月的果园》、高玉宝的小说《高玉宝》、浩泉的小说《华芭山村》。《华侨报·华座》副刊连载长篇系列散文《集古楼杂谈》、紫丹的小说《珍妃》、凌霄的小说《凶手》、痴人的小说《离恨天》(完)、王香琴的小说《玉弓银箭》、茵茵的小说《梦破了》、青云的小说《龙凤劫》、高唐的小说《地狱之门》。

4 日　《澳门日报·新园地》副刊连载润园的小说《爱的漩涡》、梅若诗的小说《小城冬暖》、海辛的小说《五月的果园》、高玉宝的小说《高玉宝》、浩泉的小说《华芭山村》。《华侨报·华座》副刊连载长篇系列散文《集古楼杂谈》、紫丹的小说《珍妃》、凌霄的小说《凶手》、王香琴的小说《玉弓银箭》、茵茵的小说《梦破了》、青云的小说《龙凤劫》、高唐的小说《地狱之门》，并开始连载习常的小说《高明的扒手》。

5 日　《澳门日报 · 新园地》副刊发表江映澜的散文《木棉花开》，连载润园的小说《爱的漩涡》、梅若诗的小说《小城冬暖》、海辛的小说《五月的果园》、高玉宝的小说《高玉宝》、浩泉的小说《华芭山村》。《华侨报 · 华座》副刊连载长篇系列散文《集古楼杂谈》、紫丹的小说《珍妃》、凌霄的小说《凶手》、王香琴的小说《玉弓银箭》、茵茵的小说《梦破了》、青云的小说《龙凤劫》、高唐的小说《地狱之门》、习常的小说《高明的扒手》。

6 日　《澳门日报 · 新园地》副刊连载润园的小说《爱的漩涡》、梅若诗的小说《小城冬暖》、海辛的小说《五月的果园》、高玉宝的小说《高玉宝》、浩泉的小说《华芭山村》。《华侨报 · 华座》副刊连载长篇系列散文《集古楼杂谈》、紫丹的小说《珍妃》、凌霄的小说《凶手》、王香琴的小说《玉弓银箭》、茵茵的小说《梦破了》、青云的小说《龙凤劫》、高唐的小说《地狱之门》、习常的小说《高明的扒手》（完）。

7 日　《澳门日报 · 新园地》副刊发表卓力的散文《半碗饭》，连载润园的小说《爱的漩涡》、梅若诗的小说《小城冬暖》、海辛的小说《五月的果园》、高玉宝的小说《高玉宝》、浩泉的小说《华芭山村》。《华侨报 · 华座》副刊连载长篇系列散文《集古楼杂谈》、紫丹的小说《珍妃》、凌霄的小说《凶手》、王香琴的小说《玉弓银箭》、茵茵的小说《梦破了》、青云的小说《龙凤劫》、高唐的小说《地狱之门》，并开始连载痴人的小说《西洋绝异录》。

8 日　《澳门日报 · 新园地》副刊发表江映澜的散文《听歌》、彦桦的小说《说起陈伯》（1），连载润园的小说《爱的漩涡》、梅若诗的小说《小城冬暖》、海辛的小说《五月的果园》、高玉宝的小说《高玉宝》、浩泉的小说《华芭山村》（停刊一期）。《华侨报 · 华座》副刊连载长篇系列散文《集古楼杂谈》、紫丹的小说《珍妃》、凌霄的小说《凶手》、王香琴的小说《玉弓银箭》、茵茵的小说《梦破了》、青云的小说《龙凤劫》、高唐的小说《地狱之门》、痴人的小说《西洋绝异录》。

9日 《澳门日报·新园地》副刊发表彦桦的小说《说起陈伯》(2)，连载润园的小说《爱的漩涡》、梅若诗的小说《小城冬暖》、海辛的小说《五月的果园》、高玉宝的小说《高玉宝》、浩泉的小说《华芭山村》(停刊一期)。《华侨报·华座》副刊连载长篇系列散文《集古楼杂谈》、紫丹的小说《珍妃》、凌霄的小说《凶手》、王香琴的小说《玉弓银箭》、茵茵的小说《梦破了》、青云的小说《龙凤劫》、高唐的小说《地狱之门》(完)、痴人的小说《西洋绝异录》。

10日 《澳门日报·新园地》副刊发表佚名的小说《一个五元硬币》，连载润园的小说《爱的漩涡》、梅若诗的小说《小城冬暖》、海辛的小说《五月的果园》、高玉宝的小说《高玉宝》、浩泉的小说《华芭山村》(停刊一期)。《华侨报·华座》副刊连载长篇系列散文《集古楼杂谈》、紫丹的小说《珍妃》、凌霄的小说《凶手》、王香琴的小说《玉弓银箭》、茵茵的小说《梦破了》、青云的小说《龙凤劫》、痴人的小说《西洋绝异录》，并开始连载高唐的小说《缘分》。

11日 《澳门日报·新园地》副刊发表以文的小说《波折》，连载润园的小说《爱的漩涡》、梅若诗的小说《小城冬暖》、海辛的小说《五月的果园》、高玉宝的小说《高玉宝》、浩泉的小说《华芭山村》(停刊一期)。《华侨报·华座》副刊连载长篇系列散文《集古楼杂谈》、紫丹的小说《珍妃》、凌霄的小说《凶手》、王香琴的小说《玉弓银箭》、茵茵的小说《梦破了》、青云的小说《龙凤劫》、痴人的小说《西洋绝异录》、高唐的小说《缘分》。

12日 《澳门日报·新园地》副刊连载润园的小说《爱的漩涡》、梅若诗的小说《小城冬暖》、海辛的小说《五月的果园》、高玉宝的小说《高玉宝》、浩泉的小说《华芭山村》。《华侨报·华座》副刊连载长篇系列散文《集古楼杂谈》、紫丹的小说《珍妃》、凌霄的小说《凶手》、王香琴的小说《玉弓银箭》、茵茵的小说《梦破了》、青云的小说《龙凤劫》、痴人的小说《西洋绝异录》、高唐的小说《缘分》。

13日 《澳门日报·新园地》副刊连载润园的小说《爱的漩涡》、梅若诗的小说

《小城冬暖》、海辛的小说《五月的果园》、高玉宝的小说《高玉宝》、浩泉的小说《华芭山村》。《华侨报 · 华座》副刊连载长篇系列散文《集古楼杂谈》、紫丹的小说《珍妃》、凌霄的小说《凶手》、王香琴的小说《玉弓银箭》、茵茵的小说《梦破了》、青云的小说《龙凤劫》、痴人的小说《西洋绝异录》、高唐的小说《缘分》。

14 日 《澳门日报 · 新园地》副刊连载润园的小说《爱的漩涡》、梅若诗的小说《小城冬暖》、海辛的小说《五月的果园》、高玉宝的小说《高玉宝》、浩泉的小说《华芭山村》。《华侨报 · 华座》副刊连载长篇系列散文《集古楼杂谈》、紫丹的小说《珍妃》、凌霄的小说《凶手》、王香琴的小说《玉弓银箭》、茵茵的小说《梦破了》、青云的小说《龙凤劫》、痴人的小说《西洋绝异录》、高唐的小说《缘分》。

15 日 《澳门日报 · 新园地》副刊连载润园的小说《爱的漩涡》、梅若诗的小说《小城冬暖》、海辛的小说《五月的果园》、高玉宝的小说《高玉宝》、浩泉的小说《华芭山村》。《华侨报 · 华座》副刊连载长篇系列散文《集古楼杂谈》、紫丹的小说《珍妃》、凌霄的小说《凶手》、王香琴的小说《玉弓银箭》、茵茵的小说《梦破了》、青云的小说《龙凤劫》、痴人的小说《西洋绝异录》、高唐的小说《缘分》。

16 日 《澳门日报 · 新园地》副刊连载润园的小说《爱的漩涡》、梅若诗的小说《小城冬暖》、海辛的小说《五月的果园》、高玉宝的小说《高玉宝》、浩泉的小说《华芭山村》。《华侨报 · 华座》副刊连载长篇系列散文《集古楼杂谈》、紫丹的小说《珍妃》、凌霄的小说《凶手》（停刊一期）、王香琴的小说《玉弓银箭》、茵茵的小说《梦破了》、青云的小说《龙凤劫》、痴人的小说《西洋绝异录》、高唐的小说《缘分》（完）。

17 日 《澳门日报 · 新园地》副刊连载润园的小说《爱的漩涡》、梅若诗的小说《小城冬暖》、海辛的小说《五月的果园》、高玉宝的小说《高玉宝》、浩泉的小说《华芭山村》。《华侨报 · 华座》副刊连载长篇系列散文《集古楼杂谈》、紫丹的小说《珍妃》、凌霄的小说《凶手》（停刊一期）、王香琴的小说《玉弓银箭》、茵茵的小说《梦破了》、青云的小说《龙凤劫》、痴人的小说《西洋绝异录》，并开始连载高唐的小说《女侠客》。

18日 《澳门日报·新园地》副刊连载润园的小说《爱的漩涡》、梅若诗的小说《小城冬暖》、海辛的小说《五月的果园》、高玉宝的小说《高玉宝》、浩泉的小说《华芭山村》。《华侨报·华座》副刊连载长篇系列散文《集古楼杂谈》、紫丹的小说《珍妃》、凌霄的小说《凶手》、王香琴的小说《玉弓银箭》、茵茵的小说《梦破了》、青云的小说《龙凤劫》、痴人的小说《西洋绝异录》、高唐的小说《女侠客》。

19日 《澳门日报·新园地》副刊连载润园的小说《爱的漩涡》、梅若诗的小说《小城冬暖》、海辛的小说《五月的果园》、高玉宝的小说《高玉宝》、浩泉的小说《华芭山村》。《华侨报·华座》副刊连载长篇系列散文《集古楼杂谈》、紫丹的小说《珍妃》、凌霄的小说《凶手》、王香琴的小说《玉弓银箭》、茵茵的小说《梦破了》、青云的小说《龙凤劫》、痴人的小说《西洋绝异录》、高唐的小说《女侠客》。

20日 《澳门日报·新园地》副刊发表舒怀的散文《桂林山水抒情》，连载润园的小说《爱的漩涡》、梅若诗的小说《小城冬暖》、海辛的小说《五月的果园》、高玉宝的小说《高玉宝》、浩泉的小说《华芭山村》。《华侨报·华座》副刊连载长篇系列散文《集古楼杂谈》、紫丹的小说《珍妃》、凌霄的小说《凶手》、王香琴的小说《玉弓银箭》、茵茵的小说《梦破了》、青云的小说《龙凤劫》、痴人的小说《西洋绝异录》、高唐的小说《女侠客》。

21日 《澳门日报·新园地》副刊连载润园的小说《爱的漩涡》、梅若诗的小说《小城冬暖》、海辛的小说《五月的果园》、高玉宝的小说《高玉宝》、浩泉的小说《华芭山村》。《华侨报·华座》副刊连载长篇系列散文《集古楼杂谈》、紫丹的小说《珍妃》、凌霄的小说《凶手》、王香琴的小说《玉弓银箭》、茵茵的小说《梦破了》（完）、青云的小说《龙凤劫》、痴人的小说《西洋绝异录》、高唐的小说《女侠客》。

22日 《澳门日报·新园地》副刊连载润园的小说《爱的漩涡》、梅若诗的小说《小城冬暖》、海辛的小说《五月的果园》、高玉宝的小说《高玉宝》、浩泉的小说《华芭山村》。《华侨报 · 华座》副刊连载长篇系列散文《集古楼杂谈》、紫丹的小说《珍妃》、凌霄的小说《凶手》(完)、王香琴的小说《玉弓银箭》、青云的小说《龙凤劫》、痴人的小说《西洋绝异录》、高唐的小说《女侠客》，并开始连载德华的小说《恩与怨》。

23日 《澳门日报 · 新园地》副刊发表江映澜的散文《说风筝》，连载润园的小说《爱的漩涡》、梅若诗的小说《小城冬暖》、海辛的小说《五月的果园》、高玉宝的小说《高玉宝》、浩泉的小说《华芭山村》。《华侨报 · 华座》副刊连载长篇系列散文《集古楼杂谈》、紫丹的小说《珍妃》、王香琴的小说《玉弓银箭》、青云的小说《龙凤劫》、痴人的小说《西洋绝异录》、高唐的小说《女侠客》、德华的小说《恩与怨》，并开始连载凌霄的小说《孽缘》。

24日 《澳门日报 · 新园地》副刊连载润园的小说《爱的漩涡》、梅若诗的小说《小城冬暖》、海辛的小说《五月的果园》、高玉宝的小说《高玉宝》、浩泉的小说《华芭山村》。《华侨报 · 华座》副刊连载长篇系列散文《集古楼杂谈》、紫丹的小说《珍妃》、王香琴的小说《玉弓银箭》、青云的小说《龙凤劫》、痴人的小说《西洋绝异录》、高唐的小说《女侠客》(完)、德华的小说《恩与怨》(完)、凌霄的小说《孽缘》。

25日 《澳门日报 · 新园地》副刊连载润园的小说《爱的漩涡》、梅若诗的小说《小城冬暖》、海辛的小说《五月的果园》、高玉宝的小说《高玉宝》、浩泉的小说《华芭山村》。《华侨报 · 华座》副刊连载长篇系列散文《集古楼杂谈》、紫丹的小说《珍妃》、王香琴的小说《玉弓银箭》、青云的小说《龙凤劫》、痴人的小说《西洋绝异录》、凌霄的小说《孽缘》，并开始连载茵茵的小说《群鬼》、高唐的小说《化身姑娘》。

26日 《澳门日报 · 新园地》副刊连载润园的小说《爱的漩涡》、梅若诗的小说《小城冬暖》、海辛的小说《五月的果园》、高玉宝的小说《高玉宝》、浩泉的小说《华芭山村》。《华侨报 · 华座》副刊连载长篇系列散文《集古楼杂谈》、紫丹的小说《珍妃》、王香琴的小说《玉弓银箭》、青云的小说《龙凤劫》、痴人的小说《西洋绝异录》、凌霄的小说《孽缘》、茵茵的小说《群鬼》、高唐的小说《化身姑娘》。

27日 《澳门日报·新园地》副刊连载润园的小说《爱的漩涡》、梅若诗的小说《小城冬暖》、海辛的小说《五月的果园》、高玉宝的小说《高玉宝》、浩泉的小说《华芭山村》。《华侨报·华座》副刊连载长篇系列散文《集古楼杂谈》、紫丹的小说《珍妃》、王香琴的小说《玉弓银箭》、青云的小说《龙凤劫》、痴人的小说《西洋绝异录》、凌霄的小说《孽缘》、茵茵的小说《群鬼》、高唐的小说《化身姑娘》。

28日 《澳门日报·新园地》副刊连载润园的小说《爱的漩涡》、梅若诗的小说《小城冬暖》、海辛的小说《五月的果园》、高玉宝的小说《高玉宝》、浩泉的小说《华芭山村》。《华侨报·华座》副刊连载长篇系列散文《集古楼杂谈》、紫丹的小说《珍妃》、王香琴的小说《玉弓银箭》、青云的小说《龙凤劫》、痴人的小说《西洋绝异录》、凌霄的小说《孽缘》、茵茵的小说《群鬼》、高唐的小说《化身姑娘》。

29日 《澳门日报·新园地》副刊连载润园的小说《爱的漩涡》、梅若诗的小说《小城冬暖》、海辛的小说《五月的果园》、高玉宝的小说《高玉宝》、浩泉的小说《华芭山村》。《华侨报·华座》副刊连载长篇系列散文《集古楼杂谈》、紫丹的小说《珍妃》、王香琴的小说《玉弓银箭》、青云的小说《龙凤劫》、痴人的小说《西洋绝异录》、凌霄的小说《孽缘》、茵茵的小说《群鬼》、高唐的小说《化身姑娘》。

30日 《澳门日报·新园地》副刊连载润园的小说《爱的漩涡》、梅若诗的小说《小城冬暖》、海辛的小说《五月的果园》、高玉宝的小说《高玉宝》、浩泉的小说《华芭山村》。《华侨报·华座》副刊连载长篇系列散文《集古楼杂谈》、紫丹的小说《珍妃》、王香琴的小说《玉弓银箭》、青云的小说《龙凤劫》、痴人的小说《西洋绝异录》、凌霄的小说《孽缘》、茵茵的小说《群鬼》、高唐的小说《化身姑娘》。

⊙ 本月，剑莹小说《乱点》刊载于香港《当代文艺》第77期。

五月

1日　《澳门日报·新园地》副刊连载润园的小说《爱的漩涡》、梅若诗的小说《小城冬暖》、海辛的小说《五月的果园》、高玉宝的小说《高玉宝》、浩泉的小说《华芭山村》。《华侨报·华座》副刊连载长篇系列散文《集古楼杂谈》、紫丹的小说《珍妃》、王香琴的小说《玉弓银箭》、青云的小说《龙凤劫》、痴人的小说《西洋绝异录》、凌霄的小说《孽缘》、茵茵的小说《群鬼》、高唐的小说《化身姑娘》。

2日　《澳门日报·新园地》副刊连载润园的小说《爱的漩涡》、梅若诗的小说《小城冬暖》、海辛的小说《五月的果园》、高玉宝的小说《高玉宝》、浩泉的小说《华芭山村》。《华侨报·华座》副刊连载长篇系列散文《集古楼杂谈》、紫丹的小说《珍妃》、王香琴的小说《玉弓银箭》、青云的小说《龙凤劫》、痴人的小说《西洋绝异录》、凌霄的小说《孽缘》、茵茵的小说《群鬼》、高唐的小说《化身姑娘》。

3日　《澳门日报·新园地》副刊连载润园的小说《爱的漩涡》、梅若诗的小说《小城冬暖》、海辛的小说《五月的果园》、高玉宝的小说《高玉宝》、浩泉的小说《华芭山村》。《华侨报·华座》副刊连载长篇系列散文《集古楼杂谈》、紫丹的小说《珍妃》、王香琴的小说《玉弓银箭》、青云的小说《龙凤劫》、痴人的小说《西洋绝异录》、凌霄的小说《孽缘》、茵茵的小说《群鬼》、高唐的小说《化身姑娘》。

4日　《澳门日报·新园地》副刊发表陶莎的散文《招魂》，连载润园的小说《爱的漩涡》、梅若诗的小说《小城冬暖》、海辛的小说《五月的果园》、高玉宝的小说《高玉宝》、浩泉的小说《华芭山村》。《华侨报·华座》副刊连载长篇系列散文《集古楼杂谈》、紫丹的小说《珍妃》、王香琴的小说《玉弓银箭》、青云的小说《龙凤劫》、痴人的小说《西洋绝异录》、凌霄的小说《孽缘》、茵茵的小说《群鬼》、高唐的小说《化身姑娘》（完）。

5日　《澳门日报·新园地》副刊连载润园的小说《爱的漩涡》、梅若诗的小说《小城冬暖》、海辛的小说《五月的果园》、高玉宝的小说《高玉宝》、浩泉的小说《华芭山村》。《华侨报·华座》副刊连载长篇系列散文《集古楼杂谈》、紫丹的小说《珍妃》、王香琴的小说《玉弓银箭》、青云的小说《龙凤劫》、痴人的小说《西洋绝异录》、凌霄的小说《孽缘》、茵茵的小说《群鬼》，并开始连载高唐的小说《无力东风》。

6日　《澳门日报·新园地》副刊连载润园的小说《爱的漩涡》、梅若诗的小说《小城冬暖》、海辛的小说《五月的果园》、高玉宝的小说《高玉宝》、浩泉的小说《华芭山村》。《华侨报·华座》副刊连载长篇系列散文《集古楼杂谈》、紫丹的小说《珍妃》、王香琴的小说《玉弓银箭》、青云的小说《龙凤劫》、痴人的小说《西洋绝异录》、凌霄的小说《孽缘》、茵茵的小说《群鬼》、高唐的小说《无力东风》。

7日　《澳门日报·新园地》副刊连载润园的小说《爱的漩涡》、梅若诗的小说《小城冬暖》、海辛的小说《五月的果园》、高玉宝的小说《高玉宝》、浩泉的小说《华芭山村》。《华侨报·华座》副刊连载长篇系列散文《集古楼杂谈》、紫丹的小说《珍妃》、王香琴的小说《玉弓银箭》、青云的小说《龙凤劫》、痴人的小说《西洋绝异录》、凌霄的小说《孽缘》、茵茵的小说《群鬼》、高唐的小说《无力东风》。

8日　《澳门日报·新园地》副刊连载润园的小说《爱的漩涡》、梅若诗的小说《小城冬暖》、海辛的小说《五月的果园》、高玉宝的小说《高玉宝》、浩泉的小说《华芭山村》。《华侨报·华座》副刊连载长篇系列散文《集古楼杂谈》、紫丹的小说《珍妃》、王香琴的小说《玉弓银箭》、青云的小说《龙凤劫》、痴人的小说《西洋绝异录》、凌霄的小说《孽缘》、茵茵的小说《群鬼》、高唐的小说《无力东风》。

9日　《澳门日报·新园地》副刊连载润园的小说《爱的漩涡》、梅若诗的小说《小城冬暖》、海辛的小说《五月的果园》、高玉宝的小说《高玉宝》、浩泉的小说《华芭山村》。《华侨报·华座》副刊连载长篇系列散文《集古楼杂谈》、紫丹的小说《珍妃》、王香琴的小说《玉弓银箭》、青云的小说《龙凤劫》、痴人的小说《西洋绝异录》、凌霄的小说《孽缘》、茵茵的小说《群鬼》、高唐的小说《无力东风》。

10 日　《澳门日报 · 新园地》副刊连载润园的小说《爱的漩涡》、梅若诗的小说《小城冬暖》、海辛的小说《五月的果园》、高玉宝的小说《高玉宝》、浩泉的小说《华芭山村》。《华侨报 · 华座》副刊连载长篇系列散文《集古楼杂谈》、紫丹的小说《珍妃》、王香琴的小说《玉弓银箭》、青云的小说《龙凤劫》、痴人的小说《西洋绝异录》、凌霄的小说《孽缘》、茵茵的小说《群鬼》、高唐的小说《无力东风》。

11 日　《澳门日报 · 新园地》副刊连载润园的小说《爱的漩涡》、梅若诗的小说《小城冬暖》、海辛的小说《五月的果园》、高玉宝的小说《高玉宝》、浩泉的小说《华芭山村》。《华侨报 · 华座》副刊连载长篇系列散文《集古楼杂谈》、紫丹的小说《珍妃》、王香琴的小说《玉弓银箭》、青云的小说《龙凤劫》、痴人的小说《西洋绝异录》、凌霄的小说《孽缘》、茵茵的小说《群鬼》、高唐的小说《无力东风》。

12 日　《澳门日报 · 新园地》副刊连载润园的小说《爱的漩涡》、梅若诗的小说《小城冬暖》、海辛的小说《五月的果园》、高玉宝的小说《高玉宝》、浩泉的小说《华芭山村》。《华侨报 · 华座》副刊连载长篇系列散文《集古楼杂谈》、紫丹的小说《珍妃》、王香琴的小说《玉弓银箭》、青云的小说《龙凤劫》、痴人的小说《西洋绝异录》、凌霄的小说《孽缘》、茵茵的小说《群鬼》、高唐的小说《无力东风》。

13 日　《澳门日报 · 新园地》副刊连载润园的小说《爱的漩涡》、梅若诗的小说《小城冬暖》、海辛的小说《五月的果园》、高玉宝的小说《高玉宝》、浩泉的小说《华芭山村》。《华侨报 · 华座》副刊连载长篇系列散文《集古楼杂谈》、紫丹的小说《珍妃》、王香琴的小说《玉弓银箭》、青云的小说《龙凤劫》、痴人的小说《西洋绝异录》、凌霄的小说《孽缘》、茵茵的小说《群鬼》、高唐的小说《无力东风》（完）。

14 日　《澳门日报 · 新园地》副刊连载润园的小说《爱的漩涡》、梅若诗的小说《小城冬暖》、海辛的小说《五月的果园》、高玉宝的小说《高玉宝》、浩泉的小说《华芭山村》。《华侨报 · 华座》副刊连载长篇系列散文《集古楼杂谈》、紫丹的小说《珍妃》、王香琴的小说《玉弓银箭》、青云的小说《龙凤劫》、痴人的小说《西洋绝异录》、凌霄的小说《孽缘》、茵茵的小说《群鬼》，并开始连载高唐的小说《阿飞英雄》。

15日 《澳门日报·新园地》副刊连载润园的小说《爱的漩涡》、梅若诗的小说《小城冬暖》、海辛的小说《五月的果园》、高玉宝的小说《高玉宝》、浩泉的小说《华芭山村》。《华侨报·华座》副刊连载长篇系列散文《集古楼杂谈》、紫丹的小说《珍妃》、王香琴的小说《玉弓银箭》、青云的小说《龙凤劫》、痴人的小说《西洋绝异录》、凌霄的小说《孽缘》、茵茵的小说《群鬼》、高唐的小说《阿飞英雄》。

16日 《澳门日报·新园地》副刊连载润园的小说《爱的漩涡》、梅若诗的小说《小城冬暖》、海辛的小说《五月的果园》、高玉宝的小说《高玉宝》、浩泉的小说《华芭山村》。《华侨报·华座》副刊连载长篇系列散文《集古楼杂谈》、紫丹的小说《珍妃》、王香琴的小说《玉弓银箭》、青云的小说《龙凤劫》、痴人的小说《西洋绝异录》、凌霄的小说《孽缘》、茵茵的小说《群鬼》、高唐的小说《阿飞英雄》。

17日 《澳门日报·新园地》副刊连载润园的小说《爱的漩涡》、梅若诗的小说《小城冬暖》、海辛的小说《五月的果园》、高玉宝的小说《高玉宝》、浩泉的小说《华芭山村》。《华侨报·华座》副刊连载长篇系列散文《集古楼杂谈》、紫丹的小说《珍妃》、王香琴的小说《玉弓银箭》、青云的小说《龙凤劫》、痴人的小说《西洋绝异录》、凌霄的小说《孽缘》、茵茵的小说《群鬼》、高唐的小说《阿飞英雄》。

18日 《澳门日报·新园地》副刊连载润园的小说《爱的漩涡》、梅若诗的小说《小城冬暖》、海辛的小说《五月的果园》、高玉宝的小说《高玉宝》、浩泉的小说《华芭山村》。《华侨报·华座》副刊连载长篇系列散文《集古楼杂谈》、紫丹的小说《珍妃》、王香琴的小说《玉弓银箭》、青云的小说《龙凤劫》、痴人的小说《西洋绝异录》、凌霄的小说《孽缘》、茵茵的小说《群鬼》、高唐的小说《阿飞英雄》。

19日 《澳门日报·新园地》副刊开始连载碧涛的小说《两次家访》，连载润园的小说《爱的漩涡》、梅若诗的小说《小城冬暖》、海辛的小说《五月的果园》、高玉宝的小说《高玉宝》、浩泉的小说《华芭山村》(停刊一期)。《华侨报·华座》副刊连载长篇系列散文《集古楼杂谈》、紫丹的小说《珍妃》、王香琴的小说《玉弓银箭》、青云的小说《龙凤劫》、痴人的小说《西洋绝异录》、凌霄的小说《孽缘》、茵茵的小说《群鬼》、高唐的小说《阿飞英雄》。

20 日 《澳门日报·新园地》副刊连载碧涛的小说《两次家访》、润园的小说《爱的漩涡》、梅若诗的小说《小城冬暖》、海辛的小说《五月的果园》、高玉宝的小说《高玉宝》、浩泉的小说《华芭山村》(停刊一期)。《华侨报·华座》副刊连载长篇系列散文《集古楼杂谈》、紫丹的小说《珍妃》、王香琴的小说《玉弓银箭》、青云的小说《龙凤劫》、痴人的小说《西洋绝异录》、凌霄的小说《孽缘》、茵茵的小说《群鬼》、高唐的小说《阿飞英雄》。

21 日 《澳门日报·新园地》副刊连载碧涛的小说《两次家访》(完)、润园的小说《爱的漩涡》、梅若诗的小说《小城冬暖》、海辛的小说《五月的果园》、高玉宝的小说《高玉宝》、浩泉的小说《华芭山村》(停刊一期)。《华侨报·华座》副刊连载长篇系列散文《集古楼杂谈》、紫丹的小说《珍妃》、王香琴的小说《玉弓银箭》、青云的小说《龙凤劫》、痴人的小说《西洋绝异录》、凌霄的小说《孽缘》、茵茵的小说《群鬼》、高唐的小说《阿飞英雄》(完)。

22 日 《澳门日报·新园地》副刊连载润园的小说《爱的漩涡》、梅若诗的小说《小城冬暖》、海辛的小说《五月的果园》、高玉宝的小说《高玉宝》、浩泉的小说《华芭山村》。《华侨报·华座》副刊连载长篇系列散文《集古楼杂谈》、紫丹的小说《珍妃》、王香琴的小说《玉弓银箭》、青云的小说《龙凤劫》、痴人的小说《西洋绝异录》、凌霄的小说《孽缘》、茵茵的小说《群鬼》,并开始连载高唐的小说《海上煞星》。

23 日 《澳门日报·新园地》副刊连载润园的小说《爱的漩涡》、梅若诗的小说《小城冬暖》、海辛的小说《五月的果园》、高玉宝的小说《高玉宝》、浩泉的小说《华芭山村》。《华侨报·华座》副刊连载长篇系列散文《集古楼杂谈》、紫丹的小说《珍妃》、王香琴的小说《玉弓银箭》、青云的小说《龙凤劫》、痴人的小说《西洋绝异录》、凌霄的小说《孽缘》、茵茵的小说《群鬼》、高唐的小说《海上煞星》。

24日 《澳门日报·新园地》副刊发表卓力的散文《暴雨之后》，连载润园的小说《爱的漩涡》、梅若诗的小说《小城冬暖》、海辛的小说《五月的果园》、高玉宝的小说《高玉宝》、浩泉的小说《华芭山村》。《华侨报·华座》副刊连载长篇系列散文《集古楼杂谈》、紫丹的小说《珍妃》、王香琴的小说《玉弓银箭》、青云的小说《龙凤劫》、痴人的小说《西洋绝异录》、凌霄的小说《孽缘》、茵茵的小说《群鬼》、高唐的小说《海上煞星》。

25日 《澳门日报·新园地》副刊连载润园的小说《爱的漩涡》、梅若诗的小说《小城冬暖》、海辛的小说《五月的果园》、高玉宝的小说《高玉宝》、浩泉的小说《华芭山村》。《华侨报·华座》副刊连载长篇系列散文《集古楼杂谈》、紫丹的小说《珍妃》、王香琴的小说《玉弓银箭》、青云的小说《龙凤劫》、痴人的小说《西洋绝异录》、凌霄的小说《孽缘》、茵茵的小说《群鬼》、高唐的小说《海上煞星》。

26日 《澳门日报·新园地》副刊发表江思扬的诗歌《看〈白毛女〉》、江映澜的散文《舞蹈》，连载润园的小说《爱的漩涡》、梅若诗的小说《小城冬暖》、海辛的小说《五月的果园》、高玉宝的小说《高玉宝》、浩泉的小说《华芭山村》。《华侨报·华座》副刊连载长篇系列散文《集古楼杂谈》、紫丹的小说《珍妃》、王香琴的小说《玉弓银箭》、青云的小说《龙凤劫》、痴人的小说《西洋绝异录》、凌霄的小说《孽缘》、茵茵的小说《群鬼》、高唐的小说《海上煞星》。

27日 《澳门日报·新园地》副刊连载润园的小说《爱的漩涡》、梅若诗的小说《小城冬暖》、海辛的小说《五月的果园》(完)、高玉宝的小说《高玉宝》、浩泉的小说《华芭山村》。《华侨报·华座》副刊连载长篇系列散文《集古楼杂谈》、紫丹的小说《珍妃》、王香琴的小说《玉弓银箭》、青云的小说《龙凤劫》、痴人的小说《西洋绝异录》、凌霄的小说《孽缘》、茵茵的小说《群鬼》、高唐的小说《海上煞星》。

28 日 《澳门日报 · 新园地》副刊连载润园的小说《爱的漩涡》、梅若诗的小说《小城冬暖》、高玉宝的小说《高玉宝》、浩泉的小说《华芭山村》，并开始连载学华的小说《雨中》。《华侨报 · 华座》副刊连载长篇系列散文《集古楼杂谈》、紫丹的小说《珍妃》、王香琴的小说《玉弓银箭》、青云的小说《龙凤劫》、痴人的小说《西洋绝异录》、凌霄的小说《孽缘》、茵茵的小说《群鬼》、高唐的小说《海上煞星》。

29 日 《澳门日报 · 新园地》副刊连载润园的小说《爱的漩涡》、梅若诗的小说《小城冬暖》、高玉宝的小说《高玉宝》、浩泉的小说《华芭山村》、学华的小说《雨中》（完）。《华侨报 · 华座》副刊连载长篇系列散文《集古楼杂谈》、紫丹的小说《珍妃》、王香琴的小说《玉弓银箭》、青云的小说《龙凤劫》、痴人的小说《西洋绝异录》、凌霄的小说《孽缘》、茵茵的小说《群鬼》、高唐的小说《海上煞星》。

30 日 《澳门日报 · 新园地》副刊发表雪予的诗歌《武汉长江大桥》，连载润园的小说《爱的漩涡》、梅若诗的小说《小城冬暖》、高玉宝的小说《高玉宝》、浩泉的小说《华芭山村》。《华侨报 · 华座》副刊连载长篇系列散文《集古楼杂谈》、紫丹的小说《珍妃》、王香琴的小说《玉弓银箭》、青云的小说《龙凤劫》、痴人的小说《西洋绝异录》、凌霄的小说《孽缘》、茵茵的小说《群鬼》、高唐的小说《海上煞星》，并开始连载高唐的小说《球场风云》。

31 日 《澳门日报 · 新园地》副刊发表雪予的诗歌《万里长城》《山海关》、良胜的小说《必胜策略》，连载润园的小说《爱的漩涡》、梅若诗的小说《小城冬暖》、高玉宝的小说《高玉宝》、浩泉的小说《华芭山村》。《华侨报 · 华座》副刊连载长篇系列散文《集古楼杂谈》、紫丹的小说《珍妃》、王香琴的小说《玉弓银箭》、青云的小说《龙凤劫》、痴人的小说《西洋绝异录》、凌霄的小说《孽缘》、茵茵的小说《群鬼》、高唐的小说《海上煞星》、《球场风云》（停刊一期）。

六月

1日 《澳门日报·新园地》副刊发表思明的小说《新同学》，连载润园的小说《爱的漩涡》、梅若诗的小说《小城冬暖》、高玉宝的小说《高玉宝》、浩泉的小说《华芭山村》。《华侨报·华座》副刊连载长篇系列散文《集古楼杂谈》、紫丹的小说《珍妃》(停刊一期)、王香琴的小说《玉弓银箭》、青云的小说《龙凤劫》、痴人的小说《西洋绝异录》、凌霄的小说《孽缘》(停刊一期)、茵茵的小说《群鬼》(停刊一期)、高唐的小说《海上煞星》(完)、《球场风云》(停刊一期)。

2日 《澳门日报·新园地》副刊发表丽芬的小说《买烟的阿伯》，连载润园的小说《爱的漩涡》、梅若诗的小说《小城冬暖》、高玉宝的小说《高玉宝》、浩泉的小说《华芭山村》。《华侨报·华座》副刊连载长篇系列散文《集古楼杂谈》、紫丹的小说《珍妃》、王香琴的小说《玉弓银箭》、青云的小说《龙凤劫》、痴人的小说《西洋绝异录》、凌霄的小说《孽缘》、茵茵的小说《群鬼》、高唐的小说《球场风云》。

3日 《澳门日报·新园地》副刊发表怀宇的小说《豪雨下》，连载润园的小说《爱的漩涡》、梅若诗的小说《小城冬暖》、高玉宝的小说《高玉宝》、浩泉的小说《华芭山村》。《华侨报·华座》副刊连载长篇系列散文《集古楼杂谈》、紫丹的小说《珍妃》、王香琴的小说《玉弓银箭》、青云的小说《龙凤劫》、痴人的小说《西洋绝异录》、凌霄的小说《孽缘》、茵茵的小说《群鬼》、高唐的小说《球场风云》。

4日 《澳门日报·新园地》副刊发表陈浩泉的散文《书的喜悦》，连载润园的小说《爱的漩涡》、梅若诗的小说《小城冬暖》、高玉宝的小说《高玉宝》、浩泉的小说《华芭山村》。《华侨报·华座》副刊连载长篇系列散文《集古楼杂谈》、紫丹的小说《珍妃》、王香琴的小说《玉弓银箭》、青云的小说《龙凤劫》、痴人的小说《西洋绝异录》、凌霄的小说《孽缘》、茵茵的小说《群鬼》、高唐的小说《球场风云》。

5日 《澳门日报·新园地》副刊连载润园的小说《爱的漩涡》、梅若诗的小说

《小城冬暖》、高玉宝的小说《高玉宝》、浩泉的小说《华芭山村》，并开始连载怀宇的小说《并肩》。《华侨报·华座》副刊连载长篇系列散文《集古楼杂谈》、紫丹的小说《珍妃》、王香琴的小说《玉弓银箭》、青云的小说《龙凤劫》、痴人的小说《西洋绝异录》、凌霄的小说《孽缘》、茵茵的小说《群鬼》、高唐的小说《球场风云》。

6日　《澳门日报·新园地》副刊连载润园的小说《爱的漩涡》、梅若诗的小说《小城冬暖》、高玉宝的小说《高玉宝》、浩泉的小说《华芭山村》、怀宇的小说《并肩》。《华侨报·华座》副刊连载长篇系列散文《集古楼杂谈》、紫丹的小说《珍妃》、王香琴的小说《玉弓银箭》、青云的小说《龙凤劫》、痴人的小说《西洋绝异录》、凌霄的小说《孽缘》、茵茵的小说《群鬼》、高唐的小说《球场风云》。

7日　《澳门日报·新园地》副刊发表江映澜的散文《说故事》，连载润园的小说《爱的漩涡》、梅若诗的小说《小城冬暖》、高玉宝的小说《高玉宝》、浩泉的小说《华芭山村》、怀宇的小说《并肩》（完）。《华侨报·华座》副刊连载长篇系列散文《集古楼杂谈》、紫丹的小说《珍妃》、王香琴的小说《玉弓银箭》、青云的小说《龙凤劫》、痴人的小说《西洋绝异录》、凌霄的小说《孽缘》、茵茵的小说《群鬼》、高唐的小说《球场风云》（完），并开始连载高唐的小说《浴室奇案》。

8日　《澳门日报·新园地》副刊发表安妮·莱文的小说《星期六的母亲》（上），连载润园的小说《爱的漩涡》、梅若诗的小说《小城冬暖》、高玉宝的小说《高玉宝》、浩泉的小说《华芭山村》。《华侨报·华座》副刊连载长篇系列散文《集古楼杂谈》、紫丹的小说《珍妃》、王香琴的小说《玉弓银箭》、青云的小说《龙凤劫》、痴人的小说《西洋绝异录》、凌霄的小说《孽缘》、茵茵的小说《群鬼》、高唐的小说《浴室奇案》。

9日　《澳门日报·新园地》副刊发表安妮·莱文的小说《星期六的母亲》（下），连载润园的小说《爱的漩涡》、梅若诗的小说《小城冬暖》、高玉宝的小说《高玉宝》、浩泉的小说《华芭山村》。《华侨报·华座》副刊连载长篇系列散文《集古楼杂谈》、紫丹的小说《珍妃》、王香琴的小说《玉弓银箭》、青云的小说《龙凤劫》、痴人的小说《西洋绝异录》、凌霄的小说《孽缘》、茵茵的小说《群鬼》、高唐的小说《浴室奇案》。

10日 《澳门日报·新园地》副刊连载润园的小说《爱的漩涡》、梅若诗的小说《小城冬暖》、高玉宝的小说《高玉宝》、浩泉的小说《华芭山村》，并开始连载丁兵的小说《访问》。《华侨报·华座》副刊连载长篇系列散文《集古楼杂谈》、紫丹的小说《珍妃》（停刊一期）、王香琴的小说《玉弓银箭》、青云的小说《龙凤劫》、痴人的小说《西洋绝异录》、凌霄的小说《孽缘》（停刊一期）、茵茵的小说《群鬼》（停刊一期）、高唐的小说《浴室奇案》（完）。

11日 《澳门日报·新园地》副刊连载润园的小说《爱的漩涡》、梅若诗的小说《小城冬暖》、高玉宝的小说《高玉宝》、浩泉的小说《华芭山村》、丁兵的小说《访问》。《华侨报·华座》副刊连载长篇系列散文《集古楼杂谈》、紫丹的小说《珍妃》、王香琴的小说《玉弓银箭》、青云的小说《龙凤劫》、痴人的小说《西洋绝异录》、凌霄的小说《孽缘》、茵茵的小说《群鬼》，并开始连载高唐的小说《模特儿》。

12日 《澳门日报·新园地》副刊连载润园的小说《爱的漩涡》、梅若诗的小说《小城冬暖》、高玉宝的小说《高玉宝》、浩泉的小说《华芭山村》、丁兵的小说《访问》（完）。《华侨报·华座》副刊连载长篇系列散文《集古楼杂谈》、紫丹的小说《珍妃》、王香琴的小说《玉弓银箭》、青云的小说《龙凤劫》、痴人的小说《西洋绝异录》、凌霄的小说《孽缘》、茵茵的小说《群鬼》、高唐的小说《模特儿》。

13日 《澳门日报·新园地》副刊发表怀宇的小说《两父子的心意》，连载润园的小说《爱的漩涡》、梅若诗的小说《小城冬暖》（停刊一期）、高玉宝的小说《高玉宝》、浩泉的小说《华芭山村》，并开始连载海辛的小说《心事》。《华侨报·华座》副刊连载长篇系列散文《集古楼杂谈》、紫丹的小说《珍妃》、王香琴的小说《玉弓银箭》、青云的小说《龙凤劫》、痴人的小说《西洋绝异录》、凌霄的小说《孽缘》、茵茵的小说《群鬼》、高唐的小说《模特儿》。

14 日　《澳门日报 · 新园地》副刊连载润园的小说《爱的漩涡》、梅若诗的小说《小城冬暖》、高玉宝的小说《高玉宝》、浩泉的小说《华芭山村》、海辛的小说《心事》。《华侨报 · 华座》副刊连载长篇系列散文《集古楼杂谈》、紫丹的小说《珍妃》、王香琴的小说《玉弓银箭》、青云的小说《龙凤劫》、痴人的小说《西洋绝异录》、凌霄的小说《孽缘》、茵茵的小说《群鬼》、高唐的小说《模特儿》（完），并开始连载高唐的小说《妖象》。

15 日　《澳门日报 · 新园地》副刊连载润园的小说《爱的漩涡》、梅若诗的小说《小城冬暖》、高玉宝的小说《高玉宝》、浩泉的小说《华芭山村》、海辛的小说《心事》。《华侨报 · 华座》副刊连载长篇系列散文《集古楼杂谈》、紫丹的小说《珍妃》、王香琴的小说《玉弓银箭》、青云的小说《龙凤劫》、痴人的小说《西洋绝异录》、凌霄的小说《孽缘》、茵茵的小说《群鬼》、高唐的小说《妖象》。

16 日　《澳门日报 · 新园地》副刊连载润园的小说《爱的漩涡》、梅若诗的小说《小城冬暖》、高玉宝的小说《高玉宝》、浩泉的小说《华芭山村》、海辛的小说《心事》。《华侨报 · 华座》副刊连载长篇系列散文《集古楼杂谈》、紫丹的小说《珍妃》、王香琴的小说《玉弓银箭》、青云的小说《龙凤劫》、痴人的小说《西洋绝异录》、凌霄的小说《孽缘》、茵茵的小说《群鬼》、高唐的小说《妖象》。

17 日　《澳门日报 · 新园地》副刊连载润园的小说《爱的漩涡》、梅若诗的小说《小城冬暖》、高玉宝的小说《高玉宝》、浩泉的小说《华芭山村》、海辛的小说《心事》。《华侨报 · 华座》副刊连载长篇系列散文《集古楼杂谈》、紫丹的小说《珍妃》、王香琴的小说《玉弓银箭》、青云的小说《龙凤劫》、痴人的小说《西洋绝异录》、凌霄的小说《孽缘》、茵茵的小说《群鬼》、高唐的小说《妖象》。

18 日　《澳门日报 · 新园地》副刊连载润园的小说《爱的漩涡》、梅若诗的小说《小城冬暖》、高玉宝的小说《高玉宝》、浩泉的小说《华芭山村》、海辛的小说《心事》。《华侨报 · 华座》副刊连载长篇系列散文《集古楼杂谈》、紫丹的小说《珍妃》、王香琴的小说《玉弓银箭》、青云的小说《龙凤劫》、痴人的小说《西洋绝异录》、凌霄的小说《孽缘》、茵茵的小说《群鬼》、高唐的小说《妖象》。

19 日 《澳门日报 · 新园地》副刊连载润园的小说《爱的漩涡》、梅若诗的小说《小城冬暖》、高玉宝的小说《高玉宝》、浩泉的小说《华芭山村》、海辛的小说《心事》。《华侨报 · 华座》副刊连载长篇系列散文《集古楼杂谈》、紫丹的小说《珍妃》、王香琴的小说《玉弓银箭》、青云的小说《龙凤劫》、痴人的小说《西洋绝异录》、凌霄的小说《孽缘》、茵茵的小说《群鬼》、高唐的小说《妖象》。

20 日 《澳门日报 · 新园地》副刊连载润园的小说《爱的漩涡》、梅若诗的小说《小城冬暖》、高玉宝的小说《高玉宝》、浩泉的小说《华芭山村》、海辛的小说《心事》。《华侨报 · 华座》副刊连载长篇系列散文《集古楼杂谈》、紫丹的小说《珍妃》、王香琴的小说《玉弓银箭》、青云的小说《龙凤劫》、痴人的小说《西洋绝异录》、凌霄的小说《孽缘》、茵茵的小说《群鬼》、高唐的小说《妖象》。

21 日 《澳门日报 · 新园地》副刊连载润园的小说《爱的漩涡》、梅若诗的小说《小城冬暖》、高玉宝的小说《高玉宝》、浩泉的小说《华芭山村》、海辛的小说《心事》。《华侨报 · 华座》副刊连载长篇系列散文《集古楼杂谈》、紫丹的小说《珍妃》、王香琴的小说《玉弓银箭》、青云的小说《龙凤劫》、痴人的小说《西洋绝异录》、凌霄的小说《孽缘》、茵茵的小说《群鬼》、高唐的小说《妖象》（完）。

22 日 《澳门日报 · 新园地》副刊连载润园的小说《爱的漩涡》、梅若诗的小说《小城冬暖》、高玉宝的小说《高玉宝》、浩泉的小说《华芭山村》、海辛的小说《心事》。《华侨报 · 华座》副刊连载长篇系列散文《集古楼杂谈》、紫丹的小说《珍妃》、王香琴的小说《玉弓银箭》、青云的小说《龙凤劫》、痴人的小说《西洋绝异录》、凌霄的小说《孽缘》、茵茵的小说《群鬼》，并开始连载高唐的小说《捉奸》。

23 日 《澳门日报 · 新园地》副刊发表江映澜的散文《荔枝的联想》，连载润园的小说《爱的漩涡》、梅若诗的小说《小城冬暖》、高玉宝的小说《高玉宝》、浩泉的小说《华芭山村》、海辛的小说《心事》。《华侨报·华座》副刊连载长篇系列散文《集古楼杂谈》、紫丹的小说《珍妃》、王香琴的小说《玉弓银箭》、青云的小说《龙凤劫》、痴人的小说《西洋绝异录》、凌霄的小说《孽缘》、茵茵的小说《群鬼》、高唐的小说《捉奸》。

24日 《澳门日报·新园地》副刊连载润园的小说《爱的漩涡》、梅若诗的小说《小城冬暖》、高玉宝的小说《高玉宝》、浩泉的小说《华芭山村》、海辛的小说《心事》。《华侨报·华座》副刊连载长篇系列散文《集古楼杂谈》、紫丹的小说《珍妃》、王香琴的小说《玉弓银箭》、青云的小说《龙凤劫》、痴人的小说《西洋绝异录》、凌霄的小说《孽缘》、茵茵的小说《群鬼》、高唐的小说《捉奸》。

25日 《澳门日报·新园地》副刊连载润园的小说《爱的漩涡》、梅若诗的小说《小城冬暖》、高玉宝的小说《高玉宝》、浩泉的小说《华芭山村》、海辛的小说《心事》。《华侨报·华座》副刊连载长篇系列散文《集古楼杂谈》、紫丹的小说《珍妃》、王香琴的小说《玉弓银箭》、青云的小说《龙凤劫》、痴人的小说《西洋绝异录》、凌霄的小说《孽缘》、茵茵的小说《群鬼》、高唐的小说《捉奸》（完）。

26日 《澳门日报·新园地》副刊连载润园的小说《爱的漩涡》、梅若诗的小说《小城冬暖》、高玉宝的小说《高玉宝》、浩泉的小说《华芭山村》、海辛的小说《心事》。《华侨报·华座》副刊连载长篇系列散文《集古楼杂谈》、紫丹的小说《珍妃》、王香琴的小说《玉弓银箭》、青云的小说《龙凤劫》、痴人的小说《西洋绝异录》、凌霄的小说《孽缘》、茵茵的小说《群鬼》，并开始连载高唐的小说《妥协》。

27日 《澳门日报·新园地》副刊连载润园的小说《爱的漩涡》、梅若诗的小说《小城冬暖》、高玉宝的小说《高玉宝》、浩泉的小说《华芭山村》、海辛的小说《心事》。《华侨报·华座》副刊连载长篇系列散文《集古楼杂谈》、紫丹的小说《珍妃》、王香琴的小说《玉弓银箭》、青云的小说《龙凤劫》、痴人的小说《西洋绝异录》、凌霄的小说《孽缘》、茵茵的小说《群鬼》、高唐的小说《妥协》。

28 日 《澳门日报 · 新园地》副刊连载润园的小说《爱的漩涡》、梅若诗的小说《小城冬暖》、高玉宝的小说《高玉宝》、浩泉的小说《华芭山村》、海辛的小说《心事》。《华侨报 · 华座》副刊连载长篇系列散文《集古楼杂谈》、紫丹的小说《珍妃》、王香琴的小说《玉弓银箭》、青云的小说《龙凤劫》、痴人的小说《西洋绝异录》、凌霄的小说《孽缘》、茵茵的小说《群鬼》、高唐的小说《妥协》。

29 日 《澳门日报 · 新园地》副刊连载润园的小说《爱的漩涡》、梅若诗的小说《小城冬暖》、高玉宝的小说《高玉宝》、浩泉的小说《华芭山村》、海辛的小说《心事》。《华侨报 · 华座》副刊连载长篇系列散文《集古楼杂谈》、紫丹的小说《珍妃》、王香琴的小说《玉弓银箭》、青云的小说《龙凤劫》、痴人的小说《西洋绝异录》、凌霄的小说《孽缘》、茵茵的小说《群鬼》、高唐的小说《妥协》。

30 日 《澳门日报 · 新园地》副刊连载润园的小说《爱的漩涡》、梅若诗的小说《小城冬暖》、高玉宝的小说《高玉宝》、浩泉的小说《华芭山村》、海辛的小说《心事》。《华侨报 · 华座》副刊连载长篇系列散文《集古楼杂谈》、紫丹的小说《珍妃》、王香琴的小说《玉弓银箭》、青云的小说《龙凤劫》、痴人的小说《西洋绝异录》、凌霄的小说《孽缘》、茵茵的小说《群鬼》、高唐的小说《妥协》。

七月

1 日 《澳门日报 · 新园地》副刊连载润园的小说《爱的漩涡》、梅若诗的小说《小城冬暖》、高玉宝的小说《高玉宝》、浩泉的小说《华芭山村》、海辛的小说《心事》。《华侨报 · 华座》副刊连载长篇系列散文《集古楼杂谈》、紫丹的小说《珍妃》、王香琴的小说《玉弓银箭》、青云的小说《龙凤劫》、痴人的小说《西洋绝异录》、凌霄的小说《孽缘》、茵茵的小说《群鬼》、高唐的小说《妥协》。

2 日 《澳门日报 · 新园地》副刊连载润园的小说《爱的漩涡》、梅若诗的小说《小城冬暖》、高玉宝的小说《高玉宝》、浩泉的小说《华芭山村》、海辛的小说《心事》。《华侨报 · 华座》副刊连载长篇系列散文《集古楼杂谈》、紫丹的小说《珍妃》、王香琴的小说《玉弓银箭》、青云的小说《龙凤劫》、痴人的小说《西洋绝异录》、凌霄的小说《孽缘》、茵茵的小说《群鬼》、高唐的小说《妥协》。

3 日　《澳门日报 · 新园地》副刊连载润园的小说《爱的漩涡》、梅若诗的小说《小城冬暖》、高玉宝的小说《高玉宝》、浩泉的小说《华芭山村》、海辛的小说《心事》。《华侨报 · 华座》副刊连载长篇系列散文《集古楼杂谈》、紫丹的小说《珍妃》、王香琴的小说《玉弓银箭》、青云的小说《龙凤劫》、痴人的小说《西洋绝异录》、凌霄的小说《孽缘》、茵茵的小说《群鬼》、高唐的小说《妥协》(完)。

4 日　《澳门日报 · 新园地》副刊连载润园的小说《爱的漩涡》、梅若诗的小说《小城冬暖》、高玉宝的小说《高玉宝》、浩泉的小说《华芭山村》、海辛的小说《心事》。《华侨报 · 华座》副刊连载长篇系列散文《集古楼杂谈》、紫丹的小说《珍妃》、王香琴的小说《玉弓银箭》、青云的小说《龙凤劫》、痴人的小说《西洋绝异录》、凌霄的小说《孽缘》、茵茵的小说《群鬼》，并开始连载高唐的小说《绑票》。

5 日　《澳门日报 · 新园地》副刊发表白思群的评论《怎么看〈野草〉》，连载润园的小说《爱的漩涡》、梅若诗的小说《小城冬暖》、高玉宝的小说《高玉宝》(完)、浩泉的小说《华芭山村》、海辛的小说《心事》。《华侨报 · 华座》副刊连载长篇系列散文《集古楼杂谈》、紫丹的小说《珍妃》、王香琴的小说《玉弓银箭》、青云的小说《龙凤劫》、痴人的小说《西洋绝异录》、凌霄的小说《孽缘》、茵茵的小说《群鬼》、高唐的小说《绑票》。

6 日　《澳门日报 · 新园地》副刊发表独目六叔的诗歌《教师待遇要改善》、怀宇的小说《棠叔》(上)、珊珊的小说《他停学了》，连载润园的小说《爱的漩涡》、梅若诗的小说《小城冬暖》、浩泉的小说《华芭山村》、海辛的小说《心事》。《华侨报 · 华座》副刊连载长篇系列散文《集古楼杂谈》、紫丹的小说《珍妃》、王香琴的小说《玉弓银箭》、青云的小说《龙凤劫》、痴人的小说《西洋绝异录》、凌霄的小说《孽缘》、茵茵的小说《群鬼》、高唐的小说《绑票》。

7日 《澳门日报·新园地》副刊发表怀宇的小说《棠叔》（下），连载润园的小说《爱的漩涡》、梅若诗的小说《小城冬暖》、浩泉的小说《华芭山村》、海辛的小说《心事》。《华侨报·华座》副刊连载长篇系列散文《集古楼杂谈》、紫丹的小说《珍妃》、王香琴的小说《玉弓银箭》、青云的小说《龙凤劫》、痴人的小说《西洋绝异录》、凌霄的小说《孽缘》、茵茵的小说《群鬼》、高唐的小说《绑票》。

8日 《澳门日报·新园地》副刊发表怀宇的小说《争取》（上），连载润园的小说《爱的漩涡》、梅若诗的小说《小城冬暖》、浩泉的小说《华芭山村》、海辛的小说《心事》。《华侨报·华座》副刊连载长篇系列散文《集古楼杂谈》、紫丹的小说《珍妃》、王香琴的小说《玉弓银箭》、青云的小说《龙凤劫》、痴人的小说《西洋绝异录》、凌霄的小说《孽缘》、茵茵的小说《群鬼》、高唐的小说《绑票》。

9日 《澳门日报·新园地》副刊发表怀宇的小说《争取》（下），连载润园的小说《爱的漩涡》、梅若诗的小说《小城冬暖》、浩泉的小说《华芭山村》、海辛的小说《心事》。《华侨报·华座》副刊连载长篇系列散文《集古楼杂谈》、紫丹的小说《珍妃》、王香琴的小说《玉弓银箭》、青云的小说《龙凤劫》、痴人的小说《西洋绝异录》、凌霄的小说《孽缘》、茵茵的小说《群鬼》、高唐的小说《绑票》。

10日 《澳门日报·新园地》副刊连载润园的小说《爱的漩涡》、梅若诗的小说《小城冬暖》、浩泉的小说《华芭山村》、海辛的小说《心事》，并开始连载王亚美的小说《分分秒秒》。《华侨报·华座》副刊连载长篇系列散文《集古楼杂谈》、紫丹的小说《珍妃》、王香琴的小说《玉弓银箭》、青云的小说《龙凤劫》、痴人的小说《西洋绝异录》、凌霄的小说《孽缘》、茵茵的小说《群鬼》、高唐的小说《绑票》。

11日 《澳门日报·新园地》副刊连载润园的小说《爱的漩涡》、梅若诗的小说《小城冬暖》、浩泉的小说《华芭山村》、海辛的小说《心事》、王亚美的小说《分分秒秒》。《华侨报·华座》副刊连载长篇系列散文《集古楼杂谈》、紫丹的小说《珍妃》、王香琴的小说《玉弓银箭》、青云的小说《龙凤劫》、痴人的小说《西洋绝异录》、凌霄的小说《孽缘》、茵茵的小说《群鬼》、高唐的小说《绑票》(完)。

12日 《澳门日报·新园地》副刊发表独目六叔的诗歌《塌屋·崩山·漏水》(1),连载润园的小说《爱的漩涡》、梅若诗的小说《小城冬暖》、浩泉的小说《华芭山村》、海辛的小说《心事》、王亚美的小说《分分秒秒》。《华侨报·华座》副刊连载长篇系列散文《集古楼杂谈》、紫丹的小说《珍妃》、王香琴的小说《玉弓银箭》、青云的小说《龙凤劫》、痴人的小说《西洋绝异录》、凌霄的小说《孽缘》、茵茵的小说《群鬼》,并开始连载高唐的小说《结婚费》。

13日 《澳门日报·新园地》副刊发表独目六叔的诗歌《塌屋·崩山·漏水》(2),连载润园的小说《爱的漩涡》(完)、梅若诗的小说《小城冬暖》、浩泉的小说《华芭山村》、海辛的小说《心事》、王亚美的小说《分分秒秒》。《华侨报·华座》副刊连载长篇系列散文《集古楼杂谈》、紫丹的小说《珍妃》、王香琴的小说《玉弓银箭》、青云的小说《龙凤劫》、痴人的小说《西洋绝异录》、凌霄的小说《孽缘》、茵茵的小说《群鬼》、高唐的小说《结婚费》(完)。

14日 《澳门日报·新园地》副刊发表造的小说《出壁报的风波》(1),连载梅若诗的小说《小城冬暖》、浩泉的小说《华芭山村》、海辛的小说《心事》、王亚美的小说《分分秒秒》。《华侨报·华座》副刊连载长篇系列散文《集古楼杂谈》、紫丹的小说《珍妃》、王香琴的小说《玉弓银箭》、青云的小说《龙凤劫》、痴人的小说《西洋绝异录》、凌霄的小说《孽缘》、茵茵的小说《群鬼》。

15日 《澳门日报·新园地》副刊发表造的小说《出壁报的风波》(2),连载梅若诗的小说《小城冬暖》、浩泉的小说《华芭山村》、海辛的小说《心事》、王亚美的小说《分分秒秒》(完)。《华侨报·华座》副刊连载长篇系列散文《集古楼杂谈》、紫丹的小说《珍妃》(停刊一期)、王香琴的小说《玉弓银箭》、青云的小说《龙凤劫》、痴人的小说《西洋绝异录》、凌霄的小说《孽缘》（停刊一期）、茵茵的小说《群鬼》（停刊一期），并开始连载高唐的小说《歼仇记》。

16日 《澳门日报·新园地》副刊发表江思扬的评论《任真汉的诗》、慕华的小说《表姐的婚事》（上），连载梅若诗的小说《小城冬暖》、浩泉的小说《华芭山村》、海辛的小说《心事》。《华侨报·华座》副刊连载长篇系列散文《集古楼杂谈》、紫丹的小说《珍妃》（停刊一期）、王香琴的小说《玉弓银箭》、青云的小说《龙凤劫》、痴人的小说《西洋绝异录》、凌霄的小说《孽缘》（停刊一期）、茵茵的小说《群鬼》（停刊一期）、高唐的小说《歼仇记》。

17日 《澳门日报·新园地》副刊发表缘葵的小说《病房里的晨曦》（1）、慕华的小说《表姐的婚事》（下），连载梅若诗的小说《小城冬暖》、浩泉的小说《华芭山村》、海辛的小说《心事》。《华侨报·华座》副刊连载长篇系列散文《集古楼杂谈》、紫丹的小说《珍妃》、王香琴的小说《玉弓银箭》、青云的小说《龙凤劫》、痴人的小说《西洋绝异录》、凌霄的小说《孽缘》、茵茵的小说《群鬼》、高唐的小说《歼仇记》。

18日 《澳门日报·新园地》副刊发表缘葵的小说《病房里的晨曦》（2），连载梅若诗的小说《小城冬暖》、浩泉的小说《华芭山村》、海辛的小说《心事》。《华侨报·华座》副刊连载长篇系列散文《集古楼杂谈》、紫丹的小说《珍妃》、王香琴的小说《玉弓银箭》、青云的小说《龙凤劫》、痴人的小说《西洋绝异录》、凌霄的小说《孽缘》、茵茵的小说《群鬼》、高唐的小说《歼仇记》。

19日 《澳门日报·新园地》副刊开始连载润园的小说《奀公奇遇记》、佚名的小说《三垛伏击战》，连载梅若诗的小说《小城冬暖》、浩泉的小说《华芭山村》、海辛的小说《心事》。《华侨报·华座》副刊连载长篇系列散文《集古楼杂谈》、紫丹的小说《珍妃》、王香琴的小说《玉弓银箭》、青云的小说《龙凤劫》、痴人的小说《西洋绝异录》、凌霄的小说《孽缘》、茵茵的小说《群鬼》、高唐的小说《歼仇记》。

20日 《澳门日报·新园地》副刊连载润园的小说《奀公奇遇记》、佚名的小说

《三垛伏击战》、梅若诗的小说《小城冬暖》、浩泉的小说《华芭山村》、海辛的小说《心事》。《华侨报·华座》副刊连载长篇系列散文《集古楼杂谈》、紫丹的小说《珍妃》、王香琴的小说《玉弓银箭》、青云的小说《龙凤劫》、痴人的小说《西洋绝异录》、凌霄的小说《孽缘》、茵茵的小说《群鬼》、高唐的小说《歼仇记》。

21日 《澳门日报·新园地》副刊发表独目六叔的诗歌《港英超度雨灾罹难者亡灵》、卓力的散文《偶然的不幸》、翟桦的散文《杭州灵隐寺》，连载润园的小说《奀公奇遇记》、佚名的小说《三垛伏击战》、梅若诗的小说《小城冬暖》、浩泉的小说《华芭山村》、海辛的小说《心事》。《华侨报·华座》副刊连载长篇系列散文《集古楼杂谈》、紫丹的小说《珍妃》、王香琴的小说《玉弓银箭》、青云的小说《龙凤劫》、痴人的小说《西洋绝异录》、凌霄的小说《孽缘》、茵茵的小说《群鬼》、高唐的小说《歼仇记》。

22日 《澳门日报·新园地》副刊连载润园的小说《奀公奇遇记》、佚名的小说《三垛伏击战》、梅若诗的小说《小城冬暖》、浩泉的小说《华芭山村》、海辛的小说《心事》。《华侨报·华座》副刊连载长篇系列散文《集古楼杂谈》、紫丹的小说《珍妃》、王香琴的小说《玉弓银箭》、青云的小说《龙凤劫》、痴人的小说《西洋绝异录》、凌霄的小说《孽缘》、茵茵的小说《群鬼》、高唐的小说《歼仇记》。

23日 《澳门日报·新园地》副刊发表江映澜的散文《泳》，连载润园的小说《奀公奇遇记》、佚名的小说《三垛伏击战》、梅若诗的小说《小城冬暖》、浩泉的小说《华芭山村》、海辛的小说《心事》。《华侨报·华座》副刊连载长篇系列散文《集古楼杂谈》、紫丹的小说《珍妃》、王香琴的小说《玉弓银箭》、青云的小说《龙凤劫》、痴人的小说《西洋绝异录》、凌霄的小说《孽缘》、茵茵的小说《群鬼》、高唐的小说《歼仇记》（完）。

24日 《澳门日报·新园地》副刊连载润园的小说《奀公奇遇记》、佚名的小说《三垛伏击战》（完）、梅若诗的小说《小城冬暖》、浩泉的小说《华芭山村》、海辛的小说《心事》。《华侨报·华座》副刊连载长篇系列散文《集古楼杂谈》、紫丹的小说《珍妃》、王香琴的小说《玉弓银箭》、青云的小说《龙凤劫》、痴人的小说《西洋绝异录》、凌霄的小说《孽缘》、茵茵的小说《群鬼》，并开始连载高唐的小说《洋状元》。

25 日 《澳门日报·新园地》副刊连载润园的小说《奀公奇遇记》、梅若诗的小说《小城冬暖》、浩泉的小说《华芭山村》、海辛的小说《心事》，并开始连载吴金杰的小说《新的高度》。《华侨报·华座》副刊连载长篇系列散文《集古楼杂谈》、紫丹的小说《珍妃》、王香琴的小说《玉弓银箭》、青云的小说《龙凤劫》、痴人的小说《西洋绝异录》、凌霄的小说《孽缘》、茵茵的小说《群鬼》、高唐的小说《洋状元》。

26 日 《澳门日报·新园地》副刊连载润园的小说《奀公奇遇记》、梅若诗的小说《小城冬暖》、浩泉的小说《华芭山村》、海辛的小说《心事》、吴金杰的小说《新的高度》。《华侨报·华座》副刊连载长篇系列散文《集古楼杂谈》、紫丹的小说《珍妃》、王香琴的小说《玉弓银箭》、青云的小说《龙凤劫》、痴人的小说《西洋绝异录》、凌霄的小说《孽缘》、茵茵的小说《群鬼》、高唐的小说《洋状元》（完）。

27 日 《澳门日报·新园地》副刊连载润园的小说《奀公奇遇记》、梅若诗的小说《小城冬暖》、浩泉的小说《华芭山村》、海辛的小说《心事》、吴金杰的小说《新的高度》。《华侨报·华座》副刊连载长篇系列散文《集古楼杂谈》、紫丹的小说《珍妃》、王香琴的小说《玉弓银箭》、青云的小说《龙凤劫》、痴人的小说《西洋绝异录》、凌霄的小说《孽缘》、茵茵的小说《群鬼》，并开始连载高唐的小说《艳尸》。

28 日 《澳门日报·新园地》副刊发表卓力的散文《一件小事》，连载润园的小说《奀公奇遇记》、梅若诗的小说《小城冬暖》、浩泉的小说《华芭山村》、海辛的小说《心事》、吴金杰的小说《新的高度》。《华侨报·华座》副刊连载长篇系列散文《集古楼杂谈》、紫丹的小说《珍妃》、王香琴的小说《玉弓银箭》、青云的小说《龙凤劫》、痴人的小说《西洋绝异录》、凌霄的小说《孽缘》、茵茵的小说《群鬼》、高唐的小说《艳尸》。

29 日 《澳门日报·新园地》副刊发表独目六叔的诗歌《美帝烂炸北越堤坝》，连载润园的小说《奀公奇遇记》、梅若诗的小说《小城冬暖》、浩泉的小说《华芭山村》、海辛的小说《心事》、吴金杰的小说《新的高度》。《华侨报·华座》副刊连载长篇系列散文《集古楼杂谈》、紫丹的小说《珍妃》、王香琴的小说《玉弓银箭》、青云的小说《龙凤劫》、痴人的小说《西洋绝异录》、凌霄的小说《孽缘》、茵茵的小说《群鬼》、高唐的小说《艳尸》。

30日 《澳门日报·新园地》副刊连载润园的小说《霁公奇遇记》、梅若诗的小说《小城冬暖》、浩泉的小说《华芭山村》、海辛的小说《心事》、吴金杰的小说《新的高度》。《华侨报·华座》副刊连载长篇系列散文《集古楼杂谈》、紫丹的小说《珍妃》(停刊一期)、王香琴的小说《玉弓银箭》、青云的小说《龙凤劫》、痴人的小说《西洋绝异录》、凌霄的小说《孽缘》(停刊一期)、茵茵的小说《群鬼》(停刊一期)、高唐的小说《艳尸》。

31日 《澳门日报·新园地》副刊连载润园的小说《霁公奇遇记》、梅若诗的小说《小城冬暖》、浩泉的小说《华芭山村》、海辛的小说《心事》、吴金杰的小说《新的高度》。《华侨报·华座》副刊连载长篇系列散文《集古楼杂谈》、紫丹的小说《珍妃》、王香琴的小说《玉弓银箭》、青云的小说《龙凤劫》、痴人的小说《西洋绝异录》、凌霄的小说《孽缘》、茵茵的小说《群鬼》、高唐的小说《艳尸》(完),并开始连载高唐的小说《矿穴风云》。

⊙ 本月,剑莹小说《颉颃》刊载于香港《当代文艺》第80期。

八月

1日 《澳门日报·新园地》副刊连载润园的小说《霁公奇遇记》、梅若诗的小说《小城冬暖》、浩泉的小说《华芭山村》、海辛的小说《心事》、吴金杰的小说《新的高度》。《华侨报·华座》副刊连载长篇系列散文《集古楼杂谈》、紫丹的小说《珍妃》、王香琴的小说《玉弓银箭》、青云的小说《龙凤劫》、痴人的小说《西洋绝异录》、凌霄的小说《孽缘》、茵茵的小说《群鬼》、高唐的小说《矿穴风云》。

2日 《澳门日报·新园地》副刊连载润园的小说《霁公奇遇记》、梅若诗的小说《小城冬暖》、浩泉的小说《华芭山村》、海辛的小说《心事》、吴金杰的小说《新的高度》。《华侨报·华座》副刊连载长篇系列散文《集古楼杂谈》、紫丹的小说《珍妃》、王香琴的小说《玉弓银箭》、青云的小说《龙凤劫》、痴人的小说《西洋绝异录》、凌霄的小说《孽缘》、茵茵的小说《群鬼》、高唐的小说《矿穴风云》。

3日　《澳门日报·新园地》副刊连载润园的小说《关公奇遇记》、梅若诗的小说《小城冬暖》、浩泉的小说《华芭山村》、海辛的小说《心事》、吴金杰的小说《新的高度》。《华侨报·华座》副刊连载长篇系列散文《集古楼杂谈》、紫丹的小说《珍妃》、王香琴的小说《玉弓银箭》、青云的小说《龙凤劫》、痴人的小说《西洋绝异录》、凌霄的小说《孽缘》、茵茵的小说《群鬼》、高唐的小说《矿穴风云》。

4日　《澳门日报·新园地》副刊发表江映澜的散文《看小说的联想》，连载润园的小说《关公奇遇记》、梅若诗的小说《小城冬暖》、浩泉的小说《华芭山村》、海辛的小说《心事》、吴金杰的小说《新的高度》。《华侨报·华座》副刊连载长篇系列散文《集古楼杂谈》、紫丹的小说《珍妃》、王香琴的小说《玉弓银箭》、青云的小说《龙凤劫》、痴人的小说《西洋绝异录》、凌霄的小说《孽缘》、茵茵的小说《群鬼》、高唐的小说《矿穴风云》。

5日　《澳门日报·新园地》副刊连载润园的小说《关公奇遇记》、梅若诗的小说《小城冬暖》、浩泉的小说《华芭山村》、海辛的小说《心事》、吴金杰的小说《新的高度》。《华侨报·华座》副刊连载长篇系列散文《集古楼杂谈》、紫丹的小说《珍妃》（完）、王香琴的小说《玉弓银箭》、青云的小说《龙凤劫》、痴人的小说《西洋绝异录》、凌霄的小说《孽缘》、茵茵的小说《群鬼》、高唐的小说《矿穴风云》。

6日　《澳门日报·新园地》副刊发表右传的小说《赵六的故事》，连载润园的小说《关公奇遇记》、梅若诗的小说《小城冬暖》、浩泉的小说《华芭山村》、海辛的小说《心事》、吴金杰的小说《新的高度》。《华侨报·华座》副刊连载长篇系列散文《集古楼杂谈》、王香琴的小说《玉弓银箭》、青云的小说《龙凤劫》、痴人的小说《西洋绝异录》、凌霄的小说《孽缘》、茵茵的小说《群鬼》、高唐的小说《矿穴风云》。

7日 《澳门日报·新园地》副刊连载润园的小说《奀公奇遇记》、梅若诗的小说《小城冬暖》、浩泉的小说《华芭山村》、海辛的小说《心事》、吴金杰的小说《新的高度》，并开始连载小庵的小说《快活三郎》。《华侨报·华座》副刊连载长篇系列散文《集古楼杂谈》、王香琴的小说《玉弓银箭》、青云的小说《龙凤劫》、痴人的小说《西洋绝异录》、凌霄的小说《孽缘》、茵茵的小说《群鬼》、高唐的小说《矿穴风云》。

8日 《澳门日报·新园地》副刊发表独目六叔的诗歌《英国工潮》《澳门治安日差》，连载润园的小说《奀公奇遇记》、梅若诗的小说《小城冬暖》、浩泉的小说《华芭山村》、海辛的小说《心事》、吴金杰的小说《新的高度》（完）、小庵的小说《快活三郎》。《华侨报·华座》副刊连载长篇系列散文《集古楼杂谈》、王香琴的小说《玉弓银箭》、青云的小说《龙凤劫》、痴人的小说《西洋绝异录》、凌霄的小说《孽缘》、茵茵的小说《群鬼》、高唐的小说《矿穴风云》（完），并开始连载高唐的小说《少年时代》。

9日 《澳门日报·新园地》副刊连载润园的小说《奀公奇遇记》、梅若诗的小说《小城冬暖》、浩泉的小说《华芭山村》、海辛的小说《心事》、小庵的小说《快活三郎》，并开始连载赵自的小说《红色航道》。《华侨报·华座》副刊连载长篇系列散文《集古楼杂谈》、王香琴的小说《玉弓银箭》、青云的小说《龙凤劫》、痴人的小说《西洋绝异录》、凌霄的小说《孽缘》、茵茵的小说《群鬼》、高唐的小说《少年时代》。

10日 《澳门日报·新园地》副刊连载润园的小说《奀公奇遇记》、梅若诗的小说《小城冬暖》、浩泉的小说《华芭山村》、海辛的小说《心事》、小庵的小说《快活三郎》、赵自的小说《红色航道》。《华侨报·华座》副刊连载长篇系列散文《集古楼杂谈》、王香琴的小说《玉弓银箭》、青云的小说《龙凤劫》、痴人的小说《西洋绝异录》、凌霄的小说《孽缘》、茵茵的小说《群鬼》、高唐的小说《少年时代》。

11日 《澳门日报·新园地》副刊连载润园的小说《奀公奇遇记》、梅若诗的小说《小城冬暖》、浩泉的小说《华芭山村》、海辛的小说《心事》、小庵的小说《快活三郎》、赵自的小说《红色航道》。《华侨报·华座》副刊连载长篇系列散文《集古楼杂谈》、王香琴的小说《玉弓银箭》、青云的小说《龙凤劫》、痴人的小说《西洋绝异录》、凌霄的小说《孽缘》、茵茵的小说《群鬼》、高唐的小说《少年时代》。

12日 《澳门日报·新园地》副刊连载润园的小说《奀公奇遇记》、梅若诗的小说《小城冬暖》、浩泉的小说《华芭山村》、海辛的小说《心事》、小庵的小说《快活三郎》、赵自的小说《红色航道》。《华侨报·华座》副刊连载长篇系列散文《集古楼杂谈》、王香琴的小说《玉弓银箭》、青云的小说《龙凤劫》、痴人的小说《西洋绝异录》、凌霄的小说《孽缘》、茵茵的小说《群鬼》、高唐的小说《少年时代》。

13日 《澳门日报·新园地》副刊连载润园的小说《奀公奇遇记》、梅若诗的小说《小城冬暖》、浩泉的小说《华芭山村》、海辛的小说《心事》、小庵的小说《快活三郎》、赵自的小说《红色航道》。《华侨报·华座》副刊连载长篇系列散文《集古楼杂谈》、王香琴的小说《玉弓银箭》、青云的小说《龙凤劫》、痴人的小说《西洋绝异录》、凌霄的小说《孽缘》、茵茵的小说《群鬼》、高唐的小说《少年时代》。

14日 《澳门日报·新园地》副刊连载润园的小说《奀公奇遇记》、梅若诗的小说《小城冬暖》、浩泉的小说《华芭山村》、海辛的小说《心事》、小庵的小说《快活三郎》、赵自的小说《红色航道》。《华侨报·华座》副刊连载长篇系列散文《集古楼杂谈》、王香琴的小说《玉弓银箭》、青云的小说《龙凤劫》、痴人的小说《西洋绝异录》、凌霄的小说《孽缘》、茵茵的小说《群鬼》、高唐的小说《少年时代》。

15日 《澳门日报·新园地》副刊连载润园的小说《奀公奇遇记》、梅若诗的小说《小城冬暖》、浩泉的小说《华芭山村》、海辛的小说《心事》、小庵的小说《快活三郎》、赵自的小说《红色航道》。《华侨报·华座》副刊连载长篇系列散文《集古楼杂谈》、王香琴的小说《玉弓银箭》、青云的小说《龙凤劫》、痴人的小说《西洋绝异录》、凌霄的小说《孽缘》、茵茵的小说《群鬼》、高唐的小说《少年时代》。

16 日 《澳门日报·新园地》副刊发表独目六叔的诗歌《小童求乞被捕》，连载润园的小说《overlay公奇遇记》、梅若诗的小说《小城冬暖》、浩泉的小说《华芭山村》、海辛的小说《心事》、小庵的小说《快活三郎》、赵自的小说《红色航道》。《华侨报·华座》副刊连载长篇系列散文《集古楼杂谈》、王香琴的小说《玉弓银箭》、青云的小说《龙凤劫》、痴人的小说《西洋绝异录》、凌霄的小说《孽缘》、茵茵的小说《群鬼》、高唐的小说《少年时代》（完），并开始连载高唐的小说《海岸惊魂》。

17 日 《澳门日报·新园地》副刊连载润园的小说《overlay公奇遇记》、梅若诗的小说《小城冬暖》、浩泉的小说《华芭山村》、海辛的小说《心事》、小庵的小说《快活三郎》、赵自的小说《红色航道》。《华侨报·华座》副刊连载长篇系列散文《集古楼杂谈》、王香琴的小说《玉弓银箭》（完）、青云的小说《龙凤劫》、痴人的小说《西洋绝异录》、凌霄的小说《孽缘》（停刊一期）、茵茵的小说《群鬼》、高唐的小说《海岸惊魂》。

18 日 《澳门日报·新园地》副刊连载润园的小说《overlay公奇遇记》、梅若诗的小说《小城冬暖》、浩泉的小说《华芭山村》、海辛的小说《心事》、小庵的小说《快活三郎》、赵自的小说《红色航道》。《华侨报·华座》副刊连载长篇系列散文《集古楼杂谈》、青云的小说《龙凤劫》、痴人的小说《西洋绝异录》、凌霄的小说《孽缘》（停刊一期）、茵茵的小说《群鬼》、高唐的小说《海岸惊魂》，并开始连载史信的小说《八美元》。

19 日 《澳门日报·新园地》副刊连载润园的小说《overlay公奇遇记》、梅若诗的小说《小城冬暖》、浩泉的小说《华芭山村》、海辛的小说《心事》、小庵的小说《快活三郎》、赵自的小说《红色航道》。《华侨报·华座》副刊连载长篇系列散文《集古楼杂谈》、青云的小说《龙凤劫》、痴人的小说《西洋绝异录》、凌霄的小说《孽缘》（停刊一期）、茵茵的小说《群鬼》、高唐的小说《海岸惊魂》、史信的小说《八美元》。

20 日 《澳门日报·新园地》副刊连载润园的小说《overlay公奇遇记》、梅若诗的小说《小城冬暖》、浩泉的小说《华芭山村》、海辛的小说《心事》、小庵的小说《快活三郎》、赵自的小说《红色航道》。《华侨报·华座》副刊连载载长篇系列散文《集古楼杂谈》、青云的小说《龙凤劫》、痴人的小说《西洋绝异录》、凌霄的小说《孽缘》(停刊一期)、茵茵的小说《群鬼》、高唐的小说《海岸惊魂》、史信的小说《八美元》(完)。

21日 《澳门日报·新园地》副刊连载润园的小说《奀公奇遇记》、梅若诗的小说《小城冬暖》、浩泉的小说《华芭山村》、海辛的小说《心事》、小庵的小说《快活三郎》(完)、赵自的小说《红色航道》。《华侨报·华座》副刊连载长篇系列散文《集古楼杂谈》、青云的小说《龙凤劫》、痴人的小说《西洋绝异录》、凌霄的小说《孽缘》(停刊一期)、茵茵的小说《群鬼》、高唐的小说《海岸惊魂》，并开始连载杜炜的小说《空中离奇案》。

22日 《澳门日报·新园地》副刊连载润园的小说《奀公奇遇记》、梅若诗的小说《小城冬暖》、浩泉的小说《华芭山村》、海辛的小说《心事》、赵自的小说《红色航道》。《华侨报·华座》副刊连载长篇系列散文《集古楼杂谈》、青云的小说《龙凤劫》、痴人的小说《西洋绝异录》、凌霄的小说《孽缘》、茵茵的小说《群鬼》、高唐的小说《海岸惊魂》、杜炜的小说《空中离奇案》，并开始连载紫丹的小说《陈七奶奶与朱三小姐》。

23日 《澳门日报·新园地》副刊连载润园的小说《奀公奇遇记》、梅若诗的小说《小城冬暖》、浩泉的小说《华芭山村》、海辛的小说《心事》、赵自的小说《红色航道》。《华侨报·华座》副刊连载长篇系列散文《集古楼杂谈》、青云的小说《龙凤劫》、痴人的小说《西洋绝异录》、凌霄的小说《孽缘》、茵茵的小说《群鬼》、高唐的小说《海岸惊魂》(完)、杜炜的小说《空中离奇案》、紫丹的小说《陈七奶奶与朱三小姐》。

24日 《澳门日报·新园地》副刊连载润园的小说《奀公奇遇记》、梅若诗的小说《小城冬暖》、浩泉的小说《华芭山村》、海辛的小说《心事》、赵自的小说《红色航道》。《华侨报·华座》副刊连载长篇系列散文《集古楼杂谈》(完)、青云的小说《龙凤劫》、痴人的小说《西洋绝异录》、凌霄的小说《孽缘》、茵茵的小说《群鬼》、杜炜的小说《空中离奇案》、紫丹的小说《陈七奶奶与朱三小姐》，并开始连载高唐的小说《夫妻奇缘》。

25日 《澳门日报·新园地》副刊发表独目六叔的诗歌《炸弹惊魂》，连载润园的小说《叐公奇遇记》、梅若诗的小说《小城冬暖》、浩泉的小说《华芭山村》、海辛的小说《心事》、赵自的小说《红色航道》。《华侨报·华座》副刊连载青云的小说《龙凤劫》、痴人的小说《西洋绝异录》、凌霄的小说《孽缘》、茵茵的小说《群鬼》、杜炜的小说《空中离奇案》、紫丹的小说《陈七奶奶与朱三小姐》、高唐的小说《夫妻奇缘》。

26日 《澳门日报·新园地》副刊连载润园的小说《叐公奇遇记》、梅若诗的小说《小城冬暖》、浩泉的小说《华芭山村》、海辛的小说《心事》、赵自的小说《红色航道》。《华侨报·华座》副刊连载青云的小说《龙凤劫》、痴人的小说《西洋绝异录》、凌霄的小说《孽缘》、茵茵的小说《群鬼》、杜炜的小说《空中离奇案》（完）、紫丹的小说《陈七奶奶与朱三小姐》（完）、高唐的小说《夫妻奇缘》。

27日 《澳门日报·新园地》副刊连载润园的小说《叐公奇遇记》、梅若诗的小说《小城冬暖》、浩泉的小说《华芭山村》、海辛的小说《心事》、赵自的小说《红色航道》。《华侨报·华座》副刊发表李化生的散文《水之话》、陈表的小说《招徕术》，连载青云的小说《龙凤劫》、痴人的小说《西洋绝异录》（完）、凌霄的小说《孽缘》、茵茵的小说《群鬼》、高唐的小说《夫妻奇缘》（完）。

28日 《澳门日报·新园地》副刊连载润园的小说《叐公奇遇记》、梅若诗的小说《小城冬暖》、浩泉的小说《华芭山村》、海辛的小说《心事》、赵自的小说《红色航道》。《华侨报·华座》副刊发表黄衫客的散文《新秋小雨话促织》、高唐的散文《怀沈尹默先生》，连载青云的小说《龙凤劫》（停刊一期）、凌霄的小说《孽缘》、茵茵的小说《群鬼》（停刊一期），并开始连载痴人的小说《不灭的延安》。

黄衫客，自1972年起在《华侨报·华座》副刊上发表一百多篇散文，主要是以细腻敏锐的洞察力著称。

29日 《澳门日报·新园地》副刊发表江映澜的散文《颂秋》，连载润园的小说

《奀公奇遇记》、梅若诗的小说《小城冬暖》、浩泉的小说《华芭山村》、海辛的小说《心事》、赵自的小说《红色航道》。《华侨报·华座》副刊连载青云的小说《龙凤劫》(停刊一期)、凌霄的小说《孽缘》、茵茵的小说《群鬼》(停刊一期)、痴人的小说《不灭的延安》。

30日 《澳门日报·新园地》副刊连载润园的小说《奀公奇遇记》、梅若诗的小说《小城冬暖》、浩泉的小说《华芭山村》、海辛的小说《心事》、赵自的小说《红色航道》。《华侨报·华座》副刊连载青云的小说《龙凤劫》(停刊一期)、凌霄的小说《孽缘》、茵茵的小说《群鬼》(停刊一期)、痴人的小说《不灭的延安》。

31日 《澳门日报·新园地》副刊连载润园的小说《奀公奇遇记》、梅若诗的小说《小城冬暖》、浩泉的小说《华芭山村》、海辛的小说《心事》、赵自的小说《红色航道》。《华侨报·华座》副刊发表黄衫客的散文《半江红树卖鲈鱼》，连载青云的小说《龙凤劫》(停刊一期)、凌霄的小说《孽缘》、茵茵的小说《群鬼》(停刊一期)、痴人的小说《不灭的延安》。

⊙ 本月，剑莹小说《洪流》刊载于香港《当代文艺》第81期。

九月

1日 《澳门日报·新园地》副刊发表独目六叔的诗歌《美机炸我救生艇》、卓力的散文《钓鱼》，连载润园的小说《奀公奇遇记》、梅若诗的小说《小城冬暖》、浩泉的小说《华芭山村》、海辛的小说《心事》、赵自的小说《红色航道》(完)。《华侨报·华座》副刊连载青云的小说《龙凤劫》、凌霄的小说《孽缘》、茵茵的小说《群鬼》(停刊一期)、痴人的小说《不灭的延安》。

2日 《澳门日报·新园地》副刊发表陶莎的散文《日记》，连载润园的小说《奀公奇遇记》、梅若诗的小说《小城冬暖》、浩泉的小说《华芭山村》、海辛的小说《心事》，并开始连载贾文玲译的小说《种子》。《华侨报·华座》副刊连载青云的小说《龙凤劫》、凌霄的小说《孽缘》、茵茵的小说《群鬼》(停刊一期)、痴人的小说《不灭的延安》。

3日　《澳门日报·新园地》副刊连载润园的小说《奀公奇遇记》、梅若诗的小说《小城冬暖》、浩泉的小说《华芭山村》(完)、海辛的小说《心事》、贾文玲译的小说《种子》。《华侨报·华座》副刊连载青云的小说《龙凤劫》、凌霄的小说《孽缘》、茵茵的小说《群鬼》(停刊一期)、痴人的小说《不灭的延安》。

4日　《澳门日报·新园地》副刊连载润园的小说《奀公奇遇记》、梅若诗的小说《小城冬暖》、海辛的小说《心事》、贾文玲译的小说《种子》(完),并开始连载浩泉的小说《劫后》。《华侨报·华座》副刊连载青云的小说《龙凤劫》、凌霄的小说《孽缘》、茵茵的小说《群鬼》(停刊一期)、痴人的小说《不灭的延安》。

5日　《澳门日报·新园地》副刊连载润园的小说《奀公奇遇记》、梅若诗的小说《小城冬暖》、海辛的小说《心事》、浩泉的小说《劫后》,并开始连载曹勇骅的小说《车行万里》。《华侨报·华座》副刊连载青云的小说《龙凤劫》、凌霄的小说《孽缘》(完)、茵茵的小说《群鬼》、痴人的小说《不灭的延安》。

6日　《澳门日报·新园地》副刊连载润园的小说《奀公奇遇记》、梅若诗的小说《小城冬暖》、海辛的小说《心事》、浩泉的小说《劫后》、曹勇骅的小说《车行万里》。《华侨报·华座》副刊连载青云的小说《龙凤劫》、茵茵的小说《群鬼》、痴人的小说《不灭的延安》,并开始连载凌霄的小说《青春火焰》。

7日　《澳门日报·新园地》副刊连载润园的小说《奀公奇遇记》、梅若诗的小说《小城冬暖》、海辛的小说《心事》、浩泉的小说《劫后》、曹勇骅的小说《车行万里》。《华侨报·华座》副刊连载青云的小说《龙凤劫》、茵茵的小说《群鬼》、痴人的小说《不灭的延安》、凌霄的小说《青春火焰》。

8日　《澳门日报·新园地》副刊连载润园的小说《奀公奇遇记》、梅若诗的小说《小城冬暖》、海辛的小说《心事》、浩泉的小说《劫后》、曹勇骅的小说《车行万里》。《华侨报·华座》副刊连载青云的小说《龙凤劫》、茵茵的小说《群鬼》、痴人的小说《不灭的延安》、凌霄的小说《青春火焰》。

9 日　《澳门日报·新园地》副刊连载润园的小说《炗公奇遇记》、梅若诗的小说《小城冬暖》、海辛的小说《心事》、浩泉的小说《劫后》、曹勇骅的小说《车行万里》。《华侨报·华座》副刊连载青云的小说《龙凤劫》、茵茵的小说《群鬼》、痴人的小说《不灭的延安》、凌霄的小说《青春火焰》。

10 日　《澳门日报·新园地》副刊连载润园的小说《炗公奇遇记》、梅若诗的小说《小城冬暖》、海辛的小说《心事》、浩泉的小说《劫后》、曹勇骅的小说《车行万里》。《华侨报·华座》副刊连载青云的小说《龙凤劫》、茵茵的小说《群鬼》、痴人的小说《不灭的延安》、凌霄的小说《青春火焰》。

11 日　《澳门日报·新园地》副刊连载润园的小说《炗公奇遇记》、梅若诗的小说《小城冬暖》、海辛的小说《心事》、浩泉的小说《劫后》、曹勇骅的小说《车行万里》。《华侨报·华座》副刊连载青云的小说《龙凤劫》、茵茵的小说《群鬼》、痴人的小说《不灭的延安》、凌霄的小说《青春火焰》。

12 日　《澳门日报·新园地》副刊连载润园的小说《炗公奇遇记》、梅若诗的小说《小城冬暖》、海辛的小说《心事》、浩泉的小说《劫后》、曹勇骅的小说《车行万里》。《华侨报·华座》副刊发表黄衫客的散文《露从今日白》，连载青云的小说《龙凤劫》、茵茵的小说《群鬼》、痴人的小说《不灭的延安》、凌霄的小说《青春火焰》。

13 日　《澳门日报·新园地》副刊连载润园的小说《炗公奇遇记》、梅若诗的小说《小城冬暖》、海辛的小说《心事》、浩泉的小说《劫后》、曹勇骅的小说《车行万里》。《华侨报·华座》副刊连载青云的小说《龙凤劫》、茵茵的小说《群鬼》、痴人的小说《不灭的延安》、凌霄的小说《青春火焰》。

14 日　《澳门日报·新园地》副刊连载润园的小说《炗公奇遇记》、梅若诗的小说《小城冬暖》、海辛的小说《心事》、浩泉的小说《劫后》、曹勇骅的小说《车行万里》。《华侨报·华座》副刊连载青云的小说《龙凤劫》、茵茵的小说《群鬼》、痴人的小说《不灭的延安》、凌霄的小说《青春火焰》。

15 日　《澳门日报·新园地》副刊发表独目六叔的诗歌《多部电机生故障》，连载润园的小说《炗公奇遇记》、梅若诗的小说《小城冬暖》、海辛的小说《心事》、浩泉的小说《劫后》、曹勇骅的小说《车行万里》。

16 日 《澳门日报 · 新园地》副刊发表雪予的诗歌《洛阳龙门石窟》，连载润园的小说《叐公奇遇记》、梅若诗的小说《小城冬暖》、海辛的小说《心事》、浩泉的小说《劫后》、曹勇骅的小说《车行万里》。《华侨报 · 华座》副刊连载青云的小说《龙凤劫》、茵茵的小说《群鬼》、痴人的小说《不灭的延安》、凌霄的小说《青春火焰》。

17 日 《澳门日报 · 新园地》副刊连载润园的小说《叐公奇遇记》、梅若诗的小说《小城冬暖》、海辛的小说《心事》、浩泉的小说《劫后》、曹勇骅的小说《车行万里》（完）。

18 日 《澳门日报 · 新园地》副刊连载润园的小说《叐公奇遇记》、梅若诗的小说《小城冬暖》、海辛的小说《心事》、浩泉的小说《劫后》，并开始连载江雪如的小说《海菊》。《华侨报 · 华座》副刊发表非非的诗歌《喜悦》，连载青云的小说《龙凤劫》、茵茵的小说《群鬼》、痴人的小说《不灭的延安》、凌霄的小说《青春火焰》。

19 日 《澳门日报 · 新园地》副刊连载润园的小说《叐公奇遇记》、梅若诗的小说《小城冬暖》、海辛的小说《心事》、浩泉的小说《劫后》、江雪如的小说《海菊》。《华侨报 · 华座》副刊发表非非的诗歌《回味》，连载青云的小说《龙凤劫》、茵茵的小说《群鬼》、痴人的小说《不灭的延安》、凌霄的小说《青春火焰》。

20 日 《澳门日报 · 新园地》副刊发表卓力的散文《爱夜》，连载润园的小说《叐公奇遇记》、梅若诗的小说《小城冬暖》、海辛的小说《心事》、浩泉的小说《劫后》、江雪如的小说《海菊》。《华侨报 · 华座》副刊连载青云的小说《龙凤劫》、茵茵的小说《群鬼》、痴人的小说《不灭的延安》、凌霄的小说《青春火焰》。

21 日 《澳门日报 · 新园地》副刊连载润园的小说《叐公奇遇记》、梅若诗的小说《小城冬暖》、海辛的小说《心事》、浩泉的小说《劫后》、江雪如的小说《海菊》。

22 日 《澳门日报 · 新园地》副刊发表雪予的诗歌《皇陵》、庄平的散文《中秋谈月》、卓力的散文《夜声》，连载润园的小说《叐公奇遇记》、梅若诗的小说《小城冬暖》、海辛的小说《心事》、浩泉的小说《劫后》、江雪如的小说《海菊》。《华侨报·华座》副刊连载青云的小说《龙凤劫》、茵茵的小说《群鬼》、痴人的小说《不灭的延安》、凌霄的小说《青春火焰》。

23日 《澳门日报·新园地》副刊连载润园的小说《奀公奇遇记》、梅若诗的小说《小城冬暖》、海辛的小说《心事》、浩泉的小说《劫后》、江雪如的小说《海菊》。《华侨报·华座》副刊连载青云的小说《龙凤劫》、茵茵的小说《群鬼》、痴人的小说《不灭的延安》、凌霄的小说《青春火焰》。

24日 《澳门日报·新园地》副刊连载润园的小说《奀公奇遇记》、梅若诗的小说《小城冬暖》、海辛的小说《心事》、浩泉的小说《劫后》、江雪如的小说《海菊》。《华侨报·华座》副刊连载青云的小说《龙凤劫》、茵茵的小说《群鬼》、痴人的小说《不灭的延安》、凌霄的小说《青春火焰》。

25日 《澳门日报·新园地》副刊连载润园的小说《奀公奇遇记》、梅若诗的小说《小城冬暖》、海辛的小说《心事》、浩泉的小说《劫后》、江雪如的小说《海菊》。《华侨报·华座》副刊发表无暇的散文《秋夜闲听络纬鸣》，连载青云的小说《龙凤劫》、茵茵的小说《群鬼》、痴人的小说《不灭的延安》、凌霄的小说《青春火焰》。

26日 《澳门日报·新园地》副刊发表扬帆的诗歌《江南村妇女颂歌》，连载润园的小说《奀公奇遇记》、梅若诗的小说《小城冬暖》、海辛的小说《心事》、浩泉的小说《劫后》、江雪如的小说《海菊》(完)。《华侨报·华座》副刊连载青云的小说《龙凤劫》、茵茵的小说《群鬼》、痴人的小说《不灭的延安》、凌霄的小说《青春火焰》。

27日 《澳门日报·新园地》副刊连载润园的小说《奀公奇遇记》、梅若诗的小说《小城冬暖》、海辛的小说《心事》、浩泉的小说《劫后》，并开始连载钟萍的小说《显微镜下》。《华侨报·华座》副刊连载青云的小说《龙凤劫》、茵茵的小说《群鬼》、痴人的小说《不灭的延安》、凌霄的小说《青春火焰》。

28日 《澳门日报·新园地》副刊连载润园的小说《奀公奇遇记》、梅若诗的小说《小城冬暖》、海辛的小说《心事》、浩泉的小说《劫后》、钟萍的小说《显微镜下》。《华侨报 · 华座》副刊连载青云的小说《龙凤劫》、茵茵的小说《群鬼》(停刊一期)、痴人的小说《不灭的延安》、凌霄的小说《青春火焰》。

29 日 《澳门日报 · 新园地》副刊发表鲁夫的诗歌《激流四咏》，连载润园的小说《奀公奇遇记》、梅若诗的小说《小城冬暖》、海辛的小说《心事》、浩泉的小说《劫后》、钟萍的小说《显微镜下》。《华侨报 · 华座》副刊连载青云的小说《龙凤劫》、茵茵的小说《群鬼》、痴人的小说《不灭的延安》、凌霄的小说《青春火焰》。

30 日 《澳门日报 · 新园地》副刊发表独目六叔的诗歌《参观国庆图展三咏》，连载润园的小说《奀公奇遇记》、梅若诗的小说《小城冬暖》、海辛的小说《心事》、浩泉的小说《劫后》、钟萍的小说《显微镜下》。《华侨报 · 华座》副刊连载青云的小说《龙凤劫》、茵茵的小说《群鬼》、痴人的小说《不灭的延安》、凌霄的小说《青春火焰》。

十月

1 日 《澳门日报 · 新园地》副刊发表江向东的诗歌《歌唱我们的朋友遍天下》，连载润园的小说《奀公奇遇记》、梅若诗的小说《小城冬暖》、海辛的小说《心事》、浩泉的小说《劫后》、钟萍的小说《显微镜下》。

2 日 《澳门日报 · 新园地》副刊发表岫云的诗歌《国庆舒怀》、扬帆的诗歌《观图展，话西藏》，连载润园的小说《奀公奇遇记》、梅若诗的小说《小城冬暖》、海辛的小说《心事》、浩泉的小说《劫后》、钟萍的小说《显微镜下》。

4 日 《澳门日报 · 新园地》副刊发表江思扬的诗歌《祖国》，连载润园的小说《奀公奇遇记》、梅若诗的小说《小城冬暖》、海辛的小说《心事》、浩泉的小说《劫后》(完)、钟萍的小说《显微镜下》。《华侨报 · 华座》副刊发表非非的诗歌《告诉》，连载青云的小说《龙凤劫》(完)、茵茵的小说《群鬼》、痴人的小说《不灭的延安》、凌霄的小说《青春火焰》。

5 日 《澳门日报 · 新园地》副刊连载润园的小说《奀公奇遇记》、梅若诗的小说《小城冬暖》、海辛的小说《心事》、钟萍的小说《显微镜下》，并开始连载浩泉的小说《迟到的春天》。

6日　《澳门日报·新园地》副刊发表扬帆的诗歌《节日之夜》，连载润园的小说《夿公奇遇记》、梅若诗的小说《小城冬暖》、海辛的小说《心事》、钟萍的小说《显微镜下》（完）、浩泉的小说《迟到的春天》。《华侨报·华座》副刊发表洪荒的散文《谈“括”》、无暇的散文《芙蓉宜三醉》，连载茵茵的小说《群鬼》、痴人的小说《不灭的延安》、凌霄的小说《青春火焰》，并开始连载青云的小说《蓬莱剑》。

洪荒，澳门散文家，在1973年前后，于《华侨报·华座》副刊上发表80篇散文，如《“幽默”与“笑话”》《漫谈“应酬”》《闲话面子问题》《庸官厚福》《我爱菊花时节香》《艺菊与壁菊》《美人局》《讽八股歌》《秘密与谎言》《诗人与水仙花》《岁暮情趣》《芍药艳丽压群芳》《年花》《红茶花和万寿菊》《出息与守岁》《漫谈十二生肖》《春风送暖入屠苏》《美酒喜迎春》《北京无处不飞花》《石湾的陶师庙》《春浓说杜鹃》《漫谈北京填鸭》《竹子颂》《酒意，诗情》《哭的艺术》《白洋淀的野鸭》《明清诗话》《象棋的演变》《闲话“身后名”》《杏花春雨江南》《我国的四大名楼》《从死刑说起》《相思红豆子》《春游蓬莱阁》《中国石兽奇观》。

7日　《澳门日报·新园地》副刊连载润园的小说《夿公奇遇记》、梅若诗的小说《小城冬暖》、海辛的小说《心事》、浩泉的小说《迟到的春天》，并开始连载贾荣寿和张长清的小说《战马驰骋》。《华侨报·华座》副刊发表非非的诗歌《自私的人》《享受》，连载茵茵的小说《群鬼》、痴人的小说《不灭的延安》、凌霄的小说《青春火焰》、青云的小说《蓬莱剑》。

8日，《澳门日报·新园地》副刊连载润园的小说《夿公奇遇记》、梅若诗的小说《小城冬暖》、海辛的小说《心事》、浩泉的小说《迟到的春天》、贾荣寿和张长清的小说《战马驰骋》。《华侨报·华座》副刊发表非非的诗歌《气体》，连载茵茵的小说《群鬼》、痴人的小说《不灭的延安》、凌霄的小说《青春火焰》、青云的小说《蓬莱剑》。

9日　《澳门日报·新园地》副刊连载润园的小说《奀公奇遇记》、梅若诗的小说《小城冬暖》、海辛的小说《心事》、浩泉的小说《迟到的春天》、贾荣寿和张长清的小说《战马驰骋》。《华侨报·华座》副刊连载茵茵的小说《群鬼》、痴人的小说《不灭的延安》、凌霄的小说《青春火焰》（停刊一期）、青云的小说《蓬莱剑》。

10日　《澳门日报·新园地》副刊连载润园的小说《奀公奇遇记》、梅若诗的小说《小城冬暖》、海辛的小说《心事》、浩泉的小说《迟到的春天》、贾荣寿和张长清的小说《战马驰骋》。《华侨报·华座》副刊发表琪华的诗歌《你走了》，连载茵茵的小说《群鬼》、痴人的小说《不灭的延安》、凌霄的小说《青春火焰》、青云的小说《蓬莱剑》。

11日　《澳门日报·新园地》副刊连载润园的小说《奀公奇遇记》、梅若诗的小说《小城冬暖》、海辛的小说《心事》、浩泉的小说《迟到的春天》、贾荣寿和张长清的小说《战马驰骋》。《华侨报·华座》副刊连载茵茵的小说《群鬼》、痴人的小说《不灭的延安》、凌霄的小说《青春火焰》、青云的小说《蓬莱剑》。

12日　《澳门日报·新园地》副刊发表江思扬的散文《一位老华侨》，连载润园的小说《奀公奇遇记》、梅若诗的小说《小城冬暖》、海辛的小说《心事》、浩泉的小说《迟到的春天》、贾荣寿和张长清的小说《战马驰骋》。《华侨报·华座》副刊发表琪华的诗歌《你哭了》，连载茵茵的小说《群鬼》、痴人的小说《不灭的延安》、凌霄的小说《青春火焰》、青云的小说《蓬莱剑》。

13日　《澳门日报·新园地》副刊发表独目六叔的诗歌《禾虫抢手》《流星雨》，连载润园的小说《奀公奇遇记》、梅若诗的小说《小城冬暖》、海辛的小说《心事》（完）、浩泉的小说《迟到的春天》、贾荣寿和张长清的小说《战马驰骋》。《华侨报·华座》副刊连载茵茵的小说《群鬼》、痴人的小说《不灭的延安》、凌霄的小说《青春火焰》、青云的小说《蓬莱剑》。

14日　《澳门日报·新园地》副刊连载润园的小说《奀公奇遇记》、梅若诗的小说《小城冬暖》、浩泉的小说《迟到的春天》、贾荣寿和张长清的小说《战马驰骋》，并开始连载海辛的小说《岐江浪跃》。

15 日　《澳门日报 · 新园地》副刊连载润园的小说《忝公奇遇记》、梅若诗的小说《小城冬暖》、浩泉的小说《迟到的春天》、贾荣寿和张长清的小说《战马驰骋》（完）、海辛的小说《岐江浪跃》。《华侨报 · 华座》副刊发表非非的诗歌《当你思索的时候》，连载茵茵的小说《群鬼》、痴人的小说《不灭的延安》（停刊一期）、凌霄的小说《青春火焰》、青云的小说《蓬莱剑》。

16 日　《澳门日报 · 新园地》副刊连载润园的小说《忝公奇遇记》、梅若诗的小说《小城冬暖》、浩泉的小说《迟到的春天》、海辛的小说《岐江浪跃》。《华侨报 · 华座》副刊连载茵茵的小说《群鬼》、痴人的小说《不灭的延安》、凌霄的小说《青春火焰》、青云的小说《蓬莱剑》。

17 日　《澳门日报 · 新园地》副刊连载润园的小说《忝公奇遇记》、梅若诗的小说《小城冬暖》、浩泉的小说《迟到的春天》、海辛的小说《岐江浪跃》，并开始连载邵钧林的小说《雪地轮辙》。《华侨报 · 华座》副刊发表洪荒的散文《“幽默”与“笑话”》、李德诚的散文《秋来谁染枫林红》，连载茵茵的小说《群鬼》、痴人的小说《不灭的延安》、凌霄的小说《青春火焰》、青云的小说《蓬莱剑》。

18 日　《澳门日报 · 新园地》副刊连载润园的小说《忝公奇遇记》、梅若诗的小说《小城冬暖》、浩泉的小说《迟到的春天》、海辛的小说《岐江浪跃》、邵钧林的小说《雪地轮辙》。《华侨报 · 华座》副刊发表非非的诗歌《旅行》，连载茵茵的小说《群鬼》、痴人的小说《不灭的延安》、凌霄的小说《青春火焰》、青云的小说《蓬莱剑》。

19 日　《澳门日报 · 新园地》副刊连载润园的小说《忝公奇遇记》、梅若诗的小说《小城冬暖》、浩泉的小说《迟到的春天》、海辛的小说《岐江浪跃》、邵钧林的小说《雪地轮辙》。《华侨报 · 华座》副刊发表非非的诗歌《琴谱》，连载茵茵的小说《群鬼》（停刊一期）、痴人的小说《不灭的延安》、凌霄的小说《青春火焰》、青云的小说《蓬莱剑》。

20 日　《澳门日报 · 新园地》副刊发表卓力的散文《星星》，连载润园的小说《忝公奇遇记》、梅若诗的小说《小城冬暖》、浩泉的小说《迟到的春天》、海辛的小说《岐江浪跃》、邵钧林的小说《雪地轮辙》。《华侨报·华座》副刊连载茵茵的小说《群鬼》、痴人的小说《不灭的延安》、凌霄的小说《青春火焰》、青云的小说《蓬莱剑》。

21日 《澳门日报·新园地》副刊连载润园的小说《豕公奇遇记》、梅若诗的小说《小城冬暖》、浩泉的小说《迟到的春天》、海辛的小说《岐江浪跃》、邵钧林的小说《雪地轮辙》。《华侨报·华座》副刊连载茵茵的小说《群鬼》、痴人的小说《不灭的延安》(停刊一期)、凌霄的小说《青春火焰》、青云的小说《蓬莱剑》。

22日 《澳门日报·新园地》副刊连载润园的小说《豕公奇遇记》、梅若诗的小说《小城冬暖》、浩泉的小说《迟到的春天》、海辛的小说《岐江浪跃》、邵钧林的小说《雪地轮辙》。《华侨报·华座》副刊连载茵茵的小说《群鬼》、痴人的小说《不灭的延安》(停刊一期)、凌霄的小说《青春火焰》、青云的小说《蓬莱剑》。

23日 《澳门日报·新园地》副刊连载润园的小说《豕公奇遇记》、梅若诗的小说《小城冬暖》、浩泉的小说《迟到的春天》、海辛的小说《岐江浪跃》、邵钧林的小说《雪地轮辙》。《华侨报·华座》副刊发表非非的诗歌《第三者》、黄衫客的散文《漫谈榕树》、无暇的散文《浮游仙蝶》，连载茵茵的小说《群鬼》、痴人的小说《不灭的延安》、凌霄的小说《青春火焰》、青云的小说《蓬莱剑》。

24日 《澳门日报·新园地》副刊连载润园的小说《豕公奇遇记》、梅若诗的小说《小城冬暖》、浩泉的小说《迟到的春天》、海辛的小说《岐江浪跃》、邵钧林的小说《雪地轮辙》。《华侨报·华座》副刊发表黄衫客的散文《甘草》，连载茵茵的小说《群鬼》、痴人的小说《不灭的延安》、凌霄的小说《青春火焰》、青云的小说《蓬莱剑》。

25日 《澳门日报·新园地》副刊连载润园的小说《豕公奇遇记》、梅若诗的小说《小城冬暖》、浩泉的小说《迟到的春天》、海辛的小说《岐江浪跃》、邵钧林的小说《雪地轮辙》(完)。《华侨报·华座》副刊发表洪荒的散文

《漫谈"应酬"》、钮宇天的散文《秋天来了》，连载茵茵的小说《群鬼》、痴人的小说《不灭的延安》、凌霄的小说《青春火焰》、青云的小说《蓬莱剑》。

26 日 《澳门日报 · 新园地》副刊连载润园的小说《买公奇遇记》、梅若诗的小说《小城冬暖》、浩泉的小说《迟到的春天》、海辛的小说《岐江浪跃》，并开始连载李心田的小说《闪闪的红星》。《华侨报 · 华座》副刊发表启华的诗歌《秋夜》，连载茵茵的小说《群鬼》、痴人的小说《不灭的延安》、凌霄的小说《青春火焰》、青云的小说《蓬莱剑》。

27 日 《澳门日报 · 新园地》副刊连载润园的小说《买公奇遇记》、梅若诗的小说《小城冬暖》、浩泉的小说《迟到的春天》、海辛的小说《岐江浪跃》、李心田的小说《闪闪的红星》。《华侨报 · 华座》副刊发表非非的诗歌《星语》，连载茵茵的小说《群鬼》、痴人的小说《不灭的延安》、凌霄的小说《青春火焰》、青云的小说《蓬莱剑》。

28 日 《澳门日报 · 新园地》副刊连载润园的小说《买公奇遇记》、梅若诗的小说《小城冬暖》、浩泉的小说《迟到的春天》、海辛的小说《岐江浪跃》、李心田的小说《闪闪的红星》。《华侨报 · 华座》副刊发表非非的诗歌《舞》，连载茵茵的小说《群鬼》、痴人的小说《不灭的延安》（停刊一期）、凌霄的小说《青春火焰》、青云的小说《蓬莱剑》。

29 日 《澳门日报 · 新园地》副刊连载润园的小说《买公奇遇记》、梅若诗的小说《小城冬暖》、浩泉的小说《迟到的春天》、海辛的小说《岐江浪跃》、李心田的小说《闪闪的红星》。《华侨报 · 华座》副刊连载茵茵的小说《群鬼》（停刊一期）、痴人的小说《不灭的延安》、凌霄的小说《青春火焰》（停刊一期）、青云的小说《蓬莱剑》（停刊一期）。

30 日 《澳门日报 · 新园地》副刊连载润园的小说《买公奇遇记》、梅若诗的小说《小城冬暖》、浩泉的小说《迟到的春天》、海辛的小说《岐江浪跃》、李心田的小说《闪闪的红星》。《华侨报 · 华座》副刊发表白璧的散文《秋色老梧桐》，连载茵茵的小说《群鬼》、痴人的小说《不灭的延安》、凌霄的小说《青春火焰》、青云的小说《蓬莱剑》。

31 日　《澳门日报·新园地》副刊发表雪予的诗歌《延安》，连载润园的小说《关公奇遇记》、梅若诗的小说《小城冬暖》、浩泉的小说《迟到的春天》、海辛的小说《岐江浪跃》、李心田的小说《闪闪的红星》。《华侨报·华座》副刊连载茵茵的小说《群鬼》、痴人的小说《不灭的延安》、凌霄的小说《青春火焰》、青云的小说《蓬莱剑》。

十一月

1 日　《澳门日报·新园地》副刊发表卓力的散文《朦胧的世界》，连载润园的小说《关公奇遇记》、梅若诗的小说《小城冬暖》、浩泉的小说《迟到的春天》、海辛的小说《岐江浪跃》、李心田的小说《闪闪的红星》。《华侨报·华座》副刊发表非非的诗歌《想做个画家》，连载茵茵的小说《群鬼》、痴人的小说《不灭的延安》、凌霄的小说《青春火焰》、青云的小说《蓬莱剑》。

2 日　《澳门日报·新园地》副刊连载润园的小说《关公奇遇记》、梅若诗的小说《小城冬暖》、浩泉的小说《迟到的春天》、海辛的小说《岐江浪跃》、李心田的小说《闪闪的红星》。《华侨报·华座》副刊发表非非的诗歌《星祷》，连载茵茵的小说《群鬼》、痴人的小说《不灭的延安》、凌霄的小说《青春火焰》、青云的小说《蓬莱剑》。

3 日　《澳门日报·新园地》副刊发表江映澜的散文《菊》，连载润园的小说《关公奇遇记》、梅若诗的小说《小城冬暖》、浩泉的小说《迟到的春天》、海辛的小说《岐江浪跃》、李心田的小说《闪闪的红星》。《华侨报·华座》副刊连载茵茵的小说《群鬼》、痴人的小说《不灭的延安》（完）、凌霄的小说《青春火焰》、青云的小说《蓬莱剑》。

4 日　《澳门日报·新园地》副刊发表卓力的散文《在公园里》，连载润园的小说《关公奇遇记》、梅若诗的小说《小城冬暖》、浩泉的小说《迟到的春天》、海辛的小说《岐江浪跃》、李心田的小说《闪闪的红星》。《华侨报·华座》副刊连载茵茵的小说《群鬼》、凌霄的小说《青春火焰》、青云的小说《蓬莱剑》。

5 日　《澳门日报 · 新园地》副刊连载润园的小说《豕公奇遇记》、梅若诗的小说《小城冬暖》、浩泉的小说《迟到的春天》、海辛的小说《岐江浪跃》、李心田的小说《闪闪的红星》。《华侨报 · 华座》副刊连载茵茵的小说《群鬼》、凌霄的小说《青春火焰》、青云的小说《蓬莱剑》。

6 日　《澳门日报 · 新园地》副刊连载润园的小说《豕公奇遇记》、梅若诗的小说《小城冬暖》、浩泉的小说《迟到的春天》、海辛的小说《岐江浪跃》、李心田的小说《闪闪的红星》。《华侨报 · 华座》副刊发表高唐的散文《重读〈西厢〉》，连载茵茵的小说《群鬼》、凌霄的小说《青春火焰》、青云的小说《蓬莱剑》。

7 日　《澳门日报 · 新园地》副刊连载润园的小说《豕公奇遇记》、梅若诗的小说《小城冬暖》、浩泉的小说《迟到的春天》、海辛的小说《岐江浪跃》、李心田的小说《闪闪的红星》。《华侨报 · 华座》副刊连载茵茵的小说《群鬼》、凌霄的小说《青春火焰》、青云的小说《蓬莱剑》。

8 日　《澳门日报 · 新园地》副刊连载润园的小说《豕公奇遇记》、梅若诗的小说《小城冬暖》、浩泉的小说《迟到的春天》、海辛的小说《岐江浪跃》、李心田的小说《闪闪的红星》。《华侨报 · 华座》副刊发表启华的诗歌《当海浪拍岸的时候》，连载茵茵的小说《群鬼》、凌霄的小说《青春火焰》、青云的小说《蓬莱剑》。

9 日　《澳门日报 · 新园地》副刊连载润园的小说《豕公奇遇记》、梅若诗的小说《小城冬暖》、浩泉的小说《迟到的春天》、海辛的小说《岐江浪跃》、李心田的小说《闪闪的红星》。《华侨报 · 华座》副刊发表非非的诗歌《字》，连载茵茵的小说《群鬼》、凌霄的小说《青春火焰》、青云的小说《蓬莱剑》。

10 日　《澳门日报 · 新园地》副刊发表鲁夫的诗歌《西欧世界》，连载润园的小说《豕公奇遇记》、梅若诗的小说《小城冬暖》、浩泉的小说《迟到的春天》、海辛的小说《岐江浪跃》、李心田的小说《闪闪的红星》。《华侨报 · 华座》副刊发表洪荒的散文《闲话面子问题》，连载茵茵的小说《群鬼》、凌霄的小说《青春火焰》、青云的小说《蓬莱剑》。

11 日　《澳门日报·新园地》副刊连载润园的小说《癸公奇遇记》、梅若诗的小说《小城冬暖》、浩泉的小说《迟到的春天》、海辛的小说《岐江浪跃》、李心田的小说《闪闪的红星》。《华侨报·华座》副刊连载茵茵的小说《群鬼》、凌霄的小说《青春火焰》(停刊一期)、青云的小说《蓬莱剑》。

12 日　《澳门日报·新园地》副刊发表江思扬的诗歌《点心童》，连载润园的小说《癸公奇遇记》、梅若诗的小说《小城冬暖》、浩泉的小说《迟到的春天》、海辛的小说《岐江浪跃》、李心田的小说《闪闪的红星》。《华侨报·华座》副刊连载茵茵的小说《群鬼》、凌霄的小说《青春火焰》、青云的小说《蓬莱剑》。

13 日　《澳门日报·新园地》副刊连载润园的小说《癸公奇遇记》、梅若诗的小说《小城冬暖》、浩泉的小说《迟到的春天》、海辛的小说《岐江浪跃》、李心田的小说《闪闪的红星》。《华侨报·华座》副刊连载茵茵的小说《群鬼》、凌霄的小说《青春火焰》、青云的小说《蓬莱剑》。

14 日　《澳门日报·新园地》副刊发表鲁夫的诗歌《四颂龙江》，连载润园的小说《癸公奇遇记》、梅若诗的小说《小城冬暖》、浩泉的小说《迟到的春天》、海辛的小说《岐江浪跃》、李心田的小说《闪闪的红星》。《华侨报·华座》副刊连载茵茵的小说《群鬼》、凌霄的小说《青春火焰》、青云的小说《蓬莱剑》。

15 日　《澳门日报·新园地》副刊连载润园的小说《癸公奇遇记》、梅若诗的小说《小城冬暖》、浩泉的小说《迟到的春天》、海辛的小说《岐江浪跃》、李心田的小说《闪闪的红星》。《华侨报·华座》副刊发表启华的诗歌《错了》，连载茵茵的小说《群鬼》、凌霄的小说《青春火焰》、青云的小说《蓬莱剑》。

16 日　《澳门日报·新园地》副刊连载润园的小说《癸公奇遇记》、梅若诗的小说《小城冬暖》、浩泉的小说《迟到的春天》、海辛的小说《岐江浪跃》、李心田的小说《闪闪的红星》。《华侨报·华座》副刊连载茵茵的小说《群鬼》、凌霄的小说《青春火焰》、青云的小说《蓬莱剑》。

17 日　《澳门日报·新园地》副刊连载润园的小说《癸公奇遇记》、梅若诗的小说《小城冬暖》、浩泉的小说《迟到的春天》、海辛的小说《岐江浪跃》、李心田的小说《闪闪的红星》。《华侨报·华座》副刊发表非非的诗歌《梦与明天》，连载茵茵的小说《群鬼》、凌霄的小说《青春火焰》、青云的小说《蓬莱剑》。

18日 《澳门日报·新园地》副刊连载润园的小说《奀公奇遇记》、梅若诗的小说《小城冬暖》、浩泉的小说《迟到的春天》、海辛的小说《岐江浪跃》、李心田的小说《闪闪的红星》。《华侨报·华座》副刊连载茵茵的小说《群鬼》、凌霄的小说《青春火焰》、青云的小说《蓬莱剑》。

19日 《澳门日报·新园地》副刊发表江思扬的诗歌《清道工人》，连载润园的小说《奀公奇遇记》、梅若诗的小说《小城冬暖》、浩泉的小说《迟到的春天》、海辛的小说《岐江浪跃》、李心田的小说《闪闪的红星》。《华侨报·华座》副刊连载茵茵的小说《群鬼》、凌霄的小说《青春火焰》、青云的小说《蓬莱剑》。

20日 《澳门日报·新园地》副刊连载润园的小说《奀公奇遇记》、梅若诗的小说《小城冬暖》、浩泉的小说《迟到的春天》、海辛的小说《岐江浪跃》、李心田的小说《闪闪的红星》。《华侨报·华座》副刊连载茵茵的小说《群鬼》、凌霄的小说《青春火焰》（停刊一期）、青云的小说《蓬莱剑》。

21日 《澳门日报·新园地》副刊连载润园的小说《奀公奇遇记》、梅若诗的小说《小城冬暖》、浩泉的小说《迟到的春天》、海辛的小说《岐江浪跃》、李心田的小说《闪闪的红星》。《华侨报·华座》副刊连载茵茵的小说《群鬼》、凌霄的小说《青春火焰》（停刊一期）、青云的小说《蓬莱剑》。

22日 《澳门日报·新园地》副刊连载润园的小说《奀公奇遇记》、梅若诗的小说《小城冬暖》、浩泉的小说《迟到的春天》、海辛的小说《岐江浪跃》、李心田的小说《闪闪的红星》。《华侨报·华座》副刊连载茵茵的小说《群鬼》、凌霄的小说《青春火焰》、青云的小说《蓬莱剑》，并开始连载高唐的小说《广东侠盗黄金满》。

23日 《澳门日报·新园地》副刊连载润园的小说《奀公奇遇记》、梅若诗的小说《小城冬暖》、浩泉的小说《迟到的春天》、海辛的小说《岐江浪跃》、李心田的小说《闪闪的红星》。《华侨报 · 华座》副刊发表非非的诗歌《情敌》，连载茵茵的小说《群鬼》、凌霄的小说《青春火焰》、青云的小说《蓬莱剑》、高唐的小说《广东侠盗黄金满》(完)。

24 日 《澳门日报 · 新园地》副刊连载润园的小说《夭公奇遇记》、梅若诗的小说《小城冬暖》、浩泉的小说《迟到的春天》、海辛的小说《岐江浪跃》、李心田的小说《闪闪的红星》。《华侨报 · 华座》副刊发表非非的诗歌《谢》，连载茵茵的小说《群鬼》、凌霄的小说《青春火焰》(停刊一期)、青云的小说《蓬莱剑》。

25 日 《澳门日报 · 新园地》副刊连载润园的小说《夭公奇遇记》、梅若诗的小说《小城冬暖》、浩泉的小说《迟到的春天》、海辛的小说《岐江浪跃》、李心田的小说《闪闪的红星》。《华侨报 · 华座》副刊连载茵茵的小说《群鬼》、凌霄的小说《青春火焰》(停刊一期)、青云的小说《蓬莱剑》。

26 日 《澳门日报 · 新园地》副刊连载润园的小说《夭公奇遇记》、梅若诗的小说《小城冬暖》、浩泉的小说《迟到的春天》、海辛的小说《岐江浪跃》、李心田的小说《闪闪的红星》。《华侨报 · 华座》副刊连载茵茵的小说《群鬼》、凌霄的小说《青春火焰》、青云的小说《蓬莱剑》。

27 日 《澳门日报 · 新园地》副刊连载润园的小说《夭公奇遇记》、梅若诗的小说《小城冬暖》、浩泉的小说《迟到的春天》(完)、海辛的小说《岐江浪跃》、李心田的小说《闪闪的红星》。《华侨报 · 华座》副刊连载茵茵的小说《群鬼》、凌霄的小说《青春火焰》、青云的小说《蓬莱剑》。

28 日 《澳门日报 · 新园地》副刊连载润园的小说《夭公奇遇记》、梅若诗的小说《小城冬暖》、海辛的小说《岐江浪跃》、李心田的小说《闪闪的红星》，并开始连载浩泉的小说《染缸》。《华侨报 · 华座》副刊发表非非的诗歌《你的情诗》，连载茵茵的小说《群鬼》、凌霄的小说《青春火焰》、青云的小说《蓬莱剑》。

29 日 《澳门日报 · 新园地》副刊连载润园的小说《夭公奇遇记》、梅若诗的小说《小城冬暖》、海辛的小说《岐江浪跃》、李心田的小说《闪闪的红星》、浩泉的小说《染缸》。《华侨报 · 华座》副刊连载茵茵的小说《群鬼》、凌霄的小说《青春火焰》、青云的小说《蓬莱剑》。

30日 《澳门日报·新园地》副刊连载润园的小说《奀公奇遇记》、梅若诗的小说《小城冬暖》、海辛的小说《岐江浪跃》、李心田的小说《闪闪的红星》、浩泉的小说《染缸》。《华侨报·华座》副刊发表无暇的散文《香清色洁玉簪花》，连载茵茵的小说《群鬼》、凌霄的小说《青春火焰》、青云的小说《蓬莱剑》。

⊙ 本月，江映澜小说《小芬的第一天》刊载于香港《海洋文艺》第一辑。

十二月

1日 《澳门日报·新园地》副刊连载润园的小说《奀公奇遇记》、梅若诗的小说《小城冬暖》、海辛的小说《岐江浪跃》、李心田的小说《闪闪的红星》、浩泉的小说《染缸》。《华侨报·华座》副刊连载茵茵的小说《群鬼》、凌霄的小说《青春火焰》、青云的小说《蓬莱剑》。

2日 《澳门日报·新园地》副刊连载润园的小说《奀公奇遇记》、梅若诗的小说《小城冬暖》、海辛的小说《岐江浪跃》、李心田的小说《闪闪的红星》、浩泉的小说《染缸》。《华侨报·华座》副刊连载茵茵的小说《群鬼》、凌霄的小说《青春火焰》、青云的小说《蓬莱剑》。

3日 《澳门日报·新园地》副刊连载润园的小说《奀公奇遇记》、梅若诗的小说《小城冬暖》、海辛的小说《岐江浪跃》、李心田的小说《闪闪的红星》、浩泉的小说《染缸》，并开始连载金依的小说《不落的花录》。《华侨报·华座》副刊发表非非的诗歌《豪情》，连载茵茵的小说《群鬼》、凌霄的小说《青春火焰》、青云的小说《蓬莱剑》。

金依，香港作家，自1972年开始在《澳门日报·新园地》副刊连载长篇小说，共计有3部长篇连载小说，分别是《同心结》《小宝姐姐》《不落的花录》。

4日 《澳门日报·新园地》副刊连载润园的小说《奀公奇遇记》、梅若诗的小说《小城冬暖》、海辛的小说《岐江浪跃》、李心田的小说《闪闪的红星》、浩泉的小说《染缸》、金依的小说《不落的花录》。《华侨报·华座》副刊连载茵茵的小说《群鬼》、凌霄的小说《青春火焰》、青云的小说《蓬莱剑》。

5日 《澳门日报·新园地》副刊发表江思扬的诗歌《老盲人》，连载润园的小说《奀公奇遇记》、梅若诗的小说《小城冬暖》、海辛的小说《岐江浪跃》、李心田的小说《闪闪的红星》、浩泉的小说《染缸》、金依的小说《不落的花录》。《华侨报·华座》副刊连载茵茵的小说《群鬼》、凌霄的小说《青春火焰》、青云的小说《蓬莱剑》。

6日 《澳门日报·新园地》副刊发表卓力的散文《木偶》，连载润园的小说《奀公奇遇记》、梅若诗的小说《小城冬暖》、海辛的小说《岐江浪跃》、李心田的小说《闪闪的红星》、浩泉的小说《染缸》、金依的小说《不落的花录》。《华侨报·华座》副刊连载茵茵的小说《群鬼》、凌霄的小说《青春火焰》、青云的小说《蓬莱剑》。

7日 《澳门日报·新园地》副刊连载润园的小说《奀公奇遇记》、梅若诗的小说《小城冬暖》、海辛的小说《岐江浪跃》、李心田的小说《闪闪的红星》、浩泉的小说《染缸》、金依的小说《不落的花录》。《华侨报·华座》副刊连载茵茵的小说《群鬼》、凌霄的小说《青春火焰》、青云的小说《蓬莱剑》。

8日 《澳门日报·新园地》副刊连载润园的小说《奀公奇遇记》、梅若诗的小说《小城冬暖》、海辛的小说《岐江浪跃》、李心田的小说《闪闪的红星》、浩泉的小说《染缸》、金依的小说《不落的花录》。《华侨报·华座》副刊连载茵茵的小说《群鬼》、凌霄的小说《青春火焰》、青云的小说《蓬莱剑》。

9日 《澳门日报·新园地》副刊连载润园的小说《奀公奇遇记》、梅若诗的小说《小城冬暖》、海辛的小说《岐江浪跃》、李心田的小说《闪闪的红星》、浩泉的小说《染缸》、金依的小说《不落的花录》。《华侨报·华座》副刊连载茵茵的小说《群鬼》、凌霄的小说《青春火焰》、青云的小说《蓬莱剑》。

10 日 《澳门日报 · 新园地》副刊连载润园的小说《奀公奇遇记》、梅若诗的小说《小城冬暖》、海辛的小说《岐江浪跃》、李心田的小说《闪闪的红星》、浩泉的小说《染缸》、金依的小说《不落的花录》。《华侨报 · 华座》副刊发表洪荒的散文《庸官厚福》，连载茵茵的小说《群鬼》、凌霄的小说《青春火焰》、青云的小说《蓬莱剑》。

11 日 《澳门日报 · 新园地》副刊发表卓力的散文《似和心境》，连载润园的小说《奀公奇遇记》、梅若诗的小说《小城冬暖》、海辛的小说《岐江浪跃》、李心田的小说《闪闪的红星》、浩泉的小说《染缸》、金依的小说《不落的花录》。《华侨报 · 华座》副刊连载茵茵的小说《群鬼》、凌霄的小说《青春火焰》、青云的小说《蓬莱剑》。

12 日 《澳门日报 · 新园地》副刊连载润园的小说《奀公奇遇记》、梅若诗的小说《小城冬暖》、海辛的小说《岐江浪跃》、李心田的小说《闪闪的红星》、浩泉的小说《染缸》、金依的小说《不落的花录》。《华侨报 · 华座》副刊发表洪荒的散文《我爱菊花时节香》，连载茵茵的小说《群鬼》、凌霄的小说《青春火焰》、青云的小说《蓬莱剑》。

13 日 《澳门日报 · 新园地》副刊连载润园的小说《奀公奇遇记》、梅若诗的小说《小城冬暖》、海辛的小说《岐江浪跃》、李心田的小说《闪闪的红星》、浩泉的小说《染缸》、金依的小说《不落的花录》。《华侨报 · 华座》副刊发表无暇的散文《秋月平原好射雕》，连载茵茵的小说《群鬼》、凌霄的小说《青春火焰》、青云的小说《蓬莱剑》。

14 日 《澳门日报 · 新园地》副刊发表姜乐的散文《秋游雁荡山》，连载润园的小说《奀公奇遇记》、梅若诗的小说《小城冬暖》、海辛的小说《岐江浪跃》、李心田的小说《闪闪的红星》、浩泉的小说《染缸》、金依的小说《不落的花录》。《华侨报 · 华座》副刊发表非非的诗歌《风的迷》，连载茵茵的小说《群鬼》、凌霄的小说《青春火焰》、青云的小说《蓬莱剑》。

15 日 《澳门日报 · 新园地》副刊发表雪予的诗歌《粤西道中》、江映澜的散文《即兴画》，连载润园的小说《奀公奇遇记》、梅若诗的小说《小城冬暖》、海辛的小说《岐江浪跃》、李心田的小说《闪闪的红星》、浩泉的小说《染缸》、金依的小说《不落的花录》。《华侨报·华座》副刊发表非非的诗歌《海与天》，连载茵茵的小说《群鬼》、凌霄的小说《青春火焰》、青云的小说《蓬莱剑》。

16 日 《澳门日报·新园地》副刊连载润园的小说《炁公奇遇记》、梅若诗的小说《小城冬暖》、海辛的小说《岐江浪跃》、李心田的小说《闪闪的红星》、浩泉的小说《染缸》、金依的小说《不落的花录》。

17 日 《澳门日报·新园地》副刊连载润园的小说《炁公奇遇记》、梅若诗的小说《小城冬暖》、海辛的小说《岐江浪跃》、李心田的小说《闪闪的红星》、浩泉的小说《染缸》、金依的小说《不落的花录》。《华侨报·华座》副刊连载茵茵的小说《群鬼》、凌霄的小说《青春火焰》、青云的小说《蓬莱剑》。

18 日 《澳门日报·新园地》副刊连载润园的小说《炁公奇遇记》、梅若诗的小说《小城冬暖》、海辛的小说《岐江浪跃》、李心田的小说《闪闪的红星》、浩泉的小说《染缸》、金依的小说《不落的花录》。《华侨报·华座》副刊连载茵茵的小说《群鬼》、凌霄的小说《青春火焰》、青云的小说《蓬莱剑》。

19 日 《澳门日报·新园地》副刊连载润园的小说《炁公奇遇记》、梅若诗的小说《小城冬暖》、海辛的小说《岐江浪跃》、李心田的小说《闪闪的红星》、浩泉的小说《染缸》、金依的小说《不落的花录》。《华侨报·华座》副刊连载茵茵的小说《群鬼》、凌霄的小说《青春火焰》、青云的小说《蓬莱剑》。

20 日 《澳门日报·新园地》副刊连载润园的小说《炁公奇遇记》、梅若诗的小说《小城冬暖》、海辛的小说《岐江浪跃》、李心田的小说《闪闪的红星》、浩泉的小说《染缸》、金依的小说《不落的花录》。《华侨报·华座》副刊连载茵茵的小说《群鬼》、凌霄的小说《青春火焰》、青云的小说《蓬莱剑》。

21 日 《澳门日报·新园地》副刊连载润园的小说《炁公奇遇记》、梅若诗的小说《小城冬暖》、海辛的小说《岐江浪跃》、李心田的小说《闪闪的红星》、浩泉的小说《染缸》、金依的小说《不落的花录》。《华侨报·华座》副刊连载茵茵的小说《群鬼》、凌霄的小说《青春火焰》、青云的小说《蓬莱剑》。

22日 《澳门日报·新园地》副刊发表梅萼华的评论《冰心的作品》，连载润园的小说《奀公奇遇记》、梅若诗的小说《小城冬暖》、海辛的小说《岐江浪跃》、李心田的小说《闪闪的红星》、浩泉的小说《染缸》、金依的小说《不落的花录》。《华侨报·华座》副刊连载茵茵的小说《群鬼》、凌霄的小说《青春火焰》、青云的小说《蓬莱剑》。

23日 《澳门日报·新园地》副刊连载润园的小说《奀公奇遇记》、梅若诗的小说《小城冬暖》、海辛的小说《岐江浪跃》、李心田的小说《闪闪的红星》、浩泉的小说《染缸》、金依的小说《不落的花录》。《华侨报·华座》副刊连载茵茵的小说《群鬼》、凌霄的小说《青春火焰》、青云的小说《蓬莱剑》。

24日 《澳门日报·新园地》副刊连载润园的小说《奀公奇遇记》、梅若诗的小说《小城冬暖》、海辛的小说《岐江浪跃》、李心田的小说《闪闪的红星》、浩泉的小说《染缸》、金依的小说《不落的花录》。《华侨报·华座》副刊连载茵茵的小说《群鬼》、凌霄的小说《青春火焰》、青云的小说《蓬莱剑》。

25日 《澳门日报·新园地》副刊发表江思扬的诗歌《码头吊机手》，连载润园的小说《奀公奇遇记》、梅若诗的小说《小城冬暖》、海辛的小说《岐江浪跃》、李心田的小说《闪闪的红星》、浩泉的小说《染缸》、金依的小说《不落的花录》。《华侨报·华座》副刊连载茵茵的小说《群鬼》、凌霄的小说《青春火焰》（停刊一期）、青云的小说《蓬莱剑》。

26日 《澳门日报·新园地》副刊连载润园的小说《奀公奇遇记》、梅若诗的小说《小城冬暖》、海辛的小说《岐江浪跃》、李心田的小说《闪闪的红星》、浩泉的小说《染缸》、金依的小说《不落的花录》。

27日 《澳门日报·新园地》副刊发表独目六叔的诗歌《斥美战争升级》、李雕的散文《桂林游》，连载润园的小说《王公奇遇记》、梅若诗的小说《小城冬暖》、海辛的小说《岐江浪跃》、李心田的小说《闪闪的红星》、浩泉的小说《染缸》、金依的小说《不落的花录》。《华侨报·华座》副刊发表无暇的散文《杂谈梅花》，并开始连载陆夏的评论《人鬼神与文学》，连载茵茵的小说《群鬼》、凌霄的小说《青春火焰》、青云的小说《蓬莱剑》。

28 日 《澳门日报·新园地》副刊发表独目六叔的诗歌《葡兵突袭松山客》，连载润园的小说《王公奇遇记》、梅若诗的小说《小城冬暖》、海辛的小说《岐江浪跃》、李心田的小说《闪闪的红星》、浩泉的小说《染缸》、金依的小说《不落的花录》。《华侨报·华座》副刊发表洪荒的散文《艺菊与壁菊》，连载陆夏的评论《人鬼神与文学》、茵茵的小说《群鬼》、凌霄的小说《青春火焰》、青云的小说《蓬莱剑》。

29 日 《澳门日报·新园地》副刊发表雪予的诗歌《澳门杂诗》，连载润园的小说《王公奇遇记》、梅若诗的小说《小城冬暖》、海辛的小说《岐江浪跃》、李心田的小说《闪闪的红星》、浩泉的小说《染缸》、金依的小说《不落的花录》。《华侨报·华座》副刊连载陆夏的评论《人鬼神与文学》、茵茵的小说《群鬼》、凌霄的小说《青春火焰》、青云的小说《蓬莱剑》。

30 日 《澳门日报·新园地》副刊连载润园的小说《王公奇遇记》、梅若诗的小说《小城冬暖》、海辛的小说《岐江浪跃》、李心田的小说《闪闪的红星》、浩泉的小说《染缸》、金依的小说《不落的花录》。《华侨报·华座》副刊连载陆夏的评论《人鬼神与文学》、茵茵的小说《群鬼》、凌霄的小说《青春火焰》、青云的小说《蓬莱剑》。

31 日 《澳门日报·新园地》副刊连载润园的小说《王公奇遇记》、梅若诗的小说《小城冬暖》、海辛的小说《岐江浪跃》、李心田的小说《闪闪的红星》、浩泉的小说《染缸》、金依的小说《不落的花录》。《华侨报·华座》副刊连载陆夏的评论《人鬼神与文学》、茵茵的小说《群鬼》、凌霄的小说《青春火焰》、青云的小说《蓬莱剑》。

⊙ 本月，江思扬发表现代诗歌《老盲人》。

1973年

1973年澳门文学各文体作品发表情况如下：在澳门发表于《澳门日报·新园地》副刊、《华侨报·华座》副刊等的小说共46部，其中长篇连载小说20部，短篇小说22部；散文598篇；现代诗25首，古体诗词32首；评论46篇。在香港及海外发表长篇小说1部，短篇小说3部，现代诗1首。

小说方面，凌霄、青云、浩泉、茵茵等香港作家依然在两大报纸副刊上连载长篇小说，占据报刊的主要地位。本年起，作家唐唐开始在《澳门日报·新园地》副刊上长期长篇连载10部小说，计有《屠虎七少年》《义剑情刀》《虬髯客》《南柯记》《霍小玉》《斩蛟记》《异桃源行》《韦自东奇遇》《秀才除妖记》《人虎幻》等，大多以历史题材作为书写对象，有奇幻、武侠的特点。

本年度散文发表数量剧增，共计近600篇。夏微澜自1973年开始，在《澳门日报》上共发表147篇，大部分是关于日常生活琐事的，如《换台历》《盆与花》《紫荆赞》《理发杂谈》《牛年谈牛命》《春节和爆竹》《胡乱胡乱的想》《说疯》《有牌与无牌》《“妓女”还是艺术家》《说死》《废话连篇》《罗曼蒂克》《死人财》。洪荒在1973年前后，于《华侨报·华座》副刊上发表80篇散文，如《闲话面子问题》等。

韩牧在1973年起于香港《海洋文艺》发表了60多首诗歌，如《寄自东瀛的明信片》《匆匆的行色》《姊妹篇》《咏物三章：涧的话；树的话；亭的话》等，后大部分收于《急水门》一集中。韩牧生于澳门。出生不久，随家人迁居香港，幼年家贫失学。后长期在香港任职，业余笔耕不辍，蜚声港澳诗坛，陆续出版了《铅印的诗稿》（1969年）、《急水门》（1979年）、《伶仃洋》（1984年）等诗集。韩牧虽长期在香港生活，但在澳门诗坛有很大的影响力。

文学评论方面，本年度有了突破性进展，韩国人李德超以《中国文学在澳门之发展概况》为题，撰写了一部约15万字的硕士学位论文(全文未刊，主要内容已有揭载)，这是第一篇以澳门文学为研究对象的高等学府学位论文。李德超时任台湾中国文化大学中文系副教授，在香港珠海文史研究所中国文学研究所修读硕士学位，在导师何敬群教授的指导下撰写此文。该论文校外审查员罗慷烈曾指出："澳门绝尔之区，自朱明来，海道除开，但为通商之地，艺文之事，本无足多……近世若汪兆镛，时辈若汪孝博，曹思健诸君，或流寓既久，或者藉于斯，视等乡邦。稍事稽考，然罗列广泛，博彩而论列之，可谓空前。"①李文的发声，故有历史性意义。

本年，江思扬创作较多现代诗歌，后收于1992年出版的《向晚的感觉》一书中，如《蝉》《老盲人》《老渔妇》《洋行文员》《卖花者》《摄影师》《医生》《护士》都是以社会上各行各业的小人物为对象，捕捉戏剧性细节融于诗歌中，展现人物典型的细屑的悲剧性的一面，形成一个时代流沙下的人物形象串联。

1973年秋天，澳门晓角剧社成立前，利玛窦中学的校友会商讨为该校校庆筹办节目演出，由一群毕业于该校的校友排演话剧。及至校庆节目完成后，校友会成员对演剧产生浓厚兴趣，于是，有意在话剧艺术上寻求发展，默默筹备创建一个属于澳门本土的话剧社。发起筹组剧社的成员一共有12人——余明生、林桂英、李宇樑、陈宝瑛、郑继生、卢倩雯等，他们组织了一个剧社筹备委员会。在此期间，演出了话剧《妙手回春》《孤寒财主》《父归》《子归》《罪痕》《警察与小偷》等作品，为晓角剧社的成立与澳门话剧的发展做出了有力的贡献。

一月

1日　《澳门日报·新园地》副刊发表雪予的诗歌《晓望》、鲁牛的散文《春江水暖鸭先知》，连载润园的小说《奀公奇遇记》(完)、梅若诗的小说《小

---

① 转引自郑炜明：《澳门文学研究史略》，《千禧澳门文学研讨集》，澳门：澳门日报出版社，2002年。

城冬暖》(完)、海辛的小说《岐江浪跃》、李心田的小说《闪闪的红星》、浩泉的小说《染缸》、金依的小说《不落的花录》。《华侨报·华座》副刊连载陆夏的评论《人鬼神与文学》、茵茵的小说《群鬼》、凌霄的小说《青春火焰》、青云的小说《蓬莱剑》。

3日　《澳门日报·新园地》副刊发表夏微澜的散文《寒天说屐》，连载海辛的小说《岐江浪跃》、李心田的小说《闪闪的红星》、浩泉的小说《染缸》、金依的小说《不落的花录》，并开始连载韩翰的散文《书法家试笔记》、润园的小说《类公过牛年》、梅若诗的小说《迷离世界》。《华侨报·华座》副刊发表非非的诗歌《每天晚上》，连载陆夏的评论《人鬼神与文学》、茵茵的小说《群鬼》、凌霄的小说《青春火焰》、青云的小说《蓬莱剑》，并开始连载高唐的散文《马克·吐温的〈人间寄予〉》。

夏微澜，澳门散文家，自1973年开始，在《澳门日报》上共发表散文147篇，大部分是关于日常生活琐事的，如《换台历》《盆与花》《紫荆赞》《理发杂谈》《牛年谈牛命》《春节和爆竹》《胡乱胡乱的想》《说疯》《有牌与无牌》《“妓女”还是艺术家》《说死》《废话连篇》《罗曼蒂克》《死人财》。

4日　《澳门日报·新园地》副刊连载韩翰的散文《书法家试笔记》(完)、海辛的小说《岐江浪跃》、李心田的小说《闪闪的红星》、浩泉的小说《染缸》、金依的小说《不落的花录》、润园的小说《类公过牛年》、梅若诗的小说《迷离世界》。《华侨报·华座》副刊连载高唐的散文《马克·吐温的〈人间寄予〉》(完)、陆夏的评论《人鬼神与文学》、茵茵的小说《群鬼》、凌霄的小说《青春火焰》、青云的小说《蓬莱剑》。

5日　《澳门日报·新园地》副刊连载海辛的小说《岐江浪跃》、李心田的小说《闪闪的红星》、浩泉的小说《染缸》、金依的小说《不落的花录》、润园的小说《类公过牛年》、梅若诗的小说《迷离世界》。《华侨报·华座》副刊发表洪荒的散文《但愿人长久》，连载陆夏的评论《人鬼神与文学》、茵茵的小说《群鬼》、凌霄的小说《青春火焰》、青云的小说《蓬莱剑》。

6日 《澳门日报·新园地》副刊发表夏峰的散文《在家乡过除夕》，连载海辛的小说《岐江浪跃》、李心田的小说《闪闪的红星》、浩泉的小说《染缸》、金依的小说《不落的花录》、润园的小说《栥公过牛年》、梅若诗的小说《迷离世界》。《华侨报·华座》副刊发表高唐的散文《日历——人生的计程碑》，连载陆夏的评论《人鬼神与文学》、茵茵的小说《群鬼》、凌霄的小说《青春火焰》、青云的小说《蓬莱剑》。

7日 《澳门日报·新园地》副刊发表唐嘉的散文《新年杂写》，连载海辛的小说《岐江浪跃》、李心田的小说《闪闪的红星》、浩泉的小说《染缸》、金依的小说《不落的花录》、润园的小说《栥公过牛年》、梅若诗的小说《迷离世界》。《华侨报·华座》副刊发表洪荒的散文《菊花时节说东瀛》，连载陆夏的评论《人鬼神与文学》、茵茵的小说《群鬼》、凌霄的小说《青春火焰》、青云的小说《蓬莱剑》。

8日 《澳门日报·新园地》副刊发表夏微澜的散文《日月之历》，连载海辛的小说《岐江浪跃》、李心田的小说《闪闪的红星》、浩泉的小说《染缸》（完）、金依的小说《不落的花录》、润园的小说《栥公过牛年》、梅若诗的小说《迷离世界》。《华侨报·华座》副刊发表雅竹的散文《冬夜》，连载陆夏的评论《人鬼神与文学》、茵茵的小说《群鬼》、凌霄的小说《青春火焰》、青云的小说《蓬莱剑》。

9日 《澳门日报·新园地》副刊发表白思群的散文《门外书谈》、丁兵的散文《两个世界》、剑锋的散文《谁的错》，连载海辛的小说《岐江浪跃》、李心田的小说《闪闪的红星》、金依的小说《不落的花录》、润园的小说《栥公过牛年》、梅若诗的小说《迷离世界》，并开始连载浩泉的小说《巢的烦恼》。《华侨报·华座》副刊发表作者不详的诗歌《爱的重逢》、雅竹的散文《卖书记》，连载陆夏的评论《人鬼神与文学》、茵茵的小说《群鬼》、凌霄的小说《青春火焰》、青云的小说《蓬莱剑》。

10日 《澳门日报·新园地》副刊发表夏微澜的散文《一年之计在于冬》，连载海辛的小说《岐江浪跃》、李心田的小说《闪闪的红星》、金依的小说《不落的花录》、润园的小说《舂公过牛年》、梅若诗的小说《迷离世界》、浩泉的小说《巢的烦恼》。《华侨报·华座》副刊发表洪荒的散文《美人局》，连载陆夏的评论《人鬼神与文学》、茵茵的小说《群鬼》、凌霄的小说《青春火焰》、青云的小说《蓬莱剑》。

11日 《澳门日报·新园地》副刊发表饶芷岸的散文《妈妈的股仔》，连载海辛的小说《岐江浪跃》、李心田的小说《闪闪的红星》、金依的小说《不落的花录》、润园的小说《舂公过牛年》、梅若诗的小说《迷离世界》、浩泉的小说《巢的烦恼》。《华侨报·华座》副刊发表洪荒的散文《讽八股歌》，连载陆夏的评论《人鬼神与文学》、茵茵的小说《群鬼》、凌霄的小说《青春火焰》、青云的小说《蓬莱剑》。

12日 《澳门日报·新园地》副刊连载海辛的小说《岐江浪跃》、李心田的小说《闪闪的红星》、金依的小说《不落的花录》、润园的小说《舂公过牛年》、梅若诗的小说《迷离世界》、浩泉的小说《巢的烦恼》。《华侨报·华座》副刊发表洪荒的散文《诗人与水仙花》，连载陆夏的评论《人鬼神与文学》、茵茵的小说《群鬼》、凌霄的小说《青春火焰》、青云的小说《蓬莱剑》。

13日 《澳门日报·新园地》副刊连载海辛的小说《岐江浪跃》、李心田的小说《闪闪的红星》、金依的小说《不落的花录》、润园的小说《舂公过牛年》、梅若诗的小说《迷离世界》、浩泉的小说《巢的烦恼》。《华侨报·华座》副刊发表高唐的散文《王阳明与广东》，连载陆夏的评论《人鬼神与文学》、茵茵的小说《群鬼》、凌霄的小说《青春火焰》、青云的小说《蓬莱剑》。

14日 《澳门日报·新园地》副刊发表箓菽的诗歌《百货腾贵》、夏微澜的散文《换台历》，连载海辛的小说《岐江浪跃》、李心田的小说《闪闪的红星》、金依的小说《不落的花录》、润园的小说《舂公过牛年》、梅若诗的小说《迷离世界》、浩泉的小说《巢的烦恼》。《华侨报·华座》副刊发表洪荒的散文《秘密与谎言》，连载陆夏的评论《人鬼神与文学》、茵茵的小说《群鬼》、凌霄的小说《青春火焰》、青云的小说《蓬莱剑》。

15 日 《澳门日报·新园地》副刊发表夏峰的散文《过不去》、黎牛的小说《白撞》，连载海辛的小说《岐江浪跃》、李心田的小说《闪闪的红星》、金依的小说《不落的花录》、润园的小说《夰公过牛年》、梅若诗的小说《迷离世界》、浩泉的小说《巢的烦恼》。《华侨报·华座》副刊连载陆夏的评论《人鬼神与文学》、茵茵的小说《群鬼》、凌霄的小说《青春火焰》、青云的小说《蓬莱剑》。

16 日 《澳门日报·新园地》副刊发表白思群的散文《蜜饯杜诗味如何》，连载海辛的小说《岐江浪跃》、李心田的小说《闪闪的红星》、金依的小说《不落的花录》、润园的小说《夰公过牛年》、梅若诗的小说《迷离世界》、浩泉的小说《巢的烦恼》。《华侨报·华座》副刊开始连载高唐的散文《妇女界的梁启超：张竹君》，连载陆夏的评论《人鬼神与文学》、茵茵的小说《群鬼》、凌霄的小说《青春火焰》、青云的小说《蓬莱剑》。

17 日 《澳门日报·新园地》副刊发表夏微澜的散文《盆与花》，连载海辛的小说《岐江浪跃》、李心田的小说《闪闪的红星》、金依的小说《不落的花录》、润园的小说《夰公过牛年》、梅若诗的小说《迷离世界》、浩泉的小说《巢的烦恼》。《华侨报·华座》副刊连载高唐的散文《妇女界的梁启超：张竹君》（完）、陆夏的评论《人鬼神与文学》、茵茵的小说《群鬼》、凌霄的小说《青春火焰》、青云的小说《蓬莱剑》。

18 日 《澳门日报·新园地》副刊发表饶芷岸的散文《自浸水仙》、言岭的散文《真假千金》，连载海辛的小说《岐江浪跃》、李心田的小说《闪闪的红星》、金依的小说《不落的花录》、润园的小说《夰公过牛年》、梅若诗的小说《迷离世界》、浩泉的小说《巢的烦恼》。《华侨报·华座》副刊连载陆夏的评论《人鬼神与文学》、茵茵的小说《群鬼》、凌霄的小说《青春火焰》、青云的小说《蓬莱剑》。

19 日 《澳门日报·新园地》副刊发表夏微澜的散文《紫荆赞》，连载海辛的小说《岐江浪跃》、李心田的小说《闪闪的红星》、金依的小说《不落的花录》、润园的小说《夰公过牛年》、梅若诗的小说《迷离世界》、浩泉的小说《巢的烦恼》。《华侨报·华座》副刊连载陆夏的评论《人鬼神与文学》、茵茵的小说《群鬼》、凌霄的小说《青春火焰》、青云的小说《蓬莱剑》。

20 日 《澳门日报·新园地》副刊发表夏峰的散文《小莫小于水滴》，连载海辛的小说《岐江浪跃》、李心田的小说《闪闪的红星》、金依的小说《不落的花录》、润园的小说《㚑公过牛年》、梅若诗的小说《迷离世界》、浩泉的小说《巢的烦恼》。《华侨报·华座》副刊连载陆夏的评论《人鬼神与文学》、茵茵的小说《群鬼》、凌霄的小说《青春火焰》、青云的小说《蓬莱剑》。

21 日 《澳门日报·新园地》副刊发表夏微澜的散文《送机》，连载海辛的小说《岐江浪跃》、李心田的小说《闪闪的红星》、金依的小说《不落的花录》、润园的小说《㚑公过牛年》、梅若诗的小说《迷离世界》、浩泉的小说《巢的烦恼》。《华侨报·华座》副刊发表雅竹的诗歌《爱》、高唐的散文《翁方纲与广东金石》，连载陆夏的评论《人鬼神与文学》、茵茵的小说《群鬼》、凌霄的小说《青春火焰》、青云的小说《蓬莱剑》。

22 日 《澳门日报·新园地》副刊发表黄花的散文《影迷日记》，连载海辛的小说《岐江浪跃》、李心田的小说《闪闪的红星》、金依的小说《不落的花录》、润园的小说《㚑公过牛年》、梅若诗的小说《迷离世界》、浩泉的小说《巢的烦恼》。《华侨报·华座》副刊连载陆夏的评论《人鬼神与文学》、茵茵的小说《群鬼》、凌霄的小说《青春火焰》、青云的小说《蓬莱剑》。

23 日 《澳门日报·新园地》副刊发表牛明的散文《怀念粤语片》，连载海辛的小说《岐江浪跃》、李心田的小说《闪闪的红星》、金依的小说《不落的花录》、润园的小说《㚑公过牛年》、梅若诗的小说《迷离世界》、浩泉的小说《巢的烦恼》。

24 日 《澳门日报·新园地》副刊发表夏微澜的散文《久违了——嫦娥》，连载海辛的小说《岐江浪跃》、李心田的小说《闪闪的红星》（完）、金依的小说《不落的花录》、润园的小说《㚑公过牛年》、梅若诗的小说《迷离世界》、浩泉的小说《巢的烦恼》。《华侨报·华座》副刊发表高唐的散文

《漫谈金石拓本》、洪荒的散文《岁暮情趣》，连载陆夏的评论《人鬼神与文学》、茵茵的小说《群鬼》、凌霄的小说《青春火焰》、青云的小说《蓬莱剑》。

25日 《澳门日报·新园地》副刊连载海辛的小说《岐江浪跃》、金依的小说《不落的花录》、润园的小说《奀公过牛年》、梅若诗的小说《迷离世界》、浩泉的小说《巢的烦恼》，并开始连载怀宇的小说《圈套》。《华侨报·华座》副刊开始连载高唐的散文《康有为与北京南海会馆》，连载陆夏的评论《人鬼神与文学》、茵茵的小说《群鬼》、凌霄的小说《青春火焰》、青云的小说《蓬莱剑》。

26日 《澳门日报·新园地》副刊发表饶芷岸的散文《看影展，动游兴》，连载海辛的小说《岐江浪跃》、金依的小说《不落的花录》、润园的小说《奀公过牛年》、梅若诗的小说《迷离世界》、浩泉的小说《巢的烦恼》、怀宇的小说《圈套》。《华侨报·华座》副刊发表非非的诗歌《夜话》、洪荒的散文《年花》、雅竹的散文《吃小馆子的情趣》，连载高唐的散文《康有为与北京南海会馆》（完）、陆夏的评论《人鬼神与文学》、茵茵的小说《群鬼》、凌霄的小说《青春火焰》、青云的小说《蓬莱剑》。

27日 《澳门日报·新园地》副刊发表丰谊的散文《"孙老师"孙芷君》，连载海辛的小说《岐江浪跃》、金依的小说《不落的花录》、润园的小说《奀公过牛年》、梅若诗的小说《迷离世界》、浩泉的小说《巢的烦恼》、怀宇的小说《圈套》。《华侨报·华座》副刊发表洪荒的散文《芍药艳丽压群芳》，连载陆夏的评论《人鬼神与文学》、茵茵的小说《群鬼》、凌霄的小说《青春火焰》、青云的小说《蓬莱剑》。

28日 《澳门日报·新园地》副刊发表白思群的散文《玉手与芳泽》，连载海辛的小说《岐江浪跃》、金依的小说《不落的花录》、润园的小说《奀公过牛年》、梅若诗的小说《迷离世界》、浩泉的小说《巢的烦恼》、怀宇的小说《圈套》。《华侨报·华座》副刊连载陆夏的评论《人鬼神与文学》、茵茵的小说《群鬼》、凌霄的小说《青春火焰》、青云的小说《蓬莱剑》。

29日 《澳门日报·新园地》副刊发表夏微澜的散文《从暂停放映想到的》，连载海辛的小说《岐江浪跃》、金依的小说《不落的花录》、润园的小说《炃公过牛年》、梅若诗的小说《迷离世界》、浩泉的小说《巢的烦恼》、怀宇的小说《圈套》。《华侨报 · 华座》副刊发表非非的诗歌《期待》、洪荒的散文《红茶花和万寿菊》，连载陆夏的评论《人鬼神与文学》、茵茵的小说《群鬼》、凌霄的小说《青春火焰》、青云的小说《蓬莱剑》。

30 日 《澳门日报 · 新园地》副刊发表夏微澜的散文《理发杂谈》，连载海辛的小说《岐江浪跃》、金依的小说《不落的花录》、润园的小说《炃公过牛年》、梅若诗的小说《迷离世界》、浩泉的小说《巢的烦恼》、怀宇的小说《圈套》。《华侨报 · 华座》副刊开始连载高唐的散文《明代理学家陈白沙》，连载陆夏的评论《人鬼神与文学》、茵茵的小说《群鬼》、凌霄的小说《青春火焰》、青云的小说《蓬莱剑》。

31 日 《澳门日报 · 新园地》副刊发表夏峰的散文《青年恋爱经》，连载海辛的小说《岐江浪跃》、金依的小说《不落的花录》、润园的小说《炃公过牛年》、梅若诗的小说《迷离世界》、浩泉的小说《巢的烦恼》、怀宇的小说《圈套》（完）。《华侨报 · 华座》副刊连载高唐的散文《明代理学家陈白沙》（完）、陆夏的评论《人鬼神与文学》、茵茵的小说《群鬼》、凌霄的小说《青春火焰》、青云的小说《蓬莱剑》。

二月

1 日 《澳门日报 · 新园地》副刊发表梅萼华的散文《陈垣先生的论学手简》、箐箐的小说《赌之害》，连载海辛的小说《岐江浪跃》、金依的小说《不落的花录》、润园的小说《炃公过牛年》、梅若诗的小说《迷离世界》、浩泉的小说《巢的烦恼》。《华侨报 · 华座》副刊连载陆夏的评论《人鬼神与文学》、茵茵的小说《群鬼》、凌霄的小说《青春火焰》、青云的小说《蓬莱剑》。

2 日 《澳门日报 · 新园地》副刊发表箓菽的诗歌《大厦劫案》、咏愉的小说《春节礼物》，连载海辛的小说《岐江浪跃》、金依的小说《不落的花录》、润园的小说《炃公过牛年》、梅若诗的小说《迷离世界》、浩泉的小说《巢的烦恼》（完）。《华侨报·华座》副刊发表雅竹的散文《水仙花》、洪荒的散文《出息与守岁》，连载陆夏的评论《人鬼神与文学》、茵茵的小说《群鬼》、凌霄的小说《青春火焰》、青云的小说《蓬莱剑》。

3日　《澳门日报·新园地》副刊发表夏微澜的散文《牛年谈牛命》、鲁申的散文《新春话牛》，连载海辛的小说《岐江浪跃》、金依的小说《不落的花录》、润园的小说《夰公过牛年》、梅若诗的小说《迷离世界》，并开始连载岫云的小说《红灯千秋》、浩泉的小说《我们太年轻》。《华侨报·华座》副刊发表高唐的散文《牛年谈牛》、洪荒的散文《漫谈十二生肖》、黄衫客的散文《闲话历书》，连载陆夏的评论《人鬼神与文学》、茵茵的小说《群鬼》、凌霄的小说《青春火焰》、青云的小说《蓬莱剑》。

7日　《澳门日报·新园地》副刊发表饶芷岸的散文《过年与拜年》，连载海辛的小说《岐江浪跃》、金依的小说《不落的花录》、润园的小说《夰公过牛年》、梅若诗的小说《迷离世界》、岫云的小说《红灯千秋》、浩泉的小说《我们太年轻》。《华侨报·华座》副刊发表非非的诗歌《贺年片》、高唐的散文《春节琐谈》，连载陆夏的评论《人鬼神与文学》、茵茵的小说《群鬼》、凌霄的小说《青春火焰》、青云的小说《蓬莱剑》。

8日　《澳门日报·新园地》副刊连载海辛的小说《岐江浪跃》、金依的小说《不落的花录》、润园的小说《夰公过牛年》、梅若诗的小说《迷离世界》、岫云的小说《红灯千秋》、浩泉的小说《我们太年轻》。《华侨报·华座》副刊发表非非的诗歌《新春三愿》、洪荒的散文《春风送暖入屠苏》，连载陆夏的评论《人鬼神与文学》、茵茵的小说《群鬼》、凌霄的小说《青春火焰》、青云的小说《蓬莱剑》。

9日　《澳门日报·新园地》副刊连载海辛的小说《岐江浪跃》、金依的小说《不落的花录》、润园的小说《夰公过牛年》、梅若诗的小说《迷离世界》、岫云的小说《红灯千秋》、浩泉的小说《我们太年轻》。《华侨报·华座》副刊发表非非的诗歌《春节之夜》、赵宣扬的散文《风物长宜放眼量——怀柳亚子逝世十五周年》、黄衫客的散文《人日杂谈》，连载陆夏的评论《人鬼神与文学》、茵茵的小说《群鬼》、凌霄的小说《青春火焰》、青云的小说《蓬莱剑》。

10 日　《澳门日报 · 新园地》副刊发表牛明的散文《阿仙奴队希望访华》、吴作人的评论《读马王堆西汉帛画后》，连载海辛的小说《岐江浪跃》、金依的小说《不落的花录》、润园的小说《关公过牛年》、梅若诗的小说《迷离世界》、岫云的小说《红灯千秋》、浩泉的小说《我们太年轻》。《华侨报 · 华座》副刊发表非非的诗歌《短歌》、雅竹的散文《旧作》，连载陆夏的评论《人鬼神与文学》、茵茵的小说《群鬼》、凌霄的小说《青春火焰》、青云的小说《蓬莱剑》。

11 日　《澳门日报 · 新园地》副刊发表侯鸣皋的散文《秦淮新歌》，连载海辛的小说《岐江浪跃》、金依的小说《不落的花录》、润园的小说《关公过牛年》、梅若诗的小说《迷离世界》、岫云的小说《红灯千秋》、浩泉的小说《我们太年轻》。《华侨报 · 华座》副刊发表高唐的散文《春节谈新旧历》、洪荒的散文《美酒喜迎春》，连载陆夏的评论《人鬼神与文学》、茵茵的小说《群鬼》、凌霄的小说《青春火焰》、青云的小说《蓬莱剑》。

12 日　《澳门日报 · 新园地》副刊发表夏微澜的散文《冬夜杂抄》，连载海辛的小说《岐江浪跃》、金依的小说《不落的花录》、润园的小说《关公过牛年》、梅若诗的小说《迷离世界》、岫云的小说《红灯千秋》、浩泉的小说《我们太年轻》。《华侨报 · 华座》副刊发表非非的诗歌《钓》、黄衫客的散文《春茗》，并开始连载洪荒的散文《北京无处不飞花》，连载陆夏的评论《人鬼神与文学》、茵茵的小说《群鬼》、凌霄的小说《青春火焰》、青云的小说《蓬莱剑》。

13 日　《澳门日报 · 新园地》副刊发表赵朴初的诗歌《临江仙 · 春节喜越南停战协定签订寄贺越南友人》、夏峰的散文《春节所见一二》，连载海辛的小说《岐江浪跃》、金依的小说《不落的花录》、润园的小说《关公过牛年》、梅若诗的小说《迷离世界》、岫云的小说《红灯千秋》、浩泉的小说《我们太年轻》。《华侨报 · 华座》副刊发表高唐的散文《林则徐及其诗》，并开始连载雅竹的散文《春游》，连载洪荒的散文《北京无处不飞花》、陆夏的评论《人鬼神与文学》、茵茵的小说《群鬼》、凌霄的小说《青春火焰》、青云的小说《蓬莱剑》。

14 日 《澳门日报·新园地》副刊发表箓菽的诗歌《伪钞风雨》、夏微澜的散文《春节和爆竹》，连载海辛的小说《岐江浪跃》、金依的小说《不落的花录》、润园的小说《奀公过牛年》、梅若诗的小说《迷离世界》、岫云的小说《红灯千秋》、浩泉的小说《我们太年轻》。《华侨报·华座》副刊发表黄衫客的散文《新春探春饼》，连载雅竹的散文《春游》（完）、洪荒的散文《北京无处不飞花》、陆夏的评论《人鬼神与文学》、茵茵的小说《群鬼》、凌霄的小说《青春火焰》、青云的小说《蓬莱剑》。

15 日 《澳门日报·新园地》副刊发表真汉的散文《看新波拓木刻》、饶芷岸的散文《"清醒"的赌博》，连载海辛的小说《岐江浪跃》、金依的小说《不落的花录》、润园的小说《奀公过牛年》、梅若诗的小说《迷离世界》、岫云的小说《红灯千秋》、浩泉的小说《我们太年轻》。《华侨报·华座》副刊连载洪荒的散文《北京无处不飞花》、陆夏的评论《人鬼神与文学》、茵茵的小说《群鬼》、凌霄的小说《青春火焰》、青云的小说《蓬莱剑》。

16 日 《澳门日报·新园地》副刊发表箓菽的诗歌《金融风暴》，连载海辛的小说《岐江浪跃》、金依的小说《不落的花录》、润园的小说《奀公过牛年》、梅若诗的小说《迷离世界》、岫云的小说《红灯千秋》、浩泉的小说《我们太年轻》。《华侨报·华座》副刊发表高唐的散文《一生坎坷的柳宗元》、赵宣扬的散文《锦江百里命飞澜——寄海外友人书》，连载洪荒的散文《北京无处不飞花》、陆夏的评论《人鬼神与文学》、茵茵的小说《群鬼》、凌霄的小说《青春火焰》、青云的小说《蓬莱剑》。

17 日 《澳门日报·新园地》副刊发表天健的诗歌《点绛唇·赏广州兰圃》，连载海辛的小说《岐江浪跃》、金依的小说《不落的花录》、润园的小说《奀公过牛年》、梅若诗的小说《迷离世界》、岫云的小说《红灯千秋》、浩泉的小说《我们太年轻》。《华侨报·华座》副刊连载洪荒的散文《北京无处不飞花》、陆夏的评论《人鬼神与文学》、茵茵的小说《群鬼》、凌霄的小说《青春火焰》、青云的小说《蓬莱剑》。

18 日 《澳门日报·新园地》副刊连载海辛的小说《岐江浪跃》、金依的小说《不落的花录》、润园的小说《歪公过牛年》、梅若诗的小说《迷离世界》（完）、岫云的小说《红灯千秋》、浩泉的小说《我们太年轻》。《华侨报·华座》副刊发表雅竹的散文《笑》，连载洪荒的散文《北京无处不飞花》、陆夏的评论《人鬼神与文学》、茵茵的小说《群鬼》、凌霄的小说《青春火焰》、青云的小说《蓬莱剑》。

19 日　《澳门日报·新园地》副刊发表夏微澜的散文《胡乱胡乱的想》，并开始连载梅若诗的小说《谁是凶手》，连载海辛的小说《岐江浪跃》、金依的小说《不落的花录》、润园的小说《歪公过牛年》、岫云的小说《红灯千秋》、浩泉的小说《我们太年轻》。《华侨报·华座》副刊开始连载高唐的散文《浅谈江侠庵》，连载洪荒的散文《北京无处不飞花》（完）、陆夏的评论《人鬼神与文学》、茵茵的小说《群鬼》、凌霄的小说《青春火焰》、青云的小说《蓬莱剑》。

20 日　《澳门日报·新园地》副刊连载梅若诗的小说《谁是凶手》、海辛的小说《岐江浪跃》、金依的小说《不落的花录》、润园的小说《歪公过牛年》、岫云的小说《红灯千秋》、浩泉的小说《我们太年轻》。《华侨报·华座》副刊发表非非的诗歌《影树》，连载高唐的散文《浅谈江侠庵》（完）、陆夏的评论《人鬼神与文学》、茵茵的小说《群鬼》、凌霄的小说《青春火焰》、青云的小说《蓬莱剑》。

21 日　《澳门日报·新园地》副刊连载梅若诗的小说《谁是凶手》、海辛的小说《岐江浪跃》、金依的小说《不落的花录》、润园的小说《歪公过牛年》、岫云的小说《红灯千秋》、浩泉的小说《我们太年轻》。《华侨报·华座》副刊发表雅竹的诗歌《狂风》，连载陆夏的评论《人鬼神与文学》、茵茵的小说《群鬼》、凌霄的小说《青春火焰》、青云的小说《蓬莱剑》。

22 日　《澳门日报·新园地》副刊连载梅若诗的小说《谁是凶手》、海辛的小说《岐江浪跃》、金依的小说《不落的花录》、润园的小说《歪公过牛年》、岫云的小说《红灯千秋》、浩泉的小说《我们太年轻》。《华侨报·华座》副刊发表洪荒的散文《石湾的陶师庙》，连载陆夏的评论《人鬼神与文学》、茵茵的小说《群鬼》、凌霄的小说《青春火焰》、青云的小说《蓬莱剑》。

23 日 《澳门日报·新园地》副刊发表瑞祥的散文《游览胜地越秀公园》，连载梅若诗的小说《谁是凶手》、海辛的小说《岐江浪跃》、金依的小说《不落的花录》、润园的小说《奀公过牛年》、岫云的小说《红灯千秋》、浩泉的小说《我们太年轻》。《华侨报·华座》副刊发表雅竹的散文《听雨》，并开始连载高唐的散文《中国的景泰蓝》，连载陆夏的评论《人鬼神与文学》、茵茵的小说《群鬼》、凌霄的小说《青春火焰》、青云的小说《蓬莱剑》。

24 日 《澳门日报·新园地》副刊发表鲁申的散文《六月飞霜真有其事》、饶芷岸的散文《书到用时方恨少》，连载梅若诗的小说《谁是凶手》、海辛的小说《岐江浪跃》(完)、金依的小说《不落的花录》、润园的小说《奀公过牛年》、岫云的小说《红灯千秋》、浩泉的小说《我们太年轻》。《华侨报·华座》副刊发表洪荒的散文《春浓说杜鹃》，连载高唐的散文《中国的景泰蓝》(完)、陆夏的评论《人鬼神与文学》、茵茵的小说《群鬼》、凌霄的小说《青春火焰》、青云的小说《蓬莱剑》。

25 日 《澳门日报·新园地》副刊连载梅若诗的小说《谁是凶手》、金依的小说《不落的花录》、润园的小说《奀公过牛年》、岫云的小说《红灯千秋》、浩泉的小说《我们太年轻》，并开始连载玮君的小说《杏林奇遇》。《华侨报·华座》副刊连载陆夏的评论《人鬼神与文学》、茵茵的小说《群鬼》、凌霄的小说《青春火焰》、青云的小说《蓬莱剑》。

26 日 《澳门日报·新园地》副刊连载梅若诗的小说《谁是凶手》、金依的小说《不落的花录》、润园的小说《奀公过牛年》、岫云的小说《红灯千秋》、浩泉的小说《我们太年轻》、玮君的小说《杏林奇遇》。《华侨报·华座》副刊发表洪荒的散文《漫谈北京填鸭》，并开始连载雅竹的散文《少女的心》，连载陆夏的评论《人鬼神与文学》、茵茵的小说《群鬼》、凌霄的小说《青春火焰》、青云的小说《蓬莱剑》。

27 日 《澳门日报·新园地》副刊发表夏峰的散文《二月是二十八日》、越山的散文《漫谈简称》，连载梅若诗的小说《谁是凶手》、金依的小说《不落的花录》、润园的小说《夯公过牛年》、岫云的小说《红灯千秋》、浩泉的小说《我们太年轻》、玮君的小说《杏林奇遇》。《华侨报·华座》副刊发表洪荒的散文《春风杨柳千万条》，连载雅竹的散文《少女的心》(完)、陆夏的评论《人鬼神与文学》、茵茵的小说《群鬼》、凌霄的小说《青春火焰》、青云的小说《蓬莱剑》。

28日 《澳门日报·新园地》副刊发表良骥的散文《刘伶恨事》、陈洁的散文《兰亭序帖与晋砖文》，连载梅若诗的小说《谁是凶手》、金依的小说《不落的花录》、润园的小说《夯公过牛年》、岫云的小说《红灯千秋》、浩泉的小说《我们太年轻》、玮君的小说《杏林奇遇》。《华侨报·华座》副刊发表非非的诗歌《南方夜》，并开始连载李雨的散文《鲁迅与斯诺》，连载陆夏的评论《人鬼神与文学》、茵茵的小说《群鬼》、凌霄的小说《青春火焰》、青云的小说《蓬莱剑》。

三月

1日 《澳门日报·新园地》副刊发表黄衫客的散文《金眸玉爪话苍鹰》、丰谊的散文《发财与发才》、白思群的散文《从“牛皮灯笼”说起——广东俗语谈之三》，连载梅若诗的小说《谁是凶手》、金依的小说《不落的花录》、润园的小说《夯公过牛年》、岫云的小说《红灯千秋》、浩泉的小说《我们太年轻》、玮君的小说《杏林奇遇》(完)。《华侨报·华座》副刊开始连载痴人的散文《伦敦的神女泪》，连载李雨的散文《鲁迅与斯诺》(完)、陆夏的评论《人鬼神与文学》、茵茵的小说《群鬼》、凌霄的小说《青春火焰》、青云的小说《蓬莱剑》。

2日 《澳门日报·新园地》副刊发表夏微澜的散文《拆风吹袭戏院》、司徒田的小说《谁偷了钱》，连载梅若诗的小说《谁是凶手》、金依的小说《不落的花录》、润园的小说《夯公过牛年》、岫云的小说《红灯千秋》、浩泉的小说《我们太年轻》。《华侨报·华座》副刊发表高唐的散文《张锡琛二三事》，连载痴人的散文《伦敦的神女泪》(完)、陆夏的评论《人鬼神与文学》、茵茵的小说《群鬼》、凌霄的小说《青春火焰》、青云的小说《蓬莱剑》。

3日　《澳门日报·新园地》副刊发表夏微澜的散文《从汤钟上想起》、怀宇的小说《运酒槽》，连载梅若诗的小说《谁是凶手》、金依的小说《不落的花录》、润园的小说《夭公过牛年》、岫云的小说《红灯千秋》、浩泉的小说《我们太年轻》。《华侨报·华座》副刊连载陆夏的评论《人鬼神与文学》、茵茵的小说《群鬼》、凌霄的小说《青春火焰》（停刊一期）、青云的小说《蓬莱剑》。

4日　《澳门日报·新园地》副刊发表力青的小说《搂仔记》，连载梅若诗的小说《谁是凶手》、金依的小说《不落的花录》、润园的小说《夭公过牛年》、岫云的小说《红灯千秋》、浩泉的小说《我们太年轻》。《华侨报·华座》副刊发表黄衫客的散文《二月黄莺飞上林》、风牛的散文《埃及最美丽的女人》，连载陆夏的评论《人鬼神与文学》、茵茵的小说《群鬼》、凌霄的小说《青春火焰》（停刊一期）、青云的小说《蓬莱剑》。

5日　《澳门日报·新园地》副刊发表夏微澜的散文《真是不死不休》，并开始连载陈洁的散文《黄节其人其诗》、海辛的小说《银色的漩涡》，连载梅若诗的小说《谁是凶手》、金依的小说《不落的花录》、润园的小说《夭公过牛年》、岫云的小说《红灯千秋》、浩泉的小说《我们太年轻》。《华侨报·华座》副刊发表洪荒的散文《竹子颂》，连载陆夏的评论《人鬼神与文学》、茵茵的小说《群鬼》、凌霄的小说《青春火焰》、青云的小说《蓬莱剑》。

6日　《澳门日报·新园地》副刊发表夏峰的散文《说死》，连载陈洁的散文《黄节其人其诗》（完）、海辛的小说《银色的漩涡》、梅若诗的小说《谁是凶手》、金依的小说《不落的花录》、润园的小说《夭公过牛年》、岫云的小说《红灯千秋》、浩泉的小说《我们太年轻》。《华侨报·华座》副刊发表黄衫客的散文《只羡鸳鸯不羡仙》、洪荒的散文《酒意，诗情》，连载陆夏的评论《人鬼神与文学》、茵茵的小说《群鬼》、凌霄的小说《青春火焰》、青云的小说《蓬莱剑》。

7日　《澳门日报·新园地》副刊发表梅萼华的散文《春燕归巢》，连载海辛的小说《银色的漩涡》、梅若诗的小说《谁是凶手》、金依的小说《不落的花录》、润园的小说《关公过牛年》、岫云的小说《红灯千秋》、浩泉的小说《我们太年轻》。《华侨报·华座》副刊发表高唐的散文《黄季刚的怪癖》，连载陆夏的评论《人鬼神与文学》、茵茵的小说《群鬼》、凌霄的小说《青春火焰》、青云的小说《蓬莱剑》。

8日 《澳门日报·新园地》副刊连载海辛的小说《银色的漩涡》、梅若诗的小说《谁是凶手》、金依的小说《不落的花录》、润园的小说《关公过牛年》、岫云的小说《红灯千秋》、浩泉的小说《我们太年轻》。《华侨报·华座》副刊发表赵宣扬的散文《潭江两岸万家春——寄海外友人书》，连载陆夏的评论《人鬼神与文学》、茵茵的小说《群鬼》、凌霄的小说《青春火焰》、青云的小说《蓬莱剑》。

9日 《澳门日报·新园地》副刊发表梅萼华的散文《死了的赛珍珠》、丽芬的小说《买烟的亚伯》，连载海辛的小说《银色的漩涡》、梅若诗的小说《谁是凶手》、金依的小说《不落的花录》、润园的小说《关公过牛年》、岫云的小说《红灯千秋》、浩泉的小说《我们太年轻》。《华侨报·华座》副刊开始连载高唐的散文《徐姬传其人》，连载陆夏的评论《人鬼神与文学》、茵茵的小说《群鬼》、凌霄的小说《青春火焰》、青云的小说《蓬莱剑》。

10日 《澳门日报·新园地》副刊发表夏微澜的散文《拉杂话春茗》，连载海辛的小说《银色的漩涡》、梅若诗的小说《谁是凶手》、金依的小说《不落的花录》、润园的小说《关公过牛年》、岫云的小说《红灯千秋》、浩泉的小说《我们太年轻》。《华侨报·华座》副刊发表雅竹的散文《一个女孩之死》，连载高唐的散文《徐姬传其人》（完）、陆夏的评论《人鬼神与文学》、茵茵的小说《群鬼》、凌霄的小说《青春火焰》（停刊一期）、青云的小说《蓬莱剑》。

11日 《澳门日报·新园地》副刊发表牛明的散文《友谊之花开千秋》、轻飏的散文《上海小记》，连载海辛的小说《银色的漩涡》、梅若诗的小说《谁是凶手》、金依的小说《不落的花录》、润园的小说《关公过牛年》、岫云的小说《红灯千秋》、浩泉的小说《我们太年轻》。《华侨报·华座》副刊连载陆夏的评论《人鬼神与文学》、茵茵的小说《群鬼》、凌霄的小说《青春火焰》、青云的小说《蓬莱剑》。

12日 《澳门日报·新园地》副刊发表士心的诗歌《湄公河》、夏微澜的散文《从“点心婆”想起》，连载海辛的小说《银色的漩涡》、梅若诗的小说《谁是凶手》、金依的小说《不落的花录》、润园的小说《【夭大】公过牛年》、岫云的小说《红灯千秋》、浩泉的小说《我们太年轻》。《华侨报·华座》副刊开始连载高唐的散文《沈钧儒爱石头》，连载陆夏的评论《人鬼神与文学》、茵茵的小说《群鬼》、凌霄的小说《青春火焰》、青云的小说《蓬莱剑》。

13日 《澳门日报·新园地》副刊发表夏峰的散文《怀念亡师》，连载海辛的小说《银色的漩涡》、梅若诗的小说《谁是凶手》、金依的小说《不落的花录》、润园的小说《【夭大】公过牛年》、岫云的小说《红灯千秋》、浩泉的小说《我们太年轻》。《华侨报·华座》副刊发表赵宣扬的散文《春风花月忆仰光——寄海外友人书》，连载高唐的散文《沈钧儒爱石头》（完）、陆夏的评论《人鬼神与文学》、茵茵的小说《群鬼》、凌霄的小说《青春火焰》、青云的小说《蓬莱剑》。

14日 《澳门日报·新园地》副刊发表余草的诗歌《停电夜》、夏微澜的散文《越南的故事片》，连载海辛的小说《银色的漩涡》、梅若诗的小说《谁是凶手》、金依的小说《不落的花录》、润园的小说《【夭大】公过牛年》、岫云的小说《红灯千秋》、浩泉的小说《我们太年轻》。《华侨报·华座》副刊发表黄衫客的散文《鸣声娇婉话蓝衣》、雅竹的散文《听雨》，连载陆夏的评论《人鬼神与文学》、茵茵的小说《群鬼》、凌霄的小说《青春火焰》、青云的小说《蓬莱剑》。

15日 《澳门日报·新园地》副刊发表彦文的散文《参观马王堆汉墓记》、饶芷岸的散文《苏修的黑手》，连载海辛的小说《银色的漩涡》、梅若诗的小说《谁是凶手》、金依的小说《不落的花录》、润园的小说《【夭大】公过牛年》、岫云的小说《红灯千秋》、浩泉的小说《我们太年轻》。《华侨报·华座》

副刊发表林林的散文《盗墓贼奇谈》，连载陆夏的评论《人鬼神与文学》、茵茵的小说《群鬼》、凌霄的小说《青春火焰》、青云的小说《蓬莱剑》。

16 日 《澳门日报·新园地》副刊发表白璧的散文《子规声里杜鹃开》、夏微澜的散文《说疯》，连载海辛的小说《银色的漩涡》、梅若诗的小说《谁是凶手》、金依的小说《不落的花录》、润园的小说《炁公过牛年》、岫云的小说《红灯千秋》、浩泉的小说《我们太年轻》。《华侨报·华座》副刊发表洪荒的散文《哭的艺术》、黄衫客的散文《漫谈壁虱》、紫云的散文《天下第一塔》，连载陆夏的评论《人鬼神与文学》、茵茵的小说《群鬼》、凌霄的小说《青春火焰》、青云的小说《蓬莱剑》。

17 日 《澳门日报·新园地》副刊发表余草的诗歌《掘地工人》、丰谊的散文《古代杂技壮观神奇》、梅萼华的散文《剧坛一股热潮》，连载海辛的小说《银色的漩涡》、梅若诗的小说《谁是凶手》、金依的小说《不落的花录》、润园的小说《炁公过牛年》、岫云的小说《红灯千秋》、浩泉的小说《我们太年轻》。《华侨报·华座》副刊发表高唐的散文《邵阳竹雕放异彩》，并开始连载痴人的散文《暮春时节的花都》，连载陆夏的评论《人鬼神与文学》、茵茵的小说《群鬼》、凌霄的小说《青春火焰》、青云的小说《蓬莱剑》。

18 日 《澳门日报·新园地》副刊连载海辛的小说《银色的漩涡》、梅若诗的小说《谁是凶手》、金依的小说《不落的花录》、润园的小说《炁公过牛年》、岫云的小说《红灯千秋》、浩泉的小说《我们太年轻》。《华侨报·华座》副刊连载痴人的散文《暮春时节的花都》（完）、陆夏的评论《人鬼神与文学》、茵茵的小说《群鬼》、凌霄的小说《青春火焰》（停刊一期）、青云的小说《蓬莱剑》。

19 日 《澳门日报·新园地》副刊连载海辛的小说《银色的漩涡》、梅若诗的小说《谁是凶手》、金依的小说《不落的花录》、润园的小说《炁公过牛年》、岫云的小说《红灯千秋》、浩泉的小说《我们太年轻》，并开始连载唐堂的小说《屠虎七少年》。《华侨报·华座》副刊连载陆夏的评论《人鬼神与文学》、茵茵的小说《群鬼》、凌霄的小说《青春火焰》、青云的小说《蓬莱剑》。

唐堂，澳门小说家，自1973年起长期在《澳门日报·新园地》副刊上连载小说10部，有《屠虎七少年》《义剑情刀》《虬髯客》《南柯记》《霍小玉》《斩蛟记》《异桃源行》《韦自东奇遇》《秀才除妖记》《人虎幻》等，大多以历史题材作为书写对象，有奇幻、武侠的特点。

20日 《澳门日报·新园地》副刊连载海辛的小说《银色的漩涡》、梅若诗的小说《谁是凶手》、金依的小说《不落的花录》、润园的小说《夽公过牛年》、岫云的小说《红灯千秋》、浩泉的小说《我们太年轻》、唐堂的小说《屠虎七少年》。《华侨报·华座》副刊开始连载高唐的散文《悲剧才女蔡文姬》，连载陆夏的评论《人鬼神与文学》、茵茵的小说《群鬼》、凌霄的小说《青春火焰》、青云的小说《蓬莱剑》。

21日 《澳门日报·新园地》副刊发表鲁生的散文《记忆与失忆》、夏微澜的散文《有牌与无牌》，连载海辛的小说《银色的漩涡》、梅若诗的小说《谁是凶手》、金依的小说《不落的花录》、润园的小说《夽公过牛年》、岫云的小说《红灯千秋》、浩泉的小说《我们太年轻》、唐堂的小说《屠虎七少年》。《华侨报·华座》副刊发表非非的诗歌《睡》、黄衫客的散文《瀛洲玉雨话梨花》，连载高唐的散文《悲剧才女蔡文姬》（完）、陆夏的评论《人鬼神与文学》、茵茵的小说《群鬼》、凌霄的小说《青春火焰》、青云的小说《蓬莱剑》。

22日 《澳门日报·新园地》副刊连载海辛的小说《银色的漩涡》、梅若诗的小说《谁是凶手》、金依的小说《不落的花录》、润园的小说《夽公过牛年》、岫云的小说《红灯千秋》、浩泉的小说《我们太年轻》、唐堂的小说《屠虎七少年》。《华侨报·华座》副刊发表痴人的散文《西班牙的神秘旅社》、赵宣扬的散文《陈白沙故乡纪行》、洪荒的散文《白洋淀的野鸭》，连载陆夏的评论《人鬼神与文学》、茵茵的小说《群鬼》、凌霄的小说《青春火焰》、青云的小说《蓬莱剑》。

23 日 《澳门日报 · 新园地》副刊连载海辛的小说《银色的漩涡》、梅若诗的小说《谁是凶手》、金依的小说《不落的花录》、润园的小说《夿公过牛年》、岫云的小说《红灯千秋》、浩泉的小说《我们太年轻》(完)、唐堂的小说《屠虎七少年》。《华侨报 · 华座》副刊发表高唐的散文《再谈冯沅君》、洪荒的散文《姓氏漫谈》，并开始连载雅竹的散文《贝多芬及其〈月光曲〉》，连载陆夏的评论《人鬼神与文学》、茵茵的小说《群鬼》、凌霄的小说《青春火焰》、青云的小说《蓬莱剑》。

24 日 《澳门日报 · 新园地》副刊发表白思群的散文《十丈珊瑚是木棉》，连载海辛的小说《银色的漩涡》、梅若诗的小说《谁是凶手》、金依的小说《不落的花录》、润园的小说《夿公过牛年》、岫云的小说《红灯千秋》、唐堂的小说《屠虎七少年》，并开始连载浩泉的小说《鱼缸过客》。《华侨报 · 华座》副刊发表作者不详的散文《换妻记》，连载雅竹的散文《贝多芬及其〈月光曲〉》(完)、陆夏的评论《人鬼神与文学》、茵茵的小说《群鬼》、凌霄的小说《青春火焰》、青云的小说《蓬莱剑》。

25 日 《澳门日报 · 新园地》副刊连载海辛的小说《银色的漩涡》、梅若诗的小说《谁是凶手》、金依的小说《不落的花录》、润园的小说《夿公过牛年》、岫云的小说《红灯千秋》、唐堂的小说《屠虎七少年》、浩泉的小说《鱼缸过客》。《华侨报 · 华座》副刊发表洪荒的评论《明清诗话》，连载陆夏的评论《人鬼神与文学》、茵茵的小说《群鬼》、凌霄的小说《青春火焰》、青云的小说《蓬莱剑》。

26 日 《澳门日报 · 新园地》副刊发表陈洁的散文《石涛画散记》、夏微澜的散文《沙丘》，连载海辛的小说《银色的漩涡》、梅若诗的小说《谁是凶手》、金依的小说《不落的花录》、润园的小说《夿公过牛年》、岫云的小说《红灯千秋》、唐堂的小说《屠虎七少年》、浩泉的小说《鱼缸过客》。《华侨报 · 华座》副刊发表雅竹的散文《雨丝风片》，并开始连载高唐的散文《中国石雕艺术》，连载陆夏的评论《人鬼神与文学》、茵茵的小说《群鬼》、凌霄的小说《青春火焰》、青云的小说《蓬莱剑》。

27 日 《澳门日报 · 新园地》副刊连载海辛的小说《银色的漩涡》、梅若诗的小说《谁是凶手》、金依的小说《不落的花录》、润园的小说《关公过牛年》、岫云的小说《红灯千秋》、唐堂的小说《屠虎七少年》、浩泉的小说《鱼缸过客》。《华侨报·华座》副刊开始连载洪荒的散文《象棋的演变》，连载高唐的散文《中国石雕艺术》（完）、陆夏的评论《人鬼神与文学》、茵茵的小说《群鬼》、青云的小说《蓬莱剑》、凌霄的小说《青春火焰》。

28日 《澳门日报·新园地》副刊连载海辛的小说《银色的漩涡》、梅若诗的小说《谁是凶手》、金依的小说《不落的花录》、润园的小说《关公过牛年》、岫云的小说《红灯千秋》、唐堂的小说《屠虎七少年》、浩泉的小说《鱼缸过客》。《华侨报·华座》副刊发表黄衫客的散文《泰国的象征白象》，连载洪荒的散文《象棋的演变》（完）、陆夏的评论《人鬼神与文学》、茵茵的小说《群鬼》、青云的小说《蓬莱剑》、凌霄的小说《青春火焰》。

29日 《澳门日报·新园地》副刊连载海辛的小说《银色的漩涡》、梅若诗的小说《谁是凶手》、金依的小说《不落的花录》、润园的小说《关公过牛年》、岫云的小说《红灯千秋》、唐堂的小说《屠虎七少年》、浩泉的小说《鱼缸过客》。《华侨报·华座》副刊发表黄衫客的散文《盆栽话雀梅》，连载陆夏的评论《人鬼神与文学》、茵茵的小说《群鬼》、青云的小说《蓬莱剑》、凌霄的小说《青春火焰》。

30日 《澳门日报·新园地》副刊发表箓菽的诗歌《冲锋枪》、夏微澜的散文《四十分之一》、陈洁的散文《石涛人物画卷》，连载海辛的小说《银色的漩涡》、梅若诗的小说《谁是凶手》、金依的小说《不落的花录》、润园的小说《关公过牛年》、岫云的小说《红灯千秋》、唐堂的小说《屠虎七少年》、浩泉的小说《鱼缸过客》。《华侨报·华座》副刊发表赵宣扬的散文《如此圭峰写不完》，并开始连载洪荒的散文《中国民歌与爱情》，连载陆夏的评论《人鬼神与文学》、茵茵的小说《群鬼》、青云的小说《蓬莱剑》、凌霄的小说《青春火焰》。

31日 《澳门日报·新园地》副刊发表箓菽的诗歌《文雀活跃》、梅萼华的散文《木棉诗话》，连载海辛的小说《银色的漩涡》、梅若诗的小说《谁是凶手》、金依的小说《不落的花录》（完）、润园的小说《关公过牛年》、岫云的小说《红灯千秋》、唐堂的小说《屠虎七少年》、浩泉的小说《鱼缸过客》。《华侨报·华座》副刊发表元元的散文《铅笔杂话》，连载洪荒的散文《中国民歌与爱情》（完）、陆夏的评论《人鬼神与文学》、茵茵的小说《群鬼》、青云的小说《蓬莱剑》、凌霄的小说《青春火焰》。

⊙ 本月，陶里的诗歌《纵横家》刊于香港《当代文艺》第88期。

陶里（1937— ），本名危亦健。广东花都人。1937年10月出生。陶里在越南西贡市（今胡志明市）长大和完成中小学课程。陶里1976年来港，在工厂及贸易公司担任会计、采购、助理经理等职，并在《当代文艺》发表作品。1979年移居澳门任教职，在《澳门日报·新园地》副刊撰写专栏及继续文学创作。他80年代曾到福建厦门大学及广州华南师范大学修读中国语言文学，获文学学士学位。其后为澳门笔会理事，主编《澳门笔汇》，并创办五月诗社，主编《澳门现代诗刊》（半年刊）。陶里的著作，包括诗集现有四种：《紫风书》，香港，华南图书文化中心，1987年；《蹒跚》，澳门、五月诗社，1991年；小说《春风误》，北京，中国友谊出版社，1985年；散文《静寂的延续》，北京，中国友谊出版社，1984年。

四月

1日 《澳门日报·新园地》副刊发表夏微澜的散文《"妓女"还是艺术家》，连载海辛的小说《银色的漩涡》、梅若诗的小说《谁是凶手》、润园的小说《犇公过牛年》、岫云的小说《红灯千秋》、唐堂的小说《屠虎七少年》、浩泉的小说《鱼缸过客》，并开始连载金依的小说《同心结》。《华侨报·华座》副刊发表高唐的散文《黄遵宪及其"人境庐"》，连载陆夏的评论《人鬼神与文学》、茵茵的小说《群鬼》、凌霄的小说《青春火焰》、青云的小说《蓬莱剑》。

2日 《澳门日报·新园地》副刊发表阳雨的散文《死亡与复活》，连载海辛的小说《银色的漩涡》、梅若诗的小说《谁是凶手》、润园的小说《寿公过牛年》、岫云的小说《红灯千秋》、唐堂的小说《屠虎七少年》、浩泉的小说《鱼缸过客》、金依的小说《同心结》。《华侨报·华座》副刊连载陆夏的评论《人鬼神与文学》、茵茵的小说《群鬼》、凌霄的小说《青春火焰》、青云的小说《蓬莱剑》。

3日 《澳门日报·新园地》副刊发表士心的诗歌《战斗的九月》、林叶的散文《夫尽妇随落天枰》，连载海辛的小说《银色的漩涡》、梅若诗的小说《谁是凶手》、润园的小说《寿公过牛年》、岫云的小说《红灯千秋》、唐堂的小说《屠虎七少年》、浩泉的小说《鱼缸过客》、金依的小说《同心结》。《华侨报·华座》副刊发表洪荒的散文《闲话"身后名"》、强华的散文《大英百科全书史话》，连载陆夏的评论《人鬼神与文学》、茵茵的小说《群鬼》、凌霄的小说《青春火焰》、青云的小说《蓬莱剑》。

4日 《澳门日报·新园地》副刊发表鲁生的散文《穷人很少自杀》、夏微澜的评论《泰国的短篇小说集》，连载海辛的小说《银色的漩涡》、梅若诗的小说《谁是凶手》、润园的小说《寿公过牛年》、岫云的小说《红灯千秋》、唐堂的小说《屠虎七少年》、浩泉的小说《鱼缸过客》、金依的小说《同心结》。《华侨报·华座》副刊发表黄衫客的散文《燕子归来社雨寒》，连载陆夏的评论《人鬼神与文学》、茵茵的小说《群鬼》、凌霄的小说《青春火焰》、青云的小说《蓬莱剑》。

5日 《澳门日报·新园地》副刊发表梅萼华的散文《于立群能书擅画》，连载海辛的小说《银色的漩涡》、梅若诗的小说《谁是凶手》、润园的小说《寿公过牛年》、岫云的小说《红灯千秋》、唐堂的小说《屠虎七少年》、浩泉的小说《鱼缸过客》、金依的小说《同心结》。《华侨报·华座》副刊发表邱东平的散文《夏夜仲之恋》、雅竹的散文《孟德尔逊及其〈仲夏夜之梦〉》，连载陆夏的评论《人鬼神与文学》、茵茵的小说《群鬼》、凌霄的小说《青春火焰》、青云的小说《蓬莱剑》。

6日 《澳门日报·新园地》副刊连载海辛的小说《银色的漩涡》、梅若诗的小说《谁是凶手》、润园的小说《寿公过牛年》、岫云的小说《红灯千秋》、唐堂的小说《屠虎七少年》、浩泉的小说《鱼缸过客》、金依的小说《同心结》。《华侨报·华座》副刊发表黄衫客的散文《清明与插柳》，并开始连载洪荒的散文《天一阁的变迁》，连载陆夏的评论《人鬼神与文学》、茵茵的小说《群鬼》、凌霄的小说《青春火焰》(停刊一期)、青云的小说《蓬莱剑》。

7日 《澳门日报·新园地》副刊连载海辛的小说《银色的漩涡》、梅若诗的小说《谁是凶手》、润园的小说《夽公过牛年》、岫云的小说《红灯千秋》、唐堂的小说《屠虎七少年》、浩泉的小说《鱼缸过客》、金依的小说《同心结》。《华侨报·华座》副刊连载洪荒的散文《天一阁的变迁》、陆夏的评论《人鬼神与文学》、茵茵的小说《群鬼》、凌霄的小说《青春火焰》、青云的小说《蓬莱剑》。

8日 《澳门日报·新园地》副刊发表夏微澜的散文《从这端到那端》，连载海辛的小说《银色的漩涡》、梅若诗的小说《谁是凶手》、润园的小说《夽公过牛年》、岫云的小说《红灯千秋》、唐堂的小说《屠虎七少年》、浩泉的小说《鱼缸过客》、金依的小说《同心结》。《华侨报·华座》副刊连载洪荒的散文《天一阁的变迁》(完)、陆夏的评论《人鬼神与文学》、茵茵的小说《群鬼》、凌霄的小说《青春火焰》、青云的小说《蓬莱剑》。

9日 《澳门日报·新园地》副刊发表夏微澜的散文《清明雨》、老丁的散文《也谈杏林刮龙木》，连载海辛的小说《银色的漩涡》、梅若诗的小说《谁是凶手》、润园的小说《夽公过牛年》、岫云的小说《红灯千秋》、唐堂的小说《屠虎七少年》、浩泉的小说《鱼缸过客》、金依的小说《同心结》。《华侨报·华座》副刊发表赵宣扬的散文《踏花归去马蹄香》，并开始连载高唐的散文《隐居桥山的李子长》，连载陆夏的评论《人鬼神与文学》、茵茵的小说《群鬼》、凌霄的小说《青春火焰》、青云的小说《蓬莱剑》。

10日 《澳门日报·新园地》副刊发表夏峰的散文《并非严重》、如箐的小说《一只手表》，连载海辛的小说《银色的漩涡》、梅若诗的小说《谁是凶手》、润园的小说《夽公过牛年》、岫云的小说《红灯千秋》、唐堂的小说《屠虎七少年》、浩泉的小说《鱼缸过客》、金依的小说《同心结》。《华侨报·华座》副刊发表洪荒的散文《杏花春雨江南》，连载高唐的散文《隐居桥山的李了长》（完）、陆夏的评论《人鬼神与文学》、茵茵的小说《群鬼》、凌霄的小说《青春火焰》、青云的小说《蓬莱剑》。

11 日　《澳门日报·新园地》副刊发表江联的散文《春游湛江湖光岩》、夏微澜的散文《外国人拍摄的故宫》、喜凡的小说《好弟妹》，连载海辛的小说《银色的漩涡》、梅若诗的小说《谁是凶手》、润园的小说《夭公过牛年》、岫云的小说《红灯千秋》、唐堂的小说《屠虎七少年》、浩泉的小说《鱼缸过客》、金依的小说《同心结》。《华侨报·华座》副刊发表黄衫客的散文《鸣鸠又唤雨丝来》、邱东平的散文《话说女人》，并开始连载凤蝶的散文《韦庄与缘姬》、高唐的散文《书圣王羲之》、洪荒的散文《我国的四大名楼》，连载陆夏的评论《人鬼神与文学》、茵茵的小说《群鬼》、凌霄的小说《青春火焰》、青云的小说《蓬莱剑》。

12 日　《澳门日报·新园地》副刊发表饶芷岸的散文《"好学"等于没学》，连载海辛的小说《银色的漩涡》、梅若诗的小说《谁是凶手》、润园的小说《夭公过牛年》、岫云的小说《红灯千秋》、唐堂的小说《屠虎七少年》、浩泉的小说《鱼缸过客》、金依的小说《同心结》。《华侨报·华座》副刊连载凤蝶的散文《韦庄与缘姬》、高唐的散文《书圣王羲之》、洪荒的散文《我国的四大名楼》（完）、陆夏的评论《人鬼神与文学》、茵茵的小说《群鬼》、凌霄的小说《青春火焰》、青云的小说《蓬莱剑》。

13 日　《澳门日报·新园地》副刊发表丹林的散文《画坛富翁毕加索》、夏微澜的散文《糊涂"大国手"》，连载海辛的小说《银色的漩涡》、梅若诗的小说《谁是凶手》、润园的小说《夭公过牛年》、岫云的小说《红灯千秋》、唐堂的小说《屠虎七少年》、浩泉的小说《鱼缸过客》、金依的小说《同心结》。《华侨报·华座》副刊发表黄衫客的散文《栀子花开满园香》，连载凤蝶的散文《韦庄与缘姬》、高唐的散文《书圣王羲之》（完）、陆夏的评论《人鬼神与文学》、茵茵的小说《群鬼》、凌霄的小说《青春火焰》、青云的小说《蓬莱剑》。

14 日　《澳门日报·新园地》副刊发表李雏的散文《阳湖游》、白思群的评论《一个有力的讯息——〈鲁迅全集〉再版》，连载海辛的小说《银色的漩涡》、梅若诗的小说《谁是凶手》、润园的小说《炃公过牛年》、岫云的小说《红灯千秋》、唐堂的小说《屠虎七少年》、浩泉的小说《鱼缸过客》、金依的小说《同心结》。《华侨报 · 华座》副刊发表洪荒的散文《济南山水名联》，连载风蝶的散文《韦庄与缘姬》、陆夏的评论《人鬼神与文学》、茵茵的小说《群鬼》、凌霄的小说《青春火焰》、青云的小说《蓬莱剑》。

15 日 《澳门日报 · 新园地》副刊发表士心的诗歌《绿仙女——旅行拱北》，连载海辛的小说《银色的漩涡》、梅若诗的小说《谁是凶手》、润园的小说《炃公过牛年》、岫云的小说《红灯千秋》、唐堂的小说《屠虎七少年》、浩泉的小说《鱼缸过客》、金依的小说《同心结》。《华侨报 · 华座》副刊连载风蝶的散文《韦庄与缘姬》、陆夏的评论《人鬼神与文学》（完）、茵茵的小说《群鬼》、凌霄的小说《青春火焰》、青云的小说《蓬莱剑》。

16 日 《澳门日报 · 新园地》副刊连载海辛的小说《银色的漩涡》、梅若诗的小说《谁是凶手》、润园的小说《炃公过牛年》、岫云的小说《红灯千秋》、唐堂的小说《屠虎七少年》、浩泉的小说《鱼缸过客》、金依的小说《同心结》。《华侨报 · 华座》副刊发表黄衫客的散文《红潮登颊醉槟榔》、赵宣扬的散文《杜宇一声晓春》，连载风蝶的散文《韦庄与缘姬》（完）、茵茵的小说《群鬼》、凌霄的小说《青春火焰》、青云的小说《蓬莱剑》。

17 日 《澳门日报 · 新园地》副刊发表夏峰的散文《齿轮的转动》、约翰 · 肯那戴的评论《评毕加索》，连载海辛的小说《银色的漩涡》、梅若诗的小说《谁是凶手》、润园的小说《炃公过牛年》、岫云的小说《红灯千秋》、唐堂的小说《屠虎七少年》、浩泉的小说《鱼缸过客》、金依的小说《同心结》。《华侨报 · 华座》副刊发表洪荒的散文《从死刑说起》，并开始连载风蝶的散文《征衣寄怨，红叶题词》，连载茵茵的小说《群鬼》、凌霄的小说《青春火焰》、青云的小说《蓬莱剑》。

18 日 《澳门日报 · 新园地》副刊发表夏微澜的散文《未完的故事》，连载海辛的小说《银色的漩涡》、梅若诗的小说《谁是凶手》、润园的小说《炃公过牛年》、岫云的小说《红灯千秋》、唐堂的小说《屠虎七少年》、浩泉的小说《鱼缸过客》、金依的小说《同心结》。《华侨报·华座》副刊发表高唐的散文《浅略陈衡恪》、洪荒的散文《相思红豆子》、黄衫客的散文《谈宜兴紫砂茶壶》，连载凤蝶的散文《征衣寄怨，红叶题词》、茵茵的小说《群鬼》、凌霄的小说《青春火焰》、青云的小说《蓬莱剑》。

19 日 《澳门日报·新园地》副刊连载海辛的小说《银色的漩涡》、梅若诗的小说《谁是凶手》、润园的小说《买公过牛年》、岫云的小说《红灯千秋》、唐堂的小说《屠虎七少年》、浩泉的小说《鱼缸过客》、金依的小说《同心结》。《华侨报·华座》副刊发表黄衫客的散文《多多葵花向太阳》、洪荒的散文《春游蓬莱阁》、雅竹的散文《古琴》，连载凤蝶的散文《征衣寄怨，红叶题词》、茵茵的小说《群鬼》、凌霄的小说《青春火焰》、青云的小说《蓬莱剑》。

20 日 《澳门日报·新园地》副刊发表夏微澜的散文《无声胜有声》，连载海辛的小说《银色的漩涡》、梅若诗的小说《谁是凶手》、润园的小说《买公过牛年》、岫云的小说《红灯千秋》、唐堂的小说《屠虎七少年》、浩泉的小说《鱼缸过客》、金依的小说《同心结》。《华侨报·华座》副刊开始连载高唐的散文《关于〈四库全书〉》，连载凤蝶的散文《征衣寄怨，红叶题词》、茵茵的小说《群鬼》、凌霄的小说《青春火焰》、青云的小说《蓬莱剑》（完）。

21 日 《澳门日报·新园地》副刊发表饶芷岸的散文《说老》，连载海辛的小说《银色的漩涡》、梅若诗的小说《谁是凶手》、润园的小说《买公过牛年》、岫云的小说《红灯千秋》、唐堂的小说《屠虎七少年》、浩泉的小说《鱼缸过客》、金依的小说《同心结》。《华侨报·华座》副刊连载高唐的散文《关于〈四库全书〉》、凤蝶的散文《征衣寄怨，红叶题词》、茵茵的小说《群鬼》、凌霄的小说《青春火焰》，并开始连载青云的小说《青霜玉佩》。

22 日 《澳门日报·新园地》副刊发表白璧的散文《天然二寸鱼》，连载海辛的小说《银色的漩涡》、梅若诗的小说《谁是凶手》、润园的小说《买公过牛年》、岫云的小说《红灯千秋》、唐堂的小说《屠虎七少年》、浩泉的小说《鱼缸过客》、金依的小说《同心结》。《华侨报·华座》副刊发表黄衫客的散文《菩提树与菩提子》，连载高唐的散文《关于〈四库全书〉》、凤蝶的散文《征衣寄怨，红叶题词》（完）、茵茵的小说《群鬼》、凌霄的小说《青春火焰》、青云的小说《青霜玉佩》。

23 日 《澳门日报 · 新园地》副刊发表石一歌的散文《鲁迅故事之一：在辛亥革命中》、夏微澜的评论《谈主观镜头》，连载海辛的小说《银色的漩涡》、梅若诗的小说《谁是凶手》、润园的小说《兲公过牛年》、岫云的小说《红灯千秋》、唐堂的小说《屠虎七少年》、浩泉的小说《鱼缸过客》、金依的小说《同心结》。《华侨报 · 华座》副刊连载茵茵的小说《群鬼》、凌霄的小说《青春火焰》、青云的小说《青霜玉佩》。

24 日 《澳门日报 · 新园地》副刊发表箓莃的诗歌《新电机试机》、夏峰的散文《一年两次的烦恼》，连载海辛的小说《银色的漩涡》、梅若诗的小说《谁是凶手》、润园的小说《兲公过牛年》、岫云的小说《红灯千秋》、唐堂的小说《屠虎七少年》、浩泉的小说《鱼缸过客》、金依的小说《同心结》。《华侨报 · 华座》副刊发表洪荒的散文《灵隐、虎跑、玉泉》，并开始连载凤蝶的散文《风月坊吊柳会》，连载茵茵的小说《群鬼》、凌霄的小说《青春火焰》、青云的小说《青霜玉佩》。

25 日 《澳门日报 · 新园地》副刊连载海辛的小说《银色的漩涡》、梅若诗的小说《谁是凶手》、润园的小说《兲公过牛年》、岫云的小说《红灯千秋》、唐堂的小说《屠虎七少年》、浩泉的小说《鱼缸过客》、金依的小说《同心结》。《华侨报 · 华座》副刊发表黄衫客的散文《扰人清梦话蚊雷》，连载凤蝶的散文《风月坊吊柳会》、茵茵的小说《群鬼》、凌霄的小说《青春火焰》、青云的小说《青霜玉佩》。

26 日 《澳门日报 · 新园地》副刊发表林近的诗歌《七律四首》、饶芷岸的散文《一个辣椒》，连载海辛的小说《银色的漩涡》、梅若诗的小说《谁是凶手》、润园的小说《兲公过牛年》、岫云的小说《红灯千秋》、唐堂的小说《屠虎七少年》、浩泉的小说《鱼缸过客》、金依的小说《同心结》。《华侨报 · 华座》副刊发表黄衫客的散文《黄梅时节家家雨》，连载凤蝶的散文《风月坊吊柳会》、茵茵的小说《群鬼》、凌霄的小说《青春火焰》、青云的小说《青霜玉佩》。

27日 《澳门日报·新园地》副刊发表石一歌的散文《鲁迅故事之二：第一声春雷》、夏微澜的散文《傻大姐不傻》，连载海辛的小说《银色的漩涡》、梅若诗的小说《谁是凶手》、润园的小说《乭公过牛年》、岫云的小说《红灯千秋》、唐堂的小说《屠虎七少年》、浩泉的小说《鱼缸过客》、金依的小说《同心结》。《华侨报·华座》副刊开始连载高唐的散文《寒山寺与张继》，连载凤蝶的散文《风月坊吊柳会》、茵茵的小说《群鬼》、凌霄的小说《青春火焰》、青云的小说《青霜玉佩》。

28日 《澳门日报·新园地》副刊发表白思群的评论《武侠小说与心理》，连载海辛的小说《银色的漩涡》、梅若诗的小说《谁是凶手》、润园的小说《乭公过牛年》、岫云的小说《红灯千秋》、唐堂的小说《屠虎七少年》、浩泉的小说《鱼缸过客》、金依的小说《同心结》。《华侨报·华座》副刊连载高唐的散文《寒山寺与张继》（完）、凤蝶的散文《风月坊吊柳会》、茵茵的小说《群鬼》、凌霄的小说《青春火焰》、青云的小说《青霜玉佩》。

29日 《澳门日报·新园地》副刊发表夏微澜的散文《花话》，连载海辛的小说《银色的漩涡》、梅若诗的小说《谁是凶手》、润园的小说《乭公过牛年》、岫云的小说《红灯千秋》、唐堂的小说《屠虎七少年》、浩泉的小说《鱼缸过客》、金依的小说《同心结》。《华侨报·华座》副刊连载凤蝶的散文《风月坊吊柳会》（完）、茵茵的小说《群鬼》、凌霄的小说《青春火焰》、青云的小说《青霜玉佩》。

30日 《澳门日报·新园地》副刊发表陈洁的散文《梁启超的手简》，连载海辛的小说《银色的漩涡》、梅若诗的小说《谁是凶手》、润园的小说《乭公过牛年》、岫云的小说《红灯千秋》、唐堂的小说《屠虎七少年》、浩泉的小说《鱼缸过客》、金依的小说《同心结》。《华侨报·华座》副刊发表高唐的散文《清代画人黎二樵》，并开始连载凤蝶的散文《姜白石的恋情》，连载茵茵的小说《群鬼》、凌霄的小说《青春火焰》、青云的小说《青霜玉佩》。

五月

1 日　《澳门日报 · 新园地》副刊发表石一歌的散文《鲁迅故事之三：痛打落水狗》，连载海辛的小说《银色的漩涡》、梅若诗的小说《谁是凶手》、润园的小说《奀公过牛年》、岫云的小说《红灯千秋》、唐堂的小说《屠虎七少年》、浩泉的小说《鱼缸过客》、金依的小说《同心结》。《华侨报 · 华座》副刊连载凤蝶的散文《姜白石的恋情》、茵茵的小说《群鬼》、凌霄的小说《青春火焰》、青云的小说《青霜玉佩》。

3 日　《澳门日报 · 新园地》副刊发表白思群的散文《夏初闲谈》、李奕的评论《〈鲍狄埃诗选〉读后》，连载海辛的小说《银色的漩涡》、梅若诗的小说《谁是凶手》、润园的小说《奀公过牛年》、岫云的小说《红灯千秋》、唐堂的小说《屠虎七少年》、浩泉的小说《鱼缸过客》、金依的小说《同心结》。《华侨报 · 华座》副刊开始连载高唐的散文《吴昌硕自成一家》，连载凤蝶的散文《姜白石的恋情》、茵茵的小说《群鬼》、凌霄的小说《青春火焰》、青云的小说《青霜玉佩》。

4 日　《澳门日报 · 新园地》副刊连载海辛的小说《银色的漩涡》、梅若诗的小说《谁是凶手》、润园的小说《奀公过牛年》、岫云的小说《红灯千秋》、唐堂的小说《屠虎七少年》、浩泉的小说《鱼缸过客》、金依的小说《同心结》。《华侨报 · 华座》副刊发表雅竹的散文《夜归》，连载高唐的散文《吴昌硕自成一家》、凤蝶的散文《姜白石的恋情》、茵茵的小说《群鬼》、凌霄的小说《青春火焰》、青云的小说《青霜玉佩》。

5 日　《澳门日报 · 新园地》副刊发表饶芷岸的散文《大良两日游》、石一歌的散文《鲁迅故事之四：血债必须用同物偿还》，连载海辛的小说《银色的漩涡》、梅若诗的小说《谁是凶手》、润园的小说《奀公过牛年》、岫云的小说《红灯千秋》、唐堂的小说《屠虎七少年》、浩泉的小说《鱼缸过客》、金依的小说《同心结》。《华侨报 · 华座》副刊连载高唐的散文《吴昌硕自成一家》（完）、凤蝶的散文《姜白石的恋情》、茵茵的小说《群鬼》、凌霄的小说《青春火焰》（停刊一期）、青云的小说《青霜玉佩》。

6 日　《澳门日报 · 新园地》副刊发表箓菽的诗歌《书院停办》、夏微澜的评论《读〈香港青年作者近作选〉》，连载海辛的小说《银色的漩涡》、梅若诗的小说《谁是凶手》、润园的小说《欳公过牛年》、岫云的小说《红灯千秋》、唐堂的小说《屠虎七少年》、浩泉的小说《鱼缸过客》、金依的小说《同心结》。《华侨报 · 华座》副刊开始连载高唐的评论《杂谈鲁迅的旧诗》，连载凤蝶的散文《姜白石的恋情》、茵茵的小说《群鬼》、凌霄的小说《青春火焰》、青云的小说《青霜玉佩》。

7 日　《澳门日报 · 新园地》副刊发表夏微澜的散文《满招损》，连载海辛的小说《银色的漩涡》、梅若诗的小说《谁是凶手》、润园的小说《欳公过牛年》、岫云的小说《红灯千秋》、唐堂的小说《屠虎七少年》、浩泉的小说《鱼缸过客》、金依的小说《同心结》。《华侨报 · 华座》副刊连载高唐的评论《杂谈鲁迅的旧诗》、凤蝶的散文《姜白石的恋情》、茵茵的小说《群鬼》、凌霄的小说《青春火焰》、青云的小说《青霜玉佩》。

8 日　《澳门日报 · 新园地》副刊发表夏峰的散文《闲谈广告》、石一歌的散文《鲁迅故事之五：到平民学校去演讲》，连载海辛的小说《银色的漩涡》、梅若诗的小说《谁是凶手》、润园的小说《欳公过牛年》、岫云的小说《红灯千秋》、唐堂的小说《屠虎七少年》、浩泉的小说《鱼缸过客》、金依的小说《同心结》。《华侨报 · 华座》副刊发表雅竹的散文《静》，连载高唐的评论《杂谈鲁迅的旧诗》（完）、凤蝶的散文《姜白石的恋情》（完）、茵茵的小说《群鬼》、凌霄的小说《青春火焰》、青云的小说《青霜玉佩》。

9 日　《澳门日报 · 新园地》副刊发表江思扬的诗歌《唢呐手》、夏微澜的评论《选材与真实》，连载海辛的小说《银色的漩涡》、梅若诗的小说《谁是凶手》、润园的小说《欳公过牛年》、岫云的小说《红灯千秋》、唐堂的小说《屠虎七少年》、浩泉的小说《鱼缸过客》、金依的小说《同心结》。《华侨报 · 华座》副刊发表露露的散文《怪音乐家杂谈》，并开始连载凤蝶的散文《池上贞魂，塞外离魂》，连载茵茵的小说《群鬼》、凌霄的小说《青春火焰》、青云的小说《青霜玉佩》。

10 日　《澳门日报 · 新园地》副刊发表石一歌的散文《鲁迅故事之六：初到广

州》，连载海辛的小说《银色的漩涡》、梅若诗的小说《谁是凶手》、润园的小说《老公过牛年》、岫云的小说《红灯千秋》、唐堂的小说《屠虎七少年》、浩泉的小说《鱼缸过客》、金依的小说《同心结》。《华侨报·华座》副刊发表黄衫客的散文《和风吹送合欢香》，并开始连载高唐的散文《谈葛饰北齐的影响》，连载凤蝶的散文《池上贞魂，塞外离魂》、茵茵的小说《群鬼》、凌霄的小说《青春火焰》、青云的小说《青霜玉佩》。

11 日 《澳门日报·新园地》副刊发表初醒的散文《认真读书》，连载海辛的小说《银色的漩涡》、梅若诗的小说《谁是凶手》、润园的小说《老公过牛年》、岫云的小说《红灯千秋》、唐堂的小说《屠虎七少年》、浩泉的小说《鱼缸过客》、金依的小说《同心结》。《华侨报·华座》副刊发表黄衫客的散文《铁树开花本寻常》，连载高唐的散文《谈葛饰北齐的影响》（完）、凤蝶的散文《池上贞魂，塞外离魂》、茵茵的小说《群鬼》、凌霄的小说《青春火焰》、青云的小说《青霜玉佩》。

12 日 《澳门日报·新园地》副刊发表白思群的散文《婚姻大事》，连载海辛的小说《银色的漩涡》、梅若诗的小说《谁是凶手》、润园的小说《老公过牛年》、岫云的小说《红灯千秋》、唐堂的小说《屠虎七少年》、浩泉的小说《鱼缸过客》、金依的小说《同心结》。《华侨报·华座》副刊发表黄衫客的散文《四月熟杨梅》，并开始连载高唐的散文《"五四"时代的刘半农》，连载凤蝶的散文《池上贞魂，塞外离魂》、茵茵的小说《群鬼》、凌霄的小说《青春火焰》、青云的小说《青霜玉佩》。

13 日 《澳门日报·新园地》副刊发表夏微澜的散文《看晨民画有感》，连载海辛的小说《银色的漩涡》、梅若诗的小说《谁是凶手》、润园的小说《老公过牛年》、岫云的小说《红灯千秋》、唐堂的小说《屠虎七少年》、浩泉的小说《鱼缸过客》、金依的小说《同心结》。《华侨报·华座》副刊发表洪荒的散文《西湖楼外楼之忆》，连载高唐的散文《"五四"时代的刘半农》（完）、凤蝶的散文《池上贞魂，塞外离魂》（完）、茵茵的小说《群鬼》、凌霄的小说《青春火焰》、青云的小说《青霜玉佩》。

14 日 《澳门日报·新园地》副刊发表梅萼华的散文《春游春晖园》、牛明的散文《赴宴记》，连载海辛的小说《银色的漩涡》、梅若诗的小说《谁是凶手》、润园的小说《桊公过牛年》、岫云的小说《红灯千秋》、唐堂的小说《屠虎七少年》、浩泉的小说《鱼缸过客》、金依的小说《同心结》。《华侨报·华座》副刊开始连载凤蝶的散文《杜牧的扬州梦》，连载茵茵的小说《群鬼》、凌霄的小说《青春火焰》、青云的小说《青霜玉佩》。

15日 《澳门日报·新园地》副刊发表夏峰的散文《雨中絮语》，连载海辛的小说《银色的漩涡》、梅若诗的小说《谁是凶手》、润园的小说《桊公过牛年》、岫云的小说《红灯千秋》、唐堂的小说《屠虎七少年》、浩泉的小说《鱼缸过客》、金依的小说《同心结》。《华侨报·华座》副刊开始连载洪荒的散文《中国石兽奇观》，连载凤蝶的散文《杜牧的扬州梦》、茵茵的小说《群鬼》、凌霄的小说《青春火焰》、青云的小说《青霜玉佩》。

16日 《澳门日报·新园地》副刊连载海辛的小说《银色的漩涡》、梅若诗的小说《谁是凶手》、润园的小说《桊公过牛年》、岫云的小说《红灯千秋》、唐堂的小说《屠虎七少年》、浩泉的小说《鱼缸过客》、金依的小说《同心结》。《华侨报·华座》副刊连载洪荒的散文《中国石兽奇观》、凤蝶的散文《杜牧的扬州梦》、茵茵的小说《群鬼》、凌霄的小说《青春火焰》、青云的小说《青霜玉佩》。

17日 《澳门日报·新园地》副刊发表饶芷岸的散文《大洋彼岸的来信》，连载海辛的小说《银色的漩涡》、梅若诗的小说《谁是凶手》、润园的小说《桊公过牛年》、岫云的小说《红灯千秋》、唐堂的小说《屠虎七少年》、浩泉的小说《鱼缸过客》、金依的小说《同心结》。《华侨报·华座》副刊发表露露的散文《山居之恋》，连载洪荒的散文《中国石兽奇观》、凤蝶的散文《杜牧的扬州梦》、茵茵的小说《群鬼》、凌霄的小说《青春火焰》、青云的小说《青霜玉佩》。

18日 《澳门日报·新园地》副刊连载海辛的小说《银色的漩涡》、梅若诗的小说《谁是凶手》、润园的小说《桊公过牛年》、岫云的小说《红灯千秋》、唐堂的小说《屠虎七少年》、浩泉的小说《鱼缸过客》、金依的小说《同心结》。《华侨报·华座》副刊发表高唐的散文《顾二娘与制砚诗》、黄衫客的散文《熏风轻拂送荷香》，连载洪荒的散文《中国石兽奇观》（完）、凤蝶的散文《杜牧的扬州梦》、茵茵的小说《群鬼》、凌霄的小说《青春火焰》、青云的小说《青霜玉佩》。

19日 《澳门日报·新园地》副刊发表箓菽的诗歌《治安吟之一》，连载海辛的小说《银色的漩涡》、梅若诗的小说《谁是凶手》、润园的小说《奀公过牛年》、岫云的小说《红灯千秋》、唐堂的小说《屠虎七少年》、浩泉的小说《鱼缸过客》、金依的小说《同心结》。《华侨报·华座》副刊发表高唐的散文《滇池的仙鱼神话》，连载凤蝶的散文《杜牧的扬州梦》、茵茵的小说《群鬼》、凌霄的小说《青春火焰》、青云的小说《青霜玉佩》。

20日 《澳门日报·新园地》副刊发表饶芷岸的散文《十年之忆》，连载海辛的小说《银色的漩涡》、梅若诗的小说《谁是凶手》、润园的小说《奀公过牛年》、岫云的小说《红灯千秋》、唐堂的小说《屠虎七少年》、浩泉的小说《鱼缸过客》、金依的小说《同心结》。《华侨报·华座》副刊开始连载高唐的散文《韩干与龚开》、洪荒的散文《漫谈中国古塔》，连载凤蝶的散文《杜牧的扬州梦》、茵茵的小说《群鬼》、凌霄的小说《青春火焰》（停刊一期）、青云的小说《青霜玉佩》。

21日 《澳门日报·新园地》副刊发表箓菽的诗歌《治安吟之二》、夏微澜的散文《写字有感》，连载海辛的小说《银色的漩涡》、梅若诗的小说《谁是凶手》、润园的小说《奀公过牛年》、岫云的小说《红灯千秋》、唐堂的小说《屠虎七少年》、浩泉的小说《鱼缸过客》、金依的小说《同心结》。《华侨报·华座》副刊发表雅竹的散文《五月、凤凰、雨丝》，连载高唐的散文《韩干与龚开》（完）、洪荒的散文《漫谈中国古塔》、凤蝶的散文《杜牧的扬州梦》、茵茵的小说《群鬼》、凌霄的小说《青春火焰》、青云的小说《青霜玉佩》。

22日 《澳门日报·新园地》副刊发表夏峰的散文《家有一老》、岳安的散文《湘子桥春色》，连载海辛的小说《银色的漩涡》、梅若诗的小说《谁是凶手》、润园的小说《奀公过牛年》、岫云的小说《红灯千秋》、唐堂的小说《屠虎七少年》、浩泉的小说《鱼缸过客》、金依的小说《同心结》。《华侨报·华座》副刊发表高唐的散文《康有为自比孔子》，连载洪荒的散文《漫谈中国古塔》、凤蝶的散文《杜牧的扬州梦》、茵茵的小说《群鬼》、凌霄的小说《青春火焰》、青云的小说《青霜玉佩》。

23日 《澳门日报·新园地》副刊发表夏微澜的散文《土炮压邪》，连载海辛的小说《银色的漩涡》、梅若诗的小说《谁是凶手》、润园的小说《忝公过牛年》、岫云的小说《红灯千秋》、唐堂的小说《屠虎七少年》、浩泉的小说《鱼缸过客》、金依的小说《同心结》。《华侨报·华座》副刊连载洪荒的散文《漫谈中国古塔》、凤蝶的散文《杜牧的扬州梦》、茵茵的小说《群鬼》、凌霄的小说《青春火焰》、青云的小说《青霜玉佩》。

24日 《澳门日报·新园地》副刊发表篆蔱的诗歌《治安吟之三》、饶芷岸的散文《久而不闻其臭》、无暇的散文《高剑父的诗书画》，连载海辛的小说《银色的漩涡》、梅若诗的小说《谁是凶手》、润园的小说《忝公过牛年》、岫云的小说《红灯千秋》、唐堂的小说《屠虎七少年》、浩泉的小说《鱼缸过客》、金依的小说《同心结》。《华侨报·华座》副刊发表黄衫客的散文《石山与盆景》，连载洪荒的散文《漫谈中国古塔》、凤蝶的散文《杜牧的扬州梦》、茵茵的小说《群鬼》、凌霄的小说《青春火焰》、青云的小说《青霜玉佩》。

25日 《澳门日报·新园地》副刊发表篆蔱的诗歌《治安吟之四》、赵朴初的散文《喜与芳邻同笑乐》，连载海辛的小说《银色的漩涡》、梅若诗的小说《谁是凶手》、润园的小说《忝公过牛年》、岫云的小说《红灯千秋》、唐堂的小说《屠虎七少年》、浩泉的小说《鱼缸过客》、金依的小说《同心结》。《华侨报·华座》副刊开始连载高唐的散文《画坛怪杰毕加索》，连载洪荒的散文《漫谈中国古塔》（完）、凤蝶的散文《杜牧的扬州梦》、茵茵的小说《群鬼》、凌霄的小说《青春火焰》、青云的小说《青霜玉佩》。

26日，《澳门日报·新园地》副刊发表篆蔱的诗歌《少女失踪》，连载海辛的小说《银色的漩涡》、梅若诗的小说《谁是凶手》、润园的小说《忝公过牛年》、岫云的小说《红灯千秋》、唐堂的小说《屠虎七少年》、浩泉的小说《鱼缸过客》、金依的小说《同心结》。《华侨报·华座》副刊连载高唐的散文

《画坛怪杰毕加索》、凤蝶的散文《杜牧的扬州梦》、茵茵的小说《群鬼》、凌霄的小说《青春火焰》、青云的小说《青霜玉佩》。

27日 《澳门日报·新园地》副刊连载海辛的小说《银色的漩涡》、梅若诗的小说《谁是凶手》、润园的小说《犬公过牛年》、岫云的小说《红灯千秋》、唐堂的小说《屠虎七少年》、浩泉的小说《鱼缸过客》、金依的小说《同心结》。《华侨报·华座》副刊连载高唐的散文《画坛怪杰毕加索》（完）、凤蝶的散文《杜牧的扬州梦》（完）、茵茵的小说《群鬼》、凌霄的小说《青春火焰》、青云的小说《青霜玉佩》。

28日 《澳门日报·新园地》副刊发表夏微澜的散文《冷峻的脸孔》，连载海辛的小说《银色的漩涡》、梅若诗的小说《谁是凶手》、润园的小说《犬公过牛年》、岫云的小说《红灯千秋》、唐堂的小说《屠虎七少年》、浩泉的小说《鱼缸过客》、金依的小说《同心结》。《华侨报·华座》副刊发表高唐的散文《浅谈“润笔”》、黄衫客的散文《栽竹杂谈》，连载茵茵的小说《群鬼》、凌霄的小说《青春火焰》、青云的小说《青霜玉佩》。

29日 《澳门日报·新园地》副刊发表夏微澜的散文《六月，鲜花》，连载海辛的小说《银色的漩涡》、梅若诗的小说《谁是凶手》、润园的小说《犬公过牛年》、岫云的小说《红灯千秋》、唐堂的小说《屠虎七少年》、浩泉的小说《鱼缸过客》、金依的小说《同心结》。《华侨报·华座》副刊开始连载洪荒的散文《嵩岳寺的砖塔》，连载茵茵的小说《群鬼》、凌霄的小说《青春火焰》、青云的小说《青霜玉佩》。

30日 《澳门日报·新园地》副刊发表菲菲的诗歌《爱的自然律》、夏微澜的散文《童心》，连载海辛的小说《银色的漩涡》、梅若诗的小说《谁是凶手》、润园的小说《犬公过牛年》、岫云的小说《红灯千秋》、唐堂的小说《屠虎七少年》、浩泉的小说《鱼缸过客》、金依的小说《同心结》。《华侨报·华座》副刊发表雅竹的散文《仲夏夜之梦》，开始连载凤蝶的散文《边塞三诗人》，连载洪荒的散文《嵩岳寺的砖塔》（完）、茵茵的小说《群鬼》、凌霄的小说《青春火焰》、青云的小说《青霜玉佩》。

31日 《澳门日报·新园地》副刊连载海辛的小说《银色的漩涡》、梅若诗的小说《谁是凶手》、润园的小说《奀公过牛年》、岫云的小说《红灯千秋》、唐堂的小说《屠虎七少年》、浩泉的小说《鱼缸过客》、金依的小说《同心结》。《华侨报·华座》副刊发表高唐的散文《杜甫的朝鲜朋友》、洪荒的散文《泉州的西塔》，连载凤蝶的散文《边塞三诗人》、茵茵的小说《群鬼》、凌霄的小说《青春火焰》、青云的小说《青霜玉佩》。

六月

1 日　《澳门日报·新园地》副刊发表夏微澜的散文《礼物》、余慕球的评论《诗人郭小川笔下的：少年庄则栋》，连载海辛的小说《银色的漩涡》、梅若诗的小说《谁是凶手》、润园的小说《奀公过牛年》、岫云的小说《红灯千秋》、唐堂的小说《屠虎七少年》、浩泉的小说《鱼缸过客》、金依的小说《同心结》。《华侨报·华座》副刊开始连载高唐的散文《再谈昆明大观楼长联》，连载凤蝶的散文《边塞三诗人》、茵茵的小说《群鬼》、凌霄的小说《青春火焰》、青云的小说《青霜玉佩》。

2 日　《澳门日报·新园地》副刊发表潘受的诗歌《七律四首奉怀孤桐丈北京兼为期颐献寿之券》、白思群的评论《也看翡翠兰苕上——浅谈杨万里的诗》，连载海辛的小说《银色的漩涡》、梅若诗的小说《谁是凶手》、润园的小说《奀公过牛年》、岫云的小说《红灯千秋》、唐堂的小说《屠虎七少年》、浩泉的小说《鱼缸过客》、金依的小说《同心结》。《华侨报·华座》副刊连载高唐的散文《再谈昆明大观楼长联》(完)、凤蝶的散文《边塞三诗人》、茵茵的小说《群鬼》、凌霄的小说《青春火焰》(停刊一期)、青云的小说《青霜玉佩》。

3 日　《澳门日报·新园地》副刊发表梅萼华的散文《秦咢生篆刻欣赏一得》，连载海辛的小说《银色的漩涡》、梅若诗的小说《谁是凶手》、润园的小说《奀公过牛年》、岫云的小说《红灯千秋》、唐堂的小说《屠虎七少年》、浩泉的小说《鱼缸过客》、金依的小说《同心结》。《华侨报·华座》副刊发表洪荒的散文《做梦有益论》，连载凤蝶的散文《边塞三诗人》、茵茵的小说《群鬼》、凌霄的小说《青春火焰》、青云的小说《青霜玉佩》。

4 日　《澳门日报 · 新园地》副刊发表夏微澜的散文《夏的随想》、明明的散文《东莞旅行三题》，连载海辛的小说《银色的漩涡》、梅若诗的小说《谁是凶手》、润园的小说《癸公过牛年》、岫云的小说《红灯千秋》、唐堂的小说《屠虎七少年》、浩泉的小说《鱼缸过客》、金依的小说《同心结》。《华侨报 · 华座》副刊发表洪荒的散文《忆嘉兴》，并开始连载高唐的散文《塔的神话与造塔能手》，连载凤蝶的散文《边塞三诗人》、茵茵的小说《群鬼》、凌霄的小说《青春火焰》、青云的小说《青霜玉佩》。

5 日　《澳门日报 · 新园地》副刊发表夏峰的散文《知己知彼》、金昔的散文《橘子洲头换人间》，连载海辛的小说《银色的漩涡》、梅若诗的小说《谁是凶手》、润园的小说《癸公过牛年》、岫云的小说《红灯千秋》、唐堂的小说《屠虎七少年》、浩泉的小说《鱼缸过客》、金依的小说《同心结》。《华侨报 · 华座》副刊发表洪荒的散文《端阳怀屈原》，连载高唐的散文《塔的神话与造塔能手》（完）、凤蝶的散文《边塞三诗人》（完）、茵茵的小说《群鬼》、凌霄的小说《青春火焰》、青云的小说《青霜玉佩》。

6 日　《澳门日报 · 新园地》副刊发表夏微澜的散文《过节》，连载海辛的小说《银色的漩涡》、梅若诗的小说《谁是凶手》、润园的小说《癸公过牛年》、岫云的小说《红灯千秋》、唐堂的小说《屠虎七少年》、浩泉的小说《鱼缸过客》、金依的小说《同心结》。《华侨报 · 华座》副刊发表高唐的散文《谈江南书画家的润例》，并开始连载凤蝶的散文《鞭子下的恶姻缘》，连载茵茵的小说《群鬼》、凌霄的小说《青春火焰》、青云的小说《青霜玉佩》。

7 日　《澳门日报 · 新园地》副刊连载海辛的小说《银色的漩涡》、梅若诗的小说《谁是凶手》、润园的小说《癸公过牛年》、岫云的小说《红灯千秋》、唐堂的小说《屠虎七少年》、浩泉的小说《鱼缸过客》、金依的小说《同心结》。《华侨报 · 华座》副刊发表稚竹的散文《夏天的故事》，连载凤蝶的散文《鞭子下的恶姻缘》、茵茵的小说《群鬼》、凌霄的小说《青春火焰》、青云的小说《青霜玉佩》。

8 日　《澳门日报 · 新园地》副刊发表夏微澜的散文《花花草草》，连载海辛的小说《银色的漩涡》、梅若诗的小说《谁是凶手》、润园的小说《奀公过牛年》、岫云的小说《红灯千秋》、唐堂的小说《屠虎七少年》、浩泉的小说《鱼缸过客》、金依的小说《同心结》。《华侨报·华座》副刊连载凤蝶的散文《鞭子下的恶姻缘》、茵茵的小说《群鬼》、凌霄的小说《青春火焰》、青云的小说《青霜玉佩》。

9日 《澳门日报·新园地》副刊发表梅萼华的散文《炒面夹面包》，连载海辛的小说《银色的漩涡》、梅若诗的小说《谁是凶手》、润园的小说《奀公过牛年》、岫云的小说《红灯千秋》、唐堂的小说《屠虎七少年》、浩泉的小说《鱼缸过客》、金依的小说《同心结》。《华侨报·华座》副刊发表洪荒的散文《聪明人与傻鱼》，连载凤蝶的散文《鞭子下的恶姻缘》、茵茵的小说《群鬼》、凌霄的小说《青春火焰》、青云的小说《青霜玉佩》。

10日 《澳门日报·新园地》副刊发表夏微澜的散文《公主，表亲》，连载海辛的小说《银色的漩涡》、梅若诗的小说《谁是凶手》、润园的小说《奀公过牛年》、岫云的小说《红灯千秋》、唐堂的小说《屠虎七少年》、浩泉的小说《鱼缸过客》、金依的小说《同心结》。《华侨报·华座》副刊发表黄衫客的散文《五月榴花照眼明》、东平的散文《宝石杂谈》，连载凤蝶的散文《鞭子下的恶姻缘》、茵茵的小说《群鬼》、凌霄的小说《青春火焰》、青云的小说《青霜玉佩》。

11日 《澳门日报·新园地》副刊发表箓菽的诗歌《香港渣打被劫》、夏微澜的散文《读书管见》，连载海辛的小说《银色的漩涡》、梅若诗的小说《谁是凶手》、润园的小说《奀公过牛年》、岫云的小说《红灯千秋》、唐堂的小说《屠虎七少年》、浩泉的小说《鱼缸过客》、金依的小说《同心结》。《华侨报·华座》副刊发表露露的散文《月光下》，并开始连载高唐的散文《闲话谢本师》，连载凤蝶的散文《鞭子下的恶姻缘》、茵茵的小说《群鬼》、凌霄的小说《青春火焰》、青云的小说《青霜玉佩》。

12日 《澳门日报·新园地》副刊发表马万祺的散文《桂林好》，连载海辛的小说《银色的漩涡》、梅若诗的小说《谁是凶手》、润园的小说《奀公过牛年》、岫云的小说《红灯千秋》、唐堂的小说《屠虎七少年》、浩泉的小说《鱼缸过客》、金依的小说《同心结》。《华侨报·华座》副刊发表洪荒的散文《谈宝剑》，连载高唐的散文《闲话谢本师》（完）、风蝶的散文《鞭子下的恶姻缘》、茵茵的小说《群鬼》、凌霄的小说《青春火焰》、青云的小说《青霜玉佩》。

13日 《澳门日报·新园地》副刊发表夏微澜的散文《自嘲的剧变》，连载海辛的小说《银色的漩涡》、梅若诗的小说《谁是凶手》、润园的小说《oo公过牛年》、岫云的小说《红灯千秋》、唐堂的小说《屠虎七少年》、浩泉的小说《鱼缸过客》、金依的小说《同心结》。《华侨报·华座》副刊发表雅竹的散文《窗》，并开始连载高唐的散文《林纾与陈石遗之争》，连载风蝶的散文《鞭子下的恶姻缘》、茵茵的小说《群鬼》、凌霄的小说《青春火焰》、青云的小说《青霜玉佩》。

14日 《澳门日报·新园地》副刊连载海辛的小说《银色的漩涡》、梅若诗的小说《谁是凶手》（完）、润园的小说《oo公过牛年》、岫云的小说《红灯千秋》、唐堂的小说《屠虎七少年》、浩泉的小说《鱼缸过客》、金依的小说《同心结》。《华侨报·华座》副刊发表雅竹的散文《树》，连载高唐的散文《林纾与陈石遗之争》、风蝶的散文《鞭子下的恶姻缘》、茵茵的小说《群鬼》、凌霄的小说《青春火焰》、青云的小说《青霜玉佩》。

15日 《澳门日报·新园地》副刊发表筿菽的诗歌《高级警官拒落案》，连载海辛的小说《银色的漩涡》，润园的小说《oo公过牛年》、岫云的小说《红灯千秋》、唐堂的小说《屠虎七少年》、浩泉的小说《鱼缸过客》、金依的小说《同心结》，并开始连载梅若诗的小说《王老五之恋》。《华侨报·华座》副刊连载高唐的散文《林纾与陈石遗之争》（完）、风蝶的散文《鞭子下的恶姻缘》、茵茵的小说《群鬼》、凌霄的小说《青春火焰》、青云的小说《青霜玉佩》。

16日 《澳门日报·新园地》副刊发表白思群的散文《一场穿衣服的大辩论——关于赵武灵王》，连载海辛的小说《银色的漩涡》、润园的小说《oo公过牛年》、岫云的小说《红灯千秋》、唐堂的小说《屠虎七少年》、浩泉的小说《鱼缸过客》、金依的小说《同心结》、梅若诗的小说《王老五之恋》。

《华侨报·华座》副刊发表洪荒的散文《波光云影望江楼》、露露的散文《夜曲》，连载凤蝶的散文《鞭子下的恶姻缘》（完）、茵茵的小说《群鬼》、凌霄的小说《青春火焰》、青云的小说《青霜玉佩》。

17日 《澳门日报·新园地》副刊发表箓菽的诗歌《再唱拒落案》、夏微澜的散文《信信镜》，连载海辛的小说《银色的漩涡》、润园的小说《豕公过牛年》、岫云的小说《红灯千秋》、唐堂的小说《屠虎七少年》、浩泉的小说《鱼缸过客》、金依的小说《同心结》、梅若诗的小说《王老五之恋》。《华侨报·华座》副刊发表凤蝶的散文《王维计谦状头进士》、洪荒的散文《酒之颂》，连载茵茵的小说《群鬼》、凌霄的小说《青春火焰》、青云的小说《青霜玉佩》。

18日 《澳门日报·新园地》副刊发表夏微澜的散文《习字的故事》，连载海辛的小说《银色的漩涡》、润园的小说《豕公过牛年》、岫云的小说《红灯千秋》、唐堂的小说《屠虎七少年》、浩泉的小说《鱼缸过客》、金依的小说《同心结》、梅若诗的小说《王老五之恋》。《华侨报·华座》副刊发表美新的评论《一个脆弱的人的"呐喊"——美国名剧作家田纳斯·威廉斯新作》，连载茵茵的小说《群鬼》、凌霄的小说《青春火焰》、青云的小说《青霜玉佩》。

19日 《澳门日报·新园地》副刊发表雪予的诗歌《草山》《南疆》，连载海辛的小说《银色的漩涡》、润园的小说《豕公过牛年》、岫云的小说《红灯千秋》、唐堂的小说《屠虎七少年》、浩泉的小说《鱼缸过客》、金依的小说《同心结》、梅若诗的小说《王老五之恋》。《华侨报·华座》副刊发表雅竹的散文《夏季的美容》、赵宣扬的散文《雅伯利湾的怀念》，并开始连载高唐的散文《薛涛笺与薛涛井》，连载茵茵的小说《群鬼》、凌霄的小说《青春火焰》、青云的小说《青霜玉佩》。

20日 《澳门日报·新园地》副刊连载海辛的小说《银色的漩涡》、润园的小说《豕公过牛年》、岫云的小说《红灯千秋》、唐堂的小说《屠虎七少年》、浩泉的小说《鱼缸过客》（完）、金依的小说《同心结》、梅若诗的小说《王老五之恋》。《华侨报·华座》副刊发表东平的散文《水与人》，连载高唐的散文《薛涛笺与薛涛井》(完)、茵茵的小说《群鬼》、凌霄的小说《青春火焰》、青云的小说《青霜玉佩》。

21日 《澳门日报·新园地》副刊发表箓菽的诗歌《葛柏吟》、夏微澜的散文《溺爱》、赵飘萍的评论《〈野草〉浅说》、阿强的小说《找对象》，连载海辛的小说《银色的漩涡》、润园的小说《烎公过牛年》、岫云的小说《红灯千秋》、唐堂的小说《屠虎七少年》、金依的小说《同心结》、梅若诗的小说《王老五之恋》。《华侨报·华座》副刊开始连载高唐的散文《漫谈艺人世家》，连载茵茵的小说《群鬼》、凌霄的小说《青春火焰》、青云的小说《青霜玉佩》。

22日 《澳门日报·新园地》副刊发表石顽生的诗歌《长江桥上》，并开始连载任化的散文《黄河源头行》、航青的小说《良师》，连载海辛的小说《银色的漩涡》、润园的小说《烎公过牛年》、岫云的小说《红灯千秋》、唐堂的小说《屠虎七少年》、金依的小说《同心结》、梅若诗的小说《王老五之恋》。《华侨报·华座》副刊发表黄衫客的散文《荔枝熟后见黄皮》，连载高唐的散文《漫谈艺人世家》、茵茵的小说《群鬼》、凌霄的小说《青春火焰》、青云的小说《青霜玉佩》。

23日 《澳门日报·新园地》副刊发表夏微澜的散文《赌命》，连载任化的散文《黄河源头行》(完)、航青的小说《良师》、海辛的小说《银色的漩涡》，润园的小说《烎公过牛年》、岫云的小说《红灯千秋》、唐堂的小说《屠虎七少年》、金依的小说《同心结》、梅若诗的小说《王老五之恋》。《华侨报·华座》副刊发表赵宣扬的散文《北京白凤凰之恋》，并开始连载洪荒的散文《中国的玉石与玉雕》，连载高唐的散文《漫谈艺人世家》(完)、茵茵的小说《群鬼》、凌霄的小说《青春火焰》、青云的小说《青霜玉佩》。

24日 《澳门日报·新园地》副刊发表箓菽的诗歌《暴力罪行》《扑灭罪行》、夏微澜的散文《一份来自马来西亚的画报》、慧敏的散文《孤岛话金边》，连载航青的小说《良师》(完)、海辛的小说《银色的漩涡》、润园的小说《烎公过牛年》、岫云的小说《红灯千秋》、唐堂的小说《屠虎七少年》、金依的小说《同心结》、梅若诗的小说《王老五之恋》。《华侨报·华座》

副刊开始连载东平的散文《情人眼里》，连载洪荒的散文《中国的玉石与玉雕》、茵茵的小说《群鬼》、凌霄的小说《青春火焰》、青云的小说《青霜玉佩》。

25日 《澳门日报·新园地》副刊发表夏微澜的散文《说"抄"》、伊华的散文《访故乡柑园》，连载海辛的小说《银色的漩涡》、润园的小说《奀公过牛年》、岫云的小说《红灯千秋》、唐堂的小说《屠虎七少年》、金依的小说《同心结》、梅若诗的小说《王老五之恋》。《华侨报·华座》副刊连载东平的散文《情人眼里》(完)、洪荒的散文《中国的玉石与玉雕》(完)、茵茵的小说《群鬼》、凌霄的小说《青春火焰》、青云的小说《青霜玉佩》。

26日 《澳门日报·新园地》副刊发表江思扬的诗歌《邮递员》，连载海辛的小说《银色的漩涡》、润园的小说《奀公过牛年》、岫云的小说《红灯千秋》、唐堂的小说《屠虎七少年》、金依的小说《同心结》、梅若诗的小说《王老五之恋》。《华侨报·华座》副刊发表露露的散文《雾》、洪荒的散文《"才"与"遇"》，并开始连载高唐的散文《袁世凯的妻妾》，连载茵茵的小说《群鬼》、凌霄的小说《青春火焰》、青云的小说《青霜玉佩》。

27日 《澳门日报·新园地》副刊发表作者不详的诗歌《台湾报章的三首诗》，并开始连载赵飘萍的评论《试析〈希望〉》，连载海辛的小说《银色的漩涡》、润园的小说《奀公过牛年》、岫云的小说《红灯千秋》、唐堂的小说《屠虎七少年》、金依的小说《同心结》、梅若诗的小说《王老五之恋》。《华侨报·华座》副刊开始连载洪荒的散文《扇子的故事》，连载高唐的散文《袁世凯的妻妾》(完)、茵茵的小说《群鬼》、凌霄的小说《青春火焰》、青云的小说《青霜玉佩》。

28日 《澳门日报·新园地》副刊发表筿葳的诗歌《豪华喷水池》、饶芷岸的散文《习泳者言》、陈洁的散文《"甲寅"与章士钊》，连载赵飘萍的评论《试析〈希望〉》(完)、海辛的小说《银色的漩涡》、润园的小说《奀公过牛年》、岫云的小说《红灯千秋》、唐堂的小说《屠虎七少年》、金依的小说《同心结》、梅若诗的小说《王老五之恋》。《华侨报·华座》副刊开始连载高唐的散文《笔名记趣》，连载洪荒的散文《扇子的故事》、茵茵的小说《群鬼》、凌霄的小说《青春火焰》、青云的小说《青霜玉佩》。

29日 《澳门日报·新园地》副刊发表思莽的诗歌《喷水池颂》、夏微澜的散文《热风》，连载海辛的小说《银色的漩涡》、润园的小说《奀公过牛年》、岫云的小说《红灯千秋》、唐堂的小说《屠虎七少年》、金依的小说《同心结》、梅若诗的小说《王老五之恋》。《华侨报·华座》副刊开始连载凤蝶的散文《唐寅与抱花眠诗》，连载高唐的散文《笔名记趣》（完）、洪荒的散文《扇子的故事》（完）、茵茵的小说《群鬼》、凌霄的小说《青春火焰》、青云的小说《青霜玉佩》。

30日 《澳门日报·新园地》副刊发表白思群的散文《行松山》、雷倩云的评论《第一个企业化的话剧团》，连载海辛的小说《银色的漩涡》、润园的小说《奀公过牛年》、岫云的小说《红灯千秋》、唐堂的小说《屠虎七少年》、金依的小说《同心结》（完）、梅若诗的小说《王老五之恋》。《华侨报·华座》副刊发表露露的《溪畔》，并开始连载高唐的散文《陈白沙的碧玉及其他》，连载凤蝶的散文《唐寅与抱花眠诗》、茵茵的小说《群鬼》、凌霄的小说《青春火焰》、青云的小说《青霜玉佩》。

七月

1日 《澳门日报·新园地》副刊发表江思扬的诗歌《蝉》，并开始连载金依的小说《小宝姐姐》，连载海辛的小说《银色的漩涡》、润园的小说《奀公过牛年》、岫云的小说《红灯千秋》、唐堂的小说《屠虎七少年》、梅若诗的小说《王老五之恋》。《华侨报·华座》副刊发表黄衫客的散文《五月枇杷正满林》，并开始连载雅竹的散文《漫谈芭蕾舞》，连载高唐的散文《陈白沙的碧玉及其他》（完）、凤蝶的散文《唐寅与抱花眠诗》（完）、茵茵的小说《群鬼》、凌霄的小说《青春火焰》、青云的小说《青霜玉佩》。

2日 《澳门日报·新园地》副刊发表江思扬的诗歌《茶》，并开始连载浩泉的小说《黑夜》，连载金依的小说《小宝姐姐》、海辛的小说《银色的漩涡》，润园的小说《奀公过牛年》、岫云的小说《红灯千秋》、唐堂的小说《屠虎七少年》、梅若诗的小说《王老五之恋》。《华侨报·华座》副刊开始连载高唐的散文《陶渊明的“述酒诗”》、风蝶的散文《鸳鸯诗和鸳鸯冢》，连载雅竹的散文《漫谈芭蕾舞》、茵茵的小说《群鬼》、凌霄的小说《青春火焰》、青云的小说《青霜玉佩》。

3日 《澳门日报·新园地》副刊连载浩泉的小说《黑夜》、金依的小说《小宝姐姐》、海辛的小说《银色的漩涡》、润园的小说《炗公过牛年》、岫云的小说《红灯千秋》、唐堂的小说《屠虎七少年》、梅若诗的小说《王老五之恋》。《华侨报·华座》副刊发表洪荒的散文《戒烟记》，连载高唐的散文《陶渊明的“述酒诗”》(完)、风蝶的散文《鸳鸯诗和鸳鸯冢》、雅竹的散文《漫谈芭蕾舞》、茵茵的小说《群鬼》、凌霄的小说《青春火焰》、青云的小说《青霜玉佩》。

4日 《澳门日报·新园地》副刊连载浩泉的小说《黑夜》、金依的小说《小宝姐姐》、海辛的小说《银色的漩涡》、润园的小说《炗公过牛年》、岫云的小说《红灯千秋》、唐堂的小说《屠虎七少年》、梅若诗的小说《王老五之恋》。《华侨报·华座》副刊发表洪荒的散文《闲话扯谎》、黄衫客的散文《会飞翔的雨》，连载风蝶的散文《鸳鸯诗和鸳鸯冢》、雅竹的散文《漫谈芭蕾舞》(完)、茵茵的小说《群鬼》、凌霄的小说《青春火焰》、青云的小说《青霜玉佩》。

5日 《澳门日报·新园地》副刊连载浩泉的小说《黑夜》、金依的小说《小宝姐姐》、海辛的小说《银色的漩涡》、润园的小说《炗公过牛年》、岫云的小说《红灯千秋》、唐堂的小说《屠虎七少年》、梅若诗的小说《王老五之恋》。《华侨报·华座》副刊发表洪荒的散文《假如》、雅竹的散文《月夜漫步》，并开始连载高唐的散文《薄命女诗人贺双卿》，连载风蝶的散文《鸳鸯诗和鸳鸯冢》、茵茵的小说《群鬼》、凌霄的小说《青春火焰》、青云的小说《青霜玉佩》。

6日 《澳门日报·新园地》副刊连载浩泉的小说《黑夜》、金依的小说《小宝姐姐》、海辛的小说《银色的漩涡》、润园的小说《炗公过牛年》、岫云的小说《红灯千秋》、唐堂的小说《屠虎七少年》、梅若诗的小说《王老五之恋》。《华侨报·华座》副刊发表弓长的散文《喷水池联想》，连载高唐的散文《薄命女诗人贺双卿》、凤蝶的散文《鸳鸯诗和鸳鸯冢》、茵茵的小说《群鬼》、凌霄的小说《青春火焰》、青云的小说《青霜玉佩》。

7日 《澳门日报·新园地》副刊发表饶芷岸的散文《歌声》，连载浩泉的小说《黑夜》、金依的小说《小宝姐姐》、海辛的小说《银色的漩涡》、润园的小说《夭公过牛年》、岫云的小说《红灯千秋》、唐堂的小说《屠虎七少年》、梅若诗的小说《王老五之恋》。《华侨报·华座》副刊发表洪荒的散文《闲话"闻人"》，连载高唐的散文《薄命女诗人贺双卿》(完)、凤蝶的散文《鸳鸯诗和鸳鸯冢》、茵茵的小说《群鬼》、凌霄的小说《青春火焰》、青云的小说《青霜玉佩》。

8日 《澳门日报·新园地》副刊连载浩泉的小说《黑夜》、金依的小说《小宝姐姐》、海辛的小说《银色的漩涡》、润园的小说《夭公过牛年》、岫云的小说《红灯千秋》、唐堂的小说《屠虎七少年》、梅若诗的小说《王老五之恋》。《华侨报·华座》副刊发表黄衫客的散文《雪荷花谈奇》，并开始连载高唐的散文《嵇康与广陵散》，连载凤蝶的散文《鸳鸯诗和鸳鸯冢》、茵茵的小说《群鬼》、凌霄的小说《青春火焰》、青云的小说《青霜玉佩》。

9日 《澳门日报·新园地》副刊发表白思群的散文《我的新衣》，连载浩泉的小说《黑夜》、金依的小说《小宝姐姐》、海辛的小说《银色的漩涡》、润园的小说《夭公过牛年》、岫云的小说《红灯千秋》、唐堂的小说《屠虎七少年》、梅若诗的小说《王老五之恋》。《华侨报·华座》副刊连载高唐的散文《嵇康与广陵散》(完)、凤蝶的散文《鸳鸯诗和鸳鸯冢》、茵茵的小说《群鬼》、凌霄的小说《青春火焰》、青云的小说《青霜玉佩》。

10日 《澳门日报·新园地》副刊发表江思扬的诗歌《蝉》，连载浩泉的小说《黑夜》、金依的小说《小宝姐姐》、海辛的小说《银色的漩涡》、润园的小说《夭公过牛年》、岫云的小说《红灯千秋》、唐堂的小说《屠虎七少年》、梅若诗的小说《王老五之恋》。《华侨报·华座》副刊发表清风的散文《电》，并开始连载洪荒的散文《漫谈围棋》，连载凤蝶的散文《鸳鸯诗和鸳鸯冢》、茵茵的小说《群鬼》、凌霄的小说《青春火焰》、青云的小说《青霜玉佩》。

11 日　《澳门日报·新园地》副刊连载浩泉的小说《黑夜》、金依的小说《小宝姐姐》、海辛的小说《银色的漩涡》、润园的小说《岙公过牛年》、岫云的小说《红灯千秋》、唐堂的小说《屠虎七少年》、梅若诗的小说《王老五之恋》。《华侨报·华座》副刊连载洪荒的散文《漫谈围棋》(完)、凤蝶的散文《鸳鸯诗和鸳鸯冢》(完)、茵茵的小说《群鬼》、凌霄的小说《青春火焰》、青云的小说《青霜玉佩》。

12 日　《澳门日报·新园地》副刊发表饶芷岸的散文《小事情》，连载浩泉的小说《黑夜》、金依的小说《小宝姐姐》、海辛的小说《银色的漩涡》、润园的小说《岙公过牛年》、岫云的小说《红灯千秋》、唐堂的小说《屠虎七少年》、梅若诗的小说《王老五之恋》。《华侨报·华座》副刊发表弓长的散文《渡海轮上》，并开始连载凤蝶的散文《韩熙载的美人计》、高唐的散文《浅谈湖笔》，连载茵茵的小说《群鬼》、凌霄的小说《青春火焰》、青云的小说《青霜玉佩》。

13 日　《澳门日报·新园地》副刊发表江思扬的诗《倒垃圾的妇人》，连载浩泉的小说《黑夜》、金依的小说《小宝姐姐》、海辛的小说《银色的漩涡》、润园的小说《岙公过牛年》、岫云的小说《红灯千秋》、唐堂的小说《屠虎七少年》、梅若诗的小说《王老五之恋》。《华侨报·华座》副刊发表燕燕的散文《吾师吾爱》，连载凤蝶的散文《韩熙载的美人计》、高唐的散文《浅谈湖笔》(完)、茵茵的小说《群鬼》、凌霄的小说《青春火焰》、青云的小说《青霜玉佩》。

14 日　《澳门日报·新园地》副刊发表白思群的散文《言归正传》，连载浩泉的小说《黑夜》、金依的小说《小宝姐姐》、海辛的小说《银色的漩涡》、润园的小说《岙公过牛年》、岫云的小说《红灯千秋》、唐堂的小说《屠虎七少年》、梅若诗的小说《王老五之恋》。《华侨报·华座》副刊开始连载高唐的散文《鼻烟与鼻烟壶》，连载凤蝶的散文《韩熙载的美人计》、茵茵的小说《群鬼》、凌霄的小说《青春火焰》、青云的小说《青霜玉佩》。

15 日　《澳门日报·新园地》副刊连载浩泉的小说《黑夜》、金依的小说《小宝姐姐》、海辛的小说《银色的漩涡》、润园的小说《奀公过牛年》、岫云的小说《红灯千秋》、唐堂的小说《屠虎七少年》、梅若诗的小说《王老五之恋》。《华侨报·华座》副刊连载高唐的散文《鼻烟与鼻烟壶》、凤蝶的散文《韩熙载的美人计》、茵茵的小说《群鬼》、凌霄的小说《青春火焰》、青云的小说《青霜玉佩》。

16日 《澳门日报·新园地》副刊连载浩泉的小说《黑夜》、金依的小说《小宝姐姐》、海辛的小说《银色的漩涡》、润园的小说《奀公过牛年》、岫云的小说《红灯千秋》、唐堂的小说《屠虎七少年》、梅若诗的小说《王老五之恋》。《华侨报·华座》副刊发表露露的散文《绿窗之恋》，连载高唐的散文《鼻烟与鼻烟壶》（完）、凤蝶的散文《韩熙载的美人计》、茵茵的小说《群鬼》、凌霄的小说《青春火焰》、青云的小说《青霜玉佩》。

17日 《澳门日报·新园地》副刊连载浩泉的小说《黑夜》、金依的小说《小宝姐姐》、海辛的小说《银色的漩涡》、润园的小说《奀公过牛年》、岫云的小说《红灯千秋》、唐堂的小说《屠虎七少年》、梅若诗的小说《王老五之恋》。《华侨报·华座》副刊发表洪荒的散文《绿化你的书室》、柳丝的散文《狗的社会》，连载凤蝶的散文《韩熙载的美人计》、茵茵的小说《群鬼》、凌霄的小说《青春火焰》、青云的小说《青霜玉佩》。

18日 《澳门日报·新园地》副刊连载浩泉的小说《黑夜》、金依的小说《小宝姐姐》、海辛的小说《银色的漩涡》、润园的小说《奀公过牛年》、岫云的小说《红灯千秋》、唐堂的小说《屠虎七少年》、梅若诗的小说《王老五之恋》。《华侨报·华座》副刊发表高唐的散文《康有为与翁同龢》，连载凤蝶的散文《韩熙载的美人计》、茵茵的小说《群鬼》、凌霄的小说《青春火焰》、青云的小说《青霜玉佩》。

19日 《澳门日报·新园地》副刊连载浩泉的小说《黑夜》（停刊一期）、金依的小说《小宝姐姐》、海辛的小说《银色的漩涡》、润园的小说《奀公过牛年》、岫云的小说《红灯千秋》、唐堂的小说《屠虎七少年》、梅若诗的小说《王老五之恋》，并开始连载王杏华的小说《大厦风波》。《华侨报·华座》副刊开始连载高唐的散文《印章浅谈》，连载凤蝶的散文《韩熙载的美人计》、茵茵的小说《群鬼》、凌霄的小说《青春火焰》、青云的小说《青霜玉佩》。

20日 《澳门日报·新园地》副刊发表夏微澜的评论《读小林多喜二的〈沼尾村〉》，连载浩泉的小说《黑夜》(停刊一期)、金依的小说《小宝姐姐》、海辛的小说《银色的漩涡》、润园的小说《兲公过牛年》、岫云的小说《红灯千秋》、唐堂的小说《屠虎七少年》、梅若诗的小说《王老五之恋》、王杏华的小说《大厦风波》。《华侨报·华座》副刊连载高唐的散文《印章浅谈》、凤蝶的散文《韩熙载的美人计》、茵茵的小说《群鬼》(完)、凌霄的小说《青春火焰》、青云的小说《青霜玉佩》。

21日 《澳门日报·新园地》副刊连载浩泉的小说《黑夜》(停刊一期)、金依的小说《小宝姐姐》、海辛的小说《银色的漩涡》、润园的小说《兲公过牛年》、岫云的小说《红灯千秋》、唐堂的小说《屠虎七少年》、梅若诗的小说《王老五之恋》、王杏华的小说《大厦风波》。《华侨报·华座》副刊连载高唐的散文《印章浅谈》(完)、凤蝶的散文《韩熙载的美人计》(完)、凌霄的小说《青春火焰》、青云的小说《青霜玉佩》。

22日 《澳门日报·新园地》副刊连载浩泉的小说《黑夜》(停刊一期)、金依的小说《小宝姐姐》、海辛的小说《银色的漩涡》、润园的小说《兲公过牛年》、岫云的小说《红灯千秋》、唐堂的小说《屠虎七少年》、梅若诗的小说《王老五之恋》、王杏华的小说《大厦风波》。《华侨报·华座》副刊发表洪荒的散文《牙雕杂话》，并开始连载凤蝶的散文《宋祁的奇遇》，连载凌霄的小说《青春火焰》、青云的小说《青霜玉佩》。

23日 《澳门日报·新园地》副刊连载浩泉的小说《黑夜》(停刊一期)、金依的小说《小宝姐姐》、海辛的小说《银色的漩涡》、润园的小说《兲公过牛年》、岫云的小说《红灯千秋》、唐堂的小说《屠虎七少年》、梅若诗的小说《王老五之恋》、王杏华的小说《大厦风波》。《华侨报·华座》副刊发表洪荒的散文《巧对》，连载凤蝶的散文《宋祁的奇遇》、凌霄的小说《青春火焰》、青云的小说《青霜玉佩》。

24日 《澳门日报·新园地》副刊发表江思扬的诗歌《冷风机》，连载浩泉的小说《黑夜》（停刊一期）、金依的小说《小宝姐姐》、海辛的小说《银色的漩涡》、润园的小说《癸公过牛年》、岫云的小说《红灯千秋》、唐堂的小说《屠虎七少年》、梅若诗的小说《王老五之恋》、王杏华的小说《大厦风波》。《华侨报 · 华座》副刊发表黄衫客的散文《盆栽谈银杏》，连载凤蝶的散文《宋祁的奇遇》、凌霄的小说《青春火焰》、青云的小说《青霜玉佩》。

25 日 《澳门日报 · 新园地》副刊发表夏微澜的散文《真实》，连载浩泉的小说《黑夜》（停刊一期）、金依的小说《小宝姐姐》、海辛的小说《银色的漩涡》、润园的小说《癸公过牛年》、岫云的小说《红灯千秋》、唐堂的小说《屠虎七少年》、梅若诗的小说《王老五之恋》、王杏华的小说《大厦风波》。《华侨报 · 华座》副刊发表洪荒的散文《鬼文学》，并开始连载高唐的散文《李铁夫人其画其人》，连载凤蝶的散文《宋祁的奇遇》、凌霄的小说《青春火焰》、青云的小说《青霜玉佩》。

26 日 《澳门日报 · 新园地》副刊连载浩泉的小说《黑夜》（停刊一期）、金依的小说《小宝姐姐》、海辛的小说《银色的漩涡》、润园的小说《癸公过牛年》、岫云的小说《红灯千秋》、唐堂的小说《屠虎七少年》、梅若诗的小说《王老五之恋》、王杏华的小说《大厦风波》。《华侨报 · 华座》副刊发表赵宣扬的散文《忆重庆》，连载高唐的散文《李铁夫人其画其人》、凤蝶的散文《宋祁的奇遇》、凌霄的小说《青春火焰》、青云的小说《青霜玉佩》。

27 日 《澳门日报 · 新园地》副刊发表夏微澜的散文《寂寞到死》，连载浩泉的小说《黑夜》（停刊一期）、金依的小说《小宝姐姐》、海辛的小说《银色的漩涡》、润园的小说《癸公过牛年》、岫云的小说《红灯千秋》、唐堂的小说《屠虎七少年》、梅若诗的小说《王老五之恋》、王杏华的小说《大厦风波》。《华侨报 · 华座》副刊发表露露的散文《听雨》，连载高唐的散文《李铁夫人其画其人》（完）、凤蝶的散文《宋祁的奇遇》、凌霄的小说《青春火焰》、青云的小说《青霜玉佩》。

28 日 《澳门日报 · 新园地》副刊连载浩泉的小说《黑夜》（停刊一期）、金依的小说《小宝姐姐》、海辛的小说《银色的漩涡》、润园的小说《夿公过牛年》、岫云的小说《红灯千秋》、唐堂的小说《屠虎七少年》、梅若诗的小说《王老五之恋》、王杏华的小说《大厦风波》。《华侨报·华座》副刊连载凤蝶的散文《宋祁的奇遇》（完）、凌霄的小说《青春火焰》（停刊一期）、青云的小说《青霜玉佩》。

29日 《澳门日报·新园地》副刊连载浩泉的小说《黑夜》（停刊一期）、金依的小说《小宝姐姐》、海辛的小说《银色的漩涡》、润园的小说《夿公过牛年》、岫云的小说《红灯千秋》、唐堂的小说《屠虎七少年》、梅若诗的小说《王老五之恋》、王杏华的小说《大厦风波》。《华侨报·华座》副刊发表雅竹的散文《印章及其他》，连载凌霄的小说《青春火焰》、青云的小说《青霜玉佩》。

30日 《澳门日报·新园地》副刊发表江思扬的诗歌《老渔妇》、夏微澜的散文《此风不可长》，连载浩泉的小说《黑夜》（停刊一期）、金依的小说《小宝姐姐》、海辛的小说《银色的漩涡》、润园的小说《夿公过牛年》、岫云的小说《红灯千秋》、唐堂的小说《屠虎七少年》、梅若诗的小说《王老五之恋》、王杏华的小说《大厦风波》。《华侨报·华座》副刊连载凌霄的小说《青春火焰》、青云的小说《青霜玉佩》。

31日 《澳门日报·新园地》副刊连载浩泉的小说《黑夜》（停刊一期）、金依的小说《小宝姐姐》、海辛的小说《银色的漩涡》、润园的小说《夿公过牛年》（完）、岫云的小说《红灯千秋》、唐堂的小说《屠虎七少年》（完）、梅若诗的小说《王老五之恋》（完）、王杏华的小说《大厦风波》。《华侨报·华座》副刊发表弓长的散文《路》，连载凌霄的小说《青春火焰》、青云的小说《青霜玉佩》。

八月

1日 《澳门日报·新园地》副刊连载浩泉的小说《黑夜》（停刊一期）、金依的小说《小宝姐姐》、海辛的小说《银色的漩涡》、岫云的小说《红灯千秋》、王杏华的小说《大厦风波》，并开始连载唐堂的小说《义剑情刀》、润园的小说《活面人》、梅若诗的小说《黑珍珠》。《华侨报·华座》副刊开始连载高唐的散文《谈清初的文字狱》、茵茵的小说《追踪》，连载凌霄的小说《青春火焰》、青云的小说《青霜玉佩》。

2日 《澳门日报·新园地》副刊连载浩泉的小说《黑夜》（停刊一期）、金依的小说《小宝姐姐》、海辛的小说《银色的漩涡》、岫云的小说《红灯千秋》、王杏华的小说《大厦风波》、唐堂的小说《义剑情刀》、润园的小说《活面人》、梅若诗的小说《黑珍珠》。《华侨报·华座》副刊连载高唐的散文《谈清初的文字狱》（完）、茵茵的小说《追踪》、凌霄的小说《青春火焰》、青云的小说《青霜玉佩》。

3日 《澳门日报·新园地》副刊发表夏微澜的散文《再说"真实"》，连载浩泉的小说《黑夜》（停刊一期）、金依的小说《小宝姐姐》、海辛的小说《银色的漩涡》、岫云的小说《红灯千秋》、王杏华的小说《大厦风波》、唐堂的小说《义剑情刀》、润园的小说《活面人》、梅若诗的小说《黑珍珠》。《华侨报·华座》副刊发表雅竹的散文《再谈印章》，连载茵茵的小说《追踪》、凌霄的小说《青春火焰》、青云的小说《青霜玉佩》。

4日 《澳门日报·新园地》副刊连载浩泉的小说《黑夜》（停刊一期）、金依的小说《小宝姐姐》、海辛的小说《银色的漩涡》（完）、岫云的小说《红灯千秋》、王杏华的小说《大厦风波》、唐堂的小说《义剑情刀》、润园的小说《活面人》、梅若诗的小说《黑珍珠》。《华侨报·华座》副刊发表高唐的散文《广东画家王竹虚》，连载茵茵的小说《追踪》、凌霄的小说《青春火焰》、青云的小说《青霜玉佩》。

5日 《澳门日报·新园地》副刊发表夏微澜的散文《不开心的话》，并开始连载海辛的小说《对岸》，连载浩泉的小说《黑夜》（停刊一期）、金依的小说《小宝姐姐》、岫云的小说《红灯千秋》、王杏华的小说《大厦风波》、唐堂的小说《义剑情刀》、润园的小说《活面人》、梅若诗的小说《黑珍珠》。《华侨报·华座》副刊发表凤蝶的散文《陆放翁的恋情》、高唐的评论《重读〈呐喊〉》，并开始连载洪荒的散文《床之颂》，连载茵茵的小说《追踪》、凌霄的小说《青春火焰》、青云的小说《青霜玉佩》。

6日　《澳门日报·新园地》副刊连载海辛的小说《对岸》、浩泉的小说《黑夜》（停刊一期）、金依的小说《小宝姐姐》、岫云的小说《红灯千秋》、王杏华的小说《大厦风波》、唐堂的小说《义剑情刀》、润园的小说《活面人》、梅若诗的小说《黑珍珠》。《华侨报·华座》副刊发表雅竹的散文《七夕》，并开始连载高唐的散文《再谈清初的文字狱》，连载洪荒的散文《床之颂》（完）、茵茵的小说《追踪》、凌霄的小说《青春火焰》、青云的小说《青霜玉佩》。

7日　《澳门日报·新园地》副刊发表夏微澜的散文《信心》，连载海辛的小说《对岸》、浩泉的小说《黑夜》（停刊一期）、金依的小说《小宝姐姐》，岫云的小说《红灯千秋》、王杏华的小说《大厦风波》、唐堂的小说《义剑情刀》、润园的小说《活面人》、梅若诗的小说《黑珍珠》。《华侨报·华座》副刊连载高唐的散文《再谈清初的文字狱》、茵茵的小说《追踪》、凌霄的小说《青春火焰》、青云的小说《青霜玉佩》。

8日　《澳门日报·新园地》副刊发表夏微澜的散文《何其这般巧合》，连载海辛的小说《对岸》、浩泉的小说《黑夜》（停刊一期）、金依的小说《小宝姐姐》、岫云的小说《红灯千秋》、王杏华的小说《大厦风波》（完）、唐堂的小说《义剑情刀》、润园的小说《活面人》、梅若诗的小说《黑珍珠》。《华侨报·华座》副刊连载高唐的散文《再谈清初的文字狱》、茵茵的小说《追踪》、凌霄的小说《青春火焰》、青云的小说《青霜玉佩》。

9日　《澳门日报·新园地》副刊发表饶芷岸的散文《谈婚论嫁》，连载海辛的小说《对岸》、浩泉的小说《黑夜》、金依的小说《小宝姐姐》、岫云的小说《红灯千秋》、唐堂的小说《义剑情刀》、润园的小说《活面人》、梅若诗的小说《黑珍珠》。《华侨报·华座》副刊发表赵宣扬的散文《忆西安》，连载高唐的散文《再谈清初的文字狱》（完）、茵茵的小说《追踪》（完）、凌霄的小说《青春火焰》、青云的小说《青霜玉佩》。

10日　《澳门日报·新园地》副刊发表箓葳的诗歌《公开聚赌之一》、夏微澜的散文《为了爱》，连载海辛的小说《对岸》、浩泉的小说《黑夜》、金依的小说《小宝姐姐》、岫云的小说《红灯千秋》、唐堂的小说《义剑情刀》、润园的小说《活面人》、梅若诗的小说《黑珍珠》。《华侨报·华座》副刊发表洪荒的散文《诗情画意说西樵》、雅竹的散文《谈逆境》，并开始连载茵茵的小说《女人》，连载凌霄的小说《青春火焰》、青云的小说《青霜玉佩》。

11日 《澳门日报·新园地》副刊发表箓菽的诗歌《公开聚赌之二》、夏微澜的散文《泪花盛放有感》，连载海辛的小说《对岸》、浩泉的小说《黑夜》、金依的小说《小宝姐姐》、岫云的小说《红灯千秋》、唐堂的小说《义剑情刀》、润园的小说《活面人》、梅若诗的小说《黑珍珠》。《华侨报·华座》副刊发表清泉的散文《淡妆素抹惠西湖》，连载茵茵的小说《女人》、凌霄的小说《青春火焰》、青云的小说《青霜玉佩》。

12日 《澳门日报·新园地》副刊连载海辛的小说《对岸》、浩泉的小说《黑夜》、金依的小说《小宝姐姐》、岫云的小说《红灯千秋》、唐堂的小说《义剑情刀》、润园的小说《活面人》、梅若诗的小说《黑珍珠》。《华侨报·华座》副刊发表姚仰岐的散文《镜子与影子》，并开始连载高唐的散文《屈大均险遭锉尸》，连载茵茵的小说《女人》、凌霄的小说《青春火焰》、青云的小说《青霜玉佩》。

13日 《澳门日报·新园地》副刊发表夏微澜的散文《男女平等》，连载海辛的小说《对岸》、浩泉的小说《黑夜》、金依的小说《小宝姐姐》、岫云的小说《红灯千秋》、唐堂的小说《义剑情刀》、润园的小说《活面人》、梅若诗的小说《黑珍珠》。《华侨报·华座》副刊发表赵宣扬的散文《展向风前忆畹华——梅兰芳逝世十二周年祭》，连载高唐的散文《屈大均险遭锉尸》(完)、茵茵的小说《女人》、凌霄的小说《青春火焰》、青云的小说《青霜玉佩》。

14日 《澳门日报·新园地》副刊连载海辛的小说《对岸》、浩泉的小说《黑夜》、金依的小说《小宝姐姐》、岫云的小说《红灯千秋》、唐堂的小说《义剑情刀》、润园的小说《活面人》、梅若诗的小说《黑珍珠》。《华侨报·华座》副刊发表高唐的散文《张菊生匪窟吟诗》，并开始连载风蝶的散文《陈后主与胭脂井》，连载茵茵的小说《女人》、凌霄的小说《青春火焰》、青云的小说《青霜玉佩》。

15日 《华侨报·华座》副刊连载凤蝶的散文《陈后主与胭脂并》、茵茵的小说《女人》、凌霄的小说《青春火焰》、青云的小说《青霜玉佩》。

16日 《澳门日报·新园地》副刊发表饶芷岸的散文《闲话写稿》，连载海辛的小说《对岸》、浩泉的小说《黑夜》、金依的小说《小宝姐姐》、岫云的小说《红灯千秋》、唐堂的小说《义剑情刀》、润园的小说《活面人》、梅若诗的小说《黑珍珠》。《华侨报·华座》副刊发表高唐的散文《文天祥和平里碑及其他》，并开始连载洪荒的散文《惠西湖的百花洲》，连载凤蝶的散文《陈后主与胭脂并》、茵茵的小说《女人》、凌霄的小说《青春火焰》、青云的小说《青霜玉佩》。

17日 《澳门日报·新园地》副刊发表无暇的散文《供赏玩的石》、夏微澜的散文《虎穴与虎子》，连载海辛的小说《对岸》、浩泉的小说《黑夜》、金依的小说《小宝姐姐》、岫云的小说《红灯千秋》、唐堂的小说《义剑情刀》、润园的小说《活面人》、梅若诗的小说《黑珍珠》。《华侨报·华座》副刊发表黄衫客的散文《秋槐满地黄》，连载洪荒的散文《惠西湖的百花洲》（完）、凤蝶的散文《陈后主与胭脂并》、茵茵的小说《女人》、凌霄的小说《青春火焰》、青云的小说《青霜玉佩》。

18日 《澳门日报·新园地》副刊连载海辛的小说《对岸》、浩泉的小说《黑夜》、金依的小说《小宝姐姐》、岫云的小说《红灯千秋》、唐堂的小说《义剑情刀》、润园的小说《活面人》、梅若诗的小说《黑珍珠》。《华侨报·华座》副刊发表高唐的散文《记清史专家孟森》，连载凤蝶的散文《陈后主与胭脂并》、茵茵的小说《女人》、凌霄的小说《青春火焰》、青云的小说《青霜玉佩》。

19日 《澳门日报·新园地》副刊连载海辛的小说《对岸》、浩泉的小说《黑夜》、金依的小说《小宝姐姐》、岫云的小说《红灯千秋》、唐堂的小说《义剑情刀》、润园的小说《活面人》、梅若诗的小说《黑珍珠》。《华侨报·华座》副刊发表黄衫客的散文《雨余无处不秋声》，连载凤蝶的散文《陈后主与胭脂并》（完）、茵茵的小说《女人》、凌霄的小说《青春火焰》、青云的小说《青霜玉佩》。

20 日 《澳门日报·新园地》副刊发表夏微澜的散文《小和大》，连载海辛的小说《对岸》、浩泉的小说《黑夜》、金依的小说《小宝姐姐》、岫云的小说《红灯千秋》、唐堂的小说《义剑情刀》、涧园的小说《活面人》、梅若诗的小说《黑珍珠》。《华侨报·华座》副刊发表洪荒的散文《新秋散语》，并开始连载高唐的散文《丘逢甲的离台诗》、凤蝶的散文《隋炀帝暴政与情诗》，连载茵茵的小说《女人》、凌霄的小说《青春火焰》、青云的小说《青霜玉佩》。

21 日 《澳门日报·新园地》副刊连载海辛的小说《对岸》、浩泉的小说《黑夜》、金依的小说《小宝姐姐》、岫云的小说《红灯千秋》、唐堂的小说《义剑情刀》、润园的小说《活面人》、梅若诗的小说《黑珍珠》。《华侨报·华座》副刊连载高唐的散文《丘逢甲的离台诗》（完）、凤蝶的散文《隋炀帝暴政与情诗》、茵茵的小说《女人》、凌霄的小说《青春火焰》、青云的小说《青霜玉佩》。

22 日 《澳门日报·新园地》副刊发表江思扬的诗歌《老搬运工人》、夏微澜的散文《狗眼》，连载海辛的小说《对岸》、浩泉的小说《黑夜》、金依的小说《小宝姐姐》、岫云的小说《红灯千秋》、唐堂的小说《义剑情刀》、润园的小说《活面人》、梅若诗的小说《黑珍珠》。《华侨报·华座》副刊发表洪荒的散文《中国的茶道》、高唐的评论《读廖仲恺〈双清词草〉》，连载凤蝶的散文《隋炀帝暴政与情诗》、茵茵的小说《女人》、凌霄的小说《青春火焰》、青云的小说《青霜玉佩》。

23 日 《澳门日报·新园地》副刊发表饶芷岸的散文《忙与挤》，连载海辛的小说《对岸》、浩泉的小说《黑夜》、金依的小说《小宝姐姐》、岫云的小说《红灯千秋》、唐堂的小说《义剑情刀》、润园的小说《活面人》、梅若诗的小说《黑珍珠》。《华侨报·华座》副刊连载凤蝶的散文《隋炀帝暴政与情诗》、茵茵的小说《女人》、凌霄的小说《青春火焰》（停刊一期）、青云的小说《青霜玉佩》。

24 日 《澳门日报·新园地》副刊发表夏微澜的散文《五年了》，连载海辛的小说《对岸》、浩泉的小说《黑夜》、金依的小说《小宝姐姐》、岫云的小说《红灯千秋》、唐堂的小说《义剑情刀》、润园的小说《活面人》、梅若诗的小说《黑珍珠》。《华侨报·华座》副刊发表洪荒的散文《忆君山竹林》，并开始连载高唐的散文《记我国佛山人吴沃尧》，连载凤蝶的散文《隋炀帝暴政与情诗》、茵茵的小说《女人》、凌霄的小说《青春火焰》、青云的小说《青霜玉佩》。

25 日　《澳门日报·新园地》副刊发表白思群的散文《天长地久有时尽》，连载海辛的小说《对岸》、浩泉的小说《黑夜》、金依的小说《小宝姐姐》、岫云的小说《红灯千秋》、唐堂的小说《义剑情刀》、润园的小说《活面人》、梅若诗的小说《黑珍珠》。《华侨报·华座》副刊开始连载洪荒的散文《中国的园林和湖石》，连载高唐的散文《记我国佛山人吴沃尧》(完)、凤蝶的散文《隋炀帝暴政与情诗》、茵茵的小说《女人》、凌霄的小说《青春火焰》、青云的小说《青霜玉佩》。

26 日　《澳门日报·新园地》副刊发表夏微澜的散文《生“哀”死“荣”有感》，连载海辛的小说《对岸》、浩泉的小说《黑夜》、金依的小说《小宝姐姐》、岫云的小说《红灯千秋》、唐堂的小说《义剑情刀》、润园的小说《活面人》、梅若诗的小说《黑珍珠》。《华侨报·华座》副刊开始连载姚仰岐的散文《三净》，连载洪荒的散文《中国的园林和湖石》(完)、凤蝶的散文《隋炀帝暴政与情诗》、茵茵的小说《女人》、凌霄的小说《青春火焰》、青云的小说《青霜玉佩》。

27 日　《澳门日报·新园地》副刊发表夏微澜的散文《如果抽去了钱》，连载海辛的小说《对岸》、浩泉的小说《黑夜》、金依的小说《小宝姐姐》、岫云的小说《红灯千秋》、唐堂的小说《义剑情刀》、润园的小说《活面人》、梅若诗的小说《黑珍珠》。《华侨报·华座》副刊开始连载洪荒的散文《说梦》，连载姚仰岐的散文《三净》(完)、凤蝶的散文《隋炀帝暴政与情诗》、茵茵的小说《女人》、凌霄的小说《青春火焰》、青云的小说《青霜玉佩》。

28 日　《澳门日报·新园地》副刊发表鲁夫的诗歌《欣闻三州乒赛在京揭幕》、

夏峰的散文《毕业之后》，连载海辛的小说《对岸》、浩泉的小说《黑夜》、金依的小说《小宝姐姐》、岫云的小说《红灯千秋》、唐堂的小说《义剑情刀》、润园的小说《活面人》、梅若诗的小说《黑珍珠》。《华侨报·华座》副刊发表高唐的散文《章士钊与梁启超》、赵宣扬的散文《兰州之恋》，连载洪荒的散文《说梦》、凤蝶的散文《隋炀帝暴政与情诗》、茵茵的小说《女人》、凌霄的小说《青春火焰》、青云的小说《青霜玉佩》。

29 日　《澳门日报·新园地》副刊发表夏微澜的散文《悼提早宠召者》，连载海辛的小说《对岸》、浩泉的小说《黑夜》、金依的小说《小宝姐姐》、岫云的小说《红灯千秋》、唐堂的小说《义剑情刀》、润园的小说《活面人》、梅若诗的小说《黑珍珠》。《华侨报·华座》副刊发表唐风的散文《秋天的礼赞》，连载洪荒的散文《说梦》（完）、凤蝶的散文《隋炀帝暴政与情诗》、茵茵的小说《女人》、凌霄的小说《青春火焰》、青云的小说《青霜玉佩》。

30 日　《澳门日报·新园地》副刊发表饶芷岸的散文《做新衣》，连载海辛的小说《对岸》、浩泉的小说《黑夜》、金依的小说《小宝姐姐》、岫云的小说《红灯千秋》、唐堂的小说《义剑情刀》、润园的小说《活面人》、梅若诗的小说《黑珍珠》。《华侨报·华座》副刊开始连载高唐的散文《柳宗元的永州山水记》，连载凤蝶的散文《隋炀帝暴政与情诗》、茵茵的小说《女人》、凌霄的小说《青春火焰》、青云的小说《青霜玉佩》。

31 日　《澳门日报·新园地》副刊发表江思扬的诗歌《洋行文员》、陈洁的散文《陈璞画学海公园》，连载海辛的小说《对岸》、浩泉的小说《黑夜》、金依的小说《小宝姐姐》、岫云的小说《红灯千秋》、唐堂的小说《义剑情刀》、润园的小说《活面人》、梅若诗的小说《黑珍珠》。《华侨报·华座》副刊连载凤蝶的散文《隋炀帝暴政与情诗》、茵茵的小说《女人》、凌霄的小说《青春火焰》、青云的小说《青霜玉佩》。

九月

1 日　《澳门日报·新园地》副刊发表白思群的散文《心潮曲》，连载海辛的小说《对岸》、浩泉的小说《黑夜》、金依的小说《小宝姐姐》、岫云的小说《红灯千秋》、唐堂的小说《义剑情刀》、润园的小说《活面人》、梅若诗的小说《黑珍珠》。《华侨报·华座》副刊发表洪荒的散文《我国古代女天文学家》，连载高唐的散文《柳宗元的永州山水记》（完）、凤蝶的散文《隋炀帝暴政与情诗》、茵茵的小说《女人》、凌霄的小说《青春火焰》、青云的小说《青霜玉佩》。

2日　《澳门日报·新园地》副刊发表夏微澜的散文《童心》，连载海辛的小说《对岸》、浩泉的小说《黑夜》、金依的小说《小宝姐姐》、岫云的小说《红灯千秋》、唐堂的小说《义剑情刀》、润园的小说《活面人》、梅若诗的小说《黑珍珠》。《华侨报·华座》副刊发表雅竹的散文《中国的瓷器》，并开始连载马宗霍的散文《记章行严先生》，连载凤蝶的散文《隋炀帝暴政与情诗》、茵茵的小说《女人》、凌霄的小说《青春火焰》、青云的小说《青霜玉佩》。

3日　《澳门日报·新园地》副刊发表牛皮居的散文《想起七色板》，连载海辛的小说《对岸》、浩泉的小说《黑夜》、金依的小说《小宝姐姐》、岫云的小说《红灯千秋》、唐堂的小说《义剑情刀》、润园的小说《活面人》、梅若诗的小说《黑珍珠》。《华侨报·华座》副刊开始连载高唐的散文《谈汉代画像石》，连载马宗霍的散文《记章行严先生》（完）、凤蝶的散文《隋炀帝暴政与情诗》（完）、茵茵的小说《女人》、凌霄的小说《青春火焰》、青云的小说《青霜玉佩》。

4日　《澳门日报·新园地》副刊连载海辛的小说《对岸》、浩泉的小说《黑夜》、金依的小说《小宝姐姐》、岫云的小说《红灯千秋》、唐堂的小说《义剑情刀》、润园的小说《活面人》、梅若诗的小说《黑珍珠》。《华侨报·华座》副刊开始连载洪荒的散文《石湾陶瓷史话》，连载高唐的散文《谈汉代画像石》（完）、茵茵的小说《女人》、凌霄的小说《青春火焰》（停刊一期）、青云的小说《青霜玉佩》。

5日　《澳门日报·新园地》副刊发表夏微澜的散文《说死》，连载海辛的小说《对岸》、浩泉的小说《黑夜》、金依的小说《小宝姐姐》、岫云的小说《红灯千秋》、唐堂的小说《义剑情刀》、润园的小说《活面人》、梅若诗的小说《黑珍珠》。《华侨报·华座》副刊发表赵宣扬的散文《与君歌赋一篇诗——寄美国友人书》，并开始连载高唐的散文《想起徐志摩》，连载洪荒的散文《石湾陶瓷史话》、茵茵的小说《女人》、凌霄的小说《青春火焰》、青云的小说《青霜玉佩》。

6日 《澳门日报·新园地》副刊发表鲁夫的诗歌《清平乐·颂十大》、饶芷岸的散文《想起我旧时》，连载海辛的小说《对岸》、浩泉的小说《黑夜》、金依的小说《小宝姐姐》、岫云的小说《红灯千秋》、唐堂的小说《义剑情刀》、润园的小说《活面人》、梅若诗的小说《黑珍珠》。《华侨报·华座》副刊开始连载凤蝶的散文《李清照的离鸾恨》，连载高唐的散文《想起徐志摩》、茵茵的小说《女人》、凌霄的小说《青春火焰》、青云的小说《青霜玉佩》。

7日 《澳门日报·新园地》副刊发表夏微澜的散文《迷》，连载海辛的小说《对岸》、浩泉的小说《黑夜》、金依的小说《小宝姐姐》、岫云的小说《红灯千秋》、唐堂的小说《义剑情刀》、润园的小说《活面人》、梅若诗的小说《黑珍珠》。《华侨报·华座》副刊发表黄衫客的散文《秋来红枣压枝繁》，连载凤蝶的散文《李清照的离鸾恨》、高唐的散文《想起徐志摩》、茵茵的小说《女人》、凌霄的小说《青春火焰》、青云的小说《青霜玉佩》。

8日 《澳门日报·新园地》副刊发表白思群的散文《一字之师与博士》，连载海辛的小说《对岸》、浩泉的小说《黑夜》、金依的小说《小宝姐姐》、岫云的小说《红灯千秋》、唐堂的小说《义剑情刀》、润园的小说《活面人》、梅若诗的小说《黑珍珠》。《华侨报·华座》副刊发表洪荒的散文《西湖风景柳永词》，连载凤蝶的散文《李清照的离鸾恨》、茵茵的小说《女人》、凌霄的小说《青春火焰》、青云的小说《青霜玉佩》。

9日 《澳门日报·新园地》副刊发表夏微澜的散文《笼》，连载海辛的小说《对岸》、浩泉的小说《黑夜》、金依的小说《小宝姐姐》、岫云的小说《红灯千秋》、唐堂的小说《义剑情刀》、润园的小说《活面人》、梅若诗的小说《黑珍珠》。《华侨报 · 华座》副刊开始连载高唐的散文《大名士倪鸿》，连载凤蝶的散文《李清照的离鸾恨》、茵茵的小说《女人》、凌霄的小说《青春火焰》、青云的小说《青霜玉佩》。

10 日 《澳门日报 · 新园地》副刊发表夏微澜的散文《无字歌》，连载海辛的小说《对岸》、浩泉的小说《黑夜》、金依的小说《小宝姐姐》、岫云的小说《红灯千秋》、唐堂的小说《义剑情刀》、润园的小说《活面人》、梅若诗的小说《黑珍珠》。《华侨报 · 华座》副刊发表赵宣扬的散文《清深一语一涟漪——寄海外友人书》，连载高唐的散文《大名士倪鸿》（完）、凤蝶的散文《李清照的离鸾恨》、茵茵的小说《女人》、凌霄的小说《青春火焰》、青云的小说《青霜玉佩》。

11 日 《澳门日报 · 新园地》副刊发表夏峰的散文《久违了，朋友》，连载海辛的小说《对岸》、浩泉的小说《黑夜》、金依的小说《小宝姐姐》、岫云的小说《红灯千秋》、唐堂的小说《义剑情刀》、润园的小说《活面人》、梅若诗的小说《黑珍珠》。《华侨报 · 华座》副刊发表洪荒的散文《罗浮山上看奇竹》、唐风的散文《中秋节谈月》，连载凤蝶的散文《李清照的离鸾恨》、茵茵的小说《女人》、凌霄的小说《青春火焰》、青云的小说《青霜玉佩》。

12 日 《澳门日报 · 新园地》副刊发表夏微澜的散文《废话连篇》、梅萼华的评论《两首写中秋的词》，连载海辛的小说《对岸》、浩泉的小说《黑夜》、金依的小说《小宝姐姐》、岫云的小说《红灯千秋》、唐堂的小说《义剑情刀》、润园的小说《活面人》、梅若诗的小说《黑珍珠》。《华侨报 · 华座》副刊发表高唐的散文《苏六鹏与苏仁山》、洪荒的散文《最美丽的神话》，连载凤蝶的散文《李清照的离鸾恨》、茵茵的小说《女人》、凌霄的小说《青春火焰》、青云的小说《青霜玉佩》。

13 日 《澳门日报 · 新园地》副刊发表饶芷岸的散文《忆儿时中秋》，连载海辛的小说《对岸》、浩泉的小说《黑夜》、金依的小说《小宝姐姐》、岫云的小说《红灯千秋》、唐堂的小说《义剑情刀》、润园的小说《活面人》、梅若诗的小说《黑珍珠》。《华侨报 · 华座》副刊发表高唐的散文《清代雕刻家周义》，连载风蝶的散文《李清照的离鸾恨》、茵茵的小说《女人》、凌霄的小说《青春火焰》、青云的小说《青霜玉佩》。

14 日 《澳门日报·新园地》副刊发表鲁夫的诗歌《寄台湾爱国同胞二韵》、王益知的散文《忆行严先生》，连载海辛的小说《对岸》、浩泉的小说《黑夜》、金依的小说《小宝姐姐》、岫云的小说《红灯千秋》、唐堂的小说《义剑情刀》、润园的小说《活面人》、梅若诗的小说《黑珍珠》。《华侨报·华座》副刊发表赵宣扬的散文《记得樱花春雨里——寄日本友人书》，并开始连载高唐的散文《谈黄莘田的"生春红砚"》，连载风蝶的散文《李清照的离鸾恨》(完)、茵茵的小说《女人》、凌霄的小说《青春火焰》、青云的小说《青霜玉佩》。

15 日 《澳门日报·新园地》副刊连载海辛的小说《对岸》、浩泉的小说《黑夜》、金依的小说《小宝姐姐》、岫云的小说《红灯千秋》、唐堂的小说《义剑情刀》、润园的小说《活面人》、梅若诗的小说《黑珍珠》。《华侨报·华座》副刊开始连载风蝶的散文《朱淑真的"月上柳梢"疑案》，连载高唐的散文《谈黄莘田的"生春红砚"》、茵茵的小说《女人》、凌霄的小说《青春火焰》、青云的小说《青霜玉佩》。

16 日 《澳门日报·新园地》副刊连载海辛的小说《对岸》、浩泉的小说《黑夜》、金依的小说《小宝姐姐》、岫云的小说《红灯千秋》、唐堂的小说《义剑情刀》、润园的小说《活面人》、梅若诗的小说《黑珍珠》。《华侨报·华座》副刊发表赵宣扬的散文《明月明年何处看——寄海外友人书》，连载风蝶的散文《朱淑真的"月上柳梢"疑案》、高唐的散文《谈黄莘田的"生春红砚"》、茵茵的小说《女人》、凌霄的小说《青春火焰》、青云的小说《青霜玉佩》。

17 日 《澳门日报·新园地》副刊发表夏微澜的散文《罗曼蒂克》，连载海辛的小说《对岸》、浩泉的小说《黑夜》、金依的小说《小宝姐姐》、岫云的小说《红灯千秋》、唐堂的小说《义剑情刀》、润园的小说《活面人》、梅若诗的小说《黑珍珠》。《华侨报·华座》副刊连载风蝶的散文《朱淑真的"月上柳梢"疑案》、高唐的散文《谈黄莘田的"生春红砚"》(完)、茵茵的小说《女人》、凌霄的小说《青春火焰》（完）、青云的小说《青霜玉佩》。

18日 《澳门日报·新园地》副刊发表夏峰的散文《不屈战士》，连载海辛的小说《对岸》、浩泉的小说《黑夜》、金依的小说《小宝姐姐》、岫云的小说《红灯千秋》、唐堂的小说《义剑情刀》、润园的小说《活面人》、梅若诗的小说《黑珍珠》。《华侨报·华座》副刊发表姚仰岐的散文《哭与笑》，并开始连载高唐的散文《谈近代几位史学家》、凌霄的小说《丽丽》，连载凤蝶的散文《朱淑真的"月上柳梢"疑案》，茵茵的小说《女人》、青云的小说《青霜玉佩》。

19日 《澳门日报·新园地》副刊发表士心的诗歌《麻将》、夏微澜的散文《九月初一时中秋》，连载海辛的小说《对岸》、浩泉的小说《黑夜》、金依的小说《小宝姐姐》、岫云的小说《红灯千秋》、唐堂的小说《义剑情刀》、润园的小说《活面人》、梅若诗的小说《黑珍珠》。《华侨报·华座》副刊发表雅竹的散文《秋之组曲》，连载高唐的散文《谈近代几位史学家》（完）、凌霄的小说《丽丽》、凤蝶的散文《朱淑真的"月上柳梢"疑案》（完）、茵茵的小说《女人》、青云的小说《青霜玉佩》。

21日 《澳门日报·新园地》副刊发表夏微澜的散文《摩登古物》，连载海辛的小说《对岸》、浩泉的小说《黑夜》、金依的小说《小宝姐姐》、岫云的小说《红灯千秋》、唐堂的小说《义剑情刀》、润园的小说《活面人》、梅若诗的小说《黑珍珠》。《华侨报·华座》副刊发表凤蝶的散文《琴操改秦观词》、高唐的散文《法国汉学家沙畹》，连载凌霄的小说《丽丽》、茵茵的小说《女人》、青云的小说《青霜玉佩》。

22日 《澳门日报·新园地》副刊发表鲁生的散文《手术前后》，连载海辛的小说《对岸》、浩泉的小说《黑夜》、金依的小说《小宝姐姐》、岫云的小说《红灯千秋》、唐堂的小说《义剑情刀》、润园的小说《活面人》、梅若诗的小说《黑珍珠》。《华侨报·华座》副刊发表慕华的散文《草木也有感情》，连载凌霄的小说《丽丽》、茵茵的小说《女人》（完）、青云的小说《青霜玉佩》。

23日　《澳门日报·新园地》副刊发表饶芷岸的散文《候车的烦恼》，连载海辛的小说《对岸》、浩泉的小说《黑夜》、金依的小说《小宝姐姐》、岫云的小说《红灯千秋》、唐堂的小说《义剑情刀》、润园的小说《活面人》、梅若诗的小说《黑珍珠》。《华侨报·华座》副刊发表黄衫客的散文《风动桂飘香》，并开始连载茵茵的小说《还魂记》，连载凌霄的小说《丽丽》、青云的小说《青霜玉佩》。

24日　《澳门日报·新园地》副刊发表牛皮居的散文《变》，连载海辛的小说《对岸》、浩泉的小说《黑夜》、金依的小说《小宝姐姐》、岫云的小说《红灯千秋》、唐堂的小说《义剑情刀》、润园的小说《活面人》、梅若诗的小说《黑珍珠》。《华侨报·华座》副刊开始连载高唐的散文《齐白石的轶事》、凌公度的散文《东望洋山下》，连载茵茵的小说《还魂记》、凌霄的小说《丽丽》、青云的小说《青霜玉佩》。

25日　《澳门日报·新园地》副刊发表夏峰的散文《乏味的抱怨》，连载海辛的小说《对岸》、浩泉的小说《黑夜》、金依的小说《小宝姐姐》、岫云的小说《红灯千秋》、唐堂的小说《义剑情刀》、润园的小说《活面人》、梅若诗的小说《黑珍珠》。《华侨报·华座》副刊发表赵宣扬的散文《一纸情深致万里——寄欧洲友人书》，并开始连载凤蝶的散文《苦吟诗人陈师道》，连载高唐的散文《齐白石的轶事》（完）、凌公度的散文《东望洋山下》（完）、茵茵的小说《还魂记》、凌霄的小说《丽丽》、青云的小说《青霜玉佩》。

26日　《澳门日报·新园地》副刊发表王伯檀的散文《回忆》，连载海辛的小说《对岸》、浩泉的小说《黑夜》、金依的小说《小宝姐姐》、岫云的小说《红灯千秋》、唐堂的小说《义剑情刀》、润园的小说《活面人》、梅若诗的小说《黑珍珠》。《华侨报·华座》副刊开始连载高唐的散文《梁鼎芬夫妇与文廷式》，连载凤蝶的散文《苦吟诗人陈师道》、茵茵的小说《还魂记》、凌霄的小说《丽丽》、青云的小说《青霜玉佩》。

27日　《澳门日报·新园地》副刊发表饶芷岸的散文《小部头书籍》，连载海辛的小说《对岸》、浩泉的小说《黑夜》、金依的小说《小宝姐姐》、岫云的小说《红灯千秋》、唐堂的小说《义剑情刀》、润园的小说《活面人》、梅若诗的小说《黑珍珠》。《华侨报·华座》副刊连载高唐的散文《梁鼎芬夫妇与文廷式》、凤蝶的散文《苦吟诗人陈师道》、茵茵的小说《还魂记》、凌霄的小说《丽丽》、青云的小说《青霜玉佩》。

28日 《澳门日报·新园地》副刊发表夏微澜的散文《乡情》，连载海辛的小说《对岸》、浩泉的小说《黑夜》、金依的小说《小宝姐姐》、岫云的小说《红灯千秋》、唐堂的小说《义剑情刀》、润园的小说《活面人》、梅若诗的小说《黑珍珠》。《华侨报·华座》副刊连载高唐的散文《梁鼎芬夫妇与文廷式》(完)、凤蝶的散文《苦吟诗人陈师道》、茵茵的小说《还魂记》，凌霄的小说《丽丽》、青云的小说《青霜玉佩》。

29日 《澳门日报·新园地》副刊发表夏微澜的散文《乡情》，连载海辛的小说《对岸》、浩泉的小说《黑夜》、金依的小说《小宝姐姐》、岫云的小说《红灯千秋》、唐堂的小说《义剑情刀》、润园的小说《活面人》、梅若诗的小说《黑珍珠》。《华侨报·华座》副刊发表高唐的散文《谈几个作家写作故事》，并开始连载美新的评论《儿童文学新标准》，连载凤蝶的散文《苦吟诗人陈师道》、茵茵的小说《还魂记》、凌霄的小说《丽丽》、青云的小说《青霜玉佩》。

30日 《澳门日报·新园地》副刊发表士心的诗歌《遥祝》、夏微澜的散文《别忘掉不幸》，连载海辛的小说《对岸》、浩泉的小说《黑夜》、金依的小说《小宝姐姐》、岫云的小说《红灯千秋》、唐堂的小说《义剑情刀》、润园的小说《活面人》、梅若诗的小说《黑珍珠》。《华侨报·华座》副刊发表发表赵宣扬的散文《风云激荡阴晴见——答美国友人书》，连载美新的评论《儿童文学新标准》(完)、凤蝶的散文《苦吟诗人陈师道》、茵茵的小说《还魂记》、凌霄的小说《丽丽》、青云的小说《青霜玉佩》。

十月

1日 《澳门日报·新园地》副刊发表雪予的诗歌《国庆二十四周年放歌》、夏微澜的散文《失和收》，连载海辛的小说《对岸》、浩泉的小说《黑夜》、金依的小说《小宝姐姐》、岫云的小说《红灯千秋》、唐堂的小说《义剑情刀》、润园的小说《活面人》、梅若诗的小说《黑珍珠》。《华侨报·华座》副刊发表张玮的散文《祖国颂》、赵宣扬的散文《愿将菊酒解千愁——国庆日致台省亲友书》、雅竹的散文《寂寞》，连载风蝶的散文《苦吟诗人陈师道》、茵茵的小说《还魂记》、凌霄的小说《丽丽》、青云的小说《青霜玉佩》。

2日 《澳门日报·新园地》副刊发表鲁夫的诗歌《西江月·国庆欢歌》、鲁牛的散文《但愿人长久，千里共婵娟》、夏微澜的散文《岂有此“自由”》、作者不详的评论《水浒的思想和艺术》，连载海辛的小说《对岸》、浩泉的小说《黑夜》、金依的小说《小宝姐姐》、岫云的小说《红灯千秋》、唐堂的小说《义剑情刀》、润园的小说《活面人》、梅若诗的小说《黑珍珠》。《华侨报·华座》副刊发表黄衫客的散文《霜前白雁来》、秦风的散文《北京的礼赞》，并开始连载高唐的散文《张敬修与李文茂》，连载风蝶的散文《苦吟诗人陈师道》（完）、茵茵的小说《还魂记》、凌霄的小说《丽丽》、青云的小说《青霜玉佩》。

4日 《澳门日报·新园地》副刊发表篆萩的诗歌《五星之死》、雪予的诗歌《周总理十大报告读后》、饶芷岸的散文《节日之夜》，连载海辛的小说《对岸》、浩泉的小说《黑夜》、金依的小说《小宝姐姐》、岫云的小说《红灯千秋》、唐堂的小说《义剑情刀》、润园的小说《活面人》、梅若诗的小说《黑珍珠》。《华侨报·华座》副刊发表慕华的散文《风筝可载人飞翔》，连载高唐的散文《张敬修与李文茂》（完）、茵茵的小说《还魂记》、凌霄的小说《丽丽》、青云的小说《青霜玉佩》。

5日 《澳门日报·新园地》副刊发表任杰的诗歌《天净沙》《菩萨蛮》，夏微澜的散文《献丑不如藏拙》，连载海辛的小说《对岸》、浩泉的小说《黑夜》、金依的小说《小宝姐姐》、岫云的小说《红灯千秋》、唐堂的小说《义剑情刀》、润园的小说《活面人》、梅若诗的小说《黑珍珠》。《华侨报·华座》副刊发表高唐的散文《谈广西花山的壁画》，连载茵茵的小说《还魂记》、凌霄的小说《丽丽》、青云的小说《青霜玉佩》。

6 日　《澳门日报 · 新园地》副刊连载海辛的小说《对岸》、浩泉的小说《黑夜》、金依的小说《小宝姐姐》、岫云的小说《红灯千秋》、唐堂的小说《义剑情刀》、润园的小说《活面人》、梅若诗的小说《黑珍珠》。《华侨报 · 华座》副刊发表发蓝的散文《喷水池礼赞》，连载茵茵的小说《还魂记》、凌霄的小说《丽丽》、青云的小说《青霜玉佩》。

7 日　《澳门日报 · 新园地》副刊连载海辛的小说《对岸》、浩泉的小说《黑夜》、金依的小说《小宝姐姐》、岫云的小说《红灯千秋》、唐堂的小说《义剑情刀》、润园的小说《活面人》、梅若诗的小说《黑珍珠》。《华侨报 · 华座》副刊开始连载高唐的散文《金圣叹这个人》，连载茵茵的小说《还魂记》、凌霄的小说《丽丽》、青云的小说《青霜玉佩》。

8 日　《澳门日报 · 新园地》副刊发表夏微澜的评论《重读〈最可爱的人〉》，连载海辛的小说《对岸》、浩泉的小说《黑夜》、金依的小说《小宝姐姐》、岫云的小说《红灯千秋》、唐堂的小说《义剑情刀》、润园的小说《活面人》、梅若诗的小说《黑珍珠》。《华侨报 · 华座》副刊连载高唐的散文《金圣叹这个人》（完）、茵茵的小说《还魂记》、凌霄的小说《丽丽》、青云的小说《青霜玉佩》。

9 日　《澳门日报 · 新园地》副刊发表陈洁的评论《黄宾虹自写蜀游诗》，连载海辛的小说《对岸》、浩泉的小说《黑夜》、金依的小说《小宝姐姐》、岫云的小说《红灯千秋》、唐堂的小说《义剑情刀》、润园的小说《活面人》、梅若诗的小说《黑珍珠》。《华侨报 · 华座》副刊发表凌子风的散文《立竿见影》，连载茵茵的小说《还魂记》、凌霄的小说《丽丽》、青云的小说《青霜玉佩》。

10 日　《澳门日报 · 新园地》副刊连载海辛的小说《对岸》、浩泉的小说《黑夜》、金依的小说《小宝姐姐》、岫云的小说《红灯千秋》、唐堂的小说《义剑情刀》、润园的小说《活面人》、梅若诗的小说《黑珍珠》。《华侨报 · 华座》副刊发表竹雅的散文《大排档的沧桑》，连载茵茵的小说《还魂记》、凌霄的小说《丽丽》、青云的小说《青霜玉佩》。

11 日　《澳门日报 · 新园地》副刊发表饶芷岸的评论《儿童文学深入浅出》，连载海辛的小说《对岸》、浩泉的小说《黑夜》、金依的小说《小宝姐姐》、岫云的小说《红灯千秋》、唐堂的小说《义剑情刀》、润园的小说《活面人》、梅若诗的小说《黑珍珠》。《华侨报·华座》副刊开始连载陈至白的散文《镜湖疗眼记》，连载茵茵的小说《还魂记》、凌霄的小说《丽丽》、青云的小说《青霜玉佩》。

12 日 《澳门日报·新园地》副刊发表夏微澜的散文《死人财》，连载海辛的小说《对岸》、浩泉的小说《黑夜》、金依的小说《小宝姐姐》、岫云的小说《红灯千秋》、唐堂的小说《义剑情刀》、润园的小说《活面人》、梅若诗的小说《黑珍珠》。《华侨报·华座》副刊开始连载高唐的散文《想起舒新城》，连载陈至白的散文《镜湖疗眼记》（完）、茵茵的小说《还魂记》、凌霄的小说《丽丽》、青云的小说《青霜玉佩》。

13 日 《澳门日报·新园地》副刊连载海辛的小说《对岸》、浩泉的小说《黑夜》、金依的小说《小宝姐姐》、岫云的小说《红灯千秋》、唐堂的小说《义剑情刀》、润园的小说《活面人》、梅若诗的小说《黑珍珠》。

14 日 《澳门日报·新园地》副刊发表白思群的散文《读定庵诗琐记》，连载海辛的小说《对岸》、浩泉的小说《黑夜》、金依的小说《小宝姐姐》、岫云的小说《红灯千秋》、唐堂的小说《义剑情刀》、润园的小说《活面人》、梅若诗的小说《黑珍珠》。《华侨报·华座》副刊开始连载高唐的评论《台湾诗话》，连载茵茵的小说《还魂记》、凌霄的小说《丽丽》、青云的小说《青霜玉佩》。

15 日 《澳门日报·新园地》副刊连载海辛的小说《对岸》、浩泉的小说《黑夜》、金依的小说《小宝姐姐》、岫云的小说《红灯千秋》、唐堂的小说《义剑情刀》、润园的小说《活面人》、梅若诗的小说《黑珍珠》。《华侨报·华座》副刊发表黄衫客的散文《园中柿叶稀》，连载高唐的评论《台湾诗话》（完）、茵茵的小说《还魂记》、凌霄的小说《丽丽》、青云的小说《青霜玉佩》。

16 日 《澳门日报·新园地》副刊发表夏峰的散文《被押回来了》，连载海辛的小说《对岸》、浩泉的小说《黑夜》（完）、金依的小说《小宝姐姐》、岫云的小说《红灯千秋》、唐堂的小说《义剑情刀》、润园的小说《活面人》、梅若诗的小说《黑珍珠》。《华侨报·华座》副刊发表高唐的散文《谈清代广东的学府》、黄衫客的散文《漫话灵芝》，连载茵茵的小说《还魂记》、凌霄的小说《丽丽》、青云的小说《青霜玉佩》。

17 日 《澳门日报·新园地》副刊连载海辛的小说《对岸》、金依的小说《小宝姐姐》、岫云的小说《红灯千秋》、唐堂的小说《义剑情刀》、润园的小说《活面人》、梅若诗的小说《黑珍珠》。《华侨报·华座》副刊发表赵宣扬的散文《朝阳还揖江山丽——答英国友人书》，并开始连载高唐的散文《重读梁任公诗稿手记》，连载茵茵的小说《还魂记》、凌霄的小说《丽丽》、青云的小说《青霜玉佩》。

18 日 《澳门日报·新园地》副刊发表饶芷岸的散文《恒心和韧力》，连载海辛的小说《对岸》、金依的小说《小宝姐姐》、岫云的小说《红灯千秋》、唐堂的小说《义剑情刀》、润园的小说《活面人》、梅若诗的小说《黑珍珠》。《华侨报·华座》副刊连载高唐的散文《重读梁任公诗稿手记》（完）、茵茵的小说《还魂记》、凌霄的小说《丽丽》、青云的小说《青霜玉佩》。

19 日 《澳门日报·新园地》副刊发表王伯檀的散文《只眼闭，只眼睁》，连载海辛的小说《对岸》、金依的小说《小宝姐姐》、岫云的小说《红灯千秋》、唐堂的小说《义剑情刀》、润园的小说《活面人》、梅若诗的小说《黑珍珠》。《华侨报·华座》副刊发表宜翁的散文《画卷长留天地间》、凌子风的散文《暮鼓晨钟》，连载茵茵的小说《还魂记》、凌霄的小说《丽丽》、青云的小说《青霜玉佩》。

20 日 《澳门日报·新园地》副刊连载海辛的小说《对岸》、金依的小说《小宝姐姐》、岫云的小说《红灯千秋》、唐堂的小说《义剑情刀》、润园的小说《活面人》、梅若诗的小说《黑珍珠》。《华侨报·华座》副刊发表高唐的散文《写字题词的笑话》、凌子风的散文《泰国的十三君子》，连载茵茵的小说《还魂记》、凌霄的小说《丽丽》、青云的小说《青霜玉佩》。

21 日 《澳门日报·新园地》副刊发表粤衡的评论《鲁迅与增田涉》，连载海辛的小说《对岸》、金依的小说《小宝姐姐》、岫云的小说《红灯千秋》、唐堂的小说《义剑情刀》、润园的小说《活面人》、梅若诗的小说《黑珍珠》。《华侨报·华座》副刊发表高唐的散文《作家笔名偶拾》、赵宣扬的散文《刚介真堪后死师——鲁迅逝世三十七周年》，连载茵茵的小说《还魂记》、凌霄的小说《丽丽》、青云的小说《青霜玉佩》。

22日 《澳门日报·新园地》副刊连载海辛的小说《对岸》、金依的小说《小宝姐姐》、岫云的小说《红灯千秋》、唐堂的小说《义剑情刀》、润园的小说《活面人》、梅若诗的小说《黑珍珠》。《华侨报·华座》副刊发表高唐的散文《鲁迅几本杂文集命名》、凌子风的散文《天下英雄谁敌手》，连载茵茵的小说《还魂记》、凌霄的小说《丽丽》、青云的小说《青霜玉佩》（完）。

23日 《澳门日报·新园地》副刊连载海辛的小说《对岸》、金依的小说《小宝姐姐》、岫云的小说《红灯千秋》、唐堂的小说《义剑情刀》、润园的小说《活面人》、梅若诗的小说《黑珍珠》。《华侨报·华座》副刊发表凌子风的散文《繁荣之道》，开始连载高唐的散文《清初思想家黄宗羲》、青云的小说《火娘子》，连载茵茵的小说《还魂记》、凌霄的小说《丽丽》。

24日 《澳门日报·新园地》副刊连载海辛的小说《对岸》、金依的小说《小宝姐姐》、岫云的小说《红灯千秋》、唐堂的小说《义剑情刀》、润园的小说《活面人》、梅若诗的小说《黑珍珠》。《华侨报·华座》副刊发表凌子风的散文《一滴石油一滴血》，连载高唐的散文《清初思想家黄宗羲》（完）、青云的小说《火娘子》、茵茵的小说《还魂记》、凌霄的小说《丽丽》。

25日 《澳门日报·新园地》副刊发表饶芷岸的散文《真正的朋友》，连载海辛的小说《对岸》、金依的小说《小宝姐姐》、岫云的小说《红灯千秋》、唐堂的小说《义剑情刀》、润园的小说《活面人》、梅若诗的小说《黑珍珠》。《华侨报·华座》副刊发表宜翁的散文《监狱·学院·花园》、竹雅的散文《秋末晚菘》，连载青云的小说《火娘子》、茵茵的小说《还魂记》、凌霄的小说《丽丽》。

26 日　《澳门日报 · 新园地》副刊发表毕敬子的散文《深秋乱穿衣》，连载海辛的小说《对岸》、金依的小说《小宝姐姐》、岫云的小说《红灯千秋》、唐堂的小说《义剑情刀》、润园的小说《活面人》、梅若诗的小说《黑珍珠》。《华侨报 · 华座》副刊发表高唐的散文《李商隐咏史诗》，连载青云的小说《火娘子》、茵茵的小说《还魂记》、凌霄的小说《丽丽》。

27 日　《澳门日报 · 新园地》副刊发表白思群的评论《精确的艺术雕刀——读〈三国演义〉》，连载海辛的小说《对岸》、金依的小说《小宝姐姐》、岫云的小说《红灯千秋》、唐堂的小说《义剑情刀》、润园的小说《活面人》、梅若诗的小说《黑珍珠》。《华侨报 · 华座》副刊开始连载高唐的散文《浅谈伪书画的鉴别》，连载青云的小说《火娘子》、茵茵的小说《还魂记》（完）、凌霄的小说《丽丽》。

28 日　《澳门日报 · 新园地》副刊发表陈洁的评论《胡适给赵元任的信》，连载海辛的小说《对岸》、金依的小说《小宝姐姐》、岫云的小说《红灯千秋》、唐堂的小说《义剑情刀》、润园的小说《活面人》、梅若诗的小说《黑珍珠》。《华侨报 · 华座》副刊发表凌子风的散文《黑暗前的光芒》，开始连载茵茵的小说《陋巷》，连载高唐的散文《浅谈伪书画的鉴别》、青云的小说《火娘子》、凌霄的小说《丽丽》。

29 日　《澳门日报 · 新园地》副刊发表夏微澜的散文《我们的花朵》，开始连载浩泉的小说《失落的亲情》，连载海辛的小说《对岸》、金依的小说《小宝姐姐》、岫云的小说《红灯千秋》、唐堂的小说《义剑情刀》、润园的小说《活面人》、梅若诗的小说《黑珍珠》。《华侨报 · 华座》副刊发表凌子风的散文《强权与公理之消长》，连载高唐的散文《浅谈伪书画的鉴别》、茵茵的小说《陋巷》、青云的小说《火娘子》、凌霄的小说《丽丽》。

30 日　《澳门日报 · 新园地》副刊发表夏峰的散文《于是乎》，连载浩泉的小说《失落的亲情》、海辛的小说《对岸》、金依的小说《小宝姐姐》、岫云的小说《红灯千秋》、唐堂的小说《义剑情刀》、润园的小说《活面人》、梅若诗的小说《黑珍珠》。《华侨报 · 华座》副刊发表凌子风的散文《正义光芒万丈长》、黄衫客的散文《漫谈石鼓文》，连载高唐的散文《浅谈伪书画的鉴别》、茵茵的小说《陋巷》、青云的小说《火娘子》、凌霄的小说《丽丽》。

31 日　《澳门日报·新园地》副刊发表余会沐的诗歌《访日诗抄》、夏微澜的散文《男子汉》、牛皮居的评论《港澳是“文化沙漠”？》，连载浩泉的小说《失落的亲情》、海辛的小说《对岸》、金依的小说《小宝姐姐》、岫云的小说《红灯千秋》、唐堂的小说《义剑情刀》、润园的小说《活面人》、梅若诗的小说《黑珍珠》。《华侨报·华座》副刊发表凌子风的散文《一丘之貉》，连载高唐的散文《浅谈伪书画的鉴别》（完）、茵茵的小说《陋巷》、青云的小说《火娘子》、凌霄的小说《丽丽》。

⊙　本月，陶里的诗歌《万象夜语》刊于香港《当代文艺》第95期。

十一月

1 日　《澳门日报·新园地》副刊发表饶芷岸的散文《美妙的旅行季节》，连载浩泉的小说《失落的亲情》、海辛的小说《对岸》、金依的小说《小宝姐姐》、岫云的小说《红灯千秋》、唐堂的小说《义剑情刀》、润园的小说《活面人》、梅若诗的小说《黑珍珠》。《华侨报·华座》副刊开始连载增沙田的散文《鲁迅与我》，连载茵茵的小说《陋巷》、青云的小说《火娘子》、凌霄的小说《丽丽》。

2 日　《澳门日报·新园地》副刊连载浩泉的小说《失落的亲情》、海辛的小说《对岸》、金依的小说《小宝姐姐》、岫云的小说《红灯千秋》、唐堂的小说《义剑情刀》、润园的小说《活面人》、梅若诗的小说《黑珍珠》。《华侨报·华座》副刊发表凌子风的散文《天道不争而善胜》、高唐的散文《王献之“十三行”石刻》，连载增沙田的散文《鲁迅与我》、茵茵的小说《陋巷》、青云的小说《火娘子》、凌霄的小说《丽丽》。

3 日　《澳门日报·新园地》副刊发表夏微澜的散文《作家》，连载浩泉的小说《失落的亲情》、海辛的小说《对岸》、金依的小说《小宝姐姐》、岫云的小说《红灯千秋》、唐堂的小说《义剑情刀》、润园的小说《活面人》、梅若诗的小说《黑珍珠》。《华侨报·华座》副刊开始连载高唐的散文《广东名画家林良》，连载增沙田的散文《鲁迅与我》、茵茵的小说《陋巷》、青云的小说《火娘子》、凌霄的小说《丽丽》。

4日　《澳门日报·新园地》副刊连载浩泉的小说《失落的亲情》、海辛的小说《对岸》、金依的小说《小宝姐姐》、岫云的小说《红灯千秋》、唐堂的小说《义剑情刀》、润园的小说《活面人》、梅若诗的小说《黑珍珠》。《华侨报·华座》副刊连载高唐的散文《广东名画家林良》（完）、增沙田的散文《鲁迅与我》、茵茵的小说《陋巷》、青云的小说《火娘子》、凌霄的小说《丽丽》。

5日　《澳门日报·新园地》副刊发表李驰的散文《琵琶妙手刘德海》、洪峰的散文《宣纸春秋》，连载浩泉的小说《失落的亲情》、海辛的小说《对岸》、金依的小说《小宝姐姐》、岫云的小说《红灯千秋》、唐堂的小说《义剑情刀》、润园的小说《活面人》、梅若诗的小说《黑珍珠》。《华侨报·华座》副刊开始连载高唐的散文《谈冯梦龙的“山歌”》，连载增沙田的散文《鲁迅与我》（完）、茵茵的小说《陋巷》、青云的小说《火娘子》、凌霄的小说《丽丽》。

6日　《澳门日报·新园地》副刊发表白思群的散文《杂抄两味》，连载浩泉的小说《失落的亲情》、海辛的小说《对岸》、金依的小说《小宝姐姐》、岫云的小说《红灯千秋》、唐堂的小说《义剑情刀》、润园的小说《活面人》、梅若诗的小说《黑珍珠》。《华侨报·华座》副刊发表凌子风的散文《和平奖的问号》，连载高唐的散文《谈冯梦龙的“山歌”》（完）、茵茵的小说《陋巷》、青云的小说《火娘子》、凌霄的小说《丽丽》。

7日　《澳门日报·新园地》副刊发表夏微澜的散文《食面记》，连载浩泉的小说《失落的亲情》、海辛的小说《对岸》、金依的小说《小宝姐姐》、岫云的小说《红灯千秋》、唐堂的小说《义剑情刀》、润园的小说《活面人》、梅若诗的小说《黑珍珠》。《华侨报·华座》副刊发表凌子风的散文《领袖群伦与万流归宗》、易嘉的散文《在川藏路上》，并开始连载高唐的散文《从年谱看梁启超》，连载茵茵的小说《陋巷》、青云的小说《火娘子》、凌霄的小说《丽丽》。

8日　《澳门日报·新园地》副刊发表饶芷岸的散文《淡风的威胁》，连载浩泉的小说《失落的亲情》、海辛的小说《对岸》、金依的小说《小宝姐姐》、岫云的小说《红灯千秋》、唐堂的小说《义剑情刀》、润园的小说《活面人》、梅若诗的小说《黑珍珠》。《华侨报·华座》副刊连载高唐的散文《从年谱看梁启超》（完）、茵茵的小说《陋巷》、青云的小说《火娘子》、凌霄的小说《丽丽》。

9日　《澳门日报·新园地》副刊发表箓菽的诗歌《一枝独秀》，连载浩泉的小说《失落的亲情》、海辛的小说《对岸》、金依的小说《小宝姐姐》、岫云的小说《红灯千秋》、唐堂的小说《义剑情刀》、润园的小说《活面人》、梅若诗的小说《黑珍珠》。《华侨报·华座》副刊连载茵茵的小说《陋巷》、青云的小说《火娘子》、凌霄的小说《丽丽》。

10日　《澳门日报·新园地》副刊发表士心的诗歌《三轮车工人》、白思群的散文《司马懿与桥牌》，连载浩泉的小说《失落的亲情》、海辛的小说《对岸》、金依的小说《小宝姐姐》、岫云的小说《红灯千秋》、唐堂的小说《义剑情刀》、润园的小说《活面人》、梅若诗的小说《黑珍珠》。《华侨报·华座》副刊发表凌子风的散文《天下一家与半部论语》，开始连载高唐的评论《读〈三国演义〉——貂蝉是吕布的原配》，连载茵茵的小说《陋巷》、青云的小说《火娘子》、凌霄的小说《丽丽》。

11日　《澳门日报·新园地》副刊连载浩泉的小说《失落的亲情》、海辛的小说《对岸》、金依的小说《小宝姐姐》、岫云的小说《红灯千秋》、唐堂的小说《义剑情刀》、润园的小说《活面人》、梅若诗的小说《黑珍珠》。《华侨报·华座》副刊发表赵宣扬的散文《落花已作风前舞——寄美国友人书》、姚仰岐的散文《闲话穷而后工》，连载高唐的评论《读〈三国演义〉——貂蝉是吕布的原配》（完）、茵茵的小说《陋巷》、青云的小说《火娘子》、凌霄的小说《丽丽》。

12日　《澳门日报·新园地》副刊发表曼思的评论《一篇先秦散文的分析》，连载浩泉的小说《失落的亲情》、海辛的小说《对岸》、金依的小说《小宝姐姐》、岫云的小说《红灯千秋》、唐堂的小说《义剑情刀》、润园的小说《活面人》、梅若诗的小说《黑珍珠》。《华侨报·华座》副刊开始连载高唐的散文《儒林外史与广东》，连载茵茵的小说《陋巷》、青云的小说《火娘子》、凌霄的小说《丽丽》。

13日 《澳门日报·新园地》副刊连载浩泉的小说《失落的亲情》、海辛的小说《对岸》、金依的小说《小宝姐姐》、岫云的小说《红灯千秋》、唐堂的小说《义剑情刀》、润园的小说《活面人》、梅若诗的小说《黑珍珠》。《华侨报·华座》副刊连载高唐的散文《儒林外史与广东》（完）、茵茵的小说《陋巷》、青云的小说《火娘子》、凌霄的小说《丽丽》。

14日 《澳门日报·新园地》副刊发表江思扬的诗歌《给一位老师》、夏微澜的散文《绿和灰》，连载浩泉的小说《失落的亲情》、海辛的小说《对岸》、金依的小说《小宝姐姐》、岫云的小说《红灯千秋》、唐堂的小说《义剑情刀》、润园的小说《活面人》、梅若诗的小说《黑珍珠》。《华侨报·华座》副刊开始连载高唐的散文《苏东坡的西湖诗》、徐缉熙的评论《评〈红楼梦〉》，连载茵茵的小说《陋巷》、青云的小说《火娘子》、凌霄的小说《丽丽》。

15日 《澳门日报·新园地》副刊连载浩泉的小说《失落的亲情》、海辛的小说《对岸》、金依的小说《小宝姐姐》、岫云的小说《红灯千秋》、唐堂的小说《义剑情刀》、润园的小说《活面人》、梅若诗的小说《黑珍珠》。《华侨报·华座》副刊发表高唐的散文《郑吕泉纵酒佯狂》，连载高唐的散文《苏东坡的西湖诗》（完）、徐缉熙的评论《评〈红楼梦〉》、茵茵的小说《陋巷》、青云的小说《火娘子》、凌霄的小说《丽丽》。

16日 《澳门日报·新园地》副刊连载浩泉的小说《失落的亲情》、海辛的小说《对岸》、金依的小说《小宝姐姐》、岫云的小说《红灯千秋》、唐堂的小说《义剑情刀》、润园的小说《活面人》、梅若诗的小说《黑珍珠》。《华侨报·华座》副刊发表竹雅的散文《我冒充了一次记者》，连载徐缉熙的评论《评〈红楼梦〉》、茵茵的小说《陋巷》、青云的小说《火娘子》、凌霄的小说《丽丽》。

17日 《澳门日报·新园地》副刊发表赵飘萍的评论《不仅是恋爱问题——读〈伤

逝〉》，连载浩泉的小说《失落的亲情》、海辛的小说《对岸》、金依的小说《小宝姐姐》、岫云的小说《红灯千秋》、唐堂的小说《义剑情刀》、润园的小说《活面人》、梅若诗的小说《黑珍珠》。《华侨报·华座》副刊发表高唐的散文《詹菊人与广东方言》、竹雅的散文《恬淡之乐》，连载徐缉熙的评论《评〈红楼梦〉》、茵茵的小说《陋巷》、青云的小说《火娘子》、凌霄的小说《丽丽》。

18 日 《澳门日报·新园地》副刊发表夏微澜的散文《乡村医生》，连载浩泉的小说《失落的亲情》、海辛的小说《对岸》、金依的小说《小宝姐姐》、岫云的小说《红灯千秋》、唐堂的小说《义剑情刀》、润园的小说《活面人》、梅若诗的小说《黑珍珠》。《华侨报·华座》副刊连载徐缉熙的评论《评〈红楼梦〉》、茵茵的小说《陋巷》、青云的小说《火娘子》、凌霄的小说《丽丽》。

19 日 《澳门日报·新园地》副刊发表周永年的散文《杭州西湖新姿》，连载浩泉的小说《失落的亲情》、海辛的小说《对岸》、金依的小说《小宝姐姐》、岫云的小说《红灯千秋》、唐堂的小说《义剑情刀》、润园的小说《活面人》、梅若诗的小说《黑珍珠》。《华侨报·华座》副刊发表黄衫客的散文《漫谈铺子》，开始连载高唐的散文《砚刻艺人张景安》，连载徐缉熙的评论《评〈红楼梦〉》、茵茵的小说《陋巷》、青云的小说《火娘子》、凌霄的小说《丽丽》。

20 日 《澳门日报·新园地》副刊发表夏峰的散文《记越秀公园菊展》，连载浩泉的小说《失落的亲情》、海辛的小说《对岸》、金依的小说《小宝姐姐》、岫云的小说《红灯千秋》、唐堂的小说《义剑情刀》、润园的小说《活面人》、梅若诗的小说《黑珍珠》。《华侨报·华座》副刊发表凌子风的散文《下一代的绊脚石》，连载高唐的散文《砚刻艺人张景安》（完）、徐缉熙的评论《评〈红楼梦〉》、茵茵的小说《陋巷》、青云的小说《火娘子》、凌霄的小说《丽丽》。

21 日 《澳门日报·新园地》副刊连载浩泉的小说《失落的亲情》、海辛的小说《对岸》、金依的小说《小宝姐姐》、岫云的小说《红灯千秋》、唐堂的小说《义剑情刀》、润园的小说《活面人》、梅若诗的小说《黑珍珠》。《华侨报·华座》副刊发表赵宣扬的散文《云海天涯两相思——答美国友人书》，开始连载高唐的评论《谈政治讽刺诗》，连载徐缉熙的评论《评〈红楼梦〉》、茵茵的小说《陋巷》、青云的小说《火娘子》、凌霄的小说《丽丽》。

22日 《澳门日报·新园地》副刊发表饶芷岸的散文《听朋友说土人》，连载浩泉的小说《失落的亲情》、海辛的小说《对岸》、金依的小说《小宝姐姐》、岫云的小说《红灯千秋》、唐堂的小说《义剑情刀》、润园的小说《活面人》、梅若诗的小说《黑珍珠》。《华侨报·华座》副刊连载高唐的评论《谈政治讽刺诗》、徐缉熙的评论《评〈红楼梦〉》、茵茵的小说《陋巷》、青云的小说《火娘子》、凌霄的小说《丽丽》。

23日 《澳门日报·新园地》副刊发表夏微澜的散文《大闸蟹之趣》，连载浩泉的小说《失落的亲情》、海辛的小说《对岸》、金依的小说《小宝姐姐》、岫云的小说《红灯千秋》、唐堂的小说《义剑情刀》、润园的小说《活面人》、梅若诗的小说《黑珍珠》。《华侨报·华座》副刊发表姚仰岐的诗歌《沁园春·凭梦寄》，连载高唐的评论《谈政治讽刺诗》（完）、徐缉熙的评论《评〈红楼梦〉》、茵茵的小说《陋巷》、青云的小说《火娘子》、凌霄的小说《丽丽》。

24日 《澳门日报·新园地》副刊发表夏微澜的散文《白居易与西湖》，连载浩泉的小说《失落的亲情》、海辛的小说《对岸》、金依的小说《小宝姐姐》、岫云的小说《红灯千秋》、唐堂的小说《义剑情刀》、润园的小说《活面人》、梅若诗的小说《黑珍珠》。《华侨报·华座》副刊发表竹雅的散文〈苏小小〉观后》，连载徐缉熙的评论《评〈红楼梦〉》、茵茵的小说《陋巷》、青云的小说《火娘子》、凌霄的小说《丽丽》。

25日 《澳门日报·新园地》副刊连载浩泉的小说《失落的亲情》、海辛的小说《对岸》、金依的小说《小宝姐姐》、岫云的小说《红灯千秋》、唐堂的小说《义剑情刀》、润园的小说《活面人》、梅若诗的小说《黑珍珠》。《华侨报·华座》副刊发表高唐的评论《郑所南的〈寒菊〉诗》，连载徐缉熙的评论《评〈红楼梦〉》、茵茵的小说《陋巷》、青云的小说《火娘子》、凌霄的小说《丽丽》。

26 日　《澳门日报·新园地》副刊发表白思群的散文《现代茶花女》，连载浩泉的小说《失落的亲情》、海辛的小说《对岸》、金依的小说《小宝姐姐》、岫云的小说《红灯千秋》、唐堂的小说《义剑情刀》、润园的小说《活面人》、梅若诗的小说《黑珍珠》。《华侨报·华座》副刊开始连载高唐的评论《菊花与文学》，连载徐缉熙的评论《评〈红楼梦〉》（完）、茵茵的小说《陋巷》、青云的小说《火娘子》、凌霄的小说《丽丽》。

27 日　《澳门日报·新园地》副刊发表夏微澜的散文《稀奇不稀奇》，连载浩泉的小说《失落的亲情》、海辛的小说《对岸》、金依的小说《小宝姐姐》、岫云的小说《红灯千秋》、唐堂的小说《义剑情刀》、润园的小说《活面人》、梅若诗的小说《黑珍珠》。《华侨报·华座》副刊发表凌子风的散文《无烟的战争》，连载高唐的评论《菊花与文学》（完）、茵茵的小说《陋巷》、青云的小说《火娘子》、凌霄的小说《丽丽》。

28 日　《澳门日报·新园地》副刊发表曼思的散文《群众创造了奇迹》，连载浩泉的小说《失落的亲情》、海辛的小说《对岸》、金依的小说《小宝姐姐》、岫云的小说《红灯千秋》、唐堂的小说《义剑情刀》、润园的小说《活面人》、梅若诗的小说《黑珍珠》。《华侨报·华座》副刊发表黄衫客的散文《菊花谈往》，并开始连载高唐的散文《李伯元的〈南亭笔记〉》，连载茵茵的小说《陋巷》、青云的小说《火娘子》、凌霄的小说《丽丽》。

29 日　《澳门日报·新园地》副刊发表饶芷岸的散文《丧事的风波》，连载浩泉的小说《失落的亲情》、海辛的小说《对岸》、金依的小说《小宝姐姐》、岫云的小说《红灯千秋》、唐堂的小说《义剑情刀》、润园的小说《活面人》、梅若诗的小说《黑珍珠》。《华侨报·华座》副刊发表赵宣扬的散文《塞北江南三万里——答澳洲友人书》（上），连载高唐的散文《李伯元的〈南亭笔记〉》、茵茵的小说《陋巷》（完）、青云的小说《火娘子》、凌霄的小说《丽丽》。

30 日　《澳门日报·新园地》副刊发表夏微澜的评论《聂鲁达和他的诗》，连载浩泉的小说《失落的亲情》、海辛的小说《对岸》、金依的小说《小宝姐姐》、岫云的小说《红灯千秋》、唐堂的小说《义剑情刀》、润园的小说《活面人》、梅若诗的小说《黑珍珠》。《华侨报·华座》副刊发表赵宣扬的散文《塞北江南三万里——答澳洲友人书》(下)，连载高唐的散文《李伯元的〈南亭笔记〉》(完)、青云的小说《火娘子》、凌霄的小说《丽丽》，并开始连载茵茵的小说《猫与女人》。

⊙ 本月江思扬创作《卖花者》《摄影师》《医生》《护士》等，后收于《向晚的感觉》一集中。

⊙ 本月陶里的诗歌《忆》刊于香港《当代文艺》第96期。

十二月

1日 《澳门日报·新园地》副刊连载浩泉的小说《失落的亲情》、海辛的小说《对岸》、金依的小说《小宝姐姐》、岫云的小说《红灯千秋》、唐堂的小说《义剑情刀》、润园的小说《活面人》、梅若诗的小说《黑珍珠》。《华侨报·华座》副刊发表易嘉的散文《陶渊明与菊花》，连载青云的小说《火娘子》、凌霄的小说《丽丽》、茵茵的小说《猫与女人》。

2日 《澳门日报·新园地》副刊发表士心的诗歌《算命》，连载浩泉的小说《失落的亲情》、海辛的小说《对岸》、金依的小说《小宝姐姐》、岫云的小说《红灯千秋》、唐堂的小说《义剑情刀》、润园的小说《活面人》、梅若诗的小说《黑珍珠》。《华侨报·华座》副刊发表唐风的散文《无边落木萧萧下》，连载青云的小说《火娘子》、凌霄的小说《丽丽》、茵茵的小说《猫与女人》。

3日 《澳门日报·新园地》副刊发表夏微澜的散文《无名书店》，连载浩泉的小说《失落的亲情》、海辛的小说《对岸》、金依的小说《小宝姐姐》、岫云的小说《红灯千秋》、唐堂的小说《义剑情刀》、润园的小说《活面人》、梅若诗的小说《黑珍珠》。《华侨报·华座》副刊发表宣子的散文《看〈苏小小〉，忆西湖》，并开始连载高唐的散文《略谈严复的翻译》，连载青云的小说《火娘子》、凌霄的小说《丽丽》、茵茵的小说《猫与女人》。

4 日　《澳门日报 · 新园地》副刊发表夏微澜的散文《乐得心花放》、慧敏的散文《老大的西敏寺》，连载浩泉的小说《失落的亲情》、海辛的小说《对岸》、金依的小说《小宝姐姐》、岫云的小说《红灯千秋》、唐堂的小说《义剑情刀》、润园的小说《活面人》、梅若诗的小说《黑珍珠》。《华侨报 · 华座》副刊连载高唐的散文《略谈严复的翻译》（完）、青云的小说《火娘子》、凌霄的小说《丽丽》、茵茵的小说《猫与女人》。

5 日　《澳门日报 · 新园地》副刊发表夏微澜的散文《草地 · 地球》，连载浩泉的小说《失落的亲情》、海辛的小说《对岸》、金依的小说《小宝姐姐》、岫云的小说《红灯千秋》、唐堂的小说《义剑情刀》、润园的小说《活面人》、梅若诗的小说《黑珍珠》。《华侨报 · 华座》副刊发表赵宣扬的散文《花开时节望归来——答英国友人书》，并开始连载高唐的散文《郁达夫的定情诗》，连载青云的小说《火娘子》、凌霄的小说《丽丽》、茵茵的小说《猫与女人》。

6 日　《澳门日报 · 新园地》副刊发表饶芷岸的散文《家务琐事》，连载浩泉的小说《失落的亲情》、海辛的小说《对岸》、金依的小说《小宝姐姐》、岫云的小说《红灯千秋》、唐堂的小说《义剑情刀》、润园的小说《活面人》、梅若诗的小说《黑珍珠》。《华侨报 · 华座》副刊连载高唐的散文《郁达夫的定情诗》、青云的小说《火娘子》、凌霄的小说《丽丽》、茵茵的小说《猫与女人》。

7 日　《澳门日报 · 新园地》副刊发表凌子风的散文《天下文章推浙江》，连载浩泉的小说《失落的亲情》、海辛的小说《对岸》、金依的小说《小宝姐姐》、岫云的小说《红灯千秋》、唐堂的小说《义剑情刀》、润园的小说《活面人》、梅若诗的小说《黑珍珠》。《华侨报 · 华座》副刊连载高唐的散文《郁达夫的定情诗》（完）、青云的小说《火娘子》、凌霄的小说《丽丽》、茵茵的小说《猫与女人》。

8 日　《澳门日报 · 新园地》副刊发表言岭的散文《天使之吻》，连载浩泉的小说《失落的亲情》、海辛的小说《对岸》、金依的小说《小宝姐姐》、岫云的小说《红灯千秋》、唐堂的小说《义剑情刀》、润园的小说《活面人》、梅若诗的小说《黑珍珠》。《华侨报·华座》副刊开始连载高唐的散文《鉴藏书画古董不易》，连载青云的小说《火娘子》、凌霄的小说《丽丽》、茵茵的小说《猫与女人》。

9日　《澳门日报·新园地》副刊发表发表曼思的评论《白居易诗欣赏·观刈麦》，连载浩泉的小说《失落的亲情》、海辛的小说《对岸》、金依的小说《小宝姐姐》、岫云的小说《红灯千秋》、唐堂的小说《义剑情刀》、润园的小说《活面人》、梅若诗的小说《黑珍珠》。《华侨报·华座》副刊连载高唐的散文《鉴藏书画古董不易》（完）、青云的小说《火娘子》、凌霄的小说《丽丽》、茵茵的小说《猫与女人》。

10日　《澳门日报·新园地》副刊发表发表黎碧棉的散文《二十四年后还故园》、曼思的评论《白居易诗欣赏·宿紫阁山北村》，连载浩泉的小说《失落的亲情》、海辛的小说《对岸》、金依的小说《小宝姐姐》、岫云的小说《红灯千秋》、唐堂的小说《义剑情刀》、润园的小说《活面人》、梅若诗的小说《黑珍珠》。《华侨报·华座》副刊发表姚仰岐的散文《凤阳花鼓话症结》，并开始连载高唐的散文《钱化佛藏扇的怪癖》，连载青云的小说《火娘子》、凌霄的小说《丽丽》、茵茵的小说《猫与女人》。

11日　《澳门日报·新园地》副刊连载浩泉的小说《失落的亲情》、海辛的小说《对岸》、金依的小说《小宝姐姐》、岫云的小说《红灯千秋》、唐堂的小说《义剑情刀》、润园的小说《活面人》、梅若诗的小说《黑珍珠》。《华侨报·华座》副刊发表赵宣扬的散文《声声俱是友谊情——答日本友人书》，并开始连载凌子风的散文《流离颠沛话难侨》，连载高唐的散文《钱化佛藏扇的怪癖》（完）、青云的小说《火娘子》、凌霄的小说《丽丽》、茵茵的小说《猫与女人》。

12日　《澳门日报·新园地》副刊连载浩泉的小说《失落的亲情》、海辛的小说《对岸》、金依的小说《小宝姐姐》、岫云的小说《红灯千秋》、唐堂的小说《义剑情刀》、润园的小说《活面人》、梅若诗的小说《黑珍珠》。《华侨报·华座》副刊开始连载高唐的评论《〈红楼梦〉在海外》，连载凌子风的散文《流离颠沛话难侨》（完）、青云的小说《火娘子》、凌霄的小说《丽丽》、连载茵茵的小说《猫与女人》。

13 日 《澳门日报·新园地》副刊发表饶芷岸的散文《纸荒的生活》，连载浩泉的小说《失落的亲情》、海辛的小说《对岸》、金依的小说《小宝姐姐》、岫云的小说《红灯千秋》、唐堂的小说《义剑情刀》、润园的小说《活面人》、梅若诗的小说《黑珍珠》。《华侨报·华座》副刊连载高唐的评论《〈红楼梦〉在海外》(完)、青云的小说《火娘子》、凌霄的小说《丽丽》、茵茵的小说《猫与女人》。

14 日 《澳门日报·新园地》副刊发表夏微澜的散文《兄弟》，连载浩泉的小说《失落的亲情》、海辛的小说《对岸》、金依的小说《小宝姐姐》、岫云的小说《红灯千秋》、唐堂的小说《义剑情刀》、润园的小说《活面人》、梅若诗的小说《黑珍珠》。《华侨报·华座》副刊连载青云的小说《火娘子》、凌霄的小说《丽丽》、茵茵的小说《猫与女人》。

15 日 《澳门日报·新园地》副刊发表夏微澜的散文《童年的青春》、曼思的评论《白居易诗欣赏》，连载浩泉的小说《失落的亲情》、海辛的小说《对岸》、金依的小说《小宝姐姐》、岫云的小说《红灯千秋》、唐堂的小说《义剑情刀》、润园的小说《活面人》、梅若诗的小说《黑珍珠》。《华侨报·华座》副刊开始连载高唐的散文《吴沃尧笔下的刚毅与善良》，连载青云的小说《火娘子》、凌霄的小说《丽丽》、茵茵的小说《猫与女人》。

16 日 《澳门日报·新园地》副刊发表白思群的散文《五平方公里以外》、曼思的评论《白居易诗欣赏·买花》，连载浩泉的小说《失落的亲情》、海辛的小说《对岸》、金依的小说《小宝姐姐》、岫云的小说《红灯千秋》、唐堂的小说《义剑情刀》、润园的小说《活面人》、梅若诗的小说《黑珍珠》。《华侨报·华座》副刊连载高唐的散文《吴沃尧笔下的刚毅与善良》(完)、青云的小说《火娘子》、凌霄的小说《丽丽》、茵茵的小说《猫与女人》。

17 日 《澳门日报·新园地》副刊发表夏微澜的散文《杀鹅记》，连载浩泉的小说《失落的亲情》、海辛的小说《对岸》、金依的小说《小宝姐姐》、岫云的小说《红灯千秋》、唐堂的小说《义剑情刀》、润园的小说《活面人》、梅若诗的小说《黑珍珠》。《华侨报·华座》副刊连载青云的小说《火娘子》、凌霄的小说《丽丽》、茵茵的小说《猫与女人》。

18日 《澳门日报·新园地》副刊发表夏峰的散文《也谈“杂技”》，连载浩泉的小说《失落的亲情》、海辛的小说《对岸》、金依的小说《小宝姐姐》、岫云的小说《红灯千秋》、唐堂的小说《义剑情刀》、润园的小说《活面人》、梅若诗的小说《黑珍珠》。《华侨报·华座》副刊发表黄衫客的散文《战前的十月初五街》，并开始连载高唐的散文《陈汝言的山水画》，连载青云的小说《火娘子》、凌霄的小说《丽丽》、茵茵的小说《猫与女人》。

19日 《澳门日报·新园地》副刊连载浩泉的小说《失落的亲情》、海辛的小说《对岸》、金依的小说《小宝姐姐》、岫云的小说《红灯千秋》、唐堂的小说《义剑情刀》、润园的小说《活面人》、梅若诗的小说《黑珍珠》。《华侨报·华座》副刊连载高唐的散文《陈汝言的山水画》（完）、青云的小说《火娘子》、凌霄的小说《丽丽》、茵茵的小说《猫与女人》。

20日 《澳门日报·新园地》副刊连载浩泉的小说《失落的亲情》、海辛的小说《对岸》、金依的小说《小宝姐姐》、岫云的小说《红灯千秋》、唐堂的小说《义剑情刀》、润园的小说《活面人》、梅若诗的小说《黑珍珠》。《华侨报·华座》副刊开始连载高唐的散文《想起张天翼先生》，连载青云的小说《火娘子》、凌霄的小说《丽丽》、茵茵的小说《猫与女人》。

21日 《澳门日报·新园地》副刊连载浩泉的小说《失落的亲情》、海辛的小说《对岸》、金依的小说《小宝姐姐》、岫云的小说《红灯千秋》、唐堂的小说《义剑情刀》、润园的小说《活面人》、梅若诗的小说《黑珍珠》。《华侨报·华座》副刊连载高唐的散文《想起张天翼先生》（完）、青云的小说《火娘子》、凌霄的小说《丽丽》、茵茵的小说《猫与女人》。

22日 《澳门日报·新园地》副刊发表白思群的散文《独醒者的光芒》、曼思的评论《白居易诗欣赏·歌舞》，连载浩泉的小说《失落的亲情》、海辛的小说《对岸》、金依的小说《小宝姐姐》、岫云的小说《红灯千秋》、唐堂的小说《义剑情刀》、润园的小说《活面人》、梅若诗的小说《黑珍珠》。《华侨报·华座》副刊开始连载高唐的评论《黄世仲和他的历史小说》，连载青云的小说《火娘子》、凌霄的小说《丽丽》、茵茵的小说《猫与女人》。

23 日 《澳门日报 · 新园地》副刊发表曼思的评论《白居易诗欣赏 · 折剑头》，连载浩泉的小说《失落的亲情》、海辛的小说《对岸》、金依的小说《小宝姐姐》、岫云的小说《红灯千秋》、唐堂的小说《义剑情刀》、润园的小说《活面人》、梅若诗的小说《黑珍珠》。《华侨报 · 华座》副刊发表宣子的散文《新会小鸟天堂》，连载高唐的评论《黄世仲和他的历史小说》（完）、青云的小说《火娘子》、凌霄的小说《丽丽》、茵茵的小说《猫与女人》。

24 日 《澳门日报 · 新园地》副刊发表慕雪的散文《难忘的回忆，幸福的展望》，连载浩泉的小说《失落的亲情》、海辛的小说《对岸》、金依的小说《小宝姐姐》、岫云的小说《红灯千秋》、唐堂的小说《义剑情刀》、润园的小说《活面人》、梅若诗的小说《黑珍珠》。《华侨报 · 华座》副刊开始连载高唐的评论《谈鲁迅诗中的“神矢”》、启功的评论《从河南碑刻谈起——古代石刻书法艺术》，连载青云的小说《火娘子》、凌霄的小说《丽丽》、茵茵的小说《猫与女人》。

25 日 《澳门日报 · 新园地》副刊连载浩泉的小说《失落的亲情》、海辛的小说《对岸》、金依的小说《小宝姐姐》、岫云的小说《红灯千秋》、唐堂的小说《义剑情刀》、润园的小说《活面人》、梅若诗的小说《黑珍珠》。《华侨报 · 华座》副刊连载高唐的评论《谈鲁迅诗中的“神矢”》（完）、启功的评论《从河南碑刻谈起——古代石刻书法艺术》、青云的小说《火娘子》、凌霄的小说《丽丽》、茵茵的小说《猫与女人》。

26 日 《澳门日报 · 新园地》副刊连载浩泉的小说《失落的亲情》、海辛的小说《对岸》、金依的小说《小宝姐姐》、岫云的小说《红灯千秋》、唐堂的小说《义剑情刀》、润园的小说《活面人》、梅若诗的小说《黑珍珠》。《华侨报 · 华座》副刊发表高唐的散文《章太炎重订〈三字经〉》、唐风的散文《神奇的石头》，连载启功的评论《从河南碑刻谈起——古代石刻书法艺术》、青云的小说《火娘子》、凌霄的小说《丽丽》、茵茵的小说《猫与女人》。

27日 《澳门日报·新园地》副刊连载浩泉的小说《失落的亲情》、海辛的小说《对岸》、金依的小说《小宝姐姐》、岫云的小说《红灯千秋》、唐堂的小说《义剑情刀》、润园的小说《活面人》、梅若诗的小说《黑珍珠》。《华侨报·华座》副刊发表黄衫客的散文《梅花的异品》，开始连载高唐的散文《中国古代的杂技》，连载启功的评论《从河南碑刻谈起——古代石刻书法艺术》、青云的小说《火娘子》、凌霄的小说《丽丽》、茵茵的小说《猫与女人》。

28日 《澳门日报·新园地》副刊发表疾风的散文《北欧人与鹿》，连载浩泉的小说《失落的亲情》、海辛的小说《对岸》、金依的小说《小宝姐姐》、岫云的小说《红灯千秋》、唐堂的小说《义剑情刀》、润园的小说《活面人》、梅若诗的小说《黑珍珠》。《华侨报·华座》副刊连载高唐的散文《中国古代的杂技》（完）、启功的评论《从河南碑刻谈起——古代石刻书法艺术》、青云的小说《火娘子》、凌霄的小说《丽丽》、茵茵的小说《猫与女人》。

29日 《澳门日报·新园地》副刊连载浩泉的小说《失落的亲情》、海辛的小说《对岸》、金依的小说《小宝姐姐》、岫云的小说《红灯千秋》、唐堂的小说《义剑情刀》、润园的小说《活面人》、梅若诗的小说《黑珍珠》。《华侨报·华座》副刊发表宣子的散文《冈州名士多》，开始连载高唐的评论《谈杂剧里的水浒人物》，连载启功的评论《从河南碑刻谈起——古代石刻书法艺术》、青云的小说《火娘子》、凌霄的小说《丽丽》、茵茵的小说《猫与女人》。

30日 《澳门日报·新园地》副刊发表周荣初的散文《天台上观日出散记》，连载浩泉的小说《失落的亲情》、海辛的小说《对岸》、金依的小说《小宝姐姐》、岫云的小说《红灯千秋》、唐堂的小说《义剑情刀》、润园的小说《活面人》、梅若诗的小说《黑珍珠》。《华侨报·华座》副刊连载高唐的评论《谈杂剧里的水浒人物》（完）、启功的评论《从河南碑刻谈起——古代石刻书法艺术》、青云的小说《火娘子》、凌霄的小说《丽丽》、茵茵的小说《猫与女人》。

31日 《澳门日报·新园地》副刊发表夏微澜的散文《并非电影情节》，连载浩泉的小说《失落的亲情》、海辛的小说《对岸》（完）、金依的小说《小宝姐姐》（完）、岫云的小说《红灯千秋》（完）、唐堂的小说《文剑情刀》、润园的小说《活面人》（完）、梅若诗的小说《黑珍珠》。《华侨报·华座》副刊发表竹雅的散文《“苦”与“乐”》，连载启功的评论《从河南碑刻谈起——古代石刻书法艺术》（完）、青云的小说《火娘子》、凌霄的小说《丽丽》、茵茵的小说《猫与女人》。

⊙ 本月韩牧诗歌《寄自东瀛的明信片》刊于香港《海洋文艺》第4辑。

韩牧（1938—），澳门诗人、诗坛活动家。原名何思为，1938年出生于澳门。韩牧是澳门新诗月会创办人及主持人，澳门笔会学术理事。现居加拿大。韩牧著有诗集三种：《铅印的诗稿》《分流角》《急水门》《伶仃洋》。

附：《日落》

跌落云霞了
不　它跌落海
跌落云霞漫漫的海中
如此雄壮　又如此阴凉

红得离奇的这一尊满月
从圆形　到变形　到一弯
从坦荡　到隐现　到沉没
我们目击

沉寂　没有思想
只有一种嗡嗡的长鸣
起自耳内
是太阳的回声

周天的星星开始闪现
从我们的意外到我们的眼中
那些小太阳
也实在太遥远

戴孝的民族　我们
走上更高更高的山峦
一圆朗月升起了
太阳的影
儒林台

一丛羊齿蕨就遮住了
“儒林台”中英文石刻的阴纹字
午后阳光
有影而无形　载厚度的书法

据说曾富贵人家的大宅
在半山　倾斜总是不公平的
层层石级阻隔汽车的喧嚣
读书人总是爱静的
不用汽车　用两个人抬的轿子
学而优则仕乎？
文穷而后工
永不断绝的遗传只有贫穷
贫无立锥之地的铁皮屋
僭建在石墙顶永不改变

年年月月风吹雨打
石墙上的青苔更绿更茁壮
种种色色低贱无名的植物
一代接一代生根在石缝里
长奇异的叶开奇异的小花
就这样见日建成一片大森林

一九七六年九月十一夜大屿弥勒山

——选自诗集《分流角》

⊙　本月，陶里的诗歌《都市的月》刊于香港《当代文艺》第97期。

⊙ 是年，汪浩瀚的诗歌《窗》刊载于《香港青年作者近作选》。

⊙ 是年，澳门李德超先生（文学博士，任台湾中国文化大学中文系副教授），在香港珠海书院珠海文史研究所中国文学研究所修读硕士学位，在何敬群教授指导下撰写第一篇以澳门文学为研究对象的高等学府的学位论文《中国文学在澳门之发展概况》。在论文中，李氏谨慎地使用了“澳门之中国文学”这一提法，而不提“澳门文学”。

1974年

1974年澳门文学各文体作品发表情况如下：在澳门发表于《澳门日报·新园地》副刊、《华侨报·华座》副刊等的小说共60部，其中长篇连载小说18部，中篇小说13部，短篇小说29部；散文126篇；现代诗11首，古体诗词35首；评论12篇。在香港及海外发表长篇小说1部，现代诗9首。

本年度，长篇小说依然是各文体中最为引人注目的一种，梅若诗的《黑珍珠》、浩泉的《失落的亲情》、润园的《老友早晨》、凌霄的《丽丽》、茵茵的《猫与女人》、王香琴的《湖海狂龙》等包括不同题材、不同主题，在自由中发展澳门小说。司马璧本年开始在《澳门日报》发表《歃血金盟》《劫镖》《冷剑冰心》等武侠小说。

韩牧、汪浩瀚等诗人开始在香港《海洋文艺》等发表诗歌，本年度共有9首现代诗发表于香港。而江映澜也发表《冬暖》等散文于《海洋文艺》，乃畅则发表小说《女指挥》等。

本年，艺苗剧社成立。主要倡导者是一位从小富有表演欲的学生邓奕生，在70年代初，曾加入天主教组织机构——“明爱”属下的工青会，并与成员如简丽卿、简海欣、刘国友、区炳良、何淑萍等10人，组织了艺苗剧社。后期亦加进多位成员，如劳秀霞等人。艺苗剧社首次演出是1974年圣诞节期间，与晓角剧社共同借用荒废已久的圣若瑟修院礼堂演出。艺苗剧社成立初期的活动地点是在位于大兴街的一所教会建筑物内，晚间进行活动。随后转移阵地在天主教区内活动。艺苗剧社维持三年之久，后由于成员流失，导致人手不足，难以开展演剧活动。加之从美国留学归来的周树利在教区传播中心开办导演编剧及演员训练课程等原因，艺苗剧社随之解散，其主要成员加入了教区剧社及其蜕变而成的澳门剧社，而艺苗的骨干成员亦随之成为澳门剧社的成员。艺苗活动期间演出的剧目有《压迫》

《一见钟情》，而创作剧方面包括《近视者》等。

是年，梁披云在香港创办书谱出版社，出版《书谱》双月刊，畅销20多个国家和地区，为弘扬中华书法艺术做出贡献。

一月

1日　《澳门日报·新园地》副刊连载浩泉的小说《失落的亲情》、唐堂的小说《义剑情刀》、梅若诗的小说《黑珍珠》，并开始连载黄花的小说《银海春秋》、岫云的小说《虎吼群英》、润园的小说《老友早晨》、海辛的小说《金色的喇叭》。《华侨报·华座》副刊连载青云的小说《火娘子》、凌霄的小说《丽丽》、茵茵的小说《猫与女人》。

2日　《澳门日报·新园地》副刊连载浩泉的小说《失落的亲情》、唐堂的小说《义剑情刀》、梅若诗的小说《黑珍珠》、黄花的小说《银海春秋》、岫云的小说《虎吼群英》、润园的小说《老友早晨》、海辛的小说《金色的喇叭》。《华侨报·华座》副刊连载青云的小说《火娘子》、凌霄的小说《丽丽》、茵茵的小说《猫与女人》。

3日　《澳门日报·新园地》副刊连载浩泉的小说《失落的亲情》、唐堂的小说《义剑情刀》、梅若诗的小说《黑珍珠》、黄花的小说《银海春秋》、岫云的小说《虎吼群英》、润园的小说《老友早晨》、海辛的小说《金色的喇叭》。《华侨报·华座》副刊连载青云的小说《火娘子》、凌霄的小说《丽丽》、茵茵的小说《猫与女人》。

4日　《澳门日报·新园地》副刊连载浩泉的小说《失落的亲情》、唐堂的小说《义剑情刀》、梅若诗的小说《黑珍珠》、黄花的小说《银海春秋》、岫云的小说《虎吼群英》、润园的小说《老友早晨》、海辛的小说《金色的喇叭》。《华侨报·华座》副刊发表黄衫客的散文《烟花谈往》，连载青云的小说《火娘子》（完）、凌霄的小说《丽丽》（完）、茵茵的小说《猫与女人》（完）。

5日　《澳门日报·新园地》副刊连载浩泉的小说《失落的亲情》、唐堂的小说《义剑情刀》、梅若诗的小说《黑珍珠》、黄花的小说《银海春秋》、岫云的小说《虎吼群英》、润园的小说《老友早晨》、海辛的小说《金色的喇叭》。

6日 《澳门日报·新园地》副刊连载浩泉的小说《失落的亲情》、唐堂的小说《义剑情刀》、梅若诗的小说《黑珍珠》、黄花的小说《银海春秋》、岫云的小说《虎吼群英》、润园的小说《老友早晨》、海辛的小说《金色的喇叭》。《华侨报·华座》副刊开始连载火木的小说《武林散记》。

7日 《澳门日报·新园地》副刊连载浩泉的小说《失落的亲情》、唐堂的小说《义剑情刀》、梅若诗的小说《黑珍珠》、黄花的小说《银海春秋》、岫云的小说《虎吼群英》、润园的小说《老友早晨》、海辛的小说《金色的喇叭》。《华侨报·华座》副刊连载火木的小说《武林散记》。

8日 《澳门日报·新园地》副刊连载浩泉的小说《失落的亲情》、唐堂的小说《义剑情刀》、梅若诗的小说《黑珍珠》、黄花的小说《银海春秋》、岫云的小说《虎吼群英》、润园的小说《老友早晨》、海辛的小说《金色的喇叭》。《华侨报·华座》副刊连载火木的小说《武林散记》。

9日 《澳门日报·新园地》副刊连载浩泉的小说《失落的亲情》、唐堂的小说《义剑情刀》、梅若诗的小说《黑珍珠》、黄花的小说《银海春秋》、岫云的小说《虎吼群英》、润园的小说《老友早晨》、海辛的小说《金色的喇叭》。《华侨报·华座》副刊连载火木的小说《武林散记》。

10日 《澳门日报·新园地》副刊连载浩泉的小说《失落的亲情》、唐堂的小说《义剑情刀》、梅若诗的小说《黑珍珠》、黄花的小说《银海春秋》、岫云的小说《虎吼群英》、润园的小说《老友早晨》、海辛的小说《金色的喇叭》。《华侨报·华座》副刊连载火木的小说《武林散记》。

11日 《澳门日报·新园地》副刊连载浩泉的小说《失落的亲情》、唐堂的小说《义剑情刀》、梅若诗的小说《黑珍珠》、黄花的小说《银海春秋》、岫云的小说《虎吼群英》、润园的小说《老友早晨》、海辛的小说《金色的喇叭》。《华侨报·华座》副刊连载火木的小说《武林散记》。

12日 《澳门日报·新园地》副刊连载浩泉的小说《失落的亲情》、唐堂的小说《义剑情刀》、梅若诗的小说《黑珍珠》、黄花的小说《银海春秋》、岫云的小说《虎吼群英》、润园的小说《老友早晨》、海辛的小说《金色的喇叭》。《华侨报·华座》副刊连载火木的小说《武林散记》。

13日 《澳门日报·新园地》副刊连载浩泉的小说《失落的亲情》、唐堂的小说《义剑情刀》、梅若诗的小说《黑珍珠》、黄花的小说《银海春秋》、岫云的小说《虎吼群英》、润园的小说《老友早晨》、海辛的小说《金色的喇叭》。《华侨报·华座》副刊连载火木的小说《武林散记》。

14日 《澳门日报·新园地》副刊连载浩泉的小说《失落的亲情》、唐堂的小说《义剑情刀》、梅若诗的小说《黑珍珠》、黄花的小说《银海春秋》、岫云的小说《虎吼群英》、润园的小说《老友早晨》、海辛的小说《金色的喇叭》。《华侨报·华座》副刊发表许伟余的散文《释李白〈春思〉》，连载火木的小说《武林散记》。

15日 《澳门日报·新园地》副刊连载浩泉的小说《失落的亲情》、唐堂的小说《义剑情刀》、梅若诗的小说《黑珍珠》、黄花的小说《银海春秋》、岫云的小说《虎吼群英》、润园的小说《老友早晨》、海辛的小说《金色的喇叭》。《华侨报·华座》副刊连载火木的小说《武林散记》。

16日 《澳门日报·新园地》副刊连载浩泉的小说《失落的亲情》、唐堂的小说《义剑情刀》、梅若诗的小说《黑珍珠》、黄花的小说《银海春秋》、岫云的小说《虎吼群英》、润园的小说《老友早晨》、海辛的小说《金色的喇叭》。《华侨报·华座》副刊连载火木的小说《武林散记》，并开始连载夏秋冬的小说《大家姐》。

17日 《澳门日报·新园地》副刊连载浩泉的小说《失落的亲情》、唐堂的小说《义剑情刀》、梅若诗的小说《黑珍珠》、黄花的小说《银海春秋》、岫云的小说《虎吼群英》、润园的小说《老友早晨》、海辛的小说《金色的喇叭》。《华侨报·华座》副刊连载火木的小说《武林散记》、夏秋冬的小说《大家姐》。

18日 《澳门日报·新园地》副刊连载浩泉的小说《失落的亲情》、唐堂的小说《义剑情刀》、梅若诗的小说《黑珍珠》、黄花的小说《银海春秋》、岫云的小说《虎吼群英》、润园的小说《老友早晨》、海辛的小说《金色的喇叭》。《华侨报·华座》副刊连载火木的小说《武林散记》、夏秋冬的小说《大家姐》，并开始连载王香琴的小说《湖海狂龙》。

19 日 《澳门日报·新园地》副刊发表曼思的评论《诗词选析》，连载浩泉的小说《失落的亲情》、唐堂的小说《义剑情刀》、梅若诗的小说《黑珍珠》、黄花的小说《银海春秋》、岫云的小说《虎吼群英》、润园的小说《老友早晨》、海辛的小说《金色的喇叭》。《华侨报·华座》副刊发表竹雅的散文《钓鱼乐》，连载火木的小说《武林散记》、夏秋冬的小说《大家姐》、王香琴的小说《湖海狂龙》。

20 日 《澳门日报·新园地》副刊发表白思群的散文《兵无常势水无常形》，连载浩泉的小说《失落的亲情》、唐堂的小说《义剑情刀》、梅若诗的小说《黑珍珠》、黄花的小说《银海春秋》、岫云的小说《虎吼群英》、润园的小说《老友早晨》、海辛的小说《金色的喇叭》。《华侨报·华座》副刊连载火木的小说《武林散记》、夏秋冬的小说《大家姐》、王香琴的小说《湖海狂龙》。

21 日 《澳门日报·新园地》副刊发表乐友的散文《春满羊城春色醉人》，连载浩泉的小说《失落的亲情》、唐堂的小说《义剑情刀》、梅若诗的小说《黑珍珠》、黄花的小说《银海春秋》、岫云的小说《虎吼群英》、润园的小说《老友早晨》、海辛的小说《金色的喇叭》。《华侨报·华座》副刊连载火木的小说《武林散记》、夏秋冬的小说《大家姐》、王香琴的小说《湖海狂龙》。

22 日 《澳门日报·新园地》副刊连载浩泉的小说《失落的亲情》（完）、唐堂的小说《义剑情刀》、梅若诗的小说《黑珍珠》（完）、黄花的小说《银海春秋》、岫云的小说《虎吼群英》、润园的小说《老友早晨》、海辛的小说《金色的喇叭》。《华侨报·华座》副刊连载火木的小说《武林散记》、夏秋冬的小说《大家姐》、王香琴的小说《湖海狂龙》。

23 日 《澳门日报·新园地》副刊连载唐堂的小说《义剑情刀》、黄花的小说《银海春秋》、岫云的小说《虎吼群英》、润园的小说《老友早晨》、海辛的小说《金色的喇叭》，并开始连载鲁牛的小说《假面杀手》、浩泉的小说

《毛毛的假期》。《华侨报·华座》副刊连载火木的小说《武林散记》、夏秋冬的小说《大家姐》、王香琴的小说《湖海狂龙》。

27日　《澳门日报·新园地》副刊连载唐堂的小说《义剑情刀》、黄花的小说《银海春秋》、岫云的小说《虎吼群英》、润园的小说《老友早晨》、海辛的小说《金色的喇叭》、鲁牛的小说《假面杀手》、浩泉的小说《毛毛的假期》。《华侨报·华座》副刊发表宜子的散文《梁金山果树凝香》，连载火木的小说《武林散记》、夏秋冬的小说《大家姐》、王香琴的小说《湖海狂龙》。

28日　《澳门日报·新园地》副刊发表夏微澜的散文《真与假》，连载唐堂的小说《义剑情刀》、黄花的小说《银海春秋》、岫云的小说《虎吼群英》、润园的小说《老友早晨》、海辛的小说《金色的喇叭》、鲁牛的小说《假面杀手》、浩泉的小说《毛毛的假期》。《华侨报·华座》副刊发表凌立的散文《欺冰斗雪春梅开》，连载火木的小说《武林散记》、夏秋冬的小说《大家姐》、王香琴的小说《湖海狂龙》。

29日　《澳门日报·新园地》副刊连载唐堂的小说《义剑情刀》、黄花的小说《银海春秋》、岫云的小说《虎吼群英》、润园的小说《老友早晨》、海辛的小说《金色的喇叭》、鲁牛的小说《假面杀手》、浩泉的小说《毛毛的假期》。《华侨报·华座》副刊连载火木的小说《武林散记》、夏秋冬的小说《大家姐》、王香琴的小说《湖海狂龙》。

30日　《澳门日报·新园地》副刊发表曼思的评论《诗词选析》，连载唐堂的小说《义剑情刀》、黄花的小说《银海春秋》、岫云的小说《虎吼群英》、润园的小说《老友早晨》、海辛的小说《金色的喇叭》、鲁牛的小说《假面杀手》、浩泉的小说《毛毛的假期》。《华侨报·华座》副刊发表竹雅的散文《春满濠江》，连载火木的小说《武林散记》、夏秋冬的小说《大家姐》、王香琴的小说《湖海狂龙》。

31日　《澳门日报·新园地》副刊连载唐堂的小说《义剑情刀》、黄花的小说《银海春秋》、岫云的小说《虎吼群英》、润园的小说《老友早晨》、海辛的小说《金色的喇叭》、鲁牛的小说《假面杀手》、浩泉的小说《毛毛的假期》。《华侨报 · 华座》副刊发表剑文的散文《雁荡春岚》，连载火木的小说《武林散记》、夏秋冬的小说《大家姐》、王香琴的小说《湖海狂龙》。

二月

1 日　《澳门日报 · 新园地》副刊发表鲁夫的诗歌《井岗山行》，连载唐堂的小说《义剑情刀》、黄花的小说《银海春秋》、岫云的小说《虎吼群英》、润园的小说《老友早晨》、海辛的小说《金色的喇叭》、鲁牛的小说《假面杀手》、浩泉的小说《毛毛的假期》。《华侨报 · 华座》副刊连载火木的小说《武林散记》、夏秋冬的小说《大家姐》、王香琴的小说《湖海狂龙》，并开始连载岫云的小说《桃花如血》。

2 日　《澳门日报 · 新园地》副刊连载唐堂的小说《义剑情刀》、黄花的小说《银海春秋》、岫云的小说《虎吼群英》、润园的小说《老友早晨》、海辛的小说《金色的喇叭》、鲁牛的小说《假面杀手》、浩泉的小说《毛毛的假期》。《华侨报 · 华座》副刊发表余以均的散文《君山竹林》、黄衫客的散文《写真谈往》，连载火木的小说《武林散记》、夏秋冬的小说《大家姐》、王香琴的小说《湖海狂龙》、岫云的小说《桃花如血》。

3 日　《澳门日报 · 新园地》副刊连载唐堂的小说《义剑情刀》、黄花的小说《银海春秋》、岫云的小说《虎吼群英》、润园的小说《老友早晨》、海辛的小说《金色的喇叭》、鲁牛的小说《假面杀手》、浩泉的小说《毛毛的假期》。《华侨报 · 华座》副刊连载火木的小说《武林散记》、夏秋冬的小说《大家姐》、王香琴的小说《湖海狂龙》、岫云的小说《桃花如血》。

4 日　《澳门日报 · 新园地》副刊连载唐堂的小说《义剑情刀》、黄花的小说《银海春秋》、岫云的小说《虎吼群英》、润园的小说《老友早晨》、海辛的小说《金色的喇叭》、鲁牛的小说《假面杀手》、浩泉的小说《毛毛的假期》。《华侨报 · 华座》副刊连载火木的小说《武林散记》、夏秋冬的小说《大家姐》、王香琴的小说《湖海狂龙》、岫云的小说《桃花如血》。

5 日　《澳门日报 · 新园地》副刊发表白璧的散文《漫谈南沙群岛》，连载唐堂的小说《义剑情刀》、黄花的小说《银海春秋》、岫云的小说《虎吼群英》、润园的小说《老友早晨》、海辛的小说《金色的喇叭》、鲁牛的小说《假面杀手》、浩泉的小说《毛毛的假期》。《华侨报·华座》副刊连载火木的小说《武林散记》、夏秋冬的小说《大家姐》、王香琴的小说《湖海狂龙》、岫云的小说《桃花如血》。

6日 《澳门日报·新园地》副刊发表鲁夫的诗歌《井冈山之行》、夏微澜的散文《新春偶拾》，连载唐堂的小说《义剑情刀》、黄花的小说《银海春秋》、岫云的小说《虎吼群英》、润园的小说《老友早晨》、海辛的小说《金色的喇叭》、鲁牛的小说《假面杀手》、浩泉的小说《毛毛的假期》。《华侨报·华座》副刊连载火木的小说《武林散记》、夏秋冬的小说《大家姐》、王香琴的小说《湖海狂龙》、岫云的小说《桃花如血》。

7日 《澳门日报·新园地》副刊连载唐堂的小说《义剑情刀》、黄花的小说《银海春秋》、岫云的小说《虎吼群英》、润园的小说《老友早晨》、海辛的小说《金色的喇叭》、鲁牛的小说《假面杀手》、浩泉的小说《毛毛的假期》。《华侨报·华座》副刊连载火木的小说《武林散记》、夏秋冬的小说《大家姐》、王香琴的小说《湖海狂龙》、岫云的小说《桃花如血》。

8日 《澳门日报·新园地》副刊发表士心的诗歌《小贩》、夏微澜的散文《女陪人》，连载唐堂的小说《义剑情刀》、黄花的小说《银海春秋》、岫云的小说《虎吼群英》、润园的小说《老友早晨》、海辛的小说《金色的喇叭》、鲁牛的小说《假面杀手》、浩泉的小说《毛毛的假期》。《华侨报·华座》副刊连载火木的小说《武林散记》、夏秋冬的小说《大家姐》、王香琴的小说《湖海狂龙》、岫云的小说《桃花如血》。

9日 《澳门日报·新园地》副刊连载唐堂的小说《义剑情刀》、黄花的小说《银海春秋》、岫云的小说《虎吼群英》、润园的小说《老友早晨》、海辛的小说《金色的喇叭》、鲁牛的小说《假面杀手》、浩泉的小说《毛毛的假期》。《华侨报·华座》副刊连载火木的小说《武林散记》、夏秋冬的小说《大家姐》、王香琴的小说《湖海狂龙》、岫云的小说《桃花如血》。

10日 《澳门日报·新园地》副刊连载唐堂的小说《义剑情刀》、黄花的小说《银海春秋》、岫云的小说《虎吼群英》、润园的小说《老友早晨》、海辛的小说《金色的喇叭》、鲁牛的小说《假面杀手》、浩泉的小说《毛毛的假期》。《华侨报·华座》副刊连载火木的小说《武林散记》、夏秋冬的小说《大家姐》、王香琴的小说《湖海狂龙》、岫云的小说《桃花如血》。

11日 《澳门日报·新园地》副刊连载唐堂的小说《义剑情刀》、黄花的小说《银海春秋》、岫云的小说《虎吼群英》、润园的小说《老友早晨》、海辛的小说《金色的喇叭》、鲁牛的小说《假面杀手》、浩泉的小说《毛毛的假期》。《华侨报·华座》副刊连载火木的小说《武林散记》、夏秋冬的小说《大家姐》、王香琴的小说《湖海狂龙》、岫云的小说《桃花如血》。

12日 《澳门日报·新园地》副刊连载唐堂的小说《义剑情刀》、黄花的小说《银海春秋》、岫云的小说《虎吼群英》、润园的小说《老友早晨》、海辛的小说《金色的喇叭》、鲁牛的小说《假面杀手》、浩泉的小说《毛毛的假期》。《华侨报·华座》副刊连载火木的小说《武林散记》、夏秋冬的小说《大家姐》、王香琴的小说《湖海狂龙》、岫云的小说《桃花如血》。

13日 《澳门日报·新园地》副刊连载唐堂的小说《义剑情刀》、黄花的小说《银海春秋》、岫云的小说《虎吼群英》、润园的小说《老友早晨》、海辛的小说《金色的喇叭》、鲁牛的小说《假面杀手》、浩泉的小说《毛毛的假期》。《华侨报·华座》副刊连载火木的小说《武林散记》、夏秋冬的小说《大家姐》、王香琴的小说《湖海狂龙》、岫云的小说《桃花如血》。

14日 《澳门日报·新园地》副刊连载唐堂的小说《义剑情刀》、黄花的小说《银海春秋》、岫云的小说《虎吼群英》、润园的小说《老友早晨》、海辛的小说《金色的喇叭》、鲁牛的小说《假面杀手》、浩泉的小说《毛毛的假期》。《华侨报·华座》副刊连载火木的小说《武林散记》、夏秋冬的小说《大家姐》、王香琴的小说《湖海狂龙》、岫云的小说《桃花如血》。

15日 《澳门日报·新园地》副刊连载唐堂的小说《义剑情刀》、黄花的小说《银海春秋》、岫云的小说《虎吼群英》、润园的小说《老友早晨》、海辛的小说《金色的喇叭》、鲁牛的小说《假面杀手》、浩泉的小说《毛毛的假期》。《华侨报·华座》副刊连载火木的小说《武林散记》、夏秋冬的小说《大家姐》、王香琴的小说《湖海狂龙》、岫云的小说《桃花如血》。

16 日　《澳门日报 · 新园地》副刊发表夏微澜的散文《藤条儿》，连载唐堂的小说《义剑情刀》、黄花的小说《银海春秋》、岫云的小说《虎吼群英》、润园的小说《老友早晨》、海辛的小说《金色的喇叭》、鲁牛的小说《假面杀手》、浩泉的小说《毛毛的假期》。《华侨报 · 华座》副刊连载火木的小说《武林散记》、夏秋冬的小说《大家姐》、王香琴的小说《湖海狂龙》、岫云的小说《桃花如血》。

17 日　《澳门日报 · 新园地》副刊连载唐堂的小说《义剑情刀》、黄花的小说《银海春秋》、岫云的小说《虎吼群英》、润园的小说《老友早晨》、海辛的小说《金色的喇叭》、鲁牛的小说《假面杀手》、浩泉的小说《毛毛的假期》。《华侨报 · 华座》副刊连载火木的小说《武林散记》、夏秋冬的小说《大家姐》、王香琴的小说《湖海狂龙》、岫云的小说《桃花如血》。

18 日　《澳门日报 · 新园地》副刊连载唐堂的小说《义剑情刀》、黄花的小说《银海春秋》、岫云的小说《虎吼群英》、润园的小说《老友早晨》、海辛的小说《金色的喇叭》、鲁牛的小说《假面杀手》、浩泉的小说《毛毛的假期》。《华侨报 · 华座》副刊连载火木的小说《武林散记》、夏秋冬的小说《大家姐》、王香琴的小说《湖海狂龙》、岫云的小说《桃花如血》。

19 日　《澳门日报 · 新园地》副刊发表夏微澜的散文《春寒》，连载唐堂的小说《义剑情刀》、黄花的小说《银海春秋》、岫云的小说《虎吼群英》、润园的小说《老友早晨》、海辛的小说《金色的喇叭》、鲁牛的小说《假面杀手》、浩泉的小说《毛毛的假期》。《华侨报 · 华座》副刊连载火木的小说《武林散记》、夏秋冬的小说《大家姐》、王香琴的小说《湖海狂龙》、岫云的小说《桃花如血》。

20 日　《澳门日报 · 新园地》副刊发表曼思的评论《诗词选析》，连载唐堂的小说《义剑情刀》、黄花的小说《银海春秋》、岫云的小说《虎吼群英》、润园的小说《老友早晨》、海辛的小说《金色的喇叭》、鲁牛的小说《假面杀手》、浩泉的小说《毛毛的假期》。《华侨报 · 华座》副刊连载火木的小说《武林散记》、夏秋冬的小说《大家姐》、王香琴的小说《湖海狂龙》、岫云的小说《桃花如血》。

21 日 《澳门日报·新园地》副刊发表士心的诗歌《彩色的世界》、曼思的评论《诗词选析》，连载唐堂的小说《义剑情刀》、黄花的小说《银海春秋》、岫云的小说《虎吼群英》、润园的小说《老友早晨》、海辛的小说《金色的喇叭》、鲁牛的小说《假面杀手》、浩泉的小说《毛毛的假期》。《华侨报·华座》副刊连载火木的小说《武林散记》、夏秋冬的小说《大家姐》、王香琴的小说《湖海狂龙》、岫云的小说《桃花如血》。

22 日 《澳门日报·新园地》副刊连载唐堂的小说《义剑情刀》、黄花的小说《银海春秋》、岫云的小说《虎吼群英》、润园的小说《老友早晨》、海辛的小说《金色的喇叭》、鲁牛的小说《假面杀手》、浩泉的小说《毛毛的假期》。《华侨报·华座》副刊发表黄衫客的散文《茶与我》，连载火木的小说《武林散记》、夏秋冬的小说《大家姐》、王香琴的小说《湖海狂龙》、岫云的小说《桃花如血》。

23 日 《澳门日报·新园地》副刊连载唐堂的小说《义剑情刀》、黄花的小说《银海春秋》、岫云的小说《虎吼群英》、润园的小说《老友早晨》、海辛的小说《金色的喇叭》、鲁牛的小说《假面杀手》、浩泉的小说《毛毛的假期》。《华侨报·华座》副刊连载火木的小说《武林散记》、夏秋冬的小说《大家姐》、王香琴的小说《湖海狂龙》、岫云的小说《桃花如血》。

24 日 《澳门日报·新园地》副刊连载唐堂的小说《义剑情刀》、黄花的小说《银海春秋》、岫云的小说《虎吼群英》、润园的小说《老友早晨》、海辛的小说《金色的喇叭》、鲁牛的小说《假面杀手》、浩泉的小说《毛毛的假期》。《华侨报·华座》副刊连载火木的小说《武林散记》、夏秋冬的小说《大家姐》、王香琴的小说《湖海狂龙》、岫云的小说《桃花如血》。

25 日 《澳门日报·新园地》副刊连载唐堂的小说《义剑情刀》、黄花的小说《银海春秋》、岫云的小说《虎吼群英》、润园的小说《老友早晨》、海辛的小说《金色的喇叭》、鲁牛的小说《假面杀手》、浩泉的小说《毛毛的假期》。《华侨报·华座》副刊连载火木的小说《武林散记》、夏秋冬的小说《大家姐》、王香琴的小说《湖海狂龙》、岫云的小说《桃花如血》。

26 日 《澳门日报·新园地》副刊连载唐堂的小说《义剑情刀》、黄花的小说《银海春秋》、岫云的小说《虎吼群英》、润园的小说《老友早晨》、海辛的小说《金色的喇叭》、鲁牛的小说《假面杀手》、浩泉的小说《毛毛的假期》。《华侨报·华座》副刊连载火木的小说《武林散记》、夏秋冬的小说《大家姐》、王香琴的小说《湖海狂龙》、岫云的小说《桃花如血》。

27 日　《澳门日报·新园地》副刊连载唐堂的小说《义剑情刀》、黄花的小说《银海春秋》、岫云的小说《虎吼群英》、润园的小说《老友早晨》、海辛的小说《金色的喇叭》、鲁牛的小说《假面杀手》、浩泉的小说《毛毛的假期》。《华侨报·华座》副刊连载火木的小说《武林散记》、夏秋冬的小说《大家姐》、王香琴的小说《湖海狂龙》、岫云的小说《桃花如血》。

28 日　《澳门日报·新园地》副刊连载唐堂的小说《义剑情刀》、黄花的小说《银海春秋》、岫云的小说《虎吼群英》、润园的小说《老友早晨》、海辛的小说《金色的喇叭》、鲁牛的小说《假面杀手》、浩泉的小说《毛毛的假期》。《华侨报·华座》副刊连载火木的小说《武林散记》、夏秋冬的小说《大家姐》、王香琴的小说《湖海狂龙》、岫云的小说《桃花如血》。

三月

1 日　《澳门日报·新园地》副刊连载唐堂的小说《义剑情刀》、黄花的小说《银海春秋》、岫云的小说《虎吼群英》、润园的小说《老友早晨》、海辛的小说《金色的喇叭》、鲁牛的小说《假面杀手》、浩泉的小说《毛毛的假期》。《华侨报·华座》副刊连载火木的小说《武林散记》、夏秋冬的小说《大家姐》、王香琴的小说《湖海狂龙》、岫云的小说《桃花如血》。

2 日　《澳门日报·新园地》副刊发表夏微澜的散文《一年之计在于春》、于明的散文《电视人生》，连载唐堂的小说《义剑情刀》、黄花的小说《银海春秋》、岫云的小说《虎吼群英》、润园的小说《老友早晨》、海辛的小说《金色的喇叭》、鲁牛的小说《假面杀手》、浩泉的小说《毛毛的假期》。《华侨报·华座》副刊连载火木的小说《武林散记》、夏秋冬的小说《大家姐》(停刊一期)、王香琴的小说《湖海狂龙》、岫云的小说《桃花如血》。

3 日　《澳门日报·新园地》副刊发表白思群的散文《大海潮》，连载唐堂的小说《义剑情刀》、黄花的小说《银海春秋》、岫云的小说《虎吼群英》、润园的小说《老友早晨》、海辛的小说《金色的喇叭》、鲁牛的小说《假面杀手》、浩泉的小说《毛毛的假期》。《华侨报·华座》副刊连载火木的小说《武林散记》、夏秋冬的小说《大家姐》（停刊一期）、王香琴的小说《湖海狂龙》、岫云的小说《桃花如血》。

4日 《澳门日报·新园地》副刊连载唐堂的小说《义剑情刀》、黄花的小说《银海春秋》、岫云的小说《虎吼群英》、润园的小说《老友早晨》、海辛的小说《金色的喇叭》、鲁牛的小说《假面杀手》、浩泉的小说《毛毛的假期》。《华侨报·华座》副刊连载火木的小说《武林散记》、夏秋冬的小说《大家姐》、王香琴的小说《湖海狂龙》、岫云的小说《桃花如血》。

5日 《澳门日报·新园地》副刊连载唐堂的小说《义剑情刀》、黄花的小说《银海春秋》、岫云的小说《虎吼群英》、润园的小说《老友早晨》、海辛的小说《金色的喇叭》、鲁牛的小说《假面杀手》、浩泉的小说《毛毛的假期》。《华侨报·华座》副刊连载火木的小说《武林散记》、夏秋冬的小说《大家姐》、王香琴的小说《湖海狂龙》、岫云的小说《桃花如血》。

6日 《澳门日报·新园地》副刊连载唐堂的小说《义剑情刀》、黄花的小说《银海春秋》、岫云的小说《虎吼群英》、润园的小说《老友早晨》、海辛的小说《金色的喇叭》、鲁牛的小说《假面杀手》、浩泉的小说《毛毛的假期》。《华侨报·华座》副刊连载火木的小说《武林散记》、夏秋冬的小说《大家姐》、王香琴的小说《湖海狂龙》、岫云的小说《桃花如血》。

7日 《澳门日报·新园地》副刊连载唐堂的小说《义剑情刀》、黄花的小说《银海春秋》、岫云的小说《虎吼群英》、润园的小说《老友早晨》、海辛的小说《金色的喇叭》、鲁牛的小说《假面杀手》、浩泉的小说《毛毛的假期》。《华侨报·华座》副刊连载火木的小说《武林散记》、夏秋冬的小说《大家姐》、王香琴的小说《湖海狂龙》、岫云的小说《桃花如血》。

8日 《澳门日报·新园地》副刊连载唐堂的小说《义剑情刀》、黄花的小说《银海春秋》、岫云的小说《虎吼群英》、润园的小说《老友早晨》、海辛的小说《金色的喇叭》、鲁牛的小说《假面杀手》、浩泉的小说《毛毛的假期》。《华侨报·华座》副刊连载火木的小说《武林散记》、夏秋冬的小说《大家姐》、王香琴的小说《湖海狂龙》、岫云的小说《桃花如血》。

9 日　《澳门日报·新园地》副刊发表夏微澜的散文《永恒的爱》，连载唐堂的小说《义剑情刀》、黄花的小说《银海春秋》、岫云的小说《虎吼群英》、润园的小说《老友早晨》、海辛的小说《金色的喇叭》、鲁牛的小说《假面杀手》、浩泉的小说《毛毛的假期》。《华侨报·华座》副刊连载火木的小说《武林散记》、夏秋冬的小说《大家姐》、王香琴的小说《湖海狂龙》、岫云的小说《桃花如血》。

10 日　《澳门日报·新园地》副刊连载唐堂的小说《义剑情刀》、黄花的小说《银海春秋》、岫云的小说《虎吼群英》、润园的小说《老友早晨》、海辛的小说《金色的喇叭》、鲁牛的小说《假面杀手》、浩泉的小说《毛毛的假期》。《华侨报·华座》副刊连载火木的小说《武林散记》、夏秋冬的小说《大家姐》、王香琴的小说《湖海狂龙》、岫云的小说《桃花如血》。

11 日　《澳门日报·新园地》副刊连载唐堂的小说《义剑情刀》、黄花的小说《银海春秋》、岫云的小说《虎吼群英》、润园的小说《老友早晨》、海辛的小说《金色的喇叭》、鲁牛的小说《假面杀手》、浩泉的小说《毛毛的假期》。《华侨报·华座》副刊连载火木的小说《武林散记》、夏秋冬的小说《大家姐》、王香琴的小说《湖海狂龙》、岫云的小说《桃花如血》。

12 日　《澳门日报·新园地》副刊连载唐堂的小说《义剑情刀》、黄花的小说《银海春秋》、岫云的小说《虎吼群英》、润园的小说《老友早晨》、海辛的小说《金色的喇叭》、鲁牛的小说《假面杀手》、浩泉的小说《毛毛的假期》。《华侨报·华座》副刊连载火木的小说《武林散记》、夏秋冬的小说《大家姐》、王香琴的小说《湖海狂龙》、岫云的小说《桃花如血》。

13 日　《澳门日报·新园地》副刊发表智深的诗歌《童工》，连载唐堂的小说《义剑情刀》、黄花的小说《银海春秋》、岫云的小说《虎吼群英》、润园的小说《老友早晨》、海辛的小说《金色的喇叭》、鲁牛的小说《假面杀手》、浩泉的小说《毛毛的假期》。《华侨报·华座》副刊连载火木的小说《武林散记》、夏秋冬的小说《大家姐》、王香琴的小说《湖海狂龙》、岫云的小说《桃花如血》。

14 日　《澳门日报 · 新园地》副刊连载唐堂的小说《义剑情刀》、黄花的小说《银海春秋》、岫云的小说《虎吼群英》、润园的小说《老友早晨》、海辛的小说《金色的喇叭》、鲁牛的小说《假面杀手》、浩泉的小说《毛毛的假期》。《华侨报 · 华座》副刊连载火木的小说《武林散记》、夏秋冬的小说《大家姐》、王香琴的小说《湖海狂龙》、岫云的小说《桃花如血》。

15 日　《澳门日报 · 新园地》副刊连载唐堂的小说《义剑情刀》、黄花的小说《银海春秋》、岫云的小说《虎吼群英》、润园的小说《老友早晨》、海辛的小说《金色的喇叭》、鲁牛的小说《假面杀手》、浩泉的小说《毛毛的假期》。《华侨报 · 华座》副刊发表竹雅的散文《春雨》，连载火木的小说《武林散记》、夏秋冬的小说《大家姐》、王香琴的小说《湖海狂龙》、岫云的小说《桃花如血》。

16 日　《澳门日报 · 新园地》副刊发表夏微澜的散文《读报有感》，连载唐堂的小说《义剑情刀》、黄花的小说《银海春秋》、岫云的小说《虎吼群英》、润园的小说《老友早晨》、海辛的小说《金色的喇叭》、鲁牛的小说《假面杀手》、浩泉的小说《毛毛的假期》。《华侨报 · 华座》副刊连载火木的小说《武林散记》、夏秋冬的小说《大家姐》、王香琴的小说《湖海狂龙》、岫云的小说《桃花如血》。

17 日　《澳门日报 · 新园地》副刊连载唐堂的小说《义剑情刀》、黄花的小说《银海春秋》、岫云的小说《虎吼群英》、润园的小说《老友早晨》、海辛的小说《金色的喇叭》、鲁牛的小说《假面杀手》、浩泉的小说《毛毛的假期》（完），并开始连载浩泉的小说《狂风落叶》。《华侨报 · 华座》副刊连载火木的小说《武林散记》、夏秋冬的小说《大家姐》、王香琴的小说《湖海狂龙》、岫云的小说《桃花如血》。

18 日　《澳门日报 · 新园地》副刊连载唐堂的小说《义剑情刀》、黄花的小说《银海春秋》、岫云的小说《虎吼群英》、润园的小说《老友早晨》、海辛的小说《金色的喇叭》、鲁牛的小说《假面杀手》、浩泉的小说《狂风落叶》。《华侨报 · 华座》副刊连载火木的小说《武林散记》、夏秋冬的小说《大家姐》、王香琴的小说《湖海狂龙》、岫云的小说《桃花如血》。

19 日　《澳门日报 · 新园地》副刊连载唐堂的小说《义剑情刀》、黄花的小说《银海春秋》、岫云的小说《虎吼群英》、润园的小说《老友早晨》、海辛的小说《金色的喇叭》、鲁牛的小说《假面杀手》、浩泉的小说《狂风落叶》。《华侨报 · 华座》副刊连载火木的小说《武林散记》、夏秋冬的小说《大家姐》、王香琴的小说《湖海狂龙》、岫云的小说《桃花如血》。

20 日　《澳门日报 · 新园地》副刊发表夏微澜的散文《听歌有感》，连载唐堂的小说《义剑情刀》、黄花的小说《银海春秋》、岫云的小说《虎吼群英》、润园的小说《老友早晨》、海辛的小说《金色的喇叭》、鲁牛的小说《假面杀手》、浩泉的小说《狂风落叶》。《华侨报 · 华座》副刊连载火木的小说《武林散记》、夏秋冬的小说《大家姐》、王香琴的小说《湖海狂龙》、岫云的小说《桃花如血》。

21 日　《澳门日报 · 新园地》副刊连载唐堂的小说《义剑情刀》、黄花的小说《银海春秋》、岫云的小说《虎吼群英》、润园的小说《老友早晨》、海辛的小说《金色的喇叭》、鲁牛的小说《假面杀手》、浩泉的小说《狂风落叶》。《华侨报 · 华座》副刊发表竹雅的散文《燕语》，连载火木的小说《武林散记》、夏秋冬的小说《大家姐》、王香琴的小说《湖海狂龙》、岫云的小说《桃花如血》。

22 日　《澳门日报 · 新园地》副刊连载唐堂的小说《义剑情刀》、黄花的小说《银海春秋》、岫云的小说《虎吼群英》、润园的小说《老友早晨》、海辛的小说《金色的喇叭》、鲁牛的小说《假面杀手》、浩泉的小说《狂风落叶》。《华侨报 · 华座》副刊连载火木的小说《武林散记》、夏秋冬的小说《大家姐》、王香琴的小说《湖海狂龙》、岫云的小说《桃花如血》。

23 日　《澳门日报 · 新园地》副刊发表箓蔌的诗歌《裸跑》，连载唐堂的小说《义剑情刀》、黄花的小说《银海春秋》、岫云的小说《虎吼群英》、润园的小说《老友早晨》、海辛的小说《金色的喇叭》、鲁牛的小说《假面杀手》、浩泉的小说《狂风落叶》。《华侨报 · 华座》副刊连载火木的小说《武林散记》、夏秋冬的小说《大家姐》、王香琴的小说《湖海狂龙》、岫云的小说《桃花如血》。

24 日 《澳门日报·新园地》副刊连载唐堂的小说《义剑情刀》、黄花的小说《银海春秋》、岫云的小说《虎吼群英》、润园的小说《老友早晨》、海辛的小说《金色的喇叭》、鲁牛的小说《假面杀手》、浩泉的小说《狂风落叶》。《华侨报·华座》副刊连载火木的小说《武林散记》、夏秋冬的小说《大家姐》、王香琴的小说《湖海狂龙》、岫云的小说《桃花如血》。

25 日 《澳门日报·新园地》副刊发表初芽的散文《婚礼》、于明的散文《黄金之路》，连载唐堂的小说《义剑情刀》、黄花的小说《银海春秋》、岫云的小说《虎吼群英》、润园的小说《老友早晨》、海辛的小说《金色的喇叭》、鲁牛的小说《假面杀手》、浩泉的小说《狂风落叶》。《华侨报·华座》副刊连载火木的小说《武林散记》、夏秋冬的小说《大家姐》、王香琴的小说《湖海狂龙》、岫云的小说《桃花如血》。

26 日 《澳门日报·新园地》副刊连载唐堂的小说《义剑情刀》、黄花的小说《银海春秋》、岫云的小说《虎吼群英》、润园的小说《老友早晨》、海辛的小说《金色的喇叭》、鲁牛的小说《假面杀手》、浩泉的小说《狂风落叶》。《华侨报·华座》副刊连载火木的小说《武林散记》、夏秋冬的小说《大家姐》、王香琴的小说《湖海狂龙》、岫云的小说《桃花如血》。

27 日 《澳门日报·新园地》副刊连载唐堂的小说《义剑情刀》、黄花的小说《银海春秋》、岫云的小说《虎吼群英》、润园的小说《老友早晨》、海辛的小说《金色的喇叭》、鲁牛的小说《假面杀手》、浩泉的小说《狂风落叶》。《华侨报·华座》副刊连载火木的小说《武林散记》、夏秋冬的小说《大家姐》、王香琴的小说《湖海狂龙》、岫云的小说《桃花如血》。

28 日 《澳门日报·新园地》副刊发表夏微澜的散文《老去之时》，连载唐堂的小说《义剑情刀》、黄花的小说《银海春秋》、岫云的小说《虎吼群英》、润园的小说《老友早晨》、海辛的小说《金色的喇叭》、鲁牛的小说《假面杀手》、浩泉的小说《狂风落叶》。《华侨报·华座》副刊连载火木的小说《武林散记》、夏秋冬的小说《大家姐》、王香琴的小说《湖海狂龙》、岫云的小说《桃花如血》。

29 日　《澳门日报 · 新园地》副刊发表夏微澜的散文《餐室偶得》，连载唐堂的小说《义剑情刀》、黄花的小说《银海春秋》、岫云的小说《虎吼群英》、润园的小说《老友早晨》、海辛的小说《金色的喇叭》、鲁牛的小说《假面杀手》、浩泉的小说《狂风落叶》。《华侨报 · 华座》副刊连载火木的小说《武林散记》、夏秋冬的小说《大家姐》、王香琴的小说《湖海狂龙》、岫云的小说《桃花如血》。

30 日　《澳门日报 · 新园地》副刊连载唐堂的小说《义剑情刀》、黄花的小说《银海春秋》、岫云的小说《虎吼群英》、润园的小说《老友早晨》、海辛的小说《金色的喇叭》、鲁牛的小说《假面杀手》、浩泉的小说《狂风落叶》。《华侨报 · 华座》副刊连载火木的小说《武林散记》、夏秋冬的小说《大家姐》、王香琴的小说《湖海狂龙》、岫云的小说《桃花如血》。

31 日　《澳门日报 · 新园地》副刊发表白思群的散文《观影两题》，连载唐堂的小说《义剑情刀》、黄花的小说《银海春秋》、岫云的小说《虎吼群英》、润园的小说《老友早晨》、海辛的小说《金色的喇叭》、鲁牛的小说《假面杀手》、浩泉的小说《狂风落叶》。《华侨报 · 华座》副刊连载火木的小说《武林散记》、夏秋冬的小说《大家姐》、王香琴的小说《湖海狂龙》、岫云的小说《桃花如血》。

四月

1 日　《澳门日报 · 新园地》副刊发表箓菽的诗歌《反动的名正言顺》、夏微澜的散文《莫笑他年轻》、曼思的评论《诗词选析》，连载唐堂的小说《义剑情刀》、黄花的小说《银海春秋》、岫云的小说《虎吼群英》、润园的小说《老友早晨》、海辛的小说《金色的喇叭》、鲁牛的小说《假面杀手》、浩泉的小说《狂风落叶》。《华侨报 · 华座》副刊连载火木的小说《武林散记》、夏秋冬的小说《大家姐》、王香琴的小说《湖海狂龙》、岫云的小说《桃花如血》。

2 日　《澳门日报 · 新园地》副刊发表小华的散文《桂林换了人间》，连载唐堂的小说《义剑情刀》、黄花的小说《银海春秋》、岫云的小说《虎吼群英》、润园的小说《老友早晨》、海辛的小说《金色的喇叭》、鲁牛的小说《假面杀手》、浩泉的小说《狂风落叶》。《华侨报·华座》副刊连载火木的小说《武林散记》、夏秋冬的小说《大家姐》(停刊一期)、王香琴的小说《湖海狂龙》、岫云的小说《桃花如血》。

3日　《澳门日报·新园地》副刊连载唐堂的小说《义剑情刀》、黄花的小说《银海春秋》、岫云的小说《虎吼群英》、润园的小说《老友早晨》、海辛的小说《金色的喇叭》、鲁牛的小说《假面杀手》、浩泉的小说《狂风落叶》。《华侨报·华座》副刊连载火木的小说《武林散记》(完)、夏秋冬的小说《大家姐》(停刊一期)、王香琴的小说《湖海狂龙》、岫云的小说《桃花如血》。

4日　《澳门日报·新园地》副刊连载唐堂的小说《义剑情刀》、黄花的小说《银海春秋》、岫云的小说《虎吼群英》、润园的小说《老友早晨》、海辛的小说《金色的喇叭》、鲁牛的小说《假面杀手》、浩泉的小说《狂风落叶》。《华侨报·华座》副刊连载夏秋冬的小说《大家姐》、王香琴的小说《湖海狂龙》、岫云的小说《桃花如血》。

5日　《澳门日报·新园地》副刊发表筞菽的诗歌《天马行空》、梅萼华的散文《广州听曲追记》,连载唐堂的小说《义剑情刀》、黄花的小说《银海春秋》、岫云的小说《虎吼群英》、润园的小说《老友早晨》、海辛的小说《金色的喇叭》、鲁牛的小说《假面杀手》、浩泉的小说《狂风落叶》。《华侨报·华座》副刊连载夏秋冬的小说《大家姐》、王香琴的小说《湖海狂龙》、岫云的小说《桃花如血》。

6日　《澳门日报·新园地》副刊发表筞菽的诗歌《特别灵?》、梅萼华的散文《广州听曲追记》,连载唐堂的小说《义剑情刀》、黄花的小说《银海春秋》、岫云的小说《虎吼群英》、润园的小说《老友早晨》、海辛的小说《金色的喇叭》、鲁牛的小说《假面杀手》、浩泉的小说《狂风落叶》。《华侨报·华座》副刊连载夏秋冬的小说《大家姐》、王香琴的小说《湖海狂龙》(完)、岫云的小说《桃花如血》。

7日　《澳门日报·新园地》副刊发表筞菽的诗歌《唯心史观》、白思群的散文

《龚定庵诗一首》，连载唐堂的小说《义剑情刀》、黄花的小说《银海春秋》、岫云的小说《虎吼群英》、润园的小说《老友早晨》、海辛的小说《金色的喇叭》、鲁牛的小说《假面杀手》、浩泉的小说《狂风落叶》。《华侨报·华座》副刊连载夏秋冬的小说《大家姐》、岫云的小说《桃花如血》，并开始连载王香琴的小说《天妒》。

8日　《澳门日报·新园地》副刊发表箓菽的诗歌《批〈天命录〉》、红雨的散文《悼良师》、于明的散文《咏樱诗、千羽鹤及其他》、章小千的散文《絮影·碎语》，连载唐堂的小说《义剑情刀》、黄花的小说《银海春秋》、岫云的小说《虎吼群英》、润园的小说《老友早晨》、海辛的小说《金色的喇叭》、鲁牛的小说《假面杀手》、浩泉的小说《狂风落叶》。《华侨报·华座》副刊连载夏秋冬的小说《大家姐》、岫云的小说《桃花如血》、王香琴的小说《天妒》。

9日　《澳门日报·新园地》副刊连载唐堂的小说《义剑情刀》、黄花的小说《银海春秋》、岫云的小说《虎吼群英》、润园的小说《老友早晨》、海辛的小说《金色的喇叭》、鲁牛的小说《假面杀手》、浩泉的小说《狂风落叶》。《华侨报·华座》副刊连载夏秋冬的小说《大家姐》、岫云的小说《桃花如血》、王香琴的小说《天妒》。

10日　《澳门日报·新园地》副刊发表箓菽的诗歌《所谓“忠孝节义”》，连载唐堂的小说《义剑情刀》、黄花的小说《银海春秋》、岫云的小说《虎吼群英》、润园的小说《老友早晨》、海辛的小说《金色的喇叭》、鲁牛的小说《假面杀手》、浩泉的小说《狂风落叶》。《华侨报·华座》副刊连载夏秋冬的小说《大家姐》、岫云的小说《桃花如血》、王香琴的小说《天妒》。

11日　《澳门日报·新园地》副刊发表箓菽的诗歌《焚书坑儒就是好》《反动纲常》，连载唐堂的小说《义剑情刀》、黄花的小说《银海春秋》、岫云的小说《虎吼群英》、润园的小说《老友早晨》、海辛的小说《金色的喇叭》、鲁牛的小说《假面杀手》、浩泉的小说《狂风落叶》。《华侨报·华座》副刊发表繁枝的散文《吃触发了乡情》，连载夏秋冬的小说《大家姐》、岫云的小说《桃花如血》、王香琴的小说《天妒》。

12 日 《澳门日报·新园地》副刊发表夏微澜的散文《好久不见》，连载唐堂的小说《义剑情刀》、黄花的小说《银海春秋》、岫云的小说《虎吼群英》、润园的小说《老友早晨》、海辛的小说《金色的喇叭》、鲁牛的小说《假面杀手》、浩泉的小说《狂风落叶》。《华侨报·华座》副刊连载夏秋冬的小说《大家姐》、岫云的小说《桃花如血》、王香琴的小说《天妒》。

13 日 《澳门日报·新园地》副刊连载唐堂的小说《义剑情刀》、黄花的小说《银海春秋》、岫云的小说《虎吼群英》、润园的小说《老友早晨》、海辛的小说《金色的喇叭》、鲁牛的小说《假面杀手》、浩泉的小说《狂风落叶》。《华侨报·华座》副刊连载夏秋冬的小说《大家姐》、岫云的小说《桃花如血》、王香琴的小说《天妒》，并开始连载冯嘉的小说《杀手》。

14 日 《澳门日报·新园地》副刊连载唐堂的小说《义剑情刀》、黄花的小说《银海春秋》、岫云的小说《虎吼群英》、润园的小说《老友早晨》、海辛的小说《金色的喇叭》（完）、鲁牛的小说《假面杀手》、浩泉的小说《狂风落叶》。《华侨报·华座》副刊连载夏秋冬的小说《大家姐》、岫云的小说《桃花如血》、王香琴的小说《天妒》、冯嘉的小说《杀手》。

15 日 《澳门日报·新园地》副刊连载唐堂的小说《义剑情刀》、黄花的小说《银海春秋》、岫云的小说《虎吼群英》、润园的小说《老友早晨》、鲁牛的小说《假面杀手》、浩泉的小说《狂风落叶》，并开始连载海辛的小说《失落的山村》。《华侨报·华座》副刊连载夏秋冬的小说《大家姐》、岫云的小说《桃花如血》、王香琴的小说《天妒》、冯嘉的小说《杀手》。

16 日 《澳门日报·新园地》副刊连载唐堂的小说《义剑情刀》、黄花的小说《银海春秋》、岫云的小说《虎吼群英》、润园的小说《老友早晨》、鲁牛的小说《假面杀手》、浩泉的小说《狂风落叶》、海辛的小说《失落的山村》。《华侨报·华座》副刊连载夏秋冬的小说《大家姐》、岫云的小说《桃花如血》、王香琴的小说《天妒》、冯嘉的小说《杀手》。

17 日 《澳门日报·新园地》副刊发表于明的散文《远远的微笑》，连载唐堂的小说《义剑情刀》、黄花的小说《银海春秋》、岫云的小说《虎吼群英》、润园的小说《老友早晨》、鲁牛的小说《假面杀手》、浩泉的小说《狂风落叶》、海辛的小说《失落的山村》。《华侨报·华座》副刊连载夏秋冬的小说《大家姐》、岫云的小说《桃花如血》、王香琴的小说《天妒》、冯嘉的小说《杀手》。

18日 《澳门日报·新园地》副刊连载唐堂的小说《义剑情刀》、黄花的小说《银海春秋》、岫云的小说《虎吼群英》、润园的小说《老友早晨》、鲁牛的小说《假面杀手》、浩泉的小说《狂风落叶》、海辛的小说《失落的山村》。《华侨报·华座》副刊连载夏秋冬的小说《大家姐》、岫云的小说《桃花如血》、王香琴的小说《天妒》、冯嘉的小说《杀手》。

19日 《澳门日报·新园地》副刊发表夏微澜的散文《喜东的背面》，连载唐堂的小说《义剑情刀》、黄花的小说《银海春秋》、岫云的小说《虎吼群英》、润园的小说《老友早晨》、鲁牛的小说《假面杀手》、浩泉的小说《狂风落叶》、海辛的小说《失落的山村》。《华侨报·华座》副刊连载夏秋冬的小说《大家姐》、岫云的小说《桃花如血》、王香琴的小说《天妒》、冯嘉的小说《杀手》。

20日 《澳门日报·新园地》副刊连载唐堂的小说《义剑情刀》、黄花的小说《银海春秋》、岫云的小说《虎吼群英》、润园的小说《老友早晨》、鲁牛的小说《假面杀手》、浩泉的小说《狂风落叶》、海辛的小说《失落的山村》。《华侨报·华座》副刊连载夏秋冬的小说《大家姐》、岫云的小说《桃花如血》、王香琴的小说《天妒》、冯嘉的小说《杀手》。

21日 《澳门日报·新园地》副刊连载唐堂的小说《义剑情刀》、黄花的小说《银海春秋》、岫云的小说《虎吼群英》、润园的小说《老友早晨》、鲁牛的小说《假面杀手》、浩泉的小说《狂风落叶》、海辛的小说《失落的山村》。《华侨报·华座》副刊连载夏秋冬的小说《大家姐》、岫云的小说《桃花如血》、王香琴的小说《天妒》、冯嘉的小说《杀手》。

22日 《澳门日报·新园地》副刊发表夏微澜的散文《夏日的回忆》，连载唐堂的小说《义剑情刀》、黄花的小说《银海春秋》、岫云的小说《虎吼群英》、润园的小说《老友早晨》、鲁牛的小说《假面杀手》、浩泉的小说《狂风落叶》、海辛的小说《失落的山村》。《华侨报·华座》副刊连载夏秋冬的小说《大家姐》、岫云的小说《桃花如血》、王香琴的小说《天妒》、冯嘉的小说《杀手》。

23日 《澳门日报·新园地》副刊发表于明的评论《关于会咏的访日诗》，连载唐堂的小说《义剑情刀》、黄花的小说《银海春秋》、岫云的小说《虎吼群英》、润园的小说《老友早晨》、鲁牛的小说《假面杀手》、浩泉的小说《狂风落叶》（完）、海辛的小说《失落的山村》。《华侨报·华座》副刊连载夏秋冬的小说《大家姐》、岫云的小说《桃花如血》、王香琴的小说《天妒》、冯嘉的小说《杀手》。

24日 《澳门日报·新园地》副刊发表劲草的散文《一次意外的会见》、夏微澜的散文《彩蝶》，连载唐堂的小说《义剑情刀》、黄花的小说《银海春秋》、岫云的小说《虎吼群英》、润园的小说《老友早晨》、鲁牛的小说《假面杀手》、海辛的小说《失落的山村》，并开始连载青航的小说《父与子》。《华侨报·华座》副刊连载夏秋冬的小说《大家姐》、岫云的小说《桃花如血》、王香琴的小说《天妒》、冯嘉的小说《杀手》。

25日 《澳门日报·新园地》副刊连载唐堂的小说《义剑情刀》、黄花的小说《银海春秋》、岫云的小说《虎吼群英》、润园的小说《老友早晨》、鲁牛的小说《假面杀手》、海辛的小说《失落的山村》、青航的小说《父与子》。《华侨报·华座》副刊连载夏秋冬的小说《大家姐》、岫云的小说《桃花如血》、王香琴的小说《天妒》、冯嘉的小说《杀手》。

26日 《澳门日报·新园地》副刊连载唐堂的小说《义剑情刀》、黄花的小说《银海春秋》、岫云的小说《虎吼群英》、润园的小说《老友早晨》、鲁牛的小说《假面杀手》、海辛的小说《失落的山村》、青航的小说《父与子》。《华侨报·华座》副刊连载夏秋冬的小说《大家姐》、岫云的小说《桃花如血》、王香琴的小说《天妒》、冯嘉的小说《杀手》。

27日 《澳门日报·新园地》副刊连载唐堂的小说《义剑情刀》、黄花的小说《银海春秋》、岫云的小说《虎吼群英》、润园的小说《老友早晨》、鲁牛的小说《假面杀手》、海辛的小说《失落的山村》、青航的小说《父与子》。《华侨报·华座》副刊连载夏秋冬的小说《大家姐》、岫云的小说《桃花如血》、王香琴的小说《天妒》、冯嘉的小说《杀手》。

28日 《澳门日报·新园地》副刊连载唐堂的小说《义剑情刀》、黄花的小说《银海春秋》、岫云的小说《虎吼群英》、润园的小说《老友早晨》、鲁牛的小说《假面杀手》、海辛的小说《失落的山村》、青航的小说《父与子》。《华侨报·华座》副刊连载夏秋冬的小说《大家姐》、岫云的小说《桃花如血》、王香琴的小说《天妒》、冯嘉的小说《杀手》。

29日 《澳门日报·新园地》副刊发表小华的散文《初到梧州》，连载唐堂的小说《义剑情刀》、黄花的小说《银海春秋》、岫云的小说《虎吼群英》、润园的小说《老友早晨》、鲁牛的小说《假面杀手》、海辛的小说《失落的山村》、青航的小说《父与子》。《华侨报·华座》副刊连载夏秋冬的小说《大家姐》、岫云的小说《桃花如血》、王香琴的小说《天妒》、冯嘉的小说《杀手》。

30日 《澳门日报·新园地》副刊连载唐堂的小说《义剑情刀》、黄花的小说《银海春秋》、岫云的小说《虎吼群英》、润园的小说《老友早晨》、鲁牛的小说《假面杀手》、海辛的小说《失落的山村》、青航的小说《父与子》。《华侨报·华座》副刊发表詹文的散文《草木有情》，连载夏秋冬的小说《大家姐》、岫云的小说《桃花如血》、王香琴的小说《天妒》、冯嘉的小说《杀手》(完)。

⊙ 本月，江映澜小说《新嫁》刊载于香港《海洋文艺》第一卷第一期。

⊙ 本月，韩牧诗歌《匆匆的行色》刊载于香港《海洋文艺》第一卷第一期。

五月

1日 《澳门日报·新园地》副刊连载唐堂的小说《义剑情刀》、黄花的小说《银海春秋》、岫云的小说《虎吼群英》、润园的小说《老友早晨》、鲁牛的小说《假面杀手》、海辛的小说《失落的山村》、青航的小说《父与子》。《华侨报·华座》副刊连载夏秋冬的小说《大家姐》、岫云的小说《桃花如血》、王香琴的小说《天妒》。

2日 《澳门日报·新园地》副刊连载唐堂的小说《义剑情刀》、黄花的小说《银

海春秋》、岫云的小说《虎吼群英》、润园的小说《老友早晨》、鲁牛的小说《假面杀手》、海辛的小说《失落的山村》、青航的小说《父与子》。《华侨报·华座》副刊连载夏秋冬的小说《大家姐》、岫云的小说《桃花如血》、王香琴的小说《天妒》。

3 日　《澳门日报·新园地》副刊连载唐堂的小说《义剑情刀》、黄花的小说《银海春秋》、岫云的小说《虎吼群英》、润园的小说《老友早晨》、鲁牛的小说《假面杀手》、海辛的小说《失落的山村》、青航的小说《父与子》。《华侨报·华座》副刊连载夏秋冬的小说《大家姐》、岫云的小说《桃花如血》、王香琴的小说《天妒》。

4 日　《澳门日报·新园地》副刊发表夏微澜的散文《兄妹之间》，连载唐堂的小说《义剑情刀》、黄花的小说《银海春秋》、岫云的小说《虎吼群英》、润园的小说《老友早晨》、鲁牛的小说《假面杀手》、海辛的小说《失落的山村》、青航的小说《父与子》。《华侨报·华座》副刊发表阿建的散文《云贵高原上的艳阳天》，连载夏秋冬的小说《大家姐》、岫云的小说《桃花如血》、王香琴的小说《天妒》。

5 日　《澳门日报·新园地》副刊连载唐堂的小说《义剑情刀》、黄花的小说《银海春秋》、岫云的小说《虎吼群英》、润园的小说《老友早晨》、鲁牛的小说《假面杀手》、海辛的小说《失落的山村》、青航的小说《父与子》。《华侨报·华座》副刊连载夏秋冬的小说《大家姐》、岫云的小说《桃花如血》、王香琴的小说《天妒》。

6 日　《澳门日报·新园地》副刊发表夏微澜的散文《白花·红花》，连载唐堂的小说《义剑情刀》、黄花的小说《银海春秋》、岫云的小说《虎吼群英》、润园的小说《老友早晨》、鲁牛的小说《假面杀手》、海辛的小说《失落的山村》、青航的小说《父与子》。《华侨报·华座》副刊连载夏秋冬的小说《大家姐》、岫云的小说《桃花如血》、王香琴的小说《天妒》。

7 日　《澳门日报·新园地》副刊连载唐堂的小说《义剑情刀》、黄花的小说《银海春秋》、岫云的小说《虎吼群英》、润园的小说《老友早晨》、鲁牛的小说《假面杀手》、海辛的小说《失落的山村》、青航的小说《父与子》。

《华侨报·华座》副刊连载夏秋冬的小说《大家姐》、岫云的小说《桃花如血》、王香琴的小说《天妒》。

8日 《澳门日报·新园地》副刊连载唐堂的小说《义剑情刀》、黄花的小说《银海春秋》、岫云的小说《虎吼群英》、润园的小说《老友早晨》、鲁牛的小说《假面杀手》、海辛的小说《失落的山村》、青航的小说《父与子》。《华侨报·华座》副刊发表温公的散文《羊城竹枝词》，连载夏秋冬的小说《大家姐》、岫云的小说《桃花如血》、王香琴的小说《天妒》。

9日 《澳门日报·新园地》副刊发表梅萼华的散文《三读好戏〈艳阳天〉》、夏微澜的评论《小说·电影·新闻》，连载唐堂的小说《义剑情刀》、黄花的小说《银海春秋》、岫云的小说《虎吼群英》、润园的小说《老友早晨》、鲁牛的小说《假面杀手》、海辛的小说《失落的山村》、青航的小说《父与子》。《华侨报·华座》副刊连载夏秋冬的小说《大家姐》、岫云的小说《桃花如血》、王香琴的小说《天妒》。

10日 《澳门日报·新园地》副刊连载唐堂的小说《义剑情刀》、黄花的小说《银海春秋》、岫云的小说《虎吼群英》、润园的小说《老友早晨》、鲁牛的小说《假面杀手》、海辛的小说《失落的山村》、青航的小说《父与子》。《华侨报·华座》副刊连载夏秋冬的小说《大家姐》、岫云的小说《桃花如血》、王香琴的小说《天妒》。

11日 《澳门日报·新园地》副刊连载唐堂的小说《义剑情刀》、黄花的小说《银海春秋》、岫云的小说《虎吼群英》、润园的小说《老友早晨》、鲁牛的小说《假面杀手》、海辛的小说《失落的山村》、青航的小说《父与子》。《华侨报·华座》副刊发表浪华的散文《雨后的生趣》，连载夏秋冬的小说《大家姐》、岫云的小说《桃花如血》、王香琴的小说《天妒》。

12日 《澳门日报·新园地》副刊连载唐堂的小说《义剑情刀》、黄花的小说《银海春秋》、岫云的小说《虎吼群英》、润园的小说《老友早晨》、鲁牛的小说《假面杀手》、海辛的小说《失落的山村》、青航的小说《父与子》（完）。《华侨报·华座》副刊发表浪华的散文《母亲》，连载夏秋冬的小说《大家姐》、岫云的小说《桃花如血》、王香琴的小说《天妒》，并开始连载高峰的小说《追踪》。

13 日 《澳门日报·新园地》副刊连载唐堂的小说《义剑情刀》、黄花的小说《银海春秋》、岫云的小说《虎吼群英》、润园的小说《老友早晨》、鲁牛的小说《假面杀手》、海辛的小说《失落的山村》，并开始连载浩泉的小说《青春的旅程》。《华侨报·华座》副刊连载夏秋冬的小说《大家姐》、岫云的小说《桃花如血》、王香琴的小说《天妒》、高峰的小说《追踪》。

14 日 《澳门日报·新园地》副刊开始连载石一歌的评论《〈红楼梦〉不是爱情小说》，连载唐堂的小说《义剑情刀》、黄花的小说《银海春秋》、岫云的小说《虎吼群英》、润园的小说《老友早晨》、鲁牛的小说《假面杀手》、海辛的小说《失落的山村》、浩泉的小说《青春的旅程》。《华侨报·华座》副刊连载夏秋冬的小说《大家姐》、岫云的小说《桃花如血》、王香琴的小说《天妒》、高峰的小说《追踪》。

15 日 《澳门日报·新园地》副刊发表夏微澜的散文《话旧》，连载石一歌的评论《〈红楼梦〉不是爱情小说》、唐堂的小说《义剑情刀》、黄花的小说《银海春秋》、岫云的小说《虎吼群英》、润园的小说《老友早晨》、鲁牛的小说《假面杀手》、海辛的小说《失落的山村》、浩泉的小说《青春的旅程》。《华侨报·华座》副刊连载夏秋冬的小说《大家姐》、岫云的小说《桃花如血》、王香琴的小说《天妒》、高峰的小说《追踪》。

16 日 《澳门日报·新园地》副刊连载石一歌的评论《〈红楼梦〉不是爱情小说》、唐堂的小说《义剑情刀》、黄花的小说《银海春秋》、岫云的小说《虎吼群英》、润园的小说《老友早晨》、鲁牛的小说《假面杀手》、海辛的小说《失落的山村》、浩泉的小说《青春的旅程》。《华侨报·华座》副刊连载夏秋冬的小说《大家姐》、岫云的小说《桃花如血》、王香琴的小说《天妒》、高峰的小说《追踪》。

17 日 《澳门日报·新园地》副刊连载石一歌的评论《〈红楼梦〉不是爱情小说》、唐堂的小说《义剑情刀》、黄花的小说《银海春秋》、岫云的小说《虎吼群英》、润园的小说《老友早晨》、鲁牛的小说《假面杀手》、海辛的小说《失落的山村》、浩泉的小说《青春的旅程》。《华侨报·华座》副刊连载夏秋冬的小说《大家姐》、岫云的小说《桃花如血》、王香琴的小说《天妒》、高峰的小说《追踪》。

18日　《澳门日报·新园地》副刊连载石一歌的评论《〈红楼梦〉不是爱情小说》、唐堂的小说《义剑情刀》、黄花的小说《银海春秋》、岫云的小说《虎吼群英》、润园的小说《老友早晨》、鲁牛的小说《假面杀手》、海辛的小说《失落的山村》、浩泉的小说《青春的旅程》。《华侨报·华座》副刊连载夏秋冬的小说《大家姐》、岫云的小说《桃花如血》、王香琴的小说《天妒》、高峰的小说《追踪》。

19日　《澳门日报·新园地》副刊连载石一歌的评论《〈红楼梦〉不是爱情小说》、唐堂的小说《义剑情刀》、黄花的小说《银海春秋》、岫云的小说《虎吼群英》、润园的小说《老友早晨》、鲁牛的小说《假面杀手》、海辛的小说《失落的山村》、浩泉的小说《青春的旅程》。《华侨报·华座》副刊连载夏秋冬的小说《大家姐》、岫云的小说《桃花如血》、王香琴的小说《天妒》、高峰的小说《追踪》。

20日　《澳门日报·新园地》副刊发表志的诗歌《孩子和梦》，连载石一歌的评论《〈红楼梦〉不是爱情小说》（完）、唐堂的小说《义剑情刀》、黄花的小说《银海春秋》、岫云的小说《虎吼群英》、润园的小说《老友早晨》、鲁牛的小说《假面杀手》、海辛的小说《失落的山村》、浩泉的小说《青春的旅程》。《华侨报·华座》副刊连载夏秋冬的小说《大家姐》、岫云的小说《桃花如血》、王香琴的小说《天妒》、高峰的小说《追踪》。

21日　《澳门日报·新园地》副刊发表老丁的散文《老李的牢骚》，连载唐堂的小说《义剑情刀》、黄花的小说《银海春秋》、岫云的小说《虎吼群英》、润园的小说《老友早晨》、鲁牛的小说《假面杀手》、海辛的小说《失落的山村》、浩泉的小说《青春的旅程》。《华侨报·华座》副刊连载夏秋冬的小说《大家姐》（完）、岫云的小说《桃花如血》、王香琴的小说《天妒》、高峰的小说《追踪》。

22日　《澳门日报·新园地》副刊发表林冷雨的诗歌《填漆工人》、夏微澜的散文《爱总是濛濛的》，连载唐堂的小说《义剑情刀》、黄花的小说《银海春秋》、岫云的小说《虎吼群英》、润园的小说《老友早晨》、鲁牛的小说《假面杀手》、海辛的小说《失落的山村》、浩泉的小说《青春的旅程》。《华侨报·华座》副刊连载岫云的小说《桃花如血》、王香琴的小说《天妒》、高峰的小说《追踪》(完),并开始连载夏冰的小说《多咀街坊》。

夏冰,澳门作家,于《华侨报》上连载长篇小说《多咀街坊》(1975年)、《多咀街群英会》(1977年)、《多咀探长与街坊》等。这几部系列连载小说得到读者的追捧,如其中章节“亚珍唔舍得多咀街”“红须陆顶住条气”“波士企图大镇压”“搅者吻过侦探”等以多咀街为背景,活现多咀探长为街坊侦查破案,落实民生,充满浓厚的生活气息和人情味,三六九等都在这里汇聚。尤其以粤语进行创作,能将民间风俗较充足地展示,这无疑是研究澳门70年代的重要文学资料。

23日 《澳门日报·新园地》副刊连载唐堂的小说《义剑情刀》、黄花的小说《银海春秋》、岫云的小说《虎吼群英》、润园的小说《老友早晨》、鲁牛的小说《假面杀手》、海辛的小说《失落的山村》、浩泉的小说《青春的旅程》。《华侨报·华座》副刊连载岫云的小说《桃花如血》、王香琴的小说《天妒》、夏冰的小说《多咀街坊》,并开始连载金刀的小说《无影神拳》。

24日 《澳门日报·新园地》副刊连载唐堂的小说《义剑情刀》、黄花的小说《银海春秋》、岫云的小说《虎吼群英》、润园的小说《老友早晨》、鲁牛的小说《假面杀手》、海辛的小说《失落的山村》、浩泉的小说《青春的旅程》。《华侨报·华座》副刊连载岫云的小说《桃花如血》、王香琴的小说《天妒》、夏冰的小说《多咀街坊》、金刀的小说《无影神拳》。

25日 《澳门日报·新园地》副刊发表智深的诗歌《教师》、夏微澜的散文《变了色的童年》,连载唐堂的小说《义剑情刀》、黄花的小说《银海春秋》、岫云的小说《虎吼群英》、润园的小说《老友早晨》、鲁牛的小说《假面杀手》、海辛的小说《失落的山村》、浩泉的小说《青春的旅程》。《华侨报·华座》副刊连载岫云的小说《桃花如血》、王香琴的小说《天妒》、夏冰的小说《多咀街坊》、金刀的小说《无影神拳》。

26 日 《澳门日报·新园地》副刊连载唐堂的小说《义剑情刀》、黄花的小说《银海春秋》、岫云的小说《虎吼群英》、润园的小说《老友早晨》、鲁牛的小说《假面杀手》、海辛的小说《失落的山村》、浩泉的小说《青春的旅程》。《华侨报·华座》副刊连载岫云的小说《桃花如血》、王香琴的小说《天妒》、夏冰的小说《多咀街坊》、金刀的小说《无影神拳》。

27 日 《澳门日报·新园地》副刊发表白思群的散文《知己》，连载唐堂的小说《义剑情刀》、黄花的小说《银海春秋》、岫云的小说《虎吼群英》、润园的小说《老友早晨》、鲁牛的小说《假面杀手》、海辛的小说《失落的山村》、浩泉的小说《青春的旅程》。《华侨报·华座》副刊连载岫云的小说《桃花如血》、王香琴的小说《天妒》、夏冰的小说《多咀街坊》、金刀的小说《无影神拳》。

28 日 《澳门日报·新园地》副刊连载唐堂的小说《义剑情刀》、黄花的小说《银海春秋》、岫云的小说《虎吼群英》、润园的小说《老友早晨》、鲁牛的小说《假面杀手》、海辛的小说《失落的山村》、浩泉的小说《青春的旅程》。《华侨报·华座》副刊连载岫云的小说《桃花如血》、王香琴的小说《天妒》、夏冰的小说《多咀街坊》、金刀的小说《无影神拳》。

29 日 《澳门日报·新园地》副刊发表箓菽的诗歌《悍匪下场》、夏微澜的散文《幻想与理想》，连载唐堂的小说《义剑情刀》、黄花的小说《银海春秋》、岫云的小说《虎吼群英》、润园的小说《老友早晨》、鲁牛的小说《假面杀手》、海辛的小说《失落的山村》、浩泉的小说《青春的旅程》。《华侨报·华座》副刊连载岫云的小说《桃花如血》、王香琴的小说《天妒》、夏冰的小说《多咀街坊》、金刀的小说《无影神拳》。

30 日 《澳门日报·新园地》副刊连载唐堂的小说《义剑情刀》、黄花的小说《银海春秋》、岫云的小说《虎吼群英》、润园的小说《老友早晨》、鲁牛的小说《假面杀手》、海辛的小说《失落的山村》、浩泉的小说《青春的旅程》。《华侨报·华座》副刊连载岫云的小说《桃花如血》、王香琴的小说《天妒》、夏冰的小说《多咀街坊》、金刀的小说《无影神拳》。

31 日　《澳门日报·新园地》副刊连载唐堂的小说《义剑情刀》、黄花的小说《银海春秋》、岫云的小说《虎吼群英》、润园的小说《老友早晨》、鲁牛的小说《假面杀手》、海辛的小说《失落的山村》、浩泉的小说《青春的旅程》。《华侨报·华座》副刊连载岫云的小说《桃花如血》、王香琴的小说《天妒》、夏冰的小说《多咀街坊》、金刀的小说《无影神拳》(完)。

六月

1 日　《澳门日报·新园地》副刊连载唐堂的小说《义剑情刀》、黄花的小说《银海春秋》、岫云的小说《虎吼群英》、润园的小说《老友早晨》、鲁牛的小说《假面杀手》、海辛的小说《失落的山村》、浩泉的小说《青春的旅程》。《华侨报·华座》副刊连载岫云的小说《桃花如血》、王香琴的小说《天妒》、夏冰的小说《多咀街坊》。

2 日　《澳门日报·新园地》副刊发表夏微澜的散文《夏夜随想》，连载唐堂的小说《义剑情刀》、黄花的小说《银海春秋》、岫云的小说《虎吼群英》、润园的小说《老友早晨》、鲁牛的小说《假面杀手》、海辛的小说《失落的山村》、浩泉的小说《青春的旅程》。《华侨报·华座》副刊连载岫云的小说《桃花如血》、王香琴的小说《天妒》、夏冰的小说《多咀街坊》。

3 日　《澳门日报·新园地》副刊发表箓菽的诗歌《彻底灭蚊》，连载唐堂的小说《义剑情刀》、黄花的小说《银海春秋》、岫云的小说《虎吼群英》、润园的小说《老友早晨》、鲁牛的小说《假面杀手》、海辛的小说《失落的山村》、浩泉的小说《青春的旅程》。《华侨报·华座》副刊连载岫云的小说《桃花如血》、王香琴的小说《天妒》、夏冰的小说《多咀街坊》。

4 日　《澳门日报·新园地》副刊连载唐堂的小说《义剑情刀》、黄花的小说《银海春秋》、岫云的小说《虎吼群英》、润园的小说《老友早晨》、鲁牛的小说《假面杀手》、海辛的小说《失落的山村》、浩泉的小说《青春的旅程》。《华侨报·华座》副刊连载岫云的小说《桃花如血》、王香琴的小说《天妒》、夏冰的小说《多咀街坊》，并开始连载罗天的小说《夺魄笛》。

5 日　《澳门日报·新园地》副刊连载唐堂的小说《义剑情刀》、黄花的小说《银海春秋》、岫云的小说《虎吼群英》、润园的小说《老友早晨》、鲁牛的小说《假面杀手》、海辛的小说《失落的山村》、浩泉的小说《青春的旅程》。《华侨报·华座》副刊连载岫云的小说《桃花如血》、王香琴的小说《天妒》、夏冰的小说《多咀街坊》、罗天的小说《夺魄笛》。

6日 《澳门日报·新园地》副刊连载唐堂的小说《义剑情刀》、黄花的小说《银海春秋》、岫云的小说《虎吼群英》、润园的小说《老友早晨》、鲁牛的小说《假面杀手》、海辛的小说《失落的山村》、浩泉的小说《青春的旅程》。《华侨报·华座》副刊连载岫云的小说《桃花如血》、王香琴的小说《天妒》、夏冰的小说《多咀街坊》、罗天的小说《夺魄笛》。

7日 《澳门日报·新园地》副刊连载唐堂的小说《义剑情刀》、黄花的小说《银海春秋》、岫云的小说《虎吼群英》、润园的小说《老友早晨》、鲁牛的小说《假面杀手》、海辛的小说《失落的山村》、浩泉的小说《青春的旅程》。《华侨报·华座》副刊连载岫云的小说《桃花如血》、王香琴的小说《天妒》、夏冰的小说《多咀街坊》、罗天的小说《夺魄笛》。

8日 《澳门日报·新园地》副刊连载唐堂的小说《义剑情刀》、黄花的小说《银海春秋》、岫云的小说《虎吼群英》、润园的小说《老友早晨》、鲁牛的小说《假面杀手》、海辛的小说《失落的山村》、浩泉的小说《青春的旅程》。《华侨报·华座》副刊连载岫云的小说《桃花如血》、王香琴的小说《天妒》、夏冰的小说《多咀街坊》、罗天的小说《夺魄笛》。

9日 《澳门日报·新园地》副刊发表老张的评论《小品隽永，描画细致》，连载唐堂的小说《义剑情刀》、黄花的小说《银海春秋》、岫云的小说《虎吼群英》、润园的小说《老友早晨》、鲁牛的小说《假面杀手》、海辛的小说《失落的山村》、浩泉的小说《青春的旅程》。《华侨报·华座》副刊连载岫云的小说《桃花如血》、王香琴的小说《天妒》、夏冰的小说《多咀街坊》、罗天的小说《夺魄笛》。

10日 《澳门日报·新园地》副刊发表夏微澜的散文《悼绿，想绿》，连载唐堂的小说《义剑情刀》、黄花的小说《银海春秋》、岫云的小说《虎吼群英》、润园的小说《老友早晨》、鲁牛的小说《假面杀手》、海辛的小说《失落的山村》、浩泉的小说《青春的旅程》。《华侨报·华座》副刊连载岫云的小说《桃花如血》、王香琴的小说《天妒》、夏冰的小说《多咀街坊》、罗天的小说《夺魄笛》。

11 日 《澳门日报·新园地》副刊连载唐堂的小说《义剑情刀》、黄花的小说《银海春秋》、岫云的小说《虎吼群英》、润园的小说《老友早晨》、鲁牛的小说《假面杀手》、海辛的小说《失落的山村》、浩泉的小说《青春的旅程》。《华侨报·华座》副刊连载岫云的小说《桃花如血》、王香琴的小说《天妒》、夏冰的小说《多咀街坊》、罗天的小说《夺魄笛》。

12 日 《澳门日报·新园地》副刊连载唐堂的小说《义剑情刀》、黄花的小说《银海春秋》、岫云的小说《虎吼群英》、润园的小说《老友早晨》、鲁牛的小说《假面杀手》、海辛的小说《失落的山村》、浩泉的小说《青春的旅程》。《华侨报·华座》副刊连载岫云的小说《桃花如血》、王香琴的小说《天妒》、夏冰的小说《多咀街坊》、罗天的小说《夺魄笛》。

13 日 《澳门日报·新园地》副刊连载唐堂的小说《义剑情刀》、黄花的小说《银海春秋》、岫云的小说《虎吼群英》、润园的小说《老友早晨》、鲁牛的小说《假面杀手》、海辛的小说《失落的山村》、浩泉的小说《青春的旅程》。《华侨报·华座》副刊连载岫云的小说《桃花如血》、王香琴的小说《天妒》、夏冰的小说《多咀街坊》、罗天的小说《夺魄笛》。

14 日 《澳门日报·新园地》副刊发表夏微澜的散文《风雨后》，连载唐堂的小说《义剑情刀》、黄花的小说《银海春秋》、岫云的小说《虎吼群英》、润园的小说《老友早晨》、鲁牛的小说《假面杀手》、海辛的小说《失落的山村》、浩泉的小说《青春的旅程》。《华侨报·华座》副刊连载岫云的小说《桃花如血》、王香琴的小说《天妒》、夏冰的小说《多咀街坊》、罗天的小说《夺魄笛》。

15 日 《澳门日报·新园地》副刊连载唐堂的小说《义剑情刀》、黄花的小说《银海春秋》、岫云的小说《虎吼群英》、润园的小说《老友早晨》、鲁牛的小说《假面杀手》（完）、海辛的小说《失落的山村》、浩泉的小说《青春的旅程》。《华侨报·华座》副刊连载岫云的小说《桃花如血》、王香琴的小说《天妒》、夏冰的小说《多咀街坊》、罗天的小说《夺魄笛》(完)。

16日 《澳门日报·新园地》副刊连载唐堂的小说《义剑情刀》、黄花的小说《银海春秋》、岫云的小说《虎吼群英》、润园的小说《老友早晨》、海辛的小说《失落的山村》、浩泉的小说《青春的旅程》，并开始连载鲁牛的小说《彩虹》。《华侨报·华座》副刊连载岫云的小说《桃花如血》、王香琴的小说《天妒》、夏冰的小说《多咀街坊》，并开始连载薛海的小说《铁燕金刀》。

17日 《澳门日报·新园地》副刊连载唐堂的小说《义剑情刀》、黄花的小说《银海春秋》、岫云的小说《虎吼群英》、润园的小说《老友早晨》、海辛的小说《失落的山村》、浩泉的小说《青春的旅程》、鲁牛的小说《彩虹》。《华侨报·华座》副刊连载岫云的小说《桃花如血》、王香琴的小说《天妒》、夏冰的小说《多咀街坊》、薛海的小说《铁燕金刀》。

18日 《澳门日报·新园地》副刊连载唐堂的小说《义剑情刀》、黄花的小说《银海春秋》、岫云的小说《虎吼群英》、润园的小说《老友早晨》、海辛的小说《失落的山村》、浩泉的小说《青春的旅程》、鲁牛的小说《彩虹》。《华侨报·华座》副刊连载岫云的小说《桃花如血》、王香琴的小说《天妒》、夏冰的小说《多咀街坊》、薛海的小说《铁燕金刀》。

19日 《澳门日报·新园地》副刊连载唐堂的小说《义剑情刀》、黄花的小说《银海春秋》、岫云的小说《虎吼群英》、润园的小说《老友早晨》、海辛的小说《失落的山村》、浩泉的小说《青春的旅程》、鲁牛的小说《彩虹》。《华侨报·华座》副刊连载岫云的小说《桃花如血》、王香琴的小说《天妒》、夏冰的小说《多咀街坊》、薛海的小说《铁燕金刀》。

20日 《澳门日报·新园地》副刊连载唐堂的小说《义剑情刀》、黄花的小说《银海春秋》、岫云的小说《虎吼群英》、润园的小说《老友早晨》、海辛的小说《失落的山村》、浩泉的小说《青春的旅程》、鲁牛的小说《彩虹》。《华侨报·华座》副刊连载岫云的小说《桃花如血》、王香琴的小说《天妒》、夏冰的小说《多咀街坊》、薛海的小说《铁燕金刀》。

21日 《澳门日报·新园地》副刊连载唐堂的小说《义剑情刀》、黄花的小说《银

海春秋》、岫云的小说《虎吼群英》、润园的小说《老友早晨》、海辛的小说《失落的山村》、浩泉的小说《青春的旅程》、鲁牛的小说《彩虹》。《华侨报 · 华座》副刊连载岫云的小说《桃花如血》、王香琴的小说《天妒》、夏冰的小说《多咀街坊》、薛海的小说《铁燕金刀》。

22 日　《澳门日报 · 新园地》副刊连载唐堂的小说《义剑情刀》、黄花的小说《银海春秋》、岫云的小说《虎吼群英》、润园的小说《老友早晨》、海辛的小说《失落的山村》、浩泉的小说《青春的旅程》、鲁牛的小说《彩虹》。《华侨报 · 华座》副刊连载岫云的小说《桃花如血》、王香琴的小说《天妒》、夏冰的小说《多咀街坊》、薛海的小说《铁燕金刀》。

23 日　《澳门日报 · 新园地》副刊连载唐堂的小说《义剑情刀》、黄花的小说《银海春秋》、岫云的小说《虎吼群英》、润园的小说《老友早晨》、海辛的小说《失落的山村》、浩泉的小说《青春的旅程》、鲁牛的小说《彩虹》。《华侨报 · 华座》副刊连载岫云的小说《桃花如血》、王香琴的小说《天妒》、夏冰的小说《多咀街坊》、薛海的小说《铁燕金刀》。

24 日　《澳门日报 · 新园地》副刊连载唐堂的小说《义剑情刀》、黄花的小说《银海春秋》、岫云的小说《虎吼群英》、润园的小说《老友早晨》、海辛的小说《失落的山村》、浩泉的小说《青春的旅程》、鲁牛的小说《彩虹》。《华侨报 · 华座》副刊连载岫云的小说《桃花如血》、王香琴的小说《天妒》、夏冰的小说《多咀街坊》、薛海的小说《铁燕金刀》。

25 日　《澳门日报 · 新园地》副刊连载唐堂的小说《义剑情刀》、黄花的小说《银海春秋》、岫云的小说《虎吼群英》、润园的小说《老友早晨》、海辛的小说《失落的山村》、浩泉的小说《青春的旅程》、鲁牛的小说《彩虹》。《华侨报 · 华座》副刊连载岫云的小说《桃花如血》、王香琴的小说《天妒》、夏冰的小说《多咀街坊》、薛海的小说《铁燕金刀》。

26 日　《澳门日报 · 新园地》副刊连载唐堂的小说《义剑情刀》、黄花的小说《银海春秋》、岫云的小说《虎吼群英》、润园的小说《老友早晨》、海辛的小说《失落的山村》、浩泉的小说《青春的旅程》、鲁牛的小说《彩虹》。《华侨报 · 华座》副刊连载岫云的小说《桃花如血》、王香琴的小说《天妒》、夏冰的小说《多咀街坊》、薛海的小说《铁燕金刀》。

27 日 《澳门日报 · 新园地》副刊发表饶芷岸的散文《新的粤剧新的感受》，连载唐堂的小说《义剑情刀》、黄花的小说《银海春秋》、岫云的小说《虎吼群英》、润园的小说《老友早晨》、海辛的小说《失落的山村》、浩泉的小说《青春的旅程》、鲁牛的小说《彩虹》。《华侨报 · 华座》副刊连载岫云的小说《桃花如血》、王香琴的小说《天妒》、夏冰的小说《多咀街坊》、薛海的小说《铁燕金刀》。

28 日 《澳门日报 · 新园地》副刊连载唐堂的小说《义剑情刀》、黄花的小说《银海春秋》、岫云的小说《虎吼群英》、润园的小说《老友早晨》、海辛的小说《失落的山村》、浩泉的小说《青春的旅程》、鲁牛的小说《彩虹》。《华侨报 · 华座》副刊连载岫云的小说《桃花如血》、王香琴的小说《天妒》、夏冰的小说《多咀街坊》、薛海的小说《铁燕金刀》。

29 日 《澳门日报 · 新园地》副刊连载唐堂的小说《义剑情刀》、黄花的小说《银海春秋》、岫云的小说《虎吼群英》、润园的小说《老友早晨》、海辛的小说《失落的山村》、浩泉的小说《青春的旅程》、鲁牛的小说《彩虹》。《华侨报 · 华座》副刊连载岫云的小说《桃花如血》、王香琴的小说《天妒》、夏冰的小说《多咀街坊》、薛海的小说《铁燕金刀》。

30 日 《澳门日报 · 新园地》副刊发表白思群的散文《珠江夜曲》，连载唐堂的小说《义剑情刀》、黄花的小说《银海春秋》、岫云的小说《虎吼群英》、润园的小说《老友早晨》、海辛的小说《失落的山村》、浩泉的小说《青春的旅程》、鲁牛的小说《彩虹》。《华侨报 · 华座》副刊连载岫云的小说《桃花如血》、王香琴的小说《天妒》、夏冰的小说《多咀街坊》、薛海的小说《铁燕金刀》（完）。

⊙ 本月，汪浩瀚发表诗歌《筑路工人》于香港《海洋文艺》第一卷第二期。

⊙ 本月，韩牧的诗歌《姊妹篇》刊载于香港《海洋文艺》第一卷第一期。

⊙ 本月，金矛的散文《植树》刊载于香港《海洋文艺》第一卷第一期。

⊙ 本月，江映澜的散文《东方蒙地卡罗（外二章）》刊载于香港《海洋文艺》第一卷第二期。

七月

1 日　《澳门日报·新园地》副刊发表夏微澜的散文《闹剧》，连载唐堂的小说《义剑情刀》、黄花的小说《银海春秋》、岫云的小说《虎吼群英》、润园的小说《老友早晨》、海辛的小说《失落的山村》、浩泉的小说《青春的旅程》、鲁牛的小说《彩虹》。《华侨报·华座》副刊连载岫云的小说《桃花如血》、王香琴的小说《天妒》、夏冰的小说《多咀街坊》，并开始连载云黎的小说《约瑟芬之恋》。

2 日　《澳门日报·新园地》副刊连载唐堂的小说《义剑情刀》、黄花的小说《银海春秋》、岫云的小说《虎吼群英》、润园的小说《老友早晨》、海辛的小说《失落的山村》、浩泉的小说《青春的旅程》、鲁牛的小说《彩虹》。《华侨报·华座》副刊连载岫云的小说《桃花如血》、王香琴的小说《天妒》、夏冰的小说《多咀街坊》、云黎的小说《约瑟芬之恋》。

3 日　《澳门日报·新园地》副刊发表余知的评论《柳宗元与"封建论"》，连载唐堂的小说《义剑情刀》、黄花的小说《银海春秋》、岫云的小说《虎吼群英》、润园的小说《老友早晨》、海辛的小说《失落的山村》、浩泉的小说《青春的旅程》、鲁牛的小说《彩虹》。《华侨报·华座》副刊连载岫云的小说《桃花如血》、王香琴的小说《天妒》、夏冰的小说《多咀街坊》、云黎的小说《约瑟芬之恋》。

4 日　《澳门日报·新园地》副刊连载唐堂的小说《义剑情刀》、黄花的小说《银海春秋》、岫云的小说《虎吼群英》、润园的小说《老友早晨》、海辛的小说《失落的山村》、浩泉的小说《青春的旅程》、鲁牛的小说《彩虹》。《华侨报·华座》副刊连载岫云的小说《桃花如血》、王香琴的小说《天妒》、夏冰的小说《多咀街坊》、云黎的小说《约瑟芬之恋》。

5 日　《澳门日报·新园地》副刊连载唐堂的小说《义剑情刀》、黄花的小说《银海春秋》、岫云的小说《虎吼群英》、润园的小说《老友早晨》、海辛的小说《失落的山村》、浩泉的小说《青春的旅程》、鲁牛的小说《彩虹》。《华侨报·华座》副刊连载岫云的小说《桃花如血》、王香琴的小说《天妒》、夏冰的小说《多咀街坊》、云黎的小说《约瑟芬之恋》。

6日　《澳门日报·新园地》副刊发表夏微澜的散文《人浮于事种种》，连载唐堂的小说《义剑情刀》、黄花的小说《银海春秋》、岫云的小说《虎吼群英》、润园的小说《老友早晨》、海辛的小说《失落的山村》、浩泉的小说《青春的旅程》、鲁牛的小说《彩虹》。《华侨报·华座》副刊连载岫云的小说《桃花如血》（完）、王香琴的小说《天妒》、夏冰的小说《多咀街坊》、云黎的小说《约瑟芬之恋》（完）。

7日　《澳门日报·新园地》副刊连载唐堂的小说《义剑情刀》、黄花的小说《银海春秋》、岫云的小说《虎吼群英》、润园的小说《老友早晨》、海辛的小说《失落的山村》、浩泉的小说《青春的旅程》、鲁牛的小说《彩虹》。《华侨报·华座》副刊连载王香琴的小说《天妒》、夏冰的小说《多咀街坊》，并开始连载惜芬的小说《文字姻缘》。

惜芬，自1976年开始，在《华侨报·华座》副刊上连载长篇小说多部，以都市言情小说为主。

8日　《澳门日报·新园地》副刊连载唐堂的小说《义剑情刀》、黄花的小说《银海春秋》、岫云的小说《虎吼群英》、润园的小说《老友早晨》、海辛的小说《失落的山村》、浩泉的小说《青春的旅程》、鲁牛的小说《彩虹》。《华侨报·华座》副刊连载王香琴的小说《天妒》、夏冰的小说《多咀街坊》、惜芬的小说《文字姻缘》，并开始连载铁翅的小说《蛇蜕镖》。

9日　《澳门日报·新园地》副刊发表夏微澜的散文《诱惑》、林宁文的散文《九嶷山记游》，连载唐堂的小说《义剑情刀》、黄花的小说《银海春秋》、岫云的小说《虎吼群英》、润园的小说《老友早晨》、海辛的小说《失落的山村》、浩泉的小说《青春的旅程》、鲁牛的小说《彩虹》。《华侨报·华座》副刊连载王香琴的小说《天妒》、夏冰的小说《多咀街坊》、惜芬的小说《文字姻缘》、铁翅的小说《蛇蜕镖》。

10日　《澳门日报·新园地》副刊连载唐堂的小说《义剑情刀》、黄花的小说《银

海春秋》、岫云的小说《虎吼群英》、润园的小说《老友早晨》、海辛的小说《失落的山村》、浩泉的小说《青春的旅程》、鲁牛的小说《彩虹》。《华侨报·华座》副刊连载王香琴的小说《天妒》、夏冰的小说《多咀街坊》、惜芬的小说《文字姻缘》、铁翅的小说《蛇蜕镖》。

11日 《澳门日报·新园地》副刊连载唐堂的小说《义剑情刀》、黄花的小说《银海春秋》、岫云的小说《虎吼群英》、润园的小说《老友早晨》、海辛的小说《失落的山村》、浩泉的小说《青春的旅程》、鲁牛的小说《彩虹》。《华侨报·华座》副刊连载王香琴的小说《天妒》、夏冰的小说《多咀街坊》、惜芬的小说《文字姻缘》、铁翅的小说《蛇蜕镖》。

12日 《澳门日报·新园地》副刊连载唐堂的小说《义剑情刀》、黄花的小说《银海春秋》、岫云的小说《虎吼群英》、润园的小说《老友早晨》、海辛的小说《失落的山村》、浩泉的小说《青春的旅程》、鲁牛的小说《彩虹》。《华侨报·华座》副刊连载王香琴的小说《天妒》、夏冰的小说《多咀街坊》、惜芬的小说《文字姻缘》、铁翅的小说《蛇蜕镖》。

13日 《澳门日报·新园地》副刊连载唐堂的小说《义剑情刀》、黄花的小说《银海春秋》、岫云的小说《虎吼群英》、润园的小说《老友早晨》、海辛的小说《失落的山村》、浩泉的小说《青春的旅程》、鲁牛的小说《彩虹》。《华侨报·华座》副刊连载王香琴的小说《天妒》、夏冰的小说《多咀街坊》、惜芬的小说《文字姻缘》、铁翅的小说《蛇蜕镖》。

14日 《澳门日报·新园地》副刊发表夏微澜的散文《我看这一回》，连载唐堂的小说《义剑情刀》、黄花的小说《银海春秋》、岫云的小说《虎吼群英》、润园的小说《老友早晨》、海辛的小说《失落的山村》、浩泉的小说《青春的旅程》、鲁牛的小说《彩虹》。《华侨报·华座》副刊连载王香琴的小说《天妒》、夏冰的小说《多咀街坊》、惜芬的小说《文字姻缘》、铁翅的小说《蛇蜕镖》。

15日 《澳门日报·新园地》副刊连载唐堂的小说《义剑情刀》、黄花的小说《银海春秋》、岫云的小说《虎吼群英》、润园的小说《老友早晨》、海辛的小说《失落的山村》、浩泉的小说《青春的旅程》、鲁牛的小说《彩虹》。

《华侨报·华座》副刊连载王香琴的小说《天妒》、夏冰的小说《多咀街坊》、惜芬的小说《文字姻缘》、铁翅的小说《蛇蜕镖》。

16日　《澳门日报·新园地》副刊连载唐堂的小说《义剑情刀》、黄花的小说《银海春秋》、岫云的小说《虎吼群英》、润园的小说《老友早晨》、海辛的小说《失落的山村》、浩泉的小说《青春的旅程》、鲁牛的小说《彩虹》。《华侨报·华座》副刊连载王香琴的小说《天妒》、夏冰的小说《多咀街坊》、惜芬的小说《文字姻缘》、铁翅的小说《蛇蜕镖》(完)。

17日　《澳门日报·新园地》副刊发表航青的散文《浪越漓江》，连载唐堂的小说《义剑情刀》、黄花的小说《银海春秋》、岫云的小说《虎吼群英》、润园的小说《老友早晨》、海辛的小说《失落的山村》、浩泉的小说《青春的旅程》、鲁牛的小说《彩虹》。《华侨报·华座》副刊连载王香琴的小说《天妒》、夏冰的小说《多咀街坊》、惜芬的小说《文字姻缘》，并开始连载谷巴的小说《偷渡记》。

18日　《澳门日报·新园地》副刊连载唐堂的小说《义剑情刀》、黄花的小说《银海春秋》、岫云的小说《虎吼群英》、润园的小说《老友早晨》、海辛的小说《失落的山村》、浩泉的小说《青春的旅程》、鲁牛的小说《彩虹》。《华侨报·华座》副刊连载王香琴的小说《天妒》、夏冰的小说《多咀街坊》、惜芬的小说《文字姻缘》、谷巴的小说《偷渡记》。

19日　《澳门日报·新园地》副刊连载唐堂的小说《义剑情刀》、黄花的小说《银海春秋》、岫云的小说《虎吼群英》、润园的小说《老友早晨》、海辛的小说《失落的山村》、浩泉的小说《青春的旅程》、鲁牛的小说《彩虹》。《华侨报·华座》副刊连载王香琴的小说《天妒》、夏冰的小说《多咀街坊》、惜芬的小说《文字姻缘》、谷巴的小说《偷渡记》。

20日　《澳门日报·新园地》副刊发表夏微澜的散文《彩色世纪》，连载唐堂的小说《义剑情刀》、黄花的小说《银海春秋》、岫云的小说《虎吼群英》、润园的小说《老友早晨》、海辛的小说《失落的山村》、浩泉的小说《青春的旅程》、鲁牛的小说《彩虹》。《华侨报·华座》副刊连载王香琴的小说《天妒》(完)、夏冰的小说《多咀街坊》、惜芬的小说《文字姻缘》、谷巴的小说《偷渡记》。

21 日　《澳门日报 · 新园地》副刊连载唐堂的小说《义剑情刀》、黄花的小说《银海春秋》、岫云的小说《虎吼群英》、润园的小说《老友早晨》、海辛的小说《失落的山村》、浩泉的小说《青春的旅程》、鲁牛的小说《彩虹》。《华侨报 · 华座》副刊连载夏冰的小说《多咀街坊》、惜芬的小说《文字姻缘》、谷巴的小说《偷渡记》，并开始连载王香琴的小说《台前幕后》。

22 日　《澳门日报 · 新园地》副刊连载唐堂的小说《义剑情刀》、黄花的小说《银海春秋》、岫云的小说《虎吼群英》、润园的小说《老友早晨》、海辛的小说《失落的山村》、浩泉的小说《青春的旅程》、鲁牛的小说《彩虹》。《华侨报 · 华座》副刊连载夏冰的小说《多咀街坊》、惜芬的小说《文字姻缘》、谷巴的小说《偷渡记》、王香琴的小说《台前幕后》。

23 日　《澳门日报 · 新园地》副刊发表夏微澜的散文《牛肉干》，连载唐堂的小说《义剑情刀》、黄花的小说《银海春秋》、岫云的小说《虎吼群英》、润园的小说《老友早晨》、海辛的小说《失落的山村》、浩泉的小说《青春的旅程》、鲁牛的小说《彩虹》。《华侨报 · 华座》副刊连载夏冰的小说《多咀街坊》、惜芬的小说《文字姻缘》、谷巴的小说《偷渡记》、王香琴的小说《台前幕后》。

24 日　《澳门日报 · 新园地》副刊连载唐堂的小说《义剑情刀》、黄花的小说《银海春秋》、岫云的小说《虎吼群英》（完）、润园的小说《老友早晨》、海辛的小说《失落的山村》、浩泉的小说《青春的旅程》、鲁牛的小说《彩虹》。《华侨报 · 华座》副刊发表浪华的散文《山》，连载夏冰的小说《多咀街坊》、惜芬的小说《文字姻缘》、谷巴的小说《偷渡记》、王香琴的小说《台前幕后》。

25 日　《澳门日报 · 新园地》副刊连载唐堂的小说《义剑情刀》、黄花的小说《银海春秋》、润园的小说《老友早晨》、海辛的小说《失落的山村》、浩泉的小说《青春的旅程》、鲁牛的小说《彩虹》。《华侨报 · 华座》副刊发表竹雅的散文《午睡》，连载夏冰的小说《多咀街坊》、惜芬的小说《文字姻缘》、谷巴的小说《偷渡记》、王香琴的小说《台前幕后》。

26 日　《澳门日报 · 新园地》副刊连载唐堂的小说《义剑情刀》、黄花的小说《银海春秋》、润园的小说《老友早晨》、海辛的小说《失落的山村》、浩泉的小说《青春的旅程》、鲁牛的小说《彩虹》。《华侨报 · 华座》副刊连载夏冰的小说《多咀街坊》、惜芬的小说《文字姻缘》、谷巴的小说《偷渡记》(完)、王香琴的小说《台前幕后》。

27 日　《澳门日报 · 新园地》副刊发表夏微澜的散文《看到了生命的光辉》，连载唐堂的小说《义剑情刀》、黄花的小说《银海春秋》、润园的小说《老友早晨》、海辛的小说《失落的山村》、浩泉的小说《青春的旅程》、鲁牛的小说《彩虹》，并开始连载文珠的小说《鱼眼》。《华侨报 · 华座》副刊连载夏冰的小说《多咀街坊》、惜芬的小说《文字姻缘》、王香琴的小说《台前幕后》，并开始连载丹桂的小说《红粉金枪》。

28 日　《澳门日报 · 新园地》副刊连载唐堂的小说《义剑情刀》、黄花的小说《银海春秋》、润园的小说《老友早晨》、海辛的小说《失落的山村》、浩泉的小说《青春的旅程》、鲁牛的小说《彩虹》、文珠的小说《鱼眼》。《华侨报 · 华座》副刊连载夏冰的小说《多咀街坊》、惜芬的小说《文字姻缘》、王香琴的小说《台前幕后》、丹桂的小说《红粉金枪》。

29 日　《澳门日报 · 新园地》副刊连载唐堂的小说《义剑情刀》、黄花的小说《银海春秋》、润园的小说《老友早晨》、海辛的小说《失落的山村》、浩泉的小说《青春的旅程》、鲁牛的小说《彩虹》、文珠的小说《鱼眼》。《华侨报 · 华座》副刊连载夏冰的小说《多咀街坊》、惜芬的小说《文字姻缘》、王香琴的小说《台前幕后》、丹桂的小说《红粉金枪》。

30 日　《澳门日报 · 新园地》副刊连载唐堂的小说《义剑情刀》、黄花的小说《银海春秋》、润园的小说《老友早晨》、海辛的小说《失落的山村》、浩泉的小说《青春的旅程》、鲁牛的小说《彩虹》、文珠的小说《鱼眼》。《华侨报 · 华座》副刊连载夏冰的小说《多咀街坊》、惜芬的小说《文字姻缘》、王香琴的小说《台前幕后》、丹桂的小说《红粉金枪》。

31 日　《澳门日报 · 新园地》副刊连载唐堂的小说《义剑情刀》、黄花的小说《银海春秋》、润园的小说《老友早晨》(完)、海辛的小说《失落的山村》、浩泉的小说《青春的旅程》、鲁牛的小说《彩虹》、文珠的小说《鱼眼》。《华侨报·华座》副刊连载夏冰的小说《多咀街坊》、惜芬的小说《文字姻缘》、王香琴的小说《台前幕后》、丹桂的小说《红粉金枪》。

⊙ 本月，陶里的小说《那一双眼睛》刊载于香港《当代文艺》第104期。

八月

1日 《澳门日报·新园地》副刊连载唐堂的小说《义剑情刀》、黄花的小说《银海春秋》、海辛的小说《失落的山村》、浩泉的小说《青春的旅程》、鲁牛的小说《彩虹》、文珠的小说《鱼眼》，并开始连载润园的小说《女儿好苦》。《华侨报·华座》副刊连载夏冰的小说《多咀街坊》、惜芬的小说《文字姻缘》、王香琴的小说《台前幕后》、丹桂的小说《红粉金枪》。

2日 《澳门日报·新园地》副刊发表夏微澜的散文《针针线线》，连载唐堂的小说《义剑情刀》、黄花的小说《银海春秋》、海辛的小说《失落的山村》、浩泉的小说《青春的旅程》、鲁牛的小说《彩虹》、文珠的小说《鱼眼》、润园的小说《女儿好苦》。《华侨报·华座》副刊连载夏冰的小说《多咀街坊》、惜芬的小说《文字姻缘》、王香琴的小说《台前幕后》、丹桂的小说《红粉金枪》（完）。

3日 《澳门日报·新园地》副刊连载唐堂的小说《义剑情刀》、黄花的小说《银海春秋》、海辛的小说《失落的山村》、浩泉的小说《青春的旅程》、鲁牛的小说《彩虹》、文珠的小说《鱼眼》、润园的小说《女儿好苦》。《华侨报·华座》副刊连载夏冰的小说《多咀街坊》、惜芬的小说《文字姻缘》、王香琴的小说《台前幕后》，并开始连载榕的小说《鬼脚神医》。

4日 《澳门日报·新园地》副刊发表夏微澜的散文《乐极忘形》，连载唐堂的小说《义剑情刀》、黄花的小说《银海春秋》、海辛的小说《失落的山村》、浩泉的小说《青春的旅程》、鲁牛的小说《彩虹》、文珠的小说《鱼眼》、润园的小说《女儿好苦》。《华侨报·华座》副刊连载夏冰的小说《多咀街坊》、惜芬的小说《文字姻缘》、王香琴的小说《台前幕后》、榕的小说《鬼脚神医》。

5日　《澳门日报·新园地》副刊发表浪华的散文《玉兰》，连载唐堂的小说《义剑情刀》、黄花的小说《银海春秋》、海辛的小说《失落的山村》、浩泉的小说《青春的旅程》、鲁牛的小说《彩虹》、文珠的小说《鱼眼》、润园的小说《女儿好苦》。《华侨报·华座》副刊连载夏冰的小说《多咀街坊》、惜芬的小说《文字姻缘》、王香琴的小说《台前幕后》、榕的小说《鬼脚神医》。

6日　《澳门日报·新园地》副刊连载唐堂的小说《义剑情刀》、黄花的小说《银海春秋》、海辛的小说《失落的山村》、浩泉的小说《青春的旅程》、鲁牛的小说《彩虹》、文珠的小说《鱼眼》(完)、润园的小说《女儿好苦》。《华侨报·华座》副刊连载夏冰的小说《多咀街坊》、惜芬的小说《文字姻缘》、王香琴的小说《台前幕后》、榕的小说《鬼脚神医》。

7日　《澳门日报·新园地》副刊连载唐堂的小说《义剑情刀》、黄花的小说《银海春秋》、海辛的小说《失落的山村》、浩泉的小说《青春的旅程》、鲁牛的小说《彩虹》、润园的小说《女儿好苦》，并开始连载崔钜雄的小说《在祖国》。《华侨报·华座》副刊连载夏冰的小说《多咀街坊》、惜芬的小说《文字姻缘》、王香琴的小说《台前幕后》、榕的小说《鬼脚神医》。

8日　《澳门日报·新园地》副刊连载唐堂的小说《义剑情刀》、黄花的小说《银海春秋》、海辛的小说《失落的山村》、浩泉的小说《青春的旅程》、鲁牛的小说《彩虹》、润园的小说《女儿好苦》、崔钜雄的小说《在祖国》。《华侨报·华座》副刊发表饶芷岸的散文《港湾漫步》，连载夏冰的小说《多咀街坊》、惜芬的小说《文字姻缘》、王香琴的小说《台前幕后》、榕的小说《鬼脚神医》。

9日　《澳门日报·新园地》副刊连载唐堂的小说《义剑情刀》、黄花的小说《银海春秋》、海辛的小说《失落的山村》、浩泉的小说《青春的旅程》、鲁牛的小说《彩虹》、润园的小说《女儿好苦》、崔钜雄的小说《在祖国》。《华侨报·华座》副刊发表竹雅的散文《琴心》，连载夏冰的小说《多咀街坊》、惜芬的小说《文字姻缘》、王香琴的小说《台前幕后》、榕的小说《鬼脚神医》。

10 日 《澳门日报·新园地》副刊发表夏微澜的散文《新海洋·小说》，连载唐堂的小说《义剑情刀》、黄花的小说《银海春秋》、海辛的小说《失落的山村》、浩泉的小说《青春的旅程》、鲁牛的小说《彩虹》、润园的小说《女儿好苦》、崔钜雄的小说《在祖国》。《华侨报·华座》副刊连载夏冰的小说《多咀街坊》、惜芬的小说《文字姻缘》、王香琴的小说《台前幕后》、榕的小说《鬼脚神医》（完）。

11 日 《澳门日报·新园地》副刊连载唐堂的小说《义剑情刀》、黄花的小说《银海春秋》、海辛的小说《失落的山村》、浩泉的小说《青春的旅程》、鲁牛的小说《彩虹》、润园的小说《女儿好苦》、崔钜雄的小说《在祖国》。《华侨报·华座》副刊连载夏冰的小说《多咀街坊》、惜芬的小说《文字姻缘》、王香琴的小说《台前幕后》，并开始连载榕的小说《异域扬威记》。

12 日 《澳门日报·新园地》副刊发表夏微澜的散文《她·她》，连载唐堂的小说《义剑情刀》、黄花的小说《银海春秋》、海辛的小说《失落的山村》、浩泉的小说《青春的旅程》、鲁牛的小说《彩虹》、润园的小说《女儿好苦》、崔钜雄的小说《在祖国》。《华侨报·华座》副刊连载夏冰的小说《多咀街坊》、惜芬的小说《文字姻缘》、王香琴的小说《台前幕后》、榕的小说《异域扬威记》。

13 日 《澳门日报·新园地》副刊连载唐堂的小说《义剑情刀》、黄花的小说《银海春秋》、海辛的小说《失落的山村》、浩泉的小说《青春的旅程》、鲁牛的小说《彩虹》、润园的小说《女儿好苦》、崔钜雄的小说《在祖国》。《华侨报·华座》副刊连载夏冰的小说《多咀街坊》、惜芬的小说《文字姻缘》、王香琴的小说《台前幕后》、榕的小说《异域扬威记》。

14 日 《澳门日报·新园地》副刊连载唐堂的小说《义剑情刀》、黄花的小说《银海春秋》、海辛的小说《失落的山村》、浩泉的小说《青春的旅程》、鲁牛的小说《彩虹》、润园的小说《女儿好苦》、崔钜雄的小说《在祖国》（完）。《华侨报·华座》副刊连载夏冰的小说《多咀街坊》、惜芬的小说《文字姻缘》、王香琴的小说《台前幕后》、榕的小说《异域扬威记》。

15 日 《澳门日报·新园地》副刊发表饶芷岸的散文《如此一说》，连载唐堂的小说《义剑情刀》、黄花的小说《银海春秋》、海辛的小说《失落的山村》、浩泉的小说《青春的旅程》、鲁牛的小说《彩虹》、润园的小说《女儿好苦》，并开始连载金鹿的小说《死结》。《华侨报·华座》副刊连载夏冰的小说《多咀街坊》、惜芬的小说《文字姻缘》、王香琴的小说《台前幕后》、榕的小说《异域扬威记》。

16日　《澳门日报·新园地》副刊连载唐堂的小说《义剑情刀》、黄花的小说《银海春秋》、海辛的小说《失落的山村》、浩泉的小说《青春的旅程》、鲁牛的小说《彩虹》、润园的小说《女儿好苦》、金鹿的小说《死结》。《华侨报·华座》副刊发表浪华的散文《海韵》，连载夏冰的小说《多咀街坊》、惜芬的小说《文字姻缘》、王香琴的小说《台前幕后》、榕的小说《异域扬威记》。

17日　《澳门日报·新园地》副刊连载唐堂的小说《义剑情刀》、黄花的小说《银海春秋》、海辛的小说《失落的山村》、浩泉的小说《青春的旅程》、鲁牛的小说《彩虹》、润园的小说《女儿好苦》、金鹿的小说《死结》。《华侨报·华座》副刊连载夏冰的小说《多咀街坊》、惜芬的小说《文字姻缘》、王香琴的小说《台前幕后》、榕的小说《异域扬威记》。

18日　《澳门日报·新园地》副刊发表夏微澜的散文《热·最热》，连载唐堂的小说《义剑情刀》、黄花的小说《银海春秋》、海辛的小说《失落的山村》、浩泉的小说《青春的旅程》、鲁牛的小说《彩虹》、润园的小说《女儿好苦》、金鹿的小说《死结》。《华侨报·华座》副刊连载夏冰的小说《多咀街坊》、惜芬的小说《文字姻缘》、王香琴的小说《台前幕后》、榕的小说《异域扬威记》。

19日　《澳门日报·新园地》副刊连载唐堂的小说《义剑情刀》、黄花的小说《银海春秋》、海辛的小说《失落的山村》、浩泉的小说《青春的旅程》、鲁牛的小说《彩虹》、润园的小说《女儿好苦》、金鹿的小说《死结》。《华侨报·华座》副刊连载夏冰的小说《多咀街坊》、惜芬的小说《文字姻缘》、王香琴的小说《台前幕后》、榕的小说《异域扬威记》(完)。

20日　《澳门日报·新园地》副刊发表雪予的诗歌《银星艺术团演出观后》，连载唐堂的小说《义剑情刀》、黄花的小说《银海春秋》、海辛的小说《失落的山村》、浩泉的小说《青春的旅程》(完)、鲁牛的小说《彩虹》、润园的小说《女儿好苦》、金鹿的小说《死结》。《华侨报·华座》副刊连载夏冰的小说《多咀街坊》、惜芬的小说《文字姻缘》、王香琴的小说《台前幕后》，并开始连载榕的小说《白鹅潭黑虎御猫》。

21日 《澳门日报·新园地》副刊连载唐堂的小说《义剑情刀》、黄花的小说《银海春秋》、海辛的小说《失落的山村》、鲁牛的小说《彩虹》、润园的小说《女儿好苦》、金鹿的小说《死结》，并开始连载浩泉的小说《18小时》。《华侨报·华座》副刊连载夏冰的小说《多咀街坊》、惜芬的小说《文字姻缘》、王香琴的小说《台前幕后》、榕的小说《白鹅潭黑虎御猫》。

22日 《澳门日报·新园地》副刊连载唐堂的小说《义剑情刀》、黄花的小说《银海春秋》、海辛的小说《失落的山村》、鲁牛的小说《彩虹》、润园的小说《女儿好苦》、金鹿的小说《死结》、浩泉的小说《18小时》。《华侨报·华座》副刊连载夏冰的小说《多咀街坊》、惜芬的小说《文字姻缘》、王香琴的小说《台前幕后》、榕的小说《白鹅潭黑虎御猫》。

23日 《澳门日报·新园地》副刊发表于明的散文《上海之夏》，连载唐堂的小说《义剑情刀》、黄花的小说《银海春秋》、海辛的小说《失落的山村》、鲁牛的小说《彩虹》、润园的小说《女儿好苦》、金鹿的小说《死结》、浩泉的小说《18小时》。《华侨报·华座》副刊连载夏冰的小说《多咀街坊》、惜芬的小说《文字姻缘》、王香琴的小说《台前幕后》、榕的小说《白鹅潭黑虎御猫》。

24日 《澳门日报·新园地》副刊连载唐堂的小说《义剑情刀》、黄花的小说《银海春秋》、海辛的小说《失落的山村》、鲁牛的小说《彩虹》、润园的小说《女儿好苦》、金鹿的小说《死结》、浩泉的小说《18小时》。《华侨报·华座》副刊连载夏冰的小说《多咀街坊》、惜芬的小说《文字姻缘》、王香琴的小说《台前幕后》、榕的小说《白鹅潭黑虎御猫》。

25日 《澳门日报·新园地》副刊连载唐堂的小说《义剑情刀》、黄花的小说《银海春秋》、海辛的小说《失落的山村》(完)、鲁牛的小说《彩虹》、润园的小说《女儿好苦》、金鹿的小说《死结》、浩泉的小说《18小时》。《华侨报·华座》副刊连载夏冰的小说《多咀街坊》、惜芬的小说《文字姻缘》、王香琴的小说《台前幕后》、榕的小说《白鹅潭黑虎御猫》。

26日 《澳门日报·新园地》副刊连载唐堂的小说《义剑情刀》、黄花的小说《银海春秋》、鲁牛的小说《彩虹》、润园的小说《女儿好苦》、金鹿的小说《死结》、浩泉的小说《18小时》，并开始连载海辛的小说《险峻的海鸥岛》。《华侨报·华座》副刊连载夏冰的小说《多咀街坊》、惜芬的小说《文字姻缘》、王香琴的小说《台前幕后》、榕的小说《白鹅潭黑虎御猫》。

27日 《澳门日报·新园地》副刊连载唐堂的小说《义剑情刀》、黄花的小说《银海春秋》、鲁牛的小说《彩虹》、润园的小说《女儿好苦》、金鹿的小说《死结》、浩泉的小说《18小时》、海辛的小说《险峻的海鸥岛》。《华侨报·华座》副刊连载夏冰的小说《多咀街坊》、惜芬的小说《文字姻缘》、王香琴的小说《台前幕后》、榕的小说《白鹅潭黑虎御猫》。

28日 《澳门日报·新园地》副刊发表卓力的散文《冬夏之间》，连载唐堂的小说《义剑情刀》、黄花的小说《银海春秋》、鲁牛的小说《彩虹》、润园的小说《女儿好苦》、金鹿的小说《死结》、浩泉的小说《18小时》、海辛的小说《险峻的海鸥岛》。《华侨报·华座》副刊连载夏冰的小说《多咀街坊》、惜芬的小说《文字姻缘》、王香琴的小说《台前幕后》、榕的小说《白鹅潭黑虎御猫》。

29日 《澳门日报·新园地》副刊连载唐堂的小说《义剑情刀》、黄花的小说《银海春秋》、鲁牛的小说《彩虹》、润园的小说《女儿好苦》、金鹿的小说《死结》、浩泉的小说《18小时》、海辛的小说《险峻的海鸥岛》。《华侨报·华座》副刊发表浪华的散文《浪》，连载夏冰的小说《多咀街坊》、惜芬的小说《文字姻缘》、王香琴的小说《台前幕后》、榕的小说《白鹅潭黑虎御猫》（完）。

30日 《澳门日报·新园地》副刊连载唐堂的小说《义剑情刀》、黄花的小说《银海春秋》、鲁牛的小说《彩虹》、润园的小说《女儿好苦》、金鹿的小说《死结》、浩泉的小说《18小时》、海辛的小说《险峻的海鸥岛》。《华侨报·华座》副刊连载夏冰的小说《多咀街坊》、惜芬的小说《文字姻缘》、王香琴的小说《台前幕后》，并开始连载云隐的小说《湘江侠隐》。

31日 《澳门日报·新园地》副刊发表卓力的散文《晚餐·女人》，连载唐堂的小说《义剑情刀》、黄花的小说《银海春秋》、鲁牛的小说《彩虹》、润园的小说《女儿好苦》、金鹿的小说《死结》、浩泉的小说《18小时》、海辛的小说《险峻的海鸥岛》。《华侨报·华座》副刊连载夏冰的小说《多咀街坊》、惜芬的小说《文字姻缘》、王香琴的小说《台前幕后》、云隐的小说《湘江侠隐》。

⊙ 本月，彩虹的小说《黄麻子与我》刊载于香港《当代文艺》第一卷第三期。

⊙ 本月，乃畅的散文《可爱的"万象之邦"》刊载于香港《海洋文艺》第一卷第三期。

⊙ 本月，汪浩瀚的诗歌《艇村》《脚》《生活并不欺骗你》刊载于香港《海洋文艺》第一卷第三期。

⊙ 本月，韩牧的诗歌《咏物三章》刊载于香港《海洋文艺》第一卷第三期。

⊙ 本月，江映澜的散文《花树温笔》刊载于香港《海洋文艺》第一卷第三期。

九月

1日 《澳门日报·新园地》副刊发表王伯檀的散文《论赌》，并开始连载松筠的评论《〈红楼梦〉的写作时代背景》，连载唐堂的小说《义剑情刀》、黄花的小说《银海春秋》、鲁牛的小说《彩虹》、润园的小说《女儿好苦》、金鹿的小说《死结》、浩泉的小说《18小时》、海辛的小说《险峻的海鸥岛》。《华侨报·华座》副刊连载夏冰的小说《多咀街坊》、惜芬的小说《文字姻缘》、王香琴的小说《台前幕后》、云隐的小说《湘江侠隐》。

2日 《澳门日报·新园地》副刊连载松筠的评论《〈红楼梦〉的写作时代背景》、唐堂的小说《义剑情刀》、黄花的小说《银海春秋》、鲁牛的小说《彩虹》、润园的小说《女儿好苦》、金鹿的小说《死结》、浩泉的小说《18小时》、海辛的小说《险峻的海鸥岛》。《华侨报·华座》副刊连载夏冰的小说《多咀街坊》、惜芬的小说《文字姻缘》、王香琴的小说《台前幕后》、云隐的小说《湘江侠隐》(完)。

3日 《澳门日报·新园地》副刊连载松筠的评论《〈红楼梦〉的写作时代背景》、唐堂的小说《义剑情刀》、黄花的小说《银海春秋》、鲁牛的小说《彩虹》、润园的小说《女儿好苦》、金鹿的小说《死结》、浩泉的小说《18小时》、海辛的小说《险峻的海鸥岛》。《华侨报·华座》副刊连载夏冰的小说《多咀街坊》、惜芬的小说《文字姻缘》、王香琴的小说《台前幕后》,并开始连载麟的小说《刀下留痕》。

4日 《澳门日报·新园地》副刊发表牛皮居的散文《由"书"到"输"》,连载松筠的评论《〈红楼梦〉的写作时代背景》、唐堂的小说《义剑情刀》、黄花的小说《银海春秋》、鲁牛的小说《彩虹》、润园的小说《女儿好苦》、金鹿的小说《死结》、浩泉的小说《18小时》、海辛的小说《险峻的海鸥岛》。《华侨报·华座》副刊连载夏冰的小说《多咀街坊》、惜芬的小说《文字姻缘》、王香琴的小说《台前幕后》、麟的小说《刀下留痕》。

5日 《澳门日报·新园地》副刊连载松筠的评论《〈红楼梦〉的写作时代背景》、唐堂的小说《义剑情刀》、黄花的小说《银海春秋》、鲁牛的小说《彩虹》、润园的小说《女儿好苦》、金鹿的小说《死结》、浩泉的小说《18小时》、海辛的小说《险峻的海鸥岛》。《华侨报·华座》副刊连载夏冰的小说《多咀街坊》、惜芬的小说《文字姻缘》、王香琴的小说《台前幕后》、麟的小说《刀下留痕》。

6日 《澳门日报·新园地》副刊连载松筠的评论《〈红楼梦〉的写作时代背景》、唐堂的小说《义剑情刀》、黄花的小说《银海春秋》、鲁牛的小说《彩虹》、润园的小说《女儿好苦》、金鹿的小说《死结》、浩泉的小说《18小时》、海辛的小说《险峻的海鸥岛》。《华侨报·华座》副刊连载夏冰的小说《多咀街坊》、惜芬的小说《文字姻缘》、王香琴的小说《台前幕后》、麟的小说《刀下留痕》。

7日 《澳门日报·新园地》副刊连载松筠的评论《〈红楼梦〉的写作时代背景》、唐堂的小说《义剑情刀》、黄花的小说《银海春秋》、鲁牛的小说《彩虹》、润园的小说《女儿好苦》、金鹿的小说《死结》、浩泉的小说《18小时》、海辛的小说《险峻的海鸥岛》。《华侨报·华座》副刊连载夏冰的小说《多咀街坊》、惜芬的小说《文字姻缘》、王香琴的小说《台前幕后》、麟的小说《刀下留痕》。

8日 《澳门日报·新园地》副刊连载松筠的评论《〈红楼梦〉的写作时代背景》、唐堂的小说《义剑情刀》、黄花的小说《银海春秋》、鲁牛的小说《彩虹》、润园的小说《女儿好苦》、金鹿的小说《死结》、浩泉的小说《18小时》、海辛的小说《险峻的海鸥岛》。《华侨报·华座》副刊发表流水的散文《梦中清吟》，连载夏冰的小说《多咀街坊》、惜芬的小说《文字姻缘》、王香琴的小说《台前幕后》、麟的小说《刀下留痕》。

9日 《澳门日报·新园地》副刊连载松筠的评论《〈红楼梦〉的写作时代背景》、唐堂的小说《义剑情刀》、黄花的小说《银海春秋》、鲁牛的小说《彩虹》、润园的小说《女儿好苦》、金鹿的小说《死结》、浩泉的小说《18小时》、海辛的小说《险峻的海鸥岛》。《华侨报·华座》副刊连载夏冰的小说《多咀街坊》、惜芬的小说《文字姻缘》、王香琴的小说《台前幕后》、麟的小说《刀下留痕》。

10日 《澳门日报·新园地》副刊发表林冷雨的诗歌《我们的劳苦大众》、鲁生的散文《给我一点宁静》，连载松筠的评论《〈红楼梦〉的写作时代背景》（完）、唐堂的小说《义剑情刀》、黄花的小说《银海春秋》、鲁牛的小说《彩虹》、润园的小说《女儿好苦》、金鹿的小说《死结》、浩泉的小说《18小时》、海辛的小说《险峻的海鸥岛》。《华侨报·华座》副刊连载夏冰的小说《多咀街坊》、惜芬的小说《文字姻缘》、王香琴的小说《台前幕后》、麟的小说《刀下留痕》。

11日 《澳门日报·新园地》副刊连载唐堂的小说《义剑情刀》、黄花的小说《银海春秋》、鲁牛的小说《彩虹》、润园的小说《女儿好苦》、金鹿的小说《死结》、浩泉的小说《18小时》、海辛的小说《险峻的海鸥岛》。《华侨报·华座》副刊连载夏冰的小说《多咀街坊》、惜芬的小说《文字姻缘》、王香琴的小说《台前幕后》、麟的小说《刀下留痕》。

12 日 《澳门日报 · 新园地》副刊连载唐堂的小说《义剑情刀》、黄花的小说《银海春秋》、鲁牛的小说《彩虹》、润园的小说《女儿好苦》、金鹿的小说《死结》、浩泉的小说《18 小时》、海辛的小说《险峻的海鸥岛》。《华侨报 · 华座》副刊发表浪华的散文《窗外》，连载夏冰的小说《多咀街坊》、惜芬的小说《文字姻缘》、王香琴的小说《台前幕后》、麟的小说《刀下留痕》。

13 日 《澳门日报 · 新园地》副刊发表林冷雨的诗歌《住家艇》，连载唐堂的小说《义剑情刀》、黄花的小说《银海春秋》、鲁牛的小说《彩虹》、润园的小说《女儿好苦》、金鹿的小说《死结》、浩泉的小说《18 小时》、海辛的小说《险峻的海鸥岛》。《华侨报 · 华座》副刊连载夏冰的小说《多咀街坊》、惜芬的小说《文字姻缘》、王香琴的小说《台前幕后》、麟的小说《刀下留痕》。

14 日 《澳门日报 · 新园地》副刊连载唐堂的小说《义剑情刀》、黄花的小说《银海春秋》、鲁牛的小说《彩虹》、润园的小说《女儿好苦》、金鹿的小说《死结》、浩泉的小说《18 小时》、海辛的小说《险峻的海鸥岛》。《华侨报 · 华座》副刊连载夏冰的小说《多咀街坊》、惜芬的小说《文字姻缘》、王香琴的小说《台前幕后》、麟的小说《刀下留痕》。

15 日 《澳门日报 · 新园地》副刊连载唐堂的小说《义剑情刀》、黄花的小说《银海春秋》、鲁牛的小说《彩虹》、润园的小说《女儿好苦》、金鹿的小说《死结》、浩泉的小说《18 小时》、海辛的小说《险峻的海鸥岛》。《华侨报 · 华座》副刊连载夏冰的小说《多咀街坊》、惜芬的小说《文字姻缘》、王香琴的小说《台前幕后》、麟的小说《刀下留痕》。

16 日 《澳门日报 · 新园地》副刊发表林冷雨的诗歌《卖花者》，连载唐堂的小说《义剑情刀》、黄花的小说《银海春秋》、鲁牛的小说《彩虹》、润园的小说《女儿好苦》、金鹿的小说《死结》、浩泉的小说《18 小时》、海辛的小说《险峻的海鸥岛》。《华侨报 · 华座》副刊连载夏冰的小说《多咀街坊》、惜芬的小说《文字姻缘》、王香琴的小说《台前幕后》（完）、麟的小说《刀下留痕》。

17 日 《澳门日报 · 新园地》副刊连载唐堂的小说《义剑情刀》、黄花的小说《银海春秋》、鲁牛的小说《彩虹》、润园的小说《女儿好苦》、金鹿的小说《死结》、浩泉的小说《18 小时》、海辛的小说《险峻的海鸥岛》。《华侨报 · 华座》副刊连载夏冰的小说《多咀街坊》、惜芬的小说《文字姻缘》、麟的小说《刀下留痕》(完)，并开始连载王香琴的小说《黑骑怪侠》。

18 日　《澳门日报 · 新园地》副刊发表雪予的诗歌《自穗飞京》，连载唐堂的小说《义剑情刀》、黄花的小说《银海春秋》、鲁牛的小说《彩虹》、润园的小说《女儿好苦》、金鹿的小说《死结》、浩泉的小说《18 小时》、海辛的小说《险峻的海鸥岛》。《华侨报 · 华座》副刊连载夏冰的小说《多咀街坊》、惜芬的小说《文字姻缘》、王香琴的小说《黑骑怪侠》，并开始连载范剑的小说《意外》。

19 日　《澳门日报 · 新园地》副刊连载唐堂的小说《义剑情刀》、黄花的小说《银海春秋》、鲁牛的小说《彩虹》、润园的小说《女儿好苦》、金鹿的小说《死结》、浩泉的小说《18 小时》、海辛的小说《险峻的海鸥岛》。《华侨报 · 华座》副刊连载夏冰的小说《多咀街坊》、惜芬的小说《文字姻缘》、王香琴的小说《黑骑怪侠》、范剑的小说《意外》。

20 日　《澳门日报 · 新园地》副刊连载唐堂的小说《义剑情刀》、黄花的小说《银海春秋》、鲁牛的小说《彩虹》、润园的小说《女儿好苦》、金鹿的小说《死结》、浩泉的小说《18 小时》、海辛的小说《险峻的海鸥岛》。《华侨报 · 华座》副刊连载夏冰的小说《多咀街坊》、惜芬的小说《文字姻缘》、王香琴的小说《黑骑怪侠》、范剑的小说《意外》。

21 日　《澳门日报 · 新园地》副刊连载唐堂的小说《义剑情刀》、黄花的小说《银海春秋》、鲁牛的小说《彩虹》、润园的小说《女儿好苦》、金鹿的小说《死结》、浩泉的小说《18 小时》、海辛的小说《险峻的海鸥岛》。《华侨报 · 华座》副刊连载夏冰的小说《多咀街坊》、惜芬的小说《文字姻缘》、王香琴的小说《黑骑怪侠》、范剑的小说《意外》。

22 日　《澳门日报 · 新园地》副刊连载唐堂的小说《义剑情刀》、黄花的小说《银海春秋》、鲁牛的小说《彩虹》、润园的小说《女儿好苦》、金鹿的小说《死结》、浩泉的小说《18 小时》、海辛的小说《险峻的海鸥岛》。《华侨报 · 华座》副刊连载夏冰的小说《多咀街坊》、惜芬的小说《文字姻缘》、王香琴的小说《黑骑怪侠》、范剑的小说《意外》。

23日 《澳门日报·新园地》副刊连载唐堂的小说《义剑情刀》、黄花的小说《银海春秋》、鲁牛的小说《彩虹》、润园的小说《女儿好苦》、金鹿的小说《死结》、浩泉的小说《18小时》、海辛的小说《险峻的海鸥岛》。《华侨报·华座》副刊连载夏冰的小说《多咀街坊》、惜芬的小说《文字姻缘》、王香琴的小说《黑骑怪侠》、范剑的小说《意外》。

24日 《澳门日报·新园地》副刊发表江思扬的诗歌《美工》、竹雅的散文《秋思》，连载唐堂的小说《义剑情刀》、黄花的小说《银海春秋》、鲁牛的小说《彩虹》、润园的小说《女儿好苦》、金鹿的小说《死结》、浩泉的小说《18小时》、海辛的小说《险峻的海鸥岛》。《华侨报·华座》副刊连载夏冰的小说《多咀街坊》、惜芬的小说《文字姻缘》、王香琴的小说《黑骑怪侠》、范剑的小说《意外》。

25日 《澳门日报·新园地》副刊连载唐堂的小说《义剑情刀》、黄花的小说《银海春秋》、鲁牛的小说《彩虹》、润园的小说《女儿好苦》、金鹿的小说《死结》（完）、浩泉的小说《18小时》、海辛的小说《险峻的海鸥岛》。《华侨报·华座》副刊连载夏冰的小说《多咀街坊》、惜芬的小说《文字姻缘》、王香琴的小说《黑骑怪侠》、范剑的小说《意外》。

26日 《澳门日报·新园地》副刊连载唐堂的小说《义剑情刀》、黄花的小说《银海春秋》、鲁牛的小说《彩虹》、润园的小说《女儿好苦》、浩泉的小说《18小时》、海辛的小说《险峻的海鸥岛》，并开始连载李雁的小说《离乱曲》。《华侨报·华座》副刊连载夏冰的小说《多咀街坊》、惜芬的小说《文字姻缘》、王香琴的小说《黑骑怪侠》、范剑的小说《意外》。

27日 《澳门日报·新园地》副刊连载唐堂的小说《义剑情刀》、黄花的小说《银海春秋》、鲁牛的小说《彩虹》、润园的小说《女儿好苦》、浩泉的小说《18小时》、海辛的小说《险峻的海鸥岛》、李雁的小说《离乱曲》。《华侨报·华座》副刊连载夏冰的小说《多咀街坊》、惜芬的小说《文字姻缘》、王香琴的小说《黑骑怪侠》、范剑的小说《意外》（完）。

28 日 《澳门日报·新园地》副刊连载唐堂的小说《义剑情刀》、黄花的小说《银海春秋》、鲁牛的小说《彩虹》、润园的小说《女儿好苦》、浩泉的小说《18 小时》、海辛的小说《险峻的海鸥岛》、李雁的小说《离乱曲》。《华侨报·华座》副刊连载夏冰的小说《多咀街坊》、惜芬的小说《文字姻缘》、王香琴的小说《黑骑怪侠》，并开始连载黄钟的小说《追踪》。

29 日 《澳门日报·新园地》副刊连载唐堂的小说《义剑情刀》、黄花的小说《银海春秋》、鲁牛的小说《彩虹》、润园的小说《女儿好苦》、浩泉的小说《18 小时》、海辛的小说《险峻的海鸥岛》、李雁的小说《离乱曲》。《华侨报·华座》副刊连载夏冰的小说《多咀街坊》、惜芬的小说《文字姻缘》、王香琴的小说《黑骑怪侠》、黄钟的小说《追踪》。

30 日 《澳门日报·新园地》副刊发表江思扬的诗歌《中国有八亿人口》、王伯檀的散文《水涨船低话月饼》，连载唐堂的小说《义剑情刀》、黄花的小说《银海春秋》、鲁牛的小说《彩虹》、润园的小说《女儿好苦》、浩泉的小说《18 小时》、海辛的小说《险峻的海鸥岛》、李雁的小说《离乱曲》。《华侨报·华座》副刊连载夏冰的小说《多咀街坊》、惜芬的小说《文字姻缘》、王香琴的小说《黑骑怪侠》、黄钟的小说《追踪》。

十月

1 日 《澳门日报·新园地》副刊发表江思扬的诗歌《五星红旗颂》，连载唐堂的小说《义剑情刀》、黄花的小说《银海春秋》、鲁牛的小说《彩虹》、润园的小说《女儿好苦》、浩泉的小说《18 小时》、海辛的小说《险峻的海鸥岛》、李雁的小说《离乱曲》。《华侨报·华座》副刊发表曜如的小说《红线女智取华山》，连载夏冰的小说《多咀街坊》、惜芬的小说《文字姻缘》、王香琴的小说《黑骑怪侠》、黄钟的小说《追踪》（完）。

2 日 《澳门日报·新园地》副刊发表江思扬的诗歌《节日之夜》、梅若诗的散文《笑》，连载唐堂的小说《义剑情刀》、黄花的小说《银海春秋》、鲁牛的小说《彩虹》、润园的小说《女儿好苦》、浩泉的小说《18 小时》、海辛的小说《险峻的海鸥岛》、李雁的小说《离乱曲》。《华侨报·华座》

副刊连载夏冰的小说《多咀街坊》、惜芬的小说《文字姻缘》、王香琴的小说《黑骑怪侠》。

3日　《澳门日报·新园地》副刊连载唐堂的小说《义剑情刀》、黄花的小说《银海春秋》、鲁牛的小说《彩虹》、润园的小说《女儿好苦》、浩泉的小说《18小时》、海辛的小说《险峻的海鸥岛》、李雁的小说《离乱曲》。《华侨报·华座》副刊连载夏冰的小说《多咀街坊》、惜芬的小说《文字姻缘》、王香琴的小说《黑骑怪侠》。

4日　《澳门日报·新园地》副刊发表学咏的散文《节日之夜抒情》，连载唐堂的小说《义剑情刀》、黄花的小说《银海春秋》、鲁牛的小说《彩虹》、润园的小说《女儿好苦》、浩泉的小说《18小时》、海辛的小说《险峻的海鸥岛》、李雁的小说《离乱曲》。《华侨报·华座》副刊连载夏冰的小说《多咀街坊》、惜芬的小说《文字姻缘》、王香琴的小说《黑骑怪侠》。

5日　《澳门日报·新园地》副刊连载唐堂的小说《义剑情刀》、黄花的小说《银海春秋》、鲁牛的小说《彩虹》、润园的小说《女儿好苦》、浩泉的小说《18小时》、海辛的小说《险峻的海鸥岛》、李雁的小说《离乱曲》。《华侨报·华座》副刊连载夏冰的小说《多咀街坊》、惜芬的小说《文字姻缘》、王香琴的小说《黑骑怪侠》。

6日　《澳门日报·新园地》副刊连载唐堂的小说《义剑情刀》、黄花的小说《银海春秋》、鲁牛的小说《彩虹》、润园的小说《女儿好苦》、浩泉的小说《18小时》、海辛的小说《险峻的海鸥岛》、李雁的小说《离乱曲》。《华侨报·华座》副刊连载夏冰的小说《多咀街坊》、惜芬的小说《文字姻缘》、王香琴的小说《黑骑怪侠》。

7日　《澳门日报·新园地》副刊连载唐堂的小说《义剑情刀》、黄花的小说《银海春秋》、鲁牛的小说《彩虹》、润园的小说《女儿好苦》、浩泉的小说《18小时》、海辛的小说《险峻的海鸥岛》、李雁的小说《离乱曲》。《华侨报·华座》副刊连载夏冰的小说《多咀街坊》、惜芬的小说《文字姻缘》、王香琴的小说《黑骑怪侠》。

8日　《澳门日报·新园地》副刊连载唐堂的小说《义剑情刀》、黄花的小说《银

海春秋》、鲁牛的小说《彩虹》、润园的小说《女儿好苦》、浩泉的小说《18小时》、海辛的小说《险峻的海鸥岛》、李雁的小说《离乱曲》。《华侨报·华座》副刊连载夏冰的小说《多咀街坊》、惜芬的小说《文字姻缘》、王香琴的小说《黑骑怪侠》。

9日　《澳门日报·新园地》副刊连载唐堂的小说《义剑情刀》、黄花的小说《银海春秋》、鲁牛的小说《彩虹》、润园的小说《女儿好苦》、浩泉的小说《18小时》、海辛的小说《险峻的海鸥岛》、李雁的小说《离乱曲》。《华侨报·华座》副刊连载夏冰的小说《多咀街坊》、惜芬的小说《文字姻缘》、王香琴的小说《黑骑怪侠》。

10日　《澳门日报·新园地》副刊发表江思扬的诗歌《铁路》，连载唐堂的小说《义剑情刀》、黄花的小说《银海春秋》、鲁牛的小说《彩虹》、润园的小说《女儿好苦》、浩泉的小说《18小时》、海辛的小说《险峻的海鸥岛》、李雁的小说《离乱曲》。《华侨报·华座》副刊连载夏冰的小说《多咀街坊》、惜芬的小说《文字姻缘》、王香琴的小说《黑骑怪侠》。

11日　《澳门日报·新园地》副刊连载唐堂的小说《义剑情刀》、黄花的小说《银海春秋》、鲁牛的小说《彩虹》、润园的小说《女儿好苦》、浩泉的小说《18小时》、海辛的小说《险峻的海鸥岛》、李雁的小说《离乱曲》。《华侨报·华座》副刊开始连载黄衫客的散文《农村忆往》、佚名的小说《醒来的时候》、连载夏冰的小说《多咀街坊》、惜芬的小说《文字姻缘》、王香琴的小说《黑骑怪侠》。

12日　《澳门日报·新园地》副刊连载唐堂的小说《义剑情刀》、黄花的小说《银海春秋》、鲁牛的小说《彩虹》、润园的小说《女儿好苦》、浩泉的小说《18小时》、海辛的小说《险峻的海鸥岛》、李雁的小说《离乱曲》。《华侨报·华座》副刊连载黄衫客的散文《农村忆往》、佚名的小说《醒来的时候》、夏冰的小说《多咀街坊》、惜芬的小说《文字姻缘》、王香琴的小说《黑骑怪侠》。

13日　《澳门日报·新园地》副刊连载唐堂的小说《义剑情刀》、黄花的小说《银海春秋》、鲁牛的小说《彩虹》、润园的小说《女儿好苦》、浩泉的小说

《18 小时》、海辛的小说《险峻的海鸥岛》、李雁的小说《离乱曲》。《华侨报 · 华座》副刊连载黄衫客的散文《农村忆往》，佚名的小说《醒来的时候》、夏冰的小说《多咀街坊》、惜芬的小说《文字姻缘》、王香琴的小说《黑骑怪侠》。

14 日 《澳门日报 · 新园地》副刊发表卓力的散文《最后一间》，连载唐堂的小说《义剑情刀》、黄花的小说《银海春秋》、鲁牛的小说《彩虹》、润园的小说《女儿好苦》、浩泉的小说《18 小时》、海辛的小说《险峻的海鸥岛》、李雁的小说《离乱曲》。《华侨报 · 华座》副刊连载黄衫客的散文《农村忆往》、佚名的小说《醒来的时候》、夏冰的小说《多咀街坊》、惜芬的小说《文字姻缘》、王香琴的小说《黑骑怪侠》。

15 日 《澳门日报 · 新园地》副刊连载唐堂的小说《义剑情刀》、黄花的小说《银海春秋》、鲁牛的小说《彩虹》、润园的小说《女儿好苦》、浩泉的小说《18 小时》、海辛的小说《险峻的海鸥岛》、李雁的小说《离乱曲》。《华侨报 · 华座》副刊连载黄衫客的散文《农村忆往》、佚名的小说《醒来的时候》、夏冰的小说《多咀街坊》、惜芬的小说《文字姻缘》、王香琴的小说《黑骑怪侠》。

16 日 《澳门日报 · 新园地》副刊发表牛皮居的散文《也说“啼笑”皆非》、梅若诗的散文《读张咏梅的颂诗》，连载唐堂的小说《义剑情刀》、黄花的小说《银海春秋》、鲁牛的小说《彩虹》、润园的小说《女儿好苦》、浩泉的小说《18 小时》、海辛的小说《险峻的海鸥岛》、李雁的小说《离乱曲》。《华侨报 · 华座》副刊连载黄衫客的散文《农村忆往》、佚名的小说《醒来的时候》、夏冰的小说《多咀街坊》、惜芬的小说《文字姻缘》、王香琴的小说《黑骑怪侠》。

17 日 《澳门日报 · 新园地》副刊发表江思扬的诗歌《造船》，连载唐堂的小说《义剑情刀》、黄花的小说《银海春秋》、鲁牛的小说《彩虹》、润园的小说《女儿好苦》、浩泉的小说《18 小时》、海辛的小说《险峻的海鸥岛》、李雁的小说《离乱曲》。《华侨报 · 华座》副刊连载黄衫客的散文《农村忆往》、佚名的小说《醒来的时候》、夏冰的小说《多咀街坊》、惜芬的小说《文字姻缘》、王香琴的小说《黑骑怪侠》。

18 日　《澳门日报·新园地》副刊连载唐堂的小说《义剑情刀》、黄花的小说《银海春秋》、鲁牛的小说《彩虹》、润园的小说《女儿好苦》、浩泉的小说《18 小时》、海辛的小说《险峻的海鸥岛》、李雁的小说《离乱曲》。《华侨报·华座》副刊发表芝士的散文《秋虫》，连载黄衫客的散文《农村忆往》、佚名的小说《醒来的时候》、夏冰的小说《多咀街坊》、惜芬的小说《文字姻缘》、王香琴的小说《黑骑怪侠》。

19 日　《澳门日报·新园地》副刊连载唐堂的小说《义剑情刀》、黄花的小说《银海春秋》、鲁牛的小说《彩虹》、润园的小说《女儿好苦》、浩泉的小说《18 小时》、海辛的小说《险峻的海鸥岛》、李雁的小说《离乱曲》。《华侨报·华座》副刊连载黄衫客的散文《农村忆往》、佚名的小说《醒来的时候》（完）、夏冰的小说《多咀街坊》、惜芬的小说《文字姻缘》、王香琴的小说《黑骑怪侠》。

20 日　《澳门日报·新园地》副刊连载唐堂的小说《义剑情刀》、黄花的小说《银海春秋》、鲁牛的小说《彩虹》、润园的小说《女儿好苦》、浩泉的小说《18 小时》、海辛的小说《险峻的海鸥岛》、李雁的小说《离乱曲》。《华侨报·华座》副刊连载黄衫客的散文《农村忆往》、夏冰的小说《多咀街坊》、惜芬的小说《文字姻缘》、王香琴的小说《黑骑怪侠》。

21 日　《澳门日报·新园地》副刊发表王伯檀的散文《狄娜报穷有感》，连载唐堂的小说《义剑情刀》、黄花的小说《银海春秋》、鲁牛的小说《彩虹》、润园的小说《女儿好苦》、浩泉的小说《18 小时》、海辛的小说《险峻的海鸥岛》、李雁的小说《离乱曲》。《华侨报·华座》副刊连载黄衫客的散文《农村忆往》、夏冰的小说《多咀街坊》、惜芬的小说《文字姻缘》、王香琴的小说《黑骑怪侠》，并开始连载佚名的小说《黑色的周末》。

22 日　《澳门日报·新园地》副刊发表江映澜的散文《口才之说》，连载唐堂的小说《义剑情刀》、黄花的小说《银海春秋》、鲁牛的小说《彩虹》、润园的小说《女儿好苦》、浩泉的小说《18 小时》、海辛的小说《险峻的海鸥岛》、李雁的小说《离乱曲》。《华侨报·华座》副刊连载黄衫客的散文

《农村忆往》、夏冰的小说《多咀街坊》、惜芬的小说《文字姻缘》、王香琴的小说《黑骑怪侠》、佚名的小说《黑色的周末》。

23日 《澳门日报·新园地》副刊发表牛皮居的散文《论水与“水”》，连载唐堂的小说《义剑情刀》、黄花的小说《银海春秋》、鲁牛的小说《彩虹》、润园的小说《女儿好苦》、浩泉的小说《18小时》、海辛的小说《险峻的海鸥岛》、李雁的小说《离乱曲》。《华侨报·华座》副刊连载黄衫客的散文《农村忆往》、夏冰的小说《多咀街坊》、惜芬的小说《文字姻缘》、王香琴的小说《黑骑怪侠》、佚名的小说《黑色的周末》。

24日 《澳门日报·新园地》副刊连载唐堂的小说《义剑情刀》、黄花的小说《银海春秋》、鲁牛的小说《彩虹》、润园的小说《女儿好苦》、浩泉的小说《18小时》、海辛的小说《险峻的海鸥岛》、李雁的小说《离乱曲》。《华侨报·华座》副刊连载黄衫客的散文《农村忆往》、夏冰的小说《多咀街坊》、惜芬的小说《文字姻缘》、王香琴的小说《黑骑怪侠》、佚名的小说《黑色的周末》。

25日 《澳门日报·新园地》副刊发表林冷雨的诗歌《三轮车工人》、萼敬子的散文《风生水起》、小用的评论《推荐〈短篇小说创作谈〉》，连载唐堂的小说《义剑情刀》、黄花的小说《银海春秋》、鲁牛的小说《彩虹》、润园的小说《女儿好苦》、浩泉的小说《18小时》、海辛的小说《险峻的海鸥岛》、李雁的小说《离乱曲》。《华侨报·华座》副刊连载黄衫客的散文《农村忆往》、夏冰的小说《多咀街坊》、惜芬的小说《文字姻缘》、王香琴的小说《黑骑怪侠》、佚名的小说《黑色的周末》。

26日 《澳门日报·新园地》副刊连载唐堂的小说《义剑情刀》、黄花的小说《银海春秋》、鲁牛的小说《彩虹》、润园的小说《女儿好苦》、浩泉的小说《18小时》、海辛的小说《险峻的海鸥岛》、李雁的小说《离乱曲》。《华侨报·华座》副刊连载黄衫客的散文《农村忆往》、夏冰的小说《多咀街坊》、惜芬的小说《文字姻缘》、王香琴的小说《黑骑怪侠》、佚名的小说《黑色的周末》。

27日 《澳门日报·新园地》副刊连载唐堂的小说《义剑情刀》、黄花的小说《银

海春秋》、鲁牛的小说《彩虹》、润园的小说《女儿好苦》、浩泉的小说《18 小时》、海辛的小说《险峻的海鸥岛》、李雁的小说《离乱曲》。《华侨报 · 华座》副刊连载黄衫客的散文《农村忆往》、夏冰的小说《多咀街坊》、惜芬的小说《文字姻缘》、王香琴的小说《黑骑怪侠》、佚名的小说《黑色的周末》。

28 日 《澳门日报 · 新园地》副刊连载唐堂的小说《义剑情刀》、黄花的小说《银海春秋》、鲁牛的小说《彩虹》、润园的小说《女儿好苦》、浩泉的小说《18 小时》、海辛的小说《险峻的海鸥岛》、李雁的小说《离乱曲》。《华侨报 · 华座》副刊连载黄衫客的散文《农村忆往》、夏冰的小说《多咀街坊》、惜芬的小说《文字姻缘》、王香琴的小说《黑骑怪侠》、佚名的小说《黑色的周末》。

29 日 《澳门日报 · 新园地》副刊连载唐堂的小说《义剑情刀》、黄花的小说《银海春秋》、鲁牛的小说《彩虹》、润园的小说《女儿好苦》、浩泉的小说《18 小时》、海辛的小说《险峻的海鸥岛》、李雁的小说《离乱曲》。《华侨报 · 华座》副刊连载黄衫客的散文《农村忆往》、夏冰的小说《多咀街坊》、惜芬的小说《文字姻缘》、王香琴的小说《黑骑怪侠》、佚名的小说《黑色的周末》(完)。

30 日 《澳门日报 · 新园地》副刊连载唐堂的小说《义剑情刀》、黄花的小说《银海春秋》、鲁牛的小说《彩虹》、润园的小说《女儿好苦》、浩泉的小说《18 小时》、海辛的小说《险峻的海鸥岛》、李雁的小说《离乱曲》。《华侨报 · 华座》副刊连载黄衫客的散文《农村忆往》、夏冰的小说《多咀街坊》、惜芬的小说《文字姻缘》、王香琴的小说《黑骑怪侠》，并开始连载雨萍的小说《小河之恋》。

31 日 《澳门日报 · 新园地》副刊发表林冷雨的诗歌《写信老人》，连载唐堂的小说《义剑情刀》(完)、黄花的小说《银海春秋》、鲁牛的小说《彩虹》、润园的小说《女儿好苦》、浩泉的小说《18 小时》、海辛的小说《险峻的海鸥岛》、李雁的小说《离乱曲》。《华侨报 · 华座》副刊连载黄衫客的散文《农村忆往》、夏冰的小说《多咀街坊》、惜芬的小说《文字姻缘》、王香琴的小说《黑骑怪侠》、雨萍的小说《小河之恋》。

十一月

1日 《澳门日报·新园地》副刊发表萼敬子的散文《朋友归来谈大庆》，连载黄花的小说《银海春秋》、鲁牛的小说《彩虹》、润园的小说《女儿好苦》、浩泉的小说《18小时》、海辛的小说《险峻的海鸥岛》、李雁的小说《离乱曲》，并开始连载方晓的小说《看更人眼》。《华侨报·华座》副刊连载黄衫客的散文《农村忆往》、夏冰的小说《多咀街坊》、惜芬的小说《文字姻缘》、王香琴的小说《黑骑怪侠》、雨萍的小说《小河之恋》。

2日 《澳门日报·新园地》副刊连载黄花的小说《银海春秋》、鲁牛的小说《彩虹》、润园的小说《女儿好苦》、浩泉的小说《18小时》、海辛的小说《险峻的海鸥岛》、李雁的小说《离乱曲》、方晓的小说《看更人眼》。《华侨报·华座》副刊连载黄衫客的散文《农村忆往》、夏冰的小说《多咀街坊》、惜芬的小说《文字姻缘》、王香琴的小说《黑骑怪侠》、雨萍的小说《小河之恋》。

3日 《澳门日报·新园地》副刊连载黄花的小说《银海春秋》、鲁牛的小说《彩虹》、润园的小说《女儿好苦》、浩泉的小说《18小时》、海辛的小说《险峻的海鸥岛》、李雁的小说《离乱曲》、方晓的小说《看更人眼》。《华侨报·华座》副刊连载黄衫客的散文《农村忆往》、夏冰的小说《多咀街坊》、惜芬的小说《文字姻缘》、王香琴的小说《黑骑怪侠》、雨萍的小说《小河之恋》。

4日 《澳门日报·新园地》副刊发表司马走的评论《从“水调歌”到“水调歌头”》，连载黄花的小说《银海春秋》、鲁牛的小说《彩虹》、润园的小说《女儿好苦》、浩泉的小说《18小时》、海辛的小说《险峻的海鸥岛》、李雁的小说《离乱曲》、方晓的小说《看更人眼》。《华侨报·华座》副刊连载黄衫客的散文《农村忆往》、夏冰的小说《多咀街坊》、惜芬的小说《文字姻缘》、王香琴的小说《黑骑怪侠》、雨萍的小说《小河之恋》。

5日 《澳门日报·新园地》副刊连载黄花的小说《银海春秋》、鲁牛的小说《彩虹》、润园的小说《女儿好苦》、浩泉的小说《18小时》、海辛的小说《险峻的海鸥岛》、李雁的小说《离乱曲》、方晓的小说《看更人眼》。《华侨报·华座》副刊连载黄衫客的散文《农村忆往》、夏冰的小说《多咀街坊》、惜芬的小说《文字姻缘》、王香琴的小说《黑骑怪侠》、雨萍的小说《小河之恋》。

6日 《澳门日报·新园地》副刊发表牛皮居的散文《娇妙何处寻》、梅萼华的散文《快读〈奇志篇〉片段》，并开始连载浩然的评论《西沙儿女——奇志篇（片段）》，连载黄花的小说《银海春秋》、鲁牛的小说《彩虹》、润园的小说《女儿好苦》、浩泉的小说《18小时》、海辛的小说《险峻的海鸥岛》、李雁的小说《离乱曲》、方晓的小说《看更人眼》。《华侨报·华座》副刊连载黄衫客的散文《农村忆往》、夏冰的小说《多咀街坊》、惜芬的小说《文字姻缘》、王香琴的小说《黑骑怪侠》、雨萍的小说《小河之恋》（完）。

7日 《澳门日报·新园地》副刊连载浩然的评论《西沙儿女——奇志篇（片段）》、黄花的小说《银海春秋》、鲁牛的小说《彩虹》、润园的小说《女儿好苦》、浩泉的小说《18小时》、海辛的小说《险峻的海鸥岛》、李雁的小说《离乱曲》、方晓的小说《看更人眼》。《华侨报·华座》副刊连载黄衫客的散文《农村忆往》、夏冰的小说《多咀街坊》、惜芬的小说《文字姻缘》、王香琴的小说《黑骑怪侠》，并开始连载丁侣的小说《作家》。

8日 《澳门日报·新园地》副刊连载浩然的评论《西沙儿女——奇志篇（片段）》、黄花的小说《银海春秋》、鲁牛的小说《彩虹》、润园的小说《女儿好苦》、浩泉的小说《18小时》、海辛的小说《险峻的海鸥岛》、李雁的小说《离乱曲》、方晓的小说《看更人眼》。《华侨报·华座》副刊连载黄衫客的散文《农村忆往》、夏冰的小说《多咀街坊》、惜芬的小说《文字姻缘》、王香琴的小说《黑骑怪侠》、丁侣的小说《作家》。

9日 《澳门日报·新园地》副刊连载浩然的评论《西沙儿女——奇志篇（片段）》、黄花的小说《银海春秋》、鲁牛的小说《彩虹》、润园的小说《女儿好苦》、浩泉的小说《18小时》、海辛的小说《险峻的海鸥岛》、李雁的小说《离乱曲》、方晓的小说《看更人眼》。《华侨报·华座》副刊连载黄衫客的散文《农村忆往》、夏冰的小说《多咀街坊》、惜芬的小说《文字姻缘》、王香琴的小说《黑骑怪侠》、丁侣的小说《作家》。

10日 《澳门日报·新园地》副刊连载浩然的评论《西沙儿女——奇志篇（片段）》（完）、黄花的小说《银海春秋》、鲁牛的小说《彩虹》、润园的小说《女儿好苦》、浩泉的小说《18小时》、海辛的小说《险峻的海鸥岛》、李雁的小说《离乱曲》、方晓的小说《看更人眼》。《华侨报·华座》副刊连载黄衫客的散文《农村忆往》、夏冰的小说《多咀街坊》、惜芬的小说《文字姻缘》、王香琴的小说《黑骑怪侠》、丁侣的小说《作家》。

11日 《澳门日报·新园地》副刊连载黄花的小说《银海春秋》、鲁牛的小说《彩虹》、润园的小说《女儿好苦》、浩泉的小说《18小时》、海辛的小说《险峻的海鸥岛》、李雁的小说《离乱曲》、方晓的小说《看更人眼》。《华侨报·华座》副刊连载黄衫客的散文《农村忆往》、夏冰的小说《多咀街坊》、惜芬的小说《文字姻缘》、王香琴的小说《黑骑怪侠》、丁侣的小说《作家》。

12日 《澳门日报·新园地》副刊发表江思扬的诗歌《铁匠》，连载黄花的小说《银海春秋》、鲁牛的小说《彩虹》、润园的小说《女儿好苦》、浩泉的小说《18小时》、海辛的小说《险峻的海鸥岛》、李雁的小说《离乱曲》、方晓的小说《看更人眼》。《华侨报·华座》副刊连载黄衫客的散文《农村忆往》、夏冰的小说《多咀街坊》、惜芬的小说《文字姻缘》、王香琴的小说《黑骑怪侠》、丁侣的小说《作家》。

13日 《澳门日报·新园地》副刊连载黄花的小说《银海春秋》、鲁牛的小说《彩虹》、润园的小说《女儿好苦》、浩泉的小说《18小时》、海辛的小说《险峻的海鸥岛》、李雁的小说《离乱曲》、方晓的小说《看更人眼》。《华侨报·华座》副刊连载黄衫客的散文《农村忆往》、夏冰的小说《多咀街坊》、惜芬的小说《文字姻缘》、王香琴的小说《黑骑怪侠》、丁侣的小说《作家》。

14日 《澳门日报·新园地》副刊连载黄花的小说《银海春秋》、鲁牛的小说《彩虹》、润园的小说《女儿好苦》、浩泉的小说《18 小时》、海辛的小说《险峻的海鸥岛》、李雁的小说《离乱曲》、方晓的小说《看更人眼》。《华侨报 · 华座》副刊连载黄衫客的散文《农村忆往》、夏冰的小说《多咀街坊》、惜芬的小说《文字姻缘》、王香琴的小说《黑骑怪侠》、丁侣的小说《作家》。

15 日 《澳门日报 · 新园地》副刊连载黄花的小说《银海春秋》、鲁牛的小说《彩虹》、润园的小说《女儿好苦》、浩泉的小说《18 小时》、海辛的小说《险峻的海鸥岛》、李雁的小说《离乱曲》、方晓的小说《看更人眼》。《华侨报 · 华座》副刊连载黄衫客的散文《农村忆往》、夏冰的小说《多咀街坊》、惜芬的小说《文字姻缘》、王香琴的小说《黑骑怪侠》、丁侣的小说《作家》（完）。

16 日 《澳门日报 · 新园地》副刊连载黄花的小说《银海春秋》、鲁牛的小说《彩虹》、润园的小说《女儿好苦》、浩泉的小说《18 小时》、海辛的小说《险峻的海鸥岛》、李雁的小说《离乱曲》、方晓的小说《看更人眼》。《华侨报 · 华座》副刊连载黄衫客的散文《农村忆往》、夏冰的小说《多咀街坊》、惜芬的小说《文字姻缘》、王香琴的小说《黑骑怪侠》，并开始连载江秀的小说《最后的决意》。

17 日 《澳门日报 · 新园地》副刊发表江思扬的诗歌《橱窗 · 失业汉》，连载黄花的小说《银海春秋》、鲁牛的小说《彩虹》、润园的小说《女儿好苦》、浩泉的小说《18 小时》、海辛的小说《险峻的海鸥岛》、李雁的小说《离乱曲》、方晓的小说《看更人眼》。《华侨报 · 华座》副刊连载黄衫客的散文《农村忆往》、夏冰的小说《多咀街坊》、惜芬的小说《文字姻缘》、王香琴的小说《黑骑怪侠》、江秀的小说《最后的决意》。

18 日 《澳门日报 · 新园地》副刊连载黄花的小说《银海春秋》、鲁牛的小说《彩虹》、润园的小说《女儿好苦》、浩泉的小说《18 小时》、海辛的小说《险峻的海鸥岛》、李雁的小说《离乱曲》、方晓的小说《看更人眼》。《华侨报 · 华座》副刊连载黄衫客的散文《农村忆往》、夏冰的小说《多咀街坊》、惜芬的小说《文字姻缘》、王香琴的小说《黑骑怪侠》、江秀的小说《最后的决意》。

19 日　《澳门日报 · 新园地》副刊发表卓力的散文《青春》、良骅的散文《郊游偶拾》，连载黄花的小说《银海春秋》、鲁牛的小说《彩虹》、润园的小说《女儿好苦》、浩泉的小说《18 小时》、海辛的小说《险峻的海鸥岛》、李雁的小说《离乱曲》、方晓的小说《看更人眼》。《华侨报 · 华座》副刊连载黄衫客的散文《农村忆往》、夏冰的小说《多咀街坊》、惜芬的小说《文字姻缘》、王香琴的小说《黑骑怪侠》、江秀的小说《最后的决意》。

20 日　《澳门日报 · 新园地》副刊连载黄花的小说《银海春秋》、鲁牛的小说《彩虹》、润园的小说《女儿好苦》、浩泉的小说《18 小时》、海辛的小说《险峻的海鸥岛》、李雁的小说《离乱曲》、方晓的小说《看更人眼》。《华侨报 · 华座》副刊连载黄衫客的散文《农村忆往》、夏冰的小说《多咀街坊》、惜芬的小说《文字姻缘》、王香琴的小说《黑骑怪侠》、江秀的小说《最后的决意》（完）。

21 日　《澳门日报 · 新园地》副刊连载黄花的小说《银海春秋》、鲁牛的小说《彩虹》、润园的小说《女儿好苦》、浩泉的小说《18 小时》、海辛的小说《险峻的海鸥岛》、李雁的小说《离乱曲》、方晓的小说《看更人眼》。《华侨报 · 华座》副刊连载黄衫客的散文《农村忆往》、夏冰的小说《多咀街坊》、惜芬的小说《文字姻缘》、王香琴的小说《黑骑怪侠》，并开始连载嘉丽的小说《惩狼记》。

22 日　《澳门日报 · 新园地》副刊连载黄花的小说《银海春秋》、鲁牛的小说《彩虹》、润园的小说《女儿好苦》、浩泉的小说《18 小时》、海辛的小说《险峻的海鸥岛》、李雁的小说《离乱曲》、方晓的小说《看更人眼》。《华侨报 · 华座》副刊连载黄衫客的散文《农村忆往》、夏冰的小说《多咀街坊》、惜芬的小说《文字姻缘》、王香琴的小说《黑骑怪侠》、嘉丽的小说《惩狼记》。

23 日　《澳门日报 · 新园地》副刊发表平方的散文《上瘾奇谈》，连载黄花的小说《银海春秋》、鲁牛的小说《彩虹》、润园的小说《女儿好苦》、浩泉的小说《18 小时》、海辛的小说《险峻的海鸥岛》、李雁的小说《离乱曲》、方晓的小说《看更人眼》。《华侨报·华座》副刊连载黄衫客的散文《农村忆往》、夏冰的小说《多咀街坊》、惜芬的小说《文字姻缘》、王香琴的小说《黑骑怪侠》、嘉丽的小说《惩狼记》。

24 日 《澳门日报·新园地》副刊连载黄花的小说《银海春秋》、鲁牛的小说《彩虹》、润园的小说《女儿好苦》、浩泉的小说《18 小时》、海辛的小说《险峻的海鸥岛》、李雁的小说《离乱曲》、方晓的小说《看更人眼》。《华侨报·华座》副刊连载黄衫客的散文《农村忆往》、夏冰的小说《多咀街坊》、惜芬的小说《文字姻缘》、王香琴的小说《黑骑怪侠》、嘉丽的小说《惩狼记》。

25 日 《澳门日报·新园地》副刊连载黄花的小说《银海春秋》、鲁牛的小说《彩虹》、润园的小说《女儿好苦》、浩泉的小说《18 小时》（完）、海辛的小说《险峻的海鸥岛》、李雁的小说《离乱曲》、方晓的小说《看更人眼》。《华侨报·华座》副刊连载黄衫客的散文《农村忆往》、夏冰的小说《多咀街坊》、惜芬的小说《文字姻缘》、王香琴的小说《黑骑怪侠》、嘉丽的小说《惩狼记》。

26 日 《澳门日报·新园地》副刊连载黄花的小说《银海春秋》、鲁牛的小说《彩虹》、润园的小说《女儿好苦》、海辛的小说《险峻的海鸥岛》、李雁的小说《离乱曲》、方晓的小说《看更人眼》。《华侨报·华座》副刊连载黄衫客的散文《农村忆往》、夏冰的小说《多咀街坊》、惜芬的小说《文字姻缘》、王香琴的小说《黑骑怪侠》、嘉丽的小说《惩狼记》。

27 日 《澳门日报·新园地》副刊连载黄花的小说《银海春秋》、鲁牛的小说《彩虹》、润园的小说《女儿好苦》、海辛的小说《险峻的海鸥岛》、李雁的小说《离乱曲》、方晓的小说《看更人眼》。《华侨报·华座》副刊连载黄衫客的散文《农村忆往》、夏冰的小说《多咀街坊》、惜芬的小说《文字姻缘》、王香琴的小说《黑骑怪侠》、嘉丽的小说《惩狼记》。

28 日 《澳门日报·新园地》副刊连载黄花的小说《银海春秋》、鲁牛的小说《彩虹》、润园的小说《女儿好苦》、海辛的小说《险峻的海鸥岛》、李雁的小说《离乱曲》、方晓的小说《看更人眼》。《华侨报·华座》副刊连载黄衫客的散文《农村忆往》、夏冰的小说《多咀街坊》、惜芬的小说《文字姻缘》、王香琴的小说《黑骑怪侠》、嘉丽的小说《惩狼记》。

29 日 《澳门日报 · 新园地》副刊发表蓴敬子的散文《门外谈波》，连载黄花的小说《银海春秋》、鲁牛的小说《彩虹》、润园的小说《女儿好苦》、海辛的小说《险峻的海鸥岛》、李雁的小说《离乱曲》、方晓的小说《看更人眼》。《华侨报 · 华座》副刊连载黄衫客的散文《农村忆往》、夏冰的小说《多咀街坊》、惜芬的小说《文字姻缘》、王香琴的小说《黑骑怪侠》、嘉丽的小说《惩狼记》。

30 日 《澳门日报 · 新园地》副刊发表老丁的散文《刮龙妙计顿成空》，连载黄花的小说《银海春秋》、鲁牛的小说《彩虹》、润园的小说《女儿好苦》、海辛的小说《险峻的海鸥岛》、李雁的小说《离乱曲》、方晓的小说《看更人眼》。《华侨报 · 华座》副刊连载黄衫客的散文《农村忆往》、夏冰的小说《多咀街坊》、惜芬的小说《文字姻缘》、王香琴的小说《黑骑怪侠》、嘉丽的小说《惩狼记》（完）。

十二月

1 日 《澳门日报 · 新园地》副刊连载黄花的小说《银海春秋》、鲁牛的小说《彩虹》、润园的小说《女儿好苦》、海辛的小说《险峻的海鸥岛》、李雁的小说《离乱曲》、方晓的小说《看更人眼》。《华侨报 · 华座》副刊连载黄衫客的散文《农村忆往》、夏冰的小说《多咀街坊》、惜芬的小说《文字姻缘》、王香琴的小说《黑骑怪侠》，并开始连载亦舒的小说《猫咪》。

2 日 《澳门日报 · 新园地》副刊发表于今的散文《餐菊》，连载黄花的小说《银海春秋》、鲁牛的小说《彩虹》、润园的小说《女儿好苦》、海辛的小说《险峻的海鸥岛》、李雁的小说《离乱曲》、方晓的小说《看更人眼》。《华侨报 · 华座》副刊连载黄衫客的散文《农村忆往》、夏冰的小说《多咀街坊》、惜芬的小说《文字姻缘》、王香琴的小说《黑骑怪侠》、亦舒的小说《猫咪》。

3 日 《澳门日报 · 新园地》副刊连载黄花的小说《银海春秋》、鲁牛的小说《彩虹》、润园的小说《女儿好苦》、海辛的小说《险峻的海鸥岛》、李雁的小说《离乱曲》、方晓的小说《看更人眼》。《华侨报·华座》副刊连载黄衫客的散文《农村忆往》、夏冰的小说《多咀街坊》、惜芬的小说《文字姻缘》、王香琴的小说《黑骑怪侠》、亦舒的小说《猫咪》。

4日 《澳门日报·新园地》副刊发表江思扬的诗歌《中国的船》，连载黄花的小说《银海春秋》、鲁牛的小说《彩虹》、润园的小说《女儿好苦》、海辛的小说《险峻的海鸥岛》、李雁的小说《离乱曲》、方晓的小说《看更人眼》。《华侨报·华座》副刊连载黄衫客的散文《农村忆往》、夏冰的小说《多咀街坊》、惜芬的小说《文字姻缘》、王香琴的小说《黑骑怪侠》、亦舒的小说《猫咪》。

5日 《澳门日报·新园地》副刊连载黄花的小说《银海春秋》、鲁牛的小说《彩虹》、润园的小说《女儿好苦》、海辛的小说《险峻的海鸥岛》、李雁的小说《离乱曲》、方晓的小说《看更人眼》。《华侨报·华座》副刊连载黄衫客的散文《农村忆往》、夏冰的小说《多咀街坊》、惜芬的小说《文字姻缘》、王香琴的小说《黑骑怪侠》、亦舒的小说《猫咪》。

6日 《澳门日报·新园地》副刊连载黄花的小说《银海春秋》、鲁牛的小说《彩虹》、润园的小说《女儿好苦》、海辛的小说《险峻的海鸥岛》、李雁的小说《离乱曲》、方晓的小说《看更人眼》。《华侨报·华座》副刊连载黄衫客的散文《农村忆往》、夏冰的小说《多咀街坊》、惜芬的小说《文字姻缘》、王香琴的小说《黑骑怪侠》、亦舒的小说《猫咪》。

7日 《澳门日报·新园地》副刊连载黄花的小说《银海春秋》、鲁牛的小说《彩虹》、润园的小说《女儿好苦》、海辛的小说《险峻的海鸥岛》、李雁的小说《离乱曲》、方晓的小说《看更人眼》。《华侨报·华座》副刊连载黄衫客的散文《农村忆往》、夏冰的小说《多咀街坊》、惜芬的小说《文字姻缘》、王香琴的小说《黑骑怪侠》、亦舒的小说《猫咪》。

8日 《澳门日报·新园地》副刊连载黄花的小说《银海春秋》、鲁牛的小说《彩虹》、润园的小说《女儿好苦》、海辛的小说《险峻的海鸥岛》、李雁的小说《离乱曲》、方晓的小说《看更人眼》。《华侨报·华座》副刊连载黄衫客的散文《农村忆往》、夏冰的小说《多咀街坊》、惜芬的小说《文字姻缘》、王香琴的小说《黑骑怪侠》、亦舒的小说《猫咪》。

9日　《澳门日报·新园地》副刊连载黄花的小说《银海春秋》、鲁牛的小说《彩虹》、润园的小说《女儿好苦》、海辛的小说《险峻的海鸥岛》、李雁的小说《离乱曲》、方晓的小说《看更人眼》。《华侨报·华座》副刊连载黄衫客的散文《农村忆往》、夏冰的小说《多咀街坊》、惜芬的小说《文字姻缘》、王香琴的小说《黑骑怪侠》、亦舒的小说《猫咪》(完)。

10日　《澳门日报·新园地》副刊发表箓菽的诗歌《电话费二唱》、王凌的散文《厦门游》(1)，连载黄花的小说《银海春秋》、鲁牛的小说《彩虹》、润园的小说《女儿好苦》、海辛的小说《险峻的海鸥岛》、李雁的小说《离乱曲》、方晓的小说《看更人眼》。《华侨报·华座》副刊连载黄衫客的散文《农村忆往》、夏冰的小说《多咀街坊》、惜芬的小说《文字姻缘》、王香琴的小说《黑骑怪侠》，并开始连载阿西的小说《快车》。

11日　《澳门日报·新园地》副刊发表王凌的散文《厦门游》(2)，连载黄花的小说《银海春秋》、鲁牛的小说《彩虹》、润园的小说《女儿好苦》、海辛的小说《险峻的海鸥岛》、李雁的小说《离乱曲》、方晓的小说《看更人眼》。《华侨报·华座》副刊连载黄衫客的散文《农村忆往》、夏冰的小说《多咀街坊》、惜芬的小说《文字姻缘》、王香琴的小说《黑骑怪侠》、阿西的小说《快车》。

12日　《澳门日报·新园地》副刊连载黄花的小说《银海春秋》、鲁牛的小说《彩虹》、润园的小说《女儿好苦》、海辛的小说《险峻的海鸥岛》、李雁的小说《离乱曲》、方晓的小说《看更人眼》。《华侨报·华座》副刊连载黄衫客的散文《农村忆往》、夏冰的小说《多咀街坊》、惜芬的小说《文字姻缘》、王香琴的小说《黑骑怪侠》、阿西的小说《快车》。

13日　《澳门日报·新园地》副刊发表林冷雨的诗歌《牌子工人》，连载黄花的小说《银海春秋》、鲁牛的小说《彩虹》、润园的小说《女儿好苦》、海辛的小说《险峻的海鸥岛》、李雁的小说《离乱曲》、方晓的小说《看更人眼》。《华侨报·华座》副刊连载黄衫客的散文《农村忆往》、夏冰的小说《多咀街坊》、惜芬的小说《文字姻缘》、王香琴的小说《黑骑怪侠》、阿西的小说《快车》。

14日 《澳门日报·新园地》副刊连载黄花的小说《银海春秋》、鲁牛的小说《彩虹》、润园的小说《女儿好苦》、海辛的小说《险峻的海鸥岛》、李雁的小说《离乱曲》（完）、方晓的小说《看更人眼》。《华侨报·华座》副刊连载黄衫客的散文《农村忆往》、夏冰的小说《多咀街坊》、惜芬的小说《文字姻缘》、王香琴的小说《黑骑怪侠》、阿西的小说《快车》。

15日 《澳门日报·新园地》副刊连载黄花的小说《银海春秋》、鲁牛的小说《彩虹》、润园的小说《女儿好苦》、海辛的小说《险峻的海鸥岛》、方晓的小说《看更人眼》，并开始连载司马璧的小说《歃血金盟》。《华侨报·华座》副刊连载黄衫客的散文《农村忆往》、夏冰的小说《多咀街坊》、惜芬的小说《文字姻缘》、王香琴的小说《黑骑怪侠》、阿西的小说《快车》。

16日 《澳门日报·新园地》副刊连载黄花的小说《银海春秋》、鲁牛的小说《彩虹》、润园的小说《女儿好苦》、海辛的小说《险峻的海鸥岛》、方晓的小说《看更人眼》、司马璧的小说《歃血金盟》。《华侨报·华座》副刊连载黄衫客的散文《农村忆往》、夏冰的小说《多咀街坊》、惜芬的小说《文字姻缘》、王香琴的小说《黑骑怪侠》、阿西的小说《快车》。

17日 《澳门日报·新园地》副刊发表江映澜的散文《读〈剑侠李白〉》，连载黄花的小说《银海春秋》、鲁牛的小说《彩虹》、润园的小说《女儿好苦》、海辛的小说《险峻的海鸥岛》、方晓的小说《看更人眼》、司马璧的小说《歃血金盟》。《华侨报·华座》副刊连载黄衫客的散文《农村忆往》、夏冰的小说《多咀街坊》、惜芬的小说《文字姻缘》、王香琴的小说《黑骑怪侠》、阿西的小说《快车》。

18日 《澳门日报·新园地》副刊发表筿莸的诗歌《上下快慢之间》，连载黄花的小说《银海春秋》、鲁牛的小说《彩虹》、润园的小说《女儿好苦》、海辛的小说《险峻的海鸥岛》、方晓的小说《看更人眼》、司马璧的小说《歃血金盟》。《华侨报·华座》副刊连载黄衫客的散文《农村忆往》、夏冰的小说《多咀街坊》、惜芬的小说《文字姻缘》、王香琴的小说《黑骑怪侠》、阿西的小说《快车》。

19 日　《澳门日报 · 新园地》副刊连载黄花的小说《银海春秋》、鲁牛的小说《彩虹》、润园的小说《女儿好苦》、海辛的小说《险峻的海鸥岛》、方晓的小说《看更人眼》、司马璧的小说《歃血金盟》。《华侨报 · 华座》副刊连载黄衫客的散文《农村忆往》(完)、夏冰的小说《多咀街坊》、惜芬的小说《文字姻缘》、王香琴的小说《黑骑怪侠》、阿西的小说《快车》。

20 日　《澳门日报 · 新园地》副刊连载黄花的小说《银海春秋》、鲁牛的小说《彩虹》、润园的小说《女儿好苦》、海辛的小说《险峻的海鸥岛》、方晓的小说《看更人眼》、司马璧的小说《歃血金盟》。《华侨报 · 华座》副刊连载夏冰的小说《多咀街坊》、惜芬的小说《文字姻缘》、王香琴的小说《黑骑怪侠》、阿西的小说《快车》(完)。

21 日　《澳门日报 · 新园地》副刊发表良骅的散文《迷魂烟》，连载黄花的小说《银海春秋》、鲁牛的小说《彩虹》、润园的小说《女儿好苦》、海辛的小说《险峻的海鸥岛》、方晓的小说《看更人眼》、司马璧的小说《歃血金盟》。《华侨报 · 华座》副刊连载夏冰的小说《多咀街坊》、惜芬的小说《文字姻缘》、王香琴的小说《黑骑怪侠》，并开始连载青枫的小说《飘渺的爱情》。

22 日　《澳门日报 · 新园地》副刊连载黄花的小说《银海春秋》、鲁牛的小说《彩虹》、润园的小说《女儿好苦》、海辛的小说《险峻的海鸥岛》、方晓的小说《看更人眼》、司马璧的小说《歃血金盟》。《华侨报 · 华座》副刊连载夏冰的小说《多咀街坊》、惜芬的小说《文字姻缘》、王香琴的小说《黑骑怪侠》、青枫的小说《飘渺的爱情》。

23 日　《澳门日报 · 新园地》副刊发表马里达的散文《斗牛趣谈》(1)，并开始连载务秀的散文《到井冈山之路》，连载黄花的小说《银海春秋》、鲁牛的小说《彩虹》、润园的小说《女儿好苦》、海辛的小说《险峻的海鸥岛》、方晓的小说《看更人眼》、司马璧的小说《歃血金盟》。《华侨报 · 华座》副刊连载夏冰的小说《多咀街坊》、惜芬的小说《文字姻缘》、王香琴的小说《黑骑怪侠》、青枫的小说《飘渺的爱情》。

24 日 《澳门日报 · 新园地》副刊发表箓菽的诗歌《会尸案》、马里达的散文《斗牛趣谈》(2)，连载务秀的散文《到井冈山之路》、黄花的小说《银海春秋》、鲁牛的小说《彩虹》、润园的小说《女儿好苦》、海辛的小说《险峻的海鸥岛》、方晓的小说《看更人眼》、司马璧的小说《歃血金盟》。《华侨报 · 华座》副刊连载夏冰的小说《多咀街坊》、惜芬的小说《文字姻缘》、王香琴的小说《黑骑怪侠》、青枫的小说《飘渺的爱情》。

25 日 《澳门日报 · 新园地》副刊发表牛皮居的散文《闲话十大新闻之类》，连载务秀的散文《到井冈山之路》、黄花的小说《银海春秋》、鲁牛的小说《彩虹》、润园的小说《女儿好苦》、海辛的小说《险峻的海鸥岛》、方晓的小说《看更人眼》、司马璧的小说《歃血金盟》。《华侨报 · 华座》副刊发表浪华的散文《祝福》，连载夏冰的小说《多咀街坊》、惜芬的小说《文字姻缘》、王香琴的小说《黑骑怪侠》、青枫的小说《飘渺的爱情》。

26 日 《澳门日报 · 新园地》副刊连载务秀的散文《到井冈山之路》、黄花的小说《银海春秋》、鲁牛的小说《彩虹》、润园的小说《女儿好苦》、海辛的小说《险峻的海鸥岛》、方晓的小说《看更人眼》、司马璧的小说《歃血金盟》。《华侨报 · 华座》副刊连载夏冰的小说《多咀街坊》、惜芬的小说《文字姻缘》、王香琴的小说《黑骑怪侠》、青枫的小说《飘渺的爱情》。

27 日 《澳门日报 · 新园地》副刊发表牛皮居的散文《但愿晚晚平安夜》，连载务秀的散文《到井冈山之路》、黄花的小说《银海春秋》、鲁牛的小说《彩虹》、润园的小说《女儿好苦》、海辛的小说《险峻的海鸥岛》、方晓的小说《看更人眼》、司马璧的小说《歃血金盟》。《华侨报 · 华座》副刊连载夏冰的小说《多咀街坊》、惜芬的小说《文字姻缘》、王香琴的小说《黑骑怪侠》、青枫的小说《飘渺的爱情》。

28 日 《澳门日报 · 新园地》副刊连载务秀的散文《到井冈山之路》、黄花的小说《银海春秋》、鲁牛的小说《彩虹》、润园的小说《女儿好苦》、海辛的小说《险峻的海鸥岛》、方晓的小说《看更人眼》、司马璧的小说《歃血金盟》。《华侨报 · 华座》副刊连载夏冰的小说《多咀街坊》、惜芬的小说《文字姻缘》、王香琴的小说《黑骑怪侠》、青枫的小说《飘渺的爱情》。

29日 《澳门日报·新园地》副刊发表林冷雨的诗歌《西方的残年》，连载务秀的散文《到井冈山之路》、黄花的小说《银海春秋》、鲁牛的小说《彩虹》、润园的小说《女儿好苦》、海辛的小说《险峻的海鸥岛》、方晓的小说《看更人眼》、司马璧的小说《歃血金盟》。《华侨报·华座》副刊连载夏冰的小说《多咀街坊》、惜芬的小说《文字姻缘》、王香琴的小说《黑骑怪侠》、青枫的小说《飘渺的爱情》（完）。

30日 《澳门日报·新园地》副刊连载务秀的散文《到井冈山之路》、黄花的小说《银海春秋》、鲁牛的小说《彩虹》、润园的小说《女儿好苦》、海辛的小说《险峻的海鸥岛》、方晓的小说《看更人眼》、司马璧的小说《歃血金盟》。《华侨报·华座》副刊连载夏冰的小说《多咀街坊》、惜芬的小说《文字姻缘》、王香琴的小说《黑骑怪侠》。

31日 《澳门日报·新园地》副刊连载务秀的散文《到井冈山之路》、黄花的小说《银海春秋》（完）、鲁牛的小说《彩虹》、润园的小说《女儿好苦》、海辛的小说《险峻的海鸥岛》（完）、方晓的小说《看更人眼》、司马璧的小说《歃血金盟》。《华侨报·华座》副刊发表焕秋的散文《钟声》，连载夏冰的小说《多咀街坊》、惜芬的小说《文字姻缘》、王香琴的小说《黑骑怪侠》。

⊙ 本月，江映澜的小说《冬暖》刊载于香港《海洋文艺》第一卷第五期。

⊙ 本月，乃畅的小说《女指挥》刊载于香港《海洋文艺》第一卷第五期。

⊙ 本月，陶里的诗评《也谈诗》刊载于香港《当代文艺》第109期。

国家出版基金项目
NATIONAL PUBLICATION FOUNDATION

澳门文学编年史

④

朱寿桐 主编

傅天虹 许燕转 编撰

SPM 南方出版传媒 花城出版社 中国·广州

图书在版编目（CIP）数据

澳门文学编年史. 4 / 朱寿桐主编 ; 傅天虹, 许燕转编撰. -- 广州 : 花城出版社, 2019.12
ISBN 978-7-5360-9128-3

Ⅰ. ①澳… Ⅱ. ①朱… ②傅… ③许… Ⅲ. ①地方文学史—编年史—澳门—1975-1979 Ⅳ. ①I209.965.9

中国版本图书馆CIP数据核字(2019)第281195号

出 版 人：肖延兵
责任编辑：黎　萍　蔡　宇
技术编辑：薛伟民　凌春梅
装帧设计：吴冠曼

书　　名	澳门文学编年史. 4 AOMEN WENXUE BIANNIANSHI 4
出版发行	花城出版社 （广州市环市东路水荫路 11 号）
经　　销	全国新华书店
印　　刷	恒美印务（广州）有限公司 （广州南沙经济技术开发区环市大道南路 334 号）
开　　本	787 毫米×1092 毫米　16 开
印　　张	132　2 插页
字　　数	1,885,000 字
版　　次	2019 年 12 月第 1 版　2019 年 12 月第 1 次印刷
定　　价	800.00 元（1—5 册）

如发现印装质量问题，请直接与印刷厂联系调换。
购书热线：020－37604658　37602954
花城出版社网站：http://www.fcph.com.cn

编者简介

朱寿桐　文学博士，澳门大学中国文学教授，澳门大学中国历史文化中心代主任，澳门大学南国人文研究中心主任。兼任澳门文艺评论家协会主席、海外暨港澳台中国书法家协会常务副主席。在澳门文学文化研究方面出版过《汉语新文学与澳门文学》《澳门新移民文学与文化散论》等著作。

傅天虹　博士、教授。现任教于北京师范大学珠海分校，兼任东南大学兼职研究员、暨南大学中国文艺评论基地诗歌散文评论委员会副主任。1987 年创办《当代诗坛》；1990 年创建当代诗学会；2007 年，策划并参与创建“当代诗学论坛”机制。发表论文多篇，著有 40 余部作品。作品被选入《中国新诗百年大典》等文本及商务印书馆最新版《大学语文》教材。

许燕转　文学博士，副教授。现任东莞理工学院文学与传媒学院副院长。主要研究华文离散诗学、中国近现代化中的宗教文化，先后在《文艺争鸣》《当代作家评论》等核心刊物上发表十多篇学术论文，共主持国家、省厅、市、校级科研项目 7 项。

目录

1975年 001
1976年 082
1977年 152
1978年 234
1979年 307

参考文献 389

1975年

1975年，澳门文学各文体作品发表情况如下：在澳门发表于《澳门日报·新园地》副刊、《华侨报·华座》副刊等的小说共77部，其中长篇连载小说15部，中篇小说7部，短篇小说55部；散文371篇；现代诗13首，古体诗词33首；评论132篇。在香港及海外发表长篇小说1部，短篇小说1部，散文4篇，现代诗22首。

本年度，散文数量在本时期是最多的，共计132篇。如秦西行从1975年起，在《华侨报》上发表近百篇散文，如《“大哥成”的欺骗》《谈“美”》《这绝不是天真》《有关桂林山水的诗文》《自由是什么》《格林谈“民主”》《从跑楼梯说起》《报摊这个起脚点》《吴敬梓和曹雪芹》《致敬，英勇救人的职工》《拜年拜年》《剪报》等。

澳门娱乐博彩业自1975年起，发展迅猛。“澳门旅游娱乐公司在承办之初，每年赌税约500万元，到1975年增至750万元……自1962年至1974年共获纯利20亿元，1975年一年纯利6亿元……”[①]1975年前后，因为葡萄牙实行新政策，澳门的经济得到较快发展，民众也开始注重文化与审美的追求。正是在这种大环境中，“晓角”“澳门”等校园戏剧团体的兴起给澳门剧坛带来生机，“海燕”重组并且重新开展社会演剧，加上周树利从美国留学回澳进行戏剧教育，培养戏剧人才等等，原先受内地“文革”影响而走向低落的澳门话剧，开始逐渐恢复和发展。1975年前后，澳门话剧所恢复的主要是偏重写实的中国传统话剧。李宇梁的《父归》等晓角剧社的演剧，王强的《夜天堂》等海燕剧社的演剧，周树利指导的教区剧社、澳门剧社的演剧等，大

① 《港澳经济》，1987年第3期，第22页。

都是传统的写实风格。70年代末80年代初，澳门戏剧开始现代主义的探索。本年度，澳门话剧团体“晓角话剧研进社”创立。由余明生、李宇梁、林桂英、陈宝瑛、郑继生、关妙姬等7人担任剧社领导。“晓角剧社”取名“晓角”，乃取意于一种古军乐，在破晓时分，晓角发出嘹亮的声音，以唤醒沉睡的军士；另一方面，晓角也是鲁迅先生笔名之一。以“晓角”命名剧社，提出“团结、修身、展剧运”的口号，一再唤起沉寂的澳门戏剧，凝聚起对话剧有兴趣的朋友，共同切磋、探索并推展戏剧运动。

周树利多年来一直从事澳门话剧活动，同时为部分剧社提供顾问意见，又经常担任话剧比赛和剧本创作比赛的评判。另一方面，他创作了大量的粤语剧本，积极宣扬话剧的教育作用，部分作品结集为《简陋剧场剧集》（1995年出版），全书共收短剧22则，其中最早一则写于1975年。李宇梁曾在《澳门的戏剧（1975至1985年）》①一文中指出，早期（1975至1979年）的演出属“实习期”：基于当时各剧社主观上的技术条件未成熟，缺乏经验及信心，更主要是经济上的问题，此时期的演出大多是借助学校礼堂做演出场地，以实习形式做半公开性演出，免费派门券或以极廉价售票。所谓实习演出，不外是暗示观众对演出者降低要求。而实习演出成为当时戏剧运动的主流，除主观因素外，还因为当时唯一专供表演用的教区大会堂，除舞台设计及设备落后外，收费亦不是一般业余团体负担得起的；而借用学校礼堂做演出场地，亦局限了演出的规模。正是在这种情况下，澳门70年代戏剧的发展受到一定的限制。

本年度较为突出的是文学作品海辛创作的长篇小说《十字路口》（1975年1月1日至5月31日连载于《澳门日报》，约12万字），写一个在小餐馆做招待的青年女孩徐薇，家境贫寒却怀揣着成为钢琴演奏家的梦想。她面对富有青年的追求，既被奢侈的生活方式所吸引，又希望保持自己独立的人格，以一种骄傲的姿态来实现自己的梦想。站在人生的十字路口不

---

① 卢荻等编：《澳门文学论集》，澳门文化学会出版，1988年。

知何去何从的她最终选择了一种平凡但自尊的生活方式，与贫寒却非常善良的餐厅厨师结成佳侣。而最初追求她的富家公子也被证实是诈骗团伙中的成员，专门诈骗年轻、无知却追求享受的女孩从事声色交易。小说既揭示了香港社会中腐化堕落、物欲至上的丑陋一面，同时也展现出人性中善良自尊的美好一面。其中平凡的草根阶层身上那种对梦想的执着求索和对人格独立的不懈追求尤为感动人心。另一部是鲁牛的《天鹅》（1975年9月11日至1976年4月10日连载于《澳门日报》，约16万字），描写一个好高骛远、爱慕虚荣的少女爱伦整日幻想嫁到国外，过上安逸、奢侈的生活。于是用尽各种手段苦心经营自己这个“美丽”的梦想。在如愿嫁到美国后才发现现实和幻想之间的差距，可惜后悔已来不及。故事的结局是尝尽生活苦果的爱伦终于学会脚踏实地，珍惜平凡生活中的幸福。故事桥段新颖，对当下崇尚物质、追求奢靡的社会风气而言，具有很强的现实意义。

本年度重要作家、诗人华铃（1915—？），本名冯锦钊，广东新会人，生于澳门，1975年退休后闲居澳门。华铃20世纪30年代开始发表诗作，作品反映社会生活，形象明朗，文字流畅。著有诗集《向日葵》《玫瑰》《牵牛花》《满天星》《火花集》《旧体新诗》等。

一月

1日　《澳门日报·新园地》副刊连载务秀的散文《到井冈山之路》、鲁牛的小说《彩虹》、润园的小说《女儿好苦》、方晓的小说《看更人眼》、司马璧的小说《歃血金盟》，并开始连载海辛的小说《十字路口》、丁竹君的小说《生命的旋律》。《华侨报·华座》副刊发表梦芸的散文《五一前夕怀台湾工人》、柯西的小说《初恋》，连载夏冰的小说《多咀街坊》、惜芬的小说《文字姻缘》、王香琴的小说《黑骑怪侠》。

3日　《澳门日报·新园地》副刊发表江思扬的诗歌《歌颂新的春天》，连载务秀的散文《到井冈山之路》、鲁牛的小说《彩虹》、润园的小说《女儿好苦》、方晓的小说《看更人眼》、司马璧的小说《歃血金盟》、海辛的小说《十字路口》、丁竹君的小说《生命的旋律》。《华侨报·华座》副刊连载夏冰的小说《多咀街坊》、惜芬的小说《文字姻缘》、王香琴的小说《黑骑怪侠》，并开始连载君默的小说《归来》。

4日 《澳门日报·新园地》副刊连载务秀的散文《到井冈山之路》、鲁牛的小说《彩虹》、润园的小说《女儿好苦》、方晓的小说《看更人眼》、司马璧的小说《歃血金盟》、海辛的小说《十字路口》、丁竹君的小说《生命的旋律》。《华侨报·华座》副刊开始连载慕华的散文《英国最伟大的画家——瑞那》，连载夏冰的小说《多咀街坊》、惜芬的小说《文字姻缘》、王香琴的小说《黑骑怪侠》、君默的小说《归来》。

5日 《澳门日报·新园地》副刊发表江思扬的散文《"白马非马"与公孙龙》，连载务秀的散文《到井冈山之路》（完）、鲁牛的小说《彩虹》、润园的小说《女儿好苦》、方晓的小说《看更人眼》、司马璧的小说《歃血金盟》、海辛的小说《十字路口》、丁竹君的小说《生命的旋律》。《华侨报·华座》副刊连载慕华的散文《英国最伟大的画家——瑞那》（完）、夏冰的小说《多咀街坊》、惜芬的小说《文字姻缘》、王香琴的小说《黑骑怪侠》、君默的小说《归来》。

6日 《澳门日报·新园地》副刊连载鲁牛的小说《彩虹》、润园的小说《女儿好苦》、方晓的小说《看更人眼》、司马璧的小说《歃血金盟》、海辛的小说《十字路口》、丁竹君的小说《生命的旋律》。《华侨报·华座》副刊连载夏冰的小说《多咀街坊》、惜芬的小说《文字姻缘》、王香琴的小说《黑骑怪侠》、君默的小说《归来》。

7日 《澳门日报·新园地》副刊连载鲁牛的小说《彩虹》、润园的小说《女儿好苦》、方晓的小说《看更人眼》、司马璧的小说《歃血金盟》、海辛的小说《十字路口》、丁竹君的小说《生命的旋律》。《华侨报·华座》副刊发表慕华的散文《回到中世纪去——西方学者憧憬的幻想》，连载夏冰的小说《多咀街坊》、惜芬的小说《文字姻缘》、王香琴的小说《黑骑怪侠》、君默的小说《归来》。

8日 《澳门日报·新园地》副刊连载鲁牛的小说《彩虹》、润园的小说《女儿好苦》、方晓的小说《看更人眼》、司马璧的小说《歃血金盟》、海辛的小说《十字路口》、丁竹君的小说《生命的旋律》。《华侨报·华座》副刊连载夏冰的小说《多咀街坊》、惜芬的小说《文字姻缘》、王香琴的小说《黑骑怪侠》、君默的小说《归来》。

9 日　《澳门日报·新园地》副刊连载鲁牛的小说《彩虹》、润园的小说《女儿好苦》、方晓的小说《看更人眼》、司马璧的小说《歃血金盟》、海辛的小说《十字路口》、丁竹君的小说《生命的旋律》。《华侨报·华座》副刊连载夏冰的小说《多咀街坊》、惜芬的小说《文字姻缘》、王香琴的小说《黑骑怪侠》、君默的小说《归来》（完）。

10 日　《澳门日报·新园地》副刊发表言岭的评论《彩云片片》，连载鲁牛的小说《彩虹》、润园的小说《女儿好苦》、方晓的小说《看更人眼》、司马璧的小说《歃血金盟》、海辛的小说《十字路口》、丁竹君的小说《生命的旋律》。《华侨报·华座》副刊连载夏冰的小说《多咀街坊》、惜芬的小说《文字姻缘》、王香琴的小说《黑骑怪侠》，并开始连载作者不详的小说《杨乃武与小白菜》。

11 日　《澳门日报·新园地》副刊连载鲁牛的小说《彩虹》、润园的小说《女儿好苦》、方晓的小说《看更人眼》、司马璧的小说《歃血金盟》、海辛的小说《十字路口》、丁竹君的小说《生命的旋律》。《华侨报·华座》副刊连载夏冰的小说《多咀街坊》、惜芬的小说《文字姻缘》、王香琴的小说《黑骑怪侠》、作者不详的小说《杨乃武与小白菜》。

12 日　《澳门日报·新园地》副刊发表饶芷岸的散文《卑贱者最聪明》，连载鲁牛的小说《彩虹》、润园的小说《女儿好苦》、方晓的小说《看更人眼》、司马璧的小说《歃血金盟》、海辛的小说《十字路口》、丁竹君的小说《生命的旋律》。《华侨报·华座》副刊连载夏冰的小说《多咀街坊》、惜芬的小说《文字姻缘》、王香琴的小说《黑骑怪侠》、作者不详的小说《杨乃武与小白菜》。

13 日　《澳门日报·新园地》副刊发表牛皮居的散文《不朽题材源源有》、平平的小说《拍拖遇劫》，连载鲁牛的小说《彩虹》、润园的小说《女儿好苦》、方晓的小说《看更人眼》、司马璧的小说《歃血金盟》、海辛的小说《十字路口》、丁竹君的小说《生命的旋律》。《华侨报·华座》副刊连载夏冰的小说《多咀街坊》、惜芬的小说《文字姻缘》、王香琴的小说《黑骑怪侠》、作者不详的小说《杨乃武与小白菜》。

14日 《澳门日报·新园地》副刊发表文芳的小说《迎亲记趣》，连载鲁牛的小说《彩虹》、润园的小说《女儿好苦》、方晓的小说《看更人眼》、司马璧的小说《歃血金盟》、海辛的小说《十字路口》、丁竹君的小说《生命的旋律》。《华侨报·华座》副刊连载夏冰的小说《多咀街坊》、惜芬的小说《文字姻缘》、王香琴的小说《黑骑怪侠》、作者不详的小说《杨乃武与小白菜》。

15日 《澳门日报·新园地》副刊发表钱焕的小说《反省》，连载鲁牛的小说《彩虹》、润园的小说《女儿好苦》、方晓的小说《看更人眼》、司马璧的小说《歃血金盟》、海辛的小说《十字路口》、丁竹君的小说《生命的旋律》。《华侨报·华座》副刊连载夏冰的小说《多咀街坊》、惜芬的小说《文字姻缘》、王香琴的小说《黑骑怪侠》、作者不详的小说《杨乃武与小白菜》。

16日 《澳门日报·新园地》副刊发表卓力的散文《老赵和他的鸟》、东青的小说《重逢》，连载鲁牛的小说《彩虹》、润园的小说《女儿好苦》、方晓的小说《看更人眼》、司马璧的小说《歃血金盟》、海辛的小说《十字路口》、丁竹君的小说《生命的旋律》。《华侨报·华座》副刊发表詹文的评论《为什么红颜薄命》，连载夏冰的小说《多咀街坊》、惜芬的小说《文字姻缘》、王香琴的小说《黑骑怪侠》、作者不详的小说《杨乃武与小白菜》（完）。

17日 《澳门日报·新园地》副刊发表梅萼华的散文《巡夜护士剪影》、乐友的评论《纪录片〈今日中国〉特辑》、良骥的小说《两个师傅》，连载鲁牛的小说《彩虹》、润园的小说《女儿好苦》、方晓的小说《看更人眼》、司马璧的小说《歃血金盟》、海辛的小说《十字路口》、丁竹君的小说《生命的旋律》。《华侨报·华座》副刊连载夏冰的小说《多咀街坊》、惜芬的小说《文字姻缘》、王香琴的小说《黑骑怪侠》，并开始连载阿莎的小说《弃妇》。

18 日 《澳门日报 · 新园地》副刊连载鲁牛的小说《彩虹》、润园的小说《女儿好苦》、海辛的小说《险峻的海鸥岛》、方晓的小说《看更人眼》、司马璧的小说《歃血金盟》、海辛的小说《十字路口》、丁竹君的小说《生命的旋律》。《华侨报 · 华座》副刊发表跃如的散文《黄巢造反及其咏菊诗》，连载夏冰的小说《多咀街坊》、惜芬的小说《文字姻缘》、王香琴的小说《黑骑怪侠》、阿莎的小说《弃妇》。

19 日 《澳门日报 · 新园地》副刊发表江思扬的诗歌《的士司机》、司徒田的小说《换季》，连载鲁牛的小说《彩虹》、润园的小说《女儿好苦》、方晓的小说《看更人眼》、司马璧的小说《歃血金盟》、海辛的小说《十字路口》、丁竹君的小说《生命的旋律》。《华侨报 · 华座》副刊连载夏冰的小说《多咀街坊》、惜芬的小说《文字姻缘》、王香琴的小说《黑骑怪侠》、阿莎的小说《弃妇》。

20 日 《澳门日报 · 新园地》副刊连载鲁牛的小说《彩虹》、润园的小说《女儿好苦》、方晓的小说《看更人眼》、司马璧的小说《歃血金盟》、海辛的小说《十字路口》、丁竹君的小说《生命的旋律》。《华侨报 · 华座》副刊连载夏冰的小说《多咀街坊》、惜芬的小说《文字姻缘》、王香琴的小说《黑骑怪侠》、阿莎的小说《弃妇》。

21 日 《澳门日报 · 新园地》副刊连载鲁牛的小说《彩虹》、润园的小说《女儿好苦》、方晓的小说《看更人眼》、司马璧的小说《歃血金盟》、海辛的小说《十字路口》、丁竹君的小说《生命的旋律》。《华侨报 · 华座》副刊连载夏冰的小说《多咀街坊》、惜芬的小说《文字姻缘》、王香琴的小说《黑骑怪侠》、阿莎的小说《弃妇》。

22 日 《澳门日报 · 新园地》副刊连载鲁牛的小说《彩虹》、润园的小说《女儿好苦》、方晓的小说《看更人眼》、司马璧的小说《歃血金盟》、海辛的小说《十字路口》、丁竹君的小说《生命的旋律》。《华侨报 · 华座》副刊连载夏冰的小说《多咀街坊》、惜芬的小说《文字姻缘》、王香琴的小说《黑骑怪侠》、阿莎的小说《弃妇》。

23 日 《澳门日报 · 新园地》副刊发表江思扬的诗歌《欢呼四届人大的歌》，连载鲁牛的小说《彩虹》、润园的小说《女儿好苦》、方晓的小说《看更人眼》、司马璧的小说《歃血金盟》、海辛的小说《十字路口》、丁竹君的小说《生命的旋律》。《华侨报·华座》副刊发表隋洛生的评论《关于〈杨乃武与小白菜〉》，连载夏冰的小说《多咀街坊》、惜芬的小说《文字姻缘》、王香琴的小说《黑骑怪侠》、阿莎的小说《弃妇》。

24日 《澳门日报·新园地》副刊连载鲁牛的小说《彩虹》、润园的小说《女儿好苦》、方晓的小说《看更人眼》、司马璧的小说《歃血金盟》、海辛的小说《十字路口》、丁竹君的小说《生命的旋律》。《华侨报·华座》副刊连载夏冰的小说《多咀街坊》、惜芬的小说《文字姻缘》、王香琴的小说《黑骑怪侠》、阿莎的小说《弃妇》。

25日 《澳门日报·新园地》副刊发表微微的诗歌《喜讯传来的时候》，连载鲁牛的小说《彩虹》、润园的小说《女儿好苦》、方晓的小说《看更人眼》、司马璧的小说《歃血金盟》、海辛的小说《十字路口》、丁竹君的小说《生命的旋律》。《华侨报·华座》副刊发表晚晴楼的诗歌《无题》、国华的散文《游星湖，访翠亨——答美国友人书》，连载夏冰的小说《多咀街坊》、惜芬的小说《文字姻缘》、王香琴的小说《黑骑怪侠》、阿莎的小说《弃妇》。

26日 《澳门日报·新园地》副刊发表雪予的诗歌《歌唱四届人大胜利召开》，连载鲁牛的小说《彩虹》、润园的小说《女儿好苦》、方晓的小说《看更人眼》、司马璧的小说《歃血金盟》、海辛的小说《十字路口》、丁竹君的小说《生命的旋律》。《华侨报·华座》副刊连载夏冰的小说《多咀街坊》、惜芬的小说《文字姻缘》、王香琴的小说《黑骑怪侠》、阿莎的小说《弃妇》。

27日 《澳门日报·新园地》副刊连载鲁牛的小说《彩虹》、润园的小说《女儿好苦》、方晓的小说《看更人眼》、司马璧的小说《歃血金盟》、海辛的小说《十字路口》、丁竹君的小说《生命的旋律》。《华侨报·华座》副刊连载夏冰的小说《多咀街坊》、惜芬的小说《文字姻缘》、王香琴的小说《黑骑怪侠》、阿莎的小说《弃妇》。

28日 《澳门日报·新园地》副刊发表鲁夫的诗歌《满庭芳·欢呼四届人大召

开》、苗清萍的散文《人间路》，连载鲁牛的小说《彩虹》、润园的小说《女儿好苦》、方晓的小说《看更人眼》、司马璧的小说《歃血金盟》、海辛的小说《十字路口》、丁竹君的小说《生命的旋律》。《华侨报·华座》副刊发表浪华的散文《穿破严寒的乐声》，连载夏冰的小说《多咀街坊》、惜芬的小说《文字姻缘》、王香琴的小说《黑骑怪侠》、阿莎的小说《弃妇》（完）。

29 日　《澳门日报·新园地》副刊连载鲁牛的小说《彩虹》、润园的小说《女儿好苦》、方晓的小说《看更人眼》、司马璧的小说《歃血金盟》、海辛的小说《十字路口》、丁竹君的小说《生命的旋律》。《华侨报·华座》副刊连载夏冰的小说《多咀街坊》、惜芬的小说《文字姻缘》、王香琴的小说《黑骑怪侠》，并开始连载舒凡的小说《怀春》。

30 日　《澳门日报·新园地》副刊发表何畏之的评论《横街直播〈大逃亡〉》，连载鲁牛的小说《彩虹》、润园的小说《女儿好苦》、方晓的小说《看更人眼》、司马璧的小说《歃血金盟》、海辛的小说《十字路口》、丁竹君的小说《生命的旋律》。《华侨报·华座》副刊发表雄的散文《沙漠之奇》、青青的散文《听音乐想起了冼星海》，连载夏冰的小说《多咀街坊》、惜芬的小说《文字姻缘》、王香琴的小说《黑骑怪侠》、舒凡的小说《怀春》。

31 日　《澳门日报·新园地》副刊连载鲁牛的小说《彩虹》、润园的小说《女儿好苦》、方晓的小说《看更人眼》、司马璧的小说《歃血金盟》、海辛的小说《十字路口》、丁竹君的小说《生命的旋律》。《华侨报·华座》副刊发表龙子的诗歌《参观青年音乐晚会彩排》，连载夏冰的小说《多咀街坊》、惜芬的小说《文字姻缘》、王香琴的小说《黑骑怪侠》、舒凡的小说《怀春》。

⊙　本月，韩牧的诗歌《澳门猎古》刊载于香港《海洋文艺》第 2 卷第 1 期。

⊙　本月，江映澜的散文《倒》刊载于香港《海洋文艺》第 2 卷第 1 期。

二月

1 日　《澳门日报·新园地》副刊连载鲁牛的小说《彩虹》、润园的小说《女儿好苦》、方晓的小说《看更人眼》、司马璧的小说《歃血金盟》、海辛的小说《十字路口》、丁竹君的小说《生命的旋律》。《华侨报·华座》副刊连载夏冰的小说《多咀街坊》、惜芬的小说《文字姻缘》、王香琴的小说《黑骑怪侠》、舒凡的小说《怀春》。

2 日　《澳门日报·新园地》副刊发表航青的散文《永强的遭遇》、黎清的散文《柳宗元和柳侯祠》，连载鲁牛的小说《彩虹》、润园的小说《女儿好苦》、方晓的小说《看更人眼》、司马璧的小说《歃血金盟》、海辛的小说《十字路口》、丁竹君的小说《生命的旋律》。《华侨报·华座》副刊连载夏冰的小说《多咀街坊》、惜芬的小说《文字姻缘》、王香琴的小说《黑骑怪侠》、舒凡的小说《怀春》。

3 日　《澳门日报·新园地》副刊连载鲁牛的小说《彩虹》、润园的小说《女儿好苦》、方晓的小说《看更人眼》、司马璧的小说《歃血金盟》、海辛的小说《十字路口》、丁竹君的小说《生命的旋律》。《华侨报·华座》副刊发表宣翁·邦平的散文《亿兆欢歌新宪章——答美国友人书》、张维的散文《漫谈"不落俗套"》，连载夏冰的小说《多咀街坊》、惜芬的小说《文字姻缘》、王香琴的小说《黑骑怪侠》、舒凡的小说《怀春》。

4 日　《澳门日报·新园地》副刊发表南伯的散文《北京的冬天和雪景》，连载鲁牛的小说《彩虹》、润园的小说《女儿好苦》、方晓的小说《看更人眼》、司马璧的小说《歃血金盟》、海辛的小说《十字路口》、丁竹君的小说《生命的旋律》。《华侨报·华座》副刊发表浪华的散文《东阳》，连载夏冰的小说《多咀街坊》、惜芬的小说《文字姻缘》、王香琴的小说《黑骑怪侠》、舒凡的小说《怀春》。

5 日　《澳门日报·新园地》副刊发表言岭的评论《还远沉船记》，连载鲁牛的小说《彩虹》、润园的小说《女儿好苦》、方晓的小说《看更人眼》、司马璧的小说《歃血金盟》、海辛的小说《十字路口》、丁竹君的小说《生命的旋律》。《华侨报·华座》副刊连载夏冰的小说《多咀街坊》、惜芬的小说《文字姻缘》、王香琴的小说《黑骑怪侠》、舒凡的小说《怀春》。

6 日　《澳门日报·新园地》副刊发表丁羽的散文《清宫戏》，连载鲁牛的小说

《彩虹》、润园的小说《女儿好苦》、方晓的小说《看更人眼》、司马璧的小说《歃血金盟》、海辛的小说《十字路口》、丁竹君的小说《生命的旋律》。《华侨报 · 华座》副刊发表林汉的散文《刊林漫步》，连载夏冰的小说《多咀街坊》、惜芬的小说《文字姻缘》、王香琴的小说《黑骑怪侠》、舒凡的小说《怀春》。

7 日　《澳门日报 · 新园地》副刊发表石岐游的诗歌《参观长江水库有感》、眇叟的诗歌《谒五桂山烈士墓有感》，连载鲁牛的小说《彩虹》（完）、润园的小说《女儿好苦》、方晓的小说《看更人眼》、司马璧的小说《歃血金盟》、海辛的小说《十字路口》、丁竹君的小说《生命的旋律》。《华侨报 · 华座》副刊连载夏冰的小说《多咀街坊》、惜芬的小说《文字姻缘》、王香琴的小说《黑骑怪侠》、舒凡的小说《怀春》（完）。

8 日　《澳门日报 · 新园地》副刊连载润园的小说《女儿好苦》、方晓的小说《看更人眼》、司马璧的小说《歃血金盟》、海辛的小说《十字路口》、丁竹君的小说《生命的旋律》，并开始连载鲁牛的小说《逆浪》。《华侨报 · 华座》副刊连载夏冰的小说《多咀街坊》、惜芬的小说《文字姻缘》、王香琴的小说《黑骑怪侠》，并开始连载文仁的小说《某夜》。

9 日　《澳门日报 · 新园地》副刊发表高乐的散文《龙虎舞狮生活传奇》，连载润园的小说《女儿好苦》、方晓的小说《看更人眼》、司马璧的小说《歃血金盟》、海辛的小说《十字路口》、丁竹君的小说《生命的旋律》、鲁牛的小说《逆浪》。《华侨报 · 华座》副刊发表黄衫客的散文《守岁的天伦乐趣》，连载夏冰的小说《多咀街坊》、惜芬的小说《文字姻缘》、王香琴的小说《黑骑怪侠》、文仁的小说《某夜》。

10 日　《澳门日报 · 新园地》副刊连载润园的小说《女儿好苦》、方晓的小说《看更人眼》、司马璧的小说《歃血金盟》、海辛的小说《十字路口》、丁竹君的小说《生命的旋律》、鲁牛的小说《逆浪》。《华侨报 · 华座》副刊连载夏冰的小说《多咀街坊》、惜芬的小说《文字姻缘》、王香琴的小说《黑骑怪侠》、文仁的小说《某夜》。

11 日　《澳门日报 · 新园地》副刊发表雪予的诗歌《元旦放歌》、梅萼华的散文

《迎春曲》，连载润园的小说《女儿好苦》（完）、方晓的小说《看更人眼》、司马璧的小说《歃血金盟》、海辛的小说《十字路口》、丁竹君的小说《生命的旋律》、鲁牛的小说《逆浪》。《华侨报·华座》副刊连载夏冰的小说《多咀街坊》、惜芬的小说《文字姻缘》、王香琴的小说《黑骑怪侠》、文仁的小说《某夜》。

14 日 《澳门日报·新园地》副刊连载方晓的小说《看更人眼》、司马璧的小说《歃血金盟》、海辛的小说《十字路口》、丁竹君的小说《生命的旋律》、鲁牛的小说《逆浪》。《华侨报·华座》副刊发表影莲的散文《三藩市唐人街老青两代》，连载夏冰的小说《多咀街坊》、惜芬的小说《文字姻缘》、王香琴的小说《黑骑怪侠》、文仁的小说《某夜》。

15 日 《澳门日报·新园地》副刊发表谭仕杰的诗歌《减字木兰花》、黎清的散文《新春谈春联》，连载方晓的小说《看更人眼》、司马璧的小说《歃血金盟》、海辛的小说《十字路口》、丁竹君的小说《生命的旋律》、鲁牛的小说《逆浪》，并开始连载润园的小说《升官发财》。《华侨报·华座》副刊发表宣翁·邦平的散文《红梅已报春到来》、日升的散文《春色》、梁焕秋的散文《哈，又一年》，连载夏冰的小说《多咀街坊》、惜芬的小说《文字姻缘》、王香琴的小说《黑骑怪侠》、文仁的小说《某夜》。

16 日 《澳门日报·新园地》副刊连载方晓的小说《看更人眼》、司马璧的小说《歃血金盟》、海辛的小说《十字路口》、丁竹君的小说《生命的旋律》、鲁牛的小说《逆浪》、润园的小说《升官发财》。《华侨报·华座》副刊连载夏冰的小说《多咀街坊》、惜芬的小说《文字姻缘》、王香琴的小说《黑骑怪侠》、文仁的小说《某夜》。

17 日 《澳门日报·新园地》副刊连载方晓的小说《看更人眼》、司马璧的小说《歃血金盟》、海辛的小说《十字路口》、丁竹君的小说《生命的旋律》、鲁牛的小说《逆浪》、润园的小说《升官发财》。《华侨报·华座》副刊连载夏冰的小说《多咀街坊》、惜芬的小说《文字姻缘》、王香琴的小说《黑骑怪侠》、文仁的小说《某夜》。

18 日 《澳门日报·新园地》副刊连载方晓的小说《看更人眼》、司马璧的小说

《歃血金盟》、海辛的小说《十字路口》、丁竹君的小说《生命的旋律》、鲁牛的小说《逆浪》、润园的小说《升官发财》。《华侨报·华座》副刊发表黄衫客的散文《已成陈迹的猴子戏》，连载夏冰的小说《多咀街坊》、惜芬的小说《文字姻缘》、王香琴的小说《黑骑怪侠》、文仁的小说《某夜》。

19 日 《澳门日报·新园地》副刊发表曾前的散文《庆新春，忆旧厂》，连载方晓的小说《看更人眼》、司马璧的小说《歃血金盟》、海辛的小说《十字路口》、丁竹君的小说《生命的旋律》、鲁牛的小说《逆浪》、润园的小说《升官发财》。《华侨报·华座》副刊发表黄衫客的散文《漫谈“咬春”》，连载夏冰的小说《多咀街坊》、惜芬的小说《文字姻缘》、王香琴的小说《黑骑怪侠》、文仁的小说《某夜》。

20 日 《澳门日报·新园地》副刊发表方兴的散文《为宏图抒怀》，连载方晓的小说《看更人眼》、司马璧的小说《歃血金盟》、海辛的小说《十字路口》、丁竹君的小说《生命的旋律》、鲁牛的小说《逆浪》、润园的小说《升官发财》。《华侨报·华座》副刊发表陈时隐的诗歌《春节咏梅》、凯歌的散文《春色》，连载夏冰的小说《多咀街坊》、惜芬的小说《文字姻缘》、王香琴的小说《黑骑怪侠》、文仁的小说《某夜》。

21 日 《澳门日报·新园地》副刊发表盻叟的诗歌《为卅三届世界乒乓锦标赛我国获得男女子团体冠军欢呼》，并开始连载松筠的评论《贾宝玉人物形象浅析》，连载方晓的小说《看更人眼》、司马璧的小说《歃血金盟》、海辛的小说《十字路口》、丁竹君的小说《生命的旋律》、鲁牛的小说《逆浪》、润园的小说《升官发财》。《华侨报·华座》副刊发表黄衫客的散文《手指木头戏》，连载夏冰的小说《多咀街坊》、惜芬的小说《文字姻缘》、王香琴的小说《黑骑怪侠》、文仁的小说《某夜》。

22 日 《澳门日报·新园地》副刊连载松筠的评论《贾宝玉人物形象浅析》、方晓的小说《看更人眼》、司马璧的小说《歃血金盟》、海辛的小说《十字路口》、丁竹君的小说《生命的旋律》、鲁牛的小说《逆浪》、润园的小说《升官发财》。《华侨报·华座》副刊发表宣子、仲强的散文《人间正道是沧桑——答加拿大友人书》，连载夏冰的小说《多咀街坊》、惜芬的小说《文字姻缘》、王香琴的小说《黑骑怪侠》、文仁的小说《某夜》。

23日　《澳门日报 · 新园地》副刊连载松筠的评论《贾宝玉人物形象浅析》，方晓的小说《看更人眼》、司马璧的小说《歃血金盟》、海辛的小说《十字路口》、丁竹君的小说《生命的旋律》、鲁牛的小说《逆浪》、润园的小说《升官发财》。《华侨报 · 华座》副刊发表作者不详的散文《李莲英这个人》、大汉的散文《大雁塔的传说》，并开始连载方亮的小说《吵架》，连载夏冰的小说《多咀街坊》、惜芬的小说《文字姻缘》、王香琴的小说《黑骑怪侠》、文仁的小说《某夜》（完）。

24日　《澳门日报 · 新园地》副刊连载松筠的评论《贾宝玉人物形象浅析》、方晓的小说《看更人眼》、司马璧的小说《歃血金盟》、海辛的小说《十字路口》、丁竹君的小说《生命的旋律》、鲁牛的小说《逆浪》、润园的小说《升官发财》。《华侨报 · 华座》副刊发表兴元的诗歌《欢呼四届人大召开》、大汉的散文《石榴花塔河塔内塔》、浪华的散文《郊游》，连载方亮的小说《吵架》、夏冰的小说《多咀街坊》、惜芬的小说《文字姻缘》、王香琴的小说《黑骑怪侠》。

25日　《澳门日报 · 新园地》副刊连载松筠的评论《贾宝玉人物形象浅析》、方晓的小说《看更人眼》、司马璧的小说《歃血金盟》、海辛的小说《十字路口》、丁竹君的小说《生命的旋律》、鲁牛的小说《逆浪》、润园的小说《升官发财》。《华侨报 · 华座》副刊发表大汉的散文《风吹正的铁塔》，连载方亮的小说《吵架》、夏冰的小说《多咀街坊》、惜芬的小说《文字姻缘》、王香琴的小说《黑骑怪侠》。

26日　《澳门日报 · 新园地》副刊连载松筠的评论《贾宝玉人物形象浅析》、方晓的小说《看更人眼》、司马璧的小说《歃血金盟》、海辛的小说《十字路口》、丁竹君的小说《生命的旋律》、鲁牛的小说《逆浪》、润园的小说《升官发财》。《华侨报 · 华座》副刊发表大汉的散文《花塔和光塔》，连载方亮的小说《吵架》、夏冰的小说《多咀街坊》、惜芬的小说《文字姻缘》、王香琴的小说《黑骑怪侠》。

27日　《澳门日报 · 新园地》副刊连载松筠的评论《贾宝玉人物形象浅析》（完）、

方晓的小说《看更人眼》、司马璧的小说《歃血金盟》、海辛的小说《十字路口》、丁竹君的小说《生命的旋律》、鲁牛的小说《逆浪》、润园的小说《升官发财》。《华侨报 · 华座》副刊发表宣子、立言的散文《春晴雪楼谈书——答英国友人书》，大汉的散文《西湖名塔和泉州双塔》，连载方亮的小说《吵架》、夏冰的小说《多咀街坊》、惜芬的小说《文字姻缘》、王香琴的小说《黑骑怪侠》。

28 日　《澳门日报 · 新园地》副刊连载方晓的小说《看更人眼》（完）、司马璧的小说《歃血金盟》、海辛的小说《十字路口》、丁竹君的小说《生命的旋律》、鲁牛的小说《逆浪》、润园的小说《升官发财》。《华侨报 · 华座》副刊连载方亮的小说《吵架》、夏冰的小说《多咀街坊》、惜芬的小说《文字姻缘》、王香琴的小说《黑骑怪侠》。

⊙　本月，韩牧的诗歌《为这都市拍照存念》刊载于香港《海洋文艺》第 2 卷第 2 期。

三月

1 日　《澳门日报 · 新园地》副刊发表方菲的散文《悼念王铿先生》，并开始连载方晓的小说《青青，你寂寞》，连载司马璧的小说《歃血金盟》、海辛的小说《十字路口》、丁竹君的小说《生命的旋律》、鲁牛的小说《逆浪》、润园的小说《升官发财》。《华侨报 · 华座》副刊连载方亮的小说《吵架》、夏冰的小说《多咀街坊》、惜芬的小说《文字姻缘》、王香琴的小说《黑骑怪侠》。

方菲（1926—2015），原名李成俊，另有笔名惜珍。广东新会人。大学肄业。1944 年参加广东人民抗日游击队，历任东江纵队路西督导处《新大众报》采编，星光书店和中国文教用品公司经理，《澳门日报》经理、副总编辑、总编辑、社长，《澳门日报》董事长，永乐戏院董事长，澳门文化广场董事长，澳门文化传媒集团董事长。曾任澳门新闻工作者协会名誉会长，澳门笔会名誉会长，第一、第二届澳门基本法委员会副主任，中国文联名誉委员。曾任广东省第七届人大代表，全国第八、第九届政协委员，第九届全国人大代表，澳门基本法起草委员会委员，澳门特区筹委会委员。1979 年加入中国作家协会。著有《澳门文学论集》《澳门基本法文献集》《今日印度》《林则徐与澳门》《海天 · 岁月 · 人生》《待旦集》《夜未央楼随笔》等。2002 年获澳门特区政府颁发的金莲花勋章。

2 日　《华侨报 · 华座》副刊连载方亮的小说《吵架》、夏冰的小说《多咀街坊》、惜芬的小说《文字姻缘》、王香琴的小说《黑骑怪侠》。

3 日　《澳门日报 · 新园地》副刊连载方晓的小说《青青，你寂寞》、司马璧的小说《歃血金盟》、海辛的小说《十字路口》、丁竹君的小说《生命的旋律》、鲁牛的小说《逆浪》、润园的小说《升官发财》。《华侨报 · 华座》副刊发表宣子、黄夏的散文《草山残梦快破灭了——答加拿大友人书》，浪华的散文《晓春》，并开始连载亦舒的小说《换心》，连载方亮的小说《吵架》（完）、夏冰的小说《多咀街坊》、惜芬的小说《文字姻缘》、王香琴的小说《黑骑怪侠》。

4 日　《澳门日报 · 新园地》副刊连载方晓的小说《青青，你寂寞》、司马璧的小说《歃血金盟》、海辛的小说《十字路口》、丁竹君的小说《生命的旋律》、鲁牛的小说《逆浪》、润园的小说《升官发财》。《华侨报 · 华座》副刊连载亦舒的小说《换心》、夏冰的小说《多咀街坊》、惜芬的小说《文字姻缘》、王香琴的小说《黑骑怪侠》。

5 日　《澳门日报 · 新园地》副刊发表龚农丝的评论《李子臣军中红娘子》，连载方晓的小说《青青，你寂寞》、司马璧的小说《歃血金盟》、海辛的小说《十字路口》、丁竹君的小说《生命的旋律》、鲁牛的小说《逆浪》、润园的小说《升官发财》。《华侨报 · 华座》副刊连载亦舒的小说《换心》、夏冰的小说《多咀街坊》、惜芬的小说《文字姻缘》、王香琴的小说《黑骑怪侠》。

6 日　《澳门日报 · 新园地》副刊连载方晓的小说《青青，你寂寞》、司马璧的小说《歃血金盟》、海辛的小说《十字路口》、丁竹君的小说《生命的旋律律》、鲁牛的小说《逆浪》、润园的小说《升官发财》。《华侨报·华座》副刊连载亦舒的小说《换心》、夏冰的小说《多咀街坊》、惜芬的小说《文字姻缘》、王香琴的小说《黑骑怪侠》。

7日　《澳门日报·新园地》副刊发表曾前的评论《〈杜鹃山〉如诗如画》，连载方晓的小说《青青，你寂寞》、司马璧的小说《歃血金盟》、海辛的小说《十字路口》、丁竹君的小说《生命的旋律》、鲁牛的小说《逆浪》、润园的小说《升官发财》。《华侨报·华座》副刊连载亦舒的小说《换心》、夏冰的小说《多咀街坊》、惜芬的小说《文字姻缘》、王香琴的小说《黑骑怪侠》。

8日　《澳门日报·新园地》副刊发表言岭的评论《〈杜鹃山〉高潮迭起》、作者不详的评论《女中英豪〈红灯照〉》，连载方晓的小说《青青，你寂寞》、司马璧的小说《歃血金盟》、海辛的小说《十字路口》、丁竹君的小说《生命的旋律》、鲁牛的小说《逆浪》、润园的小说《升官发财》。《华侨报·华座》副刊发表云的散文《今日的中国妇女》，连载亦舒的小说《换心》、夏冰的小说《多咀街坊》、惜芬的小说《文字姻缘》、王香琴的小说《黑骑怪侠》。

9日　《澳门日报·新园地》副刊发表穆秀的散文《在井冈山看"杜鹃山"》，连载方晓的小说《青青，你寂寞》、司马璧的小说《歃血金盟》、海辛的小说《十字路口》、丁竹君的小说《生命的旋律》、鲁牛的小说《逆浪》、润园的小说《升官发财》。《华侨报·华座》副刊连载亦舒的小说《换心》、夏冰的小说《多咀街坊》、惜芬的小说《文字姻缘》、王香琴的小说《黑骑怪侠》。

10日　《澳门日报·新园地》副刊连载方晓的小说《青青，你寂寞》、司马璧的小说《歃血金盟》、海辛的小说《十字路口》、丁竹君的小说《生命的旋律》、鲁牛的小说《逆浪》、润园的小说《升官发财》。《华侨报·华座》副刊发表宣子、王文的散文《看杜鹃山忆韶山》，连载亦舒的小说《换心》、夏冰的小说《多咀街坊》、惜芬的小说《文字姻缘》、王香琴的小说《黑骑怪侠》。

11 日　《澳门日报 · 新园地》副刊连载方晓的小说《青青，你寂寞》、司马璧的小说《歃血金盟》、海辛的小说《十字路口》、丁竹君的小说《生命的旋律》、鲁牛的小说《逆浪》、润园的小说《升官发财》。《华侨报 · 华座》副刊开始连载琳达 · 李的散文《我和李小龙》，连载亦舒的小说《换心》、夏冰的小说《多咀街坊》、惜芬的小说《文字姻缘》、王香琴的小说《黑骑怪侠》。

12 日　《澳门日报 · 新园地》副刊发表童真的散文《孙中山先生与澳门》，连载方晓的小说《青青，你寂寞》、司马璧的小说《歃血金盟》、海辛的小说《十字路口》、丁竹君的小说《生命的旋律》、鲁牛的小说《逆浪》、润园的小说《升官发财》。《华侨报 · 华座》副刊连载琳达 · 李的散文《我和李小龙》、亦舒的小说《换心》、夏冰的小说《多咀街坊》、惜芬的小说《文字姻缘》、王香琴的小说《黑骑怪侠》。

13 日　《澳门日报 · 新园地》副刊发表梅萼华的评论《〈杜鹃山〉武打精神》，连载方晓的小说《青青，你寂寞》、司马璧的小说《歃血金盟》、海辛的小说《十字路口》、丁竹君的小说《生命的旋律》、鲁牛的小说《逆浪》、润园的小说《升官发财》。《华侨报 · 华座》副刊连载琳达 · 李的散文《我和李小龙》、亦舒的小说《换心》、夏冰的小说《多咀街坊》、惜芬的小说《文字姻缘》、王香琴的小说《黑骑怪侠》。

14 日　《澳门日报 · 新园地》副刊连载方晓的小说《青青，你寂寞》、司马璧的小说《歃血金盟》、海辛的小说《十字路口》、丁竹君的小说《生命的旋律》、鲁牛的小说《逆浪》、润园的小说《升官发财》。《华侨报 · 华座》副刊开始连载凡夫的散文《郁金香的故乡》，连载琳达 · 李的散文《我和李小龙》、亦舒的小说《换心》、夏冰的小说《多咀街坊》、惜芬的小说《文字姻缘》、王香琴的小说《黑骑怪侠》。

15 日　《澳门日报 · 新园地》副刊发表国瑛、碧莲的散文《人到江门花似锦》，连载方晓的小说《青青，你寂寞》、司马璧的小说《歃血金盟》、海辛的小说《十字路口》、丁竹君的小说《生命的旋律》、鲁牛的小说《逆浪》、润园的小说《升官发财》。《华侨报 · 华座》副刊连载凡夫的散文《郁金香的故乡》（完）、琳达·李的散文《我和李小龙》（完）、亦舒的小说《换心》（完）、夏冰的小说《多咀街坊》、惜芬的小说《文字姻缘》、王香琴的小说《黑骑怪侠》。

16日 《澳门日报·新园地》副刊发表剑锋的散文《乐府春秋》、箓菽的散文《谐联巧对谈趣》，连载方晓的小说《青青，你寂寞》、司马璧的小说《歃血金盟》、海辛的小说《十字路口》、丁竹君的小说《生命的旋律》、鲁牛的小说《逆浪》、润园的小说《升官发财》。《华侨报·华座》副刊连载夏冰的小说《多咀街坊》、惜芬的小说《文字姻缘》、王香琴的小说《黑骑怪侠》，并开始连载夏云的小说《侧脸》。

17日 《澳门日报·新园地》副刊发表梅萼华的评论《曹禺·〈雷雨〉·红线女》，连载方晓的小说《青青，你寂寞》、司马璧的小说《歃血金盟》、海辛的小说《十字路口》、丁竹君的小说《生命的旋律》、鲁牛的小说《逆浪》、润园的小说《升官发财》。《华侨报·华座》副刊开始连载英鸭的散文《中国书法情趣》，连载夏冰的小说《多咀街坊》、惜芬的小说《文字姻缘》、王香琴的小说《黑骑怪侠》、夏云的小说《侧脸》。

18日 《澳门日报·新园地》副刊连载方晓的小说《青青，你寂寞》、司马璧的小说《歃血金盟》、海辛的小说《十字路口》、丁竹君的小说《生命的旋律》、鲁牛的小说《逆浪》、润园的小说《升官发财》。《华侨报·华座》副刊发表逊言的散文《我也谈“乐府春秋”》，连载英鸭的散文《中国书法情趣》、夏冰的小说《多咀街坊》、惜芬的小说《文字姻缘》、王香琴的小说《黑骑怪侠》、夏云的小说《侧脸》。

19日 《澳门日报·新园地》副刊发表江鸣的散文《中山狼指谁人》、朗朗的散文《笑匠差利卓别林》，连载方晓的小说《青青，你寂寞》、司马璧的小说《歃血金盟》、海辛的小说《十字路口》、丁竹君的小说《生命的旋律》、鲁牛的小说《逆浪》、润园的小说《升官发财》。《华侨报·华座》副刊连载英鸭的散文《中国书法情趣》、夏冰的小说《多咀街坊》、惜芬的小说《文字姻缘》、王香琴的小说《黑骑怪侠》、夏云的小说《侧脸》。

20日 《澳门日报·新园地》副刊开始连载谷音的散文《章太炎轶事》，连载方晓的小说《青青，你寂寞》、司马璧的小说《歃血金盟》、海辛的小说《十字路口》、丁竹君的小说《生命的旋律》、鲁牛的小说《逆浪》、润园的小说《升官发财》。《华侨报·华座》副刊发表逊言的评论《〈包青天〉给人的印象》，连载英鸭的散文《中国书法情趣》（完）、夏冰的小说《多咀街坊》、惜芬的小说《文字姻缘》、王香琴的小说《黑骑怪侠》、夏云的小说《侧脸》。

21日 《澳门日报·新园地》副刊连载谷音的散文《章太炎轶事》、方晓的小说《青青，你寂寞》、司马璧的小说《歃血金盟》、海辛的小说《十字路口》、丁竹君的小说《生命的旋律》、鲁牛的小说《逆浪》、润园的小说《升官发财》。《华侨报·华座》副刊发表斯耶的散文《吻鼻的美丽女人》，开始连载丁颖的评论《漫谈中国韵文文学》，连载夏冰的小说《多咀街坊》、惜芬的小说《文字姻缘》、王香琴的小说《黑骑怪侠》、夏云的小说《侧脸》（完）。

22日 《澳门日报·新园地》副刊连载谷音的散文《章太炎轶事》、方晓的小说《青青，你寂寞》、司马璧的小说《歃血金盟》、海辛的小说《十字路口》、丁竹君的小说《生命的旋律》、鲁牛的小说《逆浪》、润园的小说《升官发财》。《华侨报·华座》副刊发表乔之华的散文《由大表姐“弄璋”说起》，开始连载小风的小说《微笑》，连载丁颖的评论《漫谈中国韵文文学》（完）、夏冰的小说《多咀街坊》、惜芬的小说《文字姻缘》、王香琴的小说《黑骑怪侠》。

23日 《澳门日报·新园地》副刊连载谷音的散文《章太炎轶事》、方晓的小说《青青，你寂寞》、司马璧的小说《歃血金盟》、海辛的小说《十字路口》、丁竹君的小说《生命的旋律》、鲁牛的小说《逆浪》、润园的小说《升官发财》。《华侨报·华座》副刊发表沈钢实的散文《韩素英在澳洲》，连载小风的小说《微笑》、夏冰的小说《多咀街坊》、惜芬的小说《文字姻缘》、王香琴的小说《黑骑怪侠》。

24日 《澳门日报·新园地》副刊发表梅萼华的散文《木棉花破春寒》，连载谷音的散文《章太炎轶事》、方晓的小说《青青，你寂寞》、司马璧的小说

《歃血金盟》、海辛的小说《十字路口》、丁竹君的小说《生命的旋律》、鲁牛的小说《逆浪》、润园的小说《升官发财》。《华侨报·华座》副刊发表仲实的散文《春日谈纯情》，连载小风的小说《微笑》、夏冰的小说《多咀街坊》、惜芬的小说《文字姻缘》、王香琴的小说《黑骑怪侠》。

25日 《澳门日报·新园地》副刊连载谷音的散文《章太炎轶事》、方晓的小说《青青，你寂寞》、司马璧的小说《歃血金盟》、海辛的小说《十字路口》、丁竹君的小说《生命的旋律》（完）、鲁牛的小说《逆浪》、润园的小说《升官发财》。《华侨报·华座》副刊连载小风的小说《微笑》、夏冰的小说《多咀街坊》、惜芬的小说《文字姻缘》、王香琴的小说《黑骑怪侠》。

26日 《澳门日报·新园地》副刊连载谷音的散文《章太炎轶事》、方晓的小说《青青，你寂寞》、司马璧的小说《歃血金盟》、海辛的小说《十字路口》、鲁牛的小说《逆浪》、润园的小说《升官发财》，并开始连载李雁行的小说《一楼八伙》。《华侨报·华座》副刊连载小风的小说《微笑》、夏冰的小说《多咀街坊》、惜芬的小说《文字姻缘》、王香琴的小说《黑骑怪侠》。

27日 《澳门日报·新园地》副刊连载谷音的散文《章太炎轶事》、方晓的小说《青青，你寂寞》、司马璧的小说《歃血金盟》、海辛的小说《十字路口》、鲁牛的小说《逆浪》、润园的小说《升官发财》、李雁行的小说《一楼八伙》。《华侨报·华座》副刊发表文雷的评论《〈红楼梦〉的版本》，连载小风的小说《微笑》（完）、夏冰的小说《多咀街坊》、惜芬的小说《文字姻缘》、王香琴的小说《黑骑怪侠》。

28日 《澳门日报·新园地》副刊发表箓菽的散文《谐联巧对续谈》，连载谷音的散文《章太炎轶事》（完）、方晓的小说《青青，你寂寞》、司马璧的小说《歃血金盟》、海辛的小说《十字路口》、鲁牛的小说《逆浪》、润园的小说《升官发财》、李雁行的小说《一楼八伙》。《华侨报·华座》副刊连载夏冰的小说《多咀街坊》、惜芬的小说《文字姻缘》、王香琴的小说《黑骑怪侠》，并开始连载夏云的小说《拒婚》。

29日 《澳门日报·新园地》副刊发表梅萼华的散文《黄华碧血》，连载方晓的小说《青青，你寂寞》、司马璧的小说《歃血金盟》、海辛的小说《十字路口》、鲁牛的小说《逆浪》、润园的小说《升官发财》、李雁行的小说《一楼八伙》。《华侨报·华座》副刊连载夏冰的小说《多咀街坊》、惜芬的小说《文字姻缘》、王香琴的小说《黑骑怪侠》、夏云的小说《拒婚》。

30 日　《澳门日报·新园地》副刊发表何畏之的散文《吾土吾民》、曾前的散文《侯宝林和相声》，连载方晓的小说《青青，你寂寞》、司马璧的小说《歃血金盟》、海辛的小说《十字路口》、鲁牛的小说《逆浪》、润园的小说《升官发财》、李雁行的小说《一楼八伙》。《华侨报·华座》副刊发表宣子、立言的散文《创写人类史崭新篇章》，谦形的评论《我看〈渡江侦察记〉》，连载夏冰的小说《多咀街坊》、惜芬的小说《文字姻缘》、王香琴的小说《黑骑怪侠》、夏云的小说《拒婚》。

31 日　《澳门日报·新园地》副刊发表陆觉鸣的散文《外史·秘史·残梦》，连载方晓的小说《青青，你寂寞》、司马璧的小说《歃血金盟》、海辛的小说《十字路口》、鲁牛的小说《逆浪》、润园的小说《升官发财》、李雁行的小说《一楼八伙》。《华侨报·华座》副刊连载夏冰的小说《多咀街坊》、惜芬的小说《文字姻缘》、王香琴的小说《黑骑怪侠》、夏云的小说《拒婚》（完）。

⊙　本月，林冷雨的诗歌《人物速写（组诗）》刊载于香港《海洋文艺》第 2 卷第 3 期。

⊙　本月，江思扬的诗歌《船》刊载于香港《海洋文艺》第 2 卷第 3 期。

⊙　本月，韩牧的诗歌《来自喜马拉雅》刊载于香港《海洋文艺》第 2 卷第 3 期。

四月

1 日　《澳门日报·新园地》副刊连载方晓的小说《青青，你寂寞》、司马璧的小说《歃血金盟》、海辛的小说《十字路口》、鲁牛的小说《逆浪》、润园的小说《升官发财》、李雁行的小说《一楼八伙》。《华侨报·华座》副刊发表宣子、启华的散文《人心望治，天下归心》，连载夏冰的小说《多咀街坊》、惜芬的小说《文字姻缘》、王香琴的小说《黑骑怪侠》，并开始连载范剑的小说《假期》。

2日 《澳门日报·新园地》副刊连载方晓的小说《青青，你寂寞》、司马璧的小说《歃血金盟》、海辛的小说《十字路口》、鲁牛的小说《逆浪》、润园的小说《升官发财》、李雁行的小说《一楼八伙》。《华侨报·华座》副刊连载夏冰的小说《多咀街坊》、惜芬的小说《文字姻缘》、王香琴的小说《黑骑怪侠》、范剑的小说《假期》。

3日 《澳门日报·新园地》副刊连载方晓的小说《青青，你寂寞》、司马璧的小说《歃血金盟》、海辛的小说《十字路口》、鲁牛的小说《逆浪》、润园的小说《升官发财》、李雁行的小说《一楼八伙》。《华侨报·华座》副刊连载夏冰的小说《多咀街坊》、惜芬的小说《文字姻缘》、王香琴的小说《黑骑怪侠》、范剑的小说《假期》。

4日 《澳门日报·新园地》副刊连载方晓的小说《青青，你寂寞》、司马璧的小说《歃血金盟》、海辛的小说《十字路口》、鲁牛的小说《逆浪》、润园的小说《升官发财》、李雁行的小说《一楼八伙》。《华侨报·华座》副刊连载夏冰的小说《多咀街坊》、惜芬的小说《文字姻缘》、王香琴的小说《黑骑怪侠》、范剑的小说《假期》。

5日 《澳门日报·新园地》副刊发表梅萼华的散文《董老二三事》，连载方晓的小说《青青，你寂寞》、司马璧的小说《歃血金盟》、海辛的小说《十字路口》、鲁牛的小说《逆浪》、润园的小说《升官发财》、李雁行的小说《一楼八伙》。《华侨报·华座》副刊发表梦芸的散文《慈禧太后扫墓记》，连载夏冰的小说《多咀街坊》、惜芬的小说《文字姻缘》、王香琴的小说《黑骑怪侠》、范剑的小说《假期》。

6日 《澳门日报·新园地》副刊连载方晓的小说《青青，你寂寞》、司马璧的小说《歃血金盟》、海辛的小说《十字路口》、鲁牛的小说《逆浪》、润园的小说《升官发财》、李雁行的小说《一楼八伙》。《华侨报·华座》副刊发表烟萝的散文《依芭妮玛海之女》，连载夏冰的小说《多咀街坊》、惜芬的小说《文字姻缘》、王香琴的小说《黑骑怪侠》、范剑的小说《假期》。

7日 《澳门日报·新园地》副刊发表韦荃的散文《怀念台湾体育运动员》，连载方晓的小说《青青，你寂寞》、司马璧的小说《歃血金盟》、海辛的小说《十字路口》、鲁牛的小说《逆浪》、润园的小说《升官发财》、李雁行的小说《一楼八伙》。《华侨报·华座》副刊发表清子的散文《四月风光垂钓乐》，连载夏冰的小说《多咀街坊》、惜芬的小说《文字姻缘》、王香琴的小说《黑骑怪侠》、范剑的小说《假期》。

8日　《澳门日报·新园地》副刊连载方晓的小说《青青，你寂寞》、司马璧的小说《歃血金盟》、海辛的小说《十字路口》、鲁牛的小说《逆浪》、润园的小说《升官发财》、李雁行的小说《一楼八伙》。《华侨报·华座》副刊连载夏冰的小说《多咀街坊》、惜芬的小说《文字姻缘》、王香琴的小说《黑骑怪侠》、范剑的小说《假期》。

9日　《澳门日报·新园地》副刊连载方晓的小说《青青，你寂寞》、司马璧的小说《歃血金盟》、海辛的小说《十字路口》、鲁牛的小说《逆浪》、润园的小说《升官发财》、李雁行的小说《一楼八伙》。《华侨报·华座》副刊连载夏冰的小说《多咀街坊》、惜芬的小说《文字姻缘》、王香琴的小说《黑骑怪侠》、范剑的小说《假期》（完）。

10日　《澳门日报·新园地》副刊发表周涛的散文《奇文共欣赏》，连载方晓的小说《青青，你寂寞》、司马璧的小说《歃血金盟》、海辛的小说《十字路口》、鲁牛的小说《逆浪》、润园的小说《升官发财》、李雁行的小说《一楼八伙》。《华侨报·华座》副刊连载夏冰的小说《多咀街坊》、惜芬的小说《文字姻缘》、王香琴的小说《黑骑怪侠》，并开始连载永中的小说《双面人》。

11日　《澳门日报·新园地》副刊连载方晓的小说《青青，你寂寞》、司马璧的小说《歃血金盟》、海辛的小说《十字路口》、鲁牛的小说《逆浪》、润园的小说《升官发财》、李雁行的小说《一楼八伙》。《华侨报·华座》副刊发表梅萼华的散文《中国的彩带——长江》，连载夏冰的小说《多咀街坊》、惜芬的小说《文字姻缘》、王香琴的小说《黑骑怪侠》、永中的小说《双面人》。

12日　《澳门日报·新园地》副刊连载方晓的小说《青青，你寂寞》、司马璧的小说《歃血金盟》、海辛的小说《十字路口》、鲁牛的小说《逆浪》、润园的小说《升官发财》、李雁行的小说《一楼八伙》。《华侨报·华座》副刊发表金石的散文《春寒赐浴华清池》，连载夏冰的小说《多咀街坊》、惜芬的小说《文字姻缘》、王香琴的小说《黑骑怪侠》、永中的小说《双面人》。

13 日　《澳门日报·新园地》副刊连载方晓的小说《青青，你寂寞》、司马璧的小说《歃血金盟》、海辛的小说《十字路口》、鲁牛的小说《逆浪》、润园的小说《升官发财》、李雁行的小说《一楼八伙》。《华侨报·华座》副刊连载夏冰的小说《多咀街坊》、惜芬的小说《文字姻缘》、王香琴的小说《黑骑怪侠》、永中的小说《双面人》。

14 日　《澳门日报·新园地》副刊连载方晓的小说《青青，你寂寞》、司马璧的小说《歃血金盟》、海辛的小说《十字路口》、鲁牛的小说《逆浪》、润园的小说《升官发财》、李雁行的小说《一楼八伙》。《华侨报·华座》副刊开始连载风兮的散文《清宫骄恣的太监》，连载夏冰的小说《多咀街坊》、惜芬的小说《文字姻缘》、王香琴的小说《黑骑怪侠》、永中的小说《双面人》。

15 日　《澳门日报·新园地》副刊发表言岭的评论《〈倾国倾城〉的寇连才》，连载方晓的小说《青青，你寂寞》、司马璧的小说《歃血金盟》、海辛的小说《十字路口》、鲁牛的小说《逆浪》、润园的小说《升官发财》、李雁行的小说《一楼八伙》。《华侨报·华座》副刊连载风兮的散文《清宫骄恣的太监》、夏冰的小说《多咀街坊》、惜芬的小说《文字姻缘》、王香琴的小说《黑骑怪侠》、永中的小说《双面人》。

16 日　《澳门日报·新园地》副刊连载方晓的小说《青青，你寂寞》、司马璧的小说《歃血金盟》、海辛的小说《十字路口》、鲁牛的小说《逆浪》、润园的小说《升官发财》、李雁行的小说《一楼八伙》。《华侨报·华座》副刊连载风兮的散文《清宫骄恣的太监》（完）、夏冰的小说《多咀街坊》、惜芬的小说《文字姻缘》、王香琴的小说《黑骑怪侠》、永中的小说《双面人》。

17 日　《澳门日报·新园地》副刊连载方晓的小说《青青，你寂寞》、司马璧的小说《歃血金盟》、海辛的小说《十字路口》、鲁牛的小说《逆浪》、润园的小说《升官发财》、李雁行的小说《一楼八伙》。《华侨报·华座》副刊连载夏冰的小说《多咀街坊》、惜芬的小说《文字姻缘》、王香琴的小说《黑骑怪侠》、永中的小说《双面人》。

18 日　《澳门日报·新园地》副刊连载方晓的小说《青青，你寂寞》、司马璧的小说《歃血金盟》、海辛的小说《十字路口》、鲁牛的小说《逆浪》、润园的小说《升官发财》、李雁行的小说《一楼八伙》。《华侨报·华座》副刊连载夏冰的小说《多咀街坊》、惜芬的小说《文字姻缘》、王香琴的小说《黑骑怪侠》、永中的小说《双面人》（完）。

19 日　《澳门日报·新园地》副刊发表高梁的评论《〈一家亲〉精雕细琢》，连载方晓的小说《青青，你寂寞》、司马璧的小说《歃血金盟》、海辛的小说《十字路口》、鲁牛的小说《逆浪》、润园的小说《升官发财》、李雁行的小说《一楼八伙》。《华侨报·华座》副刊发表宣翁的散文《宁做桂林人，不愿做神仙》，连载夏冰的小说《多咀街坊》、惜芬的小说《文字姻缘》、王香琴的小说《黑骑怪侠》。

20 日　《澳门日报·新园地》副刊连载方晓的小说《青青，你寂寞》、司马璧的小说《歃血金盟》、海辛的小说《十字路口》、鲁牛的小说《逆浪》、润园的小说《升官发财》、李雁行的小说《一楼八伙》。《华侨报·华座》副刊开始连载牙权的小说《罪与罚》，连载夏冰的小说《多咀街坊》、惜芬的小说《文字姻缘》、王香琴的小说《黑骑怪侠》。

21 日　《澳门日报·新园地》副刊连载方晓的小说《青青，你寂寞》、司马璧的小说《歃血金盟》、海辛的小说《十字路口》、鲁牛的小说《逆浪》、润园的小说《升官发财》、李雁行的小说《一楼八伙》。《华侨报·华座》副刊连载牙权的小说《罪与罚》、夏冰的小说《多咀街坊》、惜芬的小说《文字姻缘》、王香琴的小说《黑骑怪侠》。

22 日　《澳门日报·新园地》副刊发表谭仕杰的诗歌《喜闻印支抗美传捷二首》、无瑕的散文《三月杜鹃红》，连载方晓的小说《青青，你寂寞》、司马璧的小说《歃血金盟》、海辛的小说《十字路口》、鲁牛的小说《逆浪》、润园的小说《升官发财》、李雁行的小说《一楼八伙》。《华侨报·华座》副刊连载牙权的小说《罪与罚》、夏冰的小说《多咀街坊》、惜芬的小说《文字姻缘》、王香琴的小说《黑骑怪侠》。

23 日 《澳门日报·新园地》副刊发表航青的散文《兜生意》，连载方晓的小说《青青，你寂寞》、司马璧的小说《歃血金盟》、海辛的小说《十字路口》、鲁牛的小说《逆浪》、润园的小说《升官发财》、李雁行的小说《一楼八伙》。《华侨报·华座》副刊发表宣翁、力勤的散文《访"南天一柱"登叠彩山》，采风的散文《北大年的中国姑娘》，连载牙权的小说《罪与罚》、夏冰的小说《多咀街坊》、惜芬的小说《文字姻缘》、王香琴的小说《黑骑怪侠》。

24 日 《澳门日报·新园地》副刊连载方晓的小说《青青，你寂寞》、司马璧的小说《歃血金盟》、海辛的小说《十字路口》、鲁牛的小说《逆浪》、润园的小说《升官发财》、李雁行的小说《一楼八伙》。《华侨报·华座》副刊连载牙权的小说《罪与罚》、夏冰的小说《多咀街坊》、惜芬的小说《文字姻缘》、王香琴的小说《黑骑怪侠》。

25 日 《澳门日报·新园地》副刊连载方晓的小说《青青，你寂寞》、司马璧的小说《歃血金盟》、海辛的小说《十字路口》、鲁牛的小说《逆浪》、润园的小说《升官发财》、李雁行的小说《一楼八伙》。《华侨报·华座》副刊连载牙权的小说《罪与罚》（完）、夏冰的小说《多咀街坊》、惜芬的小说《文字姻缘》、王香琴的小说《黑骑怪侠》。

26 日 《澳门日报·新园地》副刊发表徐来的评论《词牌和词题》、梅萼华的评论《满怀激情写西沙——读浩然〈西沙儿女·正气篇〉之一》，连载方晓的小说《青青，你寂寞》、司马璧的小说《歃血金盟》、海辛的小说《十字路口》、鲁牛的小说《逆浪》、润园的小说《升官发财》、李雁行的小说《一楼八伙》。《华侨报·华座》副刊连载夏冰的小说《多咀街坊》、惜芬的小说《文字姻缘》、王香琴的小说《黑骑怪侠》，并开始连载柯西的小说《初恋》。

27 日　《澳门日报 · 新园地》副刊发表梅萼华的评论《崇高的贫苦渔民的形象——读浩然〈西沙儿女 · 正气篇〉之二》，连载方晓的小说《青青，你寂寞》、司马璧的小说《歃血金盟》、海辛的小说《十字路口》、鲁牛的小说《逆浪》、润园的小说《升官发财》、李雁行的小说《一楼八伙》。《华侨报 · 华座》副刊发表梦非的散文《巴基斯坦的神话境界》，连载夏冰的小说《多咀街坊》、惜芬的小说《文字姻缘》、王香琴的小说《黑骑怪侠》、柯西的小说《初恋》。

28 日　《澳门日报 · 新园地》副刊连载方晓的小说《青青，你寂寞》、司马璧的小说《歃血金盟》、海辛的小说《十字路口》、鲁牛的小说《逆浪》、润园的小说《升官发财》、李雁行的小说《一楼八伙》。《华侨报 · 华座》副刊发表慕华的散文《铁汉乔森潘》，宣翁、力勤的散文《碧莲峰里住人家》，连载夏冰的小说《多咀街坊》、惜芬的小说《文字姻缘》、王香琴的小说《黑骑怪侠》、柯西的小说《初恋》。

29 日　《澳门日报 · 新园地》副刊连载方晓的小说《青青，你寂寞》、司马璧的小说《歃血金盟》、海辛的小说《十字路口》、鲁牛的小说《逆浪》、润园的小说《升官发财》、李雁行的小说《一楼八伙》。《华侨报 · 华座》副刊发表磊的散文《东南亚两世外桃源》，并开始连载爱眉的散文《由舞娘到总统的伊沙贝》，连载夏冰的小说《多咀街坊》、惜芬的小说《文字姻缘》、王香琴的小说《黑骑怪侠》、柯西的小说《初恋》。

⊙　本月，韩牧的诗歌《神鬼兽》刊载于香港《海洋文艺》第 2 卷第 4 期。

⊙　本月，江映澜的小说《阿彩》刊载于香港《海洋文艺》第 2 卷第 4 期。

⊙　本月，剑莹的小说《云泥》刊载于香港《当代文艺》第 113 期。

五月

1 日　《澳门日报 · 新园地》副刊连载方晓的小说《青青，你寂寞》、司马璧的小说《歃血金盟》、海辛的小说《十字路口》、鲁牛的小说《逆浪》、润园的小说《升官发财》、李雁行的小说《一楼八伙》。《华侨报 · 华座》副刊连载爱眉的散文《由舞娘到总统的伊沙贝》、夏冰的小说《多咀街坊》、惜芬的小说《文字姻缘》、王香琴的小说《黑骑怪侠》、柯西的小说《初恋》。

3日　《澳门日报·新园地》副刊连载方晓的小说《青青，你寂寞》、司马璧的小说《歃血金盟》、海辛的小说《十字路口》、鲁牛的小说《逆浪》、润园的小说《升官发财》、李雁行的小说《一楼八伙》。《华侨报·华座》副刊发表余君慧的散文《陈白沙的〈和陶诗卷〉》，连载爱眉的散文《由舞娘到总统的伊沙贝》（完）、夏冰的小说《多咀街坊》、惜芬的小说《文字姻缘》、王香琴的小说《黑骑怪侠》、柯西的小说《初恋》。

4日　《澳门日报·新园地》副刊发表林金源的散文《难忘的“十二大板”》、居奥如的散文《观画杂拾》，连载方晓的小说《青青，你寂寞》、司马璧的小说《歃血金盟》、海辛的小说《十字路口》、鲁牛的小说《逆浪》、润园的小说《升官发财》、李雁行的小说《一楼八伙》。《华侨报·华座》副刊发表余君慧的散文《岭南宗师高剑父》，连载夏冰的小说《多咀街坊》、惜芬的小说《文字姻缘》、王香琴的小说《黑骑怪侠》、柯西的小说《初恋》。

5日　《澳门日报·新园地》副刊发表何畏之的评论《国际机场一九八七》，连载方晓的小说《青青，你寂寞》、司马璧的小说《歃血金盟》、海辛的小说《十字路口》、鲁牛的小说《逆浪》、润园的小说《升官发财》、李雁行的小说《一楼八伙》。《华侨报·华座》副刊发表珊迪的散文《华侨、檀香、夏威夷》、景苏的散文《苏仁山的香脚诗》，连载夏冰的小说《多咀街坊》、惜芬的小说《文字姻缘》、王香琴的小说《黑骑怪侠》、柯西的小说《初恋》。

6日　《澳门日报·新园地》副刊发表鲁夫的诗歌《战西贡》、田芒的散文《亲兄弟》，连载方晓的小说《青青，你寂寞》、司马璧的小说《歃血金盟》、海辛的小说《十字路口》、鲁牛的小说《逆浪》、润园的小说《升官发财》、李雁行的小说《一楼八伙》。《华侨报·华座》副刊发表宣翁、顺伯的散文《欲写奇岩下笔难》，乐生的散文《李秉绶的籍贯》，连载夏冰的小说《多咀街坊》、惜芬的小说《文字姻缘》、王香琴的小说《黑骑怪侠》、柯西的小说《初恋》。

7日　《澳门日报·新园地》副刊连载方晓的小说《青青，你寂寞》、司马璧的小说《歃血金盟》、海辛的小说《十字路口》、鲁牛的小说《逆浪》、润园的小说《升官发财》、李雁行的小说《一楼八伙》。《华侨报·华座》副刊发表子鱼的散文《广东名人画展观后》，开始连载作者不详的散文《戊戌政变与谭嗣同》，连载夏冰的小说《多咀街坊》、惜芬的小说《文字姻缘》、王香琴的小说《黑骑怪侠》、柯西的小说《初恋》（完）。

8日　《澳门日报·新园地》副刊连载方晓的小说《青青，你寂寞》、司马璧的小说《歃血金盟》、海辛的小说《十字路口》、鲁牛的小说《逆浪》、润园的小说《升官发财》、李雁行的小说《一楼八伙》。《华侨报·华座》副刊发表钦吾的散文《海外西湖——太平湖》，连载作者不详的散文《戊戌政变与谭嗣同》（完）、夏冰的小说《多咀街坊》、惜芬的小说《文字姻缘》、王香琴的小说《黑骑怪侠》，并开始连载黄茜的小说《小电视迷》。

9日　《澳门日报·新园地》副刊连载方晓的小说《青青，你寂寞》、司马璧的小说《歃血金盟》、海辛的小说《十字路口》、鲁牛的小说《逆浪》、润园的小说《升官发财》、李雁行的小说《一楼八伙》。《华侨报·华座》副刊发表雨果的散文《泰国优美的舞蹈》、温雅的散文《荒原八百里的梁山泊》，连载夏冰的小说《多咀街坊》、惜芬的小说《文字姻缘》、王香琴的小说《黑骑怪侠》、黄茜的小说《小电视迷》。

10日　《澳门日报·新园地》副刊连载方晓的小说《青青，你寂寞》、司马璧的小说《歃血金盟》、海辛的小说《十字路口》、鲁牛的小说《逆浪》、润园的小说《升官发财》、李雁行的小说《一楼八伙》。《华侨报·华座》副刊连载夏冰的小说《多咀街坊》、惜芬的小说《文字姻缘》、王香琴的小说《黑骑怪侠》、黄茜的小说《小电视迷》。

11日　《澳门日报·新园地》副刊连载方晓的小说《青青，你寂寞》、司马璧的小说《歃血金盟》、海辛的小说《十字路口》、鲁牛的小说《逆浪》、润园的小说《升官发财》、李雁行的小说《一楼八伙》。《华侨报·华座》副刊发表若耶的散文《雨天谈伞的故事》、慕华的散文《香槟身价变了》，连载夏冰的小说《多咀街坊》、惜芬的小说《文字姻缘》、王香琴的小说《黑骑怪侠》、黄茜的小说《小电视迷》。

12 日　《澳门日报·新园地》副刊连载方晓的小说《青青，你寂寞》、司马璧的小说《歃血金盟》、海辛的小说《十字路口》、鲁牛的小说《逆浪》、润园的小说《升官发财》、李雁行的小说《一楼八伙》。《华侨报·华座》副刊发表时隐的诗歌《欢呼西贡金边解放》《朗诺阮文绍逃亡》，易凡的散文《尼泊尔婚礼奇俗》，连载夏冰的小说《多咀街坊》、惜芬的小说《文字姻缘》、王香琴的小说《黑骑怪侠》、黄茜的小说《小电视迷》。

13 日　《澳门日报·新园地》副刊连载方晓的小说《青青，你寂寞》、司马璧的小说《歃血金盟》、海辛的小说《十字路口》、鲁牛的小说《逆浪》、润园的小说《升官发财》、李雁行的小说《一楼八伙》。《华侨报·华座》副刊发表宣翁的散文《漫游、听歌、谈生产》，连载夏冰的小说《多咀街坊》、惜芬的小说《文字姻缘》、王香琴的小说《黑骑怪侠》、黄茜的小说《小电视迷》。

14 日　《澳门日报·新园地》副刊发表南伯的散文《巴黎掠影》，连载方晓的小说《青青，你寂寞》、司马璧的小说《歃血金盟》、海辛的小说《十字路口》、鲁牛的小说《逆浪》、润园的小说《升官发财》、李雁行的小说《一楼八伙》。《华侨报·华座》副刊发表芝士的散文《唐代精美的陶俑》，连载夏冰的小说《多咀街坊》、惜芬的小说《文字姻缘》、王香琴的小说《黑骑怪侠》、黄茜的小说《小电视迷》。

15 日　《澳门日报·新园地》副刊连载方晓的小说《青青，你寂寞》、司马璧的小说《歃血金盟》、海辛的小说《十字路口》、鲁牛的小说《逆浪》、润园的小说《升官发财》、李雁行的小说《一楼八伙》。《华侨报·华座》副刊发表芝士的散文《非洲蜗牛续命汤》，连载夏冰的小说《多咀街坊》、惜芬的小说《文字姻缘》、王香琴的小说《黑骑怪侠》、黄茜的小说《小电视迷》。

16 日　《澳门日报·新园地》副刊开始连载白思群的散文《鉴湖女侠秋瑾》，连载方晓的小说《青青，你寂寞》、司马璧的小说《歃血金盟》、海辛的小说《十字路口》、鲁牛的小说《逆浪》、润园的小说《升官发财》、李雁行的小说《一楼八伙》。《华侨报·华座》副刊发表慕华的散文《珍邮身价扶摇直上》、欣欣的散文《世界最古情歌》、苏秀冥的散文《广东木鱼书〈花笺记〉》，连载夏冰的小说《多咀街坊》、惜芬的小说《文字姻缘》、王香琴的小说《黑骑怪侠》、黄茜的小说《小电视迷》（完）。

17 日 《澳门日报 · 新园地》副刊连载白思群的散文《鉴湖女侠秋瑾》、方晓的小说《青青，你寂寞》、司马璧的小说《歃血金盟》、海辛的小说《十字路口》、鲁牛的小说《逆浪》、润园的小说《升官发财》、李雁行的小说《一楼八伙》。《华侨报 · 华座》副刊发表郭添的散文《蒋介石同冯玉祥结拜兄弟》、乔之桦的散文《电话加价后》，并开始连载葛文的小说《师生》，连载夏冰的小说《多咀街坊》、惜芬的小说《文字姻缘》、王香琴的小说《黑骑怪侠》。

18 日 《澳门日报 · 新园地》副刊连载白思群的散文《鉴湖女侠秋瑾》、方晓的小说《青青，你寂寞》、司马璧的小说《歃血金盟》、海辛的小说《十字路口》、鲁牛的小说《逆浪》、润园的小说《升官发财》、李雁行的小说《一楼八伙》。《华侨报 · 华座》副刊发表悠悠的散文《眼镜春秋》、文明的散文《澳门儿童的"超人"迷》，连载葛文的小说《师生》、夏冰的小说《多咀街坊》、惜芬的小说《文字姻缘》、王香琴的小说《黑骑怪侠》。

19 日 《澳门日报 · 新园地》副刊连载白思群的散文《鉴湖女侠秋瑾》、方晓的小说《青青，你寂寞》、司马璧的小说《歃血金盟》、海辛的小说《十字路口》、鲁牛的小说《逆浪》、润园的小说《升官发财》、李雁行的小说《一楼八伙》。《华侨报 · 华座》副刊发表慕华的散文《浮世绘的碧眼画家》，连载葛文的小说《师生》（完）、夏冰的小说《多咀街坊》、惜芬的小说《文字姻缘》、王香琴的小说《黑骑怪侠》。

20 日 《澳门日报 · 新园地》副刊连载白思群的散文《鉴湖女侠秋瑾》、方晓的小说《青青，你寂寞》、司马璧的小说《歃血金盟》、海辛的小说《十字路口》、鲁牛的小说《逆浪》、润园的小说《升官发财》、李雁行的小说《一楼八伙》。《华侨报 · 华座》副刊发表华明的诗歌《灵渠》、河汉的散文《"狡兔三窟"的寓言》，开始连载静慧的小说《蔷薇与幽兰》，连载夏冰的小说《多咀街坊》、惜芬的小说《文字姻缘》、王香琴的小说《黑骑怪侠》(完)。

21日 《澳门日报·新园地》副刊发表梅萼华的散文《西太后与光绪帝》，连载白思群的散文《鉴湖女侠秋瑾》、方晓的小说《青青，你寂寞》、司马璧的小说《歃血金盟》、海辛的小说《十字路口》、鲁牛的小说《逆浪》、润园的小说《升官发财》、李雁行的小说《一楼八伙》。《华侨报·华座》副刊发表禅智的散文《石碑之家的长安碑林》，并开始连载甲辛的散文《隆裕和袁世凯》、王香琴的小说《剑神》，连载静慧的小说《蔷薇与幽兰》、夏冰的小说《多咀街坊》、惜芬的小说《文字姻缘》。

22日 《澳门日报·新园地》副刊发表梅萼华的散文《西太后与珍妃》，连载白思群的散文《鉴湖女侠秋瑾》、方晓的小说《青青，你寂寞》、司马璧的小说《歃血金盟》、海辛的小说《十字路口》、鲁牛的小说《逆浪》、润园的小说《升官发财》、李雁行的小说《一楼八伙》。《华侨报·华座》副刊发表作者不详的散文《漫谈“知人之术”》，连载甲辛的散文《隆裕和袁世凯》(完)、王香琴的小说《剑神》、静慧的小说《蔷薇与幽兰》、夏冰的小说《多咀街坊》、惜芬的小说《文字姻缘》。

23日 《澳门日报·新园地》副刊连载白思群的散文《鉴湖女侠秋瑾》、方晓的小说《青青，你寂寞》、司马璧的小说《歃血金盟》、海辛的小说《十字路口》、鲁牛的小说《逆浪》、润园的小说《升官发财》、李雁行的小说《一楼八伙》。《华侨报·华座》副刊发表芝士的散文《墨西哥风情绘》、平平的散文《一百年前的洋钱》，连载王香琴的小说《剑神》、静慧的小说《蔷薇与幽兰》、夏冰的小说《多咀街坊》、惜芬的小说《文字姻缘》。

24日 《澳门日报·新园地》副刊连载白思群的散文《鉴湖女侠秋瑾》、方晓的小说《青青，你寂寞》、司马璧的小说《歃血金盟》、海辛的小说《十字路口》、鲁牛的小说《逆浪》、润园的小说《升官发财》、李雁行的小说《一楼八伙》。《华侨报·华座》副刊发表乔之桦的散文《街市雨景》、清漪的散文《日本皇后的画》，连载王香琴的小说《剑神》、静慧的小说《蔷薇与幽兰》、夏冰的小说《多咀街坊》、惜芬的小说《文字姻缘》。

25日 《澳门日报·新园地》副刊发表梅萼华的散文《西太后与颐和园》，连载白思群的散文《鉴湖女侠秋瑾》（完）、方晓的小说《青青，你寂寞》、司马璧的小说《歃血金盟》、海辛的小说《十字路口》、鲁牛的小说《逆浪》、润园的小说《升官发财》、李雁行的小说《一楼八伙》。《华侨报·华座》副刊发表云的散文《维也纳的电话服务》，连载王香琴的小说《剑神》、静慧的小说《蔷薇与幽兰》、夏冰的小说《多咀街坊》、惜芬的小说《文字姻缘》。

26 日 《澳门日报·新园地》副刊发表蓬矢的散文《柳亚子与南明史》，连载方晓的小说《青青，你寂寞》、司马璧的小说《歃血金盟》、海辛的小说《十字路口》、鲁牛的小说《逆浪》、润园的小说《升官发财》、李雁行的小说《一楼八伙》。《华侨报·华座》副刊发表中新的散文《陶都宜兴见闻》、慕华的散文《恋上坟冢的人》，并开始连载玉彩的散文《香妃墓和她的故事》，连载王香琴的小说《剑神》、静慧的小说《蔷薇与幽兰》、夏冰的小说《多咀街坊》、惜芬的小说《文字姻缘》。

27 日 《澳门日报·新园地》副刊发表雪予的诗歌《陶瓷展览观后感赋》，连载方晓的小说《青青，你寂寞》、司马璧的小说《歃血金盟》、海辛的小说《十字路口》、鲁牛的小说《逆浪》、润园的小说《升官发财》、李雁行的小说《一楼八伙》。《华侨报·华座》副刊连载玉彩的散文《香妃墓和她的故事》（完）、王香琴的小说《剑神》、静慧的小说《蔷薇与幽兰》（完）、夏冰的小说《多咀街坊》、惜芬的小说《文字姻缘》。

28 日 《澳门日报·新园地》副刊发表眇叟的诗歌《甘竹滩水库颂歌》，连载方晓的小说《青青，你寂寞》、司马璧的小说《歃血金盟》、海辛的小说《十字路口》、鲁牛的小说《逆浪》、润园的小说《升官发财》、李雁行的小说《一楼八伙》。《华侨报·华座》副刊发表力行的散文《漫谈“心静自然凉”》、詹文的散文《关门酿制“蓝尼姑”》，并开始连载方巽的小说《红裙》，连载王香琴的小说《剑神》、夏冰的小说《多咀街坊》、惜芬的小说《文字姻缘》。

29 日 《澳门日报·新园地》副刊发表石言的散文《中山狼指何人》，连载方晓的小说《青青，你寂寞》、司马璧的小说《歃血金盟》、海辛的小说《十字路口》、鲁牛的小说《逆浪》、润园的小说《升官发财》、李雁行的小说《一楼八伙》。《华侨报·华座》副刊发表新民的散文《富甲天下的西藏》、深思的散文《萌岛先驱者纪念邮》，连载方巽的小说《红裙》、王香琴的小说《剑神》、夏冰的小说《多咀街坊》、惜芬的小说《文字姻缘》。

30日 《澳门日报·新园地》副刊发表力行的评论《〈九因歌〉古已有之》，连载方晓的小说《青青，你寂寞》、司马璧的小说《歃血金盟》、海辛的小说《十字路口》、鲁牛的小说《逆浪》、润园的小说《升官发财》、李雁行的小说《一楼八伙》。《华侨报·华座》副刊发表津津的散文《音乐产生的奇迹》、偶拈的散文《袁世凯死后之谣》，连载方巽的小说《红裙》、王香琴的小说《剑神》、夏冰的小说《多咀街坊》、惜芬的小说《文字姻缘》。

31日 《澳门日报·新园地》副刊连载方晓的小说《青青，你寂寞》（完）、司马璧的小说《歃血金盟》、海辛的小说《十字路口》（完）、鲁牛的小说《逆浪》、润园的小说《升官发财》、李雁行的小说《一楼八伙》。《华侨报·华座》副刊发表津津的散文《音乐产生的奇迹》、偶拈的散文《袁世凯死后之谣》，连载方巽的小说《红裙》、王香琴的小说《剑神》、夏冰的小说《多咀街坊》、惜芬的小说《文字姻缘》。

⊙ 本月，韩牧的诗歌《工厂区偶拾》《剖心集》刊载于香港《海洋文艺》第2卷第5期。

⊙ 本月，江映澜的散文《街边二题》刊载于香港《海洋文艺》第2卷第5期。

六月

1日 《澳门日报·新园地》副刊发表虚怀的散文《从“六一”国际儿童节想起》、于明的散文《西贡拾零》、力青的小说《自欺欺人》，并开始连载唐堂的小说《虬髯客》、海辛的小说《大城市里的小故事》，连载司马璧的小说《歃血金盟》、鲁牛的小说《逆浪》、润园的小说《升官发财》、李雁行的小说《一楼八伙》。《华侨报·华座》副刊发表士琪、炳文的散文《云山听涛·兰圃赏香》，琴音的散文《瑞典人之趣》，连载方巽的小说《红裙》、王香琴的小说《剑神》、夏冰的小说《多咀街坊》、惜芬的小说《文字姻缘》。

2日　《澳门日报·新园地》副刊发表案光的散文《看陶塑，想西沙》，连载唐堂的小说《虬髯客》、海辛的小说《大城市里的小故事》、司马璧的小说《歃血金盟》、鲁牛的小说《逆浪》、润园的小说《升官发财》、李雁行的小说《一楼八伙》。《华侨报·华座》副刊发表李平的散文《善战的啹喀兵》、一方的散文《北婆罗洲剪影》，连载方巽的小说《红裙》、王香琴的小说《剑神》、夏冰的小说《多咀街坊》、惜芬的小说《文字姻缘》。

3日　《澳门日报·新园地》副刊发表箓菽的诗歌《色情世界》，连载唐堂的小说《虬髯客》、海辛的小说《大城市里的小故事》、司马璧的小说《歃血金盟》、鲁牛的小说《逆浪》、润园的小说《升官发财》、李雁行的小说《一楼八伙》。《华侨报·华座》副刊发表陈时隐的诗歌《哀蒋介石并柬金台爱国同胞》，连载方巽的小说《红裙》、王香琴的小说《剑神》、夏冰的小说《多咀街坊》、惜芬的小说《文字姻缘》。

4日　《澳门日报·新园地》副刊连载唐堂的小说《虬髯客》、海辛的小说《大城市里的小故事》、司马璧的小说《歃血金盟》、鲁牛的小说《逆浪》、润园的小说《升官发财》、李雁行的小说《一楼八伙》。《华侨报·华座》副刊发表小文的散文《唐宋青瓷人间宝》、新新的散文《基辛格夫人——南茜》，连载方巽的小说《红裙》、王香琴的小说《剑神》、夏冰的小说《多咀街坊》、惜芬的小说《文字姻缘》。

5日　《澳门日报·新园地》副刊发表小文的散文《不安静的世界》、柳松的散文《桂林游》，连载唐堂的小说《虬髯客》、海辛的小说《大城市里的小故事》、司马璧的小说《歃血金盟》、鲁牛的小说《逆浪》、润园的小说《升官发财》、李雁行的小说《一楼八伙》。《华侨报·华座》副刊发表花菜的散文《妙趣可赏的泥模》、史法的散文《仇十洲笔下赚兰亭》，连载方巽的小说《红裙》、王香琴的小说《剑神》、夏冰的小说《多咀街坊》、惜芬的小说《文字姻缘》。

6日　《澳门日报·新园地》副刊发表文侣的散文《竹海搜奇》，连载唐堂的小说《虬髯客》、海辛的小说《大城市里的小故事》、司马璧的小说《歃血金盟》、鲁牛的小说《逆浪》、润园的小说《升官发财》、李雁行的小说《一楼八伙》。《华侨报·华座》副刊发表文加的散文《陈籀桶的神话》，连载方巽的小说《红裙》（完）、王香琴的小说《剑神》、夏冰的小说《多咀街坊》、惜芬的小说《文字姻缘》。

7日　《澳门日报·新园地》副刊连载唐堂的小说《虬髯客》、海辛的小说《大城市里的小故事》、司马璧的小说《歃血金盟》、鲁牛的小说《逆浪》、润园的小说《升官发财》、李雁行的小说《一楼八伙》。《华侨报·华座》副刊发表逸人的散文《水西门外莫愁湖》，并开始连载天雷的小说《我的三个亲人》，连载王香琴的小说《剑神》、夏冰的小说《多咀街坊》、惜芬的小说《文字姻缘》。

8日　《澳门日报·新园地》副刊连载唐堂的小说《虬髯客》、海辛的小说《大城市里的小故事》、司马璧的小说《歃血金盟》、鲁牛的小说《逆浪》、润园的小说《升官发财》、李雁行的小说《一楼八伙》。《华侨报·华座》副刊发表民的散文《活跃在中国大地的鹿》，连载天雷的小说《我的三个亲人》、王香琴的小说《剑神》、夏冰的小说《多咀街坊》、惜芬的小说《文字姻缘》。

9日　《澳门日报·新园地》副刊连载唐堂的小说《虬髯客》、海辛的小说《大城市里的小故事》、司马璧的小说《歃血金盟》、鲁牛的小说《逆浪》、润园的小说《升官发财》、李雁行的小说《一楼八伙》。《华侨报·华座》副刊发表宣翁、葵玉的散文《皓月当空·碧海琉璃——答香江友人书》，连载天雷的小说《我的三个亲人》、王香琴的小说《剑神》、夏冰的小说《多咀街坊》、惜芬的小说《文字姻缘》。

10日　《澳门日报·新园地》副刊连载唐堂的小说《虬髯客》、海辛的小说《大城市里的小故事》、司马璧的小说《歃血金盟》、鲁牛的小说《逆浪》、润园的小说《升官发财》、李雁行的小说《一楼八伙》。《华侨报·华座》副刊发表作者不详的散文《端午神话——“断桥”》，连载天雷的小说《我的三个亲人》、王香琴的小说《剑神》、夏冰的小说《多咀街坊》、惜芬的小说《文字姻缘》。

11 日　《澳门日报 · 新园地》副刊发表蔡宜的评论《莎莉麦莲的中国纪游——谈〈你能够从这儿到那儿去〉》，连载唐堂的小说《虬髯客》、海辛的小说《大城市里的小故事》、司马璧的小说《歃血金盟》、鲁牛的小说《逆浪》、润园的小说《升官发财》、李雁行的小说《一楼八伙》。《华侨报 · 华座》副刊发表莫默的诗歌《读“华座”“两地书”》、殊方的散文《奇妙中国古钟》，连载天雷的小说《我的三个亲人》、王香琴的小说《剑神》、夏冰的小说《多咀街坊》、惜芬的小说《文字姻缘》。

12 日　《澳门日报 · 新园地》副刊发表南伯的散文《从吃蟹想起的》，连载唐堂的小说《虬髯客》、海辛的小说《大城市里的小故事》、司马璧的小说《歃血金盟》、鲁牛的小说《逆浪》、润园的小说《升官发财》、李雁行的小说《一楼八伙》。《华侨报 · 华座》副刊发表作者不详的散文《中国炼丹家葛洪》、云的散文《印加王宝藏的传说和发现》，连载天雷的小说《我的三个亲人》、王香琴的小说《剑神》、夏冰的小说《多咀街坊》、惜芬的小说《文字姻缘》。

13 日　《澳门日报 · 新园地》副刊发表晓华的小说《罗汉请观音》，开始连载松筠的散文《端午节谈屈原》，连载唐堂的小说《虬髯客》、海辛的小说《大城市里的小故事》、司马璧的小说《歃血金盟》、鲁牛的小说《逆浪》、润园的小说《升官发财》、李雁行的小说《一楼八伙》。《华侨报 · 华座》副刊发表思凡的散文《“白字戏”——“潮州戏”》，连载天雷的小说《我的三个亲人》、王香琴的小说《剑神》、夏冰的小说《多咀街坊》、惜芬的小说《文字姻缘》。

14 日　《澳门日报 · 新园地》副刊连载松筠的散文《端午节谈屈原》、唐堂的小说《虬髯客》、海辛的小说《大城市里的小故事》、司马璧的小说《歃血金盟》、鲁牛的小说《逆浪》、润园的小说《升官发财》、李雁行的小说《一楼八伙》。《华侨报 · 华座》副刊发表京伯的散文《宝龙船和一笔虎》、华明 · 伊湄的散文《小游中的诗兴》，连载天雷的小说《我的三个亲人》、王香琴的小说《剑神》、夏冰的小说《多咀街坊》、惜芬的小说《文字姻缘》。

15 日　《澳门日报 · 新园地》副刊连载松筠的散文《端午节谈屈原》、唐堂的小说《虬髯客》、海辛的小说《大城市里的小故事》、司马璧的小说《歃血金盟》、鲁牛的小说《逆浪》、润园的小说《升官发财》、李雁行的小说《一楼八伙》。《华侨报·华座》副刊发表彦挥的散文《台湾的巨瀑飞泉》，连载天雷的小说《我的三个亲人》、王香琴的小说《剑神》、夏冰的小说《多咀街坊》、惜芬的小说《文字姻缘》。

16日　《澳门日报·新园地》副刊连载松筠的散文《端午节谈屈原》、唐堂的小说《虬髯客》、海辛的小说《大城市里的小故事》、司马璧的小说《歃血金盟》、鲁牛的小说《逆浪》、润园的小说《升官发财》、李雁行的小说《一楼八伙》。《华侨报·华座》副刊发表葛兰的散文《我想起了北京的夏天》、詹文的散文《怪诞的天文考古学》，连载天雷的小说《我的三个亲人》（完）、王香琴的小说《剑神》、夏冰的小说《多咀街坊》、惜芬的小说《文字姻缘》。

17日　《澳门日报·新园地》副刊连载松筠的散文《端午节谈屈原》、唐堂的小说《虬髯客》、海辛的小说《大城市里的小故事》、司马璧的小说《歃血金盟》、鲁牛的小说《逆浪》、润园的小说《升官发财》、李雁行的小说《一楼八伙》。《华侨报·华座》副刊连载王香琴的小说《剑神》、夏冰的小说《多咀街坊》、惜芬的小说《文字姻缘》，并开始连载凌芝的小说《青春桥》。

18日　《澳门日报·新园地》副刊发表箓菽的诗歌《张铁石之死》、夏耘的散文《蝉鸣荔熟的广州》，连载松筠的散文《端午节谈屈原》（完）、唐堂的小说《虬髯客》、海辛的小说《大城市里的小故事》、司马璧的小说《歃血金盟》、鲁牛的小说《逆浪》、润园的小说《升官发财》、李雁行的小说《一楼八伙》。《华侨报·华座》副刊发表名山的散文《中国历史记载的老挝》、芸的散文《东方的女儿国》，连载王香琴的小说《剑神》、夏冰的小说《多咀街坊》、惜芬的小说《文字姻缘》、凌芝的小说《青春桥》。

19日　《澳门日报·新园地》副刊发表夏耘的散文《白云山上听松涛》，连载唐堂的小说《虬髯客》、海辛的小说《大城市里的小故事》、司马璧的小说《歃血金盟》、鲁牛的小说《逆浪》、润园的小说《升官发财》、李雁行的小说《一楼八伙》。《华侨报·华座》副刊发表宣翁、福如的散文《中非友谊万古长青——答羊城友人书》，连载王香琴的小说《剑神》、夏冰的小说《多咀街坊》、惜芬的小说《文字姻缘》、凌芝的小说《青春桥》。

20日 《澳门日报·新园地》副刊连载唐堂的小说《虬髯客》、海辛的小说《大城市里的小故事》、司马璧的小说《歃血金盟》、鲁牛的小说《逆浪》、润园的小说《升官发财》、李雁行的小说《一楼八伙》。《华侨报·华座》副刊发表汉松的散文《漫谈烟斗之趣》、港客的散文《香港客笔下的澳门》，连载王香琴的小说《剑神》、夏冰的小说《多咀街坊》、惜芬的小说《文字姻缘》、凌芝的小说《青春桥》。

21日 《澳门日报·新园地》副刊连载唐堂的小说《虬髯客》、海辛的小说《大城市里的小故事》、司马璧的小说《歃血金盟》、鲁牛的小说《逆浪》、润园的小说《升官发财》、李雁行的小说《一楼八伙》。《华侨报·华座》副刊连载王香琴的小说《剑神》、夏冰的小说《多咀街坊》、惜芬的小说《文字姻缘》、凌芝的小说《青春桥》。

22日 《澳门日报·新园地》副刊发表夏耘的散文《访西樵云外飞瀑》，连载唐堂的小说《虬髯客》、海辛的小说《大城市里的小故事》、司马璧的小说《歃血金盟》、鲁牛的小说《逆浪》、润园的小说《升官发财》、李雁行的小说《一楼八伙》。《华侨报·华座》副刊发表英子的散文《尼罗河畔的夜莺》，连载王香琴的小说《剑神》、夏冰的小说《多咀街坊》、惜芬的小说《文字姻缘》、凌芝的小说《青春桥》。

23日 《澳门日报·新园地》副刊发表夏耘的散文《参观新会艺术厂》，连载唐堂的小说《虬髯客》、海辛的小说《大城市里的小故事》、司马璧的小说《歃血金盟》、鲁牛的小说《逆浪》、润园的小说《升官发财》、李雁行的小说《一楼八伙》。《华侨报·华座》副刊发表青萍的散文《桑开白莲的神话》，连载王香琴的小说《剑神》、夏冰的小说《多咀街坊》、惜芬的小说《文字姻缘》、凌芝的小说《青春桥》。

24日 《澳门日报·新园地》副刊发表夏耘的散文《圭峰已成百宝山》，连载唐堂的小说《虬髯客》、海辛的小说《大城市里的小故事》、司马璧的小说

《歃血金盟》、鲁牛的小说《逆浪》、润园的小说《升官发财》、李雁行的小说《一楼八伙》。《华侨报·华座》副刊发表慕华的散文《泰国国王——蒲眉蓬》，连载王香琴的小说《剑神》、夏冰的小说《多咀街坊》、惜芬的小说《文字姻缘》、凌芝的小说《青春桥》。

25 日 《澳门日报·新园地》副刊发表慧敏的散文《苏修的驻葡大使》，连载唐堂的小说《虬髯客》、海辛的小说《大城市里的小故事》、司马璧的小说《歃血金盟》、鲁牛的小说《逆浪》、润园的小说《升官发财》、李雁行的小说《一楼八伙》。《华侨报·华座》副刊连载王香琴的小说《剑神》、夏冰的小说《多咀街坊》、惜芬的小说《文字姻缘》、凌芝的小说《青春桥》。

26 日 《澳门日报·新园地》副刊连载唐堂的小说《虬髯客》、海辛的小说《大城市里的小故事》、司马璧的小说《歃血金盟》、鲁牛的小说《逆浪》、润园的小说《升官发财》、李雁行的小说《一楼八伙》。《华侨报·华座》副刊发表宣翁、不倚的散文《中南半岛天亮了——答美国友人书》，一老的散文《沈石田爱听鬼古》，连载王香琴的小说《剑神》、夏冰的小说《多咀街坊》、惜芬的小说《文字姻缘》、凌芝的小说《青春桥》（完）。

27 日 《澳门日报·新园地》副刊连载唐堂的小说《虬髯客》、海辛的小说《大城市里的小故事》、司马璧的小说《歃血金盟》、鲁牛的小说《逆浪》、润园的小说《升官发财》、李雁行的小说《一楼八伙》。《华侨报·华座》副刊发表梦芸的散文《喜看现代中国画展》，连载王香琴的小说《剑神》、夏冰的小说《多咀街坊》、惜芬的小说《文字姻缘》。

28 日 《澳门日报·新园地》副刊发表梅萼华的评论《读〈北京送来的礼物〉》，连载唐堂的小说《虬髯客》、海辛的小说《大城市里的小故事》、司马璧的小说《歃血金盟》、鲁牛的小说《逆浪》、润园的小说《升官发财》、李雁行的小说《一楼八伙》。《华侨报·华座》副刊发表孟晋的散文《妙文应试》，连载王香琴的小说《剑神》、夏冰的小说《多咀街坊》、惜芬的小说《文字姻缘》。

29 日 《澳门日报·新园地》副刊发表雪予的诗歌《现代中国画展赞歌》，连载唐堂的小说《虬髯客》、海辛的小说《大城市里的小故事》、司马璧的小说《歃血金盟》、鲁牛的小说《逆浪》、润园的小说《升官发财》、李雁行的小说《一楼八伙》。《华侨报·华座》副刊开始连载南燕的散文《“白象王国”风清绘》，连载王香琴的小说《剑神》、夏冰的小说《多咀街坊》、惜芬的小说《文字姻缘》。

30 日 《澳门日报·新园地》副刊连载唐堂的小说《虬髯客》、海辛的小说《大城市里的小故事》（完）、司马璧的小说《歃血金盟》、鲁牛的小说《逆浪》、润园的小说《升官发财》、李雁行的小说《一楼八伙》。《华侨报·华座》副刊发表浇人的散文《谐趣妙联拾偶》，连载南燕的散文《“白象王国”风清绘》（完）、王香琴的小说《剑神》、夏冰的小说《多咀街坊》、惜芬的小说《文字姻缘》。

⊙ 本月，韩牧的诗歌《夜寄远方》刊载于香港《海洋文艺》第 2 卷第 6 期。

七月

1 日 《澳门日报·新园地》副刊发表盼叟的诗歌《步原韵奉和雪子先生〈现代中国画展赞歌〉》、江思扬的评论《〈太湖之星〉的艺术魅力》，并开始连载海辛的小说《古堡藏枭》，连载唐堂的小说《虬髯客》、司马璧的小说《歃血金盟》、鲁牛的小说《逆浪》、润园的小说《升官发财》、李雁行的小说《一楼八伙》。《华侨报·华座》副刊发表葛兰的散文《从现代画展看中国妇女》，连载王香琴的小说《剑神》、夏冰的小说《多咀街坊》、惜芬的小说《文字姻缘》。

2 日 《澳门日报·新园地》副刊发表鲁夫的诗歌《现代中国画展即兴》、汪宗衍的评论《喜读〈俏不争春〉》，连载海辛的小说《古堡藏枭》、唐堂的小说《虬髯客》、司马璧的小说《歃血金盟》、鲁牛的小说《逆浪》、润园的小说《升官发财》、李雁行的小说《一楼八伙》。《华侨报·华座》副刊发表平易的散文《云锦》，连载王香琴的小说《剑神》、夏冰的小说《多咀街坊》、惜芬的小说《文字姻缘》。

3 日 《澳门日报·新园地》副刊发表罗慕华的散文《现代中国画展观后》、逢才的评论《〈孙子兵法〉的作者》，连载海辛的小说《古堡藏枭》、唐堂的小说《虬髯客》、司马璧的小说《歃血金盟》、鲁牛的小说《逆浪》、润园的小说《升官发财》、李雁行的小说《一楼八伙》。《华侨报 · 华座》副刊发表崔德祺的诗歌《看现代中国画展》，宣翁、松年的散文《海外归来看画展——寄美国亲友书》，连载王香琴的小说《剑神》、夏冰的小说《多咀街坊》、惜芬的小说《文字姻缘》。

4 日　《澳门日报 · 新园地》副刊发表马万祺的诗歌《“现代中国画展览”观后》、青浪的散文《看〈太湖〉，忆太湖》，连载海辛的小说《古堡藏枭》、唐堂的小说《虬髯客》、司马璧的小说《歃血金盟》、鲁牛的小说《逆浪》、润园的小说《升官发财》、李雁行的小说《一楼八伙》。《华侨报 · 华座》副刊连载王香琴的小说《剑神》、夏冰的小说《多咀街坊》、惜芬的小说《文字姻缘》。

5 日　《澳门日报 · 新园地》副刊连载海辛的小说《古堡藏枭》、唐堂的小说《虬髯客》、司马璧的小说《歃血金盟》、鲁牛的小说《逆浪》、润园的小说《升官发财》、李雁行的小说《一楼八伙》。《华侨报 · 华座》副刊发表思朗的散文《谈现代中国画展的两幅作品》，连载王香琴的小说《剑神》、夏冰的小说《多咀街坊》、惜芬的小说《文字姻缘》。

6 日　《澳门日报 · 新园地》副刊连载海辛的小说《古堡藏枭》、唐堂的小说《虬髯客》、司马璧的小说《歃血金盟》、鲁牛的小说《逆浪》、润园的小说《升官发财》、李雁行的小说《一楼八伙》。《华侨报 · 华座》副刊发表余玉彩的诗歌《看现代中国画展》，并开始连载真如的散文《由〈毛竹丰收〉谈起》，连载王香琴的小说《剑神》、夏冰的小说《多咀街坊》、惜芬的小说《文字姻缘》。

7 日　《澳门日报 · 新园地》副刊发表谭仕杰的诗歌《鹧鸪天》、司马走的散文《书前微语》，连载海辛的小说《古堡藏枭》、唐堂的小说《虬髯客》、司马璧的小说《歃血金盟》、鲁牛的小说《逆浪》、润园的小说《升官发财》、李雁行的小说《一楼八伙》。《华侨报 · 华座》副刊发表芝的散文《竹的美丽神话》，连载真如的散文《由〈毛竹丰收〉谈起》（完）、王香琴的小说《剑神》、夏冰的小说《多咀街坊》、惜芬的小说《文字姻缘》。

8 日　《澳门日报·新园地》副刊发表江思扬的评论《读魏紫熙的〈天堑通途〉》，连载海辛的小说《古堡藏枭》、唐堂的小说《虬髯客》、司马璧的小说《歃血金盟》、鲁牛的小说《逆浪》、润园的小说《升官发财》、李雁行的小说《一楼八伙》。《华侨报·华座》副刊发表江思扬的评论《谈胡志明的诗》，并开始连载竺苗的小说《舞会》，连载王香琴的小说《剑神》、夏冰的小说《多咀街坊》、惜芬的小说《文字姻缘》。

9 日　《澳门日报·新园地》副刊发表时隐的诗歌《现代中国画展》，连载海辛的小说《古堡藏枭》、唐堂的小说《虬髯客》、司马璧的小说《歃血金盟》、鲁牛的小说《逆浪》、润园的小说《升官发财》、李雁行的小说《一楼八伙》。《华侨报·华座》副刊发表宣翁、葵玉的散文《遥寄天南一纸书——答缅甸友人问石油》，黄良的散文《夏日午睡》，连载竺苗的小说《舞会》、王香琴的小说《剑神》、夏冰的小说《多咀街坊》、惜芬的小说《文字姻缘》。

10 日　《澳门日报·新园地》副刊开始连载真汉的评论《诗的唱酬》，连载海辛的小说《古堡藏枭》、唐堂的小说《虬髯客》、司马璧的小说《歃血金盟》、鲁牛的小说《逆浪》、润园的小说《升官发财》、李雁行的小说《一楼八伙》。《华侨报·华座》副刊发表雅竹的散文《茉莉花和我》，连载竺苗的小说《舞会》、王香琴的小说《剑神》、夏冰的小说《多咀街坊》、惜芬的小说《文字姻缘》。

11 日　《澳门日报·新园地》副刊连载真汉的评论《诗的唱酬》、海辛的小说《古堡藏枭》、唐堂的小说《虬髯客》、司马璧的小说《歃血金盟》、鲁牛的小说《逆浪》、润园的小说《升官发财》、李雁行的小说《一楼八伙》。《华侨报·华座》副刊发表芝芝的散文《天下万物葫芦最美》、合百的散文《信箱奇谈》，连载竺苗的小说《舞会》、王香琴的小说《剑神》、夏冰的小说《多咀街坊》、惜芬的小说《文字姻缘》。

12 日　《澳门日报·新园地》副刊连载真汉的评论《诗的唱酬》（完）、海辛的小说《古堡藏枭》、唐堂的小说《虬髯客》、司马璧的小说《歃血金盟》、鲁牛的小说《逆浪》、润园的小说《升官发财》、李雁行的小说《一楼八伙》。《华侨报·华座》副刊发表真德的散文《漫谈俱乐部》、清影的散文《宋代的民间陶瓷》，连载竺苗的小说《舞会》、王香琴的小说《剑神》、夏冰的小说《多咀街坊》、惜芬的小说《文字姻缘》。

13 日 《澳门日报·新园地》副刊连载海辛的小说《古堡藏枭》、唐堂的小说《虬髯客》、司马璧的小说《歃血金盟》、鲁牛的小说《逆浪》、润园的小说《升官发财》、李雁行的小说《一楼八伙》。《华侨报·华座》副刊发表晓晖的散文《多伦多掠影》，连载竺苗的小说《舞会》、王香琴的小说《剑神》、夏冰的小说《多咀街坊》、惜芬的小说《文字姻缘》。

14 日 《澳门日报·新园地》副刊连载海辛的小说《古堡藏枭》、唐堂的小说《虬髯客》、司马璧的小说《歃血金盟》、鲁牛的小说《逆浪》、润园的小说《升官发财》、李雁行的小说《一楼八伙》。《华侨报·华座》副刊发表君正的散文《避暑山庄》，连载竺苗的小说《舞会》、王香琴的小说《剑神》、夏冰的小说《多咀街坊》、惜芬的小说《文字姻缘》。

15 日 《澳门日报·新园地》副刊连载海辛的小说《古堡藏枭》、唐堂的小说《虬髯客》、司马璧的小说《歃血金盟》、鲁牛的小说《逆浪》、润园的小说《升官发财》、李雁行的小说《一楼八伙》。《华侨报·华座》副刊发表宣翁、詹文的散文《遥寄泰国友人》，并开始连载清漪的散文《西湖五姐妹》，连载竺苗的小说《舞会》、王香琴的小说《剑神》、夏冰的小说《多咀街坊》、惜芬的小说《文字姻缘》。

16 日 《澳门日报·新园地》副刊发表梅萼华的散文《蔡元培夫人追悼会想起》，连载海辛的小说《古堡藏枭》、唐堂的小说《虬髯客》、司马璧的小说《歃血金盟》、鲁牛的小说《逆浪》、润园的小说《升官发财》、李雁行的小说《一楼八伙》。《华侨报·华座》副刊连载清漪的散文《西湖五姐妹》、竺苗的小说《舞会》、王香琴的小说《剑神》、夏冰的小说《多咀街坊》、惜芬的小说《文字姻缘》。

17 日 《澳门日报·新园地》副刊连载海辛的小说《古堡藏枭》、唐堂的小说《虬髯客》、司马璧的小说《歃血金盟》、鲁牛的小说《逆浪》、润园的小说《升官发财》、李雁行的小说《一楼八伙》。《华侨报·华座》副刊发表竹雅的散文《我和晚香玉》，连载清漪的散文《西湖五姐妹》（完）、竺苗的小说《舞会》（完）、王香琴的小说《剑神》、夏冰的小说《多咀街坊》、惜芬的小说《文字姻缘》。

18日 《澳门日报·新园地》副刊发表跃如的散文《蔡元培三次结婚》、芷岸的散文《上海的早晨》，连载海辛的小说《古堡藏枭》、唐堂的小说《虬髯客》、司马璧的小说《歃血金盟》、鲁牛的小说《逆浪》、润园的小说《升官发财》、李雁行的小说《一楼八伙》。《华侨报·华座》副刊连载王香琴的小说《剑神》、夏冰的小说《多咀街坊》、惜芬的小说《文字姻缘》，并开始连载亦舒的小说《外宿记》。

19日 《澳门日报·新园地》副刊连载海辛的小说《古堡藏枭》、唐堂的小说《虬髯客》、司马璧的小说《歃血金盟》、鲁牛的小说《逆浪》、润园的小说《升官发财》、李雁行的小说《一楼八伙》。《华侨报·华座》副刊连载王香琴的小说《剑神》、夏冰的小说《多咀街坊》、惜芬的小说《文字姻缘》、亦舒的小说《外宿记》。

20日 《澳门日报·新园地》副刊发表李驰的散文《聂耳二三事》，连载海辛的小说《古堡藏枭》、唐堂的小说《虬髯客》、司马璧的小说《歃血金盟》、鲁牛的小说《逆浪》、润园的小说《升官发财》、李雁行的小说《一楼八伙》。《华侨报·华座》副刊发表陆叔的散文《彷徨道上》，连载王香琴的小说《剑神》、夏冰的小说《多咀街坊》、惜芬的小说《文字姻缘》、亦舒的小说《外宿记》。

21日 《澳门日报·新园地》副刊发表建才的散文《鲁班——古代出色的工匠》，连载海辛的小说《古堡藏枭》、唐堂的小说《虬髯客》、司马璧的小说《歃血金盟》、鲁牛的小说《逆浪》、润园的小说《升官发财》、李雁行的小说《一楼八伙》。《华侨报·华座》副刊发表慕华的散文《妇女都是画家的地方》、文明的散文《由港来客少》、雁翎的散文《镶嵌艺术》，连载王香琴的小说《剑神》、夏冰的小说《多咀街坊》、惜芬的小说《文字姻缘》、亦舒的小说《外宿记》。

22日 《澳门日报·新园地》副刊连载海辛的小说《古堡藏枭》、唐堂的小说《虬髯客》、司马璧的小说《歃血金盟》、鲁牛的小说《逆浪》、润园的小说《升官发财》、李雁行的小说《一楼八伙》。《华侨报·华座》副刊发表乐天的散文《泛谈咖啡的泡制情趣》，连载王香琴的小说《剑神》、夏冰的小说《多咀街坊》、惜芬的小说《文字姻缘》、亦舒的小说《外宿记》。

23日 《澳门日报·新园地》副刊连载海辛的小说《古堡藏枭》、唐堂的小说《虬髯客》、司马璧的小说《歃血金盟》、鲁牛的小说《逆浪》、润园的小说《升官发财》、李雁行的小说《一楼八伙》。《华侨报·华座》副刊发表周球的散文《皮人影子戏》，连载王香琴的小说《剑神》、夏冰的小说《多咀街坊》、惜芬的小说《文字姻缘》、亦舒的小说《外宿记》。

24日 《澳门日报·新园地》副刊发表扬眉的散文《回忆韬奋在东江的时候》，连载海辛的小说《古堡藏枭》、唐堂的小说《虬髯客》、司马璧的小说《歃血金盟》、鲁牛的小说《逆浪》、润园的小说《升官发财》、李雁行的小说《一楼八伙》。《华侨报·华座》副刊发表郑度的散文《在南迦巴瓦峰下》、蓬矢的散文《鹿马篇》，连载王香琴的小说《剑神》、夏冰的小说《多咀街坊》、惜芬的小说《文字姻缘》、亦舒的小说《外宿记》。

25日 《澳门日报·新园地》副刊连载海辛的小说《古堡藏枭》、唐堂的小说《虬髯客》、司马璧的小说《歃血金盟》、鲁牛的小说《逆浪》、润园的小说《升官发财》、李雁行的小说《一楼八伙》。《华侨报·华座》副刊发表风阁的散文《苏州，真美》、夏思楚的散文《想起杨业宏之死》，连载王香琴的小说《剑神》、夏冰的小说《多咀街坊》、惜芬的小说《文字姻缘》、亦舒的小说《外宿记》。

26日 《澳门日报·新园地》副刊连载海辛的小说《古堡藏枭》、唐堂的小说《虬髯客》、司马璧的小说《歃血金盟》、鲁牛的小说《逆浪》、润园的小说《升官发财》、李雁行的小说《一楼八伙》。《华侨报·华座》副刊发表宋非今的散文《小谈薛觉先》，连载王香琴的小说《剑神》、夏冰的小说《多咀街坊》、惜芬的小说《文字姻缘》、亦舒的小说《外宿记》。

27日 《澳门日报·新园地》副刊发表梅萼华的散文《闻一多的“手工业”》，连载海辛的小说《古堡藏枭》、唐堂的小说《虬髯客》、司马璧的小说《歃血金盟》、鲁牛的小说《逆浪》、润园的小说《升官发财》、李雁行的小说《一楼八伙》。《华侨报·华座》副刊发表若耶的散文《暑期的户外运动》，连载王香琴的小说《剑神》、夏冰的小说《多咀街坊》、惜芬的小说《文字姻缘》、亦舒的小说《外宿记》。

28日 《澳门日报·新园地》副刊发表华青的散文《在北京看京港足球赛》，连载海辛的小说《古堡藏枭》、唐堂的小说《虬髯客》、司马璧的小说《歃血金盟》、鲁牛的小说《逆浪》、润园的小说《升官发财》、李雁行的小说《一楼八伙》。《华侨报·华座》副刊连载王香琴的小说《剑神》、夏冰的小说《多咀街坊》、惜芬的小说《文字姻缘》、亦舒的小说《外宿记》。

29日 《澳门日报·新园地》副刊发表箓葳的散文《又是谐联巧对》、华青的散文《地下长城巡礼》，连载海辛的小说《古堡藏枭》、唐堂的小说《虬髯客》、司马璧的小说《歃血金盟》、鲁牛的小说《逆浪》、润园的小说《升官发财》、李雁行的小说《一楼八伙》。《华侨报·华座》副刊发表隋洛生的散文《有聊应读书》，连载王香琴的小说《剑神》、夏冰的小说《多咀街坊》、惜芬的小说《文字姻缘》、亦舒的小说《外宿记》（完）。

30日 《澳门日报·新园地》副刊发表华青的散文《朵朵鲜花向阳开》，连载海辛的小说《古堡藏枭》、唐堂的小说《虬髯客》、司马璧的小说《歃血金盟》、鲁牛的小说《逆浪》、润园的小说《升官发财》、李雁行的小说《一楼八伙》。《华侨报·华座》副刊发表孟起予的散文《博士、博士》，并开始连载唐元的小说《做媒》，连载王香琴的小说《剑神》、夏冰的小说《多咀街坊》、惜芬的小说《文字姻缘》。

孟起予，澳门散文家，原名陆觉鸣，自1975年开始，于《华侨报·华座》副刊发表大量散文，共计86篇，主要代表作有：《博士、博士》《“文字春官”与“历史小说”》《闻“剃度”有感》《叶醉白的“正辩”》《从“曲”到“直”》《太平天国的“玩家”》《通脱与驴鸣》《鲁迅谈“二陆”》《未上梁上，奴相已露》《是讽刺，不是滑稽》《曹雪芹的“祖德天恩”》《金圣叹这个人》《袁雪芬今日如何》《读鲁迅〈手稿〉——纪念鲁迅先生逝世三十九周年》《谢秋娘与杜秋娘》《回看秦塞低如马》《古道西风瘦马》《中日神话》《“倡优”斗孔丘》《梅郎家世本优伶》《关于〈帝女花〉》。

31 日　《澳门日报·新园地》副刊连载海辛的小说《古堡藏枭》(完)、唐堂的小说《虬髯客》、司马璧的小说《歃血金盟》、鲁牛的小说《逆浪》、润园的小说《升官发财》、李雁行的小说《一楼八伙》。《华侨报·华座》副刊发表兰士的散文《暑天的清凉地——金马仑》，连载唐元的小说《做媒》、王香琴的小说《剑神》、夏冰的小说《多咀街坊》、惜芬的小说《文字姻缘》。

⊙　本月，韩牧的诗歌《刺葵及其他》刊载于香港《海洋文艺》第 2 卷第 7 期。

⊙　本月，江思扬创作《白天与黑夜》，后收于《向晚的感觉》。

⊙　本月，江映澜的散文《雨中联想》刊载于香港《海洋文艺》第 2 卷第 7 期。

八月

1 日　《澳门日报·新园地》副刊发表华青的散文《看马王堆汉墓女尸》，并开始连载海辛的小说《风雨故人》，连载唐堂的小说《虬髯客》、司马璧的小说《歃血金盟》、鲁牛的小说《逆浪》、润园的小说《升官发财》、李雁行的小说《一楼八伙》。《华侨报·华座》副刊发表怀嘉的散文《从测量珠峰谈起》，连载唐元的小说《做媒》(完)、王香琴的小说《剑神》、夏冰的小说《多咀街坊》、惜芬的小说《文字姻缘》。

2 日　《澳门日报·新园地》副刊发表华青的散文《黄河的沧桑——郑州见闻之一》，连载海辛的小说《风雨故人》、唐堂的小说《虬髯客》、司马璧的小说《歃血金盟》、鲁牛的小说《逆浪》、润园的小说《升官发财》、李雁行的小说《一楼八伙》。《华侨报·华座》副刊发表金人的散文《世界使用的语文》、行心的散文《感慨万千》，连载王香琴的小说《剑神》、夏冰的小说《多咀街坊》、惜芬的小说《文字姻缘》。

行心（1928—　），原名余行心、余君慧，澳门诗人。广东台山人，1928 年出生于澳门。1948 年毕业于广东大学新闻系，50 年代初开始小说和诗的写作，到了80年代还继续写新诗。1990年6月，澳门总督文礼治代表政府授予他“文化功绩勋章”。余行心的诗作尚未结集。

3日 《澳门日报·新园地》副刊发表鲁夫的诗歌《我国卫星又上天》、梅萼华的散文《打虎与伏豹》，连载海辛的小说《风雨故人》、唐堂的小说《虬髯客》、司马璧的小说《歃血金盟》、鲁牛的小说《逆浪》、润园的小说《升官发财》、李雁行的小说《一楼八伙》。《华侨报·华座》副刊发表天平的散文《求职》，并开始连载肖同的小说《抛锚》，连载王香琴的小说《剑神》、夏冰的小说《多咀街坊》、惜芬的小说《文字姻缘》。

4日 《澳门日报·新园地》副刊发表华青的散文《洛阳古城换新姿》，连载海辛的小说《风雨故人》、唐堂的小说《虬髯客》、司马璧的小说《歃血金盟》、鲁牛的小说《逆浪》、润园的小说《升官发财》、李雁行的小说《一楼八伙》。《华侨报·华座》副刊发表韦荃的散文《救救孩子》、芝士的散文《慈禧太后书画代笔人》，连载肖同的小说《抛锚》、王香琴的小说《剑神》、夏冰的小说《多咀街坊》、惜芬的小说《文字姻缘》。

5日 《澳门日报·新园地》副刊发表无瑕的散文《沙梨头原属小村落》、跃如的散文《台湾交通乱七八糟》、地棉的小说《妈妈的误会》，连载海辛的小说《风雨故人》、唐堂的小说《虬髯客》、司马璧的小说《歃血金盟》、鲁牛的小说《逆浪》、润园的小说《升官发财》、李雁行的小说《一楼八伙》。《华侨报·华座》副刊发表文明的散文《使人烦忧的旅行护照》、孟起予的评论《“文字春宫”与“历史小说”》，连载肖同的小说《抛锚》、王香琴的小说《剑神》、夏冰的小说《多咀街坊》、惜芬的小说《文字姻缘》。

6日 《澳门日报·新园地》副刊发表华青的散文《林县的今昔》，连载海辛的小说《风雨故人》、唐堂的小说《虬髯客》、司马璧的小说《歃血金盟》、鲁牛的小说《逆浪》、润园的小说《升官发财》、李雁行的小说《一楼八伙》。《华侨报·华座》副刊发表蓬矢的散文《“逃”字诀》，连载肖同的小说《抛锚》、王香琴的小说《剑神》、夏冰的小说《多咀街坊》、惜芬的小说《文字姻缘》。

7 日　《澳门日报 · 新园地》副刊连载海辛的小说《风雨故人》、唐堂的小说《虬髯客》、司马璧的小说《歃血金盟》、鲁牛的小说《逆浪》、润园的小说《升官发财》、李雁行的小说《一楼八伙》。《华侨报 · 华座》副刊发表穆秀的散文《关于萧楚女二三事》、慕华的散文《缅甸宝塔寺院大浩劫》，连载肖同的小说《抛锚》、王香琴的小说《剑神》、夏冰的小说《多咀街坊》、惜芬的小说《文字姻缘》。

8 日　《澳门日报 · 新园地》副刊发表华青的散文《红旗渠上红旗飘》、梅萼华的散文《王冕画梅》、毅然的散文《夜声》，连载海辛的小说《风雨故人》、唐堂的小说《虬髯客》、司马璧的小说《歃血金盟》、鲁牛的小说《逆浪》、润园的小说《升官发财》、李雁行的小说《一楼八伙》。《华侨报 · 华座》副刊发表秦西行的散文《头发杂谈》，连载肖同的小说《抛锚》、王香琴的小说《剑神》、夏冰的小说《多咀街坊》、惜芬的小说《文字姻缘》。

秦西行，澳门散文家，1975—1977 年间，在《华侨报 · 华座》副刊上发表近百篇散文，如《“大哥成”的欺骗》《谈“美”》《这绝不是天真》《有关桂林山水的诗文》《自由是什么》《格林谈“民主”》《从跑楼梯说起》《报摊这个起脚点》《吴敬梓和曹雪芹》《致敬，英勇救人的职工》《拜年拜年》《剪报》等。

9 日　《澳门日报 · 新园地》副刊发表华青的散文《北京的一角钱》，连载海辛的小说《风雨故人》、唐堂的小说《虬髯客》、司马璧的小说《歃血金盟》（完）、鲁牛的小说《逆浪》、润园的小说《升官发财》、李雁行的小说《一楼八伙》。《华侨报 · 华座》副刊发表行心的散文《陷阱》，连载肖同的小说《抛锚》、王香琴的小说《剑神》、夏冰的小说《多咀街坊》、惜芬的小说《文字姻缘》。

10 日　《澳门日报 · 新园地》副刊发表华青的散文《首都又添新建筑》，连载海辛的小说《风雨故人》、唐堂的小说《虬髯客》、鲁牛的小说《逆浪》、润园的小说《升官发财》、李雁行的小说《一楼八伙》。《华侨报·华座》副刊发表盂起予的散文《闻“剃度”有感》，连载肖同的小说《抛锚》、王香琴的小说《剑神》、夏冰的小说《多咀街坊》、惜芬的小说《文字姻缘》。

11 日 《澳门日报·新园地》副刊发表作者不详的散文《番石榴未熟的味》，连载海辛的小说《风雨故人》、唐堂的小说《虬髯客》、鲁牛的小说《逆浪》、润园的小说《升官发财》、李雁行的小说《一楼八伙》。《华侨报·华座》副刊连载肖同的小说《抛锚》、王香琴的小说《剑神》、夏冰的小说《多咀街坊》、惜芬的小说《文字姻缘》。

12 日 《澳门日报·新园地》副刊发表逢才的散文《茶与中国人》，连载海辛的小说《风雨故人》、唐堂的小说《虬髯客》、鲁牛的小说《逆浪》、润园的小说《升官发财》、李雁行的小说《一楼八伙》。《华侨报·华座》副刊发表辛铭的散文《南太平洋出美人》，连载肖同的小说《抛锚》、王香琴的小说《剑神》、夏冰的小说《多咀街坊》、惜芬的小说《文字姻缘》。

13 日 《澳门日报·新园地》副刊发表眇叟的诗歌《〈祖国工业展〉观后》，连载海辛的小说《风雨故人》、唐堂的小说《虬髯客》、鲁牛的小说《逆浪》、润园的小说《升官发财》、李雁行的小说《一楼八伙》。《华侨报·华座》副刊发表柳青青的散文《在路上漫步的感慨》、行心的散文《港币的风波》，连载肖同的小说《抛锚》、王香琴的小说《剑神》、夏冰的小说《多咀街坊》、惜芬的小说《文字姻缘》。

14 日 《澳门日报·新园地》副刊发表小英的散文《夜宵档前》，连载海辛的小说《风雨故人》、唐堂的小说《虬髯客》、鲁牛的小说《逆浪》、润园的小说《升官发财》、李雁行的小说《一楼八伙》。《华侨报·华座》副刊发表宣翁的散文《加拿大华侨不忘粤曲——答加拿大友人书》，连载肖同的小说《抛锚》（完）、王香琴的小说《剑神》、夏冰的小说《多咀街坊》、惜芬的小说《文字姻缘》。

15 日 《澳门日报·新园地》副刊开始连载半坡的散文《旧游新记》，连载海辛的小说《风雨故人》、唐堂的小说《虬髯客》（完）、鲁牛的小说《逆浪》

（完）、润园的小说《升官发财》（完）、李雁行的小说《一楼八伙》。《华侨报·华座》副刊发表谷音的散文《思凡》，并开始连载史得的小说《凶手》，连载王香琴的小说《剑神》、夏冰的小说《多咀街坊》、惜芬的小说《文字姻缘》。

16日　《澳门日报·新园地》副刊发表鲁夫的诗歌《参观〈祖国工农工业介绍〉即兴》，并开始连载罗伯特著、新民译的小说《太平洋历险记》，润园的小说《老千点相录》，唐堂的小说《南柯记》；连载半坡的散文《旧游新记》（完）、海辛的小说《风雨故人》、李雁行的小说《一楼八伙》。《华侨报·华座》副刊发表张兆全的散文《让孩子自由创作吧！——小孩子书展观后》、孟起予的散文《叶醉白的"正辩"》，连载史得的小说《凶手》、王香琴的小说《剑神》、夏冰的小说《多咀街坊》、惜芬的小说《文字姻缘》。

17日　《澳门日报·新园地》副刊连载罗伯特著、新民译的小说《太平洋历险记》，润园的小说《老千点相录》，唐堂的小说《南柯记》，海辛的小说《风雨故人》，李雁行的小说《一楼八伙》。《华侨报·华座》副刊发表陈锦波的散文《新厚黑学》、仲平的散文《失窃》，连载史得的小说《凶手》、王香琴的小说《剑神》、夏冰的小说《多咀街坊》、惜芬的小说《文字姻缘》。

18日　《澳门日报·新园地》副刊连载罗伯特著、新民译的小说《太平洋历险记》，润园的小说《老千点相录》，唐堂的小说《南柯记》，海辛的小说《风雨故人》，李雁行的小说《一楼八伙》。《华侨报·华座》副刊发表秦西行的散文《"大哥成"的欺骗》，连载史得的小说《凶手》、王香琴的小说《剑神》、夏冰的小说《多咀街坊》、惜芬的小说《文字姻缘》。

19日　《澳门日报·新园地》副刊连载罗伯特著、新民译的小说《太平洋历险记》，润园的小说《老千点相录》，唐堂的小说《南柯记》，海辛的小说《风雨故人》，李雁行的小说《一楼八伙》。《华侨报·华座》副刊发表孟起予的散文《从"曲"到"直"》、宣翁的散文《万方乐奏有于阗——寄美国乡亲书》，连载史得的小说《凶手》、王香琴的小说《剑神》、夏冰的小说《多咀街坊》、惜芬的小说《文字姻缘》。

20 日　《澳门日报 · 新园地》副刊发表鲁茂的散文《地上的银河》，连载罗伯特著、新民译的小说《太平洋历险记》，润园的小说《老千点相录》，唐堂的小说《南柯记》，海辛的小说《风雨故人》，李雁行的小说《一楼八伙》。《华侨报 · 华座》副刊连载史得的小说《凶手》、王香琴的小说《剑神》、夏冰的小说《多咀街坊》、惜芬的小说《文字姻缘》。

21 日　《澳门日报 · 新园地》副刊发表胡贤的散文《未婚妈妈之家》，连载罗伯特著、新民译的小说《太平洋历险记》，润园的小说《老千点相录》，唐堂的小说《南柯记》，海辛的小说《风雨故人》，李雁行的小说《一楼八伙》。《华侨报 · 华座》副刊发表詹文的散文《书里真真奇女子》、阿珍的散文《第二十五孝》，连载史得的小说《凶手》、王香琴的小说《剑神》、夏冰的小说《多咀街坊》、惜芬的小说《文字姻缘》。

22 日　《澳门日报 · 新园地》副刊发表方菲的散文《韬奋的笔名》，并开始连载陆觉鸣的散文《冒辟疆、董小宛及其他》，连载罗伯特著、新民译的小说《太平洋历险记》，润园的小说《老千点相录》，唐堂的小说《南柯记》，海辛的小说《风雨故人》，李雁行的小说《一楼八伙》。《华侨报 · 华座》副刊发表不名的散文《糖在中国的故事》、张秀浪的散文《“厚黑”续传》，连载史得的小说《凶手》、王香琴的小说《剑神》、夏冰的小说《多咀街坊》、惜芬的小说《文字姻缘》。

23 日　《澳门日报 · 新园地》副刊连载陆觉鸣的散文《冒辟疆、董小宛及其他》，罗伯特著、新民译的小说《太平洋历险记》，润园的小说《老千点相录》，唐堂的小说《南柯记》，海辛的小说《风雨故人》，李雁行的小说《一楼八伙》。《华侨报 · 华座》副刊发表陈阵的散文《二丑的悲哀》，连载史得的小说《凶手》、王香琴的小说《剑神》、夏冰的小说《多咀街坊》、惜芬的小说《文字姻缘》。

24 日　《澳门日报 · 新园地》副刊连载陆觉鸣的散文《冒辟疆、董小宛及其他》，罗伯特著、新民译的小说《太平洋历险记》，润园的小说《老千点相录》，唐堂的小说《南柯记》，海辛的小说《风雨故人》，李雁行的小说《一楼八伙》。《华侨报 · 华座》副刊发表秦西行的散文《谈“美”》，连载史得的小说《凶手》、王香琴的小说《剑神》、夏冰的小说《多咀街坊》、惜芬的小说《文字姻缘》。

25 日　《澳门日报 · 新园地》副刊连载陆觉鸣的散文《冒辟疆、董小宛及其他》，罗伯特著、新民译的小说《太平洋历险记》，润园的小说《老千点相录》，唐堂的小说《南柯记》，海辛的小说《风雨故人》，李雁行的小说《一楼八伙》。《华侨报 · 华座》副刊发表穆秀的散文《超然的快乐》，连载史得的小说《凶手》、王香琴的小说《剑神》、夏冰的小说《多咀街坊》、惜芬的小说《文字姻缘》。

26 日　《澳门日报 · 新园地》副刊连载陆觉鸣的散文《冒辟疆、董小宛及其他》（完），罗伯特著、新民译的小说《太平洋历险记》，润园的小说《老千点相录》，唐堂的小说《南柯记》，海辛的小说《风雨故人》，李雁行的小说《一楼八伙》。《华侨报 · 华座》副刊发表孟起予的散文《太平天国的“玩家”》，连载史得的小说《凶手》、王香琴的小说《剑神》、夏冰的小说《多咀街坊》、惜芬的小说《文字姻缘》。

27 日　《澳门日报 · 新园地》副刊连载罗伯特著、新民译的小说《太平洋历险记》，润园的小说《老千点相录》，唐堂的小说《南柯记》，海辛的小说《风雨故人》，李雁行的小说《一楼八伙》。《华侨报 · 华座》副刊发表惜珍的散文《闲话“选美”》，连载史得的小说《凶手》、王香琴的小说《剑神》、夏冰的小说《多咀街坊》、惜芬的小说《文字姻缘》。

28 日　《澳门日报 · 新园地》副刊连载罗伯特著、新民译的小说《太平洋历险记》，润园的小说《老千点相录》，唐堂的小说《南柯记》，海辛的小说《风雨故人》，李雁行的小说《一楼八伙》。《华侨报 · 华座》副刊发表行心的散文《恶飞》，连载史得的小说《凶手》、王香琴的小说《剑神》、夏冰的小说《多咀街坊》、惜芬的小说《文字姻缘》。

29 日　《澳门日报 · 新园地》副刊发表方菲的散文《悼亡友李化先生》，连载罗伯特著、新民译的小说《太平洋历险记》，润园的小说《老千点相录》，唐堂的小说《南柯记》，海辛的小说《风雨故人》，李雁行的小说《一楼八伙》。《华侨报 · 华座》副刊发表作者不详的散文《徐悲鸿逝世二十周年》，连载史得的小说《凶手》、王香琴的小说《剑神》、夏冰的小说《多咀街坊》、惜芬的小说《文字姻缘》。

30 日　《澳门日报·新园地》副刊连载罗伯特著、新民译的小说《太平洋历险记》，润园的小说《老千点相录》，唐堂的小说《南柯记》，海辛的小说《风雨故人》，李雁行的小说《一楼八伙》。《华侨报·华座》副刊发表行心的散文《色情架步》，并开始连载英鸣的散文《歌颂女性的诗篇》，连载史得的小说《凶手》、王香琴的小说《剑神》、夏冰的小说《多咀街坊》、惜芬的小说《文字姻缘》。

31 日　《澳门日报·新园地》副刊发表林冷雨的评论《编导的“天真”——〈廉政风暴〉观后》，连载罗伯特著、新民译的小说《太平洋历险记》，润园的小说《老千点相录》，唐堂的小说《南柯记》，海辛的小说《风雨故人》（完），李雁行的小说《一楼八伙》。《华侨报·华座》副刊发表秦西行的散文《四个多月了》、慕华的散文《少年司机失事多》，连载英鸣的散文《歌颂女性的诗篇》（完）、史得的小说《凶手》、王香琴的小说《剑神》、夏冰的小说《多咀街坊》、惜芬的小说《文字姻缘》。

⊙　本月，韩牧的诗歌《工厂区偶拾》刊于香港《海洋文艺》第 2 卷第 8 期。

九月

1 日　《澳门日报·新园地》副刊连载罗伯特著、新民译的小说《太平洋历险记》，润园的小说《老千点相录》，唐堂的小说《南柯记》，李雁行的小说《一楼八伙》，并开始连载海辛的小说《茶博士说亲》。《华侨报·华座》副刊发表行心的散文《争名夺利》，连载史得的小说《凶手》、王香琴的小说《剑神》、夏冰的小说《多咀街坊》、惜芬的小说《文字姻缘》。

2 日　《澳门日报·新园地》副刊开始连载梁效的评论《鲁迅评〈水浒〉评得好——读〈流氓的变迁〉》，连载罗伯特著、新民译的小说《太平洋历险记》，润园的小说《老千点相录》，唐堂的小说《南柯记》，李雁行的小说《一楼八伙》，海辛的小说《茶博士说亲》。《华侨报·华座》副刊发表孟起予的散文《通脱与驴鸣》，连载史得的小说《凶手》、王香琴的小说

《剑神》、夏冰的小说《多咀街坊》、惜芬的小说《文字姻缘》。

3日 《澳门日报·新园地》副刊发表胡贤的散文《小路》，连载梁效的评论《鲁迅评〈水浒〉评得好——读〈流氓的变迁〉》，罗伯特著、新民译的小说《太平洋历险记》，润园的小说《老千点相录》，唐堂的小说《南柯记》，李雁行的小说《一楼八伙》，海辛的小说《茶博士说亲》。《华侨报·华座》副刊发表云笙的诗歌《爱》、麦耿心的散文《论为情自杀》，连载史得的小说《凶手》、王香琴的小说《剑神》、夏冰的小说《多咀街坊》、惜芬的小说《文字姻缘》。

4日 《澳门日报·新园地》副刊发表方菲的评论《黛玉葬花诗》，连载梁效的评论《鲁迅评〈水浒〉评得好——读〈流氓的变迁〉》，罗伯特著、新民译的小说《太平洋历险记》，润园的小说《老千点相录》，唐堂的小说《南柯记》，李雁行的小说《一楼八伙》，海辛的小说《茶博士说亲》。《华侨报·华座》副刊连载史得的小说《凶手》、王香琴的小说《剑神》、夏冰的小说《多咀街坊》、惜芬的小说《文字姻缘》。

5日 《澳门日报·新园地》副刊连载梁效的评论《鲁迅评〈水浒〉评得好——读〈流氓的变迁〉》（完），罗伯特著、新民译的小说《太平洋历险记》，润园的小说《老千点相录》，唐堂的小说《南柯记》，李雁行的小说《一楼八伙》，海辛的小说《茶博士说亲》。《华侨报·华座》副刊发表史贲的散文《历史和历史剧》，连载史得的小说《凶手》、王香琴的小说《剑神》、夏冰的小说《多咀街坊》（完）、惜芬的小说《文字姻缘》。

6日 《澳门日报·新园地》副刊发表夏耘的散文《白云珠海零拾》、卢怀的散文《可曾想到……》，连载罗伯特著、新民译的小说《太平洋历险记》，润园的小说《老千点相录》，唐堂的小说《南柯记》，李雁行的小说《一楼八伙》，海辛的小说《茶博士说亲》。《华侨报·华座》副刊发表龙子的散文《今天的开罗》、孟起予的评论《鲁迅谈“二陆”》，并开始连载葛文的小说《同情》，连载史得的小说《凶手》、王香琴的小说《剑神》、惜芬的小说《文字姻缘》。

7日 《澳门日报·新园地》副刊发表鲁茂的评论《也谈〈画鬼〉》，连载罗伯特著、新民译的小说《太平洋历险记》，润园的小说《老千点相录》，唐堂的小说《南柯记》，李雁行的小说《一楼八伙》，海辛的小说《茶博士说亲》。《华侨报 · 华座》副刊发表宣翁的散文《越南歌声胜利杯——答美国友人》，连载葛文的小说《同情》（完）、史得的小说《凶手》、王香琴的小说《剑神》、惜芬的小说《文字姻缘》。

8 日　《澳门日报 · 新园地》副刊连载罗伯特著、新民译的小说《太平洋历险记》，润园的小说《老千点相录》，唐堂的小说《南柯记》，李雁行的小说《一楼八伙》，海辛的小说《茶博士说亲》。《华侨报 · 华座》副刊发表孟起予的散文《未上梁上，奴相已露》，并开始连载辛枫的小说《归航》，连载史得的小说《凶手》、王香琴的小说《剑神》、惜芬的小说《文字姻缘》。

9 日　《澳门日报 · 新园地》副刊发表劳榑的评论《水浒的演变》，连载罗伯特著、新民译的小说《太平洋历险记》，润园的小说《老千点相录》，唐堂的小说《南柯记》，李雁行的小说《一楼八伙》，海辛的小说《茶博士说亲》。《华侨报 · 华座》副刊发表行心的散文《浅谈装裱字画》，连载辛枫的小说《归航》、史得的小说《凶手》、王香琴的小说《剑神》、惜芬的小说《文字姻缘》。

10 日　《澳门日报 · 新园地》副刊发表胡贤的散文《澳门之夜》、丹林的散文《文成公主》，连载罗伯特著、新民译的小说《太平洋历险记》，润园的小说《老千点相录》，唐堂的小说《南柯记》，李雁行的小说《一楼八伙》（完），海辛的小说《茶博士说亲》。《华侨报 · 华座》副刊连载辛枫的小说《归航》、史得的小说《凶手》、王香琴的小说《剑神》、惜芬的小说《文字姻缘》。

11 日　《澳门日报 · 新园地》副刊连载罗伯特著、新民译的小说《太平洋历险记》，润园的小说《老千点相录》，唐堂的小说《南柯记》，海辛的小说《茶博士说亲》，并开始连载鲁牛的小说《天鹅》。《华侨报 · 华座》副刊发表岑钢实的散文《祖国小游 · 澳洲寄柬》、跃如的评论《艺术上的“对比”》，连载辛枫的小说《归航》（完）、史得的小说《凶手》、王香琴的小说《剑神》、惜芬的小说《文字姻缘》。

12 日 《澳门日报 · 新园地》副刊连载罗伯特著、新民译的小说《太平洋历险记》，润园的小说《老千点相录》，唐堂的小说《南柯记》，海辛的小说《茶博士说亲》，鲁牛的小说《天鹅》。《华侨报 · 华座》副刊连载史得的小说《凶手》(完)、王香琴的小说《剑神》、惜芬的小说《文字姻缘》，并开始连载奥芝的小说《吉普赛人传奇》。

13 日 《澳门日报 · 新园地》副刊发表鲁茂的评论《两句俗语》，连载罗伯特著、新民译的小说《太平洋历险记》，润园的小说《老千点相录》，唐堂的小说《南柯记》，海辛的小说《茶博士说亲》，鲁牛的小说《天鹅》。《华侨报 · 华座》副刊连载王香琴的小说《剑神》、惜芬的小说《文字姻缘》、奥芝的小说《吉普赛人传奇》，并开始连载萨夫的小说《沉睡万年》。

14 日 《澳门日报 · 新园地》副刊连载罗伯特著、新民译的小说《太平洋历险记》，润园的小说《老千点相录》，唐堂的小说《南柯记》，海辛的小说《茶博士说亲》，鲁牛的小说《天鹅》。《华侨报 · 华座》副刊发表行心的散文《忆邓芬先生》，连载王香琴的小说《剑神》、惜芬的小说《文字姻缘》、奥芝的小说《吉普赛人传奇》、萨夫的小说《沉睡万年》。

15 日 《澳门日报 · 新园地》副刊连载罗伯特著、新民译的小说《太平洋历险记》，润园的小说《老千点相录》，唐堂的小说《南柯记》，海辛的小说《茶博士说亲》，鲁牛的小说《天鹅》。《华侨报 · 华座》副刊连载王香琴的小说《剑神》、惜芬的小说《文字姻缘》、奥芝的小说《吉普赛人传奇》、萨夫的小说《沉睡万年》。

16 日 《澳门日报 · 新园地》副刊发表鲁茂的散文《老友碰头……》，连载罗伯特著、新民译的小说《太平洋历险记》，润园的小说《老千点相录》，唐堂的小说《南柯记》，海辛的小说《茶博士说亲》，鲁牛的小说《天鹅》。《华侨报 · 华座》副刊发表骆帆的散文《中秋月饼谈月诗》、航青的散文《夜归》，连载王香琴的小说《剑神》、惜芬的小说《文字姻缘》、奥芝的小说《吉普赛人传奇》(完)、萨夫的小说《沉睡万年》。

17 日 《澳门日报 · 新园地》副刊连载罗伯特著、新民译的小说《太平洋历险记》，润园的小说《老千点相录》，唐堂的小说《南柯记》，海辛的小说

《茶博士说亲》，鲁牛的小说《天鹅》。《华侨报·华座》副刊发表孟起予的散文《是讽刺，不是滑稽》(1)，连载王香琴的小说《剑神》、惜芬的小说《文字姻缘》、萨夫的小说《沉睡万年》，并开始连载夏冰的小说《多咀街群英会》。

18日 《澳门日报·新园地》副刊连载罗伯特著、新民译的小说《太平洋历险记》，润园的小说《老千点相录》，唐堂的小说《南柯记》，海辛的小说《茶博士说亲》，鲁牛的小说《天鹅》。《华侨报·华座》副刊发表孟起予的散文《是讽刺，不是滑稽》(2)，连载王香琴的小说《剑神》、惜芬的小说《文字姻缘》、萨夫的小说《沉睡万年》、夏冰的小说《多咀街群英会》。

19日 《澳门日报·新园地》副刊发表方菲的散文《但愿人长久》，连载罗伯特著、新民译的小说《太平洋历险记》，润园的小说《老千点相录》，唐堂的小说《南柯记》，海辛的小说《茶博士说亲》，鲁牛的小说《天鹅》。《华侨报·华座》副刊发表枕书的散文《中秋节前话梧桐》，连载王香琴的小说《剑神》、惜芬的小说《文字姻缘》、萨夫的小说《沉睡万年》、夏冰的小说《多咀街群英会》。

20日 《澳门日报·新园地》副刊开始连载海雪的评论《〈水浒〉版本简介》，连载罗伯特著、新民译的小说《太平洋历险记》，润园的小说《老千点相录》，唐堂的小说《南柯记》，海辛的小说《茶博士说亲》，鲁牛的小说《天鹅》。《华侨报·华座》副刊发表芝士的散文《中秋节——牡丹诞》、秦西行的散文《今夜赏月情如何》，连载王香琴的小说《剑神》、惜芬的小说《文字姻缘》、萨夫的小说《沉睡万年》、夏冰的小说《多咀街群英会》。

21日 《澳门日报·新园地》副刊连载海雪的评论《〈水浒〉版本简介》(完)，罗伯特著、新民译的小说《太平洋历险记》，润园的小说《老千点相录》，唐堂的小说《南柯记》，海辛的小说《茶博士说亲》，鲁牛的小说《天鹅》。《华侨报·华座》副刊发表宣翁的散文《骏马秋风忆东北——答美国乡亲》、孟起予的散文《曹雪芹的"祖德天恩"》，连载王香琴的小说《剑神》、惜芬的小说《文字姻缘》、萨夫的小说《沉睡万年》、夏冰的小说《多咀街群英会》。

22日 《澳门日报·新园地》副刊发表胡贤的散文《吴刚捧出桂花酒》，连载罗伯特著、新民译的小说《太平洋历险记》，润园的小说《老千点相录》，唐堂的小说《南柯记》，海辛的小说《茶博士说亲》，鲁牛的小说《天鹅》。《华侨报·华座》副刊发表秦西行的散文《值得一看的〈万户千家〉》，连载王香琴的小说《剑神》、惜芬的小说《文字姻缘》、萨夫的小说《沉睡万年》、夏冰的小说《多咀街群英会》。

23日 《澳门日报·新园地》副刊连载罗伯特著、新民译的小说《太平洋历险记》，润园的小说《老千点相录》，唐堂的小说《南柯记》，海辛的小说《茶博士说亲》，鲁牛的小说《天鹅》。《华侨报·华座》副刊连载王香琴的小说《剑神》、惜芬的小说《文字姻缘》、萨夫的小说《沉睡万年》、夏冰的小说《多咀街群英会》。

24日 《澳门日报·新园地》副刊发表夏耘的散文《爱情的酒味》，连载罗伯特著、新民译的小说《太平洋历险记》，润园的小说《老千点相录》，唐堂的小说《南柯记》，海辛的小说《茶博士说亲》，鲁牛的小说《天鹅》。《华侨报·华座》副刊发表笑笑生的散文《诗中的雁·画中的雁》，连载王香琴的小说《剑神》、惜芬的小说《文字姻缘》、萨夫的小说《沉睡万年》、夏冰的小说《多咀街群英会》。

25日 《澳门日报·新园地》副刊发表夏耘的散文《华罗庚的诗和优选法》、夏峰的散文《天津之夜——天津游踪之一》，连载罗伯特著、新民译的小说《太平洋历险记》，润园的小说《老千点相录》，唐堂的小说《南柯记》，海辛的小说《茶博士说亲》，鲁牛的小说《天鹅》。《华侨报·华座》副刊发表宣翁的散文《江南塞北锦千堆——答南阳友人》，连载王香琴的小说《剑神》、惜芬的小说《文字姻缘》、萨夫的小说《沉睡万年》、夏冰的小说《多咀街群英会》。

26日 《澳门日报·新园地》副刊连载罗伯特著、新民译的小说《太平洋历险记》，润园的小说《老千点相录》，唐堂的小说《南柯记》，海辛的小说《茶博士说亲》，鲁牛的小说《天鹅》。《华侨报·华座》副刊连载王香琴的小说《剑神》、惜芬的小说《文字姻缘》、萨夫的小说《沉睡万年》、夏冰的小说《多咀街群英会》。

27 日 《澳门日报·新园地》副刊连载罗伯特著、新民译的小说《太平洋历险记》，润园的小说《老千点相录》，唐堂的小说《南柯记》，海辛的小说《茶博士说亲》，鲁牛的小说《天鹅》。《华侨报·华座》副刊连载王香琴的小说《剑神》、惜芬的小说《文字姻缘》、萨夫的小说《沉睡万年》（完）、夏冰的小说《多咀街群英会》。

28 日 《澳门日报·新园地》副刊发表胡贤的散文《水浒的官场黑幕》，连载罗伯特著、新民译的小说《太平洋历险记》，润园的小说《老千点相录》，唐堂的小说《南柯记》，海辛的小说《茶博士说亲》，鲁牛的小说《天鹅》。《华侨报·华座》副刊发表孟起予的散文《金圣叹这个人》，连载王香琴的小说《剑神》、惜芬的小说《文字姻缘》、夏冰的小说《多咀街群英会》，并开始连载英辉的小说《情骗》。

29 日 《澳门日报·新园地》副刊连载罗伯特著、新民译的小说《太平洋历险记》，润园的小说《老千点相录》，唐堂的小说《南柯记》，海辛的小说《茶博士说亲》，鲁牛的小说《天鹅》。《华侨报·华座》副刊发表叔军的散文《忆桂林》、柳青青的散文《我沿着黄河源头走去》，连载王香琴的小说《剑神》、惜芬的小说《文字姻缘》、夏冰的小说《多咀街群英会》，英辉的小说《情骗》。

30 日 《澳门日报·新园地》副刊连载罗伯特著、新民译的小说《太平洋历险记》，润园的小说《老千点相录》，唐堂的小说《南柯记》，海辛的小说《茶博士说亲》，鲁牛的小说《天鹅》。《华侨报·华座》副刊发表老张的诗歌《旗海》，连载王香琴的小说《剑神》、惜芬的小说《文字姻缘》、夏冰的小说《多咀街群英会》、英辉的小说《情骗》。

⊙ 本月，江映澜的小说《无从寄出的信》刊载于香港《海洋文艺》第 2 卷第 9 期。

十月

1 日 《澳门日报 · 新园地》副刊发表雪予的诗歌《国庆喜赋》、胡贤的散文《国庆杂感》、夏峰的散文《郊区的一个农村——天津游踪之二》，连载罗伯特著、新民译的小说《太平洋历险记》，润园的小说《老千点相录》，唐堂的小说《南柯记》，海辛的小说《茶博士说亲》，鲁牛的小说《天鹅》。《华侨报 · 华座》副刊发表老张的诗歌《游园会》、雪予的诗歌《二大周年国庆秋呼》，连载王香琴的小说《剑神》、惜芬的小说《文字姻缘》、夏冰的小说《多咀街群英会》、英辉的小说《情骗》。

2 日 《澳门日报 · 新园地》副刊发表江思扬的诗歌《欢呼》《节日的夜》，谭仕杰的诗歌《满庭芳》，连载罗伯特著、新民译的小说《太平洋历险记》，润园的小说《老千点相录》，唐堂的小说《南柯记》，海辛的小说《茶博士说亲》，鲁牛的小说《天鹅》。《华侨报 · 华座》副刊发表濠江客的散文《黄公杰和陈一鸣》，连载王香琴的小说《剑神》、惜芬的小说《文字姻缘》、夏冰的小说《多咀街群英会》、英辉的小说《情骗》。

4 日 《澳门日报 · 新园地》副刊发表夏耘的散文《团结，前进》、劲风的散文《欢声笑语遍人间——庆祝国庆园游会》，连载罗伯特著、新民译的小说《太平洋历险记》，润园的小说《老千点相录》，唐堂的小说《南柯记》，海辛的小说《茶博士说亲》，鲁牛的小说《天鹅》。《华侨报 · 华座》副刊发表孟起予的散文《袁雪芬今日如何》，并开始连载思朗的散文《桂林今昔谈》，连载王香琴的小说《剑神》、惜芬的小说《文字姻缘》、夏冰的小说《多咀街群英会》、英辉的小说《情骗》。

5 日 《澳门日报 · 新园地》副刊发表陈阵的散文《珠海桥史话》、胡贤的评论《〈画鬼〉的伎俩》，连载罗伯特著、新民译的小说《太平洋历险记》，润园的小说《老千点相录》，唐堂的小说《南柯记》，海辛的小说《茶博士说亲》，鲁牛的小说《天鹅》。《华侨报 · 华座》副刊发表隋洛生的散文《肖洛霍夫是文抄公》，连载思朗的散文《桂林今昔谈》（完）、王香琴的小说《剑神》、惜芬的小说《文字姻缘》、夏冰的小说《多咀街群英会》、英辉的小说《情骗》。

6日　《澳门日报·新园地》副刊连载罗伯特著、新民译的小说《太平洋历险记》，润园的小说《老千点相录》，唐堂的小说《南柯记》，海辛的小说《茶博士说亲》，鲁牛的小说《天鹅》。《华侨报·华座》副刊连载王香琴的小说《剑神》、惜芬的小说《文字姻缘》、夏冰的小说《多咀街群英会》、英辉的小说《情骗》。

7日　《澳门日报·新园地》副刊连载罗伯特著、新民译的小说《太平洋历险记》，润园的小说《老千点相录》，唐堂的小说《南柯记》，海辛的小说《茶博士说亲》，鲁牛的小说《天鹅》。《华侨报·华座》副刊发表逊夏的散文《蒋帮礼遇阮文绍》，连载王香琴的小说《剑神》、惜芬的小说《文字姻缘》、夏冰的小说《多咀街群英会》、英辉的小说《情骗》。

8日　《澳门日报·新园地》副刊发表鲁茂的散文《坏脾气》、鲁夫的散文《为了投向，借助天命》，连载罗伯特著、新民译的小说《太平洋历险记》，润园的小说《老千点相录》，唐堂的小说《南柯记》，海辛的小说《茶博士说亲》，鲁牛的小说《天鹅》。《华侨报·华座》副刊连载王香琴的小说《剑神》、惜芬的小说《文字姻缘》、夏冰的小说《多咀街群英会》、英辉的小说《情骗》。

9日　《澳门日报·新园地》副刊发表伯青的评论《评金圣叹腰斩〈水浒〉》，连载罗伯特著、新民译的小说《太平洋历险记》，润园的小说《老千点相录》，唐堂的小说《南柯记》，海辛的小说《茶博士说亲》，鲁牛的小说《天鹅》。《华侨报·华座》副刊发表秦西行的散文《这绝不是天真》，连载王香琴的小说《剑神》、惜芬的小说《文字姻缘》、夏冰的小说《多咀街群英会》、英辉的小说《情骗》。

10日　《澳门日报·新园地》副刊发表叔华的散文《怀旧与我》，连载罗伯特著、新民译的小说《太平洋历险记》，润园的小说《老千点相录》，唐堂的小说《南柯记》，海辛的小说《茶博士说亲》，鲁牛的小说《天鹅》。《华侨报·华座》副刊发表怀嘉的评论《喜读袁水拍近作》，连载王香琴的小说《剑神》、惜芬的小说《文字姻缘》、夏冰的小说《多咀街群英会》、英辉的小说《情骗》。

11 日　《澳门日报 · 新园地》副刊连载罗伯特著、新民译的小说《太平洋历险记》，润园的小说《老千点相录》，唐堂的小说《南柯记》，海辛的小说《茶博士说亲》，鲁牛的小说《天鹅》。《华侨报 · 华座》副刊连载王香琴的小说《剑神》、惜芬的小说《文字姻缘》、夏冰的小说《多咀街群英会》、英辉的小说《情骗》。

12 日　《澳门日报 · 新园地》副刊连载罗伯特著、新民译的小说《太平洋历险记》，润园的小说《老千点相录》，唐堂的小说《南柯记》，海辛的小说《茶博士说亲》，鲁牛的小说《天鹅》。《华侨报 · 华座》副刊发表宋初学的评论《谈〈人间词话〉小札》，连载王香琴的小说《剑神》、惜芬的小说《文字姻缘》、夏冰的小说《多咀街群英会》、英辉的小说《情骗》。

13 日　《澳门日报 · 新园地》副刊连载罗伯特著、新民译的小说《太平洋历险记》，润园的小说《老千点相录》，唐堂的小说《南柯记》，海辛的小说《茶博士说亲》，鲁牛的小说《天鹅》。《华侨报 · 华座》副刊发表碧玉的散文《关于凤凰的传说》，连载王香琴的小说《剑神》、惜芬的小说《文字姻缘》、夏冰的小说《多咀街群英会》、英辉的小说《情骗》（完）。

14 日　《澳门日报 · 新园地》副刊连载罗伯特著、新民译的小说《太平洋历险记》，润园的小说《老千点相录》，唐堂的小说《南柯记》，海辛的小说《茶博士说亲》，鲁牛的小说《天鹅》。《华侨报 · 华座》副刊发表宋丁的散文《拉芳登何许人》，连载王香琴的小说《剑神》、惜芬的小说《文字姻缘》、夏冰的小说《多咀街群英会》，并开始连载韦涛的小说《血债》。

15 日　《澳门日报 · 新园地》副刊连载罗伯特著、新民译的小说《太平洋历险记》，润园的小说《老千点相录》，唐堂的小说《南柯记》，海辛的小说《茶博士说亲》，鲁牛的小说《天鹅》。《华侨报 · 华座》副刊连载王香琴的小说《剑神》、惜芬的小说《文字姻缘》、夏冰的小说《多咀街群英会》、韦涛的小说《血债》。

16 日　《澳门日报 · 新园地》副刊发表方菲的散文《鲁迅的葬礼》，并开始连载沈钢实的散文《访华观感》，连载罗伯特著、新民译的小说《太平洋历险记》，润园的小说《老千点相录》，唐堂的小说《南柯记》，海辛的小说《茶博士说亲》，鲁牛的小说《大鹅》。《华侨报·华座》副刊发表秦西行的散文《有关桂林山水的诗文》，连载王香琴的小说《剑神》、惜芬的小说《文字姻缘》、夏冰的小说《多咀街群英会》、韦涛的小说《血债》。

17日　《澳门日报·新园地》副刊发表飘遥的散文《夏日》、碧涛的评论《〈水浒〉与邵尧夫》，连载沈钢实的散文《访华观感》，罗伯特著、新民译的小说《太平洋历险记》，润园的小说《老千点相录》，唐堂的小说《南柯记》，海辛的小说《茶博士说亲》，鲁牛的小说《天鹅》。《华侨报·华座》副刊连载王香琴的小说《剑神》、惜芬的小说《文字姻缘》、夏冰的小说《多咀街群英会》、韦涛的小说《血债》。

18日　《澳门日报·新园地》副刊发表李箐的散文《枫叶如丹照嫩寒——东邻散记》，连载沈钢实的散文《访华观感》，罗伯特著、新民译的小说《太平洋历险记》，润园的小说《老千点相录》，唐堂的小说《南柯记》，海辛的小说《茶博士说亲》，鲁牛的小说《天鹅》。《华侨报·华座》副刊连载王香琴的小说《剑神》、惜芬的小说《文字姻缘》、夏冰的小说《多咀街群英会》、韦涛的小说《血债》。

19日　《澳门日报·新园地》副刊发表梅萼华的评论《鲁迅论〈水浒〉学习札记——纪念鲁迅逝世三十九周年》，连载沈钢实的散文《访华观感》，罗伯特著、新民译的小说《太平洋历险记》，润园的小说《老千点相录》，唐堂的小说《南柯记》，海辛的小说《茶博士说亲》，鲁牛的小说《天鹅》。《华侨报·华座》副刊发表孟起予的评论《读鲁迅〈手稿〉——纪念鲁迅先生逝世三十九周年》，连载王香琴的小说《剑神》、惜芬的小说《文字姻缘》、夏冰的小说《多咀街群英会》、韦涛的小说《血债》。

20日　《澳门日报·新园地》副刊连载沈钢实的散文《访华观感》，罗伯特著、新民译的小说《太平洋历险记》，润园的小说《老千点相录》，唐堂的小说《南柯记》，海辛的小说《茶博士说亲》，鲁牛的小说《天鹅》。《华侨报·华座》副刊连载王香琴的小说《剑神》、惜芬的小说《文字姻缘》、夏冰的小说《多咀街群英会》、韦涛的小说《血债》。

21 日　《澳门日报 · 新园地》副刊发表飘遥的散文《童年的回忆》，连载沈钢实的散文《访华观感》，罗伯特著、新民译的小说《太平洋历险记》，润园的小说《老千点相录》，唐堂的小说《南柯记》，海辛的小说《茶博士说亲》，鲁牛的小说《天鹅》。《华侨报 · 华座》副刊发表宋丁的散文《〈玉婆〉妙语》，连载王香琴的小说《剑神》、惜芬的小说《文字姻缘》、夏冰的小说《多咀街群英会》、韦涛的小说《血债》（完）。

22 日　《澳门日报 · 新园地》副刊发表鲁夫的诗歌《纪念长征胜利四十周年》，连载沈钢实的散文《访华观感》，罗伯特著、新民译的小说《太平洋历险记》，润园的小说《老千点相录》，唐堂的小说《南柯记》，海辛的小说《茶博士说亲》，鲁牛的小说《天鹅》。《华侨报 · 华座》副刊发表百行的评论《浅谈十四行诗》，并开始连载江帆的小说《陷阱》，连载王香琴的小说《剑神》、惜芬的小说《文字姻缘》、夏冰的小说《多咀街群英会》。

23 日　《澳门日报 · 新园地》副刊发表方菲的散文《谈墓志铭》，连载沈钢实的散文《访华观感》，罗伯特著、新民译的小说《太平洋历险记》，润园的小说《老千点相录》，唐堂的小说《南柯记》，海辛的小说《茶博士说亲》，鲁牛的小说《天鹅》。《华侨报 · 华座》副刊发表作者不详的诗歌《〈回顾长征〉读后》、柳青青的散文《骑士们，收敛一点》，连载王香琴的小说《剑神》、惜芬的小说《文字姻缘》、夏冰的小说《多咀街群英会》、江帆的小说《陷阱》。

24 日　《澳门日报 · 新园地》副刊连载沈钢实的散文《访华观感》（完），罗伯特著、新民译的小说《太平洋历险记》，润园的小说《老千点相录》，唐堂的小说《南柯记》（完），海辛的小说《茶博士说亲》，鲁牛的小说《天鹅》。《华侨报 · 华座》副刊发表秦西行的散文《自由是什么》，连载王香琴的小说《剑神》、惜芬的小说《文字姻缘》、夏冰的小说《多咀街群英会》、江帆的小说《陷阱》。

25 日　《澳门日报 · 新园地》副刊连载罗伯特著、新民译的小说《太平洋历险记》，润园的小说《老千点相录》，海辛的小说《茶博士说亲》，鲁牛的小说《天鹅》，并开始连载唐堂的小说《霍小玉》。《华侨报 · 华座》副刊发表孟起予的散文《谢秋娘与杜秋娘》，连载王香琴的小说《剑神》、惜芬的小说《文字姻缘》、夏冰的小说《多咀街群英会》、江帆的小说《陷阱》。

26日 《澳门日报·新园地》副刊连载罗伯特著、新民译的小说《太平洋历险记》，润园的小说《老千点相录》，海辛的小说《茶博士说亲》，鲁牛的小说《天鹅》，唐堂的小说《霍小玉》。《华侨报·华座》副刊发表宋丁的散文《卓玛》，连载王香琴的小说《剑神》、惜芬的小说《文字姻缘》、夏冰的小说《多咀街群英会》、江帆的小说《陷阱》(完)。

27日 《澳门日报·新园地》副刊连载罗伯特著、新民译的小说《太平洋历险记》，润园的小说《老千点相录》，海辛的小说《茶博士说亲》，鲁牛的小说《天鹅》，唐堂的小说《霍小玉》。《华侨报·华座》副刊发表秦西行的评论《格林谈"民主"》，开始连载司徒丁的小说《拒情记》，连载王香琴的小说《剑神》、惜芬的小说《文字姻缘》、夏冰的小说《多咀街群英会》。

28日 《澳门日报·新园地》副刊连载罗伯特著、新民译的小说《太平洋历险记》，润园的小说《老千点相录》，海辛的小说《茶博士说亲》，鲁牛的小说《天鹅》，唐堂的小说《霍小玉》。《华侨报·华座》副刊发表宣翁的散文《金光大道通西藏》，连载王香琴的小说《剑神》、惜芬的小说《文字姻缘》、夏冰的小说《多咀街群英会》、司徒丁的小说《拒情记》。

29日 《澳门日报·新园地》副刊连载罗伯特著、新民译的小说《太平洋历险记》，润园的小说《老千点相录》，海辛的小说《茶博士说亲》，鲁牛的小说《天鹅》，唐堂的小说《霍小玉》。《华侨报·华座》副刊发表祖德的散文《屋里的野趣——盆栽》、孟起予的散文《回看秦塞低如马》，连载王香琴的小说《剑神》、惜芬的小说《文字姻缘》、夏冰的小说《多咀街群英会》、司徒丁的小说《拒情记》。

30日 《澳门日报·新园地》副刊发表鲁夫的诗歌《满庭芳》，连载罗伯特著、新民译的小说《太平洋历险记》，润园的小说《老千点相录》，海辛的小说《茶博士说亲》，鲁牛的小说《天鹅》，唐堂的小说《霍小玉》。《华侨报·华座》副刊连载王香琴的小说《剑神》、惜芬的小说《文字姻缘》、夏冰的小说《多咀街群英会》、司徒丁的小说《拒情记》。

31 日　《澳门日报·新园地》副刊连载罗伯特著、新民译的小说《太平洋历险记》，润园的小说《老千点相录》，海辛的小说《茶博士说亲》（完），鲁牛的小说《天鹅》，唐堂的小说《霍小玉》。《华侨报·华座》副刊发表陈阵的评论《塑造中国当代英雄形象——读“中国连环画展览”》，连载王香琴的小说《剑神》、惜芬的小说《文字姻缘》、夏冰的小说《多咀街群英会》、司徒丁的小说《拒情记》。

⊙　本月，韩牧的诗歌《诗的回答》刊载于香港《海洋文艺》第 2 卷第 10 期。

十一月

1 日　《澳门日报·新园地》副刊发表梅萼华的散文《连环画光辉灿烂——“中国连环画展览”先睹漫记》，连载罗伯特著、新民译的小说《太平洋历险记》，润园的小说《老千点相录》，鲁牛的小说《天鹅》，唐堂的小说《霍小玉》，并开始连载海辛的小说《晚年存叹》。《华侨报·华座》副刊发表弦歌的散文《精彩的新连环画》，连载王香琴的小说《剑神》、惜芬的小说《文字姻缘》、夏冰的小说《多咀街群英会》、司徒丁的小说《拒情记》。

梅萼华（1934—2014），原名李鹏翥，澳门基本法协进会副秘书长、《澳门日报》副董事长。作家，笔名有梅萼华、凌云健、濠上叟。广东梅县人。70 年代在香港、澳门、内地报章杂志撰写专栏、评论、散文、诗歌。是澳门笔会、澳门书法篆刻协会、澳门中国文物保护促进基金会发起人。历任《澳门日报》副总编辑、总编辑，读者公益基金会副会长，澳门大专教育基金会副会长，澳门新闻工作者协会常务理事。1999 年 4 月当选澳门特别行政区第一届政府推选委员会委员。著有《澳门古今》等。

2 日　《澳门日报·新园地》副刊连载罗伯特著、新民译的小说《太平洋历险记》，润园的小说《老千点相录》，鲁牛的小说《天鹅》，唐堂的小说《霍小玉》，海辛的小说《晚年存叹》。

3日　《澳门日报·新园地》副刊发表胡贤的散文《别开生面的公仔书》、碧涛的评论《宗教是否"至圣至明"？——〈水浒〉杂谈之三》，连载罗伯特著、新民译的小说《太平洋历险记》，润园的小说《老千点相录》，鲁牛的小说《天鹅》，唐堂的小说《霍小玉》，海辛的小说《晚年存叹》。《华侨报·华座》副刊连载王香琴的小说《剑神》、惜芬的小说《文字姻缘》、夏冰的小说《多咀街群英会》、司徒丁的小说《拒情记》。

4日　《澳门日报·新园地》副刊发表无瑕的散文《中国连环画展观后》，连载罗伯特著、新民译的小说《太平洋历险记》，润园的小说《老千点相录》，鲁牛的小说《天鹅》，唐堂的小说《霍小玉》，海辛的小说《晚年存叹》。《华侨报·华座》副刊发表行心的散文《说话》，连载王香琴的小说《剑神》、惜芬的小说《文字姻缘》、夏冰的小说《多咀街群英会》、司徒丁的小说《拒情记》。

5日　《澳门日报·新园地》副刊连载罗伯特著、新民译的小说《太平洋历险记》，润园的小说《老千点相录》，鲁牛的小说《天鹅》，唐堂的小说《霍小玉》，海辛的小说《晚年存叹》。《华侨报·华座》副刊发表行心的散文《此风不可长》，连载王香琴的小说《剑神》、惜芬的小说《文字姻缘》、夏冰的小说《多咀街群英会》、司徒丁的小说《拒情记》。

6日　《澳门日报·新园地》副刊连载罗伯特著、新民译的小说《太平洋历险记》，润园的小说《老千点相录》，鲁牛的小说《天鹅》，唐堂的小说《霍小玉》，海辛的小说《晚年存叹》。《华侨报·华座》副刊发表行心的散文《堕胎》，连载王香琴的小说《剑神》、惜芬的小说《文字姻缘》、夏冰的小说《多咀街群英会》、司徒丁的小说《拒情记》。

7日　《澳门日报·新园地》副刊连载罗伯特著、新民译的小说《太平洋历险记》，润园的小说《老千点相录》，鲁牛的小说《天鹅》，唐堂的小说《霍小玉》，海辛的小说《晚年存叹》。《华侨报·华座》副刊发表庞然的散文《藏族女讲解员》，连载王香琴的小说《剑神》、惜芬的小说《文字姻缘》、夏冰的小说《多咀街群英会》、司徒丁的小说《拒情记》。

8 日　《澳门日报·新园地》副刊发表鲁茂的散文《我最后的一餐》、照明的评论《〈水浒〉中人物“诨名”简析》，连载罗伯特著、新民译的小说《太平洋历险记》，润园的小说《老千点相录》，鲁牛的小说《天鹅》，唐堂的小说《霍小玉》，海辛的小说《晚年存叹》。《华侨报·华座》副刊发表柳青青的散文《看新潮的打祖母风》，连载王香琴的小说《剑神》、惜芬的小说《文字姻缘》、夏冰的小说《多咀街群英会》、司徒丁的小说《拒情记》（完）。

9 日　《澳门日报·新园地》副刊发表钟欣的散文《栩栩如生的木偶戏——记江苏省扬州地区木偶剧团》，并开始连载廖丁的小说《赌命的人》，连载罗伯特著、新民译的小说《太平洋历险记》，润园的小说《老千点相录》，鲁牛的小说《天鹅》，唐堂的小说《霍小玉》，海辛的小说《晚年存叹》。《华侨报·华座》副刊发表詹文的散文《凡尔赛宫的变迁》、梦芸的散文《孙行者和“两面人”》，并开始连载半圆的散文《扬州八怪的画》，连载王香琴的小说《剑神》、惜芬的小说《文字姻缘》、夏冰的小说《多咀街群英会》。

10 日　《澳门日报·新园地》副刊连载廖丁的小说《赌命的人》，罗伯特著、新民译的小说《太平洋历险记》，润园的小说《老千点相录》，鲁牛的小说《天鹅》，唐堂的小说《霍小玉》，海辛的小说《晚年存叹》。《华侨报·华座》副刊发表孟起予的散文《红字李二》，连载半圆的散文《扬州八怪的画》、王香琴的小说《剑神》、惜芬的小说《文字姻缘》、夏冰的小说《多咀街群英会》。

11 日　《澳门日报·新园地》副刊连载廖丁的小说《赌命的人》，罗伯特著、新民译的小说《太平洋历险记》，润园的小说《老千点相录》，鲁牛的小说《天鹅》，唐堂的小说《霍小玉》，海辛的小说《晚年存叹》。《华侨报·华座》副刊发表行心的散文《小心火烛》，连载半圆的散文《扬州八怪的画》、王香琴的小说《剑神》、惜芬的小说《文字姻缘》、夏冰的小说《多咀街群英会》。

12 日　《澳门日报·新园地》副刊发表方菲的散文《长征和长征的书》，连载廖丁的小说《赌命的人》，罗伯特著、新民译的小说《太平洋历险记》，润园的小说《老千点相录》，鲁牛的小说《天鹅》，唐堂的小说《霍小玉》，海辛的小说《晚年存叹》。《华侨报·华座》副刊发表行心的散文《读者之声》，连载半圆的散文《扬州八怪的画》、王香琴的小说《剑神》、惜芬的小说《文字姻缘》、夏冰的小说《多咀街群英会》。

13日 《澳门日报·新园地》副刊连载廖丁的小说《赌命的人》，罗伯特著、新民译的小说《太平洋历险记》，润园的小说《老千点相录》，鲁牛的小说《天鹅》，唐堂的小说《霍小玉》，海辛的小说《晚年存叹》。《华侨报·华座》副刊发表麦耿心的散文《心理反应》，连载半圆的散文《扬州八怪的画》（完）、王香琴的小说《剑神》、惜芬的小说《文字姻缘》、夏冰的小说《多咀街群英会》。

14日 《澳门日报·新园地》副刊连载廖丁的小说《赌命的人》，罗伯特著、新民译的小说《太平洋历险记》，润园的小说《老千点相录》，鲁牛的小说《天鹅》，唐堂的小说《霍小玉》，海辛的小说《晚年存叹》。《华侨报·华座》副刊发表孟起予的散文《古道西风瘦马》，连载王香琴的小说《剑神》、惜芬的小说《文字姻缘》、夏冰的小说《多咀街群英会》。

15日 《澳门日报·新园地》副刊发表小冬的散文《刘伯的辛酸》，连载廖丁的小说《赌命的人》，罗伯特著、新民译的小说《太平洋历险记》，润园的小说《老千点相录》，鲁牛的小说《天鹅》，唐堂的小说《霍小玉》，海辛的小说《晚年存叹》。《华侨报·华座》副刊发表乔之桦的散文《失踪少女》，连载王香琴的小说《剑神》、惜芬的小说《文字姻缘》、夏冰的小说《多咀街群英会》。

16日 《澳门日报·新园地》副刊连载廖丁的小说《赌命的人》，罗伯特著、新民译的小说《太平洋历险记》，润园的小说《老千点相录》，鲁牛的小说《天鹅》，唐堂的小说《霍小玉》，海辛的小说《晚年存叹》。

17日 《澳门日报·新园地》副刊发表毕敬子的诗歌《爵士头上挂了彩》，连载廖丁的小说《赌命的人》，罗伯特著、新民译的小说《太平洋历险记》，润园的小说《老千点相录》，鲁牛的小说《天鹅》，唐堂的小说《霍小玉》，海辛的小说《晚年存叹》。《华侨报·华座》副刊发表陈阵的散文《秋瑾的诗词——纪念秋瑾诞生一百周年》、孟起予的散文《中日神话》，连载王香琴的小说《剑神》、惜芬的小说《文字姻缘》、夏冰的小说《多咀街群英会》。

18 日　《澳门日报·新园地》副刊连载廖丁的小说《赌命的人》，罗伯特著、新民译的小说《太平洋历险记》，润园的小说《老千点相录》，鲁牛的小说《天鹅》，唐堂的小说《霍小玉》，海辛的小说《晚年存叹》。《华侨报·华座》副刊发表祐光的散文《东方与诺贝尔文学奖》，连载王香琴的小说《剑神》、惜芬的小说《文字姻缘》、夏冰的小说《多咀街群英会》。

19 日　《澳门日报·新园地》副刊连载廖丁的小说《赌命的人》（完），罗伯特著、新民译的小说《太平洋历险记》，润园的小说《老千点相录》，鲁牛的小说《天鹅》，唐堂的小说《霍小玉》，海辛的小说《晚年存叹》。《华侨报·华座》副刊发表慕华的评论《〈梦断西城〉续集》，连载王香琴的小说《剑神》、惜芬的小说《文字姻缘》、夏冰的小说《多咀街群英会》。

20 日　《澳门日报·新园地》副刊发表跃如的散文《想起了曾生》，连载罗伯特著、新民译的小说《太平洋历险记》，润园的小说《老千点相录》，鲁牛的小说《天鹅》，唐堂的小说《霍小玉》，海辛的小说《晚年存叹》。《华侨报·华座》副刊发表宣翁的散文《彼此是亲戚·言语多同轨——答缅甸戚友书》、扬眉的散文《南乔与北乔》，并开始连载力士的小说《玩火》，连载王香琴的小说《剑神》、惜芬的小说《文字姻缘》、夏冰的小说《多咀街群英会》。

21 日　《澳门日报·新园地》副刊发表陆觉鸣的散文《嵇康和广陵散》，连载罗伯特著、新民译的小说《太平洋历险记》，润园的小说《老千点相录》，鲁牛的小说《天鹅》，唐堂的小说《霍小玉》，海辛的小说《晚年存叹》。《华侨报·华座》副刊发表行心的散文《桥》，连载力士的小说《玩火》、王香琴的小说《剑神》、惜芬的小说《文字姻缘》、夏冰的小说《多咀街群英会》。

22 日　《澳门日报·新园地》副刊发表鲁茂的散文《“爹，我不吃饭”》，连载罗伯特著、新民译的小说《太平洋历险记》，润园的小说《老千点相录》，鲁牛的小说《天鹅》，唐堂的小说《霍小玉》，海辛的小说《晚年存叹》。《华侨报·华座》副刊发表孟起予的散文《“倡优”斗孔丘》，连载力士的小说《玩火》、王香琴的小说《剑神》、惜芬的小说《文字姻缘》、夏冰的小说《多咀街群英会》。

23 日 《澳门日报·新园地》副刊连载罗伯特著、新民译的小说《太平洋历险记》，润园的小说《老千点相录》，鲁牛的小说《天鹅》，唐堂的小说《霍小玉》，海辛的小说《晚年存叹》。《华侨报·华座》副刊发表跃如的散文《喜看幼苗绿成荫》，连载力士的小说《玩火》、王香琴的小说《剑神》、惜芬的小说《文字姻缘》、夏冰的小说《多咀街群英会》。

24 日 《澳门日报·新园地》副刊发表梅萼华的评论《冬日带来的春光——喜读祖国游踪美术作品漫话》，连载罗伯特著、新民译的小说《太平洋历险记》，润园的小说《老千点相录》，鲁牛的小说《天鹅》，唐堂的小说《霍小玉》，海辛的小说《晚年存叹》。《华侨报·华座》副刊发表秦西行的散文《从跑楼梯说起》，连载力士的小说《玩火》（完）、王香琴的小说《剑神》、惜芬的小说《文字姻缘》、夏冰的小说《多咀街群英会》。

25 日 《澳门日报·新园地》副刊连载罗伯特著、新民译的小说《太平洋历险记》，润园的小说《老千点相录》，鲁牛的小说《天鹅》，唐堂的小说《霍小玉》，海辛的小说《晚年存叹》。《华侨报·华座》副刊发表向平的散文《七大一小》、中帆的评论《略谈吴作人的画》，连载王香琴的小说《剑神》、惜芬的小说《文字姻缘》、夏冰的小说《多咀街群英会》。

26 日 《澳门日报·新园地》副刊发表田间的诗歌《长城行》，连载罗伯特著、新民译的小说《太平洋历险记》，润园的小说《老千点相录》，鲁牛的小说《天鹅》，唐堂的小说《霍小玉》，海辛的小说《晚年存叹》。《华侨报·华座》副刊发表怀嘉的散文《在广州食点心》，连载王香琴的小说《剑神》、惜芬的小说《文字姻缘》、夏冰的小说《多咀街群英会》。

27 日 《澳门日报·新园地》副刊发表胡贤的评论《朱自清和他的〈背影〉》，连载罗伯特著、新民译的小说《太平洋历险记》，润园的小说《老千点相录》，鲁牛的小说《天鹅》，唐堂的小说《霍小玉》，海辛的小说《晚年存叹》。《华侨报 · 华座》副刊发表行心的散文《俏也不争春》，并开始连载司徒丁的散文《拒情记》、连载王香琴的小说《剑神》、惜芬的小说《文字姻缘》、夏冰的小说《多咀街群英会》。

28 日 《澳门日报 · 新园地》副刊发表梅萼华的散文《“时代的鼓手”田间》，连载罗伯特著、新民译的小说《太平洋历险记》，润园的小说《老千点相录》，鲁牛的小说《天鹅》，唐堂的小说《霍小玉》，海辛的小说《晚年存叹》。《华侨报 · 华座》副刊发表孟起予的散文《梅郎家世本优伶》（1），连载司徒丁的散文《拒情记》、王香琴的小说《剑神》、惜芬的小说《文字姻缘》、夏冰的小说《多咀街群英会》。

29 日 《澳门日报 · 新园地》副刊连载罗伯特著、新民译的小说《太平洋历险记》，润园的小说《老千点相录》，鲁牛的小说《天鹅》，唐堂的小说《霍小玉》，海辛的小说《晚年存叹》。《华侨报 · 华座》副刊连载司徒丁的散文《拒情记》、王香琴的小说《剑神》、惜芬的小说《文字姻缘》、夏冰的小说《多咀街群英会》。

30 日 《澳门日报 · 新园地》副刊连载罗伯特著、新民译的小说《太平洋历险记》，润园的小说《老千点相录》，鲁牛的小说《天鹅》，唐堂的小说《霍小玉》，海辛的小说《晚年存叹》（完）。《华侨报 · 华座》副刊发表孟起予的散文《梅郎家世本优伶》（2），连载王香琴的小说《剑神》、惜芬的小说《文字姻缘》、夏冰的小说《多咀街群英会》，并开始连载许德的小说《礼物》。

⊙ 本月，韩牧的诗歌《居家小唱》刊载于香港《海洋文艺》第 2 卷第 11 期。

十二月

1 日 《澳门日报 · 新园地》副刊发表梅萼华的诗歌《田间的新诗草》、方菲的散文《浅谈港版图书》，连载罗伯特著、新民译的小说《太平洋历险记》，润园的小说《老千点相录》，鲁牛的小说《天鹅》，唐堂的小说《霍小玉》，并开始连载海辛的小说《门槛》。《华侨报 · 华座》副刊发表孟起予的散文《梅郎家世本优伶》(3)，连载王香琴的小说《剑神》、惜芬的小说《文字姻缘》、夏冰的小说《多咀街群英会》、许德的小说《礼物》。

2日　《澳门日报·新园地》副刊发表赵朴初的诗歌《万水千山只等闲——杂诗十三首，成昆道上作》，连载罗伯特著、新民译的小说《太平洋历险记》，润园的小说《老千点相录》，鲁牛的小说《天鹅》，唐堂的小说《霍小玉》，海辛的小说《门槛》。《华侨报·华座》副刊发表宣翁的散文《紫虎惊魂伤夜短——答法国友人书》、孟起予的散文《关于〈帝女花〉》，连载王香琴的小说《剑神》、惜芬的小说《文字姻缘》、夏冰的小说《多咀街群英会》、许德的小说《礼物》。

3日　《澳门日报·新园地》副刊发表蓬矢的散文《叶灵凤和曹聚仁》，连载罗伯特著、新民译的小说《太平洋历险记》，润园的小说《老千点相录》，鲁牛的小说《天鹅》，唐堂的小说《霍小玉》，海辛的小说《门槛》。《华侨报·华座》副刊发表朝英的散文《赏菊漫谈》、巨川的散文《菊花石》、行心的散文《时间》，连载王香琴的小说《剑神》、惜芬的小说《文字姻缘》、夏冰的小说《多咀街群英会》、许德的小说《礼物》。

4日　《澳门日报·新园地》副刊连载罗伯特著、新民译的小说《太平洋历险记》，润园的小说《老千点相录》，鲁牛的小说《天鹅》，唐堂的小说《霍小玉》，海辛的小说《门槛》。《华侨报·华座》副刊发表乾的散文《扶桑三岛赏雪》、惜珍的散文《怀朱自清》、小石的散文《从公仔书说起》，连载王香琴的小说《剑神》、惜芬的小说《文字姻缘》、夏冰的小说《多咀街群英会》、许德的小说《礼物》。

5日　《澳门日报·新园地》副刊发表胡贤的散文《春天还会远吗》，连载罗伯特著、新民译的小说《太平洋历险记》，润园的小说《老千点相录》，鲁牛的小说《天鹅》，唐堂的小说《霍小玉》，海辛的小说《门槛》。《华侨报·华座》副刊连载王香琴的小说《剑神》、惜芬的小说《文字姻缘》、夏冰的小说《多咀街群英会》、许德的小说《礼物》(完)。

6日　《澳门日报·新园地》副刊发表卢怀的散文《冬泳拾偶》，连载罗伯特著、新民译的小说《太平洋历险记》，润园的小说《老千点相录》，鲁牛的小说《天鹅》，唐堂的小说《霍小玉》，海辛的小说《门槛》。《华侨报·华座》副刊发表行心的散文《菊展谈菊》、朝英的散文《赏菊漫画》、孟起予的散文《我国古剧传海外》，开始连载江秀的小说《做贼记》，连载王香琴的小说《剑神》、惜芬的小说《文字姻缘》、夏冰的小说《多咀街群英会》。

7日 《澳门日报·新园地》副刊连载罗伯特著、新民译的小说《太平洋历险记》，润园的小说《老千点相录》，鲁牛的小说《天鹅》，唐堂的小说《霍小玉》，海辛的小说《门槛》。《华侨报·华座》副刊发表詹文的散文《阿格纽写的小说》、秦西行的散文《报摊这个起脚点》，连载王香琴的小说《剑神》、惜芬的小说《文字姻缘》、夏冰的小说《多咀街群英会》、江秀的小说《做贼记》。

8日 《澳门日报·新园地》副刊连载罗伯特著、新民译的小说《太平洋历险记》，润园的小说《老千点相录》，鲁牛的小说《天鹅》，唐堂的小说《霍小玉》，海辛的小说《门槛》。《华侨报·华座》副刊发表行心的散文《难念的经》，连载王香琴的小说《剑神》、惜芬的小说《文字姻缘》、夏冰的小说《多咀街群英会》、江秀的小说《做贼记》。

9日 《澳门日报·新园地》副刊发表梅萼华的评论《黄巢的咏菊诗》，连载罗伯特著、新民译的小说《太平洋历险记》，润园的小说《老千点相录》，鲁牛的小说《天鹅》，唐堂的小说《霍小玉》，海辛的小说《门槛》。《华侨报·华座》副刊连载王香琴的小说《剑神》、惜芬的小说《文字姻缘》、夏冰的小说《多咀街群英会》、江秀的小说《做贼记》（完）。

10日 《澳门日报·新园地》副刊连载罗伯特著、新民译的小说《太平洋历险记》，润园的小说《老千点相录》，鲁牛的小说《天鹅》，唐堂的小说《霍小玉》，海辛的小说《门槛》。《华侨报·华座》副刊连载王香琴的小说《剑神》、惜芬的小说《文字姻缘》、夏冰的小说《多咀街群英会》，并开始连载蒂尼的小说《银灯下的悲欢》。

11日 《澳门日报·新园地》副刊发表方菲的评论《张乐平和〈三毛〉》，连载罗伯特著、新民译的小说《太平洋历险记》，润园的小说《老千点相录》，鲁牛的小说《天鹅》，唐堂的小说《霍小玉》，海辛的小说《门槛》。《华

侨报 · 华座》副刊发表怡之的散文《三岛菊飘香》，连载王香琴的小说《剑神》、惜芬的小说《文字姻缘》、夏冰的小说《多咀街群英会》、蒂尼的小说《银灯下的悲欢》（完）。

12 日　《澳门日报 · 新园地》副刊连载罗伯特著、新民译的小说《太平洋历险记》，润园的小说《老千点相录》，鲁牛的小说《天鹅》，唐堂的小说《霍小玉》，海辛的小说《门槛》。《华侨报 · 华座》副刊发表秦西行的散文《解除的咏菊诗》，连载王香琴的小说《剑神》、惜芬的小说《文字姻缘》、夏冰的小说《多咀街群英会》。

13 日　《澳门日报 · 新园地》副刊连载罗伯特著、新民译的小说《太平洋历险记》，润园的小说《老千点相录》，鲁牛的小说《天鹅》，唐堂的小说《霍小玉》，海辛的小说《门槛》。《华侨报 · 华座》副刊发表秦西行的散文《吴敬梓和曹雪芹》，连载王香琴的小说《剑神》、惜芬的小说《文字姻缘》、夏冰的小说《多咀街群英会》。

14 日　《澳门日报 · 新园地》副刊连载罗伯特著、新民译的小说《太平洋历险记》，润园的小说《老千点相录》，鲁牛的小说《天鹅》，唐堂的小说《霍小玉》，海辛的小说《门槛》。《华侨报 · 华座》副刊连载王香琴的小说《剑神》、惜芬的小说《文字姻缘》、夏冰的小说《多咀街群英会》。

15 日　《澳门日报 · 新园地》副刊连载罗伯特著、新民译的小说《太平洋历险记》，润园的小说《老千点相录》，鲁牛的小说《天鹅》，唐堂的小说《霍小玉》，海辛的小说《门槛》。《华侨报 · 华座》副刊发表石河的散文《滴水篇》、河边卒的评论《宋江的"反诗"史进的狂歌》，连载王香琴的小说《剑神》、惜芬的小说《文字姻缘》、夏冰的小说《多咀街群英会》。

16 日　《澳门日报 · 新园地》副刊连载罗伯特著、新民译的小说《太平洋历险记》，润园的小说《老千点相录》，鲁牛的小说《天鹅》，唐堂的小说《霍小玉》，海辛的小说《门槛》。《华侨报 · 华座》副刊发表孟起予的散文《曹雪芹与文字狱》、宣翁的散文《中国人自豪的强音——答香江友人书》，连载王香琴的小说《剑神》、惜芬的小说《文字姻缘》、夏冰的小说《多咀街群英会》。

17 日 《澳门日报 · 新园地》副刊发表鲁夫的诗歌《严冬卢园赏菊二首》，连载罗伯特著、新民译的小说《太平洋历险记》，润园的小说《老千点相录》，鲁牛的小说《天鹅》，唐堂的小说《霍小玉》，海辛的小说《门槛》。《华侨报 · 华座》副刊发表黄振庭的散文《两地家书抵万金——留尼汪 Reunion 来信》、秦西行的散文《致敬，英勇救人的职工》，连载王香琴的小说《剑神》、惜芬的小说《文字姻缘》、夏冰的小说《多咀街群英会》。

18 日 《澳门日报 · 新园地》副刊发表春风的评论《听汤良兴的〈十面埋伏〉》，连载罗伯特著、新民译的小说《太平洋历险记》，润园的小说《老千点相录》，鲁牛的小说《天鹅》，唐堂的小说《霍小玉》，海辛的小说《门槛》。《华侨报 · 华座》副刊发表何爽的散文《二心颂》，连载王香琴的小说《剑神》、惜芬的小说《文字姻缘》、夏冰的小说《多咀街群英会》。

19 日 《澳门日报 · 新园地》副刊连载罗伯特著、新民译的小说《太平洋历险记》，润园的小说《老千点相录》，鲁牛的小说《天鹅》，唐堂的小说《霍小玉》，海辛的小说《门槛》。《华侨报 · 华座》副刊发表深思的散文《诗人 ·“统一澳洲橡树”》，连载王香琴的小说《剑神》、惜芬的小说《文字姻缘》、夏冰的小说《多咀街群英会》。

20 日 《澳门日报 · 新园地》副刊连载罗伯特著、新民译的小说《太平洋历险记》，润园的小说《老千点相录》，鲁牛的小说《天鹅》，唐堂的小说《霍小玉》，海辛的小说《门槛》。《华侨报 · 华座》副刊连载王香琴的小说《剑神》、惜芬的小说《文字姻缘》、夏冰的小说《多咀街群英会》。

21 日 《澳门日报 · 新园地》副刊连载罗伯特著、新民译的小说《太平洋历险记》，润园的小说《老千点相录》，鲁牛的小说《天鹅》，唐堂的小说《霍小玉》，海辛的小说《门槛》。《华侨报 · 华座》副刊连载王香琴的小说《剑神》、惜芬的小说《文字姻缘》、夏冰的小说《多咀街群英会》。

22 日 《澳门日报 · 新园地》副刊发表胡贤的散文《冰雪杂谈》，连载罗伯特著、新民译的小说《太平洋历险记》，润园的小说《老千点相录》，鲁牛的小说《天鹅》，唐堂的小说《霍小玉》，海辛的小说《门槛》。《华侨报 · 华座》副刊发表朱碧的散文《冬至杂谈》，连载王香琴的小说《剑神》、惜芬的小说《文字姻缘》、夏冰的小说《多咀街群英会》。

23 日 《澳门日报·新园地》副刊连载罗伯特著、新民译的小说《太平洋历险记》，润园的小说《老千点相录》，鲁牛的小说《天鹅》，唐堂的小说《霍小玉》，海辛的小说《门槛》。《华侨报·华座》副刊发表柳青青的散文《北京和上海的雪》、孟起予的散文《荆轲者，流氓也》，连载王香琴的小说《剑神》、惜芬的小说《文字姻缘》、夏冰的小说《多咀街群英会》。

24 日 《澳门日报·新园地》副刊发表赵朴初的诗歌《新年话旧小令八首·日本友人调寄喜春来》，连载罗伯特著、新民译的小说《太平洋历险记》，润园的小说《老千点相录》，鲁牛的小说《天鹅》，唐堂的小说《霍小玉》，海辛的小说《门槛》。《华侨报·华座》副刊连载王香琴的小说《剑神》、惜芬的小说《文字姻缘》、夏冰的小说《多咀街群英会》。

25 日 《澳门日报·新园地》副刊发表小冬的散文《从让座谈起》，连载罗伯特著、新民译的小说《太平洋历险记》，润园的小说《老千点相录》，鲁牛的小说《天鹅》，唐堂的小说《霍小玉》，海辛的小说《门槛》。《华侨报·华座》副刊连载王香琴的小说《剑神》、惜芬的小说《文字姻缘》、夏冰的小说《多咀街群英会》。

26 日 《澳门日报·新园地》副刊发表何畏之的诗歌《平原游击队》、方菲的散文《两个王力》、北京重型电机厂叶片车间哲学小组的评论《评〈简明中国哲学史（修订版）〉》，连载罗伯特著、新民译的小说《太平洋历险记》，润园的小说《老千点相录》，鲁牛的小说《天鹅》，唐堂的小说《霍小玉》，海辛的小说《门槛》。《华侨报·华座》副刊连载王香琴的小说《剑神》、惜芬的小说《文字姻缘》、夏冰的小说《多咀街群英会》。

27 日 《澳门日报·新园地》副刊发表良骅的小说《他的故事》，连载罗伯特著、新民译的小说《太平洋历险记》，润园的小说《老千点相录》，鲁牛的小说《天鹅》，唐堂的小说《霍小玉》，海辛的小说《门槛》。《华侨报·华座》副刊发表柳青青的散文《北方人怎么过冬天》，连载王香琴的小说《剑神》（完）、惜芬的小说《文字姻缘》、夏冰的小说《多咀街群英会》。

28 日 《澳门日报·新园地》副刊发表梅萼华的评论《袁水拍的讽刺诗》，连载罗伯特著、新民译的小说《太平洋历险记》，润园的小说《老千点相录》，鲁牛的小说《天鹅》，唐堂的小说《霍小玉》，海辛的小说《门槛》。《华侨报 · 华座》副刊发表跃如的散文《高俅与苏东坡》，连载惜芬的小说《文字姻缘》、夏冰的小说《多咀街群英会》。

29 日 《澳门日报 · 新园地》副刊连载罗伯特著、新民译的小说《太平洋历险记》，润园的小说《老千点相录》，鲁牛的小说《天鹅》，唐堂的小说《霍小玉》，海辛的小说《门槛》。《华侨报 · 华座》副刊连载惜芬的小说《文字姻缘》、夏冰的小说《多咀街群英会》。

30 日 《澳门日报 · 新园地》副刊发表航青的散文《大桥与我》、洛伊的小说《写生记》，连载罗伯特著、新民译的小说《太平洋历险记》，润园的小说《老千点相录》，鲁牛的小说《天鹅》，唐堂的小说《霍小玉》，海辛的小说《门槛》。《华侨报 · 华座》副刊连载惜芬的小说《文字姻缘》、夏冰的小说《多咀街群英会》。

31 日 《澳门日报 · 新园地》副刊发表曼思的诗歌《参观学习归后》、葆青的散文《早来的春色》，连载罗伯特著、新民译的小说《太平洋历险记》，润园的小说《老千点相录》，鲁牛的小说《天鹅》，唐堂的小说《霍小玉》，海辛的小说《门槛》。《华侨报 · 华座》副刊连载惜芬的小说《文字姻缘》、夏冰的小说《多咀街群英会》。

⊙ 本月，韩牧的诗歌《高原秋夜》刊载于香港《海洋文艺》第 2 卷第 12 期。

⊙ 是年，澳门话剧团体“晓角话剧研进社”创立。

1976年

1976年，澳门文学各文体作品发表情况如下：在澳门发表于《澳门日报·新园地》副刊、《华侨报·华座》副刊的小说共53部，其中长篇连载小说8部，中篇小说8部，短篇小说37部；散文482篇；现代诗13首，古体诗词32首；评论74篇。在香港及海外发表长篇小说2部，散文4篇，现代诗24首。

《澳门日报》副刊本年开设的“望洋小品”专栏，作者包括鲁茂、叔华、杨明、方菲、陶莎、夏耘等。“望洋小品”专栏，是澳门20世纪70年代文学报刊中第一个小品专栏，在澳门文学报刊史上也产生了较大影响，《华侨日报》上的长篇连载小说依然细水长流，以武侠小说为主，如聚集了一批本土知名作家。石中生自1976年开始，在《华侨报·华座》副刊连载两部长篇武侠小说：《铁剑诛邪舞》与《快刀神剑夺命镖》。

本年，原于1947年成立的海燕剧艺社恢复演出。该社原名海燕舞台服务社，专门为澳门各社团和学校的演出做后台辅助工作，又经常下乡演出。曾公演曹禺《雷雨》，以及《夜店》《梁山伯与祝英台》等。1976年，留美归来的周树利，积极参与澳门戏剧的培训和推展工作，同教区中心合作，开设多项与戏剧有关的课程，很大程度上推动了澳门戏剧的发展。

1976年，内地粉碎“四人帮”事件后，也有一定数量的诗歌、评论表达了欢欣雀跃之情，如马万祺：“电闪鬼狐警，将军一怒平。十年伤浩劫，今日破坚冰。厚德人歌颂，风调物阜生。鞠躬饮尽瘁，济济庆功成。”又如梁披云所作《欢呼除四害》。可以说，内地的政治变革和文化思潮的动荡，主要是通过古体诗歌的形式，传递到澳门这块弹丸之地的，这大概与这种文体的情感爆发力，以及使用这种文体的诗人的家国情感寄托有关。

本年度，现代诗方面，诗人汪浩瀚在香港《海洋文艺》发表十余篇诗歌散文，如《艇村：脚；生活并不欺骗你》《雪的随想四题：画；杏花；青山；流水》《春天小拾》《读诗随想》《读画记》《竹的素描》《走出雨巷的诗人——读诗小札》《何处是归程——读诗小札》《卫星城市恶咒曲》等，尤其是其中的“读诗小札”，有诗人深刻的个人生命体验与诗意探险。而其《卫星城市恶咒曲》写于1976年，这是70年代澳门诗坛不可多得的厚重之作：

当巴士或者轿车载着你
奔向那座绿色怀抱中的卫星城市
当滚滚的车轮碾过灰色的公路
驶过那条僵硬的没有流水的天桥
当一排排整齐的楼房映入你眼帘
一支支咳嗽的烟囱喷着黑色的浓烟
当一个个崭新的路牌指示着方向
一间间店铺赶着装修赶着营业
当一个城市计划从纸上搬到地上
繁荣是涂在那苍白脸上的胭脂
你可知道这座卫星城市的地层下
埋葬着多少木屋木艇的残骸
你可知道你脚下那条宽敞的大街
曾经是一块块绿油油的菜田
洒了多少血汗，浇了多少水
从乱葬岗中一寸寸地锄出来
那一排排的工厂大厦原来是海边
停泊着多少风雨归来的渔船
——好像是凶狠的海浪把他们赶回来
——好像是冷漠的陆地太挤住不下
就一只脚插往海中，一只脚攀着岸

喘息着，喘息着过了一天又一天

城市计划就像一条凶残的大鳄
吞没他们就像一群小鱼
只需在更深人静时一罐汽油一把火
就像三国周郎赤壁的妙算神机
再没有破坏比火更厉害
如果你无动于那一夜恓惶的哭叫
无动于烈火嘴嚼木板家具的齿声
无动于日出时一张张绝望的脸
无动于强烈的尸臭和缕缕的白烟
一夜西风烈火就结束了这残喘的生命
然后是铲泥机草草地埋葬
然后是绘测师的淡写轻描
然后是稻田菜田变成了地皮
然后是住家艇变成了工业商业
然后是一箭快车把你载来新城市
试图以一个媚眼使你把昨日忘记

另外，本年9月，香港朝阳出版社出版了一部以澳门爆竹制作工人的苦难生活为题材的长篇小说《万木春》，该小说1977年12月又获再版，作者张铮。《万木春》可以说是第一部以单行本形式发行的反映澳门社会生活的长篇小说，它不仅生动地展示了澳门下层社会民众的生活情景，塑造了一些个性较为丰满的爆竹制作工人形象，而且融入了五六十年代澳门社会的许多珍贵史料，对于考察那段时期的澳门历史和社会状况很有价值，堪称是一部生动的澳门乡土小说。

一月

1 日　《澳门日报·新园地》副刊连载罗伯特著、新民译的小说《太平洋历险记》，润园的小说《老千点相录》，鲁牛的小说《天鹅》，唐堂的小说《霍小玉》，海辛的小说《门槛》。《华侨报·华座》副刊发表惜珍的散文《人生二百年——元旦试笔》，连载惜芬的小说《文字姻缘》、夏冰的小说《多咀街群英会》。

3 日　《澳门日报·新园地》副刊连载罗伯特著、新民译的小说《太平洋历险记》，润园的小说《老千点相录》，鲁牛的小说《天鹅》，唐堂的小说《霍小玉》，海辛的小说《门槛》（完）。《华侨报·华座》副刊连载惜芬的小说《文字姻缘》、夏冰的小说《多咀街群英会》。

4 日　《澳门日报·新园地》副刊连载罗伯特著、新民译的小说《太平洋历险记》，润园的小说《老千点相录》，鲁牛的小说《天鹅》，唐堂的小说《霍小玉》，并开始连载海辛的小说《选景》。《华侨报·华座》副刊发表孟起予的评论《桐城派释诗举谬》，并开始连载乔之桦的小说《我的周记》，连载惜芬的小说《文字姻缘》、夏冰的小说《多咀街群英会》。

5 日　《澳门日报·新园地》副刊发表鲁茂的散文《听爆竹声声》，连载罗伯特著、新民译的小说《太平洋历险记》，润园的小说《老千点相录》，鲁牛的小说《天鹅》，唐堂的小说《霍小玉》，海辛的小说《选景》。《华侨报·华座》副刊发表宣翁的散文《由茅台酒想起的话——答南阳友人》，并开始连载平明的小说《心火》，连载惜芬的小说《文字姻缘》、夏冰的小说《多咀街群英会》、乔之桦的小说《我的周记》。

6 日　《澳门日报·新园地》副刊连载罗伯特著、新民译的小说《太平洋历险记》，润园的小说《老千点相录》，鲁牛的小说《天鹅》，唐堂的小说《霍小玉》，海辛的小说《选景》。《华侨报·华座》副刊连载惜芬的小说《文字姻缘》、夏冰的小说《多咀街群英会》、乔之桦的小说《我的周记》、平明的小说《心火》。

7 日　《澳门日报·新园地》副刊连载罗伯特著、新民译的小说《太平洋历险记》，润园的小说《老千点相录》，鲁牛的小说《天鹅》，唐堂的小说《霍小玉》，海辛的小说《选景》。《华侨报·华座》副刊发表秦西行的散文《读词二首有感》，连载惜芬的小说《文字姻缘》、夏冰的小说《多咀街群英会》、乔之桦的小说《我的周记》、平明的小说《心火》。

8日 《澳门日报·新园地》副刊连载罗伯特著、新民译的小说《太平洋历险记》，润园的小说《老千点相录》，鲁牛的小说《天鹅》，唐堂的小说《霍小玉》，海辛的小说《选景》。《华侨报·华座》副刊发表慕容华的散文《至善·鞋匠·李家刀》，连载惜芬的小说《文字姻缘》、夏冰的小说《多咀街群英会》、乔之桦的小说《我的周记》、平明的小说《心火》。

9日 《澳门日报·新园地》副刊发表鲁茂的散文《"望洋"何解》，连载罗伯特著、新民译的小说《太平洋历险记》，润园的小说《老千点相录》，鲁牛的小说《天鹅》，唐堂的小说《霍小玉》，海辛的小说《选景》。《华侨报·华座》副刊连载惜芬的小说《文字姻缘》、夏冰的小说《多咀街群英会》、乔之桦的小说《我的周记》、平明的小说《心火》。

10日 《澳门日报·新园地》副刊连载罗伯特著、新民译的小说《太平洋历险记》，润园的小说《老千点相录》，鲁牛的小说《天鹅》，唐堂的小说《霍小玉》，海辛的小说《选景》。《华侨报·华座》副刊发表孟起予的散文《南海十三郎》，连载惜芬的小说《文字姻缘》、夏冰的小说《多咀街群英会》、乔之桦的小说《我的周记》（完）、平明的小说《心火》（完）。

11日 《澳门日报·新园地》副刊连载罗伯特著、新民译的小说《太平洋历险记》，润园的小说《老千点相录》，鲁牛的小说《天鹅》，唐堂的小说《霍小玉》，海辛的小说《选景》。《华侨报·华座》副刊连载惜芬的小说《文字姻缘》、夏冰的小说《多咀街群英会》。

12日 《澳门日报·新园地》副刊连载罗伯特著、新民译的小说《太平洋历险记》，润园的小说《老千点相录》，鲁牛的小说《天鹅》，唐堂的小说《霍小玉》，海辛的小说《选景》。《华侨报·华座》副刊发表蓬矢的散文《想起了钱学森》，连载惜芬的小说《文字姻缘》、夏冰的小说《多咀街群英会》。

13日 《澳门日报·新园地》副刊发表半坡的散文《旧游新记（漓江行续记）》，

连载罗伯特著、新民译的小说《太平洋历险记》，润园的小说《老千点相录》，鲁牛的小说《天鹅》，唐堂的小说《霍小玉》，海辛的小说《选景》。《华侨报·华座》副刊发表宣翁的散文《忆周总理在仰光》、行心的评论《观点与角度》，连载惜芬的小说《文字姻缘》、夏冰的小说《多咀街群英会》。

14日 《澳门日报·新园地》副刊连载罗伯特著、新民译的小说《太平洋历险记》，润园的小说《老千点相录》，鲁牛的小说《天鹅》，唐堂的小说《霍小玉》，海辛的小说《选景》。《华侨报·华座》副刊发表江涛的散文《梅花颂》（1），并开始连载孟起予的评论《〈念奴娇〉古今谈》，连载惜芬的小说《文字姻缘》、夏冰的小说《多咀街群英会》。

15日 《澳门日报·新园地》副刊连载罗伯特著、新民译的小说《太平洋历险记》，润园的小说《老千点相录》，鲁牛的小说《天鹅》，唐堂的小说《霍小玉》，海辛的小说《选景》。《华侨报·华座》副刊发表一民的诗歌《悼念周总理》、江涛的散文《梅花颂》（2）、悠悠的散文《敬悼周总理》，连载孟起予的评论《〈念奴娇〉古今谈》（完）、惜芬的小说《文字姻缘》、夏冰的小说《多咀街群英会》。

16日 《澳门日报·新园地》副刊连载罗伯特著、新民译的小说《太平洋历险记》，润园的小说《老千点相录》，鲁牛的小说《天鹅》，唐堂的小说《霍小玉》（完），海辛的小说《选景》。《华侨报·华座》副刊发表宣翁的散文《九州河岳壮风云》、凡凡的散文《桃花漫话》，连载惜芬的小说《文字姻缘》、夏冰的小说《多咀街群英会》。

17日 《澳门日报·新园地》副刊连载罗伯特著、新民译的小说《太平洋历险记》，润园的小说《老千点相录》，鲁牛的小说《天鹅》，海辛的小说《选景》，并开始连载司马璧的小说《劫镖》、唐堂的小说《李娃》。《华侨报·华座》副刊连载惜芬的小说《文字姻缘》、夏冰的小说《多咀街群英会》，并开始连载平明的小说《婚姻》。

18日 《澳门日报·新园地》副刊连载罗伯特著、新民译的小说《太平洋历险记》，润园的小说《老千点相录》，鲁牛的小说《天鹅》，海辛的小说《选景》，司马璧的小说《劫镖》，唐堂的小说《李娃》。《华侨报·华座》副刊发表孟起予的散文《写于深夜》，连载惜芬的小说《文字姻缘》、夏冰的小说《多咀街群英会》、平明的小说《婚姻》。

19 日　《澳门日报·新园地》副刊连载罗伯特著、新民译的小说《太平洋历险记》，润园的小说《老千点相录》，鲁牛的小说《天鹅》，海辛的小说《选景》，司马璧的小说《劫镖》，唐堂的小说《李娃》。《华侨报·华座》副刊发表马骋怀的诗歌《痛悼周总理》、跃如的散文《在悲痛的日子里》，连载惜芬的小说《文字姻缘》、夏冰的小说《多咀街群英会》、平明的小说《婚姻》。

20 日　《澳门日报·新园地》副刊连载罗伯特著、新民译的小说《太平洋历险记》（完），润园的小说《老千点相录》，鲁牛的小说《天鹅》，海辛的小说《选景》，司马璧的小说《劫镖》，唐堂的小说《李娃》。《华侨报·华座》副刊发表阿甲的散文《“争豪斗富”》，连载惜芬的小说《文字姻缘》、夏冰的小说《多咀街群英会》、平明的小说《婚姻》。

21 日　《澳门日报·新园地》副刊连载润园的小说《老千点相录》、鲁牛的小说《天鹅》、海辛的小说《选景》、司马璧的小说《劫镖》、唐堂的小说《李娃》，并开始连载翻译短篇小说选《失去的记忆》。《华侨报·华座》副刊发表秦西行的散文《看相》，连载惜芬的小说《文字姻缘》、夏冰的小说《多咀街群英会》、平明的小说《婚姻》。

22 日　《澳门日报·新园地》副刊连载润园的小说《老千点相录》、鲁牛的小说《天鹅》、海辛的小说《选景》、司马璧的小说《劫镖》、唐堂的小说《李娃》、翻译短篇小说选《失去的记忆》（完）。《华侨报·华座》副刊连载惜芬的小说《文字姻缘》、夏冰的小说《多咀街群英会》、平明的小说《婚姻》。

23 日　《澳门日报·新园地》副刊发表方菲的散文《茅盾曾住过澳门》，连载润园的小说《老千点相录》、鲁牛的小说《天鹅》、海辛的小说《选景》、司马璧的小说《劫镖》、唐堂的小说《李娃》，并开始连载新民译的小说《魔术师的报复》。《华侨报·华座》副刊发表刘耀荣的散文《今天，美丽的巴黎》，连载惜芬的小说《文字姻缘》、夏冰的小说《多咀街群英会》、平明的小说《婚姻》。

24 日 《澳门日报·新园地》副刊发表鲁茂的散文《有抱负，立大志》，连载润园的小说《老千点相录》、鲁牛的小说《天鹅》、海辛的小说《选景》、司马璧的小说《劫镖》、唐堂的小说《李娃》、新民译的小说《魔术师的报复》。《华侨报·华座》副刊发表冷眼的散文《俚歌拾趣》、秦西行的评论《观点与角度》，连载惜芬的小说《文字姻缘》、夏冰的小说《多咀街群英会》、平明的小说《婚姻》。

25 日 《澳门日报·新园地》副刊连载润园的小说《老千点相录》、鲁牛的小说《天鹅》、海辛的小说《选景》、司马璧的小说《劫镖》、唐堂的小说《李娃》、新民译的小说《魔术师的报复》（完）。《华侨报·华座》副刊发表刘耀荣的散文《夜花都——香榭丽舍》，连载惜芬的小说《文字姻缘》、夏冰的小说《多咀街群英会》、平明的小说《婚姻》。

26 日 《澳门日报·新园地》副刊发表半坡的散文《旧游新记（榕湖旅居）》，连载润园的小说《老千点相录》、鲁牛的小说《天鹅》、海辛的小说《选景》、司马璧的小说《劫镖》、唐堂的小说《李娃》。《华侨报·华座》副刊发表李铭（老归侨）的诗歌《敬悼周总理》，并开始连载新民译的小说《紧急邮递》，连载惜芬的小说《文字姻缘》、夏冰的小说《多咀街群英会》、平明的小说《婚姻》（完）。

27 日 《澳门日报·新园地》副刊发表方菲的散文《颜真卿是地质学家》，连载润园的小说《老千点相录》、鲁牛的小说《天鹅》、海辛的小说《选景》、司马璧的小说《劫镖》、唐堂的小说《李娃》。《华侨报·华座》副刊连载惜芬的小说《文字姻缘》、夏冰的小说《多咀街群英会》、新民译的小说《紧急邮递》，并开始连载任平的小说《重逢》。

28 日 《澳门日报·新园地》副刊发表叔华的散文《我看〈乱世佳人〉》，连载润园的小说《老千点相录》、鲁牛的小说《天鹅》、海辛的小说《选景》、司马璧的小说《劫镖》、唐堂的小说《李娃》。《华侨报·华座》副刊发表刘耀荣的散文《艺术》，连载惜芬的小说《文字姻缘》、夏冰的小说《多咀街群英会》、新民译的小说《紧急邮递》、任平的小说《重逢》。

29 日　《澳门日报·新园地》副刊发表梅萼华的散文《悼念梁惠民先生》，连载润园的小说《老千点相录》、鲁牛的小说《天鹅》、海辛的小说《选景》、司马璧的小说《劫镖》、唐堂的小说《李娃》。《华侨报·华座》副刊发表林宇的评论《如此乱世佳人》，连载惜芬的小说《文字姻缘》、夏冰的小说《多咀街群英会》、新民译的小说《紧急邮递》(完)、任平的小说《重逢》。

30 日　《澳门日报·新园地》副刊连载润园的小说《老千点相录》、鲁牛的小说《天鹅》、海辛的小说《选景》、司马璧的小说《劫镖》、唐堂的小说《李娃》。《华侨报·华座》副刊发表余敏念的散文《岁暮读词》，连载惜芬的小说《文字姻缘》、夏冰的小说《多咀街群英会》、任平的小说《重逢》。

31 日　《澳门日报·新园地》副刊发表鲁茂的散文《除旧迎新》，连载润园的小说《老千点相录》、鲁牛的小说《天鹅》、海辛的小说《选景》(完)、司马璧的小说《劫镖》、唐堂的小说《李娃》。《华侨报·华座》副刊发表谭仕杰的诗词《清平乐》、大可的散文《谈龙年和龙的故事》、古非的散文《宋代春节点滴》，连载惜芬的小说《文字姻缘》、夏冰的小说《多咀街群英会》、任平的小说《重逢》。

⊙　本月，汪浩瀚的诗歌《雪的随想四题》刊载于香港《海洋文艺》第 3 卷第 1 期。

⊙　本月，韩牧的诗歌《闹市行吟》刊载于香港《海洋文艺》第 3 卷第 1 期。

⊙　本月，江映澜的散文《老和少之间》刊载于香港《海洋文艺》第 3 卷第 1 期。

二月

1 日　《澳门日报·新园地》副刊连载润园的小说《老千点相录》、鲁牛的小说《天鹅》、司马璧的小说《劫镖》、唐堂的小说《李娃》。《华侨报·华座》副刊连载惜芬的小说《文字姻缘》、夏冰的小说《多咀街群英会》、任平的小说《重逢》。

2 日　《澳门日报·新园地》副刊连载润园的小说《老千点相录》、鲁牛的小说

《天鹅》、司马璧的小说《劫镖》、唐堂的小说《李娃》。《华侨报·华座》副刊连载惜芬的小说《文字姻缘》、夏冰的小说《多咀街群英会》、任平的小说《重逢》。

3日　《澳门日报·新园地》副刊连载润园的小说《老千点相录》、鲁牛的小说《天鹅》、司马璧的小说《劫镖》、唐堂的小说《李娃》。《华侨报·华座》副刊连载惜芬的小说《文字姻缘》、夏冰的小说《多咀街群英会》、任平的小说《重逢》。

4日　《澳门日报·新园地》副刊连载润园的小说《老千点相录》、鲁牛的小说《天鹅》、司马璧的小说《劫镖》、唐堂的小说《李娃》。《华侨报·华座》副刊发表惜珍的散文《春节怀台湾亲友》，连载惜芬的小说《文字姻缘》、夏冰的小说《多咀街群英会》、任平的小说《重逢》。

5日　《澳门日报·新园地》副刊连载润园的小说《老千点相录》、鲁牛的小说《天鹅》、司马璧的小说《劫镖》、唐堂的小说《李娃》，并开始连载新民译的小说《手套》。《华侨报·华座》副刊连载惜芬的小说《文字姻缘》、夏冰的小说《多咀街群英会》、任平的小说《重逢》。

6日　《澳门日报·新园地》副刊连载润园的小说《老千点相录》、鲁牛的小说《天鹅》、司马璧的小说《劫镖》、唐堂的小说《李娃》、新民译的小说《手套》。《华侨报·华座》副刊发表秦西行的散文《拜年拜年》，连载惜芬的小说《文字姻缘》、夏冰的小说《多咀街群英会》、任平的小说《重逢》。

7日　《澳门日报·新园地》副刊连载润园的小说《老千点相录》、鲁牛的小说《天鹅》、司马璧的小说《劫镖》、唐堂的小说《李娃》、新民译的小说《手套》。《华侨报·华座》副刊发表石英的散文《记事一则》，连载惜芬的小说《文字姻缘》、夏冰的小说《多咀街群英会》、任平的小说《重逢》。

8日　《澳门日报·新园地》副刊连载润园的小说《老千点相录》、鲁牛的小说《天鹅》、司马璧的小说《劫镖》、唐堂的小说《李娃》、新民译的小说《手套》（完）。《华侨报·华座》副刊发表醒岗的散文《我的一家》，连载惜芬的小说《文字姻缘》、夏冰的小说《多咀街群英会》、任平的小说《重逢》。

9日　《澳门日报·新园地》副刊开始连载周建人的散文《新发现的鲁迅的一首

题诗》、新民译的小说《预知的谋杀》，连载润园的小说《老千点相录》、鲁牛的小说《天鹅》、司马璧的小说《劫镖》、唐堂的小说《李娃》。《华侨报·华座》副刊发表怀嘉的散文《从毛主席的书法说起》，连载惜芬的小说《文字姻缘》、夏冰的小说《多咀街群英会》、任平的小说《重逢》。

10 日 《澳门日报·新园地》副刊发表胡贤的散文《隔膜的邻居》，连载周建人的散文《新发现的鲁迅的一首题诗》、新民译的小说《预知的谋杀》、润园的小说《老千点相录》、鲁牛的小说《天鹅》、司马璧的小说《劫镖》、唐堂的小说《李娃》。《华侨报·华座》副刊发表江思扬的散文《在灾场上》，连载惜芬的小说《文字姻缘》、夏冰的小说《多咀街群英会》、任平的小说《重逢》（完）。

11 日 《澳门日报·新园地》副刊发表鲁茂的散文《又有呢支歌仔唱啦！》，连载周建人的散文《新发现的鲁迅的一首题诗》（完）、新民译的小说《预知的谋杀》、润园的小说《老千点相录》、鲁牛的小说《天鹅》、司马璧的小说《劫镖》、唐堂的小说《李娃》。《华侨报·华座》副刊发表幕敏的散文《俄罗斯女人》，连载惜芬的小说《文字姻缘》、夏冰的小说《多咀街群英会》。

12 日 《澳门日报·新园地》副刊连载新民译的小说《预知的谋杀》、润园的小说《老千点相录》、鲁牛的小说《天鹅》、司马璧的小说《劫镖》、唐堂的小说《李娃》。《华侨报·华座》副刊连载惜芬的小说《文字姻缘》、夏冰的小说《多咀街群英会》，并开始连载初阳的小说《下一代》。

13 日 《澳门日报·新园地》副刊发表半坡的散文《旧游新记》，连载新民译的小说《预知的谋杀》、润园的小说《老千点相录》、鲁牛的小说《天鹅》、司马璧的小说《劫镖》、唐堂的小说《李娃》。《华侨报·华座》副刊发表秦西行的散文《夜晚纪事》，连载惜芬的小说《文字姻缘》、夏冰的小说《多咀街群英会》、初阳的小说《下一代》。

14 日 《澳门日报·新园地》副刊发表方菲的散文《元宵与州官放火》，并开始连载海辛的小说《去年的雨季》，连载新民译的小说《预知的谋杀》、润园的小说《老千点相录》、鲁牛的小说《天鹅》、司马璧的小说《劫镖》、唐堂的小说《李娃》。《华侨报 · 华座》副刊发表白凡的散文《元宵拾趣录》，连载惜芬的小说《文字姻缘》、夏冰的小说《多咀街群英会》、初阳的小说《下一代》。

15 日 《澳门日报 · 新园地》副刊发表胡贤的散文《恭喜发财》，连载新民译的小说《预知的谋杀》、润园的小说《老千点相录》、鲁牛的小说《天鹅》、司马璧的小说《劫镖》、唐堂的小说《李娃》、海辛的小说《去年的雨季》。《华侨报 · 华座》副刊连载惜芬的小说《文字姻缘》、夏冰的小说《多咀街群英会》、初阳的小说《下一代》。

16 日 《澳门日报 · 新园地》副刊连载新民译的小说《预知的谋杀》、润园的小说《老千点相录》、鲁牛的小说《天鹅》、司马璧的小说《劫镖》、唐堂的小说《李娃》、海辛的小说《去年的雨季》。《华侨报 · 华座》副刊连载惜芬的小说《文字姻缘》、夏冰的小说《多咀街群英会》、初阳的小说《下一代》。

17 日 《澳门日报 · 新园地》副刊发表半坡的散文《旧游新记（花桥 · 龙隐崖洞）》，连载新民译的小说《预知的谋杀》（完）、润园的小说《老千点相录》、鲁牛的小说《天鹅》、司马璧的小说《劫镖》、唐堂的小说《李娃》、海辛的小说《去年的雨季》。《华侨报 · 华座》副刊连载惜芬的小说《文字姻缘》、夏冰的小说《多咀街群英会》、初阳的小说《下一代》。

18 日 《澳门日报 · 新园地》副刊发表慧敏的散文《尼罗河洗劫记》，并开始连载新民译的小说《闭门失窃记》，连载润园的小说《老千点相录》、鲁牛的小说《天鹅》、司马璧的小说《劫镖》、唐堂的小说《李娃》、海辛的小说《去年的雨季》。《华侨报 · 华座》副刊连载惜芬的小说《文字姻缘》、夏冰的小说《多咀街群英会》、初阳的小说《下一代》。

19 日 《澳门日报 · 新园地》副刊发表鲁茂的散文《有客自中美洲来》，连载新民译的小说《闭门失窃记》、润园的小说《老千点相录》、鲁牛的小说《天鹅》、司马璧的小说《劫镖》、唐堂的小说《李娃》、海辛的小说《去年的雨季》。《华侨报 · 华座》副刊连载惜芬的小说《文字姻缘》、夏冰的小说《多咀街群英会》、初阳的小说《下一代》。

20 日　《澳门日报 · 新园地》副刊发表方菲的散文《“九万里”及其他》，连载新民译的小说《闭门失窃记》、润园的小说《老千点相录》、鲁牛的小说《天鹅》、司马璧的小说《劫镖》、唐堂的小说《李娃》、海辛的小说《去年的雨季》。《华侨报 · 华座》副刊连载惜芬的小说《文字姻缘》、夏冰的小说《多咀街群英会》、初阳的小说《下一代》。

21 日　《澳门日报 · 新园地》副刊连载新民译的小说《闭门失窃记》、润园的小说《老千点相录》、鲁牛的小说《天鹅》、司马璧的小说《劫镖》、唐堂的小说《李娃》、海辛的小说《去年的雨季》。《华侨报 · 华座》副刊发表秦西行的评论《人民文学》，连载惜芬的小说《文字姻缘》、夏冰的小说《多咀街群英会》、初阳的小说《下一代》。

22 日　《澳门日报 · 新园地》副刊连载新民译的小说《闭门失窃记》（完）、润园的小说《老千点相录》、鲁牛的小说《天鹅》、司马璧的小说《劫镖》、唐堂的小说《李娃》、海辛的小说《去年的雨季》。《华侨报 · 华座》副刊连载惜芬的小说《文字姻缘》、夏冰的小说《多咀街群英会》、初阳的小说《下一代》。

23 日　《澳门日报 · 新园地》副刊发表白思群的散文《万紫千红一叶看——读〈人民文学〉小说〈枫叶殷红〉》，并开始连载新民译的小说《指纹缉凶记》，连载润园的小说《老千点相录》、鲁牛的小说《天鹅》、司马璧的小说《劫镖》、唐堂的小说《李娃》、海辛的小说《去年的雨季》。《华侨报 · 华座》副刊发表树菁的散文《在图书中看历史》、白芷的散文《何必花牌》，连载惜芬的小说《文字姻缘》、夏冰的小说《多咀街群英会》、初阳的小说《下一代》。

24 日　《澳门日报 · 新园地》副刊发表夏耘的散文《黄声笑开始写诗的时候》、航青的散文《陋巷》，连载新民译的小说《指纹缉凶记》、润园的小说《老千点相录》、鲁牛的小说《天鹅》、司马璧的小说《劫镖》、唐堂的小说《李娃》、海辛的小说《去年的雨季》。《华侨报 · 华座》副刊发表梦芸的散文《输掉了生命》，连载惜芬的小说《文字姻缘》、夏冰的小说《多咀街群英会》、初阳的小说《下一代》。

25 日　《澳门日报 · 新园地》副刊发表荷马的散文《春寒 · 春雨 · 春雾》，连载新民译的小说《指纹缉凶记》、润园的小说《老千点相录》、鲁牛的小说《天鹅》、司马璧的小说《劫镖》、唐堂的小说《李娃》、海辛的小说《去年的雨季》。《华侨报 · 华座》副刊连载惜芬的小说《文字姻缘》、夏冰的小说《多咀街群英会》、初阳的小说《下一代》（完）。

26 日　《澳门日报 · 新园地》副刊发表鲁茂的散文《害国害民的“麻木不仁”》，连载新民译的小说《指纹缉凶记》、润园的小说《老千点相录》、鲁牛的小说《天鹅》、司马璧的小说《劫镖》、唐堂的小说《李娃》、海辛的小说《去年的雨季》。《华侨报 · 华座》副刊连载惜芬的小说《文字姻缘》、夏冰的小说《多咀街群英会》，并开始连载绿漪的小说《约会》。

27 日　《澳门日报 · 新园地》副刊发表半坡的散文《旧游新记》，连载新民译的小说《指纹缉凶记》（完）、润园的小说《老千点相录》、鲁牛的小说《天鹅》、司马璧的小说《劫镖》、唐堂的小说《李娃》、海辛的小说《去年的雨季》。《华侨报 · 华座》副刊发表孟起予的散文《“当代英雄”》（1）、春朗的散文《瓶上绯桃 · 畦上绯桃》，连载惜芬的小说《文字姻缘》、夏冰的小说《多咀街群英会》、绿漪的小说《约会》。

28 日　《澳门日报 · 新园地》副刊发表航青的散文《久违了，嗓声！》，连载润园的小说《老千点相录》、鲁牛的小说《天鹅》、司马璧的小说《劫镖》、唐堂的小说《李娃》、海辛的小说《去年的雨季》。《华侨报 · 华座》副刊发表孟起予的散文《“当代英雄”》（2）、黄衫客的散文《春游路氹琐记》，连载惜芬的小说《文字姻缘》、夏冰的小说《多咀街群英会》、绿漪的小说《约会》。

29 日　《澳门日报 · 新园地》副刊发表周建人的散文《学习鲁迅永葆革命青春——从章太炎、刘半农谈起》，连载润园的小说《老千点相录》、鲁牛的小说《天鹅》、司马璧的小说《劫镖》、唐堂的小说《李娃》、海辛的小说《去年的雨季》。《华侨报 · 华座》副刊发表江思扬的散文《想起爱因斯坦》，连载惜芬的小说《文字姻缘》、夏冰的小说《多咀街群英会》、绿漪的小说《约会》。

⊙ 本月，韩牧的诗歌《抒怀》刊载于香港《海洋文艺》第3卷第2期。

⊙ 本月，江映澜的散文《又见紫荆（外一章）》刊载于香港《海洋文艺》第3卷第2期。

三月

1日 《澳门日报·新园地》副刊发表朝气的散文《雾（随笔）》、何畏之的评论《瀛台泣血》，连载润园的小说《老千点相录》、鲁牛的小说《天鹅》、司马璧的小说《劫镖》、唐堂的小说《李娃》、海辛的小说《去年的雨季》。《华侨报·华座》副刊发表可平的散文《春风杨柳》，连载惜芬的小说《文字姻缘》、夏冰的小说《多咀街群英会》、绿漪的小说《约会》。

2日 《澳门日报·新园地》副刊发表胡贤的散文《美国老人的悲哀》、半坡的散文《旧游新记（冠岩幽境）》、林尽染的评论《浴血滚球场》，连载润园的小说《老千点相录》、鲁牛的小说《天鹅》、司马璧的小说《劫镖》、唐堂的小说《李娃》、海辛的小说《去年的雨季》（完）。《华侨报·华座》副刊发表哲文的散文《北京古树的故事》，连载惜芬的小说《文字姻缘》、夏冰的小说《多咀街群英会》、绿漪的小说《约会》。

3日 《澳门日报·新园地》副刊连载润园的小说《老千点相录》、鲁牛的小说《天鹅》、司马璧的小说《劫镖》、唐堂的小说《李娃》，并开始连载海辛的小说《墙面》。《华侨报·华座》副刊发表刘耀荣的散文《圣米雪——学生园地》，连载惜芬的小说《文字姻缘》、夏冰的小说《多咀街群英会》、绿漪的小说《约会》。

4日 《澳门日报·新园地》副刊发表方菲散文《美丽富饶的西双版纳》、林尽染的评论《六十七日浴血战》，连载润园的小说《老千点相录》、鲁牛的小说《天鹅》、司马璧的小说《劫镖》、唐堂的小说《李娃》、海辛的小说《墙面》。《华侨报·华座》副刊连载惜芬的小说《文字姻缘》、夏冰的小说《多咀街群英会》、绿漪的小说《约会》。

5日 《澳门日报·新园地》副刊连载润园的小说《老千点相录》、鲁牛的小说《天鹅》、司马璧的小说《劫镖》、唐堂的小说《李娃》、海辛的小说《墙面》。《华侨报·华座》副刊连载惜芬的小说《文字姻缘》、夏冰的小说《多咀街群英会》、绿漪的小说《约会》(完)。

6日 《澳门日报·新园地》副刊发表半坡的散文《旧游新记(阳朔游)》、何畏之的评论《大暗杀》，连载润园的小说《老千点相录》、鲁牛的小说《天鹅》、司马璧的小说《劫镖》、唐堂的小说《李娃》、海辛的小说《墙面》。《华侨报·华座》副刊发表文媛的散文《日本赏樱花圣地》、阿甲的散文《偶感》，并开始连载绿漪的小说《求婚》，连载惜芬的小说《文字姻缘》、夏冰的小说《多咀街群英会》。

7日 《澳门日报·新园地》副刊发表方菲的散文《郭老作品在台湾》、阿秀的散文《深海探奇》、小冰的散文《眼镜的故事》，连载润园的小说《老千点相录》、鲁牛的小说《天鹅》、司马璧的小说《劫镖》、唐堂的小说《李娃》、海辛的小说《墙面》。《华侨报·华座》副刊发表宣翁的散文《愿托春风寄心声——答法国朋友》，连载绿漪的小说《求婚》、惜芬的小说《文字姻缘》、夏冰的小说《多咀街群英会》。

8日 《澳门日报·新园地》副刊发表闻一木的散文《春浓时节迎“三八”》，连载润园的小说《老千点相录》、鲁牛的小说《天鹅》、司马璧的小说《劫镖》、唐堂的小说《李娃》、海辛的小说《墙面》。《华侨报·华座》副刊连载绿漪的小说《求婚》、惜芬的小说《文字姻缘》、夏冰的小说《多咀街群英会》。

9日 《澳门日报·新园地》副刊连载润园的小说《老千点相录》、鲁牛的小说《天鹅》、司马璧的小说《劫镖》、唐堂的小说《李娃》、海辛的小说《墙面》。《华侨报·华座》副刊连载绿漪的小说《求婚》、惜芬的小说《文字姻缘》、夏冰的小说《多咀街群英会》。

10日 《澳门日报·新园地》副刊发表谭仕杰的诗歌《海上油田》《春》，胡贤的散文《街边的咖啡档》，连载润园的小说《老千点相录》、鲁牛的小说《天鹅》、司马璧的小说《劫镖》、唐堂的小说《李娃》、海辛的小说《墙面》。《华侨报·华座》副刊发表石子的散文《春风暖放木棉红》、孟起予的散文《想起朱帘秀》，连载绿漪的小说《求婚》、惜芬的小说《文字姻缘》、夏冰的小说《多咀街群英会》。

11日 《澳门日报·新园地》副刊发表时隐的诗歌《天下大乱》、夏耘的散文《台湾翻印书与马宗霍》，连载润园的小说《老千点相录》、鲁牛的小说《天鹅》、司马璧的小说《劫镖》、唐堂的小说《李娃》、海辛的小说《墙面》。《华侨报·华座》副刊连载绿漪的小说《求婚》、惜芬的小说《文字姻缘》（完）、夏冰的小说《多咀街群英会》。

12日 《澳门日报·新园地》副刊发表方菲的散文《孙中山故居的诗》，开始连载林夏风的散文《元稹、张祜“诗案”》，连载润园的小说《老千点相录》、鲁牛的小说《天鹅》、司马璧的小说《劫镖》、唐堂的小说《李娃》、海辛的小说《墙面》。《华侨报·华座》副刊发表陈阵的散文《访中山翠亨故居》，并开始连载王香琴的小说《湖海风雷》，连载绿漪的小说《求婚》（完）、夏冰的小说《多咀街群英会》。

13日 《澳门日报·新园地》副刊连载林夏风的散文《元稹、张祜“诗案”》（完）、润园的小说《老千点相录》、鲁牛的小说《天鹅》、司马璧的小说《劫镖》、唐堂的小说《李娃》、海辛的小说《墙面》。《华侨报·华座》副刊连载王香琴的小说《湖海风雷》、夏冰的小说《多咀街群英会》，并开始连载西门的小说《情人》。

14日 《澳门日报·新园地》副刊发表林胡贤的散文《木棉花开的季节》、逢才的散文《〈水浒〉与梁山》，连载润园的小说《老千点相录》、鲁牛的小说《天鹅》、司马璧的小说《劫镖》、唐堂的小说《李娃》、海辛的小说《墙面》。《华侨报·华座》副刊发表蓬矢的散文《由搭棚想起》，连载王香琴的小说《湖海风雷》、夏冰的小说《多咀街群英会》、西门的小说《情人》。

15日 《澳门日报·新园地》副刊开始连载林夏风的散文《亦盗亦官亦诗人——兼谈苏涣与杜甫的交情》，连载润园的小说《老千点相录》、鲁牛的小说《天鹅》、司马璧的小说《劫镖》、唐堂的小说《李娃》、海辛的小说《墙面》。《华侨报·华座》副刊连载王香琴的小说《湖海风雷》、夏冰的小说《多咀街群英会》、西门的小说《情人》。

16日 《澳门日报·新园地》副刊发表方菲的散文《丰子恺的漫画》，连载林夏风的散文《亦盗亦官亦诗人——兼谈苏涣与杜甫的交情》、润园的小说《老千点相录》、鲁牛的小说《天鹅》、司马璧的小说《劫镖》、唐堂的小说《李娃》、海辛的小说《墙面》。《华侨报·华座》副刊连载王香琴的小说《湖海风雷》、夏冰的小说《多咀街群英会》、西门的小说《情人》。

17日 《澳门日报·新园地》副刊发表胡贤的散文《普通话与方言》，连载林夏风的散文《亦盗亦官亦诗人——兼谈苏涣与杜甫的交情》（完）、润园的小说《老千点相录》、鲁牛的小说《天鹅》、司马璧的小说《劫镖》、唐堂的小说《李娃》、海辛的小说《墙面》。《华侨报·华座》副刊发表秦西行的散文《剪报》，连载王香琴的小说《湖海风雷》、夏冰的小说《多咀街群英会》、西门的小说《情人》。

18日 《澳门日报·新园地》副刊发表夏耘的散文《与蒙古族书法家》、半坡的散文《旧游新记（续记阳朔）》，连载润园的小说《老千点相录》、鲁牛的小说《天鹅》、司马璧的小说《劫镖》、唐堂的小说《李娃》、海辛的小说《墙面》。《华侨报·华座》副刊连载王香琴的小说《湖海风雷》、夏冰的小说《多咀街群英会》、西门的小说《情人》。

19日 《澳门日报·新园地》副刊连载润园的小说《老千点相录》、鲁牛的小说《天鹅》、司马璧的小说《劫镖》、唐堂的小说《李娃》、海辛的小说《墙面》。《华侨报·华座》副刊发表白芷的散文《三月又见杜鹃花》、湛云的散文《观音堂的古榕》，并开始连载绿漪的小说《伴侣》，连载王香琴的小说《湖海风雷》、夏冰的小说《多咀街群英会》、西门的小说《情人》。

20日 《澳门日报·新园地》副刊发表夏耘的散文《郁达夫三次结婚》、佚名的散文《想起了几个人》，连载润园的小说《老千点相录》、鲁牛的小说《天鹅》、司马璧的小说《劫镖》、唐堂的小说《李娃》、海辛的小说《墙面》。《华侨报·华座》副刊连载绿漪的小说《伴侣》、王香琴的小说《湖海风雷》、夏冰的小说《多咀街群英会》、西门的小说《情人》。

21日 《澳门日报·新园地》副刊发表谭仕杰的诗歌《西江月〈创业〉观后》、朝光的散文《骑车与步行》，连载润园的小说《老千点相录》、鲁牛的小说《天鹅》、司马璧的小说《劫镖》、唐堂的小说《李娃》、海辛的小说《墙面》。《华侨报 · 华座》副刊连载绿漪的小说《伴侣》、王香琴的小说《湖海风雷》、夏冰的小说《多咀街群英会》、西门的小说《情人》。

22 日 《澳门日报 · 新园地》副刊发表林夏风的散文《元稹与刘采春》，连载润园的小说《老千点相录》、鲁牛的小说《天鹅》、司马璧的小说《劫镖》、唐堂的小说《李娃》、海辛的小说《墙面》。《华侨报 · 华座》副刊发表阿甲的散文《货郎太平歌》，连载绿漪的小说《伴侣》、王香琴的小说《湖海风雷》、夏冰的小说《多咀街群英会》、西门的小说《情人》。

23 日 《澳门日报 · 新园地》副刊发表鲁茂的散文《我看〈三年零八个月〉》、葆青的散文《看〈创业〉想大庆》、鲁生的散文《我家的四眼妹》，连载润园的小说《老千点相录》、鲁牛的小说《天鹅》、司马璧的小说《劫镖》、唐堂的小说《李娃》、海辛的小说《墙面》。《华侨报 · 华座》副刊连载绿漪的小说《伴侣》、王香琴的小说《湖海风雷》、夏冰的小说《多咀街群英会》、西门的小说《情人》。

24 日 《澳门日报 · 新园地》副刊发表叔华的散文《也谈〈三年零八个月〉》，连载润园的小说《老千点相录》、鲁牛的小说《天鹅》、司马璧的小说《劫镖》、唐堂的小说《李娃》、海辛的小说《墙面》。《华侨报 · 华座》副刊发表金芒的散文《十八般武艺及其他》，连载绿漪的小说《伴侣》（完）、王香琴的小说《湖海风雷》、夏冰的小说《多咀街群英会》、西门的小说《情人》。

25 日，《澳门日报 · 新园地》副刊连载润园的小说《老千点相录》、鲁牛的小说《天鹅》、司马璧的小说《劫镖》、唐堂的小说《李娃》、海辛的小说《墙面》。《华侨报 · 华座》副刊发表秦西行的散文《谈“义”》，并开始连载梦妮的小说《浪漫的追求》，连载王香琴的小说《湖海风雷》、夏冰的小说《多咀街群英会》、西门的小说《情人》。

26 日 《澳门日报 · 新园地》副刊发表鲁夫的诗词《浪淘沙》、半坡的散文《旧游新记（告别桂林）》，连载润园的小说《老千点相录》、鲁牛的小说《天鹅》、司马璧的小说《劫镖》、唐堂的小说《李娃》、海辛的小说《墙面》。《华侨报 · 华座》副刊发表孟起予的评论《三字经》，连载梦妮的小说《浪漫的追求》、王香琴的小说《湖海风雷》、夏冰的小说《多咀街群英会》、西门的小说《情人》。

27 日 《澳门日报 · 新园地》副刊连载润园的小说《老千点相录》、鲁牛的小说《天鹅》、司马璧的小说《劫镖》、唐堂的小说《李娃》、海辛的小说《墙面》。《华侨报 · 华座》副刊连载梦妮的小说《浪漫的追求》、王香琴的小说《湖海风雷》、夏冰的小说《多咀街群英会》、西门的小说《情人》。

28 日 《澳门日报 · 新园地》副刊发表鲁夫的诗词《西江月 · 石油大会战》、津洪的散文《创作与新人——文艺晚会观后》，连载润园的小说《老千点相录》、鲁牛的小说《天鹅》、司马璧的小说《劫镖》、唐堂的小说《李娃》、海辛的小说《墙面》。《华侨报 · 华座》副刊发表一得的散文《谈蔗偶拾》，连载梦妮的小说《浪漫的追求》、王香琴的小说《湖海风雷》、夏冰的小说《多咀街群英会》、西门的小说《情人》。

29 日 《澳门日报 · 新园地》副刊发表夏耘的散文《古文物新生》、半坡的散文《旧游新记（梧州今昔）》，连载润园的小说《老千点相录》、鲁牛的小说《天鹅》、司马璧的小说《劫镖》、唐堂的小说《李娃》、海辛的小说《墙面》。《华侨报 · 华座》副刊发表宣翁的散文《一城烟雨半城花——答香江友人》，连载梦妮的小说《浪漫的追求》、王香琴的小说《湖海风雷》、夏冰的小说《多咀街群英会》、西门的小说《情人》。

30 日 《澳门日报 · 新园地》副刊发表丁兵的散文《小游可园——东莞纪行之三》，连载润园的小说《老千点相录》、鲁牛的小说《天鹅》、司马璧的小说《劫镖》、唐堂的小说《李娃》、海辛的小说《墙面》。《华侨报 · 华座》副刊连载梦妮的小说《浪漫的追求》、王香琴的小说《湖海风雷》、夏冰的小说《多咀街群英会》、西门的小说《情人》。

31 日 《澳门日报 · 新园地》副刊发表陶莎的散文《书林一叶观春到——写在〈中国图书介绍〉前》，连载润园的小说《老千点相录》、鲁牛的小说《天鹅》、司马璧的小说《劫镖》、唐堂的小说《李娃》、海辛的小说《墙面》。《华侨报 · 华座》副刊发表汉生的散文《雨衣》，连载梦妮的小说《浪漫的追求》、王香琴的小说《湖海风雷》、夏冰的小说《多咀街群英会》、西门的小说《情人》。

⊙ 本月，汪浩瀚的诗歌《春天小拾》刊载于香港《海洋文艺》第3卷第3期。

⊙ 本月，韩牧的诗歌《抒怀二首：呼呼；我的肤色》刊载于香港《海洋文艺》第3卷第3期。

⊙ 本月，慧心的散文《一件小事》刊载于香港《大拇指》第34期。

四月

1日 《澳门日报·新园地》副刊发表鲁茂的散文《漫话“君子”》、林夏风的散文《“狂”杜甫》，连载润园的小说《老千点相录》、鲁牛的小说《天鹅》、司马璧的小说《劫镖》、唐堂的小说《李娃》、海辛的小说《墙面》。《华侨报·华座》副刊发表秦西行的散文《拉杂谈艺术》，连载梦妮的小说《浪漫的追求》、王香琴的小说《湖海风雷》、夏冰的小说《多咀街群英会》、西门的小说《情人》。

2日 《澳门日报·新园地》副刊连载润园的小说《老千点相录》、鲁牛的小说《天鹅》、司马璧的小说《劫镖》、唐堂的小说《李娃》、海辛的小说《墙面》。《华侨报·华座》副刊连载梦妮的小说《浪漫的追求》、王香琴的小说《湖海风雷》、夏冰的小说《多咀街群英会》、西门的小说《情人》。

3日 《澳门日报·新园地》副刊连载润园的小说《老千点相录》、鲁牛的小说《天鹅》、司马璧的小说《劫镖》、唐堂的小说《李娃》、海辛的小说《墙面》（完）。《华侨报·华座》副刊连载梦妮的小说《浪漫的追求》、王香琴的小说《湖海风雷》、夏冰的小说《多咀街群英会》、西门的小说《情人》。

4日 《澳门日报·新园地》副刊发表方菲的散文《清明·暮春·怀乡》、陈洁的散文《帛书“老子”》，连载润园的小说《老千点相录》、鲁牛的小说《天鹅》、司马璧的小说《劫镖》、唐堂的小说《李娃》。《华侨报·华座》副刊发表林薇的散文《清明杂谈》、孟起予的评论《陈白沙这个人》，连载梦妮的小说《浪漫的追求》（完）、王香琴的小说《湖海风雷》、夏冰的小说《多咀街群英会》、西门的小说《情人》。

5日 《澳门日报·新园地》副刊发表鲁夫的诗歌《参观〈中国图书介绍〉》、箓菽的诗歌《海伪小唱》、小冬的散文《从樟木板到电木板》、展平的散文《珠穆朗玛峰趣闻录》，并开始连载海辛的小说《广告家庭》，连载润园的小说《老千点相录》、鲁牛的小说《天鹅》、司马璧的小说《劫镖》、唐堂的小说《李娃》。《华侨报·华座》副刊发表行心的评论《灵感》，并开始连载绿漪的小说《灾难》，连载王香琴的小说《湖海风雷》、夏冰的小说《多咀街群英会》、西门的小说《情人》。

6日　《澳门日报·新园地》副刊连载海辛的小说《广告家庭》、润园的小说《老千点相录》、鲁牛的小说《天鹅》、司马璧的小说《劫镖》、唐堂的小说《李娃》。《华侨报·华座》副刊发表孟起予的散文《陈白沙的"高足"》，连载绿漪的小说《灾难》、王香琴的小说《湖海风雷》、夏冰的小说《多咀街群英会》、西门的小说《情人》。

7日　《澳门日报·新园地》副刊发表陶莎的散文《沧桑随想曲——氹仔后北环的变迁》、江夏的散文《中国邮票富有特色》、半坡的散文《旧游新记（柳州琐记）》，连载海辛的小说《广告家庭》、润园的小说《老千点相录》、鲁牛的小说《天鹅》、司马璧的小说《劫镖》、唐堂的小说《李娃》。《华侨报·华座》副刊发表秦西行的散文《书林漫步》，连载绿漪的小说《灾难》、王香琴的小说《湖海风雷》、夏冰的小说《多咀街群英会》、西门的小说《情人》。

8日　《澳门日报·新园地》副刊发表鲁茂的散文《对窗的吉他声》，连载海辛的小说《广告家庭》、润园的小说《老千点相录》、鲁牛的小说《天鹅》、司马璧的小说《劫镖》、唐堂的小说《李娃》。《华侨报·华座》副刊发表耿心的散文《学点历史》，连载绿漪的小说《灾难》、王香琴的小说《湖海风雷》、夏冰的小说《多咀街群英会》、西门的小说《情人》。

9日　《澳门日报·新园地》副刊发表丁兵的散文《深圳掠影——东莞纪行之四》，连载海辛的小说《广告家庭》、润园的小说《老千点相录》、鲁牛的小说《天鹅》、司马璧的小说《劫镖》、唐堂的小说《李娃》。《华侨报·华座》副刊发表孟起予的散文《参观"书展"随想》，连载绿漪的小说《灾难》、王香琴的小说《湖海风雷》、夏冰的小说《多咀街群英会》、西门的小说《情人》。

10 日 《澳门日报 · 新园地》副刊发表夏耘的散文《古书的点校阐释》，连载海辛的小说《广告家庭》、润园的小说《老千点相录》、鲁牛的小说《天鹅》（完）、司马璧的小说《劫镖》、唐堂的小说《李娃》。《华侨报 · 华座》副刊发表秦西行的评论《略谈关羽》，连载绿漪的小说《灾难》、王香琴的小说《湖海风雷》、夏冰的小说《多咀街群英会》、西门的小说《情人》。

11 日 《澳门日报 · 新园地》副刊发表杨明的散文《书林杂写》、林夏风的散文《流落长沙舞柘枝》、钟新的散文《访舟山群岛两渔村》，连载海辛的小说《广告家庭》、润园的小说《老千点相录》、司马璧的小说《劫镖》、唐堂的小说《李娃》。《华侨报 · 华座》副刊发表玉的诗歌《书展即兴》、秦西行的评论《关羽的“忠义”》，连载绿漪的小说《灾难》、王香琴的小说《湖海风雷》、夏冰的小说《多咀街群英会》、西门的小说《情人》。

12 日 《澳门日报 · 新园地》副刊发表鲁茂的散文《我真后悔》、乐兵的散文《看〈中国唱片〉有感》，连载海辛的小说《广告家庭》、润园的小说《老千点相录》、司马璧的小说《劫镖》、唐堂的小说《李娃》。《华侨报 · 华座》副刊发表远人的散文《入乡问俗之趣》、凡凡的散文《春雷 · 春分 · 海雾》，连载绿漪的小说《灾难》（完）、王香琴的小说《湖海风雷》、夏冰的小说《多咀街群英会》、西门的小说《情人》。

13 日 《澳门日报 · 新园地》副刊发表半坡的散文《旧游新记（名实相副的壮族）》，连载海辛的小说《广告家庭》、润园的小说《老千点相录》、司马璧的小说《劫镖》、唐堂的小说《李娃》。《华侨报 · 华座》副刊发表白芷的散文《阮玲玉及其他》，并开始连载绿漪的小说《鬼》，连载王香琴的小说《湖海风雷》、夏冰的小说《多咀街群英会》、西门的小说《情人》（完）。

14 日 《澳门日报 · 新园地》副刊发表方菲的散文《宋江的咏雁诗词》、李凤君的散文《台湾的高山族人》，连载海辛的小说《广告家庭》、润园的小说《老千点相录》、司马璧的小说《劫镖》、唐堂的小说《李娃》。《华侨报 · 华座》副刊发表秦西行的评论《达尔文和他的学说》，连载绿漪的小说《鬼》、王香琴的小说《湖海风雷》、夏冰的小说《多咀街群英会》。

15日 《澳门日报·新园地》副刊发表鲁茂的散文《“宝岛”旅行归来谈》，连载海辛的小说《广告家庭》、润园的小说《老千点相录》、司马璧的小说《劫镖》、唐堂的小说《李娃》（完）。《华侨报·华座》副刊发表陈阵的散文《推荐〈新知识〉》，连载绿漪的小说《鬼》、王香琴的小说《湖海风雷》、夏冰的小说《多咀街群英会》。

16日 《澳门日报·新园地》副刊发表杨明的散文《读〈新知识〉开卷有益》、鲁茂的散文《贼喊抓贼寻常事——台湾翻印商趣闻录》，并开始连载唐堂的小说《斩蛟记》，连载海辛的小说《广告家庭》、润园的小说《老千点相录》、司马璧的小说《劫镖》。《华侨报·华座》副刊开始连载麦正的散文《春常在——室内花卉》，连载绿漪的小说《鬼》、王香琴的小说《湖海风雷》、夏冰的小说《多咀街群英会》。

17日 《澳门日报·新园地》副刊连载唐堂的小说《斩蛟记》、海辛的小说《广告家庭》、润园的小说《老千点相录》、司马璧的小说《劫镖》。《华侨报·华座》副刊连载麦正的散文《春常在——室内花卉》（完）、绿漪的小说《鬼》、王香琴的小说《湖海风雷》、夏冰的小说《多咀街群英会》。

18日 《澳门日报·新园地》副刊发表刘大杰的诗歌《七律四首》、夏耘的散文《喜赋新诗的刘大杰》，连载唐堂的小说《斩蛟记》、海辛的小说《广告家庭》、润园的小说《老千点相录》、司马璧的小说《劫镖》。《华侨报·华座》副刊发表孟起予的散文《荔枝篇》，连载绿漪的小说《鬼》（完）、王香琴的小说《湖海风雷》、夏冰的小说《多咀街群英会》。

19日 《澳门日报·新园地》副刊连载唐堂的小说《斩蛟记》、海辛的小说《广告家庭》、润园的小说《老千点相录》、司马璧的小说《劫镖》。《华侨报·华座》副刊发表怀德的散文《新加坡记趣》、穆秀的评论《林语堂一生丑行多》，并开始连载绿漪的小说《爱情的风波》，连载王香琴的小说《湖海风雷》、夏冰的小说《多咀街群英会》。

20日 《澳门日报·新园地》副刊发表鲁茂的散文《夜探氹仔》，连载唐堂的小说《斩蛟记》、海辛的小说《广告家庭》、润园的小说《老千点相录》、司马璧的小说《劫镖》。《华侨报·华座》副刊发表中广的散文《北京的唐花》，连载王香琴的小说《湖海风雷》、夏冰的小说《多咀街群英会》、绿漪的小说《爱情的风波》。

21 日　《澳门日报·新园地》副刊连载唐堂的小说《斩蛟记》、海辛的小说《广告家庭》、润园的小说《老千点相录》、司马璧的小说《劫镖》。《华侨报·华座》副刊发表因心的散文《路氹十二小时》、秦西行的评论《宋佚词一阕》，连载王香琴的小说《湖海风雷》、夏冰的小说《多咀街群英会》、绿漪的小说《爱情的风波》。

22 日　《澳门日报·新园地》副刊连载唐堂的小说《斩蛟记》、海辛的小说《广告家庭》、润园的小说《老千点相录》、司马璧的小说《劫镖》。《华侨报·华座》副刊发表明月的散文《朝鲜风情绘》，连载王香琴的小说《湖海风雷》、夏冰的小说《多咀街群英会》、绿漪的小说《爱情的风波》。

23 日　《澳门日报·新园地》副刊发表方菲的散文《话说清华大学》，连载唐堂的小说《斩蛟记》、海辛的小说《广告家庭》、润园的小说《老千点相录》、司马璧的小说《劫镖》。《华侨报·华座》副刊发表展志的散文《清晨所见所闻》，连载王香琴的小说《湖海风雷》、夏冰的小说《多咀街群英会》、绿漪的小说《爱情的风波》。

24 日　《澳门日报·新园地》副刊发表鲁茂的散文《他们忘记了保尔·柯察金》，连载唐堂的小说《斩蛟记》、海辛的小说《广告家庭》、润园的小说《老千点相录》、司马璧的小说《劫镖》。《华侨报·华座》副刊发表石杰的评论《小谈林语堂》，连载王香琴的小说《湖海风雷》、夏冰的小说《多咀街群英会》、绿漪的小说《爱情的风波》。

25 日　《澳门日报·新园地》副刊发表蔡铿的散文《看了〈武夷山下〉之后》，连载唐堂的小说《斩蛟记》、海辛的小说《广告家庭》、润园的小说《老千点相录》、司马璧的小说《劫镖》。《华侨报·华座》副刊发表慕华的散文《澳门街道名称杂谈》、丁燕的散文《睡莲》、梦芸的评论《洪熙官是粤剧武打祖师》，连载王香琴的小说《湖海风雷》、夏冰的小说《多咀街群英会》、绿漪的小说《爱情的风波》（完）。

26 日 《澳门日报 · 新园地》副刊发表小冬的散文《谁之过？》，连载唐堂的小说《斩蛟记》、海辛的小说《广告家庭》、润园的小说《老千点相录》、司马璧的小说《劫镖》。《华侨报 · 华座》副刊连载王香琴的小说《湖海风雷》、夏冰的小说《多咀街群英会》，并开始连载迎风的小说《逃婚》。

27 日 《澳门日报 · 新园地》副刊发表半坡的散文《旧游新记》，连载唐堂的小说《斩蛟记》、海辛的小说《广告家庭》、润园的小说《老千点相录》、司马璧的小说《劫镖》。《华侨报 · 华座》副刊连载王香琴的小说《湖海风雷》、夏冰的小说《多咀街群英会》、迎风的小说《逃婚》。

28 日 《澳门日报 · 新园地》副刊连载唐堂的小说《斩蛟记》、海辛的小说《广告家庭》、润园的小说《老千点相录》、司马璧的小说《劫镖》。《华侨报 · 华座》副刊连载王香琴的小说《湖海风雷》、夏冰的小说《多咀街群英会》、迎风的小说《逃婚》。

29 日 《澳门日报 · 新园地》副刊连载唐堂的小说《斩蛟记》、海辛的小说《广告家庭》、润园的小说《老千点相录》、司马璧的小说《劫镖》。《华侨报 · 华座》副刊发表田田的散文《荷话》，连载王香琴的小说《湖海风雷》（完）、夏冰的小说《多咀街群英会》、迎风的小说《逃婚》。

30 日 《澳门日报 · 新园地》副刊发表方菲的散文《关山月风采胜昔》，连载唐堂的小说《斩蛟记》、海辛的小说《广告家庭》、润园的小说《老千点相录》、司马璧的小说《劫镖》。《华侨报 · 华座》副刊连载夏冰的小说《多咀街群英会》、迎风的小说《逃婚》。

⊙ 本月，韩牧的诗歌《神 · 鬼 · 兽》《店之辑》《寒流中》刊载于香港《海洋文艺》第 3 卷第 4 期。

五月

1 日 《澳门日报 · 新园地》副刊发表鲁夫的诗歌《“五一”感赋》、杨明的散文《买书的启发》、怀嘉的散文《劳动篇》，连载唐堂的小说《斩蛟记》、海辛的小说《广告家庭》、润园的小说《老千点相录》、司马璧的小说《劫镖》。《华侨报 · 华座》副刊连载夏冰的小说《多咀街群英会》、迎风的小说《逃婚》。

2日　《澳门日报·新园地》副刊连载唐堂的小说《斩蛟记》、海辛的小说《广告家庭》、润园的小说《老千点相录》、司马璧的小说《劫镖》。《华侨报·华座》副刊连载夏冰的小说《多咀街群英会》、迎风的小说《逃婚》。

3日　《澳门日报·新园地》副刊发表鲁茂的散文《从寂寞谈起》、陈洁的散文《喜闻"二十四史"整理完成》、丁于的散文《沙漠并不荒凉》，连载唐堂的小说《斩蛟记》、海辛的小说《广告家庭》、润园的小说《老千点相录》、司马璧的小说《劫镖》。《华侨报·华座》副刊连载夏冰的小说《多咀街群英会》、迎风的小说《逃婚》。

4日　《澳门日报·新园地》副刊发表陶莎的散文《十年心事从头理——"五四"青年节抒怀》、老丁的散文《假日谈休息与工作》，连载唐堂的小说《斩蛟记》、海辛的小说《广告家庭》、润园的小说《老千点相录》、司马璧的小说《劫镖》。《华侨报·华座》副刊连载夏冰的小说《多咀街群英会》、迎风的小说《逃婚》(完)。

5日　《澳门日报·新园地》副刊发表鲁茂的散文《梦中醒来》、半坡的散文《旧游新记》，连载唐堂的小说《斩蛟记》、海辛的小说《广告家庭》、润园的小说《老千点相录》、司马璧的小说《劫镖》。《华侨报·华座》副刊连载夏冰的小说《多咀街群英会》，并开始连载梅梦柳的小说《血厨》。

6日　《澳门日报·新园地》副刊发表杨明的散文《香港客的一席话》，连载唐堂的小说《斩蛟记》、海辛的小说《广告家庭》、润园的小说《老千点相录》、司马璧的小说《劫镖》。《华侨报·华座》副刊连载夏冰的小说《多咀街群英会》、梅梦柳的小说《血厨》。

7日　《澳门日报·新园地》副刊连载唐堂的小说《斩蛟记》、海辛的小说《广告家庭》、润园的小说《老千点相录》、司马璧的小说《劫镖》。《华侨报·华座》副刊连载夏冰的小说《多咀街群英会》、梅梦柳的小说《血厨》。

8日　《澳门日报·新园地》副刊发表良群的散文《沈括谈河豚》，连载唐堂的小说《斩蛟记》、海辛的小说《广告家庭》、润园的小说《老千点相录》、司马璧的小说《劫镖》。《华侨报·华座》副刊连载夏冰的小说《多咀街群英会》、梅梦柳的小说《血厨》。

9日　《澳门日报·新园地》副刊发表白露的散文《中国绘画艺术的瑰宝——〈清明上河图〉》，连载唐堂的小说《斩蛟记》、海辛的小说《广告家庭》、润园的小说《老千点相录》、司马璧的小说《劫镖》。《华侨报·华座》副刊连载夏冰的小说《多咀街群英会》、梅梦柳的小说《血厨》。

10日　《澳门日报·新园地》副刊连载唐堂的小说《斩蛟记》、海辛的小说《广告家庭》(完)、润园的小说《老千点相录》、司马璧的小说《劫镖》。《华侨报·华座》副刊连载夏冰的小说《多咀街群英会》、梅梦柳的小说《血厨》。

11日　《澳门日报·新园地》副刊发表方芷的散文《科场·官场·诗词》，并开始连载海辛的小说《蚝乡恋》，连载唐堂的小说《斩蛟记》、润园的小说《老千点相录》、司马璧的小说《劫镖》。《华侨报·华座》副刊连载夏冰的小说《多咀街群英会》、梅梦柳的小说《血厨》。

12日　《澳门日报·新园地》副刊发表半坡的散文《旧游新记(衡岳祝融峰观日出)》、陶莎的散文《重返筷子基》，连载海辛的小说《蚝乡恋》、唐堂的小说《斩蛟记》、润园的小说《老千点相录》、司马璧的小说《劫镖》。《华侨报·华座》副刊连载夏冰的小说《多咀街群英会》、梅梦柳的小说《血厨》。

13日　《澳门日报·新园地》副刊发表鲁茂的散文《我爱公仔书》，连载海辛的小说《蚝乡恋》、唐堂的小说《斩蛟记》、润园的小说《老千点相录》、司马璧的小说《劫镖》。《华侨报·华座》副刊连载夏冰的小说《多咀街群英会》、梅梦柳的小说《血厨》。

14日　《澳门日报·新园地》副刊发表鲁夫的诗词《西江月·〈第二个春天〉观后》、鲁茂的散文《人车争道的小城》、玉里的散文《震旦国中第一奇山》，连载海辛的小说《蚝乡恋》、唐堂的小说《斩蛟记》、润园的小说《老千点相录》、司马璧的小说《劫镖》。《华侨报·华座》副刊发表孟起予的散文《鲁迅与野史杂记》、深思的散文《新加坡素描》，连载夏冰的小说《多咀街群英会》、梅梦柳的小说《血厨》。

15日　《澳门日报·新园地》副刊发表永毅的散文《加拿大的片亲家庭》，连载海辛的小说《蚝乡恋》、唐堂的小说《斩蛟记》、润园的小说《老千点相录》、司马璧的小说《劫镖》。《华侨报·华座》副刊发表黄衫客的散文《十月初五街今昔》、柳篱的散文《薛仁贵的后代》，并开始连载夏苗的小说《庞贝末日的故事》，连载夏冰的小说《多咀街群英会》、梅梦柳的小说《血厨》。

16 日 《澳门日报·新园地》副刊发表黄华·伊的诗词《念奴娇·濠江归来寄怀归侨朋友南阳》，并开始连载惠娟的散文《菲律宾散记》，连载海辛的小说《蚝乡恋》、唐堂的小说《斩蛟记》、润园的小说《老千点相录》、司马璧的小说《劫镖》。《华侨报·华座》副刊发表荀霞《喜读〈新知识〉第二期》，连载夏苗的小说《庞贝末日的故事》、夏冰的小说《多咀街群英会》、梅梦柳的小说《血厨》。

17 日 《澳门日报·新园地》副刊发表风的散文《人生七十并不难》，连载惠娟的散文《菲律宾散记》、海辛的小说《蚝乡恋》、唐堂的小说《斩蛟记》、润园的小说《老千点相录》、司马璧的小说《劫镖》。《华侨报·华座》副刊发表季英的散文《读书小记〈红楼梦〉与清代戏曲》，连载夏苗的小说《庞贝末日的故事》、夏冰的小说《多咀街群英会》、梅梦柳的小说《血厨》。

18 日 《澳门日报·新园地》副刊发表叔华的散文《女儿的错别字》，连载惠娟的散文《菲律宾散记》（完）、海辛的小说《蚝乡恋》、唐堂的小说《斩蛟记》、润园的小说《老千点相录》、司马璧的小说《劫镖》。《华侨报·华座》副刊连载夏苗的小说《庞贝末日的故事》、夏冰的小说《多咀街群英会》、梅梦柳的小说《血厨》。

19 日 《澳门日报·新园地》副刊发表陶莎的散文《蝴蝶还是庄周——文艺通信之一》，连载海辛的小说《蚝乡恋》、唐堂的小说《斩蛟记》、润园的小说《老千点相录》、司马璧的小说《劫镖》。《华侨报·华座》副刊发表秦西行的散文《曹操的名胜》，连载夏苗的小说《庞贝末日的故事》、夏冰的小说《多咀街群英会》、梅梦柳的小说《血厨》。

20 日 《澳门日报·新园地》副刊发表陶莎的散文《“一切话都可以讲”——文艺通信之一》，连载海辛的小说《蚝乡恋》、唐堂的小说《斩蛟记》、润园的小说《老千点相录》、司马璧的小说《劫镖》。《华侨报·华座》副刊发表杨箭的散文《替魏延除“反骨”》，连载夏苗的小说《庞贝末日的故事》、夏冰的小说《多咀街群英会》、梅梦柳的小说《血厨》。

21日 《澳门日报·新园地》副刊连载海辛的小说《蚝乡恋》、唐堂的小说《斩蛟记》、润园的小说《老千点相录》、司马璧的小说《劫镖》。《华侨报·华座》副刊发表于铭的散文《卢九花园赏鱼记》、海英的散文《游泳其乐无穷》、秦西行的评论《曹操的诗》，连载夏苗的小说《庞贝末日的故事》（完）、夏冰的小说《多咀街群英会》、梅梦柳的小说《血厨》。

22日 《澳门日报·新园地》副刊连载海辛的小说《蚝乡恋》、唐堂的小说《斩蛟记》、润园的小说《老千点相录》、司马璧的小说《劫镖》。《华侨报·华座》副刊发表北人的散文《“泪泉”无恙否？》、宣翁的散文《但愿常做凤城人——答海外友人书》，并开始连载寒月的小说《几许恩仇几许情》，连载夏冰的小说《多咀街群英会》、梅梦柳的小说《血厨》。

23日 《澳门日报·新园地》副刊连载海辛的小说《蚝乡恋》、唐堂的小说《斩蛟记》、润园的小说《老千点相录》、司马璧的小说《劫镖》。《华侨报·华座》副刊发表秦西行的评论《文艺批评的标准》，连载寒月的小说《几许恩仇几许情》、夏冰的小说《多咀街群英会》、梅梦柳的小说《血厨》。

24日 《澳门日报·新园地》副刊发表鲁茂的散文《朋友的巧遇》、半坡的散文《旧游新记（长沙）》，连载海辛的小说《蚝乡恋》、唐堂的小说《斩蛟记》、润园的小说《老千点相录》、司马璧的小说《劫镖》。《华侨报·华座》副刊发表冷雨桐的散文《想起住院的日子》，连载寒月的小说《几许恩仇几许情》、夏冰的小说《多咀街群英会》、梅梦柳的小说《血厨》。

25日 《澳门日报·新园地》副刊发表书本的散文《学非所用的问题》，连载海辛的小说《蚝乡恋》、唐堂的小说《斩蛟记》、润园的小说《老千点相录》、司马璧的小说《劫镖》。《华侨报·华座》副刊发表希文的评论《谈电影〈决裂〉》，连载寒月的小说《几许恩仇几许情》、夏冰的小说《多咀街群英会》、梅梦柳的小说《血厨》。

26日 《澳门日报·新园地》副刊发表葆青的散文《百花竞放吐芬芳——擂胡拉

戏》，连载海辛的小说《蚝乡恋》、唐堂的小说《斩蛟记》、润园的小说《老千点相录》、司马璧的小说《劫镖》。《华侨报·华座》副刊发表任涛的散文《怀镇海楼》，连载寒月的小说《几许恩仇几许情》、夏冰的小说《多咀街群英会》、梅梦柳的小说《血厨》。

27日　《澳门日报·新园地》副刊发表达言的散文《二十五万年前的人类足迹》，连载海辛的小说《蚝乡恋》、唐堂的小说《斩蛟记》、润园的小说《老千点相录》、司马璧的小说《劫镖》。《华侨报·华座》副刊连载寒月的小说《几许恩仇几许情》、夏冰的小说《多咀街群英会》、梅梦柳的小说《血厨》。

28日　《澳门日报·新园地》副刊发表鲁茂的散文《古代寓言的针锋相对》，连载海辛的小说《蚝乡恋》、唐堂的小说《斩蛟记》、润园的小说《老千点相录》、司马璧的小说《劫镖》。《华侨报·华座》副刊发表秦西行的评论《再谈曹操的诗》，连载寒月的小说《几许恩仇几许情》、夏冰的小说《多咀街群英会》、梅梦柳的小说《血厨》。

29日　《澳门日报·新园地》副刊连载海辛的小说《蚝乡恋》、唐堂的小说《斩蛟记》、润园的小说《老千点相录》、司马璧的小说《劫镖》。《华侨报·华座》副刊连载寒月的小说《几许恩仇几许情》、夏冰的小说《多咀街群英会》、梅梦柳的小说《血厨》。

30日　《澳门日报·新园地》副刊发表半坡的散文《旧游新记（岳麓山爱晚亭）》、惠娟的散文《菲律宾散记——麦哲伦坟墓所在地》，连载海辛的小说《蚝乡恋》、唐堂的小说《斩蛟记》、润园的小说《老千点相录》、司马璧的小说《劫镖》。《华侨报·华座》副刊发表逐浪的散文《竹影花枝》、史的散文《长江的名称》，连载寒月的小说《几许恩仇几许情》、夏冰的小说《多咀街群英会》、梅梦柳的小说《血厨》。

31日　《澳门日报·新园地》副刊发表陶莎的散文《第二小提琴手》，连载海辛的小说《蚝乡恋》、唐堂的小说《斩蛟记》、润园的小说《老千点相录》、司马璧的小说《劫镖》。《华侨报·华座》副刊连载寒月的小说《几许恩仇几许情》、夏冰的小说《多咀街群英会》、梅梦柳的小说《血厨》。

⊙　本月，汪浩瀚的散文《读诗随想》刊载于香港《海洋文艺》第3卷第6期。

六月

1 日　《澳门日报·新园地》副刊连载海辛的小说《蚝乡恋》、唐堂的小说《斩蛟记》、润园的小说《老千点相录》、司马璧的小说《劫镖》。《华侨报·华座》副刊连载寒月的小说《几许恩仇几许情》、夏冰的小说《多咀街群英会》、梅梦柳的小说《血厨》。

2 日　《澳门日报·新园地》副刊发表鲁夫的诗歌《少年儿童图书比赛二韵》、陶莎的散文《春风中的哲理》，连载海辛的小说《蚝乡恋》、唐堂的小说《斩蛟记》、润园的小说《老千点相录》、司马璧的小说《劫镖》。《华侨报·华座》副刊发表江朗的散文《端午习俗谈》，连载寒月的小说《几许恩仇几许情》、夏冰的小说《多咀街群英会》、梅梦柳的小说《血厨》。

3 日　《澳门日报·新园地》副刊连载海辛的小说《蚝乡恋》、唐堂的小说《斩蛟记》、润园的小说《老千点相录》、司马璧的小说《劫镖》。《华侨报·华座》副刊发表凌心石的散文《青春》，连载寒月的小说《几许恩仇几许情》、夏冰的小说《多咀街群英会》、梅梦柳的小说《血厨》。

4 日　《澳门日报·新园地》副刊发表蓓雨的散文《教育革命的赞歌——〈决裂〉观后感》，连载海辛的小说《蚝乡恋》、唐堂的小说《斩蛟记》、润园的小说《老千点相录》、司马璧的小说《劫镖》。《华侨报·华座》副刊连载寒月的小说《几许恩仇几许情》、夏冰的小说《多咀街群英会》、梅梦柳的小说《血厨》。

5 日　《澳门日报·新园地》副刊发表葆青的散文《形象生动　论战力强——浅谈国产彩色故事片〈决裂〉》，连载海辛的小说《蚝乡恋》、唐堂的小说《斩蛟记》、润园的小说《老千点相录》、司马璧的小说《劫镖》。《华侨报·华座》副刊发表秦西行的散文《我的谢意》、闵钺的散文《港阔水深说厦门》，连载寒月的小说《几许恩仇几许情》、夏冰的小说《多咀街群英会》、梅梦柳的小说《血厨》。

6 日　《澳门日报·新园地》副刊发表陶莎的散文《黑沙也谈》，连载海辛的小说《蚝乡恋》、唐堂的小说《斩蛟记》、润园的小说《老千点相录》、司马璧的小说《劫镖》。《华侨报 · 华座》副刊发表竹雅的散文《语云》、孟起予的评论《朱弁与〈朱弁回朝〉》，连载寒月的小说《几许恩仇几许情》、夏冰的小说《多咀街群英会》、梅梦柳的小说《血厨》。

7 日　《澳门日报 · 新园地》副刊发表鲁夫的诗歌《龙国正赞》、方菲的散文《郭兰英唱歌兼唱情》，连载海辛的小说《蚝乡恋》、唐堂的小说《斩蛟记》、润园的小说《老千点相录》、司马璧的小说《劫镖》。《华侨报 · 华座》副刊发表杨�《金应熙与〈华侨报〉》、建成的散文《最后的一课》，连载寒月的小说《几许恩仇几许情》、夏冰的小说《多咀街群英会》、梅梦柳的小说《血厨》。

8 日　《澳门日报 · 新园地》副刊发表叔华的散文《你知道澳门吗？》、老丁的散文《弥留前的一刻》，连载海辛的小说《蚝乡恋》、唐堂的小说《斩蛟记》、润园的小说《老千点相录》、司马璧的小说《劫镖》。《华侨报 · 华座》副刊发表雨的散文《听雨》，连载寒月的小说《几许恩仇几许情》、夏冰的小说《多咀街群英会》、梅梦柳的小说《血厨》。

9 日　《澳门日报 · 新园地》副刊发表陶莎的散文《问君知否辛滋味？》，连载海辛的小说《蚝乡恋》、唐堂的小说《斩蛟记》、润园的小说《老千点相录》、司马璧的小说《劫镖》。《华侨报 · 华座》副刊发表逐浪的散文《给青年朋友介绍一本短篇小说集》、方怡的散文《桥》，连载寒月的小说《几许恩仇几许情》、夏冰的小说《多咀街群英会》、梅梦柳的小说《血厨》。

10 日　《澳门日报 · 新园地》副刊连载海辛的小说《蚝乡恋》、唐堂的小说《斩蛟记》、润园的小说《老千点相录》、司马璧的小说《劫镖》。《华侨报 · 华座》副刊发表秦西行的评论《“没有诗的时代”》，连载寒月的小说《几许恩仇几许情》、夏冰的小说《多咀街群英会》、梅梦柳的小说《血厨》。

11 日　《澳门日报 · 新园地》副刊发表虚怀的散文《看〈决裂〉，爱憎分明（随笔）》，连载海辛的小说《蚝乡恋》、唐堂的小说《斩蛟记》、润园的小说《老千点相录》、司马璧的小说《劫镖》。《华侨报 · 华座》副刊发表长青的散文《看〈决裂〉，想往事》、伍嘉的散文《刘大杰再谈韩愈》，连载寒月的小说《几许恩仇几许情》（完）、夏冰的小说《多咀街群英会》、梅梦柳的小说《血厨》。

12 日　《澳门日报·新园地》副刊连载海辛的小说《蚝乡恋》、唐堂的小说《斩蛟记》、润园的小说《老千点相录》、司马璧的小说《劫镖》。《华侨报·华座》副刊连载夏冰的小说《多咀街群英会》、梅梦柳的小说《血厨》，并开始连载慕华的小说《旋风眼》。

13 日　《澳门日报·新园地》副刊发表陶莎的散文《我爱刘郎多哲理》，连载海辛的小说《蚝乡恋》、唐堂的小说《斩蛟记》、润园的小说《老千点相录》、司马璧的小说《劫镖》。《华侨报·华座》副刊发表秦西行的散文《读诗·赏诗·随感》、何萌的散文《西藏是个好地方》，连载夏冰的小说《多咀街群英会》、梅梦柳的小说《血厨》、慕华的小说《旋风眼》。

14 日　《澳门日报·新园地》副刊连载海辛的小说《蚝乡恋》、唐堂的小说《斩蛟记》、润园的小说《老千点相录》、司马璧的小说《劫镖》。《华侨报·华座》副刊发表阿甲的散文《阿贱及其他》、华的散文《年老的提琴手》，连载夏冰的小说《多咀街群英会》、梅梦柳的小说《血厨》、慕华的小说《旋风眼》。

15 日　《澳门日报·新园地》副刊发表方菲的散文《永恒的悼念》，连载海辛的小说《蚝乡恋》、唐堂的小说《斩蛟记》、润园的小说《老千点相录》、司马璧的小说《劫镖》。《华侨报·华座》副刊发表竹雅的散文《絮语》，连载夏冰的小说《多咀街群英会》、梅梦柳的小说《血厨》、慕华的小说《旋风眼》。

16 日　《澳门日报·新园地》副刊发表陶莎的散文《看外国小说的烦恼》、于明的散文《红茶之国斯里兰卡》、半坡的散文《旧游新记（长沙食谱）》，连载海辛的小说《蚝乡恋》、唐堂的小说《斩蛟记》、润园的小说《老千点相录》、司马璧的小说《劫镖》。《华侨报·华座》副刊发表穆秀的散文《高尔基及其母亲》、江夏的散文《黄河的凌风》、佚名的散文《何谓“竹林七贤”》、宣翁的散文《台湾学人患思乡病》，连载夏冰的小说《多咀街群英会》、梅梦柳的小说《血厨》、慕华的小说《旋风眼》。

17 日　《澳门日报·新园地》副刊发表小兀的诗歌《他》，连载海辛的小说《蚝乡恋》、唐堂的小说《斩蛟记》、润园的小说《老千点相录》、司马璧的小说《劫镖》。《华侨报·华座》副刊发表秦西行的散文《一年杂想》，连载夏冰的小说《多咀街群英会》、梅梦柳的小说《血厨》、慕华的小说《旋风眼》。

18 日 《澳门日报·新园地》副刊发表怀嘉的散文《高尔基四十年祭》、虚怀的散文《农村小记》，连载海辛的小说《蚝乡恋》、唐堂的小说《斩蛟记》、润园的小说《老千点相录》、司马璧的小说《劫镖》。《华侨报·华座》副刊发表阿丁的散文《由“父亲节”谈起》、金枫的散文《南海鱼情》，连载夏冰的小说《多咀街群英会》、梅梦柳的小说《血厨》、慕华的小说《旋风眼》。

19 日 《澳门日报·新园地》副刊发表方菲的散文《想起了高剑父》，连载海辛的小说《蚝乡恋》、唐堂的小说《斩蛟记》、润园的小说《老千点相录》、司马璧的小说《劫镖》。《华侨报·华座》副刊发表徐剑虹的散文《读报怀旧》，连载夏冰的小说《多咀街群英会》、梅梦柳的小说《血厨》、慕华的小说《旋风眼》。

20 日 《澳门日报·新园地》副刊连载海辛的小说《蚝乡恋》、唐堂的小说《斩蛟记》、润园的小说《老千点相录》、司马璧的小说《劫镖》。《华侨报·华座》副刊发表秦西行的散文《“专家”与国内文艺出版》，连载夏冰的小说《多咀街群英会》、梅梦柳的小说《血厨》、慕华的小说《旋风眼》。

21 日 《澳门日报·新园地》副刊发表阿丁的散文《中大同学的变化》、木真的散文《印度的世外桃源》，连载海辛的小说《蚝乡恋》、唐堂的小说《斩蛟记》、润园的小说《老千点相录》、司马璧的小说《劫镖》。《华侨报·华座》副刊连载夏冰的小说《多咀街群英会》、梅梦柳的小说《血厨》、慕华的小说《旋风眼》。

22 日 《澳门日报·新园地》副刊连载海辛的小说《蚝乡恋》、唐堂的小说《斩蛟记》、润园的小说《老千点相录》、司马璧的小说《劫镖》。《华侨报·华座》副刊发表石棱的散文《相机是我的好伴侣》，连载夏冰的小说《多咀街群英会》、梅梦柳的小说《血厨》、慕华的小说《旋风眼》。

23 日 《澳门日报·新园地》副刊发表陶莎的散文《钓鱼拾趣》、半坡的散文《旧游新记（由汨罗江讲到洞庭湖）》，连载海辛的小说《蚝乡恋》、唐堂的小说《斩蛟记》、润园的小说《老千点相录》、司马璧的小说《劫镖》。《华侨报·华座》副刊连载夏冰的小说《多咀街群英会》、梅梦柳的小说《血厨》、慕华的小说《旋风眼》。

24 日 《澳门日报·新园地》副刊发表鲁茂的散文《一见钟情》，连载海辛的小说《蚝乡恋》、唐堂的小说《斩蛟记》、润园的小说《老千点相录》、司马璧的小说《劫镖》。《华侨报·华座》副刊发表希文的散文《一对好友的故事》，连载夏冰的小说《多咀街群英会》、梅梦柳的小说《血厨》、慕华的小说《旋风眼》。

25 日 《澳门日报·新园地》副刊连载海辛的小说《蚝乡恋》、唐堂的小说《斩蛟记》、润园的小说《老千点相录》、司马璧的小说《劫镖》。《华侨报·华座》副刊发表茜儿的散文《蝉话》、玉宇的散文《宋体字的来历》，连载夏冰的小说《多咀街群英会》、梅梦柳的小说《血厨》、慕华的小说《旋风眼》。

26 日 《澳门日报·新园地》副刊连载海辛的小说《蚝乡恋》、唐堂的小说《斩蛟记》、润园的小说《老千点相录》、司马璧的小说《劫镖》。《华侨报·华座》副刊发表金枫的散文《蔚蔚林涛逼神州》、予金朔的散文《多思的一晚》，连载夏冰的小说《多咀街群英会》、梅梦柳的小说《血厨》、慕华的小说《旋风眼》。

27 日 《澳门日报·新园地》副刊发表谭仕杰的散文《歌悼陶俊堂老师》，连载海辛的小说《蚝乡恋》、唐堂的小说《斩蛟记》、润园的小说《老千点相录》、司马璧的小说《劫镖》。《华侨报·华座》副刊发表林冷雨的诗歌《陋巷》、浪的散文《浪》，连载夏冰的小说《多咀街群英会》、梅梦柳的小说《血厨》、慕华的小说《旋风眼》。

28 日 《澳门日报·新园地》副刊发表白思群的诗歌《悼陶师》、方菲的散文《集字怀仁始》，连载海辛的小说《蚝乡恋》、唐堂的小说《斩蛟记》、润园的小说《老千点相录》、司马璧的小说《劫镖》。《华侨报·华座》副刊发表惜珍的散文《陶俊堂老师二三事》、石棱的散文《座谈会引起的回忆》，连载夏冰的小说《多咀街群英会》、梅梦柳的小说《血厨》、慕华的小说《旋风眼》。

29 日　《澳门日报·新园地》副刊发表梅萼华的散文《敬悼陶俊堂先生》，连载海辛的小说《蚝乡恋》、唐堂的小说《斩蛟记》、润园的小说《老千点相录》、司马璧的小说《劫镖》。《华侨报·华座》副刊发表秦西行的评论《李煜的词与“鉴赏家”》，连载夏冰的小说《多咀街群英会》、梅梦柳的小说《血厨》（完）、慕华的小说《旋风眼》。

30 日　《澳门日报·新园地》副刊发表陶莎的散文《让我情深十二年——悼陶俊堂老师》，连载海辛的小说《蚝乡恋》、唐堂的小说《斩蛟记》、润园的小说《老千点相录》、司马璧的小说《劫镖》。《华侨报·华座》副刊连载夏冰的小说《多咀街群英会》、慕华的小说《旋风眼》。

⊙　本月，汪浩瀚的散文《读画记》刊载于香港《海洋文艺》第 3 卷第 6 期。

⊙　本月，韩牧的诗歌《历史——菲岛圣地亚哥古堡前的怀想：到碧瑶》刊载于香港《海洋文艺》第 3 卷第 6 期。

⊙　本月，江思扬创作诗歌《陋巷》，后收于《向晚的感觉》。

⊙　本月，慧心的散文《友·朋友·朋友·朋》刊载于香港《大拇指》第 34 期。

七月

1 日　《澳门日报·新园地》副刊连载海辛的小说《蚝乡恋》、唐堂的小说《斩蛟记》、润园的小说《老千点相录》、司马璧的小说《劫镖》。《华侨报·华座》副刊连载夏冰的小说《多咀街群英会》、慕华的小说《旋风眼》，并开始连载佚名的小说《人生如戏》、石中生的小说《铁剑诛邪舞》。

石中生，自 1976 年开始，在《华侨报·华座》副刊连载两部长篇武侠小说：《铁剑诛邪舞》与《快刀神剑夺命镖》。

2 日　《澳门日报·新园地》副刊发表鲁茂的散文《泳季的回忆》，连载海辛的小说《蚝乡恋》、唐堂的小说《斩蛟记》、润园的小说《老千点相录》、司马璧的小说《劫镖》。《华侨报·华座》副刊发表秦西行的散文《旅行杂写》，连载夏冰的小说《多咀街群英会》、慕华的小说《旋风眼》、佚名的小说《人生如戏》、石中生的小说《铁剑诛邪舞》。

3日 《澳门日报·新园地》副刊发表叔华的散文《生与死》，连载海辛的小说《蚝乡恋》、唐堂的小说《斩蛟记》、润园的小说《老千点相录》、司马璧的小说《劫镖》。《华侨报·华座》副刊发表傅丙丁的散文《做生活的勇者》，连载夏冰的小说《多咀街群英会》、慕华的小说《旋风眼》、佚名的小说《人生如戏》、石中生的小说《铁剑诛邪舞》。

4日 《澳门日报·新园地》副刊发表方长的散文《农民诗人周少尧》，连载海辛的小说《蚝乡恋》、唐堂的小说《斩蛟记》、润园的小说《老千点相录》、司马璧的小说《劫镖》。《华侨报·华座》副刊发表林冷雨（江思扬）的诗歌《死》、秦西行的散文《户县农民画》，连载夏冰的小说《多咀街群英会》、慕华的小说《旋风眼》、佚名的小说《人生如戏》、石中生的小说《铁剑诛邪舞》。

5日 《澳门日报·新园地》副刊发表谭仕杰的诗歌《看少年儿童图画展》、叔华的散文《孩童的图画》，连载海辛的小说《蚝乡恋》、唐堂的小说《斩蛟记》、润园的小说《老千点相录》、司马璧的小说《劫镖》。《华侨报·华座》副刊发表史平的散文《著名的铁路工程师——詹天佑》，连载夏冰的小说《多咀街群英会》、慕华的小说《旋风眼》、佚名的小说《人生如戏》、石中生的小说《铁剑诛邪舞》。

6日 《澳门日报·新园地》副刊连载海辛的小说《蚝乡恋》、唐堂的小说《斩蛟记》、润园的小说《老千点相录》、司马璧的小说《劫镖》。《华侨报·华座》副刊连载夏冰的小说《多咀街群英会》、慕华的小说《旋风眼》、佚名的小说《人生如戏》、石中生的小说《铁剑诛邪舞》。

7日 《澳门日报·新园地》副刊发表陶莎的散文《居庸关抒情》，连载海辛的小说《蚝乡恋》（完）、唐堂的小说《斩蛟记》、润园的小说《老千点相录》、司马璧的小说《劫镖》。《华侨报·华座》副刊发表予金朔的散文《我引吭高歌》，连载夏冰的小说《多咀街群英会》、慕华的小说《旋风眼》（完）、佚名的小说《人生如戏》、石中生的小说《铁剑诛邪舞》。

8日 《澳门日报·新园地》副刊发表鲁茂的散文《找回“失落的自己”》、李魁的散文《广东方言的忌讳》，并开始连载海辛的小说《夏日的救生员》，连载唐堂的小说《斩蛟记》、润园的小说《老千点相录》、司马璧的小说《劫镖》。《华侨报·华座》副刊发表秦西行的散文《少小情怀总是诗》、鄂秀的散文《黄梅桃花堆锦绣》，连载夏冰的小说《多咀街群英会》、佚名的小说《人生如戏》、石中生的小说《铁剑诛邪舞》。

9日 《澳门日报·新园地》副刊发表方菲的散文《英雄城——湛江》，连载海辛的小说《夏日的救生员》、唐堂的小说《斩蛟记》、润园的小说《老千点相录》、司马璧的小说《劫镖》。《华侨报·华座》副刊发表梦芸的散文《湛江好风光》，连载夏冰的小说《多咀街群英会》、佚名的小说《人生如戏》、石中生的小说《铁剑诛邪舞》。

10日 《澳门日报·新园地》副刊连载海辛的小说《夏日的救生员》、唐堂的小说《斩蛟记》、润园的小说《老千点相录》、司马璧的小说《劫镖》。《华侨报·华座》副刊发表黄衫客的散文《有关“天灾节”一段惨史》，连载夏冰的小说《多咀街群英会》、佚名的小说《人生如戏》、石中生的小说《铁剑诛邪舞》。

11日 《澳门日报·新园地》副刊发表谭仕杰的诗歌《卜算子·悼念朱委员长》、方平辑的散文《朱委员长的故事》，连载海辛的小说《夏日的救生员》、唐堂的小说《斩蛟记》、润园的小说《老千点相录》、司马璧的小说《劫镖》。《华侨报·华座》副刊连载夏冰的小说《多咀街群英会》、佚名的小说《人生如戏》、石中生的小说《铁剑诛邪舞》。

12日 《澳门日报·新园地》副刊发表可言的散文《毕昇和印刷术》，连载海辛的小说《夏日的救生员》、唐堂的小说《斩蛟记》、润园的小说《老千点相录》、司马璧的小说《劫镖》。《华侨报·华座》副刊连载夏冰的小说《多咀街群英会》、佚名的小说《人生如戏》、石中生的小说《铁剑诛邪舞》。

13日 《澳门日报·新园地》副刊发表鲁夫的诗歌《悼念朱委员长》，连载海辛的小说《夏日的救生员》、唐堂的小说《斩蛟记》、润园的小说《老千点相录》、司马璧的小说《劫镖》。《华侨报·华座》副刊发表林冷雨的诗歌《无题》、孟起予的散文《糟粕》，连载夏冰的小说《多咀街群英会》、佚名的小说《人生如戏》、石中生的小说《铁剑诛邪舞》。

14日 《澳门日报·新园地》副刊连载海辛的小说《夏日的救生员》、唐堂的小说《斩蛟记》、润园的小说《老千点相录》、司马璧的小说《劫镖》。《华侨报·华座》副刊发表谢陀的散文《怒向人间告不平——推荐〈世界名著精华〉》，连载夏冰的小说《多咀街群英会》、佚名的小说《人生如戏》、石中生的小说《铁剑诛邪舞》。

15日 《澳门日报·新园地》副刊发表郭沫若的诗歌《水调歌头》、鲁茂的散文《且说〈王宝钏〉》，连载海辛的小说《夏日的救生员》、唐堂的小说《斩蛟记》、润园的小说《老千点相录》、司马璧的小说《劫镖》。《华侨报·华座》副刊发表秦西行的评论《都市的诗》，连载夏冰的小说《多咀街群英会》、佚名的小说《人生如戏》、石中生的小说《铁剑诛邪舞》。

16日 《澳门日报·新园地》副刊连载海辛的小说《夏日的救生员》、唐堂的小说《斩蛟记》、润园的小说《老千点相录》、司马璧的小说《劫镖》。《华侨报·华座》副刊发表陶莎散文《我爱〈新知识〉》，连载夏冰的小说《多咀街群英会》、佚名的小说《人生如戏》、石中生的小说《铁剑诛邪舞》。

17日 《澳门日报·新园地》副刊发表方菲的散文《聂耳·冼星海·〈音乐晚会〉》，连载海辛的小说《夏日的救生员》、唐堂的小说《斩蛟记》、润园的小说《老千点相录》、司马璧的小说《劫镖》。《华侨报·华座》副刊发表怀嘉的散文《一个动人的音乐会》、慕华的散文《拜伦与雪莱》，连载夏冰的小说《多咀街群英会》、佚名的小说《人生如戏》、石中生的小说《铁剑诛邪舞》。

18日 《澳门日报·新园地》副刊发表陶莎的散文《看山记》，连载海辛的小说《夏日的救生员》、唐堂的小说《斩蛟记》、润园的小说《老千点相录》、司马璧的小说《劫镖》。《华侨报·华座》副刊发表秦西行的评论《“都市诗钞”的特色》，连载夏冰的小说《多咀街群英会》、佚名的小说《人生如戏》、石中生的小说《铁剑诛邪舞》。

19日 《澳门日报·新园地》副刊发表闵钺的散文《南国荔枝红》，连载海辛的小说《夏日的救生员》、唐堂的小说《斩蛟记》、润园的小说《老千点相录》、司马璧的小说《劫镖》。《华侨报·华座》副刊连载夏冰的小说《多咀街群英会》、佚名的小说《人生如戏》、石中生的小说《铁剑诛邪舞》。

20日 《澳门日报·新园地》副刊发表鲁夫的诗歌《听〈黄河大合唱偶成〉》，连载海辛的小说《夏日的救生员》、唐堂的小说《斩蛟记》、润园的小说《老千点相录》、司马璧的小说《劫镖》。《华侨报·华座》副刊发表阿甲的散文《王了一、秦似父子》，连载夏冰的小说《多咀街群英会》、佚名的小说《人生如戏》、石中生的小说《铁剑诛邪舞》。

21日 《澳门日报·新园地》副刊连载海辛的小说《夏日的救生员》、唐堂的小说《斩蛟记》、润园的小说《老千点相录》、司马璧的小说《劫镖》。《华侨报·华座》副刊发表史平的散文《玻璃的故事》，连载夏冰的小说《多咀街群英会》、佚名的小说《人生如戏》、石中生的小说《铁剑诛邪舞》。

22日 《澳门日报·新园地》副刊发表任虚舟的散文《春尽絮飞留不得——重读〈淮阴侯列传〉之二》，连载海辛的小说《夏日的救生员》、唐堂的小说《斩蛟记》、润园的小说《老千点相录》、司马璧的小说《劫镖》。《华侨报·华座》副刊发表宁川的散文《缺水之日（随笔）》，连载夏冰的小说《多咀街群英会》、佚名的小说《人生如戏》、石中生的小说《铁剑诛邪舞》。

23日 《澳门日报·新园地》副刊连载海辛的小说《夏日的救生员》、唐堂的小说《斩蛟记》、润园的小说《老千点相录》、司马璧的小说《劫镖》。《华侨报·华座》副刊发表林硬的散文《到达首都心欢喜》，连载夏冰的小说《多咀街群英会》、佚名的小说《人生如戏》、石中生的小说《铁剑诛邪舞》。

24日 《澳门日报·新园地》副刊发表鲁茂的散文《西片〈新瓶旧油〉》，连载海辛的小说《夏日的救生员》、唐堂的小说《斩蛟记》、润园的小说《老千点相录》、司马璧的小说《劫镖》。《华侨报·华座》副刊发表希文的散文《岳飞》、孟起予的散文《〈有聊之谈〉一年》，连载夏冰的小说《多咀街群英会》、佚名的小说《人生如戏》、石中生的小说《铁剑诛邪舞》。

25 日 《澳门日报 · 新园地》副刊发表陶莎的散文《小说亦如时事看》，连载海辛的小说《夏日的救生员》、唐堂的小说《斩蛟记》、润园的小说《老千点相录》、司马璧的小说《劫镖》。《华侨报 · 华座》副刊发表铭之的散文《汉高祖刘邦》，连载夏冰的小说《多咀街群英会》、佚名的小说《人生如戏》、石中生的小说《铁剑诛邪舞》。

26 日 《澳门日报 · 新园地》副刊连载海辛的小说《夏日的救生员》、唐堂的小说《斩蛟记》、润园的小说《老千点相录》、司马璧的小说《劫镖》。《华侨报 · 华座》副刊发表秦西行的散文《从〈蛊惑剑客〉谈起》，连载夏冰的小说《多咀街群英会》、佚名的小说《人生如戏》、石中生的小说《铁剑诛邪舞》。

27 日 《澳门日报 · 新园地》副刊连载海辛的小说《夏日的救生员》、唐堂的小说《斩蛟记》、润园的小说《老千点相录》、司马璧的小说《劫镖》。《华侨报 · 华座》副刊发表孟起予的散文《凄凉宝剑篇》、晓华的散文《雀鸟世界趣谈》，连载夏冰的小说《多咀街群英会》、佚名的小说《人生如戏》、石中生的小说《铁剑诛邪舞》。

28 日 《澳门日报 · 新园地》副刊发表任虚舟的散文《论文两例》，连载海辛的小说《夏日的救生员》、唐堂的小说《斩蛟记》、润园的小说《老千点相录》、司马璧的小说《劫镖》。《华侨报 · 华座》副刊发表楚舒的散文《水上春秋》，连载夏冰的小说《多咀街群英会》、佚名的小说《人生如戏》、石中生的小说《铁剑诛邪舞》。

29 日 《澳门日报 · 新园地》副刊连载海辛的小说《夏日的救生员》、唐堂的小说《斩蛟记》、润园的小说《老千点相录》、司马璧的小说《劫镖》。《华侨报 · 华座》副刊连载夏冰的小说《多咀街群英会》、佚名的小说《人生如戏》、石中生的小说《铁剑诛邪舞》。

30 日 《澳门日报 · 新园地》副刊发表鲁茂的散文《从〈地下军〉谈起》、张兆全的散文《粤西千里行》，连载海辛的小说《夏日的救生员》、唐堂的小说《斩蛟记》、润园的小说《老千点相录》、司马璧的小说《劫镖》。《华侨报·华座》副刊连载夏冰的小说《多咀街群英会》、佚名的小说《人生如戏》、石中生的小说《铁剑诛邪舞》。

31日 《澳门日报·新园地》副刊发表半坡的散文《旧游新记（金城江换了新天地）》，连载海辛的小说《夏日的救生员》、唐堂的小说《斩蛟记》（完）、润园的小说《老千点相录》、司马璧的小说《劫镖》。《华侨报·华座》副刊发表广夏的散文《阿辉》，连载夏冰的小说《多咀街群英会》、佚名的小说《人生如戏》、石中生的小说《铁剑诛邪舞》。

⊙ 本月，汪浩瀚的散文《朴素的光华》刊载于香港《海洋文艺》第3卷第7期。

⊙ 本月，江映澜的散文《聚散》刊载于香港《海洋文艺》第3卷第7期。

八月

1日 《澳门日报·新园地》副刊发表陶莎的散文《江湖夜雨十年灯》、忠民的散文《古城荆州生机勃勃》，并开始连载唐堂的小说《异桃源行》，连载海辛的小说《夏日的救生员》、润园的小说《老千点相录》、司马璧的小说《劫镖》。《华侨报·华座》副刊发表白芷的散文《坐看牛郎织女星》、林硬的散文《回城感慨万千》，连载夏冰的小说《多咀街群英会》、佚名的小说《人生如戏》、石中生的小说《铁剑诛邪舞》。

2日 《澳门日报·新园地》副刊发表方菲的散文《两情若是久长时》，连载唐堂的小说《异桃源行》、海辛的小说《夏日的救生员》、润园的小说《老千点相录》、司马璧的小说《劫镖》。《华侨报·华座》副刊发表林冷雨的诗歌《橱窗》、荀白的散文《七夕》，连载夏冰的小说《多咀街群英会》、佚名的小说《人生如戏》、石中生的小说《铁剑诛邪舞》。

3日 《澳门日报·新园地》副刊发表鲁牛的散文《看奥运的联想》，连载唐堂的小说《异桃源行》、海辛的小说《夏日的救生员》、润园的小说《老千点相录》、司马璧的小说《劫镖》。《华侨报·华座》副刊发表石棱的散文《一老与一少》，连载夏冰的小说《多咀街群英会》、佚名的小说《人生如戏》、石中生的小说《铁剑诛邪舞》。

4日　《澳门日报·新园地》副刊连载唐堂的小说《异桃源行》、海辛的小说《夏日的救生员》、润园的小说《老千点相录》、司马璧的小说《劫镖》。《华侨报·华座》副刊发表秦西行的评论《名家猛将公孙龙》(1)，连载夏冰的小说《多咀街群英会》、佚名的小说《人生如戏》、石中生的小说《铁剑诛邪舞》。

5日　《澳门日报·新园地》副刊发表鲁茂的散文《西出阳关有故人》，连载唐堂的小说《异桃源行》、海辛的小说《夏日的救生员》、润园的小说《老千点相录》、司马璧的小说《劫镖》。《华侨报·华座》副刊发表秦西行的评论《名家猛将公孙龙》，连载夏冰的小说《多咀街群英会》、佚名的小说《人生如戏》、石中生的小说《铁剑诛邪舞》。

6日　《澳门日报·新园地》副刊连载唐堂的小说《异桃源行》、海辛的小说《夏日的救生员》、润园的小说《老千点相录》、司马璧的小说《劫镖》。《华侨报·华座》副刊发表秦西行的散文《震不垮的中国人》(2)，连载夏冰的小说《多咀街群英会》、佚名的小说《人生如戏》、石中生的小说《铁剑诛邪舞》。

7日　《澳门日报·新园地》副刊连载唐堂的小说《异桃源行》、海辛的小说《夏日的救生员》、润园的小说《老千点相录》、司马璧的小说《劫镖》。《华侨报·华座》副刊发表广夏的散文《金牌第一》，连载夏冰的小说《多咀街群英会》、佚名的小说《人生如戏》、石中生的小说《铁剑诛邪舞》。

8日　《澳门日报·新园地》副刊发表陶莎的散文《救灾英雄赞》，连载唐堂的小说《异桃源行》、海辛的小说《夏日的救生员》、润园的小说《老千点相录》、司马璧的小说《劫镖》。《华侨报·华座》副刊发表冬冬的散文《老人·木瓜树》，连载夏冰的小说《多咀街群英会》、佚名的小说《人生如戏》、石中生的小说《铁剑诛邪舞》。

9日　《澳门日报·新园地》副刊连载唐堂的小说《异桃源行》、海辛的小说《夏日的救生员》、润园的小说《老千点相录》、司马璧的小说《劫镖》。《华侨报·华座》副刊连载夏冰的小说《多咀街群英会》、佚名的小说《人生如戏》、石中生的小说《铁剑诛邪舞》。

10 日　《澳门日报·新园地》副刊连载唐堂的小说《异桃源行》、海辛的小说《夏日的救生员》、润园的小说《老千点相录》、司马璧的小说《劫镖》。《华侨报·华座》副刊连载夏冰的小说《多咀街群英会》、佚名的小说《人生如戏》、石中生的小说《铁剑诛邪舞》。

11 日　《澳门日报·新园地》副刊发表任虚舟的散文《一粒沙粒看世界——论文续篇之一》，连载唐堂的小说《异桃源行》、海辛的小说《夏日的救生员》、润园的小说《老千点相录》、司马璧的小说《劫镖》。《华侨报·华座》副刊连载夏冰的小说《多咀街群英会》、佚名的小说《人生如戏》、石中生的小说《铁剑诛邪舞》。

12 日　《澳门日报·新园地》副刊发表任虚舟的散文《要掣鲸鱼碧海中——论文续篇之二》、黄蕴玉的散文《故园行》，连载唐堂的小说《异桃源行》、海辛的小说《夏日的救生员》、润园的小说《老千点相录》、司马璧的小说《劫镖》。《华侨报·华座》副刊发表杨真的散文《一段艰苦的飞机旅程》，连载夏冰的小说《多咀街群英会》、佚名的小说《人生如戏》、石中生的小说《铁剑诛邪舞》。

黄蕴玉，自 1976 年起，在《澳门日报·新园地》副刊发表散文，如《故园行》《春节在广州》。其中《春节在广州》为连载。

13 日　《澳门日报·新园地》副刊发表永毅的散文《初中友谊之夜》，连载唐堂的小说《异桃源行》、海辛的小说《夏日的救生员》、润园的小说《老千点相录》、司马璧的小说《劫镖》。《华侨报·华座》副刊发表小正的散文《舒伯特作曲趣话》、秦西行的散文《诡辩》，连载夏冰的小说《多咀街群英会》、佚名的小说《人生如戏》、石中生的小说《铁剑诛邪舞》。

14 日　《澳门日报·新园地》副刊连载唐堂的小说《异桃源行》、海辛的小说《夏日的救生员》（完）、润园的小说《老千点相录》、司马璧的小说《劫镖》。《华侨报·华座》副刊发表之之的散文《秋高气爽》，连载夏冰的小说《多咀街群英会》、佚名的小说《人生如戏》、石中生的小说《铁剑诛邪舞》。

15 日 《澳门日报 · 新园地》副刊发表鲁茂的散文《报庆表心声》，并开始连载海辛的小说《暑期工的故事》，连载唐堂的小说《异桃源行》、润园的小说《老千点相录》、司马璧的小说《劫镖》。《华侨报 · 华座》副刊发表汉生的散文《影戏始盛于宋代》，连载夏冰的小说《多咀街群英会》、佚名的小说《人生如戏》、石中生的小说《铁剑诛邪舞》。

16 日 《澳门日报 · 新园地》副刊连载海辛的小说《暑期工的故事》、唐堂的小说《异桃源行》、润园的小说《老千点相录》、司马璧的小说《劫镖》。《华侨报 · 华座》副刊连载夏冰的小说《多咀街群英会》、佚名的小说《人生如戏》、石中生的小说《铁剑诛邪舞》。

17 日 《澳门日报 · 新园地》副刊发表叔华的散文《谁的错？》、玉里的散文《洛阳牡丹》，连载海辛的小说《暑期工的故事》、唐堂的小说《异桃源行》、润园的小说《老千点相录》、司马璧的小说《劫镖》。《华侨报 · 华座》副刊连载夏冰的小说《多咀街群英会》、佚名的小说《人生如戏》、石中生的小说《铁剑诛邪舞》。

18 日 《澳门日报 · 新园地》副刊发表任虚舟的散文《夏夜读书记》、新洲的散文《章太炎的妙联》，连载海辛的小说《暑期工的故事》、唐堂的小说《异桃源行》、润园的小说《老千点相录》、司马璧的小说《劫镖》。《华侨报 · 华座》副刊发表白丁的散文《风雨梅词》，连载夏冰的小说《多咀街群英会》、佚名的小说《人生如戏》、石中生的小说《铁剑诛邪舞》。

19 日 《澳门日报 · 新园地》副刊连载海辛的小说《暑期工的故事》、唐堂的小说《异桃源行》、润园的小说《老千点相录》、司马璧的小说《劫镖》。《华侨报 · 华座》副刊发表秦西行的评论《关于诗语的再用》，连载夏冰的小说《多咀街群英会》、佚名的小说《人生如戏》、石中生的小说《铁剑诛邪舞》。

20 日 《澳门日报 · 新园地》副刊发表陶莎的散文《灯下勤翻地震书》、林夏风的散文《宫女 · 红叶 · 流水》，连载海辛的小说《暑期工的故事》、唐堂的小说《异桃源行》、润园的小说《老千点相录》、司马璧的小说《劫镖》。《华侨报 · 华座》副刊发表孟起予的散文《古剧中的孔子》，连载夏冰的小说《多咀街群英会》、佚名的小说《人生如戏》、石中生的小说《铁剑诛邪舞》。

21 日　《澳门日报·新园地》副刊连载海辛的小说《暑期工的故事》、唐堂的小说《异桃源行》、润园的小说《老千点相录》、司马璧的小说《劫镖》。《华侨报·华座》副刊连载夏冰的小说《多咀街群英会》、佚名的小说《人生如戏》、石中生的小说《铁剑诛邪舞》。

22 日　《澳门日报·新园地》副刊连载海辛的小说《暑期工的故事》、唐堂的小说《异桃源行》、润园的小说《老千点相录》、司马璧的小说《劫镖》。《华侨报·华座》副刊连载夏冰的小说《多咀街群英会》、佚名的小说《人生如戏》、石中生的小说《铁剑诛邪舞》。

23 日　《澳门日报·新园地》副刊连载海辛的小说《暑期工的故事》、唐堂的小说《异桃源行》、润园的小说《老千点相录》、司马璧的小说《劫镖》。《华侨报·华座》副刊连载夏冰的小说《多咀街群英会》、佚名的小说《人生如戏》、石中生的小说《铁剑诛邪舞》。

24 日，《澳门日报·新园地》副刊发表陶莎的散文《灯下长吟抗震篇》，连载海辛的小说《暑期工的故事》、唐堂的小说《异桃源行》、润园的小说《老千点相录》、司马璧的小说《劫镖》。《华侨报·华座》副刊连载夏冰的小说《多咀街群英会》、佚名的小说《人生如戏》、石中生的小说《铁剑诛邪舞》。

25 日　《澳门日报·新园地》副刊连载海辛的小说《暑期工的故事》、唐堂的小说《异桃源行》、润园的小说《老千点相录》、司马璧的小说《劫镖》。《华侨报·华座》副刊发表金寿的散文《爬格子》，连载夏冰的小说《多咀街群英会》、佚名的小说《人生如戏》、石中生的小说《铁剑诛邪舞》。

26 日　《澳门日报·新园地》副刊发表叔华的散文《看〈危楼春晚〉的联想》，连载海辛的小说《暑期工的故事》、唐堂的小说《异桃源行》、润园的小说《老千点相录》、司马璧的小说《劫镖》。《华侨报·华座》副刊发表林冷雨的诗歌《车衣女工》，连载夏冰的小说《多咀街群英会》、佚名的小说《人生如戏》、石中生的小说《铁剑诛邪舞》。

27 日　《澳门日报 · 新园地》副刊发表鲁茂的散文《笑话古今谈》，连载海辛的小说《暑期工的故事》、唐堂的小说《异桃源行》、润园的小说《老千点相录》、司马璧的小说《劫镖》。《华侨报 · 华座》副刊发表阿甲的散文《忆胡根天》，连载夏冰的小说《多咀街群英会》、佚名的小说《人生如戏》、石中生的小说《铁剑诛邪舞》。

28 日　《澳门日报 · 新园地》副刊发表岫云的诗歌《题三友书展甘恒〈牧羊图〉》，连载海辛的小说《暑期工的故事》、唐堂的小说《异桃源行》、润园的小说《老千点相录》、司马璧的小说《劫镖》。《华侨报 · 华座》副刊发表黄因的散文《塞岛的神话》、怀星的评论《词义的褒贬》，连载夏冰的小说《多咀街群英会》、佚名的小说《人生如戏》、石中生的小说《铁剑诛邪舞》。

29 日　《澳门日报 · 新园地》副刊发表林夏风的散文《贺老琵琶定场屋》（1），连载海辛的小说《暑期工的故事》、唐堂的小说《异桃源行》、润园的小说《老千点相录》、司马璧的小说《劫镖》。《华侨报 · 华座》副刊发表阿丁的散文《“千里姻缘一线牵”》，连载夏冰的小说《多咀街群英会》、佚名的小说《人生如戏》、石中生的小说《铁剑诛邪舞》。

30 日　《澳门日报 · 新园地》副刊发表林松的诗歌《向祖国人民学习》、林夏风的散文《贺老琵琶定场屋》（2），连载海辛的小说《暑期工的故事》、唐堂的小说《异桃源行》、润园的小说《老千点相录》、司马璧的小说《劫镖》。《华侨报 · 华座》副刊连载夏冰的小说《多咀街群英会》、佚名的小说《人生如戏》、石中生的小说《铁剑诛邪舞》。

31 日　《澳门日报 · 新园地》副刊连载海辛的小说《暑期工的故事》、唐堂的小说《异桃源行》、润园的小说《老千点相录》、司马璧的小说《劫镖》。《华侨报 · 华座》副刊连载夏冰的小说《多咀街群英会》、佚名的小说《人生如戏》、石中生的小说《铁剑诛邪舞》。

⊙　本月，江映澜的小说《母与女》刊载于香港《海洋文艺》第 3 卷第 8 期。

⊙　本月，汪浩瀚的诗歌《竹的素描》、散文《走出雨巷的诗人》刊载于《海洋文艺》第 3 卷第 8 期。

⊙　本月，韩牧的诗歌《菲律宾之旅》刊载于《海洋文艺》第3卷第8期。

九月

1日　《澳门日报·新园地》副刊发表任虚舟的散文《〈山深闻鹧鸪〉及其他》、航青的散文《门（随笔）》，连载海辛的小说《暑期工的故事》、唐堂的小说《异桃源行》、润园的小说《老千点相录》、司马璧的小说《劫镖》。《华侨报·华座》副刊发表林冷雨的散文《病中杂记》，连载夏冰的小说《多咀街群英会》、佚名的小说《人生如戏》、石中生的小说《铁剑诛邪舞》。

2日　《澳门日报·新园地》副刊发表鲁茂的散文《"灾难片"的怀旧》，连载海辛的小说《暑期工的故事》、唐堂的小说《异桃源行》、润园的小说《老千点相录》、司马璧的小说《劫镖》。《华侨报·华座》副刊连载夏冰的小说《多咀街群英会》、佚名的小说《人生如戏》、石中生的小说《铁剑诛邪舞》。

3日　《澳门日报·新园地》副刊发表鲁茂的散文《望子成龙》，连载海辛的小说《暑期工的故事》、唐堂的小说《异桃源行》、润园的小说《老千点相录》、司马璧的小说《劫镖》。《华侨报·华座》副刊连载夏冰的小说《多咀街群英会》、佚名的小说《人生如戏》、石中生的小说《铁剑诛邪舞》。

4日　《澳门日报·新园地》副刊发表叔华的散文《一颗星的陨落》，连载海辛的小说《暑期工的故事》、唐堂的小说《异桃源行》、润园的小说《老千点相录》、司马璧的小说《劫镖》。《华侨报·华座》副刊发表詹文的评论《泥水匠的画——谈李魁的作品》，连载夏冰的小说《多咀街群英会》、佚名的小说《人生如戏》、石中生的小说《铁剑诛邪舞》。

5日　《澳门日报·新园地》副刊发表陶莎的散文《蛛网上的猎物》、半坡的散文《旧游新记（榆树湾与安江）》，连载海辛的小说《暑期工的故事》、唐堂的小说《异桃源行》、润园的小说《老千点相录》、司马璧的小说《劫镖》。《华侨报·华座》副刊发表秦西行的散文《节前杂写》，连载夏冰的小说《多咀街群英会》、佚名的小说《人生如戏》、石中生的小说《铁剑诛邪舞》。

6 日　《澳门日报 · 新园地》副刊发表丰初的散文《唐山素描》，连载海辛的小说《暑期工的故事》、唐堂的小说《异桃源行》、润园的小说《老千点相录》、司马璧的小说《劫镖》。《华侨报 · 华座》副刊连载夏冰的小说《多咀街群英会》、佚名的小说《人生如戏》、石中生的小说《铁剑诛邪舞》。

7 日　《澳门日报 · 新园地》副刊发表阿根的散文《他们一起搬》，连载海辛的小说《暑期工的故事》、唐堂的小说《异桃源行》、润园的小说《老千点相录》、司马璧的小说《劫镖》。《华侨报 · 华座》副刊连载夏冰的小说《多咀街群英会》、佚名的小说《人生如戏》、石中生的小说《铁剑诛邪舞》。

8 日　《澳门日报 · 新园地》副刊发表赵飘萍的散文《问月篇》，连载海辛的小说《暑期工的故事》、唐堂的小说《异桃源行》、润园的小说《老千点相录》、司马璧的小说《劫镖》。《华侨报 · 华座》副刊发表古非的散文《“揠苗助长”有段“古”》、集成的散文《中秋节杂谈》，连载夏冰的小说《多咀街群英会》、佚名的小说《人生如戏》、石中生的小说《铁剑诛邪舞》。

9 日　《澳门日报 · 新园地》副刊发表胜天的散文《广寒宫里的秘密》，连载海辛的小说《暑期工的故事》、唐堂的小说《异桃源行》、润园的小说《老千点相录》、司马璧的小说《劫镖》。《华侨报 · 华座》副刊连载夏冰的小说《多咀街群英会》、佚名的小说《人生如戏》、石中生的小说《铁剑诛邪舞》。

10 日　《澳门日报 · 新园地》副刊连载海辛的小说《暑期工的故事》、唐堂的小说《异桃源行》、润园的小说《老千点相录》、司马璧的小说《劫镖》。《华侨报 · 华座》副刊发表秦西行的评论《李白的咏月诗》，连载夏冰的小说《多咀街群英会》、佚名的小说《人生如戏》、石中生的小说《铁剑诛邪舞》。

11 日　《澳门日报 · 新园地》副刊连载海辛的小说《暑期工的故事》、唐堂的小说《异桃源行》、润园的小说《老千点相录》、司马璧的小说《劫镖》。《华侨报 · 华座》副刊连载夏冰的小说《多咀街群英会》、佚名的小说《人生如戏》、石中生的小说《铁剑诛邪舞》。

12 日　《澳门日报 · 新园地》副刊发表任虚舟的散文《何物葛朗台？》，连载海辛的小说《暑期工的故事》、唐堂的小说《异桃源行》、润园的小说《老千点相录》、司马璧的小说《劫镖》。《华侨报·华座》副刊连载夏冰的小说《多咀街群英会》、佚名的小说《人生如戏》、石中生的小说《铁剑诛邪舞》。

13日 《澳门日报·新园地》副刊连载海辛的小说《暑期工的故事》、唐堂的小说《异桃源行》、润园的小说《老千点相录》、司马璧的小说《劫镖》。《华侨报·华座》副刊连载夏冰的小说《多咀街群英会》、佚名的小说《人生如戏》、石中生的小说《铁剑诛邪舞》。

14日 《澳门日报·新园地》副刊发表白思群的散文《光辉形象永记心》，连载海辛的小说《暑期工的故事》、唐堂的小说《异桃源行》、润园的小说《老千点相录》、司马璧的小说《劫镖》。《华侨报·华座》副刊发表林彦的散文《一段动人的爱情故事——记英国诗坛爱侣白朗宁夫妇》，连载夏冰的小说《多咀街群英会》、佚名的小说《人生如戏》、石中生的小说《铁剑诛邪舞》。

15日 《澳门日报·新园地》副刊发表陶莎的散文《待到山花浪漫时》，连载海辛的小说《暑期工的故事》、唐堂的小说《异桃源行》、润园的小说《老千点相录》、司马璧的小说《劫镖》。《华侨报·华座》副刊连载夏冰的小说《多咀街群英会》、佚名的小说《人生如戏》、石中生的小说《铁剑诛邪舞》。

16日 《澳门日报·新园地》副刊连载海辛的小说《暑期工的故事》、唐堂的小说《异桃源行》、润园的小说《老千点相录》、司马璧的小说《劫镖》。《华侨报·华座》副刊连载夏冰的小说《多咀街群英会》、佚名的小说《人生如戏》、石中生的小说《铁剑诛邪舞》。

17日 《澳门日报·新园地》副刊发表叔华的散文《学一点近代、现代史》、阿根的散文《悼》，连载海辛的小说《暑期工的故事》、唐堂的小说《异桃源行》、润园的小说《老千点相录》、司马璧的小说《劫镖》。《华侨报·华座》副刊连载夏冰的小说《多咀街群英会》、佚名的小说《人生如戏》、石中生的小说《铁剑诛邪舞》。

18日 《澳门日报·新园地》副刊连载海辛的小说《暑期工的故事》、唐堂的小说《异桃源行》、润园的小说《老千点相录》、司马璧的小说《劫镖》。《华侨报·华座》副刊发表蕾子的散文《一阕新词蝶恋花》，连载夏冰的小说《多咀街群英会》、佚名的小说《人生如戏》、石中生的小说《铁剑诛邪舞》。

19日 《澳门日报·新园地》副刊连载海辛的小说《暑期工的故事》、唐堂的小说《异桃源行》、润园的小说《老千点相录》、司马璧的小说《劫镖》。《华侨报·华座》副刊发表林冷雨的诗歌《悼念》，连载夏冰的小说《多咀街群英会》、佚名的小说《人生如戏》、石中生的小说《铁剑诛邪舞》。

20日 《澳门日报·新园地》副刊发表胡培周的诗词《毛主席永垂不朽〈西江月〉》、谭仕杰的诗歌《敬悼毛主席〈满江红〉》，连载海辛的小说《暑期工的故事》、唐堂的小说《异桃源行》、润园的小说《老千点相录》、司马璧的小说《劫镖》。《华侨报·华座》副刊发表秦西行的散文《冯友兰的转变》，连载夏冰的小说《多咀街群英会》、佚名的小说《人生如戏》、石中生的小说《铁剑诛邪舞》。

21日 《澳门日报·新园地》副刊发表鲁夫的诗歌《沉痛悼念毛主席》、任虚舟的散文《诗如朗月透清辉》，连载海辛的小说《暑期工的故事》、唐堂的小说《异桃源行》、润园的小说《老千点相录》、司马璧的小说《劫镖》。《华侨报·华座》副刊发表阿甲的散文《梦断“新月”》，连载夏冰的小说《多咀街群英会》、佚名的小说《人生如戏》、石中生的小说《铁剑诛邪舞》。

22日 《澳门日报·新园地》副刊发表雪子的诗歌《毛主席悼诗》，连载海辛的小说《暑期工的故事》、唐堂的小说《异桃源行》、润园的小说《老千点相录》、司马璧的小说《劫镖》。《华侨报·华座》副刊连载夏冰的小说《多咀街群英会》、佚名的小说《人生如戏》、石中生的小说《铁剑诛邪舞》。

23日 《澳门日报·新园地》副刊发表微微的诗歌《永唱〈东方红〉》、丁斗的散文《今天是秋分》，连载海辛的小说《暑期工的故事》、唐堂的小说《异桃源行》、润园的小说《老千点相录》、司马璧的小说《劫镖》。《华侨报·华座》副刊连载夏冰的小说《多咀街群英会》、佚名的小说《人生如戏》、石中生的小说《铁剑诛邪舞》。

24 日 《澳门日报·新园地》副刊连载海辛的小说《暑期工的故事》、唐堂的小说《异桃源行》、润园的小说《老千点相录》、司马璧的小说《劫镖》。《华侨报·华座》副刊发表散文《晨运颂》、一知的散文《秋夜看星》，连载夏冰的小说《多咀街群英会》、佚名的小说《人生如戏》、石中生的小说《铁剑诛邪舞》。

25 日 《澳门日报·新园地》副刊连载海辛的小说《暑期工的故事》、唐堂的小说《异桃源行》、润园的小说《老千点相录》、司马璧的小说《劫镖》。《华侨报·华座》副刊发表马骋怀的诗词《西江月》，连载夏冰的小说《多咀街群英会》、佚名的小说《人生如戏》、石中生的小说《铁剑诛邪舞》。

26 日 《澳门日报·新园地》副刊连载海辛的小说《暑期工的故事》、唐堂的小说《异桃源行》、润园的小说《老千点相录》、司马璧的小说《劫镖》。《华侨报·华座》副刊发表阿甲的散文《“半个薛觉先”》，连载夏冰的小说《多咀街群英会》、佚名的小说《人生如戏》、石中生的小说《铁剑诛邪舞》。

27 日 《澳门日报·新园地》副刊连载海辛的小说《暑期工的故事》，唐堂的小说《异桃源行》、润园的小说《老千点相录》、司马璧的小说《劫镖》。《华侨报·华座》副刊连载夏冰的小说《多咀街群英会》、佚名的小说《人生如戏》、石中生的小说《铁剑诛邪舞》。

28 日 《澳门日报·新园地》副刊发表阿根文的散文《平凡的工作》，连载海辛的小说《暑期工的故事》、唐堂的小说《异桃源行》、润园的小说《老千点相录》、司马璧的小说《劫镖》。《华侨报·华座》副刊连载夏冰的小说《多咀街群英会》、佚名的小说《人生如戏》、石中生的小说《铁剑诛邪舞》。

29 日 《澳门日报·新园地》副刊发表任虚舟的散文《阿 Q 的戏剧形象》、学明的散文《巴黎的星期天》，连载海辛的小说《暑期工的故事》、唐堂的小说《异桃源行》、润园的小说《老千点相录》、司马璧的小说《劫镖》。《华侨报·华座》副刊发表林冷雨的诗歌《他的死》、慕华的散文《欧洲之父回忆录》，连载夏冰的小说《多咀街群英会》、佚名的小说《人生如戏》、石中生的小说《铁剑诛邪舞》。

30 日　《澳门日报·新园地》副刊发表叔华的散文《结婚启示》、白思群的散文《反清复明缘何事？——读史札记之一》，连载海辛的小说《暑期工的故事》（完）、唐堂的小说《异桃源行》、润园的小说《老千点相录》、司马璧的小说《劫镖》。《华侨报·华座》副刊发表秦西行的散文《想，但没有晨运的人》，连载夏冰的小说《多咀街群英会》、佚名的小说《人生如戏》、石中生的小说《铁剑诛邪舞》。

⊙　本月，汪浩瀚的散文《何处是归程——读诗小札》刊载于香港《海洋文艺》第 3 卷第 9 期。

⊙　本月，江映澜的散文《夏日随笔》刊载于香港《海洋文艺》第 3 卷第 9 期。

十月

1 日　《澳门日报·新园地》副刊发表张永枚的诗歌《永世长存》、鲁茂的散文《开卷考试的辩论》、半坡的散文《旧游新记（玉屏山）》、高峰的散文《回忆六十年前的今天》，并开始连载海辛的小说《后巷》，连载唐堂的小说《异桃源行》、润园的小说《老千点相录》、司马璧的小说《劫镖》。《华侨报·华座》副刊发表宣翁的散文《永恒的回忆——天安门上见毛主席》、醒岗的散文《我们的朋友遍天下》，连载夏冰的小说《多咀街群英会》、佚名的小说《人生如戏》、石中生的小说《铁剑诛邪舞》。

2 日　《澳门日报·新园地》副刊连载海辛的小说《后巷》、唐堂的小说《异桃源行》、润园的小说《老千点相录》、司马璧的小说《劫镖》。《华侨报·华座》副刊发表方怡的散文《深夜的怀念》，连载夏冰的小说《多咀街群英会》、佚名的小说《人生如戏》、石中生的小说《铁剑诛邪舞》。

3 日　《澳门日报·新园地》副刊连载海辛的小说《后巷》、唐堂的小说《异桃源行》、润园的小说《老千点相录》、司马璧的小说《劫镖》。《华侨报·华座》副刊连载夏冰的小说《多咀街群英会》、佚名的小说《人生如戏》、石中生的小说《铁剑诛邪舞》。

4 日　《澳门日报·新园地》副刊发表广生的散文《文冠果全身是宝》、鲁茂的散文《创造性颂》，连载海辛的小说《后巷》、唐堂的小说《异桃源行》、润园的小说《老千点相录》、司马璧的小说《劫镖》。《华侨报·华座》副刊连载夏冰的小说《多咀街群英会》、佚名的小说《人生如戏》、石中生的小说《铁剑诛邪舞》。

5日　《澳门日报·新园地》副刊发表马万祺的诗歌《毛主席永垂不朽》、方菲的散文《在中华印刷厂车间》、赤桦的散文《迷人的书卷　历史的见证——纪录片〈南海诸岛〉》，连载海辛的小说《后巷》、唐堂的小说《异桃源行》、润园的小说《老千点相录》、司马璧的小说《劫镖》。《华侨报·华座》副刊发表新烽的散文《看不见的雨》，连载夏冰的小说《多咀街群英会》、佚名的小说《人生如戏》、石中生的小说《铁剑诛邪舞》。

6日　《澳门日报·新园地》副刊发表谭仕杰的诗歌《国庆缅怀毛泽东主席》、任虚舟的散文《秋夜读书记》，连载海辛的小说《后巷》、唐堂的小说《异桃源行》、润园的小说《老千点相录》、司马璧的小说《劫镖》。《华侨报·华座》副刊连载夏冰的小说《多咀街群英会》、佚名的小说《人生如戏》、石中生的小说《铁剑诛邪舞》。

7日　《澳门日报·新园地》副刊发表微微的诗歌《文艺》，连载海辛的小说《后巷》、唐堂的小说《异桃源行》、润园的小说《老千点相录》、司马璧的小说《劫镖》。《华侨报·华座》副刊连载夏冰的小说《多咀街群英会》、佚名的小说《人生如戏》、石中生的小说《铁剑诛邪舞》。

8日　《澳门日报·新园地》副刊发表白思群的散文《宝剑岂能轻试——读史札记之二》、鲁茂的散文《摩登赵子龙》、半坡的散文《旧游新记（跨过雪峰山至武冈）》，连载海辛的小说《后巷》、唐堂的小说《异桃源行》、润园的小说《老千点相录》、司马璧的小说《劫镖》。《华侨报·华座》副刊连载夏冰的小说《多咀街群英会》、佚名的小说《人生如戏》、石中生的小说《铁剑诛邪舞》。

9日　《澳门日报·新园地》副刊发表阿根的散文《他充满了信心》、林士的散文《方言忌讳》，连载海辛的小说《后巷》、唐堂的小说《异桃源行》、润园的小说《老千点相录》、司马璧的小说《劫镖》。《华侨报·华座》副刊发表傅丙丁的散文《由催告想起》，连载夏冰的小说《多咀街群英会》、佚名的小说《人生如戏》、石中生的小说《铁剑诛邪舞》。

10 日　《澳门日报 · 新园地》副刊连载海辛的小说《后巷》、唐堂的小说《异桃源行》、润园的小说《老千点相录》、司马璧的小说《劫镖》。《华侨报 · 华座》副刊连载夏冰的小说《多咀街群英会》、佚名的小说《人生如戏》、石中生的小说《铁剑诛邪舞》。

11 日　《澳门日报 · 新园地》副刊发表江朗的散文《新客家山歌壮豪情》、林朴的散文《留学巴拿马心境》，连载海辛的小说《后巷》、唐堂的小说《异桃源行》、润园的小说《老千点相录》、司马璧的小说《劫镖》。《华侨报 · 华座》副刊发表秦西行的评论《艺术风格小说》，连载夏冰的小说《多咀街群英会》、佚名的小说《人生如戏》、石中生的小说《铁剑诛邪舞》。

12 日　《澳门日报 · 新园地》副刊发表鲁茂的散文《长江后浪推前浪》、航青的散文《茶楼上》，连载海辛的小说《后巷》、唐堂的小说《异桃源行》、润园的小说《老千点相录》、司马璧的小说《劫镖》。《华侨报 · 华座》副刊连载夏冰的小说《多咀街群英会》、佚名的小说《人生如戏》、石中生的小说《铁剑诛邪舞》。

13 日　《澳门日报 · 新园地》副刊发表任虚舟的散文《“袈裟”诗与其他》，连载海辛的小说《后巷》、唐堂的小说《异桃源行》、润园的小说《老千点相录》、司马璧的小说《劫镖》。《华侨报 · 华座》副刊发表诗云的散文《想起了李提摩太》，连载夏冰的小说《多咀街群英会》、佚名的小说《人生如戏》、石中生的小说《铁剑诛邪舞》。

14 日　《澳门日报 · 新园地》副刊发表陶莎的散文《今夜秋风劲有声》，连载海辛的小说《后巷》、唐堂的小说《异桃源行》、润园的小说《老千点相录》、司马璧的小说《劫镖》。《华侨报 · 华座》副刊连载夏冰的小说《多咀街群英会》、佚名的小说《人生如戏》、石中生的小说《铁剑诛邪舞》。

15 日　《澳门日报 · 新园地》副刊发表微微的诗歌《北京，我为你歌唱》，连载海辛的小说《后巷》、唐堂的小说《异桃源行》、润园的小说《老千点相录》、司马璧的小说《劫镖》。《华侨报 · 华座》副刊连载夏冰的小说《多咀街群英会》、佚名的小说《人生如戏》、石中生的小说《铁剑诛邪舞》。

16 日　《澳门日报·新园地》副刊发表方菲的散文《震人心弦的艺术魅力》、于华的散文《鲁迅的后一代——周海婴一家》，连载海辛的小说《后巷》、唐堂的小说《异桃源行》（完）、润园的小说《老千点相录》、司马璧的小说《劫镖》。《华侨报·华座》副刊发表芝芝的散文《萧伯纳趣闻》，连载夏冰的小说《多咀街群英会》、佚名的小说《人生如戏》、石中生的小说《铁剑诛邪舞》。

17 日　《澳门日报·新园地》副刊发表鲁茂的散文《伤感的主题曲》、唐堂的小说《河伯妇》，并开始连载龚学的散文《鲁迅与生物进化论》，连载海辛的小说《后巷》、润园的小说《老千点相录》、司马璧的小说《劫镖》。《华侨报·华座》副刊发表芝芝的散文《萧伯纳趣闻》，连载夏冰的小说《多咀街群英会》、佚名的小说《人生如戏》、石中生的小说《铁剑诛邪舞》。

18 日　《澳门日报·新园地》副刊发表鲁夫的诗歌《参观祖国新貌图片展览偶成》、叔华的散文《孤寂的老人》、知放的散文《冰雪草原捉蛇记》、半坡的散文《旧游新记》，连载龚学的散文《鲁迅与生物进化论》、海辛的小说《后巷》、润园的小说《老千点相录》、司马璧的小说《劫镖》。《华侨报·华座》副刊连载夏冰的小说《多咀街群英会》、佚名的小说《人生如戏》、石中生的小说《铁剑诛邪舞》。

19 日　《澳门日报·新园地》副刊发表董行芳的散文《可爱的“山里人”》、蓓尔的散文《鞠躬尽瘁　死而后已——纪念鲁迅先生逝世四十周年》，连载龚学的散文《鲁迅与生物进化论》、海辛的小说《后巷》、润园的小说《老千点相录》、司马璧的小说《劫镖》。《华侨报·华座》副刊发表新辛的散文《伦敦素描》，连载夏冰的小说《多咀街群英会》、佚名的小说《人生如戏》、石中生的小说《铁剑诛邪舞》。

蓓尔，原名胡培周，澳门散文家，在《澳门日报·新园地》副刊发表散文若干，如《鞠躬尽瘁　死而后已——纪念鲁迅先生逝世四十周年》

《郭老和屈原》等。

20 日 《澳门日报 · 新园地》副刊发表胜天的散文《音容宛在　有声有色》、阿根的散文《看图展（随笔）》，连载龚学的散文《鲁迅与生物进化论》（完）、海辛的小说《后巷》、润园的小说《老千点相录》、司马璧的小说《劫镖》。《华侨报 · 华座》副刊发表之华的散文《我认识鲁迅作品的过程》，连载夏冰的小说《多咀街群英会》、佚名的小说《人生如戏》、石中生的小说《铁剑诛邪舞》。

21 日 《澳门日报 · 新园地》副刊连载海辛的小说《后巷》、润园的小说《老千点相录》、司马璧的小说《劫镖》。《华侨报 · 华座》副刊连载夏冰的小说《多咀街群英会》、佚名的小说《人生如戏》、石中生的小说《铁剑诛邪舞》。

22 日 《澳门日报 · 新园地》副刊发表鲁夫的诗歌《鲁迅逝世四十周年纪念》，连载海辛的小说《后巷》、润园的小说《老千点相录》、司马璧的小说《劫镖》。《华侨报 · 华座》副刊发表林辑的散文《鲁迅的科学观》，连载夏冰的小说《多咀街群英会》、佚名的小说《人生如戏》、石中生的小说《铁剑诛邪舞》。

23 日 《澳门日报 · 新园地》副刊发表李华兰的散文《写在“老虎尾巴”》，连载海辛的小说《后巷》、润园的小说《老千点相录》、司马璧的小说《劫镖》。《华侨报 · 华座》副刊连载夏冰的小说《多咀街群英会》、佚名的小说《人生如戏》、石中生的小说《铁剑诛邪舞》。

24 日 《澳门日报 · 新园地》副刊连载海辛的小说《后巷》、润园的小说《老千点相录》、司马璧的小说《劫镖》。《华侨报 · 华座》副刊发表小青的散文《我们在太行山上》（1），连载夏冰的小说《多咀街群英会》、佚名的小说《人生如戏》、石中生的小说《铁剑诛邪舞》。

25 日 《澳门日报 · 新园地》副刊连载海辛的小说《后巷》、润园的小说《老千点相录》、司马璧的小说《劫镖》。《华侨报 · 华座》副刊发表小青的散文《我们在太行山上》（2），连载夏冰的小说《多咀街群英会》、佚名的小说《人生如戏》、石中生的小说《铁剑诛邪舞》。

26日 《澳门日报 · 新园地》副刊发表微微的诗歌《歌唱伟大的党》、鲁茂的散文《睦邻》，连载海辛的小说《后巷》、润园的小说《老千点相录》、司马璧的小说《劫镖》。《华侨报 · 华座》副刊连载夏冰的小说《多咀街群英会》、佚名的小说《人生如戏》、石中生的小说《铁剑诛邪舞》。

27日 《澳门日报 · 新园地》副刊发表谭仕杰的诗歌《欢庆伟大的胜利》、任虚舟的散文《回眸时看小於菟》，连载海辛的小说《后巷》、润园的小说《老千点相录》、司马璧的小说《劫镖》。《华侨报 · 华座》副刊连载夏冰的小说《多咀街群英会》、佚名的小说《人生如戏》、石中生的小说《铁剑诛邪舞》。

28日，《澳门日报 · 新园地》副刊发表阿根的散文《他们这一群》、白思群的散文《黑水河边的功罪——读史札记之三》，连载海辛的小说《后巷》、润园的小说《老千点相录》、司马璧的小说《劫镖》。《华侨报 · 华座》副刊连载夏冰的小说《多咀街群英会》、佚名的小说《人生如戏》、石中生的小说《铁剑诛邪舞》。

29日 《澳门日报 · 新园地》副刊发表少剑峰的散文《今天啊，是什么日子？——记广州市人民庆祝游行》，连载海辛的小说《后巷》、润园的小说《老千点相录》、司马璧的小说《劫镖》。《华侨报 · 华座》副刊连载夏冰的小说《多咀街群英会》、佚名的小说《人生如戏》、石中生的小说《铁剑诛邪舞》。

30日 《澳门日报 · 新园地》副刊发表陆觉鸣的散文《试谈鲁迅与〈花月痕〉》，连载海辛的小说《后巷》、润园的小说《老千点相录》、司马璧的小说《劫镖》。《华侨报 · 华座》副刊连载夏冰的小说《多咀街群英会》、佚名的小说《人生如戏》、石中生的小说《铁剑诛邪舞》。

31日 《澳门日报 · 新园地》副刊发表舒浩晴的散文《与人民同甘苦共命运——读鲁迅题赠许广平同志的一首诗》，连载海辛的小说《后巷》、润园的小说《老千点相录》、司马璧的小说《劫镖》。《华侨报 · 华座》副刊开始连载阿甲的散文《关于赛金花》，连载夏冰的小说《多咀街群英会》、佚名的小说《人生如戏》、石中生的小说《铁剑诛邪舞》。

⊙ 本月，汪浩瀚的诗歌《卫星城市恶咒曲》刊载于香港《海洋文艺》第3卷第10期。

十一月

1日 《澳门日报·新园地》副刊发表任虚舟的散文《心潮澎湃读遗简》，连载海辛的小说《后巷》（完）、润园的小说《老千点相录》、司马璧的小说《劫镖》。《华侨报·华座》副刊连载阿甲的散文《关于赛金花》（完）、夏冰的小说《多咀街群英会》、佚名的小说《人生如戏》、石中生的小说《铁剑诛邪舞》。

2日 《澳门日报·新园地》副刊开始连载白思群的散文《问渠哪得清如水——读史札记之五》，海辛的小说《草蜢坤的世界》《还我眼睛》，连载润园的小说《老千点相录》、司马璧的小说《劫镖》。《华侨报·华座》副刊发表江湖的散文《扬州石工巧如神》，连载夏冰的小说《多咀街群英会》、佚名的小说《人生如戏》、石中生的小说《铁剑诛邪舞》。

3日 《澳门日报·新园地》副刊发表任虚舟的散文《冷箭家和帽子厂》，连载白思群的散文《问渠哪得清如水——读史札记之五》（完），海辛的小说《草蜢坤的世界》《还我眼睛》，润园的小说《老千点相录》，司马璧的小说《劫镖》。《华侨报·华座》副刊发表启希的散文《会唱歌的黄花鱼》，连载夏冰的小说《多咀街群英会》、佚名的小说《人生如戏》、石中生的小说《铁剑诛邪舞》。

4日 《澳门日报·新园地》副刊发表董行芳的散文《高士奇参加游行》，连载海辛的小说《草蜢坤的世界》《还我眼睛》，润园的小说《老千点相录》，司马璧的小说《劫镖》。《华侨报·华座》副刊连载夏冰的小说《多咀街群英会》、佚名的小说《人生如戏》、石中生的小说《铁剑诛邪舞》。

5日 《澳门日报·新园地》副刊发表微微的诗歌《又是花开时节》、鲁茂的散文《南腔北调谈》、虚怀的散文《“大只”之苦（随笔）》，连载海辛的小说《草蜢坤的世界》《还我眼睛》，润园的小说《老千点相录》，司马璧的小说《劫镖》。《华侨报·华座》副刊连载夏冰的小说《多咀街群英会》、佚名的小说《人生如戏》、石中生的小说《铁剑诛邪舞》。

6日 《澳门日报·新园地》副刊发表叔华的散文《两本旧书刊》，连载海辛的小说《草蜢坤的世界》《还我眼睛》，润园的小说《老千点相录》，司马璧的小说《劫镖》。《华侨报·华座》副刊发表阿甲的散文《月儿弯弯照九洲》，连载夏冰的小说《多咀街群英会》、佚名的小说《人生如戏》、石中生的小说《铁剑诛邪舞》。

7日 《澳门日报·新园地》副刊发表陶莎的散文《从一匹布谈起——浅论“左”与右》、怀嘉的散文《我所知道的高士奇》，连载海辛的小说《草蜢坤的世界》《还我眼睛》，润园的小说《老千点相录》，司马璧的小说《劫镖》。《华侨报·华座》副刊连载夏冰的小说《多咀街群英会》、佚名的小说《人生如戏》、石中生的小说《铁剑诛邪舞》。

8日 《澳门日报·新园地》副刊连载海辛的小说《草蜢坤的世界》《还我眼睛》，润园的小说《老千点相录》，司马璧的小说《劫镖》。《华侨报·华座》副刊发表阿甲的散文《一枕梦黄粱》，连载夏冰的小说《多咀街群英会》、佚名的小说《人生如戏》、石中生的小说《铁剑诛邪舞》。

9日 《澳门日报·新园地》副刊发表鲁茂的散文《〈禅院钟声〉之类》、半坡的散文《旧游新记（数回观野火）》，连载海辛的小说《草蜢坤的世界》《还我眼睛》，润园的小说《老千点相录》，司马璧的小说《劫镖》。《华侨报·华座》副刊连载夏冰的小说《多咀街群英会》、佚名的小说《人生如戏》、石中生的小说《铁剑诛邪舞》。

10日 《澳门日报·新园地》副刊连载海辛的小说《草蜢坤的世界》《还我眼睛》，润园的小说《老千点相录》，司马璧的小说《劫镖》，并开始连载鲁牛的小说《心愿》。《华侨报·华座》副刊连载夏冰的小说《多咀街群英会》、佚名的小说《人生如戏》、石中生的小说《铁剑诛邪舞》。

11日 《澳门日报·新园地》副刊发表叔华的散文《篮球运动高与矮》，连载海辛的小说《草蜢坤的世界》《还我眼睛》，润园的小说《老千点相录》，司马璧的小说《劫镖》，鲁牛的小说《心愿》。《华侨报·华座》副刊发表丰宜的散文《黄山“三绝”》，连载夏冰的小说《多咀街群英会》、佚名的小说《人生如戏》、石中生的小说《铁剑诛邪舞》。

12 日 《澳门日报 · 新园地》副刊发表鲁茂的散文《杨修之死》，连载海辛的小说《草蜢坤的世界》《还我眼睛》，润园的小说《老千点相录》，司马璧的小说《劫镖》，鲁牛的小说《心愿》。《华侨报 · 华座》副刊发表慕华的散文《世外桃源百岁山》，连载夏冰的小说《多咀街群英会》、佚名的小说《人生如戏》、石中生的小说《铁剑诛邪舞》。

13 日 《澳门日报 · 新园地》副刊发表航青的散文《大孩子与小老头（随笔）》，连载海辛的小说《草蜢坤的世界》《还我眼睛》，润园的小说《老千点相录》，司马璧的小说《劫镖》，鲁牛的小说《心愿》。《华侨报 · 华座》副刊连载夏冰的小说《多咀街群英会》、佚名的小说《人生如戏》、石中生的小说《铁剑诛邪舞》。

14 日 《澳门日报 · 新园地》副刊发表微微的诗歌《我们需要鲁迅》、任虚舟的散文《吕后其人》，连载海辛的小说《草蜢坤的世界》《还我眼睛》，润园的小说《老千点相录》，司马璧的小说《劫镖》、鲁牛的小说《心愿》。《华侨报 · 华座》副刊发表阿甲的散文《去留肝胆两昆仑》，连载夏冰的小说《多咀街群英会》、佚名的小说《人生如戏》、石中生的小说《铁剑诛邪舞》。

15 日 《澳门日报 · 新园地》副刊发表方菲的散文《张春桥贬〈生死场〉》，连载海辛的小说《草蜢坤的世界》《还我眼睛》，润园的小说《老千点相录》，司马璧的小说《劫镖》，鲁牛的小说《心愿》。《华侨报 · 华座》副刊发表卜士的散文《祖国纪事》，连载夏冰的小说《多咀街群英会》、佚名的小说《人生如戏》、石中生的小说《铁剑诛邪舞》。

16 日 《澳门日报 · 新园地》副刊发表杨花的散文《小榄菊花吐新艳》，连载海辛的小说《草蜢坤的世界》《还我眼睛》，润园的小说《老千点相录》，司马璧的小说《劫镖》，鲁牛的小说《心愿》。《华侨报 · 华座》副刊连载夏冰的小说《多咀街群英会》、佚名的小说《人生如戏》、石中生的小说《铁剑诛邪舞》。

17 日 《澳门日报 · 新园地》副刊发表陶莎的散文《“解放了”——写在〈创业〉重影前》，连载海辛的小说《草蜢坤的世界》《还我眼睛》，润园的小说《老千点相录》，司马璧的小说《劫镖》，鲁牛的小说《心愿》。《华侨报 · 华座》副刊发表海生的散文《漫谈看赛车》、盈盈的散文《毕加索与基洛的一段情》，连载夏冰的小说《多咀街群英会》、佚名的小说《人生如戏》、石中生的小说《铁剑诛邪舞》。

18 日 《澳门日报 · 新园地》副刊连载海辛的小说《草蜢坤的世界》《还我眼睛》，润园的小说《老千点相录》，司马璧的小说《劫镖》，鲁牛的小说《心愿》。《华侨报 · 华座》副刊发表谷音的散文《有这样一个“老娘”》、闵钺的散文《中山先生故居》，连载夏冰的小说《多咀街群英会》、佚名的小说《人生如戏》、石中生的小说《铁剑诛邪舞》。

19 日 《澳门日报 · 新园地》副刊发表徐国泰、王晓廉的诗歌《华主席，请接受三军战士的敬礼！》，董行芳的散文《〈创业〉重影有感》，连载海辛的小说《草蜢坤的世界》《还我眼睛》，润园的小说《老千点相录》，司马璧的小说《劫镖》，鲁牛的小说《心愿》。《华侨报 · 华座》副刊发表江朗的散文《小谈皮影戏》，连载夏冰的小说《多咀街群英会》、佚名的小说《人生如戏》、石中生的小说《铁剑诛邪舞》。

20 日 《澳门日报 · 新园地》副刊连载海辛的小说《草蜢坤的世界》《还我眼睛》，润园的小说《老千点相录》，司马璧的小说《劫镖》，鲁牛的小说《心愿》。《华侨报 · 华座》副刊连载夏冰的小说《多咀街群英会》、佚名的小说《人生如戏》、石中生的小说《铁剑诛邪舞》。

21 日 《澳门日报 · 新园地》副刊发表贺敬之的诗歌《中国的十月》、任虚舟的散文《〈冰花〉——读臧克家的诗》、赤桦的散文《重看〈创业〉一得》，连载海辛的小说《草蜢坤的世界》《还我眼睛》，润园的小说《老千点相录》，司马璧的小说《劫镖》，鲁牛的小说《心愿》。《华侨报 · 华座》副刊发表陆朗的散文《看〈创业〉，学路线》，连载夏冰的小说《多咀街群英会》、佚名的小说《人生如戏》、石中生的小说《铁剑诛邪舞》。

22 日 《澳门日报 · 新园地》副刊发表虚怀的散文《眼镜与民仔（随笔）》、凌冰的散文《十月里访大庆》，连载海辛的小说《草蜢坤的世界》《还我眼睛》，润园的小说《老千点相录》，司马璧的小说《劫镖》，鲁牛的小说《心愿》。《华侨报·华座》副刊发表胡考的散文《古董传奇》，连载夏冰的小说《多咀街群英会》、佚名的小说《人生如戏》、石中生的小说《铁剑诛邪舞》。

23 日　《澳门日报·新园地》副刊连载海辛的小说《草蜢坤的世界》《还我眼睛》，润园的小说《老千点相录》，司马璧的小说《劫镖》，鲁牛的小说《心愿》。《华侨报·华座》副刊连载夏冰的小说《多咀街群英会》、佚名的小说《人生如戏》、石中生的小说《铁剑诛邪舞》。

24 日　《澳门日报·新园地》副刊发表半坡的散文《旧游新记》、学逊的散文《揭开吕后真面目》，连载海辛的小说《草蜢坤的世界》《还我眼睛》，润园的小说《老千点相录》，司马璧的小说《劫镖》，鲁牛的小说《心愿》。《华侨报·华座》副刊发表子游的散文《在索马里流传的故事》，连载夏冰的小说《多咀街群英会》、佚名的小说《人生如戏》、石中生的小说《铁剑诛邪舞》。

25 日　《澳门日报·新园地》副刊发表凌冰的散文《访大庆　念铁人》，连载海辛的小说《草蜢坤的世界》《还我眼睛》，润园的小说《老千点相录》，司马璧的小说《劫镖》、鲁牛的小说《心愿》。《华侨报·华座》副刊连载夏冰的小说《多咀街群英会》、佚名的小说《人生如戏》、石中生的小说《铁剑诛邪舞》。

26 日　《澳门日报·新园地》副刊发表凌冰的散文《〈创业〉导演于彦夫会见记》，连载海辛的小说《草蜢坤的世界》《还我眼睛》，润园的小说《老千点相录》，司马璧的小说《劫镖》，鲁牛的小说《心愿》。《华侨报·华座》副刊发表东成的散文《汉剧漫谈》，连载夏冰的小说《多咀街群英会》、佚名的小说《人生如戏》、石中生的小说《铁剑诛邪舞》。

27 日　《澳门日报·新园地》副刊发表白思群的散文《旧曲重弹答客难》，连载海辛的小说《草蜢坤的世界》《还我眼睛》，润园的小说《老千点相录》，司马璧的小说《劫镖》，鲁牛的小说《心愿》。《华侨报·华座》副刊连载夏冰的小说《多咀街群英会》、佚名的小说《人生如戏》、石中生的小说

《铁剑诛邪舞》。

28 日　《澳门日报·新园地》副刊发表陶莎的散文《喜解〈闷葫芦〉》、舒平的散文《鄂温克族人勇敢善猎》，连载海辛的小说《草蜢坤的世界》《还我眼睛》，润园的小说《老千点相录》，司马璧的小说《劫镖》，鲁牛的小说《心愿》。《华侨报·华座》副刊连载夏冰的小说《多咀街群英会》、佚名的小说《人生如戏》、石中生的小说《铁剑诛邪舞》。

29 日　《澳门日报·新园地》副刊发表鲁茂的散文《游记有益佳作难求》、虚怀的散文《三看〈创业〉感受新（随笔）》，连载海辛的小说《草蜢坤的世界》《还我眼睛》，润园的小说《老千点相录》，司马璧的小说《劫镖》、鲁牛的小说《心愿》。《华侨报·华座》副刊发表丰宜的散文《“南国名花”添锦绣》，连载夏冰的小说《多咀街群英会》、佚名的小说《人生如戏》、石中生的小说《铁剑诛邪舞》。

30 日　《澳门日报·新园地》副刊连载海辛的小说《草蜢坤的世界》《还我眼睛》，润园的小说《老千点相录》，司马璧的小说《劫镖》，鲁牛的小说《心愿》。《华侨报·华座》副刊连载夏冰的小说《多咀街群英会》、佚名的小说《人生如戏》、石中生的小说《铁剑诛邪舞》。

⊙　本月，韩牧的诗歌《峰顶上的建筑》刊载于香港《海洋文艺》第 3 卷第 11 期。

⊙　本月，江映澜的散文《窗》刊载于香港《海洋文艺》第 3 卷第 11 期。

十二月

1 日　《澳门日报·新园地》副刊发表宛生的散文《一张含义深远的照片》、张锦的散文《重访长春制片厂（散记）》，连载海辛的小说《草蜢坤的世界》《还我眼睛》，润园的小说《老千点相录》，司马璧的小说《劫镖》，鲁牛的小说《心愿》。《华侨报·华座》副刊连载夏冰的小说《多咀街群英会》、佚名的小说《人生如戏》、石中生的小说《铁剑诛邪舞》。

2 日　《澳门日报·新园地》副刊发表鲁茂的散文《姻缘道上》、张锦的散文《喜看东北三宝》，连载海辛的小说《草蜢坤的世界》《还我眼睛》，润园的小说《老千点相录》，司马璧的小说《劫镖》，鲁牛的小说《心愿》。《华侨报 · 华座》副刊发表广夏的散文《从买书谈到读书》，连载夏冰的小说《多咀街群英会》、佚名的小说《人生如戏》、石中生的小说《铁剑诛邪舞》。

3 日　《澳门日报 · 新园地》副刊发表方学的散文《刀仔锯大树（随笔）》、梅萼华的散文《老诗人放声歌唱》、张锦的散文《在哈尔滨参观工厂那个》，连载海辛的小说《草蜢坤的世界》《还我眼睛》，润园的小说《老千点相录》，司马璧的小说《劫镖》，鲁牛的小说《心愿》。《华侨报 · 华座》副刊发表秦西行的散文《读书》、问天的散文《无岸海》，连载夏冰的小说《多咀街群英会》、佚名的小说《人生如戏》、石中生的小说《铁剑诛邪舞》。

4 日　《澳门日报 · 新园地》副刊发表董行芳的散文《我参观过洛洞》，连载海辛的小说《草蜢坤的世界》（完）、《还我眼睛》，润园的小说《老千点相录》，司马璧的小说《劫镖》，鲁牛的小说《心愿》。《华侨报 · 华座》副刊发表珍的散文《回忆赵朴初》，连载夏冰的小说《多咀街群英会》、佚名的小说《人生如戏》、石中生的小说《铁剑诛邪舞》。

5 日　《澳门日报 · 新园地》副刊发表舒笙的散文《寻梦》，连载海辛的小说《还我眼睛》、润园的小说《老千点相录》、司马璧的小说《劫镖》、鲁牛的小说《心愿》。《华侨报 · 华座》副刊发表文晶的散文《红叶红叶》，连载夏冰的小说《多咀街群英会》、佚名的小说《人生如戏》、石中生的小说《铁剑诛邪舞》。

6 日　《澳门日报 · 新园地》副刊发表鲁茂的散文《读毛主席诗新体会》、小牛的散文《她辍学了（随笔）》、张锦的散文《在太原访庆祠》，连载海辛的小说《还我眼睛》、润园的小说《老千点相录》、司马璧的小说《劫镖》、鲁牛的小说《心愿》。《华侨报 · 华座》副刊连载夏冰的小说《多咀街群英会》、佚名的小说《人生如戏》、石中生的小说《铁剑诛邪舞》。

7 日　《澳门日报 · 新园地》副刊连载海辛的小说《还我眼睛》、润园的小说《老千点相录》、司马璧的小说《劫镖》、鲁牛的小说《心愿》。《华侨报 · 华座》副刊发表秦西行的评论《何其芳的诗和诗论》，连载夏冰的小说《多咀街群英会》、佚名的小说《人生如戏》、石中生的小说《铁剑诛邪舞》。

8日　《澳门日报·新园地》副刊发表任虚舟的散文《“感情的发酵素”——略谈比喻》，连载海辛的小说《还我眼睛》、润园的小说《老千点相录》、司马璧的小说《劫镖》、鲁牛的小说《心愿》。《华侨报·华座》副刊连载夏冰的小说《多咀街群英会》、佚名的小说《人生如戏》、石中生的小说《铁剑诛邪舞》。

9日　《澳门日报·新园地》副刊连载海辛的小说《还我眼睛》、润园的小说《老千点相录》、司马璧的小说《劫镖》、鲁牛的小说《心愿》。《华侨报·华座》副刊发表木翟的散文《买书看书》，连载夏冰的小说《多咀街群英会》、佚名的小说《人生如戏》、石中生的小说《铁剑诛邪舞》。

10日　《澳门日报·新园地》副刊连载海辛的小说《还我眼睛》、润园的小说《老千点相录》、司马璧的小说《劫镖》、鲁牛的小说《心愿》。《华侨报·华座》副刊发表孟起予的散文《一部遗失了的小说》，连载夏冰的小说《多咀街群英会》、佚名的小说《人生如戏》、石中生的小说《铁剑诛邪舞》。

11日　《澳门日报·新园地》副刊发表任虚舟的散文《姚蓬子·姚文元》、张锦的散文《回国参观有感》，连载海辛的小说《还我眼睛》、润园的小说《老千点相录》、司马璧的小说《劫镖》、鲁牛的小说《心愿》。《华侨报·华座》副刊发表黄因的散文《小岛的生与死》、华成的散文《“不如白卷香又甜”》，连载夏冰的小说《多咀街群英会》、佚名的小说《人生如戏》、石中生的小说《铁剑诛邪舞》。

12日　《澳门日报·新园地》副刊发表鲁茂的散文《生命的三分之一》，连载海辛的小说《还我眼睛》、润园的小说《老千点相录》、司马璧的小说《劫镖》、鲁牛的小说《心愿》。《华侨报·华座》副刊连载夏冰的小说《多咀街群英会》、佚名的小说《人生如戏》、石中生的小说《铁剑诛邪舞》。

13日　《澳门日报·新园地》副刊发表鲁茂的散文《从〈固丁之歌〉谈到湘剧》、于明的散文《日本著名作家喜谈会见邓颖超》，连载海辛的小说《还我眼睛》、润园的小说《老千点相录》、司马璧的小说《劫镖》、鲁牛的小说《心愿》。《华侨报·华座》副刊连载夏冰的小说《多咀街群英会》、佚名的小说《人生如戏》、石中生的小说《铁剑诛邪舞》。

14日 《澳门日报·新园地》副刊发表半坡的散文《旧游新记（泰山）》，连载海辛的小说《还我眼睛》、润园的小说《老千点相录》、司马璧的小说《劫镖》、鲁牛的小说《心愿》。《华侨报·华座》副刊发表秦西行的评论《贺敬之的诗》、庆亮的评论《漫游凡尔赛宫园》，连载夏冰的小说《多咀街群英会》、佚名的小说《人生如戏》、石中生的小说《铁剑诛邪舞》。

15日 《澳门日报·新园地》副刊发表舒笙的散文《诗朗诵的回忆》，连载海辛的小说《还我眼睛》、润园的小说《老千点相录》、司马璧的小说《劫镖》、鲁牛的小说《心愿》。《华侨报·华座》副刊连载夏冰的小说《多咀街群英会》、佚名的小说《人生如戏》、石中生的小说《铁剑诛邪舞》。

16日 《澳门日报·新园地》副刊连载海辛的小说《还我眼睛》、润园的小说《老千点相录》、司马璧的小说《劫镖》、鲁牛的小说《心愿》。《华侨报·华座》副刊发表末座的评论《卡·尼·洛克先生》、逐浪的评论《〈万木春〉——一部描写炮竹工人血泪生活的新书》，连载夏冰的小说《多咀街群英会》、佚名的小说《人生如戏》、石中生的小说《铁剑诛邪舞》。

17日 《澳门日报·新园地》副刊发表微微的诗歌《支持氹仔坊众学校》、虚怀的散文《疾风知劲草（随笔）》，连载海辛的小说《还我眼睛》、润园的小说《老千点相录》、司马璧的小说《劫镖》、鲁牛的小说《心愿》。《华侨报·华座》副刊连载夏冰的小说《多咀街群英会》、佚名的小说《人生如戏》、石中生的小说《铁剑诛邪舞》。

18日 《澳门日报·新园地》副刊连载海辛的小说《还我眼睛》、润园的小说《老千点相录》、司马璧的小说《劫镖》、鲁牛的小说《心愿》。《华侨报·华座》副刊连载夏冰的小说《多咀街群英会》、佚名的小说《人生如戏》、石中生的小说《铁剑诛邪舞》。

19日 《澳门日报·新园地》副刊发表舒笙的散文《冬夜随想曲》，连载海辛的小说《还我眼睛》、润园的小说《老千点相录》、司马璧的小说《劫镖》、鲁牛的小说《心愿》。《华侨报·华座》副刊连载夏冰的小说《多咀街群英会》、佚名的小说《人生如戏》、石中生的小说《铁剑诛邪舞》。

20 日 《澳门日报·新园地》副刊连载海辛的小说《还我眼睛》、润园的小说《老千点相录》、司马璧的小说《劫镖》、鲁牛的小说《心愿》。《华侨报·华座》副刊连载夏冰的小说《多咀街群英会》、佚名的小说《人生如戏》、石中生的小说《铁剑诛邪舞》。

21 日 《澳门日报·新园地》副刊发表鲁茂的散文《捉迷藏》，连载海辛的小说《还我眼睛》、润园的小说《老千点相录》、司马璧的小说《劫镖》、鲁牛的小说《心愿》。《华侨报·华座》副刊连载夏冰的小说《多咀街群英会》、佚名的小说《人生如戏》、石中生的小说《铁剑诛邪舞》。

22 日 《澳门日报·新园地》副刊发表雪子的诗歌《欢呼除“四害”》、任虚舟的散文《〈伤逝〉的启示》，连载海辛的小说《还我眼睛》、润园的小说《老千点相录》、司马璧的小说《劫镖》、鲁牛的小说《心愿》。《华侨报·华座》副刊发表芝士的散文《圣诞树的传说》、梦芸的散文《鼎湖·七星岩·西樵山》，并开始连载秦西行的散文《将军本色是诗人》，连载夏冰的小说《多咀街群英会》、佚名的小说《人生如戏》、石中生的小说《铁剑诛邪舞》。

23 日 《澳门日报·新园地》副刊发表寒士的散文《在罗马游览点滴》，连载海辛的小说《还我眼睛》、润园的小说《老千点相录》、司马璧的小说《劫镖》、鲁牛的小说《心愿》。《华侨报·华座》副刊连载秦西行的散文《将军本色是诗人》、夏冰的小说《多咀街群英会》、佚名的小说《人生如戏》、石中生的小说《铁剑诛邪舞》。

24 日 《澳门日报·新园地》副刊连载海辛的小说《还我眼睛》、润园的小说《老千点相录》、司马璧的小说《劫镖》、鲁牛的小说《心愿》。《华侨报·华座》副刊连载秦西行的散文《将军本色是诗人》（完）、夏冰的小说《多咀街群英会》、佚名的小说《人生如戏》、石中生的小说《铁剑诛邪舞》。

25 日 《澳门日报·新园地》副刊连载海辛的小说《还我眼睛》、润园的小说《老千点相录》、司马璧的小说《劫镖》、鲁牛的小说《心愿》。《华侨报·华座》副刊发表孟起予的评论《洪仁玕的文学观》，连载夏冰的小说《多咀街群英会》、佚名的小说《人生如戏》、石中生的小说《铁剑诛邪舞》。

26 日 《澳门日报·新园地》副刊发表任虚舟的散文《漫吟青灯夜雨诗》，连载海辛的小说《还我眼睛》、润园的小说《老千点相录》、司马璧的小说《劫镖》、鲁牛的小说《心愿》。《华侨报·华座》副刊连载夏冰的小说《多咀街群英会》、佚名的小说《人生如戏》、石中生的小说《铁剑诛邪舞》。

27 日 《澳门日报·新园地》副刊连载海辛的小说《还我眼睛》、润园的小说《老千点相录》、司马璧的小说《劫镖》、鲁牛的小说《心愿》。《华侨报·华座》副刊连载夏冰的小说《多咀街群英会》、佚名的小说《人生如戏》、石中生的小说《铁剑诛邪舞》。

28 日 《澳门日报·新园地》副刊连载海辛的小说《还我眼睛》、润园的小说《老千点相录》、司马璧的小说《劫镖》、鲁牛的小说《心愿》。《华侨报·华座》副刊发表孟起予的评论《记〈枫桥夜泊〉拓本》，连载夏冰的小说《多咀街群英会》、佚名的小说《人生如戏》、石中生的小说《铁剑诛邪舞》。

29 日 《澳门日报·新园地》副刊发表任虚舟的散文《先来“就事论事”——要写“短柄锹”的文学》，连载海辛的小说《还我眼睛》、润园的小说《老千点相录》、司马璧的小说《劫镖》、鲁牛的小说《心愿》。《华侨报·华座》副刊连载夏冰的小说《多咀街群英会》、佚名的小说《人生如戏》、石中生的小说《铁剑诛邪舞》。

30 日 《澳门日报·新园地》副刊连载海辛的小说《还我眼睛》、润园的小说《老千点相录》、司马璧的小说《劫镖》、鲁牛的小说《心愿》。《华侨报·华座》副刊连载夏冰的小说《多咀街群英会》、佚名的小说《人生如戏》、石中生的小说《铁剑诛邪舞》。

31 日 《澳门日报·新园地》副刊连载海辛的小说《还我眼睛》、润园的小说《老千点相录》、司马璧的小说《劫镖》、鲁牛的小说《心愿》。《华侨报·华座》副刊发表孟起予的评论《梦“游”桂林》，连载夏冰的小说《多咀街群英会》、佚名的小说《人生如戏》、石中生的小说《铁剑诛邪舞》。

1977年

1977年，澳门文学各文体作品发表情况如下：在澳门发表于《澳门日报·新园地》副刊、《华侨报·华座》副刊等的小说共31部，其中长篇连载小说13部，中篇小说11部，短篇小说7部；散文344篇；现代诗18首，古体诗词55首；评论42篇。在香港及海外发表长篇小说2部，现代诗16首。

小说方面，较有特色的是夏冰于《华侨报》上连载的长篇小说《多咀街群英会》，是一部较好呈现澳门本土民间文化的作品。思薇于1977年起发表长篇小说《爱情列车》《潮，来了，又去了》《薄雾》《朝九晚五》等，也较深入地展现了青年男女对爱情、人生的思考。

诗歌方面，数量上有一定的突破，且较多为青年、学生参与创作。陶里本年于香港《当代文艺》发表诗歌如《迷人的假期》《游广州烈士陵园》《红棉树》等。《澳门学生》上刊登多首显现与内地红色文学有较大传承关系的诗歌，如红楼的《不朽文献浴新生》（5月23日），列眉的《想念你呵，周总理》（2月3日）、《展翅翱翔——写于毕业典礼的晚上》（7月26日），诗的《献给白衣战士》（7月26日），颂火的《深切的怀念　巨大的鼓舞——写在毛主席逝世一周年》（9月12日）。

微微发表多首现代诗歌于《澳门日报》上，如《一张相片》《金门桥》《好消息》《欢迎您》《支持劳校》《雨》《怀念》，正如其笔名，她的诗歌正是以小见大、以微显著，情感饱蘸而技巧尚为生涩。

而古体诗歌开始占据诗坛主力地位，以鲁夫、马万祺、谭仕杰、白思群、何来、雪予等为代表的作者发表了50多首诗歌，笔力皆属上乘。

散文方面，林逢雨（冼得霖）于1977—1979年，共发表90篇散文于《澳门日报》上，代表作有《黄鹤楼佳话》《洞庭吟眺》《牡丹四首为濠江花展赋盛》。本年5月，布衣的著作《澳门掌故》由香港广角镜出版社出版，全书177页。作者以简洁的手笔，对澳门历史掌故、民情风俗多有涉猎，集趣味、史地知识于一书，向读者展现了澳门生活丰富多彩的层面，既可作为怀旧探古的小品欣赏，又可作为一般研究的辅助参考材料。

本年3月，由澳门天主教传播中心组织的澳门话剧团体“澳门戏剧社”创立，初名为“教区戏剧研究社”。由著名戏剧家周树利出任导师，训练各类戏剧人才，成员主要为青年话剧爱好者，为后来的澳门戏剧界培养了一批新生力量。而晓角剧社则处于“自我培训”阶段，在演出上做出特别的尝试，在艺术手法、戏剧题材、表演形式上均有突破。在早期阶段，基本上属于传统表现手法，如余明生的《妙手回春》、李宇梁的《父归》《一张圣诞卡的故事》《爱园》《恭喜发财》《罪痕》《人与人之间》、郑继生的《焰》《面具》等剧目，都属于此类。但从1977年度开始，对西方的新戏剧理论有所借鉴和实践，创作出了首部使用象征主义手法的作品《汤姆之死》，以及使用表现主义手法的作品《戏剧路上》、《受薪者》（1978年）等。较大型演出是在4月25、26日，演出于公教大会堂的《路》《准经理》《疯子伊凡》等。

同年，前海燕剧社骨干成员、资深戏剧人王强重回澳门发展，眼看是时澳门剧坛渐露生机，如晓角剧社与澳门剧社都有着不俗表现，决意重组海燕剧社。后与其他骨干成员如许顺、钱拾粟、张兆全等人组成了海燕的新领导层，试图将海燕剧社引入新时期。合力排演了一出大型舞台剧《夜天堂》，于永乐戏剧演出，由王强亲自编剧执导，演员阵容十分强大，包括张兆全、袁惠清、邓奕生等，演出产生了广泛的社会影响。此乃自60年代初海燕剧社一度沉寂以来，首次凭《夜天堂》一剧的演出，再次活跃于澳门剧坛。

一月

1日　《澳门日报·新园地》副刊发表汪浩瀚的诗歌《时间——献给一九七七年》、朱锦的散文《日记·兴趣·意志力》、飞云的散文《新的开端》、鲁茂的散文《莫等闲，白了少年头……》，并开始连载海辛的小说《多子姑娘》，连载海辛的小说《还我眼睛》（完）、润园的小说《老千点相录》、司马璧的小说《劫镖》、鲁牛的小说《心愿》。《华侨报·华座》副刊发表江思扬的诗歌《迎春曲》，连载夏冰的小说《多咀街群英会》、佚名的小说《人生如戏》、石中生的小说《铁剑诛邪舞》。

3日　《澳门日报·新园地》副刊发表马万祺的散文《〈毛主席永垂不朽〉观后感》、方菲的散文《喜迎〈东方红〉史诗重映》，并开始连载唐堂的小说《韦自东奇遇》，连载海辛的小说《多子姑娘》、润园的小说《老千点相录》、司马璧的小说《劫镖》、鲁牛的小说《心愿》。《华侨报·华座》副刊发表秦西行的评论《郭小川的诗》，连载夏冰的小说《多咀街群英会》、佚名的小说《人生如戏》、石中生的小说《铁剑诛邪舞》。

4日　《澳门日报·新园地》副刊发表叔华的散文《洪湖水，浪打浪……》、汪浩瀚的散文《从沈尹默的真迹说起》，连载唐堂的小说《韦自东奇遇》、海辛的小说《多子姑娘》、润园的小说《老千点相录》、司马璧的小说《劫镖》、鲁牛的小说《心愿》。《华侨报·华座》副刊发表沛沛的散文《寒天忆打边炉》、马骋怀的评论《初读〈论十大关系〉》，连载夏冰的小说《多咀街群英会》、佚名的小说《人生如戏》、石中生的小说《铁剑诛邪舞》。

5日　《澳门日报·新园地》副刊发表舒笙的散文《风雨故人来——元旦随想曲》，连载唐堂的小说《韦自东奇遇》、海辛的小说《多子姑娘》、润园的小说《老千点相录》、司马璧的小说《劫镖》、鲁牛的小说《心愿》。《华侨报·华座》副刊发表易枫的诗歌《书的世界——八角亭图书馆》、穆秀的散文《人民歌手郭兰英》，连载夏冰的小说《多咀街群英会》、佚名的小说《人生如戏》、石中生的小说《铁剑诛邪舞》。

6日　《澳门日报·新园地》副刊发表萍的散文《一件旧棉袄》，连载唐堂的小说《韦自东奇遇》、海辛的小说《多子姑娘》、润园的小说《老千点相录》、司马璧的小说《劫镖》、鲁牛的小说《心愿》。《华侨报·华座》副刊发表史平的散文《天府花生·蜀之道》、黄衫客的散文《溜冰谈往》，连载夏冰的小说《多咀街群英会》、佚名的小说《人生如戏》、石中生的小说《铁剑诛邪舞》。

7日　《澳门日报·新园地》副刊发表谭仕杰的诗词《卜算子·怀念敬爱的周总

理》、陆幕兰的散文《意外的会见》，连载唐堂的小说《韦自东奇遇》、海辛的小说《多子姑娘》、润园的小说《老千点相录》、司马壁的小说《劫镖》、鲁牛的小说《心愿》。《华侨报·华座》副刊发表斯人的散文《听歌有感》、丰谊的散文《冬游从化温泉》、方刚的散文《从诗歌朗诵及故事会想起》，并开始连载采风的散文《周恩来晚年轶事》，连载夏冰的小说《多咀街群英会》、佚名的小说《人生如戏》、石中生的小说《铁剑诛邪舞》。

8日 《澳门日报·新园地》副刊发表汪浩翰的诗歌《纪念周恩来总理》、雪予的诗歌《周总理忌辰献诗》、鲁茂的散文《山高水长，总理难忘》、罗齐的散文《无微不至的关心》，连载唐堂的小说《韦自东奇遇》、海辛的小说《多子姑娘》、润园的小说《老千点相录》、司马壁的小说《劫镖》、鲁牛的小说《心愿》。《华侨报·华座》副刊发表盂起予的散文《周总理关心粤剧》，连载采风的散文《周恩来晚年轶事》（完）、夏冰的小说《多咀街群英会》、佚名的小说《人生如戏》、石中生的小说《铁剑诛邪舞》。

雪予，原名梁披云，学名梁龙光，又名梁雪予，1907年生于福建省永春县，2010年29日上午9时许在澳门逝世。长时间居住在澳门，著名诗人、书法家、教育家、社会活动家。梁披云是澳门文坛泰斗，著名的侨领。梁老一生不懈奋斗，与中国国运息息相关，也与南洋华侨和归国侨胞的命运联系在一起。曾任黎明职业大学校长、澳门归侨总会会长、澳门笔会会长等职。梁披云著有诗集《雪庐诗稿》。

9日 《澳门日报·新园地》副刊发表鲁夫的诗词《鹧鸪天·怀念周总理》、鲁贺炯的诗歌《哀悼周总理》、齐感恩的散文《总理和我们一起过春节》，连载唐堂的小说《韦自东奇遇》、海辛的小说《多子姑娘》、润园的小说《老千点相录》、司马壁的小说《劫镖》（完）、鲁牛的小说《心愿》。《华侨报·华座》副刊发表微微的诗歌《怀念周总理》、小兵的散文《假期作业名校前途》，并开始连载秦西行的评论《井冈山诗话》，连载夏冰的小说

《多咀街群英会》、佚名的小说《人生如戏》、石中生的小说《铁剑诛邪舞》。

10 日 《澳门日报·新园地》副刊发表董行芳的散文《怀念人民的好总理》，并开始连载司马璧的小说《冷剑冰心》，连载唐堂的小说《韦自东奇遇》、海辛的小说《多子姑娘》、润园的小说《老千点相录》、鲁牛的小说《心愿》。《华侨报·华座》副刊发表江思扬的诗歌《永远的怀念》、何岸的散文《中外同念周总理》，连载秦西行的评论《井冈山诗话》（完）、夏冰的小说《多咀街群英会》、佚名的小说《人生如戏》、石中生的小说《铁剑诛邪舞》。

11 日 《澳门日报·新园地》副刊发表鲁茂的散文《文抄公》，连载司马璧的小说《冷剑冰心》、唐堂的小说《韦自东奇遇》、海辛的小说《多子姑娘》、润园的小说《老千点相录》、鲁牛的小说《心愿》。《华侨报·华座》副刊发表诚国的散文《有酒应该今朝醉》，连载夏冰的小说《多咀街群英会》、佚名的小说《人生如戏》、石中生的小说《铁剑诛邪舞》。

12 日 《澳门日报·新园地》副刊发表任虚舟的评论《〈金缕曲〉诗话》，连载司马璧的小说《冷剑冰心》、唐堂的小说《韦自东奇遇》、海辛的小说《多子姑娘》、润园的小说《老千点相录》、鲁牛的小说《心愿》。《华侨报·华座》副刊开始连载魏国禄的散文《入学前后》，连载夏冰的小说《多咀街群英会》、佚名的小说《人生如戏》、石中生的小说《铁剑诛邪舞》。

13 日 《澳门日报·新园地》副刊发表鲁生的散文《两位可爱的病人》（1），连载司马璧的小说《冷剑冰心》、唐堂的小说《韦自东奇遇》，海辛的小说《多子姑娘》、润园的小说《老千点相录》、鲁牛的小说《心愿》。《华侨报·华座》副刊发表浪的散文《归来》，连载魏国禄的散文《入学前后》（完）、夏冰的小说《多咀街群英会》、佚名的小说《人生如戏》、石中生的小说《铁剑诛邪舞》。

14 日 《澳门日报·新园地》副刊发表鲁夫的诗词《东风第一枝·读毛主席光辉文献〈论十大关系〉》、鲁茂的评论《恶劣的“艳遇”题材》，连载司马璧的小说《冷剑冰心》、唐堂的小说《韦自东奇遇》、海辛的小说《多子姑娘》、润园的小说《老千点相录》、鲁牛的小说《心愿》。《华侨报·华座》

副刊发表连卡的散文《书院女的〈爱情故事〉》，并开始连载魏国禄的散文《幸福的会见》，连载夏冰的小说《多咀街群英会》、佚名的小说《人生如戏》、石中生的小说《铁剑诛邪舞》。

15 日　《澳门日报·新园地》副刊发表鲁生的散文《两位可爱的病人》（2），连载司马璧的小说《冷剑冰心》、唐堂的小说《韦自东奇遇》、海辛的小说《多子姑娘》、润园的小说《老千点相录》、鲁牛的小说《心愿》。《华侨报·华座》副刊发表易枫的诗歌《铜马像》、麦耿心的散文《侯宝林开放笑闻》，连载魏国禄的散文《幸福的会见》（完）、夏冰的小说《多咀街群英会》、佚名的小说《人生如戏》、石中生的小说《铁剑诛邪舞》。

16 日　《澳门日报·新园地》副刊发表航青的散文《赞美长跑者》、舒笙的散文《吃饺子，打边炉》，连载司马璧的小说《冷剑冰心》、唐堂的小说《韦自东奇遇》、海辛的小说《多子姑娘》、润园的小说《老千点相录》、鲁牛的小说《心愿》。《华侨报·华座》副刊发表秦西行的散文《伟大的友谊》，连载夏冰的小说《多咀街群英会》、佚名的小说《人生如戏》、石中生的小说《铁剑诛邪舞》。

17 日　《澳门日报·新园地》副刊发表汪浩瀚的散文《应与寒丹住凤凰》，连载司马璧的小说《冷剑冰心》、唐堂的小说《韦自东奇遇》、海辛的小说《多子姑娘》、润园的小说《老千点相录》、鲁牛的小说《心愿》。《华侨报·华座》副刊发表渺渺的散文《周总理与邓颖超》、王玉珍的散文《红湖水岸唱新歌》，并开始连载黄衫客的散文《澳门歌唱谈往》，连载夏冰的小说《多咀街群英会》、佚名的小说《人生如戏》、石中生的小说《铁剑诛邪舞》。

18 日　《澳门日报·新园地》副刊发表谭仕杰的诗词《卜算子·观看〈周总理永垂不朽〉有感》、方菲的散文《许德珩和“九三学社”》，连载司马璧的小说《冷剑冰心》、唐堂的小说《韦自东奇遇》、海辛的小说《多子姑娘》、润园的小说《老千点相录》、鲁牛的小说《心愿》。《华侨报·华座》副刊发表林冷雨的诗歌《春天》、小克的散文《孤寒》，连载黄衫客的散文《澳门歌唱谈往》（完）、夏冰的小说《多咀街群英会》、佚名的小说《人生如戏》、石中生的小说《铁剑诛邪舞》。

19 日 《澳门日报 · 新园地》副刊发表时隐的诗歌《粉碎“四人帮”》，连载司马璧的小说《冷剑冰心》、唐堂的小说《韦自东奇遇》、海辛的小说《多子姑娘》、润园的小说《老千点相录》、鲁牛的小说《心愿》，并开始连载甘仔的小说《金牌侍应》。《华侨报 · 华座》副刊发表方怡的散文《春来的一束鲜花》，连载夏冰的小说《多咀街群英会》、佚名的小说《人生如戏》、石中生的小说《铁剑诛邪舞》。

20 日 《澳门日报 · 新园地》副刊连载司马璧的小说《冷剑冰心》、唐堂的小说《韦自东奇遇》、海辛的小说《多子姑娘》、润园的小说《老千点相录》、鲁牛的小说《心愿》、甘仔的小说《金牌侍应》。《华侨报 · 华座》副刊发表淮之的散文《隆冬时节》，连载夏冰的小说《多咀街群英会》、佚名的小说《人生如戏》、石中生的小说《铁剑诛邪舞》。

21 日 《澳门日报 · 新园地》副刊发表鲁茂的散文《再谈“水到渠成”》、虚怀的散文《看〈周总理永垂不朽〉》，连载司马璧的小说《冷剑冰心》、唐堂的小说《韦自东奇遇》、海辛的小说《多子姑娘》、润园的小说《老千点相录》、鲁牛的小说《心愿》、甘仔的小说《金牌侍应》。《华侨报 · 华座》副刊开始连载孟起予的散文《望门投止思张俭》，连载夏冰的小说《多咀街群英会》、佚名的小说《人生如戏》、石中生的小说《铁剑诛邪舞》。

22 日 《澳门日报 · 新园地》副刊发表阿根的散文《看影片怀念周总理》，连载司马璧的小说《冷剑冰心》、唐堂的小说《韦自东奇遇》、海辛的小说《多子姑娘》、润园的小说《老千点相录》、鲁牛的小说《心愿》、甘仔的小说《金牌侍应》。《华侨报 · 华座》副刊发表微微的诗歌《冬泳》、桂生的散文《柳州杂记》、杨绍的评论《〈唐伯虎点秋香〉故事的产生》，连载孟起予的散文《望门投止思张俭》(完)、夏冰的小说《多咀街群英会》、佚名的小说《人生如戏》、石中生的小说《铁剑诛邪舞》。

23 日 《澳门日报 · 新园地》副刊发表任虚舟的散文《又是停笔驻马时》，连载司马璧的小说《冷剑冰心》、唐堂的小说《韦自东奇遇》、海辛的小说《多子姑娘》、润园的小说《老千点相录》、鲁牛的小说《心愿》、甘仔的小说《金牌侍应》。《华侨报 · 华座》副刊发表飞云的散文《稍纵即逝的镜头》、宝之的散文《元代瓷枕与〈西游记〉》，连载夏冰的小说《多咀街群英会》、佚名的小说《人生如戏》、石中生的小说《铁剑诛邪舞》。

24日 《澳门日报·新园地》副刊连载司马璧的小说《冷剑冰心》、唐堂的小说《韦自东奇遇》、海辛的小说《多子姑娘》、润园的小说《老千点相录》、鲁牛的小说《心愿》、甘仔的小说《金牌侍应》。《华侨报·华座》副刊连载夏冰的小说《多咀街群英会》、佚名的小说《人生如戏》、石中生的小说《铁剑诛邪舞》。

25日 《澳门日报·新园地》副刊连载司马璧的小说《冷剑冰心》、唐堂的小说《韦自东奇遇》、海辛的小说《多子姑娘》、润园的小说《老千点相录》、鲁牛的小说《心愿》、甘仔的小说《金牌侍应》。《华侨报·华座》副刊发表歌今朝的散文《又听〈东方红〉》、楚竹的散文《家庭乐》，连载夏冰的小说《多咀街群英会》、佚名的小说《人生如戏》、石中生的小说《铁剑诛邪舞》。

26日 《澳门日报·新园地》副刊连载司马璧的小说《冷剑冰心》、唐堂的小说《韦自东奇遇》、海辛的小说《多子姑娘》、润园的小说《老千点相录》、鲁牛的小说《心愿》、甘仔的小说《金牌侍应》。《华侨报·华座》副刊发表广厦的散文《总理爱人民，人民爱总理》，连载夏冰的小说《多咀街群英会》、佚名的小说《人生如戏》、石中生的小说《铁剑诛邪舞》。

27日 《澳门日报·新园地》副刊连载司马璧的小说《冷剑冰心》、唐堂的小说《韦自东奇遇》、海辛的小说《多子姑娘》、润园的小说《老千点相录》、鲁牛的小说《心愿》、甘仔的小说《金牌侍应》。《华侨报·华座》副刊发表易枫的诗歌《大三巴牌坊》，连载夏冰的小说《多咀街群英会》、佚名的小说《人生如戏》、石中生的小说《铁剑诛邪舞》。

28日 《澳门日报·新园地》副刊连载司马璧的小说《冷剑冰心》、唐堂的小说《韦自东奇遇》、海辛的小说《多子姑娘》、润园的小说《老千点相录》、鲁牛的小说《心愿》、甘仔的小说《金牌侍应》。《华侨报·华座》副刊发表歌今朝的散文《喜闻清除帮八股》，连载夏冰的小说《多咀街群英会》、佚名的小说《人生如戏》、石中生的小说《铁剑诛邪舞》。

30 日 《澳门日报·新园地》副刊发表鲁茂的散文《地图之恋》，连载司马璧的小说《冷剑冰心》、唐堂的小说《韦自东奇遇》、海辛的小说《多子姑娘》、润园的小说《老千点相录》、鲁牛的小说《心愿》、甘仔的小说《金牌侍应》。《华侨报·华座》副刊连载夏冰的小说《多咀街群英会》、佚名的小说《人生如戏》、石中生的小说《铁剑诛邪舞》。

31 日 《澳门日报·新园地》副刊连载司马璧的小说《冷剑冰心》、唐堂的小说《韦自东奇遇》、海辛的小说《多子姑娘》、润园的小说《老千点相录》、鲁牛的小说《心愿》、甘仔的小说《金牌侍应》。《华侨报·华座》副刊发表淮之的散文《由公德说起》，连载夏冰的小说《多咀街群英会》、佚名的小说《人生如戏》、石中生的小说《铁剑诛邪舞》。

⊙ 本月，汪浩瀚的诗歌《午夜遥闻铁马声》刊载于香港《海洋文艺》第 4 卷第 1 期。

⊙ 本月，韩牧的诗歌《厨中吟》刊载于香港《海洋文艺》第 4 卷第 1 期。

⊙ 本月，陶里的散文《今世只应长作客——由一个友人的遭遇联想海外文学》刊载于香港《当代文艺》第 134 期。

二月

1 日 《澳门日报·新园地》副刊连载司马璧的小说《冷剑冰心》、唐堂的小说《韦自东奇遇》、海辛的小说《多子姑娘》、润园的小说《老千点相录》、鲁牛的小说《心愿》、甘仔的小说《金牌侍应》。《华侨报·华座》副刊连载夏冰的小说《多咀街群英会》、佚名的小说《人生如戏》、石中生的小说《铁剑诛邪舞》。

2 日 《澳门日报·新园地》副刊连载司马璧的小说《冷剑冰心》、唐堂的小说《韦自东奇遇》、海辛的小说《多子姑娘》（完）、润园的小说《老千点相录》、鲁牛的小说《心愿》、甘仔的小说《金牌侍应》。

3 日 《澳门日报·新园地》副刊连载司马璧的小说《冷剑冰心》、唐堂的小说《韦自东奇遇》、润园的小说《老千点相录》、鲁牛的小说《心愿》、甘仔的小说《金牌侍应》，并开始连载海辛的小说《木偶明的新生》。《华侨报·华座》副刊发表隋洛生的散文《双飞蝴蝶刀》，连载夏冰的小说《多咀街群英会》、佚名的小说《人生如戏》、石中生的小说《铁剑诛邪舞》。

4 日　《澳门日报·新园地》副刊发表微微的诗歌《一张相片》，连载司马璧的小说《冷剑冰心》、唐堂的小说《韦自东奇遇》、润园的小说《老千点相录》、鲁牛的小说《心愿》、甘仔的小说《金牌侍应》、海辛的小说《木偶明的新生》。《华侨报·华座》副刊连载夏冰的小说《多咀街群英会》、佚名的小说《人生如戏》、石中生的小说《铁剑诛邪舞》。

5 日　《澳门日报·新园地》副刊连载司马璧的小说《冷剑冰心》、唐堂的小说《韦自东奇遇》、润园的小说《老千点相录》、鲁牛的小说《心愿》、甘仔的小说《金牌侍应》、海辛的小说《木偶明的新生》。《华侨报·华座》副刊连载夏冰的小说《多咀街群英会》、佚名的小说《人生如戏》、石中生的小说《铁剑诛邪舞》。

6 日　《澳门日报·新园地》副刊连载司马璧的小说《冷剑冰心》、唐堂的小说《韦自东奇遇》、润园的小说《老千点相录》、鲁牛的小说《心愿》、甘仔的小说《金牌侍应》、海辛的小说《木偶明的新生》。《华侨报·华座》副刊发表易枫的诗歌《榕树》、秦西行的散文《水仙》、千万间的散文《夜归惊魂》，连载夏冰的小说《多咀街群英会》、佚名的小说《人生如戏》、石中生的小说《铁剑诛邪舞》。

7 日　《澳门日报·新园地》副刊连载司马璧的小说《冷剑冰心》、唐堂的小说《韦自东奇遇》、润园的小说《老千点相录》、鲁牛的小说《心愿》、甘仔的小说《金牌侍应》、海辛的小说《木偶明的新生》。《华侨报·华座》副刊连载夏冰的小说《多咀街群英会》、佚名的小说《人生如戏》、石中生的小说《铁剑诛邪舞》。

8 日　《澳门日报·新园地》副刊连载司马璧的小说《冷剑冰心》、唐堂的小说《韦自东奇遇》、润园的小说《老千点相录》、鲁牛的小说《心愿》、甘仔的小说《金牌侍应》、海辛的小说《木偶明的新生》。《华侨报·华座》副刊发表易枫的评论《海棠诗话》，连载夏冰的小说《多咀街群英会》、佚名的小说《人生如戏》、石中生的小说《铁剑诛邪舞》。

9 日　《澳门日报 · 新园地》副刊连载司马璧的小说《冷剑冰心》、唐堂的小说《韦自东奇遇》、润园的小说《老千点相录》、鲁牛的小说《心愿》、甘仔的小说《金牌侍应》、海辛的小说《木偶明的新生》。《华侨报 · 华座》副刊发表微微的诗歌《鸟儿的心声》、隋洛生的散文《日写一万三千字》、丰谊的散文《洛阳牡丹甲天下》，连载夏冰的小说《多咀街群英会》、佚名的小说《人生如戏》、石中生的小说《铁剑诛邪舞》。

10 日　《澳门日报 · 新园地》副刊发表董行芳的散文《小游白云山》、学兰的散文《鲁迅与仙台》，连载司马璧的小说《冷剑冰心》、唐堂的小说《韦自东奇遇》、润园的小说《老千点相录》、鲁牛的小说《心愿》、甘仔的小说《金牌侍应》、海辛的小说《木偶明的新生》。《华侨报 · 华座》副刊发表斯人的散文《游台人语》，并开始连载金依的小说《不落的花录》，连载夏冰的小说《多咀街群英会》、佚名的小说《人生如戏》、石中生的小说《铁剑诛邪舞》。

11 日　《澳门日报 · 新园地》副刊发表航青的散文《流浪者在何方》，连载司马璧的小说《冷剑冰心》、唐堂的小说《韦自东奇遇》、润园的小说《老千点相录》、鲁牛的小说《心愿》、甘仔的小说《金牌侍应》、海辛的小说《木偶明的新生》。《华侨报 · 华座》副刊发表歌今朝的散文《看菊联想》，连载夏冰的小说《多咀街群英会》、佚名的小说《人生如戏》、石中生的小说《铁剑诛邪舞》、金依的小说《不落的花录》。

12 日　《澳门日报 · 新园地》副刊连载司马璧的小说《冷剑冰心》、唐堂的小说《韦自东奇遇》、润园的小说《老千点相录》、鲁牛的小说《心愿》、甘仔的小说《金牌侍应》、海辛的小说《木偶明的新生》。《华侨报 · 华座》副刊连载夏冰的小说《多咀街群英会》、佚名的小说《人生如戏》、石中生的小说《铁剑诛邪舞》、金依的小说《不落的花录》。

13 日　《澳门日报 · 新园地》副刊连载司马璧的小说《冷剑冰心》、唐堂的小说《韦自东奇遇》、润园的小说《老千点相录》、鲁牛的小说《心愿》、甘仔的小说《金牌侍应》、海辛的小说《木偶明的新生》。《华侨报 · 华座》副刊连载夏冰的小说《多咀街群英会》、佚名的小说《人生如戏》、石中生的小说《铁剑诛邪舞》、金依的小说《不落的花录》。

14 日 《澳门日报·新园地》副刊发表微微的诗歌《好消息》，连载司马璧的小说《冷剑冰心》、唐堂的小说《韦自东奇遇》、润园的小说《老千点相录》、鲁牛的小说《心愿》、甘仔的小说《金牌侍应》、海辛的小说《木偶明的新生》。《华侨报·华座》副刊连载夏冰的小说《多咀街群英会》、佚名的小说《人生如戏》、石中生的小说《铁剑诛邪舞》、金依的小说《不落的花录》。

15 日 《澳门日报·新园地》副刊连载司马璧的小说《冷剑冰心》、唐堂的小说《韦自东奇遇》、润园的小说《老千点相录》、鲁牛的小说《心愿》、甘仔的小说《金牌侍应》、海辛的小说《木偶明的新生》。《华侨报·华座》副刊发表秦西行的散文《唯有牡丹真国色》，连载夏冰的小说《多咀街群英会》、佚名的小说《人生如戏》、石中生的小说《铁剑诛邪舞》、金依的小说《不落的花录》。

16 日 《澳门日报·新园地》副刊连载司马璧的小说《冷剑冰心》、唐堂的小说《韦自东奇遇》、润园的小说《老千点相录》、鲁牛的小说《心愿》、甘仔的小说《金牌侍应》、海辛的小说《木偶明的新生》。《华侨报·华座》副刊连载夏冰的小说《多咀街群英会》、佚名的小说《人生如戏》、石中生的小说《铁剑诛邪舞》、金依的小说《不落的花录》。

17 日,《澳门日报·新园地》副刊连载司马璧的小说《冷剑冰心》、唐堂的小说《韦自东奇遇》、润园的小说《老千点相录》、鲁牛的小说《心愿》、甘仔的小说《金牌侍应》、海辛的小说《木偶明的新生》。《华侨报·华座》副刊发表史平的散文《除夕杂谈》、宣翁的散文《梅花忽报一枝春》，连载夏冰的小说《多咀街群英会》、佚名的小说《人生如戏》、石中生的小说《铁剑诛邪舞》、金依的小说《不落的花录》。

18 日 《澳门日报·新园地》副刊发表邱群的散文《〈东方红〉重映了》，连载司马璧的小说《冷剑冰心》、唐堂的小说《韦自东奇遇》、润园的小说《老千点相录》、鲁牛的小说《心愿》、甘仔的小说《金牌侍应》、海辛的小说《木偶明的新生》。《华侨报·华座》副刊发表微微的诗歌《春节》、向天游的散文《迎春节，颂春天》，连载夏冰的小说《多咀街群英会》、佚名的小说《人生如戏》、石中生的小说《铁剑诛邪舞》、金依的小说《不落的花录》。

22 日 《澳门日报 · 新园地》副刊发表方菲的散文《新春抒怀》，连载司马璧的小说《冷剑冰心》、唐堂的小说《韦自东奇遇》、润园的小说《老千点相录》、鲁牛的小说《心愿》、甘仔的小说《金牌侍应》、海辛的小说《木偶明的新生》。《华侨报 · 华座》副刊发表末座的散文《今岁春节倍欢欣》，连载夏冰的小说《多咀街群英会》、佚名的小说《人生如戏》、石中生的小说《铁剑诛邪舞》、金依的小说《不落的花录》。

23 日 《澳门日报 · 新园地》副刊连载司马璧的小说《冷剑冰心》、唐堂的小说《韦自东奇遇》、润园的小说《老千点相录》、鲁牛的小说《心愿》、甘仔的小说《金牌侍应》、海辛的小说《木偶明的新生》。《华侨报 · 华座》副刊发表林冷雨的诗歌《在年宵花市上》、秦西行的散文《新春谈春联》，连载夏冰的小说《多咀街群英会》、佚名的小说《人生如戏》、石中生的小说《铁剑诛邪舞》、金依的小说《不落的花录》。

24 日 《澳门日报 · 新园地》副刊开始连载明戈的散文《慈禧是个什么样的人》，连载司马璧的小说《冷剑冰心》、唐堂的小说《韦自东奇遇》、润园的小说《老千点相录》、鲁牛的小说《心愿》、甘仔的小说《金牌侍应》、海辛的小说《木偶明的新生》。《华侨报 · 华座》副刊连载夏冰的小说《多咀街群英会》、佚名的小说《人生如戏》、石中生的小说《铁剑诛邪舞》、金依的小说《不落的花录》。

25 日 《澳门日报 · 新园地》副刊连载明戈的散文《慈禧是个什么样的人》（完）、司马璧的小说《冷剑冰心》、唐堂的小说《韦自东奇遇》、润园的小说《老千点相录》、鲁牛的小说《心愿》、甘仔的小说《金牌侍应》、海辛的小说《木偶明的新生》。《华侨报 · 华座》副刊连载夏冰的小说《多咀街群英会》、佚名的小说《人生如戏》、石中生的小说《铁剑诛邪舞》、金依的小说《不落的花录》。

26 日 《澳门日报 · 新园地》副刊发表胡希明的诗歌《斥“四人帮”》、叔华的散文《节后偶言》，连载司马璧的小说《冷剑冰心》、唐堂的小说《韦自东奇遇》、润园的小说《老千点相录》、鲁牛的小说《心愿》、甘仔的小说《金牌侍应》、海辛的小说《木偶明的新生》。《华侨报·华座》副刊发表华成的散文《赞美〈东方红〉》，连载夏冰的小说《多咀街群英会》、佚名的小说《人生如戏》、石中生的小说《铁剑诛邪舞》、金依的小说《不落的花录》。

27 日 《澳门日报·新园地》副刊发表鲁茂的散文《一波三折补船票》，连载司马璧的小说《冷剑冰心》、唐堂的小说《韦自东奇遇》、润园的小说《老千点相录》、鲁牛的小说《心愿》、甘仔的小说《金牌侍应》、海辛的小说《木偶明的新生》。《华侨报·华座》副刊发表孟起予的散文《又闻〈紫钗记〉》，连载夏冰的小说《多咀街群英会》、佚名的小说《人生如戏》、石中生的小说《铁剑诛邪舞》、金依的小说《不落的花录》。

28 日 《澳门日报·新园地》副刊发表陈毅的诗歌《陈毅诗词》，连载司马璧的小说《冷剑冰心》、唐堂的小说《韦自东奇遇》、润园的小说《老千点相录》、鲁牛的小说《心愿》、甘仔的小说《金牌侍应》、海辛的小说《木偶明的新生》。《华侨报·华座》副刊发表秦西行的散文《忆星岩》，连载夏冰的小说《多咀街群英会》、佚名的小说《人生如戏》、石中生的小说《铁剑诛邪舞》、金依的小说《不落的花录》。

三月

1 日 《澳门日报·新园地》副刊连载司马璧的小说《冷剑冰心》、唐堂的小说《韦自东奇遇》、润园的小说《老千点相录》、鲁牛的小说《心愿》、甘仔的小说《金牌侍应》、海辛的小说《木偶明的新生》。《华侨报·华座》副刊连载夏冰的小说《多咀街群英会》、佚名的小说《人生如戏》、石中生的小说《铁剑诛邪舞》、金依的小说《不落的花录》。

2 日 《澳门日报·新园地》副刊发表微微的诗歌《金门桥》，连载司马璧的小说《冷剑冰心》、唐堂的小说《韦自东奇遇》、润园的小说《老千点相录》、鲁牛的小说《心愿》、甘仔的小说《金牌侍应》、海辛的小说《木偶明的新生》。《华侨报·华座》副刊发表易枫的诗歌《蝴蝶·火花》，连载夏冰的小说《多咀街群英会》、佚名的小说《人生如戏》、石中生的小说《铁剑诛邪舞》、金依的小说《不落的花录》。

3日　《澳门日报·新园地》副刊连载司马璧的小说《冷剑冰心》、唐堂的小说《韦自东奇遇》、润园的小说《老千点相录》、鲁牛的小说《心愿》、甘仔的小说《金牌侍应》、海辛的小说《木偶明的新生》。《华侨报·华座》副刊发表歌今朝的散文《文艺之春》，连载夏冰的小说《多咀街群英会》、佚名的小说《人生如戏》、石中生的小说《铁剑诛邪舞》、金依的小说《不落的花录》。

4日　《澳门日报·新园地》副刊发表徐续的诗歌《怀念周恩来总理》，连载司马璧的小说《冷剑冰心》、唐堂的小说《韦自东奇遇》、润园的小说《老千点相录》、鲁牛的小说《心愿》、甘仔的小说《金牌侍应》、海辛的小说《木偶明的新生》。《华侨报·华座》副刊发表古圆的散文《元宵杂记》、作者不详的散文《鲁迅纪念展览会——钢实寄自日本》，连载夏冰的小说《多咀街群英会》、佚名的小说《人生如戏》、石中生的小说《铁剑诛邪舞》、金依的小说《不落的花录》。

5日　《澳门日报·新园地》副刊连载司马璧的小说《冷剑冰心》、唐堂的小说《韦自东奇遇》、润园的小说《老千点相录》、鲁牛的小说《心愿》、甘仔的小说《金牌侍应》、海辛的小说《木偶明的新生》。《华侨报·华座》副刊连载夏冰的小说《多咀街群英会》、佚名的小说《人生如戏》、石中生的小说《铁剑诛邪舞》、金依的小说《不落的花录》。

6日　《澳门日报·新园地》副刊发表航青的散文《春节的依恋》，连载司马璧的小说《冷剑冰心》、唐堂的小说《韦自东奇遇》、润园的小说《老千点相录》、鲁牛的小说《心愿》、甘仔的小说《金牌侍应》、海辛的小说《木偶明的新生》。《华侨报·华座》副刊连载夏冰的小说《多咀街群英会》、佚名的小说《人生如戏》、石中生的小说《铁剑诛邪舞》、金依的小说《不落的花录》。

7日　《澳门日报·新园地》副刊连载司马璧的小说《冷剑冰心》、唐堂的小说

《韦自东奇遇》、润园的小说《老千点相录》、鲁牛的小说《心愿》、甘仔的小说《金牌侍应》、海辛的小说《木偶明的新生》。

8 日 《澳门日报·新园地》副刊连载司马璧的小说《冷剑冰心》、唐堂的小说《韦自东奇遇》、润园的小说《老千点相录》、鲁牛的小说《心愿》、甘仔的小说《金牌侍应》、海辛的小说《木偶明的新生》。《华侨报·华座》副刊发表易枫的散文《春之曲》，连载夏冰的小说《多咀街群英会》、佚名的小说《人生如戏》、石中生的小说《铁剑诛邪舞》、金依的小说《不落的花录》。

9 日 《华侨报·华座》副刊发表芝士的散文《火柴的发明与历史》，连载夏冰的小说《多咀街群英会》、佚名的小说《人生如戏》、石中生的小说《铁剑诛邪舞》、金依的小说《不落的花录》。

10 日 《澳门日报·新园地》副刊发表董行芳的散文《一封信》、宜米的散文《湖南名胜桃花源》，连载司马璧的小说《冷剑冰心》、唐堂的小说《韦自东奇遇》（完）、润园的小说《老千点相录》、鲁牛的小说《心愿》、甘仔的小说《金牌侍应》、海辛的小说《木偶明的新生》。《华侨报·华座》副刊发表田半文的散文《朱弁及其他》，连载夏冰的小说《多咀街群英会》、佚名的小说《人生如戏》、石中生的小说《铁剑诛邪舞》、金依的小说《不落的花录》。

11 日 《澳门日报·新园地》副刊开始连载李圣真的散文《永恒的怀念——献给敬爱的周总理》、唐堂的小说《秀才除妖记》，连载司马璧的小说《冷剑冰心》、润园的小说《老千点相录》、鲁牛的小说《心愿》、甘仔的小说《金牌侍应》、海辛的小说《木偶明的新生》。《华侨报·华座》副刊连载夏冰的小说《多咀街群英会》、佚名的小说《人生如戏》、石中生的小说《铁剑诛邪舞》、金依的小说《不落的花录》。

12 日 《澳门日报·新园地》副刊连载李圣真的散文《永恒的怀念——献给敬爱的周总理》、唐堂的小说《秀才除妖记》、司马璧的小说《冷剑冰心》、润园的小说《老千点相录》、鲁牛的小说《心愿》、甘仔的小说《金牌侍应》、海辛的小说《木偶明的新生》。《华侨报·华座》副刊发表秦西行的散文《越秀公园赏牡丹》，连载夏冰的小说《多咀街群英会》、佚名的小说《人生如戏》、石中生的小说《铁剑诛邪舞》、金依的小说《不落的花录》。

13日 《澳门日报·新园地》副刊连载李圣真的散文《永恒的怀念——献给敬爱的周总理》、唐堂的小说《秀才除妖记》、司马璧的小说《冷剑冰心》、润园的小说《老千点相录》、鲁牛的小说《心愿》、甘仔的小说《金牌侍应》、海辛的小说《木偶明的新生》。《华侨报·华座》副刊发表林冷雨的诗歌《松山》、惜珍的散文《情僧》，连载夏冰的小说《多咀街群英会》、佚名的小说《人生如戏》、石中生的小说《铁剑诛邪舞》、金依的小说《不落的花录》。

14日 《澳门日报·新园地》副刊连载李圣真的散文《永恒的怀念——献给敬爱的周总理》、唐堂的小说《秀才除妖记》、司马璧的小说《冷剑冰心》、润园的小说《老千点相录》、鲁牛的小说《心愿》、甘仔的小说《金牌侍应》、海辛的小说《木偶明的新生》。《华侨报·华座》副刊发表冉毅的散文《看〈大地震〉想唐山》，连载夏冰的小说《多咀街群英会》、佚名的小说《人生如戏》、石中生的小说《铁剑诛邪舞》、金依的小说《不落的花录》。

15日 《澳门日报·新园地》副刊连载李圣真的散文《永恒的怀念——献给敬爱的周总理》、唐堂的小说《秀才除妖记》、司马璧的小说《冷剑冰心》、润园的小说《老千点相录》、鲁牛的小说《心愿》、甘仔的小说《金牌侍应》、海辛的小说《木偶明的新生》。《华侨报·华座》副刊发表易枫的诗歌《喷水池》、阿甲的散文《读〈青楼集〉》，连载夏冰的小说《多咀街群英会》、佚名的小说《人生如戏》、石中生的小说《铁剑诛邪舞》、金依的小说《不落的花录》。

16日 《澳门日报·新园地》副刊连载李圣真的散文《永恒的怀念——献给敬爱的周总理》（完）、唐堂的小说《秀才除妖记》、司马璧的小说《冷剑冰心》、润园的小说《老千点相录》、鲁牛的小说《心愿》、甘仔的小说《金牌侍应》、海辛的小说《木偶明的新生》。《华侨报·华座》副刊发表隋洛生的散文《酒令及其他》，连载夏冰的小说《多咀街群英会》、佚名的小说《人生如戏》、石中生的小说《铁剑诛邪舞》、金依的小说《不落的花录》。

17 日　《澳门日报 · 新园地》副刊发表董行芳的散文《友人增田涉》，连载唐堂的小说《秀才除妖记》、司马璧的小说《冷剑冰心》、润园的小说《老千点相录》、鲁牛的小说《心愿》、甘仔的小说《金牌侍应》、海辛的小说《木偶明的新生》。《华侨报 · 华座》副刊发表微微的诗歌《盲人》、秦西行的散文《登镇海楼感怀》，连载夏冰的小说《多咀街群英会》、佚名的小说《人生如戏》、石中生的小说《铁剑诛邪舞》、金依的小说《不落的花录》。

18 日　《澳门日报 · 新园地》副刊发表蓝玛的诗歌《派报老人》、越云的散文《可爱的绿色城镇》、翔鹰的散文《深宵舌战》，连载唐堂的小说《秀才除妖记》、司马璧的小说《冷剑冰心》、润园的小说《老千点相录》、鲁牛的小说《心愿》、甘仔的小说《金牌侍应》、海辛的小说《木偶明的新生》。《华侨报 · 华座》副刊发表东成的散文《广东农谚》，连载夏冰的小说《多咀街群英会》、佚名的小说《人生如戏》、石中生的小说《铁剑诛邪舞》、金依的小说《不落的花录》。

翔鹰，原名容宝山，自 1977 年起，在《澳门日报 · 新园地》副刊上发表多篇散文，如《深宵舌战》《努力学习永向前》《通俗易懂的文风》《黑夜感怀》《逞恶》《她死了》《见真情》《秋夜遐想》《我爱老雄猫》《路环小游》《循序渐进》等。

19 日　《澳门日报 · 新园地》副刊连载唐堂的小说《秀才除妖记》、司马璧的小说《冷剑冰心》、润园的小说《老千点相录》、鲁牛的小说《心愿》、甘仔的小说《金牌侍应》、海辛的小说《木偶明的新生》。《华侨报 · 华座》副刊发表阿甲的散文《师师垂老过湖湘》，连载夏冰的小说《多咀街群英会》、佚名的小说《人生如戏》、石中生的小说《铁剑诛邪舞》、金依的小说《不落的花录》。

20 日　《澳门日报 · 新园地》副刊发表梅萼华的散文《浓墨重彩颂胜利——读严阵的〈问苍茫大地，谁主沉浮〉》，连载唐堂的小说《秀才除妖记》、司马璧的小说《冷剑冰心》、润园的小说《老千点相录》、鲁牛的小说《心愿》、甘仔的小说《金牌侍应》、海辛的小说《木偶明的新生》。《华侨报·华座》副刊发表秦西行的散文《十丈珊瑚石木棉》，连载夏冰的小说《多咀街群英会》、佚名的小说《人生如戏》、石中生的小说《铁剑诛邪舞》、金依的小说《不落的花录》。

21 日 《澳门日报·新园地》副刊发表越云的散文《周总理与会城》、方菲的评论《文风·新意·在创造》，连载唐堂的小说《秀才除妖记》、司马璧的小说《冷剑冰心》、润园的小说《老千点相录》、鲁牛的小说《心愿》、甘仔的小说《金牌侍应》、海辛的小说《木偶明的新生》。《华侨报·华座》副刊连载夏冰的小说《多咀街群英会》、佚名的小说《人生如戏》、石中生的小说《铁剑诛邪舞》、金依的小说《不落的花录》。

22 日 《澳门日报·新园地》副刊发表越云的散文《宾至如归感受深》、文佳的散文《六渡东洋沟通中日文化，鉴真和尚在日本》，连载唐堂的小说《秀才除妖记》、司马璧的小说《冷剑冰心》、润园的小说《老千点相录》、鲁牛的小说《心愿》、甘仔的小说《金牌侍应》、海辛的小说《木偶明的新生》。《华侨报·华座》副刊连载夏冰的小说《多咀街群英会》、佚名的小说《人生如戏》、石中生的小说《铁剑诛邪舞》、金依的小说《不落的花录》。

23 日 《澳门日报·新园地》副刊连载唐堂的小说《秀才除妖记》、司马璧的小说《冷剑冰心》、润园的小说《老千点相录》、鲁牛的小说《心愿》、甘仔的小说《金牌侍应》、海辛的小说《木偶明的新生》。《华侨报·华座》副刊连载夏冰的小说《多咀街群英会》、佚名的小说《人生如戏》、石中生的小说《铁剑诛邪舞》、金依的小说《不落的花录》。

24 日 《澳门日报·新园地》副刊连载唐堂的小说《秀才除妖记》、司马璧的小说《冷剑冰心》、润园的小说《老千点相录》、鲁牛的小说《心愿》、甘仔的小说《金牌侍应》、海辛的小说《木偶明的新生》。《华侨报·华座》副刊发表希明的散文《日月潭的神话》、梦之泽的散文《夜雾》，连载夏冰的小说《多咀街群英会》、佚名的小说《人生如戏》、石中生的小说《铁剑诛邪舞》、金依的小说《不落的花录》。

25 日 《澳门日报 · 新园地》副刊发表航青的散文《在亡师的墓前》，连载唐堂的小说《秀才除妖记》、司马璧的小说《冷剑冰心》、润园的小说《老千点相录》、鲁牛的小说《心愿》、甘仔的小说《金牌侍应》、海辛的小说《木偶明的新生》。《华侨报 · 华座》副刊连载夏冰的小说《多咀街群英会》、佚名的小说《人生如戏》、石中生的小说《铁剑诛邪舞》、金依的小说《不落的花录》。

26 日 《澳门日报 · 新园地》副刊发表叔华的散文《〈岭南杂记〉中的澳门》，连载唐堂的小说《秀才除妖记》、司马璧的小说《冷剑冰心》、润园的小说《老千点相录》、鲁牛的小说《心愿》、甘仔的小说《金牌侍应》、海辛的小说《木偶明的新生》。《华侨报 · 华座》副刊发表深思的散文《宝石之岛斯里兰卡》、小舒的散文《东莞之行小记》，连载夏冰的小说《多咀街群英会》、佚名的小说《人生如戏》、石中生的小说《铁剑诛邪舞》、金依的小说《不落的花录》。

27 日 《澳门日报 · 新园地》副刊发表鲁茂的散文《怀念银幕小人物》，连载唐堂的小说《秀才除妖记》、司马璧的小说《冷剑冰心》、润园的小说《老千点相录》、鲁牛的小说《心愿》、甘仔的小说《金牌侍应》、海辛的小说《木偶明的新生》。《华侨报 · 华座》副刊发表淮之的散文《闻内地抗旱有感》，连载夏冰的小说《多咀街群英会》、佚名的小说《人生如戏》、石中生的小说《铁剑诛邪舞》、金依的小说《不落的花录》。

28 日 《澳门日报 · 新园地》副刊发表方菲的散文《读高朗遗作想到的》、黄蕴玉的散文《漫步在热闹的岐城》，连载唐堂的小说《秀才除妖记》、司马璧的小说《冷剑冰心》、润园的小说《老千点相录》、鲁牛的小说《心愿》、甘仔的小说《金牌侍应》、海辛的小说《木偶明的新生》。《华侨报 · 华座》副刊发表惜珍的散文《刘大杰与文史学》，连载夏冰的小说《多咀街群英会》、佚名的小说《人生如戏》、石中生的小说《铁剑诛邪舞》、金依的小说《不落的花录》。

29 日 《澳门日报 · 新园地》副刊发表云佳的散文《布鲁治小城风光》，连载唐堂的小说《秀才除妖记》、司马璧的小说《冷剑冰心》、润园的小说《老千点相录》、鲁牛的小说《心愿》、甘仔的小说《金牌侍应》、海辛的小说《木偶明的新生》。《华侨报·华座》副刊发表易枫的诗歌《大堂街小夜曲》、秦西行的散文《杜鹃花》，连载夏冰的小说《多咀街群英会》、佚名的小说《人生如戏》、石中生的小说《铁剑诛邪舞》、金依的小说《不落的花录》。

30 日 《澳门日报·新园地》副刊发表鲁茂的散文《寄宿生》，连载唐堂的小说《秀才除妖记》、司马璧的小说《冷剑冰心》、润园的小说《老千点相录》、鲁牛的小说《心愿》、甘仔的小说《金牌侍应》、海辛的小说《木偶明的新生》。《华侨报·华座》副刊发表陈阵的散文《林觉民烈士及其人其事》、冷雨桐的散文《忙与闲》，连载夏冰的小说《多咀街群英会》、佚名的小说《人生如戏》、石中生的小说《铁剑诛邪舞》、金依的小说《不落的花录》。

31 日 《澳门日报·新园地》副刊连载唐堂的小说《秀才除妖记》、司马璧的小说《冷剑冰心》、润园的小说《老千点相录》、鲁牛的小说《心愿》、甘仔的小说《金牌侍应》、海辛的小说《木偶明的新生》（完）。《华侨报·华座》副刊连载夏冰的小说《多咀街群英会》、佚名的小说《人生如戏》、石中生的小说《铁剑诛邪舞》、金依的小说《不落的花录》。

⊙ 本月，汪浩瀚的诗歌《清晨，在狱中》刊载于香港《海洋文艺》第 4 卷第 3 期。

⊙ 本月，陶里的诗评《“三观”和“两境”》刊载于香港《当代文艺》第 136 期。

四月

1 日 《澳门日报·新园地》副刊发表汪浩瀚的诗歌《墙塌下来》，并开始连载新民译的小说《拳王阿里自传》，连载唐堂的小说《秀才除妖记》、司马璧的小说《冷剑冰心》、润园的小说《老千点相录》、鲁牛的小说《心愿》、甘仔的小说《金牌侍应》。《华侨报·华座》副刊发表秦西行的评论《诗报告之谬误》，连载夏冰的小说《多咀街群英会》、佚名的小说《人生如戏》、石中生的小说《铁剑诛邪舞》、金依的小说《不落的花录》。

2日 《澳门日报·新园地》副刊连载唐堂的小说《秀才除妖记》、司马璧的小说《冷剑冰心》、润园的小说《老千点相录》、鲁牛的小说《心愿》、甘仔的小说《金牌侍应》、新民译的小说《拳王阿里自传》。《华侨报·华座》副刊连载夏冰的小说《多咀街群英会》、佚名的小说《人生如戏》、石中生的小说《铁剑诛邪舞》、金依的小说《不落的花录》，并开始连载思薇的小说《爱情列车》。

思薇，澳门作家，自1977年起开始在《华侨报·华座》副刊上连载长篇小说《爱情列车》、《潮，来了，又去了》(1977年)、《薄雾》(1977年)、《朝九晚五》(1977年)、《情关》(1978年)、《拂槛春风》(1979年)、《梨酌候光》(1979年)、《龙虾湾情劫》(1979年)、《贼巢女诸葛》(1979年)、《流星锤》(1979年)、《音容宛在》(1979年)等，皆为现代都市小说。

3日 《澳门日报·新园地》副刊连载唐堂的小说《秀才除妖记》、司马璧的小说《冷剑冰心》、润园的小说《老千点相录》、鲁牛的小说《心愿》、甘仔的小说《金牌侍应》、新民译的小说《拳王阿里自传》。《华侨报·华座》副刊发表秦西行的散文《春雨》，连载夏冰的小说《多咀街群英会》、佚名的小说《人生如戏》、石中生的小说《铁剑诛邪舞》、金依的小说《不落的花录》、思薇的小说《爱情列车》。

4日 《澳门日报·新园地》副刊发表方菲的评论《屈原及其〈离骚〉》，连载唐堂的小说《秀才除妖记》、司马璧的小说《冷剑冰心》、润园的小说《老千点相录》、鲁牛的小说《心愿》、甘仔的小说《金牌侍应》、新民译的小说《拳王阿里自传》。《华侨报·华座》副刊发表孟起予的散文《张飞身高几尺》，连载夏冰的小说《多咀街群英会》、佚名的小说《人生如戏》、石中生的小说《铁剑诛邪舞》、金依的小说《不落的花录》、思薇的小说《爱情列车》。

5日　《澳门日报·新园地》副刊发表赵朴初的散文《读董必武〈九十初度〉诗》，连载唐堂的小说《秀才除妖记》、司马璧的小说《冷剑冰心》、润园的小说《老千点相录》、鲁牛的小说《心愿》、甘仔的小说《金牌侍应》、新民译的小说《拳王阿里自传》。《华侨报·华座》副刊连载夏冰的小说《多咀街群英会》、佚名的小说《人生如戏》、石中生的小说《铁剑诛邪舞》、金依的小说《不落的花录》、思薇的小说《爱情列车》。

6日　《澳门日报·新园地》副刊连载唐堂的小说《秀才除妖记》、司马璧的小说《冷剑冰心》、润园的小说《老千点相录》、鲁牛的小说《心愿》、甘仔的小说《金牌侍应》、新民译的小说《拳王阿里自传》。《华侨报·华座》副刊发表曲波的散文《怀念好街坊——发叔》、秦西行的评论《清明诗话》，连载夏冰的小说《多咀街群英会》、佚名的小说《人生如戏》、石中生的小说《铁剑诛邪舞》、金依的小说《不落的花录》、思薇的小说《爱情列车》。

7日　《澳门日报·新园地》副刊发表董行芳的散文《妙文两则》，连载唐堂的小说《秀才除妖记》、司马璧的小说《冷剑冰心》、润园的小说《老千点相录》、鲁牛的小说《心愿》、甘仔的小说《金牌侍应》、新民译的小说《拳王阿里自传》。《华侨报·华座》副刊连载夏冰的小说《多咀街群英会》、佚名的小说《人生如戏》、石中生的小说《铁剑诛邪舞》、金依的小说《不落的花录》、思薇的小说《爱情列车》。

8日　《澳门日报·新园地》副刊连载唐堂的小说《秀才除妖记》、司马璧的小说《冷剑冰心》、润园的小说《老千点相录》、鲁牛的小说《心愿》、甘仔的小说《金牌侍应》、新民译的小说《拳王阿里自传》。《华侨报·华座》副刊发表蕊心的散文《“奇文”共赏》，连载夏冰的小说《多咀街群英会》、佚名的小说《人生如戏》、石中生的小说《铁剑诛邪舞》、金依的小说《不落的花录》、思薇的小说《爱情列车》。

9日　《澳门日报·新园地》副刊发表微微的诗歌《欢迎您》、叔华的散文《旧事》，连载唐堂的小说《秀才除妖记》、司马璧的小说《冷剑冰心》、润园的小说《老千点相录》、鲁牛的小说《心愿》、甘仔的小说《金牌侍应》、新民译的小说《拳王阿里自传》。《华侨报·华座》副刊发表叶剑英的诗歌《诗三首》、梦芸的散文《忆玛丽莲·梦露》，连载夏冰的小说《多咀街群英会》、佚名的小说《人生如戏》、石中生的小说《铁剑诛邪舞》、金依的小说《不落的花录》、思薇的小说《爱情列车》。

10日 《澳门日报·新园地》副刊发表宜民的散文《我国书法的鼻祖——殷商的甲骨文及其他》，连载唐堂的小说《秀才除妖记》、司马璧的小说《冷剑冰心》、润园的小说《老千点相录》、鲁牛的小说《心愿》、甘仔的小说《金牌侍应》、新民译的小说《拳王阿里自传》。《华侨报·华座》副刊连载夏冰的小说《多咀街群英会》、佚名的小说《人生如戏》、石中生的小说《铁剑诛邪舞》、金依的小说《不落的花录》、思薇的小说《爱情列车》。

11日 《澳门日报·新园地》副刊发表无瑕的散文《韩信谋反放纸鹞》，连载唐堂的小说《秀才除妖记》、司马璧的小说《冷剑冰心》、润园的小说《老千点相录》、鲁牛的小说《心愿》、甘仔的小说《金牌侍应》、新民译的小说《拳王阿里自传》。《华侨报·华座》副刊发表惜珍的散文《屈原的自杀及其他》，连载夏冰的小说《多咀街群英会》、佚名的小说《人生如戏》、石中生的小说《铁剑诛邪舞》、金依的小说《不落的花录》、思薇的小说《爱情列车》。

12日 《澳门日报·新园地》副刊发表谭仕杰的评论《两篇自然科学诗草——读〈天问〉和〈天对〉》，连载唐堂的小说《秀才除妖记》、司马璧的小说《冷剑冰心》、润园的小说《老千点相录》、鲁牛的小说《心愿》、甘仔的小说《金牌侍应》、新民译的小说《拳王阿里自传》。《华侨报·华座》副刊发表易枫的诗歌《怀念》，连载夏冰的小说《多咀街群英会》、佚名的小说《人生如戏》、石中生的小说《铁剑诛邪舞》、金依的小说《不落的花录》、思薇的小说《爱情列车》。

13日 《澳门日报·新园地》副刊连载唐堂的小说《秀才除妖记》、司马璧的小说《冷剑冰心》、润园的小说《老千点相录》、鲁牛的小说《心愿》、甘仔的小说《金牌侍应》、新民译的小说《拳王阿里自传》。《华侨报·华座》副刊发表穆秀的散文《青春的喜悦》，连载夏冰的小说《多咀街群英会》、佚名的小说《人生如戏》、石中生的小说《铁剑诛邪舞》、金依的小说《不落的花录》、思薇的小说《爱情列车》。

14 日　《澳门日报 · 新园地》副刊连载唐堂的小说《秀才除妖记》、司马璧的小说《冷剑冰心》、润园的小说《老千点相录》、鲁牛的小说《心愿》、甘仔的小说《金牌侍应》、新民译的小说《拳王阿里自传》(停刊一期)。《华侨报 · 华座》副刊连载夏冰的小说《多咀街群英会》、佚名的小说《人生如戏》、石中生的小说《铁剑诛邪舞》、金依的小说《不落的花录》、思薇的小说《爱情列车》。

15 日　《澳门日报 · 新园地》副刊发表鲁夫的诗歌《欢呼〈毛泽东选集〉第五卷出版》、叶蓁的散文《杜鹃花开时》、子城的散文《麦哲伦海峡与太平洋》，连载唐堂的小说《秀才除妖记》、司马璧的小说《冷剑冰心》、润园的小说《老千点相录》、鲁牛的小说《心愿》、甘仔的小说《金牌侍应》、新民译的小说《拳王阿里自传》。《华侨报 · 华座》副刊发表斯人的散文《萤火虫 · 秋夕 · 龟》，连载夏冰的小说《多咀街群英会》、佚名的小说《人生如戏》、石中生的小说《铁剑诛邪舞》、金依的小说《不落的花录》、思薇的小说《爱情列车》。

16 日　《澳门日报 · 新园地》副刊发表谭仕杰的诗词《清平乐 ·〈毛泽东选集〉第五卷出版志喜》，连载唐堂的小说《秀才除妖记》、司马璧的小说《冷剑冰心》、润园的小说《老千点相录》、鲁牛的小说《心愿》、甘仔的小说《金牌侍应》、新民译的小说《拳王阿里自传》。《华侨报 · 华座》副刊发表微微的诗歌《平民住宅区》、朔风的散文《白居易与白堤》，连载夏冰的小说《多咀街群英会》、佚名的小说《人生如戏》、石中生的小说《铁剑诛邪舞》、金依的小说《不落的花录》、思薇的小说《爱情列车》。

17 日　《澳门日报 · 新园地》副刊发表叶蓁的散文《黄洋界上纵目》，连载唐堂的小说《秀才除妖记》、司马璧的小说《冷剑冰心》、润园的小说《老千点相录》、鲁牛的小说《心愿》、甘仔的小说《金牌侍应》、新民译的小说《拳王阿里自传》。《华侨报 · 华座》副刊连载夏冰的小说《多咀街群英会》、佚名的小说《人生如戏》、石中生的小说《铁剑诛邪舞》、金依的小说《不落的花录》、思薇的小说《爱情列车》。

18日 《澳门日报·新园地》副刊发表翔鹰的散文《努力学习永向前》、叶蓁的散文《井冈山上茶飘香》，连载唐堂的小说《秀才除妖记》、司马璧的小说《冷剑冰心》、润园的小说《老千点相录》、鲁牛的小说《心愿》、甘仔的小说《金牌侍应》、新民译的小说《拳王阿里自传》。《华侨报·华座》副刊发表小兵的散文《毕业十年有感》，连载夏冰的小说《多咀街群英会》、佚名的小说《人生如戏》、石中生的小说《铁剑诛邪舞》、金依的小说《不落的花录》、思薇的小说《爱情列车》。

19日 《澳门日报·新园地》副刊发表叶蓁的散文《井冈山的路》、宜米的散文《姑苏城外寒山寺》，连载唐堂的小说《秀才除妖记》、司马璧的小说《冷剑冰心》、润园的小说《老千点相录》、鲁牛的小说《心愿》、甘仔的小说《金牌侍应》、新民译的小说《拳王阿里自传》。《华侨报·华座》副刊连载夏冰的小说《多咀街群英会》、佚名的小说《人生如戏》、石中生的小说《铁剑诛邪舞》、金依的小说《不落的花录》、思薇的小说《爱情列车》。

20日 《澳门日报·新园地》副刊发表叶蓁的散文《山区的灯火》，连载唐堂的小说《秀才除妖记》、司马璧的小说《冷剑冰心》、润园的小说《老千点相录》、鲁牛的小说《心愿》、甘仔的小说《金牌侍应》、新民译的小说《拳王阿里自传》。《华侨报·华座》副刊发表易枫的诗歌《燕归来》，连载夏冰的小说《多咀街群英会》、佚名的小说《人生如戏》、石中生的小说《铁剑诛邪舞》、金依的小说《不落的花录》、思薇的小说《爱情列车》。

21日 《澳门日报·新园地》副刊发表董行芳的散文《伟大的友谊》、叶蓁的散文《友人夜语》，连载唐堂的小说《秀才除妖记》、司马璧的小说《冷剑冰心》、润园的小说《老千点相录》、鲁牛的小说《心愿》、甘仔的小说《金牌侍应》、新民译的小说《拳王阿里自传》。《华侨报·华座》副刊发表亮父的评论《钟嵘〈诗品〉与梁武帝》，连载夏冰的小说《多咀街群英会》、佚名的小说《人生如戏》、石中生的小说《铁剑诛邪舞》、金依的小说《不落的花录》、思薇的小说《爱情列车》。

22日 《澳门日报·新园地》副刊发表鲁茂的散文《门外汉看粤剧》、叶蓁的散文《捉野牛记趣》，连载唐堂的小说《秀才除妖记》、司马璧的小说《冷剑冰心》、润园的小说《老千点相录》、鲁牛的小说《心愿》、甘仔的小说《金牌侍应》、新民译的小说《拳王阿里自传》。《华侨报·华座》副刊连载夏冰的小说《多咀街群英会》、佚名的小说《人生如戏》、石中生的小说《铁剑诛邪舞》、金依的小说《不落的花录》、思薇的小说《爱情列车》。

23日 《澳门日报·新园地》副刊发表叶蓁的散文《瞻仰圣地遐想》，连载唐堂的小说《秀才除妖记》、司马璧的小说《冷剑冰心》、润园的小说《老千点相录》、鲁牛的小说《心愿》、甘仔的小说《金牌侍应》、新民译的小说《拳王阿里自传》。《华侨报·华座》副刊连载夏冰的小说《多咀街群英会》、佚名的小说《人生如戏》、石中生的小说《铁剑诛邪舞》、金依的小说《不落的花录》、思薇的小说《爱情列车》。

24日 《澳门日报·新园地》副刊连载唐堂的小说《秀才除妖记》、司马璧的小说《冷剑冰心》、润园的小说《老千点相录》、鲁牛的小说《心愿》、甘仔的小说《金牌侍应》、新民译的小说《拳王阿里自传》。《华侨报·华座》副刊发表醒岗的散文《粤剧浅谈》，连载夏冰的小说《多咀街群英会》、佚名的小说《人生如戏》、石中生的小说《铁剑诛邪舞》、金依的小说《不落的花录》、思薇的小说《爱情列车》。

25日 《澳门日报·新园地》副刊发表叶蓁的散文《喜看话剧〈八一风暴〉》，连载唐堂的小说《秀才除妖记》、司马璧的小说《冷剑冰心》、润园的小说《老千点相录》、鲁牛的小说《心愿》、甘仔的小说《金牌侍应》、新民译的小说《拳王阿里自传》。《华侨报·华座》副刊连载夏冰的小说《多咀街群英会》、佚名的小说《人生如戏》、石中生的小说《铁剑诛邪舞》、金依的小说《不落的花录》、思薇的小说《爱情列车》。澳门教区剧社于公教大会堂演出有较大反响的话剧《路》《准经理》《疯子伊凡》等。

26日 《澳门日报·新园地》副刊发表方学犁的散文《染缸中的少年》，连载唐堂的小说《秀才除妖记》、司马璧的小说《冷剑冰心》、润园的小说《老千点相录》、鲁牛的小说《心愿》、甘仔的小说《金牌侍应》、新民译的小说《拳王阿里自传》。《华侨报·华座》副刊连载夏冰的小说《多咀街群英会》、佚名的小说《人生如戏》、石中生的小说《铁剑诛邪舞》、金依的小说《不落的花录》、思薇的小说《爱情列车》。

27日 《澳门日报·新园地》副刊发表鲁茂的散文《从莎莉谈宝想起》，连载唐堂的小说《秀才除妖记》、司马璧的小说《冷剑冰心》、润园的小说《老千点相录》、鲁牛的小说《心愿》、甘仔的小说《金牌侍应》、新民译的小说《拳王阿里自传》。《华侨报·华座》副刊发表斯人的散文《春暮杂想》、芝士的散文《朱自清》，连载夏冰的小说《多咀街群英会》、佚名的小说《人生如戏》、石中生的小说《铁剑诛邪舞》、金依的小说《不落的花录》、思薇的小说《爱情列车》。

28日 《澳门日报·新园地》副刊发表微微的诗歌《支持劳校》，连载唐堂的小说《秀才除妖记》、司马璧的小说《冷剑冰心》、润园的小说《老千点相录》、鲁牛的小说《心愿》、甘仔的小说《金牌侍应》、新民译的小说《拳王阿里自传》。《华侨报·华座》副刊发表谷音的散文《记贺龙》，连载夏冰的小说《多咀街群英会》、佚名的小说《人生如戏》、石中生的小说《铁剑诛邪舞》、金依的小说《不落的花录》、思薇的小说《爱情列车》。

29日 《澳门日报·新园地》副刊发表翔鹰的散文《通俗易懂的文风》，连载唐堂的小说《秀才除妖记》、司马璧的小说《冷剑冰心》、润园的小说《老千点相录》、鲁牛的小说《心愿》、甘仔的小说《金牌侍应》、新民译的小说《拳王阿里自传》。《华侨报·华座》副刊发表孟起予的散文《想起红娘与李岩》，连载夏冰的小说《多咀街群英会》、佚名的小说《人生如戏》、石中生的小说《铁剑诛邪舞》、金依的小说《不落的花录》、思薇的小说《爱情列车》。

30日 《澳门日报·新园地》副刊连载唐堂的小说《秀才除妖记》、司马璧的小说《冷剑冰心》、润园的小说《老千点相录》、鲁牛的小说《心愿》、甘仔的小说《金牌侍应》、新民译的小说《拳王阿里自传》。《华侨报·华座》副刊连载夏冰的小说《多咀街群英会》、佚名的小说《人生如戏》、石中生的小说《铁剑诛邪舞》、金依的小说《不落的花录》、思薇的小说《爱情列车》。

五月

1日　《澳门日报·新园地》副刊发表雪予的诗歌《扶桑行迹》、龚平的散文《劳动创造人的手》，连载唐堂的小说《秀才除妖记》(完)、司马璧的小说《冷剑冰心》、润园的小说《老千点相录》、鲁牛的小说《心愿》、甘仔的小说《金牌侍应》。《华侨报·华座》副刊连载夏冰的小说《多咀街群英会》、佚名的小说《人生如戏》、石中生的小说《铁剑诛邪舞》、金依的小说《不落的花录》、思薇的小说《爱情列车》。

2日　《澳门日报·新园地》副刊连载司马璧的小说《冷剑冰心》、润园的小说《老千点相录》、鲁牛的小说《心愿》、甘仔的小说《金牌侍应》、新民译的小说《拳王阿里自传》，并开始连载唐堂的小说《人虎幻》。《华侨报·华座》副刊连载夏冰的小说《多咀街群英会》、佚名的小说《人生如戏》、石中生的小说《铁剑诛邪舞》、金依的小说《不落的花录》、思薇的小说《爱情列车》。

3日　《澳门日报·新园地》副刊发表方菲的散文《梁漱溟笔杆杀人》，连载司马璧的小说《冷剑冰心》、润园的小说《老千点相录》、鲁牛的小说《心愿》、甘仔的小说《金牌侍应》、新民译的小说《拳王阿里自传》、唐堂的小说《人虎幻》。《华侨报·华座》副刊连载夏冰的小说《多咀街群英会》、佚名的小说《人生如戏》、石中生的小说《铁剑诛邪舞》、金依的小说《不落的花录》、思薇的小说《爱情列车》。

4日　《澳门日报·新园地》副刊连载司马璧的小说《冷剑冰心》、润园的小说《老千点相录》、鲁牛的小说《心愿》、甘仔的小说《金牌侍应》、新民译的小说《拳王阿里自传》、唐堂的小说《人虎幻》。《华侨报·华座》副刊发表大川的散文《章太炎的谢媒诗》，连载夏冰的小说《多咀街群英会》、佚名的小说《人生如戏》、石中生的小说《铁剑诛邪舞》、金依的小说《不落的花录》、思薇的小说《爱情列车》。

5日　《澳门日报·新园地》副刊连载司马璧的小说《冷剑冰心》、润园的小说

《老千点相录》、鲁牛的小说《心愿》、甘仔的小说《金牌侍应》、新民译的小说《拳王阿里自传》、唐堂的小说《人虎幻》。《华侨报·华座》副刊连载夏冰的小说《多咀街群英会》、佚名的小说《人生如戏》、石中生的小说《铁剑诛邪舞》、金依的小说《不落的花录》、思薇的小说《爱情列车》。

6日 《澳门日报·新园地》副刊发表广强的散文《与广州老书法家一席谈》，连载司马璧的小说《冷剑冰心》、润园的小说《老千点相录》、鲁牛的小说《心愿》、甘仔的小说《金牌侍应》、新民译的小说《拳王阿里自传》、唐堂的小说《人虎幻》。《华侨报·华座》副刊连载夏冰的小说《多咀街群英会》、佚名的小说《人生如戏》、石中生的小说《铁剑诛邪舞》、金依的小说《不落的花录》、思薇的小说《爱情列车》。

7日 《澳门日报·新园地》副刊发表翊言的散文《从短文章想起》，连载司马璧的小说《冷剑冰心》、润园的小说《老千点相录》、鲁牛的小说《心愿》、甘仔的小说《金牌侍应》、新民译的小说《拳王阿里自传》、唐堂的小说《人虎幻》。《华侨报·华座》副刊连载夏冰的小说《多咀街群英会》、佚名的小说《人生如戏》、石中生的小说《铁剑诛邪舞》、金依的小说《不落的花录》、思薇的小说《爱情列车》。

8日 《澳门日报·新园地》副刊连载司马璧的小说《冷剑冰心》、润园的小说《老千点相录》、鲁牛的小说《心愿》、甘仔的小说《金牌侍应》、新民译的小说《拳王阿里自传》、唐堂的小说《人虎幻》。《华侨报·华座》副刊连载夏冰的小说《多咀街群英会》、佚名的小说《人生如戏》、石中生的小说《铁剑诛邪舞》、金依的小说《不落的花录》、思薇的小说《爱情列车》。

9日 《澳门日报·新园地》副刊发表航青的散文《钓鱼乐》，连载司马璧的小说《冷剑冰心》、润园的小说《老千点相录》、鲁牛的小说《心愿》（完）、甘仔的小说《金牌侍应》、新民译的小说《拳王阿里自传》、唐堂的小说《人虎幻》。《华侨报·华座》副刊开始连载孟起予的散文《马师曾与早期粤剧》，连载夏冰的小说《多咀街群英会》、佚名的小说《人生如戏》、石中生的小说《铁剑诛邪舞》、金依的小说《不落的花录》、思薇的小说《爱情列车》。

10 日　《澳门日报 · 新园地》副刊连载司马璧的小说《冷剑冰心》、润园的小说《老千点相录》、唐堂的小说《人虎幻》、甘仔的小说《金牌侍应》、新民译的小说《拳王阿里自传》，并开始连载鲁牛的小说《爱情的轨迹》。《华侨报 · 华座》副刊连载孟起予的散文《马师曾与早期粤剧》（完）、夏冰的小说《多咀街群英会》、佚名的小说《人生如戏》、石中生的小说《铁剑诛邪舞》、金依的小说《不落的花录》、思薇的小说《爱情列车》。

11 日　《澳门日报 · 新园地》副刊连载司马璧的小说《冷剑冰心》、润园的小说《老千点相录》、唐堂的小说《人虎幻》、甘仔的小说《金牌侍应》、新民译的小说《拳王阿里自传》、鲁牛的小说《爱情的轨迹》。

12 日　《澳门日报 · 新园地》副刊连载司马璧的小说《冷剑冰心》、润园的小说《老千点相录》、唐堂的小说《人虎幻》、甘仔的小说《金牌侍应》、新民译的小说《拳王阿里自传》、鲁牛的小说《爱情的轨迹》。《华侨报 · 华座》副刊发表怀嘉的散文《马君武 · 皮蛋 · 第一人》，连载夏冰的小说《多咀街群英会》、佚名的小说《人生如戏》、石中生的小说《铁剑诛邪舞》、金依的小说《不落的花录》、思薇的小说《爱情列车》。

13 日　《澳门日报 · 新园地》副刊发表微微的诗歌《雨》，连载司马璧的小说《冷剑冰心》、润园的小说《老千点相录》、唐堂的小说《人虎幻》、甘仔的小说《金牌侍应》、新民译的小说《拳王阿里自传》、鲁牛的小说《爱情的轨迹》。《华侨报 · 华座》副刊发表杨石垒的散文《宋湘二三事》，连载夏冰的小说《多咀街群英会》、佚名的小说《人生如戏》、石中生的小说《铁剑诛邪舞》、金依的小说《不落的花录》、思薇的小说《爱情列车》。

14 日　《澳门日报 · 新园地》副刊连载司马璧的小说《冷剑冰心》、润园的小说《老千点相录》、唐堂的小说《人虎幻》、甘仔的小说《金牌侍应》、新民译的小说《拳王阿里自传》、鲁牛的小说《爱情的轨迹》。《华侨报 · 华座》副刊发表文晶的散文《共鸣的故事》，连载夏冰的小说《多咀街群英会》、佚名的小说《人生如戏》、石中生的小说《铁剑诛邪舞》、金依的小说《不落的花录》、思薇的小说《爱情列车》。

15 日　《澳门日报 · 新园地》副刊发表石顽生的诗歌《晨运》、方菲的散文《精彩的镜头》，连载司马璧的小说《冷剑冰心》、润园的小说《老千点相录》、唐堂的小说《人虎幻》、甘仔的小说《金牌侍应》、新民译的小说《拳王阿里自传》、鲁牛的小说《爱情的轨迹》。《华侨报·华座》副刊发表资文的散文《欧阳询逸事》，连载夏冰的小说《多咀街群英会》、佚名的小说《人生如戏》、石中生的小说《铁剑诛邪舞》、金依的小说《不落的花录》、思薇的小说《爱情列车》。

16 日 《澳门日报·新园地》副刊发表舒平的散文《美丽山城说万隆》，连载司马璧的小说《冷剑冰心》、润园的小说《老千点相录》、唐堂的小说《人虎幻》、甘仔的小说《金牌侍应》、新民译的小说《拳王阿里自传》、鲁牛的小说《爱情的轨迹》。《华侨报·华座》副刊连载夏冰的小说《多咀街群英会》、佚名的小说《人生如戏》、石中生的小说《铁剑诛邪舞》、金依的小说《不落的花录》、思薇的小说《爱情列车》。

17 日 《澳门日报·新园地》副刊连载司马璧的小说《冷剑冰心》、润园的小说《老千点相录》、唐堂的小说《人虎幻》、甘仔的小说《金牌侍应》、新民译的小说《拳王阿里自传》、鲁牛的小说《爱情的轨迹》。

18 日 《澳门日报·新园地》副刊连载司马璧的小说《冷剑冰心》、润园的小说《老千点相录》、唐堂的小说《人虎幻》、甘仔的小说《金牌侍应》、新民译的小说《拳王阿里自传》、鲁牛的小说《爱情的轨迹》。《华侨报·华座》副刊发表晶悠的散文《爱情书记撮良缘》，连载夏冰的小说《多咀街群英会》、佚名的小说《人生如戏》、石中生的小说《铁剑诛邪舞》、金依的小说《不落的花录》、思薇的小说《爱情列车》。

19 日 《澳门日报·新园地》副刊发表文边的评论《畅销书“根”的缺陷》，连载司马璧的小说《冷剑冰心》、润园的小说《老千点相录》、唐堂的小说《人虎幻》、甘仔的小说《金牌侍应》、新民译的小说《拳王阿里自传》、鲁牛的小说《爱情的轨迹》。《华侨报·华座》副刊连载夏冰的小说《多咀街群英会》、佚名的小说《人生如戏》、石中生的小说《铁剑诛邪舞》、金依的小说《不落的花录》、思薇的小说《爱情列车》。

20 日 《澳门日报·新园地》副刊发表航青的散文《海浴惊魂》，连载司马璧的小说《冷剑冰心》、润园的小说《老千点相录》、唐堂的小说《人虎幻》、甘仔的小说《金牌侍应》、新民译的小说《拳王阿里自传》、鲁牛的小说《爱情的轨迹》。《华侨报·华座》副刊发表易枫的诗歌《都市的灯》、秦西行的散文《啖荔随想》，连载夏冰的小说《多咀街群英会》、佚名的小说《人生如戏》、石中生的小说《铁剑诛邪舞》、金依的小说《不落的花录》、思薇的小说《爱情列车》。

21 日　《澳门日报·新园地》副刊连载司马璧的小说《冷剑冰心》、润园的小说《老千点相录》、唐堂的小说《人虎幻》、甘仔的小说《金牌侍应》、新民译的小说《拳王阿里自传》、鲁牛的小说《爱情的轨迹》。《华侨报·华座》副刊发表怀嘉的散文《忆方人定》，连载夏冰的小说《多咀街群英会》、佚名的小说《人生如戏》、石中生的小说《铁剑诛邪舞》、金依的小说《不落的花录》、思薇的小说《爱情列车》。

22 日　《澳门日报·新园地》副刊发表鲁茂的散文《夏夜有感》、黄炳琴的散文《勇敢创新的猎人》，连载司马璧的小说《冷剑冰心》、润园的小说《老千点相录》、唐堂的小说《人虎幻》、甘仔的小说《金牌侍应》、新民译的小说《拳王阿里自传》、鲁牛的小说《爱情的轨迹》。《华侨报·华座》副刊连载夏冰的小说《多咀街群英会》、佚名的小说《人生如戏》、石中生的小说《铁剑诛邪舞》、金依的小说《不落的花录》、思薇的小说《爱情列车》。

23 日　《澳门日报·新园地》副刊连载司马璧的小说《冷剑冰心》、润园的小说《老千点相录》、唐堂的小说《人虎幻》、甘仔的小说《金牌侍应》、新民译的小说《拳王阿里自传》、鲁牛的小说《爱情的轨迹》。《华侨报·华座》副刊连载夏冰的小说《多咀街群英会》、佚名的小说《人生如戏》、石中生的小说《铁剑诛邪舞》、金依的小说《不落的花录》、思薇的小说《爱情列车》。

24 日　《澳门日报·新园地》副刊发表董行芳的散文《读〈我的丈夫司徒乔〉》，连载司马璧的小说《冷剑冰心》、润园的小说《老千点相录》、唐堂的小说《人虎幻》、甘仔的小说《金牌侍应》、新民译的小说《拳王阿里自传》、鲁牛的小说《爱情的轨迹》。《华侨报·华座》副刊连载夏冰的小说《多咀街群英会》、佚名的小说《人生如戏》、石中生的小说《铁剑诛邪舞》、金依的小说《不落的花录》、思薇的小说《爱情列车》。

25日 《澳门日报·新园地》副刊发表鲁茂的散文《谈"曲高和寡"》、文佳的散文《齐白石画梅花》，连载司马璧的小说《冷剑冰心》、润园的小说《老千点相录》、唐堂的小说《人虎幻》、甘仔的小说《金牌侍应》、新民译的小说《拳王阿里自传》、鲁牛的小说《爱情的轨迹》。《华侨报·华座》副刊发表晶文的散文《粤剧发展浅谈》，连载夏冰的小说《多咀街群英会》、佚名的小说《人生如戏》、石中生的小说《铁剑诛邪舞》、金依的小说《不落的花录》、思薇的小说《爱情列车》。

26日 《澳门日报·新园地》副刊连载司马璧的小说《冷剑冰心》、润园的小说《老千点相录》、唐堂的小说《人虎幻》、甘仔的小说《金牌侍应》、新民译的小说《拳王阿里自传》、鲁牛的小说《爱情的轨迹》。《华侨报·华座》副刊发表斯人的散文《听蝉随想》、诗音的散文《在巴士上》，连载夏冰的小说《多咀街群英会》、佚名的小说《人生如戏》、石中生的小说《铁剑诛邪舞》、金依的小说《不落的花录》、思薇的小说《爱情列车》。

27日 《澳门日报·新园地》副刊发表翔鹰的散文《喜讯》，连载司马璧的小说《冷剑冰心》、润园的小说《老千点相录》、唐堂的小说《人虎幻》、甘仔的小说《金牌侍应》、新民译的小说《拳王阿里自传》、鲁牛的小说《爱情的轨迹》。《华侨报·华座》副刊连载夏冰的小说《多咀街群英会》、佚名的小说《人生如戏》、石中生的小说《铁剑诛邪舞》、金依的小说《不落的花录》、思薇的小说《爱情列车》。

28日 《澳门日报·新园地》副刊连载司马璧的小说《冷剑冰心》、润园的小说《老千点相录》、唐堂的小说《人虎幻》、甘仔的小说《金牌侍应》、新民译的小说《拳王阿里自传》、鲁牛的小说《爱情的轨迹》。《华侨报·华座》副刊发表秦西行的散文《蝉鸣与咏蝉诗》，连载夏冰的小说《多咀街群英会》、佚名的小说《人生如戏》、石中生的小说《铁剑诛邪舞》、金依的小说《不落的花录》、思薇的小说《爱情列车》。

29 日　《澳门日报 · 新园地》副刊发表鲁茂的散文《返老还童——写在六一国际儿童节前夕》、梅萼华的散文《喜溢眉宇浑身劲——广东文艺工作者小记》，连载司马璧的小说《冷剑冰心》、润园的小说《老千点相录》、唐堂的小说《人虎幻》、甘仔的小说《金牌侍应》、新民译的小说《拳王阿里自传》、鲁牛的小说《爱情的轨迹》。《华侨报 · 华座》副刊连载夏冰的小说《多咀街群英会》、佚名的小说《人生如戏》、石中生的小说《铁剑诛邪舞》、金依的小说《不落的花录》、思薇的小说《爱情列车》。

30 日　《澳门日报 · 新园地》副刊连载司马璧的小说《冷剑冰心》、润园的小说《老千点相录》、唐堂的小说《人虎幻》、甘仔的小说《金牌侍应》、新民译的小说《拳王阿里自传》、鲁牛的小说《爱情的轨迹》。《华侨报 · 华座》副刊连载夏冰的小说《多咀街群英会》、佚名的小说《人生如戏》、石中生的小说《铁剑诛邪舞》、金依的小说《不落的花录》、思薇的小说《爱情列车》。

31 日　《澳门日报 · 新园地》副刊发表子恭的小说《两位师奶》，连载司马璧的小说《冷剑冰心》、润园的小说《老千点相录》、唐堂的小说《人虎幻》、甘仔的小说《金牌侍应》、新民译的小说《拳王阿里自传》、鲁牛的小说《爱情的轨迹》。《华侨报 · 华座》副刊发表秦西行的散文《丰乐楼的变迁》，连载夏冰的小说《多咀街群英会》、佚名的小说《人生如戏》、石中生的小说《铁剑诛邪舞》、金依的小说《不落的花录》、思薇的小说《爱情列车》。

⊙　本月，陶里的散文《谈辽国新年》刊载于香港《当代文艺》第 138 期。

⊙　本月，江映澜的散文《嘉道里农场半日游（外一章）》刊载于香港《海洋文艺》第 4 卷第 5 期。

六月

1 日　《澳门日报 · 新园地》副刊发表袁远的散文《初上庐山见闻新》，连载司马璧的小说《冷剑冰心》、润园的小说《老千点相录》、唐堂的小说《人虎幻》、甘仔的小说《金牌侍应》、新民译的小说《拳王阿里自传》、鲁牛的小说《爱情的轨迹》。《华侨报·华座》副刊连载夏冰的小说《多咀街群英会》、佚名的小说《人生如戏》、石中生的小说《铁剑诛邪舞》、金依的小说《不落的花录》、思薇的小说《爱情列车》。

2日　《澳门日报·新园地》副刊连载司马璧的小说《冷剑冰心》、润园的小说《老千点相录》、唐堂的小说《人虎幻》、甘仔的小说《金牌侍应》、新民译的小说《拳王阿里自传》、鲁牛的小说《爱情的轨迹》。《华侨报·华座》副刊发表作者不详的散文《相声杂谈》，连载夏冰的小说《多咀街群英会》、佚名的小说《人生如戏》、石中生的小说《铁剑诛邪舞》、金依的小说《不落的花录》、思薇的小说《爱情列车》。

3日　《澳门日报·新园地》副刊发表袁远的散文《美景出处走马行》、子华的散文《水上春秋》，连载司马璧的小说《冷剑冰心》、润园的小说《老千点相录》、唐堂的小说《人虎幻》、甘仔的小说《金牌侍应》、新民译的小说《拳王阿里自传》、鲁牛的小说《爱情的轨迹》。《华侨报·华座》副刊连载夏冰的小说《多咀街群英会》、佚名的小说《人生如戏》、石中生的小说《铁剑诛邪舞》、金依的小说《不落的花录》、思薇的小说《爱情列车》。

4日　《澳门日报·新园地》副刊发表袁远的散文《建设之花灿烂开》，连载司马璧的小说《冷剑冰心》、润园的小说《老千点相录》、唐堂的小说《人虎幻》、甘仔的小说《金牌侍应》、新民译的小说《拳王阿里自传》、鲁牛的小说《爱情的轨迹》。《华侨报·华座》副刊连载夏冰的小说《多咀街群英会》、佚名的小说《人生如戏》、石中生的小说《铁剑诛邪舞》、金依的小说《不落的花录》、思薇的小说《爱情列车》。

5日　《澳门日报·新园地》副刊发表无瑕的散文《影戏源于汉时》，连载司马璧的小说《冷剑冰心》、润园的小说《老千点相录》、唐堂的小说《人虎幻》、甘仔的小说《金牌侍应》、新民译的小说《拳王阿里自传》、鲁牛的小说《爱情的轨迹》。《华侨报·华座》副刊发表秦西行的散文《啖荔·谈诗》，连载夏冰的小说《多咀街群英会》、佚名的小说《人生如戏》、石中生的小说《铁剑诛邪舞》、金依的小说《不落的花录》、思薇的小说《爱情列车》。

6日 《澳门日报·新园地》副刊发表方菲的散文《欧阳山倡议方言文学》，连载司马璧的小说《冷剑冰心》、润园的小说《老千点相录》、唐堂的小说《人虎幻》、甘仔的小说《金牌侍应》、新民译的小说《拳王阿里自传》、鲁牛的小说《爱情的轨迹》。《华侨报·华座》副刊连载夏冰的小说《多咀街群英会》、佚名的小说《人生如戏》、石中生的小说《铁剑诛邪舞》、金依的小说《不落的花录》、思薇的小说《爱情列车》。

7日 《澳门日报·新园地》副刊连载司马璧的小说《冷剑冰心》、润园的小说《老千点相录》、唐堂的小说《人虎幻》、甘仔的小说《金牌侍应》、新民译的小说《拳王阿里自传》、鲁牛的小说《爱情的轨迹》。《华侨报·华座》副刊发表微微的散文《懒惰的悲哀》，连载夏冰的小说《多咀街群英会》、佚名的小说《人生如戏》、石中生的小说《铁剑诛邪舞》、金依的小说《不落的花录》、思薇的小说《爱情列车》。

8日 《澳门日报·新园地》副刊连载司马璧的小说《冷剑冰心》、润园的小说《老千点相录》、唐堂的小说《人虎幻》、甘仔的小说《金牌侍应》、新民译的小说《拳王阿里自传》、鲁牛的小说《爱情的轨迹》。《华侨报·华座》副刊连载夏冰的小说《多咀街群英会》、佚名的小说《人生如戏》、石中生的小说《铁剑诛邪舞》、金依的小说《不落的花录》、思薇的小说《爱情列车》。

9日 《澳门日报·新园地》副刊发表董行芳的散文《火凤凰开花的时候》，连载司马璧的小说《冷剑冰心》、润园的小说《老千点相录》、唐堂的小说《人虎幻》、甘仔的小说《金牌侍应》、新民译的小说《拳王阿里自传》、鲁牛的小说《爱情的轨迹》。《华侨报·华座》副刊连载夏冰的小说《多咀街群英会》、佚名的小说《人生如戏》、石中生的小说《铁剑诛邪舞》、金依的小说《不落的花录》、思薇的小说《爱情列车》。

10日 《澳门日报·新园地》副刊连载司马璧的小说《冷剑冰心》、润园的小说《老千点相录》、唐堂的小说《人虎幻》、甘仔的小说《金牌侍应》、新民译的小说《拳王阿里自传》、鲁牛的小说《爱情的轨迹》。《华侨报·华座》

副刊发表悠然的散文《夏日谈荷》，连载夏冰的小说《多咀街群英会》、佚名的小说《人生如戏》、石中生的小说《铁剑诛邪舞》、金依的小说《不落的花录》、思薇的小说《爱情列车》。

11 日 《澳门日报·新园地》副刊连载司马璧的小说《冷剑冰心》、润园的小说《老千点相录》、唐堂的小说《人虎幻》、甘仔的小说《金牌侍应》、新民译的小说《拳王阿里自传》、鲁牛的小说《爱情的轨迹》。《华侨报·华座》副刊发表巴山的散文《百花园中花似锦》，连载夏冰的小说《多咀街群英会》、佚名的小说《人生如戏》、石中生的小说《铁剑诛邪舞》、金依的小说《不落的花录》、思薇的小说《爱情列车》。

12 日 《澳门日报·新园地》副刊连载司马璧的小说《冷剑冰心》、润园的小说《老千点相录》、唐堂的小说《人虎幻》、甘仔的小说《金牌侍应》、新民译的小说《拳王阿里自传》、鲁牛的小说《爱情的轨迹》。《华侨报·华座》副刊发表秦西行的散文《陈毅诗咏七星岩》，连载夏冰的小说《多咀街群英会》、佚名的小说《人生如戏》、石中生的小说《铁剑诛邪舞》、金依的小说《不落的花录》、思薇的小说《爱情列车》。

13 日 《澳门日报·新园地》副刊发表斯文的诗歌《祐汉新村喷泉平台漫步》，连载司马璧的小说《冷剑冰心》、润园的小说《老千点相录》、唐堂的小说《人虎幻》、甘仔的小说《金牌侍应》、新民译的小说《拳王阿里自传》、鲁牛的小说《爱情的轨迹》。《华侨报·华座》副刊连载夏冰的小说《多咀街群英会》、佚名的小说《人生如戏》、石中生的小说《铁剑诛邪舞》、金依的小说《不落的花录》、思薇的小说《爱情列车》。

14 日 《澳门日报·新园地》副刊发表翔鹰的散文《黑夜感怀》，连载司马璧的小说《冷剑冰心》、润园的小说《老千点相录》、唐堂的小说《人虎幻》、甘仔的小说《金牌侍应》、新民译的小说《拳王阿里自传》、鲁牛的小说《爱情的轨迹》。《华侨报·华座》副刊发表微微的诗歌《黑沙》，连载夏冰的小说《多咀街群英会》、佚名的小说《人生如戏》、石中生的小说《铁剑诛邪舞》、金依的小说《不落的花录》、思薇的小说《爱情列车》。

15 日 《澳门日报·新园地》副刊连载司马璧的小说《冷剑冰心》、润园的小说

《老千点相录》、唐堂的小说《人虎幻》、甘仔的小说《金牌侍应》、新民译的小说《拳王阿里自传》、鲁牛的小说《爱情的轨迹》。《华侨报·华座》副刊连载夏冰的小说《多咀街群英会》、佚名的小说《人生如戏》、石中生的小说《铁剑诛邪舞》、金依的小说《不落的花录》、思薇的小说《爱情列车》。

16日 《澳门日报·新园地》副刊发表鲁夫的诗词《水调歌头·喜读〈毛泽东选集〉第五卷出版》，连载司马璧的小说《冷剑冰心》、润园的小说《老千点相录》、唐堂的小说《人虎幻》、甘仔的小说《金牌侍应》、新民译的小说《拳王阿里自传》、鲁牛的小说《爱情的轨迹》。《华侨报·华座》副刊连载夏冰的小说《多咀街群英会》、佚名的小说《人生如戏》、石中生的小说《铁剑诛邪舞》、金依的小说《不落的花录》、思薇的小说《爱情列车》。

17日 《澳门日报·新园地》副刊连载司马璧的小说《冷剑冰心》、润园的小说《老千点相录》、唐堂的小说《人虎幻》、甘仔的小说《金牌侍应》、新民译的小说《拳王阿里自传》、鲁牛的小说《爱情的轨迹》。《华侨报·华座》副刊连载夏冰的小说《多咀街群英会》、佚名的小说《人生如戏》、石中生的小说《铁剑诛邪舞》、金依的小说《不落的花录》（完）、思薇的小说《爱情列车》。

18日 《澳门日报·新园地》副刊发表叔华的散文《榕》，连载司马璧的小说《冷剑冰心》、润园的小说《老千点相录》、唐堂的小说《人虎幻》、甘仔的小说《金牌侍应》、新民译的小说《拳王阿里自传》、鲁牛的小说《爱情的轨迹》。《华侨报·华座》副刊发表微微的散文《一首小诗》，连载夏冰的小说《多咀街群英会》、佚名的小说《人生如戏》、石中生的小说《铁剑诛邪舞》、思薇的小说《爱情列车》。

19日 《澳门日报·新园地》副刊连载司马璧的小说《冷剑冰心》、润园的小说《老千点相录》、唐堂的小说《人虎幻》、甘仔的小说《金牌侍应》、新民译的小说《拳王阿里自传》、鲁牛的小说《爱情的轨迹》。《华侨报·华座》副刊连载夏冰的小说《多咀街群英会》、佚名的小说《人生如戏》、石中生的小说《铁剑诛邪舞》、思薇的小说《爱情列车》。

20 日　《澳门日报 · 新园地》副刊发表方菲的散文《深夜倾听〈洪湖水〉》，连载司马璧的小说《冷剑冰心》、润园的小说《老千点相录》、唐堂的小说《人虎幻》、甘仔的小说《金牌侍应》、新民译的小说《拳王阿里自传》、鲁牛的小说《爱情的轨迹》。《华侨报 · 华座》副刊连载夏冰的小说《多咀街群英会》、佚名的小说《人生如戏》、石中生的小说《铁剑诛邪舞》、思薇的小说《爱情列车》。

21 日　《澳门日报 · 新园地》副刊发表翔鹰的散文《逞恶》，连载司马璧的小说《冷剑冰心》、润园的小说《老千点相录》、唐堂的小说《人虎幻》、甘仔的小说《金牌侍应》、新民译的小说《拳王阿里自传》、鲁牛的小说《爱情的轨迹》。《华侨报 · 华座》副刊连载夏冰的小说《多咀街群英会》、佚名的小说《人生如戏》、石中生的小说《铁剑诛邪舞》、思薇的小说《爱情列车》，并开始连载董梦妮的小说《当我离家时》。

22 日　《澳门日报 · 新园地》副刊发表林风的散文《中岳嵩山诗情画意》，并开始连载宜民的散文《晋代书法与王羲之》，连载司马璧的小说《冷剑冰心》、润园的小说《老千点相录》、唐堂的小说《人虎幻》、甘仔的小说《金牌侍应》、新民译的小说《拳王阿里自传》、鲁牛的小说《爱情的轨迹》。《华侨报 · 华座》副刊连载夏冰的小说《多咀街群英会》、佚名的小说《人生如戏》、石中生的小说《铁剑诛邪舞》、思薇的小说《爱情列车》、董梦妮的小说《当我离家时》。

23 日　《澳门日报 · 新园地》副刊发表董行芳的散文《炎夏里》，连载宜民的散文《晋代书法与王羲之》（完）、司马璧的小说《冷剑冰心》、润园的小说《老千点相录》、唐堂的小说《人虎幻》、甘仔的小说《金牌侍应》、新民译的小说《拳王阿里自传》、鲁牛的小说《爱情的轨迹》。

24 日　《澳门日报 · 新园地》副刊发表胡培周的诗歌《追思——陶俊堂主任逝世周年纪念》、奔星的诗歌《胜利者》、梅萼华的评论《革命元勋鸿篇在读〈陈毅诗词选集〉漫笔之一》，连载司马璧的小说《冷剑冰心》、润园的小说《老千点相录》、唐堂的小说《人虎幻》、甘仔的小说《金牌侍应》、新民译的小说《拳王阿里自传》、鲁牛的小说《爱情的轨迹》。《华侨报 · 华座》副刊连载夏冰的小说《多咀街群英会》、佚名的小说《人生如戏》、石中生的小说《铁剑诛邪舞》、思薇的小说《爱情列车》、董梦妮的小说《当我离家时》。

25 日　《澳门日报·新园地》副刊发表叔华的散文《看照片有感》、维光的散文《郑和与南阳》、梅萼华的评论《“旌旗十万斩阎罗”——读〈陈毅诗词选集〉漫笔之二》，连载司马璧的小说《冷剑冰心》、润园的小说《老千点相录》、唐堂的小说《人虎幻》、甘仔的小说《金牌侍应》、新民译的小说《拳王阿里自传》、鲁牛的小说《爱情的轨迹》。《华侨报·华座》副刊发表潘锦碧的散文《水塘一角》，连载夏冰的小说《多咀街群英会》、佚名的小说《人生如戏》、石中生的小说《铁剑诛邪舞》、思薇的小说《爱情列车》、董梦妮的小说《当我离家时》。

26 日　《澳门日报·新园地》副刊发表岫云的诗歌《陶俊堂老师逝世周年作》、梅萼华的评论《“红旗十月满天飞”——读〈陈毅诗词选集〉漫笔之三》，连载司马璧的小说《冷剑冰心》、润园的小说《老千点相录》、唐堂的小说《人虎幻》、甘仔的小说《金牌侍应》、新民译的小说《拳王阿里自传》、鲁牛的小说《爱情的轨迹》。《华侨报·华座》副刊发表因文的散文《贫穷的大富翁》，连载夏冰的小说《多咀街群英会》、佚名的小说《人生如戏》、石中生的小说《铁剑诛邪舞》、思薇的小说《爱情列车》、董梦妮的小说《当我离家时》。

27 日　《澳门日报·新园地》副刊发表梅萼华的评论《“欲向天河射斗牛”——读〈陈毅诗词选集〉漫笔之四》、方菲的评论《姚雪垠的〈李自成〉》，连载司马璧的小说《冷剑冰心》、润园的小说《老千点相录》、唐堂的小说《人虎幻》、甘仔的小说《金牌侍应》、新民译的小说《拳王阿里自传》、鲁牛的小说《爱情的轨迹》。《华侨报·华座》副刊连载夏冰的小说《多咀街群英会》、佚名的小说《人生如戏》、石中生的小说《铁剑诛邪舞》、思薇的小说《爱情列车》、董梦妮的小说《当我离家时》。

28 日　《澳门日报·新园地》副刊发表翔鹰的散文《她死了》、梅萼华的评论《“革命长征第二步”——读〈陈毅诗词选集〉漫笔之五》，连载司马璧的小说

《冷剑冰心》、润园的小说《老千点相录》、唐堂的小说《人虎幻》、甘仔的小说《金牌侍应》、新民译的小说《拳王阿里自传》、鲁牛的小说《爱情的轨迹》。《华侨报·华座》副刊连载夏冰的小说《多咀街群英会》、佚名的小说《人生如戏》、石中生的小说《铁剑诛邪舞》、思薇的小说《爱情列车》、董梦妮的小说《当我离家时》。

29 日　《澳门日报·新园地》副刊发表奔星的散文《泪》，连载司马璧的小说《冷剑冰心》、润园的小说《老千点相录》、唐堂的小说《人虎幻》、甘仔的小说《金牌侍应》、新民译的小说《拳王阿里自传》、鲁牛的小说《爱情的轨迹》。《华侨报·华座》副刊发表晶晶的散文《一生人走多少路》，连载夏冰的小说《多咀街群英会》、佚名的小说《人生如戏》、石中生的小说《铁剑诛邪舞》、思薇的小说《爱情列车》、董梦妮的小说《当我离家时》。

30 日　《澳门日报·新园地》副刊发表梅萼华的散文《一阕雄词争唱和》，连载司马璧的小说《冷剑冰心》、润园的小说《老千点相录》、唐堂的小说《人虎幻》(完)、甘仔的小说《金牌侍应》、新民译的小说《拳王阿里自传》、鲁牛的小说《爱情的轨迹》。《华侨报·华座》副刊连载夏冰的小说《多咀街群英会》、佚名的小说《人生如戏》、石中生的小说《铁剑诛邪舞》、思薇的小说《爱情列车》、董梦妮的小说《当我离家时》(完)。

七月

1 日　《澳门日报·新园地》副刊连载司马璧的小说《冷剑冰心》、润园的小说《老千点相录》、鲁牛的小说《爱情的轨迹》、甘仔的小说《金牌侍应》、新民译的小说《拳王阿里自传》，并开始连载方晓的小说《无忧梦》。《华侨报·华座》副刊连载夏冰的小说《多咀街群英会》、佚名的小说《人生如戏》、石中生的小说《铁剑诛邪舞》、思薇的小说《爱情列车》。

2 日　《澳门日报·新园地》副刊发表叔华的散文《读〈交待〉》，连载司马璧的小说《冷剑冰心》、润园的小说《老千点相录》、鲁牛的小说《爱情的轨迹》、甘仔的小说《金牌侍应》、新民译的小说《拳王阿里自传》、方晓的小说《无忧梦》。《华侨报·华座》副刊连载夏冰的小说《多咀街群英会》、佚名的小说《人生如戏》、石中生的小说《铁剑诛邪舞》、思薇的小说《爱情列车》。

3日 《澳门日报·新园地》副刊发表鲁茂的散文《移民》，连载司马璧的小说《冷剑冰心》、润园的小说《老千点相录》、鲁牛的小说《爱情的轨迹》、甘仔的小说《金牌侍应》、新民译的小说《拳王阿里自传》、方晓的小说《无忧梦》。《华侨报·华座》副刊发表微微的诗歌《迷途的羔羊》、秦西行的散文《雨》，连载夏冰的小说《多咀街群英会》、佚名的小说《人生如戏》、石中生的小说《铁剑诛邪舞》、思薇的小说《爱情列车》。

4日 《澳门日报·新园地》副刊连载司马璧的小说《冷剑冰心》、润园的小说《老千点相录》、鲁牛的小说《爱情的轨迹》、甘仔的小说《金牌侍应》、新民译的小说《拳王阿里自传》、方晓的小说《无忧梦》。《华侨报·华座》副刊发表古圆的评论《昆曲与粤曲〈帝女花〉》，连载夏冰的小说《多咀街群英会》、佚名的小说《人生如戏》、石中生的小说《铁剑诛邪舞》、思薇的小说《爱情列车》（完）。

5日 《澳门日报·新园地》副刊连载司马璧的小说《冷剑冰心》、润园的小说《老千点相录》、鲁牛的小说《爱情的轨迹》、甘仔的小说《金牌侍应》、新民译的小说《拳王阿里自传》、方晓的小说《无忧梦》。《华侨报·华座》副刊连载夏冰的小说《多咀街群英会》、佚名的小说《人生如戏》、石中生的小说《铁剑诛邪舞》，并开始连载思薇的小说《潮，来了，又去了》。

6日 《澳门日报·新园地》副刊发表于明的散文《郭兰英演喜儿三十年》，连载司马璧的小说《冷剑冰心》、润园的小说《老千点相录》、鲁牛的小说《爱情的轨迹》、甘仔的小说《金牌侍应》、新民译的小说《拳王阿里自传》、方晓的小说《无忧梦》。《华侨报·华座》副刊连载夏冰的小说《多咀街群英会》、佚名的小说《人生如戏》、石中生的小说《铁剑诛邪舞》、思薇的小说《潮，来了，又去了》。

7日 《澳门日报·新园地》副刊连载司马璧的小说《冷剑冰心》、润园的小说《老千点相录》、鲁牛的小说《爱情的轨迹》、甘仔的小说《金牌侍应》、新民译的小说《拳王阿里自传》、方晓的小说《无忧梦》。《华侨报·华座》

副刊发表史平的散文《从“飘”到“根”》，连载夏冰的小说《多咀街群英会》、佚名的小说《人生如戏》、石中生的小说《铁剑诛邪舞》、思薇的小说《潮，来了，又去了》。

8日 《澳门日报·新园地》副刊发表奔星的散文《欢聚》，连载司马璧的小说《冷剑冰心》、润园的小说《老千点相录》、鲁牛的小说《爱情的轨迹》、甘仔的小说《金牌侍应》、新民译的小说《拳王阿里自传》、方晓的小说《无忧梦》。《华侨报·华座》副刊连载夏冰的小说《多咀街群英会》、佚名的小说《人生如戏》、石中生的小说《铁剑诛邪舞》、思薇的小说《潮，来了，又去了》。

9日 《澳门日报·新园地》副刊连载司马璧的小说《冷剑冰心》、润园的小说《老千点相录》、鲁牛的小说《爱情的轨迹》、甘仔的小说《金牌侍应》、新民译的小说《拳王阿里自传》、方晓的小说《无忧梦》。《华侨报·华座》副刊发表心庐的散文《夏季的分龙雨》，连载夏冰的小说《多咀街群英会》、佚名的小说《人生如戏》、石中生的小说《铁剑诛邪舞》、思薇的小说《潮，来了，又去了》。

10日 《澳门日报·新园地》副刊发表鲁茂的散文《小说与方言》，连载司马璧的小说《冷剑冰心》、润园的小说《老千点相录》、鲁牛的小说《爱情的轨迹》、甘仔的小说《金牌侍应》、新民译的小说《拳王阿里自传》、方晓的小说《无忧梦》。《华侨报·华座》副刊连载夏冰的小说《多咀街群英会》、佚名的小说《人生如戏》、石中生的小说《铁剑诛邪舞》、思薇的小说《潮，来了，又去了》。

11日 《澳门日报·新园地》副刊发表方菲的散文《许地山支持李绮年》，连载司马璧的小说《冷剑冰心》、润园的小说《老千点相录》、鲁牛的小说《爱情的轨迹》、甘仔的小说《金牌侍应》、新民译的小说《拳王阿里自传》、方晓的小说《无忧梦》。《华侨报·华座》副刊连载夏冰的小说《多咀街群英会》、佚名的小说《人生如戏》、石中生的小说《铁剑诛邪舞》、思薇的小说《潮，来了，又去了》。

12日 《澳门日报·新园地》副刊连载司马璧的小说《冷剑冰心》、润园的小说

《老千点相录》、鲁牛的小说《爱情的轨迹》、甘仔的小说《金牌侍应》、新民译的小说《拳王阿里自传》、方晓的小说《无忧梦》。《华侨报·华座》副刊发表谈克的散文《荔枝·杨贵妃·苏东坡》，连载夏冰的小说《多咀街群英会》、佚名的小说《人生如戏》、石中生的小说《铁剑诛邪舞》、思薇的小说《潮，来了，又去了》。

13日 《澳门日报·新园地》副刊发表宜民的散文《初唐的三大画家》，连载司马璧的小说《冷剑冰心》、润园的小说《老千点相录》、鲁牛的小说《爱情的轨迹》、甘仔的小说《金牌侍应》、新民译的小说《拳王阿里自传》、方晓的小说《无忧梦》。《华侨报·华座》副刊连载夏冰的小说《多咀街群英会》、佚名的小说《人生如戏》、石中生的小说《铁剑诛邪舞》、思薇的小说《潮，来了，又去了》。

14日 《澳门日报·新园地》副刊连载司马璧的小说《冷剑冰心》、润园的小说《老千点相录》、鲁牛的小说《爱情的轨迹》、甘仔的小说《金牌侍应》、新民译的小说《拳王阿里自传》、方晓的小说《无忧梦》。《华侨报·华座》副刊发表长青的散文《〈水绿山青〉与〈青春之歌〉》，连载夏冰的小说《多咀街群英会》、佚名的小说《人生如戏》、石中生的小说《铁剑诛邪舞》、思薇的小说《潮，来了，又去了》。

15日 《澳门日报·新园地》副刊发表黄蕴玉的散文《怀李研山》，连载司马璧的小说《冷剑冰心》、润园的小说《老千点相录》、鲁牛的小说《爱情的轨迹》、甘仔的小说《金牌侍应》、新民译的小说《拳王阿里自传》、方晓的小说《无忧梦》。《华侨报·华座》副刊连载夏冰的小说《多咀街群英会》、佚名的小说《人生如戏》、石中生的小说《铁剑诛邪舞》、思薇的小说《潮，来了，又去了》。

16日 《澳门日报·新园地》副刊连载司马璧的小说《冷剑冰心》、润园的小说《老千点相录》、鲁牛的小说《爱情的轨迹》、甘仔的小说《金牌侍应》、新民译的小说《拳王阿里自传》、方晓的小说《无忧梦》。《华侨报·华座》副刊发表秦西行的散文《榕》、弓长的散文《夏日杂谈》，连载夏冰的小说《多咀街群英会》、佚名的小说《人生如戏》、石中生的小说《铁剑诛邪舞》、思薇的小说《潮，来了，又去了》。

17 日　《澳门日报·新园地》副刊连载司马璧的小说《冷剑冰心》、润园的小说《老千点相录》、鲁牛的小说《爱情的轨迹》、甘仔的小说《金牌侍应》、新民译的小说《拳王阿里自传》、方晓的小说《无忧梦》。《华侨报·华座》副刊发表巴山的散文《保释》，连载夏冰的小说《多咀街群英会》、佚名的小说《人生如戏》、石中生的小说《铁剑诛邪舞》、思薇的小说《潮，来了，又去了》。

18 日　《澳门日报·新园地》副刊连载司马璧的小说《冷剑冰心》、润园的小说《老千点相录》、鲁牛的小说《爱情的轨迹》、甘仔的小说《金牌侍应》、新民译的小说《拳王阿里自传》、方晓的小说《无忧梦》。《华侨报·华座》副刊发表怀嘉的散文《纪念册与其他》，连载夏冰的小说《多咀街群英会》、佚名的小说《人生如戏》、石中生的小说《铁剑诛邪舞》、思薇的小说《潮，来了，又去了》。

19 日　《澳门日报·新园地》副刊连载司马璧的小说《冷剑冰心》、润园的小说《老千点相录》、鲁牛的小说《爱情的轨迹》、甘仔的小说《金牌侍应》、新民译的小说《拳王阿里自传》、方晓的小说《无忧梦》。《华侨报·华座》副刊发表谭仕杰的散文《针灸漫话》，连载夏冰的小说《多咀街群英会》、佚名的小说《人生如戏》、石中生的小说《铁剑诛邪舞》、思薇的小说《潮，来了，又去了》。

20 日　《澳门日报·新园地》副刊发表鲁茂的散文《杂技的怀想》，连载司马璧的小说《冷剑冰心》、润园的小说《老千点相录》、鲁牛的小说《爱情的轨迹》、甘仔的小说《金牌侍应》、新民译的小说《拳王阿里自传》、方晓的小说《无忧梦》。《华侨报·华座》副刊连载夏冰的小说《多咀街群英会》、佚名的小说《人生如戏》、石中生的小说《铁剑诛邪舞》、思薇的小说《潮，来了，又去了》。

21 日　《澳门日报·新园地》副刊连载司马璧的小说《冷剑冰心》、润园的小说《老千点相录》、鲁牛的小说《爱情的轨迹》、甘仔的小说《金牌侍应》、新民译的小说《拳王阿里自传》、方晓的小说《无忧梦》。《华侨报·华座》

副刊连载夏冰的小说《多咀街群英会》、佚名的小说《人生如戏》、石中牛的小说《铁剑诛邪舞》、思薇的小说《潮，来了，又去了》。

22 日 《澳门日报·新园地》副刊发表马万祺的诗词《清平乐·热烈欢迎重庆杂技团莅澳访问》，连载司马璧的小说《冷剑冰心》、润园的小说《老千点相录》、鲁牛的小说《爱情的轨迹》、甘仔的小说《金牌侍应》、新民译的小说《拳王阿里自传》、方晓的小说《无忧梦》。《华侨报·华座》副刊连载夏冰的小说《多咀街群英会》、佚名的小说《人生如戏》、石中生的小说《铁剑诛邪舞》、思薇的小说《潮，来了，又去了》。

23 日 《澳门日报·新园地》副刊发表微微的诗歌《欢迎重庆杂技团》，连载司马璧的小说《冷剑冰心》、润园的小说《老千点相录》、鲁牛的小说《爱情的轨迹》、甘仔的小说《金牌侍应》、新民译的小说《拳王阿里自传》、方晓的小说《无忧梦》。《华侨报·华座》副刊发表秦西行的散文《松》，连载夏冰的小说《多咀街群英会》、佚名的小说《人生如戏》、石中生的小说《铁剑诛邪舞》、思薇的小说《潮，来了，又去了》。

24 日 《澳门日报·新园地》副刊发表谭仕杰的诗词《卜算子·欢迎重庆杂技团莅澳》，连载司马璧的小说《冷剑冰心》、润园的小说《老千点相录》、鲁牛的小说《爱情的轨迹》、甘仔的小说《金牌侍应》、新民译的小说《拳王阿里自传》、方晓的小说《无忧梦》。《华侨报·华座》副刊连载夏冰的小说《多咀街群英会》、佚名的小说《人生如戏》、石中生的小说《铁剑诛邪舞》、思薇的小说《潮，来了，又去了》。

25 日 《澳门日报·新园地》副刊发表鲁夫的诗词《清平乐·欢呼中共十届三中全会决议》，连载司马璧的小说《冷剑冰心》、润园的小说《老千点相录》、鲁牛的小说《爱情的轨迹》、甘仔的小说《金牌侍应》、新民译的小说《拳王阿里自传》、方晓的小说《无忧梦》。《华侨报·华座》副刊发表飞云的散文《喜登庐山两日游》，连载夏冰的小说《多咀街群英会》、佚名的小说《人生如戏》、石中生的小说《铁剑诛邪舞》、思薇的小说《潮，来了，又去了》。

26 日 《澳门日报·新园地》副刊发表马万祺的诗词《满江红·热烈欢呼中共三

中全会公报发表》，连载司马璧的小说《冷剑冰心》、润园的小说《老千点相录》、鲁牛的小说《爱情的轨迹》、甘仔的小说《金牌侍应》、新民译的小说《拳王阿里自传》、方晓的小说《无忧梦》。《华侨报·华座》副刊连载夏冰的小说《多咀街群英会》、佚名的小说《人生如戏》、石中生的小说《铁剑诛邪舞》、思薇的小说《潮，来了，又去了》。《澳门学生》发表列眉的诗歌《展翅翱翔——写于毕业典礼的晚上》。

列眉，澳门人，时为澳门学生，该诗有云："在平凡的工作中，/时忆雷锋的豪言壮语：/'把有限的生命，/投入到无限的为人民服务之中。'"

27日 《澳门日报·新园地》副刊发表谭仕杰的诗词《好事情·欢呼中共十届三中全会胜利闭幕》，连载司马璧的小说《冷剑冰心》、润园的小说《老千点相录》、鲁牛的小说《爱情的轨迹》、甘仔的小说《金牌侍应》、新民译的小说《拳王阿里自传》、方晓的小说《无忧梦》。《华侨报·华座》副刊连载夏冰的小说《多咀街群英会》、佚名的小说《人生如戏》、石中生的小说《铁剑诛邪舞》、思薇的小说《潮，来了，又去了》。

28日 《澳门日报·新园地》副刊发表鲁夫的诗歌《重庆杂技团莅澳演出》，连载司马璧的小说《冷剑冰心》、润园的小说《老千点相录》、鲁牛的小说《爱情的轨迹》、甘仔的小说《金牌侍应》、新民译的小说《拳王阿里自传》、方晓的小说《无忧梦》。《华侨报·华座》副刊发表郭肖的散文《江姐及其儿子》，连载夏冰的小说《多咀街群英会》、佚名的小说《人生如戏》、石中生的小说《铁剑诛邪舞》、思薇的小说《潮，来了，又去了》。

29日 《澳门日报·新园地》副刊连载司马璧的小说《冷剑冰心》、润园的小说《老千点相录》、鲁牛的小说《爱情的轨迹》、甘仔的小说《金牌侍应》、新民译的小说《拳王阿里自传》、方晓的小说《无忧梦》。《华侨报·华座》副刊发表寸草生的诗歌《喜闻小平同志复职》、铭的散文《日本诗人澳门吟》、秦西行的评论《历史·历史小说——〈李自成〉第二部随谈之一》，连载夏冰的小说《多咀街群英会》、佚名的小说《人生如戏》、石中生的小说《铁剑诛邪舞》、思薇的小说《潮，来了，又去了》。

30 日 《澳门日报 · 新园地》副刊发表朱德的诗歌《朱德诗选》、白思群的诗歌《看重庆杂技团演出》，连载司马璧的小说《冷剑冰心》、润园的小说《老千点相录》、鲁牛的小说《爱情的轨迹》、甘仔的小说《金牌侍应》、新民译的小说《拳王阿里自传》、方晓的小说《无忧梦》。《华侨报 · 华座》副刊连载夏冰的小说《多咀街群英会》、佚名的小说《人生如戏》、石中生的小说《铁剑诛邪舞》、思薇的小说《潮，来了，又去了》。

31 日 《澳门日报 · 新园地》副刊发表鲁茂的散文《门外文谈一列》，连载司马璧的小说《冷剑冰心》、润园的小说《老千点相录》、鲁牛的小说《爱情的轨迹》、甘仔的小说《金牌侍应》、新民译的小说《拳王阿里自传》、方晓的小说《无忧梦》。《华侨报 · 华座》副刊发表穆秀的散文《戏台联语》，连载夏冰的小说《多咀街群英会》、佚名的小说《人生如戏》、石中生的小说《铁剑诛邪舞》、思薇的小说《潮，来了，又去了》。

⊙ 本月，陶里的散文《生活、理想与其他》刊载于香港《当代文艺》第 140 期。

八月

1 日 《澳门日报 · 新园地》副刊发表方菲的散文《祝“八一”谈“敌戒”》，连载司马璧的小说《冷剑冰心》、润园的小说《老千点相录》、鲁牛的小说《爱情的轨迹》、甘仔的小说《金牌侍应》、新民译的小说《拳王阿里自传》、方晓的小说《无忧梦》。《华侨报 · 华座》副刊发表芝芝的散文《干冰》，连载夏冰的小说《多咀街群英会》、佚名的小说《人生如戏》、石中生的小说《铁剑诛邪舞》、思薇的小说《潮，来了，又去了》。

2 日 《澳门日报 · 新园地》副刊连载司马璧的小说《冷剑冰心》、润园的小说《老千点相录》、鲁牛的小说《爱情的轨迹》、甘仔的小说《金牌侍应》、新民译的小说《拳王阿里自传》、方晓的小说《无忧梦》。《华侨报 · 华座》副刊发表罗曦的散文《老人》，连载夏冰的小说《多咀街群英会》、佚名的小说《人生如戏》、石中生的小说《铁剑诛邪舞》、思薇的小说《潮，来了，又去了》。

3日　《澳门日报·新园地》副刊连载司马璧的小说《冷剑冰心》、润园的小说《老千点相录》、鲁牛的小说《爱情的轨迹》、甘仔的小说《金牌侍应》、新民译的小说《拳王阿里自传》、方晓的小说《无忧梦》。《华侨报·华座》副刊连载夏冰的小说《多咀街群英会》、佚名的小说《人生如戏》、石中生的小说《铁剑诛邪舞》、思薇的小说《潮，来了，又去了》。

4日　《澳门日报·新园地》副刊发表奔星的散文《暑假的回想》，连载司马璧的小说《冷剑冰心》、润园的小说《老千点相录》、鲁牛的小说《爱情的轨迹》、甘仔的小说《金牌侍应》、新民译的小说《拳王阿里自传》、方晓的小说《无忧梦》。《华侨报·华座》副刊发表慕华的散文《象形文字的起源》，连载夏冰的小说《多咀街群英会》、佚名的小说《人生如戏》、石中生的小说《铁剑诛邪舞》、思薇的小说《潮，来了，又去了》。

5日　《澳门日报·新园地》副刊连载司马璧的小说《冷剑冰心》、润园的小说《老千点相录》、鲁牛的小说《爱情的轨迹》、甘仔的小说《金牌侍应》、新民译的小说《拳王阿里自传》、方晓的小说《无忧梦》。《华侨报·华座》副刊发表秦西行的散文《读〈陈毅诗词选集〉》，连载夏冰的小说《多咀街群英会》、佚名的小说《人生如戏》、石中生的小说《铁剑诛邪舞》、思薇的小说《潮，来了，又去了》。

6日　《澳门日报·新园地》副刊发表叶挺的诗歌《囚歌》，连载司马璧的小说《冷剑冰心》、润园的小说《老千点相录》、鲁牛的小说《爱情的轨迹》、甘仔的小说《金牌侍应》、新民译的小说《拳王阿里自传》、方晓的小说《无忧梦》。《华侨报·华座》副刊连载夏冰的小说《多咀街群英会》、佚名的小说《人生如戏》、石中生的小说《铁剑诛邪舞》、思薇的小说《潮，来了，又去了》。

7日　《澳门日报·新园地》副刊发表林金源的散文《怀念贺龙副总理》、于明的散文《日本朋友访华杂掇》，连载司马璧的小说《冷剑冰心》、润园的小说《老千点相录》、鲁牛的小说《爱情的轨迹》、甘仔的小说《金牌侍应》、新民译的小说《拳王阿里自传》、方晓的小说《无忧梦》。《华侨报·华座》副刊发表沈忏的散文《流萤》，连载夏冰的小说《多咀街群英会》、佚名的小说《人生如戏》、石中生的小说《铁剑诛邪舞》、思薇的小说《潮，来了，又去了》。

8日　《澳门日报·新园地》副刊发表何其芳的诗歌《我想起您，我们的司令员——怀念贺龙同志》，连载司马璧的小说《冷剑冰心》、润园的小说《老千点相录》、鲁牛的小说《爱情的轨迹》、甘仔的小说《金牌侍应》、新民译的小说《拳王阿里自传》、方晓的小说《无忧梦》。《华侨报·华座》副刊发表孟起予的评论《既劓兵　也劓匪——〈李自成〉第二部随谈之二》，连载夏冰的小说《多咀街群英会》、佚名的小说《人生如戏》、石中生的小说《铁剑诛邪舞》、思薇的小说《潮，来了，又去了》。

9日　《澳门日报·新园地》副刊发表宜秋的散文《日本僧人荣睿》，连载司马璧的小说《冷剑冰心》、润园的小说《老千点相录》、鲁牛的小说《爱情的轨迹》、甘仔的小说《金牌侍应》、新民译的小说《拳王阿里自传》、方晓的小说《无忧梦》。《华侨报·华座》副刊发表秦西行的散文《庐山诗话》，连载夏冰的小说《多咀街群英会》、佚名的小说《人生如戏》、石中生的小说《铁剑诛邪舞》、思薇的小说《潮，来了，又去了》。

10日　《澳门日报·新园地》副刊发表奔星的散文《夜总会之夜》，连载司马璧的小说《冷剑冰心》、润园的小说《老千点相录》、鲁牛的小说《爱情的轨迹》、甘仔的小说《金牌侍应》、新民译的小说《拳王阿里自传》、方晓的小说《无忧梦》。《华侨报·华座》副刊开始连载孟起予的评论《李自成与〈推背图〉——〈李自成〉第二部随谈之三》，连载夏冰的小说《多咀街群英会》、佚名的小说《人生如戏》、石中生的小说《铁剑诛邪舞》、思薇的小说《潮，来了，又去了》。

11日　《澳门日报·新园地》副刊连载司马璧的小说《冷剑冰心》、润园的小说《老千点相录》、鲁牛的小说《爱情的轨迹》、甘仔的小说《金牌侍应》、新民译的小说《拳王阿里自传》、方晓的小说《无忧梦》。《华侨报·华座》副刊连载孟起予的评论《李自成与〈推背图〉——〈李自成〉第二部随谈之三》（完）、夏冰的小说《多咀街群英会》、佚名的小说《人生如戏》、石中生的小说《铁剑诛邪舞》、思薇的小说《潮，来了，又去了》。

12 日 《澳门日报·新园地》副刊发表羽君的散文《南湾之夜的怀念》，连载司马璧的小说《冷剑冰心》、润园的小说《老千点相录》、鲁牛的小说《爱情的轨迹》、甘仔的小说《金牌侍应》、新民译的小说《拳王阿里自传》、方晓的小说《无忧梦》。《华侨报·华座》副刊连载夏冰的小说《多咀街群英会》、佚名的小说《人生如戏》、石中生的小说《铁剑诛邪舞》、思薇的小说《潮，来了，又去了》。

13 日 《澳门日报·新园地》副刊连载司马璧的小说《冷剑冰心》、润园的小说《老千点相录》、鲁牛的小说《爱情的轨迹》、甘仔的小说《金牌侍应》、新民译的小说《拳王阿里自传》、方晓的小说《无忧梦》。《华侨报·华座》副刊发表一雨的散文《关羽的“义气”》，连载夏冰的小说《多咀街群英会》、佚名的小说《人生如戏》、石中生的小说《铁剑诛邪舞》、思薇的小说《潮，来了，又去了》。

14 日 《澳门日报·新园地》副刊发表方甫的散文《竹枝词》，连载司马璧的小说《冷剑冰心》（完）、润园的小说《老千点相录》、鲁牛的小说《爱情的轨迹》、甘仔的小说《金牌侍应》、新民译的小说《拳王阿里自传》、方晓的小说《无忧梦》。《华侨报·华座》副刊发表秦西行的散文《悼何其芳》，连载夏冰的小说《多咀街群英会》、佚名的小说《人生如戏》、石中生的小说《铁剑诛邪舞》、思薇的小说《潮，来了，又去了》。

15 日 《华侨报·华座》副刊连载夏冰的小说《多咀街群英会》、佚名的小说《人生如戏》、石中生的小说《铁剑诛邪舞》、思薇的小说《潮，来了，又去了》。

16 日 《澳门日报·新园地》副刊发表汪南川的散文《读叶副主席诗》、鲁茂的散文《多情》，连载润园的小说《老千点相录》、鲁牛的小说《爱情的轨迹》、甘仔的小说《金牌侍应》、新民译的小说《拳王阿里自传》、方晓的小说《无忧梦》、陈萃文的小说《萧崐山正传》。《华侨报·华座》副刊发表秦西行的评论《何其芳与现代格律诗》，连载夏冰的小说《多咀街群英会》、佚名的小说《人生如戏》、石中生的小说《铁剑诛邪舞》、思薇的小说《潮，来了，又去了》。

17日 《澳门日报·新园地》副刊发表鲁茂的散文《荷花池畔……》，连载润园的小说《老千点相录》、鲁牛的小说《爱情的轨迹》、甘仔的小说《金牌侍应》、新民译的小说《拳王阿里自传》、方晓的小说《无忧梦》、陈萃文的小说《萧崐山正传》。《华侨报·华座》副刊连载夏冰的小说《多咀街群英会》、佚名的小说《人生如戏》、石中生的小说《铁剑诛邪舞》、思薇的小说《潮，来了，又去了》。

18日 《澳门日报·新园地》副刊发表白思群的评论《十年风雨十年心——重读〈青春之歌〉之一》，连载润园的小说《老千点相录》、鲁牛的小说《爱情的轨迹》、甘仔的小说《金牌侍应》、新民译的小说《拳王阿里自传》、方晓的小说《无忧梦》、陈萃文的小说《萧崐山正传》。《华侨报·华座》副刊发表楚舒的散文《青史长留的女豪杰》、罗曦的评论《东莞的民谣》，连载夏冰的小说《多咀街群英会》、佚名的小说《人生如戏》、石中生的小说《铁剑诛邪舞》、思薇的小说《潮，来了，又去了》。

19日 《澳门日报·新园地》副刊发表奔星的散文《哥哥和弟弟》，连载润园的小说《老千点相录》、鲁牛的小说《爱情的轨迹》、甘仔的小说《金牌侍应》、新民译的小说《拳王阿里自传》、方晓的小说《无忧梦》、陈萃文的小说《萧崐山正传》。《华侨报·华座》副刊连载夏冰的小说《多咀街群英会》、佚名的小说《人生如戏》、石中生的小说《铁剑诛邪舞》、思薇的小说《潮，来了，又去了》。

20日 《澳门日报·新园地》副刊连载润园的小说《老千点相录》、鲁牛的小说《爱情的轨迹》、甘仔的小说《金牌侍应》、新民译的小说《拳王阿里自传》、方晓的小说《无忧梦》、陈萃文的小说《萧崐山正传》。《华侨报·华座》副刊发表弓长的散文《从吴俊文的雄心说起》，连载夏冰的小说《多咀街群英会》、佚名的小说《人生如戏》、石中生的小说《铁剑诛邪舞》、思薇的小说《潮，来了，又去了》。

21日 《澳门日报·新园地》副刊发表鲁夫的诗歌《欢呼中共十一次代表大会》、汪南川的散文《星下的驰想》、闻亦之的散文《七夕与牛郎织女》，连载润园的小说《老千点相录》、鲁牛的小说《爱情的轨迹》、甘仔的小说《金牌侍应》、新民译的小说《拳王阿里自传》、方晓的小说《无忧梦》、陈萃文的小说《萧崐山正传》。《华侨报·华座》副刊发表海涛的散文《哈密瓜和它的故事》，连载夏冰的小说《多咀街群英会》、佚名的小说《人生如戏》、石中生的小说《铁剑诛邪舞》、思薇的小说《潮，来了，又去了》。

22 日　《澳门日报·新园地》副刊发表谭仕杰的诗词《满江红·热烈欢呼中共第十一次代表大会》，连载润园的小说《老千点相录》、鲁牛的小说《爱情的轨迹》、甘仔的小说《金牌侍应》、新民译的小说《拳王阿里自传》、方晓的小说《无忧梦》、陈萃文的小说《萧崐山正传》。《华侨报·华座》副刊连载夏冰的小说《多咀街群英会》、佚名的小说《人生如戏》、石中生的小说《铁剑诛邪舞》、思薇的小说《潮，来了，又去了》。

23 日　《澳门日报·新园地》副刊发表白思群的评论《林道静形象初探——重读〈青春之歌〉之二》，连载润园的小说《老千点相录》、鲁牛的小说《爱情的轨迹》、甘仔的小说《金牌侍应》、新民译的小说《拳王阿里自传》、方晓的小说《无忧梦》、陈萃文的小说《萧崐山正传》。《华侨报·华座》副刊连载夏冰的小说《多咀街群英会》、佚名的小说《人生如戏》、石中生的小说《铁剑诛邪舞》、思薇的小说《潮，来了，又去了》。

24 日　《澳门日报·新园地》副刊连载润园的小说《老千点相录》、鲁牛的小说《爱情的轨迹》、甘仔的小说《金牌侍应》、新民译的小说《拳王阿里自传》、方晓的小说《无忧梦》、陈萃文的小说《萧崐山正传》。《华侨报·华座》副刊发表民的散文《电视与人造卫星》，连载夏冰的小说《多咀街群英会》、佚名的小说《人生如戏》、石中生的小说《铁剑诛邪舞》、思薇的小说《潮，来了，又去了》。

25 日　《澳门日报·新园地》副刊连载润园的小说《老千点相录》、鲁牛的小说《爱情的轨迹》、甘仔的小说《金牌侍应》、新民译的小说《拳王阿里自传》、方晓的小说《无忧梦》、陈萃文的小说《萧崐山正传》。《华侨报·华座》副刊连载夏冰的小说《多咀街群英会》、佚名的小说《人生如戏》、石中生的小说《铁剑诛邪舞》、思薇的小说《潮，来了，又去了》。

26 日 《澳门日报·新园地》副刊发表汪南川的散文《童谣之忆》、俞音的评论《三峡风光笔底收——读陈凡〈出峡诗画册〉散记》，连载润园的小说《老千点相录》、鲁牛的小说《爱情的轨迹》、甘仔的小说《金牌侍应》、新民译的小说《拳王阿里自传》、方晓的小说《无忧梦》、陈萃文的小说《萧崐山正传》。《华侨报·华座》副刊连载夏冰的小说《多咀街群英会》、佚名的小说《人生如戏》、石中生的小说《铁剑诛邪舞》、思薇的小说《潮，来了，又去了》。

27 日 《澳门日报·新园地》副刊连载润园的小说《老千点相录》、鲁牛的小说《爱情的轨迹》、甘仔的小说《金牌侍应》、新民译的小说《拳王阿里自传》、方晓的小说《无忧梦》、陈萃文的小说《萧崐山正传》。《华侨报·华座》副刊连载夏冰的小说《多咀街群英会》、佚名的小说《人生如戏》、石中生的小说《铁剑诛邪舞》、思薇的小说《潮，来了，又去了》。

28 日 《澳门日报·新园地》副刊连载润园的小说《老千点相录》、鲁牛的小说《爱情的轨迹》、甘仔的小说《金牌侍应》、新民译的小说《拳王阿里自传》、方晓的小说《无忧梦》、陈萃文的小说《萧崐山正传》。《华侨报·华座》副刊发表桑吉的散文《警员与稻草人》，连载夏冰的小说《多咀街群英会》、佚名的小说《人生如戏》、石中生的小说《铁剑诛邪舞》、思薇的小说《潮，来了，又去了》。

29 日 《澳门日报·新园地》副刊连载润园的小说《老千点相录》、鲁牛的小说《爱情的轨迹》、甘仔的小说《金牌侍应》、新民译的小说《拳王阿里自传》、方晓的小说《无忧梦》、陈萃文的小说《萧崐山正传》。《华侨报·华座》副刊发表濠江客的散文《故乡行》，连载夏冰的小说《多咀街群英会》、佚名的小说《人生如戏》、石中生的小说《铁剑诛邪舞》、思薇的小说《潮，来了，又去了》。

30 日 《澳门日报·新园地》副刊发表奔星的散文《风筝》，连载润园的小说《老千点相录》、鲁牛的小说《爱情的轨迹》、甘仔的小说《金牌侍应》、新民译的小说《拳王阿里自传》、方晓的小说《无忧梦》、陈萃文的小说《萧岷山正传》。《华侨报·华座》副刊发表秦西行的散文《创业艰难百战多》，连载夏冰的小说《多咀街群英会》、佚名的小说《人生如戏》、石中生的小说《铁剑诛邪舞》、思薇的小说《潮，来了，又去了》。

31 日 《澳门日报·新园地》副刊连载润园的小说《老千点相录》、鲁牛的小说《爱情的轨迹》、甘仔的小说《金牌侍应》、新民译的小说《拳王阿里自传》、方晓的小说《无忧梦》、陈萃文的小说《萧岷山正传》。《华侨报·华座》副刊开始连载孟起予的评论《女中豪杰红娘子——〈李自成〉第二部随谈之三》，连载夏冰的小说《多咀街群英会》、佚名的小说《人生如戏》、石中生的小说《铁剑诛邪舞》、思薇的小说《潮，来了，又去了》。

⊙ 本月，韩牧的诗歌《探足屈辱的前代》刊载于香港《海洋文艺》第 4 卷第 8 期。

九月

1 日 《澳门日报·新园地》副刊发表白思群的散文《鲁迅与〈云谷杂记〉》，连载润园的小说《老千点相录》、鲁牛的小说《爱情的轨迹》、甘仔的小说《金牌侍应》、新民译的小说《拳王阿里自传》、方晓的小说《无忧梦》、陈萃文的小说《萧岷山正传》。《华侨报·华座》副刊连载孟起予的评论《女中豪杰红娘子——〈李自成〉第二部随谈之三》（完）、夏冰的小说《多咀街群英会》、佚名的小说《人生如戏》、石中生的小说《铁剑诛邪舞》、思薇的小说《潮，来了，又去了》。

2 日 《澳门日报·新园地》副刊连载润园的小说《老千点相录》、鲁牛的小说《爱情的轨迹》、甘仔的小说《金牌侍应》、新民译的小说《拳王阿里自传》、方晓的小说《无忧梦》、陈萃文的小说《萧岷山正传》。《华侨报·华座》副刊发表秦西行的散文《人间仙境盆上栽》，连载夏冰的小说《多咀街群英会》、佚名的小说《人生如戏》、石中生的小说《铁剑诛邪舞》、思薇的小说《潮，来了，又去了》（完）。

3 日 《澳门日报·新园地》副刊发表翔鹰的散文《见真情》，连载润园的小说《老千点相录》、鲁牛的小说《爱情的轨迹》、甘仔的小说《金牌侍应》、新民译的小说《拳王阿里自传》、方晓的小说《无忧梦》、陈萃文的小说《萧岷山正传》。《华侨报·华座》副刊连载夏冰的小说《多咀街群英会》、佚名的小说《人生如戏》、石中生的小说《铁剑诛邪舞》，并开始连载思薇的小说《薄雾》。

4日 《澳门日报·新园地》副刊连载润园的小说《老千点相录》、鲁牛的小说《爱情的轨迹》、甘仔的小说《金牌侍应》、新民译的小说《拳王阿里自传》、方晓的小说《无忧梦》、陈萃文的小说《萧岷山正传》。《华侨报·华座》副刊发表火木的散文《诗人笔下的茶》，连载夏冰的小说《多咀街群英会》、佚名的小说《人生如戏》、石中生的小说《铁剑诛邪舞》、思薇的小说《薄雾》。

5日 《澳门日报·新园地》副刊连载润园的小说《老千点相录》、鲁牛的小说《爱情的轨迹》、甘仔的小说《金牌侍应》、新民译的小说《拳王阿里自传》、方晓的小说《无忧梦》、陈萃文的小说《萧岷山正传》。《华侨报·华座》副刊连载夏冰的小说《多咀街群英会》、佚名的小说《人生如戏》、石中生的小说《铁剑诛邪舞》、思薇的小说《薄雾》。

6日 《澳门日报·新园地》副刊发表翔鹰的散文《秋夜遐想》、白思群的评论《冰天斗雪重入梦——重读〈林海雪原〉》，连载润园的小说《老千点相录》、鲁牛的小说《爱情的轨迹》、甘仔的小说《金牌侍应》、新民译的小说《拳王阿里自传》、方晓的小说《无忧梦》、陈萃文的小说《萧岷山正传》。《华侨报·华座》副刊连载夏冰的小说《多咀街群英会》、佚名的小说《人生如戏》、石中生的小说《铁剑诛邪舞》、思薇的小说《薄雾》。

7日 《澳门日报·新园地》副刊连载润园的小说《老千点相录》、鲁牛的小说《爱情的轨迹》、甘仔的小说《金牌侍应》、新民译的小说《拳王阿里自传》、方晓的小说《无忧梦》、陈萃文的小说《萧岷山正传》。《华侨报·华座》副刊连载夏冰的小说《多咀街群英会》、佚名的小说《人生如戏》、石中生的小说《铁剑诛邪舞》、思薇的小说《薄雾》。

8日 《澳门日报·新园地》副刊发表臧克家的诗歌《伟大深厚的遗爱》、林逢雨的散文《黄鹤楼佳话》，连载润园的小说《老千点相录》、鲁牛的小说

《爱情的轨迹》、甘仔的小说《金牌侍应》、新民译的小说《拳王阿里自传》、方晓的小说《无忧梦》、陈萃文的小说《萧崐山正传》。《华侨报·华座》副刊连载夏冰的小说《多咀街群英会》、佚名的小说《人生如戏》、石中生的小说《铁剑诛邪舞》、思薇的小说《薄雾》。

林逢雨（冼得霖），澳门散文家，于1977—1979年，共发表90篇散文于《澳门日报》上，代表作有《黄鹤楼佳话》《洞庭吟眺》《牡丹四首为濠江花展赋盛》《锦篇咏牡丹》《意报黄金台》《暮雨洒江天》《临风怀谢公》《李杜的两首律诗》《锦书难托》《文友招宴南园因叠喜晤原韵即赋》《陶潜〈归去来辞〉分析——答读者TMF君》《重在筹边》《谁识京华倦客》《从〈琵琶行〉谈叙事诗》《南浦一曲感最深》《诗中的李煜和赵佶》。《诗词评赏》自刊登以来，深受读者欢迎，后结集为《诗词评赏》，是香港中华书局出版的"文学与历史丛书"之一。该书刊有《澳门日报》副总编辑李鹏翥的《介绍〈诗词评赏〉（代序）》。

9日　《澳门日报·新园地》副刊连载润园的小说《老千点相录》、鲁牛的小说《爱情的轨迹》、甘仔的小说《金牌侍应》、新民译的小说《拳王阿里自传》、方晓的小说《无忧梦》、陈萃文的小说《萧崐山正传》。《华侨报·华座》副刊发表偶拾的散文《夏日抒情》，连载夏冰的小说《多咀街群英会》、佚名的小说《人生如戏》、石中生的小说《铁剑诛邪舞》、思薇的小说《薄雾》。

10日　《澳门日报·新园地》副刊发表鲁夫的诗词《水调歌头·毛主席逝世周年》，连载润园的小说《老千点相录》、鲁牛的小说《爱情的轨迹》、甘仔的小说《金牌侍应》、新民译的小说《拳王阿里自传》、方晓的小说《无忧梦》、陈萃文的小说《萧崐山正传》。《华侨报·华座》副刊发表微微的散文《可敬的高士奇》、罗曦的散文《周总理写的诗》，连载夏冰的小说《多咀街群英会》、佚名的小说《人生如戏》、石中生的小说《铁剑诛邪舞》、思薇的小说《薄雾》。

11 日 《澳门日报·新园地》副刊发表子光的小说《度身记》，连载润园的小说《老千点相录》、鲁牛的小说《爱情的轨迹》、甘仔的小说《金牌侍应》、新民译的小说《拳王阿里自传》、方晓的小说《无忧梦》、陈萃文的小说《萧崐山正传》。《华侨报·华座》副刊连载夏冰的小说《多咀街群英会》、佚名的小说《人生如戏》、石中生的小说《铁剑诛邪舞》、思薇的小说《薄雾》。

12 日 《澳门日报·新园地》副刊发表方菲的散文《满怀激情游东北》，连载润园的小说《老千点相录》、鲁牛的小说《爱情的轨迹》、甘仔的小说《金牌侍应》、新民译的小说《拳王阿里自传》、方晓的小说《无忧梦》、陈萃文的小说《萧崐山正传》。《华侨报·华座》副刊连载夏冰的小说《多咀街群英会》、佚名的小说《人生如戏》、石中生的小说《铁剑诛邪舞》、思薇的小说《薄雾》。

13 日 《澳门日报·新园地》副刊连载润园的小说《老千点相录》、鲁牛的小说《爱情的轨迹》、甘仔的小说《金牌侍应》、新民译的小说《拳王阿里自传》、方晓的小说《无忧梦》、陈萃文的小说《萧崐山正传》。《华侨报·华座》副刊发表秦西行的散文《怀念敬仰》，连载夏冰的小说《多咀街群英会》（完）、佚名的小说《人生如戏》、石中生的小说《铁剑诛邪舞》、思薇的小说《薄雾》。

14 日 《澳门日报·新园地》副刊连载润园的小说《老千点相录》、鲁牛的小说《爱情的轨迹》、甘仔的小说《金牌侍应》、新民译的小说《拳王阿里自传》、方晓的小说《无忧梦》、陈萃文的小说《萧崐山正传》。《华侨报·华座》副刊连载佚名的小说《人生如戏》、石中生的小说《铁剑诛邪舞》、思薇的小说《薄雾》，并开始连载夏冰的小说《多咀探长与街坊》。

15 日 《澳门日报·新园地》副刊发表微微的诗歌《怀念》，连载润园的小说《老千点相录》、鲁牛的小说《爱情的轨迹》、甘仔的小说《金牌侍应》、新民译的小说《拳王阿里自传》、方晓的小说《无忧梦》、陈萃文的小说《萧崐山正传》。《华侨报·华座》副刊连载佚名的小说《人生如戏》、石中生的小说《铁剑诛邪舞》、思薇的小说《薄雾》、夏冰的小说《多咀探长与街坊》。

16日 《澳门日报·新园地》副刊发表林逢雨的散文《洞庭吟眺》，连载润园的小说《老千点相录》、鲁牛的小说《爱情的轨迹》、甘仔的小说《金牌侍应》、新民译的小说《拳王阿里自传》、方晓的小说《无忧梦》、陈萃文的小说《萧崐山正传》。《华侨报·华座》副刊发表秦西行的散文《秋的感受》，连载佚名的小说《人生如戏》、石中生的小说《铁剑诛邪舞》、思薇的小说《薄雾》、夏冰的小说《多咀探长与街坊》。

17日 《澳门日报·新园地》副刊发表白思群的散文《土壤和种子——谈工人作家胡万春》，连载润园的小说《老千点相录》、鲁牛的小说《爱情的轨迹》、甘仔的小说《金牌侍应》、新民译的小说《拳王阿里自传》、方晓的小说《无忧梦》、陈萃文的小说《萧崐山正传》。《华侨报·华座》副刊连载佚名的小说《人生如戏》、石中生的小说《铁剑诛邪舞》、思薇的小说《薄雾》、夏冰的小说《多咀探长与街坊》。

18日 《澳门日报·新园地》副刊连载润园的小说《老千点相录》、鲁牛的小说《爱情的轨迹》、甘仔的小说《金牌侍应》、新民译的小说《拳王阿里自传》、方晓的小说《无忧梦》、陈萃文的小说《萧崐山正传》。《华侨报·华座》副刊发表秦西行的散文《要为秋天放颂歌》，连载佚名的小说《人生如戏》、石中生的小说《铁剑诛邪舞》、思薇的小说《薄雾》、夏冰的小说《多咀探长与街坊》。

19日 《澳门日报·新园地》副刊发表何来的诗歌《二首》，连载润园的小说《老千点相录》、鲁牛的小说《爱情的轨迹》、甘仔的小说《金牌侍应》、新民译的小说《拳王阿里自传》、方晓的小说《无忧梦》、陈萃文的小说《萧崐山正传》。《华侨报·华座》副刊连载佚名的小说《人生如戏》、石中生的小说《铁剑诛邪舞》、思薇的小说《薄雾》、夏冰的小说《多咀探长与街坊》。

20日 《澳门日报·新园地》副刊连载润园的小说《老千点相录》、鲁牛的小说《爱情的轨迹》、甘仔的小说《金牌侍应》、新民译的小说《拳王阿里自传》、方晓的小说《无忧梦》、陈萃文的小说《萧崐山正传》。《华侨报·华座》副刊连载佚名的小说《人生如戏》、石中生的小说《铁剑诛邪舞》、思薇的小说《薄雾》、夏冰的小说《多咀探长与街坊》。

21 日 《澳门日报·新园地》副刊发表雪予的诗歌《新会行》、汉的散文《刘邦作总结》，并开始连载方菲的散文《在诗歌朗诵演唱会上》，连载润园的小说《老千点相录》、鲁牛的小说《爱情的轨迹》、甘仔的小说《金牌侍应》、新民译的小说《拳王阿里自传》、方晓的小说《无忧梦》、陈萃文的小说《萧岷山正传》。《华侨报·华座》副刊连载佚名的小说《人生如戏》、石中生的小说《铁剑诛邪舞》、思薇的小说《薄雾》、夏冰的小说《多咀探长与街坊》。

22 日 《澳门日报·新园地》副刊连载方菲的散文《在诗歌朗诵演唱会上》(完)、润园的小说《老千点相录》、鲁牛的小说《爱情的轨迹》、甘仔的小说《金牌侍应》、新民译的小说《拳王阿里自传》、方晓的小说《无忧梦》、陈萃文的小说《萧岷山正传》。《华侨报·华座》副刊连载佚名的小说《人生如戏》、石中生的小说《铁剑诛邪舞》、思薇的小说《薄雾》、夏冰的小说《多咀探长与街坊》。

23 日 《澳门日报·新园地》副刊连载润园的小说《老千点相录》、鲁牛的小说《爱情的轨迹》、甘仔的小说《金牌侍应》、新民译的小说《拳王阿里自传》、方晓的小说《无忧梦》、陈萃文的小说《萧岷山正传》。《华侨报·华座》副刊连载佚名的小说《人生如戏》、石中生的小说《铁剑诛邪舞》、思薇的小说《薄雾》、夏冰的小说《多咀探长与街坊》。

24 日 《澳门日报·新园地》副刊发表林逢雨的散文《千里共婵娟》，连载润园的小说《老千点相录》、鲁牛的小说《爱情的轨迹》、甘仔的小说《金牌侍应》、新民译的小说《拳王阿里自传》、方晓的小说《无忧梦》、陈萃文的小说《萧岷山正传》。《华侨报·华座》副刊连载佚名的小说《人生如戏》、石中生的小说《铁剑诛邪舞》、思薇的小说《薄雾》、夏冰的小说《多咀探长与街坊》。

25 日 《澳门日报·新园地》副刊发表何来的诗词《鹧鸪天·领出世纸》，连载润园的小说《老千点相录》、鲁牛的小说《爱情的轨迹》、甘仔的小说《金牌侍应》、新民译的小说《拳王阿里自传》、方晓的小说《无忧梦》、陈萃文的小说《萧崐山正传》。《华侨报·华座》副刊连载佚名的小说《人生如戏》、石中生的小说《铁剑诛邪舞》、思薇的小说《薄雾》、夏冰的小说《多咀探长与街坊》。

26 日 《澳门日报·新园地》副刊连载润园的小说《老千点相录》、鲁牛的小说《爱情的轨迹》、甘仔的小说《金牌侍应》、新民译的小说《拳王阿里自传》、方晓的小说《无忧梦》、陈萃文的小说《萧崐山正传》。《华侨报·华座》副刊连载佚名的小说《人生如戏》、石中生的小说《铁剑诛邪舞》、思薇的小说《薄雾》、夏冰的小说《多咀探长与街坊》。

27 日 《澳门日报·新园地》副刊连载润园的小说《老千点相录》、鲁牛的小说《爱情的轨迹》、甘仔的小说《金牌侍应》、新民译的小说《拳王阿里自传》、方晓的小说《无忧梦》、陈萃文的小说《萧崐山正传》。《华侨报·华座》副刊发表宜的散文《钱塘观潮》，连载佚名的小说《人生如戏》、石中生的小说《铁剑诛邪舞》、思薇的小说《薄雾》、夏冰的小说《多咀探长与街坊》。

28 日 《澳门日报·新园地》副刊发表方菲的散文《参观“红楼”两展览》、白思群的评论《乡土气息及其他——〈虾球传〉特色浅谈》，连载润园的小说《老千点相录》、鲁牛的小说《爱情的轨迹》、甘仔的小说《金牌侍应》、新民译的小说《拳王阿里自传》、方晓的小说《无忧梦》、陈萃文的小说《萧崐山正传》。《华侨报·华座》副刊连载佚名的小说《人生如戏》、石中生的小说《铁剑诛邪舞》、思薇的小说《薄雾》、夏冰的小说《多咀探长与街坊》。

29 日 《澳门日报·新园地》副刊连载润园的小说《老千点相录》、鲁牛的小说《爱情的轨迹》、甘仔的小说《金牌侍应》、新民译的小说《拳王阿里自传》、方晓的小说《无忧梦》、陈萃文的小说《萧崐山正传》。《华侨报·华座》副刊连载佚名的小说《人生如戏》、石中生的小说《铁剑诛邪舞》、思薇的小说《薄雾》、夏冰的小说《多咀探长与街坊》。

30 日 《澳门日报·新园地》副刊发表谭仕杰的诗词《卜算子·看〈枫叶红了的

时候〉》、鲁夫的诗词《满庭芳·建国二十八周年》，连载润园的小说《老千点相录》(完)、鲁牛的小说《爱情的轨迹》、甘仔的小说《金牌侍应》、新民译的小说《拳王阿里自传》、方晓的小说《无忧梦》(完)、陈萃文的小说《萧崐山正传》。《华侨报·华座》副刊发表谭仕杰的诗歌《国庆二十八周年喜赋》，连载佚名的小说《人生如戏》、石中生的小说《铁剑诛邪舞》、思薇的小说《薄雾》、夏冰的小说《多咀探长与街坊》。

⊙ 本月，韩牧的诗歌《破靴处处行》刊载于香港《海洋文艺》第4卷第9期。

十月

1日 《澳门日报·新园地》副刊连载鲁牛的小说《爱情的轨迹》、甘仔的小说《金牌侍应》、新民译的小说《拳王阿里自传》、陈萃文的小说《萧崐山正传》，并开始连载润园的小说《古灵精怪》、方晓的小说《女儿心事》。《华侨报·华座》副刊连载佚名的小说《人生如戏》、石中生的小说《铁剑诛邪舞》、思薇的小说《薄雾》、夏冰的小说《多咀探长与街坊》。

2日 《澳门日报·新园地》副刊连载鲁牛的小说《爱情的轨迹》、甘仔的小说《金牌侍应》、新民译的小说《拳王阿里自传》、陈萃文的小说《萧崐山正传》、润园的小说《古灵精怪》、方晓的小说《女儿心事》。《华侨报·华座》副刊发表尤肖松的诗歌《国庆怀咏》、一民的诗歌《红旗颂》、海英的散文《红旗礼赞》，连载佚名的小说《人生如戏》、石中生的小说《铁剑诛邪舞》、思薇的小说《薄雾》、夏冰的小说《多咀探长与街坊》。

3日 《澳门日报·新园地》副刊发表谭仕杰的诗词《鹧鸪天三首·国庆放歌》，连载鲁牛的小说《爱情的轨迹》、甘仔的小说《金牌侍应》、新民译的小说《拳王阿里自传》、陈萃文的小说《萧崐山正传》、润园的小说《古灵精怪》、方晓的小说《女儿心事》。《华侨报·华座》副刊连载佚名的小说《人生如戏》、石中生的小说《铁剑诛邪舞》、思薇的小说《薄雾》、夏冰的小说《多咀探长与街坊》。

4日 《澳门日报·新园地》副刊连载鲁牛的小说《爱情的轨迹》、甘仔的小说《金牌侍应》、新民译的小说《拳王阿里自传》、陈萃文的小说《萧崐山正传》、润园的小说《古灵精怪》、方晓的小说《女儿心事》。《华侨报·华座》副刊连载佚名的小说《人生如戏》、石中生的小说《铁剑诛邪舞》、思薇的小说《薄雾》、夏冰的小说《多咀探长与街坊》。

5日 《澳门日报·新园地》副刊连载鲁牛的小说《爱情的轨迹》、甘仔的小说《金牌侍应》、新民译的小说《拳王阿里自传》、陈萃文的小说《萧崐山正传》、润园的小说《古灵精怪》、方晓的小说《女儿心事》。《华侨报·华座》副刊连载佚名的小说《人生如戏》、石中生的小说《铁剑诛邪舞》、思薇的小说《薄雾》、夏冰的小说《多咀探长与街坊》。

6日 《澳门日报·新园地》副刊连载鲁牛的小说《爱情的轨迹》、甘仔的小说《金牌侍应》、新民译的小说《拳王阿里自传》、陈萃文的小说《萧崐山正传》、润园的小说《古灵精怪》、方晓的小说《女儿心事》。《华侨报·华座》副刊发表史平的散文《故乡》，连载佚名的小说《人生如戏》、石中生的小说《铁剑诛邪舞》、思薇的小说《薄雾》、夏冰的小说《多咀探长与街坊》。

7日 《澳门日报·新园地》副刊连载鲁牛的小说《爱情的轨迹》、甘仔的小说《金牌侍应》、新民译的小说《拳王阿里自传》、陈萃文的小说《萧崐山正传》、润园的小说《古灵精怪》、方晓的小说《女儿心事》。《华侨报·华座》副刊发表秦西行的散文《读郭小川的旧体诗》，连载佚名的小说《人生如戏》、石中生的小说《铁剑诛邪舞》、思薇的小说《薄雾》、夏冰的小说《多咀探长与街坊》。

8日 《澳门日报·新园地》副刊发表谭仕杰的诗词《鹧鸪天·读黄华外长在联大演说词》、白思群的评论《漫谈小说〈红岩〉》，连载鲁牛的小说《爱情的轨迹》、甘仔的小说《金牌侍应》、新民译的小说《拳王阿里自传》、陈萃文的小说《萧崐山正传》、润园的小说《古灵精怪》、方晓的小说《女儿心事》。《华侨报·华座》副刊连载佚名的小说《人生如戏》、石中生的小说《铁剑诛邪舞》、思薇的小说《薄雾》、夏冰的小说《多咀探长与街坊》。

9日 《澳门日报·新园地》副刊发表徐续的文赋《毛主席纪念堂落成感赋》、林逢雨的散文《蟋蟀和秋雨》，连载鲁牛的小说《爱情的轨迹》、甘仔的小说《金牌侍应》、新民译的小说《拳王阿里自传》、陈萃文的小说《萧崐山正传》、润园的小说《古灵精怪》、方晓的小说《女儿心事》。《华侨报·华座》副刊发表谭仕杰的诗歌《国庆前夕读冬人题松鹰图奉和原玉》、孟起予的散文《鸳鸯篇》，连载佚名的小说《人生如戏》、石中生的小说《铁剑诛邪舞》、思薇的小说《薄雾》、夏冰的小说《多咀探长与街坊》。

10 日 《澳门日报·新园地》副刊连载鲁牛的小说《爱情的轨迹》、甘仔的小说《金牌侍应》、新民译的小说《拳王阿里自传》、陈萃文的小说《萧崐山正传》、润园的小说《古灵精怪》、方晓的小说《女儿心事》。《华侨报·华座》副刊连载佚名的小说《人生如戏》、石中生的小说《铁剑诛邪舞》、思薇的小说《薄雾》、夏冰的小说《多咀探长与街坊》。

11 日 《澳门日报·新园地》副刊连载鲁牛的小说《爱情的轨迹》、甘仔的小说《金牌侍应》、新民译的小说《拳王阿里自传》、陈萃文的小说《萧崐山正传》、润园的小说《古灵精怪》、方晓的小说《女儿心事》。《华侨报·华座》副刊连载佚名的小说《人生如戏》、石中生的小说《铁剑诛邪舞》、思薇的小说《薄雾》、夏冰的小说《多咀探长与街坊》。

12 日 《澳门日报·新园地》副刊连载鲁牛的小说《爱情的轨迹》、甘仔的小说《金牌侍应》、新民译的小说《拳王阿里自传》、陈萃文的小说《萧崐山正传》、润园的小说《古灵精怪》、方晓的小说《女儿心事》。《华侨报·华座》副刊发表秦西行的散文《抖擞》，连载佚名的小说《人生如戏》、石中生的小说《铁剑诛邪舞》、思薇的小说《薄雾》、夏冰的小说《多咀探长与街坊》。

13 日 《澳门日报·新园地》副刊连载鲁牛的小说《爱情的轨迹》、甘仔的小说《金牌侍应》、新民译的小说《拳王阿里自传》、陈萃文的小说《萧崐山正传》、润园的小说《古灵精怪》、方晓的小说《女儿心事》。《华侨报·华座》副刊连载佚名的小说《人生如戏》、石中生的小说《铁剑诛邪舞》、思薇的小说《薄雾》、夏冰的小说《多咀探长与街坊》。

14 日 《澳门日报·新园地》副刊连载鲁牛的小说《爱情的轨迹》、甘仔的小说《金牌侍应》、新民译的小说《拳王阿里自传》、陈萃文的小说《萧崐山正传》、润园的小说《古灵精怪》、方晓的小说《女儿心事》。《华侨报·华座》副刊连载佚名的小说《人生如戏》、石中生的小说《铁剑诛邪舞》、思薇的小说《薄雾》、夏冰的小说《多咀探长与街坊》。

15 日 《澳门日报·新园地》副刊发表晓鸣的散文《我站在雨花台上》，连载鲁牛的小说《爱情的轨迹》、甘仔的小说《金牌侍应》、新民译的小说《拳王阿里自传》、陈萃文的小说《萧崐山正传》、润园的小说《古灵精怪》、方晓的小说《女儿心事》。《华侨报·华座》副刊连载佚名的小说《人生如戏》、石中生的小说《铁剑诛邪舞》、思薇的小说《薄雾》、夏冰的小说《多咀探长与街坊》。

16 日 《澳门日报·新园地》副刊开始连载宜民的散文《四变看清书——谈清代书势》，连载鲁牛的小说《爱情的轨迹》、甘仔的小说《金牌侍应》、新民译的小说《拳王阿里自传》、陈萃文的小说《萧崐山正传》、润园的小说《古灵精怪》、方晓的小说《女儿心事》。《华侨报·华座》副刊发表孟起予的评论《神话总汇〈山海经〉》，连载佚名的小说《人生如戏》、石中生的小说《铁剑诛邪舞》、思薇的小说《薄雾》、夏冰的小说《多咀探长与街坊》。

17 日 《澳门日报·新园地》副刊连载宜民的散文《四变看清书——谈清代书势》、鲁牛的小说《爱情的轨迹》、甘仔的小说《金牌侍应》、新民译的小说《拳王阿里自传》、陈萃文的小说《萧崐山正传》、润园的小说《古灵精怪》、方晓的小说《女儿心事》。《华侨报·华座》副刊连载佚名的小说《人生如戏》、石中生的小说《铁剑诛邪舞》、思薇的小说《薄雾》、夏冰的小说《多咀探长与街坊》。

18 日 《澳门日报·新园地》副刊连载宜民的散文《四变看清书——谈清代书势》（完）、鲁牛的小说《爱情的轨迹》、甘仔的小说《金牌侍应》、新民译的小说《拳王阿里自传》、陈萃文的小说《萧崐山正传》、润园的小说《古灵精怪》、方晓的小说《女儿心事》。《华侨报·华座》副刊连载佚名的小说《人生如戏》、石中生的小说《铁剑诛邪舞》、思薇的小说《薄雾》、夏冰的小说《多咀探长与街坊》。

19 日　《澳门日报 · 新园地》副刊发表白思群的诗词《卜算子 · 早上松山所见》，连载鲁牛的小说《爱情的轨迹》、甘仔的小说《金牌侍应》、新民译的小说《拳王阿里自传》、陈萃文的小说《萧崐山正传》、润园的小说《古灵精怪》、方晓的小说《女儿心事》。《华侨报 · 华座》副刊连载佚名的小说《人生如戏》、石中生的小说《铁剑诛邪舞》、思薇的小说《薄雾》、夏冰的小说《多咀探长与街坊》。

20 日　《澳门日报 · 新园地》副刊连载鲁牛的小说《爱情的轨迹》、甘仔的小说《金牌侍应》、新民译的小说《拳王阿里自传》、陈萃文的小说《萧崐山正传》、润园的小说《古灵精怪》、方晓的小说《女儿心事》。《华侨报 · 华座》副刊发表闽钺的散文《罗浮拾趣》，连载佚名的小说《人生如戏》、石中生的小说《铁剑诛邪舞》、思薇的小说《薄雾》、夏冰的小说《多咀探长与街坊》。

21 日　《澳门日报 · 新园地》副刊连载鲁牛的小说《爱情的轨迹》、甘仔的小说《金牌侍应》、新民译的小说《拳王阿里自传》、陈萃文的小说《萧崐山正传》、润园的小说《古灵精怪》、方晓的小说《女儿心事》。《华侨报 · 华座》副刊发表孟起予的散文《孔融这个人》，连载佚名的小说《人生如戏》、石中生的小说《铁剑诛邪舞》、思薇的小说《薄雾》、夏冰的小说《多咀探长与街坊》。

22 日　《澳门日报 · 新园地》副刊发表白嘉的散文《香槟的传奇》，连载鲁牛的小说《爱情的轨迹》、甘仔的小说《金牌侍应》、新民译的小说《拳王阿里自传》、陈萃文的小说《萧崐山正传》、润园的小说《古灵精怪》、方晓的小说《女儿心事》。《华侨报 · 华座》副刊连载佚名的小说《人生如戏》、石中生的小说《铁剑诛邪舞》、思薇的小说《薄雾》、夏冰的小说《多咀探长与街坊》。

23 日　《澳门日报 · 新园地》副刊发表寸草生的诗歌《纪念鲁迅逝世四十一周年》、史贲的散文《看〈甲午风云〉》，连载鲁牛的小说《爱情的轨迹》、甘仔的小说《金牌侍应》、新民译的小说《拳王阿里自传》、陈萃文的小说《萧崐山正传》、润园的小说《古灵精怪》、方晓的小说《女儿心事》。

《华侨报·华座》副刊连载佚名的小说《人生如戏》、石中生的小说《铁剑诛邪舞》、思薇的小说《薄雾》、夏冰的小说《多咀探长与街坊》。

24 日 《澳门日报·新园地》副刊连载鲁牛的小说《爱情的轨迹》、甘仔的小说《金牌侍应》、新民译的小说《拳王阿里自传》、陈萃文的小说《萧崐山正传》、润园的小说《古灵精怪》、方晓的小说《女儿心事》。《华侨报·华座》副刊发表宣翁的散文《游庐山途中寄简》，连载佚名的小说《人生如戏》、石中生的小说《铁剑诛邪舞》、思薇的小说《薄雾》、夏冰的小说《多咀探长与街坊》。

25 日 《澳门日报·新园地》副刊发表白思群的诗歌《朱槿花开二首》，连载鲁牛的小说《爱情的轨迹》、甘仔的小说《金牌侍应》、新民译的小说《拳王阿里自传》、陈萃文的小说《萧崐山正传》、润园的小说《古灵精怪》、方晓的小说《女儿心事》。《华侨报·华座》副刊连载佚名的小说《人生如戏》、石中生的小说《铁剑诛邪舞》、思薇的小说《薄雾》、夏冰的小说《多咀探长与街坊》。

26 日 《澳门日报·新园地》副刊连载鲁牛的小说《爱情的轨迹》、甘仔的小说《金牌侍应》、新民译的小说《拳王阿里自传》、陈萃文的小说《萧崐山正传》、润园的小说《古灵精怪》、方晓的小说《女儿心事》。《华侨报·华座》副刊发表罗曦的散文《明朗的天》，连载佚名的小说《人生如戏》、石中生的小说《铁剑诛邪舞》、思薇的小说《薄雾》、夏冰的小说《多咀探长与街坊》。

27 日 《澳门日报·新园地》副刊发表远丰的散文《失奖记》，连载鲁牛的小说《爱情的轨迹》、甘仔的小说《金牌侍应》、新民译的小说《拳王阿里自传》、陈萃文的小说《萧崐山正传》、润园的小说《古灵精怪》、方晓的小说《女儿心事》。《华侨报·华座》副刊连载佚名的小说《人生如戏》、石中生的小说《铁剑诛邪舞》、思薇的小说《薄雾》、夏冰的小说《多咀探长与街坊》。

28 日 《澳门日报·新园地》副刊连载鲁牛的小说《爱情的轨迹》、甘仔的小说《金牌侍应》、新民译的小说《拳王阿里自传》、陈萃文的小说《萧崐山正传》、润园的小说《古灵精怪》、方晓的小说《女儿心事》。《华侨报·华座》副刊发表寸草生的文赋《大治之年在望喜赋》、古圆的散文《关于〈汉武故事〉》，连载佚名的小说《人生如戏》、石中生的小说《铁剑诛邪舞》、思薇的小说《薄雾》、夏冰的小说《多咀探长与街坊》。

29日 《澳门日报·新园地》副刊发表奔星的散文《初生之犊》，连载鲁牛的小说《爱情的轨迹》、甘仔的小说《金牌侍应》、新民译的小说《拳王阿里自传》、陈萃文的小说《萧岷山正传》、润园的小说《古灵精怪》、方晓的小说《女儿心事》。《华侨报·华座》副刊连载佚名的小说《人生如戏》、石中生的小说《铁剑诛邪舞》、思薇的小说《薄雾》、夏冰的小说《多咀探长与街坊》。

30日 《澳门日报·新园地》副刊发表白思群的诗歌《感事》，连载鲁牛的小说《爱情的轨迹》、甘仔的小说《金牌侍应》、新民译的小说《拳王阿里自传》、陈萃文的小说《萧岷山正传》、润园的小说《古灵精怪》、方晓的小说《女儿心事》。《华侨报·华座》副刊发表丹枫的评论《一出精彩话剧——喜看〈枫叶红了的时候〉》，连载佚名的小说《人生如戏》、石中生的小说《铁剑诛邪舞》、思薇的小说《薄雾》、夏冰的小说《多咀探长与街坊》。

31日 《澳门日报·新园地》副刊连载鲁牛的小说《爱情的轨迹》、甘仔的小说《金牌侍应》、新民译的小说《拳王阿里自传》、陈萃文的小说《萧岷山正传》、润园的小说《古灵精怪》、方晓的小说《女儿心事》。《华侨报·华座》副刊发表作者不详的诗词《浣溪沙·一九七七年国庆颂》、孟起予的散文《夜读偶拾》、山阳的散文《杂谈〈红楼梦〉》，连载佚名的小说《人生如戏》、石中生的小说《铁剑诛邪舞》、思薇的小说《薄雾》、夏冰的小说《多咀探长与街坊》。

⊙ 本月，陶里的小说《迷人的假期》刊载于香港《当代文艺》第143期。

⊙ 本月，韩牧的诗歌《关于诗的诗》刊载于香港《海洋文艺》第4卷第10期。

⊙ 本月，江映澜的散文《风铃和水》刊载于香港《海洋文艺》第4卷第 10 期。

十一月

1 日 《澳门日报·新园地》副刊连载鲁牛的小说《爱情的轨迹》、甘仔的小说《金牌侍应》、新民译的小说《拳王阿里自传》、陈萃文的小说《萧崐山正传》、润园的小说《古灵精怪》、方晓的小说《女儿心事》。《华侨报·华座》副刊连载佚名的小说《人生如戏》、石中生的小说《铁剑诛邪舞》、思薇的小说《薄雾》、夏冰的小说《多咀探长与街坊》。

2 日 《澳门日报·新园地》副刊连载鲁牛的小说《爱情的轨迹》、甘仔的小说《金牌侍应》、新民译的小说《拳王阿里自传》、陈萃文的小说《萧崐山正传》、润园的小说《古灵精怪》、方晓的小说《女儿心事》。《华侨报·华座》副刊连载佚名的小说《人生如戏》、石中生的小说《铁剑诛邪舞》、思薇的小说《薄雾》、夏冰的小说《多咀探长与街坊》。

3 日 《澳门日报·新园地》副刊发表鲁夫的诗歌《秋游杂咏·登白云山二首》（1）、浪淘沙的诗歌《佛山游》，连载鲁牛的小说《爱情的轨迹》、甘仔的小说《金牌侍应》、新民译的小说《拳王阿里自传》、陈萃文的小说《萧崐山正传》、润园的小说《古灵精怪》、方晓的小说《女儿心事》。《华侨报·华座》副刊连载佚名的小说《人生如戏》、石中生的小说《铁剑诛邪舞》、思薇的小说《薄雾》、夏冰的小说《多咀探长与街坊》。

4 日 《澳门日报·新园地》副刊发表鲁夫的诗歌《秋游杂咏·登白云山二首》（2），连载鲁牛的小说《爱情的轨迹》、甘仔的小说《金牌侍应》、新民译的小说《拳王阿里自传》、陈萃文的小说《萧崐山正传》、润园的小说《古灵精怪》、方晓的小说《女儿心事》。《华侨报·华座》副刊连载佚名的小说《人生如戏》、石中生的小说《铁剑诛邪舞》、思薇的小说《薄雾》、夏冰的小说《多咀探长与街坊》。

5 日 《澳门日报·新园地》副刊连载鲁牛的小说《爱情的轨迹》、甘仔的小说《金牌侍应》（完）、新民译的小说《拳王阿里自传》、陈萃文的小说《萧崐山正传》、润园的小说《古灵精怪》、方晓的小说《女儿心事》。《华侨报·华座》副刊连载佚名的小说《人生如戏》、石中生的小说《铁剑诛邪舞》、思薇的小说《薄雾》、夏冰的小说《多咀探长与街坊》。

6日 《澳门日报·新园地》副刊连载鲁牛的小说《爱情的轨迹》、新民译的小说《拳王阿里自传》、陈萃文的小说《萧崐山正传》、润园的小说《古灵精怪》、方晓的小说《女儿心事》。《华侨报·华座》副刊连载佚名的小说《人生如戏》、石中生的小说《铁剑诛邪舞》、思薇的小说《薄雾》、夏冰的小说《多咀探长与街坊》。

7日 《澳门日报·新园地》副刊发表鲁夫的诗歌《秋游杂咏·流溪河水电站》，连载鲁牛的小说《爱情的轨迹》、新民译的小说《拳王阿里自传》、陈萃文的小说《萧崐山正传》、润园的小说《古灵精怪》、方晓的小说《女儿心事》。《华侨报·华座》副刊发表淮之的散文《探春其人》，连载佚名的小说《人生如戏》、石中生的小说《铁剑诛邪舞》、思薇的小说《薄雾》、夏冰的小说《多咀探长与街坊》。

8日 《华侨报·华座》副刊连载佚名的小说《人生如戏》、石中生的小说《铁剑诛邪舞》、思薇的小说《薄雾》、夏冰的小说《多咀探长与街坊》。

9日 《澳门日报·新园地》副刊发表白思群的诗歌《昔游诗草之一》《咏史三首》、鲁茂的散文《好山好水好姑娘》，连载鲁牛的小说《爱情的轨迹》、新民译的小说《拳王阿里自传》、陈萃文的小说《萧崐山正传》、润园的小说《古灵精怪》、方晓的小说《女儿心事》。《华侨报·华座》副刊连载佚名的小说《人生如戏》、石中生的小说《铁剑诛邪舞》、思薇的小说《薄雾》、夏冰的小说《多咀探长与街坊》。

10日 《澳门日报·新园地》副刊发表白思群《昔游诗草之二》、董行芳的散文《宝哥哥为什么不爱宝姐姐》，连载鲁牛的小说《爱情的轨迹》、新民译的小说《拳王阿里自传》、陈萃文的小说《萧崐山正传》、润园的小说《古灵精怪》、方晓的小说《女儿心事》。《华侨报·华座》副刊发表淮之的散文《迟来的客人》，连载佚名的小说《人生如戏》、石中生的小说《铁剑诛邪舞》、思薇的小说《薄雾》、夏冰的小说《多咀探长与街坊》。

11日 《澳门日报·新园地》副刊发表白思群的诗歌《昔游诗草之三》，连载鲁牛的小说《爱情的轨迹》、新民译的小说《拳王阿里自传》、陈萃文的小说《萧岷山正传》、润园的小说《古灵精怪》、方晓的小说《女儿心事》。《华侨报·华座》副刊发表易枫的诗歌《伞》、秦西行的散文《便引诗情到碧霄》，连载佚名的小说《人生如戏》、石中生的小说《铁剑诛邪舞》、思薇的小说《薄雾》、夏冰的小说《多咀探长与街坊》。

12 日 《澳门日报·新园地》副刊发表白思群的诗歌《昔游诗草之四》，连载鲁牛的小说《爱情的轨迹》、新民译的小说《拳王阿里自传》、陈萃文的小说《萧岷山正传》、润园的小说《古灵精怪》、方晓的小说《女儿心事》。《华侨报·华座》副刊连载佚名的小说《人生如戏》、石中生的小说《铁剑诛邪舞》、思薇的小说《薄雾》、夏冰的小说《多咀探长与街坊》。

13 日 《澳门日报·新园地》副刊发表白思群的诗歌《昔游诗草之五》，连载鲁牛的小说《爱情的轨迹》、新民译的小说《拳王阿里自传》、陈萃文的小说《萧岷山正传》、润园的小说《古灵精怪》、方晓的小说《女儿心事》。《华侨报·华座》副刊连载佚名的小说《人生如戏》、石中生的小说《铁剑诛邪舞》、思薇的小说《薄雾》、夏冰的小说《多咀探长与街坊》。

14 日 《澳门日报·新园地》副刊发表白思群的诗歌《昔游诗草之六·长城夜月》，连载鲁牛的小说《爱情的轨迹》、新民译的小说《拳王阿里自传》、陈萃文的小说《萧岷山正传》、润园的小说《古灵精怪》、方晓的小说《女儿心事》。《华侨报·华座》副刊发表影华的散文《〈红楼梦〉的热潮》，连载佚名的小说《人生如戏》、石中生的小说《铁剑诛邪舞》、思薇的小说《薄雾》、夏冰的小说《多咀探长与街坊》。

15 日 《澳门日报·新园地》副刊发表翔鹰的散文《我爱老雄猫》，连载鲁牛的小说《爱情的轨迹》、新民译的小说《拳王阿里自传》、陈萃文的小说《萧岷山正传》、润园的小说《古灵精怪》、方晓的小说《女儿心事》。《华侨报·华座》副刊连载佚名的小说《人生如戏》、石中生的小说《铁剑诛邪舞》、思薇的小说《薄雾》、夏冰的小说《多咀探长与街坊》。

16 日 《澳门日报·新园地》副刊发表白思群的诗歌《昔游诗草之七》，连载鲁牛的小说《爱情的轨迹》、新民译的小说《拳王阿里自传》、陈萃文的小说《萧崐山正传》、润园的小说《古灵精怪》、方晓的小说《女儿心事》。《华侨报·华座》副刊连载佚名的小说《人生如戏》、石中生的小说《铁剑诛邪舞》、思薇的小说《薄雾》、夏冰的小说《多咀探长与街坊》。

17日 《澳门日报·新园地》副刊发表白思群的诗歌《昔游诗草之八》，连载鲁牛的小说《爱情的轨迹》、新民译的小说《拳王阿里自传》、陈萃文的小说《萧崐山正传》、润园的小说《古灵精怪》、方晓的小说《女儿心事》。《华侨报·华座》副刊发表茅盾的诗歌《桂枝香》、史平的散文《行路难》，连载佚名的小说《人生如戏》、石中生的小说《铁剑诛邪舞》、思薇的小说《薄雾》、夏冰的小说《多咀探长与街坊》。

18日 《澳门日报·新园地》副刊发表林逢雨的散文《寻出处》，连载鲁牛的小说《爱情的轨迹》、新民译的小说《拳王阿里自传》、陈萃文的小说《萧崐山正传》、润园的小说《古灵精怪》、方晓的小说《女儿心事》。《华侨报·华座》副刊发表秦西行的散文《枫》，连载佚名的小说《人生如戏》、石中生的小说《铁剑诛邪舞》、思薇的小说《薄雾》、夏冰的小说《多咀探长与街坊》。

19日 《澳门日报·新园地》副刊发表作者不详的小说《公仔书》，连载鲁牛的小说《爱情的轨迹》、新民译的小说《拳王阿里自传》、陈萃文的小说《萧崐山正传》、润园的小说《古灵精怪》、方晓的小说《女儿心事》。《华侨报·华座》副刊连载佚名的小说《人生如戏》、石中生的小说《铁剑诛邪舞》、思薇的小说《薄雾》、夏冰的小说《多咀探长与街坊》。

20日 《澳门日报·新园地》副刊连载鲁牛的小说《爱情的轨迹》、新民译的小说《拳王阿里自传》、陈萃文的小说《萧崐山正传》、润园的小说《古灵精怪》、方晓的小说《女儿心事》。《华侨报·华座》副刊发表谭仕杰的诗词《鹧鸪天》、秦西行的散文《红叶入诗》，连载佚名的小说《人生如戏》、石中生的小说《铁剑诛邪舞》、思薇的小说《薄雾》、夏冰的小说《多咀探长与街坊》。

21日 《澳门日报·新园地》副刊发表白思群的诗歌《送赴祖国考大学同学》，连载鲁牛的小说《爱情的轨迹》、新民译的小说《拳王阿里自传》、陈萃文的小说《萧岷山正传》、润园的小说《古灵精怪》、方晓的小说《女儿心事》。《华侨报·华座》副刊发表一民的诗歌《商务印书馆八十周年大庆》，连载佚名的小说《人生如戏》、石中生的小说《铁剑诛邪舞》、思薇的小说《薄雾》、夏冰的小说《多咀探长与街坊》。

22 日 《澳门日报·新园地》副刊发表山君的散文《南音始于〈客途秋恨〉》，连载鲁牛的小说《爱情的轨迹》、新民译的小说《拳王阿里自传》、陈萃文的小说《萧岷山正传》、润园的小说《古灵精怪》、方晓的小说《女儿心事》。《华侨报·华座》副刊发表谭天的散文《大屿山的故事》，连载佚名的小说《人生如戏》、石中生的小说《铁剑诛邪舞》、思薇的小说《薄雾》、夏冰的小说《多咀探长与街坊》。

23 日 《澳门日报·新园地》副刊发表丁兵的散文《赠诊室内》，连载鲁牛的小说《爱情的轨迹》、新民译的小说《拳王阿里自传》、陈萃文的小说《萧岷山正传》、润园的小说《古灵精怪》、方晓的小说《女儿心事》。《华侨报·华座》副刊连载佚名的小说《人生如戏》、石中生的小说《铁剑诛邪舞》、思薇的小说《薄雾》、夏冰的小说《多咀探长与街坊》。

24 日 《澳门日报·新园地》副刊发表梅萼华的散文《广州读书记二》，连载鲁牛的小说《爱情的轨迹》、新民译的小说《拳王阿里自传》、陈萃文的小说《萧岷山正传》、润园的小说《古灵精怪》、方晓的小说《女儿心事》。《华侨报·华座》副刊发表影华的散文《晨运之乐》，连载佚名的小说《人生如戏》、石中生的小说《铁剑诛邪舞》、思薇的小说《薄雾》、夏冰的小说《多咀探长与街坊》。

25 日 《澳门日报·新园地》副刊连载鲁牛的小说《爱情的轨迹》、新民译的小说《拳王阿里自传》、陈萃文的小说《萧岷山正传》、润园的小说《古灵精怪》、方晓的小说《女儿心事》。《华侨报·华座》副刊连载佚名的小说《人生如戏》、石中生的小说《铁剑诛邪舞》、思薇的小说《薄雾》、夏冰的小说《多咀探长与街坊》。

26 日 《澳门日报·新园地》副刊连载鲁牛的小说《爱情的轨迹》、新民译的小说《拳王阿里自传》、陈萃文的小说《萧岷山正传》、润园的小说《古灵精怪》、方晓的小说《女儿心事》。《华侨报·华座》副刊连载佚名的小说《人生如戏》、石中生的小说《铁剑诛邪舞》、思薇的小说《薄雾》、夏冰的小说《多咀探长与街坊》。

27 日 《澳门日报·新园地》副刊连载鲁牛的小说《爱情的轨迹》、新民译的小说《拳王阿里自传》、陈萃文的小说《萧崐山正传》、润园的小说《古灵精怪》、方晓的小说《女儿心事》。《华侨报·华座》副刊发表撷英的散文《水仙花与神话》、雪映雄的散文《漩涡中的思绪》，连载佚名的小说《人生如戏》、石中生的小说《铁剑诛邪舞》、思薇的小说《薄雾》、夏冰的小说《多咀探长与街坊》。

28 日 《澳门日报·新园地》副刊连载鲁牛的小说《爱情的轨迹》、新民译的小说《拳王阿里自传》、陈萃文的小说《萧崐山正传》、润园的小说《古灵精怪》、方晓的小说《女儿心事》。《华侨报·华座》副刊发表秦西行的散文《咏菊诗》，并开始连载幽草小说《重逢》，连载佚名的小说《人生如戏》、石中生的小说《铁剑诛邪舞》、思薇的小说《薄雾》（停刊一期）、夏冰的小说《多咀探长与街坊》。

29 日 《澳门日报·新园地》副刊连载鲁牛的小说《爱情的轨迹》、新民译的小说《拳王阿里自传》、陈萃文的小说《萧崐山正传》、润园的小说《古灵精怪》、方晓的小说《女儿心事》。《华侨报·华座》副刊连载佚名的小说《人生如戏》、石中生的小说《铁剑诛邪舞》、思薇的小说《薄雾》（停刊一期）、夏冰的小说《多咀探长与街坊》、幽草小说《重逢》（完）。

30 日 《澳门日报·新园地》副刊连载鲁牛的小说《爱情的轨迹》、新民译的小说《拳王阿里自传》（完）、陈萃文的小说《萧崐山正传》、润园的小说《古灵精怪》、方晓的小说《女儿心事》。《华侨报·华座》副刊连载佚名的小说《人生如戏》、石中生的小说《铁剑诛邪舞》、思薇的小说《薄雾》、夏冰的小说《多咀探长与街坊》。

⊙ 本月，陶里的散文《笼居琐语》刊载于香港《当代文艺》第 144 期。

十二月

1日　《澳门日报·新园地》副刊连载鲁牛的小说《爱情的轨迹》、陈萃文的小说《萧崐山正传》、润园的小说《古灵精怪》、方晓的小说《女儿心事》。《华侨报·华座》副刊连载佚名的小说《人生如戏》、石中生的小说《铁剑诛邪舞》、思薇的小说《薄雾》、夏冰的小说《多咀探长与街坊》。

2日　《澳门日报·新园地》副刊发表白思群的诗歌《秋夜读书即事》，连载鲁牛的小说《爱情的轨迹》、陈萃文的小说《萧崐山正传》、润园的小说《古灵精怪》、方晓的小说《女儿心事》。《华侨报·华座》副刊发表微微的散文《忆深圳》，连载佚名的小说《人生如戏》、石中生的小说《铁剑诛邪舞》、思薇的小说《薄雾》、夏冰的小说《多咀探长与街坊》。

3日　《澳门日报·新园地》副刊发表子山的散文《麻将与儿子》，并开始连载永毅的散文《法国情调的学习生活——在加拿大学法语记趣》，连载鲁牛的小说《爱情的轨迹》、陈萃文的小说《萧崐山正传》、润园的小说《古灵精怪》、方晓的小说《女儿心事》。《华侨报·华座》副刊发表冬逝的评论《老树出新花，粤曲创新风——兼谈锦礼花剧团新剧》，连载佚名的小说《人生如戏》、石中生的小说《铁剑诛邪舞》、思薇的小说《薄雾》、夏冰的小说《多咀探长与街坊》。

4日　《澳门日报·新园地》副刊连载永毅的散文《法国情调的学习生活——在加拿大学法语记趣》、鲁牛的小说《爱情的轨迹》、陈萃文的小说《萧崐山正传》、润园的小说《古灵精怪》、方晓的小说《女儿心事》。

5日　《澳门日报·新园地》副刊发表丁兵的散文《街头一景》，连载永毅的散文《法国情调的学习生活——在加拿大学法语记趣》、鲁牛的小说《爱情的轨迹》、陈萃文的小说《萧崐山正传》、润园的小说《古灵精怪》、方晓的小说《女儿心事》。《华侨报·华座》副刊连载佚名的小说《人生如戏》、石中生的小说《铁剑诛邪舞》、思薇的小说《薄雾》、夏冰的小说《多咀探长与街坊》。

6日　《澳门日报·新园地》副刊连载永毅的散文《法国情调的学习生活——在

加拿大学法语记趣》、鲁牛的小说《爱情的轨迹》、陈萃文的小说《萧崐山正传》、润园的小说《古灵精怪》、方晓的小说《女儿心事》。《华侨报·华座》副刊发表秦西行的评论《何其芳诗中论诗》，连载佚名的小说《人生如戏》、石中生的小说《铁剑诛邪舞》、思薇的小说《薄雾》、夏冰的小说《多咀探长与街坊》。

7日 《澳门日报·新园地》副刊连载永毅的散文《法国情调的学习生活——在加拿大学法语记趣》、鲁牛的小说《爱情的轨迹》、陈萃文的小说《萧崐山正传》、润园的小说《古灵精怪》、方晓的小说《女儿心事》。《华侨报·华座》副刊连载佚名的小说《人生如戏》、石中生的小说《铁剑诛邪舞》、思薇的小说《薄雾》、夏冰的小说《多咀探长与街坊》。

8日 《澳门日报·新园地》副刊发表白思群的诗歌《金缕曲》，连载永毅的散文《法国情调的学习生活——在加拿大学法语记趣》、鲁牛的小说《爱情的轨迹》、陈萃文的小说《萧崐山正传》、润园的小说《古灵精怪》、方晓的小说《女儿心事》。《华侨报·华座》副刊连载佚名的小说《人生如戏》、石中生的小说《铁剑诛邪舞》、思薇的小说《薄雾》、夏冰的小说《多咀探长与街坊》。

9日 《澳门日报·新园地》副刊连载永毅的散文《法国情调的学习生活——在加拿大学法语记趣》、鲁牛的小说《爱情的轨迹》、陈萃文的小说《萧崐山正传》、润园的小说《古灵精怪》、方晓的小说《女儿心事》。《华侨报·华座》副刊连载佚名的小说《人生如戏》、石中生的小说《铁剑诛邪舞》、思薇的小说《薄雾》、夏冰的小说《多咀探长与街坊》。

10日 《澳门日报·新园地》副刊连载永毅的散文《法国情调的学习生活——在加拿大学法语记趣》、鲁牛的小说《爱情的轨迹》、陈萃文的小说《萧崐山正传》、润园的小说《古灵精怪》、方晓的小说《女儿心事》。《华侨报·华座》副刊连载佚名的小说《人生如戏》、石中生的小说《铁剑诛邪舞》、思薇的小说《薄雾》、夏冰的小说《多咀探长与街坊》。

11日 《澳门日报·新园地》副刊发表王一知的散文《忆太雷》，连载永毅的散文《法国情调的学习生活——在加拿大学法语记趣》、鲁牛的小说《爱情的轨迹》、陈萃文的小说《萧崐山正传》、润园的小说《古灵精怪》、方晓的小说《女儿心事》。《华侨报·华座》副刊发表孟起予的散文《曹雪芹的舅公》，连载佚名的小说《人生如戏》、石中生的小说《铁剑诛邪舞》、思薇的小说《薄雾》、夏冰的小说《多咀探长与街坊》。

12 日 《澳门日报·新园地》副刊连载永毅的散文《法国情调的学习生活——在加拿大学法语记趣》、鲁牛的小说《爱情的轨迹》、陈萃文的小说《萧崐山正传》、润园的小说《古灵精怪》、方晓的小说《女儿心事》。《华侨报·华座》副刊发表影华的散文《闲话广东方言》，连载佚名的小说《人生如戏》、石中生的小说《铁剑诛邪舞》、思薇的小说《薄雾》、夏冰的小说《多咀探长与街坊》。

13 日 《澳门日报·新园地》副刊发表方菲的散文《广州文坛事》，连载永毅的散文《法国情调的学习生活——在加拿大学法语记趣》、鲁牛的小说《爱情的轨迹》、陈萃文的小说《萧崐山正传》、润园的小说《古灵精怪》、方晓的小说《女儿心事》。《华侨报·华座》副刊发表湄湄的散文《唐诗的三个第一》，连载佚名的小说《人生如戏》、石中生的小说《铁剑诛邪舞》、思薇的小说《薄雾》、夏冰的小说《多咀探长与街坊》。

14 日 《澳门日报·新园地》副刊连载永毅的散文《法国情调的学习生活——在加拿大学法语记趣》、鲁牛的小说《爱情的轨迹》、陈萃文的小说《萧崐山正传》、润园的小说《古灵精怪》、方晓的小说《女儿心事》。《华侨报·华座》副刊发表孟起予的评论《〈灰阑记〉及其作者》，连载佚名的小说《人生如戏》、石中生的小说《铁剑诛邪舞》、思薇的小说《薄雾》（完）、夏冰的小说《多咀探长与街坊》。

15 日 《澳门日报·新园地》副刊连载永毅的散文《法国情调的学习生活——在加拿大学法语记趣》、鲁牛的小说《爱情的轨迹》、陈萃文的小说《萧崐山正传》、润园的小说《古灵精怪》、方晓的小说《女儿心事》。《华侨报·华座》副刊发表影华的散文《谈广播写作》，并开始连载思薇的小说《朝九晚五》，连载佚名的小说《人生如戏》、石中生的小说《铁剑诛邪舞》（完）、夏冰的小说《多咀探长与街坊》。

16 日 《澳门日报 · 新园地》副刊连载永毅的散文《法国情调的学习生活——在加拿大学法语记趣》、鲁牛的小说《爱情的轨迹》、陈萃文的小说《萧崐山正传》、润园的小说《古灵精怪》、方晓的小说《女儿心事》。《华侨报 · 华座》副刊发表醒岗的评论《星波的〈春华散记〉》，并开始连载石中生的小说《快刀神剑夺命镖》，连载佚名的小说《人生如戏》、夏冰的小说《多咀探长与街坊》、思薇的小说《朝九晚五》。

17 日 《澳门日报 · 新园地》副刊连载永毅的散文《法国情调的学习生活——在加拿大学法语记趣》、鲁牛的小说《爱情的轨迹》、陈萃文的小说《萧崐山正传》、润园的小说《古灵精怪》、方晓的小说《女儿心事》。《华侨报 · 华座》副刊连载佚名的小说《人生如戏》、夏冰的小说《多咀探长与街坊》、思薇的小说《朝九晚五》、石中生的小说《快刀神剑夺命镖》。

18 日 《澳门日报 · 新园地》副刊连载永毅的散文《法国情调的学习生活——在加拿大学法语记趣》、鲁牛的小说《爱情的轨迹》、陈萃文的小说《萧崐山正传》、润园的小说《古灵精怪》、方晓的小说《女儿心事》。《华侨报 · 华座》副刊发表智光的诗歌《锡钧世兄画展赋赠》、雪予的诗歌《张锡钧先生画展属题》，连载佚名的小说《人生如戏》、夏冰的小说《多咀探长与街坊》、思薇的小说《朝九晚五》、石中生的小说《快刀神剑夺命镖》。

19 日 《澳门日报 · 新园地》副刊连载永毅的散文《法国情调的学习生活——在加拿大学法语记趣》（完）、鲁牛的小说《爱情的轨迹》、陈萃文的小说《萧崐山正传》、润园的小说《古灵精怪》、方晓的小说《女儿心事》。《华侨报 · 华座》副刊连载佚名的小说《人生如戏》、夏冰的小说《多咀探长与街坊》、思薇的小说《朝九晚五》、石中生的小说《快刀神剑夺命镖》。

20 日 《澳门日报 · 新园地》副刊连载鲁牛的小说《爱情的轨迹》、陈萃文的小说《萧崐山正传》、润园的小说《古灵精怪》、方晓的小说《女儿心事》。《华侨报 · 华座》副刊发表劳泽生的诗歌《赠张锡钧中西画展》、绮玲的评论《鲁迅的〈古为今用〉》，连载佚名的小说《人生如戏》、夏冰的小说《多咀探长与街坊》、思薇的小说《朝九晚五》、石中生的小说《快刀神剑夺命镖》。

21日 《澳门日报·新园地》副刊开始连载吕磊的散文《林则徐巡阅澳门》，连载鲁牛的小说《爱情的轨迹》、陈萃文的小说《萧岷山正传》、润园的小说《古灵精怪》、方晓的小说《女儿心事》。《华侨报·华座》副刊发表心齐的诗歌《张锡钩画展题壁》、秦西行的散文《不惜千金买貂裘》，连载佚名的小说《人生如戏》、夏冰的小说《多咀探长与街坊》、思薇的小说《朝九晚五》、石中生的小说《快刀神剑夺命镖》。

22日 《澳门日报·新园地》副刊发表奔星的散文《观鱼》、丁兵的散文《殡仪馆风光》，连载吕磊的散文《林则徐巡阅澳门》、鲁牛的小说《爱情的轨迹》、陈萃文的小说《萧岷山正传》、润园的小说《古灵精怪》、方晓的小说《女儿心事》。《华侨报·华座》副刊连载佚名的小说《人生如戏》、夏冰的小说《多咀探长与街坊》、思薇的小说《朝九晚五》、石中生的小说《快刀神剑夺命镖》。

23日 《澳门日报·新园地》副刊连载吕磊的散文《林则徐巡阅澳门》、鲁牛的小说《爱情的轨迹》、陈萃文的小说《萧岷山正传》、润园的小说《古灵精怪》、方晓的小说《女儿心事》。《华侨报·华座》副刊发表史平的散文《赤壁》，连载佚名的小说《人生如戏》、夏冰的小说《多咀探长与街坊》、思薇的小说《朝九晚五》、石中生的小说《快刀神剑夺命镖》。

24日 《澳门日报·新园地》副刊发表作者不详的诗歌《这片土地曾经有过》，连载吕磊的散文《林则徐巡阅澳门》（完）、鲁牛的小说《爱情的轨迹》、陈萃文的小说《萧岷山正传》、润园的小说《古灵精怪》、方晓的小说《女儿心事》。《华侨报·华座》副刊连载佚名的小说《人生如戏》、夏冰的小说《多咀探长与街坊》、思薇的小说《朝九晚五》、石中生的小说《快刀神剑夺命镖》。

25日 《澳门日报·新园地》副刊开始连载作者不详的小说《悔不当初》，连载鲁牛的小说《爱情的轨迹》、陈萃文的小说《萧岷山正传》、润园的小说《古灵精怪》、方晓的小说《女儿心事》。《华侨报·华座》副刊连载佚名的小说《人生如戏》、夏冰的小说《多咀探长与街坊》、思薇的小说《朝九晚五》、石中生的小说《快刀神剑夺命镖》。

26日 《澳门日报·新园地》副刊发表方菲的散文《夜半钟声》，连载作者不详的小说《悔不当初》（完）、鲁牛的小说《爱情的轨迹》、陈萃文的小说《萧崐山正传》、润园的小说《古灵精怪》、方晓的小说《女儿心事》。《华侨报·华座》副刊连载佚名的小说《人生如戏》、夏冰的小说《多咀探长与街坊》、思薇的小说《朝九晚五》、石中生的小说《快刀神剑夺命镖》。

27日 《澳门日报·新园地》副刊连载鲁牛的小说《爱情的轨迹》、陈萃文的小说《萧崐山正传》、润园的小说《古灵精怪》、方晓的小说《女儿心事》。《华侨报·华座》副刊发表孟起予的评论《艰难、光荣的里程——〈新中国是怎样诞生的〉上册评价》，连载佚名的小说《人生如戏》、夏冰的小说《多咀探长与街坊》、思薇的小说《朝九晚五》、石中生的小说《快刀神剑夺命镖》。

28日 《澳门日报·新园地》副刊发表鲁茂的散文《老猫烧须记》，连载鲁牛的小说《爱情的轨迹》、陈萃文的小说《萧崐山正传》、润园的小说《古灵精怪》、方晓的小说《女儿心事》。《华侨报·华座》副刊连载佚名的小说《人生如戏》、夏冰的小说《多咀探长与街坊》、思薇的小说《朝九晚五》、石中生的小说《快刀神剑夺命镖》。

29日 《澳门日报·新园地》副刊发表奔星的散文《追记平安夜》，连载鲁牛的小说《爱情的轨迹》、陈萃文的小说《萧崐山正传》、润园的小说《古灵精怪》、方晓的小说《女儿心事》。《华侨报·华座》副刊连载佚名的小说《人生如戏》、夏冰的小说《多咀探长与街坊》、思薇的小说《朝九晚五》、石中生的小说《快刀神剑夺命镖》。

30日 《澳门日报·新园地》副刊连载鲁牛的小说《爱情的轨迹》、陈萃文的小说《萧崐山正传》、润园的小说《古灵精怪》、方晓的小说《女儿心事》。《华侨报·华座》副刊连载佚名的小说《人生如戏》、夏冰的小说《多咀探长与街坊》、思薇的小说《朝九晚五》、石中生的小说《快刀神剑夺命镖》。

31日 《澳门日报·新园地》副刊发表作者不详的小说《防不胜防》，连载鲁牛的小说《爱情的轨迹》（完）、陈萃文的小说《萧崐山正传》、润园的小说《古灵精怪》(停刊一期)、方晓的小说《女儿心事》(完)。《华侨报·华座》副刊连载佚名的小说《人生如戏》、夏冰的小说《多咀探长与街坊》、思薇的小说《朝九晚五》、石中生的小说《快刀神剑夺命镖》。

⊙ 本月，陶里的诗歌《十二月》刊载于香港《当代文艺》第145期。

⊙ 本月，江映澜的散文《恋夏余情》刊载于香港《海洋文艺》第4卷第12期。

⊙ 是年，汪浩瀚的诗歌《青苔》刊载于香港《海洋文艺》第4卷第3期。

1978年

1978年，澳门文学各文体作品发表情况如下：在澳门发表于《澳门日报·新园地》副刊、《华侨报·华座》副刊等的小说共63部，其中长篇连载小说13部，中篇小说3部，短篇小说47部；散文259篇；现代诗6首，古体诗词55首；评论62篇。在香港及海外发表长篇小说1部，短篇小说2部，现代诗11首，评论2篇。

《澳门日报》紧跟时代步伐，锐意革新。1978年，该报从原来河边新街旧址迁到自建的新大厦，并购进先进印刷设备，报纸从以前的每日两张，增至两张半至三张。《澳门日报》副刊本年度有丽莎的小说《八妹手记》，林韬、易枫的“余韵”，航青的“生活素描”，鲁茂的“单刀集”等富有特色的散文刊登。

自1977年起，古体诗词在澳门得到蓬勃的发展，每年均有50多首发表。而1978年春节在澳门举行的牡丹花展，激起澳门文人心中的波澜，极大地调动了人们的审美趣味，当年，佟立章、梁披云、鲁夫、任真汉、汪浩瀚、劳泽生、黄鹤云等诗人竞相在《澳门日报》发表古体诗词如《除夕前一日预观牡丹花展览》《牡丹花会港澳画人为花写照》《牡丹花展书怀》《祖国风光书展》《中国牡丹画展》等，互相应和、对话，浓淡相宜，饱含新时代奋发而雍容的新气和大气，在澳门古体诗词史上，实是未见。

在20世纪40年代末至50年代非常活跃的海燕剧艺社，进入60年代后终止了活动，在沉寂了10多年之后，又于1978年恢复了活动，复出后第一次重大演出是在1979年，演出的剧码是话剧《夜天堂》。于1978年恢复活动的还有中华教育会剧组，该剧组在1979年至1980年间先后演出了苏联讽刺剧《克宫魔影》、批判“四人帮”的《枫叶红了的时候》，以及现实题材的话剧《警官、神女、流浪汉》《后台春秋》等剧作。至1980年，澳门已建立4个剧艺组织，70年代是澳门话剧的重生期和发展期。

自70年代中期以来，澳门剧坛已初步形成一支人数虽不多、却有经验、有热情、有才华的剧本创作队伍，周树利、李宇梁和许国权是其中坚力量，堪称健笔的还有谭淑霞、李盘志等。

一月

1日　《澳门日报·新园地》副刊开始连载王圣译的小说《星球大战》、海辛的小说《月儿弯弯》，连载陈萃文的小说《萧崐山正传》。《华侨报·华座》副刊发表雪予的诗歌《新年献词》，连载佚名的小说《人生如戏》、夏冰的小说《多咀探长与街坊》、思薇的小说《朝九晚五》、石中生的小说《快刀神剑夺命镖》。

2日　《澳门日报·新园地》副刊连载王圣译的小说《星球大战》、海辛的小说《月儿弯弯》、陈萃文的小说《萧崐山正传》。《华侨报·华座》副刊连载佚名的小说《人生如戏》、夏冰的小说《多咀探长与街坊》、思薇的小说《朝九晚五》、石中生的小说《快刀神剑夺命镖》。

3日　《澳门日报·新园地》副刊发表谭仕杰的诗词《临江仙·迎接一九七八年》、丽芬的小说《一本地址簿》，连载王圣译的小说《星球大战》、海辛的小说《月儿弯弯》、陈萃文的小说《萧崐山正传》。《华侨报·华座》副刊发表醒岗的散文《由搬家想起》，连载佚名的小说《人生如戏》、夏冰的小说《多咀探长与街坊》、思薇的小说《朝九晚五》、石中生的小说《快刀神剑夺命镖》。

4日　《澳门日报·新园地》副刊连载王圣译的小说《星球大战》、海辛的小说《月儿弯弯》、陈萃文的小说《萧崐山正传》。《华侨报·华座》副刊发表李弋的散文《元旦读历》，连载佚名的小说《人生如戏》、夏冰的小说《多咀探长与街坊》、思薇的小说《朝九晚五》、石中生的小说《快刀神剑夺命镖》。

5日　《澳门日报·新园地》副刊发表奔星的散文《小时候》，连载王圣译的小说《星球大战》、海辛的小说《月儿弯弯》、陈萃文的小说《萧崐山正传》。

《华侨报·华座》副刊发表史平的散文《怀念西哈努克》，连载佚名的小说《人牛如戏》、夏冰的小说《多咀探长与街坊》、思薇的小说《朝九晚五》、石中生的小说《快刀神剑夺命镖》。

6日　《澳门日报·新园地》副刊连载王圣译的小说《星球大战》、海辛的小说《月儿弯弯》、陈萃文的小说《萧崐山正传》。《华侨报·华座》副刊发表古圆的评论《小论三尼》，连载佚名的小说《人生如戏》、夏冰的小说《多咀探长与街坊》、思薇的小说《朝九晚五》、石中生的小说《快刀神剑夺命镖》。

7日　《澳门日报·新园地》副刊开始连载邓炳初的散文《在香港过大学生活——一个澳门学生的感受》，连载王圣译的小说《星球大战》、海辛的小说《月儿弯弯》、陈萃文的小说《萧崐山正传》。《华侨报·华座》副刊发表罗曦的散文《昔日之"星"》，连载佚名的小说《人生如戏》、夏冰的小说《多咀探长与街坊》、思薇的小说《朝九晚五》、石中生的小说《快刀神剑夺命镖》。

8日　《澳门日报·新园地》副刊连载邓炳初的散文《在香港过大学生活——一个澳门学生的感受》（完）、王圣译的小说《星球大战》、海辛的小说《月儿弯弯》、陈萃文的小说《萧崐山正传》。《华侨报·华座》副刊发表石磊的散文《〈雁南杂记〉中的澳门》、毕逸的评论《洛林的友情代价》，连载佚名的小说《人生如戏》、夏冰的小说《多咀探长与街坊》、思薇的小说《朝九晚五》、石中生的小说《快刀神剑夺命镖》。

9日　《澳门日报·新园地》副刊连载王圣译的小说《星球大战》、海辛的小说《月儿弯弯》、陈萃文的小说《萧崐山正传》。《华侨报·华座》副刊连载佚名的小说《人生如戏》、夏冰的小说《多咀探长与街坊》、思薇的小说《朝九晚五》、石中生的小说《快刀神剑夺命镖》。

10日　《澳门日报·新园地》副刊连载王圣译的小说《星球大战》、海辛的小说《月儿弯弯》、陈萃文的小说《萧崐山正传》。《华侨报·华座》副刊连载佚名的小说《人生如戏》、夏冰的小说《多咀探长与街坊》、思薇的小说《朝九晚五》、石中生的小说《快刀神剑夺命镖》。

11 日 《澳门日报 · 新园地》副刊连载王圣译的小说《星球大战》、海辛的小说《月儿弯弯》、陈萃文的小说《萧崐山正传》。《华侨报 · 华座》副刊发表中村的散文《旅游 · 亲情 · 大家庭》，连载佚名的小说《人生如戏》、夏冰的小说《多咀探长与街坊》、思薇的小说《朝九晚五》、石中生的小说《快刀神剑夺命镖》。

12 日 《澳门日报 · 新园地》副刊连载王圣译的小说《星球大战》、海辛的小说《月儿弯弯》、陈萃文的小说《萧崐山正传》。《华侨报 · 华座》副刊发表罗曦的散文《差利与毕加索》，连载佚名的小说《人生如戏》、夏冰的小说《多咀探长与街坊》、思薇的小说《朝九晚五》、石中生的小说《快刀神剑夺命镖》。

13 日 《澳门日报 · 新园地》副刊连载王圣译的小说《星球大战》、海辛的小说《月儿弯弯》、陈萃文的小说《萧崐山正传》。《华侨报 · 华座》副刊发表燕的散文《玩竹》，连载佚名的小说《人生如戏》、夏冰的小说《多咀探长与街坊》、思薇的小说《朝九晚五》、石中生的小说《快刀神剑夺命镖》。

14 日 《澳门日报 · 新园地》副刊连载王圣译的小说《星球大战》、海辛的小说《月儿弯弯》、陈萃文的小说《萧崐山正传》。《华侨报 · 华座》副刊发表宣翁的散文《雷雨及时万族苏——寄南阳乡亲书》，连载佚名的小说《人生如戏》、夏冰的小说《多咀探长与街坊》、思薇的小说《朝九晚五》、石中生的小说《快刀神剑夺命镖》。

15 日 《澳门日报 · 新园地》副刊发表子明的小说《好弟妹》，连载王圣译的小说《星球大战》、海辛的小说《月儿弯弯》、陈萃文的小说《萧崐山正传》。《华侨报 · 华座》副刊连载佚名的小说《人生如戏》、夏冰的小说《多咀探长与街坊》、思薇的小说《朝九晚五》、石中生的小说《快刀神剑夺命镖》。

16 日 《澳门日报 · 新园地》副刊连载王圣译的小说《星球大战》、海辛的小说《月儿弯弯》、陈萃文的小说《萧崐山正传》。《华侨报 · 华座》副刊发表陈时隐的诗歌《赏菊》，连载佚名的小说《人生如戏》、夏冰的小说《多咀探长与街坊》、思薇的小说《朝九晚五》、石中生的小说《快刀神剑夺命镖》。

17 日 《澳门日报·新园地》副刊发表望文的散文《简化汉字的我见》，连载王圣译的小说《星球大战》、海辛的小说《月儿弯弯》、陈萃文的小说《萧崐山正传》。《华侨报·华座》副刊发表维之的评论《近期的两部影片》，连载佚名的小说《人生如戏》、夏冰的小说《多咀探长与街坊》、思薇的小说《朝九晚五》、石中生的小说《快刀神剑夺命镖》。

18 日 《澳门日报·新园地》副刊连载王圣译的小说《星球大战》、海辛的小说《月儿弯弯》、陈萃文的小说《萧崐山正传》。《华侨报·华座》副刊连载佚名的小说《人生如戏》、夏冰的小说《多咀探长与街坊》、思薇的小说《朝九晚五》、石中生的小说《快刀神剑夺命镖》。

19 日 《澳门日报·新园地》副刊发表司徒贤的诗歌《悼念前印尼椰城巴中董事长刘润南先生》，连载王圣译的小说《星球大战》、海辛的小说《月儿弯弯》、陈萃文的小说《萧崐山正传》。《华侨报·华座》副刊连载佚名的小说《人生如戏》、夏冰的小说《多咀探长与街坊》、思薇的小说《朝九晚五》、石中生的小说《快刀神剑夺命镖》。

20 日 《澳门日报·新园地》副刊发表张兆全的散文《孤山怀古》，连载王圣译的小说《星球大战》、海辛的小说《月儿弯弯》、陈萃文的小说《萧崐山正传》。《华侨报·华座》副刊发表撷英的散文《花年送来了春光》，连载佚名的小说《人生如戏》、夏冰的小说《多咀探长与街坊》、思薇的小说《朝九晚五》、石中生的小说《快刀神剑夺命镖》。

21 日 《澳门日报·新园地》副刊发表平平的小说《拍拖遇劫》，连载王圣译的小说《星球大战》、海辛的小说《月儿弯弯》、陈萃文的小说《萧崐山正传》。《华侨报·华座》副刊连载佚名的小说《人生如戏》、夏冰的小说《多咀探长与街坊》、思薇的小说《朝九晚五》、石中生的小说《快刀神剑夺命镖》。

22 日 《澳门日报·新园地》副刊发表子辛的小说《喜帖》，连载王圣译的小说《星球大战》、海辛的小说《月儿弯弯》、陈萃文的小说《萧崐山正传》。《华侨报·华座》副刊发表史平的散文《汉字前途杂谈》，连载佚名的小说《人生如戏》、夏冰的小说《多咀探长与街坊》、思薇的小说《朝九晚五》、石中生的小说《快刀神剑夺命镖》。

23日 《澳门日报·新园地》副刊发表微微的散文《学写记（随笔）》，连载王圣译的小说《星球大战》、海辛的小说《月儿弯弯》、陈萃文的小说《萧崐山正传》。《华侨报·华座》副刊发表罗曦的散文《“读不完的经典”》、宣翁的散文《伊江多情，白塔含笑——书于邓小平副总理访缅甸前》，连载佚名的小说《人生如戏》、夏冰的小说《多咀探长与街坊》、思薇的小说《朝九晚五》、石中生的小说《快刀神剑夺命镖》。

24日 《澳门日报·新园地》副刊连载王圣译的小说《星球大战》、海辛的小说《月儿弯弯》、陈萃文的小说《萧崐山正传》。《华侨报·华座》副刊发表斩诺的散文《屡擒屡纵赛诸葛》，连载佚名的小说《人生如戏》、夏冰的小说《多咀探长与街坊》、思薇的小说《朝九晚五》、石中生的小说《快刀神剑夺命镖》。

25日 《澳门日报·新园地》副刊发表林逢雨的诗歌《喜晤》，连载王圣译的小说《星球大战》、海辛的小说《月儿弯弯》、陈萃文的小说《萧崐山正传》。《华侨报·华座》副刊发表陈时隐的诗歌《慰孤儿》，连载佚名的小说《人生如戏》、夏冰的小说《多咀探长与街坊》、思薇的小说《朝九晚五》、石中生的小说《快刀神剑夺命镖》。

26日 《澳门日报·新园地》副刊连载王圣译的小说《星球大战》、海辛的小说《月儿弯弯》、陈萃文的小说《萧崐山正传》。《华侨报·华座》副刊发表光的散文《恰切传神歇后语》，连载佚名的小说《人生如戏》、夏冰的小说《多咀探长与街坊》、思薇的小说《朝九晚五》、石中生的小说《快刀神剑夺命镖》。

27日 《澳门日报·新园地》副刊连载王圣译的小说《星球大战》、海辛的小说《月儿弯弯》、陈萃文的小说《萧崐山正传》。《华侨报·华座》副刊发表宣翁的散文《肝胆照山河》，连载佚名的小说《人生如戏》、夏冰的小说《多咀探长与街坊》、思薇的小说《朝九晚五》、石中生的小说《快刀神剑夺命镖》。

28 日　《澳门日报 · 新园地》副刊发表林逢雨的散文《帘卷西风》，并开始连载学培的散文《在日本的大学生活》，连载王圣译的小说《星球大战》、海辛的小说《月儿弯弯》、陈萃文的小说《萧崐山正传》。《华侨报 · 华座》副刊连载佚名的小说《人生如戏》、夏冰的小说《多咀探长与街坊》、思薇的小说《朝九晚五》、石中生的小说《快刀神剑夺命镖》。

29 日　《澳门日报 · 新园地》副刊连载学培的散文《在日本的大学生活》、王圣译的小说《星球大战》、海辛的小说《月儿弯弯》、陈萃文的小说《萧崐山正传》。《华侨报 · 华座》副刊发表于理的散文《琐谈学话》，连载佚名的小说《人生如戏》、夏冰的小说《多咀探长与街坊》、思薇的小说《朝九晚五》、石中生的小说《快刀神剑夺命镖》。

30 日　《澳门日报 · 新园地》副刊发表董行芳的散文《"过年"的怀旧》，连载学培的散文《在日本的大学生活》、王圣译的小说《星球大战》、海辛的小说《月儿弯弯》、陈萃文的小说《萧崐山正传》。《华侨报 · 华座》副刊开始连载李弋的评论《血泪诗篇　浩气长存——读〈天安门革命诗抄〉》，连载佚名的小说《人生如戏》、夏冰的小说《多咀探长与街坊》、思薇的小说《朝九晚五》、石中生的小说《快刀神剑夺命镖》。

31 日　《澳门日报 · 新园地》副刊发表翔鹰的散文《路环小游》，连载学培的散文《在日本的大学生活》、王圣译的小说《星球大战》、海辛的小说《月儿弯弯》、陈萃文的小说《萧崐山正传》。《华侨报 · 华座》副刊连载李弋的评论《血泪诗篇　浩气长存——读〈天安门革命诗抄〉》（完）、佚名的小说《人生如戏》、夏冰的小说《多咀探长与街坊》、思薇的小说《朝九晚五》、石中生的小说《快刀神剑夺命镖》。

⊙　本月，江映澜的散文《困和墙》刊载于香港《海洋文艺》第 5 卷第 1 期。

二月

1 日　《澳门日报 · 新园地》副刊发表蓝玛的散文《酒店内的对话》，连载学培的散文《在日本的大学生活》（完）、王圣译的小说《星球大战》、海辛的小说《月儿弯弯》、陈萃文的小说《萧崐山正传》。《华侨报 · 华座》副刊连载佚名的小说《人生如戏》、夏冰的小说《多咀探长与街坊》、思薇的小说《朝九晚五》、石中生的小说《快刀神剑夺命镖》。

2日　《澳门日报·新园地》副刊发表辛心的散文《卖地卖屋的人（随笔）》，连载王圣译的小说《星球大战》、海辛的小说《月儿弯弯》、陈萃文的小说《萧崐山正传》。《华侨报·华座》副刊连载佚名的小说《人生如戏》、夏冰的小说《多咀探长与街坊》、思薇的小说《朝九晚五》、石中生的小说《快刀神剑夺命镖》。

3日　《澳门日报·新园地》副刊连载王圣译的小说《星球大战》、海辛的小说《月儿弯弯》、陈萃文的小说《萧崐山正传》。《华侨报·华座》副刊连载佚名的小说《人生如戏》、夏冰的小说《多咀探长与街坊》、思薇的小说《朝九晚五》、石中生的小说《快刀神剑夺命镖》。

4日　《澳门日报·新园地》副刊发表董行芳的散文《争说牡丹》，并开始连载张恩和、杨聚臣、阎贵臣的散文《叶剑英诗词选注》，连载王圣译的小说《星球大战》、海辛的小说《月儿弯弯》、陈萃文的小说《萧崐山正传》。《华侨报·华座》副刊连载佚名的小说《人生如戏》、夏冰的小说《多咀探长与街坊》、思薇的小说《朝九晚五》、石中生的小说《快刀神剑夺命镖》。

5日　《澳门日报·新园地》副刊发表林逢雨的诗歌《牡丹四首为濠江花展赋盛》，连载张恩和、杨聚臣、阎贵臣的散文《叶剑英诗词选注》，王圣译的小说《星球大战》，海辛的小说《月儿弯弯》，陈萃文的小说《萧崐山正传》。《华侨报·华座》副刊连载佚名的小说《人生如戏》、夏冰的小说《多咀探长与街坊》、思薇的小说《朝九晚五》、石中生的小说《快刀神剑夺命镖》。

6日　《澳门日报·新园地》副刊发表雪予的诗歌《中国牡丹花展》，连载张恩和、杨聚臣、阎贵臣的散文《叶剑英诗词选注》，王圣译的小说《星球大战》，海辛的小说《月儿弯弯》，陈萃文的小说《萧崐山正传》。《华侨报·华座》副刊发表平凡的散文《牡丹花话》，连载佚名的小说《人生如戏》、夏冰的小说《多咀探长与街坊》、思薇的小说《朝九晚五》、石中生的小说《快刀神剑夺命镖》。

7 日　《澳门日报 · 新园地》副刊连载张恩和、杨聚臣、阎贵臣的散文《叶剑英诗词选注》，王圣译的小说《星球大战》，海辛的小说《月儿弯弯》，陈萃文的小说《萧崐山正传》。《华侨报 · 华座》副刊发表雪予的诗歌《马年迎春》、光的散文《千红万紫牡丹春》、林一笑的散文《新春二愿》，连载佚名的小说《人生如戏》、夏冰的小说《多咀探长与街坊》、思薇的小说《朝九晚五》、石中生的小说《快刀神剑夺命镖》。

8 日　《澳门日报 · 新园地》副刊连载张恩和、杨聚臣、阎贵臣的散文《叶剑英诗词选注》，王圣译的小说《星球大战》，海辛的小说《月儿弯弯》，陈萃文的小说《萧崐山正传》。《华侨报 · 华座》副刊连载佚名的小说《人生如戏》、夏冰的小说《多咀探长与街坊》、思薇的小说《朝九晚五》、石中生的小说《快刀神剑夺命镖》。

9 日　《澳门日报 · 新园地》副刊连载张恩和、杨聚臣、阎贵臣的散文《叶剑英诗词选注》，王圣译的小说《星球大战》，海辛的小说《月儿弯弯》，陈萃文的小说《萧崐山正传》。《华侨报 · 华座》副刊连载佚名的小说《人生如戏》、夏冰的小说《多咀探长与街坊》、思薇的小说《朝九晚五》、石中生的小说《快刀神剑夺命镖》。

10 日　《澳门日报 · 新园地》副刊发表佟立章的诗歌《除夕前一日预观牡丹花展览》，连载张恩和、杨聚臣、阎贵臣的散文《叶剑英诗词选注》，王圣译的小说《星球大战》，海辛的小说《月儿弯弯》，陈萃文的小说《萧崐山正传》。《华侨报 · 华座》副刊连载佚名的小说《人生如戏》、夏冰的小说《多咀探长与街坊》、思薇的小说《朝九晚五》、石中生的小说《快刀神剑夺命镖》。

佟立章（1924—　），广东南海人。在报馆做编辑多年，以写杂文为主，也写诗，旧体诗写得很好，新诗也写得十分出色。有诗集《晴楼诗》。

11 日　《澳门日报 · 新园地》副刊发表鲁夫的诗歌《牡丹》、奔星的散文《乐聚天伦》、林逢雨的散文《锦篇咏牡丹》，连载张恩和、杨聚臣、阎贵臣的散文《叶剑英诗词选注》，王圣译的小说《星球大战》，海辛的小说《月儿弯弯》，陈萃文的小说《萧岷山正传》。《华侨报·华座》副刊发表佟立章的诗歌《牡丹》、李弋的散文《牡丹》，连载佚名的小说《人生如戏》、夏冰的小说《多咀探长与街坊》、思薇的小说《朝九晚五》、石中生的小说《快刀神剑夺命镖》。

12 日 《澳门日报·新园地》副刊发表汪浩瀚的诗歌《牡丹》，连载张恩和、杨聚臣、阎贵臣的散文《叶剑英诗词选注》，王圣译的小说《星球大战》，海辛的小说《月儿弯弯》，陈萃文的小说《萧岷山正传》。《华侨报·华座》副刊发表佟立章的诗歌《牡丹花展书怀》、罗曦的散文《虚惊过后》，连载佚名的小说《人生如戏》、夏冰的小说《多咀探长与街坊》、思薇的小说《朝九晚五》、石中生的小说《快刀神剑夺命镖》。

13 日 《澳门日报·新园地》副刊发表谭仕杰的诗歌《中国牡丹花展览》，连载张恩和、杨聚臣、阎贵臣的散文《叶剑英诗词选注》，王圣译的小说《星球大战》，海辛的小说《月儿弯弯》，陈萃文的小说《萧岷山正传》。《华侨报·华座》副刊发表佟立章的诗歌《牡丹花会港澳画人为花写照》，连载佚名的小说《人生如戏》、夏冰的小说《多咀探长与街坊》、思薇的小说《朝九晚五》、石中生的小说《快刀神剑夺命镖》。

14 日 《澳门日报·新园地》副刊连载张恩和、杨聚臣、阎贵臣的散文《叶剑英诗词选注》，王圣译的小说《星球大战》，海辛的小说《月儿弯弯》，陈萃文的小说《萧岷山正传》。《华侨报·华座》副刊发表雪予的诗歌《牡丹花展雅集率赋经盛》、任真汉的诗歌《牡丹》，连载佚名的小说《人生如戏》、夏冰的小说《多咀探长与街坊》、思薇的小说《朝九晚五》、石中生的小说《快刀神剑夺命镖》。

15 日 《澳门日报·新园地》副刊连载张恩和、杨聚臣、阎贵臣的散文《叶剑英诗词选注》，王圣译的小说《星球大战》，海辛的小说《月儿弯弯》，陈萃文的小说《萧岷山正传》。《华侨报·华座》副刊连载佚名的小说《人生如戏》、夏冰的小说《多咀探长与街坊》、思薇的小说《朝九晚五》、石中生的小说《快刀神剑夺命镖》。

16 日　《澳门日报·新园地》副刊连载张恩和、杨聚臣、阎贵臣的散文《叶剑英诗词选注》，王圣译的小说《星球大战》，海辛的小说《月儿弯弯》，陈萃文的小说《萧崐山正传》。《华侨报·华座》副刊连载佚名的小说《人生如戏》、夏冰的小说《多咀探长与街坊》、思薇的小说《朝九晚五》、石中生的小说《快刀神剑夺命镖》。

17 日　《澳门日报·新园地》副刊发表文芳的小说《美珍的情爱》，连载张恩和、杨聚臣、阎贵臣的散文《叶剑英诗词选注》，王圣译的小说《星球大战》，海辛的小说《月儿弯弯》，陈萃文的小说《萧崐山正传》。《华侨报·华座》副刊发表老张的诗歌《戊午年元月牡丹花展喜赋》、史平的散文《春节感怀》，连载佚名的小说《人生如戏》、夏冰的小说《多咀探长与街坊》、思薇的小说《朝九晚五》、石中生的小说《快刀神剑夺命镖》。

18 日　《澳门日报·新园地》副刊连载张恩和、杨聚臣、阎贵臣的散文《叶剑英诗词选注》，王圣译的小说《星球大战》，海辛的小说《月儿弯弯》，陈萃文的小说《萧崐山正传》。《华侨报·华座》副刊发表老张的诗歌《牡丹花展开幕赠家森兄》、罗曦的散文《新春随想》，连载佚名的小说《人生如戏》、夏冰的小说《多咀探长与街坊》、思薇的小说《朝九晚五》、石中生的小说《快刀神剑夺命镖》。

19 日　《澳门日报·新园地》副刊发表劳泽生的诗歌《咏〈中国风光画展〉》，连载张恩和、杨聚臣、阎贵臣的散文《叶剑英诗词选注》，王圣译的小说《星球大战》，海辛的小说《月儿弯弯》，陈萃文的小说《萧崐山正传》。《华侨报·华座》副刊发表佟立章的诗歌《祖国风光书展》，连载佚名的小说《人生如戏》、夏冰的小说《多咀探长与街坊》、思薇的小说《朝九晚五》、石中生的小说《快刀神剑夺命镖》。

20 日　《澳门日报·新园地》副刊发表江思扬的散文《喜从花展看山河》、董行芳的散文《徐迟笔下的陈景润》，连载张恩和、杨聚臣、阎贵臣的散文《叶剑英诗词选注》，王圣译的小说《星球大战》，海辛的小说《月儿弯弯》，陈萃文的小说《萧崐山正传》。《华侨报·华座》副刊连载佚名的小说《人生如戏》、夏冰的小说《多咀探长与街坊》、思薇的小说《朝九晚五》、石中生的小说《快刀神剑夺命镖》。

21日 《澳门日报·新园地》副刊连载张恩和、杨聚臣、阎贵臣的散文《叶剑英诗词选注》，王圣译的小说《星球大战》，海辛的小说《月儿弯弯》，陈萃文的小说《萧岷山正传》。《华侨报·华座》副刊发表黄鹤云的诗歌《牡丹展书兴四章》，连载佚名的小说《人生如戏》、夏冰的小说《多咀探长与街坊》、思薇的小说《朝九晚五》、石中生的小说《快刀神剑夺命镖》。

22日 《澳门日报·新园地》副刊连载张恩和、杨聚臣、阎贵臣的散文《叶剑英诗词选注》，王圣译的小说《星球大战》，海辛的小说《月儿弯弯》，陈萃文的小说《萧岷山正传》。《华侨报·华座》副刊连载佚名的小说《人生如戏》、夏冰的小说《多咀探长与街坊》、思薇的小说《朝九晚五》、石中生的小说《快刀神剑夺命镖》。

23日 《澳门日报·新园地》副刊连载张恩和、杨聚臣、阎贵臣的散文《叶剑英诗词选注》，王圣译的小说《星球大战》，海辛的小说《月儿弯弯》，陈萃文的小说《萧岷山正传》。《华侨报·华座》副刊发表仲虬的散文《记吴作人萧淑芳先生》（1），连载佚名的小说《人生如戏》、夏冰的小说《多咀探长与街坊》、思薇的小说《朝九晚五》、石中生的小说《快刀神剑夺命镖》。

24日 《澳门日报·新园地》副刊发表汪南川的散文《读陈子毅的新作〈鸡〉》，连载张恩和、杨聚臣、阎贵臣的散文《叶剑英诗词选注》，王圣译的小说《星球大战》，海辛的小说《月儿弯弯》，陈萃文的小说《萧岷山正传》。《华侨报·华座》副刊发表仲虬的散文《记吴作人萧淑芳先生》（2），连载佚名的小说《人生如戏》、夏冰的小说《多咀探长与街坊》、思薇的小说《朝九晚五》、石中生的小说《快刀神剑夺命镖》。

25日 《澳门日报·新园地》副刊发表望文的散文《以马喻人的成语》、宣子的散文《海湄瑞气迎春——濠江赏牡丹，香洲观粤剧》，连载张恩和、杨聚臣、阎贵臣的散文《叶剑英诗词选注》，王圣译的小说《星球大战》，海辛的小说《月儿弯弯》，陈萃文的小说《萧岷山正传》。《华侨报·华座》副刊发表影华的散文《对联趣谈》，连载佚名的小说《人生如戏》、夏冰的小说《多咀探长与街坊》、思薇的小说《朝九晚五》、石中生的小说《快刀神剑夺命镖》。

26日 《澳门日报·新园地》副刊发表林夏风的散文《忆〈羊城晚报〉》，连载张恩和、杨聚臣、阎贵臣的散文《叶剑英诗词选注》，王圣译的小说《星球大战》，海辛的小说《月儿弯弯》，陈萃文的小说《萧崐山正传》。《华侨报·华座》副刊发表佟立章的诗歌《春朝展阅邓子玉洗马图适得乡迅赋诗寄意》，连载佚名的小说《人生如戏》、夏冰的小说《多咀探长与街坊》、思薇的小说《朝九晚五》、石中生的小说《快刀神剑夺命镖》。

27日 《澳门日报·新园地》副刊发表杨奇的散文《和韬奋在东江相处的日子》，连载张恩和、杨聚臣、阎贵臣的散文《叶剑英诗词选注》（完），王圣译的小说《星球大战》，海辛的小说《月儿弯弯》，陈萃文的小说《萧崐山正传》。《华侨报·华座》副刊发表商承祚的诗词《〈穗澳书画界新春联欢〉作品之一》、秦咢生的诗歌《〈穗澳书画界新春联欢〉作品之二》，连载佚名的小说《人生如戏》、夏冰的小说《多咀探长与街坊》、思薇的小说《朝九晚五》、石中生的小说《快刀神剑夺命镖》。

28日 《澳门日报·新园地》副刊发表少敏的散文《夜猎黄羊》，连载王圣译的小说《星球大战》、海辛的小说《月儿弯弯》、陈萃文的小说《萧崐山正传》。《华侨报·华座》副刊发表谭仕杰的诗歌《减字木兰花》，连载佚名的小说《人生如戏》、夏冰的小说《多咀探长与街坊》、思薇的小说《朝九晚五》、石中生的小说《快刀神剑夺命镖》。

⊙ 本月，陶里的诗歌《除夕》刊载于香港《当代文艺》第147期。

三月

1日 《澳门日报·新园地》副刊发表董行芳的散文《喜迎〈韬奋文集〉》，并开始连载黄蕴玉的散文《春节在广州》，连载王圣译的小说《星球大战》、海辛的小说《月儿弯弯》、陈萃文的小说《萧崐山正传》。《华侨报·华座》副刊连载佚名的小说《人生如戏》、夏冰的小说《多咀探长与街坊》、思薇的小说《朝九晚五》、石中生的小说《快刀神剑夺命镖》。

2 日　《澳门日报 · 新园地》副刊发表奔星的散文《夜探隧道》、哲之的散文《“抽心一烂”解》，连载黄蕴玉的散文《春节在广州》、王圣译的小说《星球大战》、海辛的小说《月儿弯弯》、陈萃文的小说《萧崐山正传》。《华侨报 · 华座》副刊连载佚名的小说《人生如戏》、夏冰的小说《多咀探长与街坊》、思薇的小说《朝九晚五》、石中生的小说《快刀神剑夺命镖》。

3 日　《澳门日报 · 新园地》副刊发表无瑕的散文《悼故人何磊》，连载黄蕴玉的散文《春节在广州》、王圣译的小说《星球大战》、海辛的小说《月儿弯弯》、陈萃文的小说《萧崐山正传》。《华侨报 · 华座》副刊发表江思扬的诗歌《欢庆》，连载佚名的小说《人生如戏》、夏冰的小说《多咀探长与街坊》、思薇的小说《朝九晚五》、石中生的小说《快刀神剑夺命镖》。

4 日　《澳门日报 · 新园地》副刊发表谭仕杰的诗词《临江仙 · 周恩来总理八十诞辰》、方菲的散文《敬悼何磊兄》、林康的散文《春节回乡喜访老农》，连载黄蕴玉的散文《春节在广州》、王圣译的小说《星球大战》、海辛的小说《月儿弯弯》、陈萃文的小说《萧崐山正传》。《华侨报 · 华座》副刊连载佚名的小说《人生如戏》、夏冰的小说《多咀探长与街坊》、思薇的小说《朝九晚五》、石中生的小说《快刀神剑夺命镖》。

5 日　《澳门日报 · 新园地》副刊发表张鸿诰的散文《壮丽诗篇万代传——周总理早期诗作〈大江歌罢掉头东〉》，连载黄蕴玉的散文《春节在广州》、王圣译的小说《星球大战》、海辛的小说《月儿弯弯》、陈萃文的小说《萧崐山正传》。《华侨报 · 华座》副刊连载佚名的小说《人生如戏》、夏冰的小说《多咀探长与街坊》、思薇的小说《朝九晚五》、石中生的小说《快刀神剑夺命镖》。

6 日　《澳门日报 · 新园地》副刊发表林逢雨的评论《意报黄金台》(1)，连载黄蕴玉的散文《春节在广州》、王圣译的小说《星球大战》、海辛的小说《月儿弯弯》、陈萃文的小说《萧崐山正传》。《华侨报 · 华座》副刊发表佟立章的诗歌《题陈永锵鱼跃图》，连载佚名的小说《人生如戏》、夏冰的小说《多咀探长与街坊》、思薇的小说《朝九晚五》、石中生的小说《快刀神剑夺命镖》。

7日　《澳门日报·新园地》副刊发表翔鹰的散文《循序渐进》、林逢雨的评论《意报黄金台》(2)，连载黄蕴玉的散文《春节在广州》、王圣译的小说《星球大战》、海辛的小说《月儿弯弯》、陈萃文的小说《萧崐山正传》。《华侨报·华座》副刊连载佚名的小说《人生如戏》、夏冰的小说《多咀探长与街坊》、思薇的小说《朝九晚五》、石中生的小说《快刀神剑夺命镖》。

8日　《澳门日报·新园地》副刊发表谭仕杰的诗词《清平乐》，连载黄蕴玉的散文《春节在广州》、王圣译的小说《星球大战》、海辛的小说《月儿弯弯》、陈萃文的小说《萧崐山正传》。《华侨报·华座》副刊连载佚名的小说《人生如戏》、夏冰的小说《多咀探长与街坊》、思薇的小说《朝九晚五》、石中生的小说《快刀神剑夺命镖》。

9日　《澳门日报·新园地》副刊连载黄蕴玉的散文《春节在广州》、王圣译的小说《星球大战》、海辛的小说《月儿弯弯》、陈萃文的小说《萧崐山正传》。《华侨报·华座》副刊发表荀遐的诗歌《我所知道的人民大会堂》、雪予的诗歌《人大政协后先报捷喜赋》，连载佚名的小说《人生如戏》、夏冰的小说《多咀探长与街坊》、思薇的小说《朝九晚五》、石中生的小说《快刀神剑夺命镖》。

10日　《澳门日报·新园地》副刊连载黄蕴玉的散文《春节在广州》、王圣译的小说《星球大战》、海辛的小说《月儿弯弯》、陈萃文的小说《萧崐山正传》。《华侨报·华座》副刊发表濠江一叟的诗歌《读华总理在五届人大开幕时所作》，连载佚名的小说《人生如戏》、夏冰的小说《多咀探长与街坊》、思薇的小说《朝九晚五》、石中生的小说《快刀神剑夺命镖》。

11日　《澳门日报·新园地》副刊连载黄蕴玉的散文《春节在广州》、王圣译的小说《星球大战》、海辛的小说《月儿弯弯》、陈萃文的小说《萧崐山正传》。《华侨报·华座》副刊连载佚名的小说《人生如戏》、夏冰的小说《多咀探长与街坊》、思薇的小说《朝九晚五》、石中生的小说《快刀神剑夺命镖》。

12日　《澳门日报·新园地》副刊发表南音的散文《孙中山先生在澳门》，连载黄蕴玉的散文《春节在广州》、王圣译的小说《星球大战》、海辛的小说

《月儿弯弯》、陈萃文的小说《萧岷山正传》。《华侨报·华座》副刊连载佚名的小说《人生如戏》、夏冰的小说《多咀探长与街坊》、思薇的小说《朝九晚五》、石中生的小说《快刀神剑夺命镖》。

13 日 《澳门日报·新园地》副刊发表航青的散文《晨光曲（随笔）》，连载黄蕴玉的散文《春节在广州》、王圣译的小说《星球大战》、海辛的小说《月儿弯弯》、陈萃文的小说《萧岷山正传》。《华侨报·华座》副刊连载佚名的小说《人生如戏》、夏冰的小说《多咀探长与街坊》、思薇的小说《朝九晚五》、石中生的小说《快刀神剑夺命镖》。

14 日 《澳门日报·新园地》副刊发表南音的散文《黎刹何许人也》，连载黄蕴玉的散文《春节在广州》、王圣译的小说《星球大战》、海辛的小说《月儿弯弯》、陈萃文的小说《萧岷山正传》。《华侨报·华座》副刊连载佚名的小说《人生如戏》、夏冰的小说《多咀探长与街坊》、思薇的小说《朝九晚五》、石中生的小说《快刀神剑夺命镖》。

15 日 《澳门日报·新园地》副刊发表哲之的评论《离合体诗》、方菲的评论《绀弩的打油诗及其他》，连载黄蕴玉的散文《春节在广州》、王圣译的小说《星球大战》、海辛的小说《月儿弯弯》、陈萃文的小说《萧岷山正传》。《华侨报·华座》副刊发表影华的散文《“春”的笑话》、孟起予的评论《范仲淹的“情思”》，连载佚名的小说《人生如戏》、夏冰的小说《多咀探长与街坊》、思薇的小说《朝九晚五》、石中生的小说《快刀神剑夺命镖》。

16 日 《澳门日报·新园地》副刊发表哲之的评论《离合体诗》，连载黄蕴玉的散文《春节在广州》（完）、王圣译的小说《星球大战》、海辛的小说《月儿弯弯》、陈萃文的小说《萧岷山正传》。《华侨报·华座》副刊连载佚名的小说《人生如戏》、夏冰的小说《多咀探长与街坊》、思薇的小说《朝九晚五》、石中生的小说《快刀神剑夺命镖》。

17 日 《澳门日报·新园地》副刊发表鲁夫的诗歌《庆祝五届人大胜利闭幕》，连载王圣译的小说《星球大战》、海辛的小说《月儿弯弯》、陈萃文的小说《萧岷山正传》。《华侨报·华座》副刊连载佚名的小说《人生如戏》、夏冰的小说《多咀探长与街坊》、思薇的小说《朝九晚五》、石中生的小说《快刀神剑夺命镖》。

18 日　《澳门日报 · 新园地》副刊连载王圣译的小说《星球大战》、海辛的小说《月儿弯弯》、陈萃文的小说《萧崐山正传》。《华侨报 · 华座》副刊发表凝慧的散文《杜鹃鸟和杜鹃花》，连载佚名的小说《人生如戏》、夏冰的小说《多咀探长与街坊》、思薇的小说《朝九晚五》、石中生的小说《快刀神剑夺命镖》。

19 日　《澳门日报 · 新园地》副刊发表于音的评论《试谈绀弩〈题傅青主听书图〉》，连载王圣译的小说《星球大战》、海辛的小说《月儿弯弯》、陈萃文的小说《萧崐山正传》。《华侨报 · 华座》副刊发表罗曦的评论《我看〈刘三姐〉》，连载佚名的小说《人生如戏》、夏冰的小说《多咀探长与街坊》、思薇的小说《朝九晚五》、石中生的小说《快刀神剑夺命镖》。

20 日　《澳门日报 · 新园地》副刊发表仲虬的散文《忆东北》，连载王圣译的小说《星球大战》、海辛的小说《月儿弯弯》、陈萃文的小说《萧崐山正传》。《华侨报 · 华座》副刊开始连载淮之的散文《汉字的起源》，连载佚名的小说《人生如戏》、夏冰的小说《多咀探长与街坊》、思薇的小说《朝九晚五》、石中生的小说《快刀神剑夺命镖》。

21 日　《澳门日报 · 新园地》副刊连载王圣译的小说《星球大战》、海辛的小说《月儿弯弯》、陈萃文的小说《萧崐山正传》。《华侨报 · 华座》副刊连载淮之的散文《汉字的起源》、佚名的小说《人生如戏》、夏冰的小说《多咀探长与街坊》、思薇的小说《朝九晚五》、石中生的小说《快刀神剑夺命镖》。

22 日　《澳门日报 · 新园地》副刊连载王圣译的小说《星球大战》、海辛的小说《月儿弯弯》、陈萃文的小说《萧崐山正传》。《华侨报 · 华座》副刊连载淮之的散文《汉字的起源》（完）、佚名的小说《人生如戏》、夏冰的小说《多咀探长与街坊》、思薇的小说《朝九晚五》、石中生的小说《快刀神剑夺命镖》。

23 日　《澳门日报 · 新园地》副刊发表林逢雨的评论《晁衡与盛唐诗人》，连载王圣译的小说《星球大战》、海辛的小说《月儿弯弯》、陈萃文的小说《萧崐山正传》。《华侨报·华座》副刊连载佚名的小说《人生如戏》、夏冰的小说《多咀探长与街坊》、思薇的小说《朝九晚五》、石中生的小说《快刀神剑夺命镖》。

24 日 《澳门日报·新园地》副刊连载王圣译的小说《星球大战》、海辛的小说《月儿弯弯》、陈萃文的小说《萧崐山正传》。《华侨报·华座》副刊发表影华的散文《亦庄亦谐的挽联》，连载佚名的小说《人生如戏》、夏冰的小说《多咀探长与街坊》、思薇的小说《朝九晚五》、石中生的小说《快刀神剑夺命镖》。

25 日 《澳门日报·新园地》副刊发表易枫的散文《梁上泉》，连载王圣译的小说《星球大战》、海辛的小说《月儿弯弯》、陈萃文的小说《萧崐山正传》。《华侨报·华座》副刊连载佚名的小说《人生如戏》、夏冰的小说《多咀探长与街坊》、思薇的小说《朝九晚五》、石中生的小说《快刀神剑夺命镖》。

26 日 《澳门日报·新园地》副刊发表易枫的散文《有骨气的诗人》，连载王圣译的小说《星球大战》、海辛的小说《月儿弯弯》、陈萃文的小说《萧崐山正传》。《华侨报·华座》副刊连载佚名的小说《人生如戏》、夏冰的小说《多咀探长与街坊》、思薇的小说《朝九晚五》、石中生的小说《快刀神剑夺命镖》。

27 日 《澳门日报·新园地》副刊发表林凤文的散文《旅行顺德说见闻》、航子的小说《"主夫"不易为》，连载王圣译的小说《星球大战》、海辛的小说《月儿弯弯》、陈萃文的小说《萧崐山正传》。《华侨报·华座》副刊连载佚名的小说《人生如戏》、夏冰的小说《多咀探长与街坊》、思薇的小说《朝九晚五》、石中生的小说《快刀神剑夺命镖》。

28 日 《澳门日报·新园地》副刊发表志英的散文《写作一席话》，连载王圣译的小说《星球大战》、海辛的小说《月儿弯弯》、陈萃文的小说《萧崐山正传》。《华侨报·华座》副刊连载佚名的小说《人生如戏》、夏冰的小说《多咀探长与街坊》、思薇的小说《朝九晚五》、石中生的小说《快刀神剑夺命镖》。

29 日 《澳门日报·新园地》副刊发表航青的散文《祸从口出》，连载王圣译的小说《星球大战》、海辛的小说《月儿弯弯》、陈萃文的小说《萧崐山正传》。《华侨报·华座》副刊连载佚名的小说《人生如戏》、夏冰的小说《多咀探长与街坊》、思薇的小说《朝九晚五》、石中生的小说《快刀神剑夺命镖》。

30 日　《澳门日报·新园地》副刊发表林逢雨的散文《暮雨洒江天》(1),连载王圣译的小说《星球大战》、海辛的小说《月儿弯弯》、陈萃文的小说《萧崐山正传》。《华侨报·华座》副刊连载佚名的小说《人生如戏》、夏冰的小说《多咀探长与街坊》、思薇的小说《朝九晚五》(完)、石中生的小说《快刀神剑夺命镖》。

31 日　《澳门日报·新园地》副刊发表林逢雨的散文《暮雨洒江天》(2),连载王圣译的小说《星球大战》、海辛的小说《月儿弯弯》、陈萃文的小说《萧崐山正传》。《华侨报·华座》副刊连载佚名的小说《人生如戏》(完)、夏冰的小说《多咀探长与街坊》、石中生的小说《快刀神剑夺命镖》,并开始连载思薇的小说《情关》。

⊙　本月,韩牧的诗歌《隔洋的思念》刊载于香港《海洋文艺》第 5 卷第 3 期。

⊙　本月,陶里的散文《笼居琐语之二》刊载于香港《当代文艺》第 148 期。

四月

1 日　《澳门日报·新园地》副刊发表宣民的诗歌《欢歌》,连载王圣译的小说《星球大战》、海辛的小说《月儿弯弯》、陈萃文的小说《萧崐山正传》。《华侨报·华座》副刊发表影华的散文《〈刘三姐〉歌词中的妙句》、根纯的散文《玫瑰的传奇故事》,连载夏冰的小说《多咀探长与街坊》、石中生的小说《快刀神剑夺命镖》、思薇的小说《情关》。

2 日　《澳门日报·新园地》副刊发表无瑕的散文《何磊二三事》,连载王圣译的小说《星球大战》、海辛的小说《月儿弯弯》、陈萃文的小说《萧崐山正传》。《华侨报·华座》副刊连载夏冰的小说《多咀探长与街坊》、石中生的小说《快刀神剑夺命镖》、思薇的小说《情关》。

3 日　《澳门日报·新园地》副刊发表谭仕杰的诗歌《忆素娥》、苏仰如的散文

《苏东坡戏谑趣事》、林岤的散文《站在长城岭》，连载王圣译的小说《星球大战》、海辛的小说《月儿弯弯》、陈萃文的小说《萧崌山正传》。《华侨报 · 华座》副刊连载夏冰的小说《多咀探长与街坊》、石中生的小说《快刀神剑夺命镖》、思薇的小说《情关》。

4日 《澳门日报 · 新园地》副刊发表王良的散文《春色》，连载王圣译的小说《星球大战》、海辛的小说《月儿弯弯》、陈萃文的小说《萧崌山正传》。《华侨报 · 华座》副刊开始连载晓珑的散文《浅谈学习普通话》，连载夏冰的小说《多咀探长与街坊》、石中生的小说《快刀神剑夺命镖》、思薇的小说《情关》。

5日 《澳门日报 · 新园地》副刊发表方菲的散文《又是清明时节》，连载王圣译的小说《星球大战》、海辛的小说《月儿弯弯》、陈萃文的小说《萧崌山正传》。《华侨报 · 华座》副刊连载晓珑的散文《浅谈学习普通话》、夏冰的小说《多咀探长与街坊》、石中生的小说《快刀神剑夺命镖》、思薇的小说《情关》。

6日 《澳门日报 · 新园地》副刊连载王圣译的小说《星球大战》、海辛的小说《月儿弯弯》、陈萃文的小说《萧崌山正传》。《华侨报 · 华座》副刊连载晓珑的散文《浅谈学习普通话》（完）、夏冰的小说《多咀探长与街坊》、石中生的小说《快刀神剑夺命镖》、思薇的小说《情关》。

7日 《澳门日报 · 新园地》副刊连载王圣译的小说《星球大战》、海辛的小说《月儿弯弯》、陈萃文的小说《萧崌山正传》。《华侨报 · 华座》副刊连载夏冰的小说《多咀探长与街坊》、石中生的小说《快刀神剑夺命镖》、思薇的小说《情关》。

8日 《澳门日报 · 新园地》副刊发表云轩的散文《女秘书（随笔）》，连载王圣译的小说《星球大战》、海辛的小说《月儿弯弯》、陈萃文的小说《萧崌山正传》。《华侨报 · 华座》副刊发表罗曦的散文《愚人节忆述》、影华的散文《新旧俗语》，连载夏冰的小说《多咀探长与街坊》、石中生的小说《快刀神剑夺命镖》、思薇的小说《情关》。

9日 《澳门日报 · 新园地》副刊发表易枫的散文《勇士的寂寞》、林逢雨的散文《诗家妙用的“不知”》，连载王圣译的小说《星球大战》、海辛的小说《月儿弯弯》、陈萃文的小说《萧崐山正传》。《华侨报·华座》副刊连载夏冰的小说《多咀探长与街坊》、石中生的小说《快刀神剑夺命镖》、思薇的小说《情关》。

10 日 《澳门日报·新园地》副刊发表航青的散文《大人物驾到》、铁铎的小说《开玩笑》(1)，连载王圣译的小说《星球大战》、海辛的小说《月儿弯弯》、陈萃文的小说《萧崐山正传》。《华侨报·华座》副刊发表玉彩的诗歌《燕》，开始连载君正的散文《燕子——一年一度相逢》，连载夏冰的小说《多咀探长与街坊》、石中生的小说《快刀神剑夺命镖》、思薇的小说《情关》。

11 日 《澳门日报·新园地》副刊发表林弢的散文《雾》、铁铎的小说《开玩笑》(2)，连载王圣译的小说《星球大战》、海辛的小说《月儿弯弯》、陈萃文的小说《萧崐山正传》。《华侨报·华座》副刊连载君正的散文《燕子——一年一度相逢》(完)、夏冰的小说《多咀探长与街坊》、石中生的小说《快刀神剑夺命镖》、思薇的小说《情关》。

12 日 《澳门日报·新园地》副刊发表伊文的散文《失落的人》，连载王圣译的小说《星球大战》、海辛的小说《月儿弯弯》、陈萃文的小说《萧崐山正传》。《华侨报·华座》副刊发表丰姿的散文《大理胜景——蝴蝶泉》，连载夏冰的小说《多咀探长与街坊》、石中生的小说《快刀神剑夺命镖》、思薇的小说《情关》。

13 日 《澳门日报·新园地》副刊连载王圣译的小说《星球大战》、海辛的小说《月儿弯弯》、陈萃文的小说《萧崐山正传》。《华侨报·华座》副刊发表一知的散文《哪个华侨不爱国不思乡》、宣翁的散文《文采风流史今朝——寄美国相乡书》，连载夏冰的小说《多咀探长与街坊》、石中生的小说《快刀神剑夺命镖》、思薇的小说《情关》。

14 日 《澳门日报·新园地》副刊发表辛心的散文《从病房里所想到的》，连载王圣译的小说《星球大战》、海辛的小说《月儿弯弯》、陈萃文的小说《萧崐山正传》。《华侨报·华座》副刊连载夏冰的小说《多咀探长与街坊》、石中生的小说《快刀神剑夺命镖》、思薇的小说《情关》。

15日 《澳门日报·新园地》副刊发表林弢的散文《雾与情诗》，连载王圣译的小说《星球大战》、海辛的小说《月儿弯弯》、陈萃文的小说《萧崐山正传》。《华侨报·华座》副刊连载夏冰的小说《多咀探长与街坊》、石中生的小说《快刀神剑夺命镖》、思薇的小说《情关》。

16日 《澳门日报·新园地》副刊连载王圣译的小说《星球大战》、海辛的小说《月儿弯弯》、陈萃文的小说《萧崐山正传》。《华侨报·华座》副刊连载夏冰的小说《多咀探长与街坊》、石中生的小说《快刀神剑夺命镖》、思薇的小说《情关》。

17日 《澳门日报·新园地》副刊开始连载刘逸生的评论《谈李贺的四首咏马诗》，连载王圣译的小说《星球大战》、海辛的小说《月儿弯弯》、陈萃文的小说《萧崐山正传》。《华侨报·华座》副刊连载夏冰的小说《多咀探长与街坊》、石中生的小说《快刀神剑夺命镖》、思薇的小说《情关》。

18日 《澳门日报·新园地》副刊连载刘逸生的评论《谈李贺的四首咏马诗》（完）、王圣译的小说《星球大战》、海辛的小说《月儿弯弯》、陈萃文的小说《萧崐山正传》。《华侨报·华座》副刊连载夏冰的小说《多咀探长与街坊》、石中生的小说《快刀神剑夺命镖》、思薇的小说《情关》。

19日 《澳门日报·新园地》副刊连载王圣译的小说《星球大战》、海辛的小说《月儿弯弯》、陈萃文的小说《萧崐山正传》。《华侨报·华座》副刊连载夏冰的小说《多咀探长与街坊》、石中生的小说《快刀神剑夺命镖》、思薇的小说《情关》。

20日 《澳门日报·新园地》副刊发表良萃的小说《下水礼》，连载王圣译的小说《星球大战》、海辛的小说《月儿弯弯》（完）、陈萃文的小说《萧崐山正传》。《华侨报·华座》副刊连载夏冰的小说《多咀探长与街坊》、石中生的小说《快刀神剑夺命镖》、思薇的小说《情关》。

21日 《澳门日报·新园地》副刊连载王圣译的小说《星球大战》、陈萃文的小说《萧崐山正传》，并开始连载王鞍的小说《崖门失玺》、海辛的小说《乞丐千金》、润园的小说《古灵精怪》（另起一回）。《华侨报·华座》副刊连载夏冰的小说《多咀探长与街坊》、石中生的小说《快刀神剑夺命镖》、思薇的小说《情关》。

22 日 《澳门日报 · 新园地》副刊发表林逢雨的散文《临风怀谢公》，连载王圣译的小说《星球大战》、陈萃文的小说《萧崐山正传》、王鞍的小说《崖门失玺》、海辛的小说《乞丐千金》、润园的小说《古灵精怪》。《华侨报 · 华座》副刊连载夏冰的小说《多咀探长与街坊》、石中生的小说《快刀神剑夺命镖》、思薇的小说《情关》。

23 日 《澳门日报 · 新园地》副刊发表文波的散文《“你教我还是我教你？”（随笔）》，连载王圣译的小说《星球大战》、陈萃文的小说《萧崐山正传》、王鞍的小说《崖门失玺》、海辛的小说《乞丐千金》、润园的小说《古灵精怪》。《华侨报 · 华座》副刊发表影华的散文《漫谈相声》，连载夏冰的小说《多咀探长与街坊》、石中生的小说《快刀神剑夺命镖》、思薇的小说《情关》。

24 日 《澳门日报 · 新园地》副刊连载王圣译的小说《星球大战》、陈萃文的小说《萧崐山正传》、王鞍的小说《崖门失玺》、海辛的小说《乞丐千金》、润园的小说《古灵精怪》。《华侨报 · 华座》副刊发表湖洋的散文《吾家有女初长成》，连载夏冰的小说《多咀探长与街坊》、石中生的小说《快刀神剑夺命镖》、思薇的小说《情关》。

25 日 《澳门日报 · 新园地》副刊发表华芬兰的散文《拜访刘靖基洪祖尧先生》，连载王圣译的小说《星球大战》、陈萃文的小说《萧崐山正传》、王鞍的小说《崖门失玺》、海辛的小说《乞丐千金》、润园的小说《古灵精怪》。《华侨报 · 华座》副刊连载夏冰的小说《多咀探长与街坊》、石中生的小说《快刀神剑夺命镖》、思薇的小说《情关》。

26 日 《澳门日报 · 新园地》副刊连载王圣译的小说《星球大战》、陈萃文的小说《萧崐山正传》、王鞍的小说《崖门失玺》、海辛的小说《乞丐千金》、润园的小说《古灵精怪》。《华侨报 · 华座》副刊发表稔芹的散文《杜甫草堂的三副对联》，连载夏冰的小说《多咀探长与街坊》、石中生的小说《快刀神剑夺命镖》、思薇的小说《情关》。

27 日 《澳门日报·新园地》副刊连载王圣译的小说《星球大战》、陈萃文的小说《萧崐山正传》、王鞍的小说《崖门失玺》、海辛的小说《乞丐千金》、润园的小说《古灵精怪》。《华侨报·华座》副刊发表罗曦的评论《老舍》，连载夏冰的小说《多咀探长与街坊》、石中生的小说《快刀神剑夺命镖》、思薇的小说《情关》。

28 日 《澳门日报·新园地》副刊连载王圣译的小说《星球大战》、陈萃文的小说《萧崐山正传》、王鞍的小说《崖门失玺》、海辛的小说《乞丐千金》、润园的小说《古灵精怪》。《华侨报·华座》副刊发表宣翁的散文《芙蓉花百世流芳》，连载夏冰的小说《多咀探长与街坊》、石中生的小说《快刀神剑夺命镖》、思薇的小说《情关》。

29 日 《澳门日报·新园地》副刊连载王圣译的小说《星球大战》、陈萃文的小说《萧崐山正传》、王鞍的小说《崖门失玺》、海辛的小说《乞丐千金》、润园的小说《古灵精怪》。《华侨报·华座》副刊发表中村的散文《两封信》，连载夏冰的小说《多咀探长与街坊》、石中生的小说《快刀神剑夺命镖》、思薇的小说《情关》。

30 日 《澳门日报·新园地》副刊连载王圣译的小说《星球大战》、陈萃文的小说《萧崐山正传》、王鞍的小说《崖门失玺》、海辛的小说《乞丐千金》、润园的小说《古灵精怪》。《华侨报·华座》副刊连载夏冰的小说《多咀探长与街坊》、石中生的小说《快刀神剑夺命镖》、思薇的小说《情关》。

五月

1 日 《澳门日报·新园地》副刊发表陆无涯的散文《在欧洲写生的感受》、航青的散文《险遇》、司徒田的小说《借钱》，连载王圣译的小说《星球大战》、陈萃文的小说《萧崐山正传》、王鞍的小说《崖门失玺》、海辛的小说《乞丐千金》、润园的小说《古灵精怪》。《华侨报·华座》副刊发表玉彩的诗歌《五月枇杷黄》，并开始连载王香琴的小说《神探与飞贼》，连载夏冰的小说《多咀探长与街坊》、石中生的小说《快刀神剑夺命镖》、思薇的小说《情关》。

2 日　《澳门日报·新园地》副刊连载王圣译的小说《星球大战》、陈萃文的小说《萧崐山正传》、王鞍的小说《崖门失玺》、海辛的小说《乞丐千金》、润园的小说《古灵精怪》。《华侨报·华座》副刊连载王香琴的小说《神探与飞贼》、夏冰的小说《多咀探长与街坊》、石中生的小说《快刀神剑夺命镖》、思薇的小说《情关》。

3 日　《澳门日报·新园地》副刊连载王圣译的小说《星球大战》、陈萃文的小说《萧崐山正传》、王鞍的小说《崖门失玺》、海辛的小说《乞丐千金》、润园的小说《古灵精怪》。《华侨报·华座》副刊连载王香琴的小说《神探与飞贼》、夏冰的小说《多咀探长与街坊》、石中生的小说《快刀神剑夺命镖》、思薇的小说《情关》。

4 日　《澳门日报·新园地》副刊发表唐然的散文《伯乐和千里马》，连载王圣译的小说《星球大战》、陈萃文的小说《萧崐山正传》、王鞍的小说《崖门失玺》、海辛的小说《乞丐千金》、润园的小说《古灵精怪》。《华侨报·华座》副刊发表于理的散文《百态一二》，连载王香琴的小说《神探与飞贼》、夏冰的小说《多咀探长与街坊》、石中生的小说《快刀神剑夺命镖》、思薇的小说《情关》。

5 日　《澳门日报·新园地》副刊发表林逢雨的散文《孤雁》(1)，连载王圣译的小说《星球大战》、陈萃文的小说《萧崐山正传》、王鞍的小说《崖门失玺》、海辛的小说《乞丐千金》、润园的小说《古灵精怪》。《华侨报·华座》副刊连载王香琴的小说《神探与飞贼》、夏冰的小说《多咀探长与街坊》、石中生的小说《快刀神剑夺命镖》、思薇的小说《情关》。

6 日　《澳门日报·新园地》副刊发表林逢雨的散文《孤雁》(2)，连载王圣译的小说《星球大战》、陈萃文的小说《萧崐山正传》、王鞍的小说《崖门失玺》、海辛的小说《乞丐千金》、润园的小说《古灵精怪》。《华侨报·华座》副刊连载王香琴的小说《神探与飞贼》、夏冰的小说《多咀探长与街坊》、石中生的小说《快刀神剑夺命镖》、思薇的小说《情关》。

7 日　《澳门日报·新园地》副刊连载王圣译的小说《星球大战》、陈萃文的小说《萧崐山正传》、王鞍的小说《崖门失玺》、海辛的小说《乞丐千金》、润园的小说《古灵精怪》。《华侨报·华座》副刊连载王香琴的小说《神探与飞贼》、夏冰的小说《多咀探长与街坊》、石中生的小说《快刀神剑夺命镖》、思薇的小说《情关》。

8 日 《澳门日报·新园地》副刊发表阿中的散文《飞车的纪念》、方菲的评论《诗的风格》，连载王圣译的小说《星球大战》、陈萃文的小说《萧崐山正传》、王鞍的小说《崖门失玺》、海辛的小说《乞丐千金》、润园的小说《古灵精怪》。《华侨报·华座》副刊连载王香琴的小说《神探与飞贼》、夏冰的小说《多咀探长与街坊》、石中生的小说《快刀神剑夺命镖》、思薇的小说《情关》。

9 日 《澳门日报·新园地》副刊连载王圣译的小说《星球大战》、陈萃文的小说《萧崐山正传》、王鞍的小说《崖门失玺》、海辛的小说《乞丐千金》、润园的小说《古灵精怪》。《华侨报·华座》副刊连载王香琴的小说《神探与飞贼》、夏冰的小说《多咀探长与街坊》、石中生的小说《快刀神剑夺命镖》、思薇的小说《情关》。

10 日 《澳门日报·新园地》副刊连载王圣译的小说《星球大战》、陈萃文的小说《萧崐山正传》、王鞍的小说《崖门失玺》、海辛的小说《乞丐千金》、润园的小说《古灵精怪》。《华侨报·华座》副刊发表于理的散文《寒冬望高楼》，连载王香琴的小说《神探与飞贼》、夏冰的小说《多咀探长与街坊》、石中生的小说《快刀神剑夺命镖》、思薇的小说《情关》。

11 日 《澳门日报·新园地》副刊发表易枫的散文《"交际"与我》，连载王圣译的小说《星球大战》、陈萃文的小说《萧崐山正传》、王鞍的小说《崖门失玺》、海辛的小说《乞丐千金》、润园的小说《古灵精怪》。《华侨报·华座》副刊发表宣翁的散文《中国巴黎舞之花》，连载王香琴的小说《神探与飞贼》、夏冰的小说《多咀探长与街坊》、石中生的小说《快刀神剑夺命镖》、思薇的小说《情关》。

12 日 《澳门日报·新园地》副刊连载王圣译的小说《星球大战》、陈萃文的小说《萧崐山正传》、王鞍的小说《崖门失玺》、海辛的小说《乞丐千金》、润园的小说《古灵精怪》。《华侨报·华座》副刊连载王香琴的小说《神探与飞贼》、夏冰的小说《多咀探长与街坊》、石中生的小说《快刀神剑夺命镖》、思薇的小说《情关》。

13 日　《澳门日报·新园地》副刊发表易枫的散文《蔡崇力》，连载王圣译的小说《星球大战》、陈萃文的小说《萧崐山正传》、王鞍的小说《崖门失玺》、海辛的小说《乞丐千金》、润园的小说《古灵精怪》。《华侨报·华座》副刊连载王香琴的小说《神探与飞贼》、夏冰的小说《多咀探长与街坊》、石中生的小说《快刀神剑夺命镖》、思薇的小说《情关》。

14 日　《澳门日报·新园地》副刊发表雪英的散文《二胡·二泉映月·盲人阿炳》，连载王圣译的小说《星球大战》、陈萃文的小说《萧崐山正传》、王鞍的小说《崖门失玺》（完）、海辛的小说《乞丐千金》、润园的小说《古灵精怪》。《华侨报·华座》副刊连载王香琴的小说《神探与飞贼》、夏冰的小说《多咀探长与街坊》、石中生的小说《快刀神剑夺命镖》、思薇的小说《情关》。

15 日　《澳门日报·新园地》副刊发表江思扬的诗歌《钢琴独奏》、梅萼华的散文《雨中探花　走马看花》，并开始连载王鞍的小说《张巡杀妾》，连载王圣译的小说《星球大战》、陈萃文的小说《萧崐山正传》、海辛的小说《乞丐千金》、润园的小说《古灵精怪》。《华侨报·华座》副刊连载王香琴的小说《神探与飞贼》、夏冰的小说《多咀探长与街坊》、石中生的小说《快刀神剑夺命镖》、思薇的小说《情关》。

16 日　《澳门日报·新园地》副刊发表林逢雨的散文《更上一层楼》，连载王圣译的小说《星球大战》、陈萃文的小说《萧崐山正传》、海辛的小说《乞丐千金》、润园的小说《古灵精怪》、王鞍的小说《张巡杀妾》。《华侨报·华座》副刊发表罗曦的散文《读〈鲁迅论〉》，连载王香琴的小说《神探与飞贼》、夏冰的小说《多咀探长与街坊》、石中生的小说《快刀神剑夺命镖》、思薇的小说《情关》。

17 日　《澳门日报·新园地》副刊连载王圣译的小说《星球大战》、陈萃文的小说《萧崐山正传》、海辛的小说《乞丐千金》、润园的小说《古灵精怪》、王鞍的小说《张巡杀妾》。《华侨报·华座》副刊发表孟起予的散文《观元杂剧俑遐想》，连载王香琴的小说《神探与飞贼》、夏冰的小说《多咀探长与街坊》、石中生的小说《快刀神剑夺命镖》、思薇的小说《情关 78》。

18 日 《澳门日报 · 新园地》副刊连载王圣译的小说《星球大战》、陈萃文的小说《萧崐山正传》、海辛的小说《乞丐千金》、润园的小说《古灵精怪》、王鞍的小说《张巡杀妾》。《华侨报 · 华座》副刊连载王香琴的小说《神探与飞贼》、夏冰的小说《多咀探长与街坊》、石中生的小说《快刀神剑夺命镖》、思薇的小说《情关》。

19 日 《澳门日报 · 新园地》副刊发表汪南川的评论《读李瑛的〈早春〉》、陈星的小说《广告》，连载王圣译的小说《星球大战》、陈萃文的小说《萧崐山正传》、海辛的小说《乞丐千金》、润园的小说《古灵精怪》、王鞍的小说《张巡杀妾》。《华侨报 · 华座》副刊发表晓珑的散文《再谈学习普通话》，连载王香琴的小说《神探与飞贼》、夏冰的小说《多咀探长与街坊》、石中生的小说《快刀神剑夺命镖》、思薇的小说《情关》。

20 日 《澳门日报 · 新园地》副刊连载王圣译的小说《星球大战》、陈萃文的小说《萧崐山正传》、海辛的小说《乞丐千金》、润园的小说《古灵精怪》、王鞍的小说《张巡杀妾》。《华侨报 · 华座》副刊连载王香琴的小说《神探与飞贼》、夏冰的小说《多咀探长与街坊》、石中生的小说《快刀神剑夺命镖》、思薇的小说《情关》。

21 日 《澳门日报 · 新园地》副刊连载王圣译的小说《星球大战》、陈萃文的小说《萧崐山正传》、海辛的小说《乞丐千金》、润园的小说《古灵精怪》、王鞍的小说《张巡杀妾》。《华侨报 · 华座》副刊连载王香琴的小说《神探与飞贼》、夏冰的小说《多咀探长与街坊》（完）、石中生的小说《快刀神剑夺命镖》、思薇的小说《情关》。

22 日 《澳门日报 · 新园地》副刊连载王圣译的小说《星球大战》、陈萃文的小说《萧崐山正传》、海辛的小说《乞丐千金》、润园的小说《古灵精怪》（本回完）、王鞍的小说《张巡杀妾》。《华侨报 · 华座》副刊连载王香琴的小说《神探与飞贼》、石中生的小说《快刀神剑夺命镖》、思薇的小说《情关》，并开始连载夏冰的小说《怪招》。

23 日　《澳门日报 · 新园地》副刊连载王圣译的小说《星球大战》、陈萃文的小说《萧崐山正传》、海辛的小说《乞丐千金》、王鞍的小说《张巡杀妾》，并开始连载润园的小说《古灵精怪》（新一回）。

24 日　《澳门日报 · 新园地》副刊发表袁文的小说《妙计保遮》，连载王圣译的小说《星球大战》、陈萃文的小说《萧崐山正传》、海辛的小说《乞丐千金》、王鞍的小说《张巡杀妾》、润园的小说《古灵精怪》(停刊一期)。《华侨报 · 华座》副刊连载王香琴的小说《神探与飞贼》、石中生的小说《快刀神剑夺命镖》、思薇的小说《情关》、夏冰的小说《怪招》。

25 日　《澳门日报 · 新园地》副刊连载王圣译的小说《星球大战》、陈萃文的小说《萧崐山正传》、海辛的小说《乞丐千金》、润园的小说《古灵精怪》、王鞍的小说《张巡杀妾》。《华侨报 · 华座》副刊发表荀遐的散文《文学与科学》，连载王香琴的小说《神探与飞贼》、石中生的小说《快刀神剑夺命镖》、思薇的小说《情关》、夏冰的小说《怪招》。

26 日　《澳门日报 · 新园地》副刊发表林逢雨的评论《李杜的两首律诗》，连载王圣译的小说《星球大战》、陈萃文的小说《萧崐山正传》、海辛的小说《乞丐千金》、润园的小说《古灵精怪》、王鞍的小说《张巡杀妾》。《华侨报 · 华座》副刊连载王香琴的小说《神探与飞贼》、石中生的小说《快刀神剑夺命镖》、思薇的小说《情关》、夏冰的小说《怪招》。

27 日　《澳门日报 · 新园地》副刊连载王圣译的小说《星球大战》、陈萃文的小说《萧崐山正传》、海辛的小说《乞丐千金》、润园的小说《古灵精怪》、王鞍的小说《张巡杀妾》。《华侨报 · 华座》副刊连载王香琴的小说《神探与飞贼》、石中生的小说《快刀神剑夺命镖》、思薇的小说《情关》、夏冰的小说《怪招》。

28 日　《澳门日报 · 新园地》副刊连载王圣译的小说《星球大战》、陈萃文的小说《萧崐山正传》、海辛的小说《乞丐千金》、润园的小说《古灵精怪》、王鞍的小说《张巡杀妾》。《华侨报 · 华座》副刊连载王香琴的小说《神探与飞贼》、石中生的小说《快刀神剑夺命镖》、思薇的小说《情关》、夏冰的小说《怪招》。

29 日　《澳门日报 · 新园地》副刊发表琪琪的散文《南天昏暗忆往事》，连载王圣译的小说《星球大战》、陈萃文的小说《萧崐山正传》、海辛的小说《乞丐千金》、润园的小说《古灵精怪》、王鞍的小说《张巡杀妾》。《华侨报 · 华座》副刊连载王香琴的小说《神探与飞贼》、石中生的小说《快刀神剑夺命镖》、思薇的小说《情关》、夏冰的小说《怪招》。

30 日　《澳门日报 · 新园地》副刊连载王圣译的小说《星球大战》、陈萃文的小说《萧崐山正传》、海辛的小说《乞丐千金》、润园的小说《古灵精怪》、王鞍的小说《张巡杀妾》。《华侨报 · 华座》副刊发表紫玉的散文《歌刘三姐与柳州八景》，连载王香琴的小说《神探与飞贼》、石中生的小说《快刀神剑夺命镖》、思薇的小说《情关》、夏冰的小说《怪招》。

31 日　《澳门日报 · 新园地》副刊连载王圣译的小说《星球大战》、陈萃文的小说《萧崐山正传》、海辛的小说《乞丐千金》、润园的小说《古灵精怪》、王鞍的小说《张巡杀妾》。《华侨报 · 华座》副刊连载王香琴的小说《神探与飞贼》、石中生的小说《快刀神剑夺命镖》、思薇的小说《情关》、夏冰的小说《怪招》。

六月

1 日　《澳门日报 · 新园地》副刊发表陆无涯的散文《一代宗师徐悲鸿》，连载王圣译的小说《星球大战》、陈萃文的小说《萧崐山正传》、海辛的小说《乞丐千金》、润园的小说《古灵精怪》、王鞍的小说《张巡杀妾》。《华侨报 · 华座》副刊发表黄衫客的散文《雍陌温泉谈往》，连载王香琴的小说《神探与飞贼》、石中生的小说《快刀神剑夺命镖》、思薇的小说《情关》、夏冰的小说《怪招》。

2 日　《澳门日报 · 新园地》副刊连载王圣译的小说《星球大战》、陈萃文的小说《萧崐山正传》、海辛的小说《乞丐千金》、润园的小说《古灵精怪》、王鞍的小说《张巡杀妾》。《华侨报 · 华座》副刊连载王香琴的小说《神探与飞贼》、石中生的小说《快刀神剑夺命镖》、思薇的小说《情关》、夏冰的小说《怪招》。

3日　《澳门日报·新园地》副刊发表吴水谣的散文《以诗入词及其他》、世昌的小说《误会》，连载王圣译的小说《星球大战》、陈萃文的小说《萧崐山正传》、海辛的小说《乞丐千金》、润园的小说《古灵精怪》、王鞍的小说《张巡杀妾》。《华侨报·华座》副刊连载王香琴的小说《神探与飞贼》、石中生的小说《快刀神剑夺命镖》、思薇的小说《情关》、夏冰的小说《怪招》。

4日　《澳门日报·新园地》副刊连载王圣译的小说《星球大战》、陈萃文的小说《萧崐山正传》、海辛的小说《乞丐千金》、润园的小说《古灵精怪》、王鞍的小说《张巡杀妾》。《华侨报·华座》副刊连载王香琴的小说《神探与飞贼》、石中生的小说《快刀神剑夺命镖》、思薇的小说《情关》、夏冰的小说《怪招》。

5日　《澳门日报·新园地》副刊发表述之的散文《苏东坡与自来水》，连载王圣译的小说《星球大战》、陈萃文的小说《萧崐山正传》、海辛的小说《乞丐千金》、润园的小说《古灵精怪》、王鞍的小说《张巡杀妾》。《华侨报·华座》副刊连载王香琴的小说《神探与飞贼》、石中生的小说《快刀神剑夺命镖》、思薇的小说《情关》、夏冰的小说《怪招》。

6日　《澳门日报·新园地》副刊连载王圣译的小说《星球大战》、陈萃文的小说《萧崐山正传》、海辛的小说《乞丐千金》、润园的小说《古灵精怪》、王鞍的小说《张巡杀妾》（完）。《华侨报·华座》副刊连载王香琴的小说《神探与飞贼》、石中生的小说《快刀神剑夺命镖》、思薇的小说《情关》、夏冰的小说《怪招》。

7日　《澳门日报·新园地》副刊发表马万祺的诗歌《诗词五首》、舒平的散文《天下秀色聚峨眉》，并开始连载王鞍的小说《柳敬亭》，连载王圣译的小说《星球大战》、陈萃文的小说《萧崐山正传》、海辛的小说《乞丐千金》、润园的小说《古灵精怪》。《华侨报·华座》副刊连载王香琴的小说《神探与飞贼》、石中生的小说《快刀神剑夺命镖》、思薇的小说《情关》、夏冰的小说《怪招》。

8日　《澳门日报·新园地》副刊连载王圣译的小说《星球大战》、陈萃文的小说《萧崐山正传》、海辛的小说《乞丐千金》、润园的小说《古灵精怪》、王鞍的小说《柳敬亭》。《华侨报·华座》副刊连载王香琴的小说《神探与飞贼》、石中生的小说《快刀神剑夺命镖》、思薇的小说《情关》、夏冰的小说《怪招》。

9 日　《澳门日报·新园地》副刊发表陆无涯的散文《古代画家的故事》，连载王圣译的小说《星球大战》、陈萃文的小说《萧崐山正传》、海辛的小说《乞丐千金》、润园的小说《古灵精怪》、王鞍的小说《柳敬亭》。《华侨报·华座》副刊连载王香琴的小说《神探与飞贼》、石中生的小说《快刀神剑夺命镖》、思薇的小说《情关》、夏冰的小说《怪招》。

10 日　《澳门日报·新园地》副刊连载王圣译的小说《星球大战》、陈萃文的小说《萧崐山正传》、海辛的小说《乞丐千金》、润园的小说《古灵精怪》、王鞍的小说《柳敬亭》。《华侨报·华座》副刊发表寸草生的诗歌《诗人节怀屈原》，连载王香琴的小说《神探与飞贼》、石中生的小说《快刀神剑夺命镖》、思薇的小说《情关》、夏冰的小说《怪招》。

11 日　《澳门日报·新园地》副刊连载王圣译的小说《星球大战》、陈萃文的小说《萧崐山正传》、海辛的小说《乞丐千金》、润园的小说《古灵精怪》、王鞍的小说《柳敬亭》。《华侨报·华座》副刊连载王香琴的小说《神探与飞贼》、石中生的小说《快刀神剑夺命镖》、思薇的小说《情关》、夏冰的小说《怪招》。

12 日　《澳门日报·新园地》副刊连载王圣译的小说《星球大战》、陈萃文的小说《萧崐山正传》、海辛的小说《乞丐千金》、润园的小说《古灵精怪》、王鞍的小说《柳敬亭》。《华侨报·华座》副刊连载王香琴的小说《神探与飞贼》、石中生的小说《快刀神剑夺命镖》、思薇的小说《情关》、夏冰的小说《怪招》。

13 日　《澳门日报·新园地》副刊发表林逢雨的散文《一时多少豪杰》、袁文的小说《妙计捉“虫”》，连载王圣译的小说《星球大战》、陈萃文的小说《萧崐山正传》、海辛的小说《乞丐千金》、润园的小说《古灵精怪》、王鞍的小说《柳敬亭》。《华侨报·华座》副刊连载王香琴的小说《神探与飞贼》、石中生的小说《快刀神剑夺命镖》、思薇的小说《情关》、夏冰的小说《怪招》(停刊一期)。

14日 《澳门日报·新园地》副刊连载王圣译的小说《星球大战》、陈萃文的小说《萧崐山正传》、海辛的小说《乞丐千金》、润园的小说《古灵精怪》、王鞍的小说《柳敬亭》。《华侨报·华座》副刊连载王香琴的小说《神探与飞贼》、石中生的小说《快刀神剑夺命镖》、思薇的小说《情关》、夏冰的小说《怪招》(停刊一期)。

15日 《澳门日报·新园地》副刊发表航青的散文《失窃之后(随笔)》、知行的散文《郭沫若才气横溢贡献多》，连载王圣译的小说《星球大战》、陈萃文的小说《萧崐山正传》、海辛的小说《乞丐千金》、润园的小说《古灵精怪》、王鞍的小说《柳敬亭》。《华侨报·华座》副刊发表伊水湄的诗歌《欣赏"国宝展览"咏》，连载王香琴的小说《神探与飞贼》、石中生的小说《快刀神剑夺命镖》、思薇的小说《情关》、夏冰的小说《怪招》。

16日 《澳门日报·新园地》副刊连载王圣译的小说《星球大战》、陈萃文的小说《萧崐山正传》、海辛的小说《乞丐千金》、润园的小说《古灵精怪》、王鞍的小说《柳敬亭》。《华侨报·华座》副刊连载王香琴的小说《神探与飞贼》、石中生的小说《快刀神剑夺命镖》、思薇的小说《情关》、夏冰的小说《怪招》。

17日 《澳门日报·新园地》副刊连载王圣译的小说《星球大战》、陈萃文的小说《萧崐山正传》、海辛的小说《乞丐千金》、润园的小说《古灵精怪》、王鞍的小说《柳敬亭》。《华侨报·华座》副刊发表史平的散文《浩然和〈艳阳天〉》，连载王香琴的小说《神探与飞贼》、石中生的小说《快刀神剑夺命镖》、思薇的小说《情关》、夏冰的小说《怪招》。

18日 《澳门日报·新园地》副刊连载王圣译的小说《星球大战》、陈萃文的小说《萧崐山正传》、海辛的小说《乞丐千金》、润园的小说《古灵精怪》、王鞍的小说《柳敬亭》。《华侨报·华座》副刊发表宣翁的散文《忆郭老访缅甸》，连载王香琴的小说《神探与飞贼》、石中生的小说《快刀神剑夺命镖》、思薇的小说《情关》、夏冰的小说《怪招》。

19 日 《澳门日报 · 新园地》副刊连载王圣译的小说《星球大战》、陈萃文的小说《萧崐山正传》、海辛的小说《乞丐千金》、润园的小说《古灵精怪》、王鞍的小说《柳敬亭》。《华侨报 · 华座》副刊连载王香琴的小说《神探与飞贼》、石中生的小说《快刀神剑夺命镖》、思薇的小说《情关》、夏冰的小说《怪招》。

20 日 《澳门日报 · 新园地》副刊连载王圣译的小说《星球大战》、陈萃文的小说《萧崐山正传》、海辛的小说《乞丐千金》、润园的小说《古灵精怪》、王鞍的小说《柳敬亭》。《华侨报 · 华座》副刊发表罗曦的散文《关于"夏"的文章》，连载王香琴的小说《神探与飞贼》、石中生的小说《快刀神剑夺命镖》、思薇的小说《情关》、夏冰的小说《怪招》。

21 日 《澳门日报 · 新园地》副刊发表蓓尔的散文《郭老和屈原》，连载王圣译的小说《星球大战》、陈萃文的小说《萧崐山正传》、海辛的小说《乞丐千金》、润园的小说《古灵精怪》、王鞍的小说《柳敬亭》。《华侨报 · 华座》副刊连载王香琴的小说《神探与飞贼》、石中生的小说《快刀神剑夺命镖》、思薇的小说《情关》、夏冰的小说《怪招》。

22 日 《澳门日报 · 新园地》副刊发表望云的散文《郭沫若与香港》，连载王圣译的小说《星球大战》、陈萃文的小说《萧崐山正传》、海辛的小说《乞丐千金》、润园的小说《古灵精怪》、王鞍的小说《柳敬亭》。《华侨报 · 华座》副刊发表寸草生的诗歌《越南排华有咏》，连载王香琴的小说《神探与飞贼》、石中生的小说《快刀神剑夺命镖》、思薇的小说《情关》、夏冰的小说《怪招》。

23 日 《澳门日报 · 新园地》副刊发表荣渠的散文《〈堂吉诃德〉与中国》，连载王圣译的小说《星球大战》、陈萃文的小说《萧崐山正传》、海辛的小说《乞丐千金》、润园的小说《古灵精怪》、王鞍的小说《柳敬亭》。《华侨报 · 华座》副刊连载王香琴的小说《神探与飞贼》、石中生的小说《快刀神剑夺命镖》、思薇的小说《情关》、夏冰的小说《怪招》。

24 日 《澳门日报 · 新园地》副刊发表陆无涯的散文《古代人物画家吴道子》，连载王圣译的小说《星球大战》、陈萃文的小说《萧崐山正传》、海辛的小说《乞丐千金》、润园的小说《古灵精怪》、王鞍的小说《柳敬亭》。《华侨报·华座》副刊发表宣翁的散文《绿漪湖夜话——记郭沫若在仰光》，连载王香琴的小说《神探与飞贼》、石中生的小说《快刀神剑夺命镖》、思薇的小说《情关》、夏冰的小说《怪招》。

25 日 《澳门日报·新园地》副刊发表林金源的散文《悼念世界冠军容国团》，连载王圣译的小说《星球大战》、陈萃文的小说《萧崐山正传》、海辛的小说《乞丐千金》、润园的小说《古灵精怪》、王鞍的小说《柳敬亭》。《华侨报·华座》副刊连载王香琴的小说《神探与飞贼》、石中生的小说《快刀神剑夺命镖》、思薇的小说《情关》、夏冰的小说《怪招》。

26 日 《澳门日报·新园地》副刊发表林逢雨的散文《锦书难托》(1)、张清的小说《健忘》，连载王圣译的小说《星球大战》、陈萃文的小说《萧崐山正传》、海辛的小说《乞丐千金》、润园的小说《古灵精怪》、王鞍的小说《柳敬亭》(完)。《华侨报·华座》副刊连载王香琴的小说《神探与飞贼》、石中生的小说《快刀神剑夺命镖》、思薇的小说《情关》、夏冰的小说《怪招》。

27 日 《澳门日报·新园地》副刊发表林逢雨的散文《锦书难托》(2)，连载王圣译的小说《星球大战》、陈萃文的小说《萧崐山正传》、海辛的小说《乞丐千金》、润园的小说《古灵精怪》，并开始连载王鞍的小说《豹房野史》。《华侨报·华座》副刊连载王香琴的小说《神探与飞贼》、石中生的小说《快刀神剑夺命镖》、思薇的小说《情关》、夏冰的小说《怪招》。

28 日 《澳门日报·新园地》副刊发表舒林的散文《读〈杨朔散文选〉》，连载王圣译的小说《星球大战》、陈萃文的小说《萧崐山正传》、海辛的小说《乞丐千金》、润园的小说《古灵精怪》、王鞍的小说《豹房野史》。《华侨报·华座》副刊连载王香琴的小说《神探与飞贼》、石中生的小说《快刀神剑夺命镖》、思薇的小说《情关》、夏冰的小说《怪招》。

29 日 《澳门日报·新园地》副刊连载王圣译的小说《星球大战》、陈萃文的小说《萧崐山正传》、海辛的小说《乞丐千金》、润园的小说《古灵精怪》、王鞍的小说《豹房野史》。《华侨报·华座》副刊连载王香琴的小说《神探与飞贼》、石中生的小说《快刀神剑夺命镖》、思薇的小说《情关》、夏冰的小说《怪招》。

30 日 《澳门日报 · 新园地》副刊发表林金源的散文《梁秩智音容尚在》，连载王圣译的小说《星球大战》(完)、陈萃文的小说《萧崐山正传》、海辛的小说《乞丐千金》、润园的小说《古灵精怪》、王鞍的小说《豹房野史》。《华侨报 · 华座》副刊连载王香琴的小说《神探与飞贼》、石中生的小说《快刀神剑夺命镖》、思薇的小说《情关》、夏冰的小说《怪招》。

⊙ 本月，陶里的诗歌《回故乡之路》刊载于香港《当代文艺》第 151 期。

⊙ 本月，韩牧的诗歌《工厂内外》刊载于香港《海洋文艺》第 5 卷第 6 期。

七月

1 日 《澳门日报 · 新园地》副刊连载陈萃文的小说《萧崐山正传》、海辛的小说《乞丐千金》、润园的小说《古灵精怪》、王鞍的小说《豹房野史》，并开始连载柳慧的小说《仲夏夜之恋》。《华侨报 · 华座》副刊连载王香琴的小说《神探与飞贼》(完)、石中生的小说《快刀神剑夺命镖》、思薇的小说《情关》、夏冰的小说《怪招》。

2 日 《澳门日报 · 新园地》副刊发表林逢雨的诗歌《文友招宴南园因叠喜晤原韵即赋》，连载陈萃文的小说《萧崐山正传》、海辛的小说《乞丐千金》、润园的小说《古灵精怪》、王鞍的小说《豹房野史》、柳慧的小说《仲夏夜之恋》。《华侨报 · 华座》副刊连载石中生的小说《快刀神剑夺命镖》、思薇的小说《情关》、夏冰的小说《怪招》，并开始连载幽草的小说《情礁》。

3 日 《澳门日报 · 新园地》副刊发表述之的散文《苏东坡与岭南荔枝》，连载陈萃文的小说《萧崐山正传》、海辛的小说《乞丐千金》、润园的小说《古灵精怪》、王鞍的小说《豹房野史》、柳慧的小说《仲夏夜之恋》。《华侨报 · 华座》副刊发表岑龙的诗歌《望海湖》、宣翁的散文《重见梅派〈霸王别姬〉》，连载石中生的小说《快刀神剑夺命镖》、思薇的小说《情关》、夏冰的小说《怪招》、幽草的小说《情礁》。

4日　《澳门日报·新园地》副刊发表无瑕的散文《三画家中西画联展观后》，连载陈萃文的小说《萧崐山正传》、海辛的小说《乞丐千金》、润园的小说《古灵精怪》、王鞍的小说《豹房野史》、柳慧的小说《仲夏夜之恋》。《华侨报·华座》副刊发表寸草生的诗歌《六十年代排华高潮挈家迁澳忆别亲友》、罗曦的散文《一面镜子》，连载石中生的小说《快刀神剑夺命镖》、思薇的小说《情关》、夏冰的小说《怪招》、幽草的小说《情礁》。

5日　《澳门日报·新园地》副刊发表张兆全的散文《三位大师画展观后谈》，连载陈萃文的小说《萧崐山正传》、海辛的小说《乞丐千金》、润园的小说《古灵精怪》、王鞍的小说《豹房野史》、柳慧的小说《仲夏夜之恋》。《华侨报·华座》副刊发表甄枝强的散文《七月的星空》，连载石中生的小说《快刀神剑夺命镖》、思薇的小说《情关》、夏冰的小说《怪招》、幽草的小说《情礁》。

6日　《澳门日报·新园地》副刊发表望云的诗歌《赠东方歌舞团》，连载陈萃文的小说《萧崐山正传》、海辛的小说《乞丐千金》、润园的小说《古灵精怪》、王鞍的小说《豹房野史》、柳慧的小说《仲夏夜之恋》。《华侨报·华座》副刊发表荀遐的散文《郁风和郁达夫的后人》，连载石中生的小说《快刀神剑夺命镖》、思薇的小说《情关》、夏冰的小说《怪招》、幽草的小说《情礁》。

7日　《澳门日报·新园地》副刊发表林逢雨的散文《雪拥蓝关》(1)，连载陈萃文的小说《萧崐山正传》、海辛的小说《乞丐千金》、润园的小说《古灵精怪》、王鞍的小说《豹房野史》、柳慧的小说《仲夏夜之恋》。《华侨报·华座》副刊发表史平的散文《一个历史故事》，连载石中生的小说《快刀神剑夺命镖》、思薇的小说《情关》、夏冰的小说《怪招》、幽草的小说《情礁》。

8日　《澳门日报·新园地》副刊发表林逢雨的散文《雪拥蓝关》(2)，连载陈萃文的小说《萧崐山正传》、海辛的小说《乞丐千金》、润园的小说《古灵精怪》、王鞍的小说《豹房野史》、柳慧的小说《仲夏夜之恋》。《华侨报·华座》副刊连载石中生的小说《快刀神剑夺命镖》、思薇的小说《情关》、夏冰的小说《怪招》、幽草的小说《情礁》。

9 日　《澳门日报·新园地》副刊发表雪予的诗歌《越事抒愤》，连载陈萃文的小说《萧崐山正传》、海辛的小说《乞丐千金》、润园的小说《古灵精怪》、王鞍的小说《豹房野史》、柳慧的小说《仲夏夜之恋》。《华侨报·华座》副刊连载石中生的小说《快刀神剑夺命镖》、思薇的小说《情关》、夏冰的小说《怪招》、幽草的小说《情礁》。

10 日　《澳门日报·新园地》副刊发表谭仕杰的诗歌《思佳客》、平凡的散文《词的“回文”体》、泰安的小说《夫妻争吵》，连载陈萃文的小说《萧崐山正传》、海辛的小说《乞丐千金》、润园的小说《古灵精怪》、王鞍的小说《豹房野史》、柳慧的小说《仲夏夜之恋》。《华侨报·华座》副刊连载石中生的小说《快刀神剑夺命镖》、思薇的小说《情关》、夏冰的小说《怪招》、幽草的小说《情礁》。

11 日　《澳门日报·新园地》副刊发表古思发的散文《文王拘而演周易？》，连载陈萃文的小说《萧崐山正传》、海辛的小说《乞丐千金》、润园的小说《古灵精怪》、王鞍的小说《豹房野史》、柳慧的小说《仲夏夜之恋》。《华侨报·华座》副刊连载石中生的小说《快刀神剑夺命镖》、思薇的小说《情关》、夏冰的小说《怪招》、幽草的小说《情礁》。

12 日　《澳门日报·新园地》副刊发表阿中的散文《儿子出难题（随笔）》、望云的散文《史家的末路》，连载陈萃文的小说《萧崐山正传》、海辛的小说《乞丐千金》、润园的小说《古灵精怪》、王鞍的小说《豹房野史》、柳慧的小说《仲夏夜之恋》。《华侨报·华座》副刊连载石中生的小说《快刀神剑夺命镖》、思薇的小说《情关》、夏冰的小说《怪招》、幽草的小说《情礁》。

13 日　《澳门日报·新园地》副刊连载陈萃文的小说《萧崐山正传》、海辛的小说《乞丐千金》、润园的小说《古灵精怪》、王鞍的小说《豹房野史》、柳慧的小说《仲夏夜之恋》。《华侨报·华座》副刊连载石中生的小说《快刀神剑夺命镖》、思薇的小说《情关》、夏冰的小说《怪招》、幽草的小说《情礁》。

14 日 《澳门日报 · 新园地》副刊发表雪予的诗歌《澳门归侨总会十周年》、古思发的散文《孔子厄陈蔡而作〈春秋〉？》、无瑕的散文《澳门花报谈往》，连载陈萃文的小说《萧岷山正传》、海辛的小说《乞丐千金》、润园的小说《古灵精怪》、王鞍的小说《豹房野史》、柳慧的小说《仲夏夜之恋》。《华侨报 · 华座》副刊连载石中生的小说《快刀神剑夺命镖》、思薇的小说《情关》、夏冰的小说《怪招》、幽草的小说《情礁》。

15 日 《澳门日报 · 新园地》副刊连载陈萃文的小说《萧岷山正传》、海辛的小说《乞丐千金》、润园的小说《古灵精怪》、王鞍的小说《豹房野史》、柳慧的小说《仲夏夜之恋》。《华侨报 · 华座》副刊连载石中生的小说《快刀神剑夺命镖》、思薇的小说《情关》、夏冰的小说《怪招》、幽草的小说《情礁》。

16 日 《澳门日报 · 新园地》副刊连载陈萃文的小说《萧岷山正传》、海辛的小说《乞丐千金》、润园的小说《古灵精怪》、王鞍的小说《豹房野史》、柳慧的小说《仲夏夜之恋》。《华侨报 · 华座》副刊连载石中生的小说《快刀神剑夺命镖》、思薇的小说《情关》、夏冰的小说《怪招》、幽草的小说《情礁》。

17 日 《澳门日报 · 新园地》副刊开始连载卓荦的散文《书画同源》，连载陈萃文的小说《萧岷山正传》、海辛的小说《乞丐千金》、润园的小说《古灵精怪》、王鞍的小说《豹房野史》、柳慧的小说《仲夏夜之恋》。《华侨报 · 华座》副刊连载石中生的小说《快刀神剑夺命镖》、思薇的小说《情关》、夏冰的小说《怪招》、幽草的小说《情礁》。

18 日 《澳门日报 · 新园地》副刊连载卓荦的散文《书画同源》、陈萃文的小说《萧岷山正传》、海辛的小说《乞丐千金》、润园的小说《古灵精怪》、王鞍的小说《豹房野史》、柳慧的小说《仲夏夜之恋》。《华侨报 · 华座》副刊连载石中生的小说《快刀神剑夺命镖》、思薇的小说《情关》、夏冰的小说《怪招》、幽草的小说《情礁》。

19 日 《澳门日报 · 新园地》副刊连载卓荦的散文《书画同源》（完）、陈萃文的小说《萧岷山正传》、海辛的小说《乞丐千金》、润园的小说《古灵精怪》、王鞍的小说《豹房野史》、柳慧的小说《仲夏夜之恋》。《华侨报·华座》副刊连载石中生的小说《快刀神剑夺命镖》、思薇的小说《情关》、夏冰的小说《怪招》、幽草的小说《情礁》。

20日 《澳门日报·新园地》副刊发表杨祖希的散文《漫谈百科全书》、林逢雨的评论《周总理诗二首浅释——答读者云峰君》，连载陈萃文的小说《萧崐山正传》、海辛的小说《乞丐千金》、润园的小说《古灵精怪》、王鞍的小说《豹房野史》、柳慧的小说《仲夏夜之恋》。《华侨报·华座》副刊连载石中生的小说《快刀神剑夺命镖》、思薇的小说《情关》、夏冰的小说《怪招》、幽草的小说《情礁》。

21日 《澳门日报·新园地》副刊发表汪浩瀚的诗歌《致蔡崇力》，连载陈萃文的小说《萧崐山正传》、海辛的小说《乞丐千金》、润园的小说《古灵精怪》、王鞍的小说《豹房野史》、柳慧的小说《仲夏夜之恋》。《华侨报·华座》副刊发表荀遐的散文《许地山和李绮年》，连载石中生的小说《快刀神剑夺命镖》、思薇的小说《情关》、夏冰的小说《怪招》、幽草的小说《情礁》。

22日 《澳门日报·新园地》副刊发表古思发的散文《屈原放逐，乃赋〈离骚〉？》，连载陈萃文的小说《萧崐山正传》、海辛的小说《乞丐千金》、润园的小说《古灵精怪》、王鞍的小说《豹房野史》、柳慧的小说《仲夏夜之恋》。《华侨报·华座》副刊发表朱畔华的散文《夏夜星空》，连载石中生的小说《快刀神剑夺命镖》、思薇的小说《情关》、夏冰的小说《怪招》、幽草的小说《情礁》。

23日 《澳门日报·新园地》副刊发表白水的小说《意中人》，连载陈萃文的小说《萧崐山正传》、海辛的小说《乞丐千金》、润园的小说《古灵精怪》、王鞍的小说《豹房野史》、柳慧的小说《仲夏夜之恋》。《华侨报·华座》副刊连载石中生的小说《快刀神剑夺命镖》、思薇的小说《情关》、夏冰的小说《怪招》、幽草的小说《情礁》。

24日 《澳门日报·新园地》副刊发表林逢雨的评论《陶潜〈归去来辞〉分析——答读者 TMF 君》、白水的小说《烦恼》，连载陈萃文的小说《萧崐山正传》、海辛的小说《乞丐千金》、润园的小说《古灵精怪》、王鞍的小说《豹房野史》、柳慧的小说《仲夏夜之恋》。《华侨报·华座》副刊连载石中生的小说《快刀神剑夺命镖》、思薇的小说《情关》、夏冰的小说《怪招》、幽草的小说《情礁》。

25日 《澳门日报·新园地》副刊连载陈萃文的小说《萧崐山正传》、海辛的小说《乞丐千金》、润园的小说《古灵精怪》、王鞍的小说《豹房野史》、柳慧的小说《仲夏夜之恋》。《华侨报·华座》副刊发表寸草生的诗歌《佛国巨变侨居感怀》，连载石中生的小说《快刀神剑夺命镖》、思薇的小说《情关》、夏冰的小说《怪招》、幽草的小说《情礁》。

26日 《澳门日报·新园地》副刊发表无瑕的散文《澳门歌榭谈往》，连载陈萃文的小说《萧崐山正传》、海辛的小说《乞丐千金》、润园的小说《古灵精怪》、王鞍的小说《豹房野史》、柳慧的小说《仲夏夜之恋》。《华侨报·华座》副刊连载石中生的小说《快刀神剑夺命镖》、思薇的小说《情关》、夏冰的小说《怪招》、幽草的小说《情礁》。

27日 《澳门日报·新园地》副刊发表淡河汉的散文《考“暨大”入学时后记》，连载陈萃文的小说《萧崐山正传》、海辛的小说《乞丐千金》、润园的小说《古灵精怪》、王鞍的小说《豹房野史》、柳慧的小说《仲夏夜之恋》。《华侨报·华座》副刊连载石中生的小说《快刀神剑夺命镖》、思薇的小说《情关》、夏冰的小说《怪招》、幽草的小说《情礁》。

28日 《澳门日报·新园地》副刊发表古思发的散文《左丘失明，厥有〈国语〉？》，连载陈萃文的小说《萧崐山正传》、海辛的小说《乞丐千金》、润园的小说《古灵精怪》、王鞍的小说《豹房野史》、柳慧的小说《仲夏夜之恋》。《华侨报·华座》副刊发表荀遐的评论《林纾式的翻译》，连载石中生的小说《快刀神剑夺命镖》、思薇的小说《情关》、夏冰的小说《怪招》、幽草的小说《情礁》。

29日 《澳门日报·新园地》副刊发表克恩的散文《郭沫若改诗》，连载陈萃文的小说《萧崐山正传》、海辛的小说《乞丐千金》、润园的小说《古灵精怪》、王鞍的小说《豹房野史》、柳慧的小说《仲夏夜之恋》。《华侨报·华座》副刊连载石中生的小说《快刀神剑夺命镖》、思薇的小说《情关》、夏冰的小说《怪招》、幽草的小说《情礁》。

30 日　《澳门日报·新园地》副刊开始连载于今的评论《张穆的黄山诗及其他》，连载陈萃文的小说《萧崐山正传》、海辛的小说《乞丐千金》、润园的小说《古灵精怪》、王鞍的小说《豹房野史》（完）、柳慧的小说《仲夏夜之恋》。《华侨报·华座》副刊连载石中生的小说《快刀神剑夺命镖》、思薇的小说《情关》、夏冰的小说《怪招》、幽草的小说《情礁》。

31 日　《澳门日报·新园地》副刊发表华之的小说《误会》，并开始连载韩键的小说《唐代剑侠故事选》，连载于今的评论《张穆的黄山诗及其他》、陈萃文的小说《萧崐山正传》、海辛的小说《乞丐千金》、润园的小说《古灵精怪》、柳慧的小说《仲夏夜之恋》。《华侨报·华座》副刊连载石中生的小说《快刀神剑夺命镖》、思薇的小说《情关》、夏冰的小说《怪招》、幽草的小说《情礁》。

八月

1 日　《澳门日报·新园地》副刊连载于今的评论《张穆的黄山诗及其他》（完）、陈萃文的小说《萧崐山正传》、海辛的小说《乞丐千金》、润园的小说《古灵精怪》、柳慧的小说《仲夏夜之恋》、韩键的小说《唐代剑侠故事选》。《华侨报·华座》副刊连载石中生的小说《快刀神剑夺命镖》、思薇的小说《情关》、夏冰的小说《怪招》（停刊一期）、幽草的小说《情礁》。

2 日　《澳门日报·新园地》副刊发表林逢雨的散文《孤馆闭春寒》，连载陈萃文的小说《萧崐山正传》、海辛的小说《乞丐千金》、润园的小说《古灵精怪》、柳慧的小说《仲夏夜之恋》、韩键的小说《唐代剑侠故事选》。《华侨报·华座》副刊连载石中生的小说《快刀神剑夺命镖》、思薇的小说《情关》、夏冰的小说《怪招》（停刊一期）、幽草的小说《情礁》。

3 日　《澳门日报·新园地》副刊连载陈萃文的小说《萧崐山正传》、海辛的小说《乞丐千金》、润园的小说《古灵精怪》、柳慧的小说《仲夏夜之恋》、韩键的小说《唐代剑侠故事选》。《华侨报·华座》副刊连载石中生的小说《快刀神剑夺命镖》、思薇的小说《情关》、夏冰的小说《怪招》（停刊一期）、幽草的小说《情礁》。

4日　《澳门日报·新园地》副刊连载陈萃文的小说《萧崐山正传》、海辛的小说《乞丐千金》、润园的小说《古灵精怪》、柳慧的小说《仲夏夜之恋》、韩键的小说《唐代剑侠故事选》。《华侨报·华座》副刊连载石中生的小说《快刀神剑夺命镖》、思薇的小说《情关》、夏冰的小说《怪招》、幽草的小说《情礁》。

5日　《澳门日报·新园地》副刊连载陈萃文的小说《萧崐山正传》、海辛的小说《乞丐千金》、润园的小说《古灵精怪》、柳慧的小说《仲夏夜之恋》、韩键的小说《唐代剑侠故事选》。《华侨报·华座》副刊发表赵朴初的诗歌《读许光达同志遗诗感赋》、游龙的散文《建军节忆周总理》，连载石中生的小说《快刀神剑夺命镖》、思薇的小说《情关》、夏冰的小说《怪招》、幽草的小说《情礁》。

6日　《澳门日报·新园地》副刊发表田士蒲的散文《抽烟·灵感·文思》，连载陈萃文的小说《萧崐山正传》、海辛的小说《乞丐千金》、润园的小说《古灵精怪》、柳慧的小说《仲夏夜之恋》、韩键的小说《唐代剑侠故事选》。《华侨报·华座》副刊发表黄衫客的散文《高剑父书画忆述》，连载石中生的小说《快刀神剑夺命镖》、思薇的小说《情关》、夏冰的小说《怪招》、幽草的小说《情礁》。

7日　《澳门日报·新园地》副刊开始连载望云的诗歌《夏游诗草》，连载陈萃文的小说《萧崐山正传》、海辛的小说《乞丐千金》、润园的小说《古灵精怪》、柳慧的小说《仲夏夜之恋》、韩键的小说《唐代剑侠故事选》。《华侨报·华座》副刊发表佟立章的诗歌《示友》，连载石中生的小说《快刀神剑夺命镖》、思薇的小说《情关》、夏冰的小说《怪招》、幽草的小说《情礁》。

8日　《澳门日报·新园地》副刊连载望云的诗歌《夏游诗草》（完）、陈萃文的小说《萧崐山正传》、海辛的小说《乞丐千金》、润园的小说《古灵精怪》、柳慧的小说《仲夏夜之恋》、韩键的小说《唐代剑侠故事选》。《华侨报·华座》副刊连载石中生的小说《快刀神剑夺命镖》、思薇的小说《情关》、夏冰的小说《怪招》、幽草的小说《情礁》。

9日 《澳门日报·新园地》副刊连载陈萃文的小说《萧崐山正传》、海辛的小说《乞丐千金》、润园的小说《古灵精怪》、柳慧的小说《仲夏夜之恋》、韩键的小说《唐代剑侠故事选》。《华侨报·华座》副刊连载石中生的小说《快刀神剑夺命镖》、思薇的小说《情关》、夏冰的小说《怪招》、幽草的小说《情礁》。

10日 《澳门日报·新园地》副刊连载陈萃文的小说《萧崐山正传》、海辛的小说《乞丐千金》、润园的小说《古灵精怪》、柳慧的小说《仲夏夜之恋》、韩键的小说《唐代剑侠故事选》。《华侨报·华座》副刊连载石中生的小说《快刀神剑夺命镖》、思薇的小说《情关》、夏冰的小说《怪招》、幽草的小说《情礁》。

11日 《澳门日报·新园地》副刊发表古思发的散文《孙子膑脚,〈兵法〉修列》,连载陈萃文的小说《萧崐山正传》、海辛的小说《乞丐千金》、润园的小说《古灵精怪》、柳慧的小说《仲夏夜之恋》、韩键的小说《唐代剑侠故事选》。《华侨报·华座》副刊发表贤的诗歌《步佟兄〈示友〉原韵并增》,连载石中生的小说《快刀神剑夺命镖》、思薇的小说《情关》、夏冰的小说《怪招》、幽草的小说《情礁》。

12日 《澳门日报·新园地》副刊发表陆英的小说《烟雨》,连载陈萃文的小说《萧崐山正传》、海辛的小说《乞丐千金》、润园的小说《古灵精怪》、柳慧的小说《仲夏夜之恋》、韩键的小说《唐代剑侠故事选》。《华侨报·华座》副刊连载石中生的小说《快刀神剑夺命镖》、思薇的小说《情关》、夏冰的小说《怪招》、幽草的小说《情礁》。

13日 《澳门日报·新园地》副刊发表无瑕的散文《岭南书派大师高剑父》,连载陈萃文的小说《萧崐山正传》、海辛的小说《乞丐千金》、润园的小说《古灵精怪》、柳慧的小说《仲夏夜之恋》、韩键的小说《唐代剑侠故事选》。《华侨报·华座》副刊发表红的散文《琵琶与刘德海》,连载石中生的小说《快刀神剑夺命镖》、思薇的小说《情关》、夏冰的小说《怪招》、幽草的小说《情礁》。

14 日　《澳门日报 · 新园地》副刊发表马国权的诗歌《奉题广东工艺》，连载陈萃文的小说《萧崐山正传》、海辛的小说《乞丐千金》、润园的小说《古灵精怪》、柳慧的小说《仲夏夜之恋》、韩键的小说《唐代剑侠故事选》。《华侨报 · 华座》副刊连载石中生的小说《快刀神剑夺命镖》、思薇的小说《情关》、夏冰的小说《怪招》、幽草的小说《情礁》。

15 日　《澳门日报 · 新园地》副刊发表筱占的小说《女儿的泥浆》，连载陈萃文的小说《萧崐山正传》、海辛的小说《乞丐千金》、润园的小说《古灵精怪》、柳慧的小说《仲夏夜之恋》、韩键的小说《唐代剑侠故事选》。《华侨报 · 华座》副刊发表罗曦的散文《祖国河山锦绣》，连载石中生的小说《快刀神剑夺命镖》、思薇的小说《情关》、夏冰的小说《怪招》、幽草的小说《情礁》。

16 日　《澳门日报 · 新园地》副刊发表徐迟的诗歌《祝〈澳门日报〉创刊二十周年》、亚光的小说《喜宴》，连载陈萃文的小说《萧崐山正传》、海辛的小说《乞丐千金》、润园的小说《古灵精怪》、柳慧的小说《仲夏夜之恋》、韩键的小说《唐代剑侠故事选》。《华侨报 · 华座》副刊连载石中生的小说《快刀神剑夺命镖》、思薇的小说《情关》、夏冰的小说《怪招》（停刊一期）、幽草的小说《情礁》。

17 日　《澳门日报 · 新园地》副刊发表鲁夫的诗歌《〈澳门日报〉创刊二十周年》，连载陈萃文的小说《萧崐山正传》、海辛的小说《乞丐千金》、润园的小说《古灵精怪》、柳慧的小说《仲夏夜之恋》、韩键的小说《唐代剑侠故事选》。《华侨报 · 华座》副刊发表逊夏的散文《徐悲鸿二三事》，连载石中生的小说《快刀神剑夺命镖》、思薇的小说《情关》、夏冰的小说《怪招》、幽草的小说《情礁》。

18 日　《澳门日报 · 新园地》副刊发表青原的诗词《忆江南 · 祝贺〈澳门日报〉创刊二十周年》、晓珑的散文《雪地猎山鸡》，连载陈萃文的小说《萧崐山正传》、海辛的小说《乞丐千金》、润园的小说《古灵精怪》、柳慧的小说《仲夏夜之恋》、韩键的小说《唐代剑侠故事选》。《华侨报 · 华座》

副刊发表陈时隐的诗歌《和立章先生〈示友〉绝句》、史平的评论《唱挽歌的作品》，连载石中生的小说《快刀神剑夺命镖》、思薇的小说《情关》、夏冰的小说《怪招》、幽草的小说《情礁》。

19 日 《澳门日报 · 新园地》副刊连载陈萃文的小说《萧崐山正传》、海辛的小说《乞丐千金》、润园的小说《古灵精怪》、柳慧的小说《仲夏夜之恋》、韩键的小说《唐代剑侠故事选》。《华侨报 · 华座》副刊连载石中生的小说《快刀神剑夺命镖》、思薇的小说《情关》、夏冰的小说《怪招》、幽草的小说《情礁》。

20 日 《澳门日报 · 新园地》副刊发表鲁夫的诗歌《中日缔和喜咏》、望云的诗歌《黄梅闻崇拜顾炎武》、晓珑的散文《屠马记》，连载陈萃文的小说《萧崐山正传》、海辛的小说《乞丐千金》、润园的小说《古灵精怪》、柳慧的小说《仲夏夜之恋》、韩键的小说《唐代剑侠故事选》。《华侨报 · 华座》副刊连载石中生的小说《快刀神剑夺命镖》、思薇的小说《情关》、夏冰的小说《怪招》、幽草的小说《情礁》。

21 日 《澳门日报 · 新园地》副刊发表述之的诗歌《何淡如妙联》、陆无涯的诗歌《“现代中国画展”观后记》，连载陈萃文的小说《萧崐山正传》、海辛的小说《乞丐千金》、润园的小说《古灵精怪》、柳慧的小说《仲夏夜之恋》、韩键的小说《唐代剑侠故事选》。《华侨报 · 华座》副刊连载石中生的小说《快刀神剑夺命镖》、思薇的小说《情关》、夏冰的小说《怪招》、幽草的小说《情礁》。

22 日 《澳门日报 · 新园地》副刊连载陈萃文的小说《萧崐山正传》、海辛的小说《乞丐千金》、润园的小说《古灵精怪》、柳慧的小说《仲夏夜之恋》、韩键的小说《唐代剑侠故事选》（完）。《华侨报 · 华座》副刊连载石中生的小说《快刀神剑夺命镖》、思薇的小说《情关》、夏冰的小说《怪招》、幽草的小说《情礁》。

23 日 《澳门日报 · 新园地》副刊发表之安的小说《热量》，并开始连载林逢雨的评论《重在筹边》、东瑞的小说《富贵花》，连载陈萃文的小说《萧崐山正传》、海辛的小说《乞丐千金》、润园的小说《古灵精怪》、柳慧的小说《仲夏夜之恋》。《华侨报·华座》副刊连载石中生的小说《快刀神剑夺命镖》、思薇的小说《情关》、夏冰的小说《怪招》、幽草的小说《情礁》。

24日 《澳门日报·新园地》副刊连载林逢雨的评论《重在筹边》(完)、东瑞的小说《富贵花》、陈萃文的小说《萧崐山正传》、海辛的小说《乞丐千金》、润园的小说《古灵精怪》、柳慧的小说《仲夏夜之恋》。《华侨报·华座》副刊发表邱林的散文《远方来信》,连载石中生的小说《快刀神剑夺命镖》、思薇的小说《情关》、夏冰的小说《怪招》、幽草的小说《情礁》。

25日 《澳门日报·新园地》副刊发表董行芳的评论《有威力的诗》,连载东瑞的小说《富贵花》、陈萃文的小说《萧崐山正传》、海辛的小说《乞丐千金》、润园的小说《古灵精怪》、柳慧的小说《仲夏夜之恋》。《华侨报·华座》副刊连载石中生的小说《快刀神剑夺命镖》、思薇的小说《情关》、夏冰的小说《怪招》、幽草的小说《情礁》。

26日 《澳门日报·新园地》副刊连载东瑞的小说《富贵花》、陈萃文的小说《萧崐山正传》、海辛的小说《乞丐千金》、润园的小说《古灵精怪》、柳慧的小说《仲夏夜之恋》。《华侨报·华座》副刊连载石中生的小说《快刀神剑夺命镖》、思薇的小说《情关》、夏冰的小说《怪招》、幽草的小说《情礁》。

27日 《澳门日报·新园地》副刊发表晓珑的散文《种稻记》,连载东瑞的小说《富贵花》、陈萃文的小说《萧崐山正传》、海辛的小说《乞丐千金》、润园的小说《古灵精怪》、柳慧的小说《仲夏夜之恋》。《华侨报·华座》副刊连载石中生的小说《快刀神剑夺命镖》、思薇的小说《情关》、夏冰的小说《怪招》、幽草的小说《情礁》。

28日 《澳门日报·新园地》副刊发表孙华的评论《焕发出光彩的珍珠——京剧》、方明的小说《斩手指》,并开始连载林逢雨的评论《绨袍赠》,连载东瑞的小说《富贵花》(完)、陈萃文的小说《萧崐山正传》、海辛的小说《乞丐千金》、润园的小说《古灵精怪》、柳慧的小说《仲夏夜之恋》。《华侨报·华座》副刊连载石中生的小说《快刀神剑夺命镖》、思薇的小说《情关》、夏冰的小说《怪招》、幽草的小说《情礁》。

29 日　《澳门日报 · 新园地》副刊发表鲁夫的诗词《永遇乐 · 中国艺术团莅澳演出》、南安的评论《艺术全才闻一多》，并开始连载剑翁的小说《辽东英烈传》，连载林逢雨的评论《绨袍赠》（完）、陈萃文的小说《萧崏山正传》、海辛的小说《乞丐千金》、润园的小说《古灵精怪》、柳慧的小说《仲夏夜之恋》。《华侨报 · 华座》副刊连载石中生的小说《快刀神剑夺命镖》、思薇的小说《情关》、夏冰的小说《怪招》、幽草的小说《情礁》。

30 日　《澳门日报 · 新园地》副刊发表汪浩瀚的诗歌《春江花月夜——陈爱莲舞蹈表演〈春江花月夜〉观后》，连载剑翁的小说《辽东英烈传》、陈萃文的小说《萧崏山正传》、海辛的小说《乞丐千金》、润园的小说《古灵精怪》、柳慧的小说《仲夏夜之恋》。《华侨报 · 华座》副刊连载石中生的小说《快刀神剑夺命镖》、思薇的小说《情关》、夏冰的小说《怪招》、幽草的小说《情礁》。

31 日　《澳门日报 · 新园地》副刊连载剑翁的小说《辽东英烈传》、陈萃文的小说《萧崏山正传》、海辛的小说《乞丐千金》、润园的小说《古灵精怪》、柳慧的小说《仲夏夜之恋》。《华侨报 · 华座》副刊发表谭仕杰的诗词《鹧鸪天二首》，连载石中生的小说《快刀神剑夺命镖》、思薇的小说《情关》、夏冰的小说《怪招》、幽草的小说《情礁》。

⊙　本月，江杏雨的小说《飞来艳祸》刊载于香港《镜报》第 13 期。

九月

1 日　《澳门日报 · 新园地》副刊发表望云的散文《文廷式与文字改革》、吴水谣的散文《陈爱莲的〈春江花月夜〉》，连载剑翁的小说《辽东英烈传》、陈萃文的小说《萧崏山正传》、海辛的小说《乞丐千金》、润园的小说《古灵精怪》、柳慧的小说《仲夏夜之恋》。《华侨报 · 华座》副刊发表贤的诗歌《观中国艺术团演出》，连载石中生的小说《快刀神剑夺命镖》、思薇的小说《情关》、夏冰的小说《怪招》、幽草的小说《情礁》。

2 日　《澳门日报 · 新园地》副刊发表鲁茂的散文《挟持》，连载剑翁的小说《辽东英烈传》、陈萃文的小说《萧崌山正传》、海辛的小说《乞丐千金》、润园的小说《古灵精怪》、柳慧的小说《仲夏夜之恋》。《华侨报·华座》副刊发表佟立章的诗歌《观中国艺术团演出志喜》、史平的评论《安娜·卡列尼娜》，连载石中生的小说《快刀神剑夺命镖》、思薇的小说《情关》、夏冰的小说《怪招》、幽草的小说《情礁》。

3日　《澳门日报·新园地》副刊发表古思发的散文《韩非囚秦，〈难说〉〈孤愤〉？》，连载剑翁的小说《辽东英烈传》、陈萃文的小说《萧崌山正传》、海辛的小说《乞丐千金》、润园的小说《古灵精怪》、柳慧的小说《仲夏夜之恋》。《华侨报·华座》副刊连载石中生的小说《快刀神剑夺命镖》、思薇的小说《情关》、夏冰的小说《怪招》、幽草的小说《情礁》。

4日　《澳门日报·新园地》副刊发表莽夫的诗歌《读黄永玉〈阳秋三绝〉图》，连载剑翁的小说《辽东英烈传》、陈萃文的小说《萧崌山正传》、海辛的小说《乞丐千金》、润园的小说《古灵精怪》、柳慧的小说《仲夏夜之恋》。《华侨报·华座》副刊连载石中生的小说《快刀神剑夺命镖》、思薇的小说《情关》、夏冰的小说《怪招》、幽草的小说《情礁》。

5日　《澳门日报·新园地》副刊发表谭仕杰的诗词《卜算子·澳门美协成立十周年美术展览贺作》，连载剑翁的小说《辽东英烈传》、陈萃文的小说《萧崌山正传》、海辛的小说《乞丐千金》、润园的小说《古灵精怪》、柳慧的小说《仲夏夜之恋》。《华侨报·华座》副刊发表陈时隐的诗歌《观赏中国艺术团演出》、贤的诗歌《琵琶独奏〈十面埋伏〉》《公教会堂音乐晚会》，连载石中生的小说《快刀神剑夺命镖》、思薇的小说《情关》、夏冰的小说《怪招》、幽草的小说《情礁》。

6日　《澳门日报·新园地》副刊发表陆无涯的散文《齐白石的书品》、小白的散文《莲话》、沈静的散文《吾妻十八岁》、杨真的散文《太平洋岛屿风光秀丽》，连载剑翁的小说《辽东英烈传》、陈萃文的小说《萧崌山正传》、海辛的小说《乞丐千金》、润园的小说《古灵精怪》、柳慧的小说《仲夏夜之恋》。《华侨报·华座》副刊发表佟立章的诗歌《闻镇东殁于香江怆然赋此》，连载石中生的小说《快刀神剑夺命镖》、思薇的小说《情关》、夏冰的小说《怪招》、幽草的小说《情礁》。

7 日　《澳门日报·新园地》副刊发表晓珑的散文《芦苇塘捕猎》、述之的散文《金鸡岭与洪宣娇》，连载剑翁的小说《辽东英烈传》、陈萃文的小说《萧崐山正传》、海辛的小说《乞丐千金》、润园的小说《古灵精怪》、柳慧的小说《仲夏夜之恋》。《华侨报·华座》副刊连载石中生的小说《快刀神剑夺命镖》、思薇的小说《情关》、夏冰的小说《怪招》、幽草的小说《情礁》。

8 日　《澳门日报·新园地》副刊发表望云的散文《山水因缘》，连载剑翁的小说《辽东英烈传》、陈萃文的小说《萧崐山正传》、海辛的小说《乞丐千金》、润园的小说《古灵精怪》、柳慧的小说《仲夏夜之恋》。《华侨报·华座》副刊连载石中生的小说《快刀神剑夺命镖》、思薇的小说《情关 78》、夏冰的小说《怪招》、幽草的小说《情礁》。

9 日　《澳门日报·新园地》副刊连载剑翁的小说《辽东英烈传》、陈萃文的小说《萧崐山正传》、海辛的小说《乞丐千金》、润园的小说《古灵精怪》、柳慧的小说《仲夏夜之恋》。《华侨报·华座》副刊连载石中生的小说《快刀神剑夺命镖》、思薇的小说《情关》、夏冰的小说《怪招》、幽草的小说《情礁》。

10 日　《澳门日报·新园地》副刊发表官见的散文《神童与幼孤（随笔）》，连载剑翁的小说《辽东英烈传》、陈萃文的小说《萧崐山正传》、海辛的小说《乞丐千金》、润园的小说《古灵精怪》、柳慧的小说《仲夏夜之恋》(完)。《华侨报·华座》副刊连载石中生的小说《快刀神剑夺命镖》、思薇的小说《情关》、夏冰的小说《怪招》、幽草的小说《情礁》。

11 日　《澳门日报·新园地》副刊发表林逢雨的评论《谁识京华倦客》，并开始连载东瑞的小说《铁蹄人生》，连载剑翁的小说《辽东英烈传》、陈萃文的小说《萧崐山正传》、海辛的小说《乞丐千金》、润园的小说《古灵精怪》。《华侨报·华座》副刊连载石中生的小说《快刀神剑夺命镖》、思薇的小说《情关》、夏冰的小说《怪招》、幽草的小说《情礁》。

12 日　《澳门日报·新园地》副刊发表董行芳的评论《曹靖华的〈飞花集〉》，连载剑翁的小说《辽东英烈传》、陈萃文的小说《萧崐山正传》、海辛的小说《乞丐千金》、润园的小说《古灵精怪》、东瑞的小说《铁蹄人生》。《华侨报·华座》副刊发表陈时隐的诗歌《出国杂咏》，连载石中生的小说《快刀神剑夺命镖》、思薇的小说《情关》、夏冰的小说《怪招》、幽草的小说《情礁》。

13日 《澳门日报·新园地》副刊发表阿中的评论《明天（随笔）》、陆无涯的评论《"人间画会"阵容鼎盛——画坛回忆录之一》，连载剑翁的小说《辽东英烈传》、陈萃文的小说《萧崐山正传》、海辛的小说《乞丐千金》、润园的小说《古灵精怪》、东瑞的小说《铁蹄人生》。《华侨报·华座》副刊连载石中生的小说《快刀神剑夺命镖》、思薇的小说《情关》、夏冰的小说《怪招》、幽草的小说《情礁》。

14日 《澳门日报·新园地》副刊发表谭仕杰的诗词《卜算子·读毛主席〈贺新郎·读史〉》、四维的评论《"嫦娥奔月"的故事》，连载剑翁的小说《辽东英烈传》、陈萃文的小说《萧崐山正传》、海辛的小说《乞丐千金》、润园的小说《古灵精怪》、东瑞的小说《铁蹄人生》。《华侨报·华座》副刊连载石中生的小说《快刀神剑夺命镖》、思薇的小说《情关》、夏冰的小说《怪招》、幽草的小说《情礁》。

15日 《澳门日报·新园地》副刊发表望云的散文《一念之差》，连载剑翁的小说《辽东英烈传》、陈萃文的小说《萧崐山正传》、海辛的小说《乞丐千金》、润园的小说《古灵精怪》、东瑞的小说《铁蹄人生》。《华侨报·华座》副刊连载石中生的小说《快刀神剑夺命镖》、思薇的小说《情关》、夏冰的小说《怪招》、幽草的小说《情礁》。

16日 《澳门日报·新园地》副刊发表谭仕杰的诗词《鹧鸪天·读毛主席两首〈贺新郎〉》，连载剑翁的小说《辽东英烈传》、陈萃文的小说《萧崐山正传》、海辛的小说《乞丐千金》、润园的小说《古灵精怪》、东瑞的小说《铁蹄人生》。《华侨报·华座》副刊连载石中生的小说《快刀神剑夺命镖》、思薇的小说《情关》、夏冰的小说《怪招》、幽草的小说《情礁》。

17日 《澳门日报·新园地》副刊发表秋心的小说《手》，连载剑翁的小说《辽东英烈传》、陈萃文的小说《萧崐山正传》、海辛的小说《乞丐千金》、润园的小说《古灵精怪》、东瑞的小说《铁蹄人生》。《华侨报·华座》副刊发表佟立章的诗歌《题中秋团圆舞图》，连载石中生的小说《快刀神剑夺命镖》、思薇的小说《情关》、夏冰的小说《怪招》、幽草的小说《情礁》。

18 日 《澳门日报·新园地》副刊发表李浩泉的诗词《水调歌头·红梅》、晓珑的散文《两个值得尊敬的巾帼英雄》、灵子的散文《“枯木逢春”的曹禺》，并开始连载林逢雨的散文《西陆蝉吟》，连载剑翁的小说《辽东英烈传》、陈萃文的小说《萧崐山正传》、海辛的小说《乞丐千金》、润园的小说《古灵精怪》、东瑞的小说《铁蹄人生》。《华侨报·华座》副刊连载石中生的小说《快刀神剑夺命镖》、思薇的小说《情关》、夏冰的小说《怪招》、幽草的小说《情礁》。

19 日 《澳门日报·新园地》副刊连载林逢雨的散文《西陆蝉吟》、剑翁的小说《辽东英烈传》、陈萃文的小说《萧崐山正传》、海辛的小说《乞丐千金》、润园的小说《古灵精怪》、东瑞的小说《铁蹄人生》。《华侨报·华座》副刊连载石中生的小说《快刀神剑夺命镖》、思薇的小说《情关》、夏冰的小说《怪招》、幽草的小说《情礁》。

20 日 《澳门日报·新园地》副刊发表李浩泉的诗歌《晓港公园竹石展览观后咏竹》、陆无涯的散文《绝处逢生竹笔生花——画坛回忆录之二》，连载林逢雨的散文《西陆蝉吟》（完）、剑翁的小说《辽东英烈传》、陈萃文的小说《萧崐山正传》、海辛的小说《乞丐千金》、润园的小说《古灵精怪》、东瑞的小说《铁蹄人生》。《华侨报·华座》副刊连载石中生的小说《快刀神剑夺命镖》、思薇的小说《情关》、夏冰的小说《怪招》、幽草的小说《情礁》。

21 日 《澳门日报·新园地》副刊连载剑翁的小说《辽东英烈传》、陈萃文的小说《萧崐山正传》、海辛的小说《乞丐千金》、润园的小说《古灵精怪》、东瑞的小说《铁蹄人生》。《华侨报·华座》副刊发表华璧的散文《妙联鬼话》，连载石中生的小说《快刀神剑夺命镖》、思薇的小说《情关》、夏冰的小说《怪招》、幽草的小说《情礁》。

22 日　《澳门日报 · 新园地》副刊发表望云的散文《鱼的故事》，连载剑翁的小说《辽东英烈传》、陈萃文的小说《萧崐山正传》、海辛的小说《乞丐千金》、润园的小说《古灵精怪》、东瑞的小说《铁蹄人生》。《华侨报 · 华座》副刊发表史平的散文《在沉睡中醒来》，连载石中生的小说《快刀神剑夺命镖》、思薇的小说《情关》、夏冰的小说《怪招》、幽草的小说《情礁》。

23 日　《澳门日报 · 新园地》副刊连载剑翁的小说《辽东英烈传》、陈萃文的小说《萧崐山正传》、海辛的小说《乞丐千金》、润园的小说《古灵精怪》、东瑞的小说《铁蹄人生》。《华侨报 · 华座》副刊连载石中生的小说《快刀神剑夺命镖》、思薇的小说《情关 78》、夏冰的小说《怪招》、幽草的小说《情礁》。

24 日　《澳门日报 · 新园地》副刊发表述之的散文《南海文童斗知府》，连载剑翁的小说《辽东英烈传》、陈萃文的小说《萧崐山正传》、海辛的小说《乞丐千金》、润园的小说《古灵精怪》、东瑞的小说《铁蹄人生》。《华侨报 · 华座》副刊连载石中生的小说《快刀神剑夺命镖》、思薇的小说《情关》、夏冰的小说《怪招》、幽草的小说《情礁》。

25 日　《澳门日报 · 新园地》副刊开始连载林逢雨的评论《寒江钓雪》，连载剑翁的小说《辽东英烈传》、陈萃文的小说《萧崐山正传》、海辛的小说《乞丐千金》、润园的小说《古灵精怪》、东瑞的小说《铁蹄人生》。《华侨报 · 华座》副刊连载石中生的小说《快刀神剑夺命镖》、思薇的小说《情关 78》、夏冰的小说《怪招》、幽草的小说《情礁》。

26 日　《澳门日报 · 新园地》副刊发表古思发的散文《从嫦娥谈到后羿》，连载林逢雨的评论《寒江钓雪》（完）、剑翁的小说《辽东英烈传》、陈萃文的小说《萧崐山正传》、海辛的小说《乞丐千金》、润园的小说《古灵精怪》、东瑞的小说《铁蹄人生》。《华侨报 · 华座》副刊连载石中生的小说《快刀神剑夺命镖》、思薇的小说《情关》、夏冰的小说《怪招》、幽草的小说《情礁》。

27 日　《澳门日报 · 新园地》副刊发表陆无涯的评论《木刻漫画轻骑兵——画坛

回忆录之三》、方文的小说《志愿》，连载剑翁的小说《辽东英烈传》、陈萃文的小说《萧崐山正传》、海辛的小说《乞丐千金》、润园的小说《古灵精怪》、东瑞的小说《铁蹄人生》。《华侨报·华座》副刊发表佟立章的诗歌《题画》、红的散文《欢歌曼舞迎国庆》，连载石中生的小说《快刀神剑夺命镖》、思薇的小说《情关》、夏冰的小说《怪招》、幽草的小说《情礁》。

28 日　《澳门日报·新园地》副刊连载剑翁的小说《辽东英烈传》、陈萃文的小说《萧崐山正传》、海辛的小说《乞丐千金》、润园的小说《古灵精怪》、东瑞的小说《铁蹄人生》。《华侨报·华座》副刊连载石中生的小说《快刀神剑夺命镖》、思薇的小说《情关》、夏冰的小说《怪招》、幽草的小说《情礁》。

29 日　《澳门日报·新园地》副刊发表望云的评论《许慎与〈说文解字〉》，连载剑翁的小说《辽东英烈传》、陈萃文的小说《萧崐山正传》、海辛的小说《乞丐千金》、润园的小说《古灵精怪》、东瑞的小说《铁蹄人生》。《华侨报·华座》副刊连载石中生的小说《快刀神剑夺命镖》、思薇的小说《情关》、夏冰的小说《怪招》、幽草的小说《情礁》。

30 日　《澳门日报·新园地》副刊发表鲁夫的诗词《贺新郎·一九七八年国庆》，连载剑翁的小说《辽东英烈传》、陈萃文的小说《萧崐山正传》、海辛的小说《乞丐千金》、润园的小说《古灵精怪》、东瑞的小说《铁蹄人生》。《华侨报·华座》副刊发表老张的诗歌《国庆节抒怀》、陈时隐的诗歌《喜赋二十九届国庆》、佟立章的诗歌《花开万代红》，连载石中生的小说《快刀神剑夺命镖》、思薇的小说《情关》、夏冰的小说《怪招》、幽草的小说《情礁》。

⊙　本月，江杏雨的小说《夜归人》刊载于香港《镜报》第 14 期。

⊙　本月，韩牧的诗歌《舞》刊载于香港《海洋文艺》第 5 卷第 9 期。

十月

1 日　《澳门日报·新园地》副刊发表谭仕杰的诗词《贺新郎·中华人民共和国

成立二十九周年国庆献词》、西波的散文《亚沓屋怀想》，连载剑翁的小说《辽东英烈传》、陈萃文的小说《萧崐山正传》、海辛的小说《乞丐千金》、润园的小说《古灵精怪》、东瑞的小说《铁蹄人生》。《华侨报·华座》副刊发表佟立章的诗歌《题甘恒陈威周云余君慧国庆合作画》《心共波澜壮》《同心迈进图》，连载石中生的小说《快刀神剑夺命镖》、思薇的小说《情关》、夏冰的小说《怪招》、幽草的小说《情礁》。

2日　《澳门日报·新园地》副刊发表青原的诗歌《华岳红旗映艳阳》、西波的散文《猴子采椰记》，并开始连载林逢雨的评论《无人会，登临意》，连载剑翁的小说《辽东英烈传》、陈萃文的小说《萧崐山正传》、海辛的小说《乞丐千金》、润园的小说《古灵精怪》、东瑞的小说《铁蹄人生》。《华侨报·华座》副刊发表谭仕杰的诗词《鹧鸪天·国庆纪盛》，连载石中生的小说《快刀神剑夺命镖》、思薇的小说《情关》、夏冰的小说《怪招》、幽草的小说《情礁》。

3日　《澳门日报·新园地》副刊连载林逢雨的评论《无人会，登临意》、剑翁的小说《辽东英烈传》、陈萃文的小说《萧崐山正传》、海辛的小说《乞丐千金》、润园的小说《古灵精怪》、东瑞的小说《铁蹄人生》。《华侨报·华座》副刊连载石中生的小说《快刀神剑夺命镖》、思薇的小说《情关》、夏冰的小说《怪招》、幽草的小说《情礁》。

4日　《澳门日报·新园地》副刊发表北的散文《里斯本见闻点滴》，连载林逢雨的评论《无人会，登临意》（完）、剑翁的小说《辽东英烈传》、陈萃文的小说《萧崐山正传》、海辛的小说《乞丐千金》、润园的小说《古灵精怪》、东瑞的小说《铁蹄人生》。《华侨报·华座》副刊发表知星的散文《充满神话的十月星空》、楚舒的散文《徐悲鸿二三事》，连载石中生的小说《快刀神剑夺命镖》、思薇的小说《情关》、夏冰的小说《怪招》、幽草的小说《情礁》。

5日　《澳门日报·新园地》副刊发表雪予的诗歌《国庆喜赋》、述之的散文《流花桥》、董行芳的散文《念旧》，连载剑翁的小说《辽东英烈传》、陈萃文的小说《萧崐山正传》、海辛的小说《乞丐千金》、润园的小说《古灵精怪》、东瑞的小说《铁蹄人生》。《华侨报 · 华座》副刊连载石中生的小说《快刀神剑夺命镖》、思薇的小说《情关》、夏冰的小说《怪招》、幽草的小说《情礁》。

6 日　《澳门日报 · 新园地》副刊发表李浩泉的诗歌《咏石》、白思群的诗歌《十月抒怀寄远》、沈静的散文《和女儿谈死》、茵华的小说《不看病的人》，连载剑翁的小说《辽东英烈传》、陈萃文的小说《萧崐山正传》、海辛的小说《乞丐千金》、润园的小说《古灵精怪》、东瑞的小说《铁蹄人生》。《华侨报 · 华座》副刊连载石中生的小说《快刀神剑夺命镖》、思薇的小说《情关》、夏冰的小说《怪招》、幽草的小说《情礁》。

7 日　《澳门日报 · 新园地》副刊发表谭仕杰的诗词《鹧鸪天 · 喜读雪翁新作〈北行漫吟〉》，并开始连载李浩泉的评论《读晏殊的〈赠歌者〉》，连载剑翁的小说《辽东英烈传》、陈萃文的小说《萧崐山正传》、海辛的小说《乞丐千金》、润园的小说《古灵精怪》、东瑞的小说《铁蹄人生》。《华侨报 · 华座》副刊连载石中生的小说《快刀神剑夺命镖》、思薇的小说《情关》、夏冰的小说《怪招》、幽草的小说《情礁》。

8 日　《澳门日报 · 新园地》副刊连载李浩泉的评论《读晏殊的〈赠歌者〉》（完）、剑翁的小说《辽东英烈传》、陈萃文的小说《萧崐山正传》、海辛的小说《乞丐千金》、润园的小说《古灵精怪》、东瑞的小说《铁蹄人生》。《华侨报 · 华座》副刊连载石中生的小说《快刀神剑夺命镖》、思薇的小说《情关》、夏冰的小说《怪招》、幽草的小说《情礁》。

9 日　《澳门日报 · 新园地》副刊开始连载林逢雨的评论《从〈琵琶行〉谈叙事诗》，连载剑翁的小说《辽东英烈传》、陈萃文的小说《萧崐山正传》、海辛的小说《乞丐千金》、润园的小说《古灵精怪》、东瑞的小说《铁蹄人生》。《华侨报 · 华座》副刊连载石中生的小说《快刀神剑夺命镖》、思薇的小说《情关》、夏冰的小说《怪招》、幽草的小说《情礁》。

10 日　《澳门日报 · 新园地》副刊发表丹鸥的评论《〈伤痕〉真实动人》，并开始连载卢新华的散文《伤痕》，连载林逢雨的评论《从〈琵琶行〉谈叙事诗》、剑翁的小说《辽东英烈传》、陈萃文的小说《萧崐山正传》、海辛的小说《乞丐千金》、润园的小说《古灵精怪》、东瑞的小说《铁蹄人生》。《华侨报·华座》副刊发表凝慧的散文《重阳絮语》、孟起予的评论《诗〈氓〉篇“总角”小识》，连载石中生的小说《快刀神剑夺命镖》、思薇的小说《情关》、夏冰的小说《怪招》、幽草的小说《情礁》。

11 日 《澳门日报·新园地》副刊连载卢新华的散文《伤痕》、林逢雨的评论《从〈琵琶行〉谈叙事诗》（完）、剑翁的小说《辽东英烈传》、陈萃文的小说《萧崐山正传》、海辛的小说《乞丐千金》、润园的小说《古灵精怪》、东瑞的小说《铁蹄人生》。《华侨报·华座》副刊发表云中鹤的诗歌《和佟立章题画红棉？？》，连载石中生的小说《快刀神剑夺命镖》、思薇的小说《情关》、夏冰的小说《怪招》、幽草的小说《情礁》。

12 日 《澳门日报·新园地》副刊连载卢新华的散文《伤痕》、剑翁的小说《辽东英烈传》、陈萃文的小说《萧崐山正传》、海辛的小说《乞丐千金》、润园的小说《古灵精怪》、东瑞的小说《铁蹄人生》。《华侨报·华座》副刊发表云中鹤的诗歌《诗二首》，连载石中生的小说《快刀神剑夺命镖》、思薇的小说《情关》、夏冰的小说《怪招》、幽草的小说《情礁》。

13 日 《澳门日报·新园地》副刊连载卢新华的散文《伤痕》、剑翁的小说《辽东英烈传》、陈萃文的小说《萧崐山正传》、海辛的小说《乞丐千金》、润园的小说《古灵精怪》、东瑞的小说《铁蹄人生》。《华侨报·华座》副刊连载石中生的小说《快刀神剑夺命镖》、思薇的小说《情关》、夏冰的小说《怪招》、幽草的小说《情礁》。

14 日 《澳门日报·新园地》副刊连载卢新华的散文《伤痕》、剑翁的小说《辽东英烈传》、陈萃文的小说《萧崐山正传》、海辛的小说《乞丐千金》、润园的小说《古灵精怪》、东瑞的小说《铁蹄人生》。《华侨报·华座》副刊连载石中生的小说《快刀神剑夺命镖》、思薇的小说《情关》、夏冰的小说《怪招》、幽草的小说《情礁》。

15 日 《澳门日报·新园地》副刊发表阿尧的小说《靠害》，连载卢新华的散文《伤痕》、剑翁的小说《辽东英烈传》、陈萃文的小说《萧崐山正传》、海辛的小说《乞丐千金》、润园的小说《古灵精怪》、东瑞的小说《铁蹄人生》。《华侨报·华座》副刊连载石中生的小说《快刀神剑夺命镖》、思薇的小说《情关》、夏冰的小说《怪招》、幽草的小说《情礁》。

16日　《澳门日报·新园地》副刊开始连载林逢雨的评论《吟成惊四座》，连载卢新华的散文《伤痕》、剑翁的小说《辽东英烈传》、陈萃文的小说《萧崐山正传》、海辛的小说《乞丐千金》、润园的小说《古灵精怪》、东瑞的小说《铁蹄人生》。《华侨报·华座》副刊连载石中生的小说《快刀神剑夺命镖》、思薇的小说《情关》、夏冰的小说《怪招》、幽草的小说《情礁》。

17日　《澳门日报·新园地》副刊发表白思群的诗歌《西江月·秋袜》《月下吟》，连载林逢雨的评论《吟成惊四座》（完）、卢新华的散文《伤痕》（完）、剑翁的小说《辽东英烈传》、陈萃文的小说《萧崐山正传》、海辛的小说《乞丐千金》、润园的小说《古灵精怪》、东瑞的小说《铁蹄人生》。《华侨报·华座》副刊连载石中生的小说《快刀神剑夺命镖》、思薇的小说《情关》、夏冰的小说《怪招》、幽草的小说《情礁》。

18日　《澳门日报·新园地》副刊发表陆无涯的评论《创作与灵感》，连载剑翁的小说《辽东英烈传》、陈萃文的小说《萧崐山正传》、海辛的小说《乞丐千金》、润园的小说《古灵精怪》、东瑞的小说《铁蹄人生》。《华侨报·华座》副刊连载石中生的小说《快刀神剑夺命镖》、思薇的小说《情关》、夏冰的小说《怪招》、幽草的小说《情礁》。

19日　《澳门日报·新园地》副刊发表傲霜的小说《老人与游埠》，并开始连载萧地的评论《一篇值得重视的好作品——读〈伤痕〉》，连载剑翁的小说《辽东英烈传》、陈萃文的小说《萧崐山正传》、海辛的小说《乞丐千金》（完）、润园的小说《古灵精怪》、东瑞的小说《铁蹄人生》。《华侨报·华座》副刊连载石中生的小说《快刀神剑夺命镖》、思薇的小说《情关》、夏冰的小说《怪招》、幽草的小说《情礁》。

20日　《澳门日报·新园地》副刊连载萧地的评论《一篇值得重视的好作品——读〈伤痕〉》（完）、剑翁的小说《辽东英烈传》、陈萃文的小说《萧崐山正传》、润园的小说《古灵精怪》、东瑞的小说《铁蹄人生》，并开始连载童恩正的小说《珊瑚岛上的死光》。《华侨报·华座》副刊连载石中生的小说《快刀神剑夺命镖》、思薇的小说《情关》、夏冰的小说《怪招》、幽草的小说《情礁》。

21日 《澳门日报·新园地》副刊连载剑翁的小说《辽东英烈传》、陈萃文的小说《萧崐山正传》、润园的小说《古灵精怪》、东瑞的小说《铁蹄人生》、童恩正的小说《珊瑚岛上的死光》。《华侨报·华座》副刊连载石中生的小说《快刀神剑夺命镖》、思薇的小说《情关》、夏冰的小说《怪招》、幽草的小说《情礁》。

22日 《澳门日报·新园地》副刊发表述之的散文《韩湘子在潮州》，连载剑翁的小说《辽东英烈传》、陈萃文的小说《萧崐山正传》、润园的小说《古灵精怪》、东瑞的小说《铁蹄人生》、童恩正的小说《珊瑚岛上的死光》。《华侨报·华座》副刊连载石中生的小说《快刀神剑夺命镖》、思薇的小说《情关》、夏冰的小说《怪招》、幽草的小说《情礁》。

23日 《澳门日报·新园地》副刊发表林逢雨的评论《残霸宫城》(1)，连载剑翁的小说《辽东英烈传》、陈萃文的小说《萧崐山正传》、润园的小说《古灵精怪》、东瑞的小说《铁蹄人生》、童恩正的小说《珊瑚岛上的死光》。《华侨报·华座》副刊连载石中生的小说《快刀神剑夺命镖》、思薇的小说《情关》、夏冰的小说《怪招》、幽草的小说《情礁》。

24日 《澳门日报·新园地》副刊发表君正的诗歌《颂人工字排》、林逢雨的评论《残霸宫城》(2)，连载剑翁的小说《辽东英烈传》、陈萃文的小说《萧崐山正传》、润园的小说《古灵精怪》、东瑞的小说《铁蹄人生》、童恩正的小说《珊瑚岛上的死光》。《华侨报·华座》副刊发表佟立章的诗歌《云竹》，连载石中生的小说《快刀神剑夺命镖》、思薇的小说《情关》、夏冰的小说《怪招》、幽草的小说《情礁》。

25日 《澳门日报·新园地》副刊发表谭仕杰的诗词《卜算子·邓副总理访问日本》，并开始连载李浩泉的评论《谈苏东坡的〈归朝欢〉》，连载剑翁的小说《辽东英烈传》、陈萃文的小说《萧崐山正传》、润园的小说《古灵精怪》、东瑞的小说《铁蹄人生》、童恩正的小说《珊瑚岛上的死光》。《华侨报·华座》副刊连载石中生的小说《快刀神剑夺命镖》、思薇的小说《情关》、夏冰的小说《怪招》、幽草的小说《情礁》。

26日 《澳门日报·新园地》副刊发表述之的散文《李闯王不杀张家玉》，连载李浩泉的评论《谈苏东坡的〈归朝欢〉》、剑翁的小说《辽东英烈传》、陈萃文的小说《萧崐山正传》、润园的小说《古灵精怪》、东瑞的小说《铁蹄人生》、童恩正的小说《珊瑚岛上的死光》。《华侨报·华座》副刊连载石中生的小说《快刀神剑夺命镖》、思薇的小说《情关》、夏冰的小说《怪招》、幽草的小说《情礁》。

27日 《澳门日报·新园地》副刊发表司徒的小说《借钱》，连载李浩泉的评论《谈苏东坡的〈归朝欢〉》、剑翁的小说《辽东英烈传》、陈萃文的小说《萧崐山正传》、润园的小说《古灵精怪》、东瑞的小说《铁蹄人生》、童恩正的小说《珊瑚岛上的死光》。《华侨报·华座》副刊连载石中生的小说《快刀神剑夺命镖》、思薇的小说《情关》、夏冰的小说《怪招》、幽草的小说《情礁》。

28日 《澳门日报·新园地》副刊连载李浩泉的评论《谈苏东坡的〈归朝欢〉》（完）、剑翁的小说《辽东英烈传》、陈萃文的小说《萧崐山正传》、润园的小说《古灵精怪》、东瑞的小说《铁蹄人生》、童恩正的小说《珊瑚岛上的死光》。《华侨报·华座》副刊连载石中生的小说《快刀神剑夺命镖》、思薇的小说《情关》、夏冰的小说《怪招》、幽草的小说《情礁》。

29日 《澳门日报·新园地》副刊发表鲁茂的散文《住屋的怀旧》，连载剑翁的小说《辽东英烈传》、陈萃文的小说《萧崐山正传》、润园的小说《古灵精怪》、东瑞的小说《铁蹄人生》、童恩正的小说《珊瑚岛上的死光》。《华侨报·华座》副刊连载石中生的小说《快刀神剑夺命镖》、思薇的小说《情关》、夏冰的小说《怪招》、幽草的小说《情礁》。

30日 《澳门日报·新园地》副刊发表赖镇东的诗歌《夜话》、林逢雨的评论《南浦一曲感最深》，连载剑翁的小说《辽东英烈传》、陈萃文的小说《萧崐山正传》、润园的小说《古灵精怪》、东瑞的小说《铁蹄人生》、童恩正的小说《珊瑚岛上的死光》。《华侨报·华座》副刊连载石中生的小说《快刀神剑夺命镖》、思薇的小说《情关》、夏冰的小说《怪招》、幽草的小说《情礁》。

31 日 《澳门日报·新园地》副刊发表林逢雨的评论《南浦一曲感最深》，连载剑翁的小说《辽东英烈传》、陈萃文的小说《萧崐山正传》、润园的小说《古灵精怪》、东瑞的小说《铁蹄人生》、童恩正的小说《珊瑚岛上的死光》。《华侨报·华座》副刊连载石中生的小说《快刀神剑夺命镖》、思薇的小说《情关》、夏冰的小说《怪招》、幽草的小说《情礁》。

⊙ 本月，汪浩瀚的散文《新诗的三角对比手法》刊载于香港《学生丛书》第5卷第10期。

十一月

1 日 《澳门日报·新园地》副刊连载剑翁的小说《辽东英烈传》、陈萃文的小说《萧崐山正传》、润园的小说《古灵精怪》、东瑞的小说《铁蹄人生》、童恩正的小说《珊瑚岛上的死光》。《华侨报·华座》副刊连载石中生的小说《快刀神剑夺命镖》、思薇的小说《情关》、夏冰的小说《怪招》、幽草的小说《情礁》。

2 日 《澳门日报·新园地》副刊发表李浩泉的诗歌《画虾三题》、陆无涯的散文《征联絮语》，连载剑翁的小说《辽东英烈传》、陈萃文的小说《萧崐山正传》、润园的小说《古灵精怪》、东瑞的小说《铁蹄人生》、童恩正的小说《珊瑚岛上的死光》。《华侨报·华座》副刊连载石中生的小说《快刀神剑夺命镖》、思薇的小说《情关》、夏冰的小说《怪招》、幽草的小说《情礁》。

3 日 《澳门日报·新园地》副刊发表白思群的诗词《水调歌头·南湾》，连载剑翁的小说《辽东英烈传》、陈萃文的小说《萧崐山正传》、润园的小说《古灵精怪》、东瑞的小说《铁蹄人生》、童恩正的小说《珊瑚岛上的死光》。《华侨报·华座》副刊发表劳泽生的诗歌《报荆文社题〈醉秋〉鹤云兄大作》，连载石中生的小说《快刀神剑夺命镖》、思薇的小说《情关》、夏冰的小说《怪招》、幽草的小说《情礁》。

4 日　《澳门日报 · 新园地》副刊连载剑翁的小说《辽东英烈传》、陈萃文的小说《萧崐山正传》、润园的小说《古灵精怪》、东瑞的小说《铁蹄人生》、童恩正的小说《珊瑚岛上的死光》。《华侨报 · 华座》副刊连载石中生的小说《快刀神剑夺命镖》、思薇的小说《情关》、夏冰的小说《怪招》、幽草的小说《情礁》。

5 日　《澳门日报 · 新园地》副刊发表西波的散文《一首精彩的波罗蜜古诗》、述之的散文《张九龄与开梅岭》，连载剑翁的小说《辽东英烈传》、陈萃文的小说《萧崐山正传》、润园的小说《古灵精怪》、东瑞的小说《铁蹄人生》、童恩正的小说《珊瑚岛上的死光》。《华侨报 · 华座》副刊连载石中生的小说《快刀神剑夺命镖》、思薇的小说《情关》、夏冰的小说《怪招》、幽草的小说《情礁》。

6 日　《澳门日报 · 新园地》副刊开始连载林逢雨的评论《俯仰千古悠悠》，连载剑翁的小说《辽东英烈传》、陈萃文的小说《萧崐山正传》、润园的小说《古灵精怪》、东瑞的小说《铁蹄人生》、童恩正的小说《珊瑚岛上的死光》。《华侨报 · 华座》副刊连载石中生的小说《快刀神剑夺命镖》、思薇的小说《情关》、夏冰的小说《怪招》、幽草的小说《情礁》。

7 日　《澳门日报 · 新园地》副刊连载林逢雨的评论《俯仰千古悠悠》（完）、剑翁的小说《辽东英烈传》、陈萃文的小说《萧崐山正传》、润园的小说《古灵精怪》、东瑞的小说《铁蹄人生》、童恩正的小说《珊瑚岛上的死光》。《华侨报 · 华座》副刊发表赖镇东的诗歌《听雨山房消夏》，连载石中生的小说《快刀神剑夺命镖》、思薇的小说《情关》、夏冰的小说《怪招》、幽草的小说《情礁》。

8 日　《澳门日报 · 新园地》副刊发表李浩泉的诗歌《无题》、冬桃的散文《读〈老舍永在〉》（随笔），连载剑翁的小说《辽东英烈传》、陈萃文的小说《萧崐山正传》、润园的小说《古灵精怪》、东瑞的小说《铁蹄人生》、童恩正的小说《珊瑚岛上的死光》。《华侨报 · 华座》副刊连载石中生的小说《快刀神剑夺命镖》、思薇的小说《情关》、夏冰的小说《怪招》、幽草的小说《情礁》。

9 日　《澳门日报·新园地》副刊连载剑翁的小说《辽东英烈传》、陈萃文的小说《萧崐山正传》、润园的小说《古灵精怪》、东瑞的小说《铁蹄人生》、童恩正的小说《珊瑚岛上的死光》。《华侨报·华座》副刊连载石中生的小说《快刀神剑夺命镖》、思薇的小说《情关》、夏冰的小说《怪招》、幽草的小说《情礁》。

10 日　《澳门日报·新园地》副刊连载剑翁的小说《辽东英烈传》、陈萃文的小说《萧崐山正传》、润园的小说《古灵精怪》、东瑞的小说《铁蹄人生》、童恩正的小说《珊瑚岛上的死光》。《华侨报·华座》副刊连载石中生的小说《快刀神剑夺命镖》、思薇的小说《情关》、夏冰的小说《怪招》、幽草的小说《情礁》。

11 日　《澳门日报·新园地》副刊发表述之的散文《孙中山先生在澳门》，连载剑翁的小说《辽东英烈传》、陈萃文的小说《萧崐山正传》、润园的小说《古灵精怪》、东瑞的小说《铁蹄人生》、童恩正的小说《珊瑚岛上的死光》。《华侨报·华座》副刊连载石中生的小说《快刀神剑夺命镖》、思薇的小说《情关》、夏冰的小说《怪招》、幽草的小说《情礁》。

12 日　《澳门日报·新园地》副刊发表阿尧的小说《摄画》，连载剑翁的小说《辽东英烈传》、陈萃文的小说《萧崐山正传》、润园的小说《古灵精怪》、东瑞的小说《铁蹄人生》、童恩正的小说《珊瑚岛上的死光》。《华侨报·华座》副刊连载石中生的小说《快刀神剑夺命镖》、思薇的小说《情关》、夏冰的小说《怪招》、幽草的小说《情礁》。

13 日　《澳门日报·新园地》副刊开始连载林逢雨的评论《意匠经营》，连载剑翁的小说《辽东英烈传》、陈萃文的小说《萧崐山正传》、润园的小说《古灵精怪》、东瑞的小说《铁蹄人生》、童恩正的小说《珊瑚岛上的死光》。《华侨报·华座》副刊连载石中生的小说《快刀神剑夺命镖》、思薇的小说《情关》、夏冰的小说《怪招》、幽草的小说《情礁》。

14 日　《澳门日报·新园地》副刊连载林逢雨的评论《意匠经营》、剑翁的小说《辽东英烈传》、陈萃文的小说《萧崐山正传》、润园的小说《古灵精怪》、东瑞的小说《铁蹄人生》、童恩正的小说《珊瑚岛上的死光》。《华侨报·华座》副刊连载石中生的小说《快刀神剑夺命镖》、思薇的小说《情关》、夏冰的小说《怪招》、幽草的小说《情礁》。

15日 《澳门日报·新园地》副刊发表陆无涯的散文《战地画马记》，连载林逢雨的评论《意匠经营》（完）、剑翁的小说《辽东英烈传》、陈萃文的小说《萧崐山正传》、润园的小说《古灵精怪》、东瑞的小说《铁蹄人生》、童恩正的小说《珊瑚岛上的死光》。《华侨报·华座》副刊连载石中生的小说《快刀神剑夺命镖》、思薇的小说《情关》、夏冰的小说《怪招》、幽草的小说《情礁》。

16日 《澳门日报·新园地》副刊连载剑翁的小说《辽东英烈传》、陈萃文的小说《萧崐山正传》、润园的小说《古灵精怪》、东瑞的小说《铁蹄人生》、童恩正的小说《珊瑚岛上的死光》。《华侨报·华座》副刊连载石中生的小说《快刀神剑夺命镖》、思薇的小说《情关》、夏冰的小说《怪招》、幽草的小说《情礁》。

17日 《澳门日报·新园地》副刊发表鲁夫的诗歌《中国园艺菊花展览会》、陆无涯的散文《秋菊有佳色——菊花诗话掇拾之一》，连载剑翁的小说《辽东英烈传》、陈萃文的小说《萧崐山正传》、润园的小说《古灵精怪》、东瑞的小说《铁蹄人生》、童恩正的小说《珊瑚岛上的死光》。《华侨报·华座》副刊连载石中生的小说《快刀神剑夺命镖》、思薇的小说《情关》、夏冰的小说《怪招》、幽草的小说《情礁》。

18日 《澳门日报·新园地》副刊发表林逢雨的诗歌《咏菊》《西施菊》，连载剑翁的小说《辽东英烈传》、陈萃文的小说《萧崐山正传》、润园的小说《古灵精怪》、东瑞的小说《铁蹄人生》、童恩正的小说《珊瑚岛上的死光》。《华侨报·华座》副刊连载石中生的小说《快刀神剑夺命镖》、思薇的小说《情关》、夏冰的小说《怪招》、幽草的小说《情礁》。

19日 《澳门日报·新园地》副刊连载剑翁的小说《辽东英烈传》、陈萃文的小说《萧崐山正传》、润园的小说《古灵精怪》、东瑞的小说《铁蹄人生》、童恩正的小说《珊瑚岛上的死光》。《华侨报·华座》副刊发表佟立章的诗歌《菊展会花下咏怀》（一），连载石中生的小说《快刀神剑夺命镖》、思薇的小说《情关》、夏冰的小说《怪招》、幽草的小说《情礁》。

20日　《澳门日报·新园地》副刊发表半坡的散文《杂忆小榄和小榄菊展》、曾其的小说《深闺疑云》，并开始连载林逢雨的评论《锦瑟思华年》，连载剑翁的小说《辽东英烈传》、陈萃文的小说《萧崐山正传》、润园的小说《古灵精怪》、东瑞的小说《铁蹄人生》、童恩正的小说《珊瑚岛上的死光》。《华侨报·华座》副刊发表佟立章的诗歌《菊展会花下咏怀》（二），连载石中生的小说《快刀神剑夺命镖》、思薇的小说《情关》、夏冰的小说《怪招》、幽草的小说《情礁》。

21日　《澳门日报·新园地》副刊发表泉的小说《了黄哥》，连载林逢雨的评论《锦瑟思华年》、剑翁的小说《辽东英烈传》、陈萃文的小说《萧崐山正传》、润园的小说《古灵精怪》、东瑞的小说《铁蹄人生》、童恩正的小说《珊瑚岛上的死光》。《华侨报·华座》副刊发表黄鹤云的诗词《调寄满庭芳》，连载石中生的小说《快刀神剑夺命镖》、思薇的小说《情关》、夏冰的小说《怪招》、幽草的小说《情礁》。

22日　《澳门日报·新园地》副刊发表陆无涯的散文《菊如志士傲风霜——菊花诗话掇拾之二》、余绍人的散文《游菊展忆沈仲强先生》、胡丹的小说《强仔的补品》，连载林逢雨的评论《锦瑟思华年》、剑翁的小说《辽东英烈传》、陈萃文的小说《萧崐山正传》、润园的小说《古灵精怪》、东瑞的小说《铁蹄人生》、童恩正的小说《珊瑚岛上的死光》。《华侨报·华座》副刊连载石中生的小说《快刀神剑夺命镖》、思薇的小说《情关》、夏冰的小说《怪招》、幽草的小说《情礁》。

23日　《澳门日报·新园地》副刊连载林逢雨的评论《锦瑟思华年》（完）、剑翁的小说《辽东英烈传》，陈萃文的小说《萧崐山正传》、润园的小说《古灵精怪》、东瑞的小说《铁蹄人生》、童恩正的小说《珊瑚岛上的死光》。《华侨报·华座》副刊连载石中生的小说《快刀神剑夺命镖》、思薇的小说《情关》、夏冰的小说《怪招》、幽草的小说《情礁》。

24日　《澳门日报·新园地》副刊发表田汉的散文《坚持业余创作的态度》，连载剑翁的小说《辽东英烈传》、陈萃文的小说《萧崐山正传》、润园的小说《古灵精怪》、东瑞的小说《铁蹄人生》、童恩正的小说《珊瑚岛上的死光》。《华侨报·华座》副刊发表笔耕的散文《写作漫谈》，连载石中生的小说《快刀神剑夺命镖》、思薇的小说《情关》、夏冰的小说《怪招》、幽草的小说《情礁》。

25 日 《澳门日报·新园地》副刊发表陆无涯的散文《菊花满园秋色妍——菊花诗话掇拾之三》，连载剑翁的小说《辽东英烈传》、陈萃文的小说《萧崐山正传》、润园的小说《古灵精怪》、东瑞的小说《铁蹄人生》、童恩正的小说《珊瑚岛上的死光》。《华侨报·华座》副刊发表劳泽生的诗歌《调寄惜黄花　夜赏菊展》，连载石中生的小说《快刀神剑夺命镖》、思薇的小说《情关》、夏冰的小说《怪招》、幽草的小说《情礁》。

26 日 《澳门日报·新园地》副刊发表青原的诗歌《赏菊》、述之的散文《丘沧海寄慨南海神》，连载剑翁的小说《辽东英烈传》、陈萃文的小说《萧崐山正传》、润园的小说《古灵精怪》、东瑞的小说《铁蹄人生》、童恩正的小说《珊瑚岛上的死光》。《华侨报·华座》副刊连载石中生的小说《快刀神剑夺命镖》、思薇的小说《情关》、夏冰的小说《怪招》、幽草的小说《情礁》。

27 日 《澳门日报·新园地》副刊发表董行芳的散文《凝聚人民心血的诗文集》、林逢雨的评论《江山故宅》(1)，并开始连载陆无涯的散文《菊花诗话》，连载剑翁的小说《辽东英烈传》、陈萃文的小说《萧崐山正传》、润园的小说《古灵精怪》、东瑞的小说《铁蹄人生》、童恩正的小说《珊瑚岛上的死光》(完)。《华侨报·华座》副刊连载石中生的小说《快刀神剑夺命镖》、思薇的小说《情关》、夏冰的小说《怪招》、幽草的小说《情礁》。

28 日 《澳门日报·新园地》副刊发表廖乃雄的散文《深沉的悲切　美好的憧憬——纪念奥地利作曲家舒伯特逝世一百五十周年》、林逢雨的评论《江山故宅》(2)、周镜水的小说《三叉八卦》，并开始连载海辛的小说《被禁锢的假期》，连载陆无涯的散文《菊花诗话》、剑翁的小说《辽东英烈传》、陈萃文的小说《萧崐山正传》、润园的小说《古灵精怪》、东瑞的小说《铁蹄人生》。《华侨报·华座》副刊发表陈时隐的诗歌《菊展抒怀》，连载石中生的小说《快刀神剑夺命镖》、思薇的小说《情关》、夏冰的小说《怪招》、幽草的小说《情礁》。

29日 《澳门日报·新园地》副刊连载陆无涯的散文《菊花诗话》（完）、剑翁的小说《辽东英烈传》、陈萃文的小说《萧崐山正传》、润园的小说《古灵精怪》、东瑞的小说《铁蹄人生》、海辛的小说《被禁锢的假期》。《华侨报·华座》副刊连载石中生的小说《快刀神剑夺命镖》、思薇的小说《情关》、夏冰的小说《怪招》、幽草的小说《情礁》。

30日 《澳门日报·新园地》副刊连载剑翁的小说《辽东英烈传》、陈萃文的小说《萧崐山正传》、润园的小说《古灵精怪》、东瑞的小说《铁蹄人生》、海辛的小说《被禁锢的假期》。《华侨报·华座》副刊连载石中生的小说《快刀神剑夺命镖》、思薇的小说《情关》、夏冰的小说《怪招》、幽草的小说《情礁》。

十二月

1日 《澳门日报·新园地》副刊连载剑翁的小说《辽东英烈传》、陈萃文的小说《萧崐山正传》、润园的小说《古灵精怪》、东瑞的小说《铁蹄人生》、海辛的小说《被禁锢的假期》。《华侨报·华座》副刊连载石中生的小说《快刀神剑夺命镖》、思薇的小说《情关》、夏冰的小说《怪招》、幽草的小说《情礁》。

2日 《澳门日报·新园地》副刊发表梅萼华的散文《冯至竟“老”了十年？》，连载剑翁的小说《辽东英烈传》、陈萃文的小说《萧崐山正传》、润园的小说《古灵精怪》、东瑞的小说《铁蹄人生》、海辛的小说《被禁锢的假期》。《华侨报·华座》副刊发表方镜亮的散文《天造画境——画家话黄山》，连载石中生的小说《快刀神剑夺命镖》、思薇的小说《情关》、夏冰的小说《怪招》、幽草的小说《情礁》。

3日 《澳门日报·新园地》副刊连载剑翁的小说《辽东英烈传》、陈萃文的小说《萧崐山正传》、润园的小说《古灵精怪》、东瑞的小说《铁蹄人生》、海辛的小说《被禁锢的假期》。《华侨报·华座》副刊发表达翁的散文《由木鱼说到南音和粤讴》，连载石中生的小说《快刀神剑夺命镖》、思薇的小说《情关》、夏冰的小说《怪招》、幽草的小说《情礁》。

4日 《澳门日报·新园地》副刊开始连载林逢雨的评论《几首送行的名篇》，连载剑翁的小说《辽东英烈传》、陈萃文的小说《萧崐山正传》、润园的小说《古灵精怪》、东瑞的小说《铁蹄人生》、海辛的小说《被禁锢的假期》。《华侨报·华座》副刊发表芝茹的评论《女词人吕碧城》，连载石中生的小说《快刀神剑夺命镖》、思薇的小说《情关》、夏冰的小说《怪招》、幽草的小说《情礁》。

5日 《澳门日报·新园地》副刊连载林逢雨的评论《几首送行的名篇》(完)、剑翁的小说《辽东英烈传》、陈萃文的小说《萧崐山正传》、润园的小说《古灵精怪》、东瑞的小说《铁蹄人生》、海辛的小说《被禁锢的假期》。《华侨报·华座》副刊发表青青的散文《粤俗民歌记趣》、家棉的散文《另一种新的长征》，连载石中生的小说《快刀神剑夺命镖》、思薇的小说《情关》、夏冰的小说《怪招》、幽草的小说《情礁》(完)。

6日 《澳门日报·新园地》副刊发表陆无涯的散文《写生佳话》，连载剑翁的小说《辽东英烈传》、陈萃文的小说《萧崐山正传》、润园的小说《古灵精怪》、东瑞的小说《铁蹄人生》、海辛的小说《被禁锢的假期》。《华侨报·华座》副刊发表丁香的评论《南海之花——琼剧》，并开始连载幽草的小说《女神探》，连载石中生的小说《快刀神剑夺命镖》、思薇的小说《情关》、夏冰的小说《怪招》。

7日 《澳门日报·新园地》副刊连载剑翁的小说《辽东英烈传》、陈萃文的小说《萧崐山正传》、润园的小说《古灵精怪》、东瑞的小说《铁蹄人生》、海辛的小说《被禁锢的假期》。《华侨报·华座》副刊连载幽草的小说《女神探》、石中生的小说《快刀神剑夺命镖》、思薇的小说《情关》、夏冰的小说《怪招》。

8日 《澳门日报·新园地》副刊连载剑翁的小说《辽东英烈传》、陈萃文的小说《萧崐山正传》、润园的小说《古灵精怪》、东瑞的小说《铁蹄人生》、海辛的小说《被禁锢的假期》。《华侨报·华座》副刊连载幽草的小说《女神探》、石中生的小说《快刀神剑夺命镖》、思薇的小说《情关》、夏冰的小说《怪招》。

9日　《澳门日报·新园地》副刊发表松筠的散文《昭君出塞和民族和睦》、李的小说《好事近》，连载剑翁的小说《辽东英烈传》、陈萃文的小说《萧崐山正传》、润园的小说《古灵精怪》、东瑞的小说《铁蹄人生》、海辛的小说《被禁锢的假期》。《华侨报·华座》副刊连载幽草的小说《女神探》、石中生的小说《快刀神剑夺命镖》、思薇的小说《情关》、夏冰的小说《怪招》。

10日　《澳门日报·新园地》副刊发表述之的散文《文天祥在潮阳》、莹译玉的散文《一次烦恼的旅程》，连载剑翁的小说《辽东英烈传》、陈萃文的小说《萧崐山正传》、润园的小说《古灵精怪》、东瑞的小说《铁蹄人生》、海辛的小说《被禁锢的假期》。《华侨报·华座》副刊连载幽草的小说《女神探》、石中生的小说《快刀神剑夺命镖》、思薇的小说《情关》、夏冰的小说《怪招》。

11日　《澳门日报·新园地》副刊发表方菲的散文《文艺队伍朝气蓬勃——参加省文学创作座谈侧记之一》、林逢雨的评论《桃园真意》(1)、子林的小说《小林的"女朋友"》，连载剑翁的小说《辽东英烈传》、陈萃文的小说《萧崐山正传》、润园的小说《古灵精怪》、东瑞的小说《铁蹄人生》、海辛的小说《被禁锢的假期》。《华侨报·华座》副刊发表成东的散文《中国·华侨·华人》，连载幽草的小说《女神探》、石中生的小说《快刀神剑夺命镖》、思薇的小说《情关》、夏冰的小说《怪招》。

12日　《澳门日报·新园地》副刊发表方菲的散文《"作家"此物最顽固——参加省文学创作座谈侧记之二》、林逢雨的评论《桃园真意》(2)，连载剑翁的小说《辽东英烈传》、陈萃文的小说《萧崐山正传》、润园的小说《古灵精怪》、东瑞的小说《铁蹄人生》、海辛的小说《被禁锢的假期》。《华侨报·华座》副刊连载幽草的小说《女神探》、石中生的小说《快刀神剑夺命镖》、思薇的小说《情关》、夏冰的小说《怪招》。

13日　《澳门日报·新园地》副刊发表方菲的散文《四百个作家与四个"二"——

参加省文学创作座谈侧记之三》，连载剑翁的小说《辽东英烈传》、陈萃文的小说《萧崐山正传》、润园的小说《古灵精怪》、东瑞的小说《铁蹄人生》、海辛的小说《被禁锢的假期》。《华侨报·华座》副刊连载幽草的小说《女神探》、石中生的小说《快刀神剑夺命镖》、思薇的小说《情关》、夏冰的小说《怪招》。

14 日 《澳门日报·新园地》副刊发表方菲的散文《战斗正未有穷期——参加省文学创作座谈侧记之四》，连载剑翁的小说《辽东英烈传》、陈萃文的小说《萧崐山正传》、润园的小说《古灵精怪》、东瑞的小说《铁蹄人生》、海辛的小说《被禁锢的假期》。《华侨报·华座》副刊发表金戈的散文《孔子的“教”与“学”》，连载幽草的小说《女神探》、石中生的小说《快刀神剑夺命镖》、思薇的小说《情关》、夏冰的小说《怪招》。

15 日 《澳门日报·新园地》副刊发表方菲的散文《吴有恒赋诗颂除奸——参加省文学创作座谈侧记之五》，连载剑翁的小说《辽东英烈传》、陈萃文的小说《萧崐山正传》、润园的小说《古灵精怪》、东瑞的小说《铁蹄人生》、海辛的小说《被禁锢的假期》。《华侨报·华座》副刊连载幽草的小说《女神探》、石中生的小说《快刀神剑夺命镖》、思薇的小说《情关》、夏冰的小说《怪招》。

16 日 《澳门日报·新园地》副刊连载剑翁的小说《辽东英烈传》、陈萃文的小说《萧崐山正传》、润园的小说《古灵精怪》、东瑞的小说《铁蹄人生》、海辛的小说《被禁锢的假期》。《华侨报·华座》副刊发表李芸的评论《谈豫剧》，连载幽草的小说《女神探》、石中生的小说《快刀神剑夺命镖》、思薇的小说《情关》、夏冰的小说《怪招》。

17 日 《澳门日报·新园地》副刊连载剑翁的小说《辽东英烈传》、陈萃文的小说《萧崐山正传》、润园的小说《古灵精怪》、东瑞的小说《铁蹄人生》、海辛的小说《被禁锢的假期》。《华侨报·华座》副刊发表一勺的散文《小窝头的故事》，连载幽草的小说《女神探》、石中生的小说《快刀神剑夺命镖》、思薇的小说《情关》、夏冰的小说《怪招》。

18 日 《澳门日报·新园地》副刊发表林逢雨的评论《幽人与鸿影》(1)，连载剑翁的小说《辽东英烈传》、陈萃文的小说《萧岷山正传》、润园的小说《古灵精怪》、东瑞的小说《铁蹄人生》、海辛的小说《被禁锢的假期》。《华侨报·华座》副刊发表阿杜的散文《泛谈广东木偶戏》、黄衫客的散文《千字文来源于白鸽票》，连载幽草的小说《女神探》、石中生的小说《快刀神剑夺命镖》、思薇的小说《情关》、夏冰的小说《怪招》。

19日　《澳门日报·新园地》副刊发表林逢雨的评论《幽人与鸿影》(2)，连载剑翁的小说《辽东英烈传》、陈萃文的小说《萧岷山正传》、润园的小说《古灵精怪》、东瑞的小说《铁蹄人生》、海辛的小说《被禁锢的假期》。《华侨报·华座》副刊发表周郎的评论《最具地方特色的潮剧》，连载幽草的小说《女神探》、石中生的小说《快刀神剑夺命镖》、思薇的小说《情关》、夏冰的小说《怪招》。

20日　《澳门日报·新园地》副刊连载剑翁的小说《辽东英烈传》、陈萃文的小说《萧岷山正传》、润园的小说《古灵精怪》、东瑞的小说《铁蹄人生》、海辛的小说《被禁锢的假期》。《华侨报·华座》副刊发表林雁的评论《国剧考》，连载幽草的小说《女神探》、石中生的小说《快刀神剑夺命镖》、思薇的小说《情关》、夏冰的小说《怪招》。

21日　《澳门日报·新园地》副刊发表曾广琦的散文《“野猫城”杂忆——记参加第七届亚洲象棋赛(随笔)》，连载剑翁的小说《辽东英烈传》、陈萃文的小说《萧岷山正传》、润园的小说《古灵精怪》、东瑞的小说《铁蹄人生》、海辛的小说《被禁锢的假期》。《华侨报·华座》副刊连载幽草的小说《女神探》、石中生的小说《快刀神剑夺命镖》、思薇的小说《情关》、夏冰的小说《怪招》。

22日　《澳门日报·新园地》副刊发表易枫的散文《作者·编者·稿酬》，连载剑翁的小说《辽东英烈传》、陈萃文的小说《萧岷山正传》、润园的小说《古灵精怪》、东瑞的小说《铁蹄人生》、海辛的小说《被禁锢的假期》。《华侨报·华座》副刊发表张兆全的散文《由“国画联合展览”想起》，连载幽草的小说《女神探》、石中生的小说《快刀神剑夺命镖》、思薇的小说《情关》、夏冰的小说《怪招》。

23 日　《澳门日报 · 新园地》副刊发表芦荻的诗歌《越写陵园菊展呈翁继耘兄、方菲兄》，连载剑翁的小说《辽东英烈传》、陈萃文的小说《萧崐山正传》、润园的小说《古灵精怪》、东瑞的小说《铁蹄人生》、海辛的小说《被禁锢的假期》。《华侨报 · 华座》副刊发表夏火的散文《理发师傅奇遇记》，连载幽草的小说《女神探》、石中生的小说《快刀神剑夺命镖》、思薇的小说《情关》、夏冰的小说《怪招》。

24 日　《澳门日报 · 新园地》副刊连载剑翁的小说《辽东英烈传》、陈萃文的小说《萧崐山正传》、润园的小说《古灵精怪》、东瑞的小说《铁蹄人生》、海辛的小说《被禁锢的假期》。《华侨报 · 华座》副刊连载幽草的小说《女神探》、石中生的小说《快刀神剑夺命镖》、思薇的小说《情关》、夏冰的小说《怪招》。

25 日　《澳门日报 · 新园地》副刊发表蔡天涛的散文《牡丹乡行话牡丹》，并开始连载林逢雨的评论《诗中的李煜和赵佶》，连载剑翁的小说《辽东英烈传》、陈萃文的小说《萧崐山正传》、润园的小说《古灵精怪》、东瑞的小说《铁蹄人生》、海辛的小说《被禁锢的假期》。《华侨报 · 华座》副刊发表谭仕杰、劳泽生、黄鹤云的诗歌《题四人国画联合展览》，仁的评论《小谈桂剧》；连载幽草的小说《女神探》、石中生的小说《快刀神剑夺命镖》、思薇的小说《情关》、夏冰的小说《怪招》。

26 日　《澳门日报 · 新园地》副刊发表程生的小说《薄利多销》，连载林逢雨的评论《诗中的李煜和赵佶》（完）、剑翁的小说《辽东英烈传》、陈萃文的小说《萧崐山正传》、润园的小说《古灵精怪》、东瑞的小说《铁蹄人生》、海辛的小说《被禁锢的假期》。《华侨报 · 华座》副刊发表佟立章的诗歌《诗三首》，连载幽草的小说《女神探》、石中生的小说《快刀神剑夺命镖》、思薇的小说《情关》、夏冰的小说《怪招》。

27 日　《澳门日报 · 新园地》副刊连载剑翁的小说《辽东英烈传》、陈萃文的小说《萧崐山正传》、润园的小说《古灵精怪》、东瑞的小说《铁蹄人生》、海辛的小说《被禁锢的假期》。《华侨报 · 华座》副刊发表之云的评论《谈川剧》，连载幽草的小说《女神探》、石中生的小说《快刀神剑夺命镖》、思薇的小说《情关》、夏冰的小说《怪招》。

28 日　《澳门日报 · 新园地》副刊发表袁文的小说《找房记》、司徒田的小说《搭讪》，连载剑翁的小说《辽东英烈传》、陈萃文的小说《萧崐山正传》、润园的小说《古灵精怪》、东瑞的小说《铁蹄人生》、海辛的小说《被禁锢的假期》。《华侨报 · 华座》副刊发表一夫的散文《屠户的风雅》，连载幽草的小说《女神探》、石中生的小说《快刀神剑夺命镖》、思薇的小说《情关》、夏冰的小说《怪招》。

29 日　《澳门日报 · 新园地》副刊发表鲁茂的散文《佳节心事浓如酒》、佩茵的小说《结婚纪念日》、傅瑶的小说《王先生有“外遇”》，连载剑翁的小说《辽东英烈传》、陈萃文的小说《萧崐山正传》、润园的小说《古灵精怪》、东瑞的小说《铁蹄人生》、海辛的小说《被禁锢的假期》。《华侨报 · 华座》副刊发表陈文的评论《内蒙古及西藏戏曲》，连载幽草的小说《女神探》、石中生的小说《快刀神剑夺命镖》、思薇的小说《情关》、夏冰的小说《怪招》。

30 日　《澳门日报 · 新园地》副刊连载剑翁的小说《辽东英烈传》、陈萃文的小说《萧崐山正传》、润园的小说《古灵精怪》、东瑞的小说《铁蹄人生》、海辛的小说《被禁锢的假期》。《华侨报 · 华座》副刊连载幽草的小说《女神探》、石中生的小说《快刀神剑夺命镖》、思薇的小说《情关》、夏冰的小说《怪招》。

31 日　《澳门日报 · 新园地》副刊连载剑翁的小说《辽东英烈传》、陈萃文的小说《萧崐山正传》、润园的小说《古灵精怪》、东瑞的小说《铁蹄人生》、海辛的小说《被禁锢的假期》。《华侨报 · 华座》副刊连载幽草的小说《女神探》、石中生的小说《快刀神剑夺命镖》、思薇的小说《情关》、夏冰的小说《怪招》。

⊙　本月，汪浩瀚的诗歌《夜弦》刊载于香港《学生丛书》第 5 卷第 12 期。

⊙　是年冬日，韩牧在香港、澳门两地创作多首现代诗歌，如《新装》《印章》《语言》《浮海》《报馆》《订约》等，后收于《伶仃洋》一书中。

1979年

1979年，澳门文学各文体作品发表情况如下：在澳门发表于《澳门日报·新园地》副刊、《华侨报·华座》副刊等的小说共130部，其中长篇连载小说13部，短篇小说117部；散文346篇；现代诗33首，古体诗词55首；评论94篇。在香港及海外发表长篇小说2部，现代诗5首，评论5篇。

《澳门日报·新园地》副刊1979年有徐敏的“闻见录”，鲁茂、陶里（1979年定居澳门）等人执笔的“斗室漫笔”等专栏。香港作家彦火自本年度起，于《澳门日报·新园地》副刊发表50多篇散文评论，介绍当时内地、港澳台以及海外如美国爱荷华的“中国周末”等作家、作品、文学活动等，如《巴金与诺贝尔文学奖》《艾青的〈诗论〉》《台湾现代派文学》《〈曹雪芹〉二三事》等。

沈尚青（本名陈艳华）以“丽莎”笔名撰写的《八妹手记》专栏，也大受欢迎。这组专栏文章偏重叙事，从不同的角度探讨蓝领阶层的工作和生活，着眼于阐发仁慈博爱精神，同情关心弱者，宣导人与人之间的宽厚与谅解，拥有大量的读者。由鲁茂和陶里轮流执笔的报纸专栏“斗室漫笔”，也是很受大众欢迎的散文专栏，寓教于乐，雅俗共赏，言之有物，令人有开卷获益之感。

诗人冯刚毅（1944—　），笔名云独鹤，1979年来澳门，曾开设咖啡室，后从事新闻工作，任《华侨报·华座》副刊编辑。诗人陶里也于本年来澳门，为澳门诗坛增加了浓重的色彩。

1979年3月27日，澳门话剧团体“教区戏剧研究社”改组，更名为“澳门戏剧社”。改组后人数增加，成员包括文员、工人、教师、学生等各阶层人士，致力于推广话剧，参与澳门戏剧演出、澳门艺术节等大型演出，其宗旨是：“推广戏剧，服务社会。”曾公演剧目数十个，如《鸳鸯配》《编剧家妙计擒凶》《再见女郎》等，备受好评。同年澳门曲艺团体

“海涛粤剧曲艺社”成立，每周维持曲艺排练，在各个节日组织演出，对丰富澳门曲艺做出了持久的贡献。该剧社自己创作的剧码有《再见女郎》《鸳鸯配》《编剧家妙计擒凶》《小城风光》《我的女儿》《上班的第一天》《色》《缘分》《移民》《妈咪亲亲》《浮光掠影》《共鞋连履》《爱情三部曲》等，可惜未见结集成作品出版。

澳门话剧家李宇梁中学时代即热衷于话剧，其戏剧创作大致可以分为三个阶段。第一个阶段从1974年到1979年，主要剧作有《虚名镇》等。李宇樑这个阶段的创作大都采用传统的写实手法，并且是偏重于讲故事——讲述有关澳门的故事。李宇梁1979年前后创作《虚名镇》时就探索以灯光分区分场和舞台时空电影感等表现手法。

自1979年起，香港作家彦火发表了50多篇散文评论，介绍当时内地、港澳台以及海外如美国爱荷华的“中国周末”等作家、作品、文学活动等，如《巴金与诺贝尔文学奖》《艾青的〈诗论〉》《台湾现代派文学》《〈曹雪芹〉二三事》《鲁迅阻郁达夫迁家》《〈林家铺子〉的风波》《关于徐志摩》《“流浪作家”艾芜》《福建文坛新知录》《“沙爹诗人”原甸》《三十年后复出的萧军》《爱荷华的〈中国周末〉》。

一月

1日　《澳门日报·新园地》副刊开始连载林逢雨的评论《迢递作佳期》，连载剑翁的小说《辽东英烈传》、陈萃文的小说《萧岷山正传》、润园的小说《古灵精怪》、东瑞的小说《铁蹄人生》、海辛的小说《被禁锢的假期》。《华侨报·华座》副刊发表佟立章的诗歌《黄安仁画人贻罗浮写生画，与林擒、郭士诸兄共赏，予以未得便归游为憾，率成一绝志憾》、颂平的小说《爱与欲》，连载幽草的小说《女神探》、石中生的小说《快刀神剑夺命镖》、思薇的小说《情关》、夏冰的小说《怪招》。

3日　《澳门日报·新园地》副刊开始连载文若雅的散文《广州方言栏目》，连载林逢雨的评论《迢递作佳期》（完）、剑翁的小说《辽东英烈传》、陈萃文的小说《萧岷山正传》、润园的小说《古灵精怪》、东瑞的小说《铁蹄人生》、海辛的小说《被禁锢的假期》。《华侨报·华座》副刊发表作者不详的散文《小谈南剧》、颂平的小说《破落户的女儿》，并开始连载洪朗的小说《女蛇》，连载幽草的小说《女神探》、石中生的小说《快刀神剑夺命镖》、思薇的小说《情关》、夏冰的小说《怪招》（停刊一期）。

4日　《澳门日报·新园地》副刊连载文若雅的散文《广州方言栏目》、剑翁的小说《辽东英烈传》、陈萃文的小说《萧崐山正传》、润园的小说《古灵精怪》、东瑞的小说《铁蹄人生》、海辛的小说《被禁锢的假期》。《华侨报·华座》副刊发表作者不详的散文《楚剧一勺》、陆琴的小说《女儿的情人》，连载幽草的小说《女神探》、石中生的小说《快刀神剑夺命镖》（完）、思薇的小说《情关》、夏冰的小说《怪招》（停刊一期）、洪朗的小说《女蛇》。

5日　《澳门日报·新园地》副刊发表冉生的散文《听作家秦牧报告》，连载文若雅的散文《广州方言栏目》、剑翁的小说《辽东英烈传》、陈萃文的小说《萧崐山正传》、润园的小说《古灵精怪》、东瑞的小说《铁蹄人生》、海辛的小说《被禁锢的假期》。《华侨报·华座》副刊发表黄凯彭的评论《谈黄遵宪的诗》，并开始连载孙璧的小说《断剑歼仇》，连载幽草的小说《女神探》、思薇的小说《情关》（完）、夏冰的小说《怪招》、洪朗的小说《女蛇》。

6日　《澳门日报·新园地》副刊连载文若雅的散文《广州方言栏目》、剑翁的小说《辽东英烈传》、陈萃文的小说《萧崐山正传》、润园的小说《古灵精怪》、东瑞的小说《铁蹄人生》、海辛的小说《被禁锢的假期》。《华侨报·华座》副刊发表林擒的散文《欣赏者的乐趣——四人画展观感追记》，并开始连载思薇的小说《拂槛春风》，连载幽草的小说《女神探》、夏冰的小说《怪招》、洪朗的小说《女蛇》、孙璧的小说《断剑歼仇》。

7日　《澳门日报·新园地》副刊发表述之的散文《生死签》，连载文若雅的散文《广州方言栏目》、剑翁的小说《辽东英烈传》、陈萃文的小说《萧崐山正传》、润园的小说《古灵精怪》、东瑞的小说《铁蹄人生》、海辛的小说《被禁锢的假期》。《华侨报·华座》副刊连载幽草的小说《女神探》、夏冰的小说《怪招》、洪朗的小说《女蛇》、孙璧的小说《断剑歼仇》、思薇的小说《拂槛春风》。

8 日　《澳门日报 · 新园地》副刊开始连载林逢雨的评论《句写箜篌调入神》，连载文若雅的散文《广州方言栏目》、剑翁的小说《辽东英烈传》、陈萃文的小说《萧崐山正传》、润园的小说《古灵精怪》、东瑞的小说《铁蹄人生》、海辛的小说《被禁锢的假期》。《华侨报 · 华座》副刊发表黄衫客的散文《粤剧〈天姬送子〉与〈跳加官〉》，连载幽草的小说《女神探》、夏冰的小说《怪招》、洪朗的小说《女蛇》、孙璧的小说《断剑歼仇》、思薇的小说《拂槛春风》。

9 日　《澳门日报 · 新园地》副刊连载林逢雨的评论《句写箜篌调入神》（完）、文若雅的散文《广州方言栏目》、剑翁的小说《辽东英烈传》、陈萃文的小说《萧崐山正传》、润园的小说《古灵精怪》、东瑞的小说《铁蹄人生》、海辛的小说《被禁锢的假期》。《华侨报 · 华座》副刊连载幽草的小说《女神探》、夏冰的小说《怪招》、洪朗的小说《女蛇》、孙璧的小说《断剑歼仇》、思薇的小说《拂槛春风》。

10 日　《澳门日报》新园地副刊连载文若雅的散文《广州方言栏目》、剑翁的小说《辽东英烈传》、陈萃文的小说《萧崐山正传》、润园的小说《古灵精怪》、东瑞的小说《铁蹄人生》、海辛的小说《被禁锢的假期》。《华侨报 · 华座》副刊连载幽草的小说《女神探》、夏冰的小说《怪招》、洪朗的小说《女蛇》（完）、孙璧的小说《断剑歼仇》、思薇的小说《拂槛春风》。

11 日　《澳门日报》新园地副刊发表韩牧的诗歌《午夜访〈澳门日报〉》，连载文若雅的散文《广州方言栏目》、剑翁的小说《辽东英烈传》、陈萃文的小说《萧崐山正传》、润园的小说《古灵精怪》、东瑞的小说《铁蹄人生》、海辛的小说《被禁锢的假期》。《华侨报 · 华座》副刊发表王玉珏的评论《"五四"以来的文学作品》，并开始连载芬芷的小说《追杀》，连载幽草的小说《女神探》、夏冰的小说《怪招》、孙璧的小说《断剑歼仇》、思薇的小说《拂槛春风》。

12 日　《澳门日报 · 新园地》副刊发表董行芳的散文《越老越爱惜生命》，连载文若雅的散文《广州方言栏目》、剑翁的小说《辽东英烈传》、陈萃文的小说《萧崐山正传》、润园的小说《古灵精怪》、东瑞的小说《铁蹄人生》、海辛的小说《被禁锢的假期》。《华侨报·华座》副刊连载幽草的小说《女神探》、夏冰的小说《怪招》、孙璧的小说《断剑歼仇》、思薇的小说《拂槛春风》、芬芷的小说《追杀》。

13日 《澳门日报·新园地》副刊发表李浩泉的散文《未及贴到天安门的诗》，连载文若雅的散文《广州方言栏目》、剑翁的小说《辽东英烈传》、陈萃文的小说《萧崐山正传》、润园的小说《古灵精怪》、东瑞的小说《铁蹄人生》、海辛的小说《被禁锢的假期》。《华侨报·华座》副刊发表佟立章的诗歌《与林擒久别重晤戏赠》，连载幽草的小说《女神探》、夏冰的小说《怪招》、孙璧的小说《断剑歼仇》、思薇的小说《拂槛春风》、芬芷的小说《追杀》。

14日 《澳门日报·新园地》副刊发表飞来石的散文《高雄小记》，连载文若雅的散文《广州方言栏目》（完）、剑翁的小说《辽东英烈传》、陈萃文的小说《萧崐山正传》、润园的小说《古灵精怪》、东瑞的小说《铁蹄人生》、海辛的小说《被禁锢的假期》。《华侨报·华座》副刊发表楚舒的散文《瑞雪兆丰年》、林擒的散文《使感情净化的吵架》，连载幽草的小说《女神探》、夏冰的小说《怪招》、孙璧的小说《断剑歼仇》、思薇的小说《拂槛春风》、芬芷的小说《追杀》。

15日 《澳门日报·新园地》副刊开始连载林逢雨的评论《表里俱澄澈》，连载剑翁的小说《辽东英烈传》、陈萃文的小说《萧崐山正传》、润园的小说《古灵精怪》、东瑞的小说《铁蹄人生》、海辛的小说《被禁锢的假期》。《华侨报·华座》副刊发表黄衫客的散文《粤剧〈玉皇登殿〉成绝响》，连载幽草的小说《女神探》、夏冰的小说《怪招》、孙璧的小说《断剑歼仇》、思薇的小说《拂槛春风》、芬芷的小说《追杀》。

16日 《澳门日报·新园地》副刊连载林逢雨的评论《表里俱澄澈》（完）、剑翁的小说《辽东英烈传》、陈萃文的小说《萧崐山正传》、润园的小说《古灵精怪》、东瑞的小说《铁蹄人生》、海辛的小说《被禁锢的假期》。《华侨报·华座》副刊发表旺的散文《台湾地方戏》，连载幽草的小说《女神探》、夏冰的小说《怪招》、孙璧的小说《断剑歼仇》、思薇的小说《拂槛春风》、芬芷的小说《追杀》。

17日 《澳门日报·新园地》副刊发表文小冰的评论《〈茶花女〉的风波》，连载剑翁的小说《辽东英烈传》、陈萃文的小说《萧岷山正传》、润园的小说《古灵精怪》、东瑞的小说《铁蹄人生》、海辛的小说《被禁锢的假期》。《华侨报·华座》副刊连载幽草的小说《女神探》、夏冰的小说《怪招》、孙璧的小说《断剑歼仇》、思薇的小说《拂槛春风》、芬芷的小说《追杀》（完）。

18日 《澳门日报·新园地》副刊发表西波的散文《新加坡之游》，连载剑翁的小说《辽东英烈传》、陈萃文的小说《萧岷山正传》、润园的小说《古灵精怪》、东瑞的小说《铁蹄人生》、海辛的小说《被禁锢的假期》。《华侨报·华座》副刊连载幽草的小说《女神探》、夏冰的小说《怪招》、孙璧的小说《断剑歼仇》、思薇的小说《拂槛春风》，并开始连载德兰的小说《嫁祸》。

19日 《澳门日报·新园地》副刊发表陶里的诗歌《游广州烈士陵园》、楚群英的散文《荆城古城焕发新姿》，连载剑翁的小说《辽东英烈传》、陈萃文的小说《萧岷山正传》、润园的小说《古灵精怪》、东瑞的小说《铁蹄人生》、海辛的小说《被禁锢的假期》。《华侨报·华座》副刊连载幽草的小说《女神探》（完）、夏冰的小说《怪招》、孙璧的小说《断剑歼仇》、思薇的小说《拂槛春风》、德兰的小说《嫁祸》。

20日 《澳门日报·新园地》副刊连载剑翁的小说《辽东英烈传》、陈萃文的小说《萧岷山正传》、润园的小说《古灵精怪》、东瑞的小说《铁蹄人生》、海辛的小说《被禁锢的假期》。《华侨报·华座》副刊发表亭亭的评论《〈牡丹亭〉的杜丽娘》，并开始连载幽草的小说《色狼秘密》，连载夏冰的小说《怪招》、孙璧的小说《断剑歼仇》、思薇的小说《拂槛春风》、德兰的小说《嫁祸》。

21日 《澳门日报·新园地》副刊发表述之的散文《百年前的〈澳门月报〉》，连载剑翁的小说《辽东英烈传》，陈萃文的小说《萧崐山正传》、润园的小说《古灵精怪》、东瑞的小说《铁蹄人生》、海辛的小说《被禁锢的假期》。《华侨报·华座》副刊发表陈时隐的诗歌《赋谢星洲厦集校友欢宴会》《倦游赋归·在加东高楼雅会唱和》、冬冬的评论《〈牡丹亭〉的杜宝及柳梦梅》，连载夏冰的小说《怪招》、孙璧的小说《断剑歼仇》、思薇的小说《拂槛春风》、德兰的小说《嫁祸》、幽草的小说《色狼秘密》。

22 日　《澳门日报·新园地》副刊开始连载林逢雨的评论《词客与霸才》，连载剑翁的小说《辽东英烈传》、陈萃文的小说《萧崐山正传》、润园的小说《古灵精怪》、东瑞的小说《铁蹄人生》、海辛的小说《被禁锢的假期》。《华侨报·华座》副刊连载夏冰的小说《怪招》、孙璧的小说《断剑歼仇》、思薇的小说《拂槛春风》、德兰的小说《嫁祸》、幽草的小说《色狼秘密》。

23 日　《澳门日报·新园地》副刊连载林逢雨的评论《词客与霸才》（完）、剑翁的小说《辽东英烈传》、陈萃文的小说《萧崐山正传》、润园的小说《古灵精怪》、东瑞的小说《铁蹄人生》、海辛的小说《被禁锢的假期》。《华侨报·华座》副刊发表黄衫客的散文《粤剧童子班》，连载夏冰的小说《怪招》、孙璧的小说《断剑歼仇》、思薇的小说《拂槛春风》、德兰的小说《嫁祸》、幽草的小说《色狼秘密》。

24 日　《澳门日报·新园地》副刊发表陆无涯的散文《画家李铁夫——画坛回忆录之九》，连载剑翁的小说《辽东英烈传》、陈萃文的小说《萧崐山正传》、润园的小说《古灵精怪》、东瑞的小说《铁蹄人生》、海辛的小说《被禁锢的假期》。《华侨报·华座》副刊开始连载周华的散文《忆吴晗老师》，连载夏冰的小说《怪招》、孙璧的小说《断剑歼仇》、思薇的小说《拂槛春风》、德兰的小说《嫁祸》、幽草的小说《色狼秘密》。

25 日　《澳门日报·新园地》副刊连载剑翁的小说《辽东英烈传》、陈萃文的小说《萧崐山正传》、润园的小说《古灵精怪》、东瑞的小说《铁蹄人生》、海辛的小说《被禁锢的假期》。《华侨报·华座》副刊连载周华的散文《忆吴晗老师》（完）、夏冰的小说《怪招》、孙璧的小说《断剑歼仇》、思薇的小说《拂槛春风》、德兰的小说《嫁祸》、幽草的小说《色狼秘密》。

26 日　《澳门日报 · 新园地》副刊连载剑翁的小说《辽东英烈传》、陈萃文的小说《萧崐山正传》、润园的小说《古灵精怪》、东瑞的小说《铁蹄人生》、海辛的小说《被禁锢的假期》。

27 日　《澳门日报 · 新园地》副刊发表李浩泉的散文《漫话〈羊城晚报〉》，连载剑翁的小说《辽东英烈传》、陈萃文的小说《萧崐山正传》、润园的小说《古灵精怪》、东瑞的小说《铁蹄人生》、海辛的小说《被禁锢的假期》。《华侨报 · 华座》副刊连载夏冰的小说《怪招》、孙璧的小说《断剑歼仇》、思薇的小说《拂槛春风》、德兰的小说《嫁祸》、幽草的小说《色狼秘密》。

28 日　《澳门日报 · 新园地》副刊连载剑翁的小说《辽东英烈传》、陈萃文的小说《萧崐山正传》、润园的小说《古灵精怪》、东瑞的小说《铁蹄人生》、海辛的小说《被禁锢的假期》。《华侨报 · 华座》副刊连载夏冰的小说《怪招》、孙璧的小说《断剑歼仇》、思薇的小说《拂槛春风》、德兰的小说《嫁祸》、幽草的小说《色狼秘密》。

⊙　本月，汪浩瀚的诗歌《隔着太平洋聊天》刊载于香港《海洋文艺》第 6 卷第 1 期。

二月

1 日　《澳门日报 · 新园地》副刊发表仲衡的散文《〈十叟长寿歌〉的启示》，并开始连载林逢雨的评论《闻歌感旧》，连载剑翁的小说《辽东英烈传》、陈萃文的小说《萧崐山正传》、润园的小说《古灵精怪》、东瑞的小说《铁蹄人生》、海辛的小说《被禁锢的假期》。《华侨报 · 华座》副刊发表林擒的散文《林擒变林拥的故事》，连载夏冰的小说《怪招》、孙璧的小说《断剑歼仇》、思薇的小说《拂槛春风》、德兰的小说《嫁祸》（完）、幽草的小说《色狼秘密》。

2 日　《澳门日报 · 新园地》副刊发表韦曼的散文《冬日游北京》，连载林逢雨的评论《闻歌感旧》（完）、剑翁的小说《辽东英烈传》、陈萃文的小说《萧崐山正传》、润园的小说《古灵精怪》、东瑞的小说《铁蹄人生》、海辛的小说《被禁锢的假期》。《华侨报 · 华座》副刊连载夏冰的小说《怪招》、孙璧的小说《断剑歼仇》、思薇的小说《拂槛春风》、幽草的小说《色狼秘密》，并开始连载芬芷的小说《复仇》。

3日　《澳门日报·新园地》副刊发表方溢的散文《万紫千红访菊城——中山县小榄镇见闻》，连载剑翁的小说《辽东英烈传》、陈萃文的小说《萧崐山正传》、润园的小说《古灵精怪》、东瑞的小说《铁蹄人生》、海辛的小说《被禁锢的假期》。《华侨报·华座》副刊发表佟立章的诗歌《己未年开岁感怀》，连载夏冰的小说《怪招》、孙璧的小说《断剑歼仇》、思薇的小说《拂槛春风》、幽草的小说《色狼秘密》、芬芷的小说《复仇》。

4日　《澳门日报·新园地》副刊发表述之的散文《南越武王赵佗》，连载剑翁的小说《辽东英烈传》、陈萃文的小说《萧崐山正传》、润园的小说《古灵精怪》、东瑞的小说《铁蹄人生》、海辛的小说《被禁锢的假期》。《华侨报·华座》副刊连载夏冰的小说《怪招》、孙璧的小说《断剑歼仇》、思薇的小说《拂槛春风》、幽草的小说《色狼秘密》、芬芷的小说《复仇》。

5日　《澳门日报·新园地》副刊发表永毅的散文《依山傍水的小城》，连载剑翁的小说《辽东英烈传》、陈萃文的小说《萧崐山正传》、润园的小说《古灵精怪》、东瑞的小说《铁蹄人生》、海辛的小说《被禁锢的假期》。《华侨报·华座》副刊连载夏冰的小说《怪招》、孙璧的小说《断剑歼仇》、思薇的小说《拂槛春风》、幽草的小说《色狼秘密》、芬芷的小说《复仇》。

6日　《澳门日报·新园地》副刊连载剑翁的小说《辽东英烈传》、陈萃文的小说《萧崐山正传》、润园的小说《古灵精怪》、东瑞的小说《铁蹄人生》、海辛的小说《被禁锢的假期》。《华侨报·华座》副刊发表集英的散文《羊车的故事》，连载夏冰的小说《怪招》、孙璧的小说《断剑歼仇》、思薇的小说《拂槛春风》、幽草的小说《色狼秘密》、芬芷的小说《复仇》(完)。

7日　《澳门日报·新园地》副刊发表方曙的诗歌《春晓》、陆无涯的散文《丰子恺其人其画——画坛回忆录之十》、田文的散文《阿细跳月的怀旧》，连载剑翁的小说《辽东英烈传》、陈萃文的小说《萧崐山正传》、润园的小说《古灵精怪》、东瑞的小说《铁蹄人生》、海辛的小说《被禁锢的假期》。《华侨报·华座》副刊连载夏冰的小说《怪招》、孙璧的小说《断剑歼仇》、思薇的小说《拂槛春风》（完）、幽草的小说《色狼秘密》，并开始连载汎卡迪的小说《迷铃猎艳》。

8 日　《澳门日报 · 新园地》副刊连载剑翁的小说《辽东英烈传》、陈萃文的小说《萧崐山正传》、润园的小说《古灵精怪》、东瑞的小说《铁蹄人生》、海辛的小说《被禁锢的假期》。《华侨报 · 华座》副刊发表王玉珏的评论《谈〈天方夜谭〉》，并开始连载思薇的小说《梨酌候光》，连载夏冰的小说《怪招》、孙璧的小说《断剑歼仇》、幽草的小说《色狼秘密》、汎卡迪的小说《迷铃猎艳》。

9 日　《澳门日报 · 新园地》副刊连载剑翁的小说《辽东英烈传》、陈萃文的小说《萧崐山正传》、润园的小说《古灵精怪》（停刊一期）、东瑞的小说《铁蹄人生》、海辛的小说《被禁锢的假期》。《华侨报》华座副刊连载思薇的小说《梨酌候光》、夏冰的小说《怪招》、孙璧的小说《断剑歼仇》、幽草的小说《色狼秘密》、汎卡迪的小说《迷铃猎艳》。

10 日　《澳门日报 · 新园地》副刊发表薛鸣的散文《里斯本散记》，连载剑翁的小说《辽东英烈传》、陈萃文的小说《萧崐山正传》、润园的小说《古灵精怪》、东瑞的小说《铁蹄人生》、海辛的小说《被禁锢的假期》。《华侨报 · 华座》副刊发表吕品器的评论《谈巴金的〈家〉》，连载思薇的小说《梨酌候光》、夏冰的小说《怪招》、孙璧的小说《断剑歼仇》、幽草的小说《色狼秘密》、汎卡迪的小说《迷铃猎艳》。

11 日　《澳门日报 · 新园地》副刊发表李浩泉的散文《写真小史》、述之的散文《铁路工程师詹天佑》，连载剑翁的小说《辽东英烈传》、陈萃文的小说《萧崐山正传》、润园的小说《古灵精怪》、东瑞的小说《铁蹄人生》、海辛的小说《被禁锢的假期》。《华侨报 · 华座》副刊发表邓存耀的诗歌《元宵》、若风的散文《元宵闹花灯》，连载思薇的小说《梨酌候光》、夏冰的小说《怪招》、孙璧的小说《断剑歼仇》、幽草的小说《色狼秘密》、汎卡迪的小说《迷铃猎艳》。

12 日　《澳门日报 · 新园地》副刊发表方菲的评论《‘华’‘華’小议》，并开始连载林逢雨的散文《西湖春行》，连载剑翁的小说《辽东英烈传》、陈萃文的小说《萧岷山正传》、润园的小说《古灵精怪》、东瑞的小说《铁蹄人生》、海辛的小说《被禁锢的假期》。《华侨报·华座》副刊连载思薇的小说《梨酌候光》、夏冰的小说《怪招》、孙璧的小说《断剑歼仇》、幽草的小说《色狼秘密》、汎卡迪的小说《迷铃猎艳》。

13 日 《澳门日报·新园地》副刊发表鲁夫的诗歌《鞭炮二题》，连载林逢雨的散文《西湖春行》(完)、剑翁的小说《辽东英烈传》、陈萃文的小说《萧岷山正传》、润园的小说《古灵精怪》、东瑞的小说《铁蹄人生》、海辛的小说《被禁锢的假期》。《华侨报·华座》副刊发表陈时隐的诗歌《题谢甘余周陈四画家惠贶》，连载思薇的小说《梨酌候光》、夏冰的小说《怪招》、孙璧的小说《断剑歼仇》、幽草的小说《色狼秘密》、汎卡迪的小说《迷铃猎艳》。

14 日 《澳门日报·新园地》副刊发表方菲的散文《忆徐疾》、陆无涯的散文《春风骀荡话西湖》，连载剑翁的小说《辽东英烈传》、陈萃文的小说《萧岷山正传》、润园的小说《古灵精怪》、东瑞的小说《铁蹄人生》、海辛的小说《被禁锢的假期》。《华侨报·华座》副刊发表佟立章的诗歌《司徒苍城于伦敦机场书告自温哥华赴日内瓦举行水墨画展，再取道巴黎展出，万里壮游后，复归侨居地，行迹未及港澳，默思此时正枫叶飘红，赋四韵以寄》、黄衫客的散文《求艺心切高剑父师事伍懿庄》，连载思薇的小说《梨酌候光》、夏冰的小说《怪招》、孙璧的小说《断剑歼仇》、幽草的小说《色狼秘密》、汎卡迪的小说《迷铃猎艳》。

15 日 《澳门日报·新园地》副刊发表李浩泉的诗歌《七绝二首》，连载剑翁的小说《辽东英烈传》、陈萃文的小说《萧岷山正传》、润园的小说《古灵精怪》、东瑞的小说《铁蹄人生》、海辛的小说《被禁锢的假期》。《华侨报·华座》副刊连载思薇的小说《梨酌候光》、夏冰的小说《怪招》、孙璧的小说《断剑歼仇》、幽草的小说《色狼秘密》、汎卡迪的小说《迷铃猎艳》。

16 日 《澳门日报·新园地》副刊发表梅萼华的散文《两颗璀璨的明星》，连载剑翁的小说《辽东英烈传》、陈萃文的小说《萧岷山正传》、润园的小说

《古灵精怪》、东瑞的小说《铁蹄人生》、海辛的小说《被禁锢的假期》。《华侨报·华座》副刊发表佟立章的诗歌《元月月下遣怀》，连载思薇的小说《梨酡候光》、夏冰的小说《怪招》、孙璧的小说《断剑歼仇》、幽草的小说《色狼秘密》、汎卡迪的小说《迷铃猎艳》。

17 日 《澳门日报·新园地》副刊发表陶里的散文《食盐的刀子》，连载剑翁的小说《辽东英烈传》、陈萃文的小说《萧崐山正传》、润园的小说《古灵精怪》、东瑞的小说《铁蹄人生》、海辛的小说《被禁锢的假期》。《华侨报·华座》副刊连载思薇的小说《梨酡候光》、夏冰的小说《怪招》、孙璧的小说《断剑歼仇》、幽草的小说《色狼秘密》、汎卡迪的小说《迷铃猎艳》。

18 日 《澳门日报·新园地》副刊发表梅萼华的散文《洛阳才子杜甫》，连载剑翁的小说《辽东英烈传》、陈萃文的小说《萧崐山正传》、润园的小说《古灵精怪》、东瑞的小说《铁蹄人生》、海辛的小说《被禁锢的假期》。《华侨报·华座》副刊连载思薇的小说《梨酡候光》、夏冰的小说《怪招》、孙璧的小说《断剑歼仇》、幽草的小说《色狼秘密》、汎卡迪的小说《迷铃猎艳》。

19 日 《澳门日报·新园地》副刊发表梅萼华的散文《讨厌侍从文人生活》，并开始连载林逢雨的评论《高唱〈桂枝香〉》，连载剑翁的小说《辽东英烈传》、陈萃文的小说《萧崐山正传》、润园的小说《古灵精怪》、东瑞的小说《铁蹄人生》、海辛的小说《被禁锢的假期》。《华侨报·华座》副刊连载思薇的小说《梨酡候光》、夏冰的小说《怪招》、孙璧的小说《断剑歼仇》、幽草的小说《色狼秘密》、汎卡迪的小说《迷铃猎艳》。

20 日 《澳门日报·新园地》副刊连载林逢雨的评论《高唱〈桂枝香〉》（完）、剑翁的小说《辽东英烈传》、陈萃文的小说《萧崐山正传》、润园的小说《古灵精怪》、东瑞的小说《铁蹄人生》、海辛的小说《被禁锢的假期》。《华侨报·华座》副刊发表子英的散文《再谈木偶戏》，连载思薇的小说《梨酡候光》、夏冰的小说《怪招》、孙璧的小说《断剑歼仇》、幽草的小说《色狼秘密》、汎卡迪的小说《迷铃猎艳》（完）。

21 日　《澳门日报 · 新园地》副刊连载剑翁的小说《辽东英烈传》、陈萃文的小说《萧崐山正传》、润园的小说《古灵精怪》、东瑞的小说《铁蹄人生》、海辛的小说《被禁锢的假期》。《华侨报 · 华座》副刊发表阿乙的散文《窝头戏》、子微的评论《袁凯与咏白燕诗》，并开始连载蓝莎的小说《招魂》，连载思薇的小说《梨酌候光》、夏冰的小说《怪招》、孙璧的小说《断剑歼仇》、幽草的小说《色狼秘密》。

22 日　《澳门日报 · 新园地》副刊连载剑翁的小说《辽东英烈传》、陈萃文的小说《萧崐山正传》、润园的小说《古灵精怪》、东瑞的小说《铁蹄人生》、海辛的小说《被禁锢的假期》。《华侨报 · 华座》副刊发表王玉珏的散文《怀念丁玲》，连载思薇的小说《梨酌候光》、夏冰的小说《怪招》、孙璧的小说《断剑歼仇》、幽草的小说《色狼秘密》、蓝莎的小说《招魂》。

23 日　《澳门日报 · 新园地》副刊发表峭石的诗歌《归来吧，台湾》、陆无涯的散文《从漫画所想起的》，连载剑翁的小说《辽东英烈传》、陈萃文的小说《萧崐山正传》、润园的小说《古灵精怪》、东瑞的小说《铁蹄人生》、海辛的小说《被禁锢的假期》。《华侨报 · 华座》副刊连载思薇的小说《梨酌候光》、夏冰的小说《怪招》、孙璧的小说《断剑歼仇》、幽草的小说《色狼秘密》、蓝莎的小说《招魂》。

24 日　《澳门日报 · 新园地》副刊发表陶里的散文《红棉树》，连载剑翁的小说《辽东英烈传》、陈萃文的小说《萧崐山正传》、润园的小说《古灵精怪》、东瑞的小说《铁蹄人生》、海辛的小说《被禁锢的假期》。《华侨报 · 华座》副刊发表默公的诗歌《风入松》，连载思薇的小说《梨酌候光》、夏冰的小说《怪招》、孙璧的小说《断剑歼仇》、幽草的小说《色狼秘密》、蓝莎的小说《招魂》。

25 日　《澳门日报 · 新园地》副刊连载剑翁的小说《辽东英烈传》、陈萃文的小说《萧崐山正传》、润园的小说《古灵精怪》、东瑞的小说《铁蹄人生》、海辛的小说《被禁锢的假期》。《华侨报 · 华座》副刊发表袁惠清的散文《我期望获得鼓励和批评》，连载思薇的小说《梨酌候光》、夏冰的小说《怪招》、孙璧的小说《断剑歼仇》、幽草的小说《色狼秘密》、蓝莎的小说《招魂》（完）。

26 日　《澳门日报 · 新园地》副刊发表守习的评论《幻想成现实——略谈科学小说史》、爱晚的评论《略谈填词》，连载剑翁的小说《辽东英烈传》、陈萃文的小说《萧崐山正传》、润园的小说《古灵精怪》、东瑞的小说《铁蹄人生》、海辛的小说《被禁锢的假期》。《华侨报 · 华座》副刊连载思薇的小说《梨酌候光》、夏冰的小说《怪招》、孙璧的小说《断剑歼仇》、幽草的小说《色狼秘密》，并开始连载依云的小说《绑票》。

27 日　《澳门日报 · 新园地》副刊连载剑翁的小说《辽东英烈传》、陈萃文的小说《萧崐山正传》、润园的小说《古灵精怪》、东瑞的小说《铁蹄人生》、海辛的小说《被禁锢的假期》。《华侨报 · 华座》副刊发表宣翁的散文《忆崔嵬念贺元帅》，连载思薇的小说《梨酌候光》、夏冰的小说《怪招》、孙璧的小说《断剑歼仇》、幽草的小说《色狼秘密》、依云的小说《绑票》。

28 日　《澳门日报 · 新园地》副刊发表桂山的诗歌《悼彭元浩先生》、毅刚的散文《粤剧源起》，连载剑翁的小说《辽东英烈传》、陈萃文的小说《萧崐山正传》、润园的小说《古灵精怪》、东瑞的小说《铁蹄人生》、海辛的小说《被禁锢的假期》。《华侨报 · 华座》副刊发表荣晖的散文《融安彩调曲》，连载思薇的小说《梨酌候光》、夏冰的小说《怪招》、孙璧的小说《断剑歼仇》、幽草的小说《色狼秘密》、依云的小说《绑票》。

⊙　本月，韩牧的诗歌《相思》刊载于香港《海洋文艺》第 6 卷第 2 期。

三月

1 日　《澳门日报 · 新园地》副刊发表彦火的散文《春踪 · 春雾 · 懒人》，连载剑翁的小说《辽东英烈传》、陈萃文的小说《萧崐山正传》、润园的小说《古灵精怪》、东瑞的小说《铁蹄人生》、海辛的小说《被禁锢的假期》。《华侨报 · 华座》副刊发表王玉珏的散文《“歌德派”老舍》，连载思薇的小说《梨酌候光》、夏冰的小说《怪招》、孙璧的小说《断剑歼仇》、幽草的小说《色狼秘密》、依云的小说《绑票》。

彦火，香港作家，自1979年在《澳门日报·新园地》副刊发表50多篇散文评论，介绍当时内地、港澳台以及海外如美国爱荷华的“中国周末”等作家、作品、文学活动等，如《巴金与诺贝尔文学奖》《艾青的〈诗论〉》《台湾现代派文学》《曹雪芹二三事》《鲁迅阻郁达夫迁家》《〈林家铺子〉的风波》《关于徐志摩》《“流浪作家”艾芜》《福建文坛新知录》《“沙爹诗人”原甸》《三十年后复出的萧军》《爱荷华的〈中国周末〉》。

2日　《澳门日报·新园地》副刊发表鲁茂的散文《〈夜天堂〉观后》、李浩泉的散文《鸟鸣与鹊噪》，连载剑翁的小说《辽东英烈传》、陈萃文的小说《萧崐山正传》、润园的小说《古灵精怪》、东瑞的小说《铁蹄人生》、海辛的小说《被禁锢的假期》。《华侨报·华座》副刊连载思薇的小说《梨酹候光》、夏冰的小说《怪招》、孙璧的小说《断剑歼仇》、幽草的小说《色狼秘密》、依云的小说《绑票》。

3日　《澳门日报·新园地》副刊发表陶里的诗歌《放下你的枪》、望云的散文《旅游古趣》，连载剑翁的小说《辽东英烈传》、陈萃文的小说《萧崐山正传》、润园的小说《古灵精怪》、东瑞的小说《铁蹄人生》、海辛的小说《被禁锢的假期》。《华侨报·华座》副刊发表佟立章的诗歌《题梁如洁吉卜赛舞》，连载思薇的小说《梨酹候光》、夏冰的小说《怪招》、孙璧的小说《断剑歼仇》、幽草的小说《色狼秘密》、依云的小说《绑票》。

4日　《澳门日报·新园地》副刊发表平主的散文《误会》，连载剑翁的小说《辽东英烈传》、陈萃文的小说《萧崐山正传》、润园的小说《古灵精怪》（停刊一期）、东瑞的小说《铁蹄人生》、海辛的小说《被禁锢的假期》。《华侨报·华座》副刊连载思薇的小说《梨酹候光》、夏冰的小说《怪招》、孙璧的小说《断剑歼仇》、幽草的小说《色狼秘密》、依云的小说《绑票》。

5日　《澳门日报·新园地》副刊开始连载林逢雨的评论《试赏〈黄河远上〉词》，连载剑翁的小说《辽东英烈传》、陈萃文的小说《萧崐山正传》、润园的小说《古灵精怪》、东瑞的小说《铁蹄人生》、海辛的小说《被禁锢的假期》。《华侨报·华座》副刊发表陈志威的散文《读画漫笔》，连载思薇的小说《梨酌候光》、夏冰的小说《怪招》、孙璧的小说《断剑歼仇》、幽草的小说《色狼秘密》、依云的小说《绑票》。

6日 《澳门日报·新园地》副刊发表田文的散文《老枝新苗　繁花竞艳——"东方歌舞团"演出观后感》，连载林逢雨的评论《试赏〈黄河远上〉词》（完）、剑翁的小说《辽东英烈传》、陈萃文的小说《萧岷山正传》、润园的小说《古灵精怪》、东瑞的小说《铁蹄人生》、海辛的小说《被禁锢的假期》。《华侨报·华座》副刊连载思薇的小说《梨酌候光》、夏冰的小说《怪招》、孙璧的小说《断剑歼仇》、幽草的小说《色狼秘密》、依云的小说《绑票》。

7日 《澳门日报·新园地》副刊发表李浩泉的散文《七步成诗与两句三年》、陶里的散文《春》，连载剑翁的小说《辽东英烈传》、陈萃文的小说《萧岷山正传》、润园的小说《古灵精怪》、东瑞的小说《铁蹄人生》、海辛的小说《被禁锢的假期》。《华侨报·华座》副刊发表佟立章的诗歌《东方歌舞团来澳登台志喜》，连载思薇的小说《梨酌候光》、夏冰的小说《怪招》、孙璧的小说《断剑歼仇》、幽草的小说《色狼秘密》、依云的小说《绑票》。

8日 《澳门日报·新园地》副刊发表仁风的诗歌《东方歌舞团观后》、爱晚的散文《郑板桥二三事》、彦火的散文《荡起的春意》，连载剑翁的小说《辽东英烈传》、陈萃文的小说《萧岷山正传》、润园的小说《古灵精怪》、东瑞的小说《铁蹄人生》、海辛的小说《被禁锢的假期》。《华侨报·华座》副刊发表陈时隐的诗歌《东方歌舞团访港澳演出》、佟立章的诗歌《祝东方歌舞团》、颂平的小说《离了婚的她》，连载思薇的小说《梨酌候光》（完）、夏冰的小说《怪招》、孙璧的小说《断剑歼仇》、幽草的小说《色狼秘密》、依云的小说《绑票》（完）。

9日 《澳门日报·新园地》副刊发表谭仕杰的诗词《贺新郎·祝贺自卫还击战斗重大胜利》，连载剑翁的小说《辽东英烈传》、陈萃文的小说《萧岷山正传》、润园的小说《古灵精怪》、东瑞的小说《铁蹄人生》、海辛的小说《被禁锢的假期》。《华侨报·华座》副刊发表黄衫客的散文《悼老报人吕大吕》、依谷的散文《谈“兰陵王入阵乐”》、平仲的小说《安娜》，并开始连载作者不详的小说《寂寞》，连载夏冰的小说《怪招》、孙璧的小说《断剑歼仇》、幽草的小说《色狼秘密》。

10日 《澳门日报·新园地》副刊发表望云的散文《柳亚子吟诗赞鲁迅》，连载剑翁的小说《辽东英烈传》、陈萃文的小说《萧崐山正传》、润园的小说《古灵精怪》、东瑞的小说《铁蹄人生》、海辛的小说《被禁锢的假期》。《华侨报·华座》副刊连载作者不详的小说《寂寞》、夏冰的小说《怪招》、孙璧的小说《断剑歼仇》、幽草的小说《色狼秘密》，并开始连载思薇的小说《龙虾湾情劫》。

11日 《澳门日报·新园地》副刊发表陶里的散文《歌舞画》、李浩泉的散文《为民除害的况钟——读史偶得》，连载剑翁的小说《辽东英烈传》、陈萃文的小说《萧崐山正传》、润园的小说《古灵精怪》、东瑞的小说《铁蹄人生》、海辛的小说《被禁锢的假期》。《华侨报·华座》副刊连载作者不详的小说《寂寞》（完）、夏冰的小说《怪招》、孙璧的小说《断剑歼仇》、幽草的小说《色狼秘密》、思薇的小说《龙虾湾情劫》。

12日 《澳门日报·新园地》副刊开始连载林逢雨的评论《逸兴壮思》，连载剑翁的小说《辽东英烈传》、陈萃文的小说《萧崐山正传》、润园的小说《古灵精怪》、东瑞的小说《铁蹄人生》、海辛的小说《被禁锢的假期》。《华侨报·华座》副刊发表佟立章的诗歌《有赠》，连载夏冰的小说《怪招》、孙璧的小说《断剑歼仇》、幽草的小说《色狼秘密》、思薇的小说《龙虾湾情劫》，并开始连载汎卡迪的小说《马川之龙》。

13日 《澳门日报·新园地》副刊发表逸文的诗歌《笔锋》、彦火的散文《艺术家的生活情趣和风格》，连载林逢雨的评论《逸兴壮思》、剑翁的小说《辽东英烈传》、陈萃文的小说《萧崐山正传》、润园的小说《古灵精怪》、东瑞的小说《铁蹄人生》、海辛的小说《被禁锢的假期》。《华侨报·华座》副刊连载夏冰的小说《怪招》、孙璧的小说《断剑歼仇》、幽草的小说《色狼秘密》、思薇的小说《龙虾湾情劫》、汎卡迪的小说《马川之龙》。

14 日 《澳门日报·新园地》副刊发表丁文彦的散文《陈残云写〈陶铸〉》，连载林逢雨的评论《逸兴壮思》(完)、剑翁的小说《辽东英烈传》、陈萃文的小说《萧崐山正传》、润园的小说《古灵精怪》、东瑞的小说《铁蹄人生》、海辛的小说《被禁锢的假期》。《华侨报·华座》副刊连载夏冰的小说《怪招》、孙璧的小说《断剑歼仇》、幽草的小说《色狼秘密》、思薇的小说《龙虾湾情劫》、汎卡迪的小说《马川之龙》。

15 日 《澳门日报·新园地》副刊发表彦火的散文《可敬的人》、爱晚的散文《赵佗归汉》，连载剑翁的小说《辽东英烈传》、陈萃文的小说《萧崐山正传》、润园的小说《古灵精怪》、东瑞的小说《铁蹄人生》、海辛的小说《被禁锢的假期》。《华侨报·华座》副刊发表默公的诗词《满江红·同登初捷》《渡江云·谅山奏凯》，连载夏冰的小说《怪招》、孙璧的小说《断剑歼仇》、幽草的小说《色狼秘密》、思薇的小说《龙虾湾情劫》、汎卡迪的小说《马川之龙》。

16 日 《澳门日报·新园地》副刊发表陶里的散文《诗》，连载剑翁的小说《辽东英烈传》、陈萃文的小说《萧崐山正传》、润园的小说《古灵精怪》、东瑞的小说《铁蹄人生》、海辛的小说《被禁锢的假期》。《华侨报·华座》副刊发表作者不详的散文《有画如诗——〈陈树人先生国画遗作展览〉观后》，连载夏冰的小说《怪招》、孙璧的小说《断剑歼仇》、幽草的小说《色狼秘密》、思薇的小说《龙虾湾情劫》、汎卡迪的小说《马川之龙》。

17 日 《澳门日报·新园地》副刊发表望云的散文《茅盾与博学》、濠江客的散文《“四大寇”在澳门》，连载剑翁的小说《辽东英烈传》、陈萃文的小说《萧崐山正传》、润园的小说《古灵精怪》、东瑞的小说《铁蹄人生》、海辛的小说《被禁锢的假期》。《华侨报·华座》副刊连载夏冰的小说《怪招》、孙璧的小说《断剑歼仇》、幽草的小说《色狼秘密》、思薇的小说《龙虾湾情劫》、汎卡迪的小说《马川之龙》。

18 日 《澳门日报·新园地》副刊发表仁风的诗歌《撤军》、李浩泉的诗歌《感怀》，连载剑翁的小说《辽东英烈传》、陈萃文的小说《萧崐山正传》、润园的小说《古灵精怪》、东瑞的小说《铁蹄人生》、海辛的小说《被禁锢的假期》。《华侨报·华座》副刊发表黄衫客的散文《高剑父二三事》（1），连载夏冰的小说《怪招》、孙璧的小说《断剑歼仇》、幽草的小说《色狼秘密》、思薇的小说《龙虾湾情劫》、汎卡迪的小说《马川之龙》。

19日 《澳门日报·新园地》副刊发表丰宜的散文《福建九鲤仙境迷人》，并开始连载林逢雨的评论《春雨》，连载剑翁的小说《辽东英烈传》、陈萃文的小说《萧岷山正传》、润园的小说《古灵精怪》、东瑞的小说《铁蹄人生》、海辛的小说《被禁锢的假期》。《华侨报·华座》副刊发表黄衫客的散文《高剑父二三事》（2），连载夏冰的小说《怪招》、孙璧的小说《断剑歼仇》、幽草的小说《色狼秘密》、思薇的小说《龙虾湾情劫》、汎卡迪的小说《马川之龙》。

20日 《澳门日报·新园地》副刊发表彦火的散文《没有倒下的作家》，连载林逢雨的评论《春雨》（完）、剑翁的小说《辽东英烈传》、陈萃文的小说《萧岷山正传》、润园的小说《古灵精怪》、东瑞的小说《铁蹄人生》、海辛的小说《被禁锢的假期》。《华侨报·华座》副刊发表张谷雏的诗歌《除夕书怀》、黄衫客的散文《张谷雏妙人多妙事》，连载夏冰的小说《怪招》、孙璧的小说《断剑歼仇》、幽草的小说《色狼秘密》、思薇的小说《龙虾湾情劫》、汎卡迪的小说《马川之龙》。

21日 《澳门日报·新园地》副刊发表望云的散文《心随东棹忆华年》，连载剑翁的小说《辽东英烈传》、陈萃文的小说《萧岷山正传》、润园的小说《古灵精怪》、东瑞的小说《铁蹄人生》、海辛的小说《被禁锢的假期》。《华侨报·华座》副刊发表平仲的小说《小说家的新居》，连载夏冰的小说《怪招》（停刊一期）、孙璧的小说《断剑歼仇》、幽草的小说《色狼秘密》、思薇的小说《龙虾湾情劫》、汎卡迪的小说《马川之龙》（完）。

22日 《澳门日报·新园地》副刊发表易和元的诗歌《新沙皇的两把屠刀》、陶里的散文《油脂》，连载剑翁的小说《辽东英烈传》、陈萃文的小说《萧岷山正传》、润园的小说《古灵精怪》、东瑞的小说《铁蹄人生》、海辛的小说《被禁锢的假期》。《华侨报·华座》副刊发表朱庸齐的诗词《临江仙·广州绿化颂》、平仲的小说《巧结良缘》，并开始连载蓉蓉的小说

《鞋》，连载夏冰的小说《怪招》（停刊一期）、孙璧的小说《断剑歼仇》、幽草的小说《色狼秘密》、思薇的小说《龙虾湾情劫》。

23 日　《澳门日报 · 新园地》副刊连载剑翁的小说《辽东英烈传》、陈萃文的小说《萧崐山正传》、润园的小说《古灵精怪》、东瑞的小说《铁蹄人生》、海辛的小说《被禁锢的假期》。《华侨报 · 华座》副刊发表徐沈的评论《文艺作品要有娱乐性》，并开始连载杨永权的评论《张大千和他的〈长江万里图〉》，连载蓉蓉的小说《鞋》、夏冰的小说《怪招》、孙璧的小说《断剑歼仇》、幽草的小说《色狼秘密》、思薇的小说《龙虾湾情劫》。

24 日　《澳门日报 · 新园地》副刊发表陆无涯的散文《陈迹个展絮语》、李浩泉的散文《刻苦好学的王冕》，连载剑翁的小说《辽东英烈传》、陈萃文的小说《萧崐山正传》、润园的小说《古灵精怪》、东瑞的小说《铁蹄人生》、海辛的小说《被禁锢的假期》。《华侨报 · 华座》副刊发表何锦安的诗歌《濠江主办亚洲象棋邀请赛欣赏纪盛》，连载杨永权的评论《张大千和他的〈长江万里图〉》（完）、蓉蓉的小说《鞋》、夏冰的小说《怪招》、孙璧的小说《断剑歼仇》、幽草的小说《色狼秘密》、思薇的小说《龙虾湾情劫》。

25 日　《澳门日报 · 新园地》副刊发表陶里的散文《钥匙》，连载剑翁的小说《辽东英烈传》、陈萃文的小说《萧崐山正传》、润园的小说《古灵精怪》、东瑞的小说《铁蹄人生》、海辛的小说《被禁锢的假期》。《华侨报 · 华座》副刊连载蓉蓉的小说《鞋》、夏冰的小说《怪招》、孙璧的小说《断剑歼仇》、幽草的小说《色狼秘密》、思薇的小说《龙虾湾情劫》。

26 日　《澳门日报 · 新园地》副刊发表金中子的散文《岳庙轶闻》，并开始连载林逢雨的评论《事逐香尘》，连载剑翁的小说《辽东英烈传》、陈萃文的小说《萧崐山正传》、润园的小说《古灵精怪》、东瑞的小说《铁蹄人生》、海辛的小说《被禁锢的假期》。《华侨报 · 华座》副刊连载蓉蓉的小说《鞋》、夏冰的小说《怪招》、孙璧的小说《断剑歼仇》、幽草的小说《色狼秘密》、思薇的小说《龙虾湾情劫》。

27 日　《澳门日报 · 新园地》副刊发表李浩泉的散文《红棉礼赞》，连载林逢雨的评论《事逐香尘》（完）、剑翁的小说《辽东英烈传》、陈萃文的小说《萧崐山正传》、润园的小说《古灵精怪》、东瑞的小说《铁蹄人生》、海辛的小说《被禁锢的假期》。《华侨报·华座》副刊连载蓉蓉的小说《鞋》、夏冰的小说《怪招》、孙璧的小说《断剑歼仇》、幽草的小说《色狼秘密》、思薇的小说《龙虾湾情劫》。

⊙ 是日，澳门话剧团体“教区戏剧研究社”改组，更名为“澳门戏剧社”。改组后人数增加，成员包括文员、工人、教师、学生等各阶层人士，致力于推广话剧，参与澳门戏剧演出、澳门艺术节等大型演出。曾公演剧目数十个，如《鸳鸯配》《编剧家妙计擒凶》《再见女郎》等，备受好评。同年澳门曲艺团体“海涛粤剧曲艺社”成立，每周维持曲艺排练，在各个节日组织演出，对丰富澳门曲艺做出了持久的贡献。

28 日 《澳门日报·新园地》副刊发表柯原的诗歌《黄花岗》、方菲的评论《谈“暴露文学”》，连载剑翁的小说《辽东英烈传》、陈萃文的小说《萧崐山正传》、润园的小说《古灵精怪》、东瑞的小说《铁蹄人生》、海辛的小说《被禁锢的假期》。《华侨报·华座》副刊发表可征的散文《万紫千红何处来》、士明的散文《睡觉诗》，连载蓉蓉的小说《鞋》、夏冰的小说《怪招》、孙璧的小说《断剑歼仇》、幽草的小说《色狼秘密》、思薇的小说《龙虾湾情劫》。

29 日 《澳门日报·新园地》副刊发表述之的散文《黄花岗的华侨烈士》，连载剑翁的小说《辽东英烈传》、陈萃文的小说《萧崐山正传》、润园的小说《古灵精怪》、东瑞的小说《铁蹄人生》、海辛的小说《被禁锢的假期》。《华侨报·华座》副刊连载蓉蓉的小说《鞋》、夏冰的小说《怪招》、孙璧的小说《断剑歼仇》、幽草的小说《色狼秘密》、思薇的小说《龙虾湾情劫》。

30 日 《澳门日报·新园地》副刊连载剑翁的小说《辽东英烈传》、陈萃文的小说《萧崐山正传》、润园的小说《古灵精怪》、东瑞的小说《铁蹄人生》、海辛的小说《被禁锢的假期》。《华侨报·华座》副刊发表佟立章的诗歌《重登松山纪梦》、陆畅的散文《谈南京“讲书”》，连载蓉蓉的小说《鞋》

（完）、夏冰的小说《怪招》、孙璧的小说《断剑歼仇》、幽草的小说《色狼秘密》、思薇的小说《龙虾湾情劫》。

31 日 《澳门日报 · 新园地》副刊发表望云的散文《浅水湾头记萧红》，连载剑翁的小说《辽东英烈传》、陈萃文的小说《萧崐山正传》、润园的小说《古灵精怪》、东瑞的小说《铁蹄人生》、海辛的小说《被禁锢的假期》。《华侨报 · 华座》副刊连载夏冰的小说《怪招》、孙璧的小说《断剑歼仇》、幽草的小说《色狼秘密》、思薇的小说《龙虾湾情劫》，并开始连载汎卡迪的小说《活尸》。

四月

1 日 《澳门日报 · 新园地》副刊连载剑翁的小说《辽东英烈传》、陈萃文的小说《萧崐山正传》、润园的小说《古灵精怪》、东瑞的小说《铁蹄人生》、海辛的小说《被禁锢的假期》。《华侨报 · 华座》副刊发表黄衫客的散文《温幼菊十二丈长卷写桂林》，连载夏冰的小说《怪招》、孙璧的小说《断剑歼仇》、幽草的小说《色狼秘密》、思薇的小说《龙虾湾情劫》、汎卡迪的小说《活尸》。

2 日 《澳门日报 · 新园地》副刊发表林逢雨的评论《一篇〈寒食〉蕴微情》，连载剑翁的小说《辽东英烈传》、陈萃文的小说《萧崐山正传》、润园的小说《古灵精怪》、东瑞的小说《铁蹄人生》、海辛的小说《被禁锢的假期》。《华侨报 · 华座》副刊发表佟立章的诗歌《四洲听潮》，连载夏冰的小说《怪招》、孙璧的小说《断剑歼仇》、幽草的小说《色狼秘密》、思薇的小说《龙虾湾情劫》、汎卡迪的小说《活尸》。

3 日 《澳门日报 · 新园地》副刊发表彦火的散文《艺术的执着》、陶里的散文《冻雨清明》，连载剑翁的小说《辽东英烈传》、陈萃文的小说《萧崐山正传》、润园的小说《古灵精怪》、东瑞的小说《铁蹄人生》、海辛的小说《被禁锢的假期》。《华侨报 · 华座》副刊发表予余的散文《评弹以外》、颂平的小说《缘分》，连载夏冰的小说《怪招》、孙璧的小说《断剑歼仇》、幽草的小说《色狼秘密》、思薇的小说《龙虾湾情劫》、汎卡迪的小说

《活尸》。

4 日　《澳门日报·新园地》副刊发表梁谦的散文《诗人贾梅士及其他》，连载剑翁的小说《辽东英烈传》、陈萃文的小说《萧崐山正传》、润园的小说《古灵精怪》、东瑞的小说《铁蹄人生》、海辛的小说《被禁锢的假期》。《华侨报·华座》副刊连载夏冰的小说《怪招》、孙璧的小说《断剑歼仇》、幽草的小说《色狼秘密》、思薇的小说《龙虾湾情劫》、汎迪卡的小说《活尸》。

5 日　《澳门日报·新园地》副刊发表心夏的散文《清明漫笔》，连载剑翁的小说《辽东英烈传》、陈萃文的小说《萧崐山正传》、润园的小说《古灵精怪》、东瑞的小说《铁蹄人生》、海辛的小说《被禁锢的假期》。《华侨报·华座》副刊发表王玉珏的散文《孔子的教育思想》，连载夏冰的小说《怪招》、孙璧的小说《断剑歼仇》、幽草的小说《色狼秘密》、思薇的小说《龙虾湾情劫》、汎迪卡的小说《活尸》。

6 日　《澳门日报·新园地》副刊发表谭仕杰的诗词《卜算子·清明前夕重读〈陶铸诗集选〉》，连载剑翁的小说《辽东英烈传》、陈萃文的小说《萧崐山正传》、润园的小说《古灵精怪》、东瑞的小说《铁蹄人生》、海辛的小说《被禁锢的假期》。《华侨报·华座》副刊连载夏冰的小说《怪招》、孙璧的小说《断剑歼仇》、幽草的小说《色狼秘密》、思薇的小说《龙虾湾情劫》、汎迪卡的小说《活尸》。

7 日　《澳门日报·新园地》副刊发表陆无涯的散文《从京戏板书看国画白描》、德文的散文《爱因斯坦》，连载剑翁的小说《辽东英烈传》、陈萃文的小说《萧崐山正传》、润园的小说《古灵精怪》、东瑞的小说《铁蹄人生》、海辛的小说《被禁锢的假期》。《华侨报·华座》副刊发表海的散文《令人如沐春风的程十发——画家在旅程中之一》，连载夏冰的小说《怪招》、孙璧的小说《断剑歼仇》、幽草的小说《色狼秘密》、思薇的小说《龙虾湾情劫》、汎迪卡的小说《活尸》。

8 日　《澳门日报·新园地》副刊发表述之的散文《叶名琛杀人》，连载剑翁的小说《辽东英烈传》、陈萃文的小说《萧崐山正传》、润园的小说《古灵精怪》、东瑞的小说《铁蹄人生》、海辛的小说《被禁锢的假期》。《华侨报·华座》副刊发表黄衫客的散文《白秋荣与〈客途秋恨〉》(1),连载夏冰的小说《怪招》、孙璧的小说《断剑歼仇》、幽草的小说《色狼秘密》、思薇的小说《龙虾湾情劫》(完)、汎迪卡的小说《活尸》。

9日 《澳门日报·新园地》副刊开始连载林逢雨的评论《一襟幽事》,连载剑翁的小说《辽东英烈传》、陈萃文的小说《萧崐山正传》、润园的小说《古灵精怪》、东瑞的小说《铁蹄人生》、海辛的小说《被禁锢的假期》。《华侨报·华座》副刊发表黄衫客的散文《白秋荣与〈客途秋恨〉》(2),连载夏冰的小说《怪招》、孙璧的小说《断剑歼仇》、幽草的小说《色狼秘密》、汎迪卡的小说《活尸》。

10日 《澳门日报·新园地》副刊发表彦火的散文《深情之路》,连载林逢雨的评论《一襟幽事》(完)、剑翁的小说《辽东英烈传》、陈萃文的小说《萧崐山正传》、润园的小说《古灵精怪》、东瑞的小说《铁蹄人生》、海辛的小说《被禁锢的假期》。《华侨报·华座》副刊发表夏川的散文《"最幸福的人"——集邮轶话之一》、陆琴的小说《微妙的安排》,连载夏冰的小说《怪招》、孙璧的小说《断剑歼仇》、幽草的小说《色狼秘密》、汎迪卡的小说《活尸》、思薇的小说《贼巢女诸葛》。

11日 《澳门日报·新园地》副刊发表金中子的散文《孔尚任》、陶里的散文《难民》,连载剑翁的小说《辽东英烈传》、陈萃文的小说《萧崐山正传》、润园的小说《古灵精怪》、东瑞的小说《铁蹄人生》、海辛的小说《被禁锢的假期》。《华侨报·华座》副刊连载夏冰的小说《怪招》、孙璧的小说《断剑歼仇》、幽草的小说《色狼秘密》、汎迪卡的小说《活尸》(完)、思薇的小说《贼巢女诸葛》(停刊一期)。

12日 《澳门日报·新园地》副刊发表彦火的散文《多情的雨》,连载剑翁的小说《辽东英烈传》、陈萃文的小说《萧崐山正传》、润园的小说《古灵精怪》、东瑞的小说《铁蹄人生》、海辛的小说《被禁锢的假期》。《华侨报·华座》副刊发表何锦安的诗词《清明即事·调寄鹧鸪天》,并开始连载汀的小说《人鬼之间》,连载夏冰的小说《怪招》、孙璧的小说《断剑歼仇》、幽草的小说《色狼秘密》、思薇的小说《贼巢女诸葛》。

13 日 《澳门日报·新园地》副刊发表默公的诗词《声声慢·为社鼠越南写照》，连载剑翁的小说《辽东英烈传》、陈萃文的小说《萧崐山正传》、润园的小说《古灵精怪》、东瑞的小说《铁蹄人生》、海辛的小说《被禁锢的假期》。《华侨报·华座》副刊连载夏冰的小说《怪招》、孙璧的小说《断剑歼仇》、幽草的小说《色狼秘密》、思薇的小说《贼巢女诸葛》、汀的小说《人鬼之间》。

14 日 《澳门日报·新园地》副刊发表陆无涯的散文《一代宗师徐悲鸿》、李浩泉的散文《"牛鬼邪神"赞李贺》，连载剑翁的小说《辽东英烈传》、陈萃文的小说《萧崐山正传》、润园的小说《古灵精怪》、东瑞的小说《铁蹄人生》、海辛的小说《被禁锢的假期》。《华侨报·华座》副刊发表温珊的散文《春日晴空吴风筝》，连载夏冰的小说《怪招》、孙璧的小说《断剑歼仇》、幽草的小说《色狼秘密》、思薇的小说《贼巢女诸葛》、汀的小说《人鬼之间》。

15 日 《澳门日报·新园地》副刊发表述之的散文《十三行伍浩官南柯记》，连载剑翁的小说《辽东英烈传》、陈萃文的小说《萧崐山正传》、润园的小说《古灵精怪》、东瑞的小说《铁蹄人生》、海辛的小说《被禁锢的假期》。《华侨报·华座》副刊发表黄衫客的散文《澳门的"万里长城"》，连载夏冰的小说《怪招》、孙璧的小说《断剑歼仇》、幽草的小说《色狼秘密》、思薇的小说《贼巢女诸葛》、汀的小说《人鬼之间》。

16 日 《澳门日报·新园地》副刊开始连载林逢雨的评论《落花时节又逢君》，连载剑翁的小说《辽东英烈传》、陈萃文的小说《萧崐山正传》、润园的小说《古灵精怪》、东瑞的小说《铁蹄人生》、海辛的小说《被禁锢的假期》。《华侨报·华座》副刊发表佟立章的诗歌《忆梦月》，连载夏冰的小说《怪招》、孙璧的小说《断剑歼仇》、幽草的小说《色狼秘密》、思薇的小说《贼巢女诸葛》、汀的小说《人鬼之间》。

17 日 《澳门日报·新园地》副刊发表彦火的散文《生命的缘意》，连载林逢雨的评论《落花时节又逢君》（完）、剑翁的小说《辽东英烈传》、陈萃文的小说《萧崐山正传》、润园的小说《古灵精怪》、东瑞的小说《铁蹄人生》(完)、海辛的小说《被禁锢的假期》。《华侨报·华座》副刊发表集英的散文《中外傀儡戏起源》，连载夏冰的小说《怪招》、孙璧的小说《断剑歼仇》、幽草的小说《色狼秘密》、思薇的小说《贼巢女诸葛》、汀的小说《人鬼之间》。

18 日　《澳门日报·新园地》副刊连载剑翁的小说《辽东英烈传》、陈萃文的小说《萧崐山正传》、润园的小说《古灵精怪》、海辛的小说《被禁锢的假期》，并开始连载丽莎的小说《八妹手记》。《华侨报·华座》副刊连载夏冰的小说《怪招》、孙璧的小说《断剑歼仇》、幽草的小说《色狼秘密》、思薇的小说《贼巢女诸葛》、汀的小说《人鬼之间》。

丽莎(1949—　)，本名陈艳华，笔名还有沈实、沈尚青等，祖籍广东新会。她是典型的澳门本土作家，生于澳门，受教育、做新闻工作均在澳门。1968 年开始创作，主要在《澳门日报》《华侨报》发表作品，也是位多产作家。从 20 世纪 70 年代至 90 年代中期，共写了 12 部长篇小说。《错爱》是她的代表作，1988 年 12 月在澳门星光出版社正式出版。

19 日　《澳门日报·新园地》副刊发表彦火的散文《雨伞》、望云的评论《瞿秋白与旧体诗》，连载剑翁的小说《辽东英烈传》、陈萃文的小说《萧崐山正传》、润园的小说《古灵精怪》、海辛的小说《被禁锢的假期》、丽莎的小说《八妹手记》。《华侨报·华座》副刊发表陆琴的小说《恋情》，连载夏冰的小说《怪招》、孙璧的小说《断剑歼仇》、幽草的小说《色狼秘密》、思薇的小说《贼巢女诸葛》、汀的小说《人鬼之间》。

20 日　《澳门日报·新园地》副刊连载剑翁的小说《辽东英烈传》、陈萃文的小说《萧崐山正传》、润园的小说《古灵精怪》、海辛的小说《被禁锢的假期》、丽莎的小说《八妹手记》。《华侨报·华座》副刊发表文生的散文《游梅园赏梅花》，连载夏冰的小说《怪招》、孙璧的小说《断剑歼仇》、幽草的小说《色狼秘密》、思薇的小说《贼巢女诸葛》、汀的小说《人鬼之间》。

21 日　《澳门日报 · 新园地》副刊连载剑翁的小说《辽东英烈传》、陈萃文的小说《萧岷山正传》、润园的小说《古灵精怪》、海辛的小说《被禁锢的假期》、丽莎的小说《八妹手记》。《华侨报 · 华座》副刊发表葵堂的散文《〈广陵散〉的历史和传说》，连载夏冰的小说《怪招》、孙璧的小说《断剑歼仇》、幽草的小说《色狼秘密》、思薇的小说《贼巢女诸葛》、汀的小说《人鬼之间》(完)。

22 日　《澳门日报 · 新园地》副刊发表李浩泉的散文《小草的风格》、守习的散文《美丽的旧金山》，连载剑翁的小说《辽东英烈传》、陈萃文的小说《萧岷山正传》、润园的小说《古灵精怪》、海辛的小说《被禁锢的假期》、丽莎的小说《八妹手记》。《华侨报 · 华座》副刊连载夏冰的小说《怪招》、孙璧的小说《断剑歼仇》、幽草的小说《色狼秘密》、思薇的小说《贼巢女诸葛》，并开始连载依云的小说《僵尸阵》。

23 日　《澳门日报 · 新园地》副刊开始连载林逢雨的评论《肠断贺方回》，连载剑翁的小说《辽东英烈传》、陈萃文的小说《萧岷山正传》、润园的小说《古灵精怪》、海辛的小说《被禁锢的假期》、丽莎的小说《八妹手记》。《华侨报 · 华座》副刊连载夏冰的小说《怪招》、孙璧的小说《断剑歼仇》、幽草的小说《色狼秘密》、思薇的小说《贼巢女诸葛》、依云的小说《僵尸阵》。

24 日　《澳门日报 · 新园地》副刊连载林逢雨的评论《肠断贺方回》(完)、剑翁的小说《辽东英烈传》、陈萃文的小说《萧岷山正传》、润园的小说《古灵精怪》、海辛的小说《被禁锢的假期》、丽莎的小说《八妹手记》。《华侨报 · 华座》副刊连载夏冰的小说《怪招》、孙璧的小说《断剑歼仇》、幽草的小说《色狼秘密》、思薇的小说《贼巢女诸葛》、依云的小说《僵尸阵》。

25 日　《澳门日报 · 新园地》副刊发表金中子的散文《海棠花开颂友谊》，连载剑翁的小说《辽东英烈传》、陈萃文的小说《萧岷山正传》、润园的小说《古灵精怪》、海辛的小说《被禁锢的假期》、丽莎的小说《八妹手记》。

《华侨报·华座》副刊发表黄衫客的散文《谈六国封相角色出场》，连载夏冰的小说《怪招》、孙璧的小说《断剑歼仇》、幽草的小说《色狼秘密》、思薇的小说《贼巢女诸葛》、依云的小说《僵尸阵》(完)。

26日 《澳门日报·新园地》副刊连载剑翁的小说《辽东英烈传》、陈萃文的小说《萧岷山正传》、润园的小说《古灵精怪》、海辛的小说《被禁锢的假期》、丽莎的小说《八妹手记》。《华侨报·华座》副刊连载夏冰的小说《怪招》、孙璧的小说《断剑歼仇》、幽草的小说《色狼秘密》、思薇的小说《贼巢女诸葛》，并开始连载作者不详的小说《香车喋血》。

27日 《澳门日报·新园地》副刊发表杨楚的散文《樱花漫话》、陆无涯的散文《从初唐二阎说到〈昭陵六骏〉》，连载剑翁的小说《辽东英烈传》、陈萃文的小说《萧岷山正传》、润园的小说《古灵精怪》、海辛的小说《被禁锢的假期》、丽莎的小说《八妹手记》。《华侨报·华座》副刊发表俊兴的散文《听书的趣事》，连载夏冰的小说《怪招》、孙璧的小说《断剑歼仇》、幽草的小说《色狼秘密》、思薇的小说《贼巢女诸葛》、作者不详的小说《香车喋血》。

28日 《澳门日报·新园地》副刊发表李浩泉的散文《五层楼下抒情》，连载剑翁的小说《辽东英烈传》、陈萃文的小说《萧岷山正传》、润园的小说《古灵精怪》、海辛的小说《被禁锢的假期》、丽莎的小说《八妹手记》。《华侨报·华座》副刊连载夏冰的小说《怪招》、孙璧的小说《断剑歼仇》、幽草的小说《色狼秘密》、思薇的小说《贼巢女诸葛》、作者不详的小说《香车喋血》。

29日 《澳门日报·新园地》副刊发表述之的散文《高剑父澳门锄奸记》、陶里的散文《小铜钟引起的遐想》，连载剑翁的小说《辽东英烈传》、陈萃文的小说《萧岷山正传》、润园的小说《古灵精怪》、海辛的小说《被禁锢的假期》、丽莎的小说《八妹手记》。《华侨报·华座》副刊发表李剑文、学思的评论《诗品两题》，连载夏冰的小说《怪招》、孙璧的小说《断剑歼仇》、幽草的小说《色狼秘密》、思薇的小说《贼巢女诸葛》、作者不详的小说《香车喋血》。

30 日　《澳门日报 · 新园地》副刊发表梁谦的散文《斗牛的故事》、徐续的散文《良夜诗酒》，并开始连载林逢雨的评论《句短意深》，连载剑翁的小说《辽东英烈传》、陈萃文的小说《萧崐山正传》、润园的小说《古灵精怪》、海辛的小说《被禁锢的假期》、丽莎的小说《八妹手记》。《华侨报 · 华座》副刊发表佟立章的诗歌《题〈晓风残月图〉》、湘君的散文《词人的故事》，连载夏冰的小说《怪招》、孙璧的小说《断剑歼仇》、幽草的小说《色狼秘密》、思薇的小说《贼巢女诸葛》、作者不详的小说《香车喋血》。

五月

1 日　《澳门日报 · 新园地》副刊发表鲁夫的诗歌《悼李瑞礼医生》、方菲的散文《谈香菱学诗》、彦火的散文《〈望乡〉所引起的》，并开始连载梅萼华的评论《谈〈中国现代书画选〉》，连载林逢雨的评论《句短意深》、剑翁的小说《辽东英烈传》、陈萃文的小说《萧崐山正传》、润园的小说《古灵精怪》、海辛的小说《被禁锢的假期》、丽莎的小说《八妹手记》。《华侨报 · 华座》副刊发表佟立章的诗歌《庸齐惠书久未作答，献四韵以寄，并视诸友》，连载夏冰的小说《怪招》、孙璧的小说《断剑歼仇》、幽草的小说《色狼秘密》、思薇的小说《贼巢女诸葛》、作者不详的小说《香车喋血》。

2 日　《澳门日报 · 新园地》副刊连载梅萼华的评论《谈〈中国现代书画选〉》、林逢雨的评论《句短意深》、剑翁的小说《辽东英烈传》、陈萃文的小说《萧崐山正传》、润园的小说《古灵精怪》、海辛的小说《被禁锢的假期》、丽莎的小说《八妹手记》。《华侨报 · 华座》副刊发表玉兰的散文《夏日繁花次第开》，连载夏冰的小说《怪招》、孙璧的小说《断剑歼仇》、幽草的小说《色狼秘密》、思薇的小说《贼巢女诸葛》、作者不详的小说《香车喋血》。

3 日　《澳门日报 · 新园地》副刊发表陶里的诗歌《伟大的“五四”——纪念五四运动六十周年》，连载梅萼华的评论《谈〈中国现代书画选〉》、林逢雨的评论《句短意深》(完)、剑翁的小说《辽东英烈传》、陈萃文的小说《萧崐山正传》、润园的小说《古灵精怪》、海辛的小说《被禁锢的假期》、丽莎的小说《八妹手记》。《华侨报·华座》副刊连载夏冰的小说《怪招》、孙璧的小说《断剑歼仇》、幽草的小说《色狼秘密》、思薇的小说《贼巢女诸葛》、作者不详的小说《香车喋血》。

4日　《澳门日报·新园地》副刊发表金中子的散文《"五四"史话》,连载梅萼华的评论《谈〈中国现代书画选〉》、剑翁的小说《辽东英烈传》,陈萃文的小说《萧崐山正传》、润园的小说《古灵精怪》、海辛的小说《被禁锢的假期》、丽莎的小说《八妹手记》。《华侨报·华座》副刊连载夏冰的小说《怪招》、孙璧的小说《断剑歼仇》、幽草的小说《色狼秘密》、思薇的小说《贼巢女诸葛》、作者不详的小说《香车喋血》。

5日　《澳门日报·新园地》副刊发表斯文的散文《陈白沙的诗》,连载梅萼华的评论《谈〈中国现代书画选〉》、剑翁的小说《辽东英烈传》、陈萃文的小说《萧崐山正传》、润园的小说《古灵精怪》、海辛的小说《被禁锢的假期》、丽莎的小说《八妹手记》。《华侨报·华座》副刊连载夏冰的小说《怪招》、孙璧的小说《断剑歼仇》、幽草的小说《色狼秘密》、思薇的小说《贼巢女诸葛》、作者不详的小说《香车喋血》。

6日　《澳门日报·新园地》副刊发表述之的散文《澳门第一个女同盟会员》、陆无涯的散文《竹情见人情》,连载梅萼华的评论《谈〈中国现代书画选〉》(完)、剑翁的小说《辽东英烈传》、陈萃文的小说《萧崐山正传》、润园的小说《古灵精怪》、海辛的小说《被禁锢的假期》、丽莎的小说《八妹手记》。《华侨报·华座》副刊连载夏冰的小说《怪招》、孙璧的小说《断剑歼仇》、幽草的小说《色狼秘密》、思薇的小说《贼巢女诸葛》、作者不详的小说《香车喋血》(完)。

7日　《澳门日报·新园地》副刊发表李浩泉的诗歌《读〈陆游集〉感赋》、斯文的散文《陈白沙书法及其〈茅龙〉》、金中子的散文《辞海》,并开始连载林逢雨的散文《山城过雨》,连载剑翁的小说《辽东英烈传》、陈萃文的小说《萧崐山正传》、润园的小说《古灵精怪》、海辛的小说《被禁锢的假期》、丽莎的小说《八妹手记》。《华侨报·华座》副刊发表余南的散文《京剧中的包拯》，并开始连载容的小说《毒妇》，连载夏冰的小说《怪招》、孙璧的小说《断剑歼仇》、幽草的小说《色狼秘密》、思薇的小说《贼巢女诸葛》。

8日 《澳门日报·新园地》副刊发表彦火的散文《巴金与诺贝尔文学奖》，连载林逢雨的散文《山城过雨》（完）、剑翁的小说《辽东英烈传》、陈萃文的小说《萧崐山正传》、润园的小说《古灵精怪》、海辛的小说《被禁锢的假期》、丽莎的小说《八妹手记》。《华侨报·华座》副刊连载容的小说《毒妇》、夏冰的小说《怪招》、孙璧的小说《断剑歼仇》、幽草的小说《色狼秘密》、思薇的小说《贼巢女诸葛》。

9日 《澳门日报·新园地》副刊发表李浩泉的散文《准备好棺材上疏的海瑞》，连载剑翁的小说《辽东英烈传》、陈萃文的小说《萧崐山正传》、润园的小说《古灵精怪》、海辛的小说《被禁锢的假期》、丽莎的小说《八妹手记》。《华侨报·华座》副刊连载容的小说《毒妇》、夏冰的小说《怪招》、孙璧的小说《断剑歼仇》、幽草的小说《色狼秘密》、思薇的小说《贼巢女诸葛》。

10日 《澳门日报·新园地》副刊连载剑翁的小说《辽东英烈传》、陈萃文的小说《萧崐山正传》、润园的小说《古灵精怪》、海辛的小说《被禁锢的假期》、丽莎的小说《八妹手记》。《华侨报·华座》副刊连载容的小说《毒妇》、夏冰的小说《怪招》、孙璧的小说《断剑歼仇》、幽草的小说《色狼秘密》、思薇的小说《贼巢女诸葛》。

11日 《澳门日报·新园地》副刊发表陶里的散文《七十当作十七样》，连载剑翁的小说《辽东英烈传》、陈萃文的小说《萧崐山正传》、润园的小说《古灵精怪》、海辛的小说《被禁锢的假期》、丽莎的小说《八妹手记》。《华侨报·华座》副刊连载容的小说《毒妇》、夏冰的小说《怪招》、孙璧的小说《断剑歼仇》、幽草的小说《色狼秘密》、思薇的小说《贼巢女诸葛》。

12日 《澳门日报·新园地》副刊发表陆无涯的散文《读书画之笔情墨趣》、林康的散文《朔桂路上》，连载剑翁的小说《辽东英烈传》、陈萃文的小说

《萧崐山正传》、润园的小说《古灵精怪》、海辛的小说《被禁锢的假期》、丽莎的小说《八妹手记》。《华侨报·华座》副刊连载容的小说《毒妇》、夏冰的小说《怪招》、孙璧的小说《断剑歼仇》、幽草的小说《色狼秘密》、思薇的小说《贼巢女诸葛》(完)。

13日 《澳门日报·新园地》副刊连载剑翁的小说《辽东英烈传》、陈萃文的小说《萧崐山正传》、润园的小说《古灵精怪》、海辛的小说《被禁锢的假期》、丽莎的小说《八妹手记》。《华侨报·华座》副刊连载容的小说《毒妇》、夏冰的小说《怪招》、孙璧的小说《断剑歼仇》、幽草的小说《色狼秘密》,并开始连载思薇的小说《流星锤》。

14日 《澳门日报·新园地》副刊发表闻音的散文《放风筝》,并开始连载林逢雨的散文《欲飞还敛》,连载剑翁的小说《辽东英烈传》、陈萃文的小说《萧崐山正传》、润园的小说《古灵精怪》、海辛的小说《被禁锢的假期》、丽莎的小说《八妹手记》。《华侨报·华座》副刊发表佟立章的诗歌《庸齐为作荔湾旧游园相赠,展示兴怀,赋此酬答》、中溢的评论《诗与颜色词》,连载容的小说《毒妇》、夏冰的小说《怪招》、孙璧的小说《断剑歼仇》、幽草的小说《色狼秘密》、思薇的小说《流星锤》。

15日 《澳门日报·新园地》副刊发表陶里的散文《流行曲》,连载林逢雨的散文《欲飞还敛》、剑翁的小说《辽东英烈传》、陈萃文的小说《萧崐山正传》、润园的小说《古灵精怪》、海辛的小说《被禁锢的假期》、丽莎的小说《八妹手记》。《华侨报·华座》副刊连载容的小说《毒妇》、夏冰的小说《怪招》(停刊一期)、孙璧的小说《断剑歼仇》、幽草的小说《色狼秘密》、思薇的小说《流星锤》,并开始连载雅达的小说《改造》。

16日 《澳门日报·新园地》副刊发表阿羽的散文《愿闻天籁音》,连载林逢雨的散文《欲飞还敛》(完)、剑翁的小说《辽东英烈传》、陈萃文的小说《萧崐山正传》、润园的小说《古灵精怪》、海辛的小说《被禁锢的假期》、丽莎的小说《八妹手记》。《华侨报·华座》副刊连载容的小说《毒妇》、夏冰的小说《怪招》(停刊一期)、孙璧的小说《断剑歼仇》、幽草的小说《色狼秘密》、思薇的小说《流星锤》、雅达的小说《改造》(完)。

17 日 《澳门日报 · 新园地》副刊发表李鹏翥的评论《介绍〈诗词评赏〉》、彦火的评论《艾青的〈诗论〉》，连载剑翁的小说《辽东英烈传》、陈萃文的小说《萧崐山正传》、润园的小说《古灵精怪》、海辛的小说《被禁锢的假期》、丽莎的小说《八妹手记》。《华侨报 · 华座》副刊连载容的小说《毒妇》（完）、夏冰的小说《怪招》、孙璧的小说《断剑歼仇》、幽草的小说《色狼秘密》、思薇的小说《流星锤》。

18 日 《澳门日报 · 新园地》副刊发表杨城的散文《岭南画派添风采——广东画院举办"国画展览"观后感》，连载剑翁的小说《辽东英烈传》、陈萃文的小说《萧崐山正传》、润园的小说《古灵精怪》、海辛的小说《被禁锢的假期》、丽莎的小说《八妹手记》。《华侨报 · 华座》副刊连载夏冰的小说《怪招》、孙璧的小说《断剑歼仇》、幽草的小说《色狼秘密》、思薇的小说《流星锤》，并开始连载芬芷的小说《夺产》。

19 日 《澳门日报 · 新园地》副刊发表陆无涯的散文《清初"娄东画派"的"四王"》、谭仕杰的评论《深入浅出，文笔优美——读读冼得霖的〈诗词评赏〉》，连载剑翁的小说《辽东英烈传》、陈萃文的小说《萧崐山正传》、润园的小说《古灵精怪》、海辛的小说《被禁锢的假期》、丽莎的小说《八妹手记》。《华侨报 · 华座》副刊发表陆绿的小说《旧情难炽》，连载夏冰的小说《怪招》、孙璧的小说《断剑歼仇》、幽草的小说《色狼秘密》、思薇的小说《流星锤》、芬芷的小说《夺产》。

20 日 《澳门日报 · 新园地》副刊发表凌晓枫的散文《振作起来吧！——献给与病魔作斗争的朋友》，连载剑翁的小说《辽东英烈传》、陈萃文的小说《萧崐山正传》、润园的小说《古灵精怪》、海辛的小说《被禁锢的假期》、丽莎的小说《八妹手记》。《华侨报 · 华座》副刊发表佟立章的诗歌《五月盆栽杜鹃迟开，红灿枝头，结花稠密，而芙蓉秋著花，相并掩映，皆年前手植者，春光秋色萃于一室，情景萦怀，因为之咏》，连载夏冰的小说《怪招》、孙璧的小说《断剑歼仇》、幽草的小说《色狼秘密》、思薇的小说《流星锤》、芬芷的小说《夺产》。

21 日 《澳门日报 · 新园地》副刊发表林逢雨的散文《句咏英雄亦凛然》，连载剑翁的小说《辽东英烈传》、陈萃文的小说《萧崐山正传》、润园的小说《古灵精怪》、海辛的小说《被禁锢的假期》、丽莎的小说《八妹手记》。《华侨报·华座》副刊发表朱庸齐的诗歌《立章贻诗自答》(1)，连载夏冰的小说《怪招》、孙璧的小说《断剑歼仇》、幽草的小说《色狼秘密》、思薇的小说《流星锤》、芬芷的小说《夺产》。

22日 《澳门日报·新园地》副刊发表彦火的散文《两椿“小事”》，连载剑翁的小说《辽东英烈传》、陈萃文的小说《萧崐山正传》、润园的小说《古灵精怪》、海辛的小说《被禁锢的假期》、丽莎的小说《八妹手记》。《华侨报·华座》副刊发表朱庸齐的诗歌《立章贻诗自答》(2)，连载夏冰的小说《怪招》、孙璧的小说《断剑歼仇》、幽草的小说《色狼秘密》、思薇的小说《流星锤》、芬芷的小说《夺产》。

23日 《澳门日报·新园地》副刊发表方菲的散文《敬悼陈霞公》，连载剑翁的小说《辽东英烈传》、陈萃文的小说《萧崐山正传》、润园的小说《古灵精怪》、海辛的小说《被禁锢的假期》、丽莎的小说《八妹手记》。《华侨报·华座》副刊发表叶恒诚的散文《登泰山看日出》，连载夏冰的小说《怪招》、孙璧的小说《断剑歼仇》、幽草的小说《色狼秘密》、思薇的小说《流星锤》、芬芷的小说《夺产》。

24日 《澳门日报·新园地》副刊发表无瑕的散文《敬悼陈霞子兄》、彦火的评论《中国现代文学可悲乎》，连载剑翁的小说《辽东英烈传》、陈萃文的小说《萧崐山正传》、润园的小说《古灵精怪》、海辛的小说《被禁锢的假期》、丽莎的小说《八妹手记》。《华侨报·华座》副刊发表王玉珏的散文《文人爱莲记》，连载夏冰的小说《怪招》、孙璧的小说《断剑歼仇》、幽草的小说《色狼秘密》、思薇的小说《流星锤》、芬芷的小说《夺产》(完)。

25日 《澳门日报·新园地》副刊发表杨城的诗歌《月是故乡明》、穗斌的散文《兰蕙芬芳》、陶里的散文《夏日情趣》，连载剑翁的小说《辽东英烈传》、陈萃文的小说《萧崐山正传》、润园的小说《古灵精怪》、海辛的小说《被禁锢的假期》、丽莎的小说《八妹手记》。《华侨报·华座》副刊发表佟立章的诗歌《题梁占峰觅〈红梅图〉》，并开始连载汎卡迪的小说《怪尸》，连载夏冰的小说《怪招》、孙璧的小说《断剑歼仇》、幽草的小说《色狼秘密》、思薇的小说《流星锤》。

26 日　《澳门日报 · 新园地》副刊连载剑翁的小说《辽东英烈传》、陈萃文的小说《萧崐山正传》、润园的小说《古灵精怪》、海辛的小说《被禁锢的假期》、丽莎的小说《八妹手记》。《华侨报 · 华座》副刊发表陈风的散文《初夏槐花满树开》，连载汎卡迪的小说《怪尸》、夏冰的小说《怪招》、孙璧的小说《断剑歼仇》、幽草的小说《色狼秘密》、思薇的小说《流星锤》。

27 日　《澳门日报 · 新园地》副刊发表杨城的诗歌《晨曦》，连载剑翁的小说《辽东英烈传》、陈萃文的小说《萧崐山正传》、润园的小说《古灵精怪》、海辛的小说《被禁锢的假期》、丽莎的小说《八妹手记》。《华侨报 · 华座》副刊连载汎卡迪的小说《怪尸》、夏冰的小说《怪招》、孙璧的小说《断剑歼仇》、幽草的小说《色狼秘密》、思薇的小说《流星锤》。

28 日　《澳门日报 · 新园地》副刊发表金中子的散文《龙舟竞渡》，并开始连载林逢雨的散文《万里归心》，连载剑翁的小说《辽东英烈传》、陈萃文的小说《萧崐山正传》、润园的小说《古灵精怪》、海辛的小说《被禁锢的假期》、丽莎的小说《八妹手记》。《华侨报 · 华座》副刊连载汎卡迪的小说《怪尸》、夏冰的小说《怪招》、孙璧的小说《断剑歼仇》、幽草的小说《色狼秘密》、思薇的小说《流星锤》。

29 日　《澳门日报 · 新园地》副刊发表陶里的诗歌《端午——遥念一诗人》、彦火的评论《台湾现代派文学》，连载林逢雨的散文《万里归心》（完）、剑翁的小说《辽东英烈传》、陈萃文的小说《萧崐山正传》、润园的小说《古灵精怪》、海辛的小说《被禁锢的假期》、丽莎的小说《八妹手记》。《华侨报 · 华座》副刊连载汎卡迪的小说《怪尸》、夏冰的小说《怪招》、孙璧的小说《断剑歼仇》、幽草的小说《色狼秘密》、思薇的小说《流星锤》。

30 日　《澳门日报 · 新园地》副刊发表杨城的诗歌《喜雨》、李浩泉的散文《端午与屈原》、陶里的散文《蝉》，连载剑翁的小说《辽东英烈传》、陈萃文的小说《萧崐山正传》、润园的小说《古灵精怪》、海辛的小说《被禁锢的假期》、丽莎的小说《八妹手记》。《华侨报·华座》副刊发表佟立章的诗歌《题杨兆东为绘晚晴楼图》、作者不详的小说《异国恋情》，连载汎卡迪的小说《怪尸》、夏冰的小说《怪招》、孙璧的小说《断剑歼仇》、幽草的小说《色狼秘密》、思薇的小说《流星锤》。

31日 《澳门日报·新园地》副刊发表彦火的散文《文艺文流》，连载剑翁的小说《辽东英烈传》、陈萃文的小说《萧崐山正传》、润园的小说《古灵精怪》、海辛的小说《被禁锢的假期》、丽莎的小说《八妹手记》。《华侨报·华座》副刊连载汎卡迪的小说《怪尸》、夏冰的小说《怪招》、孙璧的小说《断剑歼仇》、幽草的小说《色狼秘密》、思薇的小说《流星锤》。

六月

1日 《澳门日报·新园地》副刊发表谭仕杰的诗词《鹧鸪天·读〈离骚〉》，连载剑翁的小说《辽东英烈传》、陈萃文的小说《萧崐山正传》、润园的小说《古灵精怪》、海辛的小说《被禁锢的假期》、丽莎的小说《八妹手记》。《华侨报·华座》副刊连载汎卡迪的小说《怪尸》、夏冰的小说《怪招》、孙璧的小说《断剑歼仇》、幽草的小说《色狼秘密》、思薇的小说《流星锤》。

2日 《澳门日报·新园地》副刊发表杨城的诗歌《水转峰回》、爱晚的散文《古代木偶戏》，连载剑翁的小说《辽东英烈传》、陈萃文的小说《萧崐山正传》、润园的小说《古灵精怪》、海辛的小说《被禁锢的假期》、丽莎的小说《八妹手记》。《华侨报·华座》副刊发表暮云的散文《评剧的发展》，连载汎卡迪的小说《怪尸》、夏冰的小说《怪招》、孙璧的小说《断剑歼仇》、幽草的小说《色狼秘密》、思薇的小说《流星锤》。

3日 《澳门日报·新园地》副刊连载剑翁的小说《辽东英烈传》、陈萃文的小说《萧崐山正传》、润园的小说《古灵精怪》、海辛的小说《被禁锢的假期》、丽莎的小说《八妹手记》。《华侨报·华座》副刊连载汎卡迪的小说《怪尸》（完）、夏冰的小说《怪招》、孙璧的小说《断剑歼仇》、幽草的小说《色狼秘密》、思薇的小说《流星锤》。

4日 《澳门日报·新园地》副刊发表林逢雨的评论《晏、欧词风的近似》，连载剑翁的小说《辽东英烈传》、陈萃文的小说《萧崐山正传》、润园的小说《古灵精怪》、海辛的小说《被禁锢的假期》、丽莎的小说《八妹手记》。《华侨报·华座》副刊发表颂平的小说《应征记》，并开始连载蓓蕾的小说《献花人》，连载夏冰的小说《怪招》（停刊一期）、孙璧的小说《断剑歼仇》、幽草的小说《色狼秘密》、思薇的小说《流星锤》。

5日 《澳门日报·新园地》副刊发表彦火的散文《救救电影》、薛鸣的散文《〈二泉映月〉与瞎子阿炳》，连载剑翁的小说《辽东英烈传》、陈萃文的小说《萧崐山正传》、润园的小说《古灵精怪》、海辛的小说《被禁锢的假期》、丽莎的小说《八妹手记》。《华侨报·华座》副刊发表宣翁的散文《从郭老想起武则天》、秀秀的小说《真情》，连载蓓蕾的小说《献花人》、夏冰的小说《怪招》（停刊一期）、孙璧的小说《断剑歼仇》、幽草的小说《色狼秘密》、思薇的小说《流星锤》。

6日 《澳门日报·新园地》副刊发表李浩泉的诗歌《读〈曼殊全集〉观后》，连载剑翁的小说《辽东英烈传》、陈萃文的小说《萧崐山正传》、润园的小说《古灵精怪》、海辛的小说《被禁锢的假期》、丽莎的小说《八妹手记》。《华侨报·华座》副刊连载蓓蕾的小说《献花人》、夏冰的小说《怪招》、孙璧的小说《断剑歼仇》、幽草的小说《色狼秘密》、思薇的小说《流星锤》。

7日 《澳门日报·新园地》副刊发表陶里的诗歌《母亲》、廖钺的诗歌《贺顺德侨社开幕》、彦火的散文《曹雪芹二三事》、金中子的散文《诗碑的遐想》，连载剑翁的小说《辽东英烈传》、陈萃文的小说《萧崐山正传》、润园的小说《古灵精怪》、海辛的小说《被禁锢的假期》、丽莎的小说《八妹手记》。《华侨报·华座》副刊连载蓓蕾的小说《献花人》、夏冰的小说《怪招》、孙璧的小说《断剑歼仇》、幽草的小说《色狼秘密》、思薇的小说《流星锤》。

8日 《澳门日报·新园地》副刊发表陶里的评论《幻想与现实——浅谈获诺贝

尔文学奖的小说〈单独〉》，连载剑翁的小说《辽东英烈传》、陈萃文的小说《萧崐山正传》、润园的小说《古灵精怪》、海辛的小说《被禁锢的假期》、丽莎的小说《八妹手记》。《华侨报·华座》副刊连载蓓蕾的小说《献花人》、夏冰的小说《怪招》、孙璧的小说《断剑歼仇》、幽草的小说《色狼秘密》、思薇的小说《流星锤》。

9 日 《澳门日报·新园地》副刊发表杨永权的散文《法师造化，面向自然——参观广州黎雄才画展随感》、濠江客的散文《“单眼诗人”一生》，连载剑翁的小说《辽东英烈传》、陈萃文的小说《萧崐山正传》、润园的小说《古灵精怪》、海辛的小说《被禁锢的假期》、丽莎的小说《八妹手记》。《华侨报·华座》副刊发表黄衫客的散文《凤城观赏粤剧〈藩宫喋血〉》、湘清的小说《结婚戒指》，连载蓓蕾的小说《献花人》、夏冰的小说《怪招》、孙璧的小说《断剑歼仇》、幽草的小说《色狼秘密》、思薇的小说《流星锤》。

10 日 《澳门日报·新园地》副刊发表杨城的诗歌《花丛中》、望云的散文《蔡元培二三事》、杨永权的散文《胸中幽壑 笔底波澜——参观广州黎雄才画展观后感》、述之的散文《罗浮山梅花村》，连载剑翁的小说《辽东英烈传》、陈萃文的小说《萧崐山正传》、润园的小说《古灵精怪》、海辛的小说《被禁锢的假期》、丽莎的小说《八妹手记》。《华侨报·华座》副刊发表圣峰的评论《日本曲艺〈净琉璃〉》，连载蓓蕾的小说《献花人》、夏冰的小说《怪招》、孙璧的小说《断剑歼仇》、幽草的小说《色狼秘密》、思薇的小说《流星锤》。

11 日 《澳门日报·新园地》副刊发表张兆全的散文《技巧精娴，手法多变——〈葡萄现代版书展〉观后》，并开始连载林逢雨的评论《唤起谪仙泉洒面》，连载剑翁的小说《辽东英烈传》、陈萃文的小说《萧崐山正传》、润园的小说《古灵精怪》、海辛的小说《被禁锢的假期》、丽莎的小说《八妹手记》。《华侨报·华座》副刊连载蓓蕾的小说《献花人》、夏冰的小说《怪招》、孙璧的小说《断剑歼仇》、幽草的小说《色狼秘密》、思薇的小说《流星锤》。

12 日 《澳门日报 · 新园地》副刊发表陶里的散文《茄喱啡》、彦火的散文《鲁迅阻郁达夫迁家》，连载林逢雨的评论《唤起谪仙泉洒面》(完)、剑翁的小说《辽东英烈传》、陈萃文的小说《萧岷山正传》、润园的小说《古灵精怪》、海辛的小说《被禁锢的假期》、丽莎的小说《八妹手记》。《华侨报 · 华座》副刊连载蓓蕾的小说《献花人》、夏冰的小说《怪招》、孙璧的小说《断剑歼仇》、幽草的小说《色狼秘密》、思薇的小说《流星锤》。

13 日 《澳门日报 · 新园地》副刊发表杨城的诗歌《探莲》、望云的散文《新诗旧画》、钟江的散文《"花园城市"——湛江》，连载剑翁的小说《辽东英烈传》、陈萃文的小说《萧岷山正传》、润园的小说《古灵精怪》、海辛的小说《被禁锢的假期》、丽莎的小说《八妹手记》。《华侨报 · 华座》副刊连载蓓蕾的小说《献花人》、夏冰的小说《怪招》、孙璧的小说《断剑歼仇》、幽草的小说《色狼秘密》、思薇的小说《流星锤》(完)。

14 日 《澳门日报 · 新园地》副刊发表李浩泉的诗歌《忆赋苏曼殊》、彦火的散文《一段高尚的友情》、爱晚的评论《白话小说的源起》，连载剑翁的小说《辽东英烈传》、陈萃文的小说《萧岷山正传》、润园的小说《古灵精怪》、海辛的小说《被禁锢的假期》、丽莎的小说《八妹手记》。《华侨报 · 华座》副刊发表良磊的评论《粤剧欣赏浅谈》，并开始连载思薇的小说《音容宛在》，连载蓓蕾的小说《献花人》、夏冰的小说《怪招》、孙璧的小说《断剑歼仇》、幽草的小说《色狼秘密》。

15 日 《澳门日报 · 新园地》副刊发表端木蕻良的散文《悼念李白凤》、凌的散文《学泳记》，连载剑翁的小说《辽东英烈传》、陈萃文的小说《萧岷山正传》、润园的小说《古灵精怪》、海辛的小说《被禁锢的假期》、丽莎的小说《八妹手记》。《华侨报 · 华座》副刊发表钟曼红的诗歌《临江仙 · 广东乐团来港演出喜赋》、百纳的散文《观音传奇》，连载思薇的小说《音容宛在》、蓓蕾的小说《献花人》、夏冰的小说《怪招》、孙璧的小说《断剑歼仇》、幽草的小说《色狼秘密》。

16 日 《澳门日报 · 新园地》副刊发表望云的散文《钱三强的家教》，连载剑翁的小说《辽东英烈传》、陈萃文的小说《萧岷山正传》、润园的小说《古灵精怪》、海辛的小说《被禁锢的假期》、丽莎的小说《八妹手记》。《华侨报·华座》副刊发表颂平的小说《死亡赛车》，连载思薇的小说《音容宛在》、蓓蕾的小说《献花人》（完）、夏冰的小说《怪招》、孙璧的小说《断剑歼仇》、幽草的小说《色狼秘密》。

17日 《澳门日报·新园地》副刊发表述之的散文《鸦片战争的女英烈传》、集之的散文《广东粤剧源远流长》，连载剑翁的小说《辽东英烈传》、陈萃文的小说《萧崐山正传》、润园的小说《古灵精怪》、海辛的小说《被禁锢的假期》、丽莎的小说《八妹手记》。《华侨报·华座》副刊发表文生的评论《唐代传奇小说》、陆琴的小说《小偷》，并开始连载温拿的小说《神偷》，连载思薇的小说《音容宛在》、夏冰的小说《怪招》、孙璧的小说《断剑歼仇》、幽草的小说《色狼秘密》。

18日 《澳门日报·新园地》副刊发表陶里的诗歌《她的姓名》、集之的散文《粤剧戏目的发展》，并开始连载林逢雨的评论《从山谷诗略说宋诗》，连载剑翁的小说《辽东英烈传》、陈萃文的小说《萧崐山正传》、润园的小说《古灵精怪》、海辛的小说《被禁锢的假期》、丽莎的小说《八妹手记》。《华侨报·华座》副刊连载温拿的小说《神偷》、思薇的小说《音容宛在》、夏冰的小说《怪招》、孙璧的小说《断剑歼仇》、幽草的小说《色狼秘密》。

19日 《澳门日报·新园地》副刊发表彦火的散文《〈林家铺子〉的风波》，连载林逢雨的评论《从山谷诗略说宋诗》（完）、剑翁的小说《辽东英烈传》、陈萃文的小说《萧崐山正传》、润园的小说《古灵精怪》、海辛的小说《被禁锢的假期》、丽莎的小说《八妹手记》。《华侨报·华座》副刊发表佟立章的诗歌《记梦》，连载温拿的小说《神偷》、思薇的小说《音容宛在》、夏冰的小说《怪招》、孙璧的小说《断剑歼仇》、幽草的小说《色狼秘密》。

20日 《澳门日报·新园地》副刊发表惠而的散文《日本浅草之夜》，连载剑翁的小说《辽东英烈传》、陈萃文的小说《萧崐山正传》、润园的小说《古灵精怪》、海辛的小说《被禁锢的假期》、丽莎的小说《八妹手记》。《华侨报·华座》副刊连载温拿的小说《神偷》、思薇的小说《音容宛在》、夏冰的小说《怪招》、孙璧的小说《断剑歼仇》、幽草的小说《色狼秘密》。

21日 《澳门日报·新园地》副刊发表鲁夫的诗词《满江红·祝贺五届人大二次会议和五届政协二次会议召开》、彦火的散文《关于徐志摩》、郑风的散文《欧阳山壮心不已》，连载剑翁的小说《辽东英烈传》、陈萃文的小说《萧崐山正传》、润园的小说《古灵精怪》、海辛的小说《被禁锢的假期》、丽莎的小说《八妹手记》。《华侨报·华座》副刊连载温拿的小说《神偷》、思薇的小说《音容宛在》、夏冰的小说《怪招》、孙璧的小说《断剑歼仇》、幽草的小说《色狼秘密》。

22日 《澳门日报·新园地》副刊发表杨城的诗歌《遐想》、谭仕杰的诗歌《竹枝词·赠广东粤剧团罗品超、文觉非、林小群、陈笑风》，连载剑翁的小说《辽东英烈传》、陈萃文的小说《萧崐山正传》、润园的小说《古灵精怪》、海辛的小说《被禁锢的假期》、丽莎的小说《八妹手记》。《华侨报·华座》副刊连载温拿的小说《神偷》（完）、思薇的小说《音容宛在》、夏冰的小说《怪招》、孙璧的小说《断剑歼仇》、幽草的小说《色狼秘密》。

23日 《澳门日报·新园地》副刊连载剑翁的小说《辽东英烈传》、陈萃文的小说《萧崐山正传》、润园的小说《古灵精怪》、海辛的小说《被禁锢的假期》、丽莎的小说《八妹手记》。《华侨报·华座》副刊发表寸草生的诗歌《咏伊朗废王》、华璧的评论《话本与拟话本》，并开始连载汎卡迪的小说《畸恋》，连载思薇的小说《音容宛在》、夏冰的小说《怪招》、孙璧的小说《断剑歼仇》、幽草的小说《色狼秘密》。

24日 《澳门日报·新园地》副刊连载剑翁的小说《辽东英烈传》、陈萃文的小说《萧崐山正传》、润园的小说《古灵精怪》、海辛的小说《被禁锢的假期》、丽莎的小说《八妹手记》。《华侨报·华座》副刊连载汎卡迪的小说《畸恋》、思薇的小说《音容宛在》、夏冰的小说《怪招》、孙璧的小说《断剑歼仇》、幽草的小说《色狼秘密》。

25日 《澳门日报·新园地》副刊发表李浩泉的散文《吃狗肉的联想》，并开始连载林逢雨的评论《寂寞凭高念远》，连载剑翁的小说《辽东英烈传》、陈萃文的小说《萧崐山正传》、润园的小说《古灵精怪》、海辛的小说《被禁锢的假期》、丽莎的小说《八妹手记》。《华侨报·华座》副刊发表悠然的评论《谈〈聊斋〉里的狐鬼人名》，连载汎卡迪的小说《畸恋》、思薇的小说《音容宛在》、夏冰的小说《怪招》、孙璧的小说《断剑歼仇》、幽草的小说《色狼秘密》。

26 日 《澳门日报 · 新园地》副刊发表彦火的散文《青岛的诗情》、蔡天涛的评论《唐伯虎胸怀天地宽》，连载林逢雨的评论《寂寞凭高念远》（完）、剑翁的小说《辽东英烈传》、陈萃文的小说《萧崐山正传》、润园的小说《古灵精怪》、海辛的小说《被禁锢的假期》、丽莎的小说《八妹手记》。《华侨报 · 华座》副刊发表陆琴的小说《结婚一年》、颂平的小说《爱的幻灭》，连载汎卡迪的小说《畸恋》、思薇的小说《音容宛在》、夏冰的小说《怪招》（停刊一期）、孙璧的小说《断剑歼仇》、幽草的小说《色狼秘密》。

27 日 《澳门日报 · 新园地》副刊发表陶里的诗歌《铜马像十四行》、梅萼华的评论《夏承焘心仪黄道周——读瞿髯诗词之一》，连载剑翁的小说《辽东英烈传》，陈萃文的小说《萧崐山正传》、润园的小说《古灵精怪》、海辛的小说《被禁锢的假期》、丽莎的小说《八妹手记》。《华侨报 · 华座》副刊发表宣翁的散文《马红与关汉卿》、颂平的小说《争》，连载汎卡迪的小说《畸恋》、思薇的小说《音容宛在》、夏冰的小说《怪招》（停刊一期）、孙璧的小说《断剑歼仇》、幽草的小说《色狼秘密》。

28 日 《澳门日报 · 新园地》副刊发表梅萼华的评论《无限深沉停云雨——读瞿髯诗词之二》，连载剑翁的小说《辽东英烈传》、陈萃文的小说《萧崐山正传》、润园的小说《古灵精怪》、海辛的小说《被禁锢的假期》（完）、丽莎的小说《八妹手记》。《华侨报 · 华座》副刊发表陆琴的小说《倔强的菲梨》，连载汎卡迪的小说《畸恋》、思薇的小说《音容宛在》、夏冰的小说《怪招》（停刊一期）、孙璧的小说《断剑歼仇》、幽草的小说《色狼秘密》。

29 日 《澳门日报 · 新园地》副刊发表梅萼华的评论《豪迈沉郁两不同——读瞿髯诗词之三》，并开始连载陈铤的小说《一包水泥》，连载剑翁的小说《辽东英烈传》、陈萃文的小说《萧崐山正传》、润园的小说《古灵精怪》、丽莎的小说《八妹手记》。《华侨报·华座》副刊发表寸草生的诗歌《斥越南输出难民》、陆琴的小说《芳邻》，连载汎卡迪的小说《畸恋》、思薇的小说《音容宛在》、夏冰的小说《怪招》（停刊一期）、孙璧的小说《断剑歼仇》、幽草的小说《色狼秘密》。

30日 《澳门日报·新园地》副刊发表望云的散文《墨趣》、梅萼华的评论《慷慨高歌颂英雄——读瞿髯诗词之四》，连载陈铤的小说《一包水泥》、剑翁的小说《辽东英烈传》、陈萃文的小说《萧岷山正传》、润园的小说《古灵精怪》、丽莎的小说《八妹手记》。《华侨报·华座》副刊发表佟立章的诗歌《读林擒〈中年乐〉》，连载汎卡迪的小说《畸恋》、思薇的小说《音容宛在》、夏冰的小说《怪招》、孙璧的小说《断剑歼仇》、幽草的小说《色狼秘密》。

七月

1日 《澳门日报·新园地》副刊发表杨城的散文《谜者，诗乎》，连载陈铤的小说《一包水泥》、剑翁的小说《辽东英烈传》、陈萃文的小说《萧岷山正传》、润园的小说《古灵精怪》、丽莎的小说《八妹手记》。《华侨报·华座》副刊连载汎卡迪的小说《畸恋》、思薇的小说《音容宛在》、夏冰的小说《怪招》、孙璧的小说《断剑歼仇》、幽草的小说《色狼秘密》。

2日 《澳门日报·新园地》副刊发表彦火的散文《青色的友谊》、金中子的散文《长生殿》，连载陈铤的小说《一包水泥》、剑翁的小说《辽东英烈传》、陈萃文的小说《萧岷山正传》、润园的小说《古灵精怪》、丽莎的小说《八妹手记》。《华侨报·华座》副刊发表陈时隐的诗歌《悼京剧艺人筱如珍女史》、黄衫客的散文《粤剧鼓尾与天光戏》，并开始连载汎卡迪的小说《魅影》，连载汎卡迪的小说《畸恋》（完）、思薇的小说《音容宛在》、夏冰的小说《怪招》、孙璧的小说《断剑歼仇》、幽草的小说《色狼秘密》。

3日 《澳门日报·新园地》副刊开始连载林逢雨的评论《似花还似非花》，连载陈铤的小说《一包水泥》、剑翁的小说《辽东英烈传》、陈萃文的小说《萧岷山正传》、润园的小说《古灵精怪》、丽莎的小说《八妹手记》。《华侨报·华座》副刊发表于衣的评论《谈中国戏剧西传》、秀妮的小说《妹妹要结婚》，连载汎卡迪的小说《魅影》、思薇的小说《音容宛在》、夏冰的小说《怪招》(停刊一期)、孙璧的小说《断剑歼仇》、幽草的小说《色狼秘密》。

4日　《澳门日报·新园地》副刊发表望云的散文《钱玄同与胡适》、江朗的散文《捕猴记趣》，连载林逢雨的评论《似花还似非花》、陈铤的小说《一包水泥》、剑翁的小说《辽东英烈传》、陈萃文的小说《萧岷山正传》、润园的小说《古灵精怪》、丽莎的小说《八妹手记》。《华侨报·华座》副刊连载汎卡迪的小说《魅影》、思薇的小说《音容宛在》、夏冰的小说《怪招》、孙璧的小说《断剑歼仇》、幽草的小说《色狼秘密》。

5日　《澳门日报·新园地》副刊发表廖钺的诗歌《人民政协颂》、彦火的散文《"流浪作家"艾芜》，连载林逢雨的评论《似花还似非花》(完)、陈铤的小说《一包水泥》、剑翁的小说《辽东英烈传》、陈萃文的小说《萧岷山正传》、润园的小说《古灵精怪》、丽莎的小说《八妹手记》。《华侨报·华座》副刊发表寸草生的诗歌《骠国六月惊变十二年自咏》，连载汎卡迪的小说《魅影》、思薇的小说《音容宛在》、夏冰的小说《怪招》、孙璧的小说《断剑歼仇》、幽草的小说《色狼秘密》。

6日　《澳门日报·新园地》副刊发表陶里的散文《生活偶拾二题》，连载陈铤的小说《一包水泥》(完)、剑翁的小说《辽东英烈传》、陈萃文的小说《萧岷山正传》、润园的小说《古灵精怪》、丽莎的小说《八妹手记》。《华侨报·华座》副刊发表一山的散文《侯宝林与相声》，连载汎卡迪的小说《魅影》、思薇的小说《音容宛在》、夏冰的小说《怪招》、孙璧的小说《断剑歼仇》、幽草的小说《色狼秘密》。

7日　《澳门日报·新园地》副刊发表雨舟的散文《流花湖畔话流花》、陆无涯的散文《山水大师黄宾虹》，并开始连载海辛的小说《炉峰上下》，连载剑翁的小说《辽东英烈传》、陈萃文的小说《萧岷山正传》、润园的小说《古灵精怪》、丽莎的小说《八妹手记》。《华侨报·华座》副刊发表颂平的小说《倦鸟》，连载汎卡迪的小说《魅影》、思薇的小说《音容宛在》、夏冰的小说《怪招》、孙璧的小说《断剑歼仇》、幽草的小说《色狼秘密》。

8日 《澳门日报·新园地》副刊连载海辛的小说《炉峰上下》、剑翁的小说《辽东英烈传》、陈萃文的小说《萧崐山正传》、润园的小说《古灵精怪》、丽莎的小说《八妹手记》。《华侨报·华座》副刊发表尹隆的散文《台风征兆谚语》，连载汎卡迪的小说《魅影》、思薇的小说《音容宛在》、夏冰的小说《怪招》、孙璧的小说《断剑歼仇》、幽草的小说《色狼秘密》。

9日 《澳门日报·新园地》副刊开始连载林逢雨的评论《芳草更在斜阳外》，连载海辛的小说《炉峰上下》、剑翁的小说《辽东英烈传》、陈萃文的小说《萧崐山正传》、润园的小说《古灵精怪》、丽莎的小说《八妹手记》。《华侨报·华座》副刊发表颂平的小说《变心的丈夫》，连载汎卡迪的小说《魅影》、思薇的小说《音容宛在》、夏冰的小说《怪招》(停刊一期)、孙璧的小说《断剑歼仇》、幽草的小说《色狼秘密》。

10日 《澳门日报·新园地》副刊发表彦火的散文《福建文坛新知录》、李重生的散文《五羊仙的故事》，连载林逢雨的评论《芳草更在斜阳外》(完)、海辛的小说《炉峰上下》、剑翁的小说《辽东英烈传》、陈萃文的小说《萧崐山正传》、润园的小说《古灵精怪》、丽莎的小说《八妹手记》。《华侨报·华座》副刊发表栢的散文《从谣谶谈佟绍弼遗诗》，连载汎卡迪的小说《魅影》(完)、思薇的小说《音容宛在》、夏冰的小说《怪招》、孙璧的小说《断剑歼仇》、幽草的小说《色狼秘密》。

11日 《澳门日报·新园地》副刊发表望云的散文《旅游寄趣》、方菲的散文《悼黄宁婴兄》、冰凉的散文《买雪柜记》、宣翁的散文《一片绿的万年春》，连载海辛的小说《炉峰上下》、剑翁的小说《辽东英烈传》、陈萃文的小说《萧崐山正传》、润园的小说《古灵精怪》、丽莎的小说《八妹手记》。《华侨报·华座》副刊连载思薇的小说《音容宛在》、夏冰的小说《怪招》、孙璧的小说《断剑歼仇》、幽草的小说《色狼秘密》，并开始连载宝云的小说《鬼域情仇》。

12日 《澳门日报·新园地》副刊发表李浩泉的散文《狗与文学》、彦火的评论《为〈枫华集〉补几句话》，连载海辛的小说《炉峰上下》、剑翁的小说《辽东英烈传》、陈萃文的小说《萧崐山正传》、润园的小说《古灵精怪》、丽莎的小说《八妹手记》。《华侨报·华座》副刊发表颂平的小说《女经理》，连载思薇的小说《音容宛在》、夏冰的小说《怪招》（停刊一期）、孙璧的小说《断剑歼仇》、幽草的小说《色狼秘密》、宝云的小说《鬼域情仇》。

13 日　《澳门日报·新园地》副刊发表杨永权的散文《郭沫若致容庚书信首次发表》，连载海辛的小说《炉峰上下》、剑翁的小说《辽东英烈传》、陈萃文的小说《萧崐山正传》、润园的小说《古灵精怪》、丽莎的小说《八妹手记》。《华侨报·华座》副刊发表陆琴的小说《无家的妇人》，连载思薇的小说《音容宛在》、夏冰的小说《怪招》（停刊一期）、孙璧的小说《断剑歼仇》、幽草的小说《色狼秘密》、宝云的小说《鬼域情仇》。

14 日　《澳门日报·新园地》副刊发表张兆全的散文《谭智生画风浅窥》，连载海辛的小说《炉峰上下》、剑翁的小说《辽东英烈传》、陈萃文的小说《萧崐山正传》、润园的小说《古灵精怪》、丽莎的小说《八妹手记》。《华侨报·华座》副刊连载思薇的小说《音容宛在》、夏冰的小说《怪招》、孙璧的小说《断剑歼仇》、幽草的小说《色狼秘密》、宝云的小说《鬼域情仇》。

15 日　《澳门日报·新园地》副刊发表奇的小说《晨运》，连载海辛的小说《炉峰上下》、剑翁的小说《辽东英烈传》、陈萃文的小说《萧崐山正传》、润园的小说《古灵精怪》、丽莎的小说《八妹手记》。《华侨报·华座》副刊连载思薇的小说《音容宛在》、夏冰的小说《怪招》、孙璧的小说《断剑歼仇》、幽草的小说《色狼秘密》、宝云的小说《鬼域情仇》。

16 日　《澳门日报·新园地》副刊发表汪浩瀚的诗歌《写在画布上的小诗——致智生画室师生》、叔华的散文《普罗米修斯的咆哮》、林逢雨的评论《墨池笔冢怀怀素》、小民的小说《买床记》，连载海辛的小说《炉峰上下》、剑翁的小说《辽东英烈传》、陈萃文的小说《萧崐山正传》、润园的小说《古灵精怪》、丽莎的小说《八妹手记》。《华侨报·华座》副刊连载思薇的小说《音容宛在》（完）、夏冰的小说《怪招》、孙璧的小说《断剑歼仇》、幽草的小说《色狼秘密》、宝云的小说《鬼域情仇》。

17 日 《澳门日报 · 新园地》副刊发表青云的小说《鱼从哪里来》，连载海辛的小说《炉峰上下》、剑翁的小说《辽东英烈传》、陈萃文的小说《萧崐山正传》、润园的小说《古灵精怪》、丽莎的小说《八妹手记》。《华侨报 · 华座》副刊发表秀宝的小说《叛逆的青年》，连载夏冰的小说《怪招》、孙璧的小说《断剑歼仇》、幽草的小说《色狼秘密》、宝云的小说《鬼域情仇》。

18 日 《澳门日报 · 新园地》副刊发表穗斌的散文《路色的"长城"》、望云的散文《砚池拾趣》、金竟水的小说《星相迷》，连载海辛的小说《炉峰上下》、剑翁的小说《辽东英烈传》、陈萃文的小说《萧崐山正传》、润园的小说《古灵精怪》、丽莎的小说《八妹手记》。《华侨报 · 华座》副刊发表赵展的散文《客家话探源》，并开始连载思薇的小说《三刀六洞》，连载夏冰的小说《怪招》、孙璧的小说《断剑歼仇》、幽草的小说《色狼秘密》、宝云的小说《鬼域情仇》。

19 日 《澳门日报 · 新园地》副刊连载海辛的小说《炉峰上下》、剑翁的小说《辽东英烈传》、陈萃文的小说《萧崐山正传》、润园的小说《古灵精怪》、丽莎的小说《八妹手记》。《华侨报 · 华座》副刊发表彦全的散文《谈李自成思想》，连载思薇的小说《三刀六洞》、夏冰的小说《怪招》、孙璧的小说《断剑歼仇》、幽草的小说《色狼秘密》、宝云的小说《鬼域情仇》（完）。

20 日 《澳门日报 · 新园地》副刊连载海辛的小说《炉峰上下》、剑翁的小说《辽东英烈传》、陈萃文的小说《萧崐山正传》、润园的小说《古灵精怪》、丽莎的小说《八妹手记》。《华侨报 · 华座》副刊连载思薇的小说《三刀六洞》、夏冰的小说《怪招》、孙璧的小说《断剑歼仇》、幽草的小说《色狼秘密》，并开始连载汎卡迪的小说《变形狂魔》。

21 日 《澳门日报 · 新园地》副刊发表叔华的散文《看了〈空山灵雨〉之后》，连载海辛的小说《炉峰上下》、剑翁的小说《辽东英烈传》、陈萃文的小说《萧崐山正传》、润园的小说《古灵精怪》、丽莎的小说《八妹手记》。《华侨报 · 华座》副刊连载思薇的小说《三刀六洞》、夏冰的小说《怪招》、孙璧的小说《断剑歼仇》、幽草的小说《色狼秘密》、汎卡迪的小说《变形狂魔》。

22 日 《澳门日报·新园地》副刊发表鲁茂的散文《我赞美夏令班》、路的小说《候车》，连载海辛的小说《炉峰上下》、剑翁的小说《辽东英烈传》、陈萃文的小说《萧崐山正传》、润园的小说《古灵精怪》、丽莎的小说《八妹手记》。《华侨报·华座》副刊连载思薇的小说《三刀六洞》、夏冰的小说《怪招》、孙璧的小说《断剑歼仇》、幽草的小说《色狼秘密》、汎卡迪的小说《变形狂魔》。

23 日 《澳门日报·新园地》副刊发表陶里的散文《重读〈仲夏夜之梦〉》、小雅的小说《老人》，并开始连载林逢雨的评论《罗隐之诗》，连载海辛的小说《炉峰上下》、剑翁的小说《辽东英烈传》、陈萃文的小说《萧崐山正传》、润园的小说《古灵精怪》、丽莎的小说《八妹手记》。《华侨报·华座》副刊发表佟立章的诗歌《题柳线啼莺图》，连载思薇的小说《三刀六洞》、夏冰的小说《怪招》、孙璧的小说《断剑歼仇》、幽草的小说《色狼秘密》、汎卡迪的小说《变形狂魔》。

24 日 《澳门日报·新园地》副刊发表彦火的散文《"沙爹诗人"原甸》、作者不详的小说《冤家路窄》，连载林逢雨的评论《罗隐之诗》（完）、海辛的小说《炉峰上下》、剑翁的小说《辽东英烈传》、陈萃文的小说《萧崐山正传》、润园的小说《古灵精怪》、丽莎的小说《八妹手记》。《华侨报·华座》副刊连载思薇的小说《三刀六洞》、夏冰的小说《怪招》、孙璧的小说《断剑歼仇》、幽草的小说《色狼秘密》、汎卡迪的小说《变形狂魔》。

25 日 《澳门日报·新园地》副刊发表作者不详的小说《风雨夜》、望云的散文《红楼新语》，并开始连载方远生的散文《访金文学家容庚教授》，连载海辛的小说《炉峰上下》、剑翁的小说《辽东英烈传》、陈萃文的小说《萧崐山正传》、润园的小说《古灵精怪》、丽莎的小说《八妹手记》。《华侨报·华座》副刊发表杨翎的散文《悼念卢振寰先生》，连载思薇的小说《三刀六洞》、夏冰的小说《怪招》、孙璧的小说《断剑歼仇》、幽草的小说《色狼秘密》、汎卡迪的小说《变形狂魔》。

26 日 《澳门日报 · 新园地》副刊发表彦火的散文《三十年后复出的萧军》、松筠的散文《牛郎织女的传说》、凌晓枫的散文《殡仪馆里的沉思》，连载方远生的散文《访金文学家容庚教授》（完）、海辛的小说《炉峰上下》、剑翁的小说《辽东英烈传》、陈萃文的小说《萧崐山正传》、润园的小说《古灵精怪》、丽莎的小说《八妹手记》。《华侨报 · 华座》副刊连载思薇的小说《三刀六洞》、夏冰的小说《怪招》、孙璧的小说《断剑歼仇》、幽草的小说《色狼秘密》、汎卡迪的小说《变形狂魔》。

27 日 《澳门日报 · 新园地》副刊连载海辛的小说《炉峰上下》、剑翁的小说《辽东英烈传》、陈萃文的小说《萧崐山正传》、润园的小说《古灵精怪》、丽莎的小说《八妹手记》。《华侨报 · 华座》副刊连载思薇的小说《三刀六洞》、夏冰的小说《怪招》、孙璧的小说《断剑歼仇》、幽草的小说《色狼秘密》、汎卡迪的小说《变形狂魔》。

28 日 《澳门日报 · 新园地》副刊连载海辛的小说《炉峰上下》、剑翁的小说《辽东英烈传》、陈萃文的小说《萧崐山正传》、润园的小说《古灵精怪》、丽莎的小说《八妹手记》。《华侨报 · 华座》副刊发表佟立章的诗歌《荷》，连载思薇的小说《三刀六洞》、夏冰的小说《怪招》、孙璧的小说《断剑歼仇》、幽草的小说《色狼秘密》、汎卡迪的小说《变形狂魔》。

29 日 《澳门日报 · 新园地》副刊发表陶里的散文《尼龙床换布记》，连载海辛的小说《炉峰上下》、剑翁的小说《辽东英烈传》、陈萃文的小说《萧崐山正传》、润园的小说《古灵精怪》、丽莎的小说《八妹手记》。《华侨报 · 华座》副刊连载思薇的小说《三刀六洞》、夏冰的小说《怪招》、孙璧的小说《断剑歼仇》、幽草的小说《色狼秘密》、汎卡迪的小说《变形狂魔》。

30 日 《澳门日报 · 新园地》副刊发表姚冷的散文《银苍玉洱大理行》，并开始连载冼得霖的评论《空阶滴到明》，连载海辛的小说《炉峰上下》、剑翁的小说《辽东英烈传》、陈萃文的小说《萧崐山正传》、润园的小说《古灵精怪》、丽莎的小说《八妹手记》。《华侨报 · 华座》副刊连载思薇的小说《三刀六洞》、夏冰的小说《怪招》、孙璧的小说《断剑歼仇》、幽草的小说《色狼秘密》、汎卡迪的小说《变形狂魔》(完)。

31日 《澳门日报·新园地》副刊连载冼得霖的评论《空阶滴到明》(完)、海辛的小说《炉峰上下》、剑翁的小说《辽东英烈传》、陈萃文的小说《萧崐山正传》、润园的小说《古灵精怪》、丽莎的小说《八妹手记》。《华侨报·华座》副刊连载思薇的小说《三刀六洞》、夏冰的小说《怪招》、孙璧的小说《断剑歼仇》、幽草的小说《色狼秘密》,并开始连载灵子的小说《凶杀疑云》。

八月

1日 《澳门日报·新园地》副刊发表莽夫的诗歌《四时农家乐》、李浩泉的散文《析“挂羊头卖狗肉”》,连载海辛的小说《炉峰上下》、剑翁的小说《辽东英烈传》,陈萃文的小说《萧崐山正传》、润园的小说《古灵精怪》、丽莎的小说《八妹手记》。《华侨报·华座》副刊连载思薇的小说《三刀六洞》、夏冰的小说《怪招》、孙璧的小说《断剑歼仇》、幽草的小说《色狼秘密》、灵子的小说《凶杀疑云》。

2日 《澳门日报·新园地》副刊连载海辛的小说《炉峰上下》、剑翁的小说《辽东英烈传》、陈萃文的小说《萧崐山正传》、润园的小说《古灵精怪》、丽莎的小说《八妹手记》。

3日 《澳门日报·新园地》副刊发表志文的散文《白居易刻苦学诗》,邓科、田泽壮的散文《女作家萧红的故乡》,连载海辛的小说《炉峰上下》、剑翁的小说《辽东英烈传》、陈萃文的小说《萧崐山正传》、润园的小说《古灵精怪》、丽莎的小说《八妹手记》。《华侨报·华座》副刊连载思薇的小说《三刀六洞》、夏冰的小说《怪招》、孙璧的小说《断剑歼仇》、幽草的小说《色狼秘密》、灵子的小说《凶杀疑云》。

4日 《澳门日报·新园地》副刊连载海辛的小说《炉峰上下》、剑翁的小说《辽东英烈传》、陈萃文的小说《萧崐山正传》、润园的小说《古灵精怪》、丽莎的小说《八妹手记》。《华侨报·华座》副刊连载思薇的小说《三刀六洞》、夏冰的小说《怪招》、孙璧的小说《断剑歼仇》、幽草的小说《色狼秘密》、灵子的小说《凶杀疑云》。

5日 《澳门日报·新园地》副刊发表鲁茂的散文《“文艺”复兴时期到了么》，连载海辛的小说《炉峰上下》、剑翁的小说《辽东英烈传》、陈萃文的小说《萧崐山正传》、润园的小说《古灵精怪》、丽莎的小说《八妹手记》。《华侨报·华座》副刊发表丰宜的散文《夏日谈桃》，连载思薇的小说《三刀六洞》、夏冰的小说《怪招》、孙璧的小说《断剑歼仇》、幽草的小说《色狼秘密》、灵子的小说《凶杀疑云》。

6日 《澳门日报·新园地》副刊发表阳的小说《古董》，并开始连载冼得霖的评论《妙语石作肠》，连载海辛的小说《炉峰上下》、剑翁的小说《辽东英烈传》、陈萃文的小说《萧崐山正传》、润园的小说《古灵精怪》、丽莎的小说《八妹手记》。《华侨报·华座》副刊发表杨翎的评论《朝宗万派惟义献，获得金针度与人——读〈麦华三小楷初集〉》，连载思薇的小说《三刀六洞》、夏冰的小说《怪招》、孙璧的小说《断剑歼仇》、幽草的小说《色狼秘密》、灵子的小说《凶杀疑云》。

7日 《澳门日报·新园地》副刊发表李公荣的散文《火炬接力跑那天》，连载冼得霖的评论《妙语石作肠》（完）、海辛的小说《炉峰上下》、剑翁的小说《辽东英烈传》、陈萃文的小说《萧崐山正传》、润园的小说《古灵精怪》、丽莎的小说《八妹手记》。《华侨报·华座》副刊发表心斋的诗歌《山居》，连载思薇的小说《三刀六洞》、夏冰的小说《怪招》、孙璧的小说《断剑歼仇》、幽草的小说《色狼秘密》、灵子的小说《凶杀疑云》（完）。

8日 《澳门日报·新园地》副刊连载海辛的小说《炉峰上下》、剑翁的小说《辽东英烈传》、陈萃文的小说《萧崐山正传》、润园的小说《古灵精怪》、丽莎的小说《八妹手记》。《华侨报·华座》副刊发表恒义的散文《韶石与神话》、颂平的小说《他的爱人》，并开始连载汎卡迪的小说《痴魂》，连载思薇的小说《三刀六洞》、夏冰的小说《怪招》、孙璧的小说《断剑歼仇》、幽草的小说《色狼秘密》。

9日 《澳门日报·新园地》副刊发表穗斌的散文《白云绿树多生意——畅游广州白云山之一》，连载海辛的小说《炉峰上下》、剑翁的小说《辽东英烈传》、陈萃文的小说《萧崐山正传》、润园的小说《古灵精怪》、丽莎的小说《八妹手记》。《华侨报·华座》副刊发表钟子的散文《中文释义》，连载汎卡迪的小说《痴魂》、思薇的小说《三刀六洞》、夏冰的小说《怪招》、孙璧的小说《断剑歼仇》、幽草的小说《色狼秘密》。

10 日 《澳门日报·新园地》副刊发表穗斌的散文《新建农场与古迹碑坊——畅游广州白云山之二》，连载海辛的小说《炉峰上下》、剑翁的小说《辽东英烈传》、陈萃文的小说《萧崐山正传》、润园的小说《古灵精怪》、丽莎的小说《八妹手记》。《华侨报·华座》副刊发表慧华的散文《谈“扬州八怪”》，连载汎卡迪的小说《痴魂》、思薇的小说《三刀六洞》、夏冰的小说《怪招》、孙璧的小说《断剑歼仇》、幽草的小说《色狼秘密》。

11 日 《澳门日报·新园地》副刊发表望云的散文《古代的幻想》，连载海辛的小说《炉峰上下》、剑翁的小说《辽东英烈传》、陈萃文的小说《萧崐山正传》、润园的小说《古灵精怪》、丽莎的小说《八妹手记》。《华侨报·华座》副刊连载汎卡迪的小说《痴魂》、思薇的小说《三刀六洞》、夏冰的小说《怪招》、孙璧的小说《断剑歼仇》（完）、幽草的小说《色狼秘密》。

12 日 《澳门日报·新园地》副刊发表郭建的散文《阳翰笙雄心勃勃创新作》、袁文的小说《拍马撞板》，连载海辛的小说《炉峰上下》、剑翁的小说《辽东英烈传》、陈萃文的小说《萧崐山正传》、润园的小说《古灵精怪》、丽莎的小说《八妹手记》。《华侨报·华座》副刊发表集英的评论《藉梦抒情的诗》，并开始连载王郎的小说《夺命》，连载汎卡迪的小说《痴魂》、思薇的小说《三刀六洞》、夏冰的小说《怪招》、幽草的小说《色狼秘密》。

13 日 《澳门日报·新园地》副刊发表穗斌的散文《北山公园风景如画——畅游广州白云山之三》、作者不详的小说《喜上加喜》，并开始连载冼得霖的评论《路向褒斜送远行》，连载海辛的小说《炉峰上下》、剑翁的小说《辽东英烈传》、陈萃文的小说《萧崐山正传》、润园的小说《古灵精怪》、丽莎的小说《八妹手记》。《华侨报·华座》副刊发表恒义的散文《关羽为何称皇称帝》，连载王郎的小说《夺命》、汎卡迪的小说《痴魂》、思薇的小说《三刀六洞》、夏冰的小说《怪招》、幽草的小说《色狼秘密》。

14 日　《澳门日报 · 新园地》副刊连载冼得霖的评论《路向褒斜送远行》（完）、海辛的小说《炉峰上下》、剑翁的小说《辽东英烈传》、陈萃文的小说《萧岿山正传》、润园的小说《古灵精怪》、丽莎的小说《八妹手记》。《华侨报 · 华座》副刊发表钟子的散文《无字春联》，连载王郎的小说《夺命》、汎卡迪的小说《痴魂》、思薇的小说《三刀六洞》、夏冰的小说《怪招》、幽草的小说《色狼秘密》。

15 日　《澳门日报 · 新园地》副刊发表鲁茂的散文《"几抵睇嚅！"——为〈澳日〉报庆赠庆而写》、阿尧的小说《男人婆》，并开始连载冼得霖的评论《瞿髯诗词陈老诗》，连载海辛的小说《炉峰上下》、剑翁的小说《辽东英烈传》、陈萃文的小说《萧岿山正传》、润园的小说《古灵精怪》、丽莎的小说《八妹手记》。《华侨报 · 华座》副刊发表黄衫客的散文《乐曲解心与龙舟歌》，连载王郎的小说《夺命》、汎卡迪的小说《痴魂》、思薇的小说《三刀六洞》、夏冰的小说《怪招》、幽草的小说《色狼秘密》。

16 日　《澳门日报 · 新园地》副刊发表佟立章的诗歌《祝〈澳门日报〉二十一周年报庆》、秋实的散文《端木蕻良谈〈曹雪芹〉》、程生的小说《薄利多销》，连载冼得霖的评论《瞿髯诗词陈老诗》（完）、海辛的小说《炉峰上下》、剑翁的小说《辽东英烈传》、陈萃文的小说《萧岿山正传》、润园的小说《古灵精怪》、丽莎的小说《八妹手记》。《华侨报 · 华座》副刊发表佟立章的诗歌《宵深偕报社全人驰车，道经南湾花园，时雨止风不定，停车道左，观盛放九里香》，连载王郎的小说《夺命》、汎卡迪的小说《痴魂》、思薇的小说《三刀六洞》、夏冰的小说《怪招》、幽草的小说《色狼秘密》。

17 日　《澳门日报 · 新园地》副刊发表谭仕杰的诗歌《竹枝词四首 · 游香港海洋公园》、李浩泉的评论《诗词、书画、篆刻的内在联系——学艺一得》、丁的小说《结婚》，连载海辛的小说《炉峰上下》、剑翁的小说《辽东英烈传》、陈萃文的小说《萧岿山正传》、润园的小说《古灵精怪》、丽莎的小说《八妹手记》。《华侨报 · 华座》副刊连载王郎的小说《夺命》、汎卡迪的小说《痴魂》、思薇的小说《三刀六洞》、夏冰的小说《怪招》、幽草的小说《色狼秘密》。

18日 《澳门日报·新园地》副刊发表杨城的诗歌《钟馗试剑》、叔华的散文《文学与体育》、泰平的小说《同住好》，连载海辛的小说《炉峰上下》、剑翁的小说《辽东英烈传》、陈萃文的小说《萧崐山正传》、润园的小说《古灵精怪》、丽莎的小说《八妹手记》。《华侨报·华座》副刊发表刘艺云的诗歌《别濠江·诗词友》，连载王郎的小说《夺命》、汎卡迪的小说《痴魂》（完）、思薇的小说《三刀六洞》（完）、夏冰的小说《怪招》（停刊一期）、幽草的小说《色狼秘密》。

19日 《澳门日报·新园地》副刊发表陶里的散文《我的几个越南朋友》、尧哥的小说《声音》，连载海辛的小说《炉峰上下》、剑翁的小说《辽东英烈传》、陈萃文的小说《萧崐山正传》、润园的小说《古灵精怪》、丽莎的小说《八妹手记》。《华侨报·华座》副刊发表佟立章的诗歌《湖滨望月》，并开始连载汎卡迪的小说《足下遗恨》、思薇的小说《销金窝流水账》，连载王郎的小说《夺命》、夏冰的小说《怪招》（停刊一期）、幽草的小说《色狼秘密》。

20日 《澳门日报·新园地》副刊发表田的小说《电气化家庭》，并开始连载冼得霖的评论《对孤芳、分付他谁》，连载海辛的小说《炉峰上下》、剑翁的小说《辽东英烈传》、陈萃文的小说《萧崐山正传》、润园的小说《古灵精怪》、丽莎的小说《八妹手记》。《华侨报·华座》副刊连载汎卡迪的小说《足下遗恨》、思薇的小说《销金窝流水账》、王郎的小说《夺命》、夏冰的小说《怪招》、幽草的小说《色狼秘密》。

21日 《澳门日报·新园地》副刊发表小袁的小说《表错情》，连载冼得霖的评论《对孤芳、分付他谁》（完）、海辛的小说《炉峰上下》、剑翁的小说《辽东英烈传》、陈萃文的小说《萧崐山正传》、润园的小说《古灵精怪》、丽莎的小说《八妹手记》。《华侨报·华座》副刊发表江芝的散文《苏东坡的一笔龙》、丁芷的小说《缺憾》，连载汎卡迪的小说《足下遗恨》、思薇的小说《销金窝流水账》、王郎的小说《夺命》、幽草的小说《色狼秘密》、夏冰的小说《怪招》。

22 日　《澳门日报 · 新园地》副刊发表金中子的散文《人民大众的喉舌》、林景云的散文《游于山戚公祠》、望云的评论《林琴南的诗画》、山英的小说《未婚妻》，连载海辛的小说《炉峰上下》、剑翁的小说《辽东英烈传》、陈萃文的小说《萧崐山正传》、润园的小说《古灵精怪》、丽莎的小说《八妹手记》。《华侨报 · 华座》副刊发表佟立章的诗歌《苦热忆素馨花田》、仲文的散文《回归》，连载汎卡迪的小说《足下遗恨》、思薇的小说《销金窝流水账》、王郎的小说《夺命》、幽草的小说《色狼秘密》、夏冰的小说《怪招》（停刊一期）。

23 日　《澳门日报 · 新园地》副刊发表陶铸的诗歌《狱中》、董蒨的评论《心底无私天地宽——读〈陶铸诗词选〉》、袁文的小说《蚀本货》，连载海辛的小说《炉峰上下》、剑翁的小说《辽东英烈传》、陈萃文的小说《萧崐山正传》、润园的小说《古灵精怪》、丽莎的小说《八妹手记》。《华侨报 · 华座》副刊开始连载孙璧的小说《捞女与经理》，连载汎卡迪的小说《足下遗恨》、思薇的小说《销金窝流水账》、王郎的小说《夺命》、幽草的小说《色狼秘密》、夏冰的小说《怪招》（停刊一期）。

24 日　《澳门日报 · 新园地》副刊发表爽之的散文《忆阿英》、胡丹的小说《补品》，连载海辛的小说《炉峰上下》、剑翁的小说《辽东英烈传》、陈萃文的小说《萧崐山正传》、润园的小说《古灵精怪》（停刊一期）、丽莎的小说《八妹手记》。《华侨报 · 华座》副刊连载孙璧的小说《捞女与经理》（完）、汎卡迪的小说《足下遗恨》、思薇的小说《销金窝流水账》（停刊一期）、王郎的小说《夺命》、幽草的小说《色狼秘密》（完）、夏冰的小说《怪招》（停刊一期）。

25 日　《澳门日报 · 新园地》副刊发表伊湄的诗歌《夜雨闻蛙》，并开始连载子英的小说《灰银色的盾》，连载海辛的小说《炉峰上下》、剑翁的小说《辽东英烈传》、陈萃文的小说《萧崐山正传》、润园的小说《古灵精怪》（停刊一期）、丽莎的小说《八妹手记》。

26 日　《澳门日报 · 新园地》副刊发表郑风的散文《勤奋、刚正的老作家陈残云》，连载子英的小说《灰银色的盾》、海辛的小说《炉峰上下》、剑翁的小说《辽东英烈传》、陈萃文的小说《萧崐山正传》、润园的小说《古灵精怪》（停刊一期）、丽莎的小说《八妹手记》。《华侨报·华座》副刊发表幽草的小说《奋斗（二）》，连载汎卡迪的小说《足下遗恨》、思薇的小说《销金窝流水账》、王郎的小说《夺命》、夏冰的小说《怪招》。

27日 《澳门日报·新园地》副刊开始连载冼得霖的评论《稼轩词二首》，连载子英的小说《灰银色的盾》、海辛的小说《炉峰上下》、剑翁的小说《辽东英烈传》、陈萃文的小说《萧崐山正传》、润园的小说《古灵精怪》（停刊一期）、丽莎的小说《八妹手记》。

28日 《华侨报·华座》副刊发表孙璧的小说《十七岁的仙姬》，并开始连载施明的小说《代罪》，连载汎卡迪的小说《足下遗恨》、思薇的小说《销金窝流水账》、王郎的小说《夺命》、夏冰的小说《怪招》（停刊一期）。

29日 《澳门日报·新园地》副刊发表陶里的散文《广州归来》，连载冼得霖的评论《稼轩词二首》、子英的小说《灰银色的盾》、海辛的小说《炉峰上下》、剑翁的小说《辽东英烈传》、陈萃文的小说《萧崐山正传》、润园的小说《古灵精怪》（停刊一期）、丽莎的小说《八妹手记》。《华侨报·华座》副刊发表孙璧的小说《变了心的姑娘》，连载汎卡迪的小说《足下遗恨》（完）、思薇的小说《销金窝流水账》、王郎的小说《夺命》、夏冰的小说《怪招》（停刊一期）、施明的小说《代罪》。

30日 《澳门日报·新园地》副刊发表彦火的散文《爱荷华的〈中国周末〉》，连载冼得霖的评论《稼轩词二首》（完）、子英的小说《灰银色的盾》、海辛的小说《炉峰上下》、剑翁的小说《辽东英烈传》、陈萃文的小说《萧崐山正传》、润园的小说《古灵精怪》（停刊一期）、丽莎的小说《八妹手记》。《华侨报·华座》副刊发表孙璧的小说《有夫之妇》，并开始连载穆子的小说《亚花》，连载思薇的小说《销金窝流水账》、王郎的小说《夺命》、夏冰的小说《怪招》（停刊一期）、施明的小说《代罪》。

31日 《澳门日报·新园地》副刊发表泉的小说《黄哥了》，连载子英的小说《灰银色的盾》、海辛的小说《炉峰上下》、剑翁的小说《辽东英烈传》（停刊一期）、陈萃文的小说《萧崐山正传》、润园的小说《古灵精怪》（停刊一期）、丽莎的小说《八妹手记》。《华侨报·华座》副刊连载思薇的小说《销金窝流水账》、王郎的小说《夺命》、夏冰的小说《怪招》、施明的小说《代罪》、穆子的小说《亚花》。

九月

1 日　《澳门日报·新园地》副刊连载子英的小说《灰银色的盾》、海辛的小说《炉峰上下》、剑翁的小说《辽东英烈传》、陈萃文的小说《萧崐山正传》、润园的小说《古灵精怪》（停刊一期）、丽莎的小说《八妹手记》。《华侨报·华座》副刊连载思薇的小说《销金窝流水账》、王郎的小说《夺命》、夏冰的小说《怪招》、施明的小说《代罪》、穆子的小说《亚花》。

2 日　《澳门日报·新园地》副刊连载子英的小说《灰银色的盾》、海辛的小说《炉峰上下》、剑翁的小说《辽东英烈传》、陈萃文的小说《萧崐山正传》、润园的小说《古灵精怪》（停刊一期）、丽莎的小说《八妹手记》。《华侨报·华座》副刊连载思薇的小说《销金窝流水账》、王郎的小说《夺命》、夏冰的小说《怪招》、施明的小说《代罪》、穆子的小说《亚花》。

3 日　《澳门日报·新园地》副刊发表凌晓枫的散文《一枚纪念章》、冼得霖的评论《量才结彩楼》，连载子英的小说《灰银色的盾》、海辛的小说《炉峰上下》、剑翁的小说《辽东英烈传》、陈萃文的小说《萧崐山正传》、润园的小说《古灵精怪》（停刊一期）、丽莎的小说《八妹手记》。《华侨报·华座》副刊连载思薇的小说《销金窝流水账》、王郎的小说《夺命》、夏冰的小说《怪招》、施明的小说《代罪》、穆子的小说《亚花》。

4 日　《澳门日报·新园地》副刊发表求博的散文《日月食的传说》、彦火的散文《廿一年后的王蒙》，连载子英的小说《灰银色的盾》、海辛的小说《炉峰上下》、剑翁的小说《辽东英烈传》、陈萃文的小说《萧崐山正传》、润园的小说《古灵精怪》（停刊一期）、丽莎的小说《八妹手记》。《华侨报·华座》副刊连载思薇的小说《销金窝流水账》（停刊一期）、王郎的小说《夺命》、夏冰的小说《怪招》、施明的小说《代罪》、穆子的小说《亚花》（完），并开始连载柳青的小说《后生可畏》。

5日　《澳门日报·新园地》副刊连载子英的小说《灰银色的盾》、海辛的小说《炉峰上下》、剑翁的小说《辽东英烈传》、陈萃文的小说《萧崐山正传》、润园的小说《古灵精怪》（停刊一期）、丽莎的小说《八妹手记》。《华侨报·华座》副刊连载思薇的小说《销金窝流水账》（停刊一期）、王郎的小说《夺命》、夏冰的小说《怪招》、施明的小说《代罪》、柳青的小说《后生可畏》，并开始连载孙甸的小说《四海魂》。

6日　《澳门日报·新园地》副刊发表彦火的散文《小会萧乾、毕朔望》，并开始连载傅家麟的散文《青年时代的邓拓》，连载子英的小说《灰银色的盾》、海辛的小说《炉峰上下》、剑翁的小说《辽东英烈传》、陈萃文的小说《萧崐山正传》、润园的小说《古灵精怪》（停刊一期）、丽莎的小说《八妹手记》。《华侨报·华座》副刊发表行心的诗歌《桥》，连载思薇的小说《销金窝流水账》（停刊一期）、王郎的小说《夺命》（完）、夏冰的小说《怪招》、施明的小说《代罪》、柳青的小说《后生可畏》（完）、孙甸的小说《四海魂》。

7日　《澳门日报·新园地》副刊发表陶里的散文《离散后的友情》，连载傅家麟的散文《青年时代的邓拓》（完）、子英的小说《灰银色的盾》、海辛的小说《炉峰上下》、剑翁的小说《辽东英烈传》、陈萃文的小说《萧崐山正传》、润园的小说《古灵精怪》（停刊一期）、丽莎的小说《八妹手记》。《华侨报·华座》副刊发表陆琴的小说《钓金鬼》，连载思薇的小说《销金窝流水账》、夏冰的小说《怪招》、施明的小说《代罪》、孙甸的小说《四海魂》。

8日　《澳门日报·新园地》副刊连载子英的小说《灰银色的盾》、海辛的小说《炉峰上下》、剑翁的小说《辽东英烈传》、陈萃文的小说《萧崐山正传》、润园的小说《古灵精怪》（停刊一期）、丽莎的小说《八妹手记》。《华侨报·华座》副刊发表秀芝的小说《男朋友》，连载思薇的小说《销金窝流水账》、夏冰的小说《怪招》、施明的小说《代罪》（完）、孙甸的小说《四海魂》。

9 日　《澳门日报·新园地》副刊发表陈丙黎的诗歌《诗词二首》，连载子英的小说《灰银色的盾》、海辛的小说《炉峰上下》、剑翁的小说《辽东英烈传》、陈萃文的小说《萧崐山正传》、润园的小说《古灵精怪》（停刊一期）、丽莎的小说《八妹手记》。《华侨报·华座》副刊发表颂平的小说《珍妮花》，并开始连载穆子的小说《墙内藏尸》，连载思薇的小说《销金窝流水账》、夏冰的小说《怪招》、孙甸的小说《四海魂》。

10 日　《澳门日报·新园地》副刊发表王崛的散文《孙中山先生在日本》、冼得霖的评论《柳枝词》，连载子英的小说《灰银色的盾》、海辛的小说《炉峰上下》、剑翁的小说《辽东英烈传》、陈萃文的小说《萧崐山正传》、润园的小说《古灵精怪》（停刊一期）、丽莎的小说《八妹手记》。《华侨报·华座》副刊发表颂平的小说《雨中缘》，连载思薇的小说《销金窝流水账》、夏冰的小说《怪招》、孙甸的小说《四海魂》、穆子的小说《墙内藏尸》。

11 日　《澳门日报·新园地》副刊发表凌晓枫的散文《无声的感谢》，连载子英的小说《灰银色的盾》、海辛的小说《炉峰上下》、剑翁的小说《辽东英烈传》、陈萃文的小说《萧崐山正传》、润园的小说《古灵精怪》（停刊一期）、丽莎的小说《八妹手记》。《华侨报·华座》副刊发表颂平的小说《昨夜梦游中》，连载思薇的小说《销金窝流水账》、夏冰的小说《怪招》、孙甸的小说《四海魂》、穆子的小说《墙内藏尸》。

12 日　《澳门日报·新园地》副刊连载子英的小说《灰银色的盾》、海辛的小说《炉峰上下》、剑翁的小说《辽东英烈传》、陈萃文的小说《萧崐山正传》、润园的小说《古灵精怪》（停刊一期）、丽莎的小说《八妹手记》。《华侨报·华座》副刊发表萱欣的小说《心上人》，连载思薇的小说《销金窝流水账》、夏冰的小说《怪招》、孙甸的小说《四海魂》（完）、穆子的小说《墙内藏尸》。

13 日　《澳门日报·新园地》副刊发表杨永权的散文《佟绍弼老师十周年祭》，连载子英的小说《灰银色的盾》（完）、海辛的小说《炉峰上下》、剑翁的小说《辽东英烈传》、陈萃文的小说《萧崐山正传》、润园的小说《古灵精怪》（停刊一期）、丽莎的小说《八妹手记》。《华侨报·华座》副刊发表颂平的小说《娃娃的恋情》，并开始连载柳雯的小说《通灵玉》，连载思薇的小说《销金窝流水账》、夏冰的小说《怪招》、穆子的小说《墙内藏尸》。

14日　《澳门日报·新园地》副刊发表陶里的散文《候诊记》，连载海辛的小说《炉峰上下》、剑翁的小说《辽东英烈传》、陈萃文的小说《萧岷山正传》、润园的小说《古灵精怪》、丽莎的小说《八妹手记》。《华侨报·华座》副刊发表颂平的小说《旅行归来》，连载思薇的小说《销金窝流水账》、夏冰的小说《怪招》、穆子的小说《墙内藏尸》（完）、柳雯的小说《通灵玉》。

15日　《澳门日报·新园地》副刊发表方菲的散文《乾隆与关羽——遥寄吴有恒兄》，连载海辛的小说《炉峰上下》、剑翁的小说《辽东英烈传》、陈萃文的小说《萧岷山正传》、润园的小说《古灵精怪》、丽莎的小说《八妹手记》。《华侨报·华座》副刊发表颂平的小说《风姨的阴谋》，并开始连载金弓的小说《剑底情天》，连载思薇的小说《销金窝流水账》、夏冰的小说《怪招》、柳雯的小说《通灵玉》。

16日　《澳门日报·新园地》副刊发表凌晓枫的诗歌《失落》，连载海辛的小说《炉峰上下》、剑翁的小说《辽东英烈传》、陈萃文的小说《萧岷山正传》、润园的小说《古灵精怪》、丽莎的小说《八妹手记》。《华侨报·华座》副刊发表萱欣的小说《重逢》，连载思薇的小说《销金窝流水账》、夏冰的小说《怪招》、柳雯的小说《通灵玉》、金弓的小说《剑底情天》。

17日　《澳门日报·新园地》副刊发表杨城的诗歌《有朋远方来》、鲁夫的散文《投宿记》、冼得霖的评论《杨贵妃写诗》，连载海辛的小说《炉峰上下》、剑翁的小说《辽东英烈传》、陈萃文的小说《萧岷山正传》、润园的小说《古灵精怪》、丽莎的小说《八妹手记》。《华侨报·华座》副刊连载思薇的小说《销金窝流水账》、夏冰的小说《怪招》、柳雯的小说《通灵玉》、金弓的小说《剑底情天》，并开始连载慕容涛的小说《移尸换形》。

18日　《澳门日报·新园地》副刊连载海辛的小说《炉峰上下》、剑翁的小说《辽东英烈传》、陈萃文的小说《萧岷山正传》、润园的小说《古灵精怪》、丽莎的小说《八妹手记》。《华侨报·华座》副刊连载思薇的小说《销金窝流水账》、夏冰的小说《怪招》、柳雯的小说《通灵玉》（完）、金弓的小说《剑底情天》、慕容涛的小说《移尸换形》。

19 日 《澳门日报·新园地》副刊连载海辛的小说《炉峰上下》、剑翁的小说《辽东英烈传》、陈萃文的小说《萧崐山正传》、润园的小说《古灵精怪》、丽莎的小说《八妹手记》。《华侨报·华座》副刊连载思薇的小说《销金窝流水账》、夏冰的小说《怪招》、金弓的小说《剑底情天》、慕容涛的小说《移尸换形》，并开始连载艾菲的小说《吸血鬼》。

20 日 《澳门日报·新园地》副刊发表望云的散文《杨度与梁启超》、李浩泉的散文《大众化与通俗化——读宋玉答问所想到的》，连载海辛的小说《炉峰上下》、剑翁的小说《辽东英烈传》、陈萃文的小说《萧崐山正传》、润园的小说《古灵精怪》、丽莎的小说《八妹手记》。《华侨报·华座》副刊连载思薇的小说《销金窝流水账》、夏冰的小说《怪招》、金弓的小说《剑底情天》、慕容涛的小说《移尸换形》、艾菲的小说《吸血鬼》。

21 日 《澳门日报·新园地》副刊发表望云的散文《杨度二三事》，连载海辛的小说《炉峰上下》、剑翁的小说《辽东英烈传》、陈萃文的小说《萧崐山正传》、润园的小说《古灵精怪》、丽莎的小说《八妹手记》。《华侨报·华座》副刊连载思薇的小说《销金窝流水账》、夏冰的小说《怪招》、金弓的小说《剑底情天》、慕容涛的小说《移尸换形》、艾菲的小说《吸血鬼》。

22 日 《澳门日报·新园地》副刊发表陶里的诗歌《外流客》，连载海辛的小说《炉峰上下》、剑翁的小说《辽东英烈传》、陈萃文的小说《萧崐山正传》、润园的小说《古灵精怪》、丽莎的小说《八妹手记》。《华侨报·华座》副刊连载思薇的小说《销金窝流水账》（完）、夏冰的小说《怪招》、金弓的小说《剑底情天》、慕容涛的小说《移尸换形》、艾菲的小说《吸血鬼》。

23 日 《澳门日报·新园地》副刊发表骆南侨的诗歌《假如我是一只鸟（外二首）》、陶里的散文《阿穆恋爱了》、袁文的小说《落雨天》，连载海辛的小说《炉峰上下》、剑翁的小说《辽东英烈传》、陈萃文的小说《萧崐山正传》、润园的小说《古灵精怪》、丽莎的小说《八妹手记》。《华侨报·华座》副刊连载夏冰的小说《怪招》、金弓的小说《剑底情天》、慕容涛的小说《移尸换形》、艾菲的小说《吸血鬼》（完），并开始连载思薇的小说《电话招魂》。

24 日　《澳门日报·新园地》副刊发表无瑕的散文《西湖之晨》、英的小说《艳遇》，并开始连载冼得霖的评论《词的意内言外》，连载海辛的小说《炉峰上下》、剑翁的小说《辽东英烈传》、陈萃文的小说《萧崐山正传》、润园的小说《古灵精怪》、丽莎的小说《八妹手记》。《华侨报·华座》副刊连载夏冰的小说《怪招》、金弓的小说《剑底情天》、慕容涛的小说《移尸换形》、思薇的小说《电话招魂》，并开始连载佚名的小说《火焰神》。

25 日　《澳门日报·新园地》副刊发表彦火的散文《越洋的讯息》，连载冼得霖的评论《词的意内言外》、海辛的小说《炉峰上下》、剑翁的小说《辽东英烈传》、陈萃文的小说《萧崐山正传》、润园的小说《古灵精怪》（完）、丽莎的小说《八妹手记》。《华侨报·华座》副刊发表颂平的小说《天使》，连载夏冰的小说《怪招》（停刊一期）、金弓的小说《剑底情天》、慕容涛的小说《移尸换形》（完）、思薇的小说《电话招魂》、佚名的小说《火焰神》。

26 日　《澳门日报·新园地》副刊发表陆觉鸣的散文《忆丽尼》、无瑕的散文《西湖泛舟，花巷观鱼》，并开始连载东瑞的小说《第二次铃声》，连载冼得霖的评论《词的意内言外》（完）、海辛的小说《炉峰上下》、剑翁的小说《辽东英烈传》、陈萃文的小说《萧崐山正传》、丽莎的小说《八妹手记》。《华侨报·华座》副刊发表逸之的散文《婚宴》，并开始连载萱欣的小说《私奔》，连载夏冰的小说《怪招》（停刊一期）、金弓的小说《剑底情天》、思薇的小说《电话招魂》、佚名的小说《火焰神》。

27 日　《澳门日报·新园地》副刊发表无瑕的散文《漫步苏堤疑在仙境》，连载东瑞的小说《第二次铃声》、海辛的小说《炉峰上下》、剑翁的小说《辽东英烈传》、陈萃文的小说《萧崐山正传》、丽莎的小说《八妹手记》。《华侨报·华座》副刊连载夏冰的小说《怪招》、金弓的小说《剑底情天》、思薇的小说《电话招魂》、佚名的小说《火焰神》、萱欣的小说《私奔》。

28 日 《澳门日报 · 新园地》副刊发表陈丙黎的诗歌《庆祝三十周年国庆》、无瑕的散文《赏明泉，游茶山》，连载东瑞的小说《第二次铃声》、海辛的小说《炉峰上下》、剑翁的小说《辽东英烈传》、陈萃文的小说《萧崐山正传》、丽莎的小说《八妹手记》。《华侨报 · 华座》副刊连载夏冰的小说《怪招》、金弓的小说《剑底情天》、思薇的小说《电话招魂》、佚名的小说《火焰神》（完）、萱欣的小说《私奔》（完）。

29 日 《澳门日报 · 新园地》副刊发表叔华的散文《澳门是“文化沙漠”》、无瑕的散文《如入众香国》，连载东瑞的小说《第二次铃声》、海辛的小说《炉峰上下》、剑翁的小说《辽东英烈传》、陈萃文的小说《萧崐山正传》、丽莎的小说《八妹手记》。《华侨报 · 华座》副刊连载夏冰的小说《怪招》、金弓的小说《剑底情天》、思薇的小说《电话招魂》，并开始连载梅傲冬的小说《明日之星》、存生的小说《血魔》。

30 日 《澳门日报 · 新园地》副刊发表鲁夫的诗歌《齐天乐——建国三十周年》、伊湄的诗歌《三十而立》、陶里的散文《百花灿烂的时刻》，连载东瑞的小说《第二次铃声》、海辛的小说《炉峰上下》、剑翁的小说《辽东英烈传》、陈萃文的小说《萧崐山正传》、丽莎的小说《八妹手记》。《华侨报 · 华座》副刊连载夏冰的小说《怪招》、金弓的小说《剑底情天》、思薇的小说《电话招魂》、梅傲冬的小说《明日之星》、存生的小说《血魔》。

十月

1 日 《澳门日报 · 新园地》副刊发表徐续的诗词《水调歌头 · 为建国三十周年作》、冼得霖的诗歌《建国三十周年大庆》、李浩泉的诗词《建国三十周年喜赋 · 沁园春》、廖钺的诗歌《国庆述怀》、谭仕杰的诗词《采桑子 · 国庆三十周年喜赋》，连载东瑞的小说《第二次铃声》、海辛的小说《炉峰上下》、剑翁的小说《辽东英烈传》、陈萃文的小说《萧崐山正传》、丽莎的小说《八妹手记》。《华侨报 · 华座》副刊连载夏冰的小说《怪招》、金弓的小说《剑底情天》、思薇的小说《电话招魂》、梅傲冬的小说《明日之星》、存生的小说《血魔》。

2日　《澳门日报·新园地》副刊发表廖钺的散文《业精于勤——记青年画家袁伟强》，连载东瑞的小说《第二次铃声》、海辛的小说《炉峰上下》、剑翁的小说《辽东英烈传》、陈萃文的小说《萧崐山正传》、丽莎的小说《八妹手记》。《华侨报·华座》副刊连载夏冰的小说《怪招》、金弓的小说《剑底情天》、思薇的小说《电话招魂》、梅傲冬的小说《明日之星》、存生的小说《血魔》。

4日　《澳门日报·新园地》副刊发表董蒨的散文《游踪莫在碧莲间》，连载东瑞的小说《第二次铃声》、海辛的小说《炉峰上下》、剑翁的小说《辽东英烈传》、陈萃文的小说《萧崐山正传》、丽莎的小说《八妹手记》。《华侨报·华座》副刊发表陆琴的小说《失败者》，连载夏冰的小说《怪招》、金弓的小说《剑底情天》、思薇的小说《电话招魂》（停刊一期）、梅傲冬的小说《明日之星》、存生的小说《血魔》（完）。

5日　《澳门日报·新园地》副刊发表彦火的散文《多情的秋》，连载东瑞的小说《第二次铃声》、海辛的小说《炉峰上下》、剑翁的小说《辽东英烈传》、陈萃文的小说《萧崐山正传》、丽莎的小说《八妹手记》。《华侨报·华座》副刊发表陈少娟的散文《十月星空》、萱欣的小说《约会》，并开始连载文克的小说《鬼恩情》，连载夏冰的小说《怪招》、金弓的小说《剑底情天》、思薇的小说《电话招魂》（停刊一期）、梅傲冬的小说《明日之星》。

6日　《澳门日报·新园地》副刊发表李隐青的诗词《念奴娇·为建国三十周年赋》《沁园春·建国三十周年为北京盆景展览广东馆题》，陈丙黎的诗词《忆秦娥·祝国庆贺中秋》，连载东瑞的小说《第二次铃声》、海辛的小说《炉峰上下》、剑翁的小说《辽东英烈传》、陈萃文的小说《萧崐山正传》、丽莎的小说《八妹手记》。《华侨报·华座》副刊连载夏冰的小说《怪招》、金弓的小说《剑底情天》、思薇的小说《电话招魂》、梅傲冬的小说《明日之星》（完）、文克的小说《鬼恩情》。

7日　《澳门日报·新园地》副刊发表陶里的散文《秋风·白发·愁》，连载东瑞的小说《第二次铃声》、海辛的小说《炉峰上下》、剑翁的小说《辽东英烈传》、陈萃文的小说《萧崐山正传》、丽莎的小说《八妹手记》。《华侨报·华座》副刊连载夏冰的小说《怪招》、金弓的小说《剑底情天》、思薇的小说《电话招魂》、文克的小说《鬼恩情》(完)，并开始连载梅傲冬的小说《远航归来》。

8日 《华侨报·华座》副刊连载夏冰的小说《怪招》、金弓的小说《剑底情天》、思薇的小说《电话招魂》、梅傲冬的小说《远航归来》，并开始连载汎卡迪的小说《血剑冤》。

9日 《澳门日报·新园地》副刊发表钟祐广的散文《赏月三部曲》、彦火的评论《广东新出版的〈随笔〉》，并开始连载冼得霖的评论《汴京灯节感词人》，连载东瑞的小说《第二次铃声》、海辛的小说《炉峰上下》、剑翁的小说《辽东英烈传》、陈萃文的小说《萧崐山正传》、丽莎的小说《八妹手记》。《华侨报·华座》副刊连载夏冰的小说《怪招》(完)、金弓的小说《剑底情天》、思薇的小说《电话招魂》、梅傲冬的小说《远航归来》、汎卡迪的小说《血剑冤》。

10日 《澳门日报·新园地》副刊发表鲁茂的散文《"斗室"之恋》、尚思的散文《从实践中寻求真理——看〈早春二月〉有感》，连载冼得霖的评论《汴京灯节感词人》(完)、东瑞的小说《第二次铃声》、海辛的小说《炉峰上下》、剑翁的小说《辽东英烈传》、陈萃文的小说《萧崐山正传》、丽莎的小说《八妹手记》。《华侨报·华座》副刊连载金弓的小说《剑底情天》、思薇的小说《电话招魂》、梅傲冬的小说《远航归来》、汎卡迪的小说《血剑冤》，并开始连载陶君的小说《骗心的人》。

11日 《澳门日报·新园地》副刊发表穗斌的散文《菊花诗话》，并开始连载杨永权的散文《卢振环先生二三事》，连载东瑞的小说《第二次铃声》、海辛的小说《炉峰上下》、剑翁的小说《辽东英烈传》、陈萃文的小说《萧崐山正传》、丽莎的小说《八妹手记》。《华侨报·华座》副刊发表颂平的散文《得与失》，连载金弓的小说《剑底情天》、思薇的小说《电话招魂》(停刊一期)、梅傲冬的小说《远航归来》、汎卡迪的小说《血剑冤》、陶君的小说《骗心的人》。

12日 《澳门日报·新园地》副刊发表陶里的散文《一部容易错过的电影——看

〈早春二月〉后感》、爱晚的散文《关云长大战秦叔宝》，连载杨永权的散文《卢振环先生二三事》（完）、东瑞的小说《第二次铃声》（完）、海辛的小说《炉峰上下》、剑翁的小说《辽东英烈传》、陈萃文的小说《萧崐山正传》、丽莎的小说《八妹手记》。《华侨报·华座》副刊发表颂平的散文《作家与书桌》，连载金弓的小说《剑底情天》、思薇的小说《电话招魂》（停刊一期）、梅傲冬的小说《远航归来》、汎卡迪的小说《血剑冤》、陶君的小说《骗心的人》。

13 日 《澳门日报·新园地》副刊连载海辛的小说《炉峰上下》、剑翁的小说《辽东英烈传》、陈萃文的小说《萧崐山正传》、丽莎的小说《八妹手记》。《华侨报·华座》副刊连载金弓的小说《剑底情天》、思薇的小说《电话招魂》、梅傲冬的小说《远航归来》（完）、汎卡迪的小说《血剑冤》、陶君的小说《骗心的人》。

14 日 《澳门日报·新园地》副刊开始连载东瑞的小说《长长的丝巾》，连载海辛的小说《炉峰上下》、剑翁的小说《辽东英烈传》、陈萃文的小说《萧崐山正传》、丽莎的小说《八妹手记》。《华侨报·华座》副刊连载金弓的小说《剑底情天》、思薇的小说《电话招魂》、汎卡迪的小说《血剑冤》、陶君的小说《骗心的人》，并开始连载芬芷的小说《棕发小姐的死》。

15 日 《澳门日报·新园地》副刊连载东瑞的小说《长长的丝巾》、海辛的小说《炉峰上下》、剑翁的小说《辽东英烈传》、陈萃文的小说《萧崐山正传》、丽莎的小说《八妹手记》。《华侨报·华座》副刊连载金弓的小说《剑底情天》、思薇的小说《电话招魂》、汎卡迪的小说《血剑冤》、陶君的小说《骗心的人》（完）、芬芷的小说《棕发小姐的死》。

16 日 《澳门日报·新园地》副刊发表冼得霖的评论《鱼龙悲啸，风露高寒》，连载东瑞的小说《长长的丝巾》、海辛的小说《炉峰上下》、剑翁的小说《辽东英烈传》、陈萃文的小说《萧崐山正传》、丽莎的小说《八妹手记》。《华侨报·华座》副刊连载金弓的小说《剑底情天》、思薇的小说《电话招魂》、汎卡迪的小说《血剑冤》、芬芷的小说《棕发小姐的死》，并开始连载梅傲冬的小说《噩梦》。

17 日　《澳门日报 · 新园地》副刊发表李浩泉的散文《新诗改罢自长吟》，连载东瑞的小说《长长的丝巾》、海辛的小说《炉峰上下》、剑翁的小说《辽东英烈传》、陈萃文的小说《萧崐山正传》、丽莎的小说《八妹手记》。《华侨报 · 华座》副刊连载金弓的小说《剑底情天》、思薇的小说《电话招魂》、汎卡迪的小说《血剑冤》(完)、芬正的小说《棕发小姐的死》(完)、梅傲冬的小说《噩梦》。

18 日　《澳门日报 · 新园地》副刊发表凌晓枫的诗歌《风、雨，请不要——》，并开始连载秦荔银的散文《北国新秋　文人与会——艾青、王朝闻、黄源、萧军、秦牧北行小记》，连载东瑞的小说《长长的丝巾》、海辛的小说《炉峰上下》、剑翁的小说《辽东英烈传》、陈萃文的小说《萧崐山正传》、丽莎的小说《八妹手记》。《华侨报 · 华座》副刊连载金弓的小说《剑底情天》、思薇的小说《电话招魂》、梅傲冬的小说《噩梦》，并开始连载萱欣的小说《牧师的妻子》、慕容奇译的小说《文禄奇案》。

19 日　《澳门日报 · 新园地》副刊连载秦荔银的散文《北国新秋　文人与会——艾青、王朝闻、黄源、萧军、秦牧北行小记》、东瑞的小说《长长的丝巾》、海辛的小说《炉峰上下》、剑翁的小说《辽东英烈传》、陈萃文的小说《萧崐山正传》、丽莎的小说《八妹手记》。

20 日　《澳门日报 · 新园地》副刊发表薛鸣的散文《鲁迅的故乡》、沈仁康的散文《访秦牧》，连载秦荔银的散文《北国新秋　文人与会——艾青、王朝闻、黄源、萧军、秦牧北行小记》(完)、东瑞的小说《长长的丝巾》、海辛的小说《炉峰上下》、剑翁的小说《辽东英烈传》、陈萃文的小说《萧崐山正传》、丽莎的小说《八妹手记》。

21 日　《澳门日报 · 新园地》副刊发表彦火的散文《易君左的儿子易征》、无瑕的散文《提笔绘菊忆亡友》，连载东瑞的小说《长长的丝巾》、海辛的小说《炉峰上下》、剑翁的小说《辽东英烈传》、陈萃文的小说《萧崐山正传》、丽莎的小说《八妹手记》。

22 日　《澳门日报 · 新园地》副刊发表洪冬的散文《孙中山的好学》、伊水湄的诗词《水调歌头 · 南海洋上观月》、冼得霖的评论《避地识巴丘》，连载东瑞的小说《长长的丝巾》、海辛的小说《炉峰上下》、剑翁的小说《辽东英烈传》、陈萃文的小说《萧崐山正传》、丽莎的小说《八妹手记》。

23日 《澳门日报·新园地》副刊发表鲁茂的散文《马路上》，连载东瑞的小说《长长的丝巾》、海辛的小说《炉峰上下》、剑翁的小说《辽东英烈传》、陈萃文的小说《萧崐山正传》、丽莎的小说《八妹手记》。

24日 《澳门日报·新园地》副刊连载东瑞的小说《长长的丝巾》、海辛的小说《炉峰上下》、剑翁的小说《辽东英烈传》、陈萃文的小说《萧崐山正传》、丽莎的小说《八妹手记》。

25日 《澳门日报·新园地》副刊连载东瑞的小说《长长的丝巾》、海辛的小说《炉峰上下》、剑翁的小说《辽东英烈传》、陈萃文的小说《萧崐山正传》、丽莎的小说《八妹手记》。

26日 《澳门日报·新园地》副刊发表凌晓枫的诗歌《给新入行的小贩》《送别》、彦火的散文《艾青诗选》、老禅的散文《佛山秋色杂记》，连载东瑞的小说《长长的丝巾》、海辛的小说《炉峰上下》、剑翁的小说《辽东英烈传》、陈萃文的小说《萧崐山正传》、丽莎的小说《八妹手记》。

27日 《澳门日报·新园地》副刊连载东瑞的小说《长长的丝巾》、海辛的小说《炉峰上下》、剑翁的小说《辽东英烈传》、陈萃文的小说《萧崐山正传》、丽莎的小说《八妹手记》。

28日 《澳门日报·新园地》副刊连载东瑞的小说《长长的丝巾》、海辛的小说《炉峰上下》、剑翁的小说《辽东英烈传》、陈萃文的小说《萧崐山正传》、丽莎的小说《八妹手记》。

29日 《澳门日报·新园地》副刊发表彦火的散文《艾青与〈礁石〉》、冼得霖的评论《冻雷惊笋》，连载东瑞的小说《长长的丝巾》、海辛的小说《炉峰上下》、剑翁的小说《辽东英烈传》、陈萃文的小说《萧崐山正传》、丽莎的小说《八妹手记》。

30日 《澳门日报·新园地》副刊发表小丁的小说《烹调专家》，连载东瑞的小说《长长的丝巾》（完）、海辛的小说《炉峰上下》、剑翁的小说《辽东英烈传》、陈萃文的小说《萧崐山正传》、丽莎的小说《八妹手记》。

31 日　《澳门日报·新园地》副刊连载海辛的小说《炉峰上下》、剑翁的小说《辽东英烈传》、陈萃文的小说《萧崐山正传》、丽莎的小说《八妹手记》，并开始连载润园的小说《古灵精怪》（新一回）。

十一月

1 日　《澳门日报·新园地》副刊连载海辛的小说《炉峰上下》、剑翁的小说《辽东英烈传》、陈萃文的小说《萧崐山正传》、丽莎的小说《八妹手记》、润园的小说《古灵精怪》。《华侨报·华座》副刊连载菲菲的散文《情海波涛》、金弓的小说《风雷劫》、芬芷的小说《芝芝的情人》（完）、慕容奇的小说《无头的菩萨》、思薇的小说《蝎子星座》。

2 日　《澳门日报·新园地》副刊发表廖钺的诗歌《杭州西湖游》、凌晓枫的散文《火，在你疯狂的时候》、彦火的评论《中国文学的世界地位》，连载海辛的小说《炉峰上下》、剑翁的小说《辽东英烈传》、陈萃文的小说《萧崐山正传》、丽莎的小说《八妹手记》、润园的小说《古灵精怪》。《华侨报·华座》副刊连载菲菲的散文《情海波涛》、金弓的小说《风雷劫》、慕容奇的小说《无头的菩萨》、思薇的小说《蝎子星座》，并开始连载董的小说《伯爵夫人的秘密》。

3 日　《澳门日报·新园地》副刊发表董蒨的散文《锦绣山河多胜迹》，连载海辛的小说《炉峰上下》、剑翁的小说《辽东英烈传》、陈萃文的小说《萧崐山正传》、丽莎的小说《八妹手记》、润园的小说《古灵精怪》。《华侨报·华座》副刊连载菲菲的散文《情海波涛》、金弓的小说《风雷劫》、慕容奇的小说《无头的菩萨》、思薇的小说《蝎子星座》、董的小说《伯爵夫人的秘密》。

4 日　《澳门日报·新园地》副刊发表述之的散文《鼎湖山飞水潭陨玉记》，连载海辛的小说《炉峰上下》、剑翁的小说《辽东英烈传》、陈萃文的小说《萧崐山正传》、丽莎的小说《八妹手记》、润园的小说《古灵精怪》。《华侨报·华座》副刊连载菲菲的散文《情海波涛》（完）、金弓的小说《风雷劫》、慕容奇的小说《无头的菩萨》、思薇的小说《蝎子星座》、董的小说《伯爵夫人的秘密》。

5日　《澳门日报·新园地》副刊开始连载冼得霖的评论《从杜诗看李杜交情》，连载海辛的小说《炉峰上下》、剑翁的小说《辽东英烈传》、陈萃文的小说《萧崐山正传》、丽莎的小说《八妹手记》、润园的小说《古灵精怪》。《华侨报·华座》副刊连载金弓的小说《风雷劫》、慕容奇的小说《无头的菩萨》、思薇的小说《蝎子星座》、董的小说《伯爵夫人的秘密》，并开始连载梅傲冬的小说《死囚之死》。

6日　《澳门日报·新园地》副刊连载冼得霖的评论《从杜诗看李杜交情》、海辛的小说《炉峰上下》、剑翁的小说《辽东英烈传》、陈萃文的小说《萧崐山正传》、丽莎的小说《八妹手记》、润园的小说《古灵精怪》。《华侨报·华座》副刊连载金弓的小说《风雷劫》、慕容奇的小说《无头的菩萨》、思薇的小说《蝎子星座》、董的小说《伯爵夫人的秘密》、梅傲冬的小说《死囚之死》（完）。

7日　《澳门日报·新园地》副刊连载冼得霖的评论《从杜诗看李杜交情》（完）、海辛的小说《炉峰上下》、剑翁的小说《辽东英烈传》、陈萃文的小说《萧崐山正传》、丽莎的小说《八妹手记》、润园的小说《古灵精怪》。《华侨报·华座》副刊发表芬芷的小说《寂寞》、伊梦的小说《旧梦如歌》，连载金弓的小说《风雷劫》、慕容奇的小说《无头的菩萨》、思薇的小说《蝎子星座》（停刊一期）、董的小说《伯爵夫人的秘密》。

8日　《澳门日报·新园地》副刊发表李浩泉的诗歌《读陈毅诗词选集感赋两绝》《购得阮籍集一卷，举杯读后有感》、彦火的散文《小记萧殷》，连载海辛的小说《炉峰上下》、剑翁的小说《辽东英烈传》、陈萃文的小说《萧崐山正传》、丽莎的小说《八妹手记》、润园的小说《古灵精怪》。《华侨报·华座》副刊发表颂平的小说《疑幻疑真》，并开始连载梅傲冬的小说《陷阱》，连载金弓的小说《风雷劫》、慕容奇的小说《无头的菩萨》（完）、思薇的小说《蝎子星座》（停刊一期）、董的小说《伯爵夫人的秘密》。

9日　《澳门日报·新园地》副刊发表谭仕杰的诗词《卜算子·读李大钊诗文》，

连载海辛的小说《炉峰上下》、剑翁的小说《辽东英烈传》、陈萃文的小说《萧崐山正传》、丽莎的小说《八妹手记》、润园的小说《古灵精怪》。《华侨报 · 华座》副刊连载金弓的小说《风雷劫》、思薇的小说《蝎子星座》、堇的小说《伯爵夫人的秘密》、梅傲冬的小说《陷阱》，并开始连载慕容奇的小说《泥僧的皮》。

10 日　《澳门日报 · 新园地》副刊连载海辛的小说《炉峰上下》、剑翁的小说《辽东英烈传》、陈萃文的小说《萧崐山正传》、丽莎的小说《八妹手记》、润园的小说《古灵精怪》。《华侨报 · 华座》副刊连载金弓的小说《风雷劫》、思薇的小说《蝎子星座》、堇的小说《伯爵夫人的秘密》（完）、梅傲冬的小说《陷阱》、慕容奇的小说《泥僧的皮》。

11 日　《澳门日报 · 新园地》副刊发表陶里的诗歌《夜窗——赠一年轻诗人》、彦火的评论《卞之琳的〈雕虫纪历〉》，连载海辛的小说《炉峰上下》、剑翁的小说《辽东英烈传》、陈萃文的小说《萧崐山正传》、丽莎的小说《八妹手记》、润园的小说《古灵精怪》。《华侨报 · 华座》副刊连载金弓的小说《风雷劫》、思薇的小说《蝎子星座》、梅傲冬的小说《陷阱》（完）、慕容奇的小说《泥僧的皮》，并开始连载南英的小说《爱情的考验》。

12 日　《澳门日报 · 新园地》副刊发表骆南侨的诗歌《我希望》、陶里的散文《看〈虚名镇〉演出》、冼得霖的评论《王安石咏雪》（上），连载海辛的小说《炉峰上下》、剑翁的小说《辽东英烈传》、陈萃文的小说《萧崐山正传》、丽莎的小说《八妹手记》、润园的小说《古灵精怪》。《华侨报 · 华座》副刊连载金弓的小说《风雷劫》、思薇的小说《蝎子星座》、慕容奇的小说《泥僧的皮》、南英的小说《爱情的考验》，并开始连载梅傲冬的小说《应召女郎》。

13 日　《澳门日报 · 新园地》副刊发表冼得霖的评论《王安石咏雪》（下），连载海辛的小说《炉峰上下》、剑翁的小说《辽东英烈传》、陈萃文的小说《萧崐山正传》、丽莎的小说《八妹手记》、润园的小说《古灵精怪》。《华侨报 · 华座》副刊连载金弓的小说《风雷劫》、思薇的小说《蝎子星座》、慕容奇的小说《泥僧的皮》、南英的小说《爱情的考验》、梅傲冬的小说《应召女郎》。

14 日 《澳门日报·新园地》副刊发表骆南侨的诗歌《但愿（外一首）》，连载海辛的小说《炉峰上下》、剑翁的小说《辽东英烈传》、陈萃文的小说《萧崐山正传》、丽莎的小说《八妹手记》、润园的小说《古灵精怪》。《华侨报·华座》副刊连载金弓的小说《风雷劫》、思薇的小说《蝎子星座》、慕容奇的小说《泥僧的皮》、南英的小说《爱情的考验》、梅傲冬的小说《应召女郎》。

15 日 《澳门日报·新园地》副刊发表彦火的评论《关于白先勇小说》，连载海辛的小说《炉峰上下》、剑翁的小说《辽东英烈传》、陈萃文的小说《萧崐山正传》、丽莎的小说《八妹手记》、润园的小说《古灵精怪》。《华侨报·华座》副刊连载金弓的小说《风雷劫》、思薇的小说《蝎子星座》、慕容奇的小说《泥僧的皮》、南英的小说《爱情的考验》、梅傲冬的小说《应召女郎》。

16 日 《澳门日报·新园地》副刊发表蓝玛的诗歌《峨眉山之行》，连载海辛的小说《炉峰上下》、剑翁的小说《辽东英烈传》、陈萃文的小说《萧崐山正传》、丽莎的小说《八妹手记》、润园的小说《古灵精怪》。《华侨报·华座》副刊连载金弓的小说《风雷劫》、思薇的小说《蝎子星座》、慕容奇的小说《泥僧的皮》、南英的小说《爱情的考验》（完）、梅傲冬的小说《应召女郎》。

17 日 《澳门日报·新园地》副刊连载海辛的小说《炉峰上下》、剑翁的小说《辽东英烈传》、陈萃文的小说《萧崐山正传》、丽莎的小说《八妹手记》、润园的小说《古灵精怪》。《华侨报·华座》副刊连载金弓的小说《风雷劫》、思薇的小说《蝎子星座》、慕容奇的小说《泥僧的皮》（完）、梅傲冬的小说《应召女郎》，并开始连载莎莎的小说《奇谋》。

18 日 《澳门日报·新园地》副刊发表彦火的散文《抓住今天》，连载海辛的小说《炉峰上下》、剑翁的小说《辽东英烈传》、陈萃文的小说《萧崐山正传》、丽莎的小说《八妹手记》、润园的小说《古灵精怪》。《华侨报·华座》副刊连载金弓的小说《风雷劫》、思薇的小说《蝎子星座》、梅傲冬的小说《应召女郎》、莎莎的小说《奇谋》，并开始连载慕容奇的小说《幕末沉冤录》。

19 日 《澳门日报 · 新园地》副刊发表冼得霖的评论《东风暗换年华》，连载海辛的小说《炉峰上下》、剑翁的小说《辽东英烈传》、陈萃文的小说《萧崐山正传》、丽莎的小说《八妹手记》、润园的小说《古灵精怪》。《华侨报 · 华座》副刊连载金弓的小说《风雷劫》、思薇的小说《蝎子星座》、梅傲冬的小说《应召女郎》、莎莎的小说《奇谋》、慕容奇的小说《幕末沉冤录》。

20 日 《澳门日报 · 新园地》副刊发表凌晓枫的诗歌《花园里的回忆》、方天的小说《跟车师傅》，连载海辛的小说《炉峰上下》、剑翁的小说《辽东英烈传》、陈萃文的小说《萧崐山正传》、丽莎的小说《八妹手记》、润园的小说《古灵精怪》。《华侨报 · 华座》副刊连载金弓的小说《风雷劫》、思薇的小说《蝎子星座》、梅傲冬的小说《应召女郎》（完）、莎莎的小说《奇谋》、慕容奇的小说《幕末沉冤录》。

21 日 《澳门日报 · 新园地》副刊连载海辛的小说《炉峰上下》、剑翁的小说《辽东英烈传》、陈萃文的小说《萧崐山正传》、丽莎的小说《八妹手记》、润园的小说《古灵精怪》。《华侨报 · 华座》副刊连载金弓的小说《风雷劫》、思薇的小说《蝎子星座》（停刊一期）、莎莎的小说《奇谋》（完）、慕容奇的小说《幕末沉冤录》，并开始连载颂平的小说《结婚五年》、林海的小说《换形证凶》。

22 日 《澳门日报 · 新园地》副刊连载海辛的小说《炉峰上下》、剑翁的小说《辽东英烈传》、陈萃文的小说《萧崐山正传》、丽莎的小说《八妹手记》、润园的小说《古灵精怪》。《华侨报 · 华座》副刊发表基郎的小说《单挑》（上），连载金弓的小说《风雷劫》、思薇的小说《蝎子星座》（停刊一期）、慕容奇的小说《幕末沉冤录》、颂平的小说《结婚五年》（完）、林海的小说《换形证凶》。

23 日 《澳门日报 · 新园地》副刊发表李隐青的诗歌《己未重阳》、白云的散文

《琴声》，连载海辛的小说《炉峰上下》、剑翁的小说《辽东英烈传》、陈萃文的小说《萧崐山正传》、丽莎的小说《八妹手记》、润园的小说《古灵精怪》。《华侨报·华座》副刊发表基郎的小说《单挑》（下），连载金弓的小说《风雷劫》、思薇的小说《蝎子星座》、慕容奇的小说《幕末沉冤录》、林海的小说《换形证凶》。

24 日 《澳门日报·新园地》副刊发表叔华的散文《给远方朋友的一封信》，连载海辛的小说《炉峰上下》、剑翁的小说《辽东英烈传》、陈萃文的小说《萧崐山正传》、丽莎的小说《八妹手记》、润园的小说《古灵精怪》。《华侨报·华座》副刊连载金弓的小说《风雷劫》、思薇的小说《蝎子星座》、慕容奇的小说《幕末沉冤录》、林海的小说《换形证凶》，并开始连载何君的小说《海上宝藏》。

25 日 《澳门日报·新园地》副刊发表李浩泉的诗歌《咏菊》，连载海辛的小说《炉峰上下》、剑翁的小说《辽东英烈传》、陈萃文的小说《萧崐山正传》、丽莎的小说《八妹手记》、润园的小说《古灵精怪》。《华侨报·华座》副刊连载金弓的小说《风雷劫》、思薇的小说《蝎子星座》、慕容奇的小说《幕末沉冤录》（完）、林海的小说《换形证凶》、何君的小说《海上宝藏》。

26 日 《澳门日报·新园地》副刊发表雪予的诗歌《过惠州西湖》，并开始连载冼得霖的评论《心在民康》，连载海辛的小说《炉峰上下》、剑翁的小说《辽东英烈传》、陈萃文的小说《萧崐山正传》、丽莎的小说《八妹手记》、润园的小说《古灵精怪》。《华侨报·华座》副刊连载金弓的小说《风雷劫》、思薇的小说《蝎子星座》、林海的小说《换形证凶》、何君的小说《海上宝藏》，并开始连载慕容奇的小说《神灶的呼唤》。

27 日 《澳门日报·新园地》副刊发表李浩泉的诗歌《咏菊》凌晓枫的散文《爱的回想》，连载冼得霖的评论《心在民康》（完）、海辛的小说《炉峰上下》、剑翁的小说《辽东英烈传》、陈萃文的小说《萧崐山正传》、丽莎的小说《八妹手记》、润园的小说《古灵精怪》。《华侨报·华座》副刊连载金弓的小说《风雷劫》、思薇的小说《蝎子星座》、林海的小说《换形证凶》（完）、何君的小说《海上宝藏》（完）、慕容奇的小说《神灶的呼唤》。

28日　《澳门日报·新园地》副刊发表曹思彬的散文《深秋话菊》、沈墨的散文《昔日“神童”今日“好汉”——关于青年作家刘绍棠》，连载海辛的小说《炉峰上下》、剑翁的小说《辽东英烈传》、陈萃文的小说《萧崐山正传》、丽莎的小说《八妹手记》、润园的小说《古灵精怪》。《华侨报·华座》副刊连载金弓的小说《风雷劫》、思薇的小说《蝎子星座》、慕容奇的小说《神灶的呼唤》，并开始连载颂平的小说《丈夫的秘密》、眉的小说《隐形凶手》。

29日　《澳门日报·新园地》副刊连载海辛的小说《炉峰上下》、剑翁的小说《辽东英烈传》、陈萃文的小说《萧崐山正传》、丽莎的小说《八妹手记》、润园的小说《古灵精怪》。《华侨报·华座》副刊连载金弓的小说《风雷劫》、思薇的小说《蝎子星座》、慕容奇的小说《神灶的呼唤》、颂平的小说《丈夫的秘密》(完)、眉的小说《隐形凶手》。

30日　《澳门日报·新园地》副刊连载海辛的小说《炉峰上下》、剑翁的小说《辽东英烈传》、陈萃文的小说《萧崐山正传》、丽莎的小说《八妹手记》、润园的小说《古灵精怪》。《华侨报·华座》副刊连载金弓的小说《风雷劫》、思薇的小说《蝎子星座》、慕容奇的小说《神灶的呼唤》、眉的小说《隐形凶手》，并开始连载玛尼克的小说《贼》。

⊙　本月，梅萼华的评论《读韩牧的〈急水门〉》刊载于香港《海洋文艺》第6卷第11期。

十二月

1日　《澳门日报·新园地》副刊发表陶里的诗歌《冬夜》、叔华的散文《观武术表演有感》，连载海辛的小说《炉峰上下》、剑翁的小说《辽东英烈传》、陈萃文的小说《萧崐山正传》、丽莎的小说《八妹手记》、润园的小说《古灵精怪》。《华侨报·华座》副刊连载金弓的小说《风雷劫》、思薇的小说《蝎子星座》、慕容奇的小说《神灶的呼唤》、眉的小说《隐形凶手》、玛尼克的小说《贼》。

2 日　《澳门日报·新园地》副刊发表彦火的散文《也谈〈萧红评传〉》，连载海辛的小说《炉峰上下》、剑翁的小说《辽东英烈传》、陈萃文的小说《萧崐山正传》、丽莎的小说《八妹手记》、润园的小说《古灵精怪》。《华侨报·华座》副刊连载金弓的小说《风雷劫》、思薇的小说《蝎子星座》（完）、慕容奇的小说《神灶的呼唤》、眉的小说《隐形凶手》、玛尼克的小说《贼》。

3 日　《澳门日报·新园地》副刊发表冼得霖的评论《梦里寻秋饮羁旅》，连载海辛的小说《炉峰上下》、剑翁的小说《辽东英烈传》、陈萃文的小说《萧崐山正传》、丽莎的小说《八妹手记》、润园的小说《古灵精怪》。《华侨报·华座》副刊发表金宝的小说《恋痕》，连载金弓的小说《风雷劫》、慕容奇的小说《神灶的呼唤》、眉的小说《隐形凶手》、玛尼克的小说《贼》。

4 日　《澳门日报·新园地》副刊发表穗斌的散文《竹》，连载海辛的小说《炉峰上下》、剑翁的小说《辽东英烈传》、陈萃文的小说《萧崐山正传》、丽莎的小说《八妹手记》、润园的小说《古灵精怪》。《华侨报·华座》副刊连载金弓的小说《风雷劫》、慕容奇的小说《神灶的呼唤》（完）、眉的小说《隐形凶手》（完）、玛尼克的小说《贼》，并开始连载东浩的小说《人在天涯》。

5 日　《澳门日报·新园地》副刊连载海辛的小说《炉峰上下》、剑翁的小说《辽东英烈传》、陈萃文的小说《萧崐山正传》、丽莎的小说《八妹手记》、润园的小说《古灵精怪》。《华侨报·华座》副刊连载金弓的小说《风雷劫》、玛尼克的小说《贼》、东浩的小说《人在天涯》（完），并开始连载慕容奇的小说《山吹红血》、良茂的小说《夺产》。

6 日　《澳门日报·新园地》副刊发表梅萼华的散文《田汉香港纪游词》，连载海辛的小说《炉峰上下》、剑翁的小说《辽东英烈传》、陈萃文的小说《萧崐山正传》、丽莎的小说《八妹手记》、润园的小说《古灵精怪》。《华侨报·华座》副刊连载金弓的小说《风雷劫》、玛尼克的小说《贼》、慕容奇的小说《山吹红血》、良茂的小说《夺产》，并开始连载思薇的小说

《巫婴》。

7日　《澳门日报·新园地》副刊发表彦火的散文《萧红的爱情生活及其他》，连载海辛的小说《炉峰上下》、剑翁的小说《辽东英烈传》、陈萃文的小说《萧崐山正传》、丽莎的小说《八妹手记》、润园的小说《古灵精怪》。《华侨报·华座》副刊连载金弓的小说《风雷劫》、玛尼克的小说《贼》、慕容奇的小说《山吹红血》、良茂的小说《夺产》、思薇的小说《巫婴》。

8日　《澳门日报·新园地》副刊连载海辛的小说《炉峰上下》、剑翁的小说《辽东英烈传》、陈萃文的小说《萧崐山正传》、丽莎的小说《八妹手记》、润园的小说《古灵精怪》。《华侨报·华座》副刊连载金弓的小说《风雷劫》、玛尼克的小说《贼》、慕容奇的小说《山吹红血》、良茂的小说《夺产》、思薇的小说《巫婴》。

9日　《澳门日报·新园地》副刊连载海辛的小说《炉峰上下》、剑翁的小说《辽东英烈传》、陈萃文的小说《萧崐山正传》、丽莎的小说《八妹手记》、润园的小说《古灵精怪》。《华侨报·华座》副刊连载金弓的小说《风雷劫》、玛尼克的小说《贼》(完)、慕容奇的小说《山吹红血》、良茂的小说《夺产》、思薇的小说《巫婴》。

10日　《澳门日报·新园地》副刊连载海辛的小说《炉峰上下》、剑翁的小说《辽东英烈传》、陈萃文的小说《萧崐山正传》、丽莎的小说《八妹手记》、润园的小说《古灵精怪》。《华侨报·华座》副刊连载金弓的小说《风雷劫》、慕容奇的小说《山吹红血》、良茂的小说《夺产》、思薇的小说《巫婴》，并开始连载张羽的小说《天使退休》。

11日　《澳门日报·新园地》副刊发表冼得霖的诗歌《登黄鹤楼二首》、鲁茂的散文《爱菊、赏菊、种菊》、李浩泉的散文《重温陶渊明辞官》，连载海辛的小说《炉峰上下》、剑翁的小说《辽东英烈传》、陈萃文的小说《萧崐山正传》、丽莎的小说《八妹手记》、润园的小说《古灵精怪》。《华侨报·华座》副刊连载金弓的小说《风雷劫》、慕容奇的小说《山吹红血》、良茂的小说《夺产》(完)、思薇的小说《巫婴》、张羽的小说《天使退休》。

12日　《澳门日报·新园地》副刊发表陶里的诗歌《紫毛衣——致C夫人》、凌晓枫的散文《逛书店》，连载海辛的小说《炉峰上下》、剑翁的小说《辽东英烈传》、陈萃文的小说《萧崐山正传》、丽莎的小说《八妹手记》、润园的小说《古灵精怪》。《华侨报·华座》副刊连载金弓的小说《风雷劫》、慕容奇的小说《山吹红血》、思薇的小说《巫婴》、张羽的小说《天使退休》，并开始连载雅珍的小说《血海七尸》。

13日 《澳门日报·新园地》副刊发表方菲的评论《语言、文采、文风》，连载海辛的小说《炉峰上下》、剑翁的小说《辽东英烈传》、陈萃文的小说《萧崐山正传》、丽莎的小说《八妹手记》、润园的小说《古灵精怪》。《华侨报·华座》副刊连载金弓的小说《风雷劫》、慕容奇的小说《山吹红血》、思薇的小说《巫婴》、张羽的小说《天使退休》、雅珍的小说《血海七尸》。

14日 《澳门日报·新园地》副刊发表彦火的散文《残阳如梦》，连载海辛的小说《炉峰上下》、剑翁的小说《辽东英烈传》、陈萃文的小说《萧崐山正传》、丽莎的小说《八妹手记》、润园的小说《古灵精怪》。《华侨报·华座》副刊发表良茂的小说《拣女婿》，连载金弓的小说《风雷劫》、慕容奇的小说《山吹红血》(完)、思薇的小说《巫婴》(停刊一期)、张羽的小说《天使退休》、雅珍的小说《血海七尸》。

15日 《澳门日报·新园地》副刊发表童仁的散文《诗词曲语中的广州话》、凌晓枫的散文《了解》，连载海辛的小说《炉峰上下》、剑翁的小说《辽东英烈传》、陈萃文的小说《萧崐山正传》、丽莎的小说《八妹手记》、润园的小说《古灵精怪》。《华侨报·华座》副刊连载金弓的小说《风雷劫》、思薇的小说《巫婴》、张羽的小说《天使退休》、雅珍的小说《血海七尸》，并开始连载慕容奇的小说《浮世绘的陶》。

16日 《澳门日报·新园地》副刊发表陶里的散文《创作源泉》，连载海辛的小说《炉峰上下》、剑翁的小说《辽东英烈传》、陈萃文的小说《萧崐山正传》、丽莎的小说《八妹手记》、润园的小说《古灵精怪》。《华侨报·华座》副刊发表雄汉的小说《三人行》，连载金弓的小说《风雷劫》(停刊一期)、思薇的小说《巫婴》、张羽的小说《天使退休》、雅珍的小说《血海七尸》、慕容奇的小说《浮世绘的陶》。

17 日 《澳门日报·新园地》副刊发表伊水湄的诗歌《名园赏菊》，连载海辛的小说《炉峰上下》、剑翁的小说《辽东英烈传》、陈萃文的小说《萧崐山正传》、丽莎的小说《八妹手记》、润园的小说《古灵精怪》。《华侨报·华座》副刊连载金弓的小说《风雷劫》、思薇的小说《巫婴》、张羽的小说《天使退休》、雅珍的小说《血海七尸》、慕容奇的小说《浮世绘的陶》。

18 日 《澳门日报·新园地》副刊发表冼得霖的诗歌《武昌岳王亭》，连载海辛的小说《炉峰上下》、剑翁的小说《辽东英烈传》、陈萃文的小说《萧崐山正传》、丽莎的小说《八妹手记》、润园的小说《古灵精怪》。《华侨报·华座》副刊连载金弓的小说《风雷劫》、思薇的小说《巫婴》、张羽的小说《天使退休》（完）、雅珍的小说《血海七尸》、慕容奇的小说《浮世绘的陶》。

19 日 《澳门日报·新园地》副刊发表凌晓枫的诗歌《老乞丐》，连载海辛的小说《炉峰上下》、剑翁的小说《辽东英烈传》、陈萃文的小说《萧崐山正传》、丽莎的小说《八妹手记》、润园的小说《古灵精怪》。《华侨报·华座》副刊连载金弓的小说《风雷劫》、思薇的小说《巫婴》、雅珍的小说《血海七尸》、慕容奇的小说《浮世绘的陶》，并开始连载夏阳的小说《移民》。

20 日 《澳门日报·新园地》副刊连载海辛的小说《炉峰上下》、剑翁的小说《辽东英烈传》、陈萃文的小说《萧崐山正传》、丽莎的小说《八妹手记》、润园的小说《古灵精怪》。《华侨报·华座》副刊连载金弓的小说《风雷劫》、思薇的小说《巫婴》、雅珍的小说《血海七尸》、慕容奇的小说《浮世绘的陶》、夏阳的小说《移民》。

21 日 《澳门日报·新园地》副刊发表石在的散文《朔风阵阵忆良乡》、陶里的散文《十二月随想》，连载海辛的小说《炉峰上下》、剑翁的小说《辽东英烈传》、陈萃文的小说《萧崐山正传》、丽莎的小说《八妹手记》、润园的小说《古灵精怪》。《华侨报·华座》副刊连载金弓的小说《风雷劫》、思薇的小说《巫婴》、雅珍的小说《血海七尸》、慕容奇的小说《浮世绘的陶》、夏阳的小说《移民》。

22 日 《澳门日报·新园地》副刊发表凌晓枫的散文《从一则文讯谈起》，连载海辛的小说《炉峰上下》、剑翁的小说《辽东英烈传》、陈萃文的小说《萧崐山正传》、丽莎的小说《八妹手记》、润园的小说《古灵精怪》。《华侨报·华座》副刊连载金弓的小说《风雷劫》、思薇的小说《巫婴》、雅珍的小说《血海七尸》（完）、慕容奇的小说《浮世绘的陶》、夏阳的小说《移民》。

23 日　《澳门日报·新园地》副刊发表骆南侨的诗歌《野花（外一首）》、陶里的散文《冬宵幽兰》，连载海辛的小说《炉峰上下》、剑翁的小说《辽东英烈传》、陈萃文的小说《萧崐山正传》、丽莎的小说《八妹手记》、润园的小说《古灵精怪》。《华侨报·华座》副刊连载金弓的小说《风雷劫》、思薇的小说《巫婴》、慕容奇的小说《浮世绘的陶》、夏阳的小说《移民》，并开始连载初旭的小说《变态杀人魔》。

24 日　《澳门日报·新园地》副刊发表骆南侨的诗歌《如此"第三军事强国"（外一首）》、爱晚的散文《范增与张良》、鲁茂的散文《睇新楼记》，连载海辛的小说《炉峰上下》、剑翁的小说《辽东英烈传》、陈萃文的小说《萧崐山正传》、丽莎的小说《八妹手记》、润园的小说《古灵精怪》。《华侨报·华座》副刊连载金弓的小说《风雷劫》、思薇的小说《巫婴》、慕容奇的小说《浮世绘的陶》、夏阳的小说《移民》、初旭的小说《变态杀人魔》。

25 日　《澳门日报·新园地》副刊发表陶里的诗歌《平安夜的烛光》、石在的评论《略论粤语农谚的艺术特色》，连载海辛的小说《炉峰上下》、剑翁的小说《辽东英烈传》、陈萃文的小说《萧崐山正传》、丽莎的小说《八妹手记》、润园的小说《古灵精怪》。《华侨报·华座》副刊连载金弓的小说《风雷劫》、思薇的小说《巫婴》、慕容奇的小说《浮世绘的陶》、夏阳的小说《移民》、初旭的小说《变态杀人魔》。

26 日　《澳门日报·新园地》副刊发表李浩泉的诗歌《偶书》、石在的散文《新春诗联杂话》、鹅潭居客的散文《各得其所》，连载海辛的小说《炉峰上下》、剑翁的小说《辽东英烈传》、陈萃文的小说《萧崐山正传》、丽莎的小说《八妹手记》、润园的小说《古灵精怪》。《华侨报·华座》副刊连载金弓的小说《风雷劫》、思薇的小说《巫婴》、慕容奇的小说《浮世绘的陶》(完)、夏阳的小说《移民》(完)、初旭的小说《变态杀人魔》。

27 日 《澳门日报·新园地》副刊发表凌晓枫的诗歌《教师二题》、廖炜忠的散文《敦煌故事三则》，连载海辛的小说《炉峰上下》、剑翁的小说《辽东英烈传》、陈萃文的小说《萧崐山正传》、丽莎的小说《八妹手记》、润园的小说《古灵精怪》。《华侨报·华座》副刊连载金弓的小说《风雷劫》、思薇的小说《巫婴》、初旭的小说《变态杀人魔》(完)，并开始连载慕容奇的小说《狗灾难》、夏冰的小说《多余的生命》。

28 日 《澳门日报·新园地》副刊发表郑重的散文《我的校长》，连载海辛的小说《炉峰上下》、剑翁的小说《辽东英烈传》、陈萃文的小说《萧崐山正传》、丽莎的小说《八妹手记》、润园的小说《古灵精怪》。《华侨报·华座》副刊连载金弓的小说《风雷劫》、思薇的小说《巫婴》、慕容奇的小说《狗灾难》、夏冰的小说《多余的生命》，并开始连载涛钧的小说《停电夜谋杀案》。

29 日 《澳门日报·新园地》副刊发表冼得霖的诗歌《鹦鹉洲》，连载海辛的小说《炉峰上下》、剑翁的小说《辽东英烈传》、陈萃文的小说《萧崐山正传》、丽莎的小说《八妹手记》、润园的小说《古灵精怪》。《华侨报·华座》副刊连载金弓的小说《风雷劫》、思薇的小说《巫婴》(停刊一期)、慕容奇的小说《狗灾难》、夏冰的小说《多余的生命》、涛钧的小说《停电夜谋杀案》，并开始连载辛付的小说《缱绻在春风里》。

30 日 《澳门日报·新园地》副刊连载海辛的小说《炉峰上下》、剑翁的小说《辽东英烈传》、陈萃文的小说《萧崐山正传》、丽莎的小说《八妹手记》、润园的小说《古灵精怪》。《华侨报·华座》副刊连载金弓的小说《风雷劫》、思薇的小说《巫婴》(停刊一期)、慕容奇的小说《狗灾难》、夏冰的小说《多余的生命》、涛钧的小说《停电夜谋杀案》、辛付的小说《缱绻在春风里》(完)。

31 日 《澳门日报·新园地》副刊发表陶里的散文《读诗偶得》、玉祺的散文《风流真盛会——作家、画家游菊展追记》，连载海辛的小说《炉峰上下》、剑翁的小说《辽东英烈传》、陈萃文的小说《萧崐山正传》、丽莎的小说《八妹手记》、润园的小说《古灵精怪》。《华侨报·华座》副刊连载金弓的小说《风雷劫》、思薇的小说《巫婴》、慕容奇的小说《狗灾难》、夏冰的小说《多余的生命》、涛钧的小说《停电夜谋杀案》。

⊙ 是年，诗人冯刚毅来到澳门。

云独鹤（1944— ），原名冯刚毅，广东开平人。1979 年来澳门，曾开设咖啡室，后从事新闻工作，任职澳门《华侨报》副刊编辑。诗人，澳门笔会会员。其代表诗作《圆月与新月》，载入香港《诗双月刊》（第 1 卷第 4 期）的《澳门诗特辑》。有诗集《天涯诗草》。

⊙ 是年，诗人陶里来澳门，为澳门诗坛增加了浓重的色彩。

参考文献

[1] 吴志良，汤开建，金国平，等．澳门史新编（4 卷本）[M]. 澳门：澳门基金会，2008.

[2] 吴志良，汤开建，金国平，等．澳门编年史（6 卷本）[M]. 广东：广东人民出版社，2009.

[3] 吴志良，杨允中．澳门百科全书（修订版）[M]. 澳门：澳门基金会，2005.

[4] 陈昕，郭志坤．澳门总览 [M]. 上海：上海人民出版社，1999.

[5] 黄汉强，吴志良．澳门总览 [M]. 澳门：澳门基金会，1994.

[6] 程祥徽．澳门人文社会科学：回顾与前瞻——首届澳门人文社会科学大会论文集 [G]. 澳门：澳门基金会，1994.

[7] 施白蒂．澳门编年史 [M]. 小雨，译．澳门：澳门基金会，1995.

[8] 施白蒂．澳门编年史（20 世纪 1950-1988 ）[M]. 思磊，译．澳门：澳门基金会，1999.

[9] 徐萨斯．历史上的澳门 [M]. 黄鸿钊，李保平，译．澳门：澳门基金会，2000.

[10] 印光任，张汝霖．澳门纪略 [M]. 广东：广东高等教育出版社，1988.

[11] 黄启臣．澳门通史 [M]. 广东：广东教育出版社，1999.

[12] 韦庆远．澳门史论稿 [M]. 广东：广东人民出版社，2005.

[13] 邓开颂．澳门历史新说 [M]. 河北：花山文艺出版社，2000.

[14] 汤开建．鸦片战争后澳门社会生活记实：近代报刊澳门资料选粹 [G]. 广东：花城出版社，2001.

[15] 吴志良．澳门政治发展史 [M]. 上海：上海社会科学院出版社，1999.

[16] 李鹏翥．澳门古今 [M]. 香港：香港三联书店、澳门星光出版社，1986.

[17] 金国平．西方澳门史选萃（15-16 世纪）[G]. 广东：广东人民出版社，

2005.

[18] 唐思 . 澳门风物志 [M]. 澳门：澳门基金会，1994.

[19] 龚刚 . 澳门人文社会科学研究文选 • 文化艺术卷 [M]. 北京：社会科学文献出版社，2009.

[20] 吴志良 . 东西方文化交流——国际学术研讨会论文集 [G]. 澳门：澳门基金会，1994.

[21] 章文钦 . 澳门与中华历史文化 [M]. 澳门：澳门基金会，1995

[22] 吴志良 . 东西交汇看澳门 [M]. 澳门：澳门基金会，1996.

[23] 许赐挥、李萍 . 粤港澳文化关系 [M]. 广东：中山大学出版社，2001.

[24] 许观鼎 . 澳门人文社会科学研究文选 • 文学卷 [M]. 北京：社会科学文献出版社，2009.

[25] 芦荻，李成俊 . 澳门文学论集 [G]. 澳门：澳门文化学会、澳门日报出 版社，1988.

[26] 方宽烈 . 澳门当代诗词纪事（上下册）[M]. 澳门：澳门基金会，1996.

[27] 李成俊 . 待旦集 [M]. 澳门：澳门日报出版社，2004.

[28] 李成俊 . 夜未央楼随笔 [M]. 澳门：澳门日报出版社，2005.

[29] 李鹏翥 . 濠江文谭 [M]. 澳门：澳门日报出版社，1994.

[30] 陶里 . 从作品谈澳门作家 [M]. 澳门：澳门基金会，1995.

[31] 邓骏捷 . 澳门华文文学研究资料目录初编 [G]. 澳门：澳门基金会 .1996.

[32] 邓骏捷 . 澳门粤语话剧研究资料目录初编 [G]. 澳门：澳门近代文学学会，2000.

[33] 李观鼎 . 澳门文学评论选（上下编）[G]. 澳门：澳门基金会，1998.

[34] 凌钝 . 澳门离岸文学拾遗（上下册）[M]. 澳门：澳门基金会，1995.

[35] 郑炜明 . 澳门新诗选 [M]. 澳门：澳门基金会，1996.

[36] 林中英 . 澳门散文选 [M]. 澳门：澳门基金会，1996.

[37] 陶里 . 澳门短篇小说选 [M]. 澳门：澳门基金会，1996.

[38] 郑炜明，穆欣欣．澳门当代剧作选 [M]. 澳门：澳门基金会，2000.

[39] 穆凡中．澳门戏剧过眼录 [M]. 澳门：澳门基金会，1997.

[40] 穆凡中．东柳西梆（上下册）[M]. 澳门：澳门日报社，2006.

[41] 程祥徽，郑炜明．澳门文学研讨集——澳门文学的历史、现状与发展 [G]. 澳门：澳门日报出版社，1998.

[42] 廖子馨．千禧澳门文学研讨集 [G]. 澳门：澳门日报出版社，2002.

[43] 黄文辉，邹家礼．澳门作家访问录① [M]. 澳门：澳门日报出版社，2006.

[44] 刘登翰．澳门文学概观 [M]. 福建：鹭江出版社，1998.

[45] 丘峰，汪义生．澳门文学简史 [M]. 香港：香港人民出版社，2006.

[46] 田本相，郑炜明．澳门戏剧史 [M]. 南京：江苏教育出版社，1999.

[47] 饶芃子，莫嘉丽．边缘的解读：澳门文学论稿 [M]. 北京：中国社会科学出版社，2008.

[48] 江少川．台港澳文学论稿 [M]. 北京：北京大学出版社，2005.

[49] 江少川，朱文斌．台澳港暨海外华文文学教程 [M]. 湖北：华中师范大学出版社，2007.

[50] 王剑丛．香港澳门文学论集 [M]. 北京：中国科学文化出版社，2004.

[51] 谭达先．论港澳台民间文学 [M]. 黑龙江：黑龙江人民出版社，2003.

[52] 朱寿桐．汉语新文学通史（上下册）[M]. 广东：广东人民出版社，2010.

[53] 《澳门日报·新园地》副刊（1970 年 1 月 1 日—1979 年 12 月 31 日）

[54] 《华侨报·华座》副刊（1970 年 1 月 1 日—1979 年 12 月 31 日）

[55] 《澳门学生》（1970 年—1979 年），澳门.

[56] 《澳门教育》（1970 年—1979 年），澳门.

[57] 《香港文艺》（1970 年—1979 年），香港.

[58] 《当代文艺》（1970 年—1979 年），香港.

[59] 《伴侣》（1970 年—1979 年），香港.

澳门文学编年史

⑤

朱寿桐 主编

朱寿桐 梁笑梅等 编撰

国家出版基金项目
NATIONAL PUBLICATION FOUNDATION

SPM 南方出版传媒 花城出版社 中国·广州

图书在版编目（CIP）数据

澳门文学编年史. 5 / 朱寿桐主编 ; 朱寿桐, 梁笑梅等编撰. -- 广州 : 花城出版社, 2019.12
ISBN 978-7-5360-9128-3

Ⅰ. ①澳… Ⅱ. ①朱… ②梁… Ⅲ. ①地方文学史一编年史一澳门一1980-1984 Ⅳ. ①I209.965.9

中国版本图书馆CIP数据核字(2019)第281196号

出 版 人：肖延兵
责任编辑：黎　萍　蔡　宇
技术编辑：薛伟民　凌春梅
装帧设计：吴冠曼

书　　名	澳门文学编年史. 5 AOMEN WENXUE BIANNIANSHI 5
出版发行	花城出版社 （广州市环市东路水荫路 11 号）
经　　销	全国新华书店
印　　刷	恒美印务（广州）有限公司 （广州南沙经济技术开发区环市大道南路 334 号）
开　　本	787 毫米×1092 毫米　16 开
印　　张	132　2 插页
字　　数	1,885,000 字
版　　次	2019 年 12 月第 1 版　2019 年 12 月第 1 次印刷
定　　价	800.00 元（1—5 册）

如发现印装质量问题，请直接与印刷厂联系调换。
购书热线：020－37604658　37602954
花城出版社网站：http://www.fcph.com.cn

编者简介

朱寿桐　文学博士，澳门大学中国文学教授，澳门大学中国历史文化中心代主任，澳门大学南国人文研究中心主任。兼任澳门文艺评论家协会主席、海外暨港澳台中国书法家协会常务副主席。在澳门文学文化研究方面出版过《汉语新文学与澳门文学》《澳门新移民文学与文化散论》等著作。

主要编撰人：

朱寿桐　梁笑梅　王小波

孙启菲　盛　梅　李　姝

张延勇　周康桥

目 录

序言 001

1980 年 011
1981 年 083
1982 年 169
1983 年 259
1984 年 368

序言

澳门的新文学在20世纪80年代以前其实并不活跃，虽然有一些刊物先后面世，但成绩相对于旧体文学创作而言并不突出，但是进入20世纪80年代以后，澳门文学的发展就日渐兴旺起来。这个文学过渡期的出现有相当程度的偶然性。1981年，澳门历史上的第一所大学——东亚大学创立。1983年3月，澳门东亚大学的一群大学生创办了一个名叫中文学会的学生组织，它在20世纪80年代对澳门文学的发展起了很大的作用。1983年6月30日，《澳门日报》创办了澳门历史上的第一份纯刊登文学作品的副刊《镜海》，它成为当时在澳门发表文学作品的最主要阵地。最初在《镜海》上面刊登的作品大多出自澳门东亚大学的学生，特别是该校中文学会的成员。在《镜海》创办以前，澳门的报刊上只有一些文艺性的副刊，如《澳门日报》的《新园地》等，但都不是纯文学刊物，所以《镜海》的面世象征着整个澳门社会开始认同澳门文学存在的价值及其重要性。也可以说，从《镜海》这一副刊的创立开始，澳门人有意识地努力去建立一个属于自己的文学形象。《镜海》创立以后，澳门各大报纸的副刊也增加了刊登文学作品的比重。同一段时间，《澳门人周报》也开辟了文艺专栏《活流》。1983年至1984年的时候，中葡双方还没有开始就澳门问题展开谈判，而澳门东亚大学的创立、秦牧先生的访澳等，其实可以说是具有相当程度的偶然性。1984年3月29日，澳门日报主办了一个港澳作家座谈会，在中国澳门长大、在东南亚和中国香港以写新诗成名的韩牧先生呼吁澳门人应该建立澳门文学的形象，对当时的文艺界造成了很大的冲击。澳门东亚大学中文学会于1985年1月出版了澳门历史上第一套文学作品集，就是《澳门文学创作丛书》，共有5册，由当时东亚大学文学院副教授云惟利博士（笔名云力）主编。1986年1月3日至6日，澳门东亚大学中文学会在澳门日报会议厅举行澳门文学座谈会，参加座谈会的共有17人，分别来自中国内地、香港和澳门，以及韩国。大家就中国文学在澳门的发展概况，香港、澳门与内地现代文学的关系，区域文学数据的搜集与研究，还有澳门的小说、散文、诗歌、戏剧的过去、现在及将来等问题进行了多方面的讨论，这对研究澳门文学，特别是1986年以前的澳门文学的发展极具参考价值。澳门著名作家和文学评论家李鹏翥等人提出应加强文学活动，扩大文学园地，壮大创作队伍。他在《澳门文学的过去、现在和将来》一文中，对澳门文学的过去和现在进行了全方位的透视，认为澳门自1986年开始，即将面临一种新的过渡期转变，这是400年来的大转折，意识到“澳门文学与世界文学的联系也将有新的变化”。

在澳门文学座谈会后不久，澳门东亚大学中文学会又与澳门华侨报、澳门天主教教区青年牧民中心及澳门学生联会等组织，联合举办了第一届青年文学奖。同年，澳门东亚大学中文学会又办了新诗月会，由韩牧先生主持（后来这个活动交与澳门中国语文学会继续办下去，并易名为文学月会）。从1983年3月一直到1986年，澳门东亚大学中文学会在20世纪80年代澳门文学的发展过程当中，自觉地扮演了很重要的角色。1987年1月1日，澳门笔会正式成立，并创办会刊《笔汇》。它的成立是澳门文艺界应澳门在政治上与经济上过渡期的来临而做出的反应，其成员几乎包括所有在澳门活动的文艺界人士，这个组织几乎把所有在该地区活动的文艺界朋友团结了起来。1989年5月，澳门的五月诗社正式成立，这个诗社有三十几名成员，可以说几乎把大部分在澳门活跃的老中青三代写现代诗的诗人都招罗于旗下，只有极少数的向往并力保独立个性的诗人没有参加。五月诗社的刊物《澳门现代诗刊》出版，澳门文学因此繁荣起来。1987年以来，澳门文坛的主要活动以澳门笔会或五月诗社的成员为主。1990年7月29日，澳门中华诗词学会正式成立，这个写旧体诗词的组织的成立，说明了澳门文学界的朋友对传统文学的尊重。更难得的是我们从其刊物《镜海诗词》里面看到，原来以写现代诗著称的诗人，如陶里、苇鸣等，也写些旧诗词。1992年3月31日，澳门写作学会成立。

在研究20世纪80年代澳门文学的时候，不能脱离澳门独特的历史背景和文化背景。自16世纪以来，葡萄牙人就逐渐侵占了澳门半岛。利玛窦1518年踏足澳门，澳门就成了中西文化传播的窗口，所以澳门也有“海上丝绸之路”之称。利玛窦是从中国澳门进入内地传教的，将欧洲的宗教文化传给中国内地，又将中国内地的文化输出给西方，使东西方的文化交流揭开新的一页。因此，澳门作为中西文化交流的窗口，它的意义是世界性的，是近代人类文明史的一座文化桥梁。澳门虽然有丰富的历史文化，宗教方面大三巴古迹负有盛名，妈阁庙、观音堂具有几百年历史，基督教、天主教、佛教、道教、巴哈伊教等都在澳门存在，这些丰富的文化可以说是历史存留下来的文化财富。但是澳门在历史上只是一个小渔港，尽管历史上有很多文人来过澳门，但他们不过是将澳门当作一个旅游点或避风港，或者将它作为一个政治避难所，所以澳门早期也有文学，却并非真正的澳门文学。澳门虽然融合着中西文化，但由于地理的局限，生存空间狭窄，历史上少有中学和西学之争，中葡文化相容并存，没有冲击碰撞，文化形态是相对平静的。几百年来，澳门华人的文化价值观承袭了内地儒家文化的价值观，儒家思想仍然占据着主导地位，正由于这样也形成了社会较大的稳定性，所以，澳门的文化形态是温情脉脉的。一般来说，“稳定”的社会文化形态难免产生文化消极，对文化中先进成分的接受比较缓慢，使文化发展不能与时代同步，这种情形的出现也直接抑制文学的发展。因此，澳门文学的产生和发展只有文化刺激才能跃动，静态的文化是很难产生文学的。此外，澳门早时并非是一个繁华的闹市，也没有大量的文学人才汇集，加上自身的文化环境气氛不浓，文学资源有限，缺少文学刊物，大部分文章都是发表在报纸上，没有出现一本文学杂志，这都是澳门文学发展的局限。

真正的澳门文学的产生是经过时代的风雨洗刷激发起来的，20世纪30年代“九一八”事变激发的抗日救亡运动刺激了澳门文学的萌生，它和历代来澳避难的文人感怀身世的文学作品有本质的区别，是“澳门第一次文学思潮”。澳门与内地息息相关，内地每一时期的变动都直接影响着澳门。20世纪70年代末80年代初，内地改革开放也对澳门文学的发展起到十分重要的作用。中国内地和东南亚新移民作家的加入也使中国澳门文学做出了新的调整，同时澳门经济空前的发展也为澳门文化注入了新质，这对澳门文学的发展是一个难得的机会。黄晓峰在《澳门现代诗刊》（澳门五月诗社1989年出版）创刊词中认为："毋庸置疑，文化开放与文化交融应为澳门文化的特征，正是由于80年代的移民潮为这块因东西生活方式渗透产生诱人的魅力的弹丸之地增添了生气，这不仅表现在社会生产力的猛进方面，也表现在文学艺术创造力突发方面。"20世纪80年代，澳门文坛出现了生机勃勃的气势。20世纪80年代澳门文学的发展并非偶然，一方面受内地改革开放和各种文学思潮的影响，如20世纪80年代初期"寻根文学""反思文学""朦胧诗"等的崛起都对澳门文学起酵母作用；另一方面是由于澳门自身文学意识的增强，尤其是新移民作家的加入，增加了澳门的人文基础，为澳门文学注入新的血液，触动了澳门文学的发展。这一时期是"澳门第二次文学思潮"。

由于20世纪80年代文学意识增强，作家队伍壮大，澳门涌现出了许多风格各异的作品，标志着澳门文学步入世界华文文学之林。这一时期较有代表性的作家有梁披云（雪予）、李成俊、李鹏翥、伍松俭（徐敏）、林中英、李艳芳（凌棱）、陈艳华（沈尚青、周桐）、鲁茂、余君慧、廖子馨（梦子）、邓景滨、胡培周等，诗人方面有陶里、云惟利、韩牧、黄晓峰（高戈）、淘空了、流星子、江思扬、玉文、云独鹤、胡晓风、苇鸣、汪浩瀚、李观鼎、舒望、懿灵、凌钝、罗大明等。

20世纪80年代是澳门文学的鼎盛时期，无论是作家、诗人队伍的壮大，还是文学作品的丰富性，都是澳门有史以来从没有过的。澳门文学因此揭开新的一页。

虽然20世纪80年代澳门文学有了蓬勃的发展，但是文学所表现的并不是有宣言或流派的文学运动，它是一个渐变的探索阶段，加上澳门文学在20世纪80年代以前发展缓慢，20世纪80年代文学艺术的发挥仍然被作家所处的生活环境和作家自身的文化视野所限定，所以文学艺术的表现并不十分突出，对主体意识的凸现和对社会人生的思考还有欠深化。这样的文学形态也就成为澳门文学的主要特征。

就文学作品本身而言，澳门华文文学都是沿袭“五四”以来的文学传统的创作手法，由于受地理位置的局限，表现的是一种温情脉脉的文学现象，具有一种真善美的文化意蕴。如林中英的小说集《云和月》、周桐的长篇小说《错爱》等，以及《七星篇》（七位女作家合著）、徐敏的《镜海情怀》、凌棱的《有情天地》、鲁茂的《望洋小品》等。

从这些作品来看，作家们以一颗颗强烈的爱心去关心广大市民的疾苦，表现着一种温柔敦厚的内心世界，弘扬善良人性的光辉，怀着人道主义的关怀，充分地体现了真善美的特色。然而，这种真善美的抒写无形中局限了作家的艺术视野，由于作品中的人物个性没有矛盾和冲突，艺术表现较为单一，缺少自我意识的弘扬，主体意识还没有进一步深化，人的精神世界和内心世界的刻画还没有全面发挥，使作品呈现一种“温情脉脉”的基调。由此可见，小说、散文的艺术表现手法和内在的文化精神的表现还存在一定的局限性。无疑，作品的创作背景是个“小地方”，如果能将地方色彩的精髓放在技巧成熟的创作中，也不失为具有地域特色，从而进入世界文学著作中。另一方面，尽管澳门的作家已经自觉地提高思想性和艺术性，但不可否认的是，更多的作品不过表现为作家体验的交流，缺乏将作品中的生活气息与时代脉搏、与广阔的整体社会联系起来，不能把自己的作品放在历史方位上进行创作，深入开拓其内涵，真正做到“以小见大”，揭示出时代的特征和生活发展的趋势。

澳门作家的作品所表现的那种“温情脉脉”的文学气息又是十分自然的。因为人们长期生活在宁静的文化氛围中，人与人之间保持着一种温情的密切关系，作家的创作意识自然受到这种关系的影响，对自我意识的增强难免受到制约，未能得到充分的发挥。澳门人生存在独特的地理位置和文化背景中，很少受到外来文化的重大冲击，虽然文化价值观紧紧维系着内地儒家传统思想的价值观，但是，在道德观念意义和实践方式上，又有自己的独特之处，这也直接影响着澳门文学特色和审美风格。比如内地儒家伦理道德十分重视自省内悟的内心体验，而澳门群体观念的历史文化沉积，一般随遇而安，人与人之间致力保持一种传统的温情关系。这种关系对作家而言，难免造成审美心理的转移，自我内省的主体内悟相对减少，外在的观念与固有的观念没有冲突，社会生活与内心的交流相对平缓，这也是造成澳门文学特色的重要因素。因为20世纪80年代澳门并没有经过什么痛苦的蜕变，所以，人的思想感情没有沉重的负荷，也没有与外来文化的冲突，而是自然地吸取和接纳，人们的思想感情较为轻松，对生活的体验无须进入痛苦的反思和忧患、深沉，相反，由于商品经济的兴起，直接功利的刺激，人们追求生活利欲的真实，迅速地成为普遍的价值观念，视野较为直观、感性，这也直接影响着作家的审美风格和特征。

诚然，20世纪80年代澳门散文、小说呈现较为温馨的一种特色，创作手法较为平实，艺术意蕴较为平和、轻快、单一。这一方面说明了澳门作家受澳门这种独特文化环境的制约，另一方面由于大部分作品都是报刊的专栏文章——港澳地区的专栏都较为重视时效性和信息性，文章风格较为直接，艺术性难免被削弱，对社会人生的思考显得轻快，缺少深沉，这是现成澳门文学特色的原因。但是，也有作品吸取西方现代主义的创作手法，如陶里《寂寞的延续》等；对社会人生有比较深入思考的作品有林中英的短篇小说《重生》、黄淑媛的短篇小说《影子》等。前者是对两性之间性主题的开拓，后者反映两代人之间的文化冲突。就小说、散文的创作风格和艺术特色而言，澳门文学有它的时代性也有局限性。

如果说20世纪80年代中国澳门的小说、散文创作手法是在传统的基础上，其艺术和风格表现是“温情脉脉”的轻快基调，那么新诗明显地具有受到西方现代主义和中国内地20世纪80年代新诗潮风格的影响而发展起来的文学品格。20世纪80年代是澳门社会发展的黄金时代，也是新诗史上的黄金时代。由于这一时期的经济发展迅速，澳门从小渔村开始迈向现代都市，各种不同的文化随着经济大潮涌入，新诗也随着南来北往的诗人的不同文化选择展列奇观，诗人各自以不同的生活经历建筑起新诗殿堂，推动澳门新诗上升。20世纪80年代初期，中国内地移民诗人及东南亚移民诗人介入，与本土诗人一起，刺激了中国澳门诗坛，一时间异军突起。中国内地移民诗人如高戈、淘空了、流星子、云独鹤、骆南侨等人，大都在20世纪70年代末80年代初，受到中国内地新诗潮的影响。而东南亚移民诗人如陶里、玉文、胡晓风等，他们生活在南洋，较早地接触到西方现代主义，尤其受20世纪六七十年代中国台湾的现代诗派影响。这些移民诗人将中国内地新诗潮的艺术创作手法及西方现代主义和中国台湾现代诗的创作手法带到中国澳门。加上本土诗人如韩牧、汪浩瀚、陈达升、梯亚、江思扬、懿灵、凌楚枫、罗大明、金浪等人，他们都受到20世纪80年代内地新诗潮和西方现代主义的潜移默化影响，这都是直接促进澳门新诗发展的重要因素。

这个时期，澳门诗坛艺术风格各异，诗人各自以自己的生活经历和文化感情去进行创作。诚如李鹏翥在为澳门五月诗社出版的《五月诗侣》（十一人合集）的序言中所说："五月诗社的各位新老诗人抒写的内容，追求的艺术风格并不一致，这似乎与因历史原因同一诗风而聚合的诗社不同。但处于这个多元化的社会，一个诗社成员的诗风多元化，正是反映复杂社会和思想的好事情。"正因为这样，20世纪80年代澳门诗坛出现了多元化的新格局。其中最突出的就是摆脱了澳门诗坛传统的"田园牧歌"的文化因袭，横向和纵向地大力吸取各种现代艺术形式，以各种不同的创作手法去凸现艺术的火光。20世纪80年代澳门诗人并没有什么流派和宣言，都是诗人自觉地去对诗歌艺术进行实践和探索。澳门五月诗社出版的《澳门现代诗刊》创刊号提出这样的口号："破除一切新旧八股的陈腔滥调和传统因袭的应酬老套，竭尽全力地自我突破古典文化的思维定式和传统观念的审美惯性，挺身而出大胆响应当代崛起的新的美学原则和席卷全球的现代主义文学思潮。"可以看到，20世纪80年代澳门新诗在追求创新、变革，大力提倡现代主义的创作流向，对诗坛的重铸和自我改造及自觉深化。不管是传统诗和现代诗，诗人都弘扬着自我个性，表现当代生活，显示着一种生机勃勃的活力，无论是本土诗人还是移民诗人都有共同的出发点，就是呼唤文学，尤其是新诗用严肃的思考和激情去呐喊讴歌，热情、积极弘扬生命的价值和意义。

20世纪80年代澳门新诗之所以会蓬勃发展，一方面主要是受20世纪80年代内地文坛在现代西方哲学思潮、文化思潮、文艺思潮的触动下，崛起新的美学原则如“朦胧诗”“实验诗”“先锋派”“现代主义”“后现代主义”的重大影响，以及西方现代主义的文学思潮的“心智的启发”和“风格的暗示”，这些都促使澳门诗人相继仿效来丰富自己的艺术创作；另一方面是诗人的文化冲突的结果，主要表现在诗人的心灵难以适应澳门的文化氛围从而产生了文化碰撞，尤其是移民诗人，如中国内地的移民诗人高戈、淘空了、流星子、云独鹤、苇鸣、舒望等，东南亚移民诗人如陶里、玉文、云惟利、胡晓风等。他们初临澳门，对澳门社会风气、文化心理、生活方式、价值观念等，均产生了陌生和疏离感（尤其是中国内地移民诗人），同时他们普遍带着浪子心态和过客心理，所以在作品中大都表现忧郁、恐怖、孤独、渺小、虚无等特征，这恰恰迎合了现代主义的创作基调，所以他们借助现代主义的手法来抒发自己的感情。其次，20世纪80年代澳门经济发展，社会进步，各种现代主义思潮随之涌入，向澳门较为封闭的社会文化环境吹进了一股新风，使诗歌创作美学出现变化。本土诗人如汪浩瀚、江思扬、懿灵等在这股文化思潮的冲击下，也自觉地吸取了现代诗派哲学，突破了传统诗歌艺术规范，使新诗创作迈出了新的步伐。总之，澳门新诗的发展并非偶然，是在一定的文化氛围和时代的土壤中产生出来的，具有时代的文化意义。

20世纪80年代澳门的文学评论从总体来看是较弱的一项，原因是文学评论正在起步阶段，与文学创作还不能相平衡发展。这是由于缺乏文学批评的专业人才。20世纪80年代末，澳门才有文学批评出现，一般都发表在报章上，对澳门文学创作及作家起着鼓励和促进的作用。澳门文学批评数量不多，至今出版的评论集有《澳门文学论集》、李鹏翥的《濠江文谭》、黄晓峰的《澳门现代艺术和现代诗评论》、陶里的《逆声击节集》、廖子馨的《论澳门现代女性文学》、庄文永的《二十世纪八十年代澳门文学评论集》及李观鼎的《边鼓集》这几部，应该说澳门的文学评论还未能与文学作品同步发展。但是，从这些文学评论的著作来看，它们的意义和内蕴都有一种对作家及作品寄予的厚望和期待。

澳门的文学评论大多是以对作家的鼓励为起点。如李鹏翥的《濠江文谭》，对澳门作家的鼓励寄予了一种深切的情怀，对各种艺术阐释如高山流水般地传递着美，和作家娓娓谈心，而非一种居高临下的指点江山，所以给人的感觉是亲切的。从审美需要来看，他的评论不是单一的，而是多层次的，以感情与理性相互交融，和人们进行艺术交流，形成了自己的评论的美学观。黄晓峰对现代艺术的热情弘扬，陶里对新诗学的纵横探讨，廖子馨对澳门女性文学的整体把握，庄文永对澳门诗人、作家的文化阐释，李观鼎对澳门青年诗人的热切期望，都在各自的文学评论领域里显示力度，对澳门文学的发展都直接或间接起着推动的作用。

不过，澳门的文学评论领域还必须加深和拓宽，文学评论队伍还需要新血液注入，对文学评论这一学科还需要进一步地深化，提高艺术品位和美学意趣，除了对作家的鼓励之外，同时要进入作品中去，找出作品的不足之处，如此才能有利于澳门文学的发展和创新。就功能而言，文学批评应该承担历史和美学责任，促使自身走向更广阔的艺术世界，评论家必须不断地认识自己，完善自己，在对创作实践负责的同时，还须一定程度地超越创作实践。文学评论必须具有自己的美学目标，形成一种自觉的批评意识，而且应把握作家、作品、生活、读者之间的复杂关系，才能对自身的社会价值和美学意义有进一步的推动和发挥。20世纪80年代澳门文学批评在这方面还处于弱势，虽然评论家都在默默耕耘，各有所长，各有追求，但在评论实践中须有较高的眼光，除对澳门文学作品有整体把握外，也必须吸取和借鉴多种多样的艺术和美学的养分来丰富自己的理论表达，才能更有作为，更完善和成熟。

20世纪80年代澳门文学的发展有着它的时代动因，如内地改革开放的新文学思潮，对澳门文学起了酵母作用，促进了澳门文学多元发展。另一方面是澳门本身的一种社会变动，作家、诗人们开始意识到澳门应发展文学，摆脱“文化沙漠”窘境，提高澳门文学地位，加上文学前辈如李成俊、李鹏翥等人对澳门文学发展的大力推动，包括提携新秀，使澳门文学全方位跃动，出现了新格局，这都是20世纪80年代澳门文学发展的因素。

《澳门文学编年史》第一阶段的工作做到1984年，可以说是一种刻意的安排，也是对历史的某种回应。这一年，澳门文学概念正式提出，澳门文学的讨论正式展开，澳门文学作品选本之类的编辑工作也正式开始。此后，澳门文学进入了学术和文化的自觉时代。这在澳门文学史上是一个划时代的年份。

1980年

20世纪70年代末80年代初，中国内地开始改革开放，人的个体自我意识复苏并强化。而随着与内地经济文化交流的日益频繁密切，大量内地新移民拥入澳门，给澳门带来了新的文化思想，这对澳门文学的发展起了很大的作用。澳门社会经济也已复苏，原有家族式的手工业逐渐改变为半工业性质，使澳门经济获得空前发展。固有的文化秩序产生松动，也给文学发展带来十分良好的契机。澳门的新文学在20世纪80年代以前其实并不活跃，虽然有一些刊物先后面世，但成绩相对于旧体文学创作而言并不突出，但是进入20世纪80年代以后，澳门文学的发展就日渐兴旺起来。

20世纪80年代是澳门社会发展的黄金时代，也是新诗史上的黄金时代。由于这一时期的经济发展迅速，澳门从小渔村开始迈向现代都市，各种不同文化随着经济大潮涌入，新诗也随着南来北往的诗人的不同文化选择展列奇观，各自以不同的生活经历构筑起新诗殿堂，推动澳门新诗上升。20世纪80年代初期，澳门新诗坛由于内地移民诗人及东南亚移民诗人的介入，与本土诗人一起，刺激了澳门诗坛，一时间异军突起。内地移民诗人如高戈、淘空了、流星子、云独鹤、骆南侨等人大都在20世纪70年代末80年代初，受到中国新诗潮的影响；而东南亚移民诗人如陶里、玉文、胡晓风等，他们生活在南洋，较早地接触到西方现代主义，尤其受20世纪六七十年代中国台湾的现代诗派影响。这些移民诗人将中国的新诗潮的艺术创作手法及西方现代主义和台湾的现代诗的创作手法带来澳门，加上本土诗人凌楚枫、金浪等人，他们都受到20世纪80年代中国的新诗潮和西方现代主义的潜移默化影响，这都是直接促进澳门新诗发展的重要因素。

这一时期，《澳门日报·新园地》副刊开设了“斗室漫笔”“枫杨小语”“科学与生活”等栏目，鲁茂、陶里、叔华经常在“斗室漫笔”“枫杨小语”里发表散文。连载的周桐写的以澳门女文员生活做题材的小说《八妹手记》，手法还不够老到，但由于内容新颖，有较强的可读性。该年还连载她创作的《半截美人》，叙述一个跛脚的女孩，由于自身的残疾在事业和爱情上接连遭遇挫折的故事，过程曲折离奇，感情哀怨幽婉缠绵。

而由江萍创作的，描写抗日战争时期广东人民抗日游击队东江纵队里出现一个传奇性的英雄人物的小说《刘黑仔》，情节曲折，故事感人。陈萃文撰的武侠小说《仗剑闯江湖》，描写了清代豪侠的故事，剧情紧张，打斗激烈。柳惠的《金三角》则描写四兄弟与继母争夺一笔巨大的遗产，离奇的命案接二连三发生，情节曲折悬疑，具有警世意义。

一月

1日　《澳门日报》第一版发表社论《迎接伟大的八十年代》。《新园地》副刊发表鲁茂《小意思啦》，杨梵《新年习俗趣谈》，续载陈萃文撰的武侠小说《萧昆山正传》（至1980年9月15日止），翁剑《辽东英烈传》（至1980年8月14日止），润园《古灵精怪》（至1984年12月31日仍在连载），海辛《炉峰上下》（至1980年5月6日止），周桐《八妹手记》（至1980年7月31日止）。

⊙　《华侨报·华座》副刊刊载克龄的杂谈《柯见特轶事》，续载慕容奇的小说《狗灾难》（六），金弓的小说《风雷劫》（至1980年11月14日止），涛钧的小说《停电夜谋杀案》（五），夏冰的小说《多余的生命》（六），思薇的小说《巫婴》（二十四）。

鲁茂（1932—　），原名邱子维，笔名梅若诗、柳惠等。祖籍江西临川，生于广东佛山。30 年来笔耕不辍，擅写长篇小说。1968 年至 1996 年，发表了《辫子姑娘》《星之梦》《小兰的梦》《恩情》《黑珍珠》《打虎不离亲兄弟》《铁汉柔情》《谁是凶手》《冬暖》《莫负青春》《爱情的轨迹》《百灵鸟又唱了》《蒲公英之恋》《杜鹃花开》《路漫漫》《白狼》《早熟》等 20 多部小说，共计千万字，成为澳门最负盛名的连载小说作家。已出版长篇小说《白狼》、散文集《望洋小说》等。

海辛（1930—2011），原名郑辛雄，常用的笔名还有范剑。20世纪40年代从鱼米之乡的中山流浪到香港。早年工作甚不稳定，曾任酒店侍者、理发店学徒、电影宣传等职业；也做过面包西饼，在工厂、田园辛勤地工作。自少便热爱文学，并曾在南方学院攻读文艺。生活的磨炼反而扩阔了他的视野，使他对社会底层的生活有深切的认识和了解，于是一些与生活经验有关的故事，便成了良好的写作题材，小说一本接着一本出版。海辛在香港写作60年，以小说创作为主，间中也写些童话和少年小说，作品超过60部。

周桐（1949—　），原名陈艳华，笔名沈实、沈尚青等，广东新会人。从20世纪70年代中期开始写长篇小说。出版有小说《半截美人》、《八妹手记》、《幻旅迷情》、《晚晴》、《逃妻》、《流星》、《绿罗衫》、《人生边际》、《狭路姻缘》、《才娘》、《澳门假期》、《除却天边月没人知》、《再生缘》、《错爱》（原名《赤子情》）、《香农星传奇》，散文集《七星篇》（与人合集）等。

3日　《澳门日报·新园地》副刊发表鲁茂《吸烟怪客》，凌晓枫《受罪与拘束》，惠敏《法美香水厂大战》，永权《梅花喜欢漫天雪》，冼得霖《碎琴台》，芝亭《做生意》。

⊙　《华侨报·华座》副刊刊载白木的小说《朋友》（上），续载涛钧的小说《停电夜谋杀案》（六），慕容奇的小说《狗灾难》（七），夏冰的小说《多余的生命》（七），思薇的小说《巫婴》（二十五）。

4日　《澳门日报·新园地》副刊发表彦火《有边的遐想》，鲁茂《广播剧落伍了吗？》。

⊙　《华侨报·华座》副刊续载涛钧的小说《停电夜谋杀案》（七），慕容奇的小说《狗灾难》（八），夏冰的小说《多余的生命》（八），白木的小说《朋友》（下）。

彦火，男，又名艾火，原名潘耀明，1948年2月生，福建省南安县人。香港知名作家，编辑家，出版家，中国作家协会会员。1983年赴美国艾奥瓦大学语言系进修，1984年攻读美国纽约大学出版课程，文学硕士。明报出版社、明窗出版社及《明报月刊》总编辑兼总经理，香港作家联会执行会长，香港艺术发展局艺术顾问。

5日　《澳门日报·新园地》副刊发表叔华《加价以后》，艾青《新年祝词》，王力《元旦遣兴》。

⊙　《华侨报·华座》副刊刊载海涛的小说《谍踪艳影》（一），慕容奇的小说《猿剧の血洗》（一），颖释的小说《人猴》（一），续载思薇的小说《巫婴》（二十六）。

6日　《澳门日报·新园地》副刊发表蓝玛新诗《小当家》，陶里《鲜花与垃圾》，范怀烈《鼎湖山“荣睿碑亭”凭吊》，冼得霖《拟看斜阳万顷红》（上）。

⊙　《华侨报·华座》副刊刊载焕秋的杂记《五：游芦之湖——热海之滨浸大汤》，续载海涛的小说《谍踪艳影》（二），慕容奇的小说《猿剧の血洗》（二），颖释的小说《人猴》（二），思薇的小说《巫婴》（二十七）。

陶里（1937—　），原名危亦建，笔名阮放，广东花都人，生于越南。曾在越南、柬埔寨和老挝的中学任教，后在老挝首都万象从商。旅居印支半岛期间，经历了二战及中印战争，足迹遍及越南、柬埔寨、老挝和泰国。1976年返回香港，三年后转到澳门。现为澳门五月诗社社长、澳门笔会理事长、《澳门笔》主编。除诗集外，还出版有小说集《春风误》《百慕她的诱惑》、散文集《静寂的延续》《水媚集》、诗论集《逆声击节集》、评论集《从作品谈澳门作家》等。

7日　《澳门日报·新园地》副刊发表鲁茂《谁更威水》，冼得霖《拟看斜阳万顷红》（中），彦火《访萧干——访美观感之一》，吴炼东《秋瑾的宝刀》。

⊙　《华侨报·华座》续载海涛的小说《谍踪艳影》（三），慕容奇的小说《猿剧の血洗》（三），颖释的小说《人猴》（三），思薇的小说《巫婴》（二十八）。

8日　《澳门日报·新园地》副刊发表鲁茂《最残忍的镜头》，陶里《唱歌篇欢迎中央乐团独唱演奏组来澳门演出》，冼得霖《拟看斜阳万顷红》（下），温耀荣新诗《贝壳》。

⊙　《华侨报·华座》副刊刊载寸草生的诗歌《感时二律》，续载海涛的小说《谍踪艳影》（四），慕容奇的小说《猿剧の血洗》（四），颖释的小说《人猴》（四），思薇的小说《巫婴》（二十九）。

9日　《澳门日报·新园地》副刊发表鲁茂《也谈塞车》，童仁《长联杂拾》。

⊙　《华侨报·华座》副刊刊载江花的短篇小说《武当剑术》（上），续载海涛的小说《谍踪艳影》（五），慕容奇的小说《猿剧の血洗》（五），颖释的小说《人猴》（五）。

10日　《澳门日报·新园地》副刊发表凌晓枫的新诗《沙》，鲁茂《"人定胜妖"抑"妖定胜人"》，钟姚《树根的艺术》，彦火《美国学人——萧干访美观感之二》。

⊙　《华侨报·华座》副刊刊载克龄的《大作家与小笔记本》，续载思薇的小说《巫婴》（三十），江花的短篇小说《武当剑术》（中），海涛的小说《谍踪艳影》（六），慕容奇的小说《猿剧の血洗》（六），颖释的小说《人猴》（六）。

11日　《澳门日报·新园地》副刊发表晓红《生命是宝贵的吗？》。

⊙　《华侨报·华座》副刊刊载房文风的短篇小说《两家人》（上），贤的诗歌《观北京青年画展喜赋》，凌曦的杂谈《巴尔扎克的哭骂》，续载江花的短篇小说《武当剑术》（下），海涛的小说《谍踪艳影》（七），慕容奇的小说《猿剧の血洗》（七），颖释的小说《人猴》（七）。

12日　《澳门日报·新园地》副刊发表一尘新诗《梦》、叔华《可怕的第一步》、惠风《记中央乐团精彩的演出》。

⊙　《华侨报·华座》副刊刊载默公的词《人、菊、篱笆　调寄〈风箫吟〉》，续载房文风的短篇小说《两家人》（下），海涛的小说《谍踪艳影》（八），慕容奇的小说《猿剧の血洗》（完），颖释的小说《人猴》（八）。

13日　《澳门日报·新园地》副刊发表陶里《亦远亦近的问题》，邓泉根《林肯的辩护词》，纺秋《钟期时代　调寄〈扬州慢〉》。

⊙　《华侨报·华座》副刊刊载克龄的杂谈《莫泊桑与福楼拜》，江花的小说《少林拳》（一），芬芷的小说《杀妻狂》（一），慕容奇的小说《石鬼魂》（一），续载颖释的小说《人猴》（九）。

14日　《澳门日报·新园地》副刊发表鲁茂《粤语流行曲》，敏慧《杯弓蛇影下的生活》，迦的短篇小说《报复》。

⊙　《华侨报·华座》副刊续载江花的小说《少林拳》（二），芬芷的小说《杀妻狂》（二），慕容奇的小说《石鬼魂》（二），颖释的小说《人猴》（十）。

15日　《澳门日报·新园地》副刊发表鲁茂《保值》、一士《和莽夫“晨运”二首》、冼得霖《芳草寄情深》、余既《日本的衣食住行——服饰由生活方式决定》。

⊙　《华侨报·华座》副刊刊载思薇的小说《过河小卒》（一），续载江花的小说《少林拳》（三），芬芷的小说《杀妻狂》（三），慕容奇的小说《石鬼魂》（三），颖释的小说《人猴》（十一）。

16日　《澳门日报·新园地》副刊发表鲁茂《后遗症》，一士《和莽夫先生“四时农家乐”》，凌晓枫散文《浪花三溅》。

⊙　《华侨报·华座》副刊刊载江花的小说《形意拳》（一），梅傲冬的小说《推销奇遇结良缘》（一），续载思薇的小说《过河小卒》（二），芬芷的小说《杀妻狂》（四），慕容奇的小说《石鬼魂》（四）。

17日　《澳门日报·新园地》副刊发表鲁茂《传播媒介中的错别字和不通》，周雷《北京的“裸体挂历”》，老邓《捉田鼠记趣》。

⊙　《华侨报·华座》副刊刊载恒义的小说《长寿寺和闭翳亭》（一），续载江花的小说《形意拳》（二），梅傲冬的小说《推销奇遇结良缘》（二），思薇的小说《过河小卒》（三），芬芷的小说《杀妻狂》

（五），慕容奇的小说《石鬼魂》（五）。

18日　《澳门日报·新园地》副刊发表陶里《起承转合》，一尘新诗《花的情歌》，陆无涯《陈福善新著〈古今名家素描〉探讨》。

⊙　《华侨报·华座》副刊续载恒义的小说《长寿寺和闭翳亭》（二），江花的小说《形意拳》（三），梅傲冬的小说《推销奇遇结良缘》（三），思薇的小说《过河小卒》（四），芬芷的小说《杀妻狂》（六），慕容奇的小说《石鬼魂》（六）。

19日　《澳门日报·新园地》副刊发表陶里新诗《织霞的船——听刘诗昆钢琴独奏》，叔华《苦闷》。

⊙　《华侨报·华座》副刊刊载老树的杂文《雁门、雁阵、雁奴》，菡芷的散文《诗和风格》，续载恒义的小说《长寿寺和闭翳亭》（三），江花的小说《形意拳》（四），梅傲冬的小说《推销奇遇结良缘》（四），思薇的小说《过河小卒》（五），芬芷的小说《杀妻狂》（七），慕容奇的小说《石鬼魂》（七）。

20日　《澳门日报·新园地》副刊发表伊水湄《青玉案》、彦火《从红卫兵到美国司机——萧干访美观感之四》。

⊙　《华侨报·华座》副刊刊载恒义的小说《濂溪先生》（上），尚音的杂谈《法王与娼妓》，丁芷的小说《巴玛紫罗兰香水》（一），续载恒义的小说《长寿寺和闭翳亭》（四），江花的小说《形意拳》（五），梅傲冬的小说《推销奇遇结良缘》（五），思薇的小说《过河小卒》（六），慕容奇的小说《石鬼魂》（八）。

21日　《澳门日报·新园地》副刊发表冼得霖《楚天晚、人倚西楼》（上）（诗词评赏），涛的短篇小说《晨运》，鲁茂《这就是人生》。

⊙　《华侨报·华座》刊载柏永的小说《一个特殊的人物——奇童、智士》（一），续载丁芷的小说《巴玛紫罗兰香水》（二），梅傲冬的小说《推销奇遇结良缘》（六），思薇的小说《过河小卒》（七）。

22日　《澳门日报·新园地》副刊发表冼得霖《楚天晚、人倚西楼》（下）（诗词评赏），佳佳的短篇小说《对亲家》，鲁茂《好心有好报？》，秦牧的律诗《旅游漫咏》。

⊙　《华侨报·华座》副刊刊载恒义的小说《苏东坡游广州》（一），江花的小说《六合拳》（一），续载柏永的小说《一个特殊的人物——奇童、智士》（二），丁芷的小说《巴玛紫罗兰香水》（三），慕容奇的小说《石鬼魂》（九），梅傲冬的小说《推销奇遇结良缘》（七），思薇的小说《过河小卒》（八）。

23日　《澳门日报·新园地》副刊发表梅萼华《秦牧一行游珠海》，鲁茂《我当了“北约”参谋长》，攀枝《“天下雄关”——剑门》。

⊙　《华侨报·华座》副刊刊载慕容奇的小说《二百六十步》（一），续载恒义的小说《苏东坡游广州》（二），江花的小说《六合拳》（二），柏永的小说《一个特殊的人物——奇童、智士》（三），丁芷的小说《巴玛紫罗兰香水》（四），慕容奇的小说《石鬼魂》（十），梅傲冬的小说《推销奇遇结良缘》（八），思薇的小说《过河小卒》（九）。

24日　《澳门日报·新园地》副刊发表彦火《华裔“流亡”作家——萧干访美观感之五》、志能《科学的推想——谈“科学家在一九八〇年”》、朱帆《风景名胜楹联》。

⊙　《华侨报·华座》副刊续载慕容奇的小说《二百六十步》（二），恒义的小说《苏东坡游广州》（三），江花的小说《六合拳》（三），柏永的小说《一个特殊的人物——奇童、智士》（四），丁芷的小说《巴玛紫罗兰香水》（五），慕容奇的小说《石鬼魂》（十一），梅傲冬的小说《推销奇遇结良缘》（九），思薇的小说《过河小卒》（十）。

25日　《澳门日报·新园地》副刊发表金涛《李闯王在北京的日子》，守习《引起争论的一幅裸体画》，伊水湄《海南即事“调寄”调笑令》。

⊙　《华侨报·华座》副刊刊载美山的小说《电报》（一），冰峰的短篇小说《婚姻与爱情》（上），佟立章的诗歌《题任真汉〈江山览胜〉》，续载慕容奇的小说《二百六十步》（三），恒义的小说《苏东坡游广州》（四），江花的小说《六合拳》（四），柏永的小说《一个特殊的人物——奇童、智士》（五），丁芷的小说《巴玛紫罗兰香水》（六），慕容奇的小说《石鬼魂》（十二），梅傲冬的小说《推销奇遇结良缘》（十），思薇的小说《过河小卒》（十一）。

26日 《澳门日报·新园地》副刊发表叔华《奥运会与我》，凌晓枫《我家的老六》，骆南侨新诗《盆景树》《树叶书签》。

⊙ 《华侨报·华座》副刊刊载恒义的短篇小说《浮邱丹井》（上），续刊美山的小说《电报》（二），冰峰的短篇小说《婚姻与爱情》（下），慕容奇的小说《二百六十步》（四），丁芷的小说《巴玛紫罗兰香水》（七）。

27日 《海洋文艺》第七卷第一期出版，专题论王昭君、萧红。内罗忼烈的《王昭君与昭君诗》、叶如新的《王文兴的〈家变〉及其他》、李黎的《啊！沙漠……》、夏易的《蒙德里·乌马维赞尼谈当代泰国文坛》、余时的《关于萧红的事》、刘以鬯的《现代美国伟大小说家纳布阿考夫》、杜渐的《美国黑人诗人作家休士》等的特约专文等等，刊载于《华侨报》第三版。

⊙ 《澳门日报·新园地》副刊发表蓝玛新诗《成昆铁路颂》，施笔新诗《瀑布》，陶里《伊斯兰教与能源》。

⊙ 《华侨报·华座》副刊刊载平蕙的小说《毒手情心》（一），陆风的短篇小说《毒》（上），续载慕容奇的小说《二百六十步》（五），美山的小说《电报》（三）。

28日 《澳门日报·新园地》副刊发表鲁茂《"盲侠"炒金记》，剑夫《苦祷》，李永国新诗《巧手颂——听刘诗昆钢琴独奏》，彦火《对台湾文学的态度——萧干对中国文坛展望之一》。

⊙ 《华侨报·华座》副刊刊载恒义的小说《白云怀古》（一），续载平蕙的小说《毒手情心》（二），慕容奇的小说《二百六十步》（六），美山的小说《电报》（四），陆风的短篇小说《毒》（下）。

29日 《澳门日报·新园地》副刊发表鲁茂《吃的中西合璧》，剑夫《办年货》，凌晓枫新诗《街灯》《粉笔》。

⊙ 《华侨报·华座》副刊刊载鲁平的短篇小说《泪洒两重心》，少娟的散文《二月星空》，续载恒义的小说《白云怀古》（二），平蕙《毒手情心》（三），慕容奇《二百六十步》（七），美山的小说《电报》（五）。

30日 《澳门日报·新园地》副刊发表冼得霖《后山诗中的东坡》（上）（诗词评赏），鲁茂《说话最“精简”的人》。

⊙ 《华侨报·华座》副刊刊载黄衫客的散文《八音班与锣鼓柜》，克龄的散文《一封借债信》，张弓的小说《女朋友》（上），慕容奇的小说《街石の血字》（一），续载恒义的小说《白云怀古》（四），平蕙的小说《毒手情心》（四），美山的小说《电报》（六）。

31日 《澳门日报·新园地》副刊发表鲁茂《倚间而望》，冼得霖《后山诗中的东坡》（下）（诗词评赏），穗斌《对联·诗·掌故》（知识小品），骆南侨新诗《海市蜃楼》《被抛弃的船》。

⊙ 《华侨报·华座》副刊续载平蕙的小说《毒手情心》（五），慕容奇的小说《街石の血字》（二），张弓的小说《女朋友》（下），恒义的小说《白云怀古》（五）。

二月

1日 《澳门日报·新园地》副刊发表陶里《推理小说》（斗室漫笔）、彦火《对台湾作家的做法——萧干对中国文坛展望之二》、骆南侨新诗《恐龙》《龙》。

⊙ 《华侨报·华座》副刊刊载恒义的小说《偶得堂主人》（一），香草的小说《管家》（上），续载平蕙的小说《毒手情心》（六），慕容奇的小说《街石の血字》（三），白瑛的小说《旧梦》（二）。

2日 《澳门日报·新园地》副刊发表彦火《“怀疑派”和“乐观派”——萧干对中国文坛展望之三》，叔华《领证件的“笑话”》，伊水湄的词《海南即事　调寄调笑令》。

⊙ 《华侨报·华座》副刊续载恒义的小说《偶得堂主人》（二），平蕙的小说《毒手情心》（七），慕容奇的小说《街石の血字》（四），白瑛的小说《旧梦》（三），香草的小说《管家》（下）。

3日 《澳门日报·新园地》副刊发表李拓之《略话诗钟》（知识小品），韩志明《揭开武则天墓之谜》，凌晓枫《妈妈的手》。

⊙ 《华侨报·华座》副刊刊载李拓之的杂谈《略谈诗钟》，黄云的小说《邂逅》（上），续载平蕙的小说《毒手情心》（八），慕容奇的小说《街石の血字》（五），白瑛的小说《旧梦》（四）。

4日 《澳门日报·新园地》副刊发表冼得霖《迭字的运用》（上）（诗词评赏），鲁茂《谈裸露》。

⊙ 《华侨报·华座》副刊刊载恒义的小说《寒塘派老祖》（上），唐云俊、员海瑞的小说《善化寺》（上），雅南的小说《快车藏尸》（一），续载平蕙的小说《毒手情心》（九），慕容奇的小说《街石の血字》（六），白瑛的小说《旧梦》（五），黄云的小说《邂逅》（下）。

5日 《澳门日报·新园地》副刊发表冼得霖《迭字的运用》（下）（诗词评赏），凌晓枫"杂感"散文《生活偶拾》，鲁茂《斯人独憔悴》，范怀烈《惠州西湖漫笔》。

⊙ 《华侨报·华座》副刊刊载程鹏的小说《秀秀》（上），续刊恒义的小说《寒塘派老祖》（下），唐云俊、员海瑞的小说《善化寺》（下），雅南的小说《快车藏尸》（二），平蕙的小说《毒手情心》（十），慕容奇的小说《街石の血字》（七），白瑛的小说《旧梦》（六）。

6日 《澳门日报·新园地》副刊发表鲁茂《娱乐新闻》。

⊙ 《华侨报·华座》副刊刊载恒义的小说《梁枢写诗》，续载程鹏的小说《秀秀》（下），雅南的小说《快车藏尸》（三），平蕙的小说《毒手情心》（十一），慕容奇的小说《街石の血字》（八），白瑛的小说《旧梦》（七）。

7日 《澳门日报·新园地》副刊发表鲁茂《寻宝》，徐庆宜《春联史话》。

⊙ 《华侨报·华座》副刊刊载恒义的小说《惠爱路说起》（一），仲琪的小说《冤家》（上），克龄的杂谈《热爱运动的诗人》，续载雅南的小说《快车藏尸》（四），慕容奇的小说《街石の血字》（九），白瑛的小说《旧梦》（八）。

8日 《澳门日报·新园地》副刊发表陶里《由橘引起的幽思》（斗室漫笔），童仁《"崇实"与"崇官"》。

⊙ 《华侨报·华座》副刊刊载慕容奇的小说《修禅寺物语》（一），江花的杂记《松柏楼杂记》，续载恒义的小说《惠爱路说起》（二），仲琪的小说《冤家》（下），雅南的小说《快车藏尸》（五），白瑛的小说《旧梦》（九）。

9日 《澳门日报·新园地》副刊发表石在《粤语诗话拾趣》（知识小品），凌晓枫新诗《几何学之外——给一群中学生：〈圆〉〈直线〉〈三角〉》，叔华《再一次说运动场》。

⊙ 《华侨报·华座》副刊刊载谢海涛的小说《毁容》（一），志坚的小说《雨夜》（上），续载慕容奇的小说《修禅寺物语》（二），恒义的小说《惠爱路说起》（三），雅南的小说《快车藏尸》（六），白瑛的小说《旧梦》（十）。

10日 《澳门日报·新园地》副刊发表陶里《阿里的胆识》。

⊙ 《华侨报·华座》副刊刊载成东的杂谈《〈狮子与我〉作者之死》，续载谢海涛的小说《毁容》（二），志坚的小说《雨夜》（下），慕容奇的小说《修禅寺物语》（三），恒义的小说《惠爱路说起》（四），雅南的小说《快车藏尸》（七）。

11日 《澳门日报·新园地》副刊发表冼得霖《诗家三昧》（上）（诗词评赏），鲁茂《吸烟也有"死硬派"》，彦火《中国文学与外国文学的关系——萧干对外国文学看法之一》（枫杨小语）。

⊙ 《华侨报·华座》副刊刊载钟子的杂谈《鲁迅的笔名》《鲁迅之名、号、笔名录》，江云的小说《顽癣》（上），续载谢海涛的小说《毁容》（三），慕容奇的小说《修禅寺物语》（四），恒义的小说《惠爱路说起》（五），雅南的小说《快车藏尸》（八）。

12日 《澳门日报·新园地》副刊发表冼得霖《诗家三昧》（下）（诗词评赏），彦火《"意识流"是死胡同——萧干对外国文学看法之二》，鲁茂《寒风中》。

⊙ 《华侨报·华座》副刊刊载江花的杂记《松柏楼杂记》，隐庵的诗歌《江山吟唱》，续载江云的小说《顽癣》（下），谢海涛的小说《毁容》

（四），慕容奇的小说《修禅寺物语》（五），恒义的小说《惠爱路说起》（六），雅南的小说《快车藏尸》（九）。

13日　《澳门日报·新园地》副刊发表鲁茂《“大菌”食“细菌”》，范怀烈《新会圭峰山秀色》。

⊙　《华侨报·华座》副刊刊载欣荣的小说《失踪之谜》（一），冰凯的小说《女同事》（上），续载谢海涛的小说《毁容》（五），慕容奇的小说《修禅寺物语》（六），恒义的小说《惠爱路说起》（七），雅南的小说《快车藏尸》（十）。

14日　《澳门日报·新园地》副刊发表鲁茂《哪种交通工具最安全》，彦火《意识流是死胡同——萧干对外国文学看法之二》。

⊙　《华侨报·华座》副刊续载欣荣的小说《失踪之谜》（二），慕容奇的小说《修禅寺物语》（七），谢海涛的小说《毁容》（六），冰凯的小说《女同事》（下）。

15日　《澳门日报·新园地》副刊发表凌晓枫的新诗《时代人》，陶里《风里去浪里来的人家》。

⊙　《华侨报·华座》副刊刊载张寿康的《两首描写舞蹈的唐诗》，乔琪的小说《专家》（上），续载欣荣的小说《失踪之谜》（三），慕容奇的小说《修禅寺物语》（八），谢海涛的小说《毁容》（七）。

16日　《澳门日报·新园地》副刊发表一士《祖国新风》，叔华《恭喜发财》，开始连载海辛《泥鳅的故事》（至1980年7月31日止）。

⊙　《华侨报·华座》副刊刊载佟立章的诗歌《题曾志鎏灵猿图》，续载乔琪的小说《专家》（下），欣荣的小说《失踪之谜》（四），慕容奇的小说《修禅寺物语》（九），谢海涛的小说《毁容》（八）。

20日　《澳门日报·新园地》副刊发表陶里《挑战性》，彦火《中国现实与“意识流”——萧干对外国文学看法之三》，天健《水龙吟》。

⊙　《华侨报·华座》副刊刊载慕容奇的小说《血风吕》（一），青青的小说《坐享其成》（上），续载欣荣的小说《失踪之谜》（五），谢海涛的小说《毁容》（九）。

21日　《华侨报·华座》副刊刊载钟山的小说《音乐家》（一），续载欣荣的小说《失踪之谜》（六），慕容奇的小说《血风吕》（二），青青的小说《坐享其成》（下）。

22日　《澳门日报·新园地》副刊发表鲁茂《吃“回忆”》。

⊙　《华侨报·华座》副刊刊载佟立章的诗歌《人日题司徒奇贻画》，江子的小说《女儿的情人》（上），江花的散文《猴年试笔》，续载欣荣的小说《失踪之谜》（七），慕容奇的小说《血风吕》（三），钟山的小说《音乐家》（二）。

23日　《澳门日报·新园地》副刊发表陈丙黎《忆澳门诗人王除夕》。

⊙　《华侨报·华座》副刊刊载克龄的杂谈《毫不自馁的萧伯纳》，续载欣荣的小说《失踪之谜》（八），慕容奇的小说《血风吕》（四），钟山的小说《音乐家》（三），江子的小说《女儿的情人》（下）。

24日　《澳门日报·新园地》副刊发表鲁茂《鸡肋》。

⊙　《华侨报·华座》副刊刊载江花的杂记《松柏楼杂记——恭喜你……》，林沛的小说《雀缘》（上），续载欣荣的小说《失踪之谜》（九），慕容奇的小说《血风吕》（五），钟山的小说《音乐家》（四）。

25日　《澳门日报·新园地》副刊发表冼得霖《宋词咏荷花》（一），陶里《爆竹》。

⊙　《华侨报·华座》副刊刊载钟子的杂谈《郭沫若的笔名》，江花的杂记《松柏楼杂记——我家孔雀安居二龙喉公园》，欣荣的小说《失踪之谜》（十），续载慕容奇的小说《血风吕》（六），钟山的小说《音乐家》（五），林沛的小说《雀缘》（下）。

26日　《澳门日报·新园地》副刊发表冼得霖《宋词咏荷花》（二），陶里《扑克卜命运》，伊水湄《迎春曲》。

⊙　《华侨报·华座》副刊刊载特莱的小说《杀人者的良心》（一），忆梅的小说《一段情》（上），续载慕容奇的小说《血风吕》（七），钟山的小说《音乐家》（六）。

27日　由联艺娱乐公司主办的颂新声剧团，由本月27日至3月2日，五天六场公演，并假借葡京贵宾厅举行记者招待会。出席招待会的主要演员有林家声、钟丽蓉、吴美英、新海泉、萧仲坤、陈剑锋、少筠女、尤声普等。永乐戏院经理陈锦华首先在会上表示热烈的欢迎。是次演出的剧共三出，包括一套新编长剧《重光日月庆升平》和两套短剧《昭君出塞》《双枪陆文龙》。

⊙　《澳门日报·新园地》副刊发表冼得霖《宋词咏荷花》（三），彦火《萧干与报纸的关系——萧干谈文学与新闻关系之一》，金中子《逛书店的乐趣》，凌晓枫《写给八十大爷》。

⊙　《华侨报·华座》副刊刊载汪漪的杂谈《中国古典小说几个特点》，续载特莱的小说《杀人者的良心》（二），慕容奇的小说《血风吕》（八），钟山的小说《音乐家》（七），忆梅的短篇小说《一段情》（下）。

28日　《澳门日报·新园地》副刊发表彦火《新闻特写与文艺异同——萧干谈文学与新闻关系之二》，鲁茂《父子对答》。

⊙　《华侨报·华座》副刊刊载林风的小说《将军》（上），克龄的杂谈《〈猎人笔记〉始末》，谭任杰的诗歌《夜读巴金〈随想录〉后，用雪子及佟立章两位词长韵成二绝句》，续载特莱的小说《杀人者的良心》（三），慕容奇的小说《血风吕》（九），钟山的小说《音乐家》（八）。

29日　《澳门日报·新园地》副刊发表彦火《中国报纸的特色——萧干谈文学与新闻关系之三》，鲁茂《猫的放逐》，纺秋《怀台澎亲友》。

⊙　《华侨报·华座》副刊刊载菲菲的小说《早熟的悲哀》（一），江花的杂记《松柏楼杂记——我看“师弟出马”》，续载特莱的小说《杀人者的良心》（四），慕容奇的小说《血风吕》（十），林风的小说《将军》（下）。

三月

1日　《澳门日报·新园地》副刊发表叔华《欢乐春节烦扰过》。

⊙　澳门话剧社演出西方喜剧《鸳鸯配》。

⊙　《华侨报·华座》副刊刊载赵宣扬的杂谈《元宵杂忆》，江花的杂记

《松柏楼杂记——李小龙与成龙》，慕容奇的小说《月照和尚的预言》（一），思薇的小说《绑架廿四小时》（ ），续载特莱的小说《杀人者的良心》（五），菲菲的小说《早熟的悲哀》（二）。

2日　《澳门日报·新园地》副刊发表鲁茂《八仙过海》。

⊙　由广东话剧团演出的新编十场话剧《恨海奇光》，下午一时在香洲渔民会场上演，港澳不少话剧界人士应邀前往观赏。本澳中华教育会话剧组、学联话剧组、晓角话剧社、黑鹰音乐会和香港青云话剧团等单位的人员，观看《恨海奇光》的演出之后，对话剧表示赞赏，认为造型相当美，特技效果令人大开眼界，看后得益不少。梁培、唐星樵、李成俊等知名人士曾到后台向话剧团人员问候致意。

⊙　《华侨报·华座》副刊刊载克龄的杂谈《血写的诗稿》，续载特莱的小说《杀人者的良心》（六），慕容奇的小说《月照和尚的预言》（二），菲菲的小说《早熟的悲哀》（三），思薇的小说《绑架廿四小时》（二）。

3日　《澳门日报·新园地》副刊发表陶里《读〈中国画报〉》，冼得霖《“行行重行行”释》（一）。

⊙　《华侨报·华座》副刊刊载恒义的小说《苏东坡设计自来水》，查彦良的小说《秀发》（一），续载慕容奇的小说《月照和尚的预言》（三），菲菲的小说《早熟的悲哀》（四），思薇的小说《绑架廿四小时》（三）。

4日　《澳门日报·新园地》副刊发表陶里《玫瑰花与仙人掌》，凌钝《晨昏可懋暨南园》，续载冼得霖《“行行重行行”释》（二）。

⊙　《华侨报·华座》副刊刊载恒义的小说《监犯中举》，克龄的杂谈《作家虚构无罪》，续载查彦良的小说《秀发》（二），慕容奇的小说《月照和尚的预言》（四），思薇的小说《绑架廿四小时》（四），菲菲的小说《早熟的悲哀》（五）。

5日　《澳门日报·新园地》副刊发表鲁茂《同舟共“挤”》，方菲《纪念蔡元培先生》，冼得霖《“行行重行行”释》（三）。

⊙　《华侨报·华座》副刊刊载恒义的短篇小说《岭南陈独漉》（上），江花的杂记《松柏楼杂记——从三楼掉下的玻璃》，续载查彦良的小说《秀发》（三），慕容奇的小说《月照和尚的预言》（五），菲菲的小说《早熟的悲哀》（六），思薇的小说《绑架廿四小时》（五）。

6日　《澳门日报·新园地》副刊发表石在《对联的故事》，李永国的新诗《情歌》，鲁茂《导演应否示范》，小陶《爷爷的生日》，赖晓华《卖鱿鱼的小贩》。

⊙　永乐戏院为雏凤鸣剧团来澳演出，下午四时假座葡京贵宾厅举行记者招待会。雏凤鸣剧团演员龙剑笙、梁醒波、靓次伯、梅雪诗、言雪芬、朱剑丹、任冰儿出席招待会，接受记者的访问。

⊙　《华侨报·华座》副刊刊载晏舞的杂谈《唐诗的形象思维》，柏永的诗歌《浣溪沙二首》，《从读杜诗想到继承与发展——读诗随笔之四》，续载恒义的短篇小说《岭南陈独漉》（中），查彦良的小说《秀发》（四），慕容奇的小说《月照和尚的预言》（六），菲菲的小说《早熟的悲哀》（七），思薇的小说《绑架廿四小时》（六）。

7日　《澳门日报·新园地》副刊发表张成觉《科学家与文艺》，凌晓枫的新诗《冻疮》，鲁茂《也谈教学水平》。

⊙　《华侨报·华座》副刊刊载撷英的杂谈《中日音乐交流史话》，维为的杂谈《禁忌杂谈》，续载恒义的短篇小说《岭南陈独漉》（下），查彦良的小说《秀发》（五），慕容奇的小说《月照和尚的预言》（七），菲菲的小说《早熟的悲哀》（八），思薇的小说《绑架廿四小时》（七）

8日　《澳门日报·新园地》副刊发表叔华《“三八”说男女平等》，一尘的新诗《拿着鲜花的姑娘》。

⊙　《华侨报·华座》副刊刊载克龄的杂谈《我国的才女》，慕容奇的小说《空云の野》（一），续载查彦良的小说《秀发》（六），菲菲的小说《早熟的悲哀》（九），思薇的小说《绑架廿四小时》（八）。

9日　《澳门日报·新园地》副刊发表力行新诗《盆景树（外一首）》《树叶书签》，陶里《爬楼梯》。

⊙　《华侨报·华座》副刊刊载柏永的杂谈《谈论语》（上），德知的杂谈《三十年前禁剧重上舞台》，王晶的小说《无罪释放》（上），续载慕容

奇的小说《空云の野》（二），菲菲的小说《早熟的悲哀》（十），思薇的小说《绑架廿四小时》（九）

10日　《澳门日报·新园地》副刊发表陶里《气氛与情调》，骆南侨的新诗《睡房》，冼得霖《心远地自偏》（诗词鉴赏）。

⊙　《华侨报·华座》副刊刊载柏永的杂谈《谈论语》（下），克龄的杂谈《作家的眼泪》，梅傲冬的小说《三女性》（一），续载王晶的小说《无罪释放》（下），慕容奇的小说《空云の野》（三），思薇的小说《绑架廿四小时》（十）。

11日　《澳门日报·新园地》副刊发表金中子《多识于鸟兽草木之名》，冼得霖《心远地自偏》（诗词鉴赏），凌晓枫的新诗《桑树的自述》。

⊙　《华侨报·华座》副刊刊载柏永的杂谈《文徵明其人》（上），陈时隐的诗歌《春游香港》，扬明的小说《毒手与杀手》（一），续载慕容奇的小说《空云の野》（四），梅傲冬的小说《三女性》（二），思薇的小说《绑架廿四小时》（十一）。

12日　《澳门日报·新园地》副刊发表鲁茂《托市》，文若稚《歇后语》（广州方言）。

⊙　《海洋文艺》3月号已经出版，本期专稿有《七等生的离流》（木令耆）、《香港诗坛一瞥》（原甸）、《美在天真》（艾青）、《〈新凤霞回忆录〉后记》（吴祖光）、《踏雪初访沈从文》（易征）、《啊！沙漠……》（李黎）等，小说方面有新加坡老作家李汝琳和张君默、李洛霞等人近作，诗歌作者有方敬、韩牧、雁翼、龚舒婷等。是期封面、封底为名画家汪澄的力作，封二为女作家赵清阁的水墨画。此外，尚有“外国文讯”等。

⊙　《华侨报·华座》副刊刊载柏永的杂谈《文徵明其人》（下），续载扬明的小说《毒手与杀手》（二），慕容奇的小说《空云の野》（五），思薇的小说《绑架廿四小时》（十二），梅傲冬的小说《三女性》（三）。

13日　《澳门日报·新园地》副刊发表鲁茂《全盘洋化行不通》，天健《竹枝词》（十二首），范怀烈、邝伶侬《苏东坡在惠州》（上）。

⊙ 《华侨报·华座》副刊刊载刘采的杂谈《蔡元培二三事》，克龄的诗歌《一首退礼时》，江花的杂记《松柏楼杂记——金鱼》，续载扬明的小说《毒手与杀手》（三），慕容奇的小说《空云の野》（六），梅傲冬的小说《三女性》（四），思薇的小说《绑架廿四小时》（十三）。

14日 《澳门日报·新园地》副刊发表鲁茂《逆定理不常真》，范怀烈、邝伶侬《苏东坡在惠州》（下）。

⊙ 《华侨报·华座》副刊刊载柏永的杂谈《宋徽宗的功与罪》，慕容奇的小说《日本桥下の水船》（一），续载扬明的小说《毒手与杀手》（四），梅傲冬的小说《三女性》（五），思薇的小说《绑架廿四小时》（十四）。

15日 《澳门日报·新园地》副刊发表杜奎昌《古今第一长联》（上），叔华《看粤剧》。

⊙ 《华侨报·华座》副刊刊载杂谈《托尔斯泰点滴》，续载扬明的小说《毒手与杀手》（五），慕容奇的小说《日本桥下の水船》（二），梅傲冬的小说《三女性》（六），思薇的小说《绑架廿四小时》（十五）。

16日 《澳门日报·新园地》副刊发表杜奎昌《古今第一长联》（下），凌晓枫随笔《模仿·相似·自我》，陶里《生机》。

⊙ 《华侨报·华座》副刊刊载恒义的短篇小说《碧鉴海群英》（上），佟立章的诗歌《雾中行》，续载扬明的小说《毒手与杀手》（六），慕容奇的小说《日本桥下の水船》（三），梅傲冬的小说《三女性》（七），思薇的小说《绑架廿四小时》（十六）。

17日 《澳门日报·新园地》副刊发表陶里《赴穗杂写》，冼得霖《看足柳昏花暝》（上）（诗词鉴赏）。

⊙ 《华侨报·华座》副刊刊载佟立章的诗歌《广权死事逾十年问讯故人哀思成此》，续载恒义的短篇小说《碧鉴海群英》（中），扬明的小说《毒手与杀手》（七），慕容奇的小说《日本桥下の水船》（四），梅傲冬的小说《三女性》（八），思薇的小说《绑架廿四小时》（十七）。

18日 《澳门日报·新园地》副刊发表冼得霖《看足柳昏花暝》（下）（诗词鉴赏），严承章《鲁迅与漫画》，鲁茂《透支》。

⊙ 《华侨报·华座》副刊刊载明凤的小说《真假古董》（一），克龄的杂谈《一部巨著的作者》，钟子的小说《画中“巨无霸”》，续载恒义的短篇小说《碧鉴海群英》（下），慕容奇的小说《日本桥下の水船》（五），梅傲冬的小说《三女性》（九），思薇的小说《绑架廿四小时》（十八）。

19日 《澳门日报·新园地》副刊发表文若稚《阿崩》，鲁茂《各式各样的旅行团》。

⊙ 《华侨报·华座》副刊刊载刘薇的杂谈《硝烟弥漫美国文艺界》，恒义的短篇小说《“三绝”黎二樵》（上），梅傲冬的小说《同居》（一），江花的杂谈《松柏楼杂记——咏春拳》（上），克龄的小说《警枕》，续载明凤的小说《真假古董》（二），慕容奇的小说《日本桥下の水船》（六），思薇的小说《绑架廿四小时》（十九）。

20日 《澳门日报·新园地》副刊发表鲁茂《美金又吃香了》，小华的新诗《我们的“努力”》，金中子《艺苑古葩曜春风》（上）。

⊙ 《华侨报·华座》副刊续载恒义的短篇小说《“三绝”黎二樵》（中），江花的杂谈《松柏楼杂记——咏春拳》（下），明凤的小说《真假古董》（三），慕容奇的小说《日本桥下の水船》（七），梅傲冬的小说《同居》（二），思薇的小说《绑架廿四小时》（二十）。

21日 《澳门日报·新园地》副刊发表文若稚《阿茂》，金中子《艺苑古葩曜春风》（下）。

⊙ 《华侨报·华座》副刊刊载克龄的杂谈《文武不分家》，续载明凤的小说《真假古董》（四），慕容奇的小说《日本桥下の水船》（八），梅傲冬的小说《同居》（三），恒义的短篇小说《“三绝”黎二樵》（下），思薇的小说《绑架廿四小时》（二十一）。

22日 《澳门日报·新园地》副刊发表凌晓枫《眼眉和胡须》，叔华《中年发福》。

⊙ 《华侨报·华座》副刊刊载慕容奇的小说《血红の杀身祸》（一），克龄的杂谈《普希金的葬礼》，续载明凤的小说《真假古董》（五），梅傲冬的小说《同居》（四），思薇的小说《绑架廿四小时》（二十二）。

23日　《澳门日报·新园地》副刊发表童仁《赵丹的诗和画》，金中子《“国际植树节”有感》。

⊙　《华侨报·华座》副刊刊载克龄的杂谈《雨果的誓言》，续载明凤的小说《真假古董》（六），慕容奇的小说《血红の杀身祸》（二），梅傲冬的小说《同居》（五），思薇的小说《绑架廿四小时》（二十三）。

24日　《澳门日报·新园地》副刊发表陶里《铁嘴鸡》。

⊙　《华侨报·华座》副刊刊载芬妮的小说《阎王帖》（一），续载慕容奇的小说《血红の杀身祸》（三），梅傲冬的小说《同居》（六），思薇的小说《绑架廿四小时》（二十四）。

25日　《澳门日报·新园地》副刊发表陶里《彩色形象》。

⊙　《华侨报·华座》副刊刊载克龄的杂谈《高产优质的作家》，续载芬妮的小说《阎王帖》（二），慕容奇的小说《血红の杀身祸》（四），梅傲冬的小说《同居》（七），思薇的小说《绑架廿四小时》（二十五）。

26日　《澳门日报·新园地》副刊发表鲁茂《笑匠宜“冷面”》。

⊙　《华侨报·华座》副刊刊载柏永的杂谈《瑜雅量——历史小说人物谈之二》，恒义的小说《乡土搜奇——张夫人传奇》（上），续载芬妮的小说《阎王帖》（三），慕容奇的小说《血红の杀身祸》（五）（附图片），梅傲冬的小说《同居》（八），思薇的小说《绑架廿四小时》（二十六）。

27日　《澳门日报·新园地》副刊发表陈洁《读〈岭南三家诗选〉》（上），鲁茂《想起“花姑娘……”》。

⊙　《华侨报·华座》副刊刊载佟立章的诗歌《题冯曼硕桃林双栖图》，续载恒义的小说《乡土搜奇——张夫人传奇》（下），芬妮的小说《阎王帖》（四），慕容奇的小说《血红の杀身祸》（六），梅傲冬的小说《同居》（九），思薇的小说《绑架廿四小时》（二十七）。

28日　《澳门日报·新园地》副刊发表鲁茂《拍拖报纸》，陈洁《读〈岭南三家诗选〉》（下），文若稚《小说情节做语面》。

⊙　《华侨报·华座》副刊刊载明凤的小说《生死关头》（一），续载慕容奇的小说《血红の杀身祸》（七），梅傲冬的小说《同居》（十），思薇的小说《绑架廿四小时》（二十八）。

29日　《澳门日报·新园地》副刊发表叔华《看了〈惨痛的战争〉之后》。

⊙　《华侨报·华座》副刊刊载克龄的杂谈《六鹤殿的由来》，慕容奇的小说《血乳》（一），苓子的小说《芳邻》（一），续载明凤的小说《生死关头》（二），思薇的小说《绑架廿四小时》（二十九）。

30日　《澳门日报·新园地》副刊发表凌钝的随笔《蛙声》，金中子《奇妙的符号》。

⊙　澳门戏剧社将于4月10日、11日假借公教大会堂公演四幕西方剧《鸳鸯配》。是次演出乃得到教育文化司赞助者。

⊙　《华侨报·华座》刊载默公的诗歌《春暖》，克龄的杂谈《墨点无多泪点多》，续载明凤的小说《生死关头》（三），慕容奇的小说《血乳》（二），苓子的小说《芳邻》（二），思薇的小说《绑架廿四小时》（三十）。

31日　《澳门日报·新园地》副刊发表陶里《代沟》。

⊙　《华侨报·华座》副刊刊载张茜的小说《破例》（上），续载明凤的小说《生死关头》（四），慕容奇的小说《血乳》（三），苓子的小说《芳邻》（三）。

四月

1日　《澳门日报·新园地》副刊发表冼得霖《善于就题》（诗词评赏），石在《似曾相识燕归来》（知识小品），陶里《运动服》。

⊙　《华侨报·华座》副刊续载明凤的小说《生死关头》（完），慕容奇的小说《血乳》（四），苓子的小说《芳邻》（四），张茜的小说《破例》（下）。

2日　《澳门日报·新园地》副刊发表鲁茂《不受欢迎的大总统》。

⊙　《华侨报·华座》副刊刊载柏永的小说《闲话赤壁》（上），恒义的小说《神姑卢眉娘》，何琛的小说《涂香水的鬼魂》（一），琪琪的小说《恩爱夫妻》（上），续载慕容奇的小说《血乳》（五）（附图片），苓子的小说《芳邻》（五）。

3日　《澳门日报·新园地》副刊发表翁锦霞《空中来仙》，鲁茂《揾银的十八般武艺》。

⊙　《华侨报·华座》副刊刊载恒义的小说《何维柏奏严嵩》（上），佟立章的诗歌《有寄》，续载柏永的小说《闲话赤壁》（下），何琛的小说《涂香水的鬼魂》（二），慕容奇的小说《血乳》（六）（附图片），苓子的小说《芳邻》（六），琪琪的小说《恩爱夫妻》（下）。

4日　《澳门日报·新园地》副刊发表鲁茂《阿SIR，我要……》，李超宏《喜获东北三宝》。

⊙　《华侨报·华座》副刊刊载佟立章的诗歌《清明前日寄诸侄》，江花的杂记《松柏楼杂记——苦难岁月续忆》，柏永《读诗随笔》（之五），续载恒义的小说《何维柏奏严嵩》（下），何琛的小说《涂香水的鬼魂》（三），慕容奇的小说《血乳》（七），苓子的小说《芳邻》（七）。

5日　《澳门日报·新园地》副刊发表叔华《欧文思死了》，李超宏《迷人的一出歌剧》。

⊙　《华侨报·华座》副刊刊载张贤长的诗歌《伤燕三首》，恒义的短篇小说《女诗人刘兰雪》（上），续载何琛的小说《涂香水的鬼魂》（四），慕容奇的小说《血乳》（八），苓子的小说《芳邻》（完）。

6日　《澳门日报·新园地》副刊发表鲁茂《中年人有一个关》。

⊙　《华侨报·华座》副刊刊载颂平的短篇小说《荒谬的梦》（上），慕容奇的小说《尸の脱走》（一），恒义的短篇小说《女诗人刘兰雪》，艾君的小说《新寡》（一），续载何琛的小说《涂香水的鬼魂》（五）。

7日　《澳门日报·新园地》副刊发表陶里《单车》。

⊙　《华侨报·华座》副刊刊载恒义的短篇小说《西来初地》（上），续载何琛的小说《涂香水的鬼魂》（六），慕容奇的小说《尸の脱走》（二），艾君的小说《新寡》（二），颂平的短篇小说《荒谬的梦》（下）。

8日　《澳门日报·新园地》副刊发表陶里《神仙·老虎·狗》，廖钺《清平乐》，小丁《阿基的转变》。

⊙　《华侨报·华座》副刊刊载颂平的短篇小说《礼物》（上），续载恒义的短篇小说《西来初地》（下），何琛的小说《涂香水的鬼魂》（完），慕容奇的小说《尸の脱走》（三），艾君的小说《新寡》（三）。

9日　《澳门日报·新园地》副刊发表鲁茂《做出好戏借东风》，骆南侨《光之歌》，丁丁《上街须知》。

⊙　《华侨报·华座》副刊续载慕容奇的小说《尸の脱走》（四），艾君的小说《新寡》（四），颂平的短篇小说《礼物》（下）。

10日　《澳门日报·新园地》副刊发表孙健强《回忆童年》，鲁茂《的士加价后》，丁丁《征友奇遇》。

⊙　由澳门教育文化司赞助，澳门戏剧社担纲演出的西方喜剧《鸳鸯配》是日晚八时十五分假借公教大会堂首演。光临的嘉宾计有教育文化司、新闻旅游司的李道明伉俪、海燕剧社、晓角戏剧艺研进社、中华教育话剧组及多位话剧界前辈。

⊙　《华侨报·华座》副刊刊载何芒的小说《古屋幽灵》（一），丁可的短篇小说《蛮妻》（上），续载慕容奇的小说《尸の脱走》（五），艾君的小说《新寡》（五）。

11日　《澳门日报·新园地》副刊发表鲁茂《一味要刺激》。

⊙　《海洋文艺》4月号已出版，本期特约两位旅美作家钱歌川和木令耆评介美国诗坛和文坛的新动向，其一为《美国诗坛的新声》，其二为《形式与内容》。其他要目有《年青一代的洪醒夫》（叶如新）、《读戴译“吉诃德爷”残稿》（王央乐）、《活叶杂记》（马国亮）、《香山忆故人》（赵清阁）、《三十年后》（聂华苓）、《啊！沙漠……》（李黎）等多篇。此外，尚有李辉英等的小说、俞平伯等的诗歌，以及其他译文和“外国文讯”“画页”，等等。

⊙　澳门戏剧社将续在公教大会堂演出名剧《鸳鸯配》。

⊙　《华侨报·华座》副刊续载何芒的小说《古屋幽灵》（二），慕容奇的小说《尸の脱走》（六），艾君的小说《新寡》（六），丁可的小说《蛮妻》（下）。

12日　《澳门日报·新园地》副刊发表叔华《八小时以外》，胡晓风《濠江小唱》。

胡晓风（1922—2010），原名胡明，广东顺德人。笔名有东方一羽、南宫燕、冷千山、蓝岚等。少年往南洋谋生，侨居印度尼西亚数十年，20世纪60年代从事华文报纸的工作。80年代流寓澳门，曾在《华侨报》撰写“横眉集”“低眉小语”专栏，针砭时弊，颇受市民欢迎。其杂文直言不讳，纵横开阖，聚散有致，感情强烈而真切，具有振聋发聩的冲击力和耐人寻味的艺术效果。他的散文蕴含深意，感情饱满，文笔老辣，善于在特定情景中营造氛围，抒发感情，文字潇洒率直。又以古典诗词为主，辅以简短杂文的形式在《澳门日报》撰写专栏“濠江小唱”，文笔优雅、辛辣兼备。曾主编《澳门脉搏》周报及艺文报刊《湖畔》。胡晓风性情耿介，心系家国，关注社会民生，其作品每多针砭时弊，诗词风格辛辣委婉兼擅，情感既深沉苍凉亦洒脱酣畅，新诗有“五四”时代的遗风，清新自然，别具特色。澳门基金会为其出版《南湾唱情》诗集四册。

⊙ 《华侨报·华座》副刊续载何芒的小说《古屋幽灵》（三），慕容奇的小说《尸の脱走》（七），艾君的小说《新寡》（七）。

13日 《澳门日报·新园地》副刊发表鲁茂《回忆单车载客》，凌晓枫《春日里的沉默》。

⊙ 《华侨报·华座》副刊刊载克龄的杂谈《毕加索绘和平鸽》，墨斗的杂记《沈菊花二三事》，慕容奇的小说《忠犬八公铜像》（一），续载何芒的小说《古屋幽灵》（四），艾君的小说《新寡》（八）。

14日 《澳门日报·新园地》副刊发表金中子《师说新篇》，方菲《一位诗人的心声》，丁丁《夜思》。

⊙ 《华侨报·华座》副刊刊载梅傲冬的小说《灯下》（一），续载何芒的小说《古屋幽灵》（完），艾君的小说《新寡》（完），慕容奇的小说《忠犬八公铜像》（二）。

15日 《澳门日报·新园地》副刊发表陶里《泼水节·裸体画》，丁丁《红色打单信》，凌奇《致教师》。

⊙ 《华侨报·华座》副刊刊载冯京的小说《乳上留痕》（一），芷苓的小说

《伤痕》（一），续载慕容奇的小说《忠犬八公铜像》（三），梅傲冬的小说《灯下》（二）。

16日　《澳门日报·新园地》副刊发表廖钺《泉州漫咏二首》，陶里《山上山下二题》。

⊙　《华侨报·华座》副刊续载冯京的小说《乳上留痕》（二），慕容奇的小说《忠犬八公铜像》（四），芷苓的小说《伤痕》（二），梅傲冬的小说《灯下》（三）。

17日　《澳门日报·新园地》副刊发表彤心《一日之晨好利用》，小濠《成功与失败》，张继祖《我心爱的小狗》，一尘《歌声的魅力》。

⊙　《华侨报·华座》续载冯京的小说《乳上留痕》（三），慕容奇的小说《忠犬八公铜像》（五）（附图片），梅傲冬的小说《灯下》（四），芷苓的小说《伤痕》（三）。

18日　《澳门日报·新园地》副刊发表鲁茂《民族风格最珍贵》。

⊙　《华侨报·华座》副刊刊载钟子的杂谈《作家的眼泪》，续载冯京的小说《乳上留痕》（四），慕容奇的小说《忠犬八公铜像》（六）（附图片），梅傲冬的小说《灯下》（五），芷苓的小说《伤痕》（四）。

19日　《澳门日报·新园地》副刊发表叔华《吸烟与戒烟》，凌晓枫《三果速写》。

⊙　《华侨报·华座》副刊刊载慕容奇的小说《地藏菩萨の音》（一），续载冯京的小说《乳上留痕》（五），芷苓的小说《伤痕》（五），梅傲冬的小说《灯下》（六）。

20日　《澳门日报·新园地》副刊发表鲁茂《电影圈重男轻女》。

⊙　《华侨报·华座》副刊续载冯京的小说《乳上留痕》（六），慕容奇的小说《地藏菩萨の音》（二），芷苓的小说《伤痕》（六），梅傲冬的小说《灯下》（七）。

21日　《澳门日报·新园地》副刊发表鲁茂《人才亦炒高价钱》，逸文《春》。

⊙　《华侨报·华座》副刊刊载夏应元的杂谈《关于鉴真的三本传记》，柏冬的小说《真相》（一），续载冯京的小说《乳上留痕》（完），慕容奇的小说《地藏菩萨の音》（三），芷苓的小说《伤痕》（七）。

22日　《澳门日报·新园地》副刊发表陶里《季节感》。

⊙　《华侨报·华座》副刊刊载柏永的杂谈《〈西游记〉的演变》（上），开始连载夏冰的小说《摩登风水先生》（时断时续，至1981年1月），续载慕容奇的小说《地藏菩萨の音》（四），芷苓的小说《伤痕》（八），柏冬的小说《真相》（二）。

23日　《澳门日报·新园地》副刊发表陶里《逆旅交情》，生活偶感《幽人》。

⊙　《华侨报·华座》副刊续载柏永的杂谈《〈西游记〉的演变》（下），慕容奇的小说《地藏菩萨の音》（五），芷苓的小说《伤痕》（完），柏冬的小说《真相》（三）。

24日　《澳门日报·新园地》副刊发表柯俊伟《风景》，鲁茂《从小孩入厕想到》，凌晓枫《搓汤圆的女孩》。

⊙　《华侨报·华座》副刊刊载默公的诗歌《调寄〈风入松〉》，灿诗的小说《情未了》（一），续载慕容奇的小说《地藏菩萨の音》（六），柏冬的小说《真相》（四）。

25日　《澳门日报·新园地》副刊发表鲁茂《好汉不吃眼前亏》，骆南侨《石壁树，红霞（外一首）》，丁丁《领奖》。

⊙　《华侨报·华座》副刊刊载克龄的杂谈《尼古拉三雄》，《领导齐梁文坛风骚的沈约》，续载慕容奇的小说《地藏菩萨の音》（完），灿诗的小说《情未了》（二），柏冬的小说《真相》（五）。

26日　《澳门日报·新园地》副刊发表叔华《徐娘半老的澳门》。

⊙　《华侨报·华座》副刊刊载慕容奇的小说《血树椏》（一），续载灿诗的小说《情未了》（三），柏冬的小说《真相》（六）。

27日　《澳门日报·新园地》副刊发表鲁茂《打麻将也科学化》，凌晓枫《扫墓》。

⊙　《华侨报·华座》副刊刊载江花的杂谈《迎战南洋商报乒队》，续载灿诗的小说《情未了》（四）。

28日　《澳门日报·新园地》副刊发表鲁茂《两类战争片》，胡晓风《如梦令二首》《西江月二首》（濠江小唱）。

⊙ 《华侨报·华座》副刊刊载梅傲冬的小说《新婚》（一），续载慕容奇的小说《血树桠》（二）（附图片），灿诗的小说《情未了》（五）。

29日 《澳门日报·新园地》副刊发表陶里《流莺》，一尘《大海》。

⊙ 《华侨报·华座》副刊续载慕容奇的小说《血树桠》（三），灿诗的小说《情未了》（六），梅傲冬的小说《新婚》（二）。

30日 《澳门日报·新园地》副刊发表陶里《海外赤子》，穗斌《伞》。

⊙ 《华侨报·华座》副刊续载慕容奇的小说《血树桠》（四），灿诗的小说《情未了》（七）。

五月

1日 《澳门日报·新园地》副刊发表叔华《读书与买书》，李宝森《翡翠与翡翠世家》，骆南侨《乞丐》。

⊙ 《华侨报·华座》副刊续载慕容奇的小说《血树桠》（五），灿诗的小说《情未了》（八），梅傲冬的小说《新婚》（三）。

3日 《澳门日报·新园地》副刊发表鲁茂《也是“儿童不宜”》，黄伟经《访邓拓夫人丁一岚》（一）。

⊙ 《华侨报·华座》副刊开始连载思薇的小说《卧底神探》（时断时续，至1980年12月5日止），续载慕容奇的小说《血树桠》（完），灿诗的小说《情未了》（完）。

4日 《澳门日报·新园地》副刊发表鲁茂《进修与“退修”》，胡晓风《濠江小唱》，黄伟经《访邓拓夫人丁一岚》（二）。

⊙ 《华侨报·华座》副刊刊载丁生的诗歌《春风不度玉门关》，慕容奇的小说《探汤血臂》（一），续载梅傲冬的小说《新婚》（四）。

5日 《澳门日报·新园地》副刊发表鲁茂《搬宝记》，胡晓风《濠江小唱三首》，黄伟经《访邓拓夫人丁一岚》（三），冼得霖《汉家陵阙》。

⊙ 《华侨报·华座》副刊续载慕容奇的小说《探汤血臂》（二），梅傲冬的小说《新婚》（五）。

6日　《澳门日报·新园地》副刊发表石在《“紫禁城”并非紫色》，骆南侨《诗之页（外一首）》，凌晓枫《我的眼镜（外一首）》，黄伟经《访邓拓夫人丁一岚》（四）。

⊙　《华侨报·华座》副刊续载慕容奇的小说《探汤血臂》（三），梅傲冬的小说《新婚》（六）。

7日　《澳门日报·新园地》副刊发表鲁茂《新摩门教徒》，廖钺《驷马》，杨永权《新发现的齐白石文稿》，黄伟经《访邓拓夫人丁一岚》（完）。

⊙　《华侨报·华座》副刊刊载默公的诗歌《满庭芳》，克龄的杂谈《鲜血凝成的作品》，续载慕容奇的小说《探汤血臂》（四）。

8日　《澳门日报·新园地》副刊发表鲁茂《对戏院的选择》，翡《电话奇遇记》，丁丁《芳姐的谜》。

⊙　《华侨报·华座》副刊刊载梅傲冬的小说《我没有错》（一），续载慕容奇的小说《探汤血臂》（五）。

9日　《澳门日报·新园地》副刊发表鲁茂《信念危机》，胡晓风《世纪的巨锤——悼念铁托总统》，白浪《雕塑家潘鹤谈艺术感受》（上）。

⊙　《华侨报·华座》副刊刊载克龄的杂谈《鲁迅的信笺》，丁生的诗歌《近水楼台先得月》，续载慕容奇的小说《探汤血臂》（六），梅傲冬的小说《我没有错》（二）。

10日　《澳门日报·新园地》副刊发表叔华《制服与工作咭》，白浪《雕塑家潘鹤谈艺术感受》（下）。

⊙　《华侨报·华座》副刊刊载丁生的诗歌《山外青山楼外楼》，续载慕容奇的小说《探汤血臂》（七），梅傲冬的小说《我没有错》（三）。

11日　《澳门日报·新园地》副刊发表鲁茂《撤退亦非易事》，骆南侨《萤火虫（外一首）》。

⊙　《华侨报·华座》副刊刊载江花的杂谈《浅论英雄造时势》，慕容奇的小说《血污的弓手》（一），续载慕容奇的小说《探汤血臂》（完），梅傲冬的小说《我没有错》（四）。

12日　《澳门日报·新园地》副刊发表陶里《香港意识》，凌晓枫《碎石路》。

⊙ 《华侨报·华座》续载梅傲冬的小说《我没有错》（五）。

13日 《澳门日报·新园地》副刊发表陶里《教育子女》，范怀烈《生活与写作》，芦荻《西樵杂咏》。

⊙ 《华侨报·华座》副刊续载慕容奇的小说《血污的弓手》（二），梅傲冬的小说《我没有错》（六）。

14日 《澳门日报·新园地》副刊发表鲁茂《执法队伍应注重素质》，思遥《雾》。

⊙ 《华侨报·华座》副刊续载慕容奇的小说《血污的弓手》（三），梅傲冬的小说《我没有错》（七）。

15日 《澳门日报·新园地》副刊发表杨伟权《良好的嗜好》，赵不还《老师不在的时候》，冬耘《苦瓜》，鲁茂《睦邻》，长青《雾中行》。

⊙ 《海洋文艺》已经出版，本期特约专稿有沈从文的《一个传奇的本事》、冯亦代的《戴望舒在香港》、张葆莘的《傅雷论张爱玲》等，其他要目有《陈若曦和她的旅程》（叶如新）、《新诗旧话与标新立异》（秦松）、《关于凡尔哈仑》（郭风）、《三十年后》（聂华苓），此外尚有李洛霞、张君默的小说，蔡其矫、韩牧、原甸、木令耆等的诗歌，“翻译小说”“外国文讯”等。

⊙ 《华侨报·华座》副刊刊载克龄的杂谈《托尔斯泰出走》，续载慕容奇的小说《血污的弓手》（四），梅傲冬的小说《我没有错》（八）。

16日 《澳门日报·新园地》副刊发表鲁茂《电影中的残废主角》，凌晓枫《病中吟》。

⊙ 《华侨报·华座》副刊续载慕容奇的小说《血污的弓手》（五），梅傲冬的小说《我没有错》（完）。

17日 《澳门日报·新园地》副刊发表叔华《以礼待人》，芦荻《西樵诗草》。

⊙ 《华侨报·华座》副刊刊载柏永的小说《谈“忍”》，佟立章的诗歌《有寄》，颂平的小说《舞衣》（一），续载慕容奇的小说《血污的弓手》（六）。

18日 《澳门日报·新园地》副刊发表鲁茂《一枝独秀好景不长》，骆南侨《向日葵》。

⊙ 《华侨报·华座》副刊续载慕容奇的小说《血污的弓手》（七），颂平的小说《舞衣》（二）。

19日 《澳门日报·新园地》副刊发表石在《漫话珍珠》，黄海《欢迎红线女重临香江》。

⊙ 《华侨报·华座》副刊刊载丁生的杂谈《如可赎兮人百其身》，续载慕容奇的小说《血污的弓手》（八），颂平的小说《舞衣》（三）。

20日 《澳门日报·新园地》副刊发表夏轻寒《偷窃、抢劫、杀人》，一尘《铁托，伟大》。

⊙ 黄文宗女士新的散文集《百闻不如一见》在港澳书店发行。

⊙ 《华侨报·华座》副刊续载慕容奇的小说《血污的弓手》（九），颂平的小说《舞衣》（四）。

21日 《澳门日报·新园地》副刊发表鲁茂《怀旧成风》，黄海《抱香吟》，凌晓枫《带泪的悼念》。

⊙ 《华侨报·华座》副刊刊载默公的诗歌《钗头凤》，续载慕容奇的小说《血污的弓手》（十），颂平的小说《舞衣》（五）。

22日 《澳门日报·新园地》副刊发表鲁茂《陪犬子读书》，胡晓风《濠江小唱》。

⊙ 青年书屋为推广本澳中文运动，特定于本月25日晚上8时，假借“望德堂青年中心”举行现代诗演讲会。是次讲座题目为“郑愁予诗的欣赏”，由香港中文大学哲学硕士黄坤尧先生主持，完全免费，欢迎各界人士莅临参加。

⊙ 《华侨报·华座》副刊刊载晁意的杂谈《由王安石“剥枣”说起》，续载慕容奇的小说《血污的弓手》（完），颂平的小说《舞衣》（六）。

23日 《澳门日报·新园地》副刊发表鲁茂《以踢波喻写文章》，骆南侨《挽歌》，夏轻寒《由内地来澳青年想起》。

⊙ 《华侨报·华座》副刊刊载柏永的诗歌《浣溪沙》，慕容奇的小说《脱尸奇案》（一），续载颂平的小说《舞衣》（七）。

24日 《澳门日报·新园地》副刊发表叔华《怀旧与李丽华》，一士《洲际火箭发射成功喜赋》，廖钺《岩石颂》。

⊙ 《华侨报·华座》副刊刊载柏永的杂谈《“知子莫若父”的启示》，仲平的短篇小说《嫂夫人》，续载慕容奇的小说《脱尸奇案》（二），颂平的小说《舞衣》（八）。

25日 《澳门日报·新园地》副刊发表鲁茂《从女腔谈到其他……》，濠江客《一段华侨惨痛血泪史“卖猪仔”》。

⊙ 《华侨报·华座》副刊续载慕容奇的小说《脱尸奇案》（三），颂平的小说《舞衣》（完）。

26日 《澳门日报·新园地》副刊发表麦芒《冲出亚洲！》，范怀烈《游踪联趣》，谭任杰《书堂春》。

⊙ 《华侨报·华座》副刊刊载丁生的杂谈《岂其食鱼必河之鲤》，芬芷的小说《夕阳之恋》（一），续载慕容奇的小说《脱尸奇案》（四）。

27日 《澳门日报·新园地》副刊发表石在《荷塘秀色》，夏轻寒《制水与投诉》。

⊙ 澳门“复民合唱团”定于6月9日晚上8时30分，假借大会堂举行圣乐演唱会，纪念葡国诗人贾梅士逝世四百周年。

⊙ 《华侨报·华座》副刊续载慕容奇的小说《脱尸奇案》（五），芬芷的小说《夕阳之恋》（二）。

28日 《澳门日报·新园地》副刊发表鲁茂《女兵与女警》，丁丁《运动服》，方菲《文艺·政治·阶级斗争》。

⊙ 《华侨报·华座》副刊续载慕容奇的小说《脱尸奇案》（六），芬芷的小说《夕阳之恋》（三）。

29日 《澳门日报·新园地》副刊发表鲁茂《憎人富贵嫌人穷》，胡晓风《诗二首》（濠江小唱），东瑞《玩具》；《儿童园地》发表陈秀凤《红棉花开了》。

⊙ 《华侨报·华座》副刊续载慕容奇的小说《脱尸奇案》（七），芬芷的小说《夕阳之恋》（四）。

30日 《澳门日报·新园地》副刊发表鲁茂《何苦“来”哉》，凌钝《接收》，东瑞《小说可以没有情节》。

⊙ 是日11时教育文化司署，于塔石珠场，向本澳报界发表“贾梅士逝世四百周年”庆祝活动大会的活动程序，据教育文化司碧加路表示：因是年是贾氏逝世四百周年，故本澳将举行多项活动，来庆祝此纪念日。本年6月10日，为葡国诗人贾梅士逝世四百周年，为纪念贾氏，本澳将举行多项活动节目。

⊙ 《华侨报·华座》副刊续载慕容奇的小说《脱尸奇案》（八），芬芷的小说《夕阳之恋》（五）。

31日 《澳门日报·新园地》副刊发表叔华《王昭君的悲与喜》，沈实《迈阿密的“黑色炸弹”》，夏轻寒《看电影》，一尘《给小沙茵》。

⊙ 《华侨报·华座》副刊续载慕容奇的小说《脱尸奇案》（九），芬芷的小说《夕阳之恋》（六）。

六月

1日 《澳门日报·新园地》副刊发表鲁茂《报纸如快餐店》。

⊙ 《华侨报·华座》副刊刊载慕容奇的小说《信州之冤案》（一），续载芬芷的小说《夕阳之恋》（七）。

2日 《澳门日报·新园地》副刊发表陶里《不是美丽的错误——听黄坤尧硕士讲诗》，沈实《美国黑人的待遇》。

⊙ 《华侨报·华座》副刊刊载颂平的短篇小说《女强人》（上），续载慕容奇的小说《信州之冤案》（二），芬芷的小说《夕阳之恋》（八）。

3日 《澳门日报·新园地》副刊发表陶里《小胡子大诗人》，琦《星空采矿》，胡晓风《濠江小唱三首》。

⊙ 《华侨报·华座》副刊续载慕容奇的小说《信州之冤案》（三），芬芷的小说《夕阳之恋》（九），颂平的短篇小说《女强人》（下）。

4日 《澳门日报·新园地》副刊发表夏轻寒《警惕啊，女孩子们》，鲁茂《儿童节和戒烟》。

⊙ 《华侨报·华座》副刊续载慕容奇的小说《信州之冤案》（四），芬芷的小说《夕阳之恋》（完）。

5日 《澳门日报·新园地》副刊发表丁丁《珍珠从哪里来》，何家兴《我的学校》，鲁茂《打假波》，凌钝《父亲》。

⊙ 《华侨报·华座》副刊刊载颂平的短篇小说《选择》，克龄的杂谈《海明威及老舍》，芬芷的小说《花落谁家》（一），续载慕容奇的小说《信州之冤案》（五）。

6日 《澳门日报·新园地》副刊发表丁丁《百密一疏》，鲁茂《谈丑生戏之大忌》，胡晓风《濠江小唱三首》，杨曼《大仲马与〈基督山恩仇记〉》。

⊙ 《华侨报·华座》副刊刊载康妮的短篇小说《少女情怀》，续载慕容奇的小说《信州之冤案》（六），芬芷的小说《花落谁家》（二）。

7日 《澳门日报·新园地》副刊发表叔华《照相机的联系》，陶里《扬帆而去 写在濠江中学建校四十八周年之前》。

⊙ 《华侨报·华座》副刊刊载柏永的杂谈《韩愈与潮州》（上），续载慕容奇的小说《信州之冤案》（七），芬芷的小说《花落谁家》（三）。

8日 《澳门日报·新园地》副刊发表陶里《星座》，夏轻寒《别做那样愚蠢的事》。

⊙ 《华侨报·华座》副刊刊载柏永的杂谈《韩愈与潮州》（下），柏永的杂谈《“百花家”与张二乔》（上），续载慕容奇的小说《信州之冤案》（八），芬芷的小说《花落谁家》（四）。

9日 《澳门日报·新园地》副刊发表陶里《气质》。

⊙ 《华侨报·华座》副刊刊载颂平的短篇小说《第一次见面》，欣欣的短篇小说《舞伴》，续载慕容奇的小说《信州之冤案》（完），芬芷的小说《花落谁家》（五）。

10日 《澳门日报·新园地》副刊发表鲁茂《桥》，胡晓风《濠江小唱》。

⊙ 《华侨报·华座》副刊刊载严维明的杂谈《诗人角》，遭之文的短篇小说《妙计》（上），续载芬芷的小说《花落谁家》（六）。

11日 《澳门日报·新园地》副刊发表鲁茂《我也谈〈京华春梦〉》，谭任杰《赴穗短曲》，沈实《美越混血儿的请愿》。

⊙ 《华侨报·华座》副刊刊载陆迪的短篇小说《情敌》，续载遭之文的短篇小说《妙计》（下），芬芷的小说《花落谁家》（七）。

12日　《澳门日报·新园地》副刊发表鲁茂《相字》，胡晓风《濠江小唱三首》。

⊙　《海洋文艺》6月号已出版，本期有多篇特约专稿，包括《科学小说的展望》（钱歌川）、《夏承焘访问记》（杨牧之）、《回忆诗人戴望舒》（孙源），其他要目有《法国散文诗十篇》（施蛰存），《萨特尔病逝巴黎》（钱歌川），《不同流俗的吴浊流》（叶如新），《郁结的心》（李汝淋），《发榜的一天》（双翼）。此外，尚有名家诗歌、散文、小说多篇，以及"外国文讯"等。

⊙　《华侨报·华座》副刊刊载慕容奇的小说《上州屋前的恶魔》（一），续载芬芷的小说《花落谁家》（八）。

13日　《澳门日报·新园地》副刊发表鲁茂《足球教练难做》，凌晓枫《我的爱好》，胡晓风《濠江小唱》，沈实《今日的胡志明市》。

⊙　《华侨报·华座》副刊刊载克龄的杂谈《作家与树叶》，颂平的短篇小说《退出情场》，续载慕容奇的小说《上州屋前的恶魔》（二），芬芷的小说《花落谁家》（完）。

14日　《澳门日报·新园地》副刊发表叔华《女孩子的难题》，沈实《越南南方的怀旧热》，丁丁《芳姐》。

⊙　《华侨报·华座》副刊刊载迪俊的杂谈《试谈辛稼轩的〈破阵子〉》，芬芷的小说《重逢》（一），续载慕容奇的小说《上州屋前的恶魔》（三）。

15日　《澳门日报·新园地》副刊发表陶里《诗人的哀荣》，何之《大扫除》，丁丁《两种人》。

⊙　澳门中华教育会会刊《澳门教育》是年第二至第三期（总第一〇五至第一〇六期）合刊是日出版。本期内容丰富，其中包括"学生风景、静物写生比赛专辑"，还有有关教学方面的专文：《谈谈反切与入声》《甲骨文是汉字的最古文字——浅谈文字学与书法》《风采多姿的生态、形象奇趣的动词》《对小学体育科的粗浅看法》《一种新颖习题——程序习题》，还刊载反映当时当地师生关系的小品《佢教过我》《台城行——步黄天同志"花城行原韵"》《假日游大良》等，以及会讯和读者来信，等等。

⊙ 《华侨报·华座》副刊刊载欣昕的短篇小说《情缘》，续载慕容奇的小说《上州屋前的恶魔》（完），芬芷的小说《重逢》（二）。

16日 《澳门日报·新园地》副刊发表丁丁《送猫记》，陶里《也就是相机联想》，范怀烈《作者与编辑》，胡晓风《濠江小唱》。

⊙ 《华侨报·华座》副刊刊载慕容奇的小说《武者之神》（一），续载芬芷的小说《重逢》（三）。

17日 《澳门日报·新园地》副刊发表骆南侨的诗歌《一意孤行贝壳石卵》，鲁茂《假如陶渊明生于今日……》，孤独庸《盲眼的婆婆》，胡晓风《濠江小唱》。

⊙ 《华侨报·华座》副刊续载慕容奇的小说《武者之神》（二），芬芷的小说《重逢》（四）。

18日 《澳门日报·新园地》副刊发表鲁茂《我行了好运》，沈实《法国的妓女》，胡晓风《濠江小唱二首》。

⊙ 《华侨报·华座》副刊刊载东平的短篇小说《抉择》，欣昕的短篇小说《今夕》，续载慕容奇的小说《武者之神》（三），芬芷的小说《重逢》（五）。

19日 《澳门日报·新园地》副刊发表鲁茂《牙痛惨过大病！》，胡晓风《濠江小唱二首》，冼得霖《暖风十里游人醉》。

⊙ 《华侨报·华座》副刊刊载仲南的短篇小说《妒妻》，默公的诗歌《梅梢月》，有桂的杂谈《历时三百年的清宫选美》，续载慕容奇的小说《武者之神》（四），芬芷的小说《重逢》（六）。

20日 《澳门日报·新园地》副刊发表鲁茂《比邻若天涯》，胡晓风《濠江小唱二首》，玉文《蒲公英（外一首年宵花市）》。

玉文，出生于苏门答腊，早年回国，在北京受过舞蹈训练，曾被派出国学习和表演。退出舞蹈队伍后，与夫婿、孩子定居澳门，初期曾做舞蹈教练，后来停业，转而做文员和协助丈夫搞贸易，先后为《澳门日报》和《华侨报》的专栏写文章。既写诗又写散文。她的散文大多灵思飘逸，充满动感。篇幅小而灵巧，句子短而凝练。节奏明快，诗意盎然。词语简洁、明快而又含蕴丰富。澳门作家陶里认为："澳门女作家之中，玉文的诗文可以说是最具现代意味和最富含蓄韵味的。"

⊙ 《华侨报·华座》副刊刊载芝秀的短篇小说《来去匆匆》，续载有桂的杂谈《历时三百年的清宫选美》（二），慕容奇的小说《武者之神》（五）（附图片）。

21日 《澳门日报·新园地》副刊发表叔华《点止睇龙船咁简单！》，石在《香肉杂谈》，沈实《美国毒品再泛滥》，胡晓风《濠江小唱》。

⊙ 《华侨报·华座》副刊刊载颂平的短篇小说《歌星》，欣昕的短篇小说《好人难做》，续载有桂的杂谈《历时三百年的清宫选美》（三），慕容奇的小说《武者之神》（六），芬芷的小说《重逢》（八）。

22日 《澳门日报·新园地》副刊发表陶里《绘画音乐养性灵》，夏轻寒《热浪·蝉噪》，范怀烈《湛江湖光岩及其传说》，凌晓枫《贺一封新婚好友》，丁丁《球赛》，胡晓风《濠江小唱二首》。

⊙ 《华侨报·华座》副刊刊载欣昕的短篇小说《梦醒》，慕容奇的小说《鬼魂灵部屋》（一），续载芬芷的小说《重逢》（完）。

23日 《澳门日报·新园地》副刊发表陶里《贼夫人之子》，丁丁《警醒梦中人》，沈实《美国外交与毒品》，胡晓风《濠江小唱》。

⊙ 《华侨报·华座》副刊刊载芬芷的小说《旅程》（一），续载慕容奇的小说《鬼魂灵部屋》（二）。

24日 《澳门日报·新园地》副刊发表鲁茂《暗恋》，东瑞《赌马&服装》，胡晓风《濠江小唱》。

⊙ 《华侨报·华座》副刊续载慕容奇的小说《鬼魂灵部屋》（三），芬芷的小说《旅程》（二）。

25日 《澳门日报·新园地》副刊发表鲁茂《也是杀手》，胡晓风《濠江小唱》。

⊙ 《华侨报·华座》副刊刊载梅傲冬的小说《陨星》（一），续载慕容奇的小说《鬼魂灵部屋》（四），芬芷的小说《旅程》（三）。

26日 《澳门日报·新园地》副刊发表鲁茂《香港"少爷兵"》，东瑞《拍卖&

鸽子笼》，胡晓风《濠江小唱》。

⊙　《华侨报·华座》副刊刊载佟立章的诗歌《得无花果病起夜眺》，续载梅傲冬的小说《陨星》（二），慕容奇的小说《鬼魂灵部屋》（五），芬芷的小说《旅程》（四）。

27日　《澳门日报·新园地》副刊发表鲁茂《中年、老年的影迷知多少》，胡晓风《濠江小唱》。

⊙　《华侨报·华座》副刊刊载佟立章的诗歌《任真汉兄贻画有笔狂墨怪语，天趣可掬，率成一绝题任真汉猎画》，续载梅傲冬的小说《陨星》（三），慕容奇的小说《鬼魂灵部屋》（六），芬芷的小说《旅程》（五）。

28日　《澳门日报·新园地》副刊发表胡晓风《濠江小唱》。

⊙　《华侨报·华座》副刊刊载柏永的杂谈《痴人说梦录——〈红楼梦〉的研究与各种传说》（上），佟立章的诗歌《无题》，续载慕容奇的小说《鬼魂灵部屋》（七），梅傲冬的小说《陨星》（四），芬芷的小说《旅程》（六）。

29日　《澳门日报·新园地》副刊发表司马寒星《有女初长成的时候》，胡晓风《濠江小唱》。

⊙　《华侨报·华座》副刊刊载柏永的杂谈《痴人说梦录——〈红楼梦〉的研究与各种传说》（下），佟立章的诗歌《观中国名胜写生画展》，恒义的杂谈《蒙诏砌诗》，续载慕容奇的小说《鬼魂灵部屋》（八），梅傲冬的小说《陨星》（五），芬芷的小说《旅程》（七）。

30日　《澳门日报·新园地》副刊发表陶里《渡头风波》，谭任杰《鹧鸪天》，一尘《忆江南二首》，胡晓风《濠江小唱二首》。

⊙　《华侨报·华座》副刊续载慕容奇的小说《鬼魂灵部屋》（完），梅傲冬的小说《陨星》（六），芬芷的小说《旅程》（八）。

七月

1日　《澳门日报·新园地》副刊发表陶里《大草帽·百褶裙》，沈实《世界最大“医生出口国”》，谭任杰《鹧鸪天二首》，胡晓风《代价&再看画展》，鲁夫《覆巢》。

⊙　《华侨报·华座》副刊刊载慕容奇的小说《血雨》（一），续载梅傲冬的小说《陨星》（七），芬芷的小说《旅程》（完）。

2日　《澳门日报·新园地》副刊发表鲁茂《寻找自我》，陈一民《乘水翼船有感》，胡晓风《预防&质疑》，凌晓枫《学单车》。

⊙　《华侨报·华座》副刊刊载谭任杰的诗歌《鹧鸪天》，苓芷的小说《偶遇》（一），仲达的小说《灭虱记》（上），苓芷的小说《偶遇》，续载梅傲冬的小说《陨星》（八），慕容奇的小说《血雨》（二）。

3日　《澳门日报》刊载黄雅珊《夏之晨》，夕岚《试场里》；《新园地》副刊发表鲁茂《发奖》，胡晓风《遇骗&发现》，东瑞《忙的喘不过气》。

⊙　《华侨报·华座》副刊续载梅傲冬的小说《陨星》（完），慕容奇的小说《血雨》（三），苓芷的小说《偶遇》（二），仲达的小说《灭虱记》（下）。

4日　《澳门日报·新园地》副刊发表鲁茂《自卑感》，骆南侨《仙人掌》，胡晓风《走着瞧&女贼老板》。

⊙　《华侨报·华座》副刊续载慕容奇的小说《血雨》（四），苓芷的小说《偶遇》（三）。

5日　《澳门日报·新园地》副刊发表司马寒星《趁洋娃娃还要你弄》，沈实《三K党在多伦多招兵买马》，胡晓风《送别》。

⊙　《华侨报·华座》副刊续载慕容奇的小说《血雨》（五），苓芷的小说《偶遇》（四）。

6日　《澳门日报·新园地》副刊发表鲁茂《佩服，佩服，佩服！——看〈打神〉有感》，胡晓风《鹧鸪天&摊破浣溪沙》。

⊙　《华侨报·华座》副刊刊载克龄的杂谈《徐悲鸿的誓言》，秀芝的短篇小说《毁灭》（上），续载慕容奇的小说《血雨》（六），苓芷的小说《偶遇》（五）。

7日　《澳门日报·新园地》副刊发表叔华《粤剧今后怎么办》，陈一民《艺坛此日生机旺》，胡晓风《何苦&生与死》。

⊙ 《华侨报·华座》刊载秀芝的短篇小说《毁灭》（下），续载慕容奇的小说《血雨》（完），苓芷的小说《偶遇》（六）。

8日 《澳门日报·新园地》副刊发表陶里《在水一方》，夏冬《满江红》，胡晓风《嫌少&唔见咗》。

⊙ 《华侨报·华座》副刊刊载诗歌《山寮寒夜》，慕容奇的小说《蓝格子腰带》（一），续载苓芷的小说《偶遇》（七）。

9日 《澳门日报·新园地》副刊发表陶里《印支啼笑集》，胡晓风《无独有偶&启示录》，施笔《心血成果》，蒋星煜《忆周策纵兄》。

⊙ 《华侨报·华座》副刊刊载佟立章的诗歌《有赠》，恒义的杂谈《张镇孙佚事》，新月的杂谈《访书法家麦华三先生》，续载慕容奇的小说《蓝格子腰带》（二），苓芷的小说《偶遇》（完）。

10日 《澳门日报》刊载骆南侨《小小的一张嘴》；《新园地》副刊发表鲁茂《认老与不认老》，骆南侨《鸵鸟》，东瑞《老舍的〈正红旗下〉》，胡晓风《海上惊魂&小狗待领》，蒋星煜《杨贵妃和荔枝》。

⊙ 《华侨报·华座》副刊刊载梅傲冬的小说《背面》（一），续载慕容奇的小说《蓝格子腰带》（三）。

11日 《澳门日报·新园地》副刊发表鲁茂《谈流行曲的歌词》，长青《荷叶》，胡晓风《险做了胡涂鬼&水！水！水！》，沈实《奥运会像军营》。

⊙ 《华侨报·华座》副刊刊载颂平的小说《天使之谜》（一），续载慕容奇的小说《蓝格子腰带》（四），梅傲冬的小说《背面》（二）。

12日 《澳门日报·新园地》副刊发表叔华《剧场为什么嘈吵》，沈实《〈人民日报〉登聘人广告》，胡晓风《舞海魅影&相遇是缘》。

⊙ 《华侨报·华座》副刊：九龙乐善堂百年纪念征诗征联，经该堂主席李会桃，副主席顾思聪、许贤瑛、刘德、罗润深等人评选，会同评选委员王韶生、王淑陶、涂公遂、苏文擢、何敬群、甄陶、陈本等教授评阅完竣，因佳作太多，决定将优异奖名额增加，并增设特优及入选佳作奖。

⊙ 《华侨报·华座》副刊续载颂平的小说《天使之谜》（二），慕容奇的小说《蓝格子腰带》（五），梅傲冬的小说《背面》（三）。

13日　《澳门日报·新园地》副刊发表鲁茂《蓝领吃香程度下降》，黄海《剧有灵犀万众通》，胡晓风《玩不得也哥哥&来啦》。

⊙　《华侨报·华座》副刊刊载杂谈《作家的顽强》，颂平的短篇小说《婚变》，续载颂平的小说《天使之谜》（三），慕容奇的小说《蓝格子腰带》（六），梅傲冬的小说《背面》（四）。

14日　《澳门日报·新园地》副刊发表陶里《心声与笛声》，沈实《做惯乞儿懒做官》，胡晓风《执番条命&红粉抢徒》。

⊙　《华侨报·华座》副刊刊载颂平的短篇小说《移情》，续载颂平的小说《天使之谜》（四），慕容奇的小说《蓝格子腰带》（七），梅傲冬的小说《背面》（五）。

15日　《澳门日报·新园地》副刊发表阿根《拉客》，陶里《两代感情》，胡晓风《罪&罚》。

⊙　《华侨报·华座》副刊刊载颂平的短篇小说《玫瑰魔力》，续载颂平的小说《天使之谜》（五），慕容奇的小说《蓝格子腰带》（八），梅傲冬的小说《背面》（六）。

16日　《澳门日报·新园地》副刊发表鲁茂《中国“瘦皮猴”》，胡晓风《热死人&天难做》。

⊙　《华侨报·华座》副刊刊载柏永的杂谈《再谈“求解”》，颂平的短篇小说《姐妹情》，续载颂平的小说《天使之谜》（六），慕容奇的小说《蓝格子腰带》（九），梅傲冬的小说《背面》（七）。

17日　《澳门日报》刊载郑润威《学游泳》，诗韵《暑期的计划》；《新园地》副刊发表鲁茂《过犹不及》，胡晓风《高抬贵手&照加可也》，玉文《南风&喊得眼泪》。

⊙　《华侨报·华座》副刊刊载颂平的短篇小说《菊妹》，续载颂平的小说《天使之谜》（七），慕容奇的小说《蓝格子腰带》（完），梅傲冬的小说《背面》（八）。

18日　《澳门日报·新园地》副刊发表鲁茂《叻女难得揾对象》，黄山《满江红》，胡晓风《菩萨蛮&山坡羊》，沈实《计算机预告健康情况》。

⊙ 《华侨报·华座》副刊刊载纳兰若愚的小说《月下魂》（上）（附图片），子禾小说《喷血田》，续载颂平的小说《天使之谜》（完），梅傲冬的小说《背面》（完）。

19日 《澳门日报·新园地》副刊发表叔华《人少好食做》，丁残月《这是不是爱情》，胡晓风《冤家&老妇》。

⊙ 《华侨报·华座》副刊刊载柏永的《儒林拾趣》，芬芷的小说《不堪回首》（一），续载纳兰若愚的小说《月下魂》（下）（附图片），子禾的小说《喷血田》（二）。

20日 《澳门日报·新园地》副刊发表鲁茂《助人不易》，胡晓风《乌夜啼&不是路》。

⊙ 《华侨报·华座》副刊刊载克龄的杂谈《佐拉与莫泊桑》，续载芬芷的小说《不堪回首》（二），子禾的小说《喷血田》（三）。

21日 《澳门日报·新园地》副刊发表陶里《谈仁》，沈实《男女最平等的国家》，骆南侨《诗两首雨&巨型岩块》，胡晓风《人生&天气》。

⊙ 年过花甲的著名京剧演员张君秋，在深入研究京剧表演艺术之余，还登门拜访老画家许麟庐，向他学习中国画。

⊙ 《华侨报·华座》副刊刊载克龄的杂谈《梅兰芳的虚心》，慕容奇的小说《风火雷神像的飘逝》（一），续载芬芷的小说《不堪回首》（三），子禾的小说《喷血田》（四）。

22日 《澳门日报·新园地》副刊发表陶里《搭哪一条船好呢？》，沈实《最受优待的瑞典父母》，丁残月《莫斯科与奥运会开幕》，胡晓风《梦醒&枉死》。

⊙ 《华侨报·华座》副刊续载慕容奇的小说《风火雷神像的飘逝》（二），芬芷的小说《不堪回首》（四），子禾的小说《喷血田》（五）。

23日 《澳门日报·新园地》副刊发表鲁茂《行人道》，胡晓风《采桑子&虞美人》，凌钝《诗两首&无题》。

⊙ 《华侨报·华座》副刊续载慕容奇的小说《风火雷神像的飘逝》（三），芬芷的小说《不堪回首》（五），子禾的小说《喷血田》（六）。

24日　《澳门日报·新园地》副刊发表鲁茂《欣赏流行曲》，胡晓风《“谜”样人生&看“锡晒你”》。

⊙　《华侨报·华座》副刊续载慕容奇的小说《风火雷神像的飘逝》（四），芬芷的小说《不堪回首》（六），子禾的小说《喷血田》（七）。

25日　《澳门日报·新园地》副刊发表鲁茂《捱穷》，胡晓风《如梦令&西江月》。

⊙　《华侨报·华座》副刊续载慕容奇的小说《风火雷神像的飘逝》（五），芬芷的小说《不堪回首》（七），子禾的小说《喷血田》（八）。

26日　《澳门日报·新园地》副刊发表叔华《以礼待人》，胡晓风《通天&一念》。

⊙　《华侨报·华座》副刊刊载恒义的杂谈《蛮女和熠纱女》（上），杂谈《台湾诗歌发展》，续载慕容奇的小说《风火雷神像的飘逝》（六），芬芷的小说《不堪回首》（完），子禾的小说《喷血田》（完）。

27日　《澳门日报·新园地》副刊发表鲁茂《密探》，杜程《祖国游踪》（上），胡晓风《不是路&蝶恋花》。

⊙　《华侨报·华座》副刊刊载恒义的杂谈《蛮女和熠纱女》（下），诗媚的小说《门当户对》（一），逸之的小说《十剑除奸》（一），续载慕容奇的小说《风火雷神像的飘逝》（七）。

28日　《澳门日报·新园地》副刊发表陶里《恶梦前后》，胡晓风《空空&可怜》，杜程《祖国游踪》（下）。

⊙　《华侨报·华座》副刊刊载恒义的杂谈《至诚彭伯森》，续载慕容奇的小说《风火雷神像的飘逝》（八），诗媚的小说《门当户对》（二），逸之的小说《十剑除奸》（二）。

29日　《澳门日报·新园地》副刊发表陶里《信念危机之一》，冼得霖《滕王阁抒怀》（诗词评赏），闲云《咏木棉》，胡晓风《劫余生&风中一乐》，丁丁《闹鼠记》。

⊙　《华侨报·华座》副刊刊载华布的短篇小说《酒后》（附图片），续载诗媚的小说《门当户对》（三），逸之的小说《十剑除奸》（三）。

30日　《澳门日报·新园地》副刊发表鲁茂《鼓励孩子们学绘画吧！》，胡晓风《不信&牵累》，骆南侨《蜡烛》。

⊙　《华侨报·华座》副刊刊载丁生的杂谈《秋时自零落　春月复芬芳》，续载诗媚的小说《门当户对》（四），逸之的小说《十剑除奸》（四）。

31日　《澳门日报·新园地》副刊发表鲁茂《乌龙帮办》，东瑞《淘气》，胡晓风《鸣鼓&拉幕》。

⊙　《华侨报·华座》副刊刊载李汝伦的诗歌《岩下诗草》，克龄的杂谈《莫里哀的女仆》，纳兰若愚的短篇小说《风雨故人来》（上），续载诗媚的小说《门当户对》（五），逸之的小说《十剑除奸》（五）。

八月

1日　《澳门日报·新园地》副刊发表鲁茂《透明人》，胡晓风《听到&问君》，五月天《摩托车日记》，开始连载阿加莎·克里斯蒂《尼米亚的狮子》（至1980年8月31日止），江萍的《刘黑仔》（至1980年10月8日止）。

⊙　《华侨报·华座》副刊刊载克龄的杂谈《海涅笔下的康德》，纳兰若愚的短篇小说《风雨故人来》（下），续载诗媚的小说《门当户对》（六），逸之的小说《十剑除奸》（六）。

2日　《澳门日报·新园地》副刊发表叔华《儿童影片少有少》，胡晓风《情变之一&情变之二》，凌钝《伸展与寻觅》。

⊙　《华侨报·华座》副刊刊载谭任杰的诗歌《画堂春》，克龄的杂谈《莫扎特和老乞丐》，慕容奇的小说《浮世草子与浮世绘》（一），续载诗媚的小说《门当户对》（七），逸之的小说《十剑除奸》（七）。

3日　《澳门日报·新园地》副刊发表鲁茂《饮茶的偏爱》，司马寒星《油加多了一毫及其它》，胡晓风《歪路&遗弃》，丁丁《爱情》。

⊙　《华侨报·华座》副刊刊载柏永的杂谈《痴人说梦录之三（上）——从海棠诗社到桃花诗社》，续载慕容奇的小说《浮世草子与浮世绘》（二），诗媚的小说《门当户对》（完），逸之的小说《十剑除奸》（完）。

4日　《澳门日报·新园地》副刊发表陶里《池中话龙蛇》，胡晓风《画展&散场》。

⊙　《华侨报·华座》副刊刊载柏永的杂谈《痴人说梦录之三（下）——从海

棠诗社到桃花诗社》，李汝伦的诗歌《岩下诗草》，雅伦的小说《三人》（一），花拉的小说《异国佳人》（一），续载慕容奇的小说《浮世草子与浮世绘》（三）。

5日　《澳门日报·新园地》副刊发表陶里《理发记》，夏冬《满江红》，胡晓风《赛马车&争“雀王”》。

⊙　《华侨报·华座》副刊刊载欣欣的短篇小说《婚变》，续载慕容奇的小说《浮世草子与浮世绘》（四），雅伦的小说《三人》（二），花拉的小说《异国佳人》（二）。

6日　《澳门日报·新园地》副刊发表鲁茂《斗智》，胡晓风《送礼&要命》。

⊙　《华侨报·华座》副刊刊载苓子的短篇小说《女朋友》，续载慕容奇的小说《浮世草子与浮世绘》（五），雅伦的小说《三人》（三），花拉的小说《异国佳人》（三）。

7日　《澳门日报·新园地》副刊发表鲁茂《学校和运动场》，廖钺《厦门杂咏》，胡晓风《可恶&晦气》。

⊙　《华侨报·华座》副刊续载慕容奇的小说《浮世草子与浮世绘》（六），雅伦的小说《三人》（四），花拉的小说《异国佳人》（四）。

8日　《澳门日报·新园地》副刊发表鲁茂《其实是可怜虫》，廖钺《厦门杂咏》，胡晓风《看法不同&如此落幕》。

⊙　《华侨报·华座》副刊刊载丁生的杂谈《对酒当歌人生几何》，续载慕容奇的小说《浮世草子与浮世绘》（完），雅伦的小说《三人》（五），花拉的小说《异国佳人》（五）。

9日　《澳门日报·新园地》副刊发表叔华《从戏院拆卸谈起》，凌钝《彗星》，胡晓风《偷渡&牵缠》。

⊙　《华侨报·华座》副刊刊载丁生的杂谈《老骥伏枥志在千里》，李汝伦的诗歌《岩下诗草》，纳兰若愚的小说《报仇》（上），续载雅伦的小说《三人》（六），花拉的小说《异国佳人》（六）。

10日　《澳门日报·新园地》副刊发表杨永权《不到长城非好汉》，鲁茂《永恒的题材》，胡晓风《爆石&怪刀》。

⊙　《华侨报·华座》副刊刊载丁生的杂谈《神龙藏深渊　猛虎步高岗》，纳兰若愚的小说《报仇》（下），续载雅伦的小说《三人》（完），花拉的小说《异国佳人》（七）。

11日　《澳门日报·新园地》副刊发表陶里《澳门，澳门！》，胡晓风《失事&何苦》。

⊙　《华侨报·华座》副刊刊载丁生的杂谈《人居一世间忽若风吹尘》，欣欣的短篇小说《第一次约会》，慕容奇的小说《十二地狱山石真人》（一），嘉华的小说《幸运号码》（一），续载花拉的小说《异国佳人》（完）。

12日　《澳门日报·新园地》副刊发表陶里《精致的塑料花》，胡晓风《惨情&闲情》。

⊙　《华侨报·华座》副刊刊载丁生的杂谈《燕雀戏藩柴　安识鸿鹄游》，晴江的小说《第二个春天》（一），续载慕容奇的小说《十二地狱山石真人》（二），嘉华的小说《幸运号码》（二）。

13日　《澳门日报·新园地》副刊发表鲁茂《住的连锁反应》，胡晓风《车&水》，丁残月《这不是爱情》。

⊙　《华侨报·华座》副刊刊载黄衫客的杂谈《何因呼作荔枝奴》，克龄的杂谈《郑板桥嫁女》，续载慕容奇的小说《十二地狱山石真人》（三），嘉华的小说《幸运号码》（三），晴江的小说《第二个春天》（二）。

14日　《澳门日报·新园地》副刊发表鲁茂《和衣而卧的滋味》，胡晓风《打蛇&夫妻》，涓流《教育&123》。

⊙　《华侨报·华座》副刊刊载丁生的杂谈《本是同根生　相煎何太急》，欣欣的小说《残痕》（一），续载慕容奇的小说《十二地狱山石真人》（四），嘉华的小说《幸运号码》（四），晴江的小说《第二个春天》（三）。

15日　《澳门日报·新园地》副刊发表鲁茂《安于现状和其他》，谭任杰《浣溪沙》，胡晓风《濠江小唱》，开始连载周桐的《半截美人》（至1981年5月18日止）。

⊙　《华侨报·华座》副刊续载欣欣的小说《残痕》（二），慕容奇的小说《十二地狱山石真人》（完），嘉华的小说《幸运号码》（五），晴江的小说《第二个春天》（四）。

16日 《澳门日报·新园地》副刊发表胡晓风《大餐&扑水》。

⊙ 《华侨报·华座》副刊刊载佟立章的诗歌《题邓长夫双禽图》，慕容奇的小说《人头树》（一），续载欣欣的小说《残痕》（三），嘉华的小说《幸运号码》（六），晴江的小说《第二个春天》（五）。

17日 《澳门日报·新园地》副刊发表鲁茂《我是个“中庸”派？》，凌钝《三月天》，胡晓风《诡异&题壁》。

⊙ 《华侨报·华座》副刊续载欣欣的小说《残痕》（四），慕容奇的小说《人头树》（二），嘉华的小说《幸运号码》（七），晴江的小说《第二个春天》（六）。

18日 《澳门日报·新园地》副刊发表石在《西施是游泳健将》，胡晓风《七夕》（濠江小唱）。

⊙ 《华侨报·华座》副刊刊载丁生的杂谈《生当复来归　死当长相思》，续载欣欣的小说《残痕》（五），慕容奇的小说《人头树》（三），嘉华的小说《幸运号码》（完），晴江的小说《第二个春天》（七）。

19日 《澳门日报·新园地》副刊发表黄海《寄广东粤剧团》，胡晓风《生命无价&三十五年》（濠江小唱），丁丁《阿明发神经》。

⊙ 《华侨报·华座》副刊刊载丁生的杂谈《无情尚不离　有情安可别》，克龄的杂谈《韩愈提携后进》，颂平的小说《孤独者》（一），续载欣欣的小说《残痕》（六），慕容奇的小说《人头树》（四），晴江的小说《第二个春天》（完）。

20日 《澳门日报·新园地》副刊发表鲁茂《地铁》，胡晓风《垃圾&问天》（濠江小唱），丁丁《空手而归》。

⊙ 《华侨报·华座》副刊刊载佟立章的诗歌《七夕》，纳兰若愚的小说《奇遇记》（一），续载欣欣的小说《残痕》（七），慕容奇的小说《人头树》（五），颂平的小说《孤独者》（二）。

21日 《澳门日报·新园地》副刊发表鲁茂《私家与公共》，黄海《词二首》。

⊙ 《华侨报·华座》副刊续载欣欣的小说《残痕》（完），续载慕容奇的小说《人头树》（六），颂平的小说《孤独者》（三），纳兰若愚的小说《奇遇记》（二）。

22日　《澳门日报·新园地》副刊发表鲁茂《麻将牌万岁》，胡晓风《梦幻&此君》（濠江小唱），洪《祖母》。

⊙　《华侨报·华座》副刊续载慕容奇的小说《人头树》（七），颂平的小说《孤独者》（四），纳兰若愚的小说《奇遇记》（三）。

23日　《澳门日报·新园地》副刊发表叔华《理发与生活之类》，胡晓风《良人不良&变生意外》（濠江小唱）。

⊙　《华侨报·华座》副刊刊载多龄的杂谈《聂华苓与胡适》，续载慕容奇的小说《人头树》（八），颂平的小说《孤独者》（五），纳兰若愚的小说《奇遇记》（完）。

24日　《澳门日报·新园地》副刊发表鲁茂《请勿忽视中一仔》，胡晓风《女儿吟》（濠江小唱），丁丁《拍拖被劫》。

⊙　《华侨报·华座》副刊刊载柏永的杂谈《苏东坡在惠州的传说——朝云　苏堤　东坡井》，良君的小说《妙手神偷》（一），续载慕容奇的小说《人头树》（完），颂平的小说《孤独者》（六）。

25日　《澳门日报·新园地》副刊发表陶里《宾馆晨眺》，蓝玛《月夜忆象池》，胡晓风《不服老&等着瞧》（濠江小唱），丁丁《杯弓蛇影》。

⊙　《华侨报·华座》副刊刊载柏永的杂谈《话说“俗语”》，慕容奇的小说《睛の黑点》（一），续载颂平的小说《孤独者》（七），良君的小说《妙手神偷》（二）。

26日　《澳门日报·新园地》副刊发表陶里《老李和小李》，丁残月《这不是爱情》，胡晓风《飘&惜》（濠江小唱）。

⊙　《华侨报·华座》副刊续载慕容奇的小说《睛の黑点》（二），颂平的小说《孤独者》（八），良君的小说《妙手神偷》（三）。

27日　《澳门日报·新园地》副刊发表鲁茂《露背装》，胡晓风《关于耳朵之一&关于耳朵之二》（濠江小唱），蒋星煜《古代的旅馆、招待所》。

⊙　《华侨报·华座》副刊续载慕容奇的小说《睛の黑点》（三），颂平的小说《孤独者》（九），良君的小说《妙手神偷》（四）。

28日　《澳门日报》第十版刊载骆南侨《理想》，林继强《清晨的菜园》；《新园地》副刊发表鲁茂《最大的敌手是自己》，胡晓风《突破&争夺》（濠江小唱），丁残月《这不是爱情》。

⊙　《华侨报·华座》副刊续载慕容奇的小说《睛の黑点》（四），续载颂平的小说《孤独者》（完），良君的小说《妙手神偷》（五）。

29日　《澳门日报·新园地》副刊发表鲁茂《童真》，金中子《爱情的力量》，胡晓风《难以杜绝&死了活该》（濠江小唱）。

⊙　《华侨报·华座》副刊刊载洛云的小说《第三者》（一），续载慕容奇的小说《睛の黑点》（五），良君的小说《妙手神偷》（六）。

30日　《澳门日报·新园地》副刊发表叔华《澳门，你知道多少》，李浩泉《鬼神迷信》，胡晓风《赌》（濠江小唱）。

⊙　《华侨报·华座》副刊刊载柏永的随笔《读诗随笔》（之九），华烨的杂谈《唐诗中的山僧》，续载慕容奇的小说《睛の黑点》（六），洛云的小说《第三者》（二），良君的小说《妙手神偷》（七）。

31日　《澳门日报·新园地》副刊发表鲁茂《万能常青树》，丁残月《这不是爱情》，胡晓风《法纪之一&法纪之二》（濠江小唱）。

⊙　《华侨报·华座》副刊刊载克龄的杂谈《〈红楼梦〉是何时传到外国的》，杂谈《武夷山的传说和诗词》，续载慕容奇的小说《睛の黑点》（七），洛云的小说《第三者》（三），良君的小说《妙手神偷》（完）。

九月

1日　《澳门日报·新园地》副刊发表鲁茂《够“斤两”的课本》，胡晓风《无题之一&无题之二》（濠江小唱），开始连载阿加莎·克里斯蒂《间谍号》（至1980年9月18日止）。

⊙　《华侨报·华座》副刊刊载丁生的随笔《饥不从猛虎食　暮不从野雀栖》（附图片），仲永的小说《三十六号谋杀案》（一），续载慕容奇的小说《睛の黑点》（八），洛云的小说《第三者》（四）。

2日　《澳门日报·新园地》副刊发表陶里《午睡》，石顽生《村居小品》，胡晓风《摄影展览》（濠江小唱）。

⊙　《华侨报·华座》副刊刊载克龄的杂谈《鲁迅与日本三义塔》，续载慕容奇的小说《睛の黑点》（九），洛云的小说《第三者》（五），仲永的小说《三十六号谋杀案》（二）。

3日　《澳门日报·新园地》副刊发表陶里《且“弹”一“弹”》，胡晓风《儿女三首》（濠江小唱）。

⊙　《华侨报·华座》副刊刊载佟立章的诗歌《登松山抚怀往事寄呈季老》，丁生的诗歌《努力崇明德　皓首以为期》，续载慕容奇的小说《睛の黑点》（十），洛云的小说《第三者》（六），仲永的小说《三十六号谋杀案》（三）。

4日　《澳门日报·新园地》副刊发表鲁茂《“窒人”成风》，胡晓风《有感之一&有感之二》（濠江小唱）。

⊙　《华侨报·华座》副刊刊载丁生的诗歌《冯公岂不伟　白首不见招》，克龄的杂谈《萧伯纳轶闻》，续载慕容奇的小说《睛の黑点》（十一），洛云的小说《第三者》（七），仲永的小说《三十六号谋杀案》（四）。

5日　《澳门日报·新园地》副刊发表鲁茂《“轮流转”的南腔北调》，胡晓风《怨谁&讽刺》（濠江小唱）。

⊙　《华侨报·华座》副刊刊载克龄的杂谈《舒伯特的双胞案》，慕容奇的小说《三脚马》（一），洛云的小说《第三者》（完），续载仲永的小说《三十六号谋杀案》（五）。

6日　《澳门日报·新园地》副刊发表叔华《近代史中的澳门》，胡晓风《傻女&最难》（濠江小唱）。

⊙　《华侨报·华座》副刊刊载柏永的杂谈《“三希堂法帖”与乾隆》，涛声的小说《轮盘杀手》（一），续载慕容奇的小说《三脚马》（二），仲永的小说《三十六号谋杀案》（六）。

7日　《澳门日报·新园地》副刊发表鲁茂《超薄型》，胡晓风《谜之一&谜之二》（濠江小唱）。

⊙　《华侨报·华座》副刊刊载孟起予的杂谈《历史人物王昭君》，尚希的小说《不知死活》（一），续载慕容奇的小说《三脚马》（三），涛声的小说《轮盘杀手》（二），仲永的小说《三十六号谋杀案》（完）。

8日　《澳门日报·新园地》副刊发表陶里《吃的略记》，胡晓风《士多店&报纸贩》（濠江小唱）。

⊙　《华侨报·华座》副刊刊载孟起予的杂谈《明妃去时　仰天太息（上）——历代文学作品王昭君的形象》，续载慕容奇的小说《三脚马》（四），涛声的小说《轮盘杀手》（三），尚希的小说《不知死活》（二）。

9日　《澳门日报·新园地》副刊发表陶里《烈士暮年》，胡晓风《死的可怜&冤向谁诉》（濠江小唱）。

⊙　《华侨报·华座》副刊刊载孟起予的杂谈《明妃去时　仰天太息（下）——历代文学作品王昭君的形象》，续载慕容奇的小说《三脚马》（五），涛声的小说《轮盘杀手》（四），尚希的小说《不知死活》（三）。

10日　《澳门日报·新园地》副刊发表鲁茂《人材也是宝贵资源》，凌钝《夏日小曲》，胡晓风《寄以厚望》（濠江小唱）。

⊙　《华侨报·华座》副刊刊载钟子的杂谈《嘲白字诗》，续载慕容奇的小说《三脚马》（六），涛声的小说《轮盘杀手》（五），尚希的小说《不知死活》（完）。

11日　《澳门日报·新园地》副刊发表鲁茂《人生是个运动会》，骆南侨《对月抒怀》，胡晓风《月饼上市&乌龙荷官》（濠江小唱）。

⊙　《华侨报·华座》副刊刊载丁生的随笔《羁鸟恋旧林　池鱼思故渊》，洛英的小说《捕蛇人》（一），续载慕容奇的小说《三脚马》（七），涛声的小说《轮盘杀手》（六）。

12日　《澳门日报·新园地》副刊发表鲁茂《医生多过米铺》，玉文《孩子》，胡晓风《内地客之一&内地客之二》（濠江小唱）。

⊙　《华侨报·华座》副刊刊载丁生的随笔《奇文共欣赏　疑义相与析》，续载慕容奇的小说《三脚马》（完），涛声的小说《轮盘杀手》（七），洛英的小说《捕蛇人》（二）。

13日　《澳门日报·新园地》副刊发表鲁茂《写稿和教书》，东瑞《走鬼》，胡晓风《亚洲女篮》（濠江小唱）。

⊙　《华侨报·华座》副刊刊载丁生的随笔《谁谓古今殊　异代可同调》，慕容奇的小说《断指过州》（一），续载涛声的小说《轮盘杀手》（八），洛英的小说《捕蛇人》（三）。

14日　《澳门日报·新园地》副刊发表鲁茂《豪雨一起的恐惧》，玉文《小小木板》，胡晓风《工字&唱随》（濠江小唱）。

⊙　《海洋文艺》9月号已出版，本期特约专稿有赵清阁的《红楼》话剧本《鬼蜮化殃》、忆扬的《浅谈曹禺剧作》、徐昌霖的《臬》《边城》《四十载》等，其他要目有《郑愁予和他的诗》（叶如新）、《〈王维宝画集〉序》（黄蒙田）、《鲁迅与李叔同》（张白天）、《真情的讨篇》（厦云）、《活叶杂记》（马国亮）、《富有》（双异）等。此外，尚有名家散文、诗歌、译作、“外国文讯”等。

⊙　《华侨报·华座》副刊刊载柏永的杂谈《从秘史所想到的——香妃传说的真伪》，续载慕容奇的小说《断指过州》（二），涛声的小说《轮盘杀手》（九），洛英的小说《捕蛇人》（四）。

15日　《澳门日报·新园地》副刊发表陶里《生活情趣》，冼得霖《隋宫》（一）（诗词评赏），胡晓风《即兴之一&即兴之二》（濠江小唱）。

⊙　《华侨报·华座》副刊刊载丁生的随笔《心非木石岂无感》，续载慕容奇的小说《断指过州》（三），涛声的小说《轮盘杀手》（十），洛英的小说《捕蛇人》（五）。

16日　《澳门日报·新园地》副刊发表陶里《孩子的写作》，冼得霖《隋宫》（二）（诗词评赏），胡晓风《即兴之三&即兴之四》（濠江小唱），开始连载陈萃文撰的武侠小说《仗剑闯江湖》（至1982年8月28日止）。

⊙　《华侨报·华座》副刊续载慕容奇的小说《断指过州》（四），涛声的小说《轮盘杀手》（十一），洛英的小说《捕蛇人》（六）。

17日　《澳门日报·新园地》副刊发表鲁茂《差佬应勤练美式足球》，胡晓风《偶感之一&偶感之二》（濠江小唱）。

⊙ 《华侨报·华座》副刊刊载撷英的杂谈《名妓诗词》，丁生的随笔《贵者虽自贵　视之若埃尘》，续载慕容奇的小说《断指过州》（五），涛声的小说《轮盘杀手》（完），洛英的小说《捕蛇人》（七）。

18日 《澳门日报》第八版发表丁丁《打电话》，骆南侨《十个指头》；《新园地》副刊发表石在《野渡无人舟自横》，胡晓风《偶感之三&偶感之四》（濠江小唱）。

⊙ 《华侨报·华座》副刊刊载希文的小说《并行线上的爱情》（一），续载洛英的小说《捕蛇人》（完），慕容奇的小说《断指过州》（六）。

19日 《澳门日报·新园地》副刊发表鲁茂《无线不择手段求胜》，胡晓风《钱呵》（濠江小唱），开始连载柳惠《金三角》（至1981年2月5日止）。

⊙ 《华侨报·华座》副刊刊载柏永的杂谈《金宫奇案》，高瑞彭的小说《一天也离不开她》（一），续载慕容奇的小说《断指过州》（七），希文的小说《并行线上的爱情》（二）。

20日 《澳门日报·新园地》副刊发表鲁茂《喂，有冇工开》，凌钝《相约》，胡晓风《死罪》（濠江小唱）。

⊙ 《华侨报·华座》副刊刊载丁生的随笔《时危见臣节　世乱识忠良》，续载慕容奇的小说《断指过州》（八），希文的小说《并行线上的爱情》（三），高瑞彭的小说《一天也离不开她》（二）。

21日 《澳门日报·新园地》副刊发表鲁茂《包书纸》，骆南侨《中秋节》，胡晓风《有关车之一&有关车之二》（濠江小唱）。

⊙ 中国著名翻译家杨宪益、戴乃迭合作翻译的一百二十回本《红楼梦》的英文本已经出版，即将在国内外发行。

⊙ 《华侨报·华座》副刊刊载丁生的随笔《试使夷齐饮　终当不易心》，续载慕容奇的小说《断指过州》（附图片）（完），希文的小说《并行线上的爱情》（四），高瑞彭的小说《一天也离不开她》（三）。

22日 《澳门日报·新园地》副刊发表陶里《物价》，胡晓风《核弹出事》（濠江小唱）。

⊙ 《华侨报·华座》副刊刊载史舆的杂谈《李白一生和月结不解缘》，丁生的随笔《自古圣贤尽贫贱　何况我辈孤且直》，慕容奇的小说《猿乐台の污血》（一），续载希文的小说《并行线上的爱情》（五），高瑞彭的小说《一天也离不开她》（四）。

23日　《澳门日报·新园地》副刊发表陶里《靠“谷”》，胡晓风《欢场梦易醒&白领与蓝领》（濠江小唱）。

⊙　《华侨报·华座》副刊刊载克龄的杂谈《王安石撕稿》，丁生的随笔《余霞散成绮　澄江静如练》，续载慕容奇的小说《猿乐台の污血》（二），希文的小说《并行线上的爱情》（六），高瑞彭的小说《一天也离不开她》（五）。

24日　《澳门日报·新园地》副刊发表鲁茂《有礼和失礼》，玉文《歌者》，胡晓风《失败&升级》（濠江小唱）。

⊙　《华侨报·华座》副刊刊载佟立章的诗歌《庚申中秋前夕镜湖客中作》，续载慕容奇的小说《猿乐台の污血》（三），希文的小说《并行线上的爱情》（七），高瑞彭的小说《一天也离不开她》（六）。

25日　《澳门日报·新园地》副刊发表鲁茂《奢侈的娱乐》，胡晓风《中秋夜之一&中秋夜之二》（濠江小唱），华晨《晨运》。

⊙　《华侨报·华座》副刊刊载丁生的随笔《三春已暮花从风　空留可怜与谁同》，续载慕容奇的小说《猿乐台の污血》（四），希文的小说《并行线上的爱情》（八），高瑞彭的小说《一天也离不开她》（七）。

26日　《澳门日报·新园地》副刊发表鲁茂《小乱居城，大乱居乡》，胡晓风《老&弃婴》（濠江小唱），丁丁《阿琪的婚事》。

⊙　《华侨报·华座》副刊刊载柏永的杂谈《痴人说梦录之四（上）——宝钗是个怎样的人》，丁生的随笔《枯木期填海　青山望断河》，续载慕容奇的小说《猿乐台の污血》（五），希文的小说《并行线上的爱情》（九），高瑞彭的小说《一天也离不开她》（八）。

27日　《澳门日报·新园地》副刊发表鲁茂《也谈有礼》，胡晓风《送蟹&买楼》（濠江小唱）。

⊙　《华侨报·华座》副刊刊载柏永的杂谈《痴人说梦录之四（下）——宝钗

是个怎样的人》，克龄的杂谈《列宾的“败笔”》，续载慕容奇的小说《猿乐台の污血》（六），希文的小说《并行线上的爱情》（完），高瑞彭的小说《一天也离不开她》（九）。

28日　《澳门日报·新园地》副刊发表叔华《良好的愿望之类》，陈中超《广州行》，胡晓风《歹风&招魂》（濠江小唱）。

⊙　《华侨报·华座》副刊刊载柏永的杂谈《秀色发棱层　云间飞来峰》，丁生的随笔《未知笼云心　谁知负霜骨》，尚希的小说《旧梦》（一），续载慕容奇的小说《猿乐台の污血》（完），高瑞彭的小说《一天也离不开她》（十）。

29日　《澳门日报·新园地》副刊发表陶里《君子与小人》，陈中超《广州行》，胡晓风《弃妇&杞忧》（濠江小唱）。

⊙　《华侨报·华座》副刊刊载程迅的杂谈《说悉》（上），丁生的随笔《蝉鸣林逾静　鸟鸣山更幽》，云天的微型小说《异国风情》，菲文的短篇小说《骄傲的年青人》，续载尚希的小说《旧梦》（二），高瑞彭的小说《一天也离不开她》（十一）。

30日　《澳门日报·新园地》副刊发表陶里《哨子联想》，胡晓风《离鸾曲&回文体》（濠江小唱）。

⊙　《华侨报·华座》副刊刊载程迅的杂谈《说悉》（下），云天的微型小说《应征》，丁生的杂谈《宁作野中双飞凫　不愿云间别翅鹤》。

十月

1日　《澳门日报·新园地》副刊发表鲁茂《大爆内幕之类……》，胡晓风《十一之感》（濠江小唱），杨永权《踏莎行》。

⊙　《华侨报·华座》副刊刊载颂平的微型小说《往事如烟》，雅琴的微型小说《奉子完婚》，克龄的杂谈《托尔斯泰一“字”不苟》，韦燮的小说《未完的乐章》（一），续载尚希的小说《旧梦》（三）。

2日　《澳门日报·新园地》副刊发表鲁茂《阿兰》，玉文《无题》，胡晓风《十一之感》（濠江小唱）。

⊙ 《华侨报·华座》副刊刊载真琴的微型小说《醉后》，锡强的杂谈《名闻海外的书院——广东海学堂》，续载尚希的小说《旧梦》（四），韦婺的小说《未完的乐章》（二）。

4日 《澳门日报·新园地》副刊发表鲁茂《我不愿长寿》，胡晓风《阴影&杀子》（濠江小唱）。

⊙ 《华侨报·华座》副刊刊载绿茵的微型小说《继母》，柏永的杂谈《女人“裹足”的历史（有聊之谈）》，丁生的诗歌《独下千行泪　开君万里书》，续载尚希的小说《旧梦》（五），韦婺的小说《未完的乐章》（三）。

5日 《澳门日报·新园地》副刊发表叔华《新不如旧又一说》，胡晓风《唔掂&妙人》（濠江小唱）。

⊙ 《华侨报·华座》副刊刊载柏永的杂谈《信与骗（有聊之谈）》，丁生的诗歌《人情怀旧乡　客鸟思故林》，克龄的杂谈《汤显祖停笔痛哭》，颂平的微型小说《情歌寄意》，续载尚希的小说《旧梦》（六），韦婺的小说《未完的乐章》（四）。

6日 《澳门日报·新园地》副刊发表陶里《海上奇遇》，胡晓风《阿里&风尘》（濠江小唱）。

⊙ 《华侨报·华座》副刊刊载平平的微型小说《病中》，炳天的杂谈《略谈绿营（上）——清代的世兵制度》，丁生的诗歌《利旁有倚刀　贪人还自贼》，续载尚希的小说《旧梦》（七），韦婺的小说《未完的乐章》（五）。

7日 《澳门日报·新园地》副刊发表陶里《相逢不唏嘘》，胡晓风《斩妻&乖女》（濠江小唱）。

⊙ 《华侨报·华座》副刊刊载克龄的杂谈《乐坛伯乐》，仲天的微型小说《调虎离山》，炳天的杂谈《略谈绿营（下）——清代的世兵制度》，续载尚希的小说《旧梦》（完），韦婺的小说《未完的乐章》（六）。

8日 《澳门日报·新园地》副刊发表鲁茂《无线出“老千”，丽的“恩情”断！》，晓风《提防疯狗&财散人安》（濠江小唱），丁丁《贪之累》，开始连载日本松本清张的推理小说《投影》（至1980年11月24日止）。

⊙ 《华侨报·华座》副刊刊载天衡的杂谈《书法家的故事》，绿子的微型小说《燕归来》，楚舒的杂谈《〈好逑传〉在西方》，尚希的小说《亲情》（一），续载韦燮的小说《未完的乐章》（七）。

9日 《澳门日报》第八版发表骆南侨《善和恶》，小丁《大树和小草》；《新园地》副刊发表鲁茂《大出血》，胡晓风《秋味之一&秋味之二》（濠江小唱）。

⊙ 《华侨报·华座》副刊刊载新绿的微型小说《小小年华》，续载尚希的小说《亲情》（二），韦燮的小说《未完的乐章》（八）。

10日 《澳门日报·新园地》副刊发表鲁茂《人类最愚蠢的行为……》，胡晓风《走壁&人生》（濠江小唱）。

⊙ 《华侨报·华座》副刊刊载柏永的杂谈《〈三国演义〉人物的艺术描写（上）——曹操与刘备》，丁生的诗歌《结交莫羞贫》，欣然的微型小说《度假》，雅兰的微型小说《邻居华侨报》，续载尚希的小说《亲情》（三），韦燮的小说《未完的乐章》（九）。

11日 《澳门日报·新园地》副刊发表叔华《生仔抑或生女》，胡晓风《疑惑》（濠江小唱）。

⊙ 《华侨报·华座》副刊刊载柏永的杂谈《〈三国演义〉人物的艺术描写（中）——曹操与刘备》，丁生的诗歌《鸿鹄高飞一举千里》，欣然的微型小说《候车的少女》，慕容奇的小说《红光异人》（一），续载尚希的小说《亲情》（四），韦燮的小说《未完的乐章》（十）。

12日 《澳门日报·新园地》副刊发表玉文《中秋》，鲁茂《香港人口可疏散来澳门》，胡晓风《谢幕》（濠江小唱）。

⊙ 《华侨报·华座》副刊刊载柏永的杂谈《〈三国演义〉人物的艺术描写（下）——曹操与刘备》，丁生的诗歌《海内存知己　天涯若比邻》，欣然的微型小说《选择》，续载慕容奇的小说《红光异人》（二），韦燮的小说《未完的乐章》（十一），尚希的小说《亲情》（五）。

13日 《澳门日报·新园地》副刊发表陶里《读巴金〈随想录〉》，胡晓风《寄之一&寄之二》（濠江小唱）。

⊙ 《华侨报·华座》副刊刊载柏永的杂谈《谈收藏与捐献》，丁生的杂谈《置书怀袖中　三岁字不灭》，续载慕容奇的小说《红光异人》（三），韦婺的小说《未完的乐章》（完），尚希的小说《亲情》（六）。

14日 《澳门日报·新园地》副刊发表陶里《入关小记》，胡晓风《教师&老父》（濠江小唱）。

⊙ 《华侨报·华座》副刊刊载柏永的杂谈《才子·皇帝·无赖》（上），丁生的杂谈《客行虽云乐　不如早旋归》，亦川的小说《归来》（一），续载慕容奇的小说《红光异人》（四），尚希的小说《亲情》（七）。

15日 《澳门日报·新园地》副刊发表鲁茂《偷师与拜师》，廖钺《中秋月夜遥想海外诸友》，胡晓风《灾情之一&灾情之二》（濠江小唱）。

⊙ 《华侨报·华座》副刊刊载欣然的微型小说《等待》，撷英的杂谈《本届诺贝尔文学奖得主兹洛米家作兰波》，丁生的杂谈《无人信高洁　谁为表予心》，续载柏永的小说《才子·皇帝·无赖》（下），慕容奇的小说《红光异人》（五），尚希的小说《亲情》（完），亦川的小说《归来》（二）。

16日 《澳门日报·新园地》副刊发表鲁茂《秀色可餐》，玉文《夏与秋》，胡晓风《竹头有眼&债迫成狂》（濠江小唱）。

⊙ 《华侨报·华座》副刊刊载克龄的杂谈《东坡巧对对》，昆超的杂谈《李清照的情词》，克龄的杂谈《作家手提箱》，欣然的微型小说《试探》，西彦的小说《晚来香》（一），续载慕容奇的小说《红光异人》（六），亦川的小说《归来》（三）。

17日 《澳门日报·新园地》副刊发表鲁茂《也谈邓丽君》，胡晓风《九日》（濠江小唱）。

⊙ 《华侨报·华座》副刊续载慕容奇的小说《红光异人》（七），西彦的小说《晚来香》（二），亦川的小说《归来》（四）。

18日 《澳门日报·新园地》副刊发表叔华《愿天下都乐》，一尘《重阳节的怀念》，胡晓风《感事之一&感事之二》（濠江小唱）。

⊙ 《华侨报·华座》副刊刊载丁生的杂谈《儿童相见不相识　笑问客从何处

来》，续载慕容奇的小说《红光异人》（完），西彦的小说《晚来香》（三），亦川的小说《归来》（五）。

19日　《澳门日报·新园地》副刊发表鲁夫《化作春泥更护花》，胡晓风《感事之三&感事之四》（濠江小唱）。

⊙　《华侨报·华座》副刊刊载柏永的杂谈《借口种种》，丁生的杂谈《会当凌绝顶　一览众山小》，欣然的微型小说《大哥的爱人》，慕容奇的小说《最后の一刀》（一），续载西彦的小说《晚来香》（四），亦川的小说《归来》（六）。

20日　《澳门日报·新园地》副刊发表陶里《〈海洋文艺〉停版》，胡晓风《感事之五&感事之六》（濠江小唱）。

⊙　《华侨报·华座》副刊刊载欣然的微型小说《从美国回来的人》，杨翎的杂谈《春风拂槛露华浓——北国花木篇之二》，丁生的古诗杂谈《春风不相识何事入罗帏》，续载慕容奇的小说《最后の一刀》（二），西彦的小说《晚来香》（五），亦川的小说《归来》（完）。

21日　《澳门日报·新园地》副刊发表陶里《赵丹的葬礼》，胡晓风《感事之七&感事之八》（濠江小唱）。

⊙　《华侨报·华座》副刊刊载克龄的杂谈《“我讲的是情”》，欣然的微型小说《攻势》，羽飞的小说《女赌徒》（一），续载慕容奇的小说《最后の一刀》（三），西彦的小说《晚来香》（六）。

22日　《澳门日报·新园地》副刊发表鲁茂《向罗富经君致敬和悼念》，胡晓风《感事之九&感事之十》（濠江小唱）。

⊙　《华侨报·华座》副刊刊载欣然的微型小说《幸福憧憬》，续载慕容奇的小说《最后の一刀》（四），西彦的小说《晚来香》（七），羽飞的小说《女赌徒》（二）。

23日　《澳门日报·新园地》副刊发表鲁茂《拓荒者的失败》，胡晓风《电视之一&电视之二》（濠江小唱），丁丁《中奖》。

⊙　《华侨报·华座》副刊续载慕容奇的小说《最后の一刀》（五），西彦的小说《晚来香》（八），羽飞的小说《女赌徒》（三）。

24日　《澳门日报·新园地》副刊发表鲁茂《行街要“一眼关八”》，胡晓风《惊弓&挑战》（濠江小唱）。

⊙　《华侨报·华座》副刊续载慕容奇的小说《最后の一刀》（六），西彦的小说《晚来香》（九），羽飞的小说《女赌徒》（四）。

25日　《澳门日报·新园地》副刊发表叔华《也说〈海洋文艺〉停刊》，玉文《听琴》，胡晓风《又是车祸&咄咄怪事》（濠江小唱）。

⊙　《华侨报·华座》副刊刊载永义的杂谈《粉白黛绿辨忠奸（上）——浅谈中国古典戏剧脸谱的来源和衍变》，何锦安的诗歌《凉秋》，续载慕容奇的小说《最后の一刀》（七），西彦的小说《晚来香》（十），羽飞的小说《女赌徒》（五）。

26日　《澳门日报·新园地》副刊发表鲁茂《冒牌货》，黄海《更漏子》，胡晓风《失手&好话》（濠江小唱）。

⊙　《华侨报·华座》副刊续载永义的杂谈《粉白黛绿辨忠奸（下）——浅谈中国古典戏剧脸谱的来源和衍变》，续载慕容奇的小说《最后の一刀》（八），西彦的小说《晚来香》（十一），羽飞的小说《女赌徒》（六）。

27日　《澳门日报·新园地》副刊发表陶里《校服与制服》，杨永权《贺新凉》，胡晓风《七年之痒&马车夫之恋》（濠江小唱）。

⊙　《华侨报·华座》副刊续载慕容奇的小说《最后の一刀》（九），西彦的小说《晚来香》（十二），羽飞的小说《女赌徒》（完）。

28日　《澳门日报·新园地》副刊发表黄铁球《新会游踪》，陶里《一条河竟是一个人》，胡晓风《人&神&鬼》（濠江小唱）。

⊙　《华侨报·华座》副刊刊载柏永的杂谈《艺术构思与历史真实》（上），佟立章的诗歌《雨中视芙蓉有忆》，亦川的小说《芳邻》（一），续载慕容奇的小说《最后の一刀》（十），西彦的小说《晚来香》（完）。

29日　《澳门日报·新园地》副刊发表鲁茂《相骂无好口》，金中子《数字的妙用》，胡晓风《争取&守望》（濠江小唱）。

⊙　《华侨报·华座》副刊刊载柏永的杂谈《艺术构思与历史真实》（下），慕容奇的小说《犬公方与天变》（一），张抗抗的小说《夏》（一），续载亦川的小说《芳邻》（二）。

30日　《澳门日报》第八版发表骆南侨《立志》；《新园地》副刊发表鲁茂《明察暗访》，黄铁球《新会游踪》，胡晓风《要控诉&万事空》（濠江小唱）。

⊙　《华侨报·华座》副刊刊载克龄的杂谈《苏洵发愤》，佟立章的诗歌《无题》，丁生的随笔《谁言寸草心　报得三春晖》，鼎仪的杂谈《诗词的含蓄（有聊之谈）》，佟立章的诗《重阳登松山》，克龄的杂谈《萧伯纳谢幕》，欣然的微型小说《迷恋》，续载慕容奇的小说《犬公方与天变》（二），张抗抗的小说《夏》（二），亦川的小说《芳邻》（三）。

31日　《澳门日报·新园地》副刊发表鲁茂《小康之家》，胡晓风《又增黑点&黑的何多》（濠江小唱）。

⊙　《华侨报·华座》副刊刊载柏永的杂谈《夜读偶记》，佟立章的诗歌《偶述》，续载慕容奇的小说《犬公方与天变》（三），张抗抗的小说《夏》（三），亦川的小说《芳邻》（四）。

十一月

1日　《澳门日报·新园地》副刊发表叔华《身材高大与矮小》，谭任杰《卜操作数》，胡晓风《街景&女人谈话》（濠江小唱）。

⊙　《华侨报·华座》副刊刊载柏永的杂谈《夜读偶记》，佟立章的诗歌《偶述》，续载慕容奇的小说《犬公方与天变》（四），张抗抗的小说《夏》（四），亦川的小说《芳邻》（五）。

2日　《澳门日报·新园地》副刊发表古来今《太在屋顶上》，晓风《江小唱诉&问》，丁丁《发薪的日子》。

⊙　《华侨报·华座》副刊刊载金涛的杂谈《李闯王在北京的日子》、丁生的随笔《欲穷千里目　更上一层楼》、克龄的杂谈《“红学”的来历》，续载慕容奇的小说《犬公方与天变》（五），张抗抗的小说《夏》（五），亦川的小说《芳邻》（六）。

3日　《澳门日报·新园地》副刊发表陶里《学一点诗》，胡晓风《代辩&点解》（濠江小唱），丁丁《送行》。

⊙　《华侨报·华座》副刊刊载翁国珍的杂谈《马可·波罗在福建》，续载慕容奇的小说《犬公方与天变》（六），张抗抗的小说《夏》（六），亦川的小说《芳邻》（完）。

4日　《澳门日报·新园地》副刊发表陶里《废墟文学》，胡晓风《唔该&真假》（濠江小唱）。

⊙　《华侨报·华座》副刊刊载柏永的杂谈《名与实》，佟立章的诗歌《寒日楼栏眺》，克龄的杂谈《练字能健康》，欣然的微型小说《深秋的骤雨》，尚希的小说《浪子》（一），续载慕容奇的小说《犬公方与天变》（完），张抗抗的小说《夏》（七）。

5日　《澳门日报·新园地》副刊发表鲁茂《由悲秋风想起……》，胡晓风《高空掷物&罪及垃圾》（濠江小唱）。

⊙　《华侨报·华座》副刊刊载撷英的杂谈《康熙思想僵化的可哀》，丁生的随笔《花开堪折直须折　莫待无花空折枝》，克龄的杂谈《元严拒婚》，欣然的微型小说《中年人》，雅达的短篇小说《以牙还牙》（上），续载张抗抗的小说《夏》（八），尚希的小说《浪子》（二）。

6日　《澳门日报·新园地》副刊发表鲁茂《字幕与配音》，胡晓风《女人&还是女人》（濠江小唱），丁丁《一把刀子》。

⊙　《华侨报·华座》副刊刊载余丝的杂谈《由“和氏璧”说起》，丁生的诗歌《岂伊地气暖　自有岁寒心》，克龄的杂谈《不谋而合》，欣然的微型小说《千金小姐》，续载雅达的短篇小说《以牙还牙》（中），张抗抗的小说《夏》（九），尚希的小说《浪子》（三）。

7日　《澳门日报·新园地》副刊发表鲁茂《政治痴呆症和其他……》，胡晓风《加息&畜生》（濠江小唱）。

⊙　《华侨报·华座》副刊刊载夏川的杂谈《楚腰纤细掌中轻》，丁生的随笔《沾衣欲湿杏花雨　吹面不寒杨柳风》，克龄的杂谈《曲王感动歌德》，欣然的微型小说《我与他》，续载雅达的短篇小说《以牙还牙》（下），张抗抗的小说《夏》（十），尚希的小说《浪子》（四）。

8日　《澳门日报·新园地》副刊发表叔华《文艺与闷艺》，玉文《小浪花与巨浪》，胡晓风《浪费&骑牛背看书》（濠江小唱），丁丁《迷路的小孩》。

⊙　《华侨报·华座》副刊刊载多龄的杂谈《喜看满山红叶时》，丁生的随笔《草木有本心　何求美人折》，嘉文的短篇小说《换季》（上），续载张抗抗的小说《夏》（十一），尚希的小说《浪子》（五）。

9日　《澳门日报·新园地》副刊发表鲁茂《公务员年轻化》，胡晓风《自作自受&乔迁之喜》（濠江小唱）。

⊙　《华侨报·华座》副刊刊载丁生的随笔《东边日出西边雨　道是无晴却有晴》，续载嘉文的短篇小说《换季》（中），张抗抗的小说《夏》（十二），尚希的小说《浪子》（六）。

10日　《澳门日报·新园地》副刊发表陶里《两只小乌龟》，胡晓风《空头&死了算了》（濠江小唱）。

⊙　《华侨报·华座》副刊刊载柏永的杂谈《痴人说梦录之五（上）——也谈谈王熙凤》，续载嘉文的短篇小说《换季》（下），张抗抗的小说《夏》（十三），尚希的小说《浪子》（完）。

11日　《澳门日报·新园地》副刊发表陶里《灯火阑珊处》，胡晓风《星火&对君》（濠江小唱）。

⊙　《华侨报·中华天地》刊载杂谈《蒲松龄学术研究》，慕容奇的小说《竹取物语》（一）；《华座》副刊刊载尚希的小说《情人》（一），续载张抗抗的小说《夏》（十四）。

12日　《澳门日报·新园地》副刊发表鲁茂《唔靓也有好处》，胡晓风《赛车&可怜》（濠江小唱）。

⊙　《华侨报·华座》副刊刊载克龄的杂谈《为活人举行追悼仪式》，克龄的杂谈《王充走读》，续载慕容奇的小说《竹取物语》（二），张抗抗的小说《夏》（十五），尚希的小说《情人》（二）。

13日　《澳门日报·新园地》副刊发表鲁茂《又是“大事化小，小事化无”？》，胡晓风《醉梦&哀乐》（濠江小唱）。

⊙　《华侨报·华座》副刊刊载魏默的杂谈《人生得一知己足矣》，克龄的杂谈《狄更斯最宠爱的孩子》，欣然的微型小说《婚后》，续载慕容奇的小说《竹取物语》（三），张抗抗的小说《夏》（十六），尚希的小说《情人》（三）。

14日　《澳门日报·新园地》副刊发表鲁茂《把自己连根拔起……》，李浩泉《别号零谈》，胡晓风《打虎&唔化》（濠江小唱）。

⊙　《华侨报·华座》副刊刊载柏永的杂谈《艺术与自由》，欣然的微型小说《老人家》，续载慕容奇的小说《竹取物语》（四），张抗抗的小说《夏》（十七），尚希的小说《情人》（四）。

15日　《澳门日报·新园地》副刊发表叔华《学习外语的一个问题》，胡晓风《闹剧&恨事》（濠江小唱）。

⊙　《华侨报·华座》副刊刊载克龄的杂谈《龚开绘画》，克龄的杂谈《戏剧家夏衍虚心补课》，开始连载秦红的小说《侠钵》（至1981年2月15日止），续载慕容奇的小说《竹取物语》（五），张抗抗的小说《夏》（十八），尚希的小说《情人》（五）。

16日　《澳门日报·新园地》副刊发表石在《男裙女裙考》，胡晓风《先求诸己&两自克制》（濠江小唱）。

⊙　《华侨报·华座》副刊刊载克龄的杂谈《长剧与短剧》，龙潜的杂谈《无锡梅园小掌故》，续载慕容奇的小说《竹取物语》（完），张抗抗的小说《夏》（十九），尚希的小说《情人》（六）。

17日　《澳门日报·新园地》副刊发表陶里《报“屁股”上看电影》，胡晓风《发达&难怪》（濠江小唱），余雪曼《还乡简记》（上）。

⊙　《华侨报·华座》副刊刊载欣然的微型小说《莎莉与若兰》，慕容奇的小说《前世冤缘》（一），续载张抗抗的小说《夏》（完），尚希的小说《情人》（完）。

18日　《澳门日报·新园地》副刊发表陶里《早飞鸟》，玉文《竹弯》，沈实《男女共浴的争议》，余雪曼《还乡简记》（下），胡晓风《扮靓&教育》（濠江小唱）。

⊙　《华侨报·华座》副刊刊载克龄的杂谈《不许滥演》，谈林的杂谈《林寿图巧言善谑》，欣然的微型小说《牵线的人》，费蒙的小说《爱妻》（一），开始连载陈国凯小说《代价》（至1981年4月10日止），续载慕容奇的小说《前世冤缘》（二）。

19日 《澳门日报·新园地》副刊发表鲁茂《收购热潮》，陶里《七律旧作三首》，胡晓风《算命&叫卖》（濠江小唱）。

⊙ 《华侨报·华座》副刊刊载丁生的随笔《忽如一夜春风来 千树万树梨花开》，欣然的微型小说《为了爱情》，续载慕容奇的小说《前世冤缘》（三），费蒙的小说《爱妻》（二）。

20日 《澳门日报·新园地》副刊发表鲁茂《五种人》，胡晓风《白纸黑字&急流勇退》（濠江小唱）。

⊙ 《华侨报·华座》副刊刊载克龄的杂谈《姊妹兄弟父子作家》，丁生的随笔《抽刀断水水更流 举杯消愁愁更愁》，古禄的杂谈《珍惜时间》，续载慕容奇的小说《前世冤缘》（四），费蒙的小说《爱妻》（三）。

21日 《澳门日报·新园地》副刊发表鲁茂《生命诚可贵，“证件”价更高?!》，胡晓风《到底车比人娇&泣孤舟》（濠江小唱）。

⊙ 《华侨报·华座》副刊刊载丁生的随笔《欲穷千里目 更上一层楼》，克龄的杂谈《家族乐团》，续载慕容奇的小说《前世冤缘》（五），费蒙的小说《爱妻》（四）。

22日 《澳门日报·新园地》副刊发表叔华《老年退修之后……》，穆翼《从故宫说到现代建筑》，胡晓风《手法不同&穗菊港展》（濠江小唱）。

⊙ 《华侨报·华座》副刊刊载丁生的随笔《世间行乐亦如此 古来万事东流水》，续载慕容奇的小说《前世冤缘》（六），费蒙的小说《爱妻》（五）。

23日 《澳门日报·新园地》副刊发表蒋星煜《傅全香与古典文学》，胡晓风《离谱&火警》（濠江小唱）。

⊙ 《华侨报·华座》副刊刊载多龄的杂谈《读钱君匋的“鲁迅印谱”》，丁生的随笔《浮云游子意 落日故人情》，克龄的杂谈《贝多芬轶事》，续载慕容奇的小说《前世冤缘》（七），费蒙的小说《爱妻》（六）。

24日 《澳门日报·新园地》副刊发表陶里《千秋功罪，万众评说》，胡晓风《警察打人&审林、江案》（濠江小唱）。

⊙ 《华侨报·华座》副刊刊载柏永的杂谈《不算故事的故事》（上），丁生的随笔《举杯邀明月　对影成三人》，克龄的杂谈《三取艺名》，续载慕容奇的小说《前世冤缘》（八），费蒙的小说《爱妻》（七）。

25日 《澳门日报·新园地》副刊发表陶里《两座塑像》，胡晓风《可怜人母&孝子下场》（濠江小唱），开始连载金涛的科幻小说《月光岛》（至1981年1月17日止）。

⊙ 《华侨报·华座》副刊刊载柏永的杂谈《不算故事的故事》（下），克龄的杂谈《果戈里和大臣》，续载慕容奇的小说《前世冤缘》（九），费蒙的小说《爱妻》（八）。

26日 《澳门日报·新园地》副刊发表鲁茂《地方戏曲没有接班人？》，胡晓风《劝捐&祝福》（濠江小唱）。

⊙ 《华侨报·华座》副刊刊载克龄的杂谈《杰米扬的鱼汤》，续载慕容奇的小说《前世冤缘》（完），费蒙的小说《爱妻》（九）。

27日 《澳门日报》第十版发表骆南侨《仇恨》；《新园地》副刊发表鲁茂《一窝蜂》，胡晓风《如闻长叹&风雨前夕》（濠江小唱）。

⊙ 《华侨报·华座》副刊刊载丁生的随笔《与尔同销万古愁》、慕容奇的小说《不入道僧碑》（一），续载费蒙的小说《爱妻》（十）。

28日 《澳门日报·新园地》副刊发表鲁茂《“预松啲”——留有余地》，胡晓风《悲歌之一&悲歌之二》（濠江小唱）。

⊙ 《华侨报·华座》副刊续载慕容奇的小说《不入道僧碑》（二），费蒙的小说《爱妻》（十一）。

29日 《澳门日报·新园地》副刊发表叔华《再说“老年退休之后”》，胡晓风《看“一窝蜂”&夜读鲁迅旧诗》（濠江小唱）。

⊙ 《华侨报·华座》副刊刊载柏永的《读诗随笔》（之十二），丁生的随笔《请君试问东流水　别意与之谁短长》，续载慕容奇的小说《不入道僧碑》（三），费蒙的小说《爱妻》（十二）。

30日　《澳门日报·新园地》副刊发表金中子《延安怎么跑到山西去？》，胡晓风《情劫之一&情劫之二》（濠江小唱）。

⊙　《华侨报·华座》副刊刊载克龄的杂谈《任伯年轶闻》，续载费蒙的小说《爱妻》（十三）。

十二月

1日　《澳门日报·新园地》副刊发表陶里《看戏小语》，司今《凯歌三章》，胡晓风《未亡人&捉放曹》（濠江小唱）。

⊙　《华侨报·华座》副刊刊载克龄的杂谈《任伯年轶闻》，续载慕容奇的小说《不入道僧碑》（四），费蒙的小说《爱妻》（十四）。

2日　《澳门日报·新园地》副刊发表胡晓风《谈老&害羞》（濠江小唱）。

⊙　《华侨报·华座》副刊刊载柏永的杂谈《是时候了》，多龄的杂谈《东坡难荆公》，续载慕容奇的小说《不入道僧碑》（完），费蒙的小说《爱妻》（十五）。

3日　《澳门日报·新园地》副刊发表鲁茂《单程"的士"》，胡晓风《苦海孤雏&呜呼专家》（濠江小唱）。

⊙　《华侨报·华座》副刊刊载欣然的微型小说《老人》，慕容奇的小说《东海道裂碑》（一），续载费蒙的小说《爱妻》（十六）。

4日　《澳门日报》第九版发表骆南侨《说话》，区有来《想和做》；《新园地》副刊发表鲁茂《空城计》，胡晓风《点算》（濠江小唱）。

⊙　《华侨报·华座》副刊刊载欣然的微型小说《后父》，续载慕容奇的小说《东海道裂碑》（二），费蒙的小说《爱妻》（十七）。

5日　《澳门日报·新园地》副刊发表鲁茂《卧底神探》，胡晓风《将军&好事》（濠江小唱）。

⊙　《华侨报·华座》副刊刊载柏永的杂谈《名士之类》（上），克龄的杂谈《郭沫若游沈园获赠"陆游"》，欣然的微型小说《淡淡的交情》，续载慕容奇的小说《东海道裂碑》（三），费蒙的小说《爱妻》（完）。

6日　《澳门日报·新园地》副刊发表叔华《衣不称身身之灾》，胡晓风《证件&

父道》（濠江小唱）。

⊙　《华侨报·华座》副刊刊载柏永的杂谈《名士之类》（下），克龄的杂谈《名著的开头》，欣然的微型小说《新婚》，颂平的微型小说《情场胜仗》，续载慕容奇的小说《东海道裂碑》（四）。

7日　《澳门日报·新园地》副刊发表金中子《给拱北海关的三点建议》，胡晓风《教儿女写情书&被冷落的妻子》（濠江小唱）。

⊙　《华侨报·华座》副刊刊载朱凤的杂谈《历代戏曲中的王昭君》，雷千醉的小说《百宝城》（至1982年5月10日止），续载慕容奇的小说《东海道裂碑》（五）。

8日　《澳门日报·新园地》副刊发表陶里《有钱人越来越多》，胡晓风《酒色&认了》（濠江小唱）。

⊙　《华侨报·华座》副刊刊载柏永的杂谈《对联之类趣谈》，续载慕容奇的小说《东海道裂碑》（六）。

9日　《澳门日报·新园地》副刊发表陶里《妄语说禅》，胡晓风《适可而止&人生奔波》（濠江小唱），丁丁《虚惊》。

⊙　《华侨报·华座》副刊刊载石中子的杂谈《识破字胆》，续载慕容奇的小说《东海道裂碑》（七）。

10日　《澳门日报·新园地》副刊发表鲁茂《唔靓和衰老》，鲁夫《赠江青&赠张春桥》，丁丁《惊上加惊》，胡晓风《生活的“结”&也为“生活”》（濠江小唱）。

⊙　《华侨报·华座》副刊刊载石中子的杂谈《何谓错字》，克龄的杂谈《托尔斯泰点滴》，杂谈《佐拉写“创世纪三部曲”》，续载慕容奇的小说《东海道裂碑》（八）。

11日　《澳门日报》第十版发表骆南侨《幻想》，黄雅意《吃零食的坏处》；《新园地》副刊发表鲁茂《暴力电影受欢迎？》，胡晓风《也谈“禅”》（濠江小唱）。

⊙　《华侨报·华座》副刊刊载石中子的杂谈《何谓别字》，克龄的杂谈《莫扎特的爱情》，杂谈《音乐药》，然然的微型小说《泪，为她流！》，慕容奇的小说《祇园の生死异》（一）。

12日　《澳门日报·新园地》副刊发表鲁茂《破坏和激怒了大自然》，胡晓风《选咭&投邮》（濠江小唱）。

⊙　《华侨报·华座》副刊刊载石中子的杂谈《识破字胆——世外桃“园”》，克龄的杂谈《音乐家青春的光辉》，欣然的微型小说《偷心的人》，续载慕容奇的小说《祇园の生死异》（二）。

13日　《澳门日报·新园地》副刊发表叔华《茶楼的怀旧》，廖钺《重访滇南》，胡晓风《狂热，幻想》（濠江小唱）。

⊙　《华侨报·华座》副刊刊载石中子的杂谈《识破字胆——海市“唇”楼》，克龄的杂谈《司马迁退礼》，欣然的微型小说《上流人》，续载慕容奇的小说《祇园の生死异》（三）。

14日　《澳门日报·新园地》副刊发表乔海《身在美国心在澳门》，杨永权《黄山秋色》，胡晓风《澳门秋感&京华雪初》（濠江小唱）。

⊙　《华侨报·华座》副刊刊载柏永的杂谈《〈三国演义〉的战争描写》（上），石中子的杂谈《识破字胆——“固”步自封》，欣然的微型小说《父与子》，续载慕容奇的小说《祇园の生死异》（四）。

15日　《澳门日报·新园地》副刊发表陶里《人生多岔路》，胡晓风《小心火烛&所谓自由》（濠江小唱）。

⊙　《华侨报·华座》副刊刊载柏永的杂谈《〈三国演义〉的战争描写》（下），石中子的杂谈《识破字胆——三三“二二”》，欣然的微型小说《新爱》，续载慕容奇的小说《祇园の生死异》（五）。

16日　《澳门日报·新园地》副刊发表陶里《三对论》，玉文《问》，胡晓风《门外谈画》（濠江小唱）。

⊙　《华侨报·华座》副刊刊载石中子的杂谈《识破字胆——“咨”会对方》，欣然的微型小说《车祸》，续载慕容奇的小说《祇园の生死异》（六）。

17日　《澳门日报·新园地》副刊发表鲁茂《你会闹情绪吗？》，胡晓风《扪心&悲惨》（濠江小唱）。

⊙　《华侨报·华座》副刊刊载石中子的杂谈《识破字胆——风声鹤“泪”》，

欣然的微型小说《媒人》，续载慕容奇的小说《祇园の生死异》（七）。

18日　《澳门日报》第十一版发表骆南侨《愿白云》；《新园地》副刊发表鲁茂《谈影院加价》，胡晓风《欢喜小冤家》（濠江小唱）。

⊙　《华侨报·华座》副刊刊载敬原的杂谈《爱国诗人苏舜钦》，石中子的杂谈《识破字胆——不容置“啄”》，续载慕容奇的小说《祇园の生死异》（完）。

19日　《澳门日报·新园地》副刊发表鲁茂《弹力颂》，胡晓风《好&狠》（濠江小唱）。

⊙　《华侨报·华座》副刊刊载柏永的杂谈《“锦瑟”诗的探讨》（上），石中子的杂谈《识破字胆——相形见“拙”》，慕容奇的小说《挖目游方僧》（一）。

20日　《澳门日报·新园地》副刊发表叔华《中国足球算老几？》，杨永权《公审林彪、江青反革命集团二题》，胡晓风《有冇搞错&夫唱妇随》（濠江小唱）。

⊙　《华侨报·华座》副刊刊载柏永的杂谈《“锦瑟”诗的探讨（下）（有聊之谈）——兼谈李商隐的诗》，石中子的杂谈《识破字胆——草“管”人命》，克龄的杂谈《宋伯仁画梅》，续载慕容奇的小说《挖目游方僧》（二）。

21日　《澳门日报·新园地》副刊发表石在《“一代艺人”的盛衰》，胡晓风《贼性&同命》（濠江小唱）。

⊙　《华侨报·华座》副刊刊载怀颖的杂谈《葡国语言和文学》，克龄的杂谈《拒为康熙绘壁画的人》，石中子的杂谈《识破字胆——爱屋及“乌”》，克龄的杂谈《契诃夫轶事》，续载慕容奇的小说《挖目游方僧》（三）。

22日　《澳门日报·新园地》副刊发表陶里《当头月》，玉文《送别》，胡晓风《逐臭&感事》（濠江小唱）。

⊙　《华侨报·华座》副刊刊载柏永的杂谈《痴人说梦录（之六）——一个成功的人物》，洪宏的诗歌《鹧鸪天公审林江集团》，石中子的杂谈《识破字胆——按“步”就班》，戈壁的小说《相见争如不见》（一），续载慕容奇的小说《挖目游方僧》（四）。

23日　《澳门日报·新园地》副刊发表陶里《世事与人情》，李永国《惊愕》，胡晓风《靠“讲”&败兴》（濠江小唱）。

⊙　《华侨报·华座》副刊刊载石中子的杂谈《识破字胆——老马识“图”》，小邱的杂谈《陆游笔下的“围棋迷”》，续载慕容奇的小说《挖目游方僧》（五），戈壁的小说《相见争如不见》（二）。

24日　《澳门日报·新园地》副刊发表鲁茂《“小题大做”与“大题小做”》，胡晓风《坠楼人&大买卖》（濠江小唱），杨永权《黄山黑虎松》。

⊙　《华侨报·华座》副刊刊载维友的杂谈《彩笔浓墨画深情——访国画家诸乐》（三），石中子的杂谈《识破字胆——麻木不“人”》，续载慕容奇的小说《挖目游方僧》（六），戈壁的小说《相见争如不见》（三）。

25日　《澳门日报》第十一版发表骆南侨《圣诞树》；《新园地》副刊发表骆南侨《圣诞节》，鲁茂《揾屋如揾人》，胡晓风《“赢”过澳督&“微服”下山》（濠江小唱）。

⊙　《华侨报·华座》副刊刊载倪谷的杂谈《由“以老百姓为天”说起》，石中子的杂谈《识破字胆——“忧”柔寡断》，续载慕容奇的小说《挖目游方僧》（七），戈壁的小说《相见争如不见》（四）。

26日　《澳门日报·新园地》副刊发表鲁茂《不停步，别落伍》，鲁夫《花草二题》，丁丁《有车之人》，胡晓风《怀念张学良》（濠江小唱）。

⊙　《华侨报·华座》副刊刊载成莫愁的杂谈《“补白大王”郑逸梅》，石中子的杂谈《识破字胆——如“梗”在喉》，克龄的杂谈《能说“我们”吗？》，续载慕容奇的小说《挖目游方僧》（完），戈壁的小说《相见争如不见》（五）。

27日　《澳门日报·新园地》副刊发表叔华《过年与老死》，丁丁《有车之人》，廖钺《小诗二首》，胡晓风《圣诞“礼物”&“不吉”数字》（濠江小唱）。

⊙　《华侨报·华座》副刊刊载石中子的杂谈《识破字胆——米珠薪“贵”》，慕容奇的小说《曾根崎情死》（一），续载戈壁的小说《相见争如不见》（六）。

28日 《澳门日报·新园地》副刊发表项涌波《随便翻翻——也是一种读书方法》，冼得霖《诗五首》，丁丁《有车之人》，胡晓风《赠车&换船》（濠江小唱）。

⊙ 《华侨报·华座》副刊续载慕容奇的小说《曾根崎情死》（二），戈壁的小说《相见争如不见》（七）。

29日 《澳门日报·新园地》副刊发表陶里《冬之恋》，玉文《峰景》，薇薇《无奈》，胡晓风《现实如此&天鹅之死》（濠江小唱）。

⊙ 《华侨报·华座》副刊刊载柏永的诗歌《鹧鸪天——烈士陵园看菊有感》，克龄的杂谈《“再来一个”》，续载慕容奇的小说《曾根崎情死》（三），戈壁的小说《相见争如不见》（完）。

30日 《澳门日报·新园地》副刊发表陶里《打秋风》，一尘《小燕飞了》，胡晓风《足篮两败&港脚求神》（濠江小唱）。

⊙ 《华侨报·华座》副刊刊载逸叟的杂谈《汤显祖的“邯郸梦”》，续载慕容奇的小说《曾根崎情死》（四）。

31日 《澳门日报·新园地》副刊发表鲁茂《带枪与不带枪》，谭任杰《次韵呈冼得霖先生》，丁丁《同人唔同命》，胡晓风《向读者致意&除夕小心愿》（濠江小唱）。

⊙ 《华侨报·华座》副刊续载慕容奇的小说《曾根崎情死》（五）。

1981年 •••

澳门在20世纪80年代以前的文学活动并不活跃。但是一踏入20世纪80年代，澳门文学的发展就日渐兴旺起来了。1981年，澳门历史上的第一所大学——东亚大学创立。在开办的初期，它已有中国语言与文学专业的课程，虽然学生并不多。

这个时期，澳门诗坛艺术风格各异，诗人们各自以自己的生活经历和文化感情去进行创作，诗坛出现了多元化的新格局。其中最突出的就是摆脱了澳门诗坛传统的“田园牧歌”的文化因袭，横向和纵向地大力吸取各种现代艺术形式，以各种不同的创作手法去凸现艺术的火光。20世纪80年代的澳门诗人并没有什么流派和宣言，都是诗人自觉地去对诗歌艺术进行实践和探索。20世纪80年代澳门新诗在追求创新、变革、大力提倡现代主义的创作流向，对诗坛重铸、自我改造及自觉深化。不管是传统诗还是现代诗，诗人都弘扬着自我个性，表现当代生活，显示着一种生机勃勃的活力；无论是本土诗人还是移民诗人，都有共同的出发点，就是呼唤文学——尤其新诗——用严肃的思考和激情去呐喊、讴歌，热情、积极弘扬生命的价值与意义。

7月6日，《澳门日报》首次出版彩色《艺海》版。11月19日《新儿童》版与文娱活动促进会合办儿童圣诞节创作比赛。该年，《澳门日报》继续连载不少长篇小说，如陈萃文的武侠小说《仗剑闯江湖》，金涛的科学幻想小说《月光岛》，润园的《古灵精怪》，柳惠的《金三角》，方明描写德国反恐部队成功解救被劫持民航的报告文学《摩加迪沙行动》，以及周桐的《半截美人》。

周桐，生于1949年，本名陈艳华，笔名还有“沈实”“沈尚青”等，祖籍广东新会。她是典型的澳门本土作家，生于澳门，受教育、做新闻工作均在澳门。1968年开始创作，主要在《澳门日报》《华侨报》发表作品，也是一位多产作家。20世纪70年代至90年代中期，共写了十三部长篇小说。该年，她的《半截美人》写瘸腿少女在绝望中挣扎向上，最终以爱心赢得爱情。她的《幻旅迷情》描写一个失恋少女在婚姻路上的遭遇。故事在少女、香港老富商及他的侄儿之间展开。三角恋爱的多层纠葛，不仅发生在中国澳门，也扩展到瑞士。作者通过小说人物的内心矛盾和心理活动，描写了情欲与理智的激烈冲突。最后，小说以女主角的明智选择告终，对读者有一定的作用。周桐的创作特点是无论在悲剧或喜剧中都表现了一种积极向上的乐观情趣。她有意识地用严肃小说的方式和态度来写通俗小说，做到雅俗共赏。她既善于运用中国传统小说的悬念手法，又有西方小说那种对人物心理的细致刻画。她能避免一般通俗小说中的人物性格类型化的弊病，深入人物内心世界，不加掩饰地展现人物的灵魂。

《澳门日报·新园地》该年还开设不少老少咸宜的栏目，如“见闻录”“科学小品”“艺林”“濠江小唱”“知识小品”，胡晓风、陶里、文若和鲁茂等在“斗室漫笔”“瀛海一勺”“广州方言”“随笔”等栏目刊发文章。

一月

1日　《澳门日报》刊出中新社记者柳毅《正直的作家要有使命感——访美国华侨青年女作家李黎》；《新园地》副刊刊载胡晓风《早晨元旦二首》，鲁茂《票价与黄牛党》，泽南《慈禧的生活开支》，鹭山《老子患严重精神病》，濠江客《卢廉若公园与园林特色》。

⊙　《华侨报·华座》副刊发表朱颜《春·木棉·诗》，佟立章《夜坐》，续载慕容奇《曾根崎情死》（六）。

3日　《澳门日报·新园地》副刊刊载骆南侨《住的问题》，张发祥《色彩趣谈》，鲁茂《物质三态——屎、尿、屁》，明的诗歌《园丁》，胡晓风《翘首以待地一声雷》。

⊙　《华侨报·华座》副刊发表萧真美《西方的孔子——苏格拉底》，续载慕容奇《曾根崎情死》（七）。

4日　《澳门日报·新园地》副刊刊载杨永权《云龙山记——古城徐州漫步》，滇人《翠湖——昆明明珠“还乡记”之三》，小明《退休大帮开夜总会》，王土佬《“魔鬼”生辰最快乐》。

⊙　《华侨报·华座》副刊发表欣然的短篇小说《大忙人》，续载慕容奇《曾根崎情死》（八）。

5日　《澳门日报·新园地》副刊刊载李淦《盆栽的启示》，郑张迪《汉字多笔书法》，潘永《人体器官移植捷报》，陶里《疯狗症带来的……》，薇薇《别》，胡晓风《难得有请》。

⊙　《华侨报·华座》副刊发表欣然的短篇小说《揭秘》，续载慕容奇《曾根崎情死》（完）。

6日　《澳门日报·新园地》副刊刊载骆南侨《人兽不分》，卢生《妙趣的生理节奏》，陶里《不愿听闻的事》，冼得霖《西风塞马空肥》（上），石在《奇特的葬礼》，谭任杰《除夕读胡晓风先生〈濠江小唱〉，即兴二首，谨呈胡先生》，胡晓风《作为表率，真成烟花》，李芳《酒的故事》。

⊙　《华侨报·华座》副刊发表庄练《谈明代苏州四大才子》（一），欣然的短篇小说《抉择》，汎卡迪小说《井之谜》（一）。

7日　《澳门日报·新园地》副刊刊载沈实《科威特的“千七点”股市》，姚北全《落笔如翻扬子江——访问老画家刘海粟印象记》，鲁茂《小学而大遗》，尚文《九星连珠明年会否出现》，胡晓风《国脚》，冼得霖《西风塞马空肥》（下），丁丁《补习教师》（上）。

⊙　《华侨报·华座》副刊发表多龄《老舍轶事》，欣然的短篇小说《撮合》，续载庄练《谈明代苏州四大才子》（二），汎卡迪《井之谜》（二）。

8日　《澳门日报·儿童园地》发表潘红彬《月夜》，小文《骄傲的0》，周小薇《做事要有毅力》；《新园地》副刊刊载濠江客《炮竹业兴衰小史》，钱台生《江青前夫唐纳二三事》，鲁茂《新屋入伙记》，于君《记刘海粟夫人夏伊乔》，穗斌《腊梅不是梅》，胡晓风《大江截流为她请命》，亚占《唛头与素质》，丁丁《补习教师》（中）。

⊙　《华侨报·华座》副刊发表欣然的短篇小说《多疑的女人》。续载庄练

《谈明代苏州四大才子》（三），汛卡迪《井之谜》（三）。

9日 《澳门日报·新园地》副刊刊载沈实《色魔震动英伦》，李浩泉《关于岳坟的岳飞草书》，文明《被称为大城市中的小城市的——东京的阳光城》，鲁茂《节日映笑片，卖座有把握》，骆南侨《好话人人爱听》，胡晓风《很好》，丁丁《补习教师》（下）。

⊙ 《华侨报·华座》副刊发表柏永《石头的传说》，慕容奇的小说《桐壶院の诡异》（一），续载庄练《谈明代苏州四大才子》（四），汛卡迪《井之谜》（四）。

10日 《澳门日报·新园地》副刊刊载沈实《最轰动英国的罪案》，慧敏《美新兴“租赁子宫”》，叔华《宋高宗也应跪下来》，于瓒《他用音乐唤醒人们沉睡的灵魂——纪念一代宗师萧友梅逝世四十周年》（上），白璧《金刚鹦鹉能仿人言》，韦东《发展“多元化”》。

⊙ 《华侨报·华座》副刊续载庄练《谈明代苏州四大才子》（五），汛卡迪《井之谜》（五），慕容奇的小说《桐壶院の诡异》（二）。

11日 《澳门日报·环游世界》刊载慧如《初尝日本热沙浴》，小明《伦敦古惑司机揾笨》（带街手记），余尔滨《印度尼西亚莎娜海滨》，一鸣《登临六和塔远眺钱塘江》，杨永权《云龙山记——古城徐州漫步》，黄华基《花的世界——苔厘岛》；《新园地》副刊刊载沈实《色魔案破案过程》，薛鸣《世界第一位熊猫演员》，石在《凤凰山上牡丹皮》，胡晓风《新例》，于瓒《他用音乐唤醒人们沉睡的灵魂——纪念一代宗师萧友梅逝世四十周年》（下）。

⊙ 《华侨报·华座》副刊发表墨斗《再谈对联》，续载庄练《谈明代苏州四大才子》（完），汛卡迪《井之谜》（六），慕容奇的小说《桐壶院の诡异》（三）。

12日 《澳门日报·新园地》副刊刊载濠江客《火柴业由盛而亡》，惠长《心有灵犀一点通》，陶里《视听之娱》，冼得霖《夜闻杜宇》（诗词评赏），林予立《大得惊人的照相机》，谭任杰《用周恩来总理早年诗〈春日偶成〉原韵成二绝》，胡晓风《开刀》，占士《殃及池鱼》。

⊙　《华侨报·华座》副刊发表柏永《最后的一刻》，续载汛卡迪《井之谜》（七），慕容奇《桐壶院の诡异》（四）。

13日　《澳门日报·新园地》副刊刊载骆南侨《讲话不能直率》，谷苇《谢稚柳忆张大千》，陶里《杀大花面》，李绍成《月球上的城市》，明《给灯塔》，晓风《看“将军”》，实《十二诫》。

⊙　《华侨报·华座》副刊发表克龄《小狗圆舞曲》，续载汛卡迪《井之谜》（八），慕容奇《桐壶院の诡异》（五）。

14日　《澳门日报·新园地》副刊刊载方苇《萧友梅在澳门成长》，鲁茂《三煞位》，扬周《月球起源之谜》，李祖明《致诗人》，梁树梅《电子计算器指导救火》，胡晓风《日产万言之类》，钟新《关山月机器舒展》。

⊙　《华侨报·华座》副刊发表黄衫客《成都武侯祠三绝碑》，杨翎的诗歌《公审林、江反革命集团漫题》，续载汛卡迪《井之谜》（九），慕容奇《桐壶院の诡异》（六）。

15日　《澳门日报·儿童园地》刊载小陶《雪屋》，翁锦霞《炒米》，叮当《狗和刺猬》；《新园地》副刊刊载骆南侨《卖花妇人》，梁光中《游人盛赞石景山》，罗慕华《写作中普遍存在的问题（1）》，濠江客《提倡国货的年代》，李民亨《海豚学英语》，鲁茂《牡丹与绿叶》，张力《“三九”垂钓——黑龙江风情》，胡晓风《说得好》，李重生《庆元钱和嘉泰钱》。

⊙　《华侨报·华座》副刊发表佟立章的诗歌《看司徒苍城自加拿大归来》，续载汛卡迪《井之谜》（十），慕容奇《桐壶院の诡异》（七）。

16日　《澳门日报·新园地》副刊刊载慧敏《冻死翻生奇迹事》，鲁茂《唉，吉叔年尾双粮》，锐君《一张画片》，罗慕华《写作中普遍存在的问题（2）》，骆南侨《香港十大新闻》，彭民《西方人的迷信习俗》，胡晓风《春季已近》。

⊙　《华侨报·华座》副刊发表杨翎《胸有成竹笔底生花——克服伤残的艺术家》，佟立章的诗歌《读任真汉〈江山览胜〉图思潮沸腾率成短句代柬》，续载汛卡迪《井之谜》（完），慕容奇《桐壶院の诡异》（八）。

17日　《澳门日报·新园地》副刊刊载邵云《视死如归的妒妇》，王云《粤剧来龙去脉略探》，叔华《开卷无益乎？》，白璧《白脸小姑娘活泼善鸣》，罗慕华《写作中普遍存在的问题（3）》，杨城《大仲马吃“雨伞”》，胡晓风《凶杀案》，濠江客《古老的印刷业》，开始连载詹姆斯·布利什的科幻小说《盒子》（至1980年2月17日止）。

⊙　《华侨报·华座》副刊发表柏永《文人·政治家·历史》，克龄《慈禧与〈红楼梦〉》，忠义《双剑村》，续载慕容奇《桐壶院の诡异》（完）。

18日　《澳门日报·环游世界》刊载汉陆《世界风情画》，沙耶《令游客充满刺激的美国迪斯尼世界》，小明《门口吊煲中藏字花》（带街手记）；《新园地》副刊刊载杨永权《放鹤亭新记》，马中岳《冰的世界——札幌》，罗慕华《写作中普遍存在的问题（4）》，楼外楼《生活》，朱安《龟，何时坏了声名？》，乔海《流感袭晓城》，璞斋《漫谈三菇六耳》，骆南侨《防盗器材与盗窃技术》，杨广《肥皂岛》，胡晓风《咄咄》。

⊙　《华侨报·华座》副刊发表克龄《“动石”趣闻》《马克·吐温发火》，欣然的短篇小说《请客》，续载慕容奇《桐壶院の诡异》续篇（一）。

19日　《澳门日报·新园地》副刊刊载朱安《绍兴黄酒的韵味》，陶里《老师》，玲《老鼠与婚姻》，冼得霖《早与安排金屋》（诗词评赏），书斋《“整形热”的秘密》，胡晓风《有“法”没有》，濠江客《连胜马路的变迁》。

⊙　《华侨报·华座》副刊发表柏永《她——艺术生命被毁掉了么》，克龄《入场式上巧奏乐》，欣然的短篇小说《豪门千金》，续载慕容奇《桐壶院の诡异》续篇（二）。

20日　《澳门日报·新园地》副刊刊载骆南侨《天才不可否认》，石在《鸡年谈鸡》，陶里《里根，开麦拉！》，冼得霖《早与安排金屋》（诗词评赏），梁世明《凶猛的海浪》，张兰青《打喷嚏这回事》，胡晓风《何止斗气》，钟新《曲江南华寺“斋堂”》。

⊙　《华侨报·华座》副刊发表柏永《中国人对竹的感情》，《刘墉作弄和珅》，欣然的短篇小说《固执的他》，续载慕容奇《桐壶院の诡异》续篇（三）。

21日　《澳门日报》第十一版发表梁光中《珠海石景山探胜》，骆南侨《澳门街的车》；《新园地》副刊刊载海洋园丁《水仙花的传说——漫谈水仙》（上），杨永权《贺新郎瞻仰淮海战役烈士纪念塔》，良辑《“小人国”居民——尤卡人》，旭日《佛山梨园奇才多》，鲁茂《“想做就去做”——戒烟！》，朱安《〈水浒传〉里的蒙汗药》，李祖明《海》，胡晓风《横眉冷对》。

⊙　《华侨报·华座》副刊发表柏永《赌徒的嘴脸与正气》，欣然的短篇小说《两个少女》，续载慕容奇《桐壶院の诡异》续篇（四）。

22日　《澳门日报·儿童天地》刊载叮当《音乐家的故事》，李碧君《漫游七星岩》，何雪明《敬爱的老师》；《新园地》副刊刊载海洋园丁《中外名种水仙花——漫谈水仙》（下），慧敏《短波广播争夺激烈》，鲁茂《一九八一——打工仔的节约年》，梁光中《新柑丰收话陈皮》，胡晓风《无题有感》，濠江客《渔船“湾水”话旧》。

⊙　《华侨报·华座》副刊发表易贤棠《于细微处见精神》，佟立章的诗歌《题李筱荪静哲白莲仕女图》，夏川《状元官有多大？》（上），欣然的短篇小说《雾水缘》，续载慕容奇《桐壶院の诡异》续篇（五）。

23日　《澳门日报·新园地》副刊刊载陶里《圣诞卡》，阿秋《迎春节谈习俗》，鲁茂《屋顶——都市的死角》，木兰《斗野猪比赛》，姚北全《“石湾公仔”与粤剧》，剑夫《集邮》，胡晓风《防火与防盗》。

⊙　《华侨报·华座》副刊发表夏川《状元官有多大？》（下），欣然的短篇小说《金钱与爱情》，续载慕容奇《桐壶院の诡异》续篇（六）。

24日　《澳门日报·新园地》副刊刊载濠江客《青州海面百年来变化》，薛鸣《西双版纳鳞爪》，叔华《睇大戏有感》，姚北全《“石湾公仔”与粤剧》，白璧《冬季点缀佳品——叶牡丹》，胡晓风《南国豆饼迸新枝》，玉文《孩子》，丁丁《求职记》。

⊙　《华侨报·华座》副刊发表柏永《是传说还是真的》，开始连载柳残阳的小说《伤情箭》（至1980年4月12日止），续载慕容奇《桐壶院の诡异》

续篇（七）。

25日　《澳门日报·环游世界》刊载沙耶《日本九州岛遨游散记》，小明《龙凤烧鸭大行其道》（带街手记），杨永权《徐州碑园访记》，莫华基《西樵多新景新春宜一游》，钟征祥《辽阳避暑圣地——青岛》，沈实《倒运总统卡特》，巫明《金字塔墓穴之谜》（科学小品），老禅《后起之秀，果然要得——“凌波仙子”观后感》，明宝《集体自杀的小田鼠》，璞斋《祥云鹤瑞珍贵补品》，逸文《悼念》，胡晓风《警钟》，丁丁《白·撞》。

⊙　《华侨报·华座》副刊发表柏永《博罗县与罗浮山》，续载慕容奇《桐壶院の诡异》续篇（八）。

26日　《澳门日报·新园地》副刊刊载濠江客《妈阁前地昔为“咸鱼场”》，慧敏《黑手党穷凶极恶》，鲁茂《老关唱错字？》，天健《看粤剧〈三凤求凰〉》，攀枝《十里奇香，芳气袭人——云南大理游记之一》，闻梁《用计算机探索〈红楼梦〉》，胡晓风《市政三愿》，骆南侨《人间天堂》，丁丁《做过先至知》。

⊙　《华侨报·华座》副刊发表柏永《谈题画诗》，佟立章的诗歌《卢廉若公园访梅有寄》，续载慕容奇《桐壶院の诡异》续篇（完）。

27日　《澳门日报·新园地》副刊刊载沈实《不可理喻的爱情》，石在《桃花依旧笑春风》（知识小品），陶里《慎防陷阱》，朱安《戒指的来历》，冼得霖《七绝二首》，攀枝《绝景“长圆月”——云南大理游记之二》，李重生《大宋钱和绍定钱》。

⊙　《华侨报·华座》副刊发表柏永《雨夜思絮》，慕容奇的小说《废墟中の亡魂》（一）。

28日　《澳门日报》第九版刊载骆南侨《打工仔》；《新园地》副刊刊载张光远《黄金知多少？》，杨永权《满庭芳》，蒋星煜《波多野太郎的巨大贡献》，谭任杰《定风波》，陶里《无语话爱之终结》，赵康《过年的传说和风俗》，胡晓风《刀仔娇娃》。

⊙　《华侨报·华座》副刊发表寸草生的诗歌《邂逅旧同窗》，多龄《林之棟绘兰》，续载慕容奇《废墟中の亡魂》（二）。

29日　《澳门日报·新园地》副刊刊载胡晓风《不关我事》，冼得霖《关于寅恪先生的答诗》，穗斌《春联趣话》，鲁茂《骗》，达声《惊心动魄的驯鳄表演》。

⊙　《华侨报·华座》副刊续载慕容奇《废墟中の亡魂》（三）。

30日　《澳门日报·儿童园地》副刊刊载小辉《自私的北极熊》，李碧虹《夜雨》，沈实《人质对政府的看法》（西窗小语），邬和镒《喜迎新春话牡丹》；《新园地》副刊刊载沈实《人质对伊朗人看法有异》，冼得霖《关于寅恪先生的答诗》，鲁茂《看侦探小说》，骆南侨《鸡年谈鸡》，梁光中《新会甜橙是贡品》，李瑜《石头鱼》，胡晓风《走火入魔》。

⊙　《华侨报·华座》副刊发表时洲《买书·看书·藏书》，续载慕容奇《废墟中の亡魂》（四）。

31日　《澳门日报·新园地》副刊刊载长弓《花生壳能治高血压》，求博《禄丰腊玛古猿》，石在《霜鬓明朝又一年》，濠江客《白鸽巢公园历史逾百年》，胡晓风《芭蕾舞，慈善》。

⊙　《华侨报·华座》副刊发表龚书绵《精神上的营养药物》，续载慕容奇《废墟中の亡魂》（五）。

二月

1日　《澳门日报·环游世界》刊载小明《会所赌档呃倒骑警》（带街手记），慧如《病态美人——切萨比克》，游埠乐《迷幻的仙境——云仙》，华波《秋游西安大雁塔》，攀枝《贵阳飞瀑奇观——游黄果树大瀑布》，贺养明《倒淌河，日月山，公主庙》；《新园地》副刊刊载玉文《愿》，胡晓风《人为财死》，慧敏《还我三千烦恼丝》，黄伟经《曹雪芹——大时代的产儿》，崔晋余《我国民间木刻年画》，白璧《锦鸡性驯易饲养》。

⊙　《华侨报·华座》副刊发表柏永《痴人说梦录（上）——也谈贾宝玉》，续载慕容奇《废墟中の亡魂》（六）。

2日　《澳门日报·新园地》副刊刊载胡晓风《又见人潮》，黄伟经《重评清史三百年》，杨城《鸡年·鸡话·鸡画》，陶里《过客》，濠江客《草堆街昔为“金铺街”》，郭金《南安板鸭》。

⊙ 《华侨报·华座》副刊发表柏永《痴人说梦录（下）——也谈贾宝玉》，张贤长的诗歌《惊闻鹤云道兄辞世率成一绝志哀》，续载慕容奇《废墟中の亡魂》（七）。

3日 《澳门日报·新园地》副刊刊载李炳时《正在变化的美国家庭》，李伯雄《杰出山水画家陆俨少》，君默《秦始皇未动分毫》，胡晓风《乡讯》，石在《春节杂谈》，陶里《鸡年谈鸡》。

⊙ 《华侨报·华座》副刊发表多龄《新春前夕访漳州》，续载慕容奇《废墟中の亡魂》（完）。

4日 《澳门日报》刊载骆南侨《年宵花市》（濠江风情）；《新园地》副刊刊载温德明《迎春节，谈爆竹》，朱伯雄《杰出山水画家陆俨少》，楚川《立春掌故》，田森《漫谈老年人和感冒》，鲁茂《啼笑皆非的事》，胡晓风《年宵花市》（濠江小唱）。

⊙ 《华侨报·华座》副刊发表宣翁·洪周的诗歌《角声吹开梅花月——会见曾慧》，慕容奇的小说《永平寿国师》（一）。

5日 《澳门日报·新园地》副刊刊载谭任杰《满庭芳》，濠江客《游南湾花园忆往昔》，熊永邦《握手和碰杯的由来》，李炳时《日本人的创造力》，胡晓风《恭喜！恭喜！》，杨梵《鸡年谈鸡》，鲁茂《开工大吉！》，开始连载柳惠的《黑雾》（至1980年10月26日止）。

⊙ 《华侨报·华座》副刊发表龚才《恭喜发财》，续载慕容奇《永平寿国师》（二）。

9日 《澳门日报·环游世界》刊载鸣《清迈动植物园今昔谈》，和平《夏威夷岛走马游记》，新文《海南岛东山石景奇趣有诗意》，川平《广州西苑有春色》，阿申《七宝镇的“宝”》，小明《绅士擦鞋佬》（带街手记）；《新园地》副刊刊载叔华《明星不可少》，阿秋《酒话连篇》，张达《漫画龙》，茗屋《与君一别十三年》，胡晓风《子夜零时》。

⊙ 《华侨报·华座》副刊续载慕容奇《永平寿国师》（三）。

10日　《澳门日报·新园地》副刊刊载茗屋《与君一别十三年》，京声《龙生九子》（知识小品），乔海《荣归》，白璧《小云雀即山麻鸟》，陶里《打工仔过年关》，蒋星煜《洞庭东山花果景物》（旅行小品）。

⊙　《华侨报·华座》副刊续载慕容奇《永平寿国师》（四）。

11日　《澳门日报》第十版刊载骆南侨《新年一层》；《新园地》副刊刊载沈实《美国单车旅行团游广东》，茗屋《与君一别十三年》，攀枝《游蓬莱看海市蜃楼》（旅行小品），陶里《禅院》，罗诚《西班牙斗鸡》，胡晓风《春风吹暖》。

⊙　《华侨报·华座》副刊发表秀灵《中日民间节日渊源》，多龄《画家与小奴》，续载慕容奇《永平寿国师》（五）。

12日　《澳门日报·儿童园地》刊载张焰《我的同学》，叮当《风儿的遭遇》；《新园地》副刊刊载濠江客《百年关闸外貌依旧》，蓓尔随笔《雄鸡一声天下白》，陈绍锦《竹战声中麻将牌》，杨城《徐悲鸿论马》，胡晓风《春节即景》。

⊙　《华侨报·华座》副刊发表柏才《从高尔基犯错误想起》，续载慕容奇《永平寿国师》（完）。

13日　《澳门日报·新园地》副刊刊载范怀烈《珠江口杂记》（旅行小品），李骆公《春节好》，鲁茂《冷面的笑匠》，胡晓风《菩萨蛮》，骆南侨《科学与伪科学》。

⊙　《华侨报·华座》副刊发表怀颖《记一位葡国记者》，克龄《“书迷”济慈》，多龄《真假高尔基》，慕容奇的小说《纪伊隐秘》（一）。

14日　《澳门日报·新园地》副刊刊载刘毅《老作家茅盾近事》，沈实《中国UFO研究组织》，范怀烈《珠江口杂记》（旅行小品），白璧《梵天鸟娇小玲珑》，夏承焘《瓶花》，叔华《加风下拉杂谈》，胡晓风《终身大事》，濠江客《莲华茎相连澳门》。

⊙　《华侨报·华座》副刊发表杨翎《读词偶记》，柏永的诗歌《减兰》，续载慕容奇《纪伊隐秘》（二）。

15日　《澳门日报·新园地》副刊刊载闵洛《泉州花灯放新彩》，永毅《老华侨在加拿大》（一），高亦君《春的足迹》，鲁茂《师生大战》，骆南侨《还需“红娘”来“搭桥”》，胡晓风《好玩》。

⊙ 《华侨报·华座》副刊发表再枚《乐》，克龄《劳伦斯创作的开始》，续载慕容奇《纪伊隐秘》（三）。

16日 《澳门日报·新园地》副刊刊载濠江客《莲华茎在何方？》，沈实《在中国目击到UFO》，胡晓风《也算夫妻档》，古今情《悼念之外》，慧敏《鬼佬赌场龙虎斗》，陶里《可爱的人》，永毅《加拿大老华侨》（二）。

⊙ 《华侨报·华座》副刊发表余君慧《授勋画家刘春草》，雨萍的小说《热流》（一），续载慕容奇《纪伊隐秘》（四）。

17日 《澳门日报·新园地》副刊刊载永毅《加拿大老华侨（三），新来老人的烦恼》，石在《竟日迟留待金鲫》（知识小品），谭任杰《水调歌头》，何让《二月为何总是少几天》，薛鸣《西德信鸽比赛热》，胡晓风《今时今日》，陶里《四季情》，骆南侨《谈谈按比例》，丁丁《苦·心》。

⊙ 《华侨报·华座》副刊发表柏永《春天》，多龄《举手礼》，续载雨萍《热流》（二），慕容奇《纪伊隐秘》（五）。

18日 《澳门日报》刊载骆南侨《加价风》（濠江风情）；《新园地》副刊刊载彦火《新春试笔》，永毅《加拿大老华侨（四），再谈新来老人的烦恼》，鲁茂《如果波叔》，黄洽《新与旧的滑草运动》，胡晓风《“共”的联想》，开始连载土屋隆夫《控诉》（至1981年4月6日止）。

⊙ 《华侨报·华座》副刊发表陆明《元宵节的故事》，续载雨萍《热流》（三），慕容奇《纪伊隐秘》（六）。

19日 《澳门日报·儿童园地》刊载小文《旅行》，钟慧文《春节》；《新园地》副刊刊载沈实《美译员的同性恋丑闻》，永毅《加拿大老华侨（五），功利主义的下一代》，胡晓风《加价与我》，濠江客《陆连岛上的连岛》，马勋《花的寿命》，薛鸣《张灯结彩闹元宵》，鲁茂《“集体编剧”吃不消》。

⊙ 《华侨报·华座》副刊发表松咏《极左思潮妨碍文字发展》，续载雨萍《热流》（四），慕容奇《纪伊隐秘》（七）。

20日　《澳门日报·新园地》副刊刊载永毅《加拿大老华侨（六）　能够自立的老人》，阿秋《木棉花开映天红》，吕北文《熊猫外传》，鲁茂《交游广阔的人》，夏承焘《春工》，木兰《福尔摩斯的崇拜者》，孤独月随笔《此星非彼星》。

⊙　《华侨报·华座》副刊发表柏永《谈“谎话”》，多龄《佩黑纱由来》《手势引起的误会》，续载雨萍《热流》（五），慕容奇《纪伊隐秘》（八）。

21日　《澳门日报》刊载骆南侨《最佳补白》，叔华《新春谈死》；《新园地》副刊刊载濠江客《青州马路周围变化大》，范怀烈《南海行》（旅行小品），小松《窗》，白璧《银柳翻插可以繁殖》，胡晓风《又是无题有感》。

⊙　《华侨报·华座》副刊续载雨萍《热流》（六），慕容奇《纪伊隐秘》（九）。

22日　《澳门日报·环游世界》刊载王土佬《离婚又结婚俨如换画　古稀老妇再找有情郎》，静宇《西德走马游记趣》《翁昌文罗岗冬梅连开三度》，小明《法国大餐多旧鱼》（带街手记）；《新园地》副刊刊载述之《对联高手丘逢甲》，黄伟经《小记秦牧》，明《澳凼大桥》，胡晓风《噢，香港》，梅萼华《文学期刊的报春花》，沈实《女子酒店改招牌》。

⊙　《华侨报·华座》副刊发表海宁《读书乐》，续载雨萍《热流》（七），慕容奇《纪伊隐秘》（十）。

23日　《澳门日报·新园地》副刊刊载梁光中《登千步梯的遐想》，濠江客《二百年前的〈澳门纪略〉》，石在《棍棒能出孝子吗？》，冼得霖《题容仲先生画册并序》，陶里《求“发”不遂》，望文《凤是鸡吗？》，黎尔宽《树生桥奇趣》，胡晓风《春之杂》。

⊙　《华侨报·华座》副刊发表克龄《普希金求婚时候》，续载雨萍《热流》（完），慕容奇《纪伊隐秘》（完）。

24日　《澳门日报·新园地》副刊刊载梁庸若的杂感《妙笔生花亦可怜》，乔海《美南庆鸡年》，廖钺《迎春曲——新春寄海外诸友》，胡晓风《一路顺风》，陶里《小贩》，骆南侨《电视应“老少皆宜”》。

⊙ 《华侨报·华座》副刊发表克家《红豆寄相思》，慕容奇的小说《刀竹幻形人》（一），纳兰若愚的小说《折剑歌》（一）。

25日 《澳门日报》第九版刊载胡晓风《博彩》（濠江风情）；《新园地》副刊刊载顾怜香《秋波浸晚霞——读书偶记》，文若稚《“古月”粉》，陈宗舜《聂耳墓纪游》，鲁茂《一味要够威》，胡晓风《爱情》，子君《女书法家周慧珺》。

⊙ 《华侨报·华座》副刊发表多龄《萧伯纳谈生意》，续载慕容奇《刀竹幻形人》（二），纳兰若愚的小说《折剑歌》（二）。

26日 《澳门日报·新园地》副刊刊载文忠《许世友出身少林寺》，吕智华《泰星马旅游小记之一　泰国归来满天神佛》，胡晓风《难逃法网》，亚广《扑克趣谈》，慧敏《模特儿三十一枝花》，玉文《午后，后花园（中山温泉）》，鲁茂《看电视足球赛》。

⊙ 《华侨报·华座》副刊续载慕容奇《刀竹幻形人》（三），纳兰若愚的小说《折剑歌》（三）。

27日 《澳门日报·新园地》副刊刊载沈实《美国近来最恐怖的谋杀案》，吕智华《泰星马旅游小记之二　吃罢“泰皇餐”不愿作泰皇》，谭任杰《诗三首》，黄洽《“樱花之国”的樱花》，鲁茂《包装》，李淇《点烟忌三》，文若稚《直笔》，胡晓风《小夜曲》。

⊙ 《华侨报·华座》副刊发表傅伯刚《消失了风格》，克龄《带字典的作家》，多龄《作家的幽默》，续载慕容奇《刀竹幻形人》（四），纳兰若愚的小说《折剑歌》（四）。

28日 《澳门日报·新园地》副刊刊载双璧《潘致中的诗画》，吕智华《泰星马旅游小记之三　泰国方言颇有趣》，石题《神气气功》，彦火《海岛·初春》，胡晓风《清平乐》。

⊙ 《华侨报·华座》副刊发表傅伯刚《重逢》，多龄《握手与吻》，续载慕容奇《刀竹幻形人》（五），纳兰若愚的小说《折剑歌》（五）。

三月

1日　《澳门日报·环游世界》刊载梅敏《碧澄清丽活丽江》，平平《圣保罗教堂与耳语廊》，彩妮《丹霞山游记》，莫华基《马尼拉文化村　充满异国情调》，小明《癫马夜总会睇艳舞》；《新园地》副刊刊载吕智华《泰星马旅游小记之四　鳄鱼湖》（旅行小品），荣川《漫话龙岩素心兰》，吴达审《修炼瑜伽功门径古怪　印苦行僧各显神通》，述之《粤剧第一个女演员和男女班》，胡晓风《负心的人》。

⊙　《华侨报·华座》副刊发表多龄《谈猴戏》《海边的悲剧》，续载慕容奇《刀竹幻形人》（六），纳兰若愚的小说《折剑歌》（完）。

2日　《澳门日报·新园地》副刊刊载胡晓风《苦海孤雏》，吕智华《泰星马旅游小记之五　奇妙的赌博方式》，卢必乐《计算机当月老——日本婚姻介绍所的特色》，秦怀《异彩奇闻》（科学小品），双璧《兰亭集序字诗》，骆南侨《如此“恭喜发财”》，楼外楼《云》，陶里《春雨诗酒年华》，沈实《“柴”的问题》。

⊙　《华侨报·华座》副刊发表黄衫客《鼎湖山上灿红棉》，多龄《席勒与强盗》，古龙的小说《飞刀，又见飞刀》（一），续载慕容奇《刀竹幻形人》（完）。

3日　《澳门日报·新园地》副刊刊载陶里《妇女节杂写》，李永国《夜曲》，吕智华《泰星马旅游小记之六　芭提雅风光绮丽》（旅行小品），宗棠《潮州的古象》，石在《不祥的数字》（知识小品），静文《雪曼艺文苑杂集记》，胡晓风《多谢》。

⊙　《华侨报·华座》副刊发表柏永《历史的启发》，采猎客《诗人骨殖的风波》，慕容奇的小说《丝割符》（一），续载古龙《飞刀，又见飞刀》（二）。

4日　《澳门日报》第九版刊载骆南侨《善款》；《新园地》副刊刊载胡晓风《有赠》，黄安仁《忆方人定先生》，吕智华《新加坡印象记》，毕纳《西服小考》，鲁茂《女士优先！》，骆南侨《鸡年再谈鸡》。

⊙　《华侨报·华座》副刊发表余松严《鸡年话生肖》，佟立章的诗歌《春雨寄怀庸斋》，克龄《萧伯纳坚持体育锻炼》，续载慕容奇的小说《丝割符》（二），古龙《飞刀，又见飞刀》（三）。

5日　《澳门日报·儿童园地》刊载李飞雪《春临大地》，李锦红《珍惜春大好时光》，亦冀《小河边的争吵》；《新园地》副刊刊载胡晓风《此时此地》，黄安仁《忆方人定先生》，李浩泉《荔湾泛舟》，谦学《狗餐馆生意兴隆》，鲁茂《卖报纸的“长征”》。

⊙　《华侨报·华座》副刊发表秦盛《由包天笑想起》，克龄《巴尔扎克的差错》，多龄《李可染与牛》，续载慕容奇的小说《丝割符》（三），古龙《飞刀，又见飞刀》（四）。

6日　《澳门日报·新园地》副刊刊载胡晓风《“三八”节》，阿秋《养生之道拉杂谈》，朱庆云《踩不烂的鸵鸟蛋》，慧敏《有法宝立除皱纹》，无瑕《穗澳新会画人雅集圭峰》，沈实《漏网纳粹战犯案》，骆超《冼星海与法国斗警》，彦火《桥》。

⊙　《华侨报·华座》副刊发表傅伯刚《“文如其人”之类的感想》，佟立章的诗歌《陪雪老辉园观赏移根山东玫瑰》，续载慕容奇的小说《丝割符》（四），古龙《飞刀，又见飞刀》（五）。

7日　《澳门日报·新园地》副刊刊载秦怀《水，水，水……》，胡晓风《如梦令》，禧尔《巾帼不让须眉》，彦火《筑桥的人》。

⊙　《华侨报·华座》副刊发表柏永《也谈新诗》，余松岩《为共和革命而牺牲的第一人陆皓东》，续载慕容奇的小说《丝割符》（五），古龙《飞刀，又见飞刀》（六）。

8日　《澳门日报·环游世界》刊载彩妮《丹霞山游记》，施南池《我从雁荡山归来》，华波《昔日秦皇今日墓》，秦怀《香味浓郁的符离烧鸡》，小明《温仔嘅巴黎艳遇记》（带街手记）；《新园地》副刊刊载沈实《恐怖伊云》，冼得霖《幸不折来伤岁暮》（诗词评赏），承都《三十七公里长街》，钟新《“友谊关”巍巍屹立》，陶里《燕和雁》，骆南侨《儿童不宜》，胡晓风《交通事故》。

⊙　《华侨报·华座》副刊发表杜沁《杜甫怀乡》，杨翎《爱清洁的画家》，多龄《莫奈绘雾》，续载慕容奇的小说《丝割符》（六），古龙《飞刀，又见飞刀》（七）。

9日　《澳门日报·新园地》副刊刊载余本《悼念黄新波逝世一周年》，乔海《美国政府的巨大浪费》，陶里《春夜灯语》，胡晓风《关于儿女》。

⊙　《华侨报·华座》副刊发表黄衫客《凭吊新会崖西奇石》，续载慕容奇的小说《丝割符》（七），古龙《飞刀，又见飞刀》（八）。

10日　《澳门日报·新园地》副刊刊载沈实《纳粹战犯与乌克兰人》，谢震林、成莫愁《辛亥耆宿艺苑名家——访民革中央委员田桓先生》，攀枝《蜀之胜在嘉州》（旅行小品），胡晓风《差佬》，鲁茂《话剧剧本荒》，攀枝《青衣绝佳处》（旅行小品），丁丁《特效药》。

⊙　《华侨报·华座》副刊发表柏永《“臭老九”＝知识分子及其他》，多龄《见面礼》，杂谈《百里挑一》，克龄《白居易植树》，续载慕容奇的小说《丝割符》（八），古龙《飞刀，又见飞刀》（九）。

11日　《澳门日报》第九版刊载林及《惊蛰奇观》。

⊙　《华侨报·华座》副刊发表谢禄《香港的旅游业》，续载慕容奇的小说《丝割符》（九），古龙《飞刀，又见飞刀》（十）。

12日　《澳门日报》第八版刊载柳毅《活跃文坛的中国女作家》；《儿童园地》副刊刊载张乐田《日记二则》，秒仪《春天的风景》；《新园地》副刊刊载柴正言《孙中山的医疗活动》，鲁茂《也谈“儿童不宜”》，赖德浓《珍贵的长白山鹿茸》，胡晓风《再话儿女》，骆南侨《老人问题》，丁丁《特效药》。

⊙　《华侨报·华座》副刊发表傅伯刚《从曹操的人才主义说起》，余松岩的杂谈《孙中山的乳名和传说》，续载慕容奇的小说《丝割符》（完），古龙《飞刀，又见飞刀》（十一）。

13日　《澳门日报·新园地》副刊刊载范怀烈《罕见的长联》，陈炜《剪彩的来历》，胡旭宁《太平天国革命运动一百三十周年》，丁丁《傻仔》，鲁茂《扯掉氧气喉》，胡晓风《如梦令》。

⊙　《华侨报·华座》副刊发表王文范《英国图书馆》（上），慕容奇的小说

《大阪鸿门宴》（一），续载古龙《飞刀，又见飞刀》（十二）。

14日　《澳门日报·新园地》副刊刊载施议对《亲栽桃李三千树，管领风骚六十年》，黄敬甫《海豚救人》，薛鸣《查尔王子喜结良缘》，翟桦《赏杜鹃》，胡晓风《金缕曲》，濠江客《〈澳门纪略〉葡文本》。

⊙　《华侨报·华座》副刊发表王文范《英国图书馆》（下），克龄《高尔基的诞生》，续载慕容奇《大阪鸿门宴》（二），古龙《飞刀，又见飞刀》（十三）。

15日　《澳门日报·环游世界》刊载彩妮《丹霞山游记》，海文《日本第一个人工岛　神户港岛的诞生》，杨少芳《令人难忘的冰雪世界》，小明《巴黎带街随招随到》（带街手记），秦怀《十八岁的姑娘叼个大烟袋》（北游风情录）；《新园地》副刊刊载述之《第一间粤剧戏院及其他》，翟桦《一叶三角枫》，黄轶球《出席粤政协，讨论政府工作，发展教育等报告，漫赋长句》，胡晓风《做鬼也胡涂》。

⊙　《华侨报·华座》副刊发表柏永《头发的风波》，多龄《瑶池归来》，克龄《赵树理轶事》，续载慕容奇《大阪鸿门宴》（三），古龙《飞刀，又见飞刀》（十四）。

16日　《澳门日报·新园地》副刊刊载冼得霖《武将捷才》（诗词评赏），沈实《美国的死刑》，慧敏《动物性爱奇观》，陶里《小张买黄金》，濠江客《澳门的孙中山铜像》，胡晓风《好学唔学》。

⊙　《华侨报·华座》副刊发表史舆《中国王朝称号来历》，续载慕容奇《大阪鸿门宴》（四），古龙《飞刀，又见飞刀》（十五）。

17日　《澳门日报·新园地》副刊刊载沈实《坐电椅》，石在《孔方兄家世考》（知识小品），明《雾》，何慰慈《三毛和三毛的作品》，陶里《情迷意乱》，胡晓风《王子坠马》，骆南侨《从“穷寇勿追”谈起》。

⊙　《华侨报·华座》副刊发表克龄《每看一字百摩挲》，续载慕容奇《大阪鸿门宴》（五），古龙《飞刀，又见飞刀》（十六）。

18日　《澳门日报》第九版刊载骆南侨《老乞丐》（濠江风情）；《新园地》副刊刊载薛鸣《美国七千万人减肥》，鲁茂《看招请广告》。

⊙　《华侨报·华座》副刊发表多龄《春暮菏泽话牡丹》，余松岩《鼎力助弟革命的孙德彰》，续载慕容奇《大阪鸿门宴》（六），古龙《飞刀，又见飞刀》（十七）。

19日　《澳门日报·儿童天地》副刊刊载郑小碧《愚人的笑》，余瑞燕《乒乓球的自述》；《新园地》副刊刊载杨城《张大千以假乱真》，小子《在警署四小时》，鲁茂《语言的障碍》，胡晓风《女人！女人！》，濠江客《鸣炮迎接林则徐》，金浩《人体喷火奇闻》（科学小品）。

⊙　《华侨报·华座》副刊发表赖理《谈推理小说》，佟立章的诗歌《月季花下作》，续载慕容奇《大阪鸿门宴》（七），古龙《飞刀，又见飞刀》（十八）。

20日　《澳门日报·新园地》副刊刊载洁洁《北京人爱花》，朱庆云《最大的油画》，凌钝《陌生人》，芝南《从高级轿车到坦克大炮　劳斯莱斯沧桑史》，鲁茂《影评易写难精》，胡晓风《街坊邮亭》，沈实《一项妙想天开的建议》。

⊙　《华侨报·华座》副刊发表多龄《地方志杂话》，佟立章的诗歌《观花柬筱荪，静哲为作拾红图》，续载慕容奇《大阪鸿门宴》（八），古龙《飞刀，又见飞刀》（十九）。

21日　《澳门日报·新园地》副刊刊载濠江客《林则徐查澳户口》，敏慧《世界最大的"婚姻介绍公司"摩登大葵扇名闻欧美》，彦火《山雾123》，蒋星煜《舞蹈艺术的春天》，晴云《海颂》，胡晓风《如梦令》，丁丁《捉贼》。

⊙　《华侨报·华座》副刊发表墨斗《花朝与春社》，续载慕容奇《大阪鸿门宴》（九），古龙《飞刀，又见飞刀》（二十）。

22日　《澳门日报·环游世界》刊载秦怀《将进酒，杯莫愁》，莫华基《香江一日游》，伟明《挪威海峡观赏奇景》，彩妮《丹霞山游记》，小明《比利时食一品窝》（带街手记）；《新园地》副刊刊载述之《程乡·梅州·嘉应州》，凌钝《春雨》，胡晓风《落雹》，王成章《杨家将的后代》，彦火《雾的脚踪》，骆南侨《语言的熟能生巧》。

⊙ 《华侨报·华座》副刊发表傅伯刚《无端的感慨》，多龄《培根之死》，杨翎《伪画逸话》，续载慕容奇《大阪鸿门宴》（十），古龙《飞刀，又见飞刀》（二十一）。

23日 《澳门日报·新园地》副刊刊载冼得霖《镇纸语》（诗词评赏），沈实《开急诊室玩笑》，薛鸣《奇风怪雨》，陶里《科学与艺术的结合》，胡晓风《海上惊魂》，濠江客《西洋银行者临海》。

⊙ 《华侨报·华座》副刊发表柏永《从元曲谈起》，续载慕容奇《大阪鸿门宴》（十一），古龙《飞刀，又见飞刀》（二十二）。

24日 《澳门日报·新园地》副刊刊载慧敏《廿一世纪汽车真美妙》，石在《人类可靠的助手》（知识小品），胡晓风《难为水》（濠江小唱），李鸿业《花中鸟景》，陶里《闻情寄遨文字之间》。

⊙ 《华侨报·华座》副刊发表骆南侨的诗歌《枯叶》，小白《瑶族人命名志趣》，续载慕容奇《大阪鸿门宴》（十二），古龙《飞刀，又见飞刀》（二十三）。

25日 《澳门日报》第九版刊骆南侨《广告》（濠江风情）；《新园地》副刊刊载求博《落雹和防雹》，秦怀《戴面纱的男人》，鲁茂《要使比赛更刺激》，胡晓风《虞美人》，开始连载李德恩《死亡旅程》（至1981年6月16日止）。

⊙ 《华侨报·华座》副刊发表铭生《塔克西拉和唐玄奘》，墨斗《番鬼望波罗的传说》，伸文的短篇小说《邂逅》，续载古龙《飞刀，又见飞刀》（二十四）。

26日 《澳门日报·新园地》副刊刊载梅萼华《本业和副业》，黄伟经《端木蕻良谈“曹雪芹”创作之三　一座厚积而发的艺术品》，杨曼《黄花岗的自由神像》，鲁茂《明星的定型》，凌钝《夜语》，胡晓风《同情心》，濠江客《南湾税馆及渔仔埗头》。

⊙ 《华侨报·华座》副刊发表伍筹的杂谈《品质·人格·志气》，佟立章的诗歌《花朝前日风雨眺望书怀》，绿伊的短篇小说《海边》，续载古龙《飞刀，又见飞刀》（二十五）。

27日　《澳门日报·新园地》副刊刊载梅萼华《自得其乐》，谭任杰《黄花节七十周年感作》，天翟《有泪，就让它流》，刃锋《小贩的遭遇》，胡晓风《有关功德》，鲁茂《写稿的环境与心境》，骆南侨《贫与贪》。

⊙　《华侨报·华座》副刊发表永钧《雾》，佟立章的诗歌《长夜不眠赋此寄意》，颂平的短篇小说《闪电的爱》，慕容奇的小说《鬼半藏》（一）。

28日　《澳门日报·新园地》副刊刊载梅萼华《何绍基笔下的轮船》，黄伟经《端木蕻良谈“曹雪芹”创作之四　走一条创造的路》，薛鸣《毫发之上现大千》，彦火《寻簕杜鹃》，李浩泉《致骆公并柬莫乃群老》，濠江客《马礼逊来澳传道》，胡晓风《黄花之恋》（濠江小唱）。

⊙　《华侨报·华座》副刊发表多龄《新娘子“生”鸡蛋》，陈樽《缅甸礼俗一勺》，颂平的短篇小说《爱情的波折》，续载慕容奇《鬼半藏》（二）。

⊙　以《子夜》闻名于世的著名作家茅盾在北京逝世。

29日　《澳门日报·环游世界》刊载彩妮《丹霞山游记》，小明《泥红宝石换香吻》（带街手记），秦怀《服装解放喜时新》（北游风情录），乐友《建筑宏伟的曲阜三孔》，余卓《奇秀的庐山》；《新园地》副刊刊载梅萼华《港澳百年前风物》，述之《粤剧八和会馆创立前后》，王广《澳洲袋鼠》，陆一《黄花岗起义失败以后》，彦火《簕杜鹃》，胡晓风《官字两口》。

⊙　《华侨报·华座》副刊发表墨斗《上巳佳节与兰亭诗序》，杨翎《伪画漫谈》，颂平的短篇小说《独身的人》，续载慕容奇《鬼半藏》（三）。

30日　《澳门日报·新园地》副刊刊载冼得霖《换我心为你心》（诗词评赏），梅萼华《汗流浃背演书法》，松筠《古尸与楼兰》，陶里《揉碎桃花红满地》，周满章《大熊猫为什么稀少？》，胡晓风《悼念茅盾先生》，濠江客《南湾石的来历》。

⊙　《华侨报·华座》副刊发表李立本《书评的重要性》，佟立章的诗歌《花朝后日忆亡母》，高华的短篇小说《分手》，续载慕容奇《鬼半藏》（四）。

31日　《澳门日报·新园地》副刊刊载石在《细雨纷纷话清明》，黄伟经《端木蕻良谈“曹雪芹”创作之五　重要的在于塑造人物个性》，梅萼华《大厦楼梯》，攀枝《普贤铜像逾千岁》，叶兰《“黛安娜热”风行欧美》，陶里《欧阳子的婚姻》，骆南侨《再谈住的问题》，胡晓风《妈阁与观音堂》，丁丁《求学记》。

⊙ 《华侨报·华座》副刊发表佟立章的诗歌《有晤》，颂平的短篇小说《退休》，续载慕容奇《鬼半藏》（五）。

四月

1日 《澳门日报》第九版刊载骆南侨《湾江风情　雾里濠江》；《新园地》副刊刊载梅萼华《胖太太的运动装》，钟新《冰心的家和林觉民的故居》，路平《和黄雨诗》，慧敏《怀孕热怪事连篇》，耿志明《石头可作佳节》，胡晓风《庐山恋》，丁丁《巴士站前的议论》，鲁茂《不求有功，但求无过》。

⊙ 《华侨报·华座》副刊发表多龄《哭泣岛》，春晖的小说《盗坟》（一），续载慕容奇《鬼半藏》（六）。

2日 《澳门日报·儿童园地》刊吴淑华《公园游记》，何家兴《四季话》；《新园地》副刊刊载沈实《女市长入住"人间地狱"》，钟新《冰心的家和林觉民的故居》，梅萼华《茗屋的书法篆刻》，建人《清明时节在台湾》，鲁茂《有冇搞错？》，流星《莎士比亚是天文学家》，胡晓风《光明在望》，丁丁《晨运惊魂》，濠江客《基督教坟场的来历》。

⊙ 《华侨报·华座》副刊发表贞风《解放机构的臃肿》，慕华《电发有骇人故事》，墨斗《寒食节》，佟立章的诗歌《愚人节戏作》，续载春晖《盗坟》（二），慕容奇《鬼半藏》（七）。

3日 《澳门日报·新园地》副刊刊载沈实《由里根遇刺看美国枪械泛滥》，杨城《"清明"诗拾趣》，杨子凡《澳门同胞爱国主义慷慨激昂》，鲁茂《用古诗句做影片名》，梅萼华《茅盾的旧体诗词》，胡晓风《里根遇刺》，丁丁《俨拿白撞》。

⊙ 《华侨报·华座》副刊发表傅伯刚《不能不说的闲话》，多龄《妙趣横生的墓志铭》，佟立章的诗歌《柳观园若廉卢》、杂谈《改造自卑》，续载春晖《盗坟》（三），慕容奇《鬼半藏》（八）。

4日　《澳门日报·新园地》副刊刊载廖钺《清明——怀念周恩来总理》，陆明《清明话扫墓》，濠江客《伤残体协会址的变迁》，梅萼华《研究茅盾专著》，骆南侨《可鄙的应声虫》，彦火《雨景》，胡晓风《又是清明》，丁丁《锑煲不见了》。

⊙　《华侨报·华座》副刊发表柏永的杂谈《风雨黄——辛亥革命七十周年祭》，佟立章的诗歌《书刘春草画册后》，墨斗《清明拜山》，詹文《美官方保护水怪》，续载春晖《盗坟》（四），慕容奇《鬼半藏》（九）。

5日　《澳门日报·环游世界》刊载小明《荷兰有条饰柜街》（带街手记），丽珠《看海龟生蛋记》，秦怀《话说生食》（北游风情录），莫华基《山水清音九十里》；《新园地》副刊刊载杨梵《吃西红柿的英雄》，述之《粤剧八和会馆创立前后》，彦火《民歌》，宁卿《老师祸害世界》，梅萼华《应该有茅盾传》，冼得霖《病愈吟并序》，胡晓风《清明再谢》，丁丁《救火》。

⊙　《华侨报·华座》副刊发表夏川《善舞者能嫁》，佟立章的诗歌《清明》，墨斗《记瑶溪蒙氏大拜——续谈清明拜山》，多龄《瞿秋白之名》，续载春晖《盗坟》（完），慕容奇《鬼半藏》（完）。

6日　《澳门日报·新园地》副刊刊载冼得霖诗词评赏《海隅尤物》，梅萼华《寄冼得霖老》，乔海《卸任总统好处多》，朱《孙绝子断甲由使》，胡晓风《三唱清明》，濠江客《望德堂区的特色》，陶里《一事数说》。

⊙　《华侨报·华座》副刊发表永钧《芒果树下》，克龄《马克·吐温之死》，林莎莎的短篇小说《爱情的考验》，开始连载诸葛青云的小说《黑煞鸿门》（至1981年9月9日止）。

7日　《澳门日报·新园地》副刊刊载梅萼华《春江花月夜》，黄广祥《地震琐谈》，陶里《“群众”在哪里呢？》，骆南侨《不能失去自我》，胡晓风《四话清明》，冼得霖《海隅尤物》。

⊙　《华侨报·华座》副刊发表佟立章的诗歌《主教山沿路独步》，宇菲《黑啄木鸟》，多龄《卓别麟请客》，墨斗《珠江三塔》，禾平平的随笔《温暖的家庭》。

8日　《澳门日报》第九版刊载骆南侨《佛庙一瞥》；《新园地》副刊刊载明涵

《丰产的人民文学家：巴金》，敏慧《计算机公司生死斗》，鲁茂《个性畸形膨胀》，梅萼华《回到烧柴炭时代》，胡晓风《无尽的爱》。

⊙　《华侨报·旅游与乡土》副刊发表佟立章的诗歌《江山吟唱》；《华座》副刊发表柏永《谁怕谁》，佟立章的诗歌《蝶》，墨斗《波罗庙之“闭翳”》，绿叶琴的杂谈《长毋相忘》。

9日　《澳门日报·儿童园地》刊载李宗《正当的娱乐》，冯耀辉《我的哥哥》；《新园地》副刊刊载濠江客《潘玉书曾来澳塑公仔》，梅萼华《懒和勤》，攀枝《女娲氏炼石遗迹》，钟昭文《彩色的公路》（科学小品），胡晓风《老板与工人》，凌钝《焚》，丁丁《家教》。

⊙　《华侨报·华座》副刊发表黄衫客《广西昆仑关》，佟立章的诗歌《有忆》，深思《日本油纸伞之乡》，孙鹏飞《由清明扫墓想起》，依依的短篇小说《禁果》。

10日　《澳门日报·新园地》副刊刊载廖钺《观亚妮童画展二首》，杨城《古籍中的奇异人体》，李瀚鸿《盆景栽培家陆学明》，鲁茂《都城》，梅萼华《内地食店的经营时间》，胡晓风《炸弹！炸弹！》，骆南侨《四种社会》，丁丁《捐款》。

⊙　《华侨报·华座》副刊发表佟立章的诗《重临观音堂溯十八年前酒会诸歌师友作古已五六人不禁怃然》，芝芝的短篇小说《师生》。

11日　《澳门日报·新园地》副刊刊载子君《程千发的戏曲人物画》，沈实《奇利夫里察入黑名单》，梅萼华《提早收工》，袁麦《九江鱼花语今昔》，彦火《一片草地》，濠江客《史良参观的全新厂》，谭任杰《读胡晓风先生〈濠江小唱——妈阁与观音堂〉后和作》，胡晓风《现实如此》。

⊙　《华侨报·华座》副刊发表多龄《外国人眼里的风筝》《伏尔泰的皮鞋》，何文祥《机械人面世以后》，诗歌《老师颂》，郑明进《巧妙的树枝动物》，甘淙淙的短篇小说《离婚之后》，英韦的小说《埋藏的明珠》（一）。

12日　《澳门日报·环游世界》刊载秦怀《厚墙的妙用》（北游风情录），余草《竹仙洞水库烧烤记》，文强《瑞士兵团》，莫华基《漫游庐山博物馆》；《新园地》副刊刊载梅萼华《让座》，子君《程十发的戏曲人物画》，钟新《中国的自然保护区》，彦火《新来者的悲哀》，廖钺《锦江行》，胡晓风《临江仙》。

⊙ 《华侨报·华座》副刊发表克龄《不受吹拍的法朗士》，怀颖《亚速尔群尔杂谈》，多龄《一个比喻》，仲冲的短篇小说《试金石》，续载英韦《埋藏的明珠》（二）。

13日 《澳门日报·新园地》副刊刊载冼得霖《头林羡高鸟》，梅萼华《鲁迅研究年刊》，雨村《音乐之城维也纳》，王云随笔《乾隆皇御批“淫戏”》，骆南侨《儿童教育》，胡晓风《噢！澳门》，陶里《自由搏击和快餐》。

⊙ 《华侨报·华座》副刊发表克龄《有志者事竟成》，佟立章的诗歌《有赠》，慕容奇的小说《升庵门下三浪子》（一），李赫的小说《狄布族》（一），续载英韦《埋藏的明珠》（三）。

14日 《澳门日报·新园地》副刊刊载施议对《鹦鹉，鹦鹉，知否梦中言语——瞿髯翁治词生涯侧记之二》，梅萼华《鲁迅研究中的两个凡是》，蔡义为《女人的王国》，陶里《归属感和安全感》，石在《揭开美人鱼之谜》，玉文《清明》，胡晓风《续春之什》。

⊙ 《华侨报·华座》副刊发表钟敏《福建的“虎门”》，佟立章的诗歌《西湾观鸥》，小克《马氏珠母贝》，续载慕容奇《升庵门下三浪子》（二），英韦《埋藏的明珠》（四），李赫《狄布族》（二）。

15日 《澳门日报·新园地》副刊刊载梅萼华《港澳鲁迅研究著作》，蓓尔《科学终会战胜偏见》，陈瑜琳《法国与酒》，黄蕴玉《新会“奇石”》，胡晓风《难兄难弟》，鲁茂《早婚和迟婚》。

⊙ 《华侨报·华座》副刊发表罗青的杂谈《聊斋中的“极短篇”》（上），蔡丰《中国的住屋问题》，佟立章的诗歌《题司徒奇墨兰有赠》，续载慕容奇《升庵门下三浪子》（三），英韦《埋藏的明珠》（五），李赫《狄布族》（三）。

16日 《澳门日报·儿童园地》刊载刘鸿深《拾金不昧》，容小荣《我是一只小蜡笔》；《新园地》副刊刊载梅萼华《滤水器》，慧敏《牙膏大打广告战》，陈则平《孙传哲谈中国邮票设计》，翁扬《赌城拉斯韦加斯》，鲁茂《贪污害市民》，胡晓风《煲粥》，李浩泉《苏东坡的洗儿诗》。

⊙　《华侨报·华座》副刊发表妙然《温泉》，罗青的杂谈《聊斋中的“极短篇”》（中），续载慕容奇《升庵门下三浪子》（四），英韦《埋藏的明珠》（六），李赫《狄布族》（四）。

17日　《澳门日报·新园地》副刊刊载陈则平《孙传哲谈中国邮票设计》，梅萼华《等候找赎》，饶纪乐《名人长寿与体育》，胡晓风《风雨》，沈实《“布什遇袭”与性丑闻》，鲁茂《念旧》。

⊙　《华侨报·华座》副刊发表罗青的杂谈《聊斋中的“极短篇”》（下），多龄《小偷》，续载慕容奇《升庵门下三浪子》（五），英韦《埋藏的明珠》（七），李赫《狄布族》（五）。

18日　《澳门日报·新园地》副刊刊载沈实《美国的女“走廊客”》，梅萼华《开架售书》，濠江客《七十年前澳门纸币的特色》，集文《关于“国际笔会”》，胡晓风《衰到偷鱼》，彦火《寂寞的歌》。

⊙　《华侨报·华座》副刊发表张兆全《“美集十六”多风采》，多龄《洗澡发生的趣闻》，陈承《揭开水晶球的幻象》，墨斗《海幢风雨怀前度——海幢寺之源革》，续载慕容奇《升庵门下三浪子》（六），英韦《埋藏的明珠》（八），李赫《狄布族》（六）。

19日　《澳门日报·环游世界》刊载王土佬《想当局长买警章　警察推销机关枪》，穗丽《紫金庵罗汉》，彦火《人生三题》，陈允豪《魁北克多私生子　修女成义务保姆》，秦怀《浴池虽水滑　不敢洗凝脂》（北游风情录）；《新园地》副刊刊载梅萼华《贪污》，钟新《游崆峒岩》，玉文《水晶灯》，石在《向生物学挑战》，胡晓风《神女》。

⊙　《华侨报·华座》副刊发表柏永《无题》，墨斗《麦华三谈中日书法历史》《海幢风雨怀前度——绿瓦红墙成幻想　白石塔立忏悔心》，多龄《鸡蛋的风俗》，续载慕容奇《升庵门下三浪子》（七），英韦《埋藏的明珠》（九），李赫《狄布族》（七）。

20日　《澳门日报·新园地》副刊刊载梅萼华《谢震林刻茅盾著作》，濠江客

《银号凭票的兴衰》，乔海《日本车泛滥晓士顿》，李永国《木棉》，陶里《复活节杂感》，双璧《刘伯温的捷才》，胡晓风《题“美集十六”画展》，平光《礼饼》。

⊙　《华侨报·华座》副刊发表怀颖《关于西洋人学中文》，慕华《游船河醉翁之意》，克龄《二两黄金珍本丛书》，琪《穿梭机出租有价》，墨斗《海幢风雨怀前度——三须观音白蚁蛀　四大金刚小兵收》，续载慕容奇《升庵门下三浪子》（八），英韦《埋藏的明珠》（十），李赫《狄布族》（八）。

21日　《澳门日报·新园地》副刊刊载梅萼华《饮食文化》，平光《礼饼》，若劲《心语》，胡晓风《冇得好讲》，慧敏《西方航空公司斗拉客》，亚占《写给“美集十六”》，陶里《广告世界》，骆南侨《从不触电的人谈起》，郭戈《音乐与生命》。

⊙　《华侨报·华座》副刊发表墨斗《海幢风雨怀前度——鹰爪兰冤魂不息　菩提树佛法远传》，桃乐的小说《血债血偿》（一），续载慕容奇《升庵门下三浪子》（九），英韦《埋藏的明珠》（十一），李赫《狄布族》（九）。

22日　《澳门日报》第九版刊载骆南侨《海鲜馆》（濠江风情）；《新园地》副刊刊载沈实《亚洲人雄踞加州学府》，陈茎《树根造型工艺》，梅萼华《电视播映宇航》，流星《傀儡》，茗屋《吴昌硕佚印》，鲁茂《怀念精彩的单元剧》，胡晓风《佛与罚》，平光《礼饼》。

⊙　《华侨报·华座》副刊发表黄衫客《塔石药山寺沧桑》，佟立章的诗歌《春晚》，多龄《灭火树》，墨斗《海幢风雨怀前度——幽冥钟超度冤魂　大饭镬普施众生》，续载桃乐《血债血偿》（二），慕容奇《升庵门下三浪子》（十），英韦《埋藏的明珠》（十二），李赫《狄布族》（十）。

23日　《澳门日报·新园地》副刊刊载蒋星煜《曲海宗师赵景深》，濠江客《板樟堂建于明代》，朱庆云《用鸟羽编织的货币》，李洪甫《中国最早的佛教塑像》，鲁茂《教师应否穿制服？》，梅萼华《江山代有才人出》，胡晓风《胜利的回顾》，沈实《亚洲学生与数学头脑》。

⊙　《华侨报·华座》副刊发表甘辉《长寿秘诀》，多龄《音乐神童》，墨斗《海幢风雨怀前度——以讹传讹十六罗汉起风波》，续载桃乐《血债血偿》（三），慕容奇《升庵门下三浪子》（完），英韦《埋藏的明珠》（完），李赫《狄布族》（十一）。

24日 《澳门日报·新园地》副刊刊载乔海《里根·达拉斯·星相家》，梅萼华《胜负之间》，钟紫《解放前夕茅盾在香港》，鲁茂《贫富悬殊就是活火山》，徐承安《特别的墓志铭》，胡晓风《读写给“美集十六”之后》，廖钺《厦大之庆》。

⊙ 《华侨报·华座》副刊发表黄衫客《拔枪逼画》，虹虹《千奇百怪的学校》，墨斗《海幢风雨怀前度——十石留猛虎　今日尚回头》，埃达的短篇小说《午夜逃亡》（上），林青的小说《烟雨昆明湖》（一），续载桃乐《血债血偿》（完），李赫《狄布族》（十二）。

25日 《澳门日报·新园地》副刊刊载骆南侨《不同的人生光》，钟紫《解放前夕茅盾在香港》，谢德荣《毛发的特殊功能》，彦火《怀旧》，梅萼华《“满江红”讨论动态》，濠江客《精武会的毕业证书》，胡晓风《看戏的故事》。

⊙ 《华侨报·华座》副刊发表多龄《海南巡礼》《名著的诞生》《燃烧的丛林》，佟立章的诗歌《穿梭机成功腾空》，玉彩《齐白石与刻刀工人》，墨斗《海幢风雨怀前度——澹归瓦碗成珍宝　东侯献产尽良田》，短篇小说《色》（上），埃达的短篇小说《午夜逃亡》（下），续载林青《烟雨昆明湖》（二），李赫《狄布族》（十三）。

26日 《澳门日报·儿童园地》刊载丘海薇《东京的雀球娱乐场》，王土佬《金鱼缸中秀色可餐》，秦怀《电石灯》，小旭《艰辛采集燕窝人》；《新园地》副刊刊载胡晓风《暮春有寄》，梅萼华《“鹧鸪”佳句》（新地杂掇），钟紫《解放前夕茅盾在香港》，潘福麟《戏服上的图案》（知识小品），彦火《变（外一章）》，竹怡《假期》。

⊙ 《华侨报·华座》副刊发表柏永《潇湘与小乔墓》（一），墨斗《海幢风雨怀前度——五枚师姑留铁棍　大榕树下梅花桩》，短篇小说《色》（中），慕容奇的小说《天灯鬼与龙灯鬼》（一），续载林青《烟雨昆明湖》（三），李赫《狄布族》（十四）。

27日 《澳门日报·新园地》副刊刊载陶里《小谈年龄》，梅萼华《点金成铁》，濠江客《天后为护航女生》，竹怡《被骗》，杨匡海《妈祖在台湾》，关国璋《从化奇遇记》，胡晓风《重看“一江春水向东流”》。

⊙ 《华侨报·华座》副刊发表傅伯刚《后生可畏》，墨斗《海幢风雨怀前度——鹿冢有碑留纪念　猪仔出家作替身》，短篇小说《色》（下），续载慕容奇《天灯鬼与龙灯鬼》（二），林青《烟雨昆明湖》（四），李赫《狄布族》（十五）。

⊙ 《老舍文集》开始发行。

28日 《澳门日报·新园地》副刊刊载梅萼华《歌者插话有学问》，阿秋《果大郁香的菠萝蜜》，程荣达《出汗新谈》，宣玉《风入松痴心　犹自忆故乡》，陶里《丑化了的角色》，双璧《药名属对和填词》，胡晓风《此风可长》。

⊙ 《华侨报·华座》副刊发表傅伯刚《杨修与李逵》，佟立章的诗歌《题赵少昂画师竹禽图》，琪琪《神社里的噪音》，墨斗《海幢风雨怀前度——撞树取果头似铁　防人捉往身涂油》，真纳的小说《灵猫报仇》（一），续载慕容奇《天灯鬼与龙灯鬼》（三），林青《烟雨昆明湖》（五），李赫《狄布族》（十六）。

29日 《澳门日报·环游世界》刊载周章《路环竹湾园夏日好去处》，骆南侨《学生钢琴演奏会》；《新园地》副刊刊载黄伟经《端木蕻良谈“曹雪芹”创作之六　两个心心相印的文学家》，梅萼华《古代书生》，谭任杰《望江南》，慧敏《反映了社会的大问题大串锁匙随身带》，鲁茂《西片中的香港和澳门》，胡晓风《激动的时刻》。

⊙ 《华侨报·华座》副刊发表佟立章的诗歌《司徒奇画师将归加拿大，相约重晤之期，赋此送行》，多龄《会吹笛的荷》，墨斗《海幢风雨怀前度——普同塔下埋冤骨　塘边余地葬魔王》，续载真纳《灵猫报仇》（二），慕容奇《天灯鬼与龙灯鬼》（四），林青《烟雨昆明湖》（六），李赫《狄布族》（完）。

30日 《澳门日报·新园地》副刊刊载黄伟经《端木蕻良谈“曹雪芹”创作之七　“还是写得含蓄些好！”》，梅萼华《似我者死》（新地杂掇），汪浩瀚《也谈鹧鸪诗》，晓斐《神秘的次声》（科学小品），鲁茂《听与讲》，沈实《备极奢华的阿拉伯婚礼》，胡晓风《阿维挂靴》，濠江客《妈阁庙八仙法宝石雕栏》。

⊙　《华侨报·华座》副刊发表玑玑《宜兴洞天四宝》，佟立章的诗歌《刘春草贻与余君慧合作竹石图》，多龄《爆破的水果》，再枚《癖》，峰占的小说《原始森林》（一），续载真纳《灵猫报仇》（三），慕容奇《天灯鬼与龙灯鬼》（完），林青《烟雨昆明湖》（七）。

五月

1日　《澳门日报·新园地》副刊刊载胡晓风《两年后·小容》，梅萼华《一句名世》，鲁茂《人，像一本书》，沈实《一宗国际性悬案》，明吉《香水湖》，骆南侨《像猴不如猴》，蓓尔《我歌颂劳动》。

⊙　《华侨报·华座》副刊发表洪萍《老夫喜作黄昏颂》，多龄《水中花》，寸草生的诗歌《惜别》，摩亚的小说《谜死》（一），续载真纳《灵猫报仇》（四），林青《烟雨昆明湖》（八），峰占《原始森林》（二）。

3日　《澳门日报·环游世界》刊载范怀烈《番禺漫记》，秦怀《因缘路上》，荣文《风光明媚的西西里岛》，拾月《悉尼歌剧院参观记》，陆波《云浮县奇景三洞天》；《新园地》副刊刊载胡晓风《加油！》，彦火《独处》，梅萼华《诗的重字》，黄伟经《端木蕻良谈“曹雪芹”创作之八　要很好写一写大思想家戴震》，小松《野百合》，濠江客《板障庙前是墟市》。

⊙　《华侨报·华座》副刊发表杂谈《“蠢才”不蠢》，杨翎《妙趣横生的嘲“烟杠”联》，多龄《思乡树》，续载真纳《灵猫报仇》（五），摩亚《谜死》（二），林青《烟雨昆明湖》（九），峰占《原始森林》（三）。

4日　《澳门日报·新园地》副刊刊载胡晓风《劳动节，“父子情”》，彦火《午夜亡魂》，梅萼华《萨岗的不幸》（新地杂掇），陶里《四月，带走了春天》，岑桑《少林寺沧桑录》（旅行小品），若劲《寂》，子君《周信芳谈书法》。

⊙　《华侨报·华座》副刊发表孙鹏飞《漫谈牛仔》（上），多龄《会捕鱼的袋鱼》，佟立章的诗歌《春兴》，续载真纳《灵猫报仇》（完），摩亚《谜死》（三），林青《烟雨昆明湖》（十），峰占《原始森林》（四）。

5日 《澳门日报·新园地》副刊刊载胡晓风《由“鹧鸪佳句”想到》，梅萼华《喜得〈郁达夫诗词抄〉》，陶里《铁刺网内》，岑桑《少林寺沧桑录》（旅行小品），冯伯恒《最早的鲁迅诗集》，晴云《运动场上》。

⊙ 《华侨报·华座》副刊发表孙鹏飞《漫谈牛仔》（下），茗屋《兰亭书会》，多龄《十二点花》，续载摩亚《谜死》（完），林青《烟雨昆明湖》（十一），峰占《原始森林》（五）。

6日 《澳门日报》第九版刊载骆南侨《晨运》；《新园地》副刊刊载施议对《瞿髯翁治词生涯侧记之三》，鲁茂《电单车时代》，沈实《离奇少女失踪案》，冼得霖《春和芝老》，胡晓风《“天堂”落花》。

⊙ 《华侨报·华座》副刊发表永钧《星空下》，佟立章的诗歌《潘锦玲绘冰姿图索题》，多龄《醉人的草》，华文的小说《吸血美人》（一），续载林青《烟雨昆明湖》（十二），峰占《原始森林》（六）。

7日 《澳门日报·新园地》副刊刊载胡晓风《想做就去做》，梅萼华《〈郁达夫诗词抄〉的编订》，濠江客《本澳印制的纸币》，骆南侨《人与鼠》，鲁茂《黑话》，知力《宇航员的太空服》。

⊙ 《华侨报·华座》副刊发表刘棠《放牛班里有天才！》，墨斗《归德门“鬼话”》，续载华文《吸血美人》（二），林青《烟雨昆明湖》（十三），峰占《原始森林》（七）。

8日 《澳门日报·新园地》副刊刊载胡晓风《新闻故事读后》，梅萼华《曾因酒醉鞭名马》，鲁茂《看电影就是看电影》，慧敏《日本马肉市场》，乔海《惯迟作答爱书来》，谭任杰《鹧鸪天》，流星《欲哭无泪》。

⊙ 《华侨报·华座》副刊发表傅伯刚《真正的考验》，佟立章的诗歌《闻蝉》，续载华文《吸血美人》（三），林青《烟雨昆明湖》（十四），峰占《原始森林》（八）。

9日 《澳门日报·新园地》副刊刊载胡晓风《博尽》，濠江客《鱼行日话舞罪龙》，彦火《小别及其他》，梅萼华《略有狂才追杜牧》，张兆全《细嚼耐尝真艺术——介绍英国画家麦其恩作品》，小雏菊《没有安全感》，钟申《夏临话扇》。

⊙ 《华侨报·华座》副刊发表慕容奇的小说《三浦按针》（一），续载林青《烟雨昆明湖》（十五），峰占《原始森林》（九）。

10日 《澳门日报·环游世界》刊载潘筱瑛《美加之行记趣》，秦怀《问路》（北游风情录），王土佬《武林高手难敌“水锤功”》；《新园地》副刊刊载胡晓风《好睡》，楼外楼《小花》，彦火《乡情》，赵丁《美旧金山会遭毁灭》，述之《佛山祖庙和地方工艺》，丁丁《租屋记》，梅萼华《白送他人作战壕》。

⊙ 《华侨报·华座》副刊发表柏永《谈谈八仙》，续载慕容奇《三浦按针》（二），林青《烟雨昆明湖》（完），峰占《原始森林》（完）。

11日 《澳门日报·新园地》副刊刊载胡晓风《人住猪栏》，流星《童年》，梅萼华《三首岳坟诗》，无瑕《穗澳画人雅叙五羊》，冼得霖《读兰亭刻本集字得句》，陶里《暴力》，濠江客《鱼行日表演活动》。

⊙ 《华侨报·华座》副刊发表傅伯刚《从杜荀鹤谈起》，佟立章的诗歌《三十年》，理由的小说《痴情》（一），续载慕容奇《三浦按针》（三），华文《吸血美人》（四）。

12日 《澳门日报·新园地》副刊刊载胡晓风《西江月》，梅萼华《记者席》，陶里《不成游记的游记》，梅萼华《答》，石在《不会处方的“医生”》（知识小品），骆南侨《十二生肖与人》。

⊙ 《华侨报·华座》副刊发表永钧《辛稼轩的南归和人才问题》，寸草生《闲读感忆》，续载慕容奇《三浦按针》（四），理由《痴情》（二），华文《吸血美人》（五）。

13日 《澳门日报》第九版刊载骆南侨《寒流》；《新园地》副刊刊载胡晓风《雨夜》，梅萼华《从广播节目比赛想起》，阿秋《凤凰山上凤凰花》，鲁茂《突破》，廖钺《锦江行》。

⊙ 《华侨报·华座》副刊发表郑存耀的诗歌《池上》，续载慕容奇《三浦按针》（五），理由《痴情》（三），华文《吸血美人》（六）。

14日　《澳门日报·新园地》副刊刊载胡晓风《可哀人母》，钟申《新辟人工蛇“乐园”》，雪翁、宣玉《珠海情怀》，梅萼华《科普文章》，鲁茂《也谈虚荣》，濠江客《落大雨　水浸街》。

⊙　《华侨报·华座》副刊发表佟立章的诗歌《观荷》，续载慕容奇《三浦按针》（六），理由《痴情》（四），华文《吸血美人》（七）。

15日　《澳门日报·新园地》副刊刊载胡晓风《嫁衣之谜》，梅萼华《少年十五二十时》，鲁茂《晚餐与家规》，钟申《漫话茅龙笔》，冼得霖《墨荷》。

⊙　《华侨报·华座》副刊发表黄衫客《漫谈五百罗汉》，佟立章的诗歌《五月诗柬》，多龄《有趣的花》，杂谈《小诗人刘倩倩》，续载慕容奇《三浦按针》（七），理由《痴情》（五），华文《吸血美人》（八）。

16日　《澳门日报·新园地》副刊刊载胡晓风《无题》，彦火《迟到，可恶！》，梅萼华《制服》，慧敏《铜管乐四重奏崛兴》。

⊙　《华侨报·华座》副刊发表佟立章的诗歌《一晚登松山》，多龄《石头鱼》，续载慕容奇《三浦按针》（八），理由《痴情》（六），华文《吸血美人》（完）。

17日　《澳门日报·环游世界》刊载秦怀《豆腐好吃》（北游风情录），旅行客《走马游旧金山趣记》，王土佬《武林高手难敌“水锤功”》，潘筱瑛《群鸟飞鸣话天堂》；《新园地》副刊刊载胡晓风《挤提风波》，廖钺《访三埠》，嵇地《日本的茶道和花道》，彦火《再谈迟到，可恶！》，梅萼华《于谦的诗》，述之《罗浮山冲虚观今昔》（上），骆南侨《地狱人间》。

⊙　《华侨报·华座》副刊发表柏永《真话与假话》，妮妮的小说《得妻记》（一），续载慕容奇《三浦按针》（九），理由《痴情》（七）。

18日　《澳门日报·新园地》副刊刊载述之《罗浮山冲虚观今昔》（下），冼得霖《看题立言》（诗词评赏），胡晓风《赌性》，梅萼华《香港小姐的IQ》，攀枝《爱神的故乡》（旅行小品），陶里《青少年犯罪心理》，濠江客《竹林寺由来》。

⊙　《华侨报·华座》副刊发表慕华《用左手者多聪明人》，佟立章的诗歌《偶作》，游移《罗蜜欧，你在哪里？》，陆妮的短篇小说《旧时人》，花华的短篇小说《前缘难续》，续载理由《痴情》（八），妮妮《得妻记》（二）。

19日　《澳门日报·新园地》副刊刊载沈实《土质宇宙飞船》，胡晓风《“千”风阵阵》，梅萼华《IQ积木》，陶里《恋父狂》，刃锋《寻职》，骆南侨《耕牛的联想》，开始连载周桐《幻旅迷程》（至1983年1月3日止）。

⊙　《华侨报·华座》副刊发表永钧《七人画展》，仲平的短篇小说《私奔》，短篇小说《浪子回头》，续载理由《痴情》（九），妮妮《得妻记》（三）。

20日　《澳门日报》第九版刊载骆南侨《爱乐》；《新园地》副刊刊载梅萼华《步韵答胡晓风先生》《读诗与选诗》，流星《神童》，鲁茂《亲信二字最可憎》，沈实《穷人的太空穿梭机》，朱仲玉《在澳门逝世的曹聚仁》。

⊙　《华侨报·华座》副刊发表柏永《第二松林——磨镜台》，王一芒《西沙风情拾趣》，续载理由《痴情》（十），妮妮《得妻记》（四）。

21日　《澳门日报·新园地》副刊刊载胡晓风《此事点解》，丁丁《奖品》，梅萼华《银行与你》，谭任杰《昆仑曲》，朱仲玉《在澳门的曹聚仁》，鲁茂《忍哭和忍笑》，濠江客《竹林寺内外的变化》，慧敏《美国妇女羽成风》。

⊙　《华侨报·华座》副刊发表杨翎《明代的标准文人》，多龄《紫罗兰将军》，颂平的短篇小说《为了孩子》，华华的短篇小说《可怜的学生》，续载理由《痴情》（十一），妮妮《得妻记》（五）。

22日　《澳门日报·新园地》副刊刊载胡晓风《毒！毒！》，梅萼华《挤提内幕》，鲁茂《娱乐要高度投入》，杨城《“大三元”小考》，沈实《用废料装成的宇宙飞船》，竹怡《乔迁之“喜”》，求博《龙卷风令人色变》。

⊙　《华侨报·华座》副刊发表颂平的短篇小说《走后门》，慕容奇的小说《火刑秘章》（一），续载理由《痴情》（十二），妮妮《得妻记》（六）。

23日　《澳门日报·新园地》副刊刊载胡晓风《天堂！天堂！》，濠江客《竹林寺的开山祖》，李松庵《不戴乌纱戴帻巾的高剑父》，彦火《现代人的苦恼》，骆南侨《提防心灵伤残》，李浩泉的随笔《想起蜘蛛织网》。

⊙　《华侨报·华座》副刊发表柏永《擎杯宜小饮》，张宝玉《“月亮儿子”之谜》，怀颖《日本现代化成功之道》，续载慕容奇《火刑秘章》（二），理由《痴情》（十三），妮妮《得妻记》（七）。

24日　《澳门日报·环游世界》刊载王土佬《王老五碧瑶择偶易成功　售货员大叫顾客做“笨友”》，黄笔《印度泰姬陵和红堡》，潘筱瑛《游埠乐　游拉斯韦加斯趣记》，余草《古朴妍丽的锡惠公园》；《新园地》副刊刊载施议对《一榻俯风湍，百诗茁肝肺——瞿髯翁治词生涯侧记之四》，胡晓风《临江仙》，彦火《曲尺形的天地》，钟福《高空美饮款嘉宾》，梅萼华《丽卉奇葩灿烂开》，玉文《等待》。

⊙　《华侨报·华座》副刊发表傅伯刚《“酒肉文章”与“半个世和纪”》，续载慕容奇《火刑秘章》（三），理由《痴情》（十四），妮妮《得妻记》（八）。

25日　《澳门日报·新园地》副刊刊载胡晓风《无声嘅一招》，范怀烈、牛学武《南华千佛》（旅行小品），梅萼华《识破字胆》，张翠微《葡国城市节盛会》，陶里《谈考试》，沈实《私家航天员》，濠江客《冇仔复原之初》。

⊙　《华侨报·华座》副刊发表柏永的杂谈《读史偶摘》，黄衫客《由茅龙笔说起》，续载慕容奇《火刑秘章》（四），理由《痴情》（十五），妮妮《得妻记》（完）。

26日　《澳门日报·新园地》副刊刊载胡晓风《好生意》，付中《圣女贞德》，范怀烈、牛学武《南华千佛》（旅行小品），陈戈华《四川走访余兴诗二首》，梅萼华《毛边本重印》，陶里《什么人嘎？》，骆南侨《科学和变戏法》。

⊙　《华侨报·华座》副刊发表克龄《老舍的“喽”与“啦”》，高峰的小说《复活记》（一），续载慕容奇《火刑秘章》（五），理由《痴情》（十六）。

27日　《澳门日报·新园地》副刊刊载梅萼华《夫人裁书教授读》，鲁茂《从牛肺想起》，明《歌声（外一首）》，东瑞《见闻录鼠患》，尚文泽《外国特异的人》。

⊙ 《华侨报·华座》副刊发表黄衫客《星湖荷塘三特产》，佟立章的诗歌《中山温泉别墅雨眺》，颂平的短篇小说《女儿归来》，续载慕容奇《火刑秘章》（六），理由《痴情》（十七），高峰《复活记》（二）。

28日 《澳门日报·新园地》副刊刊载胡晓风《关于“烽火飞花”》，黄安仁《功夫不负有心人》，梅萼华《〈诗刊〉毛边本》，秦怀《闲话“老头”》，鲁茂《要奖金？奖品？》，张吼《西藏布达拉宫》（旅行小品）。

⊙ 《华侨报·华座》副刊发表佟立章的诗歌《有怀》，颂平的短篇小说《小情人》，续载慕容奇《火刑秘章》（七），理由《痴情》（十八），高峰《复活记》（三）。

29日 《澳门日报·新园地》副刊刊载胡晓风《荔子芳名》，斋霞《献给年轻护士冯慧明》，亚占《艺术自由王国》，梅萼华《衣服颜色》，鲁茂《编剧卖关子》，沈实《土质太空飞船在巴哈马发射》，陈言《人迷积木》，狄乃《纪念诗人屈原的节日》。

⊙ 《华侨报·华座》副刊发表柏永《“我”与“人民”——有感于羊城文坛上的新诗辩》，华集《中国古代笑话》，佟立章的诗歌《检视风公画宗遗赠指画梅花》，克嘉《赵树理被扣》《一星期》，续载慕容奇《火刑秘章》（八），理由《痴情》（十九），高峰《复活记》（四）。

30日 《澳门日报·新园地》副刊刊载刘新付《印度教的圣地》，胡晓风《看棋》，彦火《栽花的人》。

⊙ 《华侨报·华座》副刊发表多龄《爱情的苹果》，佟立章的诗歌《与中山温泉女青工小谈知皆服务勤奋因为之咏》，孺子《宋庆龄送柚子》，多龄《安娜进屋》，雅清的短篇小说《情场》，续载理由《痴情》（二十），高峰《复活记》（五）。

31日 《澳门日报·新园地》副刊刊载胡晓风《在下续“桥”》，彦火《短视（外一章）》，骆南侨《损人不利己》，梅萼华《文坛繁星谱》。

⊙ 《华侨报·华座》副刊发表傅伯刚《命运与迷信》，刘春草《杨善深的墨韵》，佟立章的诗歌《竹湾观潮》，歌迪的短篇小说《新的开始》，续载理由《痴情》（二十一），高峰《复活记》（六）。

六月

1日　《澳门日报·新园地》副刊刊载胡晓风《悼念宋庆龄名誉主席》，冼得霖《不如归好》（诗词评赏），梅萼华《理想污染》，鲁茂《自然规律》，常乐《这是个好开头——为孩子们的健康成长做好事》，濠江客《被淘汰的儿童玩意》，蓓尔《献给孩子们》。

⊙　《华侨报·华座》副刊发表柏永《自掐檀板教小伶——谈汤显祖与〈牡丹亭〉》，慕华《高买害煞荷兰》，佟立章的诗歌《初夏述怀》，克嘉《大仲马的第二职业》，永健《找零钱》，颂平的短篇小说《夫妇》，续载理由《痴情》（二十二），高峰《复活记》（七）。

2日　《澳门日报·新园地》副刊刊载梅萼华《二届全澳美展》，冼得霖《不如归好》（诗词评赏），业《献给可爱的孩子们》，陶里《怀旧及其他》。

⊙　《华侨报·华座》副刊发表水钧《底事雁回头》，墨斗《端阳竞渡裹粽及其他》，克龄《牛蒡花的启示》，宣翁《忆宋庆龄访缅甸》，慕容奇的小说《白石公寻梦记》（一），续载理由《痴情》（二十三），高峰《复活记》（八）。

3日　《澳门日报》第九版刊载骆南侨《舞龙》；《新园地》副刊刊载胡晓风《"妈妈""奶奶"》，亚占《印象派的时代性》，梅萼华《并非无聊的应酬诗》，鲁茂《今日的儿童更聪明？》，钟新《千年牛车重现姿彩》。

⊙　《华侨报·华座》副刊发表孙鹏飞《屈蛇与制蛇》，克龄《"白薯画家"司徒乔》，续载慕容奇《白石公寻梦记》（二），理由《痴情》（二十四），高峰《复活记》（九）。

4日　《澳门日报·儿童园地》刊载张裕明《夏天的沙滩》，钟志文《家乡》；《新园地》副刊刊载胡晓风《相轻，排斥不得》，梅萼华《赘秦原不为身谋》，范怀烈、邝伶依《苏轼与黎胞》，鲁茂《防劫的心得》，濠江客《宋庆龄曾来澳》，无瑕《我所知的高剑父》，谭任杰《敬悼宋庆龄名誉主席》。

⊙　《华侨报·华座》副刊发表伍潮《漫谈语言》，志高《华府居大不易》，克龄《雪舟画鼠》，多龄《李苦禅拉洋车》，墨斗《茶楼对联》，续载慕容奇《白石公寻梦记》（三），理由《痴情》（二十五），高峰《复活记》（完）。

5日　《澳门日报·新园地》副刊刊载范怀烈、邝伶依《苏轼与黎胞》，胡晓风《纪念诗人屈原联想》，梅萼华《古道热肠》。

⊙　《华侨报·华座》副刊发表傅伯刚《从中国的佛教说起》，苏民《人体画艺术在中国》，颂平的短篇小说《夹缝》，续载慕容奇《白石公寻梦记》（四），理由《痴情》（二十六）。

6日　《澳门日报·新园地》副刊刊载胡晓风《问谁？》，彦火《葛浩文谈〈萧红评传〉》，明的诗歌《孩子》。

⊙　《华侨报·华座》副刊发表墨斗《天中佳节话钟馗》，柏永《中国女皇帝的遗像》，佟立章的诗歌《悼念宋庆龄名誉主席》，诗歌《辛酉端午节》，晓光《“岗包”裹头》，颂平的短篇小说《小别》，续载慕容奇《白石公寻梦记》（五），理由《痴情》（二十七）。

7日　《澳门日报·环游世界》刊载旅行客《浪漫的城市维也纳》，曹汉平《不容错过的云南小食》，余草《苏州名园——拙政园》，潘筱瑛《迪斯尼令你返老还童》；《新园地》副刊刊载胡晓风《为什么？为什么？》，秦怀《镜子的过去与未来》，彦火《麻麻的雨那天》，梅萼华《逼近苏辛不让周秦》。

⊙　《华侨报·华座》副刊发表柏永《读报的感想》，墨斗《寺观联话》，银正雄的小说《舞会》（一），续载慕容奇《白石公寻梦记》（六），理由《痴情》（二十八）。

8日　《澳门日报·新园地》副刊刊载冼得霖《青云绝世尘》（诗词评赏），梅萼华《才雄学富写新词》，《新发现的江西龙宫洞》（旅行小品），陶里《学生语文程度》。

⊙　《华侨报·华座》副刊发表詹文《劏死牛与触电》，宣翁、陈松《乡情》，杂谈《约翰与莉莉》，续载慕容奇《白石公寻梦记》（七），理由《痴情》（二十九），银正雄《舞会》（二）。

9日　《澳门日报·新园地》副刊刊载胡晓风《花边偶拾》，梅萼华《印章笔润逾万元》，陶里《现代诗》，邱毅《白石佳人》，岭南客的随笔《从昙花一现想起》。

⊙　《华侨报·华座》副刊发表墨斗《陈家祠与苏若湖》，克龄《托尔斯泰“特别信箱”》，小白《金雕与雕粪》，颂平的短篇小说《夺爱》，续载慕容奇《白石公寻梦记》（八），理由《痴情》（三十），银正雄《舞会》（三）。

10日　《澳门日报》第九版刊载骆南侨《狮子舞》（濠江风情）；《新园地》副刊刊载胡晓风《果有此事》，楼外楼《报摊》，梅萼华《电视抢走阅读》，子君《朱屺瞻与齐白石》，鲁茂《真功夫》，刃锋《我讨厌我的家》，张明华《一个冒险的旅游业》。

⊙　《华侨报·华座》副刊发表黄衫客《海产珍味话鲥鱼》，克龄《杨志学琵琶的苦心》，杂谈《宋庆龄的祖籍》，颂平的短篇小说《淡淡的恋情》，续载慕容奇《白石公寻梦记》（九），理由《痴情》（三十一），银正雄《舞会》（四）。

11日　《澳门日报·儿童园地》刊载冯翠柳《一件小事》，黄健华《新会江门两日游》；《新园地》副刊刊载胡晓风《西方文明之巅》，子君《朱屺瞻与齐白石》，梅萼华《校对与装订》，鲁茂《“搞掂！”》，濠江客《一八三十年的贾梅士洞》。

⊙　《华侨报·华座》副刊发表石丁《石湾公仔纵横谈》，夏淮公《宋庆龄二三事》，山《两种性格》，重和《爱情——涨价了》，颂平的短篇小说《窗外人》，续载慕容奇《白石公寻梦记》（十），理由《痴情》（三十二），银正雄《舞会》（五）。

12日　《澳门日报·新园地》副刊刊载胡晓风《无题有话》，晴云的诗歌《星》，梅萼华《自杀新闻》，鲁茂《也谈公务员大幅加薪》，丁丁《侥幸》，沈实《加拿大——美国的后门》。

⊙　《华侨报·华座》副刊发表傅伯刚《〈水浒传〉的结局》，克龄《冼星海收醉汉为徒》，柏永的诗歌《八声甘州》，颂平的短篇小说《贝贝》，续载慕容奇《白石公寻梦记》（完），理由《痴情》（三十三），银正雄

《舞会》（六）。

13日 《澳门日报·新园地》副刊刊载胡晓风《全版偷劫新闻》，彦火《现代文明的背后》（上），蕴玉《佛山仁寿寺在扩建中》（旅行小品），梅萼华《港台取消古典音乐》，沈实《八仙过海的偷渡法》，钟英《秋瑾就义年仅廿九》，濠江客《贾梅士洞顶两建凉亭》。

⊙ 《华侨报·华座》副刊发表永钧《捧与压》，克龄《候审手稿》，颂平的短篇小说《梦醒》，短篇小说《小姑娘》，续载理由《痴情》（三十四），银正雄《舞会》（七）。

14日 《澳门日报·环游世界》刊载华波《海南岛环岛游记》，远光《印第安人原始面具》，旅行客《英人喜爱中国风光》，余草《暑期学子游华东名胜古迹此中寻》；《新园地》副刊刊载胡晓风《"乒乓球精英大赛"之感》，彦火《现代文明的背后》（下），梅萼华《电台音乐》，骆南侨《人的价值》，陈茎《古色古香的端砚》。

⊙ 《华侨报·华座》副刊发表柏永《青云谱与八大山人》，克龄《奇特的写作方法》，颂平的短篇小说《玫瑰魔力》，柳纹的短篇小说《交朋结友》，续载理由《痴情》（三十五），银正雄《舞会》（八）。

15日 《澳门日报·新园地》副刊刊载冼得霖《谈陈述叔词》（诗词评赏），胡晓风《看她如何走法》，陶里《少年行》，文泽《世界上有多少民族》，濠江客《贾梅士洞里石碑》。

⊙ 《华侨报·华座》副刊发表黄衫客《漫话冬菰草菰》，芝芝《六月星空》，美集《突然消失的湖》，慕容奇的小说《家重世の男色》（一），续载理由《痴情》（三十六），银正雄《舞会》（九）。

16日 《澳门日报·新园地》副刊刊载梅萼华《渔家子的断臂》，陶里《雨季·沙漠》，文泽《关云长没有大刀》，浪沙的诗歌《浪子》，孙鹏飞的随笔《语言的统一》。

⊙ 《华侨报·华座》副刊发表余松岩《孙中山写诗和论诗》，王一芒《熏风拂暑话花香》，佟立章的诗歌《喜晤关山月画师有感赋此》，孙鹏飞《漫谈"阿灿"》，续载慕容奇《家重世の男色》（二），理由《痴情》

（三十七），银正雄《舞会》（十）。

17日　《澳门日报》第九版刊载骆南侨《二届全澳美展》；《新园地》副刊刊载梅萼华《聪明药》，鲁茂《运气和机会》，灵幽草《渡头上的捡拾者（外一首）》，蓝天海的随笔《古人怎样教育儿子》，开始连载科幻小说《嘉内先生》（至1981年7月10日止）。

⊙　《华侨报·华座》副刊发表柏永《彭玉麟咏梅诗——不是人间铁石肠那解花情味》，多龄《夏日谈荔》，科研《死人城》，续载慕容奇《家重世の男色》（三），理由《痴情》（三十八），银正雄《舞会》（十一）。

18日　《澳门日报·新园地》副刊刊载范怀烈、牛学武《峻拔金鸡》（旅行小品），胡晓风《新加坡荔枝》，梅萼华《学生升学的苦恼》，鲁茂《夏夜街头的变化》，黄敬甫《神乎其神的防弹背心》，东瑞《孩子的书——从内地出版盒装〈中国古代寓言〉谈起》。

⊙　《华侨报·华座》副刊发表白玫《高尔基和托尔斯泰》，续载慕容奇《家重世の男色》（四），理由《痴情》（三十九），银正雄《舞会》（十二）。

19日　《澳门日报·新园地》副刊刊载东瑞《孩子的书——从内地出版盒装〈中国古代寓言〉谈起》，胡晓风《无题再话》，梅萼华《读书人的开心》，蒋星煜《北宋纺织家黄道姑》，鲁茂《人有相似》，泽文《热爱音乐的植物》，骆南侨《迷信和科学》。

⊙　《华侨报·华座》副刊发表傅伯刚《从古人的两句话说起》，续载慕容奇《家重世の男色》（五），理由《痴情》（四十），银正雄《舞会》（完）。

20日　《澳门日报·新园地》副刊刊载彦火《李黎与“西江月”》，茗屋《兰亭盛会追记》，丁丁《看龙船》，梅萼华《理学家的诗》，灵幽草的诗歌《南方的蝴蝶》，濠江客《凼仔码头的兴衰》。

⊙　《华侨报·华座》副刊发表傅伯刚《千古悬案》，黄衫客《成都漆器的古与今》，陈幸的小说《昔我往矣》（一），续载慕容奇《家重世の男色》（六），理由《痴情》（四十一）。

21日　《澳门日报·环游世界》刊载杨永权《石家庄在前进》，陈同年《菩萨之岛——普陀山》，伟文《畅游日本观赏樱花》，晓红《故园三日行》；

《新园地》副刊刊载胡晓风《缺少合作》，梅萼华《寒士与碑贾》，茗屋《兰亭盛会追记》，丁丁《改行》。

⊙ 《华侨报·华座》副刊发表式起《日本文坛怪杰深泽七郎》，克龄《世界最好与最怀演员之墓》，续载慕容奇《家重世の男色》（七），理由《痴情》（四十二），陈幸《昔我往矣》（二）。

22日 《澳门日报·新园地》副刊刊载胡晓风《医生，修女，贼》，梅萼华《看体操》，穆翼的随笔《谒岳飞墓随感》，陶里《父亲节》，濠江客《路环码头已逊色》。

⊙ 《华侨报·华座》副刊发表多龄《长联集纳》，寸草生的诗歌《将远适有感》，续载慕容奇《家重世の男色》（八），理由《痴情》（四十三），陈幸《昔我往矣》（三）。

23日 《澳门日报·新园地》副刊刊载司马寒星的随笔《何止是爱情——观〈天云山传奇〉后感》，永毅《加拿大社会面面观之一“艰难大”》，胡晓风《看体操表演》，梅萼华《梦碎电视剧》，梁光中《访谈梁启超故乡》，骆南侨《商业道德》，李浩泉《练笔感赋》。

⊙ 《华侨报·华座》副刊发表永钧的杂谈《祸福之间》，屋茗《王个簃和吴昌硕》，续载慕容奇《家重世の男色》（九），理由《痴情》（四十四），陈幸《昔我往矣》（四）。

24日 《澳门日报》第九版刊载骆南侨《儿童合唱团演唱会》；《新园地》副刊刊载胡晓风《无题》，崔杨《矮人国的秘密》，梁光中《访梁启超故乡》，永毅《加拿大社会面面观之二　人道主义的福利制度》，浪萍的随笔《关于推广普通话的问题》。

⊙ 《华侨报·华座》副刊发表黄衫客《游从化吃荔枝》，续载慕容奇《家重世の男色》（十），理由《痴情》（四十五），陈幸《昔我往矣》（五）。

25日 《澳门日报·新园地》副刊刊载胡晓风《“神”》，梅萼华《以戏代药》，子君《宋庆龄爱书也爱花》，濠江客《本澳最早的汽水厂》，老邓《“蒸笼”里的孩子》，白岚的诗歌《生活的旋律》，永毅《加拿大社会面面观之三　官僚主义的作风》。

⊙ 《华侨报·华座》副刊发表惠然《从木头到巨轮》，佟立章的诗歌《有寄》，克嘉《火花收藏家》，克龄《丰子恺轶事》，仲平的短篇小说《骄傲的姑娘》，续载慕容奇《家重世の男色》（十一），理由《痴情》（四十六），陈幸《昔我往矣》（六）。

26日 《澳门日报·新园地》副刊刊载胡晓风《揾“事”嚟唱》，梅萼华《谈戏论史》，慧敏《未来房屋外型新奇》，永毅《加拿大社会面面观之四　加拿大人三不像》，白岚的诗歌《生活的节律》。

⊙ 《华侨报·华座》副刊发表孙鹏飞《上海的几处胜景》（上），仲平的短篇小说《姊妹花》，永钧的小说《这才是爱情》（一），续载慕容奇《家重世の男色》（十二），理由《痴情》（四十七），陈幸《昔我往矣》（七）。

27日 《澳门日报·新园地》副刊刊载胡晓风《从“蒸笼”里的断想》，彦火《窗》，梅萼华《清初广东戏剧》，白岚的诗歌《生活的旋律》，永毅《加拿大社会面面观之五　自私心态》，濠江客《被淘汰的“山票”》。

⊙ 《华侨报·华座》副刊发表孙鹏飞《上海的几处胜景》（下），克龄《一封出人意料的回信》，续载慕容奇《家重世の男色》（完），理由《痴情》（四十八），永钧《这才是爱情》（二）。

28日 《澳门日报·环游世界》刊载金陵《永夜之城——挪威》，杨永权《快意扬州一日游》，晓红《故园三日游》；《新园地》副刊刊载胡晓风《这也是现象》，李浩然的诗歌《无题》，永毅《加拿大社会面面观之六　从中国来的移民》，彦火《夏令妙品》，钟紫的随笔《回忆东江纵队北撤》。

⊙ 《华侨报·华座》副刊发表柏永《偶然想到的问题》，佟立章的诗歌《有访》，黄衫客《在成昆铁路上》，慕容奇的小说《隐元隆琦》（一），续载理由《痴情》（四十九），永钧《这才是爱情》（三）。

29日 《澳门日报·新园地》副刊刊载钟紫的随笔《回忆东江纵队北撤》，冼得霖《诗中重复的问题》（诗词评赏），胡晓风《不像人话》，梅萼华《书店的文明与不文明》，陶里《沙漠绿洲》，濠江客《“白鸽票”的由来》。

⊙ 《华侨报·华座》副刊发表永钧《又逢炎夏说离支》，马凤《死之爱》（一），续载慕容奇《隐元隆琦》（二），理由《痴情》（五十），永钧

《这才是爱情》（完）。

30日 《澳门日报·新园地》副刊刊载胡晓风《捐出稿费》，冼得霖《诗中重复的问题》，李浩泉的诗歌《即景》，鲁茂《法共与印支移民》。

⊙ 《华侨报·华座》副刊发表多龄《蝉与文学》，黄衫客《漓江上游说灵渠》，颂平的短篇小说《移情别向》，续载慕容奇《隐元隆琦》（三）。

七月

1日 《澳门日报》第九版刊载骆南侨《房仔》；《新园地》副刊刊载胡晓风《书店中的“文明”》，玉文的诗歌《今夏》，梅萼华《乱弹琴的广告》，鲁茂《憎一切人甚至自己！》，尚旅《嘉兴南湖景色绮丽》。

⊙ 《华侨报·华座》副刊发表柏永《岳飞是“愚忠”的么》，颂平的短篇小说《运动归来》，短篇小说《老人与少女》，续载理由《痴情》（五十一），马风《死之爱》（二）。

2日 《澳门日报·新园地》副刊刊载黄伟经《端木蕻良谈“曹雪芹”创作之九　悲剧是这样写下的》，梅萼华《葡国作家赞北京》，鲁茂《翻译人手不足》，濠江客《票厂，票艇，票丁》，东瑞《旅行》，胡晓风《“花甲”之感》。

⊙ 《华侨报·华座》副刊发表雪韵《剑与千里买剑》（上），黄衫客《漫谈武夷岩茶》，短篇小说《变了心》，续载理由《痴情》（五十二），马风《死之爱》（三）。

3日 《澳门日报·新园地》副刊刊载胡晓风《应与扬弃》，梅萼华《姓名趣谈》，东瑞《目击惨剧》，凌钝《雨中思——李义山〈夜雨寄北〉变奏》，鲁茂《真赚假赚？真赢假赢？》。

⊙ 《华侨报·华座》副刊发表多龄《钓鱼诗》，雪韵《剑与千里买剑》（下），杂谈《难以忍受》（上），续载理由《痴情》（五十三），马风《死之爱》（四）。

4日 《澳门日报·新园地》副刊刊载胡晓风《话的商榷》，《萧红与呼兰河》，梅萼华《患难夫妻自可悲》，孙鹏飞《甲骨文趣谈》，濠江客《从

"起字容"到搅珠开彩》。

⊙　《华侨报·华座》副刊发表宣翁《忆昂山夫人》，杂谈《契诃夫行医》，杂谈《难以忍受》（中），续载理由《痴情》（五十四），马凤《死之爱》（五）。

5日　《澳门日报·新园地》副刊刊载黄伟经《端木蕻良谈"曹雪芹"创作之十　铺排，设想，殷切期待》，胡晓风《问谁》，梅萼华《〈书叶集〉的特色》，彦火《悼》。

⊙　《华侨报·华座》副刊发表永钧《想不到的身后封赠》，寸草生的诗歌《与某君晤，语多激愤，亦现实主义耳，特志之》，杂谈《难以忍受》（下），续载理由《痴情》（五十五），马凤《死之爱》（六）。

6日　《澳门日报·新园地》副刊刊载胡晓风《留髭与剃须》，玉文的诗歌《为了孩子》，梅萼华《吟咏白发的诗词》，周评《五岳之首泰山游》，陶里《啖荔枝，回唐朝》，朱仲玉《筷子与细节描写》。

⊙　《华侨报·华座》副刊发表多龄《人体异闻》，慕容奇的小说《庆安事件》（一），续载理由《痴情》（五十六），马凤《死之爱》（七）。

7日　《澳门日报·新园地》副刊刊载施议对《南辛北党休轻拟，雁荡匡卢合共归——瞿髯翁治词生涯侧记之五》，胡晓风《香港小姐》，梅萼华《好的记者》，陶里《黄皮树与德育》，骆南侨《人与自然界》。

⊙　《华侨报·华座》副刊发表柏永《大问号所引起的——》，克龄《刘半农回信》，仲荣的短篇小说《自招损失》（上），续载慕容奇《庆安事件》（二），理由《痴情》（五十七），马凤《死之爱》（完）。

8日　《澳门日报·新园地》副刊刊载胡晓风《无题》，鲁茂《最佳的创作年龄》，老日之《我吃蜗牛的记载》，王亦玲《名利双收》，梅萼华《八号风球下》，丁丁《"偷"书贼》。

⊙　《华侨报·华座》副刊发表克龄《莫扎特天才初露》，仲荣的短篇小说《自招损失》（中），庄因的小说《祝福》（一），续载慕容奇《庆安事件》（三），理由《痴情》（五十八）。

9日　《澳门日报》第十版刊载骆南侨《热浪》（濠江风情）；《新园地》副刊

刊载胡晓风《送走“林茵小姐”》，鲁茂《小城故事多》，程林文《一个流传于中山县的故事　孙中山接生救人》，骆南侨《万花筒外二首》（诗歌），穆翼《寒山寺的钟声为谁鸣？》，慧敏《拖手仔要学师》。

⊙　《华侨报·旅游与乡土》副刊发表敦忠《当官·著文·作人》，《华座》副刊发表柏永《渡江云》，黄衫客《品茗漫话》，克嘉《妙计还债》，仲荣的短篇小说《自招损失》（下），续载慕容奇《庆安事件》（四），理由《痴情》（完），庄因《祝福》（二）。

10日　《澳门日报·新园地》副刊刊载施议对《老罴尚欲身当道，乳虎犹期气食牛——瞿髯翁治词生涯侧记之六》，丁丁《劫与扒》，胡晓风《都是人渣》，梅萼华《插柳不叫春知道》，鲁茂《学徒出身和学院出身》。

⊙　《华侨报·华座》副刊发表寸草生的诗歌《有忆》，颂平的短篇小说《逝去的爱》，景风的小说《“×”》（一），续载慕容奇《庆安事件》（五），庄因《祝福》（三）。

11日　《澳门日报·新园地》副刊刊载茗屋《赵丹三印》，梅萼华《十年携手共艰危》，彦火《儿童与代沟》，开始连载科幻小说《密探卡泰》（至1981年8月21日止）。

⊙　《华侨报·华座》副刊发表多龄《闲章不闲》，芝芝《中国古代年龄的称谓》，续载慕容奇《庆安事件》（六），景风《“×”》（二），庄因《祝福》（完）。

12日　《澳门日报》第九版刊载华波《海南岛环岛游记》，秦怀《日长如小年》（北游风情录），晓红《故园三日游》，阿铨《温哥华的夜生活》；《新园地》副刊刊载胡晓风《忽然想到》，梅萼华《茶·铜板·猫头鹰》，锡文《神话〈西游记〉的主角　历史上的唐玄奘》，骆南侨《急中生智》，彦火《儿童与爱与物质》。

⊙　《华侨报·华座》副刊发表柏永《获罪于天，无所祷也》，克嘉《形形式式的收藏家》，无名客的小说《青剑画弓》（一），续载慕容奇《庆安事件》（七），景风《“×”》（三）。

13日　《澳门日报·新园地》副刊刊载胡晓风《守望相助精神》，梅萼华《方令孺的诗》，陶里《梵谷哀史》，濠江客《沙俄皇子曾住澳督府》，冼得霖《释刘辰翁〈送春〉》（诗词评赏），丁丁《雀友》。

⊙ 《华侨报·华座》副刊续载慕容奇《庆安事件》（完），景风《“×”》（四），无名客《青剑画弓》（二）。

14日 《澳门日报·新园地》副刊刊载胡晓风《关系到“生活”》，梅萼华《禽兽行径》，仁龙《任真汉近作展中读秘史》，陶里《绝世“风流”郑板桥》。

⊙ 《华侨报·旅游与乡土》副刊发表中新《漫话稷下学宫》；《华座》副刊发表慕容奇的小说《苦行僧永觉》（一），续载景风《“×”》（五），无名客《青剑画弓》（三）。

15日 《澳门日报·新园地》副刊刊载仁龙《任真汉近作展中读秘史》，梅萼华《可否撞钟》，鲁茂《新瓶旧酒细节俏妙》。

⊙ 《华侨报·华座》副刊续载慕容奇《苦行僧永觉》（二），景风《“×”》（六），无名客《青剑画弓》（四）。

16日 《澳门日报》第十版刊载骆南侨《台风》；《新园地》副刊刊载胡晓风《不能容忍》，梅萼华《诗忌执着》，东瑞的诗歌《艇屋》，鲁茂《询问和投诉》。

⊙ 《华侨报·华座》副刊发表杨翎《鱼乐图》，续载慕容奇《苦行僧永觉》（三），景风《“×”》（七），无名客《青剑画弓》（五）。

17日 《澳门日报·新园地》副刊刊载孙鹏飞《话说徐文长》，梅萼华《岂在“千里”“十里”间》，鲁茂《隔行如隔山》，李浩泉《名篇的改韵》，晴云的诗歌《我愿……》，胡晓风《自我检讨》。

⊙ 《华侨报·华座》副刊续载慕容奇《苦行僧永觉》（四），景风《“×”》（八），无名客《青剑画弓》（六）。

18日 《澳门日报·新园地》副刊刊载胡晓风《以别人痛苦为乐》，彦火《“羊城书市”追记》，梅萼华《算法论诗》，骆南侨《与人不方便》。

⊙ 《华侨报·华座》副刊续载慕容奇《苦行僧永觉》（五），景风《“×”》（完），无名客《青剑画弓》（七）。

19日 《澳门日报·环游世界》刊载尤中乐《快览中南海》，秦怀《糖葫芦与山楂糕》（北游风情录），华波《海南岛环岛游记》，士敏《毛主席的书房》，晓红《故园三日游》；《新园地》副刊刊载胡晓风《别有滋味》，彦火《羊城书市追记》，梅萼华《开采与克镭》，述之《竹枝词中的梅县妇女》。

⊙ 《华侨报·华座》副刊发表佟立章的诗歌《夜坐》，刘宾雁的小说《一个人和他的影子》（一），续载慕容奇《苦行僧永觉》（六），无名客《青剑画弓》（八）。

20日 《澳门日报·新园地》副刊刊载胡晓风《与整个社会有关》，张西崙《留须》，梅萼华《名牌》，俞卓斌的诗歌《月夜情变》，陶里《知识分子》。

⊙ 《华侨报·华座》副刊发表多龄《妙趣横生的肖形印》，华慕《外国专家谈骨肉情》，若昕《钧窑窑变传说》，续载慕容奇《苦行僧永觉》（七），刘宾雁《一个人和他的影子》（二），无名客《青剑画弓》（九）。

21日 《澳门日报·新园地》副刊刊载胡晓风《金庸访北京》，梅萼华《强付账》，陶里《桃源结义》，丹羽的诗歌《夜雨寄北——改写李商隐诗意》，思放《〈唐宋词选〉充实通俗》。

⊙ 《华侨报·华座》副刊发表采青《美国出现写作危机》，汪瀚的诗歌《读佟立章先生〈扶病起坐感怀〉》，子青《IQ知多少？天才与白痴》，续载慕容奇《苦行僧永觉》（完），刘宾雁《一个人和他的影子》（三），无名客《青剑画弓》（完）。

22日 《澳门日报·新园地》副刊刊载思放《〈唐宋词选〉充实通俗》，胡晓风《杀风景》，杨万的随笔《IQ与IQ热》，鲁茂《杀人容易救人难》，骆南侨《太阳镜外四首》。

⊙ 《华侨报·华座》副刊发表永钧《对锁的感想》，凌冈泉《初夜风俗趣谈》，慕容奇的小说《夜夜の尸形》（一），英汀的小说《报仇》（一），续载刘宾雁《一个人和他的影子》（四）。

23日 《澳门日报》第七版刊载骆南侨《澳门管弦乐团音乐会》（濠江风情）；《新园地》副刊刊载胡晓风《又是无题有话》，梅萼华《读书风气》，余斋昭《梅屋庄吉与中山铜像》，鲁茂《丰俭由人》，邝卓群《日本的热沙浴》，东瑞的诗歌《泥涂的歌》，思放《〈唐宋词选〉充实通俗》。

⊙ 《华侨报·华座》副刊发表集华《盖世魔头的儿女情》，续载慕容奇《夜夜の尸形》（二），刘宾雁《一个人和他的影子》（五），英汀《报仇》（二）。

24日 《澳门日报·新园地》副刊刊载思放《〈唐宋词选〉充实通俗》，胡晓风《偷到医院》，梅萼华《苏曼殊与无行文人》，鲁茂《看报的习惯》，明的诗歌《金刚石》。

⊙ 《华侨报·华座》副刊续载慕容奇《夜夜の尸形》（三），刘宾雁《一个人和他的影子》（六），英汀《报仇》（三）。

25日 《澳门日报·新园地》副刊刊载胡晓风《远景如画》，梅萼华《苏曼殊翻译雨果的小说》，胡杨《宁波梁山伯庙》，蓝蓝《中外官僚主义小释》，濠江客《奥斯定教堂的沧桑》。

⊙ 《华侨报·华座》副刊发表傅伯刚《夹竹桃与假话》，吴惠贞《细晕罗衫色似湮——古典的夏天》，多龄《好友猜谜》，续载慕容奇《夜夜の尸形》（四），刘宾雁《一个人和他的影子》（七），英汀《报仇》（四）。

26日 《澳门日报·环游世界》刊载华波《海南岛环岛游记》，士敏《游大明湖小记》，俗君《法国女郎风情录》；《新园地》副刊刊载范怀烈《翠龙飞露话流花》（旅行小品），胡晓风《小学生捐款》，梅萼华《泛舟吟唱〈哀希腊〉》，恭广《西德的盗尸案》，陈同年的随笔《红枫》。

⊙ 《华侨报·华座》副刊续载慕容奇《夜夜の尸形》（五），刘宾雁《一个人和他的影子》（八），英汀《报仇》（五）。

27日 《澳门日报·新园地》副刊刊载冼得霖《离愁难剪怨长亭》（诗词评赏），东瑞《新潮》，胡晓风《赠远行人》，梅萼华《大厦清洁》，陶里《看摄影展览》，濠江客《本澳唯一的仿欧剧院》。

⊙ 《华侨报·华座》副刊发表柏永《自以为得计的失计》，乐民《中国钱币趣事》，续载慕容奇《夜夜の尸形》（六），刘宾雁《一个人和他的影子》（九），英汀《报仇》（六）。

28日 《澳门日报·新园地》副刊刊载胡晓风《夜读抄》，谭任杰《诗三首》，梅萼华《年轻人的粗言秽语》，陶里《色与空》，骆南侨《谈谈校对工作》，王帆《纪昀和他的秒对》。

⊙ 《华侨报·华座》副刊发表杜沁《赏心亭和辛弃疾》，澄澄《最和平的土人》，王一芒《香的世界》，克龄《贝多芬轶事》，宇菲《饮茶的起源及传播》，续载慕容奇《夜夜の尸形》（七），刘宾雁《一个人和他的影子》（十），英汀《报仇》（七）。

29日 《澳门日报·新园地》副刊刊载胡晓风《缘尽此夜》，梅萼华《上海模特展新装》，鲁茂《女性高薪职业？》，杨永权《西柏坡礼赞》。

⊙ 《华侨报·华座》副刊发表柏永《谈谈量度》，克龄《能者为师》，宝之《书信历程的故事》，续载慕容奇《夜夜の尸形》（八），刘宾雁《一个人和他的影子》（十一），英汀《报仇》（八）。

30日 《澳门日报·新园地》副刊刊载鲁茂《球员不能滥竽充数》，骆南侨《再谈校对工作》，杨永权《西柏坡礼赞》（旅行小品），陶里《题孩子的影集》，濠江客《岗顶剧院演出盛事》。

⊙ 《华侨报·华座》副刊发表夏吉《英国，多事之秋》，多龄《雕刻家与审查官》，散文《宜人的夏景——曲院风荷》，续载慕容奇《夜夜の尸形》（九），刘宾雁《一个人和他的影子》（十二），英汀《报仇》（九）。

31日 《澳门日报·新园地》副刊刊载胡晓风《爱恨难分》，东瑞《都市（外一首）》，丁丁《工读》，梅萼华《模特的变化》，鲁茂《杯酒释“师”权》。

⊙ 《华侨报·华座》副刊发表永钧《谈谈“百家姓”》，征明《世界大文豪一段情——雨果和朱丽叶》，克龄《克復画鱼》，续载慕容奇《夜夜の尸形》（十），刘宾雁《一个人和他的影子》（十三），英汀《报仇》（完）。

八月

1日 《澳门日报·新园地》副刊刊载胡晓风《英王储大婚之日》，梅萼华《斯人独憔悴》，濠江客《何东藏书楼》，范怀烈、邝伶依《苏轼美酒》，彦火《十年之什》（上），巫明《南昌风姿秀美》。

⊙　《华侨报·华座》副刊发表再枚《漂亮与温柔》，多龄《神奇的葬礼——西藏天葬目睹记》，锦标、饰目标《人到底是甚么》，妮芸的小说《先知》（一），续载慕容奇《夜夜の尸形》（十一），刘宾雁《一个人和他的影子》（十四）。

2日　《澳门日报·环游世界》发表余培基《美丽的山城碧瑶》，华波《海南岛环岛游记》，涓涓《充满热情的夏威夷》；《新园地》副刊刊载胡晓风《呵！中国》，梅萼华《欢迎这样的书市》，彦火《十年之什》（下）。

⊙　《华侨报·华座》副刊发表柏永《权威·真理》，续载慕容奇《夜夜の尸形》（十二），刘宾雁《一个人和他的影子》（十五），妮芸《先知》（二）。

3日　《澳门日报·新园地》副刊刊载胡晓风《"男人"改嫁》，梅萼华《看英国储君大婚》，陶里《英王储大婚》，濠江客《公共图书馆藏书十万册》，冼得霖《会当凌绝顶》（诗词评赏），谭任杰《读〈分春馆词〉》。

⊙　《华侨报·华座》副刊发表多龄《对联话趣》，续载慕容奇《夜夜の尸形》（十三），刘宾雁《一个人和他的影子》（十六），妮芸《先知》（三）。

4日　《澳门日报·新园地》副刊刊载胡晓风《带头做起》，梅萼华《男人吃妇科药》，陶里《上帝死了怎么办？》，东瑞的诗歌《冬夜里德初恋》，骆南侨《从音乐和噪音谈起》。

⊙　《华侨报·华座》副刊发表柏永《人言不足恤》，克嘉《音乐家买鞋》，仲夏的短篇小说《势利之人》（上），克龄《陆游与书巢》，续载慕容奇《夜夜の尸形》（十四），刘宾雁《一个人和他的影子》（十七），妮芸《先知》（四）。

5日　《澳门日报》第五版刊载骆南侨《行路难》；《新园地》副刊刊载胡晓风《"赤壁"随想》，梅萼华《刘鹗无心插柳》，鲁茂《好闷？》，陶里的诗歌《你的归来》，沈仁康《沈阳故宫一瞥》。

⊙　《华侨报·华座》副刊发表墨斗《谈拜七夕》，杨翎《石头漫记》，于芊《三根毛》，仲夏的短篇小说《势利之人》（中），续载慕容奇《夜夜の尸形》（完），刘宾雁《一个人和他的影子》（十八），妮芸《先知》（五）。

6日　《澳门日报·新园地》副刊刊载胡晓风《无题》，梅萼华《甲骨学的第一部专著》，鲁茂《闲话外援球员》，濠江客《澳督府原临海滩》，沈仁康《东陵和北陵》。

⊙　《华侨报·华座》副刊发表友燎《中国绘画史》，征明《墨索里尼的情人》，杨翎《石头续记》，克龄《不许打搅我》，仲夏的短篇小说《势利之人》（下），慕容奇的小说《二世村》（一），续载刘宾雁《一个人和他的影子》（十九），妮芸《先知》（六）。

7日　《澳门日报·新园地》副刊刊载胡晓风《与文艺有关》，梅萼华《四堂与大家》，鲁茂《服装和道具》，沈仁康《千山素描》，得初《谁是前度刘郎》。

⊙　《华侨报·华座》副刊发表柏永《老子与儿子》，墨斗《摄青鬼大闹孝廉第》，仲夏的短篇小说《甜蜜回忆》（上），续载慕容奇《二世村》（二），刘宾雁《一个人和他的影子》（二十），妮芸《先知》（七）。

8日　《澳门日报·新园地》副刊刊载胡晓风《解闷》，梅萼华《女人味》，濠江客《妈阁炮台改建酒店》，彦火《西沙湾之恋》，沈实《阿尔卑斯山受摧毁》。

⊙　《华侨报·华座》副刊发表佟立章的诗歌《七夕有作》，李崧、余岩《孙中山在家乡的故事》，傅伯刚《麒麟是啥》，杨翎《扑朔迷离的大假山》；《华林》副刊发表仲夏的短篇小说《甜蜜回忆》（中），谌容的小说《赞歌》（一），开始连载朱羽的小说《荒原之神》（至1981年12月4日止），续载慕容奇《二世村》（三），刘宾雁《一个人和他的影子》（二十一），妮芸《先知》（八）。

9日　《澳门日报·环游世界》发表尤中乐《花都巴黎游琐记》，杨永权《逛大观园随笔》，炜汉《栩栩如生的五百罗汉》；《新园地》副刊刊载胡晓风《梅大师廿年祭》，彦火《西沙湾之恋》，骆南侨《让人活下去》。

⊙　《华侨报·华座》副刊发表孙恒华《历史人物片断》，克龄《画家·女士·鹅》；《华林》副刊发表仲夏的短篇小说《甜蜜回忆》（下），续载慕容奇《二世村》（四），刘宾雁《一个人和他的影子》（二十二），妮芸《先知》（完），谌容《赞歌》（二）。

10日　《澳门日报·新园地》副刊刊载胡晓风《刘郎去后》，梅萼华《暑假遐想之一》，陶里《散场之后》，濠江客《妈阁炮台的迷你教堂》，彦火《西沙湾之恋》，冼得霖《陈述叔词叙谈》（诗词评赏）。

⊙ 《华侨报·华座》副刊发表克龄《用脚绘画的瘫痪画家》，傅伯刚《唐伯虎没有点秋香》，集英《夏日之花——姜花》；《华林》副刊发表仲夏的短篇小说《难以忍受》（上），林茂竹的短篇小说《警察坐下来了》，续载慕容奇《二世村》（五），刘宾雁《一个人和他的影子》（二十三），谌容《赞歌》（三）。

11日 《澳门日报·新园地》副刊刊载胡晓风《光愿》，梅萼华《暑假遐想之二》，陶里《二度空无》，冼得霖《陈述叔词叙谈》（诗词评赏）。

⊙ 《华侨报·华座》副刊发表成昆《天山访雪莲》，柏永《可恶与可恶之余》；《华林》副刊发表仲夏的短篇小说《难以忍受》（中），颂平的短篇小说《英勇行径》，于芊的杂谈《汤显祖与牡丹亭》，续载慕容奇《二世村》（六），刘宾雁《一个人和他的影子》（二十四），谌容《赞歌》（四）。

12日 《澳门日报·新园地》副刊刊载胡晓风《流花湖呵……》，梅萼华《暑假遐想之三》，谢震林《读顾飞的帆影图》，李光斌《蛇人俱乐部》。

⊙ 《华侨报·华座》副刊发表邵昶《南湖菱趣谈》，多龄《夏日话伞》，仲夏的短篇小说《难以忍受》（下），颂平的短篇小说《盛宴》，续载慕容奇《二世村》（七），刘宾雁《一个人和他的影子》（二十五），谌容《赞歌》（五）。

13日 《澳门日报·新园地》副刊刊载胡晓风《四桥飞跨》，梅萼华《暑假遐想之四》，濠江客《妈阁古炮陈列在伦敦》，思放《再谈前度刘郎》。

⊙ 《华侨报·华座》副刊发表克龄《写作“三诀”》，孙约《唐宣宗和郭沫若》，辛仁《沧桑几易话沧浪》；《华林》副刊发表子方的短篇小说《人猴生死斗》（上），续载慕容奇《二世村》（完），刘宾雁《一个人和他的影子》（二十六），谌容《赞歌》（六）。

14日 《澳门日报·新园地》副刊刊载胡晓风《雏燕归巢》，梅萼华《电视与我》，彦火《中美舞蹈交流计划的新发展》，李浩泉《一篇挖苦的短文》，骆南侨《关于投稿》。

⊙　《华侨报·华座》副刊刊载墨斗的杂谈《鱼峰对歌》，严敏的杂谈《我国城市建设前景》，续载李崧、余岩的杂谈《孙中山在家乡的故事》（六）；《华林》副刊刊载慕容奇的小说《显灵殿》（一），续载谌容的小说《赞歌》（七），子方的小说《人猴生死斗》（中），刘宾雁的小说《一个人和他的影子》（二十七）。

15日　《澳门日报·新园地》副刊刊载胡晓风《辛未甩队》，梅萼华《钱封面》，濠江客《妈阁炮台的四条隧道》，彦火《海贝》，施议对《蓬岛吟坛谁健者，何时握手曰华东——瞿髯翁治词生涯侧记之七》，俞卓斌《澳凼搭桥放歌》。

⊙　《华侨报·华座》副刊刊载李崧、余岩的杂谈《孙中山先生在家乡的故事》（七）；《华林》副刊续载谌容的小说《赞歌》（八），子方的小说《人猴生死斗》（下），刘宾雁的杂谈《一个人和他的影子》（二十八），慕容奇的小说《显灵殿》（二）。

16日　《澳门日报·新园地》副刊刊载胡晓风《华侨旗帜廿年祭》，梅萼华《武林创刊》，文若稚《漾》，丁丁《做功课》，彦火《做学问》，施议对《一顶帽子飞上头，搬它不动重如山——瞿髯翁治词生涯侧记之八》。

⊙　《华侨报·华林》副刊刊载白乐成的小说《赛马日》（一），续载谌容的小说《赞歌》（九），刘宾雁的杂谈《一个人和他的影子》（二十九），慕容奇的小说《显灵殿》（三）。

17日　《澳门日报·新园地》副刊刊载胡晓风《也谈前度刘郎》，梅萼华《生命的赌博》，陶里《盂兰夜说鬼》，濠江客《关闸隧道探秘》，晴云《送别》。

⊙　《华侨报·华座》副刊刊载柏永的杂谈《忆白元君》，续载李崧、余岩的杂谈《孙中山在家乡的故事》（九）；《华林》副刊续载谌容的小说《赞歌》（十），白乐成的小说《赛马日》（二），刘宾雁的小说《一个人和他的影子》（三十），慕容奇的小说《显灵殿》（四）。

18日　《澳门日报·新园地》副刊刊载胡晓风《莺莺燕燕》，梅萼华《面向生活的海洋》，陶里《桥与金三角》，廖钺《侨乡漫咏》，钟新《孙大元帅不忘故旧》，沈仁康《长春徜徉》。

⊙ 《华侨报·华座》副刊刊载傅伯刚的杂谈《幸而鲁迅已不在》，江如蓝的杂谈《家里来客》，克龄的杂谈《〈夜曲〉的魅力》，续载李崧、余岩的杂谈《孙中山在家乡的故事》（十）；《华林》副刊续载谌容的小说《赞歌》（十一），白乐成的小说《赛马日》（三），刘宾雁的小说《一个人和他的影子》（三十一），慕容奇的小说《显灵殿》（五）。

19日 《澳门日报·新园地》副刊刊载胡晓风《小题大做》，梅萼华《日本人与书道》，鲁茂《入伙未必大吉》，沈仁康《林中一日》，雪琴《由梅兰芳邮票想起》。

⊙ 《华侨报·华座》副刊续载李崧、余岩的杂谈《孙中山在家乡的故事》（十一）；《华林》副刊续载谌容的小说《赞歌》（十二），白乐成的小说《赛马日》（四），慕容奇的小说《显灵殿》（六）。

20日 《澳门日报·新园地》副刊刊载胡晓风《好汉》，梅萼华《识趣》，鲁茂《方言，职业，地区》，濠江客《神秘的松山隧道》，沈仁康《长白山天池》，沈实《未老先衰的法兰西》，陶里《慷慨飘箫》。

⊙ 《华侨报·华座》副刊刊载孙鹏飞的杂谈《令人深思的“飞向光明”》，续载李崧、余岩的杂谈《孙中山在家乡的故事》（十二）；《华林》副刊刊载程丽的小说《温柔之乡的梦》（一），续载谌容的小说《赞歌》（十三），白乐成的小说《赛马日》（五），慕容奇的小说《显灵殿》（附图片）（完）。

21日 《澳门日报·新园地》副刊刊载胡晓风《爱的结》，穆翼《再话寒山寺的钟声》，梅萼华《食的依恋》，鲁茂《天皇巨星的劲敌》，骆南侨《多为孩子们着想》。

⊙ 《华侨报·华座》副刊续载李崧、余岩的杂谈《孙中山在家乡的故事》（十三）；《华林》副刊刊载慕容奇的小说《青鲇》（一），续载谌容的小说《赞歌》（十四），白乐成的小说《赛马日》（六），程丽的小说《温柔之乡的梦》（二）。

22日 《澳门日报·新园地》副刊刊载胡晓风《临江仙》，梅萼华《相差五十岁的我们》，濠江客《松山隧道贯通全山》，穆翼《再话寒山寺的钟声》，彦火《还我草木》，骆南侨《漫长的暑假》，开始连载科幻小说《博士之死》（至1981年10月13日止）。

⊙ 《华侨报·华座》副刊刊载李崧、余岩的杂谈《孙中山在家乡的故事》（十四）；《华林》副刊续载谌容的小说《赞歌》（十五），白乐成的小说《赛马日》（七），程丽的小说《温柔之乡的梦》（三），慕容奇的小说《青鲇》（二）。

23日 《澳门日报·环游世界》刊载余草《宁静优美多苔湖》，杨永权《翠光深锁洞庭山》，高秀生《黛安娜热，王宫，蜡像院》；《新园地》副刊刊载胡晓风《安乐村不安乐》，梅萼华《门外谈武》，彦火《那片绿意》，廖钺《飞霞忆旧游诗》。

⊙ 《华侨报·华林》续载谌容《赞歌》（十六），程丽《温柔之乡的梦》（四），慕容奇《青鲇》（三）。

24日 《澳门日报·新园地》副刊刊载胡晓风《战场？情场？》，梅萼华《杨永权芭蕉小语》，陶里《石油价格》，濠江客《古老的大三巴隧道》，冼得霖诗词评赏《脱胎的妙用》，钟新《扬派盆景出新秀》。

⊙ 《华侨报·华座》副刊发表西方亮《龙从那里来？》；《华林》副刊发表集仲的短篇小说《热力骤降》（下），续载谌容《赞歌》（十七），程丽《温柔之乡的梦》（五），慕容奇《青鲇》（四）。

25日 《澳门日报·新园地》副刊刊载胡晓风《大梦谁先觉》，梅萼华《灾难常临穷家》，陶里《写作危机》，冼得霖诗词评赏《脱胎的妙用》，晴云《百尺竿头更进一步》。

⊙ 《华侨报·华座》副刊发表多龄《一贬一褒》，永钧《〈桃花扇〉与孔尚任》；《华林》副刊发表东瑞的小说《替身》（一），续载谌容《赞歌》（十八），程丽《温柔之乡的梦》（六），慕容奇《青鲇》（五）。

26日 《澳门日报·新园地》副刊刊载胡晓风《穆桂英与汪明荃》，梅萼华《木屋之火》，鲁茂《权利欲》，沈实《贱民改奉回教求平等》，东瑞《小女孩采花》。

⊙ 《华侨报·华座》副刊发表孙鹏飞《文学与批评》；《华林》副刊续载

谌容《赞歌》（十九），东瑞《替身》（二），程丽《温柔之乡的梦》（七），慕容奇《青鲇》（六）。

27日 《澳门日报·新园地》副刊刊载胡晓风《看开一些》，梅萼华《苦热》，鲁茂《可能有武侠梁祝欣赏？》，濠江客《大三巴隧道通往何方》，孙鹏飞《疗救其心态》，骆南侨《致台风（外一首）》。

⊙ 《华侨报·华座》副刊发表张灵《研究鲁迅，学习鲁迅》，多龄《赠送"头发"》；《华林》副刊续载谌容《赞歌》（二十），东瑞《替身》（三），程丽《温柔之乡的梦》（八），慕容奇《青鲇》（七）。

28日 《澳门日报·新园地》副刊刊载胡晓风《相识是缘》，梅萼华《寒山寺石碑》，鲁茂《药》，阿根《美景说春湾》。

⊙ 《华侨报·华座》副刊发表牧之《中国的夏景》，克嘉《动物纪念碑趣谈》，许长仙《台湾十大瀑布》；《华林》副刊续载谌容《赞歌》（二十一），东瑞《替身》（四），程丽《温柔之乡的梦》（九），慕容奇《青鲇》（完）。

29日 《澳门日报·新园地》副刊刊载胡晓风《风尘落花》，梅萼华《西泠梦寻》，彦火《理想追寻者黄丽明》，陶里《你是风》。

⊙ 《华侨报·华座》副刊发表佟立章的诗歌《紫薇绽花漫赋一绝》，柏永《愁，志士之愁——兼谈陈人杰的词》，魏宗荣《花果山名树趣谈》；《华林》副刊发表慕容奇的小说《宅二卜部》（一），续载谌容《赞歌》（二十二），东瑞《替身》（五），程丽《温柔之乡的梦》（十）。

30日 《澳门日报·环游世界》刊载刘国麟《苏州藕园探胜》，慧如《别府地狱走马游》，高秀生《黛安娜热，王宫，蜡像院》，杨永权《翠光深锁洞庭山》；《新园地》副刊刊载胡晓风《李翰祥演出家变》，梅萼华《黛安娜拖肥》，彦火《黑夜的热恋》《热情的路》。

⊙ 《华侨报·华座》副刊发表佟立章的诗歌《独夜》，傅伯刚《味诗与味诗之余》，范如山《苏州观前街》；《华林》副刊续载谌容《赞歌》（二十三），东瑞《替身》（六），程丽《温柔之乡的梦》（十一），慕容奇《宅二卜部》（二）。

31日　《澳门日报·新园地》副刊刊载梅萼华《满江红不是伪作》，冼得霖《春水绿波伤旧情》（诗词评赏），陶里《小病是福？》，沈实《同性恋的新研究》。

⊙　《华侨报·华座》副刊发表咏芝《岭南诗话》，蔡门《没人要的钱》；《华林》副刊续载谌容《赞歌》（二十四），东瑞《替身》（七），程丽《温柔之乡的梦》（十二），慕容奇《宅二卜部》（三）。

九月

1日　《澳门日报》第十二版刊载骆南侨《青少年儿童音乐会》；《新园地》副刊刊载梅萼华《研究满江红的意义》，陶里《强盗》，胡晓风《卡特在北京》，冼得霖《春水绿波伤旧情》（诗词评赏），楚芝《啊，陌生的女儿》，刃锋《搏杀》。

⊙　《华侨报·华座》副刊发表傅伯刚《一个时间与一辈子》；《华林》副刊续载谌容《赞歌》（二十五），东瑞《替身》（八），程丽《温柔之乡的梦》（完），慕容奇《宅二卜部》（四）。

2日　《澳门日报·新园地》副刊刊载梅萼华《享受人生》，鲁茂《何谓“文艺片”》，丁丁《补鞋》，胡晓风《边个气顶？》，骆南侨《横排标题》，灵城日《一位音乐教师的死寂》。

⊙　《华侨报·华座》副刊发表傅伯刚《絮迹萍踪待如何——本来不想说的话》；《华林》副刊发表刘宾雁的小说《风雨昭昭》（一），艾菲的小说《艳鬼追魂》（一），续载谌容《赞歌》（二十六），东瑞《替身》（完），慕容奇《宅二卜部》（五）。

3日　《澳门日报·新园地》副刊刊载方菲《叶文福“车大炮”之作》，梅萼华《怀萧红的诗词》，鲁茂《特区公路应有“铁骑巡逻”》，濠江客《大三巴教堂范围广阔》，黄夫《浅谈东洋书道》，胡晓风《悼念胡伯伯》，慧敏《嗜睡者的痛苦遭遇》。

⊙　《华侨报·华座》副刊发表克嘉《访蒲松龄故居》，章茹《发型的故事》，陈少娟《九月星空》；《华林》副刊续载谌容《赞歌》（二十七），刘宾雁《风雨昭昭》（二），艾菲《艳鬼追魂》（二），慕容奇《宅二卜部》（六）。

4日　《澳门日报·新园地》副刊刊载梅萼华《武侠杜甫之类》，鲁茂《晚报越来越少读者》，谭驰《浅谈古陶瓷欣赏》，爱杭《西湖美景永留心中》，胡晓风《有样学样之类》，丁丁《球场即景》，沈实《无根的伊朗犹太人》。

⊙　《华侨报·华座》副刊发表孙鹏飞《〈金瓶梅〉怎样一部书？》（上）；《华林》副刊续载谌容《赞歌》（完），刘宾雁《风雨昭昭》（三），艾菲《艳鬼追魂》（三），慕容奇《宅二卜部》（七）。

5日　《澳门日报·新园地》副刊刊载梅萼华《月饼秋讯》，濠江客《牌坊的奠基石》，谭驰《浅谈古陶瓷艺术》，黄轶球的诗歌《偶成》，杨城《秋瑾传种种》，彦火《小道的热》，胡晓风《长城上的婚礼》。

⊙　《华侨报·华座》副刊发表孙鹏飞《〈金瓶梅〉怎样一部书？》（下），克龄《"关出来"的作家》；《华林》副刊发表金兆的小说《戈医生受表扬》（一），续载刘宾雁《风雨昭昭》（四），艾菲《艳鬼追魂》（四），慕容奇《宅二卜部》（完）。

6日　《澳门日报·环游世界》刊载范怀烈《罗浮一日游》，熊侣琴《庐山之夏分外迷人》，高秀生《蛮牛被斗，致死方休》，余草《西南游记》；《新园地》副刊刊载梅萼华《拳手之死》，彦火《夏之梦》，茗屋《沉醉诗情气韵中》，尤加《名扬遐迩的少林寺》（旅行小品），明《黑沙旅行爬山有感》，蓓尔的随笔《暑假畅想曲》，胡晓风《大炮诗人》。

⊙　《华侨报·华座》副刊发表黄志诚、梁志觉《鸳鸯江夏夜》；《华林》副刊发表慕容奇的小说《中国异人》（一），续载金兆《戈医生受表扬》（二），刘宾雁《风雨昭昭》（五），艾菲《艳鬼追魂》（完）。

7日　《澳门日报·新园地》副刊刊载梅萼华《画梦录重印》，陶里《开学了》，李浩泉《金鸡岭上落大雕》（旅行小品），宝池的随笔《中秋佳节怀澳门》，胡晓风《浣溪沙》。

⊙　《华侨报·华座》副刊发表傅伯刚《寓言三则》，德信《五岳的高程》；《华林》副刊发表芬子的小说《老千的玫瑰》（一），续载金兆《戈医生受表扬》（三），刘宾雁《风雨昭昭》（六），慕容奇《中国异人》（二）。

8日　《澳门日报·新园地》副刊刊载梅萼华《彩笔写美梦》，陶里《生活之什》，孙鹏飞《鲁迅与内山兄弟》，胡晓风《鬼枪！鬼枪！》，骆南侨的诗歌《屋顶》《土地》。

⊙　《华侨报·华座》副刊发表柏永《诗·诗人·砍头》，多龄《谈谈书签》，孙鹏飞《拓荒·播种·开花》，范靖国的散文《姑苏风情诗中寻》；《华林》副刊续载金兆《戈医生受表扬》（四），刘宾雁《风雨昭昭》（七），芬子《老千的玫瑰》（二），慕容奇《中国异人》（三）。

9日　《澳门日报·新园地》副刊刊载梅萼华《月饼琐语》，鲁茂《新官上任三把火》，陶里诗歌《假期》，胡晓风《千祈唔好死》。

⊙　《华侨报·华座》副刊发表永钧《〈搅水女人〉读后记》；《华林》副刊续载金兆《戈医生受表扬》（五），刘宾雁《风雨昭昭》（八），芬子《老千的玫瑰》（三），慕容奇《中国异人》（四）。

10日　《澳门日报·新园地》副刊刊载梅萼华《写冰岛渔夫的罗狄》，鲁茂《闲话电视送饭》，启功《论词绝句》，庆年人物《贺龙元帅和特异功能》，濠江客《月饼制作话显记》，胡晓风《从一场雨说起》。

⊙　《华侨报·华座》副刊发表杂谈《鲁迅诞生一百周年》；《华林》副刊开始连载独狐红的小说《美人如玉剑如虹》（至1981年11月28日止），续载金兆《戈医生受表扬》（完），刘宾雁《风雨昭昭》（九），芬子《老千的玫瑰》（四），慕容奇《中国异人》（五）。

11日　《澳门日报·新园地》副刊刊载梅萼华《在台湾逝世的黎烈文》，鲁茂《好人难做？》，沈仁康《大连一瞥》，汪浩瀚《郁诗小考》，胡晓风《食蟹》。

⊙　《华侨报·华座》副刊发表孙鹏飞《中秋节前话月饼》；《华林》副刊发表东年的小说《在那样的路上》（一），续载刘宾雁《风雨昭昭》（十），芬子《老千的玫瑰》（五），慕容奇《中国异人》（六）。

12日　《澳门日报·新园地》副刊刊载梅萼华《非犀象管笔不用》，无瑕《庐山乌龙潭三宝树》，彦火《藏书的苦乐》，胡晓风《举杯邀月》，邴玉喜《月亮的美称和别名》，濠江客《本澳月饼奇趣录》，玉文的诗歌《归》，陆明《孙中山与澳门》。

⊙ 《华侨报·华座》副刊发表墨斗《万家灯火话中秋》，永钧《也谈陶渊明其人》，杂谈《中国历来出书多少》，孙鹏飞《鲁迅和文学青年故事二则》；《华林》副刊续载东年《在那样的路上》（二），刘宾雁《风雨昭昭》（十一），芬子《老千的玫瑰》（六），慕容奇《中国异人》（七）。

13日 《澳门日报·环游世界》副刊刊载高秀生《皇宫·佛朗哥·卡洛斯》，美莉《美马高原景色迷人浮屋酒店精致优雅》，莫华基《岳阳楼上好风光》，远光《吉普赛女郎之情意》，余草《西南游记》；《新园地》副刊刊载梅萼华《为乐迷创造快乐》，沈实《书的礼赞？》，胡晓风《日女痴情》，黄伟经《她仍在勤奋写作——女作家陈学昭近况》，骆南侨《公众假日正名》。

⊙ 《华侨报·华林》副刊续载东年《在那样的路上》（三），刘宾雁《风雨昭昭》（十二），芬子《老千的玫瑰》（七），慕容奇《中国异人》（八）。

14日 《澳门日报·新园地》副刊刊载梅萼华《名表名笔》，陶里《大减价及其他》，沈实《大熊猫的交配》，胡晓风《读玉文的〈归〉》，朱敬平《西南铁路建设展宏图》，冼得霖《何事忆人间》（诗词评赏）。

⊙ 《华侨报·华座》副刊发表陆明《辛亥革命中的浪花》，永毅《九百三十年前》；《华林》副刊续载东年《在那样的路上》（四），刘宾雁《风雨昭昭》（十三），芬子《老千的玫瑰》（八），慕容奇《中国异人》（九）。

15日 《澳门日报·新园地》副刊刊载梅萼华《对HIFI音乐会的建议》，陶里《难得胡涂》，胡晓风《怀念凌晓枫兼向一些新诗作者致意》，慧敏《只敬外貌不敬人》，冼得霖《何事忆人间》（诗词评赏）。

⊙ 《华侨报·华座》副刊发表柏永《艺术随感录》；《华林》副刊续载东年《在那样的路上》（五），刘宾雁《风雨昭昭》（十四），芬子《老千的玫瑰》（九），慕容奇《中国异人》（十）。

16日 《澳门日报·新园地》副刊刊载梅萼华《从雍和宫的喇嘛想起》，鲁茂《逃避现实难矣哉……》，冼得霖的诗歌《月夜》，邬和镒《孙中山学习的故事》，沈实《嗜吃的熊猫》，胡晓风《浣溪沙》，方名小说《旅行风波》。

⊙ 《华侨报·华座》副刊发表明辉、采芬《佛的天地——介绍苏民的绘画艺术》，傅伯刚《道教中的异军——全真教》，芋芋的杂谈《作家的书房》，续载东年《在那样的路上》（六），刘宾雁《风雨昭昭》（十五）。

17日 《澳门日报·新园地》副刊刊载梅萼华《鲁迅用的金不换》，子君《辛亥老人话当年》，濠江客《六十年前的内港》，骆南侨《客至——杜甫七律试译》，鲁茂《外行人看自由经济》，胡晓风《中秋过了》。

⊙ 《华侨报·华座》副刊发表施式《提倡写短文章》，夏川《漫话广州宫灯》，永艺的诗歌《小楼望月》；《华林》副刊发表白浪的小说《重逢》（一），慕容奇的小说《宝刀与神器》（一），续载东年《在那样的路上》（七），刘宾雁《风雨昭昭》（十六）。

18日 《澳门日报·新园地》副刊刊载子君《辛亥老人话当年》，梅萼华《影视红星的私人生活》，鲁茂《知足常乐》，亦斌《友谊竹》，胡晓风《你死！我死！》。

⊙ 《华侨报·华座》副刊发表芋漫《梵高自画像》，多龄《百果之宗——梨》，杨华联《茅山与华阳洞》；《华林》副刊续载东年《在那样的路上》（八），白浪《重逢》（二），刘宾雁《风雨昭昭》（十七），慕容奇《宝刀与神器》（二）。

19日 《澳门日报·新园地》副刊刊载梅萼华《一身朱义盛》，彦火《月之什》，东瑞《科幻海洋》，濠江客《中葡小学六十年沧桑》，胡晓风《要钱！要人！要命！》，凌钝的诗歌《泰山即兴》，祖京宫《墨西哥唐人街风光》。

⊙ 《华侨报·华座》副刊发表克龄《祝唐募缘》，柏永《灯下偶纪》；《华林》副刊续载东年《在那样的路上》（九），白浪《重逢》（三），刘宾雁《风雨昭昭》（十八），慕容奇《宝刀与神器》（三）。

20日 《澳门日报·环游世界》副刊刊载远光《亚洲风筝趣谈》，致儒《夜游伦敦苏荷区》，杨美清《大理之塔古今谈》，高秀生《里斯本拉杂谈》，游子《北京四合院》，余草《西南游记》；《新园地》副刊刊载梅萼华《揽住岳母锡一唉》，李松庵《孙中山爱民二三事》，彦火《秋与卅》，胡晓风《清平乐》，何淑华《袖珍经理办公室》，无瑕《庐山含鄱口风光奇绝》（旅行小品）。

⊙ 《华侨报·华座》副刊发表傅伯刚《李白的悲哀》；《华林》副刊发表焦祖尧的小说《召唤》（一），续载白浪《重逢》（四），刘宾雁《风雨昭昭》（十九），慕容奇《宝刀与神器》（四）。

21日 《澳门日报·新园地》副刊刊载梅萼华《鲁迅写奔月的由来》，吴蕴贤《回忆五舅父潘达微》，陶里《倾计》，胡晓风《这算不算醒目？》，骆南侨《多余的闲话》。

⊙ 《华侨报·华林》续载焦祖尧《召唤》（二），白浪《重逢》（五），刘宾雁《风雨昭昭》（二十），慕容奇《宝刀与神器》（五）。

22日 《澳门日报·新园地》副刊刊载梅萼华《鲁迅四句话的背景》，陶里《阳刚与阴柔》，莫仲予《辛亥革命诗话两则》，胡晓风《兄妹绝食》，杨城《现代华人鲁滨逊》，慧敏《故衣在欧美复苏》。

⊙ 《华侨报·华座》副刊续载焦祖尧《召唤》（三），白浪《重逢》（六），刘宾雁《风雨昭昭》（二十一），慕容奇《宝刀与神器》（六）。

23日 《澳门日报·新园地》副刊刊载梅萼华《旅游乐趣》，陶里《中秋节》，魏凌冰《成都茶馆风光》（旅行小品），鲁茂《一拖三情杀案》，陆风《孙中山演唱片的演说词》，胡晓风《西江月》。

⊙ 《华侨报·华座》副刊发表孙鹏飞《舞台上和银幕上的——〈阿Q正传〉》；《华林》副刊续载焦祖尧《召唤》（四），白浪《重逢》（七），刘宾雁《风雨昭昭》（二十二），慕容奇《宝刀与神器》（七）。

24日 《澳门日报·新园地》副刊刊载梅萼华《陈白尘改编〈阿Q正传〉》，鲁茂《股市对白》，谭任杰《水调歌头鲁迅诞生百周年纪念，为鲁迅全集题词》，陆中《瞻仰绍兴鲁迅故居》（旅行小品），沈实《泰国有个古玩村》，胡晓风《鲁迅诞辰百年纪念有感之一》。

⊙ 《华侨报·华座》副刊发表孙鹏飞《陈独秀其人》，秋雨《鲁迅父子情深》，祝丹《黄河的“世界第一”》；《华林》副刊续载焦祖尧《召唤》（五），白浪《重逢》（八），刘宾雁《风雨昭昭》（二十三），慕容奇《宝刀与神器》（八）。

25日 《澳门日报·新园地》副刊刊载梅萼华《夏衍谈改编〈阿Q正传〉》，鲁茂《成语可信而不可偏信》，方菲书话《读鲁迅的书》，沈实《古董的古法》，胡晓风《鲁迅诞辰百年纪念有感之二》，甘知《女性许多方面优于男性》。

⊙ 《华侨报·华座》副刊发表柏永《百家争鸣的联想》，何兆华《巴黎看画坛》；《华林》副刊续载焦祖尧《召唤》（六），白浪《重逢》（九），刘宾雁《风雨昭昭》（二十四），慕容奇《宝刀与神器》（完）。

26日 《澳门日报·新园地》副刊刊载梅萼华《〈阿Q正传〉的演出》，孙鹏飞《鲁迅与文学青年》，玉文诗歌《墓》，彦火《绍兴·人文荟萃·鲁迅》，胡晓风《如梦令》，薛鸣《美国裸体者大会》。

⊙ 《华侨报·华座》副刊发表傅伯刚的杂谈《“烘开牡丹”之类》；《华林》副刊发表慕容奇的小说《无主田》（一），续载焦祖尧《召唤》（七），白浪《重逢》（十），刘宾雁《风雨昭昭》（二十五）。

27日 《澳门日报·环游世界》刊载建源《马六甲·滨城游记》，高秀生《荷兰杂掇》，穆翼文《历史姻缘一线牵——颐和园谐趣园》，英妹《神秘古老伊拉克》，王云《东坡到处有西湖——苏东坡与“惠州西湖”的传说》；《新园地》副刊刊载梅萼华《鲁迅的初婚》（一），钟姗《鲁迅论孙中山》，晴云的诗歌《夜》，胡晓风《水调歌头》，骆南侨《无薪假期》。

⊙ 《华侨报·华座》副刊发表孙鹏飞《要看“下回分解”》；《华林》副刊续载慕容奇《无主田》（二），焦祖尧《召唤》（完），白浪《重逢》（完），刘宾雁《风雨昭昭》（二十六）。

28日 《澳门日报·新园地》副刊刊载梅萼华《鲁迅的初婚》（二），陶里《牙和眼》，明的诗歌《从化温泉》，沈实《巨额的医疗差错赔偿》，胡晓风《有这等事》，冼得霖《气压须眉吐异才》（诗词评赏）。

⊙ 《华侨报·华座》副刊发表柏永《清人论诗的一段笔墨官司》，克嘉《稿费探源》，郑元春《浮萍无根？》，佟立章的诗歌《欣对秋菊初放抒怀》；《华林》副刊发表谌容的小说《褪色的信》（一），白浪的小说《艳遇》（一），续载慕容奇《无主田》（三），刘宾雁《风雨昭昭》（二十七）。

29日 《澳门日报·新园地》副刊刊载梅萼华《鲁迅的初婚》（三），陶里《宠物》，微子《飞吧，年青人！》，沈实《医疗差错吃官司》，胡晓风《看十万大军作战》，冼得霖诗词评赏《气压须眉吐异才》。

⊙ 《华侨报·华座》副刊发表柏永《杂感录》；《华林》副刊续载慕容奇《无主田》（四），谌容《褪色的信》（二），白浪《艳遇》（二），刘宾雁《风雨昭昭》（二十八）。

30日 《澳门日报·新园地》副刊刊载穆翼《阿Q走过来了……》，梅萼华《鲁迅的初婚》（四），东瑞随笔《渴求》，鲁茂《衔头满天飞》，沈实《剖腹产可免吃官司》，胡晓风《七小为害》。

⊙ 《华侨报·华座》副刊发表散文《访孙中山的卫士宓熙》，孙鹏飞《鲁迅的“药”和秋瑾》，克龄《达·芬奇找模特儿》；《华林》副刊续载慕容奇《无主田》（五），谌容《褪色的信》（三），白浪《艳遇》（三），刘宾雁《风雨昭昭》（二十九）。

十月

1日 《澳门日报·新园地》副刊刊载穆翼《阿Q走过来了……》，梅萼华《鲁迅的初婚》（五），陈则平《国徽是怎样诞生？》，庄穆《诗经关雎试译》，鲁茂《核突片》，胡晓风《十·一唱》。

⊙ 《华侨报·华座》副刊发表陈少娟的杂谈《十月星空》；《华林》副刊续载慕容奇《无主田》（六），谌容《褪色的信》（四），白浪《艳遇》（四），刘宾雁《风雨昭昭》（三十）。

2日 《澳门日报·新园地》副刊刊载钟姗《孙中山故居为什么能保存下来？》，梅萼华《鲁迅的初婚》（六），鲁茂《粒粒皆辛苦》，沈实《刨妇产数字激增原因》，胡晓风《昭君怨》，平光《误会》，冼得霖《啉》

（诗词评赏）。

⊙ 《华侨报·华座》副刊发表佟立章的诗歌《重履旧地有怀》，孙鹏飞《上海鲁迅墓》；《华林》副刊续载慕容奇《无主田》（完），谌容《褪色的信》（五），白浪《艳遇》（五），刘宾雁《风雨昭昭》（三十一）。

4日 《澳门日报·环游世界》刊载高秀生《汉堡杂记》，王云《东坡到处有西湖——苏东坡与惠州西湖的传说》，朱明《巴比伦古城复现》，志翔《呼和浩特数小时》，江朗《天津水上公园》，莫华基《青城景色古朴幽雅树干亭子别具一格》；《新园地》副刊刊载梅萼华《赶潮流的消费》，明的诗歌《秋月》，余斋昭《孙中山与杨鹤龄二三事》，彦火《神话鲁迅之外》，胡晓风《难忘的哀愁》，慧敏《外国漫话家自演悲剧》。

⊙ 《华侨报·华林》副刊发表柏永《谈赌》，迪卡迅的小说《造命》（一），续载谌容《褪色的信》（六），白浪《艳遇》（六），刘宾雁《风雨昭昭》（三十二）。

5日 《澳门日报·新园地》副刊刊载梅萼华《秋月怀雨巷》，陈同年《苏黄米蔡的蔡字》，林其泉《孙中山与台湾同胞》，彦火《鲁迅与日本朋友》，胡晓风《猪仔难免》。

⊙ 《华侨报·华座》副刊发表柏永《历史上的杨家将》；《华林》副刊续载迪卡迅《造命》（二），谌容《褪色的信》（七），白浪《艳遇》（七），刘宾雁《风雨昭昭》（完）。

6日 《澳门日报·新园地》副刊刊载梅萼华《一氓题跋》，陶里的诗歌《辛亥革命七十周年》，林其泉《孙中山与台湾同胞》，鲁夫的诗歌《鲁迅一百周年诞辰》，胡晓风《风雨又重阳》。

⊙ 《华侨报·华座》副刊发表佟立章的诗歌《风雨中示友》，中新《“邦家之光”“共和之魂”——记护国军滇军中将鲁子材墓》；《华林》副刊发表陆文夫的小说《一路平安》（一），续载迪卡迅《造命》（三），谌容《褪色的信》（八），白浪《艳遇》（八）。

7日 《澳门日报·新园地》副刊刊载梅萼华《纠正清乾隆本〈澳门纪略〉》，鲁茂《预测家》，钟姗《翠亨村陆皓东牙齿墓》，黄轶球《读黄文欢汉文诗抄》，胡晓风《九日》。

⊙ 《华侨报·华座》副刊发表傅伯刚《〈西游记〉札记》，克龄的杂谈《“赌徒”为媒》；《华林》副刊续载迪卡迅《造命》（四），谌容《褪色的信》（九），白浪《艳遇》（九），陆文夫《一路平安》（二）。

8日 《澳门日报·新园地》副刊刊载梅萼华《要把旧诗做活》，钟姗《翠亨村陆皓东牙齿墓》，鲁茂《“明朝”有酒“今朝”醉》，凌钝的诗歌《丹霞老僧》，濠江客《康有为在澳办〈知新报〉》，胡晓风《自剖》。

⊙ 《华侨报·华座》副刊发表佟立章的诗歌《遣怀》，傅伯刚《应变及文人的怪癖》，朱幼侠《漫谈广东醒狮》，周芾棠《鲁迅与“金不换”毛笔》，克龄《柯南道尔轶事》；《华林》副刊续载迪卡迅《造命》（五），谌容《褪色的信》（十），白浪《艳遇》（完），陆文夫《一路平安》（三）。

9日 《澳门日报·新园地》副刊刊载梅萼华《乾坤只两头》，朱仲玉《章太炎和注音符号》，谭任杰《满江红》，鲁茂《批评可以尖锐一点》，胡晓风《辛亥革命》，双生《忌笑的民族》。

⊙ 《华侨报·华座》副刊发表永钧《是装模作样么》；《华林》副刊发表浪白小说《秋心》（一），续载迪卡迅《造命》（六），谌容《褪色的信》（十一），陆文夫《一路平安》（四）。

10日 《澳门日报·环游世界》刊载杨永权《江心一朵芙蓉——镇江金山》，高秀生《欧洲高速公路宽阔雅洁　沿途美景令人目不暇给》，莫华基《君山赏洞庭》，张崇发《水洞·风洞·冰洞》，志翔《呼和浩特数小时》，王云《东坡到处有西湖——苏东坡与惠州西湖的传说》；《新园地》副刊刊载梅萼华《舞台晤故人》，彦火《心歌》，杨立本、韦顺《“平民大总统”的风貌》，胡晓风《辛亥革命七十周年》，育新《怎样达到高枕无忧》。

⊙ 《华侨报·华座》副刊发表希超《孙中山的“民主史观”》，孔宪璋《石中青蛙》，史舆《〈聊斋志异〉版本》；《华林》副刊续载迪卡迅《造命》（七），谌容《褪色的信》（十二），浪白《秋心》（二），陆文夫《一路平安》（五）。

11日　《澳门日报·新园地》副刊刊载杨立本、韦顺《“平民大总统”的风貌》，梅萼华《看艺术团的舞踏》，彦火《那片秋色（外一章）》，胡晓风《看广东民间艺术团演出〈雨打芭蕉〉》。

⊙　《华侨报·华座》副刊发表柏永《文如其人与文人无行》，墨斗《广州青年书法协会周年大会》；《华林》副刊续载迪卡迅《造命》（八），谌容《褪色的信》（十三），浪白《秋心》（三），陆文夫《一路平安》（六）。

12日　《澳门日报·新园地》副刊刊载梅萼华《图书馆》，陶里《生存》，冼得霖《一杯一杯复一杯》（诗词评赏），鲁夫的诗歌《辛亥革命七十周年》。

⊙　《华侨报·华座》副刊发表传伯刚的杂谈《无赖·英雄》；《华林》副刊续载迪卡迅《造命》（九），谌容《褪色的信》（十四），浪白《秋心》（四），陆文夫《一路平安》（七）。

13日　《澳门日报·新园地》副刊刊载梅萼华《丧礼奇观》，陶里《白马非马》，濠江客《“谈”的话题》，鲁夫的诗歌《人月圆》，英代《人兽之间》，冼得霖《一杯一杯复一杯》（诗词评赏）。

⊙　《华侨报·华座》副刊发表佟立章的诗歌《重阳风雨中登松山》，孙忆晴《上海“大世界”》，克龄《丰子恺的故事》；《华林》副刊续载迪卡迅《造命》（十），谌容《褪色的信》（十五），浪白《秋心》（五），陆文夫《一路平安》（八）。

14日　《澳门日报·新园地》副刊刊载梅萼华《工展会之歌》，鲁茂《赌城要改形象》，玉文诗歌《雨中》，胡晓风《我们的“图书馆”呢？》，丁丁《小偷》，开始连载科幻小说《第14号生物》（至1981年10月29日止）。

⊙　《华侨报·华座》副刊发表克龄《鲁迅替女工赎身》；《华林》副刊续载迪卡迅《造命》（十一），谌容《褪色的信》（十六），浪白《秋心》（六），陆文夫《一路平安》（九）。

15日　《澳门日报·新园地》副刊刊载梅萼华《难耐的寂寞》，鲁茂《遇劫者的合作》，蓓尔的诗歌《瞻仰中山故居》，沈实《富有的日本农民》，胡晓风《欢乐今宵澳门工展之夜》，桂茜《花之最》。

⊙　《华侨报·华座》副刊发表佟立章的诗歌《牡丹》，方蒂《炒》；《华林》副刊续载迪卡迅《造命》（完），谌容《褪色的信》（十七），浪白《秋心》（七），陆文夫《一路平安》（十）。

16日 《澳门日报·新园地》副刊刊载雪儿的诗歌《故乡》，述之《小榄仪师生擒马德新——辛亥革命的香军战斗史之一》，梅萼华《广州美院师生展》，鲁茂《驱吉避凶》，沈实《日本农村青年求偶难》，胡晓风《“应招”有难》。

⊙ 《华侨报·华座》副刊发表永福《谈“太虚拳”》；《华林》副刊发表慕容奇的小说《赛永奇案》（一），续载谌容《褪色的信》（完），浪白《秋心》（八），陆文夫《一路平安》（十一）。

17日 《澳门日报·新园地》副刊刊载梅萼华《广州书法新刊》，述之《任鹤年率领前山新军起义——辛亥革命的香军战斗史之一》，沈实《日本农村订新法吸引女子》，彦火《中国作家的烦恼》，胡晓风《悼》。

⊙ 《华侨报·华林》副刊开始连载朱春雨的小说《沙海的绿荫》（至1982年2月15日止），续载慕容奇《赛永奇案》（二），浪白《秋心》（完），陆文夫《一路平安》（十二）。

18日 《澳门日报·环游世界》刊载卫文熙《神农架探奇》，志翔《呼和浩特数小时》，王云《东坡到处有西湖——苏东坡与惠州西湖的传说》，高秀生《瑞士琉森拾零》；《新园地》副刊刊载述之《革命军石岐城接印——辛亥革命的香军战斗史之一》，梅萼华《匠心和遗憾》，彦火《创作杂谈》，胡晓风《冲天火灾》。

⊙ 《华侨报·华座》副刊发表傅伯刚《苦难的历程》；《华林》副刊发表张至璋的小说《飞》（一），续载慕容奇《赛永奇案》（三），陆文夫《一路平安》（十三）。

19日 《澳门日报·新园地》副刊刊载梅萼华《郁达夫书简出版》，陶里《也谈工展》，沈实《日本女不愿嫁农村子》，丁丁《怪客》，胡晓风《好事，小事，快事》，冼得霖《付与何人心事》（诗词评赏），无瑕《庐山花径迷人》（旅行小品）。

⊙ 《华侨报·华林》副刊续载张至璋《飞》（二），慕容奇《赛永奇案》

（四），陆文夫《一路平安》（十四）。

20日 《澳门日报·新园地》副刊刊载梅萼华《郁达夫的二百情信》，陶里《〈葡国魂〉读后》，濠江客《3-0》，凌钝的诗歌《秋兴》，丁丁《租屋怪事》。

⊙ 《华侨报·华座》副刊发表林川《东京神田书店街》，永钧《从艺术家的遭遇说起》；《华林》副刊续载张至璋《飞》（三），慕容奇《赛永奇案》（五），陆文夫《一路平安》（十五）。

21日 《澳门日报·新园地》副刊刊载梅萼华《徐志摩诗集》，朱仲玉的随笔《苏章不徇私情》，马铁军《杜康和杜康酒》，鲁茂《做西装》，胡晓风《心未成灰》。

⊙ 《华侨报·华座》副刊发表彦博《书信漫谈》；《华林》副刊续载张至璋《飞》（四），慕容奇《赛永奇案》（六），陆文夫《一路平安》（十六）。

22日 《澳门日报·新园地》副刊刊载梅萼华《老华侨的心》，鲁茂《新进导演》，明的诗歌《流吧，黄河！》。

⊙ 《华侨报·华座》副刊发表佟立章的诗歌《听歌》，伍朝《鲁迅“遵命文学”真谛》，何金阁《甘露寺的祭江亭》；《华林》副刊续载张至璋《飞》（五），慕容奇《赛永奇案》（七），陆文夫《一路平安》（十七）。

23日 《澳门日报·新园地》副刊刊载梅萼华《彦火兄的新作》，孙鹏飞的随笔《饮早茶的乐趣》，胡晓风《法网难逃》。

⊙ 《华侨报·华林》副刊续载张至璋《飞》（六），慕容奇《赛永奇案》（八），陆文夫《一路平安》（完）。

24日 《澳门日报·新园地》副刊刊载梅萼华《“亚，宋”旋风来澳》，濠江客《普济禅院门前变化大》，彦火《偶感》，胡晓风《医生难做》，吕行嘉《墨西哥斗牛》。

⊙ 《华侨报·华座》副刊发表柏永《养老虎与打老虎》；《华林》副刊发表杨旭的小说《检察官汤铁头》（一），续载张至璋《飞》（七），慕容奇《赛永奇案》（九）。

25日 《澳门日报·环游世界》刊载志翔《呼和浩特数小时》，王云《东坡到处有西湖——苏东坡与惠州西湖传说》，高秀生《游威尼斯请行快啲！》，李瑞爱《古晋·石龙门·石角》，余草《消夏好去处——黔灵公园》；《新园地》副刊刊载梅萼华《亚明宋文治清唱》，沈实《印度盛行征婚》，彦火《海与生活》，胡晓风《如何是好？》，骆南侨《兼职和失业》。

⊙ 《华侨报·华座》副刊发表刘安《宣纸漫话》；《华林》副刊续载张至璋《飞》（八），慕容奇《赛永奇案》（完），杨旭《检察官汤铁头》（二）。

26日 《澳门日报·新园地》副刊刊载梅萼华《书画的任务》，陶里《做人嘅嘢》，濠江客《观音堂的大雄宝殿》，沈实《印度的"征妻"与"征夫"》，胡晓风《梦断松山》，凌晓枫的诗歌《问海》，冼得霖《落红不是无情物》（诗词评赏）。

⊙ 《华侨报·华林》副刊发表慕容奇的小说《试刀》（一），续载张至璋《飞》（九），杨旭《检察官汤铁头》（三）。

27日 《澳门日报·新园地》副刊刊载梅萼华《地底空间的运用》，陶里《旧版新诗新版》，叶宝池《菲岛碧瑶拾趣》（旅行小品），沈实《征婚广告有真伪》，胡晓风《港澳女篮之战》，开始连载柳惠《百灵鸟又唱了》（至1983年2月14日止）。

⊙ 《华侨报·华座》副刊发表佟立章的诗歌《有述》，傅伯刚《强改与自然——谈两本小说中的人物塑造》；《华林》副刊续载张至璋《飞》（完），慕容奇《试刀》（二），杨旭《检察官汤铁头》（四）。

28日 《澳门日报·新园地》副刊刊载梅萼华《南湾海》，鲁茂《不妨这样打擂台》，子君《谢稚柳的书画艺术》，胡晓风《奈何此女》，庆山《机器人能仿死亡》，骆南侨《种种兼职》。

⊙ 《华侨报·华座》副刊发表佟立章的诗歌《步月有怀》；《华林》副刊发表马叔礼的小说《岁月剪影》（一），续载慕容奇《试刀》（三），杨旭《检察官汤铁头》（五）。

29日　《澳门日报·新园地》副刊刊载子君《谢稚柳的书画艺术》，凌晓枫的随笔《距离》，梅萼华《〈吴子复隶书册〉出版》，鲁茂《戏院里的补课者》，胡晓风《医者父母心》。

⊙　《华侨报·华座》副刊发表佟立章的诗歌《相期》，郁玲《孙中山三次到台湾》；《华林》副刊续载马叔礼《岁月剪影》（二），慕容奇《试刀》（四），杨旭《检察官汤铁头》（六）。

30日　《澳门日报·新园地》副刊刊载述之《辛亥前历次广州起义》，孙鹏飞的随笔《项链》，梅萼华《老吴碑刻遍岭南》，陶里的诗歌《秋兴》，胡晓风《神女生涯都是梦》，开始连载方明《摩加迪沙行动》（至1982年3月5日止）。

⊙　《华侨报·华座》副刊发表佟立章的诗歌《登凼仔七谭公路眺望》，芋漫《我国古尸杂谈》，克龄《名曲〈鸽子〉轶事》，沈长文《沈尹默练书法》，黄骧《现代寓言》；《华林》副刊续载马叔礼《岁月剪影》（三），慕容奇《试刀》（五），杨旭《检察官汤铁头》（七）。

31日　《澳门日报·新园地》副刊刊载述之《辛亥前历次广州起义》，梅萼华《吴子复的隶书》，雪子的诗歌《三游武夷山得句》，濠江客《观音堂连理树的传说》，沈实《日本青年性无能多》，彦火《收集文学史料》，丁丁《相睇》，胡晓风《不愿同年同日生》。

⊙　《华侨报·华座》副刊发表佟立章的诗歌《寒夜赋怀东庸斋》；《华林》副刊续载马叔礼《岁月剪影》（四），慕容奇《试刀》（六），杨旭《检察官汤铁头》（八）。

十一月

1日　《澳门日报·新园地》副刊刊载述之《辛亥前历次广州起义》，梅萼华《吴子复的国画篆刻》，丁丁的小说《弟弟不见了》，沈实《性无能与社会压力》，彦火《“中国现代文学馆”及其他》，胡晓风《信与迷之间》。

⊙　《华侨报·华座》副刊发表克龄《郑振铎的乐趣》；《华林》副刊续载马

叔礼《岁月剪影》（五），慕容奇《试刀》（七），杨旭《检察官汤铁头》（九）。

2日　《澳门日报·新园地》副刊刊载梅萼华《提放蘸蜜苦果》，陶里《不平凡的原野》，雪儿诗歌《如果》，丁丁小说《奇袭》，于宁《伟大出自卑微》，胡晓风《天气，世事，人！》。

⊙　《华侨报·华座》副刊发表程祥徽的杂谈《也谈“要不要学普通话”》；《华林》副刊续载马叔礼《岁月剪影》（六），慕容奇《试刀》（八），杨旭《检察官汤铁头》（十）。

3日　《澳门日报·新园地》副刊刊载梅萼华《食禾虫》，陶里《谈“朦胧诗”》，胡晓风《牵牛花之类》，骆南侨《尊重记者的工作》。

⊙　《华侨报·华座》副刊发表建仁《革除坏习惯》，克龄《布莱尔与盲文》；《华林》副刊续载马叔礼《岁月剪影》（七），慕容奇《试刀》（九），杨旭《检察官汤铁头》（十一）。

4日　《澳门日报·新园地》副刊刊载梅萼华《让作品发言》，鲁茂《梦的预兆》，胡晓风《由“合宠当造”联想》。

⊙　《华侨报·华座》副刊发表张菖庆《小小邮票闹大风波》；《华林》副刊续载马叔礼《岁月剪影》（八），慕容奇《试刀》（完），杨旭《检察官汤铁头》（十二）。

5日　《澳门日报·新园地》副刊刊载梅萼华《想起了卞之琳》，沈长文《忆祖父沈尹默》，李永国的诗歌《当黄昏》，鲁茂《粗野的运动》，胡晓风《死俾你睇之外》，慧敏《痴男怨女求助电话》。

⊙　《华侨报·华林》副刊发表慕容奇的小说《出云报聘使》（一），续载马叔礼《岁月剪影》（九），杨旭《检察官汤铁头》（十三）。

6日　《澳门日报·新园地》副刊刊载沈长文《忆祖父沈尹默》，梅萼华《巨手的抒写》，孙鹏飞的随笔《此风不可长》，玉文的诗歌《问》，胡晓风《毋负白衣》。

⊙　《华侨报·华座》副刊发表柏永《志士·诗僧·情僧——“绝代愁人”》；《华林》副刊续载马叔礼《岁月剪影》（十），慕容奇《出云报聘使》

（二），杨旭《检察官汤铁头》（十四）。

7日　《澳门日报·新园地》副刊刊载沈长文《忆祖父沈尹默》，梅萼华《卞之琳的格律诗》，濠江客《骚人画客雅居妙香堂》，彦火《秋雨，秋思》，胡晓风《人各有志》，丞力《劝君多用左手》，张云《虎丘塔历史逾千年》。

⊙　《华侨报·华座》副刊发表孙忆晴《桥牌在中国》；《华林》副刊续载马叔礼《岁月剪影》（十一），慕容奇《出云报聘使》（三），杨旭《检察官汤铁头》（十五）。

8日　《澳门日报·新园地》副刊刊载梅萼华《报纸加价》，陶里的诗歌《致追龙者》，伍进一《四川滟滪堆怀古》，彦火《一颗新的彗星》，胡晓风《悼月亮》。

⊙　《华侨报·华座》副刊发表佟立章的诗歌《无题》，永钧的杂谈《无意的发现——兼谈金圣叹评〈水浒传〉的灼见》；《华林》副刊续载马叔礼《岁月剪影》（十二），慕容奇《出云报聘使》（四），杨旭《检察官汤铁头》（十六）。

9日　《澳门日报·新园地》副刊刊载梅萼华《徐云叔的书法篆刻》（上），陶里《听乐记》，濠江客《高剑父曾住普济禅院》，胡晓风《老爷有理，大爷有理，算小人无礼》，冼得霖《风云奔走》（诗词评赏），叶宝池《菲岛百胜滩》（旅行小品），兼葭的诗歌《我是一阵风》。

⊙　《华侨报·华林》副刊发表谢璞的小说《相知》（一），续载马叔礼《岁月剪影》（十三），慕容奇《出云报聘使》（五）。

10日　《澳门日报·新园地》副刊刊载梅萼华《徐云叔的书法篆刻》（下），陶里《偶遇》，于宁《为人所懂才有生命》，胡晓风《看广州集体婚礼图片有感》，冼得霖《风云奔走》（诗词评赏）。

⊙　《华侨报·华座》副刊发表多龄《唐云的壶趣》，孙忆晴的杂谈《南洋华人的命运》；《华林》副刊续载马叔礼《岁月剪影》（十四），慕容奇《出云报聘使》（六），谢璞《相知》（二）。

11日　《澳门日报·新园地》副刊刊载廖钺《武昌漫咏》，梅萼华《鲁迅的赠书诗》，鲁茂《宁缺毋滥与宁滥勿缺》，杨维敏《岭南画派的新风格》，胡晓风《想起小时打架》，艾鸣《给鬼看的书》。

⊙ 《华侨报·华座》副刊发表多龄《藏书票杂话》；《华林》副刊续载马叔礼《岁月剪影》（完），慕容奇《出云报聘使》（七），谢璞《相知》（三）。

12日 《澳门日报·新园地》副刊刊载梅萼华《出门无六月》，余斋昭《孙中山的名字、衔称、尊称》，鲁茂《民族性》，李浩泉《七律》。

⊙ 《华侨报·华林》副刊发表白浪的小说《寡妇》（一），续载慕容奇《出云报聘使》（八），谢璞《相知》（四）。

13日 《澳门日报·新园地》副刊刊载梅萼华《饮茶轮候》，谭驰《怎样欣赏"石湾公仔"》，陶里的诗歌《马背上私语》，孙鹏飞的随笔《单车罹难记》，胡晓风《亲密另解》。

⊙ 《华侨报·华座》副刊发表孙忆晴《公费旅行》；《华林》副刊续载白浪《寡妇》（二），慕容奇《出云报聘使》（完），谢璞的《相知》（五）。

14日 《澳门日报·环游世界》刊载一介商人《赞广州东方宾馆》，高秀生《从罗马到比萨》，余草《贵阳园林景色佳》，秦怀《苗岭风情录》，黄于杨《王府井的人车树》，振良《惊险刺激的猎象表演》；《新园地》副刊刊载梅萼华《花轿迎亲》，濠江客《普济禅院的观音画像》，沈实《泰后诗丽吉》，彦火《长春花》，胡晓风《又一个世界纪录》。

⊙ 《华侨报·华座》副刊发表于漫的杂谈《鲁迅的催眠曲》；《华林》副刊发表慕容奇的小说《摇摆首级》（一），续载白浪《寡妇》（三），谢璞《相知》（六）。

15日 《澳门日报·新园地》副刊刊载梅萼华《赛车闲话》，述之《小榄菊花会源远流长》，彦火《岛城的冬》，明的诗歌《愿心……》，胡晓风《这手，终归要牵着》，艾文《我国最长寿的皇帝乾隆皇》。

⊙ 《华侨报·华座》副刊发表杨翎《陈子毅谈创作》；《华林》副刊续载慕容奇《摇摆首级》（二），白浪《寡妇》（四），谢璞《相知》（七）。

16日 《澳门日报·新园地》副刊刊载梅萼华《婆媳不和》，陶里《应该光荣归来》，濠江客《观音堂最早的历史记载》，胡晓风《奇迹般的结局》，冼得霖《画眉深浅入时无》（诗词评赏）。

⊙ 《华侨报·华林》副刊续载慕容奇《摇摆首级》（三），白浪《寡妇》（五），谢璞《相知》（八）。

17日 《澳门日报·新园地》副刊刊载施议对《风霜晚节，光射斗牛——瞿髯翁治词生涯侧记之九》，雪子诗歌《送友人——临别的一刻》，陶里《治安？扰民？》，茗屋《陈干的仕女画》，胡晓风《老公都送畀人咁话》。

⊙ 《华侨报·华座》副刊发表柏永《牡丹亭的争论》；《华林》副刊续载慕容奇《摇摆首级》（四），白浪《寡妇》（六），谢璞《相知》（九）。

18日 《澳门日报》第十版刊载骆南侨《皇宫娱乐场》；《新园地》副刊刊载梅萼华《伯道性无能？》，陶里《读〈世说新语〉》，于之《菊花和菊花诗》，胡晓风《感谢中国女排》，李仁惠《住高楼会长命》。

⊙ 《华侨报·华林》续载慕容奇《摇摆首级》（五），白浪《寡妇》（七），谢璞《相知》（十）。

19日 《澳门日报·新园地》副刊刊载梅萼华《黄仲则诗选》，鲁茂《急诊室》，濠江客《观音堂开山祖大汕法师》，潘筱瑛《重游成都散记》（旅行小品），容吉的随笔《中国最后一个皇帝——溥仪》，晓风《鸣鼓攻之》。

⊙ 《华侨报·华座》副刊发表钟辛《菊与诗》；《华林》副刊续载慕容奇《摇摆首级》（六），白浪《寡妇》（八），谢璞《相知》（十一）。

20日 《澳门日报·新园地》副刊刊载梅萼华《聂绀弩的清粪诗》，鲁茂《“世界语”的幻想》，阿秋《我爱红叶艳秋色》（随笔），沈实《南越僧侣处境堪虞》，振和《水泊梁山今昔》，胡晓风《威廉荷顿最后演出“醉乡遗恨”》。

⊙ 《华侨报·华座》副刊发表克嘉《“建筑师不对！”》；《华林》副刊续载慕容奇《摇摆首级》（七），白浪《寡妇》（九），谢璞《相知》（十二）。

21日 《澳门日报·新园地》副刊刊载梅萼华《聂绀弩旧体诗集〈三草〉》，孙鹏飞《青少年的精神粮食》（随笔），濠江客《伊面创始人伊秉绶题额》，彦火《雪！雪！雪！》，亚放《我为什么叫中国》，胡晓风《喜忧参半》，薛鸣《从南极到北极探险》。

⊙ 《华侨报·华座》副刊发表孙忆晴《中国人的自信力》，杂谈《范曾笔名由来》，人也的诗歌《中国女排夺得世界冠军喜赋绝句》；《华林》副刊续载慕容奇《摇摆首级》（八），白浪《寡妇》（完），谢璞《相知》（完）。

22日 《澳门日报·环游世界》刊载莫华基《南非祖鲁族风情录》，晓旭《令人深入反省的海德格堡猴子》，黄于杨《雍和宫的三绝》，秦怀《苗族的吉卜赛》，高秀生《尼斯漫游点滴》；《新园地》副刊刊载梅萼华《我国女排队抡元》，述之《惠州西湖王朝云墓》，彦火《山村二题》，胡晓风《中国人！中国人！》，于宁《文人相重一例》。

⊙ 《华侨报·华林》副刊发表孟伟哉的小说《一座雕像的诞生》（一），白浪的小说《暗淡的月》（一），续载慕容奇《摇摆首级》（完）。

23日 《澳门日报·新园地》副刊刊载陶里《没有哭的观念》，濠江客《普济禅院的历任主持》，胡晓风《中国工艺品展销会书画专场》，骆南侨《欺骗性的广告》，徐续《水调歌头中国女排颂》，穆仲先《南海猴岛游》（旅行小品）。

⊙ 《华侨报·华座》副刊发表鹭江客的杂谈《谈“文不加点”》；《华林》副刊发表慕容奇的小说《平将门死事》（一），续载孟伟哉《一座雕像的诞生》（二），白浪《暗淡的月》（二）。

24日 《澳门日报·新园地》副刊刊载陶里《烦恼中年》，沈实《打了六年的争女官司》，胡晓风《为了女人？！》，骆南侨《漫谈中文译名》。

⊙ 《华侨报·华林》续载慕容奇《平将门死事》（二），孟伟哉《一座雕像的诞生》（三），白浪《暗淡的月》（三）。

25日 《澳门日报》刊载骆南侨《澳门马拉松首届大赛》（濠江风情）；《新园地》副刊刊载陶里《遗憾》，沈实《胡涂官司难分难解》，胡晓风《关公难做》，冼得霖《李将军是故将军》（诗词评赏），穆翼随笔《读者的苦恼》。

⊙ 《华侨报·华座》副刊发表鹭江客《大智与大愚》，柏永《孟子及其它》；《华林》副刊续载慕容奇《平将门死事》（三），孟伟哉《一座雕像的诞生》（四），白浪《暗淡的月》（四）。

26日 《澳门日报·新园地》副刊刊载鲁茂《人言可畏吗？》，濠江客《普济禅院“普同塔”》，胡晓风《“花尾渡”之恋》，慧敏《美大学情侣打架多》，叶宝池《漫话投稿》。

⊙ 《华侨报·华座》副刊发表鹭江客《从写字谈起》，何茜《“苦”和“乐”》，墨斗《羊城菊展巡礼》；《华林》副刊续载慕容奇《平将门死事》（四），孟伟哉《一座雕像的诞生》（五），白浪《暗淡的月》（五）。

27日 《澳门日报·新园地》副刊刊载鲁茂《还我路来！》，孙鹏飞的随笔《名牌思想要不得》，老张的诗歌《女排夺魁喜赋》，君勉《两件家藏宝物》，胡晓风《可怜此女》，杨城的书话《全唐诗并不全》，孙明振《西藏喇嘛生活》。

⊙ 《华侨报·华座》副刊发表傅伯刚《炉边琐语》；《华林》副刊开始连载慕容美的小说《花月断肠刀》（至1982年2月20日止），续载慕容奇《平将门死事》（五），孟伟哉《一座雕像的诞生》（六），白浪《暗淡的月》（六）。

28日 《澳门日报·新园地》副刊刊载濠江客《普济禅院古钟三百年》，彦火《海的恋情》，君勉《两件家藏宝物》，胡晓风《枪随便开不得》。

⊙ 《华侨报·华座》副刊发表孙忆晴《从周璇谈起》，多龄《书信趣谈》；《华林》副刊续载慕容奇《平将门死事》（六），孟伟哉《一座雕像的诞生》（七），白浪《暗淡的月》（七）。

29日 《澳门日报·环游世界》刊载高秀生《秀丽清雅的都城——摩洛哥见闻》，黄于杨《景山的幽静美》，尔滨《泰国普吉岛游记》，杨永权《瑶台碧落此中寻——南宁伊岭岩纪游》，李裕庆《古运河旅游散记》；《新园地》副刊刊载梅萼华《陈巨来的篆刻》，沈实《一支男女混合军队》，彦火《再谈散文》，胡晓风《“博”又如何？》。

⊙ 《华侨报·华林》副刊续载慕容奇《平将门死事》（七），孟伟哉《一座雕像的诞生》（八），白浪《暗淡的月》（八）。

30日　《澳门日报·新园地》副刊刊载梅萼华《陈巨来的得意弟子》，陶里《乍暖还寒时候》，濠江客《观音堂巨型坛式香案》，沈实《美国女子当兵背景》，胡晓风《鹿的故事》，冼得霖《君山》（诗词评赏）。

⊙　《华侨报·华林》副刊续载慕容奇《平将门死事》（八），孟伟哉《一座雕像的诞生》（九），白浪《暗淡的月》（九）。

十二月

1日　《澳门日报·新园地》副刊刊载梅萼华《司徒奇的晴雪》，姗茜的书话《〈红楼梦〉有多少个梦？》，陶里《从小学生抓起》，沈实《女兵在混合部队内的遭遇》，胡晓风《作案留字》，冼得霖《君山》（诗词评赏）。

⊙　《华侨报·华林》副刊续载慕容奇《平将门死事》（完），孟伟哉《一座雕像的诞生》（十），白浪《暗淡的月》（完）。

2日　《澳门日报·新园地》副刊刊载陶里《肥猪脚里的诚意》，莽夫《中山医学院校庆校友结队回穗致祝得句三章》，丁丁的小说《先行贼》，老张《中山游记》（旅行小品），胡晓风《在劫难逃》，于宁《生活是土壤、源泉》，骆南侨《新闻标题》。

⊙　《华侨报·华座》副刊发表柏永《谈谈〈永乐大典〉》；《华林》副刊发表慕容奇的小说《黑犬の咒诅》（一），白浪的小说《美人计》（一），续载孟伟哉《一座雕像的诞生》（十一）。

3日　《澳门日报·新园地》副刊刊载梁光中的随笔《葵乡情》，健煊《重游观音堂》（见闻录），李鹏翥《痛悼严庆澍兄》，丁丁的小说《母女对话》，鲁茂《判输来打》，濠江客《普济禅院重修碑志》，胡晓风《时装表演晚会欣赏上海时装》。

⊙　《华侨报·华座》副刊发表克龄《舒曼少年佳作》，司铭《阮籍的佯狂》；《华林》副刊续载慕容奇《黑犬の咒诅》（二），孟伟哉《一座雕像的诞生》（十二），白浪《美人计》（二）。

4日　《澳门日报·新园地》副刊刊载梁光中的随笔《葵乡情》，蒹葭的诗歌

《秒？》，鲁茂《“欺善怕恶”最可鄙》，丁丁《母亲的心事》，胡晓风《听仙杜拉之歌》。

⊙　《华侨报·华座》副刊发表永钧《无题》；《华林》副刊续载慕容奇《黑犬の咒诅》（三），孟伟哉《一座雕像的诞生》（十三），白浪《美人计》（三）。

5日　《澳门日报·新园地》副刊刊载廖钺的诗歌《晋行四首》，濠江客《慧因大师纪念亭》，彦火《侧论小品文之一》，润园《姜酌》，孙鹏飞的随笔《文艺沙龙》，胡晓风《母子同命》。

⊙　《华侨报·华林》副刊发表曹若冰的小说《霸刀仁剑侠客魂》（一），续载慕容奇《黑犬の咒诅》（四），孟伟哉《一座雕像的诞生》（十四），白浪《美人计》（四）。

6日　《澳门日报·新园地》副刊刊载徐续《邹雅遗作展览观后》，彦火《侧论小品文之二》，丁丁《停电》，胡晓风《我话澳门街》。

⊙　《华侨报·华座》副刊发表克龄《不喜欢说不愉快事》，孙忆晴《三十六只脚及其它》；《华林》副刊续载慕容奇《黑犬の咒诅》（五），孟伟哉《一座雕像的诞生》（十五），白浪《美人计》（五），曹若冰《霸刀仁剑侠客魂》（二）。

7日　《澳门日报·新园地》副刊刊载徐续《邹雅遗作展览观后》，陶里《振奋人心的消息》，濠江客《中国工艺品展览来澳》，沈实《八十年代的海盗》，胡晓风《看粤港男篮之战》，司马云杰《红颜并不薄命》。

⊙　《华侨报·华座》副刊发表傅伯刚《总算像个样了！》；《华林》副刊续载慕容奇《黑犬の咒诅》（六），孟伟哉《一座雕像的诞生》（十六），白浪《美人计》（六），曹若冰《霸刀仁剑侠客魂》（三）。

8日　《澳门日报·新园地》副刊刊载陶里《一点悼念》，沈实《海盗越货又杀人》，胡晓风《听卢家管乐重奏浮想》，李浩泉的随笔《评头品足谈》，冼得霖《桐江高烛感词人》（诗词评赏）。

⊙　《华侨报·华林》副刊续载慕容奇《黑犬の咒诅》（七），孟伟哉《一座雕像的诞生》（十七），白浪《美人计》（七），曹若冰《霸刀仁剑侠客魂》（四）。

9日　《澳门日报·新园地》副刊刊载梅萼华《火锅情趣》，任真汉《西樵山览胜》，石顽生《读司徒奇先生大作〈晴雪〉后》，陶里《捞蚊哩捞托》，胡晓风《怪砖杀人》。

⊙　《华侨报·华林》副刊续载慕容奇《黑犬の咒诅》（八），孟伟哉《一座雕像的诞生》（十八），白浪《美人计》（八），曹若冰《霸刀仁剑侠客魂》（五）。

10日　《澳门日报·新园地》副刊刊载于宁《窗光——灯塔》，鲁茂《夜半无人撬门时》，任真汉《西樵山览胜》，濠江客《澳门盲人重建中心》，胡晓风《丽都戏院加演半夜特别场》。

⊙　《华侨报·华座》副刊发表马俊义《朋友·知己·完人》，何端登的诗歌《浣溪沙·海游》；《华林》副刊续载慕容奇《黑犬の咒诅》（完），孟伟哉《一座雕像的诞生》（十九），白浪《美人计》（九），曹若冰《霸刀仁剑侠客魂》（六）。

11日　《澳门日报·新园地》副刊刊载任真汉《西樵山览胜》，鲁茂《一味靠估》，胡晓风《司徒奇先生画〈晴雪〉与石顽先生的〈晴雪〉诗读后》，骆南侨《〈议事厅〉读后感》。

⊙　《华侨报·华座》副刊发表何广才的诗歌《松山独步》，孙忆晴《艺术巨星——石挥》；《华林》副刊发表慕容奇的小说《无常岛》（一），续载孟伟哉《一座雕像的诞生》（二十），白浪《美人计》（完），曹若冰《霸刀仁剑侠客魂》（七）。

12日　《澳门日报·新园地》副刊刊载任真汉《西樵山览胜》，李永国的诗歌《遥寄》，濠江客《一八五〇年的澳门街景》，彦火《悼阮朗》，胡晓风《咸鱼果然翻生》。

⊙　《华侨报·华座》副刊发表朱小平《袁枚与〈随园食单〉》，非马《禅话三则》；《华林》副刊发表白浪的小说《祸水》（一），续载慕容奇《无常岛》（二），孟伟哉《一座雕像的诞生》（二十一），曹若冰《霸刀仁剑侠客魂》（八）。

13日　《澳门日报·环游世界》刊载韦健《令人依恋的神仙洞府》，尤聂《古运河旅游散记》，黄于杨《红叶映香山》；《新园地》副刊刊载孙鹏飞的随笔《血缘家庭拾零》，述之《黄牡丹状元黎遂球》，彦火《今年爱荷华“中国周末”点滴》，胡晓风《这不是医生》。

⊙　《华侨报·华座》副刊发表克龄《病床上产生的诗》；《华林》副刊续载慕容奇《无常岛》（三），孟伟哉《一座雕像的诞生》（二十二），白浪《祸水》（二），曹若冰《霸刀仁剑侠客魂》（九）。

14日　《澳门日报·新园地》副刊刊载陶里《经济头脑》，濠江客《一六三七年的澳门》，胡晓风《你错？我错？他错？》，骆南侨《关于诗》，冼得霖《“千帆过”和“万木春”》（诗词评赏）。

⊙　《华侨报·华座》副刊发表克龄《引起一场战争的书》，于漫《卓别灵遇盗》；《华林》副刊续载慕容奇《无常岛》（四），孟伟哉《一座雕像的诞生》（二十三），白浪《祸水》（三），曹若冰《霸刀仁剑侠客魂》（十）。

15日　《澳门日报·新园地》副刊刊载翁显雄《创办读者文摘的华莱士》，陶里《月当头》，胡晓风《魂断“希尔顿”》，慧敏《祖母不愿一生为牛马》，莽夫《牛七律二首》，冼得霖《“千帆过”和“万木春”》（诗词评赏）。

⊙　《华侨报·华林》副刊续载慕容奇《无常岛》（五），孟伟哉《一座雕像的诞生》（二十四），白浪《祸水》（四），曹若冰《霸刀仁剑侠客魂》（十一）。

16日　《澳门日报·新园地》副刊刊载梅萼华《读陈白沙诗卷》，子君《论巴金》，陶里《精神境界》，玉文的诗歌《离乡的人》，胡晓风《唉，阿里！阿里！》。

⊙　《华侨报·华座》副刊发表柏永《心的点滴》，张俊德《书斋——读书人的风雅世界》，克嘉《沐浴拾趣》，克龄《郑板桥刻苦读书》；《华林》副刊续载慕容奇《无常岛》（六），孟伟哉《一座雕像的诞生》（二十五），白浪《祸水》（五），曹若冰《霸刀仁剑侠客魂》（十二）。

17日　《澳门日报·新园地》副刊刊载子君《论巴金》，梅萼华《薛涛笺》，孙鹏飞的随笔《道是无情却有情》，鲁茂《“猛起”和“猛挤”》，濠江客

《一八三五年的澳门》，胡晓风《有关薛涛笺》。

⊙　《华侨报·华座》副刊发表江思扬《不作违心之文》，隋信《文须有益于天下》；《华林》副刊续载慕容奇《无常岛》（七），孟伟哉《一座雕像的诞生》（二十六），白浪《祸水》（六），曹若冰《霸刀仁剑侠客魂》（十三）。

18日　《澳门日报·新园地》副刊刊载子君《记巴金》，梅萼华《陆康的书法篆刻》（上），鲁茂《好诗先给你》，陶里《啤酒蟹聊斋》，胡晓风《黝你有爱你》。

⊙　《华侨报·华座》副刊发表集华《现代艺术的未来主义》；《华林》副刊续载慕容奇《无常岛》（八），孟伟哉《一座雕像的诞生》（二十七），白浪《祸水》（七），曹若冰《霸刀仁剑侠客魂》（十四）。

19日　《澳门日报·新园地》副刊刊载子君《记巴金》，梅萼华《陆康的书法篆刻》（下），濠江客《二百年前唐人庙被人查封》，胡晓风《摇的商榷》。

⊙　《华侨报·华林》副刊续载慕容奇《无常岛》（完），孟伟哉《一座雕像的诞生》（二十八），白浪《祸水》（八），曹若冰《霸刀仁剑侠客魂》（十五）。

20日　《澳门日报·环游世界》刊载海浪《地名杂谈》，松涛《碧波金沙大海龟》，振良《神秘古国——印度》，尤聂《三游古洞奇岩幽奥》，高秀生《文化荟萃，英雄名城——走马游巴黎之一》，黄于杨《北京古柏赞》；《新园地》副刊刊载述之《赵声诗吊南越王赵佗》，于君《记巴金》，向潮《上海溜冰场之夜》（旅行小品），胡晓风《我为卿愁》。

⊙　《华侨报·华座》副刊发表佟立章的诗歌《待晓有寄》，柏永《一般·基本·原则上》，克龄《冰心幼年爱读书》，萧萧《愤世嫉俗的诺贝尔》，江思扬《谣言，智者》；《华林》副刊发表慕容奇的小说《五弦琴の寂灭》（一），续载孟伟哉《一座雕像的诞生》（二十九），白浪《祸水》（九），曹若冰《霸刀仁剑侠客魂》（十六）。

21日　《澳门日报·新园地》副刊刊载于君《记巴金》，陶里《情不自禁》，濠江客《〈澳门纪略〉附图中的教堂》，骆南侨《从影印笔记谈起》。

⊙　《华侨报·华座》副刊发表孙文瑟《在上海式澡堂的享受》；《华林》副刊续载慕容奇《五弦琴の寂灭》（二），孟伟哉《一座雕像的诞生》（三十），白浪《祸水》（十），曹若冰《霸刀仁剑侠客魂》（十七）。

⊙　中国香港作家等一百多人出席，中国现代文学研讨会在中大举行开幕礼，马临校长主持，周策纵教授致开幕辞。

22日　《澳门日报·新园地》副刊刊载施议对《壮怀昔昔横江约，吟兴迢迢入蜀国——瞿髯翁治词生涯侧记之十》，阿广才的诗歌《黑沙》，攀枝《神气幽秘大宁河》（旅行小品），陶里《猫儿一章》。

⊙　《华侨报·华林》副刊续载慕容奇《五弦琴の寂灭》（三），孟伟哉《一座雕像的诞生》（三十一），白浪《祸水》（完），曹若冰《霸刀仁剑侠客魂》（十八）。

23日　《澳门日报·新园地》副刊刊载攀枝《神气幽秘大宁河》，陶里《张大千及其绘画》，彦火《怀念曹聚仁先生》，胡晓风《平安夜与不平安》。

⊙　《华侨报·华座》副刊发表于漫《雨果写“圣母院”》，墨斗《漫谈食“鱼生”》，杨翎《好山好水好对联》，佟立章的诗歌《卓公问讯诗情，贻辟涛笺，赋此见意》；《华林》副刊发表雨萍的小说《胜利者》（一），续载慕容奇《五弦琴の寂灭》（四），孟伟哉《一座雕像的诞生》（三十二），曹若冰《霸刀仁剑侠客魂》（十九）。

⊙　中国现代文学研讨会下午由刘殿爵总结。

24日　《澳门日报·新园地》副刊刊载黄伟经《在黄药眠家里作客》，鲁茂《是不是打架波？》，彦火《我欣赏诗的人生》，胡晓风《“冬至”温情》。

⊙　《华侨报·华林》副刊续载慕容奇《五弦琴の寂灭》（五），孟伟哉《一座雕像的诞生》（三十三），雨萍《胜利者》（二），曹若冰《霸刀仁剑侠客魂》（二十）。

25日　《澳门日报·新园地》副刊刊载楼外楼的诗歌《忘掉你》，鲁茂《我是“异形”？》，无瑕《招文峰其人其画》，胡晓风《夜探筷子基》。

⊙　《华侨报·华座》副刊发表姚北全《刘泽棉的十八罗汉》（上），于馥

《红菊》；《华林》副刊续载慕容奇《五弦琴の寂灭》（六），孟伟哉《一座雕像的诞生》（三十四），雨萍《胜利者》（三），曹若冰《霸刀仁剑侠客魂》（二十一）。

26日　《澳门日报·新园地》副刊刊载攀枝《神奇幽秘大宁河》，孙鹏飞的随笔《两件小事》，胡晓风《平安夜有感》。

⊙　《华侨报·华座》副刊发表耕耘《培养文学细胞》，孙忆晴《“劳校”访问记》，姚北全《刘泽棉的十八罗汉》（下）；《华林》副刊续载慕容奇《五弦琴の寂灭》（七），孟伟哉《一座雕像的诞生》（三十五），雨萍《胜利者》（四），曹若冰《霸刀仁剑侠客魂》（二十二）。

27日　《澳门日报·环游世界》刊载古苇《泰山经石峪游记》，旅行客《书香四溢的齐鲁书社》，黄于杨《京路上一瞥》，高秀生《罗浮宫与凡尔赛宫——走马游巴黎之二》，小梅《风景要数双源洞》，尤聂《成都杜甫草堂游记》，攀枝《神奇幽秘大宁河》（旅行小品）；《新园地》副刊刊载述之《韦德枪杀洪兆麟》，何为《外师造化笔墨宜人——谈“广东八画家作品展”中黄安仁及其作品》，胡晓风《孤雏心声》。

⊙　《华侨报·华座》副刊续载慕容奇《五弦琴の寂灭》（八），孟伟哉《一座雕像的诞生》（三十六），雨萍《胜利者》（五），曹若冰《霸刀仁剑侠客魂》（二十三）。

28日　《澳门日报·新园地》副刊刊载无瑕《我熟悉的八画家》，凌钝的诗歌《冬夜的呼吸》，陶里《圣诞礼物外章》，胡晓风《自己掌握命运》，于宁《需要由此慧眼》（文坛轶话），骆南侨《现代“五经”》。

⊙　《华侨报·华林》副刊续载慕容奇《五弦琴の寂灭》（完），孟伟哉《一座雕像的诞生》（三十七），雨萍《胜利者》（六），曹若冰《霸刀仁剑侠客魂》（二十四）。

⊙　中国作家访问香港大学畅谈两地文学研究工作。

29日　《澳门日报·新园地》副刊刊载吴焕东《上海龙华赏菊》（旅行小品），明《街灯（外一首）》，陶里《出版文艺刊物》，胡晓风《又近回响时节》，杨城《汉武帝的迷信》。

⊙ 《华侨报·华座》副刊发表江思扬《变》，柏永《徐园的故事》；《华林》副刊发表慕容奇的小说《仓敷川纸船》（一），续载孟伟哉《一座雕像的诞生》（三十八），雨萍《胜利者》（七），曹若冰《霸刀仁剑侠客魂》（二十五）。

30日 《澳门日报·新园地》副刊刊载竹均的诗歌《念》，陶里《变情》，王云《一个老知识分子的道路——前岭大校长钟荣光的自挽联与午睡诗》，胡晓风《成何世界》。

⊙ 《华侨报·华林》副刊续载慕容奇《仓敷川纸船》（二），孟伟哉《一座雕像的诞生》（三十九），雨萍《胜利者》（八），曹若冰《霸刀仁剑侠客魂》（二十六）。

31日 《澳门日报·新园地》副刊刊载李祖明的诗歌《秋菊（外一首）》，李浩泉《不识字的人作诗》，王云《一个老知识分子的道路——前岭大校长钟荣光的自挽联与午睡诗》，鲁茂《也读台湾小说》，濠江客《三八寺僧穿儒服》，胡晓风《小妹的贺卡》，广文《活人博物馆》。

⊙ 《华侨报·华座》副刊发表佟立章的诗歌《先睹广东八画家作品展图文志喜》，焚书《托尔斯泰》，佟立章的诗歌《粤曲演奏席上遇邓先声，得惠诗。率成绝句酬答》；《华林》副刊续载慕容奇《仓敷川纸船》（三），孟伟哉《一座雕像的诞生》（四十），雨萍《胜利者》（九），曹若冰《霸刀仁剑侠客魂》（二十七）。

1982 年

大东银行赞助举行首届青年文艺创作比赛，并在《澳门日报》陆续刊发获奖作品。20世纪80年代澳门新诗之所以会蓬勃发展，主要是受20世纪80年代内地文坛在现代西方哲学思潮、文化思潮、文艺思潮的触动下，崛起新的美学原则如“朦胧诗”“实验诗”“先锋派”“现代主义”“后现代主义”的重大影响，以及西方现代主义的文学思潮的“心智的启发”和“风格的暗示”，促使澳门诗人相继仿效来丰富自己的艺术创作，另一方面是诗人的文化冲突，主要表现在诗人的心灵难以适应澳门的文化氛围从而产生的文化碰撞，尤其是移民诗人如内地的移民诗人初临澳门，对澳门社会风气、文化心理、生活方式、价值观念等，均产生了陌生和疏离感（尤其是内地移民诗人）。同时他们普遍带着浪子心态和过客心理，所以在作品中大都表现忧郁、恐怖、孤独、渺小、虚无等特征，这恰恰迎合了现代主义的创作基调，所以他们借助现代主义的手法来抒发自己的感情。本土诗人在这股文化思潮的冲击下，也自觉地吸取了现代诗派哲学，突破了传统诗歌艺术规范，使新诗创作迈出了新的步伐。

鲁茂是澳门当代最负盛名的长篇连载小说家之一。鲁茂生于1932年，本名邱子维，原籍江西，生于广东佛山。从1952年起用笔名“维之丘”在香港《文汇报》副刊发表小说、剧本。1967年后在《澳门日报》以“万山红”“梅若诗”“鲁茂”“鲁牛”“柳惠”“余振中”等笔名发表了《辫子姑娘》《百灵鸟又唱了》等十余部长篇连载小说，达百万字。鲁茂的小说格调高，注意社会效果，情节曲折生动，可读性强，而且他还擅长戏剧，编、导、演样样都行，因而在小说中能借用戏剧冲突来处理人物情节与人物关系，悬念迭出，引人入胜。

这个时期，在《澳门日报》的《新园地》副刊上，鲁茂在“斗室漫笔”、胡晓风在“濠江小唱”、李浩泉在“见闻录”、冼得霖在“诗词评赏”的栏目上继续刊发文章。

一月

1日　《澳门日报·新园地》副刊刊载鲁茂《粤语流行曲陷低潮》，胡晓风《系咁意思啫》，李浩泉《街头婚礼》（见闻录），冼得霖《飞扬跋扈擅词场》（上）（诗词评赏）。

⊙　《华侨报·华林》副刊开始连载帕·维任诺夫的小说《障碍》（至1982年3月5日止），续载慕容奇《仓敷川纸船》（四），曹若冰的《霸刀仁剑侠客魂》（二十八），雨萍的《胜利者》（十）。

3日　《澳门日报·新园地》副刊刊载卢抖飞《浪淘沙（读永济教授“诵帚庵词两卷”）》，濠江客《二百年前的“板障庙僧”》（澳门图说），胡晓风《生活！要有歌》（濠江小唱），冼得霖《飞扬跋扈擅词场》（下）（诗词评赏），宋平《孔子的父亲是武将》（瀛海一勺）。

⊙　《华侨报·华林》副刊发表东瑞的小说《牌》（一），续载慕容奇《仓敷川纸船》（五），曹若冰《霸刀仁剑侠客魂》（二十九）。

4日　《澳门日报·新园地》副刊刊载陶里《美的世界》（斗室漫笔），宣翁、邓卅《千里莺啼绿映红》（随笔），梅萼华《李骆公的贺年片》（新地杂掇），李永国的诗《未完成》，钟工《五颜六色的血液》，胡晓风《“剥光猪”与“送睡衣”》。

⊙　《华侨报·华座》副刊发表老张的诗歌《除夕书怀》，永钧《吴梅村的一首词》；《华林》副刊续载慕容奇《仓敷川纸船》（六），曹若冰的《霸刀仁剑侠客魂》（三十），东瑞《牌》（二）。

5日　《澳门日报·新园地》副刊刊载陶里《街头一感》（斗室漫笔），吴伯衡《坐“宇宙电梯”到天宫》（科学小品），于宁《“笔记迷”果戈里》（文坛轶话），梅萼华《辛笛的诗》（新地杂掇），程永逵《水果克星话果蝇》，石在《华南寺与惠能和尚》，胡晓风《你死！我死！》（濠江小唱），晴云的新诗《飞吧，年青人》。

⊙　《华侨报·华座》副刊发表老张的诗歌《晨运偶拾》，傅伯刚《论交友》，小乔《毫不含糊的“偷懒”》，楚舒《太平天国壁画》，秀亚《草叶小品》，《华林》副刊续载慕容奇《仓敷川纸船》（七），曹若冰的《霸刀仁剑侠客魂》（三十一），东瑞的《牌》（三）。

6日　《澳门日报·新园地》副刊刊载陶里《凤凰可待》（斗室漫笔），汉军《吉他民谣与我》（见闻录），骆南侨的新诗《广东八画家作品展》，冼得霖《荔宛吟社集会，次韵和袁友佳篇》，李席《奇特的蛇》，胡晓风《我的朋友》（濠江小唱），黄伟经《秦牧印象》（上）（人物）。

⊙　《华侨报·华林》副刊续载慕容奇《仓敷川纸船》（八），曹若冰的《霸刀仁剑侠客魂》（三十二），东瑞的《牌》（四）。

7日　《澳门日报·新园地》副刊刊载陶陶《酷爱天文学的神童》，晴云译写的《乌龟与蛇》（童话故事），小彤《会飞的蜥蜴童话故事》，圆圆《小魔术两则童话故事》，镜平、林劲兵《我有一个好友》（儿童园地），鲁茂《中文科“让路”》（上）（斗室漫笔），黄伟经《秦牧印象》（中）（人物），孙鹏飞《博见》（随笔），胡晓风《搏》（濠江小唱）。

⊙　《华侨报·华林》副刊续载慕容奇《仓敷川纸船》（完），曹若冰的《霸刀仁剑侠客魂》（三十三），东瑞《牌》（五）。

8日　《澳门日报·新园地》副刊刊载鲁茂《中文科“让路”》（下）（斗室漫笔），方镜之《百岛之滨——珠海散记之一》，李永国《诗》，孙鹏飞《会唱歌奏乐的树》，杨城《何谓“面如重枣”》，胡晓风《呢镬杰唔杰》（濠江小唱），李沾锐《广东八画家作品读后感》，黄伟经《秦牧印象》（下）（人物）。

⊙　《华侨报·华座》副刊发表余晋《谈谦虚》；《华林》副刊发表慕容奇的小说《出云神异记》（一），续载曹若冰《霸刀仁剑侠客魂》（三十四），东瑞《牌》（完）。

9日　《澳门日报·新园地》副刊刊载彦火《来者可追》，方镜之《渊源——珠海散记之二》（枫杨小语），梅萼华《当代诗词》（新地杂掇），胡晓风《此事不怪》（濠江小唱），濠江客《穿草鞋的“噶斯兰庙僧”》（澳门图说），冼得霖《也谈薛涛诗意及彩笺艺术》。

⊙ 《华侨报·华林》副刊发表白浪的小说《礼物》（一），续载慕容奇《出云神异记》（二），曹若冰《霸刀仁剑侠客魂》（三十五）。

10日 《澳门日报·新园地》副刊刊载彦火《元旦晤丁玲》（枫杨小语），方镜之《开诊的脚印——珠海散记之三》，求博《漫话月蚀》，胡晓风《看待儿女》（濠江小唱），述之《南汉铁塔与太监龚澄枢》。

⊙ 《华侨报·华座》副刊发表柏永《春秋笔法与假话》，非马《禅话三则》；《华林》副刊续载慕容奇《出云神异记》（三），曹若冰《霸刀仁剑侠客魂》（三十六），白浪《礼物》（二）。

11日 《澳门日报·新园地》副刊刊载陶里《迷茫一代》（斗室漫笔），方镜之《香炉湾——珠海散记之四》，范怀烈《名胜与名人》（旅行小品），胡晓风《飞絮沾泥》（濠江小唱），濠江客《二百年前的澳门“男藩”》（澳门图说），冼得霖《弹铗道归来》（诗词评赏），丁丁《母女俩》。

⊙ 《华侨报·华座》副刊发表杂记《所谓大公至正》，非马《禅话一两则》；《华林》副刊续载慕容奇《出云神异记》（四），曹若冰的《霸刀仁剑侠客魂》（三十七），白浪《礼物》（三）。

12日 《澳门日报·新园地》副刊刊载陶里《改变形象》（斗室漫笔），石在《几乎月月有新年》，梅竹《与葡人有关的“西洋菜”》，方镜之《香炉湾——珠海散记之四》，方学犁《失眠的苦与乐》（随笔），胡晓风《情况相反》（濠江小唱），子君《郑板桥铭的巨大歙砚之发现》（艺林）。

⊙ 《华侨报·华座》副刊发表丹霞《也谈培养文学细胞》，孙忆晴《爱情题材》；《华林》副刊续载慕容奇《出云神异记》（五），曹若冰《霸刀仁剑侠客魂》（三十八），白浪的《礼物》（四）。

13日 《澳门日报·新园地》副刊刊载陶里《圣诞卡里的怀念》（斗室漫笔），骆南侨《当押店》（濠江风情），刘超《醉拳》，楼外楼《旅游热》（见闻录），沙百木《壬戌年话犬》，胡晓风《可怜儿女》（濠江小唱）。

⊙ 《华侨报·华座》副刊发表永钧《乾隆皇帝的衣钵传人》，非马《禅话》，素兰《寒冬忆火龙》；《华林》副刊续载慕容奇《出云神异记》（六），曹若冰《霸刀仁剑侠客魂》（三十九），白浪《礼物》（五）。

14日　《澳门日报·新园地》副刊刊载凌钝《摘写两个袋子》（寓言），梁泽波《初冬的早晨》，李汉华《我的老师》，鲁茂《手起刀落，扬长而去》（斗室漫笔），叶兰《胖子城》，于宁《终生未婚的安徒生》（文坛轶事），汪浩瀚《赠胡晓风兄（二章）》，胡晓风《旅游客骗局》（濠江小唱），濠江客《二百年前居澳门的"女蕃"》（澳门图说），阿秋《牡丹古诗话》，刃锋《见工人语》（见闻录）。

⊙　《华侨报·华座》副刊发表朴仁《骨气·人格·国格》，佟立章的诗歌《好事近》，孙忆晴《上海锦江饭店》；《华林》副刊续载慕容奇《出云神异记》（七），曹若冰的《霸刀仁剑侠客魂》（四十），白浪的《礼物》（六）。

15日　《澳门日报·新园地》副刊刊载鲁茂《流水作业法》（斗室漫笔），雨林《机械人医生》，无瑕《大扫除与谢灶原是古俗》，胡晓风《凶手！谋杀？》（濠江小唱），刘英《祷告（外一首）》（大东银行第一届青年创作比赛入选作品），孙鹏飞《"拿来主义"好》（随笔）。

⊙　《华侨报·华座》副刊发表黄永武《梦里乾坤》，刘锦《读书好读好书》；《华林》副刊续载慕容奇《出云神异记》（八），曹若冰《霸刀仁剑侠客魂》（四十一），白浪《礼物》（七）。

16日　《澳门日报·新园地》副刊刊载彦火《"新加坡文艺研究会"代表团访港》（枫杨小语），范怀烈《南国花城》，濠江客《二百年前的澳门轿子》（澳门图说），戴燕雪《甜梦——松树的末路》（大东银行第一届青年创作比赛入选作品），胡晓风《谢读者送糖果兼向朋友们致意》（濠江小唱）。

⊙　《华侨报·华座》副刊发表《也谈臭豆腐干》；《华林》副刊续载慕容奇《出云神异记》（完），曹若冰《霸刀仁剑侠客魂》（四十二），白浪《礼物》（八）。

17日　《澳门日报·新园地》副刊刊载彦火《星马与港澳文艺》（枫杨小语），吴伯衡《一个惊人的新假说——太阳爆炸灭绝恐龙》（科学小品），孤草《夜》（大东银行第一届青年创作比赛入选作品），胡晓风《家家有本难念的经》（濠江小唱），明的新诗《换日历》，述之《广东历史上的南汉暴君》。

⊙　《华侨报·华座》副刊发表邓先声的诗歌《论交》；《华林》副刊发表慕容奇的小说《出云雨巫》（一），续载曹若冰《霸刀仁剑侠客魂》（四十三），白浪《礼物》（完）。

18日　《澳门日报·新园地》副刊刊载陶里《神经衰弱》（斗室漫笔），冼得霖《银河落九天》（上）（诗词评赏），濠江客《志道堂创立七十五年》（澳门图说），胡晓风《彼苍者天》（濠江小唱），飘零燕《假如我是北斗星》（大东银行第一届青年创作比赛入选作品）。

⊙　《华侨报·华座》副刊发表非马《禅话两则》；《华林》副刊发表彭瑞高的小说《球星和他的妻子》（一），续载慕容奇《出云雨巫》（二），曹若冰《霸刀仁剑侠客魂》（四十四）。

19日　《澳门日报·新园地》副刊刊载陶里《降头是甚么》（斗室漫笔），薛鸣《疯狂的生存训练》（瀛海一勺），冼得霖《银河落九天》（下）（诗词评赏），骆南侨《蝙蝠》，胡晓风《车祸！车祸！》（濠江小唱），夏丁《锁匙》（一）（大东银行第一届青年创作比赛入选作品）。

⊙　《华侨报·华座》副刊发表佟立章的诗歌《岁暮访寺门》，杨翎《改诗逸话》；《华林》副刊续载慕容奇《出云雨巫》（三），曹若冰的《霸刀仁剑侠客魂》（四十五），彭瑞高《球星和他的妻子》（二）。

20日　《澳门日报·新园地》副刊刊载骆南侨《年夜饭》（濠江风情），胡晓风《临江仙》（濠江小唱），石在《金桔——如意吉祥的象征》，陶里《斗争艺术》，夏丁《锁匙》（二）（大东银行第一届青年创作比赛入选作品），田隽人《岁暮抒怀》。

21日　《澳门日报·新园地》副刊刊载韦国仔《送旧迎新儿童园地》，谭妙仪《领取成绩表的那天》（儿童园地），鲁茂《事业，职业，副业》（斗室漫笔），茗屋《赵丹给我的画艺材》，楼外楼的新诗《路树》，胡晓风《濠江尚有人情》（濠江小唱），夏丁《锁匙》（三）（大东银行第一届青年创作比赛入选作品）。

⊙　《华侨报·华座》副刊发表芷桂《言出必行坐言起行》，佟立章的诗歌

《海滨独步》，多龄《迎春节话饺子》；《华林》副刊续载慕容奇《出云雨巫》（五），曹若冰《霸刀仁剑侠客魂》（四十七），彭瑞高的《球星和他的妻子》（四）。

22日 《澳门日报·新园地》副刊刊载鲁茂《花枝招展的画报》（斗室漫笔），胡晓风《现实中的浪漫》（濠江小唱），夏丁《锁匙》（完）（大东银行第一届青年创作比赛入选作品），润园《古灵精怪》。

⊙ 《华侨报·华座》副刊发表佟立章的诗歌《梦觉起坐写怀》，永钧《一首诗的启迪》，克龄《曾巩写广告诗》，江花《狗年谈狗》，《华林》副刊续载慕容奇《出云雨巫》（六），曹若冰《霸刀仁剑侠客魂》（四十八），彭瑞高《球星和他的妻子》（五）。

23日 《澳门日报·新园地》副刊刊载彦火《二花脸艺术》（枫杨小语），钟禹《狗的故事》，薛鸣《关于苏小妹的传说》，胡晓风《心灵的十字架》（濠江小唱），濠江客《中国第一个基督教徒》（澳门图说），孙鹏飞《拔牙记》（随笔）。

⊙ 《华侨报·华青》副刊发表丹峰《比》，傅秉良《读书乐》，杨春丽《评青年的"新潮观"》，张丽芳《冬夜》，杨子秋《多读点历史》，《华座》副刊发表非马《禅话》，江花《狗年谈狗》；《华林》副刊续载慕容奇《出云雨巫》（七），曹若冰的《霸刀仁剑侠客魂》（四十九），彭瑞高《球星和他的妻子》（六）。

24日 《澳门日报·新园地》副刊刊载朱仲玉《辑录古诗咏狗句集锦》，潜庵《新春话历书》（书话），胡晓风《"修炉"浮想》（濠江小唱）。

⊙ 《华侨报·华座》副刊发表孙忆晴《年夜饭》，郭立诚《皇历非黄历》，史兴《状元的故事》，永钧《从西安到延安》，柳思《曹丕谈孔融》，佘子《年晚酬酢》；《华林》副刊续载慕容奇《出云雨巫》（八），曹若冰《霸刀仁剑侠客魂》（五十），彭瑞高《球星和他的妻子》（七）。

25日 《澳门日报·新园地》副刊刊载陶里《春日诗》（斗室漫笔），秦怀《狗年狗话》（瀛海一勺），梅萼华《喜迎新春》（新地杂掇），熊寒江《斗联胡晓风恭喜之外》（濠江小唱）。

⊙ 《华侨报·华青》副刊发表笑珍《插花迎岁》，《华座》副刊发表王一芒《新年·爆竹·桃符》，郑存耀的词《东风第一枝壬戌元旦》，夏驯《话狗画狗》；《华林》副刊续载慕容奇《出云雨巫》（九），曹若冰《霸刀仁剑侠客魂》（五十一），彭瑞高《球星和他的妻子》（八）。

26日 《澳门日报·新园地》副刊刊载陶里《青春作伴好还乡》（斗室漫笔），徐时英《谈生肖》，文翎《怎样使你更聪明》（书话），胡晓风《深沉的怀念》（濠江小唱），冼得霖《齐已早梅诗意深句工》（诗词评赏）。

27日 《澳门日报·新园地》副刊刊载彦火《儿童插花（外一章巴西铁树）》（枫杨小语），江之北《盼年青画友努力》（见闻录）。

28日 《澳门日报·新园地》副刊刊载无瑕《漫谈点缀新春花果》，晓龙《热闹的秘密》（科学小品）。

29日 《澳门日报·新园地》副刊刊载陶里《斗争艺术》（斗室漫笔），丁一川《东南亚的“春节”风土志》。

⊙ 《华侨报·华座》副刊发表柳思《单弦集　曹植的气量》，杂记《我家养过两只狗》，傅伯刚的词《念奴娇·冬夜与友人吃狗肉》，邓先声的诗《花月吟》；《华林》副刊发表慕容奇的小说《室町异事》（一），续载曹若冰《霸刀仁剑侠客魂》（五十二），彭瑞高《球星和他的妻子》（九）。

30日 《澳门日报·新园地》副刊刊载蔚文《冬尾岁首话水仙》，杨城《曹禺会做戏》（文坛轶话）。

⊙ 《华侨报·华座》副刊发表多龄《新春，喝杯乌龙茶》，丰宜《八宝印泥》；《华林》副刊续载慕容奇《室町异事》（二），曹若冰《霸刀仁剑侠客魂》（五十三），彭瑞高《球星和他的妻子》（十）。

31日 《华侨报·华座》副刊发表杜沁《傲霜吐香话腊梅》，佟立章的诗歌《壬戌开春楼头眺望口占》，永钧《能人难找与世无伯乐》，木思桢《人日为何要游杜甫草堂》，柳思《单弦集亥市》；《华林》副刊续载慕容奇《室町异事》（三），曹若冰《霸刀仁剑侠客魂》（五十四），彭瑞高《球星和他的妻子》（十一）。

二月

1日　《澳门日报·新园地》副刊刊载鲁茂《带证，失证与补领证》（斗室漫笔），姚风《伊雷被困澳门街》（濠江小唱），黄德民《满江红·迎1982年春节》，骆南侨《四不像的歌唱》，子君《郭绍虞和他的书法》（人物）。

⊙　《华侨报·华座》副刊发表柳思《单弦集思旧赋》，唐占《禅话》，柏永《失败论英雄》，杨翎《缤纷花雨落尘寰》，郑存耀的词《玉漏迟除夕》；《华林》副刊续载慕容奇《室町异事》（四），曹若冰《霸刀仁剑侠客魂》（五十五），彭瑞高《球星和他的妻子》（十二）。

2日　《澳门日报·新园地》副刊刊载石在《五彩缤纷说烟花》，姚风《现实如此》（濠江小唱），梅萼华《拜年》，何光逮《达摩像》，方学犁《夜的恐惧》（随笔），冼得霖《汉代乐府“陌上桑”》（诗词评赏），杨城《华罗庚的名字》（人物）。

⊙　《华侨报·华座》副刊发表桑桑《丝网千千结》，邓先声的诗《再呈佟立章先生谢酬雅教》，甘戈《“田黄”的传奇故事》；《华林》副刊续载慕容奇《室町异事》（五），曹若冰《霸刀仁剑侠客魂》（五十六），彭瑞高《球星和他的妻子》（十三）。

3日　《澳门日报·新园地》副刊刊载鲁四《春联记趣》，周章《茶楼雀市看斗雀》，骆南侨《楼宇建筑》（濠江风情），彩妮《新春见闻录》，东瑞《神秘的南极洲》（书话），胡晓风《恋情之什》（濠江小唱），李洗泉《“玉女拦江”寄恋情》（旅行小品），梅萼华《避年》（新地杂掇），冼得霖《汉代乐府“陌上桑”》（诗词评赏），杨城《华罗庚的名字》（人物）。

⊙　《华侨报·华座》副刊发表陈贺美《一位忧郁症患者的艺术世界》，丹彤的诗《故乡行》，飞江《“怯”和“蔽”》，温珊《中国古人的坐与跪》，非马的杂记《禅话》；《华林》副刊续载慕容奇《室町异事》（六），曹若冰《霸刀仁剑侠客魂》（五十七），彭瑞高《球星和他的妻子》（十四）。

4日　《澳门日报·新儿童》刊载小彤《小朋友最欢迎的童话家安徒生充满爱心》，翁锦霞《水变花》，东南何家兴《蚊子的“伟论”》（儿童园地），化地玛黄嘉凤《澳门的公园》（儿童园地），广大邓远辉《小鸡与我》（儿童园地）；《新园地》副刊刊载鲁茂《小城的好现象》（斗室漫笔），胡晓风《有情？无情？惨情！》（濠江小唱），凌钝《当我们老了》（随笔），明《贺年卡》，梅萼华《春茗席上谈郑板桥》（新地杂掇）。

⊙　《华侨报·华座》副刊发表温珊《少林拳发源地巡览》，林淑兰《从铜鼎看先民生活》，傅伯刚《和尚种种》，丹彤《美的探索》，非马《禅话》，芝芝《人乃水造》，小白《元宵节与元宵》；《华林》副刊续载慕容奇《室町异事》（七），曹若冰《霸刀仁剑侠客魂》（五十八），彭瑞高《球星和他的妻子》（十五）。

5日　《澳门日报·新园地》副刊刊载鲁茂《“不可知论”仍有市场》（斗室漫笔），姚风《武松何在》（濠江小唱），叶春生《元宵灯节话谜语》（艺林），金良《爆竹》，梅萼华《金冬心与郑板桥》（新地杂掇）。

⊙　《华侨报·华林》副刊发表黄沙的小说《神鹰天龙剑无情》（一），续载慕容奇《室町异事》（八），彭瑞高《球星和他的妻子》（十六）。

6日　《澳门日报·新园地》副刊刊载濠江客《筷子基正在改变面貌》（澳门图说），胡晓风《有这样的男人》（濠江小唱），楼外楼《桃花叹》。

⊙　《华侨报·华青》副刊发表丹彤《心领神会》，《华座》副刊发表夏川《作家写作生活趣话》，戴丽珠《华贵如意》；《华林》副刊发表白浪的小说《骗子》（一），续载慕容奇《室町异事》（九），黄沙《神鹰天龙剑无情》（二）。

7日　《澳门日报·新园地》副刊刊载春华《人面桃花相映红》，胡晓风《车的烦恼》（濠江小唱），招文华《红绵》。

⊙　《华侨报·华座》副刊发表克龄《趣谈正月》，陈环《突破寂寞》，非马的杂记《禅话》；《华林》副刊发表慕容奇的小说《纪伊内府》（一），续载黄沙《神鹰天龙剑无情》（三），白浪《骗子》（二）。

8日　《澳门日报·新园地》副刊刊载陶里《春暖花城》（斗室漫笔），胡晓风

《清官难理》（濠江小唱），阿根《小狗》，刘英《信》。

⊙ 《华侨报·华座》副刊发表芊漫《新春舞龙》，仲父《谈鸡说狗》，小民《摇元宵》；《华林》副刊续载慕容奇《纪伊内府》（二），黄沙《神鹰天龙剑无情》（四），白浪《骗子》（三）。

9日 《澳门日报·新园地》副刊刊载陶里《孩子懂得多少？》（斗室漫笔），胡晓风《吃亏还是女人》（濠江小唱），双璧《壬戌祝岁与荔苑诗友同作》，冼得霖《美女篇》（诗词评赏），黄丽霞《枇杷小鸟》。

⊙ 《华侨报·华座》副刊发表海云《灯谜之趣》，甘戈《拔河古今谈》；《华林》副刊续载慕容奇《纪伊内府》（三），黄沙《神鹰天龙剑无情》（五），白浪《骗子》（四）。

10日 《澳门日报·新园地》副刊刊载陶里《“服务台”前灰尘》（斗室漫笔），胡晓风《但愿“和气生财”》（濠江小唱），卓伦《过拱北关》（见闻录），冼得霖《美女篇》（诗词评赏），原人《心香》。

⊙ 《华侨报·华座》副刊发表柳思《单弦集无题》，孙忆晴《读〈皇历非黄历〉》，集来《拆字》；《华林》副刊续载慕容奇《纪伊内府》（四），黄沙《神鹰天龙剑无情》（六），白浪《骗子》（五）。

11日 《澳门日报·新儿童》刊载教业区梁泽波《黑沙旅行记》；《新园地》副刊刊载小彤《春天最易雪崩》，鲁茂《谈医生奸女病人》（斗室漫笔），胡晓风《黛安娜有烦恼》（濠江小唱），冯曼硕绘制的国画一幅，梅萼华《爱情有泥泞也有风雪》（新地杂掇）。

⊙ 《华侨报·华座》副刊发表柳思《单弦集曹植与老实话》，洪逸《蔡元培与章太炎婚姻观》，傅伯刚《浪淘沙》，余君慧的诗歌《友侪多以余玩世不恭言行骇俗　壬戌新岁藉此解嘲》；《华林》副刊续载慕容奇《纪伊内府》（五），黄沙《神鹰天龙剑无情》（七），白浪《骗子》（六）。

12日 《澳门日报·新园地》副刊刊载鲁茂《红脸和白脸》（斗室漫笔），胡晓风《如何说好》（濠江小唱），黄德文《满江红·读史偶感》，梅萼华、黄永玉《献给妻子们》（新地杂掇），吴卫鸣《康公庙一角》，开始连载羊城旧侣《铁砂掌》（至1982年3月5日止）。

⊙ 《华侨报·华座》副刊发表古蒙仁《寂寞的蛇郎》，柏永《好得很》，杂记《汤婆子》，佟立章的诗歌《壬戌元宵节》；《华林》副刊续载慕容奇《纪伊内府》（六），黄沙《神鹰天龙剑无情》（八），白浪《骗子》（七）。

13日 《澳门日报·新园地》副刊刊载苏信《武侠小说漫话》，胡晓风《“三星”沦劫．故事乡》（濠江小唱），陈子毅《松下只鹤》，廖钺《南昌行》[三首：《南行即景》（七绝），《访滕王阁旧址》（七律），《鄱阳湖之冬》（七律）]，卜仁亮《春雾之思》。

⊙ 《华侨报·华座》副刊发表余行心的诗歌《时间的隧道》，永钧《漫话对联》；《华林》副刊续载慕容奇《纪伊内府》（七），黄沙《神鹰天龙剑无情》（九），白浪《骗子》（八）。

14日 《澳门日报·新园地》副刊刊载苏信《武侠小说漫话》，胡晓风《望》（濠江小唱），谢锴《春江如镜客船稀（明人诗意）》，金良《重拾起锈蚀的铲子》，廖钺《南昌行（续）》[两首：《步遍瑞大夫原韵》（七律），《参观八一纪念馆》（七律）]，卜仁亮《春雾之思》。

⊙ 《华侨报·华林》副刊续载慕容奇《纪伊内府》（八），黄沙《神鹰天龙剑无情》（十），白浪《骗子》（九）；《华座》副刊发表余君慧的诗歌《无题（集句）》，见思《谈勤与俭》，克龄《热爱祖国的语言》。

15日 《澳门日报·新园地》副刊刊载陶里《韩牧的诗》（斗室漫笔），胡晓风《人性似乎变得凶残》、《汪洋》（濠江小唱），方菲《阿强的故事》（见闻录），金良《幸运的婆婆》，王琪森《“梅花草堂”春不老——记九十高龄的著名画家朱屺瞻》。

⊙ 《华侨报·华座》副刊发表大荒《关情》，刘艺云的诗歌《移居旧金山怀濠江旧友》；《华林》副刊发表蒋子龙的小说《一个女工程师的自述》（一），续载慕容奇《纪伊内府》（九），黄沙《神鹰天龙剑无情》（十一）。

16日 《澳门日报·新园地》副刊刊载陶里《文化污染》（斗室漫笔），胡晓风《情人节》（濠江小唱），李鹏飞《一封情书》，方菲《中商出版和澳门》，骆南侨《过甚其辞的广告》，王琪森《“梅花草堂”春不老——记九十高龄的著名画家朱屺瞻》。

⊙ 《华侨报·华座》副刊发表钟姗《姑苏城外寒山寺》；《华林》副刊发表慕容奇的小说《德川家光の阴谋》（一），白浪的小说《丝情》（一），续载黄沙《神鹰天龙剑无情》（十二），蒋子龙《一个女工程师的自述》（二）。

17日 《澳门日报·新园地》副刊刊载陶里《人情味》（斗室漫笔），胡晓风《送二叔》（濠江小唱），石在《水水水》，卓伦《幸运》，关晓峰《隶书对联》，攀枝《春游夜明湖》（旅行小品）。

⊙ 《华侨报·华青》副刊发表丁韶《多读才能写好》，何广才《遗憾的哥伦布》，蠢材《雨中的小草》，旅生《献给园丁》，蓝正《祝你辛苦》，刘抗娥《罗马非一朝建成》，农梵羁《家》，三木《黑沙遇难记》，含羞草《恐惧症》，沾文琪《现在应该丢开谈情说爱》，黄小敏《墨》；《华座》副刊发表钟姗《神秘的吴王墓》，柏永《风雪劫后访三苏》；《华林》副刊续载慕容奇《德川家光の阴谋》（二），黄沙《神鹰天龙剑无情》（十三），蒋子龙《一个女工程师的自述》（三），白浪《丝情》（二）。

18日 《澳门日报·新园地》副刊刊载鲁茂《不良警员应罚洗公厕》（斗室漫笔），胡晓风《媳妇过分》（濠江小唱），方学犁《博物院参观记》（见闻录），凌晓枫《词两首》，秦德民篆刻二方，攀枝《春游夜明湖》（旅行小品）。

⊙ 《华侨报·华座》副刊发表林定乎的诗歌《上佟立章词长》，马千里《从伯乐说起》，刘沃周的杂记《春节还乡诗情》；《华林》副刊续载慕容奇《德川家光の阴谋》（三），黄沙《神鹰天龙剑无情》（十四），蒋子龙《一个女工程师的自述》（四），白浪《丝情》（三）。

19日 《澳门日报·新儿童》刊载小彤《我是一个三年级学生》，中葡小学茱莉安·姬丝汀《可爱的春天》（儿童园地），培正小冰《小冰游冰记》（儿童园地）；《新园地》副刊刊载鲁茂《可怕的“教学相长”》（斗室漫笔），胡晓风《啊，教师！》（濠江小唱），凌钝《大年夜抒情曲》，钱君匋草书一幅，珂云《回忆溪口旧游》。

⊙ 《华侨报·华座》副刊发表余行心《惰性》，柏永的杂记《鼋头渚的遐想》；《华林》副刊续载慕容奇《德川家光の阴谋》（四），黄沙《神鹰天龙剑无情》（十五），蒋子龙《一个女工程师的自述》（五），白浪《丝情》（四）。

20日　《澳门日报·新园地》副刊刊载李浩泉《招牌小语》，胡晓风《替他们想想》（濠江小唱），骆南侨《短诗四首》，高觉敷《回忆商务印书馆编译所》。

⊙　《华侨报·华座》副刊发表岳峰《凌厉冰霜数梅花》，傅伯刚《读书杂记》；《华林》副刊续载慕容奇《德川家光の阴谋》（五），黄沙《神鹰天龙剑无情》（十六），蒋子龙《一个女工程师的自述》（六），白浪《丝情》（五）。

21日　《澳门日报·新园地》副刊刊载于宁《桥》（文坛轶话），胡晓风《答赠》（濠江小唱），徐云叔《篆刻六方》，玉文《念》。

⊙　《华侨报·华座》副刊发表余行心《斑马线》，柏永《故宫一二三》，丁力的杂记《文章与立意》，傅伯刚的诗歌《金缕曲》；《华林》副刊发表张玉文的小说《玉箫情仇录》（一），司马紫烟的小说《剑在江湖》（一），续载慕容奇《德川家光の阴谋》（六），蒋子龙《一个女工程师的自述》（七），白浪《丝情》（六）。

22日　《澳门日报·新园地》副刊刊载陶里《潘老师的“对不起”》（斗室漫笔），胡晓风《雾夜情思》（濠江小唱），金良《可爱的经理》。

⊙　《华侨报·华座》副刊发表余行心《骂人》，傅伯刚《悼念》；《华林》副刊续载慕容奇《德川家光の阴谋》（七），司马紫烟《剑在江湖》（二），蒋子龙《一个女工程师的自述》（八），张玉文《玉箫情仇录》（二），白浪《丝情》（七）。

23日　《澳门日报·新园地》副刊刊载陶里《看书展的穷怀》（斗室漫笔），胡晓风《错披人皮之类》（濠江小唱），阿莎《见闻随感》。

⊙　《华侨报·华座》副刊发表余行心的诗歌《爱恶》，孙忆晴《打工仔的心声》，余行心《不满现实》，文凯的杂记《书画墨·端砚》；《华林》副刊续载慕容奇《德川家光の阴谋》（八），司马紫烟《剑在江湖》（三），蒋子龙《一个女工程师的自述》（九），张玉文《玉箫情仇录》

（三），白浪《丝情》（八）。

24日　《澳门日报·新园地》副刊刊载陶里《现代淑女假想》（斗室漫笔），胡晓风《好酒》（濠江小唱），晴云《别了，繁华梦！》，骆南侨《妈阁庙》（濠江风情）。

⊙　《华侨报·华座》副刊发表怀颖《葡萄牙的名城》，余行心《面孔》，中新《竹笋》，克龄《在海的面前》；《华林》副刊续载慕容奇《德川家光の阴谋》（九），司马紫烟《剑在江湖》（四），蒋子龙《一个女工程师的自述》（十），张玉文《玉箫情仇录》（四），白浪《丝情》（九）。

25日　《澳门日报·新园地》副刊刊载鲁茂《看电影要用脑吗？》（斗室漫笔），胡晓风《又会咁既》（濠江小唱），明《有时》。

⊙　《华侨报·华座》副刊发表余行心《生活情趣》，怀颖《葡萄牙的名城》，容芳《旅游好处多》，冯刚毅的诗《乡行》；《华林》副刊发表潘的小说《欲环》（一），慕容奇的小说《积善寺国宝》（一），续载司马紫烟《剑在江湖》（五），蒋子龙《一个女工程师的自述》（十一），张玉文《玉箫情仇录》（五）。

26日　《澳门日报·新儿童》刊载蔡高高小慧《逝去的童年》（儿童园地），广大邓佩欣《读书要勤力》（儿童园地），同善堂陈锦添《顽皮的小胖》（儿童园地）；《新园地》副刊刊载鲁茂《私家补习吃香》（斗室漫笔），胡晓风《此"恨何时了"？》（濠江小唱），金良《情诗两首》，孙鹏飞《给孩子的礼物》（随笔）。

⊙　《华侨报·华座》副刊发表蔡仁坚《"姹女"的梦魇》，余行心《美术教育》，小芊《有趣的"七"》；《华林》副刊续载慕容奇《积善寺国宝》（二），司马紫烟《剑在江湖》（六），蒋子龙《一个女工程师的自述》（十二），张玉文《玉箫情仇录》（六），潘《欲环》（二）。

27日　《澳门日报·新园地》副刊刊载彦火《郁达夫所学文学的条件》（枫杨小语），胡晓风《想起母亲、师友》（濠江小唱），晴云《微风》，方学犁《开源节流》（随笔）。

⊙　《华侨报·华座》副刊发表傅伯刚《网》，余行心《失落感》，杂记《桃花的比喻》；《华林》副刊续载慕容奇《积善寺国宝》（三），司马紫烟《剑在江湖》（七），蒋子龙《一个女工程师的自述》（十三），张玉文《玉箫情仇录》（七），潘《欲环》（三）。

28日　《澳门日报·新园地》副刊刊载彦火《文学家所走的路》（枫杨小语），胡晓风《一样的“狂”》（濠江小唱），梅萼华《钱钟书与杨绛》，陈广《春天话春困》，廖钺《南昌行（续）》。

⊙　《华侨报·华座》副刊发表多龄《无锡惠山泥人厂见闻》，余行心《信仰》，柏永《多少忠魂伴岳王》，茅及铨《冥冥太空寻伙伴》；《华林》副刊续载慕容奇《积善寺国宝》（四），司马紫烟《剑在江湖》（八），蒋子龙《一个女工程师的自述》（十四），张玉文《玉箫情仇录》（八），潘《欲环》（四）。

三月

1日　《澳门日报·新园地》副刊刊载高秀生《本澳的裱画业》，陶里《出无证与居无屋》（斗室漫笔），胡晓风《责有攸关》（濠江小唱），文知《“教我如何不想他”的故事》，梅萼华《〈干校六记〉怨而不怒》。

⊙　《华侨报·华座》副刊发表余行心《读书》，孙忆晴《赌风》，佟立章的诗歌《题钱君匋丈墨荷图》，庆堂的杂记《困勉录》；《华林》副刊续载慕容奇《积善寺国宝》（五），司马紫烟《剑在江湖》（九），蒋子龙《一个女工程师的自述》（十五），张玉文《玉箫情仇录》（九），潘《欲环》（五）。

2日　《澳门日报·新园地》副刊刊载陶里《两家有女初长成》（斗室漫笔），胡晓风《教我如何不想她》（濠江小唱），卢斗飞《词三阕》，冼得霖《楚兰心事？》（上）（诗词评赏）。

⊙　《华侨报·华座》副刊发表余行心《钱》，永钧《狗·面具》（一），余君慧的诗歌《题金鱼》，庄伯和《狗与猫》；《华林》副刊续载慕容奇《积善寺国宝》（六），司马紫烟《剑在江湖》（十），蒋子龙《一个女工程师的自述》（十六），张玉文《玉箫情仇录》（十），潘《欲环》（六）。

3日　《澳门日报·新园地》副刊刊载骆南侨《电子游戏机》（濠江风情），陶里《怕看电影》（斗室漫笔），胡晓风《异乡草》（濠江小唱），陈子毅《霜叶红于二月花》，冼得霖《楚兰心事？》（下）（诗词评赏）。

⊙　《华侨报·华青》副刊发表丁红《怎样把文章写得更美》，漂鸟《读史管见》，何广才《气功出于思，精深在于勤》，绮文《春节杂感》；《华座》副刊发表佟立章的诗歌《春雾中漫成》，余行心《画品》，《华林》副刊发表康晴的小说《影迷》，续载慕容奇《积善寺国宝》（七），司马紫烟《剑在江湖》（十一），蒋子龙《一个女工程师的自述》（十七），张玉文《玉箫情仇录》（十一），潘《欲环》（七）。

4日　《澳门日报·新儿童》刊载圣心陈小红《讲故事》，濠江吕泽强《明媚的春光》；《新园地》副刊刊载鲁茂《讲钱四部曲》（斗室漫笔），胡晓风《同样“气结”》（濠江小唱），无瑕《写在李沾锐画展前》，凌钝《无题》，丁川《揣摸，推敲，大有裨益》（随笔）。

⊙　《华侨报·华座》副刊发表余行心《赝品》，芋漫《趣谈狗的母爱》，朝宗《理性希望春天》；《华林》副刊发表美斯的小说《美人照镜》，续载慕容奇《积善寺国宝》（八），司马紫烟《剑在江湖》（十二），蒋子龙《一个女工程师的自述》（十八），张玉文《玉箫情仇录》（十二），潘《欲环》（八）。

5日　《澳门日报·新园地》副刊刊载鲁茂《男盗女娼》（斗室漫笔），胡晓风《无题》（濠江小唱），冼得霖《望海潮》。

⊙　《华侨报·华座》副刊发表黄祝坚《白蛇新传》，余行心《鉴别书画》，中新《塞上古城银川》，佟立章的诗歌《翠竹鸣禽图》，李沾锐《谈谈国画新色调》；《华林》副刊发表晴晴的小说《追女仔》，续载慕容奇《积善寺国宝》（九），司马紫烟《剑在江湖》（十三），蒋子龙《一个女工程师的自述》（十九），张玉文《玉箫情仇录》（十三），潘《欲环》（九）。

6日　《澳门日报》第二版刊载新闻《李沾锐中西画展今揭画》；《新园地》副刊刊载胡晓风《话说“玉婆”》（濠江小唱），孙鹏飞《一本好书》（随笔），明《游长江水库》，开始连载羊城旧侣《飞龙岗喋血记》（至1982

年4月25日止），麦克琳《海巫号》（至1982年10月31日止）。

⊙ 《华侨报·华座》副刊发表余行心《印章》，柏永《封神小议》，招文峰《迎春盛放的鲜花》；《华林》副刊发表康成的小说《枉费心机》，慕容奇的小说《日本少林寺》（一），开始连载水运宪的小说《祸起萧墙》（至1982年6月26日止），石川达三、于雷的小说《风雪》（一），续载司马紫烟《剑在江湖》（十四），蒋子龙《一个女工程师的自述》（二十），张玉文《玉箫情仇录》（十四）。

7日 《澳门日报》第二版刊载新闻《本澳首本贸易杂志〈澳门贸易新刊〉出版》；《新园地》副刊刊载胡晓风《法理人情》（濠江小唱），李浩泉《应声虫辨》（随笔），阿莎《记忆》，赵嗣伦《草书（宋·秦观〈望海潮〉）》。

⊙ 《华侨报·华座》副刊发表余行心《作者的个性》，悠鸣《狗年养狗最亨通》；《华林》副刊续载慕容奇《日本少林寺》（二），司马紫烟《剑在江湖》（十五），石川达三、于雷《风雪》（二），蒋子龙《一个女工程师的自述》（二十一），张玉文《玉箫情仇录》（十五）。

8日 《澳门日报·新园地》副刊刊载胡晓风《今日何日？》（濠江小唱），陶里《画外话》（斗室漫画），谭大鹏《岭南春》，冼得霖《轻舟已过万重山》（上）。

⊙ 《华侨报·华座》副刊发表自由记者《夜访书法篆刻家茗屋》，克龄《舒伯特的爱之梦》，余行心《老人》，孙忆晴的诗歌《苦恼》；《华林》副刊发表刘克的小说《古碉堡》（一），续载慕容奇《日本少林寺》（三），司马紫烟《剑在江湖》（十六），石川达三、于雷《风雪》（三），张玉文《玉箫情仇录》（十六）。

9日 《澳门日报·新园地》副刊刊载胡晓风《杜鹃》（濠江小唱），陶里《能入与能出》（斗室漫画），方学犁《我爱向日葵》，谭任杰《满庭芳》，郭士《白马行街景》，冼得霖《轻舟已过万重山》（下）。

⊙ 《华侨报·华座》副刊发表小生《洋春哪里来》，克龄《不停地学习语言》，余行心《虚伪》；《华林》副刊续载慕容奇《日本少林寺》

（四），刘克《古碉堡》（二），司马紫烟《剑在江湖》（十七），石川达三、于雷《风雪》（四），张玉文《玉箫情仇录》（十七）。

10日　《澳门日报·新园地》副刊刊载骆南侨《十月初五街》（濠江风情），胡晓风《如此社会》（濠江小唱），陶里《潇洒之外》（斗室漫画），谭智生《远眺西湾》，金良《找寻》，任真汉《迎春花》。

⊙　《华侨报·华座》副刊发表余行心《孝道》，怀颖《软木之国》；《华林》副刊续载慕容奇《日本少林寺》（五），刘克《古碉堡》（三），司马紫烟《剑在江湖》（十八），石川达三、于雷《风雪》（五），张玉文《玉箫情仇录》（十八）。

11日　《澳门日报·新儿童》刊载妇校黄少娟《我最敬爱的老师》（儿童园地），沙梨头郑燕燕《可爱的春天》；《新园地》副刊刊载胡晓风《低调》（濠江小唱），鲁茂《下一次搞甚么比赛》（斗室漫画），凌钝《火柴》，谢锴《雨后云山》。

⊙　《华侨报·华座》副刊发表余行心《花朝》，孙忆晴《来次书法比赛》；《华林》副刊续载慕容奇《日本少林寺》（六），刘克《古碉堡》（四），司马紫烟《剑在江湖》（十九），石川达三、于雷《风雪》（六），张玉文《玉箫情仇录》（十九）。

12日　《澳门日报·新园地》副刊刊载胡晓风《悒情之女》（濠江小唱），鲁茂《独处并不寂寞》（斗室漫画），金良《掠过》，黄笃维《飞流千尺》，潘筱瑛《理发》。

⊙　《华侨报·华座》副刊发表余行心《试婚》，薛仁伟《谈“官”与“爵”》，小白《何为“炎黄子孙”》；《华林》副刊续载慕容奇《日本少林寺》（七），刘克《古碉堡》（五），司马紫烟《剑在江湖》（二十），石川达三、于雷《风雪》（七），张玉文《玉箫情仇录》（二十）。

13日　《澳门日报·新园地》副刊刊载胡晓风《为之奈何》（濠江小唱），孙鹏飞《启蒙》（随笔），卓纶《八角亭小唱》，黄笃维《飞流千尺》，潘筱瑛《理发》。

⊙　《华侨报·华座》副刊发表克嘉《筷子趣谈》，余行心《娱乐》，柏永

《纵横家者们》；《华林》副刊续载慕容奇《日本少林寺》（八），刘克《古碉堡》（六），司马紫烟《剑在江湖》（二十一），石川达三、于雷《风雪》（八），张玉文《玉箫情仇录》（二十一）。

14日　《澳门日报·新园地》副刊刊载胡晓风《“做到”街边烟档》（濠江小唱），孙鹏飞《启蒙》（随笔），赵天嵩《雨过天坛》，黄笃维《飞流千尺》，阿涉《黄莺和百灵》。

⊙　《华侨报·华座》副刊发表余行心《握手》，永钧《决心与慎终》，孙忆晴《诸葛亮的羽扇与“八阵图”》；《华林》副刊续载慕容奇《日本少林寺》（九），刘克《古碉堡》（七），司马紫烟《剑在江湖》（二十二），石川达三、于雷《风雪》（九），张玉文《玉箫情仇录》（二十二）。

15日　《澳门日报·新园地》副刊刊载胡晓风《香港脚何在》（濠江小唱），陶里《突破自己》（斗室漫画），甘恒《猫》。

⊙　《华侨报·华座》副刊发表余行心《朋友》，北斗《梅雨时节说杏子》；《华林》副刊发表慕容奇的小说《增命活治》（一），续载刘克《古碉堡》（八），司马紫烟《剑在江湖》（二十三），石川达三、于雷《风雪》（十），张玉文《玉箫情仇录》（二十三）。

16日　《澳门日报·新园地》副刊刊载胡晓风《红棉，看画展》（濠江小唱），陶里《闻郁沈文集出版》（斗室漫画），阿根《水仙》，冼得霖《西苑王君索书条幅，即景留句》。

⊙　《华侨报·华座》副刊发表傅伯刚的诗歌《鹧鸪天·邓先声君以“论友”诗发明拙作，甚感，以词代书调寄》，周硕寰《关于鸿雁》，余行心《衰与哀》《朋友》；《华林》副刊续载慕容奇《增命活治》（二），刘克《古碉堡》（九），司马紫烟《剑在江湖》（二十四），石川达三、于雷《风雪》（十一），张玉文《玉箫情仇录》（二十四）。

17日　《澳门日报·新园地》副刊刊载胡晓风《黄金联想》（濠江小唱），陶里《比较》（斗室漫画），郭士《巷》，白思群《病中吟》。

⊙　《华侨报·华青》副刊发表珠峰《谈艺术想象》，刘秀苹《我的小狗》，蒋祖芳《谈曹操》，茁锴《练字》，风信纸《我们这一班》，周和根《暴风雨之夜》，潇《考试的压力》，吴伟雄《谈自学》；《华座》副刊发表余行心《服务》，傅伯刚《使人遗憾的做法》，黄丽穗《别让岁月留痕迹》；《华林》副刊续载慕容奇《增命活治》（三），刘克《古碉堡》（十），司马紫烟《剑在江湖》（二十五），石川达三、于雷《风雪》（十二），张玉文《玉箫情仇录》（二十五）。

18日 《澳门日报·新儿童》刊载韦国仔《迟到》（儿童园地），海星、马耀明《这是我的错》（儿童园地）；《新园地》副刊刊载胡晓风《钱太多的烦恼》（濠江小唱），鲁茂《从电影谈到艳舞》（斗室漫画），黄笃维《山水》。

⊙ 《华侨报·华座》副刊发表余行心《爱》，忠文《诗思谈片》，陈樽《竹饭·椰浆·茶姜》；《华林》副刊续载慕容奇《增命活治》（四），刘克《古碉堡》（十一），司马紫烟《剑在江湖》（二十六），石川达三、于雷《风雪》（十三），张玉文《玉箫情仇录》（二十六）。

19日 《澳门日报·新园地》副刊刊载胡晓风《伤痕，影片，战争》（濠江小唱），鲁茂《谈看书进修的风气》（斗室漫画），谢错《山色翠浮空》。

⊙ 《华侨报·华座》副刊发表薛聪贤《植树栽花乐融融》，余行心《小节》，怀颖《澳门图书文献展览》；《华林》副刊发表仲平的小说《雨中邂逅》，续载慕容奇《增命活治》（五），刘克《古碉堡》（十二），司马紫烟《剑在江湖》（二十七），石川达三、于雷《风雪》（十四），张玉文《玉箫情仇录》（二十七）。

20日 《澳门日报·新园地》副刊刊载胡晓风《遣怀》（濠江小唱），孙鹏飞《发型与心态》（随笔）。

⊙ 《华侨报·华座》副刊发表余行心的杂记《美》，永钧《茅台酒的随想》，李东东《有情仙鹤“不南归”》，克龄《让我们彼此伸出手来》；《华林》副刊发表琴琴的小说《两个男人》，张贤亮的小说《夕阳》（一），续载慕容奇《增命活治》（六），刘克《古碉堡》（十三），司马紫烟《剑在江湖》（二十八），石川达三、于雷《风雪》（十五）。

21日 《澳门日报》刊载新闻《深圳市文联主办大型文学季刊〈特区文学〉下

月出版　主编韦丘昨在珠海晤本澳文化界人士》；《新园地》副刊刊载胡晓风《但愿非真有其事》（濠江小唱），李浩泉《不怕鬼的故事》（随笔），甘恒《桂林山水》，金良《春天的小诗（四首）》。

⊙　《华侨报·华座》副刊发表余行心《脾气》，孙忆晴《想起“老虎脚爪”》，韩冰《我，高贵的黄金》，《华林》副刊发表琴琴的小说《凶狠的爸》，续载慕容奇《增命活治》（七），刘克《古碉堡》（十四），司马紫烟《剑在江湖》（二十九），石川达三、于雷《风雪》（十六），张贤亮《夕阳》（二）。

22日　《澳门日报·新园地》副刊刊载胡晓风《悲剧“父子情”》（濠江小唱），陶里《春风里会韦丘》（斗室漫话），启功《论词绝句》。

⊙　《华侨报·华座》副刊发表余行心《贤内助》，孙忆晴《要方便市民》，姚夔《缀术的联想》，丰宜《英雄树传奇轶话》，佟立章的诗歌《吴灏画人写水仙遥寄祝岁，漫成四韵酬答》；《华林》副刊发表平平的小说《离合无常》，续载慕容奇《增命活治》（八），刘克《古碉堡》（十五），司马紫烟《剑在江湖》（三十），石川达三、于雷《风雪》（十七），张贤亮《夕阳》（三）。

23日　《澳门日报·新园地》副刊刊载胡晓风《陋巷春情》（濠江小唱），陶里《理解与怀疑》（斗室漫话），任真汉《西湖烟雨》。

⊙　《华侨报·华座》副刊发表余行心《揾食》，钟渝《重庆的茶馆》，阅阅《也谈虚伪》；《华林》副刊发表平平的小说《爱情骗子》，续载慕容奇《增命活治》（九），刘克《古碉堡》（十六），司马紫烟《剑在江湖》（三十一），石川达三、于雷《风雪》（十八），张贤亮《夕阳》（四）。

24日　《澳门日报·新园地》副刊刊载胡晓风《琵琶引》（濠江小唱），陶里《葛尼加》（斗室漫话），赵天嵩《山水》，凌钝《无题——赠廖君》。

⊙　《华侨报·华座》副刊发表余行心《投机》，柏永《酒的故事》，克龄《鸟的功劳簿》；《华林》副刊发表慕容奇的小说《柳林鬼魅》（一），平平的小说《账目分清》，续载刘克《古碉堡》（十七），司马紫烟《剑在江湖》（三十二），石川达三、于雷《风雪》（十九），张贤亮《夕阳》（五）。

25日 《澳门日报·新儿童》副刊刊载钟景源《故乡游园记》（儿童园地），沙梨头廖咏霞《我的邻居》（儿童园地）；《新园地》副刊刊载胡晓风《回想卢沟桥》（濠江小唱），鲁茂《喊打喊杀的可怜虫》（斗室漫话），廖钺《贺中山县华侨中学建校落幕》。

⊙ 《华侨报·华座》副刊发表余行心《讣文》，唐志强《规矩法纪》；《华林》副刊续载慕容奇《柳林鬼魅》（二），刘克《古碉堡》（十八），司马紫烟《剑在江湖》（三十三），石川达三、于雷《风雪》（二十），张贤亮《夕阳》（六）。

26日 《澳门日报·新园地》副刊刊载胡晓风《有所感》（濠江小唱），鲁茂《四十而蛊惑》（斗室漫话）。

⊙ 《华侨报·华座》副刊发表克嘉《潘天寿的指头画》，余君慧的诗歌《扶桑纪游》，余行心《逻辑》，孙忆晴《书法比赛好》，沈海《小窝头的来历》；《华林》副刊续载慕容奇《柳林鬼魅》（三），刘克《古碉堡》（十九），司马紫烟《剑在江湖》（三十四），石川达三、于雷《风雪》（二十一），张贤亮《夕阳》（七）。

27日 《澳门日报·新园地》副刊刊载胡晓风《死是逃避》（濠江小唱），彦火《茉莉花》（枫杨小语），陈衍宁《敦煌画——舞蹈》，玉文《电子游戏机》。

⊙ 《华侨报·华座》副刊发表余行心《女人》，孙忆晴《上海花鸟市场》；《华林》副刊续载慕容奇《柳林鬼魅》（四），刘克《古碉堡》（二十），司马紫烟《剑在江湖》（三十五），石川达三、于雷《风雪》（二十二），张贤亮《夕阳》（八）。

28日 《澳门日报·新园地》副刊刊载胡晓风《夜饮麒麟阁》（濠江小唱），彦火《生命》（枫杨小语），陈衍宁《红荔》，明《看电视》。

⊙ 《华侨报·华座》副刊发表闻见思《寂寞的排遣》，凌徽《在金陵的岚光水色中》，沈海《“鱼藏剑”的典故》，克龄《田汉赞聂耳》，余行心《男人》；《华林》副刊续载慕容奇《柳林鬼魅》（五），刘克《古碉堡》（二十一），司马紫烟《剑在江湖》（三十六），石川达三、于雷《风雪》（二十三），张贤亮《夕阳》（九）。

29日　《澳门日报·新园地》副刊刊载胡晓风《黄花节书感》（濠江小唱），陶里《边缘少年》（斗室漫画）。

⊙　《华侨报·华座》副刊发表晨光《独特的民间工艺——剪纸》，严开《读杜诗忆名楼》，余行心《荷花》；《华林》副刊发表白曼的小说《风波》（一），续载慕容奇《柳林鬼魅》（六），刘克《古碉堡》（二十二），司马紫烟《剑在江湖》（三十七），石川达三、于雷《风雪》（二十四），张贤亮《夕阳》（十）。

30日　《澳门日报·新园地》副刊刊载胡晓风《此情如梦》（濠江小唱），陶里《写字台沧桑》（斗室漫画），蔡天涛《秋雨荷塘》，晴云《花丛中的笑脸》。

⊙　《华侨报·华座》副刊发表史舆《施耐庵并无其人吗？》，余行心《后遗症》；《华林》副刊续载慕容奇《柳林鬼魅》（七），白曼《风波》（二），刘克《古碉堡》（二十三），司马紫烟《剑在江湖》（三十八），石川达三、于雷《风雪》（二十五），张贤亮《夕阳》（十一）。

31日　《澳门日报·新园地》副刊刊载胡晓风《焉知非福》（濠江小唱），陶里《小品雨题》（斗室漫画），潘佛章《游珠海石景山——调寄鹧鸪天》，蓝玛《雨花石（外一首）》。

⊙　《华侨报·华青》副刊发表丁韶《文贵多改》，杂记《赏花记》，伦宝慈《社会大学第一年》，金牛座《快乐》，丁薇《春雾》，紫渊《我学说英语》，大鸟《灵感》，张洁仪《春的遐想》，黄沛良《泉源》，国权《致小鸟》，黄卓威《教吉他有感》；《华座》副刊发表邱庆端《一张复写纸》，余行心《国文》；《华林》副刊续载慕容奇《柳林鬼魅》（八），白曼《风波》（三），刘克《古碉堡》（二十四），司马紫烟《剑在江湖》（三十九），石川达三、于雷《风雪》（二十六），张贤亮《夕阳》（十二）。

四月

1日　《澳门日报·新儿童》副刊刊载思忆《永不磨灭的好印象》（儿童园

地），同善堂冯曼玲《妈妈送给我的礼物》（儿童园地）；《新园地》副刊刊载胡晓风《写字台的联想》（濠江小唱），鲁茂《粗中有细的却德格拉斯》（斗室漫话），谭智生《黄山“西海群峰”》，冼得霖《诗二章》。

⊙ 《华侨报·华座》副刊发表余行心《文物》，伍燕《谈书法艺术》，克龄《徐悲鸿的笔名》；《华林》副刊续载慕容奇《柳林鬼魅》（九），白曼《风波》（四），司马紫烟《剑在江湖》（四十），石川达三、于雷《风雪》（二十七），刘克《古碉堡》（二十五），张贤亮《夕阳》（十三）。

2日 《澳门日报·新园地》副刊刊载胡晓风《又届清明时节》（濠江小唱），鲁茂《爆肚》（斗室漫话），启功《诗五首》，谭大鹏《万里长空》。

⊙ 《华侨报·华座》副刊发表余行心《贪污》，孙忆晴《“忌廉沟鲜奶”“柠檬可乐”》；《华林》副刊发表张斌的小说《柳叶桃》（一），续载慕容奇《柳林鬼魅》（十），司马紫烟《剑在江湖》（四十一），石川达三、于雷《风雪》（二十八），刘克《古碉堡》（二十六）。

3日 《澳门日报·新园地》副刊刊载胡晓风《闲情莫苦》（濠江小唱），东瑞《香港名店街情调》（随笔），蓝玛《紫蓝色的组曲》，黄笃维《黄山颂》。

⊙ 《华侨报·华座》副刊发表余行心《贪污》，刘伯銮《绘画的最高境界——绝对美》，余行心《恶果》，克嘉《笔落惊风雨》；《华林》副刊发表杜仲的小说《疑云》，续载司马紫烟《剑在江湖》（四十二），石川达三、于雷《风雪》（二十九），刘克《古碉堡》（二十七），张斌《柳叶桃》（二）。

4日 《澳门日报·新园地》副刊刊载钟文显《珠海狮山烈士陵园》（随笔），鲁茂《读启功老人诗》（斗室漫话），凌钝《箫意》，郭士《西望洋远眺》。

5日 《澳门日报·新园地》副刊刊载胡晓风《六合彩联想》（濠江小唱），陶里《伤逝》（斗室漫话）。

⊙ 《华侨报·华座》副刊发表马树森《张寒月的篆刻艺术——心坚石穿，灿烂巨制》，克龄《瞿秋白治印》，余行心《个性》；《华林》副刊发表白浪的小说《恋痕》（一），文的小说《春花》（一），续载司马紫烟《剑在江湖》（四十四），石川达三、于雷《风雪》（三十一），刘克《古碉堡》（二十九），张斌《柳叶桃》（四）。

6日　《澳门日报·新园地》副刊刊载胡晓风《东亚大学》（濠江小唱），陶里《教堂》（斗室漫话）。

⊙　《华侨报·华座》副刊发表余行心《命运》，芊漫《叶子的妙用》；《华林》副刊续载白浪《恋痕》（二），文《春花》（二），司马紫烟《剑在江湖》（四十五），石川达三、于雷《风雪》（三十二），刘克《古碉堡》（三十），张斌《柳叶桃》（五）。

7日　《澳门日报·新园地》副刊刊载胡晓风《杀妻奇情》（濠江小唱），陶里《后巷》（斗室漫话），何仁惠《黄山岩松》，韦丘《东突偶拾——深圳杂诗》。

⊙　《华侨报·华座》副刊发表克龄《辛弃疾改词》，小草《画龙点睛》，余行心《无聊》，孙忆晴《迷信》；《华林》副刊续载白浪《恋痕》（三），文《春花》（三），司马紫烟《剑在江湖》（四十六），石川达三、于雷《风雪》（三十三），刘克《古碉堡》（三十一），张斌《柳叶桃》（六）。

8日　《澳门日报·新儿童》副刊刊载古志林《怀念我的祖母》（儿童园地），利玛窦胡希雯《我最敬爱的哥哥》（儿童园地）；《新园地》副刊刊载胡晓风《自杀害人》（濠江小唱），鲁茂《澳门的“龙”》（斗室漫话），潘筱瑛《荷花》，黄铁球《登浴日亭》。

⊙　《华侨报·华座》副刊发表余行心《健康》，陶纪《桃·桃花·桃花源》，王一芒《国花趣谭》；《华林》副刊续载白浪《恋痕》（四），文《春花》（四），司马紫烟《剑在江湖》（四十七），石川达三、于雷《风雪》（三十四），刘克《古碉堡》（三十二），张斌《柳叶桃》（七）。

9日　《澳门日报·新园地》副刊刊载胡晓风《生的意志》（濠江小唱），鲁茂《不“埋想”，毋宁死》（斗室漫话），燕梦南《清明时节》，李沾锐《成都杜甫草堂》。

⊙　《华侨报·华座》副刊发表余行心《权力》，陈胤光《古人的春天》，克龄

《以“命”抵命》；《华林》副刊发表芝芝的小说《金丝雀》（上），永音的小说《逝去的爱》（上），续载司马紫烟《剑在江湖》（四十八），石川达三、于雷《风雪》（三十五），刘克《古碉堡》（三十三），张斌《柳叶桃》（八）。

10日　《澳门日报·新园地》副刊刊载胡晓风《中美关系》（濠江小唱），金良《就像当年》，文泽《小幽默》。

⊙　《华侨报·华座》副刊发表余行心《故乡》，克龄《辛弃疾追客》，林定孚的词《满江红·凭吊黄花岗七十二烈士》；《华林》副刊发表芝芝的小说《金丝雀》（中），永音的小说《逝去的爱》（下），续载司马紫烟《剑在江湖》（四十九），石川达三、于雷《风雪》（三十六），刘克《古碉堡》（三十四），张斌《柳叶桃》（九）。

11日　《澳门日报·新园地》副刊刊载胡晓风《自杀！自杀》（濠江小唱），文泽《小幽默》，《番禺游》。

⊙　《华侨报·华座》副刊发表余行心《同学》，柏永《街头见闻录》；《华林》副刊发表芝芝的小说《金丝雀》（下），续载司马紫烟《剑在江湖》（五十），石川达三、于雷《风雪》（三十七），刘克《古碉堡》（三十五），张斌《柳叶桃》（十）。

12日　《澳门日报·新园地》副刊刊载胡晓风《复活节插曲》（濠江小唱），陶里《味精与爱情》（斗室漫话），蓝玛《鱼眼镜下》。

⊙　《华侨报·华座》副刊发表克龄《歌德与席勒》，孙忆晴《大扫除》，余行心《我的家》；《华林》副刊发表陈锦的小说《今夕有歌》（上），续载司马紫烟《剑在江湖》（五十一），石川达三、于雷《风雪》（三十八），刘克《古碉堡》（三十六），张斌《柳叶桃》（十一）。

13日　《澳门日报·新园地》副刊刊载胡晓风《马尔维纳斯群岛风云》（濠江小唱），陶里《请大家来写》（斗室漫话），冼得霖《次和醇庵二月之作》，谭大鹏《六榕寺花塔》。

⊙　《华侨报·华座》副刊发表王一芒《尾巴功能猎趣》，余行心《乡土》，傅伯刚《病室手记》；《华林》副刊发表陈锦的小说《今夕有歌》（下），续载司马紫烟《剑在江湖》（五十二），石川达三、于雷《风雪》（三十九），刘克《古碉堡》（三十七），张斌《柳叶桃》（十二）。

14日　《澳门日报·新园地》副刊刊载胡晓风《垒上“痴情”》（濠江小唱），陶里《自律》（斗室漫话），金良《珍珠》，文泽《小幽默》。

⊙　《华侨报·华青》副刊发表淘沙《漫谈“开卷有益”》，黄倩薇《电视机坏了》，周和根《提倡国语》，伦宝慈《手》，潇《我的一天》，羡菊人《读书乐》，李玉珍《摇篮》，弘《念亲恩》，辜保华《路》，逆水《作文比赛》，《华座》副刊发表谷苇《夜访画家程十发》，余行心《超人》，孙崇发《魏忠贤的下场》；《华林》副刊发表慕容奇的小说《八重垣神社》（一），续载司马紫烟《剑在江湖》（五十三），石川达三、于雷《风雪》（四十），刘克《古碉堡》（三十八），张斌《柳叶桃》（十三）。

15日　《澳门日报·新儿童》刊载蔡高钟园英《春天》（儿童园地），沙梨头苏建中《参观牙齿常识展览》；《新园地》副刊刊载胡晓风《和平是福》（濠江小唱），鲁茂《我欣赏南美波》（斗室漫话），沈实《有人为狗唱赞歌》（西窗小语），谭大鹏《六榕寺花塔》。

⊙　《华侨报·华座》副刊发表邓云乡《古代国家最高考试的第一名——状元》，周朗《书场小吃琐忆》，余行心《恶人》，京舜《自学和兴趣》；《华林》副刊续载慕容奇《八重垣神社》（二），司马紫烟《剑在江湖》（五十四），石川达三、于雷《风雪》（四十一），刘克《古碉堡》（三十九），张斌《柳叶桃》（十四）。

16日　《澳门日报·新园地》副刊刊载胡晓风《以德报怨》（濠江小唱），鲁茂《咸鱼番生的影帝、影后》（斗室漫话），燕梦南《夜曲（外一首）》。

⊙　《华侨报·华座》副刊发表余行心《量力》，浪萍《也谈推广普通话》；《华林》副刊发表罗芙荣的小说《两代情》（一），续载慕容奇《八重垣神社》（三），司马紫烟《剑在江湖》（五十五），刘克《古碉堡》（四十），张斌《柳叶桃》（十五）。

17日　《澳门日报·新园地》副刊刊载胡晓风《又会咁既》（濠江小唱），彦火《苔绿》（西窗小语），启功《论词绝句》。

⊙　《华侨报·华座》副刊发表余行心《小说》，孙忆晴《由“红”所想起的》；《华林》副刊续载慕容奇《八重垣神社》（四），司马紫烟《剑在江湖》（五十六），罗芙荣《两代情》（二），刘克《古硐堡》（四十一），张斌《柳叶桃》（十六）。

18日　《澳门日报·新园地》副刊刊载胡晓风《与女人有关》（濠江小唱），彦火《成功》（西窗小语），蓝玛《骤雨（外二首）》，方《婚礼照片的风波》。

⊙　《华侨报·旅游与乡土》副刊发表林定孚的词《雨中花·仰光旅怀》；《华座》副刊发表余行心《人物》，柏永《所谓艺术家的怪癖》；《华林》副刊续载慕容奇《八重垣神社》（五），司马紫烟《剑在江湖》（五十七），罗芙荣《两代情》（三），刘克《古硐堡》（四十二），张斌《柳叶桃》（十七）。

19日　《澳门日报·新园地》副刊刊载胡晓风《青年牧民中心听讲诗》（濠江小唱），金良《“填鸭式”巴士》，方《人细鬼大》。

⊙　《华侨报·华座》副刊发表余行心《传染病》，傅伯刚《“不可思议”的思议》，钟忠义《彩蝶的第二生命》；《华林》副刊续载慕容奇《八重垣神社》（六），司马紫烟《剑在江湖》（五十八），罗芙荣《两代情》（四），刘克《古硐堡》（四十三），张斌《柳叶桃》（十八）。

20日　《澳门日报·新园地》副刊刊载胡晓风《我看“突破”》（濠江小唱），陶里《“摆甫士”之类》（斗室漫话），丹霞《词四首》，方《女强人》。

⊙　《华侨报·华座》副刊发表余行心《夜》，孙忆晴《德才兼备》，克龄《盖叫天二三事》；《华林》副刊发表海花的小说《赤橙黄绿青蓝紫》（一），续载慕容奇《八重垣神社》（七），罗芙荣《两代情》（五），刘克《古硐堡》（四十四），张斌《柳叶桃》（十九）。

21日　《澳门日报·新园地》副刊刊载胡晓风《要指控！要伸冤》（濠江小唱），陶里《书法朦胧美》（斗室漫话），丹霞《忆江南　西林赞》。

⊙　《华侨报·华座》副刊发表余行心《尊严》，柏永《英雄与走狗》，夏川《紫薇何事作官花》，克龄《梅圣俞的布袋》；《华林》副刊发表张抗抗的小说《空白》（一），续载慕容奇《八重垣神社》（八），海花《赤橙黄绿青蓝紫》（二），罗芙荣《两代情》（六），张斌《柳叶桃》（二十）。

22日 《澳门日报·新儿童》副刊刊载圣家曹惠珠《成功与失败》（儿童园地），化地玛钟玉萍《戒除陋习》（儿童园地）；《新园地》副刊刊载胡晓风《“性感”联想》（濠江小唱），鲁茂《“化”与“唔化”》（斗室漫话），夏丁《流星的启示》。

⊙ 《华侨报·华座》副刊发表松下《创见》，余行心《管理》，炎淑《鲁迅的“书账”及其他》；《华林》副刊发表续载慕容奇《八重垣神社》（九），海花《赤橙黄绿青蓝紫》（三），张抗抗《空白》（二），罗芙荣《两代情》（七），张斌《柳叶桃》（二十一）。

23日 《澳门日报·新园地》副刊刊载胡晓风《请为工人说话》（濠江小唱），鲁茂《戏院少了是好事》（斗室漫话），燕梦南《江泮浮想》，文泽《小幽默》。

⊙ 《华侨报·华座》副刊发表多龄《大洲岛采窝记》，余行心《广告》；《华林》副刊发表仲平的小说《孤芳自赏》，续载海花《赤橙黄绿青蓝紫》（四），张抗抗《空白》（三），罗芙荣《两代情》（八），张斌《柳叶桃》（二十二）。

24日 《澳门日报·新园地》副刊刊载胡晓风《无记劳工领取登记证》（濠江小唱），东瑞《沙滩！沙滩！》（随笔），廖钺《英德峡公交车上》。

⊙ 《华侨报·华座》副刊发表余行心《散文》，傅伯刚《铃声下的杂想》；《华林》副刊发表宝宝的小说《心有灵犀》，续载海花《赤橙黄绿青蓝紫》（五），张抗抗《空白》（四），罗芙荣《两代情》（九），张斌《柳叶桃》（二十三）。

25日 《澳门日报·新园地》副刊刊载胡晓风《教人为难》（濠江小唱），蓝玛《愿》。

⊙ 《华侨报·华座》副刊发表王一芒《书海寻趣》，余行心《十进制》，芊漫《猫的趣事》，孙忆晴《澳门的今日与明日》；《华林》副刊发表仲平的小说《美丽的假期》，续载海花《赤橙黄绿青蓝紫》（六），张抗抗《空白》（五），罗芙荣《两代情》（十），张斌《柳叶桃》（二十四）。

26日　《澳门日报·新园地》副刊刊载胡晓风《难为父母》（濠江小唱），陶里《花木与人》（斗室漫话），方学犁《牙患》（随笔），丹霞《乌夜啼》，开始连载禺山居士《火烧少林寺》（至1982年6月30日止）。

⊙　《华侨报·华座》副刊发表余行心《良心》，傅伯刚《巫医》，贺立华的《独爱野兰的人》；《华林》副刊发表仁意的小说《婚变》（一），续载海花《赤橙黄绿青蓝紫》（七），张抗抗《空白》（六），罗芙荣《两代情》（十一），张斌《柳叶桃》（二十五）。

27日　《澳门日报·新园地》副刊刊载胡晓风《从王室走向民间》（濠江小唱），陶里《透支》（斗室漫话），晴云《昨日　今日　明日》，金良《诗四首　搭棚工人》。

⊙　《华侨报·华座》副刊发表余行心《死别》，柏永《“弱者”的微声》，中新《桂平西山名联欣赏》；《华林》副刊续载仁意《婚变》（二），海花《赤橙黄绿青蓝紫》（八），张抗抗《空白》（七），罗芙荣《两代情》（十二），张斌《柳叶桃》（二十六）。

28日　《澳门日报·新园地》副刊刊载胡晓风《天气，世局，人情》（濠江小唱），陶里《青少年问题》（斗室漫话），谭大鹏《展翅高飞》，廖钺《五台纪游（十首）》（一）。

⊙　《华侨报·华青》副刊发表丁韶《谈简洁》，逆水《写日记》，子越《桥的联想》，黄志英《博爱》，岚凌《雨》，蔼榄《毕业证书》，子薇《补习》，扬枝《沉痛的教训》，周和根《时光怎会倒流》，美诗《要努力读书》，小草《快乐的事》；《华座》副刊发表余行心《复仇》，柏永《由〈白蛇传〉演变而来的……》；《华林》副刊续载仁意《婚变》（三），海花《赤橙黄绿青蓝紫》（九），张抗抗《空白》（八），罗芙荣《两代情》（十三），张斌《柳叶桃》（二十七）。

29日　《澳门日报·新儿童》副刊刊载沙梨头赵盘杏《珍惜少年时》（儿童园地），同善堂林雪雅《我的学校》（儿童园地）；《新园地》副刊刊载胡晓风《家祭毋忘告乃翁》（濠江小唱），鲁茂《世界末日感》（斗室漫话），廖钺《五台纪游（十首）》（二）。

⊙ 《华侨报·华座》副刊发表高优锷《谢稚柳的艺术道路》，余行心《恋爱》，季范《咏鸟诗词》，王一芒《聪慧狡黠的狐》；《华林》副刊发表慕容奇的小说《苦味行者》（一），洛奇的小说《逆旅》（一），续载海花《赤橙黄绿青蓝紫》（十），张抗抗《空白》（九），张斌《柳叶桃》（二十八）。

30日 《澳门日报·新园地》副刊刊载胡晓风《电话的烦恼》（濠江小唱），鲁茂《写稿也有“高潮”“低潮”》（斗室漫话），赵天嵩《松上雄风》，玉文《感》，文泽《小幽默》。

⊙ 《华侨报·华座》副刊发表余行心《贫与富》，孙忆晴《巴金和但丁的〈神曲〉》，克龄《陈子昂忿摔桐琴》；《华林》副刊发表刘心武的小说《到远处去发信》（一），续载慕容奇《苦味行者》（二），海花《赤橙黄绿青蓝紫》（十一），洛奇《逆旅》（二），张斌《柳叶桃》（二十九）。

五月

1日 《澳门日报·新园地》副刊刊载胡晓风《托婴问题》（濠江小唱），杨英彬《珠海五章》。

⊙ 《华侨报·华座》副刊发表浪萍《“五一”节有感》，余行心《可悲》，庆堂《困勉录》；《华林》副刊续载慕容奇《苦味行者》（三），海花《赤橙黄绿青蓝紫》（十二），刘心武《到远处去发信》（二），洛奇《逆旅》（三），张斌《柳叶桃》（三十）。

2日 《澳门日报·新园地》副刊刊载胡晓风《说好说坏都是那些嘴》（濠江小唱），孙鹏飞《可怕的星期一》（随笔）。

3日 《澳门日报·新园地》副刊刊载胡晓风《“五一”过了》（濠江小唱），陶里《夜半无人私语时》（斗室漫话）。

⊙ 《华侨报·华座》副刊发表克龄《托翁的遗嘱》，杨翎《南京胜景》，余行心《繁荣》，孙忆晴《咒骂与爱情》；《华林》副刊续载慕容奇《苦味行者》（四），海花《赤橙黄绿青蓝紫》（十三），刘心武《到远处去发信》（三），洛奇《逆旅》（四），张斌《柳叶桃》（三十一）。

4日　《澳门日报·新园地》副刊刊载胡晓风《不是路》（濠江小唱），陶里《春雨》（斗室漫话），凌钝《潮湿三月》。

⊙　《华侨报·华座》副刊发表傅伯刚的词《沁园春·病起有怀》，余行心《死性不改》，永钧《云梦泽的悲歌》；《华林》副刊续载慕容奇《苦味行者》（五），海花《赤橙黄绿青蓝紫》（十四），刘心武《到远处去发信》（四），洛奇《逆旅》（五），张斌《柳叶桃》（三十二）。

5日　《澳门日报·新儿童》副刊刊载劳校张万雄《一次紧张的探险》（儿童园地），濠小吕泽强《我的老师》（儿童园地）；《新园地》副刊刊载胡晓风《此痛何时了》（濠江小唱），陶里《靓妹仔》（斗室漫话），蓝玛《春愁（外三首）》。

⊙　《华侨报·华座》副刊发表克龄《勇于改错的梅兰芳》，余行心《应酬》；《华林》副刊续载慕容奇《苦味行者》（六），海花《赤橙黄绿青蓝紫》（十五），刘心武《到远处去发信》（五），洛奇《逆旅》（六），张斌《柳叶桃》（三十三）。

6日　《澳门日报·新园地》副刊刊载胡晓风《二叔公与十进制》（濠江小唱），鲁茂《淫贼》（斗室漫话），文泽《小幽默》，陶里《雨淋铃南湾抒情》。

⊙　《华侨报·华座》副刊发表克龄《萧伯纳跳舞》，余行心《照片》，冠彬《斯诺和斯诺协会》；《华林》副刊续载慕容奇《苦味行者》（七），海花《赤橙黄绿青蓝紫》（十六），刘心武《到远处去发信》（六），洛奇《逆旅》（七），张斌《柳叶桃》（三十四）。

7日　《澳门日报·新园地》副刊刊载胡晓风《中、澳女篮》（濠江小唱），鲁茂《内幕消息不可轻信》（斗室漫话），陶里《洗影者》。

⊙　《华侨报·华座》副刊发表逸知《蛇的杂谈》，孙忆晴《傅雷与傅聪》，余行心《雨》；《华林》副刊发表琴的小说《嫁到外国去》，续载慕容奇

《苦味行者》（八），海花《赤橙黄绿青蓝紫》（十七），刘心武《到远处去发信》（七），洛奇《逆旅》（八），张斌《柳叶桃》（三十五）。

8日　《澳门日报·新园地》副刊刊载胡晓风《劫猎与偷屋》（濠江小唱），东瑞《书海里畅游》（随笔），金良《啊！红棉》。

⊙　《华侨报·华座》副刊发表王一芒《奇人怪事录》，余行心《自己》，柏永《纸醉金迷的南宋临安》；《华林》副刊发表琴的小说《出院之后》，续载慕容奇《苦味行者》（九），海花《赤橙黄绿青蓝紫》（十八），刘心武《到远处去发信》（八），洛奇《逆旅》（九），张斌《柳叶桃》（三十六）。

9日　《澳门日报·新园地》副刊刊载胡晓风《“洗影者”的“密码”》（濠江小唱），陶里《人事》（斗室漫话），苏茂《重游南京燕子矶》（旅行小品）。

⊙　《华侨报·华座》副刊发表吴灏《南湖早春寄语》，余行心《闲与闷》，傅伯刚《食言者的结果》，克龄《老舍与风筝》；《华林》副刊发表平平的小说《失言的女人》，续载海花《赤橙黄绿青蓝紫》（十九），刘心武《到远处去发信》（九），洛奇《逆旅》（十），张斌《柳叶桃》（三十七）。

10日　《澳门日报·新园地》副刊刊载胡晓风《孕妇仗义及其他》（濠江小唱），陶里《刚者无欲》（斗室漫话），明《番禺游》。

⊙　《华侨报·华座》副刊发表华集《宋朝的踢球俱乐部》，余行心《苦闷》，孙忆晴《风筝》；《华林》副刊发表仲仲的小说《哑口无言》（上），七星的小说《迷途》（一），续载海花《赤橙黄绿青蓝紫》（二十），刘心武《到远处去发信》（十），张斌《柳叶桃》（三十八）。

11日　《澳门日报·新园地》副刊刊载胡晓风《好学唔学之类》（濠江小唱），陶里《萍水几相逢》（斗室漫话）。

⊙　《华侨报·华座》副刊发表余行心《人生》；《华林》副刊发表仲仲的小说《哑口无言》（中），仲达的小说《道高一尺》（上），续载海花《赤橙黄绿青蓝紫》（二十一），刘心武《到远处去发信》（十一），七星

《迷途》（二），张斌《柳叶桃》（三十九）。

12日 《澳门日报·新儿童》副刊刊载劳校韦国仔《铅笔和纸》（儿童园地），同善堂刘德权《游公园》（儿童园地）；《新园地》副刊刊载胡晓风《水是大问题》（濠江小唱），鲁茂《谎报战果》（斗室漫话），玉文《证》。

⊙ 《华侨报·华青》副刊发表子薇《退稿》，傻豹《抉择》，何有光《擦黑板》，伦宝慈《生命的意义》，温四妹《苦与乐》，大鸟《多谢编者》，晓霞《苦闷》，逆水《书法比赛》，胡思《后悔》，钱蔚的诗歌《登澳凼大桥》，周和根《巴士上》，陆家乐《我失去了“快乐”》，一毛《野草》；《华座》副刊发表余行心《派系》，孙忆晴《禁止吸烟》；《华林》副刊发表仲仲的小说《哑口无言》（下），仲达的小说《道高一尺》（中），续载海花《赤橙黄绿青蓝紫》（二十二），刘心武《到远处去发信》（十二），七星《迷途》（三），张斌《柳叶桃》（四十）。

13日 《澳门日报·新园地》副刊刊载胡晓风《两个和尚》（濠江小唱），鲁茂《白头宫女“利舞台”》（斗室漫话），玉文《泳》，钟紫《春到从化温泉》（旅行小品）。

⊙ 《华侨报·华座》副刊发表余行心《债》，王一芒《春深话杜鹃》，韦杰《读书随想》；《华林》副刊发表仲仲的小说《狭路相逢》（上）、仲达的小说《道高一尺》（下），续载海花《赤橙黄绿青蓝紫》（二十三），刘心武《到远处去发信》（十三），七星《迷途》（四），张斌《柳叶桃》（四十一）。

14日 《澳门日报·新园地》副刊刊载胡晓风《愿她灵魂安息》（濠江小唱），金良《每年这个时节——悼念亡友许君》。

⊙ 《华侨报·华座》副刊发表余行心《谈判》，孙忆晴《一支悲壮的浪漫曲——〈倒袁秘史〉观后》，小漫《找词》，丰宜《康熙醉题大匾》；《华林》副刊发表仲仲的小说《狭路相逢》（中），仲达的小说《杞人忧天》（上），续载海花《赤橙黄绿青蓝紫》（二十四），刘心武《到远处去发信》（十四），七星《迷途》（五），张斌《柳叶桃》（四十二）。

15日 《澳门日报·新园地》副刊刊载胡晓风《常识与历史问题》（濠江小

唱），阿秋《中国园将建在西德》。

⊙ 《华侨报·华座》副刊发表余行心《矛盾》，柏永《唐代道教及其他》；《华林》副刊发表仲仲的小说《狭路相逢》（下），仲达的小说《杞人忧天》（中），续载海花《赤橙黄绿青蓝紫》（二十五），刘心武《到远处去发信》（十五），七星《迷途》（六），张斌《柳叶桃》（四十三）。

16日 《澳门日报·新园地》副刊刊载胡晓风《生意人信用要紧》（濠江小唱），陶里《新与旧》（斗室漫话），阿莎《项链》。

⊙ 《华侨报·华座》副刊发表余行心《冲突》，傅伯刚《剑·诗人·剑舞》；《华林》副刊发表平平的小说《近水楼台》（上），仲达的小说《杞人忧天》（下），黄天源的小说《溜冰恋曲》（一），续载海花《赤橙黄绿青蓝紫》（二十六），七星《迷途》（七），张斌《柳叶桃》（四十四）。

17日 《澳门日报·新园地》副刊刊载胡晓风《旅游走私联想》（濠江小唱），陶里《“探幽”初读》（斗室漫话），彤云《悲欢离合说离婚》（随笔）。

⊙ 《华侨报·华座》副刊发表余行心《香烟》，孙忆晴《多谈点艺术》；《华林》副刊发表平平的小说《近水楼台》（下），仲达的小说《杞人忧天》（完），续载海花《赤橙黄绿青蓝紫》（二十七），黄天源《溜冰恋曲》（二），七星《迷途》（八），张斌《柳叶桃》（四十五）。

18日 《澳门日报·新园地》副刊刊载胡晓风《虞美人》（濠江小唱），陶里《特区文学》（斗室漫话），明《感情（外一首）》。

⊙ 《华侨报·华座》副刊发表克龄《匆促完成的巨著》，余行心《回忆》，柏永《并非偶然的巧合——谈〈红楼梦〉第五回与第一百一十六回》；《华林》副刊发表楷群的小说《求职记》，仲平的小说《女朋友》，续载海花《赤橙黄绿青蓝紫》（二十八），黄天源《溜冰恋曲》（三），七星《迷途》（九），张斌《柳叶桃》（四十六）。

19日 《澳门日报·新儿童》刊载中葡小学许剑虹《忆母亲》（儿童园地），蔡高高小慧《切除可恶的“根”》（儿童园地）；《新园地》副刊刊载胡晓风《值得探讨的心态》（濠江小唱），鲁茂《探病》（斗室漫话）。

⊙ 《华侨报·华座》副刊发表唐文《时间观念》，克龄《奇特的写作习惯》，郑牧《主宰自己》；《华林》副刊发表明洁的小说《鞋子》，宝的小说《寂寞的姑娘》，续载海花《赤橙黄绿青蓝紫》（二十九），黄天源《溜冰恋曲》（四），七星《迷途》（十），张斌《柳叶桃》（四十七）。

20日　《澳门日报·新园地》副刊刊载胡晓风《苏菲亚罗兰自甘服役》（濠江小唱），鲁茂《仇人见面，份外眼明》（斗室漫话），蓝玛《迷茫》，李浩泉《评两首打油诗》。

⊙　《华侨报·华座》副刊发表孔圆《爱珠爱身及其他》；《华林》副刊发表慕容奇的小说《高松城の悲血》（一），开始连载雷千醉的小说《四美图》（至1983年12月31日止），白浪的小说《美梦》（一），续载海花《赤橙黄绿青蓝紫》（三十），黄天源《溜冰恋曲》（五），张斌《柳叶桃》（四十八）。

21日　《澳门日报·新园地》副刊刊载胡晓风《青春电影问题》（濠江小唱），彦火《一个成功者自述》（枫杨小语），文泽《小幽默》。

⊙　《华侨报·华座》副刊发表孙鹏飞《外国大世界》，罗可《年龄与事业》；《华林》副刊续载慕容奇《高松城の悲血》（二），海花《赤橙黄绿青蓝紫》（三十一），黄天源《溜冰恋曲》（六），白浪《美梦》（二），张斌《柳叶桃》（四十九）。

22日　《澳门日报·新园地》副刊刊载胡晓风《绯闻》（濠江小唱），彦火《精致》（枫杨小语），沈实《美国拒绝“劏人者”》，金良《草之歌》。

⊙　《华侨报·华座》副刊发表余崧《杂谈荔枝（之一）》，觉中《飘逸之美》；《华林》副刊续载慕容奇《高松城の悲血》（三），海花《赤橙黄绿青蓝紫》（三十二），黄天源《溜冰恋曲》（七），白浪《美梦》（三），张斌《柳叶桃》（五十）。

23日　《澳门日报·新园地》副刊刊载胡晓风《英伦“世纪之战”》（濠江小唱），陶里《厚道》（斗室漫话），蓝玛《污水的故事》，沈实《母吃子的惨剧》（西窗小语）。

⊙　《华侨报·华座》副刊发表唐文《征友》，傅伯刚《登高·野花》；《华林》副刊续载慕容奇《高松城の悲血》（四），海花《赤橙黄绿青蓝紫》

（三十三），黄天源《溜冰恋曲》（八），白浪《美梦》（四），张斌《柳叶桃》（五十一）。

24日　《澳门日报·新园地》副刊刊载胡晓风《孩子的话》（濠江小唱），陶里《恶梦》（斗室漫话）。

⊙　《华侨报·华座》副刊发表雨凝《无聊》，孙忆晴《艺术与真实》；《华林》副刊续载慕容奇《高松城の悲血》（五），海花《赤橙黄绿青蓝紫》（三十四），黄天源《溜冰恋曲》（九），白浪《美梦》（五），张斌《柳叶桃》（五十二）。

25日　《澳门日报·新园地》副刊刊载胡晓风《现代毛延寿之类》（濠江小唱），陶里《“六艺”新议》（斗室漫话），冼得霖《绝句三首》（随笔）。

⊙　《华侨报·华座》副刊发表永钧《独恨无人作郑笺》，江花《广东名胜留下我们的欢乐》；《华林》副刊续载慕容奇《高松城の悲血》（六），海花《赤橙黄绿青蓝紫》（三十五），黄天源《溜冰恋曲》（十），白浪《美梦》（六），张斌《柳叶桃》（五十三）。

26日　《澳门日报·新儿童》副刊刊载沙梨头廖霞泳《出错记》（儿童园地），圣家谭宝燕《读交友》；《新园地》副刊刊载胡晓风《踏着死人跳舞之类》（濠江小唱），鲁茂《游新酒店忆“非兵”》（斗室漫话）。

⊙　《华侨报·华青》副刊发表丁韶《“绿”字好在哪里》，张翠华《籍贯》，弘《警察》，周和根《请坚持下去》，伦宝慈《不要哭……》，青桂《纵横家》，子薇的诗歌《写诗》，何有光《座谈会》，金牛《谢师宴》，冼官福《读书态度》，陆家乐《习惯》，豹《助人为乐》，邓德贤《父亲的话》，杨达夫《班社费》，骆宾《温情洋溢》，诗韵《校徽》，容惠铃《无辜的孩子》；《华座》副刊发表余崧《杂谈荔枝（之二）》，柏永《串串思绪》；《华林》副刊续载慕容奇《高松城の悲血》（七），海花《赤橙黄绿青蓝紫》（三十六），黄天源《溜冰恋曲》（十一），白浪《美梦》（七），张斌《柳叶桃》（五十四）。

27日　《澳门日报·新园地》副刊刊载胡晓风《台山街疑云》（濠江小唱），鲁茂《短篇小说不易写》（斗室漫话），李泉浩《立根原在破岩中》。

⊙ 《华侨报·华座》副刊发表克龄《没见过面的挚友》，余崧《杂谈荔枝（之三）》；《华林》副刊发表杜飞的小说《雌雄双彪》（一），续载慕容奇《高松城の悲血》（八），海花《赤橙黄绿青蓝紫》（三十七），黄天源《溜冰恋曲》（十二），白浪《美梦》（八）。

28日 《澳门日报·新园地》副刊刊载胡晓风《由港姐联想》（濠江小唱）。

⊙ 《华侨报·华座》副刊发表余崧《杂谈荔枝（之四）》，克龄《契诃夫与图书馆》；《华林》副刊发表白文的小说《作家的奇遇》（一），续载慕容奇《高松城の悲血》（九），海花《赤橙黄绿青蓝紫》（三十八），白浪《美梦》（九），杜飞《雌雄双彪》（二）。

29日 《澳门日报·新园地》副刊刊载胡晓风《雨中闲情》（濠江小唱），沈实《十二道岁友》（西窗小语）。

⊙ 《华侨报·华座》副刊发表余崧的《杂谈荔枝（之五）》，柏永《挂牌·语录》；《华林》副刊发表白浪的小说《早熟》（一），续载慕容奇《高松城の悲血》（十），海花《赤橙黄绿青蓝紫》（三十九），白文《作家的奇遇》（二），杜飞《雌雄双彪》（三）。

30日 《澳门日报·新园地》副刊刊载胡晓风《雨夜》（濠江小唱），陶里《小画家的启发》（斗室漫话），孙鹏飞《鲜花和雨伞》（随笔）。

⊙ 《华侨报·华座》副刊发表余崧《杂谈荔枝（之六）》；《华林》副刊发表仲平的小说《美丽的继母》（上），续载海花《赤橙黄绿青蓝紫》（四十），白文《作家的奇遇》（三），杜飞《雌雄双彪》（四），白浪《早熟》（二）。

31日 《华侨报·华座》副刊发表孙忆晴《现代孔乙己和风雅》，王一芒《树寿星赞》；《华林》副刊发表仲平的小说《美丽的继母》（中），续载海花《赤橙黄绿青蓝紫》（四十一），白文《作家的奇遇》（四），杜飞《雌雄双彪》（五），白浪《早熟》（三）。

六月

1日 《澳门日报·新园地》副刊刊载陶里《苦恋》（斗室漫话），胡晓风《又见榴莲》（濠江小唱），开始连载羊城旧侣《白云山上郑仙祠》（至1982年7月31日止）。

⊙ 《华侨报·华座》副刊发表浪萍《愿“花朵”茁壮成长》，墨斗《岭南古琴振清音》；《华林》副刊发表平平的小说《杀妻记》，续载海花《赤橙黄绿青蓝紫》（四十二），白文《作家的奇遇》（五），杜飞《雌雄双彪》（六），白浪《早熟》（四）。

2日 《澳门日报·新园地》副刊刊载陶里《读〈朦胧诗选〉》（斗室漫话），胡晓风《甲子，鸡脾》（濠江小唱），汪浩翰《集郁达夫句成二绝赠胡晓风兼呈陶里谭任杰田携人》。

⊙ 《华侨报·华座》副刊发表柏永《读诗偶记》，于漫《退稿》；《华林》副刊发表仲平的小说《滥情的男人》，续载海花《赤橙黄绿青蓝紫》（四十三），白文《作家的奇遇》（六），杜飞《雌雄双彪》（七），白浪《早熟》（五）。

3日 《澳门日报·新儿童》副刊刊载广大邝素球《青草的自述》（儿童园地），教业区日永《庆祝“六一”》；《新园地》副刊刊载鲁茂《家教》（斗室漫话），胡晓风《油脂阴影》（濠江小唱），黄轶球《祝贺沈鹏飞教授从事林业科学教育六十年，为赋长篇》。

⊙ 《华侨报·华座》副刊发表关婷《兴趣与成材》，丁韶《漫谈“雪诗”和“江雪”》；《华林》副刊发表慕容奇的小说《三弦琴□》（一），续载海花《赤橙黄绿青蓝紫》（四十四），白文《作家的奇遇》（七），杜飞《雌雄双彪》（八），白浪《早熟》（六）。

4日 《澳门日报·新园地》副刊刊载鲁茂《听新歌和听旧歌》（斗室漫话），胡晓风《唱走两年哀乐》（濠江小唱），玉文《夜歌》。

⊙ 《华侨报·华座》副刊发表傅伯刚《间中的议论》；《华林》副刊续载慕容奇《三弦琴□》（二），海花《赤橙黄绿青蓝紫》（四十五），白文《作家的奇遇》（八），杜飞《雌雄双彪》（九），白浪《早熟》（七）。

5日 《澳门日报·新园地》副刊刊载端木蕻良《崔金球和澳门——“红楼梦”夜记》（上）（斗室漫话），胡晓风《代客泊车联想》（濠江小唱），金良《未知何时唱完的山歌》。

⊙ 《华侨报·华座》副刊发表芊漫《贝壳拾趣》；《华林》副刊续载慕容奇《三弦琴□》（三），海花《赤橙黄绿青蓝紫》（四十六），白文《作家的奇遇》（九），杜飞《雌雄双彪》（十），白浪《早熟》（八）。

6日 《澳门日报·新园地》副刊刊载端木蕻良《崔金球和澳门——“红楼梦”夜记》（下）（斗室漫话），胡晓风《狂得凄惨》（濠江小唱），金良《未知何时唱完的山歌》，丁丁的小说《道友》。

⊙ 《华侨报·华座》副刊发表傅伯刚《风骨·女人》；《华林》副刊续载慕容奇《三弦琴□》（四），海花《赤橙黄绿青蓝紫》（四十七），白文《作家的奇遇》（十），杜飞《雌雄双彪》（十一），白浪《早熟》（九）。

7日 《澳门日报·新园地》副刊刊载陶里《早飞鸟的归宿》（斗室漫话），胡晓风《贪污》（濠江小唱），金良《未知何时唱完的山歌》。

⊙ 《华侨报·华座》副刊发表冯鹏年《迟来的粽子》，吴焕东《“碧螺春”香百里醉》；《华林》副刊续载慕容奇《三弦琴□》（五），海花《赤橙黄绿青蓝紫》（四十八），白文《作家的奇遇》（十一），杜飞《雌雄双彪》（十二），白浪《早熟》（十）。

8日 《澳门日报·新园地》副刊刊载陶里《新的冲击》（斗室漫话），胡晓风《钟馗有难》（濠江小唱），丁韶《文贵质朴》。

⊙ 《华侨报·华座》副刊发表杨羡《闲话四则》，多龄《青城天下幽》；《华林》副刊续载慕容奇《三弦琴□》（六），海花《赤橙黄绿青蓝紫》（四十九），白文《作家的奇遇》（十二），杜飞《雌雄双彪》（十三），白浪《早熟》（十一）。

9日 《澳门日报·新园地》副刊刊载鲁茂《偶然》（斗室漫话），胡晓风《“归宿”之类》（濠江小唱），彤云《豪雨骄情》。

⊙ 《华侨报·华座》副刊发表永钧《说鬼》；《华林》副刊发表韦君宜的小说《洗礼》（至1982年8月15日止），白慈飘的小说《欲海沉沦记》（一），续载慕容奇《三弦琴□》（七），白文《作家的奇遇》（十三），杜飞《雌雄双彪》（十四）。

10日　《澳门日报·新园地》副刊刊载鲁茂《跳槽》（斗室漫话），胡晓风《孤儿，和尚，诗人》（濠江小唱），郑卓立《自来水》。

⊙　《华侨报·华座》副刊发表德光《男性学》；《华林》副刊发表平平的小说《学车与学泳》，续载慕容奇《三弦琴□》（完），白文《作家的奇遇》（十四），白慈飘《欲海沉沦记》（二），杜飞《雌雄双彪》（十五）。

11日　《澳门日报·新园地》副刊刊载鲁茂《“中文无用”论？》（斗室漫话），胡晓风《说“爱孩子”的人》（濠江小唱），田正《也谈“三笑姻缘”》，丁丁的小说《阿彩的丈夫》。

⊙　《华侨报·华青》副刊发表丁青《千锤百炼绕指柔》，傻豹《冲线！？》，伦宝慈《“沙鸥”给我的启示》，小草《周末》，逆水《口头禅——“死啦”》，易杰辉《“火麒麟”要不得》，小学《我爱行书》，黄小敏《灯光》，黄志英《渲染》，隽《旧庄园》，弘《苦干才能成功》；《华座》副刊发表佟立章的诗歌《风雨兼旬怅然赋怀》，柏永《荣身之路与文人厄运》；《华林》副刊发表慕容奇的小说《死不去的尸魂》（一），续载白文《作家的奇遇》（十五），白慈飘《欲海沉沦记》（三），杜飞《雌雄双彪》（十六）。

12日　《澳门日报·新园地》副刊刊载马交生《由“水落石出”说起》（怪论连篇），金良《焊工》，胡晓风《以唱代柬答蓝玛》（濠江小唱）。

⊙　《华侨报·华座》副刊发表丁韶《以小胜多，贵在传神》；《华林》副刊发表张笑天的小说《公开的“内参”》（一），续载慕容奇《死不去的尸魂》（二），白文《作家的奇遇》（十六），白慈飘《欲海沉沦记》（四），杜飞《雌雄双彪》（十七）。

13日　《澳门日报·新园地》副刊刊载汉闻《咖啡与我》（随笔），胡晓风《读〈新月诗选〉兼致意〈新园地〉青年诗作者》（濠江小唱）。

⊙　《华侨报·华座》副刊发表克龄《吴昌硕的手杖》，傅伯刚《“忆苦餐”及其来由》，陈苍多《草莓》；《华林》副刊续载慕容奇《死不去的尸魂》（三），张笑天《公开的“内参”》（二），白慈飘《欲海沉沦记》（五），杜飞《雌雄双彪》（十八）。

14日　《澳门日报·新园地》副刊刊载陶里《谈借》（斗室漫话），胡晓风《学童自杀联想》（濠江小唱）。

⊙　《华侨报·华座》副刊发表永钧《命运》；《华林》副刊续载慕容奇《死不去的尸魂》（四），张笑天《公开的"内参"》（三），白慈飘《欲海沉沦记》（六），杜飞《雌雄双彪》（十九）。

15日　《澳门日报·新园地》副刊刊载陶里《哀与乐》（斗室漫话），胡晓风《"中文无用"感想》（濠江小唱），廖钺《台山漫草》。

⊙　《华侨报·华座》副刊发表孙忆晴《尊重教师》；《华林》副刊发表平平的小说《蛇蝎美人》，续载慕容奇《死不去的尸魂》（五），张笑天《公开的"内参"》（四），白慈飘《欲海沉沦记》（七），杜飞《雌雄双彪》（二十）。

16日　《澳门日报·新园地》副刊刊载陶里《伊甸园二三事》（斗室漫话），胡晓风《但愿同日死！？》（濠江小唱）。

⊙　《华侨报·华座》副刊发表克龄《李公朴长笑》；《华林》副刊发表秀宝的小说《新居不乐》，续载慕容奇《死不去的尸魂》（六），张笑天《公开的"内参"》（五），白慈飘《欲海沉沦记》（八），杜飞《雌雄双彪》（二十一）。

17日　《澳门日报·新儿童》副刊刊载东南何家兴《火的自述》（儿童园地），劳校韦国仔《知识》；《新园地》副刊刊载鲁茂《谈抢镜头》（斗室漫话），胡晓风《疯狂之国》（濠江小唱），陈翔华《诗坛上的中日友谊》。

⊙　《华侨报·华座》副刊发表程彬《鲁迅的自我批评精神》；《华林》副刊续载慕容奇《死不去的尸魂》（七），张笑天《公开的"内参"》（六），白慈飘《欲海沉沦记》（九），杜飞《雌雄双彪》（二十二）。

18日　《澳门日报·新园地》副刊刊载鲁茂《看书和看戏》（斗室漫话），胡晓风《夏日抒情》（濠江小唱），烛光《转折》。

⊙　《华侨报·华座》副刊发表柏永《旧小说纪闻》；《华林》副刊续载慕容奇《死不去的尸魂》（八），张笑天《公开的"内参"》（七），白慈飘《欲海沉沦记》（十），杜飞《雌雄双彪》（二十三）。

19日　《澳门日报·新园地》副刊刊载马交生《电力公司不应执论》（怪论连篇），彦火《冰心的岁月》（上）（随笔），胡晓风《夏娃是上帝的杰作》（濠江小唱）。

⊙　《华侨报·华座》副刊发表马树森《艺海无涯苦作舟》（上），孙忆晴《斯文扫地》，墨斗《六祖铜鎏历劫记》；《华林》副刊续载慕容奇《死不去的尸魂》（九），张笑天《公开的“内参”》（八），白慈飘《欲海沉沦记》（十一），杜飞《雌雄双彪》（二十四）。

20日　《澳门日报·新园地》副刊刊载彦火《冰心的岁月》（中）（随笔），胡晓风《“靓妹仔”余波》（濠江小唱），金良《奔驰》。

⊙　《华侨报·华座》副刊发表永钧《“快事”的感想》，马树森《艺海无涯苦作舟》（下）；《华林》副刊发表平平的小说《贤内助》，凌方的小说《女儿的信》，秋子的小说《淡愁》（一），续载张笑天《公开的“内参”》（九），杜飞《雌雄双彪》（二十五）。

21日　《澳门日报·新园地》副刊刊载陶里《自杀》（斗室漫话），胡晓风《棋的联想》（濠江小唱），卓伦《老太婆扫描》，彦火《冰心的岁月》（下）（随笔）。

⊙　《华侨报·华座》副刊发表林定孚的词《沁园春·用傅伯刚词长韵羊城忆旧》，傅伯刚《白茆红豆惹相思》；《华林》副刊发表季季的小说《额》（一），续载张笑天《公开的“内参”》（十），秋子《淡愁》（二），杜飞《雌雄双彪》（二十六）。

22日　《澳门日报·新园地》副刊刊载陶里《好色》（斗室漫话），胡晓风《朋友》（濠江小唱），冼得霖《洞庭波老，梦压星河》。

⊙　《华侨报·华座》副刊发表柏永《狗与奴才》，墨斗《广州顺母桥》；《华林》副刊续载季季《额》（二），张笑天《公开的“内参”》（十一），秋子《淡愁》（三），杜飞《雌雄双彪》（二十七）。

23日　《澳门日报·新园地》副刊刊载陶里《谐庄兼蓄》（斗室漫话），胡晓风《说得好！》（濠江小唱），方镜之《掷石处死奸夫》，杨城《端午节和扒龙舟》。

⊙　《华侨报·华座》副刊发表丁韶的《谈两首〈登鹳雀楼〉》；《华林》副刊续载季季《额》（三），张笑天《公开的"内参"》（十二），秋子《淡愁》（四），杜飞《雌雄双彪》（二十八）。

24日　《澳门日报·新儿童》副刊刊载沙梨头苏建中《参观濠江中学》（儿童园地），蔡高钟圆英《在巴士车厢里》；《新园地》副刊刊载鲁茂《狂人分级》（斗室漫话），胡晓风《说得好！》（濠江小唱）。

⊙　《华侨报·华座》副刊发表多龄《端午节前谈龙》，雄兵《刘海粟·模特儿·国际奖》，墨斗《鬼屋奇谈》；《华林》副刊发表仲平的小说《酒店中的奇遇》，续载张笑天《公开的"内参"》（十三），秋子《淡愁》（五），杜飞《雌雄双彪》（二十九）。

25日　《澳门日报·新园地》副刊刊载鲁茂《学做"奸既成年人"》（斗室漫话），胡晓风《做梦》（濠江小唱），金良《端午抒情》。

⊙　《华侨报·华座》副刊发表傅伯刚《赛金花与〈孽海花〉》，楚舒《端午·龙舟·粽子》；《华林》副刊发表凌方的小说《迟说了二十年的话》（上），续载张笑天《公开的"内参"》（十四），秋子《淡愁》（六），杜飞《雌雄双彪》（三十）。

26日　《澳门日报·新园地》副刊刊载马交生《由名片说起》（怪论连篇），胡晓风《"应景"之外》（濠江小唱），黄轶球《校友相聚》。

⊙　《华侨报·华座》副刊发表佟立章的诗歌《无题》，孙忆晴《自杀！请再想一想》，墨斗《大佛迁居记》；《华林》副刊发表凌方的小说《迟说了二十年的话》（中），刘绍棠的小说《绿杨堤》（一），续载张笑天《公开的"内参"》（十五），秋子《淡愁》（七），杜飞《雌雄双彪》（三十一）。

27日　《澳门日报·新园地》副刊刊载东瑞《秦牧近况》（随笔），胡晓风《痴线》（濠江小唱），明《梦与醒》。

⊙　《华侨报·华座》副刊发表柏永《唐诗拾趣》（一），克龄《托尔斯泰的妻子与安娜·卡列尼娜》，韦地《郑板桥轶事》；《华林》副刊发表凌方的小说《迟说了二十年的话》（下），白浪的小说《幻灭》（一），续载张笑天《公开的“内参”》（十六），刘绍棠《绿杨堤》（二），杜飞《雌雄双彪》（三十二）。

28日　《澳门日报·新园地》副刊刊载陶里《由不升学说起》（斗室漫话），胡晓风《拿破仑“性变”》（濠江小唱），阿莎《雨》。

⊙　《华侨报·华座》副刊发表永钧《吃花的人》；《华林》副刊发表白浪的小说《杜鹃红》（上），续载张笑天《公开的“内参”》（十七），刘绍棠《绿杨堤》（三），白浪《幻灭》（二），杜飞《雌雄双彪》（三十三）。

29日　《澳门日报·新园地》副刊刊载陶里《爱情模式》（斗室漫话），胡晓风《不光彩的“世界杯”纪录》（濠江小唱），怀珠《阿大毕业礼散记》，冼得霖《灯市的情思》（随笔）。

⊙　《华侨报·华座》副刊发表傅伯刚《选择——试论晴雯与袭人的性格》，克龄《王羲之舍宅为寺》；《华林》副刊发表白浪的小说《杜鹃红》（中），续载张笑天《公开的“内参”》（十八），刘绍棠《绿杨堤》（四），白浪《幻灭》（三），杜飞《雌雄双彪》（三十四）。

30日　《澳门日报·新园地》副刊刊载陶里《压力》（斗室漫话），胡晓风《话说“山姆大叔”》（濠江小唱），蓝玛《春夜黑沙（外一首）》。

⊙　《华侨报·华座》副刊发表孙忆晴《写纪念册有感》，逸文《偷闲有益》；《华林》副刊发表白浪的小说《杜鹃红》（下），续载张笑天《公开的“内参”》（十九），刘绍棠《绿杨堤》（五），白浪《幻灭》（四），杜飞《雌雄双彪》（三十五）。

七月

1日　《澳门日报·新园地》副刊刊载鲁茂《谈兽性大发》（斗室漫话），胡晓风《巧合？》（濠江小唱），黄伟经《一棵五彩斑斓的大树——〈爱之路〉再版后记》。

⊙　《华侨报·华座》副刊发表高优锷《中国画坛女强人陈佩秋》，韦地《作揖戏学官》，罕旋《志气·骨气·勇气·正气》，佟立章的诗歌《雨后披酒池畔漫步怅然赋此抒怀》；《华林》副刊发表季季的小说《契》（一），续载张笑天《公开的“内参”》（二十），刘绍棠《绿杨堤》（六），白浪《幻灭》（五），杜飞《雌雄双彪》（三十六）。

2日 《澳门日报·新园地》副刊刊载鲁茂《夜深忽梦少年时》（斗室漫话），胡晓风《凶手与神经错乱之类》（濠江小唱），李抚虹《贺乃钟画展并序》。

⊙ 《华侨报·华座》副刊发表佟立章的诗歌《雨后眺望口占》，孙忆晴《习武和打人》；《华林》副刊续载季季《契》（二），张笑天《公开的“内参”》（二十一），刘绍棠《绿杨堤》（七），白浪《幻灭》（六），杜飞《雌雄双彪》（三十七）。

3日 《澳门日报·新园地》副刊刊载马交生《论澳门交通三不政策》（怪论连篇），胡晓风《长寿，酒与旅游》（濠江小唱）。

⊙ 《华侨报·华座》副刊发表傅伯刚《天下名泉及其他》，孙芳《吕洞宾三醉岳阳城》；《华林》副刊续载季季《契》（三），张笑天《公开的“内参”》（二十二），刘绍棠《绿杨堤》（八），白浪《幻灭》（七），杜飞《雌雄双彪》（三十八）。

4日 《澳门日报·新园地》副刊刊载胡晓风《胡姬引起的怀念》（濠江小唱），黄施民《渔家傲三阕》，开始连载羊城旧侣《白鹅潭》（至1982年8月11日止）。

⊙ 《华侨报·华座》副刊发表沈谦《最执着的情诗》；《华林》副刊发表黄骋的小说《贵妇与骗子》（一），续载季季《契》（四），张笑天《公开的“内参”》（二十三），刘绍棠《绿杨堤》（九），杜飞《雌雄双彪》（三十九）。

5日 《澳门日报·新园地》副刊刊载王云《闲话“少林寺”》（随笔），胡晓风《咖啡遐想》（濠江小唱），陈觉安《印度人骨买卖》。

⊙ 《华侨报·华座》副刊发表柏永《“套中人”还活着》；《华林》副刊发表慕容奇的小说《若狭姬神社》（一），续载张笑天《公开的“内参”》（二十四），刘绍棠《绿杨堤》（十），黄骋《贵妇与骗子》（二），杜飞《雌雄双彪》（四十）。

6日 《澳门日报·新园地》副刊刊载马交生《论拙烂路之好处》（怪论连

篇），胡晓风《无题》（濠江小唱），王云《闲话“少林寺”》（随笔），玉文《多峇湖》。

⊙ 《华侨报·华座》副刊发表费璞《凭吊姑苏“五人之墓”》，丽穗《态度之美》；《华林》副刊续载慕容奇《若狭姬神社》（二），张笑天《公开的“内参”》（二十五），刘绍棠《绿杨堤》（十一），黄骋《贵妇与骗子》（三），杜飞《雌雄双彪》（四十一）。

7日 《澳门日报·新园地》副刊刊载王云《闲话“少林寺”》（随笔），胡晓风《偶感》（濠江小唱），金良《回响》。

⊙ 《华侨报·华座》副刊发表佟立章的诗歌《听雨》，克龄《汤显祖与玉茗树》，中新《莫愁湖抒情》；《华林》副刊续载慕容奇《若狭姬神社》（三），张笑天《公开的“内参”》（二十六），刘绍棠《绿杨堤》（十二），黄骋《贵妇与骗子》（四），杜飞《雌雄双彪》（四十二）。

8日 《澳门日报·新儿童》副刊刊载同善堂李巧颖《一件惭愧的事》（儿童园地），劳校磊明《把握好今天》；《新园地》副刊刊载鲁茂《淡风》（斗室漫话），胡晓风《病与朋友》（濠江小唱），晴云《惜》。

⊙ 《华侨报·华青》副刊发表丁韶《鉴赏作品与熟悉生活》，沾文琪《毅力》，伦宝慈《一面镜子》，子薇《考试中的插曲》，何有光《近朱者赤》，正杰《我没有做错》，冼官福《在课室里》，周和根《檐前滴雨》，杨达夫《“合格”能满足吗？》，小草《转校》，孙忆晴《暑假》，冯文杰《我的工余生活》；《华座》副刊发表钟武《诗人的感觉》；《华林》副刊发表仲仲的小说《游子归家》，续载慕容奇《若狭姬神社》（四），张笑天《公开的“内参”》（二十七），刘绍棠《绿杨堤》（十三），黄骋《贵妇与骗子》（五），杜飞《雌雄双彪》（四十三）。

9日 《澳门日报·新园地》副刊刊载鲁茂《真希望有鬼》（斗室漫话），胡晓风《女特警》（濠江小唱），尚文《美国的公莫城》。

⊙ 《华侨报·华座》副刊发表克龄《雪莱写〈沉西〉》，守静《镇江的“驸马庄”》，屈文《简洁之美》；《华林》副刊续载慕容奇《若狭姬神社》（五），张笑天《公开的“内参”》（二十八），刘绍棠《绿杨堤》

（十四），黄骋《贵妇与骗子》（六），杜飞《雌雄双彪》（四十四）。

10日　《澳门日报·新园地》副刊刊载马交生《林碧棋宜演圣女贞德》（斗室漫话），胡晓风《“开心果”将成追忆》（濠江小唱），丹霞《四时歌》。

⊙　《华侨报·华座》副刊发表孙忆晴《言论自由》，多龄《“滕王阁”碑石历沧桑》；《华林》副刊续载慕容奇《若狭姬神社》（六），张笑天《公开的“内参”》（二十九），刘绍棠《绿杨堤》（十五），黄骋《贵妇与骗子》（七），杜飞《雌雄双彪》（四十五）。

11日　《澳门日报·新园地》副刊刊载胡晓风《重有感》（濠江小唱），丁丁的小说《阿彩的丈夫》。

⊙　《华侨报·华座》副刊发表丁韶《咏菊诗的争论》，萌生《“无声语言”的美》；《华林》副刊续载慕容奇《若狭姬神社》（七），张笑天《公开的“内参”》（三十），刘绍棠《绿杨堤》（十六），黄骋《贵妇与骗子》（八），杜飞《雌雄双彪》（四十六）。

12日　《澳门日报·新园地》副刊刊载孤独月《风从哪边来》，胡晓风《世界杯有关》（濠江小唱）。

⊙　《华侨报·华座》副刊发表多龄《南阳医圣祠散记》，浩瀚《鞋杯词》，牧文《喝茶的情趣》；《华林》副刊续载慕容奇《若狭姬神社》（八），张笑天《公开的“内参”》（三十一），刘绍棠《绿杨堤》（十七），黄骋《贵妇与骗子》（九），杜飞《雌雄双彪》（四十七）。

13日　《澳门日报·新园地》副刊刊载马交生《澳门宜办世杯女足赛》（怪论连篇），胡晓风《但求一醉》（濠江小唱）。

⊙　《华侨报·华座》副刊发表浮沉子的诗歌《重登松山杜鹃为雨所败复不闻杜啼鸣感赋》《过松山亭》，秀文《批评与进步》，克龄《领结婚证的笑话》；《华林》副刊续载慕容奇《若狭姬神社》（九），张笑天《公开的“内参”》（三十二），刘绍棠《绿杨堤》（十八），黄骋《贵妇与骗子》（十），杜飞《雌雄双彪》（四十八）。

14日　《澳门日报·新园地》副刊刊载陶里《澳门居民“受难日”》（斗室漫话），胡晓风《拦阻告示》（濠江小唱），浩翰《穷诗》。

⊙ 《华侨报·华座》副刊发表慕华《名作家谈色情文学与摄影》，纯纯《竹器的新魅力》，史舆《曹操的舞台脸谱由来》，撷英《〈聊斋〉里的美女》；《华林》副刊发表凌方的小说《珍藏的记忆》（上），续载张笑天《公开的“内参”》（三十三），刘绍棠《绿杨堤》（十九），黄骋《贵妇与骗子》（十一），杜飞《雌雄双彪》（四十九）。

15日 《澳门日报·新园地》副刊刊载鲁茂《球迷被宠坏了？》（斗室漫话），胡晓风《摊破浣溪沙》（濠江小唱）。

⊙ 《华侨报·华座》副刊发表多龄《东湖小记》，李卉《“连中三元”解》，林子《路》，马起华《独有书癖不可医》；《华林》副刊发表凌方的小说《珍藏的记忆》（中），续载张笑天《公开的“内参”》（三十四），刘绍棠《绿杨堤》（二十），黄骋《贵妇与骗子》（十二），杜飞《雌雄双彪》（五十）。

16日 《澳门日报·新园地》副刊刊载胡晓风《江亭怨》（濠江小唱），明《还听得见蝉》。

⊙ 《华侨报·华座》副刊发表石耿《爱国与吃亏》；《华林》副刊发表凌方的小说《珍藏的记忆》（下），白浪的小说《贼》（一），续载张笑天《公开的“内参”》（三十五），刘绍棠《绿杨堤》（二十一），杜飞《雌雄双彪》（五十一）。

17日 《澳门日报·新园地》副刊刊载马交生《宁做阿Q，不当阿O》（怪论连篇），胡晓风《好一声“何处惹尘埃”》（濠江小唱），郑卓立《伞》。

⊙ 《华侨报·华座》副刊发表陈贺美《把想象揉入泥土中》，克龄《马克·吐温与老人》，史舆《“客家人”历史的探寻》，多龄《范仲淹墓散记》；《华林》副刊发表康晴的小说《心情》，续载张笑天《公开的“内参”》（三十六），刘绍棠《绿杨堤》（二十二），白浪《贼》（二），杜飞《雌雄双彪》（五十二）。

18日 《澳门日报·新园地》副刊刊载鲁茂《看书和看戏》（斗室漫话），胡晓风《夏日抒情》（濠江小唱），烛光《转折》。

⊙ 《华侨报·华座》副刊发表闻思《不服老的人》；《华林》副刊发表凌方

的小说《还乡》（上），续载张笑天《公开的“内参”》（三十七），刘绍棠《绿杨堤》（二十三），白浪《贼》（三），杜飞《雌雄双彪》（五十三）。

19日　《澳门日报·新园地》副刊刊载蓝玛《问白云》，杨城《夏日话扇》，胡晓风《烦恼莫招》（濠江小唱）。

⊙　《华侨报·华座》副刊发表何广才《梦时良是觉时非——读冰心散文随想》，子薇《破茧而出》；《华林》副刊发表凌方的小说《还乡》（中），续载张笑天《公开的“内参”》（三十八），刘绍棠《绿杨堤》（二十四），白浪《贼》（四），杜飞《雌雄双彪》（五十四）。

20日　《澳门日报·新园地》副刊刊载陆林康《知识的窗口》（随笔），马交生《论烟民申请吸烟证》（怪论连篇），胡晓风《百尺楼》（濠江小唱），索尼《寂寞的芃多玲》。

⊙　《华侨报·华座》副刊发表浮沉子的诗歌《立章兄席上晤司徒奇长者相谈甚欢赋此赠之》，丁韶《从“一字师”所想到的》；《华林》副刊发表凌方的小说《还乡》（下），续载张笑天《公开的“内参”》（三十九），刘绍棠《绿杨堤》（二十五），白浪《贼》（五），杜飞《雌雄双彪》（五十五）。

21日　《澳门日报·新园地》副刊刊载胡晓风《少年游》（濠江小唱），梁然《小心流感》。

⊙　《华侨报·华座》副刊发表何广才《冰心笔下的海》；《华林》副刊发表凌方的小说《星空下》（一），续载张笑天《公开的“内参”》（四十），刘绍棠《绿杨堤》（二十六），白浪《贼》（六），杜飞《雌雄双彪》（五十六）。

22日　《澳门日报·新园地》副刊刊载鲁茂《冷艳》（斗室漫话），胡晓风《丑奴儿》（濠江小唱），廖钺《秋日洛阳》。

⊙　《华侨报·华青》副刊发表丁柏《谈艺术欣赏力》，芝亭《孩子的礼物》，苦劲《花的联想》，子薇《卖姜花的小贩》，苏安《派成绩单》，梦宁《毕业典礼有感》，朝霞《我的暑假》，永沛《阅卷态度》，周和根《一毫子》，蠢才《生与死》，小高《幼苗》，黄妙娥《广告毒》；

《华座》副刊发表陈秋《龙柱——竖起神的住家》，继生《郁达夫诗赠弘一法师》，琴涵《永远的微笑》，小克《小谈庙·寺·观》；《华林》副刊续载凌方的小说《星空下》（二），张笑天《公开的“内参”》（四十一），刘绍棠《绿杨堤》（二十七），白浪《贼》（七），杜飞《雌雄双彪》（五十七）。

23日　《澳门日报·新儿童》副刊刊载沙梨头周永权《毕业旅行》，同善堂刘德权《夏夜》；《新园地》副刊刊载鲁茂《走位》（斗室漫话），胡晓风《狠心妈妈》（濠江小唱），廖钺《龙门石窟》。

⊙　《华侨报·华座》副刊发表浩瀚《康子之妇》；《华林》副刊续载凌方的小说《星空下》（三），张笑天《公开的“内参”》（四十二），刘绍棠《绿杨堤》（二十八），白浪《贼》（八），杜飞《雌雄双彪》（五十八）。

24日　《澳门日报·新园地》副刊刊载黄施民《七律两首》，鲁茂《狂人分级》（斗室漫话），胡晓风《“绝食”联想》（濠江小唱），黄云《马可勃罗续记》（上）（随笔）。

⊙　《华侨报·华座》副刊发表克嘉《我国独有的扇面艺术》，傅伯刚《用作假来掩盖真情》；《华林》副刊续载凌方的小说《星空下》（四），张笑天《公开的“内参”》（四十三），刘绍棠《绿杨堤》（二十九），白浪《贼》（九），杜飞《雌雄双彪》（五十九）。

25日　《澳门日报·新园地》副刊刊载胡晓风《有感于街头伏尸者》（濠江小唱），黄云《马可勃罗续记》（中）（随笔）。

⊙　《华侨报·华座》副刊发表德知《今后的一代》，彩龄《色彩的妙用》；《华林》副刊发表慕容奇的小说《八幡神社第一神》（一），续载张笑天《公开的“内参”》（四十四），刘绍棠《绿杨堤》（三十），白浪《贼》（十），杜飞《雌雄双彪》（六十）。

26日　《澳门日报·新园地》副刊刊载黄云《马可勃罗续记》（下）（随笔），胡晓风《向市民开刀》（濠江小唱），丁丁的小说《绿帽风波》。

⊙　《华侨报·华座》副刊发表丁韶《匠心独运，别出心裁》；《华林》副刊续载慕容奇的小说《八幡神社第一神》（二），张笑天《公开的“内参”》

（四十五），刘绍棠《绿杨堤》（三十一），白浪《贼》（十一），杜飞《雌雄双彪》（六十一）。

27日　《澳门日报·新园地》副刊刊载马交生《论加电费之好处》（怪论连篇），胡晓风《牢骚》（濠江小唱）。

⊙　《华侨报·华座》副刊发表克龄《一首小曲催泪下》，克嘉《云南剑川对联小记》，刘墉《完与美》；《华林》副刊发表谌容的小说《真真假假》（一），丛苏的小说《流缘》（一），续载慕容奇的小说《八幡神社第一神》（三），张笑天《公开的"内参"》（四十六），杜飞《雌雄双彪》（六十二）。

28日　《澳门日报·新园地》副刊刊载梅萼华《酷热？纳凉？租树荫？》（随笔），胡晓风《题未定》（濠江小唱），黄施民《七律》。

⊙　《华侨报·华座》副刊发表林铃塙《揭开"闭关"的秘密》，小漫《萧伯纳轶事》；《华林》副刊发表方凌的小说《离》（一），续载慕容奇的小说《八幡神社第一神》（四），张笑天《公开的"内参"》（四十七），谌容《真真假假》（二），丛苏《流缘》（二）。

29日　《澳门日报·新儿童》刊载培正李锐俊《难忘的回忆》，粤华刘嘉玲《风扇》，鲁茂《侵略就是侵略》（斗室漫话）；《新园地》副刊刊载胡晓风《老婆与文章》（濠江小唱），明《夏夜》。

⊙　《华侨报·华座》副刊发表刘墉《选择》，蓝桥《骗？》；《华林》副刊续载慕容奇的小说《八幡神社第一神》（五），张笑天《公开的"内参"》（四十八），谌容《真真假假》（三），丛苏《流缘》（三），方凌《离》（二）。

30日　《澳门日报·新园地》副刊刊载鲁茂《苦笑》（斗室漫话），胡晓风《集鲁迅句有寄》（濠江小唱），金良的小说《蛙鼓》。

⊙　《华侨报·华座》副刊发表杨子《圆房》，火泉《诚》；《华林》副刊续载慕容奇的小说《八幡神社第一神》（六），张笑天《公开的"内参"》（四十九），谌容《真真假假》（四），丛苏《流缘》（四），方凌《离》（三）。

31日　《澳门日报·新园地》副刊刊载胡晓风《红颜多事》（濠江小唱），蓝玛

《盆景（外一首）》。

⊙ 《华侨报·华座》副刊发表毕长朴《茅坑的石头》，丁韶《为甚么“敲”字比“推”字好》，刘墉《知命与认命》；《华林》副刊发表斯斯的小说《饭堂主任》，续载慕容奇的小说《八幡神社第一神》（七），张笑天《公开的“内参”》（五十），谌容《真真假假》（五），丛苏《流缘》（五），方凌《离》（四）。

八月

1日 《澳门日报·新园地》副刊刊载胡晓风《看“拖手仔”》（濠江小唱），阿莎《情怀》，顾执中《上海的早晨》（见闻录）。

⊙ 《华侨报·华座》副刊发表林玲《宝岛丐帮的传奇》，何广才《冰心的文学渊源》；《华林》副刊续载慕容奇的小说《八幡神社第一神》（八），张笑天《公开的“内参”》（五十一），谌容《真真假假》（六），丛苏《流缘》（六），方凌《离》（五）。

2日 《澳门日报·新园地》副刊刊载胡晓风《让年轻一代看清历史》（濠江小唱），金良《芭蕉（外一首）》。

⊙ 《华侨报·华座》副刊发表甄佳《坦率的爱》，孙芳铭《扬州园林与对联》，芊漫《嵇康骨气》；《华林》副刊发表平的小说《楼下的男孩子》，续载慕容奇的小说《八幡神社第一神》（九），张笑天《公开的“内参”》（五十二），谌容《真真假假》（七），丛苏《流缘》（七），方凌《离》（六）。

3日 《澳门日报·新园地》副刊刊载胡晓风《早起望海兼送陶里》（濠江小唱），马交生《论阮基石发烂渣》（怪论连篇），蓝玛《湖》。

⊙ 《华侨报·华座》副刊发表何广才《冰心散文的语言特色》，甘戈《谈“别号”与“室名”》；《华林》副刊发表汛卡迪的小说《绝唱》（一），续载张笑天《公开的“内参”》（五十三），谌容《真真假假》（八），丛苏《流缘》（八），方凌《离》（七）。

4日 《澳门日报·新园地》副刊刊载胡晓风《零一开始》（濠江小唱），蓝玛

《军国主义的老仆》（斗室漫话）。

⊙　《华侨报·华青》副刊发表丁艺《从读到写》，冼官福《宿营好》，周和根《IQ棒》，芝亭《可敬的司机》，蓝天《老师，谢谢您》，黄汉权《文化沙漠》，何有光《忘带身份证》，海燕《奇妙的问题》，傻豹的杂记《我班中的阿Q》，杨达夫《文凭》，子薇《要做“不倒翁”》，何光《补考制度》，逆水《巨人》，黄倩薇《谁是谁非》；《华座》副刊发表丹霞的词《菩萨蛮·寄情》《菩萨蛮·苦读》，丁韶《读陈子昂的〈登幽州台歌〉》，刘墉《好与不错》；《华林》副刊续载汛卡迪的小说《绝唱》（二），张笑天《公开的“内参”》（五十四），谌容《真真假假》（九），从苏《流缘》（九），方凌《离》（八）。

5日　《澳门日报·新儿童》刊载沙梨头郑燕燕《致同学——谈暑假的计划》（儿童园地），化地玛郑燕燕《温室的我》（儿童园地）；《新园地》副刊刊载胡晓风《穷开心》（濠江小唱），陶里《吴楚帆丰采依然》（斗室漫话），金良《愤世者的墓志铭》。

⊙　《华侨报·华座》副刊发表东方一羽《明知不是路·事急马行田》，黄正《章太炎勉青年读史》，小芊《千奇百怪的锁》，杜希甫《香飘武都话樱桃》；《华林》副刊发表张一弓的小说《张铁匠的罗曼史》（一），续载汛卡迪的小说《绝唱》（三），谌容《真真假假》（十），从苏《流缘》（十），方凌《离》（九）。

6日　《澳门日报·新园地》副刊刊载胡晓风《从“想”到“应”》（濠江小唱），陶里《大厦的奇难杂症》（斗室漫话），明《我的赞美》。

⊙　《华侨报·华座》副刊发表杨国枢《爱的历程永无止境》，丽清《无情不似多情苦》；《华林》副刊发表仲平的小说《夫妇之间》，续载汛卡迪的小说《绝唱》（四），张一弓《张铁匠的罗曼史》（二），谌容《真真假假》（十一），从苏《流缘》（十一），方凌《离》（十）。

7日　《澳门日报·新园地》副刊刊载胡晓风《“龙”的传人》（濠江小唱），玉文《宴》。

⊙　《华侨报·华座》副刊发表于馥《文人笔下的狗》；《华林》副刊发表仲

平的小说《心有灵犀》，开始连载张浩的小说《方舟》（至1982年11月12日止），续载汛卡迪的小说《绝唱》（五），张一弓《张铁匠的罗曼史》（三），谌容《真真假假》（十二），从苏《流缘》（十二）。

8日 《澳门日报·新园地》副刊刊载胡晓风《原爆之际》（濠江小唱），丁璐《海》。

⊙ 《华侨报·华座》副刊发表东方一羽《岂有此理的“进入”》，火泉《肯定自己》，杂记《麦积山石窟》；《华林》副刊续载汛卡迪的小说《绝唱》（六），张一弓《张铁匠的罗曼史》（四），谌容《真真假假》（十三），从苏《流缘》（十三）。

9日 《澳门日报·新园地》副刊刊载胡晓风《无题》（濠江小唱）。

⊙ 《华侨报·华座》副刊发表韵琴《生之烛》，于馥《永不凋谢的“菊花”》；《华林》副刊续载汛卡迪的小说《绝唱》（七），张一弓《张铁匠的罗曼史》（五），谌容《真真假假》（十四），从苏《流缘》（十四）。

10日 《澳门日报·新园地》副刊刊载胡晓风《带眼识人》（濠江小唱），穆翼《寄生草（散曲）》。

⊙ 《华侨报·华座》副刊发表张崇发《“太后下嫁”与昭西陵》（上）；《华林》副刊发表仲达的小说《情感维持》（上），续载汛卡迪的小说《绝唱》（八），张一弓《张铁匠的罗曼史》（六），谌容《真真假假》（十五），从苏《流缘》（十五）。

11日 《澳门日报·新园地》副刊刊载胡晓风《儿子债未了》（濠江小唱），陶里《呸！不准“进入”》。

⊙ 《华侨报·华座》副刊发表张崇发《“太后下嫁”与昭西陵》（下）；《华林》副刊发表仲达的小说《情感维持》（中），续载汛卡迪的小说《绝唱》（九），张一弓《张铁匠的罗曼史》（七），谌容《真真假假》（十六），从苏《流缘》（十六）。

12日 《澳门日报·新儿童》刊载劳校欧凤仪《牙齿与健康》（儿童园地），利玛窦胡金美《回忆童年》（儿童园地）；《新园地》副刊刊载胡晓风《青之浮想》（濠江小唱），鲁茂《看“天皇巨星”表演》（斗室漫话），谭任杰《浣溪沙》，开始连载羊城旧侣《宝剑留痕》（至1982年10月20日止）。

⊙ 《华侨报·华座》副刊发表丹霞的诗歌《险道》，高义《舞林怪谈》，慰慈《牛仔裤》；《华林》副刊发表仲达的小说《情感维持》（下），续载汎卡迪的小说《绝唱》（十），张一弓《张铁匠的罗曼史》（八），谌容《真真假假》（十七），丛苏《流缘》（十七）。

13日 《澳门日报·新园地》副刊刊载胡晓风《到底是谁害谁》（濠江小唱），鲁茂《我老豆叻过你老豆》（斗室漫话），黄施文《访日吟草（七律四首）》。

⊙ 《华侨报·华座》副刊发表张崇发《顺治皇帝的尸体哪儿去了？》，林子《暴风雨》；《华林》副刊发表爱亚的小说《六十六》（一），续载汎卡迪的小说《绝唱》（十一），张一弓《张铁匠的罗曼史》（九），谌容《真真假假》（十八）。

14日 《澳门日报·新园地》副刊刊载胡晓风《无端哀乐》（濠江小唱），马交生《香港记者被殴系好事》（怪论连篇）。

⊙ 《华侨报·华座》副刊发表梁鉴江的诗歌《海陵听潮》，多龄《黄山书法石刻览胜》，云《爱的责任》；《华林》副刊续载汎卡迪的小说《绝唱》（十二），张一弓《张铁匠的罗曼史》（十），谌容《真真假假》（十九），爱亚《六十六》（二）。

15日 《澳门日报·新园地》副刊刊载胡晓风《股市狂澜》（濠江小唱），爱霞《幸运的我》（新苗），卓伦《榴莲飘香》。

⊙ 《华侨报·华座》副刊发表克龄《张三影》，孙忆晴《鼓》；《华林》副刊续载汎卡迪的小说《绝唱》（十三），张一弓《张铁匠的罗曼史》（十一），谌容《真真假假》（二十），爱亚《六十六》（三）。

16日 《澳门日报·新园地》副刊刊载胡晓风《多宗少女被强奸案》（濠江小唱），剑《生活呵生活》。

⊙ 《华侨报·华座》副刊发表孙忆晴《退休·公积金和教师》，中新《台湾八千七百寺》，梁鉴江的诗歌《秋夜泛江》；《华林》副刊发表慕容奇的小说《悲愿谷》（一），冯苓植的小说《驼峰上的爱》（一），续载张一弓《张铁匠的罗曼史》（十二），谌容《真真假假》（二十一），爱亚《六十六》（四）。

17日　《澳门日报·新园地》副刊刊载胡晓风《奈何贫贱》（濠江小唱），马交生《论宫刑与药渣》（怪论连篇），阿莎《项链》。

⊙　《华侨报·华座》副刊发表杨明显《爱称》；《华林》副刊续载慕容奇《悲愿谷》（二），张一弓《张铁匠的罗曼史》（十三），谌容《真真假假》（二十二），冯苓植《驼峰上的爱》（二），爱亚《六十六》（五）。

18日　《澳门日报·新园地》副刊刊载胡晓风《纪念与致谢》（濠江小唱），方学犁《解愁》（随笔），吴彰桂《清道夫》。

⊙　《华侨报·华座》副刊发表历驰《我国最长古典小说》，枕《筷子》；《华林》副刊发表仲平的小说《度假归来》，续载慕容奇《悲愿谷》（三），张一弓《张铁匠的罗曼史》（十四），谌容《真真假假》（二十三），冯苓植《驼峰上的爱》（三），爱亚《六十六》（六）。

19日　《澳门日报·新儿童》刊载培正甘定宇《妹妹的宠儿》（儿童园地），沙梨头苏建中《课外生活多姿多彩》（儿童园地）；《新园地》副刊刊载胡晓风《老人悲剧》（濠江小唱），鲁茂《死得快，好世界》（斗室漫话）。

⊙　《华侨报·华座》副刊发表于馥《口味与性格》，小漫《一年间》，孙忆晴《上海见闻随感》（上）；《华林》副刊发表仲平的小说《险些闯祸》，续载慕容奇《悲愿谷》（四），张一弓《张铁匠的罗曼史》（十五），谌容《真真假假》（二十四），冯苓植《驼峰上的爱》（四），爱亚《六十六》（七）。

20日　《澳门日报·新园地》副刊刊载胡晓风《水哉水哉》（濠江小唱），鲁茂《瞒税》（斗室漫话），马南侨《人生》。

⊙　《华侨报·华座》副刊发表孙忆晴《上海见闻随感》（中），厉曼婷《夏娃身上的叶子》（上）；《华林》副刊续载慕容奇《悲愿谷》（五），张一弓《张铁匠的罗曼史》（十六），谌容《真真假假》（二十五），冯苓植《驼峰上的爱》（五），爱亚《六十六》（八）。

21日 《澳门日报·新园地》副刊刊载胡晓风《雨夜思》（濠江小唱），马交生《论丽的改名》（怪论连篇），廖钺《粤西行（十三首）》（一）。

⊙ 《华侨报·华座》副刊发表孙忆晴《上海见闻随感》（下）；《华林》副刊续载慕容奇《悲愿谷》（六），张一弓《张铁匠的罗曼史》（十七），谌容《真真假假》（二十六），冯苓植《驼峰上的爱》（六），爱亚《六十六》（九）。

22日 《澳门日报·新园地》副刊刊载胡晓风《关于自由》（濠江小唱），廖钺《粤西行（十三首）》（二）。

⊙ 《华侨报·华座》副刊发表王一芒《冷饮史话》，中新《南京大屠杀幸存者自述》；《华林》副刊发表林聪仁的小说《天堂路》（一），续载慕容奇《悲愿谷》（七），张一弓《张铁匠的罗曼史》（十八），谌容《真真假假》（二十七），冯苓植《驼峰上的爱》（七）。

23日 《澳门日报·新园地》副刊刊载胡晓风《重逢疑梦》（濠江小唱），廖钺《粤西行（十三首）》（三）。

⊙ 《华侨报·华座》副刊发表墨斗《看竹何须问主人》，赖本能的诗歌《题扇》；《华林》副刊发表仲达的小说《最佳办法》（上），续载慕容奇《悲愿谷》（八），张一弓《张铁匠的罗曼史》（十九），谌容《真真假假》（二十八），冯苓植《驼峰上的爱》（八），林聪仁《天堂路》（二）。

24日 《澳门日报·新园地》副刊刊载胡晓风《集郁句覆世侄女》（濠江小唱），马交生《斥集女性生殖器》（怪论连篇），廖钺《粤西行（十三首）》（四）。

⊙ 《华侨报·华座》副刊发表东方一羽《假如没有狗场》，孙忆晴《清清白白做人》，楚舒《戏剧中的周瑜其人》；《华林》副刊发表仲达的小说《最佳办法》（中），续载慕容奇《悲愿谷》（九），张一弓《张铁匠的罗曼史》（二十），谌容《真真假假》（二十九），冯苓植《驼峰上的爱》（九），林聪仁《天堂路》（三）。

25日 《澳门日报·新园地》副刊刊载胡晓风《香港屠夫》（濠江小唱），邓亮平《七夕话银河》，丁丁《谭伯》。

⊙　《华侨报·华座》副刊发表东方一羽《拔枪咁威》，墨斗《苏东坡与赤壁》；《华林》副刊发表慕容奇的小说《双头记》（一），仲达的小说《最佳办法》（下），续载张一弓《张铁匠的罗曼史》（二十一），谌容《真真假假》（三十），冯苓植《驼峰上的爱》（十），林聪仁《天堂路》（四）。

26日　《澳门日报·新儿童》副刊刊载同善堂叶焕嫦《聪明和勇敢的山崔》（儿童园地），劳校詹庆怡《我的爸爸》，小彤《小花猫》；《新园地》副刊刊载胡晓风《唯有祝福》（濠江小唱），陶里《乡下来信报丰收》（斗室漫话），杨永权《水龙吟》。

⊙　《华侨报·华座》副刊发表于馥《独具风格的岳州扇》，孙忆晴《“夜上海”观后》；《华林》副刊续载慕容奇《双头记》（二），张一弓《张铁匠的罗曼史》（二十二），谌容《真真假假》（三十一），冯苓植《驼峰上的爱》（十一），林聪仁《天堂路》（五）。

27日　《澳门日报·新园地》副刊刊载胡晓风《枪！并未放下》（濠江小唱），鲁茂《证！证！证！》（斗室漫话），金良《要像高贵的天鹅》。

⊙　《华侨报·华座》副刊发表懿琳《鬼月谈冥镪》，高优锷《范宽并非诨名》，小芊《笔的用语趣谈》；《华林》副刊续载慕容奇《双头记》（三），张一弓《张铁匠的罗曼史》（二十三），谌容《真真假假》（三十二），冯苓植《驼峰上的爱》（十二），林聪仁《天堂路》（六）。

28日　《澳门日报·新园地》副刊刊载胡晓风《铃木表态》（濠江小唱），鲁茂《性心理变态收容院》（怪论连篇），明《市声》，王端《谈冷饮》，张炎基《父辈的愿望实现了》，丁丁《婚·事》。

⊙　《华侨报·华座》副刊发表马树森《〈看似寻常最奇崛　成如容易却艰辛〉——张继馨的画》，王维友《访杭州王星记扇厂》，小漫《张溥和七录书斋》；《华林》副刊续载慕容奇《双头记》（四），张一弓《张铁匠的罗曼史》（二十四），谌容《真真假假》（三十三），冯苓植《驼峰上的爱》（十三），林聪仁《天堂路》（七）。

29日　《澳门日报·新园地》副刊刊载胡晓风《八岁新娘》（濠江小唱），开始连载陈萃文的小说《大巴山英雄传》（至1984年12月31日止）。

⊙　《华侨报·华座》副刊发表孙忆晴《何谓才文屯》；《华林》副刊续载慕容奇《双头记》（五），张一弓《张铁匠的罗曼史》（二十五），谌容《真真假假》（三十四），冯苓植《驼峰上的爱》（十四），林聪仁《天堂路》（八）。

30日　《澳门日报·新园地》副刊刊载胡晓风《咖啡座情思》（濠江小唱），沈实《罢工王国——大不列颠》（西窗小语），玉文《观舞（拉曼人的世代）》。

⊙　《华侨报·工商市场》发表白羽《漫谈岳阳三大名胜》；《华座》副刊发表江文《画家长寿》；《华林》副刊续载慕容奇《双头记》（六），张一弓《张铁匠的罗曼史》（二十六），谌容《真真假假》（三十五），冯苓植《驼峰上的爱》（十五），林聪仁《天堂路》（九）。

31日　《澳门日报·新园地》副刊刊载胡晓风《有赠》（濠江小唱），沈实《如此"自谓有成"》（怪论连篇）。

⊙　《华侨报·华座》副刊发表丁鸿、京秋《百岁棋王谢侠逊》；《华林》副刊续载慕容奇《双头记》（七），张一弓《张铁匠的罗曼史》（二十七），谌容《真真假假》（三十六），冯苓植《驼峰上的爱》（十六），林聪仁《天堂路》（十）。

九月

1日　《澳门日报·新园地》副刊刊载胡晓风《有情？无情？》（濠江小唱），黄轶球《读〈廖承志致蒋经国先生信〉》，尖锐《智慧的小花》（随笔）。

⊙　《华侨报·华青》副刊发表丁韶《白居易是怎样描写荔枝和音乐的》，冼官福《购旧书》，念予《留美随感》（上），弘《日本鬼子》，小草《宝葫芦》，韦良《要为别人着想》，亭芝《水煲》，子薇《暑期工》，抗抗《己所不欲勿施于人》，索尼《小波》，傻豹《独处》；《华座》副刊发表纯纯《街头画廊·露天舞台》，孙忆晴《各家自扫门前"雪"》，小漫《书斋名称拾趣》；《华林》副刊发表丹丹的小说《子规啼时》（一），续载慕容奇《双头记》（八），张一弓《张铁匠的罗曼史》（二十八），谌容《真真假假》（三十七），冯苓植《驼峰上的爱》（十七）。

2日　《澳门日报·新儿童》刊载培正小冰《日记两则》（儿童园地）；《新园地》副刊刊载胡晓风《梦中作》（濠江小唱），鲁茂《以一喻万》（斗室漫话），沈实《南越知识分子理想幻灭》（西窗小语），卓伦《米仔兰》。

⊙　《华侨报·工商市场》发表白羽《汨罗风景秀丽如画》；《华座》副刊发表古威威《谈刻叶艺术》，梁鉴江的诗歌《园中三题》，孙忆晴《报恩与拆桥》，杂记《张恨水与水》，刘墉《慎谋与能断》；《华林》副刊发表仲平的小说《爱河》，续载慕容奇《双头记》（九），张一弓《张铁匠的罗曼史》（二十九），谌容《真真假假》（三十八），冯苓植《驼峰上的爱》（十八），丹丹《子规啼时》（二）。

3日　《澳门日报·新园地》副刊刊载胡晓风《夜读偶拾之一》（濠江小唱），鲁茂《“买”得浮生半日闲》（斗室漫话），骆南侨《无题》，沈实《有如黑手党的南越政权》（西窗小语）。

⊙　《华侨报·华座》副刊发表文泽《〈清明上河图〉不是清明景色》，王水《黠》；《华林》副刊发表慕容奇的小说《淀川淫妇》（一），续载张一弓《张铁匠的罗曼史》（三十），谌容《真真假假》（三十九），冯苓植《驼峰上的爱》（十九），丹丹《子规啼时》（三）。

4日　《澳门日报·新园地》副刊刊载胡晓风《夜读偶拾之二》（濠江小唱），马交生《强迫黑社会份子输血》（怪论连篇），郑卓立《骆驼》。

⊙　《华侨报·华座》副刊发表克龄《托尔斯泰猎熊》，黄衫客《桂河桥风景佳绝》；《华林》副刊续载慕容奇的小说《淀川淫妇》（二），张一弓《张铁匠的罗曼史》（三十一），谌容《真真假假》（四十），冯苓植《驼峰上的爱》（二十），丹丹《子规啼时》（四）。

5日　《澳门日报·新园地》副刊刊载胡晓风《夜读偶拾之三》（濠江小唱），金良《渔歌》，彤云《令人发指的联想》（随笔）。

⊙　《华侨报·华座》副刊发表冯辉岳《童谣的趣味性》；《华林》副刊续载慕容奇的小说《淀川淫妇》（三），张一弓《张铁匠的罗曼史》（三十二），谌容《真真假假》（四十一），冯苓植《驼峰上的爱》（二十一），丹丹《子规啼时》（五）。

6日　《澳门日报·新园地》副刊刊载胡晓风《开学》（濠江小唱），彤云《又要了一次花招》（随笔）。

⊙　《华侨报·华座》副刊发表孙忆晴《这位是我的爱人》；《华林》副刊续载慕容奇的小说《淀川淫妇》（四），张一弓《张铁匠的罗曼史》（三十三），谌容《真真假假》（四十二），冯苓植《驼峰上的爱》（二十二），丹丹《子规啼时》（六）。

7日　《澳门日报·新园地》副刊刊载胡晓风《厂商诉苦》（濠江小唱），马交生《戒粗口保健会》（怪论连篇），穆翼《不是路》。

⊙　《华侨报·华座》副刊发表东方一羽《法例不外乎人情》，蔡景福《文章何价？》；《华林》副刊续载慕容奇的小说《淀川淫妇》（五），张一弓《张铁匠的罗曼史》（三十四），谌容《真真假假》（四十三），冯苓植《驼峰上的爱》（二十三），丹丹《子规啼时》（七）。

8日　《澳门日报·新园地》副刊刊载胡晓风《渔“光”曲》（濠江小唱），孤独月《我》，沈实《死刑与人道》（西窗小语）。

⊙　《华侨报·华座》副刊发表东方一羽《是华裔不是中国人》，梁鉴江的诗歌《林则徐销烟池怀古》，杨翎《老画家麦华三》；《华林》副刊续载慕容奇的小说《淀川淫妇》（六），张一弓《张铁匠的罗曼史》（三十五），谌容《真真假假》（四十四），冯苓植《驼峰上的爱》（二十四），丹丹《子规啼时》（八）。

9日　《澳门日报·新儿童》副刊刊载同善堂聂双振《夜雨》（儿童园地），沙梨头苏建中《怎样看待电子游戏机》（儿童园地），中葡小学严丽媚《夏天的卫生》；《新园地》副刊刊载胡晓风《与黄金有关》（濠江小唱），鲁茂《热闹的九月》（斗室漫话），沈实《死刑与人道》（西窗小语）。

⊙　《华侨报·华座》副刊发表集华《圆明园一把火》，克嘉《洞庭茶岛话君山》，撷英《坐得有韵味》；《华林》副刊续载慕容奇的小说《淀川淫妇》（七），张一弓《张铁匠的罗曼史》（三十六），谌容《真真假假》（四十五），冯苓植《驼峰上的爱》（二十五），丹丹《子规啼时》（九）。

10日　《澳门日报·新园地》副刊刊载胡晓风《浣溪沙》（濠江小唱），鲁茂《经济不景，影迷增加》（斗室漫话），孤独月《还我头来》，明《恒》。

⊙　《华侨报·华座》副刊发表孙忆晴《为甚么叫“上海”？》，华华《澳门的巴士》；《华林》副刊续载慕容奇的小说《淀川淫妇》（八），张一弓《张铁匠的罗曼史》（三十七），谌容《真真假假》（四十六），冯苓植《驼峰上的爱》（二十六），丹丹《子规啼时》（十）。

11日　《澳门日报·新园地》副刊刊载胡晓风《电力公司的杀手锏》（濠江小唱），马交生《喷射洗手精》（怪论连篇），玉文《舞》。

⊙　《华侨报·华座》副刊发表张秀英《古树与名木》，东方一羽《加学费联想》，孙忆晴《日本又想“进入”了》，温珊《颐和园铜牛的传说》，王一芒《金风送爽桂花香》，芝芝《〈左传〉癖》；《华林》副刊续载慕容奇的小说《淀川淫妇》（九），张一弓《张铁匠的罗曼史》（三十八），谌容《真真假假》（四十七），冯苓植《驼峰上的爱》（二十七），丹丹《子规啼时》（十一）。

12日　《澳门日报·新儿童》刊载劳校欧凤仪《牙齿与健康》（儿童园地），利玛窦胡金美《回忆童年》（儿童园地）；《新园地》副刊刊载胡晓风《气煞警娇娃》（濠江小唱），鲁茂《看“天皇巨星”表演》（斗室漫话），蓝玛《邮集风情画》。

⊙　《华侨报·华座》副刊发表陈秋《东岳大帝显灵？》，泽文《红楼梦人物知多少？》，东方一羽《杀人犯与死刑》，华华《澳门的巴士》；《华林》副刊发表仲平的小说《跟踪》，续载张一弓《张铁匠的罗曼史》（三十九），谌容《真真假假》（四十八），冯苓植《驼峰上的爱》（二十八），丹丹《子规啼时》（十二）。

13日　《澳门日报·新园地》副刊刊载胡晓风《刀光血影话澳门》（濠江小唱），蓝溪《一束胶花》，柳惠《百灵鸟又唱了》。

⊙　《华侨报·华座》副刊发表孙忆晴《可贵的探索，成功的演出》，芋漫《作家的墓志铭》，东方一羽《法律不一定平等》；《华林》副刊发表仲平的小说《可怜的王老五》，续载张一弓《张铁匠的罗曼史》（四十），谌容《真真假假》（四十九），冯苓植《驼峰上的爱》（二十九），丹丹《子规啼时》（十三）。

14日　《澳门日报·新园地》副刊刊载胡晓风《宣传新招》（濠江小唱），马交生《论睇相馆应设赌场附近》（怪论连篇），晴云《倘若》。

⊙　《华侨报·华座》副刊发表蔡文怡《竹雕艺术》，杨子《爱的寻求》，华华《满地狗屎》；《华林》副刊发表仲达的小说《弃甲而逃》（上），白慈飘的小说《燃烧的太阳》（一），续载张一弓《张铁匠的罗曼史》（四十一），谌容《真真假假》（五十），冯苓植《驼峰上的爱》（三十）。

15日　《澳门日报·新园地》副刊刊载胡晓风《平凡的女人》（濠江小唱），梁度《无情》。

⊙　《华侨报·华青》副刊发表丁冬的杂记《“时代青年”与“老古董”》，陈彤彤《爸爸的她和蒙蒙》，刘秀苹《口舌有罪》，念予《留美随感》，周和根《北斗星》，何有光《侵华历史不容窜改》，海浪《人言可畏》，言永今《老人联欢会》，抗抗《看电影》，方舟《快捷方式？》，吴伟雄《乡愁》，季蓉蓉《画》，琦婷《我家的鸡》，蝌蚪《夏夜》；《华座》副刊发表王品文《追求人生快乐秘诀》，竹君《吃饭》，东方一羽《一个代表一百万人》，墨斗《海珠文联联欢记盛》；《华林》副刊发表仲达的小说《弃甲而逃》（中），续载张一弓《张铁匠的罗曼史》（四十二），谌容《真真假假》（五十一），冯苓植《驼峰上的爱》（三十一），白慈飘的小说《燃烧的太阳》（二）。

16日　《澳门日报·新儿童》刊载圣家刘丽棠《读书的目的》（儿童园地），海星马耀明《汽车的自述》（儿童园地），小彤《昨天和今天》，圣若瑟梁少英《我所敬爱的人物》；《新园地》副刊刊载胡晓风《打她与“泥她”》（濠江小唱），鲁茂《无谓追……》（斗室漫话）。

⊙　《华侨报·华座》副刊发表甘戈《古琴及其故事》，芋漫《游庐山最佳日子》，华华《购物中心》；《华林》副刊发表仲达的小说《弃甲而逃》（下），续载张一弓《张铁匠的罗曼史》（四十三），谌容《真真假假》（五十二），冯苓植《驼峰上的爱》（三十二），白慈飘的小说《燃烧的太阳》（三）。

17日　《澳门日报·新园地》副刊刊载胡晓风《“九一八”话当年》（随笔），马交生《论宫刑与药渣》（怪论连篇）。

⊙　《华侨报·华座》副刊发表东方一羽《修女“四人帮”》，浮沉子的诗歌《旅南京口占》；《华林》副刊发表慕容奇的小说《蛮社之狱》（一），续载张一弓《张铁匠的罗曼史》（四十四），谌容《真真假假》（五十三），冯苓植《驼峰上的爱》（三十三），白慈飘的小说《燃烧的太阳》（四）。

18日　《澳门日报·新园地》副刊刊载胡晓风《纪念“九一八”》（濠江小唱），马交生《论考牌官宜用机械人》（怪论连篇），蓓尔《令人难忘的日子》。

⊙　《华侨报·华座》副刊发表东方一羽《为银行度桥》，多龄《文采斑斓雨花石》，华华《档摊报书》；《华林》副刊续载慕容奇的小说《蛮社之狱》（二），张一弓《张铁匠的罗曼史》（四十五），谌容《真真假假》（五十四），冯苓植《驼峰上的爱》（三十四），白慈飘的小说《燃烧的太阳》（五）。

19日　《澳门日报·新园地》副刊刊载胡晓风《“九一八”之后》（濠江小唱），卉页《爱》（随笔），王文琴《看报纸广告》（见闻录）。

⊙　《华侨报·华座》副刊发表黄永武《李白的外文能力》，王一芒《月亮今昔》；《华林》副刊发表鲁彦周的小说《春前草》（一），续载慕容奇的小说《蛮社之狱》（三），张一弓《张铁匠的罗曼史》（四十六），谌容《真真假假》（五十五），白慈飘《燃烧的太阳》（六）。

20日　《澳门日报·新园地》副刊刊载胡晓风《又见月饼》（濠江小唱），小强《竞争》（见闻录），慕容雪《咏月》。

⊙　《华侨报·华座》副刊发表孙忆晴《也谈巴士》，华华《逛书店》；《华林》副刊发表张笑天、张天民的小说《生物圈》（一），续载慕容奇的小说《蛮社之狱》（四），张一弓《张铁匠的罗曼史》（四十七），鲁彦周《春前草》（二），白慈飘《燃烧的太阳》（七）。

21日　《澳门日报·新园地》副刊刊载胡晓风《临江仙》（濠江小唱），马交生

《论坐监与发财》（怪论连篇），黄施民《摸鱼儿》，开始连载张祺抗日小说《捣古城》（至1982年11月28日止）。

⊙ 《华侨报·华座》副刊发表陈火泉《废话少说》；《华林》副刊续载慕容奇的小说《蛮社之狱》（五），张一弓《张铁匠的罗曼史》（四十八），张笑天、张天民《生物圈》（二），鲁彦周《春前草》（三），白慈飘《燃烧的太阳》（八）。

22日 《澳门日报·新园地》副刊刊载胡晓风《另一类“九一八”》（濠江小唱），赍页《如果》（随笔），林水木《邮递员》。

⊙ 《华侨报·华座》副刊发表克龄《作家趣集》；《华林》副刊续载慕容奇的小说《蛮社之狱》（六），张一弓《张铁匠的罗曼史》（四十九），张笑天、张天民《生物圈》（三），鲁彦周《春前草》（四），白慈飘《燃烧的太阳》（九）。

23日 《澳门日报·新园地》副刊刊载胡晓风《由他去吧》（濠江小唱），鲁茂《“现实”得太可怕了》（斗室漫话），吴彰桂《霓虹灯》。

⊙ 《华侨报·华座》副刊发表锡华《一点爱意》，老隐《古老的禁书》；《华林》副刊续载慕容奇的小说《蛮社之狱》（七），张一弓《张铁匠的罗曼史》（五十），张笑天、张天民《生物圈》（四），鲁彦周《春前草》（五），白慈飘《燃烧的太阳》（十）。

24日 《澳门日报·新园地》副刊刊载胡晓风《恶少白日杀人》（濠江小唱），鲁茂《离》（斗室漫话）。

⊙ 《华侨报·华座》副刊发表陈新川《抛》，孙忆晴《又想起了劳工法》，华华《上酒楼》；《华林》副刊续载慕容奇的小说《蛮社之狱》（八），张一弓《张铁匠的罗曼史》（五十一），张笑天、张天民《生物圈》（五），鲁彦周《春前草》（六），白慈飘《燃烧的太阳》（十一）。

25日 《澳门日报·新园地》副刊刊载胡晓风《看〈西厢〉怀旧》（濠江小唱），马交生《睇戏可以医病》（怪论连篇），明《张开眼睛》。

⊙ 《华侨报·华座》副刊发表孙忆晴《冒警》；《华林》副刊续载慕容奇的小说《蛮社之狱》（九），张一弓《张铁匠的罗曼史》（五十二），张笑天、张天民《生物圈》（六），鲁彦周《春前草》（七），白慈飘《燃烧的太阳》（十二）。

26日 《澳门日报·新园地》副刊刊载胡晓风《“纨绔子弟”之类》（濠江小唱），华波《四时水果源源来》（斗室漫话），郑卓立《海螺》，阿圉《只钓君主不钓鱼》（随笔），丁《妈妈投注六合彩》。

⊙ 《华侨报·华座》副刊发表秉民《茶艺飘香》，小漫《三湘鸟岛探奇》，孙忆晴《多》，华华《小城的另一面》；《华林》副刊发表慕容奇的小说《桥堍两颗首级》（一），杨东明的小说《走出旧货店的模特儿》（一），续载张笑天、张天民《生物圈》（七），鲁彦周《春前草》（八），白慈飘《燃烧的太阳》（十三）。

27日 《澳门日报·新园地》副刊刊载胡晓风《爆冷与正常》（濠江小唱），陶里《“九一八”随笔》（斗室漫话），贲页《花名联想》（随笔），明《血与历史》。

⊙ 《华侨报·华座》副刊发表秀亚《草叶小品》，华华《电影》；《华林》副刊发表叶娓娜的小说《看星星》（一），续载慕容奇《桥堍两颗首级》（二），杨东明的小说《走出旧货店的模特儿》（二），张笑天、张天民《生物圈》（八），鲁彦周《春前草》（九）。

28日 《澳门日报·新园地》副刊刊载胡晓风《到处都有不满》（濠江小唱），马交生《论排长龙为咗忆苦》（怪论连篇），玉文《画》。

⊙ 《华侨报·华座》副刊发表明秋《竹的趣事》，立早《中秋话月》，华华《文艺活动》；《华林》副刊续载慕容奇《桥堍两颗首级》（三），杨东明的小说《走出旧货店的模特儿》（三），张笑天、张天民《生物圈》（九），鲁彦周《春前草》（十），叶娓娜的小说《看星星》（二）。

29日 《澳门日报·新园地》副刊刊载胡晓风《关于月的闲话》（濠江小唱），陶里《隔水情》（斗室漫笔），王文琴《唐明皇与杨贵妃》，林水木《中秋节》。

⊙ 《华侨报·华座》副刊发表芊漫《秋日游昭陵》，华华《赌在澳门》；《华林》副刊续载慕容奇《桥堍两颗首级》（四），杨东明的小说《走出旧货店的模特儿》（四），张笑天、张天民《生物圈》（十），鲁彦周《春前草》（十一），叶娓娜的小说《看星星》（三）。

30日 《澳门日报·新园地》副刊刊载胡晓风《无物不偷》（濠江小唱），陶里《泰国东北行》（斗室漫话），仲伸《西湖一景与广东一曲》，海浪《中秋随想》（见闻录）。

⊙ 《华侨报·华座》副刊发表克龄《勤奋的作曲家》，克嘉《神奇的白羊洞》；《华林》副刊续载慕容奇《桥塊两颗首级》（五），杨东明的小说《走出旧货店的模特儿》（五），张笑天、张天民《生物圈》（十一），鲁彦周《春前草》（十二），叶娓娜的小说《看星星》（四）。

十月

1日 《澳门日报·新园地》副刊刊载鲁茂《可贵的民族意识》，胡晓风《浣溪沙》（濠江小唱）。

⊙ 《华侨报·华青》副刊发表丁韶《善于浓缩独创新意》，子薇《保龄球》，周和根《乞丐的话》，浣竹《青少年的心态》，黄倩薇《反哺》，杨达夫《不要做“未庄人”》，季蓉蓉《街上的一幕》，小草《善事》，冰琪琳《岁寒三友》，张细萍《暑期工的收获》；《华座》副刊发表孙忆晴《中秋赏月随想》，克龄《普希金和他的保姆》；《华林》副刊续载慕容奇《桥塊两颗首级》（六），杨东明的小说《走出旧货店的模特儿》（六），张笑天、张天民《生物圈》（十二），鲁彦周《春前草》（十三），叶娓娜的小说《看星星》（五）。

2日 《澳门日报·新园地》副刊刊载鲁茂《老侠山东复出》，马交生《论阮基石暴露狂》。

⊙ 《华侨报·华座》副刊发表孙忆晴《“大示威”所想起的》，克嘉《凤台新姿》，芝芝《米芾轶事》；《华林》副刊续载慕容奇《桥塊两颗首级》（七），杨东明的小说《走出旧货店的模特儿》（七），张笑天、张天民《生物圈》（十三），鲁彦周《春前草》（十四），叶娓娜的小说《看星星》（六）。

3日　《澳门日报·新园地》副刊刊载张北望《母亲啊，我爱你！》，王文琴《无限风光在险峰》。

4日　《澳门日报·新园地》副刊刊载吴钩《有感于书画同源》，张望《中秋抒怀》，胡晓风《中秋过了》（濠江小唱）。

⊙　《华侨报·旅游与乡土》副刊发表墨斗《五岳独秀——衡山》（一），玲仪《尝雪糕》；《华座》副刊发表孙忆晴《奇哉怪也》，华华《找职业》；《华林》副刊续载慕容奇《桥堍两颗首级》（八），杨东明的小说《走出旧货店的模特儿》（八），张笑天、张天民《生物圈》（十四），鲁彦周《春前草》（十五），叶娓娜的小说《看星星》（七）。

5日　《澳门日报·新园地》副刊刊载陶里《现代舞》，凌钝《壬午中秋》，胡晓风《嫦娥掩面》（濠江小唱）。

⊙　《华侨报·华座》副刊发表华华《最好不要病》；《华林》副刊续载慕容奇《桥堍两颗首级》（九），杨东明的小说《走出旧货店的模特儿》（九），张笑天、张天民《生物圈》（十五），鲁彦周《春前草》（十六），叶娓娜的小说《看星星》（八）。

6日　《澳门日报·新园地》副刊刊载陶里《存在主义》，骆南侨《写在某公身后》，胡晓风《夜班的女孩子》（濠江小唱）。

⊙　《华侨报·华座》副刊发表东方一羽《如此的“知己”》，怀颖《你会看书吗？》，多龄《水手与作家的情谊》；《华林》副刊发表慕容奇的小说《还刀记》（一），续载杨东明的小说《走出旧货店的模特儿》（十），张笑天、张天民《生物圈》（十六），鲁彦周《春前草》（十七），叶娓娜的小说《看星星》（九）。

7日　《澳门日报·新园地》副刊刊载鲁茂《不平等条约当然无效！》，郑卓立《含羞草》，胡晓风《马来西亚禁电子游戏》（濠江小唱）。

⊙　《华侨报·华座》副刊发表东方一羽《所谓“道义责任”》，旭锋《佛山秋色巧夺天工》，华华《住的问题》；《华林》副刊续载慕容奇《还刀记》（二），杨东明的小说《走出旧货店的模特儿》（十一），张笑天、张天民《生物圈》（十七），鲁彦周《春前草》（十八），叶娓娜的小说

《看星星》（十）。

8日　《澳门日报·新园地》副刊刊载鲁茂《助人也要讲究方法》，玉文《思》，胡晓风《孩子何辜》（濠江小唱）。

⊙　《华侨报·华座》副刊发表东方一羽《李翰祥“攞景”》，钟姗《佛山秋色誉满全球》（上）；《华林》副刊续载慕容奇《还刀记》（三），杨东明的小说《走出旧货店的模特儿》（十二），张笑天、张天民《生物圈》（十八），鲁彦周《春前草》（十九），叶娓娜的小说《看星星》（十一）。

9日　《澳门日报·新园地》副刊刊载马交生《越军·军妓·道友》，陶里《训练与戕害》，胡晓风《集体旅行结婚》（濠江小唱）。

⊙　《华侨报·华座》副刊发表钟姗《佛山秋色誉满全球》（下），孙忆晴《怀旧》；《华林》副刊续载慕容奇《还刀记》（四），杨东明的小说《走出旧货店的模特儿》（十三），张笑天、张天民《生物圈》（十九），鲁彦周《春前草》（二十），叶娓娜的小说《看星星》（十二）。

10日　《澳门日报·新园地》副刊刊载陶里《香港节奏》，胡晓风《大情人安德鲁》（濠江小唱）。

⊙　《华侨报·华座》副刊发表马树森《稻花香里说丰年，听取蛙声一片——访著名国画家沈子丞》，东方一羽《江湖败类》，孙忆晴《“幽默画”好》；《华林》副刊续载慕容奇《还刀记》（五），杨东明的小说《走出旧货店的模特儿》（十四），张笑天、张天民《生物圈》（二十），鲁彦周《春前草》（二十一），叶娓娜的小说《看星星》（十三）。

11日　《澳门日报·新园地》副刊刊载陶里《暴行小辑》，赍页《由乞丐想起》，胡晓风《秋意》（濠江小唱）。

⊙　《华侨报·华座》副刊发表东方一羽《盈盈一水间》，孙忆晴《命运》，华华《治安问题》，琴涵《书和歌》；《华林》副刊发表王翎燕的小说《断刀恩怨》（一），续载慕容奇《还刀记》（六），杨东明的小说《走出旧货店的模特儿》（十五），张笑天、张天民《生物圈》（二十一），鲁彦周《春前草》（二十二）。

12日　《澳门日报·新园地》副刊刊载杨奎章《七律二首》，陶里《卜公码头》，胡晓风《无题》（濠江小唱）。

⊙ 《华侨报·华座》副刊发表东方一羽《最紧要有水！》，华华《我追求的是甚么》；《华林》副刊续载慕容奇《还刀记》（七），杨东明的小说《走出旧货店的模特儿》（十六），张笑天、张天民《生物圈》（二十二），鲁彦周《春前草》（二十三），王翎燕《断刀恩怨》（二）。

13日 《澳门日报·新园地》副刊刊载陶里《的士诗人》，明《南湾花园抒情》，胡晓风《开设新银行联想》（濠江小唱）。

⊙ 《华侨报·华座》副刊发表竹雅《芳邻》；《华林》副刊续载慕容奇《还刀记》（八），杨东明的小说《走出旧货店的模特儿》（十七），张笑天、张天民《生物圈》（二十三），鲁彦周《春前草》（二十四），王翎燕《断刀恩怨》（三）。

14日 《澳门日报·新园地》副刊刊载鲁茂《相逢恨晚的球星》，金良《岁月》，胡晓风《看粤剧〈李慧娘〉》（濠江小唱）。

⊙ 《华侨报·华座》副刊发表杜奇荣《令人着迷是兰花》，李昂《爱情迷幻药》；《华林》副刊续载慕容奇《还刀记》（九），杨东明的小说《走出旧货店的模特儿》（十八），张笑天、张天民《生物圈》（二十四），鲁彦周《春前草》（二十五），王翎燕《断刀恩怨》（四）。

15日 《澳门日报·新园地》副刊刊载鲁茂《锦上添花和雪中送炭》，范怀烈《广州儿童公园漫步》，胡晓风《北京磁性鞋》（濠江小唱）。

⊙ 《华侨报·华座》副刊发表南风《读书乐》；《华林》副刊续载慕容奇《还刀记》（完），杨东明的小说《走出旧货店的模特儿》（十九），张笑天、张天民《生物圈》（二十五），鲁彦周《春前草》（二十六），王翎燕《断刀恩怨》（五）。

16日 《澳门日报·新园地》副刊刊载胡晓风《打她与“泥她”》（濠江小唱），马交生《论指压与繁荣》（怪论连篇），廖钺《晋行十首》（一）。

⊙ 《华侨报·华座》副刊发表寸草生的诗歌《无题》两首；《华林》副刊发表匡成的小说《喜相逢》，续载杨东明的小说《走出旧货店的模特儿》（二十），张笑天、张天民《生物圈》（二十六），鲁彦周《春前草》

（二十七），王翎燕《断刀恩怨》（六）。

17日　《澳门日报·新园地》副刊刊载马交生《论宫刑与药渣》，廖钺《晋行十首》（二）。

⊙　《华侨报·华青》副刊发表丁冬《“尽”与“未尽”》，李志英《向前》，念予《留美随感》（下），辜保华《兽性杂谈》，何有光《助人》，大鸟《抓紧“今天”》，苏安《开学随感》，蠢才《我爱小草》，伦宝慈《赠予》，周和根《仙人掌》，黄倩薇《一点温馨》，子薇《我要写下去》，杨达夫《贵在多练》；《华林》副刊发表路斯的小说《小算盘》，续载杨东明的小说《走出旧货店的模特儿》（二十一），张笑天、张天民《生物圈》（二十七），鲁彦周《春前草》（二十八），王翎燕《断刀恩怨》（七）。

18日　《澳门日报·新园地》副刊刊载胡晓风《“繁荣”的一面》（濠江小唱），陶里《无火气》（斗室漫话），廖钺《晋行十首》（二）。

⊙　《华侨报·华座》副刊发表孙忆晴《面孔与心志》；《华林》副刊发表佚名的小说《不忠的丈夫》，续载杨东明的小说《走出旧货店的模特儿》（二十二），张笑天、张天民《生物圈》（二十八），鲁彦周《春前草》（二十九），王翎燕《断刀恩怨》（八）。

19日　《澳门日报·新园地》副刊刊载胡晓风《咖啡与癌》（濠江小唱），林水木《乡思》，陶里《感谢》（斗室漫话）。

⊙　《华侨报·华林》副刊发表匡成的小说《购物狂》，续载杨东明的小说《走出旧货店的模特儿》（二十三），张笑天、张天民《生物圈》（二十九），鲁彦周《春前草》（三十），王翎燕《断刀恩怨》（九）。

20日　《澳门日报·新园地》副刊刊载胡晓风《教徒·脱衣舞女》（濠江小唱）。

⊙　《华侨报·华林》副刊发表路斯的小说《美目盼兮》，续载杨东明的小说《走出旧货店的模特儿》（二十四），张笑天、张天民《生物圈》（三十），鲁彦周《春前草》（三十一），王翎燕《断刀恩怨》（十）。

21日　《澳门日报·新园地》副刊刊载胡晓风《称呼不当》（濠江小唱），鲁茂《城市心急人多》（斗室漫笔），谭任杰《武汉行》。

⊙ 《华侨报·华林》副刊发表路斯的小说《老黄的故事》，续载杨东明的小说《走出旧货店的模特儿》（二十五），张笑天、张天民《生物圈》（三十一），鲁彦周《春前草》（三十二），王翎燕《断刀恩怨》（十一）。

22日 《澳门日报·新园地》副刊刊载胡晓风《夜长梦多》（濠江小唱），鲁茂《女子求职佳音》（斗室漫话），曹何《明珠》。

⊙ 《华侨报·华座》副刊发表孙忆晴《警察与小贩》；《华林》副刊发表康呼晴的小说《报·复》，续载杨东明的小说《走出旧货店的模特儿》（二十六），张笑天、张天民《生物圈》（三十二），鲁彦周《春前草》（三十三），王翎燕《断刀恩怨》（十二）。

23日 《澳门日报·新园地》副刊刊载胡晓风《发仔到底发生甚么事》（濠江小唱），林从龙《浣溪沙》，关家萁《浣溪沙》。

⊙ 《华侨报·华林》副刊发表静芝的小说《第十三个使徒》（一），续载杨东明的小说《走出旧货店的模特儿》（二十七），张笑天、张天民《生物圈》（三十三），鲁彦周《春前草》（三十四），王翎燕《断刀恩怨》（十三）。

24日 《澳门日报·新园地》副刊刊载胡晓风《指压"服务"》（濠江小唱），何广才《知之为知之，不知为不知》（随笔）。

⊙ 《华侨报·华座》副刊发表孙忆晴《父母之爱子》，芝芝的诗歌《父与子》；《华林》副刊发表叶子的小说《堂上回》（一），续载静芝《第十三个使徒》（二），杨东明的小说《走出旧货店的模特儿》（二十八），张笑天、张天民《生物圈》（三十四），鲁彦周《春前草》（三十五）。

25日 《澳门日报·新园地》副刊刊载胡晓风《又是重阳》（濠江小唱），王文琴《看冒雨写生》。

⊙ 《华侨报·华林》副刊续载静芝《第十三个使徒》（三），杨东明的小说《走出旧货店的模特儿》（二十九），张笑天、张天民《生物圈》（三十五），鲁彦周《春前草》（三十六），叶子《堂上回》（二）。

26日 《澳门日报·新园地》副刊刊载胡晓风《黄花，蟹，狗肉》（濠江小唱），马交生《匾送"难得胡涂"》（怪论连篇）。

⊙ 《华侨报·华林》副刊续载静芝的《第十三个使徒》（四），杨东明的小说《走出旧货店的模特儿》（三十），张笑天、张天民《生物圈》（三十六），鲁彦周《春前草》（三十七），叶子《堂上回》（三）。

27日　《澳门日报·新园地》副刊刊载胡晓风《回味》（濠江小唱），陈貌、瞿琮《美丽的珠海》，万学军《铁锤叮当》（随笔）。

⊙　《华侨报·华座》副刊发表晓风《泰戈尔》；《华林》副刊续载静芝《第十三个使徒》（五），杨东明的小说《走出旧货店的模特儿》（三十一），张笑天、张天民《生物圈》（三十七），鲁彦周《春前草》（三十八），叶子《堂上回》（四）。

28日　《澳门日报·新儿童》副刊刊载何雪明《满招损，谦受益》（儿童园地），沙梨头李有德《读书的目的》；《新园地》副刊刊载胡晓风《到处都有不满》（濠江小唱），马交生《论排长龙为咗忆苦》（怪论连篇），玉文《画》。

⊙　《华侨报·华林》副刊发表慕容奇的小说《龙灯》（一），续载杨东明的小说《走出旧货店的模特儿》（三十二），张笑天、张天民《生物圈》（三十八），鲁彦周《春前草》（三十九），叶子《堂上回》（五）。

29日　《澳门日报·新园地》副刊刊载胡晓风《世界体操冠军的启发》（濠江小唱），鲁茂《证据》（斗室漫笔）。

⊙　《华侨报·华座》副刊发表陆依《故乡莼菜》，孙忆晴《“云龙·乐声·舞集”观后》，于馥《狗的墓志铭》；《华林》副刊续载慕容奇《龙灯》（二），杨东明的小说《走出旧货店的模特儿》（三十三），张笑天、张天民《生物圈》（三十九），鲁彦周《春前草》（四十），叶子《堂上回》（六）。

30日　《澳门日报·新园地》副刊刊载胡晓风《血的假期》（濠江小唱），鲁茂《芳邻》（斗室漫话），玉文《梦》。

⊙　《华侨报·华青》副刊发表丁韶《浅谈〈天净沙·秋思〉》，麟《何处觅秋踪》，葳蕤《课间》，何淑燕《桥》，陆洁明《今年中秋节》，杨华《拂晓》，许兰《梦游》，卢凤琼《妈妈，对不起》，可乐《兄妹情》，凯玲《仙人掌》，杨达夫《退学，请再想一想》，郑定钧《日记一则》，钟文《读〈我的一天〉》，罗美龄《学学半》；《华林》副刊续载慕容奇《龙灯》（三），杨东明的小说《走出旧货店的模特儿》（二十四），张笑天、张天民《生物圈》（四十），鲁彦周《春前草》（四十一），叶子《堂上回》（七）。

31日 《澳门日报·新园地》副刊刊载胡晓风《发仔想做和尚》（濠江小唱），陶里《盛会里的寂寞》（斗室漫话）。

⊙ 《华侨报·华林》副刊续载慕容奇《龙灯》（四），杨东明的小说《走出旧货店的模特儿》（三十五），张笑天、张天民《生物圈》（四十一），鲁彦周《春前草》（四十二），叶子《堂上回》（八）。

十一月

1日 《澳门日报·新园地》副刊刊载林中英《廉价的快乐》（门外门内），沈尚青《儿女经》（生活），苏晨《圆通山的色彩》（砺堂散墨），陶里《战士·浪子·老姑婆》（斗室漫笔），蓝玛《加风》，胡晓风《凤兮凤兮》（濠江小唱），文軿《美》（见闻录），开始连载阿西莫夫科幻小说《C字滑行道》（至1982年12月19日止）。

林中英，本名汤梅笑。祖籍广东省新会市。澳门出生。现任职于澳门日报社。当选澳门笔会副理事长。著有散文集《人生大笑能几回》《眼色朦胧》《自己的屋子》《相思子》，儿童故事集《爱心树》，小说集《云和月》等。

⊙ 《华侨报·华座》副刊发表章仙《追求与被追求的感受》，小芊《天山明珠：瑶池》，古拉格《人生有五种需要》，王一芒《落叶知秋》；《华林》副刊续载慕容奇《龙灯》（五），杨东明的小说《走出旧货店的模特儿》（三十六），张笑天、张天民《生物圈》（四十二），鲁彦周《春前草》（四十三），叶子《堂上回》（九）。

2日 《澳门日报·新园地》副刊刊载冼得霖《雁门远客感翁山》（诗词评

赏），胡晓风《出于自愿》（濠江小唱）。

⊙ 《华侨报·华座》副刊发表姚文群《瞻仰关天培祠堂》；《华林》副刊续载慕容奇《龙灯》（完），杨东明的小说《走出旧货店的模特儿》（三十七），张笑天、张天民《生物圈》（四十三），鲁彦周《春前草》（四十四），叶子《堂上回》（十）。

3日 《澳门日报·新园地》副刊刊载苏晨《乱了套的佛堂》（砺堂散墨），张望《重逢》，胡晓风《财长丢了裤子》（濠江小唱），骆南侨《三轮车工友》（濠江风情）。

⊙ 《华侨报·华座》副刊发表蓝岚《此情如梦》，胡济宁《寒山寺的钟声》，星洲《芳茶冠六情，溢味播九洲》，王一芒《落叶知秋》；《华林》副刊发表路斯的小说《万能太太》，续载杨东明的小说《走出旧货店的模特儿》（三十八），张笑天、张天民《生物圈》（四十四），鲁彦周《春前草》（四十五），叶子《堂上回》（十一）。

4日 《澳门日报·新儿童》刊载圣保禄谢剑辉《睦邻》，培正甘定宇《可敬可爱的爸爸》；《新园地》副刊刊载鲁茂《电影感》（斗室漫笔），韩牧《伶仃两岸》，胡晓风《危险的十七岁》（濠江风情），丁丁《糖与烂牙》。

⊙ 《华侨报·华座》副刊发表火泉《勤》；《华林》副刊发表白浪的小说《割爱》（一），续载杨东明的小说《走出旧货店的模特儿》（完），张笑天、张天民《生物圈》（四十五），鲁彦周《春前草》（四十六），叶子《堂上回》（十二）。

5日 《澳门日报·新园地》副刊刊载苏晨《翠湖漏了一角》（砺堂散墨），鲁茂《怀旧歌》（斗室漫笔），骆南侨《音乐絮语》，胡晓风《黑白狗官司》（濠江小唱）。

⊙ 《华侨报·华座》副刊发表杨子《一种执着》；《华林》副刊发表张年欣的小说《我们这个年纪的梦》（一），续载白浪《割爱》（二），张笑天、张天民《生物圈》（四十六），鲁彦周《春前草》（四十七），叶子《堂上回》（十三）。

6日 《澳门日报·新园地》副刊刊载蓝溪《追月》，胡晓风《车祸，服毒，出走》（濠江小唱）。

⊙ 《华侨报·华座》副刊发表多龄《天宝宫散记》；《华林》副刊续载白浪《割爱》（三），张年欣《我们这个年纪的梦》（二），张笑天、张天民《生物圈》（四十七），鲁彦周《春前草》（四十八），叶子《堂上回》（完）。

7日 《澳门日报·新园地》副刊刊载俞平伯《记对联四副》，陶里《妒》（斗室漫笔），何广才《业精于勤》（随笔），胡晓风《夜记》（濠江小唱）。

⊙ 《华侨报·华林》副刊发表沈念图的小说《银海变色龙》（一），续载白浪《割爱》（完），张年欣《我们这个年纪的梦》（三），张笑天、张天民《生物圈》（四十八），鲁彦周《春前草》（四十九）。

8日 《澳门日报·新园地》副刊刊载苏晨《黎广修塑罗汉》（砺堂散墨），陶里《噪声》（斗室漫笔），冼得霖《李商隐的爱情诗》（诗词评赏），胡晓风《坏的先学》（濠江小唱）。

⊙ 《华侨报·华林》副刊发表白浪的小说《婚姻与爱情》（一），续载张年欣《我们这个年纪的梦》（四），张笑天、张天民《生物圈》（四十九），鲁彦周《春前草》（五十），沈念图《银海变色龙》（二）。

9日 《澳门日报·新园地》副刊刊载林中英《去闯的旅行》（门外门内），沈尚青《世态炎凉》（生活），梅萼华《俞平伯的散文》（新地杂掇），胡晓风《飞车表演联想》（濠江小唱），卓伦《白鸽巢假日（外一首）》。

⊙ 《华侨报·华座》副刊发表蓝岚《遥远的爱》；《华林》副刊续载白浪《婚姻与爱情》（二），张年欣《我们这个年纪的梦》（五），张笑天、张天民《生物圈》（五十），鲁彦周《春前草》（五十一），沈念图《银海变色龙》（三）。

10日 《澳门日报·新园地》副刊刊载骆南侨《某类报章所见》（濠江风情），苏晨《大观楼物理学》（砺堂散墨），刘逸生《题广州白天鹅宾馆（三首）》，胡晓风《有人欢喜，几家烦恼》（濠江小唱）。

⊙ 《华侨报·华青》副刊发表金戈《漫谈"竹石"》，郭容英《我的祖母》，邱松杲《我的朋友》，潘展鸿《不平的事》，周和根《善心的小孩》，冼官福《相片》，棉《读李后主词有感》，高强桂《这一代》，黄秀娴《吃花生》，登心草《做新闻工作》，子薇《爱集体》，张乐田《父亲归来》；《华座》副刊发表张健《剪报》；《华林》副刊续载白浪《婚姻与爱情》（三），张年欣《我们这个年纪的梦》（六），张笑天、张天民《生物圈》（五十一），鲁彦周《春前草》（五十二），沈念图《银海变色龙》（四）。

11日　《澳门日报·新园地》副刊刊载鲁茂《话拆又唔拆》（斗室漫笔），梅萼华《俞老的红学和“杂拌儿”》（新地杂掇），俞平伯《临江仙·咏〈红楼梦〉》，胡晓风《泥沼中的一朵莲》（濠江小唱）。

⊙　《华侨报·华座》副刊发表寸草生的诗歌《投亲感怀》；《华林》副刊续载白浪《婚姻与爱情》（完），张年欣《我们这个年纪的梦》（七），张笑天、张天民《生物圈》（五十二），鲁彦周《春前草》（完），沈念图《银海变色龙》（五）。

12日　《澳门日报·新园地》副刊刊载海星马耀明《雨》，叮当《水边的鹿》（寓言），苏晨《王羲之在云南》（砺堂散墨），鲁茂《“卖官”和“买位”》（斗室漫笔），黄施民《七绝珠海之咏》，胡晓风《司机小周》（濠江小唱）。

⊙　《华侨报·华座》副刊发表黄衫客《启蒙冬学谈往》，钟隆《爱情》；《华林》副刊发表七等生的小说《我的小天使》（一），开始连载张洁的小说《沉重的翅膀》（至1983年7月22日止），续载张年欣《我们这个年纪的梦》（八），张笑天、张天民《生物圈》（五十三），沈念图《银海变色龙》（完）。

13日　《澳门日报·新园地》副刊刊载陶里《港式……》（斗室漫笔），梅萼华《茅盾咏肖邦名曲》（新地杂掇），刘逸生《七绝五首》，胡晓风《玉婆七度仳离》（濠江小唱）。

⊙　《华侨报·华座》副刊发表蓝岚《爱情与感情》，王一芒《鸳鸯瓦冷霜华重》，陈寒碧《浣溪沙》；《华林》副刊发表西西的小说《像我这样的一个女人》（一），开始连载姜滇的小说《清水湾淡水湾》（至1983年1月14日止），续载七等生《我的小天使》（二），张年欣《我们这个年纪的梦》（九），张笑天、张天民《生物圈》（五十四）。

14日 《澳门日报·新园地》副刊刊载陶里《投奔怒海》（斗室漫笔），梅萼华《少林寺数据集》（新地杂掇），黄施民《摸鱼儿秋讯》，胡晓风《女兵暂时做修女》（濠江小唱），华波《公园里探秋》（见闻录）。

⊙ 《华侨报·华座》副刊发表于馥《闲话戏园》；《华林》副刊续载七等生《我的小天使》（三），张年欣《我们这个年纪的梦》（十），张笑天、张天民《生物圈》（五十五），西西《像我这样的一个女人》（二）。

15日 《澳门日报·新园地》副刊刊载沈尚青《消费的尊严》（生活），林中英《朱玲玲》（门外门内），苏晨《好汉金芬若夏》（砺堂散墨），陶里《自我，他我》（斗室漫笔），端木蕻良《红情杂咏》，贲贝《工作日与假日》（杂感），胡晓风《发型师怪招》（濠江小唱）。

⊙ 《华侨报·华座》副刊发表黄衫客《艳争秋色“老少年”》；《华林》副刊续载七等生《我的小天使》（四），张年欣《我们这个年纪的梦》（十一），张笑天、张天民《生物圈》（五十六），西西《像我这样的一个女人》（三）。

16日 《澳门日报·新园地》副刊刊载陶里《“三三啤”与生啤》（斗室漫笔），金良《秋郊拍照》，黄伟经《俄国文学的一部杰作——介绍屠格涅夫长篇小说〈猎人手记〉》（书话），胡晓风《这样的日子》（濠江小唱）。

⊙ 《华侨报·华座》副刊发表墨斗《天下长联》，陈寒碧的词《踏莎行》；《华林》副刊续载七等生《我的小天使》（完），张年欣《我们这个年纪的梦》（十二），张笑天、张天民《生物圈》（五十七），西西《像我这样的一个女人》（四）。

17日 《澳门日报·新园地》副刊刊载苏晨《一切在流在变》（砺堂散墨），申霜《马可孛罗笔下的卢沟桥》（随笔），黄伟经《俄国文学的一部杰作——介绍屠格涅夫长篇小说〈猎人手记〉》（书话），胡晓风《忽然想到》（濠江小唱）。

⊙ 《华侨报·华座》副刊发表孙忆晴《勇敢的中国人》；《华林》副刊发表慕容奇的小说《卖春事件》（一），续载张年欣《我们这个年纪的梦》

（十三），张笑天、张天民《生物圈》（五十八），西西《像我这样的一个女人》（五）。

18日　《澳门日报·新儿童》副刊刊载骆南侨《港版图书介绍周》（濠江风情），叮当《兔子“米米”》（童话故事），同善堂赵力兵《难忘的一件事》，圣保禄谢剑辉《知识的宝库》；《新园地》副刊刊载鲁茂《球证百态》（斗室漫笔），郑卓立《秋风小赞》，黄伟经《俄国文学的一部杰作——介绍屠格涅夫长篇小说〈猎人手记〉》（书话），胡晓风《糖尿与咖喱》（濠江小唱）。

⊙　《华侨报·华座》副刊发表中新《白杨的城市——伊宁》，常乐人《生活偶得》，孙忆晴《大饼·油条·豆浆·阳春面》；《华林》副刊续载慕容奇《卖春事件》（二），张年欣《我们这个年纪的梦》（十四），张笑天、张天民《生物圈》（完），西西《像我这样的一个女人》（六）。

19日　《澳门日报·新园地》副刊刊载苏晨《十大怪的一怪》（砺堂散墨），鲁茂《黑狗偷食，白狗当灾》（斗室漫笔），王云《潭江偶寄》，胡晓风《姑爷仔与油脂妹》（濠江小唱），黄伟经《俄国文学的一部杰作——介绍屠格涅夫长篇小说〈猎人手记〉》（书话）。

⊙　《华侨报·华座》副刊发表文苓《可敬的家长》，杨翎《文学家改行》；《华林》副刊发表马麟的小说《波特匹亚咏叹调》（一），续载慕容奇《卖春事件》（三），张年欣《我们这个年纪的梦》（十五），西西《像我这样的一个女人》（七）。

20日　《澳门日报·新园地》副刊刊载陶里《吸烟，不吸烟》（斗室漫笔），梅萼华《郁达夫的全部小说》（新地杂掇），谭任杰《摸鱼儿》，黄伟经《俄国文学的一部杰作——介绍屠格涅夫长篇小说〈猎人手记〉》（书话），胡晓风《拼命三郎》（濠江小唱）。

⊙　《华侨报·华座》副刊发表杨子《想念》；《华林》副刊续载慕容奇《卖春事件》（四），张年欣《我们这个年纪的梦》（十六），马麟《波特匹亚咏叹调》（二），西西《像我这样的一个女人》（八）。

21日　《澳门日报·新园地》副刊刊载陶里《没有地图的旅行》（斗室漫笔），

梅萼华《郁达夫小说写澳门》（新地杂掇），黄伟经《俄国文学的一部杰作——介绍屠格涅夫长篇小说〈猎人手记〉》（书话），胡晓风《戒与吸之间》（濠江小唱），丁丁《不孕》。

⊙ 《华侨报·华林》副刊续载慕容奇《卖春事件》（五），张年欣《我们这个年纪的梦》（十七），马麟《波特匹亚咏叹调》（三），西西《像我这样的一个女人》（九）。

22日 《澳门日报·新园地》副刊刊载苏晨《金殿观旗赏花》（砺堂散墨），冼得霖《道是无情还有情》（诗词评赏），胡晓风《人咬狗趣闻》（濠江小唱）。

⊙ 《华侨报·华林》副刊续载慕容奇《卖春事件》（六），张年欣《我们这个年纪的梦》（十八），马麟《波特匹亚咏叹调》（四），西西《像我这样的一个女人》（十）。

23日 《澳门日报·新园地》副刊刊载韩牧《己酉除夕洗杜甫陶塑像》，胡晓风《水底举行婚礼》（濠江小唱），丁丁《退休》。

⊙ 《华侨报·华座》副刊发表吴心柳《钱……》；《华林》副刊续载慕容奇《卖春事件》（七），张年欣《我们这个年纪的梦》（十九），马麟《波特匹亚咏叹调》（五），西西《像我这样的一个女人》（十一）。

24日 《澳门日报·新园地》副刊刊载骆南侨《捡破烂者》（濠江风情），苏晨《黑龙潭的风光》（砺堂散墨），陶里《骷髅》（斗室漫笔），吴彰桂《喜运粮》，胡晓风《一人“戴”八只钻戒》（濠江小唱）。

⊙ 《华侨报·华座》副刊发表中新《川菜漫谈》；《华林》副刊续载慕容奇《卖春事件》（八），张年欣《我们这个年纪的梦》（二十），马麟《波特匹亚咏叹调》（六），西西《像我这样的一个女人》（完）。

25日 《澳门日报·新园地》副刊刊载陶里《投入与反投入》（斗室漫笔），胡晓风《乡里鬼鬼》（濠江小唱）。

⊙ 《华侨报·华座》副刊发表墨斗《登西岳华山写生》（一），陈时稳的诗歌《西门海滨听夜潮观日出》，佚名《凭吊珍珠港》，世宸《游什末林》，丁韶《杜甫的〈春夜喜雨〉》；《华青》副刊发表子薇《写稿一年》，葳蕤《冬青树》，芝亭《垃圾堆中的宝藏》，缁衣《“动人”的旋律》，黄秀娴《我惭愧……》，冬华《小草》，杨达夫《雨伞》，钟文《一件小事》，周和根《夜校》；《华林》副刊发表间云的小说《我是结过婚的》（一），续载慕容奇《卖春事件》（九），张年欣《我们这个年纪的梦》（二十一），马麟《波特匹亚咏叹调》（七）。

26日　《澳门日报·新园地》副刊刊载鲁茂《“本地姜唔辣”？》（斗室漫笔），苏晨《吴三桂的狠毒》（砺堂散墨），骆南侨《题集邮册》，胡晓风《老陈的盆栽》（濠江小唱）。

⊙　《华侨报·华座》副刊发表克嘉《茶叶诗话》；《华林》副刊续载慕容奇《卖春事件》（十），张年欣《我们这个年纪的梦》（二十二），马麟《波特匹亚咏叹调》（八），间云《我是结过婚的》（二）。

27日　《澳门日报·新园地》副刊刊载鲁茂《永久住址与籍贯》（斗室漫笔），林水木《湖畔黄昏》，胡晓风《垃圾》（濠江小唱），梅萼华《拜金妻子莽丈夫》（新地杂掇）。

⊙　《华侨报·华座》副刊发表张贤长的诗歌《赴圣城途中》；《华林》副刊续载慕容奇《卖春事件》（十一），张年欣《我们这个年纪的梦》（二十三），马麟《波特匹亚咏叹调》（九），间云《我是结过婚的》（三）。

28日　《澳门日报·新园地》副刊刊载陶里《沙上骨牌》（斗室漫笔），卓伦《路灯》，胡晓风《雨天的牢骚》（濠江小唱）。

⊙　《华侨报·华座》副刊发表张贤长的诗歌《客中奇遇》；《华林》副刊续载慕容奇《卖春事件》（十二），张年欣《我们这个年纪的梦》（二十五），马麟《波特匹亚咏叹调》（十），间云《我是结过婚的》（四）。

29日　《澳门日报·新园地》副刊刊载苏晨《西山龙门上下》（砺堂散墨），胡晓风《动人场面》（濠江小唱），冼得霖《句改唐贤谢茂秦》（诗词评赏），陶里《达达主义》（斗室漫笔），开始连载东瑞的旅游小说《旅情》（至1983年4月14日止）。

⊙　《华侨报·华座》副刊发表王一芒《蛇趣》，于馥《“袁林”散记》；《华林》副刊续载慕容奇《卖春事件》（十三），张年欣《我们这个年纪的梦》（二十六），马麟《波特匹亚咏叹调》（十一），间云《我是结过婚的》（五）。

30日 《澳门日报·新园地》副刊刊载陶里《在香港买〈澳门日报〉》（斗室漫笔），凌钝《情诗》，冼得霖《句改唐贤谢茂秦》（诗词评赏），李浩泉《喝“三鲜汤”想到的》（随笔），胡晓风《“靓妹仔”之类》（濠江小唱）。

⊙ 《华侨报·华座》副刊发表张贤长的诗歌《示儿诗两首》；《华林》副刊续载慕容奇《卖春事件》（十四），张年欣《我们这个年纪的梦》（二十七），马麟《波特匹亚咏叹调》（十二），间云《我是结过婚的》（六）。

十二月

1日 《澳门日报·新园地》副刊刊载苏晨《曹溪寺的月亮》，陶里《第二流作家》，程祥徽《广府行》，胡晓风《有感于“归侨蹈海”》（濠江小唱）。

⊙ 《华侨报·华座》副刊发表于馥《天门奇秀》；《华林》副刊续载慕容奇《卖春事件》（十五），张年欣《我们这个年纪的梦》（二十八），马麟《波特匹亚咏叹调》（完），间云《我是结过婚的》（七）。

2日 《澳门日报·新园地》副刊刊载陶里《来自马肚的汉子》，刘逸生《壬午初冬佛山秋色大会喜赋》，胡晓风《价钱倒流廿年》（濠江小唱）。

⊙ 《华侨报·华林》副刊发表谌容的小说《太子村的秘密》（一），续载慕容奇《卖春事件》（十六），张年欣《我们这个年纪的梦》（二十九），间云《我是结过婚的》（完）。

3日 《澳门日报·新园地》副刊刊载苏晨《蒙蒙睡美人山》，无可《我们自认未入流》，胡晓风《奖章可价》（濠江小唱）。

⊙ 《华侨报·华座》副刊发表乃定的诗歌《偶然》，立早《赏佛山秋色》；《华林》副刊发表森村诚一的小说《狂宴》（一），续载慕容奇《卖春事件》（十七），张年欣《我们这个年纪的梦》（三十），谌容《太子村的秘密》（二）。

4日 《澳门日报·新园地》副刊刊载马交生《电话荒与繁荣》，玉文《图闲》，胡晓风《引出问号》（濠江小唱）。

⊙ 《华侨报·华座》副刊发表小漫《河洛神迹·河南巩县石窟纪游》，贲页《助人》，陈寒碧的诗歌《浣溪沙》，吴行洁《美国人的忙碌》，墨斗《五十年前佛山秋色》，海云《西樵的名茶佳酿》；《华林》副刊续载慕容奇《卖春事件》（十八），张年欣《我们这个年纪的梦》（三十一），谌容《太子村的秘密》（三），森村诚一《狂宴》（二）。

5日 《澳门日报·新园地》副刊刊载陶里《小学生写诗》，谭佛章《观佛山秋色游行即兴》，胡晓风《话说妓女》（濠江小唱）。

⊙ 《华侨报·华座》副刊发表王一芒《碧波绿藻赏金鱼》，孙忆晴《为善最乐》，黄衫客《鲤鱼风起芙蓉老》，常乐人《生活偶得》；《华林》副刊续载慕容奇《卖春事件》（完），张年欣《我们这个年纪的梦》（三十二），谌容《太子村的秘密》（四），森村诚一《狂宴》（三）。

6日 《澳门日报·新园地》副刊刊载苏晨《飞机场的悲喜剧》，谭任杰《浣溪沙》，胡晓风《感谢与祝愿》（濠江小唱）。

⊙ 《华侨报·华林》副刊发表仲平的小说《男友变了心》，续载张年欣《我们这个年纪的梦》（三十三），谌容《太子村的秘密》（五），森村诚一《狂宴》（四）。

7日 《澳门日报·新园地》副刊刊载陶里《爱情篇》，马交生《论澳门举办亚运会》，无不可《〈新园地〉是否散文绝无仅有》，胡晓风《色字藏刀》（濠江小唱）。

⊙ 《华侨报·华座》副刊发表宋东涛《乐山风光好》，陈寒碧的诗歌《临江仙》；《华林》副刊发表仲平的小说《新来的女工》，续载张年欣《我们这个年纪的梦》（三十四），谌容《太子村的秘密》（六），森村诚一《狂宴》（五）。

8日 《澳门日报·新园地》副刊刊载苏晨《慢工出细活儿》，王文琴《啊，六十一面金牌》，钟紫《罗浮杂咏》，胡晓风《妇人心》（濠江小唱）。

⊙ 《华侨报·华座》副刊发表墨斗《佛山秋色看今宵》，黄衫客《凌霜吐艳话桂花》；《华林》副刊发表雅汉的小说《决定》（一），续载张年欣

《我们这个年纪的梦》（三十五），谌容《太子村的秘密》（七），森村诚一《狂宴》（六）。

9日　《澳门日报·新园地》副刊刊载陶里《流浪者之歌和食》，一哲《不积跬步，无以至千里》，黄庆云《渔女献宝》，石铃《西江月》，胡晓风《当真“执银纸”》（濠江小唱）。

⊙　《华侨报·华林》副刊续载雅汉的小说《决定》（二），张年欣《我们这个年纪的梦》（三十六），谌容《太子村的秘密》（八），森村诚一《狂宴》（七）。

10日　《澳门日报·新园地》副刊刊载苏晨《明眼人恶眼人》，鲁茂《小城的斜坡》，黄庆云《渔女献宝》，胡晓风《奴隶之歌》（濠江小唱）。

⊙　《华侨报·华座》副刊发表贲页《买书之训》，王一芒《龟的轶闻》；《华林》副刊续载雅汉《决定》（三），张年欣《我们这个年纪的梦》（三十七），谌容《太子村的秘密》（九），森村诚一《狂宴》（八）。

11日　《澳门日报·新园地》副刊刊载马交生《论里根有料才招积》，武丘《上海的“花园别墅”》，胡晓风《回首珍珠港风云》（濠江小唱）。

⊙　《华侨报·华青》副刊发表珍霜《颂冬须有傲骨》，子薇《我的凌晨》，葳蕤《童年记趣》，杨达夫《要学普通话》，凯玲《一套运动装》，逆水《快乐大餐》，愚才《搭巴士》，周和根《屡败屡写》，星河《回忆》，胡思《追求甚么》，邱松杲《一件小事》，沙茵《烦恼》；《华座》副刊发表陈寒碧的诗歌《浣溪沙》；《华林》副刊续载雅汉《决定》（四），张年欣《我们这个年纪的梦》（三十八），谌容《太子村的秘密》（十），森村诚一《狂宴》（九）。

12日　《澳门日报·新园地》副刊刊载一哲《朝三暮四与“入迷”》，金良《南国秋心》，胡晓风《归去来兮》（濠江小唱）。

⊙　《华侨报·华座》副刊发表芊漫《菊花琐谈》；《华林》副刊续载雅汉《决定》（完），张年欣《我们这个年纪的梦》（三十九），谌容《太子村的秘密》（十一），森村诚一《狂宴》（十）。

13日　《澳门日报·新园地》副刊刊载陶里《箭猪与八爪鱼》，张望《白发老人》，胡晓风《炉边梦影》（濠江小唱）。

⊙　《华侨报·华座》副刊发表孙忆晴《三国戏中的周瑜》，秉新《“正大光明”匾的背后》，向德昌《虎山探虎》；《华林》副刊发表慕容奇的小说《无名二神社》（一），续载张年欣《我们这个年纪的梦》（四十），谌容《太子村的秘密》（十二），森村诚一《狂宴》（十一）。

14日　《澳门日报·新园地》副刊刊载马交生《开车门好过做总统》，陶里《瓦特起来》，金良《你骑着唐太宗的六匹战马》，胡晓风《偶感&落花》（濠江小唱）。

⊙　《华侨报·华座》副刊发表于芊《古麓山寺探胜》；《华林》副刊续载慕容奇《无名二神社》（二），张年欣《我们这个年纪的梦》（四十一），谌容《太子村的秘密》（十三），森村诚一《狂宴》（十二）。

15日　《澳门日报·新园地》副刊刊载苏晨《谈谈勾个轮廓》，陶里《行情与商战》，东瑞《温情》，胡晓风《濠江小唱》。

⊙　《华侨报·华座》副刊发表黄衫客《漫谈通胜》，于馥《老君台纪行》；《华林》副刊续载慕容奇《无名二神社》（三），张年欣《我们这个年纪的梦》（四十二），谌容《太子村的秘密》（十四），森村诚一《狂宴》（完）。

16日　《澳门日报·新园地》副刊刊载小彤《有趣的猴子》，叮当《小蚱蜢懊悔了》，谈学文《枪手和抢手》，金刃《在战火纷飞的岁月里》，陶里《小家种》，惠安人《夜卖声》，胡晓风《哭笑不尤人》（濠江小唱），丁丁《骗子》。

⊙　《华侨报·华座》副刊发表张健《负责与潇洒》，李乔《千古恩怨祭矮灵》，甘戈《司马迁祠墓的壮观》；《华林》副刊发表玉翎燕的小说《快刀侠隐》（一），续载慕容奇《无名二神社》（四），张年欣《我们这个年纪的梦》（完），谌容《太子村的秘密》（十五）。

17日　《澳门日报·新园地》副刊刊载苏晨《两全才得其美》，鲁茂《奇与畸》，胡晓风《电影创作自由联想》（濠江小唱）。

⊙　《华侨报·华座》副刊发表王一芒《鸟语趣谈》，小漫《碑林纪石》；《华林》副刊发表张曼菱的小说《云》（一），续载慕容奇《无名二神社》

（五），谌容《太子村的秘密》（十六），玉翎燕《快刀侠隐》（二）。

18日　《澳门日报·新园地》副刊刊载马交生《烟民免费换心肺》，鲁茂《哭》，蓝溪《海鸥》，胡晓风《啊，爱情》（濠江小唱）。

⊙　《华侨报·华林》副刊续载慕容奇《无名二神社》（六），张曼菱《云》（二），谌容《太子村的秘密》（十七），玉翎燕《快刀侠隐》（三）。

19日　《澳门日报·新园地》副刊刊载秦怀《红——激动人心的颜色》，韩牧《边界上》，胡晓风《圣诞花》（濠江小唱）。

⊙　《华侨报·华林》副刊续载慕容奇《无名二神社》（七），张曼菱《云》（三），谌容《太子村的秘密》（十八），玉翎燕《快刀侠隐》（四）。

20日　《澳门日报·新园地》副刊刊载苏晨《简明服务哲学》，徐续《满庭芳》，胡晓风《岁暮有寄》（濠江小唱）。

⊙　《华侨报·华座》副刊发表琴涵《当你遇到挫折》；《华林》副刊续载慕容奇《无名二神社》（八），张曼菱《云》（四），谌容《太子村的秘密》（十九），玉翎燕《快刀侠隐》（五）。

21日　《澳门日报·新园地》副刊刊载马交生《伪钞有用论》，晴云《甜与苦》，胡晓风《圣诞礼物及其他》（濠江小唱）。

⊙　《华侨报·华林》副刊续载慕容奇《无名二神社》（九），张曼菱《云》（五），谌容《太子村的秘密》（二十），玉翎燕《快刀侠隐》（六）。

22日　《澳门日报·新园地》副刊刊载苏晨《五等客的回声》，秦咢生《桂林杂兴》，胡晓风《醉乡遗恨》（濠江小唱）。

⊙　《华侨报·华青》副刊发表李丹《一张珍贵的照片》，未名《表》，子薇《时间迫人》，梁咏琴《〈投奔怒海〉观后》，杨达观《想起旧时师》，定钧《派米》，潘展鸿《明哲保身》，太阳《废物利用》，小梁《小贩》，心声《从垃圾中找生活的人》，有光《决战前后》，黄倩薇《一曝十寒》，来《跳班》；《华座》副刊发表杜省《吹牛皮拍马屁开后门》，于芊《访侯朝宗故居》；《华林》副刊续载慕容奇《无名二神社》（十），张曼菱《云》（六），谌容《太子村的秘密》（二十一），玉翎燕《快刀侠隐》（七）。

23日　《澳门日报·新园地》副刊刊载鲁茂《点解？点解？》，明《诗两首》，凌楚枫《致天父》，胡晓风《燕离巢》（濠江小唱）。

⊙　《华侨报·华座》副刊发表翟羽《磁州陶枕》，峻峻《倒吊剪发》；《华林》副刊续载慕容奇《无名二神社》（完），张曼菱《云》（七），谌容《太子村的秘密》（二十二），玉翎燕《快刀侠隐》（八）。

24日　《澳门日报·新园地》副刊刊载苏晨《无尽的吸引力》，鲁茂《抗寒靠运动》，胡晓风《冬至》（濠江小唱）。

⊙　《华侨报·华座》副刊发表温福兴《厚脸皮的斗鸡》；《华林》副刊发表王奇的小说《住家男人》，续载张曼菱《云》（八），谌容《太子村的秘密》（二十三），玉翎燕《快刀侠隐》（九）。

25日　《澳门日报·新园地》副刊刊载马交生《论“打老公日”》，金良《给圣诞老人的信》，陶里《金色的鸽子》，胡晓风《烛光摇梦》（濠江小唱）。

⊙　《华侨报·华座》副刊发表多龄《武陵话竹》，墨斗《文坛佳话》；《华林》副刊发表蘅芜的小说《燕翩翩》（一），续载张曼菱《云》（九），谌容《太子村的秘密》（二十四），玉翎燕《快刀侠隐》（十）。

26日　《澳门日报·新园地》副刊刊载陶里《寂静的延续》，胡晓风《也算即兴》（濠江小唱）。

⊙　《华侨报·华座》副刊发表余崧《佛山祖庙纪胜》（一）；《华林》副刊续载蘅芜《燕翩翩》（二），张曼菱《云》（十），谌容《太子村的秘密》（二十五），玉翎燕《快刀侠隐》（十一）。

27日　《澳门日报·新园地》副刊刊载陶里《食鸭仔蛋》，任真汉《贺广东书院新址落成》，胡晓风《邮费可加乎？曰可！》（濠江小唱）。

⊙　《华侨报·华座》副刊发表慕华《加拿大圣诞风俗各异》，赍页《冬》，陈寒碧的诗歌《青玉案》，慕华《加拿大圣诞风俗各异》，佚名《猪年谈野猪》，续载余崧《佛山祖庙纪胜》（二）；《华林》副刊续载蘅芜《燕翩翩》（三），张曼菱《云》（十一），谌容《太子村的秘密》（二十六），玉翎燕《快刀侠隐》（十二）。

28日　《澳门日报·新园地》副刊刊载苏晨《一条伟大的虫》，陶里《红T恤里的热》，林水木《月亮，星星》，胡晓风《来去之间》（濠江小唱）。

⊙ 《华侨报·华座》副刊发表丁祖威《野猪的鼻子》，续载余崧《佛山祖庙纪胜》（三）；《华林》副刊续载蘅芜《燕翩翩》（四），张曼菱《云》（十二），谌容《太子村的秘密》（二十七），玉翎燕《快刀侠隐》（十三）。

29日 《澳门日报·新园地》副刊刊载苏晨《龙的九个儿子》，陶里《圣诞卡上的诗句》，凌钝《遥寄赴日友人》，胡晓风《多余感慨》（濠江小唱）。

⊙ 《华侨报·华座》副刊发表琴涵《阳光》，杜省《削苹果有感》，续载余崧《佛山祖庙纪胜》（四）；《华林》副刊续载蘅芜《燕翩翩》（完），张曼菱《云》（十三），谌容《太子村的秘密》（二十八），玉翎燕《快刀侠隐》（十四）。

30日 《澳门日报·新园地》副刊刊载陶里《万岁千山亦无情》，钟紫《访高谭老苏区》，胡晓风《金鱼》（濠江小唱）。

⊙ 《华侨报·华座》副刊发表齐声《灿烂的古代阿拉伯文化》，陈火泉《善用潜能》，续载余崧《佛山祖庙纪胜》（完）；《华林》副刊发表白浪的小说《苦海》（一），续载张曼菱《云》（十四），谌容《太子村的秘密》（二十九），玉翎燕《快刀侠隐》（完）。

31日 《澳门日报·新园地》副刊刊载苏晨《那九龙这九龙》，鲁茂《官方档不应歧视中文》，金良《寄珠海渔女像》，胡晓风《送别一九八二》（濠江小唱）。

⊙ 《华侨报·华林》副刊发表无名的小说《风景一〇三号》（一），续载白浪《苦海》（二），张曼菱《云》（十五），谌容《太子村的秘密》（三十）。

1983 年

文学的发展有着它的时代动因，如内地改革开放的新文学思潮对澳门文学起了酵母作用，促进了澳门文学多元发展。另一方面是澳门本身的一种社会变动，作家、诗人们开始意识到澳门应发展文学，才能摆脱“文化沙漠”窘境，提高澳门文学地位，加上文学前辈如李成俊、李鹏翥等人对澳门文学发展的大力推动，包括提携新秀，使澳门文学全方位跃动，出现了新格局。

1983年3月，以东亚大学中文系师生为主，成立了旨在提倡中国文化的“中文学会”。它在20世纪80年代对澳门文学的发展起了很大的作用。6月，著名散文家秦牧访问澳门，与东亚大学中文系云惟利博士，《澳门日报》总编辑李成俊、副总编辑李鹏翥等座谈。大家一致认为澳门应该创办一份纯文艺的副刊。6月30日，《澳门日报》创办了《镜海》文学副刊，这是澳门第一份在报刊上刊登纯文学作品的周刊，刊名由饶宗颐教授题字。最初《镜海》上面刊登的作品大多数是来自澳门东亚大学的学生，特别是澳门东亚大学中文学会的成员。在《镜海》创办以前，澳门的报刊上只有一些文艺性的副刊，如《澳门日报》的《新园地》等，但都不是纯文学刊物。《镜海》加大了文学作品发表的力度，也起到了团结作者、培养队伍、活跃创作的作用，成为当时在澳门发表文学作品的主要阵地。它的问世象征着澳门人有意识地努力去建立一个属于自己的文学形象，让整个澳门社会开始认同澳门文学存在的价值及其重要性。《镜海》创立以后，澳门各大报纸的副刊也增加了刊登文学作品的比重。譬如《华侨报》《市民日报》《星报》《正报》等报刊，都辟有副刊，一般是以刊登连载小说和专栏文章为主。同一段时期，《澳门人周报》也开始辟有专栏刊登小说。另外有一份由澳门天主教教区青年牧民中心主办的刊物《活流》，也开辟了文艺专栏。各类型的文学活动都活跃了起来。《澳门日报》的《镜海》应该说就是开风气之先者。所以有人称20世纪80年代初的澳门文学为“《澳门日报》的《镜海》时期”。

散文是澳门文坛仅次于诗的重要文体。如今，单是在澳门各中文报副刊上经常投稿的散文作家就有三四十人。澳门散文创作队伍阵容较为整齐，有以鲁茂、李鹏翥、芳菲、梅萼华、胡晓风等为代表的老作家，有以陶里、林中英、南宫燕、凌棱、金子中等为代表的中年作家，有以玉文、陈浩星、黎绮华等为代表的青年作家。就整体而言，澳门散文创作题材广泛，种类繁多，有抒情散文，有偏重叙事的报告文学，还有随笔、社会速写、游记、小品、杂感、回忆录等。就数量而言，已颇为可观，但有强烈艺术感染力的作品并不多见。

周桐该年刊登了两部长篇小说。《赤子情》叙述一对恩爱夫妻平白无端给一对来历不明的洋孩子搞得情海翻波，从而揭开一段秘辛。故事曲折、奇诡有趣，又充满人情味。《晚晴》叙述一位电视台女编剧为了寻找美丽的爱情故事，在一个偶然的机会里认识一对因战争而失散四十年的旧日恋人，并目睹他们的重逢，从而引出一段哀婉动人的恋情。这对老年人劫后重逢，爱火重燃，不料这段黄昏之情迭起风波。该年还刊登了余龙马的武侠小说《三侠闹官场》，描写太平军进兵湖南前后，当时官场黑暗，三个女侠同杀贪官污吏，纵横江湖。故事笔触轻松，情节紧凑。东瑞的《小岛黄昏》叙述一位青年在生活、工作、爱情上的曲折遭遇，并描写周遭与他有关的各种各样的人物，反映一个家庭内各种微妙的关系，情节紧凑，语言朴实。

一月

1日　《澳门日报·新园地》副刊刊载鲁茂《哑剧》（斗室漫笔）、何广才《墨守成规与标新立异》（随笔）、胡晓风《又是新的开始》（濠江小唱），开始连载布鲁克纳《机器人间谍战》（至1983年4月28日止）。

⊙　《华侨报·华林》副刊续载白浪的小说《苦海》（三），张曼菱的小说《云》（十六），无名的小说《风景一〇三号》（二），谌容的小说《太子村的秘密》（三十一）。

3日 《澳门日报·新园地》副刊刊载东瑞《相簿》（随笔），蓝玛《浪费》（杂感），金辉《登记》，秦咢生诗四首《桂林杂兴（二）》，胡晓风《一起燃烧》（濠江小唱），吴钧《渡海访知侠》（人物）。

⊙ 《华侨报·华座》副刊刊载陈寒碧的诗《浣溪沙》；《华林》副刊续载白浪的小说《苦海》（四），谌容的小说《太子村的秘密》（三十二），张曼菱的小说《云》（十七），无名的小说《风景一〇三号》（三）。

4日 《澳门日报·艺海》刊出知音客《林子祥的〈海市蜃楼〉〈从今失去她〉歌词褪色》；《新园地》副刊刊载苏晨《古幢下的八龙》（砺堂散墨），陶里《我参加平安夜弥撒》（斗室漫笔），吴彰桂新诗一首《石子》，胡晓风《青春寄语》（濠江小唱），吴钧《渡海访知侠》（人物），开始连载周桐《赤子情》（至1983年9月1日止）。

⊙ 《华侨报·旅游与乡土》副刊刊载欣欣的杂记《徜徉巴伐利亚诗情画意中》，中的杂记《登恒山悬空寺》，翠薇的杂记《圣保罗旅游饭店》，思宙的杂记《开普顿缆车猎影》，莹莹的杂记《我登日本古都玻璃塔》；《华座》副刊刊载杜省的杂记《老土和新潮》，温珊的杂记《施耐庵写〈水浒〉的故事》，周和根的杂记《晨》；《华林》副刊刊载慕容奇的小说《二神社第二神》（一），续载张曼菱的小说《云》（十八），无名的小说《风景一〇三号》（四），谌容的小说《太子村的秘密》（三十三）。

5日 《澳门日报·濠江风情》刊载骆南侨《福州金鱼观赏展》，《艺海》刊出知音客《林子祥的〈海市蜃楼〉〈古都罗马〉颇够豪情》；《新园地》副刊刊载苏晨《近云之地多龙》（砺堂散墨），陶里《罗素的性观》（斗室漫笔），周毅新诗一首《飘零的黄叶》，胡晓风《无题》（濠江小唱），宣翁《把爱心放在宁阳河》（随笔）。

⊙ 《华侨报·华座》副刊刊载小芊的杂文《“笑”的种种》，克龄的杂文《莫里哀的悲哀》，甘戈的杂文《〈三国演义〉与长坂坡》，古盘的杂文《石头之美》；《华林》副刊续载慕容奇的小说《二神社第二神》（二），张曼菱的小说《云》（十九），谌容的小说《太子村的秘密》

（三十四），无名的小说《风景一〇三号》（五）。

6日　《澳门日报·新园地》副刊刊载陶里《科技背后的迷惘》（斗室漫笔），胡晓风《忽然想到》（濠江小唱），秦咢生旧诗七首《桂林杂兴（三）》。

⊙　《华侨报·华座》副刊刊载李丰、郑牧的杂文《不要替他决定命运》；《华林》副刊续载慕容奇的小说《二神社第二神》（三），张曼菱的小说《云》（二十），谌容的小说《太子村的秘密》（三十五），无名的小说《风景一〇三号》（六）。

7日　《澳门日报·新园地》副刊刊载苏晨《龙是一面镜子》（砺堂散墨），陶里《车呀，船！》（斗室漫笔），胡晓风《天地一沙鸥》（濠江小唱）。

⊙　《华侨报·华青》副刊刊载韶丁的杂文《读李白诗〈夜静思〉》，李宝玲的杂文《谈人道主义》，坚子的杂文《缕缕思哀》，杨达夫的杂文《笔记速度》，名人名言《品德》，罗金容的杂文《"农林处"参观记》，零小星的杂文《劣行》；《华座》副刊刊载王一芒的杂文《茶话》；《华林》副刊续载慕容奇的小说《二神社第二神》（四），张曼菱的小说《云》（二十一），无名的小说《风景一〇三号》（七），谌容的小说《太子村的秘密》（三十六）。

8日　《澳门日报·新园地》副刊刊载鲁茂《木屐，篮书，夜来香》（斗室漫笔），胡晓风《岸边偶拾》（濠江小唱），林水木新诗一首《船夫》，丁丁《黄伯的烦恼》。

⊙　《华侨报》第二版刊载新闻《周扬谈文艺创作》（世界花边新闻），指出"百花齐放，百家争鸣"方针是文艺创作和科学研究的自由问题，是我们党发展学术文化的坚定不移的方针；《华侨报·华座》副刊刊载峻峻的杂文《狗的生活享受》，杜省的杂文《诺言》；《华林》副刊续载慕容奇的小说《二神社第二神》（五），张曼菱的小说《云》（二十二），谌容的小说《太子村的秘密》（三十七），无名的小说《风景一〇三号》（八）。

9日　《澳门日报·新园地》副刊刊载陶里《午夜梦回》（斗室漫笔），胡晓风《执着》（濠江小唱），李浩泉《一、二、三的启示》（杂感），郑卓立新诗一首《归吧！孩子》。

⊙ 《华侨报·华林》副刊续载慕容奇的小说《二神社第二神》（六），张曼菱的小说《云》（二十三），无名的小说《风景一〇三号》（九），谌容的小说《太子村的秘密》（三十八）。

10日 《澳门日报·新园地》副刊刊载苏晨《勿轻一字之差》（砺堂散墨），陶里《财经风波打击了谁？》（斗室漫笔），胡晓风《雨夜情思》（濠江小唱），冼得霖《莫唱当年长恨歌》（诗词评赏）。

⊙ 《华侨报·华林》副刊刊载慕容奇的小说《半月斋路行之介》（一），续载张曼菱的小说《云》（二十四），谌容的小说《太子村的秘密》（三十九），无名的小说《风景一〇三号》（十）。

11日 《澳门日报·新园地》副刊刊载王白石《幽默——生活的调味品》（随笔），黄施民宋词三首《西江月》，胡晓风《有所见》（濠江小唱）。

⊙ 《华侨报·华林》副刊续载慕容奇的小说《半月斋路行之介》（二），谌容的小说《太子村的秘密》（四十），张曼菱的小说《云》（二十五），无名的小说《风景一〇三号》（十一）。

12日 《澳门日报·艺海》刊载知音客《徐小凤的〈全新歌集·随想曲〉动听不落俗套》；《澳门街》刊载骆南侨《一个国际摄影展览》（濠江风情）；《新园地》刊载苏晨《押不芦花覆盖》（砺堂散墨），黄施民宋词二首《临江仙》，蓝玛《赞赏》（杂感），胡晓风《另一种无题》（濠江小唱）。

⊙ 《华侨报·华林》副刊续载慕容奇的小说《半月斋路行之介》（三），谌容的小说《太子村的秘密》（四十一），无名的小说《风景一〇三号》（十二），张曼菱的小说《云》（二十六）。

13日 《澳门日报·儿童园地》刊载劳校詹庆怡《我们的学校》，圣罗撒谢丽珊《笔的自述》；《艺海》副刊知音客《徐小凤的〈全新歌集·少年人〉节奏轻松取胜》；《新园地》副刊刊载鲁茂《淡风下》（斗室漫笔），原甸《陈浩泉的“追情”》（书话），胡晓风《〈啼笑因缘〉之类》（濠江小唱）。

⊙　《华侨报·华林》副刊续载慕容奇的小说《半月斋路行之介》（四），谌容的小说《太子村的秘密》（四十二），无名的小说《风景一〇三号》（十三），张曼菱的小说《云》（二十七）。

14日　《澳门日报·艺海》副刊刊载知音客《徐小凤的〈全新歌集·星光的背影〉林子祥作曲》；《新园地》副刊刊载鲁茂《有诚意的业余演出》（斗室漫笔），小筱《时间与生命》，胡晓风《有所感》（濠江小唱），卓伦新诗二首《幼儿园速写》。

⊙　《华侨报·华林》副刊续载慕容奇的小说《半月斋路行之介》（五），谌容的小说《太子村的秘密》（四十三），无名的小说《风景一〇三号》（十四），张曼菱的小说《云》（二十八）。

15日　《澳门日报·艺海》副刊刊载知音客《徐小凤的〈全新歌集·黄昏放牛〉伴奏出色》；《新园地》副刊刊载陶里《看毕加索画展》（斗室漫笔），石在《宋湘的蔗渣书》（艺林），胡晓风《香港病》（濠江小唱）。

⊙　《华侨报·华林》副刊开始连载陆天明的小说《白杨深处》（至1983年5月9日止），续载慕容奇的小说《半月斋路行之介》（六），谌容的小说《太子村的秘密》（四十四），无名的小说《风景一〇三号》（十五），张曼菱的小说《云》（二十九）。

16日　《澳门日报·艺海》副刊刊载知音客《徐小凤的〈全新歌集·不想讲再会〉较低劣》；《新园地》副刊刊载陶里《看展览记》（斗室漫笔），曹何旧诗四首《竹》，胡晓风《代拟悼亡》（濠江小唱），晴云《一件小事》（见闻录），文翎《古今楹联拾趣》（书话）。

⊙　《华侨报·华林》副刊刊载朱天文的小说《伊甸不再》（一），续载慕容奇的小说《半月斋路行之介》（七），谌容的小说《太子村的秘密》（四十五），张曼菱的小说《云》（三十）。

17日　《澳门日报》第二版刊载新闻《当局撥款百五万支持今年活动文化学会拟办中国电影展影视文化中心将设在岗顶嘉文基谈推进澳门文化活动将办话剧汇演》；《家庭》刊载林中英《破毛衣》（门外门内），沈尚青《怕冷》（生活）；《新园地》副刊刊载陶里《洋紫荆文丛》（斗室漫笔），冼得霖《忍剪凌云一寸心》（诗词评赏），彦火《岁末与迎春》（枫杨小语），胡晓风《拟古意》（濠江小唱）。

⊙ 《华侨报·华座》副刊刊载彭歌的杂记《女性的直觉》；《华林》副刊续载慕容奇的小说《半月斋路行之介》（八），谌容的小说《太子村的秘密》（四十六），朱天文的小说《伊甸不再》（二），张曼菱的小说《云》（三十一）。

18日 《澳门日报·新园地》副刊刊载陶里《拉杂两题》（斗室漫笔），彦火《岁末与迎春》（枫杨小语），吕一玲新诗二首《诗两首（足迹，太阳颂）》，吴钧《且说王映霞》（文坛轶话），胡晓风《"夜送寒衣"联想》（濠江小唱）。

⊙ 《华侨报·华林》副刊续载慕容奇的小说《半月斋路行之介》（九），谌容的小说《太子村的秘密》（四十七），朱天文的小说《伊甸不再》（三），张曼菱的小说《云》（三十二）。

19日 《澳门日报》第二版刊载新闻《话剧汇演入场券本报等七处预售》；《澳门街》刊载骆南侨《补记儿童圣诞卡创作》（濠江风情）；《新园地》副刊刊载苏晨《汉城来个挂历》（砺堂散墨），陶里《送别》（斗室漫笔），王文琴《用钱的公式》（见闻录），胡晓风《"看掌"！》（濠江小唱）。

⊙ 《华侨报·华青》副刊刊载海星、杨达夫的杂记《晨》，潘展鸿的杂记《谈借书》，子薇的杂记《艰辛的一课》，丁冬的杂记《品诗如品茗》，梦雅的杂记《织梦者》，苏民的杂记《父子爱——由教育到期望》，木行的杂记《朋友》；《华座》副刊刊载阮文达的杂记《文学孽障》；《华林》副刊续载慕容奇的小说《半月斋路行之介》（十），谌容的小说《太子村的秘密》（四十八），朱天文的小说《伊甸不再》（四），张曼菱的小说《云》（三十三）。

20日 《澳门日报·新儿童》刊载叮当《老鹰和公鸡》（童话故事）；《儿童园地》刊载劳校王伟雄《个人与社会的关系》，教业缪子美《一道算术题》；《新园地》副刊刊载陶里《中年男女的吸引力》（斗室漫笔），胡晓风《无钱冇亲之类》（濠江小唱）。

⊙　《华侨报》第二版刊载新闻《首位女作家写咸诗，又拍暴露照片将被学校开除》《杀女友吃死尸小说获日本文学芥川奖》；《华侨报·旅游与乡土》副刊刊载邓金奎的杂记《小三峡散记》；《华座》副刊刊载立早的诗《蝶恋花·遥寄——答湄公河畔诸友》；《华林》副刊刊载匡成的小说《横刀》，续载谌容的小说《太子村的秘密》（四十九），朱天文的小说《伊甸不再》（五），张曼菱的小说《云》（三十四）。

21日　《澳门日报·艺海》刊载少腾《陈百强的〈倾诉·魔术师〉歌词独特》；《新园地》副刊刊载苏晨《一席夜话之思》（砺堂散墨），鲁茂《吃资本主义"大锅饭"》（斗室漫笔），柳嘉《野性的林》（随笔），梅萼华《湘版图书评集》（新地杂掇），凌楚枫《今城昭二先生》（见闻录），胡晓风《参观"石湾公仔"》（濠江小唱）。

⊙　《华侨报·华座》副刊刊载杜省的杂记《"善内"与"恃外"》；《华林》副刊刊载慕容奇的小说《非常浪人纪》（一），续载谌容的小说《太子村的秘密》（五十），朱天文的小说《伊甸不再》（六），张曼菱的小说《云》（三十五）。

22日　《澳门日报·新园地》副刊刊载梅萼华《湖南出版事业蓬勃》（新地杂掇），王文琴《书》（见闻录），郑卓立新诗一首《失恋》，胡晓风《老人情怀》（濠江小唱）。

⊙　《华侨报·华座》副刊刊载慕华的杂记《罗宾汉可是侠盗？》，梁锡华的杂记《乞食》，继君的杂记《怀念夏天》；《华林》副刊续载慕容奇的小说《非常浪人纪》（二），谌容的小说《太子村的秘密》（五十一），张曼菱的小说《云》（三十六），朱天文的小说《伊甸不再》（七）。

23日　《澳门日报》第三版刊载新闻《澳门话剧汇演门票开始发售》；《新园地》副刊刊载鲁茂《电影观众的代入感》（斗室漫笔），云志《"盲年"是怎么回事？》，梅萼华《郁达夫与王映霞》（新地杂掇），夏冬宋词一首《江城子》，胡晓风《大丰初遇"独行侠"》（濠江小唱），宣翁·松年《重会"凌波仙子"》（见闻录）。

⊙　《华侨报·华座》副刊刊载继君的杂记《逆境造就天才——悼念柏永兄》，杨翎的杂记《烟水亭联话》；《华林》副刊续载慕容奇的小说《非常浪人纪》（三），谌容的小说《太子村的秘密》（五十二），朱天文的小说《伊甸不再》（八），张曼菱的小说《云》（三十七）。

24日　《澳门日报》第一版刊载新闻《话剧汇演周二周三举行筹委会昨介绍四剧剧情晓角、海燕、澳门剧社及中华教育会话剧组参加演出》；《家庭》刊载林中英《求神拜佛》（门外门内），沈尚青《心焦》（生活）；第十一版《澳门话剧会演》刊载中华教育会戏剧组演出《求婚二重奏》、澳门戏剧社演出《法庭内的小故事》、海燕剧艺社演出《杯中情》、晓角业余话剧研进社演出《死巷》信息；《新园地》副刊刊载苏晨《想到比较文学》（砺堂散墨），陶里《名家一席话》（斗室漫笔），冼得霖《一曲后庭花》（诗词评赏），梅萼华《郁达夫外传》（新地杂掇），胡晓风《即事》（濠江小唱）。

⊙　《华侨报·华座》副刊刊载王一芒的杂记《凌波仙子报春来》；《华林》副刊续载慕容奇的小说《非常浪人纪》（四），谌容的小说《太子村的秘密》（五十三），张曼菱的小说《云》（三十八），朱天文的小说《伊甸不再》（九）。

25日　《澳门日报·新园地》副刊刊载梅萼华《达夫书简——致王映霞》（新地杂掇），胡晓风《发仔的悲喜剧》（濠江小唱），杨达夫《炒栗子》（见闻录）。

⊙　《华侨报·华座》副刊刊载墨斗的杂记《罗岗香雪的故事》；《华林》副刊续载慕容奇的小说《非常浪人纪》（五），谌容的小说《太子村的秘密》（五十四），朱天文的小说《伊甸不再》（十），张曼菱的小说《云》（三十九）。

26日　《澳门日报》第二版刊载新闻《话剧汇演今明举行观众请当日中午往永乐戏院划位》，第三版刊载新闻《广州文人界四百人月中举行盛大茶会祝贺〈广州文艺〉及〈南风〉》；《澳门街》载骆南侨《宠物店》（濠江风情）；《新园地》副刊刊载陶里《香港病》（斗室漫笔），胡晓风《又是不幸之家》（濠江小唱），梅萼华《王映霞在上海》（新地杂掇），方学犁《断崖》（随笔）。

⊙ 《华侨报·华林》副刊续载慕容奇的小说《非常浪人纪》（六），谌容的小说《太子村的秘密》（五十五），朱天文的小说《伊甸不再》（十一），张曼菱的小说《云》（四十）。

27日 《澳门日报》第三版刊载毅刚《粤诗书画家珠海创作记》（本报特稿），《话剧汇演观众赞赏今晚再演四出好戏》；《儿童园地》刊载培正邝昀《儿歌两首给妈妈的生日礼物》，沙利头苏建中《正当的娱乐》；《新园地》副刊载苏晨《根基何以为厚》（砺堂散墨），陶里《投机无乐园》（斗室漫笔），梅萼华《狂胪文献耗中年》（新地杂掇），平伯《物证可尽信吗？》（文坛轶话），郑卓立新诗一首《珍珠》，胡晓风《错误的“奉献”》（濠江小唱）。

⊙ 《华侨报·华座》副刊刊载杨翎的杂记《落叶赋》，小芊的杂记《无法补偿的爱情》，峰的杂记《艺术的良心》；《华林》副刊续载慕容奇的小说《非常浪人纪》（七），谌容的小说《太子村的秘密》（五十六），朱天文的小说《伊甸不再》（十二），张曼菱的小说《云》（四十一）。

28日 《澳门日报·新园地》副刊刊载苏晨《今日相关消息》（砺堂散墨），陶里《炒夜金》（斗室漫笔），王文琴《“猫盖屎”随想》（杂感），一哲《有志者事竟成》（随笔），胡晓风《郎心苦》（濠江小唱）。

⊙ 《华侨报·华座》副刊刊载杨翎的杂记《文学家当酒保》，黄衫客的杂记《风霜催放腊梅花》；《华林》副刊续载慕容奇的小说《非常浪人纪》（八），谌容的小说《太子村的秘密》（五十七），朱天文的小说《伊甸不再》（十三），张曼菱的小说《云》（四十二）。

29日 《澳门日报·新园地》副刊刊载鲁茂《浪费的“功”与过》（斗室漫笔），西波《爱伦·坡短篇小说篇》（书话），胡晓风《死巷》（濠江小唱）。

⊙ 《华侨报·华座》副刊刊载江霞的杂记《巍巍青山》（上）；《华林》副刊开始连载张抗抗的小说《北极光》（至1983年4月11日止），续载慕容奇的小说《非常浪人纪》（九），谌容的小说《太子村的秘密》

（五十八），张曼菱的小说《云》（四十三），朱天文的小说《伊甸不再》（十四）。

30日 《澳门日报·新园地》副刊刊载鲁茂《爆肚谐剧》（斗室漫笔），宣翁《锦江恋》（随笔），黄施民《临江仙（两阕）》，凌楚枫《食火鸡》（杂感），胡晓风《为她祝寿》（濠江小唱）。

⊙ 《华侨报·华座》副刊副刊续载江霞的杂记《巍巍青山》（下）；《华林》副刊刊载小说《勤三郎孝母》（一）；《华林》副刊刊载小说《船主禁忌灭门诗》（一）[①]，续载朱天文的小说《伊甸不再》（十五），张曼菱的小说《云》（四十四）。

31日 《澳门日报·家庭》林中英《信而不迷》（门外门内），沈尚青《够嗲》（生活）；《新园地》副刊载苏晨《朝鲜诗话一瞥》（砺堂散墨），陶里《灵感》（斗室漫笔），冼得霖《未妨白发老边才》（诗词评赏），华波《京城一条街》（旅行小品），胡晓风《寻女》（濠江小唱）。

⊙ 《华侨报·华座》副刊刊载杜省的杂记《由“个性美”谈起》，小芊的杂记《邓散木骨气》；《华林》副刊续载小说《勤三郎孝母》（二），朱天文的小说《伊甸不再》（十六），张曼菱的小说《云》（四十五）。

二月

1日 《澳门日报·新园地》副刊刊载凌楚枫《打扮》（杂感），胡晓风《斩妹》（濠江小唱），金良的新诗《灵巧的双手——咏石湾陶艺家》。

⊙ 《华侨报·华座》副刊刊载多龄的杂记《妙趣横生的谐声》，梁荔玲的杂记《我思想里的“战地记者”》，玉彩的杂记《可移动的“高楼”》；《华林》副刊续载小说《阴魂不灭》（三），张曼菱的小说《云》（四十六），朱天文的小说《伊甸不再》（十七）。

---

① 《船主禁忌灭门诗》（一）、《勤三郎孝母》（二）、《阴魂不灭》（三）、《女客》（四、五、完结），此六章的前三章为一个连续故事，后三章为一个连续故事，风格相同，共用连续的序号，应是同一作者。

2日　《澳门日报·澳门街》刊载骆南侨《商业海报》（濠江风情）；《新园地》副刊刊载苏晨《风靡千三百年》（砺堂散墨），胡晓风《白鸽巢探梅》（濠江小唱），梅萼华《到峨眉山去》（新地杂掇）。

⊙　《华侨报·华座》副刊刊载陈贺美的杂记《伴你寻好梦的良伴》，李岩的杂记《皇帝为平民撰联》；《华林》副刊开始连载徐孝鱼的小说《古墓》（至1983年5月1日止），刊载荆棘的小说《饥饿的森林》（一），小说《女客》（四）。

3日　《澳门日报·新儿童》刊载陶陶《小白兔智斗恶狮子》（童话故事）；《儿童园地》刊载教业区雪心《国王的朋友》，海星马耀明《冬景》；《新园地》副刊刊载胡晓风《雾》（濠江小唱），梅萼华《黄牧甫印存》（新地杂掇）。

⊙　《华侨报·华座》副刊“华青双周刊·狗马球综合版”刊载刘永雄的杂记《安慰那受挫的心》，丁韶的杂记《杜甫〈登岳阳楼〉浅析》，子薇的杂记《歌》，陈彤彤的杂记《“快乐”随想》，逆水的杂记《童真》，彩屏的名人名言《克服困难》，咏祥的杂记《夜空中的回音》，黄卓威的杂记《友情》，彩屏的名人名言《读书》，黄衫客的杂记《南安腊鸭》，梁荔玲的杂记《性格各异的夫妻》，道明的杂记《不吃草的牛》，李岩的杂记《王羲之三写春联》，梁荔玲的杂记《试谈“适者生存”》；《华林》副刊续载小说《女客》（五），荆棘的小说《饥饿的森林》（二）。

4日　《澳门日报》第二版刊载新闻《四剧社话剧汇演八千多元充善举》；《新园地》副刊刊载陶里《囚徒夜语》（斗室漫笔），梅萼华《黄牧甫得力秦汉》（新地杂掇）。

⊙　《华侨报·华座》副刊刊载玉彩的杂记《能治奇难杂症的“锗”》，李岩的杂记《一联平息百年争》，峻峻的杂记《开玩笑的明信片》，黄衫客的杂记《南安腊鸭》；《华林》副刊续载小说《女客》（六），荆棘的小说《饥饿的森林》（三）。

5日　《澳门日报·新园地》副刊刊载苏晨《苏轼誉满东国》（砺堂散墨），梅萼华《良医与庸医》（新地杂掇），胡晓风《“千千”结》（濠江小唱），东瑞《给一位不常见面的朋友》（随笔）。

⊙　《华侨报·华座》副刊刊载黄衫客的杂记《漫谈谢灶》，梁荔玲的杂记《我已活了十辈子》；《华林》副刊刊载慕容奇的小说《非常浪人纪续篇》（一），续载荆棘的小说《饥饿的森林》（四）。

6日　《澳门日报·新园地》副刊刊载胡晓风《卓伦》（濠江小唱），朱安《广州酒楼的对联》。

⊙　《华侨报·华座》副刊刊载蓝岚的杂记《此情可待成追忆》；《华林》副刊续载慕容奇的小说《非常浪人纪续篇》（二），荆棘的小说《饥饿的森林》（五）。

7日　《澳门日报·家庭》刊载林中英《年花》（门外门内），沈尚青《虐人时装》（生活）；《新园地》副刊刊载鲁茂《只带“两梳蕉”去好失礼》（斗室漫笔），梅萼华《临死唔知重唱歌》（新地杂掇），蓝玛《大扫除》（随笔），胡晓风《寄韩牧》（濠江小唱）。

⊙　《华侨报·华座》副刊刊载峻峻的杂记《风信子的故事》，李岩的杂记《张居正半联惹祸》，杂记《“白日依山尽”是谁家诗？》；《华林》副刊续载慕容奇的小说《非常浪人纪续篇》（三），荆棘的小说《饥饿的森林》（六）。

8日　《澳门日报·新园地》副刊刊载鲁茂《防护罩》（斗室漫笔），胡晓风《疯了疯了》（濠江小唱），苏晨《崔致远这些人》（砺堂散墨），梅萼华《廖恩焘历任外交官》（新地杂掇）。

⊙　《华侨报·华座》副刊刊载东方一羽的杂记《自杀三部曲》，彩屏《名言谚语录》；《华林》副刊续载慕容奇的小说《非常浪人纪续篇》（四），荆棘的小说《饥饿的森林》（七）。

9日　《澳门日报·澳门街》刊载骆南侨《兼职打工》（濠江风情）；《新园地》副刊刊载陶里《几本赠书》（斗室漫笔），胡晓风《这算“第一封信”》（濠江小唱），梅萼华《讽刺入木三分》（新地杂掇），苏晨《朝鲜李太白》（上）（砺堂散墨）。

⊙　《华侨报》第三版刊载新闻《文化学会将举办中葡文图书展览》；《华

林》副刊续载慕容奇的小说《非常浪人纪续篇》（五），荆棘的小说《饥饿的森林》（八）。

10日 《澳门日报·儿童园地》副刊刊载东南林司韵《松山旅行记》，教业谭炳强《水的自述》；《新园地》副刊刊载陶里《买船票》（斗室漫笔），胡晓风《打老婆与打老公》（濠江小唱），梅萼华《融汇新意入粤讴》（新地杂掇），李浩泉《一议货比货》（随笔）。

⊙ 《华侨报·华座》副刊刊载李岩的杂记《以对联自夸·互骂》；《华林》副刊续载慕容奇的小说《非常浪人纪续篇》（六），荆棘的小说《饥饿的森林》（九）。

11日 《澳门日报·新园地》副刊刊载苏晨《朝鲜李太白》（下）（砺堂散墨），陶里《师道》（斗室漫笔），梅萼华《岁暮气氛淡》（新地杂掇），胡晓风《花市》（濠江小唱）。

⊙ 《华侨报·华座》副刊刊载李岩的杂记《怒斥“番鬼”联》；《华林》副刊续载慕容奇的小说《非常浪人纪续篇》（七），荆棘的小说《饥饿的森林》（十）。

12日 《澳门日报》第三版刊载新闻《北京湖南广东作家王蒙杨沫访问珠海　叶蔚林曾在香洲工作旧地难辨认》；《新园地》副刊刊载陶里《春节谈酒》（斗室漫笔），梅萼华《偏从此夜惜年华》（新地杂掇），潘佛章的绝句《丹霞即兴三首》，胡晓风《送她一束欢笑》（濠江小唱），朱安《花花公子关汉》（人物）。

⊙ 《华侨报》第三版刊载新闻《松柏之声春联创作赛得奖名次及作品公布》；《华座》副刊刊载李岩的杂记《岳墓又一联》，仲春的杂记《灯谜趣谈》；《华林》副刊续载慕容奇的小说《非常浪人纪续篇》（八），荆棘的小说《饥饿的森林》（十一）。

13日 《澳门日报·新园地》副刊刊载鲁茂《新春·祥瑞·竞争》（斗室漫笔），梅萼华《猪年漫写》（新地杂掇），东瑞《补偿》（随笔）。

⊙ 《华侨报·华座》副刊刊载李岩的杂记《联语斥奸贼》，常乐人的杂记《生活偶得》；《华林》副刊续载慕容奇的小说《非常浪人纪续篇》

（九），荆棘的小说《饥饿的森林》（十二）。

14日　《澳门日报·新儿童》刊载濠小吕泽强《一次难忘的旅行》，沙梨头张小宝《写给父亲的信——报告开学情况》；《新园地》副刊刊载胡晓风《春日依水叔韵得八句》（濠江小唱），冼得霖《浅语贵深，淡语贵曲》（诗词评赏），梅萼华《“手民之误”累了学者》（新地杂掇）。

17日　《华侨报·华座》副刊刊载李岩的杂记《对联求婚》；《华林》副刊续载慕容奇的小说《非常浪人纪续篇》（十），荆棘的小说《饥饿的森林》（十三）。

18日　《澳门日报》第三版刊载梁光中《火热的特区建设和优美的环境吸引着——女作家杨沫长住珠海写作》（本报特稿）；《新园地》副刊刊载苏晨《再描奎老一笔》（砺堂散墨），刘英的新诗《我是……》，梅萼华《利市（手豆）来》（新地杂掇），东瑞《性情·交友》（随笔），胡晓风《蚝豉，发菜，猪手》（濠江小唱），开始连载江风的小说《婚事》（至本月27日止）。

⊙　《华侨报·华座》副刊刊载李岩的杂记《苏小妹为何三难新郎》，古凌的杂记《吃醋与怕妻》；《华林》副刊续载慕容奇的小说《非常浪人纪续篇》（十一），荆棘的小说《饥饿的森林》（十四）。

19日　《澳门日报·新园地》副刊刊载晴云的新诗《彩色之梦》，胡晓风《雨水，阳光》（濠江小唱）。

⊙　《华侨报·华座》副刊刊载杂记《白卷学士一联三级》，芊漫的杂记《猪年谈雪猪》；《华林》副刊刊载慕容奇的小说《鬼武士》（一），林作霜的小说《梦里不知身是客》（一）。

20日　《澳门日报·新园地》副刊刊载东瑞《第一张成绩表》（随笔），卓伦的新诗《自缚》，胡晓风《乡情》（濠江小唱）。

⊙　《华侨报》第二版刊载新闻《〈当代中国〉明年出版：有一百余卷，每卷约三十万字。〈当代中国〉是一部系统总结新中国各条战线本身经验和成就的奠基性著作》；《华侨报·华座》副刊刊载慕华的杂记《法国的真真假假》，佟立章的诗《癸亥开岁雨中试笔》，李岩的杂记《苏东坡智对钦差》，江朗的杂记《洛阳牡丹天下奇》，梁荔玲的诗《你曾否如此假想》；《华林》副刊续载慕容奇的小说《鬼武士》（二），林作霜的小说《梦里不知身是客》（二）。

21日　《澳门日报·家庭》刊载林中英《利市·钱罂》（门外门内），沈尚青《过年》（生活）；《新园地》副刊刊载苏晨《遥远的洛东江》（砺堂散墨），潘佛章《七律三首》，胡晓风《升天，入地，填海》（濠江小唱）。

⊙　《华侨报·妇女》刊载梁荔玲的杂记《水平线之下，之外，远去了的过去》；《华座》副刊刊载李岩的杂记《尽在无字中》，郑存耀的诗《卜算子》；《华林》副刊续载慕容奇的小说《鬼武士》（三），林作霜的小说《梦里不知身是客》（三）。

22日　《澳门日报·新园地》副刊刊载鲁茂《祝君健步如飞》（斗室漫笔），胡晓风《故乡事》（濠江小唱），韩牧的自序诗《三序》，桑妮《温馨柔媚缜密清通　读谢雨凝的散文集〈失眠夜〉》（书话）。

⊙　《华侨报·华座》副刊刊载李岩的杂记《旁敲侧击》，东方一羽的杂记《在物质文明背后》；《华林》副刊续载慕容奇的小说《鬼武士》（四），林作霜的小说《梦里不知身是客》（四）。

23日　《澳门日报·澳门街》刊载骆南侨《焰火》（濠江风情）；《新园地》副刊刊载苏晨《精巧的合竹扇》（砺堂散墨），鲁茂《学生中文程度日趋下降》（斗室漫笔），胡晓风《吻断舌头》（濠江小唱），梅萼华《春雨赏诗》（新地杂掇），韩牧的自序诗《三序〈北梦集〉序》。

⊙　《华侨报·华座》副刊刊载李岩的杂记《以对联巧表身份》，小芊的杂记《长门赋故事》，梁荔玲的杂记《歌曲的今昔》（上），陈寒碧的诗《点绛唇》；《华林》副刊续载慕容奇的小说《鬼武士》（五），林作霜的小说《梦里不知身是客》（五）。

24日　《澳门日报》第二版刊载新闻《珠海文艺报受欢迎今年起向全国发行　发行总额至去年底已逾十九万份》；《新儿童》刊载陶陶《半只小公鸡》（童话故事）；《儿童园地》刊载海星马耀明《珠海游记》，圣罗撒谢庆茜《谈消防工作》；《新园地》副刊刊载陶里《恭喜发财》（斗室漫笔），张菁《除夕》（生活素描），韩牧《三序〈在野诗草〉序》，胡晓风《“好招”！》（濠江小唱）。

⊙ 《华侨报·华座》副刊刊载李岩的杂记《胜地名联莫愁湖》，蓝岚的杂记《悒情之恋》，梁荔玲的杂记《歌曲的今昔》（中），克龄的杂记《史蒂文森梦的启迪》；《华林》副刊续载慕容奇的小说《鬼武士》（六），林作霜的小说《梦里不知身是客》（六）。

25日 《澳门日报·新园地》副刊刊载苏晨《小山东的委屈》（砺堂散墨），陶里《年糕“次文学”》（斗室漫笔），胡晓风《飘色》（濠江小唱），丁丁《守厕奇遇》。

⊙ 《华侨报·华座》副刊刊载树森的杂记《此时无声胜有声——记中国肖像画家刘振夏》，李岩的杂记《东西南北》，东方一羽的杂记《把千克改回公斤》，梁荔玲的杂记《歌曲的今昔》（下），克龄的杂记《纸上得来终觉浅》；《华林》副刊续载慕容奇的小说《鬼武士》（七），林作霜的小说《梦里不知身是客》（七）。

26日 《澳门日报·新园地》副刊刊载陶里《“长跑”与“铜钹”的序》（斗室漫笔），胡晓风《加！加！加！》（濠江小唱），梅萼华《免费音乐会》（新地杂掇）。

⊙ 《华侨报·华林》副刊续载慕容奇的小说《鬼武士》（八），林作霜的小说《梦里不知身是客》（八）。

27日 《澳门日报·新园地》副刊刊载陶里《小朋友生日》（斗室漫笔），持衡《陈巨来吟咏养晚年》（人物），玉文的新诗《伞》，胡晓风《从刘克宣想到……》（濠江小唱）。

⊙ 《华侨报·华座》副刊刊载树森的杂记《此时无声胜有声——记中国肖像画家刘振夏》，李岩的杂记《正反可读》，芊漫的杂记《在彩灯中度元宵佳节》；《华林》副刊续载慕容奇的小说《鬼武士》（九），林作霜的小说《梦里不知身是客》（九）。

28日 《澳门日报》第五版刊载中国新闻社记者方远生《作家秦牧一席谈》（专访）；《家庭》刊载林中英《留恋传统》（门外门内），沈尚青《烫发》（生活）；《新园地》副刊刊载苏晨《崔滋论奎老》（上）（砺堂散墨），陶里《情人节》（斗室漫笔），冼得霖《地月如霜思悄然》（诗词评赏），胡晓风《又会咁嘅》（濠江小唱），开始连载柳惠的小说《铁汉柔情》（至1984年12月31日止仍在连载）。

⊙ 《华侨报·华座》副刊刊载李岩的杂记《赤子望乡亭》，东方一羽的杂记《跪地喂猪乸》；《华林》副刊续载慕容奇的小说《鬼武士》（十），林作霜的小说《梦里不知身是客》（十）。

三月

1日 《澳门日报·新园地》副刊刊载陶里《枫叶诗·铁塔情》（斗室漫笔），张望新诗《飘色》，朴萍《写书评的朋友》（随笔），胡晓风《元宵》（濠江小唱）。

⊙ 《华侨报·华座》副刊刊载李岩的杂记《索礼与讨饮》，佟立章的诗《梁如洁为绘水仙丛花祝岁，饶有新意赋此酬答》，梁荔玲的诗《寂静》；《华林》副刊续载慕容奇的小说《鬼武士》（十一），林作霜的小说《梦里不知身是客》（十一）。

2日 《澳门日报·澳门街》刊载骆南侨《某类霓虹灯》（濠江风情）；《新园地》副刊刊载苏晨《崔滋论奎老》（下）（砺堂散墨），鲁茂《无食不聚与无赌不聚》（斗室漫笔），秦咢生的古诗《雨中萝冈赏梅》，胡晓风《雨后见月》（濠江小唱）。

⊙ 《华侨报·华青》副刊刊载丁韶的杂记《漫谈王安石诗论和改诗》，李聪的杂记《我的母亲》，覃慧敏的杂记《谈情趣》，莎茵的杂记《海鸥的启示》，杨达夫的杂记《书法比赛》，华的杂记《我看澳门》，罗小琼的杂记《认识自己》，钟文的杂记《毁树容易种树难》，周和根的杂记《龙的传人》，小草的杂记《象棋·人生》，葳蕤的杂记《上课之前》；《华座》副刊刊载陈寒碧的诗《蝶恋花·除夕有赠》，李岩的杂记《头面上的对联》，蓝岚的杂记《春雨·失眠夜》；《华林》副刊刊载玉翎燕的小说《钝刀情缘》（一），续载慕容奇的小说《鬼武士》（十二）。

3日　《澳门日报·儿童园地》副刊刊载圣若瑟霍思诗《考试前后》，圣家林小兵《旅行》；《新园地》副刊刊载鲁茂《谈改作文》（斗室漫笔），胡晓风《金价狂泻》（濠江小唱），丹霞《诗词三首》。

⊙　《华侨报·华座》副刊刊载克龄的杂记《普希金不怕寒冷》；《华林》副刊续载慕容奇的小说《鬼武士》（十三），玉翎燕的小说《钝刀情缘》（二）。

4日　《澳门日报·新园地》副刊刊载苏晨《徐居正论奎老》（砺堂散墨），陶里《郊游》（斗室漫笔），明的新诗《诗情》，胡晓风《听粤曲演唱有怀》（濠江小唱）。

⊙　《华侨报·华座》副刊刊载多龄的杂记《唐宋名酒多占春》；《华林》副刊刊载慕容奇的小说《推惠神社的冤孽》（一），续载玉翎燕的小说《钝刀情缘》（三）。

5日　《澳门日报·新园地》副刊刊载何广才《以学自损不如无学》（随笔），秦咢生《七绝三首》，胡晓风《又见挤提》（濠江小唱）。

⊙　《华侨报·华座》副刊刊载李岩的杂记《花联》，蓝岚的杂记《爱情的分野》，李岩的杂记《头面上的对联》；《华林》副刊续载慕容奇的小说《推惠神社的冤孽》（二），玉翎燕的小说《钝刀情缘》（四）。

6日　《澳门日报·新园地》副刊刊载陶里《做个勇敢的中国人》（斗室漫笔），东瑞《加薪的梦》（随笔），胡晓风《无题》（濠江小唱）。

⊙　《华侨报·华座》副刊刊载黄衫客的杂记《穿林拂柳话黄莺》；《华林》副刊续载慕容奇的小说《推惠神社的冤孽》（三），玉翎燕的小说《钝刀情缘》（五）。

7日　《澳门日报·家庭》刊载沈尚青《E.T.》（生活），林中英《二台货》（门外门内）；《新园地》副刊载苏晨《强扭的一颗果》（砺堂散墨），陶里《成熟感》（斗室漫笔），杨达夫《园丁颂》（随笔），胡晓风《啊！“母亲”》（濠江小唱）。

⊙　《华侨报·华林》副刊续载慕容奇的小说《推惠神社的冤孽》（四），玉翎燕的小说《钝刀情缘》（六）。

8日　《澳门日报·新园地》副刊刊载陶里《一段诗话》（斗室漫笔），胡晓风《无题》（濠江小唱），港闻《一个华侨家庭悲剧　介绍陈浩泉的〈海山遥遥〉》（书话），观潮七言古诗《读文天祥诗有感》。

⊙　《华侨报·旅游与乡土》副刊刊载慧芷的杂记《维也纳在蜕变中》，克嘉的杂记《关林览胜》；《华座》副刊刊载郭实的杂记《寂寞》；《华林》副刊刊载慕容奇的小说《冤魂镜》（一），续载玉翎燕的小说《钝刀情缘》（七）。

9日　《澳门日报·澳门街》刊载骆南侨《元宵有感》（濠江风情）；《新园地》副刊刊载胡晓风《菩提与菩提树》（濠江小唱），陶里《雨怀》（斗室漫笔），金良的新诗《我的好妻子》。

⊙　《华侨报·华座》副刊刊载于馥的杂记《安阳三绝碑纪踪》；《华林》副刊续载慕容奇的小说《冤魂镜》（二），玉翎燕的小说《钝刀情缘》（八）。

10日　《澳门日报·新儿童》刊载陶陶《好朋友》（童话故事）；《儿童园地》刊载培正邝昀《一道英文题》，妇校余志生《我的好老师》；《新园地》副刊刊载陶里《应该有个小结》（斗室漫笔），冷杉《真我？》（随笔），胡晓风《三八》（濠江小唱）。

⊙　《华侨报·华座》副刊刊载文达的杂记《粗犷与野性》；《华林》副刊续载慕容奇的小说《冤魂镜》（三），玉翎燕的小说《钝刀情缘》（九）。

11日　《澳门日报·新园地》副刊刊载鲁茂《“方便面”心态》（斗室漫笔），胡晓风《晨运的牢骚》（濠江小唱），罗冠群《挽孙中山先生联杂拾》，晴云《郊游》（生活素描）。

⊙　《华侨报·华座》副刊刊载黄衫客的杂记《木笔初开第一花》；《华林》副刊续载慕容奇的小说《冤魂镜》（四），玉翎燕的小说《钝刀情缘》（十）。

12日　《澳门日报·新园地》副刊刊载鲁茂《“威吔”，弹床，撞车》（斗室漫笔），胡晓风《“约”之类》（濠江小唱），苏晨《三绝诗人申纬》（砺堂散墨）。

⊙　《华侨报·华座》副刊刊载佟立章的诗，多龄的杂记《瀚墨流芳三苏祠》；《华林》副刊刊载慕容奇的小说《城下町之心中》（一），续载玉翎燕的小说《钝刀情缘》（十一）。

13日　《澳门日报·新园地》副刊刊载金厦《抽烟者言》（随笔），李浩泉《试谈戴高帽》（杂感），菊庵的五言古诗《诗二首》，林水木的七绝《感怀》，胡晓风《嬉笑不离褒贬》（濠江小唱），武丘《小谈〈八大山人诗抄〉》（书话）。

⊙　《华侨报·旅游与乡土》副刊刊载陈杌的杂记《猫湖志奇》，史明的杂记《墨尔砵——悉尼行》，哲人的杂记《土耳其怀旧记》，雪霜的杂记《浅草、神与烟花之地》；《华座》副刊刊载寸草生的诗《居美感怀有寄》，傅尧的杂记《少林字画与传人》，雍士的杂记《梦中创作之秘》；《华林》副刊续载慕容奇的小说《城下町之心中》（二），玉翎燕的小说《钝刀情缘》（十二）。

14日　《澳门日报·家庭》副刊刊载沈尚青《雨》（生活），林中英《茶果汤》（门外门内）；《新园地》副刊刊载苏晨《三项特出贡献》（砺堂散墨），胡晓风《偷得鲁迅半句兼想到李商隐》（濠江小唱），武丘《小谈〈八大山人诗钞〉》（书话）。

⊙　《华侨报·华座》副刊刊载文达的杂记《陆游与李清照》，王一芒的杂记《春来浓雾似轻纱》；《华林》副刊刊载朱佩阑的小说《怪电话》（一），续载慕容奇的小说《城下町之心中》（三）。

15日　《澳门日报》第五版刊载新闻《京报发表乔冠华诗》；《新园地》副刊刊载何广才《一目十行与“一目一行”》（随笔），冼得霖《地月如霜思悄然（续）》（诗词评赏），胡晓风《温暖在人间》（濠江小唱）。

⊙　《华侨报·华座》副刊刊载文泽的杂记《薄幸郎君鸳鸯》，王一芒的杂记《春来浓雾似轻纱》；《华林》副刊续载慕容奇的小说《城下町之心中》（四），朱佩阑的小说《怪电话》（二）。

16日　《澳门日报·澳门街》刊载骆南侨《被抛弃的桃花》（濠江风情）；《新园地》副刊刊载王文琴《粒粒皆辛苦》（随笔），胡晓风《逐妻》（濠江小唱），嘉嘉《阔别三十年的故乡——徐闻散记之一》（回乡杂记）。

⊙　《华侨报》第三版刊载新闻《晓角剧社下月公演曹禺著名长剧〈原野〉》（香港新闻）；《华座》副刊刊载文泽的杂记《薄幸郎君鸳鸯》；《华林》副刊续载慕容奇的小说《城下町之心中》（五），朱佩阑的小说《怪电话》（三）。

17日　《澳门日报·儿童园地》刊载劳校黄锦秀《肥猪和蜜蜂》，东南林司韵《一件小事》；《新园地》副刊刊载嘉嘉《舞龙狮庆升平——徐闻散记之二》（回乡杂记），鲁茂《苦雨中的一点收入》（斗室漫笔），菊庵的五言古诗《诗三首》，洪达《陆游是名医》（文坛轶话），胡晓风《吻之罪》（濠江小唱）。

⊙　《华侨报·华青》副刊刊载冰凝的杂记《寒江独钓》，汛奇的杂记《论竞争》，葳蕤的杂记《特警队参观记》，水青的杂记《苦雨》；《华座》副刊刊载陈火泉的杂记《自夸·自尊·自效》（上），黄衫客的杂记《杜鹃花放杜鹃啼》；《华林》副刊续载慕容奇的小说《城下町之心中》（六），朱佩阑的小说《怪电话》（四）。

18日　《澳门日报·新园地》副刊刊载鲁茂《烟商良心发现？》（斗室漫笔），嘉嘉《一座农场的建立与发展——徐闻散记之三》（回乡杂记），梅萼华《秦咢生与爨宝子》（新地杂掇），胡晓风《戏笔》（濠江小唱），郑卓立的词《西江月（春愁）》。

⊙　《华侨报》第二版刊载新闻《朱光潜教授在香港中文大学讲学》（世界花边新闻）；《华座》副刊刊载佟立章的诗《雾中行》，续载陈火泉的杂记《自夸·自尊·自效》（下）；《华林》副刊续载慕容奇的小说《城下町之心中》（七），朱佩阑的小说《怪电话》（五）。

19日　《澳门日报·新园地》副刊刊载鲁茂《赚得易，用得快（Easy come，easy go）》（斗室漫笔），梅萼华《秦咢生与爨宝子》（新地杂掇），文轩《石磨蓝》（随笔），嘉嘉《农民真的富起来了——徐闻散记之四》（回乡杂记），胡晓风《交通安全周》（濠江小唱），黄施民的词《摸鱼儿（花讯）》。

⊙　《华侨报·华林》副刊续载慕容奇的小说《城下町之心中》（八），朱佩阑的小说《怪电话》（六）。

20日 《澳门日报·新园地》副刊刊载嘉嘉《令人喜悦的数字——徐闻散记之五》（回乡杂记），金良的新诗《春雨》，桑妮《是非观》（随笔），李浩泉《且说“猫说”》（杂感），胡晓风《冒警勒索》（濠江小唱）。

⊙ 《华侨报》第二版刊载新闻《何东文化中心成立，交由文化学会管理》（工商市场）；《华座》副刊刊载黄永武的杂记《白居易灵肉世界》（上），克龄的杂记《跪下了高贵的一膝》，东方一羽的杂记《衙门与地狱》；《华林》副刊续载慕容奇的小说《城下町之心中》（九），朱佩阑的小说《怪电话》（七）。

21日 《澳门日报·家庭》载林中英《阅读与消遣》（门外门内），沈尚青《雨靴》（生活）；《新园地》副刊刊载苏晨《心头立个王维》（砺堂散墨），嘉嘉《大水桥水库——徐闻散记之六》（回乡杂记），胡晓风《待价折腰》（濠江小唱）。

⊙ 《华侨报·华座》副刊刊载多龄的杂记《求砚和弃砚》，续载黄永武的杂记《白居易灵肉世界》（中）；《华林》副刊续载慕容奇的小说《城下町之心中》（十），朱佩阑的小说《怪电话》（八）。

22日 《澳门日报·新园地》副刊刊载嘉嘉《吃在口里甜在心里的糖——徐闻散记之七》（回乡杂记），胡晓风《仙与圣》（濠江小唱），何广才《博采与提炼》（随笔），冼得霖《悼念容庚教授二首》。

⊙ 《华侨报·华座》副刊刊载赖恬昌的杂记《天才画家张大千》，东方一羽的杂记《花落知多少？》，续载黄永武的杂记《白居易灵肉世界》（下）；《华林》副刊刊载慕容奇的小说《重生之异事》（一），续载朱佩阑的小说《怪电话》（九）。

23日 《澳门日报·澳门街》刊载骆南侨《苦雨》（濠江风情）；《新园地》副刊刊载苏晨《何物以禅入诗》（砺堂散墨），汉闻《纵横捭阖的〈文苑纵笔〉》（书话），嘉嘉《供全省食用的盐——徐闻散记之八》（回乡杂记），胡晓风《鼓手》（濠江小唱）。

⊙ 《华侨报·华座》副刊刊载克龄的杂记《任伯年画猫》，王一芒的杂记

《国色天香的牡丹》；《华林》副刊续载慕容奇的小说《重生之异事》（二），朱佩阑的小说《怪电话》（十）。

24日 《澳门日报·新儿童》刊载李有宽译《录感磁带》；《儿童园地》刊载劳校苏泽培《欢乐的春节》，妇校胡志行《阅读课外书的好处》；《新园地》副刊刊载陶里《面对现实》（斗室漫笔），卓伦新诗《日历》，嘉嘉《草蓬中的明珠——徐闻散记之九》（回乡杂记），胡晓风《回南天的浮想》（濠江小唱）。

⊙ 《华侨报》第三版刊载新闻《介绍澳历史文化风俗，“澳门周”引起葡人兴趣》（工商市场）；第四版刊载新闻《伟图出版社本周末开业》；《华林》副刊刊载浣浣的小说《心着何处》（一），续载慕容奇的小说《重生之异事》（三）。

25日 《澳门日报·新园地》副刊刊载陶里《让童年充满欢笑》（斗室漫笔），胡晓风《玫瑰，题花短句》（濠江小唱），邵云《“孤帆一片日边来”解》。

⊙ 《华侨报》第二版刊载新闻《中国统一之展望学术讨论会》（世界花边新闻）；《华座》副刊刊载芝芝的杂记《二十一世纪的文盲》，克龄的杂记《任伯年画猫》；《华林》副刊续载慕容奇的小说《重生之异事》（四），浣浣的小说《心着何处》（二）。

26日 《澳门日报·新园地》副刊刊载鲁茂《行货》（斗室漫笔），骆南侨的新诗《读孙锡昆〈峨眉山色〉》，胡晓风《植树节感怀》（濠江小唱）。

⊙ 《华侨报·华座》副刊刊载墨斗的杂记《容庚教授追悼会后记》，王一芒的杂记《春来谈翠竹》；《华林》副刊刊载慕容奇的小说《死后奇异录》（一），续载浣浣的小说《心着何处》（三）。

27日 《澳门日报·新园地》副刊刊载鲁茂《学好加数最重要》（斗室漫笔），胡晓风《伤逝》（濠江小唱）。

⊙ 《华侨报·旅游与乡土》副刊刊载欣欣的杂记《格拉斯哥今年笑迎游客》，莹仪的杂记《花都面面观》，小芊的杂记《金鸡岭半日游》，世贤的杂记《登日本阿尔卑斯山上高地》，霜的杂记《我参加美国旅行团》，中的杂记《关外三陵之一——辽宁清永陵》；《华座》副刊刊载王毅人的杂记《“北极村”漠河拾趣》，罗龙治的杂记《我看红拂》（上）；《华林》副刊续载慕容奇的小说《死后奇异录》（二），浣浣的小说《心着何处》（四）。

28日　《澳门日报·家庭》刊载林中英《婚姻》（门外门内），沈尚青《娱乐与工作》（生活）；《新园地》副刊刊载陶里《早起夜眠》（斗室漫笔），胡晓风《舞及其他》（濠江小唱）。

⊙　《华侨报·华座》副刊续载罗龙治的杂记《我看红拂》（下）；《华林》副刊续载慕容奇的小说《死后奇异录》（三），浣浣的小说《心着何处》（五）。

29日　《澳门日报·新园地》副刊刊载陶里《“风”试析》（斗室漫笔），何达的新诗《风》，胡晓风《由不幸的家庭想到托尔斯泰》（濠江小唱），凌璆《张学良等吊潘达微挽联》，畲雪旻《我的趣谈》（随笔）。

⊙　《华侨报·华座》副刊刊载吴行洁的杂记《困难的使命》，王一芒的杂记《奇树异花》，峰的杂记《尊严》，陈长华的杂记《张大千从临摹、突破到造极》，小白的杂记《二十四节气歌》；《华林》副刊刊载慕容奇的小说《无足忍师》（一），续载浣浣的小说《心着何处》（六）。

30日　《澳门日报·澳门街》刊载骆南侨《酒徒》（濠江风情）；《新园地》副刊刊载冼得霖《游宦感风尘》（诗词评赏），冯光《“大陆生活三十年”沈醉披露了其生涯的种种内情》（书话），胡晓风《可怜》（濠江小唱）。

⊙　《华侨报》第六版刊载新闻《广州市书店少得可怜文艺期刊销量大跌，工商数理书籍畅销》（中华天地）；《华青》刊载丁韶的杂记《浅谈杜牧的〈泊秦淮〉》，杨达夫的杂记《珍藏成绩表——海星》，传诗迢的杂记《故乡的怀念》，零小星的杂记《读书以充实人生》，茼茼的杂记《我的好“知己”》，咏青的杂记《从今天起》，彩屏辑的名人名言《国家·人民》，杨广华的杂记《妈阁庙游记》，弥生的杂记《找寻以前的我》，周和根的杂记《陋巷》，利玛窦中羽的杂记《理想》；《华座》副刊刊载多龄的杂记《陆游祠探梅》，高音的杂记《吃在南京路》，若乔的杂记《“宋江鸡阵”栩栩如生》，蓝岚的杂记《旧梦不须记》；《华林》副刊续载慕容奇的小说《无足忍师》（二），浣浣的小说《心着何处》（七）。

31日　《澳门日报·新儿童》刊载陶陶《靠不住的朋友》（童话故事）；《儿童园地》副刊刊载菜农詹剑烽《工人》，沙梨头李柏辉《喜迎春节》；《新园地》副刊刊载陶里《人在江湖》（斗室漫笔），胡晓风《食有鱼》（濠江小唱），冼得霖《游宦感风尘》（诗词评赏）。

⊙　《华侨报·华座》副刊刊载夏川的杂记《气煞人的题目》，梁荔玲的诗《感谢你》，高音的杂记《吃在南京路》；《华林》副刊续载慕容奇的小说《无足忍师》（三），浣浣的小说《心着何处》（八）。

四月

1日　《澳门日报·新园地》副刊刊载陶里《文艺有价？》（斗室漫笔），胡晓风《圣女贞德有新发现》（濠江小唱），苏晨《淡净清和叠语》（砺堂散墨）。

⊙　《华侨报》第四版刊载新闻《文化学会将举办中葡文图书展览》；《华侨报·华座》副刊刊载墨斗的杂记《悼念词人朱庸斋》，陈火泉的杂记《人人有脸》，采菁的杂记《第一部“电子小说”》，克龄的杂记《潘天寿的文房四宝》；《华林》副刊续载慕容奇的小说《无足忍师》（四），续载浣浣的小说《心着何处》（九）。

2日　《澳门日报·新园地》副刊刊载鲁茂《虎！虎！虎！》（斗室漫笔），胡晓风《活埋》（濠江小唱），林水木的新诗《冬》。

⊙　《华侨报·华座》副刊刊载佟立章的诗《题陈永锵绘赠木棉》，多龄的杂记《清明诗和杏花村》，蓝岚的杂记《春梦了无痕》，采菁的杂记《第一部“电子小说”》；《华林》副刊刊载白浪的小说《甜吻》（一），续载慕容奇的小说《无足忍师》（五）。

3日　《澳门日报·新园地》副刊刊载鲁茂《短句和长句》（斗室漫笔），玉文的新诗《二十世纪芭蕾舞蹈团》，胡晓风《苦了闺女》（濠江小唱）。

⊙　《华侨报·华座》副刊刊载中新的杂记《许广平关怀朱安》；《华林》副刊续载慕容奇的小说《无足忍师》（六），白浪的小说《甜吻》（二）。

4日　《澳门日报·新园地》副刊刊载胡晓风《复活节浮想》（濠江小唱），苏晨《诗中跃然图画》（砺堂散墨）。

⊙ 《华侨报·华座》副刊刊载多龄的杂记《姜太公钓鱼台》，穆基的杂记《管她能不能》，东方一羽的杂记《盗贼亦无种》；《华林》副刊续载慕容奇的小说《无足忍师》（七），白浪的小说《甜吻》（三）。

5日 《澳门日报·新园地》副刊刊载陈阵诗的新诗《珠海渔女》，胡晓风《清明》（濠江小唱）。

⊙ 《华侨报·华林》副刊续载慕容奇的小说《无足忍师》（八），白浪的小说《甜吻》（四）。

6日 《澳门日报·澳门街》刊载骆南侨《化妆》（濠江风情）；《新园地》副刊刊载苏晨《珠海宾馆小住》（砺堂散墨），胡晓风《难得“一搏”》（濠江小唱），金良的新诗《浓雾人生》。

⊙ 《华侨报·华座》副刊刊载吴宏一的杂记《人到中年》，蓝岚的杂记《别逼她做傻事》，多龄的杂记《姜太公钓鱼台》；《华林》副刊续载慕容奇的小说《无足忍师》（九），白浪的小说《甜吻》（五）。

7日 《澳门日报·儿童园地》刊载劳校丘思敏《怀念七叔》，东南林司豪《一件难忘的事》；《新园地》副刊刊载鲁茂《愿理智与和平复活吧！》（斗室漫笔），YY的新诗《X与Y》，陈健雄《“沙声”换掌声》（生活素描），胡晓风《清明日抒怀》（濠江小唱）。

⊙ 《华侨报·华座》副刊刊载林定孚的诗《调寄菩萨蛮·春閑》，黄骧的杂记《杜鲁门的三封信》，翟羽的杂记《雨中古寺》；《华林》副刊续载慕容奇的小说《无足忍师》（十），白浪的小说《甜吻》（六）。

8日 《澳门日报·新园地》副刊刊载苏晨《门院里的大鼎》（砺堂散墨），鲁茂《打工仔评论事头》（斗室漫笔），胡晓风《笨贼》（濠江小唱）。

⊙ 《华侨报》第八版刊载新闻《无线宣布举办儿童征文比赛》；《华侨报·华座》副刊刊载毅红的杂记《情缘与惆怅》，芊漫的杂记《湖南石林游记》，李蛮鸿的杂记《文人画的最后一笔》；《华林》副刊续载慕容奇的小说《无足忍师》（十一），白浪的小说《甜吻》（七）。

9日 《澳门日报·新园地》副刊刊载陶里《“静寂的延续”的前言》（斗室

漫笔），黄施民的词二首《临江仙》，逸风《水滴石穿绳锯木断》（随笔），胡晓风《亭里亭外》（濠江小唱）。

⊙　《华侨报》第三版刊载新闻《首届中葡文图书展今起假圣若瑟展出》；《华侨报·华座》副刊刊载多龄的杂记《沙坪湘绣更艳丽》，蓝岚的杂记《这像什么话？》，佟立章的诗《兰》，郑存耀的诗《点绛唇·悼朱老庸斋》；《华林》副刊续载慕容奇的小说《无足忍师》（十二），白浪的小说《甜吻》（八）。

10日　《澳门日报·新园地》副刊刊载陶里《国会里的幽灵》（斗室漫笔），潘佛章的七律《早春及其他五首》，胡晓风《今日》（濠江小唱）。

⊙　《华侨报·华座》副刊刊载佟立章的诗《参观兰花展览会作》；《华林》副刊续载慕容奇的小说《无足忍师》（十三），白浪的小说《甜吻》（九）。

11日　《澳门日报·家庭》刊载林中英《做女红》（门外门内），沈尚青《师奶》（生活）；《新园地》副刊刊载苏晨《管门的小伙儿》（砺堂散墨），胡晓风《叛逆中有真性情》（濠江小唱），殷虹《张冠李戴的“毛主席诗词”》。

⊙　《华侨报·华座》副刊刊载吴行洁的杂记《明智的老年观》，思濠的杂记《风姿绰约》，芝芝的杂记《拿破仑的肺腑之言》；《华林》副刊续载慕容奇的小说《无足忍师》（十四），白浪的小说《甜吻》（十）。

12日　《澳门日报·新园地》副刊刊载胡晓风《才女》（濠江小唱），青翁的新诗《诗四题》，开始连载东瑞的小说《小岛黄昏》（至1983年12月31日止）。

⊙　《华侨报·华座》副刊刊载园叟的杂记《空中花卉》；《华林》副刊刊载慕容奇的小说《左卫门与月空师》（一），陆文夫的小说《美食家》（一），廖韵芳的小说《茧》（一）。

13日　《澳门日报·澳门街》刊载骆南侨《致澳门的榕树》（濠江风情）；《新园地》副刊刊载苏晨《在咖啡阁早餐》（砺堂散墨），陶里的新诗《十行》，胡晓风《出租车司机与乘客打架》（濠江小唱）。

⊙　《华侨报·华青》副刊刊载盈轩的杂记《学生的坏习惯》，丁韶的杂记《王昌龄的〈出塞〉》，杨达夫的杂记《谈师道》，信动恒的杂记《无礼》，星河的杂记《一次意外足以致命》，木行的杂记《过集体生活》，黄莺的杂记《时间》，葳蕤的杂记《卖报纸的老人》，许怿民的杂记《园丁赞歌》，人格的杂记《看日出》；《旅游与乡土》副刊刊载欣欣的杂记《西德蓬莱淑女岛》，黄衫客的杂记《澳门名胜小景》《依史基亚岛上风情》，萍的杂记《现代大阪城怀古幽思》；《华座》副刊刊载慕华的杂记《妙法唤起读书兴趣》《谈中国人的姓和氏》，蓝岚的杂记《浪子情怀》；《华林》副刊续载慕容奇的小说《左卫门与月空师》（二），陆文夫的小说《美食家》（二），廖韵芳的小说《茧》（二）。

14日　《澳门日报·新儿童》刊载陶陶《三套漫话故事集》；《儿童园地》刊载劳校蔡德强《迷雾》；《新园地》副刊刊载陶里《生活，读不完的书》（斗室漫笔），胡晓风《“夺”出新闻》（濠江小唱），刃锋的寓言《钢笔和墨水》。

⊙　《华侨报·华座》副刊刊载佟立章的诗《登松山眺望》；《华林》副刊续载慕容奇的小说《左卫门与月空师》（三），陆文夫的小说《美食家》（三），廖韵芳的小说《茧》（三）。

15日　《澳门日报·新园地》副刊刊载陶里《圣雄》（斗室漫笔），胡晓风《火海离魂》（濠江小唱），菊庵的五律《挽朱庸斋词人二首》。

⊙　《华侨报·华林》副刊续载慕容奇的小说《左卫门与月空师》（四），陆文夫的小说《美食家》（四），廖韵芳的小说《茧》（四）。

16日　《澳门日报·新园地》副刊刊载洛阳桥友的新诗《小溪吟》，胡晓风《孽》（濠江小唱）。

⊙　《华侨报·华座》副刊刊载蓝岚的杂记《爱上修女》，楚舒的杂记《苏东坡帽镶龟甲》；《华林》副刊续载慕容奇的小说《左卫门与月空师》（五），陆文夫的小说《美食家》（五），廖韵芳的小说《茧》（五）。

17日　《澳门日报·新园地》副刊刊载苏晨《小试翠城酒楼》（砺堂散墨），胡晓风《三人行》（濠江小唱），逸风《深思而慎取》（随笔），林水木的新诗《酒》。

⊙　《华侨报·旅游与乡土》副刊刊载孟学的杂记《阿里山森林铁路之旅》，

欣欣的杂记《南海天堂大溪地》，中的杂记《福建白礁慈济宫》，淑芳的杂记《大马游记胜》，子英的杂记《复活节岛探秘》；《华座》副刊刊载秉新的杂记《“铁画轩”发迹传奇》，克龄的杂记《名人最后的话》，黄骧的杂记《少年太空营》，小白的杂记《卡瓦酒趣谈》；《华林》副刊刊载慕容奇的小说《咒术复仇录》（一），续载陆文夫的小说《美食家》（六），廖韵芳的小说《茧》（六）。

18日 《澳门日报·家庭》刊载沈尚青《牢骚》（生活），林中英《接吻之后……》（门外门内）；《新园地》副刊刊载陶里《晨跑》（斗室漫笔），卓伦的新诗《春风》，苏晨《细看我的住房》（砺堂散墨）。

⊙ 《华侨报·华座》副刊刊载康勤的杂记《清流与浊流》；《华林》副刊续载慕容奇的小说《咒术复仇录》（二），陆文夫的小说《美食家》（七），廖韵芳的小说《茧》（七）。

19日 《澳门日报·新园地》副刊刊载陶里《战争·爱情》（斗室漫笔），冼得霖《春江水暖》（诗词评赏），梅萼华《碧丽宫拾遗赞》（新地杂掇），玉文的新诗《哀》。

⊙ 《华侨报·华座》副刊刊载钟炘的杂记《对联丛话》，梁荔玲的诗《呼应》；《华林》副刊续载慕容奇的小说《咒术复仇录》（三），陆文夫的小说《美食家》（八），廖韵芳的小说《茧》（八）。

20日 《澳门日报·澳门街》刊载骆南侨《鸽子》（濠江风情）；《新园地》副刊刊载鲁茂《无知＋有权＝灾难》（斗室漫笔），苏晨《紫薇园里气候》（砺堂散墨），梅萼华《杨沫与珠海有缘》（新地杂掇），晴云的新诗《捡破烂的老人》。

⊙ 《华侨报·华座》副刊刊载薛怡的杂记《现代的天方夜谭》（上），詹庆临的杂记《佛手的联想》；《华林》副刊刊载方华的小说《灵狐恩缘》（一），续载慕容奇的小说《咒术复仇录》（四），陆文夫的小说《美食家》（九）。

21日 《澳门日报·新儿童》刊载陶陶《奥斯卡金像奖和奥斯卡叔叔》，华波《猴子“抬鼓”的故事》；《儿童园地》刊载同善堂余育璇《挣钱记》，圣保禄梁丽娟《夜雨》；《新园地》副刊刊载鲁茂《社会暴戾之风》（斗室漫笔），梅萼华《“刊授学校”和文艺讲座》（新地杂掇），寒松《王映霞谈郁达夫》（人物），秦咢生的七律《封开纪游草》（一）。

⊙ 《华侨报·华座》副刊刊载于馥的杂记《索溪猴洞览胜》，宝之的杂记《张大千谈画荷》，佟立章的诗《再柬江桦》，续载薛怡的杂记《现代的天方夜谭》（下）；《华林》副刊续载慕容奇的小说《咒术复仇录》（五），陆文夫的小说《美食家》（十），方华的小说《灵狐恩缘》（二）。

22日 《澳门日报》第二版刊载新闻《敬老年征文比赛定下月一日颁奖》；《新园地》副刊刊载陶里《可乐煮牛肉》（斗室漫笔），梅萼华《坚强的杨沫女士》（新地杂掇），苏晨《投一颗野石子》（砺堂散墨），寒松《王映霞谈郁达夫》（人物）。

⊙ 《华侨报·华座》副刊刊载撷英的杂记《梁羽生和他的武侠小说》（上）；《华林》副刊刊载慕容奇的小说《大字坑の许愿木》（一），续载陆文夫的小说《美食家》（十一），方华的小说《灵狐恩缘》（三）。

23日 《澳门日报·新园地》副刊刊载汉闻《“湖光心影”情景交融——读东瑞散文集后感》（书话），吴钩《再说王映霞》（人物），林水木的新诗《铺路石》，胡晓风《病中抒怀》（濠江小唱）。

⊙ 《华侨报·华座》副刊刊载王一芒的杂记《一杯茶·不简单》，黄衫客的杂记《谷雨三朝看牡丹》，墨斗的杂记《兰亭诗》，续载撷英的杂记《梁羽生和他的武侠小说》（下）；《华林》副刊续载慕容奇的小说《大字坑の许愿木》（二），陆文夫的小说《美食家》（十二），方华的小说《灵狐恩缘》（四）。

24日 《澳门日报·新园地》副刊刊载陶里《与人相处》（斗室漫笔），胡晓风《飞车》（濠江小唱），洪达《“打小报告”一例》。

⊙ 《华侨报·旅游与乡土》副刊刊载伦的杂记《印度沙漠城市传奇》，欣欣的杂记《勇探地岳门》，浮萍的杂记《东京的特有风情》，复良的杂记《塔斯曼冰河行》，慕仪的杂记《迦太基古城游》；《华座》副刊刊载峰的杂记《题材》；《华林》副刊续载慕容奇的小说《大字坑の许愿木》（三），陆文夫的小说《美食家》（十三），方华的小说《灵狐恩缘》（五）。

25日　《澳门日报·家庭》刊载沈尚青《女红》（生活），林中英《心中的神》（门外门内）；《新园地》副刊刊载陶里《情绪问题》（斗室漫笔），苏晨《水以石为面也》（砺堂散墨），胡晓风《“美神”遇刀客》（濠江小唱），文轩《藏在心底的诗》（见闻录）。

⊙　《华侨报·华座》副刊刊载李芸玫的杂记《欧式阿房宫》，峰的杂记《闷》；《华林》副刊续载慕容奇的小说《大字坑の许愿木》（四），陆文夫的小说《美食家》（十四），方华的小说《灵狐恩缘》（六）。

26日　《澳门日报·新园地》副刊刊载陶里《由中环到城寨》（斗室漫笔），胡晓风《酒的狂想》（濠江小唱）。

⊙　《华侨报·华座》副刊刊载夏川的杂记《塑造“怪人”趣话》，科文的杂记《老鼠王国》，多龄的杂记《洛阳首届牡丹花会》，佟立章的诗《偶忆》；《华林》副刊续载慕容奇的小说《大字坑の许愿木》（五），陆文夫的小说《美食家》（十五），方华的小说《灵狐恩缘》（七）。

27日　《澳门日报·澳门街》刊载骆南侨《乞丐夫妇》（濠江风情）；《新园地》副刊刊载苏晨《配个文化经理》（砺堂散墨），黄伟经《端木蕻良琐记》(人物)，郑卓立的新诗《妈妈的惠赐》，胡晓风《读邓拓诗》（濠江小唱）。

⊙　《华侨报》第二版刊载新闻《第三次全国孔子讨论会已在曲阜闭幕，有一百二十篇论文在会上进行交流》（世界花边新闻）；《华青》副刊刊载佩的杂记《机会》，冬凝的杂记《如何品尝诗味》，周和根的杂记《畅阅“神州行”》，杨达夫的杂记《我对学生物课的体会》，蔡顺玲的诗《绿》，穆嘉明的杂记《新校楼记》，子薇的杂记《接力棒》，张家伦的杂记《在巴士上》，紫霜的杂记《母亲》，梁敏华的杂记《黑沙抒怀》；《华座》副刊刊载撷英的杂记《梁羽生怎样创作武侠小说》；《华林》副刊刊载白浪的小说《日落》（一），续载慕容奇的小说《大字坑の许愿木》（六），陆文夫的小说《美食家》（十六）。

28日　《澳门日报·儿童园地》刊载蔡高钟圆英《我的知心朋友》，东南林司韵

《我的学校》；《新园地》副刊刊载陶里《老字号与老行尊》（斗室漫谈），明的新诗《邮筒》，胡晓风《醉女飞车》（濠江小唱），黄伟经《端木蕻良琐记》（人物），冬宁《童年的愧疚》（生活素描）。

⊙ 《华侨报·华林》副刊刊载子子的小说《爱情弥深》，续载陆文夫的小说《美食家》（十七），白浪的小说《日落》（二）。

29日 《澳门日报·新园地》副刊刊载苏晨《植结婚纪念树》（砺堂散墨），陶里《生意经外章》（斗室漫笔），黄伟经《端木蕻良琐记》（人物），胡晓风《裸体联想》（濠江小唱），开始连载阿西莫夫的科幻小说《人在繁育中》（至1983年6月15日止）。

⊙ 《华侨报》第四版刊载学文的杂记《梁羽生作家访问记》；《华座》副刊刊载楚舒的杂记《吴昌硕与“美丽印泥”》，邓荣坤的杂记《藏书的岁月》；《华林》副刊刊载宋仰原的小说《清官能审家庭事》，续载陆文夫的小说《美食家》（十八），白浪的小说《日落》（三）。

30日 《澳门日报·新园地》副刊刊载金良的新诗《电车内》，胡晓风《菩萨未必有灵》（濠江小唱）。

⊙ 《华侨报·华座》副刊刊载晚晴的杂记《李锐祖给我的印象》，慕华的杂记《茶叶传到英国后》，小漫的杂记《闲话指挥棒》，峰的杂记《孩子》，书呆子的杂记《马赛曲》，东方一羽的杂记《封建的阴魂》；《华林》副刊刊载高蔡胜的小说《大搬家》，续载陆文夫的小说《美食家》（十九），白浪的小说《日落》（四）。

五月

1日 《澳门日报·新园地》副刊刊载苏晨《漫抹两笔收尾》（砺堂散墨），梅萼华《野芳书缘》（新地杂掇），展萍的新诗《雨火聚》，胡晓风《整蛊差佬》（濠江小唱）。

⊙ 《华侨报·旅游与乡土》副刊刊载欣欣的杂记《曼德勒市场巡礼》，郑行的杂记《加蓬首都利伯维尔采风》，伟成的杂记《初游大连花园城市》，伦的杂记《为你导游东京迪斯尼乐园》，梁鉴江的诗《登虎门沙角炮台·江山吟唱》；《华林》副刊刊载梁健民的小说《最后一夜》，续载陆文夫的小说《美食家》（二十），白浪的小说《日落》（五）。

3日　《澳门日报·新园地》副刊刊载鲁茂《少做功夫，少叹世界》（斗室漫笔），胡晓风《“五一”书感》（濠江小唱），冼得霖《何代无狂客》（诗词评赏）。

⊙　《华侨报·华座》副刊刊载宋力的杂记《浅谈贺知章的〈咏柳〉诗》，钟问的杂记《印石辨》《杯弓蛇影只因怕死》，东方一羽的杂记《老人与死》；《华林》副刊开始连载梁羽生的小说《白发魔女传》（至1984年1月17日），慕容奇的小说《歌の生命》（一），续载陆文夫的小说《美食家》（二十一）。

4日　《澳门日报·新园地》副刊刊载鲁茂《也谈鬼才的“高论”》（斗室漫笔），潘佛章的绝句《番禺莲花山纪游》，胡晓风《阿婆也不放过》（濠江小唱）。

⊙　《华侨报·华座》副刊刊载东方一羽的杂记《两个小女孩的信》，陈寒碧的诗《浣溪沙》；《华林》副刊续载陆文夫的小说《美食家》（二十二），慕容奇的小说《歌の生命》（二）。

5日　《澳门日报·新儿童》副刊刊载陶陶《火柴的趣史》及《森林里的小矮人》（童话故事）；《儿童园地》副刊刊载劳校梁金兰《故乡——再见》；《新园地》副刊刊载叶至善《夏丏尊先生谈读书》（随笔），YY的新诗《写在原野上的短章》，方遐《黄文宽妙语连珠》。

⊙　《华侨报·华座》副刊刊载慕华的杂记《在乳娘的时代里》，丰宜的杂记《什么是鸳鸯蝴蝶派文学》，书呆子的杂记《打架引发的顿悟》，郑牧的杂记《贬旧悦新值得吗？》，杨坤堂的杂记《友情之美》，曾传荣的诗《题〈黄安仁画选〉》；《华林》副刊续载陆文夫的小说《美食家》（二十三），慕容奇的小说《歌の生命》（三）。

6日　《澳门日报·新园地》副刊刊载鲁茂《平日看电视，节日看电影》（斗室漫笔），胡晓风《未必有情，却难遣此》（濠江小唱），黄施民的七律《访厦门（一九八二年十一月）》。

⊙　《华侨报·华座》副刊刊载黄衫客的杂记《漫谈百合花》，沈谦的杂记《吹牛的艺术》，夏川的杂记《兰闺风光白话诗》，秦情的杂记《名字》；《华林》副刊续载陆文夫的小说《美食家》（二十四），慕容奇的小说《歌の生命》（四）。

7日　《澳门日报·新园地》副刊刊载陶里《暮写长堤》（斗室漫笔），吴钩《再记王西彦》（人物），胡晓风《只知自己方便》（濠江小唱），郑卓立的新诗《起重机》。

⊙　《华侨报》第三版刊载新闻《何达应中教会邀请今日来澳主持演讲》；《华座》副刊刊载峰的杂记《镜》，陈火泉的杂记《诚实的扭曲》，克嘉的杂记《成都海棠天下绝》，书呆子的杂记《天堂里没有幽默》，朱复良的杂记《醉熊》，东方一羽的杂记《忧患人生》；《华林》副刊续载陆文夫的小说《美食家》（二十五），慕容奇的小说《歌の生命》（五）。

8日　《澳门日报》第三版刊载新闻《珠海青年文学研究会成立女作家杨沫应邀参加典礼》《何达主持文学讲座即席作诗朗诵示范　中华教育会主办三百余人出席》；《新园地》副刊刊载陶里《逆旅夜书》（斗室漫笔），邓伟志《第一流的图文——推荐〈人类的黎明〉》（书话），独孤月新诗《土地在悄悄哭泣》，胡晓风《母亲节感怀》（濠江小唱）。

⊙　《华侨报》第四版刊载新闻《诗人何达昨演讲出席者逾三百人》；《华侨报·旅游与乡土》副刊刊载欣欣的杂记《观光清迈贴士》，玉儿的杂记《安提瓜和巴布达印象》，志中的杂记《行赏三峡风光》，慧英的杂记《伦敦试佳肴美点》，宛若的杂记《遨游香港粮船湾》；《华座》副刊刊载慰慈的杂记《牧野鹰扬》，高逸轩的杂记《披甲游行古趣多》，峰的杂记《威》，佟立章的诗《母亲节》；《华林》副刊刊载慕容奇的小说《卧龙八重梅》（一），续载陆文夫的小说《美食家》（二十六）。

9日　《澳门日报·新园地》副刊刊载陶里《穗城行踪》（斗室漫笔），冼得霖《谈题画诗》（诗词评赏），胡晓风《初见何达》（濠江小唱）。

⊙　《华侨报·华座》副刊刊载佟立章的诗《明天——给何达先生及同席朋友》，佟立章的诗《柳下寄怀》；《华林》副刊续载陆文夫的小说《美食家》（二十七），慕容奇的小说《卧龙八重梅》（二）。

10日　《澳门日报·家庭》刊载林中英《家务事》（门外门内），沈尚青《长写长有》（生活）；《新园地》副刊刊载陶里《黄埔一瞥》（斗室漫笔），胡晓风《巴金的荣誉》（濠江小唱），凌迟《电》。

⊙　《华侨报·华座》副刊刊载郁明辉的杂记《毕加索与"地中海风景"》，杨子的杂记《寂寞的浅酌》，芊漫的杂记《胡子趣谈》，陈寒碧的诗《浣溪沙》；《华林》副刊刊载舒群的小说《美女陈情》（一），开始连载张笑天的小说《没画句号的故事》（至1983年7月12日止），续载陆文夫的小说《美食家》（二十八），慕容奇的小说《卧龙八重梅》（三）。

11日　《澳门日报》第三版刊载实习记者刘树青《"刚柔自如能放能收"——听何达朗诵的三首诗》（特稿）；《新园地》副刊刊载胡晓风《是喜还忧》（濠江小唱），曹何的新诗《野草（四首）》，丁丁《自己人》。

⊙　《华侨报·华青》副刊刊载丁韶的杂记《李煜的〈虞美人〉》，咏青的杂记《母亲》，葳蕤的杂记《朝露、晨雾及其他》，穆嘉明的杂记《论勤奋》，穆岱明的杂记《纯洁的友谊》，蔡顺玲的诗《纸船·哑巴》，钟文的杂记《同学之间》，杨达夫的杂记《作弊的"功"与过》；《华座》副刊刊载杨坤堂的杂记《友情之美》，陈永盛的杂记《宋诗浅谈》，东方一羽的杂记《曹丕学驴叫》，林定孚的诗《黄金缕·送春》；《华林》副刊续载陆文夫的小说《美食家》（二十九），慕容奇的小说《卧龙八重梅》（四），舒群的小说《美女陈情》（二）。

12日　《澳门日报·儿童园地》刊载劳校梅文强《可爱的侄儿》，妇校余志生《家乡》，沙梨头林颖冬《日记一日》；《新园地》副刊刊载鲁茂《以毒攻毒》（斗室漫笔），胡晓风《这种男人可恶》（濠江小唱），金良《这一把秀发（外一首）》。

⊙　《华侨报·华座》副刊刊载宝之的杂记《皇帝下令编纂的小说》，任平生的杂记《音缘》，东方一羽的杂记《有感于"母亲节"》；《华林》副刊续载陆文夫的小说《美食家》（三十），慕容奇的小说《卧龙八重梅》（五），舒群的小说《美女陈情》（三）。

13日　《澳门日报·新园地》副刊刊载鲁茂《护级大战更迷人》（斗室漫笔），明的新诗《游“珠海宾馆”》，苏晨《句中声光色势》（砺堂散墨），王文琴《让学生喜爱作文》（见闻录），胡晓风《白粉》（濠江小唱）。

⊙　《华侨报·华座》副刊刊载艾雯的杂记《生存的勇气》，杨翎的杂记《书画家和名伶》，东方一羽的杂记《算是一点商榷》；《华林》副刊续载慕容奇的小说《卧龙八重梅》（六），陆文夫的小说《美食家》（三十一），舒群的小说《美女陈情》（四）。

14日　《澳门日报·新园地》副刊刊载陶里《琐事着笔》（斗室漫笔），周济人《会稽纪行》，胡晓风《初夏戏笔》（濠江小唱）。

⊙　《华侨报·华座》副刊刊载傅尧的杂记《千年古酒竹叶青》，峰的杂记《看阿Q正传想起》，杨翎的杂记《书画家和名伶》，陈寒碧的诗《浣溪沙》；《华林》副刊续载慕容奇的小说《卧龙八重梅》（七），陆文夫的小说《美食家》（三十二），舒群的小说《美女陈情》（五）。

15日　《澳门日报·新园地》副刊刊载陶里《“快”信联想》（斗室漫笔），胡晓风《停电浮想》（濠江小唱），苏晨《破闲的李仁老》（砺堂散墨）。

⊙　《华侨报·旅游与乡土》副刊刊载欣欣的杂记《春色无边满佛州》，之慧的杂记《日本活火山惊险之旅》，纪云的杂记《访监扬州胜景》，嘉燕的杂记《塞浦路斯风情》；《华座》副刊刊载于馥的杂记《风穴寺记游》；《华林》副刊续载慕容奇的小说《卧龙八重梅》（八），陆文夫的小说《美食家》（三十三），舒群的小说《美女陈情》（六）。

16日　《澳门日报·家庭》副刊刊载林中英《真才女杨绛》（门外门内），沈尚青《郭靖》（生活）；《新园地》副刊刊载永盛《老鼠与猫》（杂感），胡晓风《啊！林茂塘》（濠江小唱），独孤月的新诗《写给丽妮》。

⊙　《华侨报·华座》副刊刊载菊与都的杂记《不爱网球爱美人》，王天仁的杂记《风鸟求爱奇观》，王一芒的杂记《发光生物和冷光》，克龄的杂记《把幸福赐给人们》；《华林》副刊续载慕容奇的小说《卧龙八重梅》（九），陆文夫的小说《美食家》（三十四），舒群的小说《美女陈情》（七）。

17日　《澳门日报·新园地》副刊刊载胡晓风《天气与人事》（濠江小唱），卓伦的新诗《迎春花信（四首）》。

⊙ 《华侨报·华座》副刊刊载周晋的杂记《未来的旧书店》，泽文的杂记《少数民族的待客方式》；《华林》副刊续载慕容奇的小说《卧龙八重梅》（十），陆文夫的小说《美食家》（三十五），舒群的小说《美女陈情》（八）。

18日 《澳门日报·澳门街》刊载骆南侨《蜗牛》（濠江风情）；《新园地》副刊刊载鲁茂《有这么一座大厦……》（斗室漫笔），苏晨《机智之光闪闪》（砺堂散墨），胡晓风《借句》（濠江小唱），王文琴《教师的欣慰》（生活素描）。

⊙ 《华侨报·华座》副刊刊载黄骧的杂记《歪曲历史的假文件》，墨斗的杂记《洛阳三月看牡丹》，陈永盛的杂记《〈登鹳雀楼〉非王之涣诗》；《华林》副刊续载慕容奇的小说《卧龙八重梅》（十一），陆文夫的小说《美食家》（三十六），舒群的小说《美女陈情》（九）。

19日 《澳门日报·儿童园地》副刊刊载菜农林惠君《论择友》；《新园地》副刊载鲁茂《古今面型不同？》（斗室漫笔），胡晓风《晨运空想》（濠江小唱），秦咢生《封开纪游草》（二）。

⊙ 《华侨报·华座》副刊刊载黄育文的杂记《梵帝冈图书馆》，书呆子的杂记《都是鲁滨逊》，峰的杂记《生活情趣》，东方一羽的杂记《想到香烟广告》；《华林》副刊续载慕容奇的小说《卧龙八重梅》（十二），陆文夫的小说《美食家》（三十七），舒群的小说《美女陈情》（十）。

20日 《澳门日报·新园地》副刊刊载陶里《科技文钞》（斗室漫笔），苏晨《未忘底层百姓》（砺堂散墨），胡晓风《波姬小丝做临时工》（濠江小唱），五船《日出》（新苗）。

⊙ 《华侨报·华座》副刊刊载知德的杂记《沼泽地里的奥秘》，小漫的杂记《〈岳阳楼记〉雕屏趣谈》，陈永盛的杂记《对苏轼的褒与贬》，子瑜的杂记《拆穿牛仔神话》；《华林》副刊续载慕容奇的小说《卧龙八重梅》（十三），陆文夫的小说《美食家》（三十八），舒群的小说《美女陈情》（十一）。

21日　《澳门日报·新园地》副刊刊载文翎《喜看〈中国乒乓球运动〉画册》（书话），胡晓风《义士》（濠江小唱），郑卓立的新诗《诗二首》。

⊙　《华侨报·华座》副刊刊载峰的杂记《代沟》，墨斗的杂记《牡丹名品姚黄与魏紫》，史舆的杂记《古人怎样计时？》，佟立章的诗《读云南哀牢山叶车族情侣"吹叶传情"纪事漫成》；《华林》副刊续载慕容奇的小说《卧龙八重梅》（十四），陆文夫的小说《美食家》（三十九），舒群的小说《美女陈情》（十二）。

22日　《澳门日报·新园地》副刊刊载陶里《诗的基地》（斗室漫笔），苏晨《补闲的东山叟》（砺堂散墨），胡晓风《结婚登记名单》（濠江小唱）。

⊙　《华侨报·旅游与乡土》副刊刊载捷文的杂记《登多伦多CN塔》，静子的杂记《曼谷一景——和尚化缘》，欣欣的杂记《发展中的黄金海岸》，小俊的杂记《属于艺术家的鲁古那滩》，陆华的杂记《行赏隆中古迹》，墨斗的杂记《牡丹趣闻三则》，梁鉴江的诗《穗郊七星冈古海遗址·江山吟唱》；《华座》副刊刊载蓝岚的杂记《寂寞，倦！》，陈寒碧的诗《浣溪沙》；《华林》副刊续载慕容奇的小说《卧龙八重梅》（十五），陆文夫的小说《美食家》（四十），舒群的小说《美女陈情》（十三）。

23日　《澳门日报·家庭》刊载林中英《煮鹤焚琴》（门外门内），沈尚青《小女人》（生活）；《新园地》副刊刊载陶里《巧合故事》（斗室漫笔），胡晓风《"阿蛇"捉蛇》（濠江小唱），冼得霖《左思咏史》（诗词评赏）。

⊙　《华侨报·华林》副刊续载舒群的小说《美女陈情》（十四），陆文夫的小说《美食家》（四十一），慕容奇的小说《卧龙八重梅》（十六）。

24日　《澳门日报·新园地》副刊刊载鲁茂《揭开"人道"的画皮》（斗室漫笔），玉文的新诗《敬》，胡晓风《当街产女》（濠江小唱），夕阳楼主《腰斩张资平》（文坛轶话）。

⊙　《华侨报·华座》副刊刊载阮文达的杂记《折扇闲话》，峻峻的杂记《足下有黄金》，黄衫客的杂记《漫谈三及第文章》；《华林》副刊刊载陈爱娟的小说《生日礼物》，续载陆文夫的小说《美食家》（四十二），舒群的小说《美女陈情》（十五）。

25日 《澳门日报·澳门街》刊载骆南侨《贾梅士博物院国画》（濠江风情）；《新园地》副刊刊载鲁茂《怕人“弹”与怕人赞》（斗室漫笔），苏晨《始以诗话名书》（砺堂散墨），胡晓风《簕杜鹃情思》（濠江小唱）。

⊙ 《华侨报·华青》副刊刊载丁韶的杂记《藏而不露，诗贵含蓄》，蔡顺玲的诗《邮差》，周和根的杂记《养鸽乐趣》，汀待平的杂记《怪现象》，漂鸟的杂记《如果我会飞》，杨达夫的杂记《一周年纪念》，杨广华的杂记《听何达讲演》，陈常谦的杂记《活跃的校园》；《华座》副刊刊载华慕的杂记《造提琴大师与客结缘》，成东的杂记《形形式式的死刑》，楚舒的杂记《龟在何时坏了名声？》；《华林》副刊刊载黄斐娟的小说《剑赛》（一），续载舒群的小说《美女陈情》（十六），陆文夫的小说《美食家》（四十三）。

26日 《澳门日报·新儿童》刊载陶陶《鳄鱼的午餐画册附有印模器供玩耍》；《儿童园地》刊载教业莹莹《妈妈对我们的爱》，圣罗撒谢庆茜《模范母亲》；《新园地》副刊刊载陶里《叔本华谈性爱》（斗室漫笔），胡晓风《送唐若菁》（濠江小唱），独孤月的新诗《她是朵快乐的云》，李浩泉《卖油翁的本领》（随笔）。

⊙ 《华侨报·华林》副刊刊载慕容奇的小说《早川永藏·阿叶》（一），续载舒群的小说《美女陈情》（十七），陆文夫的小说《美食家》（四十四），黄斐娟的小说《剑赛》（二）。

27日 《澳门日报·新园地》副刊载陶里《老婆，文章，猪肉汤》（斗室漫笔），胡晓风《人贱如垃圾》（濠江小唱），苏晨《最可厌的一部》（砺堂散墨）。

⊙ 《华侨报·华座》副刊刊载于芊的杂记《游泳拾趣》，黄衫客的杂记《熏风远送合欢香》，东方一羽的杂记《尺八与南音联想》，佟立章的诗《红荔图》；《华林》副刊续载舒群的小说《美女陈情》（十八），陆文夫的小说《美食家》（四十五），慕容奇的小说《早川永藏·阿叶》（二）。

28日 《澳门日报·新园地》副刊刊载陶里《基础的基础》（斗室漫笔），黄施民的七律《访汕头》，毕山《〈野芳集〉苏晨文采飞动的散文集》（书话），胡晓风《南华降班》（濠江小唱）。

⊙　《华侨报·华座》副刊刊载甘韶的杂记《理想社会并不理想——〈桃花源记〉读后》，漫的杂记《拆衣》，坤堂的杂记《寓言两则》；《华林》副刊续载舒群的小说《美女陈情》（十九），慕容奇的小说《早川永藏·阿叶》（三），陆文夫的小说《美食家》（四十六）。

29日　《澳门日报·新园地》副刊刊载陶里《缘份和命运》（斗室漫笔），胡晓风《新婚之喜》（濠江小唱）。

⊙　《华侨报·旅游与乡土》副刊刊载欣欣的杂记《畅游泰北花园》，瀚洋的杂记《逍遥于印加迷城》，多龄的杂记《访福建名刹支提寺》，莹莹的杂记《旧金山旅客必到的码头》，梁鉴江的诗《惠州朝云墓·江山吟唱》；《华座》副刊刊载陈永盛的杂记《从中状元想到发财》，峻峻的杂记《兰屿刳木舟》；《华林》副刊续载舒群的小说《美女陈情》（二十），慕容奇的小说《早川永藏·阿叶》（四），陆文夫的小说《美食家》（四十七）。

30日　《澳门日报》第一版刊载新闻《晓角社演出话剧门票即日起发售》；《家庭》载林中英《推销术》（门外门内），沈尚青《扣十分》（生活）；《新园地》副刊刊载陶里《名校》（斗室漫笔），胡晓风《挽救港元》（濠江小唱），黄施民的七律《访汕头》，王文琴《谢师宴与我》（随笔）。

⊙　《华侨报·华座》副刊刊载佟立章的诗《偶成》，峰的杂记《自我宣传》，于馥的杂记《燕子岩掠影》；《华林》副刊续载舒群的小说《美女陈情》（二十一），慕容奇的小说《早川永藏·阿叶》（五），陆文夫的小说《美食家》（四十八）。

31日　《澳门日报》第二版刊载实习记者刘树青《秦牧畅谈文艺动态》（特稿），《秦牧紫风夫妇访澳应笔会邀请做座谈梁雪予主持座谈会会后设宴款待嘉宾》（新闻）；《新园地》副刊刊载陶里《琴》（斗室漫笔），桑妮《〈契诃夫手记〉它是“经过深刻地提炼后的产物”》（书话），唐亢双的词三首《桂山吟》，胡晓风《喜悦中有点失落》（濠江小唱）。

⊙　《华侨报》第四版刊载新闻《秦牧夫妇应邀访澳门，昨在归侨会举行座谈》，多龄的杂记《中国古代的“森林法”》，陈泽顺的杂记《人毫毛笔》，佟立章的诗《有寄》；《华侨报·华林》副刊续载舒群的小说《美女陈情》（二十二），慕容奇的小说《早川永藏·阿叶》（六），陆文夫的小说《美食家》（四十九）。

六月

1日　《澳门日报·澳门街》刊载骆南侨《选美》（濠江风情）；《新园地》副刊刊载陶里《鼻端肉世界》（斗室漫笔），冼得霖《工于造意的孟浩然诗》（诗词评赏），胡晓风《初晤秦牧紫风夫妇》（濠江小唱）。

⊙　《华侨报·华座》副刊刊载王祥珩的词《红棉颂》，黄欣梅的杂记《地下铁的守护天使》，黄衫客的杂记《四川抄手与广东云吞》；《华林》副刊续载慕容奇的小说《早川永藏·阿叶》（七），舒群的小说《美女陈情》（二十三），陆文夫的小说《美食家》（五十）。

2日　《澳门日报》第二版刊载新闻《游览名胜晤东大教授后秦牧吴紫风伉俪昨离澳》；《儿童园地》刊载濠小何碧晴《日记一则》，同善堂赵永勤的新诗《迎接六一儿童节》；《新园地》副刊刊载胡晓风《要听人“骂”》（濠江小唱），林水木的新诗《回乡偶感》。

⊙　《华侨报·华座》副刊刊载杨丽芳的杂记《日本东京艺伎屋》，峰的杂记《内涵》，佟立章的诗《悃》；《华林》副刊续载慕容奇的小说《早川永藏·阿叶》（八），舒群的小说《美女陈情》（二十四），陆文夫的小说《美食家》（五十一）。

3日　《澳门日报》第三版刊载新闻《舞台剧〈原野〉下月公演晓角社周日招待记者》；《新园地》副刊刊载吴钩《记作家许杰》（人物），东瑞《生日》（随笔），胡晓风《如今思项羽》（濠江小唱），晴云的新诗《阳光下》。

⊙　《华侨报·华座》副刊刊载克龄的杂记《神枪手大仲马》，书呆子的杂记《蒙冤万世》，史舆的杂记《中国古代藏书史话》，陈寒碧的诗《临江仙》，林定孚的诗《沁园春》；《华林》副刊续载慕容奇的小说《早川永藏·阿叶》（九），舒群的小说《美女陈情》（二十五），陆文夫的小说

《美食家》（五十二）。

4日　《澳门日报》第二版刊载新闻《知识积累和语文水平——著名作家秦牧对本报编辑部人员专题讲话摘要》（本报特稿）；《新园地》副刊刊载鲁茂《汪明荃唱什么腔？》（斗室漫笔），金良的新诗《秦牧与我》，胡晓风《迷路的婆婆》（濠江小唱），吴钧《马华文艺的耕耘者——再记作家许杰》（人物）。

⊙　《华侨报·旅游与乡土》副刊刊载欣欣的杂记《在夏威夷看火山》，凌风的杂记《哈尔滨太阳岛漫游》，晶莹的杂记《行赏"伦敦国际文化"特色》，吕雄的杂记《夫妻变鱼儿变岛》，志伦的杂记《印度艾真达洞庙探奇》，梁鉴江的诗《惠州西湖》；《华座》副刊刊载李崇汾的杂记《关于环境污染》，舒之的杂记《饼食的演变》，利瓦伊伦的杂记《蝴蝶》，楚舒的杂记《"三国"的两本书》，书呆子的杂记《莎翁眼中的女人》，峻峻的杂记《独角羊独角兽》；《华林》副刊刊载姜滇的小说《瓦楞上的草》（一），续载慕容奇的小说《早川永藏·阿叶》（十），舒群的小说《美女陈情》（二十六）。

5日　《澳门日报》第二版刊载新闻《知识积累和语文水平——著名作家秦牧对本报编辑部人员专题讲话摘要》（本报特稿），《国际自然环境日活动多图画征文赛今揭幕放映影片单车游览警察银乐队演奏》；《新园地》副刊刊载寒松《郁达夫写"二诗人"的轶闻》（文坛轶话），胡晓风《想到姜白石与小红》（濠江小唱），郑卓立的新诗《梅花赞》。

⊙　《华侨报·华座》副刊刊载于馥的杂记《清音阁的泉声》，黄衫客的杂记《端砚杂话》；《华林》副刊续载慕容奇的小说《早川永藏·阿叶》（十一），舒群的小说《美女陈情》（二十七），陆文夫的小说《美食家》（五十三）。

6日　《澳门日报》第三版刊载新闻《曹禺名著搬上舞台话剧〈原野〉九日公演晓角社昨招待记者介绍演出事宜》；《家庭》刊载林中英《锄强扶弱之类》（门外门内），沈尚青《藤鳝红烧猪肉》（生活）；《新园地》副刊刊载陶里《问题子女》（斗室漫笔），冼得霖《语近情遥托意高》（诗词评赏），胡晓风《现实的局限》（濠江小唱）。

⊙　《华侨报·华座》副刊刊载陈寒碧的词《临江仙》，东方一羽的杂记《女子与小人》；《华林》副刊刊载绿琴的小说《好装饰的姑娘》，续载舒群的小说《美女陈情》（二十八），姜滇的小说《瓦楞上的草》（二）。

7日　《澳门日报》第三版刊载新闻《知识积累和语文水平——著名作家秦牧对本报编辑部人员专题讲话摘要》（本报特稿），《郭沫若著作16卷星光将分卷发行全集卅八卷八五年出齐》；《新园地》副刊刊载陶里《在诗的面前》（斗室漫笔），胡晓风《甘草补正》（濠江小唱），梁淑雯《让大地绿意盎然》（保护绿化区写作比赛散文组第一名），秦咢生的古诗《封开纪游草》（三）。

⊙　《华侨报》第三版刊载新闻《我国专家第一次编辑郭沫若全集出版　分文学历史及考古编》；《华座》副刊刊载江朗的杂记《可寄情可作物器翠竹》，陈永盛的杂记《当代女词人沈祖棻》，东方一羽的杂记《此话当真？》；《华林》副刊刊载梁荔玲的杂记《意外》（上），匡成的小说《地久天长》，续载舒群的小说《美女陈情》（二十九），姜滇的小说《瓦楞上的草》（三）。

8日　《澳门日报》第二版刊载新闻《知识积累和语文水平——著名作家秦牧对本报编辑部人员专题讲话摘要》（本报特稿），《东大中国文学概论课程上课时间更改》；《澳门街》刊载骆南侨《佛像》（濠江风情）；《新园地》副刊刊载东瑞《和秦牧游香港仔》（随笔），郑妙珊《绿化》（保护绿化区写作比赛散文组第二名），卓伦的新诗《枇杷（外一首）》，胡晓风《惦记义卖》（濠江小唱）。

⊙　《华侨报·华青》副刊刊载子微的杂记《我的幻想》，星河的杂记《学问之道》，丁韶的杂记《文学创作的对比手法》，楚舒的杂记《中国古文唐宋八大家》，蔡顺玲的诗《诗二首》，茼茼的杂记《寄语毕业生》，李稚的杂记《一首唤醒国人之歌》，蔡高明的杂记《难忘的经历》，韵翘的杂记《初夏之晨》，浮云的杂记《石岐随笔》；《华林》副刊刊载东方一羽的杂记《是天堂还是地狱？》，匡成的小说《霸王低头》，续载梁荔玲的杂记《意外》（下），舒群的小说《美女陈情》（三十），姜滇的小说《瓦楞上的草》（四）。

9日　《澳门日报》第三版刊载新闻《晓角社第三季度演出〈原野〉今永乐公演门票戏院发售预售票中午起划位》；《新儿童》刊载叮当《青蛙和老鼠》（寓言）；《儿童园地》刊载劳校蔡德强《黑沙游记》，东南林司韵《黑沙旅行记》，同善堂覃凤珠《春季旅行记》；《新园地》副刊刊载陶里《度假村》（斗室漫笔），胡培周五律《五律呈秦牧先生》，郑月明《绿化澳门刍议》（保护绿化区写作比赛散文组第三名），胡晓风《决心“寻龙”》（濠江小唱）。

⊙　《华侨报·华座》副刊刊载东方一羽的杂记《谈鸡变色及其它》；《华林》副刊续载慕容奇的小说《早川永藏·阿叶》（十二），舒群的小说《美女陈情》（三十一），姜滇的小说《瓦楞上的草》（五）。

10日　《澳门日报·新园地》刊载陶里《信心》（斗室漫笔），欧阳佩芬《一枝新绿》（保护绿化区写作比赛诗歌组第一名），胡晓风《根仔这面镜》（濠江小唱），丁丁《想当年》。

⊙　《华侨报·华座》副刊刊载王一芒的杂记《龙舟纪趣》，梁荔玲的杂记《父亲》，东方一羽的杂记《打老婆“英雄”》；《华林》副刊续载慕容奇的小说《早川永藏·阿叶》（十三），舒群的小说《美女陈情》（三十二），姜滇的小说《瓦楞上的草》（六）。

11日　《澳门日报·新园地》副刊刊载郑妙娴的新诗《绿》（保护绿化区写作比赛诗歌组第二名），胡晓风《看〈原野〉演出》（濠江小唱）。

⊙　《华侨报·华座》副刊刊载东方一羽的杂记《不画玫瑰引出话题》；《华林》副刊续载慕容奇的小说《早川永藏·阿叶》（十四），舒群的小说《美女陈情》（三十三），姜滇的小说《瓦楞上的草》（七）。

12日　《澳门日报·新园地》副刊刊载胡晓风《噢，妈妈！》（濠江小唱），周尧宽新诗《树之语》（保护绿化区写作比赛诗歌组第三名）。

⊙　《华侨报·旅游与乡土》副刊刊载欣欣的杂记《走进了意大利迷宫》，墨斗的杂记《访四大丛林的栖霞古寺》，伦的杂记《谒印度圣雄甘地故居》，洁瑜的杂记《旅檀岛购纪念品》，建中的杂记《圣安东尼奥市即景》；《华座》副刊刊载王一芒的杂记《粽子杂谈》，于馥的杂记《人间此地多墨迹》，蓝岚的杂记《再三为她祝福》；《华林》副刊续载慕容奇的小说《早川永藏·阿叶》（十五），舒群的小说《美女陈情》（三十四），姜滇的小说《瓦楞上的草》（八）。

13日　《澳门日报·家庭》刊载林中英《乞儿装》（门外门内），沈尚青《好胆！》（生活）；《新园地》副刊刊载鲁茂《看晓角演〈原野〉》（斗室漫笔），独孤月的新诗《夏日之歌》，胡晓风《以沫相濡的黄燕彩》（濠江小唱）。

⊙　《华侨报·华座》副刊刊载慕华的杂记《再谈乱伦悲剧》，赵展的杂记《高则诚及其〈琵琶记〉》，东方一羽的杂记《我错，我有罪》；《华林》副刊续载慕容奇的小说《早川永藏·阿叶》（十六）；舒群的小说《美女陈情》（三十五），姜滇的小说《瓦楞上的草》（九）。

14日　《澳门日报·新园地》副刊载鲁茂《志向》（斗室漫笔），石城《启迪·追悔·进步》（随笔），胡晓风《观书画篆刻联展戏笔》（濠江小唱）。

⊙　《华侨报·华座》副刊刊载慕华的杂记《〈中国日报〉饮誉异邦》，赵展的杂记《〈聊斋志异〉在苏联》，史舆的杂记《端午和端午节》，叶于模的杂记《活在回忆里》，梁荔玲的杂记《静》，东方一羽的杂记《睇番鬼佬扒龙船》；《华林》副刊续载慕容奇的小说《早川永藏·阿叶》（十七），舒群的小说《美女陈情》（三十六），姜滇的小说《瓦楞上的草》（十）。

15日　《澳门日报》刊载《学习与创作——女作家吴紫风对本报编辑部人员专题讲话摘要》（本报特稿）；《澳门街》刊载骆南侨《木棉》（濠江风情）；《新园地》副刊刊载彦火《雅读·夜读·小读》（枫杨小语），胡晓风《“小龙女”闹剧》（濠江小唱），双璧《天然居》，徐续的词《高阳台悼朱庸斋》。

⊙　《华侨报·华座》副刊刊载仙健的杂记《有趣的传说》，秉新的杂记《端午节习俗来源》，夏川的杂记《红棉丹荔留客住》，条栋的杂记《难逃劫数》；《华林》副刊续载慕容奇的小说《早川永藏·阿叶》（十八），舒群的小说《美女陈情》（三十七），姜滇的小说《瓦楞上的草》（十一）。

16日　《澳门日报·儿童园地》刊载小彤《不自量力》（寓言）；《新儿童》刊载培正邝昀《忆童年时的朋友》，同善堂刘德强《我们在学校幸福地成长》；《新园地》副刊刊载彦火《雅读·夜读·小读》（枫杨小语），胡晓风《龙船鼓，咸肉粽》（濠江小唱），玉文的新诗《五月是一袭美丽的婚纱》，开始连载艾薇琳·安东尼的小说《特殊使命》（至1984年5月30日止）。

⊙　《华侨报》第十版刊载欧阳佩芬的诗《一枝新绿》，郑妙娴的诗《绿》，周尧宽的诗《树之语》；《华座》副刊刊载慕华的杂记《冒牌货大泛滥》，峰的杂记《戏》，梁荔玲的杂记《龌龊的事》，东方一羽的杂记《澳女篮的隐忧》；《华林》副刊续载慕容奇的小说《早川永藏·阿叶》（十九），舒群的小说《美女陈情》（三十八），姜滇的小说《瓦楞上的草》（十二）。

17日　《澳门日报》第二版刊载新闻《学习与创作——女作家吴紫风对本报编辑部人员专题讲话摘要》（专稿）；《新园地》副刊刊载东瑞《气球·果树·溪水》（随笔），张望的新诗《无题》，胡晓风《看〈杜丝先生〉》（濠江小唱）。

⊙　《华侨报·华座》副刊刊载墨斗的杂记《南京城鼓楼和大钟亭》，夏川的杂记《嘲讽庸医的妙文》，黄衫客的杂记《粥品杂谈》，梁荔玲的杂记《不幸会过去的》，杨坤堂的杂记《海》，东方一羽的杂记《所谓“民主自由”》；《华林》副刊续载慕容奇的小说《早川永藏·阿叶》（二十），舒群的小说《美女陈情》（三十九），姜滇的小说《瓦楞上的草》（十三）。

18日　《澳门日报·新园地》副刊刊载胡晓风《“美协”作品展》（濠江小唱），曹何七律《渔乡谣（四首）》。

⊙　《华侨报·华座》副刊刊载墨斗的杂记《南京的中华门》，东方一羽的杂记《发仔说的春天》，邓先声的诗《诗人节怀屈大夫》，梁荔玲的诗《“巫明”的信》；《华林》副刊续载慕容奇的小说《早川永藏·阿叶》（二十一），舒群的小说《美女陈情》（四十），姜滇的小说《瓦楞上的草》（十四）。

19日　《澳门日报》第三版刊载新闻《学习与创作——女作家吴紫风对本报编辑部人员专题讲话摘要》（特稿）；《新园地》副刊刊载钟新《梁锦英的“钢笔书法”》（书话），胡晓风《又闻锦记义卖》（濠江小唱）。

⊙　《华侨报·旅游与乡土》副刊刊载瑞明的杂记《我来到尼克逊故居》，欣欣的杂记《马来西亚田园风光》，玲玲的杂记《波斯湾行看肚皮舞》，墨斗的杂记《中岳纪游踪》（一），世华的杂记《菲岛新乐园畔溪湾》；《华座》副刊刊载克嘉的杂记《大自然里的天鹅》，梁荔玲的杂记《钓鱼乐？》（上），蓝岚的杂记《人生的等待》；《华林》副刊续载慕容奇的小说《早川永藏·阿叶》（二十二），舒群的小说《美女陈情》（四十一），姜滇的小说《瓦楞上的草》（十五）。

20日　《澳门日报》第二版刊载新闻《学习与创作——女作家吴紫风对本报编辑部人员专题讲话摘要》（本报特稿）；《家庭》刊载林中英《为妻之道》（门外门内），沈尚青《帽子》（生活）；《新园地》副刊刊载鲁茂《岁月无情？》（斗室漫笔），常增书《深切的悼念难忘的功绩由廖公一个纪念邮票首日实寄封引起的回忆》（随笔），胡晓风《中国在飞跃》（濠江小唱）。

⊙　《华侨报·华座》副刊刊载秉新的杂记《有趣的回文诗》，黄衫客的杂记《广州海珠公园忆旧》，黄欣梅的杂记《香水漫谈》，梁荔玲的杂记《钓鱼乐？》（下）；《华林》副刊刊载慕容奇的小说《庆安の阴影》（一），续刊舒群的小说《美女陈情》（四十二），姜滇的小说《瓦楞上的草》（十六）。

21日　《澳门日报·新园地》副刊刊载鲁茂《放咗工去边？》（斗室漫笔），胡晓风《闻“广州诗社”成立感而有作》（濠江小唱），杨永权宋词《踏莎行》，一哲《作茧自缚》（随笔）。

⊙　《华侨报·华座》副刊刊载梁荔玲的杂记《短剧：司机与我》，东方一羽的杂记《铁娘子要复死刑》；《华林》副刊续载慕容奇的小说《庆安の阴影》（二），舒群的小说《美女陈情》（四十三），姜滇的小说《瓦楞上的草》（十七）。

22日　《澳门日报》第二版刊载新闻《学习与创作——女作家吴紫风对本报编辑

部人员专题讲话摘要》（特稿）；《澳门街》刊载骆南侨《冷气机》（濠江风情）；《新园地》副刊刊载胡晓风《票不兑现》（濠江小唱），陶里的新诗《重返翠湖》。

⊙ 《华侨报·华青》副刊刊载林如波的杂记《第一面金牌》，尔生，慕的杂记《作文·题材》，张月莲的杂记《笑容》，黄海仪的杂记《是喜·是苦》，关向文的杂记《夏天》，丁韶的杂记《谈〈黄鹤楼〉与〈登金陵凤凰台〉诗》，杨达夫的杂记《写在毕业，结业典礼前》，海的杂记《添的故事》，梁瑞冰的杂记《绿化澳门》，一游的杂记《追悔》，伶微的杂记《母亲！我少不了你》；《华座》副刊刊载王一芒的杂记《仪态华贵的喜鹊》，吴行洁的杂记《一封秘密情书》，佟立章的诗《池畔纳凉偶作》，峰的诗《满足》，梁荔玲的杂记《他结婚了？》；《华林》副刊续载慕容奇的小说《庆安の阴影》（三），舒群的小说《美女陈情》（四十四），姜滇的小说《瓦楞上的草》（十八）。

23日 《澳门日报·儿童园地》刊载圣心洪倩萍《夏夜》，蔡美云《寒夜》；《新儿童》刊载小彤《狐狸的叫声》（童话故事）；《新园地》副刊刊载胡晓风《带着疚悔忧惧离去》（濠江小唱）。

⊙ 《华侨报·华座》副刊刊载佟立章的诗《闻歌续赋》，宋力的杂记《王昌龄〈长信秋词〉浅析》，梁荔玲的杂记《两者择其一？》，东方一羽的杂记《“父亲节”晚上》；《华林》副刊刊载张小凤的小说《触电》（一），续载慕容奇的小说《庆安の阴影》（四），姜滇的小说《瓦楞上的草》（十九）。

24日 《澳门日报·新园地》副刊刊载东瑞《荔园听歌》（随笔），徐续的词《满江红》，谷苇《柳亚子的南明史料下落》（人物），胡晓风《浪漫》（濠江小唱）。

⊙ 《华侨报·华座》副刊刊载峰的杂记《形象》，梁荔玲的杂记《没有改变的必要》，东方一羽的杂记《三尸命案疑云》，佟立章的诗《无题》；《华林》副刊续载慕容奇的小说《庆安の阴影》（五），张小凤的小说《触电》（二），姜滇的小说《瓦楞上的草》（二十）。

25日　《澳门日报·新园地》副刊刊载胡晓风《中国电影展》（濠江小唱），冼得霖的七律《广州诗社成立》，谷苇《柳亚子的南明史料下落》（人物）。

⊙　《华侨报·华座》副刊刊载墨斗的杂记《少林寺塔林》，梁荔玲的杂记《再谈没有改变的必要》，东方一羽的杂记《空头支票浮想》，佟立章的诗《无题》；《华林》副刊续载慕容奇的小说《庆安の阴影》（六），张小凤的小说《触电》（三），姜滇的小说《瓦楞上的草》（二十一）。

26日　《澳门日报·新园地》副刊刊载彤云《无电的一天》（随笔），胡晓风《遥悼廖公》（濠江小唱），谷苇《柳亚子的南明史料下落》（人物），宣翁松年《“海永无波”话海城》。

⊙　《华侨报·旅游与乡土》副刊刊载欣欣的杂记《青山翠谷中的新西兰假期》，方如的杂记《沙巴神山龙吐珠》，何萧的杂记《北莱茵区观赏王侯城堡》，捷的杂记《爬上自由神头顶》，续载墨斗的杂记《中岳纪游踪》（二）；《华座》副刊刊载华胜敦的杂记《甘地的另一面》，梁荔玲的杂记《一切贵乎真实》，东方一羽的杂记《莫将死当戏做》；《华林》副刊续载慕容奇的小说《庆安の阴影》（七），张小凤的小说《触电》（四），姜滇的小说《瓦楞上的草》（二十二）。

27日　《澳门日报·新园地》副刊刊载鲁茂《澳门也要反贪污了？！》（斗室漫笔），胡晓风《看粤港女篮之役》（濠江小唱），廖钺五律《悼廖公》。

⊙　《华侨报·华座》副刊刊载墨斗的杂记《关帝诞与关帝像》，东方一羽的杂记《弃婴与虐婴》，佟立章的诗《病中闻蝉》，陆康的杂记《王翰之的书刻艺术》，甘韶的杂记《读〈画皮〉有感》，梁荔玲的杂记《上山寻虎易……》；《华林》副刊续载慕容奇的小说《庆安の阴影》（八），张小凤的小说《触电》（五），姜滇的小说《瓦楞上的草》（二十三）。

28日　《澳门日报·家庭》刊载沈尚青《杂感》（生活），林中英《猴子归山》（门外门内）；《新园地》副刊刊载寒松《恨煞萧山半上流》（文坛轶话），胡晓风《也谈澳女篮》（濠江小唱），卓伦的新诗《车窗剪影（三首）》，彤云《一部对写作有益的参考工具书：中外文学名著描写辞典》（书话）。

⊙ 《华侨报·华座》副刊刊载墨斗的杂记《龙门探》（上），江朗的杂记《中国少数民族的鼓舞》，佟立章的诗《家居即景》，甘诏的杂记《漫谈曹操的〈龟虽寿〉》，梁荔玲的杂记《失败者的格言》，东方一羽的杂记《灭鼠与肃贪污》；《华林》副刊续载慕容奇的小说《庆安の阴影》（九），张小凤的小说《触电》（六），姜滇的小说《瓦楞上的草》（二十四）。

29日 《澳门日报》第一版刊载新闻《〈镜海〉文艺周刊本报明日刊出》；《澳门街》刊载骆南侨《人像剪影》（濠江风情）；《新园地》副刊刊载鲁茂《从娱人娱己谈起……》（斗室漫笔），王云《巴尔扎克的“处女作”》（文坛轶话），煜棠的新诗《悼方显声老师》，胡晓风《月夜，并蒂白莲》（濠江小唱）。

⊙ 《华侨报·华座》副刊刊载黄衫客的杂记《宣纸杂话》，陈寒碧的词《临江仙》，于馥的杂记《天府佳肴》，梁荔玲的杂记《“牡丹”有感》，穆基的杂记《似是疑非的观念》，续载墨斗的杂记《龙门探》（下）；《华林》副刊续载慕容奇的小说《庆安の阴影》（十），张小凤的小说《触电》（七），姜滇的小说《瓦楞上的草》（二十五）。

30日 《澳门日报》专载文学创作和评论的副刊《镜海》今日始创。《澳门日报·新儿童》载宝宝《下半旗志哀的由来》；《儿童园地》载圣罗撒谢庆茜《我的理想》，同善堂刘德强《我的志愿》；《镜海》副刊刊载编者《我们的话》，叶贵宝《渡轮靠岸了》，郑炜明《醒醉语》，林丽萍《步向人生》，谭兴全《挑灯夜读》，立维《四方行脚》，黎任《凼仔诗草》；《新园地》副刊载东瑞《小花伞》（随笔），文翎《弱听少女的诗集“伤鹏之旅”》（书话），胡晓风《打老鼠与打老虎》（濠江小唱）。

⊙ 《华侨报·华座》副刊刊载吴行洁的杂记《祝君笑口常开》，韩凌霄的杂记《兰心悦我我悦兰心》，墨斗的杂记《洛阳访关林》，峰的杂记《亲情》，梁荔玲的杂记《谢各位关心》，东方一羽的杂记《还是在塔石好》；《华林》副刊续载慕容奇的小说《庆安の阴影》（十一），张小凤的小说《触电》（八），姜滇的小说《瓦楞上的草》（二十六）。

七月

1日　《澳门日报》第三版刊载新闻《两剧社五名人员赴葡京剧院实习》；《新园地》副刊刊载王云《拉丁美洲的"文学爆炸"》（文坛轶话），玉文的新诗《路》，胡晓风《红尼龙之"恋"》（濠江小唱）。

⊙　《华侨报·华座》副刊刊载孚菁的杂记《售卖外层空间星星》，慕华的杂记《灯塔候人拯救》，多龄的杂记《烟雨少林景》，书呆子的杂记《易卜生的成功》，梁荔玲的杂记《有机会聚首一堂》，东方一羽的杂记《话说人无横财》；《华林》副刊刊载慕容奇的小说《复仇之牛》（一），续刊张小凤的小说《触电》（九），姜滇的小说《瓦楞上的草》（二十七）。

2日　《澳门日报·新园地》刊载秦咢生的七绝《封开纪游草》（四），胡晓风《点算点算?》（濠江小唱）。

⊙　《华侨报·华座》副刊刊载黄文范的杂记《漫谈稿纸》（上），郑牧的杂记《优柔寡断的解方》，梁荔玲的杂记《俗人俗事》，东方一羽的杂记《是"死了好"吗？》；《华林》副刊续载慕容奇的小说《复仇之牛》（二），张小凤的小说《触电》（十），姜滇的小说《瓦楞上的草》（二十八）

3日　《澳门日报·新园地》副刊刊载穆翼《想起了徐志摩……》（随笔），胡晓风《急坏丈夫》（濠江小唱）。

⊙　《华侨报·旅游与乡土》副刊刊载鸿雁的杂记《我游斐济岛体验》，王洛的杂记《日光风景线》，续载墨斗的杂记《中岳纪游踪》（三）；《华座》副刊刊载慕华的杂记《弑父母为何由？》，黄欣梅的杂记《拿尸骨当画布》，梁荔玲的杂记《谢"巫明"读者赠词》，洛卡的杂记《一串音符》，东方一羽的杂记《叛逆的女儿》，续载黄文范的杂记《漫谈稿纸》（下）；《华林》副刊刊载慕容奇的小说《死亡之林》，续载张小凤的小说《触电》（十一），姜滇的小说《瓦楞上的草》（二十九）。

4日　《澳门日报·家庭》刊载沈尚青《暑假与书》（生活），林中英《学泳》（门外门内）；《新园地》副刊刊载胡晓风《"黐线"传奇》（濠江小唱），冼得霖《红桥风物眼中秋》（诗词评赏）。

⊙ 《华侨报·华座》副刊刊载文波的杂记《说猫》，李潜的诗《悼方显声》，林定孚的诗《咏兰》，于芊的杂记《颜色小谈》，东方一羽的杂记《天热心情特别躁》；《华林》副刊刊载慕容奇的小说《黑部川疑阵》（一），续刊张小凤的小说《触电》（十二），姜滇的小说《瓦楞上的草》（三十）。

5日 《澳门日报·新园地》副刊刊载鲁茂《大让细？细让大？》（斗室漫笔），胡晓风《归侨自杀》（濠江小唱），吴钧《〈郁达夫外传〉作者孙百刚》（人物），郑卓立的新诗《湖景（外一首）》。

⊙ 《华侨报·华座》副刊刊载慕华的杂记《古罗马为何多昏君？》，古正的杂记《揭开〈苏武牧羊〉作者之谜》，王一芒的杂记《蝉鸣啖香荔》，梁荔玲的杂记《“沧桑感”可爱？》；《华林》副刊续载慕容奇的小说《黑部川疑阵》（二），张小凤的小说《触电》（十三），姜滇的小说《瓦楞上的草》（三十一）。

6日 《澳门日报·澳门街》刊载骆南侨《乞丐装》（濠江风情）；《新园地》副刊刊载鲁茂《“身份”的象征？》（斗室漫笔），吴钧《再记孙百刚》（人物），胡晓风《题未定草》（濠江小唱），文轩《窗》（见闻录）。

⊙ 《华侨报·华青》副刊刊载京华的杂记《写妈妈要妈妈》，杨达夫的杂记《阅读速度》，木行的杂记《看书法作品后感》，葳蕤的杂记《考完试后的下午》，风筝、周和根的诗《诗二首》，蔡顺玲的杂记《我的梦想》，李月英的杂记《长跑增长勇气》，锦明的杂记《毕业后的第一课》，余健华的杂记《黑沙露营记》，潘淑英的杂记《值得纪念的一年》，杨广华的杂记《活力夏天》，穆嘉明的杂记《意重情深的音乐会》；《华座》副刊刊载陈寒碧的词《临江仙》，沙丽的杂记《舒绣文从“集美”到“五月花”》，都兴谷的杂记《杰奎琳的再版——卡罗琳》，梁荔玲的杂记《紊乱》，东方一羽的杂记《应严厉对付飞车》；《华林》副刊续载慕容奇的小说《黑部川疑阵》（三），张小凤的小说《触电》（十四），姜滇的小说《瓦楞上的草》（三十二）。

7日 《澳门日报·新儿童》刊载品朗《认得字的狐狸》（寓言）；《儿童

园地》刊载蔡高钟圆英《澳门的风光》，圣心洪倩萍《寄给灯塔的信》；《镜海》副刊刊载叶贵宝《散文三题》，再斯《文学的“入”与“出”》，郑炜明《无聊的诱惑》，林丽萍《“遗落”之后》，立维的新诗《四方行脚》，黎任的新诗《凼仔诗草》；《新园地》副刊刊载一哲《蜘蛛织网的启示》（随笔），胡晓风《人龙》（濠江小唱）。

⊙ 《华侨报·华座》副刊刊载郭招金的《访沈醉》；《华青》副刊刊载克龄的杂记《啤酒馆里萌发的名著》，梁荔玲的诗《观众与场地》，东方一羽的杂记《葡京性侵犯风波》；《华林》副刊续载慕容奇的小说《黑部川疑阵》（四），张小凤的小说《触电》（十五），姜滇的小说《瓦楞上的草》（三十三）。

8日 《澳门日报·新园地》副刊刊载彤云《漫谈情趣》（随笔），胡晓风《小艇》（濠江小唱），玉文的新诗《劫》，茗屋《潘天寿的一副对联》（艺林）。

⊙ 《华侨报·华座》副刊刊载郑德渊的杂记《古筝漫谈》，梁荔玲的杂记《古筝漫谈早晚之别》，东方一羽的杂记《登记局外的一幕》；《华林》副刊续载慕容奇的小说《黑部川疑阵》（五），张小凤的小说《触电》（十六），姜滇的小说《瓦楞上的草》（三十四）。

9日 《澳门日报·新园地》副刊刊载梅萼华《齐挥彩笔写新天》（新地杂掇），潘佛章的七律《廖公颂》，钱今凡《欣赏梁雪予的书法》（艺林），胡晓风《共拥有一个名字》（濠江小唱），丁丁《女豪客》。

⊙ 《华侨报·中华天地》副刊刊载新闻《怀疑人生崇尚离群，中国近年文学创作出现存在主义倾向》；《旅游与乡土》副刊刊载墨斗的杂记《少林禅寺与菩提达摩》，欣然的杂记《瑞士桃源卢塞尔》，毕明的杂记《有关珠海宾馆客车质疑》，复良的杂记《巴西的神仙居里约》，丹扉的杂记《从另一角度看印度》，中的杂记《大理猎影》；《华座》副刊刊载慕华的杂记《男人戴耳环问题》，墨斗的杂记《莫愁湖点滴》，杨子的杂记《爱，便必然伟大》，小漫的杂记《猫邮差》，东方一羽的杂记《有戏做自然“闷”》；《华林》副刊续载慕容奇的小说《黑部川疑阵》（六），张小凤的小说《触电》（十七），姜滇的小说《瓦楞上的草》（三十五）。

10日　《澳门日报·新园地》副刊刊载东瑞《书账》（随笔），梅萼华《怀安诗社壮国魂》（新地杂掇），胡晓风《谁遣》（濠江小唱）。

⊙　《华侨报·华座》副刊刊载唐鲁孙的杂记《书童的故事》，黄子贻的诗《无题有感》，克嘉的杂记《蝴蝶诗话》，克龄的杂记《刘半农之死》，梁荔玲的杂记《船上听闻》，东方一羽的杂记《空等第二个春天》；《华林》副刊续载慕容奇的小说《黑部川疑阵》（七），张小凤的小说《触电》（十八），姜滇的小说《瓦楞上的草》（三十六）。

11日　《澳门日报·家庭》刊载林中英《酷暑中》（门外门内），沈尚青《幼儿园》（生活）；《新园地》副刊刊载彤云《戒骄语丝》（随笔），梅萼华《陈毅倡建湖海诗社》（新地杂掇），冼得霖《鬌篥吐新声》（诗词评赏），胡晓风《又是暑假》（濠江小唱）。

⊙　《华侨报·华座》副刊刊载秉新的杂记《苏州洪状元与赛金花》，木梓的杂记《美容时装表演随想》，梁荔玲的杂记《司仪的需要》，尤乎的杂记《赤焰腾空》，甘戈的杂记《成都青羊宫和花会》；《华林》副刊续载慕容奇的小说《黑部川疑阵》（八），张小凤的小说《触电》（十九），姜滇的小说《瓦楞上的草》（三十七）。

12日　《澳门日报·新园地》副刊刊载胡晓风《荔枝的新闻》（濠江小唱），梅萼华《〈诗词报〉十月创刊》（新地杂掇），一哲《治学与静心》（随笔），杨伟群五律《江山五章——写于六届人大胜利闭幕时》。

⊙　《华侨报·华座》副刊刊载王一芒的杂记《海洋深处奇趣谈》，峻峻的杂记《穿鞋大王》，克龄的杂记《杜甫烹鱼》，峰的杂记《生与死》，东方一羽的杂记《老榕树的悼歌》，书呆子的杂记《读最有兴味的书》，甘戈的杂记《名驰遐迩的上海物产》；《华林》副刊刊载杂记《书僮》，续载慕容奇的小说《黑部川疑阵》（九），张小凤的小说《触电》（二十），姜滇的小说《瓦楞上的草》（三十八）。

13日　《澳门日报·澳门街》刊载骆南侨《传呼机》（濠江风情）；《新园地》副刊刊载梅萼华《〈诗词集刊〉与〈荔苑诗讯〉》（新地杂掇），彤云《〈中外名言锦语选〉——一本献给青年朋友的书》（书话），胡晓风

《天气热，水》（濠江小唱）。

⊙ 《华侨报·华座》副刊刊载骆驿的杂记《刘永福后裔及其故居坟墓》，于馥的杂记《望丛祠听杜鹃鸣》，梁荔玲的杂记《我就是我》，忠民的杂记《宋代风貌将重现杭州》；《华林》副刊开始连载曾德厚、木杉的小说《有意无意之间》（至1983年9月20日止），续载慕容奇的小说《黑部川疑阵》（十），张小凤的小说《触电》（二十一），姜滇的小说《瓦楞上的草》（三十九）。

14日 《澳门日报·新儿童》刊载品朗《最宝贵的东西》（寓言）；《儿童园地》刊载镜平蔡美云《怎样学好算术》，培正邝昀《一件珍贵的礼物》；《镜海》副刊刊载桂葆《流星》，云力《写诗和说话》，立维的新诗《四方行脚》，黎任的新诗《凼仔诗草》，苇明《散文三题》；《艺海》副刊刊载少腾《罗文甄妮〈射雕英雄传〉宋词谱曲难度高》；《新园地》副刊刊载鲁茂《老差骨》（斗室漫笔），梅萼华《革命家的旧诗词》（新地杂掇），卓伦的新诗《走鬼》，胡晓风《看〈早春二月〉》（濠江小唱）。

⊙ 《华侨报·妇女版》副刊刊载梁荔玲的杂记《逍遥的一夜》；《华座》副刊刊载书呆子的杂记《休想它回眸顾盼》，峻峻的杂记《替雄鱼拔牙》，芊漫的杂记《茶具漫话》，梁荔玲的杂记《我看“霸气”和“幼稚”》，东方一羽的杂记《有信心才有拼劲》；《华林》副刊刊载芸芸的短篇小说《酒徒》，续载张小凤的小说《触电》（二十二），姜滇的小说《瓦楞上的草》（四十）。

15日 《澳门日报·新园地》副刊刊载鲁茂《从“手刃仇人”谈起》（斗室漫笔），梅萼华《旧诗词新功能》（新地杂掇），王文琴《给孩子以文学》（随笔），蓝玛的新诗《忧郁的人啊》，胡晓风《何必跳楼》（濠江小唱）。

⊙ 《华侨报·华座》副刊刊载子瑜的杂记《美国还是天堂吗？》，梁荔玲的杂记《我喜唱小调》，东方一羽的杂记《热浪中的浮想》，克龄的杂记《韩美林画狗》，峻峻的杂记《八十年代穴居生活》，熊朝东的杂记《苏轼遗墨大字“连鳌山”》；《华林》副刊刊载仲平的短篇小说《新相识的女友》，续载张小凤的小说《触电》（二十三），姜滇的小说《瓦楞上的草》（四十一）。

16日　《澳门日报·新园地》副刊刊载梅萼华《聂绀弩奉命写诗》（新地杂掇），洛阳桥友的新诗《路标（外一首）》，吴钧《记施蛰存》（人物），胡晓风《从“邻居”看问题》（濠江小唱）。

⊙　《华侨报·华座》副刊刊载海萍的杂记《雪糕与香蕉船》，庄伯和的杂记《古代的小抄》，峻峻的杂记《豆果画你喜欢吗？》，梁荔玲的杂记《又与刘善初合作》，麦穗的杂记《甸甸荷叶》；《华林》副刊刊载白浪的小说《苦酒》（一），黄燕德的短篇小说《失车记》，续载姜滇的小说《瓦楞上的草》（四十二）。

17日　《澳门日报·新园地》副刊刊载东瑞《夜猫子》（随笔），梅萼华《热血和微笑的奇花》（新地杂掇），吴钧《续记施蛰存》（人物），胡晓风《“归心似箭”的感触》（濠江小唱），玉文的新诗《龙眼树》。

⊙　《华侨报·旅游与乡土》副刊刊载欣欣的杂记《葡属马德拉群岛游踪》，顾子圻的杂记《游威尔士听故事》，宝仪的杂记《我进入“日月神坛”》，宁贝的杂记《访贝尔格莱德》，墨斗的杂记《嵩山行访少林寺》；《华座》副刊刊载张余的杂记《美人鱼传奇》，小漫的杂记《古人画水种种》，林定孚的词《调寄一枝春·寄外》，峻峻的杂记《战争游戏》，梁荔玲的杂记《正心修身》，东方一羽的杂记《〈早春二月〉柔石、鲁迅》；《华林》副刊刊载伟晶的短篇小说《东西南北》，续载姜滇的小说《瓦楞上的草》（四十三），白浪的小说《苦酒》（二）。

18日　《澳门日报·新园地》副刊刊载梅萼华《妙笔巧写画人家》（新地杂掇），冼得霖《谈诗家的脱胎换骨》（诗词评赏），胡晓风《电话中的女经纪》（濠江小唱）。

⊙　《华侨报·华座》副刊刊载书呆子的杂记《福尔摩斯格言》，庄吉发的杂记《秀才作弊》（上），峻峻的杂记《猩猩跳华尔兹》，梁荔玲的杂记《逍遥快事》，东方一羽的杂记《工务司到底想点？》；《华林》副刊刊载慕容奇的小说《火山之石神像》（一），续载姜滇的小说《瓦楞上的草》（四十四），白浪的小说《苦酒》（三）。

19日　《澳门日报·新园地》副刊载梅萼华《怪墨奇毫血泪辞》（新地杂掇），胡晓风《“情”何以堪》（濠江小唱）。

⊙　《华侨报·华座》副刊刊载慕华的杂记《争夺南极各出怪招》，中新的杂记《龙溪茶食名点东美糕》，甘戈的杂记《多才多艺的李笠翁》，梁荔玲的杂记《唔惦唔得》，东方一羽的杂记《电公司好似大晒》，海萍的杂记《牛奶·酸牛奶》，续载庄吉发的杂记《秀才作弊》（中）；《华林》副刊续载姜滇的小说《瓦楞上的草》（四十五），白浪的小说《苦酒》（四），慕容奇的小说《火山之石神像》（二）。

20日　《澳门日报·澳门街》刊载骆南侨《捏面人》（濠江风情）；《新园地》副刊载东瑞《为少年儿童创作》（随笔），梅萼华《不与时花竞短长》（新地杂掇），卓伦新诗《夏日》，胡晓风《无上装热潮》（濠江小唱）。

⊙　《华侨报·华座》副刊刊载王一芒的杂记《诗人笔下的荔枝》，梁荔玲的杂记《别忽略真言》，芷妮的杂记《金线》，峻峻的杂记《丐帮妆》，陈斌的杂记《时髦那里来？》，东方一羽的杂记《衙门之间的官司》，续载庄吉发的杂记《秀才作弊》（下）；《华林》副刊续载姜滇的小说《瓦楞上的草》（四十六），白浪的小说《苦酒》（五），慕容奇的小说《火山之石神像》（三）。

21日　《澳门日报·新儿童》刊载宝宝《贪心的小狮子》（童话故事）；《儿童园地》刊载濠江吕泽强《小报童》，同善堂吴素洁《谈小贩生涯》；《镜海》副刊刊载于恩的话剧《垃圾虫》，炜明《说〈清歌十八拍〉——写在四读之后》，姜苗的新诗《南国诗草》；《新园地》副刊刊载鲁茂《似夕阳在散余晖……》（斗室漫笔），葳蕤的新诗《春天的生命》，梅萼华《未有词人不工诗》（新地杂掇），胡晓风《历历》（濠江小唱）。

⊙　《华侨报·华座》副刊刊载慕华的杂记《假人帮助训练医生》，谢瀛华的杂记《夫妻间的亲密美学》，佟立章的诗《暑日登山觅句》，霖灿的杂记《其言也善》，梁荔玲的杂记《你同意吗？》（上），峻峻的杂记《飞跃的山羊》，东方一羽的杂记《跳楼！跳海！跳！》；《华林》副刊刊载英声的短篇小说《天才女作家》，续载姜滇的小说《瓦楞上的草》（四十七），白浪的小说《苦酒》（六）。

22日　《澳门日报·新园地》副刊刊载鲁茂《谐星》（斗室漫笔），梅萼华《吟坛拭目看新境》（新地杂掇），胡晓风《〈骆驼祥子〉三角》（濠江小唱），晴云的新诗《路灯》。

⊙　《华侨报·华青》副刊刊载丁韶的杂记《林逋的咏梅诗》，子薇的杂记《我毕业了》，钟文的杂记《温泉亭记》，陈满祥的杂记《印章》，蔡顺玲的杂记《澳门的一角》，杨达夫的杂记《作文，征文比赛》，一游的杂记《我爱阅读》，妮的杂记《回乡小记》，鸣草的杂记《我的国文先生》，信勤恒的杂记《角色与真我》；《华座》副刊刊载陈则平的杂记《汴女绣画胜于画》，佟立章的诗《蝶》，小漫的杂记《谒张衡墓》，罗肇锦的杂记《卸落迷信的黑袍》（上），东方一羽的杂记《酒·女人·老爷车》，续载梁荔玲的杂记《你同意吗？》（下）；《华林》副刊刊载陆琴的短篇小说《退一步》，续载姜滇的小说《瓦楞上的草》（四十八），白浪的小说《苦酒》（七）。

23日　《澳门日报·新园地》副刊刊载陶里《水》（斗室漫笔），梅萼华《高校统考的作文题》（新地杂掇），清北的新诗《血液的颜色》，胡晓风《敢乞》（濠江小唱）。

⊙　《华侨报·华座》副刊刊载慕华的杂记《日本掀起学英语热》，克嘉的杂记《吉他小谈》，佟立章的诗《南湾榕下寄怀柬心翁季老》，峻峻的杂记《同性恋的结婚蛋糕》，东方一羽的杂记《体育厅敢认错吗？》，梁荔玲的杂记《杀人者死？》，续载罗肇锦的杂记《卸落迷信的黑袍》（下）；《华林》副刊刊载仲平的短篇小说《酒后吐真言》，开始连载小说《深深的井》（至1983年9月28日止），续载姜滇的小说《瓦楞上的草》（四十九），白浪的小说《苦酒》（八）。

24日　《澳门日报·新园地》副刊刊载陶里《怀旧之外》（斗室漫笔），梅萼华《送彦火再到爱荷华》（上）（新地杂掇），石开《夏日话扇》（随笔），伊人的新诗《黄昏里》，胡晓风《“土地公公”未瞓醒》（濠江小唱）。

⊙ 《华侨报·华座》副刊刊载何适的杂记《美国孩子的课余生意经》，杂记《南张北溥》，佟立章的诗《纪梦》，梁荔玲的杂记《引导和体罚》，东方一羽的杂记《贪，嗔，痴！》；《华林》副刊刊载仲平的短篇小说《长发姑娘》，续载姜滇的小说《瓦楞上的草》（五十），白浪的小说《苦酒》（九）。

25日 《澳门日报·家庭》刊载林中英《八卦周刊》（门外门内），沈尚青《也谈嗲》（生活）；《新园地》副刊载梅萼华《送彦火再到爱荷华》（下）（新地杂掇），胡晓风《西湾之恋》（濠江小唱）。

⊙ 《华侨报·华座》副刊刊载吴行洁的杂记《生活在南极》，佟立章的诗《习静》，峻峻的杂记《制大鼓能手觅徒难》，墨斗的杂记《姑苏城外寒山寺》，梁荔玲的杂记《我的杀人犯朋友》，东方一羽的杂记《不该死的死了！》；《华林》副刊刊载慕容奇的小说《死琴音与地藏鼻》（一），续载姜滇的小说《瓦楞上的草》（五十一），白浪的小说《苦酒》（十）。

26日 《澳门日报·新园地》副刊载胡晓风《旧诗与新诗》（濠江小唱）。

⊙ 《华侨报·华座》副刊刊载墨斗的杂记《寒山寺的钟》，汪浩瀚的杂记《扇的闲话》，峻峻的杂记《山猪也有人宠爱》，东方一羽的杂记《包青天何在？》，梁荔玲的杂记《关起来的老虎和鱼缸里的鱼》，王一芒的杂记《香蕉古今谈》；《华林》副刊续载姜滇的小说《瓦楞上的草》（五十二），白浪的小说《苦酒》（十一），慕容奇的小说《死琴音与地藏鼻》（二）。

27日 《澳门日报》第二版刊载钟文显《秦牧吴紫风在珠海讲学》；《新园地》副刊刊载陶里《香港文学》（斗室漫笔），胡晓风《醉歌》（濠江小唱），冼得霖《孤光化作满河星》（诗词评赏）。

⊙ 《华侨报·华座》副刊刊载墨斗的杂记《枫桥话旧》，黄丽穗的杂记《美从快乐来》，楚舒的杂记《神来之笔生花》，秉新的杂记《宋朝名臣李纲》，梁荔玲的杂记《请收顽童》，峻峻的杂记《古雅的竹藤床》，东方一羽的杂记《“无上装”怀旧》；《华林》副刊刊载短篇小说《名流夫人》，慕容奇的小说《鸣琴石》，续载姜滇的小说《瓦楞上的草》（五十三），白浪的小说《苦酒》（十二）。

28日　《澳门日报·儿童园地》刊载培正小冰《忆外婆》，镜平蔡美云《我的母亲》；《镜海》副刊刊载卓伦《阿Q赞——电影〈阿Q正传〉观后》，梯亚《意识流问题——读〈文学的“出”与“入”〉有感》，永盛《西湾》，姜苗的新诗《南园诗草》，周和根的新诗《弟弟的爱（外二首）》；《新园地》副刊刊载陶里《学诗与朗诵》（斗室漫笔），朱仲玉《李后主与文房三宝》，胡晓风《香港问题会谈》（濠江小唱）。

29日　《澳门日报·新园地》副刊刊载王云《华侨妇女的悲惨历程》（书话），王文琴《木屐情》（随笔），胡晓风《傻女》（濠江小唱）。

⊙　《华侨报·华座》副刊刊载墨斗的杂记《沧浪亭写生》，晏涵文的杂记《相爱如己》，京华的诗《浪淘沙·游北海公园》，峰的杂记《想写》，梁荔玲的杂记《奇趣纪录片的处理？》，东方一羽的杂记《“机灵鬼”之类》；《华林》副刊续载苏伟贞的小说《天堂路远》（二），黄蓓佳的小说《请与我同行》（二），慕容奇的小说《黑部川疑阵》（十一）。

30日　《澳门日报·新园地》副刊刊载鲁茂《你睇我好，我睇你好》（斗室漫笔），胡晓风《烧掉电子游戏机》（濠江小唱），一哲《丁肇中求师的启示》（随笔），开始连载余龙马的小说《三侠闹官场》（至1983年11月3日止）。

⊙　《华侨报·华座》副刊刊载吴行洁的杂记《谈蛇何必色变》，海萍的杂记《暑天话汽水》，定法的杂记《一蓑烟雨任平生》，梁荔玲的杂记《正中下怀》，申章的杂记《西施舌是佳肴》，林定孚的诗《晨登松山偶感》，东方一羽的杂记《别苦了自己的子女》；《华林》副刊续载苏伟贞的小说《天堂路远》（三），黄蓓佳的小说《请与我同行》（三），慕容奇的小说《黑部川疑阵》（十二）。

31日　《澳门日报·新园地》副刊刊载鲁茂《足球圈吹淡风》（斗室漫笔），胡晓风《大人物的小孙子》（濠江小唱），卓伦的新诗《大海》，彤云《荔枝春秋》（随笔），杨永权《诗人赏月白天鹅》（生活素描）。

⊙ 《华侨报·旅游与乡土》副刊刊载墨斗的杂记《玄武湖漫步》，凌的杂记《日租三千美元酒店套房》，欣然的杂记《法国酒乡勃艮第》，美斯的杂记《希腊山区游屐》，宝宝的杂记《秀灵纳迦采风》；《华座》副刊刊载慕华的杂记《古代地图趣怪多》，于馥的杂记《王星记——扇子总汇》，芝芝的杂记《柔道趣谈》，峰的杂记《杂感三则》，梁荔玲的杂记《本地姜》，东方一羽的杂记《抢劫与繁荣安定》；《华林》副刊续载苏伟贞的小说《天堂路远》（四），黄蓓佳的小说《请与我同行》（四），慕容奇的小说《黑部川疑阵》（十三）。

八月

1日 《澳门日报·家庭》刊载林中英《两种境界》（门外门内），沈尚青《拾荒》（生活）；《新园地》副刊刊载东瑞《地铁里》（随笔），胡晓风《里根、电影与核》（濠江小唱），永盛《加班》（见闻录）。

⊙ 《华侨报·华座》副刊刊载王一芒的杂记《蝉声和蝉》，星鹤的杂记《回到书中去》，梁荔玲的杂记《其志可嘉》（上）；《华林》副刊续载苏伟贞的小说《天堂路远》（五），黄蓓佳的小说《请与我同行》（五），慕容奇的小说《黑部川疑阵》（十四）。

2日 《澳门日报·新园地》副刊刊载陶里《好诗》（斗室漫笔），胡晓风《欢乐的美国妹》（濠江小唱），曹何的七律《观莲杂咏（三首）》，钱之德《周蓓璃的书籍装帧艺术》（人物）。

⊙ 《华侨报·华座》副刊刊载克龄的杂记《一场惊险的音乐会》，戴奎的杂记《无纸办公室》，锡华的杂记《失仪》，峻峻的杂记《水云奇石》，胡晓风的《危险的十七岁》，续载梁荔玲的杂记《其志可嘉》（下）；《华林》副刊刊载慕容奇的小说《仇计与诅咒》（一），续载苏伟贞的小说《天堂路远》（六），黄蓓佳的小说《请与我同行》（六）。

3日 《澳门日报·新园地》副刊刊载陶里《口水多过茶》（斗室漫笔），石城《口啖龙眼忆当年》（随笔），胡晓风《利斯大厦之感》（濠江小唱），卓伦的新诗《秋》。

⊙ 《华侨报·华青》副刊刊载丁韶的杂记《“闹”字和“弄”字的艺术功力》，风筝的杂记《老人与社会》，禾青的杂记《暑假的必要》，司徒伯的杂记《阿荣的段落》，丽荔的杂记《新挑战》，周卓敏的杂记《灯塔》，千帆的杂记《偶感》，咏青的杂记《一个难忘的老者》，郭永文的杂记《肇庆星湖游》，海浪的杂记《心声》；《华座》副刊刊载于漫的杂记《护鸟自古有法令》，钱歌川的杂记《梦中作诗》（上），梁荔玲的杂记《寻寻觅觅》，东方一羽的杂记《话到加价便觉愁》，峻峻的杂记《疯狂小车》，海萍的杂记《凉茶消暑气》；《华林》副刊续载苏伟贞的小说《天堂路远》（七），黄蓓佳的小说《请与我同行》（七），慕容奇的小说《仇计与诅咒》（二）。

4日 《澳门日报·儿童园地》刊载同善堂孔碧珊《农家乐》，东南林司豪《马路如虎口》；《镜海》副刊刊载秦牧《初识兰州》，云力《诗的戏剧性》，郑炜明《宁静的星期六下午》，立维的新诗《凼仔诗草》，黎任的新诗《四方行脚》；《新园地》副刊刊载东瑞《具像》（随笔），胡晓风《此警横霸》（濠江小唱），杨伟群的古风《白天鹅顶楼宵吟》，子明《产房一景》。

⊙ 《华侨报·华座》副刊刊载书呆子的杂记《文坛怪杰的人生观》，梁荔玲的杂记《驿站》，东方一羽的杂记《有这样的救生员？！》，续载钱歌川的杂记《梦中作诗》（下）；《华林》副刊续载苏伟贞的小说《天堂路远》（八），黄蓓佳的小说《请与我同行》（八），慕容奇的小说《仇计与诅咒》（三）。

5日 《澳门日报·新园地》副刊刊载鲁茂《电影插曲》（斗室漫笔），毕山《香港作家小说选》（书话），王伟轩《庆佛山诗社成立》，胡晓风《一从》（濠江小唱）。

⊙ 《华侨报·华座》副刊刊载梁荔玲的诗《偶有出尘之想赋此寄意》，缪家群的杂记《苏州折扇和檀香扇》，梁荔玲的杂记《“揾银”与“领导者”》，东方一羽的杂记《出租车司机莫乱扒头》，宝之的杂记《古老的拨弹牙器月琴》；《华林》副刊续载苏伟贞的小说《天堂路远》（九），黄蓓佳的小说《请与我同行》（九），慕容奇的小说《仇计与诅咒》（四）。

6日　《澳门日报·新园地》副刊刊载鲁茂《泰国》（斗室漫笔），梅萼华《许礼平的装帧》（新地杂掇），金良的新诗《夜访“珠海宾馆”（两首）》，胡晓风《为爱》（濠江小唱），丁璐《凌晨“消遣”》，子明《约会》。

⊙　《华侨报》第二版刊载新闻《上海正编纂长达一千万言〈中国新文学大系〉续集，卷帙浩繁预计全书一九八五年出齐》；《华座》副刊刊载慕华的杂记《睡床趣事知多少》，子韵的杂记《丘吉尔遇难成伟人》，梁荔玲的杂记《要我背道而驰？》，峻峻的杂记《为你绣一双漂亮的眉》；《华林》副刊续载苏伟贞的小说《天堂路远》（十），黄蓓佳的小说《请与我同行》（十），慕容奇的小说《仇计与诅咒》（五）。

7日　《澳门日报·新园地》副刊刊载梅萼华《缘缘堂集外遗文》（新地杂掇），胡晓风《一杯黑咖啡》（濠江小唱），明的新诗《诗两首》。

⊙　《华侨报·华座》副刊刊载王一芒的杂记《蚂蚁山·蚂蚁蛋·蚂蚁酒》，黄衫客的杂记《鸡仔饼的始创人》，梁荔玲的杂记《没有章法的人》，峻峻的杂记《二十七寸的丈夫》；《华林》副刊续载苏伟贞的小说《天堂路远》（十一），黄蓓佳的小说《请与我同行》（十一），慕容奇的小说《仇计与诅咒》（六）。

8日　《澳门日报·家庭》刊载林中英《浪漫的拾荒》（门外门内），沈尚青《造作》（生活）；《新园地》副刊刊载梅萼华《承教小记》（新地杂掇），玉文的新诗《心》，雪松《〈金瓶梅〉与〈清明上河图〉》（知识小品），胡晓风《靓妹仔与最佳女角奖》（濠江小唱）。

⊙　《华侨报·旅游与乡土》副刊刊载墨斗的杂记《苏州狮子林玩景写生》，欣欣的杂记《夏游冰岛》，静雯的杂记《现代化原始风光》，宝鸿的杂记《东欧花都怡情记》，翎翎的杂记《逍遥宿务行》；《华座》副刊刊载王一芒的杂记《蚂蚁山·蚂蚁蛋·蚂蚁酒》，南熏的杂记《沧浪亭话旧》，峻峻的杂记《耶稣也穿牛仔裤？》，梁荔玲的杂记《知错肯定改》，东方一羽的杂记《贫贱夫妻百事哀》；《华林》副刊续载苏伟贞的小说《天堂路远》（十二），黄蓓佳的小说《请与我同行》（十二），慕容奇的小说

《仇计与诅咒》（七）。

9日 《澳门日报·新园地》副刊刊载陶里《同性恋》（斗室漫笔），梅萼华《率真幽默的画》（新地杂掇），冼得霖《洞庭空阔吟怀远》（诗词评赏），穆翼《爱书篇》（随笔），胡晓风《中国女篮冲向世界》（濠江小唱）。

⊙ 《华侨报·华座》副刊刊载克龄的杂记《米勒的改变》，陈普白的杂记《中国宝物展览》，梁荔玲的杂记《鹊桥会》，东方一羽的杂记《未到中秋便说饼》，林定孚的词《调寄一痕沙》；《华林》副刊续载苏伟贞的小说《天堂路远》（十三），黄蓓佳的小说《请与我同行》（十三），慕容奇的小说《仇计与诅咒》（八）。

10日 《澳门日报·澳门街》刊载骆南侨《建筑工人》（濠江风情）；《新园地》副刊载陶里《王力教授》（斗室漫笔），梅萼华《丰子恺漫画》（新地杂掇），穆翼《爱书续篇》（随笔），胡晓风《十七岁之悼》（濠江小唱），楼外楼的新诗《仲夏夜随想》。

⊙ 《华侨报·华座》副刊刊载夏川的杂记《南北炎热大不同》，峻峻的杂记《永不陨落的诗坛巨星》，《忆上海》，东方一羽的杂记《血影刀光够热闹》；《华林》副刊续载苏伟贞的小说《天堂路远》（十四），黄蓓佳的小说《请与我同行》（十四），慕容奇的小说《仇计与诅咒》（九）。

11日 《澳门日报·儿童园地》副刊刊载培正邝昀《萤火虫》，圣心甘卓颖《郊外旅行》；《镜海》副刊载范怀烈《浩瀚的珠江口海域——海行三日记之一》，林丽萍《覆来信》，林中英《初出茅庐》，明的新诗《表》，吴淑佃《〈中国古典诗歌评论集〉谈》；《新园地》副刊刊载陶里《夏夜》（斗室漫笔），梅萼华《“诲淫”之作被拒出版》（新地杂掇），菊庵的七绝《评画绝句》，胡晓风《旧式婚姻的悲剧》（濠江小唱）。

⊙ 《华侨报·华座》副刊刊载赵慕嵩的杂记《日本爸爸的“晚饭”》，杨翎的杂记《作品题目拾趣》，祥叔的诗《冲破迷篱莫求死》，梁荔玲的杂记《下笔的时候》，夏竞人的杂记《严州致中和五茄皮酒》，古国骏的杂记《超大型气球》，东方一羽的杂记《看落太不公平》；《华林》副刊刊载慕容奇的小说《双切腹》（一），东方白的小说《梅花操》（一），续载黄蓓佳的小说《请与我同行》（十五）。

12日 《澳门日报·新园地》副刊刊载陶里《法治题外》（斗室漫笔），梅萼华《程十发的鲁迅连环画》（新地杂掇），菊庵的七绝《评画绝句》，胡晓风《想起萧红》（濠江小唱）。

⊙ 《华侨报·华座》副刊刊载杨丽芳的杂记《青春的呼唤》，穆基的杂记《她没有变坏》，峻峻的杂记《骆驼大赛》，锡华的杂记《惧内》，梁荔玲的杂记《格言?》；《华林》副刊续载东方白的小说《梅花操》（二），黄蓓佳的小说《请与我同行》（十六），慕容奇的小说《双切腹》（二）。

13日 《澳门日报·新园地》副刊刊载梅萼华《丁聪的〈鲁迅小说插图〉》（新地杂掇），杨永权的七绝《澳门日报创刊二十五周年志庆》，胡晓风《玉婆年底八披婚纱》（濠江小唱）。

⊙ 《华侨报·华座》副刊刊载峻峻的杂记《火腿沙发椅》，黑斗的杂记《七月话烧衣》，梁荔玲的杂记《但愿长醉不愿醒》，东方一羽的杂记《岂有此理的事》；《华林》副刊续载东方白的小说《梅花操》（三），黄蓓佳的小说《请与我同行》（十七），慕容奇的小说《双切腹》（三）。

14日 《澳门日报·新园地》副刊刊载怀嘉《回忆澳门日报创刊》，梅萼华《范曾的〈鲁迅小记插图集〉》（新地杂掇），胡晓风《这些事说明什么？》（濠江小唱），潘佛章的七绝《纪念黄仲则逝世二百周年》。

⊙ 《华侨报·华座》副刊刊载佟立章的诗《独坐遣怀》，翔的杂记《大胆的探索》，芊漫的杂记《采石矶漫记》，梁荔玲的杂记《女人乐园》，宝宝的杂记《杭州金鱼》，东方一羽的杂记《为饮水苦人不如马》；《华林》刊载慕容奇的小说《还琴记》（一），续载东方白的小说《梅花操》（四），黄蓓佳的小说《请与我同行》（十八）。

15日 《澳门日报·新园地》副刊刊载鲁茂《恭喜发才！——报庆祝〈新园地〉》（斗室漫笔），梅萼华《报庆随感》（新地杂掇），石城《教学者如扶醉人》（杂感），胡晓风《四分之一世纪之祝》（濠江小唱），《家庭》刊载沈尚青《巧咀》（生活），林中英《神经过敏》（门外门内）。

⊙ 《华侨报·华座》副刊刊载吕理甡的杂记《傲视全球的〈读卖新闻〉》，

佟立章的诗《读田汉剧本有作》，庄伯和的杂记《至美无美》，梁荔玲的杂记《落日》；《华林》副刊续载东方白的小说《梅花操》（五），黄蓓佳的小说《请与我同行》（十九），慕容奇的小说《还琴记》（二）。

16日 《澳门日报·新园地》副刊刊载鲁茂《也谈卡通》（斗室漫笔），梅萼华《续貂谈王力教授》（新地杂掇），李浩泉《文与可咏竹》，胡晓风《“齐人”之家的纠纷》（濠江小唱）。

⊙ 《华侨报·华座》副刊刊载芊漫的杂记《动物自己治病的研究》，佟立章的诗《醉后作》，李晓丹的杂记《朋友》，梁荔玲的杂记《女人的生活圈》，慕华的杂记《爱尔兰年青画家成长》，东方一羽的杂记《最佳广告包装》；《华林》副刊续载东方白的小说《梅花操》（六），黄蓓佳的小说《请与我同行》（二十），慕容奇的小说《还琴记》（三）。

17日 《澳门日报·澳门街》刊载骆南侨《邮差》（濠江风情）；《新园地》副刊刊载鲁茂《学诗》（斗室漫笔），梅萼华《龙虫并雕斋琐语》（新地杂掇），胡晓风《七夕》（濠江小唱），江之北《绘画与读书》。

⊙ 《华侨报·华青》副刊刊载甘韶的杂记《漫谈“出淤泥而不染”》，风铃的杂记《夏日早晨》，信勤恒的杂记《恼怒之种子》，杨达夫的杂记《逛书店》，咏青的杂记《路》，千帆的杂记《书》，周和根的杂记《丝绸之路》，张月莲的杂记《暑假生活》，方舟的杂记《谈交友》，木行的杂记《夕阳》，周和根的诗《运动鞋》；《华座》副刊刊载东尼的杂记《三角洲的迷离》，佟立章的诗《晨起观日》，黄衫客的杂记《谈花地杨桃忆苏农》，于芊的杂记《暑夏中的裙裳》，梁荔玲的杂记《不用枉花时间了》，东方一羽的杂记《这又是谁之错？》；《华林》副刊续载东方白的小说《梅花操》（七），黄蓓佳的小说《请与我同行》（二十一），慕容奇的小说《还琴记》（四）。

18日 《澳门日报·镜海》副刊刊载秦燕《浅谈诗和戏剧——读〈诗的戏剧性〉有感》，杨羽仪《淘金人家》，谭兴全《冬的宁谧》，叶贵宝《散文三题》，凌钝《五点半以后》；《新儿童》刊载宁儿《月亮为什么会跟着人走》（童话故事）；《儿童园地》刊载妇校冯翠柳《阅读课外书的好处》，培正小冰的新诗《烟花》，同善堂吴凤茵《我们在学校里幸福地成长》；《新园地》副刊刊载陶里《非创造性思维》（斗室漫笔），梅萼华《王了一译〈恶之花〉》（新地杂掇），胡晓风《禽言四首》（濠江小唱），梯亚新诗《纪录片》。

⊙ 《华侨报·华座》副刊刊载佟立章的诗《七夕》，文泽的杂记《“鹬蚌相争”在上海》，风采的杂记《郑板桥篆刻的风趣》，秉新的杂记《杜甫与李白的友情》，楚舒的杂记《连环画的演进》，梁荔玲的杂记《今时唔同往日》，东方一羽的杂记《关于“织女牛郎”》；《华林》副刊续载东方白的小说《梅花操》（八），黄蓓佳的小说《请与我同行》（二十二），慕容奇的小说《还琴记》（五）。

19日 《澳门日报·新园地》副刊刊载陶里《冒牌商品》（斗室漫笔），梅萼华《古文小品咀华》（新地杂掇），胡晓风《泰妹》（濠江小唱）。

⊙ 《华侨报·华座》副刊刊载克龄的杂记《比药石还灵的画》，陈永盛的杂记《博取众长，融汇贯通》，楚舒的杂记《特殊图画〈贝叶经〉》，梁荔玲的杂记《永不言退休的年代》，东方一羽的杂记《“石硖”与九折》；《华林》副刊续载东方白的小说《梅花操》（九），黄蓓佳的小说《请与我同行》（二十三），慕容奇的小说《还琴记》（六）。

20日 《澳门日报·新园地》副刊刊载陶里《学生之言》（斗室漫笔），梅萼华《鲁迅祖父的藏本》（新地杂掇），胡晓风《关公发“火”》（濠江小唱），田隽人的词《临江仙·夜归》）。

⊙ 《华侨报·华座》副刊刊载慕华的杂记《你了解家猫么？》，克龄的杂记《车票上的乐曲》，席慕蓉的杂记《飘蓬》（上），古国骏的杂记《斜张式桥梁》，史舆的杂记《更古的“丝绸之路”》，书呆子的杂记《小事注意大事百成》，东方一羽的杂记《“乱”与“等”》；《华林》副刊刊载慕容奇的小说《铃个森刑场》（一），续载东方白的小说《梅花操》（十），黄蓓佳的小说《请与我同行》（二十四）。

21日 《澳门日报》第二版刊载《名作家秦牧“遇救”记》（特稿）；《新园地》副刊刊载陶里《电视·电影》（斗室漫笔），梅萼华《鲁迅的祖父》

（新地杂掇），王文琴《在医院里》（生活素描），胡晓风《无牌铁骑士》（濠江小唱）。

⊙ 《华侨报》第二版刊载新闻《〈徐光启著译集〉陆续整理出版》［为纪念中国明代杰出科学家徐光启逝世三百五十周年（11月2日），上海古籍出版社最近陆续整理出版了《徐光启著译集》］；《华座》副刊刊载多龄的杂记《潇湘艺苑花盛开》，中新的杂记《番石榴》，朱丽贤的杂记《端砚和日本人》，谢鹏雄的杂记《科幻剧》，续载席慕容的杂记《飘蓬》（下）；《华林》副刊续载东方白的小说《梅花操》（十一），黄蓓佳的小说《请与我同行》（二十五），慕容奇的小说《铃个森刑场》（二）。

22日 《澳门日报·家庭》刊载林中英《不够老友》（门外门内），沈尚青《来不及想》（生活）；《新园地》副刊刊载鲁茂《司仪和演戏》（斗室漫笔），胡晓风《气象失准》（濠江小唱），梅萼华《把遗体交给医学界》（新地杂掇），冼得霖《评倪瓒的两首诗》（诗词评赏），卓伦的新诗《夕阳》。

⊙ 《华侨报·华座》副刊刊载楚舒的杂记《正史·野史·稗史》，梁荔玲的杂记《闲情》，峰的杂记《改》，东方一羽的杂记《从教师谈到托儿所》；《华林》副刊续载东方白的小说《梅花操》（十二），黄蓓佳的小说《请与我同行》（二十六），慕容奇的小说《铃个森刑场》（三）。

23日 《澳门日报·新园地》副刊刊载鲁茂《"西安事变"中的土话》（斗室漫笔），梅萼华《丧礼与遗体》（新地杂掇），东瑞《〈新园地〉与我》（随笔），雪松《张恨水和他的〈啼笑因缘〉》（文坛轶话），胡晓风《剜肉偷生》（濠江小唱）。

⊙ 《华侨报·华座》副刊刊载方文的杂记《非苦练不能成功的芭蕾舞》，王一芒的杂记《长寿之道》，黄衫客的杂记《佛山盲公饼的来历》，慕华的杂记《新奇单车向后踏》，梁荔玲的杂记《马死落地行》，吕达的杂记《婚姻观念》；《华林》副刊续载东方白的小说《梅花操》（十三），黄蓓佳的小说《请与我同行》（二十七），慕容奇的小说《铃个森刑场》（四）。

24日 《澳门日报·澳门街》刊载骆南侨《暑天的木屋》（濠江风情）；《新园

地》副刊刊载梅萼华《湖畔诗人的愤怒》（新地杂掇），汪静之的新诗《莫把西施变母猴》，胡晓风《未出嫁的妈妈》（濠江小唱）。

⊙　《华侨报·华座》副刊刊载蜚鸿的杂记《小梅瓶》，史舆的杂记《中国皮影戏》，老牛的杂记《花情鸟趣》，夏华的杂记《水漫喜峰口》，梁荔玲的杂记《只怕有心人》，东方一羽的杂记《印字T恤与“自由”》；《华林》副刊续载东方白的小说《梅花操》（十四），黄蓓佳的小说《请与我同行》（二十八），慕容奇的小说《铃个森刑场》（五）。

25日　《澳门日报·新儿童》刊载小彤《熊的短尾巴》（童话故事）；《儿童园地》刊载劳校王伟雄《节约的好处》，濠小吕泽强《大雨中》；《镜海》副刊刊载再斯《生之梦》，明的新诗《黑沙的黄昏（外一首）》，姜苗的新诗《南园诗草》；《新园地》副刊刊载梅萼华《风景名胜与厂矿》（新地杂掇），李炎芝《花卉丛中爱哪株》（随笔），冼得霖的词《琵琶仙》，胡晓风《别墅藏春》（濠江小唱）。

⊙　《华侨报·华座》副刊刊载峰的杂记《无题》，万坤柱的杂记《午夜的太阳》，梁荔玲的杂记《感受各异》，温珊的杂记《广州别名知多少》，东方一羽的杂记《马尼拉机场的一幕》；《华林》副刊续载东方白的小说《梅花操》（十五），黄蓓佳的小说《请与我同行》（二十九），慕容奇的小说《铃个森刑场》（六）。

26日　《澳门日报·新园地》副刊刊载穆翼《体罚该破除了》（杂感），梅萼华《风景与气候》（新地杂掇），张望的新诗《愿——为〈澳门日报〉创刊二十五周年而作》，胡晓风《偷它一偷》（濠江小唱）。

⊙　《华侨报·华座》副刊刊载高达的杂记《师的尊严》，晓风的杂记《夜间的花——睡莲》，梁荔玲的杂记《不文骚》（上），东方一羽的杂记《合作·扰民·告状》；《华林》副刊续载东方白的小说《梅花操》（十六），黄蓓佳的小说《请与我同行》（三十），慕容奇的小说《铃个森刑场》（七）。

27日　《澳门日报·新园地》副刊刊载王云《川端康成及其“掌篇”》（文坛轶话），杨永权的词《菩萨蛮》，一哲《道之所存，师之所存》（随笔），胡晓风《“天仙”何不送财？》（濠江小唱）。

⊙ 《华侨报·华座》副刊刊载慕华的杂记《顽童作弄百事可乐》，佟立章的诗《题照》，丰宜的杂记《太湖形成的神话》，陈书华的杂记《一分钟》，定法的杂记《囚徒，作家所想到的》，楚舒的杂记《姜太公钓鱼》，东方一羽的杂记《“摧花”两题》，续载梁荔玲的杂记《不文骚》（下）；《华林》副刊续载东方白的小说《梅花操》（十七），黄蓓佳的小说《请与我同行》（三十一），慕容奇的小说《铃个森刑场》（八）。

28日 《澳门日报·新园地》副刊刊载吴钧《王映霞与王莹》（人物），石城《增添知识话旅游》（随笔），小松的新诗《夜思》，胡晓风《离巢二燕》（濠江小唱）。

⊙ 《华侨报·华座》副刊刊载佟立章的诗《题李守真金鱼图》，杨子的杂记《夏日最后的荔枝》，王一芒的杂记《昆虫世界的翩翩公子》，梁荔玲的杂记《片商需要的是“叫座”》，东方一羽的杂记《从严，从宽，从恕》；《华林》副刊续载东方白的小说《梅花操》（十八），黄蓓佳的小说《请与我同行》（三十二），慕容奇的小说《铃个森刑场》（九）。

29日 《澳门日报·家庭》载沈尚青《初生之犊》（生活），林中英《恢复疲劳》（门外门内）；《新园地》副刊刊载鲁茂《谈粤剧唱腔》（斗室漫笔），冼得霖《浩然气·快哉风》（诗词评赏），胡晓风《好坏也出名》（濠江小唱）。

⊙ 《华侨报·华座》副刊刊载慕华的杂记《可以穿着的艺术品》，思威的杂记《手势的奥秘》，龙樵孙的词《浣溪沙怀古》，于漫的杂记《鹦鹉和它的故事》，梁荔玲的杂记《公愤的事情》，峻峻的杂记《狐鸡相亲》，东方一羽的杂记《下堂而去的女人》；《华林》副刊续载东方白的小说《梅花操》（十九），黄蓓佳的小说《请与我同行》（三十三），慕容奇的小说《铃个森刑场》（十）。

30日 《澳门日报·新园地》副刊刊载鲁茂《死刑》（斗室漫笔），曹何的七律《诗二首》，胡晓风《钓鱼的悲剧》（濠江小唱）。

⊙ 《华侨报·华座》副刊刊载诗《题王维宝李筱孙程家焕严树芬》，多龄的杂记《火球》，杨子的杂记《世间的婚姻》，梁荔玲的杂记《把生活丰富起来》；《华林》副刊刊载慕容奇的小说《足利家朔刀·宝刀篇》（一），续载东方白的小说《梅花操》（二十），黄蓓佳的小说《请与我同行》（三十四）。

31日　《澳门日报·澳门街》刊载骆南侨《木屋区》（濠江风情）；《新园地》副刊刊载陶里《寺院文化及其他》（斗室漫笔），胡晓风《旧作之一》（濠江小唱）。

⊙　《华侨报·华青》副刊刊载甘诏的杂记《漫谈多读和多写》，咏青的杂记《红绿灯》，郭永文的杂记《北京行》（一），鸣草的杂记《敌人》，杨达夫的杂记《礼貌》，风筝的杂记《我的第一次》，蔡顺玲的杂记《小长工》，自修生的杂记《诗词与我的生活》，莫需飞的杂记《读书》，信恒的杂记《探访记》；《华座》副刊刊载黄慰萱的杂记《酒保的音乐》，书呆子的杂记《时代与民族的喉舌》，克嘉的杂记《文天祥祠小记》，黄天的杂记《商务印书馆献"国宝"》，梁荔玲的杂记《慨言》，东方一羽的杂记《想起自己当年》；《华林》副刊刊载张小凤的小说《煤球》（一）。

九月

1日　《澳门日报·新儿童》刊载小彤《风和太阳谁的本领大》（童话故事）；《儿童园地》载菜农钟志立《忆往事》，圣若瑟霍思诗《童年梦》；《镜海》副刊刊载云惟利《徐志摩的单纯信仰》，余振中《刀锋冷，热情未冷……》，范怀烈《石矿场，猪场和家用发电机——海上日记之二》；《新园地》副刊刊载陶里《机场一景》（斗室漫笔），胡晓风《旧作之二》（濠江小唱）。

⊙　《华侨报·华座》副刊刊载慕华的杂记《日本妇女大吐苦水》，陈寒碧的词《荷叶杯》，杨博的杂记《夜的随想》，峻峻的杂记《美哉！古典烛台》，于馥的杂记《形形式式的舌头》，梁荔玲的杂记《是冤还是孽？》，东方一羽的杂记《花完又再加》；《华林》副刊续载张小凤的小说《煤球》（二），黄蓓佳的小说《请与我同行》（三十五），慕容奇

的小说《足利家朔刀·宝刀篇》（二）

2日　《澳门日报·新园地》副刊载胡晓风《卖冻豆浆的小女孩》（濠江小唱），开始连载周桐小说《晚晴》（至1984年7月12日止）。

⊙　《华侨报·华座》副刊刊载甘弋的杂记《杜甫草堂知多少》，墨斗的杂记《白马寺诗刻集钞》，峻峻的杂记《可爱的面具人》，东方一羽的杂记《到底谁在胡言》；《华林》副刊刊载梁荔玲的杂记《送稿狂想曲》（上），续载张小凤的小说《煤球》（三），黄蓓佳的小说《请与我同行》（三十六），慕容奇的小说《足利家朔刀·宝刀篇》（三）。

3日　《澳门日报·新园地》副刊刊载独孤月的新诗《大三巴牌坊》，胡晓风《如梦令》（濠江小唱）。

⊙　《华侨报·华座》副刊刊载王一芒的杂记《气味语言趣谈》，峻峻的杂记《绿岛，揭开了神秘的面纱》，林定孚的诗《题画梅花》，东方一羽的杂记《茨林围表现得好》；《华林》副刊续载梁荔玲的杂记《送稿狂想曲》（中），张小凤的小说《煤球》（四），黄蓓佳的小说《请与我同行》（三十七），慕容奇的小说《足利家朔刀·宝刀篇》（四）。

4日　《澳门日报·新园地》副刊刊载胡晓风《谋杀大空难》（濠江小唱）。

⊙　《华侨报·华座》副刊刊载毅刚的杂记《书画情溢望海楼》，蓝岚的诗《假如》，甘戈的杂记《谁是“苏门四学士”》，李天德的杂记《熊猫之乡》，思威的杂记《秃子大会》，峻峻的杂记《艳阳下的巨鳌》，东方一羽的杂记《败胜与忧喜说话》；《华林》副刊续载梁荔玲的杂记《送稿狂想曲》（下），张小凤的小说《煤球》（五），黄蓓佳的小说《请与我同行》（三十八），慕容奇的小说《足利家朔刀·宝刀篇》（五）。

5日　《澳门日报·家庭》刊载林中英《气色之类》（门外门内），沈尚青《开课前夕》（生活）；《新园地》副刊刊载鲁茂《新词旧意》（斗室漫笔），彤云《龙的形象》（随笔），苏晨《吉兆》（砺堂散墨），林水木的新诗《诗两首》，若姬《看书·爱书》（见闻录），胡晓风《忽然想到》（濠江小唱）。

⊙　《华侨报·华座》副刊刊载慕华的杂记《航机上有游戏机》，曾传荣的诗

《题黄安仁〈桃溪秋色〉》，隐地的杂记《心的挣扎》，墨斗的杂记《地名与桥名对联》，梁荔玲的杂记《我算是“花心”？》，峻峻的杂记《白蛇》，东方一羽的杂记《灭绝人性的霸相》；《华林》副刊续载张小凤的小说《煤球》（六），黄蓓佳的小说《请与我同行》（三十九），慕容奇的小说《足利家朔刀·宝刀篇》（六）

6日　《澳门日报·新园地》副刊刊载鲁茂《银幕一片鬼影幢幢》（斗室漫笔），刘逸生的七绝《旅大行脚诗》，穆翼《郑逸梅和〈艺林散叶〉》（书话），胡晓风《愿她恶梦终有醒时》（濠江小唱）。

⊙　《华侨报·华座》副刊刊载慕华的杂记《戒酒今幸有妙药》，寸草生的杂记《劫余喜晤》，宋力的杂记《体察入微·入画传神》，都菊兴的杂记《希腊女船王的恋情》，书呆子的杂记《名记者的报恩主义》，梁荔玲的杂记《平凡的日子》，东方一羽的杂记《是死前疯狂吗？》；《华林》副刊续载张小凤小说《煤球》（七），黄蓓佳的小说《请与我同行》（四十），慕容奇的小说《足利家朔刀·宝刀篇》（七）。

7日　《澳门日报·澳门街》刊载骆南侨《老教师》（濠江风情）；《新园地》副刊刊载胡晓风《小凌婚讯》，冼得霖《风物忆江南》（诗词评赏），刘逸生的七绝《旅大行脚诗》。

⊙　《华侨报·华座》副刊刊载京华的诗《浣溪沙》，王一芒的杂记《岩洞石笋和钟乳石》，梁荔玲的杂记《远去了的》，楚舒的杂记《中国古代的船宴》，克龄的杂记《邓散木趣闻》，东方一羽的杂记《引出一串疑问》；《华林》副刊刊载慕容奇的小说《切腹图复仇》（一），续载张小凤小说《煤球》（八），黄蓓佳的小说《请与我同行》（四十一）。

8日　《澳门日报》第八版刊载新闻《晓角业余话剧社招本年度新社员》；《新儿童》载叮当《不喜欢人家奉承的狮子》（寓言）；《儿童园地》刊载培正小雅《一个难忘的老者》，商训苏健忠《失败与成功》；《镜海》副刊刊载黎任的新诗《囱仔诗草》，徐岷《蒲公英》，小M的新诗《珠海渔女（外一首）》，云惟利《徐志摩的单纯信仰》，梯亚《向性十八——一篇法国新小说》；《新园地》副刊刊载苏晨《知己》（砺堂散墨），蓝天海

《岭南大家屈大均》（人物），胡晓风《懒洋洋的下午》（濠江小唱），刘逸生的七绝《旅大行脚诗》。

⊙ 《华侨报·华座》副刊刊载于馥的杂记《树海猎奇》，江朗的杂记《龙的桥镇》，吕清夫的杂记《传统之眼》，梁荔玲的杂记《无意的开始》，东方一羽的杂记《争产，风流鬼》，区潜云的杂记《李后主与牵机药》；《华林》副刊续载张小凤的小说《煤球》（九），黄蓓佳的小说《请与我同行》（四十二），慕容奇的小说《切腹图复仇》（二）。

9日 《澳门日报·新园地》副刊刊载刘逸生的七绝《旅大行脚诗》，黄天《“国宝”这菜真好！》（书话），石开《无心插柳柳成荫》（随笔），胡晓风《又见月饼》（濠江小唱）。

⊙ 《华侨报·华座》副刊刊载蔡文怡的杂记《宝物藏他乡》，小漫的杂记《环秀山庄漫记》，梁荔玲的杂记《命运的开始》，东方一羽的杂记《自动与被动失踪》；《华林》副刊续载张小凤的小说《煤球》（十），黄蓓佳的小说《请与我同行》（四十三），慕容奇的小说《切腹图复仇》（三）。

10日 《澳门日报·新园地》副刊刊载苏晨《核舟》（砺堂散墨），玉文的新诗《街道》，陈洁《朱彊村两浙词人祠堂联》（艺林），胡晓风《关乎衣着》（濠江小唱），朱贵《台风下》。

⊙ 《华侨报·华座》副刊刊载萧传文的杂记《哭墙下的一群》，墨斗的杂记《南岳老虎和尚》，梁荔玲的杂记《转送他人》，峻峻的杂记《发画》，东方一羽的杂记《是非都为多开口》；《华林》副刊续载张小凤的小说《煤球》（十一），黄蓓佳的小说《请与我同行》（四十四），慕容奇的小说《切腹图复仇》（四）。

11日 《澳门日报·新园地》副刊刊载彤云《散文赏析“美文一束”》（书话），冯刚毅的七律《诗三首》，胡晓风《“爱伦”来了又去了》（濠江小唱）。

⊙ 《华侨报·旅游与乡土》副刊刊载宛娴的杂记《我参观丘吉尔故居》，欣欣的杂记《在欧洲游火车河》，黑斗的杂记《访我国第一座佛寺——白马寺》，望云的杂记《星加坡南部岛屿寻幽》，杨帆的杂记《尼亚加拉大瀑布观奇冒险》，静华的杂记《温莎堡内娃娃屋》；《华座》副刊刊载陈寒碧的词《临江仙》，白丁的杂记《大型画册〈国宝〉》，梁荔玲的杂记《开始流浪生活？》，东方一羽的杂记《斗正·斗靓·斗平》；《华林》副刊续载张小凤的小说《煤球》（十二），黄蓓佳的小说《请与我同行》（四十五），慕容奇的小说《切腹图复仇》（五）。

12日　《澳门日报·家庭》刊载沈尚青《心痛》（生活），林中英《书包》（门外门内）；《新园地》副刊刊载苏晨《一张拓片》（砺堂散墨），鲁茂《小城有小城的好处》（斗室漫笔），周志《咏月的诗和月的雅号》，胡晓风《魂兮归来》（濠江小唱）。

⊙　《华侨报·华座》副刊刊载克龄的杂记《齐白石写“烤”字》，墨斗的杂记《拙政园亭台楼阁名考》，思威的杂记《美国鬼节所见》，峻峻的杂记《大结他音乐博物馆》，梁荔玲的杂记《人兽都有爱恨》，书呆子的杂记《尼采之言》，东方一羽的杂记《羽、乒之败及其它》；《华林》副刊续载张小凤的小说《煤球》（十三），黄蓓佳的小说《请与我同行》（四十六），慕容奇的小说《切腹图复仇》（六）。

13日　《澳门日报·新园地》副刊刊载鲁茂《成名的“快捷方式”》（斗室漫笔），田隽人宋词《浣溪沙》，胡晓风《妈阁古榕之悼》（濠江小唱）。

⊙　《华侨报·华座》副刊刊载芊漫的杂记《漫步海南岛植物王国》，峰的诗《龙》，墨斗的杂记《栖霞山上千佛岩》，梁荔玲的杂记《我们都需要勇敢和坚强》，峻峻的杂记《树蛙与角蛙》，东方一羽的杂记《听伯台一席话》；《华林》副刊续载张小凤的小说《煤球》（十四），黄蓓佳的小说《请与我同行》（四十七），慕容奇的小说《切腹图复仇》（七）。

14日　《澳门日报·新园地》副刊刊载王云《狄更斯与“块肉余生”》（文坛轶话），陶里《鼓浪屿》（斗室漫笔），加里非的新诗《眼睛——题八月六日澳门日报第一版的一幅新闻图片》，胡晓风《如此“郎中”何？！》（濠江小唱）。

⊙　《华侨报·华座》副刊刊载果里的杂记《河边诱捕吞鹿蛇》，克龄的杂记《关汉卿和活窦娥》，黄衫客的杂记《四面佛》，梁荔玲的杂记《会否易地而处？》，东方一羽的杂记《谁支助劫后渔民？》；《华林》副刊刊载慕容奇的小说《龟菊小姬》（一），续载张小凤的小说《煤球》（十五），黄蓓佳的小说《请与我同行》（四十八）。

15日 《澳门日报·新儿童》刊载陶陶《第一枚邮票的发明人》；《儿童园地》刊载濠江吕泽强《芦笛岩游记》，同善堂周妙欢《我的家庭》；《镜海》副刊刊载立维的新诗《四方行脚》，石开《灯下忆想》，周和根的新诗《短诗一束》，雪草《雨中》，范怀烈《航道的眼睛——海行三日记之三》，云惟利《徐志摩的单纯信仰》；《新园地》副刊刊载陶里《照片》（斗室漫笔），思源新诗《传呼机》，苏晨《佛的劫难》（砺堂散墨），胡晓风《高兴变成尴尬》（濠江小唱）。

⊙ 《华侨报·华青》副刊刊载榴火的杂记《何妨一试》，司徒伯的杂记《银河铁道九九九》，木行的杂记《义工》，蔡顺玲的杂记《一件小事》，子龙的杂记《新来的同学》，周和根的诗《贫民区》，杨达夫的杂记《投入》，苇然的杂记《寻回》，方舟的杂记《邮票·大桥》，续载郭永文的杂记《北京行》（二）；《华座》副刊刊载佟立章的诗《宵深不寐赋此遣怀》，王一芒的杂记《花粉奇趣谈》，江朗的杂记《黄河下游的悬河》，梁荔玲的杂记《怀念“狮子与我”》，东方一羽的杂记《“劲舞”唤起活力》；《华林》副刊续载张小凤的小说《煤球》（十六），黄蓓佳的小说《请与我同行》（四十九），慕容奇的小说《龟菊小姬》（二）。

16日 《澳门日报·新园地》副刊刊载朱仲玉《丘逢甲的寓言诗》（随笔），独孤月的新诗《访卢廉若花园》，胡晓风《小城》（濠江小唱）。

⊙ 《华侨报·华座》副刊刊载王明的杂记《面包与木偶剧团》，佟立章的诗《为问》，江宁人的杂记《谈宣纸的制造》，申章的杂记《上海月饼》，梁荔玲的杂记《偶然想起的》，东方一羽的杂记《这不是蚁，是人！》；《华林》副刊续载张小凤的小说《煤球》（十七），黄蓓佳的小说《请与我同行》（五十），慕容奇的小说《龟菊小姬》（三）。

17日 《澳门日报·新园地》副刊刊载明的新诗《中山游二题》，苏晨《瓦当》（砺堂散墨），胡晓风《忍得》（濠江小唱）。

⊙ 《华侨报·华座》副刊刊载蓝岚的诗，杨翎的杂记《粉墨与笔墨》，佟立章的诗《秋兴》，温珊的杂记《唐花坞怀旧》，于漫的杂记《谈黄色》，东方一羽的杂记《“否决权”及其它》；《华林》副刊续载张小凤的小说《煤球》（十八），黄蓓佳的小说《请与我同行》（五十一），慕容奇的小说《切腹图复仇》（八）。

18日　《澳门日报·新园地》副刊刊载胡晓风《代拟免费广告》（濠江小唱），林水火的新诗《咏物诗二首》。

⊙　《华侨报·华座》副刊刊载黄天的杂记《传奇的傅理士神父及其史稿》，秉新的杂记《独特的砖瓦陈列室》，梁荔玲的杂记《佳节当前》，东方一羽的杂记《团结互助无分阶级》；《华林》副刊续载张小凤的小说《煤球》（十九），黄蓓佳的小说《请与我同行》（五十二），慕容奇的小说《切腹图复仇》（九）。

19日　《澳门日报·新闻》刊载《晓角剧社招会员延期二十五日，截止昨八周年会庆假金爵聚餐》；《新园地》副刊刊载鲁茂《堵截黑社会分子！》（斗室漫笔），晨曦《郁达夫在新加坡撰写的对联》（文坛轶话），胡晓风《中秋前二日》（濠江小唱）。

⊙　《华侨报·华座》副刊刊载佟立章的诗《听歌》、杂记《棉市地下餐厅》，甘戈的杂记《曹雪芹的秋月图神笔》，梁荔玲的杂记《从“船”所想起的》，东方一羽的杂记《人之无良与暴戾气》；《华林》副刊刊载陈少聪的小说《水莲》（一），续载黄蓓佳的小说《请与我同行》（五十三），慕容奇的小说《切腹图复仇》（十）。

20日　《澳门日报·新园地》副刊刊载鲁茂《手上有十万，八万……》（斗室漫笔），梅萼华《楹联墨迹》（新地杂掇），谭任杰的词《寿楼春悼南朝鲜民机死难者》，石城《白塘秋月》，胡晓风《月将圆之夜》（濠江小唱）。

⊙　《华侨报·华座》副刊刊载佟立章的诗《雷雨后见新阳》，梁业昌的杂记《我爱中秋节》，蔡文章的杂记《郁金香的故事》，梁荔玲的杂记《中秋随想》；《华林》副刊续载陈少聪的小说《水莲》（二），黄蓓佳的小说《请与我同行》（五十四），慕容奇的小说《龟菊小姬》（四）。

21日　《澳门日报·家庭》刊载林中英《过中秋节》（门外门内），沈尚青

《红》（生活）；《新园地》副刊刊载何生《中秋谈月》，梅萼华《考究的讣闻》（新地杂掇），陈不讳《难忘“爱伦”》（随笔），金良的新诗《传呼机》，胡晓风《中秋夜》（濠江小唱）。

⊙ 《华侨报·华座》副刊刊载佟立章的诗《中秋》，黄衫客的杂记《佳节话柚果》，江朗的杂记《巴尔扎克与中国》，梁荔玲的杂记《如果我可以》，东方一羽的杂记《诗与中秋月联想》；《华林》副刊开始连载张抗抗的小说《塔》（至1983年11月21日止），续载陈少聪的小说《水莲》（三），黄蓓佳的小说《请与我同行》（五十五），慕容奇的小说《龟菊小姬》（五）。

22日 《澳门日报·儿童园地》刊载培正陈小娟《开学记》，劳校蔡德强《纸的自述》；《镜海》副刊刊载苇鸣的新诗《听涛集》，云惟利《徐志摩的单纯信仰》，农津《扇子与我》，明《西湾（外二首）》，东瑞《樱小学记京都短思》；《新园地》副刊载梅萼华《清娱漫笔》（新地杂掇），胡晓风《集句》（濠江小唱）；苏晨《人情》（砺堂散墨）。

⊙ 《华侨报·华座》副刊刊载峰的杂记《台风》，秉新的杂记《李时珍陵园》，寸草生的诗《小别金山故旧》，梁荔玲的杂记《月上柳梢头》，东方一羽的杂记《黑色“美国小姐”》，林定孚的诗《步韵奉和佟立章词长〈秋兴〉句》，李潜的诗《寄问读立章词长〈为问〉有感》；《华林》副刊续载陈少聪的小说《水莲》（四），黄蓓佳的小说《请与我同行》（五十六），慕容奇的小说《龟菊小姬》（六）。

23日 《澳门日报·新园地》副刊刊载曹何的七律《秋之歌（四首）》，胡晓风《集“三草”句遣怀》（濠江小唱）。

⊙ 《华侨报·华座》副刊刊载佟立章的诗《为秋菊咏》，克龄的杂记《每晚都有收获》，蓝岚的诗《拖手风情》，梁荔玲的杂记《移民？》，东方一羽的杂记《从卅万扯到女艺员》；《华林》副刊开始连载晓剑、严亭亭的小说《世界》（至1983年12月19日止），慕容奇的小说《仲麻吕的一生》（一），续载陈少聪的小说《水莲》（五）。

24日 《澳门日报·新园地》副刊刊载杨伟群的七绝《诗三首》，苏晨《杰才》

（砺堂散墨），胡晓风《中秋·烟花·酒》（濠江小唱），玉文《聚》（随笔）。

⊙　《华侨报·华座》副刊刊载佟立章的诗《无题》，峰的杂记《杂感四则》，梁荔玲的杂记《病里》，李荣山的杂记《英国皇室杂事趣闻》；《华林》副刊续载陈少聪的小说《水莲》（六），慕容奇的小说《仲麻吕的一生》（二）。

25日　《澳门日报·新园地》副刊刊载子君《读蒋星煜〈西厢研究〉序有感》（书话），周济人《诗三首》，一哲《从“金色池塘”想到……》（随笔），胡晓风《望月想到黄仲则》（濠江小唱）。

⊙　《华侨报·旅游与乡土》副刊刊载何源的杂记《中山长江乐园嬉游》，欧洋的杂记《南、北卡罗来纳州行》，于芊的杂记《风城弥漫自然奇妙》，杨翎的杂记《澳洲葡萄园试酒行》，王一芒的杂记《玉润玲珑的端砚》；《华座》副刊刊载佟立章的诗《望海》，定法的杂记《“国骂”的妙用》，黄衫客的杂记《泰国“金鱼缸”》，区潜云的杂记《纪晓岚与“老头子”》，克龄的杂记《牛眼里的童子影》，梁荔玲的杂记《算是好运？》，东方一羽的杂记《澳门街与岷市人潮》；《华林》副刊续载陈少聪的小说《水莲》（七），慕容奇的小说《仲麻吕的一生》（三）。

26日　《澳门日报·家庭》刊载沈尚青《过节》（生活），林中英《老而不死》（门外门内）；《新园地》副刊刊载苏晨《南移之图》（砺堂散墨），鲁茂《大卡士的劣片》（斗室漫笔），徐续的词《西江月广州华林街中秋灯会》，胡晓风《斗门行》（濠江小唱）。

⊙　《华侨报·华座》副刊刊载佟立章的诗《卢园观花》，李瑞祥的杂记《情如夏日淋漓雅致》，蓝岚的诗《钻石指环》，白清淆的杂记《秋浦歌》，梁荔玲的杂记《温情》，东方一羽的杂记《都是不负责任的结果》；《华林》副刊续载陈少聪的小说《水莲》（八），续载慕容奇的小说《仲麻吕的一生》（四）。

27日　《澳门日报·新园地》副刊刊载鲁茂《一点牺牲》（斗室漫笔），冼得霖《分明复道奉恩时》（诗词评赏），冯刚毅的七律《诗二首》，胡晓风

《看海燕剧社内部汇演》（濠江小唱），丁丁《结婚旺月》。

⊙ 《华侨报·华座》副刊刊载威思的杂记《世界名胜缩影城》，蕴翁的杂记《岭南派海外播誉》，佟立章的诗《题湖柳图》，丰宜的杂记《从荒野走上卉坛的菊花》，梁荔玲的杂记《粤语片里的》；《华林》副刊续载陈少聪的小说《水莲》（九），慕容奇的小说《仲麻吕的一生》（五）。

28日 《澳门日报·新园地》副刊刊载陶里《打台风》（斗室漫笔），田隽人的词《词二首》，胡晓风《也算绮怀》（濠江小唱）。

⊙ 《华侨报·华座》副刊刊载佟立章的诗《云》，黄衫客的杂记《秋色话鱼灯》，书呆子的杂记《科学家的报酬》，梁荔玲的杂记《期望》；《华林》副刊续载陈少聪的小说《水莲》（十），慕容奇的小说《仲麻吕的一生》（六）。

29日 《澳门日报·镜海》副刊刊载叶贵宝《母亲》，蓝玛《大地在哭泣》，云惟利《徐志摩的单纯信仰》，立维的新诗《四方行脚》，杨达夫的新诗《雨后，水灵的夜晚（外一首）》，东瑞《樱小学记银座的周末》；《新园地》副刊刊载陶里《癫》（斗室漫笔），陈不讳《中秋随写》（随笔），张望的新诗《当台风摇撼着小城（外二首）》，胡晓风《老去》（濠江小唱）；《新儿童》副刊刊载叮当的寓言《谁是鸟儿之王？》；《儿童园地》副刊刊载培正邝昀《中秋夜赏烟花》，东南林司韵《开学了》，圣保禄欧倩容《清洁的重要》。

⊙ 《华侨报·华座》副刊刊载王淑芬的杂记《水乡泽国的千岛》，佟立章的诗《月殿》，杨翎的杂记《乔居外省的广东画家》（上），丰宜的杂记《北京街道“厂”字来历》，梁荔玲的杂记《编剧不容易写》，东方一羽的杂记《“打赌”的联想》；《华林》副刊刊载李乔的小说《恐男症》（一），开始连载李国文的小说《花园街五号》（至1984年6月19日止），续载慕容奇的小说《仲麻吕的一生》（七）。

30日 《澳门日报·新园地》副刊刊载陶里《涂鸦笔记》（斗室漫笔），卓伦的新诗《台风》，胡晓风《哀乐》（濠江小唱）。

⊙ 《华侨报》第十六版刊载甘戈的杂记《〈孙子兵法〉的外国版本》（新

闻知识）；《华座》副刊刊载佟立章的诗《中秋——烟花和月》，杨翎的杂记《乔居外省的广东画家》（下），梁荔玲的杂记《理论与实践结合》，东方一羽的杂记《“鬼崖”的疑云》，《蜘蛛与胜利》；《华林》副刊续载慕容奇的小说《仲麻吕的一生》（八），李乔的小说《恐男症》（二）。

十月

1日 《澳门日报·新园地》副刊刊载苏晨《开拓者喜悦》（砺堂散墨），一哲《大器晚成》（随笔），胡晓风《情》（濠江小唱）。

⊙ 《华侨报·华青》副刊刊载丁韶的杂记《漫谈诗词中叠字的运用》，锦明的杂记《陈伯的死》，学时的杂记《第一次选择》，蔡顺玲的杂记《拾汽水罐的妇人》，司徒伯的杂记《眼望一年后》，杨达夫的杂记《自尊心》，周和根的诗《诗二首》，覃慧敏的杂记《我们这一代》，张帆的杂记《海滨月色》，阿丁、王天仁的杂记《征服千山万壑的义腿》，区潜云的杂记《“石癖”古今说》，梁荔玲的杂记《画蛇添足》，林定孚的诗《秋思》，东方一羽的杂记《从服装改革谈起》，续载郭永文的杂记《北京行》（三）；《华林》副刊续载慕容奇的小说《仲麻吕的一生》（九），李乔的小说《恐男症》（三）。

2日 《澳门日报·新园地》副刊刊载子君《巴金近影》（人物），东瑞《风的启示》（随笔），胡晓风《风雨》（濠江小唱）。

⊙ 《华侨报·旅游与乡土》副刊刊载欣欣的杂记《明年游英国多节目》，德知的杂记《法兰克福》，墨斗的杂记《初访殿春簃》，华龙的杂记《游泳者天堂——关岛》；《华座》副刊刊载峰的杂记《无题》，采菁的杂记《货币的趣闻》，梁荔玲的杂记《文字工具乎？》，思威的杂记《“卖骂”女郎》，东方一羽的杂记《与谈情说爱有关》；《华林》副刊刊载慕容奇的小说《假面人》（一），续载李乔的小说《恐男症》（四）。

4日 《澳门日报·新园地》副刊刊载子君《巴金近影》（人物），陈不讳《“乞儿装”联想》（随笔），杨永权《广州诗社中秋雅集花絮》，胡晓风《雨夜》（濠江小唱），玉文《她》。

⊙　《华侨报·旅游与乡土》副刊刊载欣欣的杂记《大溪地迷倒大画家》，康流的杂记《认识马德里》，光国的杂记《在东京四十九小时》，杨翎的杂记《南国生物在北方》；《华座》副刊刊载干一芒的杂记《笨而不拙的熊》，白清的杂记《当心，别上当！》，克龄的杂记《拆衣事件》，林定孚的词《庆祝中华人民共和国成立三十四周年》，东方一羽的杂记《香烟起价与戒烟》；《华林》副刊续载慕容奇的小说《假面人》（二），李乔的小说《恐男症》（五）。

5日　《澳门日报》第十版刊载新闻《广州诗社中秋雅集》；《新园地》副刊刊载子君《巴金近影》（人物），陶里《一点感受》（斗室漫笔），明的新诗《我爱这笑》，杨永权《妙联唱彻莲花山》，胡晓风《流水》（濠江小唱）。

⊙　《华侨报·华座》副刊刊载马树森的杂记《桃李不言下自成蹊》，东方一羽的杂记《奇奇怪怪啼笑皆非》；《华林》副刊续载慕容奇的小说《假面人》（三），李乔的小说《恐男症》（六）。

6日　《澳门日报·儿童园地》刊载商训苏建忠《黑沙的傍晚》，同善堂梁淑娜《国庆有感》；《镜海》副刊刊载广州悠悠《对香港文学必须沙里淘金》，梯亚的新诗《诗三首》，云惟利《徐志摩的单纯信仰》，东瑞《樱小学记京都行》，苇鸣《酒》；《新园地》副刊刊载子君《巴金近影》（人物），陶里《荒诞派作品》（斗室漫笔），明的新诗《点滴（四首）》，苏晨《选藤场上》（砺堂散墨），史贲《雨果怒斥火烧圆明园》，胡晓风《云》（濠江小唱）。

⊙　《华侨报·华座》副刊刊载于芊的杂记《形形式式的动物运动会》，梁业昌的杂记《黄金鱼港》，杨翎的杂记《从旅游说到布鞋》，梁荔玲的杂记《编剧的成功》，东方一羽的杂记《唱支歌的供状》；《华林》副刊续载慕容奇的小说《假面人》（四），李乔的小说《恐男症》（七）。

7日　《澳门日报·新园地》副刊刊载陶里《吊索上》（斗室漫笔），胡晓风《秋意》（濠江小唱）。

⊙　《华侨报·华座》副刊刊载力坚的杂记《亡国之音哀以思》，梁荔玲的诗

《风筝》，秉新的杂记《日本文人酷爱端砚》，李蜚鸿的杂记《古玉的诱惑》；《华林》副刊续载慕容奇的小说《假面人》（五），李乔的小说《恐男症》（八）。

8日 《澳门日报·新园地》副刊刊载陶里《一首现代诗》（斗室漫笔），子薇的新诗《影子》，苏晨《拉藤间里》（砺堂散墨），胡晓风《一曲》（濠江小唱）。

⊙ 《华侨报·华座》副刊刊载梁荔玲的杂记《从字画想起的》，东方一羽的杂记《乜都唔知就最好》，寸草生的诗《无题》；《华林》副刊刊载慕容奇的小说《沉海神玺》（上），续载李乔的小说《恐男症》（九）。

9日 《澳门日报》第三版刊载新闻《陈浩泉作长篇小说〈香港狂人〉出版》；《新园地》副刊刊载鲁茂《亚视，加油吧！》（斗室漫笔），胡晓风《小杜“风流”》（濠江小唱）。

⊙ 《华侨报·华座》副刊刊载于馥的杂记《中秋，我来到了洋澄湖》，白清的杂记《害人终害己》，甘戈的杂记《桂花与名人品格》，史舆的杂记《关公家世的一个谜》，梁荔玲的杂记《留诗》，东方一羽的杂记《几幅图片引话说》；《华林》副刊续载慕容奇的小说《沉海神玺》（中），李乔的小说《恐男症》（十）。

10日 《澳门日报·家庭》刊载林中英《梦》（门外门内），沈尚青《催谷》（生活）；《新园地》副刊刊载鲁茂《看全运会的足球赛》（斗室漫笔），苏晨《小件大件》（砺堂散墨），胡晓风《蓬莱仙岛与巫山神女》（濠江小唱）。

⊙ 《华侨报·旅游与乡土》副刊刊载墨斗的杂记《南京名刹灵谷寺顶礼》，月明的杂记《荷里活影城漫步》，于馥的杂记《石钟山》，志宏的杂记《峇里岛一勺》，杨翎的杂记《北京的砂锅》，莉娜的杂记《我在尼斯渡过悠闲下午》；《华座》副刊刊载吴行洁的杂记《新移民的梦想和现实》，丰宜的杂记《名馔“肉骨头”古今谈》，杨翎的杂记《杨善深莲花山采画》，东方一羽的杂记《和平奖与马科斯》，楚舒的杂记《古代舞台上的丑角》，梁荔玲的杂记《书画界的损失》；《华林》副刊续载慕容奇的小说《沉海神玺》（下），李乔的小说《恐男症》（十一）。

11日　《澳门日报·新园地》副刊刊载陶里《美丽感情》（斗室漫笔），胡晓风《从朦胧中看李义山》（濠江小唱），东瑞《王老师的笑容》（随笔），独孤月的新诗《登人炮台断想》。

⊙　《华侨报·华座》副刊刊载王一芒的杂记《蟋蟀唱歌报春临》，克龄的杂记《董羽画水》，杨坤袁的杂记《雨》，张兆全的杂记《我看李瑞祥肖像画》，东方一羽的杂记《点心加价系咁意》；《华林》副刊刊载慕容奇的小说《河豚鱼江阴传人》（一），续载李乔的小说《恐男症》（十二）。

12日　《澳门日报·新园地》副刊刊载陶里《误人青春》（斗室漫笔），曹何新诗《菊颂（四首）》，一哲《卧薪尝胆》（随笔），胡晓风《秋日晨起偶成》（濠江小唱）。

⊙　《华侨报·华座》副刊刊载梁荔玲的杂记《语出惊人》，撷英的杂记《去市场买一个丈夫》，丰宜的杂记《惠州梅菜来历传说》，东方一羽的杂记《太平洋银行到底怎样？》；《华林》副刊续载慕容奇的小说《河豚鱼江阴传人》（二），李乔的小说《恐男症》（十三）。

13日　《澳门日报·儿童园地》副刊刊载圣若瑟吴国良《狂风暴雨》，同善堂林满红《一件有意义的事》；《镜海》载桂葆《散文两题》，农津《梧雨金陵落清歌》，莫尖锐《街雨（外二章）》，云惟利《徐志摩的单纯信仰》，陈不讳的新诗《我的"船屋"迎送台风"爱伦"记》；《新园地》副刊刊载鲁茂《毒招》（斗室漫笔），玉文的新诗《重阳》，胡晓风《信后草》（濠江小唱），梁文翎《陈若曦和她的"突围"》（书话）。

⊙　《华侨报·华座》副刊刊载吴行洁的杂记《形形色色的崇拜狂》，邓先声的诗《偶题》，炳麟的杂记《秋之随想》，丰宜的杂记《园林建筑与亭子艺术》，克龄的杂记《大仲马的勤奋》，东方一羽的杂记《从奴隶谈到劳资纠纷》；《华林》副刊续载慕容奇的小说《河豚鱼江阴传人》（三），李乔的小说《恐男症》（十四）。

14日　《澳门日报·新园地》副刊刊载鲁茂《巨无霸》（斗室漫笔），梅萼华《记者字耳》（新地杂掇），怀嘉《忆萧殷》（人物），胡晓风《重阳新旧两首》（濠江小唱），伊人的新诗《故乡的榕树》。

⊙　《华侨报·华座》副刊刊载江朗的杂记《刘邦吃狗肉的故事》，东方一羽的杂记《仰光爆炸的幕后》，赖本能的杂记《敬悼王司马》，黄衫客的杂记《泰国与泰族》，梁荔玲的诗《情》；《华林》副刊续载慕容奇的小说《河豚鱼江阴传人》（四），李乔的小说《恐男症》（十五）。

15日　《澳门日报·新园地》副刊刊载陶里《消费主义》（斗室漫笔），苏晨《天山雪》（砺堂散墨），胡晓风《秋思》（濠江小唱）。

⊙　《华侨报·华座》副刊刊载丁韶的杂记《为学三境界》，梁荔玲的杂记《炮竹烧起了》，小白的杂记《李夫人首创画墨竹》，东方一羽的杂记《讲钱，讲情，讲恶》；《华林》副刊刊载叶子的小说《破冬》（一），续载慕容奇的小说《河豚鱼江阴传人》（五）。

16日　《澳门日报》第二版刊载新闻《加强两地戏剧文化交流港澳剧社穿梭联演首场下月中在澳门举行明年初在港演出》；《新园地》副刊刊载陶里《思想消防》（斗室漫笔），云力的七绝《感怀诗（十首）》，胡晓风《六言两首》（濠江小唱），陈不讳《机心太多是负累》（随笔）。

⊙　《华侨报·旅游与乡土》副刊刊载芊漫的杂记《游东海普陀山拾趣》，梦娜的杂记《看埃及到希腊的声光剧场》，裕光的杂记《明媚啊，多崙湖》，美玲的杂记《比利时首都中国庭院》，志远的杂记《西德浪漫之路怀旧》；《华座》副刊刊载王一芒的杂记《秋深巧捕禾花雀》，芊漫的杂记《中国仕女》，寸草生的诗《重阳遥寄》，林定乎的词《调寄沁园春》，区潜云的杂记《美姬换名马》，东方一羽的杂记《悲剧！都是悲剧！》；《华林》副刊续载慕容奇的小说《河豚鱼江阴传人》（六），叶子的小说《破冬》（二）。

17日　《澳门日报·家庭》刊载沈尚青《再谈催谷》（生活），林中英《看戏》（门外门内）；《新园地》副刊刊载陶里《色情分量》（斗室漫笔），梅萼华《记者的字》（新地杂掇），冼得霖《杜牧赤壁诗小中见大》（诗词评赏），苏晨《赶脚的》（砺堂散墨），胡晓风《先下手为快》（濠江小唱）。

⊙　《华侨报·华座》副刊刊载吴行洁的杂记《美国人与电视新闻》，东方一羽的杂记《连胜里的星星之火》，甘戈的杂记《孙权后裔集居的古镇》，宣翁的杂记《共和再造赖斯人》，梁荔玲的杂记《希望共叙一堂》，克龄的杂记《囚禁中创作的名著》；《华林》副刊刊载慕容奇的小说《鬼迷异事》（一），续载叶子的小说《破冬》（三）。

18日 《澳门日报·新园地》副刊载陶里《望子成龙》（斗室漫笔），冼得霖《杜牧赤壁诗小中见大》（诗词评赏），胡晓风《八声甘州》（濠江小唱），陈戈华《司马迁与〈史记〉》（文坛轶话）。

⊙ 《华侨报·华座》副刊刊载嘉华的杂记《用生命换取的教训》，佟立章的诗《西湾怀旧》，丹扉的杂记《我在印度看吹蛇》，梁荔玲的杂记《“浅薄”的表现》，《广西一铜钟的传说》，东方一羽的杂记《破伪证与首相判刑》；《华林》副刊续载慕容奇的小说《鬼迷异事》（二），叶子的小说《破冬》（四）。

19日 《澳门日报·新园地》副刊刊载东瑞《笛·播种·柔歌》（随笔），云力的七绝《感怀诗（十首）》，胡晓风《金牌老人》（濠江小唱）。

⊙ 《华侨报·华青》副刊刊载林芳炽的杂记《怎样写论文》，丁璐的杂记《当我再次……》，杨达夫的杂记《你相信命运吗？》，信勤恒的杂记《礼》，周和根的杂记《根》，曾健民的杂记《人生的真谛》，咏青的杂记《美丽的西湖》，葳蕤的诗《你还记得吗？哥哥》，林佩娟的杂记《生命与爱》；《华座》副刊刊载墨斗的杂记《兰圃中的“中国园”》，楚舒的杂记《苏东坡在海南》，元春的杂记《茱萸——这就是它的面目》，梁荔玲的杂记《我们的目标是“群众会接受”》，峰的杂记《加风劲吹》，佟立章的诗《重阳》，东方一羽的杂记《听曲艺·水浸街》；《华林》副刊续载慕容奇的小说《鬼迷异事》（三），叶子的小说《破冬》（五）。

20日 《澳门日报·新儿童》刊载小彤《乌鸦和八歌》（童话故事）；《儿童园地》刊载劳校钟艳桃《姊弟俩》，培正游智聪《卢廉若公园游记》；《镜海》副刊载余振中《倒运的边缘人》，何德桓《水乡拾零》，黎任《囱仔诗草》，云惟利《徐志摩的单纯信仰》，东瑞《樱小学记大涌谷》；《新园地》副刊刊载鲁茂《外科医生的笑话》（斗室漫笔），胡晓风《旧梦不须记》（濠江小唱），苏晨《清澜渔话》（砺堂散墨）。

⊙ 《华侨报·华座》副刊刊载梁荔玲的杂记《“艾思奇”作品的例子》，小漫的杂记《请君喝汤》，东方一羽的杂记《〈盗御马〉与盗筹码》，杨翎的杂记《著名的少数民族画家》（上），艾云的杂记《侮辱自己》；《华林》副刊刊载若玲的短篇小说《艳遇》，续载叶子的小说《破冬》（六）。

21日 《澳门日报·新园地》副刊载鲁茂《曲不离口，拳不离手》（斗室漫笔），陈不讳《成年人为何爱孩子》（随笔），胡晓风《失业的朋友》（濠江小唱）。

⊙ 《华侨报·华座》副刊刊载杨翎的杂记《著名的少数民族画家》（下），多龄的杂记《温润如玉浮紫气的天坛砚》，佟立章的诗《题菊》，梁荔玲的杂记《错了的意义》，东方一羽的杂记《有些话少说的好》；《华林》副刊刊载慕容奇的小说《野尻湖蛙》（一），续载叶子的小说《破冬》（七）。

22日 《澳门日报·新园地》副刊刊载陶里《皮肤过敏》（斗室漫笔），苏晨《触景生情》（砺堂散墨），洛阳桥友的新诗《清洁工》，胡晓风《饮食之余》（濠江小唱）。

⊙ 《华侨报·华座》副刊刊载苓舒的杂记《诗与名胜》，东方一羽的杂记《她只活了十七岁》；《华林》副刊续载慕容奇的小说《野尻湖蛙》（二），叶子的小说《破冬》（八）。

23日 《澳门日报·新园地》副刊刊载陈怀萱《碑版名胜古迹图文并茂“中国书道史之旅”》（书话），陶里《冲劲》（斗室漫笔），胡晓风《路边撷得片笑影》（濠江小唱）。

⊙ 《华侨报·华座》副刊刊载墨斗的杂记《金陵燕子矶与三台洞》，克龄的杂记《数学家写的……》，王一芒的杂记《迷信杂谈》，东方一羽的杂记《话说“大地震”》，江朗的杂记《琼山火山口》；《华林》副刊续载慕容奇的小说《野尻湖蛙》（三），叶子的小说《破冬》（九）。

24日 《澳门日报·家庭》刊载沈尚青《儿女经》（生活），林中英《厨房天地》（门外门内）；《新园地》副刊刊载林中英《垃圾堆》（随笔），陈戈华《“诗圣”杜甫》（文坛轶话），明的新诗《烟花》，苏晨《随想随记》（砺堂散墨），胡晓风《姜花》（濠江小唱）。

⊙　《华侨报·旅游与乡土》副刊刊载欣欣的杂记《澳洲葡萄酒天堂游踪》，耕的杂记《佛顶山上品佛茶》，黄衫客的杂记《泰国佛统古寺巡礼》，赵艺的杂记《我在英国国会作客》，宣邓文、翁开钧的杂记《欲寄相思千点泪》；《华座》副刊刊载吴行洁的杂记《石油国家富豪成灾》，东方一羽的杂记《司机·艺员·侍应》；《华林》副刊续载慕容奇的小说《野尻湖蛙》（四），叶子的小说《破冬》（十）。

25日　《澳门日报·新园地》副刊刊载陶里《抛砖一录》（斗室漫笔），冼得霖《李白写诗的法度问题》（诗词评赏），胡晓风《别梦》（濠江小唱），晴云的新诗《校园夜色》，陈不讳《香港狂人》（书话）。

⊙　《华侨报·华座》副刊刊载宝德的杂记《巴黎街头的画家》，东方一羽的杂记《扫街工役及其它》，于馥的杂记《葡萄美酒夜光杯》；《华林》副刊刊载慕容奇的小说《武者贺野三藏》（一），续载叶子的小说《破冬》（十一）。

26日　《澳门日报·新园地》副刊刊载陶里《袁鹰作品选》（斗室漫笔），梅萼华《王西彦的文艺论著》（新地杂掇），冼得霖《李白写诗的法度问题》（诗词评赏），胡晓风《笙歌》（濠江小唱），东瑞《篱笆小院》（随笔）。

⊙　《华侨报·华座》副刊刊载树森的杂记《吴敦木与“第三类画”》（上），峰的杂记《风水》，梁荔玲的杂记《分享我的快乐吧！》，东方一羽的杂记《两样都系咁意》；《华林》副刊续载慕容奇的小说《武者贺野三藏》（二），叶子的小说《破冬》（十二）。

27日　《澳门日报·新儿童》刊载陶陶《望远镜的由来》，何如燕《文字好，插图好，故事好〈图画故事丛书〉适合小学生》；《儿童园地》刊载商训苏建忠《澳门工展漫步》，同善堂林远茵《火灾以后》；《镜海》副刊刊载葡萄牙埃尔库拉诺著、梁谦译《一场中世纪式的斗牛》，屈月英《读冰心诗》，林中英《阿容》，云惟利《徐志摩的单纯信仰》；《新园地》副刊载鲁茂《乡音无改》（斗室漫笔），丹祖《谈“风”》（随笔），吴钧《“文学是人学”——记钱谷融教授》（人物），胡晓风《鬓丝》（濠江小唱）。

⊙ 《华侨报·华座》副刊刊载梁荔玲的杂记《腰板都伸直了》，东方一羽的杂记《善心读者无良司机》，琴涵的杂记《诗人的树》，新朋的杂记《画如其人，画为心声》，续载树森的杂记《吴敉木与“第三类画”》（下）；《华林》副刊续载慕容奇的小说《武者贺野三藏》（三），叶子的小说《破冬》（十三）。

28日 《澳门日报·新园地》副刊刊载鲁茂《打回原形》（斗室漫笔），梅萼华《活跃文坛五十年》（新地杂掇），吴钧《再记钱谷融教授》（人物），胡晓风《想到“世外桃源”》（濠江小唱）。

⊙ 《华侨报·华座》副刊刊载文波的杂记《慈禧·金糕·臭豆腐》，佟立章的诗《梅花》，黄衫客的杂记《红蓼花疏水国秋》，梁荔玲的杂记《目标》，东方一羽的杂记《也淌自来水的浑水》；《华林》副刊续载慕容奇的小说《武者贺野三藏》（四），叶子的小说《破冬》（十四）。

29日 《澳门日报·新园地》副刊载陶里《花》（斗室漫笔），梅萼华《记述民族的脊梁》（新地杂掇），罗冠群的诗词《访番禺余荫山房》，一哲《故书不厌百回读》（随笔），苏晨《众人拾柴》（砺堂散墨），胡晓风《答》（濠江小唱）。

⊙ 《华侨报·华青》副刊刊载木行的杂记《工展巡礼有感》，王冰的杂记《何必追赶时代》，吴洁贞的杂记《汪洋中的一条船》，《他永远是我们的老师》，葳蕤的杂记《广州游记》（上），逆水的杂记《镜头一角》，司徒伯的杂记《对“他”的看法》，郭永文的杂记《理想新篇》，周和根的诗《诗二首》，星河的杂记《愿飞》，许怿民的杂记《秋》；《华座》副刊刊载王一芒的杂记《动物婚配趣录》，东方一羽的杂记《战云·悲剧·入侵》；《华林》副刊续载慕容奇的小说《武者贺野三藏》（五），叶子的小说《破冬》（十五）。

30日 《澳门日报·新园地》副刊刊载陶里《有性格》（斗室漫笔），梅萼华《整个心灵的投入》（新地杂掇），东瑞《苍凉美》（随笔），胡晓风《朋友》（濠江小唱）。

⊙ 《华侨报·旅游与乡土》副刊刊载欣然的杂记《威尼斯轮廓画》，墨斗的杂记《登北岳恒山偿素愿》，胡康的杂记《伊瓜苏大瀑布看奇景》，梦妮的杂记《划筏游水晶湖》，林川的杂记《东京电器街一瞥》，雪凝的杂记《伦敦市肺漫步》，瑞明的杂记《日航空中小姐剪影》；《华座》副刊刊载吴行洁的杂记《不可贿赂的护卫员》，黄衫客的杂记《三姑六耳话斋筵》，东方一羽的杂记《黐黐哋与博懵》；《华林》副刊续载慕容奇的小说《武者贺野三藏》（六），叶子的小说《破冬》（十六）。

31日 《澳门日报》第八版刊载新闻《晓角剧场推出新剧〈风若我情〉今日首播》；《家庭》刊载沈尚青《喜剧明星》（生活），林中英《便宜货》（门外门内）；《新园地》副刊刊载苏晨《一股暖气》（砺堂散墨），梅萼华《黎烈文掩护邵荃麟》（新地杂掇），胡晓风《沙鸥》（濠江小唱）。

⊙ 《华侨报·华座》副刊刊载墨斗的杂记《锡惠公园的惠山寺遗迹》，宋力的杂记《对比的艺术》，宝之的杂记《中国古代的“一笔画”》，东方一羽的杂记《又嚟讲抢劫案》；《华林》副刊续载慕容奇的小说《武者贺野三藏》（七），叶子的小说《破冬》（十七）。

十一月

1日 《澳门日报》第九版刊载新闻《海燕剧社参观无线》；《新园地》副刊刊载梅萼华《形象地阐述真理》（新地杂掇），冼得霖《佳约有时风雨》（诗词评赏），梁文翎《有趣的〈童话选〉》（书话），胡晓风《残夜思》（濠江小唱）。

⊙ 《华侨报·华座》副刊刊载黄衫客的杂记《大放冷气吃火锅》，东方一羽的杂记《唔跳楼点跌落街？》；《华林》副刊续载慕容奇的小说《武者贺野三藏》（八），叶子的小说《破冬》（十八）。

2日 《澳门日报·新园地》副刊刊载东瑞《有心人》（随笔），梅萼华《“尺八”和“尺八夜”》（新地杂掇），陈戈华《“吟诗司马”白居易》（文坛轶话），谭任杰的诗词《诗词四首》，胡晓风《当年》（濠江小唱）。

⊙ 《华侨报·华座》副刊刊载多龄的杂记《越瓷新彩》，慕华的杂记《沙滩下面有奇妙世界》，东方一羽的杂记《辱警与“辱民”》；《华林》副刊续载慕容奇的小说《武者贺野三藏》（九），叶子的小说《破冬》（十九）。

3日 《澳门日报·新儿童》刊载陶陶《小黑羊的砖屋》（寓言）；《儿童园地》载培正邝昀《珠海半日游》，圣若瑟徐婉莹《开学的一天》；《镜海》副刊刊载陈不讳《四百元修理费》，立维的新诗《四方行脚》，明《松山（外一首）》，林丽萍《七星岩纪游》，农津《琦君的散文》；《新园地》副刊刊载陶里《神鬼篇》（斗室漫笔），苏晨《白马甜榴》（砺堂散墨），胡晓风《一笑》（濠江小唱）。

⊙ 《华侨报·华座》副刊刊载东方一羽的杂记《“横眉”谈到……》，邓先声的诗《拜读佟立章词长〈重阳〉佳作后，敬步原韵奉和》；《华林》副刊刊载墨斗的《泰山览胜》（一），续载慕容奇的小说《武者贺野三藏》（十），叶子的小说《破冬》（二十）。

4日 《澳门日报·新园地》副刊刊载陶里《冬意》（斗室漫笔），王云《黎萨尔与菲律宾文学》（文坛轶话），胡晓风《冷眼》（濠江小唱），金良的新诗《诗两首》。

⊙ 《华侨报·华座》副刊刊载看这张梁鉴江的杂记《粤海书坛怪杰区潜云》，东方一羽的杂记《厕所搵食，情杀》；《华林》副刊刊载慕容奇的小说《近江灾异》（一），续载墨斗的《泰山览胜》（二），叶子的小说《破冬》（二十一）。

5日 《澳门日报》第三版刊载新闻《港澳话剧穿梭汇演下月九日在澳公演》；《新园地》副刊刊载鲁茂《应酬》（斗室漫笔），汉闻《文学与社会题材》（书话），胡晓风《山村旧作五首》（濠江小唱）。

⊙ 《华侨报·华座》副刊刊载东方一羽的杂记《伙头军大闹香港》；《华林》副刊续载墨斗的《泰山览胜》（三），慕容奇的小说《近江灾异》（二），叶子的小说《破冬》（二十二）。

6日 《澳门日报·新园地》副刊刊载鲁茂《唉，这个中年人……》（斗室漫笔），梁文翎《谈“脱”》（随笔），夏香《母女浪游中国》（书话），胡晓风《水村旧作三首》（濠江小唱）。

⊙ 《华侨报·旅游与乡土》副刊刊载墨斗的杂记《千里游踪初访孔府》，欣欣的杂记《教皇避居过的阿维尼翁》，向恒的杂记《好旺角印象》，《英国优雅奇特的城市》；《华座》副刊刊载佟立章的诗《题赵少昂画师凤蝶图》，芋漫的杂记《游成都武侯祠》，梁荔玲的杂记《夸夸其谈》，东方一羽的杂记《对巴士加价看法》；《华林》副刊刊载柳残阳的小说《人皮罩》（一），续载慕容奇的小说《近江灾异》（三）。

7日 《澳门日报·家庭》刊载林中英《远香近臭》（门外门内），沈尚青《换季》（生活）；《新园地》副刊刊载陶里《香港之一夜》（斗室漫笔），冼得霖《徒献殷勤恋故巢——读梁启超〈金缕曲〉词》（诗词评赏），胡晓风《梦》（濠江小唱）。

⊙ 《华侨报·华座》副刊刊载夏元瑜的杂记《满汉全席的真相》，东方一羽的杂记《老细叫我代表佢食蛇》，小漫的杂记《奇泉趣缀》，丁韶《以小景传大景》；《华林》副刊续载慕容奇的小说《近江灾异》（四），柳残阳的小说《人皮罩》（二）。

8日 《澳门日报·新园地》副刊刊载陶里《谈情说爱》（斗室漫笔），冼得霖《徒献殷勤恋故巢——读梁启超〈金缕曲〉词》（诗词评赏），胡晓风《从“猴山”想孙大圣》（濠江小唱）。

⊙ 《华侨报·华座》副刊刊载王一芒的杂记《茉莉幽香透帘栊》，芦荻的杂记《序〈程家焕画集〉》，东方一羽的杂记《提早收市谈到……》，黄衫客的杂记《曼谷小食多采多姿》；《华林》副刊续载慕容奇的小说《近江灾异》（五），柳残阳的小说《人皮罩》（三）。

9日 《澳门日报·新园地》副刊刊载陶里《垃圾·停车》（斗室漫笔），陈戈华《为国为民歌唱的陆游》（文坛轶话），卓伦新诗《假如是一朵花》，胡晓风《访》（濠江小唱）。

⊙ 《华侨报·华座》副刊刊载黄永武的杂记《武则天喜造怪字》，于馥的杂记《又是持螯赏菊时》，墨斗的杂记《苏轼留带逸事》，梁荔玲的杂记《结》，东方一羽的杂记《“图个痛快”吗？》；《华林》副刊刊载慕容奇的小说《火鬼术》（上），续载柳残阳的小说《人皮罩》（四）。

10日 《澳门日报·儿童园地》刊载培正梁君豪《看教育电视》，同善堂赵婵娟《一个好学生》；《镜海》副刊刊载东瑞《十只小白兔》，姜苗的新诗《南国诗草》，明的新诗《短诗一束》，徐岷《我的草鞋》，蓝玛《在梦也不到的地方》；《新园地》副刊刊载陶里《放大》（斗室漫笔），王云《澳大利亚文学两巨人》（文坛轶话），明的新诗《偶成》，陈不讳《陶然的〈夜曲〉读后》（书话），胡晓风《秋尽寄意》（濠江小唱）。

⊙ 《华侨报·华青》副刊刊载木行的杂记《路》，白清的杂记《浅谈杜甫的〈春望〉》，杨达夫的杂记《再尽一份心》，丁璐的杂记《夜校生》，静安的杂记《看得见的美是暂时的》，张月莲的杂记《友情》，王方的杂记《怠惰是大敌》，张淑仪的杂记《工展会参观记》，铁笛的杂记《不断否定自己》，司徒伯的杂记《夜读苦》，续载葳蕤的杂记《广州行》（下）；《华座》副刊刊载黄衫客的杂记《又是吃黄花鱼季节》，梁荔玲的杂记《恃老卖老？》，甘戈的杂记《蔺相如与回车巷》，东方一羽的杂记《要有更多读者呼声》；《华林》副刊续载慕容奇的小说《火鬼术》（中），柳残阳的小说《人皮罩》（五）。

11日 《澳门日报·新园地》副刊刊载逸翁《巴金名著〈家〉的轶闻》（文坛轶话），胡晓风《难找工作》（濠江小唱），玉文的新诗《感吉隆坡文化团》。

⊙ 《华侨报·华座》副刊刊载梁业昌的杂记《书的艺术生命》，吴行洁的杂记《聪明陶气话海豚》，黄衫客的杂记《水蛇味美惹乡思》，东方一羽的杂记《假钞·毒与暗妓》；《华林》副刊续载慕容奇的小说《火鬼术》（下），柳残阳的小说《人皮罩》（六）。

12日 《澳门日报·新园地》副刊刊载丫丫的新诗《希望写下的音符》，胡晓风《卖唱者的自白》（濠江小唱），一哲《不入虎穴，焉得虎子》（随笔）。

⊙ 《华侨报·华座》副刊刊载墨斗的杂记《虎丘十八古迹》（上），艾雯的杂记《生来富有》，梁荔玲的杂记《读书》，东方一羽的杂记《上帝也疯狂》；《华林》副刊刊载慕容奇的小说《倩姬之欲望》（一），续载柳残阳的小说《人皮罩》（七）。

13日　《澳门日报·新园地》副刊刊载东瑞《感情不能构思》（随笔），丫丫新诗《希望写下的音符》，子君《记赵元任》（人物），胡晓风《世味》（濠江小唱）。

⊙　《华侨报·旅游与乡土》副刊刊载简宛的杂记《海德堡漫步》，墨斗的杂记《孔林谒圣墓》，纪滢的杂记《从多伦多到温哥华》，欣欣的杂记《澳洲唐斯维尔向你招手》，永杰的杂记《一角葡币畅游墨京地铁》；《华座》副刊刊载寸草生的诗《再别濠江》，东方一羽的杂记《相命佬条命点算？》，续载墨斗的杂记《虎丘十八古迹》（中）；《华林》副刊续载慕容奇的小说《倩姬之欲望》（二），柳残阳的小说《人皮罩》（八）。

14日　《澳门日报》第一版刊载新闻《青云话剧团演〈格外留神〉下月做珠海澳港巡回演出　创办人徐广林及演员昨招待记者》；《家庭》刊载沈尚青《新的口诀》（生活），林中英《课子图》（门外门内）；《新园地》副刊刊载陶里《冲出去与返回来》（斗室漫笔），陈健雄《白藤湖尝藕记》（生活素描），胡晓风《新月》（濠江小唱），黄施民的七绝《七绝题珠海望海楼二首》，子君《再记赵元任》（人物）。

⊙　《华侨报·华座》副刊刊载凝霜的杂记《巧妙的对比，辛辣的讽刺》，晓风的杂记《射干》，梁荔玲的杂记《快乐之本？》，东方一羽的杂记《案中案总捕头自杀》，续载墨斗的杂记《虎丘十八古迹》（下）；《华林》副刊续载慕容奇的小说《倩姬之欲望》（三），柳残阳的小说《人皮罩》（九）。

15日　《澳门日报·新园地》副刊刊载陶里《灯下》（斗室漫笔），曹何的绝句《花田见闻杂咏绝句八首》（一、二、三、四），胡晓风《世事》（濠江小唱）。

⊙　《华侨报·华座》副刊刊载克嘉的杂记《秦人洞探胜》，江朗的杂记《卢沟桥的传说》，梁荔玲的杂记《广告里的“食中食西”？》，东方一羽的杂记《笑死比病死惨死好》；《华林》副刊续载慕容奇的小说《倩姬之欲望》（四），柳残阳的小说《人皮罩》（十）。

16日　《澳门日报·新园地》副刊刊载陶里《十八岁》（斗室漫笔），曹何绝句

《花田见闻杂咏绝句八首》（五、六、七、八），胡晓风《“渔父”抒情》（濠江小唱），陈怀萱《日本最畅销的书〈窗旁的小豆豆〉》（书话）。

⊙ 《华侨报·华座》副刊刊载东方一羽的杂记《妈咪被迫犯法！》，梁荔玲的杂记《解不开的结》，陈佩旋的杂记《马丁·路德的天路历程》，克龄的杂记《未曾出面的调解人》，黄衫客的杂记《江村小艇卖秋菱》；《华林》副刊续载慕容奇的小说《倩姬之欲望》（五），柳残阳的小说《人皮罩》（十一）。

17日 《澳门日报·儿童园地》刊载濠江吕泽强《游肇庆七星岩》，同善堂冯启文《难忘的一件事》；《镜海》副刊刊载林里《石景山的年轻人》，杨羽仪《果王》，东瑞《樱小学记芦之湖畔》，何德桓《家乡的红棉》，姜苗的新诗《南园诗稿（十四行诗）》，读者来信《读者·作者·编者关于威廉·戈尔丁》；《新园地》副刊刊载陶里《片断》（斗室漫笔），胡晓风《婚姻如戏》（濠江小唱），谭任杰的词《鹧鸪天读韩牧〈回魂夜〉》，彤云《“观牌”随笔》（随笔）。

⊙ 《华侨报·华座》副刊刊载黑斗的杂记《孔圣庙参谒记》，嘉华的杂记《文化沙漠？》，芊漫的杂记《漫谈女子足球热》，林定孚的诗《无题》，东方一羽的杂记《这些事从何说起？》；《华林》副刊续载慕容奇的小说《倩姬之欲望》（六），柳残阳的小说《人皮罩》（十二）。

18日 《澳门日报·新园地》副刊刊载鲁茂《车长》（斗室漫笔），王云《芥川龙之介和罗生门》（文坛轶话），彤云《民意春秋》（随笔），胡晓风《〈啼笑姻缘〉之类》（濠江小唱）。

⊙ 《华侨报·华座》副刊刊载杨翎的杂记《丛林胜景眼底收》，东方一羽的杂记《“回家真好”？！》，黄衫客的杂记《初冬谈乌贼》；《华林》副刊刊载孟省的小说《扪虱奇缘》（一），续载慕容奇的小说《倩姬之欲望》（七）。

19日 《澳门日报·新园地》副刊刊载鲁茂《拳坛四百冤魂》（斗室漫笔），陈戈华《“元曲大家”关汉卿》（文坛轶话），胡晓风《此事不属〈西游记〉》（濠江小唱）。

⊙ 《华侨报·华座》副刊刊载墨斗的杂记《扬州观音寺密室》，嘉华的杂记《地下钱庄》，东方一羽的杂记《发仔与安安这一对》；《华林》副刊续载慕容奇的小说《倩姬之欲望》（八），孟省的小说《扪虱奇缘》（二）。

20日 《澳门日报·新园地》副刊刊载梁文翎《美满婚姻》（随笔），逸翁《茅盾〈子夜〉轶闻》（文坛轶话），章蕴健《赌博的哲理》（杂感），胡晓风《民族的悲剧》（濠江小唱），金良的新诗《黑沙的诱惑》。

⊙ 《华侨报》第四版刊载新闻《由纪壁华编析的〈台湾抒情诗赏析〉，已由香港南粤出版社出版，8日由香港三联书店发行。共选收台湾三十一位著名的或具有代表性的诗人不同风格，不同流派的诗歌八十六首。作者包括覃子豪、纪弦、杨唤、洛夫、余光中、管管、商禽、痖弦、郑愁予、白荻、杨牧、吴晟等》；《旅游与乡土》副刊刊载锦明的杂记《科威特叫卖市场见闻》，欣欣的杂记《做客苏格兰古堡式旅馆》，墨斗的杂记《云岗寻佛迹》，建国的杂记《圣地亚哥圣母山采风》，吕宝的杂记《土耳其幽谷迷宫》；《华座》副刊刊载德知的杂记《“风”的研究》，东方一羽的杂记《看影片谈到打女警》，佟立章的诗《秋凉病起，复遭失足堕楼之厄，幸迅能康复，口占四韵，谢病中送康乃馨人》；《华林》副刊续载慕容奇的小说《倩姬之欲望》（九），孟省的小说《扪虱奇缘》（三）。

21日 《澳门日报·家庭》刊载林中英《十三岁》（门外门内），沈尚青《男与女》（生活）；《新园地》副刊载陶里《成败感》（斗室漫笔），一哲《〈霸王别姬〉的启示》（随笔），胡晓风《小怜》（濠江小唱），周千秋的七绝《诗五首》。

⊙ 《华侨报·华座》副刊刊载杨翎的杂记《绿色名城赋》，东方一羽的杂记《卓家村补偿点算？》；《华林》副刊续载慕容奇的小说《倩姬之欲望》（十），孟省的小说《扪虱奇缘》（四）。

22日 《澳门日报·艺海》刊载闻人《麦洁文的〈莱茵河之恋〉宋词入曲韵味古典》；《新园地》副刊载陶里《上帝与钞票》（斗室漫笔），胡晓风《“格兰披士”挽歌》（濠江小唱）。

⊙ 《华侨报·华座》副刊刊载墨斗的杂记《文章太守与他的平山堂》，佟立章的诗《秋思》，郑牧的杂记《慢吞吞的英国人》，嘉华的杂记《金色的诱惑》，于馥的杂记《菊花餐》，东方一羽的杂记《割电表的官僚作风》；《华林》副刊开始连载程树榛的小说《人约黄昏后》（至1984年2月29日止），续载慕容奇的小说《倩姬之欲望》（十一），孟省的小说《扪虱奇缘》（五）。

23日　《澳门日报·新园地》副刊刊载陶里《东望洋跑道侧语》（斗室漫笔），周千秋的七绝《重游昆明成都》，胡晓风《大赛车小插曲》（濠江小唱），汉闻《曾在本报〈小说版〉连载陈浩泉的〈碧海情怀〉》（书话）。

⊙　《华侨报·华青》副刊刊载周和根的杂记《文章何价》，葳蕤的杂记《请登广告！》，倩倩的杂记《考试前后》，蔡顺玲的杂记《理想与生活》，靖希的杂记《“别”的滋味》，杨达夫的杂记《驽马十驾功在不舍》，韩旭的杂记《秋的踪迹》，李守柔的杂记《升上高三的感受》；《华座》副刊刊载琴涵的杂记《烛光和阳光》，东方一羽的杂记《赛车断魂说到引进》；《华林》副刊续载慕容奇的小说《倩姬之欲望》（十二），孟省的小说《扪虱奇缘》（六）。

24日　《澳门日报》第三版刊载新闻《晓角社定周日公演〈原野〉今总彩排本报尚余小量门券备索》；《儿童园地》刊载培正小冰《杭州游记》；《镜海》副刊刊载农津《歇弦人语》，邝国富、陆永海的报告文学《曾经沧海》，莫尖锐《海边绮想》，谭兴全《忆童年》，苇鸣新诗《平安大押》；《新园地》副刊载陶里《中西亚当夏娃》（斗室漫笔），章蕴健《生命何价》（杂感），胡晓风《鲈鱼钓梦》（濠江小唱）。

⊙　《华侨报·华座》副刊刊载东方一羽的杂记《港女越来越唔靓？》；《华林》副刊刊载慕容奇的短篇小说《畸恋冤魂》，续载孟省的小说《扪虱奇缘》（七）。

25日　《澳门日报·新园地》副刊刊载白羊《这三位女孩子》（随笔），鲁茂《中庸之道》（斗室漫笔），胡晓风《村田》（濠江小唱），石城《永不磨灭的感情》（见闻录）。

⊙　《华侨报·华座》副刊刊载嘉华的杂记《要小心鲈鱼》，申章的杂记《美食“陆稿荐”的传说》，佟立章的诗《病》，东方一羽的杂记《拆换招牌与十愿》；《华林》副刊刊载慕容奇的小说《渺目神社》（一），续载孟省的小说《扪虱奇缘》（八）。

26日　《澳门日报·新园地》副刊刊载鲁茂《爱是无罪的》（斗室漫笔），陈戈华《黄遵宪与“诗界革命”》（文坛轶话），胡晓风《新，旧诗与杂文》（濠江小唱），王文琴《访上海艺术书店》（见闻录）。

⊙　《华侨报·华座》副刊刊载黄衫客的杂记《寒冬谈野味》，《从金銮殿前不植树说起……》，东方一羽的杂记《电公司陷破产状态》；《华林》副刊续载慕容奇的小说《渺目神社》（二），孟省的小说《扪虱奇缘》（九）。

27日　《澳门日报》第二版刊载新闻《晓角社今演〈原野〉　澳门电台明起播连续剧》；《新园地》副刊刊载陈不讳《苦苦地干事业》（随笔），张望的新诗《澳凼大桥（外一首）》，陶里《吃亏是福》（斗室漫笔），陈戈华《黄遵宪与“诗界革命”》（文坛轶话），胡晓风《愣小子之恋》（濠江小唱）。

⊙　《华座》副刊刊载麦汉兴的杂记《羊城菊展漫步》，峰的杂记《写在港澳话剧穿梭汇演前》，佟立章的诗《致远方的友人》，集元的杂记《巧联妙对》，东方一羽的杂记《人间贱丈夫种种》；《华林》副刊续载慕容奇的小说《渺目神社》（三），孟省的小说《扪虱奇缘》（十）。

28日　《澳门日报》第二版刊载新闻《港澳戏剧穿梭汇演首场门券即起发售〈再见女郎〉及〈判〉两剧同台演出》《晓角剧社演〈原野〉入场观众甚踊跃》；《家庭》刊载沈尚青《意会与言传》（生活），林中英《看相之后》（门外门内）；《新园地》副刊刊载陶里《离婚在美国》（斗室漫笔），胡晓风《斩妻》（濠江小唱），梁文翎《宗教，文学，历史兼备〈古兰经的故事〉》（书话），章蕴健《人生的选择》（杂感），周千秋的七言《西安游》。

⊙　《华侨报·华座》副刊刊载江风的杂记《中国文学吸引歌德》，峰的杂记《爱》，东方一羽的杂记《要疏导不是取缔》，梁荔玲的杂记《生活需有理想》；《华林》副刊续载慕容奇的小说《渺目神社》（四），孟省的小说《扪虱奇缘》（十一）。

29日　《澳门日报·新园地》副刊刊载东瑞《哦，生活！》（随笔），冼得霖《秋风起怨情》（诗词评赏），胡晓风《钓的启示》（濠江小唱）。

⊙　《华侨报·华座》副刊刊载慕容的杂记《童心与童画》，梁荔玲的诗《最美》，秉新的杂记《“罗汉树”谈奇》；《华林》副刊刊载慕容奇的小说《七夕祭》（一），续载孟省的小说《扪虱奇缘》（十一）。

30日　《澳门日报·新园地》副刊刊载胡晓风《想起凌钝》（濠江小唱），王云《福楼拜与〈包法利夫人〉》（文坛轶话）。

⊙　《华侨报·华座》副刊刊载嘉华的杂记《多一点体谅》，黄丽穗的杂记《美的责任》，王一芒的杂记《叶奇花艳俏王莲》，梁荔玲的杂记《解费》，东方一羽的杂记《是恨？还是痛苦？》；《华林》副刊续载慕容奇的小说《七夕祭》（二），孟省的小说《扪虱奇缘》（十二）。

十二月

1日　《澳门日报·镜海》副刊刊载林中英《家事》，韩牧《石磅·石棋盘》，以翎《那一种心情》，凌钝的新诗《悼翁教授》；《新儿童》副刊刊载许心《吃得苦中苦方能精上精“幼学古诗”（四十首）》；《儿童园地》刊载妇联钟葆青《愉快的旅行》，圣罗撒陈宇慧《中秋节记事》；《新园地》副刊刊载东瑞《从“半边人”说起》（随笔），胡晓风《有关老陈的消息》（濠江小唱）。

⊙　《华侨报·华座》副刊刊载桓来的杂记《芦荟热》，嘉华的杂记《从〈不文集〉想到……》，东方一羽的杂记《啊，妻子？妻子！》；《华林》副刊续载慕容奇的小说《七夕祭》（三），孟省的小说《扪虱奇缘》（十三）。

2日　《澳门日报》第八版刊载新闻《澳门戏剧社定九日公演〈再见女郎〉门票发售》；《新园地》副刊刊载鲁茂《大厦防盗》（斗室漫笔），胡晓风《妈阁庙怪火》（濠江小唱），玉文的新诗《中世纪组曲（葡国芭蕾）》。

⊙　《华侨报·华座》副刊刊载于馥的杂记《古典文学与中药名》，峰的杂记

《判》，温珊的杂记《藏族的“腰刀”》，东方一羽的杂记《酒会上的感触》；《华林》副刊续载慕容奇的小说《七夕祭》（四），孟省的小说《扪虱奇缘》（十四）。

3日　《澳门日报·新园地》副刊刊载鲁茂《闲谈发达》（斗室漫笔），胡晓风《韩牧的〈回魂夜〉》（濠江小唱），东瑞《秦牧新著〈语林采英〉》（书话）。

⊙　《华侨报·华座》副刊刊载墨斗的杂记《泰山石敢当石碑的来源》，嘉华的杂记《西装》，东方一羽的杂记《从主委咨询知道的》；《华林》副刊续载慕容奇的小说《七夕祭》（五），孟省的小说《扪虱奇缘》（十五）。

4日　《澳门日报》第二版刊载本报记者蔡彩莲《澳门话剧园地的耕耘者——港澳穿梭话剧会演前访澳门戏剧社》（特写）；《新园地》副刊刊载陶里《超级市场》（斗室漫笔），张望新诗《的黎波里可是椭圆的》，一哲《满招损，谦受益》（随笔），胡晓风《变起》（濠江小唱）。

⊙　《华侨报·华座》副刊刊载黄衫客的杂记《良乡栗子桂林锥》，楚舒的杂记《蜚声乐坛的中国锣》，多龄的杂记《漳州八宝印泥》，东方一羽的杂记《火！火！火！》；《华林》副刊续载慕容奇的小说《七夕祭》（六），孟省的小说《扪虱奇缘》（十六）。

5日　《澳门日报·家庭》刊载林中英《讲故事》（门外门内），沈尚青《早生华发》（生活）；《新园地》副刊刊载陶里《歌册》（斗室漫笔），黄施民的词《金缕曲》，胡晓风《汪明荃又传要离婚》（濠江小唱），冼得霖《接天莲叶，映日荷花》（诗词评赏），黄海云《梁山好汉多爱酒》（见闻录）。

⊙　《华侨报·华座》副刊刊载袁瑜的杂记《变质的传统》，路欣的杂记《悼念吕文成》，嘉华的杂记《由加价想到巴士》，东方一羽的杂记《由跳绳堕楼谈起》；《华林》副刊续载慕容奇的小说《七夕祭》（七），孟省的小说《扪虱奇缘》（十七）。

6日　《澳门日报·新园地》副刊刊载陶里《语文教学》（斗室漫笔），冼得霖《接天莲叶，映日荷花》（诗词评赏），胡晓风《爷孙，父女》（濠江小唱），徐志英《生活是作家的学校》（文坛轶话），白羊《母乳喂儿与沿袭》（随笔）。

⊙ 《华侨报·华座》副刊刊载路欣的杂记《刘天一和吕文成》，嘉华的杂记《莫将烦恼捂心底》，黄衫客的杂记《鲤鱼风起浪花腥》，东方一羽的杂记《某阿姐要一刀分？》；《华林》副刊续载慕容奇的小说《七夕祭》（八），孟省的小说《扪虱奇缘》（十八）。

7日 《澳门日报·新园地》副刊刊载陶里《抉择》（斗室漫笔），东瑞《买杂志小记》（随笔），胡晓风《师爷》（濠江小唱），章蕴健《患难见真情》（见闻录）。

⊙ 《华侨报·华座》副刊刊载戴奎的杂记《把岁月缠在春柳枝上》，毅刚、江伯的杂记《麦华三写中日书法史》，梁荔玲的杂记《网》，东方一羽的杂记《从“亚视”地震谈领导》；《华林》副刊续载慕容奇的小说《七夕祭》（九），孟省的小说《扪虱奇缘》（十九）。

8日 《澳门日报·新儿童》刊载陶陶《谁的功劳大？》（寓言）；《儿童园地》刊载青洲谢凤萍《学运会的前夕》，沙梨头王玉驹《愉快的旅行》；《镜海》副刊刊载陈不讳《“我不要妈妈！”》，何德桓《我爱紫英花》，陶里的新诗《旅之断章》，悠悠《〈台湾香港文学论文选〉简介》；《新园地》副刊载东瑞《可怜的八妹》（随笔），杨伟群的七律《题越秀公园菊展（二首）》，胡晓风《红线女将重现银幕》（濠江小唱），李浩泉《请给打油诗一个席位》（艺林）。

⊙ 《华侨报·华座》副刊刊载江伯的杂记《剑胆琴心一画人》，嘉华的杂记《充实》，梁荔玲的杂记《圣诞铃声》，东方一羽的杂记《堕胎致命引话题》；《华林》副刊刊载慕容奇的小说《东海道飞足》（一），续载慕容奇的小说《七夕祭》（十），孟省的小说《扪虱奇缘》（二十）。

9日 《澳门日报》第二版刊载新闻《港澳戏剧穿梭汇演今大会堂正式举行〈再见女郎〉及〈判〉两剧同台演出》；《新园地》副刊刊载鲁茂《钱财如粪土，仁义值千金》（斗室漫笔），梁文翎《他……》（生活素描），王云《戈尔丁与〈苍蝇王〉》（文坛轶话），胡晓风《迎与送》（濠江小唱），卓伦的新诗《野物店前》。

10日　《澳门日报·新园地》副刊载鲁茂《两面不讨好的电影》（斗室漫笔），林水木的新诗《啊！温馨的故乡……》，胡晓风《虬髯比何贤》（濠江小唱）。

⊙　《华侨报·华座》副刊刊载慕华的杂记《蜚声世界画坛的画家》，玉彩的杂记《“我是贝多芬！”》，于馥的杂记《一顶帽子所表示的》，嘉华的杂记《读书与技击之道》，东方一羽的杂记《写于一位长者之丧》；《华林》副刊续载慕容奇的小说《东海道飞足》（二），孟省的小说《扪虱奇缘》（二十一）。

11日　《澳门日报·新园地》副刊刊载白羊《半年的九十分之一》（随笔），明的新诗《凼仔行》，胡晓风《大江》（濠江小唱），逸翁《许地山的“爱情公约”》（文坛轶话）。

⊙　《华侨报·华座》副刊刊载杨丽芳的杂记《日本人的竞选守护神》，嘉华的杂记《照相机》，小克的杂记《泰国人的礼仪》，秉新的杂记《海东青再现踪》，墨斗的杂记《菊谈》，梁荔玲的杂记《妈妈》，东方一羽的杂记《邱老太爷将如何？》；《华林》副刊续载慕容奇的小说《东海道飞足》（三），孟省的小说《扪虱奇缘》（二十二）。

12日　《澳门日报·家庭》刊载林中英《母亲》（门外门内），沈尚青《人在江湖》（生活）；《新园地》副刊刊载陶里《高姿态评诗》（斗室漫笔），胡晓风《虚假苍白的“花城”》（濠江小唱），刘逸生的七绝《癸亥暮秋丹霞山留题》。

⊙　《华侨报·华青》副刊刊载何树华的杂记《什么是补偿成才》，白清的杂记《负荆请罪》，引子的杂记《谈老年人的遭遇》，李丽青的杂记《知足者常乐》，郑比贤的杂记《上葡文课》，周和根的杂记《莲中水》，葳蕤的杂记《笼的杂感》，杨达夫的杂记《天才与白痴》；《华座》副刊刊载多龄的杂记《大围山上访相思》，嘉华的杂记《何贤精神不死》，黄衫客的杂记《海产妙品西施舌》，克龄的杂记《二万法郎》，东方一羽的杂记《“澳篮”如何振作》；《华林》副刊续载慕容奇的小说《东海道飞足》

（四），孟省的小说《扪虱奇缘》（二十三）。

13日　《澳门日报·新园地》副刊刊载陶里《短头发》（斗室漫笔），胡晓风《顶礼》（濠江小唱），石城《此风可长》（见闻录），陈怀萱《葛饰北斋的〈水浒传绘本〉》（书话），刘逸生的七绝《癸亥暮秋丹霞山留题》。

⊙　《华侨报·华座》副刊刊载杨文璞的杂记《笑》，梁荔玲的杂记《解药》，嘉华的杂记《十六岁的爱情》，东方一羽的杂记《对社会各有作用》；《华林》副刊续载慕容奇的小说《东海道飞足》（五），孟省的小说《扪虱奇缘》（二十四）。

14日　《澳门日报·新园地》副刊刊载陶里《不必多话》（斗室漫笔），梅萼华《章士钊咏澳门》（新地杂掇），胡晓风《感人的〈万水千山〉》（濠江小唱），刘逸生的七绝《癸亥暮秋丹霞山留题》，章蕴健《排队精神》（见闻录），陈怀萱《葛饰北斋的〈水浒传绘本〉》（书话）。

⊙　《华侨报·华座》副刊刊载墨斗的杂记《甘露寺怀古》，梁荔玲的杂记《两者之间》，杨翎的杂记《丞相，大学士到总理》，嘉华的杂记《水客》，汉客的杂记《长相美丑》，克龄的杂记《列宾的认真》，东方一羽的杂记《份属道友，请留意》；《华林》副刊续载慕容奇的小说《东海道飞足》（六），孟省的小说《扪虱奇缘》（二十五）。

15日　《澳门日报·儿童园地》刊载圣罗撒陈宇慧《旅行记》，同善堂赵婵娟《黑沙旅行记》；《镜海》副刊刊载杨羽仪《航船上》，农津《新旧之间》，范怀烈《华林漫步》，新诗《享受与牺牲》，明的新诗《看“丝绸之路”》，谭兴全《伤惜》，《谈韩牧的〈回魂夜〉》；《新园地》副刊刊载陶里《管制吸烟之外》（斗室漫笔），胡晓风《管制吸烟》（濠江小唱），梅萼华《浅水湾畔多感慨》（新地杂掇）。

⊙　《华侨报·华座》副刊刊载黄衫客的杂记《青蔬入馔》，戴奎的杂记《电子画》，嘉华的杂记《飞机失事》，东方一羽的杂记《大街横巷有话讲》，梁荔玲的杂记《强弱之别》；《华林》副刊续载慕容奇的小说《东海道飞足》（七），孟省的小说《扪虱奇缘》（二十六）。

16日　《澳门日报·新园地》副刊刊载东瑞《对白小谈》（随笔），梅萼华《刘景堂〈沧海楼词钞〉》（新地杂掇），玉文的新诗《答》，胡晓风《解甲》（濠江小唱），穆翼《从〈徐悲鸿传〉胎死说起……》（见闻录）。

⊙ 《华侨报·华座》副刊刊载芊漫的杂记《奇异的洗澡》，杨子的杂记《感情的倒叙》，嘉华的杂记《表侄的女友》，宝之的杂记《崃邛乡酒》，东方一羽的杂记《值得忧虑的心态》；《华林》副刊刊载张系国的小说《阳羡书生》（一），续载慕容奇的小说《东海道飞足》（八）。

17日 《澳门日报·新园地》副刊刊载鲁茂《“仕林祭塔”精彩》（斗室漫笔），胡晓风《桥之歌》（濠江小唱），卓伦的新诗《校园朝晨》。

⊙ 《华侨报·华座》副刊刊载芊漫的杂记《艺术珍品牛角画》，嘉华的杂记《女为悦己者容》，王一芒的杂记《庆祝圣诞活动来由》，克龄的杂记《和你一样穷》，东方一羽的杂记《垃圾！垃圾的垃圾》；《华林》副刊续载慕容奇的小说《东海道飞足》（九），张系国的小说《阳羡书生》（二）。

18日 《澳门日报·新园地》副刊刊载鲁茂《山水为媒》（斗室漫笔），东瑞《贺卡和日历》（随笔），胡晓风《市政厅所干何事》（濠江小唱），YY的新诗《露珠（外一首）》，徐志英《生活·构思·下笔》（文坛轶话）。

⊙ 《华侨报·华座》副刊刊载墨斗的杂记《狠石原来不狠心》，嘉华的杂记《巴士查证》，黄衫客的杂记《旧式茶居与星期美点》，梁荔玲的杂记《齐来渡圣诞》，甘戈的杂记《中国象棋与兵法》，王一芒的杂记《冬来糖炒栗子香》，东方一羽的杂记《罗慕洛的老泪》；《华林》副刊续载慕容奇的小说《东海道飞足》（十），张系国的小说《阳羡书生》（三）。

19日 《澳门日报》第八版刊载新闻《周强讲〈红楼梦〉四十余人听讲》；《家庭》刊载林中英《臭不可闻》（门外门内），沈尚青《圣诞卡》（生活）；《新园地》副刊刊载陶里《前仆后继》（斗室漫笔），朱仲玉《陈恭尹对曹操的评论》（文坛轶话），胡晓风《送关万里前辈》（濠江小唱），陈怀萱《困》（随笔）。

⊙ 《华侨报》第五版刊载新闻：近年来，中国绝大多数文艺工作者清楚地认识到自己在精神文明建设中的神圣职责，坚持深入生活，或收集素材，创作表现中国当代发展趋势的作品，或为工农兵演出，激励人们奋发向前。《华座》副刊刊载于芊的杂记《杭州名点“猫耳朵”》，芝芝的杂记《人头怪谈》，嘉华的杂记《市牢爆棚》，端端的杂记《小谈“数九”》；《华林》副刊续载慕容奇的小说《东海道飞足》（十一），张系国的小说《阳羡书生》（四）。

20日　《澳门日报·新园地》副刊刊载陶里《阿伯之喜》（斗室漫笔），杨伟群的七绝《代柬致湘中诗友三首》，逸翁《鲁迅的“汤饼会”》（文坛轶话），胡晓风《京港长跑》（濠江小唱）。

⊙　《华侨报·华座》副刊刊载姚昌森的杂记《少林传人在苏州》（上），慕华的杂记《世界末日笑话多》，克龄的杂记《锦绣垃圾》；《华林》副刊刊载黄继树的小说《女贞》（一），续载慕容奇的小说《东海道飞足》（十二），张系国的小说《阳羡书生》（五）。

21日　《澳门日报·新园地》副刊刊载陶里《壮举》（斗室漫笔），胡晓风《满街时装》（濠江小唱），林水木的新诗《松山幽径（外二首）》。

⊙　《华侨报·华青》副刊刊载丁韶的杂记《别出心裁独具一格》，零小星的杂记《排队》，郭永文的杂记《我在乡间读书时……》，杨达夫的杂记《毽子千里寄友情》，蔡顺玲的杂记《路》《失望》，冼官福的杂记《首次投稿的思絮》，周和根的杂记《一日游》；《华座》副刊刊载丁韶柏的杂记《欧阳修的〈蝶恋花〉》，梁荔玲的杂记《我的星期四》，东方一羽的杂记《错！错！错！》，续载姚昌森的杂记《少林传人在苏州》（下）；《华林》副刊开始连载雷千醉的小说《阴阳令》（时断时续，至1984年底仍在连载），续载黄继树的小说《女贞》（二），慕容奇的小说《东海道飞足》（十三），张系国的小说《阳羡书生》（六）。

22日　《澳门日报·镜海》副刊刊载东瑞《谁扮圣诞老人》，韩牧《敬意也是谢意》，明新诗《海滩上的沙粒》，姜苗的新诗《南园诗稿》，莫尖锐的新诗《秋思（外一首）》；《新儿童》刊载殷殷《儿童小说创作选“爱心比赛”》；《儿童园地》刊载镜平蔡美云《一位勇敢的消防员》，培正邝昀《栗子》；《新园地》副刊刊载陶里《黑色圣诞》（斗室漫笔），小丁的新诗《那弯弯的小斜路》，茗屋《关于乔大壮》（人物），胡晓风《汪明荃面对考验》（濠江小唱）。

⊙ 《华侨报·旅游与乡土》副刊刊载欣欣的杂记《日本雪节姿彩》，采青的杂记《印度打夫节》，墨斗的杂记《天下第一泉——中冷泉》，吕佛庭的杂记《雷尼尔山行足》，怀山的杂记《南美行踪拾趣》，新华的杂记《古嘉州掠影》；《华座》副刊刊载黄衫客的杂记《菊黄酒熟蟹肥时》，东方一羽的杂记《枪炸声与火迎圣诞》，梁荔玲的杂记《忆庐山》（一）；《华林》副刊续载黄继树的小说《女贞》（三），慕容奇的小说《东海道飞足》（十四），张系国的小说《阳羡书生》（七）。

23日 《澳门日报·新园地》副刊刊载鲁茂《犯罪多元化》（斗室漫笔），胡晓风《炮台牌坊下的一闪》（濠江小唱），尔颂《勿忘我》（见闻录）。

⊙ 《华侨报·华座》副刊刊载路欣的杂记《徐柳仙在广州》，小芊的杂记《王绂错送竹石图》，嘉华的杂记《假与骗》，续载梁荔玲的杂记《忆庐山》（二）；《华林》副刊续载黄继树的小说《女贞》（四），慕容奇的小说《东海道飞足》（十五），张系国的小说《阳羡书生》（八）。

24日 《澳门日报·新园地》副刊刊载鲁茂《耶诞二题》（斗室漫笔），胡晓风《冬至抒情》（濠江小唱），陈怀萱《耶诞与圣诞》（随笔）。

⊙ 《华侨报·华座》副刊刊载墨斗的杂记《北固山点滴》，郑存耀的诗《自题五十生朝》，嘉华的杂记《可乐更》，续载梁荔玲的杂记《忆庐山》（三）；《华林》副刊刊载慕容奇的小说《大足板神》（上），续载黄继树的小说《女贞》（五），张系国的小说《阳羡书生》（九）。

25日 《澳门日报·新园地》副刊刊载东瑞《圣诞老人》（随笔），杨奎章的七言《陕西行》，胡晓风《多峇湖边的半个女孩》（濠江小唱）。

⊙ 《华侨报》第二版刊载新闻：专门为港澳台同胞、海外侨胞、外籍华人及他们的外国籍亲属提供出版服务的中国友谊出版公司，明年计划出版八十部各类书籍，并与更多服务对象建立联系，把更多的海外学人著作介绍到中国来；《华座》副刊刊载嘉华的杂记《渔业一枝独秀》，黄衫客的杂记《水獭已成席上珍》，梁荔玲的诗《空》，克龄的杂记《与新世界一起出发》，东方一羽的杂记《今年望明年点算？》；《华林》副刊续载黄继树的小说《女贞》（六），慕容奇的小说《大足板神》（下），张系国的小说《阳羡书生》（十）。

26日　《澳门日报·家庭》刊载沈尚青《事业与家庭》（生活），林中英《女儿的奖品》（门外门内）；《新园地》副刊刊载陶里《我这个人》（斗室漫笔），杨奎章的七言《陕西行》，朱仲玉《岭南诗人梁佩兰的“养马行”》（文坛轶话），胡晓风《厅长挂冠》（濠江小唱）。

⊙　《华侨报·华座》副刊刊载史舆的杂记《印谱史话》，小芊的杂记《小记画眉之乡》，东方一羽的杂记《又是“平安夜”》；《华林》副刊刊载慕容奇的小说《鬼替身》（一），续载黄继树的小说《女贞》（七），张系国的小说《阳羡书生》（十一）。

27日　《澳门日报·新园地》副刊刊载陶里《手帕和背心》（斗室漫笔），杨奎章的七言《陕西行》，胡晓风《马车怀旧》（濠江小唱），孙忆晴《我在云海中》（见闻录）。

⊙　《华侨报·华座》副刊刊载嘉华的杂记《闻加色变》，梁荔玲的杂记《我也会有这一天》，东方一羽的杂记《作出最好的交代》；《华林》副刊续载黄继树的小说《女贞》（八），慕容奇的小说《鬼替身》（二），张系国的小说《阳羡书生》（十二）。

28日　《澳门日报·新园地》副刊刊载陶里《围内》（斗室漫笔），梁雪予的七绝《何贤先生三虞之厝因病未克致祭以诗拜奠》，YY的新诗《诗两首》，胡晓风《四届全澳美展的指书》（濠江小唱）。

⊙　《华侨报·华座》副刊刊载杨翎的杂记《张壁作画话衷情》，刘少泉的杂记《第一枝八四年的报春花》，嘉华的杂记《起尾注》，东方一羽的杂记《话说天气突然冷》；《华林》副刊刊载高峰文的小说《金车》（一），续载黄继树的小说《女贞》（九），慕容奇的小说《鬼替身》（三）。

29日　《澳门日报·儿童园地》刊载培正小冰《圣诞思姐姐》，妇联钟葆青《冬天的早晨》；《镜海》副刊刊载晓红的新诗《回忆》，苇鸣的新诗《听涛集》，徐岷《月落乌啼霜满天》，编者《今期起设“新苗”栏》，瑽瑢

《亚婆》（新苗）；《新园地》副刊刊载陶里《听琴》（斗室漫笔），胡晓风《卖蛋球的小姐妹》（濠江小唱）。

⊙ 《华侨报·华座》副刊刊载孙宝年的杂记《文明人的吃》，多龄的杂记《砚台之花——五台山砚》，黄衫客的杂记《全澳美展渊源起》，嘉华的杂记《尼克逊主义》；《华林》副刊续载黄继树的小说《女贞》（十），慕容奇的小说《鬼替身》（四），高峰文的小说《金车》（二）。

30日 《澳门日报》第三版刊载新闻《海燕青云两剧团今各演话剧交流》；《新园地》副刊刊载鲁茂《时间啊，前进吧！》（斗室漫笔），胡晓风《学生哥想死》（濠江小唱），凌钝的新诗《渡海轮上——答胡老先生》，徐志英《成功的“秘密”》（文坛轶话）。

⊙ 《华侨报·华座》副刊刊载吴行洁的杂记《西方嬉皮士的悲剧》，汉生的杂记《由爱梅，咏梅说到赏梅》，嘉华的杂记《上海灌汤包》，杨翎的杂记《中国现代“三大姓”》，东方一羽的杂记《圣诞餐，俏女佣》；《华林》副刊续载黄继树的小说《女贞》（十一），慕容奇的小说《鬼替身》（五），高峰文的小说《金车》（三）。

31日 《澳门日报·新园地》副刊刊载鲁茂《御寒佳法》（斗室漫笔），玉文的新诗《十二月》，胡晓风《送走一九八三年》（濠江小唱）。

⊙ 《华侨报·华座》副刊刊载杨丽芳的杂记《达摩故乡给我的印象》，慕华的杂记《推荐〈英文解字〉》，杨翎的杂记《脆花生，北方天气》，丰宜的杂记《古都开封忆梦华》，嘉华的杂记《该怨谁？》，《赞“美”》，东方一羽的杂记《年轻仔女的悲哀》；《华林》副刊刊载慕容奇的小说《抬驾罢的人》（一），续载黄继树的小说《女贞》（十二），高峰文的小说《金车》（四）。

1984年

移民潮对澳门文学产生了重大影响。1984年3月29日，澳门日报主办了一个港澳作家座谈会，在中国澳门长大、在东南亚和中国香港以写新诗成名的韩牧先生呼吁澳门人建立澳门文学的形象，对当时的文艺界造成了很大的冲击。这次由东亚大学中文学会主办的“澳门文学座谈会”，强调“希望从速建立一个清晰的、鲜明的澳门文学的形象”的宗旨（大会统筹郑炜明语）。4月4日，《澳门日报》刊出林丹红的《建立澳门文学形象——港澳作家在本报主持座谈会上畅谈》；4月12日，《澳门日报·镜海》副刊刊出韩牧的《建立“澳门文学”的形象——一九八四年三月二十九日在澳门日报主持“港澳作家座谈会”上的发言》；6月14日，《澳门日报·镜海》副刊刊出秦燕的《也谈“建立澳门文学的形象”》。一系列文章的刊登标志着这一话题引起广泛关注和回响。

6月，澳门东亚大学中文学会出版了一本学术著作《中国语文学刊》创刊号的论文集，里面总共收集了学术论文十一篇，包括饶宗颐教授、罗忼烈教授、云惟利博士、葛晓音女士、郑炜明、黄玉明、叶贵宝等人的学术论文。这些人都是当时澳门东亚大学文学院中国语言与文学专业的教师或学生。从论文的内容来看，范围包括古文字研究、中国传统书法的研究、古典文学和现代文学的研究。这本论文集的出版，可以说是澳门在学术文化发展上的一个里程碑，意味着澳门将以更加严肃认真的态度看待自身的学术文化发展，包括文学的发展。

胡晓风（1922—2010）是澳门著名散文作家和诗词作者。他原名胡明，广东顺德人。笔名有东方一羽、南宫燕、冷千山、蓝岚等。少年往南洋谋生，侨居印度尼西亚数十年，20世纪60年代从事华文报纸的工作。20世纪80年代他流寓澳门，曾在《华侨报》撰写“横眉集”“低眉小语”专栏，针砭时弊，颇受市民欢迎。又以古典诗词为主，辅以简短杂文的形式在《澳门日报》撰写专栏“濠江小唱”，文笔优雅、辛辣兼备；曾主编《澳门脉搏》周报及艺文报刊《湖畔》。胡晓风性情耿介，心系家国，关注社会民生，其作品每多针砭时弊，诗词风格辛辣委婉兼擅，情感既深沉苍凉亦洒脱酣畅，新诗有“五四”时代的遗风，清新自然，别具特色。澳门基金会为其出版《南湾唱情》诗集四册。

该年刊登的长篇小说中，林中英的中篇小说《云月》描写一个家庭女教师一段抱憾的爱情故事。香港陈浩泉的《广播道风云》描写激烈竞争的电视台之间、高层人员和艺人之间的勾心斗角。青年作家陈不讳《怀春的日子》细致刻画中学男女之间的感情烦恼，人物生动、有个性，大胆反映了他们的叛逆行为，小说富有时代气息。周桐的《狭路姻缘》描写一对男女先后在多个有意无意的场合中碰面，结冤结缘。

一月

1日　《澳门日报·新园地》副刊刊载白羊《红演员不能这样》，陈燕茂《惠能对中国佛教的影响》，罗冠群《新年祝愿——调寄〈水调歌头〉》，江学《外国新年风俗集锦》，陆波《七千法郎得啖笑——法国掠影之十四》，胡晓风《新岁寄意》，华鹪《二天油与韦少白》，王云《霍桑和小说〈青春泉〉》，开始连载陈浩泉的长篇小说《广播道风云》（至1984年10月31日止）。

⊙　《华侨报·旅游与乡土》副刊刊载欣欣的游记《邱吉尔住宅参观记》，轩的杂记《阿姆斯特丹赏画》；《华座》副刊刊载梁荔玲的杂谈《平凡是痛苦的》，东方一羽的杂谈《又是新一年开始》，林定孚的诗《偶感》；《华林》副刊续载高峰文的小说《金车》（五），黄继树的小说《女贞》（十三），慕容奇的小说《抬驾罢的人》（二）。

3日　《澳门日报·新园地》副刊刊载钟紫《东江记行》（一），陶里《通胜》，冼德霖《雅俗共赏的杨诚斋诗》，濠江客《从旧图看本澳新变化》，无瑕《胡昌硕画展观后》，王庆章《昙花冬日怒放》，双高《人体能发电》，胡晓风《凌钝的〈渡海轮上〉》。

⊙　《华侨报·华座》副刊刊载黄衫客的杂谈《漫谈铁树开花》，慕华的杂谈《大象能够彼此交谈》，开始连载司马龙的小说《桅杆灯塔浪里人》（至1984年2月10日止）；《华林》副刊续载高峰文的小说《金车》（六），黄继树的小说《女贞》（十四），慕容奇的小说《抬驾罢的人》（三）。

4日　《澳门日报·新园地》副刊刊载慧敏《玻璃琴非同凡响》，陶里《海外情》，陈怀萱《日本〈大汉和辞典〉——世界最大的辞典》，江滨《受世界欢迎的芫茜》，腾《巷口的垃圾堆》，胡晓风《向〈新园地〉诗人致敬》，续载钟紫《东江记行》（二）。

⊙　《华侨报·华青》副刊刊载丁冬的杂谈《堪供借鉴介绍两首纳兰词》，小草的随笔《礼物》，腾龙的随笔《百千层》，逆水的杂谈《朋友》，周和根、小蓉的诗《诗二首》；《华座》副刊刊载东方一羽的杂谈《算是澳门街风情》；《华林》副刊续载高峰文的小说《金车》（七），黄继树的小说《女贞》（十五），慕容奇的小说《抬驾罢的人》（四）。

5日　《澳门日报·镜海》副刊刊载悠悠《祖国关心香港文学》，于思《春花小语》《大漠集》，晴云《我有一句话》，淘空了《泪花》（四首），匡瑶《海的启示》；《新园地》副刊刊载石在《北国的艺术奇葩》，濠江客《远来茶楼六十三年》，求博《公元纪年的由来》，璞斋《漫谈御寒生锅》，李春《饮酒学问点滴》，金良《金缕玉衣》，胡晓风《阿SIR妙语》，续载钟紫《东记江行》（三）。

淘空了（1943—　），原名郑卓立，福建惠安人，毕业于福建师范学院中文系。1981年移居澳门，曾做过工人、车夫，现任教于澳门一所中学。著有诗集《我的黄昏》《黄昏的解答》和《黄昏的再版画》等。

⊙　《华侨报·华座》副刊刊载梁荔玲的杂谈《泰然处之》，东方一羽的杂谈《听寒山寺钟联想》；《华林》副刊续载高峰文的小说《金车》（八），黄继树的小说《女贞》（十六），慕容奇的小说《抬驾罢的人》（五）。

6日　《澳门日报·新园地》副刊刊载梯亚《法国杂碎》，卓伦《油菜花》，陈同年《记邓散木》，王文琴《义工》，白璧《变种鲫鱼观赏价值高》，薛鸣《玉润冰清话水仙》，胡晓风《错结》，续载钟紫《东江记行》（四）。

⊙ 《华侨报·华座》副刊刊载琴涵的随笔《闲情》；《华林》副刊续载高峰文的小说《金车》（九），黄继树的小说《女贞》（十七），慕容奇的小说《抬驾罢的人》（六）。

7日 《澳门日报·新园地》副刊刊载梯亚《法国杂碎》，沈实《基因探子可查早期血癌》，尚毅《刻划社会风貌，揭露社会本质——狄雅士油画展观感》，方丁《地球曾生活过多少人？》，张震《蛇肉食疗古今谈》，濠江客《远来茶楼的门联窗联》，胡晓风《好主意》，续载钟紫《东江记行》（五）。

⊙ 《华侨报·华座》副刊刊载陈永冰的杂记《故园拾画记》，杨翎的杂记《鲁迅论广告》；《华林》副刊续载高峰文的小说《金车》（十），黄继树的小说《女贞》（十八），慕容奇的小说《抬驾罢的人》（七）。

8日 《澳门日报·新园地》副刊刊载鲁茂《喜见新苗》，王云《华裔诗人朱丽爱她的"心"》，石在《人类未来的主食》，黄施民《七律二首》，华鹓《"广东十虎"之一的苏乞儿》，白羊《过年》，沈实《基因与癌的关系》，胡晓风《蹈海》。

⊙ 《华侨报·旅游与乡土》副刊刊载彩绢的游记《世界第八大奇景大堡礁》，欣欣的游记《东方威尼斯文莱》，慧敏的游记《渡假者天堂里约热内卢》，树森的游记《枫叶红时访天平山庄》；《华座》副刊刊载丁韶柏的杂谈《秦观的〈踏莎行〉郴州旅舍——〈人间词话〉引用诗词赏析之二》；《华林》副刊续载高峰文的小说《金车》（十一），黄继树的小说《女贞》（十九），慕容奇的小说《抬驾罢的人》（八）。

9日 《澳门日报·新园地》副刊刊载鲁茂《推销》，濠江客《远来茶楼历尽沧桑》，朱高章《冠心病人的饮食》（上），谈金《加拿大的冬季狂欢节》，冼得霖《酌而不竭见真诗》，文泽《小幽默》，朱丽贤《肇庆嘉鱼羹》，胡晓风《悲欢岁月》。

⊙ 《华侨报·华座》副刊刊载墨斗的杂记《范仲淹与天平山》；《华林》副刊续载高峰文的小说《金车》（十二），黄继树的小说《女贞》

（二十），慕容奇的小说《抬驾罢的人》（九）。

10日　《澳门日报·新园地》副刊刊载白羊《吃了火药》，吴深《四十八小时戒烟法》，杜埃《打水诗三首》，朱高章《冠心病人的饮食》（下），文泽《小幽默》，王文琴《路边吃生锅情趣》，洪丕谟《董其昌的代笔人》，胡晓风《金鱼与骂》。

⊙　《华侨报·华座》副刊刊载慕华的杂谈《发表演讲有窍门》，路雨丘的杂谈《新年许愿》，梁荔玲的杂谈《论“过桥抽板”》（上）；《华林》副刊续载高峰文的小说《金车》（完），黄继树的小说《女贞》（二十一），慕容奇的小说《抬驾罢的人》（十）。

11日　《澳门日报·新园地》副刊刊载白羊《独子碰上独女》，老赵《四大名菜——食在海南岛》，钱之德《吴湖帆的书法》，全阳《珊瑚能产油和储油——古今以来珍贵的观赏品》，松筠《文物丰富的曾侯乙墓》，胡晓风《白鸽巢公园》，华鹓《蔡李佛拳与陈享》。

⊙　《华侨报·华座》副刊刊载楚舒的杂记《敦煌学研究谱新篇》，梁荔玲的杂谈《论“过桥抽板”》（下）；《华林》副刊刊载喻丽清的小说《瞎子·孩子与狗》（一），续载黄继树的小说《女贞》（二十二），慕容奇的小说《抬驾罢的人》（十一）。

12日　《澳门日报·新园地》副刊刊载老赵《那大狗肉——食在海南岛》，鲁茂《加强冬防》，梅萼华《欢呼〈诗词报〉创刊》，徐志英《遍地“黄金”》，白璧《残忍的雀斗狗》，慧敏《“肉弹”的悲哀》，文泽《小幽泽》，胡晓风《火警疑云》，濠江客《德字街商贾建妈阁石殿》；《新儿童》刊载谈学文《“厂”和“广”》；《镜海》副刊刊载东瑞《花的梦》，夏砚《他》，明《织》，苇鸣《听涛集》，韩牧《儿童相声》，于思《春花小语》。

⊙　《华侨报·华座》副刊刊载张俊贤的杂记《喜马拉雅山中的厨房》，梁荔玲的杂谈《万物为“一”》；《华林》副刊续载喻丽清的小说《瞎子·孩子与狗》（二），黄继树的小说《女贞》（二十三），慕容奇的小说《抬驾罢的人》（十二）。

13日　《澳门日报·新园地》副刊刊载老赵《海产·野味·水果——食在海南岛》，鲁茂《讲波佬的咪前幕后》，梅萼华《广州的诗词刊物》，王鸿定《印纽二三事》，胡晓风《送米赚门》，白璧《吸盘鳅可作水族箱赏玩》，石在《日本的"高利贷地狱"》，王文琴《步步惊心》。

⊙　《华侨报·华座》副刊刊载矢一的杂记《陆康和他的篆刻艺术》，梁荔玲的杂谈《秦桧与岳飞》；《华林》副刊续载喻丽清的小说《瞎子·孩子与狗》（三），黄继树的小说《女贞》（二十四），慕容奇的小说《抬驾罢的人》（完）。

14日　《澳门日报·新园地》副刊刊载陶里《小说〈一九八四〉》，梅萼华《诗词日历》，华鹨《广东著名拳击黄玉》，傅建中《今年为什么有366天》，石在《鼠年谈鼠》，许伟健《深于思考　求真创获——评〈康有为诗文选〉》（上），胡晓风《盘餐》，濠江客《妈阁庙山门的变迁》。

⊙　《华侨报·华座》副刊刊载丁韶柏的杂谈《宋祁的〈玉楼春〉——〈人间词话〉引用诗词赏析之三》，李瑞祥的杂谈《良好的开端——广州美术学院港澳校友作品联展》，梁荔玲的杂谈《格言要紧记》；《华林》副刊刊载慕容奇的小说《醉者魂》（一），续载喻丽清的小说《瞎子·孩子与狗》（四），黄继树的小说《女贞》（二十五）。

15日　《澳门日报·新园地》副刊刊载许伟健《深于思考　求真创获——评〈康有为诗文选〉》（下），陶里《珍视诗的传统》，罗爵群《孙中山在澳门执业西医的轶事》，一哲《衣带渐宽终不悔》，好胜《"魔鬼城"搜秘》，黄海云《尼古丁的由来》，胡晓风《同居》。

⊙　《华侨报·华座》副刊刊载杨翎的杂谈《画家非不修边幅》，梁荔玲的杂谈《问得很妙》（上）；《华林》副刊续载喻丽清的小说《瞎子·孩子与狗》（五），黄继树的小说《女贞》（二十六），慕容奇的小说《醉者魂》（二）。

16日　《澳门日报·新园地》副刊刊载陶里《音响》，耀武《飞机和导弹的"混血儿"》，濠江客《妈阁弘仁殿历史悠久》，谷曼《试谈契斯恰柯夫素描教学法》，黄施民《七律二首》，尔颂《新年愿望》，韦锦庭《气球治疗肥胖症》，胡晓风《正视卓家村收地事件》，《古灵精怪》暂停连载，以英子的短篇小说《六婶提款》做补充。

⊙　《华侨报·旅游与乡土》副刊刊载墨斗的游记《天下第二泉——惠山泉》，李秋明的杂记《印度胡马雍陵》，卓平的游记《我参观南非金矿博物馆》；《华座》副刊刊载芝芝的杂谈《有关口唇的趣谈》，梁荔玲的杂谈《问得很妙》（下）；《华林》副刊续载喻丽清的小说《瞎子·孩子与狗》（完），黄继树的小说《女贞》（二十七），慕容奇的小说《醉者魂》（三）。

17日　《澳门日报·新园地》副刊刊载陶里《健康径》，王云《马克·吐温与博士学位》，庄文永《残冬》，沈实《华盛顿的人事变迁》，陈良瑞《南极冰川上的温水湖》，胡晓风《〈诗词〉报读后》，朱高章《年青人额头有皱纹——这是否衰者现象？》，攀枝《神秘的女儿王国——边疆风情画之一》（一）。

庄文永，笔名流星子，曾用笔名子文，福建泉州（惠安）人。现任《澳门日报》副刊编辑。著有诗集《落叶季节》、文学评论集《二十世纪八十年代澳门文学评论集》、文化论集《澳门文化透视》等。为澳门五月诗社理事长、澳门九九学社副主席兼秘书长、澳门《九九学刊》主编等。

⊙　《华侨报·华座》副刊刊载芊漫的杂谈《雪之趣》，吴永昌的杂谈《变调的乐曲》；《华林》副刊刊载慕白的短小说《轮票》，续载黄继树的小说《女贞》（二十八），慕容奇的小说《醉者魂》（完）。

18日　《澳门日报·新园地》副刊刊载陶里《的士罢驶》，沈实《白宫高官多患思乡病》，一哲《学如逆水行舟》，秦咢生《三洪奇大桥通车》，石城《教师者的心理》，谈金《美国人生活趣谈》，逸翁《看到自己“讣告”的作家》，胡晓风《三洪奇大桥通车》，续载攀枝《神秘的女儿王国——边疆风情画之一》（二）。

⊙　《华侨报·华青》副刊刊载丁冬的杂谈《各饶风韵》，予澄的随笔《美与丑的随想》，刘锡庆的杂谈《谈写作》，蔡顺玲的杂谈《谈命运》，天鸟的杂记《观金缕玉衣》，小蓉的杂谈《秋情》，司徒伯的杂谈《冬与春》；《华座》副刊刊载丁韶柏的杂谈《天仙子——〈人间词话〉引用诗词赏析之四》，梁鉴江的诗《注邝露诗感赋》；《华林》副刊开始连载梁羽生的小说《冰川天女传（修订本）》（至1984年底仍在连载），刊载辛奇的小说《燕子李三》（一），慕容奇的短小说《水上流的故事》（上），续载黄继树的小说《女贞》（二十九）。

19日　《澳门日报·新园地》副刊刊载陶里《大桥通车》，濠江客《妈阁庙前地的石围杆》，华鹟《狮子采青闹新年》，王文琴《重视朗诵教学》，徐续《广州萝冈看梅》，沈实《白宫高官纷纷挂冠》，陶志群《葡国的"四·二五"大桥》，胡晓风《申请水表要碰运气》；《镜海》副刊刊载晓红《心湖》，东瑞《冬天的回忆》，于思《春花小语》，苇鸣《黄沙梦——沙漠的公主》，伊人《杜仃溪（外一章）》，悠悠《祖国重视台湾文学》，续载攀枝《神秘的女儿王国——边疆风情画之一》（三）。

⊙　《华侨报·华座》副刊刊载白清的杂谈《怜子如何不丈夫？》，林逸的杂谈《菊花锅子》；《华林》副刊续载辛奇的小说《燕子李三》（二），黄继树的小说《女贞》（三十），慕容奇的短小说《水上流的故事》（下）。

20日　《澳门日报·新园地》副刊刊载融融《漫话"报屁股文章"》，金中子《中文的派生字》，杨生《"枫叶之国"美谈》，璞斋《椰菜入馔方式多》，徐志英《鲁迅的希望》，梁守中《萝岗赏梅——调寄〈菩萨蛮〉》，胡晓风《关于吴梅村》；《通讯》刊载梁雪逸《"萝岗香雪"觅诗来》；《艺海》刊载山人《粤剧能否现代化？》，续载攀枝《奇趣的"群婚"遗风——边疆风情画之二》（四）。

⊙　《华侨报·华座》副刊刊载濠江旧侣的小说《澳门孟尝君何贤》（一）；《华林》副刊刊载慕容奇的小说《地狱の影》（一），续载辛奇的小说《燕子李三》（三），黄继树的小说《女贞》（三十一）。

21日　《澳门日报·新园地》副刊刊载鲁茂《严重后遗症》，石在《英国小学重男轻女》，濠江客《妈阁渡头·虾蟆石·马交》，陈同年《全国篆刻征稿评比追记》（上），金良《我还不能沉默》，白璧《山坑鲶外貌似塘虱》，胡晓风《娥眉》，续载攀枝《奇趣的"群婚"遗风—— 边疆风情画之二》（五）。

⊙　《华侨报·华座》副刊刊载白清的杂谈《"三板斧"法》，嘉华的杂谈《女人心理》，续载濠江旧侣的小说《澳门孟尝君何贤》（二）；《华林》副刊续载辛奇的小说《燕子李三》（四），黄继树的小说《女贞》（三十二），慕容奇的小说《地狱の影》（二）。

22日　《澳门日报·新园地》副刊刊载鲁茂《从闹市枪战谈起……》，秦怀《神奇的球形闪电》，一哲《十年磨一剑》，凌钝《窘》，胡晓风《应景花木》，温俊《迎春食品话瓜子》，陈同年《全国篆刻征稿评比追记》（下），续载攀枝《奇趣的"群婚"遗风——边疆风情画之二》（六）。

⊙　《华侨报·华座》副刊刊载梁荔玲的杂谈《不忍卒睹》，蔡农的杂谈《"阿弥陀佛"小释》，续载濠江旧侣的小说《澳门孟尝君何贤》（三）；《华林》副刊续载辛奇的小说《燕子李三》（五），黄继树的小说《女贞》（三十三），慕容奇的小说《地狱の影》（三）。

23日　《澳门日报·新园地》副刊刊载陶里《追踪奇情》，濠江客《咸丰年的妈阁庙风貌》，杨奎章《庐山行》，李浩泉《谈谈"出"字》，穗文《神秘的药果——柠檬》，胡晓风《"击鼓三通"点解》，求博《闰年，闰月，闰日》，续载攀枝《蝴蝶泉边蝴蝶会——边疆风情画之三》（七）。

⊙　《华侨报·华座》副刊刊载丁韶柏的杂谈《浣溪沙——〈人间词话〉引用诗词赏析之五》，宇非的杂谈《茶醉的研究》，续载濠江旧侣的小说《澳门孟尝君何贤》（四）；《华林》副刊续载辛奇的小说《燕子李三》（六），黄继树的小说《女贞》（三十四），慕容奇的小说《地狱の影》（四）。

24日　《澳门日报·新园地》副刊刊载陶里《葛布》，杨奎章《庐山行》，陈同年《闲话生姜》，华鹓《武德高尚的刘光汉》，胡晓风《题得梅花有赠》，慧敏《梦游者驾车奇闻》，王文琴《肿块疑云》，续载攀枝《蝴蝶泉边蝴蝶会——边疆风情画之三》（八）。

⊙ 《华侨报·华座》副刊续载濠江旧侣的小说《澳门孟尝君何贤》（五）；《华林》副刊续载辛奇的小说《燕子李三》（七），黄继树的小说《女贞》（二十五），慕容奇的小说《地狱の影》（五）。

25日 《澳门日报·新园地》副刊刊载陶里《H的感受》，石在《谢灶》，葳蕤《冬晨》，无瑕《漫谈吊钟花》，逸翁《“林家铺子”篇名由来》，胡晓风《因青菜想到一个家》，续载攀枝《布依风情——边疆风情画之四》（九）。

⊙ 《华侨报·华座》副刊刊载路欣的杂记《丹青妙笔生春色》，黄衫客的杂谈《异种梅花迎冬放》，续载濠江旧侣的小说《澳门孟尝君何贤》（六）；《华林》副刊续载辛奇的小说《燕子李三》（八），黄继树的小说《女贞》（三十六），慕容奇的小说《地狱の影》（六）。

26日 《澳门日报·镜海》副刊刊载田文《文艺高潮的轮廓——三十年前香港文艺琐忆》，明《小城偶拾》，潘亚暾《悼念萧殷》，于思《春花小语》；《新园地》副刊刊载陶里《她的爱情》，濠江客《妈阁大殿建于道光八年》，罗冠群《一九八四年春联三首》，陶志群《葡国的法利亚城堡》，蔡顺玲《老师（外一首）眼神》，胡晓风《四眼田鸡扮“独行侠”》，续载攀枝《布依风情——边疆风情画之四》（十）。

⊙ 《华侨报·华座》副刊刊载瑾莹的杂谈《冬日话雪》，续载濠江旧侣的小说《澳门孟尝君何贤》（七）；《华林》副刊续载辛奇的小说《燕子李三》（九），黄继树的小说《女贞》（三十七），慕容奇的小说《地狱の影》（七）。

27日 《澳门日报·新园地》副刊刊载鲁茂《你怕核战吗？》，一哲《业精于勤荒于嬉》，杨伟群《萝岗探梅》，徐志英《蛛网与蜂蜜》，胡晓风《题得“牵情儿女风前烛”》，感言《困境》，毅刚《广东民间迎春习俗琐谈》（一），薛鸣《生肖趣谈》。

⊙ 《华侨报·华座》副刊刊载申章的杂谈《漫话春联与对联》，续载濠江旧侣的小说《澳门孟尝君何贤》（八）；《华林》副刊续载辛奇的小说《燕子李三》（十），黄继树的小说《女贞》（三十八），慕容奇的小说《地狱の影》（八）。

28日 《澳门日报·新园地》副刊刊载毅刚《广东民间迎春习俗琐谈》（二），鲁莪《打茅波应予重罚》，阿圉《增强记忆力十法》（上），玉文《舞》，濠江客《乾隆年间的妈阁庙》，胡晓风《孤客》，文穗《百花争艳报春来》。

⊙ 《华侨报·华座》副刊刊载路欣的杂谈《春节习俗零谈》，续载濠江旧侣的小说《澳门孟尝君何贤》（九）；《华林》副刊续载辛奇的小说《燕子李三》（十一），黄继树的小说《女贞》（三十九），慕容奇的小说《地狱の影》（九）。

29日 《澳门日报·新园地》副刊刊载毅刚《广东民间迎春习俗琐谈》（三），鲁珠《以肚迎拳》，阿圉《增强记忆力十法》（下），明《运动场（外一首）船》，李浩泉《关于“广”字》，王文琴《我读了这样一本书》，胡晓风《桃花浮想》。

⊙ 《华侨报·华座》副刊刊载丁韶柏的杂谈《忆秦娥——〈人间词话〉引用诗词赏析之六》，续载濠江旧侣的小说《澳门孟尝君何贤》（十）；《华林》副刊续载辛奇的小说《燕子李三》（十二），黄继树的小说《女贞》（四十），慕容奇的小说《地狱の影》（十）。

30日 《澳门日报·新园地》副刊刊载李浩泉《话说“不修边幅”》，濠江客《渔船“弯水”渡彦话旧》，冼得霖《诗贵情真，不避浅白》，张诗剑《从“玻璃隧道”透视人生》，金中子《人民币的文字》，胡晓风《孤剑》。

⊙ 《华侨报·华座》副刊刊载梁荔玲的杂谈《接近“母亲”之感》，续载濠江旧侣的小说《澳门孟尝君何贤》（十一）；《华林》副刊续载辛奇的小说《燕子李三》（十三），黄继树的小说《女贞》（四十一），慕容奇的小说《地狱の影》（完）。

31日 《澳门日报·新园地》副刊刊载朱高章《漫谈冠心病家庭保护》，白璧《桃花杂谈》，余无垢《文坛传奇人物——盛成》（上），林水木《木桶（外一首）海洋与水手》，胡晓风《小儿女风情》。

⊙　《华侨报·华座》副刊刊载吴行洁的杂谈《不浪漫的现代牛仔》，梁荔玲的杂谈《我尝到了“亲情”》，续载濠江旧侣的小说《澳门孟尝君何贤》（十二）；《华林》副刊刊载慕容奇的小说《狐狸使者》（一），续载辛奇的小说《燕子李三》（十四），黄继树的小说《女贞》（四十二）。

二月

1日　《澳门日报·新园地》副刊刊载张兴《春节漫话》，余无垢《文坛传奇人物——盛成》（下），王文琴《让孩子独立思考》，陶志群《卓越的航海家亨利格王子》，卓伦《针织工人之歌》，璞斋《应节慈姑的食制》，胡晓风《看市囚手工艺展有感》。

⊙　《华侨报·华座》副刊刊载陈寒碧的词《蝶恋花》，续载濠江旧侣的小说《澳门孟尝君何贤》（十三）；《华青》副刊刊载丁韶的杂谈《谈文人相敬》，风铃的杂谈《大海》，林如波的杂谈《世界末日的时钟快了一分？》，杨达夫的诗《山溪》；《华林》副刊续载辛奇的小说《燕子李三》（完），黄继树的小说《女贞》（四十三），慕容奇的小说《狐狸使者》（二）。

2日　《澳门日报·新园地》副刊刊载鲁茂《百灵鸟——奚秀兰》，秦怀《鼠年鼠话》，璞斋《新春茹素话大斋》，攀枝《武当金殿探奇》，罗冠群《词二首》，胡晓风《又是春节》，华�村《新春话舞龙》，逸翁《最短的讽刺小说》；《镜海》副刊刊载幽灵《午夜足音》，林中英《过年》，立维《大漠集》，晓红《时代的物证——读诗·赏诗·谈诗》。

⊙　《华侨报·华座》副刊刊载陈寒碧的词《南乡子》，续载濠江旧侣的小说《澳门孟尝君何贤》（十四）；《华林》副刊刊载老兵的短小说《恩怨情仇》（上），续载黄继树的小说《女贞》（四十四），慕容奇的小说《狐狸使者》（三）。

6日　《澳门日报·新园地》副刊刊载鲁茂《人贵自知之明》，冯剑文《飞霞山纪游（七绝四首）》，陆全《上海街头的人物雕塑》，张影《鞭炮烟花喜迎春》，明辑《“鼠年”谈鼠趣》，一知《浅谈〈我是中国人〉一曲》，胡晓风《开笔大吉》，濠江客《妈江“洋船石”的来历》。

⊙ 《华侨报·华座》副刊刊载克龄的杂记《画家的机智》，陈寒碧的词《点绛唇》，续载濠江旧侣的小说《澳门孟尝君何贤》（十五）；《华林》副刊续载老兵的短小说《恩怨情仇》（中），黄继树的小说《女贞》（四十五），慕容奇的小说《狐狸使者》（完）。

7日 《澳门日报·新园地》副刊刊载冼得霖《题外取神》，梯亚《法国杂碎》，云外鸥《隔海祝愿——一束春夜情之一》，敖丁《买花记》，胡晓风《新春即事》，陈同年《谈狐》，明《知春》，罗冠群《华人海外建“共和国”》。

⊙ 《华侨报·华座》副刊刊载路雨丘的杂记《创纪录的钢琴师》，续载濠江旧侣的小说《澳门孟尝君何贤》（十六）；《华林》副刊刊载慕容奇的小说《黑森林的故事》（一），续载老兵的短小说《恩怨情仇》（下），黄继树的小说《女贞》（四十六）。

8日 《澳门日报·新园地》副刊刊载饶彩《花街何必待年宵——回乡客手记》（一），朱强《印度泰姬陵大骗局》，凡学《嗑瓜子有益》，云外鸥《“野草”忆语——一束春夜情之二》，胡晓风《窈窕》，洪丕谟《虞美人——岁末述怀》，华鹩《义侠王隐林轶事》，王文琴《南湾爆竹》。

⊙ 《华侨报·华座》副刊续载濠江旧侣的小说《澳门孟尝君何贤》（十七）；《华林》副刊刊载廖清秀的小说《选战命案》（一），续载黄继树的小说《女贞》（四十七），慕容奇的小说《黑森林的故事》（二）。

9日 《澳门日报·新园地》副刊刊载濠江客《妈阁庙“小神舟”的传说》，云外鸥《零鸿心意——一束春夜情之三》，于田玉《晶莹瑰丽的宝晶宫》，诗远《梦中的故乡》，胡晓风《绮怀》，逸翁《教我如何再想他》，续载饶彩《农民“阔佬”亲眼见——回乡客手记》（二）。

⊙ 《华侨报·华座》副刊刊载忆晴的杂谈《我爱看“残片”》，续载濠江旧侣的小说《澳门孟尝君何贤》（十八）；《华林》副刊续载廖清秀的小说《选战命案》（二），黄继树的小说《女贞》（四十八），慕容奇的小说《黑森林的故事》（三）。

10日　《澳门日报·新园地》副刊刊载徐志英《水罐和泉水》，金中子《汉语的日词汇》，璞斋《春节过后宜多吃粥》，胡晓风《放火拆屋》，冷杉《访云南》，续载饶彩《笺上犹带花街香——回乡客手记》（三）。

⊙　《华侨报·华座》副刊刊载克龄的杂记《作者的署名》，毅振的杂谈《无水鬼的海》，续载濠江旧侣的小说《澳门孟尝君何贤》（十九）；《华林》副刊续载廖清秀的小说《选战命案》（三），黄继树的小说《女贞》（四十九），慕容奇的小说《黑森林的故事》（完）。

11日　《澳门日报·新园地》副刊刊载鲁茂《新春球赛观众少》，冯剑文《过湖南》，袁福民《幸遇南京三十年的一场大雪——江苏湖北雪中行之一》，徐自明《林则徐创译澳门报纸》，濠江客《妈阁庙的石砌雕栏》，胡晓风《牌九》，续载饶彩《投宿广州已不难——回乡客手记》（四）。

⊙　《华侨报·华座》副刊刊载何为的观后感《牡丹山水仕女观"程家焕、李筱孙、梁静哲国画展"》，续载濠江旧侣的小说《澳门孟尝君何贤》（二十）；《华林》副刊刊载慕容奇的小说《阳具神社》（一），续载廖清秀的小说《选战命案》（四），黄继树的小说《女贞》（五十）。

12日　《澳门日报·新园地》副刊刊载鲁茂《许冠文对许冠文》，袁福民《喜迎瑞雪忘了饿——江苏湖北雪中行之二》，胡晓风《讲字咁话》，王云《口译的甘苦》，独孤月《郁金香般的姑娘》，续载饶彩《蛋散板·油角馅·礼品袋——回乡客手记》（五）。

⊙　《华侨报·华座》副刊刊载梁荔玲的杂记《字的故事》，嘉华的观后感《真功夫》，佟立章的诗《开岁后数日，水仙仍缓缓吐香，久坐得四韵，酬谢贻此花者》，续载濠江旧侣的小说《澳门孟尝君何贤》（二十一）；《华林》副刊续载廖清秀的小说《选战命案》（五），黄继树的小说《女贞》（五十一），慕容奇的小说《阳具神社》（二）。

13日　《澳门日报·新园地》副刊刊载濠江客《中国民间艺术疯魔濠江》，袁福民《疑幻似真的境界——江苏湖北雪中行之三》，梁守中《春日杂诗》，伯奇《中国地名谈趣》，胡晓风《岂关》，续载饶彩《回乡交通状况有改观——回乡客手记》（六）。

⊙　《华侨报·华座》副刊刊载梁荔玲的杂记《诗的故事》，陈寒碧的词《蝶恋花》，续载濠江旧侣的小说《澳门孟尝君何贤》（二十二）；《华林》副刊续载廖清秀的小说《选战命案》（六），黄继树的小说《女贞》（五十二），慕容奇的小说《阳具神社》（三）。

14日　《澳门日报·新园地》副刊刊载袁福民《欲吻皎洁的积雪——江苏湖北雪中行之四》，杨生《浪漫的“情人节”》，梁谦《“拉耶士军事基地”面面观》，王文琴《爱小不忘敬老》，洪丕谟《高其佩创指墨画》，胡晓风《情人节与元宵》，《古灵精怪》暂停连载，由柳青青的短篇小说《调虎离山》补上；刊载新闻《周扬谈文艺服务性有害作品先要清理——作品注意政治内容又注意娱乐性》，续载饶彩《西装友踎街边——回乡客手记》（七）。

⊙　《华侨报·华座》副刊刊载丁韶柏的杂谈《范仲淹的〈渔家傲〉——〈人间词话〉引用诗词赏析之七》，木花的杂记《金字塔传奇》，续载濠江旧侣的小说《澳门孟尝君何贤》（二十三）；《华林》副刊刊载慕容奇的小说《吠变》（一），续载廖清秀的小说《选战命案》（七），黄继树的小说《女贞》（五十三）。

15日　《澳门日报·新园地》副刊刊载梁谦《亚速尔——美军的天堂》，袁福民《摄氏零下九度的徐州——江苏湖北雪中行之五》，璞斋《应时话春饼》，逸翁《周作人的“发财秘诀”》，胡晓风《吞声》，续载饶彩《西装在广州——回乡客手记》（八）。

⊙　《华侨报·华座》副刊刊载吴行洁的杂谈《“锦绣豪门”真面目》，丹霞的词《踏莎行·农民新村》，续载濠江旧侣的小说《澳门孟尝君何贤》（二十四）；《华林》副刊续载廖清秀的小说《选战命案》（八），黄继树的小说《女贞》（五十四），慕容奇的小说《吠变》（二）。

16日　《澳门日报·新园地》副刊刊载李鹏翥的《欢迎杜埃陈残云访澳》，陶里《爆竹与醒狮》，濠江客《欢迎中国民间艺术团》，袁福民《第一次见到湖面结冰——江苏湖北雪中行之六》，明《爆竹》，罗冠群《元宵寄意——调寄〈蝶恋花〉》，无瑕《元宵话灯谜》，胡晓风《想起燕子》，续载饶彩《广州新创小报多——回乡客手记》（完）；本报特稿《桃源无限意　神州沿春风——广东文艺界知名人士石马赏桃花小记》；《镜海》副刊刊载徐岷《无可奈何花落去》，曾炜《西游杂记》，司徒伟业《爱冬》，张望《诗的自白（外一首）人三巴牌坊》，蓝玛《夜半惊闻卖粽声》，立维《大漠集》，晓红《点滴诗情何处来》。

⊙　《华侨报·华座》副刊刊载小白的杂记《金圣叹戏主考》，东方一羽的杂谈《文化学会怎么搅的》，续载濠江旧侣的小说《澳门孟尝君何贤》（二十五）；《华林》副刊续载廖清秀的小说《选战命案》（九），黄继树的小说《女贞》（五十五），慕容奇的小说《吠变》（三）。

17日　《澳门日报·新园地》副刊刊载刘华云《读钱君匋的书法》，陶里《读书风气》，袁福民《踏上结冰的湖面——江苏湖北雪中行之七》，郑卓立《农家冬闲乐》，石城《元宵节旧忆》，胡晓风《六言》。

⊙　《华侨报·华座》副刊刊载寸草生的诗《无题》，续载濠江旧侣的小说《澳门孟尝君何贤》（二十六）；《华林》副刊刊载张天民的小说《春泥》（一），续载廖清秀的小说《选战命案》（十），慕容奇的小说《吠变》（四）。

18日　《澳门日报·新园地》副刊刊载金中子《日语的逆输出》，袁福民《适应低温环境生活——江苏湖北雪中行之八》，冼得霖《除夕花市即兴》，濠江客《民间艺术演出好评如潮》，胡晓风《凉州词句的商榷》；第五版刊载新闻《朱次元自学微书制成唐诗万字扇——上刻唐诗三百五十四首》。

⊙　《华侨报·华青》副刊刊载周和根的诗《父与子》，宋力的散文《读李益〈夜上受降城闻笛〉》，薛瑞瑜的散文《黄昏》；《华座》副刊刊载郭康宁的随笔《无为而治》，续载濠江旧侣的小说《澳门孟尝君何贤》（二十七）；《华林》副刊续载廖清秀的小说《选战命案》（十一），张天民的小说《春泥》（二），慕容奇的小说《吠变》（五）。

19日　《澳门日报·新园地》副刊刊载毅刚《黄文宽苦心经营澳门史》，玉文《十三岁》，袁福民《风雪中再到南京——江苏湖北雪中行之九》，徐志英《笔，鼓舞人的力量》，松筠《甲子年谈干支》，胡晓风《水坑尾街建行人天桥》。

⊙ 《华侨报·华座》副刊刊载路欣的杂记《新春穗澳画友会》，续载濠江旧侣的小说《澳门孟尝君何贤》（二十八）；《华林》副刊刊载何徒生的短小说《旧欢如》，续载廖清秀的小说《选战命案》（十二），张天民的小说《春泥》（三）。

20日 《澳门日报·新园地》副刊刊载范怀烈《关怀》（上），濠江客《中国艺术团带来光和热》，袁福民《寻回失落的童真——江苏湖北雪中行之十》，陶里《出去走走》，金良《日历（外一首）照片簿》，胡晓风《惨绝》。

⊙ 《华侨报·华座》副刊刊载郭康宁的随笔《晕船浪》，东方一羽的杂记《摄影，电影，历史》；《华林》副刊刊载慕容奇的小说《山中人》（一），续载廖清秀的小说《选战命案》（十三），张天民的小说《春泥》（四）。

21日 《澳门日报·新园地》副刊刊载范怀烈《关怀》（下），陶里《衣》，逸翁《别开生面的婚礼》，袁福民《暴风雪造成灾害——江苏湖北雪中行之十一》，潘佛章《珠海杂记》，胡晓风《祸福》，王文琴《坐沙发读书》，一哲《英国王妃黛安娜逸宁》。

⊙ 《华侨报·华座》副刊刊载丁韶柏的杂谈《喜迁莺——〈人间词话〉引用诗词赏析之八》，续载濠江旧侣的小说《澳门孟尝君何贤》（二十九）；《华林》副刊续载廖清秀的小说《选战命案》（十四），张天民的小说《春泥》（五），慕容奇的小说《山中人》（二）。

22日 《澳门日报·新园地》副刊刊载陶志群《葡国的骑马运动》，鲁茂《骑楼》，袁福民《自来水结冰——江苏湖北雪中行之十二》，陈同年《画家张大千》，胡晓风《眼前》。

⊙ 《华侨报·华座》副刊刊载梁荔玲的随笔《我手上的笔》（上），续载濠江旧侣的小说《澳门孟尝君何贤》（三十）；《华林》副刊刊载东方白的小说《还魂刀》（一），续载张天民的小说《春泥》（六），慕容奇的小说《山中人》（三）。

23日 《澳门日报·新园地》副刊刊载鲁茂《尖沙咀有间“黑店”》，濠江客

《北方狮在本澳兴记》，方遐《潘天寿懒乎？》，贾显义《林则徐在新疆轶闻》，胡晓风《又是情孽》；《镜海》副刊刊载苇鸣《听涛集》，陈常谦《天湖风光美》，陈不讳《“哈里”神的诞生——杂文》，巴桐《友情鸿影》，曾炜《西游杂记》。

⊙　《华侨报·华座》副刊刊载路欣的杂记《诗伯秦咢生》，梁荔玲的随笔《我手上的笔》（下），续载濠江旧侣的小说《澳门孟尝君何贤》（三十一）；《华林》副刊续载东方白的小说《还魂刀》（二），张天民的小说《春泥》（七），慕容奇的小说《山中人》（四）。

24日　《澳门日报·新园地》副刊刊载张裕《雪地风情——踏雪游东北之一》，陶里《“冒险”缤纷》，海湛《关于三水佬的笑话》，逸翁《“画痴”与“影痴”——赵丹》，潘佛章《珠海杂记》，胡晓风《少女出走》。

⊙　《华侨报·华座》副刊刊载明的杂记《语言知多少》，路欣的杂记《陈雨田画雄鸡》，梁鉴江的诗《赋赠广州程家焕、李筱孙、梁静哲三人画展》，续载濠江旧侣的小说《澳门孟尝君何贤》（三十二）；《华林》副刊续载东方白的小说《还魂刀》（三），张天民的小说《春泥》（八），慕容奇的小说《山中人》（五）。

25日　《澳门日报·新园地》副刊刊载张裕《饱尝野味珍馐——踏雪游东北之二》，陶里《汉唐荣》，林水木《春雨（外一首）早起的长跑者》，陈浩星《中国历代服饰眼前现》，胡晓风《事关交通》，陶志群《华士哥达嘉玛》，濠江客《大三巴教堂的庐山真貌》。

⊙　《华侨报·华座》副刊刊载郑存耀的诗《咏鼠》，续载濠江旧侣的小说《澳门孟尝君何贤》（三十三）；《华林》副刊续载东方白的小说《还魂刀》（四），张天民的小说《春泥》（九），慕容奇的小说《山中人》（六）。

26日　《澳门日报·新园地》副刊刊载张裕《令人沉醉的桃山风光——踏雪游东北之三》，东瑞《参谋》，饶彩《〈澳门日报〉在广州》，卓伦《物价》，胡晓风《春雾》，梅萼华《欢迎杜埃陈残云访澳》。

⊙　《华侨报·华座》副刊刊载陈寒碧的词《临江仙》，续载濠江旧侣的小说

《澳门孟尝君何贤》（三十四）；《华林》副刊续载东方白的小说《还魂刀》（五），张天民的小说《春泥》（十），慕容奇的小说《山中人》（七）。

27日 《澳门日报·新园地》副刊刊载张裕《原始森林风光——踏雪游东北之四》，陶里《写作外议》，王琪森《邓散木二方大印赏析》，濠江客《大三巴牌坊高临海滨》，余波《中国古代的食经》，胡晓风《珠海男女败走塔石》。

⊙ 《华侨报·华座》副刊刊载郭康宁的随笔《忧郁成疾》，墨斗的散文《梅花无锡梅园》，佟立章的诗《海滨观雾》，续载濠江旧侣的小说《澳门孟尝君何贤》（三十五）；《华林》副刊刊载慕容奇的小说《大井川》（一），袁琼琼的小说《感情》（一），续载东方白的小说《还魂刀》（六），张天民的小说《春泥》（十一）。

28日 《澳门日报·新园地》副刊刊载张裕《游仙鹤之乡——踏雪游东北之五》，金中子《日本的汉字》（上），胡晓风《何紫的风趣》，王文琴《让青少年多试试》，杨奎章《四川行》。

⊙ 《华侨报·华座》副刊刊载林定孚的诗《春阴》，杨翎的杂记《兴酣落笔惊风雨》，续载濠江旧侣的小说《澳门孟尝君何贤》（三十六）；《华林》副刊续载东方白的小说《还魂刀》（七），张天民的小说《春泥》（十二），慕容奇的小说《大井川》（二），袁琼琼的小说《感情》（二）。

29日 《澳门日报·新园地》副刊刊载张裕《难忘的迎岁酒会——踏雪游东北之六》，陶里《诗与评论“出版”》，逸翁《“我佛山人”与吴趼人》，金中子《日本的汉字》（下），杨奎章《四川行》，胡晓风《春夜的怀念》；刊载新闻《名作家杜埃陈残云介绍》《杜埃陈残云昨演讲畅谈广东文坛现况》。

⊙ 《华侨报·华青》副刊刊载鸣草的散文《夜的一角》，朱海晖的散文《美丽的南湾》；《华座》副刊续载濠江旧侣的小说《澳门孟尝君何贤》（三十七）；《华林》副刊刊载袁琼琼的短小说《感情》，续载东方白的小说《还魂刀》（八），张天民的小说《春泥》（十三），慕容奇的小说《大井川》（三）。

二月

1日　《澳门日报·新园地》副刊刊载张裕《东北“三宝”——踏雪游东北之七》，陶里《黔驴之祸》，濠江客《“土地”原只有“公”无“婆”》，星联《老人最好别宵夜》，璞斋《凤爪龙珠味鲜清爽》，陈同年《名篆刻家陈巨来逝世》，冷杉的新诗《在你眼波里》《檐上草》《占卜的瞎子》，胡晓风的诗歌《杜埃陈残云文艺讲座》。

⊙　《华侨报·华座》副刊刊载嘉华的杂记《镜花集古画》，丁韶柏的杂谈《更漏子——〈人间词话〉引用诗词赏析之九》，续载濠江旧侣的小说《澳门孟尝君何贤》（三十八）；《华林》副刊刊载康成的短小说《女儿要结婚》，续载慕容奇的小说《大井川》（四），张天民的小说《春泥》（十四），东方白的小说《还魂刀》（九）。

2日　《澳门日报·新园地》副刊刊载张裕《访阿拉底朝鲜族农村——踏雪游东北之八》，星联《豆腐渣好处说不尽》，饶彩《广州著名的“利伯维尔场”》，金中子《“上海”英译名的转义》，梁鉴江《无穷出清新——评〈黄安仁画选〉》（上），胡晓风的诗歌《侧写汪浩瀚》。

⊙　《华侨报·华座》副刊刊载李昂的杂谈《爱与死》，杨翎的杂记《旧戏班的忌讳》，续载濠江旧侣的小说《澳门孟尝君何贤》（三十九）；《华林》副刊刊载仲平的短小说《丽丽的工作》，张抗抗的小说《荒原》（一），续载东方白的小说《还魂刀》（十），慕容奇的小说《大井川》（五），张天民的小说《春泥》（十五）。

3日　《澳门日报·新园地》副刊刊载张裕《东北人的人情——踏雪游东北之九》，耀武《反舰导弹及其对手》，鲁茂《丰俭由人》，濠江客《柴船尾土地庙逾百年》，梁鉴江《无穷出清新——评〈黄安仁画选〉》（下），文星《植物也有生死搏杀》，冼吉昌《高薪动物演员》，胡晓风的诗歌《春夜怀念之续》，潘佛章的诗歌《登南岳祝融峰异雪》《访回雁峰》。

⊙　《华侨报·华座》副刊刊载路欣的杂记《芦荻信口吟绝对》，续载濠江旧侣的小说《澳门孟尝君何贤》（四十）；《华林》副刊续载张抗抗的小说《荒原》（二），东方白的小说《还魂刀》（十一），慕容奇的小说《大井川》（六），张天民的小说《春泥》（十六）。

4日　《澳门日报·新园地》副刊刊载董蒨《谁解其中味？——读〈红楼梦〉札记之一》，星联《换心人俱乐部》，鲁茂《看电视艺员演粤剧》，冼得霖《关于改诗》，华鹟《土地诞抢炮头》，杜埃诗歌《濠江思情》，陈残云的诗歌《访澳抒怀》，胡晓风的诗歌《读刘郎〈闲居集〉》。

⊙　《华侨报·华座》副刊刊载小芊的杂记《豆腐和豆腐诗》，东方一羽的杂谈《关于文艺浅说》；《华林》副刊续载慕容奇的小说《大井川》（七），张抗抗的小说《荒原》（三），东方白的小说《还魂刀》（十二），张天民的小说《春泥》（十七）。

5日　《澳门日报·家庭》刊载林中英《筷子教育》；《新园地》副刊刊载董蒨《文备众体，风格独特——读〈红楼梦〉札记之二》，陶里《春风又暖濠江岸》，林彬《西环漫步——留赠报友》，徐志英《与文学结不解缘的发明家》，慧敏《外国人对婚姻的看法》，王文琴《儿童书展素描》，濠江客《柴船尾土地庙的重建》，汪浩瀚的诗歌《次韵答胡晓风》，胡晓风的诗歌《陈残云的期望》。

⊙　《华侨报·华座》副刊刊载东方一羽的杂记《澳门文艺管见》，续载濠江旧侣的小说《澳门孟尝君何贤》（四十一）；《华林》副刊续载慕容奇的小说《大井川》（八），张抗抗的小说《荒原》（四），东方白的小说《还魂刀》（十三），张天民的小说《春泥》（十八）。

6日　《澳门日报·万花筒》刊载凌祖仁《〈西游记〉在英语世界》，昌南《梵蒂冈的“瑞士兵团”》，瑞荐《何以男比女高？》，南河《十二时辰记时》，李航《油画的由来》，广文《歌德和时间》，汇闻《孙中山论中国烹调》，日北《未来学简介》，吕冰《有趣的眼纹学》，马承明《第一个秤地球重量的人》，蔡延松《附捐邮票》，惠穗《西人何以喜京剧》；《新园地》副刊刊载董蒨《曹雪芹泪尽而逝——读〈红楼梦〉札记之三》，李德宣《揭开做梦的奥秘》，陶里《自慰》，逸翁《巧用标点符号趣谈》，白羊《幼儿读物畅销的另一面》，陈坚《海南东山“三绝”》，明的新诗《看某场足球赛》，胡晓风的诗歌《看图引语》。

⊙　《华侨报·华座》副刊刊载东方 羽的杂谈《以沫相濡的阶级情》，续载濠江旧侣的小说《澳门孟尝君何贤》（四十二）；《华林》副刊续载张抗抗的小说《荒原》（五），东方白的小说《还魂刀》（十四），慕容奇的小说《大井川》（九），张天民的小说《春泥》（十九）。

7日　《澳门日报》刊载梅士敏《雀仔园的土地庙》（本报特稿）；《澳门街》刊载衣谷《少谈的黑沙大王庙》；《新园地》副刊刊载董蒨《高、程续书与脂评——读〈红楼梦〉札记之四》，绿绮《语言能治病》，陶里《营造春天》，晴云《无依的一群》，陈左高《陈巨来逝世前后》，曹何诗三首《边城春晓》《喜见新树成林》《石鹰》，胡晓风的诗歌《衣带渐宽终不悔》。

⊙　《华侨报·华座》副刊刊载寸草生的诗《有感》，宣翁的杂记《消受春光石景山》，续载濠江旧侣的小说《澳门孟尝君何贤》（四十三）；《华林》副刊续载张抗抗的小说《荒原》（六），东方白的小说《还魂刀》（十五），慕容奇的小说《大井川》（十），张天民的小说《春泥》（二十）。

8日　《澳门日报·新园地》副刊刊载董蒨《食尽鸟投林——读〈红楼梦〉札记之五》，陶里《朦胧政治家》，于田玉《“小桂林”一日游》，秦怀《妇女解放奏凯歌——为三八国际妇女节而作》，濠江客《四十年前设九个警区》，江科《看电视前后》，张贤长《步韵和杜陈二老访澳截句》《杜陈二老赠书有感》，胡晓风《千金难得》。

⊙　《华侨报·华座》副刊续载濠江旧侣的小说《澳门孟尝君何贤》（四十四）；《华林》副刊刊载慕容奇的小说《明治平反大案》（一），续载张抗抗的小说《荒原》（七），东方白的小说《还魂刀》（十六），张天民的小说《春泥》（二十一）。

9日　《澳门日报·新园地》副刊刊载董蒨《贾宝玉恪守木石前盟——读〈红楼

梦〉札记之六》，白羊《我拜神》，星联《新兴的动物保险生意》，逸翁《中国的"茶花女"当和尚》，明的新诗《儿童书展所见》，胡晓风的诗歌《为劳工子弟学校而写》。

⊙　《华侨报·华座》副刊刊载熹微的杂记《即席作文与致高》，博君的小故事《太空飞鼠》，续载濠江旧侣的小说《澳门孟尝君何贤》（四十五）；《华林》副刊刊载朱天心的小说《无情刀》（一），续载张抗抗的小说《荒原》（八），慕容奇的小说《明治平反大案》（二），张天民的小说《春泥》（二十二）。

10日　《澳门日报·新园地》副刊刊载董蒨《大观园人物另有结局——读〈红楼梦〉札记之七》，鲁茂《加价之后……》，一哲《名落孙山》，白璧《禾鸽占卦要经过训练》，求博《微波卫星通讯送全球》，濠江客《警察福利会专助警员》，胡晓风的诗歌《因陶里"卖唱翁"戏作》。

⊙　《华侨报·华座》副刊刊载于馥的杂记《新奇美妙的音乐产品》，续载濠江旧侣的小说《澳门孟尝君何贤》（四十六）；《华林》副刊续载张抗抗的小说《荒原》（九），朱天心的小说《无情刀》（二），张天民的小说《春泥》（二十三），慕容奇的小说《明治平反大案》（三）。

11日　《澳门日报·新园地》副刊刊载鲁茂《校服的叹息》，王云《巴乌斯多夫斯基和"雪"》，萧嘉《有趣的榕属树木》，华鸫《郑成功以武术制夷敌》，梁文翔《沉默》，李浩泉《"攵"与"文"》，张望的新诗《有格子的月历》，胡晓风的诗歌《世情如此》。

⊙　《华侨报·华座》副刊刊载郑小川的杂记《清康熙钱二十成诗》，梁荔玲的杂记《仙乐飘飘》，续载濠江旧侣的小说《澳门孟尝君何贤》（四十七）；《华林》副刊续载张抗抗的小说《荒原》（十），朱天心的小说《无情刀》（三），张天民的小说《春泥》（二十四），慕容奇的小说《明治平反大案》（四）。

12日　《澳门日报·新园地》副刊刊载陶里《扔掉哲学》，余齐昭《孙中山与水上居民》，濠江客《话说澳门女警》，黄海云《滨海胜迹话崖门》，陈浩星《小记杜埃》，张中《烟害新说》，卓伦的新诗《假期》，潘佛章的诗歌《访翠亨中山故居》，胡晓风的诗歌《朦胧》。

⊙ 《华侨报·华座》副刊续载濠江旧侣的小说《澳门孟尝君何贤》（四十八）；《华林》副刊续载张抗抗的小说《荒原》（十一），朱天心的小说《无情刀》（四），张天民的小说《春泥》（二十五），慕容奇的小说《明治平反大案》（五）。

13日 《澳门日报·万花筒》刊载李明安《肥皂古今谈》，钱宗德《未来太空是女性世界》，唐恩光《美国的遗传病诊所》，陈芳桂《激烈运动后勿饮水过多》，马承明《古代·近代·现代》，汇闻《五种开水不宜饮用》，文稚江《北京有多少外国人？》，王殿英《国子监——元明清的最高学府》，古肇华《节约时间的秘诀》，廖泽荐《伞》，新敏《日报的"父母子女报"》，钟清莲《白砂糖治愈伤口》，晓丹《大动物·小祖宗》；《新园地》副刊刊载陶里《越南小食》，慧敏《苏联妇女不愿嫁》，哲一《伞趣》，朱丽贤《千年古荔与龙山巨石》，无瑕《风姿婀娜绿玫瑰》，陈浩星《陈残云侧写》，亚初的诗歌《寄语诗人胡晓风》，胡晓风的诗歌《雨夜思》。

⊙ 《华侨报·华座》副刊刊载丁韶柏的杂谈《菩萨蛮——〈人间词话〉引用诗词赏析之十》；《华林》副刊续载张抗抗的小说《荒原》（十二），朱天心的小说《无情刀》（五），张天民的小说《春泥》（二十六），慕容奇的小说《明治平反大案》（六）。

14日 《澳门日报·新园地》副刊刊载陶里《人情味的温馨》，耀武《芥子气和"黄雨"》，华鹇《义侠大刀王五》，璞斋《可口的昆虫食谱》，江科《夜光眼镜》，谷曼《看香港来的画展》，逸翁《姑苏与"江枫渔火"》，周济人的诗歌《冬游南人岳庙有感》《雪霁破晓过武汉》《寒梅早发》，胡晓风的诗歌《牢骚》。

⊙ 《华侨报·华青》副刊刊载丁韶柏的杂谈《妙在不言中》，王敏华的杂谈《鸽子赞》；《华座》副刊刊载古凌的杂记《流星雨》，王一芒的杂记《古书史话》；《华林》副刊续载张抗抗的小说《荒原》（十三），朱天心的小说《无情刀》（六），张天民的小说《春泥》（二十七），慕容奇的小说《明治平反大案》（七）。

15日　《澳门日报·镜海》副刊第三十八期刊载东瑞《眼睛之歌》，黄河清《孰为优劣得耶失耶——比较聂华苓两部长篇小说的艺术手法》，李敬山《蛾颂》，淘空了《小城拾荒》，问津《公平（二章）》，明的新诗《多思者》；《新园地》副刊刊载金中子《"旦"字溯源探流》，陶里《食鱼与居屋》，刘宇庆《绿颂》，濠江客《警察乐队几度兴盛》，木子《孙中山手植的酸子树》，张国瀛《任政和他的书法》，蓝玛《从计算器想起》，冯刚毅诗歌《春望二首》，胡晓风的诗歌《悲惨何多》。

⊙　《华侨报·华座》副刊刊载芊漫的散文《明媚春光话鸟语》，晓虹的杂记《乡情》，隐地的杂记《心的挣扎》，续载濠江旧侣的小说《澳门孟尝君何贤》（四十九）；《华林》副刊续载张抗抗的小说《荒原》（十四），朱天心的小说《无情刀》（七），张天民的小说《春泥》（二十八），续载慕容奇的小说《明治平反大案》（八）。

16日　《澳门日报·新园地》副刊刊载赵文《葡萄牙国花》，秦怀《清辉流动话珍珠》，江科《乐队多于军队的国家》，徐志英《艺术和科学的天才巨人》，朱丽贤《端溪砚坑观采石》，王文琴《看招工广告》，小韆的新诗《有一次》，胡晓风的诗歌《次韵亚初君"寄语"》。

⊙　《华侨报·华座》副刊续载濠江旧侣的小说《澳门孟尝君何贤》（五十）；《华林》副刊刊载慕容奇的小说《棺中黑猫》（一），续载张抗抗的小说《荒原》（十五），朱天心的小说《无情刀》（八），张天民的小说《春泥》（二十九）。

17日　《澳门日报·新园地》副刊刊载鲁茂《车上戏和床上戏》，石在《无心插柳柳成荫》，濠江客《警察单车队盛极一时》，陈同年《王羲之爱鹅》，杨中《饮咖啡会影响心脏吗？》，东瑞《第三个迪斯尼乐园——东京迪斯尼乐园漫记之一》，董蒨《千万年前的一滴水》，田隽人的诗歌《有赠两诗》，胡晓风的诗歌《司空见惯》，《广播道风云》暂停连载，由朱明光的短篇小说《雾的喜剧》补上。

⊙　《华侨报·华座》副刊刊载芝芝的杂记《圣保罗岛珍禽》，续载濠江旧侣的小说《澳门孟尝君何贤》（五十一）；《华林》副刊续载张抗抗的小说《荒原》（十六），朱天心的小说《无情刀》（九），张天民的小说《春泥》（三十），慕容奇的小说《棺中黑猫》（二）。

18日 《澳门日报·新园地》副刊刊载金中了《“巴”字溯源探流》，一哲《怪异的专业公司》，鲁茂《机械人狂想》，裕《金莲花明艳耀眼》，木杉《校园遐想》，东瑞《庞大的娱乐王国——东京迪斯尼乐园漫记之二》，雪舒《美丽的儿童之歌——介绍“童诗小读”》，《广播道风云》暂停，由黄清扬的短篇小说《小蝶》补上。

⊙ 《华侨报·华座》副刊刊载伍志杰的词《庆春泽（春思）》，甘戈的杂记《袁枚为豆腐折腰》，续载濠江旧侣的小说《澳门孟尝君何贤》（五十二）；《华林》副刊续载张抗抗的小说《荒原》（十七），朱天心的小说《无情刀》（十），张天民的小说《春泥》（三十一），慕容奇的小说《棺中黑猫》（三）。

19日 《澳门日报·家庭》刊出林中英《春雾》，沈尚青《娱乐》，彩妮《学界文娱活动渐蓬勃》；《新园地》副刊刊载冼得霖《谈贾岛五律二首》，陶里《梯底笼鸟》，濠江客《兵房·训练营·特总部队》，东瑞《雇员两千名——东京迪斯尼乐园漫记之三》，新光《人缘与健康》，陈怀萱《探索时代的绘画风格——“二十世纪中国绘画”观后》，江科《印度甜咸互变的湖》，胡晓风《投报之外》，《广播道风云》暂停，由黄清扬的短篇小说《缺憾》补上。

⊙ 《华侨报·华座》副刊刊载楚溪云的诗《次韵致汪浩瀚兄》，东方一羽的杂记《雾！人在雾里》，濠江旧侣的小说《香港超人李嘉诚》（一）；《华林》副刊续载张抗抗的小说《荒原》（十八），朱天心的小说《无情刀》（十一），张天民的小说《春泥》（三十二），慕容奇的小说《棺中黑猫》（四）。

20日 《澳门日报·新园地》副刊刊载冼得霖《谈贾岛五律二首》，陶里《听歌观舞》，东瑞《丰富多彩的节目——东京迪斯尼乐园漫记之四》，逸翁《妙趣横生的自传》，金中子《绿色长城》，王文琴《从宋濂读书难想起》，江科《夜光树》，胡晓风的诗歌《此事如此何说》，《广播道风云》暂停，由朱明光的短篇小说《冷气机的风波》补上；《万花筒》刊载伟生《砧板——细菌王国》，朱红《中国二十四史交叉重覆》，合纵《新工业革命浅说》，漫科《形形式式的砖》，雪夏鸣《最古老的面包》，骆伟文《记者发明坦克》，白如贤《喝酒何以要碰杯？》，朱大均《应用绿笔改作业》，薛新建《粥疗歌诀》，作北《作家的灵感与吸烟》，黄江《＋－×÷的来历》，都城《世界最大的报纸图书馆》。

⊙ 《华侨报·华座》副刊刊载玉彩的杂记《对地球听诊》，戴奎的杂记《深酒色的海》，续载濠江旧侣的小说《香港超人李嘉诚》（二）；《华林》副刊刊载艾明之的小说《爱的同一》（一），续载张抗抗的小说《荒原》（十九），朱天心的小说《无情刀》（十二），慕容奇的小说《棺中黑猫》（五）。

21日 《澳门日报·新园地》副刊刊载雁枫《羞说站队》，凌瑶《今日黄花分外香》，松筠《“攵”和“夂”》，东瑞《世界儿童的一统天下——东京迪斯尼乐园漫记之五》，石城《步过老人院》，卓伦《霓虹灯》，胡晓风《气压》。

⊙ 《华侨报·华座》副刊续载濠江旧侣的小说《香港超人李嘉诚》（三）；《华林》副刊续载张抗抗的小说《荒原》（二十），朱天心的小说《无情刀》（十三），艾明之的小说《爱的同一》（二），慕容奇的小说《棺中黑猫》（六）。

22日 《澳门日报·镜海》副刊刊载丹祖《海颂》，周慧《雾中》，余草《可爱的春雨》，宽《幻想世界》，金良的新诗《棠叔》，立维的新诗《大漠集》；《新园地》副刊刊载陶里《冷酷里的温情》，方镜之《鲜花的微笑》（上），濠江客《南湾花园几十年变化大》，江科《断指志哀》，东瑞《童话名著立体呈现——东京迪斯尼乐园漫记之六》，金中子《“采”字溯源探流》，胡晓风的诗歌《酒吧之夜》。

⊙ 《华侨报·华座》副刊续载濠江旧侣的小说《香港超人李嘉诚》（四）；《华林》副刊续载张抗抗的小说《荒原》（二十一），朱天心的小说《无情刀》（十四），艾明之的小说《爱的同一》（三），慕容奇的小说《棺中黑猫》（七）。

23日　《澳门日报·新园地》副刊刊载方镜之《鲜花的微笑》（中），杨生《歌墟万人斗唱山歌》，黄海云《世界气象日》，东瑞《带你去探险——东京迪斯尼乐园漫记之七》，尔颂《业余进修》，胡晓风的诗歌《百感》，《古灵精怪》暂停连载，由黄清扬的短篇小说《两次二分一》补上。

⊙　《华侨报·华座》副刊刊载戴奎的杂记《风波中的悉尼戏剧院》，续载濠江旧侣的小说《香港超人李嘉诚》（五）；《华林》副刊续载张抗抗的小说《荒原》（二十二），朱天心的小说《无情刀》（十五），艾明之的小说《爱的同一》（四），慕容奇的小说《棺中黑猫》（八）。

24日　《澳门日报·新园地》副刊刊载鲁茂《我想去倒垃圾》，方镜之《鲜花的微笑》（下），濠江客《南湾花园昔日风光旖旎》，东瑞《未来世界的乐园——东京迪斯尼乐园漫记之八》，伟生《真诚的爱心》，洪丕谟《萍踪寄吟二首》，胡晓风的诗歌《老去》。

⊙　《华侨报·华座》副刊刊载丹霞的词《踏莎行·羊城欢聚》，续载濠江旧侣的小说《香港超人李嘉诚》（六）；《华林》副刊刊载慕容奇的小说《魂与梦》（一），续载朱天心的小说《无情刀》（十六），艾明之的小说《爱的同一》（五）。

25日　《澳门日报·新园地》副刊刊载雁枫《赞的思辨》，鲁茂《傻得可爱的莎莉麦莲》，王云《闲话包公和包公戏》（上），蓝玛《职业道德》，梁文翔《一本奇书——江青贴身警卫的遭遇》，金良的新诗《雾春》，胡晓风的诗歌《旧作四首之一》。

⊙　《华侨报·华座》副刊刊载楚舒的杂记《苏联翻译中国文学》，梁荔玲的诗《三月，雨中》，续载濠江旧侣的小说《香港超人李嘉诚》（七）；《华林》副刊刊载廖辉英的小说《不归路》（至1984年6月4日止），刊载白浪的小说《又是春天》（一），续载艾明之的小说《爱的同一》（六），慕容奇的小说《魂与梦》（二）。

26日　《澳门日报·新园地》副刊刊载金中子《“采”字溯源探流》，陶里《中坑教育》，王云《闲话包公和包公戏》（下），濠江客《南湾花园昔日的围墙》，陈怀萱《新的价值观》，玉文的新诗《今》，胡晓风的诗歌《旧作四首之二》。

⊙ 《华侨报·华座》副刊刊载克龄的杂谈《莎翁笔下人物的服装》，续载濠江旧侣的小说《香港超人李嘉诚》（八）；《华林》副刊续载白浪的小说《又是春天》（二），慕容奇的小说《魂与梦》（三），艾明之的小说《爱的同一》（七）。

27日 《澳门日报·新园地》副刊刊载陶里《老舍一联》，连家生《我为何喜爱行书？》，冼得霖《岳阳楼上，远思难收》（上），王文琴《学中文》，胡晓风的诗歌《旧作四首之三》。

⊙ 《华侨报·华座》副刊刊载路欣的杂记《李筱孙画中的诗情》，续载濠江旧侣的小说《香港超人李嘉诚》（九）；《华林》副刊续载白浪的小说《又是春天》（三），艾明之的小说《爱的同一》（八），慕容奇的小说《魂与梦》（四）。

28日 《澳门日报·新园地》副刊刊载东瑞《为书写话》，陶里《无处不文章》，冼得霖《岳阳楼上，远思难收》（下），宁可《庐山“佛灯”之谜》，逸翁《中国最早的翻译家》，刘华《黄花岗烈士中的报人》，胡晓风的诗歌《桃色劫杀》。

⊙ 《华侨报·华青》副刊刊载郑妙珊的散文《浓浓绿意在卢园》，凌风的散文《春的遐想》；《华座》副刊续载濠江旧侣的小说《香港超人李嘉诚》（十）；《华林》副刊续载白浪的小说《又是春天》（四），艾明之的小说《爱的同一》（九），慕容奇的小说《魂与梦》（五）。

29日 澳门日报主持召开“港澳作家座谈会”，韩牧在会上做了《建立“澳门文学”的形象》的发言，一般认为，这是澳门文学进入学术自觉的标志。

⊙ 《澳门日报·镜海》副刊刊载林中英《小夫妻》，晴云《我的一天》，秦燕《暮春三月》，庄文永《雾》，蔡顺玲《我的弟弟》，张诗剑的新诗《祖国，我的母亲》；《新园地》副刊刊载陶里《从新艺员想起的》，金中子《“藿”字溯源探流》，濠江客《大炮台古炮的来历》，王琪森《肖形印漫话》，周兴梁《孙中山的一篇轶文》，余妙丽《气功大师林厚省新著——气功三百问》，胡晓风《干传达的阿伯》。

⊙ 《华侨报·华座》副刊刊载克龄的名人杂记《萧伯纳趣事》，续载濠江旧侣的小说《香港超人李嘉诚》（十一）；《华林》副刊续载白浪的小说《又是春天》（五），艾明之的小说《爱的同一》（十），慕容奇的小说《魂与梦》（六）。

30日 《澳门日报·新园地》副刊刊载鲁茂《又加息了》，一哲《弄斧必到班门》，YY《星星，我撒在天上的种子》，陈怀萱《“落红萧萧”说萧红》。

⊙ 《华侨报·华座》副刊刊载黄衫客的杂谈《瀛洲玉雨话梨花》，续载濠江旧侣的小说《香港超人李嘉诚》（十二）；《华林》副刊续载白浪的小说《又是春天》（六），艾明之的小说《爱的同一》（十一），慕容奇的小说《魂与梦》（七）。

31日 《澳门日报·新园地》副刊刊载鲁茂《荡女从哪里来？》，濠江客《大炮台周围变化大》，鲁真《李骆公近影》，逸翁《中国最长和最短的书名》，胡晓风《难得的聚会》，曹何《仲春杂诗四首》；第四版刊载新闻林丹阳《文学书画融洽一炉——“中国当代作家书画展”巡礼》新闻一则。

⊙ 《华侨报·华座》副刊刊载洛卡的杂谈《人生》，续载濠江旧侣的小说《香港超人李嘉诚》（十三）；《华林》副刊刊载慕容奇的小说《萤火》（一），续载白浪的小说《又是春天》（七），艾明之的小说《爱的同一》（十二）。

四月

1日 《澳门日报·新园地》副刊刊载金中子《作家以外》，鲁真《李骆公近影》，明《新填海抒情》，宁可《不膻的羊肉》，刘文《“愚人节”起源》，文泽《小幽默》，王文琴《孩子的笑脸》，胡晓风《送别》，黄海云《竹刻的艺术》。

⊙ 《华侨报·华座》副刊续载濠江旧侣的小说《香港超人李嘉诚》（十四）；

《华林》副刊续载白浪的小说《又是春天》（八），艾明之的小说《爱的同一》（十三），慕容奇的小说《萤火》（二）。

2日　《澳门日报》刊载林丹阳《作家翰墨丹青工夫深——“中国现代作家书画展”昨圆满闭幕》（特稿）；《新园地》副刊刊载陶里《爆热》，裕《樟木树绿意娉婷》，赵文《天堂鸟》，西波《谈交易》，濠江客《大炮台山的气象台》，朱郁华《陈大羽画鸡》，金中子《“双”字溯源探流》，胡晓风《少女失踪》。

⊙　《华侨报·华座》副刊续载濠江旧侣的小说《香港超人李嘉诚》（十五）；《华林》副刊续载白浪的小说《又是春天》（九），艾明之的小说《爱的同一》（十四），慕容奇的小说《萤火》（三）。

3日　《澳门日报·新园地》副刊刊载陶里《雾的诗》，雁枫《此情常在心间》，周冠虹《中年人头晕是何因》，高民川《石岐的古城门》，菊庵《论画绝句》，钦海《玫瑰展观后杂谈》，胡晓风《又起风》，逸翁《瞿秋白送给郑振铎的“贺仪”》。

⊙　《华侨报·华座》副刊刊载东方一羽的杂谈《话说“排名不分先后”》，续载濠江旧侣的小说《香港超人李嘉诚》（十六）；《华林》副刊续载白浪的小说《又是春天》（十），艾明之的小说《爱的同一》（十五），慕容奇的小说《萤火》（四）。

4日　《澳门日报》刊载林丹红的《建立澳门文学形象——港澳作家在本报主持座谈会上畅谈》（特稿）；《新园地》副刊刊载陶里《青春的疑惑》，花邨《暮春说清明节》，独孤月《又到了清明时节》，星联《未来电视大革新》，冼得霖《多情却被无情恼》（上），甘叔、言覃《广州南越王墓主之谜》，蓝玛《钟妮的故事》，胡晓风《两口是“官”》。

⊙　《华侨报·华座》副刊刊载伍志杰的历史故事《巧对结良缘》，续载濠江旧侣的小说《香港超人李嘉诚》（十七）；《华林》副刊续载白浪的小说《又是春天》（完），艾明之的小说《爱的同一》（十六），慕容奇的小说《萤火》（五）。

5日　《澳门日报·镜海》副刊刊载蓓尔《不怕寂寞》，杨羽仪《古城夜市图》，问津《清明时节雨纷纷——写在仙峰山永远墓园》，小M《雨天登高》，夏天《紫荆花》；《新园地》副刊刊载陶里《泛》，刘安《日新月异的现代玩具》，濠江客《大炮台风光壮阔迷人》，文泽《小幽默》，冼得霖《多情却被无情恼》（下），金中子《“髀”字的溯源探流》，YY《珍珠（外一首）：梅花》，胡晓风《只好“偷”了》，谢锴《何人不起故园情》。

⊙ 《华侨报·华座》副刊刊载彩屏辑译的格言《智慧火花》，续载濠江旧侣的小说《香港超人李嘉诚》（十八）；《华林》副刊刊载萧飒的小说《失节事件》（一），续载艾明之的小说《爱的同一》（十七），慕容奇的小说《萤火》（六）。

6日 《澳门日报·新园地》副刊刊载东瑞《略谈曾敏之的两本书》，沈仁康《春天来了——顺德水乡行之一》，阿圉《科学迷信不两立》，独孤月《杯酒春之夜》，白璧《饲养星鱼有异趣》，茗屋《刘海粟兴风作浪》，胡晓风《清明日的约会》。

⊙ 《华侨报·华座》副刊刊载阮文达的历史故事《铁血杨家将》，续载濠江旧侣的小说《香港超人李嘉诚》（十九）；《华林》副刊续载萧飒的小说《失节事件》（二），慕容奇的小说《萤火》（完），艾明之的小说《爱的同一》（十八）。

7日 《澳门日报·新园地》副刊刊载鲁茂《黄色杂志大战八卦周刊》，严陵《窥探北京“钓鱼台”》，濠江客《二百年前的大炮台山下》，璞斋《番薯食制方式多》，沈仁康《大规模的商品生产——顺德水乡行之二》，张炳芬《春眠因何不觉晓》，长雄《有排煲》，胡晓风《赠蓝玛，楼外楼》。

⊙ 《华侨报·华座》副刊刊载梁荔玲的杂谈《春雾迷蒙》，续载濠江旧侣的小说《香港超人李嘉诚》（二十）；《华林》副刊刊载慕容奇的小说《伏见三人组》（一），续载萧飒的小说《失节事件》（三），艾明之的小说《爱的同一》（十九）。

8日 《澳门日报·新园地》副刊刊载沈仁康《农民食品结构的改变——顺德水乡行之三》，成器《海中恶霸——鲨鱼》，鲁茂《笑谈生活方式》，蓝玛《抉择》，王端《提神醒脑说咖啡》，林墉《不泥实的意趣》，玉文《舞》，胡晓风《思量》。

⊙ 《华侨报·华座》副刊刊载亦广的短故事《改姓》，郑小川的杂记《宋徽宗御书的北宋钱》，续载濠江旧侣的小说《香港超人李嘉诚》（二十一）；《华林》副刊续载萧飒的小说《失节事件》（四），慕容奇的小说《伏见三人组》（二），艾明之的小说《爱的同一》（二十）。

9日 《澳门日报·新园地》副刊刊载陶里《几乎被害死》，濠江客《大炮台入口处的古迹》，陈同年《徐悲鸿三请齐白石》（上），卓伦《垂钓（外一首）鱼篓》，谭驰《金鱼的挑选及护理》，慧敏《蒸汽火车咸鱼番生》，金中子《“龘”字溯源探流》，王文琴《友情》，胡晓风《大炮台之“恋”》。

⊙ 《华侨报·华座》副刊刊载东方一羽的杂谈《看得“欲断魂”》，续载濠江旧侣的小说《香港超人李嘉诚》（二十二）；《华林》副刊续载萧飒的小说《失节事件》（五），慕容奇的小说《伏见三人组》（三），艾明之的小说《爱的同一》（二十一）。

10日 《澳门日报·新园地》副刊刊载东瑞《谢意·交流·隔海情》，陶里《留有余地的好》，陈同年《徐悲鸿三请齐白石》（下），金良《归航——清明偶感》，衣谷《游港督府花园赏杜鹃》，翁逸《棋界“老黄忠”谢侠逊》，胡晓风《织烟》。

⊙ 《华侨报·华座》副刊刊载林定孚的诗《故乡行》，续载濠江旧侣的小说《香港超人李嘉诚》（二十三）；《华林》副刊续载萧飒的小说《失节事件》（六），慕容奇的小说《伏见三人组》（四），艾明之的小说《爱的同一》（二十二）。

11日 《澳门日报·新园地》副刊刊载陶里《清明上坟》，雁枫《街燈下》，求博《现代气象探测系统》，劳人草《记贺绿汀》（上），文穗《米中之珍话香米》，杨伟群《咏羊城八景》，胡晓风《好在他还会写会说》。

⊙ 《华侨报·华青》副刊刊载朔的诗《龙》，健仙的读后感《瑰丽中显平澹——读陆游〈示儿〉诗》；《华座》副刊续载濠江旧侣的小说《香港超人李嘉诚》（二十四）；《华林》副刊续载萧飒的小说《失节事件》（七），慕容奇的小说《伏见三人组》（五），艾明之的小说《爱的同一》（完）。

12日 《澳门日报·新园地》副刊刊载陶里《窗》，于田玉《怀集燕岩奇观》，濠江客《大炮台的“石头博物馆”》，劳人草《记贺绿汀》（中），璞斋《柴鱼粥与咸煎饼》，王文琴《小小捐献罐》，金中子《“鹰”字溯源探流》，胡晓风《醉拳》，杨伟群《咏羊城八景》；《镜海》副刊刊载韩牧的《建立“澳门文学”的形象——一九八四年三月二十九日在澳门日报主持“港澳作家座谈会”上的发言》，司徒伟业《星愿》，立维《大漠集》。

⊙ 《华侨报·华座》副刊刊载小克的杂记《记者的诞生》，续载濠江旧侣的小说《香港超人李嘉诚》（二十五）；《华林》副刊刊载万安培的小说《去远方》（一），续载萧飒的小说《失节事件》（八），慕容奇的小说《伏见三人组》（六）。

13日 《澳门日报·新园地》副刊刊载一哲《音乐欣赏》，枫雁《纳兰与“金缕曲”》，陶志群《游葡国马德拉记》，白璧《饲养龙虱增情趣》，李远《广东的姓》，劳人草《记贺绿汀》（下），胡晓风《灯前》；《读者之友》刊载歌词《倩影，堂吉珂德》。

⊙ 《华侨报·华座》副刊刊载晓红的杂谈《流星》，续载濠江旧侣的小说《香港超人李嘉诚》（二十六）；《华林》副刊续载萧飒的小说《失节事件》（九），慕容奇的小说《伏见三人组》（七），万安培的小说《去远方》（二）。

14日 《澳门日报·新园地》副刊刊载鲁茂《“慢镜头”万岁》，濠江客《大炮台“主保”的传说》，沈仁康《乡干部也参加承包——顺德水乡行之四》，梦楼《鬼斧神工九寨沟》，黄河清《杜鹃花漫话》，东瑞《家中猫》，冯刚毅《春雨》，胡晓风《一春将尽夜半月怀》。

⊙ 《华侨报·华座》副刊刊载丁韶柏的杂谈《山花子——〈人间词话〉引用诗词赏析之十一》，东方一羽的杂谈《“点心妹”失踪》，续载濠江旧侣的小说《香港超人李嘉诚》（二十七）；《华林》副刊续载萧飒的小说《失节事件》（十），慕容奇的小说《伏见三人组》（八），万安培的小说《去远方》（三）。

15日　《澳门日报·新园地》副刊刊载沈仁康《农村工业的发展——顺德水乡行之五》，鲁茂《牛唔饮水……》，一哲《从杨振宁“改行”谈起》，菊庵《论画绝句》，薛鸣《带有神秘色彩的气功》，桑妮《石君的抒情小小说——读〈踢含羞草的日子〉》，胡晓风《得东瑞，石君赠书》，陈远飞《大熊猫在外国》。

⊙　《华侨报·华座》副刊刊载何秀煌的杂谈《人生小语》，续载濠江旧侣的小说《香港超人李嘉诚》（二十八）；《华林》副刊续载萧飒的小说《失节事件》（十一），慕容奇的小说《伏见三人组》（九），万安培的小说《去远方》（四）。

16日　《澳门日报·新园地》副刊刊载陶里《执到正》，钱之德《喜见〈钱君匋作品集〉出版》，文泽《小幽默》，文亦武《庐山的奇云奇雨》，慧敏《英国刽子手王自石》，金中子《“奞”字溯源探流》，张玉《软木王国》，胡晓风《讨人喜爱的苏菲马索》；《艺海》载有童仁《罗家宝的翰墨缘》。

⊙　《华侨报·华座》副刊刊载东方一羽的杂谈《色情带，地下钱庄》，续载濠江旧侣的小说《香港超人李嘉诚》（二十九）；《华林》副刊续载萧飒的小说《失节事件》（十二），慕容奇的小说《伏见三人组》（十），万安培的小说《去远方》（五）。

17日　《澳门日报·新园地》副刊刊载陶里《杧果怀旧》，李林《趣谈迎春花》，雁枫《他还是这般痴》，阿圉《科学迷信并存怪现象》，雪松《苏曼殊的诗》，蓝玛《迷宫似的人生》，胡晓风《“复活节”之感》。

⊙　《华侨报·华座》副刊刊载克龄的历史人物故事《范仲淹拒吃好饭菜》，东方一羽的杂谈《“浮”与“泼”》，续载濠江旧侣的小说《香港超人李嘉诚》（三十）；《华林》副刊续载萧飒的小说《失节事件》（十三），慕容奇的小说《伏见三人组》（完），万安培的小说《去远方》（六）。

18日　《澳门日报·新园地》副刊刊载陶里《流行音乐》，紫风《“赌城”猎影录》（一），耀武《美国新一代核潜艇》，璞齐《咖喱里蒸粽别有风味》，王云《萧伯纳与〈鳏夫的房产〉》，华鹓《陈鉴山和南枝拳》，卓伦《迎春花》，胡晓风《玉婆在长城出现》。

⊙　《华侨报·华座》副刊刊载甘戈的历史人物故事《李白汪伦桃花潭》，梁元伟的杂记《新会奇卉禾雀花》，续载濠江旧侣的小说《香港超人李嘉诚》（三十一）；《华林》副刊刊载慕容奇的小说《倭将头颅》（一），续载萧飒的小说《失节事件》（十四），万安培的小说《去远方》（七）。

19日　《澳门日报·新园地》副刊刊载紫风《“赌城”猎影录》（二），温俊《茶叶用途新突破》，陶里《桥》，金中子《“罗”字溯源探流》，沈仁康《区级宾馆和乡级医院——顺德水乡行之六》，白璧《活泼慧黠话鼠猴》，胡晓风《一襟》，玉文《致》；《新儿童》载有谈学文《厎，底，疧》；《镜海》副刊刊载陈不讳《“写实”与美感》，沙白《桂花树》，金中子《从“紫荆花”的语言谈起》，金良、明《雾的诗》，匡瑶《逝母记》。

⊙　《华侨报·华座》副刊刊载克龄的历史人物故事《爱情治愈她的瘫痪》，梁荔玲的杂谈《我与你谈粤剧》，续载濠江旧侣的小说《香港超人李嘉诚》（三十二）；《华林》副刊续载萧飒的小说《失节事件》（十五），慕容奇的小说《倭将头颅》（二），万安培的小说《去远方》（八）。

20日　《澳门日报·新园地》副刊刊载紫风《“赌城”猎影录》（三），东瑞《一样的月光》，裕《羊蹄花处处开》，杨城《广州踏青琐记》，文亦武《鹿的“婚姻”生活》，马少才《耶稣之死》，胡晓风《春雨》，田隽人《菩萨蛮——雨中游白鸽巢公园》。

⊙　《华侨报·华座》副刊刊载桂海涛的历史人物杂记《耶稣的圣袍和圣井》，梁荔玲的杂谈《粤剧的演出问题》，续载濠江旧侣的小说《香港超人李嘉诚》（三十三）；《华林》副刊续载萧飒的小说《失节事件》（十六），慕容奇的小说《倭将头颅》（三），万安培的小说《去远方》（九）。

21日　《澳门日报·新园地》副刊刊载鲁茂《把心一横……》，紫风《“赌城”猎影录》（四），濠江客《林西河堂创于清末》，穆翼《缅怀先烈寄路名》，梯亚《巴黎天气如小姐脾气——法国杂碎》，明《路过牌坊》，申忍《神秘大陆消失海底——从研究复活节岛中发现》，永盛《老实人吃亏》，胡晓风《感冒》。

⊙　《华侨报·华座》副刊刊载克嘉的历史知识杂记《陶都之花紫砂陶》，欣奇的幽默故事《健忘》，续载濠江旧侣的小说《香港超人李嘉诚》（三十四）；《华林》副刊续载萧飒的小说《失节事件》（十七），慕容奇的小说《倭将头颅》（四），万安培的小说《去远方》（十）。

22日　《澳门日报·新园地》副刊刊载裕《三四月的花树》，森玲《不要浪费口水》，鲁茂《人性点穴法》，杨奎章《梅江行》，茗屋《刘海粟新作〈齐眉图〉》，梯亚《你是日本人？》，玉文《窗的联想》，一哲《以貌取人及其他》，胡晓风《吴卫鸣的里斯本速写》。

⊙　《华侨报·华座》副刊刊载黄天才的幽默故事《列根演讲》，克嘉的杂记《牡丹春色动洛城》，续载濠江旧侣的小说《香港超人李嘉诚》（三十五）；《华林》副刊续载萧飒的小说《失节事件》（十八），慕容奇的小说《倭将头颅》（五），万安培的小说《去远方》（十一）。

23日　《澳门日报·新园地》副刊刊载陶里《看远一些》，慧敏《“空中白宫”内貌揭开》，江滨《果中过客话枇杷》，濠江客《澳门林西河堂逾八十年》，阿圉《科学应造福人群》，杨奎章《梅江行》，胡晓风《“复活节”日偶拾》，开始连载白羊的小说《宠儿》（至1984年5月6日止），《广播道风云》暂停连载，由英子的短篇小说《雨中情》补上。

⊙　《华侨报·华座》副刊刊载嘉华的杂谈《才子才女与“星”》，祉的《小幽默》，续载濠江旧侣的小说《香港超人李嘉诚》（三十六）；《华林》副刊续载萧飒的小说《失节事件》（十九），慕容奇的小说《倭将头颅》（完），万安培的小说《去远方》（十二）。

24日　《澳门日报·新园地》副刊刊载陶里《周末晚餐》，谈金《日本四月樱花时节》，黄海云《香洲老虎蟹》，陈同年《西施之死》，莫良《白派名拳师吴肇钟》（上），卓伦《盐》，胡晓风《手足》。

⊙ 《华侨报·华座》副刊刊载晓红的杂谈《惆怅》，多龄的杂谈《神奇的“七”》，续载濠江旧侣的小说《香港超人李嘉诚》（三十七）；《华林》副刊刊载慕容奇的小说《死城姊川》（一），续载萧飒的小说《失节事件》（二十），万安培的小说《去远方》（十三）。

25日 《澳门日报·新园地》副刊刊载陶里《海角游云》，达华《天安门奇闻趣事》，梯亚《两件教孩子的小事——法国杂碎》，莫良《白鹤派名拳师吴肇钟》，林水木《麦浪（外一首）一位初恋人的话》，小嘉《钞票杀菌新法》，逸翁《妙趣横生的“谢客诗”》，胡晓风《女人咬女人》。

⊙ 《华侨报·华青》副刊刊载晓彤的散文《浪》，张晓红、周和根、朔、蔡顺玲的诗《诗五首》，鸣草的杂记《我的国文先生》，丁韶的杂谈《浅谈诗眼》，杨达夫的杂谈《道之所存师之所存》；《华座》副刊刊载黄衫客的杂记《蛱蝶一生花里活》，续载濠江旧侣的小说《香港超人李嘉诚》（三十八）；《华林》副刊续载萧飒的小说《失节事件》（二十一），慕容奇的小说《死城姊川》（二），万安培的小说《去远方》（十四）。

26日 《澳门日报·新园地》副刊刊载陶里《梦》，星联《会放电发光的异人》，濠江客《峰景酒店历尽沧桑》，嘉嘉《初具现代规模的海港城市——湛江行散记之一》，杨永权《番禺莲花山杂咏》，晓峻《〈无尽的爱〉故事动人——介绍香港老作家侣伦作品》，江科《榴莲》，金中子《“翟”字溯源探流》，胡晓风《药》；《镜海》副刊刊载瑞东《菁阿姨》，秋叶《街景速写》，夏丁《我的“紫荆花”》，瑽瑢《大桥春晓》，秦燕《卖苹果——献给一位小姑娘》。

⊙ 《华侨报·华座》副刊刊载艾雄的幽默短故事《一笑集》，多龄的杂记《在仙鹤之乡》，续载濠江旧侣的小说《香港超人李嘉诚》（三十九）；《华林》副刊续载萧飒的小说《失节事件》（二十二），慕容奇的小说《死城姊川》（三），万安培的小说《去远方》（十五）。

27日 《澳门日报·新园地》副刊刊载鲁茂《钢笔字书法》，萧嘉《中山话与南宋大移民》，李浩泉《“花”与“华”》，玉文《舟》，嘉嘉《一条红薯的日子——湛江行散记之二》，蓝玛《目睹空中飞人》，穆翼《山坡羊（小令）》，胡晓风《为了个女人》，璞斋《炒螺炒蚬别有风味》。

⊙ 《华侨报·华座》副刊续载濠江旧侣的小说《香港超人李嘉诚》（四十）；《华林》副刊续载萧飒的小说《失节事件》（二十三），慕容奇的小说《死城姊川》（四），万安培的小说《去远方》（十六）。

28日 《澳门日报·新园地》副刊刊载鲁茂《靓片》，求博《长上翅膀的水翼船》，濠江客《八十年前“峰景”争夺战》，陶志群《游马德拉续记》，卓伦《眼神》，嘉嘉《南海西部石油公司——湛江行散记·之三》，王文琴《暴风雨之夜》，胡晓风《亡命》。

⊙ 《华侨报·华座》副刊刊载楚舒的杂记《中国古代的武侠小说》，续载濠江旧侣的小说《香港超人李嘉诚》（四十一）；《华林》副刊续载萧飒的小说《失节事件》（二十四），慕容奇的小说《死城姊川》（五），万安培的小说《去远方》（十七）。

29日 《澳门日报·新园地》副刊刊载王云《梅特林克和“青鸟”》，雁枫《天伦梦圆》，金中子《“崔”字溯源探流》，陈同年《文章的裁剪》，YY《心声》，曹锡珍《里根总统夫妇的结合》，胡晓风《雨的怀唱》，高兴隆《吃生蒜有益》，嘉嘉《湛江港口一瞥——湛江行散记之四》，方天明的短篇小说《小花伞》，《古灵精怪》暂停连载。

⊙ 《华侨报·华座》副刊刊载路欣的杂记《北城人醉饮朝霞——记省、市名家一次诗会》，续载濠江旧侣的小说《香港超人李嘉诚》（四十二）；《华林》副刊续载萧飒的小说《失节事件》（二十五），慕容奇的小说《死城姊川》（六），万安培的小说《去远方》（十八）。

30日 《澳门日报·新园地》副刊刊载裕《防风固土的木麻黄》，陶里《伞》，濠江客《峰景名字八十年未改》，实陈《国宴上的福建特产》，嘉嘉《平凡的工作，不平凡的人——湛江行散记之五》，廖钺《深圳漫草》，胡晓风《青蛙王子》，慧敏《机器代人驾驶客机》。

⊙ 《华侨报·华座》副刊刊载芝芝的幽默短故事《一笑》，路欣的杂记《广东出现的海市蜃楼》，续载濠江旧侣的小说《香港超人李嘉诚》

（四十三）；《华林》副刊续载萧飒的小说《失节事件》（二十六），慕容奇的小说《死城姊川》（七），万安培的小说《去远方》（十九）。

五月

1日 《澳门日报·新园地》副刊刊载陶里《渔樵耕读》，陶志群《马德拉岛的旅馆》，薛鸣《茅台酒的掌故》，文泽《小幽默》，嘉嘉《美丽的前景——湛江行散记之六》，冼得霖《霜叶红于二月花》（上），唐纪红《机器人宜说中国话》，王文琴《脚印》，胡晓风《听歌闲情》。

⊙ 《华侨报·华座》副刊刊载克龄的历史知识杂记《“文心雕龙”的成书》，续载濠江旧侣的小说《香港超人李嘉诚》（四十四）；《华林》副刊续载萧飒的小说《失节事件》（二十七），慕容奇的小说《死城姊川》（八），万安培的小说《去远方》（二十）。

3日 《澳门日报·新园地》副刊刊载陶里《山水相逢》，樊子《洛阳牡丹名不虚传》（上），林泽《水果不能代替蔬果》，航青《逛人妖花街》，阿圉《词语的“特异功能”》，冼得霖《霜叶红于二月花》（下），蓝玛《影子》，胡晓风《常在我心间》。

⊙ 《华侨报·华座》副刊刊载黄衫客的杂记《绿杨三月听流》，续载濠江旧侣的小说《香港超人李嘉诚》（四十五）；《华林》副刊续载萧飒的小说《失节事件》（二十八），慕容奇的小说《死城姊川》（九），万安培的小说《去远方》（二十一）。

4日 《澳门日报·新园地》副刊刊载陶里《神的性》，石城《“讨小海”的日子》，玉文《婚》，樊子《洛阳牡丹名不虚传》（下），璞斋《油炸粽与炸腐角》，胡晓风《眼前》，萧嘉《红木家具与降香檀》；《镜海》副刊刊载云力《卞之琳〈断章〉》，林中英《心曲》，韩牧《八角亭》，问津《昙花》，晴云《春的回忆》，梁素云《船之歌》

⊙ 《华侨报·华座》副刊刊载慕华的杂记《沙漠出现“迪斯尼园”》，续载濠江旧侣的小说《香港超人李嘉诚》（四十六）；《华林》副刊续载萧飒的小说《失节事件》（二十九），慕容奇的小说《死城姊川》（十），万安培的小说《去远方》（二十二）。

5日　《澳门日报·新园地》副刊刊载鲁茂《旁观者迷　当局者清》，濠江客《三街会馆原是华商会馆》，樊子《九朝古都披上新装》，王伟《探索人体之音》，白璧《会飞松鼠品种多》，一哲《对牛弹琴》，冼得霖《岳阳楼大修既成喜赋长句三首》，胡晓风《〈金缕曲〉传奇》。

⊙　《华侨报·华座》副刊刊载路欣的杂记《“角抵戏”与“宜僚弄丸”——杂技零谈之一》，续载濠江旧侣的小说《香港超人李嘉诚》（四十七）；《华林》副刊续载萧飒的小说《失节事件》（三十），慕容奇的小说《死城姉川》（十一），万安培的小说《去远方》（二十三）。

6日　《澳门日报·新园地》副刊刊载鲁茂《变幻才是永恒……》，梁守中《这是“爱国怀乡”》，江科《吸烟者思维缓慢》，王敬恒《“魔鬼三角区”与漩涡》，樊子《处处园林　繁花似锦》，玉文《歌》，胡晓风《街名》，王文琴《邻居好　赛珍宝》。

⊙　《华侨报·华座》副刊刊载艾雄的幽默短故事《一笑集》，东方一羽的杂谈《感慨加悲凉》，续载濠江旧侣的小说《香港超人李嘉诚》（四十八）；《华林》副刊续载萧飒的小说《失节事件》（三十一），慕容奇的小说《死城姉川》（十二），万安培的小说《去远方》（二十四）。

7日　《澳门日报·新园地》副刊刊载陶里《两部影片》，濠江客《鱼行舞醉龙》，许小倩《欣喜的来处》，慧敏《纽约的士吓坏乘客》，航青《看人妖歌舞团表演》，金中子《“雀”字的溯源探流》，张国瀛《〈书法〉主编周志高》，胡晓风《我会幸福的》。

⊙　《华侨报·华座》副刊刊载林艺斌的杂记《阿苏火山》，续载濠江旧侣的小说《香港超人李嘉诚》（四十九）；《华林》副刊续载萧飒的小说《失节事件》（三十二），慕容奇的小说《死城姉川》（完），万安培的小说《去远方》（二十五）。

8日　《澳门日报·新园地》副刊刊载陶里《格调》，许小倩《不迟到就是恩惠》，文亦武《西樵胜景谁人造？》，求博《漫话气垫船》，冼得霖《雏凤声清誉不虚》（上），周小寒《室内养花的利弊》，胡晓风《廿四小时跑》。

⊙ 《华侨报·华座》副刊刊载克龄的杂记《后母娘的词汇》，东方一羽的杂谈《行人道，财政盈余》，续载濠江旧侣的小说《香港超人李嘉诚》（五十）；《华林》副刊刊载慕容奇的小说《秽多》（一），续载萧飒的小说《失节事件》（三十三），万安培的小说《去远方》（二十六）。

9日 《澳门日报·新园地》副刊刊载一哲《吹毛求疵》，逸翁《张善孖的“忘类之交”》，阿圉《魔鬼的新奇事物》，陶志群《大西洋上的“花果岛”》，冼得霖《雏风声清誉不虚》（下），胡晓风《男人女人》，文泽《小幽默》，陶里《午》。

⊙ 《华侨报·华青》副刊刊载丹霞的杂谈《动人心弦的一首歌——〈我的中国心〉》，棠的散文《春琴》，西风的散文《木棉花开红似火》；《华座》副刊续载濠江旧侣的小说《香港超人李嘉诚》（五十一）；《华林》副刊续载萧飒的小说《失节事件》（完），慕容奇的小说《秽多》（二），万安培的小说《去远方》（二十七）。

10日 《澳门日报·新园地》副刊刊载雁风《教子乐》，陶里《马克思的诗》，濠江客《峰景酒店名副其实》，梁叔杰《〈辞源〉修订本可读性强》，金中子《“隼”字溯源探流》，周虹《兰花女王》，璞斋《干炒牛河与豉椒牛河》，胡晓风《杯酒情怀》；《镜海》副刊刊载陈不讳《起码招摇了二千载》，蓝玛《早晨，卢廉若公园》，云力《蛇·冯至》，郭伯强《飞》，明《踏车随想（外一首）学泳》，问津《散文二题》，庄文永《耕种——写在〈镜海〉园地（外一首）垂钓》。

⊙ 《华侨报·华座》副刊刊载克龄的杂谈《用奇迹构成一生》，续载濠江旧侣的小说《香港超人李嘉诚》（五十二）；《华林》副刊续载慕容奇的小说《秽多》（三），万安培的小说《去远方》（二十八）。

11日 《澳门日报·新园地》副刊刊载许小倩《看雾的日子》，阿圉《暗示和自我暗示》，白璧《虎板鹦鹉容易繁殖》，沈实《世界首间计算机超级市场》，航青《天际遨游》，胡晓风《情杀？！》，卓伦《山稔花》，洪丕谟《沈园怀古》。

⊙　《华侨报·华座》副刊刊载梁荔玲的杂谈《作者笔下的背景》，何秀煌的杂谈《人生小语》，林定孚的诗《送春》，续载濠江旧侣的小说《香港超人李嘉诚》（五十三）；《华林》副刊续载慕容奇的小说《秽多》（四），万安培的小说《去远方》（二十九）。

12日　《澳门日报·新园地》副刊刊载王云《阿瑟·米勒与〈推销员之死〉》，葆谦《台湾蝴蝶美》，鲁茂《闻拍〈秋瑾〉有感》，沈实《全自动化超级市场》，洪丕谟《沈园怀古》，高民川《岐江桥畔话沧桑》，王文琴《信用》，濠江客《峰景酒店昔日风光》，胡晓风《初夏游“庐园”》。

⊙　《华侨报·华座》副刊刊载何秀煌的杂谈《人生小语》，梁荔玲的杂谈《我还做豆芽梦》，芝芝的杂谈《小幽默》，续载濠江旧侣的小说《香港超人李嘉诚》（五十四）；《华林》副刊续载慕容奇的小说《秽多》（五），续载万安培的小说《去远方》（三十）。

13日　《澳门日报·新园地》副刊刊载鲁茂《真的有时光隧道》，沈实《机械人打入服务性行业》，川扬《奇岛趣谈》，许小倩《美丽的女医生》，张中《养猫谨防猫害》，穆翼《数字路独树一帜》，逸翁《巴金笔名的由来》，胡晓风《母亲节》，罗冠群《欢庆我国第一颗通信卫星发射成功——调寄〈蝶恋花〉》。

⊙　《华侨报·华座》副刊刊载于漫的杂记《风筝的趣闻》，嘉华的杂谈《魔高一丈？》，续载濠江旧侣的小说《香港超人李嘉诚》（五十五）；《华林》副刊续载慕容奇的小说《秽多》（六），万安培的小说《去远方》（三十一）。

14日　《澳门日报·新园地》副刊刊载陶里《五月》，彳亍《毕业的重压》，阿圉《语言的医疗作用》，罗冠群《黄埔军校建校六十周年纪念——调寄〈蝶恋花〉》，程陆《崖州湾海韵》，成器《海洋生物防身趣谈》，禾子《锦绣岭南收笔底——浅说“岭南画派”》，胡晓风《相逢何必曾相识》，金中子《“霍”字溯源探流》。

⊙　《华侨报·华座》副刊刊载欧贝贝的杂谈《女人将统治世界？》，梁荔玲的杂谈《这是我！》，续载濠江旧侣的小说《香港超人李嘉诚》（五十六）；

《华林》副刊续载慕容奇的小说《秽多》（七），万安培的小说《去远方》（三十二）。

15日 《澳门日报·新园地》副刊刊载许小倩《说挤》，陶里《人到中年》，广衡《铁桥三传奇》，黄河清《高州奇树缅茄》，方元《故土繁花，色香醉人——浅谈〈广东民间故事选〉》，胡晓风《西安事变》，璞斋《柱侯食品味浓不腻》。

⊙ 《华侨报·华座》副刊续载濠江旧侣的小说《香港超人李嘉诚》（五十七）；《华林》副刊续载慕容奇的小说《秽多》（八），万安培的小说《去远方》（三十三）。

16日 《澳门日报·新园地》副刊刊载梁文翎《减价的隐忧》，陈启新《少数民族端午风情》，王文琴《牛绳的启迪》，陈左高《记陈子展教授》，胡晓风《多情应笑》，永光《太空城》，白璧《饲养鸣禽与养蚱蜢》。

⊙ 《华侨报·华座》副刊刊载花和尚的杂记《劫机档案〇〇一》，黄衫客的杂谈《漫话天鹅》，梁荔玲的杂谈《从父亲节想起的》，东方一羽的杂谈《记者拍照角度》，续载濠江旧侣的小说《香港超人李嘉诚》（五十八）；《华林》副刊续载慕容奇的小说《秽多》（九），万安培的小说《去远方》（三十四）。

17日 《澳门日报·新园地》副刊刊载陶里《归》，裕《金花银蕊吐清香》，杨永权《春深时节京华》，宋尔康《漫话啤酒》，航青《游泰国珊瑚岛》，胡晓风《潜网》，徐续《纪行杂诗》，金中子《"隹"字溯源探流》；《镜海》副刊刊载金中子《"合并"与"老化"——兼答夏丁同学》，洛江拓夫《星空下……（外二首）思远方的恋人，亲爱的啊，抬起头来吧！》，雁枫《抱住那一丝希望》，劳美盈《诗情画意话西湾》，云力《徐志摩云游》。

⊙ 《华侨报·华座》副刊刊载小漫的杂记《琳琅满目的传世文物——河南文物店散记》，续载濠江旧侣的小说《香港超人李嘉诚》（五十九）；《华林》副刊续载慕容奇的小说《秽多》（十），万安培的小说《去远方》（三十五）。

18日　《澳门日报·新园地》副刊刊载陶里《短文》，劳人草《张大千一段秘史》（上），梅竹《风行全球的苹果》，胡晓风《画梅之恋》，徐续《纪行杂诗》，宁可《鼎湖山深处》，王泽《电子手表的七忌》，一哲《铤而走险》。

⊙　《华侨报·华座》副刊刊载苏蘅的杂记《非洲丛林——泰山》，于馥的杂谈《笑，会给你带来甚么》，懿灵的诗《别》，续载濠江旧侣的小说《香港超人李嘉诚》（六十）；《华林》副刊刊载从维熙的小说《雪落黄河静无声》（一），慕容奇的小说《堺东妓屋》（一）。

19日　《澳门日报·新园地》副刊刊载鲁茂《短剧》，许小倩《一红一蓝“油纸伞”》，胡晓风《中国女篮走向世界》，陆桥《向海洋索取资源》，耀武《F——一六飞机》，劳人草《张大千一段秘史》（下），张新集《又是杧果季节》，徐续《纪行杂诗》。

⊙　《华侨报·华座》副刊刊载墨斗的杂记《流花湖上浮丘岛》，谢瀛华的杂谈《你有电视病吗？》，续载濠江旧侣的小说《香港超人李嘉诚》（六十一）；《华林》副刊续载从维熙的小说《雪落黄河静无声》（二），慕容奇的小说《堺东妓屋》（二）。

20日　《澳门日报·新园地》副刊刊载鲁茂《隔海论“外援”》，熊亚二《春访刘海粟》（上），蒋宾航《电子计算器仿人讲话》，郑卓立《消防队》，许小倩《说“短”道“长”》，一哲《奇洞异穴》，胡晓风《折腰》。

⊙　《华侨报·华座》副刊刊载何秀煌的杂谈《人生小语》，王效岳的杂谈《弹腿神功》，江的历史名人故事《苏东坡画扇巧断案》，续载濠江旧侣的小说《香港超人李嘉诚》（六十二）；《华林》副刊续载从维熙的小说《雪落黄河静无声》（三），慕容奇的小说《堺东妓屋》（三）。

21日　《澳门日报·新园地》副刊刊载陶里《舞台》，金中子《“椎”字溯源探流》，熊亚二《春访刘海粟》（中），备叔《难饲养的海水鱼》，张淑仪《闲话“有型有款”》，明《游“农林处”》，裕《花开一丈红》，胡晓风《诗句与花束》。

⊙　《华侨报·华座》副刊刊载爱华的杂记《老鼠钓鱼》，黄丽穗的杂谈《妒火会烧毁一切美》，梁荔玲的杂谈《真挚的情》，刘燕的小幽默《一笑集》，续载濠江旧侣的小说《香港超人李嘉诚》（六十三）；《华林》副刊续载从维熙的小说《雪落黄河静无声》（四），慕容奇的小说《堺东妓屋》（四）。

22日 《澳门日报·新园地》副刊刊载陶里《享受人生》，熊亚二《春访刘海粟》（下），卢兰平《中华武师的武德——访少林寺海灯法师》，陶志群《葡国的第一所大学》，一哲《科学与迷信》，洪曜《话说“叩手礼”》，罗冠群《岭海老人大学创办志嘉——调寄〈沁园春〉》，胡晓风《片纸》。

⊙ 《华侨报·华座》副刊刊载路欣的杂记《书画界女强人苏华》，温珊的杂记《磁州古窑陶瓷焕发新姿》，于馥的杂谈《夏日话窗》，续载濠江旧侣的小说《香港超人李嘉诚》（完）；《华林》副刊开始连载招积仔的小说《招积仔与猫女》（至1984年8月1日止），续载从维熙的小说《雪落黄河静无声》（五），慕容奇的小说《堺东妓屋》（五）。

23日 《澳门日报·新园地》副刊刊载陶里《身份证》，颜晨《“同步通信卫星”漫话》，文亦武《胎生树如何胎生？》，玉文《贝鲁特》，李松庵《孙中山与慧真高僧，陈宜禧结交》，航青《快艇滑浪》，璞斋《盐焗鸡与隔水炖鸡》，胡晓风《“海燕”之辰》。

⊙ 《华侨报·华座》副刊刊载克龄的杂记《安徒生与老友绝交》，梁荔玲的杂谈《港澳边缘人》，逆水的杂谈《这不是完美的爱情》，萌的幽默小故事《侏儒可爱》，濠江旧侣的小说《白手兴家邱德根》（一）；《华林》副刊续载从维熙的小说《雪落黄河静无声》（六），慕容奇的小说《堺东妓屋》（六）。

24日 《澳门日报·新园地》副刊刊载桑妮《夫妻情》，文生《水泊梁山故地游》，金中子《“乌”字溯源探流》，胡晓风《萍转》，白璧《中国斗鱼可人工繁殖》，李川《外国“太极热”》，张国瀛《唐诗艺术大观——读〈唐诗鉴赏辞典〉》；《镜海》副刊刊载余无垢《湖泮诗人说往事——记汪静之》，韩牧《八月十五那一晚》，何舜恩《再见金花　再见银花》，云力《凼仔诗话》。

⊙ 《华侨报·华青》副刊刊载黄洁芳的杂记《香飘四季》，谢焕合的杂记《故乡情思》，丁韶的杂谈《浅谈李煜的词》，卢静的杂谈《织个彩色梦》，蔡顺玲的诗《夺标者》，蔚翀的诗《寄友——送给葳》，德赖登、芬伦、富兰克林、厄里德斯/格罗汉的格言《睿语》；《华座》副刊刊载小克的杂记《崇拜橙的民族》，丁韶柏的杂谈《相见欢——〈人间词话〉引用诗词赏析之十二》，克龄的杂记《颜真练臂力》，黄衫客的杂谈《漫谈粽子》，续载濠江旧侣的小说《白手兴家邱德根》（二）；《华林》副刊续载从维熙的小说《雪落黄河静无声》（七），慕容奇的小说《堺东妓屋》（七）。

25日 《澳门日报·新园地》副刊刊载张兆全《浮云倾雨探云浮一，云浮九星胜七星》，奚昆《有趣的国家别称》，梁文翎《艺术魅力》，裕《太阳花盛开》，明《天桥的启示》，钟倬环《吸烟能否提神》，林亚杰《屈大均寄情翁源山水》，胡晓风《快乐的单身汉》，晨曦《鲁迅的一起误事》。

⊙ 《华侨报·华座》副刊刊载白清的杂记《使铜银和骂娘》，戴奎的杂谈《哭一顿，好得很！》，晓红的诗《谁说春去了无痕》，卢光耀的《绝句两首》，续载濠江旧侣的小说《白手兴家邱德根》（三）；《华林》副刊续载从维熙的小说《雪落黄河静无声》（八），慕容奇的小说《堺东妓屋》（八）。

26日 《澳门日报·新园地》副刊刊载张兆全《浮云倾雨探云浮二，玉溪三洞凌霄岩》，鲁茂《请来小城拍外景吧！》，应华《沐浴奇观》，星联《微型太空医院》，一哲《道星无法却有法》，丁《孩子他……》，胡晓风《风里落花》。

⊙ 《华侨报·华座》副刊刊载玉彩的杂记《“伸缩”房屋》，梁荔玲的杂谈《我的“哲学”》，忆晴的杂谈《发怒的艺术》，丹霞的诗歌《“三月三”组歌》，续载濠江旧侣的小说《白手兴家邱德根》（四）；《华林》副刊续载从维熙的小说《雪落黄河静无声》（九），慕容奇的小说《堺东妓屋》（九）。

27日　《澳门日报·新园地》副刊刊载张兆全《浮云倾雨探云浮三，遍地皆宝大绀山》，徐民生《“石头”可以开花》，许小倩《为这样的流浪者立石象》，鲁茂《谈澳门电视台》，钟新《钟荣光与岭南大学》，小乐《洛杉矶奥运会体育场》，胡晓风《泰姬之死》。

⊙　《华侨报·华座》副刊刊载克龄的历史名人杂记《焚画酬知己》，梁荔玲的杂谈《感慨良多》，林定孚的诗《清平乐》，续载濠江旧侣的小说《白手兴家邱德根》（五）；《华林》副刊续载从维熙的小说《雪落黄河静无声》（十），慕容奇的小说《堺东妓屋》（十）。

28日　《澳门日报·新园地》副刊刊载张兆全《浮云倾雨探云浮四，资源浪费堪叹惜》，黄海云《卧龙山上风雨亭——纪念近代民主革命家秋瑾》，慧敏《奇异发明不切实际》，胡晓风《人间悲惨事》，航青《暮色中的芭堤雅》，金中子《“燕”字溯源探流》，冼得霖《落花有赋不伤春》，江科《牛奶滋补能防癌》。

⊙　《华侨报·华座》副刊刊载克龄的历史名人杂记《高尔基的眼泪》，梁荔玲的杂谈《童仆勿用俊美》，续载濠江旧侣的小说《白手兴家邱德根》（六）；《华林》副刊续载从维熙的小说《雪落黄河静无声》（十一），慕容奇的小说《堺东妓屋》（十一）。

29日　《澳门日报·新园地》副刊刊载张兆全《浮云倾雨探云浮五，水晶宫与龙母庙》，雪舒《恋情·风光·余音——东瑞〈爱的旅程〉读后感》，陈同年《今古棋坛》，夏龙年《蔚蓝色的聚宝盆》，许季钊《广州方言里的英语》，冼得霖《落花有赋不伤春》，玉文《游》，胡晓风《伤残者的投诉》。

⊙　《华侨报·华座》副刊刊载佟立章的诗《伍志杰以荷香图求题叶上露珠入目如泪怅触成咏》，续载濠江旧侣的小说《白手兴家邱德根》（七）；《华林》副刊续载从维熙的小说《雪落黄河静无声》（十二），慕容奇的小说《堺东妓屋》（十二）。

30日　《澳门日报·新园地》副刊刊载张兆全《浮云倾雨探云浮六，虚怀嘉客是云浮》，叶凝波《话说龙舟赛》，徐洁人《黄山盛会无前　浙江艺术常青》，慧敏《眼镜蛇生死有价》，璞斋《经济海鲜话海鳐》，林水木《蜡烛（外一首）春雨》，胡晓风《五月将尽的浮想》，芸芸《任真汉的妙联》。

⊙ 《华侨报·华座》副刊刊载梁荔玲的杂谈《艺术家的冲击》，博君的杂谈《舌剑》，江思扬的观后感《散发艺术的芬芳——看张雅燕个人画展》，续载濠江旧侣的小说《白手兴家邱德根》（八）；《华林》副刊续载从维熙的小说《雪落黄河静无声》（十三），慕容奇的小说《堺东妓屋》（十三）。

31日 《澳门日报·新园地》副刊刊载许小倩《两种挣扎》，温俊《又是粽子飘香时》，李纪康《话说“吊兰”》，金中子《“豆”字溯源探流》，航青《凭吊桂河桥》，白璧《五色鹦鹉羽毛美丽》，卓伦《告白（外一首）内地来的花贩》，胡晓风《但求一杯水》，开始连载玛丽埃尔的长篇小说《罗马之夜》（至1984年10月15日止）。

⊙ 《华侨报·华座》副刊刊载克龄的名人杂记《墨水瓶的启示》，王一芒的历史杂记《茶楼小考》，陈寒碧的诗《菩萨蛮》，续载濠江旧侣的小说《白手兴家邱德根》（九）；《华林》副刊续载从维熙的小说《雪落黄河静无声》（十四），慕容奇的小说《堺东妓屋》（完）。

六月

1日 《澳门日报·新园地》副刊刊载宁可《揭开五指山的面纱》，沈德彝《纽约的“九毫九商店”》，裕《西番莲果别具滋味——一种罕有果品》，一哲《“等身书”和“八面受敌”》，蓝玛《搭错车（外二首）浊水与皎雪，朝露》，王云《诗人之死和遗孀的物议》（上），子薇《停电苦》，胡晓风《夜雨》。

⊙ 《华侨报·华座》副刊刊载黄衫客的杂记《五月榴花照眼明》，何秀煌的杂谈《人生小语》，卢光耀的诗《池暝赏竹》，续载濠江旧侣的小说《白手兴家邱德根》（十）；《华林》副刊刊载慕容奇的小说《文明大案》（一），续载从维熙的小说《雪落黄河静无声》（十五）。

2日 《澳门日报·新园地》副刊刊载鲁茂《猛虎不敌地头虫》，应朝《世界名城与雅称》，潘力雄《王国维之死》，戴众《男女寿命差别与吸烟有关》，许小倩《一个重要的讯息》，朱帆《游踪四阕》（上），胡晓风

《儿童节之感》。

⊙ 《华侨报·华座》副刊刊载忆晴的杂谈《眼高手低》，晓红的杂谈《爱情》，续载濠江旧侣的小说《白手兴家邱德根》（十一）；《华林》副刊续载从维熙的小说《雪落黄河静无声》（十六），慕容奇的小说《文明大案》（二）。

3日 《澳门日报·新园地》副刊刊载鲁茂《飘飘然的感受》，梁剑辉《注意饮食防脑早衰》，文亦武《丹霞，飞霞观日奇趣》，吕阶云《谭嗣同与武术》，王云《诗人之死和遗孀的物议》（下），萧嘉《时光倒流从幻想到音乐》，朱帆《游踪四阕》（下），胡晓风《丘逢甲，澳门，台湾》。

⊙ 《华侨报·旅游与乡土》副刊刊载多龄的游记《石林竞秀》，景衡的游记《为你导游台湾阿里山》；《华座》副刊刊载梁荔玲的杂谈《责任感》，东方一羽的杂谈《棋，捧场客，花牌》，续载濠江旧侣的小说《白手兴家邱德根》（十二）；《华林》副刊续载从维熙的小说《雪落黄河静无声》（十七），慕容奇的小说《文明大案》（三）。

4日 《澳门日报·新园地》副刊刊载郑卓立《濠江畅思——怀屈原》，邬和镒《端午节俗琐谈》，金中子《“皂”字溯源探流》，实陈《奇丑动物话山魈》，穆翼《地名马路何其多》，胡晓风《文艺片〈恩桃〉》，洪丕谟《徐文长题〈柳堂送别图〉》；《艺海》载有梁山人《落番半边百叶窗》。

⊙ 《华侨报·华座》副刊刊载嘉华的杂记《刺花》，梁荔玲的杂谈《张曼玉的野性表现》，邓先声的诗《甲子端阳悼屈原》，续载濠江旧侣的小说《白手兴家邱德根》（十三）；《华林》副刊续载从维熙的小说《雪落黄河静无声》（十八），慕容奇的小说《文明大案》（四）。

5日 《澳门日报·新园地》副刊刊载航青《泛棹泰国水上市场》，彭占《西藏传统的“沐浴节”》，梯亚《夏之随想——给暨大外语系八零级》，董蒨《元代诗苑的奇葩》（上），江科《无刺玫瑰》，璞斋《节瓜入馔方式多》，健民《内脏在歌唱》，菁苔《离情》，胡晓风《秦咢生老前辈》。

⊙ 《华侨报·华座》副刊刊载嘉华的杂谈《浮雕建筑》，陈寒碧的诗《清平乐》，路欣的读后感《陈残云与〈热带惊涛录〉》，续载濠江旧侣的小说

1984

《白手兴家邱德根》（十四）；《华林》副刊刊载东方白的小说《罩门》（一），续载从维熙的小说《雪落黄河静无声》（十九），慕容奇的小说《文明大案》（五）。

6日　《澳门日报·新园地》副刊刊载钟子《小议“他（她）”》，求博《让太阳去划龙船》，沈实《最漫长的一天——“D——DAY”》，董蒨《元代诗苑的奇葩》（下），王端《镇海之宝——锰结核》，梁守中《端午怀屈子——兼贺广州诗社成立一周年》，白璧《孔雀鱼品种复杂》，胡晓风《妻子》，记者陈浩星《博取约收，人书俱老——访著名书法篆刻家秦咢生》（人物专访）；《艺海》刊载王云《戏剧世家阵容鼎盛——陈笑风兄妹谈粤剧》（上）。

⊙　《华侨报·华青》副刊刊载鸿爪的杂记《温柔，勇气和爱》，展萍的杂记《“作家”的烦恼》，何志明的杂谈《牌坊——澳门的守护神》；《华座》副刊刊载于馥的游记《江南洞天仙府善卷洞》，东方一羽的杂谈《弃婴！人妖！》，续载濠江旧侣的小说《白手兴家邱德根》（十五）；《华林》副刊续载东方白的小说《罩门》（二），从维熙的小说《雪落黄河静无声》（二十），慕容奇的小说《文明大案》（六）。

7日　《澳门日报·新园地》副刊刊载濠江客《昔日童军已参与赈灾》，阿圉《噪音，听力和健康》，鲁茂《〈碧血长天〉播映有意义》，沈实《庆祝盟军反攻日》，江科《身价日增的维生素C》，李静荷《“卓越勋章”的获得者林墉》（上），金中子《“即”字溯源探流》，胡晓风《端午童军卖旗筹款》；《镜海》副刊刊载黄伟经译《屠格涅夫散文诗选》，韩旭《夜风中》，蓝咏《母爱》，云力《刘延陵〈水手〉》，黄河清《漓江神思》，郑卓立《晓风》；《艺海》刊载王云《改革粤剧大胆尝试——陈笑风兄妹谈粤剧》（中）。

⊙　《华侨报·华座》副刊刊载许武彬的杂记《宰虎目睹记》，梁荔玲的杂谈《思晨》，东方一羽的杂谈《还好未做风流鬼》，续载濠江旧侣的小说《白手兴家邱德根》（十六）；《华林》副刊续载东方白的小说《罩门》（三），从维熙的小说《雪落黄河静无声》（二十一），慕容奇的小说

《文明大案》（七）。

8日　《澳门日报·新园地》副刊刊载金中子《谈朗读》，鲁茂《作好雨季准备》，沈实《凭吊古战场》，江科《梦多少毋忧虑》，秦咢生《步韵和胡晓风》，李静倚《“卓越勋章”获得者林墉》（下），裕《叶面图案美丽的彩叶草》，文知《〈水浒〉里有多少人物？》，胡晓风《酒，女人，老鼠斑》；《艺海》刊载王云《编演乡土题材新戏——陈笑风兄妹谈粤剧》（下）。

⊙　《华侨报·华座》副刊刊载于馥的杂记《椰子树及其传说》，嘉华的杂谈《谅解》，东方一羽的杂谈《番鬼佬扒龙舟》；《华林》副刊续载东方白的小说《罩门》（四），从维熙的小说《雪落黄河静无声》（二十二），慕容奇的小说《文明大案》（八）。

9日　《澳门日报·新园地》副刊刊载姬梦南《荔枝，红毛丹，诗》，卡尔《外国礼节与风俗》，濠江客《贾梅士纪念日历来兴盛》，范怀烈《深圳游漫录》，永盛《赌风日盛》，秦咢生《海南游草》，江科《噪音会杀死鲜花》，玉文《周日的荧光幕》，胡晓风《奈何》。

⊙　《华侨报·华座》副刊刊载梁荔玲的杂谈《想起了西湖》，郭康宁的杂谈《看〈茶馆〉有感》，东方一羽的杂谈《话佢胡闹系想死》，续载濠江旧侣的小说《白手兴家邱德根》（十七）；《华林》副刊续载东方白的小说《罩门》（五），从维熙的小说《雪落黄河静无声》（二十三），慕容奇的小说《文明大案》（完）。

10日　《澳门日报·新园地》副刊刊载梯亚《法语与拉丁语——法语杂碎》，晨曦《世界文盲逾九亿人》，边科《五月佳果话枇杷》，秦咢生《海南游草》，范怀烈《深圳游漫录》，小克《日本有杨贵妃墓》，余荔人《学术上有益的尝试——介绍〈历代江西诗人作品选〉》，胡晓风《倒叠前韵谨秦老》。

⊙　《华侨报·华座》副刊刊载梁荔玲的杂记《参拜灵隐寺释迦牟尼》，黄衫客的杂记《碧研玺与祖母绿》，续载濠江旧侣的小说《白手兴家邱德根》（十八）；《华林》副刊刊载慕容奇的小说《和尚的发》（一），续载东方白的小说《罩门》（六），从维熙的小说《雪落黄河静无声》

（二十四）。

11日　《澳门日报·新园地》副刊刊载稚岳《技巧　生活　激情》，慧敏《利物浦与披头四》，濠江客《童军常参社会活动》，玉文《白玫瑰》，林俊聪《林则徐查禁南澳鸦片》（上），秦咢生《海南游草》，金中子《“既”字溯源探流》，胡晓风《冤家路窄》。

⊙　《华侨报·华座》副刊刊载梁荔玲的杂谈《相偕名山隐白头》，东方一羽的杂谈《“保护文物”商榷》，丁韶柏的杂谈《浪淘沙——〈人间词话〉引用诗词赏析之十三》，李瑞祥的观后感《魅力才气勤奋——林墉，苏华访问巴基斯坦画展》，续载濠江旧侣的小说《白手兴家邱德根》（十九）；《华林》副刊续载东方白的小说《罩门》（七），从维熙的小说《雪落黄河静无声》（二十五），慕容奇的小说《和尚的发》（二）。

12日　《澳门日报·新园地》副刊刊载梯亚《法国人的饮食——法国杂碎》，吴松《珠海宾馆园林美景》，星联《关公家世的一个谜》，庄文永《江边寻旧——怀念屈原》，谷曼《观林墉苏华画展后感》，林俊聪《林则徐查禁南澳鸦片》（下），胡晓风《烧银纸联想》，《广播道风云》暂停连载，由朱小宝的短篇小说《威哥》补上。

⊙　《华侨报·华座》副刊刊载张贤长的诗《纪行诗》，韩涛的杂谈《爱与欲》，东方一羽的杂谈《非常非常伤脑筋》，续载濠江旧侣的小说《白手兴家邱德根》（二十）；《华林》副刊续载东方白的小说《罩门》（八），从维熙的小说《雪落黄河静无声》（二十六），慕容奇的小说《和尚的发》（三）。

13日　《澳门日报·新园地》副刊刊载王云《歌德的最后一段情》，陈启新《中国各民族丧葬习俗》，胡培周《呈秦老步晓风兄原韵》，文亦武《飞霞奇石可求知》，明学《哭泣的化学基础》，胡晓风《随波而逝》，白璧《山瑞可以饲养供馔》，陈怀萱《孙锡昆陆康书画展观后》。

⊙　《华侨报·华座》副刊刊载墨斗的杂记《居廉逝世八十周年纪念》，梁荔玲的杂谈《从群众中来——》，续载濠江旧侣的小说《白手兴家邱德根》（二十一）；《华林》副刊续载东方白的小说《罩门》（九），从维熙的小说《雪落黄河静无声》（二十七），慕容奇的小说《和尚的发》（四）。

14日 《澳门日报·镜海》副刊刊载黄颖《天涯踏浪》，秦燕《也谈“建立澳门文学的形象”》，公孙微《鼓魂》，云力《周作人〈慈姑的盆〉》，戴云《晨风》，明《看花小记》，忘忧《雾的遐想》；《新园地》副刊刊载濠江客《卢九父子同受赠勋章》，吕器《广州黄埔港今昔》，航青《鳄鱼湖》，金中子《“香”字溯源探流》，胡晓风《霎》，天舒《漫步太空的人》，明《小榄新会日半游》，张国瀛《强记博闻的钱锺书教授》，璞斋《云片糕与软皮福肉饼》。

⊙ 《华侨报·华座》副刊刊载嘉华的杂谈《欺山莫欺水》，忆晴的杂谈《向他致敬》，刘残醉的诗《人生》，续载濠江旧侣的小说《白手兴家邱德根》（二十二）；《华林》副刊续载东方白的小说《罩门》（十），从维熙的小说《雪落黄河静无声》（二十八），慕容奇的小说《和尚的发》（五）。

15日 《澳门日报·新园地》副刊刊载裕《洋玉兰和白兰》，邹福强《举世注目的基因工程》，沈实《桐油坛与油轮》，陈同年《汉寿亭侯析义》，冼得霖《诗词二题》，逸翁《洋博士爱上土姑娘》，胡晓风《林墉“人物画讲座”》，备叔《难识别的金钱龟》。

⊙ 《华侨报·华座》副刊刊载梁荔玲的杂谈《生命的意义》，嘉华的杂谈《摇摇》，东方一羽的杂谈《向大海招魂》，续载濠江旧侣的小说《白手兴家邱德根》（二十三）；《华林》副刊续载东方白的小说《罩门》（完），从维熙的小说《雪落黄河静无声》（二十九），慕容奇的小说《和尚的发》（六）。

16日 《澳门日报·新园地》副刊刊载鲁茂《挣扎》，陈同年《说“龙”》，濠江客《崔诺枝鼎力善举获赠勋》，永盛《玩具与食物》，阿维《欢喜的“泛滥节”》，冼得霖《诗三首》，胡晓风《夏日情思》，罗海云《黄埔军校的片断回忆》，《古灵精怪》暂停连载，由朱小宝的短篇小说《有喜》补上。

⊙ 《华侨报·华座》副刊刊载忆晴的杂谈《读书开智慧》，佟立章的诗《晚晴楼诗》，续载濠江旧侣的小说《白手兴家邱德根》（二十四）；《华林》副刊刊载辛士的小说《湖海神龙》（一），续载从维熙的小说《雪落黄河静无声》（三十），慕容奇的小说《和尚的发》（七）。

17日　《澳门日报·新园地》副刊刊载姬梦南《父亲节的话》，逸翁《田汉的婚事三曲》，鲁茂《“澳电”效率有提高——割线呀！》，玉文《夏（外二首）海，风铃》，薛鸣《迟来的荔枝》，胡晓风《这也是“偶然”》，魏海章《冷饮虽好勿过量》。

⊙　《华侨报·旅游与乡土》副刊刊载华莎的游记《我看到天池的妩媚》；《华座》副刊刊载东方一羽的杂谈《炮台山添口古钟》，续载濠江旧侣的小说《白手兴家邱德根》（二十五）；《华林》副刊续载辛士的小说《湖海神龙》（二），从维熙的小说《雪落黄河静无声》（三十一），慕容奇的小说《和尚的发》（完）。

18日　《澳门日报·新园地》副刊刊载濠江客《三十年前的隆重授勋典礼》，耀武《苏联的萨姆导弹》，韦丘《随行诗章（六题）》，水清《炎夏请多喝水》，航青《东番石榴园游杂碎》，胡晓风《西江月》，王文琴《人口膨胀》，金中子《“良”字溯源探流》。

⊙　《华侨报·华座》副刊刊载陈加再的杂谈《母爱小语》，邓广财的杂谈《行为语言倾诉衷曲》，续载佟立章的诗《晚晴楼诗》，濠江旧侣的小说《白手兴家邱德根》（二十六）；《华林》副刊刊载慕容奇的小说《山中湖酒店》（一），雅达的小说《不甘示弱》（一），续载辛士的小说《湖海神龙》（三），从维熙的小说《雪落黄河静无声》（三十二）。

19日　《澳门日报·新园地》副刊刊载立京《武林英豪霍元甲二三事》，慧敏《避孕丸有丑闻》，韦丘《随行诗草（六题）》，阿秋《蟋蟀杂话》，李松庵《风采楼，张余相府·风采堂》，逸翁《叶圣陶的“未厌居”》，胡晓风《“烂仔文”联想》。

⊙　《华侨报·华座》副刊刊载东方一羽的杂谈《贼！十四岁的女贼》，续载濠江旧侣的小说《白手兴家邱德根》（二十七）；《华林》副刊续载辛士的小说《湖海神龙》（四），从维熙的小说《雪落黄河静无声》（三十三），慕容奇的小说《山中湖酒店》（二），雅达的小说《不甘示弱》（二）。

20日 《澳门日报·新园地》副刊刊载周兴梁《宋庆龄轶事点滴》，余仁杰《太阳黑子及其影响》，冯刚毅《名果十咏》，阿秋《厕所漫话》，俪芝《念》，余菲《熊猫本应叫猫熊》，胡晓风《名》，璞斋《荔枝入馔别有风味》。

⊙ 《华侨报·华青》副刊刊载胡桂英的杂记《母亲的眼泪》，李静山的杂记《孙中山先生故居之行》，丹霞的杂谈《漫话时代精神》，李胜的杂谈《也谈书法之道》，裴尔、何建业的《诗二首》，东方一羽的杂谈《情！为情而死？》，续载濠江旧侣的小说《白手兴家邱德根》（二十八）；《华林》副刊刊载谌容的小说《错！错！错！》（一），续载辛士的小说《湖海神龙》（五），从维熙的小说《雪落黄河静无声》（三十四），慕容奇的小说《山中湖酒店》（三），雅达的小说《不甘示弱》（完）。

21日 《澳门日报·新园地》副刊刊载濠江客《获勋的赌王傅德荫》，姚北全《诗人兴会诗人节》，元岑《游阳春“三窿”乐无穷》，宋昌《科学用餐可减肥》，金中子《“食”字溯源探流》，冯刚毅《名果十咏》，白璧《饲养鲵有奇趣》，胡晓风《路遇玉文》。

⊙ 《华侨报·华青》副刊刊载胡桂英的杂记《母亲的眼泪》，李静山的杂记《孙中山先生故居之行》，丹霞的杂谈《漫话时代精神》，李胜的杂谈《也谈书法之道》，裴尔、何建业的《诗二首》，东方一羽的杂谈《情！为情而死？》，续载濠江旧侣的小说《白手兴家邱德根》（二十九）；《华林》副刊刊载谌容的小说《错！错！错！》（二），续载辛士的小说《湖海神龙》（六），从维熙的小说《雪落黄河静无声》（三十五），慕容奇的小说《山中湖酒店》（四）。

22日 《澳门日报·新园地》副刊刊载鲁茂《再谈澳电“割线”的乌龙》，星联《恐龙遭彗星雨灭绝》，航青《象园寻乐记》，裕《“爱的锁链”艳丽多姿》，苏谋《我与〈澳门日报〉》，刘逸生《荔枝三题》，洪丕谟《苏东坡的书画题跋》，文泽《小幽默》，胡晓风《市间偶拾》。

⊙ 《华侨报·华座》副刊刊载东方一羽的杂记《澳门街“拼盘”》，梁荔玲的杂谈《唱腔与流派》，续载濠江旧侣的小说《白手兴家邱德根》

（三十）；《华林》副刊续载辛士的小说《湖海神龙》（七），从维熙的小说《雪落黄河静无声》（三十六），慕容奇的小说《山中湖酒店》（五），谌容的小说《错！错！错！》（三）。

23日　《澳门日报·新园地》副刊刊载濠江客《传奇人物梁昌多次获勋》，申成《路环海面出现海豚》，尔颂《饯别》，胡晓风《调低电费之外》，刘昌炎《火山喷冰块》，冷千山《那有云雀不欢唱》，江东《沈尹默与章太炎弟子》，达文《珍妃与珍妃井》。

⊙　《华侨报·华座》副刊刊载东方一羽的杂记《欺人太甚此妇可怜》，佟立章的诗《无题》，续载濠江旧侣的小说《白手兴家邱德根》（三十一）；《华林》副刊续载辛士的小说《湖海神龙》（八），从维熙的小说《雪落黄河静无声》（三十七），慕容奇的小说《山中湖酒店》（六），谌容的小说《错！错！错！》（四）。

24日　《澳门日报·新园地》副刊刊载王文琴《从花草想起的……》，绿薇《世界长寿中心的奥秘》，冷千山《我还是等待》，冼得霖《谈宋词之所谓融化》，胡伯虎《多吃绿色蔬菜——可抗癌，防癌，防治高血压》，胡晓风《风雨夜》，穆翼《二十世纪大事记——英雄的路名》。

⊙　《华侨报·旅游与乡土》副刊刊载陆明的游记《再见，蓝梦湖》；《华座》副刊刊载郭康宁的杂谈《听一席话有感》，续载濠江旧侣的小说《白手兴家邱德根》（完）；《华林》副刊续载辛士的小说《湖海神龙》（九），从维熙的小说《雪落黄河静无声》（完），慕容奇的小说《山中湖酒店》（七），谌容的小说《错！错！错！》（五）。

25日　《澳门日报·新园地》副刊刊载余布衣《曹聚仁与邓珂云》，鲁茂《迷，痴，狂》，濠江客《梁昌的救命恩人梁文燕》，钟文《防止吃薯仔中毒》，金中子《“食”字溯源探流》，玉文《冰》，慧敏《荷里活重男轻女》，胡晓风《垃圾》。

⊙　《华侨报·华座》副刊刊载郭康宁的杂谈《学术不称霸》，佟立章的诗《题林墉贻诗仙图》，濠江旧侣的小说《能言善辩何鸿燊》（一）；《华林》副刊刊载公衡的小说《水巷琵琶声》（一），续载辛士的小说《湖海神龙》（十），慕容奇的小说《山中湖酒店》（完），谌容的小说《错！错！错！》（六）。

26日　《澳门日报·新园地》副刊刊载玉文《夫人》，钟佑广《纹身是美丽的吗？》，辛苗《南行诗草（六首）》，佘布衣《曹聚仁与邓珂云》，苏谋《同伴》，胡晓风《割脉》，郑文《保险业的起源和历史》，钟新《石岐西山风光》。

⊙　《华侨报·华座》副刊刊载梁荔玲的杂谈《文艺片》，白墨的杂谈《灵思小语》，邓光声的诗《无题》，续载濠江旧侣的小说《能言善辩何鸿燊》（二）；《华林》副刊刊载慕容奇的小说《流镝马》（一），续载辛士的小说《湖海神龙》（十一），公衡的小说《水巷琵琶声》（二），谌容的小说《错！错！错！》（七）。

27日　《澳门日报·新园地》副刊刊载云外鸥《捡得担边的色彩》，文亦武《消暑胜地——南昆山》，辛苗《南行诗草（六首）》，王琪森《“微茫”与“微妙”之间——读〈癖斯居画谈〉》，航青《大皇宫与玉佛寺》，璞斋《苦瓜是蔬中隽品》，胡晓风《风姐》。

⊙　《华侨报·华座》副刊刊载嘉华的杂谈《新潮》，洛卡的杂谈《沉思》，佟立章的诗《题司徒奇画师渔村小景册》，续载濠江旧侣的小说《能言善辩何鸿燊》（三）；《华林》副刊续载辛士的小说《湖海神龙》（十二），慕容奇的小说《流镝马》（二），公衡的小说《水巷琵琶声》（三），谌容的小说《错！错！错！》（八）。

28日　《澳门日报·新园地》副刊刊载王文琴《图书馆里的朋友》，柳青娘《啤酒香自花中来》，濠江客《三十二年前受勋的何贤》，凡之《真实动人的孩童世界——读阿浓著〈铁嘴鸡〉》，金中子《“食”字溯源探流》，胡培周《七律·岳飞颂》，白璧《饲养百灵鸟要特别设备》，胡晓风《铁骑闯祸》；《镜海》副刊刊载淘空了《车声辘辘》，明《声音（外一首）蚂蚁》，黄伟经译《屠格涅夫散文诗选》，云力《冰心〈纸船〉》，蔡顺玲《失业生》。

⊙　《华侨报·华座》副刊刊载关幼玲的幽默小故事《聪明人》，阿萍的纪念文章《永远活在我心中的陈学书老师》，续载濠江旧侣的小说《能言善辩何鸿燊》（四）；《华林》副刊续载辛士的小说《湖海神龙》（十三），慕容奇的小说《流镝马》（三），公衡的小说《水巷琵琶声》（四），谌容的小说《错！错！错！》（九）。

29日　《澳门日报·新园地》副刊刊载鲁茂《欢呼声……》，慧敏《大马少年爱斗蜘蛛》，裕《果毒花艳的马缨丹》，逸翁《茅盾的第一篇白话翻译小说》，陈同年《潼关与马超》，文泽《笑话》，壮《吸烟者的特殊功能》，胡晓风《中了六合彩》，蓝溪《海浪之歌》，林显键《巴士奇事》。

⊙　《华侨报·华座》副刊续载濠江旧侣的小说《能言善辩何鸿燊》（五）；《华林》副刊续载辛士的小说《湖海神龙》（十四），公衡的小说《水巷琵琶声》（五），慕容奇的小说《流镝马》（四），谌容的小说《错！错！错！》（十）。

30日　《澳门日报·新园地》副刊刊载鲁茂《脸皮薄和脸皮厚》，星联《上市的脚印》，稚《梦里梦外》，庐品生《茶香情浓漫西山》，萧嘉《饮汤与卫生》，何忠《机器人参军》，苏谋《巧遇》，胡晓风《又是男女牵扯的事》。

⊙　《华侨报·旅游与乡土》副刊刊载鸿的游记《从浮雾中看莫斯科》；《华座》副刊刊载嘉华的杂谈《结婚戒指》，续载佟立章的诗《晚晴楼诗》，濠江旧侣的小说《能言善辩何鸿燊》（六）；《华林》副刊续载辛士的小说《湖海神龙》（十五），公衡的小说《水巷琵琶声》（六），慕容奇的小说《流镝马》（五），谌容的小说《错！错！错！》（十一）。

七月

1日　《澳门日报·新园地》副刊刊载永盛《话别之时》，孙国文《热气球运动惊险有趣》，杨达夫《杯中香茗不是茶》，杨伟群《花城杂咏二首》，吕文《湾仔花地春光媚》，晨曦《郁达夫的英文用名》，罗冠群《丘逢甲应试趣闻》，胡晓风《又是泰姬……》。

⊙　《华侨报·华座》副刊刊载墨斗的杂记《青蛙会弹琴》，东方一羽的杂记

《犯人借尿遁》，郭康宁的杂谈《从说外语想起》，梁荔玲的杂谈《剪不断理还乱》，续载濠江旧侣的小说《能言善辩何鸿燊》（七）；《华林》副刊续载辛士的小说《湖海神龙》（十六），公衡的小说《水巷琵琶声》（七），慕容奇的小说《流镝马》（六），谌容的小说《错！错！错！》（十二）。

2日 《澳门日报·新园地》副刊刊载陶里《记忆力》，求博《人类进入信息时代》，濠江客《获勋最多的华人高可宁》，钟子《影展随想》，罗冠群《岳阳楼修建告成志盛 调寄〈满江红〉》，无瑕《书画联会珠海成立侧记》，金中子《“束”字溯源探流》，胡晓风《迎送张国基师》。

⊙ 《华侨报·华座》副刊刊载和义的杂谈《偶谈舞醉龙》，隐地的杂谈《心的挣扎》，续载濠江旧侣的小说《能言善辩何鸿燊》（八）；《华林》副刊续载辛士的小说《湖海神龙》（十七），公衡的小说《水巷琵琶声》（八），慕容奇的小说《流镝马》（七），谌容的小说《错！错！错！》（十三）。

3日 《澳门日报·新园地》副刊刊载陶里《性骚扰及其他》，石寒星《啊！孩子……》，罗冠群《调寄〈思佳客〉》，温俊《盛夏话西瓜》，余齐昭《孙中山长女的生平》，林可《夏娃的眼泪》，胡晓风《引起悲怀》，实陈《卡蒂尔发现加拿大》。

⊙ 《华侨报·华座》副刊刊载东方一羽的杂谈《为孤雏、寡妇乞怜》，宋世明的杂谈《书法艺术的探索》（一），丁韶柏的历史知识杂谈《燕山亭》，秦咢生的诗《过澳门市政厅门前有感》；《华林》副刊续载辛士的小说《湖海神龙》（十八），公衡的小说《水巷琵琶声》（九），慕容奇的小说《流镝马》（八），谌容的小说《错！错！错！》（十四）。

4日 《澳门日报·新园地》副刊刊载梯亚《罗浮宫的争议——法国杂碎》，慧敏《千奇百怪的离婚》，灵芝《春，鸟》，文泽《小幽默》，赖雁《名人与荔枝》，钱之德《吴湖帆轶闻纪略》，璞斋《油焗骨香鸡皮爽肉滑》，逸翁《丰子恺与佛有缘》，胡晓风《爱恨之间》。

⊙ 《华侨报·华青》副刊刊载鸿爪的杂记《生的重绘》，何仲健的杂记《濠江中学好风光》，林佩娟的杂谈《学而后知不足》，希靖的杂谈《倦》，月亮的杂谈《忍》，丁韶的杂谈《略谈唐代三位诗人——写春雨的诗句》，方淑华的诗《万年青》；《华座》副刊刊载郭康宁的杂谈《信心》，续载宋世明的杂谈《书法艺术的探索》（二）；《华林》副刊刊载慕容奇的小说《富士魂の黑森林》（一），续载辛士的小说《湖海神龙》（十九），公衡的小说《水巷琵琶声》（十），谌容的小说《错！错！错！》（十五）。

5日 《澳门日报·新园地》副刊刊载濠江客《澳门赛狗始于五十年前》，李松庵《做过赴台考察的往事》，金中子《“束”字溯源探流》，白璧《饲养蝾螈多异趣》，黄世耀《神奇的空气“维生素”》，胡晓风《悼》，蔡田田《乞食的盲妇》，大鸟《悄悄话》；《镜海》副刊刊载金中子《〈镜海〉的一年》，朱安《李金发的乡土感情》，余草《松山晨歌》，欧宝玉《散文三题》，赵元生《良伴》，云力《汪静之〈伊底眼〉》。

⊙ 《华侨报·华座》副刊刊载梁荔玲的杂谈《情为何物？》，嘉华的杂谈《人情》，秦咢生的诗《一九八四年六月二十九日与司徒奇、佟立章两兄黑沙湾消夏 归途车上纪兴》，续载宋世明的杂谈《书法艺术的探索》（完）；《华林》副刊刊载力戈的短小说《母亲失踪》（上），续载辛士的小说《湖海神龙》（二十），公衡的小说《水巷琵琶声》（十一），慕容奇的小说《富士魂の黑森林》（二），谌容的小说《错！错！错！》（十六）。

6日 《澳门日报·新园地》副刊刊载平石《南通彩锦绣艺术独特》，玉文《螺壳》，王云《崇祯皇帝的悲剧》（上），沙沙《鲨鱼·鱼翅·抗癌》，胡晓风《和尚失妻杀子》，文泽《小幽默》，潘佛章《农村访富》，裕《有毒植物“麻疯树”》，杨达夫《吃苦瓜》。

⊙ 《华侨报·华座》副刊刊载墨斗的杂谈《闲话薛涛笺》，梁荔玲的杂谈《黄昏》，丰宜的杂谈《亭的千秋风采》；《华林》副刊续载佟立章的诗《晚晴楼诗》，辛士的小说《湖海神龙》（二十一），力戈的短小说《母亲失踪》（下），公衡的小说《水巷琵琶声》（十二），慕容奇的小说

《富士魂の黑森林》（三），谌容的小说《错！错！错！》（十七）。

7日　《澳门日报·新园地》副刊刊载东瑞《少年的梦》，鲁茂《澳门的“酸苹果”奖》，濠江客《莲峰球场设立四十四年》，王云《崇祯皇帝的悲剧》（上），潘佛章《诗二首》，邱吉灵《“武林”传播海内外》，云翔《龙卷风威力强大》，胡晓风《绿树，黄鸟》。

⊙　《华侨报·华座》副刊刊载嘉华的杂谈《习惯》，东方一羽的杂谈《欣赏，遗憾！》；《华林》副刊续载佟立章的诗《晚晴楼诗》，慕容奇的小说《富士魂の黑森林》（四），辛士的小说《湖海神龙》（二十二），公衡的小说《水巷琵琶声》（十三），谌容的小说《错！错！错！》（十八）。

8日　《澳门日报·新园地》副刊刊载鲁茂《从“三及第”文章谈起……》，周华《地球的南北两端》，梯亚《巴黎求诊记——法国杂碎》，明《阳光与活力》，王云《崇祯皇帝的悲剧》（下），梅竹《黄皮能开胃消滞》，胡晓风《暑假，学费调升》。

⊙　《华侨报·华座》副刊刊载姚昌森的小说《海灯法师传奇》（一）；《华林》副刊续载慕容奇的小说《富士魂の黑森林》（五），辛士的小说《湖海神龙》（二十三），公衡的小说《水巷琵琶声》（十四），谌容的小说《错！错！错！》（十九）。

9日　《澳门日报·新园地》副刊刊载林世敬《林则徐巡视澳门》，阿圉《感觉，情感和情绪》，濠江客《五十年前的澳门赛狗场》，钟成《味甜如蜜话龙眼》，冼得霖《莫等闲白了少年头》，胡晓风《湖边草之一》，金中子《“本”字溯源探流》，文泽《小幽默》。

⊙　《华侨报·华座》副刊刊载梁荔玲的杂谈《花落谁家》，郭康宁的杂谈《信心问题》，陈怡安的杂谈《有价值的人生》，冯刚毅的诗《荔枝赞》，续载姚昌森的小说《海灯法师传奇》（二）；《华林》副刊续载慕容奇的小说《富士魂の黑森林》（六），辛士的小说《湖海神龙》（二十四），公衡的小说《水巷琵琶声》（十五），谌容的小说《错！错！错！》（二十）。

10日　《澳门日报·新园地》副刊刊载陈怀萱《“余生也晚”的遐想》，耀武

《美国的隐形飞机》，谭任杰《浣溪沙》，林世敬《林则徐巡视澳门》，文泽《小幽默》，吕晓明《泰国斗鱼风靡世界》，璞斋《鲜海参爽脆可口》，胡晓风《湖边草之二》。

⊙ 《华侨报·华座》副刊刊载小白的历史名人杂记《老舍答催稿诗》，梁荔玲的杂谈《写稿叹五更》（上），郭康宁的杂谈《收视联想》，续载姚昌森的小说《海灯法师传奇》（三）；《华林》副刊续载慕容奇的小说《富士魂の黑森林》（七），辛士的小说《湖海神龙》（二十五），公衡的小说《水巷琵琶声》（十六），谌容的小说《错！错！错！》（二十一）。

11日 《澳门日报·新园地》副刊刊载林世敬《林则徐巡视澳门》，吴松《欣赏石景山画图》，玉文《授》，卓伦《刺激》，余布衣《老舍的文言文》，苏民《防盗液》，柯可《宇宙飞船上的生态学》，胡晓风《湖边草之三》，白璧《金雀清洁善鸣易饲养》。

⊙ 《华侨报·华座》副刊刊载王一芒的杂记《熏风吹拂荷塘香》，续载梁荔玲的杂谈《写稿叹五更》（下），姚昌森的小说《海灯法师传奇》（四）；《华林》副刊续载慕容奇的小说《富士魂の黑森林》（八），辛士的小说《湖海神龙》（二十六），公衡的小说《水巷琵琶声》（十七），谌容的小说《错！错！错！》（二十二）。

12日 《澳门日报·新园地》副刊刊载濠江客《昔日“格力犬”养尊处优》，慧敏《利用运动戒除毒癖》，蓝玛《蝶恋花》，余布衣《老舍的文言文》，成民《夏季防雷击》，金中子《“未”字溯源探流》，胡晓风《偶成》，文亦武《博罗三景一天收》。

⊙ 《华侨报·华座》副刊刊载梁荔玲的杂谈《男女平等》，佟立章的诗《昨夜》，林定孚的诗《玉蝴蝶》，续载姚昌森的小说《海灯法师传奇》（五）；《华林》副刊续载慕容奇的小说《富士魂の黑森林》（完），辛士的小说《湖海神龙》（二十七），公衡的小说《水巷琵琶声》（十八），谌容的小说《错！错！错！》（二十三）。

13日 《澳门日报·新园地》副刊刊载鲁茂《假如我有几百万……》，星联《抢救“国宝”大熊猫》，蓝玛《沉默》，宁可《气壮山河的巨石》，林水木《卖早点的姑娘》，胡晓风《无情，对酒，千古》，字浩泉《且对妙联》，茗屋《吴昌硕诞纪念》；开始连载林中英的长篇小说《云月》（至1984年8月17日止）。

⊙ 《华侨报·华座》副刊刊载梁荔玲的杂谈《日本歌曲》，东方一羽的杂谈《通天，抚恤，顽皮》，续载姚昌森的小说《海灯法师传奇》（六）；《华林》副刊刊载慕容奇的小说《鬼影师》（一），续载辛士的小说《湖海神龙》（二十八），公衡的小说《水巷琵琶声》（十九），谌容的小说《错！错！错！》（二十四）。

14日 《澳门日报·新园地》副刊刊载鲁茂《有牌烂仔》，雷门《葡萄牙监狱见闻》，濠江客《五十年前的赛狗投注》，王云《松元清张和历史小说》，林涛《藏族的婚礼》，董倩《随风潜入夜　润物细无声》，胡晓风《日本原稿纸》，沈实《胡志明市街童》。

⊙ 《华侨报·华座》副刊刊载梁荔玲的杂谈《曼殊大师之情》，柳思的杂谈《元杂剧欧洲译本小谈》，何秀煌的杂谈《人生小语》，续载姚昌森的小说《海灯法师传奇》（七）；《华林》副刊续载辛士的小说《湖海神龙》（二十九），公衡的小说《水巷琵琶声》（二十），慕容奇的小说《鬼影师》（二），谌容的小说《错！错！错！》（二十五）。

15日 《澳门日报·新园地》副刊刊载雷门《葡萄牙监狱见闻》，陈浩星《司徒奇治对二三事》（上），冼得霖《旅馆俏凝情》，实陈《蜜熊嗜好蜜糖》，刘大田《太空用餐》，冷千山《望一眼也心跳》，胡晓风《悟》。

⊙ 《华侨报·旅游与乡土》副刊刊载墨斗的游记《黄果树瀑布观赏记》，宣翁、邓开的游记《东风吹破千行泪——镜海屏山下横翠阁小札》；《华座》副刊刊载柳思的杂谈《鱼玄机》，东方一羽的杂谈《混血港姐与慈禧》，丹霞的诗《忆江南二首》，续载姚昌森的小说《海灯法师传奇》（八）；《华林》副刊续载辛士的小说《湖海神龙》（三十），公衡的小说《水巷琵琶声》（二十一），慕容奇的小说《鬼影师》（三），谌容的小说《错！错！错！》（二十六）。

16日 《澳门日报·新园地》刊载雁风《蟑螂》，温俊《夏日话荷花》，濠江客《赛狗场上趣事多》，明《垃圾堆》，陈浩星《司徒奇治对二三事》（下），蓝玛《冰糖葫芦之恋》，金中子《“未”字溯源探流》，胡晓风《暑假电影》。

⊙ 《华侨报·华座》副刊刊载梁荔玲的杂谈《写字界》，续载姚昌森的小说《海灯法师传奇》（九），濠江旧侣的小说《能言善辩何鸿燊》（九）；《华林》副刊续载辛士的小说《湖海神龙》（三十一），公衡的小说《水巷琵琶声》（二十二），慕容奇的小说《鬼影师》（四），谌容的小说《错！错！错！》（二十七）。

17日 《澳门日报·新园地》副刊刊载陶志群译的《到葡国的绿色海岸去——游“绿色海岸”之一》，劳科《试官育兰的新突破》，杨奎章《访加诗选》，钟新《太平天国的美籍友人罗孝全》，于田玉《连江奇景》，胡晓风《电视机》，蓝玛《浪》。

⊙ 《华侨报·华座》副刊刊载隐地的杂谈《生活是什么？》，嘉华的杂谈《恃恶》，东方一羽的杂谈《新江女队之败》，续载佟立章的诗《晚晴楼诗》，姚昌森的小说《海灯法师传奇》（十），濠江旧侣的小说《能言善辩何鸿燊》（十）；《华林》副刊续载辛士的小说《湖海神龙》（三十二），公衡的小说《水巷琵琶声》（二十三），慕容奇的小说《鬼影师》（五），谌容的小说《错！错！错！》（二十八）。

18日 《澳门日报·新园地》副刊刊载陶志群译《皇冠上的一颗绿宝石——游“绿色海岸”之二》，慧敏《争分数生吃蟋蟀》，杨奎章《访加诗选》，王云《罗曼·罗兰的创作与爱情》，胡晓风《贼》，森玲《海水的奇妙功能》，文泽《小幽默》，璞斋《虾酱豆腐与韭菜猪红》，玉文《鸵鸟》。

⊙ 《华侨报·华青》副刊刊载刘艳红的杂记《等待》，鸿爪的杂谈《信与小卡的浓情》，小草的读后感《神州行》，莫需飞的观后感《参观李名炀布公仔展览》；《华座》副刊刊载林清玄的杂谈《箫与笛》，柳思的杂谈《读“笔记”》，丁韶柏的杂谈《水龙吟（杨花）——〈人间词话〉引用诗词赏析之十五》，续载姚昌森的小说《海灯法师传奇》（十一），濠江旧侣的小说《能言善辩何鸿燊》（十一）；《华林》副刊续载辛士的小说《湖海神龙》（三十三），公衡的小说《水巷琵琶声》（二十四），慕容奇的小说《鬼影师》（六），谌容的小说《错！错！错！》（二十九）。

19日 《澳门日报·新园地》副刊刊载陶志群译《漫游阿佛山谷——游“绿色海岸”之三》，鲁茂《澳门波仔》，濠江客《妈阁庙的布衣石刻》，金中子《“朱”字溯源探流》，杨奎章《访加诗选》，求博《活动遗传基因新发展——与人类生活有密切关系的科学》，白璧《须鳅与蛇仔鱼》，江科《蝴蝶泉》，胡晓风《当街开枪与监守自盗》；《镜海》副刊刊载云力《冯雪峰〈落花〉》，沈仁康《泉州风采》，易绿《目光》，王云《都德和“小东西”作家与作品》，淘空了《七月七日写意》。

⊙ 《华侨报·华座》副刊刊载梁荔玲的杂谈《过埠新娘？》，何秀煌的杂谈《人生小语》，续载佟立章的诗《晚晴楼诗》，姚昌森的小说《海灯法师传奇》（十二），濠江旧侣的小说《能言善辩何鸿燊》（十二）；《华林》副刊续载辛士的小说《湖海神龙》（三十四），公衡的小说《水巷琵琶声》（二十五），慕容奇的小说《鬼影师》（七），谌容的小说《错！错！错！》（三十）。

20日 《澳门日报·新园地》副刊刊载鲁茂《暑期猛片捉对儿厮杀》，李知《你做过这种梦吗？》，杨奎章《访加诗选》，陈怀萱《〈出版界年轮〉读后》，隽文《学普通话记趣》，黄东妳《米中之奇——黑米》，胡晓风《大医生割小包皮》，周爱《为何海水是咸的？》，逸翁《柳亚子的〈阿Q歪传〉》。

⊙ 《华侨报·华座》副刊刊载梁荔玲的杂谈《海浪拍击的时刻》，秦咢生的诗《葡军俱乐部作》，续载姚昌森的小说《海灯法师传奇》（完），濠江旧侣的小说《能言善辩何鸿燊》（十三）；《华林》副刊续载辛士的小说《湖海神龙》（三十五），公衡的小说《水巷琵琶声》（二十六），慕容奇的小说《鬼影师》（八），谌容的小说《错！错！错！》（三十一）。

21日 《澳门日报·新园地》副刊刊载濠江客《“海觉石”刻于乾隆三年》，于田玉《“天涯海角”游踪》，蓝玛《黑夜》，沙沙《苍蝇繁殖力惊人》，杨奎章《访加诗选》，方遐《为演员造像》，文穗《龙眼称王话石硖》，陈耀洪《求职》，胡晓风《仔打老豆》。

⊙ 《华侨报·华座》副刊刊载亮轩的杂谈《八行书》，续载濠江旧侣的小说《能言善辩何鸿燊》（十四）；《华林》副刊刊载仲平的短小说《代价》，续载辛士的小说《湖海神龙》（三十六），公衡的小说《水巷琵琶声》（完），慕容奇的小说《鬼影师》（九），谌容的小说《错！错！错！》（完）。

22日 《澳门日报·新园地》副刊刊载裕《"急性子"的凤仙花》，段之奇《闻名遐迩的"蛇居"》，玉文《给朋友》，杨柳青《山上奇鱼》，金中子《"东"字溯源探流》，潘筱瑛《悼陈学书老师》，萧嘉《"夸父追日"的哲理》，胡晓风《逆子殴母》。

⊙ 《华侨报·华座》副刊刊载佟立章的诗《题黑沙采石呈秦老苍城画师》；续载濠江旧侣的小说《能言善辩何鸿燊》（十五）；《华林》副刊刊载王朔的小说《空中小姐》（一），张晓明的小说《青山遮不住》（一），续载辛士的小说《湖海神龙》（三十七），慕容奇的小说《鬼影师》（完）。

23日 《澳门日报·新园地》副刊刊载雷门《对葡国凶杀案的剖析》，慧敏《大力士竞掷大树》，濠江客《妈阁最古老的摩崖石刻》，陈左高《陈巨来二三事》，文青《人的智力什么季节最佳？》，白璧《天堂鱼生活奇趣》，胡晓风《妈阁庙五百周年》，卓伦《海鸥》。

⊙ 《华侨报·华座》副刊刊载张婉的纪念文章《悼陈学书老师》，佟立章的诗《西湾观潮》，续载濠江旧侣的小说《能言善辩何鸿燊》（十六）；《华林》副刊刊载慕容奇的小说《赤石の血鬼》（一），续载辛士的小说《湖海神龙》（三十八），张晓明的小说《青山遮不住》（二），王朔的小说《空中小姐》（二）。

24日 《澳门日报·新园地》副刊刊载麦良全《西樵白云洞里赏佳联》，阿圉《要学会控制情绪》，明《失单车记》，穆翼《苏东坡与荔枝》，胡晓风《阿SIR的独白》，溢功《奇树趣闻录》，文穗《炎夏话扇》。

⊙ 《华侨报·华座》副刊刊载隐地的杂谈《心的挣扎》，续载濠江旧侣的小说《能言善辩何鸿燊》（十七）；《华林》副刊续载辛士的小说《湖海神龙》（三十九），张晓明的小说《青山遮不住》（三），慕容奇的小说

《赤石の血鬼》（二），王朔的小说《空中小姐》（三）。

25日 《澳门日报·新园地》副刊刊载航青《最后一班车》，星联《奥运会应用计算机操作》，子薇《遇》，江东《沈迈士及其书画》，陈伯坚《小岛码头》，周树恍《实用相猫术》，胡晓风《压力》，逸翁《章太炎爱财》，《古灵精怪》暂停连载，由丁之林的短篇小说《自来鸟》补上。

⊙ 《华侨报·华座》副刊刊载柳思的杂谈《昏鸦非昏　神鸦非神》，佟立章的诗《答问》，续载濠江旧侣的小说《能言善辩何鸿燊》（十八）；《华林》副刊续载辛士的小说《湖海神龙》（完），张晓明的小说《青山遮不住》（四），慕容奇的小说《赤石の血鬼》（三），王朔的小说《空中小姐》（四）。

26日 《澳门日报·新园地》副刊刊载濠江客《妈阁庙最大的摩崖石刻》，慧敏《“性感小猫”力救猫狗》，玉文《加东海岸》，尚毅《罗劳与哈地》，金中子《“柬”字溯源探流》，倪桦《洛杉矶的兴奋与烦恼》，江科《方形西瓜》，徐续《纪行杂诗》，胡晓风《流落》；《镜海》副刊刊载秦牧《秦国雄师上阵图——秦始皇兵马俑新谈》，秦燕《海滨之夜》，沈彦玲《书和我》，李静山《凉了的午饭》，云力《闻一多〈也许〉》。

⊙ 《华侨报·华座》副刊刊载佟立章的诗《题司徒奇画师水仙图》，续载濠江旧侣的小说《能言善辩何鸿燊》（十九）；《华林》副刊刊载宣仲弘的小说《两姐妹》（一），续载慕容奇的小说《赤石の血鬼》（四），张晓明的小说《青山遮不住》（五），王朔的小说《空中小姐》（五）。

27日 《澳门日报·新园地》副刊刊载星联《月球采矿趣谈》，鲁茂《守》，鉴知《虎鹤双形拳与林世荣》，玉文《旅人》，徐续《纪行杂诗》，双璧《山水货》，阿延《使鱼“睡眠”的技术》，裕《没有叶子的光棍树》，胡晓风《又一出》。

⊙ 《华侨报·华座》副刊刊载佟立章的诗《观司徒奇画师绘兰有感》，梁荔玲的杂谈《心清理正　我行我素》，续载濠江旧侣的小说《能言善辩何鸿燊》（二十）；《华林》副刊续载宣仲弘的小说《两姐妹》（二），张晓明的小说《青山遮不住》（六），慕容奇的小说《赤石の血鬼》（五），王朔的小说《空中小姐》（六）。

28日 《澳门日报·新园地》副刊刊载鲁茂《临老学吹打》，薛鸣《蓝血“怪鱼”的贡献》，濠江客《武将张玉堂的妈阁题诗》，陈怀萱《喜见〈岭南书艺〉创刊》，梁守中《词二首》，郭洪《暑天防中暑》，沈实《日本工业繁荣的代价》，胡晓风《这幕是“血染黑桥”》。

⊙ 《华侨报·华座》副刊续载濠江旧侣的小说《能言善辩何鸿燊》（二十一）；《华林》副刊续载宣仲弘的小说《两姐妹》（三），张晓明的小说《青山遮不住》（七），慕容奇的小说《赤石の血鬼》（六），王朔的小说《空中小姐》（七）。

29日 《澳门日报·新园地》副刊刊载于田玉《深圳银湖拾趣》，杨梵《富蛋白质的昆虫食物》，谭文《洛杉矶风光》，朱丽贤《端砚雕刻老艺人罗妹》，徐续《纪行杂诗》，永盛《从广告想到童话》，胡晓风《偶成三首》，钟新《活在沸温泉的生物》。

⊙ 《华侨报·旅游与乡土》副刊刊载墨斗的游记《初访黑龙潭》，鸿基的游记《影城喜观奇景》；《华座》副刊刊载梁荔玲的诗《咖啡里边来的“情意”》，续载濠江旧侣的小说《能言善辩何鸿燊》（二十二）；《华林》副刊续载宣仲弘的小说《两姐妹》（四），张晓明的小说《青山遮不住》（八），慕容奇的小说《赤石の血鬼》（七），王朔的小说《空中小姐》（八）。

30日 《澳门日报·新园地》副刊刊载陶里《南风的引诱》，秦怀《人逾百岁不为稀》，姗姗《大海为何是蓝色？》，濠江客《汪兆镛游妈祖阁题记》，郑定光《精液胞浆素》，沈实《日本人住“兔子笼”》，璞斋《桂花蝉肉饼滋味隽美》，胡晓风《大炮台的钟》，徐续《纪行杂诗》。

⊙ 《华侨报·华座》副刊刊载秦咢生的诗《卢云斋刻林近所书澳门妈祖建庙　五百年纪念碑甚佳　喜为云翁书纪念册》，续载濠江旧侣的小说《能言善辩何鸿燊》（二十三）；《华林》副刊续载宣仲弘的小说《两姐妹》（五），张晓明的小说《青山遮不住》（九），慕容奇的小说《赤石の血鬼》（八），王朔的小说《空中小姐》（九）。

31日 《澳门日报·新园地》副刊刊载陶里《发泄》，胡百川《人类在太空中的前景》，筱文《“炎黄子孙”的典故》，陈同年《避讳谈趣》，卓伦《“〇”的随想》，文泽《小幽默》，宁可《东莞可园探胜》，胡晓风《摇笔杆死于……？》。

⊙ 《华侨报·华座》副刊续载濠江旧侣的小说《能言善辩何鸿燊》（二十四）；《华林》副刊续载宣仲弘的小说《两姐妹》（六），张晓明的小说《青山遮不住》（十），慕容奇的小说《赤石の血鬼》（九），王朔的小说《空中小姐》（十）。

八月

1日 《澳门日报·新园地》副刊刊载陶里《我看〈倾城之恋〉》，阿圉《人脑延伸夸计算机》，杨达夫《夜班大厦看更》，逸翁《萧军赠萧红的一首轶诗》，杨梵《皮革新车》，尚毅《热风》，璞斋《煨吃佷物花款多》，胡晓风《焚稿》；《澳门街》载有梅士敏《本澳庙宇碑记探索》。

⊙ 《华侨报·华青》副刊刊载慧雯的杂谈《昨天·明天》，坚仔的杂谈《知己》，丁韶的历史名人杂谈《善于观察事物的苏东坡》，蔡顺玲的诗《成长三部曲》；《华座》副刊刊载柳思的历史名人杂记《一门三鼎甲和吴敬梓》，续载濠江旧侣的小说《能言善辩何鸿燊》（二十五）；《华林》副刊续载宣仲弘的小说《两姐妹》（七），张晓明的小说《青山遮不住》（十一），慕容奇的小说《赤石の血鬼》（完），王朔的小说《空中小姐》（十一）。

2日 《澳门日报·新园地》副刊刊载陶里《炎夏即景》，邬和镒《“乞巧”习俗趣谈》，濠江客《广州府张道源题诗妈阁》，秦怀《空难的肇事者——飞鸟》，文泽《小幽默》，冯莱《面膜护肤添美貌》，方蕾《洪宣娇有无其人》，金中子《“杲”字溯源探流》，胡晓风《有咁嘅出租车司机》；《镜海》副刊刊载余布衣《诗人，从荒原走来——记辛笛》，陈群英《海滩上》，黎绮华《韶关游》，公孙微《短歌》，云力《李广田〈窗〉》。

⊙ 《华侨报·华座》副刊刊载路欣的杂记《黄文宽为本栏治印》，续载濠江旧侣的小说《能言善辩何鸿燊》（二十六）；《华林》副刊开始连载招积仔的小说《招积仔片场见闻录》（至1984年11月20日止），刊载慕容奇的小说《贺の潼之足趾》（一），续载宣仲弘的小说《两姐妹》（八），张晓明的小说《青山遮不住》（十二），王朔的小说《空中小姐》（十二）。

3日　《澳门日报·新园地》副刊刊载鲁茂《心花怒放，豪情满怀！》，浩茫《天上牛郎织女相会——一年一度又“七夕”》，文栋《孕妇应少看电视》，玉文《仲夏》，是水《小说家张恨水》（上），凌钝的诗歌《夜》，秦怀《中国“国石”——玉》，胡晓风《电话》。

⊙　《华侨报·华座》副刊刊载路欣的杂记《李氏兄弟书法家》，梁荔玲的杂谈《他朝君体也相同》，墨斗的历史遗迹杂谈《薛涛井真的是薛涛遗迹吗？》，续载濠江旧侣的小说《能言善辩何鸿燊》（二十七）；《华林》副刊续载宣仲弘的小说《两姐妹》（九），慕容奇的小说《贺の潼之足趾》（二），张晓明的小说《青山遮不住》（十三），王朔的小说《空中小姐》（十三）。

4日　《澳门日报·新园地》副刊刊载鲁茂《“好险呀！”》，钱江《挂在悬崖上的殿宇》，濠江客《香山知县许敦元妈阁和诗》，是水《小说家张恨水》（下），林水木《呼唤》，王新《笑的种种》，永盛《霹雳舞》，雁枫《夏晨咏叹调》，胡晓风《隔水》。

⊙　《华侨报·华座》副刊刊载梁荔玲的杂谈《吃得苦中苦》，续载濠江旧侣的小说《能言善辩何鸿燊》（二十八）；《华林》副刊续载宣仲弘的小说《两姐妹》（十），慕容奇的小说《贺の潼之足趾》（三），张晓明的小说《青山遮不住》（十四），王朔的小说《空中小姐》（十四）。

5日　《澳门日报·新园地》副刊刊载航青《仙人掌还在流泪》，朝晖《鲨鱼抗癌之谜》，金中子《“果”字溯源探流》，郑卓立《龙舌兰》，韦轩《从〈白蛇传〉想到金山寺》，郑卫华《会说话的海豹》，陈浩星《石湾陶艺透露现代气息》，胡晓风《七夕》。

⊙　《华侨报·华座》副刊刊载墨斗的游记《苏仙岭上三绝碑》，梁荔玲的杂谈《自我责任感问题》，续载濠江旧侣的小说《能言善辩何鸿燊》

（二十九）；《华林》副刊续载宣仲弘的小说《两姐妹》（十一），慕容奇的小说《贺の潼之足趾》（四），张晓明的小说《青山遮不住》（十五），王朔的小说《空中小姐》（十五）。

6日　《澳门日报·新园地》副刊刊载陶里《双喜临门》，雨海《“天使之城”洛杉矶》，濠江客《妈阁和诗竞争辉》，王琪森《铁笔纵横意趣遒——谈朱复戡的篆刻艺术》，玉文《街景》，白璧《展销会上见黄鹂》，海浪《妈阁庙与我》，梁忠《天落水干净吗？》。

⊙　《华侨报·华座》副刊刊载于馥的游记《神幻莫测的灵谷洞》，续载濠江旧侣的小说《能言善辩何鸿燊》（三十）；《华林》副刊续载宣仲弘的小说《两姐妹》（十二），慕容奇的小说《贺の潼之足趾》（五），张晓明的小说《青山遮不住》（十六），王朔的小说《空中小姐》（十六）。

7日　《澳门日报·新园地》副刊刊载陶里《激情》，慧敏《体育好处数不尽》，璞斋《盛暑宜餐荷叶饭》，思放《谈“东”——与金中子先生商榷》，布长《自我判断缺少什么维生素》，陈浩星《陈家祠装饰艺术多采》，杨伟挐《访番禺文明村啖荔枝》，胡晓风《夕阳挽歌》。

⊙　《华侨报·华座》副刊刊载梁荔玲的杂谈《话剧热爱者志在满足》，续载濠江旧侣的小说《能言善辩何鸿燊》（三十一）；《华林》副刊续载宣仲弘的小说《两姐妹》（完），慕容奇的小说《贺の潼之足趾》（六），张晓明的小说《青山遮不住》（十七），王朔的小说《空中小姐》（十七）。

8日　《澳门日报·新园地》副刊刊载沈仁康《湖西发现了风景区——湖南武陵访胜之一》，鲁茂《跛脚司机》，陈浩星《虎门怀古》，杨梵《乌鸦正传》，余珍《奥运会上的特别金牌》，明《触电舞》，胡晓风《丝花》，莫培《夏日谈蛇》。

⊙　《华侨报·华座》副刊续载濠江旧侣的小说《能言善辩何鸿燊》（三十二）；《华林》副刊刊载东方白的小说《刀影中的天鹅》（一），续载慕容奇的小说《贺の潼之足趾》（七），张晓明的小说《青山遮不住》（十八），王朔的小说《空中小姐》（十八）。

9日 《澳门日报·新园地》副刊刊载鲁茂《法官也弹警察》，陈启新《抢婚风俗趣谈》，濠江客《签订望厦条约的佐证》，沈仁康《真有“桃花源”吗？——湖南武陵访胜之二》，周文《啤酒宜快饮》，奚根勇《船底的“寄生虫”》，冯刚毅《中山行二首》，逸翁《小童子批评大和尚》，胡晓风《落幕》；《镜海》副刊刊载林丽萍《天使与魔鬼》，夏松之《大炮台遐思》，王云《泰戈尔与〈飞鸟集〉》，明《离岛》，云力《何其芳〈花环〉》，庄永彬《车间情歌》。

⊙ 《华侨报·华座》副刊刊载于漫的杂谈《手势语言的学问》，小白的杂谈《古诗与谜语》，萧萧的杂谈《心的挣扎》，续载濠江旧侣的小说《能言善辩何鸿燊》（三十三）；《华林》副刊续载东方白的小说《刀影中的天鹅》（二），慕容奇的小说《贺の潼之足趾》（八），张晓明的小说《青山遮不住》（十九），王朔的小说《空中小姐》（十九）。

10日 《澳门日报·新园地》副刊刊载陶里《盛名累》，星联《人类将会移居太空》，玉文《蝴蝶结》，沈仁康《贺龙旧居——湖南武陵访胜之三》，刘薇《中国熊猫做客洛杉矶》，胡晓风《倾城之恋》，陈敬之《回乡喜赋》，王文琴《拳击的启示》。

⊙ 《华侨报·华座》副刊刊载甘戈的历史知识杂记《“造字”的趣闻轶事》，续载濠江旧侣的小说《能言善辩何鸿燊》（三十四）；《华林》副刊续载东方白的小说《刀影中的天鹅》（三），慕容奇的小说《贺の潼之足趾》（九），张晓明的小说《青山遮不住》（二十），王朔的小说《空中小姐》（二十）。

11日 《澳门日报·新园地》副刊刊载陶里《书债》，文亦武《夏游粤北梅关》，濠江客《潘仕成的妈阁题诗》，洪丕谟《“自有高处”的韩愈书法》（上），玉文《不合格》，萧嘉《南粤特大白兰花》，周文《时下流行的霹雳舞》，梁沛霖《沁园春》，胡晓风《机灵鬼女》。

⊙ 《华侨报·华座》副刊刊载梁荔玲的杂谈《生的意义》，续载濠江旧侣的小说《能言善辩何鸿燊》（三十五）；《华林》副刊续载东方白的小说《刀影中的天鹅》（四），慕容奇的小说《贺の潼之足趾》（十），张晓明的小说《青山遮不住》（二十一），王朔的小说《空中小姐》（二十一）。

12日　《澳门日报·新园地》副刊刊载白沙《侨苑夏夜多迷人》，薛鸣《鸡泡鱼还是不吃为好》，沈实《欧洲死亡公路在葡国》，余齐昭《关于孙中山的一首诗》，洪丕谟《“自有高处”的韩愈书法》（下），申民《〈奥林匹克之歌〉的作曲者》，胡晓风《求神》。

⊙　《华侨报·华座》副刊刊载甘戈的历史名人杂记《冰心与“小诗”运动》，续载濠江旧侣的小说《能言善辩何鸿燊》（三十六）；《华林》副刊续载东方白的小说《刀影中的天鹅》（五），慕容奇的小说《贺の潼之足趾》（十一），张晓明的小说《青山遮不住》（二十二），王朔的小说《空中小姐》（二十二）。

13日　《澳门日报·新园地》副刊刊载陶里《浪漫》，白沙《珠海宾馆园林与诗趣》，沈实《葡国道路安全的“三缺”》，濠江客《藩官黄恩彤妈阁题诗》，金中子《“栗”字溯源探流》，许有能《零的突破》，璞斋《夏日妙品竹筒饭》，姚东《慈禧亲笔“寿”字碑》，胡晓风《生命线》。

⊙　《华侨报·旅游与乡土》副刊刊载墨斗的游记《贵州龙宫掠影》；《华座》副刊续载濠江旧侣的小说《能言善辩何鸿燊》（三十七）；《华林》副刊刊载慕容奇的小说《归魂》（一），续载东方白的小说《刀影中的天鹅》（六），张晓明的小说《青山遮不住》（二十三），王朔的小说《空中小姐》（二十三）。

14日　《澳门日报·新园地》副刊刊载陶里《应有“窦口”》，慧敏《纽约的士司机要入学》，沈实《路烂车旧欠钱财》，杨柳青《风光旖旎万泉河》，冼得霖《诗词二首》，白璧《红头鹦鹉易驯养》，钟法《噪音弹》，逸翁《龚翁的“款客约言”》，胡晓风《变色歌女》。

⊙　《华侨报·华座》副刊刊载克嘉的历史名人杂记《作家的写作习惯》，续载濠江旧侣的小说《能言善辩何鸿燊》（三十八）；《华林》副刊续载东方白的小说《刀影中的天鹅》（七），慕容奇的小说《归魂》（二），张晓明的小说《青山遮不住》（二十四），王朔的小说《空中小姐》（二十四）。

15日 《澳门日报·新园地》副刊刊载雁风《老人，老人》，白沙《五星花》，卓伦《看神功戏》，永盛《檐前雨——雨中偶想》，沈中《绍兴古城历史悠久——新石器时代遗址证实》，金中子《汉字的解说——兼答思放先生》（上），阿芒《用微生物生产“食油”》，胡晓风《又见灾情》。

⊙ 《华侨报·华青》副刊刊载杨达夫的杂谈《夏日蝉声》，葳蕤的杂谈《友谊的疑惑》；《华座》副刊刊载思柳的历史名人杂记《陈独秀、苏曼殊的交情》，续载濠江旧侣的小说《能言善辩何鸿燊》（三十九）；《华林》副刊续载东方白的小说《刀影中的天鹅》（八），慕容奇的小说《归魂》（三），张晓明的小说《青山遮不住》（二十五），王朔的小说《空中小姐》（二十五）。

16日 《澳门日报·新园地》副刊刊载陶里《加了引号的》，沈实《新兴“事业”——借肚生仔》，钟子《〈新园地〉巡礼》，江科《地球有多大岁数？》，濠江客《陈诗博题刻“说法点头”》，金中子《汉字的解说——兼答思放先生》（下），陈荫夫《诗两首》，文泽《小幽默》，胡晓风《越狱》；《镜海》副刊刊载史慧玲《洱海行》，郑卓立《母亲，我要为您歌为您舞》，江东《丰子恺与明川女士》，明《奥运热》，云力《冯至〈风夜〉》，天鸟《留级生》。

⊙ 《华侨报·华座》副刊续载濠江旧侣的小说《能言善辩何鸿燊》（四十）；《华林》副刊续载东方白的小说《刀影中的天鹅》（九），慕容奇的小说《归魂》（四），续载张晓明的小说《青山遮不住》（二十六），王朔的小说《空中小姐》（二十六）。

17日 《澳门日报·新园地》副刊刊载陶里《文人与大话》，杨梵《蚯蚓阔步上华筵》，玉文《刀》，欧森《方心玉的传闻》，陶志群《葡国的摇篮——游“绿色海岸”之四》，端木蕻良《东风第一枝——贺中国女排荣获奥运会冠军》，杨柳青《金鸡岭纪游》，沈实《借肚生仔麻烦多》，胡晓风《利用》。

⊙ 《华侨报·华座》副刊刊载冯刚毅的词《一萼红登梁金山绝巅》，续载濠江旧侣的小说《能言善辩何鸿燊》（四十一）；《华林》副刊续载东方白的小说《刀影中的天鹅》（十），慕容奇的小说《归魂》（五），张晓明的小说《青山遮不住》（二十七），王朔的小说《空中小姐》（二十七）。

18日　《澳门日报·新园地》副刊刊载陶志群《五彩缤纷的土地——游“绿色海岸”之五》，思放《“以”和“似”，“挑战”和“推荐”——谈电视台的语言》，濠江客《妈阁庙住持僧的题刻》，郑卓立《圣洁的泉水——献给澳门日报创刊廿六周年》，玉文《悼》，刘东译的《“那太好了”外国小幽默》，阿圉《莫愁计算机超人脑》，沈实《从里根的笑话谈起》，胡晓风《迎来四面佛》，开始连载王荔华的长篇小说《红灯》（至1984年9月25日止）。

⊙　《华侨报·华座》副刊刊载嘉华的杂记《古物》；《华林》副刊续载东方白的小说《刀影中的天鹅》（完），慕容奇的小说《归魂》（六），张晓明的小说《青山遮不住》（二十八），王朔的小说《空中小姐》（二十八）。

19日　《澳门日报·新园地》副刊刊载航青《星夜星河》，阿圉《闲话计算机机器人》，沈实《奥运会有苏联裁判》，江科《花鸟》，金中子《“粟”字溯源探流》，余布衣《伤心怕过“照隅室”——忆郭绍虞师》（上），林腾达《茑萝——试覆白沙君〈五星花〉一文》，明《广州佛山游》，胡晓风《食无牛》。

⊙　《华侨报·旅游与乡土》副刊刊载俊逸的游记《雅美兰屿风情》，唐哥的游记《爱琴海度假胜地》，夏马的游记《柳絮纷飞访岳王墓》；《华座》副刊刊载梁荔玲的杂记《探监奇景》，楚舒的历史知识杂记《“寿比南山”的传说》；《华林》副刊刊载七等生的小说《行过最后一个秋季》（一），续载慕容奇的小说《归魂》（七），张晓明的小说《青山遮不住》（二十九），王朔的小说《空中小姐》（二十九）。

20日　《澳门日报·新园地》副刊刊载陶里《黑沙印象》，曾法文《探索“雪人”之谜》，濠江客《望厦赵元儒妈阁题诗》，钟子《改姓趣谈》，余布衣《伤心怕过“照隅室”——忆郭绍虞师》（中），萧嘉《温室中的仙人掌》，夏芝《泳中露温情》，胡晓风《又见月饼》。

⊙　《华侨报·华座》副刊刊载甘戈的历史名人杂记《霍元甲的最后两次搏

击》，小白的历史知识杂谈《郑燮妙联谈艺》，续载濠江旧侣的小说《能言善辩何鸿燊》（四十二）；《华林》副刊续载七等生的小说《行过最后一个秋季》（二），慕容奇的小说《归魂》（八），张晓明的小说《青山遮不住》（三十），王朔的小说《空中小姐》（三十）。

21日　《澳门日报·新园地》副刊刊载陶里《战战兢兢》，慧敏《新方法套指模破案》，林中英《“雨凝集”和“雨凝”》，车振《也谈霹雳舞》，璞斋《凤爪龙珠热天佳馔》，余布衣《伤心怕过“照隅室”——忆郭绍虞师》（下），沈实《踩单车的内阁部长》，胡晓风《滴水》。

⊙　《华侨报·华座》副刊刊载梁荔玲的杂谈《酒，咖啡，香烟》，续载濠江旧侣的小说《能言善辩何鸿燊》（四十三）；《华林》副刊刊载慕容奇的小说《圆觉山の仇讨》（一），续载七等生的小说《行过最后一个秋季》（三），张晓明的小说《青山遮不住》（三十一），王朔的小说《空中小姐》（三十一）。

22日　《澳门日报·新园地》副刊刊载陶里《何处不相逢》，阿围《计算机带来的烦恼》，沈实《政府要员过平生活》，文泽《小幽默》，施晴《家庭乐》，周济人《春游杂咏五首》，璞斋《鱼头云几种吃法》，逸翁《张大千当和尚》，胡晓风《卢园》。

⊙　《华侨报·旅游与乡土》副刊刊载宣翁、邓开的游记《台山上川岛纪游——照野弥弥浅浪，横空隐隐层霄》，小民的游记《北美冰雪之旅》；《华座》副刊刊载克龄的历史名人杂记《米芾学书》，续载濠江旧侣的小说《能言善辩何鸿燊》（四十四）；《华林》副刊续载七等生的小说《行过最后一个秋季》（四），慕容奇的小说《圆觉山の仇讨》（二），张晓明的小说《青山遮不住》（三十二），王朔的小说《空中小姐》（三十二）。

23日　《澳门日报·新园地》副刊刊载鲁茂《赞成粤剧要精简》，温俊《健身减肥话冬瓜》，濠江客《昔日的望厦赵放名士》，金中子《“林”字溯源探流》，江科《一天永是廿四小时吗？》，翔鹰《戏院中的笑声溪影》，周济人《春游杂咏五首》，胡晓风《台风折返》；《镜海》副刊刊载秦牧《茂陵石雕的奇迹》，云力《冯至〈旅店〉》，白草《翡翠·流泉——黄山纪游之一》，明《旋转餐厅——写在佛山宫酒店》，萁漪《长命桥之行》，玉文《给小顽皮》。

⊙　《华侨报·华座》副刊刊载墨斗的杂记《张天师降魔的传说》，克龄的历史名人杂记《张旭怒训颜真卿》，续载濠江旧侣的小说《能言善辩何鸿燊》（四十五）；《华林》副刊续载七等生的小说《行过最后一个秋季》（五），慕容奇的小说《圆觉山の仇讨》（三），张晓明的小说《青山遮不住》（三十三），王朔的小说《空中小姐》（三十三）。

24日　《澳门日报·新园地》副刊刊载鲁茂《对抗“困室感”》，梯亚《巴黎人哪里去了？》，玉文《遥远》，思放《从溯源探流谈起——再与金中子先生商榷》（上），冯刚毅《贺报庆》，柳铁桥《燕子岩“蝙蝠王国”》，胡晓风《酒·女人·诗》。

⊙　《华侨报·华座》副刊刊载墨斗的杂记《我看峨嵋佛光》，克龄的杂记《“关”出来的作家》；《华林》副刊续载七等生的小说《行过最后一个秋季》（六），慕容奇的小说《圆觉山の仇讨》（四），张晓明的小说《青山遮不住》（完），王朔的小说《空中小姐》（完）。

25日　《澳门日报·新园地》副刊刊载陶里《南海油田》，顾伯《人生“忌日”事故多》，濠江客《妈阁石刻中的“劝世诗”》，思放《从溯源探流谈起——再与金中子先生商榷》（中），辛笛《南行诗草》，祖仁《瓜果夺魁记》，子薇《忙》，胡晓风《歌女浮尸》。

⊙　《华侨报·华座》副刊刊载黄衫客的杂记《四川抄手与广东云吞》；《华林》副刊刊载胡尹强的小说《动摇》（一），吴欢的小说《雪，白色的，红色的……》（一），续载七等生的小说《行过最后一个秋季》（七），慕容奇的小说《圆觉山の仇讨》（五）。

26日　《澳门日报·新园地》副刊刊载雁枫《大京水》，和通《人体毛发趣谈》，航青《塞车记》，玉文《外婆的手》，钟新《杂话中秋月饼》，梁守中《金缕曲——贺中华健儿载誉归来》，高隆《啤酒的利弊》，思放《从溯源探流谈起——再与金中子先生商榷》（下），胡晓风《像做错事的孩子》。

⊙　《华侨报·华座》副刊刊载柳思的历史名人杂记《林则徐〈信及录〉与澳门》，陈怡安的杂谈《怎样才能施受两欢》，佟立章的诗《为自栽盛开紫薇咏》，杨羚的纪念文章《诗心不灭　悼念佟绍弼老师》；《华林》副刊续载七等生的小说《行过最后一个秋季》（八），慕容奇的小说《圆觉山の仇讨》（六），胡尹强的小说《动摇》（二），吴欢的小说《雪，白色的，红色的……》（二）。

27日　《澳门日报·新园地》副刊刊载陶里《法律》，慧敏《“空中小姐”非性对象》，永盛《鼠辈横行》，玉文《无声》，黄天《与伊藤滋先生对谈》，金中子《“楚”字溯源探流》，广生《“女人狗肉”番石榴》，胡晓风《义务广告》，卓伦《烛光》。

⊙　《华侨报·华座》副刊刊载克龄的历史名人杂记《增写“错梦”》，嘉华的杂记《绝招》，续载濠江旧侣的小说《能言善辩何鸿燊》（四十六）；《华林》副刊续载七等生的小说《行过最后一个秋季》（九），慕容奇的小说《圆觉山の仇讨》（七），胡尹强的小说《动摇》（三），吴欢的小说《雪，白色的，红色的……》（三）。

28日　《澳门日报·新园地》副刊刊载陶里《代人改文章》，钟尚《来自宇宙空间的陨石》，玉文《假日》，黄天《与伊藤滋先生对谈》，石城《梦回小海湾》，文泽《小幽默》，璞斋《冶味虾酱豆腐滚韮菜》，胡晓风《好一双“外婆的手”》。

⊙　《华侨报·华座》副刊刊载克龄的历史名人杂记《烹调家大仲马》，张默的杂谈《心声》，佟立章的诗《心的呼唤》，续载濠江旧侣的小说《能言善辩何鸿燊》（完）；《华林》副刊续载七等生的小说《行过最后一个秋季》（十），慕容奇的小说《圆觉山の仇讨》（完），胡尹强的小说《动摇》（四），吴欢的小说《雪，白色的，红色的……》（四）。

29日　《澳门日报·新园地》副刊刊载梁文翎《“商”字有个口》，陶里《情牵庞特海戴芬》，冯刚毅《致编辑先生》，翔鹰《“性”议一幕》，白璧《使君子可观赏可入药》，黄润权《中山十大食特产》，胡晓风《中秋月，月饼》。

⊙　《华侨报·华青》副刊刊载风筝的杂记《风筝》，周和根的诗《校际问答》；《华座》副刊刊载克龄的历史名人杂记《高尔基打抱不平》，濠江旧侣的小说《周锡平逆风而行》（一）；《华林》副刊刊载慕容奇的小说《大目付》（　），续载七等生的小说《行过最后一个秋季》（十一），胡尹强的小说《动摇》（五），吴欢的小说《雪，白色的，红色的……》（五）。

30日　《澳门日报·新园地》副刊刊载陶里《从字说竹》，夏全阳《向海洋取药》，濠江客《澳门铸造的三百年古钟》，一哲《目中无人》，王文琴《上海古刹静安寺》，亚杨《果形奇特说杨桃》，金中子《“樊”字溯源探流》，胡晓风《梦回小海湾》。

⊙　《华侨报·华座》副刊刊载小光的杂记《西藏的窗口》，续载濠江旧侣的小说《周锡平逆风而行》（二）；《华林》副刊续载七等生的小说《行过最后一个秋季》（十二），慕容奇的小说《大目付》（二），胡尹强的小说《动摇》（六），吴欢的小说《雪，白色的，红色的……》（六）。

31日　《澳门日报·新园地》副刊刊载陶志群《精美的艺术挂毯——游“绿色海岸”之六》，星联《外国的“中秋节”》，范怀烈《认人与认钱》，王云《古树名泉入眼来——游广西桂平西山》（上），明《风铃》，钟子《孔子不姓孔》，杨达夫《煤油灯》，胡晓风《三个才女》。

⊙　《华侨报·华座》副刊刊载克龄的杂记《大仲马之哭》，梁荔玲的诗《我的幻想》，续载濠江旧侣的小说《周锡平逆风而行》（三）；《华林》副刊续载七等生的小说《行过最后一个秋季》（十三），慕容奇的小说《大目付》（三），胡尹强的小说《动摇》（七），吴欢的小说《雪，白色的，红色的……》（七）。

九月

1日　《澳门日报·新园地》副刊刊载陶志群《具有地方特色的纪念品——游“绿色海岸”之七》，陈同年《张飞字好武艺高》，濠江客《三百年前本澳的铸炮业》，王云《古树名泉入眼来——游广西桂平西山》，胡晓风《“奔月”的传说》，陈怀萱《观金石名拓展杂感》，江文《中秋佳节话芋头》。

⊙ 《华侨报·华座》副刊刊载冯刚毅的诗《醉花阴（答王女士）》，梁荔玲的杂谈《意志和自信》，续载濠江旧侣的小说《周锡平逆风而行》（四）；《华林》副刊续载七等生的小说《行过最后一个秋季》（十四），慕容奇的小说《大目付》（四），胡尹强的小说《动摇》（八），吴欢的小说《雪，白色的，红色的……》（八）。

2日 《澳门日报·新园地》副刊刊载陶志群《醇香美酒溢绿岸——游“绿色海岸”之八》，赖云川《京华古树奇观》，陈荫夫《武夷九曲朝暮游记》，一哲《按图索骥》，航青《暴雨中的旅程》，成器《田螺》，胡晓风《特此更正》。

⊙ 《华侨报·华座》副刊刊载梁荔玲的杂谈《临渊羡鱼》，林定孚的诗《摸鱼儿》，续载濠江旧侣的小说《周锡平逆风而行》（五）；《华林》副刊续载七等生的小说《行过最后一个秋季》（十五），慕容奇的小说《大目付》（五），胡尹强的小说《动摇》（九），吴欢的小说《雪，白色的，红色的……》（九）。

3日 《澳门日报·新园地》副刊刊载陶志群《葡国农村的昨天和今天——游“绿色海岸”之九》，张裕《草原盛会“那达慕”》，濠江客《波加劳铸炮厂的厂址》，冼得霖《楚雨含情话玉溪》（上），陈怀萱《我说连锁信》，金中子《“析”字溯源探流》，胡晓风《挥刀说“爱情”》。

⊙ 《华侨报·华座》副刊刊载于馥的游记《白云掩古寺》，续载濠江旧侣的小说《周锡平逆风而行》（六）；《华林》副刊续载七等生的小说《行过最后一个秋季》（十六），慕容奇的小说《大目付》（六），胡尹强的小说《动摇》（十），吴欢的小说《雪，白色的，红色的……》（十）。

4日 《澳门日报·新园地》副刊刊载翔鹰《澳门——我舍不得！》，亦天《月亮影响人体健康》，玉文《饼》，黄明《猪血对人体的作用》，彼德《诱人的深圳香蜜湖》，思放《赤壁与滑铁卢》，白璧《身形奇异的刀鱼》，胡晓风《“美人鱼”之恋》，冼得霖《楚雨含情话玉溪》（下）。

⊙ 《华侨报·华座》副刊刊载克龄的历史名人杂记《萧翁的幽默》，丁韶柏的杂谈《饮酒》，续载濠江旧侣的小说《周锡平逆风而行》（七）；《华林》副刊续载七等生的小说《行过最后一个秋季》（十七），慕容奇的小说《大目付》（七），胡尹强的小说《动摇》（十一），吴欢的小说《雪，白色的，红色的……》（十一）。

5日　《澳门日报·新园地》副刊刊载陈同年《纪念孔子的活动》，慧敏《体育女将成电视强人》，玉文《刺绣》，王文琴《今日的夜上海》，明《鸡蛋花树》，璞斋《田鸡食制多姿采》，胡晓风《生的赞歌》，文泽《小幽默》，思放《赤壁与滑铁卢》。

⊙　《华侨报·华座》副刊刊载克龄的历史名人杂记《傅山作画》，墨斗的游记《飞霞四奇》，忆晴的游记《今日的读书台》，佟立章的诗《戏赋丛开丁香》，续载濠江旧侣的小说《周锡平逆风而行》（八）；《华林》副刊续载七等生的小说《行过最后一个秋季》（十八），慕容奇的小说《大目付》（八），胡尹强的小说《动摇》（十二），吴欢的小说《雪，白色的，红色的……》（十二）。

6日　《澳门日报·新园地》副刊刊载陶里《智力强国》，濠江客《万奴洋行演变"麻雀仔"》，杨梵《蝙蝠奇谈》，梯亚《法国的中、小学教育》，金中子《"折"字溯源探流》，永盛《默契》，江科《人造月亮》，胡晓风《想起小黑》；《镜海》副刊刊载园丁《极有益处的学习法》，庄文永《秋雨》，史慧玲《偶遇》，明《风球》，杨易《抉择》，云力《卞之琳〈寂寞〉》。

⊙　《华侨报·华座》副刊刊载克龄的历史名人杂记《光杆编辑》，冯刚毅的诗《敬步立章先生胭脂石榴原韵》，续载濠江旧侣的小说《周锡平逆风而行》（九）；《华林》副刊续载七等生的小说《行过最后一个秋季》（十九），慕容奇的小说《大目付》（完），胡尹强的小说《动摇》（十三），吴欢的小说《雪，白色的，红色的……》（十三）。

7日　《澳门日报·新园地》副刊刊载一哲《异想天开》，袁方正《二十一世纪生活预测》，陶里《风雨聚会》，王云《巴尔扎克和"被遗弃的女人"》，罗冠群《中秋赏月寄怀台胞》，白沙《又见紫薇娇艳时》，知日《惠州西湖游》，胡晓风《洗衣店之火》。

⊙　《华侨报·华座》副刊刊载克龄的历史名人杂记《作画三昧》，续载濠江旧侣的小说《周锡平逆风而行》（十）；《华林》副刊刊载慕容奇的小说《景清双血目》（一），续载七等生的小说《行过最后一个秋季》（二十），胡尹强的小说《动摇》（十四），吴欢的小说《雪，白色的，红色的……》（十四）。

8日　《澳门日报·新园地》副刊刊载陶里《新型交易》，邓平《月到中秋分外明？》，濠江客《波加劳铸造牌坊铜像》，思放《谈“窟”的粤读》，晴云《小别》，张裕《川北风景线》，胡培周《五律（八月廿五日甘肃兰州市）》，胡晓风《问号》。

⊙　《华侨报·华座》副刊刊载克龄的杂记《马克·吐温逸事》，续载濠江旧侣的小说《周锡平逆风而行》（十一）；《华林》副刊续载七等生的小说《行过最后一个秋季》（二十一），慕容奇的小说《景清双血目》（二），胡尹强的小说《动摇》（十五），吴欢的小说《雪，白色的，红色的……》（十五）。

9日　《澳门日报·新园地》副刊刊载东端《怀念泰山》，穆翼《月中斑影的传说》，玉文《别了，暑假》，钟子《极其重大的工作》，文泽《小幽默》，袁文《啤酒漫话》，逸翁《鲁迅的幽默》，胡晓风《答》，陈怀萱《巧拙俱忘入妙微》。

⊙　《华侨报·华座》副刊刊载白墨的杂谈《灵思小语》，续载濠江旧侣的小说《周锡平逆风而行》（十二）；《华林》副刊续载七等生的小说《行过最后一个秋季》（二十二），胡尹强的小说《动摇》（十六），慕容奇的小说《景清双血目》（三），吴欢的小说《雪，白色的，红色的……》（十六）。

10日　《澳门日报·新园地》副刊刊载陶里《小丈夫》，吴葆庄《中秋夜谈月球》，濠江客《竹仔室澳督官邸的变迁》，宣奉华《遨游微观艺术世界——杨大可微雕艺术欣赏》，金中子《“困”字溯源探流》，石城《团圆节日忆往事》，明《花灯》，胡晓风《又见晴云》。

⊙　《华侨报·华座》副刊刊载雪予的诗《夜航还澳过零丁洋》，于馥的游记《柳州奇洞都乐岩》，续载濠江旧侣的小说《周锡平逆风而行》

（十三）；《华林》副刊续载七等生的小说《行过最后一个秋季》（二十三），胡尹强的小说《动摇》（十七），慕容奇的小说《景清双血目》（四），吴欢的小说《雪，白色的，红色的……》（十七）。

11日　《澳门日报·新园地》副刊刊载陶里《奔月异球》，慧敏《鸡尾啤酒大出绰头》，璞斋《柚皮食制多姿采》，文亦武《湖光山色现新姿》，梁守中《甲子中秋感怀》，玉文《写》，文泽《小幽默》，航青《雨浴乌溪沙》，胡晓风《侍浴女之梦》。

⊙　《华侨报·华座》副刊刊载克龄的历史名人杂记《鲁迅"吃红鸡蛋"》，梁荔玲的杂谈《佳节当前》，墨斗的杂记《忆南京夫子庙》，续载濠江旧侣的小说《周锡平逆风而行》（十四）；《华林》副刊续载七等生的小说《行过最后一个秋季》（二十四），胡尹强的小说《动摇》（十八），慕容奇的小说《景清双血目》（五），吴欢的小说《雪，白色的，红色的……》（十八）。

12日　《澳门日报·新园地》副刊刊载陶里《落日时分》，钟尚《天下奇观"钱塘潮"》，玉文《书桌》，冯刚毅《泳月》，谷曼《浅谈"新写实派"艺术——观"黄新锐作品展"后感》，潘力雄《武则天》（上），白璧《高髻冠温驯善鸣》，张良斋《"鲁滨逊"生活过的荒岛》，胡晓风《读梁老的〈过零丁洋〉》。

⊙　《华侨报·华青》副刊刊载星海的杂记《勇于面对现在、将来》，黎场的杂谈《怎样提高写作水平》，丹霞的杂谈《咏物寄意，赞花抒怀》，蔡顺玲的寓言故事《老婆子和母鸡的故事》，何建业的诗《旅途中》；《华座》副刊刊载佟立章的诗《中秋节抒怀》，续载濠江旧侣的小说《周锡平逆风而行》（十五）；《华林》副刊续载七等生的小说《行过最后一个秋季》（二十五），胡尹强的小说《动摇》（十九），慕容奇的小说《景清双血目》（六），吴欢的小说《雪，白色的，红色的……》（十九）。

13日　《澳门日报·新园地》副刊刊载陶里《闲扯尧舜》，钟尚《由中山温泉谈起》，濠江客《妈阁山的变迁》，潘力雄《武则天》（下），卓伦《开学了》，王文琴《上海的读书热》，陈怀萱《赏月想月》，胡晓风《中秋夜凝思》。

⊙ 《华侨报·华座》副刊刊载小克的历史名人杂记《孙中山的私产》，李瑞祥、赵文房的杂谈《典雅新颖的画作》，续载濠江旧侣的小说《周锡平逆风而行》（十六）；《华林》副刊续载七等生的小说《行过最后一个秋季》（二十六），胡尹强的小说《动摇》（二十），慕容奇的小说《景清双血目》（七），吴欢的小说《雪，白色的，红色的……》（二十）。

14日 《澳门日报·新园地》副刊刊载鲁茂《好人即是聪明人》，顾平旦《秋瑾在北京的日子里》，玉文《雪花》，王琪森《书画金石，一代宗师——纪念吴昌硕诞一百四十周年》，白沙《紫薇树“怕痒”之谜》，施晴《从今天开始》，明《赏月》，胡晓风《掘路联想》。

⊙ 《华侨报·华座》副刊刊载墨斗的游记《仙女变蝴蝶》，林定孚的诗《满庭芳》，续载濠江旧侣的小说《周锡平逆风而行》（十七）；《华林》副刊续载七等生的小说《行过最后一个秋季》（二十七），胡尹强的小说《动摇》（二十一），慕容奇的小说《景清双血目》（八），吴欢的小说《雪，白色的，红色的……》（二十一）。

15日 《澳门日报·新园地》副刊刊载鲁茂《短剧也不易写》，阿维《龙·龙舟·龙舟竞渡》，濠江客《妈阁山的儿童游乐场》，河山《游客涌到杭州——旅途絮语之一》，文泽《小幽默》，逸翁《巴金慧眼识“雷雨”》，晴云《西子湖畔》，航青《天桥》，古晓风《仰药，出走》。

⊙ 《华侨报·华座》副刊续载濠江旧侣的小说《周锡平逆风而行》（十八）；《华林》副刊续载七等生的小说《行过最后一个秋季》（二十八），胡尹强的小说《动摇》（二十二），慕容奇的小说《景清双血目》（九），吴欢的小说《雪，白色的，红色的……》（二十二）。

16日 《澳门日报·新园地》副刊刊载一哲《行百里者半九十》，慧敏《音乐家劳心伤身》，永盛《中秋赏月》，河山《杭州热似大火炉——旅途絮语之二》，卓伦《掘路》，胡晓风《闻雅加达暴动旧忆之一》，黄东妳《香喷喷的奇米》，陈怀萱《邓篆温文真尔雅》。

⊙ 《华侨报·旅游与乡土》副刊刊载月儿的游记《海峡群岛采风——英国属

地，法国情调，是游客天堂》，邓先声的杂谈《迎月　赏月　追月》，佟立章的诗《西湾漫步》，续载濠江旧侣的小说《周锡平逆风而行》（十九）；《华林》副刊刊载芝芝的短小说《打劫》，续载七等生的小说《行过最后一个秋季》（完），胡尹强的小说《动摇》（二十三），慕容奇的小说《昙清双血目》（完），吴欢的小说《雪，白色的，红色的……》（二十三）。

17日　《澳门日报·新园地》副刊刊载一哲《学贵有疑》，文森《罕见少林狗拳》，濠江客《妈阁山上的何鸿燊寓所》，河山《夜游西湖“阮公墩”——旅途絮语之三》，胡晓风《闻雅加达暴动旧忆之二》，老邓《阿兰的花灯》，金中子《“囷”字溯源探流》，白璧《枸杞作盆栽古劲美观》。

⊙　《华侨报·华座》副刊刊载克龄的历史名人杂记《为了悼念果戈里》，路欣的杂谈《有感于〈岭南书艺〉创刊》，续载濠江旧侣的小说《周锡平逆风而行》（二十）；《华林》副刊刊载慕容奇的小说《灭门の女》（一），开始连载柴田炼三郎的小说《瀛海青锋》（至1984年底仍在连载），续载胡尹强的小说《动摇》（二十四），吴欢的小说《雪，白色的，红色的……》（二十四）。

18日　《澳门日报·新园地》副刊刊载河山《街头画廊长逾百米——旅途絮语之四》，宁可《九江鹤巢奇观》，思放《“针贬时弊”与“针砭时弊”——再谈电视台的语言》，王文琴《在音乐世界遨游》，陈贻焮《三古都纪游十绝句》，璞索《芋制食品方式多滋味美》，胡晓风《闻雅加达暴动旧忆之三》，鲁宁《人类太空居留地》。

⊙　《华侨报·华座》副刊刊载东方一羽的杂谈《问君能有几多情》，丁韶柏的杂谈《水龙吟·次韵章质夫杨花词——〈人间词话〉引用诗词赏析之十五》，佟立章的诗《给彷徨的姑娘》，续载濠江旧侣的小说《周锡平逆风而行》（二十一）；《华林》副刊续载慕容奇的小说《灭门の女》（二），胡尹强的小说《动摇》（二十五），吴欢的小说《雪，白色的，红色的……》（二十五）。

19日　《澳门日报·新园地》副刊刊载翊言《人到中年》，孔路《莎翁故乡吸引游客》，陈贻焮《三古都纪游十绝句》，河山《火车上站了十一个小时——旅途絮语之五》，白沙《木麻黄与白千层》，陈怀萱《不考说文心未安》，胡晓风《闻雅加达暴动旧忆之四》；《艺海》刊载阿多《历史文艺与电影》。

⊙ 《华侨报·华座》副刊刊载忆晴的杂记《交际舞在上海》，梁荔玲的杂谈《运气存在吗？》，撷英的杂谈《心的挣扎》，冯刚毅的诗《遥赠》，续载濠江旧侣的小说《周锡平逆风而行》（完）；《华林》副刊续载慕容奇的小说《灭门の女》（三），胡尹强的小说《动摇》（二十六），吴欢的小说《雪，白色的，红色的……》（二十六）。

20日 《澳门日报·镜海》副刊刊载秦牧《访青海，谈海拔》，黄洁芳《海韵》，云力《冯至〈南方的夜〉》，王云《茨威格和罗丹——作家与作品》，醉人《大海情思》；《新园地》副刊刊载一哲《江郎何“才尽”？》，李柏榆《汤水里的学问》，玉文《孩子的画》，张裕《梦幻般的旅程——游四川九寨沟之一》，胡晓风《话剧，红豆猪手，舞》，硅生《茗屋的书法篆刻》，金中子《“仓”字溯源探流》。

⊙ 《华侨报·华座》副刊刊载濠江旧侣的小说《郑裕彤花开并蒂》（一）；《华林》副刊续载慕容奇的小说《灭门の女》（四），胡尹强的小说《动摇》（二十七），吴欢的小说《雪，白色的，红色的……》（二十七）。

21日 《澳门日报·新园地》副刊刊载梁文翎《雇主心理》，王养华《新泽西的“鬼火”》，裕《长夏之花夹竹桃》，玉文《叶》，张裕《梦幻般的旅程——游四川九寨沟之二》，陈贻焮《三古都纪游十绝句》，李瑞祥《有益的开端——“澳门书画作品展览”观后》，胡晓风《经过阿根阿多档口》，文泽《小幽默》。

⊙ 《华侨报·华座》副刊刊载路欣的杂谈《广东民间文艺绽奇葩》，续载濠江旧侣的小说《郑裕彤花开并蒂》（二）；《华林》副刊续载慕容奇的小说《灭门の女》（五），胡尹强的小说《动摇》（二十八），吴欢的小说《雪，白色的，红色的……》（二十八）。

22日 《澳门日报·新园地》副刊刊载思放《假如李白不会写诗》，刘万富《人体

“三废”可测健康》，濠江客《妈阁山的残疾儿童院》，陈贻焮《三古都纪游十绝句》，张裕《梦幻般的旅程——游四川九寨沟之三》，秦怀《日行千里的摩托皮靴》，胡晓风《报上见到陈镜开》，玉文《公平》。

⊙　《华侨报·华座》副刊刊载晏涵文的杂谈《先做人再做男人或女人》，梁荔玲的杂谈《向前边走呀！》，续载濠江旧侣的小说《郑裕彤花开并蒂》（三）；《华林》副刊续载慕容奇的小说《灭门の女》（六），胡尹强的小说《动摇》（二十九），吴欢的小说《雪，白色的，红色的……》（二十九）。

23日　《澳门日报·新园地》副刊刊载王云《乔依斯，都柏林和“死者”》，陶里《唠叨》，陈贻焮《三古都纪游十绝句》，张裕《梦幻般的旅程——游四川九寨沟之四》，航青《猪仔包的怀想》，文穗《世界“吃肉冠军”》，星联《空运动物这一行》，胡晓风《底事》，森玲《劝君多欢笑》。

⊙　《华侨报·旅游与乡土》副刊刊载欣欣的游记《斯里兰卡向你招手》，赵洪的游记《一奇一美别有天地小琉球行》，宣翁的游记《痴心犹自忆凤城——凤城清晖园小住记情》；《华座》副刊刊载忆晴的杂谈《勿忘“今日诗”》，黄衫客的杂谈《漫话国内品茶》，续载濠江旧侣的小说《郑裕彤花开并蒂》（四）；《华林》副刊续载慕容奇的小说《灭门の女》（七），胡尹强的小说《动摇》（三十），吴欢的小说《雪，白色的，红色的……》（三十）。

24日　《澳门日报·新园地》副刊刊载陶里《利他？利己？》，成器《海中之王——鲸鱼》，濠江客《妈阁山上的宋玉生寓所》，张裕《梦幻般的旅程——游四川九寨沟之五》，金中子《“父”字溯源探流》，列前《日本浪费成风》，梁文翎《听电话的苦恼》，冼得霖《甲子中秋唱会上即题》，胡晓风《劫筹码，赛车》。

⊙　《华侨报·华座》副刊刊载梁荔玲的杂谈《错》，续载濠江旧侣的小说《郑裕彤花开并蒂》（五）；《华林》副刊续载慕容奇的小说《灭门の女》（八），胡尹强的小说《动摇》（三十一），吴欢的小说《雪，白色的，红色的……》（三十一）。

25日　《澳门日报·新园地》副刊刊载陶志群《历史名城波尔图——游“绿色海

岸”之十》，陶里《吉瑞征兆》，杨奎章《国庆三十五周年颂》，冼得霖《康有为诗赠梁鼎芬》（上），江科《一箭多星》，王文琴《让她自己跳上来！》，张许《这里诞生的世界冠军——广州二沙头体育岛巡礼》，胡晓风《天才与疯狂有关系》。

⊙ 《华侨报·华座》副刊续载濠江旧侣的小说《郑裕彤花开并蒂》（六）；《华林》副刊续载慕容奇的小说《灭门の女》（完），胡尹强的小说《动摇》（三十二），吴欢的小说《雪，白色的，红色的……》（三十二）。

26日 《澳门日报·新园地》副刊刊载陶里《法官打架》，蓓尔《香港历史的新页》，陈怀萱《珠分钗折伤何如之》，冼得霖《康有为诗赠梁鼎芬》（下），潘佛章《建国三十五周年感赋两首》，璞斋《漫谈素食》，胡晓风《重阳近了》，开始连载周桐的长篇小说《狭路姻缘》（至1984年12月31日仍在连载）。

⊙ 《华侨报·华青》副刊刊载小草的杂记《月夜凝思》，人格的杂谈《不耻相师》，懿灵的杂谈《夜给予我的爱》，李胜的杂谈《课外阅读乐趣多》，自己的诗《等待》；《华座》副刊刊载佟立章的诗《郊行》，梁荔玲的诗《我的母校》，续载濠江旧侣的小说《郑裕彤花开并蒂》（七）；《华林》副刊刊载慕容奇的小说《鬼法师》（一），续载胡尹强的小说《动摇》（三十三），吴欢的小说《雪，白色的，红色的……》（三十三）。

27日 《澳门日报·镜海》副刊刊载黄若蕾《黄山的挑夫》，王文琴《我的白马王子》，淘空了《秋雨》，秦燕《关于小说〈沉〉的一点看法》，云力《冯至〈古城的心〉》；《新园地》副刊刊载陶里《阿里“玩完”？》，星联《诺亚方舟传说虚构》，濠江客《喜迎国庆话牌楼》，胡培周《八方文友会兰州》（上），明《双层巴士》，金中子《“母”字溯源探流》，范怀烈《重登龙顶岗》，胡晓风《跳楼？堕楼？》。

⊙ 《华侨报·华座》副刊刊载墨斗的杂记《廉泉和包河公园》，嘉华的杂记《可爱的狼犬》，续载濠江旧侣的小说《郑裕彤花开并蒂》（八）；《华林》副刊续载慕容奇的小说《鬼法师》（二），胡尹强的小说《动摇》（三十四），吴欢的小说《雪，白色的，红色的……》（三十四）。

28日 《澳门日报·新园地》副刊刊载鲁茂《“心有灵犀一点通！”——读中英联合声明有感》，许多嗷《“酒干淌卖呒”，闽南话及其他》，胡培周《八方文友会兰州》（下），玉文《旗》，胡晓风《餐刀情仇》，白沙《又是桂花飘香时》，卓伦《车》。

⊙ 《华侨报·华座》副刊刊载多龄的杂谈《闲话戏园》，梁荔玲的杂谈《寸步难行》，东方一羽的杂谈《辞官与赶科场》，续载濠江旧侣的小说《郑裕彤花开并蒂》（九）；《华林》副刊续载慕容奇的小说《鬼法师》（三）；胡尹强的小说《动摇》（三十五），吴欢的小说《雪，白色的，红色的……》（三十五）。

29日 《澳门日报·新园地》副刊刊载一哲《自古英雄出少年》，文生《金秋时节话螃蟹》，郑逸梅《漫谈西游记与气功》，陶志群《在波尔图——游“绿色海岸”之十一》，胡晓风《舞衣》，海浪《我家的小鸟》，文亦武《惠州西湖抒怀》，谭任杰《浣溪沙——国庆三十五周年喜赋》。

⊙ 《华侨报·华座》副刊刊载梁荔玲的杂谈《有朋自远方来》，东方一羽的杂谈《意见不可能尽同》，续载濠江旧侣的小说《郑裕彤花开并蒂》（十）；《华林》副刊续载慕容奇的小说《鬼法师》（四），胡尹强的小说《动摇》（三十六），吴欢的小说《雪，白色的，红色的……》（三十六）。

30日 《澳门日报·新园地》副刊刊载航青《街市的徜徉》，江科《国庆之夜话烟花——色彩斑斓光华夺目》，陈怀萱《宗教艺术结合》，思放《东坡有没有为王安石续诗？》，罗冠群《祝国庆三十五周年——调寄〈满庭芳〉》，乡美《侗乡，景美情浓》，胡晓风《赋得“轻舟已过万重山”寄意》。

⊙ 《华侨报·旅游与乡土》副刊刊载墨斗的游记《昆明纪游　石林撷趣》（上）；《华座》副刊刊载梁荔玲的杂谈《机会》，王一芒的杂谈《重阳习俗琐谈》，续载濠江旧侣的小说《郑裕彤花开并蒂》（十一）；《华林》副刊续载慕容奇的小说《鬼法师》（五），胡尹强的小说《动摇》（三十七），吴欢的小说《雪，白色的，红色的……》（三十七）。

十月

1日　《澳门日报·新园地》副刊刊载张北望《我们的母亲越来越壮健美丽》，鲁茂《国庆前夕寄出的信》，陶里《杂感》，薛鸣《壮丽的万里长城》，胡晓风的诗歌《但愿》二首，逸翁《王云五的做事经验谈》，杨永权《沁园春——庆祝国庆卅五周年》，胡培周《西江月——欢庆建国卅五周年》，司徒勤《美丽的山城波尔图市——赴葡摄影旅行手记之一》；《艺海》刊载高梁《由电影界国庆设盛宴谈起——中国可拍国际性影片》。

⊙　《华侨报·华座》副刊刊载小漫的历史名人杂记《霜高梅孕一身花》，东方一羽的杂谈《十月之献》，佟立章的诗《国庆抒怀》，谭任杰的诗《采桑子》，续载濠江旧侣的小说《郑裕彤花开并蒂》（十二）；《华林》副刊续载慕容奇的小说《鬼法师》（六），胡尹强的小说《动摇》（三十八），吴欢的小说《雪，白色的，红色的……》（三十八）

2日　《澳门日报·新园地》副刊刊载陶里《马》，邬和镒《九九话重阳》，罗冠群《祝国庆卅五周年——调寄〈多丽〉》，董琴《礼炮是这样响起来的》，嘉萧《“怕痒”岂独紫薇花？》，司徒勤《绿色的海岸——赴葡摄影旅行手记之二》，李浩泉《咄》，文泽《小幽默》，胡晓风《重九得程斜前三字》三首。

⊙　《华侨报·华座》副刊刊载忆晴的杂谈《赌博细胞》，梁荔玲的杂谈《生命力》，杰林的杂谈《月华不遮星光》，林定孚的诗《秋葵》，张贤长的诗《中秋偶感二首》，续载濠江旧侣的小说《郑裕彤花开并蒂》（十三）；《华林》副刊续载慕容奇的小说《鬼法师》（七），胡尹强的小说《动摇》（三十九），吴欢的小说《雪，白色的，红色的……》（三十九）。

4日　《澳门日报·新园地》副刊刊载陶里《守在电视机旁边》，陈同年《闲谈古董》，明《种花记》，白璧《绿毛龟的饲养》，醉人《海贝》，胡晓风《食无肉有怀》二首，司徒勤《欧洲海上花园——赴葡摄影旅行手记之三》；《艺海》刊载童仁《澳门来客谈粤剧曲艺》，高梁《“中国电影展”成功》；《镜海》副刊第六十七期刊载陈不讳《寿星婆》，冯至《给亡友梁遇春二首》，云力《凼仔诗话》，余草《湾仔月夜》，立维《大漠集》。

⊙ 《华侨报·华座》副刊刊载克龄的历史名人杂记《结尾留在墨水瓶底的童话》，张贤长的诗《奥运杂咏》，续载濠江旧侣的小说《郑裕彤花开并蒂》（十四）；《华林》副刊续载慕容奇的小说《鬼法师》（完），胡尹强的小说《动摇》（四十），吴欢的小说《雪，白色的，红色的……》（四十）。

5日 《澳门日报·特刊》刊载《澳门归侨总会庆祝中华人民共和国成立卅五周年——"国庆征文"比赛特刊》，刊出得奖作品：公开组第一名林闽《热爱祖国振兴中华》，公开组第二名秋庐《山那边的呼唤》，公开组第三名郑卓立的散文《故乡山水情》；学生组第一名许冬华《巨龙·新气象！》，学生组第二名林秀娟《今日农村》，学生组第二名穆岱明《回到祖国的怀抱里》，学生组第三名黄卫华《游子情》。《新园地》副刊刊载陶里《制服与态度》，星联《老鼠大逃亡》，沈实《北欧婴儿夭折率最低》，玉文《蛇皮果》，胡晓风《历史与爱情》，司徒勤《人骨堆砌的"圣殿"——赴葡摄影旅行手记之四》，思放《"朔"和"塑"，"鹏"和"棒"——三谈电视台的语言》。

⊙ 《华侨报·华青》副刊刊载秋庐的杂记《山那边的呼唤》，郑卓立的散文《故乡山水情》，许冬华的散文《巨龙新气象》，林秀娟的散文《今日农村》，穆岱明的散文《回到祖国的怀抱里》，黄卫华的散文《游子情》；《华座》副刊刊载墨斗的杂谈《花木人格化》，梁荔玲的杂谈《我爱秋天！》，续载濠江旧侣的小说《郑裕彤花开并蒂》（十五）；《华林》副刊刊载慕容奇的小说《不动国行大刀》（一），续载胡尹强的小说《动摇》（四十一），吴欢的小说《雪，白色的，红色的……》（四十一）。

6日 《澳门日报·新园地》副刊刊载沈实《北欧诸国重视婴儿》，玉文《无奈》，司徒勤《阳光与海滩——赴葡摄影旅行手记之五》。

⊙ 《华侨报·华座》副刊刊载梁荔玲的杂记《把最紧张的先告诉你　参加斗门国庆联欢小记之一》，克龄的历史名人杂记《闻一多三改〈洗衣歌〉》，多龄的游记《插在武士头上的翎毛》，续载濠江旧侣的小说《郑裕彤花开并蒂》（十六）；《华林》副刊续载慕容奇的小说《不动国行大刀》（二），胡尹强的小说《动摇》（四十二），吴欢的小说《雪，白色的，红色的……》（四十二）。

7日　《澳门日报·新园地》副刊刊载淘空了《火柴树（外一篇）》，腾飞《风云与祸福》，王文琴《公园里》，沈实《医药零拾》（一），李浩泉《“市”与“市”》，YY《沙滩》，胡晓风《“山水情”与“巨龙”》二首，逸翁《张姓的由来》，司徒勤《正宗的葡国餐——赴葡摄影旅行手记之六》。

⊙　《华侨报·旅游与乡土》副刊刊载欣然的游记《苏门答腊巴丹采风》，东方一羽的杂记《邓小平说到澳门》，续载濠江旧侣的小说《郑裕彤花开并蒂》（十七）；《华林》副刊续载慕容奇的小说《不动国行大刀》（三），胡尹强的小说《动摇》（四十三），吴欢的小说《雪，白色的，红色的……》（四十三）。

8日　《澳门日报·家庭》刊出沈尚青《自我评价》，容可儿《看历史人物剧集》，林中英《垃圾桶》；《新园地》副刊刊载陶里《意念“朦胧”》，杨柳青《台山石花山上赏奇石》，沈实《医药零拾》（二），航青《温泉小住》，YY《致海岸（外一首）》，胡晓风《话说垃圾》二首，金中子《“夫”字溯源探流》，司徒勤《奥比都和蒙撒拉古城——赴葡摄影旅行手记之七》。

⊙　《华侨报·华座》副刊刊载晏涵文的杂谈《幸福家庭你我他》，续载濠江旧侣的小说《郑裕彤花开并蒂》（十八）；《华林》副刊续载慕容奇的小说《不动国行大刀》（四），胡尹强的小说《动摇》（四十四），吴欢的小说《雪，白色的，红色的……》（四十四）。

9日　《澳门日报·新园地》副刊刊载陶里《无稽之谈》，余草《伟大的盛典》，沈实《医药零拾》（三），望文《“咄”的粤语正音》，YY《帆影（外一首）》，胡晓风《白血病之恋》，陈怀萱《懒惰》，司徒勤《纯朴友善的葡萄牙人民——赴葡摄影旅行手记之八》。

⊙　《华侨报·华座》副刊刊载梁荔玲的杂谈《遥寄小诗》，续载濠江旧侣的小说《郑裕彤花开并蒂》（十九）；《华林》副刊续载慕容奇的小说《不动国行大刀》（五），胡尹强的小说《动摇》（四十五），吴欢的小说

《雪，白色的，红色的……》（四十五）。

10日　《澳门日报·新园地》副刊刊载陶里《〈谏逐客书〉的启发》，秦怀《诱捕尼斯湖的怪兽》，沈实《医药零拾》（完），钟新《辛亥革命·华侨·粤剧》，石城《求画记》，思放《李时珍是博士还是无文凭者？》，潘佛章《观武当拳表演》，胡晓风《秋笔》二首。

⊙　《华侨报·华青》副刊刊载杨达夫的杂谈《秋风·秋雨》，葳蕤的杂谈《秋天随想》，盈心的杂谈《一个不动听的故事》，蔡叶国的杂谈《野草精神》，小草、蔡顺玲的诗《诗三首》；《华座》副刊刊载东方一羽的杂谈《廿年差距的浮想》，邓先声的诗《奉和佟立章先生国庆抒怀原韵》，续载濠江旧侣的小说《郑裕彤花开并蒂》（二十）；《华林》副刊续载慕容奇的小说《不动国行大刀》（六），胡尹强的小说《动摇》（四十六），吴欢的小说《雪，白色的，红色的……》（四十六）。

11日　《澳门日报·澳闻》第二版报道青年人刊物《新一代》出版，每月逢15日出版的本地月刊《新一代》，包括“潮流”“社会”和“文艺”（包括小说及散文）三部分内容；《新园地》副刊刊载陶里《尤物》，沈实《子弹火车的良好纪录》，玉文《蒲公英》，余无忌《爱国学者王蘧常》，金中子《“妻”字溯源探流》，胡晓风《且说“乱世佳人”》二首；《镜海》副刊刊载黎绮华《我在想……》，白草《未了的梦》，蓝玛《国外的月亮》，立维新诗《大漠集》，明《中秋有感》，向业《人生的段落》。

⊙　《华侨报·华座》副刊刊载嘉华的杂谈《物离乡贵》，续载濠江旧侣的小说《郑裕彤花开并蒂》（二十一）；《华林》副刊续载慕容奇的小说《不动国行大刀》（七），胡尹强的小说《动摇》（四十七），吴欢的小说《雪，白色的，红色的……》（四十七）。

12日　《澳门日报·新园地》副刊刊载一哲《学而不思则罔》，星联《日本赶建“科技城”》，沈实《新干线邮助经济繁荣》，余无忌《章草大家王蘧常》，胡晓风《文艺晚会》二首。

⊙　《华侨报·华座》副刊刊载秋如锦的杂记《宋徽宗文会图》，泛珊的杂记《独特的“蝴蝶艺术”》，墨斗的游记《容奇“三奇”》，续载濠江旧侣的小说《郑裕彤花开并蒂》（完）；《华林》副刊续载慕容奇的小说《不动国行大刀》（八），胡尹强的小说《动摇》（四十八），吴欢的小说《雪，白色的，红色的……》（四十八）。

13日 《澳门日报·新园地》副刊刊载陶志群《波尔图的餐馆和风味——游“绿色海岸”之十二》，沈实《英煤矿工人马拉松罢工》，醉人《小夜曲》，若蕾《激动·喜悦·自豪》，思放《“指鹿为马”是什么意思？——谈电视台的语言》，余无忌《王蘧常撰联》，胡晓风《我的天》二首，杨伟群《绝句二首》。

⊙ 《华侨报·华座》副刊刊载东方一羽的杂谈《听曲艺演唱联想》，濠江旧侣的小说《传奇性才女狄娜》（一）；《华林》副刊续载慕容奇的小说《不动国行大刀》（九），胡尹强的小说《动摇》（四十九），吴欢的小说《雪，白色的，红色的……》（完）。

14日 《澳门日报·新园地》副刊刊载陶志群《滩清水洁招客来——游“绿色海岸”之十三》，陈启新《拉祜西族求偶趣谈》，航青《恼人的水声》，沈实《十年前的煤矿工人罢工》，无瑕《漫谈野味》，陈怀萱《说书》，胡晓风《龟》二首，杨伟群《绝句二首》。

⊙ 《华侨报·旅游与乡土》副刊刊载辛西亚的游记《初访波哥尔》，慧仪的游记《印度沙漠圣地普舒卡》；《华座》副刊刊载克龄的杂记《不是从开头写起的小说》，梁荔玲的杂谈《客来有感》，续载濠江旧侣的小说《传奇性才女狄娜》（二）；《华林》副刊刊载江鱼的小说《这如水般的年华》（一），续载慕容奇的小说《不动国行大刀》（完），胡尹强的小说《动摇》（五十）。

15日 《澳门日报·新园地》副刊刊载陶里《绝对化与僵化》，慧敏《美国按摩流行》，沈实《铁娘子的铁手腕》，子薇《闲逛文具店》，范怀烈《十月小阳春》，实放《读报有感——与思放先生商榷关于“文凭迷”问题》，胡晓风《实施垃圾收集新法之后》二首，金中子《“妾”字溯源探流》。

⊙ 《华侨报·华座》副刊续载濠江旧侣的小说《传奇性才女狄娜》（三）；《华林》副刊刊载慕容奇的小说《巫术》（一），续载胡尹强的小说《动摇》（五十一），江鱼的小说《这如水般的年华》（二）。

16日 《澳门日报·新园地》副刊刊载陶里《哀怨似雾升起》，梯亚《葡萄牙移民》，沈实《工会罢工背景不利》，玉文《上路》，玉文琴《〈“真爱”的追求者〉读后》，思放《“众里寻她千百度”——谈电视台的语言文学》，实放《读报有感——与思放先生商榷关于“文凭迷”问题》，胡晓风《一个女人的一份失落》二首，开始连载艾萨克长篇小说《太空谋杀案》（至1984年12月31日仍在连载）。

⊙ 《华侨报·华座》副刊刊载李瑞祥的杂谈《观剧杂谈》（上），梁荔玲的杂谈《“自我”与“过分自我”》，续载濠江旧侣的小说《传奇性才女狄娜》（四）；《华林》副刊续载慕容奇的小说《巫术》（二），胡尹强的小说《动摇》（五十二），江鱼的小说《这如水般的年华》（三）。

17日 《澳门日报·新园地》副刊刊载陶里《信是清流》，沈实《美国新型侦察机》，文丰《珠海诗人苏曼殊轶事》（上），玉文《窗外》，伍志杰《临江仙·西湾遐想》，胡晓风《少女命案》。

⊙ 《华侨报·华座》副刊刊载克龄的历史名人杂记《从写信起步的大作家》，丁韶柏的杂谈《扬州慢——〈人间词话〉引用诗词赏析之廿》，李瑞祥的杂谈《观剧杂谈》（下），续载濠江旧侣的小说《传奇性才女狄娜》（五）；《华林》副刊续载慕容奇的小说《巫术》（三），胡尹强的小说《动摇》（五十三），江鱼的小说《这如水般的年华》（四）。

18日 《澳门日报·镜海》副刊刊载林中英《苦酒》，秦燕《散文二题》（《多梦的日子》《三月的风吹过》），沈彦玲《秋日抒怀》，刘荔荔《冥想，在雨中》（新苗），郑卓立《头发》三首；《新园地》副刊刊载陶里《十诫》，沈实《无痛苦死亡权利》，玉文《飞》，文丰《珠海诗人苏曼殊轶事》（下），江科《茶与咖啡的遭遇》，金中子《“奴”字溯源探流》，明《都市之秋》，胡晓风《解“众里寻她千百度”》二首。

⊙ 《华侨报·华座》副刊刊载陶陶的杂记《司徒奇画展和其他》，克龄的杂记《鲁索闭目成著》，续载濠江旧侣的小说《传奇性才女狄娜》（六）；《华林》副刊续载慕容奇的小说《巫术》（四），胡尹强的小说《动摇》

（五十四），江鱼的小说《这如水般的年华》（五）。

19日 《澳门日报·新园地》副刊刊载淘空了《鲁迅，你的笔》，沈实《安乐死》，林懋荣《怀念梅兰芳先生》，逸翁《林纾的座右铭》，现放《对“文凭迷”问题之我见》，梁沛霖《平韵满江红——游珠海特区》，胡晓风《关于“大桥下面”》二首。

⊙ 《华侨报·华座》副刊刊载黄衫客的杂记《天下第二泉与半边柏树》，克龄的历史名人杂记《巴斯可里指路》，续载濠江旧侣的小说《传奇性才女狄娜》（七）；《华林》副刊续载慕容奇的小说《巫术》（五），胡尹强的小说《动摇》（五十五），江鱼的小说《这如水般的年华》（六）。

20日 《澳门日报·新园地》副刊刊载陶志群《游三镇——游“绿色海岸”之十四》，陈怀萱《事与愿违》，航青《长江乐园游》，谢仁超《最喜欢的词》，思放《请不要为文凭辩护——答实放先生》（上），陈伯坚《风波山极顶——调寄〈扬州慢〉》，胡晓风《〈镜海〉散文四题》二首。

⊙ 《华侨报·华座》副刊刊载梁荔玲的杂谈《我要做“好士兵”》，冯刚毅的诗《读佟立章先生诸近作感题》，续载濠江旧侣的小说《传奇性才女狄娜》（八）；《华林》副刊续载慕容奇的小说《巫术》（六），胡尹强的小说《动摇》（五十六），江鱼的小说《这如水般的年华》（七）。

21日 《澳门日报·新园地》副刊刊载庄文永《番薯》，沈实《以色列国库空虚》，萧嘉《香港鸟类的命运》，王云《“愤怒的青年”的名篇》，思放《请不要为文凭辩护——答实放先生》（下），胡晓风诗歌《拟情》二首。

⊙ 《华侨报·华青》副刊刊载南熏的游记《柳州都乐岩记趣》；《华座》副刊刊载丁韶柏的杂谈《蝶恋花——〈人间词话〉引用诗词赏析之十九》，续载濠江旧侣的小说《传奇性才女狄娜》（九）；《华林》副刊续载慕容奇的小说《巫术》（完），胡尹强的小说《动摇》（五十七），江鱼的小说《这如水般的年华》（八）。

22日 《澳门日报·家庭》刊载林中英《离婚》，沈尚青《徐小凤》；《新园地》副刊刊载陶里《人生如赛跑》，陈永明《东莞看捕禾花雀》，沈实《大种乞儿》，北晚《探讨中国犹太人之谜》，阿敏《凭意志战胜寒魔》，王文琴《赞“交换补习”》，胡晓风《噢！老鼠》二首。

⊙ 《华侨报·华座》副刊刊载林岚的诗《沉思的维纳斯》，续载濠江旧侣的小说《传奇性才女狄娜》（十）；《华林》副刊刊载慕容奇的小说《瞽姬》（一），续载胡尹强的小说《动摇》（完），江鱼的小说《这如水般的年华》（九）。

23日 《澳门日报·新园地》副刊刊载陶里《柿》，沈实《诺贝尔奖工厂——洛克菲勒大学》，郑友消《西沙永乐三岛风光》，晨曦《遥寄郁达夫的联句》，陈怀萱《保留自我》，江东《人才“大回归”的探索者——记国际著名电子学家陈树柏》，胡晓风《几回》二首。

⊙ 《华侨报·华座》副刊刊载克龄的历史名人杂记《四十二根柴刺》，梁荔玲的杂谈《梯》，蔡顺玲的诗《路灯》，续载佟立章的诗《晚晴楼诗》，濠江旧侣的小说《传奇性才女狄娜》（十一）；《华林》副刊刊载熊尚志的小说《雾霭里的明珠》（一），续载慕容奇的小说《瞽姬》（二），江鱼的小说《这如水般的年华》（十）。

24日 《澳门日报·新园地》副刊刊载陶里《作家，真正的》，沈实《洛克菲勒大学的独特处》，玉文《暖》，航青《家在清理垃圾试验区》，江东《一本书法教学的好教材——介绍李天马著〈楷书行书的技法〉》，胡晓风《巴金对我的影响》二首。

⊙ 《华侨报·华青》副刊刊载丁丽群的杂谈《心内语》，钟慧雯、蔡顺玲、何建业的诗《诗三首》，杨达夫的观后感《归——影片〈似水流年〉观后》；《华座》副刊刊载克龄的历史名人杂记《赵树理自找“麻烦”》，东方一羽的历史名人杂记《巴金——说真话》，梁荔玲的杂谈《阶》，续载濠江旧侣的小说《传奇性才女狄娜》（十二）；《华林》副刊续载慕容奇的小说《瞽姬》（三），熊尚志的小说《雾霭里的明珠》（二），江鱼的小说《这如水般的年华》（十一）。

25日 《澳门日报·镜海》副刊刊载王云《陈残云一席谈》，金中子《初绽的春蕾——“新苗”专栏综评》（二），法兰兹·卡夫卡著、钝译的《归》，隽文《杭州游》，YY《故乡恋歌》诗歌三首，金中子的《初绽的春蕾——“新苗”专栏综评》（中）；《新园地》副刊刊载陶里《无味饮料》，慧敏《印度寡妇苦海无边》，沈实《最有耐性的研究机构》，潘荔《访“百岁龟”》，玉文《尴尬》，明《偶感》，金中子《“男”字溯源探流》，胡晓风《“春水”与“繁星”》。

⊙　《华侨报·华座》副刊刊载梁荔玲的杂谈《如果——》，续载濠江旧侣的小说《传奇性才女狄娜》（十三）；《华林》副刊续载熊尚志的小说《雾霭里的明珠》（三），慕容奇的小说《瞽姬》（四），江鱼的小说《这如水般的年华》（十二）。

26日　《澳门日报·新园地》副刊刊载无瑕《由“帝女花”想起北京景山》，王文琴《转吧，小小的地球仪》，沈实《欧洲赶上美国》，穆翼《蟋蟀·瞌睡·竞选》，梁忠《产蚝出名的珠海银坑》，王云《莫泊桑和〈一生〉》，胡晓风《两女的委屈》二首。

⊙　《华侨报·华座》副刊续载佟立章的诗《晚晴楼诗》；《华林》副刊续载熊尚志的小说《雾霭里的明珠》（四），慕容奇的小说《瞽姬》（五），江鱼的小说《这如水般的年华》（十三）。

27日　《澳门日报·新园地》副刊刊载濠江客《红街市原名柯高街市》，黄林《林世荣著书立说》，航青《又见蜻蜓》，沈实《火箭专家被迫去国》，曾鸣《“落英”辨正》，穆翼《神仙遭劫》，胡晓风《杜鲁福病逝巴黎》二首。

⊙　《华侨报·华座》副刊刊载尹信的杂记《诗人普希金的后裔》，江朗的杂记《阳澄湖畔菊蟹相依》，吴行洁的杂谈《里根——引人注目的总统》，梁荔玲的杂谈《“书生”与做生意》；《华林》副刊续载熊尚志的小说《雾霭里的明珠》（五），慕容奇的小说《瞽姬》（六），江鱼的小说《这如水般的年华》（十四）。

28日　《澳门日报·新园地》副刊刊载穆翼《超级贼魔》，朱音《“珠海渔女”与神话》，沈实《V2地下火箭工厂》，心萦《秋之歌》，王云《小林多喜二和“蟹工船”》，胡晓风《余生》二首。

⊙　《华侨报·旅游与乡土》副刊刊载墨斗的游记《桂林伏波山杂游》，月的游记《我到巴黎第一个要看的地方》；《华座》副刊刊载梁荔玲的杂谈《勿忘打开局面的人》，续载濠江旧侣的小说《传奇性才女狄娜》（十四）；《华林》副刊续载熊尚志的小说《雾霭里的明珠》（六），慕容奇的小说《瞽姬》（七），江鱼的小说《这如水般的年华》（十五）。

29日 《澳门日报·新园地》副刊刊载陶里《阮高奇不奇》，濠江客《十年前落成的澳凼大桥》，庶子《〈危城十日〉观后》，金中子《“儿”字溯源探流》，沈实《纳粹战犯当英雄》，胡晓风《飒飒》；《家庭》刊载林中英《吃骨头》，沈尚青《忍手》，容可儿《择日游东洋》。

⊙ 《华侨报·华座》副刊刊载克龄的杂记《夜曲诉心声》，梁荔玲的杂记《唱到有人知》，续载濠江旧侣的小说《传奇性才女狄娜》（十五）；《华林》副刊续载慕容奇的小说《瞽姬》（八），熊尚志的小说《雾霭里的明珠》（七），江鱼的小说《这如水般的年华》（十六）。

30日 《澳门日报·新园地》副刊刊载陶里《悟》，陈怀萱《贵能深造求其通》，周方《清代皇帝的婚礼》，孔庆生《黄养辉的书画艺术》，胡晓风《阿弥陀佛》。

⊙ 《华侨报·华座》副刊刊载商训懿社的诗《悼伦华继老师》，续载佟立章的诗《晚晴楼诗》，濠江旧侣的小说《传奇性才女狄娜》（十六）；《华林》副刊续载慕容奇的小说《瞽姬》（完），熊尚志的小说《雾霭里的明珠》（八），江鱼的小说《这如水般的年华》（十七）。

31日 《澳门日报·万花筒》刊载欧安年《中山先生的嗜好》，颜龄《一往情深几许爱恩斯坦酷爱音乐》；《新园地》副刊刊载陶里《饮茶乐》，慧敏《波兰寻觅蘑菇热》，无瑕《太湖鱼虾鲜且美》，陈怀萱《研究缶翁新课题》，子薇《生日快乐》，胡培周《敦煌·艺术的宝藏》（一），向民《百岛之市与神话》，胡晓风《诉不尽之夜》。

⊙ 《华侨报·华座》副刊刊载郑存耀的诗《无题》，续载濠江旧侣的小说《传奇性才女狄娜》（十七）；《华林》副刊刊载慕容奇的小说《妓屋》（一），续载熊尚志的小说《雾霭里的明珠》（九），江鱼的小说《这如水般的年华》（十八）。

十一月

1日　《澳门日报·镜海》副刊刊载梯亚《〈沉〉及其他》，淘空了《野菊花》，金中子《初绽的春蕾——“新苗”专栏综评》，陈国英《伤柳》，云力《囱仔诗话》；《新园地》副刊刊载濠江客《筷子基附近变化大》，安《具独特性能的水床》，实《坠机试验费用昂》，中子《“帚”字溯源探流》，培周《敦煌，艺术的宝藏》（二），文《姑娘》，达夫《东大的校园刊物》，晓风《借用YY与明诗意》，开始连载陈不讳的长篇小说《怀春的日子》（至1984年12月31日仍在连载）。

⊙　《华侨报·华座》副刊刊载梁荔玲的杂谈《满天神佛》，续载濠江旧侣的小说《传奇性才女狄娜》（十八）；《华林》副刊续载慕容奇的小说《妓屋》（二），熊尚志的小说《雾霭里的明珠》（十），江鱼的小说《这如水般的年华》（十九）。

2日　《澳门日报·新园地》副刊刊载陶志群《著名的星期四交易市场——游“绿色海岸”之十五》，陈同年《凡人救活仙人》，沈实《阮高其落草为寇》，无瑕《方人定遗作展馆后》，胡培周《敦煌，艺术的宝藏》（三），玉文《观浪》，胡晓风《又引发牢骚》。

⊙　《华侨报·华座》副刊刊载佟立章的诗《有感》，王力坚的随笔《喻物咏志的〈曲池荷〉——读卢照邻诗》，续载濠江旧侣的小说《传奇性才女狄娜》（十九）；《华林》副刊续载慕容奇的小说《妓屋》（三），熊尚志的小说《雾霭里的明珠》（十一），江鱼的小说《这如水般的年华》（二十）。

3日　《澳门日报·新园地》副刊刊载濠江客《筷子基平民屋与木屋》，谈金《印度人崇拜蛇》，沈实《总理沦为教父》，罗冠群《翠亨村话今昔》，胡培周《敦煌，艺术的宝藏》（四），古力《航天员的饮食》，陈怀萱《“地球浩劫”的疑问》，胡晓风《假与失》。

⊙　《华侨报·华座》副刊刊载忆晴的杂谈《这一刹那》，续载濠江旧侣的小说《传奇性才女狄娜》（二十）；《华林》副刊续载慕容奇的小说《妓屋》（四），熊尚志的小说《雾霭里的明珠》（十二），江鱼的小说《这如水般的年华》（二十一）。

4日　《澳门日报·新园地》副刊刊载陈怀萱《盍兴乎来哉——记五届美展开幕》，一哲《千奇百怪的音乐用品》，王文琴《秋的鼓舞》，石城《非洲猴子扫人游兴》，浩瀚《和胡晓风》，胡培周《敦煌，艺术的宝藏》（完），金中子《“每”字溯源探流》，胡晓风《向谁“偿还”？》。

⊙　《华侨报·华座》副刊刊载嘉华的杂记《竹湾海面上》，续载濠江旧侣的小说《传奇性才女狄娜》（二十一）；《华林》副刊续载慕容奇的小说《妓屋》（五），熊尚志的小说《雾霭里的明珠》（十三），江鱼的小说《这如水般的年华》（二十二）。

5日　《澳门日报·家庭》刊载沈尚青《人要衣装》，林中英《形象》；《新园地》副刊刊载陶里《灾难中的英·甘地》，濠江客《白朗古马路的新厦林立》，龙生利《水师未来的燃料》，一哲《科学发现的偶然与必然》，冼得霖《小诗戏赠异相轻》（上），沈实《女人疫症——骨质疏松》，胡晓风《无聊之声》，开始连载沈醉《我的特务暗杀生涯》（至1984年12月31日仍在连载）。

⊙　《华侨报·华座》副刊续载濠江旧侣的小说《传奇性才女狄娜》（二十二）；《华林》副刊续载慕容奇的小说《妓屋》（六），熊尚志的小说《雾霭里的明珠》（十四），江鱼的小说《这如水般的年华》（二十三）。

6日　《澳门日报·新园地》副刊刊载陶里《不必桂冠》，沈实《饮奶可防骨质疏松》，国秀《独立寒秋菊花美》，慧敏《狗狼杂种为患苏联》，冼得霖《小诗戏赠异相轻》（下），思放《谀墓的笑话》，胡晓风《“屁”引》。

⊙　《华侨报·华座》副刊刊载梁荔玲的杂谈《巴金，良言》，林岚的诗《回首》，林定孚的诗《临江仙·秋柳》，续载濠江旧侣的小说《传奇性才女狄娜》（二十三）；《华林》副刊续载熊尚志的小说《雾霭里的明珠》（十五），慕容奇的小说《妓屋》（七），江鱼的小说《这如水般的年华》（二十四）。

7日　《澳门日报·新园地》副刊刊载陶里《歌星内地演唱》，沈实《食疗可预防晚年骨折》，谈金《印度“圣牛”》，思放《费拉罗的烦恼与美式民主》，周兴梁《孙中山留声话盘之由来》，胡晓风《关乎方便》。

⊙ 《华侨报·华青》副刊刊载灵芝的杂记《风铃》，懿灵的杂谈《鸢的启示》，仙健的杂谈《李清照〈夏日绝句〉赏析》，沈彦聪的杂谈《时间，机会》，陈维汉的评论《评〈热爱祖国，振兴中华〉》；《华座》副刊刊载路欣的杂记《梁业鸿擅画“香雪”》，梁荔玲的杂谈《艺术与名利思想之间》，续载濠江旧侣的小说《传奇性才女狄娜》（二十四）；《华林》副刊续载熊尚志的小说《雾霭里的明珠》（十六），慕容奇的小说《妓屋》（八），江鱼的小说《这如水般的年华》（二十五）。

8日 《澳门日报·新园地》副刊刊载陶里《脆皮面包》，龙肖男《喜马拉雅山“雪人”》，濠江客《佑汉新邨平地崛起》，王云《英国名作家格林和“第三者”》，玉文《你说呢？》，胡晓风《不堪》；《镜海》副刊刊载梁文翎《奇遇》，金中子《初绽的春蕾——“新苗”专栏综评》，林华《中秋有感》，伊人《荒山》，郑卓立《赠》，笔卒《海贝》。

⊙ 《华侨报·华座》副刊刊载梁荔玲的杂谈《不要浪费活力》，丁韶柏的杂谈《南乡子〈人间词话〉引用诗词赏析之二十一》，续载濠江旧侣的小说《传奇性才女狄娜》（完）；《华林》副刊续载熊尚志的小说《雾霭里的明珠》（十七），慕容奇的小说《妓屋》（九），江鱼的小说《这如水般的年华》（二十六）。

9日 《澳门日报·新园地》副刊刊载星联《世界唯一的“矮人餐厅”》，陈怀萱《汉字的玄妙》，航青《小小的理发档》，于田玉《海南尖峰岭搜奇探宝》，YY《流浪篇——献给生活》，文泽《外国的笑话》，胡晓风《“桂冠”引来问讯》。

⊙ 《华侨报·华座》副刊刊载墨斗的杂记《杨乎宅探源》，黄衫客的杂记《枫桥夜泊处是小河涌》，梁荔玲的杂谈《想做只甜鬼！》，濠江旧侣的小说《霍英东自强不息》（一）；《华林》副刊续载熊尚志的小说《雾霭里的明珠》（十八），慕容奇的小说《妓屋》（完），江鱼的小说《这如水般的年华》（二十七）。

10日　《澳门日报·新园地》副刊刊载陈洪生《一次奇迹般的流产》，一哲《“灾梨祸枣”与望文生义》，濠江客《澳门湾仔一衣带水》，陶志群《最后的里程——游“绿色海岸”之十六》（完），罗冠群《孙中山先生诞辰一百一十八周年纪念——调寄〈满庭芳〉》，沈实《口衔权力之钥出生的女人》，胡晓风《“凤楼”之类》。

⊙　《华侨报·华座》副刊刊载黄丽穗的杂谈《来处何美之恒永》，王一芒的杂谈《野草功罪谈》，梁荔玲的杂谈《他妈的杀千刀，可是……》，续载濠江旧侣的小说《霍英东自强不息》（二）；《华林》副刊刊载慕容奇的小说《帷幕后的尊神》（一），续载熊尚志的小说《雾霭里的明珠》（十九），江鱼的小说《这如水般的年华》（二十八）。

11日　《澳门日报·新园地》副刊刊载洛江拓夫《绝招》，沈实《天灾人祸话非洲》，吴培德《一笑解千愁》，于松《超塑性金属》，张兆全《和江连浩院长闲聊艺术》（上），逸翁《文人名号拾趣》。

⊙　《华侨报·旅游与乡土》副刊刊载墨斗的游记《峨眉览秀》；《华座》副刊刊载佟立章的诗《生朝》，续载濠江旧侣的小说《霍英东自强不息》（三）；《华林》副刊续载熊尚志的小说《雾霭里的明珠》（二十），慕容奇的小说《帷幕后的尊神》（二），江鱼的小说《这如水般的年华》（二十九）。

12日　《澳门日报·家庭》刊载沈尚青《稳》，林中英《蝙蝠袖》；《新园地》副刊刊载陶里《幻》，濠江客《五十年前的离岛小轮》，慧敏《超级妓院二亿元出让》，钟新《孙中山先生的诞辰》，金中子《“象”字溯源探流》，张兆全《和江连浩院长闲聊艺术》（下），沈实《政府颟顸饥民苦》，胡晓风《拆屋引火》。

⊙　《华侨报·华座》副刊刊载墨斗的杂记《王阳明在九华》，梁荔玲的杂谈《朋友》，佟立章的诗《愿》，续载濠江旧侣的小说《霍英东自强不息》（四）；《华林》副刊续载熊尚志的小说《雾霭里的明珠》（二十一），慕容奇的小说《帷幕后的尊神》（三），江鱼的小说《这如水般的年华》（三十）。

13日 《澳门日报·新园地》副刊刊载陶里《影星过埠》，秦怀《疟疾重卷非洲》，沈实《埃塞俄比亚难民营惨象》，思放《“中饱私囊”的中字读音——谈谈电视台的语言文字》，潘力雄《幽默论》，胡晓风《记凌楚枫》，陈怀萱《外国画家眼中的澳门——记白乐斯画展》。

⊙ 《华侨报·华座》副刊刊载克龄的杂记《牡牛小步舞曲》，冯刚毅的诗《白鸽巢怀旧》，续载濠江旧侣的小说《霍英东自强不息》（五）；《华林》副刊续载熊尚志的小说《雾霭里的明珠》（二十二），慕容奇的小说《帷幕后的尊神》（四），江鱼的小说《这如水般的年华》（三十一）。

14日 《澳门日报·澳门街》刊载梅士敏《闽人在澳贡献良多》，阿根《放不下》，文泽《快人快语》，钟青《卖面击竹声成绝响》；《新园地》副刊刊载陶里《金大班》，沈实《援粮遭大量浪费》，苏生《世界流行即食食品》，航青《又是赛车时候》，董蒨《林荫深处隐古楼——苗族风情之一》，青日《美国一个多妻城》，玉文《有感》，胡晓风《酒》；《万花筒》刊载顾晨《冰雕》，放君《中国古诗成外国歌曲》，温洲《生水果为何酸涩》，祖仁《生存战争游戏》，家楫《手帕》，天地《玄奘有妻名香真》，徐敏《情绪与健康》，施图《中国的“吉卜赛人”》，柳楫《判断疲劳》，宁《最小的鸟类》，昆年《吴之瑛赠秋瑾联》。

⊙ 《华侨报·华座》副刊刊载克龄的杂记《筵席上的音乐》，梁荔玲的杂谈《我有多少名牌货？》，续载濠江旧侣的小说《霍英东自强不息》（六）；《华林》副刊续载熊尚志的小说《雾霭里的明珠》（二十三），慕容奇的小说《帷幕后的尊神》（五），江鱼的小说《这如水般的年华》（三十二）。

15日 《澳门日报·新园地》副刊刊载陶里《崇外一则》，王丽平《为何会感觉饥饿》，濠江客《卅年前公信离岛轮渡》，董蒨《一曲芦笙动木楼——苗族风情之二》，实陈《须要克己自律》，金中子《“为”字溯源探流》，胡晓风《笔是》。

⊙ 《华侨报·华座》副刊刊载克龄的杂记《门德尔逊慧眼识明珠》，嘉华的杂记《野味》，梁荔玲的杂谈《不会辗转反侧》，续载濠江旧侣的小说《霍英东自强不息》（七）；《华林》副刊续载熊尚志的小说《雾霭里的明珠》（二十四），慕容奇的小说《帷幕后的尊神》（六），江鱼的小说《这如水般的年华》（三十三）。

16日　《澳门日报·新园地》副刊刊载杨梵《动物恩怨的新发现》，沈实《欧洲最大的车展》，董蒨《苗年活动多姿彩——苗族风情之二》，王文琴《可敬的服务员》，明《看某歌星演出》，胡晓风《仁慈咁解》。

⊙　《华侨报·华座》副刊刊载墨斗的杂记《令人陶醉的醉翁亭》，克龄的杂记《谢绝见客》，续载濠江旧侣的小说《霍英东自强不息》（八）；《华林》副刊续载熊尚志的小说《雾霭里的明珠》（二十五），慕容奇的小说《帷幕后的尊神》（完），江鱼的小说《这如水般的年华》（三十四）。

17日　《澳门日报·新园地》副刊刊载慧敏《残片黑白变彩色》，沈实《大车小车一应俱全》，白璧《漫谈果子狸》，杨波《杨贵妃逃往日本的传说》，韩天衡《以“愚”自恃的愚楼主人——对应野平其人其画的一点感受》（上），濠江客《五十年代的“广”字小轮》，胡晓风《等》。

⊙　《华侨报·华座》副刊刊载梁荔玲的杂谈《批评》，续载濠江旧侣的小说《霍英东自强不息》（九）；《华林》副刊刊载慕容奇的小说《五色花の酒》（一），续载熊尚志的小说《雾霭里的明珠》（二十六），江鱼的小说《这如水般的年华》（三十五）。

18日　《澳门日报·新园地》副刊刊载戴平《中国考察队进军南极》，沈实《“对话”汽车会讲听》，一哲《“成功之花”与奋斗的泪泉》，韩天衡《以“愚”自恃的愚楼主人——对应野平其人其画的一点感受》（下），胡晓风《轮下冤魂》。

⊙　《华侨报·华座》副刊刊载梁荔玲的杂谈《最憎“四方木”》，续载濠江旧侣的小说《霍英东自强不息》（十）；《华林》副刊续载熊尚志的小说《雾霭里的明珠》（二十七），慕容奇的小说《五色花の酒》（二），江鱼的小说《这如水般的年华》（三十六）。

19日　《澳门日报·新园地》副刊刊载陶里《岩上心声》，李翔煜《葡国的“石头汤”》，谷曼《读沙哥夫现代派绘画感想》，金中子《“龙”字溯源探流》，航青《海旁静夜》，胡晓风《大赛车之后》；《家庭》刊载林中英

《狗不理糖不甩》，容可儿《救济灾民》，蓝旨瀚《三岁定八十》，沈尚青《幸亏有女》。

⊙ 《华侨报·旅游与乡土》副刊刊载黄衫客的游记《漫游太湖鼋头渚》；《华座》副刊刊载丁韶柏的杂谈《青玉案（元夕）——〈人间词话〉引用诗词赏析之二十二》，续载濠江旧侣的小说《霍英东自强不息》（十一）；《华林》副刊续载熊尚志的小说《雾霭里的明珠》（二十八），慕容奇的小说《五色花の酒》（三），江鱼的小说《这如水般的年华》（三十七）。

20日 《澳门日报·新园地》副刊刊载陶里《旅游杂感》，思放《“暮”与“莫”——谈谈电视台的语言文字》，陈伯坚《云天赋　调寄八声甘州》，胡晓风《哭吧！哭吧！》。

⊙ 《华侨报·华座》副刊刊载梁荔玲的杂记《劫后》，林定孚的诗《惜分飞（落化）》，续载濠江旧侣的小说《霍英东自强不息》（十二）；《华林》副刊续载熊尚志的小说《雾霭里的明珠》（二十九），慕容奇的小说《五色花の酒》（四），江鱼的小说《这如水般的年华》（三十八）。

21日 《澳门日报·澳门街》刊载方兴《包公·包公戏·包公庙》，梅士敏《闽人明朝已来澳经商》；《新园地》副刊刊载胡林《“四不像”的曲折经历》，穆翼《女扮和尚》，陈戈华《云南曲靖城双璧》（上），周兴梁《虎门的传说及历史》，YY《爱的信笺》，胡晓风《天谴》；《万花筒》刊出杨书润《节食有助增智力》，岐坤《出租诗人俱乐部》，谢瑞祥《大洲名称由来》，赵鸿义《美国的广告天地》，康健《水何以有味》，炳权《德国人喜欢自制罐头》，宗纳《私人军事博物馆》，金石《欧美姓名小识》，山文《怎样给儿童讲故事》，钟炎《世界五大宫》，樊竞《“三令五申”考》，麟辑《中国教育之先河》。

⊙ 《华侨报·华青》副刊刊载杨达夫的杂记《生日舞会》，鹰的杂记《勇挑重担的博士》，金玉的杂记《我的知己——日记本》，菟丝的杂记《亲亲绿叶》，鸿爪的杂谈《若》，丁韶的杂谈《谈文章的结尾》；《华座》副刊刊载梁荔玲的杂谈《我手写我心》，东方一羽的杂谈《今时说话做人难》，佟立章的诗《看山行》；《华林》副刊刊载慕容奇的小说《椿花の鬼》（一），开始连载招积仔的小说《招积仔武林奇遇记》（至1984年底仍在连载），续载熊尚志的小说《雾霭里的明珠》（三十），江鱼的小说《这如水般的年华》（三十九）。

22日 《澳门日报·新园地》副刊刊载陶里《讲仔讲女》，慧敏《葡国斗牛是是非非》，沈实《人类科学家发现新语言》，陈戈华《云南曲靖城双璧》（下），穆翼《尊重事实》，金中子《“虎”字溯源探流》，胡晓风《自杀奇案》；《镜海》副刊刊载东瑞《母亲的泪》，林惠仪《幽林》，玛丽亚·翁达娜·布拉格著、李仲玉译的《戴头巾的女人》，向业《风雨情》，庄文永《佛像前的怀念》。

⊙ 《华侨报·华座》副刊刊载王力坚的杂谈《幽雅静美　浑然天成——王维诗〈鸟鸣涧〉赏析》；《华林》副刊刊载袁琼琼的短小说《记忆》，续载熊尚志的小说《雾霭里的明珠》（三十一），慕容奇的小说《椿花の鬼》（二），江鱼的小说《这如水般的年华》（四十）。

23日 《澳门日报·新园地》副刊刊载杨恩薄《罕见的甲子年闰十月》，陶里《过海》，曾申、何志毅《深沉的哀思默默地凭吊》，YY《背影》，陆康《篆刻二方》，胡晓风《偷渡女与色狼》。

⊙ 《华侨报·华座》副刊刊载克龄的历史名人杂记《试验失败以后》，佟立章的诗《嘉辰》；《华林》副刊刊载仲平的短小说《愉快的旅程》，续载熊尚志的小说《雾霭里的明珠》（三十二），慕容奇的小说《椿花の鬼》（三），江鱼的小说《这如水般的年华》（四十一）。

24日 《澳门日报·新园地》副刊刊载星联《发现南极大陆之谜》，濠江客《文觉非四十年前演〈西施〉》，无瑕《北京围城“三奇”》，胡培周《敦煌的唐代彩塑》（上），航青《趟栊忆旧》，胡晓风《寒夜思》。

⊙ 《华侨报·华座》副刊刊载黄衫客的杂记《天下第一泉与水浸金山》，续载濠江旧侣的小说《霍英东自强不息》（十三）；《华林》副刊续载慕容奇的小说《椿花の鬼》（四），熊尚志的小说《雾霭里的明珠》（三十三），江鱼的小说《这如水般的年华》（四十二）。

25日　《澳门日报·新园地》副刊刊载刘锦《植物的御敌本领》，穗文《台湾的武术》，凌思《日本青年赠我墨水笔》，胡培周《敦煌的唐代彩塑》（下），胡晓风《人去财空》。

⊙　《华侨报·华座》副刊刊载克龄的历史名人杂记《契诃夫的婚礼》，续载濠江旧侣的小说《霍英东自强不息》（十四）；《华林》副刊续载慕容奇的小说《椿花の鬼》（五），熊尚志的小说《雾霭里的明珠》（三十四），江鱼的小说《这如水般的年华》（四十三）。

26日　《澳门日报·家庭》刊载林中英《输不得》，沈尚青《暴殄天物》；《新园地》副刊刊载慧敏《飞机餐问题多得很》，濠江客《新马仔曾为同善堂义演》，金中子《“鹿”字溯源探流》，陶里《养龙》，王文琴《莫叫孩子“滚”》。

⊙　《华侨报·华座》副刊刊载克龄的历史名人杂记《张图与跋异》，林岚的诗《人影》，续载濠江旧侣的小说《霍英东自强不息》（十五）；《华林》副刊续载慕容奇的小说《椿花の鬼》（六），熊尚志的小说《雾霭里的明珠》（三十五），江鱼的小说《这如水般的年华》（四十四）。

27日　《华侨报·华座》副刊刊载嘉华的杂记《姑婆》，续载濠江旧侣的小说《霍英东自强不息》（十六）；《华林》副刊续载慕容奇的小说《椿花の鬼》（七），熊尚志的小说《雾霭里的明珠》（三十六），江鱼的小说《这如水般的年华》（四十五）。

28日　《华侨报·华座》副刊刊载黄衫客的杂记《上海玉佛寺》，续载濠江旧侣的小说《霍英东自强不息》（十八）；《华林》副刊续载慕容奇的小说《椿花の鬼》（完），熊尚志的小说《雾霭里的明珠》（三十七）。

29日　《华侨报·华座》副刊刊载克龄的杂记《艺术家的幽默》，梁荔玲的杂谈《一定有人拖你一把》，续载濠江旧侣的小说《霍英东自强不息》（十九）；《华林》副刊刊载仲平的短小说《痴心人》，慕容奇的小说《同心の血结》（一），续载熊尚志的小说《雾霭里的明珠》（三十八），江鱼的小说《这如水般的年华》（四十六）。

30日　《华侨报·华座》副刊刊载嘉华的杂谈《名厂鞋》，冯刚毅的诗《贺华侨报四十七周年报庆》，续载濠江旧侣的小说《霍英东自强不息》（二十）；《华林》副刊刊载仲平的短小说《黑眼》，续载慕容奇的小说《同心の血结》（二），熊尚志的小说《雾霭里的明珠》（三十九），江鱼的小说《这如水般的年华》（四十七）。

十二月

1日　《澳门日报·新园地》副刊刊载沈实《割礼的副作用》，陈怀萱《从“知识台历”说起》，李松庵《老画家冯钢百其人其画》，濠江客《邮政大厦兴建始末》，胡晓风《难求》二首。

⊙　《华侨报·华座》副刊刊载嘉华的杂记《怀旧歌》，克龄的历史名人杂记《泰戈尔与荣誉》，续载濠江旧侣的小说《霍英东自强不息》（二十一）；《华林》副刊刊载仲平的短小说《巧相逢》，续载慕容奇的小说《同心の血结》（三），熊尚志的小说《雾霭里的明珠》（四十），江鱼的小说《这如水般的年华》（四十八）。

2日　《澳门日报·新园地》副刊刊载曹克嘉《新型的大豆食品》，朱高章《怎样才真健康》，沈实《旧风俗根深蒂固》，无瑕《寒冬应时的街头食档》，陈怀萱《湖南出版蒸蒸日上》，胡晓风的诗歌《沧桑》二首，《古灵精怪》暂停连载，由朱小宝的短篇小说《阿美》补上。

⊙　《华侨报·旅游与乡土》副刊刊载余草的游记《清初巨构——避暑山庄与外八庙》（上），宣翁的游记《驯静的黄河——北游寄语小札》，慕华的游记《访意大利古镇》；《华座》副刊刊载于馥的历史杂记《墨官　墨仙墨妖》，续载濠江旧侣的小说《霍英东自强不息》（二十二）；《华林》副刊刊载仲平的短小说《拜金的人》，续载慕容奇的小说《同心の血结》（四），熊尚志的小说《雾霭里的明珠》（四十一），江鱼的小说《这如水般的年华》（四十九）。

3日　《澳门日报·新园地》副刊刊载慧敏《避弹汽车林林总总》，濠江客《设计邮政大厦的陈焜培》，钟紫《满头霜雪未知寒——怀念香港爱国画家陆无涯》（上），建人《“金三角”地区与鸦片》，金中子《“鼠”字溯源探流》，胡晓风《彩票》二首；《家庭》刊载林中英《龙虱》，蓝旨瀚《拱北市场一二》，翊言《家中的独生子》，沈尚青《恨铁不成钢》。

⊙ 《华侨报·华座》副刊刊载克龄的历史杂记《锻铁成画》，续载濠江旧侣的小说《霍英东自强不息》（二十三）；《华林》副刊续载慕容奇的小说《同心の血结》（五），熊尚志的小说《雾霭里的明珠》（四十二），江鱼的小说《这如水般的年华》（五十）。

4日 《澳门日报·新园地》副刊刊载陶里《一种转变》，星联《驾飞机环绕地球》，钟紫《满头霜雪未知寒——怀念香港爱国画家陆无涯》（下），实陈《有研究价值的族谱》，朱高章《身边的健身法》，胡晓风《世眼》二首。

⊙ 《华侨报·华座》副刊刊载墨斗的历史遗迹杂记《苏州况公祠》，克龄的历史名人杂记《须化金仙百亿身》，续载濠江旧侣的小说《霍英东自强不息》（二十四）；《华林》副刊续载慕容奇的小说《同心の血结》（六），熊尚志的小说《雾霭里的明珠》（四十三），江鱼的小说《这如水般的年华》（五十一）。

5日 《澳门日报·新园地》副刊刊载秦怀《崇山名城在下沉》，陈怀萱《最爱热肠人》，王云《毛姆和他的“午餐”》，明《记澳门首次百万行》，胡晓风《青蛙》二首。

⊙ 《华侨报·华青》副刊刊载鸿爪的杂记《澳门图书馆巡礼》，陈家慧的杂记《早到春江漓》，吴婷的杂谈《澳门的特征》，刘丽萍的杂谈《鲁迅的“沙”》，杨达夫的杂谈《澳人眼里的中国文化》，陈宛冰的观后感《看“百年邮票风景画中国钱币”展览》，柳絮的散文诗《秋郊》，小草的散文《心曲轻唱》；《华座》副刊刊载黄衫客的杂记《苏州沧浪亭的漏窗》，克龄的历史名人杂记《哈姆生的成长》，江朗的历史知识杂记《小说评点与金圣叹》，续载濠江旧侣的小说《霍英东自强不息》（二十五）；《华林》副刊续载慕容奇的小说《同心の血结》（七），熊尚志的小说《雾霭里的明珠》（四十四），江鱼的小说《这如水般的年华》（五十二）。

6日 《澳门日报·镜海》副刊刊载杨羽仪《“天马”行街》，毛钢《零丁洋边看日出——珠海特区散记》，小草《一天下午》，云力《凼仔诗话》，秦燕《秋》，郑卓立《珠海拾贝》，笔卒《无题》；《新园地》副刊刊载陶里《预》，濠江客《陈焜培考选总画则师》，逸翁《赵元任的笔墨之戏》，朱高章《人老风流是寿星》，沈实《阿尔巴尼亚近况》，郑卓立《启明星》，胡晓风《证》。

⊙ 《华侨报·华座》副刊续载濠江旧侣的小说《霍英东自强不息》（二十六）；《华林》副刊续载慕容奇的小说《同心の血结》（八），熊尚志的小说《雾霭里的明珠》（四十五），江鱼的小说《这如水般的年华》（五十三）。

7日 《澳门日报·新园地》副刊刊载洛江拓夫《手“熟”》，沈实《阿尔巴尼亚对外开放》，陈怀萱《认识社会关心社会》，董蒨《历史见证“元祐党籍碑”》，金中子《“瓜”字溯源探流》，胡晓风的诗歌《恋人》二首。

⊙ 《华侨报·华座》副刊刊载克龄的历史名人杂记《厌恶铁路的人》，梁荔玲的杂谈《读者刺激，作者惨矣！》，续载濠江旧侣的小说《霍英东自强不息》（二十七）；《华林》副刊刊载仲平的短小说《皮箧姻缘》，续载慕容奇的小说《同心の血结》（九），熊尚志的小说《雾霭里的明珠》（四十六），江鱼的小说《这如水般的年华》（五十四）。

8日 《澳门日报·澳闻》刊出第七期《南湾月刊》介绍李先念访葡；《新园地》副刊刊载马镇光《美国枪支泛滥成灾》，淘空了《绝望》，沈实《美英法还金的故事》，梯亚《以法国为例——语文教育的启发》（上），濠江客《社会慈善活动家何贤》，胡晓风《杀子（二首）》。

⊙ 《华侨报·华座》副刊刊载黄衫客的杂记《苏州的街道树》，梁荔玲的杂记《思夜》，李萧锟的杂谈《玺印的“红”》，续载濠江旧侣的小说《霍英东自强不息》（二十八）；《华林》副刊续载慕容奇的小说《同心の血结》（完），熊尚志的小说《雾霭里的明珠》（四十七），江鱼的小说《这如水般的年华》（完）。

9日 《澳门日报·新园地》副刊刊载孟洛《印度天阉者的悲哀》，陈怀萱《快乐时光》，王辛化《陈布雷女儿二三事》，梯亚《以法国为例——语文教育的启发》（下），冼得霖《李商隐诗立言正夫》（上），胡晓风《送花》。

⊙　《华侨报·华座》副刊刊载梁荔玲的杂谈《执笔讲环境》，佟立章的诗《偶题》，续载濠江旧侣的小说《霍英东自强不息》（二十九）；《华林》副刊刊载柔柔的短小说《圣诞节前》，慕容奇的小说《下祭日の事故》（一），凯南的小说《西风流雪枯叶》（一），续载熊尚志的小说《雾霭里的明珠》（完）。

10日　《澳门日报·新园地》副刊刊载慧敏《小岛包庇蛊惑钱》，王文琴《学逻辑长智能》，濠江客《何贤毕生爱国爱乡》，冼得霖《李商隐诗立言正夫》（下），金中子《“来”字溯源探流》，胡晓风《茫茫》，《家庭》刊载沈尚青《四季如秋》。

⊙　《华侨报·华座》副刊刊载梁荔玲的杂谈《你又来一试！》，续载濠江旧侣的小说《霍英东自强不息》（三十）；《华林》副刊刊载柔柔的短小说《圣诞节前》，陈国凯的小说《两情若是久长时》（一），续载慕容奇的小说《下祭日の事故》（二），凯南的小说《西风流雪枯叶》（二）。

11日　《澳门日报·新园地》副刊刊载柳光青《苏联旅游业方兴未艾》，璞斋《生菜是蔬中隽品》，萧嘉《神树趣谈》，逸翁《徐志摩轶事》，朱高章《微量元素与健康长寿》，胡晓风《老豆》。

⊙　《华侨报·华座》副刊续载佟立章的诗《晚晴楼诗》，濠江旧侣的小说《霍英东自强不息》（三十一）；《华林》副刊续载慕容奇的小说《下祭日の事故》（三），陈国凯小说《两情若是久长时》（二），凯南的小说《西风流雪枯叶》（三）。

12日　《澳门日报·新园地》副刊刊载星联《杂说圣诞卡》，褚祺《广州旗人今与昔》，陈怀萱《在陈衍宁家作客》，梁守中《黄山纪游》二首，胡晓风《漫画与笔》。

⊙　《华侨报·华座》副刊刊载克龄的历史名人杂记《逆境中的幽默》，路欣的杂谈《谈奇说怪话冰兄》，梁荔玲的杂谈《扔掉“水泡”》，续载佟立章的诗《晚晴楼诗》，濠江旧侣的小说《霍英东自强不息》（三十二）；《华林》副刊续载慕容奇的小说《下祭日の事故》（四），陈国凯小说《两情若是久长时》（三），凯南的小说《西风流雪枯叶》（四）。

13日 《澳门日报》第五版刊载新闻《秦牧主张文学改革》；《新园地》副刊刊载梁光中《百岛之市》，赖雨桐《丘逢甲爱国精神不朽》，萧嘉《中山新八景引人入胜》，玉文《童话》，闻之《人体活尺了》，金中子《帝》，逸翁《郁达夫"告状"》，胡培周《昆明抒怀七绝》，胡晓风《的士女乘客与刀客》；《镜海》副刊刊载黎任新诗《囱仔诗草》三首，陈健雄《杜埃重访白藤湖》，杨羽仪《美丽的哈萨克斯坦姑娘》，陈不讳《色彩的思絮》，陆锦兰《静坐庭院数春秋》，法兰兹·卡夫卡著、凌钝译的《桥》。

⊙ 《华侨报·华座》副刊刊载墨斗的杂记《鸟语花香乐海幢》，克龄的历史名人杂记《安徒生的写作态度》，佟立章的诗《月下作》，续载濠江旧侣的小说《霍英东自强不息》（完）；《华林》副刊续载陈国凯小说《两情若是久长时》（四），慕容奇的小说《下祭日の事故》（五），凯南的小说《西风流雪枯叶》（五）。

14日 《澳门日报·新园地》副刊刊载潘力雄《溥仪何以卖字画》，杨恩薄《中外姓氏趣谈》，景阳《航天员宜肥不宜瘦》，陈怀萱《尊师重道与标榜自我》，江启堂《公制与英制》，郑卓立的新诗《小诗三首》（《温泉》《红梅》《溪水》），胡晓风《碰啱》，张贤长《百万行颂》。

⊙ 《华侨报·华座》副刊刊载濠江旧侣的小说《夏利里拉的家族》（一）；《华林》副刊续载陈国凯小说《两情若是久长时》（五），慕容奇的小说《下祭日の事故》（六），凯南的小说《西风流雪枯叶》（六）。

15日 《澳门日报·新园地》副刊刊载吴士嘉《计算机犯罪波及面广》，洛江拓夫《小事不可疏忽》，袁先禄《美国处处有"广州"》，白沙《圣诞花真名一品红》，松振郑《新加坡邮票与潮州祠堂》，明《花草二题》，胡晓风《十四岁女孩割脉》。

⊙ 《华侨报·华座》副刊刊载克龄的历史名人杂记《静与动》，续载濠江旧侣的小说《夏利里拉的家族》（二）；《华林》副刊刊载慕容奇的小说《池沼の变异》（一），续载陈国凯小说《两情若是久长时》（六），凯南的小说《西风流雪枯叶》（七）。

16日　《澳门日报·新园地》副刊刊载陈同年《汉将军李广事迹》，陈怀萱《为秦桧鸣不平》，昌敏《裂纹革新创奇迹》，文泽《小幽默》，胡晓风《夜求》。

⊙　《华侨报·华座》副刊刊载林岚的诗《听泉》，续载濠江旧侣的小说《夏利里拉的家族》（三）；《华林》副刊续载陈国凯小说《两情若是久长时》（七），慕容奇的小说《池沼の变异》（二），凯南的小说《西风流雪枯叶》（八）。

17日　《澳门日报·新园地》副刊刊载陶里《五十岁》，一哲《莫愁前路无知己》，慧敏《计算机可惹“星球大战”》，沈实《印度博帕尔惨剧后闻》，伟生《天才与白痴》，星联《圣诞树来源有几说》，胡晓风《伊丽莎白再传婚讯》，《怀春的日子》暂停连载，由朱小宝的短篇小说《AM与PM》补上；《家庭》刊载林中英《圣诞节》，丹青《有趣的圣诞糖果》，容可儿《日本来鸿》。

⊙　《华侨报·旅游与乡土》副刊刊载墨斗的游记《峨眉览秀》，慕华的游记《塞浦路斯北区掠影》，余草的游记《清初巨构——避暑山庄与外八庙》（下），秦燕的游记《绍兴沈园开放——陆游凭吊亡妻遗迹》；《华座》副刊刊载梁荔玲的杂谈《到死改不了的傻气》，续载濠江旧侣的小说《夏利里拉的家族》（四）；《华林》副刊续载陈国凯小说《两情若是久长时》（八），慕容奇的小说《池沼の变异》（三），凯南的小说《西风流雪枯叶》（九）。

18日　《澳门日报·新园地》副刊刊载陶里《下午无茶》，潘力雄《〈兰亭序〉和王羲之》，阿威《让古建筑永垂不朽》，沈实《跨国公司输出公害》，陈怀萱《民间艺术品质朴可爱》，胡晓风《西湾跳海的老妇人》，《怀春的日子》暂停连载，由朱小宝的短篇小说《圣诞快乐》补上。

⊙　《华侨报·华座》副刊刊载孟都的历史遗迹杂记《甲骨文》，佟立章的诗《有寄》，续载濠江旧侣的小说《夏利里拉的家族》（五）；《华林》副刊续载陈国凯小说《两情若是久长时》（九），慕容奇的小说《池沼の变异》（四），凯南的小说《西风流雪枯叶》（十）。

19日 《澳门日报·新园地》副刊刊载荀辰《汉族姓氏趣谈》，白雪峰《台湾黑社会和“竹联帮”》，陶里《电视人语》，沈实《第三世界回避污染问题》，王文琴《买盆景》，璞斋《经济火锅滋味不减》，明《西望洋远眺》，胡晓风《圣诞近了》；《万花筒》刊载丽《老舍的婚事》，梓《利用动物治病》，周孙《太空生活永葆青春》，晓奇《植物也有生死搏斗》，仁恭《以华人姓氏命名的现代科技成果》，公仁《美国议员的特殊待遇》，社世发《甜食助长近视》，白如贤《未来的日历》，正伟《妇人家务劳动量惊人》，梁炽基《切碎美钞可出卖》，赏继松《现代石器人》。

⊙ 《华侨报·华青》副刊刊载何雅洁的杂谈《风扇精神赞》，甄美娟的杂谈《变》，崔钊坤的杂谈《蟹》，仙健的诗《风光旖旎令人醉——读杜牧〈睦州四韵〉》；《华座》副刊刊载慕华的杂记《伊里安历险记》，梁荔玲的杂谈《最好祝福人“有老”》，行心的诗《伤逝》，续载濠江旧侣的小说《夏利里拉的家族》（六）；《华林》副刊续载陈国凯小说《两情若是久长时》（十），慕容奇的小说《池沼の变异》（五），凯南的小说《西风流雪枯叶》（十一）。

20日 《澳门日报·新园地》副刊刊载陶里《诗境浮现》，沈实《教育水平与“工业文化”》，刘新《水下灯会玄秘》，朱高章《休息与睡眠》，陈怀萱《以鉴赏为主题的美术课本》，金中子《“齐”字溯源探流》，胡晓风《西江月》，YY《我撕碎了一页日历……》；《镜海》副刊刊载杨羽仪《伊犁河畔的狂欢》，郑卓立《伏着》，洛江拓夫《等待》，明《夜经红街市》，卞之琳《长途》，公孙微《笼鸟》，林湄《寂寞》，菁菁《这叫成长吗？》，云力《囱仔诗话》。

⊙ 《华侨报·华座》副刊刊载梁荔玲的杂谈《读书》，品清的杂谈《艺语》，佟立章的诗《自遣》，冯刚毅的诗《骊山怀古》，续载濠江旧侣的小说《夏利里拉的家族》（七）；《华林》副刊续载陈国凯小说《两情若是久长时》（十一），慕容奇的小说《池沼の变异》（完），凯南的小说《西风流雪枯叶》（十二）。

21日　《澳门日报·新园地》副刊刊载无瑕《茶趣》，星联《耶稣并非诞生在马槽》，杨柳青《汕头妈屿岛风情》，陈贻焮《七绝三首》，胡晓风《坐在岸边写信的女郎》，云力《卞之琳〈长途〉》。

⊙　《华侨报·华座》副刊刊载黄丽穗的杂谈《用巧思迎圣诞》，品清的杂谈《艺语》，林定孚的词《减字木兰花》，佟立章的诗《晚晴楼诗》，续载濠江旧侣的小说《夏利里拉的家族》（八）；《华林》副刊刊载冷蛩的短小说《芒果的滋味》，慕容奇的小说《石灯笼》（一），续载陈国凯小说《两情若是久长时》（十二），凯南的小说《西风流雪枯叶》（十三）。

22日　《澳门日报·新园地》副刊刊载思放《姓名趣谈》，朱高章《旅游有益健康》，沈实《英国前门发现“黑金子”》，慧敏《汽车古怪事多》，江滨《圣诞节食谱话火鸡》，胡晓风《寒夜》，陈怀萱《因以姻缘》。

⊙　《华侨报·华座》副刊刊载克龄的历史名人杂记《海顿的轶事》，何秀煌的杂谈《人生小语》，续载濠江旧侣的小说《夏利里拉的家族》（九）；《华林》副刊续载陈国凯小说《两情若是久长时》（十三），慕容奇的小说《石灯笼》（二），凯南的小说《西风流雪枯叶》（十四）。

23日　《澳门日报·新园地》副刊刊载孙万祥《黛色朦胧昭君墓》，沈实《伦敦附近亦有石油》，钟子《“无肠公子”岂无肠》，胡晓风《原来他骑匹黑马》，玉文《留住永恒》，石城《知识分子的“怪”脾气》。

⊙　《华侨报·华座》副刊刊载梁荔玲的杂记《百弹斋主》，续载濠江旧侣的小说《夏利里拉的家族》（十）；《华林》副刊续载陈国凯小说《两情若是久长时》（十四），慕容奇的小说《石灯笼》（三），凯南的小说《西风流雪枯叶》（十五）。

24日　《澳门日报·新园地》副刊刊载陶里《想起差利》，沈实《新型的隔热救生衣》，濠江客《澳门浸信会八十年》，阿圉《色彩缤纷感万千》，星联《漫话圣诞乐曲》，金中子《“丁”字溯源探流》，胡晓风《梦想》。

⊙　《华侨报·华座》副刊刊载梁荔玲的杂谈《缩影》，续载濠江旧侣的小说《夏利里拉的家族》（十一）；《华林》副刊续载陈国凯小说《两情若是久长时》（十五），慕容奇的小说《石灯笼》（四），凯南的小说《西风流雪枯叶》（十六）。

25日　《澳门日报·新园地》副刊刊载陶里《圣诞灯饰》，陈怀萱《团圆》，星联《“圣诞星”之谜》，王文琴《取名》，胡晓风《如梦令》，沈实《新方法准确预测乳癌》，梁守中《把〈辞源〉当作教科书来读——读刘逸生〈学海苦航〉札记之一》，张贤长《七绝三首》。

⊙　《华侨报·旅游与乡土》副刊刊载斗墨的游记《乐山巡礼》（上），欣欣的游记《太平洋中小天堂》，宣翁、邓开的杂谈《笔是彩云心是雁——答加拿大乡亲小札》（上）；《华座》副刊刊载梁荔玲的杂谈《如果我是魔术师》，余君慧的诗《夜总会有感》，续载濠江旧侣的小说《夏利里拉的家族》（十二）；《华林》副刊续载陈国凯小说《两情若是久长时》（十六），慕容奇的小说《石灯笼》（五），凯南的小说《西风流雪枯叶》（十七）。

26日　《澳门日报·新园地》副刊刊载陶里《傅雷家书》，梁守中《学诗可以从唐诗入手——读刘逸生〈学海苦航〉札记之二》，慧敏《为求生存吃死尸》，思放《无知比愚昧更可怕》，文泽《小幽默》，沈实《X光检查乳癌》，胡晓风《风里火里》。

⊙　《华侨报·华座》副刊刊载晏涵文的杂谈《佳偶天成　此话当真》；《华林》副刊续载陈国凯小说《两情若是久长时》（十七），慕容奇的小说《石灯笼》（六），凯南的小说《西风流雪枯叶》（十八）。

27日　《澳门日报·新园地》副刊刊载陶里《绎演词歌》，梁守中《广泛涉猎决不会把脑子挤破——读刘逸生〈学海苦航〉札记之三》，星联《“返老还童”奇谈》，白璧《火鸡与食火鸡有分别》，金中子《“册”字溯源探流》，濠江客《澳门浸信会的“浸礼”》，沈实《美苏海空大斗法》，胡晓风《记得我吗》；《镜海》副刊刊载陈伯坚散文《回龙窗》，秦燕《星夜》，新诗苇鸣《赠你一对绒织的雪人》，郑卓立《团圆梦》，云力《朱湘〈葬我〉》，荔《生之颂》。

⊙　《华侨报·华座》副刊刊载王洁瑞的杂记《冬季里的沐浴之旅》，沈世哲的杂记《都兰山区蓝宝石热》，梁荔玲的杂谈《四积阴德》；《华林》副刊续载陈国凯小说《两情若是久长时》（十八），慕容奇的小说《石灯笼》（七），凯南的小说《西风流雪枯叶》（十九）。

28日 《澳门日报·新园地》副刊刊载金坚《千人之诺诺，不如一士之谔谔》，薛鸣《在南极洲生活》，白璧《绶带鸟可以饲养》，朱高章《书画有益身心》，明《节日》，沈实《潜艇与反潜武器》，胡晓风《“月老”与“红娘”》，洛江拓夫《爱国心》。

⊙ 《华侨报·华座》副刊刊载墨斗的杂记《海南五公祠怀旧》，梁荔玲的杂谈《活学活用》；《华林》副刊刊载颂平的短小说《延期结婚》，续载陈国凯小说《两情若是久长时》（十九），慕容奇的小说《石灯笼》（八），凯南的小说《西风流雪枯叶》（二十）。

29日 《澳门日报·新园地》副刊刊载胡培周《喜在春城沐春风》（上），李仲玉《贾梅士与中国》，濠江客《孙中山亲属在澳“受浸”》，沈实《潜艇的灭声装备》，文泽《小幽默》，王琳《印度大惨剧的元凶甲基异氰酸盐》，谭任杰《减字木兰花》，胡晓风《泰女》。

⊙ 《华侨报·华座》副刊刊载黄衫客的杂谈《夜生活话今昔》，林定孚的诗《步韵奉和佟立章词长中英协议签署》；《华林》副刊续载陈国凯小说《两情若是久长时》（二十），慕容奇的小说《石灯笼》（完），凯南的小说《西风流雪枯叶》（二十一）。

30日 《澳门日报·新园地》副刊刊载胡培周《喜在春城沐春风》（下），曾渭川《神秘的“死亡谷”》，淘空了《脚印》，陈怀萱《为君无尽写时澜——记“壮暮堂诗词”》，潘佛章《纪念孙中山先生创建，中山大学六十周年》，王文琴《提琴和虫子》，谢稚柳《〈悼大千〉一诗手迹》，沈实《噪音器与消音器》，胡晓风《路过》。

⊙ 《华侨报·旅游与乡土》副刊刊载墨斗的游记《乐山巡礼》（下），慕华的游记《莱茵河上游船河》，宣翁的游记《五年一度燕归来——北行偶拾小札》；《华座》副刊刊载梁荔玲的杂谈《温馨电影》，佟立章的诗《诗圣唱闻分宵》；《华林》副刊刊载慕容奇的小说《山魅》（一），续载陈国凯小说《两情若是久长时》（二十一），凯南的小说《西风流雪枯叶》（二十二）。

31日　《澳门日报·新园地》副刊刊载玉文《聊天》，濠江客《澳门浸信会现址的变迁》，淘空了《求乞者》，慧敏《英国迷信求神送子》，曾申、何志毅《苏曼殊轶事》，梁锐《动物的冬眠》，沈实《大海捞针》，胡晓风《曼殊上人一百周岁》；《艺海》刊载高梁《八四年的最后新闻，粤剧团卖座创“纪录”》。

⊙　《华侨报·华座》副刊刊载莫洒滇的杂谈《谁人背后无人说》，梁荔玲的杂谈《怀念十四叔所想起的……》，林风的诗《星夜》；《华林》副刊续载陈国凯小说《两情若是久长时》（二十二），慕容奇的小说《山魅》（二），凯南的小说《西风流雪枯叶》（二十三）。